据俄罗斯科学院世界文学研究所遗产出版社2001年版本翻译

世纪之交的俄罗斯文学

РУССКАЯ ЛИТЕРАТУРА РУБЕЖА ВЕКОВ

（1890年代—1920年代初）

(1890-е—начало 1920-х годов)

俄罗斯科学院高尔基世界文学研究所 编著

（俄）李福清　高莽　顾蕴璞　臧传真　翻译顾问

谷羽　赵秋长等　翻译

糜绪洋　谷羽　再版审校

高莽　插图

上卷

山东教育出版社
·济南·

图书在版编目（CIP）数据

世纪之交的俄罗斯文学：1890年代—1920年代初．上卷 / 俄罗斯科学院高尔基世界文学研究所编著；谷羽等译．-- 济南：山东教育出版社，2018.10（2025.2重印）

ISBN 978-7-5701-0322-5

Ⅰ．①世… Ⅱ．①俄… ②谷… Ⅲ．①俄罗斯文学-文学研究-1890—1920 Ⅳ．①I512.06

中国版本图书馆CIP数据核字（2019）第099051号

责任编辑：刘仕洋　杨秋萌
整体设计：邢　丽　杨　晋

SHIJI ZHI JIAO DE ELUOSI WENXUE（1890 NIANDAI—1920 NIANDAI CHU）

世纪之交的俄罗斯文学（1890年代—1920年代初）
（上卷、中卷、下卷）

俄罗斯科学院高尔基世界文学研究所　编著
（俄）李福清　高　莽　顾蕴璞　臧传真　翻译顾问
谷　羽　赵秋长 等翻译
糜绪洋　谷　羽 再版审校
高　莽 插图

主管单位：山东出版传媒股份有限公司
出版发行：山东教育出版社
　　　　　地址：济南市市中区二环南路2066号4区1号　　邮编：250003
　　　　　电话：（0531）82092660　　网址：www.sjs.com.cn
印　　刷：山东新华印务有限公司
版　　次：2018 年 4 月第 1 版
印　　次：2025 年 2 月第 2 次印刷
开　　本：787 mm×1092 mm　1/16
印　　张：124.75
字　　数：2010 千
书　　号：ISBN 978-7-5701-0322-5
定　　价：380.00 元（全三册）

（如印装质量有问题，请与印刷厂联系调换）印厂电话：0538-6119360

致中国读者

　　作为俄罗斯科学院高尔基世界文学研究所的研究人员，得知山东教育出版社决定再版我们所的奠基性著作《世纪之交的俄罗斯文学（1890年代—1920年代初）》，我们都很欣慰。这部两卷本的书稿原作于2000—2001年在莫斯科出版。这部著作由我们研究所十九世纪末至二十世纪俄罗斯文学研究室集体撰写，这是世界上唯一一个专门研究俄罗斯文学中这段辉煌历史的学术部门。俄罗斯的"世纪之交"，是一个在诗歌、思想、艺术技巧等领域达到了空前繁荣的时代，是一段攀登审美巅峰极其渴望万象更新、间或具有毁灭性的岁月，也是拥有细腻、敏锐文化的岁月，这种文化以游戏方式对待几百年传统文化的遗产，与此同时开启了通往二十世纪的途径，经历了一次次悲壮、豪迈的历史转折。

　　迄今为止学术界研究十九世纪末、二十世纪初俄罗斯文学史有很多著作，这一部的论述最为厚重，条分缕析地总结了一个世纪以来对相关领域资料研究的经验，在世界学术共同体中得到了广泛的认可与肯定。其主导观念的基础是这一时期文学发展具有"错综复杂的整体性"——尽管不同的文学倾向、风格、流派（现实主义、象征主义、现代主义等）以及各个作家的艺术世界，表面看来相互之间充满了矛盾和斗争，但他们却有内在的深刻一致性。

　　我们的中国同行对这部著作给予特别的关注，让我们格外高兴，如今此书在中华人民共和国有机会修订再版发行，就是对这种关注最有力的证明（2006年在兰州市由敦煌文艺出版社第一次出版这部著作）。这件事让我们再次看到，当今在俄罗斯境外，对俄罗斯文学研究最广泛、最投入的恰好便是中国。在这一过程中，中国学界一直与俄罗斯学者紧密关联，相互促进，这同样令人鼓舞。中国学者对我们的研究者在这一领域成果的掌握、吸收，为学术对话开辟了前景，而这种对话将有利于两个伟大的友好邻邦的脑力劳动者走向未来崭新的、创造性的发现。

我们向山东教育出版社，向参与本书再版修订的各位学者、翻译家，向因对俄罗斯文学遗产满怀兴趣而渴望认真钻研此书的读者表达由衷的感谢。

俄罗斯科学院高尔基世界文学研究所所长

语文学博士，教授

瓦季姆·波隆斯基

2019.07.27

中文版前言

得悉我们的著作《世纪之交的俄罗斯文学（1890年代—1920年代初）》已经在中国翻译成汉语并即将出版的信息，作为编撰集体，我们万分高兴！为这部著作我们耗费了多年的心血。我们希望在这部著作中尽力以客观的态度和尽量充分的画面，描绘19世纪末20世纪初的俄罗斯文学的全貌。但愿这部著作能在中国引起俄罗斯文学爱好者的兴趣，能对从事俄罗斯文学研究与教学的学者和教师有所裨益，对学习俄罗斯文学的大学生、研究生有所帮助。

我们正在继续开拓这部著作的思路，目前正集中研究白银时代文学的创作诗学课题。已经完成了一本纪念1890年代—1920年代初最有意思的杂志《天平》百年诞辰的专集；即将编完1890年代—1920年代初文学作品资料汇编出版目录；正着手准备出版《勃洛克全集》和《安德列耶夫全集》的学术研究版本*。因此，研究俄罗斯文学这一最为引人入胜阶段的工作尚未结束。

我们期待着这部著作中文版出版以后，能听到中国读者与学者们的反馈和批评意见。向翻译本书的全体翻译者致以崇高的谢意，他们在这样短的时间里完成了我们这部长篇巨制的翻译，实在不易。

---

* 据李福清先生介绍，学术研究版本是专为学术研究出版的，与面向普通读者的普通版本有本质区别。这种版本要保持作品第一次发表时的原貌，收录作家的不同草稿、手稿、历次出版所做的修改以及评论界对该作品的评论文章，以便从中发现作家创作思路的变化轨迹，不仅为学术研究提供真实可信的原始资料，同时也具有更高的学术价值。

——译者注

感谢出版社，他们组织力量翻译并出版这部厚重的著作。我们曾经听有些在中国从事俄罗斯文学研究的学者说过，要出版这样的大书是不可能的。不可能的梦想居然得以实现，实在是一件可喜可贺的事情。

弗·亚·克尔德什

2006.04.16

致本书的中国读者

　　说中国读者非常熟悉俄罗斯文学，这话并不夸张；如果我们说中国几乎翻译了俄罗斯作家的所有作品，比其他国家翻译得都多，这说法也未必过分。这种现象其实并非偶然。早在1909年鲁迅跟周作人一起编《域外小说集》的时候，书中就收入了当时的俄罗斯作家弗·迦尔洵、列·安德列耶夫、费·索洛古勃等人的作品。就这样中国读者开始了解19世纪末20世纪初俄罗斯作家的创作。经过了许多年以后，19世纪末20世纪初这一时期被称呼为"白银时代"。本书所论述的就是这个时期的俄罗斯文学。把19世纪末20世纪初的俄罗斯文学称呼为白银时代的文学，用以区别普希金时代，即黄金时代的俄罗斯文学，对此存在着各种不同的观点。评论家尼·奥楚普大概是运用这一概念的第一人，1933年他在巴黎出版的俄文杂志《数目》上发表了题为《白银时代》的文章。

　　倘若我们对王玉莲编的《俄苏文学译文索引（1949—1985）》稍作浏览，便会发现，中华人民共和国成立以后，列·安德列耶夫、费·索洛古勃、瓦·勃留索夫以及其他白银时代的作家都有中译本出版。如果参阅李万春、赵淑琴编的《俄苏文学研究资料索引》（1988）（遗憾的是我们看不到新的索引），中国早在20世纪20年代就开始评论这一时期俄罗斯作家的作品了。这样做并非偶然。发生在俄罗斯的历史事件，崭新的苏维埃文学的出现，遮蔽了丰富而独特的白银时代的文学。再说在苏联国内，白银时代的文学作品很少出版，罕见有人从事这方面的研究，即便研究也往往带有倾向性，对有些作家没有依据地抱有偏见，对另外一些作家，由于政治或意识形态的原因，则闭口不谈。而西方则对这一时期的文学研究得更广泛更深入。虽然20世纪60年代后半期对于白银时代的研究显示出某些转变的迹象，但是只有最近十几年，在取消了书报审查，废除了意识形态的阻碍之后，才有可能对俄罗斯文学史上最引人入胜的、极其复杂而丰富多彩的白银时代的文学进行开拓性的、深入的、全面的，更重要的是完全客观的探讨与研究。俄罗斯科学院高尔基世界文学研究所19世纪末20世纪初俄罗斯文学研究室的同仁集体承担了这一艰巨的研究课题。研究室的十五位研究人员满怀热情投入了这项复杂的工作，但是很快就发现，如果不吸引其他研究单位甚至其他国家的科研人员参加进来共同研究，要完成这项宏大而复杂的工程，几乎是不可想像的。因此他们邀请了俄罗斯国立人文大学、莫斯科大学、俄罗斯文学所（普希金之家），以及俄罗斯其他学术单位的学者，还聘请了美国和匈牙利对这一时期俄罗斯文学从事专门研究的著名专家，共同完成这项科研任务。

致力于彰显1890年代—1920年代初文学进程的全部复杂性，本书的作者们不想仅仅局限于引用纯文学资料，他们同时利用了历史、哲学、美学的相关资料，以便于以新的视角观照这一时期文学发展带有的根本性问题。本书的作者们在致力于揭示白银时代文学发展本身的同时，也勾勒这一时期主要的代表性作家的创作面貌，并且关注作家的生平履历，他们的世界观，特别是他们的创作诗学问题，而不同的文学流派，如现实主义、象征主义、未来主义，其创作诗学各不相同，多姿多彩。

这部著作刚一出版，立刻就引起了文学研究界的关注。俄罗斯的《文学报》以及有声望的报刊，诸如彼得堡俄罗斯文学所（普希金之家）出版的《俄罗斯文学》，《俄罗斯科学院学报·语文学报》、《莫斯科大学学报·语文学报》，美国著名的《斯拉夫与东欧杂志》，都刊登了有关这两卷集文学史的有理有据的评论，许多评论家指出了这部著作的特点：资料丰富翔实，包容文学现象规模恢宏，引用事实真实可信。

让我们感到高兴的是，中国的读者现在也有机会来认识这部著作了。这要感谢中国的许多俄罗斯文学翻译家、爱好者与宣扬者。我们感谢俄罗斯语文学者王亚民，是她第一个产生了把这部著作翻译成中文的念头；我们感谢南开大学的著名学者、俄罗斯诗歌翻译家谷羽教授。翻译这部著作绝非易事，我们向

参与这部著作翻译的所有翻译家和学者、教授致以由衷的谢意。现在，我们期
待着中国读者对于本书的反响与批评意见。

俄罗斯科学院世界文学研究所首席研究员

俄罗斯科学院通讯院士　　李福清

2006.04.12

总目录
GENERAL CONTENTS

上 卷

1　前　言

　　◎ 弗·亚·克尔德什　撰 / 谷羽　译

第一编

12　第一章　俄罗斯白银时代文学——完整而复杂的体系

　　◎ 弗·亚·克尔德什　撰 / 谷羽　译

69　第二章　白银时代的哲学和文学——贴近与交叉

　　◎ 康·格·伊苏波夫　撰 / 赵秋长、王亚民　译

132　第三章　文学与其他门类的艺术

　　◎ 因·维·科列茨卡娅　撰 / 赵秋长　译

第二编

196　第四章　现实主义与自然主义

　　◎ 弗·鲍·卡塔耶夫　撰 / 任子峰　译

265　第五章　现实主义与"新现实主义"

　　◎ 弗·亚·克尔德什　撰 / 赵秋长　译

341　第六章　列夫·托尔斯泰

　　　◎ 纳·达·塔马尔琴科　撰 / 任子峰　译

394　第七章　安东·契诃夫

　　　◎ 埃·阿·波洛茨卡娅　撰 / 路雪莹　译

464　第八章　弗拉基米尔·柯罗连科

　　　◎ 米·根·彼得罗娃　撰 / 贺梵、金天昊　译

518　第九章　马克西姆·高尔基

　　　◎ 帕·瓦·巴辛斯基　撰 / 曾予平　译

556　第十章　伊万·布宁

　　　◎ 萨·纳·布罗伊特曼、迪·马·穆罕穆多娃　撰 / 路雪莹　译

605　第十一章　亚历山大·库普林

　　　◎ 叶·亚·季亚科娃　撰 / 路雪莹　译

647　第十二章　维肯季·魏列萨耶夫

　　　◎ 尤·乌·福赫特–巴布什金　撰 / 马琳、谷羽　译

中　卷

673　第十三章　"萨蒂利孔派"作家：

　　　阿尔卡季·阿韦尔琴科、苔菲、萨沙·乔尔内

　　　◎ 叶·亚·季亚科娃　撰 / 马琳、谷羽　译

694　第十四章　1900年代—1910年代的通俗小说家：

　　　米哈伊尔·阿尔志跋绥夫、阿纳托利·卡缅斯基、

　　　阿纳斯塔西娅·韦尔比茨卡娅

　　　◎ 叶·亚·季亚科娃　撰 / 查晓燕、蒋鹏　译

第三编

716　第十五章　象征主义

　　　◎ 因·维·科列茨卡娅　撰／黄玫　译

763　第十六章　弗拉基米尔·索络维约夫

　　　◎ 迪·马·默罕默多娃　撰／黄玫　译

813　第十七章　德米特里·梅列日科夫斯基

　　　◎ 安·格·博伊丘克　撰／何书林　译

888　第十八章　季娜伊达·吉皮乌斯

　　　◎ 尼·亚·博格莫洛夫　撰／温哲仙　译

921　第十九章　费奥多尔·索洛古勃

　　　◎ 萨·纳·布罗伊特曼　撰／谭思同　译

985　第二十章　康斯坦丁·巴尔蒙特

　　　◎ 因·维·科列茨卡娅　撰／谷羽　译

1018　第二十一章　瓦列里·勃留索夫

　　　◎ 谢·约·根金　撰／谷羽　译

1086　第二十二章　因诺肯季·安年斯基

　　　◎ 因·维·科列茨卡娅　撰／谷羽　译

1119　第二十三章　亚历山大·勃洛克

　　　◎ 迪·马·穆罕默多娃　撰／姜敏　译

1183　第二十四章　安德列·别雷

　　　◎ 莱娜·西拉德　撰／王彦秋　译

1233　第二十五章　维亚切斯拉夫·伊万诺夫

　　　◎ 奥·亚·库兹涅佐娃、尤·康·格拉西莫夫、

　　　　根·弗·奥巴特宁　撰／赵秋长　译

1314　第二十六章　马克西米利安·沃洛申

　　　◎ 因·维·科列茨卡娅　撰 / 郝淑霞、谷羽　译

下　卷

第四编

1342　第二十七章　列昂尼德·安德列耶夫

　　　◎ 阿·维·塔塔里诺夫　撰 / 赵秋长　译

1397　第二十八章　阿列克谢·列米佐夫

　　　◎ 米·瓦·科济缅科　撰 / 郝尔启　译

第五编

1442　第二十九章　象征主义后文学（综述）

　　　◎ 尼·亚·博戈莫洛夫　撰 / 王彦秋　译

1452　第三十章　米哈伊尔·库兹明

　　　◎ 尼·亚·博戈莫洛夫　撰 / 刘银银　译

1492　第三十一章　阿克梅主义

　　　◎ 叶·弗·叶尔米洛娃　撰 / 陈松岩　译

1532　第三十二章　尼古拉·古米廖夫

　　　◎ 尼·亚·博戈莫洛夫　撰 / 赵秋长　译

1567　第三十三章　未来主义

　　　◎ 亨里克·巴兰、尼·阿·古里亚诺娃　撰 / 赵秋长　译

1648　第三十四章　韦利米尔·赫列布尼科夫

　　　◎ 维·彼·格里戈里耶夫　撰 / 王立业、李俊升、李莉　译

1713　第三十五章　弗拉基米尔·马雅可夫斯基

　　　◎ 奥·彼·斯莫拉　撰 / 曾予平　译

1745　第三十六章　各流派与团体之外的诗人：
　　　弗拉基斯拉夫·霍达谢维奇、格奥尔吉·伊万诺夫、
　　　玛丽娜·茨维塔耶娃等
　　　◎ 尼·亚·博戈莫洛夫　撰／王立业、余献勤　译

1781　第三十七章　新农民诗人与作家：
　　　尼古拉·克柳耶夫、谢尔盖·叶赛宁等
　　　◎ 纳·米·索恩采娃　撰／孔霞蔚　译

1827　结束语
　　　◎ 弗·亚·克尔德什　撰／谷羽　译

1834　汉俄对照人名索引
　　　◎ A. H. 托罗普采娃　编写／糜绪洋　译

1957　同心协力　架桥铺路
　　　——初版译后记
　　　◎ 谷　羽

1969　再版审校后记
　　　◎ 谷　羽

目 录
CONTENTS

上 卷

1　前　言

◎弗·亚·克尔德什　撰／谷羽　译

第一编

12　第一章　俄罗斯白银时代文学——完整而复杂的体系

◎弗·亚·克尔德什　撰／谷羽　译

69　第二章　白银时代的哲学和文学——贴近与交叉

◎康·格·伊苏波夫　撰／赵秋长、王亚民　译

132　第三章　文学与其他门类的艺术

◎因·维·科列茨卡娅　撰／赵秋长　译

第二编

196　第四章　现实主义与自然主义

◎弗·鲍·卡塔耶夫　撰／任子峰　译

265　第五章　现实主义与"新现实主义"

◎弗·亚·克尔德什　撰／赵秋长　译

341　第六章　列夫·托尔斯泰

◎纳·达·塔马尔琴科　撰／任子峰　译

394　第七章　安东·契诃夫
　　　◎ 埃·阿·波洛茨卡娅　撰 / 路雪莹　译

464　第八章　弗拉基米尔·柯罗连科
　　　◎ 米·根·彼得罗娃　撰 / 贺梵、金天昊　译

518　第九章　马克西姆·高尔基
　　　◎ 帕·瓦·巴辛斯基　撰 / 曾予平　译

556　第十章　伊万·布宁
　　　◎ 萨·纳·布罗伊特曼、迪·马·穆罕穆多娃　撰 / 路雪莹　译

605　第十一章　亚历山大·库普林
　　　◎ 叶·亚·季亚科娃　撰 / 路雪莹　译

647　第十二章　维肯季·魏列萨耶夫
　　　◎ 尤·乌·福赫特−巴布什金　撰 / 马琳、谷羽　译

前　言

◎弗·亚·克尔德什　撰/谷羽　译

　　19世纪末20世纪初（"白银时代"[1]）的俄罗斯文学，至今都受到世界文学研究的特别关注，深受主流读者青睐，实属罕见的文学艺术现象之一。众所周知，这一文学时代曾经获得举世瞩目的成就，国外对它一直进行仔细的研究，而在苏联时期却因意识形态的压制长达几十年。不过，大约从20世纪60年代后半期开始，国内学术界对这一文学时代的研究发生了根本性的变化，对于许多珍贵的文学遗产逐步给予重新评价。但是，直到今天，对于白银时代开展大规模的研究，进行深入周密的认识，作出有理有据的诠释，以及彻底摆脱固有的偏见、歧视和缺乏根据的吹捧，依然都是迫切需要解决的课题。

　　本书的宗旨是为完成这些课题表述自己的见解，采用的结构是历史类型学的方法结合历史文本的具体分析。继"前言"之后，是带有综述性的三章：俄罗斯白银时代文学——完整而复杂的体系；白银时代的哲学和文学——贴近与交叉；文学与其他门类的艺术。这里的表述对于白银时代的文学经过了完整系统的思考，思考文学的基本规律以及文学与那一时代整个精神生活的联系。

　　文本的另一框架是探讨文学形象的章节，是诸多文学流派——现实主义、象征主义、阿克梅主义、未来主义——各个具体作家的生活轨迹，其中包括研究文学艺术边缘现象的特殊课题，以及审视19世纪与20世纪之交文学进程引发的各种纷纭复杂的观点。

－－－－－－－－－－

　　＊ 此处数字为俄罗斯科学院世界文学研究所遗产出版社2001年俄文版本（上下两册）对应内容页码。全书下同。

文本第三个层次是列出专章介绍各个流派最有代表性的艺术家，勾勒他们的肖像，研究他们创作的特色。

4　　当然，完全可以用其他的方式编撰此书。我们的出发点是强调各个文学流派在白银时代所起到的特别重要的作用，这似乎是我们的使命。但是有必要再次回到这个问题，以便为本书所选择的结构提供论据。当代围绕某些文学范畴——被有些作家团体认为是重要的范畴——所展开的争论要求能尽量说出自己的理由，以便使问题得到澄清。

在近些年来的文学研究中，对于"流派"这一范畴存在着另一种认识，认为它束缚了对文学进程的研究。持这种见解的学者认为，既然不能完全回避它，那么无论如何也要降低它的意义。我们指的是一篇观点特别鲜明的文章，请看他们提出的主要论据：文学进程的发展取决于行动和"绝不亚于流派的……其他力量与因素"；"有的作家某部作品或者他的创作从整体上说来可能不属于任何一个流派，也有可能同时倾向于几个流派"；表明"流派这一词语通常意义的"所谓"世界观的同类性"，最为准确地体现在"文学的第二层面"，而非"最高层面"。[2]

这种想法毫无疑问是有根据的！但是最好不要忽略下面谈及的因素。与所处时代各种文学流派毫无关系的作家为数不多。至于说到各个文学流派本身，那么它们内在的发展过程的确是错综复杂的。我们不要忘记，新流派的代言人、流派声明、宣言和行动纲领的拟定者大都是著名的一流作家（白银时代也是这样）。同样，毋庸置疑，那些语言艺术大师的创作，任何时候都不会受既定框框的局限。但是这绝不意味着拒绝流派，而是依据活生生的艺术经验，对流派最初的规定进行推动、拓展和丰富。在文学发展史上这种特别典型的局面屡见不鲜，文学史从不否定多种多样的创作方式。

使文学进展的研究变得日趋贫乏的并非"流派"这一术语，而是对这一范畴狭隘的理解和解释。当代研究者注意到了这一点：文学流派，一方面是指"作家群体，他们具有共同的审美观念，具有艺术活动的共同纲领（这些体现在论著、宣言和口号当中）"；另一方面是指"文学共性"，其中包含着相当广泛的审美因素。首先，"狭隘的派别态度"成了厘清文学发展普遍规律的障碍之一。[3] 在一定的情势下，各个流派大都指的是该流派上层的优秀作家。应当指

5

出，引起研究者关注的巴赫金的一些见解正好指的是这个意思。他认为，"所谓一个时代的文学发展过程的研究，由于脱离了文化的深层分析，导致了各个文学派别肤浅的论战，对于新时期而言（特别是19世纪），实际上只是注意了报刊杂志的喧嚣，而对于那个时代真正的有价值的文学却没有给予本质性的影响"。[4]

本书对于文学流派却另有更加宽泛的理解。白银时代各个文学流派的发展道路完全不同。不过，即便是它们依据各自制定的纲领刚刚起步的时候（最为明显的是现代主义运动），实际上立刻就产生了彼此交织相互渗透的现象。

应当较为详细地探讨"现实主义"，作为一个文学流派它遭受到了打击。原因十分清楚。这是对我们的文学概论（还有艺术导论）怀有美好记忆的"现实主义—非现实主义"观念自然偏离的一种反映，被排除于艺术之外的一切都属于非现实主义。因此，"迫切……需要弄清这一术语与原始意义以及庸俗化诠释之间的区别"，而不是将它从文学研究中剔除出去。[5] 与此同时，为取代声名狼藉的概念，常常适得其反，走到了另一个极端，有时采用了荒谬可笑的形式。比如，有两位年轻作家竟然说，"除了叙述和描写，什么也不反映，什么也不影射的作品称之为现实主义"，并且由此得出结论："哪里有艺术，哪里就不存在现实主义。"[6] 一个作者评论一本研究19世纪现实主义新出版的小册子，以嘲讽的口吻问道："诸位大概已经忘记'现实主义'这个词儿了吧？"因为理解"现实主义概念"，如同理解苏维埃时代残存下来难以消化的遗留物那么艰难。[7]

在上个世纪的文学研究和批评中，这种对"现实主义"认识的误解根深蒂固（绝非偶然的一次！）。这种不同程度上的误解（包括用词本身）简直令人吃惊，要知道白银时代现代主义一批最著名的文学巨匠——索洛古勃、勃留索夫等人，都曾对"现实主义"相当尊重（比如，1910年勃留索夫曾经写道："自古以来，'现实主义'就是艺术领域真正的主宰之一。"[8]）。此后，20世纪的审美意识或多或少都接受了这种观点。按照俄罗斯著名的侨民哲学家费奥多托夫的见解，"现实主义毕竟是现代诸多艺术流派的基础。尽管许多现代派作家从不同的角度否定它，但是他们不能不承认这是事实"[9]。与费奥多托夫的见解遥相呼应的还有托马斯·曼："我们可以任意地变化风格，随心所欲地运用象征，但是没有现实主义，将两手空空，一无所获。现实主义是支撑身体的骨骼，是屡战屡胜的保证。"[10] 他的论断生动深刻，发人深省。

6   特别要指出的是，信奉先锋派的赫赫有名的大学者罗曼·雅可布森，一方面采纳了"艺术现实主义"这一通用的概念（的确，他是从最广泛的意义上，通过各种各样的附带条件，使用这一概念来研究不同的艺术流派）；而另一方面，他运用具体的分析方法，把现实主义视为19世纪特定艺术流派种种特点的综合。尽管如此，他仍然将保守派的盲目崇拜排斥在文学研究的范畴之外。[11]

最后，我们务必要记住苏联时期那些远离意识形态的控制，专注于钻研现实主义特性的杰出学者（例如德·谢·利哈乔夫、尤·米·洛特曼）。

不过（除了上述诸如此类"思想轻浮"的奇谈怪论），围绕这一课题和术语本身展开的严肃的科学争论一直持续不断。比如，现实主义的艺术实践往往与现实主义的日常概念并不相符，这为反驳它提供了有力的口实，持这种观点的人有个巧妙的说法，他们认为现实主义只能导向对现实的虚幻认识，导向"'环境'的海市蜃楼"[12]（总体看来，这种说法是有道理的，只不过它只能针对此类创作当中那些寻常的现象），而艺术最本质的特性——乃是关注那些人人都能理解，却常常被忽略，有时显得原始粗糙的"真实状况"（真正做到这一点非常困难，这种情况也适用于评价19世纪传统的现实主义——1921年雅可布森在他那篇文章中就作出了这样的论断）。即便是在这种情况下，受到危害的并非"现实主义"这一概念，而是过于狭隘的理解，成了它遭受非议的借口，否定现实主义的不仅有简单化的学说，而且还有艺术界的奇谈怪论——"是否还存在现实主义呢？"[13]

与此同时还存在着另一种更符合术语本身的诠释，这种见解以现实主义文学最有代表性、最辉煌的作品为例证来解释这种文学现象（这些在前面的论述中已经有所涉及——请参阅注释2、5、12）。这种观点源于思维方式的历史主义（这是现实主义的巨大成就）与经过革新的（与许多先驱者比较而言）人本主义相结合，源于社会因果关系与社会上层建筑以及思想领域的哲学因素相结合。在俄国现实主义的发展历史上，列夫·托尔斯泰和陀斯妥耶夫斯基的创作是这种结合与统一的典范。[14] 这两位文学大师反复思考并重新审视其他艺术时代（首先是启蒙主义和浪漫主义时代）和艺术体系的成就，第一次如此广泛、如此自由地汲取其中的精华以便充实自己。

20世纪初叶，新兴的现代派艺术，还有经过革新的现实主义，以自己的方式继承了业已达到顶峰的古典现实主义整个体系如此广泛的开放性。[15] 甚至可以说，白银时代文学中的这种开放性有增无已，但是在寻找发现的同时也有丢失遗漏。与"古典主义"时期相比较，这一时期艺术的发展在某种程度上丧失了它的完整性。

从这个意义上来讲，"过渡性"的艺术奇观几乎成了一种常态，这是世纪之交俄罗斯文学发展进程中鲜明的特征之一。这里讲的是超出于流派范围以外的文学现象，他们出现在已有形象体系的结合部，具有独特的边缘性美学特征。他们的文学创作都不具有（常常是这样）坚实的稳定性，往往游移摇摆于两极之间，时而倾向于这个流派，时而又倾向另一个流派。如果这种"过渡性"或多或少为艺术家的创作道路增添了色彩，那么这种特征就不是单调的，它使艺术家的面貌经常处于变化当中。安德列耶夫的创作大概是最为鲜明的范例。列米卓夫、库兹明以及其他作家的作品也都以不同的方式展现了这种"过渡性"的现象。

尽管世纪之交的俄罗斯文学获得了异乎寻常的发展，但是在其发展进程中存在着某些典型的共性——大多数语言艺术家以各种不同的方式倾向于某些流派。这种共性有时呈现出封闭状态，有时又具有某种可渗透性。流动性、不稳定性以及持续不断的变化性在各个流派内部愈演愈烈。虽然彼此之间存在着巨大的分歧，但是对自己的"特色总能感受到一种极其强烈的意识，不过这种意识并没有导致彼此绝缘（这并不排除激烈的争辩），因为与此相关同时还在紧张地汲取'异己的'艺术经验"。本书第一章论述了各个流派"难分又难合"的种种根源，其中包括了世纪之交相互接近的文学运动倾向于艺术综合，但是对于这种综合的见解却千差万别，各不相同。正是由于这种辩证关系，白银时代的文学才呈现出如此独特的风貌：文学流派一方面呈现出全方位的"开放性"，同时在不同的艺术层面上各自维护了艺术界限，呈现出多姿多彩的艺术面貌。[16] 这一时期的文学充分展示出自由竞争的各个流派日渐增强的作用，不过，它们不再热衷于那些清规戒律和种种规范。我们面对的是这样一个艺术时代，它为我们提供了特别有分量的依据，赋予我们一种无拘无束的开阔目光，让我们有缘研究我们深感兴趣的课题。

*　　*　　*

本书需要弄清楚的另一个问题是关于时代界限的划分问题。这些时代界限与苏联时期划分的年代框架大体吻合。但是，那时候时代的划分单纯依据政治事件为标准（从民族解放运动的第三个阶段，也就是无产阶级革命运动初期到十月革命）。与此同时，新的文学时代的起始界限（19世纪90年代），早在革命来临之前就已经确定下来了——这种时期划分首先出现在温格洛夫主编的《20世纪俄罗斯文学》一书中。温格洛夫在序言中也认为社会运动因素最为重要（不过是在更加自由，消除了阶级本质特征的意义上看待这一因素），与此同时，注意到了社会运动因素在艺术中的反映，尽管还没有定型。[17] 这种认识有其自身的道理。在暴风骤雨的历史时期，艺术的命运与社会历史的联系往往更加深刻，并且更加贯彻始终，不像在其他年代那样显得较为"平静"。尽管有这样或那样的条件，但是艺术时代的更迭自然取决于艺术领域内部结构的变革，诚然这种变革也会受到各种各样社会因素的影响。19世纪90年代正是这样出现的。

另一个分期方法是把课题研究的起始界限再向后倒推十年，普希金之家文学研究所编纂的四卷本《俄罗斯文学史——19世纪末20世纪初的文学（1881—1917）》（列宁格勒，1983年）就提出了这样的论点。这种看法之所以有道理，是基于一种认识，他们认为19世纪80年代，国家的社会生活和精神生活，其中也包括艺术思维，既存在深刻的危机，也暗含着美好的前景，因而是一个孕育着根本变革的时代。但是，涉及艺术领域，它在19世纪80年代多种多样的演变仍然是在原有的艺术结构的基础上进行的。随着具有原则意义的新的艺术结构，即"现实主义与现代主义"相互对立局面的出现，艺术领域的变革才取得了决定性的进展，此后，世纪之交俄国艺术发展的整个进程都是以此为标志展开的。正是这种结构变化起着决定意义的环境，使我们有理由把19世纪最后十年确定为新的文学时代的开端。在这十年之前出现的颓废文学现象以及它的种种征兆，还不能被认为是具有结构变革意义的决定性因素。[18]

白银时代是什么时候结束的？这是当前需要解决的另一个确定年代划分的

问题——围绕它更是意见纷纭,争论不休,甚至可以说彼此矛盾,分歧严重。国外有些研究者将白银时代的终结定于1915年(如叶·埃特肯特),甚至定于1913年(如鲍·哈扎诺夫)。[19] 与此同时,后苏联时期的文学出版物,依然把1917年10月视为划分界限的分水岭,这种观点至今风行,流传甚广。但是还有另一种根深蒂固、颇有说服力的观点,坚持这种观点的人把课题研究的这一文学时代的下限从20世纪第二个十年末期推进到20世纪20年代初期,他们依据艺术与社会演变的观点,将文学的发展与上一个时代完全分开。同时,还有一些学者把白银时代延续到20世纪20年代末期,或者30年代末期,如果顾及侨民文学,更有甚者,把白银时代的下限推得更远,一直延续到60年代末期。不过,在这种情况下,确切地来说,应该探讨的是白银时代文学对后续文学发展过程的影响,这种影响往往十分深远,而不应该这样人为地划定框框来论断白银时代。在苏维埃新的历史时期,作家与作家的命运各不相同:有些作家发生了急剧的变化;有些作家一方面从内心抗拒对艺术进行压制的严酷时代(早在1920年年底,扎米亚京那篇著名的文章《我恐惧》,就对这一类作家有过描述),另一方面依照从前的轨道继续发展。但是,整个文学进程从总体上说来——力量的配置、内部的结构、基本的倾向,全部都发生了根本的变化。尽管俄罗斯侨民文学与革命前那个文学时代保持着深刻的依承关系,并且具有某些鲜明的共同特征。基于这样的认识,白银时代作为一个具有共性,完整而又复杂的时期,它的下限应该确定于20世纪20年代初期。

与此同时,跟当前相当流行的观点不同,我们还想指出,在我们的研究领域,完全没有必要贬低像1917年10月这样重大历史时刻的意义(诚然,它也不是时期划分确定无疑的界限),因为,以此为界限的不仅有新的政治演变进程,而且有新的文学发展进程。对于世界变化反映尤其迅速的诗歌,就很好地体现了这一点。假如在1917年10月以前,你能想象布洛克会写出《十二个》吗?或者叶赛宁1917至1918年的作品(比如《显容节》《乐土》《约旦河的鸽子》)能够出现在1917年10月以前吗?当然,这里所讲的并非主题的自然新颖,而指的是诗歌创作意识惊人的跨越,指的是生动形象的语言,所有这些都表明这些诗人的创作受到了历史事件的直接影响。类似的例子数不胜数。苏联意识形态的拥护者和那些著名的反对者,全都意识到了上述历史时刻的重要性。

1921年，霍达谢维奇写道，1917年"给了最后一击，让我们亲眼看到，我们参与了两个时代的交替"，他还特别强调，他指的"不仅是政治制度和整个社会关系"的交替，而且也包括整个社会物质生活和精神生活的变化。[20] 然而，文学发展的过程相当复杂，一个阶段的断裂不可能在一瞬间完成，它会逐渐趋向衰竭。白银时代新的进展，将被视为一种传统的余波了。

10

*　　　*　　　*

本书属于内容广泛的总体研究的一部分，其特点在于以审慎的态度大量阅读、筛选资料。我们所研究的这一时期的文学进程，就其内涵丰厚规模宏大而言，足以和那个意义非凡的历史文化语境相提并论。因此，本书中出现了许多作家专论的章节。与此同时，对于作家的创作，只详细研究他直接从属于白银时代期间的作品，并把它视为体现了某种共同倾向，反映了这一时代文学创作规律的现象来加以评述。如果某位作家的创作道路远远超出了本课题研究的时代界限，他后期写出的大量作品呈现出全新的面貌，或者在很多方面已经具备新的性质，那么有关他的章节通常都在本书规定的期限内结束。当某位大作家的创作活动具有重大意义的大部分作品超出了这一规定时代的框架，那么，他们属于白银时代期间的作品通常都在综述章节中加以论述（比如阿赫玛托娃、曼德尔施塔姆、阿·托尔斯泰等作家就属于此例。有关这些作家的专论将出现在相继出版的著作中，那些著作将探讨俄罗斯文学此后发展的各个阶段）。唯一的例外是单独列出一章研究马雅可夫斯基的早期创作，这位诗人十月革命之前的诗歌作品是个独特的艺术世界，与他十月革命以后的创作具有根本不同的风格。

《19世纪末20世纪初俄罗斯文学大事年鉴》包容了大量事实及丰富的文献资料，它将是对本书最好的补充，这本年鉴将单独出版。至于编纂多卷本白银时代文学史大型专著，对该时代进行系统而详尽的分析，以开阔的视野关注整个文学进程，其中包括并非一流的作家和种种文学现象的剖析，这些任务的完成只能寄希望于未来的岁月了。

最后，需要说明的一点是，本书系众多研究同人集体劳动的成果，自然，在研究方法、行文风格、素材选取上难免存在差异，有时甚至对某些具体现象的分析评价也不尽一致。然而，这种意见分歧不仅反映了不同的研究者的独特个性，而且也说明了我们国家有关白银时代研究这门"年轻"学科的总体状况。在彻底更新的过程中，这门学科有意保持对课题研究的不同观点。与此同时，本书编辑委员会既注重主导思想表达的连贯性，也关注本书表达基本概念所使用的学术语言的规范性和准确性。这样做首先要求具备焕然一新的观念，要在这一课题研究的各个层面上，以新的目光看待世纪之交俄罗斯文学艺术整个进程这一具有特殊性的课题。

11

语文学博士尼·盖伊、玛·米哈伊洛娃对本书进行了评论，编委会为此向他们深表谢意！

注释：

1　有关这一术语以及对它的不同解释在本书第一章中有所论述。

2　马尔科维奇，《文学流派问题与19世纪俄罗斯文学史的建构》，《挣脱教条的束缚——俄罗斯文学史：研究状况与研究道路》，两卷集，莫斯科，1997，第1卷，242页，245—246页（我们发现，作者一开始就说明仅仅论述19世纪文学，但与此同时，根据文章的逻辑，他又对论题做了更广泛的解释）。列伊佐夫很久以前的文章《论文学流派》（《文学问题》，1957，第1期），也表述了类似的见解，主张削弱文学流派的作用。

《文学问题》杂志社曾出面组织"圆桌论坛"，以"文学史课程该如何设置"为题，展开辩论（《文学问题》，1998，第1期，第3期），此次讨论中提出了"捍卫"流派的论据（《巴耶夫斯基的论断》，第3期，26页等），还有上述引证过的类似见解。

3　哈利捷夫，《文学理论》，莫斯科，1999，370—371页。

4　巴赫金，《文学创作美学》，莫斯科，1979，330页。

5　哈利捷夫，《文学理论》，莫斯科，1999，362页。

6　《文学报》，1998年1月28日。

7　奥特泽夫，《评古列维奇的著作〈19世纪俄罗斯文学中现实主义的进程〉》，《新文学评论》，1995，第16期，358—359页。

8　对古米廖夫《珍珠》一书的评论（勃留索夫，《漫步诗林：1894—1924：宣言、文章、评论》，博格莫洛夫和科特莱列夫主编，莫斯科，1990，318页）。

9　费奥多托夫，《为艺术而奋斗》（1935），载《文学问题》，1990，第2期，215页。

10　《1951年11月19日写给海特菲尔德的信》，见《托马斯·曼书信集》，莫斯科，1975，307页。

11　雅可布森，《谈艺术现实主义》，见《雅可布森的诗学研究》，加斯帕洛夫主编并参与编辑，莫斯科，1987，388—391页。

即便从最新的研究方法的角度来考察，19世纪俄国现实主义作为"艺术体系"，也具有"完整的（总体上不可重复的）美学特征"。见焦林格与伊·彼·斯米尔诺夫的符号学研究著作，《现实主义：历时性的进程》（《俄罗斯文学》，Ⅷ①，阿姆斯特丹，1980，第1页）。

12　格·弗·克拉斯诺夫，《19世纪至20世纪初俄罗斯文学中作家创作演变问题的研究》，《挣脱教条的束缚》，第1卷，294页。

13　参见前面提到的《文学问题》杂志社组织的"圆桌论坛"扎东斯基的发言（《文学问题》，1998，第1期，26-30页）。

14　有关这一问题的详细材料参见克尔德什的著作，《20世纪初俄国的现实主义》，莫斯科，1975，67-68页。

15　德·谢·利哈乔夫将新时期文学中现实主义的前景与艺术体系的开放性，与挣脱通行的"清规戒律"，使文学内部"自由程度"不断增强联系起来。见利哈乔夫《作为研究对象的文学前景》，《新世界》，1969，第9期，173-174、182页。

从总体上研究现实主义小说的学者，提议采用"内部尺度"这一概念，来考察俄罗斯现实主义长篇小说这种体裁，并把它作为权衡自由变动的类型学共性的标志，以便区别于规范化体裁体系的"准则"（塔马尔琴科，《19世纪俄国古典小说：美学和体裁类型学问题》，莫斯科，1997，13、15、25、26页等）。

16　从过往一百年的文学中看到的不是别的："……从高度发展的水平来考察，19世纪所有的文学流派彼此接近，有时甚至到了难以区分的地步。"（马尔科维奇，《文学流派问题与19世纪俄罗斯文学史的建构》，莫斯科，1997，第1卷，245页）

17　温格洛夫，《新浪漫主义运动的各个阶段：第一篇论文》，见《20世纪俄国文学（1890—1910）》，莫斯科，1914，第1卷，6、18、19页。

18　斯维亚托波尔克-米尔斯基公正地论断说，这些具有多种涵义的征兆，与对生存中的"永恒"问题，对艺术形式问题日渐增强的兴趣有关，与前一个时期文学的功利主义趋向相对立，但这些征兆还不足以证明俄罗斯文学的全面复兴，这种复兴真正到来的时期是19世纪90年代和20世纪最初几年（米尔斯基，《当代俄罗斯文学：1881—1925》，伦敦，1926，57页）。

19　埃特肯特，《"白银时代"的完整统一》，见埃特肯特、尼万特、瑟曼、斯卓达合编的《俄罗斯文学：诗学问题》，那波利，1990，16页；哈扎诺夫，《1913年》，见《20世纪俄罗斯文学史："白银时代"》，莫斯科，1995，405。在后一本书中，吸取了传统的观点，把白银时代的下限划定在1913年，排除了先锋主义（即俄罗斯土壤上的未来主义），它是由"经典文学审美标准"演变而来的（405-406页）。但是，这本书采用了哈扎诺夫撰写的一章，却将白银时代的下限突破了1913年的界限，延伸到以后的岁月，将革命以前所有的俄罗斯先锋派统统容纳在内。

20　霍达谢维奇，《摇晃的三脚供桌》，见霍达谢维奇，《俄罗斯诗歌论文集》，彼得堡，1922，113页。

第一编

第一章　俄罗斯白银时代文学——完整而复杂的体系

　　◎ 弗·亚·克尔德什　撰 / 谷羽　译

第二章　白银时代的哲学和文学——贴近与交叉

　　◎ 康·格·伊苏波夫　撰 / 赵秋长、王亚民　译

第三章　文学与其他门类的艺术

　　◎ 因·维·科列茨卡娅　撰 / 赵秋长　译

第一章
俄罗斯白银时代文学——完整而复杂的体系

◎弗·亚·克尔德什　撰／谷羽　译

13　　　19世纪与20世纪之交俄罗斯审美意识的变化，从总体上说来是由形象思维的深刻变化引起的，这种变化符合艺术自身发展的内在要求（世界上许多文学在世纪之交都处于新的艺术发展阶段的门口），当然，引起这种变化的还有民族与历史等其他方面的原因。

　　摆脱19世纪80年代的危机成了俄罗斯历史新时期的开端，用柯罗连科的话来说，那时候"政府的反动与社会大众藏在内心深处的反抗情绪并行发展"[1]。不过，19世纪80年代已经明显地感觉到出现转机的先兆，此后十年与这种新的转变密切相关——这十年转折关系到国家的存亡。19世纪80年代对于历史真实状况逐渐形成了新的认识，对此当时的人们曾经有过很多议论：意识到生活潮流的急剧变化，对周围社会秩序长期僵化的怀疑情绪日渐增长。这极大地激发了20世纪初人们的社会热情，这种热情一直持续到1905—1907年俄国第一次革命结束为止。

　　社会变动的种种进程，对艺术发展的逻辑产生了影响——并非直接的，而是间接的、十分复杂的影响。十月革命之前的十年（如同某些个人创作的演变进展），俄国全部艺术生活领域的加速发展和非同寻常的凝聚力，丝毫不亚于社会运动那种狂飙突进的速度。

　　对于当时的俄罗斯文学家来说，最重要的是及时把握从俄罗斯现实和整个社会思潮中所捕捉到的印象。"福音书中说，世纪和世纪末并不意味着百年的结束和开始，而是意味着一种世界观、一种信仰、一种人类交流方式的结束，意味着另一种世界观、另一种信仰、另一种人类交流方式的开始。"1905年列夫·托尔斯泰在《论末世》一文中写道。不过，他所说的下一句话的意思却未必完全符合福音书的含义："刚刚结束的日俄战争，以及在俄罗斯民众中与这场战争同时爆发的革命运动，这在过去都是从来不曾发生过的——这些都是时代的历史征兆，或者说是那个应当推动时代转折的触发点。"[2]

下面是勃洛克在《弗拉基米尔·索洛维约夫和我们的时代》一文中所说的一段话："今天我要鼓足勇气……权且当个见证人，不想再置若罔闻，不想再因循守旧，应该指出，与1900年12月相比，1901年1月已经焕然一新，新世纪的开端确实充满了带有本质性的新征兆和新预感。"[3] 从这些"征兆"中诗人预感到"世界变革的风貌"，对于他来说，"社会环境、精神世界、物质世界的深刻变化"正是这种变革的鲜明体现。[4] 勃洛克与托尔斯泰在世纪之交对于全球性风潮的总体感受十分相似，他们同时使用"变革""开端"这样的词汇——并且是在比社会大动荡更加广泛、更具有本质性的意义上（即宗教深邃的本质意义）使用这些词汇。但是，像托尔斯泰一样，勃洛克承认（虽然并不那么直截了当）俄罗斯政治历史作为这一过程中推动因素的意义。要知道正是在俄罗斯的1901年1月份，爆发了风起云涌的政治游行，与1900年12月相比，群众示威的"标志"确实跟过去不一样。

勃洛克回忆道，正是在那个1月份，高尔基给康·彼·皮亚特尼茨基写信，对当时政治的愤怒情绪作出回应，他写道："……新世纪的确是一个精神复苏的世纪，……许多人为此牺牲了性命，但最终美与公平将取得胜利，人类美好的愿望终将实现。"[5]

托尔斯泰、勃洛克、高尔基代表了俄罗斯文学这一时期主张不同的各个流派。他们每个人都以自己的方式对这一空前变革时期作了阐述。大家都认同托尔斯泰所说"伟大变革"的感受，表述得相当准确。俄国文学家感到，世纪之交在俄国标志着人类新征程的开端。白银时代的文学和艺术就是他们审美的反映，许多艺术家都有这样的认识。

苏维埃时期的文学研究显然偏离了这一真实情况。从一开始就不公正地否

14

定了白银时代所有的艺术创作（遗憾的是这种情况经常发生）。近期的研究以批判的眼光重新审视以往岁月的观念，这些都应该归功于那些能够突破意识形态束缚的先辈们的著述（比如鲍·瓦·米哈伊洛夫斯基的著作）。那些杰出的著作为未来文学艺术的发展准备了土壤。然而，几十年来总的景象让人忧虑。众所周知，大量的文学作品、新闻报刊成了十月革命后的教条主义以及由此产生的种种偏见的牺牲品，许多大作家实际上长期被排除在学术研究和广大读者的视野之外。

15　　　现在许多偏见几乎已不复存在，但是取而代之的革新观念尚未最终形成。这就意味着当前最重要的任务就是彻底摈弃19世纪末20世纪初文学运动时期陈旧的观念——以为现实主义与现代主义只能处于战争状态，相互对峙，彼此排斥。在此，我们认为，解决世纪之交文学进程关键问题的出发点触及到文学进程的本质，关系到各个文学流派的命运。

　　本章的主要内容正与上述问题密切相关，而其他关于白银时代的问题将在以后的章节中论述。与此同时，我们高度关注现实主义与象征主义的关系，把这一关系视为象征主义文学运动的主要基点。

　　我们发现，在俄罗斯文学史上，以前任何时期大概都不曾有过类似的尖锐对立。但是，这里反映出来的不仅有后期文学批评隶属意识形态的偏见，而且反映了特定的社会客观环境的真实状况。自19世纪40年代起，我们文学的发展主要受一种艺术流派的影响（这里指的是在散文当中的主导性影响，因为散文是那个时代占统治地位的文学体裁）；在文学的内部，产生了许多矛盾，有些甚至是具有决定性的矛盾，如创作发展方面的矛盾和思想意识方面的矛盾。但是，随着一种新型的、现代主义的艺术在19世纪90年代逐渐确立自己的地位，文学运动成了两大各具特色的艺术思想体系之间进行抗争的战场。起初各自的支持者针锋相对，互不相让。言辞尖刻的争辩证实了"双方"的实际分歧，却并没有反映出整个论争过程的全部复杂性。这种复杂性是后来逐渐被认识到的。在彼此矛盾的同时，也能发现两种思想体系相互接近的迹象。这种相互接近的信号其实早在最初相互冲突最为激烈的阶段就已经显现出来。

　　从这个意义考察，19世纪90年代末一个有名的文学事实十分引人注目：1897年12月至1898年1月，年轻的勃留索夫以令人奇怪的态度接受了托尔斯泰在论文《什么是艺术？》（该文起初发表在一本杂志上，后来出版了单行本）的第一部分表述的论点，"托尔斯泰的观点与我的观点是那么吻合，起初让我感到绝望，甚至想给编辑部写信表示抗议……"[6]，后来又向作者呼吁：承认他，承认勃留索夫是理解托尔斯泰"交际工具"这一艺术思想的先驱。但是在这种表面滑稽可笑的背后，隐藏着严肃的（尽管托尔斯泰并不认同）对某种审美观念感到亲近的感受。[7]

俄国第一次革命期间，文学界出现了一些发人深思的交往，其中一个有趣的事件便是1906年1月初高尔基对维亚切斯拉夫·伊万诺夫的拜访，后者在给玛·米·扎米亚特宁娜的信中谈到了这件事："我不知道昨天是不是卓有成效的一天，但不管怎么说，这是我们文学界具有重大意义的一天。马克西姆·高尔基像亲切温和的羔羊，他反复给我讲文学派别联合的必要性，说在俄罗斯除了艺术再也没有什么了，说我们全都是俄罗斯的艺术家。后来由梅耶荷德主持召开了会议。我首先发言，讲了将近一个小时，主要讲的是戏剧，随后发言的是丘尔科夫（话题涉及神秘的无政府主义和新型戏剧），接着发言的是梅耶霍德，……然后是高尔基讲话，他说，我们在这里是俄罗斯'最受欢迎的人'，说我们是这里的'政府'……说我们应该有权力发号施令，说我们的戏剧应该大规模地推广……"值得注意的是，稍后在伊万诺夫文学小组当中，"常常回忆起高尔基的讲话'我们很少对自己进行评价，我们就是俄罗斯的政府'"。（见1906年3月底利·德季诺维耶娃–阿尼巴尔给一个女记者的信件）。[8] 精彩的还是高尔基的言辞（"政府""有权力发号施令"）。尽管在伊万诺夫的"塔楼"里话题谈到了有关艺术的共同方案，谈到了文学流派彼此接近的必要性，彼此接近有种种意图，但是首要的原因在于——对待现存的政治制度拥有共同的立场。1905年10月，在伊万诺夫大家聚会前不久，文格罗夫在给他的一封信中郑重地指出："总之，象征主义就这样跟民众解放运动联系在一起了。"[9] 这是那几年作品中叛逆的社会激情使得象征主义者与知识出版社出版的各种文集的作者们发生了联系。

但是后来，自1905年至1910年初，随着他们在创作领域的进一步接触，他们的联系不断扩大，这就促进了他们相互间在世界观和艺术上的经验交流。尽管激烈的争论仍在继续，但是激烈的情绪开始让位于正面的对话。勃洛克在

《1907年文学总结》一文中，与象征主义正统派针锋相对，批评了他们"以坚定不移的态度敌视某个文学流派"的主张。[10] 同时，他周围的其他作家也谈到了过去象征主义形而上学的片面性。1910年在对古米廖夫的作品《珍珠》的评论中，勃留索夫分析了当时的文学形势："现在看得更清楚了，所有艺术都始于对现实的观察……在我们的时代，'理想主义'的艺术……不得不澄清它过于匆忙宣告的立场。未来的前景显然属于能够综合现实主义与理想主义，某种尚未出现的文学艺术流派。"[11] 到了那个时候，就连坚定的现实主义者也会萌生一种想法，认为"联合能够使两个流派和解"[12]。不过，他们是从另一个方面看待这种想法的。如果说勃留索夫抱怨同行创作中"理想主义"泛滥，那么，另一种文学评论正好相反，他们指责过去的"现实主义"作品缺乏的恰恰是"理想主义"。勃留索夫提醒说，"现实主义"是"伟大的艺术领域诞生的真正巨人"[13]。来自另一阵营的某些批评家则对"新的现实主义"的出现表示欢迎，对"上流社会生活和超情感世界的莫名苦闷"表示赞同。[14]

　　1910年前后几年，俄罗斯文学界有几个流行相当广泛的术语："最新的现实主义"，"新现实主义"或者"新的现实主义"。后面两个术语人们提到的时候更多，有几个有影响的文学流派与这些术语有密切联系。但值得注意的是，这一概念包含着不同的含义。

　　一方面，"新的现实主义"从内部考察现实主义运动的发展过程：疏离19世纪末的自然主义，回归传统的古典现实主义，对传统进行革新，其中包括某些征服了现代派作家的"艺术技巧"（伊万诺夫－拉祖姆尼克在1905年前后以特有的坚韧态度捍卫这一观点，关于这些内容将在后面的"现实主义与新现实主义"一章详加论述）。当时的评论界已经多次指出，当代的现实主义具有高度的开放性，吸取了现代派艺术的创作经验，从而与现代主义融合，具有了一种特殊的性质。[15]

　　另一方面，在现代派的圈子里，对"新现实主义"的解释采取了朝前看的态度，不过其中包含着特殊的意思。比如，从沃洛申在《亨利·雷尼耶》（1910）一文中对此有过明确的表述，他深入的思考很有说服力。作者承认新艺术现象具有综合的性质，承认现实主义的"思想……以分析、观察为基础"，关注"外部世界"这一理念对他来说是宝贵的经验，但是他认为现实主义的物质根基应该是象征主义。他的说法是，"新现实主义源于象征主义"，甚至可以说"扎根于象征主义的基础上"。沃洛申认为，"从象征主义过渡到新现实主义"，再发展到"一个充满生机的艺术新时代"，这种进程本质上就是现代派运动内部的冲突，然而这一运动能大大拓宽自己的活动领域。很有代表性的一点是，在沃洛申用来揭示这一冲突的名单中，一上来就是安德列·别雷。[16] 格·伊·丘尔科夫在他的评论集《伊西斯的面纱》（1909）中坚持认为，"新的现实主义"产生于象征主义的土壤之中。[17]

有意思的是，列昂尼德·安德列耶夫采取了"中间立场"，置身于各个重要的文学流派之间，他认为自己纯现代主义的作品就属于"新现实主义"，这里指的首先是以《人的一生》为开端的表现主义戏剧作品，其中表现的是现实主义与"神秘"内容的结合，具有"模拟风格"的现实主义以及它新的戏剧形式。[18]

从别雷和索洛古勃到库普林和捷列绍夫——这就是被当时评论界多数意见公认的"新现实主义"这一范畴的主要作家名单。如果认真考虑到各个文学流派之间的差别，那么这个扩大了内涵的概念，毫无疑问，显然有失严谨性和准确性。

但是，恰恰由于这个原因，这种评论才显得意义重大，因为由此可以发现，各个不同的艺术流派相互接近、相互影响的思想，以及它们是怎样顺应时代潮流应运而生的。

那时候这种思想得到了学院派依据文学理论的诠释。这里指的是文格罗夫对19世纪末至20世纪初俄罗斯文学所作的论断。他在图书目录学方面的功绩我们虽然敬重，但他个人的研究有时却不被我们放在眼里。这里指的首先是他主编的著名的三卷本《20世纪俄罗斯文学》（1890—1910）所写的长篇序言（还有列在序言前面的导论）。书中能够发现诸多硬伤（事实上已屡见不鲜），比如：方法论的摇摆不定，内容的含糊不清，运用概念进行分析时的混乱，对诗歌和文学语言的规范性缺乏应有的关注，是这部著作明显的弱点。尽管有种种不足，但是总的思想趋向为我们今天对白银时代的思考提供了有力的支撑（虽然我们在探讨这样的课题，但至今似乎忘记了最初的源头）。这里所指的首先是作者在标题中的论点，导论在开头几句话就有明确的表述："这本著作包括了19世纪与20世纪之交，俄罗斯文学史相对说来并不算太长的一个时期。然而在我看

18

来，这一时期是完整的。因此，我觉得完全有必要在这二十至二十五年的空间里去把握历史与文学进程的一致性，没有这种一致性，文学生活的进程将会变成杂乱无章的偶然现象。"[19]

具有本质意义的是，作者并不想把文学进程简单化，以便能得出"合乎逻辑"的结论。恰恰相反，他所强调的是这一时期文学进程中的意见纷纭，相互矛盾，对于我们今天的文学来说，这种现象是难以想象的："……当你将目光集中投向你所审视的这些形形色色飞速变化的精神特征、情绪、时髦的题材，以及与之相关的种种'问题'时，你面前就会呈现出一个令人眼花缭乱、色彩斑斓的世界。"[20] 但与此同时，在与众多的文学流派交替变化的过程中，在这"文学流派的万花筒中"[21]，坚持不懈地尽力寻找统一的因素，进而不难发现在19世纪90年代以及紧随其后的年代里，文学运动不断积蓄力量，这种统一的因素已经初具轮廓。尽管各文学流派之间的冲突对峙引人注目："以年代为标志的同辈作家总是彼此紧密地联系在一起，尽管他们意识不到这一点，甚至相互之间还彼此对立视为仇敌，但这种敌视态度就是最为有力的证据，证明他们对同样的问题感兴趣，只不过是从不同的角度进行观察……有几条红线贯穿了整个时期……把这样或那样的一些人的思潮联结在一起，甚至把这样或那样一些社会情绪联结起来，从表面看来，那些情绪与追求不同的人似乎毫无共同之处。"[22]

当代的研究者自然有自己的思路，使文格罗夫首先明确提出的论题具体化——这在很大程度上已经与当年完全不同。在文格罗夫的具体论述中就有某些值得肯定的论点。这首先是指他提出的主导性的概念"新浪漫主义"，这一说法由于过分"综合"，不止一次受到批评、责难。大家知道，文格罗夫所使用的"新浪漫主义"这一概念，不仅指的是由19世纪古典浪漫主义传统演变而来的"新艺术"，同时也是对文学发展中"文学家心理统一性"的总体概括。这种文学心理的特征是由新的社会环境所产生出来的"亢奋""激昂"情绪决定的。文格罗夫指出："这种亢奋、激昂实际上和浪漫主义就是一回事。"[23] 尽管定义并不那么严格，但总的来说，却准确地把握了艺术考察集约化的特点，这种产生于20世纪之初高度概括的审视目光，足以把俄罗斯文学主要的流派全部囊括在自己的视野之内。

文格罗夫对文学进程持"寻求综合性"的观点，对此他与其他作家的理解

19

不尽一致。他的观点后来超过了革命前时期的界限，成为革命后最初几年文学思想的财富，并且传给了新的艺术时代。20世纪20年代初，扎米亚京把这一论点视为艺术彻底更新的主要工具。在他的文章中曾经给予充满激情和特别生动的论断："现实主义是用普通人的眼睛看世界；而世界的骨骼透过世界的外表向象征主义闪烁光芒——因此象征主义扭过脸去背对世界。这就意味着——论题与悖论……"[24] 我们面临的任务在于把"论题"和"悖论"综合为一个新的"合论"，在这个对立统一体当中，"既有现实主义的显微镜，又有象征主义瞄向无穷远方的望远镜"[25]。

后来我们的教条主义研究抛弃了这些思想探索，一旦涉及到白银时代的文学，就以"行政命令手段强行规定"这一时期文学的主要特征属于意识形态的范畴，同时强调艺术上的矛盾和对抗，并且采取一切手段强化敌视这一时期文学的意识（现存的或以前就有的意识）。[26]

之所以会产生这一现象，在很大程度上是由于世纪之交文学进程中的如下假设使然：最为重要的研究对象是（以高尔基为首的）无产阶级文学运动，而其最高点就是社会主义现实主义。从那时起，在相当长的岁月里确立了文学力量排列的公式，"社会主义现实主义—批判现实主义—现代主义"，这就意味着对艺术发展进程中的真实状况依据意识形态的倾向性进行解释。但是，尽管摒弃这一公式在现阶段是不可避免的，不过仍必须保持准确性。比如，对于以往正统派作家反其道而行之的做法是大量摈弃无产阶级文学作品（当前这种做法屡见不鲜），这同样也是不正确的。它在类型学上接近文学界的农民派，即"苏里科夫诗派"，其中大多数是业余的或半职业性的诗人或作家，他们拥有独特的思想题材和艺术原创性，因此，引起了批评界的兴趣，开始对他们进行研究。这样的文学现象与具有无产阶级社会主义倾向的文学一样，是世纪之交世界文学进程中值得注意的真实状况，许多杰出的作家都在不同程度上对此给予关注。对这一类现象给予学术性的关注本身并不具有倾向性，只不过过分夸大了它们的意义（对此本章作者愿承担自己的一份责任），主张社会主义文学具有"特殊的使命"，认为它不仅是文学的主要角色，而且是其他艺术体系的对抗者：部分对抗传统的现实主义，完全对抗"现代主义"。这样一来，无疑就混淆了真正的区别与衡量价值的尺度。（我们能发现，在其他年代，即使高尔基的看法都与类似观点相抵触。1927年高尔基在给伊·亚·格鲁兹杰夫的信中这样评价自己"是一个典型的……20世纪俄罗斯文学家"，他还给评论家们提出建议："是时候了，应该指出我们所有的作家有某些共同之处……"[27] 他甚至还提到了阿尔志巴绥夫）。

我们的文学研究在相当长的一个时期对于世纪之交的文学来说并不公正，幸亏国外的思想界（指俄罗斯侨民活动家和外国的学者）一直坚持捍卫这一时期文学的价值。白银时代很早就成了他们"最为痴迷的研究课题"之一。在一系列研究中，国外的经验颇有教益，并且成果显著。这在很大程度上涉及到某些作家的创作，由于种种原因他们在本国国内成了"不受欢迎的人"。

最具代表性的例子是安德列·别雷。他在俄罗斯国内几乎是一个被遗忘的作家，但"20世纪50年代末在西方"却重获新生，从那时起，"人们对他的兴趣像涨潮的海浪持续汹涌"[28]。经过一些学者的努力，自20世纪80年代初开始，安德列·别雷国际协会开始发挥作用，组织学术研讨会议，出版信息通报，同时还开展图书编目的研究工作。前不久，当俄罗斯展开"别雷学"的研究时，国外这一学科的研究已经有了丰厚的学术积累。俄罗斯现代派的研究也应归功于国外这一学科所取得的巨大成就。

至于说到这方面学术研究的不足，那么通常都认为，那是特定优势方面的延续。因为，如果说在批评界的一极（苏联），长期居于统治地位的观念是只承认现实主义，排斥现代主义各个文学流派；那么在另一极，则往往只承认现代主义，认为只有这个流派才掌握了新时期真正的艺术新观念。但是对于文学进程中某个主体的认识呈现绝对化（俄罗斯国内一极在这方面表现尤为突出），不可避免地会曲解"文学时代"这一概念。厘清白银时代这一复杂的统一体及其积累的经验，至今仍然是迫切的任务。俄罗斯国内外的文学研究正在为完成这一任务探寻途径。

1987年法国出版的有关白银时代文学史的专著证实了这一点（在俄罗斯译成俄文本1995年出版）。摆在我们面前的这部著作是国外研究世纪之交的俄罗斯文学进程，对那个时期全部俄罗斯文学作品进行文本分析的第一次尝试（它是七卷本《俄罗斯文学史》的一部分）。这部著作的研究领域还涉及那个时期的哲学思想以及艺术文化，该书的编辑乔治·尼瓦、伊利亚·谢尔曼、维托里

21

奥·斯特拉达和叶菲姆·埃特金德在俄文和法文版的前言中都对这些课题给予关注。[29] 尽管如此，令人遗憾的是，最近几十年来俄罗斯国内文学研究对于白银时代的科研成果却没有得到应有的评价。有人认为，"在80年代初期，尤其是在苏联时期……俄罗斯文学能获准出版的都具有强烈的苏维埃意识形态"[30]，这种事关白银时代的论点需要进行修正，而且公正性要求必须进行修正，起码应该提到国立塔尔图大学的《学报》和《文学遗产》杂志研究世纪之交文学的科研论文和学术资料，这些论文和资料的意义一直没有得到应有的评价（即便对于上述著作的许多作者来说，这家《学报》和杂志同样具有权威性）。要知道这些论文集和资料文献汇编早在20世纪80年代初之前就已经出版了，但我们这里所说的毕竟不是若干孤例，而是对白银时代的阐释具有决定意义的总的进展（与此相应的则是出版事业的变化），尽管这一进展相当艰难，但是早在"斯大林时期"之后，大约从20世纪60年代中期就已经开始了。从那时起，随着"被遗忘的"和"不受欢迎的"文本逐渐出版发行，也随着文学版图上"空白点"逐渐消失，终于开始重新审视世纪之交文学进展的重大问题。

俄罗斯科学院世界文学研究所的三卷本著作《19世纪末20世纪初的俄罗斯文学》[31] 就展示了这一过程。新出版的这本著作最基本的面目与以前出版的十卷本《俄罗斯文学史》（莫斯科，列宁格勒，1954）最后一卷有明显的区别，十卷本完全保留了苏联时期意识形态对这一时期艺术现象的固有观点（各个章节具有不同的特点）。与此同时，三卷本《19世纪末20世纪初的俄罗斯文学》具有过渡性质，既坚持追求新的研究方向，同时又忠实于过去的观念，这主要表现在有关社会主义现实主义的一些章节中，同时还表现在从外部强加在具体材料上的社会意识形态和属于"层层加盖"的编写体系（我们发现，正是在这些习以为常的观点中保持了旧的观念，尽管因时代不同有所修正，但旧观念还是保持了相当长的时间）。然而，俄罗斯现代主义在整体上得到了清晰透彻和应有的论述（首先是在第三卷叶·鲍·塔格尔所撰写的章节中），这一时期所谓的"批判现实主义"的章节也作为新的内容被包容在内（第一卷中有关章节出自塔格尔的手笔，第二卷和第三卷基本上由相关章节的作者撰写）。这些章节阐明了"批判现实主义"的独特性，消除了世纪之初来自现代主义派的责难，以及后来社会主义现实主义拥护者的批判，这两种人都指责批判现实主义的"模仿"

风气；强调指出了追求"永恒"价值的激情，"生活"的定位，人类学倾向的增强；同时考虑到了世纪之交文学发展进程中"过渡现象"的重要性，正是这种过渡现象把现实主义和现代主义联系到了一起。[32] 但是，即便在这里，在客观的研究中，首先感觉到的依然是过去盛行的"现实主义中心论"的影响（在那个时期这大概是难以避免的），后来的评论曾经多次指出这种倾向。即便上面提到的那些表达思想最为自由的"现代主义"章节，也难免有失误的论断（带有"轻微"的意识形态观念）。但是文艺理论研究界能够分辨这些过失，虽然可能只是对专业和非专业作家的研究，但仍然认为这部著作是研究世纪之交文学演变总体上采用革新观念的第一次尝试。三卷本文学史另一个引人之处是采用了非常珍贵的实际材料汇编作为各章文本分析的附录，即《文学大事年表》。它是迄今为止唯一的一部有关这一时期俄罗斯文学史料搜罗最为详尽的汇编，材料选自期刊，还有书籍和档案资料。

俄罗斯科学院世界文学研究所对白银时代的进一步研究依然通过两条渠道来进行——文本分析和资料汇编，对白银时代美学思想集体研究的成果即将出版[33]。即将问世的还有研究19世纪末20世纪初俄罗斯新闻报刊史的四卷本著作，材料极为丰富，包容了文学艺术进程中大量的珍贵文本，首次对一系列最重要的出版物进行多侧面的剖析研究。[34] 还出版过一部世纪之交俄罗斯文学史（这部《俄罗斯文学史》共分四卷，由俄罗斯科学院俄罗斯文学研究所负责编撰）[35]，该书将重新审视前面提到的苏联时期以正统观念编撰的《俄罗斯文学史》的第十卷（该书还把不同年代撰写的有关19世纪末20世纪初俄罗斯诗歌和戏剧作品作为附录收编在内，这部著作同样由俄罗斯科学院俄罗斯文学研究所负责编撰）[36]。

在这里提到的（包括尚未提到的）著作，出版时间大都在20世纪60年代后半期到90年代初之间，我们从中可以发现一个鲜明的特点：大部分作品都受到了"层层加盖"体系（社会主义现实主义—批判现实主义—现代主义）这一公式的束缚，但同时也可以看到对"层层加盖"无意识的冲击。虽然前者总是被郑重提及，而后者作为从事实和具体分析中得出的结论，显然更为重要。这种评价无论对一般著作，还是对个别作家的论述，都同样适用。

这样，在列·康·多尔戈波洛夫《世纪之交——文学时代的分界线》一文中，明确阐述了"重要的潜在联系"这一思想，这种联系贯穿了19世纪末20世纪初俄罗斯文学进程中的"复杂性"，由此说明了这一时期各个"流派"彼此孤立绝无接触的不合理性。[37] 叶·鲍·塔格尔的文章《在20世纪源头》（1983），主导性的论点是世纪之交杰出的现实主义作家和现代主义作家相互接触，一道构建新艺术的"世界版图"，他们有共同的感受，那就是"历史转型时期面临的浩劫与灾难"[38]。

那些年就是以这样的或者与此近似的观点来论述那一时期**所有的**文学和**所有的**艺术。[39] 在这里，有关白银时代的根本问题以及总的思路，归根结底其实质就在于——对不良遗产束缚的艰难突破，这意味着首先要摆脱庸俗社会学简单化衡量尺度的支配，正是这样的尺度破坏了艺术生命复杂而统一的肌体。但是这里所说的文学思想的发展阶段，其目的并非是纠正偏差。文学思想自身就带有新的认识对象，新的事实，它要不断丰富，就必须凭借新鲜的想法、新的判断和具体的观察，这种观察有其迫切性，往往是不能忽视的。对于这些问题，本书的各位作者还将进一步给予关注。所有这些具有普遍意义的课题，我们在序言中已经有所涉及。

看来，从上面的论述可以肯定，现阶段对白银时代的研究，对于我们的文学理论而言，并非是一次全新性质的突破（比如在三十多年前的那一个阶段），只不过是从前那些年代积累的思想参数的一种自然发展和逐步完善，但是已经摆脱了意识形态压制的残余影响，纠正了某些谬误，克服了种种顾虑。在已经过清理或者说大致经过清理的基础上，才有可能与国外学术界进行最初的联系，逐步强化这种联系，其主要方式就是保持经常的交往（如举办学术研讨会、国际学术会议），联合出版和作品互译等等。毫无疑问，这些足以证明了国际联系是内在的相互接近。大概最为引人注目的信号就是国内研究现代主义的学术论文的数量急剧增加。这表明我们国内和国外的语文学家所走的道路已经交织在一起——无论在研究的规模上，还是在研究方向上，都有许多相似之处。

但是对这一课题日渐增强的兴趣却与更为广泛的领域有关。上面已经指出，对世纪之交的文学，今天需要"综合性"的思考。对完全矛盾的艺术材料中相关因素的探索，是在不同层面上进行的——既有流派内部的研究，也有流

24

派之间的研究。就第一种情况而言，就是把俄罗斯现代派看作一个特殊的整体，对它进行逐步加深的诠释，在这个派别当中，彼此矛盾的象征主义和后象征主义关系复杂，却又是统一体（见米·列·加斯帕洛夫、维·弗·伊万诺夫、伊·彼·斯米尔诺夫、弗·尼·托波罗夫、叶·格·埃特肯特等人的著作）。在这一系列著作中，我们要特别指出，加斯帕洛夫的思想最有创见，他指出，法国帕尔纳索斯派和法国象征主义者的遗产在俄罗斯象征主义中以"二律背反"的形式结合（"帕尔纳索斯派的严谨与象征主义的朦胧"），在这之后，"取代了象征主义的是两个年轻的流派……阿克梅派，尽管存在时间较短，继承了法国帕尔纳索斯派的诗学传统，而未来派则继承了象征主义的传统"[40]。至于流派之间的研究，这里已经涉及世纪之交文学的整个进程，并把它看作某种原始的总体性，或者进一步说——就是完整性，有时这种完整性是通过一些看似无法消除的矛盾而确立的。"完整性"这一定义（另外的说法是——"复杂的统一""复调的统一"等等）近些年来常常成为某些著作常用的术语，但是对它的理解却不尽一致。[41]

我们对于下面这个异常重要的文学现象给予"特别的关注"。对白银时代全新的观点近些年来传布到越来越宽广的空间，逐渐被纳入了中学文学教材的内容，进入了中学生的教科书，学生的参考书和教师教学参考用书。[42]

＊　　　＊　　　＊

现在应该来探讨一下"白银时代"这个术语本身的含义了，这个术语在我们的写作和文学话语中已经使用得相当广泛。早在19世纪末，它就被用来称呼继"黄金时代"（普希金及其同时代诗人）之后这个世纪俄罗斯赫赫有名的大诗人（如费特、涅克拉索夫、阿·尼·迈科夫、阿·康·托尔斯泰、雅·彼·波隆斯基等等）。过了多年以后，又借用这个术语来概括一系列文学现象——以象征主义创作为开端的19世纪末20世纪初的文学和艺术[43]。

奥姆瑞·罗南不久前出版的一本书对这一词语的使用持强烈的否定态度（参见注释第43）。这本书研究了"白银时代"这一术语的历史演变历程，对他所钻研的这一文学时代持有引人入胜且精辟透彻的见解。通过对这个术语（及其最新变体）在文学艺术和文艺评论界使用时功能性的仔细研究，研究者得出了其能指与所指完全不一致的结论，指出这个词语的定义与世纪之交俄罗斯文学艺术进程的现实内容并不相符，呼吁"从俄罗斯文学殿堂里"清除这个"错误的术语"。[44] 尽管某些具体的评析意见相当严肃，但是这个判决显然是过于绝对化了。作者很有说服力地阐明了这一术语的本义，即它更为具体的含义，并不适用于说明列入研究课题的这一个文学时代艺术现象的转义（类似罗马文学中"白银时代"与"黄金时代"的关系），这一时代的文学艺术具有惊人的创新特点；他认为有必要让"白银时代"这一概念回归到过去，仍旧使用它界定"19世纪下半叶的文学"（第124页），在我们的文学中这才是这一术语唯一适用的范畴。

对这种合理的建议很难予以反驳，但是却未必就能恢复到像从前那样使用这个术语，原因是它的使用早已经超越了文学的范围。但是从另一方面来看，又很难怀疑世纪之交俄罗斯的文学艺术运动是一个整体。可令人奇怪的是，它具有某种模仿性，它意识到自己与俄罗斯"经典的"百年文化具有深刻的联系，诚然也充满了矛盾。这种联系的性质使人联想到"黄金时代"与"白银时代"，这种联想还预见到了艺术时代相互传承的近似性以及它们之间的等级关系。处于转折时期、艺术创新取得辉煌成就的"白银时代"与"经典"世纪处于艺术巅峰状态的"黄金时代"，两者之间的关系正是这样"既不能融合又难以割裂"。

重新认识了这一术语的意义，我们发现，对于当代知识分子读者，对于我国那些对"白银时代"感兴趣的同胞而言，这一概念并非是专业性的，其含义通常说来都是正面的，值得肯定的。它是质量的标志，是它所涵盖现象的"高品位"的标志（与"白银"一词的本义相关），此外还唤起了人们对白银时代的回忆，从长时期的轻蔑，到随后的重新评价，再到为这一不久前还被贬低的精神遗产时代恢复名誉。显然，对这些看法同样不应该予以忽视。

也许，在这种情况下不值得过分严格地看待"如何命名"的问题，文学理论的术语往往是约定俗成的，其中包含了多种多样的意思，可以有不同的理解与解释。

比如说，过去和现在有一些著名的学者同意奥姆瑞·罗南的主张，认为应当把"白银时代"重新命名为"白金时代"。而"白金时代"实质上等同于"先锋时代"。但是这个框架容不下19世纪末20世纪初的俄罗斯艺术进程，因为它要复杂得多（就像它不能被安置在古典传统的框架内一样，尽管它与传统有着"千丝万缕"的联系）。

有关"白银时代"这一概念的范畴问题，至今仍存在争议。最初涉及的只有诗歌，后来这一术语获得了另外的意义，适用范围拓展到了世纪之交的俄罗斯文学和整个文化（包括艺术与哲学）。（"黄金时代"这一术语也发生了类似的变化。[45]）但从这个词的广义上来讲，这一概念的外延有不同的含义。一些人主要把它同现代主义及其相近似的文学与文化作为一个整体联系在一起（有时候把主要以立体未来主义为代表的俄罗斯早期先锋派排除在外）；另一些人则把它看作这一时期全部文学（以及全体精神文化）的同义词来使用。（这一公式还有另外一些不同的变体。）"……'白银时代'就是指19世纪末20世纪初的文学"，前面提到的文学史《白银时代》卷的编者们就是这样定义的。[46] 在那个时代最具有代表性的《白银时代俄罗斯诗歌选集》（米·列·加斯帕洛夫与因·维·科列茨卡娅编选）的序言中，对这一术语作了类似的解释："……这里所指的并非是过去与'白银时代'这一概念联系起来的艺术文化（在这里指诗歌艺术）的最高层次，而是指目前所采用的这一术语的另一含义，即从19世纪末到十月革命前俄罗斯文学、艺术历史中的一个时段。"[47]

术语的含义不断扩展必然导致它含混不清，变成缺乏定型的东西，这种担心正在蔓延。与通常的用法不同，在当代学术文献中，这一术语体现了人们意欲认识这一拥有上文所述种种最为宽泛特性的现象的复杂统一性。这部著作的撰写者或编辑者，全都秉持这一观点，只是在具体运用时，偶尔会有分歧。

我们需要就此回应尼·亚·博格莫洛夫在"白银时代"回忆录文集前言中所提出的论点。作为衡量白银时代，也就是"复调统一"时代的主要标尺是作家在思想和形式上的现代性，无论他从属哪个流派（这既是"现代主义时代"，也是"真正的现实主义者"的时代），"这首先是意识到自己所处的是一个十分特殊的时代，它已经完全超出了19世纪的界限……"。作者又补充说道："自然，这个定义相当概括而且是有条件的，但是作为一个工具，它开辟了区分白银时代作家的可能性。从一个方面来说，列夫·托尔斯泰和契诃夫，他们的作

27

品与上一个世纪血肉相连；而从另一个方面考察，亚·绥拉菲莫维奇和叶·奇里科夫则致力于从传统艺术观点的坚定立场……来认清自己所处的时代（毋庸置疑，就连在他们看来，这个时代也绝对是空前绝后的）。"[48] 关于他选取的"人物"可以进行争论——尤其是涉及契诃夫，他与19世纪的"牵连"并不比与20世纪的关联更多，他是白银时代的主要先驱之一，同时也是这一时期的活动家（在这一点上，现在的契诃夫研究者们似乎达成了共识）。[49] 晚期的托尔斯泰也积极参与了对20世纪初年轻文学的探索。又比如，即使是绥拉菲莫维奇的经历也并不那么简单，在他的早期作品中，传统的日常生活描写交织着世纪之交创作意识中典型的戏剧性张力、"灾难性"的主题，就其风格而言——他的语言有时具有表现主义的浓厚色彩和"列昂尼德·安德列耶夫式"的锤炼（附带说，绥拉菲莫维奇跟安德列耶夫曾长时间保持友好交往）。[50] 至于说到这一观点的实质，那么，毫无疑问它与上述有关白银时代包容了世纪之交全部文学这个最为广泛的定义是一致的，归根结底与它并不矛盾。因为通常这种笼统的定义并不意味着与文学进程的**每一种**现象都**完全**相符，它所关注的首先是主流，换言之，就是当代新的趋势（我们也以类似的观念解释"黄金时代"，当在广义上使用这一概念时，指的是整个19世纪的俄罗斯文学）。

28

　　另一个问题就是，如何理解这一整体内部各个流派之间的相互关系。我们要指出近些年来我们学术文献中的某些强音。预设各种文学体系之冲突与思想完整性无法兼备的观点正在走向衰微，仿佛是故意与之作对，有人提出了另一种截然相反的观点，认为在理解20世纪的文学进程（不仅指俄罗斯文学进程，同样也指世界文学进程）时，应完全拒绝"现实主义—现代主义"这种对立模式，他们将这种模式视为教条主义观点的遗产。虽然这种观点一度受到嘲笑挖苦，但是却得到了另外一些非常严肃的研究者的认同，认为这是一种号召，借助于它可以摆脱相互排斥的"现实主义—现代主义"，摆脱二者必择其一的困窘。[51] 如果这里指的就是摆脱"二者必择其一"难以共存的现象（即教条主义式的"不是……就是"），当然应该同意这种观点；但如果指的是摆脱两种最重要的美学现实（这种情况经常发生），那就难以同意这种说法了。让人不解的是，为什么19世纪开始30多年之间，现实主义与浪漫主义充满争执的对话被认为是不容置疑的事实，而20世纪之初的现实主义与现代主义、新浪漫主义之间争执与对话却引起疑问呢？

然而，如果注意到世纪之交文学演变过程的不稳定性和急剧变化，实际上问题并不那么简单。这一过程的显著特征（在"前言"中已经有所涉及）——特别频繁地出现在艺术领域的边界，出现在各个形象思维体系的交叉点上（世纪之初俄罗斯文学版图上，各个流派的色彩缤纷、"掺杂混合""渗透交织"格外引人注目，当然，这方面最为有名的例子还是1907至1917年"野蔷薇出版社"发行的文集）。列昂尼德·安德列耶夫在谈到自己时说过这样的话："对于出身高贵的颓废派作家来说——我是卑贱的现实主义者；对于现实主义的继承者来说——我又是可疑的象征主义作家。"[52]

从他的话里也可以看出，尽管文学版图错综复杂，然而白银时代正是在重重矛盾中发展起来的。那时候文学进程中的参与者，包括那些性格最宽容的人，都清楚地知道，存在着"我们"，也存在着"他们"，而且他们是对的。勃洛克的文章《1907年文学总结》证明了他反对文学的封闭性。1907年他还发表了《论现实主义者》和《论当代批评》两篇文章（引起了某些同行的不满），他以非常赞赏的口吻谈到了当代俄罗斯现实主义作家的创作经验可资借鉴，并且谈到了象征主义作家与现实主义作家具有明显的相似性。尽管如此，勃洛克并没有忽视现实主义作家距离他自己的"阵营"有多么遥远。"我们这个时代非常典型的一种现象就是'现实主义作家'与'象征主义作家'的'会晤'"，不过，这种会晤是"冷淡"的（"也许以后会有所不同"），"恰似没有了罗密欧与朱丽叶，蒙泰玖和凯普莱托两个家族的和解就已经太晚了"。[53]

的确，"现实主义—现代主义"这种对立结构，不足以"涵盖像20世纪文学这么多变而纷繁的现象，更不要说全部洞察它的内容了"[54]。然而对白银时代的文学来说，这种对立结构的重要意义却未必能够质疑，应当革新的是方法——这样的革新正在发生——要把我们所研究的各个现象之间的相互关系看作"既相互对立又彼此紧密联系的统一整体"[55]。

19世纪末20世纪初的俄罗斯文学最终推翻了早在白银时代就产生的有关"流派和解"的说法（意思是让它们在某个综合的第三者中实现联合），也推翻了它们不可能和解的说法（苏联文学理论长期处于主导地位的集体性观点）。世纪之交文学进程复杂的统一性产生于体系的共存，坦诚面对"异己的"经验

29

（界限不是封闭的），但这并不意味着可以坦诚到模糊彼此之间的对立。白银时代各个文学流派的功能中，吸引与排斥具有同等重要的意义，这应当成为研究那个时代的主要前提和重大任务之一。排斥与分歧意味着各个流派有自己独特的道路，要弄清楚这些需要专门的章节。在前言中已经说过，吸引我们的首先是构成这一文学时代基础的普遍特征。但是我们已经说过，我们不可能面面俱到地反映这一时期的文学，只能勾勒出那些决定了文学进展的要素。

*　　　*　　　*

　　从这个意义上来说，世纪之交文学最重要的特点之一就是消除实证主义在世界范围内的巨大影响。在俄罗斯，19世纪90年代早期的象征主义就与实证主义进行了公开的论战。值得注意的是，梅列日科夫斯基在他著名的小册子《论现代俄国文学衰落的原因及新流派》（1893），以及俄罗斯早期象征主义《宣言》中，就站在19世纪俄罗斯现实主义经典作品的传统立场上，反驳实证主义。但是，19世纪90年代的大部分时间里，现实主义处于巅峰状态（晚期的列夫·托尔斯泰，成熟期的契诃夫），与其他的文学流派（指现实主义传统的形式）相比较显得出类拔萃。这种出挑不仅体现在艺术水准上（不言而喻），也体现在**类型学**水准上。且不说自然主义文学（彼·德·博博雷金以及这一流派的其他作家），就连现实主义作家（其中著名的如德·纳·马明-西比里亚克）以及像叶·尼·奇里科夫等这样的后辈文学家，他们的作品中都或多或少存在着"实证主义"味道。社会长篇小说、中篇小说以及随笔散文，这些曾为俄罗斯文学建树功绩的体裁（这些功绩中就包括日后使得文学与自然科学，文学与社会思想越来越接近 [55a]）在当时是最有时代特征的，与过去注重对人的个体内在经验的描写相比，大大增加了对外部事物的描写，同时也出现了人受到环境各个方面的制约、环境主宰人的大量描写。

　　但是在19世纪90年代末至20世纪最初几年的文学运动中，出现了重大进展。自然主义倾向已呈现出滞后状态，但是文学进程的主要收获是**从总体上**对于"人与环境"这个实证主义—自然主义的观点，逐渐给予了重新评价，结论"有利于"积极的个性，他反对"盲目崇拜"命中注定的环境，"积极的个性"

含义指直接行为，也指内心的矛盾状态。[56] 说到"个性"这个词，当时一位著名的评论家曾经写道："'个性'一词随处可见，小说家凭借它获得灵感，评论家也常常提到它，这个词被人们以各种各样的理由使用，甚至用到了泛滥成灾的地步。"[57] 让"我"从"外部"的清规戒律中挣脱出来进行思想，在各种不同的流派当中逐渐站稳脚跟。尽管这些流派矛盾重重，甚至相互对立，从注重社会参与到极端个人主义，形形色色，五花八门。这种思想在世纪之交日益显现出它的锐利锋芒，究其原因，归根结底在于历史暴风雨的前夜社会基础即将彻底崩溃，从而破坏了有关人无法战胜"环境"的观念。

这一时期俄罗斯有关个性的思考几乎与尼采的名字密不可分。继西欧各国之后，自1890年起，这位德国哲学家在俄罗斯的影响日益普及，并不断得到强化。19世纪90年代末期至20世纪初期，尼采的作品在各类出版物上刊登，出版了一系列有关尼采的著作。在对待尼采的态度方面，我们与西欧各国有着许多共同点，但也有许多自己的观点，甚至可以称之为"俄罗斯的尼采"[58]。共同之处在于都将尼采看作是推翻现代文明的倡导者，是反对实证主义、追求个性的头面人物，但与此同时这种接受具有极其不同的性质，一边是批判，使之声名扫地，另一边是为之辩护。

西欧许多文学家大都经历过尼采哲学的"磨炼"。这位德国哲学家所提出的社会思想行动纲领，在很多作家（如斯特林堡）的创作中都留下了痕迹。其他一些作家则痴迷于尼采另外的有关生存的观点，尼采对人类本质特性的理解、对生命的热爱、意志与激情、对个性的自我肯定等等主张，对他们都产生了强烈的吸引力（20世纪初期短篇小说家杰克·伦敦就是很好的例证）。托马斯·曼后来的表白十分精彩："……在尼采身上我首先看到了一个战胜自我的人，我简直一点也不理解他，我完全不能理解他的信仰……我哪里能够理解他那有力的哲理诗句，哪里能够理解那个'浅色头发的骗子'呢？对于我来说，这些几乎就是难以跨越的障碍。"[59]

在俄罗斯有关尼采的批评反思存在着非常严重的意见分歧，这种反思预示着艺术创作中对尼采的反应，后来也一直伴随着它。如果说托尔斯泰（还有他的许多赞同者）在尼采的个性思想中，发现了反人民、反社会，而有利于掌权者的说教，而作为《陀思妥耶夫斯基与尼采》（1902）一书的作者，舍斯托夫则

31

发现了"悲剧的哲学"——现代人命中注定孤独并成为弃民的真相,那么国内其他的诠释者则发现了他们所亲近和坚信的热情。值得注意的是,这种思想的接受产生在尼采陌生的环境中,即左倾的、政治上对现存制度持否定态度的社会阵营中。其中一些最重要的活动家认为,尼采是他们争取个性解放斗争中的同盟者。

这种主张的最初发起者是尼·康·米哈伊洛夫斯基,他坚持不懈地、以论战的姿态捍卫尼采思想反抗的重要意义:"人的个性是他权衡一切事物的标尺;但与此同时,为了个性必须要求充分的生活,对于那些有损尊严的利益和条件采取抵制态度。至于庸俗意义上所说的自私自利,还有什么'非道德主义',与个性根本就不可同日而语。"[60]

当代的学术文献阐明了米哈伊洛夫斯基对待尼采态度的合理性,这大概令"社会利他主义"的信奉者们始料未及:这些文献指出了在那些岁月俄国社会思想中缺乏个性因素的事实,而米哈伊洛夫斯基对尼采思想的宣扬正好是对这种缺失的弥补;这些文献同时还注意到,是他率先揭示了后来人们(包括其意识形态上的反对者)谈论尼采时所涉及的一些主要问题。[61] 十分有趣的是,"合法的马克思主义"著名杂志《生活》,它长期与民粹派领袖主编的《俄罗斯财富》杂志进行激烈的论战,居然在自己杂志的版面上发表了与米哈伊洛夫斯基评价尼采见解完全吻合的文章,向"资本主义物欲横流的社会制度"及其"居于统治地位的原则:人生不是目的,而是手段"提出了"高傲的挑战",宣扬"创作中强烈的个性"。[62] 争论的双方在一点上达成了一致,他们都不能接受尼采"关于强力的哲学学说",对此他们不仅都极力回避(类似于托马斯·曼),如同躲避令人懊丧的"障碍",而且还积极予以揭露,不过,他们仍然坚信,尼采学说的精华远远胜过它的不足之处。

以弗拉基米尔·索洛维约夫为代表的俄罗斯宗教哲学思想最初将尼采哲学片面地理解为"反动现象"(《迈向积极美学的第一步》,1894),后来则以更加复杂的目光对其加以审视,关注尼采哲学"超人"思想的积极意义,将其视为号召完善人的天性,但认为这种积极意义却被错误的解释所歪曲(《超人思想》,1899)。再往后在哲学领域,对这位德国哲学家的态度越来越给予同情,有时候甚至加以赞扬。人们往往抛开尼采思想中难以理解的观点,以自己的方式阐释尼采，并用尼采阐释自己。与社会思想过程相类似，俄罗斯新的宗教思想为了克服正统的、"历史的"基督教（他们口中的）个性因素不足的缺陷，有时会从尼采学说中寻求支撑。

在文学中，对尼采的个性思想有着各种各样的解释，他的传播范围也非常广泛（从优雅的象征主义诗人到以日常生活为题材的作家）。有关"超人"的思想在以自我为中心的个性中表现得极其显著，这种个性往往会置身于善恶之彼岸（比如早期象征主义诗人所写的诗歌），还能"发现……难以理解的人的本性，而这种本性能够把他身上潜在的一切可能都变为现实，充分享有力量、幸福和自由"[63]，但却不会伤害邻人。这些话出自列昂尼德·安德列耶夫的小说《谢尔盖·彼得罗维奇的故事》（1900）。安德列耶夫对尼采的接受既与当时流行的颓废派大相径庭，也跟托尔斯泰以及舍斯托夫的理解不同。年轻的高尔基对尼采的理解却与安德列耶夫相近似。1897年高尔基在给阿·利·沃伦斯基的信中写道："尼采……让我喜欢。"[64] 关于"爱自己"这种提法（这正是尼采说过的话），梅列日科夫斯基说过，库普林的小说《决斗》中的主人公纳赞斯基也说过（这个人物有点儿像作家本人）。在梅列日科夫斯基的笔下，有时候甚至会使用大写字母来写"自己"这个词。不过，这种自我崇拜在梅列日科夫斯基的新基督教观念中是与"对他人最伟大的爱"密不可分，"这种爱来自无私的宗教虔诚"。[65] 库普林笔下"尼采的信徒"，恰好与此相反，他们反对"爱自己"，认为这是基督教的道德训诫（"过分怜悯别人"），尽管这样，尼采的信徒仍可"强烈"地感受到"他人的快乐与痛苦"，能够思考将来"既没有奴隶也没有统治者""神仙似的生活"。[66] 对于尼采哲学中人文内涵的特别强调，有时甚至特别强调隐藏在个性热情背后的社会性因素，这在很大程度上决定了"俄罗斯尼采哲学"的独特性。

对尼采的接受毫无疑问是世纪之交俄罗斯文学的共性。这种接受促使尼采最基本的一种思想——对自我个性给予肯定——以千姿百态，甚至两极对立的形态在俄罗斯得以形成。然而，接受尼采并没有给俄罗斯的精神生活带来多少全新的变化，因为在这种情况下，精神生活依然植根于民族的土壤。人们借助自己的文化传统来解读尼采，这也是尼采思想在我们国家发生变异的首要原因。在人道主义化了的"俄罗斯尼采"身上也植入了俄罗斯的"聚合性"精

33

神。另一方面，也从本国的思想中寻找到了尼采哲学独特的个性起源。这些起源是弗拉基米尔·索洛维约夫探索的结果。1899年他写道："我从莱蒙托夫身上直接看到了那种精神情绪、那种情感、思想，甚至包括行动的先兆，某种程度上可以简称为'尼采气质'……"[67] 谈到"现在已被尼采理论化了"的"忧郁的残酷性，无限的权力欲"，尼·康·米哈伊洛夫斯基指出："……对于俄罗斯读者而言，即便是比较愚钝的读者，这些也不是陌生的语言……陀思妥耶夫斯基以其伟大的惊人天赋和他新描绘的清晰画面和形象，为我们呈现了这个忧郁心理的角落，远远要胜过尼采的论断。"[68]

在白银时代初现曙光的日子，人们已经意识到俄罗斯经典文学遗产对于世纪之交文学的意义（我们在此简略地引用了梅列日科夫斯基的说法）。归根结底正是通过陀思妥耶夫斯基才串连起来了最为牢固的线索。陀思妥耶夫斯基贯穿于世纪之交俄罗斯的精神生活，对他的浓厚兴趣倒退几十年完全不可想象。谢·尼·布尔加科夫这样写道："俄罗斯社会开始接受长期以来被拒绝的遗产。"[69]

20世纪初的文学家们（从别雷到列米佐夫，再到高尔基）在文艺创作中持续不断地关注着陀思妥耶夫斯基，用他的眼光审视自己的创作经验，一方面充分信赖陀思妥耶夫斯基，另一方面又跟他进行激烈的争论。但无论信赖还是争论，不管在什么样的情况下，都证实了陀思妥耶夫斯基的重要性，即使在与陀氏创作并不直接相关且并未意识到这种依赖性的诸多文学现象中，我们也能觉察到这种重要性。

在以陀思妥耶夫斯基为源头的传承脉络中，最为重要的一条就是作家对于作为个体的命运与总体关系的思考，这是俄罗斯所有经典文学最集中、最紧张的思考，说到最后，对于世纪之交的文学艺术，在有关个性的各种问题的阐述中，这也是最本质的思考。

维亚切斯拉夫·伊万诺夫曾经这样论述陀思妥耶夫斯基："他是永恒史诗的诗人，擅长表现上帝与魔鬼在人类心中的战争。"[70] 这不禁使人想起德米特里·卡拉马佐夫那句人尽皆知的话："魔鬼与上帝在这里厮杀，人心就是战场。"[71] 这些话语包含着最为广泛的本体论内容，它完全是通过个体，在作为个体的人的精神冲突中呈现出来的，这对于陀思妥耶夫斯基来说是具有本质性的

34

特征。"上帝与魔鬼"的对立在陀思妥耶夫斯基的创作中极其重要，作家另有一个更接近他本人想法的定义："神人与人神。"《群魔》中的基里洛夫说出了他隐藏在内心的弥赛亚思想："他来了，他的名字是人神。""神人？"斯塔夫罗金想弄个明白。基里洛夫回答道："人神，这可不一样。"[72] 这种"神人"与"人神"的对立，从概念层面上去思考，是互不相容的两种观念的矛盾，即有神论与无神论的矛盾，是"聚合性"与个人主义的矛盾。但是在作家的形象世界里，这种对立是指人与生俱来的共同本性，从这个意义上来说，这种对立并非那么绝对不可转化。我们所面临的是二律背反的统一体，为此作为个体的人与整体的相融合与个体的自我评价，以及自由意志就处于同等重要的位置。如果与"神人"相关联的是人性中的超个性因素，那么"人神"指的是人具有双重性的个性特征：陀思妥耶夫斯基崇敬独立不羁的"我"，同时又心怀恐惧，害怕自由意志转化成以自我为中心的专横暴虐。

陀思妥耶夫斯基笔下的"人神"是尼采"超人"思想的直接先兆。[73] 布尔加科夫对此也曾有过论述（"陀思妥耶夫斯提出无神论和非道德等一系列问题，就以敏锐的预见性涉及了尼采将要面对的问题"），布尔加科夫同时还指出陀思妥耶夫斯基"高于"尼采："……我们的小说家的精神一方面与尼采-伊万的心灵相通，另一方面还融进了阿廖沙的心灵以及佐西马长老富有远见的精神。"[74]

双重性和二律背反是陀思妥耶夫斯基有关人类思考的两块"基石"，非常符合个性的二位一体概念，实质上成了白银时代文学的共同财富。个性感的急剧增长引发了世纪之交精神生活的两极化进程——从被英雄光环包围的富于反抗精神的"我"，到异化现象日益增长的威胁——这种两极化确立了陀氏这一观念的现代性。与此同时文学在表现复杂的个性与世界的关系时往往显得特别紧张。这里凸现了历史转折时期常见的爆炸性，同时让人不由得回想起陀思妥耶夫斯基，想起他作品中的那些人物，极具戏剧性的生活情态、激化的矛盾、情欲的狂暴。在陀思妥耶夫斯基许多同时代人的心目中，那些形象是违背人性的，是病态的，是过分疯狂的，而作家的许多追随者则把这些看作是新的发现与开拓。

在俄罗斯象征主义作品中，有关个性的极端思想表现得最为赤裸与明确。比如19世纪90年代"颓废派"与"年轻一代象征主义者"的争论就反映了有关

"神人""聚合性"和"人神"以及个人主义思想包含的矛盾,但是两者之间并没有非常严格的界线。在象征主义运动所有的创作方法中,都像"陀思妥耶夫斯基"那样以二律背反的模式看待个性这一特殊现象。在有些情况下,倾向于构成二律背反的"我"与"非我"两种因素的和解,在另外一些情况下,则认为突出表现"我"与"非我"的冲突更有意义。

即便是"早期象征主义抒情诗中的人物"所特有的那种最狂放、最乖谬的对自我的鼓吹,由于"颓废派'自我批评'的腔调",这些人物也变得复杂起来:"……他忽而由于自己的孤僻而欣喜,忽而又因此心情郁闷。"[75] 在索洛古勃的作品中,个性的二律背反概念表现得最为深刻,最富有戏剧性。他一方面无限崇拜"自我",崇拜他自己所"创造"的"传奇",同时又对人类身处绝境有一种毁灭性的体验(见他的诗歌及长篇小说《卑劣的小鬼》)。认为个人在世界上的孤独状态既是幸运又是灾难,这种观念使得原本与象征主义相距遥远的安德列耶夫接近了索洛古勃。吉皮乌斯的抒情主人公,以自己的方式表达了"神人"与"人神"的对立("谦逊贤明毁了我们/自我迷恋同样要命"——这是《温驯》一诗当中的诗行)。根据奥莉加·马蒂奇的准确分析,这样的人物将陀思妥耶夫斯基小说中上帝的信奉者与上帝的反抗者这相互对立的两种人的特征集于一身。[76] 梅列日科夫斯基企图发现一条综合性的道路,在他的艺术作品和文学与哲学著作中,基督与反基督离奇地相互贴近,这不仅是宗教本质自相矛盾而产生的神学反映,不仅是投射在"文化—历史的二律背反"上特有的"内在灵魂冲突"的反映[77],而且是世纪之交现实精神状况——个性因素双重性的反映。它们之间的和谐相处及"最后的融合"有待于未来"第三约"实现之时。

"年轻的象征主义"展示了对个性理解的复杂性和它在世界上的境遇。勃洛克有关个性和谐起源的观点与别雷的非和谐起源观点相互对立。当然,两者之间的区别并非是绝对的:"孤独"意识的危机感有时会震撼勃洛克的抒情主人公,而在别雷的艺术世界里常常会出现对"聚合性"之路的探索。在象征主义运动中,维·伊万诺夫承担了主要"调停人"的使命。在我们的诗歌中为革命前那个时期画上句号的作品里就有他的叙事长诗("旋律创作"《人》,(1915—1919),其哲理抒情的情节具有辩证法独特的概括性,反映了个性因素与超个性因素的痛苦对立，是对克服二律背反的颂扬。凌驾于对立因素之上的综合，是对未来的瞻望。

这一时期的现实主义文学，无论是总体进展，还是个别作家的创作，都构成了在类型学上十分有趣的相似现象。[78]临近19世纪末，现实主义文学依照19世纪60年代的传统以及民粹派文学的样式，描写"整个民族环境"的创作方式（如萨尔蒂科夫–谢德林）已经退居次要位置，取而代之的是对个人命运独特现象的兴趣急剧上升。

托尔斯泰这位基督教道德家与他多年的一贯号召——脱离"自我"——相反，20世纪最初十年许多名作的内容已经发生变化。不管这些作品指向哪个时期——当代还是过去（《哈吉–穆拉特》《活尸》《舞会之后》《为什么》），也不管作品中出现的是何种人物，尽管这些作品有时仍然保持着史诗性质，对社会现实给予充分的描述（《哈吉–穆拉特》），但作品的叙述中心已经是独立的个性。托尔斯泰以前的创作，另一种叙述类型始于19世纪80年代（比如"民间故事"，还有题材取自农民生活的剧本《黑暗的势力》等），那些作品以"群体性"方式描述人民生活，现在这种方式已弃置不用。

托尔斯泰在他晚期的作品中贴近了新的创作道路。这些作品最重要的主题——个性与其周围社会环境的"疏离"，也成了同时代许多年轻作家（柯罗连科、高尔基、安德列耶夫等人）创作的重要主题之一。曾经遭受民主主义平民知识分子严厉批评的"多余人"的冲突，在新的历史时期又再次出现。不过，社会与排斥社会的个人之间的冲突，这时候往往显得更加紧张，更富有戏剧性。其中，最引人注目的是，高尔基没有将世纪之交文学中再次出现的类似人物称为"多余人"，而是把他们叫做"掉出来的人"。"与其说他们是被社会排斥的，不如说他们是排斥社会的"[79]，米哈伊洛夫斯基这样评价高尔基早期作品中的人物。这显然是一次思想飞跃，第一种说法侧重的是"疏离"过程最终的戏剧性结果，而第二种说法则侧重这个过程主观努力的本身。

新型人物的另一特征——仍然是个体因素的双重性。无论哈吉–穆拉特，还是高尔基笔下的流浪汉，以及他的传说故事中类似的浪漫主义人物，还有其他作家创作的类似形象，都有鲜明的个性感情、不安分和与生活不可调和的态度、对奴隶处境的蔑视，这些有时还与阴暗的、自私的、无政府主义的个性特征交织在一起。高尔基的《伊则吉尔老婆子》，对两种尖锐对立的个性类型的评论是公正的，但却不够充分。蔑视人类的自我主义者、"尼采哲学的信徒"拉拉和利他主义者丹柯，最终的命运竟然彼此相似——受到排斥，陷于孤独，被群众冷落。这再次说明了世纪之交文学对待综合个性的复杂态度。在高尔基和他同时代许多作家早期的散文中，占据了主导地位的观点，来自于那些意识到自己注定的特殊使命，却与社会格格不入的个性（甚至即使他怀着崇高的人文主义想法）。

个性因素的极度张扬也说明了作家对某一类人物的偏爱。我们指的是作家常通过作为叙述或表达中心的主人公来传达自己的世界观，尽管程度有很大的不同——作家与人物的世界观有时大相径庭，有时又极为接近。这种现象将世纪之交的俄罗斯文学有机地融入了当时的世界文学发展的轨道。"布兰德就是生命巅峰时期的我自己……"，易卜生谈到他塑造的著名人物时这样说。[80] 他的《布兰德》《斯多克芒医生》以及其他作品，以其昂扬的个性激情，还有与之相适应的"单纯的艺术结构"，对世纪之交我们的俄罗斯文学产生了最为强烈的影响。同样，与此相关的就是西方的"新浪漫主义"文学运动，"新浪漫主义"作家致力于表现环境对人的主宰及孤独的个性反抗（例如科朗代克系列短篇小说的作者杰克·伦敦、约瑟夫·康拉德，以及著名的《大鼻子情圣》的作者埃德蒙·罗斯丹等作家的作品）。

世纪之交宣告的"个性"这一概念自然也吸纳了本国文学传统"为个体性而斗争"（尼·康·米哈伊洛夫斯基语）的因子（19世纪前三十多年的浪漫主义以及上面提到的"多余人"形象），然而这一传统在当时灾变论和反实证主义抗争的精神下得到了彻底的革新。这一革新最早的代表当属《红花》《阿塔利亚·普林赛卜斯》等作品的作者迦尔洵的创作，这些作品都尝试表现个性与世界冲突的悲剧性。

我们发现，尽管初看起来离奇荒诞——当时的俄罗斯自然主义文学作品中居然也能找到"人物中心论"的思想和艺术结构；不过这里呈现出来的首先是陈规旧套，是对传统的模仿（参见《现实主义与自然主义》一章）。

19世纪90年代至20世纪初俄罗斯文学，从广义上来说标举着"新浪漫主义"的流派（我们不妨再次想一想文格罗夫的定义），选定"英勇不屈、孤独傲慢的英雄"作为主要角色（斯基塔列茨），但随着1905年风暴的临近，这种现象逐渐发生了变化。现实主义运动（尤其是接近知识出版社的那些作家）已经不再把积极性的思想与人道主义的个人主义相联系，而是与"**具有群体性的**活动家"[81]的意志联系起来。这些社会活动家把具有个性的人吸引到自己身边，却并不泯灭它，相反，倒是将个性的精神潜能释放出来。象征主义诗人与作家也深受革命历史氛围的感染。他们认为，解放运动是通往真正的、先验的精神革命道路迈出的一步，但却是具有深远意义的一步。同时，这也意味着在世界更新过程中，个性和超个性因素趋向"完全统一"与和谐。

在此后的文学阶段——第一次革命失败后——产生了新的现实主义运动，对于快速更新历史进程已不再抱有任何幻想。这一运动中有关"我"和"非我"的认识再次趋向复杂化，因为语言艺术家们对它们的理解再次产生了分歧。虽然保留了将来实现融合的想法，不过将基于另外的、更加深刻的世界观，将与现代派运动发生密切的关系。

这样，与白银时代一个重要问题相关，各个不同的文学流派便有了某种一致之处，但是这种一致性不能归结为用单一的思维排斥对立的观念。世纪之交是个危机四伏的时期，对于个性来说，更强烈地感受到了双重危机：或者消融在"环境"中，或者与"环境"相隔绝（在俄罗斯这块拥有深厚社会根基的土地上，后者的感受必定会特别尖锐与强烈）。个性因素以如此丰富的色彩第一次呈现在我们的文学中。个性意识的命运，被人诠释得或者高尚，或者悲喜交加，都将成为20世纪全世界文学中最矛盾、最揪心的问题之一。而追根溯源是白银时代有关个性在面对文学历史时刻心态极其复杂的一种思考（陀思妥耶夫斯基对此早有预见）。

*　　　*　　　*

39　　个性问题只是19世纪末20世纪初文学发展进程中宏观现象的一部分，无论在俄罗斯，还是在西欧，它与世纪之交艺术家们狂热的哲学探索紧密联系在一起。关于个人及其与社会的关系问题，关于个人与环境的问题（前面所讲的内容已有所涉及）是俄罗斯文学经常要面对的问题，这一问题无论在"存在"意义上，还是在种属意义上，向来涉及到历史因素与哲学范畴。刚刚进入20世纪的新的艺术，与距离他们最近的先驱者（实证主义的艺术经验）相反，更看重存在的诸种本质问题的激情，认为"永恒的"价值胜过"时代的"价值。而时代急风暴雨的剧变则潜藏着"总体"价值尺度根深蒂固的需求。20世纪带来了精神和社会历史规模巨大的变化，这些变化渗透在现实生活的每个角落，因此有必要从时代的、世界的和存在的观点来全面谈谈目前的生存状况，谈谈个人和个性问题，坚持不懈地思考在万物生长的世界上生命进程的意义。

世纪之交的俄罗斯文学中，两位伟大的文学先驱托尔斯泰和陀思妥耶夫斯基是跋涉在这条道路上的重要人物。他们的创作中"存在的因素"深深地贯穿于历史生活的长河中，并且始终能够掌控和驾驭生活。

白银时代初期，契诃夫成了这一艺术思想最直接、最重要的继承者。假如把契诃夫与俄罗斯文学的哲学传统联系起来，可能让大多数同时代的作家都会感到困惑不解。过了很长一段时间之后，人们才最终明白：契诃夫的创作经验对世纪之交文学（包括现代派艺术）的发展具有不可估量的意义，尽管契诃夫本人对现代派艺术总体上表现出冷淡，并且常常给予嘲讽。在现代派的圈子里，对待契诃夫的态度也存在分歧，但无论如何他们的认识与这位作家的真正使命并不相符。应该说，在这个领域中最具远见卓识的当属安德列·别雷，他敏锐地意识到契诃夫作品的存在意义，认识到他的创作对于文学发展所有的流派都具有同样重要的意义。[82]

契诃夫的哲理性有别于其他著名的先驱者的哲学思想，他的思想更含蓄，更隐秘，与陀思妥耶夫斯基那种严肃、庄重不同，表达方式也不一样，契诃夫的哲理性贯穿于他全部的艺术创作中。契诃夫作品独具一格的特色是"超地域性"，尽管他的作品明显地固定于某一地点、环境和日常生活。契诃夫下定决心花费了很大的力气去弄清楚文学发展的不同层次，不同的思想水平，不同的题材，以及不同类型的人物形象（我们不妨想一想他说过的话，"我们都是人民"[83]，这表明他反对把一部分人从本质上和思想上与人民分开。他也不同意有些人的抱怨，总嫌自己"观察视野"狭小，抱怨"俄罗斯作家仿佛生活在排水管中"[84]）。其实，早在19世纪80年代，他的作品中就明显表现出了"包罗万象"的特征，他有意识地"摒弃社会、心理或者类似'定型化'的倾向……认

40

为作品中的人物对现实生活某些事物发展过程的认识大致处于同一水平"[85]。

契诃夫成熟期的作品特别擅长以间接的方式，借助于某些个人经历或"偶然事件"，对人生进行哲理思考。比如《出诊》（1898）就是这样的作品。那个具有概括性的语境独具特色，它的叙述远比刻画当代贪婪的资产阶级要更加广泛。小说的主人公科罗廖夫教授"是一名医生，他善于诊断那种无法查明又无法治愈的慢性病，他认为工厂是个难以理解的怪物……"；"他觉得怪物正用血红的眼睛（指工厂的窗户——本章撰写者按）瞪着他似的，正是这个魔鬼制造出了强者和弱者，制造出了这拙劣的错误……这已经算不上规律，而是逻辑上的荒谬，因为强者也好，弱者也罢，同样成为彼此关系的牺牲品，不由自主地屈从于某种不可名状的、超越现实的、生活之外的强制力量"。[86]

作家所感悟到的这些思想究竟有什么含义？莫非他在19世纪末还想恢复"老式的"启蒙主义思想，视历史为一系列"错误"和"荒谬"的观点？实际上，这一切当然要复杂得多。不管是《出诊》，还是契诃夫那几年写的其他作品，作家的历史观始终伴随着人类学的思想，人类学思想并不替代历史观点，而是不断地补充和丰富它，相信这种思想是符合人的真正使命的。正是运用这种思想的透视方法，当发现历史规律作恶时，表现出来的"已经不是规律"，而是"荒谬"。在对思想的这种特殊的检测中，甚至那种能构成生活中重要关系（"强者"与"弱者"之间的关系）的力量，尽管凭借经验它洋洋得意，但是在哲学家心目中，它只不过是"生活之外""与人不相干"的力量。与这种形象（"魔鬼"的形象）有着本质联系的还有"套子"的主题，作家19世纪90年代其他著名作品就表现了这一主题——死气沉沉、违背人性的题材、侵蚀了活的肌体、扭曲了人类最本质的天性。

早在19世纪80年代末，契诃夫写给普列谢耶夫的信中有一段表达自己信仰的话流传甚广，他说："我不是自由主义者，不是保守主义者，不是渐进的改良主义者，不是修道士，不是旁观主义者。我渴望成为自由的艺术家，仅此而已……招牌也好，头衔也罢，我觉得都是偏见。对于我来说，最为神圣的东西是人的身体、健康、智慧、才能、灵感、爱情和绝对的自由……"[87] 至于契诃夫所说的"最神圣的东西"，与俄罗斯文学传统完全符合。而那句话的开头（"我不是自由主义者，不是保守主义者……"），则含有某些新意。契诃夫的

41

这种观点受到当时进步人士的指责，现在，自然已经没有必要再去驳斥那些指责契诃夫冷漠、不关心社会丑恶的言论了。但值得注意的是，这种非难并没有指向当时任何一个有名的大作家，因为他们当中任何人都不像契诃夫那样我行我素，本质上对意识形态表示冷淡。文格罗夫的话显然有些夸大其词，他说："自40年代起，俄罗斯每一个作家同时都是社会领袖。"但是他的话并没有说错，他所指的是19世纪俄罗斯文学与社会政治思想历史，与思想意识"发展方向"之间的密切关系——"对于'方向'这个词，欧洲批评界并不了解我们是怎么样理解的"[88]。这些甚至触及到那些哲学艺术的巨匠，比如托尔斯泰、陀思妥耶夫斯基，他们的思想远远超出了"社会性"的局限。自然，俄国文学无法被纳入社会运动所限定的"领域"框架之内。但是引人深思的是，19世纪的俄罗斯作家，即便不相信这些条条框框，有时也会创立自己相信的生活模式。例如（托尔斯泰就曾这样做过）创立一种学说，与宗教道德说教相仿，包含着十分具体的社会性劝诫内容。

向这种高度关注社会学说的固有传统发起冲击的正是契诃夫，而且是示威性的冲击。作为一个深深根植于社会的艺术家，他对那个时代某些具体的思想意识的确定性持怀疑态度。与这些思想意识相对立，他在自己的创作中展示了人类学范畴的概念（诸如"人的身体""灵感""爱情"等等），其中包含着重要的哲学思想，却难以给它们贴上"品牌"或"标签"。

从这个角度来讲，契诃夫不仅是终结点，同时也是一个起点。作家的全部经验，其中包括他独特的世界观，以及他从"意识形态"转向"日常生活"的立场，对世纪之交的文学都具有重要意义。在"克服"意识形态的束缚通往"日常生活"的道路上，象征主义者和契诃夫一道扮演着决定性的角色。这里讲的是共同的追求，而不是象征主义者所持的观点，比如，他们对契诃夫以及他的继承者们——"年轻"的现实主义者的看法。

说到"年轻"的现实主义作家，他们更新世界观的道路走起来更为艰难，因为前辈们的意识形态对他们影响很深。这种影响在1905—1917年革命前夕，以及整个革命的过程中体现得尤为明显。1905年一位不知名的作家在《观察家》杂志上写道："语言艺术家已经消失……现在剩下的所谓艺术家，只不过是社会政治信念、思想、社会准则、政治信条的代言人。"[89]这些话虽然含有嘲讽，过

42

于直率，但总体上真实地反映了现实主义作家在革命时期对社会"纲领"的痴迷。然而在接下来的文学发展时期，"新现实主义"在20世纪最初十年末尾以及整个10年代，使得"契诃夫式"对待意识形态的观点占了上风，与此相关，直观的具体因素也得到了深化，与此同时，与其他文学阵营也拉近了距离。[90]

世纪之交俄罗斯文学流传甚广的批判精神来源于不久前的一种思想意识（的确，并非狭隘的"流派""党派"意识，而是具有更加广博的内容），即实证主义的"进步理论"[91]。由这种理论提出的有关"时代"的概念，作为重要的价值尺度，具有历史进步性，但是与这一价值尺度相对立的更为重要的尺度则是原始的、"永恒的"、任何时代都改变不了的人与万物的本性。正是在这一点上汇集了具有不同艺术信仰的文学家。

与此同时，对于我们关注的这种文学来说，"存在"思想本身具有本质的意义，而对这种思想存在着不同的测量尺度。其中的形而上学、先验论的测量尺度引发出两种不同的"生存"思想：高尚的生存和卑微的生存。与这种思想相关联出现了一系列形象，在这些形象身上"纯经验"的、时代性的因素被拔高提升，融入到超越因果、超越知觉的内容中。白银时代的形而上学目的性往往导致对于各种各样神秘学知识以及神秘主义教派的浓厚兴趣，这已经成了诸多专门研究的课题。[92]

在另一种测量尺度中，"永恒的"与"时代的"标准相互的对立成了属于同一个现实、同一种"真实生活"两种本质性因素的并置。这是另一种自然的、属于人类学研究范畴的生存状态。白银时代的文学流派凭借生存状态来相互区别。现实主义作家特别倾心于自然的、人类学的观察[93]，而象征主义作家则充分肯定形而上学的观念。但是即便在这种情况下，两者之间也不存在不可逾越的界限。

当今的学术思想从契诃夫的作品中已经清晰地分辨出"崇高精神与日常生活密不可分"的特点[94]，契诃夫就这样开了先河成为先驱。这对于同时代的许多年轻作家具有特殊的意义，同时也启发了"在现实主义领域"刚刚起步的作家，还有此后以这种或那种方式接近现实主义的作家，以及"纯血统"的现实主义作家——他们在创作过程中，借助于不同思想的形而上学因素，使自己的艺术世界日趋复杂与丰富。举例来说，像借鉴基督教信仰（如什梅廖夫），接受佛

教思潮（如布宁），认同早期存在主义关于个性的学说（如安德列耶夫），痴迷
于索洛维约夫"永恒女性"思想（如十月革命前扎伊采夫的创作）等等。

从类型学角度审视，我们发现19世纪末20世纪初欧洲文学的发展也存在
类似情况。一些大作家的创作一开始处于现实主义的发展轨道，常常受到自然
主义的显著影响，后来他们的艺术思想逐渐呈现出新的特点，具有显而易见的
复杂性和矛盾性。我们这里仅举一个例子——奥古斯特·斯特林堡，世纪之交
的俄罗斯作家对他的作品具有浓厚的兴趣。作家创作的早期阶段，认同"左拉
主义"有关人的性格完全取决于生理与社会环境的观点，后来（19世纪80年代
末）逐渐被"尼采主义"的思想所取代。尼采认为"我"是独立自在的，孤独
的，赋有使命为现实制定自己的法律，不过，这一思想后来有所收敛（19世纪
90年代末）。接着便出现了急剧的转折，虽然是短暂的，转向了更接近"中世
纪"形式的神秘主义。后来斯特林堡的作品一直保留了以形而上学的观点观察
世界的视角，并把它看作常人难以企及的神秘尺度。

俄罗斯现实主义（以及与它相关的种种现象）由于唯灵论的渗透而日趋
复杂化，与此同时在白银时代文学中我们还可以看到向人本主义发展的相反倾
向。世纪之交宗教哲学的复兴作为俄罗斯现代派文学基本养料来源之一，其作
用是众所周知的。象征主义与它的紧密结合在很大程度上说明了新宗教思想的
特点，后者是由主张"万物一致"观点的弗·索洛维约夫提出的，他认为精神
世界与物质世界全都密不可分。这位哲学家的继承人则对这一观点给予不同的
解释，认为是多神教和基督教在人类历史发展的道路上相互接近，是对未来
"圣肉"与"圣灵"相互结合的期望。无论在对精神生活的理解层面上，还是
思想方式本身，宗教哲学家与文学艺术家都彼此接近。人本主义倾向以形而上
学的激情照亮尘世生存的现象（如弗·索洛维约夫所说的"物质的神圣化"；
维·伊万诺夫所说的"陷于物质拖累的人的神性"；别尔嘉耶夫所说的"在个性
命运中个性的狂暴情感"是"人类灵魂神圣价值"的体现），这些都把抽象的思
维、专注的兴趣凝聚到具体可感的、让形象思维觉得亲近的内容方面来，从而
使得这种思想丰富而且硕果累累。

至于说到后象征主义文学流派——阿克梅派与未来派，扩展和宣扬人本
主义原理自然就写进了他们的美学纲领，他们以象征主义的精神，以各自的方

44

式，全都反对"神学的美妇人"下凡到"文学层次"。[95] 与此同时，后象征主义的一系列现象表明，人本主义因素夹杂了某些唯灵论的色彩。[96]

"新艺术"与历史以及当时的社会现实的特定关系是如何形成的呢？在当代学术文献中可以看到这样的观点，持这种观点的人认为，在世纪之交的艺术中，一种与19世纪不同的"世界观"逐渐占据了"统治地位"，这种观念"对历史的兴趣日趋衰微，取而代之的是与神学有着种种联系的哲学"。在上个世纪，基调是由描写"社会史"现实主义散文定下的，而在新世纪定调的则是带有"永恒"激情的诗歌："实证主义世纪的人们信奉历史主义，而诗歌世纪的人们推崇'永恒主义'。"这段引文摘自上文提到过（见注释41）的埃特金德严肃的学术著作《"白银时代"的统一》（17-19，21页），然而作者对两个文学世纪的划分过于绝对化。

其实正是在19世纪，首先在散文中，强大的哲学思想成了俄罗斯文学巅峰时期的宝贵财富（托尔斯泰、陀思妥耶夫斯基），这种特点在很大程度上影响了白银时代的艺术意识。另一方面，社会和历史的因素依然根植于俄罗斯土壤，在世纪之交的文学仍然具有强大的影响。显然，学者提出"永恒主义"这一命题，并不是针对全部白银时代的文学，而是指文学中的现代派，但涉及现代派情况就更为复杂。

世纪之交的文学远离意识形态的纲领，但这并不意味着脱离大的历史背景（不同于另外一些文学宣言）。最终的结果反而是不可避免地接近历史，世纪末的历史事件强烈地冲击着属于个人的私生活。

在白银时代其他文学流派中，大概就数象征主义者对历史变迁的悲剧性具有特别敏锐的洞察力。注重社会性的内容，关注社会、历史将俄罗斯象征主义与世界文学中与它相近的流派区别开来。勃洛克也曾谈到"俄罗斯象征主义与西方象征主义的不同"，认为这种不同是不言而喻的"老生常谈"。[97] 另一方面，对历史的认识已经发生变化。这里正好说明了在世纪之交的文学中"存在"思想所占的分量急剧增加。历史总是倾向于扩展到比具体历史范畴更加广阔的领域，并付诸超历史尺度的检验，这些都传给了后象征主义的诸文学流派。另外一种同样以存在作为衡量尺度，但不同于象征主义者的历史认识，在曼德尔施塔姆、赫列布尼科夫、早期的马雅可夫斯基等诗人的作品中取得了不可动摇的地位。这种历史认识同样出现在阿赫玛托娃的早期诗作中，这位女诗人对她所处的时代拥有锐利的戏剧性感受，这种感受是透过有意展示诗歌题材的"室内性""间接地"流露出来的（那个时期的批评界早就指出了阿赫玛托娃抒情诗虚构的神秘性）。

"新神话主义"现象是思考20世纪艺术中实体性与历史性相互联结的精神食粮。无论在俄罗斯，还是在世界范围内，就本质而言，该现象是现代派文学（以及与之相近的流派）与生俱来的特点，促生了有效的批判思想，在我们国内的学术界也不例外。[98] 但是，从另一个方面讲，"新神话主义"的风尚也导致了对思想的滥用——这首先表现在使用概念过于宽泛。学者们已经注意到了有些观点令人难以接受，比如，认为"文学作品只不过是神话的'面具'"（梅列金斯基）[99]，他们还注意到"在文学内部失去神话清晰界限的危险性"（阿韦林采夫）[100]。有时会有人倾向于把"新神话主义"创作解释为实体因素唯一的避风港，且这些实体因素与思维的历史主义无法相容。（比如，经常会遇到这样的说法，"在艺术中进行哲学思考，就是创造神话"，"神话永远是与时间进行的抗争"。）对于现代派文学而言，神话诗学与历史主义创作方法的对立是自然的，也是合乎规律的，但前提是必须摆脱绝对性。在真正有意义的文学作品中，神话诗学并不排斥历史，而是超出于历史，这也表明在密切关注历史进程的同时，现实生活的尺度具有无可争辩的优势。这个问题大体上说就是这样，"新神话主义"常常采用"超时代"的题材，但同时又对时代进行思考，这种例子大概最有说服力。

俄罗斯文学已多次证实了这一点。也许正是在俄罗斯这片土地上，神话诗学要素才会承受历史影响如此巨大的压力。神话二律背反的特性，在于把非理性的、相对性的因素与有逻辑"顺序"、可以"分析的"因素结合起来，把混乱的因素与构成"所有神话内部主要思想"的"克服与改变"混乱的激情结合起来。[101] 白银时代的艺术逐渐认清了它所处的时代二律背反的原型，认清了这个时代的酒神"狄奥尼索斯"根源和太阳神"阿波罗"根源。在"年轻一代象征主义者"的创作之初，他们的作品中就出现了末世论神话，不仅明显地"影射"一般历史，而且也"暗示"某些具体的社会政治事件。[102] 勃洛克、别雷和其他的象征主义诗人都创作了内容丰富的作品，既涉及神话诗学元素，也涉及

46

复杂的构成内容。比如，维·伊万诺夫曾完全沉迷于神话思维，在他的作品中就保留了"神话与历史"两种元素对立统一的架构。最生动的例子就是前文提到过的"旋律创作"《人》。诗人在创作他的"神秘剧"时，曾经如此谈到这部以高度的抽象性、独特的思想性和艺术性（"我的长诗完整地表达了我的神秘主义世界观"[103]）著称的作品，及其"启示录式"的基调："这种激情，不消说，是由战争所引起的。"[104]

另一个接近象征主义的"神话创作者"是列米佐夫，他致力于以其客观、真实的笔触再现古代神话最原始的本质，不料竟招致了所谓剽窃的荒谬指控。[105] 但是在他的作品中，一面是把神话诗学原型当作"一种根深蒂固、永恒不变的因素"[106] 来重构——这种重构几乎具有档案般的严谨和学术工作般的勤勉，另一面则是出人意料地对某些主题进行自由变换，有时甚至把当代历史现实插入神话人物的形象体系中。[107] 早在列米佐夫1907年出版的第一部神话诗学著作《西奈圣徒传与伪经》中，就明确传达了社会体验强烈的戏剧性（革命岁月的种种事件）。"逆向联系"的原则，透过"时代"的棱镜窥见"永恒"的面貌，列米佐夫后来的创作依然保留了这些特点。

象征主义正是在对待神话的态度这一点上，接近未来主义的艺术经验，首先是接近赫列布尼科夫的经验。这位诗人的研究者特别关注赫列布尼科夫"对于古风意识惊人的洞察力"及其"通过神话学对当代历史和当代的人进行新的思考"[108]。

类似现象在"新农民"文学家的作品中也可以看到，这方面首先涉及的就是克柳耶夫的作品。

所有这些都是用神话诗学的间接方式诠释历史的例子，但引人注意的是，白银时代神话诗学中另一种关键性的创作方法是让神话成分**直接**体现在历史当中。这里所指的是俄罗斯文学中所谓的"彼得堡文本"的命运，我们对此做过透彻的研究。在这里只是简短概括地援引了这些解释。早在19世纪20至30年代就已基本形成的"文本"获得了广泛的带有符号性内容——特别是历史方面的内容（"透过彼得堡视角来呈现俄罗斯历史，并以后者为题材进行预言"[109]），还有神话诗学方面的内容，其"主导性的意义成分"就是"启示录"[110]。在20世纪初现代派文学，首先是象征主义文学中，这一题材的"元历史"视角逐渐成为主流（果戈理和陀思妥耶夫斯基的彼得堡已经在很多方面预示了这一点）；即便是这样，俄罗斯文学并没有放弃另一种思想，正是借助这种思想，"在以'新的艺术'处理历史、社会和政治问题并塑造囿于时空中的形象时，象征主义有关彼得堡的作品才能发挥极其重要的作用"[111]。

透过"新神话诗学"现象，同样能清晰地发现，世纪之交的文学所具有的向心力，不同的文学阵营在发展道路上彼此接近的趋势。

*　　　*　　　*

作家个人创作风格也经历了类似的演变过程。伴随着主观意识与形式的概括性的日益增长，个性因素和日常生活因素也逐渐占了上风。写作的基本方法从"描述性"逐渐向"表现性"过渡。值得注意的是，"传统艺术"与"新艺术"一样也致力于这种转变。许多具有重大意义的进展早在19世纪80年代就在列夫·托尔斯泰的作品中（像《伊万·伊里伊奇之死》出现了，"从特定的角度说，新的富有表现力的现实主义的形成"，托尔斯泰发挥了"特别重要的作用"，"实现了从'描述'到'表现'的转换……"。[112]

现代派作家常常错误地认为实证主义美学属于跟他们同一时代的现实主义运动，但是，自然主义及其毫无节制的外部描写显然夸大了现实主义本身的艺术消耗（过分精细入微的描写）。与"新艺术"作家们一样，20世纪现实主义的先驱们也十分明白这一点。迦尔洵在一封信中用争辩的口吻宣称："这样的现实主义、自然主义、纪实主义以及其他的主义就让上帝去管吧。它们现在正处于繁荣，或者更确切地说处于成熟时期，可果实内部却已经开始腐烂。无论如何我都不想咀嚼近四五十年的东西……"[113] 现实主义新道路的开辟正是与契诃夫、柯罗连科、迦尔洵等作家的名字联系在一起（契诃夫的作品充分展示了这一点），格·阿·比亚雷当年对此曾给予透彻的分析[114]。

从19世纪90年代开始，新的艺术进程最终肯定了日渐成型的现代派运动，确立了它独特的"表现宇宙"。他们所主张的"重塑"高于"再现"，特别接近白银时代抒情诗的天性，与它的艺术开放性见解不谋而合。

与此同时，"表现性"原则又常常超越种种局限。现代派文学体裁变化最重

48

要的特征是无拘束的抒情性对相对稳定的传统结构形成了直接的冲击。从这个意义上讲，勃洛克的抒情剧和别雷的小说成了相关体裁的典范，尤其是别雷极具创新意义的《彼得堡》，其"象征性的深度、多层次性和多义性"都应归功于"主题结构语义承载"独特的抒情性，它胜过了"那些经典浪漫主义作品精心打造的形象和情节"。[115]

现实主义处于巅峰状态的散文作品的体裁变革，同样体现着艺术眼光的焕然一新，只不过每个作家表现的方式不同罢了。其中似乎也保留了传统的典型化艺术类型。然而，这种类型由于新的特点——高度的凝练概括——而发生了变异。这就是契诃夫具有革新意义的短小精炼的小说，他差不多是把长篇小说的内容浓缩进狭小的框架当中[116]，还有独特的"短篇史诗"（托尔斯泰的《哈吉－穆拉特》、布宁的《乡村》）脱离了"经典"时代宏大叙述的传统，其中，也脱离了托尔斯泰的传统。在全新的史诗中形式的简洁并不损害内容的广博，而凭借其极度的艺术浓缩，显示了作者对其文本的积极"参与"。布宁对那种能最大程度地"凝聚""浓缩"思想，同时又能给予"最广阔的概括空间"的体裁有着自己独特的思考。[117] 的确，这里所说的是戏剧创作，是有关"悲剧写作"的意愿。但是1900至1910年期间，布宁的短篇散文与这一时期其他著名的小说家的作品一样，存在着相似的趋势。[118] 正是在这些"凝聚"和"浓缩"之中，换言之，是作者意志对素材的强制性压缩，出现了"重新塑造""表现性"的功能。

在其他各种风格中，世纪之交的诗语总的趋势体现在大量运用充满抒情性的形象词汇。如果说现代派的自我表现从一开始就是他们美学观念的基石，那么对于现实主义作家来说，要想接受上述趋势就必须在一定程度上调整他们的艺术审美意识。关于这一方面有些非常有趣的例证，我们不妨从中引证一些彼此相似的典型事例，它们却分属于文学理念完全不同的作家。一个例子是明显属于"传统派"的作家亚·伊·埃特尔；另一个例子是现实主义"年轻一代"的作家布宁；第三个例子是早期的安德列耶夫，他正处于从现实主义向"新艺术"过渡的前夕。

下面是埃特尔1899年写给出版商维·谢·米罗留波夫的一段话："亲爱的，一切口头所说和用笔所写的，都属于二流水平。要想使这些二流的'话语'和'文字'焕然一新，可行的方法不是借助描写的天赋，只能凭借鲜明而真诚的抒情风格……而原创性的，脱离了'抒情性'依然清新的，单凭艺术表达力……在我们这个时代只有列夫·托尔斯泰、安东·契诃夫偶尔或许能够做到。"[119] 说到托尔斯泰和契诃夫，众所周知，在他们后期的作品中，个性特征明显增强：比如，托尔斯泰显然提高了作家政论性的语调；而契诃夫的作品则比以往更多地采用抒情性的生动结构。不过最初有关"二流作家与作品"的诊断，指出了更迭交替的方向——不仅限于内容（前面对此已经有所论述），而且要求文学运动进行最为广泛的艺术性的更替。

1901年布宁给同一个米罗留波夫写信，通信人认为他的作品当中过分关注大自然的描写，就此他写道："……要知道我并非照相式地、赤裸裸地描写大自然。我写的要么是美，也就是说，不管这种美体现在什么地方；要么就尽力告诉读者我心中为什么亲近大自然……难道说，我的心灵还不如我塑造的某个伊万·彼得罗维奇吗？我们还有很多陈旧的趣味——总是要求描写'意外'和'事件'。"[120]

最后一个例子，是艺术方面的例证：它是安德列耶夫一部短篇小说开头的片段，小说的标题叫《现实主义作家》（1899），很有特色，原件保存在英国利兹大学俄罗斯档案馆中，我们这是首次披露，现在完整地引用如下：

"所有的艺术家和评论家一致认为奥尔苏菲耶夫是严格意义上的现实主义作家，而他本人亦完全认同这一公开的评价，并为之骄傲。他完全不了解创作有其自身的目的，他要求作品的思想要具有社会道德意义。因此他是风景描写不共戴天的敌人，尽管他自己有对自然精细的理解和情感表达的出色能力。然而风景描写在他的作品中始终只是一个配角，至少他自己希望是这样。对他来说，最痛恨的莫过于读者和评论只关注他作品中的风景描写并为之兴奋；而对于躺倒在地大吼大叫的醉鬼，站在他旁边的妇女，看样子是妻子，却一句话不说，倒背着双手，默默地绕到一边。但是他需要反抗的绝非只有评论界，因为他自己的心里也出现了敌人。那是一些古怪的情绪以及找不到宣泄方式的对美好、卑微、可怕事物的模糊感受……"文章到此戛然而止。

这个片段，毫无疑问，反映了作家自身的探索，不仅与布宁有共同的思路，而且再次"证实"了这一思想。（这种情况下，日常生活和风景既是传统的，也是经过革新的艺术观察的标志。）

50

还是在1901年，当布宁给米罗留波夫写信抱怨"陈旧的审美趣味"时，评论家亚·亚·伊兹梅洛夫预言了布宁"散文抒情诗"的"远大前景"。[121] 而在稍后另一篇文章中，他坚持了总的命题："我们正接近纯现实主义的最后阶段。"[122] 叶·亚·科尔托诺夫斯卡娅将1910年前后的"新现实主义"运动称为"抒情现实主义"。[123]

"抒情化"总的进程具有极其不同的艺术面貌——有的体现在各种"主体性"诗学中，有的处于"客观性"风格的边缘，还有的处在假定性的客体描写的形式中。与此同时，还出现了引人注目的相互交替现象。比如，"新艺术"慷慨地采用了被俄罗斯散文传统圣洁化的客观描述手法，并且经过改造使之与自己的诗学保持一致。安德列·别雷写道："象征主义艺术显著的特征是尽力使用现实中的形象，作为传达意识体验的手段。视觉形象取决于接受意识的条件，这使得艺术重心从形象转移到接受形象的方式上，这样一来现实主义就逐步过渡到印象主义。"[124] 传统的直接继承者同样在自己的诗学中采用"异己的"风格和创作经验。

在第一种情况下，因·费·安年斯基的印象主义抒情诗最有说服力，在其复杂的联想结构中，日常生活的物质因素发生了奇妙的变化。借助形象语言让生活经验的成分不断积累（或变形），是俄罗斯现代派诗歌风格嬗变的典型特征（从象征主义转向后象征主义，也在象征主义内部发生变化）。阿赫玛托娃的诗歌创作完美地体现了通过"主观性"诗学方法掌握客观性艺术因素的过程。曼德尔施塔姆的一句名言广为人知："阿赫玛托娃文学现象的起源，完全基于俄罗斯散文，而非基于诗歌。"[125] 另一方面，白银时代的现实主义风格在发展中主动接受了来自"主观"诗学的推动，例如上文刚刚提到的20世纪初布宁的"散文抒情诗"。然而作家后来（1905—1920）的创作，明显地感受到相反的强烈影响，那就是布宁全新而又严肃的现实主义散文对其诗歌的影响。布宁的诗歌更加富含描写的因素，充满了"外部"世界生活的细节，更注意散文叙事的语气。同时，这种描写本身具有抒情与象征的含义。类似情形我们在革命前十年其他的"新现实主义"现象中也能遇到（详见"现实主义与新现实主义"一章）。

各种不同文学的艺术革新展现了白银时代的过渡性质。现代文学研究对20世纪文学新的现象使用了"非古典主义"这一概念（对待哲学和精确科学也有相似现象）。这里指的是艺术原则的根本变化，改变了诗歌中"生活语言与诗歌语言之间的相互关系"。由于形象化言语多义性的强化，诗歌语言中出现了独特的"审美隔阂"，"削弱了词汇的物质意义，把情景内涵意义推到了表层；由于'古典'艺术已形成的"'相似性'与'非相似性'之间的平衡遭到了破坏，总体说来，文学中……对待非艺术语言的现实……偏向于'非相似性'……"，削弱了审美意识与"某些非艺术现象""原本质朴可以感悟的'生命'"之间的对应关系。[126]

这里所说的自然不是要脱离现实，而是避免受它的操纵。在"非古典主义"风格中，艺术家对现实主义特殊的"升华"（"再创造"对"重塑"进行逼迫的结果）富有一种使命，刻画经过革新的艺术视觉，但并不与它所要取代的方法对立。这种艺术视觉转移了艺术的重心，从本质上改变了"古典主义"形象结构相互关联的各种因素轻重缓急的秩序。但是"古典主义"的印记，它留给20世纪艺术深深的痕迹是难以磨灭的，即便是最富于实验性的形式也有蛛丝马迹可寻。在这条路上曾经有无数的矛盾、曲折、偏颇，但是共同规律跨越了这些艰难险阻，并继续向前发展。

上述种种现象都出现在白银时代，这个阶段成了俄罗斯大地上"非古典主义"时期的开端，并且确立了它在我国文学史上的重要地位。白银时代不仅是最富有创新意识的时期之一，同时也是最富有"传统特色"的时期之一。[127] 敏锐地意识到世纪之交是新的艺术道路的开端，那些最著名的活动家呼吁对艺术遗产进行全面的"分析"，即对过去的艺术接受什么，拒绝什么。即便坚决拒绝（比如最极端的左派，主张把古典主义从"现代的轮船上""抛进"大海），偶尔也有接纳的片刻——这种接纳既是激进的，又是适度的；既有有趣的，也有不甚有趣的。但毕竟是对传统的改变，而非虚无主义简单的摒弃（自然是指一些重要现象）。不久前还普遍认为，世纪之交的文学进程"脱离"了本国艺术发展的链条，偏离了传承已久的遗风，现在看来却成了陈腐的谬论。若以不抱成见的态度来看，则恰恰相反，因为从继承关系的广泛性和多样性来说，这一时期在我们的文学史上是独一无二的，其典型的特点在于吸收了不同时代生动形象的语言，广泛拓宽了体裁范畴，与早期唯美主义固有的观念相悖，表现出了"进行总结的倾向"[128]。但是，上述现象只不过是对一般进程所作的特别引人

52

注目的、印象仓促的表述，这一进程有待更加深入地研究与评判。现代文学理论对互文关系的研究（比如亚·康·若尔科夫斯基的研究）对这一进程提供了新的证据。[129]

　　不久前的一种成见至今仍未澄清（本章开头曾提到过这种成见），它将传统与创新之间的矛盾跟白银时代艺术中主导性的对抗联系起来。现实主义是传统的避风港，在某些人看来却只是模仿者的栖息地；现代主义是创新的聚集点，但某些人却觉得是臆造的虚幻之境。这里所讲的不是对文学遗产、属性及其变化程度理解的差异。毋庸置疑存在着这些差异。这里讲的是某些评论家力图赋予这种差异非此即彼的特点，这是相当严重的问题，有时候甚至闹到了荒谬的地步——公然与事实相违背。比如，如果说象征主义的领袖维·伊万诺夫差不多是世纪之交文学传统最恭敬的守护者，那么伟大的契诃夫当然会承认古典文学，尤其是俄罗斯文学的古典时代如同母亲的怀抱，在密切关注新事物的同时，他始终注意古典文学中消耗殆尽的东西。而让勃洛克"感兴趣"的正是文学中"所有的一切，不论那些鲜明突出的，还是那些平淡无奇的"，因为"没有上个世纪伟大的俄罗斯文学提出的那些问题，没有那些让我们一次次为之燃烧的问题，那就绝对没有现在"。[130]

　　我们已不止一次回忆过勃洛克的言论，我们觉得他对当时文学进程的本质具有特别透彻的认识。在上述的论断中，"所有的一切"这句话十分准确，因为白银时代所承受的刚刚过去的文学世纪不仅具有鲜明的特点，而且也很完整，在各个重要的领域都取得了成就。1845年别林斯基曾经断言，浪漫主义"既在文学中，亦在生活中输掉了自己的事业"[131]。但是19世纪末20世纪初的文学进程表明，浪漫主义传统与现实主义传统一道备受瞩目。前文已经提到过在白银时代文学中独特再现了上个世纪的文学境况，即"浪漫主义—现实主义"。但是这种并列带有逆向复归的信号。19世纪俄罗斯现实主义很大程度上是在浪漫主义发展的内部孕育而成的，然而最初两种体系的共存（尽管不是和平的）经历了形成、发展，又逐渐走向分化、瓦解这样一个过程，到了19世纪40年代最终发展到公开对立的局面。然而，浪漫主义传统仍保留在文学进程中，后来其要素仍以这样或那样的方式被俄罗斯现实主义所接纳。[132] 但与此同时，这种总体的趋势（这是别林斯基界定的，尽管话说得不留余地）继续对自己加以积极的肯定。上世纪最后十年文学中强大的实证主义思潮，以进攻的姿态明确反对浪漫主义。而世纪末出现的俄罗斯现代主义，则自认为对这一趋势持极端的敌视态度。

不过，很快开始了螺旋上升的另一圈。出现了与上个世纪文学体系相对立的文学运动——一种具有向心力的运动。现代派文学最初的源泉是19世纪浪漫主义文学的遗产，实际上是这种流派的变体。但是现代派文学在其发展过程中，明显吸收了上世纪占主流地位的现实主义传统丰富的养料，从而得以壮大。从另一方面讲，早在本国现代主义发展初期，现实主义运动的面貌就在逐渐更新；这种更新的过程以后还会继续，只不过要在与现代派对话的条件下进行罢了。

＊　　　＊　　　＊

直到现在我们所论证的大都是一些普遍的观念，为了更有说服力，下面我们来探讨两位作家的创作经验，他们分别代表了文学发展进程的两极。以索洛古勃和布宁的散文为例（读者可以在两位作家的专章中获得完整的知识），似乎可以为此提供很好的依据。

散文作家索洛古勃的作品以其艺术道路的错综复杂而著称。[133] 著名评论家阿·格·戈伦菲尔德曾质问："谁更有资格被称为颓废主义者？……"[134] 但是对索洛古勃的重要作品——长篇小说《卑劣的小鬼》的反响，使其原本稳固的，当然也是当之无愧的声望变得复杂化了。一些评论家在他的作品中看到了展现社会迫切问题的思想，将小说归为本国现实主义传统的范畴。另一些评论家（其中包括伊万诺夫–拉祖姆尼克，作者的妻子阿娜斯塔西娅·切博塔列夫斯卡娅）断然否定"历史—公民主题"（切博塔列夫斯卡娅语）这一观点，坚持认为这部作品完全超越于现实，属于形而上学、象征主义和哲学的范畴。[135] 有意思的是，这样的分歧一直延续到了今天。当然这是可以理解的，如果回顾一下作者自己说过的话，就不难明白其中的道理了："……象征主义艺术最合理的形式就是**现实主义**……"[136] 新艺术是在哲学—形而上学的基础上产生的，它宣称自己忠实于传统的艺术形式。

然而这种忠实并不仅仅局限于"形式"。在《卑劣的小鬼》当中，两种思

54

维尺度相互碰撞：一种是形而上学的尺度；另一种是历史主义的尺度，即沿袭现实主义经典作品的长篇小说思维轨迹，被德·尼·奥夫夏尼科－库利科夫斯基定义为实验文学，用以区别观察文学，陀思妥耶夫斯基就采用这种方法进行创作，称它为"幻想现实主义"。索洛古勃的散文沿着这条路线又向前推进了一步——强化形而上学观念，大胆运用象征主义的语言。索洛古勃散文的地位可说正处于国内古典的"幻想现实主义"向先锋文学演变的过程中。

这是个中间的位置，它无异于在文学的两极之间架起的桥梁，在作家篇幅较小的散文中也非常直观地呈现了这一点。对我们关注的这一进程而言，短篇小说《小矮人》（1905）就是一个很具有说服力的例子。

小个子官员萨拉宁娶了个肥胖、笨重、出身于商人家庭的老婆，在众人面前常常感到难堪，因此想找个办法摆脱这种处境。有个亚美尼亚人给他提供了一种药剂，该药具有神奇的魔力，可以将他老婆的体形变小，但是由于好笑的意外，萨拉宁自己误服了药剂，从那时候起他悲惨地越变越小。接下来就是事业和家庭的崩溃，因为萨拉宁自己被局里免职。紧接着妻子将他放置在高档商店的成衣玻璃橱窗内，作为公司商品的活广告。最后备受凌辱的萨拉宁写了申诉书，但申诉毫无结果：因为"小矮人讲话时，高大的人完全听不见他叽叽喳喳的声音"。索洛古勃运用他独特的现实主义隐喻手法叙述这个故事：借助小矮人啼笑皆非的遭遇来展现人性退化悲剧这一象征主义主题。

毫无疑问，索洛古勃的小说从标题到内容都是在回应俄罗斯文学中尽人皆知的"小人物"主题，《外套》和《鼻子》的作者以及《同貌人》的作者，对这篇小说的风格和叙事方式显然都产生了影响。直接提到阿卡基·阿卡基耶奇·巴什马奇金只不过再次证实了这一点。但是索洛古勃的主人公并没有因为自己鲜明的社会心理原型而失去意义。用小说中形而上学的尺度来衡量，所有的人——都是渺小的。让人难以预料的是，在小说的末尾（主人公渐渐消失，变成了"尘埃一样的微粒"，在"阳光照射的灰尘中飘浮"）出现了怪诞的讽刺性主题——个人意志被世界意志吞噬，这是与索洛古勃相近的叔本华的思想。人性异化的本质这一思想产生了悲剧性的典型形象，从而使文学具备了荒诞色彩。索洛古勃的小说（他所写的一系列人物形象）正处于从卡夫卡到荒诞艺术这条创作路线的源头。经由索洛古勃转化了的"幻想现实主义"传统预示着将出现这些现象。遵循这条路线的作家典型的虚幻思想使人想起索洛古勃，他从一再强调的日常生活中选择"小人物"作为刻画的重点。比如，对于尤内斯库的剧本而言，下面这种结构至为重要：原生态的一细致平凡的一日常生活状况，随着事件的发展，变成虚幻的情景。剧作家本人这样阐述他的创作原则："……根据我个人的信念，非凡的事物只能由我们日常生活的平庸当中产生……，当生活超越了自身的界限。"[137] 这种观念的近似恰恰由艺术创意的某种相仿而得到了证实：对于尤内斯库来说，现实主义的隐喻是他最基本的艺术手法之一（只要提到著名的《犀牛》就足够了）。

不同时代的作品相互联系的具体情节可以构成一个链条。这种由个性生理变态导致个性完全异化的情节，把果戈理的《鼻子》，索洛古勃的《小矮人》和《白毛狗》，卡夫卡的《变形记》以及尤内斯库的《犀牛》等作品联系在了一起。

果戈理的《外套》、索洛古勃的《小矮人》和卡夫卡的长篇小说《审判》具有共同的情境，即主人公都在国家机关供职，面对法律规规矩矩。早在《外套》中，只要涉及法律，比如涉及司法机关、司法官员，就处处表现出不合逻辑的印记。在小说《小矮人》类似的情节中，索洛古勃走得更远，下笔更加荒诞，尽管滑稽可笑，但还没有丧失社会动机的可信性。然而，在卡夫卡的长篇小说中已经没有社会动机的位置。处于社会体系重压之下的异化状态被描绘得尖锐深刻，令人惊心动魄，但是叙述冷峻，决不解释原因（须知荒诞乃是形而上学的奥秘），这与作家外在的缺乏热情、干巴巴的风格相吻合，与热衷于"解说"的作家却大异其趣。

小说家索洛古勃恰恰相反，他的追求相当传统，甚至有些陈腐，他常常让作者直接出面干预自己的文本（长篇小说《卑劣的小鬼》也是如此），热衷于训诫式的说教，这对于卡夫卡来说是不可思议的。而这种手法不仅是对传统风格，对传统的"解释性"叙事方式的尊重，而且也是对先辈作家擅长"解说"的思想决定论的一种尊重。

在世纪初的现实主义作品中，我们就能发现艺术体系的开放性。上文提到的俄罗斯现实主义新潮作家的作品（1910年之前至1920年），显著的特点是人物形象思想内涵的扩展，将日常生活与现实生存结合在一起，以自己的方式借鉴

56

象征主义艺术多角度多侧面塑造形象的方法。

从这个意义上讲，布宁的作品最具说服力。早在革命之前那个时期就出现了一种说法，认为他是以往现实主义的追随者，这种说法后来在苏联文学研究中得到了支持。经过了多年的"沉寂"之后，布宁的"回归"推翻了这一说法，重新肯定了他既尊重传统，又勇于创新的才能，正是他为俄罗斯现实主义带来了新的活力。[138]

另一方面，对于布宁的作品，革命前的批评界还有另外一种截然相反的观点，认为他的作品具有现代主义和象征主义的特点。当时这种看法以论战的姿态猛烈批驳对立的观点，即把作家的创作说成是"现实主义的进一步发展"的新阶段，是"陈旧的现实主义艺术的提炼和进化"。尽管如此，他与传统的现实主义"无论在形式上、思想上，还是美学观点上，都存在着血肉联系"[139]。当代文学研究十分关注布宁与现代派的交往。众所周知，布宁对于新潮风气表现出拒不接受的愤怒，然而在自己的艺术世界中又情不自禁地与之接触。[140]格·维·阿达莫维奇回忆说：尽管高度推崇列夫·托尔斯泰，但是在他面前，布宁还是"愤怒"地拒绝"承认伦理高于美学，而对托尔斯泰来说这恰恰是最本质的观点……"[141]。真是一针见血的分析！实际上布宁可以说是俄罗斯第一流的现实主义大作家，在他的创作中美的范畴高于伦理，诚然，作家并不认为美是伦理的对立面，这一点可以说是理解布宁作品的关键。因此，他的爱美心理——并非唯美主义，读者可以在作家早期哲理抒情旅途随笔文集《鸟影》（1907—1911）的手稿中读到这样的词句："我们将为大地上的人和宇宙的神效力，我用美、理智、爱和生命来称呼这位神灵……"[142] 美，开启了这个高尚的系列，被视为生命的花冠，精神追求的最高成果。用作家自己的话来说，最高的追求就是"与所有的生命交往接触"。按照布宁的见解，克服了"我"回避世界的孤僻心理之后，就会产生美的情感（但同时又是悲剧性的情感，因为要想全部得到世界那是不可能的）。在这种情况下，世界生活的含义非常广泛——一直扩展到大自然和宇宙之间。世界生活包含了社会生活、社会道德诸多因素，但是这些对布宁来说并不具有决定性的意义。由此，与象征主义的创作发生了联系，象征主义的作品意在标举美的思想旗帜，使人感悟超个人存在的因素，使美转化为"泛美主义"，即"伦理、宗教……甚至社会……价值的美化倾

57

向……"[143]。

在布宁创作道路各个不同的阶段，我们都可以遇到类似的"爱美心理"。在《安东诺夫卡的苹果》和20世纪初一些小说中，与其说作家为日趋衰微的宗法制度感到惋惜，倒不如说他更担心"与俄罗斯生活息息相关的自然风光之美"有可能消失，接触大自然，能够充分享受欢快的情感，而新的现实环境中，却"工厂林立，黑烟滚滚……"

在接下来的创作时期，布宁的宝贵思想得到进一步的发展，不过呈现的方式往往更间接、更隐秘。19世纪90年代末到20世纪第一个十年，布宁趋向成熟，创作了中短篇小说描写乡村，他像严谨的史学家和锐利的社会解析家，但始终坚信自己最高的价值尺度——审美尺度。阴暗荒凉的农村生活景象向我们展示的是被玷污了的美。为了塑造这样的场景，合乎规律地采用了自然主义的写作手法，而自然主义固有的细腻周详的描写却与"美感"背道而驰。如果说在随笔文集《鸟影》中，将美的激情跟人与世界血肉相连的思想结合在一起的话，那么乡村系列小说的"与美对立"的意识则跟斯拉夫精神的悲剧性结合在了一起，而这种精神远离了"全人类的精神"，是一种孤立的存在（正如他早期的中篇小说《旱谷庄园》［一译《苏霍多尔》］中所描写的）。

在著名的哲理寓意小说《旧金山来的先生》（1915）中，在陡峭的洞穴里面对圣母像，两个阿布鲁佐山民虔诚地赞美"太阳、清晨、**她**——所有受苦受难者的保护者……以及在伯利恒洞穴里从**她**腹中所生的**孩子**……"[144]。重要的是，这里既是对基督和圣母的赞美，也是对太阳和清晨的赞美。这里的基督教精神指的是开朗的"泛神论"，其中融合了生命本能的存在因素，它与孤僻阴郁的灾难性因素相对立。短篇小说《兄弟》中的爱情"公式"也是如此："渴望将有形与无形的世界纳入自己的心中，然后再把它呈献给某一个人。"[145]

索洛维约夫"万物统一"的观念主张精神世界与自然物质世界的高度统一，俄罗斯象征主义信仰这种学说，并把它视为思想标志之一，同样重要的还有被这种观念改造过的唯心主义哲学泛神论的传统。重要的还有陀思妥耶夫斯基著名的"公式"——美拯救世界。布宁写到了美、理智、爱情和生命之间的理想关系；弗·索洛维约夫思考过真、善、美这些最高原则的综合命题，也是把美置于首位。他在《纪念陀思妥耶夫斯基的三次讲话》（1881—1883）中写

58

道："真是人类智慧可以思考的善；美既是善，也是以生动具体的形式体现出来的真。美的充分体现是终极目标，是高度的完善，这就是为什么陀思妥耶夫斯基提出'美拯救世界'的理由。"[146] 关于高尚精神可以"有形地体现"，以及美就是这种高尚精神的表现，这种观念与布宁非常接近。阿达莫维奇的回忆录引文中明确指出："陀思妥耶夫斯基说过'美拯救世界'。布宁对陀思妥耶夫斯基难以容忍，但大概会同意他的这种说法，尽管他们对美的概念存在着不同的解释。"[147]

让布宁觉得亲近的是世俗的泛神论信仰，而不是超凡脱俗的神圣思想。作家对待宗教总的态度既矛盾又复杂，但是在这种情况下涉及的只是有形的领域。痴迷于"可感"世界令人陶醉的美，布宁看到的只是其中汇集了存在因素，这就决定了他对大量看得见的优美如画的风景描写——换句话说，这完全是另一种形象语言的表达方式。种种差异性显然比相似性更加重要，因为这里表现出来的不仅仅是布宁的个人特征。对于布宁创作所从属的艺术阐释体系而言，另一种体系所固有的对形而上学思想以及象征符号的优先推崇是难以接受的。（但是需要指出的是，索洛维约夫本人在《纪念陀思妥耶夫斯基的三次讲话》中，正是把他所处的那个时代的"现实主义艺术"和未来借助美的思想改造艺术的可能性联系在一起了。[148]）难以接受的正是这种优先推崇，而非来自敌对文学流派的个别影响和冲击。这些个别的影响和冲击是可以调和的，并且最终两个体系都愿意接纳它们。

这样一来，白银时代不同文学体系的相互接近就实现了它的间接使命，在两个世纪的文学之间架起了沟通的桥梁。我们面对的是独特的艺术综合的典范，它证明了我们正在研究的这一文学现象极为宽广的丰富性。

我们引用的类似例证大部分取自散文领域，这究竟有什么依据呢？其实这是合乎规律的，因为白银时代的文学，不同艺术体系之间的直接交流首先出现在散文领域，其次是戏剧，最后才是诗歌。这一时期的俄罗斯现实主义，除了布宁的诗歌，再没有出现任何有较大影响的诗人。把白银时代肯定为诗歌时代，其主要理由是诗歌是这一时代的最高成就，对这种观点应加以限定。文学发展的进程也证实了这一点。

世纪之交文学的革新（风格革新和艺术本身的革新），上文说过的两种趋势的相向连接起了重要作用：**最为重要的追求艺术整体"抒情性"的趋势来自诗歌；还有追求"客观性"的趋势则来自现实主义散文的传统，来自现实主义塑造形象的方法**。重要的是这一进程是全方位的，包含了形象思维所有主要的范畴，无论是更为普遍的范畴，还是更为局部的范畴。这是对于白银时代艺术综合的一种主要阐释。

本章对这一问题的考察主要是在文学内部展开的。同时，这一问题显然具有更为广泛的意义。在接下来的章节中我们将继续探讨白银时代的文学与当时的哲学探索以及各种艺术探索的密切关系。

注释：

1　1887年12月31日至1888年1月1日期间写给米哈伊洛夫斯基的信（《柯罗连科全集》，十卷本，莫斯科，1956，第10卷，82页）。

2　《托尔斯泰全集》，九十卷本，莫斯科，列宁格勒，1936，第36卷，231-232页。

3　《勃洛克文集》，八卷本，莫斯科，列宁格勒，1962，第6卷，154-155页。

4　同上，154页。

5　《高尔基全集》，二十四卷本，莫斯科，1997，第2卷，97-98页。

6　《勃留索夫日记》，莫斯科，1927，32页。

7　参见：谢·约·肯金，《青年勃留索夫对列夫·托尔斯泰美学的认识及其美学自我定位》（据《论艺术》一书手稿），《国立列宁图书馆手稿部学报》，第46辑，莫斯科，1987。

8　伊万诺夫与季诺维耶娃-阿尼巴尔的书信引文引自尼·亚·博格莫洛夫的论文，《彼得堡的哈菲兹之友文学社社员》，载《俄罗斯白银时代：篇章文选》，莫斯科，1993，169-170页。

9　普希金之家手稿部1990年年鉴，圣彼得堡，1993，92页。

10　《勃洛克作品全集》，八卷本，第5卷，223-224页。

11　瓦·勃留索夫，《漫步诗林·1894—1924·宣言、文章、评论》，尼·亚·博格莫洛夫与尼·弗·科特列廖夫编，莫斯科，1990，318-319页。

12　叶·科尔托诺夫斯卡娅，《最新文学选：谢尔盖耶夫-青斯基》，见《俄罗斯思想》，1913，第12期（副刊），97页。

13　瓦·勃留索夫，《诗林漫步》，318页，勃留索夫较早时期"捍卫"现实主义的言论参见《查理五世，有关艺术中现实主义的对话》（Карл V. Диалог о реализме в искусстве，1906）。

14　彼·科甘，《俄罗斯最新文学史概观》，第3卷，《现代人》，第1辑，莫斯科，1910，123页。

60

15　克·德·穆拉托娃，《20世纪评论中的新时期现实主义》，列宁格勒，1972，151—153页。

16　沃洛申，《创作剪影》，维·安·马努伊洛夫、弗·彼·库普琴科、亚·瓦·拉夫罗夫编辑出版，列宁格勒，1988，60—62页。

17　玛·维·米哈伊洛娃，《马克西米利安·沃洛申和格奥尔基·丘尔科夫》，载《俄罗斯文学的白银时代：问题、文献》，莫斯科，1996。

当代英国学者阿夫里尔·派曼认为"新现实主义"是复兴的象征主义。参见其论著《俄罗斯象征主义历史》（第11章），莫斯科，1998。英文第1版：剑桥大学出版社，1994。

18　安德列耶夫，《戏剧集》，莫斯科，1959，566页；《安德列耶夫文集》，六卷本，莫斯科，1990，第2卷，553—554页。

19　谢·阿·文格罗夫，《出版提纲》，载《20世纪俄罗斯文学（1914—1918）》，三卷本，莫斯科，1914，第1卷，9页。

20　谢·阿·文格罗夫，《新浪漫主义运动的各个阶段：第一篇论文》，同上，5页。

21　同上，19页。

22　同上，8页。

23　同上，19页。

24　叶·伊·扎米亚京，《论综合》，见扎米亚京，《我担心：文学批评，政论，回忆录》，亚·尤·加卢什金编，莫斯科，1999，77页。

25　叶·伊·扎米亚京，《新俄罗斯散文》，同上，95页。

26　这必然引起对文格罗夫观点的批评。比如，有人指责文格罗夫的方法论是阶级"调和论"，是"自由主义的无原则性"，是主张将"具有不同社会立场的"作家联合在一起。（《俄罗斯文学史》，十卷本，第10卷，《俄罗斯文学：1890—1907》，莫斯科，列宁格勒，1954，187—188页）

27　《高尔基档案》，莫斯科，1966，第11卷，158页。

28　弗·韦·比比欣，《疯狂年代的俄耳甫斯》；《安德列·别雷：创作问题、文章、回忆录、政论》，斯·列斯涅夫斯基与亚·米哈伊洛夫编，莫斯科，1988，502页。

29　《20世纪俄罗斯文学史：白银时代》，莫斯科，1995，5—10页。

30　同上，5页。

31　《19世纪末20世纪初的俄罗斯文学：90年代》，莫斯科，1968；《19世纪末20世纪初的俄罗斯文学：1901—1907》，莫斯科，1971；《19世纪末20世纪初的俄罗斯文学：1908—1917》，莫斯科，1972，鲍·阿·比亚利克编。

32　世纪之交俄罗斯现实主义的哲学与体裁问题，及俄罗斯现实主义与现代主义的关系可参阅弗·亚·克尔德什的著作《20世纪初的俄国的现实主义》（莫斯科，1975）。

33　《19世纪末20世纪初俄罗斯文学与美学观念》，莫斯科，1975。

61

34   《19世纪末20世纪初的文学进程与俄罗斯新闻业，1890—1904：社会民主与泛民主主义的出版物》，莫斯科，1981；《19世纪末20世纪初俄罗斯文学进程和俄罗斯新闻业1890—1904：资产阶级自由派和现代派的出版物》，莫斯科，1982；《20世纪初俄罗斯文学和俄罗斯新闻业，1905—1917：布尔什维克和泛民主主义的出版物》，莫斯科，1984；《20世纪初俄罗斯文学和俄罗斯新闻业，1905—1917：资产阶级自由派和现代派的出版物》，莫斯科，1984。

35   《俄罗斯文学史》，四卷本，第4卷，《19世纪末20世纪初（1881—1917）的文学》，本卷编辑克·德·穆拉托娃，列宁格勒，1983。

36   《俄罗斯诗歌史》，两卷本，第2卷，列宁格勒，1969；《俄罗斯戏剧史：19世纪下半叶至20世纪初期（1917年之前）》，列宁格勒，1987。

37   列·多尔戈波洛夫，《在世纪之交：论19世纪末20世纪初的俄罗斯文学》，列宁格勒，1977，7–8，40–42页等。论文初版《作为文学发展一个阶段的19世纪末20世纪初的俄罗斯文学》发表于《俄罗斯文学》，1976，第1期。

38   叶·鲍·塔格尔，《文学论文集》，弗·亚·克尔德什编，莫斯科，1988，289页。

39   请允许我援引所提著作中的个人见解："代表世纪初俄罗斯艺术精神和艺术观念及各种思想的特点的是紧张的、戏剧性的时代体验、强烈的个性感受、摆脱庸俗经验主义和实证主义的认识世界方法、寻求更新和强化形象语言的途径……"（克尔德什，《20世纪初俄国的现实主义》，215页）

40   米·列·加斯帕洛夫，《俄罗斯现代主义诗学的二律背反》，见《时代的联系：19世纪末20世纪初俄罗斯文学中的继承性问题》，莫斯科，1992，244–245，262–263页。

41   除了所提到的集体研究（《时代的联系》《俄罗斯白银时代》，参见注释40，8），相关的著作还有：《20世纪俄罗斯文学：流派》，1、2辑，责任编辑纳·拉·莱德尔曼，叶卡捷琳堡，1992，1995；《20世纪·文学·风格：20世纪俄罗斯文学的风格规律》（1900—1930），责任编辑维·维·艾季诺娃，叶卡捷琳堡，1994，1996；《佳吉列夫时期：白银时代大全》，《第三次佳吉列夫报告会材料汇编》，第1辑，彼尔姆，1993；《世界文学史》，莫斯科，1994，第八卷"俄罗斯文学"一章）。在个体学者发表的论文中，引人注目的当属叶·格·埃特金德的《"白银时代"的统一》（埃特金德，尼瓦，谢尔曼，斯特拉达，《俄罗斯文学集：诗学问题》，那不勒斯，1990）。我对白银时代完整性问题的观点在下列文章中有所论述：克尔德什，《在艺术时代的交界线上》（《文学问题》，1993，第2辑）；《论白银时代的俄罗斯文学及其研究》《挣脱教条的束缚 俄罗斯文学史：研究状况与研究道路》，两卷集，莫斯科，1997，第2卷）。近年来在教材中也反映了上述趋势，参阅柳·阿·斯米尔诺娃主编的《19世纪末20世纪初的俄罗斯文学》，莫斯科，1993。

42   《20世纪俄罗斯文学：概论、肖像、随笔》，共2部分，费·费库兹涅佐夫编辑，莫斯科，1994；弗·韦·阿格诺索夫编，《20世纪俄罗斯文学》，莫斯科，1996，第1、2部分；

弗·韦·阿肯诺索夫编，《白银时代俄国文学》，莫斯科，1997；帕·巴辛斯基，谢·费佳金，《19世纪末20世纪初和第一次移民浪潮时期的俄罗斯文学》，莫斯科，1998。

43　有关术语产生新的变异现象，可参见罗·达·季缅奇克对尼·奥楚普的文章《俄罗斯诗歌的"白银时代"》的注释（奥楚普，《时间海洋》，圣彼得堡，杜塞尔多夫，1993，609页；奥姆瑞·罗南，《设计与虚构的白银时代》，莫斯科，2000，（4—6章，第1版为：《20世纪俄罗斯文学白银时代的谬见》，阿姆斯特丹，1997）。

44　罗南，《设计与虚构的白银时代》，124页，维·弗·伊万诺夫在该书序言中对作者的论据表示认同，但"不相信能替换已经广泛使用的术语"（14页），另一些对这一术语持否定态度的研究者也表示怀疑（124页）。

45　柳·亚·叶祖伊托娃，《19世纪至20世纪初期俄罗斯文化中的什么被称作"黄金时代"和"白银时代"》，见《古米廖夫报告会：斯拉夫语文学家国际会议资料汇编》，圣彼得堡，1996，18—22页。

46　《20世纪俄罗斯文学史：白银时代》，7页。

47　《白银时代俄罗斯诗歌选集，1890—1917》，莫斯科，1993，3页。

48　尼·博格莫洛夫，《关于这本书和它的作者们》，见《白银时代：回忆录》，塔·杜宾斯卡娅-贾利洛娃编，莫斯科，1990，5—6页。

49　对这个问题最全面详尽的阐述，参见集体编著的《契诃夫研究：契诃夫与"白银时代"》，莫斯科，1996。

50　对生活持非传统、重新思考态度的那时还有另外一些"日常生活题材"的作家，参见柳·亚·叶祖伊托娃，《1890至1907年期间的现实主义文学》，《俄罗斯文学史》第4卷，《19世纪末20世纪初的文学》，251—252页。

51　阿·马·兹韦列夫在"作为一个文学时代的20世纪"的"圆桌会议"上的发言（《文学问题》，1993，第2辑，24页）。

52　《文学遗产》，莫斯科，1965，第72卷，351页。

53　《勃洛克全集》，八卷本，第5卷，205—206页。

54　兹韦列夫，《作为一个文学时代的20世纪》，《文学问题》，1992，第2辑，42页。

55　弗·穆萨托夫，《20世纪俄罗斯文学一瞥》，《文学问题》，1998，3期，5—6月号，82页。

55a　列·杰乌斯曼诺夫对19世纪末20世纪初的俄罗斯文学进程与科学思想发展的联系这个普遍问题进行过研究，其中包括《19世纪末俄罗斯散文的艺术探索》（塔什干，1975）。

56　正是随着个性问题探讨的不断深入，现代俄罗斯文学研究（1970年起）把白银时代文学的重要特点都联系在了一起，并且出现了对这一问题的专著，如：利·安·科洛巴耶娃的《19世纪与20世纪之交俄罗斯文学中的个性观念》（莫斯科，1990）。

57　伊（伊·尼·伊格纳托夫），《弗·加·柯罗连科》，《俄罗斯新闻》，1903年6月15日。

58　20世纪80至90年代国外出版了专门研究"俄罗斯尼采"问题的大量文集和专著，比

63

如《尼采在俄罗斯》，伯尼斯·格拉策·罗森塔尔编，普林斯顿大学出版社，1986（该书附录了一份有关尼采译著和评论的珍贵书目：理查德·D.戴维斯的《尼采在俄罗斯》，1892—1919：年表）；伊迪斯·W.克劳斯，《道德意识的革命：俄罗斯文学中的尼采，1890—1914》，北伊利诺斯大学出版社，1988；伯尼斯·格拉策·罗森塔尔编，《尼采与苏联文化：同盟者与敌人》，剑桥大学出版社，1994（该书第一编《尼采与苏联文化的前革命根源》讲的是白银时代）。

国内具有同类性质的文章有：罗·尤·丹尼列夫斯基的《弗里德里希·尼采的俄罗斯形象：前史与形成初期》，《19世纪与20世纪之交：俄罗斯文学跨国联系史》，列宁格勒，1991。

59　托马斯·曼，《我的生活特写》，见《托马斯·曼全集》，十卷本，莫斯科，1960，第9卷，106页。

60　尼·米哈伊洛夫斯基，《文学与生活》，《俄罗斯财富》，1894，第12期（副刊），94页。

61　参见：安·玛丽·莱恩，《尼采来到俄罗斯：19世纪90年代的普及与抵制》；B. G.罗森塔尔的《引言》，《尼采在俄罗斯》，63-65，12、13页；E.W.克劳斯，《道德意识的革命》，58页；罗·龙·丹尼列夫斯基的《尼采的俄罗斯形象》，《19世纪20世纪之交：俄罗斯文学国际关系史》，31-33页。

62　安德列耶维奇（叶·安·索洛维约夫），《论尼采》，《生活》，1901，第4卷，229，309页。

63　《安德列耶夫文集》，六卷本，第1卷，246页。

64　《高尔基全集》，二十四卷本，第1卷，246页。

65　梅列日科夫斯基，《托尔斯泰与陀思妥耶夫斯基》，《梅列日科夫斯基全集》，二十四卷本，莫斯科，1914，第11卷，72-73页。

66　《库普林文集》，六卷本，莫斯科，1958，第3卷，346，530-531页。

67　弗·谢·索洛维约夫，《莱蒙托夫》，弗·索洛维约夫，《诗歌，美学，文学评论》，尼·弗·科特列廖夫编，莫斯科，1990，441页。

68　尼·米哈伊洛夫斯基，《文学与生活》，《俄罗斯财富》，1894，第11期（副刊），126-127页。

69　谢·布尔加科夫，《陀思妥耶夫斯基简论：25年之后（1881—1906）》，载《陀思妥耶夫斯基全集》，十四卷本，周年纪念版（第6版），圣彼得堡，1906，第1卷，5页。

70　维·伊万诺夫，《陀思妥耶夫斯基与长篇悲剧小说》，《维·伊万诺夫文集》，布鲁塞尔，1987，第4卷，404页。

71　《陀思妥耶夫斯基全集》，三十卷本，列宁格勒，1976，第14卷，100页。

72　同上，列宁格勒，1974，第14卷，189页。

73　当然，我们没有涉及"陀思妥耶夫斯基与尼采"这个引起批评界大量争论的复杂问题。

74　谢·布尔加科夫，《作为一个哲学典型的伊万·卡拉马佐夫（陀思妥耶夫斯基长篇小说《卡拉马佐夫兄弟》中的人物）》，《哲学与心理学问题》，1902，第1册，838-839页。

64

75　因·维·科列茨卡娅，《象征主义》，见《世界文学史》，第8卷（《俄罗斯文学》一章），86-87页。

76　奥莉加·马蒂奇，《济娜伊达·吉皮乌斯的宗教诗歌中的悖论》，慕尼黑，1972，56页。

77　"梅列日科夫斯基的精神悲剧在于他是一位二元论的苦行者……"（薇·鲁季奇，《梅列日科夫斯基（1866—1941）》，见《20世纪俄罗斯文学史：白银时代》，219，220页）。关于梅列日科夫斯基第一部长篇小说中作者内心深处的潜台词，参见：迪·马·穆罕穆多娃，《论梅列日科夫斯基和他的长篇小说〈叛教者尤利安〉》；梅列日科夫斯基，《诸神之死：叛教者尤利安》，莫斯科，1993。

78　举例来说，个性观念的某些相似特征可以用"捕捉到……同一个时代生活气息"来解释，这在现实主义作家契诃夫和象征主义作家安年斯基笔下都可以得到证实（参见利·安·科洛巴耶娃，51-54页），众所周知，批评家安年斯基并不喜欢艺术家契诃夫。

79　尼·米哈伊洛夫斯基，《论马克西姆·高尔基君及其主人公》，见米哈伊洛夫斯基，《文学评论集》，莫斯科，1957，627页。

80　《易卜生文集》，四卷本，莫斯科，1958，第4卷，691页。

81　瓦·瓦·沃罗夫斯基，《库普林》，见《沃罗夫斯基文集》，三卷本，莫斯科，1931，第2卷，288页。

82　埃·阿·波洛茨卡娅，《"飞向永恒"：安德列·别雷论契诃夫》；伊·雅·洛西耶夫斯基，《安德列·别雷的"契诃夫"神话》，见《契诃夫研究：契诃夫与"白银时代"》，莫斯科，1996。

83　《契诃夫著作与书信全集》，三十卷本。《著作集》，十八卷本，莫斯科，1980，第17卷，9页。

84　同上，《书信集》，十二卷本，莫斯科，1978，第6卷，144页；莫斯科，1976，第3卷，217页。

85　弗·鲍·卡达耶夫，《契诃夫的散文：诠释问题》，莫斯科，1979，19页。还可参见：维托里奥·斯特拉达，《安东·契诃夫（1860—1904）》，《20世纪俄罗斯文学史：白银时代》，52-53页。

86　《契诃夫全集与书信集》，《著作集》，莫斯科，1976，第10卷，80，81-82页。

87　《契诃夫全集与书信集》，《著作集》，莫斯科，1976，第3卷，11页。

88　谢·阿·文格罗夫，《最新俄罗斯文学史的基本特点》，圣彼得堡，1899，17-18页。

89　《批评随笔》，《观察家》，1905，第1期，6月5日，12页。

90　对于"新现实主义"摆脱"意识形态"的倾向，德·斯·斯维亚托波尔克-米尔斯基当年曾经有过公正的评价，指出了它与"正统的现实主义流派"以及"象征主义"相互关系中所处的特殊地位；但与此同时他认为"后象征主义一代作家"（他也将"新现实主义者"列入其中）这种创作趋势笼统地说是对精神内省的拒绝（"总的来说无疑是在刻意飞离思想"），

65

这种阐释有失偏颇。参见：德·斯·米尔斯基，《当代俄罗斯文学（1881—1925）》，伦敦，1926，291-292页。

91 参见：西拉德·利奥，《20世纪初俄罗斯散文中托尔斯泰传统问题》，《匈牙利科学院学报》，1978，第20卷，3-4页。

92 立论最有依据的著作当推：亚·埃特金德，《鞭笞派：邪教、文学及革命》，莫斯科，1998；尼·亚·博格莫洛夫，《20世纪初的俄罗斯文学和神秘学》，莫斯科，1999。

93 关于20世纪10年代现实主义文学中"自然—宇宙"意识的双重性问题，参见：奥·弗·斯利维茨卡娅，《20世纪10年代的现实主义散文》，见《俄罗斯文学史》，四卷本，第4卷，623-625页。

94 亚·帕·丘达科夫，《契诃夫与梅列日科夫斯基：艺术哲学思想的两种类型》，见《契诃夫研究：契诃夫与白银时代》，59页；还可参见：涅·马·佐尔卡娅，《契诃夫与白银时代：某些反对观点》，同上。

95 引自古米廖夫纲领性的文章《象征主义的遗产与阿克梅派》（《阿波罗》，1913，1期）。

96 参见：弗·尼·托波罗夫，《叶莲娜·古罗创作中有关年轻儿子道成肉身、死亡与复活的神话》，见《俄罗斯白银时代：篇章文选》，248-251页等。

97 《勃洛克文集》，第5卷，206-207页。

98 扎·格·明茨在《论俄罗斯象征派作家创作中的几个"新神话主义"文本》（载《勃洛克的创作与20世纪俄罗斯文化：论勃洛克文集》，第3辑，塔尔图，1979；一文中对"新神话主义"作了深入研究，此后这一术语在我们的文学批评中得到了广泛运用。以后对该问题最有影响的研究当属托波罗夫的《20世纪初俄罗斯文学中的新神话主义：亚·亚·孔德拉季耶夫的长篇小说〈在亚伦河岸上〉》（特伦托，1990）。

99 叶·莫·梅列金斯基，《神话诗学》，莫斯科，1976，161页。

100 谢·谢·阿韦林采夫，米·纳·艾普施坦因，《神话》，《文学百科词典》，莫斯科，1987，223页。

101 梅列金斯基，《神话诗学》，158，205页。

102 参见：亚·瓦·拉夫罗夫，《关于"寻求金羊毛的勇士们"的神话创作》，见《神话—民间创作—文学》，列宁格勒，1978。

103 1930年12月18日致埃·卡·梅特纳的信，《文学问题》，1994，第3辑，309页。

104 1915年7月23日致谢·康·马科夫斯基的信，《新文学评论》，1994，第10期，151页。

105 参见：亨里克·巴兰，《俄罗斯现代主义的类型学：伊万诺夫，列米佐夫，赫列布尼科夫》，见亨里克·巴兰，《20世纪初俄罗斯文学中的诗学》，莫斯科，1993（首次刊登于：《阿列克谢·列米佐夫：通往一个多变的作家》，俄亥俄州哥伦布，1986。

106 参见：米·瓦·科济明科，《作为重建俄罗斯民族信仰经验的〈西奈圣徒传〉》，见《阿列克谢·列米佐夫：研究与材料》，圣彼得堡，1994。

66

107　就列米佐夫创作中的"神话与历史现代性"问题，阿·米·格拉乔娃写了一系列文章，其中有《阿列克谢·列米佐夫的〈西奈圣徒传〉：通过伪经的棱镜看俄国第一次革命》（《维也纳斯拉夫语学年鉴》，1998，42页）；《从官方禁书到教会禁书：阿列克谢·列米佐夫的长篇小说〈池塘〉》（《斯拉夫学：德布勒森大学斯拉夫语文学院年鉴》，第29期，德布勒森，1999），尚可参见：谢·尼·多岑科，《阿·列米佐夫创作中的"自传"因素与"伪经"成分》，见《列米佐夫：研究与材料》。

108　鲁·瓦·杜加诺夫，《赫列布尼科夫：创作天性》，莫斯科，1990，331页。尚可参见：亨里克·巴兰，《赫列布尼科夫的意识形态问题：神话创作与神秘化》，载《俄罗斯》，第3辑（11）：《意识形态前景中的文化实践：18世纪至20世纪初的俄罗斯》，莫斯科；威尼斯，1999。

109　弗·尼·托波罗夫，《彼得堡与俄罗斯文学的彼得堡文本》，《城市与城市文化的符号学：彼得堡》，塔尔图，1984（符号学学报，第18期），29页。

110　康·格·伊苏波夫，《俄罗斯历史美学》，圣彼得堡，1992，144页。

111　扎·格·明茨，米·弗·别兹罗德内，亚·阿·丹尼列夫斯基，《"彼得堡文本"与俄罗斯象征主义》，见《城市与城市文化的符号学：彼得堡》，84页。

112　叶·鲍·塔格尔，《现实主义发展的新阶段》，见《19世纪末20世纪初的俄罗斯文学：90年代》，莫斯科，1968，99-100页。

113　《迦尔洵作品全集》，莫斯科，列宁格勒，1934，第3卷，357页。

114　格·阿·比亚雷，《19世纪末俄罗斯现实主义问题》，见格·阿·比亚雷，《19世纪末俄罗斯现实主义》，列宁格勒，1973。

115　西拉尔德·利奥，《20世纪长篇小说中语义结构的层次问题》，见《匈牙利斯拉夫学》，布达佩斯，1983，297，312-313页。

116　有关俄罗斯现实主义散文非长篇小说体裁形式内新长篇小说构思趋向成熟的观点，参见：叶·格·穆先科，《19与20世纪之交通向新长篇小说之路》（沃罗涅日，1986）。

117　尤·瓦·索博列夫，《在布宁家做客》，《舞台与生活》，1912，第44期，5页；重新发表于《文学遗产》，莫斯科，1973，第84卷，第1册，374-375页。

118　有关世纪之交短篇散文的问题，参见：维·雅·格列奇尼奥夫，《19世纪末20世纪初的俄罗斯短篇小说（关注的问题与体裁诗学）》，列宁格勒，1979。

119　收入克·德·穆拉托娃所著《俄罗斯文学中社会主义现实主义的产生》，莫斯科，列宁格勒，1966，23-24页。

120　文学档案，第5卷，莫斯科，列宁格勒，1960，132页。

121　《交易所公报》，1901年，9月3日。

122　《交易所公报》，1904年，2月27日。

123　叶·亚·科尔托诺夫斯卡娅，《批评随笔》，圣彼得堡，1912，50页。

67

124　安德列·别雷，《转折关头：论俄罗斯新艺术发展的结果》，见安德列·别雷，《杂文小品集》，莫斯科，1911，258页。

125　《曼德尔施塔姆文集》，两卷本，莫斯科，1990，第2卷，266页。关于19世纪俄罗斯心理小说的传统与象征主义诗歌、象征主义诗歌抒情主人公，以及有关诗集新见解之间的关系，参见：列·康·多尔戈波洛夫，《从"抒情主人公"到诗集》，见列·多尔戈波洛夫，《世纪之交》，列宁格勒，1977。

126　米·列·加斯帕洛夫，《历史诗学与比较诗律学（比较诗韵问题）》，《历史诗学：研究总结与前景》，莫斯科，1986，191页；谢·约·金金，《新时期的诗学纲要（论19世纪90年代勃留索夫的理论探索）》，《俄罗斯白银时代》，111页；维·莱温，《世纪初的散文（1900—1920）》），《20世纪俄罗斯文学史：白银时代》，292页；萨·纳·布罗伊特曼，《从历史诗学角度关照19世纪至20世纪初的俄罗斯抒情诗：主体形象结构》，莫斯科，1997，212页。

127　这个问题在《时代的联系，19世纪末20世纪初俄罗斯文学中的继承性问题》（莫斯科，1992）中有专门研究。还可参见集体著作《俄罗斯现代主义的文化神话：从黄金时代到白银时代》（加利福尼亚大学出版社，伯克利—洛杉矶—牛津，1992），该书大部分文章都认为白银时代继承了普希金的遗产，在白银时代的氛围中"一直伴随有……其他各种文化的生活"（伊·帕别尔诺，《普希金在白银时代人的生活中》，39页）。

128　爱·阿·舒宾，《反动年代的艺术散文》，见《20世纪初俄罗斯现实主义的命运》，列宁格勒，1972，84—85页。

129　亚·康·若尔科夫斯基，《〈飘浮的梦〉及其他作品》，莫斯科，1994。

130　《勃洛克文集》，第5卷，335页。

131　维·格·别林斯基，《1845年的俄罗斯文学》，见《别林斯基全集》，十三卷本，莫斯科，1955，第9卷，388页。

132　亚·米·古列维奇，《现实主义的动力学》，莫斯科，1995。

133　对此更详细的论述参见：弗·克尔德什，《从俄罗斯古典传统观照索洛古勃的散文》，《东欧》，总第11辑，1992，第2辑。

134　阿·格·戈伦菲尔德，《费奥多尔·索洛古勃》，《20世纪俄罗斯文学》，莫斯科，1915，第2卷，第1部分，15—16页。

135　《论费奥多尔·索洛古勃：批评文集。文章和札记》，圣彼得堡，1911，16、331页。

136　《象征主义作家论象征主义》，《约言》，1914，第2期（副刊），74页。

137　欧仁·尤内斯库，《起点》，《剧作家论剧作》，纽约，1961，147页。

138　这样的观点始于20世纪50年代，后来在奥·尼·米哈伊洛夫论布宁作品的论著中得到了继承。

68

139　达·塔利尼科夫，《"象征主义"还是现实主义》，《现代世界》，1914，4期（副刊），129页。在瓦·利·利沃夫–罗加切夫斯基的文章《象征主义作家及其继承者》中，对布宁艺术（此处指他的诗歌）的评论观点不同——虽说具有"新现实主义"的特点，但也使用了"象征派诗人的许多方法"（《现代人》，1913，第7期，307页）。

140　对布宁的创作与现代主义的联系进行深入研究的是俄罗斯侨民文艺学家尤·弗·马利采夫，他著有《伊万·布宁：1870—1953》，法兰克福，莫斯科，1994）。然而，这本有趣的书夸大了布宁创作中的"现代性"，削弱了作家与俄罗斯19世纪经典文学的联系。下文中我对这一问题的看法，最初刊登在上文提及的1993年发表的文章《在艺术时代的交界线上》（见注释41）。

141　格·维·阿达莫维奇，《忆布宁》，《旗》，1988，第4期，181页。

142　《布宁文集》，九卷本，莫斯科，1965，第3卷，435页。

143　扎·格·明茨，《勃洛克与俄罗斯象征主义》，《文学遗产》，莫斯科，1980，第92卷，第1册，100，102-103页。

144　引自最初发表的文本，见《词语》，莫斯科，1915，第5辑，286页。

145　《布宁文集》，九卷本，莫斯科，1965，第4卷，272页。

146　弗·索洛维约夫，《诗歌，美学，文学评论》，180页。

147　阿达莫维奇，《忆布宁》，《旗》，1988，第4期，181页。

148　弗·索洛维约夫，《诗歌，美学，文学评论》，170页。对此予以关注的还有塔·帕·布斯拉科娃的文章《索洛维约夫和"审美颓废主义"》。一个例子是尤·鲍·奥尔利茨基对19世纪与20世纪之交（以及后来）"诗歌与散文形式急剧融合"的观察，这种融合具有合二为一的倾向：20世纪诗的因素渗透进散文结构，与此同时，"**诗歌的散文化进程**也日趋强烈"，自由诗就是具体例证，"将各种类型的散文片断引入诗歌，并将它们联结为诗的整体"（尤·鲍·奥尔利茨基，《20世纪前30年俄罗斯散文中诗歌因素的强化》，见《20世纪·文学·风格》，叶卡捷琳堡，1994，第1辑，79页）。在该书再版时，作者还就诗歌的"散文化"问题，专门写了一篇文章：《20世纪前30年风格演变中的俄罗斯自由诗》，见该书第2辑（叶卡捷琳堡，1996）。

第二章
白银时代的哲学和文学——贴近与交叉

◎康·格·伊苏波夫　撰 / 赵秋长、王亚民　译

Ⅰ

1. 引言

　　在诸多的著述中都使用了"白银时代"这一术语，我们使用它则偏重作为：① 历史术语（系指19世纪末20世纪初这段历史时期）；② 题材术语（系指创作于第一次世界大战前后的，直接或间接与文学作品有关的主要哲学著作）。我们与此同时仍然坚信，不但是很早就退出舞台的象征主义和其他一些文学流派尚在国外得以继续发展，而且诞生于俄国的主要哲学思想流派已在国外生根开花，兴盛一时，并对整个欧洲的精神文化、美洲的社会学和历史哲学产生了重大影响。如果认为宗教复兴是当时最明显的特征，那么可以说哲学传统在年代上有着比文学本身更悠久的历史。比如：文化神学到1930—1940年间才在侨民中最终确定了其世界观，而新的宗教文化学早在彼·司徒卢威和谢·弗兰克的《文化哲学概述》（《北极星》，1905，第2、3期），这组系列文章未能最后

完成），以及亚·梅耶和格·费多托夫发表在《自由之声》（圣彼得堡，1918，出版了两期）上的文章中业已形成。我们还发现，基督教社会主义、欧亚主义、人格主义、历史哲学的发展也证实了这一点。

有鉴于此，我们预先声明，我们论述白银时代时偶尔会与文艺学家们认定的年表不符。[1]

难以对白银时代文学和哲学的发展史作出条理清晰的描述，其原因很多，我们只列举三点：

（1）纯哲学与文学著作之间的界限历来不甚分明（例如，帕·弗洛连斯基的硕士论文《真理的柱石和根基》，1914，像他的《末世论拼图》一样，既不属于"神学"，也不属于"文学"著作）。创作的哲学，也就是广义上的"美学"成了叙述的话题和情节的推动力。不是每一位作家都需要自己的艾克曼：创作与元创作、文学与元文学、描述与自我描述相随共存，相辅相成，就个人生活而言，作家有时会自我排斥（勃洛克："该死的书啊，可以休矣！我从没写过你们！"），或者自命不凡（谢维里亚宁反讽的自我吹捧），或者写些真诚的圣传（别雷的回忆录三部曲），或者带有《我的艺术人生》式分析色彩的回忆录。如果传统上黄金时代的文学都大谈哲学，那么白银时代的哲学家则都"大谈文学"：舍斯托夫或罗扎诺夫不会去分析问题（比如说，死亡问题），他们会体验作为生命的一个主题的死亡，他们写下的不是哲学论著，而是带有叙事色彩的哲学"小说"，或是重新拾起浪漫主义者最爱的断片体裁。他们两位的学生列米佐夫就在这种散文类型中结合了舍斯托夫式的"反教条"文体和罗扎诺夫式的"心灵手稿"。元文本的特征表现在方方面面：哲学批评展现了意见的分歧，将各种观点活生生地呈现在人们面前，在某种程度上可视为新型的对话录。在评论家看来，小说家、诗人、哲学家是站在一个阵线上的，阿·卡·扎克热夫斯基的三部曲（《地下》，1911；《卡拉马佐夫性格》，1912；《宗教》，1913）就作如是观。

罗扎诺夫也在《落叶集》的第二"筐"中谈到他创作的"文学性衰退"并以这部著作奠定了白银时代文学的风格。罗扎诺夫认为，题材的选择对文体有重大影响，读者对其世界观的理解是通过对文体的分析而获得的。罗扎诺夫创作方法与文体的特点是，采用神话学论证法，做一个爱神埃罗斯–厄罗斯"历史学家"：将比较性的历史考察结论反映日常生活，用叙述式和白话式的散文体记载下来；作者的叙述不掺杂主观色彩；使用的语言朴实平和，令人信服，但不失其尖锐性；充分利用加强语义的符号（如引号，着重号等），这样文中词语的附加意义便被突显出来。其实罗扎诺夫在这里讲的不单是写作的要领，而且还是作家精益求精的创作态度。罗扎诺夫道出的是自己的心声和躁动"在腹中"的思绪，这部作品袒露出一颗火热的心；这是一篇人在彻底苏醒亦即大彻大悟之前写下的文字，然而，它已将作者的追求表露无遗。难怪罗扎诺夫认为胚胎学是关于人的人文科学中最重要的一门科学。研究者们不止一次地谈到罗扎诺夫"孕育在腹中的话语"，称之为其思想和著作的腹稿。罗扎诺夫确实坚持他的一些草稿是不打算发表的，他与我国的神秘主义者一样，特别看重直接来自灵感的效能，认为完全可以进行"自动写作"（弗·索洛维约夫、安·施密特就是受索菲亚直接暗示而写作的）。正如历史哲学家别尔嘉耶夫指出的那样，历史发展的实际进程可能被形而上学的历史哲学论述所"修正"。于是，罗扎诺夫就把读者带回到人类古代的肉欲经验之中，以使现代人怀念男欢女爱的勃勃古风，而这正是将夫妇、家庭乃至民族和人类联系在一起的纽带。罗扎诺夫的散文具有十分独特的历史性和现实性，它们别具一格，颇具启蒙的意义，其作品的要义为：是爱神埃罗斯-厄罗斯首先开发了世界，他比哲学、逻辑学和艺术更为古老。罗扎诺夫所说的埃罗斯-厄罗斯还是人类学的一个美学范畴，但这个民族学和宗教学并未能取代宇宙学和神秘学，罗扎诺夫仍注重揭示内在的人，他的方法是将人内省的经验还原为日常生活的表象，这种途径正好与陀思妥耶夫斯基揭示主人公精神面貌所用的方法相反。

71

罗扎诺夫的作品多用艳词，往往会睹物生情，堪称他的"心灵手稿"。他的《隐居》（1912）不断提醒读者，这些艳词出现在何时何地（"在鞋掌上""在写字的垫板背面""在夜晚的出租马车里"）。这不禁使人联想起古代洞穴壁上的岩画，被艺术史家称为粗画的劳什子。文化史家知道，艺术源于人亲自涂鸦的渴望，这是自我意识的一种诉求。罗扎诺夫的创作使用的是原始语言，这种语言因自己的诞生而自我惊叹不已。物品上的题词也就被物化了，同时，它也像浅浮雕一样变成了作品，这时题词就与物品相辅相成，就像被放置到我们熟悉的某种语言环境中一样。正是这种用手写出的笔笔画画，勾勒出生活和人间世界的原本面貌。

我们读《死魂灵》，小说中有主人公马尼洛夫谈话的文字，我们去看这出剧目，海报上也有相关的介绍文字，但对我们来说重要的不是这些文字的内容，而是买卖死魂灵这一事实。在罗扎诺夫的作品中，语言也会"转换"成活生生的物象，由此，他的语句章节凝结为表白自己心迹的纪念碑，这时，它们充当着客观存在的衍生物和美好生活意愿表达者的角色。

罗扎诺夫情爱化和物象化的写作方法，与凭借对物体的感觉进行创作的未来主义画家和静物画画家的作画技巧颇为相似。弗·尼·伊利因称罗扎诺夫是"成功的未来主义者，成功的毕加索"（《风格化与风格：瓦·罗扎诺夫》，1964）。

（2）语文学与宗教哲学思想之间出现了新的分水岭。语文学思想自称"神秘主义"思想，它既不是哲学思想，也不是教会宗教思想；但它是哲学（如心灵哲学和创作神学）的反映，其中充斥着审美的直觉，它是一种语言艺术，就像人人都心知肚明的"性问题"一样，只需直截了当地说来即可。别雷在与梅特纳谈到歌德和鲁道夫·斯坦纳在"现代型世界观"（1917）中的地位问题时，他的腔调与学院派大相径庭，但是，人智学的"神话"乃是文学关于世界认识庸俗化的一个变种，是哲学折中主义的一种形式，不过采取了时髦的"神秘"表现方式而已。在本世纪，并不是所有的哲学倾向都能树立起自己的"典型"并能在文学中得到美学上的阐释，另一方面，费特翻译的叔本华的著作（1881）最终确立了他作为自由思想宣传者的权威。这位思想家对俄罗斯悲观主义的发展赋予了特别的色彩，尤其是对托尔斯泰的思想和吉皮乌斯、索洛古勃、安德列耶夫的创作发生了重大影响。犹太哲学家阿·米·康托尔的许多理论是受基督教三圣一体这种象征的启发而产生的，而爱因斯坦的相对论是陀思妥耶夫斯基的非欧几里德式的世界图景的写照；数学和物理学中的新哲学给了别雷的散文创作第二次生命，使他走上了立体主义的创作道路，也使弗洛连斯基走上了宗教人类学的道路，并开辟了科学思想发展的新途径。

（3）哲学思想采取更加灵活的新形式对文学施加浸淫。各种政治思想层出不穷，20世纪20年代初以来有关论著不断出版，意识形态领域呈现出一幅纷纭杂陈的景象，有异教信仰和文化至上主义，有马克思主义和鞭笞派，还有反抗上帝的激情和复兴基督教的改革，因此，难以说清各类创作（思想和艺术推论）之间的"相互影响"。高尔基作品中的主人公寻神派和云游派教徒们与作者不同，搞不清基督教社会主义问题；为小天使们构筑理想国的索洛古勃，未必对现代人创建的儿童神学有深入的研究；亚·斯克里亚宾、尼·克柳耶夫、亚·杜勃罗留波夫也不曾涉猎古希腊关于索菲亚的理论。然而，鞭笞派的圣母却成了他们心中俄罗斯的阿佛洛狄特女神，并引领他们远离"文化"，走向"民众"狂热追求的五彩缤纷却又虚无缥缈的世界。另一方面，基督教社会主义思想与勃洛克、马雅可夫斯基、高尔基以及新农民诗人们试图在文学中探寻俄罗斯耶稣形象的努力，与后期的无产阶级文学中社会主义理论发展进程也有耦合之处。而且，这些耦合之处非常多，对其只能分门别类地加以阐述。

要全面介绍时代的精神氛围，单单指出各种文化要素既相悖又"交叉"的现象是不够的，因为文化在其历史发展的进程和时序中是一个统一体。弗·瓦·魏德列在不无揶揄地谈论自己所处时代的思潮时说，"'新的宗教意识'不是哲学思想，而是文学思想"[2]，白银时代是作为一个整体对写作活动的另类方法和对待词语的另类向量进行"思考"的，因为词语与人和上苍的行为是相符合的。从这个意义上来说，魏德列的话是正确的。未来主义者认为，他们在创造新词时，也就创造了新的现实；象征派也创造出非此即彼的世界；意象派作家则认为是他们赋予了混沌世界的最初色彩。曼德尔施塔姆称，词汇已不再是自己本身，因而，"蕴含着真理，仅仅蕴含着真理"的经典文学似乎已经消亡，因为世界综合统一的美学标准下的世界历史性时刻终极意义的思想已分别形成。哲学家的工作和作家的劳动既没有相互融合，也没有相互替换，他们构成了一种复杂的平衡关系，而且面对的是共同的问题。在现实的文化交流中，无论距离有多远都无法将他们隔离开来，"互不相干"的学者们为了共同的命运相濡以沫，共同协作。

2. 俄罗斯时代思想综述

19世纪末至20世纪初的俄罗斯思想史，是一部不同形式的实证主义和新浪漫主义的形而上学的兴衰史，它经历了从朴素的折中主义的唯灵论到"基督教的象征主义"，从"具体的唯心主义"（谢·特鲁别茨科伊）到存在主义人格主义的阶段。

74

我们站在民族传统的立场上，应该注意一个并不十分特别的问题："真正认知"的式微与虚无主义的现象和其他极端的否定形式有何关联？我们有必要回忆一下别林斯基的《文学的幻想》和恰达耶夫的第一封《哲学书简》，我们那些移民作家（弗·佩切林，赫尔岑[3]）对时弊的揭露，非宗教组织的共济会会员的自由思想和十二月党人的首创精神，民主阵营公开的无神论和托尔斯泰晚年的反教会政论作品，世界罪恶派作家的理想（莱蒙托夫、果戈理、丘特切夫、迦尔洵）和陀思妥耶夫斯基笔下的"地下室的人"的地狱唯美论，巴枯宁恶魔化的无政府主义和列·梅尼尼科夫浅薄的永生学，以及自然主义小说中主人公的绝望心理，所有这些思想意识都深深地打着备受俄罗斯生活折磨的烙印，同时也是民族直觉被束缚的产物。其表现为：无由的全盘（彻里彻外地）否定，甚至到了不辨是非的地步，结果很快就又走向其反面。自然科学的成就为验证经验的和知识的可靠性打下了坚实的基础。知识和信仰孰是孰非？这里有个权威的裁判，那就是怀疑。年轻的教授弗·谢·索洛维约夫曾对自己的学生说："坚定的信仰出于决绝的否定。"[4] 说出这句话的人在15岁就通读了皮萨列夫，他将圣像扔出自家家门，又创建了所谓历史最后时日的末世论和亚洲式的反基督论。瓦·沃罗夫斯基在《巴扎罗夫与萨宁》（1909）一文中，对大家所熟知的19世纪60年代的一些观点进行梳理，而这些观点在20世纪将要到来之际便穿上了尼采哲学华丽时髦的外衣。如果说巴扎罗夫标志着实证主义者最初的自以为无所不知的幼稚，那么就可以说所谓的"新实证主义"者（弗·维·列谢维奇、尼·雅·格罗特）和黑格尔主义者（鲍·尼·契切林、尼·格·杰博利斯基、帕·亚·巴库宁），以及列·米·洛帕京之类的哲学家描绘的客观世界图景使世人学会了进行这种思考：有无生活的科学真理，艺术能否反映陷入无法摆脱因果关系的人的命运。

列·托尔斯泰不接受建立在明晰的因果关系思想基础上的历史哲学，但是他将审美活动视为游戏，对之进行检点时又常常使用现成的赫伯特·斯宾塞的格言。萨尔蒂科夫–谢德林的艺术社会学观点对客观的"内在历史"规律充满了信心，民粹派的批评（彼·拉夫罗夫、彼·特卡乔夫、亚·斯卡比切夫斯基）将实证主义思想的现实成果缩略为美学政治常识，尼·米哈伊洛夫斯基也是这样，他的以人类中心主义和价值哲学为依据的"客观方法"，残留着过多的社会学酵剂。

自从康德以后，哲学首先是对意识及其产生条件的评述。而自从实证主义者出现之后，客观社会学便是对生活的评述，正像由巡回展览派画家的肖像会让人误以为是银版照相，实证主义在美学与伦理学的土壤上，完成了生活教科书的创作（从车尔尼雪夫斯基的《怎么办？》到列夫·托尔斯泰的《读本》），完成了全面影响世界发展进程的仁爱设计（费奥多罗夫），也完成了俄罗斯尼采主义者的厌世说教，这距离复仇哲学和马克思主义者的革命行动只有半步之遥了。

经典实证主义哲学的终结，在某种程度上埋下了经典现实主义和一系列庄严题材作品的危机。霍米亚科夫、索洛维约夫两类哲学思想的合流并没有使作家摆脱生生不息的世界和对其进行完美表达不力的感觉。于是文学体裁就需要变形，这样才能克服散乱无力的状态，求得一种新的平衡。在这种情况下，长篇小说体裁退居一线，只有能将世界"聚集"在主人公周围的抒情诗歌体找到了出路：这种复杂的循环结构的文体成了我们期望的"体裁样式"，如：神秘剧（维·伊万诺夫的《炽热的心》）、昔日盛行的十四行诗（勃洛克的《抑扬格》和《卡门》就是这种开山力作）和长诗等等。"诗书"成了一种体裁，内有若干小标题，主人公和作者在感情上产生共鸣，克服了叙事诗的不足。

康德哲学还有一个贡献，那就是在它的影响下本体论和人类学第一次揭示了先验客体结构，确立了先验主体的地位。俄罗斯思想与康德纯理性和理性的二律背反格格不入。因此向康德挑战就具有了高尚神圣的意义。帕·弗洛连斯基称，康德是引诱俄罗斯思想家误入歧途的"大骗子"。[5] 反对康德哲学就是为了建立一种和谐的世界，在这个世界中，人类真正安居乐业，符合造物主创世的初衷，而文学家和哲学家联合起来，共建"美学神正论"（亚·谢·格林卡-伏尔加斯基的术语[6]）。俄罗斯思想试图克服历来存在的本质上的弱点，即外在体系的抽象推断：它总是跳不出本体论、认识论、神学、社会学、美学、伦理学基本概念的框框。不过，有些人（弗·索洛维约夫、谢·特鲁别茨科伊、帕·弗洛连斯基、尼·洛斯基、谢·布尔加科夫、谢·弗兰克）在这方面还是有所突破的。

在这危机年代，文化会进行反省，追忆过去的文化模式，这里说的是创作动机中深层的心理学和物理学特征，正是这种特征决定了俄罗斯文化的内涵，树立了它的精神"圣像"。上述民族的（和创作的）习念中有一种成分便是虚无主义，现用一个更令人敬重的词，那就是否定后肯定（即通过否定建立起来的肯定）。

我们感兴趣的不是神学的否定后的肯定（反映在布尔加科夫的《亘古不灭之光》中，1917），逻辑上的可能性，而是作为创作行为原则的否定后肯定的修辞法。

俄罗斯的癫狂乃是历史上神学否定后肯定的第一种形式。悲剧演员、"英雄"世界中的反英雄、疯修士从不惧怕任何人，因为谁也没有经历过他们那么多的考验，他们那些哼哼唧唧的话说的却是唯一的真理[7]，他们的词藻并不华丽，却一言九鼎。发狂、出丑、"装腔作势"（陀思妥耶夫斯基语）、作怪、出洋相及其他否定后的肯定的小动作，所有这一切都是基督教的伎俩，意在表明疯狂并非今世才有，"在外邦人为愚拙"（使徒保罗语）。精神癫狂成了俄罗斯文学中哲学自由，甚至命运的表现形式。从这个意义上来说，我们发现恰达耶夫、果戈理、托尔斯泰、索洛维约夫（同陀思妥耶夫斯基笔下的主人公们一样）等人的行为中有种内在的癫狂。将外部表现截然不同，而内部有着相同起源的未来派插科打诨，象征派（弗·索洛维约夫派的圈内[8]）的"行话"，以及营造完美生活的实践经验进行比较，我们发现精神癫狂已化身为虚无主义和对最高真理否定后肯定式的探索，影响了一系列作家、画家、音乐家的神秘感受，连同弗·索洛维约夫、安德列·别雷、瓦·帕·斯文齐茨基、弗洛连斯基、列米佐夫、亚·杜勃罗留波夫、克柳耶夫、赫列布尼科夫、罗扎诺夫、列·谢苗诺夫、叶·切斯特尼亚科夫这些人物一起，回到了自己的故土，这时它既保存着对历史渊源的记忆，又具有了20世纪创造性的气息。在新时代的条件下，普拉托诺夫认为，俄罗斯人的生活可以"前进"，也可以"后退"，而且"在这两种情况下都能保全自己"，"真理总是以谎言的形式表现出来，这是真理的自我保护，大家都是这样学习真理的"[9]，俄罗斯人只是对本国"否定后肯

定的总和"进行了评估。经历了"怀疑考验"的"和散那"（陀思妥耶夫斯基
语）是俄罗斯追求通往真理的榜样，她的形象铭刻在俄罗斯传人的心中。

列米佐夫在回忆自己青年时期的文学生涯时，提到了一些"古怪的"行踪
不定的人，如：舍斯托夫、别雷、罗扎诺夫、勃洛克，他说："正是这样一些
古怪的，似乎不是正常人的'傻瓜'具有伟大的天赋，他们的耳朵和我们的不
同。"[10] 上帝的真理难以用平缓的言语表达，它的表达需要借助"癫狂的"、
高超的修辞手法；这是"一种特殊的'癫狂'，一些作家以之使自己备感恐慌
的心灵再遭劫难"。[11] 列米佐夫塑造了一系列的癫狂人物的形象，如《池溏》
（1905—1911）中的疯肖马，《钟》（1908—1910）中的马尔库沙-拿破仑，《第
五场瘟疫》（1912）中的沙巴耶夫老头。阿库莫夫娜的形象在《教妹》（1909—
1910）中占有特殊的地位，同时代人认为作者塑造这一形象体现了罗扎诺夫的
癫狂性格。[12] 癫狂是俄罗斯一种神圣的思想，世人因之得到宽恕和救赎，[13] 因
此列米佐夫十分珍惜这种品性，罗扎诺夫对癫狂的否定后的肯定和舍斯托夫的
"非教条主义"，前者神秘的"乡土主义"和后者非线性的（唯理论认识的否定
价值）认识论，都令列米佐夫认识到在进行创作时使用"张狂的词语"，实施癫
狂的行为是天经地义的，完全符合俄罗斯写作活动的原本特性："……这是一种
天籁之声，是阿瓦库姆从俄罗斯大地最深处发出的'呼唤'的余音。"[14]

这是经历了自我否定和"怀疑烈焰"洗礼的定论（弗洛连斯基的这一论
题，再现了古老的希腊术语"эпохэ"，即"怀疑""制止"之意），从而我们发
现了俄罗斯文学创作活动的基本原则，这是白银时代的一份文化遗产。

印象主义者（因·安年斯基）和象征主义者是世纪之交新语文的先锋，他
们必须从根本上改变与现实对话的情态向量。人们通常认为，索洛维约夫乃是
象征主义者世界观的导师，象征主义者都直接师承于他。神话是由象征主义者
自己创造出来的。索洛维约夫逝世后，近象征主义者们写了不少篡改他生平事
迹的书（只需看看《谈弗·索洛维约夫》〈莫斯科，1911年〉这部文集就足以
说明），索洛维约夫1895年在《欧罗巴导报》上对勃留索夫的文章（《俄罗斯的
象征主义者》，1895）进行了尖锐的批评，他还写下了《反对执行令状》这篇
檄文。由此足以看出，新思想的信徒大大激怒了索洛维约夫，在这位思想家看
来，罗扎诺夫、梅列日科夫斯基、菲洛索福夫追随的是魔鬼般神秘的"东西"，

"它实在的象征是腐烂的尸体"，而不是宣传者诡称的"新的美"[15]（试比较：布尔加科夫文章的标题《美的尸体：论毕加索的绘画》，1914）。

象征主义者在弗·索洛维约夫身上视为象征物的东西，对于索洛维约夫这位思想家来说不过是一幅"简图"，即世界及其有活生生的美好实体在本质意义上的浓缩（索菲亚、永恒的女性气质、存在与超存在、光明与埃罗斯–厄罗斯）。在美学向量中，索洛维约夫的象征物是一种存在，是间接描写（就像认真听从上天召唤的降神者所作的记录），即艺术描写的对象。象征主义者的象征是一种美学构成，它们挤入存在之列，之后又反客为主，甚至取而代之。索洛维约夫的象征学和象征主义者创作的神话学的结合是富有成效的：象征主义者"分解"了哲学家的简图（即"图标"，"模式"），使之成为有力的美学手段。象征从抽象的本体论的范式变成了机会论（具有原本的隐秘性）的形象规则，并成为先锋艺术实践的"材料"。

这一过程是对话语概念的重建。在生活构建、神话创作、巫术、审美表演理论中，整个世界都可以用话语来表示，而且话语是任人操持的——象征主义者激昂地"阅读""释译""改写""创造""改变"着它，一句话，他们就像巫师、导演和"话语生活"中的人一样游弋其中。象征主义者所采用的元历史视角的光学和诠释"阅读"的技术，使"历史内容"发生了不可逆转的改变。生活与其土壤的关系稍显密切，象征主义就蜕变成了昙花一现的自由想象（表现梦境、梦幻、噩梦、迷乱和其他一些"狄奥尼索斯式"欢愉）的美学游戏。被象征化了的现实就是其对现实的描写，就像空想主义或者数学中的描写一样（见谢·奥斯伦德尔的《两个故事》，1907），于是"做戏的人"就可以根据游戏规则赋予现实一定的真实度。象征主义和后象征主义虽经历了一场异常复杂的演变，却在象征的概念上没有产生分歧，两者都一致认为，象征是新本体论和各个领域美学逻辑赖以存在的基本条件。

在象征哲学发展的进程中，弗洛连斯基仍像"现实主义者"一样对狭隘象征主义的"唯名论"（这是中世纪的一个古老的反对派，它对共相存在这个重大问题持不同意见）进行非难，弗洛连斯基认为，改变了精神面貌的"另样"世界"就会变成象征，亦即由描写和象征行为主客体组成的活生生的有机统一体"（《最高天与经验》，1904）。[16]

尽管别雷极力想拓展象征的概念，他还是停留在象征主义者所鄙视的实证主
义认识论的观点上。他的各种象征都是一些标识和记号，即大都是一些映象，
而不是索洛维约夫和弗洛连斯基（《象征主义是世界观》，1905）所说的本质。
别雷和勃留索夫一样，认为可以不靠有机的象征而预先进行认知（"阅读"），
并用"相应的"语言掌握既得的认识（请与波德莱尔的《应和》作比较）。
维·伊万诺夫的"巫术"观与别雷和勃留索夫的认识论完全对立。别雷这位
象征主义的师长在与写下《打开秘密的钥匙》（1904）的勃留索夫的对话中称：
"《打开秘密的钥匙》把某些真理，即认识的客观条件当作了秘密。神话创作
本身有着自己的真理：它完全没有体验到事物的客观本质与其真理有什么相应
之处。它体现了意识的公设，同时对其亦属艺术创造深信不疑。因此，艺术对
于我来说，主要是创作，也可以说神话创作就是一种自我确认和意志的表现，
它属于行为，而不属于认识（信念也是这样）……"[17] 此后不久，《现代象征主
义的两个元素》（1908）一文中提出了象征主义可分为"现实"（对它来说，象
征是认识的目的和手段，是神话和客观存在的各种事物的清晰再现）和"理想"
（对它来说，象征是传递主体经验的手段）两种。作者更偏爱现实象征主义，
因为这种象征主义可使人在冥冥之中贴近现实，贴近埃罗斯-厄罗斯和关于存在
的客观真理，亦即神话。

索洛维约夫的世界观异常复杂，他的新浪漫主义兼有中世纪的艳情、15世
纪的神秘和"新浪漫主义时代"的道德，人们对它各取所爱：有的试图保留生
动的宇宙本体论的感觉（弗洛连斯基）；有的走入"惊险的认识论"，指望在
超经验主义的领域中有所斩获（梅列日科夫斯基夫妇、勃留索夫、索洛古勃、
别雷）；有的运用巫术进行随心所欲的神话创作（维·伊万诺夫）；有的从根本
上改变了运作的向量，不是由象征（=思想）到历史事实，而是由事实（=象征）
到思想，走上悲剧历史主义的蹊径（勃洛克）。如此一来，索洛维约夫本人的
话语就难以起到训导的作用，而只能增强记忆罢了：它提醒人们记住宗教—伦
理传统是可靠的，因为它使得哲学中的绝对命令在日常生活和创作中得以直接
实现。因此，白银时代人的历史要比思想的历史更重要，因为，日常生活中最
初经验要比所有话语或引语更具说服力，同时，经验还证明了"形象"和"神
话"可以在人们的眼前再现出来。阿·洛谢夫早期的作品中，神话、象征、数

尼·亚·别尔嘉耶夫

字、姓名和形象都与带有鲜明的个性，及作者创作的哲学信念相吻合。勃留索夫的文集《地轴》以同索洛维约夫论战的形式坚持艺术本体论，从而走上了"梦幻"和"现实"的哲学道路。[18]

对待索洛维约夫的态度，也是白银时代作家们对待刚刚逝去的那个时代态度的反映。象征主义世界观的先驱者开始了积极的探索，他们几乎汇集了所有的文学经典和斯拉夫派前辈的作品，在浩如烟海的文学遗产中重新领会普希金、莱蒙托夫、果戈理、丘特切夫、陀思妥耶夫斯基、迦尔洵、列·托尔斯泰、契诃夫作品的精髓。1935年尼·亚·别尔嘉耶夫回忆道："在产生了美学批评和印象主义批评的同时，也出现了哲学批评，乃至宗教–哲学批评，人们得以鉴赏到陀思妥耶夫斯基和托尔斯泰形形色色的鸿篇巨制，他们的创作开始对俄罗斯的意识和思想产生决定性的影响。"[19]

新的批评不仅保持着评点社会的激情，而且具有哲学的深度，形成了"纵向的"（个人特定的）分析方法。白银时代的哲学批评成了20世纪的主导思想，陀思妥耶夫斯基创作中的个性哲学（个性意识结构、既爱又恨的固有双重情感等等）乃是其理论基础。陀氏文学遗产的诠释者现在创建了一种哲学的语言，这种哲学后来被称作存在主义和人格主义，这就是阿·利·沃伦斯基（弗莱克瑟）富有表现力的评论（《卡拉马佐夫兄弟的王国》，1901；《愤世之书》，1904；《费·米·陀思妥耶夫斯基》，1906）、梅列日科夫斯基的文论（《论陀思妥耶夫斯基的〈罪与罚〉》，1900；两卷本的专著《列·托尔斯泰与陀思妥耶夫斯基》，1901—1902；《俄国革命的先知》，1906）、罗扎诺夫青年时代的著述（《论陀思妥耶夫斯基》，1894；《陀思妥耶夫斯基的"宗教大法官的传说"》，1894）、舍斯托夫的散文（《陀思妥耶夫斯基与尼采·悲剧的哲学》，1902；《先知之才》，1906）、别尔嘉耶夫的文章（《宗教大法官》，1905），以及别尔嘉耶夫和别雷早期的一些作品。世纪初的现实通过陀思妥耶夫斯基《群魔》的呐喊，传入了宗教复兴思想家的耳中，1913年《群魔》

米·阿·布尔加科夫

改编为戏剧上演，高尔基又发表了剧评，因之更多的人卷入其中，使思想界再起波澜。此后，哲学上的钩沉使陀思妥耶夫斯基作品显示出更强的历史和哲学况味（维·伊万诺夫，尼·别尔嘉耶夫），而人格主义问题则成了侨民学者研究陀思妥耶夫斯基的主要内容。维·伊万诺夫用宗教人类学探讨俄国的发展道路（《俄罗斯的面目与各种假面》，1916），用美学和诗学探讨了主人公命运中世界性悲剧存在的自我暴露（始自早期的文章《陀思妥耶夫斯基与悲剧性长篇小说》，1911；《长篇小说〈群魔〉中的基本神话》，1914，以及《群与聚合性》，1916；这些作品在定稿前是《陀思妥耶夫斯基：悲剧—神话—神秘学》〈1932〉这本书的一部分，在这些著作中他直接运用了陀思妥耶夫斯基的人格主义的历史哲学方法）。这样，外部活动的悲剧因素被纳入主人公的意识之中，个人的经验及其全部存在的要素（罪恶与神圣，美与丑，生活的欢愉与悲哀，善心与恶意，抗神与拥神，犯罪的界定与亲情的伦理）直接投射到历史之中，投射到遥远的，可以预期的历史空间之中。

81

俄国埃罗斯-厄罗斯的形而上学源自陀思妥耶夫斯基及其前辈们，从陀思妥耶夫斯基著作主人公的对话中，可以发现神人与人的细微差别。在陀氏小说中，清清楚楚地提出了"另类人"的问题，显示出"行为意识"（巴赫金）的对话风格。人们以陀思妥耶夫斯基的思想检验城市哲学能否立身；讨论基督人类的宗教思想和元历史的前景；廓清了宗教生活中诸多特有因素。

如果说白银时代是以形而上的美学来解读陀思妥耶夫斯基小说的，那么以列·托尔斯泰的形象为中心的问题则有着另外的性质。这里提出的问题涉及的是现实世界中的实际应用，而解决生活意义的问题需要对返璞归真进行再理解。人的生活应是健康的，不为心理反省所误导（托尔斯泰认为庄稼汉和小孩永远是正确的），应遵循福音书圣训的真义。

"守朴"是神圣的，是天经地义的，是做人之大道。"生活小说"成为人成长的教科书和敬畏上帝、为生活负责的科律。巴赫金正是在这个意义上谈及对安娜·卡列尼娜进行严厉惩罚的上帝，即审判她良心的那位旧约中的主宰者；另一位思想家别尔嘉耶夫心目中的上帝与托尔斯泰理解的上帝相似（《托尔斯泰宗教意识中的旧约与新约》，1912）。托尔斯泰的"守朴"是构建埃罗斯-厄罗斯的本体论原则，它可以造就世界大同，这种美好的简朴被认为是多神教时代的回归。费奥多罗夫1898年写道，托尔斯泰知道的只是消极的善良，只是指出了不应该做什么（《什么是善？》），维·伊万诺夫认为托尔斯泰的教会虚无主义是"我国文化中的苏格拉底因素"（《列夫·托尔斯泰与文化》，1911）；罗扎诺夫指责这个隐居在亚斯纳亚波良纳的人不了解神圣的生活意义（《列夫·托尔斯泰与俄罗斯教会》，1911—1912）；别雷则强调托尔斯泰说教的消极性（《俄罗斯文学的现在与未来》，1909）。托尔斯泰的勿以暴力抗恶思想一直受到白银时代思想家的批评，然而他们在对托尔斯泰的非难中也添加了革命狂热的成分（别尔嘉耶夫的《三个纪念日》，1911；《俄国革命的精神》，1918）。透过1912年"道路"出版社的文集《第2辑，列夫·托尔斯泰的宗教》中恭敬语气，明显地流露出作者们的沮丧情绪：按照他们的观点，托尔斯泰更像一位道德说教者，而并非艺术家，因为大山也能生出小鼠。侨民们也把同托尔斯泰的争论带到国外：彼·司徒卢威、尼·洛斯基、伊·伊利因、彼·比齐利、费·斯捷蓬等人也作为托尔斯泰的文化继承者对先师的思想提出质疑；20世纪20年代中期，在激烈论战中，出版了伊·伊利因的《以暴力抗恶》（1925）。

围绕托尔斯泰思想进行争论是这一时代哲学–宗教领域中最严重的一场争论，这导致了对现行东正教信仰的思索，"历史性基督教"的反对者十分惋惜地在托尔斯泰身上看到了批评基督可能导致的结局。这时，在他们的眼里，托尔斯泰还是个基督教徒。斯捷蓬对此这样写道："没有一个作者怀疑托尔斯泰是基督教徒，无论布尔加科夫，还是弗兰克；无论司徒卢威，还是吉皮乌斯……他们都是这样认为的。"[20-21] 托尔斯泰主义对文化有益于普通民众的疑虑与白银时代的唯美主义形成了鲜明的对比。

正如有言必行的索洛维约夫一样，托尔斯泰的个人品行及其著名的"出走"乃是言行一致永远鲜活的象征，托尔斯泰最后的行为激励许多同时代的人同仇敌忾，奋起效仿他的榜样，冲破"旧世界"，奔向自由。

另一方面来说，托尔斯泰为19世纪的启蒙主义者们的共同事业鞠躬尽瘁，而实用主义的伦理学并没有形成一种新的实证主义体系。托尔斯泰为白银时代提供了大规模现实主义写作的经验，提供了认识人的外在表现和"心灵辩证法"的范例。主张精神复兴的思想家认为，托尔斯泰面对深奥的生死问题时产生的恐惧，使得他否定了自己的哲学探索，但是他现实主义的强大力量弥补了其思维戏剧性的不足。

Ⅱ 哲学内容的确定

1. 心灵、埃罗斯-厄罗斯、他人

陀思妥耶夫斯基的行为形而上学、托尔斯泰营造社会的善良理想、果戈理用怪诞阴森的手法描写俄罗斯所特有的威严的魔鬼论[22]，促使俄国思想界创建了一种根植于本国传统，以精气和心灵神秘主义为形式的人类学。帕·达·尤尔克维奇提出了把理解"心灵向善为道德行为之本的形而上原则"视为己任。[23]

维·伊·涅斯梅洛夫的人类学同样认为，在世界上营造善良的氛围本是人类的
分内工作（《关于人的科学》，1896）。后来，弗洛连斯基[24]、鲍·维舍斯拉夫
采夫（《宗教中心灵的意义》，1925；《基督教神秘主义与印度神秘主义中的心
灵》，1929）、伊·伊利因、谢·弗兰克发展了神学和心灵哲学。涅斯梅洛夫、
弗洛连斯基认为，心灵可以接纳世上的痛苦，这证明人是现世的圣人，即现实
中个性完善的形象，而维舍斯拉夫采夫则认为，心灵之所以神秘难解，是因为
人有着"独自"的强烈感受和体现个性的渴望。很久以前卡拉姆津的《莫斯科
杂志》就提出一个公式，根据这一公式，作家应是"职业的心灵守望者"，这一
点即使在白银时代心灵哲学和抒情"心灵索菲亚说"处于转折关头之际也是正
确的。俄国诗歌中的这一主题历来具有两个重要观点：①"人置身的世界是共
济的（或孤零的）"；②"心灵"的意义是与"智慧""理性""精神""肉体"
和其他一些诗歌中人的"常数"联系在一起的。我们并不打算泛泛地对这一主
题进行论述，只是列举我国处世态度方面一些典型的例子。

世纪末人的心灵备感疲惫和"脆弱的心"（陀思妥耶夫斯基一部早期中篇
小说的标题），这也是纳德松作品的基调；心灵无望的期待成了平淡无味的主
题（阿·科林夫斯基的诗集《心灵之歌》，1894）。在安年斯基的《小柏木匣》
（1910）中，石头想与木偶做朋友，而"……心灵深处发出警告，他们这样
做没有好结果，本就充满可怕的孤独，老木偶只能兀自漂泊"。对于吉皮乌斯
来说，"心灵意识"是"痛苦"的别名（《阶梯》，1897）。在她的诗歌中，"心
灵"处于"永恒"的语境之中，"心灵是忠贞不渝的"（《爱情——只有一次》，
1896）；"心灵是永恒不变的。……我在改变，但我没有背叛"（《微笑》，
1897），她说的是没有背叛艰苦的创作（诗歌），"衰弱的创作的心灵啊，你
比你的创作者更坚强"（《感伤的诗歌》，1896）。那里是一派冷漠景象，像凡
人对待那颗冷酷的心一样，世人对待世界的心态是冷漠的，忘川一带的景象也
是冷漠的（《那里》，1900），但是，正因如此才产生精神爱情，"心越冷漠，
越能取悦于上帝"（《老者的话》，1902）。吉皮乌斯抒情诗的女主人公通过近
乎鞭笞的强力作用去感受心灵：她的形象与"针叶"（《松树》，1902）、"带
刺的温柔"（《苦闷之乡》，1902）、炽热的炭（《受难者》，1902）、冰的断层
（《毁灭》，1902）和锋利的剑（《回忆录》，20世纪40年代初）为伍，甚至十二

84

月党人的"心灵建树"在她这里也获得了意想不到的诠释:"尖刻"(《12月14日》,1909)。吉皮乌斯的抒情诗将"心灵结盟"视为对决(丘特切夫式的主题:《长腿秧鸡》,1904);视为大千世界心灵的进化(《破碎》,1904);视为圣母玛丽亚之心(《永恒的阴柔》,1928)和基督之心(《不妥当的韵脚》,1911)内心永恒阴柔的神兆;视为倾心的祈祷(《暗自》,1926);视为伟大都市的亡灵(《彼得堡》,1919)。最后,有必要提一下描写不听话天使的那部抒情叙事诗《三个儿子三颗心》,吉皮乌斯在手稿上注有"在圣母玛丽亚的标志之下""1918年7月,于圣彼得堡"的字样。吉皮乌斯的抒情诗是悲剧性的,反映了世界无可挽回的分裂。这是个失谐的世界,并不符合霍达谢维奇所说的下列存在样式:"你无言地向我展示,你在白色的细亚麻布上勾连的接缝多么妥贴,而我却想:我的生活就像一条丝线,上帝就是用它把一块轻柔的布料严丝合缝地缝合。"(《无言》,1918)[25]

在《沉重的七弦琴》(1922)中,"心灵"明显地让位于普叙赫,至此抒情主人公不再是"灵魂想要祈祷,心里充满敬意"(丘特切夫语),但是灵魂操纵着内心的活动,似乎它就是心的飘浮的"身体"(《往往就是如此》,1920),而且"心灵的盲目智慧"也被否定了(《心灵的盲目智慧,你意味着什么》,1921)。霍达谢维奇所说的"邪恶的心灵"完全属于尘世,它时刻诱惑"普叙赫纯洁的幻想"(《诱惑》,1921)。霍达谢维奇一反传统,创造了新的心灵形象——吝啬骑士(《心灵》,1916)。

我们在伊·尤·库兹明娜-卡拉瓦耶娃的诗歌中见识到了宗教那颗"会唱歌的心灵"的纯洁,这位诗人生活和诗歌创作的主题是:心灵平和才能走向上帝,"步履要稳健,切忌匆忙;沉重的担子压在肩上;而心灵却那么安详端庄;生活的道路就这样漫长"(选自《路得》诗集中的《出走》,1916)。后来"心灵"进入了圣母玛丽亚营造的仙境,"我心在歌唱,像小鸟为永恒的圣像歌唱"(选自《诗集》中的《我没有记住约言的时刻》,1937);"心灵啊,你可知道,纵酒狂欢是何等惬意;尽情欢乐吧,那是'神仙过的日子'"(选自《长短诗和神秘剧》,1947)。

"心灵"是维·伊万诺夫《炽热的心》中五大神话元素的中心,作者用象征性的词汇、世界神话的画面及其文学形象为我们勾勒出一幅"心灵"的轮廓,

85

显示出其最古老的原型。它是那么奔放而明快，热烈而滋润，它是满怀柔情蜜意的埃罗斯–厄罗斯和有神秘心计的耶稣的象征，是共济会心迹的标志，是对爱的献身的贴切譬喻，是大千世界爱心的演绎，是互作牺牲的伦理，是富有创造、牺牲、复活精神的心灵"神话"，所有这一切只是维·伊万诺夫"心灵"含义的一小部分。[26] 伊万诺夫的"心灵"有一种直觉，上帝通过他的"心灵"画出上下行道路的中心线，铺设了一条苦恋之路。另外，"心灵"是人类特有情感的记忆和记载，因为，心灵"不是心脏，而是文化语境中的灵物"[27]。

"心灵哭泣""隐忍心灵"的疲惫和颓世对人心灵造成的隐痛是列米佐夫早期创作的重要主题（他频频使用"心灵"一词）。他的长篇小说《池塘》中的主人公尼古拉，像基督那样与命运抗争，是作者塑造的一个心灵"淌泪"的形象："心灵在哭泣，悄声哭泣，像孤家寡人，绝望的孤家寡人；像备受攻讦的人，无助的备受攻讦的人；像命运的弃儿，任凭摆布的命运的弃儿……那是一颗温柔的心灵在众心险恶的世界中发出的哭泣。"[28]

心灵哲学的个性意向一贯为俄罗斯人格学所支持，埃罗斯–厄罗斯的哲理与心灵的神话成分相关。俄罗斯埃罗斯–厄罗斯的特点就是富于牺牲精神。宗教思想家在解释陀思妥耶夫斯基作品中"爱=恨"这一公式时认为，埃罗斯–厄罗斯造就了灵魂的血统，她也产生了狂乱不羁的行径；埃罗斯–厄罗斯是友情的化身，又是无意识的升华物；这些爱的变种可能被人格化，生成截然不同的人物（如梅诗金和罗戈任），也可能生成伦理上难定是非的混合型人物（《斯维德里盖洛夫和费奥多尔·帕夫洛维奇》）。在列·卡尔萨温《爱的思想家费多尔·巴甫洛维奇·卡拉马佐夫》，1921）一文中，卡拉马佐夫的家庭被看作多种思想合成的代表，卡尔萨温将卡拉马佐夫定为思想家（此前有维·伊万诺夫、别尔嘉耶夫，此后有阿·施泰因伯格、巴赫金都持同样的观点）。他们的依据是陀思妥耶夫斯基建立的多层次的世界观，其旨在向读者展示悲剧的必然性，在作品关键环节和要害部位将这种必然与淫乱和圣洁、美好和罪孽、对完美的渴望和破坏的冲动、贞洁和淫荡、粗俗的肉体占有和富有牺牲精神的爱恋附合在一起。无意识情欲的泛滥就形成暴和淫，注定会使埃罗斯–厄罗斯变成塔纳托斯（希腊神话中死亡的化身）。卡尔萨温在仔细研究了德米特里·卡拉马佐夫的生活轨迹后指出，在卡拉马佐夫看来，"爱永远是一种强暴，它总是渴望所爱的人为自己献身"[29]。弗洛伊德在写作《超越快乐原则》（1921）一文时，注意到了俄罗斯人性格和创作中爱与死的双重性，这篇文章认为塔那托斯是人行为的第二种主要显性。当代研究者认为："这一思想在托尔思泰的反对纵欲的作品（在他的此类作品中爱必定会招致死亡）、索洛维约夫晚期的文论、索洛古勃的一些尸恋小说、伊万诺夫的狄奥尼索斯式抒情诗、列昂尼特·安德列耶夫的戏剧作品和别尔嘉耶夫的哲学以及巴赫金的狂欢幻想中业已实现。"[30]

丘特切夫式的爱的形象是"一场宿命的决斗"，一场现实爱情生活中和"现实"作品中恋爱中人的决斗，它必定导致致命的冲动和真正的毫不做作的殉情（勃留索夫的小说《一个女人的最后日记》〈1910〉坦称："我们的爱就是丘特切夫说的那种'宿命的决斗'"；小说《十五年以后》〈1909〉的男女主人公之间的关系也"演绎成了一次次痛苦的决斗"）。

黄金时代文学中优雅的恋情和古典浪漫主义文学中美轮美奂的痴情，到了白银时代变成了冷酷的、复仇的埃罗斯-厄罗斯。游戏式的色情侵入了生活，于是导致了"真正的毁灭"。在勃留索夫的小说《莫扎特》（1915，发表于1983）中，拉特金这位浪漫主义小说的主人公试图超然于猥琐的现实生活之外，在他周围营造一种新质的，可称之为"游戏"的生活。勃留索夫笔下的主人公们经常以"浪漫"人物自居，在生活中扮演滑稽或悲剧角色。他一篇小说的女主人公就甘愿这样做，她说，"要知道我们这些人在生活中都是演员，我们与其说是在生活，不如说是在表演生活"（《为自己还是为他人？》，1910）[31]。小说《她的决定》中的玛丽"像情节剧中的女主人公一样"，表达了自己内心的情感，而《胜利的祭坛》中格斯佩里娅的行为则应视为"达到了炉火纯青般的游戏"。[32]

勃留索夫对康德、席勒的游戏创作理论持怀疑态度，因为他在这种游戏中并未发现这一理论的"无目的的合理性"。当时，大多数先锋派对这种游戏颇感兴趣，而勃留索夫却故弄玄虚，试图将生活与艺术融合起来，这显得过于不入时了。[33]《莫扎特》主人公用游戏代替生活的尝试遭到了断然的谴责："他想到的是席勒的理论：艺术产生于游戏。'我也是艺术家呀'勃留索夫这样为自己辩解。但之后他又嘲笑自己的观点，自问自答地说：'谁会相信你呢？摧残人们心灵与生活的游戏也是好的！'然而，游戏，宿命的游戏，它恶毒得很！"[34]埃罗斯-厄罗斯处在没着没落的境地：爱情被诱惑暗中换置（《不能指

87

望的人》，1902；《初恋》，1903；《只有爱的清晨是美好的》，1913）；或者
用艺术偷换爱（《大理石头像》，1902）；或者以恋物代替恋人（《半音符》，
1902）；或者走进爱的幻境，以虚代实（《小步舞》，1902），这就是勃留索夫
小说的特点。他的文笔冷峻，却表现出爱的宗教式狂热（如《燃烧的天使》，
1907；《胜利的祭坛》中的女主人公）。他的作品真实地反映了不求进取的平庸
生活（《达莎的订婚》，1913），这是勃留索夫颇为成功之处。

　　吉皮乌斯的小说继承了契诃夫（日常生活诗学）和陀思妥耶夫斯基（主人
公关系的形而上学）的文学传统。由于这两种传统的交合，俄罗斯经典作品中
的埃罗斯-厄罗斯实现了从没有爱情的日常生活直接"转移"到一个"隐秘"领
域，于是爱情一改以往饱经苦难的形象，变得真实而可及了。吉皮乌斯爱情小
说的基本主题就是力求将"爱与生活结合在一起"。[35] 但是，尘世某些不可违
反的律条使情人们的幽会成为信誓旦旦的离别，吉皮乌斯的埃罗斯-厄罗斯生离
死别，有情人难成眷属，甚至至死都无法结合（《苹果树开花》，1893；《无言
的女郎》，1912）。这些小说的新意是营造出埃罗斯-厄罗斯的神秘，其主题是
爱情的受阻或移情负心。恋爱中的主人公站在通往地狱或者天堂的门槛上：这
道门槛或是一面镜子（《镜子》，1896），或是大理石墓碑上的浅浮雕（《生者与
死者》中的女主人公迷恋的对象，1897），或是健全的思维与鄙琐生活的反差
（《疯女人》，1903，其中的女主人公认为，对于精神病人来说，宁可困死在医
院里），或是鞭笞派的"无意识"（《下凡》，1907）。人们一旦成为行尸走肉，
埃罗斯-厄罗斯也无能为力；他们如若未老先衰，便对生活彻底失去信心，这就
是小说《月球上的蚂蚁》，1910）的主题。这部小说的情节取自于赫伯特·威尔
斯的《月球上的第一批人》（1901），不过其悲剧气氛更加浓重，与卡夫卡著名
的《变形记》近似，而卡夫卡的小说要比威尔斯的晚六年。吉皮乌斯的《话说
往昔》（1916），剧本《绿戒指》（1914）等充溢着勃洛克作品（《出生在荒凉岁
月的人们……》，1914）的绝望、狂乱的色彩。在《玛丽亚嬷嬷》中，女主人公
向绝望的男主人公说了些"悄悄话"，使得愁云惨雾为之散去。她究竟说的是什
么，不得而知。但不同时代的读者都会心领神会：解除生活中危机的法宝就是
索洛维约夫、勃洛克式的"快乐与痛苦相辅相成"的公式，爱是充满生机和包
容精神的，以爱的名义可以战胜僵死的生活。

88

罗扎诺夫一反埃罗斯-厄罗斯即死亡（卡尔萨温语），将爱与家庭割裂开来（别尔嘉耶夫语）的传统观念，创立了诗歌人类学，它阐述的是家庭情爱不可或缺的哲理和温馨记忆使人幸福的伦理。他的论述否定了自古以来关于爱与死亡的两重性的观念，更新了关于罪孽的概念，破除了讨论家庭生活和性孤独的禁忌。在当代人对"暧昧关系"十分好奇的背景下，罗扎诺夫畅谈人是血肉之躯，肉欲、恋情和夫妻生活是高尚的，于是，在他的文学创作中产生了令人感动的圣洁形象，那就是东正教崇拜的圣母玛丽亚。罗扎诺夫并没有打算创建新的情感哲学，但他恢复了前哲学的地位，使感性的人回归到神话的气氛中去；他要树立起新的爱神，无论异教徒还是泛神论者都信奉她，当然，我们这时必须把罗扎诺夫是在社会-基督教的意义上发展了"家庭问题"这一点置之度外。虽然罗扎诺夫对卢梭的理论持不以为然的态度，但他还是效仿这位日内瓦隐居者的榜样，力求"改变同时代人的原生质"（《让-雅克·卢梭》，1913）。罗扎诺夫的理论并非脱离生活的空谈，他的世界观是个有机的整体，他力图在日常生活的自我发展中寻找其逻辑性。真正的，得以安身立命的真理存在于日常生活之中，它不是哲学上所说的那种"存在"。传统的"厄洛斯智慧"在罗扎诺夫这里变成了智慧的埃罗斯-厄罗斯。当然这需要如下的条件：弄清爱情对世界感受的历史结构；亲自感受本民族血肉之躯的欲念；将民族心理学与自然景观描写的形而上学相结合；深刻理解"我"是"双方"的问题；规范躯体的行为，确立新的有关规避和羞涩的道德标准，使之成为两人在第三者面前实施性爱的调节器；主张并强调"隐私"，强化心灵预期对整个机体的影响，也就是创造一种埃罗斯-厄罗斯的内心理论。

在罗扎诺夫的内在对比中，俄罗斯日常生活、哲学、语言艺术中的埃罗斯-厄罗斯是个优美的内部对立统一体，展现出了"我"内在的精神品德，并发现了表现神界绝对价值的他人。

在俄罗斯人的理解中，"他者"就是"邻人"概念在对话中的特殊化。[36] 在巴赫金早期著作中"他者"具有完善、谅解、拯救任何的"我"的意义，"我"由于过度关注自身，便有可能失去存在价值，变成毫无美感的人物。何谓"他者"的向量有两层，一边是巴赫金的话"我怎么对待他人，上帝就怎么对待我"（《文学创作美学》，5页）；另一边则是狂热的正教徒弗洛连斯基的"什么是友谊？那就是透过朋友（词根即"他者"——译注）在上帝中看到自己"（《柱石》，439页）。第一句话讲的是满怀爱心的阳世为拯救濒临死亡的凡人所作的最后提醒；第二句话则推出一个"悲情友谊"的概念（《柱石》，414页）。弗洛连斯基关于兄弟情谊的思想在巴赫金美学弥撒的背景中获得了特别的意义，《柱石》（459-460页）中指出这一思想与费奥多罗夫关于认识并克制"非兄弟情谊"的论述是颇为相似的。对于弗洛连斯基来说，"我"和"他人"的相遇发生在"第三个人的面前，也就是第三者面前"，营造兄弟情谊的构想在三位一体的"本体内部"得以实现（《柱石》，436页、439页），而在"共同的生活"中，亦即作为耶稣圣体的教会生活中得到了充分的体现。在这种神话中，巴赫金发现了独特的基督教的"他人"本体论（《文学创作美学》，52页）。在费奥多罗夫看来，他人的世界是"亲人"的世界，这些"亲人"克服了作为本体与家族和故土分离物的非兄弟情谊。费奥多罗夫关于"共同事业"的设想被布尔加科夫认为是"耸人听闻的"[37]，但这却引发了罗扎诺夫关于精神上无亲人和精神无所依附、难觅知音的思考。[38] 我们试将费奥多罗夫"共同事业"的设想与巴赫金哲学的幻想进行一番比较。

在新的物理学和相对论所描绘的世界图景中；在至上主义"分解"式的绘画和将建筑与雕塑的区域进行重新解析的先锋拓扑学中；在音乐的十二音律作曲法和立体派的文学中，由于新康德"原子"心理学、弗洛伊德学说和尼采哲学的盛行，个体濒于备受威胁的处境。在这种气氛中，日益增长的对于固有习俗的忧虑之情，在索洛维约夫的"共同""协作"和其他神秘的集体性一贯主张之中得到体现。

在这种背景下，对于白银时代哲学探索是有现实意义的，"真相/面貌/假面"三段式的命运就特别值得注意。神圣的基督教教义将三段式的三级元素作如下诠释："真相"是上帝、上帝的信使和圣徒的显灵像；"面貌"是人仿效上帝的相貌；"假面"是衰败尘世中人的罪恶的面目。"面貌"哲学的基本直觉在上个世纪的经典文学中业已具备，浪漫主义的恐怖美学在愤怒的彼得大帝的形象中业已得到反映（在普希金的《波尔塔瓦》中，"他长得令人恐怖"与"他英俊"的另一相貌相映成趣）。果戈理的兽貌描写法使《钦差大臣》和《死魂灵》中人物的"面孔和嘴脸"具有一种与之迥然不同的意义。

陀思妥耶夫斯基的《白痴》意在塑造一幅人类特殊的面孔，在这部作品中进入"表演"角色的列别捷夫，称阿格拉雅为"有身份的人"，称娜斯塔西娅·菲利波夫娜为"人物"。[39] 萨尔蒂科夫–谢德林以启蒙的语句塑造出了复杂而概括的各种有失身份的人，身份缺失的悲剧也是契诃夫创作的重要主题之一。俄国精神的复兴通过身份哲学和对假面的分析，克服了个性的历史危机，斯塔夫罗金成了"假面"通常的样板：布尔加科夫称其外貌为"假面的假面"（《俄国悲剧》，1914）；别尔嘉耶夫则称之为"可怕的面具"（《斯塔夫罗金》，1914）；而弗洛连斯基对其的称谓为"代替面孔的石头面具"（《圣像壁》，1922）。"面具"成为日常生活和先锋派文学不可或缺的主题，在日常生活中，"面具"或是一种建树创造（别雷），或是熵的文化财富（用谢·谢尔盖耶夫–青斯基的话说"这是文明的创造物"[40]），或是神话游戏的对象（谢·奥斯伦德，《伽倪墨得斯札记》，1906；请比较维·伊万诺夫的《面孔还是面具》，1904）。

"相貌"还为神话理论术语所阐释（阿·洛谢夫，《神话的辩证法》，1930）。象征主义者进一步明确了人格主义的三段论的观点[41]，维·伊万诺夫的《俄国的面貌与假面具：陀思妥耶夫斯基思想体系研究》（1917）一文给当代人留下了深刻的印象，其中写道"阿里曼的罗斯"（费多尔·卡拉马佐夫）与"路西法的罗斯"（伊万·卡拉马佐夫）是相对立的，而两者又都是"神圣的罗斯"（阿廖沙）。在三段式的范畴中，俄国哲学试图消除对"人格"（从词源学上讲，即"面具"）和"人群"的对立（亚·梅耶，《共产国际与俄国》，1918）。根据别尔嘉耶夫的观察，革命时期诞生了新的人类，即由于仇恨而变得畸形的半人（比较梅列日科夫斯基《未来的小人》，1905；叶·特鲁别茨科伊《两只兽》，1918）。

世纪初的革命意识到历史的渊源遭到灾难性断裂，人也无望得到拯救，人格丧失殆尽。普里什文在1918年3月30日的日记中写道："共同的苦难并没有使我们得救，与过去的种种联系均已中断，横亘在我们面前的是不可逾越的鸿沟。现在看不到人的真面孔了。"[42] 列米佐夫似乎是倒读"真相／面貌／假面"这个基督教三段式的，并用兽形的比喻对它进行了发挥。《池塘》的主人公尼古拉"甚至觉得儿童的小脸上也戴着笼头"，像患了精神病一样，"苍白的嘴唇边像盘绕着一条蛇一样，发出可怕的苦笑……小孩子真是率真无忌呀"。透过兽面，显露出人的真相（《池塘》中的象征物石青蛙）：但见那石蛙"长着一双恶狠

91

狠却又疲沓沓的人眼"（再看看那个有着人一样坚强意志、正直心肠的魔鬼）；《钟》的主人公涅利多夫面临红尘中的"诱惑"，在内心生发了拯救灵魂的思考，"否则一切都会化为乌有——坚不可摧的神殿就会倒塌，望着你的伊利奴什卡的小脸蛋也会变成一张猴子般的嘴脸……"[43]。

　　哲学评论将颓废视为无个性的魔鬼性格的胜利。布尔加科夫在谈到毕加索早期的绘画时说，"这些活生生的面孔宛如魔鬼的有灵的圣像"（《美丽的尸体》，1915）。"面孔"人格学与他者、化身、影像和镜子的话题有着密切关系。巴赫金说，人在镜子里看见的不是自己，而是假面，它是给他人看的影像（同时也是别人给自己看的影像）。如果"他者"能很快成为"朋友"的话，"我"和"你"之间就会引起彼此的反应。弗洛连斯基也认为，"你"就是"我"的镜子，而谢·阿斯科尔多夫认为，这些"镜子"的影像会失真（《陀思妥耶夫斯基的性格心理学》，1922）。库萨的尼古拉关于人是"上帝的镜子"的思想得到了列·卡尔萨温的支持（《七宗罪》［Saligia］，1919）。罗扎诺夫则认为，《创世纪》起始于"创人"（《月光人》，1911）；正如基督教所描绘的世界图景那样，"美丽的哭泣面孔是世界的中心"（《在昏暗的宗教光晕之中》，1910）。白银时代的诗人认为在没有耶稣和索菲亚的世界里，世界精神会遭受危机，其表现为人们戴上了畸形的面具，这种"浪漫的索菲亚情结"遭到了别尔嘉耶夫的强烈批评（《模糊的面孔》，1922；然而他后来又承认对斯塔夫罗金面具的偏爱，见《自我认知》，1940）。弗洛连斯基所说的"面孔"（表象、不成熟的气质、经验）与"面貌"（本质、原型、形象）是两个不同的概念，而谢尔吉圣三一大修道院及其创始人却主张形象和原型（面孔和面貌）二位一体，"如果说圣谢尔吉大修道院是俄罗斯的面孔，那么它的创始人就是俄罗斯的原型、俄罗斯的相貌、俄罗斯面孔的相貌"（《谢尔吉圣三一大修道院和俄罗斯》，1919）。在"圣像壁"上，"假面"是"暗中的冒名顶替""空泛的伪现实"和罩在面具上的个性外壳。弗洛连斯基带着他具体的"面孔"形而上学一起回到了被新柏拉图主义的直觉所滋润的神圣故园，这标志着基督教对个性记忆缺失的一切形式的批评进入了一个新的阶段，自此三段式中的要素被用作各种论述的标题。[44]

　　维·伊万诺夫的诗学神学开发了"他者"的主题，并坚信"我"的充分表演是神人的刚愎自恋，是一种至美。他对关于俄狄浦斯的神话进行改编，将俄狄浦斯的行为解释为世界精神，他之所以娶母为妻是因为"不'认识'自己的母亲"，这种世界精神背离了人精神的根本。修道院是一个清静的独自修行，以道济世的场所，人置身其中会对世界精神有新的认识，但仍难以认清世界精神存在的实质。[45] 在俄罗斯评述俄狄浦斯[46]的著作中，维·伊万诺夫笔下的主人公的特点是以尼采哲学和普罗米修斯精神作批评（和自我批评），"世界上只有你是预杀者，你眼中没有上帝，于是你弑父霸母"（第3卷，200页）。在《人》（1915—1919）这部诗作中，伊万诺夫把人视为活的圣像（"圣像的创作者和圣像本身"，第3卷198页），担负着圣像的神圣任务，具有在虚幻的爱恋中进行自我创造的天赋，"上帝的相貌就是我喜欢的面孔，你意欲进行创造，但是由于爱恋自己，于是便创造了自己"（第3卷200页）。而自在的实情在取代了本体的投影后才被发现：应该将脱俗升华为高尚，而在高尚的爱的祥光普照下，尘世间会矗立起一个祥和的天国。"你"和"我"会在从属的向量中找到自己的位置。从属关系是种神圣的规范，在它的制约下，对于上帝来说"你是"不过是未知的"我是"的投影："'我'、'是'可使金刚石发光，生与死在这两个字中游戏。'是'将熄灭时，'我'将会燃烧，我们将在'是'中复生，'是'正逐渐死去"（第3卷，203页）。人在爱时也就在呼唤着别人的爱，"你遇到弟兄时，请大声宣告：'你是我的爱'"（第3卷，216页）；"爱在为我歌唱：'你是我的爱'"（第3卷，212页）。这种爱发生时有第三者在场，就是弗洛连斯基的《柱石》中所说的"第三者"，当生命体、创造力和创造物汇成庄严的浑然一体的交响曲的时候，人这个创造者的激情就被证实了，"世上只有上帝和你两个。上帝只创造了你，天上人间的一切不过是你在上帝面前的化身"（第3卷，238页）。

我们发现在伊万诺夫的这部作品中不存在敏感的个性意义上的人格主义，而这位象征主义的先师在论述陀思妥耶夫斯基的文章和后来评论陀氏创作的一本专著则不然。在《人》这部长诗中，主人公是人，但没有个性。这在某种程度上也可以说明这部作品何以具有庄严的宗教气息和典雅的文体。维·伊万诺夫气势磅礴的四行诗的词汇像史诗般丰富，维吉尔、但丁、奥勒留、奥古斯丁等古代名人贤士的名字时时映入读者的眼帘，宛如一部人类神话，而勃留索夫史诗般的抒情诗也具有这些特点，而且其诗意抽象，诗句的音律抑扬有致。勃洛克终生置身在抒情诗的紧张创作之中，但终究未能摆脱成为时代浪潮牺牲品

93

的历史命运。词语冷静的勃留索夫和构筑神话诗学的维·伊万诺夫都不是历史诗人，而是元历史诗人，伊万诺夫对其长诗《人》所作的注释便足以证明，他写道："在通常被称为历史进程的辩证法中，我听到了类似与约伯争吵的对话，这一对话是在人和**那一位**之间进行的，**那一位**将**自己作为天父的名字'我是'**（典出出埃及记3：13—15，摩西问上帝的名字，上帝答"我是自有永有的"。"耶和华"即为此名衍生产物。——译注）连同自己的形象和相貌一起赐予了人类，为了使尘世中拥有这个名字的浪子在返回家园时能够对天父这样说：'你的确是，只有因此我才是……'（西语中"是"与"在"为同一词，故这里的"你是""我是"也可以释作"你存在""我存在"。——译注）。"（第3卷，743页）

对个人和个性进行抽象是为了确定人的共性，维·伊万诺夫的作品以及高尔基的《人》（1903）和列·卡尔萨温的《交响的个性》都进行了这方面的尝试。卡尔萨温倡导一种独特的聚合人格学，按照这种学说，个性是由诸多相同的天性形成的，它植根于每一个单独的人身上（《论个性》，1929）。然而，正是卡尔萨温在上面提到的论陀思妥耶夫斯基的文章中谈及非理性的暴力爱，他写道："埃罗斯-厄罗斯以他人服从和被奴役为条件……它好像是在考验着陀思妥耶夫斯基：是否还有其他不为暴力所克制的力量呢？于是埃罗斯-厄罗斯戏弄并折磨着他。"（《陀思妥耶夫斯基论》，268页）在列米佐夫的小说《钟》（1908）中，涅利多夫直言爱与死是可以转换的，他在爱与死的转换关头大彻大悟："啊，爱上一个人，就是要完全占有她，把她的一切化为自己的一部分，可她依然是她。……又爱又不想将爱人占有，是不可能的，而占有和灭掉一个人本就是一回事。"47

在俄罗斯文学中将"他者"（другой）一贯被理解为"外人"（чужой，即"任何一个"他者）：奥勃洛莫夫委屈地对扎哈尔说："那么，我对你来说就算是外人了？"契诃夫笔下的商人不允许报纸上用颂词赞语来吹嘘他们，愤怒地拒绝"还有其他"这样的公文用语。我们知道自普希金以来有一个传统，那就是，在他者的身上寄寓着美好、富足、慷慨的生活。在俄罗斯追求他者就是追求美好，就意味着消除隔阂：彼此打破"我"的界限，以友爱和理解包容他者，相信在他者的身上也有求同的特质。

陀思妥耶夫斯基作品中的主人公的生存经验对"我"的理解一反传统：在陀氏的世界中展示了一种完全不同的人性，尽管在内心多元的条件下仍保持着完整的自我意识。俄国哲理小说的艺术经验，证明了人类世界自古以来就具有双重性：其中既有负面的理想又有否定后肯定的人格学原则。根据人格学原则，"我"通过对常人状态（受辱、发狂、现丑）的否定回到了所渴望的共性上来。这样，在对最新的相对世界面貌进行预测时，便有意识地袒露"我"既断续又一贯的天性。理解"他者"和被"他者"理解的问题是世世代代研究的课题——从世纪初的新康德派（亚·维坚斯基）、吉皮乌斯的文章《我——非我》（1903）、罗扎诺夫的第一部著作《论理解》（1886），到阿·阿·乌赫托姆斯基的优势学说、维·伊万诺夫和别尔嘉耶夫的对话哲学、巴赫金的交际美学和普里什文关于"同情关注"的概念[48]都属于这一范畴。

在白银时代的哲学中，"我"对"他人"（也是绝对的"他人"——上帝）的责任是在共同性中被意识到的。共同性可能在众多"我"的个性的充分自我展示中被呈现出来，其优势因神赐的参与者的合作而受到了保护（索洛维约夫），这是人在神化过程中的一种启蒙开智（布尔加科夫、弗洛连斯基、特鲁别茨科伊）。在共性和个性同具的"我"的前途上充满着悲情："我"获得自由之日便是具有共性的"我"自我牺牲和自我解体之时，这样一来，各各他的净化便成了自我意识和"我"的终极定义的界限。

2. 城市哲学：莫斯科—彼得堡

在俄罗斯孤独美学的历史中，对异化个人的命运的讨论是与世纪之交的城市问题紧密联系在一起的。在俄罗斯，随着彼得堡的神话和两个首都对话的形成，作为章鱼（凡尔哈伦、梅特林克语）的城市形象也便产生出来了。莫斯科乡土性十足，它是自然发展起来的，而与之截然不同的圣彼得堡的兴建则违反俄罗斯的常理（即莫斯科的模式），它完全是人造人设的产物。[49] "彼得堡神话"充满着刻意装点的启示录的意蕴。18—19世纪期间，彼得堡一直被视为一座违反伦常的城市，它还常常受到彼得大帝的株连——后者被认为是个反基督者。分裂派以冒名顶替神话为武器攻击彼得大帝的改革，也使得彼得堡这座新京都的面孔蒙上了一层可憎的阴影。梅列日科夫斯基《基督与反基督（彼得与

95

阿列克赛）》（1904）这部长篇小说中的主人公吉洪是向旧仪礼派讨教真理的，他通过彼得的脸看到了一副彼得堡阴险的面孔："这副可怕的面孔似乎立刻呈现出那座可怕的城市：两者有着共同的特征。"[50] 莫斯科在让自己成为"罗马"（"莫斯科即第三罗马"）的斗争中，逐渐书写了新的神话，"它就是凤凰城"（大火后的莫斯科像凤凰一样在烈火中重生）。从灰烬中得到重生的旧首都吸引了全世界的目光，正如赫尔岑在《莫斯科与彼得堡》（1859）一文中所指出的那样：康·阿克萨科夫、弗·格·别涅迪克托夫、乔治·拜伦和尼·亚济科夫都创作了歌颂"凤凰城"的诗歌，"烧不垮的城市"的形象一直延续到了20世纪。维·伊万诺夫在《炽热的心》（1911）第二卷中写道："城市在燃烧却未被烧尽，尽管赤焰熊熊。"（《莫斯科》，1906）对于这位象征主义文化的先师来说，莫斯科之所以重要，不仅仅是因为烈火与"炽热的心"有着共同之处，而且还因为它与浴火的凤凰城有关，在烈火中永生是一种公社（氏族永存）生活。于是，另一位象征主义的领袖安德列·别雷的文章（《斯芬克斯》，1906），将斯芬克斯和凤凰的神话成分作为"政体"和"协作精神"这些概念的意义原型进行阐述。别雷写下了立体主义的史诗小说《彼得堡》，这部作品以先锋派的观点全面诠释了对城市的种种看法。这部关于首都彼得堡新的神话，神秘主义和虚幻的忧患成分非常多，怪诞的场景比比皆是，离经叛道的气息颇为浓重。

帝国之都的彼得堡被认为是文化的善变熵数，即文玥的传播者（费·伊万诺夫、亚·别斯图热夫-马尔林斯基、尼·亚济科夫、弗·佩切林、叶·米利克耶夫、尼·奥加辽夫、达·莫尔多夫采夫在自己著作中都称之为"巴比伦"）；在这种背景下，莫斯科便成了乡土观念中的永恒之城和怀旧主义垂青的对象。白银时代以业已形成的三段式"文化—文明—自然""历史—自然—城市""宇宙—文明—人"来审视城市。诗人、哲学家韦·赫列布尼科夫未来主义的城市设计，马·沃洛申和帕·菲洛诺夫的乌托邦连同弗·塔特林的设计、勒科布西耶的革新作品和叶·切斯特尼亚科夫绘制的农民乌托邦美术作品《全体幸福之城》的蓝图一股脑涌入了现代人的头脑之中。美好的构想、蓝图层出不穷，似乎个个都能实现，与之相呼应的是一股批判资本主义的城市之风，在文学作品中城市往往被描写成凶神摩洛和杀手。

从果戈理、陀思妥耶夫斯基时代起，作家们日益对封闭的空间心怀芥蒂：

96

这种空间被视为隐蔽的犯罪场所（安德里·布尔巴、拉斯科尔尼科夫），在狭小的、密闭的空间中，飘荡着屠戮的幽灵，我们与阿·阿韦尔琴科小说中的主人公的感觉是相通的："只有难以想象的、光怪陆离的彼得堡才会制造出这种险恶：昏暗潮湿的房间，除了一张铺着破旧台布的粗笨桌子外，没有任何家具，这里透出一股阴森森的杀气来；窗外笼罩着糨糊般黏稠的夜色，瘴气弥漫，而我的对面，在一支蜡光的暗影里坐着一个人，他下垂的嘴角透出一股垂死的晦气。"[51]

首都彼得堡行将毁灭的预言风行一时，报刊的有关报道连篇累牍，日日不绝[52]；市民们纷纷从《启示录》中寻求救助。别雷于1905年发表了《俄罗斯诗歌中的启示录》一文；罗扎诺夫临终前的小说也取名为《当代的启示录》（1917—1918）；鲍·萨温科夫称自己的小说为《灰色马》（1909，他还有一部作品叫《黑马》，1923）（启示录中第三、四个封印骑士所骑之马。——译注）。1907年叶·伊万诺夫在丛刊《白夜》上发表了以启示录主题变奏：《骑士——彼得堡纪事》，他在这篇文章中也像大家一样将彼得堡比作巴比伦，除此，他还指出彼得堡一个重要的特征——由有规律的数字组成的一个形象体。白银时代特别重视数字的象征意义，勃留索夫、吉皮乌斯、古米廖夫创作了一系列关于数为有形之物的诗歌，象征主义者的书信中也充满了关于数字是构成世界的能量的思考。

彼得堡城市建设数学和几何学般的规整与莫斯科的"杂乱无章"形成鲜明的对比，叶·伊万诺夫认为，彼得堡体现了数字逻各斯的胜利，彼得堡数字为法定的等级"官级表"的制定奠定了基础。这使我们联想起彼得堡是乌托邦的化身，乌托邦（作为一种样式）其特点就是数字：在这里数字用作被描绘世界的本体论的原则，这一传统是由柏拉图奠定的，它走过欧洲乌托邦的历程一直发展到了俄国的白银时代。由此也产生了大量反乌托邦（扎米亚京、奥威尔）的数字，在叶·伊万诺夫的文章中，彼得堡的数字充满了时代精神，突出了约翰启示录中的意义，这是代表命运的数字，是神秘的有占卜功能的数字。普希金在《青铜骑士》中将彼得堡的运数定为"17"（《启示录》的17章讲的是骑在野兽身上的荡妇；青铜骑士的高度是17.5英尺；赫尔曼在疯人院的床号是17），由于这些事项的数字都落到17上，所以这个数字历来被认作完美和谐的象征，但是它也会走向其反面，成为熵的象征：生机勃勃的城市濒于疯狂的边缘，齐

97

整的建筑物将在白马的铁蹄下化为齑粉。世纪初叶的著述，如别雷的史诗，都将之视为一个中规中矩的宇宙形象加以诋毁。

而新的莫斯科神话诞生的背景是：莫斯科是作为一种可使俄罗斯人感到慰藉、寄予希冀的城市类型而营造出来的。鲍·米·艾兴鲍姆的文章认为，莫斯科与妄自矜持的彼得堡不同，是富有乡土气息和民族精神的城市。颇有超前意识，后来成为彼得堡一位哲学家的尼·帕·安齐菲罗夫在《彼得堡的灵魂》（1922）一书中写道："彼得堡甚至没有灵魂，因为彼得堡在历史上从未有过这种需求，彼得堡正是因为没有这种桎梏才显出自己的魅力来，成为一个足智多谋的城市，也正因如此，它才容易地接受了石城的建制，它总是在紧张而理性地思索着……而莫斯科不善于思索，感情丰富多变。莫斯科是一幅生动的图画，而彼得堡则是一张严谨的规划图。"[53] 丹·安德列耶夫的《世界玫瑰》充分描绘了城市哲学（在"元历史"的层面上），我们姑且不全面介绍这部著名的作品，只是指出，它完全破解了城市的神秘主义，每一种神秘主义都力求合理化。从这个意义上讲，俄罗斯的每一座城市都会要求直觉的经验对其作出严谨的合乎逻辑的解释。彼得堡的新康德派很清楚这一点，莫斯科的弗洛连斯基也是如此，他在圣三一大修道院里寻找能够愉悦专注心灵的伊甸园（而彼得堡人勃洛克得到的却是险恶不倦精神的地狱）。

侨民们将两个首都问题的讨论带到了国外 [54]，都市主义的论著对这个问题进行了全新的解释，他们或者用一种略带弗洛伊德主义倾向的语言同欧亚主义者进行辩论（格·费多托夫，《三个首都》1926），或者在此间承载了历史性的期望（叶·扎米亚京，《莫斯科—彼得堡》，1933），而更为常见的则是怀乡回忆录（弗·魏德列，《彼得堡的启示》，1939；帕·阿·布雷什金，《商人的莫斯科》，纽约，1954）。

3. 索菲亚说 "希腊复兴" 的思想　神秘主义与启示录　文化神学

三都哲学宗教会议和各知名学府对 "历史性基督教" 的批评，不计宗教信仰，努力将上流社会的宗教思想家团结起来，在某种意义上来说是对 "寻神

说"的一种反动，因为白银时代的知识分子和平民并不关心专业性的神学问

题，他们只是希望在客观上接近天国，在人间得到神赐。面对迷茫的天国，民
众的处世态度是，只需朦胧地感到从天而降的大祸"放过了我"（或者同它"遭
遇"，却没有因而遭殃）即可。世界应许诺世人家庭温馨，授子民群体以群体朴
素的智慧。用福音书上的话说，要学会拯救孩子，"因为在天国的，正是这样的
人"（马太福音第19章第14节）。在索洛维约夫和别尔嘉耶夫的著述中，代表天
神睿智的迷人、快活的索菲亚的形象被赋予德国传统神秘主义的深刻内涵[55]，
又使之富于东正教的意蕴和多神教的因素[56]，甚至成为一种风格的演绎[57]。这
就为全新而美妙的神学和人类学的诞生奠定了基础。

谢·布尔加科夫试图将古老的索菲亚神话推广开来。他在构建索菲亚式
的世界时完全采用了俄罗斯的方式，即同时使用东正教与多神教的招数。他认
为，如同在天国和人间都有阿佛洛狄忒一样，人间的索菲亚貌似天国的索菲
亚，这种双重的索菲亚是可以理解的，因为索洛维约夫和勃洛克一直将其作退
一步的解释：这一具象化的索菲亚乃是世界的灵魂和永恒的阴柔，它可能在可
怕的时候与在"自发势力"的暴乱中丧失自己统治世界地位的索菲亚相游离，
"我感到可怕，因为你改变了你的面貌！"（比较库兹明诗集《彼岸的夜》一诗
中的《索菲亚》一诗，1921）。

东正教多神教的索菲亚一词拼写与地母的神话有关[58]，自从霍米亚科夫、
阿克萨科夫确立"大地即民众"的概念，民粹派制定的大地神话学（格·乌斯
宾斯基），俄罗斯乡土派作家的思想体系和丘特切夫的自然哲学理论[59]形成之
后，新的文化继承了"克托尼俄斯式"对大地的惯常认识。白银时代的阿特拉
斯们和安泰们便在文化传播者"向自然进军"的号召下成为当然的英雄了，而
且在这种情况下，他们既保持了与文化渊源的"一致性"，也保持了其积极性。
米·津克维奇的《波尔菲巴格尔》（1913）提出了"提坦神=普罗米修斯=阿特
拉斯"的等式："从火山熔岩中，从残酷的屠杀中站起了阿特拉斯，波尔菲巴格
尔是新世界的主宰！"在他《在肉身紫红袍下》（1912—1918）的诗集中，捕杀
猛犸的猎人和无产阶级文化派的锻工（1917年苏联"无产阶级文化协会"诞生
前）已经在阿波罗神话的新版本中化为一体："瞧！一个锻工阿波罗的形象/挺拔
地矗立在人间/这种景象是何等的壮观／正如捕杀猛犸的猎人声震清晨的冰川。"

（《未来的阿波罗》，1913）

　　高尔基捍卫了上帝生于大地母亲和民众乡土精神的思想。他认为，民众就能造神，他们关于"大地就是囊括一切的上帝"的信念有疗治之奇效：当"周围的一切都呻吟时，大地似乎就是一口铜钟，斯维亚托格尔用尽全力敲击铜钟"，于是腿脚有疾的女孩便能直立行走了，她"双手伸向前方，从空中汲取了民众的力量……"（《忏悔》，1908 [60]）。

　　大地母亲的神话被维·伊万诺夫披上希腊的古装，大地母亲承诺着宽恕和拯救，在她这里没有罪孽，人的行为自有神助，他们得以坚强地安身立命，"负罪的人啊，你贴近大地，向你的生母许诺不再作孽"（《向大地忏悔》，1915 [61]）。维·伊万诺夫所说的大地母亲是"摇篮兼坟墓"（第3卷，234页），是希冀之所在，是出发点又是回归处，是死亡与复活的渊薮，因为她是索菲亚在历史的光辉时刻进行神圣创作的无限广阔而深邃的天地。

　　伊·库兹明娜-卡拉瓦耶娃创建了美妙的索菲亚与乡土神学，她给自己的女儿取名为加雅娜（意即"大地的"）。她在《路得》（1916）一书中写道："大地的孩子们与母亲血肉相连，大地是世界上唯一的力量源泉，我们与她一同作息：清晨是大地唤醒了我们。"同一本书中还有类似"母亲啊，你滋养着所有林木的根，滋润着田间的种子，你是创造奇迹的太阳，闪烁着智慧的星辰"（《扎根沃土……》）这样的方济会泛神论诗歌公式。"万种生灵之根，造物主的爱，护佑生灵的天使，世界的崇高理想"（《柱石》，326页），难道这不正是索菲亚吗？[62] 她就是为时代并不垂青的柏拉图式的世界灵魂在美曼神话中的化身。

　　随着布尔加科夫关于大地母亲是新索菲亚的观点（参见他在《经济哲学》〈1912〉中对"神圣的大地"和"神圣的母亲"的解释）、东正教乡土神秘论和主易圣容神秘论（库兹明娜-卡拉瓦耶娃《神圣的大地》，1927）、叶·特鲁别茨科伊的光谱形而上学（《古罗斯圣像画中的两个世界》，1916；《生活的意义》，1918；试将其形而上学的光谱与维·伊万诺夫论述的光谱形象作比较 [63]）和弗洛连斯基的光谱形而上学（《真理的柱石和根基》，1914）的确立，安泰的身上注入了祖国母亲的强大力量，激发了他追求复兴的热情。

　　在众多神的形象中，索菲亚的形象长期吸引着时代的注意力，从弗·索洛维约夫的"索菲亚的骑士"到群众诗歌与宗教日常习俗（安·施密特）中的索菲亚形象莫不如此。索菲亚的形象是"索洛维约夫派"培植起来的，而清晰的具有俄罗斯特点的索菲亚形象则是由勃洛克的作品呈现给世人的。在别雷的手稿集《回忆勃洛克》（1921）中，对勃洛克的悼念之情融入了一种强烈的时代感："勃洛克的三本诗集是一部神秘剧中的三幕，是剧中人连贯的对话。他们人数并不多，就是他们：他、她和第三者；或者是我们：我、你、他；或者是义士、美妇人、神秘主义者的合唱和敌人；或者是俄罗斯的、俄罗斯、人民和过路人；或者是皮埃罗、科伦宾娜和各种丑角。他们都戴着面具，不过面貌还是原来的。勃洛克是俄罗斯具体的哲学家，对睿智索菲亚的未来进行了清晰的描述；这里融合了弗·索洛维约夫、费奥多罗夫（《共同事业的哲学》）和俄国社会思想（拉夫罗夫、赫尔岑、巴枯宁）的话题，使之变成了某种新的'自我'，即俄罗斯未来的自我意识。于是'她'便从天国来到了人间。"

"我恍然大悟：我期待的正是你到来的脚步声。"

"索菲亚已经融入俄罗斯精神之中；俄罗斯分解为我们俄罗斯人；勃洛克又将我们团聚在索菲亚的躯体之上。"[64]

在陀思妥耶夫斯基"君士坦丁堡应该是我们的！"这个旧口号的影响下，1915—1916年间俄罗斯思想中产生了一种战斗的索菲亚形象："战争似乎使我们更加敬重……在神圣的索菲亚的理想中找到了对战争的意义及其任务的阐释。"[65]

世纪共同的直觉绝没有为阿佛洛狄忒可以转化为索菲亚提供任何根据，这种直觉由于浪漫曼妙的存在而被它的载体不知不觉地表象化了，这就是所谓的历史现实的复古化。问题不在于直接回归于对"阿波罗／狄奥尼索斯"之类的古老欧洲共同偶像的崇拜（从伊万诺夫的《尼采与狄奥尼索斯》〈1904〉和《古希腊的受难神宗教》的未成稿，直到弗·伊利因的《普希金创作中的阿波罗与狄奥尼索斯》〈1938〉片段）；甚至问题也不在于化装扮演"狄奥提玛"、沃洛申在科克特贝尔穿的希腊长袍、别雷的"寻求金羊毛的勇士们"和彼得堡人"雅典式的"跳大神，这类使人生悲又使人受益的场景终究没有找到自己的苏维托尼乌斯和佩特罗尼乌斯。问题在于人们隐约感觉到两次文艺复兴——第一次和最近的一次——有一种"选择上的相似"：第一次文艺复兴在人们脑海中呈现出的是温克尔曼式的刻意高尚化了的塑料古典，而且势必包裹着意大利

原始文艺复兴的外皮，而最近的一次文艺复兴指的则是这个骤然开始的世纪的
"希腊化时代般的"黄昏，它很快就凝聚成了"新的中世纪"（这是别尔嘉耶夫
1924年一部著名随笔的题名）之黑夜。

　　这里我们可以回忆一下"第三次复兴协会"，1917年10月，"在瓦西里岛上
窄小冰冷的房间里……我们与我们的前辈泽林斯基教授聚集在一起……我们不
无几分傲慢地称自己的组织为'第三次复兴协会'，因为我们相信，我们是即将
来临的俄罗斯重新复兴的宣告者，这次复兴最终会使现今世界完全进入古希腊
式的生活境界" [66]。

101　　白银时代文学家和思想家对罗马帝国末期柏拉图主义和诺斯替教派的古代
典籍，以及哲学专名学著作怀有普遍的兴趣；以神秘的共济会为主题的中世纪
神秘美学和唯美主义的"变种"，即某种新形式的文化神话学和历史神话学自然
就会在文化空间中，按照"阿波罗"和"狄奥尼索斯"向量充分发展起来。"阿
波罗"的意向产生了新古典主义（安年斯基、曼德尔施塔姆、库兹明的《亚历
山德里亚之歌》、维·伊万诺夫、布宁），使新柏拉图主义在俄罗斯多神教这块
适宜的土壤上扎下了根，使复古化的历史主义为人们普遍接受，使"历史的节
奏"作为其手段而合法化，使古典哲学变成一种文化宗派主义和非此即彼的文
化价值的源泉。

　　白银时代的世界观充满了新柏拉图主义的成分。柏拉图的"形"成了各
种论述的话题和形而上学的现实要素，形的学说成为形象科学的代名词（别雷
语），而形本身成了用现成的世界观条文（柏拉图主义与康德先验论的奇异结
合）拼凑起来的一种原则。这样一来，在勃留索夫史诗般的抒情诗中，情景的
归纳概括成为描写的原则，各种事体被简约地分成若干类（狂暴、灭亡、变
节、失误、相会）。在这种类型的抒情诗中，我们接触到的不是物质世界，而是
它一系列逻辑结构，是事物、现象、特征的"形"。

　　神话和历史不断走向吻合是先期思想界对存在状况的描绘：各种"相
会""离别""战争"的场面作为"和谐"画面被放置于神话和历史的空间之
中，然后它们被简约地分门别类，以之显示出史诗般概括的力量，使"相
会""离别""战争"的"形"凸显出来，成为主要、重要和寻常的有形之物。
当偶然和暂时的现象受到逻辑的模具"切削"时，就会剩下客体的模塑品（"印

象"，实际上就是"象征"），它失却了节律性，处于单子的完全孤独状态之中
（勃留索夫对莱布尼茨的单子论产生了特别的兴趣，对此感兴趣的还有人格论
者阿·科兹洛夫和直觉论者洛斯基[67]）。勃留索夫的历史小说、库兹明摹古题材
的作品和梅列日科夫斯基的抒情诗一样，使用的是思想主题先行的创作方法。

"狄奥尼索斯情结"浸淫了众多的思想体系：从索洛维约夫和勃洛克的"泛
蒙古主义"，及丘尔科夫、伊万诺夫和拉祖姆尼科夫的"神秘无政府主义"和
"斯基泰主义"，到随后转变成形形色色的尼采主义，后者随后化为对恐怖的
黑色崇拜、布尔什维未来主义对群众无名狂热的宣传和以未来永久幸福的名义
进行全面牺牲的反美学美。作家们密切关注的是对狂热宗教式信仰的险恶用心
（别雷、梅列日科夫斯基夫妇、普里什文、高尔基），而思想家们关注的则是古
希腊、罗马酒神节祭祀的复兴（罗扎诺夫、维·伊万诺夫、别尔嘉耶夫），这不
仅是对民间宗教行为的一种可以理解的超乎宗教观念的好奇心，而且是将狄奥
尼索斯的藤条引种到异教本土的一种尝试。基督教形成的历史过程在俄罗斯是
一种"逆发展"的过程：它重又解体，继而又借助地中海沿岸文化的强大力量
再次"合成"；俄罗斯的基督教乃是其旧有成分的重新组合。俄罗斯本国的魔
鬼学、新柏拉图的象征学、古老的禁欲主义传统、旧教信仰的遗存观念、拜占
庭的礼拜仪式以及圣像崇拜，构成了复杂的花饰图案，在此背景下，古希腊的
太阳神和酒神不再是远亲了。如果说文化不会消亡，这是因为"基督教使死亡
古希腊化了，因死亡而充满活力的希腊文化也是基督教文化"[68]。

白银时代深深地感受到信仰与知识的永恒对立。如同古典浪漫主义时期
那样，文学中再一次引入了半是民俗的"神秘的"异国情调，早期的此类作品
有：亚·阿姆菲捷阿特罗夫的小说《热色》（1895），它的主人公吉奇科夫斯
基伯爵因善于破解魔法和降神现象，以及祭祀仪式的法术而感到骄傲，他在同
古代恶魔的较量中遭受劫难，实际上是他并未能走出自己意乱心迷的阴影。阿
姆菲捷阿特罗夫是一位细心的博物学者，他在这部作品中收集了大量关于通
灵术和占卜术的史料，这是一种萨列里式的精细。勃留索夫的《燃烧的天使》
（1905—1908）具有同样的风格，其用意是在"16世纪德国"的"现实主义"
背后进行个人对同时代人的清算，与"神秘巫师"展开一场新的辩论。

新的尖锐争论是围绕着对神秘主义及其经验的评价进行的。弗洛连斯基

开始了自己的运作，向《新道路》的读者解释迷信与神秘主义关于奇迹原本概念根本的区别（《论迷信》，1903；试比较：《亚·维·叶利恰尼诺夫论文〈米·米·斯佩兰斯基的神秘主义〉的前言》，1906），最终写下了充满想入非非的神秘主义幻想的《预期的未来国家制度》（1933）。青年时代的别尔嘉耶夫所著的《自由的哲学》（1911），第七章的标题就是"神秘主义与教会"，而他《创造的意义》（1916）的第十二章则为"创作与神秘主义；神秘学与魔法"，他在克拉玛尔逝世前还在撰写有关神秘主义的论著（《真理与启示》）。米·亚·诺沃肖洛夫编辑的《哲学宗教丛书》的第一辑收入的就是他亲自撰写的《被忘却的实验上帝认知法》（1902），这部篇幅不长的文集以具体的人物的具体经验论证神启是一种常见的神秘现象。"神秘的东西成为生活中常见的现象，生活中常见的现象又变成了神秘的一部分"，这是弗洛连斯基在莫斯科神学院举办讲座（1908）时提出的一个公式，今天看来，它已经成为东正教柏拉图主义的宣言，它也为白银时代神秘主义思潮的作家们圈定了各自重点论述的主题。罗扎诺夫阐述的是性别的神秘，阿尔谢尼耶夫阐述的是"相会"的神秘，梅列日科夫斯基和叶·伊万诺夫阐释的是彼得堡的神秘，别尔嘉耶夫阐释的是金钱的神秘，而勃洛克在与别雷的通信中（赫列布尼科夫在《命运牌》中）阐释的是数字的神秘。

象征主义的文学使诗人们习惯于通过语义形象对神秘主义的体验进行概约性描写，无论描写教堂弥撒、朝圣活动的抒情诗（亚·杜勃罗留波夫《自无形书》，1905；谢·索洛维约夫《鲜花与神香》，1907；尼·克柳耶夫《兄弟之歌》，1912），还是文艺沙龙，都没有出现什么像样的神秘主义作品（以下作品可算是例外：伊·库兹明娜-卡拉瓦耶娃的《斯基泰碎陶片》〈1912〉和《路得》〈1916〉；马·米·什卡普斯卡娅的《七苦圣母》，1921；安·拉德洛娃的剧本《圣母之船》，1922）。[69] 神秘主义进入了日常生活、思想和哲学之中，神智学者的社团和宣传通灵术的报馆、杂志社林立。这里我们将会遇见令同时代人感到惊讶的安娜·施密特现象，她宣扬她是索菲亚的代言人，这使索洛维约夫颇感不安（布尔加科夫也曾郑重地提及这种现象[70]；别尔嘉耶夫则中肯地认为这位有冒牌之嫌的"第三约"布道人的出现是一种预警：充满索菲亚浪漫情调的"俄罗斯诱惑"会把当今世界的面貌搞得"模糊不清"）。[71]

在宗教思想体系中产生了人类历史上最后一部圣经第三约（梅列日科夫斯基夫妇及其同仁和"启示录解经人"都曾探讨过圣灵问题），而在神学和哲学领域，对约翰启示录进行了更深层次的诠释（特罗伊茨基、布尔加科夫），诞生了文化神学，形成了基督教社会主义理论，创作出一批以"宗教与文化""自由意志""生活意义"为主题的极具影响的作品。对于这类作品来说，神秘主义的作用不是一种铺垫和修饰，而是一种进行宗教宣传的有力武器：神秘主义像任何玄学一样，力图使自己合理化，尽管它研究的"对象"缺乏客观性。

104

启示录作为欧洲和俄罗斯历史之终结，这一题材（参阅其中的代表作《奥斯瓦尔德·斯宾格勒与欧洲的没落》，莫斯科，1922）成了文学家和政论家的重大斩获（如别雷的《俄罗斯诗歌中的启示录》，1905，其早期的两部《交响曲》；弗洛连斯基在后两部作品的影响下所写的反映他1904年心态的《末世论拼图》；罗扎诺夫的《当代启示录》，1917—1918，《落叶拾遗——俄罗斯文学中的启示录》，1918；安德列耶夫、萨温科夫和列米佐夫的小说以及沃洛申的叙事诗）。

对于白银时代来说，反基督形象，即索菲亚及其意志的代理人的出现（以启示录中群魔为时代背景），是神秘主义感悟的认真写实。

列昂季耶夫的不祥预言使白银时代的思想家感到震惊。他认为，俄罗斯注定要诞生反基督：他像索洛维约夫笔下那个"无法无天的人"一样，首先从维护原则做起（《悼念帕祖欣》，1891）。文学家和哲学家通过陀思妥耶夫斯基这位伟大的宗教裁判者的形象，对19至20世纪反基督产生的历史条件进行了研究，别尔嘉耶夫、阿斯科尔多夫和弗兰克、安德列耶夫等创作了大量有关作品。费奥多罗夫认为，尼采所说的超人就是一种公然号召反基督的形象；索洛维约夫《三次谈话》（1900）中的反基督也是尼采所说的超人。索洛维约夫塑造出反基督形象之后，出现了群起仿之的现象：司祭叶·菲·索孙佐夫的长诗《基督战胜反基督》发行了两版（喀山，1905，1911）；戏剧作家们也利用已耳熟能详的"无政府主义者"与"反基督"两词发音的近似大做文章，写出了《反基督的降世——安·瓦·谢维里亚克独幕短剧》（阿斯特拉罕，1907）之类的作品；塔什干出版了B. M. 加夫里洛夫的长篇诗体神秘剧本《反基督》，（1905），1914年出版了皮·卡尔波夫描写撒旦派邪教的中篇小说《火焰》（又名《反基督》《黑暗公爵》）。[72] 别雷的第一部《交响曲》也叫《反基督》。声名狼藉的忏悔小说《反基督——一个怪人的笔记》（1908）的主人公环视着空荡荡的没有上帝的世界，像著名神话中的萨麦尔（路西法的化身之一）一样决定自封为上帝，即神人、反上帝、反基督。俄罗斯的生活中出现了尼采所谓的超人反基督者，别雷曾这样评价自己同时代的一个人物：这个大个子马雅可夫斯基是位反基督的先驱[73]。后来列宁也获得了反基督的名声。

反基督者不过是黑暗公爵的一个官吏，是个凡人。他是伪弥赛亚。这就是说，人可以以揭露为手段与之斗争。一旦反基督的伪权威的话语与基督教义相背离，同反基督者进行的斗争就会成为一种文化事业。有鉴于此，我们就可以从一个异常重要层面去研究白银时代的哲学探索问题，即它试图构建"文化神学"的问题。

格·费多托夫的《谈自然和文化中的圣灵》[74]（1932）一文非常明确地提出了文化的神学美学概念。从发表的日期看来，此文写于另一个时代，但是其主题与白银时代的哲学探索密切相关，其中所表达的思想使我们不禁去回顾这位作者在20世纪第二个十年的一些作品。

在俄罗斯的哲学传统中，"圣灵"的名字在历史和创造空间中具有自由的自我实现的语义，是创造意志的民族化借喻和进行创造的动机。（"风随着意思吹"，《约翰福音》，第3章，第8节）。罗扎诺夫在为别尔嘉耶夫《创造的意义》（1916）所写的书评中认为，应在"圣灵"的语境中重新理解"全部的创造"：这里讲的是在三位一体的宗教生活和在特意强调生灵作用的条件下文化的历史命运。[75] 三位一体的辩证法投影到了"我"的结构上，卡尔萨温是这样阐释个性（它是"神圣的三位一体的形象或是相似物"），并使用"阿·斯·霍米亚科夫对三位一体神灵的祝福"的，"似乎个性有尽情表演的舞台"，在这个舞台上，"个性得以充分地展示"。[76] 在索洛维约夫的《神人类讲座》（1878—1881）中，"圣灵"创建世界的伟大力量就是索菲亚艺术观中的一种自我表现力量：新约的历史性应验就是圣灵与人的对话，在这一过程中，索菲亚起着创造性的领导作用。尼·费奥多罗夫说，"神人再造术"（这是上帝通过人本身对人的重新塑造）在东正教看重通灵术（＝"艺术的艺术"），索菲亚创造哲学和末世论美学盛行的特殊条件下是可行的。末世论认为，"第三约"（圣灵之训，圣灵之意）的启示已在20世纪显现出来。弗洛连斯基坚决主张将上帝的启示

（"这是世界发源的规律，世界的定数，是一种和谐的境界……"）与上帝——圣灵（"灵感、创造、自由、功绩、美、肉体的价值、宗教……"，《柱石》，126—127页）区别开来。布尔加科夫的"大三部曲"的中心部分论述了圣灵问题（《论神人》，第二部，《安慰者》）。他在早期就写了一些研究文化神学的文章（如《教会与文化》，1905）；在1930年5月东正教文化同盟代表大会上，他作了题为《文化的教条主义根据》的报告，该报告指出了神明显现的两条道路：文明的道路（即"该隐和该隐信徒的道路"，试比较沃洛申的《走该隐的道路》，1921—1923）和文化的道路，上帝的臣民之路。布尔加科夫发明的词语"崇拜文化"（"将整个生活变成一种崇拜文化"[77]），是对塑造神人要义的完美表达。

格·费多托夫将圣灵的创造物分为"五个等级"，最高一级为圣灵的直接创造。这时创造"是在文化外部进行的，如果不将个人的苦行僧式的修炼视为文化的话"（《柱石》，212页），然而，在俄罗斯文化神学的那个可称为"群体神学"的分支中，我们则可以将格·费多托夫上句话中带"如果"的分句"去掉"。于是，弗洛连斯基继承教父的传统，认为苦行禁欲乃是"一种能赋予生物以至美的艺术……"（226页）。布尔加科夫同样也认为，禁欲与文化在生动的历史进程中并非势不两立。[78]"圣灵的创造"的第二级是"能激发宗教生活创作灵感的宗教仪式、宗教艺术、宗教思辨"。这种创造被物化了，有了自己的"形状、色彩、声音、思想和言语"："这是神圣的创作，是圣者的创造，尽管常常并非都是圣徒的创造"（212页）。第三级是"基督教对世界和人的心灵进行的创造。这种创造不是神圣的，但是本身可以神圣化，也可以使被创造者神圣化"（同上）。第四级是创造介乎神圣和世俗之间。这种"创造与宗教无关，它与基督教的创造不同，缺乏公认的标准"（同上）。从格·费多托夫另一部著作（《为艺术而奋斗》，1935）中可以得知，这是人的创造，人失去了上帝，就"在艺术中寻找老大难问题的答案，寻找自己生活的意义和理由"（同上，214页）。格·费多托夫在"艺术的禁欲生活"的道路上，排除在艺术之外通过信仰获得醒悟的可能性，而这种"艺术的禁欲生活""并不等同于苦行僧的禁欲生活"（224页）。俄罗斯神学家的这种思考使我们想起了普里什文关于"创作行为"的概念：这一概念中既包括"创作的自我限制"（艺术上理解的隐居修道、苦行

107

禁欲的经验），也包括"游戏"（自由的表现形式和艺术家身上的"稚气"的表现形式）的成分。格·费多托夫将"不信奉，也不背逆耶稣的异教徒的创造"称为圣灵创造的第四级（同上）。这时，圣灵是通过否定神的概念而存在的："我们的这种无神灵的、无灵魂的创造非常低俗，连异教的感悟也不曾跌落到如此程度。"（213页）

俄罗斯的"文化神学"（格·费多托夫20世纪30年代出色的散文可将其囊括）清晰地表现出对白银时代人的创作力的深深忧虑。

俄罗斯的作家们发扬有多神教因素的"民间基督教"传统，将圣灵的主题通过作品中的人神对话加以表现。陀思妥耶夫斯基在他的笔记中写道："圣灵是对美的直接理解，是对和谐的预期意识，也是对和谐始终不渝的追求。"[79] 陀思妥耶夫斯基的忠实继承者列米佐夫塑造了"佐希马／阿廖沙"（小说《池塘》中的长老尼古拉）这对变体的形象，在与论敌亚历山大的对话中，列米佐夫笔下的"耶稣公爵"揭示出圣灵乃是快乐和创造灵感的源泉（试比较古希腊、罗马传统中的"缪斯"）。在《第五场瘟疫》中为了揭示两位女主人公（玛丽亚·瓦西里耶夫娜和普拉斯科维娅·伊万诺夫娜）的性格特征，列米佐夫使用了带着重号的"活的精神"和"大地的面貌"这两个意思对立的词语，它们暗示的是"基督教／多神教"，尤其要考虑到，列米佐夫谙熟斯拉夫神话，很清楚"普拉斯科维娅"在词源上和"星期五的帕拉斯克娃"同源，与"玛丽亚"这个名字背后所含的意义是截然对立的。

许多作家除了有各种神学需求外，还在探寻抵达真正神圣（正义）的道路。列·谢苗诺夫、亚·杜勃罗留波夫、伊·库兹明娜－卡拉瓦耶娃走的是"效仿基督"的道路。高尔基笔下的古怪云游派教徒、别雷和吉皮乌斯笔下的疯狂异教徒、大众历史小说中大丈夫古风的捍卫者和那些无师自通的哲学家——他们有的主张古怪的虚无主义（列夫·托尔斯泰和托尔斯泰主义者），有的迷恋于"无知学者"这一著名论题（尼·费奥多罗夫类型的），有的贪恋销魂的"天籁之声"（斯克里亚宾），有的自称新启示录的见证者（罗扎诺夫）。所有这些人致力于拯救美的共同事业，因为他们认为只有它才能唤起人们去拯救世界和世界上的人们。俄罗斯社会主义的命运也与这种事业相关，用陀思妥耶夫斯基的话说，俄罗斯的社会主义只能是基督教社会主义。

4. 基督教社会主义

这一思潮的起源可以追溯到上个世纪30—40年代的天主教社会学说。在俄
罗斯，人们置身于这个至今仍被称为"基督教社会主义"的形形色色的世界观
体系之中，思想上莫名其妙地患得患失，于是越来越多的人走上了"由马克思
主义到达理想主义的"道路。这个旧有的思想体系现纳入了如下内容：古代构
建理想社会的乌托邦方案和有关乌托邦评论；对慈善机构的社会活动和相亲相
爱的慈善事业的理解；在最初的基督教共产主义运动中，贯彻基督圣训和苦修
教徒在宗教界内外行善的经验；全世界基督教统一运动、各教会、教派和无神
论者活动的模式；建立在宗教人类学基础上的历史社会主义和在造就神人过程
中被重新认识或扬弃的社会进步理论；象征主义对新世纪政治现实的感受；历
史和宗教对革命的阐释，对战争和死刑问题的诠释；经济危机的分类法；当代
文化对神学的钩沉；新约（或"第三约"）对历史的预测；文化的启示和反对
历史悲观主义的斗争；东正教对历史上各阶级间搏斗理论的道德淡化；社会教
规的现代化；各教派思想就个人的社会地位、个人与社会、国家和政权的关系
问题展开的多方论战；从俄罗斯侨民的使命看他们的命运，以及世界性流亡的
自我意识与自我评价的经验总结。

文化的形态十分复杂，在其内部形成的基督教社会主义也是颇为杂芜的。
其中包括民间基督教的乌托邦理想，神学家的社会课题，文化通灵术及文学神
秘主义关注的问题。作家们热衷于基捷日的主题，他们中有些人创作了以隐形
城传说为题材的作品，如：柯罗连科[80]、吉皮乌斯（收入诗集《红剑》的《澄
明的湖泊》，1906）、普里什文（《隐形城城墙之畔》，1909），索洛古勃的
《透过那层薄薄的雾……》，克柳耶夫的《红歌》（1917）、《罗斯–基捷日》
（1917—1919），沃罗申的《基捷日》（又名《整个俄罗斯是一堆篝火，是扑不
灭的火焰》，收入诗集《钉在十字架上的罗斯》，1920）。民族学家、文学史学
家、政论家、宗教思想家、音乐学家对这一古代传说也颇感兴趣[81]（如里姆斯
基–科萨科夫的《隐形城基捷日的传说》，1904）。

108

109

109

　　在"历史性基督教"受到激烈批评之际，东正教学说作为基督教中心学说的意义被凸显出来。耶稣的个性在白银时代引起大批文化界人士的空前注意，人们深切地感到救世主命运的重要，而东正教的神学却没有对基督作专门的研究。弗洛连斯基的论敌指责他在《柱石》中没有辟专章论述基督。然而，正是弗洛连斯基总结了"东正教的实践经验"，认为"两种宗教途径的结合，既承认上帝的作用，又承认人的能动性，才使人懂得了精神升华和消沉的辩证法，而人类学'对基督学这个中心问题'的看法是'浮光掠影'的"（《硕士学位论文答辩前言》，1914）。弗洛连斯基也未能创建基督学，人类学也未能得到完善，但是我们在基督教关于埃罗斯-厄罗斯和真相/面貌/假面三位一体的阐述中，看到了某种基本构想。对于东正教传统来说，对神人的解析意味着强调其词源意义，人既是上帝又是子民的天性无须人格主义提供证据。面对米·米·塔列耶夫关于"基督自我意识"之类的思想，谢尔吉圣三一修道院的老神学家们惊慌失措，这一思想已融入五卷本的《基督教义汇编》（1908—1910）和《新神学》（1917）中。塔列耶夫是一位有新教色彩的思想家、经济问题研究家（《伦理学史片段·社会主义（道德与经济）》，1912；《马克思经济学批判》，1912，等等），基督教价值哲学和心灵哲学的拥护者（《生命哲学》，1891—1916），他认为基督是"天堂中人"，虽不食人间烟火，但布的是爱众生之道。

　　世纪初出版了弗雷德里克·威廉·法勒（《基督耶稣传》，1904）、埃内斯特·勒南（《耶稣传》，1907）、大卫·弗里德里希·施特劳斯（《新旧信仰》，1906；《耶稣传》，1907）著作的译本；人们为维护基督的传统光辉形象，对其救赎人类的功绩进行深入领会；由于人格主义的盛行，认识上帝之子的问题也提了出来[82]。

　　时代特别看重传统的价值哲学中的价值观，以及善与恶、真理与谬误、行为与后果、基督与反基督的相互转化。被彻底摧毁的日常生活，展示了世界二元论的存在根源——别尔嘉耶夫在早期的著作中汲取了波墨"原本无限"的思想，坚持自由创作与世界丑恶的自由本体论哲学。早期的列米佐夫坚信天性中的恶，即诺斯替教义中的造化在世界上横行自有其理由，"十二个"这个基督是从路途上飞旋的风雪中向勃洛克走来的，而据民间传统，在风雪中藏匿着风魔雪妖。神学家（布尔加科夫）和作家安德列耶夫、列米佐夫、沃洛申（还有更

110

早的萨尔蒂科夫–谢德林在为尼·格1863年的画作《最后的晚餐》写作评论时也透露出类似倾向），将犹大视为福音书中必然出现的人物；他是个卡拉马佐夫式的魔鬼，不过还具有尼采主义者的名声，他的心还是向善的（如高尔基《在底层》中的沙金），而神灵往往甘于装扮成魔鬼的样子（沃洛申："我们都知道，每一个／受难的天使都会装扮成魔鬼"）。[83] 索洛古勃鉴于"人对人是魔鬼"（这是他1907年写的一篇文章的题目）的认识，走上追求乌托邦的道路，正如罗扎诺夫和列米佐夫鉴于"人对人而言是木头"的认识，走上追求天界基督的道路一样。

世纪的乖张不仅表现在善恶的错位上，还表现在符号与意义的分离上。白银时代发生了症候学的悲剧：物与其名称的离析。帕斯捷尔纳克断言，当"物失却它本来面貌"时，就有新的名字来表示其实质，这是因为称名魔术的古来有之的直觉无论对称名哲学而言，还是对时代的语言思维而言都又具有了现实意义："名称就是物"。当然，这里说的不是物质世界的物，而是现实的和最为现实的称谓形而上学。普里什文在1918年的一篇日记中写道："在康德那里存在的是物自体，而在我们这里是失常的物——革命。"[84] 现代主义文学宣扬的核心思想便是为获取真实的语言而斗争。亚·阿·波捷布尼亚《思想与语言》一书对别雷、弗洛连斯基两部同名作品（分别写于1910年和20年代初）的影响已被学者多次提及。[85] 哲学和宗教学对称名的研究与20世纪第二个十年初爆发的一场争论不无关系。这场争论是由于天使圣衣修士伊拉里昂《在高加索山上》（1908）一书的出版而引发的，这本书坚持认为上帝确实存在，不但有其名，而且有其实。[86]

信奉洪堡和波捷布尼亚学说的思想家们捍卫"语言内部形式"论的正确性（古·施佩特，哈尔科夫学派），而阿索斯圣山经验的守护者则捍卫上帝名称的绝对价值。根据《耶稣祷文》的静默主义章程，上帝名字的发音应与呼吸的节奏完全吻合。在如此的文化空间，我们发现，作家特别重视自己主人公的名字，将之视为个人的社会符号。[87]

剧本《在底层》（1902）的主要主题之一是人类道德的沦丧，其标志便是名字的缺失。主要人物的名字（人的社会归属标志）和代号（反社会性的标记）之间的区别被抹杀，如：他们叫克列希（蜱虫）、克瓦什尼亚（发面，迟钝不灵活的人）、戏子、布伯诺夫（铃鼓）、贝贝尔（灰烬）、男爵、克里沃依·佐布（歪脖子）、鞑靼人。如此一来，鲁卡这个源自使徒路加的名字与沙

111

金的"人道主义"便贬值了。戏子对娜塔莎说："你能明白吗？失去名字，这是多么遗憾的事！连条狗也有自己的称呼呀……"我们会记得，主人公感到惋惜并不是因为没有自己的名字，而是因为没有艺名（斯维尔奇科夫–扎沃尔日斯基），他的本名早就被他忘记了。当安娜因狂饮而死去时，鞑靼人喊道："死人……醉鬼……"这种把活人视为死人的态度在戏子对别人的反驳中更加明显："我来这里……正是要告诉……她失去的名字！……"主人公径直称，失去名字就如同人在社会上消失一般，就如同肉体的死亡："名字没有了，他本人也就没有了。"小客栈是人的名字和"人类语言"的坟墓（沙金说："老兄，我讨厌人类的一切语言……"因此，戏子也想起了哈姆雷特的台词，"空字，空字，空字"），如果说悲剧的主人公哈姆雷特不顾语句的联系呼喊"空字，空字，空字"，是因为他是在用缺失语法关系的台词来表明"时代联系的缺失"，那么戏子则是甘愿在人性沦丧的世界中自暴自弃、苟且偷生，在这里名字就像男爵的礼服、长衫一样会褪色，甚至会磨损。男爵在回忆其个人历史时，讲了自己社会角色和衣着的变化，而在一旁的布伯诺夫忧郁地说："是啊，一切都会被磨损的。"我们的面前是没有名字的大地，在大地上是赤条条的厚颜无耻的人，也是在这片大地上鲁卡基督教的安慰转变为美丽的谎言。

白银时代文学的"福音主义"试图将人们引向寻求基督真理的道路，归还其名字——即使处于悲惨时代的人牢记自己的人格尊严。因此，首要的问题就是要灌输各各他忘我牺牲的精神，以殉难来拯救上帝创造的世界的观念。

俄罗斯基督形象在白银时代的文化中似乎是以"零散"的形式存在着，这个时代并没有创作出以基督为主角的哲学和文学作品。从这个意义上讲，基督的王国似乎"不是来自现世"，救世主的形象在诸多作品中只是讨论、议论或辩论的"对象"，是个天外之体。读者从中判断的只是作者对基督虔诚和对上帝传统敬畏两种情感孰多孰少。

在文学中基督可以用"圣像"画法表现（克柳耶夫 [88] 和叶赛宁塑造的就是这种粗俗的"圣像"），可以用"摹拟法"来表现（模仿各各他歌颂殉难，例如勃洛克的诗句："面对冷酷的祖国／我在十字架上晃动"），或者是用"否认"法来表现，也就是对基督教的存在表示否认、否定和质疑。在后两种情况下，我们面前出现的不是基督的形象，而是现实感受中的基督教形象。这是一

112

种对新约宗教进行"文化考古"所形成的形象，它出现在布宁的作品《鸟影》
（1907—1911）[89] 和勃留索夫、梅列日科夫斯基的长篇小说，以及许多神秘
剧、赞美诗和祈祷文一类作品中。以复活为主题的作品也并未绝迹（如别雷的
《基督复活了》，1918）。

　　勃洛克笔下的基督由隐形匿迹（第3卷，248页）到"温柔的幻影"（第7
卷，316、317、330页），进而到"英勇的救世者"，最终形成了《十二个》中
被魔鬼化了的引领者的基督形象。他在写这首长诗的前一天，还写了一个描写
耶稣的剧本提纲（第7卷，317页）。与勃洛克同时代的文艺界人士，如：古米廖
夫，安年斯基，沃洛申、彼得罗夫－沃德金都不认为他塑造的基督形象是一种圣
像。别尔嘉耶夫认为勃洛克的《十二个》是"拿基督的真相开可怕的玩笑"。如
今，无论对《十二个》作何种解释，都不能不说其中的基督完全带有宗教意识
崩溃时代的二律背反性质，在他的身上反映出对实施拯救、暴力和哗变的最后
希冀的破灭。

　　高尔基笔下真理的探索者、虔诚的基督教徒，走过了从叛逆的多神教徒转
变为具有尼采哲学观的布尔什维克的历程。菲洛索福夫在《高尔基论宗教》一
文中，认为高尔基"否定永恒的、绝对的个性，并代之以未来必将产生超人的
信念"。利沃夫－罗加切夫斯基一篇长文有一个别具特色的标题：《在通往以马
忤斯的路上》（1907），这一标题取自长篇小说《母亲》："一天巴维尔带来了
一张画挂在墙上——画面上有三个人，边走边交谈，他们的步履轻盈，矫健。
'这是复活的基督向以马忤斯进发！……'巴维尔向母亲解释道。"[90] 高尔基试
图将民间基督教中对造物主的亲切感同基督式的推进历史的积极奋进精神调和
在一起。在高尔基的作品中，人民这个神的"代言者""变形为"斗神者、造
神者。福音书中的牺牲、博爱、赎罪、拯救和宽容在大众狂热的新的美学中被
消蚀殆尽。不过我们还是作出了应有的评价：时代的确需要信任，要信任人，
需要磊落和光明的人性。高尔基完全顺应了这种时代的需要。

　　罗扎诺夫和别尔嘉耶夫在哲学宗教协会的会议上就"是基督还是世界"
这个老问题展开一场新的争论时，他们未必想到他们的对话会激发一系列基督
社会思想的新观点。[91] 当代的哲学批评著述从陀思妥耶夫斯基的小说中挖掘
出以牺牲拯救世界，以及这种牺牲的标准和成效的重大问题。谢·布尔加科夫

（1901年为自己的长子取名费奥多尔，以纪念陀思妥耶夫斯基）将陀氏的《群魔》视为基督论论著，他说："《群魔》这部悲剧的主人公才是真正的俄罗斯的基督。"（《俄罗斯悲剧》，1914）在这位哲学家看来，《卡拉马佐夫兄弟》的主人公也可称为基督社会主义者，"伊万的全部疑虑囊括了社会主义的所有问题"（《作为哲学典型的伊万·卡拉马佐夫》，1902）。

基督教社会主义是在社会主义实践的背景下诞生的，在这种实践之前已经产生了关于新人的神话，这种神话在俄罗斯存在已不止一个世纪了。历史有过歌颂新事物的颂词，彼得大帝时代滑稽的优生学，共济会除旧布新的育人计划，叶卡捷琳娜女皇和贝茨科伊培养完美公民的试验，恰达耶夫关于人的转生理想和赫尔岑改造"荒蛮"俄罗斯的范例，巴枯宁推行世界革命的谋划和上个世纪60年代作家们的启蒙主义理想，"关于新人的故事"（这是车尔尼雪夫斯基长篇小说《怎么办？》的副题）和罗扎诺夫关于"整个世界是……一个孕育新人的大胚胎"（《胚胎》，1899）的论题，正是这些和其他许多新观念引发了弗洛连斯基关于20世纪的构想，又正是以这些新观念出发，罗扎诺夫形成了其未来人类类型说，阿·谢·苏沃林才得以在他1904年5月18日致罗扎诺夫的信中对人类的退化问题作出解释，并重提自己过去那篇具有时代色彩的文章《新人》[92]。基督教义中的一个中心术语"人子"，在宗教思想和苏维埃文学中发生了突然的质变（如尼·费奥多罗夫称"应承认自己是人子们，而并非通常意义的人……"[93]；安德列耶夫1909年发表题为《人子》的短篇小说，瓦·沃罗夫斯基以同样的题目写了一篇书评来回应他）。

后来成为无产阶级文化协会理论家的亚·亚·博格丹诺夫制定了无产阶级的模式（《人的集合》，1904）。在他那部充满马克思主义幻想的小说《红星》（1908）中，甚至大自然都驯服地披上了红旗的颜色并归属于"社会主义"。卢那察尔斯基则走过从"造神"巨人的美学观（《宗教与社会主义》，1908）到"新俄罗斯人"的正统形象（这是他在1923年《全俄中执委消息报》上发表的一篇文章的题目）的曲折道路。高尔基则塑造出人民的造神者形象（《忏悔》，1908），虽然这些人还残存着教徒的思想，但仍不失为有说教意义的职业革命者（《母亲》，1906）。高尔基的布尔什维主义与尼采哲学中反抗上帝的思想共存（剧本《在底层》中的沙金，1902）[94]。

如果说象征主义者是对世界走火入魔般的变化（别雷《谈通神术》，1903），而以费奥多罗夫为代表的宗教思想却试图从美德的角度去解释"超人"，那么无产阶级美学坚持的则是日常生活、自然界和艺术都在发生"重大转型"的观点（这一术语来自鲍·阿尔瓦托夫《在无产阶级艺术道路上》，1922）。"新人"真正形成了，不过他并不符合白银时代的空想哲学家的审美观。[95]

基督教社会主义学说与新政权的社会治理理论相对立。布尔加科夫发起创建了"基督教政治联盟"，成为世纪初的一位活跃人物，康·阿盖耶夫、别尔嘉耶夫、格·韦基洛夫、亚·叶利恰尼诺夫、安·卡尔塔绍夫、亚·格林卡-伏尔加斯基、H.茨维特科夫和来自"基督教斗争兄弟会"的教徒们先后加入该组织，当时的许多著作都赋予社会主义以新的概念。[96] 布尔加科夫将建立富庶而公平的理想社会称为"社会主义的宗教式诱惑"：他认为，将"为后代造福定为历史的目标"，还不是完全的社会主义的理想，社会主义的真义应该是：不消除人类本性中根深蒂固的邪恶和丑陋……社会主义还只能是治标不治本，还不能涉及人类遭受苦难的根本原因，从这个意义上说，它是折中的"。[97] 1929年布尔加科夫受俄罗斯南部最高宗教事务管理局的委托写了《东正教与社会主义》一文，对社会主义的本质进行了确定，这也是他对这种社会实验态度更为鲜明的一篇著述。

格·费多托夫从在《自由之声》杂志（1918，梅耶的"复活"社的机关刊物）早期发表的文章到在《新城》（从1931年开始）和别尔嘉耶夫主办的《道路》上发表的政论，都表达了忠于基督教社会主义的理想。他在与同行的辩论中，创立了自己的思想体系。他在追求福音书中所描述的理想的历史主义中，对社会和基督教问题的态度实现了一个重大转变。侨居国外的思想家同历史性基督教的评论家们继续就彼得堡的问题进行争论，并与坚持世界末日论的梅列日科夫斯基展开论争。生活在白银时代的人都遇到这个敏感的问题，格·费多托夫将以自己的言行来对抗启示录的谬说为己任。他晚年的文章，如《当代社会现实面前的基督教（在巴黎宗教—哲学研究院公开会上的演讲）》（1932），《什么是社会主义？》（1932），《关于社会主义的书简》（1940）等，尤其是他1933年在巴黎出版的小册子《基督教的社会意义》论述的就是白银时代的精神

115

感悟，揭示了基督教社会性的历史属性，体现了他关注的具有历史意义的自由和果敢，以及为实现自己崇高使命而积极进取的精神。格·费多托夫的观点是一种充满悲情的乐观主义，他所构建的世界蓝图表达了人类寻找新城的夙愿，人们将在那里与神明，与真善美和衷共济，安居乐业。

5. 宇宙主义

应该对一系列严整的思想体系（弗洛伊德学说、尼采学说）、社会宗教学的基本概念（共同性、集合性），以及希图全方位描述的世界图景用囊括各种流派思想的宇宙主义加以补充。俄罗斯的宇宙主义通常划分为三种：自然科学的宇宙主义（尼·乌莫夫、弗·韦尔纳茨基、康·齐奥尔科夫斯基、尼·霍洛德内、亚·奇热夫斯基），宗教哲学的宇宙主义（索洛维约夫、费奥多罗夫、布尔加科夫、弗洛连斯基、别尔嘉耶夫）和诗歌艺术的宇宙主义（从亚·苏霍沃-柯贝林、弗·奥多耶夫斯基到白银时代的作家别雷、巴尔蒙特、马雅可夫斯基、勃留索夫、帕斯捷尔纳克）。[98]

作如上分类的核心概念是人作为上帝创造物的一分子意志自由问题，西方传统已认识到了"人在宇宙中的地位"（这是舍勒1927年写的一篇文章的题目），而且至今还为他留有"空地"。在那里只有时间和空间拓扑的机遇，天体运动的意义很容易在"天体力学"或相对主义的假说中得到说明。而本国传统则从根本上提出问题：宇宙只有与人相互顺应才能共存，也才成其为宇宙（可栖居之所）。如果在这方土地上人类难以生存，那么就应该改良它，（费奥多罗夫称之为"调整"）。在任何情况下，俄罗斯的"宇宙"所期待的人，要么是著名的世界神话中微观宇宙和宏观和谐统一的榜样，要么是东正教哲学认定的由圣灵协调打造出的神人。

对费奥多罗夫来说，"圣灵学说就是一个协调动作的计划"，其旨在使故去的先辈复活。基督教"不是索菲亚，而只是一种对充满上帝智慧的索菲亚的景仰……它只有成为索菲亚，亦即上帝化身的工具，而且将人和人类的意识和意志有效地结合在一起的时候，才能实施真正的复活之术"[99]。我们注意到，如果

说索菲亚说使人适应于宇宙，那么费奥多罗夫则让宇宙适应于人。费奥多罗夫
的索菲亚工具说也成了俄罗斯作家们思考的课题。[100] 1926年9月17日，高尔基
在写给普里什文的信中坦承："他（即费奥多罗夫——作者注）'积极'对待生
活的态度使我备感珍贵和亲切。"[101] 而普里什文也在同年10月告诉高尔基："我
也亲身感受到了'先辈复活'的思想。"（《文学遗产》第70卷，336页）高尔基
在写给小说家谢·季·格里戈里耶夫的信中，同他讨论了"费奥多罗夫的哲学
布尔什维主义的死亡观"（《文学遗产》第70卷，134页），并表述了一些出人意
料的思想，它借用的是早期斯拉夫主义的术语，认为未来人类的"认识本能"
是会复活的，"我说的不是对有些冷酷的施本格勒和加尔特曼的理性忧虑，也不
是有趣的逻辑游戏，而是本能。认识作为一种本能的力量，有能力重新将目的
论变成神学"（《文学遗产》第70卷，135页；请比较赫尔岑的公式，"目的论也
是神学"，见《往事与随想》第5部分，第41章）。高尔基曾建议奥·福尔什读读
费奥多罗夫的作品，福尔什答复说："有些作品没有被接受，但却像生活本身一
样令人叹为观止，索洛维约夫从没写出过这样的作品。索洛维约夫同费奥多罗夫
一样是'朝拜圣地'的聪慧向导，但对我们尚未意识到的创造力，他自己却不会
发挥，也不会启发别人去发挥。"（《文学遗产》第70卷，588页）高尔基的政论
作品（《再论呆板的公民》，1928；《论妇女》，1930）明显受到费奥多罗夫思想
的影响；他的《论普里什文》（1926）一文表达了对韦尔纳茨基理论的赞许。

　　勃留索夫对费奥多罗夫的理论也颇感兴趣，然而实现复活的思想是不适合
他这种具有实用思维的人，原因有二：① 任何一门科学都不能保证实验的成
功；② 勃留索夫担心"自我"会被大批对立的个体融化，因为他并不相信合作
共事的神话。这些年来，勃留索夫一直沉迷于莱布尼茨的单子学说。他在1898
年2月9日写给小说家、剧作家米·弗·萨梅金的信中几近绝望地问道："我该如
何拯救我的个体呢……我想证实，无论如何要证实，我是个单一的独立体，是
一个单细胞动物。对我来说证实这一点是非常必要的。"[102] 在《宇宙事业》文
集（敖德萨，1914）中，勃留索夫表示反对个体复活的思想，他中肯地指出，
费奥多罗夫所谈的是遗传肉体的复现，而并非具有个人记忆和经验的完整的精
神的有机整体的复生。一年以后，别尔嘉耶夫在《复活的宗教（尼·费·费奥
多罗夫的〈共同事业的哲学〉）》，1915）一文中也谈到了这一点。因此，勃留

117

索夫在自己的作品中借主人公之口对费奥多罗夫的观点进行讥讽："我确切地告诉您——用科学的方法是不能将我复活的！"（《科学的欢庆》，1918）。勃留索夫的论调是悲观的，对未来的描绘是令人不快的（《南十字星共和国》，1905；剧本《独裁者》，1921；《七代人的世界》，1923）。勃留索夫更看重的是文化中的不朽，而并非通过技术手段获得的长命。

马雅可夫斯基是位在大宇宙中也感到拥挤的诗人，他在其未完成的长诗《第五国际》（1922）中，用立体未来主义创作方法塑造了一种致密而又清晰的世界形象。可以说，马雅可夫斯基运用了电影的创作方法（试与济加·韦尔托夫的《电影眼睛》作比较），并贯彻了全光全景的原则，使之更加丰富（运用立体视觉的蒙太奇的方法，使全球居民的形象有声有像地尽收眼底）。

赫列布尼科夫称自己所处的时代为宇宙时代，他创造了"思维范畴"一词，这个词与诗学术语"智力图"同义（弗洛连斯基则称之为"气动圈"）。他倡导对未来进行数学预测，1922年他写的《命运牌》（参见其作品《教师与学生的对话1》，1921；《关于领先地位的争论》，1914；《世代更替的规律》，1914）缔造了数字未来学和历史哲学。他的依据很有可能就是本国历史数字思维的传统：从共济会会员到苏霍沃-柯贝林（"万有学说"）和列夫·托尔斯泰的观点（在同谢·谢·乌鲁索夫公爵的通信和《战争与和平》中所探讨的"历史微分学"的思想）。尼·哈尔吉耶夫谈及（这是他从萨·马尔夏克那里转引的数学家亚·瓦·瓦西里耶夫的评价）"赫列布尼科夫在罗巴切夫斯基大学的数学系和自然科学系里表现出了非凡的天赋"，对闵可夫斯基和爱因斯坦关于世界图景的理论颇为精通；他还顺便谈到爱因斯坦就俄罗斯未来主义者对时间问题所进行的深入研究表示祝贺的不足为信的传闻。[103] 赫列布尼科夫的《超中篇小说》（1911—1912）以及他的全部著述和完满幻想的科学实践活动的内容可归纳为：打破国家、时代、民族、语言和习俗的隔阂，使各国人民互相了解，接纳异己的文化。尽管后来相对生物论者们嘲笑赫列布尼科夫，但他们仍不得不承认："他是第一个感觉到时间如同律动的琴弦，而并非是一个偶然的无定型的抽象概念。他还第一个提出重被发现的事物也有风格可言，风格并不单属于艺术或者科学，还属于智慧。"[104]

白银时代对宇宙的直觉常常与世界"生活钟摆"的剧烈节奏造成的恐慌

118

情绪有关。彼得罗夫-沃德金的回忆录是这样描述日食出现时旧教徒的恐慌的：
"我们不是赫雷诺夫城人，而是一群在贫瘠的土地上觅食的人……我们像是在梦中来到了一个神秘的河岸，顿感走投无路，昼夜难分，凶吉难辨。我们自己也化入混沌的大千世界之中……我已经失去了意识，我是在祈祷，还是在诅咒？也许这就是形成世代本能的意乱神迷？然而我确切地知道这是我为迎接宇宙变故对个人机能的第一次调整，目的是使对宇宙的恐怖感化作我的一种创造力……"[105] 在鲍·扎伊采夫的短篇小说《神话》（1906）中，"土地"和"耕地"是微观宇宙和宏观宇宙聚结的线和点："我明显感到，我们大家就像进行耕耘的庄稼人那样生活、思考、工作着，随着太阳的转动而作息。"[106]

俄罗斯的"宇宙"向来都是丰满的，在这里只有暂时不适于居住的地方，世界其实是个天赐的广阔的人间天堂，"在我父的家里有许多住处"（《约翰福音》第14章，第2节）。我们应该注意到，在俄语中"世界"一词有三个意义：1."世界"（包括世上所有的土地、人群和部族）；2."和平"（"非战争状态"）；3."宇宙"（祥和的世界秩序）。齐奥尔科夫斯基正是强调这三重意义，在柏拉图主义、牛顿天体力学和叔本华与柏格森唯意志论的基础上，形成了自己的科学观和诗学观。他认为宇宙是永恒的，"宇宙中那些怡然自得的生物也是永恒的"（《宇宙的意志》）；物质的成分是有活力的，并渗透着世界智慧的意志，而且这种意志"与宇宙的机械性毫不相悖"（《未知的智慧力量》）；在宇宙中物质会根据固有的法则进行自我调理（《宇宙哲学》）。索洛古勃的短篇小说《圣诞节男孩》（1905）中的主人公发了一通对柏格森主义的议论，听起来所产生的印象甚至比齐奥尔科夫斯基的文章还要深刻，他说："几十年前，自然界意志的能量就如此巨大，使地球上产生了无以数计的各种各样的生命。现在自然界能量的性质改变了，自然界不仅仅力求存在，而且追求一种认识自我的意识。"[107] 齐奥尔科夫斯基并不奢望同时代人能接受他的"大地和天空的幻想曲"，于是他总是带着那种"大智若愚"的微笑用妇孺皆知的语言与人分享自己计划的喜悦；于是他写下了一系列的科幻作品（《在月球上》，写于1887年，发表于1894年；《大地和天空的幻想曲》，1895；《在地球之外》，1896—1920）。约翰·赫伊津哈说，文化和科学中的严整均来自游戏，此言不虚，齐奥尔科夫斯基就是一个明证。

119

　　白银时代的哲学诗歌必然会对这位卡卢加的思想家的直觉作出回应。1919年到1920年期间，勃留索夫研读了齐奥尔科夫斯基的著作，据亚·列·奇热夫斯基称，他还想写一部介绍齐奥尔科夫斯基的书。[108] 勃留索夫作为"科学诗歌"的大师，把他熟悉的非欧几里德学的概念转化为诗歌；宇宙思想为他开辟了新的创作空间，他创作了一批宇宙题材的科幻作品（《机器的发难》，1908；《机器暴动》，1915；《首次星际探险》，1920—1921）。

　　俄罗斯的宇宙哲学成了构筑"新人间"和"新天堂"的蓝图，这也是积极乐观的末日论的纲要。众多作家和思想家都认为宇宙为人的发展准备了条件，这就是证明。

　　我们的总结只能是初步的。我们最先论述的是世纪之交的创造、创造哲学、科学哲学和艺术认识的相互贴近。当经典语文学家维·伊万诺夫沉溺于对狄奥尼索斯的思考，同是数学家、自然科学家、历史学家的赫列布尼科夫在自己的文学作品中建造美学数码理论时，别雷则以格奥尔格·康托尔的大量理论为依据，在未来主义诗学中构筑了内心意识的图景；当勃留索夫把叙事抒情诗的主人公变成富有人文知识的考古者时，勃洛克则在撰写论述"布尔什维克"喀提林的文章，这使得我们处于科学思想、哲学和艺术的交相影响之中。未来主义同"形式主义方法"的结合、心理语言学派（波捷布尼亚学派）与象征主义的结合、新民粹主义思想与大众文学的结合促进了书面语和口语技巧的自然融合，而在作品的行文中这种和谐的融合是靠对词语本身的斟酌来实现的。时代分明地意识到语言思维形式的重大变化，在诗歌的语义、语法、称名和象征意义等方面为自己寻到了新的合理结构，这必然对先锋派文学的题材、修辞风格和哲学的推论产生影响。白银时代的创作具有真正的美学意义，因为它将生活的艺术形象同作者的自我分析结合在了一起，也引发了哲学对生活的评论，这种评论的要害并非著述本身（如形式主义的著述），而是作者的立场。列夫·托尔斯泰和普里什文的作品脱胎于他们进行社会观察的日记，而别雷和勃洛克的许多早期作品则源自于他们的哲学书信。

　　马克思主义的（哲学和文化—历史的）世界观有时也很看重白银时代。这一时期的艺术家们往往不惜失去现实感，如林林总总的象征主义者就硬是编织出关于世界的虚虚实实的神话。他们采用现实的伪装符号，相信"就词汇本身而论的词汇"，在某种程度上复制甚至是加强了19世纪经典浪漫主义的审美意境。而且，在他们笔下主人公的生存状态及其创作者的内心世界常常被认为是超出"兴趣"的现实性，这种现实性远远不如柏拉图原始思想的现实性更为相宜。维·伊万诺夫、洛谢夫堂皇的神话理论，贴近人的索菲亚学说（这种理论和学说使得天堂一时间变得无人问津），特鲁别茨科伊与弗洛连斯基的圣像学都成了具有时代意义的理论里程碑。由此出现了充满文化厌倦情绪的维·伊万诺夫和米·格尔申宗的《两地书简》（1921）；出现了埃利斯在《文化与象征意义》（1909）中提到的"文化的亚哈随鲁"现象；也出现了审美主义的风尚，这种风尚产生于对当时生活的忧虑，然而生活并没有因各种各样的"阐释"而变得复杂。

在祖国的大地上随着"黑铁时代"的逼近，白银时代开始沉寂下来。然而，俄罗斯的希腊化和白银时代的宗教复兴运动又到国外寻求新的发展，第一次和第二次侨民潮中的流亡者"逍遥地"呼吸着新鲜空气，克服了白银时代沉寂的危险，继续营造统一的俄罗斯精神文化，继续他们的呐喊，尽管召唤这种文化的呼声传到滞留在祖国的伟大时代创造者和见证者耳畔时已经相当微弱了。新世纪俄罗斯的经典作品在不同的社会环境中仍层出不穷，它们保存着共同的文化记忆。这种记忆在祖国的土壤上是不会消逝的。

这个时代的文学—哲学、科学—世界观，以及启蒙运动的经验具有世界性意义。这个时代没有舍弃上个世纪经典现实主义的辉煌成果，没有丧失正确的思想和对人的信心。处于复杂时代的复杂的人创造了忍辱负重和自力图强的文化，他们带着自己这些新的经验走进了一个新的历史周期。 121

注释：

1 关于白银时代的年代有不同的界定，可参见：尼·奥楚普，《时间海洋》，圣彼得堡，1993，609页；弗·瓦·魏德列，《三个俄罗斯》，载《当代记事》，巴黎，1937，第65卷；瓦·克莱德，《与白银时代相会》，载《白银时代回忆录》，莫斯科，1993，7页；《俄罗斯文学史：20世纪白银时代》，乔治·尼瓦、伊利亚·谢尔曼、维托里奥·斯特拉达、叶菲姆·埃特金德主编，莫斯科，1993，405页；谢·列维茨基，《一个被活埋的时代（论俄罗斯宗教哲学的复兴与白银时代）》，载《边缘》，1959，第42卷，205–211页；亚·埃特金德，《所多玛与普叙赫：白银时代智识史纲》，莫斯科，1996；《俄罗斯现代主义的文化神话：从黄金时代到白银时代》，鲍·加斯帕罗夫、罗伯特·休斯、伊·帕佩尔诺编，伯克利，1992，第1章。

2　弗·魏德列，《俄罗斯哲学与俄罗斯"白银时代"》，见《20世纪的俄罗斯宗教哲学思想》论文集，尼·彼·波尔托拉茨基主编，匹兹堡，1975，71-72页。

3　瓦·格·休金，《从伊万·赫沃罗斯京宁到彼得·恰达耶夫：俄罗斯西欧主义的起源问题》，载《斯拉夫研究》，布达佩斯，1987，33／1-4，131-148页。

4　《弗·索洛维耶夫介绍》，莫斯科，1991，179页。

5　参见：阿·瓦·阿胡金，《索菲亚与魔鬼（俄罗斯宗教哲学面前的康德）》，载《哲学问题》，1990，第1期，51-69页；《康德与俄罗斯哲学》论文集，莫斯科，1994。

6　这个术语是用来形容俄国现代主义"第一阶段"的；其代表人物康·巴尔蒙特"借助美学神正论占据了广阔空间内的所有现实"，见伏尔加斯基（亚·谢·格林卡）：《论隐居》，载《新道路》，1904，第11期，101页。

7　洛特曼指出：别雷的拙口笨舌和托尔斯泰《黑暗的势力》中的阿基姆，奉命装疯卖傻的话有共同之处。见尤·米·洛特曼，《安德列·别雷的诗性笨拙语言》，载《安德列·别雷：创作问题·论文·回忆·政论》，莫斯科，1988，437-443页。

8　亚·瓦·拉夫罗夫，《关于"寻求金羊毛的勇士们"的神话创作》，《神话—民间创作—文学》，列宁格勒，1978，137-170页；《俄国现代主义的文化神话：从黄金时代到白银时代》。

9　安·普·普拉东诺夫，"1927—1950年的札记簿"，《星火》，1989，33期，15页。

10　列米佐夫，《在玫瑰色的闪光中：自传叙事》，莫斯科，1990，390页。

11　弗·尼·伊林，《风格与风格化：2.列米佐夫和罗扎诺夫》见《瓦·瓦·罗扎诺夫：赞成与反对，俄罗斯思想家和研究者论罗扎诺夫的个性与创作》，两卷本，瓦·亚·法捷耶夫主编，圣彼得堡，1995，第2卷，406页。

12　这个传统的认识来自索洛维约夫（《波尔菲里·戈洛夫廖夫谈自由与信仰。札记》，1894）。米·普里什文在日记中就已指出，在阿库莫夫娜身上体现了罗扎诺夫式的"任性的恶魔性格"（见《瓦·瓦·罗扎诺夫：赞成与反对……》，122页），这一点也被现代研究者所强调（E.B.塔雷什金娜：《列米佐夫〈教妹〉女主人公的梦与现实》，见《列米佐夫：研究与资料》，责任编辑阿·米·格拉乔娃，圣彼得堡，1994，53-57页），对罗扎诺夫行为与创作中癫狂要素的分析，见：瓦·亚·法捷耶夫，《罗扎诺夫：生活·创作·个性》，列宁格勒，1991，334-339页。

13　1917年的俄国对于沃洛申来说"似乎已经不能自持，她癫狂了，她的行为引发的不是愤怒，而是悲切的感动和景仰"（见：马·沃洛申的《钉在十字架上的俄罗斯》，莫斯科，1992，50页，此处还引用了《神圣的罗斯》："你无家可归，醉醺醺地到处游荡，癫狂的罗斯啊，基督附身了！"51页）。

14　列米佐夫，《"真的"。纪念瓦·瓦·罗扎诺夫》；《瓦·瓦·罗扎诺夫：赞成与反对……》，254页。列米佐夫本人赢得了癫狂的名声，这里也便顺理成章（见伊万诺夫-拉祖姆

122

尼克,《俄罗斯文学的狂人,1911年》,载伊万诺夫-拉祖姆尼克,《创作与批评。批评文章:1908—1922》,彼得格勒,1922,57-82页)。

15 《索洛维约夫文集》,十卷本,第2版,圣彼得堡,1911—1974,第9卷,295页。诚然,索洛维约夫曾称赞巴尔蒙特的诗集《寂静》(圣彼得堡,1898),巴尔蒙特则在《只有爱情・七色》(莫斯科,1903)一书中用诗歌对索洛维约夫这位哲学家和诗人进行赞扬。

16 《弗洛连斯基文集》,四卷本,莫斯科,1994,第1卷,178页。明茨的著作也展示了象征主义运动的类型和演变过程。

17 《文学遗产》,第85卷:《瓦列里・勃留索夫》,莫斯科,1976,447页。当代对象征主义哲学基础的评论可参见亚・列・卡津,《别雷与俄罗斯现代主义的肇始》;见安德列・别雷,《批评・美学・象征主义理论》,两卷本,莫斯科,1994,第1卷,6-41页。

18 斯・康・库利尤斯,《早期勃留索夫论弗・索洛维约夫的诗学与哲学》,《塔尔图国立大学学报》,塔尔图,1985,第680辑,勃洛克专辑第6辑,《勃洛克与他周围的人》(51-65页;同上作者,《勃留索夫各种形而上学的根据(一次重构的尝试)》,《塔尔图国立大学学报》,塔尔图,1983,第653辑,113-128页。

19 尼・亚・别尔嘉耶夫,《20世纪俄罗斯的精神复兴(〈路〉10周年献词)》,见《别尔嘉耶夫文集》,巴黎,1989,第3卷,690-698页。

20-21 费・奥・斯捷蓬,《列夫・托尔斯泰的宗教悲剧》,见《斯捷蓬文选》,伦敦,1992,148页。

22 自罗扎诺夫早期的作品、梅列日科夫斯基的《果戈理与魔鬼》(莫斯科,1906)、别雷的《果戈理》(1909)以及罗扎诺夫、吉皮乌斯,包括俄国的宗教哲学以及后来的侨民批判性著作出现以来,人们一直将果戈理新描写的世界视为在恶势力唆使下为非作歹的世界。

23 帕・达・尤尔克维奇,《上帝论心灵及其在人的精神生活中的意义,1860》,见帕・达・尤尔克维奇,《哲学著作》,莫斯科,1990,95页。在同时代人提出"心灵索菲亚"理论的大背景下,索洛维约夫关于心灵的阐释见谢・米・索洛维约夫,《弗拉基米尔・索洛维约夫的生平与创作进程》,布鲁塞尔,1977,72-73页。

24 弗洛连斯基,《真理的柱石和根基》,1914,见《弗洛连斯基文集》,莫斯科,1990,第1卷,1册,267-275、535-539页。

25 弗・霍达谢维奇,《摇晃的三脚架》,瓦・格・佩雷尔穆特编辑,莫斯科,1991,35页。

26 对伊万诺夫五大书一些观点的诠释,见因・科列茨卡娅的两篇论文:《论维亚切斯拉夫・伊万诺夫的〈太阳组诗〉》,载《苏联科学院学报:文学语言类》,1978,第37卷,第1辑,54-60页;《维亚切斯拉夫・伊万诺夫组诗〈愤怒的年代〉》,见《1905—1907年的革命与文学》,莫斯科,1978,115-129页,以及谢・尼・多岑科的论文:《维・伊万诺夫组诗〈愤怒的年代〉中的历史主义问题》载《塔尔图国立大学学报》,1981,第813辑,78-87页。

27 巴赫金,《文学创作美学》,莫斯科,1979。下文中此书将在正文括号中直接引用。

123

28　《列米佐夫选集》，莫斯科，1991，153页。在尼古拉和亚历山大这两位对立主人公的话语中出现了"爱与恨"恶魔化的倒装，"耶稣也要流血……为了爱，流血是必需的，就是这样。你恨吧，全身心地去恨吧，去杀戮吧，这样爱就会来临"（同上，142页）。这些自白的哲学背景是卡拉马佐夫式的离经叛道，这种叛逆因现实和造化世界接纳了大恶而被复杂化了。另一方面，列米佐夫的心灵哲学与对抗合理的知识密切相关，这又使得他的作品与舍斯托夫和罗扎诺夫的经验与世界观密切相关（列米佐夫在《鼠笛》中回忆道："罗扎诺夫和舍斯托夫教我生活之道。"）。列米佐夫曾著文评论舍斯托夫的《无根据颂》（载《生活问题》，1905，第3期），为他写过悼文（《纪念列夫·舍斯托夫》，1938）。见：米·瓦·科济缅科，《阿·列米佐夫的世界和主人公：作家世界观与诗学的相互关系问题》，《语文学》，1982，第1期，24-30页；卡塔林·瑟凯，《〈无根据颂〉：列夫·舍斯托夫和阿列克谢·列米佐夫。20世纪俄罗斯文学中两种艺术思维类型的共同点》，见《斯拉夫学通讯》，塞格德，1984，第15卷，105-120页；亚·阿·丹尼列夫斯基，《阿·列米佐夫和列·舍斯托夫（第一篇文章）》，见《塔尔图国立大学学报》，塔尔图，1990，第883辑：《俄罗斯文学的发展道路》，139-156页。

29　列·彼·卡尔萨温，《爱的思想家费多尔·巴甫洛维奇·卡拉马佐夫》，1921，见《陀思妥耶夫斯基论——1881—1931年俄国思想界关于陀思妥耶夫斯基创作的评论》，瓦·米·鲍里索夫，阿·谢·罗金斯基主编，莫斯科，1990，267页。

30　亚·埃特金德，《所多玛与普叙赫：白银时代智识史纲》，莫斯科，1996，328-329页。诸多的著作都论及了色情文学、性和淫秽的界限，可参阅：列·托洛茨基，《关于死亡与厄洛斯》，1908，载列·托洛茨基，《文学与革命》，莫斯科，1991，206-216页；伊·菲廖夫斯基司祭，《谈与淫秽的斗争》，载《教会通报》，1912年4月26日（对罗扎诺夫《月光人》第2版〈圣彼得堡，1912〉的书评）；埃〈阿·利·沃伦斯基〉的文章《阿姆斯特丹的淫秽作品》，载《艺术生活》，1924，第5期；霍达谢维奇，《谈淫秽，1932》（1932），载《摇晃的三脚架》，莫斯科，1991，583-597页；《俄国诗歌中的色情》，柏林，1922；《俄国的厄洛斯，或俄国的爱的哲学》，莫斯科，1991；《厄洛斯：俄国·白银时代》，莫斯科，1992；尼·博格莫洛夫，《我们是两根被天雷点燃的树干：俄国诗歌中的色情——从象征主义者到真实艺术协会成员》，载《文学评论》，1991，第11期，56-65页。

31　勃留索夫，《夜与日，小说与戏剧第二集：1908—1912年》，莫斯科，1913，93页。

32　《勃留索夫文集》，七卷本，莫斯科，1973—1975，第5卷，209页。

33　尼·古米廖夫，《俄罗斯诗歌书简》，彼得格勒，1923，52页。关于象征主义期刊对"游戏"的关注，可参见：《天平》，1904，第10期，61页（Весы. 1904. № 10. C. 61）刊登的关于在日内瓦召开的第二届世界哲学大会上威廉·文德尔班就康德的游戏概念所作的报告；许多文论谈及游戏主题的多样性（马·沃洛申，《儿童游戏的启示》，载《金羊毛》，1902，第11-12期，68-75页；帕·穆拉托夫，《日晷》，同上，1908，第10期，62页），诗歌中对此也有所涉及，如尤·巴尔特鲁沙伊蒂斯，《快板》（Allegro）（载《新道路》，1903，第12期），

124

费·索洛古勃，《我迷恋我的游戏……》（同上，1904，第1期，139页），勃洛克，《有一种游戏要小心介入……》，1913。勃洛克的游戏概念要比勃留索夫的更广泛，他说，"这是一种实验，它表现的是权力；艺术家靠它生存，只要能够游戏，就要游戏（我和你是善良的不玩恶的游戏）"（《勃洛克文集》，八卷本，莫斯科；列宁格勒，1963，第8卷，487页）。这是"戏剧先锋派为自己制定的戏剧理论"（尼·尼·叶夫列伊诺夫语）；亚·斯克里亚宾赞同创作游戏的思想。米·普里什文创建了系统的游戏概念。围绕着创作和游戏的讨论，以及哲学家和民族志学家发表的著述使艺术家愈加注意游戏问题。

34　《勃留索夫小说选》，莫斯科，1989，321页。见尼·阿·特里丰诺夫，《从审美游戏的艺术到社会现实的诗歌（瓦列里·勃留索夫创作道路记实）》，见《苏联科学院学报：文学语言类》，1985，第44卷，第6期。

35　《吉皮乌斯诗歌、小说集》，列宁格勒，1991，331页。

36　在西方传统的背景下（马丁·布伯、弗朗茨·罗森茨维格、费迪南德·埃布纳、欧根·罗森施托克–胡絮）对俄国哲学中的"他者"所作分析，见：嘉里·索尔·莫尔松、卡里尔·埃莫森、米哈伊尔·巴赫金《散文的创造》，斯坦福，1990；克林顿·加德纳，《东西方之间：俄罗斯心灵才华的复兴》，莫斯科，1993；维·利·马赫林《我与他者（20世纪"对话"哲学的起源）》，圣彼得堡，1995。

37　布尔加科夫，《亘古不灭之光：观察与思辩》，莫斯科，1917，369页。

38　罗扎诺夫，《宗教与文化文集》，圣彼得堡，1899，124页。

39　瓦·雅·吉尔波丁，《艺术家陀思妥耶夫斯基》，莫斯科，1972，153、162页。

40　谢·谢尔盖耶夫–青斯基，《面具》，载《新道路》，1904，第11期，135页。

41　费·索洛古勃，《伊丽莎白》，载《天平》，1905，第1期，27—90页。

42　米·米·普里什文，《1918—1919年日记》，莫斯科，1994，53页。

43　《列米佐夫选集》，210、237、154、270页。

44　见维·伊万诺夫为利·季诺维耶娃–阿尼巴尔的悲剧《戒指》所写的前言（《新的面具》，1904）；马·沃洛申的《创作剪影》，1914；组诗《假面具》，1919；列·安德列耶夫的剧本《黑色面具》，1908；勃留索夫翻译了雷米·德·古尔蒙的《面具之书》（1903）和埃米尔·凡尔哈伦的《生活的面貌》，1905；科·丘科夫斯基发表了文章《面孔与面具》，1914；1906年出版的讽刺杂志《面具》和同名的戏剧杂志（1912—1915）。先锋派戏剧中木偶和面具的角色，滑稽草台戏的假面具类型都与意大利"面具喜剧"（弗·埃·梅耶荷德的《论戏剧》，1913；帕·穆拉托夫的《面具时代》，这是《意大利形象》〈1911〉的一部分）和面具的宗教仪式功能有关（可参阅：德·安·科罗普切夫斯基，《大众对肖像的成见——面具的神奇意义》，圣彼得堡，1892）；还可参阅伊·什梅廖夫，《隐藏的相貌》，载《言论》，莫斯科，1916，第6卷；济·吉皮乌斯，《那一张张鲜活的面孔》，1922（此类著述连绵不绝，还有：格·阿达莫维奇的《面孔与书籍》，1928；安·别雷的《面具》，1932；费·夏里亚宾的

《面具与灵魂》，1932；恩·涅伊兹韦斯内的《真像／面貌／假面》，1990）。

45　《维·伊万诺夫文集》，布鲁塞尔，1979，第3卷，741页。此后该文集的引文在正文中只注卷数和页码。

46　参阅瓦·伊·米利顿《作为一个而过问题的"弑父"》，载《哲学问题》，1994，第12期，50-58页：瓦·波多罗加，《抗父》，载《原型》，1996，第1期。

47　《列米佐夫选集》，304页。

48　瓦·叶·哈利捷夫，《乌赫托姆斯基的优势学说与巴赫金的早期著述》，见《论巴赫金文集》，第2辑，《东西方之间的巴赫金》，维·利·马赫林主编，莫斯科，1991，70-86页。还可参阅：阿·阿·乌赫托姆斯基，《良心的直觉：书信、札记、读书笔记》，圣彼得堡，1996。1918年普里什文明显感到理解陷入了危机，"没有人能解释自己：教育人学会理解他人的整个机制都崩溃了"（《普里什文日记，1918—1919年》，莫斯科，1994，20页）。罗扎诺夫对理解的有关论述见：阿·阿·格里亚卡洛夫，《瓦·瓦·罗扎诺夫哲学中人的形象》，载《原理》，1992，第3期，66-74页。

49　详见文集《城市与城市文化的符号学：彼得堡》，载《符号学学报》，塔尔图，（《塔尔图大学学报》，第664辑）：《彼得堡的形而上学》，圣彼得堡，1993；《作为文化现象的彼得堡》，圣彼得堡，1994；《谓彻：俄国哲学与文化文集》，圣彼得堡，1994，第1分册。

50　《梅列日科夫斯基文集》，四卷本，莫斯科，1990，第2卷，379页。

51　阿·阿韦尔琴科，《文艺赞助人的玩笑》，载《各民族友谊》，1990，第4期，111页。

52　德·谢加尔，《"自由的黄昏"：谈俄罗斯日报的几个议题（1917—1918）》，载《往昔：历史文选》，巴黎，1987，第3卷，131-196页。

53　鲍·米·艾兴鲍姆，《莫斯科的灵魂》，载《当代言论》，1917年1月24日，第3442期，2页。

54　米·奥索尔金在一篇简评中写道："俄罗斯当时有两个文学流派：彼得堡派和外省莫斯科派……彼得堡派属革新派，以莫斯科为中心的外省派成了俄罗斯文学的堡垒。彼得堡派大都移居国外……而外省城派经由西伯利亚去了远东。"载《当代记事》，巴黎，1936，第60卷，467页。

126　55　弗·谢·索洛维约夫，《索菲亚》，载《逻各斯》，1991，第2期，153-198页；1993，第4期，275-296页；尼·亚·别尔嘉耶夫，《论雅各·波墨随笔选，第2篇：关于索菲亚和两性人的学说》，载《道路（巴黎）》，1930，第21期，34-62页。

56　格·费多托夫，《宗教诗歌：宗教诗歌中的俄罗斯民间信仰》（莫斯科，1991）中关于"圣母—地母"形象发展历史的叙述。

57　列·卡尔萨温，《人间与天国的索菲亚》，载《射手》（Стрелец），彼得格勒，1922，第3辑，70-94页。

58　在阿·费·洛谢夫的《论宗教教育方法》（1921）报告中，"大地—索菲亚"被引入神祉系统，载《俄罗斯基督教运动公报》，巴黎，纽约，莫斯科，1993，第167卷，1册，70—71页。

59　丘特切夫的"大地母亲"和"伟大的母亲"（《人从自然中得到的异样收获……》，约1862）是一种古希腊的时间概念，它能吞噬一切，即使人归于平静的摇篮——坟墓，"她安抚着自己一个又一个孩子，这是件徒劳无益的事情，她吞噬一切又创造一切，最终还是将一切送入无底的深渊"（《由狂暴的生活所想到的……》）。

60　高尔基推崇的对象，从"安泰俄斯"转到了"该亚"和"得墨忒耳"。他在给奥·福尔什的信中写道，"丈夫的统治将走到尽头，世界的权力应移交给妻子和大地母亲"（《文学遗产》，第70卷《高尔基和苏联作家：未曾发表的书信》，莫斯科，1963，593页）。

61　内利·林德格伦，《维·伊万诺夫和陀思妥耶夫斯基作品中大地母亲的象征》，《加拿大、美国斯拉夫语研究》，1990，24卷，第3期，311—322页。

62　请比较印象派和鲍·扎伊采夫《面包、人、大地》（1905）和《朝霞》（1910）中关于大地的神话。

63　因·维·科列茨卡娅，《维·伊万诺夫："拱门"的隐喻》，《俄罗斯科学院通报》，第51卷，2期，60—65页。

64　安·别雷，《纪念亚·勃洛克》，《文学遗产》，第92卷：《亚历山大·勃洛克——新资料和研究成果汇编》，莫斯科，1982，第3册，829—830页。

65　彼·库德里亚夫采夫，《近十年俄罗斯文学中的神圣索菲亚思想》，载《基督教思想》，基辅，1976，第9卷，71页。

66　尼·米·巴赫金，《一个白卫军眼里的俄国革命》，载《巴赫金学：研究，译文，新刊行资料》，圣彼得堡，1995，355页；围绕希腊复兴观念的论战可参阅：索洛维约夫，《希腊化时代与教会》（1913），载谢·索洛维约夫，《神学与批评随笔》，托木斯克，1996，4—9页。

67　参见：斯·康·库利尤斯，《勃留索夫美学观的形成与莱布尼茨的哲学》，《塔尔图国立大学学报》，塔尔图，1983，第620分册，50—63页；详见：康·格·伊苏波夫，《俄罗斯的历史美学》，圣彼得堡，1992，35—64页；还可参阅：斯·尼·米贾金娜，《俄罗斯存在主义中对柏拉图思想的接受》，载《柏拉图思想大全：形而上学或者未竟的神话》，圣彼得堡，1995，58—60页。

68　奥·曼德尔施塔姆《普希金与斯科里亚宾》，载《曼德尔施塔姆文集》，四卷本，莫斯科，1991，第2卷，318页。

69　尤·伊瓦斯克，《俄罗斯现代主义诗人和神秘主义的宗派》，载《俄罗斯的现代主义》，伊萨卡，1978；塔·利·尼科利斯卡娅，《20世纪20年代俄诗坛神秘主义的宗派主题》，《塔尔图国立大学学报》，塔尔图，1990，第883分册；《俄罗斯文学的发展道路》，157—169页；约翰娜·雷纳特·德林-斯米尔诺夫，《宗派与文学（安德列·别雷的《银鸽》）》，《加利福尼亚斯拉夫研究》，17辑：《基督教与东方斯拉夫人》，第2卷；《现代俄罗斯文化》，主编

127

罗伯特·P.休斯、伊·帕佩尔诺，伯克利；洛杉矶；伦敦，1994，191-199页。

70　谢·尼·布尔加科夫，《弗·索洛维约夫与安娜·施密特》，见谢·尼·布尔加科夫，《平静的思想》，莫斯科，1918，71-114页；还可参见：《安娜·施密特手稿选编（附弗·索洛维约夫致施密特的信件）》，莫斯科，1916。

71　参阅别尔嘉耶夫的文章，《模糊的面貌》（《索菲亚；精神文化与宗教哲学问题》，柏林，1922）和他对别雷星辰神秘主义的批评（《俄罗斯的诱惑——关于安·别雷的〈银鸽〉》，载《俄罗斯思想》，1910，第11期）；《星辰的小说：对安·别雷的小说〈彼得堡〉的思考》，载《交易通报》，1916年7月1日。

72　皮·卡尔波夫，《火焰·俄罗斯方舟·深层的记忆：回忆片段》，莫斯科，1991。还可参阅文章选编《反基督》，莫斯科，1995（1995）；亚·阿·丹尼列夫斯基为《列米佐夫选集》所写后记中对列米佐夫心目中反基督形象的解释，见《列米佐夫选集》，列宁格勒，1911，596-607页。

73　皮·卡尔波夫，《火焰……》，271页。

74　《道路（巴黎）》，1932，第35期，3-19页。此后的引文转引自《文学问题》，1990，第2期，204-213页。

75　罗扎诺夫，《历史创造中的"神圣"和"天才"》，1976，载《尼·亚·别尔嘉耶夫：赞成与反对》，圣彼得堡，1994，274页。

76　列·普·卡尔萨温，《论个性，1929》；载列·普·卡尔萨温《宗教-哲学文集》，莫斯科，1992，第1卷，62页。

77　《布尔加科夫文集》，两卷本，莫斯科，1993，第2卷，641页。

78　同上，第640、642页。

79　《陀思妥耶夫斯基全集》，三十卷本，列宁格勒，1974，第11卷，154页；注解见：阿·扎·施泰因伯格，《陀思妥耶夫斯基的自由体系》，1923，巴黎，1980，75-78页。

80　参见：柯罗连科，《斯维特洛亚尔湖畔：文学基金会纪念文集》，圣彼得堡，1990。

81　尼·奥格洛布林，《在斯韦特洛亚尔湖畔》，载《俄罗斯财富》，1905，第6期；佩尔梅兹斯基，《在斯韦特洛亚尔湖畔》，载《科斯特罗马教区公报》，1905，第17期；谢·杜雷林，《隐形城的教堂：基捷日城的传说》，莫斯科，1914；目击者，《基捷日城畔》，《下哥罗德地方报》，1912，第27期；彼·拉夫罗夫，《宗教史文集》，彼得格勒，1918；瓦·斯米尔诺夫，《沉没的钟》，载《科斯特罗马地方志研究协会文集》，科斯特罗马，1923，第29册等。

82　米·埃·波斯诺夫，《基督教会创始者的个性》，基辅，1910；《文学、绘画、雕塑中基督耶稣的尘世生活》，圣彼得堡，1912；弗·图尔恰尼诺夫《关于基督耶稣个性的谈话》，哈尔科夫，1914；《伪经中关于耶稣的传说》，四卷本，圣彼得堡，1912—1914（1912—1914）；阿·利·沃伦斯基，《四部福音书》，彼得格勒，1923等等。

83　沃洛申，《致后人（恐怖时期），1921》（1921）；载沃洛申《钉在十字架上的俄罗斯》，莫斯科，1992，176页。试比较勃洛克《纪念弗鲁别利》（1910）文中如下一语，"我们作为傍晚降落的天使应该诅咒黑夜"（《勃洛克文集》，八卷本，列宁格勒，1962，第5卷，424页。索洛古勃的《诗人的恶魔们1.恶魔圈》（1907）一文回顾了浪漫主义经典著作魔鬼主义的创作方法，号召作家进行"永恒的讽刺"，称它"可以揭示假面具背后永恒双重，永恒矛盾，通常是畸形的面孔，它可以使一大群丑恶的魔鬼在诗人天使般柔和悦耳的歌声和美好梦境之中现出原形"。（索洛古勃，《创造的传奇》，两卷本，莫斯科，1991，第2卷，164页。）

84　普里什文，《1918—1919年日记》，331页。

85　安娜·哈恩，《亚·波捷布尼亚的〈文学理论〉和俄罗斯象征主义创作理论的几个问题》，载《斯拉夫学资料与通讯》，塞格德，1985，第17卷，167-196页；纳·康·博涅茨卡娅，《俄罗斯哲学语言学中的一个飞跃》，载《帕·亚·弗洛连斯基与其所处时代的文化》，主编：米夏埃尔·哈格迈斯特，尼娜·考奇什维利.兰河畔马尔堡，1995，253-288页。

86　纳·康·博涅茨卡娅，《帕·亚·弗洛连斯基的〈语言的魔力〉和〈作为哲学前提的斯拉夫语名称学〉》，《匈牙利斯拉夫研究》，布达佩斯，1988，第34期，9-80页；同作者，《论帕·亚·弗洛连斯基的语文学学派：阿·费·洛谢夫的〈名谓哲学〉和谢·尼·布尔加科夫的〈名谓哲学〉》，载《斯拉夫匈牙利语研究》，布达佩斯，1991—1992，第37期，113-189页。

87　弗·安·尼科诺夫，《人名》，载《俄罗斯文学的诗学与修辞学：纪念维克多·弗拉基米罗维奇·维诺格拉多夫院士》，列宁格勒，1971，407-419页；尤·米·洛特曼、鲍·安·乌斯宾斯基，《神话—名字—文化》，载《洛特曼论文选集》，三卷本，塔林，1992，第1卷：《文化类型学与符号学方面的论文》，58-75页。

88　康·阿扎多夫斯基，《尼古拉·克柳耶夫：诗人之路》，列宁格勒，1990；叶·伊·马尔科娃，《尼古拉·克柳耶夫诗歌中的"复活的心灵"》，载《18—20世纪俄罗斯文学中的福音书文本·引文、联想、主题、情节、体裁》，弗·扎哈罗夫编，彼得罗扎沃茨克，1994，308-315页；伊·帕·谢普夏科娃，《尼古拉·克柳耶夫诗歌中的多神教、旧仪礼派和基督教元素》，同上，316-340页。

89　根·尤·卡尔平科，《伊·阿·布宁创作中的"创世纪"形象》，载《庄严的自由：论伊·阿·布宁的创作》，沃罗涅日，1995，35-42页；弗·亚·科捷利尼科夫，《布宁的旧约化用》，载《基督教与俄罗斯文学》，圣彼得堡，1996，第2册，343-350页。

90　《马克西姆·高尔基：赞成与反对。俄罗斯思想家与研究者关于高尔基个性与创作的评价文选（1890—1910）》。尤·瓦·佐布宁编辑、作序、作注，圣彼得堡，1997，722、736页。

91　罗扎诺夫早在上世纪末就批评了"超凡脱俗"的基督教（瓦·瓦·罗扎诺夫，《基督教是消极的还是积极的》，载《新时代》，1897年10月28日）；1907年11月21日又在宗教—哲学协会上做了题为《谈甜蜜的耶稣和世界的苦果》的报告，他在报告中认为平常的生活并不妨害宗教的清心寡欲的理想。别尔嘉耶夫却提出了反对意见（《耶稣与尘世·驳瓦·罗扎诺夫的报告》），称罗扎诺夫是神的泛神论者和自然论者，并认为"基督是一个与各种日常生活相

129 对立的新世界"（《别尔嘉耶夫文集》，巴黎，1989，第3卷：《俄罗斯宗教思想的类型》，348页），1908年第1期《俄罗斯思想》同时刊载了两篇文章。

92 瓦·瓦·罗扎诺夫，《对阿·谢·苏沃林的回忆和思考》，莫斯科，1992，98-99页。

93 尼·费·费奥多罗夫，《子、人及其综合——人子》，载《费奥多罗夫文集》，四卷本，莫斯科，1995，第2卷，198页。在谢·尼·特鲁别茨科伊的博士论文《逻各斯学说史》第二部分的第五章（"基督"）附录中论述了"人子"这个词组的意义。还可参阅安东尼（赫拉波维茨基）主教，《"人子"试解》，载《神学通报》，1903，第11期。试比较：尼·雅·阿勃拉莫维奇，《陀思妥耶夫斯基的基督》，莫斯科，1914。

94 全面恐怖年代的亲历者高尔基始终是一位浪漫主义者，在《第一次尝试》一文中（这篇文章为那块献给古拉格的集体文碑画上了句号），作者表达了对未来的期望："要大力宣传、渲染这个前所未有的无比美妙的群众壮举。"高尔基向我们谆谆教诲说："应该让更多的苏联公民知道格别乌工作的方法、成绩和文化政治意义。"（《白海—波罗的海斯大林运河：修建史》，阿·马·高尔基、列·列·阿韦尔巴赫、谢·格·菲林编，莫斯科，1934，404、402页）

95 别尔嘉耶夫在回忆这个年代时说："俄罗斯在19世纪和20世纪中几乎每十年出现一次产生新人的要求，而且态度通常是从温和转向强硬：由40年代的理想主义者转为60年代善于思考的现实主义者；由民粹党派转为马克思主义者，由孟什维克转为布尔什维克，由布尔什维克革命者转为布尔什维克建设者……但实际上并没有出现新人……他们完全不算是新人，不过只是古老的亚当的一个变体……新人应真正是新型人，是一种永恒的人，是形神俱像上帝的人……新人只能是创造型人。"（别尔嘉耶夫，《精神王国与凯撒王国》，载《俄罗斯的命运》，莫斯科，1990，323-324、326-327页）

96 《论社会思想》，1903；《刻不容缓的任务（谈基督教政治联盟）》，1905；《宗教与政治》，1906；《教会与社会问题》，1906；《神启·社会学·社会主义哲学（宗教与哲学的对照）》，1910；《在诸神的盛宴上》，《赞成和反对：当代对话》，1917。

97 谢·尼·布尔加科夫，《基督教与社会主义》（1917），载《社会学研究》，1990，第4期，113页。布尔加科夫此类主题的文章收录在他的文集《基督教社会主义》（新西伯利亚，1991）中。

98 费·伊·吉连诺克，《俄罗斯的宇宙主义者》，莫斯科，1990，6-8页；阿·阿列申，《俄罗斯的宇宙主义》，载《俄罗斯哲学小百科辞典》，莫斯科，1995，275页（其中区分了"设计者"〈费奥多罗夫、齐奥尔科夫斯基〉和"组织者"〈韦尔纳茨基、柳比谢夫〉）。还有另外一种分类：① 科学宇宙主义（齐奥尔科夫斯基、韦尔纳茨基、奇热夫斯基）；② 音乐-
130 神秘宇宙主义（果戈理、勃洛克、斯克里亚宾、别雷）；③ 宗教-哲学宇宙主义（陀思妥耶夫斯基）；④ 数字宇宙主义（赫列布尼科夫）；⑤ 神秘-文化学宇宙主义（安德列耶夫）；⑥ 新宇宙主义（Н. Ф.冈察洛夫的未来宇宙平面几何学），（见 Г. В.库利科娃《俄罗斯宇宙主义作为通往未来有机时代的最重要航标》，载《俄罗斯宇宙主义，据全苏第二、三届纪念费奥多罗夫报告会资料汇编：1898—1990》，莫斯科，1990，第1部分，12页。在一本近年的文选中，对俄罗斯宇宙主义的理解极为宽泛：文选中除了费奥多罗夫、齐奥尔科夫斯基、奇热夫斯基和韦尔纳茨基的文本，我们还能读到奥多耶夫斯基、别尔嘉耶夫、弗洛连斯基、布拉瓦茨卡娅、勒里希（通译布拉瓦茨基夫人、廖里赫——译注）、勃留索夫、别雷、巴尔蒙特、赫列布尼科夫、安·普拉东诺夫、尼·扎博洛茨基的著作，这本文集是《大地和天空的幻想曲》（俄罗斯宇宙主义文选）》，圣彼得堡，1995。

99　《费奥多罗夫文集》，四卷本，莫斯科，1995，第1卷，141页。

100　有关费奥多罗夫的思想对俄罗斯哲学和文学的影响可参见：鲍·弗·叶梅利亚诺夫、马·鲍·霍米亚科夫，《费奥多罗夫和他的〈共同事业的哲学〉》，普斯科夫，1994，90-97页。

101　《文学遗产》，第70卷：《高尔基和苏联作家：未曾发表的书信》，335页。

102　《文学遗产》，第98卷：《勃留索夫和他的通信人》莫斯科，1991，第1册，392页。

103　尼·哈尔吉耶夫、弗·特列宁，《马雅可夫斯基的诗学文化》，1970，120-121页。

104　列·利帕夫斯基《谈话录》，载《逻各斯》，莫斯科，1993，第4期，17页，研究者指出赫列布尼科夫关于宇宙爆炸方式的论述与当代的宇宙学说颇为接近。参见格·尤·叶尔绍夫，《俄罗斯未来主义者创作中的意识爆炸与炸弹主题》，载《赫列布尼科夫报告会：1990年11月27-29日会议资料》，圣彼得堡，1991，123-134页。

105　库·彼得罗夫-沃德金，《赫雷诺夫斯克故事》（第14章，《宇宙印象》），莫斯科，1991，149页。

106　鲍·扎伊采夫，《大地的悲哀：六本书选编》，列宁格勒，1995，56页。

107　费·索洛古勃，《血滴：散文选集》，莫斯科，1992，213页。

108　奇热夫斯基，《一生》，莫斯科，1974，74-79页。20世纪30年代初齐奥尔科夫斯基和扎博洛茨基一直保持着通信往来。扎博洛茨基《铜版画》（1927）、《诱惑》（1929）、《时间》（1933）、《疯狼》（1931）、《甲虫学校》（1933）之类的作品，以至上主义的世界图景和时空新物理学的相对生物论规划为背景，描写了生物、植物、矿物和谐相处的方式，这种和谐经历了由相互对抗走向理智统一的过程。在《昨天对死亡的思索》（1936），《蜕变》（1937），《洛捷伊尼科夫》（1932—1947），《大地慢慢转动了……》（1957）等以死亡和永生为主题的诗篇，塑造了在为世界美好生活前景奋斗之中历尽苦难得以新生的人物形象。几乎与他同时代的普拉东诺夫继承了这种传统。

第三章
文学与其他门类的艺术

◎因·维·科列茨卡娅　撰／赵秋长　译

　　在原本作为混合体的艺术开始分门别类之后，音乐、绘画和雕塑已经成为一种语言，而"不再是众人和着一个声调围成圈跳舞时发出的喊叫声和信手的涂鸦、捏弄了"，而且人们毋宁将之视为一种"一己的行为"（瓦格纳语），[1] 此后，各门艺术之间相互依存、相互渗透的关系也就延续下来。这种关系在本民族精神高涨时期表现得尤为明显。比如在19世纪20—30年代的欧洲，浪漫主义繁荣，在学术"讨论式"创作的浪漫主义理想中就蕴含着基本的哲学理念，——当时的哲学将存在视为"自然"和"文化"合成的宇宙，将创作个体视为各种才能共谐的载体。[2] 俄国1890—1910年间的新现实主义也是这样，其每一个分支——象征主义、阿克梅主义和未来主义的产生，都打着各门艺术综合的印记，"艺术世界"这个词组不仅当作了杂志的名称，而且已成为表示各个美学范畴是一个整体的成式。"各门类艺术的相互作用，使我们得以描绘出一幅世界的完整画图"，至今仍不失为进行艺术创作的重要手段之一。[3] 综合的创作方法对于文学的发展具有重要的意义，白银时代的大师们创作出新的艺术珍品，就是鲜明的例证。

　　20世纪初期，勒里希、米卡洛尤斯·丘尔廖尼斯、斯坦尼斯拉夫·维斯皮扬斯基、沃洛申、库兹明、马雅可夫斯基和夏里亚宾等人成了继19世纪艺术全才（霍夫曼、普希金、格里鲍耶陀夫、莱蒙托夫、奥多耶夫斯基、舍甫琴柯）

之后的备受尊敬的"多能"艺术家。"综合式"艺术创作大行其道，其中有话剧、芭蕾舞剧、建筑、实用艺术和书籍装帧艺术。佳吉列夫还将美术展览和歌剧表演整合在一起，在巴黎举办了令全欧洲人神往的"俄罗斯演出季"的展演，1907—1908年间举办了大型绘画展览，由里姆斯基－科萨科夫、斯克里亚宾、拉赫玛尼诺夫演出的音乐会、夏里亚宾主演的《鲍里斯·戈都诺夫》在巴黎大剧院的巡演。各门类艺术家们的接近促成了彼得

谢·瓦·拉赫玛尼诺夫

堡"现代音乐晚会"的举办、"文学艺术小组"的创办和莫斯科"自由美学联合会"的成立。在世纪之交及其后的十年中，这个时代的总体风格业已形成，它是一种将各门类艺术家、各门类艺术联合在一起的系统的美学理念。如同在拿破仑时代形成"帝国风格"和1820—1840年间欧洲形成"比德迈风格"一样，在19世纪与20世纪之交形成了一种"现代派风格"（法国称之为"新艺术"["Art Nouveau"]，德国为"青年风"["Jugendstil"]，奥地利为"分离派"["Sezessionsstil"]，意大利为"自由风"["Stile Liberty"]）[4]。1910年以后在俄罗斯 "新古典"逐渐形成；与之相悖的表现主义倾向也在业已形成的俄罗斯先锋主义文学和艺术中表现得日益明显。

132

1

　　各门类的艺术为聚而分，这首先表现在艺术大师们对相近艺术的美学的钻研中。"各种艺术形式在某种程度上是互相融合的，可与相近门类的艺术融会贯

通"——别雷1902年在一篇文章中这样写道。[5] 弗鲁别利、勒里希、鲍里索夫－穆萨托夫、库兹涅佐夫和彼得罗夫－沃德金的绘画和版画就像音乐作品一样受制于一定的节律，具备已有百年历史的装饰画、壁画、圣像画的特点。这在音乐中也有反应：里姆斯基－科尔萨科夫、拉赫玛尼诺夫、斯克里亚宾、斯特拉文斯基和青年时代的普罗科菲耶夫继穆索尔斯基和鲍罗丁之后运用了造型艺术和暗示等种种技法表达色彩和音响。拉赫玛尼诺夫的音乐作品可谓天籁之声，像俄罗斯优秀风景画一样表现出大自然的色调和意蕴，其恢宏的气势和"深沉的柔情"（巴尔蒙特）浑然一体，抒发出世纪之交"我"的脉脉情愫。拉赫玛尼诺夫的创作充溢着丰富、复杂乃至矛盾的感情，被称为空前未有的音乐"风景画"。列宾说，拉赫玛尼诺夫的《D大调前奏曲》如行云流水，好似"俄罗斯春汛期间的一潭湖水"。[6] 他独创的音画练习曲是一种引人注目的体裁，研究者指出，它把"诗的感情与画的色彩"糅合在一起。[7] 拉赫玛尼诺夫青年时代创作的作品得益于祖国文学的熏陶，这些作品有根据普希金的《茨冈》改编的歌剧《阿乐哥》（1893）和《第一交响曲》（1893）（这首交响曲的主题词用的是列夫·托尔斯泰《安娜·卡列尼娜》取自圣经的卷首题词："我必报应。"），他写《阿乐哥》一剧也是受了柴可夫斯基的《黑桃皇后》（1890）的启发，这是一部对普希金作品改编最好的歌剧。

当时的抒情诗将音乐和语言"糅合在一起"，在这方面费特的作品是最好的例证，这在勃洛克浪漫曲式的诗歌中也体现得淋漓尽致。"勃洛克的抒情有种音乐的美质，毫不做作。它的魅力在于不落俗套，不靠形象的拼凑，不采用'哲理思索'和大发感慨的形式，而是凭借诗的韵律和音乐般的谐音……难怪说他的诗就是歌，在他的笔下，姑娘、眼睛、暴风雪、珍珠、芦笛、夜晚一切一切都在唱歌。"[8] 鲍·阿萨菲耶夫认为，正是"通过内在的谐音，而不单靠表面的文意给人一种听觉的感受，在他的创作艺术中，这种感受的作用并不比视觉感受小"。[9] 虽然如此，勃洛克不像魏尔伦和巴尔蒙特那样为声响而声响，他的诗歌内容在意蕴上还是很丰富的。

不同于进行这种文学与音乐的有机结合（继勃洛克之后，在这方面颇见功力的大概只有叶赛宁了）的是世纪之交的另外一些浪漫主义作家，他们进行的是一种实验性综合。诗人亚·杜勃罗留波夫在他1895年出版的第一部诗集《化育的自然，被化育的自然》给人一种似诗非诗的印象，因为在诗歌正文前面是些被他称为油画或乐谱之类的东西，供人与诗歌一起赏读。丘尔廖尼斯是位象征主义画家、作曲家，他创作的交响诗（《大海》《森林》）读来颇具音响效果，而他的音画作品（《前奏曲》《赋格曲》两部曲和"水彩"奏鸣套曲《太阳奏鸣曲》《星辰奏鸣曲》《大海奏鸣曲》，1907—1909）的形象和结构是"依据从音乐中借用的原则"布设的（维·伊万诺夫）。[10]

与丘尔廖尼斯的音画形制试验类同的是别雷对散文作品的变形尝试，他赋予散文作品以奏鸣曲、交响曲的音乐形式，并在其中实行各种题材和主题的对位。使当代人困惑未解的四部《交响曲》（1901—1905，1908）就是这样的作品，这些作品的行文宛如乐谱，形制如同歌剧或标题音乐，尤其像瓦格纳的歌剧作品。他运用音乐中的主旋律（根据音律结构和定音法对诗句进行拼接，来传达出这种主旋律），不单是为了表明人物、事件和状态的特性，而是像某些象征主义作家——首先是他敬重的索洛古勃那样，把主旋律作为一种符号，以之指代作品的意蕴，使读者得以深刻地体味作品的思想，这种象征手法为作品搭起一座由表象抵达本质的桥梁。别雷的《银鸽》纯熟地使用了这种手法，而在他的另一部作品《彼得堡》中通篇都采用了它，并使之臻于完善，成了这部作品的整体风格。[11]

歌剧采纳音乐创作中的元素是符合别雷在《艺术的形式》一文中提出的创作原则的，这篇文章提出在精神价值方面，亦即在与浪漫主义美学原则的契合上音乐占有优先的地位，因为它是未来文化的唯一艺术样式，它可以探到"现实生活的秘密"[12]（别雷认为玛·奥列宁娜-达尔海姆的艺术就接近了这种秘密，并写下一篇热情洋溢的特写《女歌唱家》〈1902〉，记述她的演唱及在音乐教育组织"歌曲之家"的活动）。作为诗人、散文作家的别雷看重的还有造型艺术的动机（下面还要谈到这个问题）。维·伊万诺夫则与别雷不同，他常常站在戏剧的立场上看待现代艺术家们潜入"相邻艺术"的努力。伊万诺夫在《丘尔利亚尼斯与艺术综合问题》（1914）一文中认为，这种努力只是在"神话创作者"的直觉中才是正当的，因为这种人可以"清楚地看到无形世界"，这种努力也可作为解析宗教神秘剧剧情的一种尝试（如瓦格纳的《帕西法尔》和斯克里亚宾晚年的创作）。[13] 然而，美学的实践证明，这并不总是切合实际的。在白

134

世纪之交的俄罗斯文学 上
（1890年代—1920年代初）

银时代的艺术领域中，程度不同的综合性倾向表现在方方面面：从艺术家，信奉瓦格纳的"整体艺术"理论，到诗歌语言日益偏爱使用混合性修辞语。意在将观感和听感、色质和音质、"画意"和"乐感"融合在一起的作品，就是一种"天籁之声"（索洛古勃），美曼的长笛晨曲（巴尔蒙特），"可人的音乐会"（谢维里亚宁）。[14]

2

欧洲文学从19世纪中叶开始就注重借用其他门类艺术的手段，有意识地更新诗歌语言。波德莱尔十四行诗《应和》（《Correspondancs》，1857）在这方面具有纲领性意义，他继《塞拉菲塔》的作者巴尔扎克之后确立了"色彩、音响、形式"之间的神秘联系，并认为它们既可以组成一种"合唱"，相互之间也可以发出"回声"。19世纪60年代法国的诗人联合成"高蹈派"，主张文字写作类似雕塑师、建筑师在"车间"工作，并称"善于像他们选用大理石那样选用祖国语言材料的人"就是优秀的诗人（维·伊万诺夫）。[15] 彼·布图尔林在他1880—1890年间写的十四行诗中第一个践行高蹈派的主张。[16] 早在帕尔纳斯派之前，19世纪中叶的一些主张"纯艺术"的诗人就追求诗歌的"雕塑化"，称迈科夫、安年斯基的诗歌有一种独特的造型术，这种手法"更接近雕塑术，而音乐甚至绘画的技法与之的距离就大了些"[17]。

综合美学的思想在19世纪80年代具有了进一步发展的条件。几乎同时出现的两部类型完全不同的著作，一是尼采的哲学论文《悲剧的诞生》（1872），一是魏尔伦的诗歌《诗歌艺术》（1874），分别论述了这种思想的哲学基础、理论作用和艺术认识。尼采的著作（其意在"确定"各艺术门类之间联系时，将美学现象从混合的整体中剥离出来）也为俄罗斯青年象征派奠定了思想基础。勃洛克写道："这部书竟有了如此的发现！"（第9卷，84页）"音乐的精神"将被提到总世界观的高度。魏尔伦的创作则浅显得多了，其外表简朴的"诗艺"提出的诗歌的语言的"音乐性"是衡量其优劣的真正标准。魏尔伦后来脱离了高蹈派，放弃了其崇尚"理智"和"物质"的思想，极力主张以"声"制胜决不是诗歌的应有之义。（三十五年后，曼德尔施塔姆呼吁诗歌回归原始状态："……总之，要归于音乐。"）

魏尔伦主张不仅在诗学上，而且在美学观上应使语言摆脱音乐性优先的原则。这位伟大的抒情诗人鄙视与诗学原则格格不入的"文学"，意欲使创作从"内容"和思想的钳制中解脱出来。俄罗斯的艺术历来是讲究思想性和"教益性"的，因此，这种解脱是难以实现的。别林斯基（重申黑格尔关于诗歌在各类艺术创作中占首要地位的论点）[18]早就对现实主义美学做过论述，指出"诗歌是艺术中最高级的一个门类"，它"蕴含着其他门类艺术的因素"。[19] 19世纪中叶俄罗斯伦理、哲学和社会思想空前高涨，俄语成为宣传这些思想的有力工具，在与之相邻的美学领域中"文学的中心意义"凸显出来。[20] 继而人们日益关注"标题"音乐，人们纷纷离开剧院去听关于戏剧的"学术讲座"，去观摩"生活的话剧"，书籍插图的盛行促进了版画艺术的发展，绘画首先注重的是"叙事性"和故事性，巡回派画家如此，学院派画家亦如此（尽管他们之间有着重大的分歧）。从19世纪70年代起，诗歌界强调作品的"文明性"，强调为争取解放的思想服务，这就促进了诗歌形式的革新。俄罗斯散文大师们对散文形式革新的力度显得更大些。

屠格涅夫、柯罗连科和契诃夫追求行文的抒情化和音律的多样化，寻求使作品色彩与情调相和谐的新途径。柯罗连科的中篇小说《盲音乐家》的题目本身就点明了主人公的身份和才赋，这就使得作者务必达到其小说语言与主人公所处音乐氛围的协调。他在这部作品中再现了以往浪漫主义大师（普希金、果戈理、霍夫曼、奥多耶夫斯基等）的特质——注重自己的创作心理、文学的戏剧化和艺术的"合一"。在十年间（1879—1889）俄罗斯的小说界此类作品层出不穷，涌现出迦尔洵的《画家》、屠格涅夫的《爱的凯歌》和《克拉拉·密里奇》、柯罗连科的《盲音乐家》以及托尔斯泰的《克莱采奏鸣曲》一大批同类作品。青年时代的库普林的早期短篇小说《最后一次初演》（1889）可使人联想起屠格涅夫的《克拉拉·密里奇》，它影射的是主人公原型女演员叶甫拉利亚·卡德米娜之死。而他成熟时期的作品感人地描写了置身于纷乱革命年代的民间艺术家的命运（《甘勃里努斯》，1906）。19世纪80年代之后，俄罗斯肖像画注重塑造作为创造者的人的形象，尽管它们还没有占据主要的地位，如

136

列宾的《穆索尔斯基》（1881）、《斯特列佩托娃》（1882）；亚罗申科的《格
列布·乌斯宾斯基》（1884）、《尼·尼·格》（1891）、《弗·索洛维约夫》
（1895），布拉兹的《契诃夫》（1899）；谢罗夫的《列斯科夫》（1894）和才
华横溢的肖像画《普希金》（1899），直至20世纪第二个十年这类杰作仍络绎不
绝。《海鸥》是契诃夫这位勇于向正统的金科玉律和艺术趣味挑战的戏剧家的
创新之作，也是一个艺术家命运的缩影。

3

值得注意的是，不仅剧作《海鸥》的主人公们，而且还有作为散文改革
者的契诃夫本人都给人们留下深刻的印象。契诃夫对主观主义的散文颇不以为
然，《海鸥》的女主人公的独白（"人、狮子，雄鹰和沙鸥……"）模仿的是早
期颓废主义的行文风格，这种风格在勃留索夫青年时代写下的《俄国的象征主
义者》中也有所表现。然而要表现现实主义的画图须运用新颖的印象主义的色
调，把作为"整体一部分"的细微之处彰显得鲜鲜亮亮，契诃夫在这方面可谓
孜孜以求。在描写月夜景色时只消写一片狼藉的碎玻璃瓶片的反光即可——推
崇这种以新的艺术精神获取景物描写效果技法的不止特里戈林一人，而且还有
契诃夫。在此我们想到，列·托尔斯泰在论述契诃夫行文的创新时，直接将它
与现代法国风景画家的事例联系在一起。彼·谢尔盖延科援引过托尔斯泰如下
的一段话："契诃夫像印象主义者一样，有着自己独特的表现形式，你看，他笔
下的人物似乎可以具有任何色彩，可以任凭他信笔涂抹，似乎这些色彩之间并
无任何关系。然而你走开一点再去看，却能获得一种整体的印象。"[21]

如果说契诃夫像莫泊桑一样，将法国马奈风景画派塑造形象的新技法用于
散文写作上，那么比他年轻的同时代人布宁、库普林和高尔基则是首先借鉴了
契诃夫的经验，在"印象表述"上进行了革新。布宁在行文时对新的语言和色
彩特别敏感，因而他在这方面的成就最为突出。他有着极强的艺术视觉，善于
提炼生活素材，重视易被忽略的生活细节和语言亮色。在他的诗文中天气和季
节常常作为抒情的对象，被描写得美轮美奂，俄罗斯自然风光在他充满爱意的

137

笔下，给人一种"不断神奇变幻"的深刻印象。布宁的词句奇绝，语言色彩斑斓有致，宛如印象派画家的油画。"如果作家的语言能具有两三种几近相同的色彩，那么就可以说他对色调的掌握十分成功了……作画的原则完全可以借用到文学创作中来"——尼鲁斯如是说。此人是"南俄罗斯画家协会"会员，当时与布宁关系甚密。他以这番话来评价不久之后写出《苏霍多尔》[22] 的布宁确实颇有先见之明。

布宁在描写景色时，同样看重表达赤裸的大自然给人的直接印象（他早期的一部诗集就是以《天幕之下》命名的）和抒情的"我"对之产生的感受。在布宁的散文中总是能体会到印象主义作品中那种描写主体与描写客体的统一。这种统一早在他从青年时代喜欢写的抒情式小品和无情节"即兴习作"中就表现出彩，在这些作品中，表象可以生发出如泣如诉的忧患之情（如《秋》《墓志铭》《梦》《在顿涅茨河上》《松林》《山隘》等等）。然而布宁深深地眷恋着这个现实的物质世界，热情地关注着大千世界的每一种现象，这就使得他作为抒情的主体不能只沉溺于自我内心的小小世界之中。在他的优秀小说《安东诺夫卡苹果》中，对行将逝去的庄园古风的伤感之情与乡间小康生活的诗情画意融合在一起。布宁崇尚"契诃夫式"的对待印象的态度，即认为印象具有形象性，是对世界和人进行现实主义描写的手段之一。布宁在创作初期对"温和"的印象主义手段偏爱的态度类同于诸如阿·阿尔希波夫、谢·伊万诺夫、谢·科罗温等莫斯科画派画家的印象主义创作倾向，这些画家虽然从19世纪80年代起就走上"巡回派"的现实主义道路，但后来又在这种现实主义中添加了"印象"诗学的抒情成分。研究者认为，"生活和景色描绘的有机结合"，通过景色的描绘将对生活的描绘抒情化，是阿尔希波夫及其志同道合者的创新 [23]，也是继承契诃夫传统的布宁在散文创作中的创新（扎伊采夫也紧步后尘，开始试写印象主义式的作品）。应该指出，布宁和莫斯科画派画家在作品的主题思想上亦有相近之处，即都表现农村无可挽救的"衰败"和移民的悲剧（如布宁的《走向天涯》和谢·伊万诺夫的《移民之死》等），可以说忧农夫之忧乃是当时一切充满民主主义精神作品的情愫。

布宁在其最后十年间的作品与俄罗斯绘画还有其他相似之处，如他的《夜话》和《乡村》所描绘的俄罗斯农民有着历史渊源的丑陋的形象就与鲍·格里戈里耶夫的组画《俄罗斯》（Расея，1917—1918）的表现手法相似。这组组画以印象主义的怪诞手法表现出他们身上显露出来的，布宁也发现的俄罗斯性格中的弱点。高尔基在题名为《论俄罗斯农民》的系列文章（1922）中也以政论的形式揭露了农民在国内战争时期表现出来的类似的落后性。格里戈里耶夫成了20世纪20年代的高尔基敬重的画家之一，他为高尔基的《在底层》[24] 和《童年》先后作过插图。格里戈里耶夫曾绘有高尔基肖像（1926）[25]，作家的形象与其组画《俄罗斯》中的形象形神俱似。

4

　　继承契诃夫的传统，坚持走以新的创作理念丰富了的现实主义道路，这不仅造就了布宁及其一代小说家，而且也成为俄罗斯戏剧艺术发展的重要条件。莫斯科艺术剧院为贯彻契诃夫的戏剧思想，亟需改革舞台表演的形式，于是就需要文学对戏剧创作进行干预，需要实现文学和戏剧完美的综合，这是俄罗斯美学发展过程中必须进行整合的一个重要方面。契诃夫的戏剧思想与演艺界原本热衷的斯坦尼斯拉夫斯基的"迈宁根表演技法"和自然主义的模仿生活的表演理论相抗衡。莫斯科艺术剧院演出的契诃夫的戏剧（1898—1904）是欧洲戏剧史上的里程碑，它体现了作者的创作思想，从而"诞生了一种新质的戏剧艺术"，不久这种戏剧就被"冠名为'情愫剧'"。[26] 我们认为，戏剧的抒情化过程也受到世纪末之后俄罗斯民众偏爱抒情诗歌的影响（巴尔蒙特的诗歌悄然风行就是这种现象的一个有代表性的例子）。

　　莫斯科艺术剧院通过"情愫"表演，生动地体现了契诃夫原作作为"生活悲剧"的情感和含义，"生活悲剧"乃是梅特林克对新戏剧的称谓。[27] 对于梅特林克来说，日常生活中的危难（要比悲惨的重大事件重要得多）不可漠然处之，因为这关乎生死存亡（他在1899年和1900年曾在《艺术世界》上就此发表文章[28]，强调指出，这是他的剧作中"人与其命运"的无声对话的要义）。契诃夫曾就《盲人》采取的表现手段同它的作者进行接触，强调指出，日常生活中发生的悲剧还有着道德和社会方面的原因，并称一般的，"并非英雄"的人也可

139

以战胜它。契诃夫在向剧团负责人作《万尼亚舅舅》一剧的导读时也表达了这种见解，并使之体现在斯坦尼斯拉夫斯基对阿斯特罗夫形象的塑造上。于是，充分展现了人物的心理活动，此剧的社会意义也增强了。

契诃夫对戏剧风格的革新促进了印象主义和象征主义表演艺术的发展和舞台美术与戏剧音乐的统一。以契诃夫为标志的舞台表演理论成了一系列戏剧演出的指导思想，典型的实例有斯坦尼斯拉夫斯基1904年演出的梅特林克的三部独幕剧（《盲人》《不速之客》和《室内》），这是俄罗斯表演"象征性"戏剧的最初尝试之一。勃留索夫在《不需要的真实》（1902）一文中指责莫斯科艺术剧院在舞台表演中过于拘泥自然主义关于"将现实一分为二"的理论。[29] 莫斯科艺术剧院在卡恰洛夫主演的安德列耶夫剧作《人的一生》（1907）和《安那太马》（1909）引起轰动之后，又成功地演出了一些现代主义的戏剧。演员叶果罗夫在《人的一生》一剧中采用了夸张的异奇服装和衣饰，而在梅特林克《青鸟》的表演（1908）中则充满了诗意，这种创新表明，"老一代"的戏剧表演艺术家们越来越重视视觉语言。20世纪第二个十年，多布任斯基为莫斯科艺术剧院制作布景，他曾为屠格涅夫的《乡间一月》（1906）和根据陀思妥耶夫斯基的《群魔》改编的同名戏剧（1913）制作布景，制作布景者还有H.勒里希（为易卜生《培尔·金特》，1912），亚·伯努瓦（为莫里哀《没病找病》，1913；普希金的几个小悲剧，1915），鲍·库斯托季耶夫（为萨尔蒂科夫–谢德林《帕祖欣之死》，1914），伊·苏尔库乔夫（《秋天的小提琴》，1915）。

演出《秋天的小提琴》是一直坚持高文学品位的莫斯科艺术剧院在选择剧目上的一次破例，该剧院对俄罗斯散文精品的关注使其艺术水平大大提高。涅米罗维奇–丹钦柯将陀思妥耶夫斯基的小说《卡拉马佐夫兄弟》和《群魔》改编成戏剧，《卡拉马佐夫兄弟》于1910年上演（据安·格·陀思妥耶夫斯卡娅称，饰演德米特里·卡拉马佐夫的列·列昂尼多夫很好地体现了原作者的意图；《群魔》改编为《尼古拉·斯塔夫罗金》，伊·别尔谢涅夫扮演小韦尔霍文斯基），由文学作品改编的剧目还有《斯捷潘奇科沃村》（伊·莫斯克温饰演奥皮斯金，1917年演出）以及列夫·托尔斯泰的《活尸》（莫斯克温饰演费奥多尔·普罗塔索夫，1911年演出），这部戏剧将语言艺术和舞台艺术完美地糅合在一起。

青年一代戏剧工作者也致力于舞台艺术的综合，代表人物是薇·科米萨

140

尔热夫斯卡娅，她的剧院（"游廊商场剧院"，1904—1905），为社会心理剧的发展作出了贡献，并塑造出易卜生、奥斯特洛夫斯基、高尔基剧作中一批反抗型女主人公形象。她在表演实践中认识到"让各种门类的艺术家都来再现生活，……是烦人乏味的，也是大可不必的"，因为"揭示人的精神世界"靠舞台艺术即可，不过舞台艺术家必须"集小说、诗歌、戏剧、绘画和音乐各界的绝技于一身"。[30] 在1907年进行的一次访谈中，她首先介绍了她的第二个剧院（"军官街剧院"，1906—1908）及其对"新艺术"的追求。此后她又举办了演员同画家、音乐家、诗人联欢的星期六聚会，勃洛克和索洛古勃就是在这种聚会上分别朗诵了他们的新作《广场上的国王》和《智蜂的馈赠》。

梅耶荷德在他的著作中论述象征主义戏剧时，借用了科米萨尔热夫斯卡娅关于表演的新理论。而勃洛克1906年底提出做"民间艺人"的概念，称演员要善于作综合式的赏心悦目的表演。梅耶荷德导演、库兹明作曲、尼·萨普诺夫制作布景的剧目具有一种浪漫主义的调侃风格，梅耶荷德还扮演过皮埃罗这个法国戏剧中的著名传统人物。尼·乌里扬诺夫当时为他绘了扮演该角的化妆像。勃洛克著文称，"完美的戏剧表演需要有完美的布景和服装"（第4卷，434页）。

梅耶荷德表演的座右铭是张口就像他扮演契诃夫剧中主人公特列普列夫那样说话。他写道，他在梅特林克表演理论的影响下已经趋同象征主义戏剧思想了：剧本的创新推动着戏剧的创新。梅耶荷德当时还指出了文学对整个戏剧的统领作用（《戏剧的历史和技巧》，1907）。[31] 但到后来的1920—1930年间，他们的表演艺术出现了回潮：不以剧本为基础进行表演试验，破坏了剧本的形式乃至结构。他还认为，既然戏剧导演已被文学"授予了僧位"，那么文学再板起脸来指责作为一门自为艺术的戏剧，就是"有害的"。不过，在他的创作中还是灵活地将"文学"和"戏剧"作等量齐观。他1908—1918年间在亚历山德拉剧院担任导演，推出一批经典剧目，但他在科米萨尔热夫斯卡娅剧院工作期间过分注重视觉的倾向仍未得到修正。他在亚历山德里剧院导演的莫里哀的《唐璜》（1910年演出，布景亚·戈洛温），凡尔赛宫殿富丽堂皇，人物衣着奢华美艳，使得观众的目光应接不暇，顾不得体会剧情的意义了，评论家亚·库格尔讽刺地说，大家的注意点"从心灵转到服装上"。[32] 梅耶荷德导演的"文学性"最强的剧目是莱蒙托夫的《假面舞会》（1917）。他把它当作一场命运的悲剧，进行浪漫主义的处理，并将剧情与当时悲惨的现实联系起来——正是在这个恶劣的"上流社会"，1830—1840年间俄罗斯痛失两位伟大的诗人。[33] 他在导演工作中善于协调，使剧组成员各尽其才，演员（扮演阿尔别宁的尤·尤里耶夫和扮演陌生人的伊·佩夫佐夫）、舞台美术设计师（戈洛温）和音乐师（亚·格拉祖诺夫）都有上佳表现。在梅耶荷德的指导下，这些大师将作为文学作品异相存在的戏剧性不断以新颖的形式表现出来，不过却没采用象征主义的方法（见下）。

"音乐"与"文学"的联系也更加紧密，现代主义诗歌的创新改变了俄罗斯浪漫情诗的表达手法，它在作曲家笔下成为一种"诗歌与音乐的混合体"。研究者曾列举了拉赫玛尼诺夫分别以勃洛克（经阿·伊萨基扬改编）、别雷、谢维里亚宁、勃留索夫、索洛古勃和巴尔蒙特情诗为词所作的六个系列三十八首浪漫歌曲，并指出这位作曲家在自己的作品中竭力"突出歌词的主导作用"，节律、旋律统统为之服务。[34] 当时还盛行配乐朗诵，即在音乐的伴奏下朗诵诗歌或散文。当时的诗歌为歌剧注入了一种"世纪末"的情调（格列恰尼诺夫以波德莱尔《恶之花》的诗句作词写了五首浪漫曲，米亚斯科夫斯基以吉皮乌斯的诗句作词写了二十七首浪漫曲，格涅辛以索洛古勃的诗句作词写了《小鬼》），而戏剧对诗歌的反作用也有多种表现：诗歌中洋溢着音乐性，像歌曲一样悦耳，使人听之"入魔"（如勃洛克、叶赛宁和巴尔蒙特及其模仿者的诗，谢维里亚宁的诗在这方面更胜一筹）。同时也出现了一批以音乐和音乐家为题材的诗歌，如伊·科涅夫斯科伊的《〈帕西法尔〉最后的几个音符》（1897）；勃洛克的《手风琴》（1907）、《卡门》（1914）、组诗《竖琴和小提琴》（1908—1916）；曼德尔施塔姆的《巴赫》（1913）、《贝多芬颂》（1914）；库兹明的《致德彪西》（1915）；巴尔蒙特的《致演奏低音提琴的谢·亚·库谢维茨基》（1918）等。

142

5

促使文学与其他门类艺术相互贴近、"呼应"的因素，除了艺术家们对新创作理念的探索外还有另外一些，那就是社会事件和思潮的联动作用。世纪之交，民主主义思想高涨，日俄战争和第一次俄国革命激发了文学艺术各界知识分子的觉悟，他们联合起来反抗专制制度。在意识到俄罗斯国家体制行将终结的同时，却又有一些对立现象，如列宾的《国务会议》（1901—1903）和佳吉列夫在塔夫里达宫举办的"俄罗斯历史肖像展（1705—1905）"（1905）。高尔基和知识出版社同仁曾拟出版维·伊万诺夫、梅耶荷德的诗文、剧作和"艺术世界"画家们的绘画作品（如发表在《地狱硫磺》《地狱邮报》杂志和《火炬》画刊第一辑中那些美术作品）。谢罗夫的《平叛之后》《士兵兄弟们，你们的荣耀何在？》等绘画和版画作品塑造出杀气腾腾的丘八形象；叶·兰谢列的漫画《丧宴》（1906）中的那些主人公形象，与库普林的《决斗》和谢尔盖耶夫-青斯基的《巴巴耶夫》这两部同期写下的小说的主人公何其相似乃尔。对世界大战的悲切感受把有不同艺术"信念"的不同门类的艺术家和爱好者联合起来。沃洛申的反战诗歌（《在世界燃烧的那一年，1915》，莫斯科，1916）中引入了启示录中的形象。亚·卡斯塔利斯基的大型安魂曲《追悼弟兄的祈祷》（1916）歌颂英雄们的战功，表达对他们牺牲的哀思，被阿萨菲耶夫称为"凝聚着各民族泪水的哀乐"[35]。安德列耶夫就彼得罗夫-沃德金的油画《在火线上》（1916）写道："画面中央是一位垂死的准尉……我从来没有见过一个能与之相提并论的'神圣死亡'形象。"[36] 列米佐夫将彼得罗夫-沃德金的这幅作品比作圣像，因那位"灵魂出窍的受伤者"深深地感到震撼。[37]

　　社会中的类似悲剧并非偶然发生的：在列夫·托尔斯泰晚期作品（《伊万·伊里奇之死》，1886）中尖锐提出的人的生存问题，也成了当时的文艺作品提出的问题之一。关注人的生存，也是柴可夫斯基《第六交响曲》（1893，其初稿名为《生命》）的尾声悲切动人之处，同样也是索洛古勃和安年斯基1890—1900年间的抒情诗所写的种种死亡催人泪下的原因。安德列耶夫的宗教神秘剧《人的一生》也写到对生存的忧患，勃洛克的《白雪假面》中的人物竟萌生出只求一死的欲望，而拉赫玛尼诺夫的合唱与管弦乐诗《钟》（1913，根据爱伦·坡的诗改编）则是一首人生的挽歌。然而在这里还另有一种乐观的情调，那就是巴尔蒙特对五彩缤纷的自然世界的陶醉，罗扎诺夫对世间生命力的顶礼膜拜和帕斯捷尔纳克抒情诗"对奇迹发生的赞叹"[38]。

143

世纪之初，大批志向相同的作家和画家们走到一起来了，其中一个重要的因素就是他们都拥有一种与官方东正教不同的宗教理想。"在那些年代里，我们都在苦苦地探索生存之谜，通过宗教和志同道合者的交往寻求这个谜底"——伯努瓦后来在论述《艺术世界》派画家与梅列日科夫斯基小组在世纪初密切交往这段史实时这样写道。[39] 信仰问题也是米·涅斯捷罗夫所关注的重要问题，其作品的"方济各风格"对青年时代的勃洛克影响很大（"他就是基督"，《在玫瑰丛中》，1905）。梅列日科夫斯基主办的《新道路》杂志曾介绍过涅斯捷罗夫的绘画艺术，虽然他的《少年瓦尔福洛梅的幻梦》（可与柴可夫斯基、里姆斯基-科萨科夫、拉赫玛尼诺夫、格列恰尼诺夫等充满灵性和宗教情节的音乐作品相提并论）与梅列日科夫斯基建立新东正教的理论精神相违背，涅斯捷罗夫对后者的经院哲学也持否定态度 [40]。列米佐夫十分看重画家巴克斯特的才华，与之结为莫逆之交，巴克斯特在《艺术世界》杂志与列米佐夫合作及1901年为他作肖像期间深深为其哲学思想所吸引，这在巴克斯特一系列崇拜健美的人体和肉欲的绘画中有鲜明的表现。对神志学的迷恋，对人智学的神往，乃是巴尔蒙特、沃洛申、勒里希、别雷和康定斯基等不同门类艺术家的共同点。这个名单还可以拉得更长些，不过未列入名单者的"思想和学术"观点及其与其他门类艺术的联系尚未完全得到诠释。我们只好简要地对这种联系中的**纯审美因素**进行分析，而这种联系是在艺术家的**创作风格中**形成并随着它的变化而变化的。

印象主义和19世纪后二十五年欧洲艺术体裁发生的剧烈变化——俄罗斯的美学创作也发生了这种变化——已经浸淫了艺术的各个领域。顺应现实主义要求的印象主义的创作方法增强了表现力，为契诃夫之类的散文作家和继承费特诗歌形式的康·福法诺夫以及许多俄罗斯风景画大师（晚期的列维坦、科罗温，早期的谢罗夫、伊·格拉巴里、马利亚温和早期的康·尤翁）、雕塑家（帕·特鲁别茨科伊和安·戈卢布金娜）所青睐。即使最大胆和最坚定的印象主义画家康·科罗温也没有因之改变以生活的本来形式来描写生活的任务。同时，由于印象主义作为一种创作技法不仅运用到现实主义，而且运用到新现实主义的作品中，而首先是运用于象征主义的文学、绘画和音乐中。巴尔蒙特的象征主义式的印象主义具有纯正的样板形式，他的"现代灵魂抒情诗"就是用这种形式写成的，处于"世纪末"的人的颓废情绪、凋敝的世风和尼采式的大

144

胆志向，与对世界大同、永恒爱情、大自然奇迹的渴望以及追求崇高的激情交织在一起（关于巴尔蒙特的印象主义特征见《巴尔蒙特》一章）。勃留索夫早期的抒情诗采用马拉美主观印象主义的句式，透过字里行间隐约给人一种残缺的印象，只可称为表达抒情的"我"心境的难以破解的密码。他1895年写的一些短诗塑造了逆喻性的形象，也属于他模仿马拉美的作品。他的《创造》一诗（其中有这样一些词句"晴空中升起的一轮圆月，就在皎洁的月光之中"）使人想起他在进行创作时是在故意违背常理、逻辑，标榜我行我素。

后来一些画家也是这样走到一起，成立了"蓝玫瑰"美术家协会（成员有帕·库兹涅佐夫、彼·乌特金、尼·萨普诺夫、米利奥季兄弟等）。米·萨里扬也是该协会会员，不过他持有不同于其他会员的非神秘主义的世界观和创作观，他的作品具有某种标志性，色彩浓重而华丽，追求东方象征物的直观性（根·波斯佩洛夫）。[41]"蓝玫瑰"美术家协会成员20世纪初的作品（它们引起"自由美学协会"和"文艺小组"的象征主义文学家的重视，1907年在莫斯科展出后名声大震）形态朦胧，"如梦如幻"，所描绘的景物似幽灵的影像，而活体也被象征化了，变成飘飘忽忽的"若有若无的阴影"。青年时代的勃留索夫想创作出他所说的"与生活原貌有别的诗歌"[42]，"蓝玫瑰"的成员们也有此志向。为此他们放弃了原本使用的协会名称"红玫瑰"，新的名称取自巴尔蒙特诗集《只有爱》（1903）中的一首诗的诗名，可使人联想起浪漫主义诗人笔下的"蓝花"，表示他们看重的是现实生活中没有的，"世界上没有的"事物，——追求"世界上没有的"，乃是吉皮乌斯的著名箴言。这派画家偏爱表现低迷、垂落的景物（溅落的喷泉、林木的呜咽、落叶、低垂的脸），作品的着色苍白、浅淡，给人一种悲凉、阴郁、消沉的感觉。"我的心拒绝红色的玫瑰，／心中的玫瑰颜色定要发灰，／从未有过的风信子也是我的至爱，／我还要把开败的百合摆到窗台"，安年斯基的这些诗句（摘自他《平行线》一诗，1901）可附在"蓝玫瑰"画派的作品上，作为其未及喻示的消沉、忧郁抒情的注脚。后来此派画家的创作便分道扬镳了：1910年前后在"蓝玫瑰生长的'雾园'上空升起了明亮的星辰"[43]。

勃留索夫的诗歌中类似《创造》者寥寥，因为他属于理性气质的人，对这种自生性"印象的艺术"难以接受。[44] 然而，勃留索夫对印象主义的抛弃，也反映了这个流派衰败的总趋势：欧洲的许多艺术家起初都奉行印象主义，故而它曾风靡一时，但后来这些艺术家转而探寻新的艺术形式，有了新的追求，于是它便呈现出一派"颓势"了。有过如此经历的欧洲画家有高更、塞尚、凡·高，在俄罗斯则有谢罗夫，他起初画了印象主义作品《阳光下的姑娘》，后来则画了"新艺术"的《伊达·鲁宾施泰因肖像》。列维坦类似的转变来得更早些（如《永寂之地》，1894，是一幅以"现代派风格"的精神对装饰主义的顺应）。鲍里索夫-穆萨托夫在19世纪90年代研习了莫奈派画家的印象主义作品，20世纪初他的创作方法便从象征主义转向后印象主义了（《水塘》，1902；《绿宝石项链》，1903—1904）。后来成为"左翼"画家的某些人也曾有过印象主义创作的经历。青年时代的罗·法尔克也是在格拉巴里、尤翁、早期的鲍里索夫-穆萨托夫的影响下走上印象主义创作道路的。[45] 在世纪初登上画坛的米·拉里奥诺夫1904年创作了纯印象主义的画作《丁香丛》，但在十年之后却成了与俄罗斯先锋派传统"水火不容"的人物之一。

早期的谢尔盖耶夫-青斯基苦苦探寻创作的风格，在创作方法上徘徊在印象主义和后印象主义之间（世纪初他在对世界的认识上倾向于颓废主义和自然主义）。他当时的散文充溢着绘画的意境、绚丽和夸张的色彩（他本人也曾提及他借用了造型艺术的技法），而且，他那个时期作品的形象是感性的，给人一种很随意的感觉，对作品表面和内在的联系可以做任何主观的联想（例如，在其短篇小说《海岸风物》中，人物丑陋的面孔被譬喻为废弃的街道，作者对人的面孔没做直接的描写，却对街道的惨状大着笔墨）。于是，青斯基近似自然主义的描写就把人和环境统统丑化了，这也是他当时的一种可称为"接地"的视角。如此一来，"地上"事物的原本面目也暴露无遗。他这种视角连同据此引出的"浓缩世界的描写法"[46] 是与印象主义对事物模糊性的描写法相抵触的。青斯基只是在描写人物的性格，表现人物的心理时（他们无定型的生活态度、无常的情绪和"如梦"的心境）才运用印象主义的方法。不过他的描写常常具有明显的实体感。在《巴巴耶夫》《林中泥沼》和《海岸风物》中，他固有的现实主义、印象主义与他反对的后印象主义的因素并存。这些不同的流派对于西欧的画家和文学家来说是泾渭分明的，但对于俄罗斯的艺术家来说，有时是可以交会在一起的，因为俄罗斯艺术发展速度的加快造成各种流派一下子涌进的局面。

146

在俄罗斯，"印象"创作法在文艺随笔这种体裁中使用的时间要比其他散文更长些。巴尔蒙特作为一名随笔作家，被称为俄罗斯印象主义评论的创始者，他的随笔作品结集为《山巅》（1904）和《白色的闪光》（1908）。安年斯基在他两本题名同为《影像集》的书（1906、1909）和《论现代抒情主义》（1909）一文中提供了印象主义评论的范例，其整套的新理论是对印象主义作家作品的中肯总结。别雷忠实地将印象主义的文体借用到自己的作品中来，写下了《绿草地》文集（1910）和《杂文小品集》（1911）。别雷的评论，一反传统地对审美对象持一种模棱两可的观点，充斥着对创作者的主观印象，它不做推论式的叙述，行文的风格似与读者促膝谈心，"顺便"（原文为法语）还要借题发挥，抒情一番。别雷在这部评论中还常常对原作的题目进行改动，这也是受西欧评论家（王尔德、沃尔特·佩特、阿尔诺·霍尔茨）影响的俄罗斯评论家惯用的一招。这位印象主义评论家在描写"作者的个性"时采用类似绘画、版画和人像雕塑中的模特变形法——印象主义造型的一种手段。当然这并不意味着作者就不能创作出具有客观价值的精品：特鲁别茨科伊制作的亚历山大三世骑马像纪念碑（1906）就真实地反映了人物的心理，展现了威武的力量。戈卢布金娜的《安德列·别雷》塑像（1907）活生生地表现出这位诗人创作时的亢奋状态。安年斯基的《影像集》称，艺术家为表现民主主义和人道主义精神的"俄罗斯思想"是在那里扭捏作态，这种说法实在是太过主观了。而巴尔蒙特有关王尔德的随笔对现代派及其王尔德作品的华美风格论述得并不充分，只是指出了作为《童话》和《雷丁监狱之歌》作者的王尔德的创作具有的深刻道德意义。印象主义评论家（丘科夫斯基、尤·艾亨瓦尔德）1900—1910年间的一统天下后来被"客观的"社会思潮所打破。

147　　印象主义没落的现象也存在于音乐界。当初，印象主义作为一种新的风格为各种不同世界观、艺术趣味和归宿的艺术家们所接受，斯克里亚宾和普罗科菲耶夫就是典型的例子。斯克里亚宾19世纪90年代初期不乏这样的音乐作品：其中抒情的主人公"我"，即"世纪末"之子的激情、苦闷和愤慨是通过印象主义的方法来体现的，其音律变幻无常，虚幻缥缈，具有诗情画意，听起来和谐悦耳，主人公的情感喷薄而出，他们的心理活动昭然若揭（他们还使用了巴尔蒙特早期诗集《无垠》《静谧》中的诗歌心理描写采用的象征手法）。进入20世纪以来，在斯克里亚宾的眼中万物有情，"月色有音"，于是宇宙主义的主题占了上风，尽显出尼采哲学的"灿烂"动人之处（众所周知，巴尔蒙特的作品也发生了这种转变）。在斯克里亚宾音乐作品中欢快的曲调和配词融为一体，相得益彰。"我畅饮你的甘露——哦，大千世界！／我恨不得一口将你喝干！"——这是他为第四奏鸣曲所写的前言。[47]

　　然而与突出个人魅力的巴尔蒙特不同的是，斯克里亚宾在表现"普罗米修斯式"的使命时极力不受本人既定意愿的影响。在20世纪初的十年间，他对艺术的探索同青年象征主义者的志向相吻合，他的某些理念也与之相仿，故而他便追随维·伊万诺夫——按他本人的原话说，去体现"最高的，最现实的现实性"[48]。斯克里亚宾同维·伊万诺夫一样，期望有朝一日能建造起全民的艺术，也同伊万诺夫一样，虽然创造出大量形形色色的作品，却未能达到这个目标。[49] 斯克里亚宾还持有与象征主义类似的末世论观点：他透过潜在的不安定因素悟到，世界会因人觉悟的提高发生"变形"。他在世纪之交写的《第三交响曲》（《神之诗》，1904）的格局发生了变化：他一贯描写的"抗争""搏斗"、创造力"张扬"的形象和意义不见了，代之出现的是一种稳定的象征意义系统，其主旨在于用轻快的音调来表达"意志坚强的英雄气质"。[50]

　　斯克里亚宾在创作发光生色的音乐作品（如交响诗《普罗米修斯》"光线"的总谱，1910）和他为演奏其组曲所作的导言《序幕》（1914，未写完）中形成了一种总体上可认为是浪漫主义（和象征主义）的理念，认为各门类艺术原本是个整体，"它们在分成各种门类之后仍保持着统一的精神"（维·伊万诺夫）。[51] 他创作发光生色音乐的试验在美学上无所建树，不过其象征手法还是值得称道的，他借此接近了"整体艺术"的理想。维·伊万诺夫认为斯克里亚宾的综合说是一种"集合"的思想[52]，巴尔蒙特在题名为《自然界中的光声和斯克里亚宾发光的交响曲》（1917）的小册子中论述了其综合说的意义。"生色音乐"的创作试验也引起了画家们的浓厚兴趣，立体派画家巴拉诺夫-罗西奈甚至组织了相关人员在梅耶荷德剧院举办了斯克里亚宾作品音乐会。[53] 此类试验还有作曲家弗·列比科夫的"小造型术"；弗·谢尔巴乔夫的乐器、人声、舞蹈、色彩灯光九重奏（1919）；亚·阿尔希片科10年代创作的雕塑和绘画因素兼具的立体画和塔特林的"异型浮雕"——由一些雕塑的半成品和加过工的玻

148

璃、金属和木料的碎片拼接而成。

如果说象征主义作曲家斯克里亚宾的创作生涯最终走向了表现主义——以《狂喜之诗》（1907）和他的晚期钢琴作品为代表，那么就应该说普罗科菲耶夫离自己的出发点更加遥远了。他早期深受巴尔蒙特诗文的影响，写下的20首《瞬间影像》，音乐形象飘忽不定，颇具一种印象感。普罗科菲耶夫又将巴尔蒙特1902年写的《智慧只为我而生》一诗的如下诗句作为自己小型钢琴组曲的标题和卷首题词："每个瞬间都有吉星为我导航，／它闪烁着霓虹般的光芒。"巴尔蒙特在《致诸神之子普罗科菲耶夫》（1917）中论及了这位青年作曲家在创作时经历的"瞬间"的冲动，这种冲动也是他亲历过的。在这位诗人看来，普罗科菲耶夫作品中"源源不断的幻想在闪现"，轻盈妩媚的形象迭出（"你手捻一根小草玩味着问题和答案，／再摘下夜空的明月当作球玩"）。但就在巴尔蒙特为普罗科菲耶夫大唱赞歌的这一刻，普罗科菲耶夫已从对内心"瞬间"的室内乐表现迈入"大风格"的艺术阵地去了。其最初的表现之一就是他写下了管弦声乐康塔塔《星面人》（1912），这首曲子的歌词是巴尔蒙特1907年的同名诗（这首诗收入他的诗集《绿色花园》）。启示录的象征性形象浩浩荡荡地进入这首歌曲之中，而在他的《古典交响曲》（1916—1917）中，以往的传统音乐因素被现代化了。后来普罗科菲耶夫就致力于先锋派的音乐革新了（芭蕾《浪子》，1921；《钢铁之舞》，1927）。

虽然长期以来欧洲和俄罗斯的艺术家（如法国的音乐家德彪西，俄罗斯的画家科罗温、格拉巴里、马利亚温和诗人巴尔蒙特）奉行印象主义，但这并未能改变俄罗斯文艺的性质。许多艺术家也没有象征主义的创作经历（如索洛古勃、勃留索夫、吉皮乌斯、维·伊万诺夫、弗鲁别利、多布任斯基和尼·梅特纳）。拉赫玛尼诺夫把"印象"法作为其创作方法之一，除此他还采用了"现代派"的创作方法（他受当时有广泛声誉的阿诺德·勃克林同名画作的影响创作了交响曲《死之岛》，1909）。斯特拉文斯基早期作品中曾出现过印象主义式的"基督"形象。[54] 在世纪之交的俄罗斯社会思潮呈集约化趋势，各种艺术风格、流派往往不会发生连锁式更易，而常常出现相容共存的局面。

安年斯基的心理抒情诗行文流畅，内容与形式协调统一，具有当时绘画和版画作品的元素。他采用印象主义的技法，将形象塑造得颇为精细，而且谜团般的象征和代用语比比皆是，又不乏"通常"的借喻，用以对之进行诠释；用语有时高雅之极（"百合芬芳，令我心碎"），有时粗俗不堪，形成鲜明的比照；《带装饰的歌》中既有水彩画般精致的色彩，又有街头巷尾招贴画那种粗犷的轮廓。安年斯基《气球》一诗的形制和色彩与库斯托季耶夫的作品几乎毫无二致①（顺带一提，库斯多季耶夫的《罗斯》系列画的人物中也有个快活的《气球贩子》），然而五彩斑斓的俄罗斯是作为一种司空见惯的现象吸引画家库斯托季耶夫的，而在奉行唯美主义的安年斯基看来，这只是一种美丽的风光，从中可为自己汲取新的形象和语言材料。安年斯基和库斯托季耶夫都是在迷恋，不过前者迷恋的是大风光，后者迷恋的是小风景，是小城的风土人情；两位艺术家都厌恶大都市化，因此他们都密切关注着大都市化对人性的负面影响。安年斯基发现"空虚、堕落"的心灵是造成身边恶端的元凶之一 [55]，而多布任斯基的水彩肖像画《戴眼镜的人》（1905—1906）所表现的思想内容却别有洞天。他画的是他的朋友、彼得堡的艺术理论家康·休纳贝格（埃贝格），多布任斯基的这幅漫画像注重的不是形象，而是借之进行分析概括。画面上是一位书生气十足的知识分子，表情和眼神阴郁冷淡，一双眼睛藏在厚厚的眼镜片后，整个人体好像被钉在十字格的窗框上，活脱脱一副在当代城市重压下受难的形象，而窗外的城市也是形容猥琐：呆板的商铺、防火壁、劈柴垛、用铁丝网圈起的贫瘠的园子（戴眼镜的知识分子形象也是勃洛克《命运之歌》〈1908〉的一位剧中人物，他在勃洛克的心目中属于看不到"生活的面目"，脱离民众并因之备感辛酸的人）。

　　安年斯基和多布任斯基都是敬仰陀思妥耶夫斯基并热衷对陀氏作品进行诠释的艺术家，都受到其伦理和审美观的熏陶。多布任斯基最优秀的作品还有上文提到过的为莫斯科艺术剧院上演的《尼古拉·斯塔夫罗金》一剧创作的舞台美术作品。他还为陀思妥耶夫斯基的《白夜》作过插图（1922），这些插图对于俄罗斯书籍装帧艺术和读者领会原著具有的意义，可与弗鲁别利为莱蒙托夫的《恶魔》、列·帕斯捷尔纳克为列夫·托尔斯泰的《复活》、伯努瓦为《青铜

150

---

　　① 库斯托季耶夫的组画《罗斯》中恰好也有一个乐天派人物"卖球的人"——"沙里科夫"一词在俄语中的词根是"球"——译者注

骑士》和《黑桃皇后》、兰谢列为托尔斯泰的《哈吉-穆拉特》《哥萨克》所作的插图相提并论。多布任斯基在他精美的书帧艺术作品中再现了"造成陀思妥耶夫斯基早期创作中主人公们心灵'震颤'的氛围"[56]。我们还记得，安年斯基在他的《影像集》第二卷中对《白夜》中的那位耽于幻想的主人公所处的氛围已进行过分析。诗人和画家都以自己的理解描绘了陀思妥耶夫斯基对彼得堡日常生活的感受，他们发现在这种龌龊的生活中，人难逃毁灭的厄运（多布任斯基，《理发店的窗子》，1906；《城市的丑态》，1908；安年斯基，《祭祷之前》《黑色的春天》，1906）。两位艺术家不约而同地摒弃了心理象征的表达方法，在他们的作品中传统描绘大自然的成分越来越少，都市主义的、城市日常生活的内容越来越多。[57] 因此，他们惯用的"心理图画"被抒情化了的"静物写生"所替代，这是画家们了然于胸的"工笔技法"（洛特曼）。[58] 兰波认为，"慧眼的诗人能感受到死物的灵性"[59]，这是颇有道理的。死物在里尔克的抒情诗中也起着巨大的作用 [60]，在安年斯基的作品中常常以人的命运比喻物的命运，因为在他看来，"我"与"非我"息息相通，"我"的痛苦就是万物的痛苦，就是一种"苦水"，饮之"石头也会哭泣"。人生苦短的哀叹可以比作如泣如诉的琴声，人类命运的不济可以投入激流中的布娃娃作象征："拯救它也于事无补／即使逃生之后也得受无尽的痛苦。"在多布任斯基的画作《十月田园诗》（为讽刺性杂志《地狱硫磺》而作，载1905年12月第1期）中，儿童玩具布娃娃置放在人行道上，旁边的草地上是一摊血迹，这是前不久发生的一场社会悲剧的见证：1905年10月民众在街头遭到屠杀。安年基斯在诗中也是斥布娃娃被投进激流来喻指人的生存受到的威胁。

"悲愤的抒情"及其对丑恶之极的现实的渲染乃是印象主义的一种固有的表现方法。安德列耶夫世纪初的小说和戏剧作品娴熟地使用了这种创作方法（早在印象主义在西欧文艺界流行之前）。安年斯基充分肯定了安德列耶夫在文艺上的"突破"和创新（见下），他本人也写下了充满"抒情的悲愤"的诗篇。几乎与此同时，别雷也作为一个愤世嫉俗的"我"，在其《灰烬》中悲愤地描绘出一幅俄罗斯农村暗无天日的悲惨图画。"被添加了感情的现实"（帕斯捷尔纳克）[61] 成了当时各类艺术作品描绘的对象。多布任斯基1905—1906年间的美术作品便给人留下"人物和物体发生变形的印象"，其"悲愤的心理描写方法……

151

也将他引入印象主义创作道路上来"。[62] 安年斯基和别雷的创作与马雅可夫斯基早期那些慷慨激昂的诗歌相呼应，先锋主义其他流派创作富有的伦理性和逻辑性则排斥印象主义特具的这种激情。在毕加索、胡安·格里斯、彼得罗夫－沃德金的立体主义的静物画中，小提琴并非艺术的十分漂亮的象征（或载体）抑或演戏的道具。而在安年斯基的作品中则不然："小提琴"是一种象征，它姗姗来迟就喻示着爱情和创作的苦恼。在马雅可夫斯基的激情洋溢的作品中，"小提琴"已是一种创作者本人乃至常人备感孤独的象征，它承载着"愤懑之情"，"哭诉"着对将之无情抛在一边的"乐手"的一腔幽怨。

安年斯基没活到马雅可夫斯基发表处女作的年代，也没有活到能聆听与之抒情或创作风格相近的米亚斯科夫斯基的音乐作品的时候。这位音乐家在10年代正苦坐愁城，这是由于他驾驭不了印象主义的音乐躁动的，有失规范的节律和不谐的韵律。[63] 安年斯基的印象主义创作结束的时间较之更早些，因此在这方面未能取得什么成就。他的《小柏木匣》的风格基本上属于印象主义和"现代主义"，这也是他当时所处年代，即20世纪最初十年间俄罗斯艺术，首先是绘画的立体风格。他这种风格的作品引起了很大的反响，收入他《春天的三叶草》诗集的《幻影》（1906？），描写了在夜间花园的"皎洁月华"之中出现了令主人公心碎的恋人身影这样动人的一幕，它在情调、情节和风格上与鲍里索夫－穆萨托夫同名的印象主义绘画《幻影》，（1903），以及弗鲁别利描写神秘夜色的《丁香》（1900）之类的俄罗斯现代派造型艺术精品颇为相似。安年斯基的诗把一个如同弗鲁别利绘画女主人公一样的既神秘又忧郁的女性形象呈现在我们面前：

> 她静静地伫立在那方
> 一双泪眼隐约可见
> 两穗五月的丁香
> 插在她那弯弯的发辫……

6

152 　　当然，弗鲁别利的创作不单在一些情节上同俄罗斯的象征主义文学作品相耦合，它与当时的一些主要艺术流派都存有共同之处。弗鲁别利早在19世纪80年代就向往具有高尚思想性的艺术，热衷于"神话题材的创作"，并先于文学家在绘画领域进行了象征主义的探索。这时，他在创作以俄罗斯历史和民间传说为题材的作品时放弃了瓦斯涅佐夫式的寓喻手法。而当他的创作在涉及古希腊神话时，他就会让俄罗斯民间传说中的树精手持芦笛，并将其称为潘。[64] 弗鲁别利的"创造的传奇"不是源于古来有之的神话，而是源于近代的文学作品。他将恶魔、浮士德和哈姆雷特的形象作为受挫的反抗精神的象征加以再现，这是他创作的初衷，也是他的创新。弗鲁别利"先于象征主义诗人"[65] 创作出象征主义绘画作品，而且我们认为，率先验证了俄罗斯艺术永远立身于世界艺术之林的神奇能力（谢林在其《艺术哲学》中就预见到这一点）。弗鲁别利还超越时代，预先尝试了20世纪许多艺术家所奉行的"新神话主义"（这是扎·明茨在表述新质的象征主义诗文，首先是索洛古勃和别雷的长篇小说时所用的术语）[66] 的创作方法。

　　弗鲁别利的艺术受到他同时代文学家的青睐，列米佐夫写下了题名为《恶魔——为弗鲁别利的绘画而作》的散文诗（1902），它是第一部赞誉这位伟大画家以莱蒙托夫杰作为题材作画的作品。[67] 别雷当时也为这位画家创作的魅力所折服，他收入《骨灰罐》中写于1908年的《诱惑者》一诗，其中就有数节是描写弗鲁别利的。勃留索夫在回忆录中提到这位画家的杰作《潘》《浮士德》《大海公主》，称"我对他的创作崇拜得五体投地"，还提到与他的多次会见，并称画家也很欣赏他的诗歌，还在1906年深情地为他画了肖像[68]。同年勃留索夫又写下《致弗鲁别利》一诗（收入诗集《曲调汇总》），抒发了他为《被击溃的恶魔》惋惜的情怀：

　　　　……像折断翅膀的孔雀依然俊美，

　　　　像伊甸园的情种悲痛却并不懊悔……

弗鲁别利的这个借喻形象及其为莱蒙托夫长诗《恶魔》所作的插图，也被勃洛克采用在《论抒情》（1907）和他1910年4月为纪念弗鲁别利逝世而写的题名亦为《恶魔》一诗中。1916年勃洛克又写了一首题名还是《恶魔》的诗，体现了莱蒙托夫和弗鲁别利歌颂恶魔的主题。他还在长诗《报应》（内容为记述其父）中提及画家创作的悲剧：

> 恶魔使弗鲁别利身心疲惫，
>
> 弗鲁别利为恶魔鞠躬尽瘁……

在勃洛克看来，弗鲁别利的创作是他效仿的榜样，是对他心灵的召唤。能创造出那种赋予世界以"巧夺天工的绚丽色彩和美妙情状"的"沦落者"形象的人，无疑是富有浪漫情怀的天才预言家。他就是"寻找人间福地"的人，寻找"前所未有"的艺术形式用以表现"前所未有"的世界的人（第5卷，421页、423页）。勃洛克已经把莱蒙托夫诗中和弗鲁别利画中恶魔这个象征性形象合而为一了。"莱蒙托夫博大的思想已被纳入弗鲁别利缤纷的色彩之中"——别雷如是说，他一直认为"色彩和语言"是不可分离的，并致力于二者的结合，因为"光和色的作用是无可遏制的"（第5卷，22页）。按照勃洛克的理解，弗鲁别利传递的信息是"在笼罩世界的蓝紫夜色上又抹上了一层古色古香的金黄"，它不仅是喻指古而有之的善与恶的对立，而且是在号召作为创造者的人奋起与黑暗抗争，去"诅咒黑夜"（第5卷，424页）。这种使用色彩的比喻（连同弗鲁别利运用的象征表现方法）都为勃洛克所借用，这充分体现在他1910年春为纪念这位画家所写的报告《论俄罗斯象征主义的现状》的行文中：他在论证其"论题"和"反论题"时，用了"笼罩世界的蓝紫暮色"、寻找战胜暮霭的"黄金宝剑"等词句。勃洛克还将弗鲁别利塑造的形象比作自己无缘追到的美人儿："她就是汇天地之精华、着蓝紫色盛装的恶魔。我若能得弗鲁别利之法，也定会塑造出一个恶魔来；然而遗憾的是，人的作为都是有定数的。"（第5卷，428页）他还在给母亲的信中写道，他与弗鲁别利"和衷共济"，并称他的长相也与之相似（第8卷，306页）。

弗鲁别利的创作风格应属现代派，创作道路伊始他就"迈过了印象主

153

义"[69]。他在绘画实践中经常进行伦理和审美方面的探索（在较大程度上与青年象征主义文学家的理念相近），倾慕于"超人"式的精神建树，感受英明的预言不被认可的悲哀。这使得弗鲁别利富有深厚哲学精神底蕴的作品（始于其宗教绘画）得以跻身于观赏美术艺术精品之列（如组画《恶魔》、三联画《浮士德》、装饰画《农夫之子米库拉》和《幻梦公主》）。然而，即使在这位创新画家的这些文学性很强的作品中，研究工作者还是发现了一些"弊端"，如这位世纪之交的理想主义者在塑造恶魔这个形象时不单表现了其"反抗的激情"，而且也暴露了"19世纪末那种超人的丧心病狂的精神追求"（米·阿尔帕托夫）。[70] 当然也有不少与之同时代的评论家认为他的作品表明了俄罗斯艺术的发展趋势。

154　　弗鲁别利的创作毕竟是博大精深的，在他创作终结的10年代前夕，俄罗斯的现代派艺术有了新的追求。它不仅受到了文化的滋养，而且还吸吮着"大地的乳汁"，也就是说，艺术家会从对生活现象的感受中汲取营养。研究现代派的学者指出，当时艺术的这种强烈追求与那时风靡西欧和俄罗斯的"生命哲学"有密切的关系。[71] 活体力量和有拯救力的"有机组织"的冲动可以生发出来，他乃是新卢梭主义所称的机械文明的对抗物。

　　现代派画家崇尚"生动的生命"，因之他们作品的形式的元素不定，节律的曲线平缓，一切生物的外形柔和。在他们的笔下，天上盘旋的鸟儿，树上分蘖的枝条，地上呼叫的野兽都有一种摆脱局限，走出闭塞，抛弃直线形生活的愿望，因为这是一种反自然的机械式生活。现代派画家在直觉上与现实世界格格不入，他们像是在本能地抵御危险的机械文明，二十年之后又衍生出立体派等几种先锋主义画派。谢罗夫、巴克斯特、索莫夫、伯努瓦、鲍里索夫-穆萨托夫、戈卢布金娜、谢·科年科夫、费·舍希特尔等一大批在《艺术世界》杂志居显要地位的画家、版画艺术家、建筑家、雕塑家的创作在选材和形制上都可发现现代派的影响。现代画派的造型特点是，线条柔和，宛如植物和波浪的曲线，这成了世纪初的工艺品、招贴画、影剧海报乃至明信片的"共同点"。

　　造型富有动感，用材随意，这是现代派雕塑的特点，而这正是与这种艺术固有的静态原则相悖的，比如戈卢布金娜制作的莫斯科艺术剧院门前浮雕《泳者》（1901），舍希特尔为里亚布申斯基兄弟莫斯科府邸的楼梯设计的波浪汹涌图案的装饰雕版。现代派造型"流畅"的线条，柔和的轮廓，给人强烈印象的形体赋予世纪初的肖像画以心理内容和象征意义，比如谢罗夫在1905年为叶尔莫洛娃和高尔基绘的肖像就完美地塑造出这些艺术家们的叛逆形象。尼·安德列耶夫设计的著名的莫斯科果戈理纪念碑（1904—1909）也是这样的作品，但见果戈理佝偻的身体蜷缩在飞扬的斗篷之中，在那里为构思自己的作品苦思冥想（基座浮雕明快的图案与果戈理的表情呈鲜明的对比）。安德列耶夫创作这个作品时适值人们对这位写下《死魂灵》的作者及其文学和宗教思想悲剧的实质争论不休，他的构思应与果戈理的思想有惺惺相惜之处。"悲痛攫住了创造者的心灵……笔下的人物如此，操笔写作的人也如此"——罗扎诺夫这样评说晚期的果戈理 [72]（不过，罗扎诺夫对安德列耶夫建造的果戈理纪念碑颇不以为然，认为被他定格的只是这位作家的"终结" [73]）。

155

随着在结构和题材上属"现代派风格"的绘画作品的出现，在19世纪初期也涌现出一批类似风格的象征主义诗歌。俄罗斯新现实主义的第一批诗人和画家，既否定了自己——向实证主义和自然主义的接地性靠拢，又保持了原有的理念，热衷于任何形式的美学探索。许多现代派画家和象征主义诗人一样，其指导思想是坚持"创作的生命哲学"，幻想以美来改造世界（按照陀思妥耶夫斯基和约翰·罗斯金的思想），将美植入日常生活中。几乎与此同时，各门类的新浪漫主义艺术家也接受了尼采哲学的影响，歌颂生命的原质及其无可遏制的"狄奥尼索斯式"的表现。

俄罗斯第一位歌颂生命原质的是象征主义抒情诗人巴尔蒙特。在他最重要的诗集《我们将像太阳一样》中的"宇宙"组诗一样，诗人"我"也是一个神祇，与"四大元神"日、月、水、风共存于宇宙之中。"与生命共存，与一切生命体共存"，被研究者认为是现代派风格的主要思想内容 [74]，这使得艺术家的生活和创作从抽象和理性走向直觉。

巴尔蒙特的作品"行文奇突"（如前所述），属印象主义风格，这也与诗人的个性和才赋相契合。印象主义的诗学是他创作方法上取之不尽的宝库。巴尔蒙特抒情诗的主要特点是音乐性，它以独特的音律和节律构成诗歌行如流水、声如丝弦的风韵。研究者指出，同一个艺术家（如19世纪末20世纪初的叶·波列诺娃、玛·亚昆奇科娃、莫·杜尔诺夫、戈卢布金娜和特鲁别茨科伊）可以同时具有现代派的造型风格和印象主义的表现方法，巴尔蒙特亦如是，因为"现代派既可吸纳印象主义艺术的成分，又可采取'排除了杂质'的形式"。[75]

156　　　　勃洛克则认为"生命"是自然界发展的原动力，这是他研究生命现象和造型理论方面的贡献；这使我们想起其文集第二卷开篇的那些在1904—1906年间所写的"沼泽"系列抒情诗。他在《大地的气泡》一诗中运用了在他意念中形成的（假托莎士比亚之名）大地母亲发出的奇妙信号，他称这些白色的气泡为"姗姗来迟的春汛"。潇洒的诗句采用同音法铺陈开来，像现代派画作中柔美的曲线一样楚楚动人。在勃洛克的作品中，"春天中的生命体"个个"娇小""可人"，表达了他与各种不同自然生命体——哪怕它是小小草芥——共处的理想。尽管它们在勃洛克的作品中占的篇幅有限，但没有这些抒情化了的形象，世纪初的诗歌就会无可挽回地失去一大特色。

　　巴尔蒙特的作品的特点不同于充斥着借喻的勃洛克"沼泽"系列抒情诗，其风格类似现代派绘画。在巴尔蒙特的作品中多见的是一些"植物"形象，而且他像现代派的画家、版画艺术家一样，在塑造这种形象时充分使用"巴洛克"艺术手段。与此相呼应的还有与普遍运用有机结构原则的现代派建筑艺术家。舍希特尔在莫斯科里亚布申斯基兄弟府邸的装饰中也运用了"植物"及其相应的图案，是时为1900年，巴尔蒙特也正在这一年为斑斓的色彩大唱赞歌。[76]现代派诗人和画家在采用喻示的方法描绘自然界时很重视色彩的形象性，以此来比喻"青年时期"有如五彩的"春天"。这也说明了现代派风格的审美追求：要把世界装扮得更加美丽。有鉴于此，现代派画家（如古斯塔夫·克利姆特和一些奥德"分离派"画家）注重紧凑的色价，追求"锦上添花"的效果，在他们的画笔下，金银、宝石、珍珠、水晶和丝锦熠熠生辉，愈显得华贵。现代派艺术出版物的装帧也变得异常华美，里亚布申斯基办的《金羊毛》杂志在这方面与勃留索夫主办的《天平》杂志大不相同，前者印刷精美，后者就显得很粗陋。

　　于斯曼和王尔德的散文也追求"华丽"，这种文风蔓延到世纪初的俄罗斯文坛。巴尔蒙特自出版诗集《燃烧的大厦》以来，几乎在每部诗集中都描写宝石，以之作为世界美好的象征和抒情的"我"美好感情的"载体"。别雷在他充满色彩描写的《蔚蓝中的黄金》（1904）中也有类似的描写。书籍华美的装帧不仅是一种审美追求，而且是对抒情主体"高昂激情"的喻示。"金黄"的天
157　宇，"琥珀色"晚霞升起的"时刻"，"火球"般的太阳，这就是别雷在诗中运用

"索洛维约夫式的技法"制造的词语，也是这位年轻的神秘主义者幻想中的改造世界的蓝图（别雷在1903年所写的《神圣的色彩》中列举了几种约定的具有象征性的"神圣颜色"）。别雷指出，在维·伊万诺夫1904年出版的诗集《透明》中，那些歌颂神灵的诗句中也充斥着"五彩缤纷"的比喻。[77] 象征主义创作对现代派艺术创作方法既吸纳又排斥的辩证法，在弗鲁别利的作品中表现得尤为突出：在他所绘的广袤空间内，一些莫名的矿物、晶体闪烁着光芒，这不仅是为作品增加亮点，而且是为表达某种标志意义——表明画面从现实世界转到了超现实的上界。

弗鲁别利像勒里希一样，不将高尚与卑贱配对，也不认为这样做是"不门当户对"（巴赫金认为这也是维·伊万诺夫的特点）。而别雷则与之不同，别雷追求的是乖僻，是以怪诞的陈腐观念击破神秘的感悟，是插科打诨，因而他夹杂地使用高尚精神的象征和代表"低俗"观念举止的形象。故而，在他的《第一交响曲》和《蔚蓝中的黄金》诗集组诗《在山岗上》中出现了原始自然力的怪影：林妖、地精、小矮人；还有神话中的鬼怪：半人半兽、人马和牧神。

据勃洛克本人回忆，他早期作品中出现这些形象是受了德国童话、格里格音画和当时流行的阿诺德·勃克林、弗朗茨·冯·施图克的绘画的影响（他得以在1900年莫斯科"德国展览会"上见到他们的作品）。同样，伊·科涅夫斯科伊在《勃克林的绘画》一文（见《幻想与音响》文集）中，将画作上的牧神、人马、河神诠释为永恒生命力的喻体。别雷著作中的"山羊腿怪"的形象在现代派雕塑家、画家、作家的作品中也屡见不鲜，如尼·安德列耶夫的雕塑（《坐着的法翁》，1906）、科年科夫的雕塑（《萨蹄尔》，1906）、莱·格里埃尔的音乐作品（《丁香》，1908）和伊·萨茨的音乐作品（《山羊腿怪的舞蹈》）。这些形象是自然力勃发的标志，有时也被用作讽刺面具（如在别雷的《第二交响曲》中）。在他诙谐诗《半人马的游戏》和《晨》中，精怪的形象类似于德国现代主义漫画家托马斯·泰奥多尔·海涅作品中的主人公。索莫夫也受过海涅的影响，别雷受海涅、索莫夫画意的启发还写下组诗《往昔与今日》（收入诗集《蔚蓝中的黄金》），对往昔和今日丑恶的庄园和市井生活进行了嘲讽。勃洛克在致别雷的信中称，这种生活再现得"惟妙惟肖，完全不失其本来面貌，可谓恰到好处"。[78]

7

《往昔与今日》是别雷一部摹古风格的作品，这种风格在当时的艺术中大行其道，它显示了"文化作为反映的魅力"[79]（尼·别尔嘉耶夫语），体现了白银时代精神生活的特点。此类摹古风格的作品在建筑、绘画、音乐、文学和戏剧各个领域也应运而生。"我们现在的艺术感受到了一切时代和一切民族的气息"——1909年别雷曾如此宣称。[80] 我们发现，这种已列入研究范围但未及充分研究的现象，有一种继发性，而且它具有文化准备。这种现象涉及艺术创作的各个领域，并促进了各门类艺术的相互融合。各门类艺术摹古风格的作品所选择的描摹对象都处于同一时空之中，描写日常生活的现实主义艺术家常常会改变他们惯用的素材，以迁就这种摹古的体裁。比如库普林，不久前还写下了轰动一时的，社会性和政治性极强的《决斗》，而在1908年便又写出了旧约"雅歌"风格的中篇小说《书拉密女》，使用的是一种"别出心裁"的华丽词藻。这种风格为演员、歌唱家、诗人、小说家、画家、版画艺术家提供了用武之地，他们尽可施展各种艺术表现手段和方法。这种风格的"制作"方法长期以来备受垂青，被奉为至宝。当年普希金推崇梅里美，屠格涅夫仰慕写下《萨朗波》的福楼拜，而世纪初俄罗斯的文学艺术家追捧王尔德、法朗士、亨利·雷尼耶的"文体风格"和奥伯利·比亚兹莱的版画艺术风格。这时俄罗斯和西欧的现代派杂志也成了发表此类风格作品的最初阵地。

世纪初的俄罗斯摹古体裁的文学艺术再现了古罗斯的世界。[81] 几十年来，历史编纂和社会文化学不断发展，通过"寻根"，俄罗斯的复兴愈见有望，艺术家们复古的兴趣也愈发浓厚。这方面的代表作是瓦斯涅佐夫的绘画，它以俄罗斯历史、文学和民间创作中的民族英雄为题材，以壮观华美的画面，以类似圣像画的技法再现了历史人物（《沙皇伊凡雷帝》，1897；《三壮士》，1899，等）。瓦斯涅佐夫受到了列宾、斯塔索夫以及追求"民族原则"的《艺术和美术工业》月刊的支持，列宾希望他有朝一日能绘出"我国梵蒂冈式"的壁画。[82] 甚至亲西欧派的《艺术世界》杂志迫于德·菲洛索福夫的压力在创刊号上也转

载了他的作品。不久，瓦斯涅佐夫的作品在这家刊物上备受非难，尽管这时他的
创作已有很广泛的声誉。勃洛克称，瓦斯涅佐夫的绘画表达出了他《预言鸟》的
"内涵"。瓦斯涅佐夫的绘画《西林与阿尔科诺斯特》也是受勃洛克同名两扇折
叠画的启发而完成的，而勃洛克在1899年2月间写的诗，又是受了同期在彼得堡
画院展出的瓦斯涅佐夫绘画的启发而作的。勃洛克塑造的"预言鸟"的形象是种
"义鸟"的象征，此举是他对自己创作的超越，也是他对时代的超越。

　　在俄罗斯新浪漫主义土壤上产生垂青"旧俄罗斯"的作品充斥了艺术的各
个领域。安·里亚布什金的绘画（如《17世纪莫斯科的婚礼马车队》，1901）
将彼得一世之前民间生活描绘得美不胜收。这成了版画作品、油画和其他美术
作品的主题；建筑家们也以模仿古代宗教和民用建筑形式为乐事。1896年在下
诺夫哥罗德举办全俄工商展览会的展馆，以及展出的工商业产品和印刷品的外
形也都透出"古色古香的风格"。俄罗斯的民族雕刻、民间刺绣，以及萨·马
蒙托夫莫斯科近郊阿布拉姆采沃庄园和斯摩棱斯克附近塔拉什金诺的马·捷尼
舍娃庄园中手工艺匠人制作的"实用艺术"品的风格对同时期的建筑术——如
当时年轻的建筑师伊·罗佩特（伊·彼得罗夫）、爱德华·哈特曼的建筑术，
产生了决定性的影响。[83] 尼·波兹杰耶夫在莫斯科亚基曼卡建造的"伊古姆诺
夫府邸"体现了俄罗斯的楼房风格，并制成主要用动物作装饰图案的壁炉瓷砖。
阿·帕尔兰德修筑的彼得堡救世主滴血教堂（1906）明显地仿造了圣愚瓦西里大
教堂的外形和装饰。"罗佩特风格"的反对者对这种装饰持蔑视态度是有道理的，
因为这种装饰是一种伪俄罗斯风格。于是他们反其道而行之，建造了一些带有
"现代派色彩"的真正民族风格的建筑物（瓦斯涅佐夫设计的特列季亚科夫美术
馆正面建筑，1902；休谢夫建造的马大-马利亚修道院教堂，1908—1912）。

　　以民族历史和民间神话为题材的演奏音乐和歌剧艺术中涌现了一批精品。
1890—1900年间的佳作首推鲍罗丁、里姆斯基-科萨科夫的作品，其次还有突
出了古俄罗斯演唱特点的格列恰尼诺夫的歌剧（《尼基塔之子多布雷尼亚》，
1903）和谢·瓦西连科的歌剧（《大基捷日城的故事》）及其带有古俄罗斯教会
音符的《第一交响曲》（1906）。彼得堡马林斯基剧院、莫斯科马蒙托夫私营歌
剧院和其他剧院演出的《伊戈尔王公》《鲍里斯·戈都诺夫》《霍万斯基之乱》
《普斯科夫姑娘》《萨特阔》《萨尔坦王故事》《沙皇的新娘》《隐城基捷日的故

事》等剧目中，鲍罗丁、穆索尔斯基、里姆斯基-科萨科夫的美妙音乐，夏里亚
宾的创造性的演唱，拉赫玛尼诺夫高超的指挥艺术，科罗温、谢·马柳京和戈
洛温精美的舞台美术，交相辉映，相得益彰。歌剧的繁荣也带动了造型艺术的
发展，里姆斯基-科萨科夫音乐作品中惯用的文学和民间传说中的形象，也出现
在弗鲁别利为阿布拉姆采沃尼庄园所作的乌釉陶器《萨特阔》《海王》《吉东王
子》《库巴娃》《列利》和《雪姑娘》中。带有现代派风格的美术作品同里姆斯
基-科尔萨科夫的音乐作品一样婉丽动人。勒里希19世纪90年代以后的美术作品
（1897年创作的《使者——11世纪》、双联画《基辅的壮士们》）也是以古罗
斯和古斯拉夫历史为题材，据他本人称，它们"贴近"壮士歌、《伊戈尔远征
记》和里姆斯基-科萨科夫、鲍罗丁的音乐作品。其名画《海外来客》（1902）
的构思与歌剧中的"瓦兰来客"相呼应：瓦兰人的大帆船停泊到俄罗斯的海
岸。继《海外来客》之后，他又创作了《建城》（1902）和《巡逻》《第聂伯河
畔的斯拉夫人》（后两幅同为1905），描绘了历史和传说中基督教传入前的古罗
斯风土人情。安德列耶夫的评论文章《勒里希的王国》（1919）盛赞这位"哥伦
布"式的画家开拓了一方看不见的疆域。[84] 勒里希的创作还热衷于东正教及其
神话题材，许多同时代的艺术家亦如此，如阿·利亚多夫（交响音画《亚加婆
婆》，1904；《基基莫拉》和《神湖》［同为1909］）、尼·切列普宁（管弦诗
《海女玛丽娅》，1909）、斯特拉文斯基（芭蕾舞剧《火鸟》、1910）和格里
埃尔（第三交响曲《穆罗姆人伊利亚》，1911）。

象征主义诗歌往往到民族形式中寻找自己的俄罗斯之根，于是，古斯拉
夫生活也成了它时兴的题材。巴尔蒙特1906年间模仿壮士歌、寓言、宗教诗歌
的形式写下了一批短诗，结集为《火鸟：斯拉夫人的芦笛》（索莫夫作封面设
计）。同年，青年诗人谢·戈罗杰茨基完成了第一部诗集《亚里》，受到维·伊
万诺夫同仁的赞赏。勒里希为这本诗集设计了封面，这一点表明诗人和画家在
向往多神教时代的古风方面非常接近。早在世纪之初勒里希就考虑要画一幅
《亚里洛》；后来在1908年他绘了《亚里拉谷》，这幅描绘古斯拉夫林中田地的
风景画是为在巴黎演出的《雪姑娘》制作的布景。值得注意的是，勒里希和戈
罗杰茨基的接近不仅体现在作品标题上。比如，在勒里希的画作《偶像》（及其
变体版本）中，巫师削砍偶像的"石斧"，就仿佛是戈罗杰茨基诗集《亚里》中

的《供奉亚里拉》和《颂扬亚里拉》里所说的：

> 这个线条——是鼻子，
>
> 这个孔洞——是眸子……
>
> 勃然挺立的亚里拉啊！
>
> 被供奉在高台之上
>
> 参天的大树为它洒下一片阴凉……

"勒里希是那些石器时代匠人们的直接传人，那时的人们可以将石块打磨成刀具，将鱼刺、鹿角和猛犸的鬃毛作为针用"——沃洛申这样评述这位画家作品具有的古代遗风。[85] 勒里希当时也认为，"也许，石器王国的遗训最接近于当代寻求的目标"[86]。原始的古风使形象语言变得简明而"单纯"（伯努瓦），这是勒里希画作的特点，更是戈罗杰茨基诗集《亚里》的特点。戈罗杰茨基还曾与青年时代的普罗科菲耶夫合作写下舞剧《阿拉与洛利》（未完成），并以此为基础创作了《斯基泰组曲》（1915），其浓烈的斯基泰风格是普罗科菲耶夫崇尚"粗犷"原质的力作，顺言之，崇尚"粗犷"原质乃是不久之前的阿克梅派所热衷的"亚当精神"和未来主义乖张行为的追求。谢·科年科夫1909—1910年间的木刻作品（《大力神》《斯特里博格》《林妖》《老地神》等）构图简约，同多神教时代"古斯拉夫人偶像"的相貌相契合。[87] 斯特拉文斯基作曲、勒里希置景、尼金斯基编导的舞剧《春之祭》（1913年首演）也体现了古代的风韵，尽管起初遭到了非议，称它"拙劣、极不得体、幼稚可笑"[88]。托马斯·曼笔下的现代主义的作曲家阿德里阿·莱维屈恩一心想使自己的作品"囊括音乐发展进程中的一切因素，从史前的民间祭祀演奏到有复杂旋律的正规音乐"[89]。然而有许多先锋派艺术家，首先是未来主义艺术家，崇尚荒蛮的原始艺术，其艺术形式粗犷之极。

在崇尚俄罗斯古风的潮流中，列米佐夫摹古风格的作品可谓独树一帜。他的这种风格从《西奈圣徒传》《顺日十字行》（同作于1907）开始，一直沿袭到剧作《马克西米利安王》（1919）及其晚期的一些试验性作品，行文中采用了彼

162

得一世之前的伪经、故事、童话、寓言、宗教诗和广场傀儡剧等各种体裁作品中的传说或记载。勒里希的绘画采用了古代和民族文化的素材，列米佐夫同样如此，他对祖国语言颇感兴趣，研读了大量古俄罗斯经典和亚·尼·维谢洛夫斯基、尼·吉洪拉沃夫及亚·波捷布尼亚的著作（他在自己的作品中引用了这些人的著作），写下了大批摹古式的作品。诚然，勒里希画作中古代人物的形象比列米佐夫作品中的变化更大些，研究者称，对列米佐夫作品中的这些人物，"很难辨别哪些是原本记载的模样，哪些是经过改写的"[90]。

众所周知，列米佐夫认为列斯科夫是自己的导师之一。列米佐夫借鉴了其行文和风格化语言的第一人称叙述的经验。列米佐夫是位才华横溢的语言巨匠，他"得体"的语言使其作品华彩飞扬，惟妙惟肖的形象和华美的语言相映成趣，浑然一体。他的摹古作品在历史的空间中恣意驰骋，神采飞扬，堪与格列恰尼诺夫将古代和现今音乐语言汇为一体的浪漫曲媲美。列米佐夫华美的笔法得益于民间的木版画、彩画、印花、刺绣、木刻、玩具的制作技法，与同样借鉴了民间工艺技法的谢·马柳京、伊·比利宾的"生花妙笔"可同日而语。然而，马柳京和比利宾为书籍所作的精美插图、舞台美术和建筑设计图（马柳京的《萨尔坦王的故事》插图，1898年出版，20世纪初在塔拉什基诺附近建造的"小楼宇"，1905—1907设计了彼尔佐夫大楼，并为之进行了装修；比里宾的《萨尔坦王的故事》插图，1910年出版，《萨特阔》布景，1914年首演）都是"现代派风格"的作品。而列米佐夫的小说则不拘泥于这个风格，他的艺术探索先于欧洲的超现实主义者[91]和比他年少的同时代画家纳·冈察洛娃、德·斯捷列茨基。这两位画家成长在后象征主义时代，他们是使用圣像术并吸收了立体派的画法来再现古罗斯形象的。

彼得罗夫-沃德金的《浴红马》（1912）是世纪初最著名的油画之一，它体现了一个先锋派画家对古俄罗斯绘画的理解，并采用了另外的，即新古典主义的绘画技法。关于此画的寓意至今仍众说纷纭，有的说它再现了圣乔治圣像画的主题（弗·科斯京）[92]，有的说它表达的意思类似勃洛克作品中的"草原牝马"，但无论如何，这个"寓意丰富的大块头象征物"肯定"喻示着什么重大事件的发生"（德·萨拉比扬诺夫）[93]。叶赛宁和克柳耶夫1916—1919年间的作品中也有这个民间传说中象征世界末日到来的"红马"出现，其喻示意义同彼得罗夫–沃德金的画相似，即生活应当更新。[94]

列米佐夫抚今追昔写下了《教妹》和《第五场瘟疫》，表达了他对受苦受难的人民既怜悯又恨其不争的复杂心情。当时还有一批田园诗作家（谢·克雷奇科夫、亚·希里亚叶维茨和帕·拉吉莫夫等），透过这些"新农民"诗人的描写可以发现俄罗斯的民族性格和风土人情。他们的诗歌（还有与之风格相近的柳·斯托利察的作品）有意模仿民间诗歌，有种安宁闲适的情调。还有些诗人的作品也不免带有这种情调，如克柳耶夫，他的作品语言丰富，运用神话诗的音律绝妙地描绘出农民的生活和习俗。与这些模仿作品不同的是"新农民诗人"中的叶赛宁，他另辟蹊径，将俄罗斯的诗歌推向一个新的高峰。他的抒情诗完美地体现了俄罗斯人民赋诗歌咏的天赋。叶赛宁诗歌的特点是熔表现力和形象性于一炉。他的语言生动，如同他同时代伟大画家的如橼画笔一样，能描绘出热烈奔放的色彩。

> 哦，罗斯——你有红彤彤的原野
>
> 还有深绿如玉的江河……

在风格上"不追求时髦"的还有克柳耶夫、勒里希、列米佐夫、维·伊万诺夫和勃留索夫。在这里我们想起他创作的与小汉斯·荷尔拜因的画作和德国16世纪民间版画题材相近的两首诗——《女人与死神》（1909）及《死亡之舞》（1910）。当时这种反讽的、"插科打诨"式的风格化作品颇为流行。在这类作品中摹写的对象既被美化，又备受贬低和嘲讽。这种情形也见于"艺术世界"画派画家，首先是伯努瓦的作品。伯努瓦1905—1907年创作的凡尔赛组画映射了当时俄罗斯的政治：置身于富丽堂皇、蔚为壮观的宫殿和园林之中的那些老朽的当权者们其实都是一些好笑的废物。由伊·斯特拉文斯基、伯努瓦编写，尼金斯基和塔·卡尔萨温娜主演的芭蕾舞剧《彼得鲁什卡》（1911）是民间傀儡剧和俄罗斯露天游乐表演的杰作。库斯托季耶夫的绘画（《游艺会》，1909年；《商人妻》，1912）描绘的是外省的生活，从中我们可以发现作者对这方区域的关注和对这里风土人情善意的嘲弄。在那些"复古幻想家"的圈子里——人们这样称亲"艺术世界"派的画家——中放弃讽刺风格的唯有鲍里索夫–穆萨托夫。在他的画笔下，过去（《黄昏散步》，1903；《安魂弥撒》，1905，等）是非常浪漫的，充满着"日后是天堂"的美好幻想，画面和谐有致，"有声有色"（别雷）[95]，反映出作者崇尚婉约古风的心迹。

索莫夫的创作起初接近鲍里索夫–穆萨托夫的沉溺于往昔的风格（如《穿蓝色连衣裙夫人》——为伊·马丁诺娃画的肖像，1900—1904），后来他一反以往，创作了一些讥讽"风流时代"人物的作品。与他同时代的人在索莫夫的影射之中发现，这是对现实开了"微妙的一刀"，称他绘画中的"假面舞会和剧场乃是人虚伪、做作的感情和言行的象征"——与索莫夫画风相近的库兹明这样说。[96] 索莫夫1906年曾为维·伊万诺夫画像并为其《燃烧的心》绘制封面，而维·伊万诺夫在《致索莫夫》一诗中，把画家描写为莱蒙托夫《沉思》中那些"生来就衰老"的主人公们，索莫夫画中的人物则是"矫揉造作"的货色：

> 游戏人生——必然得不偿失——
> 暗藏的死神微笑着逼近，逼近。

青年时代的阿·托尔斯泰曾写过《竞赛者》和《碧石笔记本》两部中篇小说，为索莫夫作画提供了参考，小说对18世纪的俄罗斯庄园生活进行嘲讽，表达了他对贵族古风的否定。而在库兹明的小说中，这种封建领地的生活则是另一番样子，在他看来索莫夫的绘画荒诞不经，而且是吹毛求疵。库兹明对往昔的描写在内容上颇为丰富，表现手法也是多样的，而且常常是闪烁其词，使人看不出他对其所描写对象的真情实感。库兹明多才多艺，涉猎诗歌、散文、音乐和表演艺术各个领域，而且具有当时欧洲绘画和戏剧界对旧时代生活特有的感悟，可谓典型的"全能缪斯"。文化传统之于库兹明，乃是真正的故国，是"原生的有机实体"——研究者援引他如下诗句为证："我说书籍的价值重于天然／版画上春天的树丛要比自然景色更鲜艳……"[97]

库兹明摹古风格作品中的上乘之作是组诗《亚历山德里亚之歌》（1906—1908），他模仿的是古代朴素的爱情抒情诗。其素材来自法国象征主义诗人皮埃尔·路易的《比利提斯之歌》（1894），这首诗是以古代一位女歌伎的口吻写的。库兹明摹古诗歌的创作又引出了模仿它的音乐作品：阿·亚历山德罗夫又写下了《自库兹明〈亚历山德里亚之歌〉》浪漫组曲（第一稿本完成于1915）。沃洛申认为，库兹明的这首自由体诗很像"遥远的亚历山德里亚人"的作品，就连库兹明的相貌特征也与法尤姆绿洲出土的2世纪埃及人肖像画相差无几。[98] 古米廖夫指出，库兹明颇具模拟的才能，称在他的诗歌中"既有法国古典主义的柔情，又有莎士比亚十四行诗的婉约，又不乏意大利古老歌曲的轻盈、欢快和俄罗斯宗教诗的洪亮"[99]。库兹明的摹古诗歌成为格·伊万诺夫创作的样板，这位诗人原来接近梅列日科夫斯基诗派，20世纪最初十年转向阿克梅派。格·伊万诺夫在他最初出版的诗集中（《舟发西苔岛》，1912；《木屋的房间》，1914）以艺术这面镜子映照出现实的景象。库兹明的散文及其探险心理小说（《埃梅·勒伯夫历险记》，1907；《亚历山大大帝的功业》，1909，等）的情节也出现在"阿波罗"派小说家（谢·奥斯伦德、鲍·萨多夫斯科伊）相似题材的小说中，他们的小说也再现了19世纪初俄罗斯京城和乡村庄园的生活。这些作品类似于德·卡尔多夫斯基那些充盈着19世纪俄罗斯文学意蕴的素描作品（《普希金在皇村》，1909，以及为格里鲍耶陀夫、莱蒙托夫和果戈理作品所作的插图）。

165

库兹明和索莫夫式的反讽风格化还在20世纪第二个十年那些风光无限的卡巴莱剧院的缔造者身上得到体现，著名的卡巴莱剧院有尼·巴利耶夫的"蝙蝠"剧院、鲍·普罗宁的"流浪狗"咖啡馆和"喜剧演员的码头"咖啡馆，后来则是尼·叶夫列伊诺夫的那座诞生了一批名噪一时剧目的"哈哈镜"剧院。叶夫列伊诺夫和尼·德里曾组建的彼得堡"古剧剧院"（1907—1908年和1911—1912年两个演季）则是另一种风格，它改变了旧时代观众崇尚"朴素、简明、直接"的审美观。[100] 第二季演出了由13世纪法国吟游诗人吕特伯夫编写的，勃洛克翻译的《特奥菲尔奇迹剧》。参加此剧剧务工作的有勒里希、多布任斯基、比利宾、伯努瓦、弗·休科，作曲者为格拉祖诺夫和萨茨。他们的精诚合作收到很好的效果，虽然这个剧团的演出只在剧场进行，观众也只是文学和戏剧界的上层人士。

古代题材的芭蕾舞剧由于富有改革精神的演艺界人士同"艺术世界"画家的协作，也取得了巨大的成绩。1907—1908年间米·福金导演、安·帕夫洛娃主演了一批浪漫主义风格的芭蕾舞剧：《天鹅之死》（作曲卡米尔·圣-桑，美工巴克斯特）、《阿尔米达的亭子》（置景伯努瓦，作曲尼·切列普宁）。谢罗夫所制作的绘有帕夫洛娃优美舞姿的海报（1909）成了俄罗斯新浪漫主义芭蕾舞艺术的标识。

　　盛行摹古，崇尚奢华，这是人追求"戏剧性"的自然流露，而追求"戏剧性"也是当代普遍存在的一种艺术理念（后来阿赫玛托娃在她《没有主人公的长诗》中对京城浮华的艺术圈中人"滑稽"而"奢靡"之风进行了嘲讽）。迷恋舞台表演不仅表现在人们艺术趣味的取向上，不仅表现在把生活现象当作"自我做戏"（叶夫列伊诺夫），甚至表现在人的社会哲学思想及其对"生活的设计"上，瓦格纳即如此（比如他的论著《艺术与革命》，1849）。维·伊万诺夫坚持其"贵族民粹派"（弗兰克语）思想 [101]，认为古典戏剧中有种将演员和观众联系在一起的"合力"，而且为人们树立起俄罗斯未来社会的样板。阿克梅派的艺术家们也常常借助戏剧形象形成自己的一些思想观念。戈罗杰茨基宣称，象征主义是一种走下舞台的华美表演。1913年曼德尔施塔姆在他的诗（《女武神》）中亦有类似的说法 [102]，而且，曼德尔施塔姆的"走向末路"的"大歌剧"有着更深刻的寓意，因为它描写的是"在历史的气息中嗅到死亡的主题"（叶·塔格尔）[103]。这里我们不去细细考究形成"戏剧中心论"的社会心理原因（这是一个并非一日形成的问题，它是由对文化命运的思考而引发的），但还是能发现，舞台艺术是各门类艺术交相作用的艺术，它在世纪初接受了综合的模式，作为"在创作中进行泛泛交流的手段"（别雷）[104]。

　　剧作家们意识到当时的戏剧已经抒情化，与此同时也发生了逆过程，即诗文也被戏剧化了，库兹明的诗文只不过是其中一例。戏剧的主题、特征和表现方法都出现在文学作品中，如莎士比亚戏剧的主题被移植到勃洛克抒情诗中。一些诗歌，如安年斯基的《带装饰的歌》《气球》，别雷的《罗斯的娱乐》，伊·鲁卡维什尼科夫的《百戏艺人》和瓦·卡缅斯基的通俗幽默诗都采用了一些笑料，带有一种"粗俗"的趣味。架上绘画也采用了舞台美术的技法，其久远的表现方法（勃留洛夫、伊万诺夫、尼·格）融进瓦斯涅佐夫风俗画和涅斯捷罗夫宗教题材音乐作品（《大剪发礼》《圣谢尔吉的青年时代》，同作于1897）中具有的现代派初期艺术的"戏剧式"悦目感。涅斯捷罗夫的《少年瓦尔福洛梅的幻梦》（1890）的背景是小山冈和一片小树林——勃洛克称，画面上的"小白桦和小枞树都像向壑谷扑去似的"——活脱脱就是一出"俄罗斯风情"剧的布景。科罗温的多幅风景画都具有这种戏剧式的悦目感,其实他本人就是一位公认的舞台布景师。

"艺术世界"的画家们崇尚审美"游戏"和戏剧效果,这使得他们易看重所描绘对象所处的环境。[105] 索莫夫的绘画充满着戏剧性,其中的人物都是"剧中人"的打扮。伯努瓦的《意大利喜剧》(1905—1906)及其为书籍所作的插图(《青铜骑士》,1903—1922;《看图识字》,1904,等),看上去就像是戏剧导演和舞台设计师筹划的作品。兰谢列历史题材的油画(《伊丽莎白·彼得罗夫娜女皇在皇村》,1905;《游娱》,1907)所呈现的情景宛如在舞台上一般。肖像画也是如此。剧中人物肖像(如弗鲁别利的《沃尔霍娃公主:纳·扎别拉在里姆斯基-科萨科夫〈萨特阔〉剧中的化装像》,1898;戈洛文的《夏里亚宾扮演敖罗斐的化装像》,1908)和"戏装像"也风靡一时——所谓戏装像即为那些打扮成某一剧中人物的人所画的肖像。索莫夫的油画《穿蓝色连衣裙的夫人》中的那位女性应是根据陀思妥耶夫斯基小说改编的一个剧目的主人公。戈洛温、尼·萨普诺夫和谢·苏捷伊金这些画家其实主要是做布景画,而他们的静物画也带有舞台美术的性状。萨普诺夫所画的花朵灿烂生辉,有种受到"剧场投光灯照射"的效果 [106];静物画家苏捷伊金的静物画《萨克森小人像》看起来活像田园戏中人。后象征主义的绘画"以舞台艺术为标志",加强了各门类艺术的联系。亚·雅科夫列夫和瓦·舒哈耶夫在双人化装自画像《阿尔莱金和皮埃罗》里扮演的,是梅耶荷德在彼得堡"幕间剧之家"剧院编排的《科隆比娜的头巾》中的两位主人公。鲍·格里戈里耶夫的表现主义肖像《梅耶荷德》(1916)堪称俄罗斯戏剧化肖像画的顶峰之作:但见画面上这位大师从侧幕走出,其状犹如他的艺术一样古怪而神秘。

167

8

20世纪初正值1812年卫国战争一百周年前夕,文艺界更加关注这场战争的时代意义。这首先反映在文艺作品的题材上:《俄罗斯思想》1911—1912年间发表了梅列日科夫斯基新近创作的长篇小说《亚历山大一世》，年轻的茨维塔耶娃写下了激情洋溢的诗篇《献给1812年的将军们》（1913），这些诗文不同程度地反映了一百年前这个难忘的时代。20世纪最初十年的俄罗斯绘画也反映了这个时代庄园和外省的生活（如斯·茹科夫斯基、格拉巴里、谢·维诺格拉多夫和亚·斯列金的作品）。同时，由于艺术家对19世纪10—20年代发生的历史文化事件的关注，他们也改变了作品的风格和审美取向，即开始摒弃印象主义和现代派。维·伊万诺夫对艺术情趣的变化极为敏感，在1910年初就写道："我们重又喜欢上保守的遗训和祥和、有度、朴实、率直的一统体制；我们对事物重又直呼其名，我们不想借助印象主义的因素来获得美感。"[107]

168 《阿波罗》杂志上发表的见解也并非偶然：彼得堡这家新创办的月刊取代了现代派的文艺刊物《天平》和《金羊毛》，它向读者推介了古代神话以及尼采的和谐守度的"阿波罗"本原。杂志的创办者之一和编辑谢·马科夫斯基也乐此不疲，他还是新古典主义的"大风格"艺术的代表人物。这种新古典主义探索的是伟大繁盛俄罗斯时期的形象，而这种"大风格"是应此运而生的：将民族的需求同欧洲主义，忠于文化传统同作品的"现代面貌"，艺术作品形式的规范性同艺术家的个人选择的权利结合起来。于是以阿波罗为标志的创作就被理解为"各路缪斯的结盟"（亚·伯努瓦），这也反映在涉及美学各领域的杂志总纲领之中。[108]

巴克斯特以《艺术的古典主义道路》为题撰写了一篇纲领性文章，它发表在《阿波罗》杂志创办当年出版的第二和第三辑上。这篇文章给人的感觉颇像杂志的一篇社论，它论述的是文学创作问题，也涉及了绘画和雕塑艺术。巴克斯特赞扬了一些现代画家，说这些人觉得"赫柏比莎乐美更亲切"，因为颓废派的理想是同古代"绝对美"的形象是相对立的。巴克斯特试图再现这种形象，遂画下了他早期作品之一的《至福乐土》（1906）和复墙装饰画《古代的恐怖》（1908）；希腊古风时期的阿佛洛狄忒以神秘的笑容一扫世界大灾难的可怕阴霾，这说明永恒的美是战无不胜的。巴克斯特的这幅画（远不是其最好的作品）宣示的思想使象征主义者们对之肃然起敬。安年斯基曾写信给他，讲述了他对这幅画构思的理解。[109] 维·伊万诺夫（在他1909年举办的关于巴克斯特创作及其神话主题的讲座和大量专论中）指出在这幅画中的"画家完成的是雕塑家的工作"，并谈到它具有"自我一统的客观性和和谐性"，还说这就是"阿波罗派创作"的风格。[110]

　　"阿波罗"风格的要义就是看重形式和内容的价值，即以作品的"严整性"与"和谐性"同现代派的巴洛克风格抗衡。对和谐匀称的追求排除了歇斯底里式的"狄奥尼索斯"情结，这种情结或因其极端颓废，或因其类似"神秘无政府主义"不切实际的妄想，现已名声扫地。维·伊万诺夫在1909年夏的一次"塔楼"恳谈会上谈到，美学观念现正处于更迭的关头，并指出发展的趋势是采用"清晰主义"。[111] 这种风格在思想和艺术上的优点是具有"异常的鲜明性"，库兹明在为1910年1月出版的《阿波罗》杂志的同名社论中对此作了阐述。虽然"清晰主义"只是作为美学概念中某种生活态度（艺术家的创作态度应像"圣方济派修士"那样鲜明，善于"在自身找到一个能联系本人和世界的境界"）[112] 提出来的，但"异常的鲜明性"却不失为一种新的美学标准。

　　源于"有形的具象"（维·伊万诺夫），符合"和谐得体原则"（库兹明）的清晰主义是新古典主义的变种之一。这种对白银时代文学及其他门类艺术影响巨大的风格的形成，归功于欧洲古典主义作家（17—19世纪初）以及法国"高蹈派"（1860—1870）和俄罗斯诗人（普希金及其一代诗人和主张"纯艺术"的诗人）的创作。

　　这种创作的特点是崇拜古希腊时代的偶像（在世界美学发展过程中，这是个不竭的源泉）。在世纪之交，这个特点显得益发明显，比如维·伊万诺夫19世纪90年代写的组诗《狄奥尼索斯》《赫斯珀里德斯》和诗集《引航的星斗》（1903）；谢·塔涅耶夫的歌剧三部曲《俄瑞斯忒亚》（1895）；梅列日科夫斯基19世纪90年代写的抒情诗、长篇小说《叛教者尤里安》（1895）、札记《卫城》（1897）；勃留索夫诗集《第三夜岗》（1900）中的组诗《千秋万代的骄子》（1897—1899）；瓦·波列诺夫的《希腊之梦》（1900）；分别于1902年和1904年在亚历山德拉剧院演出的欧里庇得斯的《希波吕托斯》和索福克勒斯的《俄狄浦斯在科罗诺斯》（同为梅列日科夫斯基翻译，巴克斯特制作布景）；里姆斯基-科萨科夫的《塞维利娅》（1902）；安年斯基1901—1906年间写的四部古典题材的歌剧；伊莎多拉·邓肯1904年第一次在俄罗斯巡回演出的古典风格的"自由舞"。于是，这类艺术风格就在俄罗斯的艺术土壤上扎下根来，俄罗斯新古典艺术便发展、繁荣起来。

在象征主义艺术家中，勃留索夫的艺术实践谨守这种风格，并对它的发展产生了重大影响。他的诗集《花冠》（1906）充分体现了其"结构逻辑原则"（德·马克西莫夫语）[113]，符合古典主义的创作规律，它借助的手段是感念的客观化（主要表现在历史神话题材的作品中）、形象的相称性和完美性、结构布局的得体、语言的简洁有力、韵律的严整和诗节的整齐。勃洛克称，"勃留索夫总是能做到一挥而就，一气呵成"（第5卷，616页）。在这里，他对造就"大理石和青铜般冷峻诗人"（别雷在论及勃留索夫时曾用过的词）的高蹈派风格有取有舍：神话中的人物和情境不仅被"肖像化"了，而且转化为诗人抒情式的感受和象征性的理解，并与诗人心心相印，与诗人外部的现实和历史丝丝相扣。（《安东尼》《尤利乌斯·凯撒》等）

170　　别雷也对新古典主义文学有所贡献。他献给勃留索夫的诗集《骨灰罐》（1909）一改《灰烬》低回的旋律和悲凉的情调，采用普希金时代的诗体抒发了一种豁达的情怀。语文学家、诗人尤·韦尔霍夫斯基的创作风格近似于象征主义，他写的古希腊风味的抒情诗是新古典主义文学的范例。此类作品还有勃洛克的《意大利诗草》（1909），它在《阿波罗》上发表时还配有勒里希的卷首画（受到诗人的赞扬）和格·卢科姆斯基的插图。勃洛克的组诗《抑扬格》和长诗《报应》（始作于1910）继承了黄金时代诗歌的创作传统，又有新古典主义特具的"时代性"。属于这一风格的作品还有维·伊万诺夫采用普希金"奥涅金诗节"写成的长诗《幼年》（1913—1918）和收入其两卷本诗集《燃烧的心》（1911—1912）的抒情诗；他起初的狄奥尼索斯情结渐渐地被严整的"阿波罗"文体风格所湮灭了。伊万诺夫在1912年发表了理论著作《处于世纪之交的歌德》，强调《维特》的作者已从狂飙突进运动的美学和创作观转向崇拜古希腊罗马的古典主义了。[114]

　　20世纪最初十年出现了一批新古典主义的诗文和剧作。维·伊万诺夫（在考察文化的历史演变时）[115] 称勃留索夫1911—1914年间所写的长篇小说《胜利的祭坛》、中篇小说《被推翻的朱庇特》《瑞亚·西尔维亚》和剧作《死去的普罗特西拉奥斯》就属于这种作品。索洛古勃在勃留索夫之前，几乎与安年斯基同时对关于普罗特西拉奥斯和拉俄达弥亚的神话进行了诠释，写下了《智蜂的馈赠》（1906）。曼德尔施塔姆1914年以后的诗歌也偏爱古典题材，描绘古罗马的生活。沃洛申1906—1910年间的诗歌也转向新古典主义（此前的创作多为仿法国画家和世纪末诗人风格的印象主义的抒情诗），描写的是东克里米亚的土地，与古希腊存在千丝万缕联系的半神秘的辛梅里亚，沃洛申的系列水彩画也多以此为题材。沃洛申作画的时间"常常晚于自己写的风景诗，有时还会画自己已经写过的题材"，但他笔下的克里米亚风光却"别有风味，再现了诗歌语言描绘的原质"。[116] 与沃洛申关系密切的康·博加耶夫斯基的美术作品也描绘了基米里的风光，沃洛申将他和勒里希一起称为俄罗斯摹古画派的代表。博加耶夫斯基的辛梅里亚组画（《茵陈星》《荒野上的祭坛》等）被用作沃洛申《诗抄1900—1910》（1910）的插图。

值得注意的是，谢罗夫晚期也创作了一些以古希腊神话为题材的作品，如《瑙西卡身畔的奥德修斯》（1910），和他绘于同年的代表作《拐走欧罗巴》（这幅作品同曼德尔施塔姆1922年所写的诗《欧罗巴》和文章《人类的小麦》相呼应）。谢罗夫的绘画风格受到神话诗的影响，作品的气势磅礴，而"造型和线条又颇为简洁"（格拉巴里语[117]）。高度概括、简洁的雕塑技法也成为新古典主义雕塑的一个特点。科年科夫的大理石雕塑《女性躯体》《梦》（同作于1913）和亚·马特维耶夫制作的《熟睡的男孩》（位于塔鲁萨的鲍里斯−穆萨托夫墓碑雕像，1910—1912），安详平和之神态可掬；谢·梅尔库罗夫在莫斯科建造陀思妥耶夫斯基纪念碑（1911—1913）则属于俄罗斯新古典主义雕塑的另一种风格，即"豪放"风格的作品（它还"贴近"文学），这些作品有恢宏的气势，给人留下深刻的印象。但见这位作家傲然挺立，似欲挣脱囚衣的束缚，这喻示着他与命运的抗争及其坚强的性格。

20世纪一二十年代之交的音乐界也出现了新古典主义的倾向。谢·塔耶涅夫的康塔塔《圣诗读后》（1915）修正了以往的表现形式，用以体现他关于高尚的伦理和哲学思考。尼·梅特纳以一个浪漫主义者的感怀表达了对古典主义遗训的理解，其作品自我一格，具有独特的表现力。别雷称，他用"新的音乐语言"表达了类似青年象征主义者的"夙愿"[118]。别雷说得很有道理，因为梅特纳的艺术品位高，哲理性强，他本人称，他创作的目的就是"谋永恒形象之面"[119]。梅特纳的许多作品（如十套题为《童话》的钢琴曲）就是在文学作品的基础上创作的；他的一批浪漫曲的素材也是取自象征主义诗人的作

171

品。普罗科菲耶夫的作品（第一、第二钢琴协奏曲，1911年、1913年；《古典交响曲》）具有18—19世纪经典音乐的魅力，他此时的音乐作品（如浪漫组曲《安·阿赫玛托娃的五首诗》，1916）还与阿克梅派诗歌有密切的联系。

巴克斯特（在其前面提到的文章中）称，现代画家是以"各种完美的古老形制"为标准来观察周围现实的，这是"新古典主义这一流派特有的原则"。他认为，这是对现实生活的一种综合和升华。19世纪中叶的法国画家让·米勒就对此有所预感，遂创作了表现农民生活的"颇具维吉尔诗歌遗风"的作品。[120]巴克斯特的艺术观点是富有创造性的，在某种程度上为《阿波罗》同仁中阿克梅派文学理念的形成准备了条件。巴克斯特认为，要推行新古典主义，艺术情趣应转为崇尚简约，摒弃"过分的精细"，以获得原始的美。比如，古老的克里特艺术，虽然荒蛮，却闪烁着美的光辉，就像"赤身骑在烈马上的裸体青年抓着青鬃奋力的一跃"[121]。其实，巴克斯特在这里勾勒出了"亚当派"的人本主义理想，这也正是四年之后戈罗杰茨基和古米廖夫在阿克梅派的纲领中提出来的理想。巴克斯特提出的将类似古代的和谐原则运用到现实中去的号召也是颇有创见性的。

现实主义的散文也率先（并较好地）运用"古典主义"的创作方法来描写现实生活。库普林的抒情性特写《拉斯忒吕戈涅斯》（1907—1908，1910—1911）表达的思想似乎与巴克斯特相呼应。克里米亚渔民生活在水深火热之中，在他们心目中仍发出"远祖千万年来的呼唤"[122]，这使作者联想起荷马的希腊神话，这篇神话说的是很久以前"有这样一些人，他们像野兽一样快活、自由、聪慧"。这种联想提示库普林（以及沃洛申、博加耶夫斯基和曼德尔施塔姆）：克里米亚这方古时陶里亚疆域往昔的风土人情是如何淳朴，而现今仍"沉溺于千古幽梦之中"，这使得作者不禁慨然生叹。在库普林的笔下，海上劳作的渔民形象宛如传说中的拉斯忒吕戈涅斯一般英俊，作品讲述的故事充满诗情画意。库普林讴歌了"经过海风洗礼的朴质的心灵，健壮的体魄"，他们不止一次"直面死亡"[123]而毫不畏惧，可谓富有"亚当"精神的英雄的艺术化身，而库普林平缓而有力、绘声又绘色的语言也成了日后阿克梅派行文的范本。

新古典主义将平凡事物英雄化、理想化这一根本性特征也体现在20世纪最初十年"新学院派"的绘画中。济·谢列布里亚科娃描绘农村劳作和习惯的油画（《漂白帆布》《收割》《澡堂》和《农夫用餐》）就属于这类作品。画中的农妇袅袅婷婷，农夫健壮俊朗，它们构图精致，画面华美，颇具古代壁画和浮雕的神韵，似将民间生活中"永恒的美"定格下来。20世纪最初十年的某些"新农民"诗人，也写了些田园诗，如克雷奇科夫把当代农妇描写得美如古斯拉夫神话中的拉达，拉吉莫夫也写下了描写乡村祥和生活的六音步诗（《猪栏》，1913），但谢列布里亚科娃绘画的理想化境界比他们的讴歌更美好，更逼真。

20世纪最初十年的舞蹈也热衷于古代的题材，借鉴古代舞的技巧。由米·福金编排，巴克斯特置景的芭蕾舞剧中有不少精品，如由塔·卡尔萨温娜、尼金斯基根据切列普宁音乐改编作曲的《水仙》和根据朗戈斯小说改编、莫里斯拉威尔作曲的《达夫尼斯和赫洛亚》。舞台表演也崇尚古典，蔚为当时的一种风气。"文学小组的女士们纷纷穿上了古罗马丘尼卡式上衣"，科克特贝尔的沃洛申身着古希腊的长衫，头戴发箍，全然"一副雷神宙斯的模样"。博布林斯基伯爵"创建了这样一种流派，此派艺术根据希腊花瓶上的图形复制了古希腊的舞蹈和宗教仪式……"，与他同时代的一位女作家这样说。[124]

新古典主义也浸淫到1910年代的建筑艺术中来，两座京城及外省的一些宏伟建筑的设计和施工都体现了这种风格。20世纪初，推崇旧彼得堡及其周边宫殿建筑艺术的"艺术世界"派画家们（1900年在伯努瓦的主持下，他们出版了介绍这些建筑物的《俄罗斯的艺术宝藏》[125]），卓有成效地对这些古建筑进行了修复和研究。在他们的艺术趣味和导向的影响下（在庆祝1812年卫国战争胜利一百周年、彼得堡建城二百年和罗曼诺夫王朝建立三百周年之际，他们已颇具影响力了），修建了一批带有叶卡捷琳娜时代和帝国风格的建筑。亚·伯努瓦、伊·福明、弗·休科和弗·库尔巴托夫在彼得堡美院大厅举办的"历史建筑展览"（1911）、伊·格拉巴里1912年出版的《俄罗斯艺术史》第三卷、《京城与庄园》和《往年》杂志都先后介绍了俄罗斯18世纪至19世纪初的优秀建筑。1911—1917年间，在莫斯科建造了一批新古典主义风格的著名建筑物，如博罗金诺桥头堡、亚历山大三世造型艺术博物馆的正门（建筑师罗·克莱因）、基辅火车站建筑（伊·雷贝格）和沙地救主广场上的弗托罗夫公馆（弗·马亚特）、1911年罗马国际建筑博览会的俄罗斯展馆（弗·休科），突破了俄罗斯民族风格的局限性，添加了欧洲新古典主义的因素。伯努瓦号召俄罗斯的建筑

173

师"更新自己的艺术"，认为"欲做经典艺术家……必须对那些'绝对之美'的原则了然于胸，因为这个原则是'欧罗巴'启蒙意识的产物"。[126]

阿克梅派的创作方法也注重"得体适度"优先的美学原则。别雷认为古米廖夫的诗歌"堪称经典的雕刻"。[127] 阿赫玛托娃、古米廖夫和曼德尔施塔姆的许多诗歌宛如新古典主义的建筑物，他们就像当代的建筑师一样，是在彼得堡古色古香的氛围中进行创作的。这座伟大城市的面貌也经常出现在"艺术世界"画家的作品中，给人留下深刻的印象，如伯努瓦的代表作为普希金《青铜骑士》所作的插图，还有安·奥斯特罗乌莫娃－列别杰娃的木刻组画，她的这些作品"异常鲜明"的色彩和造型与彼得堡固有的风采颇为吻合。采用类似"彼得堡诗学"（弗·托波罗夫语[128]）创作出来的作品还有库兹明的抒情诗和霍达谢维奇的诗文，霍达谢维奇即使在表达20世纪人的感受时，也使用的是普希金诗歌的样式。

曼德尔施塔姆的创作也谨守这个原则，他称，"建筑术这个恶魔"伴随了他一生。古米廖夫在谈及曼德尔施塔姆的《石头》时说，"他爱建筑物，就像其他诗人爱山爱海一样"[129]。曼德尔施塔姆的"建筑情结"不仅仅表现在他诗歌的主题、选材和内容上，他还建起了一座俄罗斯帝国风格的语言大厦（《海军部大厦》，1913年；《喀山大教堂》，1914），确立了新的阿克梅派（即新古典主义）的美学规范：

> ……美并非出于神人的臆想，
> 而是来自普通木工的上佳眼力。

我们还可以从曼德尔施塔姆的《彼得·恰达耶夫》（1915）一诗看出，对于作者来说，建筑术的形成就是人性形成的标志，人性犹如建筑这庞然大物，为之灌输了"思想"，就有了"形体"，随之也就有了自由的内核。优秀建筑物和整个城市的形象在写作《石头》的曼德尔施塔姆的心目中寓意丰富，有历史的、哲学的及其他诸多象征意义。同时，这位阿克梅派诗人将创作的过程视为诗人命运和事业的投影，他用"建筑术"——这是一种将建筑材料玩于股掌之中的技法——代替了象征主义的"技法"，扶垛是巴黎圣母院"强劲的支撑"，它具有消除"不良重负"的功能和思想，它就是欲创造出美的艺术家仿效的榜样，这就是曼德尔施塔姆1912年写作的《巴黎圣母院》表述的思想。他指出哥特式大教堂的建筑学作用和反作用原理，强调支柱的作用，以此来比喻组诗《石头》的结构，称它是靠高尚的和低劣的，思辨的和实在的，文雅的和粗俗的辩证关系来"支撑"的（《庸庸碌碌的年代》《彼得堡诗节》等等）。他在1913年写的《阿克梅主义之晨》一文中有这样一句话："我们把哥特式建筑工艺引入文字写作之中。"

　　阿克梅派的创作方法被评论界认为是"克服象征主义"（维·日尔蒙斯基语）。[130] 在戏剧艺术中也出现了这种倾向，室内剧院的缔造者亚·塔伊罗夫提出的主张与梅耶荷德坚持的象征性表现方法抗衡。室内剧的创作理念近似于阿克梅派。有的作者在评论阿赫玛托娃的创作时指出，她把平平常常的感受（来自俄罗斯心理小说）"转换"为抒情主体的心理状态，用肢体语言表达出来，这是一种创新。（比如她著名的诗句："我心中的烈火已经熄灭，／但轻盈的步履依然。／我把手套从左手摘下，／又套到右手上面。"）与之类似的塔伊罗夫"身势表情"理论的要义是：在导演看来，身势是演员体现人物内心矛盾主要的表演手段。1916年上演的剧目《基塔拉琴手塔米里斯》同阿克梅派耦合之处，就是都崇尚安年斯基和新古典主义。泰罗夫甚至试图借助时而端庄，时而狂躁的两种截然不同的舞台动作，再现古希腊戏剧中阿波罗与狄奥尼索斯两种本原的辩证关系。[131] 亚·埃克斯特为《基塔拉琴手塔米里斯》制作的舞美装饰注重欣赏性，这与阿克梅派对"三维"的追求是相吻合的。新古典主义作品通常看重古希腊时代的情趣（如巴克斯特和戈洛温的古典题材戏剧），而艾克斯杰尔更看重在戏剧表演中未曾使用过的"建筑术"，亦即立体形式的堆砌。埃克斯特继承安年斯基的"古典"传统在舞台艺术上取得成就之后，舞台表演中立体主义的因素常常有所表现，而且哪个时代的剧目都有。如伊·尼温斯基1922年为《图兰朵公主》一剧所创作的布景（卡尔洛·戈齐编剧，叶·瓦赫坦戈夫导演）。在文学作品中也运用了"立体性"形象作为新的表现手段之一，如别雷的小说《彼得堡》（作于1911—1913，比戏剧中运用这种形象的时间还早）。别尔嘉耶夫（多年以来他同别雷"又交好，又交恶"，时而"同唱一个调"，时而争争吵吵）[132] 不容辩驳地将长篇小说归为语言的立体表现（这位哲学家对综合

175

美学思想作出了新贡献：以造型艺术风格的革新为视角来看待文学现象）。别尔嘉耶夫通过别雷的小说发现，现代的艺术观念发生了危机，这是由于它把世界一统的形象割裂开来。须知，立体主义的绘画就是通过把物质分解成碎片来探究其实质的。别尔嘉耶夫称，这种任意破坏物体形状，使现实"非物质化"的代表就是"极富天才"又"特别可怕"的毕加索。在新的俄罗斯文学中也有类似他的人，那就是"几近天才"的别雷，在他的小说中，物体和现象之间的界限消失了，"一个人变成了另一个人……人体变成了星体，人大脑活动变成了生活现象"。这种物象的变形和颠倒（在别雷的作品中则表现在语言上）乃是"世界和精神崩溃"的全面反映，这种崩溃孕育着危重的灾难。[133]

176 　　然而，别尔嘉耶夫对别雷以及立体主义的责难是难以令人接受的。因为在《彼得堡》这部作品中，作者通过破坏形状的方法建立起的现实的形象并没有替代立体主义的分析：小说仍体现了具有强烈时空性的现实，小说也不失立体主义所排斥的感受激情。而且，别雷对立体主义的形式化创作也颇不以为然。他在《彼得堡》中谴责蛮横的恐怖主义，称它会导致天下"大乱"，这也是同他反对立体主义创作原则中的变形主张相吻合的，因为这种主张会使世界的整体形象大乱。别雷在多篇文章和1916年的日记中将立体主义的创作视为"精神分裂"、精神堕落的表现："……未来主义者和立体主义者在毁灭我们的艺术。"[134] 别雷崇拜传统，绝对不能容忍对待传统的虚无主义的态度；他唯恐"未来主义关于摧毁艺术的宣言"会得以实现，因为今天眼看就有"'未来的小人'的战斧向焦孔达（即蒙娜·丽莎——译注）砍来"（别雷在这里提及梅列日科夫斯基的那个惊人之语并非偶然：正当那时，也就是1910年代中期，别雷对未来主义进行声讨之际，梅列日科夫斯基也在抨击他们的檄文标题中再次使用了自己的旧说辞：《未来小人的又一步》[135]）。很难想象别雷会同意别尔嘉耶夫给他强加的"唯一的优秀未来主义小说家"的封号和《彼得堡》是用立体主义语言写成的评价。

　　这里的问题在于：立体主义小说形象性的表现是行文中充满呈几何图形的空间和线段，别雷作为象征主义作家的行文也是如此，这种形象性对于这位浪漫诗人而言，表示的是一种不能接受的世界现状，这个世界连有限的整齐性也丧失殆尽。别雷的这部小说将立体主义的表现手法同象征的方法联合在一起运用，对彼得堡的一切持否定态度：无论是对这个"以彼得命名的城市"披霜挂雪的外形景观，还是对它死气沉沉的精神面貌，还是对滥施淫威的枢密官的所作所为。同时别雷不仅对"立体主义的"空虚的未来，而且对"新古典主义"对过去的美化及其虚幻的济世良方"异常的鲜明"（他在激烈的论战中甚至将之称为"警察"）统统说"不"。[136] 枢密院门前耸立的帝国风女像柱在别雷的心目中并不像那些崇尚古老彼得堡之美者那样，将它视为一种美，而把它看作自恃对国家有着"文治武功"之劳，飞扬跋扈的权贵的辛辣揶揄。

别雷的小说有限地借用了立体主义的形式作为表现手法之一，这是与他同时代的许多画家和版画艺术家（法尔克、阿·连图洛夫、彼得洛夫-沃德金、冈察洛娃、纳·阿尔特曼、瓦·霍达谢维奇、达·施特伦贝格、瓦·罗日杰斯特文斯基、尼·乌里扬诺夫、尤·安年科夫和亚·韦斯宁等）的共同之处。譬如阿尔特曼绘的阿赫玛托娃肖像，画面上柔美的面容和躯体，窗外"层层叠叠"的八仙花丛，都借用了立体主义这种新的表现手法，这与阿赫玛托娃抒情诗柔美的意境相辅相成。然而，上述画家的作品中并没有别雷作品那种明确的象征意义。

《彼得堡》这部小说具有五彩缤纷的色彩，如同其描写景物的"立体感"一样，是作者表达历史和哲学概念的惯用方法。这些色彩的意义大都是可以心领神会的，如"灰色"渲染了周围抑郁的氛围，又成了老阿勃列乌霍夫颜面"菜色"的代称。别雷似将"灰色"的各种贬义集合在一起（从俄罗斯文坛上的果戈理到高尔基和梅列日科夫斯基），赋予它一种官僚体制的腐朽之意——它如幽灵、瘟疫且毫无价值可言。弗·索洛维约夫曾预言存在着"泛蒙古主义"的威胁，这部小说有鉴于这种神秘的未来说，还引入了具有象征意义的色彩：深浅不同的"黄色"。[137] 在《彼得堡》中，"绿色"也有重要的含义，它喻示的是没落和衰败，它主要用于形容这个帝国首都和革命的风潮策源地的景物（称涅瓦河上漂浮的瘴气和麇集病菌的沟渠污水都是发绿的；构成该城的"诸岛的轮廓线也绿得发腻"）和祸害该城元凶们的外貌（杜德金的脸"因嗜烟被熏得发绿"）。"绿色"也不无缘由地用到彼得大帝的形象上，不过这只是形容他的青铜塑像：这位帝王根据自己的意愿，对俄罗斯国家进行了革命性的颠覆。小说《彼得堡》是浪漫主义诞生以来直至20世纪初文学写实的力作；它对象征性色彩的应用反映了作者的社会观和历史观。别雷这部小说以最少的概念，用其他门类艺术的表现方法表达了深邃的思想。

贝·利夫希茨的诗歌也吸纳了立体主义绘画的技法。他说，"造型艺术的主要支柱就是绘画"，这位勇于探索的诗人追求"以造型排除叙述"，即要克服"文学"的强制作用。[138] 比如，"他认为，他的那首奇特的散文诗《画中人》（1912）在语法上的'错位'就如同立体主义绘画中形象的错位"（米·加斯帕洛夫语）。[139] 这首散文诗是献给亚·埃克斯特的，然而类似的作品以后他再也没写过。利夫希茨将建筑的风格视为自己创作的重要指南，他1913—1915年间为《沼泽水母》诗集所写的诗歌（《伊萨基大教堂》《海军部大厦》和《冬宫广场》等）[140] 与曼德尔施塔姆《石头》诗集中的诗一样，记录了面对宏伟建筑所产生的对历史的联想。不过《沼泽水母》中的描写常常是为描写而描写。利夫希茨钟爱法国浪漫主义和高踏派诗人的作品（他推崇这些诗歌并将之译成俄文），认为它们用语言表达了造型艺术的内容，他以此为范例将彼得堡的建筑样式"转换"到诗歌中去。这种自古以来就很著名的"转换"（这也是18世纪以来俄罗斯诗歌的传统），在勃留索夫、维·伊万诺夫和沃洛申20世纪初的创作中也颇为常见（如组诗《鲁昂大教堂》），勃洛克的《意大利诗草》和古米廖夫、戈罗杰茨基等许多诗人也都采用过这种写作方法。在利夫希茨的创作中，崇尚古典、法国象征主义和建筑术的情结交织在一起，形成了一种"玄秘诗学"（米·加斯帕洛夫语 [141]）。利夫希茨借助复杂的套用语和难解的暗喻，本着马拉美和安年斯基的精神将这些因素连缀成密码式的文字。不过他诗歌的形式仍是"传统的"，内容是关于城市现行的"秩序"和"体制"，诗节是抑扬格。

9

利夫希茨的诗歌风格属于将其创作命运与"希莱亚"派原始主义联系在一起的西欧派 [142]，它属于一种新古典主义和未来主义之间的中间性作品，其内容和形式师承的是宝贵的文化遗产，故应属新古典主义，而它又急于将文化遗产抛弃，在这个意义上又可属未来主义。尽管"未来派"执拗地否定文化的价值，但在其形成过程中仍像象征主义者那样，认为各种门类的艺术是相互渗透的。帕斯捷尔纳克称，他这一代人"具有一种全能艺术的天赋，……尤其对绘画和音乐在行"[143]。当代的许多研究未来主义诗歌的著作也持这种意见（见后）。布尔柳克兄弟、叶·古罗和马雅可夫斯基等作家都受过良好的美术教育，也都创作过美术作品。赫列布尼科夫有着很高的版画艺术造诣，他的自画像（1909）构图洗练，颇具马蒂斯、毕加索绘画的风韵。未来主义的理论家和宣传家尼·库利宾所创作的"立体主义"版画也是很闻名的。古罗的一些诗文中也夹杂着自制的插图，文意、诗意和画意浑然一体，相映成趣，列米佐夫的文稿也是如此。[144] 古罗版画的思想倾向比其散文更"左"些，与世纪初印象主义的沉思体作品颇多相似之处。她认为艺术的体裁、门类之间并无泾渭分明的界限，因此竭力冲破诗歌和散文之间的疆界（散文就是诗歌），使行文兼具音乐性和绘画性（诗文的情节就是色彩和音符）；她还效仿别雷的交响曲，缔造一种音乐结构 [145]；其作品的音乐性效仿的是利亚多夫、早期的斯克里亚宾和德彪西。

179

"未来派"的同路人（为时不长），自我未来主义者伊·谢维里亚宁也是这一代作家中具有"全能艺术才赋"的一个。这位诗人写道："我作的诗也是我作的曲，／它有着优美的音律。"别人对他也有类似的评价：与他同时代的普罗科菲耶夫称，在谢维里亚宁的诗中蕴含着"作曲家的才赋"，运用了"作曲的对位法"。[146] 谢维里亚宁的音律画"波埃扎"（поэза）是受了巴尔蒙特诗歌的启发创作而成的，读之犹如有"悦声"盈耳；谢维里亚宁称他的诗歌朗诵会为"诗歌音乐会"，其诗节的名称有"夜曲""前奏曲""间奏曲""浪漫曲""哈巴涅拉舞曲"和"自我波洛涅兹舞曲"。谢维里亚宁是在世纪之初登上文坛的，而此时巴尔蒙特已盛名远播，"现代派风格"也风行遐迩，谢维里亚宁学习、借鉴巴尔蒙特的创作手法就在情理之中了（勃留索夫曾指出这一点 [147]）。谢维里亚宁对早期现代主义的借鉴不仅仅表现在体裁、内容和美学取向上（"自我"概念的综合，宣扬无道德论，盲目地"兼容并蓄"，贬低理性，崇尚感性和"天然"），这位诗人还信奉活力论的创作方法：行文要充满动感，要有"音乐性"，诗歌的表达方法要灵活，即要与世纪初俄罗斯诗歌所表现出来的"现代派风格"合拍（前文已对这种风格作过介绍）。谢维里亚宁如同巴尔蒙特一样，由于追求生活和世界的优美化（于是这位年轻的诗人又是揭露半上流社会庸俗习气，又是讴歌其"文雅"风尚，常常落得不知所以），便易于接受这种创作方法。

谢维里亚宁诗歌与"现代派"艺术的密切关系还源于他对色彩寓意的追求和对弗鲁别利的崇拜，他称弗鲁别利可用"画笔激发人的奋勇精神"（《致弗鲁别利》，1910），弗鲁别利的作品色彩丰盈，那淡淡的紫色（这也是现代派文人——从拉赫玛尼诺夫到安年斯基和勃洛克垂青的颜色）使人想起亭亭玉立的"丁香"。谢维里亚宁对之大唱赞歌（如："我心仪的丁香／穿着浅紫的衣裳／把树丛装点得鲜鲜亮亮……"；"我痛饮了一杯紫罗兰酿成的梦想之琼浆"；"给您穿上紫色的衣裳，／那紫色发着柔和的光……"）他还创造了不少不合规范的词，如将"丁香"作为动词使用。谢维里亚宁的追求与立体未来主义者反审美主义和蔑视现代派的华丽、巴尔蒙特的浮华奢逸（《给社会趣味一记耳光》，1912）的观念格格不入。而且，在20世纪20年代已形成自己风格的谢维里亚宁（《沸腾之杯》，1913），像未来主义作家一样渴望着进行语言的革新。两者革新语言的方法常常是不同的（不像赫列布尼科夫和克鲁乔内赫 [148]——他们两人革新语言的方法与未来主义作家相似），他在这方面往往采取极端的做法，因而效果不佳，而在面向大众，指望得到大众的认可方面，他《丁香冰激淋》与"希莱亚派"的诗歌可等量齐观。

各艺术领域的未来主义者看中那些表现力强的艺术形式，首先是戏剧。1913年帕·菲洛诺夫和卡·马列维奇在彼得堡为悲剧《弗拉基米尔·马雅可夫斯基》和米·马丘申的歌剧《战胜太阳》设计了装饰与舞美。先锋派的画家们就像他们的反对派"艺术世界"同行一样热衷于将绘画戏剧化。于是他们和立体主义诗人们一样看重民间游艺艺术——马戏、街头表演和活报剧。彼·孔恰洛夫斯基曾为自己的朋友格·亚库洛夫画过肖像，画面的形象像个云游的魔术师。连图洛夫在自画像（1913）中的模样像个招徕生意的店员。类似的例子还有"希莱亚派"诗人们在各类聚会朗读的或在刊物上发表的诗歌。[149]

未来主义画家同"艺术世界"同仁一样，注重书籍的装帧，力求书籍形式和内容的统一（以二者的奇特的非审美化为标志）。俄罗斯先锋派诗人和画家在未来派刊物的封面下同仇敌忾地对抗艺术中的"老古董"；"红方块王子"和"驴尾"画社的宣言与"希莱亚派"的宣言颇多相似之处。在《审判官的捕鱼网》诗集的第二辑中，马雅可夫斯基、赫列布尼科夫、克鲁乔内赫、利夫希茨的诗都配有古罗、布尔柳克、冈察洛娃和拉里奥诺夫的插图。塔特林和菲洛诺夫分别充任了诗集《三人圣礼记》和《咆哮的帕尔纳斯》（1914）的美编。马列维奇和奥·罗扎诺娃为克鲁乔内赫的《我们开始抱怨》（1913）一书作了插图。冈察洛娃和菲洛诺夫还分别为赫列布尼科夫的《人鱼与林妖》和《诗选》（1914）制作插图。未来主义作家的杂志《青年同盟》（1913年第3期）认为，"画家和诗人团结起来协同作战以表现出各自艺术价值的时候到了"[150]。此前瓦·康定斯基在他1910年所写的《艺术中的精神》（它被视为先锋派的"圣经"）一文中指出，浪漫主义公设的表现方法借助的就是一切艺术形式，尤其是音乐和绘画所固有的强有力的表现方法的变体。[151] 瓦·卡缅斯基则号召艺术家们通力协作从事共同的"艺术的狂欢"，以构建"无拘无束的生活"。而赫列布尼科夫声称："我们希望文字创作要勇于紧跟绘画。"[152] 在这方面我们还可以举克鲁乔内赫的言论为例，1922年他在《俄罗斯诗行的同音学》一书中写道："我们欢呼诗歌的变型，它可使诗体变得鲜活，语言富于动感！"[153] 其实克鲁乔内赫所说的诗歌语言的创新不过是重拾画家之遗：红方块王子派画家连图洛夫早在1910年代就采用立体主义绘画的形式创作出自己的建筑风景画（《圣愚瓦西里》，1913；《雅尔塔，港湾》，1916），而他的复墙画《钟声》（1915）则将宏伟的伊万大帝钟楼化为一种强劲的声波。

181

　　然而，文学对绘画的巨大反作用也不可忽视：虽然未来主义的绘画不止一次地为完成自己的使命而钳制文学，但它仍未能改变对文学的依附关系。菲洛诺夫的先锋主义绘画具有很强的"思想性"和"文学性"，对"莫名其妙"的语言试验也作出了贡献（《歌唱世界萌芽》，1915，此剧本发表时带有作者的插图）。菲洛诺夫像象征主义理论家一样，赋予艺术一种"建树生活"的意义：艺术家的目的应是向民众作出"太平盛世"的预言，并指示通往这个盛世的道路。菲洛诺夫在绘画《西方与东方》和《东方与西方》中对被别雷称为"热点"问题的俄罗斯思想进行了诠释，正如大家所知道的那样，这个问题自19世纪90年代被索洛维约夫尖锐地提出之后，到白银时代的诗歌和散文一直被屡屡提及（比如别雷的三部曲之一的《东方与西方》，这部作品的写作时间与菲洛诺夫的同名画作相近，其前两部为《银鸽》和《彼得堡》）。研究者借助赫列布尼科夫语言由元辅音构成的试验，验证了菲洛诺夫分解性的创作方法：他似乎将现实分解为原始的元素，之后又把它们重新组合在一起。[154] 赫列布尼科夫和克鲁乔内赫"玄妙"的语言实践及其理论对马列维奇的绘画创作和理论产生了一定的影响：马列维奇像赫列布尼科夫追求异样的语言一样追求异样的色彩（雅·图根霍尔德[155]）。

在谈及各门类艺术之间联系时，值得提出的是某些"左翼"画家，如彼德罗夫–沃德金、拉里奥诺夫、菲洛诺夫、冈察洛娃和布尔柳克兄弟等都采用了文学的夸张、比喻和怪诞的手法。马雅可夫斯基和赫列布尼科夫经常采用的借喻法也成了夏加尔绘画的一个主要表现方法。比如恋人升腾到空中的形象（《生日》，1914；《在城市上空》，1914—1918；《游艺》，1917），以画面表现了"语言无法比喻的情景：'他幸福地飘了起来'，'头脑晕眩'，'插上了爱情的翅膀'等等"。[156] 研究者认为，日常生活中脚踏大地的凡人形象诗意般地升腾到天上，……在空中飞翔，时代或生活中的遭遇和"多重比喻性"，这时多层次的比喻的集合和拥趸失却了直义。夏加尔的绘画和帕斯捷尔纳克的抒情诗就属于这种风格的作品。[157] 帕斯捷尔纳克平生与绘画有着不解之缘[158]，在促使绘画采用立体主义的语言方面也有所贡献。正如罗·雅柯布森所言，诗与画"描写对象的相互渗透（换喻）……一个对象的分解（提喻），这就是帕斯捷尔纳克与立体主义在造型探索上的相似之处"[159]。对此，帕斯捷尔纳克的自我评价是：

我行走在探索的路途上，

从形象进入形象，把对象转换为对象。

（《浪涛》）

俄罗斯未来派宣称"兼容并蓄"，即接受立体主义、结构主义和抽象主义等创作手段，尤其是在美学上全盘照搬了表现主义的修辞方法。其主要的成就就是马雅可夫斯基1912—1917年间的抒情诗。作者备感战争的苦难，并预感到新的世界性灾难将要降临，这些作品就成了全面反映"痛苦的艺术"真谛的标本：个人和人类的悲哀以悲愤交集的艺术形式淋漓尽致地表现出来。在马雅可夫斯基看来，这是唯一的，最富表现力的文学体裁。在这世界动乱的日子里，他认为，真正有现代意识的画家会在一个静物画苹果里"看到在卡利什被绞死的人"[160]。马雅可夫斯基吸取欧洲先锋派画家的创作经验，形成了自己的创作理念：作品结构变幻不定但不失其匀称，用语极其夸张，具有与先锋派绘画相似的特征。[161]

构成勃洛克的《十二个》（1918）这个复杂的艺术整体的元素之一是诗画的同一性。在这部长诗中渗透了各种文艺风格，洋溢着"左翼"艺术以及大众文化和革命年代宣传鼓动作品特有的激情，这使得它具有了某种美学价值。无怪乎他本人说他对安年科夫为阿尔科诺斯特出版社出版《十二个》所作的插图备感"无比亲切和珍贵"（第8卷，513页），而这些插图的"左"的倾向已超出了立体主义的范围。

*　　　*　　　*

"在俄罗斯，绘画、音乐、散文、诗歌是相互依存的，哲学、宗教、社会思想乃至政治也是不可相分离的。它们汇成了一股洪流，承载着宝贵的民族文化"——勃洛克1921年写道（第6卷，175—176页）。世纪之初，美学思想异常活跃，文学中出现了各门类艺术的因素，这种情况一直沿袭到1920年代。当时涌现出新古典主义的诗歌精品曼德尔施塔姆的《哀怨》、霍达谢维奇的《沉重的七弦琴》和阿克梅派"外围"诗人（格·申格利、康·利普斯克罗夫、索·帕尔诺克）的诗歌，同样风格的建筑作品，如尼·安德列耶夫在莫斯科市中心建造的"自由"纪念碑、伊·若尔托夫斯基设计的建筑物，塔伊罗夫和阿·科宁编排的拉辛戏剧《淮德拉》、亚·韦斯宁的舞台美术设计（室内剧院，1921—1922）、斯特拉文斯基的歌剧《俄狄浦斯王》和芭蕾舞剧《缪斯的领导者阿波罗》。扎米亚京说"语言的艺术就是绘画+建筑术+音乐"[162]，可谓言之有理。

在文学创新的影响下也产生了新的艺术品种：文学对各类艺术的整合为电影艺术的诞生准备了条件。1910年代和1920年代之交，俄罗斯电影注重改编文学名著，取得了初步的成就（影片《贵族之家》，1914，弗·加尔金导演；《黑

183

桃皇后》，1916、《谢尔盖神父》，1917，雅·普罗塔扎诺夫导演；《波利库什卡》，1919，亚·萨宁导演）。电影艺术又借鉴于文学形象性创作方法（剪辑、切换、喻示），获得了长足的发展。爱森斯坦写道，电影"借用文学的经验，形成自己的语言"[163]。

世纪之交及其后的1910—1920年代各门类艺术家通力合作，取得了丰硕的成果，他们的创作也出现互相趋同的倾向，到了1930年代他们自由的美学探索横遭查禁，当局在思想领域强制推行"单一信仰"，掀起反形式主义的狂潮，这就极大地挫伤了各门类的艺术家们同心协力完成共同艺术使命的积极性，因之各种艺术之间的联系也就被削弱了。

注释：

《勃洛克文集》，八卷本，莫斯科、列宁格勒，1960—1963；勃洛克，《札记（1901—1920）》，第9卷，莫斯科、列宁格勒，1965。本章对以上两种著作的引用将直接在正文括号内给出。

1　理查德·瓦格纳，《艺术与革命》，彼得格勒，1918，22页。

2　纳·别尔科夫斯基，《德国的浪漫主义》，列宁格勒，1973，第19页及以下。

3　《世界观的艺术模型》，第2册：《20世纪编；从对世界新形象的探索看各艺术门类的相互作用》，主编弗·帕·托尔斯泰，莫斯科，1999，5页。这部著作对造型艺术同建筑艺术的综合过程进行了描述。论述文学综合过程的著作还有安·马扎耶夫，《俄国象征主义美学中的艺术综合问题》，1992。

4　米奇斯瓦夫·瓦利斯，《青年风格》，德累斯顿，1982，13-14页。

5　安·别雷，《艺术的形式》，1902，见安·别雷，《象征主义》，莫斯科，1910，155页。

6　转引自《阿萨菲耶夫选集》，莫斯科，1953，第2卷，296页。

7　阿·坎金斯基，《拉赫玛尼诺夫》，见《俄罗斯音乐史》，莫斯科．1960，第3卷，240页。

8　帕·梅德韦杰夫，《勃洛克的创作道路》，1923，见《勃洛克与音乐》，列宁格勒，1972，85-86页。

9　伊·格列博夫〈鲍·阿萨菲耶夫〉，《音乐中的勃洛克》，1927，见上引书，86页。

10　维·伊万诺夫，《丘尔利亚尼斯与艺术综合问题》，1914．见《维·伊万诺夫文集》，布鲁塞尔1979，第3卷，151页。

11　因·科列茨卡娅，《安德列·别雷："根"与"翅"》，见《时代的联系：19世纪末20世纪初俄罗斯文学的继承性问题》，莫斯科，1992。

12　别雷，《象征主义》，169页。

184

13　《维·伊万诺夫文集》，第3卷，151、163、166、167页。

14　参见：纳·科热夫尼科娃，《20世纪初俄罗斯诗歌中的用词》，莫斯科，1986，92—93页。

15　《维·伊万诺夫文集》，第2卷，662页。

16　米·加斯帕洛夫，《俄罗斯现代主义诗学的二律背反》，见《时代的联系》，245页。

17　因·安年斯基，《阿·尼·迈科夫及其诗歌的教育意义》，1898；见因·安年斯基，《影像集》，莫斯科，1979，297页。

18　黑格尔，《美学》，见《黑格尔文集》，十四卷本，莫斯科，1958，13页。

19　《别林斯基全集》，十三卷本，莫斯科，1954，第5卷，7、9页。

20　尼·德米特里耶娃，《文学与其他门类艺术》，见《简明文学百科全书》，第4卷，莫斯科，1967，241—242页。

21　《列·托尔斯泰谈话录》，见彼·谢尔盖延科，《托尔斯泰与他同时代的人》，莫斯科，1911，228—229页。

22　《文学遗产》，第84卷，《伊万·布宁》，第2册，莫斯科，1973，432页。

23　德·萨拉比扬诺夫，《19世纪末至20世纪初俄罗斯艺术史》，莫斯科，1993，13页。

24　鲍·格里戈里耶夫，《俄罗斯的面貌》，巴黎，1923。

25　现存高尔基博物馆（莫斯科）。

26　马·斯特罗耶娃，《莫斯科艺术剧院（1898—1905）》，见《19世纪末至20世纪初俄罗斯的艺术文化（1895—1907）》，莫斯科，1968，第1册，73页。

27　梅特林克，《日常生活的悲剧性》，见梅特林克《卑微者的财富》，巴黎，1896。

28　《艺术世界》，1899，第21—22期；1900，第23—24期。

29　同上，1902，第4期，68页。

30　转引自阿·阿尔特舒勒，《薇·费·科米萨尔热夫斯卡娅及其剧院》，见《19世纪末至20世纪初俄罗斯的艺术文化（1895—1907）》，莫斯科，1968，第1册，110页。

31　《新戏剧论》，圣彼得堡，1908，150、152页。

32　《剧院与艺术》，1910，第47期，903页。

33　梅耶荷德，《〈假面舞会〉导演计划》，见《19世纪末至20世纪初俄罗斯的艺术文化（1908—1917）》，第3册，莫斯科，1977，20页。

34　薇·瓦辛娜-格罗斯曼，《浪漫曲》，见《19世纪末至20世纪初俄罗斯的艺术文化（1908—1917）》，第3册，441—442页。

35　转引自柳·拉帕茨卡娅，《"白银时代"的艺术（教学参考书）》，莫斯科，1996，171页。

36　列·安德列耶夫，《库·彼得罗夫-沃德金的绘画》，见《俄罗斯意志》，1917年2月23日。

37　阿·列米佐夫，《红春之四：燃烧的荒野母亲》，见阿·列米佐夫，《盘旋而上的罗斯》，莫斯科，1990，45页。

185

38　安·西尼亚夫斯基，《出版前言》，载鲍·帕斯捷尔纳克，《长短诗》，莫斯科；列宁格勒，1965（大诗人丛书，15页）。

39　亚·伯努瓦，《我的回忆》（5册本），第4册，莫斯科，1980，291页。

40　可参见涅斯捷罗夫1903年2月11日致亚·图雷金的信，见《涅斯捷罗夫书信选》，列宁格勒，1968，165页。

41　根·波斯佩洛夫，《画架画和素描发展的新潮流》，见《19世纪末至20世纪初俄罗斯的艺术文化（1908—1917）》，第4册，莫斯科，1980，116页。

42　转引自德·马克西莫夫，《勃留索夫的诗歌和立场》，列宁格勒，1969，33页。

43　伊·霍夫曼的专著，《蓝玫瑰》，莫斯科，2000，150页。

44　马克西莫夫，《勃留索夫的诗歌和立场》，列宁格勒，1969，91页。

45　塔·莱温娜，《罗伯特·法尔克》，莫斯科，1996，10–11页。

46　弗·克尔德什，《谢尔盖耶夫–青斯基》，见《19世纪末至20世纪初俄罗斯的艺术文化（1908—1917）》，第3章，莫斯科，1972，136页。

47　亚·斯克里亚宾，《钢琴曲全集》，莫斯科、列宁格勒，1948，第2卷，318页。

48　摘自斯克里亚宾的笔记，转引自《19世纪末至20世纪初俄罗斯的艺术文化》，第3册，277页。关于斯克里亚宾和维·伊万诺夫在艺术探索上的相近之处，可参见前文中提到的马扎耶夫的著作，186–187页。

49　尤·克尔德什，《俄罗斯音乐史》，第3卷，莫斯科，1954，436页。

50　亚·丹尼列夫斯基，《从〈第三交响曲〉到〈普罗米修斯〉》，见《亚·尼·斯克里亚宾》，莫斯科，1973，315–316页。

51　维·伊万诺夫，《斯克里亚宾的艺术观》，1915，见《维·伊万诺夫文集》，第3卷，172页。

52　同上，175页。

53　萨拉比扬诺夫，上引书，179页。

54　伊·韦尔希宁娜，《斯特拉文斯基早期的芭蕾舞剧》，莫斯科，1967，66页。

55　安年斯基，《影像集》，第31页。

56　萨拉比扬诺夫，上引书，104页。

57　利·金兹堡，《论抒情诗》，莫斯科1974，第33页。

58　尤·洛特曼，《符号学视角下的静物画》，见《艺术中的物：国立普希金造型艺术博物馆学术会议资料》，莫斯科，1986，8页。

59　《兰波全集》，巴黎，1960，346页（*Rimbaud*. Oeuvres. P.，1960. P. 346）。

60　格·拉特高斯，《赖纳·马利亚·里尔克》，见赖纳·马利亚·里尔克，《新诗》，莫斯科，1977，400页。

61　鲍·帕斯捷尔纳克，《安全保护证》，1930，见《帕斯捷尔纳克文集》，五卷本，第4

186

卷，莫斯科，1991，187页。

62　萨拉比扬诺夫，上引书，87页。

63　鲍·米哈伊洛夫斯基，《文艺论文选集》，莫斯科，1966，673页。

64　据尼·普拉霍夫回忆，弗鲁别利《潘》的构思还来源于法朗士的短篇小说《萨蹄尔神》，参见《与弗鲁别利的通信和对他的回忆》，列宁格勒、莫斯科，1963，299-300页。

65　萨拉比扬诺夫，上引书，46页。

66　扎·明茨，《论俄罗斯象征派作家创作中的几个"新神话主义"文本》，见《勃洛克的创作与20世纪俄罗斯文化：论勃洛克文集》，第3辑，塔尔图，1979。

67　《勃洛克与阿·米·列米佐夫的通信》（亚·拉夫罗夫作序），见《文学遗产》，第98卷，《勃留索夫和他的通信人》，第2册，莫斯科1994，142-143页。

68　勃留索夫，《弗鲁别利的最后一幅画作》，见《与弗鲁别利的通信和对他的回忆》，263页。

69　萨拉比扬诺夫，上引书，54页及以下。

70　米·阿尔帕托夫，《再谈弗鲁别利》，见米·阿尔帕托夫《俄罗斯艺术随笔》，第2卷，莫斯科，1967，154、163页。

71　多尔夫·施腾贝格，《新艺术综览》，见《德国艺术的一本文献》，达姆施塔特，1976；德·萨拉比扬诺夫，《现代派风格：起源、历史和问题》，莫斯科，1989，第28-30、86-94页。

72　瓦·罗扎诺夫，《典型形象阿卡季·阿卡季耶维奇是如何生成的》，见瓦·罗扎诺夫，《费·米·陀思妥耶夫斯基的宗教大法官的传说，附两篇论果戈理的随笔》，圣彼得堡，1906，281页。

73　瓦·罗扎诺夫，《艺坛漫步》，莫斯科，1944，304页。

74　施腾贝格，《新艺术综览》，6页。

75　阿·鲁萨科娃，《俄罗斯绘画中的象征主义》，莫斯科，1995，54页。

"在俄罗斯，印象主义与现代派艺术的历史时序不能互换（在西欧也是如此），二者是呈层叠状并行发展的"（德·萨拉比扬诺夫《俄罗斯绘画——记忆的唤起》，莫斯科，1998，189页。

76　详情可参见因·科列茨卡娅，《"青春"的隐喻》，见因·科列茨卡娅，《世纪初俄罗斯诗文评析》，莫斯科，1995；现代派文学与造型艺术题材和主题的相似性参见：多米尼克·约斯特，《文学中的青年派》，斯图加特，1980； 乌戈·佩尔西.《自由派艺术中的语言》，米兰，1989。

77　别雷，《语言之诗》，彼得格勒，1922，25-26页。

78　勃洛克1903年5月20日致别雷的信，见《亚历山大·勃洛克与安德列·别雷通信集》，莫斯科，1940，27页。

79　别尔嘉耶夫一篇论述维·伊万诺夫的文章就以此为题目，见别尔嘉耶夫，《创造、文化和艺术的哲学》，第2卷，莫斯科，1994。

80　别雷，《意义的标志学》，见别雷《象征主义》，第143页。

81　关于1880—1910年间以东正教和古罗斯为题材的绘画作品，见弗·克鲁格洛夫为俄罗斯博物馆大型展览"俄罗斯的象征主义"（圣彼得堡，1996）目录撰写的序言。需指出的是该文和目录（复印件）中对象征主义艺术范围的界定有扩大化之嫌。

82　格·斯捷尔宁，《19—20世纪之交的俄罗斯艺术界》，莫斯科，1970，81页。

83　叶·鲍里索娃、塔·卡日丹，《19世纪末至20世纪初的俄罗斯建筑术》，莫斯科，1971，9页。

84　列·安德列耶夫，《勒里希的王国》（1919），见《火鸟》，1921，第4—5期，18页及以下。

85　沃洛申，《勒里希、博加耶夫斯基和巴克斯特：俄罗斯绘画的古风》（1909），见沃洛申，《创作剪影》，列宁格勒，1988，274页。

86　勒里希，《喜悦属于艺术》（1908），见上引书671页注释。

87　克·克拉夫琴科，《谢尔盖·季莫菲耶维奇·科年科夫》，莫斯科，1962，55页。

88　韦尔希宁娜，《斯特拉文斯基早期的芭蕾舞剧》，136页。

89　托马斯·曼，《浮士德博士》，所·阿普特、纳·曼译，莫斯科，1993，304页。

90　爱·舒宾，《反动时期的艺术散文》，见《20世纪初俄罗斯现实主义的命运》，列宁格勒，1972，86页。

91　米·科济缅科，《阿列克谢·列米佐夫的双重命运》，见《列米佐夫选集》，莫斯科，1995，5页。

92　弗·科斯京，《库·谢·彼得罗夫-沃德金》，莫斯科，1966，48页。

93　萨拉比扬诺夫，《19世纪末至20世纪初俄罗斯艺术史》，149页。

94　瓦·巴扎诺夫，《红马的象征意义》，见《文学与艺术》，列宁格勒，1982。

95　别雷，《玫瑰花瓣》，见《金羊毛》，1906，第3期，63页。

96　库兹明，《康·安·索莫夫》，见《康·索莫夫：画册》，彼得格勒，1916，2—3页。

97　亚·拉夫罗夫、罗·季缅奇克，《"可爱的旧世界与未来的世纪"，库兹明肖像中的一个细节》，见《库兹明选集》，列宁格勒，1990，7页。

98　沃洛申，《库兹明的〈亚历山德里亚之歌〉》，1906，见沃洛申，《创作剪影》，471页。

99　古米廖夫评库兹明《秋天的湖泊》，莫斯科，1912，转引自《文学评论》，1987，第7期，亚·拉夫罗夫、罗·季缅奇克刊载。6页。

100　爱·斯塔尔克，《古剧剧院》，圣彼得堡，1911，10—11页。

101　弗兰克，《贵族民粹派》，见《俄罗斯思想》，1910，第1期。

102　奥·列克马诺夫，《论曼德尔施塔姆试作若干》，见《莫斯科文化学高等中学学报》，莫斯科，1997，第1期，48—50页。

　　103　《叶·塔格尔选集》，莫斯科，1988，452页。

　　104　别雷，《剧院与当代戏剧》，见《新戏剧论》，268页。

　　105　阿·康托尔，《19世纪历史画中的戏剧性和画面性》，见《戏剧的空间：国立普希金造型艺术博物馆学术会议资料》，莫斯科，1989，420页。

　　106　伊·古特，《假定性戏剧与尼·萨普诺夫美术系统的形成》，见《俄罗斯与苏维埃艺术问题》，第2卷，莫斯科，1973，134页。

　　107　《维·伊万诺夫文集》，第2卷，576页。

　　108　因·科列茨卡娅，《〈阿波罗〉杂志》，《20世纪初的文学与期刊（1905—1917）：资产阶级自由派和现代派的出版物》，莫斯科，1984，212页及其后几页。

　　109　安年斯基的这封信未能保存下来，但有巴克斯特1909年2月5日给他的回信为证（见伊·普鲁然，《列夫·萨莫伊洛维奇·巴克斯特》，列宁格勒，1975，117页。

　　110　维·伊万诺夫，《古代的恐怖：论列·巴克斯特的同名画作》，1909，见《维·伊万诺夫文集》，第3卷，101、99页。

　　111　维·伊万诺夫1909年日记中8月7日的笔记，见《维·伊万诺夫文集》，第2卷，101、99页。

　　112　《阿波罗》，第4辑，1910年1月4日，6页。

　　113　马克西莫夫，《勃留索夫的诗歌和立场》，92页。

　　114　《维·伊万诺夫文集》，第4卷，116—119页。

　　115　米·加斯帕罗夫，《勃留索夫和古希腊罗马》，见《勃留索夫文集》，七卷本，莫斯科，第5卷，页544及以下。

　　116　亚·拉夫罗夫，《马克西米利安·沃洛申的生平和诗歌》，见《沃洛申长短诗集》（诗人丛书），圣彼得堡，1995，30页。

　　117　伊·格拉巴里，《素描画家谢罗夫》，莫斯科，1961，36页。

　　118　别雷，《尼古拉·梅特纳》（1906），见别雷，《杂文小品集》，莫斯科，1911，372、374页。

　　119　转引自尤·克尔德什，《俄罗斯音乐史》，第3卷，504页。

　　120　《阿波罗》，第2辑，1909年11月，70页。

　　121　同上，第3辑，1909年12月，50—52页。

　　122　库普林，《拉斯忒吕戈涅斯》，见《库普林文集》，九卷本，第9卷，莫斯科，1964，123、142页。

　　123　同上，120页。

　　124　利·伦金娜，《往昔》，见《回忆白银时代》，瓦·科莱德主编，莫斯科，1993，421—422页。

188

125　维·舍斯塔科夫，《"艺术世界"的艺术和世界》，莫斯科，1998，100页。

126　伯努瓦，《俄罗斯古典主义》，1917，《亚历山大·伯努瓦的思索》，莫斯科，1968，119页。

127　转引自罗·季缅奇克，《古米廖夫》，见《俄罗斯作家的生平词典（1800—1917）》，第2卷，莫斯科，1992，55页。

128　《城市与城市文化的符号学：彼得堡》，《符号学学报》，第18卷，塔尔图，1984。

129　尼·古米廖夫，《俄罗斯诗歌书简》，彼得格勒，1923，179页。

130　维·日尔蒙斯基，《克服象征主义》，《俄罗斯思想》，1916，第12期。

131　康·杰尔查文，《论室内剧院（1914—1934）》，列宁格勒，1934，73页。

132　安·博伊丘克，《安德列·别雷与尼古拉·别尔嘉耶夫：对话史》，见《俄罗斯科学院通报》，语言文学版，第51卷，1992，第2期。

133　别尔嘉耶夫，《艺术的危机》，莫斯科，1918，17、30、32、40页。

134　别雷，《在转折点上：生活的危机》，彼得堡，1918，82页。

135　梅列日科夫斯基，《从战争到革命——非军事日记（1914—1916）》，彼得格勒，1917，41页。

136　拖延者〈别雷〉，《谈仙鹤与山雀（对一条真理的修正）》，《工作与时日》，1912，第1期，84页。

137　列·多尔戈波洛夫，《别雷的长篇小说〈彼得堡〉》，见别雷《彼得堡》，莫斯科，1981，591、600-601页。

138　转引自阿·乌尔班，《鲜活隐喻的大陆》，见利夫希茨，《一只半眼睛的射手》，列宁格勒，1989，11、14页。

139　米·加斯帕洛夫，《贝内迪克特·利夫希茨》，《"白银时代"俄罗斯诗歌选（1890—1917）》，莫斯科，1993，576页。

140　《沼泽水母》诗集未能出版，其中描写彼得堡的诗后收入其诗集《自沼泽的泥泞中》（基辅，1922）。

141　米·加斯帕洛夫，《贝内迪克特·利夫希茨的彼得堡组诗（玄秘诗学）》，见《米·加斯帕洛夫文选》，莫斯科，1995，202页及其后几页。

142　让-克劳德·马尔卡代，《贝·康·利夫希茨的〈一只半眼睛的射手〉中诗与美术的相互关系》，见《俄罗斯现代派文化——献给弗·费·马尔科夫……的论文集》，莫斯科，1993，228页。

143　转引自《即兴的鸣响：音乐在鲍里斯·帕斯捷尔纳克的创作、命运、家庭中》，列宁格勒，1991，45页。

144　对此托波罗夫指出，古罗借鉴了列米佐夫尝试的经验，可参见其《叶莲娜·古罗创作中关于年轻儿子道成肉身、死亡和复活的神话》，载《俄罗斯白银时代：篇章文选》，莫斯

189

科，1993，252页。

145 尼·哈尔吉耶夫、特·格里茨，《叶莲娜·古罗》，见叶·古罗，《天堂的小骆驼、可怜的骑士》，顿河畔罗斯托夫，1994。

146 谢维里亚宁，《长短诗集（1918—1941）》，莫斯科，1980，432页。

147 勃留索夫，《伊戈尔·谢维里亚宁》，1916，见《勃留索夫文集》，七卷本，莫斯科，1975，第6卷，450页。

148 维·格里戈里耶夫，《谢维里亚宁与赫列布尼科夫》，见《论伊戈尔·谢维里亚宁——学术纪念会报告提纲》，契列波韦茨，1987，52-53页。

149 根·波斯佩洛夫，《"红方块王子"画社早期艺术中的肖像画》，《肖像画问题：国力普希金造型艺术博物馆学术会议资料》，莫斯科，1974，274-275页。

150 转引自《19世纪末至20世纪初俄罗斯文学（1908—1917）》，《文学大事记》，544页。

151 康定斯基，《艺术中的精神》，莫斯科，1992，46页。还可参见：德·萨拉比扬诺夫，《康定斯基与俄罗斯象征主义》，《俄罗斯科学院通报》，语言文学版，第53卷，1994，第4期。

152 赫列布尼科夫，《未刊著作》，莫斯科，1940，94页。

153 克鲁乔内赫，《俄罗斯诗行的同音学：一篇忠言逆耳的论文》，莫斯科，1992，25页。

154 萨拉比扬诺夫，《19世纪末至20世纪初俄罗斯艺术史》，220页。还可参见叶·科夫通为菲洛诺夫《绘画与素描》（列宁格勒，1988）一书所写的前言。

155 转引自让-克劳德·马尔卡代，《卡济米尔·马列维奇》，见《俄罗斯文学史：20世纪白银时代"》，主编：乔治·尼瓦、伊利亚·谢尔曼、维托里奥·斯特拉达、叶菲姆·埃特金德，莫斯科，1995，432页。

156 鲍·米哈伊洛夫斯基，《现代抽象派的先驱》，见《论20世纪的文学流派》，莫斯科，1966，94页。

157 同上，95页。

158 塔·莱温娜，《"历经苦难的财富"：帕斯捷尔纳克与俄罗斯绘画（1910年至40年代初）》，见《文学评论》，1990，第2期。

159 罗·雅柯布森，《诗学著作》，莫斯科，1987，332页。

160 《马雅可夫斯基全集》，十三卷本，莫斯科，1955，第1卷，309页。

161 弗·特列宁、尼·哈尔吉耶夫，《马雅可夫斯基的诗歌文化》，莫斯科，1970。

162 扎米亚京，《新俄罗斯的散文》，见《俄罗斯艺术》，1923，第2-3期，59页。

163 《爱森斯坦选集》，六卷本，第5卷，莫斯科，1968，36页。

190

第二编

第四章　现实主义与自然主义
　　　　◎弗·鲍·卡塔耶夫　撰／任子峰　译
第五章　现实主义与"新现实主义"
　　　　◎弗·亚·克尔德什　撰／赵秋长　译
第六章　**列夫·托尔斯泰**
　　　　◎纳·达·塔马尔琴科　撰／任子峰　译
第七章　**安东·契诃夫**
　　　　◎埃·阿·波洛茨卡娅　撰／路雪莹　译
第八章　**弗拉基米尔·柯罗连科**
　　　　◎米·根·彼得罗娃　撰／贺梵　金天昊　译
第九章　**马克西姆·高尔基**
　　　　◎帕·瓦·巴辛斯基　撰／曾予平　译
第十章　**伊万·布宁**
　　　　◎萨·纳·布罗伊特曼、迪·马·穆罕穆多娃　撰／路雪莹　译
第十一章　**亚历山大·库普林**
　　　　◎叶·亚·季亚科娃　撰／路雪莹　译
第十二章　**维肯季·魏列萨耶夫**
　　　　◎尤·乌·福赫特-巴布什金　撰／马琳、谷羽　译

第四章
现实主义与自然主义

◎弗·鲍·卡塔耶夫　撰/任子峰　译

1

　　探寻世纪之交的俄国文学革新的起源，首先是探寻现实主义运动，必然会指向较早的文学现象与事件，不过未必能局限于唯一的一个观测点。

　　发表于1891年的列夫·托尔斯泰的中篇小说《克莱采奏鸣曲》"在读者界引发了真正的地震"[1]，以此开启了19世纪的最后十年。作为在俄国合法出版前就已获得广泛世界声誉的俄国文学的也是托尔斯泰本人的第一部作品[2]，中篇小说对19世纪90年代散文的发展道路产生了强有力的影响。不仅是为了回应《克莱采奏鸣曲》，而且也为了响应该作品所引起的大论战，正是在与托尔斯泰的创作对话中，契诃夫于19世纪90年代锤炼了自己新的艺术语言。[3] 1900年，高尔基称契诃夫的《带小狗的女人》是一个文学时代终结和新的必然开端的旗帜。[4] 但是，在这部杰作中，仍能发现与托尔斯泰的中篇小说相呼应的痕迹。[5] 早在十年前，契诃夫就曾称赞托尔斯泰这部小说"就其构思的重要性和描绘之美"[6] 都是不可比拟的。《克莱采奏鸣曲》同样与托尔斯泰上一个十年的探索，与"剧变之后"创作出的许多其他作品不可分割。而在19世纪的"出口"，托尔斯泰的

《复活》问世——这标志着正在逝去的世纪留给新世纪的艺术遗言。

世纪之交俄罗斯文化的过渡时代推翻了产生于该时期（之后延续到整个20世纪）有关现实主义"灭亡"的论调。具有最高成就的俄国现实主义显示出能将越来越新的现象纳入其含义范围的能力，发掘作为独立的创作类型和对现实的艺术思维方法的一切新的审美才能的能力。我们用现实主义（在这一科学术语存在着一切人所共知的争议的情况下 [7]）一词所标示的文学艺术体系具有不断更新的巨大潜能——这已在俄罗斯文化的过渡时期表现出来。

192

同时，在世纪之交，"伟大的"俄国现实主义在乃是另一种现实主义创作性质水平的广阔运动的背景下发展着，这种现实主义创作被加上了"自然主义"的定义。

关于"伟大的"现实主义者的独特发现，本书的一些章节作了阐述。本章概述的基本目标就是在与"伟大的"现实主义的类型学的相互关系中，描绘广阔的现实主义运动的一般图画。

19世纪80年代，不仅托尔斯泰，整个俄国现实主义已开始转向新的道路，其方向后来在世纪之交时才变得清晰起来。探索新的主题、新的主人公、新的情节、体裁，寻求与读者对话的新方式——这些当时在托尔斯泰和契诃夫的创作中体现得最明显，次之则体现在迦尔洵、柯罗连科以及稍晚（从1896年开始）高尔基的创作中。这些文学爱好者当时得到了一个比较宽容的定位——"朴素的现实主义者""这些小字辈"——这类称号是在谈论俄国自然主义时出现的。他们那些注定被忘却的作品中的某些东西，作为由他们约定的第一批未来的信号已展现在文学史家面前。

"'呜—呜—呜'……工厂的汽笛忧郁地响着，召唤着人们去上班。笼罩在秋天清晨灰蒙蒙的昏暗中的街道还在沉睡，城市大街上巨大的石头房子那一堵堵灰色的阴森的墙壁还在沉睡，但是在厂区的房子里，劳动生活开始显露出来：窗口已亮起了灯火，并且有人影闪现。工人们蜷缩的身影在铺设得很糟糕的人行道上急匆匆地走着。他们那消瘦的、疲惫不堪的脸看上去阴沉沉的，无精打采，还残留着昨天劳动的污垢；这些人彼此之间连一句话也不交谈。而且有什么可说的呢？工厂繁重的工作，永远在机器中间忙碌，已经在他们身上打上了特有的烙印，把人变成了同样不会说话的机器，甚至连上班的孩子、少年也具有了真正工人的一切显著特征：不论是动作，还是脸上都没有一点点活力，没有任何孩子的稚气……他们带着忧郁的、愚钝的表情与其他人一起默默地走着（着重号是本章作者所加）。

'呜—呜—呜'……汽笛重复着它那沮丧的调子，现在那些迟到的人要倒霉了。一个睡过头的工人听到这第二次警告，急忙从他那硬邦邦的床上跳起来，赶快把一件什么破衣服披在肩上，拼命地向工厂跑去"[8]。

19世纪80年代作家卡济米尔·巴兰采维奇的一部中篇小说是这样开始的，它的开头仿佛为高尔基的长篇小说《母亲》所采用的那个沉郁的引子作了铺垫。"工厂汽笛""工人们""机器""繁重的工厂劳动"——这些现实事物早在"无产阶级"题材的第一批作品——库普林的《摩洛》、博博雷金的《牵引力》，当然还有高尔基的作品——之前就进入了俄罗斯文学。

预见到这种文学现象的另一个例子，就是作家对待无业游民世界的态度。高尔基的主人公"一帮赤脚汉"、自由大盗的某些先驱人物已见诸于柯罗连科的作品《在坏伙伴中》（1885）、《契尔克斯》（1888），C.卡罗宁的作品《在人的边界》（1889），阿·斯维尔斯基的特写《罗斯托夫的贫民窟》（1893）、《走遍监狱和藏污纳垢之所》（1895）中。

开始文学活动之前就已经漫游了"整个俄罗斯"的弗拉基米尔·吉利亚罗夫斯基早在1887年就准备出版《贫民窟里的人们》一书（按照书刊检查机关的命令几乎全部都被销毁；收入该书的短篇小说于1885—1887年刊登在《俄罗斯新闻》上）。吉利亚罗夫斯基成为最先访问莫斯科贫民窟的人，在那里他找到了最令人感兴趣的典型。比如，在特写《密不透光》中，一个赌穴的常客谈到一位"真正的男爵"，如今却是一个赌棍。"他出生在利夫兰，曾在国外受教育，在莫斯科完全堕落成酒徒，并且输得精光……亲爱的，再借给二十戈比捞本吧，……我发誓（原文为法语），再见……"[9]这出现在高尔基的《底层》之前十五年，正是吉利亚罗夫斯基后来介绍高尔基认识莫斯科夜店的居民的。

关于文学进程的不间断性问题，关于文学进程的起点与终点不可能一举确定的问题，即观测点具有不确定性的问题，当然不能简单地归结为某些题材、主题、手法"超出于界限"。文学进程中在许多方面就有现实主义和自然主义的约定性标志的种种现象的同时共存（上一个十年就已形成），1890—1900年，这种情况仍然继续存在。[10]

有人认为"自然主义……甚至不会成为俄国文学中的次要现象"[11]，这一论点现在看来过于笼统，过于绝对，它与具体的文学资料并不符合。1880—1900年的俄国文学是从自然主义文学地带穿过的，它产生了足足几十位作家、几百部作品，这些作品如果不归属于自然主义，那么它们简直就无所归依。

正是19世纪最后十年的社会、经济、哲学、科学的先决条件，引起了大量的俄国文学向自然主义的转变，这已无须再谈。对于这种转变本来就存在着文学前提，1880—1900年的自然主义是站在悠久而强有力的传统的肩膀上的。爱弥尔·左拉对此就曾指出："我什么都没有发明，包括'自然主义'这个词……在俄国它已经使用30年了。"[12] 虽然19世纪40年代的"自然派"和60年代民主主义者的现实主义，就起源学和现象学来看与世纪之交的自然主义有很大差别，但它们可以看作自然主义的直接先导。六年间（从1875到1880年），在俄国的《欧洲导报》杂志上刊登了左拉的《巴黎来信》，这些书信构成了他的《浪漫主义者–自然主义者》《文学文献》和《实验小说》三部书——这是一种19世纪的外来出版物（тамиздат，原指苏联时代偷带入境的海外非法出版物——译注），当时俄国首都突然成了宣扬欧洲美学的最后遗言的地方。自然，这一事实不能不对新一辈俄国作家产生影响。

当然，与法国、德国、波兰以及斯堪的纳维亚国家不同，俄国自然主义没有产生很大声望的作家，它成了在很多方面进行模仿的二流作家——尽管有些东西可以说很出色——的主要采邑，那又另当别论。亚历山大·波捷布尼亚那些年说道："诗……不仅存在于有伟大作品的地方（正像电不仅存在于有雷雨的地方一样……），"[13] 对于这些作家来说，附属于他们的术语的约定性是清楚的。博博雷金在其欧洲小说史中指出："关于形成于19世纪80年代的新提法——自然主义这一术语应好好加以解释，不要赋予它任何特别的指导意义……"[14]

博博雷金本人一向遵循"左拉学说"，因而他受到比别人更多的非难。是他首先将这一流派与"人类创作越来越新的领域不断取得的成就联系起来"——也就是说，他在自然主义中看到的不是倒退现象，而是文学艺术的前进运动。至于"各种拙劣的、过分的超现实主义描写""对读者的道德和审美情感形成刺激、故意采用极端化的手法"[15]，对于自然主义这些惯有的特点，他（至少

194

在理论上）是否定的。另一位对自然主义持批判态度的作家雅辛斯基同意在有严格限制的意义上接受这一定义。他承认，自然科学研究对他的小说的"创作方法"有影响，他是"以生活事实为基础"来检验自己的小说构思。"在这个意义上我以前是、现在仍然是自然主义者，并且认为，这样的自然主义不是一时的文学潮流，而是永远存在于多少有些自觉的文学中。"[16] 自然主义并不想与现实主义对立，而是与它共有大部分最一般的特征。拟态原则、"真实性标准""生活真实""像原来的样子"表现生活、表现"最常有"的东西——在这些口号下，托尔斯泰、契诃夫、列伊金、波塔片科签上了自己的名字。

拒绝承认俄国自然主义是一种存在现象，还与一种因素有关。自从左拉的作品，特别是他的小说《娜娜》取得轰动一时的成功之后，"自然主义"一词便开始广泛应用于俄国批评中，这一术语至少包含着这一现象两个不同的方面。

第一，与对人的生物性的兴趣有关。萨尔蒂科夫－谢德林嘲讽地谈到一些作家把精力完全集中在对人的"肉体的体能和情爱功勋"[17] 的描写上。新流派的这种特性很快就称作"娜娜自然主义"[18]。娜娜自然主义、生物自然主义，确实在世纪之交的俄罗斯文学某些早已被忘却的作品——维·布列宁的《基斯洛沃茨克的风流韵事》、尼·莫尔斯科伊－列别杰夫的《荒淫无度》中，在某些"主要关注躯体"的描写中（又是谢德林的讽刺性定语），在叶·亚辛斯基、瓦·比比科夫、伊·波塔片科的一些作品中，20世纪初则是在阿尔志跋绥夫的长篇小说《萨宁》中，留下了不少类似的描写片段。[19]

阿姆菲捷阿特罗夫对自然主义中这种倾向的"专门"题材表现出特殊兴趣。19世纪90年代，他的中篇小说《维多丽娅·帕夫洛芙娜（命名日），摘自一个文学家的回忆，一个相当奇怪的社会里的夏季奇遇》大部分是女主人公、"一个过着自由生活的女人"的忏悔，在她明显的行为不端背后有着一整套与丈夫真正权利平等的哲学，其中包括性生活领域。[20] 阿姆菲捷阿特罗夫的另一部引起轰动的中篇小说《玛丽娅·卢西耶娃》（他在写了讽刺小品《奥勃曼诺夫老爷们》以后被流放到沃洛格达，在那里写完了这个中篇），小说研究"秘密卖淫"问题，"一些有学问的小姐"也被骗陷入其中[21]。

总体上，生物学决定论——左拉的"实验小说"的基本理论原则——已在俄国文学中悄悄地流行起来。遗传和退化题材、社会达尔文主义的"生存竞

195

争"主题只是反映在契诃夫、博博雷金、马明－西比利亚克的某些作品中。当人们谈到不存在俄国式的自然主义时，可能就是指的这种情况。

但是，说到自然主义的另一种特色情况就不同了，尽管在许多作家的创作中这一特色与前面说到的特点有关。对此，在左拉的《巴黎来信》中有过明确的表述："我不打算像巴尔扎克那样作政治家、哲学家、道德家……我描绘的图画——就是对片段现实照它原来的样子进行朴实的剖析。"[22] 照原有的样子描写远不是剖析生活片段，自足地、照录无误地描写——正是这一点将世纪之交俄罗斯小说许许多多的作品连结在一起。自然主义的这种变种可以定义为实录式自然主义、照相式自然主义。这种自然主义有一大批作家作为代表，在他们的创作中，过渡时期的特征有时比那些文学巨匠的创作体现得更早，有时更鲜明、更粗略，在这个意义上也更明显。

196

早在19世纪80年代，契诃夫就不止一次地谈到，在他那个时代，文学是集体创作，组合式成长的。"人们不是称呼我们大家是契诃夫、吉洪诺夫、柯罗连科、谢戈洛夫、巴兰采维奇、别热茨基，而是'80年代'或者'19世纪末'。是某种方式的组合。"（《书信集》，第3卷，174页）在其他信件中，在提到的许多名字中又补充了尼·列伊金、米·阿尔博夫、波塔片科、亚辛斯基；如果在名单上再加上博博雷金、瓦西里·涅米罗维奇－丹钦柯、德·戈利岑－穆拉夫林，一定程度上还有马明－西比利亚克——那么，这就是19世纪80至90年代俄国文学中自然主义的代表人物了。在19世纪最后十年，对于以现实主义－自然主义定位的魏列萨耶夫、尼·季姆科夫斯基、叶·奇里科夫、瓦·谢罗舍夫斯基、绥拉菲摩维奇、尼·捷列绍夫、谢·古谢夫－奥伦堡斯基、谢·尤什克维奇这些新一代的作家来说，高尔基的名字成为吸引力的中心。"小高尔基们"——这是他们在敌对集团梅列日科夫斯基、吉皮乌斯心目中的集体标记[23]，按照知识出版社丛刊的名称，他们被称为"知识派"，知识出版社主要是出版他们的作品。契诃夫的"80年代人士组合"和"小高尔基－知识派"——这就是世纪之交的俄国自然主义的两代人。

从俄国自然主义的历史考察，看来卓有成效的正是这样一种创作态度，这种态度把大众文学、把那些如今已经被忘却的作家，与那些得到公认、创作了杰出作品的作家联系起来，而聚集在名家周围的那些作家却没有被纳入任何

"学派"或"流派"。

比如，在俄国著名的大作家当中，唯一一个赞同自然主义理论家许多主要见解的作家是契诃夫，是他首先要求在文学中要保持一种接近自然科学方法的客观态度，19世纪90年代中期以前，他的许多作品就符合"实验小说"的准则。[24] 评论界指出，如同他的文学"同路人"的作品一样，他也具有自然主义描述的那些特点，例如客观性、素描性，尤其是偶然性。但是，在许多志同道合的小说家中间，契诃夫（他在某个阶段经受了自然主义的"考验"）首先以他作品中的俄罗斯生活画面的视角和观点的统一性而与众不同。新的时间类型，以新的方法分析主人公的意识和心理（"个别情况个别处理"——契诃夫将这种医疗方法推广到文学创作中）成为他所创造的艺术世界的综合因素。因此，虽然契诃夫和他的"同路人"在自然主义描述方面有许多共同的外在特征，但是这种手法在两者之间发挥的作用却完全不同。[25]

保持作家的精神，只有不先入为主，摆脱先验观念，在契诃夫看来具有不容置疑的价值。众所周知，他对尼·加林－米哈伊洛夫斯基的特写《在农村的几年》（1892）给予高度评价[26]。米哈伊洛夫斯基的作品，以准确、明智、切实的描写，表现了作者接近人民的意愿，他试图在合理的基础上建立有知识的老爷与农民的睦邻关系，结果却遭到了失败。此时契诃夫正在写《萨哈林岛》，毫无疑问，他考虑到了将文献性的自传散文、个人体验与事实、统计、数字结合起来，想借鉴这种经验（这种叙事风格也接近于格·乌斯宾斯基的系列特写）。加林－米哈伊洛夫斯基的主题——农民对"老爷"努力唤起对自己的信任的那种不可遏制的反抗，近乎是非理性的（尽管从社会方面可以得到解释），"使固执发展到了仇视的地步"[27]，或者是"群情恐惧人心惶惶"，或者是乡村的忧郁沉默——这些都在契诃夫的《我的生活》，特别是《新别墅》中得到了持续的反映。这位自然主义作家的天才作品起到了雷管的作用，推动了现实主义者的艺术思维。但是，当俄国文学克服了民粹派的幻想的时候，加林－米哈伊洛夫斯基的特写仍然是他那个时代的文献。而建立在自己时代的准确资料基础上的契诃夫的中篇小说，却远远超越了时代的局限，提出了生存的问题，要达到这一点，其手段不是摹写现实，而归根结底是使现实变形、改观。当代的一位作家决非偶然地在《新别墅》中发现了"被压迫的人的内在本性"的谜底，而在契诃夫笔下的农民的屈辱和愤恨中看到了"给20世纪留下后果"的病变过程的先兆 [28]。

从19世纪90年代起完成《第六病室》和《萨哈林岛》之后，契诃夫似乎永远脱离了自然主义。现在他的作品《海鸥》《黑衣修士》《大学生》中出现了抒情、神秘、传说、象征等艺术因素，而《农民》《在峡谷里》这些作品证明，与契诃夫属于自然主义的那个时期相比，这些作品最终将赋予他的艺术画布以更加鲜明的色彩。

在照相式自然主义、实录式自然主义作品中，材料的新奇、触及这种或那种题材的勇气与这种材料组织方式的公式化以及追随模仿，常常奇怪地结合在一起（将其与真正的艺术区分开来界线就在这里）。组成每部文学作品深层结构的三位一体——材料、作家、读者之中，对于信奉自然主义的摄影师来说，只是在第一个环节中看到创作的意义和内容。信奉自然主义的摄影师找到新的生活材料后，就组织它和描写它，但不是以革新艺术语言、培养读者新的鉴赏力和兴趣为目标，而是服务于业已形成的读者的期望。把创新（探索新的材料和题材）和模仿（按照预定的模式对材料和题材进行加工）结合起来，从这一流派最著名的代表人物的作品中可以发现这种追求。

19世纪末，俄国自然主义者处于两种强大而有权威力的影响之下。一种是来自西方的左拉的影响。《交易所寡头》《交易所之王》《黄金》《粮食》《牵引力》《祭司》——90年代流行小说（尽管作者的才能有差别），单从作品的标题本身就表明，处于这些作品结构中心的与其说是个性，冲突，不如说是对某一社会阶层作为社会精英的整体描写。加林－米哈伊洛夫斯基的自传四部曲（《焦玛的童年》，1892；《中学生》，1893；《大学生》，1895；《工程师》，1907）显然是按照一个人成长的自然阶段写成的——如同几十年前列·托尔斯泰完成的自传三部曲一样。但是，组成加林的四部曲的中篇小说的标题本身就反映了作者对主人公从"这一环境"到"另一环境" [29] 转变的极大关注。与其说描写人，不如说描写决定人的行为的环境，在"社会小说"体裁这一领域进行耕耘的有马明－西比利亚克、斯塔纽科维奇、瓦·涅米罗维奇－丹钦柯、博博雷金和波塔片科。

另一种影响，仿佛与第一种相矛盾，来自俄罗斯文学传统的最深邃之处。

19世纪的俄国文学已经使读者和评论界习惯于通过文学主人公的形象认

198

识自我和揭示现实的意义。将作家塑造的主人公形象视为衡量作品重要性的标准，根据主人公的活动范围和典型性来判断作家的重要性，这已成为从19世纪60年代开始的俄国文学批评的公理。[30] 到了世纪末，具有作为各种问题集中点的中心主人公的作品样式假定说"屠格涅夫的典型"样式已经变得一般化，很容易被模仿。对**英雄人物**的期待在这种情况下通常允许一个词综合有几种含义：**作品主人公**——中心人物；莱蒙托夫的含意中的**当代英雄**，即时代精神的典型体现者；卡莱尔的意义中的**英雄**，即杰出的个性、英雄主义性格、建立功勋和战胜邪恶力量的人，在世纪末经常成为读者鉴赏力和对文学提出的批评要求的模式。要求作家塑造英雄形象，这是属于完全对立的流派的批评家的汇合点。

199

　　1900年高尔基写下一句著名的话："需要英雄主义精神的时代已经到来。"（《书信集》，第2卷，9页）这不仅指社会生活氛围中的新事物，而且高尔基说的是艺术人物的英雄化作为当代文学主要任务的必要性。[31] 但是，对英雄（代替昨日英雄的新的时代英雄）的迫切期待早在本意上的英雄时代开始之前就已经由批评家、读者和作家本人表达出来了。在19世纪90年代整个十年中，"主人公中心主义"就在批评意见和评价中显示出来。

　　广大读者和批评家习惯于仅仅瞄准文学对"主人公"的传统理解，其实这并不符合创作对于新现象的艺术认识。19世纪，作品的创作者是"文学历程中的中心'人物'，诗学的中心领域——不是风格或者体裁，而是作者"。[32] 作品意义的表现体系在俄国经典小说列·托尔斯泰、陀思妥耶夫斯基中就已经完成，之后契诃夫又在另外的体裁中加以完善。在这种体系中，用托尔斯泰的话说，当作者向对话者-读者宣示的"真理"成为——按他的定义——作品的主人公时，作品的意义与出场人物的直接关系在新阶段就代之以复杂的间接关系，"无限错综复杂的相互关系"。[33] 19世纪末，托尔斯泰简要明确地说出了这种相互关系的实质："艺术家无论描写什么：圣徒、强盗、皇帝、仆役——我们寻求和发现的只是艺术家本人的心灵。"[34]

　　同时，这里所说的并非要否定以前的艺术模式，而是指艺术模式中所包含的意义。世纪末的俄罗斯文学中，"主人公中心主义"观点发生了变异。在许多文学现象中，这一原则对时代的新思想和艺术要求，对世纪之交的世界文学进程的某种重要的共同倾向作出了回应（参阅《俄罗斯白银时代文学——完整而复杂的体系》一章）。

托尔斯泰本人对表现"真理"和"艺术家的心灵"的各种形式进行了实验。托尔斯泰晚年几部著名的作品《谢尔盖神父》《活尸》《哈吉-穆拉特》《舞会之后》本来就是"主人公中心"的模式，并且这种模式在作品中与"相互联系"体系结合起来。在其他作品中，这种模式就有几种变体：或者有两个意义相同的主人公，如《复活》，更早一些的《安娜·卡列尼娜》；或者根据作品的发展进程主人公的作用和地位在更替，如《主人和雇工》；或者一般没有中心主人公，而是有许多彼此交替的人物，如《假息票》。作家，并且是自然主义者，利用他们之前就已形成的模式，通常按照统一的公式来构建自己的作品。托尔斯泰与契诃夫拓展了现实主义的界限，探讨表现艺术含义新的途径和模式。自然主义作家只是把构建文学作品的各种成分中的一种——"主人公"成分绝对化，把精力首先集中在自己创作的拟态方面。在如此刻板地利用传统的情况下，不论是现代新主人公，还是艺术语言的革新都不见了。

大多数批评家没有觉察到这种界限，这就产生了19世纪90年代读者和评论者意识中主要的、现在看来是显而易见的奇怪现象：不理解晚年托尔斯泰和契诃夫艺术创新的实质，曲解90年代末高尔基这一奇才的创作，偷换了文学进程主要和次要的事实。

2

《俄国财富》的批评家德·斯特鲁宁论伊戈纳季·尼古拉耶维奇·波塔片科（1856—1929）标题为《90年代的偶像》的文章，如今被认为是一场可笑的误会。早在90年代初，1891年，一位站在"现实主义坚实基础"上的作家即被宣布为是他的偶像。[35] 之后几年，评论又确认，波塔片科与马明-西比利亚克和马奇捷特一同"构成我们的小说之根本"[36]，波塔片科同博博雷金一起"站在我们的文学的前沿"[37]。布列宁以挖苦的口气讲述了波塔片科的名字在知识分子和半知识分子中间异乎寻常的声望 [38]："事情发生在南方一个偏远的小城。一位小姐

200

对当地的一位'知识分子'说，她读了两部小说：《帕斯卡尔医生》和《世界主义者》。'这当然是波达宾科的作品了！'——当地的那个知识分子自信地问道。请注意：不是波塔片科，而是波达宾科——如今的知识分子似乎不这样就不能说出自己所喜爱的作家的名字。"[39] 而在1901年库普林又表达了作为"知识分子大众"的代表的一种意见："我们俄国只有两位自由主义作家——契诃夫和波塔片科……"[40]

201　　自从19世纪90年代初出版了波塔片科的《正确的见解》《阁下大人的书记官》《现役》《并非英雄》几部作品，几种令人反感的评语：《并非英雄》的歌者，典型的自然主义者……立刻与名噪一时的波塔片科联系在一起。作家最有名的小说《并非英雄》的标题，以后不仅成了波塔片科创作的基本倾向的标志，而且是整个文学时代的旗帜，它被解释为作者对"并非英雄"的同情感的一种表露 [41]。这好像是波塔片科向那些感到"需要英雄主义精神"的人发出的挑战。

　　然而，这是误会。这部小说的标题所包含的并不是非英雄化的宣言，而是一种讽刺性的嘲笑。标题《并非英雄》一词是带引号的，其意义表现了小说的全部内容：那个被称为"不是英雄"、自己也不贪求英雄名号的人，才是真正的英雄。换言之，小说作者不是歌颂非英雄化，而恰恰是向现代人指出，按他的见解，谁才是真正的英雄。波塔片科力求遵循寻找"当代英雄"的历来传统，阐明这种英雄性、"先进性"（字眼引自小说《并非英雄》）的实质。

　　至于说，按照作者的意见，19世纪90年代初，就能看到英雄主义、"先进性"，则是另一回事。这里应该探讨的是读者青睐波塔片科何以形成高潮和不能持久的原因。

　　作为长篇小说，即使按照波塔片科本人的创作标准衡量，《并非英雄》写得也是不和谐的。作者描写得最成功的是彼得堡文学和报刊界，主人公、地主德米特里·彼得罗维奇·拉切耶夫离开七年之后又陷入其中。这里既有小说家波塔片科的自传性题材，为了挣钱糊口不得不匆忙写作大量的时髦作品，也有我们所知道的不是"为了思想"，而是为了"吃饭问题"而工作的整个新闻记者群体，他们组成了一支"欢快–嘶哑、忧郁–咆哮、温情–感伤的齐声合唱团"（请注意这种概括性尝试和时代说法，类似情况也见之于波塔片科的其他作品）。

主人公拉切耶夫及其同道者——认真负责的出版者卡尔梅科夫和自由主义的女财主维索茨卡娅代表了作者，甚至他那个时代的读者的基本要求。他们，首先是拉切耶夫，被赋予了与波塔片科本人的观点相近的思想和见解。关于毫无原则的新闻记者，拉切耶夫说道："应该让他们一定要感觉到自己是受排挤的、被鄙视的人……可是在我们这里，他们却觉得自己几乎是当代英雄。"[42] 这样，真正的英雄（以作者的观点来看）否定了虚假的英雄。

小说作者采用了经典的、屠格涅夫式展开形象的形式。主人公是以成熟的、定型的人物出现的，但是我们从他以前的历史中了解到，他是在怎样的背景下和与什么力量对抗中成为这个样子的。我们知道，拉切耶夫在大学时代"曾为俄国正派人所常有的心病而痛苦——不知道将自己的精力用在什么地方才不至于白白耗费生命"。他曾经从首都回到自己的庄园，有关他的传闻"几乎把拉切耶夫描绘成把自己的全部力量贡献给慈善事业的英雄"。叙述离开家乡七年之后重新归来的拉切耶夫的观点，乃是作者的根本目的所在。

拉切耶夫怀着尊敬的心情评说上一代的英雄——显然是民粹主义者——但是他作为一个普通的正派人并不能建立什么功绩。做善事，而且是每个人都力所能及的善事——其实这就是他的全部计划。尽管他强调说"……我远非英雄，相反，我是一个迁就人的一切弱点的人"，但读者不会怀疑，在像拉切耶夫这样的人身上，作者看到了"当代英雄"。

"赞赏文化补偿活动及其英雄——'平凡人物'"——批评家格·诺沃波林这样评定波塔片科作品的激情。[43] 拉切耶夫所做的事情是典型的"小事"，但是，认为宣扬"小事"是波塔片科创作的主要目的和基本主题，这种已成定论的意见还需要作更确切的分析。

波塔片科有不少这样的作品，其中既没有"小事"，也没有英雄人物，可以说只有反英雄。比如，他的长篇小说《正确的见解》（1890）就讲述了一个知识分子的新变种的故事，此人对几十年以前流传下来的"理想"不屑一顾，成了一个厚颜无耻、工于算计的精明人。可以说这是一个古代就有的"新俄罗斯人"。这部小说以及波塔片科类似的作品，如《阁下大人的书记官》《使命》《退休》《残酷的幸福》证明，作家对反英雄形象的描写远远胜过对于正面形象的塑造，比如像拉切耶夫那种类型的、"并非英雄"的正面人物，理想化的神

202

甫奥勃诺夫连斯基（《现役》），或者中篇小说《将军的女儿》中的女主人公，乡村女教师克拉芙季娅·安东诺夫娜等等。

寻找时代英雄是波塔片科贯穿始终的题材，虽然这一题材常常以探讨反英雄形象的形式表现出来[44]。英雄和非英雄的问题孕育出他许许多多的作品和人物，献身于"小事"的"热爱劳动和精力旺盛的""讲究实际和精明能干的"[45]英雄，在波塔片科塑造的这一现代人画廊里只是个别现象。

例如瓦·涅米罗维奇–丹钦柯也是按照这样的模式——处于作品中心的英雄主人公和跟他对立的反英雄——构建自己关于现代生活的小说。在长篇小说《狼吞虎咽》（1897）中，安娜·彼得罗夫娜·科泽利斯卡娅起初是读着杜勃罗留波夫的文章成长起来的医士，后来是帮助农民在饥荒之年将全部财产散发出去的女地主，接下来被掠夺成性的商人搞得破了产，成了孤儿院的管理员。"我很激动，"叙述者–新闻编辑说道，"一个正人君子出现在我面前，那么长时间以来，这些人总是受到那些头脑愚蠢、心灵卑鄙的人嘲笑……在这歧视和嘲笑的恶臭毒气中，这些'为他人操心的世俗之人'曾一度驯服地背负着自己的命运，但是，破坏性的历史剧变或者人民的苦难召唤她们去工作、去劳动、去建立功勋的时刻正在到来。"[46]

同时，反英雄——乌科尔（县城居民叫他阿库尔），别兹缅诺夫及其几个帮助父亲发财和掠夺乡邻的儿子——也在行动。

读者对波塔片科、涅米罗维奇–丹钦柯、斯塔纽科维奇塑造的正面的、理想化的主人公的活动方式的兴趣，是与一定的历史阶段与时并进的。但是，寻找时代英雄的热情要比作家在他那个时代寻找"先进性"的某种表现形式更强烈。波塔片科所运用的情节构成、结构、冲突、性格和背景描绘的种种手法并不仅仅属于他一个人，这些手法具有强大的生命力。命运的嘲讽是：波塔片科真诚地力求遵循优秀的文学传统和范例——"从社会现存的人士和已经出现的意向中……塑造理想的典型，以作为寻找榜样的人们的倡导者"[47]；而在生活中没有条理、优柔寡断[48]的他，却在自己的小说中试图揣测和歌颂时代英雄，并谴责缺乏英雄气质的一代人。然而……历史却对他有所忽视，而更加青睐契诃夫——这位选择了完全不同的文学立场的作家。[49]

契诃夫的剧本《林妖》（1889）的中心人物赫鲁晓夫和波塔片科笔下的拉切

耶夫一样，埋头于一些仿佛微小的、但是具体的事情（如森林、泥炭）。这一点始终与波塔片科的主人公相同，而在其他方面则有本质区别。

在剧本的前三幕中，林妖就比波塔片科的主人公有趣得多。他的天才、热情、"开阔的思想"使他与众不同：他一面种树，"头脑却一下子跨越了整个俄罗斯，向前跨越了十个世纪"（《戏剧集》，第3卷，34页）。《林妖》的前三幕建立在真英雄与假英雄、反英雄的相互对立的基础上。以后，波塔片科在自己的作品中就采用了这一模式。契诃夫着重肯定自己的主人公有魅力的品格，可以说，他用他的武器，在这一领域战胜了波塔片科。

但是，对于契诃夫来说，比塑造典型、塑造时代英雄的形象更重要的是另一种文学观点。我们给这种观点下这样的定义：即研究人在世界上定位的本性。在这种情况下，对英雄性、"先进性"，对真理知识的任何追求——总之为确定人的本质所采取的任何形式，都必须经受对真实性和恒久性的检验。

赫鲁晓夫从一开始就与有些人认为富有思想的定义格格不入："民主主义者，民粹主义者……难道真的是严肃认真、声音颤抖地谈到这件事吗？"（XII，157）——正是因为他从这类言语中看到了遮掩人的真正本性的标签。而在剧本的最后几幕，因为朋友的自杀而感到震惊的赫鲁晓夫有了对他自己来说某种重大发现。他承认："如果人们一本正经地认为像我这样的人也是英雄……那么就意味着山中无老虎，猴子称大王，没有真正的英雄、没有天才，就没有人能把我们从这黑暗的森林引领出去……"（XII，194）林妖发生的变化，其实质就是否认盲目乐观，不再对自己的"真理"的绝对性深信不疑，承认以前觉得清晰的东西实际上是复杂的。而在以后的剧本中，契诃夫一般来说放弃了中心主人公作为作品各种问题的集中点的这种模式。

波塔片科笔下的拉切耶夫意识到自己是"平凡的人"，并且领悟到，功绩、牺牲、伟大事业——所有这些机会都与平凡的人擦肩而过，因而他要彻底地解决一切问题——即在自己的发展过程中，就在这里停顿下来。与盲目乐观、相信自己的真理的波塔片科的主人公相比，契诃夫的主人公具有另一种品格则不是无缘无故的。在人物身上肯定的是艺术世界的另一种概念。同契诃夫的其他大多数主人公一样，林妖经历了从"好像是"到"原来是"的过程。《决斗》（1891）中的两个中心人物经历了人生道路，最后承认："谁都不知道真正

204

的真理。"

在这样的艺术世界里，"时代英雄"或者简单说"英雄"的明确性已成为相对的了，通常不符合"真正的真理"的标准。关于这一点，契诃夫一向是不倦地加以提示的。

文学人物的不同概念决定了人物塑造的不同原则。在契诃夫的世界里，那些贪求"时代英雄""功勋人物"称号的人，似乎必定会伴随着讽刺。[50] 而在波塔片科的世界里，这种贬低"英雄性"的手法却是不可能的：在那里，中心人物、正面人物之外的其他人物才是讽刺的对象。

205 比如，波塔片科的主人公拉切耶夫和维索茨卡娅说，帮助人应该是有道理的，应该明白他真正需要什么（《并非英雄》第2部，第4章）。拉切耶夫满怀信心、郑重其事地说着不仅仅谈到平凡的人是怎么做，或者应该如何帮助人民，而且还谈到文学、家庭关系等等，维索茨卡娅则赞同地聆听着。过了几个月，契诃夫在中篇小说《妻子》中就同样问题展开了一场争论。小说的主人公索包尔医生谈到，与人民的关系"应该是务实的，应该建立在打算、了解和公正的基础上"（Ⅶ，479）；在饥荒之年，不仅口头上，而且行动上表明自己是一个人。但同时又仿佛顺便谈到了这位医生，说他有肥大的脚后跟，经常借别人的火柴，自己的火柴常常丢失。这样的细节与波塔片科的主人公联系起来，那是不可思议的，在他的主人公身上，思想和日常生活是没有联系的。

关于波塔片科的剧本《生活》（与彼·谢尔盖延科共同创作），契诃夫后来指出，其中有许多"莎士比亚风格"的格言，却缺少"日常的鄙俗事物穿越格言和伟大真理来到世间的场面"（《书信集》，第5卷，252页）。同样，在波塔片科的散文中，主人公说出真理，作出判决，而日常的鄙俗事物仅仅是轮流出现的箴言的根据。

而契诃夫的主人公，甚至当他们谈论"深奥的事情"时，作者也会让他们脱离周围的日常生活。谈论正确帮助人民的问题，马上又说到"肥大的脚后跟"和丢失火柴；哲学、社会、政治问题的争论不是与日常生活细节分割开来，而是融合其中，仿佛与它们同时进行。[51] 酷似生活的虚构这种文学新阶段，完全"不加选择"的日常生活画面，就这样不经意间创造出来。谈论"重要的事物"与"不重要的事物"同时进行，掌握这种方法的不仅契诃夫一人，在这个问题上，批评家对许多同时代人——那些自然主义者-摄影师们提出了责难。[52]"像生活原本的样子"表现生活，不是将种种现象明显地划分为重要的和不重要的，而是以不加评价的、没有倾向性的方式描写日常现实生活。19世纪90年代初，整整一批作家在契诃夫之后或与他同时，已掌握了这种艺术方法。但是，与这些作家不同，在契诃夫那里，世界的丰富性、现实生活及其细节——这是他以自己的创作进行争论的论据。这是一场与多数同时代人所共有的幻想、与对"真理"知识的虚假追求、与方向的局限性、与不愿意也不善于将自己"对事物的看法"、与周围鲜活的生活加以对比的争论。契诃夫作品的美学是与他的"世界观念"紧密联系在一起的，这种美学向同时代人提供了"正确提出问题"的方法。

将契诃夫的"有缺陷的"主人公与波塔片科的"无瑕疵的"主人公（19世纪90年代评论概述的通常特点）加以对比，这样，较之将作者的观念作比较更重要。自然主义作家局限于设置具有"时代英雄"的现实特征的人物，而在现实主义作家那里，主人公只是作者的世界幻影的一种反映。他们所创造的人的艺术模式，是同读者-交谈者对话的出发点。这种模式包括在表现作者的感知、态度、评价、创作勇气的广泛的方法体系之中。

206

3

1892年彼得·德米特里耶维奇·博博雷金（1836—1921）的长篇小说《瓦西里·焦尔金》出版后，又展开了一场主人公问题的大讨论。德·科罗普切夫斯基将自己评述博博雷金的长篇小说的论文题名为《新型主人公》；阿·沃伦斯基在《俄罗斯思想》杂志上发表的匿名文章，与其他评论者一道对《瓦西里·焦尔金》的主人公性格进行了分析。[53]

1931年，鲍里斯·帕斯捷尔纳克自称是"博博雷金主义者"[54]。这种表白看起来令人奇怪，因为博博雷金已经于十年之前死于瑞士，他的作品似乎早已被人忘记，其主题也是属于过去的世纪；而四年以后，唯一一部在苏联时期出版的论述作家的专著，也确定了官方对他的否定性评价："博博雷金——资产阶级合法马克思主义者，是目光短浅的思想家……是被革命运动的发展吓破了胆的自由主义者"[55]。

显然，对于帕斯捷尔纳克来说，博博雷金的功绩仍然存在：如人们所认为的那样，是他把"知识分子"的概念引入了俄语的语境，而且，恰恰，是他把这一专有名词确认为是俄罗斯社会历史特有的现象，而其他国家还不知道与这一名词完全相符合的词含义是什么[56]。后来，帕斯捷尔纳克描写20世纪俄国知识分子的小说，在类型上与过去一个世纪描写知识分子精神探索的作品有密切关系，其中也包括博博雷金的小说。

一般来说，博博雷金在文学声望上并不走运。将近六十年不间断的文学活动，有一百卷之多的丰硕创作成果，曾给他带来广泛的声誉，却没有赢得读者的青睐，也没有受到严肃批评著作的关注，只有反复出现的标签："经验论者""摄影师""政论小说家"，这引起博博雷金对自己命运的痛苦抱怨："十五年的冷遇，二十五年的挖苦。"[57] 他的名字几乎成了一个普通词汇："博博雷金般的创作"，就是说，匆匆忙忙又写了一部反映当前大众关注的问题小说；"博博雷金主义"，即对现实生活的表面摄影。

同时，谢·阿·文格罗夫以前作出的评论，还完全保持着他的影响力。他写出了他所获得的不同印象，这取决于我们对博博雷金的某些作品还是对他所写的全部作品所作的评估。有些东西看上去显然是个别小说的缺点，但如果从整体上去把握他的创作，那么这些缺点则具有完全不同的意义："他的创作的许多特点只能在其作品的总体中体现出来。"[58]

从长篇小说《可信赖的美德》（1870）开始，博博雷金就成了俄国社会正式的、认真的风俗派作家和新闻编辑。他认为（他在《回忆录》中谈及这个问题），他正在填补屠格涅夫留下的壁龛：写大众关注的、反映俄国现实生活的小说。与屠格涅夫的《烟》不同，作者在这部作品中看到的是"仇恨和暴露"，他选择了另一种基本目标：做世界的"客观画家"。[59] 作者故意从所描绘的画面中退出，对他所描写的事物态度保持客观，不予置评，对大城市生活（如《中国城》）、卖淫现象（如《夜晚的牺牲品》，博博雷金后来说过，库普林步他的后尘写了长篇小说《亚玛》）、劳动与资本（如《牵引力》）等题材特别感兴趣，这都为博博雷金带来了自然主义者、俄国的左拉信徒的名声。在其他许多标签中，只有这一个永久地粘贴在作家的名字上。

但是，他不只一次坚决反驳了有关他模仿法国自然主义小说家的责难。博博雷金颇有道理地指出，将自然主义引入文学的根本不是左拉，在认识左拉之前，他自己就已经写出了好几部小说。他在自己那部内容丰富的、很有分量的文学史著作《19世纪的欧洲长篇小说》（1900）中，对左拉及其创作方法给予了应有的评价，并且提出了一个无论对他本人还是对整个俄罗斯文学来说难以接受的极端性术语："实验小说"。[60]

关于博博雷金作品的自然主义性质，可以不从狭义的流派角度分析（在他的散文中存在着与"实验小说"相似的特点，但是并不那么多，而且只是在他创作的某个时期），而从对自然主义艺术的一般理解上去谈论——即把自然主义看作是纯粹的拟态艺术，艺术家集中于大众所关心的问题和表面现象，并且对所描写的事物的实质没有深刻的个性洞察。早在19世纪60年代，列夫·托尔斯泰就曾给博博雷金写信谈到过这个问题，早在指责左拉学说之前，托尔斯泰就看清了博博雷金"社会学"小说的局限。托尔斯泰写信对博博雷金说道，艺术家的目的不是"社会问题"；写小说仅仅是为了让人们读它们的时候能够"去哭、去笑，去热爱生活"。[61] 现代读者读博博雷金的小说时既不哭也不笑：因此，在他的小说中，缺少作者的痛苦、仇恨、欣喜、情感——总之，作家有意识地把这些成分排除掉，认为这妨碍他解决主要的任务。在他走上作家道路之初，他就明确表达了这一宗旨："扩大范围，将大量材料带入俄国社会史册——不带任何先入为主的偏见，不故作聪明，不虚假地美化和夸大。"[62]

对完成这一主要任务的气魄和始终不渝的精神不能不作出应有的评价。总体上，博博雷金的小说提供了俄国社会精神生活的罕见的全景图。他进行争论时的那些忧虑、冲突，他的小说主人公的自白，他身边发生的国内那些事件，跨越了长达六十多年的时间——从尼古拉一世时代到第一次俄国革命及其后很多年。为了他实际上所完成的一切，给予他作品应有评价的有列夫·托尔斯泰（"博博雷金极其敏感"）[63]、契诃夫（"博博雷金是一个严谨勤劳的人，他的小说为研究时代提供了大量材料"）[64]、列昂尼德·安德列耶夫（"在俄国自我意识的发展过程中，博博雷金功绩巨大，不容置疑"）[65]。

至于他对他记录下来的俄国有教养社会的精神追求的变化的洞察有多么深

208

刻，那又另当别论。博博雷金并不追求特别的深刻性，他说："……我是粗放地而不是精细地发展……我从来不在词句、色调、风格上花费力气，而是轻松地写作，不勉强从自己身上挤出什么东西，而是按照创作本身的程序前进……"[66]

几乎所有的事件，不等它结束，思想潮流和动荡已平静下来，博博雷金总是以新闻采访的高效能第一个写出来，确实很匆忙，但是先于别人及时地发表了很多作品。不愿附和任何一个政党的观点，只集中于一种思想——最神圣的东西，这在同时代人看来是小说家博博雷金很大的缺点："领悟了一切，却没有领悟到应该领悟的任何东西。"[67] 他既受到来自右的（如维克托·布列宁的模拟性作品的多次嘲讽），同时又受到来自左的极为严厉的批评（例如薇拉·查苏利奇的文章，评论小说《按其他方式》的措辞极为尖锐，列宁还在讲话中表示支持）[68]。在庸俗社会学时代，他作为资产阶级和自然主义者的辩护士而受到痛斥。只是在最近十年才有人试图为作家"恢复名誉"[69]，寻找其文学遗产优缺点的论据。

209　　　如今，他的"资本主义"小说系列《生意人》（1873）、《中国城》（1882）、《瓦西里·焦尔金》（1892）、《公爵夫人》（1897）等，引起了特别关注，尤其是相隔十年的中间两部作品《中国城》和《瓦西里·焦尔金》。"文化资本主义的歌手""自由主义妥协派分子"是不能理解马克思主义的正确性的……这些评语出自苏联时期论述博博雷金的一部专著之中，现在，根据与这位作者所见不同的另一种历史逻辑，就需要重新回到作家的立场上，更认真地审视他的论据。坚定的自由主义、进化论、否定极端，确实与博博雷金的立场不可分割，可是，现在这些不应该首先被看作是作家头脑清醒、理智健全的表现吗？

从博博雷金的小说中可以了解这样一些东西：伟大的俄罗斯文学从其旁边经过，或者不认为这些东西有什么特别意义，或者只是用轻蔑的速写敷衍一下。在他笔下，俄国商人、实业家、资本家都是走运的胜利者。不论在社会舞台上，还是事业上，还是在爱情上，他们在一切方面都超过了显要的官吏或贵族：19世纪80—90年代之前，俄国生活提供了不少这类角色更迭嬗替的例子。但是，与前辈们不同，这既没有引起这位小说家的忧伤，也没有引起他的遗憾和鄙视。博博雷金平静地承认现实，他对这样的主人公感兴趣，而且常常表示好感，虽然资本主义的罪恶，尤其是原始积累时期的罪恶，他看得一清二楚。

《瓦西里·焦尔金》的主人公引起了读者和批评家的兴趣，但并不仅仅是这一点。小说吸引人的是它所展现的俄国现实生活的广阔性和五光十色（下诺夫哥罗德的集市、谢尔吉圣三一大修道院的朝圣、分裂派教徒的村庄、伏尔加河畔的贵族庄园）——从已经成为过去的或者保存在偏僻角落的事物到刚刚诞生的新鲜事物无所不有。博博雷金的小说"结构"中的基本色调是列举和综合。错综复杂的情节进展得从容不迫，或者稍稍勾勒；场景描写一个接着一个；在肖像、室内陈设、自然景物描写上，大多不是着重典型细节或者鲜明特色，而是详尽的列举。博博雷金的自然主义就体现在这里：当外部的商品世界还没有成为作家所创造作品的内部世界时，拟态描写的初级基础阶段尚处于优势。

但是，首先令人感兴趣的是标题人物，评论界认为他是"新型主人公"。《瓦西里·焦尔金》有意识地与俄国商人形象的传统处理方法唱反调，这部小说中的文学争论，特别是接近结尾时，是毫无疑义的。博博雷金的主人公们读过谢德林和乌斯宾斯基的作品，知道科鲁巴耶夫和拉祖瓦耶夫，对商人的一般文学评语——"资产者""猛兽""富农""蜘蛛"——他们是熟悉的。但是，主人公对所有这一切可能的定性都坚决地加以拒绝。同时，作者在整个作品中也力图推翻已经形成的传统，塑造一个个出身农民的俄国商人复杂的、引人同情和感兴趣的形象。

210

然而，为了解决新的任务，同波塔片科一样，博博雷金并没有创造出新的艺术语言。他广泛运用他的前辈已经用过的、读者熟悉的方法。在性格学中，首先在主人公的描写中，这就是心理上的二重性，主人公身上两种原则的斗争："五戈比的铜币"和"思想"的斗争。有才干的企业家、成功的商人焦尔金，打算让他所拥有的一切不仅仅靠赚钱，而是靠合乎上帝的心意、有利于国家的思想活跃起来，尽管他在与自己的本能作斗争："我身上有两种力量在斗争：一种是凶恶的，另一种是真诚的。"[70] 半个世纪之前，另一个"时代英雄"曾这样沉思："有两个人活在我身上……"在描写焦尔金与妇女的关系时，也采用了同样的手法："肉体上的"吸引和"精神上的"吸引之间的斗争决定了小说第二部的情节。通过内心斗争和辩证发展过程来表现主人公，使用这种直到那时仍不被俄国文学所重视的描写对象的处理方法，是博博雷金的功绩。后来高尔基研究他这部小说的经验并非偶然，高尔基本人承认，在自己的《福马·高尔杰耶夫》中，很多方面是步《瓦西里·焦尔金》的作者之后尘。[71]

博博雷金活过了所有的同龄人。他离开了文坛，他因批评界对自己估计过低，对其实际功绩避而不谈、贬低其"实际分量"而深感委屈。下一代作家中，他对契诃夫和高尔基的声望特别嫉妒。在"高尔基的地狱"中，他看到了文学上的普加乔夫气质，看到了无业游民反对知识分子的暴动。博博雷金也完全不接受戏剧家契诃夫，他说《三姊妹》是"纯粹的神经衰弱"；说《樱桃园》是"刺耳的剧本……不停的神经质颤抖"。他对契诃夫散文的见解，同样表现出保守的眼光和十分独特的非难：作家没有描绘出"广阔的画面"，在他的人物中没有"高大的、英雄的"形象。[72]

博博雷金执意要以自己的一些手法与契诃夫的手法进行对比。[73] 19世纪80—90年代的同时代人，细心地关注着他们彼此的作品，有时还仔细分析相似的情境、相似的主人公。比如，《瓦西里·焦尔金》的女主人公卡列丽娅，一个无私的、心灵纯洁的人，在救助贫农有病的孩子时，感染白喉而死亡；面对这种情况，她成了亲近的人欺骗的牺牲品。在契诃夫早几个月写成的《跳来跳去的女人》中，作家将自己笔下的狄莫夫医生——女主人公的丈夫置于同样英勇感人的情境之中。但是，这里却有本质的区别。契诃夫在关于自己的"伟大人物"的故事中不妨来点轻松的讽刺，避免多愁善感，与其保持着距离。而卡列丽娅只是作为一个正面人物展现在焦尔金的热烈感受中，结果她的形象成了单色调的、甜腻腻的。所以，问题不在于博博雷金指责契诃夫没有发现自己周围的英雄，而在于对待英雄行为的方式不同。

描写英雄行为时不怕给以讽刺——这是作家高度勇敢的标志。和另一个"时代英雄"的探索者波塔片科一样，博博雷金没有达到这样的高度。

热衷于幸福的结局，这是小说家博博雷金另一个显著特点。他的小说中有不少死亡，经常发生自杀，但是结尾几乎肯定是作者令人振奋地相信善的法则一定胜利。《中国城》《瓦西里·焦尔金》《公爵夫人》等等都是这样结尾的，与契诃夫的明显区别就在这里。

博博雷金的瓦西里·焦尔金或许可以说是《樱桃园》中的商人洛巴兴的文学先驱之一。农民孩子瓦西里·焦尔金曾在伏尔加河岸边幻想：有一座庄园和

211

公园该多么幸福啊！那些老爷们甚至都不让他到那里去。小说结尾时，产业转
到他的手里，同时，他还娶了破了产的地主的女儿为妻。而契诃夫恰恰把《樱
桃园》建立在拒绝似乎拟定的"幸福结局"的基础之上，迫使那个幸运的商人
思考"我们不如意的生活"，并且没有以他个人的幸福结束剧本。

是想迎合读者的传统期待，还是力求反其道而行之，从而揭示与文学的刻
板模式相比现实生活更深刻的复杂性，将自然主义与现实主义、才能和天才区
别开来的界限就在这两者之间，并且，这条界限也决定了留在后代人记忆中的
博博雷金那不大令人注目的、使他感到屈辱的命运。

博博雷金遭到了失败，确切地说，在他认为有重要意义的问题上——革
新风格、结构、题材——他没有成功，但无论如何，在同他一起进入俄罗斯文
学，并且直到今日仍保持着其意义的那些新因素方面，他得到了认同。

4

19世纪最后十年初期，波塔片科和博博雷金那些提供"时代英雄"变种的
小说在读者中间所取得的巨大成功，证明了传统文学需求上的惰性。19世纪90
年代，涌现出新的文学名声，并且，由于作家创作了这样那样类型的**英雄典型**
而得到巩固。职业和社会成分多样性——例如斯塔纽克维奇的短篇小说中"海
上"英雄，德米特里·马明–西比利亚克的淘金者和粮商，亚历山大·库普林的
早期特写中的军人，尼古拉·加林–米哈伊洛夫斯基和尼古拉·季姆科夫斯基的
中学生和大学生。民族的多样性——例如，以前的政治流放犯瓦茨瓦夫·谢罗
舍夫斯基和弗拉基米尔·唐–博戈拉斯的短篇小说中的雅库特人和楚科奇人，谢
苗·尤什克维奇的中篇小说中的犹太人……

为保留文学趣味的这种传统方向，有几种因素在发生效力。过去几十年的
威望在产生影响，读者、批评家、作者也习惯于将文学中的最重要的因素与塑
造"时代的典型代表"——"时代英雄"的形象联系起来。对"故事"和什么
人发生的这些故事的兴趣，简直连读者的这种"基本本能"也在起作用。

同时，仅仅"时代英雄"已不再令人满意，在文学中对英雄性格的期待

212

已成一种强烈愿望，真正的新的文学意向以及传统趣味就在这里表现出来。契诃夫的人物非英雄化已不能令读者和批评家满意，作者形象不容置疑的英雄主义特征（果敢地打破读者和批评家的期望，勇敢地、坚持不懈地实行自己的路线），契诃夫初期的现实性作品大都被明显缺乏英雄特色所掩盖。公众和批评界继续期待着英雄主义精神的明显体现——英雄人物。高尔基笔下的无业游民、浪漫主义传说和诗歌中的主人公对这种期望产生了影响。

　　19世纪90年代存在着几种产生"英雄狂"的特别根源。其中之一就是俄国读者大众的社会心理。"这种丧失了任何独特性和稳定性、被单调的感受和贫乏的个人生活最大程度压抑着的社会心理，仿佛处于**对英雄持续不断的期待状态**"之中。[74] 尼·康·米哈伊洛夫斯基曾用这样的话评价中世纪的"群众"，阐明了十字军远征时代经常涌现出"英雄"的原因。主要指的是自己的同胞和同时代人，要知道这位民粹派长者首先是将他的英雄与群氓的理论与俄国的现实进行对比。契诃夫在他的中篇小说《一个默默无闻的人的故事》（1893）的女主人公身上，表现了"渴望英雄"这种现代的独特心理现象。"您想象我是英雄，我有某些不同寻常的思想和理想……"她心爱的人指出了她的错误。他自称是"谢德林笔下的英雄"，而她则愿意把他看作"屠格涅夫风格"的英雄。

　　在这些期望的气氛中，即在**文学主人公**中将另外两种英雄的概念——**时代英雄**和**英雄个性**——结合起来，19世纪90年代的许多政论应该起了相当重要的作用。这就是米哈伊洛夫斯基的论文《英雄与群氓》（有单行本，也曾收入文集）屡次再版的原因。1890年开始发行的由帕夫连科夫出版的"杰出人物传"丛书以自己的方式回应了读者的这些要求。1891年同样由费·帕夫连科夫的出版社发行的托马斯·卡莱尔的《英雄，英雄崇拜和历史上的英雄业绩》一书是其中最重要的事件。"世界史……就是伟大人物的历史。他们，这些伟人们，是人类的领袖、教导者、榜样，从广义上说，就是所有人民群众所渴望实现的一切的创造者"。[75] 这位英国哲学家、演说家的这种思想落在了19世纪90年代初俄国最适宜的土壤上。半个多世纪后，别尔嘉耶夫回忆起了他阅读卡莱尔的书时所感受到的"震撼"。[76] 别尔嘉耶夫在自己的第一本书中划分出部分章节，阐明了米哈伊洛夫斯基的英雄与群氓理论与"卡莱尔精神中'英雄'崇拜"的

213

区别。"一部由一位大艺术家、思想家创作的，在艺术和审美方面很吸引人的作品"[77]——当时他是这样评价卡莱尔的书的。

卡莱尔这本书的思想和风格本身对年轻高尔基的浪漫主义作品的影响至今仍估计不足。继早期的批评家之后，今天的研究者仍在继续争论他的特写和短篇小说中尼采哲学的特征问题。[78] 同时，高尔基早期的传说和诗歌中与英雄和群氓对立的思想既可以用尼采哲学，也可以用卡莱尔的英雄**闪闪发光**的隐喻加以解释。

"伟人确实永远是天上的闪电；其余的人就仿佛期待着可燃烧的物质一样期待着他，然后，他们自己燃烧起来"；英雄——"世界之光，世界的牧师，他就像神圣的光柱，在笼罩着黑暗的时代荒漠的漫漫长途中引领着人们"[79]。卡莱尔的这些隐喻，特别是在《伊则吉尔老婆子》关于丹柯的传说中，及之后在长篇小说《母亲》和特写《列宁》中都能见到。

稍晚，高尔基承认，他"完全沉湎于对英雄的渴望中"[80]。这里，英雄不是按照米哈伊洛夫斯基的意思——利用群众本能的操纵者，而显然是按照卡莱尔的意思——"火柱"去理解的。之后，高尔基写道，俄国英雄精神的理论家们正是跟着卡莱尔前进[81]。1891年，这本为人熟知的书出版了单行本，对此高尔基当然不可能不知道——这正是他最初的文学尝试，创作《马卡尔·楚德拉》《伊则吉尔老婆子》《鹰之歌》的象征性的浪漫主义形象的时候。90年代末，高尔基的主人公已成为文学批评意义上的"英雄中心"的独特标准。

19世纪90年代和20世纪最初十年，社会心理的另外两种巨大推动力——尼采哲学和马克思主义——在散文中的代表是两类与此相应的主人公，尼采哲学的俄国信徒和马克思主义者。

塑造俄国尼采思想的追随者的优先权仍然非博博雷金莫属。起初，基本上还局限于主人公。尼采哲学信徒的口头宣言：小说《转变》中的"谷仓里的苏格拉底"科斯特里岑就鼓吹反对"流口水的利他主义"、社会主义的"贫穷病弱"的道德（高尔基的《福马·高尔杰耶夫》中的雅可夫·马亚金说过许多类似的话）。主人公心理、性格和行为中的尼采哲学的特征——这是塑造这类"典型"的另一阶段。从高尔基这些早期作品如《过路人》《瓦莲卡·奥列索娃》《木筏》，到库普林的《决斗》中的纳赞斯基、谢尔盖耶夫-青斯基的《巴巴耶夫》和阿尔志跋绥夫的《萨宁》中的标题人物，作为"时代典型"的俄国的尼采信徒引起了世纪之交的批评家的关注。与这类主人公相适应，作者与人物的关系问题解决起来同样直接和简单，比如在不同情况下，米·涅韦多姆斯基评价高尔基是"天生的尼采信徒"[82]，指的就是高尔基，而不是他那些按照尼采的学说思索和行动的主人公。

几乎同时出现了把俄国马克思主义者作为"时代典型"来描写的作品。大家知道，俄国民粹主义者与初期马克思主义者的论战导致了俄国要不要走工业生产道路的争论。亚·伊·埃特尔首先在俄国文学中描写了这场争论（中篇小说《沃尔洪基的小姐》，1882），因为他不理解马克思主义的真正实质，而立刻受到普列汉诺夫的批评[83]。差不多过了五年，埃特尔回到了中篇小说《斯特鲁科夫的前程》（1895—1896）的主题，这是他完成的最后一部作品。主人公阿列克谢·斯特鲁科夫（"一个有大学毕业证书，但却还没有修完规定课程的贵族"）[84] 幻想着从欧洲回到家乡后去农村工作，"逐步提高人们的觉悟、法制观念和富裕程度，以不流血的牺牲、文明的力量完成一些实实在在的任务"。在这些活动中，他遭受了挫折，对他来说"一切都完了"，于是从轮船上跳进了伏尔加河。他的挫折表明，"他没有跨越从马克思到俄国农村现实的桥梁"。肯定地说，埃特尔对马克思一点也不了解，"他发现对自己所描写的对象缺乏足够的认识和理解"[85]。然而，问题不在于鼓舞主人公的那种时髦理论的具体素养如何，按照埃特尔的看法，只要一接触俄国，尤其是农村的现实生活，任何理论都要垮台、消亡、变味。在《斯特鲁科夫的前程》中，争论的对象不是马克思关于地租的学说，如同时代人和以后的读者所感觉的那样，而是"透过书本、理论的三棱镜"去观察生活中的俄罗斯人。

如果说在埃特尔的小说主人公身上与马克思主义的联系还是表面的，还缺乏明确的具体性，那么第二年，1897年，就出现了一系列以马克思主义者作为时代典型的作品。

薇拉·查苏利奇评论博博雷金的长篇小说《按照另一种方式》（1897）的那篇尖锐的文章证明，如同当时普列汉诺夫关于埃特尔的"马克思主义者"的那段插话一样，某个读者群在热情地关注着对这类时代英雄的与之相适应的描写。的确，博博雷金笔下的"马克思主义者"、年轻的学者舍马杜罗夫是按照反虚无主义小说的精神塑造的，而马克思主义就如同一股时髦的世纪末潮流出现在博博雷金面前。

刚刚踏入文坛的叶夫根尼·奇里科夫的中篇小说《残疾人》（1897）和维肯季·魏列萨耶夫的短篇小说《时疫》（1897），对这种一段时间内颇具典型性的情节——马克思主义者与民粹主义者的冲突与争论——进行了加工提炼。奇里科夫笔下的民粹主义者把自己的论敌——马克思主义者大学生——称为"黄口小儿"，而他得到的回应是被称为"精神变态者"。但是在作者的评论中可以感觉到他在号召和解："这两个有知识的、诚实的人，本质上同样彼此近似的人，如同一个母亲的孩子，却像敌人，最凶恶的敌人一样，站在那里，准备毫不留情地互相侮辱、污蔑和毁灭他们每个人所珍惜的一切！……"[86]

魏列萨耶夫更严肃、更警觉地审视着"我们这里不久前诞生的教条主义思潮"。在他的中篇小说《无路可走》（1895）中，19世纪90年代中期那些变得显而易见的事实得到了（叙述者、近似作者的）确认。在社会价值的等级制度中，就是说，谁应该被认为是时代英雄的问题，"一切都改变了。最后神圣的名字突然变得暗淡无光，豪言壮语变得庸俗可笑；新的一代取代了昨天的一代……"[87] 在这种情况下，叙事主人公——地方自治局派遣的医生——也就是习惯于根据文学"评论"来评价现实的那位读者，立刻从监视生活转向监视他的评价的主要调节器——当代文学。"文学对过去一切光辉、有力的事物横加侮辱，自认为在维护某种'遗训'；以前它手中那面洁净的旗帜早已变成肮脏的破布，而它还骄傲地举着这个被它玷污的圣物，召唤读者到它跟前来；它带着一颗没有激情、没有信念的枯死的心，谈论着一些谁也不相信的东西……"[88]

这些猛烈抨击多半指的是波塔片科或者亚辛斯基一类作家。值得注意的是，小说情节中，当情况到了必须给年轻的女主人公出一个对她说来是有决定意义的主意——她该怎么办时，正是波塔片科在作品中提供的方法发生了作用："去当农村女教师，那时你就站得离人民很近，可以同他们交朋友，影响他们……"（对比波塔片科1891年写的中篇小说《将军的女儿》中乡村女教师日记中的自白）——这就是全面阐释以前这类"英雄性"的符号！然而，就是那个出主意的人对这种方法作出了自己的评判："我几乎肉体上受到了折磨：全是夸夸其谈，多么虚伪！"[89]

216

《无路可走》的年轻女主人公找到了自己的道路：她转移到了魏列萨耶夫的下一篇小说《时疫》（1897）中，我们看到，在自己的朋友、一位大学生的影响下，她成了马克思主义者。魏列萨耶夫文集的注释者谈到了"《时疫》公开的马克思主义倾向"[90]；魏列萨耶夫本人在最后的回忆录中确信，在这一短篇小说中他"无条件地站在了新思潮一边"[91]。

但是，不难发现小说中的主人公——那位很合作者心思的地方自治局委派的医生，听了几个年轻大学生有关马克思主义的宣传，他所表现出来的恰恰是惶恐和警觉。"新学说的残酷性"，"可恶的传染病"在小说结尾则是对将来马克思主义实践后果的不祥预感："'是啊，他们可能会干出什么凶残的事来！'谢尔盖·安德列耶维奇阴郁地注视着暗处，说道。"[92]

探寻作品中的新型主人公——作者思想的主要体现者，使得各个方面迥然不同的作家走到了一起。

从19世纪90年代中期开始，闯入散文领域并宣告与传统决裂的具有颓废情绪的作家，实质上走了一条实验性的道路：他们提供了"另类的"时代英雄，虽然这类人物与社会问题无关。

《新人》（1896）——季娜伊达·吉皮乌斯为自己的短篇小说集选用了这样一个很有特点的标题，如同自然主义者的散文一样，新奇仅仅是表面的：关注某一类主人公，而且，在这种情况下也只是关注心理方面的感受。这些人最主要的特点就是：一心一意地想脱离日常生活或者说一般的生活，厌恶所看到的一切，渴望日常生活之外的东西。"奇怪的""不可避免的""莫名其妙的""无法解释的""不可企及的"等等——这类词句是评价这些主人公时使用频率最高的："您知道，必须摆脱人们琢磨出来的那些想法，而应该听从这儿的——她把手在空中挥了一下"（《苹果树开花》）；"向来是只有那些莫名其妙和无法解释的东西才能给他以快乐"（《女神》）；"有一种无上的幸福，对于我们来说永远不可企及，永远不可理解"（《蔚蓝的天空》）。[93]

吉皮乌斯的诗歌大体上表现的是同样的情绪（"我渴望我不知道的东西，/我不知道……啊，让不曾有的东西发生吧，/从来不曾有的……/我需要世上没有的东西，/世上没有的东西。"），这具有了诗学的新鲜感。而短篇小说却是按照颓废派所痛恨的实证论自然主义所运用的刻板模式构思的。晚些时候，象征主

217

义者的散文才宣告了艺术上的创新。

马克西姆·高尔基推出了他最初几卷《特写和短篇小说》，从1898年开始，盼来了空前的成功，他是作为新话语作家而被读者和批评家接受的。大多数人首先在那些新主人公身上看到了这种新颖，是作家高尔基把他们引入俄国散文，这是批评家早就要求和期待的。还在1894年伊·伊万诺夫就指出，契诃夫的主人公属于当代病态的人物，表示希望有另外的主人公来代替这些"神经衰弱者""爱抱怨受苦的人""怀疑论者-利己主义者"。[94] 米·奥·缅希科夫确认，"在中长篇小说中有一种送葬的味道，解放时代的典型被埋葬了，作为后继者，所有自由的怀疑论者也被消灭了"：或者是博博雷金的"厚颜无耻、洋洋得意的主人公"，或者是契诃夫的"灰溜溜的、疲惫不堪的变节者"，或者是"其他不太有名的小说家的冷漠的、丧失信心的知识分子"。[95] 1897年叶·安·索洛维约夫（斯克里巴）指出，"新作家"——布宁、奇里科夫等——笔下的主人公身上没有"任何朝气蓬勃、刚健有力、英勇果敢的精神"，他并且与表现"正在进行斗争的人"这一任务作了比较。[96] 他还指出，西方文学在"大力宣扬英雄主义和对待人生的英雄主义态度"，并且希望哪怕"有一点点这样的浪漫主义激情能传到我们停滞的现实生活中来"也好。[97]

高尔基的最初两卷《特写和短篇小说集》为评论界提供了集中关注作为高尔基的新事物而进入文学的主人公——无业游民的理由。关于高尔基将自己的主人公"理想化"的观点散布开来，人们指出，尼采是这些主人公的哲学根源。阿·沃伦斯基对新的文学典型的特征作了这样的描述，"人虽饥饿、贫穷，但是却以完全独立而自豪，满怀一种世界性的、全人类的幻想"，并且说，"在文学中至今还没有这样的典型"。[98] 在下一个十年之初，评论界已把高尔基称为读者大众的"偶像"[99]。

19世纪90年代高尔基作品中的两个原则引起了读者和批评家的思考，这就是英雄闪闪发光的原则（就卡莱尔的意思而言），这一原则表现了作者对以前的"英雄"和"非英雄"的挑战，并引起了越来越激进的俄国读者界的同情。还有就是可靠性原则，它是为了描写"俄国生活典型"中的新现象对大多数读者和批评家来说而存在的。并且，常常是高尔基作品的原始现实——人物和情节——掩盖了现实与作者形象的深层结构关系的复杂（对许多读者来说）体系。

　　对于同时代人来说，无业游民主题的社会学观点——即把人推向生活底层的那些社会条件——在关注这一问题时是相当重要的。但是，在高尔基之前，尼·叶·卡罗宁、弗·阿·吉利亚罗夫斯基、阿·伊·斯维尔斯基就用这种观点描写过无业游民。高尔基的人物之所以在很多方面显得新颖，是因为他们绝不仅仅是社会的牺牲品，而且是向公认的道德基础、生活方式提出挑战的控诉人，而且在他们那挑衅性的个人主义行为中，常常使人感受到较之当时的文学主人公更接近"自由王国"。但是，把作者对其早期作品中主人公的态度称作是为流浪生活辩护未必准确。[100]

　　同时，在世纪之交的文学批评中，常常把高尔基与他的主人公等同起来。作家以其人生遭际迷惑了人们，以至于很多读者没有发现或者没有认识到从这些故事中成长起来的作者形象的意义——在他身上，在强有力的造反者的特点背后，隐藏着一个内心矛盾而感到惶惑、痛苦的灵魂：一方面是对文学想望，同时又厌恶文学的代表者——知识分子；一方面脱离俄国人道主义传统，走向"堕落者"和劳动者，同时又是合乎最新反人道主义理论精神的"超人"崇拜；一方面对群众感兴趣，同时又欣赏蔑视群众的个人。无业游民以其对日常生活方式的无政府主义的否定吸引了作者-叙述者，但他常常又感到对他们实际上抱着一种相反的态度：格格不入甚至恐惧。

　　高尔基世界的作者的这些复杂矛盾的特点，使他接近于俄国文学的伟大先驱们，而与同时代的自然主义区别开来。然而，对于许多读者和批评家来说，这些特点却被他创造的主人公的形象掩盖了。只有比较敏感的读者，其中包括亚历山大·勃洛克，看到，高尔基作品的表层下隐藏着"巨大的苦恼""内心的痛苦"[101]。

　　早期高尔基的细心读者契诃夫也谈到了他的矛盾。他一下就认识到了高尔基身上"不容置疑的才能，而且是真正的、巨大的才能"（《书信集》，第7卷，351页），并指出，高尔基世界的作者"本质上完全没有的恰恰是粗陋，但是却具有细腻、审美的感受能力"（《书信集》，第8卷，11页）。"您天生是个抒情诗人，您心灵中的音色是柔美的……说粗话、吵闹、挖苦、激烈的揭露——这与您的天才格格不入。"（《书信集》，第8卷，259页）在早期关于高尔基的评论中，这种评价恐怕是独一无二的。

219

晚两年，契诃夫谈到高尔基的第一个剧本《小市民》时，说它的形式是保守的，戏剧家在强迫新的、独创的主人公"按照旧形式的调子唱新的歌曲"（《书信集》，第10卷，95页）。《海鸥》《三姊妹》的作者看到了高尔基在剧本出场人物布局上的保守性，剧本把工人尼尔与其余所有的人物对立起来。"剧本的中心人物尼尔塑造得很有力，非常令人感兴趣！……只是不要把他与彼得和达吉雅娜对立起来，让他归他，他们归他们，所有这些极好的、绝妙的人相互独立，各不相干。"[102]（《书信集》，第10卷，96页）问题当然不是赋予所有人物同样的通常语义上的"正面"特点，而是要把戏剧中的重心转移。英雄与非英雄对立——在波塔片科的小说和戏剧中就是这样。把戏剧冲突的基础归结为一些人物和另外一些人物"对立"，这在契诃夫看来就是文学保守主义的标志（戏剧家高尔基在下一部剧本《底层》中已抛弃"英雄中心"模式）。

世纪之交，柯罗连科——高尔基的文学导师之一，提供了切合实际处理问题的范例。他敏锐地意识到世纪末文学特有的问题：民粹派理论破产的时代，主人公嬗替的必然性。他高度评价契诃夫的创作所引起的变化：不仅仅是新的主人公代替了以前的主人公，而且作者描写人和世界的原则改变了。但是对他本人来说也是对整个文学来说，他认为当务之急仍然是寻找生活中的新英雄（"真正的"英雄，以替代前辈作品中的"假的"英雄[103]，以便把他引入文学）。

柯罗连科对表现英雄主义精神具有始终不渝的兴趣，常常倾心于假定的、有时是寓意的形式，使许多读者认为他是浪漫主义作家。但是，如果把他归入浪漫主义门下，在他的风格特点之中却没有多少清晰明显的表现。1901年柯罗连科写了短篇小说《严寒》，这次严寒遍及勒拿河两岸。在彻骨的严寒中，波兰流放犯伊格纳托维奇到原始森林中去救人。不论他的生存还是他的死亡，都显示出一个浪漫主义英雄完美无缺的性格。但是，作家并没有停止在舍己为人理想化的激情上；英雄浪漫主义与现实的、非理想的生活方式形成对比。在《严寒》中，还有一个人物——驿站马车夫领班，在他身上既看不到一点浪漫主义精神，也看不到一点英雄气质[104]，但是他却具有丰富的内心活动。对于浪漫主义英雄来说，这种内心活动却是极为贫乏的，他自己甚至都察觉不到。而作者对自己的英雄那种贸然的勇敢给予了应有的评价，并且谈到了他素有的盲目，

220

因为作者珍视人身上人性最微小的表现。

柯罗连科把"真正的人，不是建立什么功勋，而是具有内心活动的人"，与英雄相提并论，力图"揭示基于群众意义上的人性的重要性 [105]，他以自己的方式对当代文学中英雄的必要性的论争作了回应。

5

艺术体制上的刻板、保守和材料的新奇——俄国自然主义的这种特点，不仅表现在文学主人公的概念上，在很大程度上还表现在叙事本身的结构上。在这方面，与其说俄国自然主义开辟了新的道路——虽然仍在探索，不如说顺应于读者公众的传统期望。

比如，博博雷金力图取得优先使用一种文学手段的"专利权"，而在读者的意识中，这一文学手段是属于契诃夫的，于是在新世纪就作了一些口气坚决的说明，这些说明是值得注意的。"在写作上，谁站在托尔斯泰和契诃夫之间呢？……要知道，语言、语气、句子结构、节奏，可不是从天上掉下来的……"接着他就解释，这种节奏是什么："我完全改变了叙事方式，我是通过出场人物的心理和明智的语言来表现客观事物中的一切。这一点，您无论从我的哪位前辈那里都找不到。在屠格涅夫、托尔斯泰那里甚至连一点痕迹都没有——完全是另一种样子。"（1909年6月给亚·亚·伊兹梅洛夫的信）[106] 1915年他又给这位作家写信，谈到了库普林的散文："……比如，当他让读者接受形象化的感悟、思想、情感，并且是通过'我'这个人物来表现这一切时，我在他那里看到了简直就是我的手法。可不是契诃夫的，而是我的手法，在这种发展过程中，是我第一个把这种手法引入我们的小说中的，那时契诃夫才五岁。我把这种方法称作'主观的客观化'。"[107]

总之就是通过某种中介，即具体感悟到的意识，以折射的方式将形象、思想、情感推介给读者。现在这叫做"人物视角构成的叙事""复合叙述"。当代研究者确认："19—20世纪的文学道路是从作者的主观性向人物的客观性发展的道路。"[108] 正是通过契诃夫，这种手法——通过人物的"语气""精神"进行叙

221

述[109]，逐步在俄罗斯散文中形成，从而丰富了20世纪的散文。

博博雷金觊觎优先权既有根据，也无根据。

如果翻开他的晚期小说，几乎任何一页上都会发现大量的引号——指出引自人物的想法和意见。比如："他不认为自己是'商人'，而承认自己是来自农民的'有思想的'实干家"；"当焦尔金唤来安东·潘捷列依奇时，那人想说出自己内心的满意，说他真是有幸见到一个'有见解'、'有高尚愿望'、'经济方面的理解力非常敏锐'的人。他喜欢说得合乎语言规范……"

这大量的引号确实表明在自觉地运用一种手法，但却使叙述带有一种故意的、造作的色彩。只有契诃夫使通过别人的视角纳入作者的叙述这一手法达到了自然而完美的高度。关于滥用引号的问题，契诃夫早在19世纪80年代末就写道："有两种作家需要引号：胆小的和没有才能的。第一种害怕自己的独创和新奇，而第二种涅菲多夫们，某种程度上还有博博雷金们把任何一个词语放入引号，是想以此说明：瞧，读者，我想出了多么奇特、独创、新颖的词语啊！"（《书信集》，第3卷，39页）。现实主义者意识到，自己与自然主义者的区别在于，进入他们文本中的现实不会人为地使其改观，这甚至也表现在修饰文字的外在手法上。正如晚些时候勃洛克所指出的："一个真正诗人的内心思绪反映在各个方面，直到标点符号。"[110]

试图在描写中把个人生动活泼的语言与大量的书面语言糅合在一起："他是不是碰上了一个女性，在她的身上肉欲只不过掩盖着心机，也许还有贪婪……她变换了一下柔软、靓丽的身体的姿势。"如此等等。

世纪之交其他作家的主要作品也包含有这种自然主义特有的叙事方式。与《瓦西里·焦尔金》同时出现的德米特里·纳尔基索维奇·马明-西比利亚克（1852—1912）的长篇小说《黄金》，描写的是乌拉尔矿场以及保留着农奴制和苦役记忆的工厂化农村的日常生活和习俗。[111]

在19世纪80年代至90年代初的小说《普里瓦洛夫的百万家私》《矿山里的小朝廷》《野蛮的幸福》《三死》中，马明-西比利亚克就已声明，他是利用俄罗斯文学的"地方性"的新材料进行创作的作家，描写他所热爱的乌拉尔地区的日常生活和风俗，解决类似左拉在其《卢贡大人》中所解决的那些课题。[112] 马明-西比利亚克被评论界誉为"俄国的左拉"[113]，但是这并没有掩盖这位乌拉尔

222

作家的创作的全部特点，并且反映了其小说所描写的人类命运的宏大规模。

《黄金》中讲述的故事，特别是小说第三、四部，确实给人留下深刻印象。读者看到，黄金狂如何控制着所有的人，有工厂的、农村的，从年迈的老太婆到未婚的少女，有老练的手工业者，有丢弃自己的手艺的木工和鞋匠……为了寻找黄金，人们在森林里、沼泽上、自家的菜园里乱刨乱挖，一百个采掘的人当中有那么两三个幸运儿，其余的都徒劳无功，还引发了贪婪、嫉妒、自私、凶杀。

几十个人物当中，在构思上最令人感兴趣的是罗季翁·波塔佩奇·济科夫，一位当地矿场的年长采矿技师。他从前服过苦役，是一个大家庭的独断专行的父亲（整部小说就是围绕着他的家庭历史构建的），他狂妄地相信秘密的金脉，而当金脉找到的时候，他又淹没了矿井，不愿意让别人享用他的技术成果。由于生活和人们的疲惫，干这一行的人狂热固执——这是小说中一条分析得最详细的独特的心理线索。其余的人物常常被作者加上这样的评语："老讼棍""平庸的养尊处优的人"，或者"典型的俄国老板，狡猾、好奉承、厚颜无耻，还会适时地自轻自贱"。

《黄金》中有接近于"实验小说"的一些特点：开掘现实生活的新矿层，研究"群众"与"环境"，再现生活龌龊的一面。[114] 但是，小说还是在自然主义这一概念的另一种意义上，接近这个流派。对俄罗斯文学来说，这部小说中大多是未经加工的新鲜材料，很多方面都是新的。这在如何进行叙述上体现得特别清楚。

在马明-西比利亚克的作品中可以看到综合叙述的光辉范例，其中反映了人物用词上的特色和描写环境的语言特征："济科夫的房子不知怎么地一下子变得空空荡荡的了……以前有好多人，如今就像空谷仓一样，简直可以抓耗子。乌斯季尼娅·马尔科夫娜本人总是有点小毛病，已出嫁的女儿安娜在忙活自己的几个孩子，管理家务的只有老姑娘玛丽娅和稍大一点的娜塔什卡——最后父亲都忘记了这个丫头，完全归老太太使用。济科夫家里很寂寞，好像才死了人似的，另外，玛丽娅还冲着所有的人发火、骂人。"（第3部，第1章；此处及下面的着重号为本章作者所加）

但这样的例子在按照另外的原则进行的叙述中就见到的不多了：知识分子

223

型的叙述者是针对中层知识分子读者的，足够的新奇材料，而且要用知识分子之间交往的、与所描写的环境完全不同的语言来叙述，这样才能引起他们的注意。因此，这里就有某种炫耀当时知识分子日常生活中运用的外国词儿的味道：

"卡拉春斯基原则上是各种各样惩罚镇压的敌人。"

如果说，挑选出来的词语可以认为具有转述管理工厂的人物的语言特征，可是，作家仍用类似的话谈论以前苦役犯和农村鞋匠："这是当地手艺人的一种狂热。……梅利尼科夫是个可笑的人物……"

"人道激情""与事实和解""流于形式的感情"等等新闻腔调充斥于叙述者的语言，就连景物描写也是这样："云杉林的阴郁绿色与纯洁的雪白形成令人惬意的鲜明对比。"

"对自由劳动者来说，凯德罗夫斯克官方别墅的开放，改变了手工业的整个生活制度，谁都没有像罗焦恩·波塔佩奇那样明显地感受到这一点……"《黄金》的叙述者这样写道。将这段话与同一时代对马明－西比利亚克的作品作出回应的一位政论作家的用词法加以比较："在这位作家的作品中，明显地表现了乌拉尔的富有特色的日常生活。……"[115]

当叙述者语言中的中层知识分子的日常通用词汇和短语，与人物特有的俚俗词语机械地结合在一起的时候，他就用引号："那些以'新兵'身份定居下来的下层平民，希望在废除农奴制以后凭'自己的手段'生活，于是手工业很快在这里发展起来……"

与试图融入所描写的环境的话语世界同时并存的，是叙述中常见的报纸杂志界的匆促痕迹："梅利尼科夫的小木屋成为这类手工业败落的鲜明例子，它的故事成为整个情况的例证……"

马明－西比利亚克的另一部大型长篇小说《粮食》（1895）中的叙述，也坚持了这种修辞特色。[116]令作家感兴趣的仍然是波及整个外乌拉地区的诉讼。书中写到了泉水河、扎波里耶城里的粮食贸易、资本和银行的生根开花、商人家庭的衰落。其中心人物加拉克季翁·科洛博夫，由一个纯朴的俄罗斯商人的儿子蜕变成了投机欺诈的生意人，他和几个女人有复杂的关系。当然还写了波兰人、德国人、"犹太佬"的种种手腕。结尾，主人公从自己的轮船上投入河水中自尽。

224

这部小说中有些地方表明，马明-西比利亚克是如何接近俄罗斯叙事散文大师的。小说出色的开端——第一部前几章即如此。富有的磨房主科洛博夫老头像流浪汉似的走遍了即将开业的地方，并且逐步结识了几个未来的主人公。显然，列斯科夫和高尔基喜欢的正是《粮食》的这一开端（关于这个问题可参阅契诃夫1895年3月23日给苏沃林的信——《书信集》，第6卷，41页）。

但是，叙述者并没有始终保持这些篇章所达到的高度，《粮食》中以后的叙述就比较匆忙和漫不经心。其中多半仍然是报纸杂志文章的读者所习惯的语汇和短语 [117]，建立在畅销出版物上的叙述并不能与人物的人民语言形式有机地融会起来。

如同马明-西比利亚克将淘金者和粮食商人引入文学一样，19世纪90年代还有一位作家把新的生活材料、新的环境及其特有的主人公引入了文学。康斯坦丁·米哈伊洛维奇·斯塔纽科维奇（1843—1903）在其《航海故事》中，描写了过着与马明-西比利亚克笔下的乌拉尔人完全不同生活的典型人物与性格。但叙事组织原则却惊人地一致，这些原则反映了如此迥异的作家所选择的与读者相互关系的同一模式。这种情况下，是按照旧的方式来叙述新的事物。

斯塔纽科维奇的《航海故事》（如《瓦西里·伊万诺维奇》，1886；《惊慌不安的海军上将》，1894；《保姆》，1895，等等）中的一类，是描写舰队上遇到的典型人物和性格。他们通常是按照相同的结构原则"从……到……"来塑造的：从表面上没有吸引力或者平凡一般，到显露出高尚心灵和宽广胸怀（《瓦西里·伊万诺维奇》）；从伪装的凶狠和挑剔，到对下属表现出关心和照顾（《惊慌不安的海军上将》）；从外表的严峻和粗俗，到后来揭示出教育者的天才、敏感、公正和自尊（《保姆》）。性格和典型的描写，事件的实际缺失，使这类短篇小说接近于19世纪40年代自然派的特写。另一类海洋短篇小说是描写舰船上发生的事故：风暴时的救援（《惊心动魄的一天》，1892），对船上一只小狗的关爱（《秃尾巴狗》，1894），黑孩子被水手收为义子（《马克西姆卡》，1896）等等。

225　　在"专业性"选题的作品中，过多的、不可避免的专业名词可认为是顺应自然主义的表现。在马明-西比利亚克的《黄金》中这样写道："……拖来了各种勘探必须的采矿工具：手动式洗矿槽、抽水机、大板锹、铁锨、丁字镐、试验用的长柄勺等等。"

斯塔纽科维奇的作品有许多航海术语，其中一部分他认为有必要翻译出来："所幸在狂飙突然袭来时，及时地收起了前帆和主帆下面的帆，并松开了所有的张帆索。……因此，好像由于人们的疏忽而高兴似的，他忘我地扑向没有被收帆索收拢的没有卷起来的船帆。"（《惊慌不安的海军上将》）

在契诃夫的《有将军做客的婚礼》或者《宝贝儿》中，也大量使用专业术语，但已经不是未经加工的粗糙材料了，而是被改造成描述和情节发展的积极成分，具有了艺术功能。主要的是，《航海故事》的叙事与作者所追求的目标发生了矛盾。他显然同情他所描写的那些普通水兵，但对他们的描述却仍然用中层知识分子的语言，而用引号将所引用的这些水兵说的完全不同的语言跟叙述语言区别开来，"'大嗓门的'帆缆军士马特维奇，是个老军人，生就一张典型帆缆军士的脸，在'收拾'帆缆的时候，如水兵们所说，'像发疯似的'，突然迸出一句别出心裁的、即兴编造的骂人的话，甚至让俄国水兵已经习以为常的耳朵都大吃一惊"（《马克西姆卡》）。

此类像自然主义那样对新材料不加消化的现象，也存在于以前的政治流放犯瓦茨拉夫·谢罗舍夫斯基描写北方部族的短篇小说中。

列夫·托尔斯泰当时在《主人与雇工》（1895）中表现了平民百姓的语言与作者的叙述之间完全不同的相互关系，他消除了将他所描写的人和他的叙述所针对的人分开的障碍和距离。

自然主义作家的作品虽然题材和描写对象迥异，但是可以概括他们叙事方式独具的特点。

世纪之交，只有为数不多的现实主义艺术家，首先是托尔斯泰和契诃夫，才掌握综合叙述的艺术：将人物世界与作者－叙述者的世界和读者的世界结合起来的叙述方式；消除文化和语言障碍，并通过这样的方法——纯粹艺术的方法，实现统一的人民或者统一的人类的思想的叙述。他们的散文之所以不朽，主要原因之一就在于这种全民的、全人类的同情心，他们对于描写的对象本身也不追求新奇和趣味性。

226

与他们不同，不论是博博雷金、波塔片科，还是马明－西比利亚克、斯塔纽科维奇，以及才智比较浅薄的小说家，他们选择非常的等级性原则作为叙述的基础。他们希望以多少比较新奇的、常常是第一次被引入文学的人物和现实生活领域来引起读者的关注。他们使用没有差别的知识分子语言，为"有教养的读者"——中层知识分子公众的代表描写这些人物，这些人物有时目光狭隘或智力有欠缺，或者意识达不到中等水平。还可以谈谈叙述者采用的这种呆板、做作的文体，谈谈在选择词汇、选择叙述语调上的某种装腔作势的特点。因此就有了过多的引号，因此也就有了新闻腔调、小品文的讽刺意味，这是叙述者与那些让他们感到亲切的读者-接受者之间独特的、修辞上的眉目传情。

这类作品的作者-叙述者有时力图强调对所描写的人物的同情，甚至亲情（审美、社会出身、思想情感），通过情节、通过直接引语来达到这一点，但是叙述本身，叙述者与人物之间的距离仍然没有改变。叙述者对自己的人物一点也没有文字之外的亲近感，他总是与他们在文体上保持着距离，而与既定的读者却表现出审美、风格上的观点一致。

这种叙述模式，高尔基一开始就掌握了。在《马卡尔·楚德拉》（1892）中，老茨冈人的叙述是按象征性的浪漫主义风格构建的，仿佛与现代人生活的平庸和沉闷形成对照。但是只要叙述者一加入进来，立刻就感觉到他所持的立场。当他面向他同时代的读者时，他就完全采用他们的词汇和语言风格。这样，在对所描写的人物关系上，他就确定了与读者同样的观察距离。"有条理地""怀疑地""音色厚重地"、大海"沉郁而庄严的颂歌"等等词汇和短语的作用就是不断地暗示，叙述者在小说主人公和现代读者之间他究竟站在哪一边。在《伊则吉尔老婆子》（1895）中，讲故事的人思想上站在人物一边，与他们一起共同否定了"天生心灵麻木的伪善的人"（Ⅰ，96）。但是在修辞上他却完全置身于知识分子读者的世界中，用他们的语言来叙述："大海低声地伴奏着"，"旋律很奇特"，"男人们没有颤音地唱着"，"神经质的喧哗声"，"和谐"等等。契诃夫温和地向高尔基指出，对他的小说来说，像"伴奏""圆盘""和谐"这样的词是"不合适的"（《书信集》，第7卷，352页）。高尔基也没有争辩，说自己偏爱"独出心裁的词语"，只是同意放弃其中的一部分（参阅全集中19世纪90年代作品异文卷）。

在无业游民小说中，人物——叙述者——读者的关系也是这样的模式。在《阿尔希普爷爷和廖恩卡》（1894）的异文（即最初出版的文本）中，有"和谐一致""单调""幻影""拖长声调""用假声唱";但是在最后的文本中保留了"反应出现了","他的观察"和其他一些表示叙述者与人物含有讽刺意味 [118] 的疏远的标志。在《苦命人巴维尔》（1894）、《柯诺瓦洛夫》（1897）中也是如此。

尼·康·米哈伊洛夫斯基挑剔地指出，高尔基把不可信的思想装入他的无业游民的脑袋里，而又借他们的口说了不可信的话（Ⅲ，545）。高尔基远比批评家更了解自己描写的对象，有时他本人也承认，他的某个人物说了"对他说来不合适的话"（Ⅲ，18）。但是，他可以反驳批评家，说他本人遇到过如柯诺瓦洛夫这样的人，并且亲耳听到过这种奇怪的话。问题不在于人物口中的某些话的别具一格和不可信，而在于讲故事的人在其叙述中站在了对材料的新奇性来说"不适合的"立场上。在这个意义上，高尔基早期的短篇小说的叙事形式接近于19世纪90年代自然主义者的叙事模式。摆在修辞大师高尔基面前的任务是开辟通往20世纪最初二十年的自传三部曲和其他作品的大道，在这些作品中，他不是从"党的"立场，而是从全民的、全人类的立场上说话的。

6

19世纪90年代初，苏沃林发表了一篇文章 [119]，其中谈到了世纪末俄国文学的现状和任务。这篇文章早已被忘记，但是当时它力图起到几乎是文学宣言的作用——就像两年半之后出现的梅列日科夫斯基的著名宣言《论当代俄国文学衰落的原因及其新流派》一样。

读了"新小说家"很多卷作品之后，苏沃林提出了这样的问题："我们作家笔下的男女主人公都是些什么样的人呢？"并且得出结论：在新作家那里看不到任何新东西，"都是老调重弹"，都是模仿以前时代的作家。他们作品的主人公可以用"新的绰号"——地方自治工作者、律师、工程师、技师、大学生，然而，除了恋爱、失恋、和妻子离婚、再结婚、然后死去，作家实际上没有为他们琢磨出别的事情。自然，和平常一样，人们发生着这些事情，但是，苏沃林有理由指出，人们"除此之外还做其他事情，而且由于这些其他事情，生活、生活的兴趣和特征才发生变化……"；"而我们的生活变得比以前更复杂了。以前，除了农民，只有地主、官吏、商人和僧侣……可是生活变得复杂起来已经有三十来年了。出现了新的职业、新的人物、新的情况。有教养的人数量急剧增长，职业变得更自由，等级混乱了，被侮辱的人成长起来，侮辱人的人衰败下去，一般来说，有了更大的生活自由，生活方式上的精神独立性扩大了……"

如今，在当代现实生活中还存在着这些东西："新的环境、新的生活条件、新的职业"——当代小说对此却缄默不语。例如，对工程师——他的事业，他周围的、对他产生影响的动因，小说家不能给予准确的描写："他们不知道，也没有研究这些东西。"在现实的新条件下，连人的感情也改变了。"和爱情联系着的一切、自尊心、虚荣心、卖弄、嫉妒——所有这些都带上了不同色彩，有了一些不同的表现……"但是，受传统和流行思想束缚的小说家"却把一切强行纳入以前的老框框"，利用"现成的形式"，写同样的东西。为了追求糊口的面包，当代小说家来不及"学习、观察以及使自己的作品达到完美的程度"。

梅列日科夫斯基在他的宣言中，完全赞同苏沃林的文章所表现出来的力图全面阐述19世纪90年代初俄国文学和探索新道路必要性的这种心情。

"小说家简直不知道他们本应知道的许多东西"——苏沃林指出，并且接着列举实例："他们仍然不了解生理学、病理学、心理学"，对"病态而古怪的现象（完全接近梅列日科夫斯基以后的看法），如'体能、精力和专业劳动领域'他们同样不甚了了"。还有很多俄国小说家不知道的东西，而没有这些东西，也就不可能振兴文学：如遗传学理论、宗教现象领域……在对俄国散文的现状作出这种毫无疑问，却非常有道理的、准确的、尽管是笼统的评价之后，苏沃林提出了这样的问题："小说家需要什么？"接下来提出的振兴小说创作的方案看来既宽泛，又具体。"当然，首先是天才，观察的才能和智慧。"作为一位有经验的读者和专门在自己的报纸周围搜集天才的人（契诃夫，然后是罗扎诺夫，就是他的两个重要发现），苏沃林明白，不具备这些品质就不可能成为大作家。但是，他针对任何一个小说家，不管其才能大小，提出了忠告："然后就是研究和耐心细致地搜集事实。……小说家应该知道得更多，或者应该选择某一个角落作为自己的专业，在这方面即便不是名家，也要努力成为优秀工作者。"只有在这种情况下，俄国小说才能"将关于祖国的思想和观念纳入公共意识"。目前，"在大多数作品中，俄国小说不过是一种消闲的事业，是供游手好

229

闲的人消遣解闷的，假如这家刊物不知为什么突然停办了，那么谁都没有任何损失"——苏沃林最后说道。

这样，照例又再一次提出了"我们有没有文学"的问题，这种疑问不知已重复了多少次，继而发出了"作者需要什么"的议论。

苏沃林的"文学幻想"在列举事实部分的很多方面与两年半之后梅列日科夫斯基对俄国文学所作的评论不谋而合，实际上他还为最近一二十年俄国散文的发展提出了不同于梅列日科夫斯基的纲领。

苏沃林依照自己的观点也指出了"拓展艺术感受力"（梅列日科夫斯基语）的问题，他要小说家面向"新的环境、新的生活条件、新的职业"。他要求小说关注科学中的最新资料和征兆、新的人物、社会上新的兴趣和爱好，要求在表现日常生活新的现实和条件时新的具体性和准确性。此外，他号召小说专业化，号召散文家要选择自己的描写范围，在那里他们要像他们的人物那样自由地辨识方向。

这是自然主义文学的一揽子任务，如同稍晚梅列日科夫斯基制定的现代主义文学的任务一样。

在以后十五至二十年当中，俄国小说界实现了苏沃林1890年确定的纲领。这是由博博雷金、波塔片科、马明-西比利亚克、斯塔纽科维奇以及一些才华稍微逊色的同时代作家完成的，而世纪之初，奇里科夫、魏列萨耶夫、捷列绍夫、绥拉菲摩维奇、古谢夫-奥伦堡斯基则在很多方面继承了他们的事业。

世纪之交的大多数作家的作品，现实主义与自然主义两个纲领之间的界线并不清晰，而是相互交叉在一起，有时关系相当微妙。正是自然主义和现实主义趋势的这种结合滋养了阿尔志跋绥夫、谢尔盖耶夫-青斯基的散文，而在更高的程度上培育了安德列耶夫。这种结合鲜明地体现在高尔基主办的彼得堡知识出版社出版的作品中，这些作品成为19世纪90年代俄国文学生活中的最引人注目的事件之一。

230

7

在文学界，我们从知识出版社出版的书籍中（不论是该社从1904年3月开始出版的人所共知的各种文集，还是其他的出版物），又看到两种质量水平不同的创作之间的联系。在知识出版社的第二本文集（1904）中，出现了契诃夫的最后一部剧本《樱桃园》。出版社还以单行本或选集本的形式出版了库普林、布宁、安德列耶夫，当然还有高尔基的作品。在知识出版社的出版物中，高尔基19世纪90年代所有大型作品，库普林的《决斗》和一些短篇小说，布宁的短篇小说《梦》《金窑》和许多诗歌，安德列耶夫的《瓦西里·菲维伊斯基的一生》《走向星空》《萨瓦》《加略人犹大及其他人》，凡尔哈伦、豪普特曼、汉姆生的作品译本，都是第一次问世。

这些最重要的图书名单，还可以继续列举下去，但是从中可以看到，知识出版社在时代的文学进程中的真正价值和地位，是由现实主义和界于现实主义与现代主义之间的"中间"艺术（列昂尼德·安德列耶夫）的重大现象所决定的。但是，伴随着这些现象（关于该问题的详细论述见作家剪影一节），知识出版社慷慨地将自己的版面提供给文学广阔领域里各个流派的作家，这时的文学虽然已经不同于往昔，但仍与自然主义艺术类型保持着联系。然而，谈到特定时期知识出版社出版的书籍，只能说它具有相对的完整性。不同创作水平之间的界线是可以超越的，这首先反映在知识出版社领导人的活动中。正是高尔基制定了丛书同仁应该遵循的出版纲领，但是高尔基本人的创作并不受这一范围的局限。

团结在知识出版社周围的实际上是19世纪70年代出生、90年代末踏入文坛的一代作家，他们是一群具有叛逆性格的青年。将他们联合在一起的纲领是在这样的时代精神下诞生的：俄罗斯还没有真正享受苏沃林所说的由产业革命带来的成果，便急速地进入了社会和政治革命时期。

早在第一批同仁作家文集问世前几年，纲领就已经形成。对于它最初的宗旨，可以根据19世纪90年代末到20世纪初高尔基的书信和诸如《读者》这样的作品加以仔细研究。令人惊异的并非高尔基的第一批作品集"在我们这里和在国外的成功所掀起的旋风"[120]，而是作家的变化和迅速发展，他已清楚地意识到自己在不过二三年期间形成的、与世纪之交相吻合的文学与生活的立场。还在1897年12月，他在给阿·利·沃伦斯基的信中就写道："……我生来就是一个理想主义者，可是生活沉闷而阴暗……我，一个天性和感情上的民主主义者，

231

清楚地看到,民主主义在怎样毁灭生活,并且明白,它的胜利不是基督的胜利,正如现在大家所认为的,而是大腹便便的家伙们的胜利"(《书信集》,第1卷,245、246页)。还在19世纪90年代末,他说自己是"一个流浪作家","永远在苦闷地寻觅着什么",接下去又说"我是一个被扭曲的、很复杂的人物","心里、头脑里乱糟糟的","我对自己失去信心"等等(《书信集》,第1卷,116、147、192、273页)。而到了1902年3月,他已经平静地、满怀信心地确认:"我有明确的任务,坚定地相信它们可以解决,为了解决这些任务我正做一些事情……我整个身心都感觉到我信仰什么,并且知道为什么我如此坚信"(《书信集》,第3卷,38—39页)。[121] 高尔基所获得的这种信念,成了不仅仅是他一个人的新的社会和文学纲领的牢固基础。

新的美学纲领的负面部分通常是在对过去和现存的文学状况强烈不满的基础上形成的;其正面部分则是由一些完全公认的原则组成,只不过是在吸引了整整一代作家的新的联合组织中被综合起来罢了。特别要注意的是,高尔基本人从一开始就感觉到他的观点中存在矛盾,但是,最能体现革命前的时代精神变革、改变令人痛心的局势的那种力量,引导着高尔基本人以及他周围的人。

看来,在这个让一部分"知识社同仁"能无条件接受,而另一些人暂时还能容忍的纲领中主要的因素是——新功利主义。

高尔基心里向自己的读者提出这样的问题:"先生!您阅读并且赞赏……对此我十分感谢您。可是,我的先生,以后又怎样呢?……在我的作品影响下,您想建立什么样的有利于生活的功勋呢?这种浪费时间的麻烦事对生活又有什么好处呢?……"(Ⅱ,6)。这些年来,高尔基曾不只一次向康·彼·皮亚特尼茨基、魏列萨耶夫、列·安德列耶夫以及自学成才的作家解释,什么是文学艺术当前所面临的任务(Ⅱ,41—42;Ⅲ,24、26)。

同时,高尔基愿意承认,他之所以"酷爱文学"正是因为:"尽管我没有很好地理解,但是我几乎总是正确无误地感到,艺术方面美好和重要的东西","艺术如同上帝,它没有人心中所有的那么多的爱,它有的是神的荣耀地位",——他不只一次地写信对契诃夫说(Ⅲ,55、59)。他十分赞赏布宁的诗集:"我喜欢……让心灵在饱含着永恒精神的美中休息,尽管其中没有令我感到愤怒的生活,没有我赖以生存的今天……"(Ⅱ,110)。像当时其他大作

232

家一样，布宁经常在知识出版社的丛刊中发表作品，这与其说是知识出版社的思想领袖不再严格遵守共同的方针，不如说是这些作家接受了高尔基确定的价值观念。"建筑真正艺术的珊瑚殿堂的正是我们，正是我们！"——他在给布宁的信中激动地说道，同时把自己和布宁作为"真正艺术"的创造者联系在一起（Ⅱ，45）。

高尔基的纲领中，美与功利的矛盾解决起来往往是有利于后者。正是这些年，在他的编辑意见中，出现了把需要和及时作为决定作品优点的标准。他建议谢·尼·叶列翁斯基在其取材于宗教界的作品中要站在批判的立场上：这"既有利，也及时"；要这部作品与波塔片科的同一题材的作品相比虽然从社会观点，即从作品的教育意义来看同样重要，但是"文学方面"却具有不同的价值（Ⅲ，104）。关于斯基塔列茨的作品他说道："诗——很粗糙，但心情可贵。"（Ⅱ，86）鉴于尤什克维奇的中篇小说的社会理性，所以它比安德列耶夫的作品更符合"需要"（Ⅲ，177）。他对自己的长诗《人》给予批评性的评价，同时又补充说："作品当然是需要的 [122]，只好出版。"（Ⅲ，219）根据这些标准，甚至对那些备受尊敬的作家也作出了最终的评价："知识出版社是否应该在冷漠的作家的作品上打上自己的印记呢？'安东诺夫卡的苹果'的确散发着好闻的香味——不错！但是，它们散发的决不是民主气息，难道不是吗？"（Ⅱ，212）。马明-西比利亚克很有才能，"他是一位令人感兴趣的作家，但是在他身上缺乏社会感情"（Ⅲ，109）。

如果涉及"文学是为了……"，必然会提出以下问题——高尔基经常思考的关于读者-接受者的一个想法："整个'文学活动'是无聊的消遣——空洞的、不负责任的事业。为了谁，这是主要的吗？为了谁？"（Ⅱ，6）。为了不同于过去几十年为中层知识分子读者写作，而要为另一种新的读者写作，这些年来，这种愿望既支配着托尔斯泰，也支配着契诃夫。高尔基为新读者写作的渴望，其特点首先具有阶级色彩，然后甚至具有党派色彩："因为我本人当过圣像彩画作坊的学徒、当过面包工、干过打铁匠和别的行当，您大概会明白，工人兄弟对我来说具有什么样的意义……"（Ⅱ，10）。对高尔基来说，"比其他所有意见加在一起更重要的"是"工人阶级"如何对待他的作品（Ⅲ，163）。重要的是让像他本人那样的人从底层走向光明，让那些不会读书的人掌握文学，"为了那

233

些有教养的人”而被剥夺了接受传统文学语言的可能和需要的大多数人掌握文学。在这件事情上，高尔基在一定程度上可以寄希望于工人出身的自学成才的作家，“让我们的兄弟开口说话，最终用自己的语言大声地说出自己的话，这是非常重要的”（Ⅲ，163）。高尔基一直到生命结束都在寻找这样的志同道合的人。

他还经常提醒“知识”派作家，作品应该首先面向什么人。他对捷列绍夫说道，“老兄，这个‘新’读者也是伟大的现象，他贪婪地阅读书籍确实就像吞食精神食粮，而不是品尝寂寞和灰色生活的调味品”（Ⅲ，157）。他希望绥拉菲摩维奇的书能在“我们今天最好的读者——普通劳动人民那里取得成功”（Ⅲ，158）。他要安德列耶夫面向“新人”，面向“健康的劳动人民——就是面向民主”（Ⅱ，100）等等。

由于要面向新的读者，高尔基敏锐地意识到了这个读者所需要的新的艺术语言问题。总体上就是明确要求清晰易懂，“表述思想的语言要简明清晰，这就减轻了掌握思想所花费的力气，这对于几乎没有空闲时间阅读的人尤为重要”（Ⅲ，33）。因此，他给予像契诃夫和托尔斯泰这样不同的艺术家以最高的和同样的赞扬——他们的作品和他们本人同样质朴（“谁也不能像您那样把如此普通的事物写得如此简明”——这是对契诃夫说的；“他所说的一切异常深刻，尽管有时不完全正确，但是依我看来非常好，更重要的是非常简明”——这是关于托尔斯泰的话。Ⅱ，8、13）。同时，高尔基明白，与追随他的许多人不同，“黄金时代”最大的天才所达到的最高简洁，实质上是复杂的特殊形式。简洁作为艺术存在于高尔基早期的某些作品中（按契诃夫的话说，那里“除了人物，可以看到的就是他们所出身的大众，还有就是空气、远景，一句话——一切”——《书信集》，第9卷，40页），简洁也存在于“知识派”作家库普林、布宁的短篇小说中，存在于绥拉菲摩维奇的《沙原》这样的作品中。

正如我们所见，那些特别的、似乎被普遍运用的形象性、隐喻、寓喻、象征，也符合对新读者的指导原则。 234

“知识派”大多数作家从高尔基那里接受了文学主人公的概念和独特的人类学学说。高尔基用韵律散文写成的长诗《人》是“知识”社第一本文集的纲领性作品，集中反映了高尔基在给自己的战友的信中所阐述的思想。

　　高尔基早就有寻找文学中的"模范人物、模范生活"的要求（参见《书信集》，第2卷，12页）。同时，他在人物——正面人物——的描写中看到了为新读者塑造正面榜样的主要途径，"需要战士、工人、复仇者……直率的、具有英雄主义情感的、早就不惜用自己的头颅去撞墙的民主主义者"（Ⅲ，13、15）。在高尔基的文学主人公的概念中，融合了他的人类中心论哲学（"我过去、现在、将来永远是一个人类的崇拜者"，Ⅱ，21），明确的社会方针（为"劳动人民"）和政治方向（"俄国作家应该成为政治活动家"，Ⅲ，136），世纪之初形成的历史乐观主义（"新的世纪确实是精神复兴的世纪"，Ⅱ，97）以及古代的英雄中心模式。只有几个"知识派"作家——艾兹曼、古谢夫-奥伦堡斯基、尤什克维奇——根据本人的才能遵循了高尔基这一文学纲领。高尔基在创作实践中没有把作家本来的任务归结为实现英雄中心模式，这在某种程度上是由于读者-接受者的问题对他来说具有不同的含义。

　　读者，即"自己的兄弟"，仅仅是高尔基提出的读者问题的一个方面。当他认识到杂志、书籍的需求者多半是什么人时，就确定了对这"通常的"传统读者的新的态度：读者，即敌人（"能有一些敌对的读者倒也不错……"，Ⅱ，6）。

　　对俄罗斯文学来说，这种对作者与读者的关系的出乎意外的理解，反映了高尔基本人的人所共知的个性，"有敌人比有朋友更令人愉快，敌人永远不是多余的……"（Ⅱ，6），但主要的意图是力求确定与已经来临的历史时代相适应的文学的作用和任务。"……那种使寂寞的男女市侩们的心感到如此惬意的'美文学'写得已经足够了，我认为，正派作家的职责就是做一个读者讨厌的作家，而最崇高的艺术是使人们愤怒的艺术。"（Ⅱ，222）

　　在给"知识派"作家的信中经常有这样的话题，"我自己经常重复我的朋友斯基塔列茨的话语，'不，我不跟你们在一起！你们徒劳地、假仁假义地用自己那一套召唤我！我深深地、极其强烈地憎恨你们所有的人，你们是烂泥塘里的癞蛤蟆！'"（Ⅱ，102）。他对自学成才的作家提出忠告："要写得好，也就是写得有力，您想想看，您不是为朋友，而是为敌人写作……读者——那是一头庞大的牲畜，是我们的敌人，抽他的脸，照着他的心、他的头抽打，用猛烈的、强硬的语言鞭打他！"（Ⅱ，105）

　　不为传统读者的期望服务，不为他们提供生活的新消息，而是让他们感

235

到那些看似稳固而持久的事物，那些同他们谈论为拙劣真理辩护的事物不可避免的毁灭和消亡！这是读者问题的提法的另一方面，它要求在艺术语言中进行变革，也决定了世纪之初高尔基以及大多数追随他的"知识派"作家作品的特点。那些艺术语言尚未达到所提出的要求水平的作家，高尔基称他们为毁灭敌对读者的期望和趣味的天才。布宁虽然尚未把自己的才能磨砺成无情批判的利刃，但他是同盟者，因为他"真正的艺术殿堂"反衬出"万事如意的市侩居所的单调丑陋"（Ⅱ，45）。与敌对读者斗争的效益性在高尔基的心目中一度压倒了安德列耶夫创作中令他怀疑的倾向："让市侩痛苦地活着吧，用绝望的铁箍束缚住他那卑鄙下流的放纵，把恐怖灌注到他空虚的灵魂里！"（Ⅲ，47）

高尔基把专注于俄国生活迫切问题的作家聚集在"知识"社丛刊周围，但他同时也明白，现实主义在其传统形式中已耗尽了自己的能量。他不仅感到俄国文学中最近的前辈托尔斯泰和契诃夫的遗产的不可超越，不能不对他们表示赞赏，而且，像任何一个将在文学中说出新的话语的人一样，应该克服传统的压力。在那封评述契诃夫的《带小狗的女人》著名的信中，他欢迎现实主义的死亡，他认为现实主义达到顶峰之后，其死亡必然会到来。他赞扬《海鸥》《万尼亚舅舅》的象征性内容，并为俄国文学整体上缺少象征主义感到遗憾。这里所谈的不仅仅是构建作品的手段和方法，而且是文学的使命。与以前的现实主义所宣布的东西相对立，新功利主义对文学提出的要求是：作家所创作的作品要不同于生活，要比生活更高、更好、更美。必须让现在的文学稍稍开始美化生活，一旦它开始这样做，那么生活就会更美好，也就是说人们将过得更有生气，更富有色彩（Ⅱ，9）。

其实，契诃夫、柯罗连科同样面临着"真与美"的问题，于是他们作出了自己的决定：在不美的现实生活中寻找美。高尔基所面临的新任务原则上是不同的，他的方针是根据对现实生活材料的主观随意性态度而制定的，所以作家必须"美化生活"。这种定向不仅仅具有文学内部的理由。[123] 越来越激进的俄国社会情绪促使文学朝着改变传统艺术语言和描写现实的原则这一方向发展。

这种"打破稳定"的技巧使那些被批评家分为两极的作家们突然接近起来。[124]"知识派"和"颓废派"几代人的一致性使他们的创作成为统一的文学进程中两种不同模式，由于一定的历史、文化动因而形成的两种很多方面既相

236

同又对立的"精神和社会的反映形式"。[125]

这样，世纪之交高尔基艺术世界的主要变化——针对读者的变化以及与此相联系的建立作家世界认知的新结构的尝试——成了新文学联合组织的美学纲领的主要依据（但是正如我们所看到的，并非"知识派"所有的作家立刻就能在自己的作品中实现这种转变）。

8

如同以上所谈，高尔基能够将许多第一流的、最有经验的艺术家吸引到知识出版社中来。正是这些大作家的作品保证了"知识"社丛刊在普通读者中的极高声望，引起了读者的兴趣，即便是最苛求的读者也给予关注，并且产生了大量的批评著述 [126]。

由于这批作家水平相近——如果不是就美学立场同一、选题范围乃至文学手法一致而言——"知识派"这一团体的称号得以巩固下来。在这一团体存在的最初几年和第一次俄国革命前夕，高尔基的团结方针的影响体现得最为明显。同时代的人能区别开这些作家的个性特征，如谢·伊·古谢夫－奥伦堡斯基、亚·谢·绥拉菲摩维奇、斯基塔列茨（斯·加·彼得罗夫）、尼·德·捷列绍夫、谢·所·尤什克维奇和叶·尼·奇里科夫。不过现在，过了一个世纪以后，将他们联合在一起的那些原则显得更清晰，也更令人感兴趣。

"知识"社丛刊所确定的方向，引起了敌对阵营作家的鄙视，并以"马克西姆的部下"为由进行冷嘲热讽。但是在他们那些即使冗长、没有一定风格的作品中，也能感受到其实他们十分敏感，也能听到"事件的风声和世界的音乐"[127]。勃洛克在其评论《论现实主义者》中——上面的引文即出自这篇文章——指出，"知识派"所有的成员齐心协力、团结一致地做"一个大的课题——俄国革命"。从1905年变革事件之前出版的第一批书籍来看，许多作品的确是这样。大多数这类作品的主要成绩依然是他们的模拟视点，毫不掩饰、直接再现现实生活——并且早于那些大艺术家的综合性作品。

俄国社会最严重的社会弊病，日渐显露的体制瓦解，阶级、民族、精神对立的持续增长——这就是将"知识派"的作品与过去十年的作品区分开来的首要现实。艾兹曼和尤什克维奇的犹太人题材，古谢夫－奥伦堡斯基作品中的俄国宗教界的腐化，绥拉菲摩维奇描写的工人生活，加林－米哈伊洛夫斯基、奇里科夫、斯基塔列茨笔下革命爆发前夕的农村，接下来是库普林所表现的俄国军队的崩溃，最后是对罢工、街垒、巷战的描写——再现世纪初新的、严酷的现实，成为"知识派"毋庸置疑的功绩。对两类读者的定位，作者对所描写的事物所持的立场，使人想到了这一团体领导人所制定的规划方针，"今天的现实事业仍然是：一方面组织健康的劳动人民去实现民主，另一方面瓦解疲惫的、饱食终日的、愁眉苦脸的资产者"（《书信集》，第2卷，100页）。

但是，以前遭到否定的、以中层知识分子读者为对象的语言痕迹，还长久地保留在有名的引语当中，保留在作者叙述的词汇中，其中也包括主题最具革命性的作品。"他们变成了伯爵庄园的'人手'，获得自由以后，仍然像废除农奴制以前耕种着老爷的土地……他们很多人看上去很有意思，自由自在，有着堂堂的仪表，穿着漂亮的民族服装……"（斯基塔列茨：《田野法庭》[128]）。

再看另一个作家对两个人物的描写——一个反面人物和一个正面人物："看来，此人过够了'克虏伯式'的娱乐生活，并且，为了老年时能成为'人民之父'，他曾这样自吹自擂，在某些事情上获得了所罗门王的智慧，这个痛风病患者为了在他所控制的领地享受畸形肉欲的快乐，他甚至不嫌弃他在朋友圈子里戏称为'小花朵'的那些女人……"；"年轻、漂亮的农民纳扎罗夫——老师称他是'商人萨特阔'，而称局长是'挨千刀的'——为人热情、能言善辩，一个'有思想的'农民，能从未来的讲坛上吸引群众的人民演说家"（古谢夫－奥伦堡斯基：《神父之国》，第4卷，115、293页）。对革命时代的人物的叙述，这里仍然用的是90年代自然主义的语言，仍然是作者与他在精神和语言上感到亲切的读者交往的陈旧方式。

自然主义式地吸收时代语言，并不想对它进行艺术革新，这也是"知识派"许多作品的特点。古谢夫－奥伦堡斯基摘引了省报上的几个标题作为新时代的标志，"一种在语言中找不到相应概念的新词汇被创造出来，而且创造得如此之快，以至于没有时间从语言本身的根源上对其进行加工。日特尼查的通讯报导就用这些吓人的、有吸引力的语汇作标题：'剥夺土地所有权'、'农村无产

238

者'、'行政当局的横行霸道'、'大土地资产阶级的成长'……"（Ⅳ，105）。

　　而且，在作者本人的语言中，在小说中充满了有关社会、经济、政治特点的冗长议论，我们也看到引自热门报刊的同样说法："劳动与资本的斗争""城市像镜子一样反映了一个县的经济演变"等等。

　　然而，与"知识派"作品中这些从自然主义前辈那里继承下来的特点同时并存的，还有另外一些来自高尔基新美学的特点。在剧本《避暑客》中，这种新美学以戏剧的形式展示出来。沙里莫夫——一位落后于时代的作家（很可能是以波塔片科、马明-西比利克为原型而塑造的）在剧本中沉思道："听说现在诞生了一位新读者；……他是谁呢？……知识分子——我说的不是他……是的……竟然还有……这样的……新读者。"玛丽娅·利沃夫娜——显然是一位女革命者——她解释说，对于这个新读者，文学的任务是什么："我们生活在这样的国家，在这里，只有作家可以成为真理的宣传者、人民恶习的公正法官和为人民的利益而斗争的战士……"剧本中心怀不满、有所追求的女主人公瓦尔瓦拉·米哈伊洛夫娜表达了对已出现的这种文学作品的印象，"当我阅读真诚大胆的书籍时，我仿佛感到真理的火热太阳正在升起……"（Ⅲ，108、132、146）。

239　　　"读者将是新的……必须给他唱新的歌曲"[129]安德列耶夫在一封信中指出。"知识派"作家的许多作品都谈到了新的读者和适应他们要求的新书，例如，谢·亚·奈焦诺夫的《阿芙多吉娅的一生》，女主人公阅读了这样的书籍才走上了豁然醒悟的道路："那里一切都说得简单明了……坏蛋就叫坏蛋，剥削者就叫剥削者……总之，一下子就好了……这本书很重要。"（Ⅳ，36）奇里科夫的剧本《伊万·米罗内奇》中被流放的革命者——周围的人说他是个"开朗乐观的"人——带给女主人公的那些书，起到了同样的作用。尤什克维奇的剧本《饥荒》一段对白，谈到了这些新书与祷告书的区别：

　　"您的书里谈到了人们需要的哪些东西？"

　　"顺从——说的就是这些。"

　　"对。可是我们那些书说的却是：斗争。这更好。"（Ⅷ，69-70）

　　创作这样的书是大多数"知识派"作家的最高任务。必须改变生活，相信现存制度必然灭亡，对于取代现存制度的未来没有明确的观念或者是乌托邦式的幻想——这就是他们的"世界观、宇宙观"[130]，一面追随高尔基（这一点明显地表现为他们经常将丛刊中出版的剧本、小说献给他），一面在自己的作品中有所表现。

作为时代特有的见解的一种表达方式，首先是通过人物的语言反映出来的：

"不能像我们现在这样生活下去了，"奈焦诺夫的剧本《阿芙多吉娅的一生》的女主人公说道（Ⅳ，26）。这句话的意义显然已经超出家庭问题的范围。

"她说，现在我们要按照新的方式开始生活，"奇里科夫的剧本《伊万·米罗内奇》的女主人公的这句话同样要从最广泛的意义上去理解，就像她对丈夫发出的大胆的挑战一样："您以为你们的统治不会完蛋吗？"（Ⅴ，20、26）从丛刊的这一辑到另一辑，号召和预言的坚定性在不断增长。古谢夫-奥伦堡斯基的短篇小说《在教区中》的一个年轻学生说道："他们希望人们按照他们的方式生活……可是人们不愿意……还有什么可说的！"（Ⅰ，278）过了一年，同一位作者的中篇小说《神父之国》中写道："'新的社会制度将要把你们从地球上彻底铲除，'他（大学生，高级僧侣之子——本章撰写者注）指着马特维神父狂怒地说道。"（Ⅳ，253）尤什科维奇的中篇小说《犹太人》的女主人公宣称，"大家都希望自由地生活"（Ⅱ，200）；而在他稍晚的剧本《饥荒》中，年轻的革命者则更加坚定地说："生活！必须征服它……我看到新的美好一天！我的心由于激烈的狂喜而发紧。"（Ⅶ，12、36）库普林在关于契诃夫的回忆特写中经常提到，与共同潮流相契合，他的主人公从来没有放弃"未来生活美好"的思想，没有放弃"未来的理想"和"对美好未来"的希望（Ⅲ，8、9），尽管《三姊妹》和《樱桃园》的作者对未来问题的看法与"知识派"作家有明显的不同。

"知识派"作家的作品所表现出来的对现存事物的诅咒和对未来的欢迎，并不能反映他们有统一和明确的纲领，不如说这表明了俄国社会中新奇独特、形形色色，但却汇合成一种对革命潮流的否定情绪。古谢夫-奥伦堡斯基的《神父之国》中一个不太招人喜欢的人物激动地指出，"托尔斯泰主义者……社会主义者、无政府主义者……否定婚姻、财产和国家的人！他们把什么人当作真正的多神教徒摆放在众神之神、宇宙的创造者与奠基人的位置上？是疯子似的哲学家尼采或者某个像德国的犹太人马克思一样的政治准则的破坏者"（Ⅳ，

240

246）。"同志们，你们看到，站在你们面前的是社会主义者……"绥拉菲摩维奇的《炸弹》中的一个人物向工人们介绍说，用人们感到陌生的语言恐吓着许多人。在"知识派"作家的作品中，犹太复国主义者正在同马克思主义者争论（艾兹曼的《流冰》），一个俄国的尼采哲学的信徒讲述自己思想（库普林的《决斗》）……

但是，这一流派的美学不想仅仅局限于对现实单纯的反映作用。丛刊的所有作者广泛使用的寓言、假定、讽喻、象征性语言，看来力图尝试创造出与时代相适应的艺术概括形式。

"知识派"作家的伪象征主义，让未来与现实形成对立，滋养了象征派作家的艺术语言，成了与二元世界思想并行不悖的独特现象。与象征派作家玩弄修饰、隐喻的优雅艺术手法不同，"知识派"作家为自己的读者提供的是朴素准确、有明确立场的寓意。不能不说说这种语言的新奇性：这是唯一的，在普遍运用中能收到生动效果的语言。

奈焦诺夫的《阿芙多吉娅的一生》，从房屋的窗口看到的"壕沟、臭气熏天的沼泽"应该被看作俄国整个现代生活的象征。"这里好像一座坟墓"，女主人公的这一自白也含有象征性的负荷。但是谈话用同样的语言继续着，"你就是用铁锁、铁链也禁锢不住心灵……"（Ⅳ，61、71、75）。在斯基塔列茨的诗歌中有一段具体情节，描写在监狱中的诗人，同样具有广泛的含义："潮湿的牢房中射进一缕霞光，/它是壮丽辉煌的太阳的先驱。"（Ⅵ，315）库普林中篇小说中的纳赞斯基，实际上就用这样的语言说话，"古老的塔楼和窑洞正在崩塌，从那里已经看到耀眼的光芒……"（Ⅵ，273）。其他一些表示从一个世界向另一个世界转变的象征是：展开翅膀的雄鹰（尤什克维奇：《饥荒》，Ⅷ，113），沉睡的小城中燃烧的大火（捷列绍夫：《黑夜》，Ⅴ，153-157）等等。这种转变的标志如"红得像落日般的旗帜"（伊万·鲁卡维什尼科夫：《三面旗帜》，Ⅷ，372），"勇士的解放之剑"（斯基塔列茨：《森林燃烧起来》，Ⅷ，348）。让驱走黑夜的白天到来吧——对于狂热的犹太复国主义分子索尼娅，对于跟她进行争论的兄长，一个马克思主义者（艾兹曼的《流冰》），对于尼采哲学的信徒纳赞斯基来说，这一象征具有完全不同的意义。在某个时代之前，一致的形象性（在很多方面是在新的基础上复兴的19世纪70年代民粹派诗歌的形象性）强调

241

了支配俄国社会大多数人的那些情绪的统一性和普遍性。

文学作品诗学本身包含的时代精神，在革命年代的讽刺性刊物当中也有明显的反映。研究者统计了1905年六七月至1907年年底在俄国出版的三百多种讽刺杂志 [131]，这十几个月当中，那个时代的重要散文作家——柯罗连科、高尔基、安德列耶夫，都出现在这些杂志上。以前远离社会问题的诗人——勃留索夫、勃洛克、巴尔蒙特也转向了讽刺；几位声望领先的讽刺作家和幽默作家——阿尔卡季·阿韦尔琴科、苔菲、萨沙·乔尔内也迈出了第一步；无数经常处于查封威胁之下的杂志的版面通常充满了匿名氏的作品。这个时期的讽刺性刊物在1905年十月宣言发表之后，尽管在表现形式上获得了有限的自由，其特点仍然是力求抛弃奴隶式的伊索语言，以便从正面进行政治上的猛烈抨击。"抛掉一切吞吞吐吐的话和隐隐约约的暗示。……我们看到了一切，一切都可以讨论。" [132] 政府里那些最不受欢迎的人，沙皇本人以及皇室成员，专制政权的传统象征，都成了直接进行政治讽刺的对象。毒蛇（Василиск）、别连杰依王、吸血鬼、猪群等等明显的讽喻形象经常代之以公开的政治揭露（例如杂志《箭》上列·格·蒙施泰因以化名"洛洛"发表的一首诗中写道："搜查，挑拨/肮脏的表白。/逮捕，没收。/审判……监狱……关押。/横行霸道，警察，/仇恨的胜利……/就算正义毁灭，/也要实现杜尔诺沃！"）（最后两句系对拉丁语格言Fiat Justitia, et pereat mundus［就算世界毁灭，也要实现正义］的戏拟。彼得·杜尔诺沃是当时的沙俄内务大臣，镇压革命的急先锋。——译注）。[133]《炸弹》《暴风雨》《机枪》《箭》《蛇芯》《刺刀》等等，这些杂志的名称本身就表明了它们的公开暴露风格。

在"知识派"作家的作品中，隐喻、意味隽永作为作者思想的一种表现手段，常常落实在两个环节上：标题和结尾。过去十年文学中，标题的简明、含义的中性（比如契诃夫的作品）如今经常代之以明显的讽喻，其含义在以后的情节中得到阐明：如《帷幕之前》《两岸之间》《流冰》等等。重点隐喻形象，从作者的观点来看，有时留在作品结尾，如艾兹曼笔下的流冰，古谢夫－奥伦堡斯基作品中为主人公照亮通往无尽的、充满诱惑力的远方的道路的闪电。

文集中特别经常碰到的表示冲刷现代污泥污水的河流、激流的隐喻，也可能放在开头，比如高尔基的《避暑客》中的一位女主人公说道："真理的火热

242

太阳正在升起，……坚冰在融化，内部的肮脏已暴露出来，河水的波浪很快把它摧毁、捣碎，冲到什么地方去。"（Ⅲ，149）这类形象也出现在古谢夫-奥伦堡斯基的作品（Ⅳ，300-301）、斯基塔列茨（Ⅴ，226）、艾兹曼（Ⅴ，260-261）、奇里科夫（Ⅷ，311）等人的作品中。不过，对那些追随和模仿老师的习作就难以一一列举了。

同过去的文学时代一样，公认的大师与二流作家的作品因为许多一致和相似之处总是联系在一起，时代的某些特征及艺术语言的特点有时也比较明显地表现在"那些小字辈"的作品中。可以在他亲戚朋友中间说某部"宣言式"作品是成熟的，那些以后将明确地大声谈论的事物，往往首先出现在微不足道的、如今已被忘却的作品中。比如，高尔基的长篇小说《母亲》正是在"知识派"中间酝酿成熟的。

对于当代问题——父母与子女的相互关系这一话题，古典文学的框架已广泛地显现在"知识派"的作品中。其实，在这个问题上，高尔基以其《小市民》为后来者开辟了道路。在这个剧本中，作者十分注意子辈对父辈的虚假反抗问题：彼得与年迈父亲别谢苗诺夫的关系，表面上不融洽，实际上他可以期望成为遗传特征的继承人，就像以前屠格涅夫笔下的阿尔卡季·基尔萨诺夫对自己的"父辈"的关系一样。以后，"知识派"的作品中，对立主题的其他方面相继展开：与父辈决裂的子辈，或者加入到子辈的革命事业中来的父母亲。

古谢夫-奥伦堡斯基的短篇小说《在教区中》的乡村牧师确信，他的儿子、神学校的学生在读禁书，他不安地警告说："你是个捣乱分子，瓦列尔卡！"（Ⅰ，278）奇里科夫的中篇小说《担保》中的那位当官的父亲，同样感觉到与自己那个因参加学潮坐了两年牢的儿子在精神上的不和，"……斯杰潘·尼卡诺罗维奇在尘土里折腾着，狂热地向上帝祈祷着，希望万能的他开导和驯服迷途的少年……"（Ⅱ，161），小说以这几句话结束。

243 　　永恒的冲突，却以非常现代的形式既存在于反映阶级问题的作品中，也存在于民族问题的作品中。

"大概每座房子里父与子都在结仇厮杀，"斯基塔列茨的短篇小说《镣铐》中说道。但是，这不是传统的、村社的标志，而是最近的、革命冲突的标志。尤什克维奇的剧本《国王》中，富翁格罗斯曼的一个儿子是革命者，他为做这样父亲的儿子而感到羞耻。而在艾兹曼的短篇小说《流冰》的结尾，年老的父母们祝福孩子们踏上艰苦、危险的革命道路。小说以母亲身上发生的变化结尾，"她感到害怕，感到痛苦，但是一种令人振奋的、庄严的情感在她胸中激荡……突然之间，孩子变得更亲切了，她的眼睛里闪耀着高傲的挑战神情……"（Ⅴ，262）。在同一个作者的剧本《荆棘丛》中描写了一位母亲，孩子们要去参加革命，她本人从开始为孩子们担心，到最后树立起革命信念，剧本结尾时成了一位像引导人民走向自由的预言家一样的女性。"知识派"作家就这样紧紧地贴近了高尔基在题材上的转变。

大概古谢夫–奥伦堡斯基在其中篇小说《神父之国》中比其他人更接近未来高尔基的长篇小说所提出的问题和艺术语言。这位作者在世纪之初的文学中，在主题上占有自己的一隅之地：描写他个人十分熟悉的乡村神父的日常生活。这一题材此前好像是属于波塔片科的，但是时代使这一题材发生了新的变化。高尔基建立了自己在很多方面与这位"19世纪90年代的偶像"相对立的新美学："与波塔片科相处感到烦闷……"——他给自己的文学同道写信说（《书信集》，第1卷，53页）。起初，古谢夫–奥伦堡斯基在重复波塔片科的履历，例如描写"好心的牧师""为真理而斗争"的"不安的神父"，或者"理想主义"的神父，农民的救援者和保护人。[134] 后来，适应新的要求，开始以描写正在崩溃的制度的牢固支柱之一——僧侣阶层的揭露者而驰名。[135]

作者给自己小说的标题《神父之国》，用语引自尼采（指的是《查拉图斯特拉如是说》中《论教化的国度》一节里所说的"父母之国"。——译注），具有广泛的讽喻意义，"在劳动与资本的斗争投来的昏暗阴影中，现代城市在喘息……这是'神父之国'宽敞的笼子，孩子们在里面又哭又嚷地挣扎着……新时代，孩子们从神父们建造的笼子里大规模逃跑的时代到来了"（Ⅳ，149–150）。

在试图展现革命前夕俄国生活的基本现实时，古谢夫–奥伦堡斯基远远超越了他那专门题材的范围。高尔基的基本思想：自由的人、暴君、精神解放、旧世界等等，不仅贯穿在人物语言中，而且贯穿在作者的叙述中。但是，小说中对罢工、工人游行、革命知识分子和工人领袖的描写，古谢夫–奥伦堡斯基在某些方面超过了高尔基。对这些现实颇具风格的描写十分奇特，"他的同志就像取自挖掘场深处的一团粘土。……但是看来，在与生活的斗争中，这块粘土变得坚硬了，在炉火中经过烧炼，变得像铁一般"（Ⅳ，185）。

《水泥》《钢铁是怎样炼成的》这类社会主义现实主义小说，进一步发展了"知识派的""现实主义"作品中运用的隐喻。古谢夫−奥伦堡斯基的作品中工人的谈话，有无产阶级"弥赛亚说"的成分。请看对工人游行的描写——仿佛早已预料到高尔基的长篇小说的那种语调、句法，"这时，从河那边传来了齐声合唱的声音。一种庄严、雄伟的气氛在空中弥漫开来，仿佛一曲人所不知的颂歌发自某个神秘的深处，然后升腾得越来越高，将一切包围起来……朝霞如火，映红了半边天。

在深红色的背景上，扎列奇耶的巨大工厂的烟囱的影子清晰地显现出来。扎列奇耶的街道上到处是人……庄严颂歌的勇敢声音仿佛从一个巨大的胸膛里流泻出来"（Ⅳ，211）。

"你用谎言制服了我们！"一个被警察痛打的分裂派教徒老人对着资本家喊道，"我们的孩子将用真理制服你！！"（Ⅳ，303）——这也是《母亲》语言修辞格的先兆。这样，高尔基这部已成为新世纪之初文学里程碑式作品的长篇小说的过渡文本，就包括了世纪之交的散文的最广泛的层面——从80年代的自然主义者对工人日常生活画面的描写，到选题和修辞都颇为相似的"知识派"的作品。当时还提出了许多规则，这些规则成了苏维埃文学的标准。

英雄（主人公）问题包括三种意义：卡莱尔的英雄、莱蒙托夫的英雄和文学本身的主人公——是"知识派"的美学和文学实践中最重要的问题。

在《神父之国》中，女主人公对中心人物的关系是在他作出英雄行为之后确定的。她的自白看上去好像是社会宣言，"……她的脸色变得煞白，炯炯发光的眼睛直视着伊万神父的脸，用不太自然的、提高的声音说道：

'为了英雄……为了生活中一切英雄事物！'"

下面，是在秘密幽会的情况下的表白：

"'我不能……我再也不能！'她依偎在他的胸前气喘吁吁地说，'我……想爱你！我……爱你！英雄！你……是英雄'。"（Ⅳ，232、251）

245　　小说结尾，主要人物作出了精神上大胆决定，拒绝了司祭之职，认识到了"生活的真理"，成了一名战士。窗外雷雨大作，电光闪烁，男女主人公眼前浮现出"通向无尽的、诱人的远方的道路……"——这样的结尾后来在社会主义现实主义作品中以千百种调子不断重复。

从过去的文学时代转化来的英雄崇拜在世纪之初必然具有新的特点，新的英雄标准。流派作家把自认为是时代英雄的**生活中的英雄**作为作品的主人公，并经常通过"他们的口"形成作品的意蕴。

的确，在"知识派"的作品中，这类主人公常常占次要地位。占主要地位的一般是按福马·高尔杰耶夫模式设计的人物——"从自己的环境中挣脱出来"，探求真理、听从新的预言家召唤的人，比如像尤什克维奇的《犹太人》中的工人达维德，《饥荒》中的革命者加拜，奈焦诺夫的《阿芙多吉娅的一生》和奇里科夫的《伊万·米罗内奇》中的被流放的革命家等等。高尔基的《监狱》中那个青年大学生没有见过面，只是与他敲墙通话的神秘政治犯也是这样的人物，"这个人就像肮脏灯笼中的一支燃烧着的、放射出明亮光辉的蜡烛"（Ⅳ，376）。高尔基经常运用的这种卡莱尔式的闪闪发光的英雄的修饰手法（再次应用于《母亲》中的巴维尔·符拉索夫）说明，在描写新的主人公时，偏重于把他们浪漫化，而不是现实主义处理。艾兹曼《流冰》中的女主人公的肖像具有明显的浪漫主义特点，虽然她与作为论敌的哥哥所进行的思想争论是以自然主义实录性的方式来表现的，"他非常激动，惊讶地看着妹妹。她突然间长大了，直直地站在那里，像一位崇高的、难以理解的、从高处什么地方降临的先知一样的人物，全身被热情之光照亮，因为洋溢着激情之火而面貌焕然一新"（Ⅴ，257）。

显然，这起码是试图创作一幅这些形象的心理素描。但对整个流派来说，倒是体现了主人公形象的本质特征。这样的主人公通常扮演救世主的角色，为了摧毁现存事物，他知道应该做些什么，他好斗，不妥协，准备让年轻人做出牺牲，并且在这种情况下毫不犹豫地流别人的血。"好斗的人"（Ⅰ，219）——高尔基在丛刊第1辑中提出的这一说法以后，在奈焦诺夫、尤什克维奇、古谢夫－奥伦堡斯基、艾兹曼、库普林的作品中有了不同的变体。在"知识派"诗人的诗歌中是借助寓意来描绘这类主人公的：他们"在大海的迷雾中，在雷雨和风雪中，／注视着豪迈心灵的指南针，／驾驶着珍贵理想之船"（Ⅶ，325）。而在散文作品中，他们有时具有社会和思想的具体性的特点。

246

　　研究者指出的世纪之交的文学中个性原则的增长，首先意味着作品情节中主人公作用的改变。依存于环境的主人公的位置被脱离自己的环境、扯断这种依存性的主人公所占据，消极的主人公的位置被好斗的主人公所占据，堕落的主人公的位置被"改邪归正的"主人公所占据等等。文学主人公的制作加工的变化受到批评界的欢迎，"作为战士的人，作为反抗者的人"出现了，"在当代俄国文学中必须有他的身影"；"不可能长期地停滞在契诃夫的主人公所特有的那种消极和郁闷之中，高尔基的激烈反抗、热情的浪漫主义从这种状态中摆脱出来……"[136] 有时会觉得，只要将契诃夫那些招人喜欢的、但是不幸的主人公转移到新的时代，与新的现实联系起来，那么就会成为与时代相适应的新型主人公，"不错，这当然是他，老相识阿斯特罗夫医生，农村生活环境中的一个天才人物，契诃夫笔下的阿斯特罗夫医生，只不过是变得年轻了，清醒了，不知为什么振作起来了"（斯基塔列茨：《镣铐》，V，215）。

　　在艺术的一类——戏剧中，解决主人公的问题特别富有意义，"知识派"中的许多作家步高尔基之后尘，也转向了这种艺术。从外部的相似性——描写日常生活和当代俄国生活——出发，评论界将他们的戏剧与最近的前辈契诃夫的剧本进行了对比，但是对他们之间的根本区别问题，其中包括主人公问题，却未予重视。

　　1903年，当契诃夫创作《樱桃园》的时候，他看到了"知识派"中唯一"纯粹的"戏剧家奈焦诺夫的剧本《富人》（最初的剧名是《金钱》）。契诃夫评价了奈焦诺夫特别在其第一个剧本《瓦纽申的孩子们》（1901）所表现出来的戏剧才能，这个剧本继承了奥斯特罗夫斯基的传统——商人家庭的"黑暗王国"中出现的分裂[137]，契诃夫还关注着他以后前进的脚步。

　　《富人》的主人公是莫斯科的百万富翁库波罗索夫。作者根据世纪之交时髦的遗传理论的精神对这一形象进行了处理。奈焦诺夫像通常那样对主人公的性格给以全面的解释："在他身上仿佛有两个人：一个比较有教养，有一颗敏感的心；另一个是虚荣心很强的、吝啬的商人，刚愎自用而又善于自我克制。遗传像一种强行接种上的病毒伤害着他的生命。"[138] 作者的全部注意力集中在主人公身上，集中在对他的双重人格的描写上。奈焦诺夫的剧本是一篇揭示具有最新思想的商人面貌的社会心理论文。其余所有的人物都作为背景和辅助材料，

247

都在某种程度上依附于主人公的活动。

契诃夫在其最后几个剧本中遵循的完全是另一种戏剧原则。戏剧冲突的重心不是一个人（反面或者正面的）与其余所有人物的对立。按照契诃夫关于高尔基的《小市民》所表明的意见，这是一种过时的戏剧形式。[139] 契诃夫本人从《海鸥》开始，就实行所有出场人物对所发生的事件平等负责、人物之间具有潜在的一致性、对构成冲突的力量平均分配的原则。[140] 契诃夫的剧本中、短篇小说的人物之间的对抗有时达到极端的形式，他们自己都确信他们的"真理"是绝对对立的。而作者每次都指出他们未曾发现的或者愤怒否认的潜在的一致性。认为作家这样做是为人物开脱，而将罪责推卸给"生活结构本身"，这样解释契诃夫的平均分配原则是不正确的。不是"没有罪过的人"[141]，而是"我们大家都有罪过"——这就是契诃夫对生活冲突的理解，他将这种看法引入戏剧中，以此表现俄国社会的这种状况：从人与人之间的关系的相互冷漠，和热衷于自我到全面隔绝和相互残杀只剩下历史的一步——每个人"仅仅"相信自己（他们所有的人都"互不相干"，所有的人"都是绝妙的、卓越的人，互不依赖），都在对普遍的混乱无序推波助澜。

高尔基和"知识派"的戏剧世界则建立在完全对立的原则上。

高尔基的短篇小说《监狱》中大学生米沙·马里宁的沉思可能是与契诃夫争论的一种继续。狱中的米沙很关注那个没有见过面的政治犯给他的信："那些勇敢的、强硬的、像冰块一样冷冰冰的话形成了坚定的、完整的思想：……'当人们还不明白奴隶和主人同样卑鄙、有害之前，生活将充满恐怖和残酷……'但同时，信中某个隐蔽之处又悄悄地燃烧着一种亲切的、令人感到温暖的思想……'难道能够把人仅仅分成两个阵营吗？……比如说，我是什么人呢？要知道，实际上，我既不是主人，也不是奴隶！'"

"这种弱小、微妙的思想像火星一样在他的心中一闪，立刻就让位给那些强大、严厉、坚定的思想。"（Ⅳ，377；《全集》，Ⅵ，92-93）

列·托尔斯泰读完《监狱》后指出，"开头很好"，几乎像契诃夫那样富有表现力，但是缺乏感情分寸，而且"议论"显得薄弱。[142] 高尔基大概同意这种批评，或许会说，即使这样，《监狱》仍然是一篇"很需要的"和"及时的"短篇小说，因为它为正在走向革命的青年指明方向起到了有益的作用。但是，除

248

了对摆在大多数俄国人面前的问题做出回答外，这里间接地涉及了文学问题。将人"仅仅分成两个阵营"，把一部分人同另一部分人对立起来是否正确，是否公平？每个普通的"平凡的"人是否由各种迥异的因素所构成？高尔基否定了这种"令人感到温暖的"、但是"弱小的、微妙的思想"。现在他看到的现实就是明显地划分为"自己人"和"敌人"，于是他在戏剧中就集中描写当时俄国的各种敌意和对立。

父与子的对立，"小市民"与"劳动人民"的对立，"避暑客"与"从事某种严肃的、重大的、大家都需要的事业"者的对立，"太阳的孩子们"与"大地的孩子们"的对立，最后，"资本家与工人的对立……"剧本《底层》比较特殊，在这个剧本中，高尔基最接近于契诃夫的"潜在的一致性"和"普遍有罪"的原则，尽管他坚持认为，剧本的基础建立在对立的原则上。这类冲突和对立的解决——归根结底必然是其中一方的失败。

如果这样理解冲突，那就必须要有对冲突和对立表现出正确观点的主人公。高尔基的剧本《犹太佬》未能实现的构思颇具代表性。"它将是富有诗意的，其中主人公有激情、有理想……而女主人公——洗衣工的女儿，是个民主主义者！曾进过讲习所，是律师的妻子，鄙视她所过的生活。围绕这些人物是外省城市的整个社会！……整个一伙败类，一群市侩！"（《书信集》，第2卷，178页）。还有另外一种构思，"一群没有理想的人，可是，他们中间突然出现了一个有理想的人！仇恨，吵闹，号叫，大笑"（《书信集》，第2卷，187页）。在这种情况下，正确的观点应该表达出来，即使与心理真实相违背：因为更重要的是主人公的意见有益并且适时。作者同意尼尔的形象"因为好发议论而受到损害"，沙金说的话"与他语言不相符"（《书信集》，第2卷，195页，第3卷，86页），但二者都是必要的。塑造这样的角色，就是为了鼓舞观众——"自己的兄弟"，使敌对的观众感到害怕。

就戏剧语言本身来说，"知识派"作家从契诃夫那里多有借鉴。奈焦诺夫的《阿芙多吉娅的一生》，戏剧的高潮，即女主人公同周围的冲突极度尖锐化是在第三幕，到最后的第四幕，生活又回到日常状态——如同契诃夫的《万尼亚舅舅》。尤什克维奇的剧本《饥荒》也是按照同样的模式构建的，而在结尾，悲观失望的女主人公说道："我们之后，人们或许会感到轻松些！"——几乎与

《三姊妹》的结尾一样。有时几乎是无意识地引用契诃夫：契诃夫剧本中以嘲讽的口吻说明的东西，而这里却写得很严肃——试比较《樱桃园》中安尼雅与别嘉·特罗费莫夫跟《饥荒》中年轻女工与革命者加拜的"二重唱"。有时，契诃夫的主人公成了"知识派"作家剧本中的主要人物，比如在奇里科夫的《伊万·米罗内奇》的标题人物身上很容易发现"套中人"的特点……有时，试图效仿契诃夫剧本情节容易使人产生错觉的简洁，这种尝试常常因为戏剧理论的平庸而事与愿违，比如尼·加林（米哈伊洛夫斯基）的《农村悲剧》即如此。实际上，这是一篇按角色写成的农村风习特写，奇里科夫的《农夫，农村生活写照》也是这样。

但主要的是，对戏剧冲突的理解，冲突中的人物配置，"知识派"遵循了高尔基的美学主张，他们所有的剧本都充满对比和对立。大多数剧本中有主人公——有时是某种爱发表议论的角色，通过他们的口来表明作者对所描写的事物的见解，"是勇敢地进入别人的房子并打穿墙壁的时候了，以便让不仅是主人一个人，而是所有住在房子里的人，都能够轻松地呼吸"（Ⅳ，17）；"为什么人们不能按照自己的意愿安排生活呢？应当在他们的头脑里点燃起灯光……"（Ⅴ，79），还有很多其他的例子。这样，根据"知识派"剧本中关键话语的激烈程度的增长，就可以形成关于世纪之初俄国生活急速变化的概念。

综合起来，这个团体的作家创作的作品提供了文学不能视而不见的现实生活的可信记录，创作了一幅集体绘画作品和时代编年史。他们的大多数作品始终与当时的迫切问题密切相关，但不能以其深刻的概括和洞察给人留下深刻印象。他们充当着诚实见证人的角色，当然不可能预见到，他们的主人公所争论和感受到的种种问题，马克思主义、尼采哲学、犹太复国主义、俄国革命的真正历史作用和命运，只有等到世纪中叶甚至要到世纪末叶才能展现出来。但是，正是当时，根据日后历史的裁决，他们的作品中的一些东西起到了早期预测、清醒警告的作用。

高尔基的《监狱》中的米沙、马里宁情愿服从强硬的、"像冰块一样"冷冰冰的阶级对立的逻辑，但艺术家的敏感使高尔基发生了真正的转变，他让一个将被革命旋风裹挟进去的普通人面临这样的问题："我能这样做吗？……我想这样做吗？"（Ⅳ，378）

250 　捷列绍夫的短篇小说《黑夜》中那场正在吞噬沉睡中的荒凉小城的大火是革命烈火的象征。主人公的夙愿实现了："他第一次感受到自身的生命力……充满欢乐、热情、痛苦和斗争的巨大而鲜活的生命力。他第一次领悟到：他看到的那些人，同样无精打采、萎靡不振、好争吵的人，但是，他们变得多么厉害呀，真是面目一新！"（Ⅴ，157）

　　然而，所描绘的画面却产生了令人不快的印象：因为这场大火是由一个精神错乱的人，一个城里的疯子放的，他本人也在大火中死去。捷列绍夫还将度过半个新世纪，看到世纪之初燃起的革命烈火的许多后果。但是他的短篇小说所表现的警告意味或许违背作者的意图只有现在、下一个世纪之交才清楚地展现出来。

注释：

1　《星期周报》，1891，9月，第125页（不署名的评论）。

2　马克斯·诺尔道，《退化》，莫斯科，1994，154页（俄国第1版出版于1893年）。

3　彼得·乌尔夫·默勒，《契诃夫与有关托尔斯泰的〈克莱采奏鸣曲〉的争论》，《斯堪的纳维亚斯拉夫学》，1982，第28卷，125-151页；弗·鲍·卡塔耶夫，《契诃夫的文学关系》，莫斯科，1989，70-77页。

4　《高尔基书信全集》，二十四卷，莫斯科，1997，第2卷，8-9页（以下高尔基的书信均引自该版，文本中标明书信集、卷数和页码）。

5　彼·尼·多尔任科夫，《契诃夫的〈带小狗的女人〉和托尔斯泰的〈克莱采奏鸣曲〉：对爱情的两种观点》，《语文学》，1996，第2期，10-16页。

6　《契诃夫作品与书信全集》，三十卷，莫斯科，1974—1982，《书信集》，十二卷，第4卷，10页（以下相关引文皆引自该版，引文后在括号内标明卷数和页码，书信引文标明《书信集》、卷数和页码）。

7　罗·奥·雅柯布森，《论艺术现实主义》，雅柯布森，《诗学著作》，莫斯科，1987，387-393页；德·扎通斯基，《文学史不应该是什么样的呢》，《文学问题》，1998，1-2月号，第6页，28-30页。

8　卡·斯·巴兰采维奇，《听天由命：弃儿们的生活摘录》，见卡·巴兰采维奇，《压迫之下：中短篇小说集》，圣彼得堡，1883；第2版，圣彼得堡，1892，121-122页。

9　弗·吉利亚罗夫斯基，《贫民窟里的人们》，见《吉利亚罗夫斯基文集》，四卷本，莫斯科，1967，第2卷，73页。

10　针对世纪末俄国作家的创作，叶·鲍·塔格尔谈到了"自然主义"这一名词本身的假定性——作为自然主义与"现实主义"的界限，他提出，俄国自然主义的特点不是在纲领上宣称自己是"学派"，而是与左拉学说最重要的意向互相呼应的"艺术流派"，然而，这些意向"在俄国的土壤上……却有极大的特殊性，具有另外的特点和色彩"。参见：《19世纪末20世纪初俄罗斯文学：90年代》，莫斯科，1968，146-152页。有关俄国式的自然主义存在的问题的争论，可参见：穆拉托夫，《博博雷金》，《1800—1917年俄国作家传记词典》，莫斯科，1989，288-289页。

251

11 阿·鲍·穆拉托夫，《19世纪80年代的散文》，《俄国文学史》，四卷本，列宁格勒，1983，第4卷，58页。

12 《左拉文集》，二十六卷本，莫斯科，1961—1967，第26卷，51页。

13 亚·阿·波捷布尼亚，《美学与诗学》，莫斯科，1976，332页。

14 彼·德·博博雷金，《19世纪欧洲长篇小说：三分之二世纪的西方小说》，圣彼得堡，1900，18页。

15 同上，587、18页。

16 伊·亚辛斯基，《文学回忆录》，《历史通报》，1898，第2期，558页。

17 《萨尔蒂科夫-谢德林文集》，二十卷本，莫斯科，1972，第14卷，153页。

18 维·巴萨尔金［列·伊·梅奇尼科夫］，《最新的"娜娜自然主义"》，《事务》月刊，1880，第3、5期。

19 关于俄国小说这一"流派"的一篇综述（格·诺沃波林，《俄国文学中的淫秽成分》，圣彼得堡，1909），如果按现在的理解来看，显然收集了多余的资料。当代一位研究该问题的学者讽刺"略微色情的《萨宁》"当初竟能引起轩然大波，而他在索洛古勃的《卑劣的小鬼》的情爱题材中看到的只是"在方向上偏离了传统"。参见：维·叶罗费耶夫，《在老大难问题的迷宫中》，莫斯科，1991，83、96页。

20 阿姆菲捷阿特罗夫在小说后记中阐明了这种哲学，其引文摘自挪威人比昂松的剧本《挑战的手套》，以及报纸上的事实和读者的反应（阿姆菲捷阿特罗夫，《维多丽娅·帕夫洛芙娜》，第2版，莫斯科，1902，241-250页。后来他又创作了小说续集《维多丽娅·帕夫洛芙娜的女儿》）。

21 阿姆菲捷阿特罗夫，《玛丽娅·卢西耶娃》，圣彼得堡，1904；随后还有续集《玛丽娅·卢西耶娃在国外》。

22 《左拉文集》，二十六卷本，莫斯科，1961—1967，第25卷，440页。

23 《19世纪末20世纪初的文学进程和俄罗斯新闻业，1890—1904：资产阶级自由派和现代派刊物》，莫斯科，1982，170页。

24 菲利普·亚当斯·邓肯，《契诃夫的"实验"小说〈神经错乱〉》，见《契诃夫的创作艺术》评论集，俄亥俄州哥伦布，1977，112-122页；约翰·塔洛克，《契诃夫：结构主义研究》，伦敦，1980，6-9页；雅娜·佩吉·默勒，《安东·帕夫洛维奇·契诃夫：自然科学家和文学家》，《契诃夫和德国》，莫斯科，1996，139-144页。

25　较详细可参见：弗·鲍·卡塔耶夫，《契诃夫及其文学环境（19世纪80年代）》，《契诃夫的同路人》，莫斯科，1982，5-47页；弗·卡塔耶夫，《契诃夫和19世纪末俄国自然主义者》，《19、20世纪欧洲文学中的自然主义和反自然主义》，华沙，1992，107-114页。

26　《书信集》，第5卷，126页。

27　《加林-米哈伊洛夫斯基文集》，五卷集，莫斯科，1957，第3卷，104页。

252　　28　弗里德里希·戈连施泰因，《1968年秋冬我的契诃夫》，《图书评论》周刊，1989，第42期，8页。

29　关于加林-米哈伊洛夫斯基的自传性四部曲中环境与主人公探索的相互关系问题，可参见：格·阿·比亚雷，《加林-米哈伊洛夫斯基》，《俄国文学史》，十卷本，莫斯科-列宁格勒，1954，第10卷，521-522页；叶·鲍·塔格尔，《19世纪末20世纪初俄罗斯文学：90年代》，莫斯科，1969，153-157页；柳·亚·叶祖伊托娃，《1890—1907年的现实主义文学》，《俄国文学史》，四卷本，第4卷，238-239页。

30　参见：利季娅·金斯堡，《论文学主人公》，列宁格勒，1979，48-55页。

31　作为一种文学样式，高尔基在这里指的是具有强烈"英雄中心论"的新浪漫主义：易卜生、托尔·赫德贝里、罗斯丹的戏剧。参见：《书信集》，第1卷，338、340页，第2卷，7、14页。

32　谢·谢·阿韦林采夫、米·列·安德列耶夫、米·列·加斯帕洛夫、帕·亚·格林采尔、亚·维·米哈伊洛夫，《文学时代更替的诗学范畴》，《历史诗学：文学时代和艺术意识类型》，莫斯科，1994，33页。

33　《列·托尔斯泰全集》，九十卷本，第62卷，269页。

34　列·托尔斯泰，《居伊·德·莫泊桑文集前言》，《全集》，第30卷，19页。

35　德·斯特鲁宁，《90年代的偶像：批评随笔》，《俄罗斯财富》月刊，1894，第10期，154、155、162页。

36　《公民报》，1894年1月3日。

37　《公民报》，1895年1月2日。

38　波塔片科的长篇小说《现役》在杂志上刊登了两次，这是没有先例的：1890年发表于《欧洲通报》，1898年再次刊登于《大众杂志》。弗·费·帕夫连科夫（卡莱尔和"杰出人物传"丛书的出版人）应读者的需要，于1891—1896年出版了《波塔片科中短篇小说》，十一卷本。另外十二卷集的《波塔片科文集》在19世纪90年代曾三次再版。

39　《新时报》，1894年8月19日。

40　《文学遗产》，莫斯科，1960年，第68卷，379页。

41　后来高尔基写道："80年代末、90年代初可以称作为软弱无力辩护和安抚必然灭亡的人的年代。文学选择'非英雄'作为主人公，当时一部中篇小说就叫《并非英雄》。我很用心地读了这篇小说。它把这样的话作为时代的口号："我们的时代不是肩负伟大使命的时代。''并非英雄'很有说服力地相互证明了这一口号的正确性……"（《高尔基文集》，三十卷本，莫斯科，1953，第24卷，424页）

42　波塔片科，《并非英雄》，见《契诃夫的同路人》，莫斯科，1982，356页。

43　格·诺沃波林，《在文学和生命的黄昏》，第2版，圣彼得堡，138页。

44　费·德·巴丘什科夫称，"通过各种途径，从正面或反面去探索主人公"是波塔片科创作的突出特点（费·德·巴丘什科夫，《评论随笔》，圣彼得堡，1898，第1卷，121页）。

45　米·阿·普罗托波波夫，《朝气蓬勃的天才》，《俄罗斯思想》，1898，第9期，165页。

46　瓦·伊·涅米罗维奇-丹钦柯，《狼吞虎咽》，三卷本，圣彼得堡，1897，368页。

47　引文根据尼·费·别利奇科夫，《文学和批评中的民粹派》，莫斯科，1934，132页。

48　参见：列昂尼德·格罗斯曼，《尼娜·扎列奇娜雅的罗曼史》，《普罗米修斯》丛刊，莫斯科，1967，第2辑，236—252页。

49　1891年尼·康·米哈伊洛夫斯基把契诃夫与波塔片科作了对比，他认为，"现在的作家总想绕开中心点，以无动于衷的平静心态描写他看到的一切"，但是"波塔片科却属于令人愉快的意外：他的每部作品的思想都很清晰、明确……"《米哈伊洛夫斯基文集》，圣彼得堡，1897年，第6卷，883—884页。

50　契诃夫在《萨哈林岛》（1894）一书中以同样嘲讽的口气描写了自己萨哈林岛之行的功绩。参见：鲍·弗·卡塔耶夫，《像需要太阳一样需要勇于献身的人……》，《俄罗斯的忘我牺牲精神》，莫斯科，1996，263—264页。

51　亚·帕·丘达科夫有关这一问题的著作：《契诃夫的诗学》，莫斯科，1971；《契诃夫的世界：起源与论证》，1986。

52　康·阿尔谢尼耶夫指出，米·阿尔博夫的作品中多半是偶然性的东西（参见：《欧洲通报》，1884，第4期，760页）。苏沃林指出，巴兰采维奇的小说中有大量的偶然性描写和对话（参见：苏沃林的评论，《巴兰采维奇的〈两个妻子（家庭）〉》，圣彼得堡，1895，3页）。诺沃波林认为，偶然性是波塔片科作品情节的基础（诺沃波林，《在文学和生命的黄昏》，141—142页。而《星期周报》的一位批评家发现，直接反映生活现象之短暂的这一特点非常深刻地烙印在亚辛斯基的作品中。《星期周报》，1888，第13期，17页）。

53　《俄国观察》，1892，第7期，《北方通报》，1892，第7期；《俄罗斯思想》，1892，第8期。

54　《回顾往昔》，莫斯科，1990，第7辑，514页。

55　阿·米·利宁，《论俄国文学中资产阶级风格的历史（博博雷金的创作）》，《顿河畔罗斯托夫师范学院学报》，1935，第6辑，104页。

56　奥托·缪勒否定博博雷金的优先权（奥托·缪勒，《知识阶层：对一个政治关键词的研究》，法兰克福，1971，页121—157），叶·鲍·拉什科夫斯基则提出论据对他进行了反驳

253

（叶·鲍·拉什科夫斯基，《科学知识，科学制度和19—20世纪东方各国的知识阶层》，莫斯科，1990，113-124页）

57　列·尼·安德列耶夫，《论博博雷金》，《安德列耶夫全集》，圣彼得堡，1913，第6卷，294页。

58　谢·阿·文格罗夫，《俄国作家、学者评传词典》，圣彼得堡，1895，第4卷，第1部分，194页。

59　博博雷金，《回忆录》，两卷本，莫斯科，1965，第2卷，14页。

60　对博博雷金的理论和文学实践进行比较的参见：叶·鲍·塔格尔，上引著作，175-178页；谢·伊·丘普里宁，《"配角"-环境-现实：论俄国自然主义的特质》，《文学问题》，1979，第7期；谢·伊·丘普里宁，《19世纪80—90年代俄国文学中的自然主义》，语文学副博士论文内容摘要，莫斯科，1980；基尔斯滕·布兰克，《彼·德·博博雷金：俄国自然主义长篇小说的理论和实践研究》，威斯巴登，1990。约翰·麦克奈尔，《博博雷金及他的俄国知识阶层编年史》，《俄国文学和思想的黄金时代》，纽约，1992。

61　《列·托尔斯泰与俄国作家通信集》，两卷本，莫斯科，1978，第2卷，155页。

62　博博雷金，《回忆录》，两卷本，第1卷，57页。

63　《列·托尔斯泰全集》，九十卷本，第71卷，260页。

64　引自马·卡·库普林娜-约尔丹斯卡娅，《青年时代》，莫斯科，1966，17页。

65　安德列耶夫，《论博博雷金》，《安德列耶夫全集》，圣彼得堡，1895，第6卷，297页。

66　引自A.M.穆德罗夫，《博博雷金与亚·亚伊兹梅洛夫的通信》，《阿塞拜疆国立大学学报》，巴库，1927，第8-10卷，15页。

67　文格罗夫，上引著作，210页。

68　薇·伊·查苏利奇，《拙劣的虚构》，见薇·伊·查苏利奇，《俄国文学论集》，莫斯科，1960，162-184页；《列宁全集》，第2卷，537-538页。

69　瓦·伊·库列绍夫，《论俄国自然主义和博博雷金》，见瓦·伊·库列绍夫，《准确与真实的探索》，莫斯科，1986，170-201页。

70　《博博雷金小说集》，十二卷本，圣彼得堡，第12卷，106页。

71　《高尔基文集》，三十卷本，第25卷，307页。

72　引自A.M.穆德罗夫，上引著作，22页。

73　谢·伊·丘普里宁，《契诃夫与博博雷金——19世纪末俄国文学中自然主义运动的几个问题》，《契诃夫及其时代》，莫斯科，1977，138-157页。

74　尼·康·米哈伊洛夫斯基，《英雄与群氓》，《米哈伊洛夫斯基文集》，圣彼得堡，1855，第6卷，292页。

75　托马斯·卡莱尔，《英雄，英雄崇拜和历史上的英雄功绩》，托马斯·卡莱尔，《现在与从前》，莫斯科，1994，6页。

254

76　别尔嘉耶夫，《自我认知（哲学思想自传）》，见《别尔嘉耶夫文集》，第1卷，巴黎，1989，98页。

77　别尔嘉耶夫，《社会哲学中的主观主义和唯心主义：关于尼·康·米哈伊洛夫斯基的批评随笔》，圣彼得堡，1901，205页。

78　有关第一阶段争论的概述可参见：叶·维·伊万诺娃，《同时代人对〈特写和短篇小说〉的评论》，《高尔基及其时代：研究与资料》，莫斯科，1989，第2辑，137页。

79　卡莱尔，《现在与从前》，第65、128页。

80　《1909年12月致阿姆菲捷阿特罗夫的信》，《文学遗产》，莫斯科，1988，第95卷，174页。

81　卡莱尔论英雄的论著俄文译本1866年首次在《现代人》杂志上发表，米哈伊洛夫斯基撰写《英雄与群氓》时，在相当大的程度上改变了这位英国人的思想（他认为，卡莱尔"过分推崇伟大人物的作用"），以适应俄国民主政治的任务。高尔基对卡莱尔的了解是在19世纪90年代末，当时他在喀山曾访问民粹派小组。后来他回忆道，阅读卡莱尔的书是这些小组成员教育的必要组成部分（参见：《高尔基通信》，两卷本，莫斯科，1986，第2卷，384页）。显然，他们阅读的是从《现代人》旧本中抄录下来的手抄本。

82　《高尔基全集·文学作品》，二十五卷本，莫斯科，1968，第2卷，529页（后面对本书的引用将直接标注在正文括号内，标明卷、页）。米哈伊洛夫斯基在其关于高尔基的论文中引用了这种说法。关于米哈伊洛夫斯基对高尔基早期作品的评价可参见：米·根·彼得罗娃和弗·格·霍罗斯，《关于米哈伊洛夫斯基的对话》，尼·康·米哈伊洛夫斯基，《文学批评与回忆录》，莫斯科，1955，40-45页。

83　普列汉诺夫，《我们的分歧》，《哲学著作选》，两卷本，莫斯科，1956，第1卷，348页。

84　这里和下面的引文引自亚·伊·埃特尔，《沃尔洪基的小姐》《接班人》《斯特鲁科夫的前程》，莫斯科-列宁格勒，1959，160页。

85　弗·伊·卡明斯基，《民粹派作家》，《俄国文学史》，四卷本，第4卷，83页。

86　叶·尼·奇里科夫，《残疾人》，《19世纪俄国中篇小说：70—90年代》，莫斯科，1957，第1卷，516页。

87　《魏列萨耶夫文集》，五卷本，莫斯科，1961，第1卷，80页。

88　同上。

89　同上，109页。

90　尤·乌·巴布什金，《注释》，见《魏列萨耶夫文集》，五卷本，莫斯科，1961，第1卷，470页。

91　同上，109页。

92　魏列萨耶夫，《时疫》，见《魏列萨耶夫文集》，五卷本，莫斯科，1961，第1卷，170页。

93　季·尼·吉皮乌斯（梅列日科夫斯卡娅），短篇小说集《新人》，圣彼得堡，

255

1896，17、18、25、75、143页。

94　伊·伊万诺夫，《当代主人公》，《演员》，1894，第4期，110页。

95　米·缅希科夫：《自由的含义》，《星期周报》，1896，第2期，316页。

96　引自米·根·彼得罗娃，《1892—1900年文学大事记》，《19世纪末20世纪初俄罗斯文学：1890—1900年》，376页。

97　同上，379页。

98　《北方通报》，1898，10-12期。

99　（未署名），《当代偶像》，《珍本：书目学小报》，1902，第7期。

100　格·德·加切夫，《剧本〈底层〉中人对真相的反抗》，《未知的高尔基》，莫斯科，1994，230、257页。

101　勃洛克，《关于现实主义者》，《勃洛克文集》，八卷本，列宁格勒-莫斯科，1962，第5卷，102、103页。

102　这种见解看来与契诃夫的实际做法是矛盾的：这些年他的短篇小说如《大主教》《新娘》，是围绕着中心人物构建的，表现了中心人物与周围人物的对立。但是，这种对立和对其他人物的优势（以及"脱离"）表现在主人公的感觉中，而不是作者的认定。（请看对此所作的一贯说明："他已感觉到……"，"他想像……"，"他以为……"）

103　这在写给米哈伊洛夫斯基的信中有明确的说明："我们现在已不再相信那些英雄，他们（就像神话中的阿特拉斯——天空一样）曾肩负重任，60年代推行'组合'，80年代又推行'村社'。当时我们都在寻找'英雄'，而奥穆列夫斯基先生们和扎索季姆斯基先生们已为我们提供了这些英雄。可惜，这些'英雄'都是'镀金的'，而不是真正的、最先进的英雄。因此，我们现在首先寻找的不是英雄，而是真正的人，不是功勋，而是内心的活动。虽然也许不值得称赞，但却是性格率直的人（作家的力量就在于此，比如契诃夫）。"《柯罗连科文集》，十卷本，莫斯科，1956，第10卷，81-82页。

104　柯罗连科的早期短篇小说《奇女子》中的人物也是这样设置的。

105　柯罗连科，《日记摘抄》，《文学中的柯罗连科》，莫斯科，1957，415页。

106　引自A.M.穆德罗夫，上引著作，16页。

107　同上，21页。

108　纳·阿·科热夫尼科娃，《19—20世纪俄国文学中的叙事类型》，莫斯科，1994，10页。

109　关于该问题可参见：亚·帕·丘达科夫，《契诃夫的诗学》，莫斯科，1971，61-87页。

110　勃洛克，《阿波隆·格里戈里耶夫的命运》，《勃洛克文集》，第5卷，515页。

111　《北方通报》，1892，第1-6期。

112　"比如说，一端站着巴黎和左拉，而另一端则站着叶卡捷琳堡和西比利亚克，"1884年他写信给哥哥说。《马明-西比利亚克文集》，八卷本，莫斯科，1955，第8卷，635页。

113　亚·米·斯卡比切夫斯基，《德·纳·马明》，《新言论》杂志，1896，第1期，126页。

114　关于马明-西比利亚克与自然主义的关系可参见：叶·鲍·塔格尔，上引著作，莫斯科，1969，179-181页；伊·阿·杰尔加乔夫，《马明-西比利亚克与左拉》，载《1870—1890年的俄国文学》，斯维尔德洛夫斯克，1982，62-73页；弗·亚·克尔德什，《批判现实主义（19世纪90年代—1907）》，《世界文学史》，莫斯科，1994，第8卷，47-48页。

115　列宁，《俄国资本主义的发展》，《全集》，第3卷，488页。

116　《俄罗斯思想》，1895，第1-8期。

117　"报纸作为对生活材料的最初加工，其水平成了马明-西比利亚克诗学的重要组成部分"，关于这一问题可参见：亚·弗·昌采夫，《马明-西比利亚克》，《1800—1917年俄国作家传记词典》，莫斯科，1994，第3卷，499页。

118　这并不排除高尔基风格的这类色彩，如自我调侃，作者对主人公-故事叙述者温情的、带有"书卷气"的处世态度，他对人民生活的抽象认识的讽刺，例如短篇小说《有一次，在秋天》。

119　苏沃林，《我们的诗歌和小说》，《新时报》，1890，5099期，5月11日。

120　米·涅斯捷罗夫，《书信摘抄》，列宁格勒，1968，158页。

121　导致他发生惊人变化的原因除了突然获得的巨大文学成就、与社会民主主义的接近、警察的追捕之外，其中有——虽然不是最根本的——伴随着争论与契诃夫、托尔斯泰的相识，以及自第一次来到彼得堡之后与许多俄国作家的会见令他深感失望。

122　高尔基在其著名回忆特写中所引用的列宁评论小说《母亲》的标准（《全集》，第17卷，7页）。

123　比如，所引用的高尔基的观点在某种意义与认为文学是"创造的传奇"这种象征性理解相一致："撷取生活的片段，粗糙的、贫乏的片段，我会用它创作出甜美的传说，因为我是诗人。"（索洛古勃：《创造的传奇》，《索洛古勃文集》，二十卷本，圣彼得堡，1914，第8卷，3页）

124　论述世纪之交的文学，习惯于现实主义与现代主义仿佛战争状态的对立与疏离这种论断，摆脱这种观点的评论可参阅弗·亚·克尔德什为《时代的联系：19世纪末20世纪初俄国文学中的继承性问题》所写的《引言》，莫斯科，1992，4页，以及该书的其他论文。

125　关于一代人的共同性问题，可参见：卡尔·曼海姆，《代与代的问题》，《新文学评论》，1998，30期，7-47页。

126　有关"知识"社丛刊的详细评述可参见：C. B. 卡斯托尔斯基，《第一次俄国革命时期的"知识派"作家》，《1905年革命与俄国文学》，莫斯科-列宁格勒，1956，64-111页；柳·亚·叶祖伊托娃，《1890—1907年的现实主义文学》，《俄国文学史》，四卷本，第4卷，256-257页；弗·亚·克尔德什，《"知识"社丛刊》，《20世纪初俄罗斯文学和俄罗斯新闻业，

257

1905—1917：布尔什维克和泛民主主义的出版物》，莫斯科，1984，228-179页。

127　勃洛克，《论现实主义者》，《勃洛克文集》，八卷本，第5卷，114页。

128　1905年《"知识"社丛刊》，第7辑，圣彼得堡，1905，269、271页（本章之后将在正文括号中引用此刊，标明辑数和页码）。

129　《文学遗产》，第72卷，莫斯科，1965，《高尔基与列昂尼德·安德列耶夫》，508页。

130　摘自1907年8月安德列耶夫给高尔基的信（同上，第290页）。

131　纳·鲍·邦克、H. Г. 扎哈连科、爱·莫·施耐德曼为《第一次俄国革命（1905—1907）的诗歌讽刺作品》所作的《注释》，列宁格勒，1969，609页。

132　《观察家》，1905，18期，2页。

133　《俄国讽刺作品》，莫斯科－列宁格勒，1960，406页。

134　参见：《古谢夫－奥伦堡斯基短篇小说》，圣彼得堡，1903，4、15、312页。

135　契诃夫在给魏列萨耶夫的信中写道："古谢夫……很有才能，虽然他很快就因为他那醉醺醺的助祭而使人厌烦，他几乎每一篇小说中都有醉醺醺的助祭。"（《书信集》，第11卷，219页）

136　引自弗·亚·克尔德什，《文学大事记》，《19世纪末20世纪初的俄国文学，1901—1907》，莫斯科，1971，342、401页。

137　参见：安·亚·切尔内绍夫，《剧作家之路：尼·亚·奈焦诺夫》，莫斯科，1977，26-28页。

138　奈焦诺夫，《剧本集》，圣彼得堡，1904，第1卷，182页。

139　与契诃夫剧作不同的结构形式——比如易卜生或罗斯丹的剧本（其基本规律是拥有中心人物，其他人物都处于和他对立的地位）无疑对"知识派"剧作家产生了影响。

140　详见：弗·鲍·卡塔耶夫，《契诃夫的文学联系》，莫斯科，1989，171-243页。

141　亚·帕·斯卡夫蒂莫夫，《俄罗斯作家的道德探索》，莫斯科，1972，375页。

142　尼·尼·古谢夫，《列夫·托尔斯泰生活与创作编年史：1891—1910》，莫斯科，1960，519页。

258

第五章
现实主义与"新现实主义"

◎弗·亚·克尔德什　撰／赵秋长　译

1

　　1910年代前几年至1920年是世纪之交俄国现实主义文学运动发展的最后阶段。称其为最后阶段，不仅是就这场文学运动的时序，而且是就其质的变化而言（此时它已成为一种极其重要的、崭新的文学现象）。正是俄国文学发展的这个阶段，与世界现实主义文学的嬗变——世纪之交的世界现实主义文学由于社会–历史的原因（需要充分了解这个全新的世界）和文学本身的原因（此际文学深切感悟到以往艺术形式业已枯竭，务必寻求新的形象语言）发生了这种嬗变——颇为耦合。这些促发变化的，普遍存在的共同因素同样也作用于俄国的文学。但是，俄国有着本国的历史背景，它正处于一个风雷激荡的年代，因此，这对文学嬗变的过程自然是不无干系的，定会或促进或阻碍这种嬗变，并对其某些现象作出诠释。

　　本书的序言已对俄国白银时代文学的形成从社会现实，特别是艺术和特殊历史条件的诸多方面进行了论述。现我们就白银时代文学中的一个重要问题来展开评析。

先谈谈历史这个因素。俄国第一次革命之后的1908—1910年间出现了反动的政治局面，毫无疑义，这种社会–历史状况对文学运动产生了负面的影响。然而，"反动"一词的另一种意义，即其广义和中性为"作出反应"，用这个意义来说明文学运动却是适当的。正是社会各界对这场革命的结局反应强烈而又纷杂的这种形势，将当时的文学聚结成一个整体。

在这种情况下，不仅对于"远离现实"的现代主义作家，而且对于许多"贴近现实"的现实主义作家来说，已发生的事件给他们带来的世界观方面的教训要比事件本身的社会–政治实质显得更为重要。这里说的是他们当时关于环境与个人之间关系认识上的剧烈变化。这种认识是坚持反实证主义的世纪之交文学的一大特点（对此序言中已谈及），而在文学发展的不同阶段对反实证主义又有不同的理解。

19世纪90年代末期至20世纪最初几年，个人与环境对立的成分尤为突出——从托尔斯泰的《哈吉穆拉特》和《舞会之后》到高尔基笔下"落魂"的主人公们莫不如此（短篇小说《舞会之后》就是从演示证明著名的"环境杀人"的公式写起的）。

第一次革命期间活跃在现实主义文艺中的基本主体发生了变化，变成了占领历史舞台的群体剧，个体的抗争者不见了，代之以"凌驾于一切之上的""群体"形象（见勃洛克《论现实主义》一文）[1]。勃洛克很看重却又难以接受这种形象，因为"群体的声音掩盖了个体的声音"[2]，然而在当时的文学界产生了这种或那种"帮派"。正如高尔基小说《母亲》的一位主人公安德列·纳霍德卡谈到自己那个团体时说："大家貌似在合唱，心里却各唱各的调。"[3] 这从实质上意味着社会历史环境应重新来个"反正"，使其不再压抑而是解放个人的思想。

当时的诸多象征主义者也满怀类似的希冀，他们将这个时代的社会浩劫以及历史决定论思想视为世界实行精神改造的一个步骤，视为革新的最初阶段的必经之路。

重大关头的变幻是从革命运动的第一次失败开始的。许多现实主义作家主张革新，却不能接受艺术上的革新。而就是这样一种革新的思想很快就被负面的印象冲得七零八落了。

库普林态度的变化就是一个突出的实例。1907年12月他发表了短篇小说

260

《草民》，它描绘出一幅伤感至极的春凌爆发的景象，这象征着不久前发生的事件。灾难接踵而来，暴风雨难以荡涤它（并非小说的主人公所愿），造化之神却助纣为虐。这些小人物，亦即"草民"们的得以重生，在自然力面前做到自主的愿望破灭了。这位作家就此背离了其最重要的，在革命年代生成的观念——在《决斗》，特别是《石榴石手镯》中表现出来的关于"小人物"的新概念。在斯基塔列茨自传体小说《流犯休息站》（1908）中，作者不久前尚为之感奋的集体主义的激情消失殆尽。绝望的他又重温落落寡欢回归自己内心的情调，这种情调是他在早期作品中孕育而成的。这种心理危机涉及了叶·伊·奇里科夫、谢·所·尤什克维奇和达·雅·艾兹曼等一批文学家。

这些演变的共同本质乃是一种对决定论的新的背反，它来得要比以往更急促，以至于对历史根本丧失了信任，将有历史意义的人性的集合性原则置于自相矛盾的对立地位，拒不参与任何"公共"事务（革命年代前的俄国现实主义文学对单个人注定应负的特殊使命的理解尚不如此绝对）。他们还二律背反地对其他一些反对派的观点，诸如历史学、自然人类学乃至生物学原理——譬如阿尔志跋绥夫在其《萨宁》（1907）中就对这种生物学原理推崇备至。

于是在我们面前呈现出在文学史上并不多见的一种景象：从具体的历史事件中引出了一些相互雷同的结论。在那个年代的文学中对革命运动悲惨命运的描写林林总总，这种情况不仅是受了社会思想，而且是受了形而上学思想影响所造成的。

与他们对时代的感受同时发生作用的还有一种欲求，那就是为以往事件作出令人振奋的总结，将之记入历史。

在这方面，逆潮流而行的高尔基称得上现实主义文学运动的代表人物。他在众人绝望的时刻期盼着在不久的将来"民众的创造力会猛烈地爆发"，他号召作家同行坚持这样一个信念："激情恰恰是现代文学中所缺乏的……"[4] 然而可惜的是，与克服萎靡情绪这种美好愿望形影相随的常常还有现代人对痛楚的麻木不仁，对持不同意见者概不宽容。直到最后，高尔基的大多数昔日的文友离开了知识出版社。1908年出版了第32辑知识文丛，其中收入的作品（高尔基的中篇小说《忏悔》和古谢夫-奥伦堡斯基的《大地的故事》）被高尔基誉为"现实主义……走上新道路"的标志，而这条新的道路"奇里科夫、库普林等文学

261

家尚未及涉足"[5]。

在那个年代勃洛克也有类似高尔基被文友叛离的遭遇。大家知道，勃洛克曾于1907—1909年间发表过一系列言论，主张"首要的问题"是"知识分子如何建立同人民的联系"[6]，这使他的许多文友大为不快。如果说高尔基是作为知识出版社的领导者来强制推行自己的信念，那么勃洛克则相反，他的观点则是他所属的文人界克服本身偏颇思想的见证。而且，高尔基和勃洛克都高度评价《忏悔》，都认为人民的历史乃是决定人性存在的因素，并试图从中总结出有益的经验，这使得他们惺惺相惜。促使两人交好的还有一点，即他们在思想上都属于少数派。

20世纪第二个十年，俄国文学步入一个新阶段。因为人们已走出不久前时代的阴影，形成了较好的社会精神氛围，这个阶段文学的媒介性表现颇为明显。于是文学运动的张力增强，出现了一种生机勃勃的局面。现实主义流派的声望日隆，对此，其反对者也不得不承认。评论界纷纷谈论"现实主义复兴"，还称现实主义已进行了革新。这种革新首先反映在名称的更易上，它常常被称为"新现实主义"。它的表现是形成了别有特点的另类生活哲学，形成了解决困扰世纪之交文学问题的独特方法，这些问题有对待实证论的态度、文体的革新（相关论述请见后文）等。在序言中我们已解释过"新现实主义"文学在当时背景下的含义，介绍了评论家和作家们如何运用它来描绘形形色色文学现象——描绘现实主义和现代主义出现的新趋向，描绘超乎流派的艺术的边缘本性的表现。在我们这部书中，"20世纪初的俄国现实主义"一语，采用的就是后者的意义。我们拒不采用别的术语，尽管它们更准确，在我们看来更合适"新现实主义"乃是现实主义这个流派内部的特殊一支，它比其他支系更接近现代派运动中的文学过程，它摆脱了美化旧时代现实主义大潮的自然主义的靡风（参见"现实主义与自然主义"一章）。[7]

同时得以继续发展的还有传统的社会现实主义一支，对这一流派我们以后也会进行论述。当时的俄国文学中尚存具有浓重怀旧情怀的支系（如阿尔志跋绥夫派）。然而倘若对之略去不计的话，作为一个整体的现实主义文学运动——既包括新现实主义又包括传统的现实主义文学现象——其标志乃是广泛而深刻地表现俄罗斯的现实生活，不断提升文学对周围活跃生活的关注程度。

2

现实主义文学革新始于1905年前后，它是众多文学家共同努力的结果。布宁的创作在这方面极富代表性，此时高尔基的创作也进入全盛时期，库普林、魏列萨耶夫的艺术风格也发生了巨大变化。至于奇里科夫、奈焦诺夫、尤什克维奇、斯基塔列茨、古谢夫–奥伦堡斯基、艾兹曼等大多数"老"一代名家，他们的创作则日渐寥落，从总体上说来对文学界已不再发生什么影响了。在现实主义文学中崛起一代新人，他们中有些人早就从事创作活动，但是到20世纪第二个十年之前才臻于成熟。他们中有伊·谢·什梅廖夫、谢·尼·谢尔盖耶夫–青斯基、阿·尼·托尔斯泰、米·米·普里什文、叶·伊·扎米亚京、阿·帕·恰佩金、伊·德·苏尔古乔夫、康·安·特列尼奥夫和费·德·克留科夫等。十月革命前的十年俄国的现实主义文学在数量"指标"上已经蔚为大观了。С.В.卡斯托尔斯基中肯地指出，"外省作家进入文坛，外省文学之家的诞生"（西伯利亚文学团体规模尤大，出自这里的作家有维·雅·希什科夫、格·德·格列边希科夫和费·瓦·格拉特珂夫等），"是一种具有标识性的现象"，这导致了"俄罗斯艺术描写地域"的扩大。[8]

这些令人难以忘怀的形形色色作家和文学现象之间，却有着某些共同之处。作家的思绪或明或暗，但总是不时地回到不久之前的那段历史。尽管他们对它的感受有所不同，而1905年的革命，作为国家生活中的一个里程碑的意义现已为整个俄国文学界认同。当时的评论界就曾评说过"在1905年沉醉后痛苦的心理直接压抑下所形成的我国文学潮流"[9]。在十月革命前的十年间，出现了一批在某种程度上企望对1905年革命时期发生的事件及其在近期俄国社会生活中引起的思想变化进行反思的小说，如索洛古勃的《创造的传奇》（1907—1914），安德列耶夫的《萨什卡·热古廖夫》（1911），吉皮乌斯的《魔鬼的傀儡》（1911），安德列·别雷的《彼得堡》（1911—1913），В.罗普申（鲍·维·萨温科夫）的《子虚乌有》（1912），格·伊·丘尔科夫的《撒旦》（1914）、《谢辽扎·涅斯特罗耶夫》（1915）和伊·亚·诺维科夫的《两个黎明之间》（1915）等。可以看出，这些作品的作者的来历各不相同。

　　而且，很难说他们直接（或用曲笔）描绘这一历史政治事件的风格对当时现实主义，首先是"年轻"现实主义文学运动的基本特征起着决定性作用。现实主义文学青睐的是生活的原生态，《忧怀存在》——玛里埃塔·沙吉尼扬的一篇文章就叫这个有特色的名字。沙吉尼扬在文章中联想《卡拉玛佐夫兄弟》中魔鬼的自白，认为俄国文学正经受着"七普特重商妇的苦难"（整整一年之后她又直截了当地称扎米亚京中篇小说《县城纪事》中的人物切鲍塔里欣"由于饕餮竟胖得不能行走"），而"一杯茶"却酿出了"希冀"。[10] 在这里，我们可以分明地察觉到，这是一种抗议，一种心灵对物欲横流生活的抗争，以之对抗象征主义文学构筑的"另类世界"。在这种贪欲中还存有另一种对立，即"日常"与"历史"的对立。也只有在这个意义上，许多描写日常生活作家的创作可以做到，一方面经常保持着历史感，一方面又常常远离了作为直接"客体"的历史舞台。现实可以吸引却不能封闭人的心灵，从日常生活的素材中可以引出广泛的问题。"通过现实来解读历史"——我们可以这样为当时的俄国现实主义文学中的一个有代表性的思潮定性。

　　值得注意的是，现实生活题材的作品与古罗斯这片广袤而荒蛮的"被闲置的穷乡僻壤"有着难以割舍的血肉联系（扎米亚京的《在穷乡僻壤》）。其中的主人公往往是百无聊赖的颓唐客和尚未或刚刚脱离史前生活的人；描写的是贵族遗老的封闭世界（阿·托尔斯泰），散居在欧洲北部和西伯利亚地区的宗法制民族的移民生活（普里什文、恰佩金、格列边希科夫、希什科夫），俄国中部农村闭塞的田园生活（布宁、维·瓦·穆伊热利、谢·帕·波德亚切夫和伊·叶·沃利诺夫等），县里固有的平庸而荒蛮的风土人情（高尔基、扎米亚京、库普林、谢尔盖耶夫-青斯基和尼·尼·尼康德罗夫等多人），城市下层人穷困潦倒的生活（什梅廖夫、库普林和波德亚切夫等）。

　　关于"城市居民中那些生活在最底层的人"，亦即"似乎被世界剥离出来的人"，波德亚切夫中篇小说的一个人物这样喟叹："我们的境遇……糟透了……我们被遗忘了……"[11]《被遗忘的人们》（1909），也正是这篇小说的名称。文学中颇为流行的描写被历史遗忘的这一社会阶层和人群的主题有着鲜明的底蕴，因为透过他们便可看出国家的大部分面貌。"俄罗斯是个什么样的国家？它

264

不过是个荒蛮的小县"——高尔基小说《奥古洛夫镇》中的一个主人公如此评说。[12] 俄国社会和思想界对"小县"（也包括城市和农村）生活日益增长的关注表现在方方面面：从布尔什维克主义的极度实用主义的方针（"为争取'人民'，争取群众……，资产阶级和无产阶级展开了斗争"）[13]，到对民众显示出来的和潜在的固有伟力进行的殚精竭虑的观察和思考（勃洛克）[14]。无论怎样，他们的努力尚无明显的成效，他们的言行还有待于能否解决俄罗斯的前途这个令人费尽心机的问题的成效来检验。往往还有一种对这种"固有伟力"的思考，它在当时显得尤其活跃，那就是关于国民性和民族思想的思考，当年的文学就孜孜不倦地在民族思想之中探寻国家命运之门的钥匙。

265

让我们切实地考察一下农村题材文学在这方面的明显演变。在当时的文学中，无论是记录、"写实"式的，还是概括式的农村题材（乃至民间题材）都方兴未艾[15]，其实这两种样式最终是异曲同工。读革命后最初出现的一批农村题材的散文，常常产生一种不佳的印象，这种印象是由于处于社会动荡时期的民众的不良精神状态和行为造成的。各种文学现象将"与世隔绝"的农村可悲的景象呈现在人们面前。在对"庄稼人"生活的阴暗面的描写中可分明发现作者继承的是19世纪60年代作家的文学传统，不过他们对这种传统的理解各自不同罢了，然而这类作品很快就出现了批判过滥的倾向。

在嗣后的年代里，随着俄国现实主义文学的演变，农村题材的作品也发生了变化，逐渐摆脱了走极端的错误观点。布宁的那些农村题材著名散文就经历了这种内在的转变（由初始描绘阴郁沉闷的《乡村》到20世纪第二个十年转而写下了一批描绘五彩斑斓的民间生活的短篇小说），在当时一些"专写农村题材的作家"身上也程度不同地发生了这种转变。

其中尤为突出的是熟悉农村生活的优秀风习作家维克多·瓦西里耶奇·穆伊热利（1880—1924）。在他描写革命时期生活的早期作品中，农民运动被描写成一种自发的、鲁莽的暴动（如《地租》），后来，阴郁的色彩愈加浓重，描绘出一幅幅残酷的农村生活画图。他还另有发现，力图从心理上扩充记述农村生活的传统方式。别人是用另外一种世界的视角来看社会的，把目光只是盯在落后和荒蛮上，而他却在这里发掘出人类善良的原始品性，这种本性甚至可以唤醒最"昏庸、愚昧和凶恶的人"（如《诅咒》）。然而这些原始品性常常被"从沉沉的黑暗中散发出来的不绝如缕的恐惧"所"淹没"（《别墅》），消逝在"浑浑噩噩的意识之中"，此时昏黑的脑际"只见一些奇异的思绪在静静地爬行，它们模模糊糊，杂乱不堪，隐隐约约，没有一点光华，就像淡月投入密林的阴影"（《暂且》）。穆伊热利塑造的人物是很有特色的，通过他们我们可以鉴赏这位作家描写农民心理的妙法。他的作品从没有怨天尤人的腔调，因为他深知，造成农民苦难的罪魁祸首是"饥馑，贫穷，难以承受的劳作和难以忍受的无权地位"（《在一家农户里》）。可是他的作品透露出一种宿命思想——农村的"特殊命运"是"无可认知难以理解的"（《别墅》）。

266

谢苗·帕夫洛维奇·波德亚切夫（1866—1934）的农村题材的散文着重描写农民生活中的丑陋-冷漠及其处世之道。不过，与布宁和穆伊热利不同的是，他将庄稼人苦难形成的原因完全归咎于社会。历史留下的残酷印象常常会在现实社会中留下挥之不去的阴霾。波德亚切夫在1905年革命后那些年代里的感情充分体现在他的中篇小说《生与死》（1912）中。生活在前进，农村却停滞不前，而且看来这种停滞和封闭的状态还要继续下去："我们的农村对近些年来，乃至现今困扰我们这个'忧患重重的罗斯'的一切全然毫无牵挂，如果说它也有所牵挂的话，那么也与真正的关心南辕北辙，只是做些傻事，帮些倒忙。"波德亚切夫笔下的农村可使人联想起布宁的《乡村》，他甚至还创造出一种农村的"波德亚切夫式"的可视性形象："……灰蒙蒙、昏沉沉的天空压顶，淫雨连绵……一群乌鸦嘎嘎地叫着掠过低空，从庄园的什么地方传来阵阵母绵羊的'哀叫声'，哀哀怨怨如泣如诉，还有一只狗在凄厉地叫着，一声接着一声，单调而乏味……烦闷……主啊，简直烦闷死了！……"[16]

在此后的第一次世界大战期间，波德亚切夫的创作又显现出新的特点，此时的他对农村的前途仍然感到困惑，不过，他已发现农村也意欲挣脱困境（中篇小说《采蘑菇，摘浆果》，1916；短篇小说《祸从口出》，1917，以及其他作品）。

穆伊热利20世纪第二个十年的作品（长篇小说《年》和中篇小说《在大地的边缘》等）对农村的看法趋于乐观，然而他与远离民粹派幻想的波德亚切夫不同，寄希望于那种特殊的庄稼人"乡土"真理，指望以之变革世界。

阿列克谢·帕夫洛维奇·恰佩金（1870—1937）的早期散文及其小说集

《孤僻的人们》（1912）和《白色隐修院》（1914）将现实同幻想紧密地联系在一起。他以诗一般的语言深情地描绘了北方这片荒凉的人迹罕至的土地。他一直住在这里，称"森林的居民为上帝"（短篇小说《森林抚育者》）。恰佩金不相信城市有什么健全的法则，归根结底法制农村也并非牢不可破的世界。在中篇小说《白色隐修院》中，农家出身的壮士阿丰卡·克连为正义而战，在与资产阶级的暴徒沃罗纳的力量悬殊决斗中惨死。他的早期作品反映了历史已侵入了农村生活中的最隐蔽的角落。

如果说恰佩金只是看到这种侵入可怕的一面（天灾——对森林和兽类生存之源受到的威胁和人祸），那么其他的"专写农村题材的作家"（他们在20世纪第二个十年名噪文坛）则将这种侵入化为希望之源，当然他们的这种希望有的朦胧，有的明晰。

康斯坦丁·安德列耶维奇·特列尼奥夫（1876—1945）收入《统治者》（1915）和《潮湿的山谷》（1916）的大部分小说描写的是俄国南部顿河哥萨克村落的农民生活。这一带人们的境况似比俄国中部好一些，但在这位作家的笔下，土地也"浸满了苦难和忧怨"（《潮湿的山谷》）。这些小说别有特色：注重生活细节和庄稼人的自述，常有善意的插科打诨，富有抒情的色彩，这种色彩在描写自然景色时尤为浓重。特列尼奥夫以农民为题材的系列作品充满诗情画意，他以独特的方法将19世纪60年代作家传统描写中的俄罗斯北方的"严峻"，同南方类似的《狄康卡近乡夜话》中的"柔和"融合在一起。他还从平民知识分子民主主义文学传统中汲取了营养，形成一种特写式的行文风格，情节不求严密，词句却颇雅致，在大背景下塑造出一系列个性鲜明的民间人物形象。但是，特列尼奥夫的小说缺乏农村题材作品常见的"严整性"，显得有些平淡无味，作品中的经营者一心向往着光明的未来，厌恶"了无生趣的闭塞"生活，却目光短浅，动作迟缓。而在他战争年代的作品中充满对生活的"广泛思考"，这是一个来自人民，经历过战争苦难的人的思考（如《圣诞节节期》《行驶在静静的水面上》）。

伊万·叶戈罗维奇·沃利诺夫（1885—1931）的三部曲《我的一生纪事》（副标题为《农民编年史》，1912—1914）的主题思想与之类似，它已不再哀叹"闭塞"生活的根深蒂固，而是坚信这种生活必然消亡。这是当时农村题材的

267

鸿篇巨制之一，采用的是俄国文学中耳熟能详的（如《童年》《少年》《青年》三部曲）自传纪事的传统体裁，同时它又与"贵族"纪实作品一比高下。类似的作品还有伊万·米哈伊洛维奇·卡萨特金的小说集《林中往事》（1916）。

我们发现，"古代"城邦罗斯题材的作品同描写偏僻农村的散文也有着相同之处。那个阶段大部分现实主义大家都涉猎过此类题材，虽然这些作品在他们的作品中所占比例不大。后来，一种对历史运动的感悟取代了上述年代的病态情绪，这种感悟已失却了对"前所未有变革"的超前兴奋（这里我们想起了勃洛克的这句话），这种兴奋曾为许多文学家在第一次革命前夕体验过。这也验证了那些依据特定的历史信念为自己的思想定向的作家们的经验。

亚历山大·绥拉菲摩维奇（真姓为波波夫，1863—1949）在这方面的演变具有标志性意义。他是19世纪90年代至20世纪初以工人生活为题材进行创作的著名作家之一，第一次革命时期致力于描写革命的无产阶级队伍（《炸弹》《葬礼进行曲》《在普列斯尼亚河上》《在黑夜里》和《在广场上》等），歌颂它自身引以为傲的伟力（《葬礼进行曲》）。他有感于革命的失败，1905—1907年间创作的短篇小说中有种悲怆却不失明快的色彩，但此后的作品却变得阴郁有加了（实际上这就是他被高尔基"驱出"知识出版社的原因）。不过他后来对时事一直保持着谨慎甚至谨小慎微的态度。

值得注意的是，绥拉菲摩维奇20世纪第二个十年前夕的作品一直关注着俄

亚·谢·绥拉菲摩维奇

268

国人民生活的艰难，为此他殚精竭虑，在表达上不遗余力地下工夫（"追随"列昂尼德·安德列耶夫），同时不惜大量采用自然主义的表现方法；作品中还不乏沉沦、消亡等危机过程的描写，如"时光流逝，永不回返，一切皆空……"（《沙原》）；"年复一年……随着年轮的流转，宿命的结局愈发逼近……"（《女儿》）；"日子一天接一天地远去……"（《摇曳的灯火》）。这种游移不定的主题被当作"哲理"立即被他死死抱定，认为这就是全部"人生"的真谛，但是他创作的主旋律乃是宣扬天意决定社会的发展。著名短篇小说《沙原》（1907）的女主人公（列·托尔斯泰给她打的分是5+），贪图富足享受出卖青春和美色，失却生机勃勃的生活，换来的是"僵死的物质观"。从此她成了强暴力量的猎物，而这种力量还是命运的劫数，以致毁了她自己的一生。

人生来就要作威作福，命中注定要去奴役别人，这就是《草原上的城市》（发表于1912）这部鸿篇巨制中经营者们的铁律，小说展开一幅资产阶级企业欣欣向荣，其员工成就斐然的景象。世世代代沉寂的荒原突然出人意料地矗立起一座人气旺盛、生机勃勃的王国，在破旧的土窑旧址上高楼大厦拔地而起。似乎此书的卷首题诗"在蔚蓝的草原上，有座城市闪着金光"这个美妙的雄心大志业已实现。然而小说中潜伏的"暗流"使幻想泡了汤。资产阶级内心和心理上的必然沦落是《草原上的城市》的要义。这一要义是同阶级对抗者的主张相辅相成的，作者根据马克思的理论认为无产阶级即是资产阶级的掘墓人。然而值得注意的是，在《草原上的城市》以及作者那个年代的其他作品中，这种正面形象为数并不多，而且他们远不像他本人在革命年代创作的短篇小说中那样战无不胜。

这里需提及的是，此时异常活跃的高尔基针对列昂尼德·安德列耶夫在"今天和明天"问题上表现出来的出乎意料的悲观主义，于1911年给他写信，"……我不大相信所谓'拔高情绪'，高涨的情绪是培养出来的，不应对情绪抱什么奢望"[17]。

我们已经说过，文学中（在世界大战爆发前）业已形成一种对历史时代的特殊感悟，它并非认为历史已经停滞，而是对不久将来的历史发展抱怀疑态度。当时的文学出现的倾向就足以说明这一点，这首先表现在文学竭力寻找一种使"永恒"的、不取决时间的生存价值得以维系的支柱，这也是前述某些作

269

家创作的特点。

此前我们论述的是20世纪第二个十年前夕及整个1910年代现实主义文学，我们称之为"**通过日常生活反映历史**"的文学，这种文学基本是沿着19世纪后三十年的"社会"现实主义轨道发展的，这种现实主义中包含有社会的因果性。

"**通过日常生活反映**存在"则是同一年代另一种现实主义流派的关键性特点，它被称为"新"现实主义，我们将把它作为重点进行论述。

现实主义的这两种流派的界限是不大分明的，它们有着诸多的相似之处，包括主体的类似（如都关注民族和闭塞的俄罗斯的命运等）。然而，新现实主义的独特之处是将现实的和具体的社会理想综合起来，并且将前者升华到高于后者的程度，它独具的艺术综合手段也是如此（我们发现，在这方面新现实主义自觉或不自觉地同俄国现代主义进行了某种对接）。"新现实主义"文学运动尽管尚未达到俄国经典现实主义的高度（布宁的作品是个例外），却也成就显赫。它在革命前十年间俄国文学中，充当了文艺思想的中流砥柱之一，就它本身及其文体性质而言也达到了20世纪美学的最新水平。[18]

伴随着这种"综合"式艺术描写产生了其意识理念，值得注意的是，正是在20世纪第二个十年，1912年建立的"莫斯科作家书籍出版社"和同年出版的彼得堡《遗训》杂志（其文学部）就是按照这种理念着手缔造自己创作纲领的。自然，这些纲领的产生并非无中生有，是世纪之交的美学意识为之准备了至关重要的条件。

有鉴于此，我们对19世纪90年代到20世纪的头几年间"新现实主义"思想作个简要的回顾。

研究这个题目是一项复杂的课题，这是因为世纪之交现实主义文学运动的美学观念，不同于力图将自己的创作经验得到哲学和美学理论的不断强化的现代派（首先是象征主义派），它尚未最后定型。这里我们联想起俄国现实主义时代的开始，是以关于创作（别林斯基几乎是公认的权威）和形象塑造的指导思想取得令人歆慕的统一为标志的。1888年契诃夫在谈到以往时代时说："那时出版者的头脑中想的是像别林斯基、赫尔岑那种……能够给人以魅力、教导和栽培的人物……"[19]早在19世纪60年代艺术思想已成体系，诚然，这发生在美学观念得到剧烈强化的条件下。[20] 在19世纪末至20世纪初的现实主义流派中，创作观念落后于创作成就。不过，也不该把话说得如此过分和绝对，我们举晚年的列·托尔斯泰的例子就足以说明，这时的托尔斯泰就常常致力于解决艺术中的共同问题，力排奇谈怪论，取得了丰硕的理论成果。

我们在谈论这个话题时参照柯罗连科的一些美学观点是很有益的。他在19世纪80年代末至90年代初就"高品位的生活和艺术"[21]问题，写下了若干日记和书信，其中洋溢着反对实证主义的激情。他一方面批驳了伊波利特·丹纳关于活跃的人性可以战胜环境威力的思想及类似的文艺主张，另一方面却又"走向了……'形而上学'。"[22] 柯罗连科从事创作伊始就关注种种哲学问题，他的作品充满政论色彩。他在1893年的一篇日记中写道，"梅列日科夫斯基是一个真正的人，在他的信中萌发了一种探索世界生活种种模式的欲望，他是我心仪的对象"，然而柯罗连科又同时发现，这些"模式"又会导致"神秘主义流于低俗和猥琐"。[23] 这个观点的演变过程在他1903年致普·谢·伊万诺夫斯卡娅的一封信中也有体现。这封信对世纪初俄国宗教哲学界探索进行评点（"人们探索的方向是以往"），同时承认有一种"能激发人们探索种种世界模式的感情"[24]。柯罗连科欲求在艺术作品中表现"种种世界模式"，是一种切合实际的思想，与"神秘主义者"追求的仙界和实证论者追求的最高境界的思想迥然不同。

271

我们在研究文学理论和文学批评专家的著述时发现，心理学派的领军人物德·尼·奥夫夏尼科-库利科夫斯基的观点与柯罗连科的观点颇为近似。

奥夫夏尼科-库利科夫斯基提出的心理结构说将研究过程放在首位，这个学说包含社会和超社会秩序两种因素。民族的、阶级的、阶层的、职业的等"心理模式"，乃是社会历史发展的产物，在人的生活中起着巨大作用——充当着"心里连结"的作用，它们"把各种原则合而为一"，把个人和社会联系起来。超社会的心理现象是精神活动最高级、最现代的表现，宗教感情和激发艺术灵感的道德感情就属于这种心理现象。社会心理模式不仅把一个人同另一个人联系起来，而且还会使之区别开来，对之进行比照，而超社会心理模式则仅仅起一种联合作用。除了社会团体，还有"另外一些人际关系"将人们联系在一起，人们处于这些人际关系中可以感受到自己与他人的同一属性，这时，个人就会成为"纯粹的人道主义者"。[25] "宗教意识"和"无上的道德命令"在任何时代都会吸纳"某种相应的历史内容"，可是人对待世界的态度是受宗教意识和无上的道德命令驱使的，其本身并不受制于社会环境。更确切些说，这种态度在历史发展的进程中决绝地摆脱了社会环境的制约，成为一种自主的精神力量。

这就是在研究心理原则时，人们面临其复杂纷纭的内容和作用，通常所遵循的思维逻辑。奥夫夏尼科–库利科夫斯基显然是小心翼翼地回避了"神学"关于宗教感情产生的理论概念，而使其他一些概念起统领作用。他将"思想与联络我和神的感情"以及"万物神秘的感觉"作为"对天宇的向往"[26] 和对客观存在的茫茫宇宙的参与感来诠释的。那些"神秘"的本质其实就是单一天然的人类学本质，比如"善"和"对道德完善理想的追求"。他就是在这个意义上评说植根于生活的种种现象。奥夫夏尼科–库利科夫斯基理论体系"现实性"的感召力由此而生。其体系中的"神秘成分"是与"浪漫主义成分"和"空想主义成分"相对立的，这种"神秘成分"难以思议，它的存在与现实生活过程无关："为避免阐述时的误会，'超社会性'并不意味着走出社会性而进入什么仙境。不，人有超社会的一面，但它同人一起仍驻留在社会性之中（这是无可超越的）……处于社会性之中的一切超社会成分不会对社会的进化袖手旁观，仍不失为推动社会进化的强大力量。"[27]

这个思想体系还被奥夫夏尼科–库利科夫斯基用于其美学观。他与现代主义格格不入，其原因恰恰在于现代主义中的空想成分与现实相左。奥夫夏尼科–库利科夫斯基认为"归纳性"创作（归纳性越强，艺术性就越高）才是真正的艺术，换言之，它才是一种能够选择"**观察现实途径**"的现实主义创作。[28]

在这个意义上重要的是，奥夫夏尼科—库利科夫斯基认为柯罗连科是俄国文学史上最富征兆意义的作家之一；认为柯罗连科的创作以"现实主义的思考和对现实的敏感"见长，而且"这种思考和敏感与其理想主义的天性和情感"，"与挖掘人的**全部社会性**的独特天赋"，与"对剔除了神学杂质"的"幻想"的酷爱和谐地融合在一起；认为它的创作是现代文艺理念进步的典范。[29]

这一世界观体系的总体概念是把幻想和现实结合起来，这与俄国新质的现实主义文学探寻哲学与历史的综合是一致的。这也符合奥夫夏尼科–库利科夫斯基论述全人类的本质时所提出的"超思想"纲领。

引人注目的是，有时显得急于求成的缔造超思想艺术的号召，发自激进的

民主主义阵营，然而在这里却具有另外的意义。著名评论家叶·安·索洛维约
夫（安德列耶维奇）在他《俄国文学的哲学经验》（1905）一书中指责上个世纪
"我国的出版物"，"对所谓纯艺术的代表人物""评价过低"，而正是他们公正
地将传播"美"置于"布道"之上，而包括那些"缔造人民生活"的我国其他
文学活动家却"准备拒绝哲学"（这里所说的哲学内容显然是与社会思想分离
的）。[30] 这个观点是同"60年代作家"对于艺术的美和功利的理解相对立的，
也不符合安德列耶维奇赞同的关于"纯"艺术被视为经典的概念。安德列耶维
奇在论述"美的解放性和革命性作用"时却又背离了他确立的关于调和美的理
想，认为从"美"的立场上看，是它对"我们卑琐生活"进行了宣判。[31] 如
此看来，超思想的艺术蕴含着极其巨大的批判力量。因此，在安德列耶维奇看
来，只有解放运动才能为这种艺术的繁荣创造条件（我们发现，奥夫夏尼科-库
利科夫斯基把超思想的精神活动与其他精神活动，即"由对革命的依恋"转向
"平和或不平和的进步"的思想联系起来[32]）。

　　当时，持有如此离奇观点的不只安德列耶维奇一人。1903年评论家米·涅
韦多姆斯基（米·彼·米克拉舍夫斯基）著文把安德列耶维奇早期的成就归功
于"用自由、偏执的态度"对待生活，并将之视为整个俄国文学的表征，还称
俄国文学奉行的是"艺术真实"，"而非朦胧的曲意观察"，它已不再是"国民生
活的代用品了"。还有，高贵艺术的实现有赖于俄国社会觉悟的进步。现在一切
生活领域"社会觉悟在苏醒"，而"并非只在文学界激跳着社会生活的脉搏"，
正因为如此，我们"现在就可以美美地放松一下了，文学不必再搞什么政评
了……"。[33]

　　这种观点毕竟未能在革命日益迫近之际广泛流传开来，然而在1905年革命
失败之后的年代里，在十月革命前十年间的文学界却受到青睐。

　　伊万诺夫-拉祖姆尼克（拉·瓦·伊万诺夫）这个阶段所写的哲学评论和文
艺批评文章在这方面表现得尤为突出。他对待创作这种精神现象和文艺思想的
态度与奥夫夏尼科-库利科夫斯基颇为相近。这位评论家认为，文艺思想应演示
"人类思维"由"个人"到"社会"再到"万应"这种"发展的共同规律"[34]。
伊万诺夫-拉祖姆尼克把俄罗斯文学的"社会效益"视为"伟大的社会功绩"，
他又生怕这种效益会"压抑"人在精神上崇高的道德、审美、哲学以及广义上

273

的宗教等方面的需求。[35] 因为正是这些需求，可理解为"超社会性"（奥夫夏尼科-库利科夫斯基语）和"全世界的感情"，它们构成了"文艺创作的基础"。[36] 由此看来，将"广义上的哲学批评"[37] 提升到其他一切门类的批评，包括社会学批评之上（伊万诺夫-拉祖姆尼克认为马克思主义的批评，"采用的是简单至极的社会学方法"[38]，其表述是有害的），而"批评的主要任务就是确定——常常是不自觉地——艺术家及其作品的'哲学'品位……"[39]。

伊万诺夫-拉祖姆尼克认为（依据"别林斯基的思想"），这种"哲学"起源于"人类思想发展的两条永恒的道路"，即"现实主义和浪漫主义道路"（"第三条道路是没有的，也是不会有的……"），其反映就是形成了两个"特殊的文学流派"，这两个流派也是永恒的，并分别是以两种主义命名的。[40] 在一种情况下（现实主义）它是"对人间现实的永恒追求"，这意味着"为了无限而确认有限"。[41] 在另一种情况下（浪漫主义）它既是一种"永恒的追求"，又是"对人间现实转变的考察"，这意味着"为了无限而否定有限"。[42] 伊万诺夫-拉祖姆尼克笔下"先验"与"内在"之间[43]，"上帝的宗教"与"人的宗教"之间[44] 坚定的对抗与奥夫夏尼科-库利科夫斯基在艺术创作中反映出的"神话元素""浪漫主义元素"与"现实"、人本因素在人的精神中的对抗是一致的。伊万诺夫-拉祖姆尼克意欲从"泛神论"（但并非"先验的"泛神论）的意义上来诠释"人的宗教"，将它视为"人追求与人间和天上的一根草茎相融合的情感"，这种情感只有"宇宙学艺术家"[45] 才能产生。（在此我们联想起奥夫夏尼科-库利科夫斯基也有类似的说辞，他把"对存在的神秘感"解释为"探索宇宙的追求"）

处于世纪之交的俄国批评家确认，从未止息的两种艺术思想的角逐仍在继续：它呈现在现实主义与象征主义之间（象征主义"不失为形式革新了的原本浪漫主义……"）[46]。

伊万诺夫-拉祖姆尼克在"十月革命"前夕欲以这些思想为标志写作一部《批评性的现代文学史》，然而他打算进行的充分而系统的研究并未实现，现存的只有此书的写作计划——总体构想的草稿。[47] 他的构想已形成文字，不过相当零散，分别于1913—1914年间发表在他主持的《遗训》杂志上[48]。

《遗训》杂志发表的构想草稿重点是反对现代评论界所称的现实主义和象

征主义，草稿言辞决绝，这里有"两种敌对世界观体系的激烈对撞"[49]。但是，这两种体系又是在文学的发展进程中互相接近的，其重要性并不亚于它们的相互排斥。然而尽管他不失偏颇之见，其理论在某种意义上说来要比现代主义的相关理论来得更客观些。他的上述观点大部分被视为低级的、经验主义的、接地气的"实证主义"的现实主义（世纪之交时期的现实主义）态度向高级的现实主义（象征主义）态度的过渡，被视为现实和超现实。伊万诺夫－拉祖姆尼克的理论观点是发散式的，达到当时世界相关理论的同等水平。真正的现实主义艺术亦即哲学性艺术，真正的象征主义就是这种艺术。他承认两种世界观有"同等的权利"，但同时又偏爱现实主义，更确切地说，偏爱19世纪末至20世纪第二个十年形成的"新的现实主义"（这是他的用语）。

伊万诺夫－拉祖姆尼克1914年初在谈到"象征主义的危机"，预言将兴起一种易帜的文学（"我不敢做预言家，但我清楚地感到，我们正逐渐地走向现实主义的复活……"）时，形成了自己的"信念"："我们具有新的'现实主义'意识……象征主义与我们，与我们的心理和世界观格格不入。让象征主义的信徒们走自己的路吧，我们也将走自己的路……我们将坚定地沿着现实主义永恒的道路朝着永恒的目标前进。"[50]

实际情况要比发表宣言更为复杂。在十月革命前的岁月里，这位评论家逐渐地却又明显地向现代主义作家靠拢，越来越器重他们的创作（这也表现在上述有关现代文学史研究的著作中）。人才辈出的象征主义直至革命后才被他承认，并被视为俄罗斯文学发展的高峰（顺言之，亦未"否定""新现实主义"的功绩）。在上述的年代里，伊万诺夫－拉祖姆尼克尽管对文学发展进程的态度不是始终一致的，但总的说来还是坚定地青睐于"新现实主义"[51]。

他认为这种"新现实主义"与"旧现实主义"截然不同，并称它也不是经典的现实主义，而是其19世纪80年代自然主义化的产物，它导致了"文学表现形式"和"宗教意识"的危机[52]（从哲学人本主义意义上说，伊万诺夫－拉祖姆尼克把宗教意识注入到"人的宗教"概念中）。他还认为，在"新的现实主义"中主导的文学流派，在其哲学内容和艺术的质量上都会复活并得到革新。

这里饶有兴味的是，他把艺术革新的功劳在颇大程度上记到象征主义的账上：现实主义不过是"运用了"象征主义"文学的光辉成果"，"现在，现实主义像过去

276　　那样单纯靠技巧来表现生活的平庸、贫困和苍白已经是不可能的了，这些现在对于文学来说已无关紧要了"[53]，"在技巧上'现实主义'已可以运用'现代主义'的许多经验"，这方面鲜明的范例之一就是扎米亚京的《县城纪事》。[54]

　　看来伊万诺夫–拉祖姆尼克关于文学体系之间"难以相容"的要义也包括在现实的文学过程中，它们相互影响方面存在不对等的情况。他并不看重世界观问题，他还认为，"新的现实主义"总的哲学倾向已为祖国经典的现实主义所决定，"'新的现实主义'的任务一如往昔……"[55]。

　　伊万诺夫–拉祖姆尼克称，他在为《遗训》撰稿期间形成了"我们世界观的基石"，也奠定了他的文学观："'接受世界'，'接受生活'，活得充实，对生活和人类充满信心，承认人的自我价值……"[56] 这种信念被他表现得"欣欣然"。实际上它包含着纷杂的内容，这些内容在他为纪念谢尔盖耶夫–青斯基的文章中作了阐述。他在这篇文章中论述了悲剧问题，称它"永远是明快的"，因为它不同于叙述"人的灵魂死亡"的其他格调"阴郁"的剧种，一扫凄苦和悲凉之气，表述出"人的灵魂是如何生成的"；[57] 他还从这个意义上叙述了以往俄国文学的悲剧性和继承性，称这种继承性一直沿袭到现代那些他所钟爱的，被他称为"新的现实主义"运动中坚的作家身上。这些作家有"悲剧式"理解生活，并"对之充满信心"的谢尔盖耶夫–青斯基（"当代'新的现实主义'的杰出代表之一"）[58]，有《教妹》和《第五场瘟疫》的作者列米佐夫[59]，还有普里什文、扎米亚京等人。在伊万诺夫–拉祖姆尼克看来，这些语言大师所持有的通过悲剧来确认人间明快的生活这种生活哲学已诠释得清清楚楚，乃是当时文学极为重要的成就。

　　众多新现实主义作家的另一个聚集地是"莫斯科作家书籍出版社"。它是这些作家出版作品的主要基地，出版过他们的文集和作品单行本，还出版了登载他们中许多人新作的《言论》文集。这家出版社吸引了诸如布宁、什梅廖夫、鲍·康·扎伊采夫、阿·托尔斯泰、谢尔盖耶夫–青斯基等一批文学大家，其组织者除伊万诺夫–拉祖姆尼克外，还有为之另立宗旨的魏列萨耶夫。

277　　乍看起来两种办刊宗旨（它体现在两人发表的一些文章和通信中）有着惊人的相似之处，他们也曾同心同德地参与奥夫夏尼科–库利科夫斯基理论体系的构筑（前文着重谈过伊万诺夫–拉祖姆尼克这方面的表现），然而这三位文学活动家的社会思想观点显然是不同的。温和的自由主义者奥夫夏尼科—库利科夫斯基的奋斗目标是"由倾心革命"转而"关注现实的政治",使"资本主义和平地演变为社会主义","实行欧洲式的文明体制"[60]……而新民粹主义者伊万诺夫—拉祖姆尼克日后则成了"斯基泰"派的思想家……魏列萨耶夫的思想却接近社会民主主义……即便如此,他们的相似也是不难解释的。在这个时期他们三人都力图将艺术置于社会(也包括自己)生活之外,归之为超思想的基质。然而,在他们的文学和美学著述中——主要是在他们垂青的领域,仍表现出某种思想的痕迹。

他们之间的差异还表现在其他方面。伊万诺夫—拉祖姆尼克谨小慎微,同时又扩大化地开列了"新的现实主义"运动参加者的名单。其中竟没有包括在"旧的现实主义"(这是他的用语)运动中就开始进行创作的文学家,如布宁和什梅廖夫。他对布宁创作的创新和重要性全然不能理解,后来他还把布宁同"彼·雅库博维奇等人"一起列入"旧形式的因袭者"。[61] 从另一方面说来,伊万诺夫—拉祖姆尼克只是把列米卓夫视为"新的现实主义"中的一种现象("人的宗教"),将之完全革除出象征主义运动("上帝的宗教")[62],而且认为该作家的创作恰恰具有一种"中间性"的天性。至于魏列萨耶夫,在他的心目中则是一个具有新作家群特有的盲目乐观精神的人,使其他作家望而却步。

然而其哲学美学的主导方向(以及他的行文)基本上与杂志的宗旨相符。

"莫斯科作家书籍出版社"这一平台的直接源头是魏列萨耶夫的作品《鲜活的生命》。在这部独特的抒情研究著作(1910年发行)的第一部分《论陀思妥耶夫斯基与列夫·托尔斯泰》中,揭示了两位作家相互对立的两种世界观和截然不同的两种生活哲学。一种是对生活持排斥态度,另一种是因生活而喝彩。陀思妥耶夫斯基"对一切生机勃勃的事物视而不见",而托尔斯泰觉得生活的道路上"洒满灿烂的阳光";陀思妥耶夫斯基将"灵与肉"割裂开来,而托尔斯泰颂扬寄寓高尚灵魂的肉体(魏列萨耶夫想按照自己的想法尽力揭示作为道德家的托尔斯泰,是怎样凭借他的创作来推翻作为自发的艺术家和"多神教徒"的托尔斯泰所宣扬的真诚哲学的)。

说陀思妥耶夫斯基拒绝"鲜活的生命"(尽管这一形象本来属于陀思妥耶夫斯基),这么说显然过于简单、生硬,而且大有和梅列日科夫斯基的著作

278

《列·托尔斯泰与陀思妥耶夫斯基》唱对台戏的意思，要和这种观点争辩并非难事。不过，还是应考虑到作品写作的年代。魏列萨耶夫深知舆论界对这位天才的评说不一，生怕他的创作对刚刚走出危机的俄国社会生活发生不良影响。魏列萨耶夫坚定地认为，俄国社会生活的更新只能奉行托尔斯泰健全精神的哲学，人只有实现了同世界的"完整交流"，才能认知善，变成一种"亮体"。为此，应向自己的体内注入"生命的力量"——"活跃的生命"，而"活跃的生命"就是一种本能的精神状态，它的生成"有某种基础，不过，这种基础在人们靠语言和一定的思维定式安身立命时就会失却"。"毫无意图地"，"真正地按照自己的性情生活，同世界的交融自然就会实现，善也就会附身。这里用不着我们，善良睿智的天性自会前来关照……"[63]。通过直觉理解的生活本质的价值和性情的自然创造力是与凭理性构筑的信念系统（"形成的思维定式"），亦即思想体系相对立的，因为"活跃的生命"的形成并不可能取决于任何具体内容。

当时著名的出版家、左翼民主主义者尼·谢·克列斯托夫（安加尔斯基）写道："如果高尔基是在第一次革命高潮时期将当时文学界一切精英纳入知识出版社，那么在现时这个反动时期则是在魏列萨耶夫及其著作《鲜活的生命》的影响下，作家们为抗击反生活反社会的思潮实现了大联合。"[64]

克列斯托夫把魏列萨耶夫对当时文学局势影响力的估价显然是过高了，不过其中不乏正确的因素。魏列萨耶夫正是要在这种《鲜活的生命》所描绘的思想氛围中团结起广大作家——当时他在莫斯科文学界已开始起领导作用。魏列萨耶夫主持的出版社是当时文学界大型出版机构之一，在其出版物的类型和出版社的组织原则中都体现出它继承了知识出版社无与伦比的优良传统。而且与该书籍出版社有联系的诸多文学家们的创作也开辟了现实主义发展的独特道路（究其实质，在许多问题上是通过辩论维护知识出版社同仁的立场）。这里我们再详细地列举出该版社的一些史料，因为我们现在谈论的是些生动的实例，它们对廓清现实主义革新运动发展的规律性大有裨益。

这家出版社在1913至1919年间出版过《言论》文集。虽然总共只出了八辑，但评论界认为它们吸引了"文学青年中那些富有才华和活力的分子"[65]，是当时出版界最引人注目的现象之一[66]。前三辑的主编是魏列萨耶夫，第四辑的主编是布宁，第五、六、七辑主编是捷列绍夫。什梅廖夫在文集的出版中也起了积极的作用。[67]

具有征兆意义的是，1913年10月出版的第一辑《言论》，文集开篇的文章是魏列萨耶夫的《阿波罗——鲜活生命之神》，它是《鲜活的生命》这部书第二部分（《阿波罗与狄奥尼索斯（论尼采）》）的选段。阿波罗在这里被描写为具有"象征意义的巨人，在他的身上汇集了一切应有的、严整的、能应对一切的生活态度"，意在启发世人要自发地与"世界生活的节奏合拍，并伴着其节拍将一个人生活的忧患化解为安静。"[68] 他的意图是使文学界同人皈依现代人所必需的生活哲学。对他来说，古希腊宗教在这个意义上说来如同托尔斯泰的"鲜活的生命"论一样是富有教益的。当时的评论界指出，魏列萨耶夫的文章具有独特的指导意义。

魏列萨耶夫早在文集出版之前就指出（在他致出版社的另一位领导人克列斯托夫的信中），"要预先制定一个统一文集各辑思想的纲领……否则我们出版的就不是一个有内在联系、内容统一的读物，而只是著名作家作品的合集了"[69]。就这个问题魏列萨耶夫当时还致信布宁，称"必须保持内在的统一，而只有使文集有'存在理由'，才能达此目的"[70]。然而此时的他强调的是摒弃社会思想存在的观点，称"'统一'并非指某种社会思想或其他什么思想，而是指对待生活的一种紧张度，艺术感受生活的一种类型"[71]。正如他致高尔基的信中所言，"……要'忠于大地'，相信世上有明快的生命体在，憎恨生活的破坏者和玷污者，要信任人……"[72]（这些"纲领性条文"几乎同伊万诺夫-拉祖姆尼克在《遗训》发刊词中的提法一字不差）。

然而，如此宽泛的"纲领性条文"在某些作家看来却是不能接受的，如列·尼·安德列耶夫就曾向伊·阿·别洛乌索夫这样解释他未能与书籍出版社合作的原因：他们是乐天派的编辑团体，而自己是彼得堡作家："瞧，莫斯科是列夫·托尔斯泰派，彼得堡是陀思妥耶夫斯基……"[73]《鲜活的生命》的第一部分给人的联想（可能是不由自主的）是奇异的，从这个意义上说来安德列耶夫还不算最有代表性的，但究其整个思想和创作状况而言，他与任何文学团体都是格格不入的。但像他一样，反对书籍出版社所作硬性规定的，甚至还有与这个联盟关系密切的文学家（如布宁、谢尔盖耶夫-青斯基）。[74] 尽管有如此明显的差异和分歧，他们的创作仍然体现出一定的整体性（这里我们会联想起

280

魏列萨耶夫规定的那些纲领性条文），它们同属"用艺术体现生活"这一类型。叶·亚·科尔托诺夫斯卡娅发现了这一点，她正是以《言论》文集为例说明"在我们这个年代，无论哪种思想都难以凝聚成什么纲领"[75]，同时她注意到，这个文集中的"一些'言论'"不仅是"作家们的自我表白，同时还是他们文学上的共同语言"[76]。

这里还应该谈谈高尔基对待这家莫斯科文学出版团体及其与他相近的举措的态度，因为这从广义上说是具有标识性意义的。高尔基与某些文学家不同，不仅对《言论》文集总的世界观方向（他在致魏列萨耶夫的信中写道"我完全同意您对文集的定性"[77]），而且对其规定的原则、合集的出版形式表示赞同。高尔基的态度坚决，因为他的斗争目标正是社会思想的纲领化。

克列斯托夫与高尔基早些时候，即1911年11至12月间的通信观点鲜明，在这个期间克列斯托夫积极参加建立彼得堡的"作家出版社"的工作 [78]。在此后不久的1912年，这个协会就开始解体，在它的"废墟"上诞生了人才济济的莫斯科的书籍出版社。魏列萨耶夫没有直接参加过彼得堡协会的组建，不过对其纲领的形成有着间接的影响。他当时与克列斯托夫有密切的接触，这有克列斯托夫致高尔基的信为证。克列斯托夫在邀请高尔基参加彼得堡协会出版文集的筹备工作时 [79] 表示，艺术的革新是通过自身摆脱"思想体系极有害的影响"来实现的。实质上他重复了涅韦多姆斯基和安德列耶维奇的论点：1905年的革命把思想斗争迁移到其他社会领域，因而它也就失去了对文学和艺术的监管，使得文学和艺术"最终沦为我们的自我裁判者"，这并不意味着社会对它们的冷落。然而他又说，"我们只要反对沉闷的氛围、'道德义务'、对人性的扼杀就足够了，只要号召培养'鲜活的生命'和生活的乐趣就足够了。"[80] 克列斯托夫认为，在为不受"思想体系"所束缚的全人类价值辩护之中，蕴含着号召文学家联合起来的"广泛的民主主义纲领"的意味。[81] 显然，这种纲领同《鲜活的生命》作者的思想如出一辙。（魏列萨耶夫曾写过《无路可走》和《在转弯处》，过去也属于毫不中用的"有思想"的知识界人士）

高尔基在给克列斯托夫的回信以及后来发表的文章中，自然也不号召培养生活的"乐趣"，但他反对把这种生活感触同思想对立起来，他把思想视为"个性解放外衣"掩盖的"社会冷淡主义"[82]。贯穿魏列萨耶夫精神的"广泛民主主义"文学纲领，最终还是力排激烈的众议取悦了高尔基。（高尔基曾于1912年拒绝参加莫斯科作家出版社，后来还是成了其合作者；他对《言论》文集持赞许态度，而文集没有收录他的作品，也多少有些偶然）

这也与高尔基当时的创作历程有关。他在两次革命之间那段时期逐渐摆脱"赤裸裸的倾向性和那种非黑即白的调门，后者伤害了他类似《母亲》的那类中篇小说的水准……"[83]，克服过于直硬的弊病。这里说的主要就是他在20世纪第二个十年创作的自传体小说，它们在艺术上达到了很高的水平，同时内容也很宽泛，包括社会的，民族的和生活的，却也没有坠入什么"党性"的窠臼。现代派的评论家梅列日科夫斯基和吉皮乌斯就作如是观，前者写下了论《童年》的文章《并不神圣的罗斯》（文章部分观点非常随意），后者与高尔基有着宿怨，早在1912年就著文说高尔基"不多的才华"也已被尘封[84]。她在1916年《童年》问世之际写下了如下评语："一本巨著，一个巨人。此书将开辟一个时代，将被视为珍品，不过那是将来的事，而不是现在，现在'人们没有空暇'，无暇理会艺术，无暇理会人的灵魂和深远的事物。"（说的是正值战争时期）[85]

嗣后高尔基的作品就成了"社会民主党人"教条主义的牺牲品（这是1905—1910年间一种关于"高尔基的终结"的著名说法），他也以这些作品投入当时的现实主义文学革新运动，但因保持自己过去在意识形态大方向上的忠诚（"不遵守马克思的马克思主义者，所以像块鞣完的革"[86]），并充当群众性无产阶级文学运动的监护人，而在其中占据了特殊的地位。（1914年高尔基编辑出版了《无产阶级作家文集》，并为之写了序言）。然而，在这个运动中出现了明显的跨越，这些文人们不满足于仅仅表现自己阶级的社会实践。在20世纪前10年的诗歌中（杰米扬·别德内、阿·伊·马希罗夫、米·普·格拉西莫夫、伊·伊·萨多菲耶夫、阿·卡·加斯捷夫和伊·古·菲利普琴科等）题材的范围扩大了，除继续描写传统的革命活动外，还涉及科学、艺术活动、自然景物和感情的抒发。名噪一时的无产阶级诗人杰米扬·别德内（叶菲姆·阿列克谢耶维奇·普利德沃罗夫，1883—1945）诗风的变化就是一个典型。他在创作初期，是彼·费·雅库博维奇派的民意派抒情诗人，不久在思想上和创作上就转向史诗派。他创作的讽刺性寓言、小品文和诗歌汇集出一幅俄罗斯国家矛盾交织、各种社会力量交相作用、社会形态杂陈的画图。"人和社会的全部生活……

282

乃是资无产阶级创作使用的丰富素材"[87]，他圈内的一位评论家在谈到《无产阶级作家文集》的新倾向时如此说。在这方面高尔基也作出了榜样，高尔基的创作在追求社会思想性，坚持社会立场方面（整个无产阶级作文学界都是如此）比"书籍出版社"同人和《言论》文集编撰者更胜一筹。

在当时文学活动中占有特殊地位的还有柯罗连科，他是现实主义发展道路上的先行者之一。这时的现实主义已高度重视哲学思想，他在第一次革命之后的年代里已选择了一条自觉地"转向'形而上学'"的道路。[88]此时柯罗连科的注意力主要集中到（他的政论、文学作品和文艺特写都是如此）新现实主义运动所回避的社会和思想问题上来。

我们在本章开始就谈到1905—1907年革命后几年间，文学界存在否定历史的态度和忧郁的空想主义，也谈到这是对时代的一种病态的感悟。从另一方面来说，空想主义这个现实的准则"看重"的是历史的准则，其中包含着实证主义的内核，这也明显地表现在文学发展的其他阶段，现在我们就来说说这个问题。新现实主义的这种情结显得愈加浓重，它继承了正在消逝阶段文学的普遍的思想追求，不过形成了自己独特的内容，其中也包括对待历史现象的态度。新现实主义所独具的对世界的感悟，并不具备历史性，因为作家的目光常常盯着现实的社会变化，但它并不无视历史。它不"废弃"历史，注意到历史会"重演"，它对待历史的态度不走极端，既不否定它，也不因之而欣快。

文学作品主人公的变化就很能说明这个问题。在19世纪90年代末和此后的革命年代里，评价正面人物的正统标准是意志刚强，作风务实，有实现个人英雄行为的雄心大志。后来现实主义作家笔下的雄心大志又被新的浪潮荡涤。他们的笔锋常常指向现存的制度，揭示普通人命运中的精神的缺陷，这显然继承了契诃夫的传统。这也是其世界观共同转变的特征：对历史进程的感悟渐次削弱，世界观和哲学情愫得以增强。（常见的主题是表现现实生活和个人生活的，这就使"新现实主义"的作品类同于罗扎诺夫《隐居》《落叶集》之类论述哲学问题的论说小品：这里指的不是他们作品的思想，而是他们同用的反省这种文体）

还有一个鲜明的例证就是俄国讽刺文学作品发生了变化：政治色彩、意识形态成分和主观评价的内容大为消减，言辞也变得平和（而这些是第一次革命前政论的特点），而现实主义的具体性得到强化，对日常生活更加关注（现实是

283

通过日常生活来说明的），更注重人的体悟。聚集在《讽刺周刊》周围的作家们的作品在这方面表现得尤为明显，代表了1910年前后现实主义形成的一种独特的体例。

我们在谈到"新现实主义"文学体悟性时，须指出这是它常常表现出来的一种特性，世纪之交现实主义反实证主义的倾向正是通过它表现出来的：体悟是一种**内在**活动，是与环境的**内在**对抗。一个人在经受生活的苦难，表面上却苟且偷安，这时支撑他免受物的力量伤害并战而胜之的是一种追求崇高境界的振奋精神。所谓崇高境界，即使人的精神在道德和审美上得到升华，从封闭中解放出来。体悟到自己是世界时空的一部分，"泛神论"亲近自然的思想，美，爱，艺术，这乃是人生一笔受用不尽的固有财富。相信它的力量常常要比相信现实可靠得多。对现实生活体悟的振奋之情是长久的，难以磨灭的，它被"新现实主义"坚持的关于体悟不受制于经验的思想解释得清清楚楚，使之得以深入人心。现实生活中的善是同社会上的丑相对立而存在的。

随着世界大战的爆发，作家们对世界的感悟更注重于历史，而且悲愤的色彩日益浓重。随着战事的发展，部分作家感到国家大难临头，自顾不暇，曾抱有奋战的俄国能解放人类的幻想破灭了，战争的阴影浓重，挥之不去。但就是在战争年代里，上述"永恒"财富仍是他们的精神支柱。[89]

我们在前言中已谈到文学由注重"思想性"向"生活性"的转型是世纪之交的俄罗斯文学的总趋势之一。在十月革命前那些年代的"新现实主义"文学中，生活观同历史观的抵触愈演愈烈。后来普里什文曾谈到他当时的心情："……历史的法则常与心中的法则不相符合。"[90]但这并没有使他和他这类作家惊慌失措，他们认为往日的思想"纲领"是个法宝，往往不去寻找什么新的纲领，宁愿以别种思维方式去思索他们关心的问题。

聚集在普里什文周围的还有诸如社会民主主义者魏列萨耶夫之类的倾心社会活动的作家。魏列萨耶夫在1913年写的自传中称："过去我可谓兼容并蓄，不过还是一面倒一些为好。"[91] 对于普里什文和那些念念不忘社会改革的志同道合者来说，这种改革只有在人恢复了同世界的联系，人达到现实要求的水平的条件下才能实现。

284

3

布宁的创作深刻地表达了革命前十年间现实主义所垂青的生活哲学的特征，在他的作品中对永恒的向往，对暂时的依恋，社会的悲惨，对历史浩劫的忧愤之感（战前和战争年代的感受）同其固有的"泛神论"哲学，和对能促使人不顾无可避免的苦难接近世界负有解放使命、不受时间限制的"第三真理"（《阿强的梦》）的探索错综复杂地交织在一起。

285

总的看来，其他现实主义作家的世界观尽管没有如此复杂，但也与之相似。在他们的作品中，对现实所作的社会批评常常是严厉无情的，他们的观点与人道主义的哲理浑然一体。库普林即是如此。

布宁和库普林的同龄者伊万·谢尔盖耶维奇·什梅廖夫（1837—1950）的创作走着自己的道路，却不失现实主义的共性。其第一次俄国革命时期的作品，既富有扎根于19世纪社会生活现实主义和奥斯特罗夫斯基、格列布·乌斯宾斯基流派特具的"乡土性"，又善于创新，别出心裁地描写了维系闭塞社会的基础土崩瓦解的情状。什梅廖夫（出生于莫斯科市郊的一个商人家庭）向我们活灵活现地描绘出这样一幅图景：宗法制下的商人生活世世代代死气沉沉，又"突然沿着缝隙爬动起来，它歪歪扭扭的，最后分崩离析"。"破旧的柴棚和仓房"倒塌了；"隐秘的钱柜暴露了；乳香、食醋和农家的奶酪、克瓦斯固有的香味从原本股实现已破敝的商人家里消失了"。（中篇小说《崩溃》，1906；短篇小说《伊万·库济米奇》，1907）现实与历史面临着两种互为敌对的科律，一个停滞止步不前；另一个不断前进，生机勃勃，所向披靡。什梅廖夫深入到生活中去，描写陈俗，以"降服"陋习。

他也是这样描写生活中的人，如中篇小说《乌克莱金公民》（1907）及其代表作《来自饭店的人》（1911）。后者的主人公是个"小人物"，他品质高尚，但迫于专制的淫威，落得满身小市民习气，不自觉地被裹挟到历史的浊流中，受尽人间苦难，后来终于看透了世态的炎凉（变得"目光明彻"），从精神的奴役中解脱出来。他逐渐克服了狭隘自私的小市民习气，一步一步地走向"未来"。这里出现的是一种"降服"陈俗陋习，研究历史的主题，然而其情节的展开并不像在《崩溃》中那样停留在生活的表面，而是深入到人内心的冲突中去了。

我们由《来自饭店的人》的整个内容和对待现实的态度可以看出，这部"晚到"的小说应划归为1905—1907年间现实主义中的"知识出版社"派。它的发表是什梅廖夫创作旧阶段的终结和新阶段的开始（他也正是在这部作品发表的1912年加入了"莫斯科作家书籍出版社"）。这位现实主义艺术家技艺高超，他的描写精密细腻，语言华美。他一如既往，仔细观察生活，不断有题材广泛、内容丰满的新作问世，而且，其中充溢着他对所处革命时代的感悟。

286

他的中篇小说《墙》（1912）就是这样一部作品。它篇幅不大，艺术内涵却颇为丰富，生动地描绘出旧主人（贵族）和新主人（资产阶级）生活巢穴的画面。他们之间尔虞我诈，而在剥削劳动群众上沆瀣一气。然而这部小说描写的人民群众失去了精神力量（如同在《苍天之下》中那样），而这正是他过去赋予他们的性格，变得凶恶、愚昧和残忍了。一年之后他又写了短篇小说《狼滩》，在这部作品中，人民群众的面貌焕然一新，他们英武有力，品德纯朴，不过他们是生活在"荒蛮地带"的宗法式林中居民，那里的狼跟"城里的灯火"一样多，那里的"寂静村庄里无精打采地散落着古老的小教堂"。

什梅廖夫面对的是两种不同人民群众的问题。他现在认为，现实社会的发展只会导致资产阶级和扭曲人形象的粗暴的物质分配原则的胜利（这里我们联想起他的《蜉蝣》），在这种情况下，一种人被"裹挟"进现时的社会历史潮流中去；另一种人则是真正的人，他们会同广袤的大自然融合在一起。《墙》的主题则与之相反，写的是自然界与因社会生活同自然界隔绝的人，而两者常常又发生接触，不过这只能算聋哑人之间的对话："在他的面前，在斑驳的阳光下，在一根草茎上落着一只黄色的蝴蝶，它透明的腹部在抖动。他看着蝴蝶琢磨，怎么打开砖窑的出口，而不致招来主人的斥骂……"；"士兵停下脚步。从浓雾中传来沉闷的喘气声……夜莺的鸣叫干扰了他的谛听"；"一切进入梦乡。只有夜莺在唱着自己的歌，可是没有人理会它们"。[92]

"而窗外的黄雀在这艳阳天里欢快地叫着，但骑兵少尉并没听到它们的叫声。它和黄雀有什么干系呢……"（第4卷，134页）。这是什梅廖夫另一篇小说《恐怖的沉寂》（1912）中的一段。它写的也是贵族的蜕化、庄园的中落和极为凶猛的淘汰法则的威力。其富有激情而深邃的主旨（为这篇作品紧紧抱定的）仍是：大自然是个和谐的世界，它企望却又害怕静谧，它把日常生活中的音响剪裁为"尖叫和哀号"（屠宰猪的场面）。

"静谧"的大自然这个主题中蕴含着多种意义，它为什梅廖夫多篇作品所共有。（在《墙》中这种静谧表现为人自身一种"闲适、默然、温馨之感"）什梅廖夫的作品一直有着丰厚的底蕴，不过对他后来的作品的词语你得从反面去解读。在他早期的作品中，历史的脚步声是极为动听的（《崩溃》的结尾这样写道："世界实验室在工作，从坩埚里发出哗啦啦的沸腾声，火舌在蹿动……"[93]），这种声响与死气沉沉、停滞了的生活形成鲜明的对比。可是，到现在，"嘈杂"的生活猥琐不堪，人们"东奔西突，发出连连的噪声"（"人们在期待什么？难道是人们值得期待的，过去为之奔波的东西尚未悉数得到？……"——《旋转木马》，见第6卷、19-20页）。现在的希冀和期盼已不同以往，人们寻求的是"静谧"的生活，亦即像大自然那样和谐的生活。

中篇小说《十字路口》（1913）的主人公在临终之际脱离了纷乱、流沛的城市生活，如同落叶归根，回到了农村故乡，实现了他归于"静谧"的夙愿。那是一种典型的宗法制农村生活，尽管这种生活并不尽如人意，却也令人陶醉留连。那就是另一种绝对的"静谧"，即天籁的静穆，置身其中会产生一种感觉，仿佛重新接近了从小就熟悉的淳朴自然的生活。

追求"静谧"生活的思想还反映在什梅廖夫当时作品的"固定不变"的结构上，作品的首尾相接，主人公的生活是一个个圆圈。

厨子、女招待和烧茶炊的三个人，趁摘葡萄的季节赶赴克里米亚去应聘，他们住在德国人温德开的小旅舍里，过了摘葡萄的季节，三个人返回家乡，这就是短篇小说《葡萄》（1913）讲述的全部故事。时光流逝，生活中的故事在演绎，一切都在按部就班地进行，主人公的命运很少有什么变化。人们自然而然地接受了这样一个思想：生活本身就是生活的目的。总而言之，人们不会因在生活中得到特殊的待遇而高兴，可他们还是过得好好的，这是因为他们有大自然为伴，心中可以感受到爱和善的存在，心中的人类的良知常在。

战前时期的惶恐气氛也对什梅廖夫产生了影响，他的作品主题发生了明显的变化。其小说《旅行》（发表于1914年4月）重拾"纷乱的生活"是讨嫌的，

"静谧的生活"是信念之源这个话题。不过这时他说的信念已不是源于自然原质久长的静谧和"边远的古风犹存之地"祥和的往昔,而是源于未来的许诺,这种许诺就寓于"静谧的生活"之中,寓于深藏在乡村民间的自然原质之中,正是这种原质可使人们在追求"永恒"理想的鼓舞下实现生活的革新。我们可以这样"解读"这篇小说末尾的情节,它们既是生活中发生的故事,同时又具有象征意义。

随着世界大战的爆发,这位作家又一次由对"静谧"的崇尚转向密切关注"喧嚣"的生活:"周围是种什么样的生活?……整个世界又在怎样动荡?只要看到这番景象就使人喘不过气来……"(《生活的逆转》,第7卷,110页)起初什梅廖夫怀有一种鲁直的"爱国主义"情愫,这竟使他一反常态,在作品中使用了高亢的语气,不过他很快就又恢复了其严整性。他的小说《严峻的日子》(1916)所收录的大多数作品和那时写的文章,都生动地描写了人民在战争年代经受的苦难,并谴责了在战争中"露出自己丑恶嘴脸"的唯利是图的商贩(《在大道上》)。

他的《滑稽的历险》(1916)是一部负有盛名的短篇小说,描写的是资产阶级城市生活方式与农村生活方式发生的激烈而又戏剧化的冲突。我们熟悉的"缓慢的"和"迅疾的"生活主题在这里明显地转型了。小说描写了主人公卡拉谢夫疾速行驶的赛车具有象征意义,喻示着它的新主人公快速的生活节奏。这位新主人公是位资产阶级商人,自感身上有无穷无尽的力量。他觉得"他自己就是一部疯狂的赛车,对他来说,不存在任何极限",他有猛兽般的贪欲,恨不得把一切都"吞下"。他要铲除、消灭人民和大自然的天然的美质:"在机警的司机的驾驭下,赛车灵巧地拐过一处处弯道,轰隆隆地驶过一座座小桥,一片片原野被车轮贪婪地吞噬了……它发出震耳欲聋的轰响冲向远方……惊醒了睡眼惺忪的乡村,惊飞了一群白嘴鸦"(第8卷,68、67页)。然而,卡拉谢夫本人也成了牺牲品。正如什梅廖夫在以往的作品中所写的那样,丧心病狂的举动会导致自己身败名裂,这就是劫数。在"空旷""静谧"的荒原上赛车失事,疯狂的奔突遂告中断。

然而荒原上真的如此"静谧"吗?后来卡拉谢夫来到一个护林人小屋,在那里他又遭遇灾难:因战争流离失所的人们把满腔的阶级仇恨一股脑地倾泻到

288

他这个工厂主头上，他和他的情妇好不容易才逃离出来。群众发怒泄恨，天经地义，无可指责，不过也够吓人的。《滑稽的历险》不失为未来社会动荡的严正预警，作者对这种动荡的态度可谓五味杂陈。

什梅廖夫篇幅不长的小说《隐容》（1916）乃是对充满危机的时代进行思索的总结，它通过从前线返家休假的几位军官之口，富有哲理地向我们描述了这场战争。其中一位叫舍梅托夫的，他的生活哲学和作者相似。他抛弃了"静谧"生活的空想，把当今世界的灾难视为一种必然。似乎世界大战可以使人的精神强健起来，这种臆想大谬不然。战争和现实生活的种种腐恶不会净化什么人，也不会净化什么思想（相反，它只会使人坠入黑暗的深渊），却也是走向未来革新道路上的不可避免的悲痛一程。然而战争苦难只能靠从亘古沿习下来的，超然于今日纷乱和社会历史的精神法则中消弭，它内含的法力难以估量（"那是直觉……"）。这些就是"生活"的暂时"隐容"，就是"指引世界的真理"。我们"触摸"它们，就等于"把世界装入自己的胸怀，把自己同世界联系在一起"（第8卷，18、20页）。这个与新现实主义浪潮中艺术家的世界观如此贴近的公式，常常被变相地运用到这些艺术家的作品中。

*　　　*　　　*

作家以不同甚至相反的方法达到艺术综合，首先是对"现实"和"生活"进行独特的"新现实主义式"的综合。对于"传统的"现实主义作家来说，在这个综合的过程中突出的是创作中现实因素的增加和深化。什梅廖夫在这方面就取得了可贵的经验。相反，那些在现代主义怀抱中成长起来的作家们，首先看重的是通过把握"人间"的原质，深化包括社会在内的世界的具体感悟来实现一种新的综合。谢尔盖耶夫–青斯基、阿·托尔斯泰、普里什文就是如此。

谢尔盖·尼古拉耶维奇·谢尔盖耶夫–青斯基（1875—1958）被当时非主潮评论界视为俄罗斯文学的希望之星，甚至是"最亮的星"[94]。该作家的价值是累经波折后才被承认的。起初他被涂上浓重的现代派色彩，颓废是其主要的特质。这种特质确也使他对世界的感悟具有双重性，这表现在他20世纪最初十年的创作中。

在他20世纪初的早期小说中（《冻土带》《面具》《白喉病》《梦呓》等），"又憋又闷，使人喘不过气来"的恶劣日常生活，常常是通过人内心被撕咬般的痛苦来体现的，完美的现实主义的文学形象性与激情飞扬的表达力（以早期的安德列耶夫为榜样）融合在一起，主题思想是宣示宿命的威力无比强大，人注定要与孤独为伍。青斯基在第一次革命之前和革命期间的作品中出现了一种抗议式的主人公，他们类似安德列耶夫笔下的萨瓦（《园子》，1905），还描写了公民意识的觉醒。然而社会危机又促进了颓废情绪的增长，使之弥漫在青斯基1906—1908年的作品之中，当然这种情绪尚不具备其在革命时期形成的社会理想。

在这方面，长篇小说《巴巴耶夫》（1906—1907）就是个见证，它似乎将两种水火不相容的世界观混杂在一起。这部著作有着感人的社会内容，类同于库普林的《决斗》及其战争时期的一些作品。小说描写的是俄国的一些军阀和对1905年革命的血腥镇压。它通过描写中心人物巴巴耶夫中尉参加镇压起义民众的勾当，将社会暴力钉在耻辱柱上。青斯基着重描写主人公的内心世界，因为这要比他的行为显得更加复杂。于是，一个内心发生冲突的顾影自怜的孤独者的形象跃然纸上（"有两个人的地方就有谎话……"）。有时巴巴耶夫也会出现刹那间的幻觉：能够锻造"街垒战之神"的解放运动可以帮人"开启门闩"，袒露出他的灵魂，不过，无奈"人的心扉"关闭得太严。而且一想到"财物已尽被他人掠去"，便就萌生残酷的恶念，手也就不由得拿起暴力的武器。

青斯基正是通过孤独这种现象暴露了自己世界观的异常复杂性。小说在现实和历史的层面上说明孤独乃是一种社会心理特征，抽象地说，它是一种人类共有的生存状态。巴巴耶夫和"巴巴耶夫品性"作为社会上存在的一种具体现象，是丑恶的，是应该受到揭露批判的。巴巴耶夫在人生哲学上的迷误在颇大程度上类同作者本人，则另当别论，这也是要害之所在。小说的最后一章名为《无墙》（叙述的是巴巴耶夫弥留之际的梦呓），写的是一种凶险的幻觉，点明这一切仍为天意所致，是它在世间制造了破坏性的纷乱。这同他早期以及与《巴巴耶夫》同期的作品中的宿命论成分颇为相似。

这些作品具有共同的特质。现实生活中的冲突常常通过隐秘的情景来表

290

现，尽管现实如何已在文中用事实作了说明。文中的事实似乎作为理由尚嫌不足，在它之外还需要一种非理性的、超级的理由。

中篇小说《林中沼泽》（1907）就是这样。这部作品同布宁后来写的《乡村》及当时的一些农村题材作品颇多相似之处：色调都是那么阴沉，主题都是那么单一，农民生活的情景都是那么逼真。但是青斯基给读者灌输的则与众不同，并非"经验主义"式的说教和对自己作品的诠释。林中湿地的水，"像精灵躲在树干和长满苔藓的松软土墩后面"，从四面八方漫来，淹没了俄罗斯的农村。这里说的其实不是湿地的水，也不是什么浸淫农夫生活的象征物，而是一股实实在在的，报复人类的，大发淫威的祸水。

在这部小说中有一个异乎寻常的被贬谪的人物，他就是弗洛尔，原是个政治流放犯。他的性格有点像高尔基《小市民》中的尼尔（他也像尼尔一样善辩，高尔基塑造的人物大抵如此），相貌也颇多相似之处（"明亮、笑眯眯的眼睛，响亮而坚定的语调，显示智慧的宽大前额"），动作姿势也惟妙惟肖，而且两人同样张口就是"高尔基式"的箴言警句，就连他们的名字也都紧凑简练，听起来铿锵有力。弗洛尔极力反对民众沉溺其中的空想，反对以他父亲为代表的穷凶极恶的敛财者，提出一条人生的新的真理，"人是尊贵的……各路神仙都位于其下"，"……世间最大的奇迹就是人脑"；"不应让生活掌握你，你该去掌握生活……"，"控制生活的感觉真好……哈哈，你这该死的，看你还能怎样！"。他曾对父亲说："你不是在建设生活，生活的建设者另有其人……"[95]。然而在这篇小说中，关于生活"建设者"的思想，还不足以与命运女神抗衡：林中沼泽的水最终泛滥成灾，将人置于死地。

青斯基后来又以这种"建设者"为主题写了短篇小说《沿岸》（1908）。这部作品一以贯之地歌颂"创造之神"，辛辣地讥讽人类，因为它在现实纷杂的淫威面前精神空虚，备感孤独，无能为力，一味地伤感。小说的主人公这样哀叹道："人间啊人间！……这里生来就无建树可言！"[96]

我们在阅读上述作品时，眼中会出现世界被扭曲的影像，心中会复现出作者那些迷茫的思绪。力求解决这种恼人的矛盾，寻找一种和谐而严整的世界观，成了这位作家日后创作的努力方向，这时的青斯基已投入20世纪第二个十年"现实主义复兴"运动之中了。

中篇小说《田野的苦楚》（1908—1909）的发表，标志着青斯基的创作步入一个新的阶段。他从此认为，对原先所持的人生注定孤独的论断产生了怀疑。"湿地"祸水这个神秘本体的凶险形象被印记着全民族生活实体的大地所取代。这篇小说对社会问题的评判甚为简洁：贵族在退化，而农民洋溢着生命和精神的活力。虽然如此，个体在驾驭民族的共同命运时却显得力不从心（"大地锻造了一种世人共同的灵魂"），这象征性地说明大地是强劲孔武的，同时又是软弱无力的："……大地的威力真是强大无比，它足以把偌多的植物从地下抛到和煦的阳光之下，可到头来地面上却寸草不生！"（第4卷，181-182页）大自然和小说的主人公都因"没有繁衍能力"而痛苦，女地主安娜·奥兹诺比西娜的子女不能生育，她作为母亲愿望难遂，这里应和的就是"大地"的"寸草不生"。

作者在探索未来时是在民族现象中寻求答案，然而他的身上仍残留着以往关于生活之谜无可破解的观念（"冥冥之中有一种凶恶的力量，它亘古以来就存在着，现刚刚离去……"，第4卷，182页）。这种潜在的、隐秘的、莫名其妙的力量仍纠缠着这位作家，不过他已不再把它当作灾难的元凶，而视之为人类未及解开的生活之谜。所谓大地的苦楚，不仅是为今人"不能生育"，而且为后人难以生存而伤悲。

青斯基的这篇小说是世纪之交的产物，他将自己的创作推向"新现实主义"，对于他这位现代派作家来说，这就意味着首先要提高对社会的洞察力。

《运动》（1909—1910）是青斯基十月革命前著名的作品之一，其中心内容是描写资产阶级经营的兴衰。这部中篇小说的主人公是个资产者，由于一系列难以预料的突发事件，兴盛的家道骤然中落。然而反省过去，这尽属必然，这种衰败最终是不可避免的，客观情况并不起决定作用。值得注意的是，无辜的主人公不仅仅因命运的判决而震惊。原来，在危难之际他竟然连个敢说"正理"的人也找不到。这时，他恍然大悟，只得悲切地独自品尝孤家寡人之苦。于是，他不仅从悲惨的事实而且从其感受中悟出，"他的全部生活是个定数……无可更易的定数"。《运动》再现了作者一直关注的孤独这一主题，不过这次触及了它的社会和心理实质——这是个关于资产者的问题，这些资产者由于不知不觉地改变了自己固有的自然善良本性而受到惩罚。青斯基在他后来的中篇小说《叶连娜斜矿井》（1913）又再次生动地描写了资产者由兴而衰，不得不弯下

292

腰来从事"下贱的劳动"。

诚然，在《运动》中，决定主人公命运的还有许多特殊的莫名其妙的因素（生活原本就是个主宰着人生的谜团，它的象征就是林中笼罩的那种透着不祥气息的死寂）。然而，这尚不足以影响作者的客观描写。

青斯基继《运动》之后写了短篇小说《警长杰里亚宾》（1910），这部作品已完全失去了神秘色彩。其中作者塑造了一个蛮横凶悍的鲜活形象，此人穷凶极恶，与世人为敌，公然宣扬人恣意妄为有理，要对"民主派人士"严惩不贷。他外强中干，胆虚心悸。这是作者对社会丑恶现象的生动概括。

他的《幼熊》（1911）写的是外省，即西伯利亚一座闭塞小城的琐碎生活，乍看起来显得平淡无奇，但同样具有异常严肃的意蕴。那里发生的事件似乎有几分好笑，实际上却十分悲惨。军官阿尔帕托夫的不幸遭遇和厄运预示着俄国世袭的宗法制的崩溃，主人公这个人物的出现就是明证，你看，他"信心百倍，鹤立鸡群，举足轻重，从容不迫"，表现出一副百折不挠的气魄。但是他最终败下阵来，他那似乎牢不可破的生活基础土崩瓦解。其实，这种冲突不单存在于《幼熊》所描写的那个封闭的小圈子里，在广袤的俄罗斯大地上，生活着同样因备感"自身空虚"和"周围空虚"而苦恼的人。这是个重要的主题，尽管它写得有些含蓄。

通过个别事件引发整体性感悟恰恰是青斯基20世纪第二个十年创作的一个最突出的特点。有了这种感悟，俄国现实的危机性就在青斯基的笔下昭然若揭，无论这种危机性表现在哪个领域（如他1913年发表的中篇小说《列里克》写的则是农村的衰败）。

然而需提及的是，在青斯基当时的作品中很少出现人与人直接的社会冲突。同社会的恶相对立的至多不过是单个的，寻求真理的知识分子（如《警长杰里亚宾》中的准尉卡什涅夫），而且这种冲突基本上发生在人物内心。他们即使有所行动，主要也是为了精神上的自我肯定。青斯基1910年代的作品没有直接反映出当时广阔而活跃的历史现实。

这与他新现实主义者的生活哲学，即生活观有关。

我们还记得，他20世纪第二个十年的作品中充溢着人类活动是积极向上的，人是"建设者"的思想。到现在又出现了另一个主题：要服务于"大地"，

293

为它"做些什么","在大地上有所建树",以使之不至于"沦为不毛之地"(《福音》,1912)。"建设者"在他的心目中仍不失为非凡的人,尽管已今非昔比了。

青斯基的《从容不迫的太阳》(1913)是部引人注目的短篇小说,它反映出作者当时那种独特的充满抒情色彩的世界观。这部小说展现了两种性格和两种生活感受,一种属于木匠费奥多尔,他"品行不端,嗜酒如命",轻佻放荡,懒散,是个"歹汉";而与他截然不同的是打扫院子的纳扎尔,此人总在操劳,还督促旁人干活,最瞧不起懒惰。他的工作确是有益的,但是醉汉费奥多尔的懒惰给人的感觉却比工作狂纳扎尔的美德更招人喜欢。在这个"尚显年轻,不过业已老成"的纳扎尔的行为中,有着追求一己私利的成分。在他的心目中,只有满足私利是重要的,除了这些,生活就无所谓了,就没有意思了。纳扎尔厌恶他看不惯的一切,厌恶自然界的生命;而费奥多尔则完全不同,"旁人忧愁,他也难过……"。大地对他来说"又松软,又温暖,又可亲……","他就这样像哄小孩子一般,不厌其烦地跟周围的一切唠叨着,碰见什么就聊什么……看见窗外的一只黄雀……就唠叨起黄雀;……看见水中的一条小鱼,就唠叨鱼……"他像生来就善于从整体上感受生活,心地善良、爱好幻想的少妇济诺维娅,又像她六岁的儿子法纳斯卡一样,幸福地陶醉"在天上人间","周围的一切与他都处得那么融洽"(第6卷,68、69、64-65、61、62页)。在他的《福音》中,大地充满诗情画意,人类努力建设,一派和谐景象。《从容不迫的太阳》表达的思想是:要实实在在地过世上生动活泼的生活,就要有"从容不迫的"态度和"不急不躁的智慧",而不是匆忙琐碎的劳作,尽管后者也是不时之需。

这种思想的实质不在于人的积极性,而在于其行为的动机。繁忙的生活往往具有"计划"性、狭隘的目的性,人须违心地为某个具体的任务所役使,这常常使青斯基感到困惑。与在这个世界面前展示了自己天性的费奥多尔迥然不同的纳扎尔,其实是个甘心情愿地被担负责任驱使的奴隶,而这种责任使他看不到美妙的"仙界"。

1913年青斯基致信克列斯托夫,对这位评论家就自己收入"作家书籍出版社"的六卷著作(其中也包括《从容不迫的太阳》)写的评论《论青斯基的泛神论》表示赞许:"……作者做到了超脱政治和社会学之外,独特地评论我关于大千世界的著作。"[97] 青斯基这类"关于大千世界的著作"探索超然于生活计划之外的"我"与世界的融合。这里，我们联想起魏列萨耶夫的号召："不假思索地""径直按照自己的本性"生活，"自然就会同世界融为一体"，20世纪的许多现实主义作家尽管创作道路不同，但都响应了这个号召。

青斯基在现实主义创作道路上并没有为颓废主义所累，确立了"生活宝藏"是终极本体的新观点（"冥冥之中确存在一种协调，即天、地和人间一切事物的相互协调……"见《宝藏》，第6卷，153页），"永恒价值之所以能够不断地实现，凭借的是像大地那样乐观、坚实的信念"（《从容不迫的太阳》《笑靥》《雪》和《四块马蹄铁》等）。在这里宿命的二元论被另一种两面性说所代替：一方面要提高对现实苦楚的敏感性，另一方面又要豁达地看待现实，因为历史最终会证实，前途是光明的。

《警长杰里亚宾》对世间的恶进行了最后的宣判，它展示了一幅黑夜过去后"生机勃勃"的晨光美景。欣欣的朝日融尽了夜的阴霾，"卡什涅夫在晨光中愈行愈远，杰里亚宾的身影随之益愈渺小……卡什涅夫也益愈感到清晨是属于自己的"（第6卷，123-124页）。生活固有的力量和善是同社会中的恶水火不相容的，正是这条法则使"杰里亚宾习性"走向毁灭。

青斯基正是从哲学角度（而非从历史本身）进行了考量，来寻找他当时关注问题正确答案的。

*　　　*　　　*

阿列克谢·尼古拉耶维奇·托尔斯泰（1882—1945）也同青斯基一样，受到现代主义的熏陶。不过他受其影响的时间更短些，而且心理上的困惑也更多些。他的处女作（《抒情诗集》，1907）模仿的是象征主义的诗风，但他早期的两本诗文集（《蓝色河流对岸》《喜鹊的故事》，1911）则是顺应著名的白银时代文学体裁民间文学化潮流之作，具有转型的性质。

青年时代的阿·托尔斯泰写下的以日常生活为体裁的作品（常常还是模仿民间文学的），使之一举成名，并走上新现实主义的道路。这些作品主要是描写俄罗斯贵族的堕落、衰败和绝望，其中有中篇小说集《伏尔加河左岸》

（1910）、长篇小说《两种人生》（1911，后改名为《怪人》和《跛老爷》
1912）。

诚然，当时的评论界对这些作品提出了批评，指责阿·托尔斯泰只是对现实进行了浅薄的讥讽，"艺术家没有对现实作广泛而鲜明的描绘，却在那里一千零一次地写那些怪事……"[98] 瓦·利·利沃夫-罗加切夫斯基这样评论《两种人生》。然而，托尔斯泰1910年代作品中素有的对奇人怪事的描写却完全体现了作者的创作意图，因为绝大部分贵族人物品行不端的表现正是弄奇作怪，舍此岂有它哉！而且值得注意的是，他们除此之外还各有各的恶劣的精神品质。在托尔斯泰的笔下，往往极为常见的人有两种类型：一种是野蛮的歹徒、卑鄙的淫棍和暴徒（《米舒卡·纳雷莫夫》《暴徒》——这部作品就是以这种人的称谓命名的）；与之对立的是另一种人，他们心地善良，性情温顺，平和忍让，廉洁正直（《小公鸡》《拉斯焦金奇遇记》等）。然而对于阿·托尔斯泰来说，重中之重是表现陈腐落后这些"污秽"。

《拉斯焦金奇遇记》中谢普金是这样的人："有时我有一种愿望：跟朋友们吃顿晚饭，喝点酒，不过我得有这样做的权利……我和朋友失去了任何权利，丝毫动弹不得，动则得咎。一切都是民众的。如果我们这些人按照自己的嗜好干点什么，事后也会懊悔不迭。我们这些人无论做什么都猥猥琐琐。"[99] 以往"忏悔贵族"的形象还从来不曾刻画得如此惟妙惟肖。这种形象给人留下了深刻的印象，而作者对其命运的描写更胜一筹，足以使人产生恻隐之心。作品还对主人公的心思作了动人的描写：他抛却了一切私利，一切私念，恪守利他主义，简直是无比高尚。更为出彩的是托尔斯泰笔下的怪人形象，他是个理想主义者，但其品行竟与横行霸道的卑鄙小人们（如德尔金、拉伊萨、谢莫奇卡·奥科耶莫夫之流）极为相似。托尔斯泰的这些作品表现的是生活中大大小小的怪事，形成了一个艺术手法相似的荒诞系列。

阿·托尔斯泰早期作品荒诞风格的形象，在很大程度上是受了果戈理传统的影响。果戈理（在《死魂灵》的第二卷中）及其后继者都曾试图寻找荒诞描写的新方略，而阿·托尔斯泰却与此不可同日而语。由此就产生了一种异议，即认为阿·托尔斯泰这个时期揭露性作品中的主人公是在庄园环境中成长起来的"正面人物"。

296

在阿·托尔斯泰的这些作品中，开篇的描写总是一派诗情画意，而且会一以贯之。这首先是因为早期的阿·托尔斯泰倾心于一种爱的主题，这种爱是为"旧的伪作"（它后来这样称《伏尔加河左岸》）赎罪的。然而这种爱与其说是对庄园本身的"钟爱"，还不如说是囿于庄园概念的某种冲动。在《跛老爷》中，陷入这种无可抑制冲动的有"老爷"、地主的女儿、平民知识分子出身的医生和客栈的女主人。剧本《燕子》（1917）中的主人公们也莫不如此，而且其中对滑稽人事的出色描写并没有伤害题义。喜剧的成分与诗情画意相得益彰。爱情滋润燕子这个出身"贫寒"的女歌手和农民儿子伊利亚·贝科夫，直至少女拉伊萨（神职人员家庭的女儿）和不幸的贵族小少爷别尔斯基公爵的生活。作品人物得以修好并非偶然。剧本的结尾是一幅田园诗般美妙的景象，衬托出剧中人共同的欢愉，他们置身其中的生活显得那么实实在在。其实这就是某种象征（它完全与剧本精巧的布局和荒诞的技法相顺应），象征着憧憬的未来，理应获得的爱情，这是全人类的向往，各种阶层的人们概莫能外。

297　　阿·托尔斯泰的爱情观是其整个世界观的体现（也是其重要的组成部分），他的世界观与世界上污七八糟的观点和同样肮脏的唯灵论观点截然对立。 1909年阿·托尔斯泰在给因·安年斯基的一封信中写道："我不会将自己划为神秘主义者，可我又不想归为现实主义者。不过我下意识地感到，我介乎二者之间，请上帝原谅，我并非按神秘主义的方法去渲染现实生活的形象，而用的是什么方法，连我自己也不清楚。"[100] 这表明青年时代的阿·托尔斯泰尚未清晰地认识到自己作品正在形成的（"新现实主义的"）属性，它不但不同于当时"神秘主义者"的作品，而且不同于传统现实主义作家的作品，它们的特点是青睐于"现实生活中的形象"。阿·托尔斯泰和他笔下的主人公一样，相信"在我们的爱情中包含着至高无上的法则"，应该用它来驾驭我们近乎祈祷的"崇高情思"（《星火》）。这种情思并非神秘主义式的，而全然是一种人间"宗教"："那是一处奇妙的天地，人间的一切应有尽有，不过式样不同罢了"（《大烦恼》，第2卷，507页）。

这同布宁那些描写爱情的小说有着明显的异曲同工之处。在布宁的笔下，爱情大都遭遇劫难，其结局往往是悲剧。而在托尔斯泰作品中则不是这样：爱情经历苦难变得愈加崇高，有情人最终得到甜蜜持久的幸福。爱情战胜劫难并得以升华("我们双双跳出了火坑,现在像初恋的情人一样,恩恩爱爱,纯洁而又聪明"——见《沟》,第2卷,411页)。在中篇小说《烦恼》(1914)有这样一句话:"平和之处见心迹。"正是崇高的道德"规范"和豁达的平和锻造了真正的爱情。甚至当恋人们遭受外界的淫威时,这种崇高的恋情也会摆脱烦恼,显得那么"文雅……和欢快"(《星火》)。

在主人公个人的焦虑中透露出阿·托尔斯泰对待现实生活灾难的态度——他联想起不久前的革命及其造成的破坏。温情脉脉的爱变成了必然的选择,但并不意味着它就是个人幸福最后的筹码。他与布宁相似之处正是都如此坦诚,都持有一种独特的"泛神论",都主张爱(布宁在《兄弟》中说:爱是"一种将可看到的和不可看到的一切都纳入心中的激情……"[101]。阿·托尔斯泰则说:"爱你,爱一切,这样我就觉得爱了整个世界……"《沟》,第2卷,412页)。

长篇小说《两种人生》中有个小小的情节,说的是主人公们在夜间被黑魆魆的森林吓得魂不附体,他们遇到了皇室领地的更夫,更夫便开导他们说:"森林里发出的声音多么柔美祥和,听起来这不是人的说话声,而是树叶的声音。在森林里,广阔的草原上……才会有这种天籁之声。谛听这种声音就会有一种感觉油然而生:石头啊,鸟啊,人啊,这一切都是心心相连的。"(第2卷,94页)人有了爱,才会有这种感受。

丘科夫斯基研究《跛老爷》得出一种得到后世研究者认同的见解,他认为把"跛老爷"视为"改头换面的《群魔》作者"[102]是不公正的。跛老爷身上确有"残酷天才"陀思妥耶夫斯基的那种神秘气息,但他与主人公破除了神秘的明晰生活哲学相比,已退居其次了。要知道,指引主人公走上正确道路的小僧是个失去宗教身份的游僧。他教导克拉斯诺波尔斯基公爵为了爱博大的"多神教世界",不要贪恋"家庭",这个"多神教世界"的主宰是"风和太阳",人变得"像水晶一样……通体透亮"时才能看到这个世界;人有了这种爱才能去爱女人。

阿·托尔斯泰另一篇小说《沟》的主人公在道路泥泞的春季走过七条沟壑,那情状宛如在无边无际的地狱中艰难跋涉,有时竟"连滚带爬"(像"跛老爷"一样)。他终于找到了属于自己的爱情,具有了明澈豁达的精神;"他仿佛成了一个巨人……大地,太阳,星辰和万物都纳入了自己的胸怀……"(第

298

2卷，403-404页）。短篇小说《水下》的主人公则"在朦胧之中寻到了"自己的恋人，她"委身于晨曦晚霞之中，委身于海豚在大海中欢跳掀起的波涛之间"（第3卷，292-293页）。《大烦恼》的主人公来到"人可以抵达的最后的一个海角"，这时他产生了一种幻觉，"似乎他是全城唯一的一个活人"，"把他从迷茫中拯救出来的是爱，这种爱……就是人间烟火"（第2卷，447、448、507页）。

人最隐秘的男女私情并不能使之脱离社会生活，相反，它是人与世界联系的最高表现之一。这个思想是博大而符合人道的，它同具体的历史内容相去甚远，甚至与之相悖。

随着世界大战的逼近，俄罗斯文学日益关注现实，这种情势也触动了阿·托尔斯泰。1914年6月他写下了引人注目的短篇小说《四世》。它叙述的是一个贵族家庭四代女性的更迭（从1861年的农奴制改革直到20世纪第二个十年）的故事。这部由不大篇幅囊括的"四世"家史充满着历史性的期待。在小说的末尾作为昔日顽固女奴隶主，陈腐僵化遗老的家长死去。在老宅中年轻人破天荒地尽情欢呼雀跃，举行"订婚仪式"。身心得到解放的一位新女性出现在人们面前，她乃是历史性的标志，是在新时代冲破旧制度及其禁律一代新人的标志。

1917年的十月革命使阿·托尔斯泰及其圈内的许多作家追求"永恒"疏离"暂时"，这种对历史的期待破灭了。在《言论》文集的最后一辑，即1919年出版的第八辑中收入了他的中篇小说《大发慈悲吧》。他在这篇作品中生动地描写了市侩知识分子在历史关头表现出来的精神空虚的弱点，佢也表明他不能接受革命这个现实，他认为这次革命是场破坏和混乱。

*　　　*　　　*

米哈伊尔·米哈伊洛维奇·普里什文（1873—1954）也以自己的方式走上了"新现实主义"的道路，他对这种现代主义的体验也自是与众不同。青年时代的普里什文认为，象征主义文学中最重要的是其民族和民众情结。然而在象征主义作家的创作过程中，神秘主义的色彩（"民众是上帝的附体"这颗信念的种子）渐渐浓重，使之感受不到民族土壤的滋养。于是，象征主义的创作方法

299

为新现实主义的象征化表现方法所取代。

普里什文1906—1910年间写下的游记（《鸟儿不惊的地方》《跟随魔力面包》《清澈的湖泊》）和20世纪第二个十年的短篇小说（《黑皮肤的阿拉伯人》《尼康·斯塔罗科连内》等）再现了俄国宗法制度下，古风尚存的民间生活（人物是俄国北部的居民——17世纪中叶俄国宗教分裂派的后裔，斯韦特洛亚尔湖——传说湖底有基捷日城——周围的森林居民和亚细亚草原居民）。这是一个浪漫主义作家兼学者眼中的世界（这种人常常注意它），诗人则往往渴望融入原生态的自然界之中（"终于找到了这块鸟儿不惊的地方"），而科学研究工作者的"缜密的考察会把观赏者欣喜的心情破坏殆尽"。浪漫主义的作家崇拜的则是"自然"的人，而现实主义作家要从这种自然状态中识别出古风的凋敝。

他的短篇小说《陡崖湖的野兽》（1911）和《尼康·斯塔罗科连内》（1912）生动地展示了民族生活日趋衰落的风貌。前一篇小说的主人公帕夫利克·维尔赫涅-布罗茨基是个地主，他"什么事情都不做"，"整天同姑娘和狗在一起混日子"，"把农事扔得远远的"（第4卷，67页）；而后一篇小说的主人公则是出身俄国底层的平民，他抱怨沙皇的权力已经削弱（"那时候已经下令让农奴得到自由"），他想去找沙皇告状，"他要告那些儿童……，告学校……，告医生……，告犹太人、法国人、波兰人、德国人……，告那些千奇百怪的新事物，他不是以上帝的名义，而是以自己的名义告状，反来复去想这件事"（第2卷，479、503页），但是他最后并没有走到目的地，在森林沼泽林里迷了路，一命呜呼。我们看到的是各种不同"类型的演员"，然而他们有着共同之处，那就是具有必然灭亡的象征意义。

这两篇小说明显带有列米佐夫派作品的痕迹，普里什文也承认他曾属于这一派（而《陡崖湖的野兽》在文体上更像阿·托尔斯泰），看看它们的整体布局和形象设置（特别是运用自述体的高超技巧）就会有这种感觉。他向列米佐夫学习，将日常生活中的丑恶事物演化为具有象征意义的民间或"多神教"迷信中的凶神恶煞。伊万诺夫-拉祖姆尼克曾中肯地指出，列米佐夫的《第五场瘟疫》与普里什文的《尼康·斯塔罗科连内》的主人公性格特点颇为相似，两者都假惺惺地去寻找真理，最后都身败名裂。但还有一种意见，认为列米佐夫在写作《第五场瘟疫》时"欣喜地感觉到对生活，对俄罗斯人民充满信心"，这就

300

使人大惑不解了。[103]

　　普里什文对事态的看法是豁达的。旧俄罗斯的衰败并不足以使之产生最终玷污人民这片原本纯洁土壤的感受。普里什文笔下的世界，万物和谐地"汇集"一堂，大自然"对人有求必应"（《黑皮肤的阿拉伯人》），"民心纯正，古风犹存，人们没有奴颜媚骨"（《鸟儿不惊的地方》），这就是宗法制度下的民间生活。它具有一种引申性意义，系指一种俄罗斯民族本性，未受腐蚀，仍保持着原汁原味的民族生活。这种生活还应保留依照社会发展规律，退出历史舞台的贵族遗风（窝窝囊囊的帕夫利克·维尔赫涅-布罗茨基自有讨人喜欢之处，他追求那种天然的生活，不过表现得却很滑稽；"草地上的长腿秧鸡鸣叫，坐在车上的帕夫利克就跟着学，白嘴鸦呀，乌鸦呀，喜鹊呀，不管什么鸟只要一叫，他一准学着它们的叫声来应和，而且学得是那么逼真，竟使这些鸟儿边飞边回过头来，似乎在问：莫非坐在车里的是我的同类？"第4卷，64页）。他即便置身于古风荡然无存的当代文明，过着现代化的彼得堡生活也不改初衷。所以他就落得"一身轻松"，"也无需什么界限"，因为"今天涅瓦大街上的隆隆声与我往日在石岛的枞树林中听到的三条瀑布发出的轰响毫无二致（《鸟儿不惊的地方》"第2卷，161页）。

　　俄国"新现实主义"作家的一个基本准则是生活不受制于时间，普里什文对此的理解是首先要看重俄罗斯这个民族本体。

＊　　　＊　　　＊

301　　20世纪第二个十年中期，普里什文与彼得堡《遗训》杂志作家群（其核心人物是列米佐夫）交往甚密。叶夫根尼·伊万诺维奇·扎米亚京（1884—1937）当时也与这个群体保持着密切联系。这是因为这两位作家与他们都在迫切地探寻真正的俄罗斯民族精神，不过在扎米亚京的创作中亮色要比普里什文少得多，青年时代的扎米亚京的主导思想是关注俄罗斯民族生活中的变态和弊病。

　　扎米亚京是在20世纪第二个十年前夕开始试笔写作的，后来他对这些试笔之作不乏揶揄之词。他名副其实的处女作应是中篇小说《县城纪事》（1913），评论界认为，从此俄罗斯文坛又多了一位巨匠。继而他又写了中篇小说《在那遥远的地方》（1914）、《阿拉特里》（1915）和多部短篇小说，这些短篇小说大部收入他第一部文集《县城纪事》（1916）。俄罗斯城乡的闭塞成了其作品的常见主题，然而其中的描写，手法张弛多变，内容涉及方方面面。

社会历史题材是扎米亚京创作的重要题材之一。他参加过俄国第一次革命，这使得他在思想上和行动上接近了激进主义和布尔什维主义（"在那些年代里做一个布尔什维克就意味着走一条极端对抗的路线，我那时就是布尔什维克"）[104]。对于他来说"布尔什维主义"显得至高无上而且似乎近在眼前。1913年扎米亚京创作了短篇小说《轻佻的人》（1914发表），小说的主人公谢尼亚·巴布什金是个"永远毕不了业"的大学生，他具有俄罗斯人豪放的天性，"无端"地消磨自己的生命，但宽容大度，慷慨助人。如此轻佻的人自然被轻佻的革命吸引（参加了1905年12月的莫斯科街垒战），但并不赞同它的"主张"，他说："可是我的眼睛盯的不是它的纲领……在我看来，它是一场春汛，天然的春汛……"（106页）到最后，作者本人的观点也近乎于此。扎米亚京像他当时的一些同行一样非常厌恶任何形式的"纲领"，而崇尚本国人民道德的"不经意的"，自然地表露，并在其浑然天成中探寻这些高风亮节（比如《腹》《敦实的人》《首领》和《书面》等短篇小说中罗斯农村的众生相）。扎米亚京正是因看好人民的这种天然品质（"春汛"），后来才加入了"斯基泰"派，并接受了革命。

诚然，扎米亚京在写作《轻佻的人》之前已不再参加政治活动，不过他仍受着警察的监视，然而他坚持不与反动的社会妥协。他那部精彩的中篇小说《在那遥远的地方》（这是20世纪初俄罗斯文学中继库普林《决斗》之后出现的又一部同类作品），振聋发聩地告诉世人，俄国的官僚制度已走进了死胡同。这部小说及发表它的《遗训》杂志遭到严厉的查禁。扎米亚京对1905年的革命记忆犹新，这直接或间接地反映在他那些直抒胸臆的作品中（如自传体小说《三天》就描述了他作为实习大学生与神勇的"'波将金'号战舰在一起"的日子）。在当时描写"醉生梦死，慵懒无为，无所关心，无所喜好，浑浑噩噩的外省生活"（库普林《黑色的闪电》）的作品中，《县城纪事》是意义重大的佳作之一。说它意义重大是因为它不仅立足当时，而且放眼未来，对外省生活进行

302

了深刻的思考。

我们发现反映外省生活的作品早已有之，现在也经常见到这类作品。俄罗斯这种荒凉景象已被历代作家们（奥斯特罗夫斯基、果戈理、列斯科夫）介绍过了，这里的"人们善于持家……对神灵虔诚，安安分分地过日子"，家家户户的"篱笆门插着铁闩"，过着"沉入湖底的基捷日城那种生活……，什么也听不见，连头顶上浑浊的湖水也像睡着般阒然无声"（63、78页）。可是在扎米亚京的《县城纪事》中却另有新意：时代变了，"县里的陈俗沿习不下去了，人们骚动起来……"（88页）。不过，历史的潮流能裹挟着黑暗王国的居民一起前进吗？

起初，小说的主人公，愚钝的莽汉巴雷巴慑于自己本能的感觉，觉得由俄罗斯闭塞造成的古怪生活并不十分可怕。后来身高马大的他成了法院的鹰犬，在法庭上作伪证（包括对别人进行政治陷害），为随时准备执行判决，他警服不离身，显示出一副八面威风、杀气腾腾的样子。这是一种令人心悸的淫威架势："似乎走在面前的不是一个人，而是一个凶神恶煞，仿佛俄罗斯神话中的女石妖再世。古俄罗斯那个女石妖托生为一个警察！"（90页）此语意味深长，这是《县城纪事》的"结束语"，又是其概括语，这是对巴雷巴这一形象的主要概括，也是对这部篇幅不大作品的整体概括。远古和现今在这里交汇，显然，从巴雷巴这个警察残酷镇压革命的盲目性中，我们可以悟出俄罗斯民族遗产中的糟粕。

俄罗斯人野蛮的施暴倾向会扼杀国家生机勃勃的生活，这是扎米亚京看重的一个主题。然而，在他描写的外省生活中，还可以看到被迫害者的身影，看到人们善良的天性，未被消蚀的温情和觉悟者为寻找真理和正义所进行的苦苦拼争。

下面谈谈他不长的一部中篇小说《阿拉特里》。这又是一篇上乘之作，其严整的艺术风格备受人们青睐。这部小说通篇充满喜剧色彩，但实际上是部悲喜剧。阅读这部著作伊始，我们就像走进一座蜡像馆，怪异人物都集合在这里，荒诞者有之，滑稽者有之，而且他们共同的品格不单单是怪异。这些人心中向往光明，力求摆脱"生活必定枯燥的说教"，奔向"梦想中的生活"，尽管这显得颇为虚幻，难以实现，但他们不愿同"县城"恶势力妥协之心清晰可鉴。这

303

就是贯穿这部作品的主线。

如同《县城纪事》一样，这部作品表明，在扎米亚京的笔下恶和善都具有强烈的俄罗斯民族特色。扎米亚京曾这样描写一个饱受苦难的女主人公，"……俄罗斯女人一切都忍得住，一切都扛得起"（165页，见《在那遥远的地方》）。具体的社会生活现象扩展开来，无可抑止地变成一种民族现象，之后又演绎成一种民族性格。

我们举他另一部短篇小说《非洲》（1916）为例。它的主人公被作者赋予了优良淳朴的俄罗斯性格，却在文明人的圈子里上当受骗。值得注意的是，他是祖居北方的沿海居民。我们的艺术大师们并非第一次在这方土地上寻找人完整的心灵——此前普里什文已经这样做过。然而扎米亚京的这部作品（它又引发出这位作家多部"北方"题材的短篇小说）的"素材"似乎有着强烈的民族性，使这个地方性主题大大超越了地域的界限。展现在我们面前的是最能体现人的本性，极其自然，善良却又孤苦凄凉、惶恐不安的形象。

还有一点值得注意，扎米亚京认为，这种人的品德与其处境的不谐是普遍存在的社会现实，并不局限于描写的对象。扎米亚京从1916年初到1917年9月在英国的一家造船厂工作（任造船工程师，这是他的另一个职业，而且成绩可嘉）。在英国逗留期间他以异乡生活为素材写了讽刺性的中篇小说《岛民》，这部作品（尽管写得过分怪诞）如同《县城纪事》一样极富"当地特色"，而且采用的是作者独具的浓墨重彩的写法，大肆渲染"地方色彩"，竟达到不问青红皂白的地步。莽汉巴雷巴和《岛民》中铁石心肠的纯理性主义者、教区牧师杜里有着共同之处。后者的信念是，"……生活应成为一辆强劲的汽车，它一路奔驰着，将我们引向铁定的目标"（第262页）。外省的俄罗斯人和威风八面的英国人在相互的眼中无异于外星人，然而他们生存的本质是一模一样的，他们的人性都受到社会制度的蹂躏。《岛民》的主人公肯布尔为什么受到了惩罚？只是因为他犯下了罪行？主人公的"罪行"可谓大矣，社会是要对那些试图违背它的律条，追求品行返璞归真的人进行惩罚的。一方面是人原本善良的天性，一方面是人在世间的悲惨遭遇和无休止地追逐名利的当代社会现实，这是一个难解的结。扎米亚京创作的主体从始至终就集聚于此。

众所周知，扎米亚京在苏维埃时期受到迫害，他那部著名的长篇小说《我

304

们》（1921）被斥为反对革命，在政治上诽谤革命和社会主义的作品。不断的、急风暴雨式的变革，包括社会变革乃是缔造生机勃勃的世界生活的必备条件，要实现革新就必须进行"不断革命"（这是扎米亚京在革命后几年间所写文章中的用语），这是一条普遍的规律。他之所以在起初不认可俄国革命，首先是因为这次革命提出的全人类共同任务损害了本阶级的利益。

扎米亚京在《我们》这部小说中展现了他一系列的观点，他将引起轰动反应的俄国革命事件，"反空想社会主义"的特点，那些远远超出小说内容范围的、具体的、政治、社会思想方面的"永恒"问题，以及俄国现实状况等联系在一起。问题的中心仍是天然的生活与社会历史法则的冲突，这个问题比以往显得更为严重。

扎米亚京的创作一直坚持他的哲学观，并以此去描写日常生活、社会生活和民族生活。他与他的文友们一起在自己的创作实践中贯彻在白银时代文学形成的艺术综合的思想，并推而广之，使之不仅运用于文学这门语言艺术，而且（在十月革命后的前几年）运用于文学评论，以及对他亲身参加的文学革新何去何从的理论思考之中。

4

我们在本书的序言中已经指出，白银时代那些"既不相合又不能分"的多种文学流派之间存在着特别密切的联系和共轭的辩证关系。"新现实主义"运动发展的情况就是这样。最能表明其实质的特点（通常说来）是颠覆经典现实主义传统，积极吸收其他艺术的经验来实行革新。对这种新质的现实主义持认可态度并向之靠拢的，甚至有原先完全属于传统现实主义和现代主义的作家。

然而，"新现实主义"问题不单单是个文学流派问题，"新现实主义"倾向本产生于其他流派内部和"中间派""边缘派"作家的创作中。

俄罗斯文学"边缘派"大师列昂尼德·安德列耶夫（如前所述）同接近"新现实主义"的"作家书籍出版社"的纲领格格不入，认为它是"被歪曲了的乐天主义"。另一方面，魏列萨耶夫站在成立该出版社，出版《言论》文集

305

发起者一边，以安德列耶夫不承认"作家书籍出版社"纲领为由，不赞成邀请他参加文集的编辑工作。[105] 安德列耶夫毕竟还是在该出版社发表过自己的作品，不过只有一次，那就是《言论》文集的第6辑（1916）收录了他的剧本《青春》，这部作品意外地附和了他此前一直排斥的乐天主义。从艺术性上看这部剧作并非他同类作品中的佳作，但它对俄罗斯自古以来悲惨的生活状况进行了透彻的解析，在这方面比起他其他文章出色得多。在这部剧作中，死亡能教人从另外的，更高的视角来评价生活，生活之所以悲惨主要是因为它是短暂的，然而，就其实质而言，它又是最可宝贵的；借助《青春》中诗化了的"青春"与和谐的大自然形象，就可以理解生活的意义；在这部剧作中，现实的内容以擅长描绘日常生活色彩的现实主义形式鲜明地表现出来。

20世纪第二个十年之前的数年间，鲍里斯·康斯坦丁诺维奇·扎伊采夫（1881—1972）也走向"新现实主义"，他的创作原本也具有"中间派"艺术风格。

1913年出版的《言论》文集第1辑，收录了阿·托尔斯泰宣扬给他带来盛誉的"爱整个世界"的短篇小说《沟》，和扎伊采夫的短篇小说《大学生贝内迪克托夫》。这位大学生"相貌平平又遭受失恋的痛苦"，决定自杀，他朝自己开了一枪，却未能死去，到这时才感悟到活着就是莫大的幸福："'一切都属于我'，相貌平平的人走在月光如水的草地上有了这样一种感觉，真的，一切都属于他了，他也属于一切了。"[106] 这又是我们耳熟能详的主题——个体与整体的融合。

不断开阔视野，这是扎伊采夫创作发展中最根本的特点。他早期写的散文（其中一部分收入其第一部书《短篇小说集》，1906）描写细腻，抒情色彩浓重，是典型的"纯情"作品。这些作品几乎没有什么目的性，不过往往能鲜明地体现出作者对世界的真实感受。作者描写的"客体"常常是某种情愫的复合体，其中集纳了多种个别现象的影像（"世界被压成一张薄片……周围的一切变成飘飘忽忽的……影子"，见《梦》）[107]。他所描写的客体不啻为一种摇篮，它没有定型，却蕴含着各种情愫，正如作者的文体及其心目中的世界一样。

扎伊采夫早期的作品同布宁20世纪第二个十年的作品有某些相似的特点，

306

如偏爱庄园和农村题材、充满率真的抒情色彩、多为短篇小说体裁。两位作家
都受到契诃夫的影响，但表现却不相同。散文的"抒情化"是世纪初文体革新
的代表性倾向之一，布宁进行的是对现实主义的革新，而扎伊采夫则不同，进
行的是另一种非现实主义性质艺术的"抒情化"。

我们已经谈到过当时的各种现代主义潮流，许多作家开始进行紧张的探
索，后来成为"新现实主义者"，而早期的扎伊采夫受到印象主义的影响最深。

但是到后来，他的作品中描写性成分增多（仍保持着印象主义的风格，不
过这是一种已经"具体化"的并非本原的印象主义），文字简练，对事物刻画精
确，而且顺应"新现实主义"的创作方法更加注重塑造人物形象，这说明他越
来越关注包括社会冲突在内的"外部"生活。然而同其他作家相比，扎伊采夫
当时的作品在这方面表现得更朦胧些，因为他在骨子里仍是个具有理想主义风
格的抒情作家。

扎伊采夫的《梦》（1909）是一部描写"小人物"悲剧及其追求光明的中
篇小说，它类同于什梅廖夫的作品，但社会的震荡在他的笔下显得平缓得多。
战争期间他还写了一些篇幅不大的小说（《土地的悲哀》《无家可归者》《母亲
与卡佳》《玛莎》），这些以贵族衰落破产为题材的作品似与契诃夫的《樱桃
园》、布宁和阿·托尔斯泰的小说相呼应，描写的是"冠名为俄罗斯地主的怪
人"（《土地的悲哀》）。扎伊采夫在自己早期的小说中过于看好这些浪漫的主人
公，为他们悲观的人生观罩上华彩的光环，然而，持有这种人生观毕竟是行之
不远的。扎伊采夫对他笔下的贵族人物的态度是"既嘲讽又同情"（《土地的悲
哀》），要比他的文友们温和得多。

《母亲与卡佳》中就有这样一个人物，他曾写过题名为《论神秘学视角下
的德国早期浪漫主义》的文章，此人"沉溺于幻想"，萎靡不振，生性怯懦。
他留恋年少，整日为"长大的感觉"发愁，在爱情来临时怕得要命，将爱他的
人拒之千里之外，然而这种冲突纯属心理上的。"俄罗斯人赴'幽会'"这种情
景在传统文学形象身上具有的暗在世俗意义，在他身上已丧失殆尽。对于迷人
的女主人公和在她面前胆战心惊的男主人公，直至对于作者本人来说，真正的
生活是内心的兴奋，是不贪即刻之欢的"平静"生活。这时，"远方一片光辉灿
烂……，无限的快乐就在和煦却不刺眼的阳光之中"；这里"天空洒满星辰的

307

祥光……六月之夜的谦谦歌手鹌鹑唱着优美动听的小曲"。[108] 扎伊采夫笔下的世界就是这样的,它"平静""不刺眼",有"谦谦歌手"幽幽地"唱着小曲"。他在此前写的《上校罗佐夫》(1907)描绘的也是这样一种世界,这部作品在天然的庄园生活中倡导一种"淡泊的智慧"来同充满动荡和悲剧的历史抗衡。他那部描写童年生活的中篇小说《朝霞》(1910)也呈现出这种世界的画图,这部作品以抒情式笔法表达了他怀旧的情思。

扎伊采夫在20世纪第二个十年就勇于以大部头的作品来描写社会现实,写下了长篇小说《远方》(1913),这是对1905年革命的回应,以世纪初政治事件(学生运动、1901年3月4日在喀山大教堂前举行的著名示威、莫斯科十二月武装起义等)为背景深刻地反映了知识分子的精神变化。小说得出这样的结论:那场革命是"俄罗斯人民的伟大事业",是一场"雷电,它的闪光照亮了俄罗斯,展示了俄罗斯人兄弟感情的威力",同时也表明了"国家还处于极端的不成熟状态之中"(第5卷,179、177页)的现实。他认为人间最主要的恶就是主张政治斗争的思想,因为它导致原本渴求善和兄弟情谊的人们心灵发生扭曲。他主张进行非暴力的基督社会主义革命,拒绝接受"俄国式的社会主义"。

《远方》是扎伊采夫十月革命前篇幅最长的作品,即使很难说它是最精彩的。他的这部长篇"社会"小说(也是唯一的一部)以一种异常的方式表现出作者内心对其中人物的背反。在他另外一些作品中,这种背反感表现得更加强烈。他的中篇小说《寂静》(1909)和《旅行者》(1917)几乎没有写主人公的社会志向,对于他们来说,政治无非是一种"有用的"知识,它不会给他们带来什么慰藉,也不会安抚他们虚无的过去和空虚的心灵。抛弃了政治,经常遭受危机和损失的他们也只能笃信原始的美德了,其中之一就是作为崇高精神支柱的爱。

他笔下的农妇阿格拉菲娜(中篇小说《阿格拉菲娜》)可谓百感交集:隐约的"苦恼","暗自的兴奋","喷薄而出却又暗自流动,跃跃欲试却莫名其妙的情欲交织在一起"。然而在临终之际"一切情爱和苦楚",一切纯贞和罪恶的感情都被她破解了:它们是"永恒博爱的神秘载体"(第2卷,61、75、90页)。这种宗教式的"肉欲"显得是那样顽强,因为它担当着使尘世间的爱情神圣化的使命。扎伊采夫在1908年写下的这部作品是对"阿尔志跋绥夫否认道德的自然主义"的反驳。后来他又写了《远方》，对"在身心俱疲的人们头上悬挂'要及时行乐'的标语"的反动时期，人们"精神萎靡，连淡漠乏味的感情也荡然无存"的社会现象进行谴责（第5卷，241、239页）。

扎伊采夫的中篇小说《蓝星》（1919）更加鲜明地体现了他这类重点作品的抒情色彩和哲理内容，其主人公赫里斯托福罗夫是个饱受理想主义思想和精神熏陶的青年。他的理想寄寓于织女"蓝星"身上。他对他"天国的导师"织女星说，"它对我来说，就是美、真、神的化身，除此之外，它还是个女人"（第7卷，199页）。这种共轭是至关重要的：星星就是一个"高洁的女性"，就是一位"'蓝眼睛的圣女'，在她的心中……尘世的情爱……一切转瞬即逝、飘忽不定的情感及永恒的恋情化为浑然的一体"（第7卷，236、247页）。爱情之光是天火之辉映，是生机勃勃的生活现象。这位主人公是个基督教徒，但他具有的充溢着"女性柔美永存"精神的"现代化"宗教思想，却是与基督教的禁欲教义背道而驰的。

扎伊采夫作品的爱情主题在生活观和哲学观上近似于新潮的现实主义作家，但与后者不同的是，他常常游离于生活的主流之外。这不仅表现在他那些篇幅较小的抒情心理小说之中（《珍珠》《死亡》《我的晚会》），连一些长篇作品，如剧作（《拉宁氏庄园》《阿里阿德涅》《爱情》）也存在这种现象。扎伊采夫的剧作"无剧情"，"无主角"，各种人的遭遇混作一团，带有受契诃夫戏剧影响的明显痕迹。《拉宁氏庄园》的一个人物有这样一句台词："生活就是光怪陆离的一团麻，日子就是这样一天天过的。"[109] 这似乎也道出了剧本表意和结构上的特点。

309   如果说契诃夫的剧作是在爱情冲突之后显现出大千世界的复杂性（契诃夫称他的《海鸥》写的是"五普特重的爱情"[110]），那么在扎伊采夫的剧作中关于现实世界复杂性的思想则退居其次，而首要的是阐释另一种"伟大的真理"——"超乎人间真理的真理"（《远方》）。抛却红尘凡事，专事"超然"修炼，这就是扎伊采夫描写的爱情要务。在我们前面提到的《蓝星》中，对莫斯科知识分子的日常生活及其方式的生动描写比比皆是，但这种生活的"表象"只能算作背景，大都触及不到文学由来已久、各个时代永不过时的主题和意蕴。

这里反映出扎伊采夫20世纪第二个十年艺术思想的实质，当时他在一篇自传中对此作了如下说明:"……我在写作这些中篇小说时奉行的是自然主义,筹备发表时却迷恋上所谓'印象主义',到发表时又把它们改成抒情的和浪漫主义的了。最近以来我又有一种新感觉:我在日益强烈地追求现实主义。从我爱上文学的青年时代起(一直到今天),我深深敬仰的偶像是安东·契诃夫,而扶着我走上文学之路的是列昂尼德·安德列耶夫……。在现代派反对革命前文学观念的斗争初期,我赞成现代派的观点……,不过只是作壁上观而已。对我世界观的形成起了最大作用的是弗拉基米尔·索洛维约夫。"[111]

扎伊采夫的这些话已将自己奉契诃夫、弗·索洛维约夫为师,对之无限敬仰之情表达得淋漓尽致,而且他力求规避各文学派别之间的争斗,走一条中间道路,亦即尽量地向现实主义靠拢,却也不疏离其他派别。由此也就形成了他独特的风格,其形象语言和塑造的形象栩栩如生,当属"形而上"的创作方法,同时又完全"符合"现实主义的规范。

奥希普·德莫夫(原名约瑟夫·伊西多罗维奇·佩雷尔曼,1878—1959)的创作也具有边缘性和"新现实主义"的倾向。早在革命前乃至此后的一段时期内,评论界将他的创作与扎伊采夫相提并论,视之为印象主义艺术现象。[112] 他们两人的处女作,即扎伊采夫的《短篇小说集》与德莫夫的《日至》(1905)颇多相似之处,而且同是被公认的优秀作品。[113] 篇幅不长的《日至》,一方面并非借助情节,而是通过大自然这个形象抒情式的思索(本书共有"春""夏""秋""冬"四章,表示自然界轮回的季节,本书也由此而得名),这与扎伊采夫的"纯情"小说有异曲同工之妙;另一方面,它又采用了以既定的情节和事件为背景的"现实主义"叙事方法(仅此而已)。于是在作品中就存在并行不悖、相辅相成的两条线:一条是最终形成了作者一种独特的印象主义创作观,另一条是赋予现实主义式的概括性情节以印象主义特点。[114] 这两条线的用意都是力求冲破"实证论思维的窄小框框",寻求现实生活中显露出的"超自然"的元素。[115] 要克服"实证论"观点,在描写大自然的作品中作者应感受到"泛神观念"同大自然的融合,而在其他类型的作品中则应对现实生活(无论它是光明的抑或黑暗的)有实实在在的切身体会。这里首先需要的是对大千世界有种"形而上"的感受,它会使作家掌握"新现实主义者"感受世界的要诀(在德莫夫的短篇小说中也不乏宇宙性的,具有超世界意义的主题,不过这

310

在他的作品中占次要位置）。

德莫夫的《日至》对引起轰动的社会政治事件只是略微涉及（优秀的短篇小说《大屠杀》），在第一次俄国革命期间他对其也很少置评。后来他仍坚持第一部书的风格，创作了大量类似的作品，不过成就平平。在文体、结构和体裁上表现出来的印象主义风格，采用类似"新现实主义"式的双重手法塑造人物形象，这就是整个1910年代德莫夫作品的概貌。

在此期间德莫夫尤为关注个人生活，首先是爱情冲突，因为这与其上述创作风格相契合。《纽·日复一日的悲剧》（又名《日复一日》，1908）是他最著名的剧作之一。值得注意的是，这部作品表明爱情冲突虽然发生在现实生活中，但其根源却超越了时空的范围。剧本的名称就点出了这一点，它具有双重的含义。"日复一日"，一方面是指日常生活的每一天，另一方面是指时日的无限持续，直到永远。他另一部描写爱情悲剧的剧本《春日里的痴狂》（1901）也是与之类似的作品。他的短篇小说集《大地开花》的大部分作品中，有不同境遇的不同主人公却奇巧地展示出共同之处，"思想在同一瞬间扬起的两朵浪花——思想的白昼和黑夜，这是世间男女之道"[116]，而这些共同之处的展示是通过印象主义的"瞬间性，"、模糊性和易变性来实现的。在这类作品中，个人隐秘的世界只能给人一种抽象的影像，它往往与当时生机勃勃的生活相去甚远，德莫夫的其他种类作品在某种程度上也具有这种特征。

这里还要指出，德莫夫在其作品和创作中和处理人际关系时与扎伊采夫一样，都明显地表现出一种封闭性。这不单是指两位作家个人的特性，而且指他们都对"中间"类型艺术身体力行。这说明两位作家的艺术观都是抽象的，因之在创作方法上都贴近"新现实主义"这一流派。

德莫夫唯一的长篇小说《精神的倦怠》（又名《奔跑的十字架（伟大的人）》，1911—1912），意在表现俄罗斯知识分子的精神探索，这是德莫夫试图用现实生活的感受来开阔自己视野的一种尝试。他笔下的知识分子主人公追求高尚的道德，却连连受挫，不但"精神苦恼"，而且还患上了精神病。他的苦恼和沮丧可谓一张发人深省的心理备受折磨的证明书，尽管这只属"一面之词"。尽管这部作品的视野比他其他作品更开阔些，但仍有封闭之嫌。作品中人物的精神仍挣扎在一个封闭的圈子里，没有感受到广阔生活的脉搏（这种生活在文

311

中已做了铺垫）。《精神的倦怠》同扎伊采夫的《远方》一样，艺术成就平平，不过却是德莫夫革命前唯一一部鸿篇巨制。

我们此前没有将这两位作家作品的艺术性进行比较，在这方面扎伊采夫大体上要优于德莫夫。扎伊采夫的艺术才华日益勃发（尽管也有不尽如人意的情况）的时期，正是德莫夫的艺术创作日渐式微的阶段（这是当时评论界的共识）。即便如此，我们仍看重一点：他们之间仍有一些可以类比之处。

*　　　*　　　*

现在我们介绍几位与"新现实主义"有关联的象征主义作家，他们的短篇小说与"新现实主义"作家颇多相似之处，当然，不同的作家在这方面的表现也各不相同。

利·德·季诺维耶娃−阿尼巴尔的小说集《悲惨的动物园》（1907）便是一例。[117] 收入其中的是她少年时期的作品，描写的生活只局限于个人家庭这个小圈子。但是，小小主人公通过童年家庭生活（在庄园、城市和学校里）的经历，以一颗童贞的心去理解悲惨的生活现实，去体验社会的不幸，而她遇到的只是其中的一小部分。

一只小桶中盛着从沼泽中汲取的水，水中蠕动着小虫虫，这些桶中"居民"被一个凶残的家伙一口又一口地吞食掉（《怪物》）。这在一个天真无邪的儿童看来是大自然的安排。"虫豸"的悲惨命运给她留下深刻的印象，类似描写在这部小说集中比比皆是（有描写无辜的小熊被大汉砍杀的《小熊们》，有描写飞进屋子的蚊子被家庭女教师捻死的《蚊蚋》，不一而足）。此情此景引起少年主人公关于万物生存悲哀的思考和忧心忡忡地发问："为什么上帝不管不问？"妈妈告诉她："在大地上本没有真理……不过你要热爱大地，祝愿大地上产生出真理，你为此而祈祷吧……这样奇迹就会出现。"（《小熊们》）[118]

对"奇迹"的希冀，就是对人间天国的向往，就是渴望人间"一扫萧条的病态，起死回生……"（《茹里亚》，33-34页）。希望建立一个"人间"的天国，是《悲惨的动物园》核心主题之一，这也是与"新现实主义"相同的。

这部小说集的另一个重要主题，即主人公与不公正世界的抗争，这个带

312

有几分野性的小姑娘在抗争时不惜采用极端的方式，这却也反映了她坚强的意志，"要让一切都成为可能，要让一切都服从我的意志"（《意志》，285页）。莫·谢·阿尔特曼认为"这本书的激情"就是"叔本华式的，盲目的，失去理智的意志"，维·伊万诺夫则反驳道："……叔本华笔下……是意志在自身中无穷尽地旋转，而这里却是人对意志的克服。"[119] 我们认为，此言颇为中肯。在季诺维耶娃–阿尼巴尔的这些篇什中，"战无不胜的意志"乃是"世界的至宝"，它是上帝遗给世界的馈赠（《意志》，290页）。而且，人的意志并非任人搬动的木石，而是一个活生生的人自立的表现。在这点上，亦即其"人本主义"的形而上观点也是与"新现实主义"相近的。

然而需要指出的是，女主人公对生活现状的反感有时会把她圣洁的"不屈意志"转化为乖张的心性，她假借上帝旨意，产生一种作恶、破坏的冲动，这时，她觉得"自由是虚幻的"，它会使个人主义者追求自由的心灵变得空虚，人只有面对大自然时才能克服心灵的堕落。女主人公来到海岸边，在内心蓦地觉得自己同大地、太阳、"海水"、"鱼群"有种割舍不断的情缘，尽管这种感觉未能持久，但它是真真切切的。重要的是，女主人公通过与大自然的融合（"我是一块湿漉漉的小石子……，我也是一只红色的小蜘蛛……，我还是一只黑色的小蟹……"），产生了一种与整个世界融为一体的理念。这时，"由孤孤零零的万物"组成的世界，就变成了一个"上帝与万物同在"的世界（《魔鬼》，223、273页）。

我们还发现，这部作品的作者持有一种基督教的世界观和独特的"泛神论"的生活观，在这方面也与"新现实主义"作家们相似。[120] 我们在这里又遇到一个与世界融合的熟悉"公式"（"万物同在"），它一扫日常生活的悲凉之气，并使我们联想起布宁、扎伊采夫和阿·托尔斯泰那些与之类似、大同小异的公式（"世界万物都属于我""万物都属于我""爱整个世界"等）。

勃留索夫1910年代前夕及1910年代期间的散文作品（这些作品在介绍该作家的章节中将进行评述）则在另一方面接近"新现实主义"。评论界认为，他的文集《夜夜日日——第二部短篇小说和剧作合集》（1913）及其当时的一些作品都有明显的现实主义倾向，而且其表现也各不相同。如他的《达莎的订婚礼》（1913），是一部完全传统意义上的社会生活小说（如同索洛古勃1910年代的小说)。然而他的爱情主题则具有另外的意义,这种意义是他后来的其他作品(收入《夜夜日日》文集的短篇小说《再过十五年》《为己还是为人?》、中篇小说《一个女人日记的最后几页日记》以及中篇小说《莫扎特》,1915)才有的。《达莎的订婚礼》属于勃留索夫常采用的情爱题材作品,表明这种人类永恒而天然的欲念足以惊天地,动鬼神,而且它冲破了此类作品传统的情爱载体,即人物的身份、情节设置、幻想形象和有悖常理的渲染等定式。情爱这种天然的感情还原到凡夫俗子的身上,它超越时空渗透到每个时代带有明显社会特征的日常生活中去,在生活中激起阵阵波澜,使主人公们原本"四平八稳"的生活、行为和心境变得有声有色、如痴如醉。勃留索夫的这些作品在描写"日常生活状态"方面,与我们熟悉的"新现实主义"作品,包括布宁的作品十分相似。

通过平凡,或在平凡之中表现非凡,这是布宁10年代短篇小说中爱情描写的特点(《爱情学》《轻轻的呼吸》《儿子》和《阿强的梦》)。这些小说尽管内容不同,但都是以悲剧告终,主人公的爱情或遭到无情的破坏,或遭到冷酷的拒绝。这种对爱情的践踏和决绝常常是有悖于常理的,超越了道德的"规范"。然而,正是这种亦甜亦苦的强烈感受使人备觉享受爱情的莫大幸福,体味到爱情固有的实在含义。

314

"新现实主义"作家布宁和象征主义作家勃留索夫在创作上有共同的主题,不过布宁的作品心理描写的成分更多些,意蕴更深邃些,艺术上也更完美些。

5

革命前的十年间,新现实主义文学在艺术形式上臻于完善,并塑造出一批完美的艺术形象,并借此在文体上实现了其艺术综合的思想。然而,在谈到艺术作品文体这个问题时,我们依据其结构择出其一个独特的独立部分来进行评析,用以令人信服地证明新现实主义文体是个完整统一的体系,虽然诸位作家的艺术经验千差万别。

我们在本书的序言中已简要地评述了世纪之交新现实主义文学文体革新的过程,文体的革新也包括按照"综合"原则对散文类作品进行的革新。

　　为了加大作品的容量，作品势必扩充其篇幅，这就是"短篇"散文弃短趋长的主要原因。为应对这种情况，契诃夫首先在这方面进行了改革。这种改革的主导原则和艺术要领的实施，在颇大程度上是依靠最大限度地提炼作品的意蕴，学习先人的经验，使行文精益求精。

　　19世纪90年代以来，"短篇"散文的销路一直看好，在俄国书市上"随笔和短篇小说"（这是当时出版的此类作品的"通称"）一路热销。诚然，这种现象中也是鱼龙混杂的。有许多赶时髦的短篇小说，篇幅"短过乌鸦的鼻子"（当时的一位评论家这样形容），而且感念破碎，对生活的观察浮光掠影，这说明作者还没有形成完整的世界观。而短篇小说大师们的表现则迥然不同，他们继契诃夫之后探寻新的艺术道路，布宁的短篇小说就是光辉的典范之一。

　　体裁的变型也体现在叙事方法的丰富化上。

315　　列·托尔斯泰晚期的创作经验是值得重视的，他的最后一部作品《复活》堪称散文的经典之作，并保持着这位作家一贯的庄重风格。这种风格在其《哈吉-穆拉特》中表现得淋漓尽致。它对风雷激荡、变故连连的人生的叙述是在整个历史时代的大背景下展开的。繁复的行文是沿着一个共同的思路，即对国家和历史的思索推进的。托尔斯泰在构思自己的作品时就有一个宏大的志愿：精益求精地打造一篇言简意赅的作品，同时还要使之保持经典散文那种脉络分明的多条故事线索的结构。各种社会生活随着作者剥茧抽丝式的笔一一跃然于纸上：有国家的官场，有上流社会，有俄罗斯专制者飞扬跋扈的身影，有"两种极端的独裁主义——亚洲和欧洲独裁主义"（列·托尔斯泰语）[121] 的集中体现者沙米尔的影像，还有同前两者对立的第三种形象哈吉-穆拉特及其迷误，及俄罗斯农村和军旅生活。

　　此后，随着文学的发展又出现了篇幅更加浓缩的范例。对传统的多线条结构删繁就简，原本要写成鸿篇巨制的作品到封笔时压缩为短篇。直接描写社会生活的范围不再那么宽泛，作品的层次相应地也进行了压缩。这样就产生了一种以点概面的效果，而且对面的展示也不同以往，这种展示不是直接的全盘袒露，而是只显现其中某些意味深长的细节，以之作为反映现实的画外音。这里遵循的是契诃夫的原则：写月夜的景色，只写洒满月光星辉的玻璃窗（"比如你要写月夜，你只要写磨坊的小小拦水坝上星光闪烁，宛如撒上一层破碎瓶子的玻璃渣……"[122])。

布宁的《乡村》就是这样的一部小说,这部意蕴很丰厚的作品在结构上却没有贪大求全。它的基本故事情节很简单,作者将直接表现的对象只设定一个社会领域(农村)内,浓墨重彩地描写它,并采用了许多简洁的勾勒、暗喻和联想,这样使读者通过乡村认识到与之密切关联的社会历史背景。

我们在高尔基当时写的一部长篇作品《马特维·柯热米亚金的一生》中也会发现类似的情形。书名中用了一个人的名字,可以说它用得"准确",也可以说它用得"不准确"。在这部小说中(在此后写的《克里姆·萨姆金的一生》中表现得更加明显),作者将主要人物同他们所处时代的背景形象之间的关系处理得高人一筹。究其原因,在某种程度上是因为我们通常所说的时代背景已被描写得一览无余,故而背景的形象也就形成了。这时,主人公"身外"的生活景象、场面和情节的作用也就得以实现,而主人公的形象就不用像传统小说中一样着那么多的笔墨了,虽然他是某种品格人物的代表。

当时作家们艺术探索的另一方面是使社会生活的描写具有更深厚的意蕴。于是作家们奋笔展开叙述,不过仍紧紧把握着"材料"和描写的空间,直接描写的对象仍是"县里荒蛮闭塞的生活"。高尔基的《马特维·柯热米亚金的一生》如同布宁的《乡村》一样,虽然只描写了农村这一方天地,但其意蕴远远超过了这个范围。高尔基称布宁的《乡村》是一部反映了"整个俄罗斯"[123]生活的作品,此语用来评价他本人的《马特维·柯热米亚金的一生》亦是颇为合适的。

高尔基和世纪初的俄罗斯现实主义大师们冲破"短篇"散文固有的窠臼。他的短篇小说集《罗斯记游》显然实现了他的创作意图:表现出"俄罗斯生活、俄罗斯心理的具体内容"[124]。

从局部的、地方性的和个人的生活中撷取宽泛的意蕴,这是俄罗斯现实主义综合法的显著特点。这反映在作品的结构、体裁类型(无论篇幅长短)上,作者在扩展作为作品基础的生活内容的同时,对"经验过"的材料进行评判。

革命前的十年间,俄国现实主义文学形象语言的发展臻于成熟,它在以往的几十年里经历了几个不同的阶段。

俄国现实主义诗歌的转型始于19世纪的下半叶,它极大地激活了艺术语

316

言，并对现实主义的革新起了推动作用。应运而生的是陀思妥耶夫斯基的"幻想现实主义"和谢德林式的讽刺风格，以及其后迦尔洵式的忏悔、柯罗连科式的浪漫主义风格。

然而在19世纪90年代，现实主义运动**普遍**更倾向于受自然主义影响的艺术客观主义。但到19世纪90年代末又明显地出现了另一种倾向，即把描写视为妨碍作家自我表现的负担，因而"消极"对待之。世纪之交的"青年"现实主义在写作方法上分成了两派，一派（首先借鉴契诃夫的创作经验）主张对客体不作直接的描写，使作品充斥大量抒情和概括性内容（如布宁和库普林），另一派（高尔基为突出代表）则主张提高形象语言的表达力，不固守客观性标准，与新现实主义的诗学接轨（契诃夫在评论高尔基早期文体时称，这种诗学为"无可自制的诗学"）。这两派尽管主张大不相同，但往往是你中有我，我中有你，并且互相发生影响，为一个共同的任务而努力：克服现实主义文学作品语言实证式的自然主义，以及随之发生的注重"身外"环境描写的倾向。第一次革命期间的文学界掀起一阵革新文体的浪潮，力主提高客观叙述的表达力和抒情性，作家们为此殚精竭力，身体力行，应该说这是一件很有意义的作为。

20世纪第二个十年前夕至第二个十年期间"新现实主义"形成，这又为文体的改革开辟了新的道路。而19世纪90年代末期至20世纪第二个十年前夕，作家们的文体基本上"相差无几"。到第一次革命时期（如前所述）则主要注重表达的方式，而革新了的现实主义文学则恰恰相反，直白的抒情退居其次，强调的是对客体描写的生动性。而且不止于此，我们还可以发现它常常采用（契诃夫之前）的行文方式——运用大量的描写。然而我们注意到，这与其说是对以往艺术阶段的背反，不如说在特殊基础上形成了一种折中型独特文体。

这首先表现在，不断增强的"描写性"并非排斥，而是改变了主观性。在这种情况下，原先与个性写作原则格格不入的成分被吸纳了，成为一种异相存在，并仍保持着固有的客观价值。而作者的抒情也往往随之失去了独立性，被融进"场景"之中，成为外部"客体"的一部分。由此引发了两种鲜明的倾向：一种是对抒情采取"宽容"的态度，一种是破除形象语言在许多情况下具有广泛的象征性意义这种经验之谈。"描写性"与"表达性"的中和乃是新现实主义在对"现实生活"实施综合产生的一种文体。

在这方面，布宁的作品作出了很好的榜样。1910年之前，他的文体（主要是短篇小说）发生了根本性的变化，以往小说中强烈的抒情色彩褪去，通篇充满详尽的描写，这种描写既有浓重的自然主义特色又不失自己的个性，描写的对象集中在外部环境，即物质的世界上。多年之后尤里·奥列沙指出，布宁"精确描写"的功力达到了令人"叹为观止"的程度，但同时又说他的描写"过于花哨"，以致"成了一种累赘"："契诃夫描写中的色彩比之至少要少百倍……契诃夫大大地胜过布宁。"[125] 毕竟布宁的描写还不算通常意义上的描写，描写的功能也不同于自然主义。布宁不是那种一门心思地追求描写的充分客观性和"信息"完整性，不倦地进行观察的作家。把看似"无比"琐碎纷杂的事实汇集在一起，生成概括性极强、激情洋溢的，具有象征主义的形象，这是1910年代前夕直至1910年代期间布宁一系列农村题材作品的艺术特点，这首先表现在他的《乡村》中，这部作品浓厚的"非契诃夫式"修辞风格同"契诃夫式"的简约新题材形式有机地融合在一起。

布宁在此后的十月革命前和战争时期的作品，在文体革新方面取得的成就更为显著。在他的著名哲理小说（《兄弟》《旧金山来的绅士》《阿强的梦》）中，作者的主观性以及既定的形象因素愈见增多。《兄弟们》的修辞手法与"托尔斯泰式"的慷慨激昂的政评式语言和自然主义的"那加语式"的细腻描写熔于一炉，大有王尔德文体的尚美遗风和异国情调。《旧金山来的绅士》中的形象有既定的象征意义：小说末尾出现的魔鬼形象象征着现实世界"凶残"的特性。这部作品意蕴厚重，行文却很流畅，描写自然，给人一种浑然天成的感觉。

《旧金山来的绅士》中的描写精细有致，写这位绅士在卡普里旅馆进餐前换装那一段就是很好的例证。他在"洗漱间中的所作所为"在相应的语境中具有象征性的预示意义，绅士把臃肿的身子艰难地塞进西服，特别是还得"系上硬硬的领子下面的纽扣"，真是备受折磨："……把指尖硌得生疼，那纽扣嵌进喉结下松软的皮肤中，而他仍坚挺着，直到眼睛珠子都要跳出来了，过紧的领子勒住了喉咙，把他憋得遍体青紫，尽管如此，他还是咬着牙做完了自己的事……"

318

"'哎呀！这太可怕了！'他喃喃地说着，垂下那颗硕大的秃头……"[126]

几分钟后，"可怕的事情"果真发生了："绅士被活活地憋死了。"看到这里我们不禁又回顾起他穿衣时的情景："……他的脖子被勒得紧紧的，眼睛都暴了出来……。他向前一扑，似要猛吸一口空气，这时嗓子里嘶嘶作响……"[127] 系上的扣子放出不祥的光，仅仅裹住绅士的礼服像致命的套子，像铠甲，又像远航的"阿特兰提斯"号轮船，还像一个人造的世界，一种少数人拥有的丑陋的文明；小说的主人公之流正是依靠它来规避天然风险的。

表面上看似纯属日常生活中的事件娓娓道来，一一进入布宁寓言式的行文之中。布宁的小说形成了自己独特的文体风格：将概括性的表达与传统描写中的理性成分有机地结合起来。

1910年至1920年期间散文中，只有什梅廖夫仍坚持使用传统的，对生活进行"客观性"描写的艺术语言了。不过他的作品具有按照"综合"的原则进行革新的修辞特点和叙事方法。[128] 我们以他的短篇小说《旅行》为例来作一个较详细的解析（这部小说的大体内容前面已作过简要的介绍）。

这里描写的是日常生活中一个普普通通的故事：一个税务员来到省城，一路上有各种见闻，在省城逗留了几日，之后就回家了。小说中充盈着主人公的感慨，他对旅行中亲自目睹或参与的事件都有一番评价。作者并没有考究他的感受，尽管作者的议论在作品中的作用非同小可。但是主人公的感受是极为客观的，它向我们展示的他"身外"和内心生活的景象，是未加任何"评注"的。唯一例外的是，作者对发生的一些事情，是通过描述主人公反应的方式来表明自己态度的。小说常采用"觉得"之类的契诃夫式的词语，它有这样的功效：可以说是主人公"觉得"，也可以说是作者"觉得"，"从红窗帘上隐隐透出一丝小酒馆里那种昏暗的光亮，税务员觉得，窗内一定是在干着什么不可见人的勾当"（第6节，123页，此后这篇小说的引文只注页码），还有不少这样的段子。小说中作者在写到主人公时常常引用一些别人的原话，这也起了客观叙述的作用。

小说在对其他人物的描写上同样持这种客观的态度。另外，这篇作品的行文看似前后矛盾，不合情理，有时甚至使用一些"莫名其妙"的口语，读到这里会觉得一头雾水，其实这是作者设下的玄机（一直读下去，到后来就会"自然而然"地明白了）。下面举一个例子：文中有这样一句话："哎呀，弟兄们，我们人太少了……伙计们，真的太少了！"其实这句话的意思是"'尊贵的大老爷，快来帮我们！'哎哟……那些老爷们胡乱地插手我们的事……就连吃教堂闲饭的那帮人也来了，手里还给我们端来佐菜的卤汁……"（第107页，这里表达的是一位"新型的务实的贵族"对其他旧式贵族的愤懑之情）。

320

还有一点值得注意，即主人公看待生活的态度也是很客观的。作者对他的生活环境（财物，所接触人物的外貌，自然景色等）的描写，往往不惜笔墨，详尽备至，又具体，又精细，又逼真，而且重要的是，它们纯属客观的描写，并不受主人公对其态度的影响，尽管他的态度在作品中常有表露。在这种情况下，就需对主人公的一言一行进行缜密地考量，因为他的言行也是一种潜台词。这时，强调考察他的内心世界不仅不会使"外部"世界主观化，而恰恰相反，会更加清楚地感觉到不取决于主人公（和作者）的自在生活本身的"脉搏"。且看书中这样一段，"税务员的目光穿过密密麻麻的人头看到（着重号为本章撰写者所加）：在桌子中间端坐着瘦骨嶙峋、表情忧郁的监察员，灰灰的脸拉得长长的，苍白的小胡子撅得高高的，他的两侧站着端着大小酒杯、穿着礼服的侍者，宛如他在出席一个什么盛典"（124页）。再看一段，"……啧，啧！（这是主人公的自言自语——本章撰写者注）从莫斯科来的歌伎们出来散步了……穿着亮晶晶鞋子的一双双纤足在松鼠裘毛大衣下一步三摇；时髦的披肩在胳膊肘处飞扬；这些服饰，形成一派锦绣风景吸引了路人的目光……"（118页）。

其行文的结构也别有特色，同样出彩，一系列的场面、情节和对话是以主人公为主线，而不是自行地铺陈开来——作品中呈现的生活之流浩浩荡荡，并没有受到结构的钳制。

这部作品还有一个特点，即常常设有一种独立性、终结性和整体性很强的情节，大情节中又套着一些小情节，这些小情节是剪贴进来的，与正文毫无关联，就像电影中的闪回镜头一样。请看描写主人公进城的片断：

"他向管家指点了一下……

'什么呀？！'

　　特罗菲姆勒住了马，俯下身来啐了一口吐沫，税务员从雪橇里探出头，看了一眼。

　　……城市果真到了。

　　雪橇下的雪吱吱作响，一个女公务员在抛掷雪球玩。有气无力的马铃声催人入睡。

　　'……不通了……'只听见一个嘶哑的声音。

　　'什么？'税务员懵懵懂懂地问。

　　'您走不通了！'特罗菲姆说着，又朝路边指点了一下，'这个兔崽子真是裹了个严严实实'"（104—105页）。

　　第一句话一下子把税务员与管家间的关系向读者交代得清清楚楚。下面一段（从"什么呀？！"至"城市果真到了"）令人猛地想起此前特罗菲姆与税务员的对话（"我得了肺痨……您发财，可把我累病了……""你胡说些什么，居然说得了肺痨！""要说胡编，那是医院胡编的。我都咯血了……不是肺痨是什么！"〈103页〉）。再往下看，从"……不通了"之后就转入另一个"情节"了。接续的又是一个独特的"电影闪回镜头"，另一个场面。

　　与此同时我们还发现，有些情节（如城市官员会议）和语句（甚至某些词）在作品中反复出现，这是加强文意的一种手段（仍然不带作者的"提示"）。我们还记得贵族波鲁别伊科的一句自白："上帝帮助我们……让我们行道到底……"（108页），他这句话意在强调贵族担负的社会使命是神赐的。可是在十几页后，这种使命出其不意地"呜呼哀哉"了。目睹波鲁别伊科"带着脸蛋儿俏丽、眼睛大大的尼娜·库利亚季娜招摇过市直奔城市另一端"的税务员暗想："……他真是所向披靡，去巴黎也不在话下。这就是人家的使命呀！"（119页）

　　散乱繁杂的作品结构，"错位的"叙述方法（往往布设许多的点，把叙述隔离成为若干小情节），用一系列联想替代逻辑推理，所有这些特点显然都是受了印象主义的影响，却仍不失为真正现实主义的性质。

　　作品的修辞也别具一格。如果说他对描写对象的态度是"让导演在表演过程中死去"，那么他对叙述语言的态度则不然，他不希望自己的叙述语言默默无闻，只充作表达"内容"的形式，即作品中一种转瞬即逝的隐形物。而这种"默默无闻"的语言却可以在扎伊采夫当时的作品中看到，什梅廖夫则另当别

321

论：他追求的是一种华美张扬和引人注目的语言，这种语言带有"炫耀性"和"显示性"。什梅廖夫的这种追求与当时的现代派相近，不过他们采取的手段不同。语言创作的目的无非是使描写忠于描写的"对象"，符合修辞生动的原则，这样就可以使语言的各个层面（在作者的叙述语言中）错落有致，精美得体。什梅廖夫的语言是符合规范的标准语，其中又掺杂着"民间创作"语言、日常口语、俗语和一些方言，如："那昏暗就像跟孤独的灯火作对似的"；"雪橇的两帮被敲打得咚咚作响"；"在正前方戳着一个蓝边金字的大牌子，上面写着'贵族俱乐部'……"；"'俺们这伙人'乘坐的豪华马车，在白毛风雪中沿着坑坑洼洼的道路摇摇晃晃地行驶着"（135、105、116、123页），如此等等，不一而足。

我们再来看看什梅廖夫的另一些非常个性化的语言："一张张红脸膛放着红铜似的光转了过来（说的是团里的乐队）"；"从拐角处的房间里爆出一阵雷鸣般的笑声"；"一个重得要命的家伙使出浑身解数挤了过去"（117、128、145页）等等。现代派作家的语言也是别出心裁的，不过显得颇为虚幻。而什梅廖夫的语言对日常生活的描绘则特别具体，这是他丰富修辞手法的又一特点。他之所以能够做到这一点是由于他不断寻找到新的艺术感觉，当然也是他努力探索描写实体化的成果。

322

我们举他对暴风雪的描写为例，"暴风雪从河滩那边席卷而来，在大祭司的院子里的榆树丛中大呼小叫"；"暴风雪从东方赶来，抽打过人们的脸就又匆匆地上路了"；"狂风拍打着招牌……"（122、123、130页）等。此处的暴风雪不单单是一种天气，这种自然现象还具有一种社会风云剧烈变幻之意，而这正是作者对未来的期待。"我爱这狂风，爱这暴风雪……"（131页）一位对俄罗斯充满信心的人物如是说。甚至"从草地的村庄里鱼贯而出去赶集"的满载柴草的大车，"在税务员看来，也有几分凝重的神态"，宛如"路边那片憧憬着什么的无际林海"（137页），它憧憬的是在古老大地夜空上升起的星星发出的熹微能融入"永恒"之光。

什梅廖夫对生活和大自然形象的描写，对物欲横流的人生的描述常常别具深意，具有博大的内容，不仅涉及民众天性的渊源，也涉及亘古永存的"自然"法则。

　　高尔基这个时期作品的语言同样富有综合性，不过他走的是与扎伊采夫不同，甚至相反的道路——他们各有各的出发点。诚然，在高尔基早期的作品中个性化和客观化、浪漫主义和现实主义的各种修辞手段并存，譬喻和具体描写俱有，但是占主要地位的是其个性化语言。他后来的作品亦是如此，他塑造的形象充满激情，反映出光明和黑暗的激烈冲突（正面人物讲起话来慷慨激昂，反面人物做起事来荒诞可笑），作者通过作品直抒胸臆，读之使人备受感召，这就是第一次革命期间高尔基作品的特点。

　　然而从1910年前后，高尔基作品中的形象由于坚持现实主义的"客观"形式优先的原则（这个原则在叶·鲍·塔格尔的著作中有极明确的表述），而发生了变化。对于这个变化过程也不能一言以蔽之，1910年代他写了带有浪漫主义色彩的《意大利童话》，而此后的作品就纯属现实主义的了，而且这是他发展的一个总趋势。在他当时的作品中，语言的客观性绝对大于主观的抒情性，不过仍不失作者本人强烈的评判色彩。他常把日常生活、自然景色和人物肖像的具体描绘同其独特的象征性表现方法结合在一起。

　　请看《罗斯记游》中的一段："船员和流浪汉们在破冰船下游二十俄尺的水域开凿驳船四周的冰块，他们用铁杆咔嚓咔嚓地戳着冰面，撕裂大河那脆脆的灰色表皮……听得见汩汩的流水声，河岸那边传来小河汇合时的私语。我们的刨子、锯子和斧子也开始工作，嚓嚓、哧哧、噼噼啪啪之声不绝于耳。……仿佛在这灰蒙蒙的冬日里，大家用自己的劳作唱起了一支迎春圣歌。"（见该文集中的《流冰》）[129]

　　成熟期的高尔基使用的形象语言已不是早期的双关式，而是复合式的了。

　　谢尔盖耶夫-青斯基的创作道路就显得比较复杂了，他的创作既有与新现实主义诗学吻合之处，又有别于现代派。他的世界观演变是一个艰难的历程，这在他异常纷杂的文体风格上也有所反映，而这种纷杂的文体风格正是当时俄国现实主义文学的标志之一。青斯基创作的文体风格尤为纷杂，特别值得关注。

　　在这方面，他的长篇小说《巴巴耶夫》可作为一个突出的范例，其文体风格与世界观两两相配，相辅相成。生活现实往往是通过主人公的"意识流"来反映的，于是现实的情况隐去了，出现在读者面前的是虚幻的景象，人的外部

323

世界成了其心理的投影,自然界被"拟人化"了。客观存在的景物都恒定地具有了灵性。《巴巴耶夫》(连同青斯基此时期的其他作品)可谓形象的渊薮。青斯基断然地摒弃"精确和直白"的语言,认为直接的描写缺乏表现力。他在创作《巴巴耶夫》期间对维·谢·米罗留波夫说,"我不能忍受直白"[130],他认为叙述的方法有多种多样。

置身于现代主义大潮中的青斯基却不失自己的特色,他用独特的方法来塑造心理化的形象:"面前闪现出街角,那里有一栋石建筑,他对之再熟悉不过了,那就是自己的心头肉(着重号为本章撰写者所加)······可气的是街角那么漠然,像是一张养尊处优者的脸。你恨不得拿上一根粗针把它扎进地缝中去。这不可思议?世界上的事最终不都是不可思议的吗?"[131] 在这里纯粹的心理感受以物化了的心态突现出来,因而对现象的诠释也就少了些主观性,"大海从来不做祈祷,然而它通体就是一种难以解释的浓缩了的祷词"(《海岸景物》,第5卷,134页)。事情正是这样:难以解释的情感(投影到自然景物上)就寓于艺术的"浓缩"之中。

在选择最喜欢的表达方式时,青斯基往往看重"实物性"强的形象:如"老太婆的嗓音低沉,犹如满载石头的大车拖行在秋季泥泞道路上发出的声响······"[132]等。他在描写人的感受时也是这样:"乍看起来,把'打开'和'内心'两个词连用似乎很可笑,可到后来就有一幅图景清晰地跃然于眼前:别人的心就像搁置在床下的一只尘封已久的老箱子被缓缓地掀开了。"[133]

在《海岸景物》这部引人注目的短篇小说中,此种修辞方法被发挥得淋漓尽致,各种形象化的联想比比皆是,甚至湮没了对"客体"的描写。其中有些片断(对男女主人公外貌的描写)在当时可谓尽人皆知:"他生有这样一张脸,可将之比喻为一条又宽敞又僻静的街道,它日复一日,年复一年,经久不变。这种街道没有硬化的路面,脚走上去很觉松软,能扬起灰尘。那里没有人行道,却有歪歪斜斜的路灯柱。近旁绿茵茵的草地一直延伸到远方,草地上有鸡在漫步,有小猪在刨食。街道的中央走着一群帽子扣到后脑勺的放荡不羁的土人,他们扬起一股尘烟。"

"她的脸则像密密麻麻打着结的网,或大城市郊区人们喜欢拥挤在那里凑热闹的小街巷。傍晚······云彩升到夜空,可能要下雨了,也可能今夜闷热难熬,

324

你看，一座座低矮房舍的窗子都洞开着：管他招不招贼呢，闷得难受呀……"（第5卷，135—136页）。

我们读完这两段长长的语句（第二段删去了一些），简直有些不知所云。当时的报刊对作者把主人公的脸比作街道和街巷备加嘲笑[134]，但这里毕竟有值得捉摸的地方。主人公的"内在"面貌（欲通过"外在"联想来实现）并未展现出来，而具有"辅助"意义的，只限在进行比喻时使用的现实生活画面不由地成了一种独立存在的碎片，它的作用只是展示在作者意念中心理化的片断内容。这种极端化的做法是我们已经知道的那种修辞倾向的表现；而且，这也不是其唯一的表现。小说的行文通过间接的手段——比喻、对比，增强了被描写对象的实体感，这常常违背了作者的初衷和美学原理。作者的意识为"实体"的印象所累，落到无可奈何的地步，于是这种印象就泛滥开来。

在青斯基当时的小说中我们还发现另一种抽象表现修辞法（"缕缕飘着灰尘的光束从窗户射到地板上，吞掉了烦恼"等），然而青斯基又对这种现代派的语言感到乏味。他追求活生生的具体实物形象，不过既定的目标是更鲜活地表达"非实物"的内容。然而，意愿往往不总是能够实现的，形式也常常不受制约，这从作家的世界观角度看来是不合情理的。将现实非实物化（可见的世界是幻影；颜色、形状、声响不过是存在的表象，不过是"水中的色彩……而水又覆盖着它"，这是"一潭死水"）的思想是与对世界进行实体化、浓缩化的描写相矛盾的。"浓密"和"密致"是青斯基爱用的形容词（"……浓密茂盛的草木一派葳蕤……似乎能听到它们蹿高发出的'噌噌'声……"）[135]。作家应保持作品一体的艺术风格，而在既定的修辞方式下他又顺其自然地去表现生活，这就产生了矛盾。青斯基修辞上诸多乖僻、极端、诘屈之处就是他在形式上追求别出心裁的见证，这就为他日后的艺术发展道路做下了铺垫。这也符合他文学要革新的理念——他1910年代的作品从不久前强调描写的客观性，强调"外部"描写是"抒情"的功能，转而强调"抒情"是"描写"的功能。[136]

青斯基的作品激情洋溢，令人振奋。他经常与读者分享自己的感受，却不染指可见世界的形象："世上自有太阳的法则在……请您傲立于海面之上，像鸟儿一样摆摆头，这时您会觉得眼前是一片焕然一新的景象……"，"如此美轮美奂的大海，它深邃，温情脉脉……和风徐徐……好一派旖旎风光……"（《从容不迫的太阳》，见第6卷，65、60页）。这些语句"毫不做作"，若用在《巴巴耶夫》或《海岸景物》中就不可思议了，在这部文集中青斯基还偏爱那种出人意料的奇巧比喻，如山峦"像一群生着橡树和山毛榉叶般淡黄羽毛的小鹅（《海畔》）"；"站成横队的兵士们宛如一排排又大又好看的安东诺夫卡苹果树"（《警长杰里亚宾》）等等。然而与过去不同的是，他在记叙联想时就不再将生活现象作这种比喻了。在《运动》中他称"声响湿漉漉的"显得颇为自然，而在他数年后发表的《叶连娜斜矿井》中，印象主义的形象还附有现实主义的"注解"，"这个屈辱该是蓝色的……蓝色的屈辱，这太可怕了……他的脑际终于浮现出一种情景：那是几个鲜蓝色的信封放在办公室里他那张桌子上，他曾把信装进这些信封……也许现在……别人正在偷看他的信呢……"（第7卷，90页）。青斯基的作品风格仍保留着印象主义的成分，其表现是，在他的笔下，人的心境和处境变幻莫测。他的作品描写依然生动，形象依然丰满，但现在常采用的是奇特的比喻和"直来直去"的语言（此前不久青斯基还对此避之唯恐不及），"晴朗的天空，太阳，九月的天气还有从岸边向大海弥漫的秋天的芬芳。这种芬芳将一切香味囊括其中，有葡萄园的，梨园的，还有柏树林的……"（《笑靥》，第5卷，194页）。抒情式象征是文学创作的一种元素，是无可清除的，但它只会在客观性的作品中萌生。

326

从把世界描写成一种物质的、可感觉到的，同时在冥冥之中又是"熟稔"的"中间"或"双重"的自在物，过渡到将之描写为完全植根于现实生活，独自存在的，同时又是单一的，却有着丰富想像力的形象，这就是青斯基文体演变的轨迹。他的创作仍保留着现代派的色彩，不过已经发生了质的变化。

*　　　*　　　*

在当时的文学界，现实主义和现代派作家们在文体上有个共同的特点，那就是都进行艺术综合。革命前的十年间，俄罗斯文学作品中充斥着民间文学中那种活生生的口头语言。

布宁、什梅廖夫、谢尔盖耶夫-青斯基、普里什文、特列尼奥夫和波德亚切夫等人都热衷于使用民间文学语言，特别是俗语。在他们的作品中往往会看到戏剧化散文这种文体，其中有大量的道白，而叙述性文字也像是剧本的情景说明。给人的感觉是，主人公在那里滔滔不绝地叙说，而作者屡缄其口，不忍打断他。其实，这不过是表面现象。作家在描写人物时似乎隐退了，或只是作壁上观（比如在《来自饭店的人》中对侍者斯科罗霍多夫的描写），但实际上这些人物身上凝集着作者对生活的感受。作者和主人公是息息相通、血肉相连的。比如农民出身的作家波德亚切夫，其作品从表面上看来很注重客观性，乍看起来简直就是民间语言详尽而原本的记录，其实是作者即时内心感受的表白。

在当时的文学作品中分明还有另一种将口语引入书面语的叙述方法，它将作者的行文完全口语化了，成了一种"异化"的语言。对此，果戈理和列斯科夫早就有过预言，而在当时的文学界则是列米佐夫最早指出了这种语言发展的趋向。

扎米亚京的作品是运用这种语言的绝好范例，他行文的语言顺应人物的语言，以所描写的县城和农村环境作为语境，"从前有家姓巴尔卡申的，一家子都是受人敬重的生意人，整天在自己的作坊里忙活着酿酒，闹霍乱那年，一家人一下死了个精光"（《县城纪事》，46页）；"真正好样的庄稼汉，掌起犁一走，就能闻到土地的香气，以后连这种地道庄稼人的影子也永世看不到了"（《在那遥远的地方》，106页）。

然而，扎米亚京这种异常重要的风格并非一以贯之的，他的行文有时在不经意间又变成了"知识分子腔"。比如，"是日风和日丽，路上行人未着外套，这种天气在十一月份颇为常见"（发表时"外套"改作"大衣"）；此后又有一段："蓝莹莹的雪花静静地飘洒着，他哼起了船歌，船儿荡呀荡，暮霭在泛起的轻波中飘摇，听着这支船歌，心中的忧郁得以少许缓解……"（《在那遥远的地方》，见148页）。我们在这些语句中还可以发现，他一改行文的惯例，为这种景象作了注解。扎米亚京的文字个性极强，不过他与别的作家（如上面提到的青斯基）不同，其个性表现是紧扣材料，行文挥洒自如。因为语言构筑的变换要比内容的推进活跃得多，故而写作者的主要任务就是要把握住自己的语言风格。扎米亚京不断地进行语言试验，为了加强语言表达力，他尝试过多种修辞方法。试看他的《阿拉特里》中的一段，"走来的是一个严寒的冬天，可谓五十年不遇，天上浮着冰冷的太阳，它罩着一圈光晕，发出虚假的祥光。由于天寒地冻，阿拉特里城这块古老的大石头都通体爆裂了。"（218页）寥寥数语集合了古语和当代具有神秘色彩的修饰语（"虚假的祥光"），这种修饰语在当时的新诗中颇为流行。

我们看到的是在发展民间口头语言方面独辟的一条蹊径，然而扎米亚京在这条蹊径上行之未远，到后来他又致力于将自己的语言试验同传统结合起来。他那民间口头式的语言基本上是作为自己语言工具的，但同时又兼有其他传统意义上的功能。

使用民间通俗语言是否就意味着作者欲以人民一分子的观点看待现实生活呢？有的时候是这样，有的时候不是。用这种语言写作的扎米亚京所选的题材常常未必符合一般民众的兴趣，这时就属于后一种情况。可是，当他使用这种语言写出了与社会心理特点迥然不同的"别人的话语"的时候，就属于前者了，而且这也按照修辞综合的原则，实现了个性化和客观化的共轭。[137] 他那篇没有使用口语，全然是另一种风格的，带有"装饰性"的小说《岛民》和另一篇描写英国生活的《抓人的人》（1918）也是这样。扎米亚京这位俄罗斯的"通俗作家"仿佛变成了个地道的欧洲人，他那怀疑现实，讥讽现实的文风与他所敬仰的阿纳托尔·法朗士十分相似。扎米亚京笔下的文字，不是别的什么人，而是"自己代言人"的叙述，他以自己的修辞手法牢牢地把握着一词一句。强烈的个性特点和作者的参与意识通过他那近似于现代主义别出心裁的文字，及其虚幻化语言形象的丰富联想性体现出来。然而扎米亚京无疑仍是位牢牢扎根于生活，从生活中汲取素材的现实主义作家。

现实主义文艺创作的繁荣是20世纪全球性的文学现象。世纪初的俄罗斯现实主义走过了自己的道路，它力求更新传统现实主义的表现手段，同时又极为重视文学遗产。继承干预生活传统的俄罗斯现代派作家也表现出这一特征。19世纪现实主义关于形象"集中化""夸张化"，艺术内容丰满化，语言浓缩化的理论以及陀思妥耶夫斯基的"幻想现实主义"、果戈理的讽刺文体和列斯科夫的语言风格，同属1910年代俄罗斯"新现实主义"散文作家所关注的文学遗产。

注释：

1　《勃洛克文集》，八卷本，莫斯科、列宁格勒，1962，第5卷，111页。

2　同上，114页。

329

3　《高尔基全集》，二十五卷本，文学作品编，莫斯科，1970，第8卷，96页。在这个意义上来说，引述高尔基不常为人提及的一封致瓦·利·利沃夫-罗加切夫斯基的信（1907年7月）是颇有兴味的，他是这样评论人们对《母亲》的反应的："您意欲将我从'自我'拉到同志那里去，这使我生出几分诧异……我们俄国人是需要有个性的——您以为然否？……但我们这里是没有个性的——尽管我们都主张思想自由，但我们大家仍不失为'服务者'：无论他是谁，即令他是个有思想的人。"（高尔基档案，ПГ-рл 24-5-10）

4　《高尔基档案》，《致佩什科娃的信（1906—1913）》，莫斯科，1966，第9卷，60、30页。

5　《致皮亚特尼茨基的信（1908年4月17日）》，见《高尔基文集》，三十卷本，莫斯科，1955，第29卷，64页。

6　《勃洛克文集》，第8卷，264页。

7　在现代问题文学中"新现实主义"这一概念的意义有时极其广泛，即用它来表示19世纪末至20世纪初俄国的整个现实主义文学运动。

8　《俄罗斯文学史》，十卷本，莫斯科、列宁格勒，1954，第10卷，454、457页。

9　阿·奥日戈夫[尼·彼·阿舍绍夫]，《反映革命后崩溃的小说》，见《现代世界》，1916，第3期，150页（第2栏）。

10　《亚速海沿岸区报》1912年4月19日。

11　《波德亚切夫全集》，十卷本，莫斯科，1927，第4卷，《被遗忘的人们》，23、56页。

12　《高尔基全集》文学作品编，莫斯科，1971，第10卷，17页。

13　《列宁全集》，莫斯科，1961，第18卷，352页。

14　《勃洛克文集》，第5卷，356页。

15　柳·阿·斯米尔诺娃，《关于20世纪初俄罗斯散文的现实主义问题》，莫斯科，1977，37页。

16　《波德亚切夫全集》，第4卷，203、230页。

17　《文学遗产》，1965，第72卷，203、230页。

18　令人奇怪的是，即使在现今的评论著作中还可发现对19世纪末至20世纪初"新现实主义"丰富经验几近被置之不理的现象：只承认布宁是"世纪初为数不多的——不是唯一的——得以延续并更新19世纪现实主义的散文作家之一"。参见：鲍·哈扎诺夫，《1913年》，载《20世纪俄罗斯文学史："白银时代"》，莫斯科，1995，412页。

19　《契诃夫作品与书信全集》，三十卷本，"书信"编（12卷本），莫斯科，1975，第2卷，177-178页。

20　关于19世纪现实主义理论的发展，在彼·阿·尼古拉耶夫《作为创作方法的现实主义》一书中有清晰的论述（莫斯科，1975年版）。

21　《柯罗连科书信选集》，莫斯科，1936，第3卷，14页。

22　高尔基，《柯罗连科的时代》，见《高尔基全集》文学作品编，莫斯科，1973，第16

卷，181页。

23　《柯罗连科日记》，波尔塔瓦，1925，第1卷，230页。

24　《柯罗连科文集》，十卷本，莫斯科，1956，第10卷，358页。

25　奥夫夏尼科-库利科夫斯基，《创作心理学问题》，圣彼得堡，1902，297页。

26　同上，293页。

27　同上，289-290页。

28　同上，20页。

29　奥夫夏尼科——库利科夫斯基，《俄国知识阶层史》，第3部分，见《奥夫夏尼科-库利科夫斯基文集》，九卷本，圣彼得堡，1911，第9卷，25、29、41页。

30　安德列耶维奇，《俄国文学的哲学经验》，圣彼得堡，1905，14页。

31　同上，13、473页。

32　奥夫夏尼科-库利科夫斯基，《俄国知识阶层史》，第3部分，167、64页。

33　米·涅韦多姆斯基，《论现代艺术：列昂尼德·安德列耶夫》，载《神界》，1903，第4期，38、40-42页。

34　伊万诺夫-拉祖姆尼克，《伟大的潘》，见伊万诺夫-拉祖姆尼克，《创作与评论：1908—1922评论文集》，圣彼得堡，1922，24页。

35　伊万诺夫-拉祖姆尼克，《文学与社会性》，圣彼得堡，1911，3页。

36　伊万诺夫-拉祖姆尼克，《创作与批评》，25、11页。

37　同上，10页。

38　伊万诺夫-拉祖姆尼克，《1912年的俄国文学》，见《遗训》，1913，第1期，55页（第2栏）。

39　伊万诺夫-拉祖姆尼克，《创作与批评》，10页。

40　伊万诺夫-拉祖姆尼克，《永恒的道路（现实主义与浪漫主义）》，见《遗训》，1914，第3期，96、99、109页。

41　同上，97页。

42　同上。

43　伊万诺夫-拉祖姆尼克，《臭虫皮》，见《遗训》，1913，第3、2期，112页（第2面）。

44　伊万诺夫-拉祖姆尼克，《永恒的道路》，107页。

45　伊万诺夫-拉祖姆尼克，《伟大的潘》，25页。

46　伊万诺夫-拉祖姆尼克，《永恒的道路》，104页。

47　有关情况可参阅亚·瓦·拉夫罗夫为其发表的勃洛克与伊万诺夫-拉祖姆尼克之间的通信所写的序言，见《文学遗产》，莫斯科，1981，第92卷，第2册，374页。

48　只是到了1920年此书的构想草稿才汇集成册。伊万诺夫-拉祖姆尼克的《20世纪的

330

俄国文学（1890—1915）》却不失为可供研究之用的简明提纲，不过它与作者革命前夕评论的风格大不相同了。

49　伊万诺夫-拉祖姆尼克，《1913年的俄国文学》，见《遗训》，1914，第1期，89页（第2栏）。

50　伊万诺夫-拉祖姆尼克，《永恒的道路》，107、109-110页。

51　伊万诺夫-拉祖姆尼克对待俄国文学1890年代至1910年代发展进程态度的变化，可参阅米·根·彼得罗娃的文章《民粹派运动晚期的美学》，其中对他某些评论文章进行了具体的评析（见《俄国19世纪末至20世纪初的文学审美观念》，莫斯科，1975，156-170页），亦可参阅前面提到的拉夫罗夫的文章。

52　伊万诺夫-拉祖姆尼克，《永恒的道路》，107页。

53　伊万诺夫-拉祖姆尼克，《1913年的俄国文学》，89页。

54　同上，95页。

55　伊万诺夫-拉祖姆尼克，《理应配得上生活》，见《遗训》，1913，第9期，134页（第2栏）。

56　伊万诺夫-拉祖姆尼克为阿·多利宁《阿克梅主义》一文写的编者导言，见《遗训》，1913，第5期，152页（第2栏）。

57　伊万诺夫-拉祖姆尼克，《理应配得上生活》，140页。

58　伊万诺夫-拉祖姆尼克，《1913年的俄国文学》，91页。

59　伊万诺夫-拉祖姆尼克，《永恒的道路》，108页。

60　奥夫夏尼科-库利科夫斯基，《俄国知识阶层史》，第3部分，166、167页。

61　伊万诺夫-拉祖姆尼克，《20世纪的俄国文学（1890—1915）》，彼得格勒，1920，36页。

62　伊万诺夫-拉祖姆尼克，《永恒的道路》，108页。后来伊万诺夫-拉祖姆尼克又评述过列米佐夫，称他"没有信仰"，对他而言，"真正象征主义的'狂妄'……不过是愚昧而已"，"宗教，东正教……也只是华贵的形式"（《20世纪的俄国的文学》，36页）。这时伊万诺夫-拉祖姆尼克已把勃留索夫、索洛古勃、梅列日科夫斯基列为"新的现实主义"作家了，理由是，他们已背离了象征主义，他所说的象征主义已不是"创作的原则"，而是"看待世界的哲学"了（35页）。

63　《魏列萨耶夫文集》，五卷本，莫斯科，1961，第3卷，345、441页。

64　尼·谢·克列斯托夫，《文学回忆录》（俄罗斯国立图书馆手稿部档案，全宗号9，保存单位1，页码21）。

65　叶·科尔托诺夫斯卡娅，《年轻文学的道路和界限》，见《欧洲通报》，1915，第3期，323页。

66　研究《言论》文集的专著有：弗·亚·克尔德什，《〈言论〉文集》，见《20世纪初的俄国文学和新闻业，1905—1917：布尔什维克和泛民主主义的出版物》，莫斯科，1984；沃

331

齐米日·维尔钦斯基：《现实主义散文问题：俄罗斯文学丛刊〈言论〉（1913—1918）》，绿山城，1993。

67　奥·德·戈卢别娃，《莫斯科作家书籍出版社（1912—1923）》一文详尽地介绍了该出版社的出版历史和编辑事务，见《书籍：研究与资料》，莫斯科，1965，第10辑。

68　《言论》第1辑，莫斯科，1913，30、21页。

69　1912年7月2日的信（俄罗斯国立图书馆档案，全宗号9，保存单位33）。

70　1912年7月31日的信，转引自亚·尼诺夫，《高尔基和布宁在卡普里岛》，见《高尔基学术报告会：1964—1965》，莫斯科，1966，96页。

71　同上。

72　1912年11月8日的信，见《高尔基档案》，莫斯科，1959，第7卷，286页。

73　《安魂曲：纪念列昂尼德·安德列耶夫文集》，莫斯科，1930，71页。

74　参见：弗·亚·克尔德什，《〈言论〉文集》，286—287页。

75　叶·科尔托诺夫斯卡娅，《文学新闻》，见《图书馆员》，莫斯科，1914，第3辑，353页。

76　叶·科尔托诺夫斯卡娅，《青年文学的道路和界限》，323页。

77　1912年11月15日的信，见《高尔基档案》，第7卷，115页。

78　有关情况可参见：奥·德·戈卢别娃，《作家出版社（1911—1914）》，见《书籍：研究与资料》，莫斯科，1963，第8辑。

79　筹备出版的各辑文艺作品集中只有一辑得以出版（1912年4月），它收集了布宁、谢尔盖耶夫-青斯基、阿·托尔斯泰、什梅廖夫的小说和勃留索夫、亚·米·费奥多罗夫的诗歌以及魏列萨耶夫的古希腊诗歌的译文。

80　1911年11月21日、12月13日的信，见《高尔基档案》，编号КГ-п 35-9-1；КГ-п 35-9-3。

81　克列斯托夫，《文学回忆录》，页18反。

82　1911年12月初的一封信，见《高尔基档案》，编号ПГ-рл18-29-4。

83　米·涅韦多姆斯基，《论"新的"马克西姆·高尔基和新的俄罗斯小说》，见《生活需求》，1912年2月24日，第8期，489页。

84　《俄罗斯思想》，1912，第8辑，26页（次刊［3-я паг.］）。

85　安东·克拉伊尼，《第十需求物》，见《俄罗斯之晨》，1916年9月17日。

86　致伊万诺夫-拉祖姆尼克的信（1912年1月），见《高尔基文集》，三十卷本，莫斯科，1955，29卷，218页。

87　《十月革命前的〈真理报〉艺术文学评论汇编》，责任编辑谢·布莱特堡，莫斯科，1937，40页。

88　见注22。

89　论述第一次世界大战时期俄国文学的重要著作有：奥·采赫诺维采尔，《文学与世界

332

大战（1914—1918）》，莫斯科，1938；本·赫尔曼，《希望与绝望的诗人：战争与革命时期的俄罗斯象征主义者（1914—1918）》，赫尔辛基，1995。

90 《普里什文文集》，六卷本，莫斯科，1965，第2卷，793页。下面该书在正文括号中引用，注明卷数和页码。

91 《20世纪的俄国文学（1890—1910）》，三卷本，谢·阿·文格罗夫编辑，莫斯科，1914，第1卷，144页。

92 《什梅廖夫短篇小说集（1912—1917）》，八卷本，莫斯科，1913，第4卷，39、57、33页。下面该书在正文括号中引用，注明卷数和页码。

93 伊·什梅廖夫，《崩溃（短篇小说集）》（第2版），莫斯科，1915，第1卷，105页。

94 索·恰茨金娜，《青斯基的泛神论》，见《北方纪事》，1913，第5—6期，234页。

95 《"野蔷薇"出版社文艺作品选集》，圣彼得堡，1907，笫1册，96、99、10页。

96 《谢尔盖耶夫-青斯基文集》，第1卷，4—7页；第2版（1915—1919），莫斯科，1919，第5卷，157页。下面该书引文只注明卷数和页码。

97 《致克列斯托夫的信》，1913（俄罗斯国立图书馆档案，全宗号9，保存单位87）。

98 《现代世界》，1911，第6期，333页。

99 《阿·托尔斯泰全集》，十五卷本，莫斯科，1946—1953，第2卷，莫斯科，1949，370—371页。下面该书引文在正文括号中引用，注明卷数和页码。

100 《阿·托尔斯泰通信集》，两卷本，阿·马·克留科娃编辑，莫斯科，1989，第1卷，154页。

333 101 《布宁文集》，九卷本，莫斯科，1966，第4卷，272页。

102 科·丘科夫斯基，《当代作家肖像：阿列克谢·托尔斯泰》，见《俄罗斯同时代人》，1924，第1期，258页。

103 伊万诺夫-拉祖姆尼克，《黑色的俄罗斯》，见《遗训》，1912，第8期，58页（第2栏）。

104 《自传》（1928），见《扎米亚京选集》，莫斯科，1989，39页。下面该书引文在正文括号中引用，注明卷数和页码。

105 魏列萨耶夫1912年6月22日致克列斯托夫的信（俄罗斯国立图书馆档案，全宗号9，保存单位33）。

106 《言论》文集，第1辑，莫斯科，1913，190、208页。

107 《真理报》，1904年4月号，19页。

108 《扎伊采夫文集》，七卷本，莫斯科，1916，第6卷，《土地的悲哀·短篇小说》，23、34页。下面该书引文只注明卷数和页码。

109 《扎伊采夫文集》，七卷本，柏林、彼得堡、莫斯科，1922，第3卷，67页。

110 1895年10月21日致苏沃林的信，见《契诃夫作品与书信全集》之《书信集》，第6

卷，85页。

111　《20世纪的俄罗斯文学》，莫斯科，1916，第3卷，第8册，65—65页。

112　鲍·瓦·米哈伊洛夫斯基，《20世纪的俄罗斯文学（19世纪90年代至1917）》，《颓废派和印象派》一章，莫斯科，1939。

113　德莫夫如同扎伊采夫一样，也承认受到了契诃夫的巨大影响。这位《日至》的作者称，契诃夫的名字听来使人"如沐春风"——他在这本书第1版结尾的抒情随笔《写在契诃夫墓前》中如是说（见《日至》，圣彼得堡，1905，168页）。

114　列·弗·乌先科，《20世纪初的俄国散文中的印象主义》，《扎伊采夫早期散文和德莫夫〈日至〉中的印象主义》，顿河畔罗斯托夫，1988，196页。

115　德莫夫，《日至》，28页。

116　德莫夫，《大地开花》，莫斯科，1908，5页。

117　玛·维·米哈伊洛娃在论文《奇妙的类似之处……（谢尔盖耶夫-青斯基与季诺维耶娃-阿尼巴尔：新现实主义的固守者）》（见《文学问题》，1998，第2期，3—4月）一文中论证了季诺维耶娃-阿尼巴尔的创作与"新现实主义"的类同之处。这位女作家在《悲惨的动物园》中表现出来的创作上质的变化，早在当时就被评论界注意到了。可参见：塔·利·尼科利斯卡娅，《季诺维耶娃-阿尼巴尔的创作道路》，见《国立塔尔图大学学报》，第813辑；《勃洛克与1905年的革命：论勃洛克文集，第8辑》，塔尔图，1988，130—132页；以及奥·鲍·库什林娜编写的关于季诺维耶娃-阿尼巴尔的条目，见《俄罗斯作家生平词典（1800—1917）》，第2卷，莫斯科，1992，343—344页。

118　季诺维耶娃-阿尼巴尔短篇小说集《悲惨的动物园》，圣彼得堡，1907。

119　莫·谢·阿尔特曼，《与诗人维亚切斯拉夫·伊万诺维奇·伊万诺夫谈话录》，见《国立塔尔图大学学报》，第209辑：《俄罗斯、斯拉夫语文学学报》，第6辑，"文艺学"，塔尔图，1968，319—320页。

120　伊万诺夫-拉祖姆尼克在评论普里什文时写道："……在他的心目中圣明的基督与伟大的潘就是同一个人……"（见伊万诺夫-拉祖姆尼克，《创作与评论》，47页。）

121　谢·尼·舒利金，《忆列·尼·托尔斯泰伯爵》，见《同时代人忆托尔斯泰》，两卷本，莫斯科，1955，第2卷，162页。　334

122　1886年5月10日致亚·帕·契诃夫的信，见《契诃夫作品与书信全集》，《书信集》，第1卷，242页。

123　1910年12月致布宁的信，见《高尔基学术报告会，1958—1959》，莫斯科，1961，第53页。

124　1912年12月致叶·亚·利亚茨基的信，见列宁格勒、莫斯科，1988，第95卷，543页。

125　奥列沙，《无日不写作：读书札记》，莫斯科，1965，245—247页。《布宁文集》，九卷本，第4卷，320页。

126 《布宁文集》，九卷本，第4卷，320页。

127 同上，321页。

128 早在1913年什梅廖夫《短篇小说集》出版之际，评论家列·纳·沃伊托洛夫斯基就指出："虽然什梅廖夫沉溺于自然主义和对现实的自然主义描写，虽然它缺乏神秘主义的胆量，但他仍与扎伊采夫、安德列耶夫和谢尔盖耶夫－青斯基有相似之处，他的作品带有印象主义的色彩。"（引自《文学大事纪：1908—1917年》）见《19世纪末至20世纪初的俄罗斯文学：1908—1917年》，莫斯科，1972，559页。

129 《高尔基全集》，文学作品部分，第14卷，163页。

130 《俄罗斯文学》，1971，第1期，148页。

131 谢尔盖耶夫－青斯基，《巴巴耶夫》，圣彼得堡，1909，271页。

132 同上，176页。

133 同上，219页。

134 数年之后，青斯基在致克列斯托夫的信中抱怨说："人们即使理解了我，也只是就'人脸即街道'而言。"（见俄罗斯国立图书馆档案，全宗号9，保存单位89）

135 见谢尔盖耶夫－青斯基，《巴巴耶夫》，295-296、86页。伊万诺夫－拉祖姆尼克就该小说主人公所用的"生硬、坚实而沉重"的语言评论道："作者是当代俄罗斯作家中最'坚硬'的一位……"（见《理应配得上生活》，载《遗训》，1913，第9期，132页，第2栏）。

136 М. Л. 苏尔平曾著文对青斯基的文体进行了一系列展评，见《论10年代的现实主义散文：高尔基与谢尔盖耶夫－青斯基》，载《高尔基学术报告会：1964—1965》，莫斯科，1966。

137 研究白银时代文学"非传统"叙述法（扎米亚京的"俗话"作品亦在此列）的权威专家维·莱温认为，罗扎诺夫、列米佐夫、别雷的创作运用的口语（系指作者的叙述）从来不是"别人的"话语："……无论他们所用的语言具有多少口语的特征，但它仍是作者自己的。"（维·莱温，《世纪初的散文：1900—1920年》，见《20世纪俄罗斯文学史：白银时代》，莫斯科，1995，275页）。他在《俄罗斯标准语历史中的20世纪初非传统叙事类型》（见《耶路撒冷斯拉夫学：希伯来大学斯拉夫学研究》，耶路撒冷，1981，5-6期）对加强"非传统"叙述的"客观性"的思想又进行了充分论证。

335 而最先评论扎米亚京《县城纪事》者之一的鲍·米·艾兴鲍姆（在1913年7月17日的《俄罗斯舆论》上）则持不同意见，认为这部小说的行文风格属全面更新了"真正史诗"艺术客观性的列米佐夫"派"，并称扎米亚京这篇"俗话"小说的"行文没有一句是'作者本人'的话语"："'县城纪事'本身……说的就是别人的话……"（鲍·艾兴鲍姆，《论文学：历年的著述》，莫斯科，1987，290、291页）。扎米亚京的"俗话"作品还见证了这样一个事实：这种文体的功能是随机应变的，可使作者同"别人的"话语在行文中同时使用，实现所谓的"综合"。

第六章
列夫·托尔斯泰

◎纳·达·塔马尔琴科　撰/任子峰　译

以当代人的观点来看，列夫·尼古拉耶维奇·托尔斯泰（1828—1910）在 其一生的最后二十年首先是一位宗教哲学家和政论家，一位社会活动家，因为自从《克莱采奏鸣曲》（1891）之后，获得空前成就的他基本上只是发表了一些篇幅不长的短篇小说、特写和寓言故事。接下来是绝非不无争议的、但却是重要现象的长篇小说《复活》（1899）。而且，同一时期还出版了一些政论作品，如《天国就在你们心中》（1890—1893）、《什么是艺术？》（1897—1898）、《当代奴隶制度》（1900）以及大量的、享有盛名的、产生重大影响的其他作品。与今天读者关于世纪之交的艺术家托尔斯泰的概念联系在一起的，大部分作品其中有《恶魔》《谢尔盖神父》《哈吉穆拉特》《舞会之后》和《假息票》，首次在《托尔斯泰死后文学作品集》（1—3卷，1911—1912）中发表。相反，革命后几十年托尔斯泰作为宗教哲学家却并不十分出名，这方面的著作没有再版（如果不算很少有人能享用的科学院周年纪念版），几乎也没有研究。

由于这种状况，就让我们在很多方面对作家这一时期的创作很感兴趣，同时也决定了进行文学诠释的两个最重要的特点。第一，形成了这样一种观念：认为所谓的托尔斯泰学说和他的文学作品是两种独立的、不能融合在一起的元素，在某些情况下在一个文本中同时共存。因此，对它们或者单独进行分析，或者作为内部冲突的两个方面进行研究。[1] 第二，19世纪90年代至20世纪最初十年，

列夫·托尔斯泰

托尔斯泰所有的政论是在他所谓"激变"（19世纪70年代与80年代之交的精神危机）之后开始的文学活动的简单继续。结果，借助《忏悔录》（1879—1882）或者《我究竟信仰什么？》（1882—1886）中的几段最合适、最有说服力的引文，来阐明关于"激变"的意义，这样一些公认的论点，长时期取代了对作家整个思想体系演变的分析。最多不过是认为，托尔斯泰后来所有的宗教哲学作品，仿佛是在作家经历精神危机的最初顿悟中一成不变地构思主题的变体。[2]

337　　首先要说的是俄罗斯苏维埃时期所形成的学术传统。对于作家的同时代人来说，比较清楚的是，"不仅托尔斯泰晚年的、某种程度上浸润着基督学说的作品，甚至他所有大型文学作品其核心中也有着某种背离基督学说的思想"[3]。与托尔斯泰的第一部宗教哲学著作相比，《天国就在你们心中》论述基督教本质的新特点值得关注。[4] 也正是在这一时期，在梅列日科夫斯基的那本有名的著作首次提出了长篇小说《复活》中"抽象的基督教议论"与"鲜活、本真的创作"相互矛盾的思想。[5]

　　这样，是否可以认定，作家最后二十年的创作活动是一个特别的、内在统一的阶段？如果是这样，那么其独特性是什么呢？这一时期托尔斯泰的政论和文学作品中不是表现了同一个基本思想体系吗？由此可见，从"有益的"说教与具有不可抗拒的魅力的"艺术零碎"之间充满矛盾的动摇，到力图借助于童话或者寓言故事体裁将二者结合起来的尝试，而最后几年则是"超越一切形式：既非论文、专论，也非文艺性的"，也就是说，用特写代替二者——他的这种转变并非一时发生的。[6]

一系列事实可以说明19世纪80年代与90年代之交，列夫·托尔斯泰生活与创作转变所具有的意义。

从1891年起，托尔斯泰在法律上不再是自己的祖传庄园的所有者，并且放弃了1881年之后所写的全部作品的版权。以后几年中，他最初的政论作品在什么地方和在什么条件下出版，就屡次成为作家与妻子发生冲突的因由。通常都认为，这些冲突使得原本紧张的家庭矛盾趋向激化——最后以1910年10月28日（俄历11月10日）作家离家出走死在途中这一众所周知的事件而告终。[7] 但是，事情的原委并不这么简单。从1896年春天起，索菲娅·托尔斯泰娅开始跟著名作曲家、钢琴家塔涅耶夫交往，他们的暧昧关系保持的时间相当长久，这让托尔斯泰极其痛苦，使作家感到惊奇的是，这件事情与几年前他所创作的《克莱采奏鸣曲》的主题——不管是有意还是无意——竟然十分相似。1896年5月16日，托尔斯泰在日记中写道："追求没有孩子的生活使她感到难堪。"[8] 夏天，他妻子记述了在音乐演奏家身边所体验到的共同的"幸福"感 [9]。值得注意的是，这一时期作家在尽力寻找解决冲突的办法，不仅与中篇小说（指《克莱采奏鸣曲》）提出的解决办法不同，而且，不管多么奇怪，在艺术上要做到有理有据。11月22日，他记录了一个新的情节，"妻子背叛了热情的、生性嫉妒的丈夫：他的痛苦、斗争和宽恕的快乐"（纪念版，第53卷，12页）。然而，这种办法看来很难奏效。于是，由此产生了一种愿望，那就是"摆脱这种令人讨厌的、有损尊严的生活"，躲避开"妻子侮辱人的荒唐行为"，他在下一年即1897年1月15日的笔记中这样写道。这一时期，他开始为戏剧创作寻找情节和典型人物（纪念版，第53卷，132、142页）。7月16日写下了一个情节，"一个充满激情的年轻人爱一个精神病态的女人"（纪念版，第53卷，148页）。在这一背景下，对吉梅尔夫妇案件的审判（1897年12月初）——这被认为是创作《活尸》（1900）的一种诱因——可以说是极为偶然的事件，它为作家提供了诉讼机会，这样就使令他焦虑不安的冲突客观化，并因此而得以解决。1900年8月，日记中既有关于创作戏剧的记事，同时也有托尔斯泰对自己在家庭中的处境、对妻子行为的"还是那样的考验和还是那样的实际情况"，以及对离家出走这种诱

338

惑"挥之不去"的思考（纪念版，54卷，35页）。

托尔斯泰的"生活"与创作的这种关系，起码在令我们感兴趣的这一时期是完全合乎规律的，日记中比较早一点1893年5月5日的记事就证明了这一点，"戏剧艺术作品最鲜明地体现着一切艺术的本质，那就是表现性格不同和景况迥异的人，并把问题摆在他们面前，将他们置于必须解决生活中尚未解决的问题的情境之中，迫使他们行动起来，权衡思考，以便知道该如何解决这一问题。这就是实验室里的试验……"（纪念版，第52卷，78页）。由此可以看到，第一，19世纪90年代作家倾心戏剧形式的天性这在他的叙事文学中也体现出来，同时也可以看到，托尔斯泰为别人涉及莎士比亚的作品写一篇普通的序言突然扩展成长篇论文的原因。第二，戏剧形式和作家在这十几年中对家庭和性问题的凝神关注，显然存在着内在联系（在莎士比亚所有作品中，他恰恰特别重视《李尔王》决非偶然）。

1889—1891年，《克莱采奏鸣曲》和《恶魔》竣稿，两部作品从不同的观点阐明了"性的交往"（作者术语）和婚姻问题。也就是在这一时期，作家开始了《复活》的创作：在日记中以"科尼的短篇""科尼的中篇"，即作者从阿·费·科尼那里了解到的故事形式出现，这部作品的标题本身，以及它的开场"开庭"场面，于1890年夏天才确定下来。未来的长篇小说构思的自传性质，以及在这个意义上与中篇小说《恶魔》相近的主题，为托尔斯泰的供认所证实；他向比留科夫承认，他青年时代有两件事——按他的说法，他感到同样的可耻：第一件是"我结婚之前，与我们村的一个农妇的关系"；"第二件事是我与我姑母家的女仆佳莎犯下了罪行。她是无辜的，是我引诱了她，她被赶了出去，她毁了"。[10] 中篇小说《谢尔盖神父》的创作也是在1890年开始的，小说情节中的"一个阶段"——用作家的话说——"是同淫欲的斗争"。可见，上面提及的几部作品与剧本《活尸》（1900）在主题上是有联系的。

因此，19世纪90年代托尔斯泰一系列最重要的文学作品，几乎都是在这十年的初期同时构思的，个人经历是其共同的基础，主题形成了某种一致性。[11] 但是，其他一些构思，有实现了的，或者没有彻底实现的，与这些作品"并不和谐"。这里首先指的是篇幅不长的中篇小说《主人和雇工》，这篇作品是突然之间很快写成的（1894年9月6—14日），1891年1月25日的记事本中也没有记载它的情节（纪念版，第52卷，6页）。《哈吉穆拉特》的创作同样是突然开始的——从1896年7月19日记载着鞑靼花丛的日记中就能知道。这一构思也没有列入作家的计划：1895年3月，托尔斯泰"打算创作"的"文学作品"的情节记事本中也没有记载这一构思（纪念版，第53卷，11页）。不论就异常简洁的风格而言，还是在主题方面，两个中篇都彼此近似。完成第一篇之后，托尔斯泰很快在一封信中提出要求，"……要让瓦尼奇卡和打扫院子的人都看懂。如果做不到这一点，那就要寻思寻思，你在什么地方撒了谎"（纪念版，第67卷，264页）。两部作品的基本情节不是主人公的道德堕落（"犯罪"），而是他的死亡。我们面对的是与《伊万·伊里奇之死》最相近的续篇，以及对托尔斯泰来说好像十分传统的一般性主题。如果对他来说同样是传统的家庭、婚姻主题，从《克莱采奏鸣曲》起，已将新的重点放在了性的问题上，因此，从《主人和雇工》开始，死亡主题也具有了某种新的意义。

在作家创作道路最后二十年的范围内，由于目前尚不了解的原因，出现了某种不仅彼此相容，而且相互依存的倾向。在《伊万·伊里奇之死》中，一方面提出了这样的问题：人临死之际，是什么影响他顺从于死亡？人与上帝的关系是什么样的？另一方面也提出这样的问题：什么是家庭？对一个人来说，与妻子、孩子的关系意味着什么？这些问题彼此不能分割。但是，在《克莱采奏鸣曲》或者《魔鬼》中，主要人物内心的问题不是死亡的不可避免和人面临虚无的极度紧张。在《复活》中，主人公实际上没有想到死亡；尤其令人难以置信的是，《活尸》中竟没有这样的心理问题。在这些作品中，死亡是一种象征，而不是从内部体验和展现的生活事实。相反，在《主人和雇工》或者《哈吉穆拉特》中，家庭和家庭内部关系与其说具有具体的肉体方面的意义，不如说具有通常的意义比如价值，描写的重点不是**性**的问题。

罗扎诺夫就《克莱采奏鸣曲》发表见解，认为"托尔斯泰的整个文学活动围绕着'家庭'、'育儿室'、我们日常生活的'伯利恒'等内容，精细、慎审地进行排列；但无论如何是在与各各他绝对相反的方向上"。《战争与和平》的作者确实在"任何地方都没有描写过葬礼"[12]。可是，他经常描写死亡，其中也包括暴力造成的死亡，因为在这个意义上，他的活动中看来总是恰恰存在着两极：伯利恒与各各他。[13] 然而，正是在最后二十年，这种对立性变得清

340

晰了，不仅如此，而且这一时期还不断发生未必是偶然性的，从主题的一种综合向另一种综合的偶然**转变**。如果说19世纪90年代第一种类型的情节占主要地位，即**家庭和性**的主题更常见，那么，20世纪第一个十年所写的作品中，最重要的情节事件则首先说明了一个人对**自己的或者他人的死亡的态度**，以及**对自己的或者他人的权力的态度**。而且，权力和死亡是有内在联系的，虽说并不总是很明显。比如《舞会之后》《亚述国王伊撒哈顿》（均为1903）、《假息票》（1904）、《神性与人性》《破罐子阿廖沙》，甚至《科尔尼·华西里耶夫》（均为1905）以及《为什么？》（1906）都是如此。

自然，这里说的不是两类互相孤立的作品，或者托尔斯泰创作中隔绝开来的创作方向，而是指每类作品中不同的主题占主导地位。能否从作家个人经历方面解释这种变化呢？比如说他的注意力从充满矛盾的家庭关系转向社会政治生活中的事件和问题？须知，20世纪最初十年充满了很多这样的事件和问题（不妨回忆一下日俄战争和1905—1907年革命），而且其中有些事件还涉及到他个人，比如东正教最高会议决定把托尔斯泰革除教籍（1901）[14]。但是，为了正确判断这类事件和事实对作家的作品所产生的影响的性质，必须考虑到他的创作意识的特点。1891年关于参加赈济饥民的一封信能说明问题，"我现在谈饥荒问题，但根本不是饥荒问题，而是我们与兄弟隔绝开来所造成的罪孽"（纪念版，第66卷，42页）。在托尔斯泰心目中，革命——尽管他完全不能接受暴力——是令人信服的征兆，它预示着虽然痛苦，但将来是有益的"世界复兴"（他将这次革命与分娩作了比较）。正像这一时期的信件和日记所证实的那样，他对革命作出这种评价的原因之一，就是希望将来全面"消灭国家政权"，代之以非国家形式的有人性的"社团"（纪念版，第89卷，748页；第76卷，73、88、143、186页）。正是在这一时期，托尔斯泰认定，"对国家和政权的否定态度"早在写《战争与和平》的时候就在他心中形成了，"而且强烈到不能再强烈的程度，因而只好说个明白"（纪念版，第76卷，157页）。

所有提到的事件，以及意义上类似的事件——由于印刷和传播作家被查禁的作品经常引起冲突，他对大量报道死刑和绞刑的消息的反应，包括那篇著名的文章《我不能沉默》（1908），他的同时代人对这些问题的反应，我们要指出，在托尔斯泰家中，关于允许死刑问题的讨论曾经变成一场激烈的争吵——

341

不能不促使他"表明"对国家和政权的态度。比如1902年作家那场重病,可能也是由这样的处境和心情促成的,以致于社会上很多人以为他快要死了,直至当局针对这一事件向一些官员下达了特别指令。

《哈吉穆拉特》的构思恰好在此时(1903年5月)得以最终"明确下来",当作者"理解了尼古拉·帕夫洛维奇",同时顺便完成了有关该人物的一章,以作为"我对政权理解的例证",并且产生了"描写舞会和列队鞭笞的小说"这一情节的最初构思(纪念版,第54卷,173-177页)。而在这一年的12月末,当托尔斯泰"还满怀对自己的中篇小说,尤其是对尼古拉一世的个性的兴趣"的时候,论文《"共同的要求":论国家政权》竣稿。[15] 创作中篇小说《为什么?》(1906年2-3月)的同时,托尔斯泰又着手写关于权力的专论(纪念版,第55卷,189-193页),大概因此才于6月请求把克鲁泡特金的《国家及其在历史上的作用》一书寄给他 [16]。

当然,我们区分的两类恰好与作家的生平事件联系在一起的作品具有共同的基础:即托尔斯泰对宗教的探索。探索的结果就是他去世前从家中出走。当他的心中,按谢·尼·布尔加科夫的话说,"最后命令似的响起了这样的声音:超越自我(transcendeteipsum [transcende te ipsum]),摆脱自我,于是,他听从这种召唤,冲出最有诱惑力的世界,奔向平民化和最后的寂静……" [17] 从这一观点来看,他的出走,众所周知,是与访问奥普塔隐修院(1910年10月28日)同时发生的,这一事实是意味深长的;而作家上一次到那里是在1890年,也就是说,这些事件好像是围绕着托尔斯泰最后二十年的创作生活发生的。

342

1

不仅文学作品,而且这一时期的政论也与以前不同。我们不想对托尔斯泰这一方面的创作进行一般性评述(他的政论遗产数量巨大),而是就世界观的**系统性**以及在创作演变的最后阶段这一系统的**特点**问题进行集中分析。

作为开始,我们首先分析一下论文《当代的奴隶制度》,其中作者直接援引了《那么我们应该怎么办?》一书(纪念版,第34卷,145页),这两篇作品之间的联系是不容否认的。"当代奴隶制度"这一说法在前一篇论文中就已出现,其基本思想——"否定暴力"，根据作家对登山宝训（见《新约·马太福音》第5章。——译者注）的独特解释而得出的这一观点，且始终未变。1900年的这篇论文中所分析的一切社会经济问题，如同国家存在的权利问题一样，又提了出来，并重新加以解决。

两篇文章认为，造成贫穷或者赤贫的主要原因是城市和奢侈的存在这一事实，也就是说，存在着为满足那些寄生于别人的劳动上的富人的不正常需要所必需的社会条件。如果说在前一篇论文中谈到富人不参加体力劳动是不道德的，那么在后一篇作品中这一主题则完全缺失。当谈及个别人时，作家对妇女要求参与国家、政府以及各种"法令"事务所持的极端主义态度变为最低要求：因为他把一切都归结为不参与暴力，而且是尽可能地不参与。对文化——教会基督教、科学、教育和艺术，解决什么样的艺术是人民所需要的，而什么样的艺术是人民所"不理解"的问题的全面批判，连同托尔斯泰在道德实践上的激进观点正从后一篇社会论文中消失。

与大约十年前所写的一篇文章《我信仰什么？》相比，宗教哲学论文《天国就在你们心中》在内容上的改变同样是意味深长的。前一篇论文是《忏悔录》的直接继续，有着明显的忏悔特点。在文章前几页，作者比较了和那个钉死在十字架上但却相信了基督，并因而得拯救的强盗（如同《假息票》中杀人犯斯捷潘·佩拉格尤什金所做的那样）。比较的意义在于：信仰——从作者的观点来看——可以战胜死亡，也就是说，只要找到死亡都不能毁灭的人生使命，就可以克服死亡的恐惧。《天国就在你们心中》提出的主要任务是批判"教会的信仰"，让读者了解作者前一部书出版之后所得出的新的论断和结论（纪念版，第28卷，1-2页）。就其叙述形式来看，后一篇论文与其说是忏悔，不如说更近似说教。

真理——对信教的人来说，其根源是在人生的彼岸——在前一篇被审查的文章中明显地被展示给面临死亡的人的真理所置换。这样一来，宗教道德的本体论基础丧失了，从而任何道德原则的真实性标准也随之丧失，而构成这些道德原则只能是个人真理与无限的、绝对的意义的相互关系。看来，除了否定基督的神性之外 [18]，这样做的唯一后果就是坚决抛弃了为了"善事"而进行的比如赎罪、圣礼、祈祷这类观念和行为，即所构建的道德体系的纯粹实政论的实用主义和功利主义。基督的一切学说都归结为五条道德准则，只要遵守这些道

343

德准则，天国就能在地上实现（纪念版，第23卷，370页）。而且，同样的原因也可以解释这种观点的乌托邦极端主义。托尔斯泰将"宽恕胜于审判"，即宽恕高于审判这句话的原义代之以要求废除和消灭这类法庭审判。[19] 这种极端观点的另一方面就是要求弃绝个人的或者将个人融合于非个人的一切东西，因为个人的特殊生活被认为是"虚幻的"。（纪念版，第23卷，385、397、398页）

《天国就在你们心中》正是从不以暴力抗恶这一问题开始的，而同"教会信仰"的争论则是在与"圣礼"对立和实行"善事"的基础上进行的。对国家的批判不仅保留着，而且更加全面、具体：以托尔斯泰的观点来看，构成普遍欺骗和暴力的组织体系的一切国家制度都要受到无情的否定。不过，在这些坚定不移的观点衬托下，与前一篇文章的深刻差别更清晰可见。

第一，值得注意的是对不抗恶问题完全不同的解释。在这里，它是与人的见识的局限性联系在一起的（就像1886年的一篇不长的中篇小说《教子》中所表现的那样）："在用暴力反抗尚未发生的恶时，永远不会知道什么恶更大——是我的暴力之恶呢，还是我想维护的东西之恶呢？"此外，"……当一些人认为是恶，而另一些人认为是善，或者相反的时候，用什么方法解决人们的冲突呢？"所以，应该或者找到一种"可信的、没有争议的标准"，或者"不以暴抗恶"（纪念版，第28卷，29-33页）。

第二，托尔斯泰提出了三个等级的基本"人生观"，"第一等级是个人的或者动物性的，第二等级是社会的或者异教的，第三等级是世界的或者神的"（纪念版，第28卷，69页。参阅短篇小说《神性与人性》中的人物体系）。这种等级是建立在向无止境迈进的思想上；因此，任何一种人生观的真实性"标准"都是与明显地超出人的见识界限的生活规划相关。

第三，在此基础上，宣称是基督教实质的已不是登山宝训所讲的某一条准则，而是对"全面的、无止境的至善至美"的追求，对"将自己的意志与神的意志融为一体"的追求，同时，这种追求本身"将会不断地提高人们的福祉"，虽然它的目标"永远不会达到"，因为，达到这一目标"就是要消灭我们所知道的那种生活"。这种思想在《克莱采奏鸣曲》中就已形成，意味着放弃对生活的肤浅的实证主义的理解，而赞成生活的两面性观点，这种观点与人自身的不可消除的二重性观念自然而然地结合在一起，"基督承认构成人的生命的两种永恒的、不灭的力量：动物本

344

性的力量和上帝子民意识的力量"（纪念版，第28卷，77-78页）。

第四，对人的本性的这种解释将相当清醒的"现实主义"，即清楚地意识到理想是无法实现的与人的内心的无限性特点，以及通过无限扩大爱的范围而达到与上帝联系的内在性，也可以说是隐秘性特点结合起来。当然，这意味着对个人的另一种更高的评价，对个人就不能再像以前那样要求无条件地放弃"自己的"而维护"公共的"。要知道，爱的对象"就在自身、就在自己个人，但却是神性的个人身上……"（纪念版，第28卷，84页）。由此就产生了对家庭"自然的"爱与对不可能"体验任何真挚情感"的"虚构"国家的对比，这种对比对后来的《哈吉穆拉特》有重要意义。对一个基督教徒来说，履行对这个"虚构物"的某些义务，"就如同受雇于主人的雇工同时答应完成别人吩咐他做的所有事情"（纪念版，第28卷，168页）一样。

第五，要求遵守道德"准则"让位给不可能实现的理想与现实生活的可能性之间的妥协。托尔斯泰强调，不应该把"理想的旨意""当作准则"，因为追求这种准则"就会使人偏离摆脱动物性状态，而在生活中尽可能地向神性状态迈进的人生方向"。所以，以前被宣称为是基督教的主要表现形式的那五条训诫，现在仅仅认为是"在实现理想的过程中完全可以不往下滑"那样一级阶梯（纪念版，第28卷，78、80页）。

最后，正是在个人，在其本人的精神资源中发现了变革社会制度的可能性。因为这种变革可能是真理从一个人向另一个人传播的结果，这样，就会产生"相当大部分人的精神合力"（纪念版，第28卷，199、204页）。这种交往的历史作用的思想（顺便指出，"合力"的概念在《战争与和平》中就已出现，不过是在另一种实际意义上），如以后我们所见，为《复活》的情节结构做了铺垫。

不能认为所显示出的区别就证明托尔斯泰已彻底转向对其宗教哲学的基本问题进行新的阐释上。例如，《天国在你们心中》完稿之后所写的《因果报应》（1894）中就谈到，"生活只在于弃绝个人"，因为"认为自己是一个单独的人是一种欺骗"，但是在这篇作品中提出了关于"个人努力"具有决定意义的新思想。我们所看到的仍然是两篇有区别的论文所显示出的矛盾：托尔斯泰在其"理性意识"学说中在个性的与无个性的理解之间无疑多少有些摇摆不定[20]。如果这种矛盾与这篇文学作品的结构看来完全有机地协调一致，那么纯理性的有序思想体现对于他来说必然是片面的。完成《天国就在你们心中》之后，托尔斯泰之所以放弃了长篇宗教哲学论文体裁，可以从这里得到解释。

托尔斯泰的哲学美学既不能认为是其文学批评的简单论据，同样也不能认为是其宗教哲学的道德准则在文学创作领域里的简单移植。[21] 其基础无疑是试图对作家的宗教政论和本人的文学处理方法，与同样十分重要的人生问题相**抵触**进行**反省**。据了解，还未曾从这一角度来研究这一问题。在专题论文《什么是艺术？》（1897）的杀青阶段，托尔斯泰已十分清楚，他的这篇政论的逻辑体系基础不能适应和表达他的基督教观点中关于生活的很有分量的奇谈怪论："人身上存在着动物性的东西，只有动物性那不是人的生活"，但是，"只按照上帝的意志生活，也不是人的生活"（纪念版，第28卷，79页）。所以，呈现在托尔斯泰的美学中的解决人生问题的艺术途径是如此明显地呈现出非理性、情感–直觉的特点。

问题是要承认艺术是宗教意识的表现形式——与政论同样"合法的"和有效的形式，如果说不是那么高效，但也不能违背生活本身难以置信的矛盾性。既然现代艺术往往根本不表现宗教内容，那么必须阐明现有的和历史上应有的这种不一致。在托尔斯泰看来，偏离准则发生在文艺复兴时代，那时先前的全民宗教信仰已经丧失。由此就找到了莎士比亚"不合艺术要求"的证据，这些证据甚至连与"莎士比亚狂热"作斗争的人士，如肖伯纳都感到恼火。[22] 由此也产生了艺术活动必然回归其真正使命的思想，由于这种思想而最终形成了托尔斯泰的文学批评对待现代艺术的明显的标准化态度。

托尔斯泰把艺术解释为"人们交往的一种工具"，其作用是建筑在"人具有以情感感染他人的能力"的基础上，即把艺术与政论紧密联系起来（纪念版，第30卷，63–64页），同时他并不认为艺术是情感的**直接**表现。相反，他强调艺术表现在这一方面的模仿性和艺术形式的独特性："唤起自身偶尔体验到的情感，之后再借助于行动、线条、色彩、声音、形象，将这种情感表达出来，让别人也体验到同样的情感——这就是艺术活动"（纪念版，第30卷，65页，着重号为本章作者所加）。

"偶尔体验到的情感"与其特殊的表达方式的相互关系是怎样的呢？为什么不能随便使用语言而必须要通过"用语言表现"的"形象"来表达这种情感呢？如果这里说的不是直接的自我表现，那么如何将习惯上再现的总体感受与

"艺术家本人所体验的那种情感"区别开来呢？

托尔斯泰认为，外在的艺术形式的一致性是评价艺术优点的可信标准，"现在的艺术作品中——诗歌、戏剧、绘画、歌曲、交响乐——不可能从其位置抽掉一句诗、一场戏、一个人物、一个节拍而不破坏作品的整体意义的……"（纪念版，第30卷，131页）。然而，源于宗教意识的那些情感的表达与"行动、线条、色彩、声音、形象"的某种体系不存在必然的联系。所以，对艺术的一致性问题，允许有完全不同的、"纯粹思想内容方面"的态度。在评论莫泊桑的文章时所下的著名定义中表现了这种态度，"……将任何一部艺术作品连结为一个整体，并因此而产生反映生活的幻象的黏合剂不是人物与环境的一致，而是作者对事物的独特的道德态度的一致"（纪念版，第30卷，18-19页）。但是，从这一观点来看，如果"抽掉"一个人物或者一种环境，那么可能不会因为这类"小小的变动"，而使"作者对事物的道德态度"受到损害。

将内容和形式明显分开来的这种新的作品概念，与托尔斯泰关于《安娜·卡列尼娜》而给斯塔拉霍夫的那封著名的信（1876年4月23-26日）中所表达的"错综复杂的黏合力"思想有着明显的区别。那里认为，各种不同的思想、"人物和情势的相互关系（黏合力）"是表达作者构思和意思的唯一相应的方法。但是全部问题在于，那时"人物和情势"对于托尔斯泰来说具有独立的价值：还保留着要使读者无意中"热爱生活"的意图。放弃把作品解释为独立世界和完整意思的说法是与把主人公作为特别的精神立场的体现者这一重要意义的丧失有关系的。"艺术家不论描写什么：圣贤、强盗、帝王、仆役——我们探索和看到的仅仅是艺术家本人的心灵。"（纪念版，第30卷，72页）

与此同时，托尔斯泰思维中美学的"美"和道德的冲突加剧和激化了。美仅仅与生活的"动物性"方面联系在一起，而善则等同于超出生活界限、力求接近上帝的渴望："善是我们生活的永恒的、崇高的目标。"从生活的界限以外，从主人公本人原则上难以理解的观点来看，也就是说，从仿佛已达到的目标来看，主人公的人生观点就是作者立场的特权。然而托尔斯泰认为这种立场是道德性的，而人对生活的物质天然的方面的狭隘兴趣，即热爱生活的主人公的观点在他看来则属于美学性的。主人公转向另一种立场只能从死亡的不可避免性的角度来加以揭示，不然就干脆在死亡的边缘上来表现。因此，从《克莱采奏鸣曲》开始，就

必然对人对生活的美学态度进行谴责；因此，也就产生了将道德原则作为与生活
对立的、生活之外的，即直接来自作者的观点纳入生活的愿望。

我们分析托尔斯泰的美学观点，一方面是将美学与作家的宗教哲学联系起
来，另一方面与他的文学创作联系起来。其实这里所谈的是托尔斯泰"**独白性**"
（借用巴赫金的著名术语）的**宗教哲学基础**。我们强调，在这种情况下，始终指
的是托尔斯泰的创作理论，这种创作理论与他的艺术实践，特别是后来的艺术
实践，远非总是完全一致的。至于托尔斯泰在专题论文《什么是艺术？》中对某
些具体艺术现象——从莎士比亚开始到现代艺术为止——的评价问题则是另一回
事。在这方面是与一些社会政治问题的文章和论文的主题相呼应的。

对于托尔斯泰19世纪90年代的文学作品来说，从《克莱采奏鸣曲》到《复
活》，艺术和道德堕落问题的伴生现象是很典型的。在《复活》中，在西伯利
亚一位将军的午宴上，女主人与以前的局长因为"犯了法律第995条所列罪行"
而被驱逐出彼得堡，联手演奏了"他们以前用功练习过的贝多芬《第五交响
乐》"。托尔斯泰的这部作品仿佛以此表明，作品本身在道德方面更"纯洁"，
较之他一般所理解的艺术更有意义。但是在《哈吉穆拉特》的行文中却与此相
反，托尔斯泰仅限于提及梯弗利斯的意大利歌剧和彼得堡的芭蕾舞，认为无需
对后一种情况下拟定的音乐与肉欲的关系问题加以展开。看来，在作品中当人
走向死亡之路成为描写的主要对象，而从每个人面临末日的角度评价生活成为
艺术的任务的时候，作品才从严格的道德自我监督下摆脱出来。

托尔斯泰的所有艺术探索及答案直接纳入其宗教哲学自觉的过程，这表现
在，他不仅是事后明了，而且深刻预感到了长篇小说《复活》的转折意义。经
常被引用的1891年1月25日的日记证明了这一点，"要是能写一部漫长的 [23] 长篇
小说，用现在对事物的看法来阐释，那该多好"，还要把"除了亚历山大一世
和士兵以外的一切如强盗、柯尼的故事、谢尔盖神父，甚至移民、克莱采奏鸣
曲、教育，还有米塔莎、疯人日记、虚无主义者……"都包罗进去。这里不能
不注意到史诗性综合的思想，但是，对发生在十多年以前的从作家本人的观点
来看那一有趣的事实——处于"无意识创作"和开始于1891年的**新时期**之间的
某个特殊阶段，却没有给予应有的关注。"是的，现在开始并完成长篇小说有这
样的意义。从前我早期的长篇小说是无意识创作，从《安娜·卡列尼娜》起，

348

349

好像有十多年，我分解、分离、分析，现在我知道，我可以把一切混合在一起，并且在这种混合之中进行创作。"（纪念版，第52卷，第6页）

2

现在我们来分析上面所确定的作家两组作品中的第一组。一般认为，如布尔加科夫早就说过，中篇小说《魔鬼》与《克莱采奏鸣曲》的关系是"自我批评"。[24] 为了验证这种假设，不必从主题或者思想入手，而是从评述每篇小说明显的形式特点入手。[25]

《克莱采奏鸣曲》基本上是主要人物波兹内舍夫对偶然的旅伴主要的故事讲述人的自白式叙述，在车厢里关于爱情和婚姻的争论成为自我揭露的缘由。换言之，自白在这里实际是展开的对白，同时也是有利于对所讨论的问题的一种观点的论据。这论据就是主人公的全部经历，它完全出自他自己的话语和见识。可见诠释的主要任务在于指出主人公见识的界限，思考他的观点和其他观点的关系。

作品结构的第二个本质特点是，在这种场合，自白就是关于惨剧、杀人的故事，因此，所反映的只是从故事的最后事变的唯一性和不可挽救性的角度展现出来的真相。由此揭示了注定的悲剧性结局的动因，就是说，各种凑合在一起的偶然性不可避免的作用。顺便指出，从波兹内舍夫的观点来看，演奏《克莱采奏鸣曲》所具有的特殊意义也属于此类巧合之列。由此也就有了主人公自白中自责、忏悔、希望宽恕与说教和揭露别人之意图的相互结合。

结构上的第三个特点是作品贯彻始终的**两面性**。波兹内舍夫所讲的事件与叙述本身这一件事在自白中自始至终平行展开，并且经常指出时间的进程和故事所发生的环境的变化。与此同时，叙述的基本条件仍然保留着：这就是有着固定不变的内部装饰的比较封闭的空间，它将旅行时间同样比较短暂的各种人物联系起来，并且在此时间内消除了通常的社会壁垒，在读者的意识中出现了某种类似舞台的东西。这表现在不仅采用了"戏剧性"的对话形式，而且还采用了故事叙述者、后来是波兹内舍夫的经历的作者的话语，他的话有时具有戏

350

剧情景说明的性质。

波兹内舍夫的经历的内容是一场家庭悲剧，悲剧是在总共只有两三个主要人物（如果不算以前的经历和杀人之前离开莫斯科）参与下和几乎不变的、时间和空间有限的条件下，即他家中展开的，实际上与叙述的"舞台"环境完全一样。与这场悲剧相适应的还有解释过去几个决定性时刻所采用的手法，那时讲述者与"当时的"本人融为一体到了如此程度，以至于回忆实际上已经消失不见了。在这种情况下出现了一系列"场景"，但在总体上，"内部的"叙述形式还是传统上的平铺直叙，它的依据恰恰建立在叙述事物与实施叙述的现实之间暂时的距离之上。

建筑在描写的两面性基础上的"道德"与"戏剧"原则的这种矛盾的意义和作用何在呢？戏剧的任务是将读者–观众引入富有诗意的"侦查"和"审判"过程，这一过程是以所谓的净化而完成的。戏剧的目的不是完全从外部宣布的、因此容易作出的裁决，而是要听众–观众深入地、直接地、满怀热情地共同参与到主人公的惨剧中去。这样的共同参与仿佛破坏了由舞台所标示的距离，中篇小说的结尾即如此。

"'再见，'我向他伸出手去，说道。

他也向我伸出手，微微一笑，但是笑得如此凄恻，使我不禁想哭。

'嗯，请原谅，'他重复了一遍他在结束整个故事时所说的那句话。"[26]

但是，这种结尾与波兹内舍夫的故事最初的立场有一定的矛盾。要求他自我净化和归根结底希望得到宽恕，这在一开始就远非毫无疑义。因此才十分明确地表示，他是如何力求找到让读者对由于所经历的这场惨剧而获得的最终的、有普遍意义的真理感到信服的说法，"是啊，这是确实的，我懂得大家还不会很快懂得的道理"（XII，169）。在这样的上下文中，显而易见，既有自我揭露，同时也有对仅仅能自我表白的明显不满。只是在波兹内舍夫的故事的中间部分，他心中才出现了明确的自责语气。结尾时，主人公才说到了只有在棺材旁才开始出现的豁然醒悟；这些话反映了他的遭遇所具有的真正的、没有确切表达出来的真理："没有经历过这种事的人就没法明白……"（XII，211）

如此，就存在着这样的矛盾：一方面是使自己的故事服从于一定的"思想任务"的"作者"波兹内舍夫的观点，另一方面是作品的真正作者的观点，是

351

他设置了主人公的自白，以此最终确立忏悔的、"悲剧性"的意义，而非波兹内舍夫的经历本身和他对这场经历的叙述的说教、揭露意义。[27]但是从这里可以看到，主人公解决的是婚姻和性的问题，而对于作者来说却是主人公对崇高真理的态度问题。

如果不考虑我们所指出的作品形式的互相联系的特点，那就可能形成这样的印象，认为《克莱采奏鸣曲》是以小说的形式表达了作者对迫切生活问题的现成答案。波兹内舍夫是作者的自我变异，而讲述的经历以及讲述的情况则是作者道德说教的合适理由和描写它的合适手段。但是，坚持这样的立场，波兹内舍夫作为出场人物无论如何也不能与作为思想家的波兹内舍夫结合起来，因为在前者身上"没有任何非常特别的、超越平常人的突出才干"[28]。

实际上，在所描写的那场争论的情境中，波兹内舍夫的思想立场在很多方面还是很独特的。只是这个人物在评价夫妻生活形式时，将其与有些人的婚姻对立起来，他们"把婚姻看作是某种神秘的事，看作是一种在上帝面前必须履行的圣礼"，也就是说，他**以历史的态度**对待所讨论的现象（在这段对白前后文中提到了《治家格言》）。关于人类可能会因为宣传节欲而绝种的反对意见，引起了他对生命及其目的的二律背反的哲学的议论，并还引用"叔本华、哈特曼以及所有的佛教徒"作为根据。消灭各种情欲就会把人类联合起来，也就是说，"人类的目的就会达到，那人类也就无需再活下去了"；所以"现在"必须使"通过节欲和保持贞洁而达到的善的理想"与生活协调起来。为此，肉欲之爱就充当了"急救阀"：因为有"可能在下一代达到目的"（XII，158）。

但是，这个人物的精神水平的特殊性表现在他对本人生活的所有事实和事件，而不仅仅是一般的思想的特有感悟。鉴于亲身经历的情况，波兹内舍夫表达了"急救阀"的想法："假如那个急救阀对我是敞开的……那么我就不会自作多情，而这一切也就不会发生了。"另一种想法——没有肉欲人们既不会死，也不会永生——反映在下面他对妻子的思考中，"要知道，倘若她完全是个动物，她也就不会痛苦了，倘若她完全是个人，她就会相信上帝……"（XII，172）。甚至连他对人们的共同生活的末日论态度也可以理解为对本人生活的这种态度的外延。所以，不应该说波兹内舍夫是思想家的功能与通常的情节功能的结合，而应该说主人公此时的行为是他自身写照的影像，主人公的自我意识，特别是

352

他的思想则是作者的影像。

众所周知，对主人公–思想家的此类艺术设置是陀思妥耶夫斯基作品的特点。其主题的引人注目之处首先在于对围绕着主人公的故事的外部叙述条件，包括交往和争论的心理描写。作为起始情境的**车厢里的谈话**见长篇小说《白痴》的开篇，以及陀思妥耶夫斯基典型的兼有主人公追求先知角色的**忏悔故事**即如此。同时我们也注意到这一故事的基本功能是自我意识的活动和在棺材旁——作为消除了过去和现在的界线的情境——弄清"最终真理"的这一特殊时刻（见《温顺的女人》）[29]。显然，在对犯罪主题及心理的处理上也存在着这种密切的联系。主人公意识到杀人**原因**的**多种**可能性，仿佛因为他指出了其家庭生活不可改变的危机状态而取消了。在事件的进程中，显示出偶然巧合的命定作用和这样的情势：主人公仿佛违反自己的意志，有时在如同魔鬼般的某种外力的影响下行动。接下来，杀人的念头好像是自杀（自杀）思想的奇怪的"孪生兄弟"，而尚未实施的犯罪也因为"惩罚"而突然改变，而且这整个错综复杂的感受充满了疯狂的动机，"这已经是完完全全的疯狂了"（Ⅻ，186、198–201）。不难发现，我们挑选的情节与《罪与罚》相似。尤其重要的事实是，托尔斯泰专门强调杀人那一时刻的完整的"意识世界"，在那种情况下，正如关于拉斯柯尔尼科夫所说的："他的理智仿佛刹那间昏乱起来。"

如果说《伊万·伊里奇之死》以前所未有的感人力量表现了一个人濒临死亡时的心境，那么在这里则以类似的方式体验了他人的死亡。注意到这种情况，就可以评估托尔斯泰的艺术体系偏向陀思妥耶夫斯基方面的程度，如果可以这样说的话。在这两种情况下，感情的最后的表达都变成了同样的喊声："'呜！呜！呜！'他失声叫了几下，就不出声了。"巴赫金写道，托尔斯泰描写死亡的癖好"不仅来自外部，而且来自内部，也就是说，来自一个将死的人的意识本身，几乎就像这种意识的实际情况。死亡令他感兴趣是因为自己，即因为死者本人，而不是因为其他人，因为剩下的那些人"；在陀思妥耶夫斯基那里，总是"别人在观看垂死挣扎和死亡"[30]。然而在《克莱采奏鸣曲》中，我们看到的恰好是后一种情况，"直到我看到她死后的脸相时，我才明白我所做的一切。我终于明白了，是我杀死了她，由于我的所作所为，她本来是个能够动弹的、有暖气的活人，现在却变成了不能动弹的、蜡黄的、冰冷的一具尸体，

353

这是无论何时何地，使用何种方式都不能挽回的了"（Ⅻ，211）。

然而，托尔斯泰对死亡的这种非同寻常的描写，显然与他非常自然地把生命与肉体视为同一的观念直接相关，而且，中篇小说集整体上集中于与人的肉体生活有关的主题，但不是个人的肉体生活，而主要的是种族的生活：在这种情况下，小说集中在性爱及其作用、婚前的贞洁和因为婚姻而丧失贞洁、为了家庭的道德氛围而生孩子、嫉妒的天性以及战胜它的可能性等诸如此类的主题上。

对作家来说，对这些主题更为传统的阐释表现在未完成的中篇小说《魔鬼》中。这篇作品，如同《克莱采奏鸣曲》，开篇是引自《马太福音》关于对妇女产生情欲的题词，其主人公同样没有克服这种情欲对人的影响而开始怀疑可能是魔鬼的意志，从中我们看到了完全不同的艺术表现方法。不是回顾，而是说明；不是自我揭露，而是外部视角占优势的生平叙述。随着情节的发展，偏离"正常的"传记逻辑的势头逐步聚积，此时，如波兹内舍夫的经历那样，从一开始就形成了可能引起爆发的"不正常的"情势，这种情势后来只是在非常事件中才暴露出来。

现在我们可以看到，在波兹内舍夫的家庭悲剧中，表现出来的男女关系的类型——仅从他本人的观点来看——是现代婚姻有点像主人公由于涉足妓院而首次了解的"不正常的规则"的唯一可能的基础。波兹内舍夫把这样理解的两性关系真相与文学谎言——小说对立起来，在那些作品里"都不厌其详地描写男女主人公们的感情、池塘、花丛"，"描写对某个少女的伟大的爱"，却"一点也不写这个风流人物以前干过什么，只字不提他出入妓院，只字不提那些女仆、厨娘和别人的妻子"（Ⅻ，148）。将那些小说（首先是屠格涅夫的小说）与"低级的"社会真实加以对比，并且随即对其它"不登大雅之堂"的小说的真实性表示了可能是经过确切考证的正面评价[31]，也就是通过主人公之口进行的文学争论——所有这些对于托尔斯泰来说都是罕见的现象。但是，这类争论却是陀思妥耶夫斯基的作品的特点之一。下面一段文字会让细心的读者理解为是针对这位作者的，"记得有一次我感到很痛苦，就因为我没有来得及付钱给一个大概爱上了我，并且委身于我的女人。直到后来，我把钱寄给了她，以此表示我在道义上与她毫无瓜葛之后，我才感到心安"（Ⅻ，143）。我们"所引用"的

354

《地下室手记》的情节证明，"跟一个女人发生了肉体关系，而又极力想摆脱对这个女人的道义上的关系"，对于波兹内舍夫来说，根本不是绝对必须的，而是他自己的选择。（顺便指出，主人公关于生活及其目的的二律背反的思想与陀思妥耶夫斯基的同一中篇小说有一致之处——我们强调的是忏悔形式！这篇小说中断言："人类所追求的在人世间的全部目的可能只是在于实现的过程这种不间断性，换句话说，在于生活本身，而不仅仅在于自然应该成为死亡原则的所谓目的。"）[32]

所以，争论中的观点之一——那位"面容疲惫"、有自由思想的太太，认为"没有爱情的婚姻不是婚姻"，她的观点，还保持着分量（作品中的主人公仿佛在跟她进行争辩）。中篇小说《魔鬼》在很大程度上是作为一种思想考验而创作的，考验那"与所有的其他人都不相同的一男一女"（那位太太给爱情下的定义就是这样），这种"长久的、有时是终身不渝的"挚爱，按照令听者吃惊的波兹内舍夫的意思，"只有小说里才有，现实生活中则从来没有"。

实际上，作为男女之间这种关系的现实可能性的证据，看来不仅是叶夫根尼·伊尔捷涅夫的婚姻，而且，不管多么奇怪，同时还有破坏这一婚姻的他与农妇斯捷潘妮达的不正当的关系。然而两者——毫无疑问都有其特殊性——都是有缺损的。主人公与丽莎在精神上的亲近，按作者的意思，是维持在妇女将自己融于他人，甚至不要求回报的自我牺牲精神的特有天性上的。在这个意义上，他们的彼此关系已经失去了真正的相互性。同时，当男主人公在与斯捷潘妮达幽会时，体验到的正是对这个固定的女人的最强烈的肉欲（因此在小说中就不会谈到波兹内舍夫所喜爱的"猪狗行为"的话题），但在一次例行的幽会之后，他又轻易地把她忘掉了。

355

《魔鬼》情节发展的源泉不是那种建筑在"精神一致基础上的"理想的、但却是虚构的爱情与唯一真实的、是波兹内舍夫与"太太"争论中谈到的那种"动物性"的爱情之间的矛盾。[33] 这里出现了对主人公说来**两种同样现实而又同样不需要的**爱情形式的**互不两立**。从作者的观点来看，显然是在对同一女人的感情上，两种爱情形式的和谐结合才是理想的。丽莎不能唤起伊尔捷涅夫的肉欲，就其本性来说，这种欲望是爱情所必须的。丽莎的肖像就表明了这一点，而且她自己也没有感受到对他的这种强烈情感。可是，斯捷潘妮达当然也没有使他得到"与所爱的女人交往所感到的主要魅力"，即对亲爱的人的"心灵的洞察能力"（Ⅻ，144）。结果，主人公处于"道德高尚的"婚姻与"不道德的"男女关系之间，他首先是个异己的、承担爱情责任的消极对象（因此强调，丽莎的嫉妒是"对他们的幸福的威胁"），而在婚外恋中他却是积极的，在这个意义上也是自由的，在矛盾中仿佛快要爆炸了。

矛盾冲突的明显的斧凿痕迹和人为设置，妨碍了读者分享主人公对仿佛是各种情况的注定巧合而发生的一切，以及带来严重后果的僵局所作的评价。托尔斯泰动摇于两种结尾之间：杀死斯捷潘妮达或者主人公自杀，所以他必定要在两者之间加入有关伊尔捷涅夫可能精神失常的说法的专门议论。如果在这种情况下，作者感到必须为主人公有权造成事件的悲惨景象找到某种理由，因为描写的主要对象绝不是他的自我意识，那么，《克莱采奏鸣曲》从作者的观点来看则相反。如"后记"所证明的那样，要求补充说明作者本人对所涉及的问题的意见，因为在小说中，甚至事件的"最终意义"也是在主人公见识之内表达出来的。

中篇小说《谢尔盖神父》在个人经历的客观叙述的表现方式上与《魔鬼》近似，但是，在这种情况下，展现在我们面前的不是主人公经历中的某个危机事件，而是内心对人生道路的完整追寻。斯捷潘·卡萨茨基公爵整个人生经历充满危机，其极点是与未婚妻断绝关系、退职和出家，而后来离开修道室以及与帕申卡相遇，则是意味着始终在寻求个人生活与绝对的道德真理，即上帝之间的和谐。关于主人公的家庭和退职前的种种故事，只是以前的经历。小说最后两段具有结尾功能，这里宣布他找到了最后的精神自觉的说词——"上帝的奴仆"。

摇摆不定的情节建立在相反对称的原则上：出走——诱惑；堕落——出走。同时整体上它又具有环形结构：离开尘世和起初入修道院，后来又"在隐居修道中"变为回归尘世。由于这种结构，就凸显出两个情节高峰，它们的相互关系应该能阐明情节的意义。确实，那种奇怪的逻辑能说明什么呢？按照这一逻辑，"美男子"、年纪还不老的卡萨茨基面对"美人，一个离了婚的太太"，面对马科夫金娜，他"坚持"住了，可是过了七年以后，却被"一个十分白嫩、脸色苍白、身体丰满又十分矮小的姑娘 '征服'了，她有一张受惊的、孩子般的脸和很诱人的女性体态"，而且"性欲很强，但智力迟钝"，这些难道是可信的吗？

在小说《谢尔盖神父》的两个中心事件的相互关系中，同一情势的两个相反的界限依次显现出来：生活与其主要意义、天性和肉体的二律背反，人渴望**根据**最终目的安排自己的生活，而最终目的的实现即意味着死亡。两次诱惑的情势在托尔斯泰写来都是现实主义的，但是，深入到所发生的事件的精神层面就可以赋予它以传统的象征意义。

在第一种情况下，主人公本人想起了圣安东尼和圣徒传，圣徒传说"魔鬼常常装扮成女人的模样"。但是，他的女客人首先急忙保证说："我不是魔鬼……"（Ⅻ，384）。由于"探问"和洞察别人的心灵的情节，这一插曲的进一步展开加强了对事件的这种传统理解，但同时这一情节也把另一种新的意义注入到此次会面的描写中。马科夫金娜的内心独白，与某种异己的观点进行争论的强有力的声音是引人注目的，这种声音愈强烈，内心的语言愈接近表面化——从"她想"到"她说"。"充满情欲的脸"好像论战似的恰恰与祷告形成对立；她感到"他喜欢我"，同时又觉得有个人仿佛演示给"别人"看似的在与"我们女人"作对。这全部的、似乎是唯一的"真理"淹没和压倒了另一种声音（"他爱我，他喜欢我"——"是的，他喜欢我"），这声音证明对"人"是可以怀着爱心的，证明愿意成为被他如此"纯朴而高尚地"，按照人的方式爱着的人（Ⅻ，387）。

谢尔盖神父面对马科夫金娜出现时的内心状态和行为取决于他试图维护正在动摇的信仰，使其免受外来的影响。但是，信仰的内在资源还没有耗尽。当他必须去，并且终归要看到她的时候，拯救他的不是理性地"效法榜样"（"对，去就去，但是我要像那位神父做的那样，把一只手按在淫妇头上，另一只手放进火盆"，Ⅻ，389页），而是突然而至地战胜自己肉体的决心。为了旁人的看法而砍掉手指，这种行为与谢尔盖神父起初想奉为目标的那位神父相比同样传统。[34] 但是，只是在第二种情况下才有了战胜肉体和疼痛即死亡的内心准备。在某种时刻，其实并没有痛苦，而当痛苦出现时，不知为什么也并不感到可怕（试比较《伊万·伊里奇之死》，"可痛苦呢？"他问他自己……"是的，这就是它。那有什么要紧，让它去疼吧"）。只有做好这种死亡的准备，才可能使人在一瞬间迸发出对兄弟般关系的真诚激情："他抬起眼睛望着她，眼睛里闪耀着平静的快乐的光，他说……"但是，这一瞬间后，谢尔盖神父除了说"走

357

吧"和"上帝会饶恕的"之外，已经什么也不能对"好妹妹"说了，甚至不能对"我一定改变自己的生活"回答些什么（Ⅻ，390）。

小说的第二个主要事件本身不仅与第一个事件形成对比，而且与主人公人生经历完全不同的阶段相关。这是与情势强加于他的人生角色存在着内在不相吻合的时期。此时，"他的内心生活被毁坏了，被外在的生活所代替，仿佛他被人从里向外翻了个个儿"。这种生活与所宣告的生活目的的脱节使"他在灵魂深处感到，魔鬼用为人的活动偷换了他为上帝的整个活动"（Ⅻ，392—393）。这不仅是由堕落本身这一事实，而且是由将知名的"谢尔盖神父"漫画式地描绘成治病神医的角色的事件形式决定的：玛丽娅请求用"把手按在身上"的方法治好她的病。唯一可能的出路——离去，已预先注定了，堕落之前他就长时间考虑过要离去，但是拿不定主意。

在这种情况下，可以看到，谢尔盖神父同样有"两个致人"——"怀疑和肉欲"（按照叙述者的意思，实际上同样是魔鬼），但是在这里，它们完全与天性和肉体联系在一起。内心生活的衰退（他感到，"他心中的活命之泉在枯竭"，"上帝的真理之光"在熄灭）与其对所要达到的自我完善的目标的感觉有着明显的关系，"他常常觉得奇怪，这是怎么发生的：他斯捷潘·卡萨茨基居然成了一名非同凡响的神的侍者，简直成了神医。他成了这样的人，这是毫无疑问的……"（Ⅻ，399）。第二次诱惑事件的结局，如同第一次诱惑一样，也有接近死亡）的动机——杀人和自杀，但是它们的作用实际上是相反的：是肉体几乎完全战胜精神的征兆，是精神死亡的现实威胁的表现。

斯捷潘·卡萨茨基从"小时候起"，"他的道路上所出现的一切事情上，都力求尽善尽美，做出成绩，以博得人们的夸奖和惊叹"（Ⅻ，369），这种追求和才能在他身上特别引人注目。在这个意义上，这些变化，比如放弃宫廷里的"锦绣前程"或者以后放弃神职，并没有触及主要东西——主人公命运所赖以确立的基础。只有放弃与人的见解联系在一起的、因此可以实现的那种目标，才能从本质上改变命运。由于那个恐慌的梦和与帕申卡的见面，这种变化发生了，他明显地成了一个相反的人，"是的，对于像我这样为了人世的虚荣而活着的人来说，上帝是不存在的。但是，我要去寻找他"（Ⅻ，410）。

在《克莱采奏鸣曲》中，波兹内舍夫关于生活与其目的的二律背反的议论仅仅是在主题上与情节上有联系。而在《谢尔盖神父》中，这种矛盾却是基本的情势。它的无法解决和构成其对立的均衡状态表现在真正史诗的典型特征——主要事件的重叠和相反对称的结构原则。[35] 在这种情况下，托尔斯泰在对主要人物不论是谢尔盖神父，还是帕申卡的人生经历进行象征性论述时，大家知道，他依据的是圣徒传的传统。[36]

从《克莱采奏鸣曲》的史诗戏剧结构向"纯粹的"史诗性演变——如同谢尔盖神父的经历中的某些情节——这在《魔鬼》的情节中就已存在。[37] 后面两部小说中"叙述者-主人公"的相互关系就沿着这一方向变化着：在《谢尔盖神父》中，主人公更客观，而叙述者则相反，更接近作者和绝对真理。结果就出现了与我们在《克莱采奏鸣曲》中发现的那种结构形成直接对比的艺术结构。这种结构的最主要的新特点在于：由于投射出一种文学的和民间文学的古代风格，社会日常生活心理的具体性和行为、事件的可信性可以与其象征意义结合起来。虽然托尔斯泰"激变之前"的创作描写"心理过程"缺乏技巧，那么借助于这种投射，就实现了主人公内心的"深化"。这一特点——基本的情节与史诗性的展开相结合——为《复活》的结构做了铺垫；但是，长篇小说的激情恰恰在于克服了《谢尔盖神父》所特有的主人公的见识与作者洞察真理的眼力之间的距离。而且，《克莱采奏鸣曲》中，主人公与作者最大限度的接近已经实现。从这篇小说起，看来托尔斯泰已经经历了独特的"否定之否定"的道路。

*　　　*　　　*

在关于托尔斯泰的学术中形成了一种固定概念：认为他的描写具有两面性，而且在他的最后一部长篇小说中各个方面之间缺乏有机的联系。一方面是涅赫留朵夫与卡秋莎·玛丝洛娃的关系，道德复活和人的新生的主题；另一方面是社会现实的广阔画面，以及对社会现实的矛盾的剖析。[38] 正是由于事件"背景"的扩展，众所周知，"科尼的中篇"以不同寻常的速度在修改校样的过程中很快变成了长篇小说，这种情况是符合这一概念的。[39] 当然，读者的直觉捕捉的是中心人物的道德震撼，和探索与整个所描写的现实所笼罩的危机的总体状况的相互关系。[40] 但是，小说在整体性上还没有得到相应的科学的理解。

　　将《复活》中艺术表现的个人心理和社会批判方面区分开来，仅仅是贯穿于作品整个结构的部分与总体矛盾的表面的、远非唯一的表现形式。在这种情况下，托尔斯泰追求的正是这些对立面的综合：因为要解决这样的任务，就需要长篇小说的形式。《复活》情节是这样展开的：涅赫留朵夫的个人生活逐步将别人的和命运的所有最本质的东西纳入自己身上，所以，当命运的错误被纠正，因而主人公与展现在他面前的新世界之间的表面的、偶然的关系也变得很好的时候，涅赫留朵夫第一次意识到，他个人的经历具有了怎样的普遍的内容，他本人在怎样的程度上不再是一个个别的人。这时，精神"复活"就是一个人超越封闭、孤立的存在界限的出路。

　　在时间关系上，所有事件都安排在以前时期，涅赫留朵夫的青年时代和小说结尾主人公阅读福音书时所体验到的清醒和顿悟状态、展现出未来全新生活的可能性的状态之间。现在事件的时间就是危机、新生、转变发生的时间，而且，在主人公的过去，作者突出了危机、激变的因素。显然，早已指出的、对托尔斯泰来说是不寻常的基本事件的短暂性几个月是与此有关系的。由此清楚地看到，涅赫留朵夫和卡秋莎在诱惑和审判之间很长一段时间，8年的生活状况一开始是用没有任何心理细节的干巴巴的、扼要的叙述来表现的，因为平常的、即使甚至不正常的，但平静度过的生活就应该这样描写（早在《伊万·伊里奇之死》中就尝试过这种概括叙述"十分平常的人生经历"的方法）。只是后来我们才了解到车站上那个夜晚，从那时候起开始了"精神上的激变，由于这种变化她才成为现在这样的人"。但是，只有通过这样的心理细节，也就是说，通过道德悲剧的描写，"十分平常的人生经历"才能成为一个人"复活"的故事。

　　涅赫留朵夫与玛斯洛娃的法庭相遇，根据一些诠释者的意见，只是建立起了现在与过去的联系，而这种联系同样也表现了"社会责任感的思想"。[41] 在作者的术语里，本应尽快叙述物质-肉体与精神之间暴露出来的尖锐矛盾，尽快叙述意识到对抗使人们疏离的力量的道义必要性。但是，这些姑且不论，主人公回到过去，记忆和感情使他有可能认识完全不同的、十分现实的人际关系形式。在这个意义上，对于情节结构和小说中所描写的整个世界来说，快乐的复活节晨祷一段情节具有特殊的意义。[42]

　　晨祷一事，按照叙述者的意思，完全表现了一种普遍法则，依照这一法则与《克莱采奏鸣曲》和《谢尔盖神父》所表现的相反，这个世界上的根本对立是可以调和的。这件事不是发生在子虚乌有的情况下，相反，发生在生活最喜庆的时刻，"男女之间的爱情总有一个时候达到顶点，到了那时候，这种爱情就没有什么自觉的、理性的成分，也没有什么肉欲的成分。这个基督复活节的夜晚，对于涅赫留朵夫来说，就是这样的时刻"（ⅩⅢ，68）。当然，"自觉的理性"绝不是精神的同义词，而是它的一种极端的、最高的表现形式。关于"肉欲"和一般"肉体"的相互关系也是这样。因此，"有的时候"——不是两种或许还没有独立的因素的平衡，而多半是自然地相互渗透的时候，这就很清楚了。它们明显的一致——从涅赫留朵夫的观点来看——有两次在卡秋莎的外貌上表现出来。在第二次描写中，一系列完全是"身体的"情节（"她那生满平滑发亮的黑发的小脑袋，她那件带有皱褶、严实地包紧她的苗条身材和不高的胸脯的白色连衣裙，她脸上泛起的红晕，她那对由于一夜没有睡觉而微微斜睨的、温柔的、亮晶晶的黑眼睛"）。最后以描写互吻三次来表示祝贺时所表现出来内心的特别状态作为结束，"在她整个身体上，表现出两个主要特征：她用她那清白贞洁的爱情不仅在爱着他——这是他已经知道的，而且在爱着所有的人和所有的东西，不但是爱世界上所有美好的事物，而且还爱她刚才才吻过的那个乞丐"（ⅩⅢ，66-68）。

　　相反，在"堕落"那段情节中，涅赫留朵夫身上的"动物性的"和"精神的"两种因素尖锐对立（"他身上活着的那个兽性的人，现在不但已经抬起了头……"，甚至连卡秋莎的外貌也有高尚的精神因素和低下的肉体因素的不和谐："'您这是在干什么呀？'她叫起来，从她的声调听起来，倒好像他打碎了一件无限珍贵的东西，无法挽回了似的。她躲开他，加快步子跑掉了。"（ⅩⅢ，70）。如果说前面所述事件——与节日实质本身完全相适应——是人的同一性力量的胜利，那么第二次，"自己的享乐，自己的幸福"压倒了一切，使涅赫留朵夫再也顾及不到"她的感情，她的生活"了。[43]

　　所分析的两件事的对比，按照主人公自己的理解，具有难以保持所达到的精神高度的不祥之兆："唉，要是一切都停留在那天夜里发生的那种感情上，那多么好啊！"（ⅩⅢ，68）小说的基本**情况**就是这样：复活节晨祷事件的变化和

361

"堕落"反映了对立因素——同一性的力量与现代生活中人们的疏离，人身上精神的与动物的本性的斗争。我们生活赖以为基础的一切原则在小说中处处都是以双重观点来表现的：既是某种公认的、通常的事物，又是人的疏离所产生的、同时又强化的这种疏离的恶。相反，小说中"复活"的整个主题是在涅赫留朵夫和卡秋莎在"基督复活节"早晨所体验那种感情的指导下进行的。

所以，情节的边缘环节也具有双重意义。小说开端一方面撕下了长年以来主人公行为的"残酷、卑鄙下流"对他隐蔽起来的"可怕帷幕"，这里所谈的当然是如《因果报应》中所说的"妨碍我们看到与我们亲近的人有着密不可分的关系"（Ⅻ，291）的那种帷幕。但是，小说中也有这样的时候，此时，相反，与卡秋莎在法庭上相遇所具有的这种深刻意义却被涅赫留朵夫错认为是一种幻想。比如，在西伯利亚边区长官的午宴上，他觉得"仿佛最近一个时期他在生活中所经历的种种事情像是一场梦，如今他刚从梦中醒来，又回到了真正的现实生活"（ⅩⅢ，477）。《复活》结尾在描写涅赫留朵夫、卡秋莎和西蒙松的相互关系时，作者的坚定信念尤其引人注目。他认为，以前人们之间一切联系的瓦解为根据"登山宝训"定下的规则重新建立这些联系开辟了可能。按照叙述者的意见，凡是背离这些规则的"就是错误，立刻就会招来惩罚"（ⅩⅢ，495）。但是，文明社会的体制又必然会造成这样的背离。

所有这些矛盾就是世界危机状态的各种不同的方面。在小说中，它表明了世界历史整整一个时期正处于结束阶段的特征。同时，它又与大自然的生活联系着：小说开始时，春天生活复苏的各种形象与涅赫留朵夫诱惑卡秋莎那个夜晚听到的令人害怕的、神秘的浮冰的声音明显地相互呼应着。各种矛盾的解决——向"人类社会的全新结构"过渡——作为精神因素战胜"动物性"因素的公共大事，同样从社会历史的角度加以思考着。

在变化无常的危机时代，个人道德上的积极性在实现这类事件中恰好可以起到特殊的作用，改变由于人类命运的相互联系（世界上善与恶的关系）。任何一个偶然的冲动性的内心活动都可能成为它的第一动因，但是，如果这种积极性仅仅是一个人的内心活动，而不能转化为行动，那就不会对世界力量的普遍关系产生影响，相反，还要受制于它。在涅赫留朵夫与玛丝洛娃狱中第一次会见那段情节中，出现了这样一刻：他的内心生活"仿佛放在摇摆不定的天平

362

上，只要稍稍加一点力量，天平就会往这一边或那一边歪过去"（ⅩⅢ，171）。这种动摇与以后涅赫留朵夫内心或外在的在两个世界之间、在它们的界限上度过的整个人生经历相伴随。[44] 主人公意识里两种声音进行争论或决定选择的情况反复在情节中出现。

这里也显示出情节"内在的"和"外在的"双方之间的相互联系。"摇摆不定的天平"最终还是永久地"歪向"同一边，之所以发生这种情况，是因为涅赫留朵夫从一次努力开始，从无私地想帮助卡秋莎成为"她以前那样的人"开始，他自己不知不觉越来越多地参与到各种人的命运中去。因此，他的生活外在方式有了改变，这种改变表现在主人公活动空间的转移和他接触的社会阶层的扩大。主人公的内心生活在很大程度上取决于他现在遇到的人对他究竟说了些什么，他总是把别人的话同预感到的绝对真理进行**比较**，并且当二者相符的情况下，如同克雷里佐夫在渡船上或者在监狱中同无名老人的交往去**领悟**这一普遍真理。

因而，涅赫留朵夫"复活"过程的心理方面可归结为对自己的感受有了越来越多的自觉和总结。[45] 当这一过程还没有以个人言论与福音书中所表达的绝对道德真理完全融合而结束的时候，在他身上，一切都"成熟起来"，有了真实的话，有了清晰的思想。这样，作者不顾人所共知的出自契诃夫讽刺性评语——"写呀，写呀，然后全拿出来，一股脑堆在福音书上，这是非常符合神学精神的"（1900年1月28日给米·奥·缅希科夫的信），在小说结尾出现《新约》的引文就十分自然了。卡秋莎的"复活"则不同，这甚至主要不是扩大精神视野，而是从错误的意识回归于最初的生活信念和纯洁感情。

虽然存在着这些差别，但男女主人公精神形成的途径却是互相联系着的。他们的几次见面让涅赫留朵夫看到了抽象的，并非出自直率、真诚感情的思想的虚伪，使他的道德立场更加完整和不妥协。而且，卡秋莎在见面时也逐渐摆脱了这种看法：所有的人"都是为自己活着，为自己的享乐活着，所有关于上帝和关于善的那些话都是欺人之谈"（ⅩⅢ，151）。

男主人公积极参与公共生活，并不断扩大这种活动范围，从而展开了"史诗般的背景"，主人公的精神逐步成长，造就了小说"描写风土人情"方面道德心理和社会批判的有机统一。

363

分析小说中所描写的世界的结构，再次使我们看到"托尔斯泰与陀思妥耶夫斯基"这一问题对作家整个"晚期"创作具有特别的意义。[46] 使两位作家互相接近的不仅是情节中偶然性的作用，不仅是对待刑事题材的态度，而最重要的是将真正的生活同基督教的教义联系起来的思想，是将爱与死同人与人之间关系的破坏，进而将"复活"同这些关系的重建等量齐观（同罪与罚的问题联系在一起）。[47]

不论是陀思妥耶夫斯基还是托尔斯泰，在他们的最后一部长篇小说中，都与晚期浪漫主义时代形成的文学传统，与巴尔扎克、欧仁·苏，某种程度上还与大仲马、雨果、狄更斯[48] 的"社会犯罪"长篇小说有关。这一传统的特征是：强调大都市主义，同时对现代文明给予多方面的尖锐批判，将现代文明与原始大自然和安宁闲适的宗法制度加以对比。由此就产生了对城市生活的所有阶层的充分观察，包括上流社会和犯罪的"底层"这样的两极。力求发现**同样**集中表现在**犯罪率**以及同它斗争的国家体制方面的现代社会的基本矛盾和负面性能，因此将犯罪事件、调查、侦讯、审判纳入小说，描写监狱等等。主人公（有时是不引人注意的主要人物的"神秘恩人"）一人扮演特殊的情节角色——社会矛盾的解决者和被践踏的正义的重建者的角色，这样的主人公一般身份显贵，而且一定富有：罪与罚的道德哲学问题、人的审判和上帝的审判的关系诸如此类问题的提出，恰恰与这类人物联系在一起。某种形式上的主人公必定经历作为他随后精神复活和提升条件的死亡。最后，作者的神正论观点，即在这种情况下主人公人生经历的天命意义，在情节结构中——在机会与命运必然性的范畴内——有直接反映。陀思妥耶夫斯基对这一传统的态度在学术上已经进行了研究[49]；而托尔斯泰与这一传统的联系问题，据了解甚至还没有提上研究的日程。

遵循共同的传统以及他们的作品具有情节、主题的相似性，在这样的背景下，他们的作品在主体结构上的深刻差别就显得更重要了。托尔斯泰笔下的叙述者是这样安排的：他对世界的看法及其见解的表达，一方面被看成作者立场的直接表述而被接受，另一方面又与主人公的意识所达到的最高真理相融合，这种安排借用一个术语来说就是"独白式小说"（巴赫金）。

364

＊　　　＊　　　＊

对爱情、性与婚姻的综合主题进行加工的"史诗性"路线开始于《魔鬼》，而以《复活》结束。《克莱采奏鸣曲》所具有的戏剧形式的潜力终于在剧本《活尸》中得以实现。[50] 这部作品与已分析过的作品在主题上的联系是表面的：现代家庭的衰落以及作为其后果的自杀；对人的抽象道德要求与生活的不相容；在男女之爱中灵与肉的对立（卡列宁与丽莎，另一种方式上的费佳与玛莎）；"非规范的"盲目感情与音乐以及"游戏"之间的类似。而这种联系几乎与《克莱采奏鸣曲》逐字逐句相一致（"所说的这一切是在什么地方发生的呢？"），也与《魔鬼》的情节相似（"我们的生活中可不是开玩笑"，费佳说，而在中篇小说中则写道，"她开玩笑似的给他留下了纪念"，"她仿佛开玩笑似的从他身旁跑过去"），同时，对侦讯和审判进行无情的批判性的描写，表明该剧恰好与《复活》有密切的关系，且这部戏剧的创作与《复活》的竣稿是同时进行的。

人们不止一次地指出剧本两部分之间结构上的不同，这与同样引人注意的主题重心的改变有关。前三幕，大部分剧中人物企图借助于建筑在官方东正教基础上的某些现成的道德准则和观念，来思考婚姻复杂性的问题。从法律看婚姻还存在，但它的内部已经接近崩溃。如果对事物持这样的态度，要指责处于业已形成的毫无出路状态中的费佳是不容易的。特挑选出众所周知的卡列宁的一段话："难道我们大家就那么一贯正确吗？既然生活如此复杂，我们在信念上就不能有分歧？"当丽莎知道了费佳与玛莎的关系时，对她来说，一切都变得简单了。从她的观点来看，情势已失去了复杂的、直接的道德意义：因为有了正式离婚所需要的那种理由——背叛，只是还不足以把问题转入纯粹的法律程序。然而，对普罗塔索夫本人来说，并没有发生任何"背叛"，在这个意义上，他把过错承担起来，就意味着撒谎。换言之，从丽莎和卡列宁的观点来看，如果问题在十分复杂的情况下就有了冗长的、混乱的、紧张的对话，那么应该能够得以"正确的"解决，从主人公的观点来看，唯一"正确的"、合乎道德要求的立场则完全是否定的。正因为如此，所以在前三幕，他不能为自己的出走

365

在口头上找到理由。然而，重归于好对他说来则完全是不可思议的。

第四幕事件的惊险转折——本着车尔尼雪夫斯基小说的精神——对丽莎和卡列宁来说是一种考验。很清楚，他们"爱"费佳，实际上只能是死人费佳；其余的一切仅仅是语言上的、"理论上"的。正是为了对他的这种态度好像对旁人一样做出回答，同时也为了脸面而不愿撒谎，费佳在便函中写道："理论上我是爱你们俩的……可实际上我的感受远远不只是冷漠。"双方都作出了选择，他们的立场完全彻底地产生了分歧。从丽莎和卡列宁的观点来看，与公认的道德和国家法律准则妥协看起来当属必然和自然。但是，对于一个具有强烈的道德同情心的人来说，这种立场是极其脆弱的，事件的进程也证实了这一点。只有毫不妥协地拒绝参与这一切，才能保持内心的独立，"我谁都不怕，因为我是死尸，你们对我毫无办法，没有比我更坏的处境了"（XI，383—384）。但是，这种立场的必然后果就是逃避生活。[51]

两种立场的碰撞在剧本中不仅具有情节意义，而且具有结构上的功用：每个事件都是同时从双方的观点来加以说明的，而且这些说法本身又相互印证。这在关于"肉欲的"和"精神的"爱情情节的不同说法中表现得尤其明显。还在第一幕，安娜·巴甫洛芙娜就在这方面从道义上指责费佳，"照你的意思，她应该等着他把一切都花光，把他的吉普赛姘头带回家来吗？"并且把他同卡列宁比较，同时谈到了后者同自己的女儿的相互关系，"这种友谊是什么我清楚，只要没有妨碍就好了"（XI，322—323）。从另一方面，普罗塔索夫亲自对别图什科夫说，之所以"没有杀害"玛莎，"只是因为我爱她，真正地爱她"，并且向他讲述了过去对一位太太的恋情，他放弃了同她的幽会，"因为我认为，在他丈夫面前感到很卑鄙。直到现在，奇怪得很，一回想起这件事，我就为我的行为正当而感到高兴，就想自夸一番，可是……我挺后悔，犯了罪似的。眼下同玛莎的事——却完全相反"（XI，370）。

卡列宁与丽莎跟普罗塔索夫与玛莎的情况相互印证，这使双方的道德立场在一定程度上具有了同等价值。但是，直觉悄悄地提示细心的和感兴趣的读者和观众，作者对费佳·普罗塔索夫要亲密得多。在这种关系中，费佳对创作的态度（按他的观点，这是唯一不让人感到羞耻的职业）具有特殊意义：他给玛莎朗读一篇小说的开头部分——晚秋打猎。这一情节的自传性是很明显的，而

366

且，插入段落的修辞风格也很说明问题。[52] 然而在这种情况下，不是艺术作品自然而然地支配生活、说明生活，恰恰相反，艺术是生活的一部分，并且从生活语境中得到正确的解释。剧本好像将生活本身呈现在读者面前，而生活又把自身投射到艺术上，将自己与艺术的不一致之处展示出来。所以，情节的转折事件假装自杀、偷听是一种不加掩饰的故意引人注目的文学创作。主人公当然可以将艺术的真实性，特别是音乐的真实性与生活中存在的虚伪的道德观念进行对比，但是，面对生活必然的道德评价，从仅仅是"活尸"可以接受的超越生活的观点来看，这种对艺术真实性的审美立场显然是经不起推敲的。因此，对费佳试图解释玛莎对他意味着什么，别图什科夫回答道："是的，在绘画上我们把这个叫做色彩的效果。"（XI，369）这样，主人公的立场就在专论《什么是艺术？》中所表达的那种意义上与作者的立场相同了。

19世纪90年代托尔斯泰散文的演变——在我们至今仍在认真研究的散文的基本范畴之内，导致了硬性划分的人物体系（发现真理的主人公与其余人物尖锐对立）；世界在他的视野中描绘出来，这也导致了修辞结构出现不同层次（这个主人公的语言具有近似作者的直接语言的功能）。可见，这表现出"叙事体平铺直叙的语言危机"，巴赫金将这种危机与托尔斯泰"晚年"转向戏剧创作联系起来。[53] 同时，这种危机也导致了作家20世纪初散文中叙事和修辞手法的彻底改变。

367

3

现在来分析我们所划分的托尔斯泰的第二类作品。《主人和雇工》的情节使人立即想起了以前的两部作品：《伊万·伊里奇之死》和早期的短篇小说《三死》（1859）。雇工尼基塔从一开始就觉得死的念头"并不特别令他不快，也不令他特别害怕"。第一，他这一辈子"并不经常能过上好日子，相反，天天给人家当奴仆，他已开始感到劳累了"；第二，他总觉得"自己今生还隶属于一个主要的主人，就是他差他到世上来的，他还知道，他死的时候仍然受这位主人的支配，而这位主人是不会欺侮他的"（XII，355）。临死前，布列胡诺夫大概也产生了同样的想法。以前托尔斯泰存在的个别的、互相独立的那些看待死亡的不同态度，现在正互相融合，互相转化。

主要的情节事件自然是布列胡诺夫本人突然决定趴在尼基塔身上，用自己的身体温暖他。这一行动特别表现了与他的性格本性的联系，而没有这些本性，这个人物是不可思议的。"……随后他突然怀着在成交一笔赚钱的买卖时与人击掌为定那种决心……"接下来，"'他大概不会露到外面去了'，他在心里对自己说，他要把他这个农民暖和过来，仍然带着他谈自己的买卖时那种夸耀的口气"（XII，361-362）。同时，这一行动与瓦西里·安德耶维奇刚才以失败而告终、想抛弃尼基塔并自救的企图是直接矛盾的。

小说总的情势（暴风雪和计划好的外出的失败，布列胡诺夫不合时宜的、招致毁灭的固执）和主人公反复的逃生尝试，这一切都为主人公创造了这样的条件：他必须在自身相对立的力量之间作出选择，而首先要放弃他是自己的和别人的生活的主人这样的错觉。瓦西里·安德列维奇临死的时刻被描写成人们精神上的一致和平等力量的胜利：他觉得"他就是尼基塔，而尼基塔就是他，他的生命不在自己身体里，而在尼基塔身体里"。接着又写道："'尼基塔活着，这就是说，我也活着。'他庄严地对自己说。"（XII，364）我们看到这里几乎是一字不变地在重复差不多同时写成的《因果报应》的情节，但毕竟还有本质区别：《主人和雇工》特别关注的是相互交往问题。

只有在生命的边缘才能获得真正的公共的"我"，所以，事件的真实性在人物的意识之外是难以表现的。它产生并且完全停留在人物的视野里，"他很难理解，为什么名叫瓦西里·布列胡诺夫的这个人要做他做过的那些事情。'还不是因为他不明事理'，他这样想着瓦西里·布列胡诺夫。'过去我不懂，那么现在我懂了。现在不会错了。现在我懂了。'"（XII，364）任何其他的意识只有试图想象着处于这种生死界限，才能领会这种真实性，而且这种领会仍然是假定性的。对小说中的第二次死亡——尼基塔"真正的"死是这样描写的："他这回真的死了，在那边醒过来之后，情况是好还是坏呢？是失望还是在那边找到了他所期望的一切呢？我们大家很快就会知道。"（XII，366）

情节集中于道德选择和死的情势，其余一切具有辅助意义，这些情节的有机结合，直至融汇为一个事件；将真实性完全纳入人物的视野；几个主人公在

368

共同的情节情势或者相似的情势中，以及在对真实性的态度上具有同等价值、叙述者的观点与人物的观点近似，而在这种情况下，叙述者的话不能成为作者立场的直接表现形式被理解为"作者本人的声音"——所有这些相互关联的特点作为某种统一性，显然将小说《主人和雇工》与我们在上面一部分所分析的那些作品区分开来。我们在中篇小说《哈吉穆拉特》中也看到了这种艺术结构的新类型，当然，这种新的类型有几种不同的形式。

＊　　　＊　　　＊

这部作品的外部结构形式——具有显而易见的独特性——与《伊万·伊里奇之死》中的背景完全形成对照。在这两种情况下，我们看到了对同一种死亡的反复描写：开始时完全从外部、从旁观的立场来描写；在作品结尾，这种外部观点已同主人公意识里对事件的感受形成对比，从而得到了修正。在1886年写的那部中篇小说中，只有转换为临死之人的观点，才在他"最普遍、平凡也最可怕的"人生经历中揭示出另一种比较高尚的意义。因此，在开场第一章中才那样突出强调聚集在死人身边的那些人对死亡的真正意义的不理解。在《哈吉穆拉特》的第5章中，叙述者对有关斯列普佐夫将军之死的谈话的评论类似《伊万·伊里奇之死》作为一个整体所立足的主题："谁也没有把这一死亡看作是生命最重要的那一刻——生命的终结和回归它来自的那一源泉，而只看到了一个勇猛的军官手持大刀扑向山民，拼命砍杀他们的那种英勇神情。"（ⅩⅣ，46）可是，小说结尾，正是在战争条件下对待死亡的这种平常态度与玛丽亚·德米特里耶夫娜同布特列尔的谈话中所表现出的完全不同，虽然也是外部的观点发生了冲突：

"'你们全是刽子手，我简直受不了。的确，都是刽子手。'她说道，一面站起来。

'这种事人人都可能碰到，'布特列尔不知道说什么好，'战争嘛。'

'战争！'玛丽亚·德米特里耶夫娜喊起来，'什么战争啊？一句话，全是些刽子手。人死了应当埋在土里，而他们却戏弄着玩。全是些刽子手，一点不错。'她重复着，下了台阶，从后门回家去了。"（ⅩⅣ，139）

369

　　人死后有权入土安息，这在道义上是必须的、绝对的。这种立场的力量在于它不是抽象的原则，而是看到被砍下的哈吉穆拉特的头颅时，人的一种自然反应，大部分是通过参与谈话的人的眼睛来描写的。这与紧接在后面的人有不可剥夺的生活权利的思想有关，并且与作为衬托的牛蒡—鞑靼花的形象进行对比，从内部描写主人公的死并不矛盾。所引用的这段对话因而就成为背景与情节的第二个结合点。就是因为这个原因，引子中一朵小花的故事才出现过两次。（"我认出这棵灌木仍然是'鞑靼花'，跟我徒然把它的花折下来扔掉的那棵一样。"）。

　　在《伊万·伊里奇之死》中，叙述者语言的衬托作用与它的权威性有机结合起来：这些议论仿佛出自普通人的普通生活的界限之外。在《哈吉穆拉特》中，背景的开始是叙述者"我"的一段经历，而且奉献给读者的"高加索的故事"，恰恰是刚才还是描写的对象——那个采野花的人讲述的"这个故事在我的记忆和想象中形成了"。在背景的范围之内，描写的主体是"作者的形象"。

　　在俄国古典小说发展的第一个阶段，普希金、莱蒙托夫、果戈理采用这样的手法的目的，在于强调生活与创作具有同等价值。它明显地既同《战争与和平》中叙述者的无所不知不相容，也与在人物视野中对整个现实的描写不相容。但在《哈吉穆拉特》中我们看到，作者—人物的道德立场与从艺术世界内部表现的对别人的生和死的态度具有同等意义："作者"所要表明的意思——"人是多么具有破坏性的、残忍的东西"——与玛丽亚·德米特里耶夫娜对待战争的态度完全一致。

　　在背景之下，描写基本上是建立在人物和了解情况，但决不是在无所不知的叙述者的观点平等的基础上。比如说，如果濒临死亡的阿夫杰耶夫的眼睛"投向病人和看护兵身上，但是他好像没有看见他们，而是看见了使他惊奇的别的什么东西"（ⅩⅣ，57），那么，这恰恰说明，当事人——这情况就是在他们的视野里发生的——模模糊糊地感觉到了正在来临的死亡作为"人生最重要时刻"的意义。

　　一旦在描写的范围内遇到不是发生在高加索，而是发生在士兵阿夫杰耶夫家中或者伏隆佐夫在梯弗里斯的官邸的事件，我们就会发现，人物借助于日常的或者编造的约定语言，对在另一种非日常现实生活中所发生的事物进行了独特的"名称变换"。在农村，士兵阿夫杰耶夫的名字变为"彼得鲁哈"——在第7章中列入顺便通报他阵亡的战报中的这个人物的正式名字，现在被类似绰号的名字所代替（按照巴赫金的意思，"名字本身的小称和爱称形式是名字进入了语言生活的另一领域，是名字变为绰号的开始"）。正是该学者所指出，绰号"是在记忆和忘记的界线上产生的"，"这是转化的一种习惯说法"。[54] 但是，在第8章的行文中，我们看到的恰恰是作者极其适当的评论："当兵就等于死。当了兵的人，犹如出了嫁的女儿，连想都不用想她了，想起来叫人心痛。"在第9章，与真实——所描写事件的真正意义——形成对立的不是日常生活语言，而是与官方语言并列的上流社会阶层的语言。用"那种"现实"勇敢的"、非上流社会的将军所讲述的故事中的现实的语言来讲，"不幸的达尔戈出征"叫做"解围"，而用伏隆佐夫及其圈子里的语言来讲，"这是俄国军队的辉煌战绩"（第14章，64页）。

第8章、第9章当然具有一定的情节功能，但是，我们所指出的是仿佛处于战争参加者的生死世界界限之外的语言观点对以前所描写的事件（阿夫杰耶夫之死和哈吉穆拉特"投奔"俄国人所作的新的解释，使得所指出的片段类似作者插叙，因为这种新观点不属于事件的参与者）[55]。有关尼古拉一世和沙米尔的几章在这个意义上也具有双重作用。

371

第15章叙事最显著的特点是：在作品"临近结束"部分仅有一例作者直接说出的、权威性的评述，"……这是顺从并且准备执行这残忍、疯狂、不正当的最高意志的信号"（ⅩⅣ，100）。可以推断，这类作者的话强调了所描写的事件具有特殊的重要性。尼古拉一世的"意志"确实是一连串事件的开端，最终必然导致哈吉穆拉特的死亡。同时，关于他以后的命运问题只是那一天作出的最高决定之一。由于哈吉穆拉特的"出走"，皇帝恰恰没有下达直接涉及他的命运的特别指令（他只是同意伏隆佐夫的意见）。这种意志自然具有较为普遍的意义，根据行文中"呆滞的目光"这一细节的含义，可以认为，从作者的观点看，这种自满自足、认为自己永远正确的政权也是与生活本身相对立的。然而，事情变得复杂化了，因为我们在尼古拉一世和沙米尔的几章中看到了权力和肉体情节的结合。

我们在《战争与和平》对拿破仑的描写中已经见到这种情节的综合，同长篇小说一样，在中篇小说中表现了上层统治者对自己身体的关注增强了。[56] 在这两种情况下，描写贬低了"伟大"的思想，托尔斯泰肯定，按照历史学家的意见，"伟大"是"某些特别无理性的、被他们称作英雄人物"的特性（XII，189）。因此就有了一系列揭露性细节[57]：不仅写到了尼古拉一世精心掩饰的秃顶和他那勒得紧紧的"鼓鼓的肚子"，而且还写到了他的庞大身躯，像是他自命不凡的支柱，这与小个子拿破仑的同样狂妄自负，显得同样荒诞。这样一来，排除天生的"伟人"的意图就与其特别引人注目的身体形成对照。

可见，在《哈吉穆拉特》中有着与我们以前曾分析过的许多作品——从《克莱采奏鸣曲》开始——身体概念完全不同。它有另一种界限：权力仿佛在寻找与其本质相适应的身体形式，而权力的最高代表就充当了其相应的体现的"样板"：因此，侍从武官蓄着"像尼古拉·帕夫洛维奇那样拢近眼角的鬓发"，大臣的副手脸上的"颊须、胡须和鬓角也修饰得像尼古拉一样"，甚至连皇帝本人对他周围的那些模仿者也并不反感，就是说他欣赏稍微逊色的"伟大"，他遇见"那个像他一样身材魁梧"的法政学校的学生就证明了这一点（XIV，91、94）。由此产生了"理想肖像"的特殊形式：人物的外貌成了适应历史情况与国家意识形态的典型。比如，在短篇小说《舞会之后》中，瓦莲卡的父亲的脸色"非常红润，效仿尼古拉一世，留着两撇雪白的、尖端卷曲的唇须，跟唇须连成一片的络腮胡子同样雪白，两鬓的头发向前梳着"（XIV，11）。这一手法被布宁采用，以后又被其他作家所采用。与这种当权者"身体"相联系的还有一种独特的被欺骗的、反常的爱情，如同君主崇拜一样违背人性。《战争与和平》之后，在《谢尔盖神父》中对爱情情节的认识有所改变，而在《哈吉穆拉特》中则发展成同少女科佩尔维因的情爱插曲。

在第19章对沙米尔的描写中，我们不但看到了类似的权力、身体和"伟大"的结合，"他那高大挺拔的雄伟身材……引起了他希望和善于在人民中引起的伟大印象"，而且看到了"神情呆滞"即**冷漠无情**的细节，伊玛目的面孔"像石头似的一动不动"，"他面孔仍然像石像似的从他们中间穿过"。这些和其他一些细节无疑说明了——尽管存在民族条件和传统上的许多区别——权力的共同本性，它对活跃的、不驯服的生命本能的敌视，也说明了它的虚伪性，尤其是在与最高权力的相互关系中，两个统治者装腔作势地倾听"内心声音"或者

372

"先知的声音"[58]。在这样的背景下，细节和腔调的差别看来特别重要。描写贾迈勒-埃丁的外貌，没有提到任何模仿沙米尔的地方；这可能与伊玛目的得力助手不是官员，而是他的亲属有关。这里没有因为权力而产生的模仿者的情节。这一章也有君主崇拜的问题，这与哈吉穆拉特的儿子尤素夫对沙米尔的感情密切相关——这使人想起了对尼古拉·罗斯托夫的描写——"同父亲相对抗而且相矛盾"，这样的话里显示出这种感情明显的做作。但是，恰恰是从尤素夫事件可以看出，在这种情况下，甚至最高意志的残酷也针对人物的特点，写得非常具体。沙米尔注视着仇敌的儿子，知道死刑的威胁还不能摧毁对方的意志，因此，他将死刑改为当场宣布命令：像对待"一切叛徒"那样，挖出阶下囚的眼睛。报复是必定无疑的。沙米尔与最宠幸的妻子阿米涅特的相互关系，与尼古拉·帕夫洛维奇的爱情消遣完全不同，沙米尔能从爱妻那里得到"休息和家庭温存的美妙享受"，而尼古拉的逢场作戏经过了精心安排，并且他的花费多半由官方提供（难怪除了寂寞和疲惫，最终他什么也不可能得到）。[59]

小说整个情节发展的目的是让读者关注哈吉穆拉特之死，揭示**肉体**的意义比任何地方都明显："这时，他那强有力的身体仍继续做那已经开始的事情"；"但是，那个让人以为死了的身体突然动弹起来"；"这是附在他身体上的最后的意识。以后他再没有一点知觉了，敌人还在纷纷踩他和剁他那已经跟他没有一点关系的遗体"。我们在整个事件中看到的是人对自己的肉体和在某种意义上对死亡的胜利，因为不仅从内心表现了生与死的界限，而且"敌人"这里显然是人物的语言对他的身体所做的那些事情也仿佛是以他死后的观点来描写的。因此，他们只能"庆祝"对"那已经同他没有一点关系的东西"的"胜利"就有限了。

尤其引人注目的是，受了致命伤的哈吉穆拉特首先想到了阿布努察尔汗——"他一只手托着那砍得耷拉下来的腮帮子，一只手拿着短剑向敌人扑去"，他"刚刚爬出壕沟，手持短剑，沉重地瘸着一条腿，迎着敌人走去"。这里是明显的预兆，预示他很快将面临这样的遭遇。这一情节使我们回想起哈吉穆拉特详细叙述汗在洪扎赫的家庭，以及汗的儿子们（哈吉穆拉特的同胞兄弟）落入哈姆扎特和沙米尔设下的圈套惨死的情景（第11章）。但是，如果当时阿布努察尔在同穆里德们力量悬殊的浴血战斗中死亡，引起了哈吉穆拉特的恐

373

惧，是他可耻地临阵脱逃的原因，那么，正是他现在的死，应该说是他自己**选择**的结果；他走向这种死亡的道路是从克制恐惧开始的。

两个主要事件：尼古拉一世所采取的一系列决议和哈吉穆拉特之死，其中的每一个都构成了情节发展的一定阶段。哈吉穆拉特出走所造成的政治问题仿佛一支接力棒似的从一个人传到另一个人，一直传到权力的顶峰。整个这一连串事件明显地说明行为与其结果的相背离，权力与其企图支配的生活相背离，因此才有了我们所指出的人与事件的"名字变更"的情节。当"刚刚露头的"情节线索取得进展时，叙述者将战争参加者所固有的对战争的真实性——他们中每个人每日每时都面临死亡的可能——潜在意识与旁观者"虚构"的感受进行了对比，甚至他们自己愿意承认这些"虚构"——例如勇猛砍杀的肉搏战——并且使战争成为令人愉快的"表演"。但是，这种对比是在人物的视野之外进行的：这时（第5章），士兵阿夫杰耶夫偶然的致命负伤就成了对虚假的战争感受的重要修正。

374　　　在第二阶段，即从第16章开始，一方面情节的发展保持了原先的自然性，同时展示了沙皇"残酷、狂妄和虚伪"的最高意志，而后表现了沙米尔同样残酷的决定。因此"伐林"（第5章）和"袭击"（第17章）两件事有着明显的不同。在第17章中，最重要的不是袭击参加者所干的那些事情"荒谬的残酷性"，也不是被捣毁的村庄那些居民所看到的那些情景的偶然性。因此，那些事件的参加者想把战争的可怕真相与他们愉快的虚构调和起来的企图，现在成了对他的内心生活进行揭露性剖析的根据。布特列尔之所以成为作者关注的中心，其原因即在于此。小说的这一部分完全显示出战争毫不诱人的平淡乏味，这样的主题发展以我们已经分析过的布特列尔与玛丽亚·德米特里耶夫娜，关于战争和尸体的那场对话作为结束。

这使我们回想起托尔斯泰的"以前"在小说中运用心理分析的两种场合——对尼古拉一世和布特列尔的描写，而且是出于同样的目的：两个人物都力求借助于"心理虚构"来克制意识中的"不良因素"[60]。在小说中，绝对道德真理的对比的主要途径不是通过主人公们的自觉，而是通过情节和主人公们所造成的人物与行为的对照来展开的。

哈吉穆拉特之死与士兵阿夫杰耶夫之死处于事件链条相反的两端，但是哈吉穆拉特出现在俄国人那里既在时间上，又在作为人物观点的对比上与阿夫杰耶夫之死联系起来。波尔托拉茨基向伏隆佐夫报告自己的一个人负伤，恰恰是在他的交谈者"竭力忍住快乐的微笑"，骑马迎接哈吉穆拉特的时刻。在这个基础上，两个事件在其普遍的道德意义上形成对比。

我们曾引用的阿夫杰耶夫好像没有看见病人和看护兵，"而是看见一种使他非常惊奇的什么东西"的句子，是与结尾段落这样的话相一致的："对于他，所有这一切比起正在开始和已经开始的事情，是非常渺小而不足道的。"但在主题一致的背景下，本质上的区别也是明显的。对阿夫杰耶夫的负伤和疼痛，叙述得简略而克制：实际上并没有描写濒临死亡的肉体的痛苦。另一区别在于，精神对肉体的胜利，在这里不是表现在对死亡和敌人的蔑视，而仿佛表现在转而改用新的语言。作为对他"有没有什么事要对大家说"这一再重复的问题的回答，接着说道："你就这样写吧：你们的儿子彼得鲁哈希望你们长寿。"在那种情况下，这种表示要完全在本义上去理解；对于他代为当兵的、前一天还曾嫉羡的哥哥，临死的人当即说道："让他好好地活着吧。上帝保佑他，我很高兴。"（ⅩⅣ，57）接下来就描写非寻常生活所有的、阿夫杰耶夫对待死亡的严峻、庄重的态度——即军官们议论斯列普佐夫将军之死所表现出的那种态度。

如同哈吉穆拉特对敌人的反抗是为了表现一切民族传统的、基督教之前的英勇精神，士兵阿夫杰耶夫的忘我精神同样显示了基督教顺从的对死亡的领悟的崇高榜样。[61] 这两个人物及其命运的相似还表现在，他们两个都是为了人的直接的，在这个意义上几乎是肉体上的联系而被揭示的，对这种联系来说，即使不同文化和异邦的语言也不是障碍。导致士兵阿夫杰耶夫死亡的仿佛只是偶然的事，但是对待死亡的态度是建立在他为什么当兵那种坚定信念的基础上，即忘我精神的基础上。哈吉穆拉特之死既是他的敌人艾哈迈德汗和沙米尔的阴谋的结果，同样也是伏隆佐夫贪图功名以及尼古拉的"残酷的、狂妄和虚伪"意志的结果。但是，只是由于哈吉穆拉特力图根据自己的荣誉观念来行动，所有这些情况才构成了导致毁灭的必然性。这也赋予他对他人意志的反抗以英雄般的崇高意义。这样，基督教和异教的"冲突和斗争"——按照罗扎诺夫的见解，第一阶段的托尔斯泰走向第二阶段的托尔斯

375

泰的道路就是以此为标志的 [62]——在小说《哈吉穆拉特》中就变成了它们之间的和解。

小说中所描写的全部事物的真正意义不可能从运动变化、五光十色、多义的生活内部去发现，它只能展现在处于这种生活界线之外和完全不同的现实中的旁观者面前，所以灌木"鞑靼花"就成了开启"高加索故事"的钥匙。由于这一原因，哈吉穆拉特之死一开始就被描写成先后连续发生的一系列事件的实际结局，于是我们看到如何从口袋中取出被砍下的人头，但是，只有在他死亡之后，再回过头来叙述"整个事情是怎么发生的"，才能看到它的意义。在这里，时间距离的意义与其在《战争与和平》所具有意义十分近似。更引人注目的是，这里完全没有哲学历史的议论。

对于充满危机的历史情势的独特景象，托尔斯泰的描写手法史诗般广阔 [63]，同时又非常浓缩，因而显得新颖。从作者的观点来看，建立起来的国家生活制度，与其说与直觉感受到人们天然的一致平等、意志自由，甚至与人的生活权利本身相悖，不如说与人对真理的自觉追求相左。这种对世界历史状况的解释，成为列·托尔斯泰19世纪90年代作品的基础。

*　　　　*　　　　*

大家知道，在两个世纪之交，作家清醒地意识到创作"完全不同的艺术作品"的必要性（纪念版，第53卷，169页）。在19世纪90年代的一些作品中，从它们的历史色彩以及我们已经熟悉的政权同生活的矛盾问题的结合，可以感受到这些变化与发掘"高加索故事"之间的联系。

在《舞会之后》中，故事的讲述人回忆了一件改变了他整个一生的事件，而这一回忆带有确切的历史时代特征，"……我要讲的事情发生在40年代"（ⅩⅣ，8）。篇幅不长的中篇小说《为什么？》和《神性与人性》，让我们也看到了同样的宗旨，就是描写历史中具有道德意义的事件。在这三部作品中，国家政权审判和惩罚那些按它的意见是罪犯的人，实际上却不承认他们享有自由和生活的权利。《为什么？》最核心的部分是目击者讲述的夹鞭刑惩罚，它与《舞会之后》的中心事件在文字上相互呼应。正是在听了这个故事之后，米

376

古尔斯基的妻子才决心逃走。《神性与人性》中心篇章（第7章）写的是斯维德罗古勃的死刑。这里要指出的是，当看到绞刑架时，他"平静、庄重的心情"刹那间变为另一种感受："他觉得好像心脏受到实物的击打，立刻感到一阵恶心。"这可与《舞会之后》进行对比，"同时我心里感到一种近似恶心的、几乎是生理上的痛苦"（ⅩⅣ，293、16）。在短篇小说《亚述国王伊撒哈顿》和《孩子的力量》（1908）中，也能看到对死刑和等待暴力处死的描写。

所有列举的作品都是深入研究罪与罚的主题，同时着重提出了国家对人的审判的合理性问题（《孩子的力量》中，民间的私刑是对国家暴力的反动），特别是国家政权处置人的生命的问题。这里对以往历史的描写与过去已经不同，例如我们在小说《谢尔盖神父》中看到，故事开始时一句话点明了那是"40年代的人们"。但是，19世纪90年代的其他作品实质上同样也触及了这样的问题，即一个人审判和惩处另外一个人的权利以及仁慈的必要性问题，只不过这不是国家历史，而是个人、家庭范围内的问题。值得注意的是，这些作品在很大程度上是针对现代生活的。《科尔尼·华西里耶夫》和《我梦见了什么……》（1906）就是这样的作品。最后，在完全描写现代生活的《假息票》中，表现了国家当局和私人的生活，而又将审判、控诉情节与犯罪、过错情节结合起来。

短篇小说《破罐子阿廖沙》与这些作品的联系并不明显，主人公如同《谢尔盖神父》中的帕申卡，是"为了上帝而活着，同时又设想是为他人而活着"。在这里，父母的权利是禁止主人公"无缘无故"为别人活着这种最单纯、最自然的愿望，但是这样一来，父母的权力就类似国家政权了。阿廖沙的行为可以"不加争辩地表示服从"[64]，不过，顺从死亡就像承认神对人的裁判是绝对正确一样，说明主人公对世俗政权和审判的不同态度。"神性与人性"类似关系在我们所指出的其他作品中通过死亡事件已作了阐释，而在阿廖沙身上所体现的处世态度的类型对《假息票》玛丽亚·谢苗诺夫娜之死具有重要意义。

可见，19世纪90年代托尔斯泰的创作特点就是在主题上具有某些一致性（这里并不包括随笔类作品，如《与过路人的谈话》《过路人与农民》等等，以及短篇小说《草莓》和几篇童话故事），这种一致性以前几乎不曾被人指出过[65]，构成这类一致性的作品所具有的艺术特点在很多方面尚未揭示出来。

《舞会之后》侧重讨论的问题，与其说是环境和事件决定人的命运，不如说

377

是借助于环境和事件人怎样才能懂得善与恶之间的区别。"你们是说，一个人本身不可能懂得什么是好，什么是坏（什么是坏），所有的问题取决于环境，是环境坑害人，我却认为所有的问题关键在事件。"（着重号为本章作者所加）事件确实改变了伊万·瓦西里耶维奇关于"什么是好，什么是坏"的观念，并且因此而改变了他的整个生活。但更重要的是，事件的道德意义是自省所不能理解的，尽管这件事的影响力完全不容置疑："怎么，你们以为我当时就断定我看到的是一件坏事吗？决不。"他所感受到的恐惧只能破坏对现存生活秩序直接的感情支持，破坏尚不成熟的"信念"，即认为真理与一般的见解和习俗相一致；因此，现在主人公内心里需要用理智和道德情感说明这种习俗存在的理由。然而，他找不到这种理由。伊万·瓦西里耶维奇只是将看到的"鞑靼人的血红的脊背"同整个生活秩序进行了对比，而两个小时之前他还对这种生活秩序"充满了爱"，它的生活准则如所表明的那样，以那么令人难忘的形象而被维护着，结果，他永远失去了成功地参与这种世界秩序的能力。66

这样，对托尔斯泰的创作来说，绝非是发现真理的新时刻，看起来却相当不习惯。与合法的生活秩序相对立的世界观不仅没有被直接归结于福音戒条，而且一般说来没有用任何专门语言——准则或者规范之类的措辞表达出来。这种世界观与"恐惧"和怜悯的感情是一致的（"'天啊，'铁匠在我身边说道"——ⅩⅣ，15），因此，遭受折磨者身体的惨状简直就成了对它有利的证据。况且，这里所说的正是对善与恶的认识：这一事件之前，在舞会上，故事的主人公感到自己是"一个不知有恶、只能行善的超凡脱俗的人"（ⅩⅣ，11）。因此，故事讲述人从不知情状态转向舞会之后的感受就无异于"天堂"的丧失。

小说《舞会之后》，在对待道德真理关系上的自我定位，第一次被写成主人公人生历史的开端（开端）。实际上，所讲述的整个故事只不过是一个人生平经历的序曲，要是没有这个人，按一位听众的意见，"有多少人会变成废物"。另一个问题则是——这一生平经历本身并没有成为情节的基础。将情节从个人经历的结局，如《伊万·伊里奇之死》改为它的开端，把主人公的感情生活重心向另一个人的转移联系在一起。他在以自己的爱"拥抱整个世界"的同时，也将世界封闭在自己心中，好像要把别人的生活纳入自己的心情和美好感情之中。相反，被惩罚者的生命自始至终在主人公看到完全是别人的、外在的、可怕的肉体。与这一生命有关的感受，在他心中唤起的不是敞开胸怀的爱的情感，而是怜悯。在这种情况下，不涉及肉体的理想化状态就与对人的肉体进行惩罚的清醒作用形成了鲜明对照 [67]。

在与《舞会之后》同时写成的寓言故事《亚述国王伊撒哈顿》中，对待他人的痛苦和死亡的态度，就像平时对待另一个"我"一样，这一问题是用《因果报应》所表现的那种精神来解决的：一切活的生物之间的不同那只是一种错觉，一切生物身上都表现出一种共同的生命；爱别人，就意味着把他们当作自己。因此，伊撒哈顿在梦中体验到的恻隐之心，就是拉依列对自己的身体的怜惜，"拉依列对自己曾经是强健美丽的身体的消瘦感到非常害怕"（ⅩⅣ，21）。在未完成的《费多尔·库兹米奇长老死后发表的日记》（1905）中同样如此。主人公第一次看到的夹鞭刑惩罚的景象，如同《舞会之后》一样，在这里成为彻底改变他生活的推动力。但是，在这一事件中，印象的力量与被惩罚的人"是我，是我的孪生兄弟"这一情况密切相关，主人公不可能"承认应该发生的事情"完全是因为他能将自己置于被惩罚的地位，而这种不可能并没有与同情结合起来，"但是，很奇怪，我并没有可怜他……"（ⅩⅣ，397–398）。

对托尔斯泰来说，如果通常人的生命价值是在其与虚幻状态的对立中确立的，那么一个人在多大程度上可以达到对待生命的"神性"，衡量的**目光**不是来自人的内部，恰恰是**来自外部**，同时又是**痛苦的**，仿佛是产生于自身痛苦与死亡不可避免的意识（如《战争与和平》中所说的）。当然，总能在托尔斯泰的创作中发现这种立场的可能性和道德意义（其源泉就是基督形象，这大概不至于受到怀疑），然而艺术描写的中心是从临死之人的意识内部来观察"人面对死亡"时的情况。《克莱采奏鸣曲》中，如我们已说过，则是另一种态度。但是，只有《舞会之后》，同情心一劳永逸地使主人公摆脱了一己的自"我"那种封闭状态（值得注意的是，在此之前，"幸福有增无已"的感觉在他身上是同这种增长是有限的预感结合在一起的），因为**意识到他人生命的价值**已成为决定主人公的行为和命运的**善恶标准**。类似的转折也是19世纪90年代许多作品的情节中心。但是，只有在《假息票》中新的构思才与描写的史诗般的丰富性结合起来。

对这篇作品的诠释通常是建立在其形式鲜明突出这一特色的基础上的，这里所说的首先是一系列事件，它们危害道德规范，与贯通始终、同时又不断**累**

积（独特的"升级"）的原因和结果有关。因为处于这一"链条"最前端的行为几乎是无恶意的，而在其末端却成了几次残忍凶杀的"起因"，所以整个事件看起来好像是以人为的方式来图解作者的现成思想——恶可能会有规律地增长和传播。意义不断增长的事件的第二个链条也是以同样的方式来评价的，这一系列事件具有相反的道德意义，因而，从这一系列向另一系列的转变显然是作者的意志所强加的。[68] 第二个特色是：各章的次序和其中所包含的事件**与年代顺序**和事件的因果关系根本**不相符**，因此好像是无根据似的。小说有时会返回到最初的环节，结果就出现了"间断"；一些篇章"仿佛开始了一个新故事"，而且总是有下文；各种事件纯粹的共时性或者在空间上偶然的相邻起着明显的作用 [69]。最后，每个环节都有最起码的细节，既有人物也有叙述者对事件的评价。因此，就造成了由于枯燥乏味的、几乎是如实照录的叙述风格和类似电影蒙太奇手法的结构而保持的客观印象。[70]

结果，就产生了关于作品的艺术完整性、价值及其体裁的极端矛盾的见解 [71]。总的说来，这些见解可归结为这样的说法：认为这是作家力图把现实性和可信性宗旨同提出的道德模式结合起来的不成功的尝试。这里没有考虑到这种情况，使人想到"链条"上的故事的，即累积式的情节结构原则，有着十分古老的起源和完全不取决于托尔斯泰的宗教哲学思想的自身内容。[72] 在这种传统的背景下，托尔斯泰小说情节的重要特性是可以理解的：由一个环节向另一个环节的运动转换是通过一个人物的道德自我觉悟而发生的，而别人的行动为该人物树立了典范或者榜样。[73]《假息票》的结构的第三个特点尚未得到足够准确的评价，那就是他的对称性小说的两部分处于相反对称的关系中，以及与此相联系的环形封闭性，这一点大概是艾兴鲍姆首先指出的。[74]

这种情节"环状结构"最重要的作用，就是标明中心所描写的事件是最有分量的和最重要的，标明了对称的"中轴线"。这里说的第一部的最后一件事，是斯捷潘·佩拉格尤什金杀害玛丽亚·谢苗诺夫娜，以及第二部的第一件事——他自愿承认并向当局自首。从第一个事件向第二个事件的转移，即该人物身上所发生的事（首先在他的意识之中罪恶的升级），同时也是事件的第一链条，向相反的第二链条的转移。在监狱中变成"另一个人"的斯捷潘直接或间接地影响着许多人。他身上发生的道德剧变因而就成为所描写的整个世界的重要事件。转变的原因就是玛丽亚·谢苗诺夫娜的个性，她对待死亡和凶手的态度以及福音书，她这种态度实际上就受了福音书所产生的影响。

在《假息票》的许多违背道德规范的人物中，杀人犯斯捷潘显得与众不同，他是个"有思想的"人（无私的人）。他认为自己有处置他人生死的"权利"，这原本不是什么新奇的思想，也不是"新的话语"：这是主人公很早就有的、几乎是本能的一种信念造成的结果，他确信生活就是一些人反对另一些人的战争。可是，由于受害者保持了必要的宽恕，这种生活立场就遭到了否定。与这种立场对立的生活观念在面对生死时，就验证了它所具有的力量。不过，由于这两种立场的冲突只有借助于地狱和天堂的形象才可能获得普遍的意义（斯捷潘梦幻中见到的"黑色魔鬼"，福音书中强盗被钉上十字架的故事）。可见，托尔斯泰主张的"不抗恶"在这方面近似《罪与罚》涉及的问题和主题——我们特别想到了"永恒的战争"[75] 这句话和魔鬼的形象，虽然这种近似多半带有论战的性质（这种论战可能对布宁的短篇小说《圆环耳朵》产生了影响）。在陀思妥耶夫斯基的小说中，丽扎维塔·伊万诺夫娜的"温顺的目光"以及她的无力自卫并不能阻止拉斯柯尔尼科夫第二次杀人，而从拉斯柯尔尼科夫的观点来看，好像他并没有行凶；对于他来说，不管多么奇怪，杀死"虱子"老太婆似乎意义重大得多。就连索尼娅的话也没有使他忏悔或者承认自己的罪过："您对自己做了什么呀！"（玛丽亚·谢苗诺夫娜说道："可怜可怜自己吧。你害了别人，更毁了自己的灵魂"——ⅩⅣ，186）因此，就出现了主人公的困惑莫解，从杀人之后到认罪之前他简直就无法生活下去（在托尔斯泰的小说中，斯捷潘认罪之后，不能抛开杀人的回忆之前，同样也感到无法生存）。

在两种情况下，原先的生活立场同时导致杀人或者自杀（在托尔斯泰那里，后一种情况不仅仅是一种念头，而且试图付诸现实），所以，在情节中，新的生活阶段要"经历生死的考验"，而"复活"的条件则是为赎罪作出特殊的牺牲。托尔斯泰十分了解基督教的赎罪思想，但是断然拒绝这种思想。小说《神性与人性》当中的类似情节——斯维特洛古勃之死对分裂派老人的意义，以及从福音书中摘引的有关种子撒落在土地的话——全都证明了他采用这种艺术手法绝非偶然。

在多种多样的对照体系中——在小说《假息票》中这种对照与《哈吉穆

381

拉特》的对照手法显得同样重要——我们发现了斯捷潘·佩拉格尤什金与管院子的人瓦西里的性格和命运的对比关系。他们的经历作为贯穿始终的情节线索同样是很突出的，两个人都不消极地屈从于外界或偶然的影响：在偏离和回归道德规范方面，两个主人公都同样地积极和自主，但同时这里还不能说是自觉的道德选择和对选择标准的认同。从民族意识角度判断，这两个人物具有行为和命运的传统原型。斯捷潘·佩拉格尤什金的道路，是"罪孽深重者生活"的一种独特形式。瓦西里不是凶手，而是一个"快活的强盗"；他的道德剧变与他逃离监狱的那一时刻几乎是同时发生的，而且在最后事件中有"经历生死考验"的情节（以隐蔽形式出现）。最后，他的"再生"表现在将抢劫来的财物分给了"好人"，特别是那些等待出嫁的贫困少女。综合这些情节，总体上是以民间强盗抒情叙事诗为依据，但与社会犯罪小说也有相似之处。《假息票》与《复活》在主题上最重要的区别是，由于这些主要的"民间典型"，罪与罚的问题现在变得可以理解了。1903年11月30日的日记（纪念版，54卷，199页）中谈到：三个人当中就有两个的经历与斯捷潘·佩拉格尤什金和管院子的人瓦西里有明显的相似之处。

小说中历史形势充满了危机，这表现在人们已不再相信官方所倡导的不可违反的生活准则。息票之所以需要，恰恰是为了动摇许多人物心中的这种信念，然后它很快从勾心斗角的游戏中凸显出来。但是，如果说在《复活》中，根据同时代人的准确观察，与中心主人公不同——"背景人物"还确信准则的不可动摇性，并且保持着"内在心灵平和"[76] 的话，那么在《假息票》中，危机实际上笼罩了所有人的意识和行为。在长篇小说中，各种各样的生活阶层、人物和事件不仅通过主人公的命运，而且通过他的观点相互联系着。《假息票》中人物的行动，在形形色色从读者面前掠过的事件中，组成了因果关系的牢固链条，但是它始终处于出场人物的视野之外。在长篇小说中，许多次要人物的遭遇跟处于描写中心的涅赫留朵夫及卡秋莎的经历的联系远不那么明显。而在中篇小说中则相反，多种多样的人物和事件似乎意义不分上下，根本就看不出哪些是主要人物和重大的事件。《复活》的史诗规模及其表面上开放的结尾与"主体思想"的实现结合在一起：主人公的精神道路使他获得了终极的、绝对的真理。相反，《假息票》尽管表面形式上是封闭的环形结构，而思想上却是开放的：米佳的"理想"根本没有形成——这里说的仅仅是"越来越深地扰乱他的心灵"的"思想"（ⅩⅣ，212）。

这样，《假息票》作为《复活》的独特的"相反相成的孪生兄弟"，它是托尔斯泰在对现实的理解之中进行史诗性综合的最后尝试，其中汇集了作家整整十年在思想和艺术方面的探索。如同《哈吉穆拉特》，它证明了"简明的"（彼·瓦·帕利耶夫斯基语）或者"凝练的"（弗·亚·克尔德什语）史诗形式的诞生[77]。人民的典型和完整的、没有反思的意识成了这两部作品关注的中心；普遍作用力（借用黑格尔的术语），不必通过主人公的"意识流"和作者的分析、评述话语，"径直"与道德范畴和行为以及事件形成对比。[78] 新的体裁形式在很多方面决定了托尔斯泰晚年这两部叙事文学的经典之作对20世纪艺术散文发展的特殊意义。

4

对于俄国文学和整个白银时代的文化来说，晚年的托尔斯泰是站在这个时代精神复兴之源头的宗教哲学家[79]；他的作品，如同陀思妥耶夫斯基的小说一样，贯穿着道德和宗教探索的复杂问题。梅列日科夫斯基的著作《列·托尔斯泰和陀思妥耶夫斯基》成为世纪之交的标志性著作绝非偶然。世纪之初的宗教、哲学、美学对托尔斯泰所指出的新时代艺术与中世纪艺术的对立进行了深入的研究（结论有利于后者）。

在散文方面，托尔斯泰最重要的继承者无疑是布宁和安德列耶夫。布宁的作品在很大程度上显然接近于托尔斯泰创作于19世纪90年代与爱情和性等问题有关的作品，但不是有名的《克莱采奏鸣曲》（通常把它与《米佳的爱情》作比较）[80]，而更加引人关注的是《魔鬼》中爱情与性的"魔力"与"对世界上所有肉体必然灭亡和腐烂的敏锐感觉"[81] 两者之间的对比。反观安德列耶夫，显然他对联系死亡问题，从道德观点出发，对法庭和权力进行批判更感兴趣。[82]"凝练的史诗"对俄国小说发展的影响更全面、更深远。

在后象征主义小说中，可以分为两条路线。一条是史诗性蒙太奇小说，从

383

皮利尼亚克的《荒年》开始，经过阿·韦肖雷的《血洗的俄国》到《静静的顿河》；另一条是哲理讽刺惊险小说，从爱伦堡的《胡里奥·胡林尼托奇遇记》开始，经过伊里夫和彼得罗夫的两部曲，到布尔加科夫的《大师和玛格丽特》。另一条路线，引人注目的是代替"大挑拨者"和"大谋士"之类人物的陀思妥耶夫斯基的创作，尤其是《群魔》的最重要的主题（宗教哲学和政治"挑拨"问题）的变形 [83]，这类主题通过别雷的《彼得堡》而被领悟。但是，在别雷的这部作品中已有了蒙太奇小说、托尔斯泰首创的这种形式的特点。在《假息票》中，这种形式的特点是显而易见的。诚然，《哈吉穆拉特》与这种形式的起源也有联系，这种联系又在这种结构演变得更远的阶段——《静静的顿河》的创作中——表现了出来。当需要拉开历史的距离重新对革命时代的现实进行审视的时候，艺术重新彰显出权力与普通人的生命价值的不相容性，托尔斯泰对此曾经进行过极为深刻的思考。

384

注释：

1　只是不久前权威性出版物才第一次表示反对将"托尔斯泰晚年的活动范围进行绝对划分"，以这种观点"接受"托尔斯泰的文学作品，并"彻底审视"他的学说。参见：弗·亚·克尔德什：《晚年的托尔斯泰》，《世界文学史》，莫斯科，1994，第8卷，29页。对于"晚年的"托尔斯泰所写的全部作品，这种传统的观点早已不再适用。不过，对于个别作品（如《复活》《假息票》）的评论至今仍能看到类似的尚未解决的矛盾。

2　参见：伊·维诺格拉多夫，《列夫·托尔斯泰的问题和答案》，见伊·维诺格拉多夫，《沿着生命的足迹》，莫斯科，1987，165、170页。

3　尼·雅·阿布拉莫维奇，《托尔斯泰的宗教》，莫斯科，1914，48页。

4　参见：鲍·季特利诺夫，《托尔斯泰伯爵的"基督教"和福音书中的基督教》，圣彼得堡，1907，112-113页。

5　梅列日科夫斯基，《列夫·托尔斯泰与陀思妥耶夫斯基·永恒的旅伴》，莫斯科，1995，233页。

6　参见：克尔德什，《第一次俄国革命时代的列夫·托尔斯泰》，《1905—1907年革命和文学》，莫斯科，1978，95页。

7　引发托尔斯泰作出决定的原因和出走的情况在大型文献中作了解说。例如：鲍·梅拉赫，《列夫·托尔斯泰的出走和死亡》，莫斯科-列宁格勒，1960。

8　《托尔斯泰全集》，莫斯科，1953，第53卷，87页。以下均引自这一纪念版，引文后面的括号内注明卷数和页码。

9　尼·尼·古谢夫，《托尔斯泰生活和创作年谱。1891—1910》，莫斯科，1960，211页。

10　帕·伊·比留科夫，《列·尼·托尔斯泰传》，莫斯科，1922，第3卷，316-317页。

11　比较，"中篇小说《魔鬼》自行开启了托尔斯泰一系列'魔鬼'题材作品。这里还可以列入中篇小说《谢尔盖神父》《克莱采奏鸣曲》，以及长篇小说《复活》"。（列福尔玛茨基，《托尔斯泰作品的情节结构》；亚·亚·列福尔玛茨基，《语言学与诗学》，莫斯科，1987，234页）

12　罗扎诺夫，《在尚不明了和问题尚未解决的世界里》，《文集》，亚·尼·尼科留金编，莫斯科，1995，70页。

13　比较，"在《克莱采奏鸣曲》中，托尔斯泰愤怒地停在人的生命之开端面前，他更多地研究它的终结……如果可以设想创建一门死亡哲学，那么则应该由托尔斯泰创建"。（马·阿尔达诺夫：《托尔斯泰之谜》，柏林-莱比锡，1923，56-57页）

14　不久前《列夫·托尔斯泰的精神悲剧》一书的出版（莫斯科，1995）证明，作家同官方教会的争论仍继续保持着其现实意义。该书包括许多与革除教籍有关的文件（其中有托尔斯泰《答圣教公会》）和一些同时代人对该事件的反应。整个文件的筛选有明显的倾向，而且有明确的目的，正如这里直言，与其说是反对他的学说（"早就遭到严肃的批评"），不如说是反对作家个人（9页）。

15　弗·阿·日丹诺夫，《列·托尔斯泰的最后作品：构思与完成》，莫斯科，1971，216页。

16　古谢夫，上引书，558页。

17　谢·尼·布尔加科夫，《人与艺术家》，见布尔加科夫：《静静的沉思》，莫斯科，1996，250页。彼·伯·司徒卢威在《托尔斯泰死亡之意义》一文中表达了十分近似的思想（彼·伯·司徒卢威，《祖国：政治、文化、宗教、社会主义》，莫斯科，1997，304页）。

18　根据费·斯捷蓬的正确见解，"托尔斯泰对基督教真理的绝对性和永恒性的信念是如此强烈，以至于很难相信他会和其他人一样拥有这种信念"（费·斯捷蓬：《会见》，莫斯科，1998，41页）。

19　关于这个问题请参见：亚·缅，《列夫·托尔斯泰的"神学"和基督教》，列夫·托尔斯泰，《忏悔录：我的信仰是什么》，列宁格勒，1991，21-22页。

20　瓦·瓦·津科夫斯基，《俄国哲学史》，列宁格勒，1991，第1卷，第2部分，203页。着重号为原作者所加。

21　对立观点见：瓦·阿斯穆斯，《托尔斯泰的世界观和美学》，瓦·阿斯穆斯，《美学理论及历史问题》，莫斯科，1968，504-505页。

22　参见：马·索科良斯基，《回顾一场著名的论战（肖伯纳与托尔斯泰关于莎士比亚的争论）》，《波兹南俄罗斯学》，第12辑，1980，69-83页。

23　原文为法语"de longue haleine"。

385

24　参见：布尔加科夫，《人神与人兽（关于托尔斯泰死后发表的作品〈魔鬼〉和〈谢尔盖神父〉》》，《文化剪影：第1辑》，莫斯科，1995，302页。

25　另一条途径——纯粹的主题比较。可参见：叶·平·马加赞尼克，《托尔斯泰的自我争论片段（〈魔鬼〉反对〈克莱采奏鸣曲〉》》，《诗学问题》，塔什干，1968，62—77页。

26　《托尔斯泰文集》，二十卷集，莫斯科，1964，第12卷，211页。下面作家的文学作品均引自该版，引文后在括号内标明卷数用罗马数字、页码用阿拉伯数字。

27　参见：尼·康·格伊，《艺术多样性：托尔斯泰的〈克莱采奏鸣曲〉》，《文学史篇章》，莫斯科，1971，127页。

28　尼·安·兹维列夫，《艺术家列夫·托尔斯泰伯爵》，彼得格勒，1916，26—27页。参见：米·鲍·赫拉普钦科，《艺术家列夫·托尔斯泰》，第4版，莫斯科，1978，252页。

29　同时代人注意到托尔斯泰的中篇小说与《温顺的女人》的相似之处。参见：瓦·尼·阿勃罗西莫娃，《列·托尔斯泰的〈克莱采奏鸣曲〉与陀思妥耶夫斯基的〈温顺的女人〉（А. В. 维捷夫斯基给托尔斯泰的信）》，《情节与时代》，科洛姆纳，1991，143—146页。比较叶·列·洛佐夫斯卡娅，《陀思妥耶夫斯基的〈温顺的女人〉与托尔斯泰的〈克莱采奏鸣曲〉》，《文学史和文学理论问题》，第1辑，车里雅宾斯克，1966，57—74页。

30　巴赫金，《陀思妥耶夫斯基创作问题》，第5版，增订版，基辅，1994，189页。

31　鲍·艾兴鲍姆，《托尔斯泰与保罗·德·科克》，《西欧集》，第1册，维·马·日尔蒙斯基主编，莫斯科-列宁格勒，1937，91—308页。

32　《陀思妥耶夫斯基全集》，三十卷本，莫斯科，1973，第5卷，118—119页。

33　参见：弗·德聂普罗夫，《托尔斯泰散文的表现力》一文中对中篇小说冲突的论述，见《在托尔斯泰的世界里》，莫斯科，1978，91—92页。

34　参见：奥·米·弗莱登贝格，《关于美男子约瑟的神话》，《语言与文学》，列宁格勒，1932，第8卷，137—158页。

35　参见：纳·达·塔马尔琴科，《论〈宿命论者〉的意义》，《我国文学》，1994，第2期，28页；比较奥·米·弗莱登贝格，《情节和体裁诗学》，列宁格勒，1936，252页。

36　参见：伊·尼·库普列亚诺娃，《列夫·托尔斯泰的美学》，莫斯科-列宁格勒，1966，282—283页；伊·阿·尤尔塔耶娃，《论托尔斯泰的中篇小说〈谢尔盖神父〉中的圣徒传传统问题》，《从历史诗学角度论文学作品和文学进程》，克麦罗沃，1988，121—123页。

37　布尔加科夫，《人神与人兽》，305页。

38　参见：维·什克洛夫斯基，《列·尼·托尔斯泰》，维·什克洛夫斯基，《关于俄国经典作家散文的札记》，第2版，莫斯科，1953，394页；利·莫·梅什科夫斯卡娅，《列·尼·托尔斯泰的技巧》，莫斯科，1958，406页；伊·尼·库普列亚诺娃，《列夫·托尔斯泰：〈复活〉》，《俄国长篇小说史》，莫斯科-列宁格勒，1961，第2卷，530—531页；维·格·奥季诺科夫，《19世纪俄国小说的诗学和类型学问题》，新西伯利亚，1971，176、

386

178页；叶·彼·巴雷什尼科夫，《生活的形象化概念：托尔斯泰的长篇小说〈复活〉》，见
《文学作品的完整性问题（沃罗涅日国立师范学院学报，第180期卷）》，沃罗涅日，1976，
46、50页等；比较：米·米·巴赫金，《托尔斯泰的〈复活〉前言》，巴赫金，《文学批评论
文》，莫斯科，1986，106页。

39　参见：埃·蔡登什努尔，《列·托尔斯泰的科尼中篇》，见《在书的世界里》，
1975，第7期，68-70页；康·尼·洛穆诺夫，《"科尼中篇"和托尔斯泰的长篇小说〈复
活〉》，《当前文艺学与语言学的问题》，莫斯科，1974，298-306页；也可参见：利·德·奥
普利斯卡娅，《列夫·托尔斯泰长篇小说的创作经过》，《动态诗学：从构思到表现》，莫斯
科，1990，120-133页。

40　参见：尼·康·格伊，《托尔斯泰小说诗学：长篇小说三连画：〈战争与和平〉〈安
娜·卡列尼娜〉〈复活〉》，《托尔斯泰与现代》，莫斯科，1981，124页；В.А.祖布科夫：
《托尔斯泰小说〈复活〉）中的情节创新》，《托尔斯泰的创新：风格问题》，彼尔姆，1963，
87-88页；Т.В.罗曼诺娃：《关于〈复活〉的情节与体裁问题》，《托尔斯泰评论集》，图拉，
1978，59-66页。

41　叶·亚·迈明，《长篇小说〈复活〉结构的几个特点》，见《托尔斯泰的创作》，莫
斯科，1959，254、260页。

42　А.Р.基列耶娃，《论托尔斯泰的长篇小说〈复活〉的结构的几个特点》一文中指出了
它的意义。见《托尔斯泰评论集》，图拉，1964，31页。 387

43　比较：同上，31-32页。

44　加·雅·加拉甘，《列·尼·托尔斯泰：艺术、道德探索》，列宁格勒，1981，168页；
比较鲍·伊·布尔索夫，《列夫·托尔斯泰与俄国长篇小说》，莫斯科-列宁格勒，1963，122页。

45　因此，他持续地摇摆不定证明，主人公决不是作者思想的传声筒，按照一位研究者
的见解，作者只是企图在小说中"证明""登山宝训的约言"。（克特·汉布格尔：《托尔斯
泰：生平与问题》，哥廷根，1963，106页）

46　托尔斯泰"晚年"的创作与陀思妥耶夫斯基创作的对比几乎还未研究，主要关注的
是1860—1870年的类似作品。关于《复活》可参见：普·克拉斯诺夫，《托尔斯泰伯爵的新小
说》，《一周图书》，1900，第1期，201页；亚·鲍·戈尔登魏泽，《罪即罚，罚即罪——托尔
斯泰的〈复活〉的主题》，基辅，1911，23-24、49、62页；К.М.叶梅利亚诺夫，《托尔斯泰
的长篇小说〈复活〉》，《文学学习》，1935，第9期，61页。

47　比较以下书中对这一问题的最初态度：戈尔登魏泽，上引书；鲍里斯·萨皮尔，《陀
思妥耶夫斯基与托尔斯泰论法权问题》，图宾根，1932。

48　在这部长篇小说创作的最活跃时期，托尔斯泰重读了菲尔丁和狄更斯的作品（古谢
夫：上引书，302-304页），而在论文《什么是艺术？》中，托尔斯泰将陀思妥耶夫斯基、狄
更斯、雨果并列为最重要的作家。

49　参见：奥·韦·采赫诺维采尔，《陀思妥耶夫斯基与1860—1870年的社会犯罪小说》，《列宁格勒大学学报》，1939，第47期，第4辑，273-303页。

50　比较问题的另一种提法，伊·费·萨尔马诺娃，《19世纪90年代至20世纪最初十年托尔斯泰史诗体发展中的戏剧〈活尸〉》，《文学体裁问题》，托木斯克，1983，67-68页。

51　比较尤·洛特曼，《费佳·普罗塔索夫的命运》，《俄罗斯与斯拉夫语文学学报：文艺学：第1辑（新编号）》，塔尔图，1994，11-24页。

52　参见：叶·波利亚科娃，《列夫·托尔斯泰的戏剧》，莫斯科，1978，244页。

53　米·米·巴赫金，《托尔斯泰戏剧作品前言》，见巴赫金，《文学批评论文集》，91页。

54　米·米·巴赫金，《对〈拉伯雷〉的补充与修改》，见《巴赫金文集》，七卷集，莫斯科，1996，第5卷，101-102页。

55　比较：弗·阿·科瓦廖夫，《关于托尔斯泰中篇小说〈哈吉穆拉特〉的结构》，《情节与结构问题》，高尔基市，1980，42-43页。

56　比较梅列日科夫斯基的《托尔斯泰与陀思妥耶夫斯基：永恒的旅伴》一书中对《战争与和平》文本的研究，163-164页。

57　比较亚·帕·斯卡夫蒂莫夫关于托尔斯泰的"身体语言的暴露功能"的见解；见亚·帕·斯卡夫蒂莫夫《俄国作家的道德探索》，莫斯科，1973，159、163页。

58　彼·瓦·帕利耶夫斯基，《文学与理论》，第2版，莫斯科，1978，29-31页。

59　比较：弗·阿·图尼马诺夫，《托尔斯泰的高加索中篇小说》，扎幌，1999，449-450页（"作为当权者他们适成对照……而作为个人，他们的性格大概正好相反"）。

60　利·金兹堡，《论心理散文》，列宁格勒，1977，323-325页。

61　比较：尤·艾亨瓦尔德，《托尔斯泰去世后出版的作品》，圣彼得堡，1912，38页。

62　参见：罗扎诺夫，《论创作与作家》，亚·尼·尼科留金主编，《文集》，莫斯科，1995，311-312页。

63　作家同时代的评论界将中篇小说与《战争与和平》作了比较。参见：弗·阿·科瓦廖夫，《关于托尔斯泰的中篇小说〈哈吉穆拉特〉的结构》，41-42页。

64　加·雅·加拉甘，《晚年的托尔斯泰》，《俄国文学史》，四卷本，第4卷，列宁格勒，1983，282页。

65　比较问题的另一种解决方法，尤·瓦·沙京，《关于文本之间的完整性问题（以20世纪最初十年托尔斯泰的作品为材料）》，《艺术整体的本质和文学进程》，克麦罗沃，1980，45-55页。

66　比较：亚·康·若尔科夫斯基，《恍惚的梦境：俄国现代派历史片段：论文集》，莫斯科，1992，111、113-114页。

67　我们高度评价若尔科夫斯基对这种对照的细心观察，但不能接受这位学者将惩罚鞑靼人的场面同时解释为"各各他的变异"和对新娘子破贞仪式或主人公面对vagina dentata感到恐惧的象征性描写的说法。116，121-122等。

388

68　比较：П.皮丘金，《论托尔斯泰的〈假息票〉》，《列·托尔斯泰论创作论文集》，莫斯科，1959，196页；叶·马加赞尼克，《托尔斯泰的〈假息票〉：从思想到形象》，《文学理论和文学史诸问题》，撒马尔罕，1972，33-46页。

69　鲍·米·艾兴鲍姆，《错综复杂的聚合》，《艺术生活》，1919，314-315页。

70　参见：叶·鲍·塔格尔，《19世纪90年代——俄国现实主义发展的新阶段（托尔斯泰晚年的创作）》，叶·鲍·塔格尔，《文学研究著作选》，莫斯科，1988，330页。比较：弗·亚·克尔德什，《20世纪初的俄国现实主义》，莫斯科，1975，7-8页；亦可比较：亚·亚·列福尔马茨基，《托尔斯泰作品的情节结构》，248页。

71　参见：塔格尔，上引书，329页；埃·谢·阿法纳西耶夫，《关于托尔斯泰的〈假息票〉体裁的几个特点》，《文学作品的情节和体裁问题》，第7辑，阿拉木图，1977，21、23页。

72　参见：纳·达·塔马尔琴科，《情节史中的积聚原则（问题的提出）》，《作为历史诗学问题的文学作品的整体性》，克麦罗沃，1986，47-53页。

73　参见：克尔德什，《第一次俄国革命时期的列夫·托尔斯泰》，82页。

74　参见：艾兴鲍姆，《错综复杂的聚合》一文；比较：伊·阿·尤尔塔耶娃，《托尔斯泰的中篇小说〈假息票〉的情节和思想》，《诗歌和散文中艺术环形结构的历史道路和形式》，克麦罗沃，1992，99-101页。

75　原文为法语"la guerre eternelle"。

76　尼·康·米哈依洛夫斯基，《复活》，见米哈依洛夫斯基，《近作文集》，第1卷，圣彼得堡，1905，272页。

77　《假息票》的史诗性同其形式的异常新颖一样，也引起了同时代批评界的注意。参见：柳·古列维奇，《论托尔斯泰去世后出版的文学作品》，《俄罗斯思想》，1911，第7卷，97页。

78　关于托尔斯泰的作品中道德范畴与史诗性的对比可参见：尼·季·雷马里，《托尔斯泰的短篇小说〈三死〉中的史诗和道德因素》，《现实主义诗学》，古比雪夫，1982，3-18页。

79　"列夫·托尔斯泰对于社会的宗教觉醒具有重大意义。"（别尔嘉耶夫，《创作、文化与艺术的哲学》，两卷集，莫斯科，1994，第2卷，461页）

80　关于该问题的争论可参见：尤·马利采夫，《伊万·布宁：1870—1953》，莫斯科，1994，301页。关于这篇作品引起托尔斯泰兴趣的对主人公自省的描写可参见：伊·亚·伊利因，《关于愚昧与清醒——文学批评集：布宁、列米佐夫、什梅廖夫》，莫斯科，1991，32页。

81　布宁，《托尔斯泰的解脱》，《布宁文集》，九卷集，莫斯科，1967，第9卷，109-110页。

82　参见：瓦·别祖波夫，《列昂尼德·安德列耶夫与俄国现实主义传统》，塔林，1984，12-79页。

83　参见：谢·尼·布尔加科夫的论文《俄国悲剧》（布尔加科夫，《平静的沉思》，莫斯科，1996，16-17、21页）。

389

第七章
安东·契诃夫

◎埃·阿·波洛茨卡娅　撰／路雪莹　译

　　安东·帕夫洛维奇·契诃夫（1860—1904）的创作对20世纪的艺术产生了巨大影响，这是上世纪世界艺术发展过程中最重要和最有代表意义的现象之一。

　　契诃夫对于当今文学生活的广泛参与，不仅体现在他的文集大量出版，作品被翻译成各国语言，而且体现在他对世界文学的显著影响，体现在契诃夫研究的繁荣，以及关于他的众多信息资料始终引起极大的关注等诸多方面[1]。

　　在与文学相关的其他艺术门类中，对契诃夫也很推崇。他对于当时美学与道德探索的最大贡献体现在戏剧方面。世界上似乎没有一个伟大的导演不曾在契诃夫的戏剧中寻找创作的支撑。现在，他日益增长的声誉甚至超过了托尔斯泰和陀思妥耶夫斯基。

　　达到这种地位的过程是漫长而渐进的，就如同契诃夫本人的艺术发展道路一样。

　　自从他最早的大型文集（《花花绿绿的故事》，1886；《黄昏》，1887）出版以后，契诃夫便开始获得牢固的声望，并被看作俄国小说家中的大师。随着这些小说的面世，特别是《草原》（1888）发表以后，契诃夫开始频繁地在《北方通报》《俄罗斯思想》以及其他一些大型刊物上发表作品，为更广大的读者群所了解，并在批评界引起争论。所有这些都是俄罗斯社会文学生活中引人注目的里程碑，就如同契诃夫四部主要剧作的上演是19世纪末20世纪初俄国剧坛最主要的事件一样。

从19世纪80年代起，契诃夫的名望便已传播到国外。他的作品第一次翻译成外语是1886年（小说《头等客车乘客》翻译成捷克语），国外第一批关于契诃夫的评论出现在1887年（也是在捷克），第一本小说集1890年在德国出版，第一次戏剧演出也是在捷克（1889），第一个选集1901—1904年在德国出版，国外为契诃夫第一次建立纪念碑是在德国的巴

安东·契诃夫

登韦勒（1908）。而后，契诃夫的作品开始大量地进入法国，英国，美国，日本，中国以及其他国家的文化领域。

最初，契诃夫在国外主要是被当作一位小说家。1906年艺术剧院在欧洲巡演，他的戏剧被乔治·皮托耶夫搬上瑞典的舞台，于是作为剧作家的契诃夫得到了国外的认可。

391

契诃夫说过，他在文学中所开创的道路"将是完好无损的"（书信集，Ⅲ，39），这话得到了证实。不仅如此，正如作家所指出的那样，这一创作道路，将不单使短篇小说艺术领域受益。在契诃夫之后，整个散文创作的发展在很大程度上都受到他的艺术创新的影响。在我们这个世纪，几乎没有哪一位大作家没有受到过契诃夫的影响，或是客观上能避开他所开创的艺术道路。契诃夫开创的艺术道路吸引着各国的作家，"就像最强大的磁石一样"（高尔斯华绥）。列夫·托尔斯泰，这位与契诃夫同时代，并且关系密切的前辈（众所周知，他本人从来不曾忽略他的创新）对契诃夫创作思想的才华及其社会内容都给予了高度的关注。他赞赏契诃夫，一方面因为他创造了全世界"新颖的，全新的"写

作形式，另一方面是因为他的作品"明白晓畅，不仅贴近每一个俄罗斯人，而且使所有的人感到亲切"。[2]

"今天……契诃夫使我们感到亲切，明天说不定我们就会发现，他对于我们有着多么深远的影响……"[3]20世纪20年代英国批评家所写下的这些话已经表明，契诃夫创作的初期就已经蕴藏着很大的能量，这些能量注定在20世纪的艺术中得到释放。

文学处女作和创作的演变

契诃夫并不是从正面的大门进入俄罗斯文学殿堂的。他的处女作湮没于19世纪70年代末的幽默杂志中，大概只能把1880年3月9日定为其处女作发表的起始时间（《写给有学问的邻居的信》，《在长篇小说和中篇小说等作品里最常遇见的是什么？》）。[4]《蜻蜓》（上述两篇小说就发表在这个杂志上）、《一分钟》《闹钟》、《蟋蟀》，最后还有《花絮》（契诃夫在这个杂志上发表作品的时间较长，数量也较多，因此契诃夫将它称为自己的"洗礼盆"）——按照当时一位人士的说法，所有这些杂志，其中相当一些是档次很低的幽默杂志，却是他的天才诞生的"马槽"。到1886年为止，他用各种笔名在这些"大众文学"刊物上发表作品，其中最常用的笔名是"安托沙·契洪特"。

因此，契诃夫的处女作不可能像陀思妥耶夫斯基的《穷人》或托尔斯泰的《童年》那样在读者中引起轰动。他创作的开端与果戈理也不同，果戈理把他第一本印出来的书统统都亲手烧掉了。契诃夫并不以早年不得不"打零工"为耻，例如根据约稿写些小小说和类似《可笑的广告和海报》的小玩意儿，尽管其中大部分他都没有收入到集子里。对于收入文集的作品，契诃夫毅然将它们归入自己的"皇村中学时代"，他并不因为不由自主地比附于普希金而羞愧。

的确，契诃夫走向艺术成熟的过程不像普希金那样迅速，而是漫长而耐心的。尽管他的抽屉里藏有早在上中学的时候就开始写作的五页戏剧草稿（即《没有父亲的人》；作者给这个剧取的名字没有保留下来，在戏剧演出中通常使用《普拉东诺夫》或《无题名的剧本》的名字），而且一再尝试写长篇小说，但他开始只是在短篇小说领域获得了创作成功。不过，在早期并不完美的

392

作品中，已经可以看出他具有独到的文学见解和艺术思想取向。契诃夫与安托沙·契洪特的写作手法有许多共同之处，关于这一点，研究者们早就达成了共识（顺带说，当契诃夫还在世的时候，评论者研究他出版的作品集就发现了这一点，例如库普林[5]）。

1899—1901年间，契诃夫对作品集进行整理的过程表现了这位艺术家的严整性。当时他把整个创作生涯中写出的作品重读了一遍。那些快活、机智，有时又是忧郁的幽默情节大量地涌现出来，它们也反映在作家当时的构思之中：契诃夫后期创作构思经常会回到早年的基调上去。

一个具有幽默天性的大师，成熟时期回顾早年的作品，不由得会对这些作品进行独特的，甚至有些反常的修改。这当中无疑体现出将早期的情节与主人公"严肃化"的努力，但也有把来自早年幽默的那种生气勃勃的风格加以强化的意图。一方面，契诃夫在主人公的意识中注入了抒情的调子，另一方面，大幅度压缩了其中的心理体验描写。过多的这类描写是他的叙述主人公乃至"中立的"叙事者经常出现的毛病。这一切可以证明，契诃夫的风格特征确立得很早，他在艺术方面的发展是"进化"而非"革命"。他并没有将青年时代扎下的根系拔起，而是加以培植呵护。换言之，他在艺术中所走的是自我确立，而非自我否定的道路，例如，就像托尔斯泰晚年所力图做到的那样。正因为如此，也就很难准确划分契诃夫不同创作阶段之间的界限，虽然总的说来他的转变是相当明显的[6]。

契诃夫开始走上创作道路时尚未完全脱离外省气息，加之因为对提供工作机会的人有着经济上的依赖而感到羞愧，但是经过逐渐演变，他最终却成了具有高度文化修养和内心尊严的俄罗斯知识分子。同样，他作为艺术家对于现实的认识，他的叙述语气本身也是这样逐渐变化的。在他的作品中，幽默与抒情，忧郁与欢快，怀疑与希望始终是并存的。些许的变化只是表现在他后期倾向于比较深刻和严肃的方向，以及对于未来的思考。但无论是观点还是叙述基调的变化，在早期的作品中就已经显现出萌芽了。当契诃夫还在琢磨可笑的故事、图画的题词、双关语，写作建立于外在的喜剧因素（怪癖心理或荒唐事件）基础上的短篇小说时，他也写了很多完全不同的，代表契诃夫成熟期特点的情节——陷于孤独、贫穷与痛苦者的遭遇，落空的希望和没有实现的幸福（《哀伤》，1885；《苦恼》《歌女》《阿加菲娅》《万卡》和《生活的

393

烦闷》，1886，等等）。契诃夫那时也写一些全无欢乐与玩笑意味的小说（如《太太》，1882；《在圣诞节前夜》和《秋天》，1883；《噩梦》和《丈夫》，1886等），而一些带有模仿或戏仿性质的中篇小说则可看作从幽默向正剧或传奇的过渡（《绿沙滩》《不必要的胜利》和《迟迟未开的花》，1882；《打猎》，1884，等等）。

正如同时代的研究者所指出的，契诃夫幽默作品的美学特点本身包含着其"严肃作品"美学特点的种子：没有对自然与环境的细致描写，叙述者就哲学与社会问题发表的议论也很简括。亚·帕·丘达科夫甚至在那些称为"一场戏"的小说中（即没头没尾的"生活片段"）看到了契诃夫晚期小说那种著名的"开放性"结尾的起源。[7] 尽管契诃夫早期那些欢快的独幕剧与他后期的作品有着极大不同，但在其中还是能够不时觉察出其后期剧作的某些特点。

契诃夫的幽默作品与"严肃作品"的内在联系也是由早期独特的讽刺传统决定的。毫无疑问，年轻的契诃夫曾受到对社会苦难有着切肤之痛的萨尔蒂科夫—谢德林和列斯科夫的辛辣作品，以及俄罗斯经典文学的公民主题的影响。显然，列斯科夫1883年对契诃夫给予祝福（"写下去！"）的时候，看重的不仅仅是他的艺术才华。在这一时期——就是同一年——契诃夫恰好发表了一些具有社会讽刺内容的杰作，诸如《公羊和小姐》《谜一般的性格》《胜利者的胜利》《一个文官的死》《阿尔比昂的女儿》《退休的奴隶》《胖子和瘦子》等，但是在这一类作品中批判现实主义的传统与年轻作者独特的才能不能不发生冲突。尽管其中一些小说很像谢德林的风格（请回想一下尼·亚·列伊金对发表于1883年的《钉子上》的评论："这是真正的讽刺，有萨尔蒂科夫的风味"——文集，Ⅱ，490），但这毕竟不是真正的讽刺作品，谢德林所具有并发挥得淋漓尽致的嫉恶如仇并不是契诃夫的特质。

他的讽刺作品大多数建立在小公务员的日常生活故事上。斯特鲁奇科夫领着一帮同事回家庆祝命名日，可是他们却不得不离开家到小酒馆里熬很长时间，因为他们在门厅看到了长官的帽子——有两位上司相继来与斯特鲁奇科夫的妻子单独庆祝命名日。故事《钉子上》讲的就是这样一个喜剧情节。它的结尾也很幽默：这群饥肠辘辘的人一边吃着冷饭和烤糊的鹅，一边嘲笑主人的前程已经有了保障。

　　契诃夫的一些怪诞的情节接近于讽刺小品，但它们与谢德林的讽刺小品不同。在契诃夫的艺术世界中不可能出现"八音琴"和顶着肉馅脑袋的东西来代替活人的情节（典出谢德林的《一个城市的历史》中的《八音琴》和《免战年代》。——译者注）。尽管普利希别耶夫军士（见同名小说，1885）是一个机械而僵化的形象，但他主要是可笑，并不是可怕。普列希别耶夫卖力地维护法律秩序，却受到法律的惩罚，他与政权的决斗显得很可怜。但是随后的几十年中，这个形象被赋予了强烈的政治讽刺色彩（当契诃夫在世的时候，对这篇小说的反响中最著名的就是首席书报检查官的禁发批示，说是小说中反映了"畸形的社会现象"——文集，Ⅳ，483）。这发生在那个为了"新社会"的思想教育需要"有力打击敌人"的标签的时代。对这个复杂的，有着幽默与讽刺双面意味的假想人物身上突出了那更接近于讽刺的一面。主人公的姓（用姓氏表现人物特征的做法来自俄国古典主义的传统，格里鲍耶陀夫，奥斯特罗夫斯基，谢德林等作家都一定程度上延续了这一传统）也变成了对旧制度的残渣余孽——官僚主义的统治手段——的讽刺象征。

　　契诃夫早期作品中的笑具有"不偏不倚"的性质，这预示着日后他整体的美学特征将回避"纯粹"刻板的形式和非此即彼的风格。在较晚的作品中，幽默与讽刺的交织被正剧与悲剧的交织、抒情与哲理的交织所代替（叙述与事件发展的双线推进便是由此产生的，并进而发展成著名的"契诃夫潜台词"）。我们看到，从这个意义上说，《套中人》（1898）也很有特色，尽管在许多年中它一直被指为具有谢德林风格的尖锐的讽刺作品。

　　契诃夫早年并不仅仅是一位善于创新的艺术家，而且是一位对全社会的现实问题饶有兴趣并踊跃评论的公民。尽管契诃夫认为自己不擅长写时评，但还是为报刊写了许多文章和小品。和作家身份不同的是，在这些文章中，他不再是间接地对社会生活的负面现象作出反映，而是直接与读者议论这些问题。契诃夫的时评没有这种题材特有的激烈，但却独树一帜，无论内容还是形式都多种多样。他曾连续两个星期旁听轰动一时的"雷科夫公司案件"，在《彼得堡报》上进行报道（1884）。彼得堡的《花絮》杂志的读者非常熟悉他于1883—1885年以"卢维尔"和"尤利西斯"的笔名发表的莫斯科生活评论。在莫斯科的《观察家》和《莫斯科》杂志上还刊登过他的剧评和小品文。

395

在契诃夫创作中的这个"非美文"的领域已经体现出其思想的变化。虽然他于19世纪80年代末至90年代初在《新时代》上发表的进步文章（《莫斯科的伪君子》，悼念尼·米·普尔热瓦尔斯基的文章、《我们的行乞现象》，1888，等等）没有署名，似乎要表明自己没有介入时评领域（况且这是家反动的报纸），但这些文章具有高度的公民意识，与这份报纸的总体倾向格格不入。作者有理由在朋友面前为自己的那篇悼念普尔热瓦尔斯基的文章感到自豪，他把普尔热瓦尔斯基当作时评的"楷模"，文章歌颂俄国生活中的自我牺牲精神。与他其他的文章和小品文不同，这篇文章写得热情洋溢，公开地抨击社会的惰性。

就在这个时期，契诃夫的艺术创作发生了转变，其开端就是《草原》（1888），《没意思的故事》（1889）和剧作《伊万诺夫》（1887—1889）。最初的这几篇严肃题材的大型作品标志着契诃夫开始与一些大型刊物合作（这两篇小说都刊登在《北方通报》上，契诃夫稍晚又陆续在《俄罗斯思想》《大众杂志》《生活》等杂志上发表了若干作品），他写的话剧也开始由专业的剧院演出——包括费·阿·科尔什的剧院、亚历山德拉剧院，以及后来的莫斯科艺术剧院。同时，契诃夫的小说继续在首都的报纸——《彼得堡报》和《新时代》（稍晚还有《俄罗斯新闻》）上登载。这样，从19世纪80年代末开始，他的作品便有机会与更广大的读者群见面了。

从此以后，在契诃夫的作品中可以越来越清晰地听到现实生活的脉动及其中的不和谐音，表达出作者因追求和谐而产生的苦闷以及对人的心灵问题的关注。

在《草原》中，契诃夫对俄罗斯的思考跨过了日常生活中负面的、值得嘲笑的东西，转向更加广阔的天地：在这篇小说中，契诃夫第一次表现出俄罗斯广袤的空间与开阔的性格中美好的，但是没有实现的潜质。在《伊万诺夫》和《没意思的故事》中则凸显了个性问题。短篇小说《在路上》（1886）早就表现了知识分子的悲剧：追求生活的真正意义，却在追求中误入歧途。主要人物的内心冲突，构成了这些作品的主要内容，这种冲突随着各种细节的刻画而不断发展。缺少"主导思想"以及没有指望获得这种思想使他们的心情非常沉重。因此无论是负债累累，个人生活不幸的比较年轻的地主伊万诺夫，还是病入膏肓，在充斥着他所厌恶的市民气息的家庭中倍感孤独的老教授，其性格都具有

396

悲剧色彩。在这两篇作品中，世界观的悲剧都与家庭的悲剧交织在一起（这是契诃夫作品一贯的现象）。

19世纪90年代是以作家的萨哈林岛之行及写作纪实性的《萨哈林岛》（1895）开始的。他写这本书带有科学研究与时政评论的双重目的。在这本书中，契诃夫毫不含糊地指责了政府对这个岛屿上流放居民的管制过于残酷，没有人性。虽然对于周围的人来说，公民契诃夫的这种观点有些出乎意料，其实它也是由来已久的——从记者生涯的早期开始，那时候，他并不限于完成幽默的人物，而且写了一些关注社会的文章（类似普尔热瓦尔斯基的文章）。

现在，这位作家的创作已经转向了俄国现实中一个十分紧要的问题，就是知识分子与人民的命运。

从19世纪90年代初开始，特别是在与梅里霍沃的农民直接交往的几年间，契诃夫对这个问题有过很多的思考。他的两条创作笔记很能说明问题，"我们都是人民，我们所作的最好的一切，也都是人民的事业"。"人民的力量和拯救的希望在于它的知识分子，在于诚实地思考、感受和善于工作的知识分子"（文集，Ⅸ，56）。后一条笔记是在创作《新别墅》时写下的，这篇小说描写的正是这条"拯救"之路的严重障碍。在第一条笔记中，"人民"的概念比较宽泛，指的是"民族"或全国的"居民"。

在契诃夫这十年创作的杰出小说中，一再出现有关知识分子和人民之间交流成功或不成功等社会问题。

有一组作品主要是讲知识分子的，包括《决斗》（1891）、《第六病室》（1892）、《匿名氏的故事》（1893）、《黑衣修士》（1894）等。

如果说在《没意思的故事》和《伊万诺夫》中作者特别注重的是一个人内心深处的感受，那么在这些中篇小说中，主人公所处的环境则表现了更为广阔的背景。这些作品不仅体现出创作长篇小说所获得的经验（那正是创作这两篇作品的1887—1889年），而且体现出萨哈林之行使得契诃夫看到了俄国现实的另一面。《没意思的故事》和《伊万诺夫》描写的是找不到出路的个人内心悲剧，现在，被主人公试图从复杂的悲剧状态中找到出路的努力代替了。由于契诃夫的叙述方式通常都很客观，因此，作者对人物前景的态度很难把握。

在《决斗》中，作者艺术研究的对象是生活观念以及与之相联系的思想

397

观念。拉耶夫斯基可以说是作者在描写之前称之为"萎靡，消沉，懒洋洋地讲大道理，冷冰冰的"（书信集，Ⅲ，309）那部分知识分子。主人公所陷入的生活环境使他变得歇斯底里。他所有的议论都是自相矛盾的，混乱的，除了想将自己的痛苦归结为"多余人"的痛苦以外，没有任何明确的指向。冯·科连刚好相反，是一个具有铁一般的意志，极度自信的人，他能够为了替社会清除寄生虫而杀死对手，他认为拉耶夫斯基就是这样的人，因而他自认为是人道主义的保卫者。助祭和萨莫伊连柯医生没有特别的主张，心地坦诚，同情他人的苦难。拉耶夫斯基与冯·科连的决斗几乎可以肯定将以拉耶夫斯基的死亡告终，但结果却使他获得了心灵的复活，回到以劳动充实起来的生活中，学会了原谅，获得了内心的安宁。决斗前夜的大雷雨一段，是契诃夫最好的心理描写之一，这一段以普希金的诗《回忆》的片段开头，表现抒情主人公对生活的"厌弃"和妥协。两个从前的"敌人"跨越过去的"抽象议论"而达成共识："谁也不了解真正的真理。"这个观点也是契诃夫本人在某些时候所认同的。但是当拉耶夫斯基看着冯·连科乘着小船驶向狂风暴雨的大海时，他说了最后几句话，确定了小说的基调：尽管人们总是"进两步，退一步"，饱经痛苦，屡犯错误，但对真理的渴望和意志却总是鞭策他们前进，"说不定，他们终会找到真正的真理……"（文集，Ⅶ，455，着重号为本文作者所加）。后来契诃夫笔下的人物谈论生活的意义时，也时常出现类似的充满希望的言辞。例如，在《三姐妹》的构思笔记中就有一条与拉耶夫斯基的结论很接近，"人将一再地迷失方向，寻找目标，焦虑不满，直到找到自己的上帝"（文集，ⅩⅦ，215）。

甚至在悲剧性的《第六病室》中也有类似的片段。沉浸于斯多噶哲学的医生拉京也有一个论敌，那就是精神病患者格罗莫夫。这个人却对他讲出了思想健全的人在社会上应该有怎样的行为。由于同事霍伯托夫对拉京的陷害，他最后被关进了疯子所在的病房，他在遭受精神和肉体双重痛苦的时候，终于认识到格莫洛夫向他灌输的真理：必须反抗残忍，反抗践踏人的尊严，反抗以精神病房和监狱（从医院就能看得到监狱）为象征的现实。拉京为了这个觉悟付出了生命的代价——这就是多年沉浸于理性思辨，以至将自己与活生生的现实以及他人的痛苦隔绝开的主人公的结局。但是有这片刻的醒悟已经很好了。主人公所发现的真理之光留在读者心中，尽管整个小说的基调十分阴暗。

在1893年的中篇小说《匿名氏的故事》中，契诃夫让这个"匿名氏"走上了一条曲折的道路。在对过去赖以生活的民粹主义思想感到绝望以后，他为如何继续生活下去和用什么来代替失去的理想而痛苦。他决定为自己而生活，并试图在爱情中寻求慰藉。他向一个女人应许他们将一起参加政治斗争，想以此获得她的好感，但是她看出他的观点总在变化，不愿和他共命运，最后自杀了。与快要死于结核病的"匿名氏"的精神破产相呼应的，是彼得堡的官员奥尔洛夫衰弱无力的精神世界，尽管他有着看似积极的上流社会的生活方式和虚伪的道德，却试图通过对自己和他人的嘲讽态度来为自己的生存状态辩解。"无名氏"心灵悲剧的另一个"行星"是齐娜伊达·费奥多罗夫娜的精神崩溃过程，这是由于她与奥尔洛夫的个人关系以及基于政治原因而没能实现的"复活"造成的。《匿名氏的故事》的结尾是新生命的诞生（孩子的父亲是奥尔洛夫），它结束了主人公充满波折的命运悲剧。多样的人物，变换的地点（彼得堡，威尼斯，佛罗伦萨，尼斯，彼得堡），所有这些都使人联想到长篇小说题材。威尼斯的总督宫，据说苔丝德蒙娜曾住过的房子，"像女性般优雅"地漂浮的贡多拉，充满激情的呼喊，弦乐伴奏的歌声等等——这是契诃夫唯一一次对欧洲城市比较详细的描写。其他两部中篇小说——本想写成"莫斯科生活的长篇小说"的《三年》以及《我的一生》也以事件、地点、人物的众多和对人物精神生活的深入描绘见称。[8]

在中篇小说《黑衣修士》中，无论情节、结构、叙述的音乐韵律，还是最为重要的科甫林与修士的对话，全都围绕着主人公证明自己是"上帝的选民"的渴望，这种渴望是被他的幻觉中出现的一个"天外来客"激起的。这些对话体现出契诃夫时代的知识分子对于玄学和神秘学说的兴趣。在这篇小说中，主人公也为他自以为找到的真理付出了代价——学术研究、家庭，最后还有健康——他的健康很快就被结核病毁掉了。自从萨哈林之行之后，关于结核病的想法就不时地困扰着作者。我们可以看到，在契诃夫"平静"的艺术世界中，人物不止一次以死亡为代价，以便获得他心目中的真理。

另一部分写于19世纪末的作品是表现乡村的人们，包括《农民》（1897），《在峡谷里》和《在圣诞节节期》（1900）。小说中用乡村现实的阴暗图景以

399

及那令人绝望的贫困、肮脏、粗野、争斗反驳了又一个理想主义的想象，那就是民粹主义所信奉的乡村村社制度的活力。《在峡谷里》以莎士比亚般的笔力描写了恐怕是契诃夫创作中最可怕的一幕——由于争夺遗产，没有孩子的阿克西尼娅用开水浇死了一个婴儿。阿克西尼娅是乡村资本的代表，然而不管是发生这件事的乌克列耶夫村，还是《农民》中的霍鲁耶夫村，或是那个发生野蛮事件的村子——那里把父母写给莫斯科的爱女的信篡改成军事条例和刑法条例的胡言乱语（《在圣诞节节期》）——作家都能找到机会弘扬人性和神圣的感情。

第三类作品综合表现人民与知识分子的关系问题：用情节直接表现知识分子与人民的接触。在这方面，主人公们的实践和理论尝试也成效甚微。在《我的一生》（1896）中，巴罗兹涅夫想分担赤贫的油漆工们的命运，最后却成了他们的"叛徒"；在《带阁楼的房子》（1896）中，那个画家只会发些乌托邦式的议论，什么富人与穷人通过友好协商来分担劳动，什么使人摆脱死亡的恐惧甚至"摆脱死亡本身"。《新别墅》（1899）是以农民对于想帮助他们的工程师的善意完全无法理解而告终的。然而契诃夫早在1888年的小说《精神错乱》中就非常富有激情地表达了知识分子个人对于社会罪恶负有责任的思想，到19世纪末，在这一思想的基础上，契诃夫又号召立刻采取行动（见《出诊》，1898；特别是《公差》，1899）。

契诃夫在创作中越来越多地贯穿着对一般哲学问题的思考，包括艺术对人的影响以及艺术本身的命运（《海鸥》，1896）；天才与庸才，"挑选一些人"来拯救世界（《黑衣修士》，1894）；人的生命的价值（《罗斯柴尔德的小提琴》，1894）；美和真理作为人们之间心灵交流的基础与不同历史时期之间联系的基础（《大学生》，1894）；爱情的秘密和在不自由的社会中家庭关系的悲剧（《三年》和《阿莉阿德娜》，1895；《带阁楼的房子》和《我的一生》，1896；《关于爱情》1898；《带小狗的女人》1899等）；宗教在人的生活中的作用，犯罪与惩罚（《凶杀》1895）；人对于自造的虚妄偶像的依赖以及醒悟时必然的反叛（这个问题从1889年的《林妖》就提出来了，在1897年的《万尼亚舅舅》中得到了深化）。

契诃夫最后的小说之一《主教》（1902）的主题是死亡与永生。艺术家采用了惯用的手法，通过一个具体人的具体命运渐渐地接近这个主体。但这一次，他的主人公却是一个不同寻常的人：彼得主教身份显要，过着富有生气的，创造性的生活。像契诃夫一贯的风格一样，这篇小说的情节很简单：主人公生病，然后死去，他死后除了母亲，所有的人都把他忘了，生活仍在继续，周围一片欢乐的，春天的气氛（正逢复活节的开始）。死者尘世生活的结束与没有止息的生命之流形成对比。像回声一样与此相呼应的，是一系列个别的矛盾织成的网：主人公的显要地位与他淳朴的心灵；对于宗教仪式细节与主教职责的详细描述与他病情的发生及加重的征兆；主人公睡觉前的祈祷与他对童年，对曾经体贴，现在却不知为何已不再理解他的母亲的回忆；对周围人的纷乱感到不快，却又舍不得与生命告别，也就是舍不得与这些人分别；当感觉到死亡临近的时候既悲伤又为此流下欣喜的泪水，并希望能在"彼岸生活"中怀着美好的感觉回忆起尘世的岁月。但是描写主教这些想法的抒情笔调中不断穿插着神父西索或商人叶拉金的粗言粗语，还有主人公的母亲怯生生的语言（这也产生了对比的效果，虽然这种反差比较和缓）。

但是小说中有一种对比将所有这些差别都联系为一体，那就是现实时间中发生的事件，也就是主人公生命的最后一个星期（从复活节前的礼拜日到他去世的礼拜六，也就是复活节前一天）与基督生命中受难的最后一个星期，以及随后的复活之间的呼应关系。这使得主教的孤独与身体的痛苦显得特别强烈，同时这种崇高的类比也凸显了这个人物的重要性。在这些情节中也隐含着作者对于事件的复杂解释。主教接受了自己的命运，作者描写了他死后欢乐的节日场面，这都减轻了被遗忘的主人公在我们心中引起的忧郁情绪。这正是小说一系列矛盾的最后一环，也是这篇小说作为契诃夫最完美作品之一之所以如此和谐的秘密所在。

《主教》是一个很好的例子，说明从19世纪90年代末到20世纪初，契诃夫作 401 品用以表现主要思想的手法并不仅仅局限于构思人物关系和环境事件。在这方面自然景色的描写也显得很重要。关于春天的太阳的描写，关于在受难的星期四"云雀不停地歌唱"和"深不见底，广大无边的蓝天"的描写，关于在复活节这一天教堂的歌声以及"欢乐的"钟声的描写，这些都含蓄地表达了作者的思想，即人的生命是很宝贵的。在《带小狗的女人》中，在古洛夫与安娜·谢尔盖耶芙娜幽会的中间，插入了一段主人公因海上的景色引发的想法。在"童话般的"自然环境中主人公想到，在这个世界上"一切都是美好的"，"唯独我们在忘记生活目标，忘记我们人的尊严的时候所想和所做的事情是例外"；同时他也想到，"这种持续不变，这种对于我们每个人的生和死完全无动于衷，也许包藏着一种保证——我们会永恒地得救，人间的生活会不断地运行，一切会不断地趋于完善"（文集，Ⅹ，134，133）。在《三姐妹》中，主人公命运的重要时刻也是与自然景色相呼应的。在图仁巴赫与伊琳娜诀别时，一种思想的觉醒在决斗之前的可怕时刻给了图仁巴赫力量——"多美的树！照理说，在它们旁边应该有一种多美的生活！……这棵树枯萎了，但是它仍然和其他的树一起迎风摇摆。我想，我也是这样，如果我死了，我还是会用这样或那样的方式加入到生活中来的"（文集，ⅩⅢ，181）。在同一个剧本里，图仁巴赫与玛莎尽管在寻找生活的意义这个问题上各持己见，但都呼吁人们走向大自然。

在契诃夫晚期作品中，与那些"永恒"的问题相对应的，除了超越于人们生活的"平庸"之上的"神奇的"大自然，还有这种"平庸"本身的种种日常的表现。如果无视类似的对比关系，那么契诃夫也就不再成其为契诃夫了。"日常卑微生活"的琐事往往在主人们想要谈论"高尚"的话题时忽然出现在他们的言谈中。在《万尼亚舅舅》中，阿斯特洛夫激动地谈论着大自然对于人的良好影响，并不无骄傲地将这种影响与自己对保护森林的关切联系起来，但是他对于一杯伏特加的看法以及有关自己"古怪行为"的言论却将这高尚的言论破坏掉了（同上，73）。在《带小狗的女人》中，古洛夫由于对安娜·谢尔盖耶芙娜的强烈怀念，忍不住说："您不知道我在雅尔塔认识了一个多么迷人的女人！"而医生俱乐部的一名会员对他的回答，却是那句著名的话——"鲟鱼肉有点发臭"（文集，Ⅹ，137）。正值主人公的心灵快要获得新生的时候，那"断了翅膀，缺了尾巴"的生活便在他的头上打了一闷棍。而这同时又是他从以往生活中遗留下来的最后的习气——也许他过去可以随便和什么人谈论与"迷人的女人"的艳遇——但是现在作者不允许他用这样的语气来谈论安娜·谢尔盖耶芙娜，而男人之间正要开始的谈话却被这句关于糟糕的凉菜的话粗暴地截断了。

当涉及到严重的心理问题时，作者也将平庸的生活琐事与美丽的自然现象

402

一起纳入其中，这与上述手法也有些相似之处。它们有着共同的思想功能：都凸现了这些问题的意义，对于大自然，凸现了它的美与崇高，对于"生活琐事"或"局部"，则凸现了其琐碎与无谓的特点。其中第二点对于理解契诃夫的美学特征尤为重要：当契诃夫将他的主人公连同读者一起带向了全人类的思考，这些"局部"便不再是"局部"了。

在最后的作品——小说《新娘》（1903）和剧本《樱桃园》（1904）中，契诃夫不知是有意还是无意（当克服着身体的虚弱写作剧本的时候，大概是有意地）以对俄罗斯命运的思考为中心，为自己的整个创作作了一个总结。这两部作品的情节都很简单，没有多少事件（特别是剧本），像契诃夫以往的作品中常见的情况一样，其基础是没有实现的，"否定性的"情节：由于"新娘"不想结婚，婚礼没能举行；拯救庄园及樱桃园的努力也失败了。但是，在这两部作品中，简单的情节中却伴随着一种普遍的不顺遂的气氛和主人公很难解决的个人问题。无论是在小说还是剧本中，"否定性的情节"本身都与俄罗斯命运的问题相关（如上所述，在《草原》中这个问题就引起了契诃夫特别的兴趣）：在旧制度消亡的时代，国内现实生活中有很多庞大的地产都很难得到"拯救"，而家庭关系的框架也已经开始动摇。

这两部作品都以年轻的主人公"出走"告终（娜佳是自动出走，而阿尼雅则是因为家里破产而不得不出走），这样的情节在契诃夫以前的作品中也出现过。请回想一下教师尼基金没有实现的"造反"（《文学教师》，1894），随后，"出走"的主题又在中篇小说《三年》（1895）、《出诊》（1898）和比较接近《新娘》、《樱桃园》的《三姐妹》（1901）中一再出现（切布特金对安德列·普罗佐罗夫的建议；伊琳娜准备到工厂给工人子弟教书的打算；更不用说该剧的主要旋律——三姐妹想到莫斯科去开始"新生活"的愿望）。

在这两篇作品中，还最后一次出现了关于"光明未来"的主题，从《第六病室》和《三年》开始，契诃夫的主人公们就对"光明未来"充满期待（从恐怖的警察制度的牺牲品，精神病人格罗莫夫痛苦的话语中，可以听到19世纪60年代那"未竟旋律"的接续，而教师亚尔采夫则预感到社会生活即将发生变化，那将带来"巨大的欢欣"）。在《新娘》和《樱桃园》中，与这一主题相伴的，是一个想象的，代表"光明未来"的形象。但是作者借助一些有点走下坡

403

路的主人公的语言描述这一形象，似乎并非偶然。《新娘》中没有通过建筑师考试，饱受结核病折磨的萨沙（"宏伟的、富丽堂皇的房屋，美妙的花园，美丽的喷泉，优秀的人"）和《樱桃园》中永远的大学生别佳·特洛菲莫夫曾经对娜佳与阿尼雅心灵的觉醒起到很大的作用，使她们对自幼习惯的无所事事的生活感到厌恶，但是这两个人都具有一个显著的特征，就是说得多，做得少。契诃夫对其作品中的这一类人通常持批评态度，他所批评的并不是他们的真诚，而是一个好人"缺少个人的行动能力"（还可以想想《三姐妹》中的维尔什宁）。不错，在《樱桃园》中有迹象表明别佳·特洛菲莫夫参加了学生运动，这一点契诃夫的书信也可证明。尽管如此，契诃夫所找到的"笨拙"这个词对他还是完全适用的。在《新娘》中，叙述者的最后一句话——说娜佳离开了故乡的城市，"她觉得可能永远不会回来了"（文集，Ⅹ，220，475，着重号为本文作者所加）——也流露出些许的怀疑（当契诃夫还在世的时候，批评者就已经发现了这一点）。

　　一些读者可能对在某些人的头脑中已经成熟的这一类思想会信以为真，但契诃夫通过另一个人物洛帕辛的话为这些读者泼了冷水，当谈论另一件事的时候，洛帕辛说："我们只顾在对方面前趾高气扬，但生活却只顾向前走。"（文集，ⅩⅢ，246）加耶夫－拉涅夫斯卡娅一家出其不意地遭遇了时代的更替，这种更替是由历史的客观规律决定的，而不是出于某些个人的筹划。这就是契诃夫在最后的这部作品表现的主要思想，这体现出作为艺术家的契诃夫对当时社会生活所发生的转折非常敏感。

　　在19世纪末，俄罗斯旧的社会制度发生了缓慢的，但无可挽回的动摇。契诃夫在创作刚开始的时候就指出了这种动摇（在他年轻时所写的一个剧本中，一个主人公说道："一切都混乱到了极点，全都乱套了……"——文集，ⅩⅠ，16），而在其创作的终点，费尔斯老头儿也说道："现在一切都散架了，什么也搞不明白。"（文集，ⅩⅢ，222）安德列·别雷曾用象征的手法描写那个急剧变化、充满不确定性的世纪之交的社会情绪："我们总是笼罩在霞光下……但不知是朝霞还是晚霞？"[9]

　　契诃夫对于个体及社会的看法也是在19世纪80年代形成的，其中同样反映出那个时代的情绪。众所周知，他不愿从属于任何一个政治派别或文学团体，始终坚持比较自由的人文和美学理想:"我不是自由主义者,也不是保守主义者,不是渐进论者,不是修士,也不是漠不关心的旁观者……我认为招牌与标签都是一种迷信。对我来说,最神圣的就是人的身体、健康、智慧、才能、灵感、爱和绝对的自由,就是摆脱任何形式的强权与谎言而获得的自由。"(书信集,Ⅲ,11)顺便说,随着对契诃夫创作的哲理内涵研究的深入,当前出现了一种倾向,就是将他过于绝对地归于不可知论和存在主义者的阵营,在这个时候重温这一连串的"不是"是很有意义的。

404

契诃夫不喜欢创作领域的条条框框,这也正与他作为一个艺术家和公民的独立精神相匹配。他不仅努力运用艺术无限的可能性,而且,如果可以这样讲的话,还努力运用无界限的可能性。在他的作品中,交织着戏剧艺术与叙述艺术的手法,艺术创作与书信的写作方式[10],各种艺术形式的交叉,特别是不同体裁界限的消解,这种特点是以往的俄罗斯文学中所没有过的。附带说,契诃夫最喜爱的美文写作方式也来源于此——明暗对比,对黎明,但更多的是对黄昏景色的迷恋。[11]契诃夫创作的不同阶段之间之所以没有明显的分界,想来与上述情况有着密切的关系。

契诃夫一生的最后十年,国内的社会冲突和政治斗争已经暴露无遗并日趋激烈,一种新的社会情绪正在形成。正是在此期间,契诃夫作品的思想发生了变化,语调也变得激昂起来。作者比从前更热情地赞扬一切对于奴役和社会不公正的反抗,表达出对即将到来的变化的欢迎,哪怕只是通过书中人物之口。但是即使这种变化也不应简单地认为是与从前的思想和基调矛盾的。1940—1950年间曾有一种广为流行的观点,认为契诃夫在生命的最后几年坚信日益临近的变化是一件好事。上述的分析表明,应当通过研究契诃夫作品原文的客观意义,对这种观点加以校正。

但是,为什么他要在最后的作品中去贬低具有历史预见能力的人物的重要性呢?也许因为他比这些主人公看得要更远———直看到我们这个时代,这个对形形色色的历史想象提出质疑的时代……

契诃夫在创作手法上的发明也很有"远见"。尽管他是按照当时的"风尚"写作的,却又冲破了这种风尚的束缚,成为20世纪文学的先驱。

作为艺术家的声誉

405　　19世纪末至20世纪初的专业批评家们是在经典作家的作品中成长起来的，当他们发现了契诃夫并想同样对他的创作进行完全等值的分析时，却遇到了障碍，因为契诃夫坚持不肯接受创作形式的规范。

　　其实，即使在继承前辈创作主题的作品中（关于这个问题我们后文会专门谈到），契诃夫也打破了在批评家头脑中已经定型的美学原则。对心理的和哲学问题的专注（尤其是在散文中）导致了情节的变化，使其中的事件趋于减少甚至完全没有事件。契诃夫根据自己的原则，认为作家没有责任"解决"问题（他认为，对艺术家来说最重要的是"正确地提出问题"，全集，Ⅲ，46），所以他的作品的结局经常是没有结果的，是"开放性"的。但这里正好体现出他与前辈作家的一脉相承，"在《安娜·卡列尼娜》和《奥涅金》中没有解决任何问题，但您同样感到很满足，仅仅因为其中一切问题都被正确地提出来了"（同上）。但是官方的评论家还是坚持契诃夫的作品在思想上"站不住脚"，并将这种情况恰恰归结为"背离传统"。

　　在这方面占有一定优势的，是在他作品首次发表以后的第一时间所写的评论。有时候，这些评论通过具体的分析和对情节的直接感受，能够发现并承认作者对俄罗斯文学的贡献。例如，尽管评论家们责备契诃夫将文学的主人公降低到了平常人的水准，他们却把从《在路上》的利哈列夫开始的一系列经历精神危机的主人公（包括伊万诺夫，《没意思的故事》中的教授，《决斗》中的拉尔夫斯基，《带阁楼的房子》里的画家，《海鸥》和《万尼亚舅舅》中的特列普列夫、特里格林、阿斯特洛夫和沃伊尼茨基）归入了俄罗斯文学的"多余人"，并且把莎士比亚的哈姆莱特也扯上了。这种情况是很说明问题的。

　　与契诃夫同时代的人，只有很少几个对他的作品具有真正深刻和透彻的理解。但是他的一些主要的艺术手法的独特性还是引起了注意。从19世纪80年代中期直到契诃夫去世，人们一直在谈论他描写环境、自然，以及人物内心世界的简洁手法（只用两三行）。[12] 人们还发现契诃夫非常热衷描写**日常生活的潜在悲剧**，"对于人们生活中**最平常，最灰暗的方面**，对于最细微而迫切的问题，对于**小人物平凡的痛苦**怀着同情"（着重号为本文作者所加）[13]。对于契诃夫作品中**没有"粗暴的偏见"**，对于其**风景描写的拟人化特征**等等，评论界也给与了肯定。"这是一个真正的创新者，而不是前人的翻版"——这是列·叶·奥博连斯基对于差不多获得一致好评的《花花绿绿的故事》的作者的最初印象。

但是，对作家技巧的褒扬常常掩盖了其创作的内容。[14]"没有粗暴的偏见"的论点往往演化成对契诃夫作品缺少"内部核心"和思想意义的指摘，而对于简洁的赞许则推导出契诃夫不善于创作长篇的，意义重大的作品的结论。民粹派的批评家对于契诃夫的批评尤其苛刻，因为他们一贯将艺术现象仅仅看作社会思想的记录。从1880年6月亚·米·斯卡比切夫斯基匿名发表了针对《花花绿绿的故事》的评论开始，他对于作为小说家的契诃夫的宣判就广为流传——这本书展示出"一个年轻的天才自我毁灭的令人痛心的悲剧场面"[15]。

尼·康·米哈伊洛夫斯基的"契诃夫研究"也是从匿名评论开始的，那是为小说集《黄昏》所写的评论。从此以后，他便开始密切关注这位天才的青年作家的动向。他发现了艺术家契诃夫的作品中某些独特的细节（如拒绝"激烈的冲突"，"只提出问题而没有答案"，"故事没头没尾"），却将这些视为缺陷，并责备作者对于"人的痛苦和屈辱"无动于衷[16]。后来他又说契诃夫的作品中缺少"父辈"的传统。不过他又指出，在《没意思的故事》中，作者因没有"中心思想"而感到痛苦，所以它与那些在他看来"不动感情"写出的小说截然不同。[17]米哈伊洛夫斯基的威望影响了评论界对这位年轻作家的意见，而且被紧紧抓住的只是"无思想性"这个观点。[18]很长一段时期，甚至当已经发表了《在峡谷里》这个中篇小说以后，评论界还在要求他在"更广阔的图景"和"更深刻的意义"上"再现俄罗斯的生活"[19]。

但是契诃夫小说中对于俄罗斯重要社会问题热烈争论的场景反驳了这种指责，在《草原》《伊万诺夫》《没意思的故事》《决斗》《第六病室》《黑衣修士》《我的一生》《农民》，中篇小说《在峡谷里》以及四部重要剧作（《海鸥》《万尼亚舅舅》《三姐妹》和《樱桃园》）中都有这种场景。《第六病室》《农民》和几部剧作引起的争论尤为激烈。因此，到19世纪90年代末，尽管还有人在文章中谈论契诃夫的"冷漠"，但总的来说，评论界对他的态度已经发生了很大变化。在雅·瓦·阿布拉莫夫所写的《我们的生活在契诃夫作品中》一文中，契诃夫的小说，包括早期小说中所表现的无情的真实，被看作他具有"完全清晰的世界观"以及有能力进行"深广构思"的证明[20]。

这个时候文学史家德·尼·奥夫夏尼科-库利科夫斯基和年轻的作家高尔基也著文反驳米哈伊洛夫斯基过去写的关于契诃夫的文章。[21] 他们引证契诃夫对农村的描写来否定契诃夫冷漠的说法。奥夫夏尼科-库利科夫斯基认为，契诃夫选择当前现实中的阴暗面加以表现，体现出一个试验作家艺术手法的特点，并以《我的一生》和《农民》为例，证明契诃夫的作品是"有理想"的。而高尔基为中篇小说《在峡谷里》写的评论最集中地驳斥了所谓作家"没有世界观"的"荒谬指责"，在文章的末尾还对契诃夫作品"生气勃勃的基调和对生活的热爱"表示敬意。

但是当反驳米哈伊洛夫斯基过去对契诃夫的责备并为他辩护时，这位批评家自己已经对过去的评价进行了重新思考。1900年，他重读了出版家阿·费·马克斯出版的契诃夫选集第一卷的早期小说，并将它们与契诃夫在1897—1900年间发表的小说做了对比，认为契诃夫对现实的态度发生了转变。[22] 他赞赏成熟的契诃夫"对真正困难的、悲剧性的状况，对于真正的痛苦"的关注，并根据1898年发表的"三部曲"以及《第六病室》《黑衣修士》《农民》等作品得出结论说，在创作的社会意义方面，契诃夫已经"成长得认不出来了"，并将刚刚出版的《在峡谷里》看作"向前迈出的新的一步"[23]！

到了20世纪开始的时候，批评界已经认定契诃夫的创作正在发生"新的、非常重要的转折"[24]。对契诃夫最后两部作品《新娘》和《樱桃园》的评价证明了这种观点。特别是有关《新娘》的评论，认为他的创作进入了"新的阶段"，说即使小说结尾那种怀疑主义的调子也不会使"明朗、生动、全新的契诃夫丧失活力"[25]。

对于由艺术剧院的导演斯坦尼斯拉夫斯基诠释的《樱桃园》（1904年1月17日首演）存在较多的争议。批评作者对于俄国现实抱着"没有怜悯的艺术怀疑态度"，甚至按照老调子批评他"冷漠"的，主要是一些保守主义的刊物。[26] 而自由主义的批评家则在该剧中看到与过去的贵族时代惜别的主题，还时而在年轻的主人公们的话语中发现"激昂的调子"。[27]

正是在这种背景下，在莫斯科艺术剧院在彼得堡首演的日子里，阿姆菲捷阿特罗夫连续两天在《罗斯报》上发表了一个引起关注的评论 [28]。这篇评论认为，契诃夫表现了一种"不容置疑的必然性"，正是由于它，"生活的轮子无可逃避地，重重地将贵族压垮，而在洛帕辛，在特罗菲莫夫和阿尼娅身上具有令人鼓舞的性格特征"。契诃夫很喜欢这个评论（就像高尔基对于中篇小说《在峡谷里》的评价一样。这种情况在他与评论界的关系中是极少见的。参看书信集，Ⅻ，84；Ⅸ，52）。

这个剧本出版以后，从5月底到6月初，引发了一个新的评论浪潮。[29] 当时 408 对于《新娘》和《樱桃园》的评论可以看作是连接契诃夫生前和身后对其作品评论的一个环节。契诃夫身后的评论是以费·德·巴丘什科夫那篇深沉的悼念文章《契诃夫的临终遗言》为开端的，在这篇文章中，他将契诃夫最后的这部剧作看作其全部创作的思想与艺术总结。[30]

在契诃夫去世以后的最初10年，他的创作已经被看作一个完成的整体，而且总体评价也有所提高，在批评界形成了一种契诃夫模式，其内涵主要是当契诃夫在世时已经被发现的那些特点。让我们来引用这一时期一段很典型的表述：1910年罗扎诺夫写道，"契诃夫对于平凡生活的平淡描写已经达到了炉火纯青的地步。'没有英雄'——可以这样概括他的所有作品，然后不无忧郁地暗自补充一句：'没有英雄主义'。其实，我们在任何一个作家身上似乎还从未遇到过像契诃夫这样波澜不惊的情形。很能说明问题的是，连契诃夫小说的篇幅都总是很短小。这与陀思妥耶夫斯基和冈察洛夫的多卷体小说形成了多么鲜明的对比，又与莱蒙托夫的永远豪气冲天的英雄主义形成了多么强烈的反差。"这篇题为《我们的安托沙·契洪特》的文章是以瓦·瓦尔瓦林的笔名发表的。[31]

同年，罗扎诺夫又以真名发表了另一篇文章，更加深入地描绘了这位作家思想与心理方面的特点。他认为契诃夫的作品包罗万象地描写了俄国生活中所有角落，从坟墓到妓院。但同时他的语气有点不以为然的意味（……没有星星的天空……没有愤怒的风……与黑夜相混淆的白天……低矮的草和树）。这篇文章的新意在于将"波澜不惊"归结为俄罗斯本身"犹豫不决"的姿态，因为在辽阔无垠的俄罗斯反射着尽管"有点冷"，但却永远不落的太阳的光芒。[32] 这是一种典型而常见的文艺批评思路：在艺术现象中寻找现实的直接对照物以及与之相适应的形式。按照罗扎诺夫的看法，契诃夫作品最显著的特点就是以平凡的生活反映现实，并且惯用短小的体裁来实现这一特点。在此，他的确捕捉到了批评界在契诃夫生前就已为他勾勒出的一般艺术面貌。但其中又有独特的，与众不同的，纯粹是罗扎诺夫自己对契诃夫艺术奥秘的洞察。例如，在《我们的安托沙·契洪特》一文中，他对于潜台词有着独到的理解，而此前在艺术剧院演出的影响下，人们对潜台词的诠释过于简单化了（简单地理解为主人公们说的和想的是两回事）。罗扎诺夫对已经去世的作家说道："你歌声的奥秘在于，它对我们说的是一回事，是'此'，而所引起的渴望却完全是另一回事，是'彼'。"似乎为了批评那些认为契诃夫没有对崇高理想的追求，将他贬低为一个描写生活琐事的自然主义作家的人，罗扎诺夫提出了一个更精辟的观点——契诃夫作品中无声的音乐，让我们可以凭借那琴弦的声音"了解到"还有"另一个世界"。[33]

但是，让我们回到罗扎诺夫关于契诃夫作品"波澜不惊"的问题上，这个观点后来在评论界很流行，这其中有正确的成分。确实，契诃夫描写的是平凡的生活——广义的庸人的生活（在他的作品中，甚至像《三姐妹》中的帕纳乌罗夫和《樱桃园》中的加耶夫这样的贵族也过着平平淡淡的生活），事件的地点多半是在外省，而在两个首都当中，"家常"的莫斯科则要多于官方的彼得堡。如果事件发生在彼得堡，那么或者是在小办事员的圈子里（《在钉子上》和《一个文官的死》，1883），或是在街上，失去儿子的老车夫在那里备感孤独（《苦恼》1886）。而如果写到一个高官重臣的家，就像《匿名氏的故事》一样，则多半是身为"仆人"的叙述者由于服侍主人而进出正房，然后他就要回到自己的仆人房间，将他在宅子中所看到的一切——细细咀嚼。在这座房子里，彼得堡式的恢宏气派黯然失色[34]。这幢房子的主人奥尔洛夫甚至公然把自己称作"谢德林笔下的庸官"。

当契诃夫的主人公陷入前面已经说过的那种悲剧性的境遇（我们可以比较一下，例如，屠格涅夫在《草原上的李尔王》中所描写的，一个过去极有权势的地主失去对其子女的控制权的故事，和中篇小说《在峡谷里》所描写的那个儿媳妇夺权的故事），那么就可以看出，在他的作品中，这种情况引起的不是以主人公的毁灭而告终的狂暴的愤怒，而是对命运的屈服和个性无声无息的消亡。或者，如果说《妻子》（1895）重复了屠格涅夫的《贵族之家》的某些细节（拉夫列茨基发现了妻子的背叛），那么很明显，契诃夫的主人公对此的反应却截然不同，他没有像拉夫列茨基那样决然地与充满欺骗和虚伪的环境决裂，而是最终向那个无耻的女人屈服了。

最后我们要说到《万尼亚舅舅》。这个剧本似乎在"重复"《村居一月》中的三角恋爱关系（主人公——有夫之妇——一个似乎有可能成为主人公未婚妻的年轻姑娘），但是与他的前辈相比，契诃夫明显地降低了女人之间竞争的"温度"。在契诃夫笔下，叶连娜·安德列耶夫娜"身上流着美人鱼的血"，与那个将自己的心与薇拉奇卡年轻纯洁的心一起烧成灰烬的纳塔利娅·彼得罗夫娜简直不可同日而语！所有这些对比都表明，与前人相比，在契诃夫的作品中事件和行为的一般底色都比较"平和"。

在契诃夫的作品中，人与环境的矛盾也相对比较平和。尽管他从实证主义者那里学了很多东西，但他毕竟是在"80年代社会活动家的理想与波谲云诡的现实之间令人痛苦的矛盾"中成长起来的 [35]。在契诃夫的作品中，个性与环境的矛盾被压缩在内部冲突上。甚至现在与过去的矛盾（在小说《万卡》《渴睡》《草原》《没意思的故事》和剧本《伊万诺夫》《三姐妹》《樱桃园》中都以不同形式表现了这一主题）通常也只发生在主人公的意识中，过去似乎消融在日复一日的生活中，因而失去了强烈的对比度。

尽管契诃夫的文学作品和笔记中都表露出了对历史的极大兴趣，但是他并不曾将某个历史事件作为描写的对象。契诃夫所感兴趣的，并不是世界上军事或政治的激变，而是导致某些制度崩溃的内在的不和谐。

在契诃夫的小说中，全人类的主题和一般的哲学主题是与人们混乱的日常生活主题共存的。即使是《没意思的故事》主人公那种情绪，也是通过一些惹他不痛快的琐事，通过家人与同事在他心中引起愤怒而造成一种情境表达出来的。心灵的不快与纯粹日常生活的不快交织在一起——这也是一种高层次与低层次主题的交错，就像我们已经说到的那样。

作为心理揭示者的契诃夫最感兴趣的不是那些很大的问题，例如折磨良心并产生懊悔的罪恶，而是一些不知不觉地蚕食人的心灵并毒化亲近的人的生活的小小的罪过。在批评界的某些圈子中，通过将契诃夫对日常生活"平静的"描写与俄国经典文学中对"非常事件"的描写加以对比，更加坚决地认定，契诃夫是一个从经典作家"向后退"的艺术家。他的作品中也没有激烈的心理冲突，而古典作家，比如说陀思妥耶夫斯基在这方面的特征却很鲜明。这似乎也是一个缺陷。契诃夫没有像陀思妥耶夫斯基那样描写光明与黑暗在主人公身上的激烈斗争，而是让它们相对平静地在人物身上共存，这也使得一些人不满意。

批评界呼应罗扎诺夫提出的与契诃夫相反的作家（莱蒙托夫、冈察洛夫、陀思妥耶夫斯基），也罗列了以陀思妥耶夫斯基和托尔斯泰为首的一批作家作为契诃夫的对立面，他们所指责的内容与从前一样：缺少教化和过于冷静（所谓"冷漠"）。但与此同时，批评家们也在他的作品中看到了某些前人的传统（主要是在契诃夫的一些具体的作品中），例如，H.拉多日斯基将《在路上》（1896）的主人公称为"俄国的堂吉诃德或罗亭式的人物（但是在心理描写方面深刻得多）"（参看选集，Ⅴ，674）。在《噩梦》中，费·叶·帕克托夫斯基看到了陀思妥耶夫斯基的影响，（同上，621），而梅列日科夫斯基则看到了格·乌斯宾斯基的影响（见1888年写的文章）。维·彼·布列宁认为写出了《草原》的契诃夫是果戈理，屠格涅夫和列夫·托尔斯泰的继承人。[36] 在那些评论契诃夫色彩鲜明的现实批判作品的文章中，最常出现这些契诃夫的前辈的名字（例如发表于1898年，具有类似托尔斯泰或迦尔洵的揭露性的三部曲《套中人》《醋栗》和《关于爱情》）[37]。

从梅列日科夫斯基的文章《契诃夫和高尔基》（1906）中可以看出，在世纪之交评论界是如何评价契诃夫与经典作家的联系的。梅列日科夫斯基一方面肯定契诃夫是普希金所开创的朴素、自然、摆脱预设主题的创作方法的正统继承者，另一方面又责备他对于困扰着从莱蒙托夫到托尔斯泰和陀思妥耶夫斯基的所有俄罗斯作家的"永生"与"上帝"的问题"无动于衷"。梅列日科夫斯基认为，契诃夫作品的"艺术空间"局限于没有大事的日常生活（或日常生活的完结与生存），说明他的才华是有局限的（"是民族的，但不是世界的，是属于当前的，而不是属于历史的"）。晚些时候，梅列日科夫斯基在另一篇文章《阿福花和洋甘菊》（1908）中肯定了契诃夫作品内容与形式的和谐，实际上取消了关于契诃夫对灵魂问题漠不关心的观点，但是他仍然认为契诃夫的才能局限于本

411

民族的范围。[38]

谢·尼·布尔加科夫曾发表一篇讲稿，讲稿的题目是《思想家契诃夫》（1905），这个题目本身就具有论辩的性质，针对的是对作家契诃夫已经固定的看法。在这篇文章中，布尔加科夫在世界文学的背景下肯定了契诃夫作品内容的深刻性。他似乎预见到一年之后梅列日科夫斯基的文章将使用怎样的言辞。他写道：如果狭隘地认为契诃夫的创作只是对俄国平庸生活的一般描写，就说明不理解"他的思想及艺术思维的世界意义"。他不仅将契诃夫与伟大的俄国人文主义作家——陀思妥耶夫斯基、托尔斯泰、迦尔洵、格·乌斯宾斯基——相提并论，而且第一个将拜伦视为与契诃夫相关的作家。在很长一段时间里，惟独他持有这种看法。他认为这是由于拜伦的主题是"世界的悲伤"，他总是用怀疑的态度看待现实世界中人的命运：

> ……亚当的子孙在尘世繁衍，
>
> 吃喝，忍耐，劳作，战栗，
>
> 欢笑，哭泣，睡觉——死去。

（《该隐》）

布尔加科夫认为，拜伦与持民主思想的契诃夫的区别在于他很贵族化，对于人类的弱点毫不宽容，不会去关怀那些像"在蚁穴中蝇营狗苟的蚂蚁"一样的主人公。这位批评家认为，契诃夫对于平凡人及其内心世界痛苦的关爱使他的世界观同时具有**悲观和乐观**两种成分，既有"世界的悲伤"，又相信善终将获胜[39]。这种似乎矛盾的说法，综合了在契诃夫时代经常出现于批评中的概念（如叶·安·索洛维约夫-安德列耶维奇的"英雄主义的悲观主义"，亚·谢·格林卡-伏尔加斯基的与"泛神化"结合在一起的"悲观的理想主义"等），揭示出作为思想者和艺术家的契诃夫身上交织着坚定与怀疑的双重气质。

这种意见认为契诃夫的作品保持了俄国文学传统，具有向善的理想和对未来的信心，并将契诃夫列入伟大作家之列。也有一些批评家对此持反对意见，认为契诃夫的作品属于俄国文学中的第二等级。当契诃夫还在世的时候，他最

412

后的一个剧作在艺术剧院获得的成功就已引起一本宗教哲学刊物《新道路》的
不满，决定公开批评《樱桃园》剧本及导演的"自然主义"倾向。这件事很能
说明问题。[40]

  契诃夫刚刚去世的时候，他的作品格外受到关注。1905年6月5日，
因·费·安年斯基在给叶·马·穆欣娜的信中用很尖刻的言辞将他与19世纪伟
大文学的英雄主义传统对立起来。不错，在他的书桌里还藏着一篇关于《三姐
妹》的稿子，其中虽然对剧本没有表明作家的结论甚为不满，却承认契诃夫有
一种深刻理解现代人感受的能力（"他比任何一个俄国作家更丰富地表现了您和
我"）[41]。但是在信中他却写道，"……怎么评论这个几乎要把契诃夫奉为'伟
大'的时代呢？……不错，看来在俄国文学中需要陷入陀思妥耶夫斯基的沼
泽，再从托尔斯泰的大树上砍下树枝，才能拥有这样一个小花园……啊，花儿
啊！……那么天空呢？……细砂，贝壳，小溪，塑像……那远处是什么？……
大雷雨！……多美啊！……多好的演员！……多么美好的心灵！……嘘！……
但那不是心灵……没有心灵……那可怜的心灵无人继承，被丢掉了，只有被拔
掉的雏菊……"[42]。

  契诃夫所创造的理性的、没有心灵的世界，其中的小花园和雷雨——雷雨
的形象并不让读者感到恐惧，反而引起他们欣赏的兴致——所有这些形象表达
都符合批评界对以"中间"参数为指导的契诃夫艺术的认定（当然一般是用比
较委婉的方式表述的），也与罗扎诺夫在《我们的安托沙·契洪特》一文中所做
的总结相一致。

  但是我们发现，安年斯基的美学观中有与契诃夫相似之处。他们的风格
都接近印象主义，两个人都不喜欢文学中，特别是颓废主义文学中的"故作
姿态"。契诃夫大概会赞许安年斯基嘲笑颓废主义抒情诗中那些"银色的芳
香""酒神的女祭司""冰上的夹竹桃"[43]（而这种嘲笑与梅列日科夫斯基在《阿
福花与洋甘菊》一文中对契诃夫的平淡风格与维·伊万诺夫笔下"希腊剧场里
的那堆歌队席和狄奥尼索斯祭坛"所做的对比又那么相似）。

  当代研究者在研究安年斯基对于契诃夫的这种既敌对又亲近的关系时还发
现，两个人都不肯直接出面对问题做出评论，而让读者自己去解决这些问题。[44]
契诃夫那些关于"昏聩的平庸生活，被窒息的激情，被断送的生命"[45]的主题，

以及他对于男女之爱的诠释都与安年斯基很接近。[46]

　　值得注意的是，创作风格同安年斯基的诗最为相近的阿赫玛托娃，后来对于契诃夫的艺术也同样一方面进行尖锐的批评，一方面又表现出相当的接近（如追求沉着的风格，经常通过外部世界的征兆，用简练的语言来表达感情等）。[47] 既然说到阿赫玛托娃曾经否定契诃夫作品的重要性，为了公平起见，我们要引用她的同时代人所转述的，她在1956年所说的一段话：当时她重读了"曾经严辞指责的"契诃夫作品，认为"至少在《第六病室》中他准确地描写了她自己和其他许多人所经历过的处境"[48]。

　　比较起来，一贯地认为契诃夫背离了伟大文学传统的是列夫·舍斯托夫。他在《创造源自虚无》（1905）一文中，不是像安年斯基那样，通过将契诃夫与陀思妥耶夫斯基及托尔斯泰相互对照来表达看法，而是将契诃夫创作的所有艺术文本归结为一个新的现象——"源自虚无的创造"。"虚无"指的是契诃夫的主人公们和作者本人没有世界观（我们知道，很多年以来，这种将作者与主人公混为一谈的说法一直损害着作家契诃夫在文学批评界的声誉）。舍斯托夫批评契诃夫总是不能在情节的结局部分明确地表明自己的思想，他只将《第六病室》作为一个例外，认为这篇小说的作者是与"众多的俄国作家"站在一起的。[49]

　　"一个二十五年来一直打破人们希望的艺术家……"舍斯托夫通过分析契诃夫对内心世界的描写得出这样一个论点，并指出，这些人物同样处于不能与环境妥协又不能不妥协的境地，因此他们实际上是没有出路的。他意味深长地引用了波特莱尔的《虚无的滋味》中的诗句：

414

　　　　驯服吧，我的心，
　　　　像畜生那样睡去。

　　　　　　　　　　　　　　　　　　（《恶之华》）

　　我们要指出，舍斯托夫的著作作为一种早期存在主义的现象，立刻在欧洲和日本的批评界引起了反响。

　　尽管《创造源自虚无》一文总的来说与所有其他的批评者是对立的，但是在个别地方也与他们不谋而合。舍斯托夫直接引用了米哈伊洛夫斯基早年说过的关于契诃夫的"无思想性"的话（他错误地断定，后来这位批评家彻底回避了契诃夫）。他与梅列日科夫斯基有着另外一个共识：他更早地表述了梅列日科夫斯基在《契诃夫与高尔基》一文中所作的论断，即契诃夫缺少对于全人类共同问题的兴趣，而且他不仅将俄国的传统，而且将"一千年来整个欧洲文学中善与恶，光明与黑暗的斗争"拿来给契诃夫作榜样。而梅列日科夫斯基则赞同舍斯托夫发明的词语"空虚"，并在谈到契诃夫的人物（以及高尔基的流浪汉）时使用了这个词，同时也将人物与作者混为一谈，"……什么都不需要，或更准确地说，只需要空虚"[50]。

在20世纪初，有三位具有强烈的浪漫主义世界观的作者反对把契诃夫定位为一个具有艺术的混合参数的作家，这就是早期的高尔基、别雷和马雅可夫斯基。如上所述，早在契诃夫还在世的时候，高尔基和别雷就开始为他辩护。高尔基对契诃夫的艺术在俄国文学史上所具有的意义，有着最透彻的，广为流传的见解，那是由一篇具体的作品——《带小狗的女人》引发的（见1900年1月5日致契诃夫的信）。他认为契诃夫"杀死了"现实主义，因为"这条路"已经走不通了。[51] 尽管高尔基对于现实主义的诠释有些歧义，只是将它作为与新兴的"英雄主义"文学相对立的，过时的文学流派，但他还是客观地指出，通过使用非现实主义的描写手段，契诃夫最后时期的创作手法更趋丰富。这是最早"从侧面"——具体地说，是从所谓革命浪漫主义的立场上——观察契诃夫的现实主义艺术的尝试。但是对于《带小狗的女人》的评价仅仅出现在高尔基的私人信件中，在悼念文章《安·帕·契诃夫》（1905）中则没有提到。不过高尔基在这篇文章中谈到了契诃夫作品中的"琐事的悲剧"，并肯定作家对现实的这种看法很独到。[52]

另外一个"从侧面"观察契诃夫创作的是安德列·别雷。他对于契诃夫的思考也产生于一个具体时间，那就是《樱桃园》在艺术剧院的首演。这场首演使他认真思考由契诃夫带入俄国现实主义的新东西。"不久以前我们还站在一个坚实的地面上，"别雷这样评论契诃夫之前的时代。现在，当生活发生了变化，变得更加"透明"，能够看清"永恒的深渊"时，现实主义的表现能力获得了拓展，并与象征主义融合起来。"契诃夫就是这样的。他的主人公是用外

415

在的线条勾勒的，而我们则从内部去理解他们。他们走路，喝酒，说些闲话，而我们却看到了这一切下面所掩盖的灵魂的深渊。"（《契诃夫的剧作〈樱桃园〉》1904）[53]

最后，第三个发表观点的是年轻的马雅可夫斯基。他从未来主义的立场出发，将契诃夫的文学遗产看作主要是"语言的创造"（《两个契诃夫》1914）。他将契诃夫称为"强有力的，欢快的语言艺术家"，将他与"语言的盛大婚宴上快乐的主人"普希金相提并论，并为他们——还有果戈理和托尔斯泰——辩护，反对批评界的实用主义观点。[54]

正如我们看到的，当上述几位作家"从侧面"研究契诃夫的艺术时，都在其中看到了朝着"自己的"文学流派发展的潜力。大概契诃夫的风格本身也为此提供了依据。人物和叙述语言的不断转换——从抒情到讽刺，从平静的叙述到修辞性的问句，从生活细节到象征手法，以及善于通过客观叙述事件使读者感到刺痛的能力（程度不亚于有些作家通过对事件直接发表议论）——所有这些都吸引着那些寻找新的文学表现途径的艺术家。

但是，尽管契诃夫美学手法灵活而多样，在专业评论领域（这种评论对读者的影响是最大的）对于他的典型看法却只包含几个方面的内容，并将他看作一个没有鲜明主张的，平静的，甚至"麻木不仁的"（舍斯托夫语），"游离于俄国知识分子思想主潮之外"的作家[55]。

多年的阅读乃至研究经验改变了现代人心目中的契诃夫形象，对于他的艺术体系的看法也更加自由开放。在契诃夫研究领域，通过俄国和国外专家的努力，其美学的树冠已经长得枝繁叶茂，打破了图表和计算的桎梏，不断向读者揭示出契诃夫艺术世界的新模式，新的美学特征和现象。那么其中最重要的是什么呢？一切都很重要！这种浑然一体又各自独特的种种艺术特征具有非凡的意义，对读者的冲击不亚于"九级浪"或以往文学的"英雄主义内容"。

由于当今对契诃夫的认识极大地丰富了，反而更难以确定他在文学发展过程中的地位。他独特的创作中哪些属于"继往"，哪些属于"开来"？而现在看来，他同时代的文学批评观点又有多少是最终站得住脚的呢？

416

信赖读者，由传统走向创新

契诃夫在文艺批评界的综合形象是由其艺术体系的一系列特点构成的。而其中有一点在当时很少被关注，这就是契诃夫相信读者是有领悟力的。契诃夫自己很看重这个特点，这从他自19世纪80年代末到90年代初的信件中就可以看出来。

乍看起来，对读者的信赖是与所谓开放性的结尾有关的，因为既然主人公的命运不确定，就意味着作品的中心思想不明确，所以读者需要从作品中自己得出结论。对契诃夫作品结尾的这个特点，批评家们曾经提出过指责（请回想一下米哈伊洛夫斯基在1887年的评论），而现在的文学史家们又争先恐后地赞扬。其实在契诃夫的艺术体系中也有不少"封闭性的"结尾。它们不止经常出现在他早期的幽默小说中，而且也出现在若干较晚的小说中，特别是带有冲击性结尾的短篇小说（例如《妻子》《脖子上的安娜》《阿莉阿德娜》，均发表于1895年）。在契诃夫的小说中，即使封闭性的结尾也会留下思考的余地，让人们去猜测"镜头背后"所发生的事件。

这种现象甚至也发生在一些程式化的小说结尾上，例如《一个文官的死》。我们知道切尔维亚科夫的痛苦是这样结束的：他回到家，"在沙发上一倒，就……死掉了"。（文集，Ⅲ，166）就是这样平淡地叙述了一个"赤裸裸的事实"，在此之后，主人公已经不可能再有任何故事了。但是小说的文本本身一方面使得这件伤心事具有喜剧效果，一方面又在读者心中引起了更复杂的感觉。切尔维亚科夫多次向将军道歉，想平息他的愤怒，结果却适得其反。这种荒唐的举动几乎使他成为契诃夫笔下第一个"笨伯"的形象，而他的死，不论死因多么可笑，毕竟是一个人的死亡。由于切尔维亚科夫不会在这种情形下摆脱困境而继续活下去，反倒使他与那些要继续奉迎拍马，卑躬屈节以保全性命的人有所不同。契诃夫虽然用一个普通名词①（一个表现性格特征的名词，就像普利希别耶夫军士一样）作为主人公的姓，但却在艺术作品中塑造了一个有血有肉

---

① "切尔维亚科夫"的意思是"蛆虫"。——译者注

的现实的活人。这个小官员有妻子（他在困境中还跑到她那儿讨主意），还喜欢音乐，甚至还会像所有人一样打喷嚏——总之，他的"人性"与他人无异。这样一来，我们感情的天平就会向着这个笨得出奇的死心眼的人倾斜。有时候我们会看到，在这个完全现实的、与18世纪美学的独特传统有一点瓜葛的人物身上，竟会忽然将未来的荒诞艺术中的人物行为模式预演出来……

即使是这个看来最简单的小说，如果考虑到不同文学时期的因素，也可以赋予它远远超出当时那个时代的意义。我们将要看到，契诃夫创作与过去时代文学的师承关系在很大程度上决定了其艺术的多样性，而与未来的关系则证实了这种多样性。

契诃夫晚期带有封闭性结局的心理描写小说具有更大的多义性（这要求读者在阅读时要有非常积极的心态）。为了对比更明显，我们来分析一个像可怜的切尔维亚科夫一样生活在恐惧中，但是性格更为复杂的人物。教师别里科夫这个"套中人"不是那种与世无争的人。他的攻击性使得学校同事和学生，城里的居民以及读者都感到恐惧。要知道故事发生在黑暗的19世纪80年代，当这篇小说发表的时候（1898年），所有人都还对那个时代记忆犹新。但不管怎么说，难道他完全没有人的共性吗？别里科夫毫无疑问属于那种真心喜欢自己所教课程的教师。至于他对希腊语的爱是与他灌输给学生的思想审查与文牍主义的精神相一致的，那又另当别论。作者找不到比古代语言更适合这个与现实格格不入的主人公的学问了（虽然后来正是这一点激怒了阿赫玛托娃，她指出，安年斯基就是一个古希腊语学家，而契诃夫却把古希腊语学家描写成一个套中人[56]）。但是别里科夫这个热衷于维护官方法规的"冷面人"（在这一点上，他又是一个复杂化的普利希别耶夫军士）突然遭了厄运。就像在古希腊悲剧中一样（从这方面来看，小说中的古希腊主题也不是偶然的），主人公周围的情势突然变得无比激化，以至于他只剩下唯一的出路——死亡。他所能达到的最大的爱（小说中一次也没有使用过"爱"这个词）与那保守的最高律令"千万别出什么事"相撞了。别里科夫被埋葬了，因此这段由他的同事布尔金讲述的故事的结尾是封闭性的。但是整个小说的结尾（听故事的人所说的一大段话）却是面向读者的，要他们思考，在受到官方压制和"套中人"的权威双重压力下的现实中，究竟如何生活。

417

418 　　契诃夫的主人公与其他时代和国家的文学主人公有着复杂的亲缘关系。在契诃夫之前和之后，"套中人"的文学历史—文学命运都有相似之处。从这个意义上说，经典文学中的一些人物与别里科夫很相似，例如福马·奥皮斯金、尤杜什卡·格罗夫廖夫（同样的与环境格格不入，同样的压制周围的人，同样的用官方道德来对人说教），只是在他们身上"套子"这个主题不那么突出，内涵不那么充实。恰恰相反的是，有一个形象，尽管在用肖像和造型表现人物性格特征方面是别里科夫的直接先行者，但是与别里科夫比较之下，却可以发现，他们彼此最不相像。我们指的是奥勃洛摩夫的睡衣，它只是在外表上与契诃夫主人公的"套子"相像，但是这两个人物在逃避生活的动机、社会行为、道德观念和纯粹的个人特点方面毫无共同之处（顺便说一下，这种将主人公与其现实或文学"原型"表面的和内在的相似分开处理的手法，是契诃夫的一个特色）。

　　《套中人》面世不久，在俄国就出现了与之有着渊源关系的作品。这就是安德列耶夫的《窗前》（1899）和库普林的《太平生活》（1904），索洛古勃的长篇小说《卑劣的小鬼》（1905）和奇里科夫的剧本《伊万·米罗内奇》（1905）等。安德列耶夫的主人公逃避生活，整天坐在"窗前"，躲在自己的"城堡"，它相当于别里科夫的"套子"。在库普林的笔下，老教师的"平静的生活"就是整天打报告告发破坏校规的人。他走在人行道上，"皮制的大套鞋发出庄重的脚步声"，当时遇到了一个目光坦诚而友善的年轻教师。他很愤慨（"这也算是教师，为人师表！放荡的形象，嘴上叼着香烟……我要告发他！"[57]），这一幕使人联想起别里科夫看到开朗快活的史地教师科瓦连科后的反应。奇里科夫写的伊万·米罗内奇是一所初等学校的学监，他也狂热地维护"规矩"，追求"合乎指令的生活"，使周围的人备感压抑。

　　但是"套中人"在俄国文学中留下的最清晰的印迹是《卑劣的小鬼》的主人公——教师别列多诺夫。虽然在契诃夫的小说出现之前其性格的主要特征即已形成，但在小说的第6章，一个具有知识分子气质的女子当着别列多诺夫的面就问客人们："你们读过契诃夫的《套中人》了吗？写得活灵活现，对不对？"[58]在这个半用现实手法，半用非现实手法（象征手法）写出的长篇小说中，有那么多与契诃夫的《套中人》相同之处，同时又有那么多矛盾之处，使人不禁猜想，《套中人》可能对它产生了某种特殊的，如果可以这样说的话，"独立的影响"。[59]

　　大概，列米佐夫在描写中篇小说《不知疲倦的铃鼓》（1910）的主人公——小办事员斯特拉吉拉托夫时，对于"套中人"那纯粹绘画的形象——永远不变的套鞋、棉大衣、眼镜——也很心仪。但是除了对上级的忠诚和平时的吝啬（别里科夫也可能会有这种特点），斯特拉吉拉托夫的性格和别里科夫没有任何共同之处。

　　在白银时代的文学中，有一个与"套中人"完全相反的人物，那就是库兹明的中篇小说《翅膀》（1906）中的教师（和别里科夫一样，他也是希腊语教师）丹尼尔·伊万诺维奇。[60]作者有意识地通过这个形象与契诃夫进行争论。这个"古希腊语教师"非常善良、高尚，能够理解生活与艺术中的美，大概这些都很合阿赫玛托娃的意，而她与她的这位前辈在不喜欢契诃夫这一点上是相同的。

　　在那个时期，世界文学中还出现了一个与别里科夫类型相近的教师（但是我们没有证据证明其创造者意识到了这一点），那就是亨利希·曼的《垃圾教授》（1905）。[61]他也是教语文的，向学生们讲述荷马和席勒。亨利希·曼写作这部长篇小说的时候，在德国的《痴儿西木》杂志上经常刊登契诃夫小说的译文，他也许看到过这些小说。《套中人》的翻译要晚得多，但可以确定的是，在19世纪末20世纪初的几年，在慕尼黑的朗肯出版社出版的《没意思的故事》《决斗》等译本已经在德国文学界，特别是在托马斯·曼和阿图尔·施尼茨勒等人的圈子中获得成功，而《垃圾教授》也是在阿尔伯特·朗根的出版社出版的。说不定，正是在那些年，契诃夫的作品给亨利希·曼留下了"极度完美"的印象。[62]

　　亨利希·曼的这部长篇小说是一个很有特色的文学现象。小说描写生活的民族特色，主人公的忠诚和攻击性，一个人曾经杀害无辜者、仇视人类，具有丑恶的本能，所有这些都是用一种特殊的形式表现出来的——政治讽刺与冒险情节的结合。这一切与契诃夫毫无相似之处，但是这部作品主要人物的基本心理特征是与别里科夫一致的。这个孱弱的，佝偻着身子，形如槁木的"垃圾教授"用鬼魂一样的声音说出的话，使这个外省小城的古典中学里人人自危。他要取缔一切偏离正统教条（在契诃夫的小说里是偏离"通告"）的言行，他迫害公然蔑视他，具有自由思想的年轻人罗曼（在契诃夫的小说里，成为别里科夫靶子的是内心同样具有自由思想的科瓦连科）。格努斯认为罗曼败坏道德准则的行为（写轻佻的诗），也类似于契诃夫小说中所描写的，科瓦连科穿着绣花衬衫，"拿着几本不知什么书"走在街上。别里科夫和垃圾教授两个人也都因为爱而导致了命运灾难性的转折。

420　　如果说在法西斯主义的年代，一个过去的上等兵爬上了政治统治地位，以这样的闹剧作背景，亨利希·曼小说的意义变得非常清晰，那么在斯大林主义的时代，契诃夫小说的政治意味也是值得深思的。一个穿着制服和皮靴的小个子获得了无上权力，主宰着千千万万的人的命运，陷入恐怖的不是一座外省的小城，而是一个多民族的大国……如果说现在这种政治的联想已经不那么尖锐，那么契诃夫关于"套中人"的思想仍然是一种令人警醒的告诫。

　　就这样，契诃夫的"封闭性的"结尾在不同的历史时期，在不同民族文学的语境中总是可以获得新的联想和诠释。在与"永恒的形象"交流的时候，总是会发现这种广阔多样的远景。

　　在契诃夫的叙事中，这种交流正如对其他思想的理解一样，并不是直接面向读者说出来的，而是间接地，正如叶·鲍·塔格尔所说的，通过"用不动声色的方法转达富有激情的内容"[63] 来实现的，作者并不直接表达对于所描写的生活的态度。在俄国和世界文学中断断续续有许多作家都曾运用这种方法，从作为小说家的普希金和司汤达到写作《猎人笔记》的屠格涅夫，还有福楼拜和莫泊桑。在契诃夫的小说中，人物性格的核心与精粹不是直接说出的，而是点出一些间接的迹象（手势、眼神、嗓音等），使主人公的心理状态不经意地流露出来。契诃夫的世界是一个经过诗意概括的完整的艺术品，无论是服装、生活场景、自然景色，还是所有一般的外在的现实，每一个图景都是精心**描绘**的，但这个艺术世界所注重的不是描写，而是**表现力**。从表面化的描写到揭示现象意义的表现力之间的变化很难捕捉，正是在这里，读者开始"猜想"并成为作家的"共同创造者"。契诃夫有一句著名的话，说小说应该一下子"看懂"（这句话乍听起来和"信赖读者"是矛盾的），这大概指的是叙事的表面层次，指的是"文本"这个词的本意。

在契诃夫的叙事中，与信赖读者相联系的是体裁的革命，这个革命使他的小说具有了一种既客观又简洁的特别品格。这种结合的根基还在于过去的文学。普希金的小说也完全具备这种品格，这使得他的小说在这方面不仅远远超过18世纪的小说，而且也超过他以后很多年短篇小说的水准。这种"对读者的信赖"就起源于普希金，并与其美学特点关系密切。

但是，尽管普希金的小说在读者心目中永远是杰作，但从世纪之交作家的专业眼光来看，那毕竟是一个已经被超越的阶段了。托尔斯泰早在1853年就已发现普希金的短篇小说是"旧式的"，他的中篇小说"有点光秃秃的"。[64] 难怪他对契诃夫小说的出现感到欢欣鼓舞，认为它们代表了更现代的艺术发展阶段（例如，他认为在这方面《宝贝儿》高于陀思妥耶夫斯基、屠格涅夫、冈察洛夫以及他自己的小说）。[65]

契诃夫独特的叙述手段跟西欧与俄国绘画中的印象派有异曲同工之处。康·科罗温曾回忆自己与列维坦在19世纪80年代关于瓦·佩罗夫的《捕鸟者》的谈话。两个年轻画家都认为"夜莺画得很好，而森林却画得'像铁一样硬'"。他们认为应该用另一种方法来画："……不该让人看到夜莺，而要把森林画出那样的效果，让所有的人都明白有夜莺在林中歌唱。"[66] 安·米·图尔科夫正确地指出，这种想法"与契诃夫描写'风景画'的原则很相近，特别是他那著名的月夜描写，他只用寥寥几笔就把月亮与月光勾勒出来了"[67]。显然，不管是契诃夫的风景描写，还是上述两位画家的风景画，以及他们关于森林风景中看不到夜莺，却能感觉到夜莺歌唱的看法，所有这些都超出了单纯风景描写的范畴，而直接涉及20世纪艺术从契诃夫那里继承的原则——留白与弦外之音，简练与潜台词。

正是从这样的客观性出发，产生了契诃夫与读者"共同创造"的特点，这是他的遗产中最精致的部分和"体裁革命"中的决定性因素。正因为如此，契诃夫成为20世纪文学的先驱——其特点是让读者非常敏锐地注意到从艺术作品中流露出的各种"信号"。[68]

那么，契诃夫这种与读者"共同创造"的机制是怎样的呢？

在非常节制和内容高度充实浓缩的前提下，作家势必要寻找一种使"合作者"的工作比较轻松的叙述方式。就像酶在生物化学反应中可以起到减少能量

421

消耗的作用一样，这些方法也可以提高读者对于艺术文本的接受效果。

契诃夫不愿把关于"宝贝儿"和她的几任丈夫千篇一律的幸福生活的详细描写强加给读者，于是用同样的话来描写她与每一位的生活："……过得很好"这个句子在叙述中出现了三次（第四次是女主人公自己说的："我们过得很好"），在意义上已经获得了诗歌般的一唱三叹的效果。有些更复杂一些的重复也起到同样的作用，其中包括主旋律的反复，作品的首尾呼应，乃至于象征——这就是全套的契诃夫小说"形态"。早在20世纪20年代，米·彼得罗夫斯基就为这方面的研究奠定了基础。[69]

小说的思想越充实，其形式就越轻松，这就是契诃夫小说艺术的规律。可以举出在世界小说史上都独一无二的《大学生》为例。作者自己很喜欢这篇小说，把它看作"最精雕细琢的作品"[70]（并用来反驳把他视为"悲观主义者"[71]的观点）。《大学生》是用"故事中的故事"构成的。将中立的叙述者所讲的故事（即小说的直接情节）和构成"故事中的故事"的事件连接起来的时间，跨越了差不多两千年——从基督之死到讲述圣经往事的主人公自愿地回到"现实的时间"。作者借助第一次阅读时几乎察觉不出的两个情节的呼应，在一个报纸栏目的篇幅中写出了其最出色的情节之一。这是彼时与此时的呼应：令人心潮澎湃的星期五，同样的天气状况，两堆篝火，彼得的痛哭和瓦西里萨的眼泪。圣经的语境贯穿于现实中：过去的悲剧性时间在当前听大学生讲述的人心里唤起同情和痛苦，而这又使他开始思考关乎全人类生命的思想（这是关于一个链条的"两端"的主题）。由于听故事的女人属于社会的下层（俄国农村没有文化的农妇），这一结论便显得更加可靠[72]。对于高层次真理的理解不需要理性的论证，它直接源自心灵的触动。将差不多几何式的思想概括与明澈的诗的形式结合起来——契诃夫在短篇小说领域所达到的完美艺术的极致[73]。1899年，翻译家弗·亚·丘米科夫在写给他的信中说，在德国，尊敬契诃夫的读者认为小说《大学生》是"现代艺术"也就是"新潮流"的"珍珠"[74]，这绝非偶然。

很多年以后，布宁的短篇小说《夜》（1925）同样引用《圣经》中的传说，再次提出了关于人类不可征服的记忆和从未中断过的对生活的信仰的主题："现在，一种几乎和当初彼得在客西玛尼园一模一样的感情充斥于我的心间……那么我的时间在哪里？他的时间又在哪里呢？……我不仅活在我的当前，也活在我的整个过去……"[75] 同年布宁将这一主题纳入自己和契诃夫一贯的竞争之中（这大概不完全是无意识的，因为在1955年出版的那本著名的关于契诃夫的书中，他继作者之后也将《大学生》列为其最好的作品）。精致的短篇《蜣螂》（1924）篇幅比《大学生》还短，这篇回忆录讲的是博物馆里收藏的制作精美的"甲壳虫"，即刻有埃及诸王名号的蜣螂。在长眠法老的干尸上的蜣螂的形象引起了作者强烈的感触：这颗千年前冷却的心"在那传说中的日子也曾像我们今天一样坚定，也曾拒绝相信死亡，只相信生命"[76]。尽管小说对于历史连续性思想的表现和契诃夫同样紧凑，但小说中那种异域的宗教和整体的神奇而抒情的调子，那意义单纯的结尾，那直接对读者说出的最后一句话"一切都将过去，只有这信仰永存"却纯粹是布宁式的。（在《大学生》中类似的对于真理与美的连续性的信心是由主人公说出的，就像契诃夫通常所做的那样）

19世纪20年代对于《大学生》的认识还有富有创造性的一页，根据尼·维尔蒙特的解读，就是帕斯捷尔纳克在阅读这部作品之后受到了震撼。这种印象留下了一个印记，促成了一个梦想的实现，创作一组类似于里尔克的《亲爱的上帝的故事》的组诗。据回忆录撰写者的说法，那就是《在受难周》《圣诞之星》以及《客西玛尼园》。[77] 实际上，这些诗的主题同契诃夫的小说一样，也是千年时光如过眼云烟而心灵价值永恒。

别雷所谓契诃夫在平凡的生活情节中揭示出"灵魂的深渊"[78] 也可以作这篇小说的注脚。"他的目光越是深刻地洞悉生活中的关系，他对自己形象的构成研究得越细致，这形象就越透彻……"[79]——他这样评论契诃夫1890—1900年的小说。安德列耶夫对于契诃夫的理解也与此相近："契诃夫……将自己的图画贴在玻璃上——我能看到画上所有的线条和色彩，但是图画之后似乎还能看到明亮的天光……"[80]

用科学信息的语言来说，契诃夫小说的简短是"浓缩的"整个人类生活的信息（在《大学生》中讲的是整个人类的生活）。在传统的经典文学中，这种功能是由长篇小说来完成的。实际上，19世纪伟大的长篇小说家从70年代开始已经走向与契诃夫相同的目标，不过他们走的是一条相反的道路——从对属于几代人的多位主人公进行铺张的描写转向在中短题材中常见的将事件的时空加以紧缩的写法。契诃夫所完成的跨越是由屠格涅夫、冈察洛夫、托尔斯泰，特别

423

是陀思妥耶夫斯基所铺垫的。陀思妥耶夫斯基坚决地宣告了贵族家族长篇小说的终结，坚信在属于"偶然家庭"的过渡时期，"未来的艺术家能够找到绝佳的形式，甚至能表现往昔的混乱与动荡"。[81]

424　　　冈察洛夫和陀思妥耶夫斯基的长篇小说与跨度达几十年的叙事诗般场面宏大的传统文学不同，其时间是几个星期甚至几天（《卡拉马佐夫兄弟》的时间是十二天）——这已经和短篇体裁很接近了！俄国长篇小说的主要成就在于追求最大限度地充实用"单位文本"所表达的语义。这不是狭义的事件的充实，而正是信息的充实，在契诃夫的短篇小说和不长的中篇小说框架内也充分做到了这一点。他正是陀思妥耶夫斯基所期待的"未来的艺术家"，为描写动荡时代的俄罗斯生活找到了形式（而且是"绝佳的形式"）。

　　在俄罗斯的长篇小说中还预设了一套浓缩内容的方法，帮助读者通过作品情节结构风格机制的准确性和清晰度，能够理解复杂的思想内涵。例如，在陀思妥耶夫斯基的长篇小说的艺术结构中，在托尔斯泰的《复活》不同的人物和情境的鲜明对比中，著名的"赞成""反对"功能都与契诃夫小说文本中"呼应"的功能相近似。

　　在经典长篇小说一些章节著名的内容封闭性及重复性中也可以看到契诃夫叙事体裁的结构基础。正如美国的研究者威廉·米尔斯·托德以《卡拉马佐夫兄弟》为例指出的，这种特点的起源可能与作者对读者的体谅有关，因为读者最初只能通过报刊的连载一章一章地读小说。这样说来，这似乎是作者的一种记忆术，但最妙的是，无论是重复还是每一章的相对封闭，都很合乎陀思妥耶夫斯基准备出版单行本的需要。[82] 这是不是与契诃夫紧凑的短篇小说中的重复有些异曲同工呢？陀思妥耶夫斯基自己也写过一篇短篇小说，其中已预先显示了契诃夫小说结构的重要特点，这篇小说就是《温顺的女人》。[83]

　　在短篇小说狭窄的空间中，"记忆方法"更明显地表现出美学方法本身的功用。如果没有这些重复、呼应以及主旋律，契诃夫的小说似乎也就不成其为"契诃夫的"了。

　　因此，长篇小说的叙述总的说来（除了在小说主体中回归过去的部分以及结尾）是由于对事件的临时压缩而完成着近似于契诃夫短篇小说的叙述功能，就是尽量用时间跨度很短的情节表现主人公整个生活的内容。但正是在契诃夫的艺术中，在信息多得令人窒息，不用"浓缩"的方法就无法掌握的时代，我们所说的这种倾向才获得了一种完全等值的表现。用马雅可夫斯基的话来说，在契诃夫的小说中已经能够听到"未来急切的呼唤"："节约！"（见《两个契诃夫》一文，1914）[84]

福克纳这位20世纪杰出的长篇小说作家对契诃夫的短篇小说艺术给予了很高的评价，他自己也写作短篇小说，并承认自己在这个体裁上受到过这位俄国作家的影响。他认为，长篇小说的作者也许可以不讲究文笔，而短篇小说则不能容忍文笔的粗糙。他以契诃夫的短篇小说作为篇幅短小，文体精确的例子。福克纳觉得，与契诃夫的短篇相比，篇幅浩大的长篇小说成了一种"二流的体裁"。[85]

*   *   *

契诃夫在戏剧方面的革新对一些特别的艺术手法有很大影响，虽然这也跟他的叙述艺术有关。在几部重要的剧作中，同样的美学原则得到了更系统、更集中的体现，成为契诃夫艺术开创性贡献的精华所在。在话剧中，契诃夫一贯用比小说中更直接的方式来描写复杂的生活，幽默的原则与激情或抒情的主题的联系特别紧密。

契诃夫在戏剧领域进行的"体裁革命"首先是在人物的层次展开的。众所周知，契诃夫拒绝了那种在以往的戏剧体系中占主导地位的，只有一个主人公的剧本。[86] 这也是契诃夫成熟期的小说的特点，特别像《农民》这种有一群中心人物的作品。但是在剧本中这一特征表现得更明显：因为这是一个与以往的戏剧尖锐对立的体裁构造原则。但引人注目的是，即使是革命，作为戏剧家的契诃夫也是通过他一贯的"改良"道路逐渐实现的。从这个角度来说，《没有父亲的人》（难怪剧院更喜欢用主人公的名字称呼这个剧）和《伊万诺夫》还是属于传统的，但这以后的主要剧作就已经是按照新方法架构的了。在《海鸥》中，与艺术（这是本剧的主题）联系在一起的有四个主人公——两位作家和两位演员。但是具有洞察力的弗·伊·涅米罗维奇-丹钦柯已经在这个剧本中发现了一个特点，这个特点很快在艺术剧院1898年的演出中得到了出色实现："隐藏的冲突和**每一个**形象的悲剧"[87]。《万尼亚舅舅》这个名字似乎在突出主人公。但首先，这个名称间接地指向了另一个使主人公成为"舅舅"的人，也就是索尼亚。[88] 其次，不用说剧本的内容本身，就是在剧名中也有一个说明性的副标题：《乡村生活的几幕》，它直接指出了本剧的主人公是一个更加宽泛和综合的形象。《三姐妹》的名字说明剧中的主人公是几个人，但这种说法也似是而非。正如在《海鸥》中一样，在一个有很多主人公的剧中，这个名字所指的也只是其中一个相对狭小的圈子。《樱桃园》则完全是一个多主人公的戏剧，这也体现在它的名字上——这是一个远比"海鸥"的象征意义更广阔的形象。

契诃夫拒绝传统戏剧中常见的次要主人公，在上述几个剧中，甚至像娜达莎（《三姐妹》）和雅沙（《樱桃园》）这种与大多数人物格格不入的人物也毫无疑问地卷入了剧中的内部冲突，他们是一种在心理上引起愤慨的成分。尽管他们与那一群主要人物彼此抱有敌意，但是却与作为内在事件背景的总的事件进程有着紧密联系（一直没能到莫斯科去的普罗佐罗夫家三姐妹刺激了娜达莎的凶悍贪婪的行为，而出售庄园则使雅沙产生了在巴黎逍遥度日的打算）。

"多主人公"或者说"无主人公"（两者在这种情况下是同一回事）与契诃夫这位戏剧革新者的另一个决定性步骤是联系在一起的：契诃夫拒绝为了戏剧冲突的需要将人物彼此对立起来。冲突不是个别人之间的冲突，而是，用亚·帕·斯卡夫蒂莫夫的话来说，人在"与个人生活无关的生存状态中"所感到的"孤独、破碎而无能为力的感觉"[89]。冲突的内在性挤压了外部事件和通常所说的情节。按照传统，主人公生活中重要的事件应当占据情节的中心，但在契诃夫的剧中，观众却无法在舞台上看到这样的事件，而只能从人物的谈话中得知。契诃夫的一切作品都有这个特点，但他作为剧作家在这方面表现得尤其突出，他的剧作一部比一部更忽视以激烈冲突取胜的情节。在《伊万诺夫》中，他没有给观众机会去为在台上死去的萨拉流泪；《海鸥》没有在舞台上表现特列普列夫的第一次自杀，而他真的自杀而死时，观众也只是"听到"这件事（后台的一声枪响和全剧的最后一句台词）；在《三姐妹》中，索廖内与图巴赫的决斗以及这之前的争吵，也都发生在场外。最后，《樱桃园》的中心情节——出卖庄园——也不是在台上进行的。作者没有将场景移到举行拍卖的城里去，就像后来高尔斯华绥在《鬼把戏》（1920）（旧译《相鼠有皮》——译

注）这部带有贵族家族与商人之间尖锐的个人冲突的戏剧中所做的那样。在以前的戏剧体系中，这样的做法很可能被视为作者的败笔，但对于契诃夫来说，这是将戏剧冲突集中到人物的精神生活的必要条件。

在契诃夫的戏剧中，内在情节不断发展的感觉形成了"潜流"（或"潜台词"）。其美学手段包括：谈话的中断和家常话一样的台词，它们由于与谈话主题无关而显得很奇怪，在具体的语境中似乎很零乱；没有联系的对话（每人都自说自话）；主导旋律；意味深长，造成剧本特别节奏的停顿。所有这些都使得契诃夫的剧作可以被称为"情绪剧"，它们对于创建新的戏剧形式和戏剧体系产生了决定性的作用，同时它们又与经典戏剧相对来说并不算遥远的过去息息相通。

实际上，日后在契诃夫那里对整个戏剧结构产生重大影响，使得他实现这一领域的转变的若干戏剧特征（如在读者面前展开的"生活流"和渲染情绪的潜台词等因素，情节的不充分展开等），早已在屠格涅夫的《食客》《村居一月》，奥斯特罗夫斯基的《没有陪嫁的新娘》《名伶与捧角》《无辜的罪人》等剧中初露端倪。正如瓦·叶·哈利泽夫指出的，比契诃夫稍早或与他同时，某些俄罗斯二流剧作家的作品中也出现了一些后来在契诃夫戏剧中得到充分实现的倾向，如身为知识分子的主人公的苦闷，他意识到对自己的生活无能为力（伊·什帕任斯基的剧本《与自己为敌》，1886；叶·卡尔波夫的《初秋》，1890），初露端倪的向潜台词和表现所有人物的内心冲突靠拢的倾向，通过手势和舞台说明表现人物的心理状况（弗·涅米罗维奇–丹钦柯的《幸运者》1887）等。[90]

由于欧洲"自由"和"独立"戏剧突飞猛进的发展，在西方剧坛也出现了同样的现象。与契诃夫同时及稍早有易卜生和斯特林堡，与他同时及以后很多年还活跃着豪普特曼和梅特林克。在他们的剧作中可以看到在契诃夫戏剧中的基本特点：在日常生活背景下的家庭斗争，主人公——注定不能得到社会和自己家庭理解的知识分子——对思想和灵魂生活的追求等。

在突显主人公的内心感受方面，与契诃夫最接近的是他所欣赏的剧作家豪普特曼。1890年豪普特曼发表的《寂寞的人们》（这个名字本身就表示出新型戏剧的主旨），用契诃夫的话来说，"非常新颖"，使他好像被"一拳打在鼻子上"

（书信集，Ⅷ，243）。

在诠释主要人物的性格方面，易卜生要领先于契诃夫。他比契诃夫更早地将主要人物刻画为一个具有广阔心理发掘空间的光明与黑暗两种成分的复杂结合体。易卜生虽说总体上仍遵循传统的道路，但当涉及到人与社会的关系时，他却背离传统，迈出决定性的一步，为契诃夫表现人物内心世界的风格开创了先河。鲍·伊·辛格尔曼指出，易卜生的主人公"似乎想照老样子做，以便谋求自己的实际利益，但对自己传统的行为方式却有新的看法，将它看作完成某种崇高的道德责任，这种责任要求他对自己负责，使生活成为一种解放，按照自己的理解，而不是某种从身外强加的道德概念来建立生活"[91]。

斯特林堡比其他人更多地将叙述的元素引入戏剧中，从而破坏了严格的戏剧形式。而众所周知，这正是戏剧家契诃夫的体裁自由化特征。

至于运用诗化手法和象征手法，以及经常通过一些似乎无关紧要的，相对多余的，但使人预感到灾祸临近的对话，而不是直白地表现主人公内心的痛苦这些特点，在这方面契诃夫更接近于梅特林克。梅特林克曾在自己的文章中证明，剧作家有权利表现"每天发生的"悲剧，不是行为的悲剧，而是话语和日常生活状态的悲剧。当现代主义在俄罗斯盛行的时候（有些戏剧评论家认为，艺术剧院在19世纪末20世纪初的戏剧表现手法也属于这种风格），梅特林克的戏剧曾在俄国各地巡演，其影响不亚于契诃夫的戏剧。契诃夫抓住了梅特林克"古怪的"戏剧中创新的地方，似乎感觉到它们与《海鸥》有某些相似之处，他自己也认为《海鸥》"是个有点儿古怪的东西"。

在作者眼里，《海鸥》的古怪之处可能在于奇异的风景和特列普列夫那段关于"世界心灵"的独白，这段独白是仿照当时刚刚形成于我国小说中的象征主义的神秘意象和风格写成的（契诃夫也可能认为《黑衣修士》很古怪，因为其中"上帝的选民"这一主题预示着弗·索洛维约夫对"超人"思想的理解，这种理解对象征主义伦理学发生了很大的影响）。

在这样的背景下，《海鸥》便被看作白银时代的一个引人注目的现象。

新的戏剧体系是由于上述所有作家的努力建立起来的。但是由于契诃夫在戏剧革新方面格外活跃和"富于远见"，他的贡献在20世纪的戏剧中显得尤为突出。

契诃夫戏剧与欧洲戏剧的区别首先在于对"孤独者"这一普遍问题的具体阐释。契诃夫的主人公和他们的欧洲同道一样，与现实很不协调，但是在西方的新戏剧中，戏剧冲突更多地集中在处于敌对环境中的主人公的痛苦上面（特别是在起源于左拉的自然主义分支中），而契诃夫虽然很重视环境对人的影响，却格外注重表现人物自己与自己的不和谐，并将这种不和谐扩散到所有或差不多所有人物的身上。在契诃夫的戏剧中，人与环境的冲突直到最后也没有解决，甚至以一个主要人物的自杀告终的《海鸥》也是这样（也就是说"环境"战胜了他），因为其他人还要在这种彼此矛盾的"环境"中终其一生。契诃夫戏剧通过向未开放的，关于生命的意义，关于主人公与后代的联系的对话实现了艺术的完满。富有哲理的开放性结尾是契诃夫区别于西方戏剧的又一个特点。

429

国内和西方的研究者都承认契诃夫的戏剧有一个成就，就是不同的倾向能在其中保持平衡。用辛格尔曼的话来说，这些倾向不是互相排挤，而是共同造就了"那种内部的戏剧性，那种新鲜感，那种明暗对比，那种成为契诃夫戏剧主要魅力的变幻莫测的氛围"[92]。与契诃夫的整个创作一样，在这里和谐也是缘于各种矛盾的思想、主题、美学范畴的综合。

契诃夫在独幕剧《熊》（1888）、《求婚》（1888）、《婚礼》（1889）、《纪念日》（1891）中也出色地表现出了在遵循传统的同时引入新方法的能力。契诃夫这四部欢快的轻松戏剧远比体现了他的戏剧革新理念的四部杰出的正剧更快、更容易地得到了观众的接受。它们具有相当明显的传统戏剧特征：人物之间的外在冲突，围绕这些冲突的热烈对话，具有耸动效应的结尾。这些主要来自本国的文学，即19世纪初的家庭轻松喜剧和果戈理的喜剧。契诃夫的轻松喜剧还与法国的文学传统有着某些联系。但正如克劳迪娅·阿米亚尔-谢弗雷尔指出的，它们与"写得很精致的"法国戏有着本质的区别，无论从内容上，还是艺术手法上都更接近于乔治·库特林和……果戈理的独幕喜剧。[93]

与此同时，契诃夫对轻松喜剧体裁本身也作了改变。他的独幕喜剧与俄国的旧式家庭轻松喜剧不同，没有讽刺歌和舞蹈。契诃夫的轻松喜剧从音乐剧的范畴走向了真正的话剧。[94]

契诃夫的轻松喜剧中也表现出了其主要剧作的某些特点[95]，这尤其表现在

430 《婚礼》中。这个戏的主题在轻松喜剧中显得颇不寻常，那就是人的尊严受到侵犯，社会中人们的彼此隔绝等（还有近似于荒诞剧的不合逻辑的语言）。《婚礼》与其他几个轻松喜剧的区别还在于它的剧情溶解在日常生活的琐事中（即便是筹备婚礼的喜事也一样），因此节奏放慢了。最后，《婚礼》开放式的结尾（被破坏的婚礼继续进行）也比其他的轻松喜剧更接近于契诃夫"主要戏剧"的结尾。看来契诃夫在《婚礼》的创作中自觉地加入了一些试验的因素，难怪其他三个轻松喜剧都有"一场玩笑"这样的副标题，但《婚礼》却没有（它的副标题是"独幕剧"）。契诃夫最后一个轻松喜剧——《论烟草有害》（1886—1902）——与传统的决裂更彻底，其中令人揪心的悲剧意味超过了"独自"以及主人公一生的喜剧性和荒唐可笑。

因此，在契诃夫的戏剧中（每一个正剧和两个独幕剧——《婚礼》和《论烟草有害》）实践了苏格拉底的论断：喜剧的天才正是悲剧的天才 [96]。

正是因为这许多截然相反的因素汇聚在契诃夫的戏剧中，所以它们对于一切杰出的导演都极具吸引力。他们在契诃夫的戏剧中获得支撑，特别是在自己发展的关键时刻，同时也使我们更深刻地认识到契诃夫对世界戏剧艺术的贡献。第一个坚决地将契诃夫戏剧转向20世纪美学问题的奥托马尔·克赖恰，还有乔治·斯特雷勒、阿·埃夫罗斯、奥·叶夫列莫夫、彼得·布鲁克、彼得·施泰因以及许多其他导演的创作道路都证明了这一点。如果没有契诃夫的话，上个世纪戏剧的"面貌"就会是另外一个样子。

艺术体系中的"主导"与"例外"

契诃夫到底是俄罗斯的末世作家还是一个预见到俄罗斯命运将发生转折的作家？这个问题由来已久，且关系到契诃夫的创作在历史进程中的意义。与此相应，对他在文学进程中的使命似乎也有两种互相排斥的解释：是19世纪俄罗斯文学的终结者，还是开拓了20世纪文学发展道路的创新者？人们一直在寻找主导的方面。

现在将艺术家契诃夫这两种作用对立起来的人已经很少了。不错，当旧社会的社会形态依然稳固的时候，与同时代许多作家相比，他能更强烈地觉察旧生活的没落。也许这是因为他是用年轻人的眼光，仿佛从"旁观的"立场进行观察。连契诃夫小说的情节也兼有告别过去和憧憬未来两种类型。对于契诃夫来说，两者缺一不可，很难说哪一类更重要些。

至于他在文学史上的地位，要回答这个问题，则需要有非常中肯的立意，同时参照在契诃夫之前及之后的文学，避免预先把争论引向对过去或未来有利的方向。对于普希金以及其他经典作家，直至托尔斯泰和陀思妥耶夫斯基，他是一个终结者，与此同时又是一个创新者。对于20世纪文学，他既是一个先驱人物，又具备经过改造的旧有传统的特点。作为19世纪最后一位和20世纪第一位伟大的俄罗斯作家，他身兼双重使命。由于这种渊源关系，他便表现出对过去时代作家来说极不寻常的，兼有传统和创新的特质。现在，当他所属于的两个世纪都已成为过去，这一点看得尤为清晰。将契诃夫的创作与前契诃夫时期的创作和后契诃夫时期的创作联系起来，就能更清楚地看到契诃夫的开创性特点。

将契诃夫的创作列入俄国文学的白银时代（在经典文学教程中对这件事的讨论持续了许多年），这本身就说明人们对他为20世纪文化发展所作出的贡献有了新的认识。我们首先要提到的是《19世纪末20世纪初的俄国文学·19世纪90年代》（莫斯科，1968）这本书。在这本书中，单辟一章《现实主义的新阶段》（前面已经提到过），专论契诃夫和晚年托尔斯泰（作者为叶·鲍·塔戈尔）。[97]

让我们回忆一下纳·雅·别尔科夫斯基说过的话，他说契诃夫"写的是别人已经描写过的事，他好像是重写一遍，对托尔斯泰的文本和许多其他文本进行第二层发掘"[98]，但是契诃夫作品的"文学性"也有自己的传统。例如，他甚至能用以往普希金、莱蒙托夫、果戈理、海涅等人的文学艺术手段来讲述诸如赫尔岑在《往事与随想》这样的纪实性作品中所涉及的许多东西。[99] 其实普希金和莱蒙托夫也是追随着卡拉姆辛，拜伦和柯尔律治的传统而创作的，他们的诗歌中都有这些诗人留下的明显痕迹，更不用说果戈理的《钦差大臣》和《死魂灵》的情节素材就是由普希金提供的了。

通常认为，选择"既非天使，也非魔鬼"的中间人物，拒绝将主人公分为"正面的"和"反面的"，这是契诃夫在塑造人物性格方面的革新，其实这何尝不是差不多整个19世纪俄国文学的传统呢？很能说明问题的一点是，普希金为自己的诗体小说选择的主人公不是心灵纯洁，充满理想的连斯基，而是奥涅金——这个相对来说在道德上具有中间特征的人物。在文学史上，所谓"多余人"就是一些中间人物，他们虽然具有绝佳的修养和丰富的精神生活，却既没有实际的行动，也没有表现出特别高尚的道德水准或"下意识的"心理特征（所有这些都是由陀思妥耶夫斯基的主人公带入俄国文学的）。此后，选择"中间的主人公"似乎成了普希金的一条原则（《叶泽尔斯基》，《青铜骑士》，《别尔金小说集》）。罗扎诺夫当契诃夫在世的时候对他发表过负面的评论，但后来就连他也意识到了契诃夫的创新之处，这是同契诃夫的作品植根于传统分不开的。

不错，在契诃夫喜爱的情节中，也有完全不属于"中间类型"，而是带有理想色彩的人物。但这样的人物成为契诃夫的主人公却只有一次——在《花匠头目的故事》（1894）里。这是个一心为他人，做了很多善事的医生。但具有象征意义的是，他的故事不是由叙述者直接讲出来，而是通过小说里的人物讲述的。这个故事似乎不是作者的"作品"，而是园丁以前听到的一个瑞典的传说。由于这篇小说打破了契诃夫的一贯原则——表现"既非天使，也非恶魔的人"，又导致了另外一个破例：小说采用的是契诃夫作品中很罕见的寓言形式。

在绝大多数情况下，如果契诃夫将一个具备某种与众不同的心灵特质，例如可以义无反顾地去爱、格外完美而纯洁的人物引入他的情节时，是不会让他做**主要**人物的。《三姐妹》中的图仁巴赫就是这样的人物。他之所以与其他人物——围绕在普罗佐罗夫家的三姐妹周围的那些人——不同，并不是因为他拥有这些品质，而是因为他死了，他的身体离开了这个圈子。而在剧本名字里点出的几个"主要人物"，就像在所有"多主人公的"戏剧中一样，则和所有其他人物一起分担着自己的个人悲剧。

契诃夫在情节中给"理想"人物（这是相对而言，指道德和心智达到较高水准的人物）什么样的位置，这是有规律可循的。1898年写作的"短篇三部曲"中第二篇（《醋栗》）的主人公并不是有主见的伊万·伊万诺维奇·契木沙-希马拉伊斯基。尽管他从教师布尔津内的故事中一针见血地指出了别里科夫之流对于社会的危险性，随后又用自己兄弟道德逐渐堕落的故事来警示读者。这篇小说的主人公恰恰是把整个的心全扑在有醋栗的庄园上的那位兄弟。当契诃夫讲述一个人的心灵故事，讲述心灵通过痛苦和音乐得到净化的故事时，他所需要的也不是善良忠实勤劳的马尔法，而是她那不公正的、粗鲁的丈夫，外号"青铜"的雅科夫·伊万诺夫（《罗斯柴尔德的小提琴》，1894）。神学院大学生所讲的《圣经》故事中的主角也不是基督，而是曾经不由自主地犯下不认主的罪孽，后来痛悔不已的基督的门徒彼得。[100] 选择这个人物特别有利于描写"中间人物"的心理过程。在契诃夫情节的中心，人物与理想的关系不是以极端的形式（善与恶）表现出来的，而正是用一些与"平凡"人物的常态相适应的中间形式表现出来的。从这个角度来说，他更倾向于普希金。

433

由于契诃夫的写作有这种"变体"的特点，又产生了另外一个艺术特征。大家都很熟悉屠格涅夫、托尔斯泰和其他作家小说中的一些段落，而契诃夫在小说中遇到相似的情形时，却故意将这些地方"漏过去"（别尔科夫斯基曾指出在《匿名氏的故事》中漏掉了对彼得堡的街道和天空的描写；类似的遗漏还有，例如，在《薇罗琪卡》和《带阁楼的房子》里故意不描写爱情在少女的心中渐渐成熟的过程）。但是不论前辈作家是否具体描写过某一情节，契诃夫所经常忽略的，恰恰都是在以往的文学中可以形成情节高潮的戏剧性事件。我们也可以回想一下契诃夫戏剧中所略去的那些极富舞台感染力的情节。但所有这些"遗漏"恰恰是契诃夫的艺术与其伟大的前辈艺术的不同之处和创新之处：浓缩的描写，契诃夫特有的简洁。它有时要求作者必须略去主人公生活中一些很重要的事件，以唤起读者参与"共同创作"。这样，作家就可以一方面将"所选定的"生活片段发掘到底，另一方面在有限的背景下展示人物的心灵状态。

在契诃夫简洁的叙述手法，特别是戏剧手法中，有一条直接通向属于20世纪的艺术——例如电影——的道路（例如有时各不相关的场面的蒙太奇，以及与蒙太奇分不开的特写手法等）[101]。

契诃夫依托文学前辈，同时也依托熟悉他们著作、熟悉著名的文学场景的读者。于是就产生了一个作家与读者的同盟，这种同盟是与普希金的文学传统联系在一起的。

如果说契诃夫重复了经典文学中一些情节的轮廓，那么他也对这些情节进行了重新审视，并以对文学传统的挑战成就了自己的创作。这种情况从早期的短篇小说就开始了。契诃夫塑造的"胖子"和"瘦子"脱胎于果戈理的《死魂灵》第一部中著名的不同社会类型的人（地位显赫的"胖子"和无足轻重的

"瘦子"）彼此对立的主题，但却将这种对立的意义做了改变：他的《胖子和瘦子》与果戈理的小说写法不同，瘦子与胖子的区别不在于他"安排生活"的本领比较差，而在于他将自己在胖子面前的无足轻重抬高到生活法则的高度，某种道德判断——丧失自尊和人格——渗入到社会不平等的主题中来，降低了读者对"瘦子"的同情。

434

在契诃夫成熟时期，他的"经典文学变体"变得更加自由。他写作《草原》的时候，意识到自己侵入了果戈理的领地，但却不担心《塔拉斯·布尔巴》和《死魂灵》的作者在"另一个世界"生他的气（全集，Ⅱ，190），因为在契诃夫的笔下，俄罗斯草原的画面具有另一种美学风味。他直接使用了这位前辈所描写过的题目，但却赋予它一种类似于音乐作品中的"自由变调"的形式，但在这种"自由变调"中改变的不仅仅是主题（辽阔草原的形象），连描写草原的文体本身也改变了。果戈理叙事中出现过的思想、情感，以及鲜明生动的视觉形象，都直接来自作者；只有在《草原》的潜台词中，才能听到契诃夫将庄严与抒情笔调融为一体，较为平和的声音[102]，它时而和叶果鲁什卡的声音融合在一起，时而又从中分离出来。

当契诃夫写作和他喜欢的托尔斯泰的长篇小说《安娜·卡列尼娜》有点相似的情节时，却使用了和托尔斯泰截然相反的艺术处理方法。他不同意必须使破坏了社会道德规范的主人公受到惩罚的观点——不管是上帝的惩罚还是作者的惩罚，反正一样——于是便使古洛夫和安娜·谢尔盖耶夫娜在完全没有出路的困境中抱有朦胧的希望。

契诃夫年轻时虽然依照传统承认爱情具有宝贵的禀赋（《他和她》，1882；《爱情》，1886），但经常用冒犯的笔触描写感情的欲望，以此对抗传统的爱情阐释，所以他经常将幽默情节建立在假装相爱的人之间的误解上（《自白，或奥丽雅任尼雅左娅》《虽然赴了约会，可是……》，1882）。

契诃夫的创作进入成熟期以后，他开始涉及经典作家喜爱的题材——年轻人第一次的爱情萌动。但是，首先他不是按照常规去表现长篇小说家所注意的少女的感情（除了普希金的塔吉雅娜，我们还可以举出屠格涅夫、冈察洛夫和托尔斯泰的女主人公），而是表现青年男子的感情。这样看来，他似乎在追随俄罗斯经典作家的经验：屠格涅夫的《初恋》，托尔斯泰的《童年》《少年》和

《青年》。但与这些前辈不同，契诃夫所感兴趣的不是姑娘的形象在恋爱的人内心引起的变化，而是被唤醒的男性情感中敏感的东西。在《沃洛嘉》（1887）中，作者在男主人公和妞塔有罪的一幕以后之所以强调他们两人的丑，是因为这种关系没有心灵相印的铺垫。契诃夫通过对这个主题的残酷解答，用主人公自杀这个残酷的结尾，表示了在这个问题上与前辈作家不同的看法。在契诃夫的小说中，即使开始时年轻人的爱情带有"古典"的性质，被描写成一种严肃的心灵历程，那么这种抒情主题最终仍不免遭到粉碎（《文学教师》《姚内奇》《带阁楼的房子》等）。

在契诃夫小说中，真挚的爱情与其说是初恋，不如说是最后的爱情（《带小狗的女人》中的爱情具有净化的力量，而《三姐妹》中的爱情很深挚）。如果说契诃夫也曾表现女性的登峰造极的爱，那么，这种爱的对象不是男人，而是孩子，而且是别人的孩子——谁知道呢，也许这正是为了绕开传统文学中理想的母爱（他在自己的作品，例如《三姐妹》中曾对这种母爱加以嘲笑；而当他严肃地对待这个主题时，例如在《主教》中那样，则表现的是母爱的无力）。而《宝贝儿》却宣扬了一种非血缘关系的、无私的、令人叹服的母爱。虽然女主人公依然受到爱的"对象"的心智发展水平的左右，但她却在对小男孩的依恋中获得了真正的归宿，这种感情可以上溯到古希腊神话：其中有某种既来自普叙喀[①]，又来自厄科[②]的东西。[103]

契诃夫在其创作中，不仅仅为"理想的"主人公或讽喻题材做出过例外处理，如果深究这些例外的话，契诃夫的创新所构成的坚实图景就会动摇。虽然契诃夫对19世纪文学有许多异议，但在艺术革新时他自己从中汲取的东西，却大大超出人们的想象。这种现象既表现在"主流"中，更表现在"例外"中。

例如，契诃夫早期的创作完全被看作幽默作品，是一种很单纯的笑（关于它的复杂特点我们已经讲过）。但是，年轻的作家常常不得不打断这些轻松快活或尖刻损人的笑，为的是讲述那些不经意间收集到的戏剧性的、传奇剧性的或抒情性的情节，这似乎是过剩的创造力的自然表露。

435

---

① 普叙喀：古希腊神话中人的灵魂的化身，经常以蝴蝶和少女的形象出现。——译者注
② 厄科：希腊神话中的回声女神。——译者注

在这个时期，契诃夫也尝试过讽喻体裁、幻想体裁、圣诞节故事体裁和其他一些体裁，一般来说，他在这方面没有多少创新，但是其中有一篇圣诞节故事体裁的《万卡》将这个关于贫苦的乡村孤儿的很传统的情节提高到一个新的艺术表现水平。

在契诃夫成熟期的叙述中没有精巧的情节，没有传统意义上的激烈冲突，这使得大家公认他是一个写作没有事件的作品的人。契诃夫是出于不想让读者受到表面事件过程的牵引而有意这样做的。其实他很善于驾驭紧张的情节，表现情欲的激烈冲撞，描写自杀，杀人，争夺高贵地位，以及带有侦探情节的传奇色彩的作品。19世纪80年代他的创作有很多这方面的例子（最能说明问题的是1882年的《不必要的胜利》和1884年的《打猎》）。

我们知道，契诃夫尝试过所有的传统题材，也经受过长篇小说的考验。

最后，在契诃夫的戏剧创作中，也是"主导方面"与"例外"共存的。在外部戏剧冲突发展缓慢的戏剧中（这是作为戏剧家的契诃夫的主要贡献，决定了新型戏剧的发展道路），混合了叙事艺术和戏剧艺术的近似特点，同时又具有轻松喜剧等开放性戏剧的特征。看来，想要完好无损地找到契诃夫艺术中的主导方面是不可能的。

迈向20世纪

契诃夫是世纪之交的艺术家，这也就是说，在某种程度上是同时属于两个世纪的艺术家。

众所周知，19世纪末20世纪初是进行各种各样，甚至截然相反的艺术探索的时期。契诃夫艺术的坐标是由许多在美学上往往彼此对立的，不容于旧的艺术体系的标记组成的，因此，即便是他的美学"模式"也远比乍看上去复杂得多。

这甚至涉及到对于契诃夫美学的一个不太赞赏的评语："中间性"。在契诃夫艺术体系的语境之下，"中间性"并不意味着"无个性"或"无色彩"（或"灰色"的——这个词最坏的意义）。在契诃夫的美学体系中，"中间性"是丰富多样的"个性"的载体，因此在这个意义上也就是"包罗万象的"，在各种同等重要的现象组成的背景下没有特别突出的山头。这是一个缺

436

点，还是艺术家睿智的表现呢？如果说那些为艺术家契诃夫的平静，为他的作品中没有"九级浪"而愤怒的人是对的，那么契诃夫长久而不断增长的世界声誉又从何而来呢？

如果没有注定要走向进步并带来一系列变化，但在永恒道德尺度方面亘古不变，并充满普通人（中间状态的人）的心理冲突、痛苦欢乐的"生活"的形象，那么任何艺术创新本身都不能赢得公众对艺术家的爱戴。

如果契诃夫不是一直具有现实意义，后代作家也不可能对他一直保持专业的兴趣。

与契诃夫对现实全面的描写（不过，即便他作为一个"当世的"作家也无法囊括当时俄国生活的**所有**方面）相适应的，是其极其开阔多样的艺术创作原则，对这一点我们已经讲到过了。

用拉赫玛尼诺夫的话来评价契诃夫丰富多元的艺术体系十分恰当。当拉赫玛尼诺夫被问到他认为艺术中什么是最重要的时候，他回答说，"在艺术中不应当有最重要的"[104]，这句话意味着一切都很重要。

对于契诃夫来说，艺术的这一特点并不仅仅是理论假设，而且是一步步落实在创作各个方面的具体原则。如果说艺术只提供选择，而掩盖了可能会有"没有被完整的文本所预见到的其他意义"，如果说文学的形象是"潜在的"，最后，如果在描写对象身上"缺席"会比"在场"更真实可感[105]，那么，所有这些一般的美学原则在契诃夫的体系中都落实到美学实践的层次上了，包括契诃夫"开放性的"结尾（由于"潜在性"带来的选择的可能性），非文学的求证方法（这是文本所没有预见到的），话语的多义性（"可能会有其他意义"），简洁凝练和言犹未尽（"缺席"的效果）——所有这些成就了契诃夫艺术世界特殊的芬芳，特殊的"情调"和深度。

契诃夫是19世纪俄罗斯文学的继承者，他对许多作家的艺术成就给予了赞扬。大概还没有一个俄国作家有像他那么丰富多彩的师承。他的艺术吸收并改造了许多作家的经验，包括普希金、莱蒙托夫、托尔斯泰、屠格涅夫、陀思妥耶夫斯基、果戈理和奥斯特罗夫斯基和19世纪后半叶一些较次要的剧作家，乃至萨尔蒂科夫-谢德林、科济马·普鲁特科夫和19世纪80年代初的一些幽默作家等等。

437

在所有这些影响中，对契诃夫的艺术手法产生了最本质和决定性影响的，是普希金的创作及其美学思想。契诃夫的"间接描写"以及与之相关的（包括与"开放性结尾"有关的）所有美学方法，归根结底都来自普希金的小说。

现在，研究者们在契诃夫的创作中发现了越来越多的源自世界文化杰作的思想和形式，从古希腊罗马文学（特别是索福克勒斯的喜剧，也许还包括罗马晚期的散文——这一点还有待研究）到莎士比亚和意大利的假面喜剧，从司汤达、福楼拜、都德到莫泊桑和世纪之交的欧洲新戏剧。[106]

契诃夫的自然科学教育背景也对其美学原则的形成与发展产生了巨大作用。他自己曾经提到的"重视科学资料"的特点（文集，ⅩⅥ，271–272），也是受到他在莫斯科大学的老师，著名的内科专家格·安·扎哈里因的观点（他的具体分析每位病人病情的观点影响到契诃夫，使他具体地对待每个描写对象，而排斥抽象推理），以及斯宾塞著作的影响而形成的（参看契诃夫小说中关于教育和修养的主题以及对于"优雅"这个概念作出的诗意解释[107]）。

最后还应当注意到的是契诃夫世界观与创作的哲学宗教来源——这方面的研究是不久之前才开始的。[108]

这里提到的契诃夫的前辈，并不是偶然拼凑起来的。在世界性的契诃夫研究中，不管是国内的，还是欧美以及其他地区的，都有著作揭示契诃夫创作与上述作家的渊源关系。这种"光怪陆离"的师承关系不仅仅是由于时间的因素（他作为19世纪"最后一位"作家具有更多的师承机会），而首先是由于他作为一个艺术家的从善如流和一定意义上的"兼收并蓄"。

契诃夫的创作本身丰富多彩，而且包含了多种多样的文学探索，所以对20世纪文学具有深刻影响，而且这种影响是多方位的。在20世纪，无论是西方还是东方的作家，更不要说与我们有亲缘关系的斯拉夫作家，掀起了一浪接一浪的契诃夫热。

在对几个国内和西方作家进行简要介绍之前，我们要先提一下契诃夫在日本所占的特殊地位。那里的土壤很适合继承契诃夫的传统：那里悠久的民族文化是建立在与契诃夫很相近的美学原则之上的。这种美学原则就是追求简练和客观性，其最系统和生动的体现是短小精致的诗歌——俳句，还有短小的叙事作品的盛行，表达主人公心理状态时的节制，甚至与契诃夫的开放式结尾相似

438

的，有着引人浮想联翩的潜台词的结尾。[109] 因此日本的很多作家都曾从契诃夫的传统中受益，其中包括20世纪杰出的小说家。

最初，那些想遵循契诃夫创作道路的年轻作者试图用他的方法写作。实际上，这还算不上一条路，而不过是一条小径，后来它消失在文学的森林中了。由于在俄国小说界出现了众多的直接模仿契诃夫的作者，因而出现了很多"日常生活描写者"和"抒情作家"，形成了一种危险的"感伤"倾向。众所周知，这种情况引起了勃洛克的警惕（参看《论现实主义者》，1907）。那些最终也没能超越导师的表面影响的作家，现在他们的名字恐怕只有专门的研究者才知道。但问题并不在于如何对待契诃夫的情节和技巧。如果不是与作者自己的创作追求相脱节，这些技巧的运用本来可以带来创作的成功。

我们知道，即使标新立异的象征主义小说也大量地使用与传统文学相近的段落或是直接的引文，以此表示对古典传统的忠实，或是就某个问题进行论争，作出不同的诠释。象征主义小说丰富的文学渊源使匈牙利的研究者西拉德·利奥得出如下结论：契诃夫也是一位被象征主义者"引用"的作家（特别是索洛古勃），他是象征主义者的前辈，还是后象征主义散文间接的前辈（扎米亚京，米·阿·布尔加科夫等等）。[110] 西拉德所发现的象征主义者对于形象变异（还应当加上情景、情节乃至于试验性的美学手段的变异）的爱好无疑是符合契诃夫本人的特质的，只不过契诃夫作为一个现实主义作家，其创作源泉的"语言规范性"与"生动性"之间达到了更加和谐的交融（与此相关的是契诃夫的诗意象征，其深度和"多层次性"与勃洛克和别雷很相近）。

正如契诃夫的写作是以往文本的"变体"一样，有些作家，例如布宁，终生都在契诃夫提供的文本中写作，利用契诃夫的情节和情境创造自己的文本。实际上，布宁的经典短篇中所有的悲剧性结局（在最幸福的时刻遭受命运的打击）客观上都来自契诃夫的一个即兴的情景：一对恋人在一起躲避雷雨时，"他"突然死于心脏病发作。1925年布宁发表回忆录之前，他也许知道，也许不知道契诃夫1890年讲给塔·利·谢普金娜–库佩尔尼克的这个情节[111]，我们这里要说的，只是契诃夫早已提前想到了布宁对小说冲突的这种解决方式。从祥和的恋爱氛围突然转到可怕的结局，相对于契诃夫心理小说一贯较慢的发展节奏来说，这个急剧转变的构想似乎显得很特别。但无论如何，在一片明朗幸

439

福的背景下突遭命运打击，这种结局对契诃夫来说并不是偶然的，这与他的生活哲学是相吻合的。

"孩子的死。刚刚安顿下来，命运就给了你沉重的一击！"（文集，ⅩⅦ，200）——这是契诃夫为拉普杰维家罹患白喉的情节起草的提纲（《三年》，1895）。在这里，无辜孩子的突然死亡标志着拉普杰维夫妇建立家庭的"追求"是毫无希望的：生活嘲弄了主人公，对他们的想象作出了自己的判决。在中篇小说《在峡谷里》也有类似的情节：丽芭好不容易刚刚适应了富裕的公爹家很不习惯的生活，就遭到了对一个母亲来说最大的痛苦——婴儿的死。当一直折磨拉涅夫斯卡娅的丈夫去世以后，她似乎有了获得幸福爱情的机会，就在这时，她的儿子却溺水身亡。但是契诃夫是如何将这个悲剧性事件引入自己的文本呢？在《樱桃园》中，小格里沙的死是作为"戏外的"事件，甚至"前史"来处理的，而在前面提到的中篇小说中，类似的情节也不是作为情节的结尾处理的——那样的话就可以使结尾具有悲剧意义。在这两个作品中，叙述者都只是在事件的进程中很简短地提到上面发生的事，好像只是要告知读者，而读者自己会去判断这可怕的事对于主人公意味着什么。

在布宁的小说中，厄运好似一颗流弹，好似晴天霹雳，在小说的最后几段，甚至是最后一句话里爆炸，这多半是主人公之一的意外死亡（最经典的例子是《在巴黎》，1940）。

但是有一个短篇小说，虽然没有以死亡收场，但其结局也是一个突然的悲剧，因而这也是一篇典型的布宁式的小说，这篇小说叫做《中暑》（1926）。这篇小说对契诃夫关于艳遇的主题（《带小狗的女人》）进行了强化，并做出了不同的处理：这不是老于"唐璜式的"约会的主人公缓慢发展的爱情，而是像中暑一样迸发的热望。这意外而短暂的爱情似乎两次将主人公击倒：一次是在小说开始，一次是在小说结尾，当他想到自己既不知道那个陌生女人的名字，也不知道她的住址，也就是说永远地失去了她的时候。布宁的这位主人公再也见不到这个给了他第一次真正幸福的女人，所以虽然两人都活着，他却虽生犹死。"一下子老了十年"这句话和狭义的死亡具有同样沉重的悲剧性。这种绝望的结局将布宁小说情节中"偶然的艳遇"提升到与契诃夫相当的水平，与20世纪的灾难感很相符。这是布宁与契诃夫对于这种幽会不同的解读：在布宁，这就是一种不体面的"偶合"，而对于契诃夫来说，其中却包含很朦胧的希望。

通过这个具体的例子，可以看出整个白银时代文学是如何深刻理解契诃夫的经验并加以继承的。这种继承带来了丰硕的成果。

契诃夫对年轻一辈作家的影响是"解放性的"（正如普希金一样——茨维塔耶娃谈到普希金时也用这个词表达同样的意思），因为它鼓励"与众不同"。那些富有文学天赋的人，尽管在文学生涯开始时期也是契诃夫的模仿者，但很快就从表面的类似——作为主题与美学方法体系的"契诃夫派"——中解放出来了。属于这种情况的除了布宁还有库普林和安德列耶夫。

这种解脱越顺利，这些作家和其他一些作家就越大胆地去打破现实主义的金科玉律。契诃夫的继承者们为自己寻找着新的表现手法：有的走向浪漫主义，有的走向印象主义，有的走向表现主义和象征主义。如果说，即使在他们晚期的作品中也能看到像陀思妥耶夫斯基和托尔斯泰这样的文学大家的影响，那么契诃夫的榜样则对于他们独立的文学探索给与了莫大的鼓舞。如上所述，契诃夫的艺术之所以能够被不同风格和流派所"利用"，正是因为他的创作本身融合了各种不同的艺术倾向。

在契诃夫丰富的，一个世纪以来被广泛认同的艺术思想中，有一个关键的思想将其他所有思想联系起来，这就是综合的思想：综合各种艺术，文学的各个种类、体裁、风格等等。契诃夫在国内的紧密追随者也或多或少地抱有这种思想。

例如，布宁的诗歌带有明显的叙述艺术痕迹，而小说却具有抒情特征。有的时候，布宁的小说混合着平淡无奇和尖锐的情节性这两种特点（在平静的日常生活背景下发生的富有戏剧性的小情节）。世纪之交俄国的现实主义小说一方面热衷于特写的体裁（它是文学性与纪实性的结合），一方面又有一些作家，例如高尔基，开始创作"散文诗"，这种现象同样证实了契诃夫所带来的影响。最能代表契诃夫影响的，是这一时期文学的发展过程中还出现了一些特殊的所谓交叉现象，例如现实主义与表现主义的交叉（鲍·扎伊采夫、叶·古罗的小说，安年斯基的文艺批评，奥·德莫夫的戏剧），现实主义与象征主义的交叉（索洛古勃、安德列耶夫、列米佐夫的小说）。在戏剧领域，继契诃夫之后，高尔基和安德列耶夫的戏剧中也引入了从容叙事的成分，并对体裁的特点发生了影响。

441

安德列耶夫的戏剧与布宁的小说一样，是契诃夫对于其继承者的"解放性"影响的最生动例证。尽管安德列耶夫戏剧的基调与契诃夫很不同（心理的和日常生活的强烈对比，热衷于象征手法和表现主义手法），但却继承了契诃夫戏剧改革的方向。安德列耶夫宣称拥有使用各种艺术方法的绝对自由，他说："……因为我在现实中寻找非现实的东西，因为我既憎恨赤裸裸的象征也憎恨赤裸裸的，无耻的现实，所以我是契诃夫的继承者……"[112] 安德列耶夫在戏剧中坚决地用主人公对生活的感觉流代替了"生活流"（这更符合叙述性小说的特点），并巧妙地将主观抒情与庄严基调，将自然主义的细节与表现主义的描写方法结合在一起。

在安德列耶夫的戏剧中不同程度地渗透着"契诃夫的原则"，无论是假想的，用他的话来说，"非现实的"形式的戏剧（《人的一生》，1907），还是现实主义的戏剧（《我们生活的岁月》，1908）或表现主义的戏剧（《黑色面具》，1908）。但安德列耶夫自己在《关于戏剧的通信》（1913—1914）中主要是将自己新的戏剧观——泛心理主义戏剧——与契诃夫联系在一起。安德列耶夫创作于20世纪初、具有强烈非理性色彩、"无情节"的泛心理主义戏剧（《叶卡捷琳娜·伊万诺夫娜》，1913；《吃耳光的人》，1915；《狗的跳舞》，1922），在契诃夫原本的戏剧原则与欧洲戏剧的多样倾向之间起到了调和作用。年轻的梅耶荷德在给戏剧家契诃夫的信中所做的预言（"西方戏剧也必将向您学习"）[113] 在很大程度上是通过安德列耶夫这位剧作家和戏剧理论家的试验来实现的。当时这一"学习"的过程才刚刚开始。

在以后的岁月中，许多俄国的小说家和剧作家——布尔加科夫、扎米亚京、纳博科夫、尤·卡扎科夫、多甫拉托夫、亚·沃洛金、万比洛夫、彼得鲁舍夫斯卡娅等等——虽然都很喜欢契诃夫，甚至使用他作品的主题，却一点都没有模仿他。其中特别值得一提的是现实艺术协会会员的创作，他们强化了契诃夫早期作品中特有的荒诞和戏仿因素，并保存了自己非常新奇独特的品格。[114] 所有这些联系都需要进行专门研究。

西方作家接受契诃夫现象的过程和俄国作家一样曲折，他们也未能避免模仿契诃夫风格的表面特征的幼稚病。

高尔斯华绥曾经因为欧洲作家热衷于用契诃夫的写法"轻松地写作"而感

到难过。他说："这位作家可能会以为，只要他亦步亦趋地记下日常的感情和事情，就可以写出同样杰出的小说——真是天晓得！"[115] 实际上，在契诃夫的模仿者中最有才能的，终生热爱着自己的偶像的凯瑟琳·曼斯菲尔德就是这样利用契诃夫的写作方法的。她的《罗莎蓓儿惊梦记》《帕克妈妈的一辈子》《生产》《疲倦的孩子》等小说中无疑散发着契诃夫的气息。但是这种气息太浓了，以至于读她的作品时刻都可以辨认出《在大车上》《苦恼》《命名日》《渴睡》这些小说的情节与写作技巧，而契诃夫开辟新的道路并不是为了这个。

但是在这一时期的英国，即使比较独特的小说家，在学习契诃夫的时候也不可避免地重复他的情节、主题、抒情笔调——故意使用言犹未尽的写法。阿尔弗雷德·科珀德的《樱桃树》《老人》《纷乱的生活》就是这样的小说。而赫伯特·贝茨甚至在晚年的小说中依然令人吃惊地出现与契诃夫小说在语句上的重合，特别是在那些"开放性"的结尾中。中篇小说《亚历山大》——英国版的小男孩坐马车旅行的故事——结尾就是这样的："……旅行结束了，下一次什么时候开始呢？"请比较一下《草原》的最后一句话，它也是提出了一个关于未来的问题："将来的生活会是什么样呢？"（选集，Ⅶ，104）。短篇小说《虚荣的惨痛代价》的结尾也是如此："海蒂，海蒂，……海蒂，我到哪儿去找你呀？"几乎完全仿制了《带阁楼的房子》的结尾。[116]

但也有一批作家避免了这种弊病，走出了自己的路。这主要是一些英语作家，如舍伍德·安德森、海明威、福克纳、欧斯金·考德威尔、毛姆和格雷厄姆·格林（这两个人在晚年都承认受到了契诃夫的影响），还有乔伊斯·卡罗尔·欧茨等许多作家。与此同时，他们从陀思妥耶夫斯基、托尔斯泰、屠格涅夫那里受到的艺术和思想方面的影响也不少，甚至比契诃夫的影响更大，更直接。当他们创作小说的时候，甚至不一定知道契诃夫的小说，尽管客观上他们已经接受了契诃夫所开创的艺术方法。例如乔伊斯写作系列短篇小说《都柏林人》（1914）和安德森写作系列短篇小说《小城畸人》（1919）的时候就还没有读过契诃夫的作品，然而所遵循的却是1910—1920期间在英语小说创作中已经被普遍接受的"契诃夫笔法"。因为契诃夫的艺术已经使世界文学的空气变得清新，当作家呼吸着这样的空气时，不可能不汲取到哪怕些微的来自契诃夫的氧气。

20世纪三位最杰出的，创作特点迥异的小说家，都曾经就契诃夫为世界文学引入的叙事原则发表自己的见解，他们是高尔斯华绥、海明威和毛姆。高尔斯华绥继契诃夫之后也曾将艺术家的工作与化学家的工作相比较[117]，并对契诃夫小说的结构进行过认真研究；海明威在契诃夫之后，在其长篇小说中最多地表现了由于觉醒而带来的痛苦，并且推崇简洁的描写，反对没有必要的比喻和罗嗦[118]；而毛姆也不喜欢繁复雕饰的风格。他们都曾用隐喻的方法表述自己在小说方面的创新，而这种创新与契诃夫的文学实践是有渊源关系的。高尔斯华绥把契诃夫的文本比作把脑袋和尾巴（开头和结尾）都缩在壳子里的**乌龟**[119]；海明威将他自己的叙述方法比喻为大部分藏在水下，只露出一小部分的"冰山"（用契诃夫的话来说，就是台词和潜台词）；毛姆则像高尔斯华绥一样警告契诃夫的模仿者不要忘记**鱼**是有头有尾的[120]。他们一致认为，对于一个真正的艺术家来说，简洁和在叙述中留有余地的写法可以使文本更加深刻。正如海明威所说的，冰山露出的八分之一应当能使人想象出藏在水下的八分之七。[121] 不管自觉还是不自觉，西方作家是从契诃夫那里接受这一美学特点的。开始的时候它曾引起批评家们的不快。例如，安德森不愿意写"情节小说"，他回忆说，最早读到《小城畸人》的读者曾指责这本书，其中态度最激烈的是一位著名的批评家，他说："这本小说没有形式。这不是小说。小说应当是清楚明确的，应当有头有尾。"[122]

但最令人惊奇的现象是，有些艺术家与契诃夫持相反的美学原则，但他们的作品中竟然也出现了"契诃夫的原则"。意识流小说是早在19世纪由世界各国的艺术家和思想家，首先是托尔斯泰和美国的哲学家威廉·詹姆斯共同铺垫的，而短篇小说《渴睡》的作者也属于这一文学流派的先驱之列。而伍尔夫对于主人公心理过程的精准描述也令人想到她可能受到契诃夫的直接影响。她曾对契诃夫的心理描写做出准确的描述："心灵的痛苦，心灵得到治疗，心灵没有得到治疗——这就是他的小说的主要内容"[123]。

早在20世纪20年代一位读者就发现，普鲁斯特的作品与《三姐妹》的主人公简短的话语中所蕴含的没有说出的内心独白之间有着隐秘的联系。[124] 契诃夫小说中的内心独白也在普鲁斯特的意识流中发展到了极致。根据学者的研究，小说《醋栗》和《薇罗琪卡》（1887）以及契诃夫晚年杰出的心理小说（《主

444

教》等）"失去现实感"的主题，日后发展成了长篇小说《追忆似水年华》
（1934）的主题。[125] 普鲁斯特通过主人公的叙述将不同的时间层面混淆起来，
在这一点上他与契诃夫是一致的。但他同时破坏了契诃夫的典型特征——心灵
的客观状态与其主观感觉之间，即主观真实与客观真实之间的平衡。

契诃夫的经验还被那些在第一次世界大战结束之后很多年期间进行写作，
仍然被冠以"迷惘的一代"的作家们所吸收。加缪、厄普代克、塞林格的许多
主人公都是一些不知所措的人，他们在家庭中感到痛苦，无法打破与周围环境
的隔绝，不断试图找到逃离荒诞生活的出路。现代小说家伊夫林·沃惯于用不
动声色的平静语气讲述一些可怕的事情，令人意想不到的是，他的作品中也能
看到契诃夫的影子，可这些小说在主题和思想上早已远离了契诃夫的作品，完
全属于20世纪的美学范畴。

445

契诃夫对于西方戏剧中持"反契诃夫"立场的艺术家的创作发生影响的过
程相当曲折。到20世纪中期人们才清楚地看到，那些将开放型的，表现主义的
戏剧与叙事性，抒情性和哲理性戏剧结合起来的剧作家也从契诃夫那里学到了
很多东西。布莱希特就是这样的剧作家。他的创作证明，契诃夫为世界戏剧所
作出的创新，其范围远比字面的"契诃夫原则"宽广得多。

我们可以将从契诃夫的心理剧向布莱希特的叙事剧发展的过程与俄国小说
从陀思妥耶夫斯基到契诃夫的发展过程相类比，但这种对比是"反方向的"。这
三位作家都对生活中的矛盾极为敏感，他们创造的现实形象都凝结着各种似乎
无法融合的倾向。但如果说契诃夫缓和了陀思妥耶夫斯基这位擅长描写风俗和
心理的作家作品中强烈的对比，那么布莱希特则将契诃夫作品中相对缓和的二
律背反尖锐化了。契诃夫特有的讽刺与抒情相结合的风格在布莱希特那里变成
了抒情与对世界的犬儒主义观点的交织；对于混乱社会的客观批评变成了政治
揭露；最后，契诃夫引用少量浪漫曲和歌词的做法在布莱希特那里变成了公开宣
扬作者观点的喧闹说唱。甚至在布莱希特体系极为特殊的外部戏剧性方面，现在
研究者也不得不承认其形式是极为特殊和节制的，因而不能像从前那样断然否定
契诃夫的影响。就像契诃夫与陀思妥耶夫斯基一样，他们之间的继承关系在部分
参数上是相异的，但总的方向——表现生活的复杂性——却是相同的。正因为如
此，《三毛钱歌剧》（1928，库尔特·魏尔作曲）在叙事剧发展中的作用与《海

鸥》在世纪之交新戏剧的形成过程中产生的作用被视为不相上下。

因此，现在契诃夫不仅被看作新现实主义的先驱，还被看作20世纪许多文学流派的先行者。

后人的作品中出现与契诃夫类似的文学表现方式，或是直接"引证"契诃夫的作品，这种现象特别突出地反应出契诃夫对后世的影响。不同国家和艺术风格的作家都对契诃夫晚年的戏剧——首先是《樱桃园》——中的人们日常生活问题产生共鸣。人们在分崩离析的世界中彼此的隔绝，旧生活的终结与对社会变化的期待，这一主题与20世纪文学是一致的，只是在20世纪文学中，这些问题变得格外尖锐。因此，人们将契诃夫看作一个敏锐地感觉到整个历史时代巨大变化的文学先驱。

当真正有才能的作家利用前人的文本时，他们使用的那些类似的情节或"引文"会对"原著"进行改造，而这所谓"第二性的"文学现象也不会失去艺术的独创性。总之，契诃夫在这方面对于后继者的影响也是一种"解放"。

对于《樱桃园》主题最早的创造性"改写"之一，是勃洛克对话剧《荒唐的人》（1913—1916）的构思。[126] 但是他设计的情节太实（特别是在破产地主的土地上发现了工业用煤——这与在西米奥诺夫-比希克的庄园找到高岭土的情节非常相似），与"原著"的关系也太明显。也许正因为如此，尽管作品有新颖的主题（由于工业的发展带来俄罗斯的复兴），勃洛克却未能实现自己的构想（此外，革命的爆发也使得诗人离开了这项艰巨的工作）。

在反映契诃夫主题方面，《土尔宾一家的日子》比较幸运。这个作品显示了布尔加科夫对于契诃夫的热爱，并且愿意沿着他的路子去表现与军人环境有关的知识分子。这个轰动一时的剧作剧情完全建立在国内战争的大事件上面，使人不禁要问，普罗佐罗夫一家和他们的军人朋友们在新时代的命运将会是怎样的？剧本本身的主题、对话的语气、剧本的情景说明等等都体现出剧中主人公与契诃夫主人公的亲缘关系。与此同时也可以看到，这部剧本不仅带有后契诃夫时代，一个更加富有悲剧色彩的时代的痕迹，而且带有布尔加科夫本人特殊天才的印记，这种敏锐的，富于动感的才能与其说来自契诃夫的艺术经验，不如说更接近于果戈理的艺术特质。而在长篇小说《大师与玛格丽特》中各位主人公无家可归的主题则再次令人想到《樱桃园》……

一些国外的剧作家对契诃夫这部总结性的剧作同样极为关注，而且由于他们自己的国家也在发生着类似的过程，这些剧作家也受到同样问题的困扰，他们的创作也都遵循契诃夫的传统。

20世纪第二个十年，大概是受到在欧洲（英国和德国）上演的《樱桃园》的影响，孚希特万格在小心借鉴《樱桃园》内容的基础上，用本国的素材创作了《一座着魔的城市》（1912）。更为著名的例证（由于作者自己的承认）是萧伯纳的一出戏，即《伤心之家》（1919）。这位英国剧作家早在19世纪90年代就创造了一种辩论体的戏剧，这种剧的萌芽却滋生在契诃夫的戏剧中。《伤心之家》这部杰作写的是"关于俄罗斯心灵的幻想"。将《樱桃园》与萧伯纳的最后一部剧作《她为什么不愿意？》（1950）进行对比也可以看出萧伯纳与契诃夫之间的联系。在这个剧本中，似乎是要和心爱的剧作家告别，萧伯纳探讨了契诃夫戏剧中争论的一个中心话题：是否可能为了物质利益毁掉家园[127]？

田纳西·威廉斯的剧作《欲望号街车》与《樱桃园》的联系也很明显，其中有一个名叫布兰奇的贵族形象，他在与掌握了权力和财富的平民的力量悬殊的斗争中被毁灭了（尽管这位美国作家的主人公心理对于日常动机具有依赖感，而这与契诃夫的性格学并不相符）。

《三姐妹》中关于徒劳的等待和没有实现的幻想的主题预告了20世纪中叶的杰作——贝克特的《等待戈多》（1952）的诞生。这部戏奠定了荒诞派戏剧的基础。罗尔夫·迪特·克卢格所发现的，契诃夫最后的、没有实现的构想之一——没有主人公的戏剧——更接近于贝克特的这个情节。[128]

荒诞剧的诞生是契诃夫对于20世纪世界戏剧影响的明证。契诃夫戏剧的某些独特的特征（剧情进展的缓慢、对话中的无逻辑性、厄运的主题等等）在荒诞剧中发展到了极致：满篇其实都是没有逻辑的胡思乱想，事件没有进展，而是在原地踏步，厄运的声音可怕地回响着；不是在"贵族之家"的门口，而是直接在它的"四壁"轰鸣，宣告生命的结束。除了贝克特的《等待戈多》以外，同一体裁的典型作品还有他的《开心的日子》，以及尤涅斯库的《椅子》《犀牛》《空中行人》等等。

对于20世纪艺术中非常流行的、关于旧的历史时期消亡的主题，《樱桃园》也是检验其艺术表现的真实性的音叉。我们可以举出著名电影导演萨蒂亚吉特·雷伊（《音乐室》，1958，印度），奥塔尔·约谢利阿尼（《追逐蝴蝶》，1992，法国），雷吉斯·瓦尔涅（《印度支那》，1992，法国）的名字，证明世界电影艺术对这个题目也多有涉及。

最近十年，我们国家经历了空前的与过去告别的过程，文学中关于联系的中断、人们心灵的失衡、社会巨变和家庭解体的主题重新具有了现实意义。因此彼得鲁舍夫斯卡娅的《三个穿蓝衣的姑娘》（1983，1985上演）以独特的方式重复了契诃夫关于在过去具有可靠传统的家庭中的生命死亡的主题。在这部戏里，《樱桃园》的"结束"主题与《三姐妹》的"期待"主题交织在一起。

由于契诃夫的艺术以及他探索出的小说和戏剧"道路"是博采众家之长，所以他的影响也极为广泛。如果可以用隐喻来形容一个作家创作的总体面貌，那么就可以将契诃夫的创作比作融入了一切生命色彩的白色。在契诃夫最后一部剧作中，他非常喜爱的春天的白色花园预示着生命永不停息的延续与更迭，毁灭与新生，周而复始，永不停息。在契诃夫去世的1904年，别雷从《樱桃园》中感悟到"飞向永恒"的气势，用这句话来形容契诃夫在20世纪艺术中的复活是恰如其分的。

注释：

契诃夫的作品与书信引自：《契诃夫作品与书信集》，三十卷本，莫斯科，科学出版社，1974—1983（文本中的引文只注明文集或书信集，卷数用罗马数字，页码数用阿拉伯数字）。

1　《文学遗产》第一百卷的第一册《契诃夫与世界文学》（1997，第二册即将出版）收集了所有评论与研究资料，探讨契诃夫对20世纪各大洲精神生活的影响。

2　参见：阿·津格尔，《访托尔斯泰》，《罗斯》，1904年7月15日。引文出自《列·尼·托尔斯泰与安·帕·契诃夫：同时代人的回忆，档案，纪念馆……》，安·谢·梅尔科娃编注，莫斯科，1998，287页。

3　约翰·米德尔顿·默里，《契诃夫的人本主义》，1920，《文学遗产》，第68卷，莫斯科，1960，813页。

4　关于契诃夫可能发表于更早时期的作品参见：米·格罗莫夫，《契诃夫》，莫斯科，1993，51-63页；阿·托尔斯佳科夫，《契诃夫不为人知的幽默作品？》，《文学问题》，1970第1期，251-252页。试比较：文集，XⅧ，35-36，235-240页。

5　《生活与艺术》，1900年1月23日（署名为A.K.）

6 文学研究大致把契诃夫创作分为三个时期：1880—1887（或1888）；1887（或1888）—1895（或1897）；1895（或1897）—1904。这种分期持之有故，因为它是基于作者叙事中对主客观原则相互关系的不同处理作出的。 亚·帕·丘达科夫在作出这种分期时，更倾向于采用较早的分期年代（参见：《契诃夫的诗学》，莫斯科，1971）。

7 丘达科夫，《安东·巴甫洛维奇·契诃夫：生平》，莫斯科，1987，93页。请对比同一作者的《契诃夫的世界：产生与确立》，莫斯科，1986，112页。

8 关于上述中篇小说与长篇小说体裁在结构方面的近似性参见：埃·阿·波洛茨卡娅，《契诃夫：艺术思想的发展》，莫斯科，1979，204-245页。在契诃夫不同时期尝试写作的长篇小说中保留有如下片断：1.《信》和《在泽列宁家》。弗·雅·拉克申在《托尔斯泰与契诃夫》（莫斯科，1963，85页。）一书中首次提出一个假设，认为他们是契诃夫一个没有写完的宏大作品的几个章节。 达·纳·梅德里什猜想这是契诃夫写于1887—1889年的长篇小说的片断。文集，Ⅶ，718-724页；2. 19世纪90年代末《补偿的混乱》（请看我们的注释：文集，Ⅹ，480页）。

9 《致玛·基·莫罗佐娃的信》，1901，引自安德列·别雷，《世纪之交》，莫斯科，1989，469页。

10 关于契诃夫的艺术创作与书信体创作的内在关系参见：格罗莫夫，《关于契诃夫》，莫斯科，1989，363-368页。关于这个问题的专论见于《动态诗学，从构思到表现》一书，莫斯科，1990，（丘达科夫：《统一的视野，契诃夫的书信与小说》，220-244页；波洛茨卡娅：《剧作家的书信（关于契诃夫戏剧的内在源泉）》，193-220页）等。

11 例如中篇小说《三年》的第一句描写黄昏的句子："天还黑着，可是这儿那儿的房子里已经点亮了灯火，一轮苍白的明月开始在街道尽头营房后面升上来了。"（文集，Ⅳ，7）一些批评者认为，这里描写的是黎明的景色，而一位当代语言学家认为，这是契诃夫的笔误，但是这一章的语境却显示出这是作家使用的印象主义笔法，用几点灯光来映衬城中一片黑暗的图景。

12 列·叶·奥博连斯基：《评〈花花绿绿的故事〉》，1886，《俄罗斯财富》，1886，第12期；维·维·比利宾：对同一本书的评论，见《花絮》，1886年，第21期；梅列日科夫斯基：《新生天才的老问题》，《北方通报》，1888，第11期；阿·费·贝奇科夫：《对〈黄昏〉一书的评论》（为授予普希金勋章而作），俄罗斯语言文学会丛刊，第46卷，圣彼得堡，1890；维·彼·布列宁：《对〈黄昏〉的评论》，1887，《新时代》，1887年9月25日；雅·瓦·阿布拉莫夫：《我们的生活在契诃夫的作品中》，《书评周刊》，1898年，第6期；沃洛申：《文学的特色》，《基辅回声》，1904年1月8日。

13 梅列日科夫斯基，《新生天才的老问题》，《北方通报》，1888，第11期；稍后奥博连斯基在《高尔基及其取得成就的原因（与安·契诃夫及格·乌斯宾斯基试比较）》（圣彼得堡，1903）一书中也谈到过这个问题。

449

14　参见：格罗莫夫，《关于契诃夫》，3页。

15　《北方通报》，1886，第6期（无署名），但是斯卡比切夫斯基也发现了契诃夫与其他年轻作者的不同点：其活跃的"幽默，感情与洞察力"。

16　《北方通报》，1887，第9期（文集，Ⅳ，465页，将作者错写为 亚·米·斯卡比切夫斯基。）

17　《关于父与子以及契诃夫君》，《俄罗斯新闻》，1890年4月18日。

18　参见：米·阿·普罗托波波夫，《萧条时代的牺牲品》，见《俄罗斯思想》，1892，第6期；彼·彼·佩尔佐夫，《创作的缺陷》，《俄罗斯财富》，1893，第1期。

19　阿·巴萨尔金（笔名阿·伊·维坚斯基）：对于 阿·费·马克斯出版的契诃夫文集第二卷的评论，《莫斯科新闻报》，1900年9月30日。

20　《书评周刊》，1898，第6期。

21　德·尼·奥夫夏尼科–库利科夫斯基，《契诃夫》，《大众杂志》，1899，第2期，第3期；高尔基，《关于契诃夫的新小说〈在峡谷里〉》，《下诺夫哥罗德报》，1900年1月30日。

22　《文学与生活：关于契诃夫君的三言两语》，《俄罗斯财富》，1900，第4期。

23　很遗憾，在后来的契诃夫研究中，米哈伊洛夫斯基早年很重要的自我校正很少引起注意。而到了1916年以后，他对于契诃夫生平的研究者来说就成了批评契诃夫"冷漠"的主要人物之一。参见：亚·亚·伊兹梅洛夫，《契诃夫：生平素描》（《不被理解的委屈》一章），莫斯科，1916，562页。

24　韦·阿尔博夫，《安东·帕夫洛维奇·契诃夫创作发展的两个因素》，《神的世界》，1903，第1期。他赞同高尔基的观点，认为契诃夫作品中具有"新的，生气勃勃的乐观情绪"。

25　弗·博齐亚诺夫斯基，《对〈新娘〉的评论》，《罗斯》，1904年1月3日。

26　撰写评论的有：谢连基（真名约·约·科雷什科），《公民》，1904，第55期；巴萨尔金，《莫斯科新闻报》，1904年1月24日；尤·别利亚耶夫，《新时代》，1904年4月3日。

27　亚·库格尔，《〈樱桃园〉的忧郁》，《戏剧与艺术》，1904，第13期；评论：弗·米·多罗舍维奇，《俄罗斯言论》，1904年1月19日；尤·伊·艾亨瓦尔德，《俄罗斯思想》，1904，第2期等。

28　亚·瓦·阿姆菲捷阿特罗夫，《戏剧纪念册》，Ⅲ，《樱桃园》，第一篇文章，《罗斯》，1904年1月19日；《戏剧纪念册》，Ⅳ，《樱桃园》，第二篇文章，同上，4月4日。

29　有关报刊对发表的剧本（收于《"知识"出版社1903年丛刊》，圣彼得堡，单行本由阿·费·马克斯的出版社出版）的评论参见：《19世纪末20世纪初的俄罗斯文学：1901—1907》，莫斯科，1971，420-421页；文集，ⅩⅢ，516页。

30　《神的世界》，1904，第8期。

31　《契诃夫纪念文集》，莫斯科，1910，179-186页（引文在181页）。

32　罗扎诺夫，《契诃夫》，《契诃夫纪念文集》，莫斯科，1910，121、128页。罗扎诺夫

450

论及契诃夫创作的文学史意义的论文还有《契诃夫之前与契诃夫之后》（根据C.茨维特科夫的索引材料——俄罗斯国立图书馆手稿部），发表于1909年，但发表处不详。亚·尼·尼科留金告知。

33 《契诃夫纪念文集》，183页。

34 这成为阿赫玛托娃批评契诃夫的根据之一，她认为，契诃夫是一个不熟悉上流阶层的作家，因此他在《匿名氏的故事》中对奥尔洛夫生活的描写不准确。参见：纳·伊利因娜，《安娜·阿赫玛托娃的最后岁月》，《十月》，1977，第2期，124页。

35 弗·亚·克尔德什，《20世纪初的俄国现实主义》，莫斯科，1975，73页。

36 参见注释12。

37 安·伊·博格丹诺维奇，《文学短评》，《神的世界》，1898，第10期，第2部分，8页。

38 梅列日科夫斯基，《静静的漩涡中：历年文章与研究》，莫斯科，1991，49-56页。

39 谢·尼·布尔加科夫，《思想家契诃夫》，基辅，1905，16，17，21页。布尔加科夫之后，直到当代，才又有一位美国者将契诃夫与拜伦相提并论：大卫·马楚厄尔，《契诃夫的〈黑衣修士〉与拜伦的〈黑袍僧〉》，载《国际小说评论》，1978，第5期，46-51页。

40 勃留索夫开始是应吉皮乌斯之约写作这篇评论的，后来弃之不用，在自己的刊物《天平》上发表了别雷见解精到的剧评。

41 安年斯基：《影像集》，莫斯科，1979，82页。

42 同上，459-460页。

43 同上，328-329页。

44 安·费奥多罗夫，《因诺肯季·安年斯基：个性与创作》，列宁格勒，1984，218页。

45 因·科列茨卡娅，《象征主义》，《世界文学》，第8卷，莫斯科，1994，88页。德·斯·米尔斯基曾谈到契诃夫喜欢表现"无限小的生命尺度"——"小小的不快"，"小小的刺激"，在这方面与安年斯基相近（德·斯·米尔斯基，《俄国文学史》，伦敦，1949，447页）。

46 参见：乔治·伊瓦斯克，《安年斯基与契诃夫》，见《斯拉夫语文学杂志》，1959，第27卷，第2册，363-374页。请对照尼·伊·普鲁茨科夫，《契诃夫与安年斯基》，《文学与民间创作》，沃罗涅日，1972，72-84页。

47 曼德尔施塔姆曾指出阿赫玛托娃的诗与俄国散文的继承关系，《曼德尔施塔姆两卷集》，莫斯科，1990，第2卷，266页。尚可参看以下文章：克斯·费尔赫尔，《阿赫玛托娃的平静》；弗·阿德莫尼，《阿赫玛托娃抒情诗的简洁》，载《庄严的词藻：阿赫玛托娃学术报告会》，莫斯科，1992，第1版，14-20页，29-40页等。还有一些最早专门研究这个题目的论文，收入《契诃夫研究：契诃夫与白银时代》，莫斯科，1996（М.А.舍伊金娜，《契诃夫，汉姆生与阿赫玛托娃，白银时代语境中的〈海鸥〉》，127-133页；拉·阿·达夫江，《契诃夫的戏剧主题在阿赫玛托娃的诗歌〈月亮停在湖那边……〉中的反映》，133–138页）。

48 以赛亚·伯林，《在1945和1956年与俄国作家的相遇》，《星》，1990，第2期，153页。

49 舍斯托夫，《创造源自虚无：（安·帕·契诃夫）》，基辅，1906，46–47页。还可参见：安·斯捷潘诺夫，《列夫·舍斯托夫论契诃夫》，《契诃夫研究》，1996，75–79页。

50 梅列日科夫斯基文章的这一部分题目为《契诃夫》（《天平》，1905，第11期），是紧随舍斯托夫的文章（《生活问题》，1905，第3期）发表的。

51 《高尔基三十卷集》，莫斯科，1954，第28卷，112页。试比较尼·彼·瓦格纳1889年3月写给苏沃林的信："我觉得，在契诃夫的作品中，当代现实主义取得了最高的成就……"《戏剧问题》，第13辑，莫斯科，1993，119页。

52 同上，莫斯科，1950，第5卷，428页。

53 《天平》，1904，第2期，46–47页。

54 《马雅可夫斯基全集》，十三卷本，莫斯科，1955，第1卷，295页。

55 谢·路·弗兰克，《哲学与生活：文化哲学速写与草稿》，圣彼得堡，1910，310页。

56 参见：爱·巴巴耶夫，《在茹可夫斯基街上……》，《巴巴耶夫回忆录》，圣彼得堡，2000，14页。

57 《"知识"出版社1903年丛刊》，第2册，圣彼得堡，1904，11页。

452 58 索洛古勃，《卑劣的小鬼》，莫斯科，1988，72页。在手稿中（存于俄科院俄罗斯文学研究所）指的是"农民"，从《套中人》一问世，这篇小说就被索洛古勃所重视，因为其主人公的性格与其创作的长篇小说的主人公有相通之处。正因为如此，侃列多诺夫曾严厉地责备学生读这个"猥亵的故事"。

59 详细内容参见：埃·阿·波洛茨卡娅，《循着〈套中人〉的踪迹》，《雅尔塔的契诃夫学术报告会，契诃夫与俄国文学》，莫斯科，1978，104–114页。关于《卑劣的小鬼》与契诃夫作品的"追忆关系"尚可参：西拉德·利奥，《契诃夫与俄国象征主义者的散文》，罗尔夫·迪特·克卢格责编，《安东·帕·契诃夫，创作与影响：国际学术研讨会的报告与讨论，巴登韦勒，1985年10月》，第2部，1990，792–793页。

60 参见：安·格·季莫菲耶夫，《库兹明与陀思妥耶夫斯基及契诃夫的论战（〈翅膀〉）》，《俄罗斯的白银时代：选篇》，莫斯科，1993，211–220页。

61 玛·叶·叶利扎罗娃在《安·帕·契诃夫的〈套中人〉与亨利希·曼的〈垃圾教授〉》一文中指出了别里科夫与曼的主人公的相似之处（《语文学》，1963，第3期，83–92页）。

62 参见：《文学遗产》，第100卷，第1册，莫斯科，1997，217页。

63 《19世纪末20世纪初的俄国文学，90年代》，莫斯科，1968，130页（《现实主义发展的新阶段》一章）。

64 《托尔斯泰全集》，九十卷本，莫斯科，1934，第46卷，187–188页。

65 彼·阿·谢尔盖延科，《列·尼·托尔斯泰伯爵是如何生活和工作的》，载《同时代人回忆托尔斯泰》，莫斯科，1978，第2卷，147页。

66 《康斯坦丁·科罗温回忆……》，莫斯科，1971，787页。

67 安·图尔科夫，《安·帕·契诃夫及其时代》，第2版，莫斯科，1987，99页。

68 参见：列·康·多尔戈波洛夫，《世纪之交：关于19世纪末20世纪初的俄罗斯文学》，列宁格勒，1977，364页。同一时期，美国研究者托马斯·格拉逊也从自己的角度评价了小说家契诃夫的"暗示"作用。他写道，契诃夫的小说"好像一根导火索，以暗示的美学手段持续地对读者发生影响"。托马斯·格拉逊，《短篇小说：一种被低估的艺术》，载《短篇小说理论》，俄亥俄州哥伦布，1976，27页，基·亚·苏博京娜译。

69 参见：米·亚·彼得罗夫斯基，《小说形态学》，《诗艺》，第1部，莫斯科，1927，69—100页。

70 引自伊·帕·契诃夫（参见他填表时对哥哥的记述，《契诃夫二十卷书信集》，莫斯科，1947，第8卷，564页）。

71 引自布宁（参见：《布宁九卷集》，莫斯科，1967，第9卷，186页）。

72 这使得罗伯特·杰克逊在仔细研究小说《圣经》背景的基础上得出结论：小说真正的主人公是两个寡妇，因为她们保持着信仰和"烧不毁的荆棘"的火焰。他认为，《大学生》引述《圣经》，有助于读者理解伊万·韦利科波尔斯基在小说结尾的精神转变的意义（罗伯特·路易斯·杰克逊，《为往者与来者而生活的人》，《文学问题》，1991，第8期，125—153页）。

73 这些小型小说最令人惊异之处在于轻灵的形式背后，除了表现一般的内容，用列·马·齐列维奇的话说，还极其浓缩地掩藏着这种体裁的各个变种所具有的，由契诃夫的风格加以光大的所有特点。参见：齐列维奇，《契诃夫短篇小说的风格》，陶格夫匹尔斯，1994，224页。

74 参见：叶·米·萨哈罗娃，《〈樱桃园〉对亚历山大·勃洛克创作生涯的影响》，《雅尔塔契诃夫学术报告会：契诃夫在雅尔塔》，莫斯科，1983，67页。

75.《布宁九卷集》，莫斯科，1966，第5卷，305页。附带说，这篇小说与契诃夫的《大学生》一样，可以用以反驳关于作家具有悲观主义情绪的观点（参看：同上，528页）。

76 同上，144页。在布宁较早的作品中也多次表达同样的意思。试比较他对埃及金字塔发出的感慨："……千百年过去了——现在我的手与垒起这些石头的阿拉伯俘虏的紫红色的手亲密地握在一起……"（《黄道光》，1907，出处同上，第3卷，355页）。

77 尼·维尔蒙特，《关于鲍里斯·帕斯捷尔纳克，回忆与思考》，莫斯科，1989，124—132页。

78 别雷，《契诃夫的戏剧〈樱桃园〉》，《天平》，1904，第2期，47页。

79 别雷，《安东·帕夫洛维奇·契诃夫》，《艺术世界》，1907，第11-12期，12页。

453

80　引文来自列·彼·格罗斯曼，《与列昂尼德·安德列耶夫的谈话》，见格罗斯曼，《为风格而战：批评与诗学试作》，莫斯科，1927，271页。

81　《陀思妥耶夫斯基全集》，三十卷本，列宁格勒，1975，第13卷，455页（《少年》，1875）。

82　参见：威廉·米尔斯·托德，《〈卡拉马佐夫兄弟〉与连载文学诗学》，《俄罗斯文学》，1992，第4期，38页等。

83　参见：埃·阿·波洛茨卡娅，《论契诃夫的诗学》，莫斯科，2000，176-178页。

84　《马雅可夫斯基全集》，十三卷本，第1卷，294页。

85　福克纳，《文章，讲话，访谈，书信》，莫斯科，1985，54、335页。

86　参见：季·萨·帕佩尔内，《"违背规则……"：契诃夫的话剧和轻喜剧》，莫斯科，1982，33、39页等。

87　1898年4月25日写给契诃夫的信，《弗·伊·涅米罗维奇-丹钦柯书信集》，第1卷，1879—1909，莫斯科，1979，103页。

88　参见：道格拉斯·克莱顿，《信仰缺失：（关于〈万尼亚舅舅〉的心理结构，象征与诗学）》，《契诃夫研究：梅里霍沃时期的作品与生活》，莫斯科，1995，163页。

89　亚·帕·斯卡夫蒂莫夫，《俄罗斯作家的道德探索》，莫斯科，1972，435、426页。

90　瓦·叶·哈利泽夫，《〈伊万诺夫〉与〈海鸥〉出现前夕的俄国戏剧》，《语文学》，1959，第1期，20-30页。

91　鲍·辛格尔曼，《20世纪戏剧史纲》，莫斯科，1979，15页。

92　同上，20-21页。

93　克劳迪娜·阿米亚尔-谢弗雷尔，《法语戏剧与青年契诃夫的作品》，见《契诃夫研究：契诃夫与法国》，莫斯科，1992年，205-213页。约翰·博因顿·普里斯特利也曾谈到这个问题："他所做的实际上就是彻底颠覆传统的'完美'戏剧，这差不多相当于他读了一本戏剧写作导论，然后完全反其道而行之。"（普里斯特利，《安东·契诃夫：（书中的几章）》，《雅尔塔契诃夫学术报告会：契诃夫与戏剧》，莫斯科，1976，179页）。

94　的确，正如诠释经典作家经常发生的情况一样，当代戏剧恢复了这种"被丢弃的东西"，但这并非将契诃夫的轻喜剧恢复为传统形式，而是将其变形。例如，《求婚》配上谢·尼基京的音乐，就使两部讽刺剧获得了生气。其中一个带有滑稽成分，但保留了原剧的基本内容（德·苏哈列夫撰写唱词，奥·库德里亚绍夫导演，"第三种流派"音乐剧院，1990）。另一个叫做《您穿着谁的燕尾服》（约·列·赖谢尔豪斯导演，莫斯科市立剧院、"当代剧本学校"演出，1992）则将契诃夫的剧情完全转化为音乐与舞蹈语言，仍有喜剧性，但已完全脱离话剧的体裁。

95　对于这个问题季·萨·帕佩尔内曾写信与谢·德·巴卢哈特争论（参见：帕佩尔内，上引书，237页）。

454

96   例如，现代戏剧研究者乔治·斯坦纳在其著作《悲剧的死亡》中就承认了这一点（纽约，1961，300页）。

97   这一版问世后，其他著作也开始在白银时代的语境中对契诃夫的创作进行研究。

98   纳·别尔科夫斯基，《契诃夫：从短篇和中篇小说走向戏剧》，《俄罗斯文学》，1965，第4期，31页。

99   参见：辛格尔曼，《赫尔岑〈往事与随想〉中人的形象》，见《戏剧》，1990，第2期，97页等。

100   阿·亚·别尔金首先在40年代末至60年代的讲课中提到这种对《福音书》的重点加以移置的现象。参见：别尔金，《阅读陀思妥耶夫斯基与契诃夫》，莫斯科，1973，291页。

101   利·亚·兹翁尼科娃，《契诃夫创作中的电影改编潜力》，莫斯科，1989，11页。

102   尽管很奇怪，在这里，契诃夫风景描写中确实有比果戈理更多的隐喻和拟人手法，这是因为他取法于古代壮士歌和民间故事（参见；格罗莫夫，《论契诃夫》，166—171页）。

103   雷纳托·波焦利与托马斯·温纳将契诃夫的"宝贝儿"看作普叙喀（参见：托马斯·温纳，《契诃夫和他的散文》，纽约，1966，215—216页）。将"宝贝儿"比作厄科的意见参见：斯·叶夫多基莫娃，《〈宝贝儿〉，被嘲笑与期望的女子气》，《阅读契诃夫的文本》，罗伯特·路易斯·杰克逊编，伊利诺伊州埃文斯顿，1993，189—197页。别尔科夫斯基就对女人的爱称"宝贝儿"（原文为"心"——译者注）发表的看法："……她把自己的身体献出来，以免对方来同她进行力不能及的心灵交流。她很像一个锯木厂的曼侬或涡堤孩（一译婀婷、温蒂尼——译注）：她像涡堤孩一样，在一次爱情中忘却另一次爱情；像涡堤孩一样，她总是等待别人把自己的心灵移植给她。但她比她们两个要好得多，善良得多，最终用忠诚赢得了一颗真正的心。她曾经是一个'宝贝儿'，一个小小的普叙喀，最终却拥有了一颗成年人的心。"（别尔科夫斯基，《契诃夫：从短篇和中篇小说走向戏剧》，《俄罗斯文学》，1965，第4期，49页）。格·米·弗利德兰德指出，契诃夫对妇女心理的这一发现可能直接来源于大仲马的戏剧《安东尼》的女主人公，德·拉西子爵夫人，她总是根据每位情人的职业变换话题。格·米·弗利德兰德，《契诃夫的〈宝贝儿〉与大仲马的德·拉西子爵夫人》，《俄罗斯科学院学报，文学与语言学丛刊》，1993，第52卷，第2期，56—59。《宝贝儿》在俄国文学中还有一个最重要的前辈，那就是冈察洛夫长篇小说《奥勃洛摩夫》中那位宽厚慈爱的普谢尼琴娜，这一形象是很好的例证，说明经典作家，尤其是契诃夫，一般不会从以前的文学（或神话）形象中选取固定的"原形"，因为他要吸收以往的所有经验。

104   引文出自德·利哈乔夫，《札记与观察：历年笔记汇编》，列宁格勒，1989，235页。

105   尤·洛特曼，《关于艺术的本质》，载《母校》（塔尔图），1990，第2期，10月，2页。

106   关于契诃夫的前辈请参见：弗·鲍·卡塔耶夫，《契诃夫的文学联系》，莫斯科，1989。

107   参见：雅克利娜·德·普鲁瓦亚尔，《安东·契诃夫与赫伯特·斯宾塞：关于中

455

篇小说〈打猎〉的来源及契诃夫作品中美惠主题的命运》,《契诃夫研究：契诃夫及其所处环境》,莫斯科，1996，213-230页。

108　参见：《安东·帕·契诃夫——生活与作品中的哲学与宗教维度：第二届国际契诃夫讨论会报告集，巴登韦勒，1994年10月20-24日》,弗·鲍·卡塔耶夫、罗尔夫·迪特·克卢格、雷吉娜·诺海尔编，慕尼黑，1997；阿·萨·索边尼科夫,《在"有上帝"和"没有上帝"之间：关于契诃夫创作的宗教-哲学传统》,伊尔库茨克，1997。

109　参见：金礼浩（Pexo K.）,《俄国经典文学与日本文学》,莫斯科，1987，214-230页。

110　西拉德·利奥，参见：注释59。

111　塔·利·谢普金娜-库佩尔尼克,《青春岁月（我与契诃夫及其同时代人的交往）》,《契诃夫：被遗忘的作品，未出版的信件，新的回忆，书信》,列宁格勒，1925，241页。

112　《列昂尼德·安德列耶夫未发表的书信（第一次俄国革命期间的戏剧创作史）》,材料公布者瓦·伊·别祖博夫,《塔尔图大学学报》,1962，119辑，389、387页。

113　致契诃夫的信，1904年5月8日,《梅耶荷德书信集，1896—1939》,莫斯科，1979，45页。

114　托马斯·文茨洛瓦,《论作为"真实艺术"代表的契诃夫》,《契诃夫研究：契诃夫与"白银时代"》,莫斯科，1996，35-44页。

115　高尔斯华绥,《另外四个作家的剪影》,1928,《高尔斯华绥十六卷集》,1962，第16卷，433页。

116　赫伯特·贝茨,《云层断裂处：中短篇小说》,列宁格勒，1988，65页；短篇小说集《野餐》,莫斯科，1990，35页。

456

117　"比如说，你就希望作者描写冲突时能使读者倾向于某一方而反对另一方。"他在1905年9月11日给妹妹的信中写道，"我就不会这样。我觉得我更像一个特殊的化学家——更冷静，更注重分析……我受不了塑造完美的主人公这种想法……我能立刻觉察出想证明这个或那个人正确的意图，它叫我受不了……"（高尔斯华绥十六卷集，1962，第16卷，482-483页）。

118　"小说艺术是建筑，而不是舞台布景艺术……"他写道。参见：海明威,《午后之死》,《海明威文集两卷本》,莫斯科，1959，第2卷，187页。

119　高尔斯华绥十六卷集，1962，第16卷，433页。

120　毛姆对契诃夫小说的写作样式给予很高评价，赞扬他总是能准确指出人物与环境的特点。参见：毛姆,《语言艺术 关于自己和其他人：文学随笔与肖像》,莫斯科，1989，318页。

121　海明威,《海明威文集两卷本》,莫斯科，1959，第2卷，第188页。

122　舍伍德·安德森，1938年8月27日致约翰·弗莱塔格的信,《文学问题》,1965，第2期，174页。

123　《文学遗产》,第68卷，822页（文章名为《俄国观点》,1925）。

124 同上，726页（出自让·内沃-德加的《契诃夫的寄语》，1954）。

125 罗伯特·杰克逊，《契诃夫与普鲁斯特：问题的提出》，《契诃夫研究：契诃夫与法国》，莫斯科，1992，129-140页；基·亚·苏博京娜，《契诃夫与普鲁斯特（时间问题）》，《语文学—Philologica》，克拉斯诺达尔，1998，第13期，52-55页。

126 参见：《勃洛克八卷集》，列宁格勒，1963，第7卷，251-253页。

127 关于这个问题请参见我们的文章：《拉涅夫斯卡娅与洛帕辛的争论及萧伯纳的最后的剧本》，《雅尔塔契诃夫学术报告会：契诃夫与雅尔塔》，莫斯科，1983，73-74页。

128 罗尔夫·迪特·克卢格，《论等待的意义（契诃夫的戏剧与贝克纳的〈等待戈多〉）》，《契诃夫研究：契诃夫与法国》，140-142页。

第八章
弗拉基米尔·柯罗连科

◎米·根·彼得罗娃　撰／贺梵、金天昊　译

生平与文学生涯

　　弗拉基米尔·加拉克季昂诺维奇·柯罗连科（1853—1921）的文学生涯十分漫长，跨越了两个相距较远的历史文化阶段。1879年，他在《祖国纪事》发表了第一部短篇小说《探求者的生活插曲》。该稿件曾遭到谢德林的拒绝，称其"不算什么……还很青涩……非常青涩"[1]，但它却得到了尼·康·米哈伊洛夫斯基的赞誉。1905年起，柯罗连科着手创作其主要作品《我们同时代人的故事》，该作品的主体部分在1918至1921年间完成[1a]，这部乍品的主人公也是一位"探求者"，具有浓厚的自传性色彩。但相较于早期具有抒情色彩的"生活插曲"，该作品在叙述的维度与调性上均有显著改变，转而以恢弘的史诗风格对自己的同代人的面貌进行了描绘。

　　柯罗连科出生于一个庞大而和睦的大家庭，这个家庭融合了两个民族的血脉（父亲是乌克兰人，母亲是波兰人）、两种宗教信仰（东正教和天主教）、三种语言（俄语、波兰语和乌克兰语）。这是一个深受宗教影响、家教严格的贵族之家，他们最初定居于日托米尔，后随父亲的工作调动搬到罗夫诺——他的父亲在那里担任县审判员。然而，当未来的作家年满15岁时，父亲不幸离世，没有给家庭留下财产。

出于对俄罗斯文学
的热情，尤其是对屠格涅
夫和涅克拉索夫作品的热
爱，柯罗连科萌生了成为
律师，为穷苦人提供庇护
的梦想。但罗夫诺的实科
中学没有推荐学生就读大
学的资格，柯罗连科是自
考生，他家庭贫困，不能
再花费一年的时间来参加
必要的大学入学考试。
1871年，他进入彼得堡工
艺专科学校求学，数学类
的科目对他来说枯燥乏
味，又抽象难以理解。三

弗拉基米尔·柯罗连科

年后，他移居莫斯科，进入彼得农林学院。这时，柯罗连科已经怀揣着写作的
梦想，并开始尝试创作。为了维持生计，他不得不做一些校对、制图和廉价的
翻译工作。

1876年，彼得堡发生了一场学生"暴动"（警察对此事件有所夸大），致
使柯罗连科被划入"危害社会分子"之列，惨遭"上命"（意指未经正式侦查
与审判程序）流放。他在晚年回顾道："直到风烛残年，我仍被当做危险的煽动
者和革命者，虽然我毕生所为不过是呼吁法制，为所有人争取权利罢了。"[2]他
将这些额外的指控视为"独裁者的精神错乱"以及"宪兵的无端臆想"。此事使
他经历了7年的牢狱之灾，其间多次被押解和流放。

到1880年后半期，随着"行政规定"有所松动，柯罗连科得以从西伯利亚
的流放地返回，来到彼尔姆，在铁路上谋到了职位。与此同时，他的写作也很
顺利，第三篇短篇小说已经成功刊登在首都的期刊上。然而在1881年3月1日，
亚历山大二世遭到暗杀，举国上下必须向新皇宣誓效忠。柯罗连科虽然参加了
两次公共宣誓，但流放犯的身份使他被要求单独宣誓。鉴于他曾经历过两年未

457

经审判就被定罪的迫害，柯罗连科以书面形式拒绝了这一要求，此举成为他的又一项"罪行"，而此"罪行"先前在俄国法律中竟无明文规定。

1884年秋，当他在雅库茨克的流放结束时，柯罗连科做了一个决定：无论将来是否还会被要求宣誓，他都将拒绝。幸运的是，后来再无此类要求加诸于他。

离开西伯利亚后，柯罗连科在下诺夫哥罗德定居，并在这里度过了一生中最美好的十年光阴：他出版了第一本书《速写与短篇故事集》（莫斯科，1886），幸福地结婚，迎来了女儿们的诞生。最初他不得不去做能做的任何工作：从码头收款员到剧作者协会代理，再到下诺夫哥罗德档案委员会职员。但他很快放弃了这些工作，成了记者和作家。

1892年11月，尼·康·米哈伊洛夫斯基接手《俄国财富》后，柯罗连科参与了杂志的改革；1894年，他成为该杂志的股东以及文学编辑委员会的成员；1895年6月，他更进一步，担任了杂志的正式发行人；1896年初，他移居圣彼得堡，以便直接参与编辑工作。1904年随着米哈伊洛夫斯基去世，柯罗连科成为了《俄国财富》杂志的主编与灵魂人物（正如1920年12月20日戈伦菲尔德在写给他的信中所言："任何杂志都是其编辑的肖像画。"[3]）。1893年后，《俄国财富》杂志承担了柯罗连科所有的新文集的出版工作。直至革命前夕，这份秉持民粹主义民主理念的杂志在经历了多次的书刊检查、休刊、强制更名、司法诉讼等风波后仍屹立不倒。1918年，《俄国财富》杂志停刊。

自1900年起，柯罗连科定居于波尔塔瓦，这座城市在苏俄国内战争时期屡遭各方势力的争夺，每一次易手，都伴随着抢掠、屠杀、大规模搜查、逮捕以及枪决，而柯罗连科每一次都不得不为交战中的某一方斡旋调解。在他离世前的9天，他人生最后一次在求情的请愿书上签下了自己的名字。柯罗连科曾请求出国疗养，却遭到拒绝。

1918年，在彼得格勒为柯罗连科举办的65岁寿辰庆典上（他本人并未出席），戈伦菲尔德做出了一个不合常规又令人惊讶的举动，将柯罗连科称为"超人"，并宣称他从柯罗连科行为的"道德必然性"上看到了"超人"的特质——后者已经准备好去做那些"对胆怯的头脑与颓废的意志而言不可能"[4]做到的事。

　　早在19世纪90年代中期时，柯罗连科就已经准备和自己的挚友及《俄国财富》杂志的编辑尼·费·安年斯基共同创作回忆录政论体的《外省十年》，但彼时这部作品还尚未与19世纪70年代那一代人的历史轨迹产生关联。创作史诗的构想首次浮现于1896年秋柯罗连科与彼·菲·雅库博维奇的通信中，后者在库尔干流放时曾给《俄罗斯财富》杂志编辑部寄去中篇小说《青年》，并表达了创作"我们这个时代的长篇小说"的想法。柯罗连科在回信中给予了支持，他认为当"活跃的民粹派站满舞台"，这部作品一定会"或多或少地触动这一代人的神经"，而它的尾声将会是"遥远的地方"。但他也意识到在完成这部小说的过程中不仅会出现诸如书刊检查制度之类不可抗的外部阻挠："我们自己还不能以足够平和、'客观'的视角回顾过去"[5]。雅库博维奇也满怀期待地表示，希望柯罗连科本人能够来做这个敢于"与所有的困难斗争"的人："您，正是您，定能撰写出'我们的长篇小说'。"[6]

　　1905年，当书刊检查环境相对宽松的时候，柯罗连科着手写作有关自己这一代人的文学纪年。"我本想从流放起笔，向那段时光的愤恨致敬"，他在给兄长的信中写道，却还是没能抵抗从童年开始写起的诱惑。[7]然而，"人生的初印象"是一场火灾："深红色的火焰反射的光""在暗夜的深蓝色背景之下"，这一画面不经意间与当时俄国呈现出的"燃烧的岁月"的现实景象遥相呼应。

　　在确定作品体裁的尝试过程中，柯罗连科融入了多种文学手法：这部作品"近乎于艺术性的小说，而非寡淡的回忆录"[8]，"由回忆唤起的""生活的印象"，而不是传记，不是"公开的忏悔"，不是"个人的画像"，同时，这是一个人人生的故事，在这里"艺术的真实"让步于"历史的真实"（V，7—8）。最终，《我们同时代人的故事》汇聚了柯罗连科创作的所有基本方法——文学描写、回忆录、抒情、特写与政论。同时，后两种元素的比重不断地提高，以符合作家人生轨迹的总体趋势。

　　柯罗连科描绘了这一代人复杂的精神面貌，与读者们分享了他的忧虑与怀疑。1916年，他将自己所属的民粹派"年轻又炙热"的时期称为"不久之前尚怀希望的悲怆废墟"："经历过那段严酷岁月后，我抱着怀疑的态度看待'既有的范式'"，不管这些范式出自于"民间"或是"阶级"的智慧。他"凭借自己的头脑"[9]为自己的行动选择了一条"游击路线"。

459

　　柯罗连科的青年时代恰逢"俄国革命天真的阶段"（VII，249），但他能够看到在70年代运动的地平线上必将出现的黑云。对陀思妥耶夫斯基来说，这不是零散的云朵，而是压顶的乌云，预兆着一场历史性的浩劫即将降临——他指的是世代革命者都面临的严峻考验（"为达目的，不择手段"）。柯罗连科回忆起，当时的青年们是如何地讨论着这个不祥的议题，而只有一个参与者说："就我个人而言，我做不到。我动不了手。"（VI，144）

　　对柯罗连科来说，这个回答成为了他人生"特定的节点"之一：若是没有"根植人心的道德文化"，那么所有的革命都是危险的，即使是必要的革命也不例外（VI，144）。

　　19世纪60与70年代生人被柯罗连科视为自己的同时代人，当他们踏上历史舞台时脑袋里都是"强烈的否定一切的醉意"，采取一种"极其彻底却又显幼稚的方式"来行动，摆脱一切"陈规陋习"——"见鬼去吧！"柯罗连科对各种"虚无主义者"和"颠覆主义者"都持漠视的态度，他认为新的事物若想被接纳，则只有根植在更高的道德原则之上。在《我们同时代人的故事》中他塑造了一个"破坏者埃杰姆斯基"的形象，此人频频被卷入不幸的事件之中。他完全继承了恶魔传统的精神，鼓吹"流血恐怖的必要性"和"千千万万的头颅的代价"，扬言要"消灭下流的人类"，迎来"新人类"的诞生，但他本人却最终成为了集市管理人，还有一笔"商人那儿得来的额外收入"（VI，132—133）。柯罗连科将谢·根·涅恰耶夫也归入"革命骗子"之列（VII，376—377）。

　　然而，柯罗连科也从"虚无主义的一代"的生活中窥探到，他们对否定的热情逐渐消退、对仇恨感到疲惫，他觉察到年轻人向往"一切可以使他们与生活达成和解的事物——就算不是现实，那至少也是实现现实的可能"（VI，95）。柯罗连科喜欢引用涅克拉索夫的诗行：

> 心灵已经厌倦了以仇恨为食——
> 它装着许多真理，却少有快乐。

460

　　他同样在弗·迦尔洵的作品中找到了这种个人心理动机。当柯罗连科提到

70年代生人对"否定与异化"感到疲倦时，他使用了这样的表达——"以迦尔洵为代表的一代人"（VIII，266—227）。

当然，以柯罗连科或者迦尔洵为代表的一代人这样的表述拔高了他们的身份，但总的来说，他们更愿意受到涅克拉索夫其他的诗行的鼓舞："那颗倦于憎恨的心，也学不会爱恋。"

在1919年的《我们同时代人的故事》最后一版作者序言中，柯罗连科讲述了自己这一代人的历史预言以及他们"过去的错误以及根深蒂固的习惯"，建议读者要"多一些设身处地"地看待他们（VI，7）。

对于《我们同时代人的故事》，亚·瓦·阿姆菲捷阿特罗夫给出了最为简洁而全面的评价——"一部散发馨香的书"[10]。

历史为柯罗连科这一代人准备了一个残酷的结局：正如作者晚年所说，"武装专制"超过了"沙皇反动分子最疯狂的妄想"，"瞬间将我们倒推回百年之前"。[11]

作家的面容

1918年，评论家戈伦菲尔德在谈到柯罗连科时说："他最好的作品，即是他自己，他的一生，他的人格。"戈伦菲尔德所指的不仅是作家道德面貌的吸引力，而且指作家存在的独特的内在和谐。[12]就其实质来说，评论家是进一步发展了柯罗连科本人在《纪念别林斯基》（1898）一文中表达的想法。当作家"生动的形象"与"才华卓越的诗人们的佳作"（VIII，8）被相提并论，这种对待作家的态度对俄罗斯文化传统而言就显得十分典型了。

现代派文化也认同，诗人的人格是其最高精神价值的体现和载体，这种精神价值有时只是人们所追求的。勃洛克就曾经苦苦追寻，力求摆脱"时髦文学家"这一平庸群体的束缚，因而在许多同时代人看来，他成为了"在诗人之上的'人'"（茨维塔耶娃）。[13]

在俄罗斯的意识中，曾有一种理性化的作家人格概念，柯罗连科曾评价，这种概念很少与现实人格相吻合，但也有"珍贵而罕见的例外，两者完全契合且不可分割"（VIII，13）。他在别林斯基、格·乌斯宾斯基、契诃夫和列夫·托尔斯泰的身上都看到了这种例外。

461

柯罗连科的同时代人（及其后辈）赋予了他一个俄罗斯文学上的特殊身份——正人君子和为社会奉献的人。人们这样做是因为他们意识到，纵观文化的整体发展，非美学领域同样拥有其重大的价值；除了艺术上的天才之外，它还需要"道德天才"。相较于美学范畴，道德范畴更为历久不衰，且需要不断更新。所有以贯彻"新道德"（尼采的或者无产阶级的）为名而废止"旧道德"的尝试，最终都以社会和文学的劫难作为结局。虽然将艺术从"道德束缚"中解放出来的呼声不断回响，但在世界文化宝座上屹立不倒的仍是对"艺术和道德的牢不可破的统一性"的信仰（托马斯·曼）[14]。

高尔基喜爱也擅长强调"被精心描绘过的"作家面容的社会意义，他呼唤着俄罗斯老一辈作家，那些"真理的伟大受难者"的崇高面容，以抗衡同时代追名逐利、自私贪婪的作家。列夫·托尔斯泰死后不久，高尔基在给阿姆菲捷阿特罗夫的信中写道，柯罗连科是"唯一能够站在我国文学前列的作家。他是党外人士，谨慎地发表评论，温和有分寸，他有让人敬畏的能力，毫无疑问，道德法院的职责——他可以胜任……"[15]阿姆菲捷阿特罗夫撰写了一篇关于柯罗连科的文章以作回应，这是俄罗斯文学评论最好的篇章之一："在俄罗斯有许多比柯罗连科'更时髦'的作家……但在俄罗斯，其他作家却不会受到社会如此的热爱和坚定不移的信任……如果你好好研究一下柯罗连科，那你就会相信他的人品。"这位评论家指出，柯罗连科为《俄罗斯财富》杂志的时事评论与编辑所做的悄无声息、"没有漂亮话或空头许诺的"自我抑制的工作："一双温润如玉的手，矢志不移地做着粗活……"[16]

柯罗连科本人从来没有"一丝一毫与俄国文学巨擘竞争的想法"（X，361），在谈到列夫·托尔斯泰时，他说了这样一句话："我们不过是普通人"（VIII，125）。在19世纪90年代后半期，柯罗连科经历了因对自己和自己的创作的不满所带来的冲击。这种心理反映在了中篇小说《画家阿雷莫夫》（1896）之中，但是他还是不愿剖白自己，在《俄罗斯财富》杂志付梓前的最后一刻撤稿了，至他去世前都未将其刊印。

小说的主人公非常喜爱描绘光的明暗和自然事物的"鲜艳的碎片"的技法，主要创作草图和小品（柯罗连科常以此作为短篇小说的副标题），其中描绘了伏尔加河的浅滩、孤独的黑杨、废弃的小艇、装满沙子的篮子和树皮草绳编织的鞋等。有时这种向印象派技法的转变就显露在巡回展览派画家的风景画和习作之中。

在这篇小说中进行过一次"深夜对谈"，画家表达了他要摒弃过往的信念，转而追求像海鸥的飞翔般自由的"永恒的、纯粹的、神圣的艺术"。"我，正是那只海鸥！"阿雷莫夫如此宣告。他与契诃夫笔下的女主人公惊人地相似，但并未染上她那种具有悲剧色彩的消极情绪。广为人知的《海鸥》与鲜为人知的《画家阿雷莫夫》创作于同一年，它们共同刻画了同类型的 "心中不安也令人不安"的画家，他们不仅对自己不满意，也对周遭的人不满。然而在契诃夫在作品中通过特里戈林和特列普列夫两个角色分别展现了艺术领域的"旧"与"新"，而柯罗连科则把艺术上的"旧"与"新"凝聚在一个人物身上——一个被裂缝撕裂的活生生的灵魂里，因为"一切都在颤抖和消失"，就像阴霾天里的景物。

462

画家阿雷莫夫还是一名律师，一位农民事务的辩护人。"对美术写生自由的爱好"受到一种同样强大和本性固有的东西的阻碍：一部分是出于内在的责任感的声音（"存在一种极其强烈的诱惑，让人无法放弃"）；一部分是出于画家的保守主义（"对正在消失的事物的痛惜"）；还有一部分则是出于对改变"本色"之人的不喜。对自己零散的草图的不满和对几幅大型画作基于古典主义的完整的挂念一直纠缠着阿雷莫夫。与之相似的想要完成尽善尽美地展现历史画卷的长篇小说的愿望，也一直伴随着柯罗连科、迦尔洵和契诃夫。

柯罗连科了解，艺术的形象要比他从格·乌斯宾斯基那儿学习到的"……形象和政论的混合物有更长的寿命"（VIII，15）。然而他就像那位既是画家又是律师的阿雷莫夫一般， 不可避免地走上了自我否定的道路。最终，作家只好"甩手不干"，放弃"将全力倾注于'艺术'工作"（X，382）的尝试。尽管柯罗连科曾经多次发誓不再撰写政论文章，转而"在闲暇时钻研小说"（X，318），他依然坚守着自己的"本来面目"。

当然，自我牺牲的悲剧注定伴随着一定的损失。戈伦菲尔德写道，在追求"永恒的理论、道德以及艺术价值"的征途中，他的众多同时代人还是更愿意彻底献身于"诗歌"，而不是为"争取更好生活的事业"[17]做出长久的牺牲。然而，几乎所有撰写对柯罗连科的评论的人都臣服于他在道德立场上的当仁不让。1922年，马·阿尔达诺夫指出："柯罗连科的艺术水准既受限于他灵魂的闪光点，也受制于他所属学派的不足。他过于温和了，对其他人充满了博爱与尊重，以至于他无法成为一位伟大的作家"。[18]但是柯罗连科也没有追求过"伟大的"这一头衔——正如费·德·巴丘什科夫的话所说，他是那个时代"最被需要的"作家。[19]

1925年，高尔基似乎对其给予柯罗连科的诸多评价进行了概括："……俄罗斯作家的完美典范，如此人物，长久都未出现过。是啊，未来是否还会出现这样的人呢？"[20]随着毫无恻隐之心的时代降临，老派作家似乎注定要离开历史舞台。

463

作为19世纪的真正的儿子，柯罗连科坚信文学和宗教负担着相同的使命，因为作家的崇高使命就是"在正在崩溃的世界的混乱中"唤起人的"勇气、自尊和伟大的平静"。[21]在早期的复活节寓言《敲钟老人》（1885）里，作家表达了自己的信念，他相信人类友善使者的队伍不可能后继无人："嘿，派人来接班哪！敲钟老人已经完成了他的工作……"追忆柯罗连科的文章中反复地提及了这一句话。

每一位艺术家都描绘出自己"对世界的幻想"

柯罗连科不止一次地回忆起莫泊桑提出的这个概念，他甚至认为它与俄罗斯现实主义的巅峰现象——列夫·托尔斯泰的作品——存在一致性。格列布·乌斯宾斯基的文学社会学文集中融入了诸如报刊通讯、统计学数据这样的极度客观的元素，然而，柯罗连科首先从中看到的却是"无法安宁又充满力量的灵魂"个人的痛苦以及那些饱含着炽烈感情的自白（VIII，40）。

柯罗连科从未对"庸俗的唯物主义"及其对客观性的"反映生活"的肤浅审美产生过兴趣；他在1888年写道：这不过是"庸俗的自明之理以及相对有害的错误"。他将众所周知的、文学与现实之间的"因果"联系称为"自明之理"，而将"反映论者"以及那些过于直接的"丹纳追随者"的主张称为"错误"。[22]他们认为，文学是外部物质社会的一面镜子，不是"有生命的、运动发展的、不断完善的灵魂的工具"[23]，它追求的"不仅是简单的反映，而是在否定与赞同中反映"。此处柯罗连科与米哈伊洛夫斯基的主观美学不谋而合。若将艺术家比作镜子，那么得附加一个条件：他们是有生命的镜子。在他的"创作深处"经历着"新的结合与组合的过程"，会产生出自己的"对世界的幻想"，它是如此的复杂而缤纷，"就像是自己感受到的世界那样"（VIII，96）。因此，"契诃夫的世界"，"陀思妥耶夫斯基的世界"与"柯罗连科的世界"是不同的世界，尽管在事实上它们仍是同一世界。

同时，柯罗连科自视为"老派"作家，因此他预先言明，"对真实世界的幻想"与陀思妥耶夫斯基笔下"病态灵魂深处"或是"现代主义的荒诞风暴"中产生的"主观想象的幻影"有所不同（VIII，97—98）。"象征是一种完全合乎情理的事物"，直到它转变成"空洞的模式"（10，298）。艺术应当遵循自然的法则，"可爱的花朵、变化的颜色和馥郁的芳香都倾向于展现形式上的复杂与丰富，而不是简化"（IX，66）。

尽管柯罗连科高度尊重车尔尼雪夫斯基和丹纳的唯物主义美学，但是他也洞察了它的薄弱之处。对他来说，极限的现实主义会引发"生理的厌恶"。[24]他将丹纳与实证主义者如巴克尔、毕希纳、福格特等人归为一类，原因在于丹纳曾用"肚子里塞满生牛排和啤酒"来解释"莎士比亚笔下角色们强烈的欲望"（V，303）。"原先的唯物主义颇为滑稽，"他在1920年总结道。[24a]

在现实主义与象征主义的交锋中，柯罗连科和契诃夫都被贴上了"实证论者"的标签。这一论断仅在某一情境下成立，那就是在教会看来两位作家均缺乏宗教信仰，他们也未涉足神秘主义领域，没有贸然地从"所在之处"离开，尽管他们也没有放弃"向往之所"。援引托·曼对契诃夫的委婉评价，他们都是"谨慎造就的实证论者"，因为他们没有"傲慢的特权"，也因为他们厌恶科学被"偏颇地贬低"。[25]但是对柯罗连科来说，"极端唯物主义"比"世界上任何最讨厌的信仰"更显幼稚（VI，132）。生活以及其中充斥着的各种荒诞会超过逻辑的框架，亦需望一眼北极星以指引方向。柯罗连科的作品中不仅总是出现对崇高的理想的向往，更透露出一种宗教般的坚韧执着。

柯罗连科坚决捍卫那些代代相传的发展模式，并据此提出应用莫泊桑的文

464

学论题"对世界的幻想"来补充完善"追求现实的真实"这一理念（Ⅹ，217—219）。他认为，现实主义"仅仅是我们的时代（于1887年——作者注）构建出来的一种艺术手法"，但是只要这个手法被误作为目的，便会催生出"受辱又平庸、自足又自满"的自然主义（Ⅷ，295）。此外，在19世纪80、90年代之交，对梅列日科夫斯基的探索持同情的态度，而这并非偶然——当对现实的合理反映滑向极端现实主义的深渊时，随之而来的往往是失望。

19世纪80年代后半期，柯罗连科对60年代生人秉持的唯物主义原则进行了清晰的重新评估。"我们之前错了，"他于1887年向一位密友坦白道，"我们那时的唯物主义还留有许多悬而未决的问题"，而"生活还潜藏着一些尚未被任何人洞察的事物"，这种事物与一种"朦胧的谜"紧密相连，是一种"我们在心灵中感受到的""使人灵魂升华的接触"。[26]同样是在1887年，面对旧路径的破灭，他建议，当"头脑撕毁了旧有的方法，转而寻找新的路径"时，应依赖于"构成艺术主体的感觉、与解谜交织的感觉以及对生命的意义深信不疑的感觉"。[27]

他在中篇小说《两面论》（存在1888年与1914年两个版本）中描绘了唯物主义世界观所经历的急剧而痛苦的崩溃过程，其标题或许与高尔基日后创作的短篇小说《哲学的害处》相呼应，这部作品就是高尔基在回忆柯罗连科和他的时代时完成的。有一种可能，高尔基正是从柯罗连科的小说中汲取了灵感。不论何种情况，两部小说中与哲学的对话都以伴随着荒诞幻想的癔症与具有急救作用的结论告终："成为自己吧！"（如柯罗连科所言）或是"靠自己的思想生活吧！"（如高尔基所言）。

柯罗连科笔下那位年轻的主人公，起初受到巴克尔、福格特倡导的"准确而明晰的唯物主义思想"和"唯物主义诗人"理念的吸引，其中福格特的观点（"思想是大脑的分泌物，正如胆汁是肝脏的分泌物"）在他眼中"显而易见且不容置疑"。信奉达尔文主义的教授用"油腻腻的男中音"鼓吹被唯物主义决定论者所崇拜的思想（"而适应，先生们，此乃生命之铁律……"），声称要把"科学思想"渗透到所有的思想领域。但是主人公健全的潜意识本能抵触这种仅适用于自然界低层的"生命法则"。柯罗连科曾亲口承认，他曾站在米哈伊洛夫斯基那一边，而后者展开论战，以超凡的毅力驳斥了形形色色的决定论

465

者，特别是与那些社会达尔文主义者以及过分地强调自然科学在社会架构中起到支配作用的人。从社会达尔文主义倾向的讲座中用到的解剖学物件上，柯罗连科捕捉到了某种令人生厌的隐喻："在墙上可以看到一些画作，描绘的是剖开的胃、肠子和膀胱的切面，一些'致使生命欣欣向荣'的东西。两个骨架立在办公室的两侧，垂着手，筋疲力尽地屈着膝盖，头也向一边歪下，似乎在专心地听课"（IV，341—342）。教授致力于消除人的"传统精神王国"与纯粹的生理机能之间的阻隔，而死尸的标本则本应该成为他论证的有力工具。福格特和达尔文热情的追随者们试图将"人类感情充沛、充满幻想的面容"比作"生物机械"或者"化学制剂"。最终，来自"笨蛋"————一位对书本上的故弄玄虚毫无兴致的大学生（"又是那该死的哲学……"）——生机勃勃、具有自我牺牲精神的关怀将主人公从"愤世嫉俗的分析"以及"死一般的灵魂的冷漠"中拯救。那是爱的天赋为人们开辟了新的道路。

小说以"生活，生活……"的呼唤结束，它寓意着日常生活所有的价值的再生（"真、美、善、爱"），而庸俗的唯物主义者仅会将它们视作"布景和装饰"。生活的主要内容在于"点亮灵魂的火花"，而非简单地顺应科学的模型和意识形态的框架。

五年之后，契诃夫在作品中喊出"我想要生活！生活，生活！"，一种"不知名人物"出现了，他们过着"没有生活的生活"，自愿成为了全身心忠心于革命事业的俘虏。这并非如人们一般认为的那样是主人公"思想的瓦解"，而是心灵的重生，是对理想生活的不懈追求。正如米哈伊洛夫斯基的《达斡尔金娜童话集》（1885，长篇小说《奥拉杜什金的前程》中的一章）所描绘的，当民意党人女主人公被问到为何哭泣时，她回答道："我想要幸福！"

《盲音乐家》（1886）中展开了与实证主义者及狭义的"公共服务"观念的争论，其间，纯理性（以加里波主义者马克西姆舅舅为代表）与直觉（以主人公的母亲和爱人为代表）进行了某种形式的交锋。最终，这场关乎这一位柯罗连科式的主人公的灵魂问题的较量，以两种特质截然相反的和谐融合而结束。

马克西姆舅舅是无神论者，喜欢与人辩论。起初，他秉持着"高傲自负的教育理想"，视这位盲人为在日常生活中战斗的"新兵"，并试着影响其意

466

志、思维和体魄的塑造，并且"在自己的学生的战斗旗帜上提出"口号："不幸者卫护苦难者"。马克西姆舅舅反对优渥的生活条件与对个人痛苦的沉溺，追求不可能实现的事，对那些生理学无法给出明确回答的问题很有兴趣。60年代生人的思想汇聚于他"四方形大脑袋"（这个有表现力的细节重复过两次）里，他坦然承认这就是他真正的信仰，而柯罗连科总是不自觉地对此心生敬意。如果马克西姆舅舅的教育的理念中没有融入生活与音乐的神秘力量，没有两位女性"沉默的奉献"，那么主人公就会成为一个如柯罗连科所说的"骨子里的实证论者"，就像那位盲人编外副教授一样。此人认为，作家无论如何都不可能了解盲人的心理，因为先天失明的人不懂得渴望光明，即使没有"遥不可及的光明世界的诱人秘密"他也能"既满足又幸福"[28]。然而，即便是从这位貌似"满足的"编外副教授身上，柯罗连科也可以感受到一种"深刻且难以根除"的不满足，而艺术敏锐的本质恰在于对不可能的企望（X，546）。况且，这种"哀叹于不可能实现的梦"的感觉（按照盲人主人公母亲的说法），早已在季·吉皮乌斯著名的《歌》（"哦，让虚无的东西成为现实"）中被咏唱过了。

467　　然而，马克西姆舅舅最终放弃了对实证论的固执坚守，与创造他的作者一同说出了忏悔的话语："我错了……"他承认了无意识力量的强大与对从未存在过的事物的悲伤，并且毫不避讳地否定了自己过去狭隘的教育方法（"去他妈的教训！……教师当得太长久，脑筋就给搞得稀里糊涂了！"）。与此同时，马克西姆舅舅培养了主人公勇敢以及对他人富有同情心的品质，他的努力为盲音乐家激动的灵魂注入了一种使他泰然自若的东西。"老战士""没有白白地活在世上"。他也克服了自己的"盲"——世界观上的"盲"。从本质上看，我们面前的是一部小型的"教育者的长篇小说"，其中不仅展现了小男孩儿的灵魂在精神上的成长，也表现了他的教育者如何从生活的片面与局限走向完善与圆满。

　　在塑造爱薇丽娜（柯罗连科使用自己母亲的名字并非出于偶然）这个人物时，作者描绘出了另一种与社会发展趋势相悖的领域。这是一个灵魂深处的领域，它"注定显露在特定人物身上"，他们坚信自己拥有选择生活道路的权利（"各人有各人的生活道路"）。在苏联时期，柯罗连科所写的这种文学形象被革命化了，他们试图将其与"俄罗斯妇女在革命的熔炉中光荣而艰难的命运[29]"相连接。同时，社会的急剧变化使爱薇丽娜担惊受怕，她维护着对自己"痴迷于平静"的权力。马克西姆舅舅对她来说"很可怕"，对失明主人公来说则恰恰相反，他"很和气"。尽管以60年代生人的正统派观点来看，爱薇丽娜的生活是"利己主义的"，但是她在自己的领域里可以更忘我、有同情心地对待他人的痛苦。爱薇丽娜的爱生长于眼泪以及"我为你难过……"的话语，也就是说出于基督教的原则，不同于"革命熔炉"论，与车尔尼雪夫斯基式或高尔基式的表达也有所区别。

柯罗连科自己也承认，该作品的艺术追求不在于表现先天失明者的心理，而是旨在呈现"全人类在面对无法企及之痛与生命不完美所带来的深切苦楚时的心理状态"："这种痛苦（比如，诺瓦利斯蓝花的痛苦）在一代人身上都留下了印记[30]"，尤以对70年代出生的人影响显著。那个时候"年轻又充满活力的俄罗斯浪漫主义"正追寻着"神秘的蓝花"——对民族精神而言，它"维持了复生的活水[31]"。随后，这种浪漫主义的理想转变为对"青鸟"的追寻（X，546）。

梅列日科夫斯基从现代民粹派的某一分支观察到了"新唯心主义的特征"，在柯罗连科的《马尔卡的梦》中甚至发现了"宗教的灵感"[32]，他于1893年揭示了这两种看似截然不同的唯心主义浪漫主义之间所特有的内在同源性。保·魏尔伦对他的两次评价也很感兴趣。读完《盲音乐家》之后，这位法国象征主义的领袖人物评价道："就在我们还在为象征主义争论不休的时候，这位年轻的俄国作家就已经为我们树立了成熟的典范。"[33]另外，1894年4月26日，翻译家帕·贝里雄（阿·兰波传记的作者，也是魏尔伦的朋友）致信柯罗连科，在信中转达了魏尔伦对该作品法语译本的赞赏——魏尔伦认为，柯罗连科超越了现实主义者和象征主义者之间"愚蠢的争论[34]"。魏尔伦的判断力十分敏锐，19世纪80年代末柯罗连科也多次提及，新的文学方向正孕育于现实主义与浪漫主义的结合之中。

最后，我们可以援引安德烈·别雷的结论，这位俄国象征主义的诠释者在1933年写道："我一册册读遍了柯罗连科的作品，并且从这篇兰波都无法在梦中构建的、充满五彩斑斓的听觉的篇章中获得了极大的快乐；我指的是《盲音乐

468

家》，这部作品自我少年时期便未曾再读。我认为，柯罗连科在某些层面上超越了屠格涅夫和冈察洛夫。[35]"大概别雷提及的让他想到兰波《彩画集》的篇章，正是借由马克西姆舅舅之口阐述："我认为，一般地说，在一定的心灵深处，色彩的印象和声音的印象是作为同一类印象被感受的……总而言之，声音和色彩是同样的心灵活动的标志。"红色——"这是欢腾、罪孽、狂暴、愤怒和复仇的颜色"；蓝色是心地光明、安宁和母亲眼睛的颜色；绿色——"使人产生怡然自得和健康的概念"；白色——"恬淡的象征，是冰清玉洁的象征，又是没有肉体的未来生命的象征"；黑色——"悲哀和死亡的象征"。在此之前母亲试着向孩子"用声音解释色彩"，柯罗连科还采纳了由格·阿·比亚雷提出的"声音的风景"概念。例如"院子里嘎吱嘎吱的脚步声""外界一切声音的特殊的'寒意'"等带来的"第一个冬日的诗趣"。

《盲音乐家》确实无愧于魏尔伦的评价。后来，柯罗连科作品中那些引领他贴近新艺术特性的特征有所减少，至少这是因为在他的作品中特写与政论的特征增加了（正如《饥饿的年代》的副标题为"事实、画面、思想和印象"）。此外，在1912年，柯罗连科还以"银色的铃声"来称呼狄更斯的姓氏。

青年时期的柯罗连科是屠格涅夫的狂热追随者，后者的作品仿佛已经准备好将俄罗斯文学带向印象主义的浪潮（从梅列日科夫斯基到鲍·米·艾亨鲍姆的很多研究者都提到了这一点）。随后，浪漫主义诗学元素在20世纪前20年的文学领域中获得了增长，它们同时也在柯罗连科19世纪80年代的创作中以温和而内敛的方式得到了发展。这一点特别表现为不定人称短语的应用（"在他浅黄色的胡髭下蜿蜒着什么捉摸不透的东西"；"好像什么人在大口喘着粗气，什么人在抱怨发怒……什么人辗转反侧、呻吟不止"）。他的短篇小说《在夜里》（1888）塑造了一个吓人的、轮廓模糊的"小团黑暗"（就像索洛古勃的涅道盾姆卡的幼体）和一个出没在孩子的噩梦中，没有脸、不说话的"绿色先生"（他称之为"一身绿色的先生"）。柯罗连科的短篇小说《瞬间》里也出现了与高尔基著名的"海——在笑"相似的表述（"闪闪发亮的波浪神秘地微笑着"）。他在修辞上质朴地使用了相似的结构：如木屋"恐惧地眯着眼睛，无助又胆怯"，书架"在某种嘲弄又克制的沉默中倾听"，灯发出"痛苦又可怜的哔剥声"，技术学院的大楼有"一张智慧的脸"等。

469

19世纪80年代柯罗连科曾谈论过"创作过程中的'无意识'元素",甚至是"月游症"元素,这些元素对他来说也算是一种"定理"(Ⅹ,102)。解析或构建现实的梦境是他的许多小说中的关键元素(《探求者的生活插曲》《马卡尔的梦》《两面论》《在夜里》《孩子的爱》),"对世界的幻想"诞生于梦境之中,它不仅帮助人们认识现实,也成为了一种超脱现实、预示命运的笔法。如此,有一对"小耳朵"的灰裙少女出现在梦境里,随后读者才恍然大悟,这正是《孩子的爱》中那位女主人公。

在枯燥的日常生活中偶然才会发生的"不真实的"情景面前,文学创作"奇幻且迷人的"光辉愈发引人喜爱,"对世界的幻想"的倾向也表现在文学评价的惯常之中。"我透过文学的棱镜观察生活",柯罗连科后来这样说道(Ⅵ,73)。在《我们同时代人的故事》中文学动机成为了描写中经常性使用的方法:彼得堡公寓主人身上"嗅得到陀思妥耶夫斯基的味道",人物们让读者想起巴扎洛夫的脸,或者"地道的狄更斯式的人物"、波米亚洛夫斯基笔下那样的寄宿学生,亦或是果戈里所写的守旧地主以及谢德林笔下的主人公。根植于俄罗斯文学土壤中天生的流浪特征会让人想起列斯科夫的"疯魔的朝圣者",而科斯特罗马州州长则让人回想起屠格涅夫笔下的拉夫列茨基……

从中可以看出,柯罗连科的写作方法具有一种稳定的传承性,这种方法在他的创作中始终占据优势地位。此外,随着现代主义的声势越发浩大,他对各种"新的美""程式化与细枝末节"的警惕性也日益增强。1908年,柯罗连科从众多"具有当代现代主义的智慧"的"颓废主义伤痛诗人"中特别关注到了"无疑才华横溢的"现代主义者奥·斯特林堡。从他的作品中可以"感受到诗歌以及'现实的'真理本身"(Ⅷ,334—335,337)。他遵照着源自于对阿波罗崇拜的古老箴言"凡事勿过度"(Ⅹ,229),还曾写下对莫·梅特林克《蜜蜂》的评价:"我不排斥这种'情绪'(指对'未知'与'存在的奥妙'的兴趣——作者注),但是强烈地反对对此类主题的矫揉造作",还有"只在一根弦上弹个不停"。"神秘,神秘,啊,神秘,伟大的神秘。"[36]这一段批评针对的是《幽魂》(1891),一部作者的"间接自传"。其主人公宣布,他的灵魂转向了"名为未知的奥秘"。

如此,柯罗连科将俄罗斯艺术的独特方法以及与之本身相似的方法概述如

470

下："思想的理想主义引领下的艺术现实主义[37]"以及追求"以非日常的光辉点亮日常的图景"（V，296）。两种形式非但未造成创作领域的隔阂，反而促进了它们之间的融合。柯罗连科观念中的创新并非无源之水，而是从艺术永恒的缤纷中生出的嫩芽。除此之外，"日常图景"的现实主义与理想主义的情绪结合，柯罗连科特殊的浪漫主义化合物诞生其中，他将自己的一抹色彩融入那个时代的文学画卷，这一形式与讽喻的浪漫主义，幻想，异国风情，拟古等其他形式并蒂而生。

"我们能做的只是不懈探求"

1901年，柯罗连科就列·托尔斯泰与教会间的争论在日记中这样写道：他所颂扬的人物，无论是在生活中，还是在文学领域内——是那些勇于摒弃谬误、勇于"踏上崭新探索征途"的人物。这些先驱者，他们"细心聆听……最怯弱的质疑的回音"（VIII，7，9）。柯罗连科视别林斯基、果戈理、托尔斯泰和契诃夫为"永恒且无可置疑之真理"的伟大探寻者。他同时明确界定了真理的探求者与真理拥有者及其传播者之间的本质性的差异，指出在此界限以外便是"极端的绝对性与教条主义"，而仅少数文学巨匠可获"宽容"（X，103）。托尔斯泰，作为"真理的拥有者"，其宗教布道虽"极为严厉"，在柯罗连科眼中却失去了"鲜活的情感温度"与诗意的"无情批判"[38]。

柯罗连科的本质特征，远非任何形式的（无论政治、宗教或美学）布道、极端纲领主义及自负的教条主义所能涵盖。在流放岁月，他与少年时对"天国不久就会降临人间"的坚信不移分道扬镳，转而不知疲倦地重复着一条古老的真理："天堂是无趣的，通向它的路途艰难（VIII，111），需沿无尽阶梯攀登"[39]的真理。

471

这一"攀登"的意象在幻想短篇小说《幽魂》中得以生动展现，主人公苏格拉底的立场包含着深层自传意味的潜台词，象征着不懈追求真理的勇者，他（"拒绝沉睡，清醒前行，寻觅真理之光……"），平和善良地化解同时代人的愚昧，于阴阳两界的混沌中谨慎探索，用程度较轻的讽刺化解敌意。

"幻想"的根源在于苏格拉底的寓言世界。一位少年踏上寻觅父亲的隐居之地的旅程，那里是"纯粹智慧与真理"的圣地。在无尽征途中，每一幻景皆似家园，但对真理的深切渴望驱使他"舍弃安逸，踏上荆棘满布、寒风冽冽的新路"。这正是柯罗连科笔下人物的写照，也是人类命运的缩影，因心中"未知的伟大形象"无限延伸，探索者不断沉溺于"最佳信仰"的追寻，于永恒之旅中实现精神的升华。

　　《火光》（1900）中的寓意亦与此呼应——那诱人却渐行渐远的"庇护所"。艾亨瓦尔德在对柯罗连科《火光》和其他作品的评论中将其归类于反映"社会实态"与"国民疾苦"的范畴，并指出仿佛它们将其作品锁在"狭隘的视野"里："但是他一句也没有提到那些无尽的、遥远而无法达到的、神秘的火焰，不知疲倦的人类的心灵在几个世纪中都因它而犹豫不堪……因此他既非不朽亦非伟大。"[40]面对此番评价，柯罗连科虽以谦逊之姿接纳了"非伟大"的指责，却坚决反驳了对其世界观"狭隘"的论断，他坦言："我从未奢望'非凡伟大艺术家'之誉，而对于作品中可能存在的种种不足，我内心自有清晰认知。"然而，评论家的批判似乎"削去了"作品中诸多细节，可能破坏了原本精心构建的结构的"完整性"（《幽魂》《在夜里》《两面论》）。柯罗连科"坚信未来充满希望，追求与收获皆有其价值所在……"（Ⅹ，382–383）。

　　《幽魂》以对人类某种程度的称赞而结束，他们无畏奥林匹斯众神的雷霆之怒，渴望"越来越高"地攀登至真理之巅。此情节与高尔基的"长诗"《人》（1904）中的主人公相呼应，他被"真理之渴所驱使"，高呼："勇往——直前！继续——攀登！"但柯罗连科认为这篇作品于他而言完全是不可理解的，因为它偏颇地颂扬尼采思想和"超人"的特点，轻视"不足挂齿的小人物"，"即使他们在行善事"，"此乃'自大'，而非'伟大'"，柯罗连科总结道。[41]高尔基笔下"伟大、高傲与自由"的人物被过度地赞扬了，其文字间充斥着大写字母的庄重与咄咄逼人的气势，这种"大写思想铸就的人物"显得过于自负，其语言风格近似于先知般的愤慨，与柯罗连科笔下"温柔的怪人哲学家"那平和而无畏的论述形成了鲜明对比。柯罗连科以谦逊的"清道夫"自比，甘愿承受"庸俗亵渎者""在暗夜中"的指责与拉扯。

　　高尔基亦不乏对柯罗连科的赞誉，他称赞其拥有"智者特有的宁静嗓音"，那是一种"温柔而深沉、真正属于人类的声音"[42]，强调了柯罗连科作品的人性

472

光辉，而非超脱凡尘的"超人"特质。

契诃夫也有与之相似的作家嗓音。他初见柯罗连科时便指出："……与之同行，甚至跟随其后亦是一种愉悦"，并预见两人"观点契合"的必然。[43]契诃夫与柯罗连科两者的共同性主要在于脱离"自己的或他人的"教条；厌恶训诫与布道，厌恶"人类审判者"的角色。他们均视问题重于答案，强调答案源自生活本身，摒弃"浮夸颂词"（契诃夫更甚）。他们拒绝塑造"新人类"和"完美楷模"（用柯罗连科的话说，叫"镀金的人物"或"行走的头衔"；也就是契诃夫口中的"完美·完美诺维奇"）。如果说他们写过诸如此类的人物，也是旨在打破传统俗套。两人所追寻的都不是新的人，而是好的人。两人都是传统的人道主义者，相比各种意识形态的外衣、粉饰和"上层建筑"，他们更倾向于展现"基本美德"（柯罗连科），也就是人的精神素质——"不是功勋，而是精神活动，即使不值得称赞，却是直率的"（X，81）。当然，这种相似性可以说是本质的，同时也伴随着个性上的不同，而艺术上的差异是这种不同的首要表现。

柯罗连科的小说《杀人者》（1885）与契诃夫的《凶杀》（1895）被思想的交织联系在了一起。我们不可能了解这种联系，无论是刻意为之还是自然流露，但这绝不是偶然的。标题的相契本身就引人深思，此外，《没意思的故事》亦可作为连接两者的更深入的线索。

柯罗连科的小说《并不可怕》（1903）同样塑造了一位"杀人者"的形象，这将在下一节中讨论。而且，在柯罗连科的两部作品中，杀人者都拥有着清澈单纯的灵魂，而凶杀案的牺牲则是"阴险的伪君子—凶手"（VII，232）。怪不得马·阿尔达诺夫会对此有过高的评价，指出柯罗连科笔下虽有窃贼和凶手，"却无真正的恶棍"[44]。

在短篇小说《杀人者》中，主人公费奥多尔·西林曾遭受当局残忍的欺凌，失去了家人，踏上了流浪之路——"去寻找正义之人"，还有可以"按照上帝之法生活"的居所。"血缘相近且好理解"是柯罗连科最具特点的主题，精神的痛苦和"普遍的世俗谎言"在民间与抽象的宗教问题联系在一起（VII，42）。在他的旅程中，天国的找寻者不幸落入宗派主义者的陷阱，这个老头儿用"悔改的祈祷词"诱惑了老实人。费奥多尔称自己为"最迷惘的人"，而老

473

人装成"真正的虔诚教徒"（"活人瞪眼望着天"）和"悔改者的"传教士。在这个宗教教派的幌子下，藏着一个原始森林里的强盗小村落，而血腥的劫掠被"传教士"解释为罪的必要性，以便随后"悔改"。这样一来，"杀人"就成为了"悔改者"信仰的象征，是必要的一步……况且，他们又是些"守规矩的人，旧礼仪派，遵守戒律，烟酒不沾！"在精神上奴役了费奥多尔之后，"精神导师"让费奥多尔成为其罪恶行径的帮凶，去谋杀和抢劫一位带着三个孩子去西伯利亚流放地找丈夫的有文化的女地主。可女地主和流浪汉对彼此充满了信任和同情；使他们相互吸引的不是信仰的"外表"（划十字用几根手指，烟草和其他"小事"），而是"福音书中更重要的戒条"——爱。他还说："如果有人愿意把自己的灵魂交给朋友，就再没有比这更深沉的爱了！"费奥多尔·西林遵循了这条"更重要的戒条"，也承担了老人杀人的罪孽，尽管这个老人是"纯粹的魔鬼""煽动者和敌人"。"杀人者"大叫"抓我吧，我杀人啦！"，但女地主紧接着反驳道："他做了一件好事，保护我的孩子免受恶棍的伤害。"尽管女地主和她流放的丈夫努力寻求谅解，但费奥多尔并没有原谅自己的"杀人大罪"。因此费奥多尔只求一死，以在死亡中得到解脱。

契诃夫的《凶杀》中没有这种善与恶力量之间的两极对立，但是其中有一种界限，将对自己要求严格的宗教探索与骄傲自满的信仰的获得区分开来。前者力求认识上帝和自己，后者追求的是对他人的教导。通常来说，在契诃夫的小说中可以看到"备受折磨、无法抑制的对真理的探索，甚至苦役都不能使其中止"，其结果为"灵魂不断的探索之路[45]"，经历了对弟弟的杀戮（凶器为烙铁，"正为了斋期用的油"），试图藏匿尸体，花掉被害者的钱……其中有些类似"悔改者"教义之处。

这篇小说毕竟讲的是另一回事。契诃夫的两个人物——"凶手"雅科夫和"被杀害的"马特维——都因"笃信宗教"而让全家有了个名为"朝圣人家"的绰号，但在他们阴暗丑陋的追求中什么都有，唯独没有"更重要的戒条"——爱。因为神职人员在祷告时的不检点和疏忽，雅科夫不喜欢他们。他谁也不信任，在家里建了一个祈祷室，在那里他自己祷告，严格遵守教规（"表面上"，用柯罗连科的话说）。同时，把自己的"野蛮，愚昧的"女儿撇在了精神的原始状态。马特维也曾经追求"更好的信仰"，认为每个人都是罪人，只有他"按照戒条生活"；他也建了自己的祈祷室，出门拜访一些信徒。在那里他没有找到信仰，而是"陷入了纵欲"等等。最后，他"悔改了"，并决定"像所有人一样生活和祈祷，要说比平常多些什么，那就是摒弃邪念"。这样一来，两个角色都有不同的"真正的信仰"，二人之间一致的只有对异教徒的恨意。祈祷室和祷告的时刻渐渐成为发生激烈争吵的空间和时间，他们互相指责对方为"魔鬼"，小说充满了相互仇恨的气氛，而这种仇恨"既不能通过祈祷，也不能通过经常性的鞠躬来消除。"

然而，作者心头始终逡巡着某种人道主义的期待。在萨哈林岛的"苦难"之旅中，雅科夫终于燃起了新的信仰之光，那便是以"更重要的戒条"——以爱为基石的神圣的"新信仰"（"哪怕救一个人免于毁灭"）。

批评界常聚焦于契诃夫的短篇小说作品所展现的"不确定性"特质及独特的"冷峻客观性"。然而，柯罗连科确实以其另一短篇杰作《阿加菲娅》为透镜，深刻剖析了契诃夫文学手法的隐秘之处："契诃夫的作品是从边缘视角切入，观点被置于主角内心的波澜之外。"（X，100）柯罗连科本人则"不单从一个侧面下笔"，而是倾向于采取"双面镜"策略，通常将主要的情节套入到叙述者和与之对话者的话语框架之中，使人难以将作者本人的观点剥离出来。契诃夫在其"小三部曲"（《套中人》、《醋栗》与《关于爱情》）中就是这样创作的，但是总体来说，这种解释性的辩证思维并非他所独有。他在创作时就将读者纳入考虑之中，他"认为小说中没有传达给读者的主观因素的留白会由他们自己补充"。[46]即便是在采用第一人称叙述的《阿加菲娅》中，故事的推进依旧维持着一种近乎于人们所说的"叙述感"的客观风貌。契诃夫认为，柯罗连科"有点保守，他（在创作中）抱着那些快被淘汰的形式不放[47]"，又高度评价他为"杰出的文学巨匠"，认为其"受欢迎并非偶然"，而主要是因其作品的"清醒与纯粹"。同时，契诃夫认为深思熟虑型叙述者角色的设置略显多余，如（《温顺的人们》里的记者布赫沃斯托夫），他认为此类角色的存在可能"为故事平添了不必要的紧张与纠葛，甚至是矫揉造作的因素"。[48]反观柯罗连科自身，在其未竟之作《命运》（19世纪90年代）中，他以一种隐秘的自我剖析的方式坦露心迹："我偏离了客观叙述的轨道，本该探寻'如何'，却常常想问'为何'与'意欲何为'"，开始"反思，流露情感"。[49]

475

柯罗连科，作为一位极其倾向于主观表达的艺术家，其作品中蕴含了显著的自传性情节，这在契诃夫的创作中则鲜少见到。如果说契诃夫的特点是"言外之意"，那么柯罗连科则更倾向于一种"重复诠释"的手法，这既是面向广大读者的定位，也是对他深信不疑的理念——"文学不仅是（且应当是）最具民主性的社会现象"[50]——的实践。尤·艾亨瓦尔德曾指出，"柯罗连科倾向于在本已明晰的叙述中穿插额外的善意的阐释。"[51]这一评价虽中肯，但也需要预先说明：艺术中的"冗余"元素，即便携带着某种被视为恶魔般专制的（依勃洛克之见）气息，仍然是人性之渴求……

《杀人者》与《没意思的故事》之间，还存有一微妙"相似之处"。柯罗连科的笔触下，俄罗斯的广袤荒原见证了善举的无力（与无法遏止），地方政权与匪徒在那里狼狈为奸。驿站长同情那个着魔般与罪恶斗争的侦查员"小不点儿"，甚至不惜违背格·乌斯宾斯基那带刺的忠告——"勿插手世事！"，也要为他清除道路上的"一块又一块的石头"。而"西伯利亚的伏尔泰主义者"深知，任何"净化社会的使命"终将归于徒劳："唉，我们这小地方，真是小地方呀！……我们最好还是喝茶吧！"其无奈之情，不禁让人联想到契诃夫笔下的教授那句标志性的"绝望"之语："我们吃早饭去吧，卡嘉！"及"说真的，卡嘉，我不知道"。教授以此回应了灵魂的深切呼唤："您做过教师！请您告诉我，我该怎么办？"他透露出对自身的期许过重（"我垮了"），以及对博闻强识的杂志作者们"大将军一样的口吻"的深深厌恶，这种态度如看门人和乐队指挥一般"傲慢而神气"。

长久以来，教授的回答被视为对其名声的败坏，直至历史绝望累积的能量使人们渐渐领悟到它的深层含义。托马斯·曼于1954年公开表示，他对契诃夫的《没意思的故事》及教授那句"说真的，卡嘉，我不知道……"尤为推崇，认为"事实一向如此：面对行将消逝的世界，我们所能给予的，不过是慰藉人心的故事，而非救世的良方。"[52]

柯罗连科似乎"总是知道些什么，他能以一种坚定的淡然，从容说起生活中的种种艰辛"[53]，就像在《幽魂》中那样，这种态度展现了一种在黑暗中摸索前行的勇气。弗拉基米尔·加拉克季昂诺维奇在给友人尼·费·安年斯基的信中写道："向黑暗进发，我们将在黑暗中探寻。"[54]1906年，面对"未来会如何？"的诘问，柯罗连科老实地给出了与契诃夫笔下的教授相似的答案："我也不知道。"[55]这并非迷茫或软弱，而是面对未知的勇气与大智慧。只有条条框框里的意识形态美学才必须要有"答案"，而艺术只会在自己永恒的探寻中提出一个个问题。

"农民的世界"

在十月革命前的一段时间里，如格·乌斯宾斯基、尼·米哈伊洛夫斯基、彼·雅库波维奇等民粹派成员普遍受到批评，而柯罗连科却终其一生都与民粹派保持着紧密的联系。他的文学与政论思想的核心主题往往聚焦于那些有时"即使是在文学中也被视为次要的""农民灰色的生活中令人不胜其烦的问题"（IX，118）。柯罗连科曾怀揣着"到民间去"的青春理想，这一梦想最初在他1879至1884年流放与监禁生涯中得以初步实践，并最终通过其作品得以实现。自19世纪80年代起直至《土地！土地！》问世，他的作品始终贯穿着"从农民到农民，从人民到人民"的内容（VIII，13）。

甚至，格·乌斯宾斯基对古俄罗斯数百年来无数次被试着解决却又没有解决的问题感到疲惫不堪。1888年他曾这样写道："总体来说，他们的大胡子、椴树皮鞋，还有他们饥寒交迫的一切，让我极其厌烦。目睹此情此景令人心痛，我已无力再让我的头脑为此承受煎熬，实在是让人疲惫不堪。"[56]

柯罗连科的特写《饥饿的年代》（1893）取材于他在下诺夫哥罗德省卢科亚诺夫县记下的日记，该作品旨在保护农民免受"县里的农奴主"实施的诸如"压榨得让他们把鞋子也脱掉"的欺凌措施。作家在最后一章断定，书中"所展现的农民形象枯燥灰暗，其单调性足以使读者感到厌倦"（IX，314）。截至革命前夕的1917年，除阿·费·马克思主编的九卷本柯罗连科全集外，该书已独立再版了七次。

《土地！土地！》这部"罪孽与悲伤之书"展现了从政府对农民改革的压制到激进知识分子在改革问题上的误判，再到民间从谣言四起逐步走向绝望反抗的各个阶段；这一切最终导致了1905年和1907年两场采取极端手段的革命。

在这种情境下，柯罗连科坚定的信仰并未与现实隔绝，他竭力自我克制，并再次确认了信念的正义性，重新倾听了那回荡在人民生活的黯淡深渊中罕见而空灵的"令人惊叹的"钟声。即便是在环境最为恶劣的1919年，当柯罗连科不得不对人民道出些令他内心苦涩的言辞时，他这样写道："俄罗斯人的本性是善良的，尽管此刻他们暂时有一些不良的倾向——唉，尤其是偷窃之习。"[57]正是在这时，我们能够从《我们同时代人的故事》中读到这样一句话："爱这些人民——岂不是我们的任务吗？"

柯罗连科对农民直面真相的坚定信念，使他与那些被称为"老一代民粹主义者"（依据尼·尼·兹拉托夫拉茨基和巴·维·扎索继姆斯基等人的见解）的托尔斯泰的信仰相区分，后者坚信"人民已悄然拥有了成熟的智慧"（VIII，141）。他并未被普拉东·卡拉塔耶夫或《黑暗的势力》中阿吉姆所展现的"脆弱的整体性"所吸引，而是主张知识分子不应"吹熄了自己的第欧根尼的灯"，"怡然自得地沉浸在直率的信仰的海洋中，不加批判，并在心中压抑着分析"（VIII，104）。

直到读大学时柯罗连科才被"人民即将登上历史舞台的预言"触动，怀揣着以此取代"绅士阶层"文化的愿景。在《我们同时代人的故事》中他追忆起涅克拉索夫葬礼上陀思妥耶夫斯基那番看起来是"发自真心的预言"，陀思妥耶夫斯基将已故的涅克拉索夫称为"'绅士'中最后一位伟大诗人"："'对啊，对啊，……'我俩向陀思妥耶夫斯基热情地呼喊，这时候我险些儿从围墙上掉下来。"（VI，199）这个细节有着某种讽喻性的含义，因为柯罗连科彼时几乎要放弃成为人民所期盼的作家的愿望，转而希望人民能够推出"另外的普希金和另外的涅克拉索夫"，他们必定会克服"旧文化的片面性"，创造"新天地"（VI，200）。然而，柯罗连科迅速摆脱了老一辈民粹主义者和托尔斯泰"对文化的诅咒"，他坚信任何社会阶层都不具备绝对的神圣或正确，随后，他坚决地摒弃了"无产阶级文化"的思想。当"人民的智慧"与作者自身的直觉、生活体验及思考发生冲突时，他会毫不犹豫地得出结论："一切昭然若揭，真理在知识分子这边……若有必要，我会挺身而出，反对全体人民！"（VII，350）。

然而，在某些时刻，民众"蒙昧的思想"实则蕴含了比"光明的思想"及理想化社会乌托邦观念更为透彻的见解。柯罗连科略带嘲讽地刻画了普通民众

477

对社会主义法则那种质朴却异常直接的抵触情绪。因此，公寓的女房东对其工人房客"崔文科"表示了强烈反对，这位房客是个狂热信奉"傅立叶与圣西门的原则"的家伙："说是为了要使世界上没有富人和穷人……谁要就可以拿……他什么都不懂，像个小孩子一样"（VI，71）。随后，他又描绘了"共产主义者"（主张财产公有与平均分配）与"个人主义贵族"（支持私有制）在狱中的激烈辩论，而在情理的驱使下，柯罗连科"自然而然地倾向于"后者（VII，151）。他对欧洲人文主义理想中社会主义的青睐，并未促使他萌生消灭诸如《巴甫洛夫随笔》（1890）中的手工业者和《玛鲁霞的新垦地》（1899）里勤劳的庄稼汉季莫菲尔这样的私有者的念头。

478　　还在不久之前，可以确凿地证明这位人物具有根深蒂固的"私有者"特性的证据，体现在他对由政治流放者创立的新型村社模式坚决抵制的态度上。他无法接受因自己拥有三头牛而邻居仅有一头就被要求送一头给邻居的提议（"那是我们共同喂养的……他也该自己去喂养！"）。这种"农民的"情感上的抵触，任何劝说都难以化解。正如格·乌斯宾斯基所言，他不愿让平均主义者靠花言巧语剥夺他花了九牛二虎之力才获得的劳动成果。然而，当谈及他能够理解的朴素真理时，季莫菲尔却愿意像耕耘土地一样，纯粹、"自然而然"地"为了公共的事业而受难"（去服苦役）。季莫菲尔与理想主义知识分子的辩论并非总是简单而单调的，但其"劳动理论"相较于温和却略显空洞的基督教社会主义模式，无疑展现出更强的生命力和坚定性。1919年，在探讨"土地平均分配"的议题时，柯罗连科指出，此举将严重挫伤农村居民的"积极性与投入"，特别是对那些"通过个人不懈努力和巨大牺牲才获得土地的人们"[58]而言。

柯罗连科在《马卡尔的梦》（1883）中描绘雅库茨克流放时，坚信人民劳动与苦难的"金秤盘"要远重于他们背负的罪恶，因为他是"激情澎湃的民粹主义者"（VII，328）。小说中以"圣诞节的故事"为副标题，确立了其崇高的抒情风格，受到了德·谢·梅列日科夫斯基与尤·尼·戈沃鲁哈－奥特罗克等人的称赞，而科·楚科夫斯基等评论家则因其"彩色棱镜"般的特质而反应冷淡[59]。尽管他后来放弃了诸多早期的幻觉描绘，但民粹主义所秉持的"道德真理"却贯穿其一生（VI，140）。

柯罗连科在其对民间生活与人民性格的艺术探索中，采纳了米哈伊洛夫斯基所阐明的"勇敢但不冷漠[60]"的立场。而且，与民族志学者不同的是，柯罗连科感兴趣的并非"人们怎样生存，而是人们怎样生活"[61]，也就是说他首先对他们的精神世界感兴趣，而非单纯的生活习惯。作家不止一次背起行囊前往斯韦特洛亚尔湖，那里"隐藏着人们对不可见之城——基捷日城的憧憬与幻想"。这座城"虽不可见，却真实存在"，因为"幻想世界比真实的世界还要可靠"，"它吸引着无数渴望暂时逃离现实世界，一窥神秘世界面纱的虚妄忙碌的普通人"（《在荒凉的地方》，1890，3，115，131—132）。在描绘乌拉尔哥萨克的传统习俗与现代的生活方式时，柯罗连科虽然调动了自己丰富的知识，但他们生活的主要精神核心是对"神奇隐秘，甚至可能并不存在的举世无双的神秘古国别洛沃季"的幻想展开，那里是一片"无掠夺、无杀戮、无贪婪"的净土，也是"真正信仰"的繁盛之地（《在哥萨克人那儿》，1901）。[61a]

一种"理想化浪漫主义的粉饰"（VI，63）出现在柯罗连科描绘的80年代浪漫主义流浪者形象中，具体体现在《杀人者》《鹰岛人》及《无家可归的费奥多尔》等作品里。契诃夫非常欣赏《鹰岛人》，称赞其文字"像是美妙的音乐曲谱"，他也高度评价了柯罗连科的首部作品《速写与短篇故事集》（1886），尽管书中诸多元素，如详尽的叙述、大篇幅的议论、隐约流露的浪漫主义色彩，以及"对女性角色刻意的边缘化处理"（柯罗连科几乎所有包含"女性情节"的作品都显露未竟之态），均与他自身风格相去甚远。然而，契诃夫在1888年的评价中指出，即便是那些"足以让其他艺术家大为逊色的缺点，在您这里却变得无伤大雅"。[62]无疑，这不仅是柯罗连科作为艺术家的"力量"在发挥作用，其作品的字里行间更彰显了他美好灵魂的非凡魅力。

契诃夫在《萨哈林旅行记》中指出，相较于监狱管理者所展现的极端残酷态度，"优秀的俄国作家表现出美化苦役犯、流窜犯和逃犯的倾向"。他还在此处补充道，"不论苦役犯如何堕落和不公正，但他们却最喜欢公理和正义"。[63]随后在《我的一生》中，契诃夫观察到农民即便生活在肮脏、酗酒、愚昧与欺诈交织的环境里，却也在生活中保持着"一个坚定健康的核心"，尤其深信"人世间最重要的东西是真理"，因此"人间万物当中他最喜爱的莫过于公正"。[64]因为在契诃夫看来，正义"比空气都要重要"[65]……

　　柯罗连科在普通的民众之中也看到了热忱地追求真相与公平的探求者，他们偶尔也陷入自相残杀的境地，如小说《雅希卡》（1880）的主人公。他将"坚定不移敲击牢房门的功勋"加之己身，以作为"拒绝承认（造成了违法行为的）权威"的标志。当契诃夫在《醋栗》中坦言，要让每个幸福的人门边"站上一个人，手里拿着小锤子，经常敲着门提醒他：天下还有不幸的人"[66]时，不禁让人揣测，契诃夫的心中是否也矗立着这样一位敲击者。列·安德列耶夫也曾在自己的小说《幻影》（1904）中刻画了一个"几乎是永生的"、沉浸在自己的强烈抗争精神中的敲门人。

　　从19世纪80年代末起，柯罗连科的作品中出现了一种新类型，即浪漫主义色彩浓厚的真理探索者与异议者形象，他们源自民间，能激发多样化的情感共鸣。我们首先可以想到《契尔克斯人》中的这种人物，格伦菲尔德认为它可以与高尔基的《切尔卡什》相提并论。柯罗连科围绕一场非法黄金交易描绘了"劫掠者的悲剧"（VII，279）。"原始森林之鹰"与警察和官僚集团相抗衡，而后者则滋养了"幼稚劫掠者"不切实际的幻想。在这场美学的较量中，机智勇敢的契尔克斯人全面击败了其急功近利、贪婪无度的对手。其中有一个掠夺者名为加甫里林，其名字与高尔基作品中某角色的读音构成了对应的关系（契尔克斯人——切尔卡什，加夫里林——加弗里拉）。高尔基笔下的主人公也同样怀揣着结婚以及用非法所得购置农具的梦想。但是契尔克斯人在道德层面的优势十分有限且疑窦丛丛，最终，胜利的桂冠归于那三个更为狡猾、挑战"守法仆从"的劫掠者。

　　柯罗连科与米哈伊洛夫斯基对《切尔卡什》都称赞有加，然而，对某类批评家（尤其是持马克思主义立场的）来说，高尔基的浪漫主义流浪汉形象迅速转变为一种象征。他们过度地执着于揭发被人格化为加弗里拉的"贪婪奴隶"的"乡村生活的蠢货"。这一转变导致了偏差的产生，农民群体中开始浮现出贪婪愚蠢的私有者的形象，他们被视为需要"再教育"的群体；与之相反的是，社会与道德上的证据显示，俄罗斯正是依靠数百万勤劳耕作的农民支撑，但流浪汉的涌入却会败坏农村的风气，这一观点在格·乌斯宾斯基、列·托尔斯泰、契诃夫及柯罗连科的作品中均有体现。柯罗连科一再强调，劳动者的主要特点不在于"酗酒与懒惰"，而在于他们的"辛勤劳动、努力生产"（IX，64）。

柯罗连科在《没有舌头》《玛鲁霞的新垦地》《谦卑的人们》《并不可怕》《严寒》《叶梅利扬》《多瑙河上的同胞》等小说中就"农民问题"与马克思—高尔基所倡导的解决路径展开了争论。尽管难以断定柯罗连科是否在这些文学性的解决方案中有意识地、直接地与高尔基进行辩论，但作品中确实流露出"不谋而合"以及说得通的理由。《玛鲁霞的新垦地》在一定程度上重复了流浪汉与定居者这一对平行的形象类型，但是柯罗连科给出了与《契尔克斯人》中不同的问题解决方法。而《并不可怕》这部小说刻画了一位农民加弗里拉，此人因初获财富后又被剥夺（切尔卡什的"玩意儿"）而犯下杀人罪。

《没有舌头》（1895）先于《切尔卡什》在《俄国财富》发表，而柯罗连科几乎同时完成了对高尔基小说与自己作品的阅读。森林洼地走出的矮个子勇士算得上是柯罗连科农夫群像中最富抒情色彩的形象。上帝活在这个普普通通的农民心里，他的所作所为——处处显示出尊严与谦卑。但是要知道，他就像高尔基笔下"愚昧的乡下佬"，置身于"土地的权威之下"，一心牵挂着自家的庄稼活儿、房舍和老婆。为了追寻自己的"庄稼汉的理想"，马特维·洛津斯基来到美国，这段经历在苏联时期被用来揭露"资产阶级民主制的虚伪"。在这里，他们与那些对作者来说显然十分陌生的人物戏剧性地结合了：酒馆老板（"扯着嗓子面对面喊叫——这就是自由"）和"我们那里的"有农奴主习惯的"老妇人"（"这个鬼地方，该死的城市，可恶的人群"）。只有在开始的时候，这种情感才与初来乍到、哑口无言的马特维慌乱的内心相呼应，他迷失在了无法理解的异国文明的喧闹之中。然而，"伟大的美国的土地"逐渐展现出了自己的过人之处：他们在评价人时会说"一个人只要有头脑、肯干活，肯定会受人尊敬和重视"，有权"想信仰什么就信仰什么"，劳动的人因志同道合而团结在一起。马特维在这片"美国乡村"度过了两年时光，将在洛津斯基曾憧憬的一切寄托于此。尽管心中仍怀有"故国的乡愁"，但他已深知归途无望（"一切都断了，许许多多都死绝了，不能重新复活了"）。

《索夫隆·伊万诺维奇》（该书于1902年，即作者逝世后问世）同样聚焦于侨民主题，它以知识分子的视角展开，描绘了"俄国远行者淡淡的哀愁"，但也摒弃了对"'腐朽的西方'的傲慢轻视"，这是因为"问题不在于谁已拥有了

481

人间的一切，而在于谁在不懈奋斗，力求获得更多"（Ⅳ，442）。这部作品效仿了《没有舌头》，其中出现了一幅"微小的图景"，给作者留下了"动人又深刻的印象"。异己文明"表面的混乱"威胁着无依无靠者，它在现实中展现出一种"合理性"，允许其内部的人们"独立、自由地"活动。昏睡的马特维与五岁的小女孩（《索夫隆·伊万诺维奇》的人物）就这样在铁轨上前行，正是由那些关怀他们的人接力传递着向着目的地驶去。柯罗连科总结道："我相信，在这里，人的个性丧失得远比其他地方要少得多……"

正当柯罗连科构思中篇小说《兄弟间的争执》的时候，他已经在对俄罗斯农村的历史地位与精神价值的强烈失望中创作了《在阴云密布的日子里》（1896）《谦卑的人们》（1899）《玛鲁霞的新垦地》（1899）。这些作品在过去几年的研究中，被逐步揭示出其内含的"反民粹派倾向"。

柯罗连科最出名的短篇小说之一《嬉闹的河流》（1891）诞生于马克思主义浪潮即将席卷俄国的前夕，当时，俄国贵族"爱国"反动派持有一种论调："俄国人都是该挨鞭子的恶棍和酒鬼"[67]，柯罗连科跟他们展开了激烈的论战。依据高尔基在苏联文学研究中确立的观点，小说的主人公久林同样踏上了反民粹主义的道路，渡过"逻辑真空的空间"，走向契诃夫和布宁笔下的农民，反过来阐明了先入为主的片面性。契诃夫与布宁的作品里可以找到如列·托尔斯泰所说的"近乎神圣"的农民的面孔，但在民粹主义作家（如西·波德雅切夫、伊·沃尔诺夫）笔下，农民则更多地被视为乡下野蛮人的化身。

在柯罗连科的小说里喧嚣的有生活，还有维特鲁加河，它的岸上居住着快乐的、"质朴的、慌乱而放荡不羁、永远酗酒、经常头痛的摆渡人久林"。久林"对自己的行当儿还是很精通的"，危机到来的时候能展现非凡的机敏与英勇。相较之下，旧利益教会的"冷漠与隔阂"在作者眼中远不及生活的喧嚣来得温馨。从另一方面来说，久林的"眼睛炯炯发光"很快被"忧郁和冷淡的视线""无意识的幽默"和朴素敏锐的狡猾所取代，这些特质共同铸就了他在这条河上的"专制"。毫无希望的几声悠长的呼唤（"久——林！把船划——过——来！"）一点也不会打扰摆渡人的喝酒大事，只有严苛的旧礼仪教会信徒能让停摆的渡口再次工作。这就是柯罗连科描述的"两面派"对待生活的态度！

在中篇小说《玛鲁霞的新垦地》中，作者与那位持怀疑立场的对话者似乎拿他对人民善意的信心开起了玩笑："得了吧，我知道。在您看来，他们全都'闪现出火花'。"即便如此，两位只是普通百姓的主人公还是为作者的善意提供了坚实的支撑："庄稼汉季莫菲尔"（有一章节就是这么命名的），还有"高尔基模式的人物"[68]、热爱自由的流浪汉斯捷潘。与《切尔卡什》相比，本作中柯罗连科加重了定居者与自由者两种社会文化角色的分量，认可了这两种生存方式对于俄国社会的不可或缺性。斯捷潘，一个本质上兼具鲁莽与战斗精神的人物，对玛鲁霞新垦地的主人身份感到疲惫。季莫菲尔从性格上看"不是个实在人""不务正业"（"你瞧他看的那农活，把马都使坏了"），英俊的外表之下却是"呆板无神的目光"（这个细节重复了不止一次），而只有当他的这颗"狂暴的，渴求猛烈活动的心灵"找到了与他的爱好相契合的事业，即保护因鞑靼雅库特人侵扰而蒙受损失的弱者时，他才"迸发出一星火花，很亮很亮的火花……"

看起来，"使人想起布满苔藓的树根"的季莫菲尔"很难想象他竟然会充当英武剽悍的斯捷潘的对手……他的两眼由于风吹日晒而变得褪色了。只有他灰黄色的脸才引人注目。稍一顾盼，人们就会在他眼里发现温厚而调皮的火花"。但是瞧瞧，就在听众面前，季莫菲尔开始铺开一首讲述清理原始森林、在未开化民众间播撒"农民理想"的"自己的英雄长诗"。当地的信仰不许他们把保护土地的外层翻开，"将草根翻过来朝上"（晚上雅库特人重新把季莫菲尔的土地恢复成"青草朝上生长"的样子）。正是心中那份牢不可破的正义感（"他们不可能是来这穷地方拦路抢劫的"）保护着目不识丁的农夫，使他长期与当地的习俗抗争，捍卫"吃粮食的人"的传统。他在讲话时，"两只眼睛炯炯有光，面部更显得微妙而智慧"（又一次重复了这个细节），从季莫菲尔身上，人们仿佛看到了"古代俄国民间壮士歌里的英雄人物"。为了保护农民世界的福祉，他曾经甘愿背负苦役的十字架，"终身操劳"，这样的经历不允许他沦落为只求个人安逸、"没有情感的机器人"（"即便成了这样的人，眼睛里同样会闪闪发光、炯炯有神……"）。

柯罗连科最后的话始终紧贴生活实际。对于那个心灵饱受磨难，热切地盼望"成为一个真正的农妇""真正的主妇和女人"的女性灵魂而言，相较于"骁勇的"斯捷潘，她更需要的是"平稳、敦实、强壮的"季莫菲尔。正因如

483

此，当他讲起如何处理耕地事务的"英雄史诗"时，她"几乎是带着痛苦的同情"在聆听，就如同"苔丝德蒙娜在倾听奥赛罗讲述他在荒野中的奇遇时那种表情。"

在小说的最后，柯罗连科借用了一则寓言：饥饿的大学生乞讨一个卢布，却拒绝了十个卢布。玛鲁霞渴望平常的农村生活，她"也夺回了命运给她的一个卢布，也就是说，她很幸福"。柯罗连科完全没有贬低"皮肤黝黑的"劳动者和妇女，在他的帮助下他们实现了自己的愿望，在雅库特的原始森林里建造起整洁的白色农舍。在这片"遥远的未垦地"周围，俄罗斯定居者稳固了农民世代相传的权利，他们的聚落因此日益扩大。季莫菲尔的"一个卢布"就是宁静的耕地，是平凡人的平凡领地，而斯捷潘的"十个卢布"就是"战争"（其中的一个章节就是这样命名的），即使战争的目的是正义的。而对农妇和生活来说，"农夫"比"战争"更重要。

就像是在他所有作品中所展现的那样，柯罗连科在这篇小说中丝毫没有表现出对普通的、也就是"市侩的"生活的鄙视。另外，他的主人公们不仅完成了在土地上的使命，种植粮食、抚育孩子，还融入了伟大而美好的农业文化之中，成为其重要的组成部分。更何况在世纪交际之时，对小人物的轻视常伪装在"与小市民斗争"的面具之下，这种风气也漫布俄罗斯文学之中，而痛苦、怜悯和对弱者的感同身受被视作了"旧道德"的残余。

在中篇小说《并不可怕》（1903）中也谈到了那些不引人注目的"小人物"的"卑微生活"的价值。新时代总是讽刺性地引述他们的生活，但在这部作品中却相反地提出了十分尖锐的有关"知识分子对人民的责任"（还有对自己的责任）的议题。这个最终走向犯罪的故事（雇工加弗里拉杀死了他的雇主）转变为了历史老师帕多林承认罪行的忏悔。平民的悲剧与知识分子的剖白如有形和隐形的线一样错乱交织，在"相互关联"与"共同责任"的复杂系统里，"杀人者"成为阻隔社会罪恶的屏障与牺牲品，而非单纯的犯罪者。

在格·乌斯宾斯基看来，加甫里拉是"被污染的农民"，他放弃做农民，而以打扫院子的职业取而代之。但是柯罗连科并未拘泥于此类严苛的社会学框架，转而展现了人们性格上招人喜欢的特点："在体力劳动中展现的天赋"以及

484

"一种超乎想象的自然本质"。即便其貌不扬,加甫里拉仍不懈地追求"永远美丽的"、始终可以营造出一种"安宁景象"的精神平衡。这个世界以其和谐的方式接纳并治愈了他的雇主布德尼科夫的旧情人痛苦至极的灵魂(她"愚蠢的眼泪"是"在这段复杂的故事中最为明智的")。就像在《玛鲁霞的新垦地》一样,女性的灵魂再一次通过"遵循正确的本能"实现了复原。依照早已有之的俄国文学传统,她的灵魂成为最后一个衡量主人公品德的标尺。

然而,当中奖券赠予叶莲娜随即又被拿走的事件展开,"非凡间的天然"遭到了破坏。面对"小山一样的、超过了他本人能够数得清的数目的金钱",柯罗连科的加甫里拉身上出现了与高尔基的加夫里林一样的激动的行为——"一个心智单纯的人从自己的中心跌落",辗转反侧,酗酒度日。他落入了"辩护者"罗戈夫的掌控之下,而后者"灵巧得像个杂技演员",游走在"单纯的道德谴责与违法犯罪"的可疑道路上。但是加弗里拉没能克制住自己,止步于寻求奖券归还的"高明计谋"的界限之内,最终犯下罪行。为他辩护的不仅有陪审团的法庭,还有整个叙述的过程:自私自负的伪君子"受害者"(曾经有坚定理想的人)令人讨厌的面孔,罗戈夫甚至还有他曾经的老师帕多林忏悔的坦白。当然,还有柯罗连科本人,他始终是人民的辩护人。

令人感兴趣的是,在《并不可怕》中,伊·安年斯基看到了被作者完善呈现的意图——"强化人们的间接责任感和共同责任感"[69],他从俄罗斯文学的另一岸回应了"知识分子的责任"这一略显陈旧的主题。

在特写《多瑙河上的同胞》(1909)中,作者以更为复杂的手法描绘了逃离俄罗斯的"逃亡者"查波罗什人的后裔农民鲁卡,与身为罗马尼亚社会主义者的雇主卡特里安之间的对立。评论家惋惜地指出,在随后的叙述框架中,剧情变成了鲁卡一个人的独角戏。这个不识字的农民在对残废的妻子怜惜的爱与对城里姑娘激情的爱之间艰难地维持着平衡,他最终将因此而丧命。对柯罗连科来说,"这就是另一段不知未来何时才会发生的故事。"一如往常,对社会领域有着特殊兴趣的柯罗连科还没准备涉足这个主题。然而,他的叙述反驳了那种将农民婚姻的实质视为粗糙的物质利益交换、而未为其留下精神活动空间的片面观点。

鲁卡天性善良虔诚,他对世间万物的苦难都心生共鸣。当他目睹农民无

485

言的得力助手——马——"因恐惧而微微颤抖，聪慧的眼眸滑落大颗的泪珠"时，鲁卡"怜惜地抚摸"它的脖颈。

卡特里安坚持不懈地试图借助"讨论会"吸引"平常百姓"参加自己的社会主义俱乐部。"嗯，我其实没必要去，"鲁卡平静地回绝道，"你的势头虽猛，但恐怕好景不长……"诚然，"年轻的社会主义，它蓬勃发展的盛况令人咋舌，却最终湮灭在那古老、神秘且广袤的耕地的边界之内"（IV，238）。村社"俄罗斯荣耀"在文明社会看来是"一座幽暗森林之山"，它抗拒新的时代，坚守着世代相传的智慧箴言："要适度坚持，过度则无所得"。众多的村社只好伴随着自己难以遏制的、被历史长久教化出的恐惧呈现出各自分裂的状态，它们一个个地应对着不受限制的权力以及遥远又捉摸不透的"法律"。然而，"由农夫聚成的连绵不绝的云"已蓄势待发，准备对抗武装力量的压迫，却没能预见到即将出现的骇人暴行（正如布尔什维克农民起义的悲剧所揭示的）。柯罗连科展现了坚毅的战士卡特里安在与地方保守势力的较量中取得的战略上的胜利，以及他遭遇的战略上的挫败。因为两年后，社会主义者会携带着他们"旗帜鲜明的启示录""仍旧叩击农村法治观念的大门"（IV，266，277）。

1899年，俄国村社之争愈演愈烈之际，柯罗连科撰写了《论生活的复杂性》一文，随后于1914年补充了副标题《源自与"马克思主义"的论争》。他坚决反对一切形式的"社会炼金术"，主张农村的未来应该由生活本身以及"现在就住在村社中的居民[70]"共同决定，他在1910年与村社的狂热支持者列·托尔斯泰的谈话中提出了这一观点。值得特别注意的是，在评价1906年11月9日颁布的斯托雷平法案（有关村社制度的出路）时，柯罗连科与托尔斯泰及《俄国财富》杂志的民粹主义经济学家们达成了一致："我认为，这个总体的决策是错误的。过于粗暴，这是强制干预，我们应该让村社继续发展。有的地方出现了将村社土地按户分配私有的倾向，而另一些地方则与之相反，趋向于由村社公有土地。我倾向于维持村社的土地使用方式，让村社保留下来。"[71]

在特写《饥饿的年代》与小说《谦卑的人们》中，柯罗连科描绘了民众展现出的"惊人的忍耐力和温顺"，这些品质"充分掩盖"（IX，236）了他们存在的缺点。但是他明白，对当权者来说这种"便利的"美德也有自己的局限性，既是过往不幸的烙印，也是现在历史地平线上涌起的危险乌云。而问题

486

并不在于守旧报刊臆想的那种"带着传单的大学生"，而在于在几个世纪以来反复上演的"极为黑暗的仇视"[72]，这与"农奴主"的拥护者和被压迫者之间的仇恨如出一辙。在《普拉霍尔与大学生》（1887）中有一段戏谑的描写：当探讨"有良知的知识分子""唤醒因被催眠而处在长期昏睡中的人民"的责任时，大学生们惊扰了"人民之子"小偷普罗什卡确确实实的睡梦，被吵醒后他以最质朴的方式大喊："见鬼去吧！"和"想挨巴掌吗？！"（IV，417—418）。在特写《在阴云密布的日子里》中，一个矮小的庄稼汉以其"富有表现力、有力而壮阔的声音"唱了一首"来自人民的""关于阿拉克切耶夫将军"侵夺"农民土地"的悲歌。甚至是速写《叶梅利扬》（1907）中那位性格温和、绰号为"不浊水"的主人公也曾有过"掠夺"过往，险些因此被放逐至西伯利亚，因此他获得了第二个意味深长的绰号——"乌克兰哥萨克"。顺便一提，这个农村老汉似乎也有自己的文学复调，与布宁笔下那类"农村人"形象相呼应（该小说最初于1911年以《一百零八》为题发表）。两人同为19世纪的见证者，在年华老去时亲历农奴解放的浪潮，两个人都被这条怪异的法规支配，在突如其来的困境中度过了人生，勉勉强强躲过了更深重的苦难，晚年时两个人都在菜园的窝棚里"得到了亲切的对待"，两个人的眼睛里都是浑浊而衰弱的冷漠……尽管布宁笔下的人物显得更为温和，但其内心深处仍回响着那首激昂的壮士歌。

直至1917年，柯罗连科都坚持着这个观点，基于这个观点他希望完全通过和平的途径来解决土地争端。他认为这种解决方法对农民群体中最精打细算、最老成的那些人来说并不陌生，还喜欢引用1906年农民代表大会上一个农民的发言作为佐证："获取土地必有代价，如果不是金钱，就是流血。用金钱解决更有性价比也更合适"。[73]但大会并没有接受这一意见。1917年的农民代表大会也没有接受，那个时候柯罗连科也尝试说服农民放弃通过强制手段"平均分配"土地。[74]连列·托尔斯泰也不赞成他的观点，他曾于1902年对农民的"夺取行为"表示了某种程度的认可（"干得好！"VIII，140）。《俄国财富》杂志的同事们也不赞成他，他们提出了土地国有化的必要。在此问题上，柯罗连科与立宪民主党人一致反对"无偿没收"，支持以公正的价格将土地赎回。[75]

世纪之交，柯罗连科着手构思一部描绘那场混乱暴动的历史长篇小说，并为之安排了一个很有表达力、没有褒贬定式的题目——"外来的沙皇"。在探讨农民起义的几篇文章（《索罗钦斯克的悲剧》，1907；《在宁静的村庄里》，1911）中，他明确指出，层出不穷的残酷刑罚仿佛成了一场"严刑拷打者的盛宴"，其残忍狠毒程度远远超出了起义者行为本身的罪责。同样，柯罗连科也不打算闭上眼睛，对自由民存在的现实视而不见，因为他深知，由于"谢甫琴科的海达马卡"的浪漫主义精神自身所具有的残忍的特点，他在年轻时并未对它产生兴趣（VII，141）。

画家阿雷莫夫曾想创作一幅有关伏尔加河流民的画卷，他也保持了对自己的创作素材及其创造者的冷静态度。当一群昔日喀山学子，如今已成为一方势力的人物，以略带哽咽的嗓音唱起那首颂扬斯切潘·拉辛悬崖的歌谣时（"他已经——决定——掀翻莫斯科！"），阿雷莫夫打断了他们："先生们，你们这是在做什么，敬畏一点上帝吧。你们这个什么悬崖，首先是一个微不足道的东西；其二……请设想一下：事实上，他不过是突然从那不知名的角落爬出来的……麻烦事儿可避免不了呢。"（III，306）

从一方面看，阿雷莫夫感觉自己好像成了那些即将由他塑造的人物的"共谋者"，而另一方面，这些人物对他而言又是异类。谈到哥萨克首领赫洛普沙时，他说道："他有一副愚蠢的嘴脸。若说他有些权势在手，那他便总是欲行凶杀之事。但这与我，作为艺术家的阿雷莫夫，并无丝毫关联……"这位民众生活的研究者处在思想的矛盾之中："看到纤夫们，我就会想应该在什么时候结束这场胡闹。看看赫洛普沙，他这个捣蛋鬼就该这样。现在你别再嚷着'全体到船头集合！'翻阅过那段读起来稍好些的历史后，他决定'弄清楚这些事情'：'天哪，多么黑暗的时代！斯切潘、布拉温、普加乔夫之流……我从中汲取不到丝毫创作的灵感，唯有———一片混沌'"；"劈打下来，像雷一样：劈在树上就劈在树上，劈在木屋上就劈在木屋上，劈在大房子上就劈在大房子上。劈在大房子上的时候比较多，因为它要高一些——有的时候，他们也会把农民的皮劈下来，再撒上盐。"（3，321—322）

毫无疑问，柯罗连科也阐述了自己对于"伏尔加强盗浪漫主义"（VI，256）的见解。他显然熟悉这些角色锋芒毕露且看似不合时宜的特性（这段时间农耕的俄国正在受到攻讦），故而选择不发表那篇中篇小说。然而，正是在同一年的文章《当代僭王者》（1896）中，柯罗连科却对那些颂扬人民"神圣性"的"理想主义赞美者"提出了警示，因为"社会的晴雨表因某种缘由骤降过速，乌云密布于天际——我们会看到，从汹涌澎湃的民众汪洋中将会掠过诞生于史前时代的那种猛烈而骇人的'智慧之光'。"[76]

柯罗连科在其政论作品中明确了立即、果断实施土地改革的迫切性，他警示道，若不如此，俄国恐怕将会陷入自发的革命漩涡及自私自利的阶级利益的激烈争夺之中。然而，当社会似乎正自发地步入狂欢的高潮之时，他于1919年写道："总体而言，我们的民众绝非强盗与匪徒的乌合之众……或许在那场混乱之中，不乏此类人物，或许他们心中仍保留着对上帝的敬畏，他们的心还会为已经发生的事情而感到悲痛。"[77]这正是柯罗连科笔下农民世界中他最为喜爱的人物们。

488

"超越陀思妥耶夫斯基的基督徒"

1911年阿姆菲捷阿特罗夫这样界定柯罗连科，并附加了"不信基督"[78]，却没有更准确地说明他不信的是教会的基督教。评论家们进一步发展了尤·尼·戈沃鲁哈–奥特罗克的见解，后者早在1893年便写道，陀思妥耶夫斯基说话的语气"严厉得近乎于毫不留情的神职人员"与法官，与之相比，柯罗连科的表达"更温和，在情绪上更显基督精神"。然而，中规中矩的东正教信徒戈沃鲁哈-奥特罗克同时也对柯罗连科提出了批评，认为他似乎游离于教会之外，处于在知识分子中具有领导地位的现代潮流的从属地位。[79]诸多学者都曾围绕柯罗连科世界观的宗教性质撰文讨论[80]，而曾在《俄罗斯财富》杂志工作多年的阿·鲍·彼得里谢夫更是在回忆录中将柯罗连科誉为"19世纪末至20世纪初现实中的佐西玛长老"[81]，却未能领会到"超越陀思妥耶夫斯基的基督徒"对这一人物的理解。

在中学时代，《卡拉玛佐夫兄弟》尚未问世之时，柯罗连科这样回答了信仰的问题："我信仰上帝……信仰基督……但无法全然信仰……永恒的折磨"。他坦言，起初的"疑虑源自只因为不信教就要遭受永恒的折磨"（V，201）。

成年后，阅读了陀思妥耶夫斯基这部巨著，柯罗连科驳斥了"陀思妥耶夫斯基拜占庭式辩证法的形而上学诡辩术"，特别是建立在"为短暂生活的罪孽承担永久折磨的正义性"基础上的"佐西玛长老哲学"。[82]在柯罗连科看来，宗教中的残酷与阴暗的一切与他格格不入，他倾心于"光明与希望的信仰"。[83]

对柯罗连科而言，"上帝的声音"是博爱、是兄弟般的情谊与和解的呼唤。基督则是他心中"人类梦想"的化身，代表着尚未在人间实现的"和解思想的高度"（VIII，293）。要知道，柯罗连科本人也具有"希望使不能和解的事物和解"的特点（VII，282；他于1881年第二次流亡的路上创作的叙事诗中描绘了亚历山大二世与热里雅鲍夫在阴间寻求和解的故事）。

489　　这一原则由柯罗连科的灵魂实质发展而来，几乎是他主要的人生准则，它与官方意识形态形成了鲜明对比。起初，他的这种异同性被这样理解："和解和超阶级团结的动机""因其仅具有历史意义"而构成了他创作的局限（亚·拉夫列茨基在《文学百科全书》中编撰的词条，1931）。然而，随着时间的推移，他却开始被坚持不懈地改扮成"革命民主主义者"。格·阿·比亚雷写道，柯罗连科从狄更斯的《董贝父子》中"读到了""因残忍与暴政而进行的报复具有正义性的思想，并以深切的同情接纳了这一观念"。[84]他还大量引用了回忆性的特写《我同狄更斯的初识》（1912），将其中情节的意义做了完全的翻转。董贝先生的冷酷与他可怜的女儿遭受的苦难确实深深触动了年轻的读者，使他产生了如小说作者所宣扬的报复的愿望："太！对！对！他记下了，一定，一定记下了……但是，当然，到时候为时过晚……报应不爽！……（V，369）"比亚雷仅凭这句稚气的"报应不爽"便草率地得出结论，却忽略了《我们同时代人的故事》中柯罗连科本人在童年与青年时期的章节中出自善意的惯有自嘲。与此同时，狄更斯，这位与柯罗连科最为亲密的欧洲作家为柯罗连科上了有关悔过与慈悲的真诚恳切的一课，于小说尾声勾勒出一幅和解的"田园诗般的画卷"。正是这一幕深深震撼了他幼小的心灵（"莫非……他们和解了！"），柯罗连科获得了这样的品质，因此日后在1905年、1914年及1917年动荡时期仍致力于构建和平。其早期短篇小说《在坏伙伴中》（1885）几乎完全重复了狄更斯父子间的疏离与对彼此的凶横，最终也以"田园诗般的画卷"的喜剧收尾。

柯罗连科从狄更斯的作品中"读到"的正是这个！甚至在谢德林和涅克拉索夫的作品中他追寻的也不是愤怒，而是爱。[85] "我是温和的人"，他在《我们同时代人的故事》的最后几页里这样谈到自己（VII，384）。与狄更斯相似，柯罗连科也偏爱幽默这一人道主义原则，用它平缓生活的矛盾和棱角。这种向善的、描绘善良取得胜利的情景的品性正是柯罗连科创作极为突出的特点，因为他按照自己灵魂或与之相似的形象塑造人物。

柯罗连科的灵魂在寻找一种能够赋予生命神圣性与崇高意义的信仰，他始终对教条主义者的精神惩罚不感兴趣。在童年与青少年时期，他视"父亲安宁的信仰"为榜样，誓言"永不背弃"。而他成长于笃信唯物主义的一代人之间，那时皮萨列夫与达尔文的思想不断"敲着门"，而他为了严守誓言而把门紧闭（V，300，302）。在《我们同时代人的故事》中也有"唯物主义大获全胜"的讽刺的一幕，老上尉很擅长把福音书说成"讽刺和逸话"，因而赢得了"一群喧闹的"年轻人的欢心，他们"兴高采烈地否定上帝和永生"。柯罗连科说道："我没有跟他们同去"，这不仅仅是指那夜的散步，更是指他整个的人生道路。不过，那位亵渎神明的上尉本人晚上也不忘画十字"以防万一"（"可是忽然有点那个……"V，301，302）。

契诃夫在自己的笔记本里，甚至是他与高尔基谈到这种思想的对话中，都提到了类似的激进派无神论者在夜间画十字的情节。契诃夫对待宗教的态度或许与同代人中的柯罗连科最为相似。但是柯罗连科的作品中并没有童年黯淡的记忆，如那时强制的教堂唱诗总是与树枝抽打的体罚相伴。此外，作为一位受过教育的自然科学家，契诃夫无论如何都更倾向于避免涉及"唯心主义和其他什么听不懂的词汇"[86]。两人共同之处在于，他们都喜爱民间朴素的信仰，同时警惕地看待知识分子们关于信仰的长篇大论。他们都反感形式化宗教仪式表现出的教条主义，却能感受到复活节礼仪中蕴含的美感（契诃夫《主教》；柯罗连科则会在复活节之夜去几个教堂走走，他享受在十字游行中"跟在圣像后"的时刻，这是为了看民众处在"昂扬的唯心主义情怀"之中）。柯罗连科尤为关注契诃夫早期的复活节短篇小说《复活节之夜》，认为其中蕴含了"一种令人沉醉的哀愁，它具有平静康复的疗效"（VIII，86）。

这种情绪与思想的契合有时也会导致他们创作方法的相似。1889年，柯

490

罗连科批驳了道德上的纯理性主义与个人主义体系时强调"向上仰望"的必要性，其实质是对道德宗教本质的坚守。他认识到人类并非"世界的中心"，而只是"浩瀚现象链条当中微不足道的一环"，而人类始终在试图为自己的生存辩解："那么就让这一环不再微不足道"，愿它可以联结"更高"、更无尽的事物，以此规定精神生活的内容。[87]换言之，柯罗连科承认目的论原则的价值：世界与人的存在自有其至高无上的目的。1887年他曾写道："若世界毁于一旦，那么我们可以聚集起人群祈祷，只要我们假设人世间有什么还高于这暂时的存在和毁灭。"[88]

契诃夫《大学生》的主人公在为宗教动情的一个光辉的瞬间同样感受到自己是"不间断的链条"中的一环，"连绵不断、前呼后应、环环相扣"。这一契诃夫最喜欢的作品，连同《园丁领班的故事》均以寓言的风格写成，与柯罗连科早期的创作手法有异曲同工之妙。特别是后者中出现了连环套叙事模式（故事中套故事），交织着彼此对抗的声音。顺便说一句，陀思妥耶夫斯基的《作家日记》同样采用了这样的艺术手法，它控诉法院宣告无罪判决会使人民堕落。叙述者的辩白（"每逢法庭宣告'无罪'的时候，我并不为道德担忧，也不为正义担忧"）——这纯粹是柯罗连科式的创作模式。总的来说我们确实很难摆脱一种想法，那就是当契诃夫写下这位爱及天下、为包括杀人犯在内的众生辩护的正人君子（"只有少数理解并感受基督的人才能获得这种信仰"[89]）的故事时，弗拉基米尔·加拉克季奥诺维奇的形象总是浮现在他面前。这样的天赋也闪耀在《决斗》中的萨莫伊连科医生身上，这部作品的最初构思在1887年契诃夫与柯罗连科初识后立即形成的，或许，该作品的最初动机还包括《北方通报》编辑部内"水火不容的"格局以及柯罗连科在其中调和的立场，尽管这些风波距离1891年小说最终定稿时已经相隔甚久。柯罗连科在1903年写给尼·费·安年斯基的信中表现出的强烈反应极具代表性："……我很久以前就喜欢他的作品了（顺便说一句：您读过他的《决斗》吗？我不知道怎么的，一度错过了它。如果您还没读过，那就读一读吧。您不会后悔的）。"（X，379）

自然，两位作家对宗教哲学议题上那些"挑衅的"声音持一致的态度，正如契诃夫所言，他们情愿"探求、探求、孤独地探求，单独面对自己的良心。"[90]柯罗连科尤为不满于梅列日科夫斯基反对托尔斯泰的发言，他称其为"机械实证主义（？——这是柯罗连科的疑问）、一种无耻又可利用的基督教，这段发言恰巧发表于这位伟大的探求者被逐出教会的时候。柯罗连科公正地指出，用"昨天诞生，可明天连上帝都不知道它打算转变成什么样子的'颓废主义'信仰的尺度"来评判托尔斯泰是不合适的。他总结道："当然，可以说出许多反对托尔斯泰的'宗教'的话，但这种尖利的吠叫是真正的自杀"[91]。1911年，柯罗连科写下了一段话，这也可能正是契诃夫想说的："在信仰的领域，我偏爱或者是完全直率的信仰，或者是诚实无欺、直截了当、具有自尊感的怀疑主义。现在我受不了那些书呆子、不切实际的理论和知识分子的模棱两可，以及梅列日科夫斯基夫妇现代主义的信仰，他俩为了每一块烂木头和每一幅圣像画前的蜡烛头而不停大喊着：'彻悟了！彻悟了！'"[92]

柯罗连科深信，通往真正信仰的道路就如认知的道路一样，没有尽头且形式多样，因为上帝作为"创世的唯一力量与净化灵魂的力量"，要求持续的"宗教意识的不断进化与升华"（Ⅹ，257）。他甚至比托尔斯泰"更像基督徒"；因为后者"以他在生命结束时抵达的那个冰冷山巅为目的，对信仰的初级阶段采取的过于严厉的态度"。同时，柯罗连科认为，"丝毫没有理由以傲慢和轻蔑的态度对待""普通人心中那份积极的宗教情感"，因为"我们所达到的'高度'与前方的道路相比，始终是微不足道的……。"[93]

自然，柯罗连科也对于无宗教意识展现出宽容的一面，只要这种态度未被犬儒主义或自负所侵蚀。他在19世纪90年代有一部中篇小说没有写完，其中心思想探讨的正是这一主题。小说主人公论述道：教会说的"天堂"不过是"天方夜谭"。但如果假定一条"数学法则"统治着"时间与空间"，生活便仅仅成为了"聚合与分解"，其中"既无正义也无爱，更无希望，而唯有过程本身"。在此"过程"进行了三个世纪之后，"秘密将会消失，处女地将会消失，森林将会消失，田地将会消失，它们都会被冒着烟的工厂取代……这是智慧的胜利，是技术与思想对自然的胜利。是的，这是胜利，但于胜利者而言，也是悲哀。他们吞噬掉失败者，然后再互相吞噬。哪里是尽头，哪里有那只乐于相助的手，哪怕从前它只是在幻想中引领一切走向最高的福祉。没有——一无所有！"然而，走向启示录所预示的结局的人类思想是无罪的，因为"真诚怀疑

492

之火"是"同祭坛上的圣火一样的净化之火"。[94]怀疑主义不仅能让信仰转为不信仰，亦能反之，只要它不堕落为与一切发展都水火不容的犬儒主义。

柯罗连科在1917年12月5日的日记中记录了这样的思考：真正的信仰（无论是宗教的还是"使人信服的"）支撑着灵魂，它能够抵御谎言和"甚至致人死亡的"暴力。他补充道："俄罗斯的灵魂似乎缺乏坚固的骨架。"[95]看起来，这些痛苦的观察和怀疑迫使他在《致卢那察尔斯基的信》（1920）的最终文本中放弃了有关俄罗斯民族对宗教的坚定性的思索："遵照上级的命令，放弃信仰！不要做宗教意义上有信仰的人，应当承认，那种人只配被鄙视……不，命令还不足以把俄罗斯灵魂中的宗教情感驱逐出去"[96]。但这一观点最终只存于草稿，柯罗连科不想美化现实。

柯罗连科在《我们同时代人的故事》中再次坦诚地谈到对个人信仰的探索："我并没有找到终极的定则"（V，309）。他认为，人类的整个精神史就在于对一种能够调和"非理性信仰"与"理性无信仰"矛盾的概括性的宗教形式的探求，而这种形式至今仍未被找到——因此，他"致意宽容"和"宗教化的生活态度"。[97]

"我相信生活"

19世纪90年代末，柯罗连科这样形容他信仰的象征："即使经历了各种踌躇和反省，我也要得出一种结论，那就是即便生活处在自己最深的阴霾与卑微之中，亦蕴藏着不凡的深意与神圣的光辉"。[98]

柯罗连科顽强而温和的信念从未僵化为教条，也就是说，没有成为命令式的口号以及与悲观情绪和"颓废心态""斗争的武器"。柯罗连科强调，如果拥有"天然幽默感"的作家们（诸如果戈理、格·乌斯宾斯基、契诃夫）能够以笑声驱散"俄罗斯生活的阴霾"（正如谢德林所做的那样，他相信"黄金时代"不在过去，而在前方），那么"事情就会非常好"，"深深的悲伤"与"不幸的主题"就不会是他们的结局。（VIII，91）。但是"沮丧不是否定生活，而是通过生活表现出的悲伤（VIII，286）"，是一种自然的、不可回避的情感。"悲伤是一种健康的情感"[99]，它存在于对"永恒生命"的理解之中。柯罗连科的那句反喻可以精妙地表现他的乐观主义情调："愉快的痛苦回忆"（IV，288）。他认为契诃夫作品中那种"透露着悲戚幽默"的情调是"恰当的"。[100]

柯罗连科更青睐蕴含希望的生活哲学："信仰不比悲观主义愚钝，也不比它低劣"。（X，383）。我们可以看到，他没有说"超越"，但却似乎平等视之。当柯罗连科准备在《严寒》（1901）这部短篇小说中刻画"一个真正的悲观主义者"时，他实际上创作出了一种特别的悲观主义———一种经过他的加工的独特悲观主义。1916年，弗拉基米尔·加拉克季奥诺维奇提及了这篇小说的主角："他得出结论，世间'恶大获全胜'，尽管仍有善良的人奋力抗争，直至牺牲……他属于这项事业，没有带来一丝希望的光，他最终要毁灭于这个注定要走向恶的世界里的善的废墟。我认为这就是真正的悲观主义。"（X，528）。柯罗连科本人"不会因为地球不喜欢它在自转中发生的急转就对它心生愤懑"（《外省十年》）[101]。

论及俄国最忧郁的纯文学作家之一米·尼·阿尔博夫，柯罗连科指出，艺术家"不仅要研究英勇的精神或森林空气的芬芳，也要直面精神的崩溃、疾病、以及阴沟与地窖的刺鼻气味"。然而，艺术之不同于科学，它不能给出一个"完整、痛苦的真理"，却能"修补破碎、畸形的灵魂"，哪怕仅是短暂地使人恢复"清明与完整"。[102]即便这片刻就是在濒死之时，就像在《严寒》中那样。

俄罗斯书刊审查制度惯于将柯罗连科的每一部作品视为"对生活的怨言"，其后苏联文学研究继承了这一传统，不过也附加了正面的标签。以1905年在俄国问世的短篇小说《奇女子》（1880）为例，作品中呈现了一位"按照基督徒的方式"思考的宪兵看守，他尽力缓解女革命者押解途中的痛苦，而对于女革命者的"怒气冲天"，作者则以温和而坚定的态度予以否定。

494

在《敲钟老人》（1885）中，柯罗连科以复活节寓言的形式，表达了对生活中善与智慧的力量的"永恒的信赖"，以及对任意评判他人的抗拒（"让上帝来评判您，让上帝来评判吧！"）。此外，他在小说《天才们》（1899）及反对马克思主义决定论的寓言《必然女神》（1898）中声明了超越世俗所设定的界限的乐观主义主题。虽然在服侍必然女神的静止的"蠢石头"的四周不断生长出"毁灭与死亡"，但生活依旧走在自己的路上。

短篇小说《悖论》（1894）中的一句名言可以用来诠释柯罗连科式的乐观主义："人为幸福而生，正如鸟儿为飞翔而生。"或许，他不喜欢《圣经》中的这句话："人生在世必遇患难，如同火星飞腾"（《约伯记》）。《悖论》写于柯罗连科年幼的女儿去世后不久，女儿的夭折给了他"致命一击"，让他感觉到自己"饱受折磨、支离破碎、无足轻重"（II，473），就像故事中那位天生就失去了手臂的"离奇的幸运者"或者饱经苦难的约伯一样。为强化柯罗连科与社会主义传统的联系，他们频频表示，柯罗连科发展了傅立叶的论述——"人为幸福而生"[103]。毫无疑问，柯罗连科也摆脱不了米哈伊洛夫斯基《什么是幸福？》（1872）的影响。该书从道德理想主义的视角解答了幸福的本质，并拒绝以"浅玫瑰色的"色彩来描绘幸福，因为"渴求的幸福的更本质的元素"（经验证明是不可实现的）不在于满足，而在于调动了人类所有的能力以达到精力充沛的装备的渴求。[104]

小说《悖论》中那位天生残疾的角色表现出的正是这种精神对其肉体的胜利。乞丐的言辞有力，他的目光可以穿透灵魂。他以人生"统一的伟大的法则"（"人为幸福而生"）启迪着喜欢幻想的孩童，却把个人惨淡的经验留给了自己（"……不过幸福并不总是为他而诞生的"）。那时就有一位评论者轻视了柯罗连科所说的第二部分，指责这位作家耽于"幼稚的幻想"。[105]

我们这个历史性失望的时代既属于柯罗连科那句坚决的，有时甚至是讥讽的、厌恶的名言，也属于契诃夫笔下人物想要看到"钻石天空"和凡间美好生活的愿望。因此，娜·雅·曼德尔施塔姆曾这样写道："……出现了一位智者，他曾说：'人为幸福而生，正如鸟儿为飞翔而生……'而昏聩的世人以一切方式重复着'幸福'一词，时至今日都无法从数不胜数的不幸中醒悟。"[106]亚·索尔仁尼琴亦在《呼吸与意识的回归》（1973）中提及，柯罗连科以自己的方式表达了"资产阶级立宪民主派知识分子普遍信念的""普遍信念"。"这种表述……被我们当今的宣传所吸收：人和社会都应该有一个目标——'幸福'"。[107]

不知何故，人们忘记了另一位"智者"——陀思妥耶夫斯基——他早于柯罗连科便借阿廖沙·卡拉马佐夫之口"郑重宣布"："因为人是为幸福而生的。谁十分幸福，谁就完全有资格对自己说：'我在这世上履行了上帝的约

495

言'。"108

　　然而，正是柯罗连科式的表述在经历过法西斯化时代的人们的意识中转化为一种历史性的不负责任的乐观主义，尽管它的诞生就是为了抵御生活的悲剧性。

　　就像是要回应"来自未来"的批评者，柯罗连科（为自己，也为契诃夫）写道："现在请想象一下，如果有人像二二得四那样清楚地证明，我们的整个世界会像一个老旧的废墟一样，衰老，疾病缠身，迅速倒塌——哎，我们就比如说两三百年后……你会非常烦躁，对吗？……两手一摊，无力回天……人们会发疯的……只想生活且死亡在舒适、光明的居所……在一个美好的世界，美好的宇宙里，那里万物皆有其序，有理性与真理……"（IV，355）

　　也许，用柯罗连科的话说，这就是"伟大的天真"，而他总是悲伤地调侃着自己的乐观主义："波兰人说，希望乃愚人之母。我不知什么时候也会这样像个愚人似的死去。"109

　　19世纪曾是一个希望的世纪，而20世纪就是灾难的世纪了。

"抵抗的必要性"

　　"我从来都不是恐怖主义者，但是抵抗的必要性对我来说……清楚、明确且势在必行。"（VIII，129）柯罗连科在托尔斯泰离世后即刻撰写的文章中这样写道。他本想回顾与托尔斯泰在1886年、1902年和1910年的三次会面，但只写了第一次会面的情景。关于第二次会面，他则在著作《土地！土地！》中有所提及。至于第三次会面，尽管它紧随托尔斯泰给柯罗连科寄去一封情感激昂的信件、谈论文章《日常现象》（1910）之后，两人关系因此达到了前所未有的亲密，但柯罗连科并未打算写下此次会面的情况并公之于众。托尔斯泰的这封信在名气上不逊于那篇评论斯托雷平全面镇压革命的文章，字里行间充满了博爱与感恩，最主要的还有对那位"呼吁人类博爱、宽恕、公正，倡导简明的法制形式"的文章作者的支持（IX，475）。依据柯罗连科的书信与杜·比·马科维茨基、瓦·费·布尔加科夫日记的陈述，他们在1910年见面时对彼此生出好感，共同探讨了村社制度和现代主义（一起探讨），科学和宗教议题（两人单

496

独探讨）。

1886年，柯罗连科卷入了数不胜数的争论之中，原因在于他认为托尔斯泰推崇的"不抵抗主义""过于肤浅、方便、随意"（VIII，131）。1886年春天，他拜访了哈莫夫尼基区，其间正着手创作《弗洛尔、亚基帕王和耶古达的儿子米纳赫姆》，在文中他以寓言的形式给出了解决问题的方法。他本人认为，在捍卫"自己的尊严、独立和自由"时，人们有权以合法的权利抵抗暴力，责任感可以保护身边的人，而忘我精神则可以庇护那些生活无依、遭受排斥的人。故事的主人公加玛利奥特秉持着"人类应如兄弟般相待，上帝的世界如此美好"的信念，然而面对残酷与邪恶，他被迫拔刀相向，因为"温驯滋养暴力，就像干草可以引燃烈火"。

1902年二人再度见面时，却仿佛发生了反常的立场的变化。不抵抗主义者托尔斯泰"在论述时竟像一个最高纲领主义者"，他为农民的"抢劫行为"辩护，称其无罪，甚至为个别恐怖主义者辩解（"不管怎样，我不能不这么说：这是合理的"）。而柯罗连科支持构建"国家体制"，实现基于善意的目标时要使用"恰当的方式"。在此情况下，他一方面因为那些"走向谋杀、走向必然的死亡"的俄国革命知识分子表现出的"令人震惊的忘我精神"而给予了他们应得的评价，另一方面他也明白，他们就像是撞柱的盲眼参孙，神庙被其自身和或罪恶、或正义的碎片埋葬（VIII，139，140）。可以说，这种"矛盾"始终伴随着他。顺便提一句，当二人于1910年见面时，年长的那一位告诉年少的那一位："矛盾弥足珍贵。"[110]几乎是同时，在1905年革命高潮期，柯罗连科在写给谢·德·普罗托波波夫的信中表示，他感受到了对"使用各种'直接'方法解决社会问题""更多、更深的厌恶"[111]。他在这一时期还表示："但是，如果整个俄罗斯都陷落了，并且还没有在政治上灭亡，那么，当然，这就要归功于那些'左派'（在一定程度上）"，"那些纵然死去也不肯屈服的来自各个群体的人"（X，469）。

柯罗连科认为，托尔斯泰对马克思主义的好感随着革命浪潮的兴起而增强了，而对他本人而言则出现了与之相悖的情况。从这层意义上说，柯罗连科在第一次俄国革命中表现出的情绪很有代表性。1905年12月2日，谢·德·普罗托波波夫在日记中提及了未经报刊审查的讽刺杂志《火炬》

的第1期（马·高尔基、康·巴尔蒙特、亚·库普林、伊·蒲宁等人都有参与）："好杂志，插图也好。弗拉基米尔·加拉克季昂诺维奇行事保守，他看到，一个'陈腐、卑颜屈膝地'的东西扑向了沙皇，就想在自由的第一束曙光出现的时候批评它。弗·加落后于生活了！时间就算是对待那些最杰出的人也是如此残酷……总的来说，弗·加并不喜欢左翼的社会活动，他不喜欢过激的举动、自夸或不公。他们自己在实施暴力，却归咎于别人。"[112]与此同时，柯罗连科在1905年11月29日给妻子和女儿的信中提到了被他"视为手足的"瓦·尼·格里戈里耶夫，此人在1876年学生运动时被逐出彼得堡科学院。作为莫斯科市杜马的成员，格里戈里耶夫经受住了极端党派的冲击，他们要求拨付巨款以"立即武装"。他看到发疯的人群（约800人）公然步入癫狂，"格里戈里耶夫不得不戴上镣铐以示拒绝"。"他是好样的，"柯罗连科评论道，叛乱者的行为被讽刺性地描绘了下来（"在人群中唐尤其疯狂"）。为了不厚此薄彼，他还提到了《莫斯科消息报》上对"信仰东正教的人民"走上红场，喊出了"雷鸣一般的"的怒吼声。[113]

在柯罗连科看来，左翼激进分子与黑帮成员行事作风与行为方式都邪恶下流，二者在总体上没有什么不同。1915年，柯罗连科在评论格·阿·阿列克辛斯基等人的那些文章时指出，他们"新时代的、革命的腔调令人侧目。他们言辞尖刻，即便所说的内容正确也令人反感。除了基于无耻的指控而讲出的，其他的争论他们一窍不通"。[114]柯罗连科既对贵族专制，也对无产阶级专制发出了"先生们，不要那么凶狠！"（XI，102）的呼吁。他从左派与右派的最高纲领主义者"永远聒噪的腔调"中辨别出了同一类型的仇恨。他本人对斗争中的"骑士精神""仇愤分明"充满向往，因为"对敌人的仇恨或许会增加斗争时攻击的力量——但它也总是会破坏自由的事业"。[115]

柯罗连科否定各种极端的形式：既反对"以眼还眼，以牙还牙"，也反对"有人打你的右脸，连左脸也转过来由他打"。[116]他一贯倡导忍耐与团结，且是一位"惯于用笔的斗士，而不是活跃于政治前线的战士"[117]。但是他毫不犹豫地离开了书案，以帮助饥饿的人们（《饥饿的年代》，1893），保护被诬指进行仪式谋杀的乌德穆尔特人和犹太人（《摩尔坦斯克祭祀案》，1895—1896；《贝伊里斯事件》，1913），以及抗议各种违法活动、屠杀和镇压行为（撤销高尔基名誉院士的《科学院事件》，1902；《13号楼》，1903；《索罗庆采悲剧》，1907；《平静的乡村里》，1911；反对"军事司法机关"的系列文章等）。

保皇党人瓦·维·舒利金因柯罗连科的战斗精神而将其称为"作家杀手"，而曾任波尔塔瓦省副省长的长篇小说作家谢·伊·方维津则在长篇小说《在动乱时代》（1911）中沿用了过去的反虚无主义小说带有侮辱性的传统，将维赫利亚耶夫刻画得面目可憎。

苏联文学界不懈地强调柯罗连科具有的战士般的无畏和坚定，当然，这一观点总体上无误，但是却也反映出其观点与所引来源的狭隘。高尔基在文章《个性的毁灭》中曾为小说《嬉闹的河》的作者冠以"社会主义的宣传员"之名，尽管该小说本身并未涉及任何社会主义内容或宣传它的意图。此后高尔基再没有重复这种绝对化且毫无根据的论述，转而强调柯罗连科对发展俄国社会法治观念的渴望——而这样的说法就完全是另外的一回事了。

柯罗连科本人在《我们同时代人的故事》中自述，他"缺乏积极的革命者的气质，而更趋近于观察者和艺术家"（VI，220）。多年前在西伯利亚时，柯罗连科就与革命者、巴枯宁主义者米·瓦·萨任相识，后者在《俄国财富》杂志上为他辩护道——"他本性温和，他只能接受温和的道路。"[118]柯罗连科认为，俄罗斯的革命活动是由政府考虑不周的镇压造成的，直到生命结束他都对此深信不疑。亚历山大二世的改革活动曾托举出"许多支新鲜的、追求长远的生活的革新的力量"，如果它可以循序渐进、锲而不舍地进行下去，那么它将会引领整个国家的和平变革，开启俄罗斯历史上"最辉煌的一个"篇章（VI，190，191）。然而一切终归于悲剧——沙皇的悲剧，人民的悲剧，还有革命者自己的悲剧。

他生活在革命的年代，但是随着一年年过去，他愈来愈疏远了"化学作用"——即文化对现实产生的作用；他没有接受任何党籍，更妄论参加地下活动。1893年6月，迫于米哈伊洛夫斯基的压力，他极不情愿地参加了"人民权力党"的秘密集会。1905年，他的挚友尼·费·安年斯基还是不能劝服他加入人民社会主义党，尽管这是一个公开合法的政党，而正因如此列宁才抨击这个政党的取消主义、妥协性以及其他缺陷。柯罗连科像是庆祝久久盼望的"光明节日"般庆祝了二月革命，也没忘了提醒人们要宽容地对待"旧制度的仆从，毕竟他们已经不能再为非作歹了"。[119]1917年5月，他发现"慈悲的沙皇"的位置已经要被"革命女皇"所占据。当年夏天，在波尔塔瓦尝试进行"普选"之后，柯罗连科指出，"许多东西远观胜于近瞧"，因为"人民不会在政治上获得成长，他们的观点如孩子般阴晴不定。"而在9月他写道："我们现在活到了'革命'这一天，我们整整几代人都曾将其视为最高的、无法企及的愿望。在这顶峰之上不太好过，有点冷，风很大"，但是也"让人十分好奇"。[120]周身被浪漫主义的风环绕，革命的理想降落在地面上，它想要成功通过具体的现实的考验，而1905年革命甚至没来得及经受这种考验。

499

柯罗连科在1916年的日记里谈到了战争中骑士精神的消逝，并提及"失去的还有'战争中人的权利和规制'……因此，在当代，战争是公认的罪孽"。[121]不过，这种"公认"与其说是事实，不如说是一种初露端倪的倾向。确实，亚·库普林、《红笑》的作者列·安德列耶夫、伊·布宁、费·克留科夫、德·梅列日科夫斯基均追随了晚年列·托尔斯泰的脚步。但与此同时，也并存着"盲目爱国者"（按柯罗连科的话说）和1914年风靡一时的"战事戏剧"所展现出的浪漫主义风气。

如果谈到本世纪初达到高潮的对待"革命的规矩"的浪漫主义立场，那么还有什么是要讲的？"革命的权利和规矩"开始消亡不过是20世纪后30年的事（至少对俄罗斯是这样的），事后看来，不论是不承认诗歌中的波尔塔瓦会战，将革命的献身者伊万·卡利亚耶夫称为"杀手"，还是忘记象征主义中存在着变革的力量，忘记它鄙视'浅薄的宪法'而渴望整个世界的变革——都是不明智的。

柯罗连科并不轻视宪法，他希望它能够臻于完善，认为"任何一个国家在法制上都是成熟的"（VII，139）。他曾经也反对"集体抵制主义"，支持与当权者对话，无论对方是沙俄的下诺夫哥罗德省省长巴拉诺夫还是苏维埃的人民委员卢那察尔斯基。但是，在他的文章《胜利者的庆功会》（1917年12月）中，他针对生命与人权问题，发表了严肃又冷静的抗议："那就保重吧！你们的胜利不是胜利……俄罗斯文学不站在你们一边，而站在对立面。"[122]在《致卢那察尔斯基的信》（1920）中柯罗连科表示了对"广泛存在的不经审判的惩罚"

的抗议，他反对农民与手工业者的破产，反对以"阶级利益"为名的欺骗，反对镇压反对党，要求出版的自由，他认为应当摆脱"概念化的试验"，因为它会以"以绝无仅有的灾祸"对国家造成威胁。但柯罗连科没有收到卢那察尔斯基允诺的回信。

　　1921年12月25日柯罗连科去世，告别仪式持续了三昼夜，波尔塔瓦及其周边地区的民众纷纷来到他的墓前。为了避免各阶层群体的纷扰，他的遗孀恳请不发表任何演说。葬礼的出席者包括苏维埃行政官员、昔日的知识分子、军职与神职人员以及来自附近村落的工人和农民。送葬的队伍在城市监狱停驻时，羁押的囚犯唱起了《永恒的纪念》。

注释：

1　弗·加·柯罗连科，《有关作家们的回忆》，莫斯科，1934，74页。

1a　1906—1908年《我们同时代人的故事》的第1卷刊登于《俄国财富》杂志；1909年单行本由该杂志出版社出版（于圣彼得堡）。1910年，第2卷的前8章刊登于《俄国财富》杂志；1919年，第1部单行本出版（敖德萨：俄罗斯财富出版社）。1921年第3卷出版（莫斯科：族社出版社）。1920—1922第四卷刊登于《过去的声音》杂志，1922年单行本出版（莫斯科：族社出版社）。

2　《柯罗连科文集10卷本》，莫斯科，1953—1956，第7卷，50页。此后该书的引文在正文中注明卷数和页码。

3　俄罗斯国立图书馆，手稿部第135部，第2篇，第21匣，第38存储单元。

4　《柯罗连科的生平与文学创作》，彼得格勒，1919，9、10、12页。

5　弗·加·柯罗连科，《信件节选》，莫斯科，1936，第3卷，113-115页。

6　彼·菲·雅库博维奇，《童年与青年纪事》，莫斯科，1989，6页。

7　《俄罗斯文学》，1973，第1期，106页。

8　同上。

9　《弗·加·柯罗连科致阿·瓦·佩舍霍诺夫的信》，1916年2月 // 俄罗斯国立图书馆，手稿部第135部，第2篇，第7匣，第19存储单元。

10　《现代人》，1911，第2期，186页。

11　弗·加·柯罗连科，《生活与创作纪年：1917—1921》/ 巴·伊·涅格列托夫编写，亚·韦·赫拉布罗维茨基编辑，莫斯科，1990，143、110、38页。

12　《柯罗连科的生平与文学创作》，13-14页。

13　玛·茨维塔耶娃，《茨维塔耶娃文集（7卷本）》，莫斯科，1994，第4卷，593页。

14　《文学问题》，1974，第9期，225页。

15　《文学遗产》，第95卷，《高尔基和20世纪初的俄国新闻业》，莫斯科，1988，236页。

16　亚·阿姆菲捷阿特罗夫，《辞藻华丽的篇章》，《现代人》，1911，第2期，184、185、187页。

17　《柯罗连科的生平与文学创作》，8-9页。

18　《当代札记》（巴黎），1922，第9期，52页。

19　《柯罗连科的生平与文学创作》，15页。

20　《马·高尔基与弗·柯罗连科：资料汇编》，莫斯科，1957，121页。

21　《柯罗连科论文学》，亚·韦·赫拉布罗维茨基编，莫斯科，1957，305页。

22　同上，422页。

23　同上，422-424页。

24　同上，413页。

24a　弗·加·柯罗连科，《生活与创作纪年》，172页。

25　托·曼，《托·曼全集（10卷本）》，莫斯科，1961，第10卷，517页。

26　弗·加·柯罗连科，《柯罗连科遗作全集：书信》，波尔塔瓦，1923，第50卷，173页。

27　《柯罗连科札记》// 俄罗斯国立图书馆，手稿部第135部，第2篇，第1匣，第15存储单元，93页。

28　《弗·加·柯罗连科致阿·格·戈伦菲尔德的信》，列宁格勒，1924，140页。

29　弗·伊·卡明斯基，《弗·加·柯罗连科创作探索中的浪漫主义精神》//《俄罗斯文学》，1967，第4期，96页。

30　《弗·加·柯罗连科致阿·格·戈伦菲尔德的信》，139页。

31　弗·加·柯罗连科，《柯罗连科遗作全集》，第16卷，63页。

32　德·谢·梅列日科夫斯基《论现代俄国文学衰落的原因及新流派》，圣彼得堡，1893，68页。

33　费·德·巴丘什科夫《作为人和作家的弗·加·柯罗连科》，莫斯科，1922，66页。

34　意大利研究者加里奥·扎皮报道。信件保存于俄罗斯国立图书馆柯罗连科部（手稿部第135部，第2篇，第19匣，第22存储单元）。

35　《1933年9月16日安·别雷致鲍·维·托马舍夫斯基信》//《普希金之家：文章、文件与文献》，列宁格勒，1982，236页。

36　弗·加·柯罗连科，《柯罗连科信件：1888—1921》，彼得格勒，1922，221-223页。

37　《柯罗连科以匿名发表的评论》//《俄国财富》，1904，第4期，第2辑，61页。

38　弗·加·柯罗连科，《柯罗连科日记》，波尔塔瓦，1928，第4卷，249-250页。

39　同上，251页。

40　尤·艾亨瓦尔德，《俄罗斯作家剪影》，第1部，莫斯科，1908，338页。柯罗连科曾回应过发表在《俄罗斯思想》（1908，第8期）上的文章《柯罗连科》。

41　《柯罗连科论文学》，359-360页。

42　《马·高尔基和弗·柯罗连科》，133、186页。

43　《契诃夫全集（30卷本）·书信》，莫斯科，1975，第2卷，130页。

44　马·阿尔达诺夫，《柯罗连科》//《现代札记》（巴黎），1922，第9期，52页。

45　格·阿·比亚雷，《契诃夫与俄国现实主义》，列宁格勒，1981，34页。

46　《契诃夫全集·书信》，莫斯科，1976，第4卷，54页。

47　同上，莫斯科，1976，第3卷，228页。

48　同上，莫斯科，1976，第8卷，122页。

49　《弗·加·柯罗连科全集》，第15卷，86页。

50　《弗·加·柯罗连科论文学》，603页。

51　尤·艾亨瓦尔德，《俄罗斯作家剪影》，334页。

52　《托马斯·曼文集（10卷本）》，莫斯科，1960，第10卷，524、526、540页。

53　《马·高尔基全集（25卷本）》，莫斯科，1974，第20卷，72页。

54　俄罗斯国立图书馆，手稿部第135部，第2篇，第14文件夹，226页。

55　弗·加·柯罗连科，《论当代情势》//《1971年古文献年报》，莫斯科，1971，365页。

56　格·伊·乌斯宾斯基，《乌斯宾斯基全集9卷本》，莫斯科，1957，第9卷，478页。

57　弗·加·柯罗连科，《生平与创作纪年》，101页。

58　弗·加·柯罗连科，《土地！土地！》，莫斯科，1991，113-114页。

59　科·伊·楚科夫斯基，《论弗拉基米尔·柯罗连科》//《俄罗斯思想》，1908，第9期，第2辑，133页。

60　尼·康·米哈伊洛夫斯基，《文学与生活》//《俄国财富》，1900，第11期，第2辑，122页。

61　阿·格·格伦菲尔德，《笔记中的弗·加·柯罗连科［前言］》//《柯罗连科笔记》，莫斯科，1935，14页。

61a　《柯罗连科文集9卷本》，圣彼得堡，1914，第6卷，177，188页。

62　安·巴·契诃夫，《契诃夫全集·书信》，第2卷，170-171页。

63　同上，《契诃夫全集·书信》，莫斯科，1978，第14-15卷，135，139页。

64　同上，《契诃夫全集·著作》，莫斯科，1977，第9卷，256页。

65　同上，《契诃夫全集·书信》，莫斯科，1976，第4卷，273页。

66　同上，《契诃夫全集·著作》，莫斯科，1977，第10卷，62页。

67　《1905年2月13日弗·加·柯罗连科致妻子的信》，《书信画像：弗·加·柯罗连科写给家人的未出版信件（1892—1919）》/米·格·彼得罗夫编//《团结》，1994，第1期，177页。

68 1911年柯罗连科在《俄国财富》杂志收到一份"关于流浪者的生活"的手稿时解释道，流浪汉看不起"小老板们"，因为后者会让人们染上"歪风"——即"把自己的态度复杂化"（俄罗斯国立图书馆，手稿部第135部，第1篇，第22匣，第1333存储单元，63页）。

69 伊·安年斯基，《映射之书》，莫斯科，1979，77页。

70 弗·加·柯罗连科，《柯罗连科全集》，圣彼得堡，1914，第5卷，353页。

71 《杜·彼·马科维茨基的〈雅斯纳雅波良纳笔记〉》//《文学遗产》，莫斯科，1979，第90卷，第4册，318页。村社经受住了斯托雷平新政的打击，却于1930年瓦解。柯罗连科曾在《多瑙河上的同胞》和《土耳其人和我们》中描绘过的涅克拉索夫哥萨克（分裂派）直到60年代还保留着村社，等到他们被遣送回苏维埃俄国后依然试图保留这一"世俗的生活方式"。格里钦·尼《三百三十年》//《消息报》，1993年12月25日。

72 弗·加·柯罗连科，《土地！土地！》，12页。

73 同上，114页。

74 同上，115-120页。

75 《弗·加·柯罗连科1905年日记》//《1905—1907年的革命与文学》，莫斯科，1978，246页。

76 弗·加·柯罗连科，《柯罗连科全集》，圣彼得堡，1914，第3卷，314页。

77 弗·加·柯罗连科，《土地！土地！》，125页。

78 亚·阿姆菲捷阿特罗夫，《辞藻华丽的篇章》，《现代人》，1911，第2期，166页。

79 尤·尼古拉耶夫，《〈尤·尼·戈沃鲁哈-奥特罗克〉》，《柯罗连科：批评短评》，莫斯科，1893，23-24、95、112页。

80 在德·尼·奥夫夏尼科-库利科夫斯基《俄罗斯知识阶层历史》（圣彼得堡，1911）和塔·亚·博格丹诺维奇《柯罗连科传（1853—1917）》（哈尔科夫，1922）中有理解更为深刻的著述。

81 阿·彼得里谢夫，《回忆柯罗连科节选》，《文学家之家年鉴》，1922，第3（7）期，3页。

82 弗·加·柯罗连科，《柯罗连科日记》，第4卷，241页。

83 弗·加·柯罗连科，《柯罗连科全集》，圣彼得堡，1914，第3卷，272页。

84 格·阿·比亚雷，《柯罗连科》，列宁格勒，1983，8-9页。

85 此处详见：米·根·彼得罗娃，《19世纪的好人：柯罗连科》，《时代间的联系》，莫斯科，1992，155、168-169页。

86 《契诃夫全集》，书信，莫斯科，1981，第10卷，142页。

87 《柯罗连科遗作全集：书信》，第51卷，88页。

88 俄罗斯国立图书馆，手稿部第135部，第1篇，第1匣，第15存储单元，2页。

89　《契诃夫全集·著作》，莫斯科，1977，第8卷，343页。

90　《契诃夫全集·日记》，莫斯科，1981，第10卷，142页。

91　弗·加·柯罗连科，《柯罗连科日记》，第4卷，217—218页。

92　《1911年3月10日柯罗连科致谢·德·普罗托波波夫信》//《下诺夫哥罗德柯罗连科纪念文集》，下诺夫哥罗德，1923，54—55页。

93　弗·加·柯罗连科，《柯罗连科日记》，第4卷，251页。

94　弗·加·柯罗连科，《柯罗连科遗作全集》，第15卷，120—122页。

95　《弗·加·柯罗连科：生活与创作纪年》，45页。

96　弗·加·柯罗连科，《土地！土地！》，附录，195页。

97　《弗·加·柯罗连科：生活与创作纪年》，225页。

98　弗·加·柯罗连科，《柯罗连科遗作全集》，第15卷，165页。

99　《弗·加·柯罗连科论文学》，309页。

100　弗·加·柯罗连科，《柯罗连科书信选》，第3卷，173页。

101　《弗·加·柯罗连科遗作全集》，第15卷，165页。

102　《弗·加·柯罗连科论文学》，305—306页。

103　弗·伊·卡明斯基，见上，95页。

104　《尼·康·米哈伊洛夫斯基文集》，圣彼得堡，1897，第3卷，138、197页。

105　A. X.，《幼稚的幻想》，《俄罗斯生活》，1894年6月14日。

106　娜·雅·曼德尔施塔姆，《第二本书》，莫斯科，1990，138页。

107　《亚·索尔仁尼琴政论集（3卷本）》，雅罗斯拉夫尔，1995，第1卷，44页。

108　《费·米·陀思妥耶夫斯基文集（10卷本）》，莫斯科，1958，第9卷，72页。

109　《1914年9月5日柯罗连科致阿·瓦·佩舍霍诺夫信》，俄罗斯国立图书馆，手稿部第225部，第4匣，第9存储单元。

110　弗·柯罗连科，《我们最痛苦的探索……》//《文学报》，1993，8月18日。

111　《1910年9月3日弗·加·柯罗连科致谢·德·普罗托波波夫信》//俄罗斯国立文学及艺术档案馆，第389匣，第1分区，第61存储单元。

112　俄罗斯国立文学及艺术档案馆，第389匣，第1分区，第20存储单元，64页。

113　弗·加·柯罗连科，《书信画像》//《团结》，1994，第1期，182页。

114　《1915年5月25日弗·加·柯罗连科致谢·德·普罗托波波夫信》，俄罗斯国立文学及艺术档案馆，第389匣，第1分区，第61存储单元。

115　弗·加·柯罗连科，《柯罗连科日记》，波尔塔瓦，1925，第1卷，62—63页。

116　弗·加·柯罗连科，《柯罗连科遗作全集：书信》，第51卷，88页。

117　弗·加·柯罗连科，《书信肖像画像（1905年4月25日致兄长的信）》//《团结》，1994，第1期，179页。

505

118　米·瓦·萨任，《与柯罗连科的相识》，莫斯科，1928，10页。

119　弗·加·柯罗连科，《生平与创作年表》，8，12页。

120　同上，19，23，31页。

121　索·弗·柯罗连科，《我的父亲》，伊热夫斯克，1968，266页。

122　弗·加·柯罗连科，《胜利者的庆功会》//《俄罗斯文学》，1990，第2期，83页。

第九章
马克西姆·高尔基

◎帕·瓦·巴辛斯基　撰／曾予平　译

　　马克西姆·高尔基（阿列克谢·马克西莫维奇·彼什科夫，1868—1936）生于下诺夫哥罗德。由于他的自传体作品以及关于他本人的文章的大量印行，他早年的生活状况以及走上文学道路的过程广为人知。

　　未来的作家很早就失去了父母，他的童年是在外祖父瓦西里·瓦西里耶维奇·卡希林家度过的，外祖父用教会的书教小外孙认了字。外祖母阿库琳娜·伊万诺芙娜则满腹民谣和故事。最重要的是，她代替母亲养育高尔基，让他充分拥有了应对困苦生活的坚强力量。[1]

　　高尔基没有受过正式教育，他属于俄罗斯传统的"自学成才"的典型。在人间的生活、幼年丧失父母等等遭遇，激发了高尔基对于在理智和公正的基础上重新建设世界的向往。"我来到这个世界上，为的是不轻言服从……"高尔基青年时代曾写过一首长诗《老橡树之歌》，后被焚毁，但其残存的片断可以从多方面阐释作家的世界观。与沉重的生活困境相比，对丑恶的憎恨和高度推崇伦理，更加强烈地构成了高尔基心灵备受折磨的根源（显然，马克西姆作为笔名并不仅仅是为了纪念父亲）①。

　　年轻的高尔基从书本和生活中寻找世界和人类缺陷的解释。在生活中他立场

---

　　① 马克西姆Максим和"最大限度"Максим、"最高纲领主义"Максимализм是同根词。——译者注

积极：参加革命宣传活动，"走向民间"，在罗斯漫游，同大批破产农民一起从北方漂泊到南方，还与流浪汉交往。

高尔基的读书经验也很复杂。年轻时他就亲身领受了各种各样的哲学影响：从法国启蒙运动和歌德的唯物论到让－马利·居友的实证主义、约翰·罗斯金的浪漫主义和叔本华的悲观主义。19世纪90年代高尔基生活在下诺夫哥

马克西姆·高尔基

罗德，当时他的藏书中与彼·拉·拉夫罗夫的《历史信札》和马克思的《资本论》第一卷并排而立的是爱德华·哈特曼、施蒂纳和尼采的著作。[2]

仅用单纯的求知欲是无法解释高尔基对哲学的阅读热情的。青年时代高尔基的"痛苦"经历让他更执着于探寻人类受苦受难更深层的根源，而不是仅仅停留在对生活表象的认识。高尔基可能是俄罗斯前所未有的作家，他很早就接触了人类天性中最为低贱的残缺。外省生活的残忍、粗野、愚昧以及其他方面的"怪诞荒谬"，一方面毒害着作家的心灵，另一方面却以离奇的方式孕育了他对大写的人及其趋向完善的坚定信心。两种因素的"碰撞"构建了年轻的高尔基浪漫哲学的特殊精神，依据这种哲学，（理想存在的）人不但和（现实存在的）人相遇，而且与后者一起介入悲剧冲突。

高尔基的人道主义既不同于民粹派的人道主义，也不同于19世纪90年代发出宣言的马克思主义者，他的人道主义不具备科学实证的特点。这是针对一切扭曲人的"理想"的愤怒暴动——那种扭曲把人的思想束缚在狭隘世俗、民族、社会和自然的框架之内。作家不仅从外在的社会障碍之中寻找恶的根源，而且首

506

先从人的内部展开探寻。"每个人都是自己的主人。如果我是个下流胚，那就谁都怨不着！"（Ⅲ，25）——高尔基笔下的人物科诺瓦洛夫就是这样说的。

高尔基的乐观主义也与众不同。瓦·利沃夫－罗加切夫斯基建议把这种乐观主义理解为"最后的狂喜"[3]。其中同样蕴涵着极端性：人类在20世纪之交遭遇的最深刻的危机感，以及依靠人的自身力量克服危机的坚定信念。

高尔基的人道主义具有深刻的历史根基。"属于人的一切"质疑着"属于上帝的一切"并且"迁怒"于后者。"人的道路既然遮隐，神又把他四面围困，为何有光赐给他呢？"（《约伯记》，第3章23节）这里引出的只是他的人道主义一个毋庸置疑的宗教根源。"《约伯记》是我心爱的一本书，"1912年高尔基写给罗扎诺夫的信里曾这样写道，"读这本书我总是特别激动，尤其是第40章，上帝告诫人，教人变成与上帝平等的人，让人安然地站在上帝身旁。"[4]

"毫无疑问，高尔基不是自由主义意义上的人道主义者"，米哈伊尔·阿古尔斯基写道，"他的人道主义另有根基，建立在复杂的宗教哲学世界观基础之上，其观点接近泰亚尔·德·夏尔丹①等西方激进的思想家，跟德日进也有不同之处，高尔基是个反抗上帝的人——他心爱的书是约伯记。"[5]

1892年，梯弗利斯的《高加索报》刊载《马卡尔·楚德拉》的时候，"马·高尔基"第一次作为笔名出现。后来年轻的作者开始在莫斯科《俄罗斯新闻》报发表作品（《叶美良·皮里雅依》，1895年《俄罗斯财富》杂志向他敞开大门（《切尔卡什》）。1898年通过彼得堡的谢·多罗瓦托夫斯基和亚·恰鲁什尼科夫出版社出版了《特写与短篇小说集》两卷集，作品的出版取得了轰动一时的成功。1899年增补了第三卷，前两卷也再次出版。

自此，新作家的声誉以一种令人难以置信的速度迅速上升。"一个来自民间的人"，几乎是个"赤脚汉"的家伙（实际情况先是来自车间阶层、后来曾在外省小报任职）闯入了俄罗斯文学，重新评估了文学经典，颠覆了传统有关"文学权威"的观念。

世纪之交不同于19世纪的一个主要特点是，在19世纪家族传承的姓名比文

507

---

① 德日进，一译泰亚尔·德·夏尔丹（1881—1955），法国哲学家、神学家，发展了接近泛神论的"基督教进化论"。——译者注

学笔名更受重视，而如今情况却正好相反。阿法纳西·费特整个一生都为父母非合法婚姻的出生而痛苦，经过长期的争取最后才重新获得了自己家族的姓氏申欣，他一直憎恨自己写诗用的笔名，那名字让人想起他的德国血统。在世纪的分界线上我们发现了某种相反的现象。鲍利斯·尼古拉耶维奇·布加耶夫因为自己是"教授之子"的身份而苦恼，他采用了一个带有神秘意味的笔名："安德列·别雷"。在笔名"别雷"问世前后，出现了许多类似的"别有寓意"的笔名：高尔基、斯基塔列茨、杰米扬·别德内、萨沙·乔尔内、韦利米尔·赫列勃尼科夫①。

19世纪90年代，俄罗斯知识分子生活中自我意识占据上风。安德列·别雷追随尼采， 把自我意识称为"重估的意志"（这种说法典出尼采的著作《权力意志：重估一切价值的尝试》——译者注。）6。在政治僵化的背景下，传统关系瓦解了，艰难地萌生出新的关系。在国内形势的影响下，东正教会趋向瘫痪，已经无法全面介入新的社会和精神运动，因而知识分子的无神论思潮得以迅速扩张。

在这样的氛围中，一切色彩鲜艳的、声音喧嚣的和不为人知的因素都唤起了人们的浓厚兴趣。"在俄罗斯的90年代，"阿达莫维奇后来写道，"人们因萧条而痛苦，被静寂和安宁折磨……，而在那静寂中却蕴涵了'惊雷般的'预感。"高尔基带着自己的鹰和海燕冲出来了， 就像大家期待已久的客人，他带来了什么？对此没有人能确切了解，再说，谁有心思去探索个究竟？他的土生土长的尼采哲学掺杂着无政府主义或马克思主义，这是不是可笑，人们似乎觉得都无所谓：那时候这些细微色彩还不具备决定意义。一方面是"压迫"，另一方面是所有的人都想推翻它……一切有天分的、新鲜的、新奇的事物都归入"光明的"阵营，高尔基被拥戴为这一阵营的领袖和先锋。7

高尔基早期的浪漫主义作品用什么手法赞美了现代人？为什么它们会那样轻而易举地，用托尔斯泰的话来说就是"传染了"19世纪90年代末和20世纪之初的读者？

从一开始，批评界对高尔基的评论和普通读者渴望在他作品中看到的内

---

① "别雷"意为白色的；"高尔基"意为痛苦；"斯基塔列茨"意为流浪者；"别德内"意为贫穷的、可怜的；"乔尔内"意为黑色的；"韦利米尔"意为"大世界"。——译者注

508 容这两者之间就出现了严重的分歧。从包含在作品中的社会意义这一传统的阐释原则来解读高尔基早期的作品，并非总能得出准确的结论。读者最不感兴趣的就是高尔基作品的意义，但是他们会在作品里找寻和自己时代特点呼应的情绪。

评论界试图在高尔基的作品里找到社会心理学意义的典型（"多余人""忏悔的贵族"），但是找到的常常是些毋庸置疑的鲜活性格，并且，具有这种性格的人物往往不为自己的言行负责。年轻的作家让自己的人物说出的常常都是不合乎自己身份的语言，这不仅让那些敌视高尔基的批评家感到气愤，甚至连列夫·托尔斯泰也觉得困惑，这样写作是难以理解的：这些语言究竟属于什么人呢？

"您那些大老粗说话都很聪明，"托尔斯泰曾经这样指出（据高尔基本人转述），"而在生活中他们却是言谈粗鲁、荒谬——你一下子弄不明白，他究竟想说什么。其实这么做都是故意的——表面上语言粗俗，内心却隐藏着愿望，想向别人倾诉……在您的笔下，所有的人都敞开胸襟，每篇小说都是普天下精明人的大聚会。所有人说的都是格言警句，其实，这并不真实——格言警句与俄罗斯语言没有渊源。"（ⅩⅥ，268-269）。在批评的同时，托尔斯泰高度评价了流浪汉的形象，认为年轻的作家成功地把"沦落的人们"向有教养的读者作了介绍——托尔斯泰本人也深受这一主题的吸引。

高尔基一进入文坛，就用"理想抒情主义"这一问题取代艺术典型化的问题，米·阿·普罗托波波夫对于"理想抒情主义"曾给予明确的定义[8]。他塑造的人物常让人想起希腊神话中半人半马的形象：一方面带有真实的典型特征，这些人物表明作家对生活和文学传统有深入的了解；另一方面，他们放纵不羁的个性，尤其是作家强加给他们热衷于发"哲学议论"的特点，却常常背离"真实生活"的严肃性。归根结底他迫使批评家们解决的并非现实生活在文学镜面上反映出来的问题，而是让他们直接关注高尔基，关注那个思想-心理的典型，这一典型之所以能够切入19世纪末20世纪初俄罗斯的精神生活和社会生活，从很多方面判断，应当归功于高尔基。

高尔基步入文坛之日，正是民粹派分子和马克思主义者斗争进入白热化的时期，也是民粹派跟颓废派开始斗争的时期。1896年，《俄罗斯批评家》（1896）一书的作者阿·利·沃伦斯基主持《北方通报》月刊，他在那本书里对60年代人物的理想给予了否定性的评价。与第一批象征主义者（梅列日科夫斯基、吉皮乌斯、勃留索夫）一起，沃伦斯基也把年轻的高尔基视为同道，刊发了高尔基的短篇小说《好闹事的人》《玛莉娃》和《瓦莲卡·奥列索娃》。从高尔基后来写给沃伦斯基的信中，可以弄明白他同意在《北方通报》上发表作品的原因，这一问题已经研究得十分透彻。这里有经济拮据的因素，也有对米哈伊洛夫斯基的不满，后者拒绝登载高尔基的短篇小说《错误》，而作者自认为这篇作品"相当不错"，米哈伊洛夫斯基的拒绝无疑给年轻作者进军首都杂志的愿望泼了冷水。[9]

这里也反映了高尔基跟自由主义民粹派信条的原则分歧，同时表明特殊性质的理想主义如同一场实验，假如不能克服生活的灰暗现状，那么至少要怀着理想冲到灰色现实的圈子以外。"我在诅咒"，高尔基给沃伦斯基写信说，"当着我的面，竟然讥笑人微弱和痛苦的呻吟，那个人宣称他渴望'世上没有的珍奇'……附带说，——请转告吉皮乌斯，我非常喜欢她那些古怪的诗句"。[10]

在19世纪90年代，高尔基对各种社会思潮和美学流派都还没有形成明确的看法。1899年11月他写信给列宾说："……我认为，暂时我还无所归属，不属于我们任何一个'政党'，我为此感到高兴，因为——这就是自由。"[11]

这样含糊的表述就是高尔基对待"永恒问题"的态度。他给契诃夫写信说："尼采在某个地方说过：'所有的作家都曾经是某种道德的侍从。'可斯特林堡——就不是侍从。"[12] 举例来说，分析高尔基那时喜爱的作家奥古斯特·斯特林堡的作品就会清楚，高尔基所理解的某种"道德"，并不是让火车站的居民讥讽阿林娜迟来的爱情那些简单的居民法则（《因为烦闷无聊》），而是指向更加现实的哲学范畴，是作者奋力要挣脱的一种状态。

在给妻子的信里高尔基写道："卡佳，我有自己的真理，这真理完全不同于生活中人们认同接受的真理，我为我的真理历尽苦难，因为它不会很快被人接受，并且我要为它长时间忍受人们的讥讽。"[13]

高尔基的立场最明显的不确定性表现在对"人们"和对"人"评价的差别上。在给列·托尔斯泰、列宁和费·德·巴丘什科夫的信里，他写出了对大写的人的颂歌。而在当时写的其他信件里，我们却能发现不少议论人们时的偏执和苛刻；这让人怀疑作家的人道主义来自非"人道"的起源。

509

例如他在写给叶·帕·佩什科娃的信里谈到几个在雅尔塔向他讨好的小姐，她们想从他那里得到签名或类似的东西："上帝啊！世界上有多少人们完全不需要的混账东西，他们游手好闲、一无所长、空虚无聊、贪图新奇、愚昧贪婪。"[14] 在给契诃夫的信里，谈到苏沃林时，他写道："您知道吗，我越来越可怜那老头子了——他好像已经完全惊慌失措……也许您也为他心痛——但是请原谅我吧！可能这很残忍，把他丢开吧，如果你能做到的话。把他丢开——您得爱护自己。他反正是朽木一块，您还能帮他什么呢？"[15]

首次拜访彼得堡结识首都的知识分子时，高尔基给佩什科娃写信说："最好我还是别认识这群混蛋，这帮贪婪的小人，他们需要社会上的名声甚于文学本身。"[16] 1899年秋天他在彼得堡结识了哪些人呢？我们来列举这些名字：柯罗连科、尼·康·米哈伊洛夫斯基、尼·费·安年斯基、彼·伯·司徒卢威、帕·尼·米留可夫、阿·费·科尼、弗·德·普罗托波波夫、米·伊·图甘-巴拉诺夫斯基……简而言之，全是俄罗斯知识分子精英，他们真诚热情地迎接了新出道的作家！

有一天高尔基发现，他的自传影响了人们对他的正确认识。他很早就明白了，一个"自学成才者"要在社会上保全自己的脸面是一件相当困难的事。米·奥·缅希科夫曾准确地指出，"他是一个'大家都需要'的人"。"对于所有的阵营，高尔基先生作为一个真正的艺术家，是为他们的理论画插图的画家；大家都需要他，称他是目睹了他们争执的见证人，目睹了人们所有堕落阶段的见证人。"[17] 与此同时，19世纪末，关于人的争论达到了极点，需要"仲裁法庭"。传统的力量是那样巨大，以至于在梅烈日科夫斯基的小册子《论当代俄国文学的衰落原因及其新兴潮流》（1893）里也对"民众的意愿"表示了关注。"不是该我们怜悯民众，而是我们应该对自己感到可怜。为了避免自己毁灭于抽象、空虚、冷漠和丧失信仰，我们必须尽力同一切力量和信仰的源泉，同人民保持血肉联系。"[18]

因此，米哈伊洛夫斯基、柯罗连科和托尔斯泰一致希望从年轻的高尔基身上看到一个真正来自民间的人，这绝不是偶然的。他们不无憧憬地期望在这个有天分的自学成才者的身上找到证实自己观点的有力根据。比如说，托尔斯泰，如果高尔基的言行与他对"来自民间的作家"这一臆断不相符合，他就真的生气，并对年轻的作家产生猜忌。他很快就发现高尔基身上的某种道德与审美意识的缺陷，遂将这位《玛莉娃》和《在底层》的作者归为尼采哲学信徒的行列。

米哈伊洛夫斯基一面高度评价年轻作家的禀赋，一面处心积虑地想要把他从"颓废的尖刻"中解救出来，"实际上非但不尖刻、不细腻，恰恰相反，非常粗鲁和迟钝"[19]。

毫无疑问，高尔基早期的浪漫主义风格非常接近《小火光》的作者柯罗连科，尽管后者指责自己的学生滥用浪漫主义。可是当柯罗连科读了《知识》丛刊上发表的高尔基的长诗《人》，他不禁也感到茫然，在那篇作品里对人的描写，火一样炽热的浪漫主义情感中渗透着冷冰冰的抽象性，在那个"失去了人性又过分人类化的"宇宙形象中，柯罗连科难以找到任何人道主义的因素，他怀疑高尔基失于高傲和个人主义。因此除了用尼采的影响做文章，他再也找不到别的解释。

可以推测，人们阅读高尔基早期的小说，往往把作品**混乱无序的**缺陷简单地归咎于尼采气质，认为那是"外来的"影响。当作家的现实形象与他的创作源泉来自民间的主观臆断不相吻合时，每次话题都会落到尼采气质上。在文学界的权威和社会名流的心目中，高尔基总是注定要做那个"自学成才者"，也就是说——当"一张白纸"，上面可以写好的，也可以写不好的东西。按照托尔斯泰、柯罗连科和米哈伊洛夫斯基的看法，尼采给了高尔基不好的影响。紧随米哈伊洛夫斯基，俄国批评界的大部分反应都同意这一观点，认为高尔基的尼采气质是个人为的外来现象，它扭曲了高尔基天赋的民间源泉。

高尔基早期的尼采气质问题是个在国内外学术研究中不止一次被提及的重要课题。[20]

1898年之前，批评界没有提过高尔基的"尼采气质"问题。他的短篇小说分别刊登在报纸和杂志上，没有什么特别出色之处。例如，《俄罗斯思想》评论说，高尔基的人物不同于民粹派分子，都是些"并非杜撰的汉子"。《文学评论》和《田地》周刊曾把高尔基的小说《错误》和契诃夫的《第六病室》进行比较。[21] 弗·亚·波谢在《教育》杂志写道，高尔基喜欢并且怜悯自己的人物，他努力想在他们身上发掘出"上帝之光"。[22] 人们还谈到高尔基的乐观主义，说他出色地描写了"多余人"的形象。

但是，短篇小说《玛莉娃》以其拟人化的比喻"大海笑了"吸引了评论界的注意，也征服了托尔斯泰。《北方通报》发表《玛莉娃》以后，《星期周报》发表评论，指责高尔基是"颓废派"，把他和欧洲的浪漫主义者黎施潘相提并论。[23]

第一个对此提出质疑的是尼·明斯基。在《特写与短篇小说集》发表后，他指出，整体把握高尔基人物的言行，可以看出它们远远超出了传统道德的界限。他分析短篇小说《筏上》时写道："最强壮的就是正确的，因为他向生活索取的更多，而弱者则有过错，因为他连自立都做不到。必须承认，我们的文学充斥着爱和善的训诫，对强者权利如此鲜明的宣示显得相当新颖，甘冒风险。"[24]

512　　　关键是高尔基本不重视明斯基的评论，他早年写给朋友尼·扎·瓦西里耶夫的信见证了这一点（引文保留了作者的拼写与标点）："朋友尼古拉……·明斯基：诗人写到我时说我的文字从头到尾是易卜生的信徒（？），是尼采的追随者，而宪兵则称呼我是激进派分子。这就是生活。"[25]

明斯基那样的解释有没有根据呢？首先可以指出，《筏上》并非简单的生活速写，也不单纯是民族性格的描绘，而是哲理小说的试笔之作，两个主要人物当中的每一个都是特定思想的独特体现，可以说代表着某种完整的世界观。这篇速写的中心思想是犯罪问题。作者利用一系列"互相关联"的人物展示了两种类型的罪孽：主动型的和消极型的。体现主动型犯罪的是风流的扒灰佬、美男子西兰·彼得罗夫，他霸占了儿子年轻的妻子。高尔基出色地塑造了一个衣冠禽兽的形象，他之所以横行于世，就是因为长得英俊。体现消极型犯罪的是米佳，"一个瘦弱、爱想心事的小伙子"（Ⅱ，61）。米佳不擅长主动造孽。他对父亲和妻子的道德自负来源于宗教狂热和"禁欲理念"，他弃绝世界是因为世上没有他的容身之地。米佳是个屡遭挫折的形象，是猪狗一样对整个世界怀有怨恨的人。

类似托尔斯泰从肉体美和内在精神来展示"相互关联的"女性主人公——海伦·库拉金娜和玛丽娅·保尔康斯卡娅，高尔基也偏好把美和道德极端化，但是手法却与托尔斯泰完全不同，也就是说他以美学超越道德的方式解决问题。这符合尼采的主要原则，即世界只有在美学意义上的存在是合理的，也就是说，生活的合理性存在于其自身，存在于它的美和力量中，而不是存在于抽象的道德概念里。高尔基人物的生活意义可以用《俄罗斯财富》杂志的批评家米·赫尔罗特的理解来说明——这是人正论（神正论的对立面）。[26]

简而言之，俄国批评界关于年轻高尔基的尼采气质的说法是有现实依据的。但是这种气质是不是像《星期周报》上有的文章作者所说的来自"书籍"的影响呢？还是它另有根源？比如，举个例子来说，当格·乌斯宾斯基还把扒灰现象当成俄罗斯农村的正常现象来描写的时候，能不能把短篇小说《筏上》里西兰这个形象看成是尼采气质的产物呢？

没有一个批评家能确切地了解《特写与短篇小说集》的作者是否熟悉尼采的创作。后者的俄译本是1898年才出现的，这与高尔基多部短篇小说的出版相差不止一两年。难怪有些人对早期高尔基的尼采气质问题表示怀疑，米哈伊洛夫斯基就是最早提出质疑的人之一，他曾经进一步指出，高尔基"根本不了解尼采"，尽管他吸取了尼采的某些观念，这些观念"在空气中传播"，可以进行"自动渗透"。[27]

世纪初的文化活动一般都喜欢自由地引用典故而不直接说明引文的出处。比如，勃洛克就是这样运用尼采有关"音乐"的理念，并没有向读者直接提到尼采的名字，因为他断定读者毫无疑问熟悉尼采的文章《悲剧诞生于音乐精神》（即《悲剧的诞生》的全名——译者注。）。因此，高尔基的一组文章题为《不合时宜的思想》就不是偶然的了，他重复使用了尼采著名著作的标题，这组文章第一篇的第一句话就借用了尼采论文开篇一段的思想。

但是在年轻的高尔基的创作中，不可忽略的也许正是那些偶然性。在这段时间，文化"标识"可怕的混乱使读者的意识陷入困惑，与翻译活动的繁荣密切相联，强大的信息潮流掠过"自学成才者"的头脑，显然是一场真正的文化灾难，高尔基后来在他的自传体短篇小说《哲学的害处》（1923）里描述过这些事例。

今天我们已经知道，其实高尔基早在尼采的第一部俄文译本《查拉图斯特拉如是说》出版之前，就已经了解尼采的著作。从19世纪80年代末到90年代初，他与尼·扎·瓦西利耶夫与济·弗·瓦西里耶娃夫妇交往，他们差不多是最早把《查拉图斯特拉如是说》译成俄语的人，在翻译工作的进程中，他们曾

513

经把自己的译稿"抄在很薄的纸上"寄给高尔基过目。[28]

与此同时，尼采留给俄罗斯人的印象是复杂的。高尔基的档案里保存着一封米·斯·萨亚平写给高尔基的有趣的信，这个萨亚平就是格·乌斯宾斯基在随笔《在分裂派教徒中度过的几个小时》里写的分裂派教徒伊万·安东诺维奇·萨亚平的孙子。正是萨亚平仔细研究了俄国的分裂派教徒，在他们的学说中发现了和尼采哲学的相近之处："这里的一切交织着悲剧情绪。为了尽可能弄明白这些生活中的盲点，我开始认真研读尼采的著作《悲剧诞生于音乐精神》，我读了所有能够弄到手的这类著作，最后，坚定了一种信念：是的，生活在斯拉夫灵魂中的俄国音乐精神正在创造一出难以描述的悲剧，在这出戏里，人们分头扮演最符合理想的角色，而顾不得思考他们演了什么。"[29]

很有可能，年轻的高尔基读尼采读出了类似的意味。他在《谈技艺》（1931）一文中指出：波缅洛夫斯基已经去世，可"尼采还没有开始哲学思考"。波缅洛夫斯基的散文对他高尔基世界观的影响要远胜于尼采。[30] 尼采对高尔基的影响非常复杂，很可能透过了后者的生活经验，透过后者所熟悉俄罗斯文学，尤其是透过曾对尼采本人产生影响的陀思妥耶夫斯基。[31]

人们对1900年10月28日瓦西里耶夫从基辅写给高尔基的信特别感兴趣："首先我把你所有的作品粗略地分为有明显区别的两类：在一类作品中你坚守'成规'，就像我的一个好朋友所讲的，也就是说（原文为法语），你进行忏悔，宣扬所谓的人道主义道德，也就是尼采所宣扬的基督教民主主义的道德，不管它的辩护者怎么说，其基本原则归根到底还是一种幸福论，就是让绝大多数人感到满足，人们之所以看重这种理论，是因为他们总是力求为别人多做好事，尽力减少'恶'，用他们的话来说，就是减少人世间的苦难。可以归入这一范畴的作品，我认为有《鹰之歌》《撒谎的黄雀》《错误》《苦恼》《科诺瓦洛夫》《草原上》等等。归入另一类的作品有《报仇》《切尔卡什》《玛莉娃》《沦落的人们》《瓦莲卡·奥列索娃》，——这里奉行的是另一种道德，按照这种道德，对一个人的评价并非依据他的行为和动机，而是根据其内在的价值、美、力量、优雅等等，同样也依据他在多大程度上能对自己和他人施加影响，尽力追求生命律动的高尚，他这样做不图任何回报，让别人或者自己感到愉悦或是经历痛苦。"[32]

的确，与俄国文学中的传统人物不同，高尔基早期作品中许多人物的特

514

点在于——似乎他们生活在道德评价尺度有些异样的世界里。其中一些人不爱思考犯罪问题，实际上却在犯罪；不愿意为反思罪孽而苦恼，却一步步走向罪恶。他们通常都尽力少动脑子。"瞧，白天和黑夜互相追逐，绕着地球奔跑，你也该这样奔跑着躲避生活的思虑，免得对生活感到厌倦。你越想得多——就会对生活厌烦，这种事往往都是这样。"马卡尔·楚德拉说（Ⅰ，14）。这表面朴实的话语包含着完整的哲理。依照尼采的观念，思考——是退化或者"颓废"的标志性用语。无怪乎高尔基的短篇小说《筏上》把米佳写成"一个瘦弱、爱想心事的小伙子"。"爱想心事"——就意味着破坏自然法则，阻止永恒的变化进程，害怕生活和憎恨生活（尼采就是这样诠释哈姆雷特的形象的）。

如果受伤的鹰翅膀不能乘风飞翔（《鹰之歌》，1895），最好的出路就是自我毁灭（不妨回想高尔基未遂的自杀）。因为生活不能容忍停滞。在立脚点和深渊之间，失去了天空的鹰最终选择了深渊。在这里，高傲和绝望结合在一起，但不存在也不可能存在和谐与安宁。

高尔基早期短篇小说的人物不同于传统俄国文学中的"小人物"和"多余人"，他们首先是感情冲动的。除了战斗，除了从敌人那里取得自我肯定，他们不考虑其他方式的生活。他们对敌人不仅有仇恨，还有奇特的爱。他们像需要空气一样需要敌人，在其他氛围里他们会死掉的。鹰在高度的象征意义上表述了这一特点。

爱与恨是事物的两个方面，爱得越深，恨得越切。拉达和左巴尔除了战胜对方，驾御情侣的意志，不会有其他的爱的方式（《马卡尔·楚德拉》）。但一方可能的征服意味着另一方迅速的冷淡。敌意消失的时候爱情的源动力也消失了。唯一的和谐存在于相互消灭对方的愉悦里。

高尔基早期作品第二类人物尽管也带有第一类人物的某些特点，但当时已经明显表现出了与第一类人物的不同。在尼采的哲学体系（兽——人——超人）中，这类人物占据着高出于人的位置，但还达不到超人的高度。这里的第二类人物，指的是"沦落的人们"：如奥尔洛夫（《奥尔洛夫夫妇》），库瓦尔达（《沦落的人们》），科诺瓦洛夫（《科诺瓦洛夫》），普罗姆托夫（《骗子》），福马·高尔杰耶夫（《福马·高尔杰耶夫》），伊里亚·鲁尼约夫（《三人》），沙萨金（《在底层》）等等。从他们身上，人们开始意识到自己所有问

515

题的性质，开始寻找解决的办法。"沦落的"人有可能从一旁观察人生。在"上帝死了"的世纪，生活的荒谬就像一出令人感慨的悲剧。

自然的魅力、人们对自由本能的向往，并不能给人生的迷宫提供出路。世界显露出它的灰色基调，在高尔基早期的短篇小说里，这种色调并不少于鲜艳亮丽的色彩。毋庸讳言，在高尔基散文里"灰色的"这个形容词具有特别的意义。33 比如，在短篇小说《二十六个和一个》的结尾，这个形容词的出现绝非偶然："她就这么走了——挺拔、美丽、骄傲。我们却留在院子里，站在泥泞里，淋着雨，在灰色的没有太阳的天空下……"（着重号为本章撰写者所加）（V，21）。鲜艳亮丽的姑娘塔妮娅离开以后，我们所面对的不单单是个暗淡的世界，它也是一个重要的形象，象征着毫无意义的人世，面包房的工匠如同整个人类的集体形象，注定了孤独凄凉，在生存中寻找自我。

第二种类型的人物一般都是不可救药的病人。为什么？因为他们的身体非常结实，名声在外，让他们自我介绍就是：奥尔洛夫，库瓦尔达，卡诺瓦洛夫、高尔杰耶夫。但是过剩的生命力突然发生了变态，导致独特的颓废状态：心理紧张、发疯甚至自杀。

是什么影响了卡诺瓦洛夫，他天生一双巧手和大力士一般的身体，却只能依靠做面包匠生存？是什么迫使短篇小说《苦恼》里的磨房工人季洪抛家弃舍，狂喝滥饮？为什么福马·高尔杰耶夫不想当百万富翁？为什么鞋匠奥尔洛夫逃避"纯洁的生活"？

在这些人物身上可以发现一个奇怪的现象。那不是别的，而是对各种各样的社会支柱人物的仇恨。这些人物心里有一种难以遏制的愿望，那就是烧毁他们自己和环境之间的桥梁。他们同世界没有牢固可靠的联系，仿佛是飘落到社会上的尘埃。用高尔基描述福马·高尔杰耶夫的话说就是：作为自己阶级的代表，他们"不是典型"。

失去理想的人，要么像卡诺瓦洛夫那样死亡，要么像福马·高尔杰耶夫那样发疯。《三人》中的伊里亚·鲁尼约夫在墙上把头撞破——这些举动都是象征性的，表达了人物在寻求生活意义时的绝望心情。

作者对这类人物的态度也并非完全明确。高尔基在成熟时期尤其受到精神无政府主义的影响，他对陀思妥耶夫斯基笔下"地下室人"的特征产生了怀

516

疑。作为本身性格多样的人，高尔基更敬仰言行一致的人（这在很大程度上可以解释他对列宁的好感）。因此第二类人物是不会让作者始终感到亲切的。尽管他一直对"异端分子"感兴趣，他们给生活带来追求的忧患和渴望，但他的理想还是跟柯罗连科一样，倾向于实干的人群。

也许，高尔基的《福马·高尔杰耶夫》由于这样的原因才不成功，作家为此伤透了脑筋。高尔杰耶夫是个爱动脑筋的泰坦式的勇士，他想摧毁一切不公正的现象。按照高尔基的想法，他应该寻找自己的上帝，也就是说寻找人的"心灵与理智"的部分。

预感到第一部长篇小说的失败，他给皮特尼茨基写信说："你知道该写什么吗？两部中篇：一部写人，写一个人自上而下，走到底层，在肮脏污秽中找到了——上帝！另一篇写一个人，自下而上，他也找到了——上帝！同一个上帝！"[34]"自上而下"的上帝，大概就是基督教。这是神人思想，象征着人们身上的神性。"自下而上"的上帝，可能是高尔基所理解的"超人"。在他的眼里不但上帝走向人群，人类也奋力地走向上帝。这样的观点发端于旧约的耶和华和上帝之间的斗争。福马的名字令我们想起不信者多马（"福马"是耶稣的使徒多马名字的俄语变体。关于多马不信耶稣复活的典故见约翰福音20：24-25——译者注。），他曾经怀疑基督复活的真实性，还要求提供物证。

但是，作为一个现实主义作家，根据高尔杰耶夫形象发展的内在逻辑，高尔基最后还是明白了，福马已经陷入了现代道德的迷阵，他无力完成肩上的任务。最后，不动声色战胜福马的"生活的主人"马亚金成了更完整的典型。作者本人好像也没料到这样的小说结局，对此一直感到不满意。

在波缅洛夫斯基和陀思妥耶夫斯基之后，俄罗斯作家再也没人像高尔基一样，拿出那样厚重的、揭露丑恶的全景图。在假定的有限的文字空间，丑恶事物的密集度是那么高，有时甚至非常具体，表现出直观的特点：如面包房（《卡诺瓦洛夫》《二十六个和一个》），夜店（《沦落的人们》《在底层》），妓院（《红头发瓦西卡》），监狱（《监狱》《布科约莫夫，卡尔普·伊万诺维奇》），商会（《福马·高尔杰耶夫》），整个村庄（《结论》《阿尔希普爷爷和廖恩卡》），整座城市（《黄色恶魔的城市》），甚至整个国家（《美丽的法兰西》）。

那时在高尔基的世界里，善经常会转变为幻象，生活在这种转变后变得更

517

加可怕（《二十六个和一个》，话剧《在底层》里的人物卢卡。）"即便快速浏览一下他们的作品，读者都不难发现，他们两个（指高尔基和尼采——本章撰写者注）对实际的现实生活所固有的深深的冷漠和寡情。"这是赫尔罗特写下的一段文字。[35]

尽管如此，还是不能完全同意这种说法。高尔基不同于尼采，他可以清晰地分辨出善与恶，并号召大家同丑恶做斗争。在自己的早期作品里，例如短篇小说《有一次，在秋天》《扣子事件》《科利亚的梦》《叶美良·皮里雅依》《卡诺瓦洛夫》，中篇小说《苦命人巴维尔》，他都努力在即将毁灭的生灵中寻找光明的人性，他以自己和他笔下的人物的名义呼吁同情，严厉地抨击企图侮辱或损害"小人物"的行为，这一点在《因为烦闷无聊》中表现得尤为突出。

可是高尔基作为一个艺术家，尤其是在他早期的作品中，还是没有摆脱尼采的唯美主义，其中包括对暴力的欣赏看成是美的、"超越道德"的现象。这一点明显地表现在以下几篇短篇小说里，比如《马卡尔·楚德拉》《筏上》《玛莉娃》以及其他的作品。

切尔卡什给加夫里拉钱完全不是因为他怜悯这个不幸的农村小伙子。他讨厌他那被欺辱的状态。从审美角度他是不喜欢他的。阿尔焦姆是个美男子和大力士（短篇小说《该隐和阿尔焦姆》），他出于感激而可怜不幸的犹太人该隐，让他处于自己的保护之下，但最后阿尔焦姆的天性还是反对这样做。他感觉对弱者、孤独的人和没有防卫能力的人只是怜悯有被生活弃绝的危险。长篇小说《三人》中的伊里亚·鲁尼约夫杀死了商人波路艾克托夫，他没有任何计划、没有任何"理论"（像拉斯科尔尼科夫那样），他的行为服从的是强健的男人遇到贪婪和讨厌的对手时表现出来的本性。

在俄罗斯传统意识中，犯罪和惩罚总是密切相关的，不过进行惩罚的不是法律，而是道德。在陀思妥耶夫斯基的长篇小说《罪与罚》和托尔斯泰的《安娜·卡列尼娜》《复活》当中，罪人不是被社会和法庭惩处，而是由最高意志来判决，任何政权的制度法则在它面前都是苍白无力的。真正的惩罚——是负罪感，是良心的痛苦，是拉斯科尔尼科夫和聂赫留朵夫的切身感受。

但在世纪初经常遇到另一种观点：人们不把犯罪，甚至严重的犯罪，视为罪孽，而是看作罪犯的不幸，进而为他解脱应负的道德责任，把他的罪责最大

518

限度地推给周围的世界。有关"不幸的"罪犯问题也出现在高尔基的作品里。他在长篇小说《三人》里做了生动的艺术再现，对比陀思妥耶夫斯基著名的长篇小说，"罪与罚"问题在这里得到了完全不同的解决。

高尔基的世界观贯穿着**斗争美学**，那些斗争给作家的创作诗学留下了不可磨灭的痕迹（"相互关联的人物"，"大嚷大叫的"比喻、格言和准则都变成了口号，嗜好韵律散文，甚至那些显而易见的细节，比如经常使用破折号，借以提高文本的视听效果）。

比如，对于1905年1月9日发生的事件，他的态度就不同于路标派分子，这不是因为他没有发现俄国革命触目惊心的失误。他看到了，并且在自己的政论文章里也提到了。但是他把"路标派"看成是知识分子在历史面前受到的一次惊扰，这次惊扰中流淌的鲜血是可怕的——但是从提高生活动力、促进未来进步的角度看——这又是合理的，正当的。"俄国革命就这样开始了，我的朋友，"他给佩什科娃写信说，"我真诚严肃地向你祝贺。被杀死的人——不会让人愧疚——只有借助流血，历史才会改变新的颜色。"[36]

所有这些都要求我们重新审视高尔基涉及犯罪动机的作品。在短篇小说《切尔卡什》和《沦落的人们》等作品里，罪犯的位置高于劳动者。米哈伊洛夫斯基说得不错，他注意到：高尔基对自由自在的小偷和懒汉切尔卡什的评价高于和土地紧密相连的庄稼汉加夫里拉。

同样，在《在底层》（1902）一剧里打牌作弊的家伙沙金，就明显认为自己高于手艺人克廖谢，他对后者说："算了吧，人们才不会因为你活得不如猪狗害臊哪……你好好想想吧——要是你不干活，我——也不干活，还有成百上千的人都不干活！——明白吗？大家都不干活！谁也不想干，什么都不做——那会怎么样？"克廖谢理直气壮地回答："那大家都饿死呗……"（Ⅶ，165）不过，作家用这句回话只是强调人们的劳动若单纯为了延续生命，这样的生活毫无意义。

当然，在高尔基早期创作的作品里，我们还能看到对劳动的另一种理解，劳动可能让人满足，劳动是美的，劳动有它的审美依据。沙金梦想着那样的劳动，话剧《小市民》（1901）里的尼尔也说过这样的话：

"要想做好，必须喜爱一切要做的事情。你知道吗，我特别喜欢锻造

519

东西？放在你面前的是一团红彤彤的没有形状的东西，它热乎乎的，烫得要命……拿锤子敲打它——就是一种享受啊！它朝着你咝咝地冒热气吐火花，想烧灼你的眼睛，把你弄瞎、自己却要崩开一般。它是活生生的，弹性十足……你拿肩膀发力用劲打，需要什么就能做出什么……"（Ⅶ，14）

这样理解劳动，与斗争美学（与笨重的物质相对抗）密切相关，不过与斗争美学相关的并非所有的劳动，因而这种理解带有独特的唯美主义倾向。

自然，把作者的立场看成人物的立场或叙述者的立场都是不对的。批评家谢韦维罗夫（列·彼·拉金）在和米哈伊洛夫斯基和普罗托波波夫进行论战的时候，曾经提到这种危险性。[37] 可是，高尔基的"理想抒情主义"（普罗托波波夫）把作者看成是超然于人物语言之外的。一有机会，他就会倾听这些语言。

尽管如此，高尔基深知这种局面的危险性，当他早期作品中的人物暴动反抗，以尼采的叛逆精神对抗上帝，让读者以为"普天下都在造反"，结果会导致肤浅的虚无主义。虽然高尔基早期作品中的很多人物都是绝望的虚无主义者，作家本人却不是，因为他太尊重文化了，依据自己的经验，他知道只有借助于文化才能把"底层的"人提高到真正具有自我意识的高度。《在底层》是个独特的"戴面具的"狂欢节，聚集在这里的不仅有流浪的赤脚汉，还有象征意义上的《沦落的人们》，作者描绘了空虚，人们在空虚中逐渐堕落，他们在生活的"底层"找到了最后一个避风港，在那里，人还没有完全"蜕化"和"腐烂"，暂时还没有彻底"赤裸"。他还可以用"破布遮体"（以前的思想、观念），但拿起这些"破布片"时感到万分惊恐。

每个人物的言行都让人想起尼采，想起"上帝的小丑"，每个人都戴着某种"面具"，回忆往昔，尽力掩饰内心的空虚。在某段时间这样做可以不露马脚。有个重要细节：夜店里面并不像外面那么黑、那么冷、那么让人惊恐。第三幕开头是这样描述外部世界的："'一片空旷'——堆满了各种垃圾、杂草丛生的院落，院子深处，一堵高高的防火墙。高墙遮住了天空……傍晚，太阳落山，红艳的光芒照亮了防火墙。"（Ⅶ，150）外面已经是春天，雪化了……"冷啊，冷死了……"克列希跑进穿堂，一边打哆嗦一边说（Ⅶ，118）。可里面还是那么暖和，有些人住在这里。游方僧卢卡来这里烤火取暖，尽管时间不长，他

520

还是拿自己的宽心话安慰了夜店的居民们。里面更暖和，但这是不稳定的"舒适"感。很快大家都会明白这"舒适"感该多么不牢靠。

剧本《在底层》展示了思想冲突，不是通过日常生活，而是从存在主义的角度探讨"底层"人的问题。剧中出现了叛逆者沙金和极端人道主义者卢卡的争执，他们试图让"人的利益"和"上帝的利益"达成和解，在作者的眼里，所有类似的和解都是谎言，但谎言在某种程度上是允许存在的，对于像生病的安娜这样的弱者，谎言就是救命的良药。更进一步说，在冲突最激烈的时刻让卢卡离开舞台，却让信赖他的戏子自缢身亡，很明显，作者并不站在他这一边。

但沙金的叛逆发生在卢卡的歇斯底里与有意煽动之间，这举动就没有任何意义。他只是在通往真理道路上最终排除了卢卡枉自设置的障碍。卢卡本人和他那真诚的"谎言"甚至让沙金感到有几分同情：

"老头子——不是骗子！……他撒谎了……但这是因为同情您，真见鬼！"但是卢卡的"谎言"对他毕竟不起作用。"谎言——是奴隶和主子的宗教……真理——是自由人的上帝！"（Ⅶ，173）"人——就是真理！人是什么？不是你，不是我，不是他们……不是！——又是你、是我、是他们，是老头子，拿破仑……统统在一起！（用手指在空中画出人的形状）……一切的开端和终结都在这里，一切都在人身上，一切都为人而存在！"（Ⅶ，177）

沙金编造的有关人的宏大神话是在全人类精神空虚的背景下产生的（用手指在空中画人形，这一点很重要）。大家互不理解，所有的人都在忙碌自己的事，世界面临灾难。这样一来，沙金也撒谎了。但是他和卢卡撒谎并不相同，他的话包含了理想化的基础，指的不是过去，也不是现在，而是将来——是全体人类的未来，到那时人们将团结一致，用理性改造生活。只是，谁也不能保证这目标一定能实现。沙金也不敢断言，但他又不知道另外的出路。在他身上悲观主义的极度消沉结合着"最后的亢奋"，就像一枚奖章的正反面。

以这样的方式解决戏剧冲突，不仅可怕的结尾（戏子之死），还有布伯诺夫的重要独白，都反映了作家的不满。无论卢卡和沙金之间的冲突，"信仰"和"真理"之间的冲突，都难以触动布伯诺夫，反而证实了他那有关人渺小无用的思想。"所有人都一样：出生，活着，死掉。我会死……你也会……有什么可惜的？唉，弟兄们哪！人需要的东西多吗？"这样的结论显然不能让浪漫主义者

521

高尔基感到满足。他很早就发现，人对上帝的全面反抗显然是徒劳的。深究一步，他还发现人身上自古就有"对生活的恐惧"，并力图以全面否定的甜蜜来逃避纷纭复杂的恐惧。

这一点正好解释高尔基"从尼采到社会主义"决定性转折的原因（我们稍后将会看到——从社会主义一词最宽泛的意义上观察）。这种转折在作家运用戏剧表现"精神贵族"新的主题中显现出来。如果说在早期那本没完成的中篇小说《乡巴佬》（1900）里，高尔基还试图在"民主"和"贵族"之间寻求和解，让自己的人物，"纯粹的民主主义者"谢布耶夫表述了一种想法，所有的民主主义者将来都应该变成贵族，那么，在献给知识分子构思独特的一系列剧本（《避暑客》《太阳的孩子们》《野蛮人》）中，这个问题解决得相当果断。在《敌人》（1906）一剧中，思想论战带有开放透明的特点。

作者说，宣传必须提倡"精神贵族"和理想主义的自由主义知识分子是"不存在的"。"要是你知道就好了，"1902年初他写信给皮亚特尼茨基说，"我多么憎恶这种倒退，退回到自我完善！我没有说错——这就是倒退！现在——不需要完善的人，需要的是战士、工人、复仇者。等我们清算之后，再努力去完善！"。[38]

但是，在指出战斗的必要性之后，还没有明确的战斗目的，对于信仰的特征也没有给予确切的界定。剧作《避暑客》的早期批评者之一弗·伊·涅米罗维奇–丹钦科注意到了这一点。他说："剧本朗读以后并不成功，很遗憾，对此无须争论。《避暑客》朗读了四个小时，听众反应冷淡……作者发火了……作者的愤怒没有流露到艺术形象之来，这可能有三个原因……首先是作者本人信仰的模糊……"（Ⅶ，634）

涅米罗维奇–丹钦科对剧本的批评激怒了高尔基，引发了作者和莫斯科艺术剧院的一场激烈的冲突。这在作家给契诃夫和佩什科娃以及其他人的信里都有所涉及。自身信仰的模糊无疑也让作家本人感到困窘。正是对于自己信仰的执著追求把高尔基从对尼采的迷恋中解脱出来，引导他走向"集体的理智"，他自己认为，这种理智把人类联成一体，提高人们的素质，为他们指出劳动在联合整个世界过程中所具有的宗教般的意义。（ⅩⅦ，231）他认为"集体的理智"在社会主义思想中占上风，如同对尼采哲学的态度一样，他有自己独特的接受方式。

德·菲洛索福夫将作家的新的、社会主义的方向视为"高尔基的中介",归根结底来看,这种看法并不正确。[39] 高尔基的社会主义依然不具备科学性质,却跟他那浪漫主义的**人类中心论**密切相关,还牵涉到他对人的悲剧性的理解,作为世界的中心,人在宇宙中极其孤独,除了自己,谁也帮不了他。高尔基心目中的社会主义清晰地蕴涵着宗教特点。

中篇小说《母亲》(1906)标志着创作的新阶段。这里第一次出现了"造神论"的主题(根据某些外国学者的意见,《在底层》已经流露出"造神论"倾向)。用一位美国研究人员的话说,高尔基试图把民众的宗教情感从教会的有害影响中解救出来,然后把这种情感还给俄罗斯人。[40] 造神论的逻辑说来其实很简单。"上帝死了"(尼采),但是人们需要他的再生,或者依赖民众的意志和理智重新造出来。必须把**人类的**思想灌注到没有上帝的世界,充实这个可怕的"废墟",自从"上帝死了"以后,世界就陷入了"空洞"或者虚无。

上帝就是集体(《母亲》),或者——更宽泛地说——是人民(《忏悔》),联结人民的是理性的意志,是对"未来"人类取得胜利的信心。今后生活的意义有了明确的目的。生活可以用目的为自己进行辩解。

从这里可以看出,艺术的任务已经与过去完全不同(尽管"社会主义现实主义"这个词尚未提出)。艺术似乎丧失了社会的性质,又回到了**宗教**特别的轨道,只不过现在崇拜的对象是社会主义。

在中篇小说《母亲》里出现了"真正的基督教"主题。巴维尔·符拉索夫以及"同志们"是基督"真正的"学生,取代了那些虚假的信徒。深信基督的彼拉盖雅·尼洛芙娜最终明白的正是这一点。这使得她和"孩子们"更加亲近,也让她走上了宣传革命的道路。

高尔基在社会主义中看到的不仅是科学理论,还有"新的宗教",他在1906年的公开演讲肯定了这一事实。在《论犹太人》和《论崩得》等文章中,他把社会主义直接称作"群众的宗教",并进一步证明:"不管别人怎样看待社会主义——从理论角度审视或者从哲学角度观察,它自身都包涵着强大的精神和宗教的激情。"[41] 不过,在其他一些文章里高尔基没有使用"宗教"或"宗教的"字眼儿,更喜欢一个中性的词汇——"社会理想主义"。高尔基心目中的革命者

523

就是"社会理想主义者"。正是他们不顾生活的混乱逻辑，奋起斗争，对事件表现出被作者高度赞赏的积极进取精神。

那么高尔基怎样对待过去他曾经捍卫的自由思想呢？在他的意识中自由思想与党性又怎样同时并存呢？要知道20世纪最初十年已经不是"风暴和进攻"的时代，而是以严酷的手段划分革命力量的时期。1905年高尔基加入了俄国社会民主工党，投身于列宁一派。但是他对党性的理解与列宁不同，他不是从政治角度理解，而是把党性看作在俄罗斯广袤土地上让分散的人心凝聚为一体的力量。党性——这是以组织力量克服俄国混乱状态的经验，是通往"集体理性"取得胜利的第一步（参见与此相关的文章《个人的毁灭》，1908）。

后来当布尔什维克人党镇压各敌对党派时，作家的痛苦便源出于此。从高尔基"社会理想主义"的高度来看，党禁、关闭报社、逮捕知识分子等行为都是一丘之貉，这对于俄罗斯来说都是灾难。因为这样一来，这个落后农业国家里几个"集体理性"的小岛也就毁于一旦了。而与此同时，在高尔基看来，革命的主要任务就是将能推动俄罗斯政治、经济和精神复兴的各支力量联合起来。

在上个世纪中叶，丘特切夫用"俄罗斯或者革命"的命题取代了"俄罗斯与革命"的命题。对丘特切夫鉴于1848年欧洲革命风潮而写成的《俄罗斯与革命》，恰达耶夫正是这样理解的——"您的见解非常正确，"他写信给丘特切夫说，"斗争实质上只是在革命与俄罗斯之间展开的，好在对当代问题可以不作评述"[42]。

1905至1917年期间，高尔基发表了一系列相互矛盾的政论和文学演讲，明显预示了他在革命后的系列评论《不合时宜的思想》以及《革命与文化》，围绕的主题是革命和暴乱。还在俄国第一次革命时期，君主体制第一次遭受严重的冲击，高尔基意识中"集体理性"的理想与俄罗斯"土壤"的愤怒情绪产生了冲突，这土壤既是君主体制赖以建立的根基，也是未来实现新制度的基础。俄国民众不同于高尔基，他们不是"社会理想主义者"。俄国知识分子用慷慨的手把"理智、善良和永恒"的种子，播撒在他们并不熟悉的"土壤"里。当土壤终于颤动起来，大地上立刻出现了数不清的裂痕和裂缝；但是没有一道裂痕与高尔基"社会理想主义"那严谨的、逻辑性很强的思路相像。

"一群奴隶！"高尔基在特写《一月九日》（1907）的结尾叫喊道，"痛苦嘶哑的呼声就像不祥的预言"（Ⅷ，373）。这是作家本人生气的声音。在这一方面，柯罗连科显然比不可救药的浪漫主义者高尔基更聪明。1905年10月17日宣言发表以后，看到群众宣泄心头愤怒，在城里洗劫，在乡下抢掠，柯罗连科给尼·费·安年斯基写信说："……在民众身上培养起码的公民意识和自我管理意识——是一项浩大的任务，是需要长久坚持的工作。"[43]

1905至1917年期间，高尔基在他的文章里指责知识分子对人民自发力量的无知，责备革命者忙于搞地方主义和分裂，陷于党派之间的纷争。他指责民众拒绝理解知识分子，指责他们在社会生活方面的保守和消极。他寻求这些力量之间可能和解的支点，他觉得这支点依然在于人和人的理智。必须让群众掌握关于人以及理智具有无限能量的信念。必须让知识分子意识到自己是民众的组成部分，有责任表达民众的心愿。同时，在评论《个人的毁灭》以及未能完成、去世后才出版的《俄国文学史》（1908—1909；编辑加的书名）中，高尔基写道，俄罗斯的知识分子并不了解民众，"他们试图以维护民众利益时的狂暴来掩饰自己知识的不足——由此而引发出宗派、偏执、派系斗争……"[44]。

如果能实现团结，那么就将出现"奇迹"：爆发出"社会理想主义"的火花，造福于俄罗斯的文化建设。生活将变得"童话般美好"！如果这些都做不到呢？尖刻的批评贯穿于高尔基1905—1917年期间写的所有评论里，后来结集出版了单行本。[45] 主要的问题涉及俄罗斯，涉及俄罗斯民族性格。正如梅列日科夫斯基所认为的那样，高尔基对这些问题的态度反映了他的"双重心境"。他对中篇小说《童年》的书评《并不神圣的罗斯》（1916）有个副标题——《高尔基的宗教》。

梅列日科夫斯基在中篇小说《童年》中发现了高尔基的命运与俄罗斯的历史悲剧之间的联系。按照梅列日科夫斯基的观点，俄罗斯悲剧的症结在于它的民族灵魂中有两种因素——西方因素和东方因素。他在外祖父形象中发现了西方因素，而东方因素则体现在外祖母的形象。梅列日科夫斯基有意识地用大写字母标出高尔基这部自传体中篇小说中的这两个人物，借以强调他们的象征意义。在梅列日科夫斯基看来，俄罗斯的"双重心境"遗传给了高尔基本人。在他身上交融着两种平衡的意识——外祖父的意识与外祖母的意识。因此，他用心爱着外祖母——恭顺、自由、圣洁的旧教派信徒，而在理智上更喜欢外

525

祖父，老人家身上体现着实干的意志。"外祖母让俄罗斯变得无比广阔，"梅列日科夫斯基写道，"外祖父则测量她、复制她，'聚敛财富'，可能还想变成可怕的富农；可是如果没有外祖父，外祖母就会懒散，就会像发酵的面团一样发胖。总之，如果俄罗斯生活里只有外祖母而没有外祖父，那么不用佩切涅格人、波洛韦茨人、蒙古人、德国人入侵，自己土生土长的蚜虫就能把神圣的罗斯活活地给吞了"[46]。

当然，梅列日科夫斯基的观点也不能被看成终极真理。他的诠释和他许多其他的诠释一样存在"缺陷"。无怪乎高尔基本人对"双重心境"的说法持有异议（参见下文）。不过"并不神圣的俄罗斯"这一思想，却在某种程度上证实了作家的命运。高尔基艺术家与政论家两种身份的矛盾不就是从这里开始的吗？

他把最富有灵感的散文献给了俄罗斯。罪恶的、自由的、可恶的罗斯征服了作家的想象，让他从写流浪汉小说转向写中篇小说《忏悔》（1908）、《夏天》（1909）、《奥库罗夫镇》（1909）、《马特维·科热米亚金的一生》（1910—1911）、系列短篇小说《罗斯记游》（1912—1917）、中篇小说《童年》和《在人间》（1913—1915）。

俄国第一次革命失败后高尔基离开了直接的政治斗争，长时间侨居在卡普里岛，通过从列宁到列昂尼德·安德列耶夫等无数的客人与外界保持着联系。这是高尔基创作最为丰产的时期之一，直到第一次世界大战爆发前才返回俄罗斯。

在中篇小说《夏天》《奥库罗夫镇》《马特维·科热米亚金的一生》等作品里，高尔基仍然尝试解决他在1905至1916年期间的政论文中提出的"俄罗斯与革命"的课题。根据一位研究人员的见解，中篇小说《夏天》"应该为破解被力量压服的俄罗斯庄稼汉现在'想'些什么提供历史依据"[47]。"奥库罗夫系列小说"反映的也是这个主题。作者试图弄明白，为什么……总是不可避免地转变为"荒谬而残忍"的暴乱，为什么整个世纪对"屈辱"（农夫抱怨老爷、民众指责知识分子）的溯根求源都难以引出符合事实的社会结论。

作为这一时期的艺术家，高尔基跟布宁的《乡村》主题曾经进行过多方面的争论。他认为主要的危险不在乡村，而在小市民的生活环境，在于他们病态的保守性以及无意接受新的社会思想。同一时期，高尔基创作中对小市民生活环境的描写带有"编年史"的性质，因而不可避免地削弱了社会批判的尖锐性，但是给俄国"县城"生活提供了极其周详并且生动感人的全景图。

在高尔基这一时期的创作中，列斯科夫的影响起着特殊作用。实际上高尔基延续了这个不受文坛欢迎、秉持自由观点的知识分子作家的传统，透过本能的、紊乱的辉煌华美来描绘"并不神圣的罗斯"。可以想见，这一无尽无休的系列中的人物没有任何内在的关联，高尔基只不过是"随笔作家"，或者像他喜欢自命的"日常风俗作家"。但这是错误的。作为艺术家，高尔基富有昂扬的诗意。他，"可能是无意识地"反对那种流行的说法："穷困俄罗斯"，他要透过俄罗斯的种种**面貌**来展示民族性格的丰富多彩。

"奥库罗夫"两部曲当年在批评界引起了很大反响。[48] 许多批评家一致认为菲洛索福夫所断定的"高尔基的终结"一文观点是错误的。《奥库罗夫镇》和《马特维·马特维耶维奇·科热米亚金的一生》的艺术价值得到了很高的评价。后来，对高尔基并无好感的侨民批评界甚至把这几部以及随后的作品看成是作家创作的一个飞跃。"高尔基早期写的东西，"1936年阿达莫维奇写道："已经老掉牙了，除了两三个短篇及一两个剧本，其他的已经难以卒读。"有意思的是，差不多就在有些人得意洋洋地宣布高尔基走向"终结"的那些岁月，作为艺术家的高尔基却日趋成熟，他扬弃了往日的几分激情，用创作的专注取代了盲目的自信。高尔基仿佛从踩高跷的状态落实到在土地上行走。

在《奥库罗夫镇》《童年》以及其他自传体的陈述当中，在一系列极其出色、有时候甚至令人难以忘怀短篇小说中，比如像《吃人的情欲》《蟑螂的故事》等等，大量鲜活的人物形象跃然纸上。这些形象都是真实的吗？不尽然。更确切地说——这些剪影、速写，总括起来合成了一幅绘声绘色、非同寻常的"全景图"。作者在文字层面所彰显出来的蓬勃生机以及笔法的机敏轻灵令人不禁想问：高尔基不是天生的随笔作家吗？难道他还要迫使自己成为诗人？这些怀疑是合乎情理的，不过读过作品后疑虑就会悉数消失。《我的大学》的作者有个主题，有他自己通常采用的固定构思——就是说，让作家成为诗人。他所塑造的人物集合起来，共同提出了一个人在世界上的地位问题，这是个折磨人的、带有悲剧性的问题，这个问题有时被浓缩在民族历史的框架之内（俄罗

527 斯，20世纪初俄罗斯的状况），有时突破框架，放置在永恒和无边无际的时空中。高尔基的创作正是凭借这些唤起了举世的激动与同情。"正如时常发生的那样，广大读者胜过那些像陪审员一样的鉴赏家，把握并感受到了高尔基对时代精神生活所作贡献的重大意义。"[49]

阿达莫维奇论断的重要性在于，正是他对两次革命之间高尔基创作中"民族"与"全人类"的因素之间的深刻联系作出了准确的评价。初看起来，正是在这一阶段作家创作中的"全人类"因素面对"民族"因素时退居次席。作家关心的首先是有关俄罗斯的主题，其次才是有关人的主题。不过，这个初步印象在许多方面并不可靠。民族性格之所以让高尔基感兴趣，首先是因为人的个性发展难以猜测，有时候甚至不可思议。人是有创造力的生灵，这就是最受作家关注的原因。毫无疑问，这一时期高尔基的创作已经完全失掉了早期作品中能够感觉到的抽象色彩，对于这一点当年契诃夫、托尔斯泰、柯罗连科和米哈伊洛夫斯基都曾经给予公正的批评。但是从总体上来说创作内在的思想性仍像从前：俄罗斯性格让高尔基怦然心动，不单是由于这种性格自身的原因，还由于它是全人类互有联系的种种性格层面上一种流露（值得肯定的和应该否定的）。

我们发现，高尔基这一时期的作品中，与此类似的"民族"性格跟"全人类"性格的对比，不仅存在于以俄罗斯生活为线索的作品当中，而且在以意大利生活为线索的作品中也时有发现（《意大利童话》，1910—1913）。

批评界围绕"奥库罗夫"系列小说争论的主要焦点集中在高尔基如何理解"小市民与革命"这一问题。争论他是不是把小市民浑浑噩噩的县城罗斯与革命的俄罗斯混为一谈（比如像科·丘科夫斯基所推断的那样）？是不是将这两者截然分开使之对立（比如像弗·博齐亚诺夫斯基所认为的那样）？对这个问题不可能三言两语地回答。在《奥库罗夫镇》里，作者相当谨慎地展示了革命的主题。一方面高尔基忧心忡忡地描述外省的社会思潮会多么轻易地转变为"盲目的""残忍的"民间暴动。世代代累积在社会底层的"屈辱"，很容易在自发的无组织的群众中产生造反的情绪；另一方面，高尔基通过外省诗人西马·杰武什金展示了一个典型的俄罗斯"真理探索者"的形象，这是作家这一阶段最为珍爱的人物，因为作家看到，动荡的俄罗斯脱离了惯常的轨道，正是这样的人物能够成为道德支柱（附带说，这个人物与陀斯妥耶夫斯基早期小说《穷人》的主人公姓氏相同绝非偶然）。

在杰武什金这一形象身上还有一点非常重要：激发民众的创造才能。杰武什金的诗并不完善，但诗句出自纯洁的心。它们没有受到资本主义文化的玷污，开朗地面对期待完善的心灵。更加重要的是——诗中蕴涵希望，创造的激情将指引越来越多的群众。"越走越宽广……"高尔基用这句话概括这种现象，并且把这句话用作了1911年写的一篇文章的标题。

毫无疑问，"奥库罗夫"系列小说和《童年》标志着高尔基创作上的转折。他最终得到公认，被誉为俄罗斯最重要的现实主义大作家，一个对俄罗斯生活、对它最为隐秘的领域和人的性格有深刻了解的行家。高尔基在给亚·瓦·阿姆菲捷阿特罗夫的信中明确地写道："我可以把奥库罗夫镇再写十卷。"（Ⅹ，701）

以这种观点评价高尔基1908—1917年期间的剧作（《最后一代》《怪人》《约会》《瓦萨·日列兹诺娃》（第一版）、《伪金币》，《崔可夫一家》《老头子》）很有意思。不同于早期剧作（尤其是剧本《在底层》），这些剧本没有引起公众和评论界多大的兴趣。不过，评论界还是承认，剧作不乏生动严肃的趣味……就像是爱思考的观察者用机敏的手从我们现实生活中撷取了一个片段（Ⅷ，503，评《最后一代》）。

这一时期，让高尔基激动不安的主要问题是——逝去的俄罗斯和将来的俄罗斯（这在他的散文和政论文中都有所反映）。

剧本《最后一代》（1908）初看上去是一部符合传统格局、以具体的革命事态为背景，发生在两代人之间的冲突。孩子们（彼得、薇拉、柳波芙——最终发现她是兄长伊万的女儿雅科娃）对他们在警察局担任官职的父亲伊万·科洛米采夫进行了严厉的审判，他出于恐惧下令向工人们开枪，尽管如此，还是由于受贿而被解职。孩子们还审判了母亲——索菲娅。她不能劝阻虚伪、荒淫的丈夫，纵容了他对孩子们的迫害。

但是，剧情远比传统的格局更复杂。写作时这个剧本被称作《父亲》。高尔基后来起的剧名《最后一代》，意思更含蓄，似乎有意削弱必不可少的色彩。这"最后一代"是谁呢？无庸置疑，无一例外全是剧中的人物。难怪剧本总是固

528

执地重复着台词"我们"。"柳波芙……我们躺在人行道上，像某座古老而残旧的建筑或者监狱的破砖烂瓦……我们躺在废墟的灰尘里，妨碍人们走路……人们的脚踩踏我们。我们毫无意义地忍受疼痛……有时候，我们会把人绊倒、他们摔跟头，摔断自己的肋条……"（XIII，71）

529   "父辈与子辈"的冲突尖锐剧烈，并不是因为"子辈"胜过"父辈"，也不是因为他们的道路通向未来，而"父辈"横挡在他们的路上。高尔基对剧情的挖掘远比这些更复杂、更具有悲剧色彩。（我们不妨想一想高尔基的早期作品：恶不是外在的，恶隐藏于人的内心；人——是悲剧动物，因为人身上集中了所有的，包括尚未解决的世界观的问题）"子辈"不知不觉地为"父辈"的罪恶负责——因为自然的天性，因为联系"父辈"和反对"子辈"意志的无形的精神纽带。"我……就像一只空箱子，"彼得说，"他们错把我带上路。又忘记给我装上旅行必备的物品……"（VIII，78）

    另一方面，以剧本《瓦萨·日列兹诺娃》（1910，第一版）和《崔可夫一家》（1913）为例，更容易让人确信"子辈"是"父辈"道路上的障碍（《瓦萨·日列兹诺娃》，母亲出场的场景）。新一代稚嫩的肩膀难以承受父母所作所为留下的沉重负荷，高尔基深刻揭示了俄罗斯社会道路上这种悲剧性。但是表现这些他也感到力不从心。这不仅是因为孩子们认识不到父母经营活动的真正意义（这一类描述显得有些粗糙），还因为父母的精力太充沛（甚至过剩），以至于孩子们无法沿袭。

    瓦萨·日列兹诺娃和安狄巴·崔可夫的悲剧在于他们创下的巨大产业（资本、产业）受到了破产的威胁，尽管拥有雄厚的资金。这份家业无人能够继承，在虚弱的、没有进取心，尤其是缺乏生活兴趣的后代手里，家产转瞬之间将土崩瓦解。像瓦萨和安狄巴这样的人，他们充沛的经营能力足够未来几代人使用。可惜的是，生命有限。除此之外，父母还健在的时候，他们的子女已经成了他们路上的障碍。要清除障碍，就得不留情面，克服自身为人父母的本能，甚至摒弃自身对弱者最起码的一点儿怜悯。瓦萨不得不把巴维尔送进了修道院，她笼络儿媳柳德米拉成为自己的心腹，这女人的生活能力远远胜过巴维尔。她还违心地取消了给谢苗的遗产，因为谢苗利欲熏心，肯定会挥霍掉她多年创立起来的产业。（"花园"的情节很有意思，与契诃夫的《樱桃园》显然是有意的呼应。只有母亲能保全花园，孩子们只会出卖园子任人砍伐。）

这种冲突不仅是无情的，而且也难以避免。泽科夫们的结局似乎是乐观的。安狄巴·崔可夫从春梦中醒来，准备重整经营活动，把病弱儿子的产业托付给妹妹，而妹妹心里非常清楚那样的决定不可避免。但是，"以后会怎么样？"（我们不由得会想起《在底层》中戏子的台词）或早或晚崔可夫家族都将归于毁灭。他们同样是——"最后一代"。

高尔基解决"父与子"的冲突，采用的不仅仅是社会学的方法，而且有**本体论**的方法，这使我们又想起早年的高尔基。同样，《崔可夫一家》与《筏上》的情节也是相互呼应的。刚强的，身体健壮的父亲夺走了儿子的新娘（小说《筏上》中，西兰和柔弱儿子的年轻妻子生活在一起）。这两种情况都意味着犯罪，然而似乎又都是可行的，甚至是必要的。如果说《筏上》的情节没有发展，仅仅是一个"画面"，那么在《崔可夫一家》中，安狄巴却要为自己所犯的罪孽负责（尽管从传统的道德观点来看，他所犯的罪要轻得多）。安狄巴与巴芙拉的婚姻关系注定要破裂，因为巴芙拉无法真正去爱一个老头子。年轻人总是互相吸引，巴芙拉喜欢的是米哈伊尔。但不幸的是，米哈伊尔并不需要巴芙拉，他没有足够的能力去爱一个健康而美丽的女人。

这是为什么？世界上某种东西被破坏了。因此人们之间不可能有和谐的关系。为了健全的人能够出现，必须改变整个世界。必须从世上清除一切病态的、无用的、妨碍健康生命成长的东西。话剧《怪人》（1910年），确切地说是剧中的一条线索，直接推导出了上述的逻辑（这是非常残酷的逻辑，但必须承认它是高尔基创作的主题之一）。垂死的华夏·杜里岑使未婚妻齐娜无法过上健康的、有活力的生活。他幻想让齐娜跟随自己进入坟墓。齐娜也尽力怜悯这个垂死的、她曾经爱过的人。但生命的本能胜过了理智。她承认："我怜惜他……心疼极了！但我不能……那双冰凉的、黏糊糊的手……他的气味……我喘不上气来，我听不得他的声音……他的死气沉沉的、恶狠狠的话……他恨所有活蹦乱跳的人……他的手一碰我，我就浑身发抖，我感到厌恶！"（ⅩⅢ，120）

这种情节线索并非只属于个人。它不仅是高尔基1908—1917年间戏剧的重要特点，而且也是其整个创作的特征。在这个缺乏公正的世界上，怜悯只能削弱人的生命意志，妨碍世界的对立关系。

530

然而最高的谎言却受到维护。如果说面对一个濒死的人应当诚实、硬起心肠，以免他将死亡的寒气吹入你的心灵，那么与有青春活力的人打交道，谎言不仅可行，甚至是必要的，因为这种谎言与灰暗的"生活真实"形成对照，并以荒谬的方式激励人的生活意志（请想一想尼·扎·瓦西里耶夫写给高尔基的那封"尼采式的信"）。在剧本《怪人》中，女主人公鼓励她的丈夫，作家马斯达柯夫（在他身上不难发现高尔基的身影，尽管这些特征被作者有意识的自嘲微微丑化了）不要向乏味的生活低头，不要理睬那些乏味的人："你觉得那些人如何？他们是被命运遗弃的人，他们心灵卑微，缺乏信仰，注定要毁灭——他们和你有何相干呢？你只要去研究他们，让他们为你充当黑色的背景就够了，那样你心灵的火花、你幻想的光芒将更加灿烂夺目！你该知道，他们永远听不到你的声音，永远不会理解你，就像死人听不到任何生命的活动一样。不要指望他们的喝彩，他们只会为那些将心力耗费在对他们的怜悯上的人喝彩……决不能爱他们！"（ⅩⅢ，112）

这样，剧本中就出现了两组对立的概念：怜悯与生命，怜悯与爱。怜悯不仅削弱生存的意志，而且是与真正的爱背道而驰的。但在这里高尔基再一次不肯作出最后的结论。不仅如此，他也没有在道德方面提供任何最终的解决方案（难怪《最后一代》中唯一的一个喜欢发表议论的角色是那个总是不着边际地夸夸其谈的半疯的保姆）。在剧本《老头子》（1914—1917）中，出现了明显有悖于作者自己风格的"说教者"形象。这个形象再次推翻了把高尔基看作一个道学先生的观点。

有趣的是，当在艺术剧院的第一工作室朗读整个剧本时，斯坦尼斯拉夫斯基问高尔基，该如何设计老头子的造型，高尔基回答说："就像莫斯克温给卢卡设计的造型一样。背着背囊，提着柳条筐。"（ⅩⅢ，552）这是不是意味着他把卢卡和老头子等同起来了呢？如果那样的话，便相当奇怪了，因为卢卡和老头子截然不同，根本不是道德家，用巴赫金的话来说，他更像一个"对话者"。卢卡能容许别人将自己对世界的看法表述清楚，并随时准备附和他。老头子则相反，不能容忍任何人的意见，完全沉浸于自己对于真理和正义的信念中。

和怜悯相比较，老头子的道德（这所谓道德显然要大打折扣，因为他实际上想要从马斯塔科夫那里得到更多的钱，却故意先折磨他一番）对于生活是更为致命的。相反，索菲娅·马尔科夫娜对马斯塔科夫的怜悯却出人意料地唤醒了对他的爱，至少是使这种感情明朗化了。剧本的结局——马斯塔科夫的自杀——看起来像一个荒诞的偶然事件。马斯塔科夫的命运唤起怜悯，并告诉我们，生活永远比我们对它的想象更复杂多变。

作者的观念更加强化了这种复杂性。从1908至1917年，我们在高尔基的剧本中找不到一个表述纯属作者观点的人物。

但即使回到高尔基的自传体作品，也可以看到，尽管在这里作者与他所描写的人物更加接近，他进行观察的时候仍然和描写对象保持着艺术创作的一定距离。在《罗斯记游》中出现了一个"过客"的形象，这是作者与人物之间的"媒介"，既将他们联系在一起，又将他们区别开来。甚至《童年》中的小男孩阿辽沙对外祖母和外祖父的观察也不乏疏离感：他似乎在对他们进行研究和比较，所以梅列日科夫斯基不是把这篇小说看作一个自传性作品，而是看作"非神圣的"俄罗斯的象征性"建构"。

德·米尔斯基在英国讲学时说过，高尔基的自传体小说是世界上最奇怪的作品之一。作者的风格特征在于，他绝少写个人的经历，最关注的反而是他周围的人们。"这本书（指自传三部曲——本章撰写者注）写了很多东西，就是没有写作者自己。他个人的经历只是一个引子，引出一系列的肖像，组成惊人的画廊。高尔基最杰出的特质在于其描写具有惊人的说服力。他全神贯注地观察，而读者可以看到鲜明、完整、栩栩如生的性格……这个自传系列会给外国人留下一种绝望的、阴暗的悲观主义印象，但我们俄国人已经习惯于比乔治·艾略特更加绝对和不加节制的现实主义，因此不会有这种感受。高尔基并不是一个悲观主义者，如果说他是悲观主义者的话，他的悲观主义也与他对俄罗斯的思考、与他混乱的社会哲学无关。不管怎样说，高尔基的自传体系列表现了一个被丑化的，但并非绝望的世界，昭示出文明、美和同情是能够拯救人类的。"[50]

所有这些都使得高尔基作品中的自传系列可以归入其主要的和一贯的主题：人在世界上的处境，尘世生活的悲剧。难怪正是在这一时期，作家创作了短篇小说《一个人的诞生》，并以此开始了《罗斯记游》系列，与那些完全体现"尼采式主题"的作品相比，这一系列的作品显得相当特别，并无疑带有存在

532

主义的特质。这里诞生的不仅仅是一个婴儿，而是一个人。世界上等待他的是什么？他将成为一个什么样的人，又可能成为什么样的人呢？

有趣的是，尽管米尔斯基坚信外国人对高尔基作品的理解与俄国人不同，但作家本人却力图用欧洲人的观点来看待俄罗斯。不过这一点在高尔基的作品中表现得并不明显，因为他用诗意的激情将其掩盖了。当他表现革命时，更不用说革命中那些在他看来俄国生活的负面现象时，同样表现了高超的技巧。

533

正如前面所说的，作为艺术家的高尔基经常会被激情所蒙蔽，使他看不到恶。例如《罗斯记游》系列中的小说《古宾》，其主要人物古怪的、独一无二的个性深深抓住了读者的思想。但作者本人对他的态度却是相当严厉，在小说的结尾直接表明了这种态度，这虽然使整个小说理想化的细腻风格发生了骤然的变化，却准确地突出了政论性的观点。在小说《尼卢什卡》中，我们看到的是一个来自民间的"正人君子"的形象，作者对这一形象的表现手法非常高超，极其生动，使读者不能不折服于它的深刻。但作者本身，与列斯科夫不同，并不喜欢正人君子，而更喜欢异端分子。

但对于他来说更重要的是民间集体理性和集体创作的因素，在《罗斯记游》系列中，他对这些因素给予了特别强烈的关注。难怪该系列中紧随《一个人的诞生》出现的就是表现民间行会共同劳动的《流冰》。集体劳动似乎是"人的诞生"的下一步，也是使之免遭可能的"毁灭"的唯一解救方法。在《流冰》中还有一个同样重要的主题，就是对自然力（苏醒的河流）的征服。这种征服（而下一步则是创造服从于人的意志的"第二自然"）单靠个人的力量是不可能实现的。高尔基在俄国的行会中看到了尽管弱小且不完善，但毕竟已经出现的"集体理性"的雏形，只有依靠它，才能克服宇宙的混沌。

在素描式的特写《航行途中》里，也对《一个人的诞生》的主题做出了特别的呼应。一个年轻的剖鱼女工坐在帆船的甲板上，"在敞开的红褂子的褶皱背后，耸立着坚实的、仿佛象牙雕出的双乳，处女的乳头周围筋脉依稀可辨，交织成淡蓝色的花纹"（ⅩⅣ，354）。她的身边"坐着一个像古代壮士一样的小伙子，穿着一件亚麻布上衣，波斯式样的蓝裤子，脸上光光的，没有胡子，嘴唇鲜红，一双蓝眼睛还很孩子气，正迷醉于青春的欢乐中"（ⅩⅣ，354）。乍看起来，这似乎只体现出高尔基特有的对于力量，对于健美的身体的爱好。但随即主题却发生了出人意料的转折。小伙子"把大手微微抬起，然后又重新放在那女人的乳房上，用得胜的语调说道：

能喂养整个俄罗斯呢！

于是那女人慢慢地笑了，周遭的一切仿佛都深深地叹息了一声，都像这只乳房一样，和这艘帆船，和所有的人一起，微微地抬了起来……"（ⅩⅤ，355）

等待诞生的不止是这女人未来的孩子，整个俄罗斯都在等待着第二次诞生。而问题在于，谁能够不仅"喂养"，而且能够培育这重新诞生的集体"生命"？

正是在这些地方，高尔基表现出他是一个政论家，他对俄罗斯经常持一种严厉批判的眼光（这往往与他自己的艺术实验活动相悖），因为俄罗斯民族性格特征与他唯一信奉的世界观——"集体理性"思想不能相容。在高尔基看来，"俄国人总是想找一个主人，来从外部对他们发号施令，一旦超越了这种奴性的期待，又要寻找一种东西将自己的心灵束缚起来，还是不给理性与心灵以自由"[51]。如果像托尔斯泰和陀思妥耶夫斯基这样的俄罗斯巨人尚且如此（《个人的毁灭》《论卡拉马佐夫性格》《再论卡拉马佐夫性格》）——他们艺术作品才华横溢，却又有一种奴性心理的趋向，——那么时下的人们就自不待言了（讽刺作品《俄罗斯童话》，1912，1917）。

高尔基有时在激昂的政论中会得出极端的结论，他认为对于艺术家来说，俄罗斯人是很有意思的，但对于"集体理性"的胜利来说，他或许是一种"有害的"现象。

1915年12月，高尔基在他主持的杂志《编年史》上刊登了题为《两种灵魂》的文章，通篇谈论的都是俄罗斯民族性格问题。"我们俄罗斯人有两种灵魂，"他写道："一种是游牧的蒙古人的灵魂，幻想的、神秘的、懒惰的……而在这种无力的灵魂旁边还有一种斯拉夫人的灵魂，它会迸发出美丽耀眼的光芒，但却不能长久燃烧，很快就会熄灭……"东方会毁掉俄罗斯，只有西方才能拯救它！因此"我们要和我们心理中的亚细亚情绪做斗争，我们要治好悲观主义——对于一个年轻的民族来说，悲观主义是可耻的……"[52]

当时战争煽起了狂热的爱国主义情绪，在这种背景下，《两种灵魂》像一颗

534

炮弹一样引起了爆炸性反响。《编年史》的编辑部收到了大量的来信，其中有一些是匿名的恐吓。"这些恐吓信还附有用极细的绳子做的绳套，"丘科夫斯基回忆说，"当时在黑色百人团中流行给'失败主义者'高尔基寄绳套，意思是让去他上吊。有的绳套上还涂了很多肥皂。"[53]

列昂尼德·安德列耶夫对这篇文章的评价可能是最好的。他指出，对俄罗斯心灵的全面批判在高尔基口中却有着浓厚的"俄国味儿"，与西方式的自我批判毫无共同之处。"西方并不是这样子的，西方的言论与作为也不是这样的路子……批判，但并非自我贬低，并非宗教信徒的自焚，向前走，而不是原地打转——这才是真正的西方方式。"[54]在写给伊·什梅廖夫的信中他也指出："简直难以理解，这是怎么回事，怎么会这样。他把对俄国人民的贬损、诬赖，把那些最粗俗愚蠢的中伤全都当作宝贵的真理……不，提起他我不能不感到愤怒，尽管这是医生严格禁止的。让他见鬼去吧。但还是必须跟他斗争……"[55]

"怎么会这样？"第一个答案是表层的。高尔基一贯喜欢"离经叛道的人"，看起来他自己也属于这一类人。两次巨大的灾难——日俄战争和世界大战——期间，大众媒体对激昂的爱国主义的鼓动甚嚣尘上，这使他的心情更加沉重。在这一时期高尔基发表的言论正是作家向社会发出的特殊形式的挑战。

但是还有更加深层的原因。作家对于集体理性必将获胜的信仰隐含着极大的矛盾，因为生活完全是按照另外的法则前行的。对高尔基来说，真正的灾难是世界大战，这是触目惊心的集体无理性的例证，"人"这个神圣的名字被贬损为"掩体里的虱子"，"炮灰"，人群在光天化日之下兽性大发，最后，在事变面前人类的理性表现出完全的软弱无力。

高尔基1914年写的一首诗中有这样几行：

　　　　我们今后该如何生活？

　　　　可怕的事变将带给我们什么？

　　　　如今谁能够拯救我的心，

　　　　摆脱对于人们的仇恨？

　　　　　　　　　　　　　　　　　　（XVII，175）

　　和当时大部分俄国作家一样，高尔基对于二月革命感到欢欣鼓舞。但接下来的事——十月革命——却应验了作家最担心的事。他在一系列激烈的政论文中表达了自己的观点，这些文章先是在《新生活报》上发表，而后又结集为《不合时宜的思想》（1918）和《革命与文化》（1918）两本书。

　　与勃洛克不同，高尔基在革命风暴中听到的不是"音乐"，而是千百万人民被唤醒的野性所发出的咆哮，它冲破了一切外在的社会禁忌，来势汹汹，眼看要湮没几个可怜的文化小岛。在他看来，这些小岛能否得救，直接取决于"理性的"城市文明能否抵御住来自乡村的"野蛮"民众的冲击，能否抵御住布尔什维克对待知识分子的"非理性的"政策。

　　高尔基本人好像是"国家阵营"（布尔什维克阵营）与真正的"知识分子阵营"之间的中间人，既无法阻止前者，又无法完全融入后者。"他出身底层，但根本不是工人阶级，随后他与技术知识分子的联系远比和工人阶级的联系密切。高尔基无法深入任何一个知识分子集团的核心，这使得他注定备感孤独"。[56]

　　从1921年起，高尔基实际上开始了流亡生活，起初住在德国和捷克斯洛伐克，后来迁居意大利（索伦托和那不勒斯）。在这期间他写作了《短篇小说（1922—1924）》，中篇小说《阿尔达莫诺夫家的事业》（1924—1925），并开始创作总结性的史诗作品——《克里姆·萨姆金的一生》。总体来说，这段时间高尔基的政治热情低落，将精力集中在创作上。

　　高尔基于19世纪20年代初开始了在小型作品方面的试验，试图以精炼的文学形式表述深广的内涵，写出了《回忆琐记》（1924）。这本书由回忆的片断，写回忆录所剩余的独特素材组成，生动地记录了往昔的俄罗斯生活片断。高尔基开始想给这本书取名为《关于俄罗斯人》，但后来大概认为这个书名太大了，于是决定取一个更为传统和中性的书名，这跟《罗斯记游》的情形一样。后来高尔基谈到《回忆琐记》时，讲了一番与他在1917—1918年期间对于俄罗斯问题所发表的"斩钉截铁"的意见大相径庭的话："我不能完全确定，我是否希望这些人（指俄罗斯人——本章撰写者注）变成另一种样子？尽管我完全没有民族主义、爱国主义以及诸如此类的病态观点，但依然对俄罗斯人民另眼相看，觉得他们富于幻想，天分优厚，与众不同。甚至俄国的傻瓜也傻得别具一格，

536

而懒汉多半是有天分的。我相信，要论奇思妙想，古灵精怪，换句话说，要论思想和感情的多姿多变，俄国人是最适合做艺术家的。"（ⅩⅦ，230-231）

1928年高尔基第一次回到苏联，从此开始了他错综复杂的履历中新的、也是最后的阶段，直到今天他的一生对于研究者依然是一个未解之谜。我们所说的**高尔基独特的人道主义**逻辑使他从早期的哲理小说通过《两种灵魂》和《论俄国农民》（1922），走向了暮年的毁灭。其中的联系在哪里呢？原来，当年的人道主义者高尔基认为，"富于幻想、天分优厚"的俄罗斯人民必须要有一个能将它从原地撬动起来的杠杆。彼得大帝便是这样的杠杆之一，高尔基对他的评价是很高的。

537
在关于列宁的特写的第一版中，高尔基就将这位无产阶级的领袖与彼得大帝相提并论了。[57] 而晚年更是坚定地将布尔什维克看作对生活的积极态度的最佳体现者。

高尔基成了苏维埃政权的思想家，他用自己的名字粉饰了斯大林的许多错误，但同时也救过很多人，将他们从监狱和劳改营中营救出来。在这一点上他仍然忠实于自我，是俄国历史上一个矛盾的人物。

高尔基的作家生涯也是如此矛盾重重，他继续将日益强烈的思想性及直白的政论性与复杂的艺术形象性糅在一起，直到生命结束。

注释：

1　《高尔基全集，文艺作品部分》，二十五卷本，莫斯科，1972，第15卷，15页。以下引用这一版本在正文中用罗马数字标明卷数，阿拉伯数字标明页码。

2　德·安·巴利卡，《青年高尔基的哲学志趣》，《论高尔基文集（纪念高尔基诞辰一百周年）：高尔基市国立师范学院学报》，第110期，语文学科专集，高尔基市，1968。

3　瓦·利沃夫-罗加切夫斯基，《两个真理：论列昂尼德·安德列耶夫》，圣彼得堡，1914，211页。

4　《高尔基致罗扎诺夫的书信以及他在罗扎诺夫著作上所作的附注（高尔基纪念馆和博物馆刊行资料）》，利·尼·约卡尔撰写导言、编辑文本、编写注释，莫斯科，1978，306页。关于俄罗斯生活、文学和宗教哲学中"神性"与"人性"的辩证关系，见别尔加耶夫，《神与人的生存辩证法》，巴黎，1952。

5　米·阿古尔斯基，《高尔基与尤·尼·丹扎斯》，《往事：历史丛刊》，第5辑，巴黎，

1988，360页。

  6 别雷，《在两个世纪之交》，莫斯科，1989，37页。

  7 阿达莫维奇，《评论集》，莫斯科，1996，241页。

  8 普罗托波波夫，《评论文集》，莫斯科，1902，324页。

  9 参见帕·维·库普里亚诺夫斯基，《高尔基和〈北方通报〉杂志》，见《高尔基和他的同时代人》，列宁格勒，1968。

  10 《高尔基全集，书信部分》，24卷，莫斯科，1997，第1卷，242页。

  11 同上，377页。

  12 同上，340页。

  13 同上，118页。

  14 同上，322页。

  15 同上，334页。

  16 同上，366页。

  17 米·缅希科夫，《美妙的犬儒主义》，载《马克西姆·高尔基作品的批评文章》，圣彼得堡，1901，185页。

  18 梅列日科夫斯基，《卫城：文学批评选集》，莫斯科，1991，159页。

  19 尼·米哈伊洛夫斯基，《文学评论集，论19世纪—20世纪初的俄罗斯文学》，列宁格勒，1989，514页。

  20 有关这一问题的历史参见：爱·巴巴扬，《早期高尔基》，莫斯科，1973；米·根·彼得罗娃，《尼·康·米哈伊洛夫斯基和〈俄罗斯财富〉杂志的评论》；鲍·阿·比亚利克，《为什么真假参半比假更坏》，见《高尔基和他的时代：研究与资料》，莫斯科，1989，79-84页，117-120页；鲍·瓦·米哈伊洛夫斯基，《高尔基的创作与世界文学：1892—1916》，莫斯科，1965，36-39页：弗·亚·克尔德什，《〈生活〉杂志》，见《19世纪末20世纪初俄罗斯报刊与文学进程，1890—1904：社会民主派与泛民主派的出版物》，莫斯科，1981，296-297页；瓦·阿·兹洛宾，《神话还是现实——论高尔基的"尼采主义"问题》，见《高尔基和当代苏联文学：各高校合编文集》，高尔基市，1983；Б.Н.拉夫金，《论"高尔基与尼采"问题》，见《第四届特尼亚诺夫学术报告会：报告摘要》，里加，1988；利·安·科洛巴耶娃，《高尔基与尼采》，载《文学问题》，1990，第10期；帕·瓦·巴辛斯基，《人道主义的逻辑》，载《文学问题》，1991，第2期；伯尼斯·格拉策·罗森塔尔编，《尼采在俄国》，普林斯顿，1986；伯尼斯·格拉策·罗森塔尔编，《尼采和苏维埃文化：同盟和敌手》，剑桥，1994；伊迪斯·W.克劳斯，《高尔基、尼采和造神说》，见尼古拉斯·卢克编，《风雨五十载：高尔基和他的时代》，诺丁汉，1987；贝蒂·耶塔·福曼，《19世纪90年代的尼采与高尔基：早期影响案例》，见《俄罗斯文学中的西方哲学体系：批评论文集》，洛杉矶，1979，158-160页；海伦·穆奇尼克，《从高尔基到帕斯捷尔纳克：苏维埃俄罗斯的六位作家》，

538

纽约，1961，72页，巴里·P.舍尔，《马克西姆·高尔基》，波士顿，1988，35–36页。

21　《俄罗斯思想》，1895，第8期；《文学评论》，1895，第42期，10月15日；《田地》，1895，第11期。

22　弗·波谢，《新型小说家高尔基、谢·谢苗诺夫、亚·亚布洛诺夫斯基：俄罗斯报刊的健全》，《教育》，1896，第9期，105页。

23　《星期周报》，1897，第12期。

24　《星期周报》，1898，第5期，189页。

25　《高尔基档案》，编号ПГ–рл 8–46–1。

26　米·赫尔罗特，《尼采与高尔基（高尔基创作中的尼采主义因素）》，《俄罗斯财富》，1903，第5期。

27　尼·米哈伊洛夫斯基，《文学评论集》，列宁格勒，1989，504页。

28　《高尔基档案》，编号МоГ 2–23–1，11页。

29　《高尔基档案》，编号КГ–П 68–17–1。

30　《高尔基文集》，三十卷本，莫斯科，1953，第25卷，348页。

31　关于高尔基对尼采的论断以及他对这位德国哲学家认识的发展衍变，可参见帕·瓦·巴辛斯基，《论高尔基的"尼采主义"问题》，见《俄罗斯科学院院报》，1993，《文学与语言专集》，第4期。

32　《高尔基档案》，编号КГ–РЗн 1–8–3。

33　加·阿·利利奇，《论高尔基创作中的"灰色"一词》，见《高尔基的用词和风格》，列宁格勒，1962。

34　《高尔基全集，书信部分》，二十四卷本，莫斯科，1997，第2卷，42页。

35　《俄罗斯财富》，1903，第5期，32页。

36　《高尔基文集》，三十卷本，莫斯科，1954，第28卷，348页。

539　37　谢韦罗夫（列·彼·拉金），《艺术和批评中的客观主义》。《学术观察》，1901，第12期。

38　《高尔基全集，书信部分》，二十四卷本，莫斯科，1997，第3卷，13页。

39　《俄罗斯思想》，1907，4期

40　巴里·P.舍尔，《马克西姆·高尔基》，45页。

41　《马克西姆·高尔基，文学遗产：高尔基和犹太人问题》，耶路撒冷，1986，115、119页。

42　《恰达耶夫全集和书信选集》，莫斯科，1991，第2卷，212页。

43　《柯罗连科文集》，十卷本，莫斯科，1956，第10卷，417页。

44　高尔基，《俄国文学史》，莫斯科，1939，233页。

45　高尔基，《1905—1916年文集》，彼得格勒，1918。

46　梅列日科夫斯基,《卫城,文学批评论文选》,莫斯科,1991,310页。

47　亚·尼诺夫,《高尔基与布宁》,列宁格勒,1984,305页。

48　因·维·科列茨卡娅,《围绕"奥库罗夫"系列中篇小说的争论》,见《高尔基和他的时代,研究与资料》,第2辑,莫斯科,1989,143-159页。

49　阿达莫维奇,《评论集》,莫斯科,1996,242页。

50　《9月1日报》每周文学增刊,1993,第1(16)期。

51　高尔基,《俄国文学史》,259页。

52　《年鉴》,1915,第1期,132页。

53　丘科夫斯基,《同时代人》,莫斯科,1967,148页。

54　《现代世界》,1916,第1期,112页。

55　俄罗斯文学研究所手稿部,全宗号9,卷宗号2,存储单位号码32。

56　埃尔代,《马克西姆·高尔基和知识阶层》,莫斯科,1923,3页。

57　《俄罗斯现代人》,1924,第1期,244页。

第十章
伊万·布宁

◎萨·纳·布罗伊特曼、迪·马·穆罕穆多娃　撰／路雪莹　译

　　伊万·阿列克谢耶维奇·布宁（1870—1953）的作家生涯似乎罕见地顺利：他的处女作发表得很早而且很容易，他很快便成了名，过上了稳定的生活。评论界对他多数持肯定的态度，契诃夫、托尔斯泰、柯罗连科也都对他赞誉有加。他曾两次获得俄国科学院颁发的普希金奖，而后又被选为科学院的名誉院士。以他不妥协的反布尔什维克立场，他本来无疑会死在斯大林的集中营，但是命运却庇护了他：1920年他得以离开俄国。另外，即使在流亡阶段，他的创作也硕果累累，这也是很罕见了。这一时期他获得了真正的世界性声誉。1933年，布宁成为第一位获得诺贝尔奖的俄罗斯文学家，因为他"具有真正的贵族式的天才，并在文学作品中再现了典型的俄罗斯性格"[1]。

　　尽管如此，如果更加仔细地研究他的文学创作道路，就会感觉到其中有一种内在的戏剧性，这源于布宁与同时代作家以及读者的相互关系，以及近年来他与俄国文学史研究者（不管是俄国的还是西方的）的相互关系。

　　在革命前的俄国，布宁在文坛上的知名度从来无法与大名鼎鼎的高尔基、库普林、安德列耶夫相比，甚至索洛古勃都比他的名气大得多。布宁倾向于将他与读者（包括评论界）不和谐的关系归咎于自己不属于任何一个文学阵营。尽管布宁不得不在各种文学刊物上发表作品：其中既有民粹派的刊物，也有象征主义的刊物，尽管他曾与知识出版社、莫斯科作家出版社等一系列民主主义

立场的杂志和出版社合作，他与各种文学阵营的联系却不过是表面的，他的内心一直保持着艺术品格的独立，不与任何一个文学流派相雷同。布宁曾经抱怨批评家们不理解他，责备他们总是想急急忙忙地将他"安置在某个架子上"，一劳永逸地为他的才能"确定一个尺码"，"于是我就成了一个最宁静的作家（'吟诵秋天、忧愁和贵族庄园的作家'），一个最定型和与世无争的人。其实我根

伊万·布宁

541

本不是什么宁静的人，而且完全没有一定之规，恰恰相反，忧愁与欢乐、各种个人的情感、对生活的殷切向往都热烈地交汇在我的心中。总之，我的生活要比我当时发表的为数不多的作品中所表现出来的东西要复杂一百倍、激烈一百倍。过了一阵，我的某些评论者又把我原来的绰号抛在一边，正像我说过的，转向了完全相反的立场——先是把我称为'颓废派'，然后又称我为'高蹈派'和'冷漠的大师'，尽管与此同时其他人仍然坚称我是'秋天的诗人'，说我'具有优雅的才能，语言优美，饱含对自然和人的爱……作品中有若干屠格涅夫和契诃夫的风味'（其实我的作品中从来没有一点契诃夫的影子）。当时的文学界就是这样众说纷纭，沸沸扬扬的"[2]。

其实，布宁用讽刺的语气提到的每种评价（例外的大概只有那种"颓废主义"的责难）都完全适合于他的文学遗产中的某一部分，但都没能完整地描述他作为一个作家的全貌。也许，尽管布宁曾不止一次地对现代派作家进行批评，他客观上却具有一些文学评论和文学研究中所提到的双重美学特征。[3] 在

布宁1890—1900年的创作中，已经有了这种美学观的体现，成为1910年以后的"新现实主义"作家艺术探索的先声。

直到现在，布宁的作品还没有能全部收入文集中。许多早年的小说、札记、文章、诗歌等因为没有被他自己编入文集而湮没了。第二次世界大战前，布宁的作品几乎没有在他的祖国出版过，而20世纪50年代，他的选集开始重新印行，但是不少文本遭到了删节（特别是回忆录和政论部分）。直到近些年，这些问题才逐步得到了克服。[4] 现在研究布宁的专著不仅需要调整研究的重心，而且需要改变对其作品艺术方面的态度。[5] 对布宁生平的研究及各种文献的钩沉则严谨得多也有趣得多[6]，一些研究布宁创作各个具体方面的文章也是如此[7]。根据尤·马利采夫（他的书是布宁研究最好的专著之一）的说法，现在布宁研究在西方也有了一定的改善。他说："1933年布宁获得诺贝尔奖之后，西方曾掀起过短暂的布宁热，但很快西方就把他遗忘了。直到不久前，国外的评论界才开始真正地认识布宁。"[8]

542　　布宁的文学遗产仍然有待于人们进行认真的文学和历史分析，通过对文本的研究做出准确的诠释。

*　　　　*　　　　*

伊万·亚历山德罗维奇·布宁1870年10月10日（新历22日）生于沃罗涅日，他的家庭属于古老的贵族家族。有人指出[9]，布宁在差不多所有自传性文章的开头都要引述《贵族族徽图集》中的文字（XI，253页）。他每次都要提到瓦·安·茹科夫斯基（阿·伊·布宁的私生子）和女诗人安·彼·布宁娜属于这个家族，以及布宁家族与基列耶夫斯基家族、格罗特家族、沃耶伊科夫家族、布尔加科夫家族的姻亲关系。但是到布宁出生的时候，曾经富有的家庭已经濒于破产了。布宁的父母暮年时将财产典当到山穷水尽的地步，不得不分别寄居在子女的家里。难怪革命以前对于读者来说，布宁的名字总是与贵族之家，广义地说，与传统文化走向没落的主题联系在一起（《爱情学》《金窖》《安东诺夫卡苹果》《苏霍多尔》（一译《旱谷庄园》——译者注）以及系列散文《鸟影》等等）。布宁三岁的时候，他的家庭不得不从沃罗涅日迁到叶里茨县祖辈的庄园布特尔卡村，作家"浸着伤感而独特的诗意"的童年就是在这里度过的（Ⅺ，254）。

布宁早年最重要的记忆是母亲、仆人和过路人讲的那些故事。"由于地理和历史条件的缘故，他们的语言中融汇了差不多来自罗斯每个角落的方言和土语，我对语言最初的感知都来自于此。"（Ⅺ，256）同样深刻的记忆还有由于妹妹的夭折所带来的永远无法平复的伤痛，与大自然的接触，与农民家孩子的交往，特别是第一位家庭教师尼·奥·罗马什科夫对他的启蒙——这为未来的作家展示了广阔的文化天地。布宁只在学校上过三年学，此后便在哥哥尤利的指导下自学学校课程。尤利是由于参加民意党的活动被遣送回父亲庄园的。布宁一直希望能通过中学的自学考试，但终究未能如愿。

布宁在庄园里开始正式写作诗歌和小说，系统地阅读俄国诗人，主要是普希金与杰尔查文时代诗人们的作品。他很早便不知不觉地进入到职业写作的领域。1887年2月22日，在彼得堡的《祖国周报》上刊登了一首题为《悼念纳德松》的诗，在随后的一年中，《祖国周报》上陆续发表了他的11首诗，以及小说《涅费奥特卡》和《两个漫游者》。1888年，他的诗歌开始刊登在帕·亚·盖杰布罗夫的杂志《星期丛刊》上。1889年，《奥廖尔通报》的女出版商纳·阿·谢苗诺娃（她是长篇小说《阿尔谢尼耶夫的一生》中阿维洛娃的原型）发现有一位同乡经常在首都的报刊上发表诗歌，便邀请他到自己的编辑部工作。从此以后，直到去世，他一直几乎全靠写作为生。

在奥廖尔，布宁生平第一次真正堕入情网并饱受爱情的折磨。瓦尔瓦拉·弗拉基米罗夫娜·帕先科是叶列茨一位医生的女儿，当时与布宁一起做报社校对工作（她就是短篇小说《丽卡》的主人公及《阿尔谢尼耶夫的生活》中丽卡的原型）。布宁与帕先科共同生活期间，两人总是发生争执，不断分居，1894年彻底分手。布宁于随后的1895年辞掉工作，来到彼得堡，后来又到了莫斯科。

从此以后他便进入了首都的文学界，并迈入文坛的中心。此前他已经有了一定的知名度，因为尼·康·米哈伊洛夫斯基和阿·米·热姆丘日尼科夫对他的作品表示了一定的肯定。现在他更是结识了德·瓦·格里戈罗维奇、契诃夫（此前，他曾于1891年给契诃夫写过祝贺信，并得到了亲切的回复）、亚·伊·埃特尔、巴尔蒙特、勃留索夫、索洛古勃、库普林等人。他经常参加

543

文学聚会，成为捷列绍夫的"星期三文学社"的积极参加者，与高尔基和列昂尼德·安德列耶夫建立了密切的关系。他的书连续不断地出版。1896年布宁开始从事翻译，他所译的亨利·朗费罗的长诗《海华沙之歌》由《奥廖尔通报》作为号外刊登出来。1897年出版了《在世界的尽头及其他小说》（圣彼得堡）、1898年则出版了诗集《在开阔的天空下》（莫斯科）。

布宁一如既往地过着动荡不居的生活，但照他自己的说法，这种漂泊也有一定的规律，并没有妨碍他不间断地写作："冬天住在两个首都或乡下，有时出国旅行，春天到俄国南方去，夏天多半住在乡下。"（Ⅺ，263）布宁第一次出国旅行是在1900年，此后又曾多次旅行，到过近东、北非、地中海沿岸、东南亚等地。尽管布宁游历了差不多半个地球，但正如上面提到的，他却"从没有一个自己的家（总是住在饭店、出租房，在别人家做客或寄宿，所有的住处都是临时的，是别人提供的栖身之所）"[10]。

1898年，布宁在敖德萨开始与"南俄罗斯艺术家协会"密切交往，特别是协会中的彼·亚·尼卢斯后来还成了他最好的朋友之一。布宁还在这里爱上了《南方评论》这份报纸出版商的女儿安娜·尼古拉耶夫娜·察克尼，并与她闪电般地结婚又离异。1906年底，布宁终于遇到了注定成为他一生忠诚伴侣和知音的薇拉·尼古拉耶夫娜·穆罗姆采娃。

*　　　*　　　*

布宁在19世纪90年代初登文坛的同时，也首次表现出在思想和精神方面的倾向。这指的是他与民粹主义和托尔斯泰主义的联系——它们是当时最强大的思潮，是某种意义上的"思想革命"。[11]

布宁与民粹主义的联系是完全不由自主的，不折不扣地来自家庭的影响：他的哥哥尤利·阿列克谢耶维奇·布宁，著名的记者和社会活动家，当时就是大学生民粹派革命小组的成员。布宁最早的作品在很大程度上体现了民粹主义传统的文学观和思想观念。写于1886—1890年的早期诗歌（《在纳德松墓前》《风暴》《在黑暗的夜里》《诗人》《乡下的穷人》《不要对我威胁恐吓……》）充满了忧国忧民的情绪，发展了纳德松抒情诗的主题和基调，也充斥着纳德松式的词句："痛苦煎熬的"诗人，"饥寒交迫的"穷人，指责那种"没有斗争，没有劳作"的颓废生活。

在奥廖尔，而后在哈尔科夫和波尔塔瓦，年轻的布宁与一些当时正受到监视的著名民粹派过从甚密，包括阿·瓦·佩舍霍诺夫、伊·彼·别洛孔斯基等等。在布宁早期的小说中也不难发现晚期"民粹派小说"的主题：农奴制改革后的农村、饥饿、农民家庭中宗法关系的瓦解（《费多谢夫娜》——初名《杰缅捷夫娜》，《塔妮卡》——初名《乡村草图》，以及《在异乡》《在世界的尽头》）。布宁在一篇自述文章中曾回忆年轻时阅读尼古拉·乌斯宾斯基和戈列布·乌斯宾斯基、兹拉托夫拉茨基、扎索基姆斯基、纳乌莫夫、涅菲奥多夫、奥穆列夫斯基、列维托夫的往事。值得注意的是他这段话中有一个口误："列维托夫和两位乌斯宾斯基很有才华，他们的作品即使现在也值得重读。其他的那些'民粹派作家'没有文学天赋，他们被遗忘是合乎情理的。"（XI，273）。

很难想象在民粹派的评论中会出现这一类的名词（"有才华"和"没有天赋"）。这里透露出布宁之所以相当决绝而迅速地脱离民粹派阵营的根本原因之一。在《阿尔谢尼耶夫的一生》中，布宁借主人公之口对这个阵营进行了相当尖锐的批评（VI，168–171）。

但即使还没有摆脱民粹主义影响的时候，这种思想对于布宁来说也从不是唯一的和无所不包的。与"纳德松诗风"完全相反的费特诗歌同时影响着布宁这一时期的抒情诗，这种影响的程度同样强烈，如果不是更强烈的话。可以举出布宁早期的一些诗歌为证，它们很像是费特诗歌主题独具一格的变体（请对比布宁的《一钩弯月躲在云彩后面……》与费特的《五月之夜》，布宁的《池塘》与费特的《燕子》等等）。布宁青年时代特别倾向于用情景交融的形式来展开诗歌的主题，这也证明了费特的影响（《如今我的忧伤平静了……》《孤独》等诸多诗）。

在19世纪80年代以及其后的几十年，"纳德松的诗风"与"费特的诗风"一直被看作截然相反的——在当代的俄国诗歌发展史研究中也是这样看待这个问题的[12]，而在布宁的诗中，它们却以勃洛克特别喜欢的"和而不同"的模式同时并存，相辅相成。

在接近民粹派小组的同时，布宁还迷恋于托尔斯泰与托尔斯泰主义。在波尔塔瓦的时候，布宁曾拜访一些迷恋托尔斯泰思想的非官方教派信仰者，甚

545

至开始学习箍桶的手艺。但是这些托尔斯泰主义者却很快使他彻底失望了。后来，在《托尔斯泰的解脱》（1937）一书中，布宁回忆道："当时我住在波尔塔瓦，不知为何，那里有不少托尔斯泰主义者。我很快和他们熟悉起来。于是我明白了大多数托尔斯泰信徒究竟是些什么样的人——这是些非常令人厌烦的人。"（XI，51-52）布宁对于弗·格·切尔特科夫和记者伊·捷涅罗莫的讽刺描写与上面提到的，对民粹派小组的评价同样刻薄。在布宁看来，这些托尔斯泰主义者内在的虚假做作是一望可知，而且完全无法容忍的（请比较对其中一个人的评价："他过去是一个贵族军校生，现在也用农夫般的劳动折磨自己，并且欺骗自己和别人说，这使他感到很幸福。"——第9卷，54页）。不过，在1893年底，布宁正是和一个托尔斯泰主义者亚·亚·沃尔肯施泰因一起从波尔塔瓦出发去莫斯科拜访托尔斯泰的。这次会见的时间是在1894年初。据布宁回忆，是托尔斯泰自己"劝止"了他的追求平民化的行为。布宁回到波尔塔瓦以后，抛弃了"箍桶"的营生，但是他决定帮助"媒介"出版社，为它在波尔塔瓦开了一个分社，出售它的小册子。他经常到各个市场去散发"媒介"出版社的小册子，最后终于被拘捕受审，判了三个月监禁，但并没有坐牢，因为尼古拉二世刚刚登基，颁布了"大赦令"。

546　　　小说《在别墅》（最开始的时候叫做《别墅一日》，1895）已经显示出托尔斯泰主义的消退。这篇小说的中心人物之一卡缅斯基就是一个托尔斯泰主义者。小说所表现的托尔斯泰主义最大的问题在于——它总是试图去掌握某种现成的绝对真理（例如卡缅斯基的语言中就充斥着引自《圣经》、引自帕斯卡尔、托尔斯泰等人的言辞）。布宁对于这一类的观点很不以为然，他对于思想领域的问题采取非教条主义的态度，对于现成的真理持怀疑态度，在这方面，他更接近于契诃夫，而不是托尔斯泰。

　　　尽管布宁摒弃了托尔斯泰说教中对于生活的那种偏于狭隘的纯理性主义观念，他却学会了托尔斯泰在艺术世界中表现哲学的手法。正如托尔斯泰一样，布宁的差不多所有主人公——从最早的短篇小说《塔妮卡》《田庄上》《故乡的消息》开始——全都经历过死亡的考验，全都触及过人生无法破解的秘密。在早期的小说中，可以感受到晚期托尔斯泰的一个至关重要的生活理念的影响——那就是生活就是"完成对于上帝的责任"，甚至为无形的主所"役使"。

只要看看《梅利通》（最初题为《隐修室》）或《松树》就足以证明这一点。在《梅利通》中，小说的主人公，同时也是叙述者，一开始就强调这位老人总是"谦卑地"顺从生活的一切法则，不管是上帝的法则还是人的法则，从"那种当年尼古拉的仆人特有的姿势"到"随时准备倒在圣像下"的态度（Ⅱ，205）。《松树》的主人公米特罗方甚至直接称自己为"仆人"："我活了这么大岁数，还是没活够……人家说，你们住在树林子里，整天跟树桩子祈祷，可你去问树桩子该怎么生活，它可不知道。看起来，就该像个仆人那样生活：叫你干啥就干啥，这就行了。"（Ⅱ，214）

在《松树》中，叙述者对米特罗方的回忆被打断了，代之以对他在大地上过的最后一天的描写。他已经死了，躺在一间农舍的桌子上，随后在乡村墓地下葬。小说对"自然"背景的描写也分为两部分：对过去的回忆伴随着对冬天暴风雪的描写，在暴风雪之夜，"仿佛有个旅人在我们这儿的密林中团团打转，认为此生再也不可能走出这座松林了"（Ⅱ，210）。坐落在"被铺天盖地的暴风雪染成白色的、涛声汹涌的松林边"、透出灯光的舒适的房子，"犹如插上冰雪翅膀的幽灵掠过森林上空"的狂风，"凌驾于周遭一切之上，用忧郁、森严、低沉的八度音来回答狂风，使得林间通道变成恐怖世界"的松树——类似的画面也许是第一次出现在布宁的小说中，它引入了日后布宁常常在小说中表现的关于荒蛮狂暴的自然力量的主题：在那道将人类的生活，或者从更广阔的意义上说——人类的存在从自然中分离出来的墙的周围，是无底的深渊（可以参看在《从旧金山来的先生》以及《兄弟》（一译《四海之内皆兄弟》——译者注）中描写的跨越深渊的远洋轮船）。在小说《梅利通》中，"光明的深渊"——地下的天空的形象也起到了类似的作用，尽管它不像在《松树》或布宁晚期的小说中一样，带有威胁、危险与灾祸的意味。与此相反的是，米特罗方的葬礼是在风暴过后的背景下进行的。在小说中，这种自然的死亡（米特罗方患病以后拒绝了医生的帮助，他说"一根稻草也救不了命！"）不是悲剧性的结局——布宁甚至没有描写他亲人的悲痛，以及墓前哭诉的场面，而是一个接近宇宙的奥秘，接近什么也无法破坏的自然和谐的过程。在布宁的笔下，整个大自然都参加了米特罗方的安魂礼："一棵棵松树犹如一面面神幡，纹丝不动地耸立在深邃的天空底下"，天气"晴朗而明丽"，"一抹好像锦缎一般淡红色的斜晖映在死者

547

的额头上"，一颗"似乎是上帝宝座底下的星星"在提示着人们，"上帝正不露形迹地主宰着这积雪笼罩的森林世界"（Ⅱ，215-218）。

布宁那如雕塑和绘画般优美生动的叙事风格也与托尔斯泰颇为相近。不管是风景描写还是人物肖像描写都极其精确与形象，表现出特有的敏锐观察力。科·伊·丘科夫斯基曾评论布宁早期的风格说："他那在草原和乡村练就的眼睛非常敏锐和犀利，在他的面前我们所有人就好像盲人一样。在他之前，我们哪里知道月光下的白马是青色的，它们的眼睛是紫色的，烟是雪青色的，黑色的土地是蓝幽幽的，而收割以后的田地是柠檬色的？在我们只能看到蓝色或红色的地方，他却能看出几十种不同的色调和中间色。"[13] 托尔斯泰本人也以对事物细节的敏锐观察著称。据高尔基回忆，有一个秋天，托尔斯泰散步的时候忽然想起了布宁《看不见飞鸟……》中的几句诗，他说："我不久以前读过这么几句诗：

> 蘑菇消失，但沟壑里面
> 潮湿的蘑菇味儿还很浓……

写得很好，很确切！"[14]

尽管布宁摒弃了作为道德体系的托尔斯泰主义，他却终生都对作为艺术家的托尔斯泰怀着深深的崇敬。许多回忆文章、布宁自己的许多功能言论以及在其小说中与托尔斯泰无数的独特对话都证明了这一点。

*　　　*　　　*

548　　20世纪初，布宁曾经与象征主义有过很短的接触，但其结果却是表面上以激烈的方式与这一流派决裂了。也可以对于布宁这个时期的文学观点做出另外的解释：在一段时间内，他或是在知识出版社与天蝎出版社之间进行选择，或是以为完全有可能将这两个流派融合起来。要研究布宁进入象征主义圈子为期不长的历史，就要从他与勃留索夫的相识 [15]，以及他们一起于1895年参与彼·佩尔佐夫与维·佩尔佐夫所编的《青年诗歌》（圣彼得堡）的事说起。当

1899年第一个象征主义出版社"天蝎"成立的时候，勃留索夫与谢·亚·波利亚科夫邀请加盟的第一批作家中就有布宁。布宁不仅在1900年将诗集《落叶》交给天蝎出版社出版，而且还主动试图动员高尔基和契诃夫加入《北方之花》丛刊。布宁对于《落叶》出版的第一反应（"《落叶》印得很好"）以及他将"天蝎"作家当作"难得的志同道合的伙伴"[16]的言论本身就很说明问题。但是在他们的关系中很快就出现了"误会"：布宁在《北方之花》第一辑中发表了小说《深夜》，却没有参加第二辑的出版。勃留索夫想向他证明，是他自己拒绝给文丛提供作品的。布宁想在天蝎出版社出版《海华沙之歌》的第二版，以及文集《在世界的尽头》，还有新的诗集和小说集，但是这些书一本也没能在"天蝎"出版。到1902年，布宁不仅把自己的新作交给了高尔基，而且还把《落叶》的版权从"天蝎"买回来，转给了知识出版社。尼·弗·科特列廖夫刊行的勃留索夫1900年12月的日记证明，布宁的这种我行我素的行为使得这位象征主义的导师很愤怒（"尽管他用玩笑来掩饰，但他对于'天蝎'的行为真是厚颜无耻"[17]）。但是，在1901年10月2日与布宁的谈话中，勃留索夫对其新作的抨击才更为激烈的。他在日记中写道："我对他很不客气，我说，他所写的一切都是无用的，最主要的是，都很乏味。"[18] 在评论布宁的《新诗集》（莫斯科，1902年）的文章中，勃留索夫轻蔑地评价布宁的作品是"昨天的文学"，甚至说他"仿效高蹈派和最早的颓废派诗歌的主题"[19]。此后布宁与象征主义者个人关系决裂就显得注定不可避免了。

布宁在《自传笔记》（1915）以及后来几乎所有谈自己生平的文字中都谈到，他之所以和"天蝎"决裂，是因为"一点也不愿意和我这些新伙伴一起扮演寻找金羊毛的阿尔戈勇士、魔鬼、术士，卖弄词句，胡言乱语"（XI，264）。在布宁晚年的自述中，总是少不了描写他当年所处的文学环境，这成为其中一个不可或缺的部分，就像前面提到的《贵族族徽图集》中的那段文字一样。在这些文字中，象征主义者总是受到最尖刻的讽刺。从1902年起，直到生命结束，布宁对于象征主义始终非常轻蔑。1913年，在《俄罗斯新闻》报纪念日的讲话中，布宁指责象征主义文化水准低下，使俄国文学陷入"贫乏和呆滞"，虚假，糟蹋俄语等等："我们经历过颓废主义、象征主义、自然主义、海淫作品、抗神论、神话创造论、某种神秘的无政府主义、狄奥尼索斯、阿波罗、'飞向永

恒’、施暴狂、接受这个世界和不接受这个世界、亚当派、阿克梅派……这简直是女妖五朔节一样的狂欢！"（IX，529）

如果对这些事加以仔细研究，难道还能说布宁在1900年前后仅仅是与象征主义者发生了一些纯粹的误会，然后便顺理成章地建立了独立的文学风格吗？表面看来事情正是这样的，但实际情况则要复杂得多。

布宁依然时常在象征主义的刊物上发表作品，尽管不是"天蝎"社的刊物，而是《金羊毛》《转折》《火炬》等。在象征主义的期刊上对于布宁文集的评论也相当正面。例如，勃洛克就曾在《论抒情诗》一文中写道："布宁的诗歌与世界观完整而朴实，这极有价值，在一定意义上是独一无二的，使我们从《落叶集》中的第一首诗开始就不得不承认他有权利在现代的俄国诗坛上占据重要的一席之地。"[20] 甚至勃留索夫，当他在稍后的1906年将布宁与巴尔蒙特作比较的时候，也承认布宁优于巴尔蒙特："布宁很冷，几乎没有激情，但是比起造作的激情，这冷峻难道不是更好些吗？"[21]

但是，问题并不仅仅在于外部的文学冲突与评价的不同。布宁对于象征主义激烈而不公允的评价与他对陀思妥耶夫斯基一贯的刻薄而激烈的抨击如出一辙。尤·米·洛特曼在《布宁的两篇口头短篇小说（关于"布宁与陀思妥耶夫斯基"问题）》一文中，对于布宁之所以对陀思妥耶夫斯基采取这种虚张声势的排斥态度，做过细致而合理的分析。洛特曼指出："布宁在评论，特别是口头的评论中很少直截了当地表达自己的感情——在这里，他的姿态、他所扮演的角色、他与自己的创作及其在文坛上地位的内在关系显得极为重要。在他做出评论时，与俄国文学大师们的暗中竞争是一个非常重要的因素。"[22] 洛特曼指出，布宁对于他深深尊崇的托尔斯泰和契诃夫也发动过好斗而有失公允的攻击，而应当说明的是，陀思妥耶夫斯基之所以也在受到抨击之列，是有其特殊的原因的。"不管是托尔斯泰，还是契诃夫，他们毕竟没有'妨碍'布宁，而陀思妥耶夫斯基却'妨碍'了他。布宁认为那些非理性的、悲剧性的爱恨情仇是他'自己'的题材，况且陀思妥耶夫斯基那种异己的写作风格也使他感到愤怒。对于他来说，陀思妥耶夫斯基就像一栋外人建在他的领地上的房子。"[23] 在布宁与象征主义者的关系中似乎也能够感觉到这种隐秘的文学竞争情结的存在。

550

霍达谢维奇写过一篇篇幅不长，但一针见血的文章《关于布宁的诗歌》，指出"在1896—1900年的青年期作品之后"，布宁的诗就"变成了对于象征主义持续不断的顽强抗争"。[24] 这种抗争的特点就是用与象征主义截然对立的风格手法来表现象征主义的题材。

在1900年以后的几年，布宁的抒情诗明显地倾向于异域历史题材，在古老的文化中"漫游"，在神话的世界徜徉——换句话说，就是采用俄国象征主义中的"高蹈派"的传统题材（所以当别人指出布宁采用的是"高蹈派"的手法时，他的恼火难道是偶然现象吗？）[25]，例如《墓志铭》《启示录片断》《墓志铭》《激战之后》《凌晨冥色中飞过奥丁的幽灵……》《盖德尔夜》《米拉星》《古樽上的铭文》《巴德尔》《参孙》《大洪水》《泰姆吉德》等等。在这些以及诸如此类的诗中，布宁的风格与象征主义的"帕尔纳索斯派"诗歌少有分别：同样庄严的风格，同样匀整而精确的形式（甚至经常使用十四行诗的形式），同样都是通过爱与美思考往昔与现时的联系：

> 我知道棺木中多么静寂，
> 我知道幽暗中多么悲痛，
> 我愿从深深的心底祝福，
> 祝福美的词句永不凋零。

（《墓志铭》）

如果说布宁对于古代历史事件的描写有什么特别之处，那就是在他的诗歌一边采用庄严的风格，一边又表现出对具体而普通的自然或生活细节的明察秋毫：

> 标枪一插，甩掉头盔倒下。
> 山岗坚硬，环甲刺痛胸膛。
> 正午的太阳烧灼着脊背……
> 秋风来自南方干燥发烫。

（《激战之后》）

551

　　但是，霍达谢维奇说得一点不错，只有抒情诗中的风景描写才是真正将布宁与象征主义截然区分开来的"试金石"。[26] 象征主义者将大自然看作另一个真正现实的表象（如《美妇人诗草》及《蔚蓝中的金黄》等诗中著名的"霞光"）或自我心境的投射（如巴尔蒙特的《无言》），而布宁在描写风景的时候，却"怀着一种虔敬的心境，他悄然退场，竭力使他奉若神明的大自然以最客观的状态呈现出来。他惟恐无意中做了'改造'自然的事"[27]。当他写诗的时候，这种态度几乎使得抒情主人公———一般来说就是诗中的"我"———完全消失了，或是代之以没有所指的第三人称述说，或是引入一个"角色化"的，与作者相去甚远的人物。最早和最鲜明的例证就是著名的《落叶》。一提到这首诗，一般总会提到它以浓墨重彩的形容手法来描写从九月到第一场雪之间森林的变化（"森林就像一座色彩斑斓的楼台，淡紫、金黄、殷红，组成一面喜气洋洋的花墙，环护着阳光明媚的林间空地"）。有意思的是，象征主义诗歌也很偏好使用能够表示性质意义的形容词，不过对于象征主义来说，通常———列举事物的特征是为了将所描写的世界变形或异化，而在布宁的诗中，所有关于性质的判断都是客观而具体的。但值得注意的是在《落叶》中秋天不仅是描写对象，还是诗歌中的拟人化形象，正是通过她的感知，呈现出了一幅幅自然季节更替的画面。

　　布宁诗歌中绝少直接抒发内心的激情，激情总是寄托在人物身上，蕴含在表面客观而冷静的描写中。霍达谢维奇的分析很是精到："布宁的感情是含蓄的，总是通过一些不经意的笔触、一些暗示、最经常的是通过抒情诗的结尾点出来。但有的时候却连结尾都没有。"[28] 布宁只在为数不多的诗歌中为抒情主人公保留了应有的位置（如《孤独》《老仆》《河水流向远方，林中雾霭缭绕……》），布宁后来向"诗体短篇小说"的转型在这些诗中已露端倪，（在1910年代，后象征主义的诗人也进行了这种转变）。给今天的读者留下了较深刻的印象的正是这部分诗歌，看来这不是偶然的。

　　叙述者的主观抒情在布宁的诗歌中被弱化了，同时却在他的小说中占据了最突出的位置。早在1895—1910年期间，布宁的小说就显示出，他总是尽力削弱平缓的情节性叙事，而寻求另外的途径将故事凝聚起来，并开拓展示内涵的空间。首先应当提到几篇维·达·莱温曾详细分析过的无情节小说，这几篇小

552

说都采用第一人称叙述，给人的第一印象是一幅现实主义的画面，而到结尾的时候，则展现出其深层的寓意（如《山隘》《雾》《在城市上空》）。[29]

在一些小说中，事件是通过主导的抒情旋律粘合在一起的，抒情的原则在这样的作品中更为充分。例如，《安东诺夫卡苹果》（1900）描写的是在晴和的日子里乡村的丰收场景、叙事主人公姑妈的老旧庄园、"小地主"的庄园，而将这些描写串联起来的是两个不断复现的主题：对往事的回忆，对安东诺夫卡苹果香气的记忆。在小说《墓志铭》（1901年，初名《矿石》）中，死去的姑娘的故事伴随着两个相交叉的主题的变奏：一个是"树干洁白，枝繁叶茂，却哭泣着的白桦"，另一个是"腐朽灰暗的有顶十字架——十字架上面有一个用薄板做的小盖子，保护着苏兹达里圣母像免受风雨侵蚀"（Ⅱ，194）。小说中没有对人的命运的交代，代之以两个具有象征意义的主题变奏。

最后，布宁20世纪初期小说抒情性叙事的第三个类型是对大自然与人的世界的平行描写，对于这一点，在前面谈到《梅利通》和《松树》的时候已经谈及。同样，在《秋天》（1900）中，两个主人公第一次热烈的幽会，他们乘马车穿过夜色中的城市到海岸的行程，先是伴随着一阵紧似一阵的南风，而后又伴随着大海的轰鸣。在这篇小说中，正是这种所谓的风景描写，取代了对处于不可抑制的强烈激情中的主人公内心状态的心理分析（只有在小说的开头和结尾才对此有所提及）。一路陪伴主人公的南风"轻柔地、不断地"吹拂到主人公的脸上，然后是"急急忙忙地骚动和奔跑"，在主人公身边"不安地盘旋"，最后终于被大海"平稳而壮阔"的絮语所代替，随后又描写道，大海的咆哮"令人心惊"，"有节奏地发出胜利的欢呼，仿佛意识到自己的力量越来越强大"（Ⅱ，250-253）。

纵观布宁在这一时期的艺术、伦理、思想探索，可以发现，他曾涉猎过所有在俄国有过重要影响的哲学和伦理思想（大概只有马克思主义和尼采哲学除外）和文学流派。他不曾皈依任何一种现成的思想体系，但同时又从形形色色的伦理思想和世界观中抽取与自己最相投的正面因素加以消化，并融会在自己的艺术世界中。布宁艺术创作体系的建立就意味着打破不同文学流派的美学原则之间的界限，而在文学发展的上一个阶段，这些流派却被视为截然对立的。

553

*　　　*　　　*

在革命的最初几年，布宁几乎没有在创作中对当时的大事做出直接的反映。跟他在知识出版社的同仁们不同，他既没有写过政治诗（如果不算诸如《游隼》《焦尔达诺·布鲁诺》之类的诗），也没有写过轰动一时的特写和报道。这完全不是因为缺少生活素材——从1905年到1907年，布宁在莫斯科和彼得堡、在克里米亚和敖德萨、在乡村曾目睹了一次次的革命浪潮。然而在革命发生转折的1907年，他却开始了赴西欧和东方各国的远途旅行（包括埃及、叙利亚、巴勒斯坦、意大利、德国、法国、锡兰等国），只是过了一段时间，他才结合更广泛的文化哲学问题对当时俄罗斯发生的事件进行思考，并着重谈到人类文化不可避免的毁灭。

1910至1920年期间，布宁的文学生涯进入新的阶段，他作为艺术家的地位得到了确立。正是在这一时期，他的创作获得了广泛的共鸣，他的名字也进入了俄国第一流作家之列。

从1890年到1910年期间，布宁积聚了巨大的创造力，这种创造力在1910年以后集中释放了出来。也正是在这一时期，通过一些篇幅不长的抒情诗和小说，集中从前创作精华而形成的布宁作品的完整性轮廓更清晰地呈现了出来。这些特色不仅体现在《鸟影》（1907—1911）、《乡村》（1908—1910）、《苏霍多尔》（1911）等作品中，而且还体现在他以后所有的创作中，直到《阿尔谢尼耶夫的生活》（1929）和《林阴幽径》（1946）。从一定意义上说，这种完整性要比其所有的具体表现形式更具根本性。在布宁1910年之后几年的创作中，将这种完整性发挥到极致的是《鸟影》《乡村》和《苏霍多尔》（关于它们之间的联系请参看弗·亚·克尔德什的专著[30]）。

众所周知，《乡村》与《苏霍多尔》可以看作特殊的两部曲式的作品。但还有一个现象没有得到充分的注意，那就是在这一构思逐渐成熟并部分实现的几乎同时，布宁还创作了《鸟影》。《乡村》是1908年构思的——这时"旅途长诗"的前四章已经完成（《鸟影》《众神海》《尼罗河三角洲》《黄道光》，1907），正在写作"犹太篇章"——《犹地亚》和《石头》（1908）。1909年11

554

月发表了《乡村》的第一个片断，同年12月则发表了《魔鬼沙漠》；《希屋尔冥府》的创作日期标示的是1909年，它最初与《石头》以及《索多玛之国》《太阳神庙》构成一个整体。最后，作为尾声的随笔《革尼撒勒湖》完成于1911年12月9日——这时《乡村》已经发表，而《苏霍多尔》也已收尾。

这几篇使我们很感兴趣的作品之间有着很深的内在联系，它们的主题，首先是关于生与死互相转化的主题也证明了这一点："生命转了一个巨大的圈儿，在这个世界上创造了一个个伟大的王国，又将它们毁灭，回到开始的贫穷与浑朴的状态。"而在小说主人公的眼中也发生着同样的变迁：展现在《苏霍多尔》的主人公面前的"已不是生活，而是对生活的记忆，是一片近于荒蛮、一无所有的虚空"（Ⅲ，185）。

与此相关的是荒芜的主题，它一再重复，甚至在行文上都很类似。

《鸟影》与这两篇小说的联系还表现在作家对它们体裁的界定上——一个是"旅行长诗"（全集第4卷，1915年），一个是小说体长诗（这是布宁式的矛盾修饰词组）。后者令人联想起果戈理的《死魂灵》及其将无情地揭露主题（"现实主义主题"）与歌颂主题结合在一起的手法。果戈理的长诗不止一次地以各种形式出现在《乡村》中，包括作为辩驳的对象："从野地里吹来湿冷的风，吹拂着他灰白的乱发。于是库奇马想起了父亲和童年……'罗斯啊，罗斯！……你这是奔向何处？'果戈理的感叹从他脑海里闪过。罗斯，罗斯！……嗨！这些人就会瞎掰！这么说才带劲儿：'代表想往河里投毒'……可是这怪得了谁呢？老百姓命苦，不管怎么说——命苦。"（Ⅲ，75）

在《鸟影》中，长诗与史诗的特征更为突出，并在很大程度上决定着作品的气势、基调与描写的风格。但是这些特征也不着痕迹地活跃在小说中。

在布宁小说中，古老的东方与俄罗斯的历史命运始终相伴，这使得我们可以从比社会问题更深的层次来解读这些作品，可以看到，《乡村》和《苏霍多尔》已经达到了恰达耶夫式的元历史广度，还在布宁在世的时候，评论界就已指出了这一点。[31]

在这种伴生的背景下，也可以用更宽广的思维和新的角度理解布宁何以一再提及所谓的"斯拉夫心灵"——那种"与普世价值彻底隔绝的心灵"[32]，以及这种心灵中那种存在主义式的苦闷，对自相残杀的嗜好，对日常生活的厌恶，

555

对历史的失忆（"苏霍多尔的农民什么也没讲。本来嘛，他们有什么好讲的呢！他们连传说都没有。"——Ⅲ，138）这一切正如在犹地亚一样，是某种心灵灾变的结果，而作者正是在竭力探索这种灾变的原因。

在这两篇引起我们兴趣的小说中，叙述是一种征服时间、死亡和历史失忆的方法，正是这个主题使它们彼此的联系更加密切。在《鸟影》中，是通过叙述者与萨迪的呼应来展开这一主题的。萨迪是一个漫游者和创造者，他对待生命的态度是"用它来探究世界的美，并留下自己心灵的独特印记"（Ⅲ，315），"旅行长诗"的主人公带着萨迪的书前往东方旅行，将其视为一种创作的范本。而在小说中，突显叙述的特殊作用的方法各不相同。在《乡村》中这是通过引入主人公库奇马——一个自学成才的作家来实现的。库奇马不仅有很丰富的生活经历，而且痛苦地寻求着对生活进行创造性的思考与表现的方法，这一点使得布宁的作品接近于"关于小说的小说"这种超叙述的形式。在《苏霍多尔》中，也出现了一种多层次伴生的关系，包括叙述者（记述往事的"编年史"作者）、纳塔利娅——苏霍多尔生活故事的"主要讲述者"（Ⅲ，140），是她讲出了（"纳塔利娅不慌不忙地低声讲起了非常久远的往事"——Ⅲ，184）这篇关于苏霍多尔的"小说"（Ⅲ，146），还有斯摩棱斯克的圣梅尔库里：他被鞑靼人割下了头颅以后，提着自己的首级来到城门口，"似乎想再看看从前发生的事情"（Ⅲ，140），他之所以提着首级，是"为了证明自己讲述的故事……"（Ⅲ，184）

这些重要共生的现象并没有抹杀几篇引起我们极大兴趣的作品之间的明显区别，但却使我们看到在旅行长诗与小说体长诗之间有一种互补的关系，可以把它们看作独特的潜在两部曲，其中的各个部分是完全独立的，甚至似乎互不相容、互相否定，但只有合在一起才能够揭示出深层的主题。从《塔妮卡》（1893年）开始，内容充实的动态结构一直是布宁作品的一个艺术特色。这种特色使作者一方面可以突出各个部分不同的，甚至互相排斥的方面，另一方面又可以将复杂的整体保存在各个部分的内部，通过这种方式来尝试完成创作的最高任务。早在写《松树》的时候，他就已经对自己提出了这个任务："我竭力想抓住那难以捕捉的，只有上帝知道的东西——整个尘世生活的无谓，同时又有某种重大的意义。"（Ⅱ，219）

556

有人说,《鸟影》"归根结底是一部明朗的,富有哲理的作品"[33],"作者善于深入体验、和谐表现……它的抒情世界既丰富多彩,同时又具有统一的思想感情,就像一个小水滴,反映着巨大的整体,又像是将广阔的世界投射在主观和心灵世界中,而这个世界的最终目的就是——'侍奉太阳'"[34]。这些话都是很有道理的。但这个展现在我们面前的作品同时还"讲述已经消失的文明,讲述过去时代的影子",感叹"世间万物的脆弱易逝"[35],以及历史在急剧转折的关头对个人的"独一无二的"生命的漠视。布宁没有对这种矛盾的任何一方加以压制,而是将它们**保存**在整体的结构中,用与小说不同的方式对人世间的"无谓"与"意义"做出了各有侧重的诠释。

在对"意义"的诠释中起到特别重要作用的是记忆(甚至前记忆)的主题,正如尤·马利采夫指出的,"在对于布宁进行任何评论之前,就应当充分意识到并指出这个主题的存在"[36]。叙述者正是借助于前记忆真实地,而不是用诗意和假想的方式触摸到了历史("我还记得希腊太阳落下时的霞光"——Ⅲ,357;"千百年过去了,现在我的手与垒起这些石头的阿拉伯俘虏的手亲密地握在一起"——Ⅲ,355),并且还触摸到了世界史前时代"天堂"的样子:"那时的花园叫做伊甸园,是幸福与'无知'的庇护所。但是我渴望知识,渴望得到被禁止的东西,我被这种渴望煎熬,在蛇的笼子里来回乱窜。"(Ⅲ,359)

尽管旅行长诗与这两篇小说之间的主题有着毋庸置疑的色彩差异,但在主题的发展中却产生了一种复杂的相互呼应的关系。在《鸟影》中,叙述者有一种"全世界的共鸣"的能力,能够像理解自己民族的文化一样理解色彩斑斓的"异质文化",自从陀思妥耶夫斯基的时代,这就被看作是俄罗斯文化的一个显著特征。正是基于这一点,旅行长诗中的叙事者便与小说的叙事者处于矛盾之中(而作者对于这种矛盾是有着**创造性预见**的),因为小说的叙事者所讲述的正是记忆的丧失以及斯拉夫人的心灵与全人类心灵的灾难性的隔绝。这使得我们必须认真地重新审视对布宁小说的传统诠释。

尽管围绕《乡村》存在着很多争论,但它刚一问世就被纳入了固定的,确切地说,是社会的和现实的范畴。大概只有高尔基感觉到小说所描写的是一种历史的缩影,他说"还从未有人如此深刻,如此富有历史感地表现过乡村"。[37]

保守的批评家认为这篇小说是对俄国现实和俄国人民的"诽谤"。[38] 而极

557

左的批评家则相反，对于小说中毫不隐晦地用现实手法展现俄国乡村的画卷表示赞许，但又认为，尽管如此，作家却没有看到农村中"新生力量"的萌芽。[39] 而主流的意见认为，布宁表现了"可怕的往事"[40]，这作为"某个时期的纪录"[41] 是很有意义的，甚至是"十分珍贵的"[42]，但总的来说，它作为研究却是片面的。对于《乡村》最抱有好感的批评家们也认为这篇小说是"公正然而并非善意的批判"[43]。

但是对于这篇小说的批评并非全都是社会批评，当布宁还在世的时候，就已经有许多从美学本身出发的批评。在《乡村》，特别是《从旧金山来的先生》发表以后，有许多文章都提到了布宁小说的雕塑般的优雅和完美。在这方面，人们常常把他与托尔斯泰的小说相比较。[44]

但是对于布宁用这种风格特点所表现的内容，却有着彼此大相径庭的诠释。"思想的"或正统的宗教批评认为布宁的作品反映了思想的模糊与经验主义的观念，或是将他的作品与其创作活动中占主导地位的多愁善感甚至"前精神"的性质联系起来。这一派的批评家认为，由于布宁喜欢堆砌众多微妙而精细的感觉，常常会使整体的叙事风格遭到损害[45]，"在这些准确精细的形容、敏锐的捕捉和描写中，有很多甚至差不多全部对于小说后面的部分是无用的，它们与事物的本质无关，白白消耗读者的注意力……细枝末节恣意蔓延甚至喧宾夺主，宝贵的才华被白白浪费了。归根结底，完整的风格是与完整的艺术观相适应的"[46]。

也有另一种截然相反的观点，认为布宁的风格克服了创作中的倾向性与片面性，也就是说，这种艺术品格使他接近于普希金式的"绝对"艺术家。费·斯捷蓬指出："布宁的艺术中……没有任何提出问题的意思。小说中所描写的一切似乎都不是写出来的，而是简单明白了的存在。"[47]

后一种意见非常重要，因为它已经接近布宁诗学最本质的部分了：用作者的话来说，这就是神性的"无为"（"无求"，不"提出问题"，也不拥有倾向）与"隽永"的"拼合"，即意义可感、可悟，但却无法捕捉、难以阐释。

558　　　像《鸟影》一样，《乡村》中也有这种不同本源的"拼合"，但也许由于小说着力描写的是平庸的生活（这使得布宁获得了"日常生活作家"的名声），它更倾向于"无求"的一极。但是布宁对于庸常生活的理解很深刻，这正如契诃夫的作品一样。契诃夫正是从庸常琐碎的生活中，而不是在离奇的大事中看到了生活的宝藏和奥秘。

在《乡村》中，苏霍诺斯村平庸之极的生活（包括"被臭虫弄脏的褥垫，被蛾子咬烂的大衣"）成为一个悲剧，一个谜，解开这个谜底就如同解开生活的谜底，而这不仅是作家的任务，也是书中的主人公的任务——按照老师的要求，他需要把苏霍诺斯的故事写出来。库奇马不可能完成这个任务，因为苏霍诺斯（"这个镇子就像一个糟老头子"）的故事是与整体联在一起的，要理解它，必须体验"镇子全部的复杂生活状态"乃至俄罗斯的生活状态（书中说道："难道苏霍诺斯不属于人民，不是俄罗斯吗？"），而且这种体验应当像一种存在主义的个人体验一样（"回忆童年和青年时代"），"将自己的整个心灵和盘托出，把所有摧残他自己生活的东西全部倾吐出来。而这种生活中最可怕的地方在于，它没有波澜，非常平庸，快得不可思议地使一切归于琐碎。"（Ⅲ，70）

显然，在这里库奇马想要解决的问题正是《松树》的主人公曾试图解决的生活与创造的问题，它将我们引向作家的最高任务。因此，小说中似乎频繁出现的对于苏霍诺斯生活片段的描写，虽然从传统的观点来看是"不必要的"，实际上却意义重大，不仅成为整个这篇"小说体长诗"的模式，而且成为把握整个世界的模式。从这个例子可以清楚地看到小说的超叙述层面，研究者们对这一点的认识并不充分，但这却是整个整体的最高境界。

有一个情况虽然被多次提到，但至今没有得到充分的重视，那就是《乡村》的叙述是用一种特别的方式建立起来的。小说第一部分的叙述接近于吉洪的视角，而在第二部分和第三部分（小说在杂志刊登以及首次出单行本的时候这两部分是合在一起的），则是采用了自学成才的作家库奇马的视角。他所参与的一切情节都是通过他的观看来叙述的（"库奇马看到"，"不久前他去了一趟阿夫杰伊奇的小饭馆"，"他朝那边看了一眼，看见"，"库奇马仔细看了看走过来的人"等等），甚至对于作为小说主人公的自己，他好像也是从旁观察的。（"于是库奇马仔细地照了照镜子：站在他面前的究竟是一个什么人呢？……这个瘦瘦的，因为饥饿以及痛苦的念头已经熬白了头发的小市民究竟是为了谁，为了什么活在世界上呢？"）

　　主人公的视点不仅仅是串联情节的外在基点。从最后一个例子我们可以看出，库奇马在该情境中不仅是一个认识主体，而且是变相直接引语中的言说者。（请比较："他似乎在一年前就离开了城市，而以后就再也无法回来了"——Ⅲ，90；"的确，谁见过一个小市民到了他这把年纪还住在客店，没家没业的，就像个流浪乐师一样"——Ⅲ，91。关于布宁小说中变相直接引语的问题请参看伊·帕·万坚科夫的专著 48）不仅如此，作为被观看和被讲述的主人公的库奇马在小说的第三部分还写下了这样的话："他把春天去卡扎科沃的过程以及与阿基姆的谈话记了下来，在旧账簿上简短地记下他在乡村的见闻。他最感兴趣的是谢雷"（Ⅲ，84）。这样一来，以前所经历和讲述的一切，只要主人公在场，就都可以看作库奇马后来写下的记录。其后来的发展就是谢雷的故事以及《乡村》第三部分发生的那些同样是切身经历的事件（"他将自己跟谢雷相比。啊！原来他和谢雷一样的贫穷，一样的意志薄弱，一辈子都在等待幸运的日子到来，好开始工作"——Ⅲ，106）。这样一来，库奇马就不仅仅是一本诗集的"作者"（这是吉洪对他的尊称），而且是他自己充当主人公的那本小说的作者。

　　但这种写作的方式很特别，非常质朴和粗糙，正如那些嘲笑布宁及其作品的批评家指出的，其中有太多"经验的东西，艺术家没有通过心灵的升华将它们从生命的原始形态中剥离出来"。但是它具有独特的价值——在这种混乱的讲述中保留了画面的复杂性与多义性，而没有归结为某种被普遍承认的意义。确实，人们普遍认为《乡村》只描写了人民的一个方面，其实恰恰相反，库奇马总是能看到一个整体的两个方面，总想将它们归结为一点，却又总是做不到，而这一点对于作者很是重要。

　　涅任火车站的一幕的最后是这样写的："这些霍霍尔人来自切尔尼戈夫省。他一直觉得那是一个阴郁的地方，森林总是笼罩着混浊阴沉的雾霭。这些曾拔刀跟凶猛的野兽搏斗的人使他想到弗拉基米尔时代，想到很久以前古代农夫在森林中的生活……库奇马全身一震：'啊，那遥远的年代！'因为对于制服和这些穿着乌克兰袍子的猪猡的愤恨，他感到喘不上气来。这些愚笨的、野蛮的人，尽管他们很可厌……但是——罗斯，古老的罗斯啊！于是一种喜悦使他心旌摇荡，泪水涌上他的眼眶，将眼前的一幕扭曲得一塌糊涂。"（Ⅲ，71）在这里，在库奇马看来，这些农民既是古代的壮士英雄，**同时**又是下贱的猪猡，对于他们的赞颂（前半句的"诗意"语气）与咒骂是同样热烈的（而且交织在一起，这也是颇有古风的），而咒骂也同时指向制服和这些引起他矛盾情绪的人物（既指向"人民"，又指向"政府"）。

560

"库奇马所见"有一个显著特点，就是同时看到现实的两个似乎截然相反的方面（我们只要想一想在阿夫杰伊奇酒馆的一幕，库奇马在那里遇到了一个"有一张善良的，非常动人的面孔的"农民；还有伊万努什卡的情节，在卡扎科沃村的一幕，关于新娘子的整个故事以及她的形象本身，最后，还有通过库奇马的视线所进行的简短肖像描写："库奇马仔细看了看来人。这人像个傻瓜。一张小脸，没什么特别的地方。这是一张老派俄国人的脸，苏兹达利时代的面孔。可是在不大的，睡意蒙眬的眼皮底下却有一双鹰一样锐利的眼睛。他垂下眼皮时就像个平常的傻瓜，可是眼皮一抬起来，甚至会有点使人望而生畏。"（Ⅲ，85）

形成了一个不可分割的混合体的复杂体验和评价，爱与恨的交织（叙事者特意强调，库奇马与吉洪不同，他"竭力地去恨"。——Ⅲ，110），从一个极端走向另一个极端的特点（他早年保守的"斯拉夫主义"与在俄国文学中史无前例的对于"人民"幻想的揭露），最后还有在这些极端之间无所适从的境地，这一切对于"库奇马的叙事"来说都至关重要。在兄弟俩的最后一次争论中，吉洪说道："你一点都没谱儿……你自己一个劲儿地说什么：不幸的人们！不幸的人们！可现在又说他们是畜牲！""我是说了，以后还会这么说！"库奇马激动地说："可是我现在一点也闹不清了：不知他们是不幸的，还是……"（Ⅲ，121-122）

在这种结构中，由于作者与主人公混在了一起，叙述变得加倍地凌乱，为了要理解"最终的"整体，完全等值地描写作者的立场就变得至关重要。我们看到的是契诃夫式的"客观叙述"，在依赖作为主人公的叙述者（库奇马）的视角这一点上甚至超过了契诃夫。叙述者所处理的是已经被最大限度地描写过的世界，他所能做的只有"对描写的描写"了。他正是在这一超叙事的层次上与主人公拉开距离的，但他的做法很特别——不是扬弃他内在的（受情境左右的）观点，而是穿越它，走入一个新的领域，用巴赫金的话来说，主人公在某个界限之外就会迷失（"现在我一点也闹不清了"），因而需要作者的"作为没有陷入思想迷沼的局外人的积极参与"[49]。

正是通过这种途径，主人公"不可分化的"创作活动及其处于粗疏混沌状态的存在体验悄悄转化为一种当时人们还不习惯的艺术手法，其要点在于"保留"矛盾，同时从两个互相排斥的方面观察一个现象，以此来创造性地接近事物全貌的可怕真相。

561　　这里体现了布宁惊人的塑造才能的一种深层意义，这种才能打破了魏尔伦那种对"文学"的概念，将"描写"的东西变成了"存在"的东西：在他创作的画卷中"不是单纯的讲述，而是将所讲的内容非常真实地传达出来"[50]。如上所述，"布宁在创作中追求一种不可能达到的目标，那就是使艺术与生活同样丰富和清晰，创造一种与转瞬即逝的生活完全一样的，却不会凋谢的东西——而他几乎达到了这个目标"[51]。在《苏霍多尔》中正是用这样的方法描写了这样的生活：在这篇小说中，"主题"成了"风格"，这形成了一个明显的特征，还在布宁在世的时候批评界就发现了这一点（虽然对此的解释并不准确）："即使那种表面上有些凌乱的叙事，很多的插笔和重复也是完全合乎逻辑的，在艺术上很有道理的，它完全符合苏霍多尔的后代那种近似谵语的回忆，而小说的内容正是用这种形式表现出来的。"[52] 不错，这里对于小说叙述形式的解释有些简单化了（现在我们知道，叙事的不光是这位苏霍多尔的后代，而是"一些混合在一起的，经常是符合对位规则的，对比鲜明的声音"，其中任何一个声音都没有自诩为"客观的认识"[53]）。同时，批评者对于由于布宁力图将农民与老爷"相提并论"——"可以看到他们身上有一些俄国人共同的、妨碍他们创造生活的心理缺陷"——也存在一些疑义。[54]

的确，作家自己曾经说过，在《乡村》中，他的任务是描写农民和小市民，最感兴趣的首先是"深层次的俄罗斯心灵，是描写斯拉夫人的心理特征"，而《苏霍多尔》则致力于描写"俄罗斯人民的另一个代表——贵族的生活画卷……在任何国家贵族与农民的生活都不像在我们国家这样紧密地联系在一起。我认为，他们的心灵是同样的俄罗斯心灵。我为自己设定的创作任务，就是凸显这种在俄国的外省地区占主导地位的农民式贵族生活的特点。"[55]

但布宁在《苏霍多尔》中描写的农民与老爷的同一性却属于一种特殊的类

型。[56] 对于叙述者来说，他们的"亲缘关系"是再自然不过的："我们怎么能不把大半辈子和我们的父亲过着几乎一模一样生活的纳塔利娅，认作是我们古老氏族赫鲁晓夫家的亲属呢？""在苏霍多尔，家奴、农奴和贵族构成了一个有血缘关系的大家庭"（Ⅲ，134、136）。令人奇怪的倒是另外一点，即在这种情形下怎么可能产生那种苏霍多尔式的半农民半贵族的生活特点："正是这些贵族竟把她父亲撵去当兵，而她母亲呢，不过因为看到了几只死掉的火鸡就惊惧得肝胆迸裂，活活地吓死了……后来我们又知道了关于苏霍多尔的另一些更离奇的故事：我们知道了'世上哪儿都找不到'比苏霍多尔的贵族更没架子，更好心的人，可同时我们又知道世上也找不到比他们'性子更火爆'的人了。我们知道了苏霍多尔原先的那幢宅第是阴暗、可怖的，我们的祖父彼得·基里雷奇是个疯子，他就是在这幢宅第中被他的私生子格尔瓦西卡打死的。"（Ⅲ，134）在这里，"斯拉夫派的"观点（宗法制的家族亲缘观，几乎是"一统的"观念）与"西欧派的"观点（矛盾与斗争的思想，这种思想极致的表现就是后来马克思主义的阶级对抗学说）以布宁的独特方式"交织"在一起了。在小说的艺术整体中这两种观点似乎都被片面地强调出来并将现实简单化了，而农民与老爷的共性而几乎是荒诞的（"农民式的贵族生活"这个词组本身就是一个狂欢节式的组合）：小说不是浑然一体的，而是由几条互相排斥又互相补充的主线交织起来的整体。

562

　　叙述是由农民的女儿纳塔利娅和"我们"——身为贵族的赫鲁晓夫家后代（他们开始是孩子，后来成为少年，最终成为成年人）共同完成的，再加上由差不多被遗忘的传说和神话构成的民间混声"大合唱"，就形成了一种特殊的"多声部"，艺术地展现了这个特定的"整体"。说这种多声部"反差强烈"是有道理的 [57]，但这只是它的特点之一。它的另外一个特征——统一性也同样重要，正是由于它，语言才可以理解，并口口相传："老爷的村子大得很，又大，又穷，又不操心，全凭上帝的意思！"纳塔利娅说，"老爷少爷也都不知道发愁！"（Ⅲ，146）

　　作家所选的叙述形式可以把复杂的整体复原出来。可以看到，在《乡村》中布宁已经"将民族思想与社会思想扯到一起并将它们对立起来，强迫社会思想服从民族思想"，而在《苏霍多尔》中对民族思想的强调更为明显了。[58] 但是小说的特色在于，表现民族心理的整体不是凌驾于社会思想之上，而是穿插在社会思想之中，将它完全地吸收进来的，因此它所展现的画卷就显得比单纯表现社会思想的作品复杂。但这还不算是布宁这篇小说真正的整体。在这里，民族性本身就是全人类悲剧性的"交织"关系的一种，不同的叙事声音组成的大合唱就发自这种关系的深处。

一方面，苏霍多尔人那种"孤僻"的民族心理意识与历史失忆被一再强调，但同时又有一种"记忆的无限强大的权威"（Ⅲ，136）君临于苏霍多尔的心灵之上，无论是失去了成系统的传说的农民，还是纳塔利娅或者叙述者，在这一点上都是一样的。因此，作为小说结局的苏霍多尔历史毁灭的故事，也就是历史普遍轮回规律（我们在《鸟影》中看到过对它的描写）的一种表现，它也同样可以被克服。

563

俄罗斯与犹地亚一样，其历史的生命是断断续续的，但是对此的叙述方式本身却纠正了这种观点的片面性。"如今苏霍多尔已空无一人了。这篇编年史中提到过的所有的人，包括他们的邻居以及跟他们年龄相仿的人，都已弃世而去。有时候你甚至会想：难道世上真的有过他们这些人吗？"（Ⅲ，186）而关于犹地亚是这样写的："愿所有关于往昔的回忆都从她的脸上消失，让那无数的人灰飞烟灭好了，让罂粟将他们的坟墓遮蔽。愿她在永远的忘却中安睡千年。"（Ⅲ，368）但正是出于这种情况，在死亡的背景下，关于苏霍多尔的历史"毫无价值"还是"意义重大"的问题，也得到了全新而清晰的认识："只有到了墓地，你才会感到，他们确实来过世上，你甚至会觉得他们的音容笑貌仍在你身旁。"（Ⅲ，186）

但要将感情变为复活的现实，却要"费一番劲儿"（Ⅲ，186），这与创作行为是异曲同工的："想象一下那个时代并不困难，并不困难。只要记住这个在夏日碧空下歪歪斜斜发出金光的十字架，早在他们生前就已经立在那儿了……只是要记住：在他们生前，荒凉、酷热的田野里，黑麦也是这样金黄，也是这样成熟的；在这里的坟地上，也是这样绿树荫浓，也是这样清凉，也是这样长满了灌木……而在灌木丛中，也同样有一匹衰老驽钝的白马走来走去，啃啮着青草，马颈的鬃毛也这样已经脱落，露出了发青的皮肤，粉红色的马蹄也同样伤痕累累。"（Ⅲ，187）

继这两个中篇小说之后，在20世纪的最初十年创作的短篇小说中，布宁作品中社会思想、民族思想与普世主义的相互补充日益明显，作家的"世界情怀"更加强烈，其作品主题的多样性清楚地体现了这一点。这些小说的主题囊括了俄罗斯、西方与东方的生活，经常是建立在不同文化"相遇"的特殊平台之上的——《兄弟》（1914）、《从旧金山来的先生》（1915）、《同胞》（1916）、《阿强的梦》（又译《阿昌的梦》《张的梦》——译者注）（1916）、《奥托·施泰因》（1916）等等莫不如此。此外，不同世界、不同文化的"相遇"不仅发生在事件层面，而且发生在叙述者的语言中：现代的话语"交织着"伊斯兰的思想（《先知之死》，1911）、道家思想（《阿强的梦》）、佛家思想（《兄弟》《乔达摩》，1919）、基督教思想（《圣徒》，1914；《第三遍鸡叫》，1916；《耶利哥的玫瑰》）。

一些看上去相当地域性、民族性或"乡村性"的主题，如"荒芜"（《尘土》，1913）、记忆与失忆（《老古板》，1911；《莠草》，1913），爱情与情欲（《伊格纳特》，1912；《路旁》，1913；《爱情学》，1915；《儿子》，1916；《轻轻的呼吸》（又译《轻盈的气息》——译者注），1916），残忍与犯罪（《夜话》，1911；《春夜》，1914；《圆耳朵》（又译《圆环耳朵》《活套耳》——译者注），1916）等等，也在布宁的作品中获得了特殊的"全人类意义"，从而体现出普世价值。至此，作家已经不再孤立地看待"斯拉夫心灵"，而是把它当作人类心灵的一种独特类型，而一个独一无二的俄国农民与来自美国的百万富翁在心灵生活的深处也出人意料地相似。"他（指叶戈尔——本章撰写者注）早就习惯于同时具有两套感情和思想：一种是日常的，普通的，一种是令人不安的、病态的。他经常一边平静地，甚至自得其乐地盘算着眼前偶然发生或突然想起的种种琐事，一边又希望好好思考一些别的问题，这种隐秘的愿望时时折磨着他。"（《快活的一家子》，Ⅲ，300）。再来看这一段："从旧金山来的先生在这个对他来讲非同小可的晚上（指死亡的晚上——本章撰写者注），有什么样的感觉，什么样的想法呢？他……只是非常想吃东西，因此正怀着喜悦的心情想象着第一匙汤、第一口酒的滋味，甚至连通常的盥洗打扮这类事也使他兴奋不已，所以根本没有时间去思索和体味有什么样的感觉了。"（Ⅳ，319）可是与之平行的另一套思想却不时突兀地打断这些日常的、普通的想法："'哦，这

564

真可怕！'他低下结实的秃头，喃喃地说。同时并不想弄清楚究竟是什么事可
怕。然后，他习惯地端详着他的因患关节炎而变硬了的短短的手指和凸起的、
扁桃仁色的阔指甲，深信不疑地重复说：'这真可怕。'"（Ⅳ，320）

　　早在20世纪的开始几年，布宁创作中最主要的体裁——短篇小说就发生了
深刻的变化，这是由于他在作品中强调普世的和全人类的意义，力图看到世界
的全貌，同时又不抹杀独特的与民族性的东西。在经典文学中，短篇小说的形
式比较短小单纯，一般有一个中心情节，并以中心情节的"转折"而结束。而
布宁成熟时期的短篇小说，正如研究表明的那样，并没有这样的中心情节，却
常常"有一道道偶然的、涣散的光亮闪烁其中"[59]。他的短篇小说中出现了许多
整体与情节不相配合的情况，这使得短篇小说可以从内部克服"形式狭小"的
限制，而表现"不朽的东西"。

　　由于布宁力图使作品本身成为世界的一种"现象"，他经常会采用荒唐的
手法，把艺术现实与艺术之外的现实之间的传统界限抹去。在他的小说中，艺
术的"边框"以及所描写事物外在的自足性都弱化了，而出现了一些缺乏艺术
的内在合理性的形象，就像是一些来自现实、没有加工的"生料"。布宁或是
在写作之初就采用这样的形式，或是在修改时抛弃所有的传统写法。例如《白
马》（1907、1929）这篇小说的第一章就被删掉了，由于这一章中包含若干对
小说以后的发展非常重要的话、主题和人物性格展现，所以在删掉之后，当这
些内容又出现在小说中心部分的时候，就显得莫名其妙和缺乏合理性（这也包
括关键性的形象——伊万·帕夫洛夫的公牛，有病的主人公将它和列维坦等量
齐观）。

　　小说的结尾也是为这个艺术的目的服务的。布宁经常用两种形式来"移动
艺术的框架"或促使情节体系与作品整体脱节。第一种方式是"小说在情节结
束前出人意料地结束"（《奥托·施泰因》，《克拉莎》）[60]，第二种方式是"当
情节快要结束的时候，加一个与之无关的片断，将结局往后推移"（《轻轻的呼
吸》）[61]。采用这两种方式都可能"在马上要结束的时候加入某些新的人物"
（如《轻轻的呼吸》中的级任老师，《克拉莎》中的莫杰斯特·斯特拉霍夫[62]，
《生命之杯》中的亚什卡）和情节线索。[63]"于是产生了一种很奇怪的效果，读
者已经预感到小说快要结束了，一种意外闯入的新生活却突然展开，可这新的

生活又马上随着小说的大幕落下戛然而止。"64

显然，虽然这种结构与人们早就熟悉的"开放性结尾"有相似之处，但却是与它截然不同的。传统的开放式结尾是表明情节的线索可以继续发展下去，而在布宁的作品中，事件却是"断裂开"的65，这反而加强了它的重要性，就像在巨幅的画卷中常见的那样。这样可以达到两个效果。其一是"制造出一种幻觉，似乎小说有很强的动感"，但"不是运动被引入了小说，而更像是相反：小说进入了运动，由此使人感到布宁的小说似乎不是一些封闭性的小画儿，而是从某个巨幅作品上很巧妙地裁下的片断"66；其二是这样的结尾会刺激人"看看画框之外"的愿望，也就是说，会使人"对于小说框架以外的广阔生活产生更敏锐的体验"67。本来互相排斥的主题起到了相互补充的作用，这是布宁的一个典型特征，它使得布宁的小说尽管基本上只是描写一些片断，却能够不仅反映整体，而且"本身即蕴含着小说之外的广大世界"68，换言之，小说力图从对生活的"描写"变成一种生活"现象"，因此尤·马利采夫认为布宁的创作使用的是一种"现象学方法"69。

但是很明显，尽管布宁力图使作品能够容纳整个世界并使它本身成为一个世界，他所采用的方法却不同于20世纪的许多艺术家。特别重要的是应当将他的观点与表现主义艺术原则区分开来。表现主义艺术的基础是在描写整个世界的时候"只是抽出最重要和最有力的线条……而将其他的一切抛弃。而对布宁来说，这'多余的东西'却是最重要的，因为其中有生活的鲜活血肉，它不能被抛弃，而要用复杂拼接的方法反映出来"。70 这样一来，古典美学所特有的对于"必需"与"多余"的概念就发生了根本的改变（我们还记得，布宁还在世的时候，就有批评者责备他破坏了表现"必需"的原则）。

现在我们看到了一个很重要的特点，这种特点在他19世纪初的作品中（首先是在《松树》中）已初露端倪，是当时一个新鲜的现象。这种特点就是"作品中有大量鲜明生动，但是没有目的，甚至从传统的美学来看是'多余'的细节"。71 这种由契诃夫开创的写作原则72 在布宁的作品中变得更加生动，发挥得更加淋漓尽致73。有一种共同的取向总是能把不同的作家联系起来，那就是努力克服"任何思想偏见"（普希金语）和狭隘的唯理论（因为唯理论总是把一个程式化的、简单化的模式事先强加在世界一切事物之上）。但对布宁来

566

说另一件事也很重要，那就是创造一个丰满的世界，"包括其中那些无目的的美好细节"。

小说的这种结构方式，使得作家能够按照自己看到的样子去描写世界，表现世界的复杂性，而不会把它简化成一系列"直线的""逻辑的"事物 74，一种新的创作原则随之出现，那就是将情节范围内的不同事件拼合起来 75。在这方面很能说明问题的是短篇小说《快活的一家子》（1911）。这篇小说延续了关于俄国乡村和"斯拉夫心灵"的主题。小说是由三章组成的：第一章主要讲阿尼西娅，第二章主要讲她的儿子叶戈尔，第三章主要讲阿尼西娅的葬礼和叶戈尔的自杀。布宁这篇小说结构虽然分为三个部分，但其实是两部分：其中平行展现的两种现象和两个主人公不仅是相互否定的，而且是相互补充的。此外，这两部分还促成了另外一种共存对比现象——不仅是生命的共存与对比（第一章和第二章），还有死亡的共存与对比（第三章）。双主人公是布宁小说的一个典型特点（例如《老古板》中的塔干诺克与教师，《兄弟》中的人力车夫与英国人，《日常生活》中的农民和神学院学生，《约翰·雷达利茨》中的公爵和他的农民，《春夜》中的乞丐和农民，《档案》中的菲松和斯坦克维奇等等。如果只有一个主人公，布宁则经常会引入另一个平行的、偶然出现的人物，例如《从旧金山来的先生》中的洛伦佐老头，《轻轻的呼吸》中的级任老师等）。

这种结构一方面保持了情节的前后照应，另一方面又把焦点转向"广阔的形式"，即并驾齐驱地同时表现两个现象和主人公，这也是布宁小说的一个很典型的特征。显然，"单元技巧"和"片段结构"76，蒙太奇（通常是对比强烈的镜头 77），将事件拆解为一些"互不相干的平行系列"，"各自独立的因素平分秋色"78 等等已经成了布宁小说中最常用的叙述结构原则。这种思想结构也适用于布宁小说的句法范畴：在他的小说中"句子之间不是从属关系，而是并列关系，它们像串在一起的珠子，而没有发展成为节奏分明的，可以分解组合的有机体"79。

在《快活的一家子》中，母亲与儿子的生活和死亡的过程正是这样交待的。这里的结构形式是大有深意的。叶戈尔过着自己的日子，与母亲毫无瓜葛，他不仅不关心母亲，对阿尼西娅甚至连想都不想，他把她看作包袱，听任她饿死："在兰斯基村，叶戈尔性情温和的母亲已经奄奄一息了，而他却不知为何还站在古里耶沃的牧场上胡思乱想，等着看别人赶着羊群走过。"（Ⅲ，297）在两个主人公之间，传统的亲缘关系已经切断了（至少从儿子这方面来说是这样的），在布宁看来，这大概就是发生于意识深处民族危机的最深刻的证明。如果说，小说的结构本身还保留着若干按因果关系直线发展的痕迹，那么主人公的意识却是反因果关系的，从传统的观点来看是杂乱无章的（请比较上面引述的主人公对于思想感情"双线索"的思索）。

但是如果把这篇小说仅仅看作是表现社会的不公正以及民族的危机，那么对其意义的理解就过于简单化了。虽然这两方面的表现确实是很强烈的，但是正如在小说《苏霍多尔》和《乡村》中一样，这篇小说通过死亡还揭示了某些深藏在表面关系之下的东西。

开始，似乎连母亲的死也没有使叶戈尔的意识发生任何改变："他在母亲的棺材旁扮演着应该扮演的角色。他把脸皱起来，好像要哭的样子，深深地鞠躬……但他的思想却在远处，而且像平时一样，这些思想分成两部分。他朦朦胧胧地想到，自己的生命发生了转折，从今以后，某种不同的、完全自由的生活开始了。他又想自己该怎么在坟前吃饭——不要吃得太急，得有点样子。"（Ⅲ，309）尽管如此，母亲阿尼西娅刚死，叶戈尔却突然地，似乎完全没有道理地卧轨自杀了（在此之前一小会儿，他还在对孩子们讲自己是怎样辞了最后一份工的），"他每讲一句话都要加上一个脏字。"（Ⅲ，310）

两件事之间没有直接的因果联系，不能说叶戈尔的自杀是因为阿尼西娅的死。但这两个人的死亡无疑是紧紧联系在一起的，叙述的内在结构本身也反映了这一点。在母亲与儿子的死之间存在着布宁特有的平行关系："一个月内，他大大地变样了，老了很多。这在很大程度上是由于母亲死后他感觉到的某种奇怪的自由（这是主人公在理性层面上希望得到的——本章撰写者注）和孤独的感觉。母亲活着的时候，他自己似乎也显得年轻些，他还有些牵连，身后还有个人。母亲一死，他从阿尼西娅的儿子变成了一个光秃秃的叶戈尔。而大地，整个大地（"生土地母"，《Мать-Сыра Земля》——本章撰写者注）似乎变得空空荡荡。有个什么人在无言地对他说：'那到底怎么办呢？'"（Ⅲ，309）

显然，布宁的世界"不是以有限的因果关系构成的，其中起决定作用的是

568

存在于具体事件的链条之外的规律性"[80]，不能归结为简单的因果关系。这些话很重要，但不完全准确。在《快活的一家子》中，较深层次的规律性同时体现在（外在的）具体事件和（内在的）他的内心世界中，而小说组织的叙述正是要用特殊的方式来揭示这种规律性。在主人公之间发生的事，以及在这一深度上所揭示出的关于生命法则和意识奥秘的意义（例如两套并行的、各不相关的思想和感情，"无目的性"和"偶然性"，生活的梦幻性等等[81]），都给小说开辟了无限的思想空间，使我们一方面沉入日常生活的最底层内容，同时又将我们的思想提升起来，对人产生一种全新的、完全现代的理解。由此产生了一种特别的，朦胧的象征主义，使得小说中所讲述的一切不仅具有社会与民族的意义，还具有隐喻的意义，同时它自身也是一种结合体，结合了一个纯粹的、没有倾向的艺术家"美好的无目的性"与对于威胁现代社会〔它总是追求某种永恒的、一蹴而就的、可怕的世界力量〕的世界灾难的预言及警告。

从本质上说，布宁在20世纪初创作的其他小说全都具有这一倾向。这些年所发生的历史事件使得作家对于世界悲剧和灾难的感受更加尖锐，使其作品的预言性主题更加强化，有的时候甚至成为启示录式的作品，但却没使他变成一个倾向鲜明的，片面的作家。布宁比以前更迅速地一下子抓住了整体世界内的两个范畴，其中每个范畴对于他都是一个独立的整体，但这恰恰是一种特殊的整体———一种"不可分裂又无法黏合的整体"，"非描写性的整体"。智者"思考着生死的问题……只有傻瓜才会在活着的时候向往死亡，他会显得很讨厌。但是不去想那不可避免的事，也是傻瓜"（《先知之死》——Ⅲ，195）。

这不是一种"辩证的"统一体，但也不是二律背反，而正是"第三种东西"。在小说《阿强的梦》中，主人公曾经认为，"世界上有两种现实，它们总是不断地互相取代。在第一种现实中，生活是无限美好的，而在另一种现实中，生活只有对于疯子才有意义。"（Ⅳ，371）在主人公的意识中，两种现实同样宝贵，同样强大，如果没有它们的同时存在（"活在世上是可怕的……很美好，但是可怕"），就不会有小说完整的艺术世界。只有意识到它们彼此是不可分割又无法黏合的时候，它们才能构成一个悲剧性的现实，主人公的思想一旦向其中的一方倾斜，就会变得片面、失去深度。

尽管如此，我们所看到的却并不是一种二律背反的现象。正如布宁作品中常见的那样，小说中出现了某种主人公所"看不到的第三种现实"："既然阿强爱船长，感觉到有船长这个人，它的记忆的视力仍看到了船长——谁也不知道船长是个多么好的人，——那就是说，船长仍然同它在一起，同它一起生活在那个既无开始也无终结的世界里，而这个世界是死亡无法企及的。在这样一个世界里必定只有一种现实，这就是第三种现实，而这是一种什么样的现实，它的最终的主人，大写的主人是知道的。已经不消多久，阿强就要回到这位大写的主人身边去了。"很显然，这最后的现实就是"第三种现实"，而不是孤立的、或是经过发展和综合的第一种现实或第二种现实。它不是要取消前面两种现实，而是应当在自己的结构中将它们保存和留住，因为它代表两种现实之间的相互**关系**——就是那种不时在这两种现实**之间**（"太元圣母"——Ⅳ，377）浮现，并且本身也是由这两种现实构成的东西。

在布宁典型的两部分、双主人公小说《兄弟》中，整体与其各个独立部分的关系正是如此。和《快活的一家子》相比，这篇小说情节中直接的因果关系更加薄弱。小说安排第二部分情节的方法，就好像是第一部分根本不存在似的：英国人对人力车夫的死一无所知，也从没想到过他，尽管布宁按照自己的方式，使他们之间产生了深层的关联。两个部分各自独立，已经近于荒唐，我们看到的几乎是两篇不同的（但平行的）小说。但最重要的问题正在于此——平行的成分之间有着深层的联系。

如果对《兄弟》加以片面的诠释，就会将它看作一篇社会主题的小说（当然，正如在《快活的一家子》中一样，这一主题的表达也是很充分的），单纯从反殖民主义的角度来理解它，把立足点放在作为殖民主义者的英国人和作为被压迫者的人力车夫的对抗上。这当然是过于简单化了[82]，但是人力车夫与英国人的相遇与他的自杀之间当然有着深层次的联系。

如果不是有船从欧洲开来（人力车夫对欧洲毫无了解），如果不是英国人和来客们约好晚上在湖边的房子开晚会，如果他没有叫人力车夫等自己，如果不是这个"腿脚麻利的小伙子""围着房子跑，想回到大门口，到院子里去找其他的人力车夫"，他便不会看到自己的未婚妻出现在欢宴上，最后，如果她没有"用一双晶莹的圆眼睛望过来"（Ⅳ，269），而他自己不是"被生活甜蜜的欺骗深深蒙蔽"（Ⅳ，266），他也就可能不至于自杀。正如布宁成熟期的许多小说一

570

样，在这里一系列偶然的巧合代替了直接的因果关系（这种结构的第一个草图出现在《塔妮卡》中）。但正如我们看到的，在这个艺术体系中，偶然性并不是要否定必然性，而只是使之更加复杂（既是命中注定的，又是有些巧合的），而不会归结为简单的因果关系。

在布宁的艺术世界中还可能出现更为惊人的情况，就是具有明显关联的事件之间的因果联系也被弱化并且被重新认识了。在《轻轻的呼吸》中，被一个老头所引诱的女主人公却不知为何死于一个哥萨克军官之手。但小说的结构却是：两件事都只是顺带一提，而没有展开情节。叙述结构本身（其中带有多次的时间逆转）"破坏了……这些事件与奥利雅·梅谢尔斯卡娅的死亡之间的因果关系"[83]。正如有人指出的："女主人公的死亡并不是由于命运使她遇到了一个年老的色狼，后来又遇到了一个粗鲁的军官。因此也就不需要去发展这两次幽会的细节。奥利雅之所以注定死于非命，是由于她自身的原因，是由于她的魅力，由于她与生活有机地融为一体，由于完全听命于一切激情的冲动——无论这冲动的后果是吉是凶。"因此"悲剧性的结局并不取决于情节的发展，而是由宇宙的法则所规定的"[84]，这宇宙也包括小说本身所构造的宇宙。

正如人力车夫不是因为遇到英国人才死的，叶戈尔也不是因为母亲去世才死的，这些原因太简单了，不足以使人理解事件的真正意义。要理解其真正意义，就要看一看小说中是用什么来代替合乎理性的因果关系的。

布宁做到了使小说成为一个有机体，同时情节又不至简化为并受制于简单的因果联系，也不因简单的因果关系而变形（所以也就无法用分析的方法来拆解）[85]，他建构了另外一种非合理化的、非直线式的完整性。为了达到这一艺术目的，作家削弱了在一定历史阶段中惯用的情节类型的意义，而注重现今学术研究所了解的最古老类型——叠进情节[86]，托尔斯泰曾在19世纪80年代的大众小说创作中试用过这种类型，后来它又以另一种形式（乔伊斯的蒙太奇式小说）稳稳地走入了20世纪的艺术。

571　　　早期的情节累加形式是，罗列一系列独立的、但在语义上彼此一致的事件，它们的积累会最终导致一场祸事。而在布宁的小说中，祸事常常不是发生在结尾，而是发生在小说中间，如《兄弟》和《轻轻的呼吸》就是如此（尽管在后一篇小说中，我们从一开始就知道了女主人公的死亡）。正是在祸事中突显了事件之间、主人公命运之间互相排斥，又互相补充的关系——例如，尽管英国人与人力车夫的确应算作兄弟，但他们仍然是彼此对立的。

在小说的第二部分，英国人声称自己离开科伦坡是由于健康状况不佳，神经疲惫，但是小说的艺术却朦胧地暗示他的逃跑（"是的，但我很难在科伦坡再过两夜。"——Ⅳ，21）的真正原因是第一部分所发生的事，首先是人力车夫的死，尽管英国人对此一无所知，也从未想过，就像人力车夫本人对于来自遥远的欧洲的轮船一无所知一样。英国人在独白中说道："实际上这件事（着重号为本章撰写者注）太可怕了！"（Ⅳ，275）"这件事"指的不仅是"在我们周围和我们的脚下是无底的深渊，就像圣经中描述的那可怕的，凝然不动的深渊"，也不仅是"一堵薄薄的墙"将我们与这深渊隔开，还有"人们对于平日生活中那些既可怕，又富有创造性的秘密再也没有感觉"（"而我们实际上什么都不怕。我们甚至都不真正畏惧死亡，不畏惧生存，不畏惧神秘，不畏惧围困住我们的万丈深渊，不畏惧死亡，不论是自己的还是别人的死亡"）。这番议论用含糊的潜台词再次提示了第一部分所发生的事件。最后，英国人尽管没有充分意识到自己的见解是一种艺术的现实，却几乎直截了当地表示，如果他自己还残留着一些"对于生死，对于神的感觉"，那么"这正是由于东方，由于我在东方所染上的疾病，由于我在非洲曾屠杀过人，由于我在那个遭受英国掠夺，因此在一定程度上遭受我的掠夺的印度，目睹数以千计的人死于饥馑，由于我在日本曾经买过几个姑娘作临时的妻室，曾在中国用手杖劈头盖脸地殴打过手无寸铁的老人，曾在爪哇和锡兰驱使人力车夫奔跑得只剩最后一口气"（Ⅳ，277）。最后，主人公所讲的关于乌鸦与大象的佛教传说也是指向第一部分的事件的：在小说的语境中，大象所象征的是人力车夫，而乌鸦则象征同样被"欲念"纠缠的英国人（请注意，小说中经常提到主人公感到"目眩"，还有在小说开头佛祖所说的话："这世界上不是杀人者，就是被杀者，一切的痛苦和怨怼全都来自于爱。"——Ⅳ，259）。

《从旧金山来的先生》似乎在延续《兄弟》的主题，小说中描写了没有灵魂的文明与"怀着老旧心灵的新派人物"（Ⅳ，327）。但是这里的"整体"也具有双重性，即腐朽的文明与"活的生命"。它们不仅在表面上并存着（美国的百万富翁与索伦托，阿布鲁佐的山丘，意大利生机勃勃的大自然。——Ⅳ，326），

572

而且是内在并存的。我们已经提到了主人公不自觉的，出其不意的"第二条思绪"，它在主人公意外死亡之前打破了惯常的思绪。这一刻，从旧金山来的先生突然感到《兄弟》中的英国人所说的，可怕而又有创造力的深渊。但这仅仅是瞬间的事，在这一瞬，"活的生命"冲破重压喷射出来，"即使在这个早已没有一点点所谓神秘主义情绪的灵魂中，'活的生命'仍然没被扼杀掉"（Ⅳ，318）。这里指的是来自旧金山的先生的梦境，在到卡普里岛之前，他就在梦中看到了岛上饭店的老板。小说接下来写道："他把梦境与现实的这个奇特巧合当作笑话告诉了妻子和女儿……可是女儿却在这一刻不安地看了他一眼：她的心骤然被一股愁绪揪紧，觉得在这个陌生的、阴郁的岛上，她孤单得可怕……"（Ⅳ，318）

尽管应充分重视"活的生命"在小说整体中的重要性（一系列的研究著作都曾肯定了它对于布宁的重要意义 [87]），但必须看到，它不过是从另一个角度去揭露现代社会致命的片面性，而并不是作者所要找的、唯一的出路（索伦托尽管精致迷人，也不过是作为主人公的陪衬和对立面），也不是解决问题的方案。所以很自然，在小说的结尾仍然是两条线索并存，仍然是两组平行的画面：一边是阿布鲁佐山民忙碌的生活，一边是底舱放着那位先生的棺材、由魔鬼亲自护送的"大西洋号"轮船上启示录般的景象。

在《轻轻的呼吸》中，"活的生命"本身的相对性也成了专门的描写对象。这个只有一节的短篇小说讲的是女主人公被杀的故事，在其他的艺术体系中，这个故事可能会被做出截然相反却同样片面的诠释。而布宁却一如既往地将两种可能的评价"糅在一起"。我们已经指出了这部小说中情节的逆转和对因果关系新的处理方式：女主人公既是牺牲品，又是咎由自取。但要将小说的思想讲清楚，还要解决一个很重要的问题，就是弄清楚小说的另一个奇特的结构特点。

要知道，这篇很短的小说用了将近三分之一的篇幅去讲级任老师的事，而她不过是一个偶然的人物，她在主要故事情节结束以后才突然地、而且似乎没有道理地出现，所以从传统的"艺术必然性"观点来看，是一个"多余的"人物。那么，她究竟在这篇小说非传统的美学中扮演什么角色呢？

573　　按照奥·弗·斯利维茨卡娅的意见，在她身上"可以看到一个写得还算巧妙的女主人公的对比人物"（一个代表"幻想"，一个代表"生活"），尽管这种具体解释还不够："级任老师不过是被作者的探照灯无意中偶然照亮的另外一种人生。"[88] 不过，尽管级任老师在情节中无疑是一个偶然现象，但为了使对女主人公的各种评价形成一个艺术上完美的（"开放性的"）合唱，她的出现又是不可或缺的。她所代表的是一种理想化的观点，一种片面的观点，这种观点与用艺术手法传达的小说整体氛围不合拍。她不愿看到奥利雅的现实悲剧，不明白"同奥利雅·梅谢尔斯卡娅的名字联系在一起的那件可怕的事又怎么能同如此纯洁的目光联系在一起？"（Ⅳ，359）列·谢·维戈茨基首先指出了女主人公身上混合着两种气质，虽然他认为其性格的第二极代表了"混乱的生活"[89]，这种看法并不准确，这一点我们已经指出过 [90]。但奥利雅身上的确不仅有美好的东西，也有可怕的东西。

可怕的不只是死亡本身，还有女主人公竟能那样自然和直截了当地投身于似乎不能相容的欲念。如果离开布宁这篇小说整体的语境，那么奥利雅那双"快活、清澈、生气勃勃"（Ⅳ，355）、"闪着无畏的光"（Ⅳ，359）的眼睛，会使我们联想到妓院中的人力车夫未婚妻那双"又圆又亮的眼睛"（Ⅳ，269），还有《伊格纳特》中柳布卡那双"有种明朗、坦率的神情"的眼睛（Ⅳ，7）。此外还有一些与此呼应的描写，例如"自然地，差不多快活地"，"不失自然和平静地"（Ⅳ，357）；还有："'等一下！'留波卡说。她声音很低，但是非常自然，就好像他们在一起生活了好多年似的。而这种自然使他的脑子更乱了。"（Ⅳ，17）

级任老师不理解，也不愿意看到"自然人"作为"活的生命"的载体（作家的许多同时代人将这种生活理想化了），恰恰是具有这种"矛盾情绪"的。但是，不管怎么说，她都在布宁的作品中扮演着片面的"思想批评者"的角色。她自己也把自己看作"思想工作者"，知道自己"一直在用某种臆想来替代现实生活"（Ⅳ，359-360）。这样，布宁就把自己的一定理解和诠释引入到叙述中，也就是引入了一种超叙述的、但与整体不符的观点。因此，即使在叙述者的最后一句话中仍然能够贯彻超叙事的原则，呈现出对生活、对小说的名字本身——《轻轻的呼吸》的另一种理解。

小说以"古书"中的一段话结尾，这段话是由奥利雅·梅谢尔斯卡娅转述、由级任老师回忆、经叙述者重新诠释的："'要有轻盈的气息！我恰恰有这

样的气息，你听，我是怎样呼吸的，对吗？是这样吗？'如今这轻盈的气息重又在世界上，在白云朵朵的天空中，在料峭的春风中飘荡着。"（Ⅳ，360）请与开头对比一下，"四月，天空灰蒙蒙的"，"冷冷的风"（Ⅳ，355）。可以看到，这里出现的不是比较，而恰恰是女主人公与大自然的平行并存，正如我们已经指出的，这种情况是布宁小说的重要特点。在布宁之前的艺术体系中，如果出现这样的并存现象，便意味着对女主人公加以理想化的处理，但是在这里它却揭示着她身上美好与可怕并存这种现象的现实根源，以及她是极端地受制于属于"活的生命"范畴的本能欲念的。我们知道，在布宁的艺术世界中，对"活的生命"是不能做出简单化的诠释的。

在《圆耳朵》中，双重景象是用另一种方法来展现的。这篇小说的主人公同时把自己叫做"人类之子"和"败类"。小说中似乎并没有一个与索科洛维奇相反的人物，况且他的许多恶作剧——如对陀思妥耶夫斯基的攻击、声言"败类"就是极其敏锐的人等等——往往是与布宁本人对这些问题的评论相呼应的。似乎作者是在实现主人公的意志，由主人公来给他"指定"主题："不用再编关于罪与罚的小说了，该写写不受任何惩罚的犯罪了。"（Ⅳ，389）

小说《圆耳朵》的确没有传统形式的惩罚[91]，而主人公杀死妓女科罗利科娃的行为也是"出于公心"的，虽是服从自己"自然的欲望"，但这种欲望却是建立在某些"思想观念"之上的（"您知道，每个人都有杀人和施暴的欲望"——Ⅳ，389；"一般人想杀死女人的欲望比杀死男人的欲望要强烈得多"——Ⅳ，391；从世界历史乃至世界艺术中寻找根据；还有我们已经提到过的与陀思妥耶夫斯基的争论等等）。这种"思想的"（"出于公心的"）与"自然的"动机相结合，使得索科洛维奇成为一个坚不可摧的"整体"（Ⅳ，395），在这方面与以往的俄国文学史中的"思想性"凶杀——如陀思妥耶夫斯基的拉斯科尔尼科夫或安德列耶夫的克尔任采夫（《思想》，1902）——有很大区别。

在极客观的叙述中，似乎坚如磐石的主人公一旦给我们发现缝隙，这些地方就变得至关重要。首先值得注意的是他攻击陀思妥耶夫斯基的激烈态度，这说明主人公对自己的正确性并没有最终的把握。他对自己的评价中也露出了一些破绽："'我是人子，'索科洛维奇说。他说这话时带着一种奇怪的兴奋，看起来有点像讽刺"（Ⅳ，388）。但更能说明问题的是他不小心时出现的"塌陷"("喜欢玄思"——Ⅳ，388）和行动中的"停顿"（"他久久地逗留在橱窗前，尽管他对橱窗里展示的东西并不感兴趣。"——Ⅳ，387；"使劲盯住啤酒广告"——Ⅳ，387；"放慢脚步，从后面朝这一对儿看了很久"——Ⅳ，392；"久久地站在那里抽烟，眯着眼打量着没完没了地慢慢从眼前走过的人们"——Ⅳ，392）。显然，主人公在小说里自始至终都处于特殊的状态下，用陀思妥耶夫斯基的话来说，他"迷恋于琐事"，因此我们眼中看到的生活犹如慢镜头一样。同样是按照陀思妥耶夫斯基的说法，这是一个被判死刑的人的心理状态，拉斯科尔尼科夫决定杀人以后就是处于这样的状态的。

在不易发现的作品深层出现了一种小说中少见的现象，那就是叙述者的视野与主人公的视野相重合了："夜里，雾气笼罩的涅瓦大街很可怕。"（接下来使用了一系列"好像""令人震惊""显得可怕"，特别是"好像是偶然遇到"这样的用词。——Ⅳ，393）主人公只有一次直接暴露出了不安的情绪："黑漆漆的窗外传来沉闷的说话声和某种机器的噪音，一个巨大的火炬吐出暗红色的火苗，好似地狱的火焰烧得正旺。'这是干什么？'索科洛维奇停下来，严厉地，甚至有些惊惶地问道。'这是在夜间烧垃圾。'"（Ⅳ，395）。这个细节还曾重复出现："后来，那间窗外燃烧着阴郁的火苗，因隐秘的夜间工作发出沉闷响声的旅馆房间便成了一个谜"（Ⅳ，395）。布宁在描写火焰的时候经常联想到地狱之火，仅举《从旧金山来的先生》为例："邮船位于吃水线下的内脏就像阴森恐怖、烈焰腾腾的最低一层地狱，九层地狱——在那里，锅炉巨大的炉膛正在贪婪地吞噬着……"（Ⅳ，311）

所有这些都使我们怀疑，《圆耳朵》是否真的是一篇表现不受惩罚的犯罪的小说。由于小说中总是影影绰绰地暗示正在进行侦破，就使得已经或将要受到惩罚的感觉更加强烈了。这惩罚没有在文本中明确告知，但以非情节性的插笔形式——证人证词中的只言片语——间接地出现在文本中（如："他们后来承认"；"经查明，他从这些女人中带走了一个姓科罗利科娃的"；还有另外一些更隐蔽的暗示，如："许多人遇到"，"不可能注意不到他或记不住他"）。这些非情节性的插笔的功能很复杂。首先，它们暗示正在就索科洛维奇一案进行调查，也就是说，他可能受到法律的惩罚。但这只是一种可能性，正如主人公的自杀也只是一种揣测（按照陀思妥耶夫斯基的观点，杀死"他人"就是自杀），提出这种揣测，说明惩罚已经超出了小说的情节。其次，不管怎么说，叙述本身就是一份留待后人审判的证词。还有一点很重要，就是人们和上帝（他们都是由全知的叙述者充当的）**亲眼**见证了主人公所走的路。最后，这些细节的非情节性制造出一种移动"边框"的效果（这种效果是我们已经提到过的），由于这种效果，小说看起来不是完全封闭自足的，而是从生活本身中"摘取的一个片断"。

576　　　在1915—1920年期间，布宁总是紧跟着生活中的新问题，而当这些问题是源自表面看来无关紧要的现象（所谓"平庸的生活"）时，非情节性与积累的情节就显得极其重要了（这特别明显地表现在《王中王》（1912）和《老婆子》（1916）等小说中）。

　　《老婆子》开门见山地进入故事（"这个老态龙钟的土里土气的老婆子，坐在厨房的长板凳上，号啕大哭，泪水像河一样流下来。"——Ⅳ，412），整个小说的情节就是开篇第一句话所交代的事情。这是积累性情节的一个典型的启动事件，它开始时显得合情合理，因为一个无家可归，没人要的老婆子幸运地来到一个官员的家里做帮工，但却不会讨主人欢心，所以担心被赶走。这件事是横向积累链条的开端，但随着链条的加长，对哭泣理由的最初解释便不能成立了：正如布宁通常的作品一样，事情的真正原因总是既内在于事件，又超越事件。

　　叙述者先让时间停下来（就像厨房的表针停了下来一样——Ⅳ，414），然后又将时间引入，为的是强调哭泣的连续不断（"她后来仍然在哭……晚上还在哭……那时候也……"——Ⅳ，414；"总之，直至深夜，当守夜人孑然一身守夜，另一些人挤在农舍里睡觉，还有一些人寻欢作乐的时候，那个老态龙钟的土里土气的老婆子一直在不停地哀哀悲啼"——Ⅳ，414）。这样一来，这一情景不但脱离了具体的时间，而且成为永恒中的一个被拉长的瞬间，并在空间中平行地延展开来。老婆子是在厨房哭泣，但叙述者却告诉我们，这个时候在大厅，在餐厅，在餐厅旁边那间窄小的屋子里，在主人的卧室，在厨房旁的小屋发生了什么事，转了一圈以后，最终又把我们带回哭泣的老婆子所在的厨房。尔后空间继续扩大，不仅包括了整个房子，还包括了黑暗的、正在下雪的街道，漆黑的野地和村庄，乃至于首都。这样就形成了一个囊括整个国家的，由积累而成的全景，这一全景的开端、中心和结束都是哭泣的老婆子的特写。一件表面上微不足道的事最后成为一个宏大的事件，就像《圣经》中提到的在巴比伦的河边的哭泣（请看："她哭得泪流成河"——Ⅳ，412；"痛苦的泪水倾泻无余"——Ⅳ，413；"她坐在那里哭着……眼泪像小河一样"——Ⅳ，414），而小说的形象结构本身（这是一种颇有古风的工具格变格形态）也从艺术上证明了完全可以将一个土里土气的老婆子变成一个宏伟的、"经验的"象征。

577

在不断积累的链条上，每一个新的片断都会带来一些新的画面和新的主人公，但它们只是前后串联，彼此之间没有任何有迹可寻的联系，因果关系是被排斥在这种串联之外的，各自独立的片断和人物之间没有从属关系，而是形成一种组合式的关系，而最重要的是，它们似乎是被作者无意中从非艺术的"粗糙的"现实中瞥见，从而"偶然"地进入文本的，所以在叙述过程中仍然保持着原先的非情节性。在积累性情节中最受期待的灾祸情节其实也是非情节化的：无论在经验的意义上，还是在象征的意义上，它仍然是处于艺术整体之外的——它存在于最外层的现实中，就像《圆耳朵》中的惩罚一样。

但是在积累链条内部，除了前后串联以外，还有另外一条组织原则不断在整体的宏观和微观层面显现，那就是圆形原则。从微观层面上来说，链条上每一个进入叙事者视野的片断不仅是独立的，而且都试图成为一个内部完善，自成一体的整体。在小说中描写了房子、村庄、首都，但在这些片断的内部还有小的片断（包括老婆子的全部命运，还有房客、父母双亡的男孩、守夜人，甚至空无一人的大厅和餐厅）。似乎多余的详细描写 [92] 在这些地方所起的作用，就像细节在史诗作品中所起的作用一样，是为了使每一个场面的内部都丰满完美，同时反映出作家一贯的信念："任何生命现象都具有自己的价值，世间万物是平等的。" [93]

在宏观层次，整个链条可以清楚地划分为三个圆圈：县城里的房子—野外和村庄—首都（房子与村庄之间的过渡是守夜人巡视的黑暗的、正在下雪的街道）。积累的链条同时又派生出一个由叙述者视野的跳跃所形成的大圆圈。当视线从城里的房子转到乡村，视野先是扩大了，然后重又变得狭窄，从而把首都从无边无际的空间中推了出来——它本来只是一个点，但处理的手法却像全景一样。在老婆子的哭泣和"乡村"悲惨的画面背景下不断重复奏响关于"作假"和"快活"的主题，并由它连接起大圆圈的最外层边缘，于是这种圆形特征就更加强化了。

578 　布宁通过积累链条的串联和圆形结构将一幅幅小场景，世界的横切面（粗糙的、经验的、未经梳理、原原本本的现实）和纵切面（指某种等级制，某种在叙述者看来毫无道理的必然性，类似托尔斯泰的"陌生化"）统统纳入了短小的形式中。对整体的两种测量方法同时并存，非常相近，一方面是老婆子好像泛滥的河水一样的哭泣（"活的生命"），一方面是"像泛滥的大海一样的欢乐"（"作假的生命"——Ⅳ，414）。

　布宁在作品中以艺术代表"作假的生命"不是偶然的。从留声机里"做作的绝望歌声"开始，直到整个现代艺术的全景，全被他斥为"作假"，他曾在作品中以非情节插笔的形式引用许多作家的文字加以挞伐，直接引用的有未来主义诗歌，间接批评的有伊戈尔·谢韦里亚宁，列昂尼德·安德列耶夫，费·夏里亚宾，艺术剧院和现代派戏剧。在这种背景下，小说本身的美学便具有了隐蔽的超叙述的功能，就是不仅要对抗生活的荒谬，还要对抗艺术的做作，在创作同行普遍欢乐的背景下，叙述的非情节性结构恰好相当于女主人公的哭泣。坦率的、差不多预言式的倾向性和高度的艺术客观性——这就是互相补充、共同构成一个整体的两个的方面。

* 　　* 　　*

　十月革命后，布宁的创作分成了小说与政论两部分。1917年之前，布宁几乎没有写过政论文章，虽然他那个时期的文学创作相当关注社会问题。但1917年革命以后，布宁立刻开始撰写政论文章，对布尔什维克进行激烈的、不妥协的抨击，有一段时间甚至无暇进行真正意义上的艺术创作。

　1918年，布宁离开莫斯科，先是住在敖德萨，而白军失败后他便于1920年1月底永远地离开了俄罗斯。这一年3月，布宁出现在巴黎，开始还怀着一点希望，指望有奇迹发生，可以回到俄国。但希望越来越渺茫，很快他就明白了，他注定要终老异乡，自己的使命也发生了彻底的转变，这对于他来说是很不愉快的。

　这一时期布宁发表日记，在流亡报纸上发表公开信、政论性的短文，回答政治性的质询等等。革命年代在莫斯科和敖德萨撰写的日记发展成为这一时期最重要的作品——《该死的日子》（第一版发表于1925—1927年）。

《该死的日子》这本书是布宁在我们所研究的创作时期所写的最后一部作品，它已经离艺术更远了。我们看到，这本书的开头仿佛是《老婆子》的继续："这该死的一年过去了。但今后会怎样呢？说不定还会发生什么更可怕的事。甚至肯定会发生。而周遭的景象却令人震惊：不知为什么，几乎所有的人都异常欢快……我曾经遇到一个老太婆，她停下脚步，颤巍巍地拄着拐杖，哭诉道：'先生，把我收留下吧！我们现在能到哪儿去呢……'" [94]

在布宁看来，二月革命和十月革命之后发生的事不过是他实现了他的预感和预言。由于俄国自古以来总是爱好混乱的状态（第164页）（着重号是布宁标出的——本章撰写者注），造成了超出尺度——不仅是外表的尺度，而且还有内在的尺度的趋向，而"现在"（第91页）不过是将这种趋向变成了现实，"……而我不过是想让自己感到恐惧，却无法真的恐惧。我毕竟还不够敏感。使人变得迟钝——这也就是布尔什维克全部可怕的秘诀。人们的生活离不开尺度，敏感度与想象力也是用尺度来衡量的，所以他们要跨过尺度"（第104页）。

尺度内部的荒谬成为布宁的主题之一："总之，现在最可怕和可鄙的不是可怕与可鄙的事情本身，而是要对它们做出解释，要争论它们究竟是好还是坏。"（第117页）这种荒谬的表现就是对发生的事情做出所谓"聪明的"或附带前提的诗意解释："是的，我们凌驾于一切之上，甚至凌驾于现在所发生的，无法言传的事情（这是象征主义的用词！——本章撰写者注）之上，我们高高在上地自作聪明，大发议论。我们觉得一切都是诗，连绳索都是诗意的……一句话，对生活文学性的理解毒害了我们（第119页）。"

在这种"混乱"和"过度"的平凡生活中，需要以新的方式重建生活的面貌，以及可能对它进行艺术表现的原则。由于《该死的日子》也将这一问题吸纳进来，使得这本书和布宁的其他作品一样，具有一种超叙述性，而日记的形式使这种超叙述性显得更加复杂。日记是一种个人见证，是介于生活真实与艺术真实之间的体裁。它极其质朴，没有情节，要克服艺术虚构，而我们知道，后者正是作家始终孜孜以求的东西。但是日记之所以成为日记，是因为它总是某种程度的自言自语，而具体到我们所研究的对象，便是一种兼有生活与创作成分的自语。

的确，布宁不仅描写了俄罗斯和俄罗斯人民的现状，而且总是将现实与他

580

自己过去对现实的描写相比较（1919年4月16日、4月19日、4月20日、6月11日的日记等）。为了坚持艺术的客观性，强调自己总是看到事物的两个方面，而不同于"独目的波吕斐摩斯"。对马雅可夫斯基（第114页），以及那些指责他的"片面性"的人，日记的作者在1918年引用了自己1915年和1916年的日记："看来我们的女仆塔妮亚非常喜欢读书。她从我的书桌下面拉出一篮子草稿，挑拣一番，有空的时候就读起来。她读得很慢，脸上带着沉静的微笑。可是她却不敢找我要书看，不好意思……我们的生活方式是多么的残酷和丑恶！"（第74页）这则笔记又使我们想起了苏霍多尔生活的某些奇怪的特点，下面一篇关于马霍托奇卡的笔记则使我们回想起布宁一系列小说的情境（其中也包括《老婆子》）。但布宁还是在日记中指出："我们的眼睛过去看到的东西是多么少啊，甚至我的眼睛也一样！"（第129页）。

于是他把现在的日记当作毕生事业的继续——见证现实的悲剧性和复杂性，它永远不会归结为一种单一的真理："在有些布尔什维克心中，哪里是对'精神空虚的人'的卑鄙的嘲笑，对他的心灵和下意识的卑鄙贩卖，哪里又是若干的真诚和有点神经质的喜悦呢？比方说，高尔基就是一个相当扭曲和兴高采烈的人！"（第95页）

在此基础上，日记作者与被片面理解的客观性进一步展开了争论："'要无偏向地，客观地分析俄国革命，现在还不是时候。'现在我们总是听到这样的话。无偏向地！但真正的无偏向是不可能的。而最重要的是，我们的'偏向性'对未来的历史学家来说是非常非常重要的。难道只有革命人民的欲望才重要吗？我们就不是人吗？"（第71—72页）。

这第二种"有偏向的"观点批驳了一种不仅在理论上和口头上，而且用巴赫金的话来说，"切身地"占据统治地位的观点。他所批驳的生活观恰好是一种"口头的"生活观（这种生活观源自布宁早先的"思想评论"）："为什么是'政治委员'？为什么是'特别法庭'，而不是普通的'法院'？**这一切都是因为，只有在这样的革命词语掩护下，才能大胆地蹚着齐膝的血水向前走。**"（第120页）在日记中，布宁还表现出另一种取向："'我似乎能用身体去体会别人'，托尔斯泰有一次在笔记中这样谈到自己。我也是这样。但人们没有理解托尔斯泰的这种感觉，对我也一样，所以有时才会因为我的热情和'偏颇'

感到吃惊。对于多数人来说，'人民'、'无产者'甚至直到现在仍然不过是一些词，但对于我来说，却永远是和眼睛、嘴巴、嗓音联系在一起的。对于我来说，群众大会上的演说就等同于讲演者的身体。"（第94-95页）

但是单单对倾向性作出这样的理解，仍然不能揭示《该死的日子》最深层的含义。在这本书中，在"混乱的"，甚至失去生活的感觉的背景下，在死亡的面前（参阅关于彼得堡复活节的描写），却出现了"某种无论精神意义上还是身体意义上全都豁然开朗的视野，某种明朗有力的东西……于是，我忽然生动清晰地认清了在敖德萨乃至整个俄罗斯所发生的一切，这一片超然的心境中，已经没有了哀伤和恐惧，一种快乐而绝望的感觉油然而生"（第121-122）。

就这样，布宁俄国时期的最后一部作品，这本风格鲜明的政论，以独特的方式和与以往不同的侧重点，容纳了两种互相补充的原则——富有预见的倾向性和为他开拓新的艺术视野，并在其后的创作中得以实现的超脱性。

581

注释：

1 《1933年诺贝尔奖》，斯德哥尔摩，1933，6-7页。引自亚·巴博列科，《布宁生平材料》，莫斯科，1987，294页。

2 布宁，《自传笔记》，见《布宁文集》，九卷集，1967，9卷，264-265页。以下所有引文均出自该版本，只在正文中标明卷数和页码。

3 瓦·利·利沃夫-罗加切夫斯基，《象征主义及其继承者》，《现代人》，1913，7期；尤·马利采夫，《伊万·布宁：1870—1953》，美茵河畔法兰克福、莫斯科，1994，100-151页（第5章：《现代派风格》）。

4 除了上面提到的九卷集，在俄国出版的布宁作品集较全的还有：1987—1988年在莫斯科出版的六卷集；还可看其诗歌和翻译作品选：《布宁诗歌》，列宁格勒，1956（诗人文库，小系列）；《诗歌和译作），莫斯科，1986；政论集：伊·阿·布宁，《1918—1953年政论》，奥·尼·米哈伊洛夫编，莫斯科，1998。

5 弗·尼·阿法纳西耶夫，《布宁》，莫斯科，1966；亚·亚·沃尔科夫，《布宁的小说》，莫斯科，1969；亚·尼诺夫，《高尔基与布宁：相互关系的历史，创作问题》，列宁格勒，1973。

6 亚·库·巴博列科，《布宁：生平材料》，第二版，莫斯科，1987（第一版，莫斯科，1967）；《文学遗产》，84卷，1-2册；奥·尼·米哈伊洛夫，《布宁：生活与创作》，图拉，1987。

7 如参见：利·安·科洛巴耶娃，《布宁创作中的个性问题》，科洛巴耶娃，《俄国19世纪末20世纪初的个性概念》，莫斯科，1999，61-89页；列·康·多尔戈波洛夫，《布宁的命运，布宁的短篇小说〈净罪星期一〉在布宁流亡时期创作体系中的地位》，多尔戈波洛夫，《在世纪之交》，列宁格勒，1985；《布宁与20世纪初的文学进程（1917年之前）》，列宁格勒，1985；《布宁与20世纪俄罗斯文学》，莫斯科，1995。

8 马利采夫，《伊万·布宁：1870—1953》，7页。还可参看，例如玛丽贝思·斯佩恩，《布宁的散文：叙述意识的功能》，斯坦福大学，1978；詹姆斯·伍德沃德，《布宁：小说研究》，北卡罗来纳州教堂山，1980。

9 马利采夫，《伊万·布宁：1870—1953》，19页。

10 瓦·帕·斯米尔诺夫，《伊万·阿列克谢耶维奇·布宁》，见《俄罗斯作家生平词典。1800—1917》，莫斯科，1989，1卷，355页。

11 尼·库切罗夫斯基，《布宁兄弟（布宁文学生涯的开端）》，《20世纪俄国文学史漫谈》，卡卢加，1966；库切罗夫斯基，《托尔斯泰主义的制服（布宁与托尔斯泰主义）》，同上。

12 参见克·法·比克布拉托娃，《80年代的俄罗斯诗歌》，《俄罗斯诗歌史》，列宁格勒，1969年，2卷，227-252页，比如，其中提到了民主主义的公民诗歌（以纳德松·普列谢耶夫、雅库博维奇为代表）与所谓"纯艺术"诗歌的矛盾。

13 科·伊·丘科夫斯基，《早期的布宁》，《文学问题》，1968年第5期，83页。还可参看纳·阿·科热夫尼科娃，《布宁的比喻和隐喻》，《布宁与20世纪俄罗斯文学》，138-143页。

14 高尔基，《列夫·托尔斯泰》，《高尔基三十卷集》，莫斯科，1951，14卷，293页。伊·伊利因也曾提出布宁与托尔斯泰艺术手法相近的假说。参看：伊·伊利因，《论愚昧与启蒙》，莫斯科，1991，29-36页。还可参看彼·比齐利，《关于托尔斯泰的短评：布宁与托尔斯泰》，《同时代人笔记》，61辑。

15 这个问题的有关材料请参阅下列刊行材料：勃留索夫，《致布宁的信，1898—1915》，因·所·加泽尔注，《1963年勃留索夫学术报告会》，埃里温，1964，554-562页；勃留索夫，《致布宁的信。1895—1915》，亚·阿·尼诺夫撰写前言并注释，《文学遗产》，84卷，1册，莫斯科，1973，421-470页；勃留索夫，《与谢·亚·波利亚科夫的通信（1899—1921）》，尼·弗·科特列廖夫撰写前言并注，尼·弗·科特列廖夫，柳·基·库瓦诺娃，伊·彼·亚基尔刊行，《文学遗产》，98卷，2册，14-18，27，39-40页。

16 参见：《文学遗产》，98卷，2册，18页。

17 同上，41页。

18 勃留索夫，《日记：1891—1910》莫斯科，1927，106页。

19 勃留索夫，《诗林漫步，1894—1924》，莫斯科，1990，70-71页。

20 《勃洛克八卷集》，莫斯科，列宁格勒，1962，5卷，141页。

582

21 勃留索夫，《诗林漫步，1894—1924》，221页。

22 《尤·米·洛特曼文集》，三卷本，塔林，1993，3卷，172页。

23 同上。

24 霍达谢维奇，《关于布宁的诗歌》，见霍达谢维奇，《摇晃的三脚架：精选集》，莫斯科，1991，548页。

25 有关对20世纪初俄国诗歌中的"高蹈派"的评价，请参看米·列·加斯帕罗夫，《俄国现代派诗歌的二律背反》，《加斯帕罗夫文选》，莫斯科，1995，286-304页。

26 霍达谢维奇，《关于布宁的诗歌》，549页。

27 同上。

28 同上。

29 维·达·莱温，《世纪初的小说（1900—1920）》，《俄国文学史。20世纪。白银时代》，莫斯科，1995，276-279页。

30 弗·亚·克尔德什，《20世纪初的俄国现实主义》，莫斯科，1975，131-132页。

31 参见：阿·德尔曼，《布宁》，《俄罗斯思想》，1914，6册，61页；叶·科尔托诺夫斯卡娅，《作为叙事艺术家的布宁》，《欧洲通报》，1914，5期，335页。

32 布宁，《苏霍多尔》，《欧洲通报》，1912，4期，12页。

33 克尔德什，《20世纪初的俄国现实主义》，129页。

34 同上，131页。

35 同上，129页。

36 马利采夫，《伊万·布宁：1870—1953》，9页。

37 高尔基，《致布宁的信》（1910），《高尔基学术报告会：1958—1959》莫斯科，1961，53页。此后也有人谈到过历史视角在布宁创作中的重要性，例如，可参看德·谢·利哈乔夫，《古俄罗斯文学的诗学》，莫斯科，1979，218页；列·多尔戈波洛夫，《本世纪的文学运动与伊万·布宁》，多尔戈波洛夫，《在世纪之交》，列宁格勒，1977，294-321页。

38 阿·布尔纳金，《对俄罗斯的诽谤》，《新时代报》，1911年2月11日。

39 瓦·沃罗夫斯基，《文学素描》，沃罗夫斯基，《文学批评文集》，莫斯科，1956。

40 叶·科尔托诺夫斯卡娅，上引著作，336页。

41 费·德·巴丘什科夫，《布宁》，《20世纪的俄国文学》，见谢·阿·文格罗夫主编，三卷集，莫斯科，1915，2卷，363页。

42 费·奥·斯捷蓬，《布宁》，见斯捷蓬《会面》，纽约，1968，107页。

43 科·丘可夫斯基，《早期的布宁》，98页。

44 对于布宁与列·托尔斯泰的联系，批评界在他在世的时候就曾多次指出过。阿·德尔曼，《艺术家的胜利》，《俄罗斯思想》，1916年，5期，24-27页；伊·伊利因，《布宁的创作》，伊·伊利因，《蒙昧与醒悟。文艺批评集》，莫斯科，1991；作家们也谈到过这个问题，

583

如托马斯·曼（参看《文学遗产》，84卷，2册，379页）等。请参看对于布宁与托尔斯泰的联系的较新的研究专著，如里·所·斯皮瓦克，《布宁与托尔斯泰（对于艺术风格相互关系的观察）》，语言学副博士论文摘要，莫斯科，1967；里·所·斯皮瓦克，《托尔斯泰与布宁创作中艺术的具体化原则：细节》，《彼尔姆大学学报》，彼尔姆，1968年，133页。

45　德尔曼，上引著作，172页。

46　伊利因，上引著作，60页。

47　斯捷蓬，上引著作，107页。

48　伊·帕·万坚科夫，《叙事者布宁》，明斯克，1974。

49　巴赫金，《美学活动中的作者与主人公》，见巴赫金，《文学创作美学》，莫斯科，1979，166页。

50　尼·康·格伊，《作为文学发展"内在逻辑"的风格》，《文学风格的兴替》，莫斯科，1974，375—376页。

51　马利采夫，上引著作，91页。

52　科尔托诺夫斯卡娅，上引著作，340页。

53　马利采夫，上引著作，194页。

54　科尔托诺夫斯卡娅，上引著作，335页。

55　《布宁访谈》，《莫斯科消息报》，1911，13期，9月12日。

56　"布宁的小说将不同的层次统一起来，这是一种具有形而上持征，但它……也是历史的真实。"（多尔戈波洛夫，同前，299页）。

57　马利采夫，上引著作，194页。

584　58　克尔德什，《俄国现实主义的命运》，《19世纪末20世纪初的俄国文学。1908—1917》，莫斯科，1972，98页。

59　奥·弗·斯利维茨卡娅，《布宁小说的情节——结构——细节》，《论布宁文集》，奥廖尔，1974，100页。

60　同上，91页。

61　同上。

62　斯捷蓬，上引著作，105页。

63　柳·弗·克鲁季科娃，《在布宁艺术探索的世界中（1911—1916年的短篇小说是如何创作的）》，《文学遗产》，84卷，2册，103页。

64　斯捷蓬，上引著作，105页。

65　斯利维茨卡娅，上引著作，93页。

66　斯捷蓬，上引著作，105页。

67　斯利维茨卡娅，上引著作，93—94页。

68　同上，94页。

69 马利采夫，上引著作，111-112页。另参看《现象学长篇小说》一章。

70 斯利维茨卡娅，上引著作，94页。

71 马利采夫，上引著作，89页。

72 亚·帕·丘达科夫，《契诃夫的诗学》，莫斯科，1971

73 斯利维茨卡娅，上引著作，102页；马利采夫，上引著作，90-92页。

74 同上，108页。

75 斯利维茨卡娅，上引著作，95页。

76 关于这个问题请参看：詹姆斯·伍德沃德，《布宁早期"哲理"短篇小说的结构和主体性》，《加拿大斯拉夫研究》1971，5卷，第4期，509页；马利采夫，上引著作，107-108页。还可参看Г. И. 马尔金：《布宁哲理小说内部结构特征》，《艺术作品的整体性及大中学校文学研究对其进行分析的问题》，顿涅茨科，1977；Л. И. 科热米亚金娜，《布宁短篇小说〈莠草〉艺术整体中情节与本事的发展特点》，《布宁与20世纪的俄国文学》。

77 马利采夫，上引著作，108页。

78 同上，108页。

79 伊利因，上引著作，97页。

80 斯利维茨卡娅，上引著作，97页。

81 请参看对于与这些主题相关的布宁的哲学问题的研究：马利采夫，上引著作，119-128页。

82 请参看对于布宁小说社会主题更深入的论述——斯利维茨卡娅，《布宁创作中的社会恶与宇宙恶的问题（〈兄弟〉与〈来自旧金山的先生〉)》，《20世纪的俄国文学（十月革命前时期）》，卡卢加，1968。

83 斯利维茨卡娅，《情节—结构—细节……》，96页。

84 同上，97页。

85 马利采夫，上引著作，132页。

86 关于这一情节类型请参看：弗·雅·普罗普，《叠进故事》，《俄罗斯故事》，莫斯科，1984；纳·达·塔马尔琴科，《情节历史中的叠进原则》，《作为历史诗学问题的文学作品的整体性》，克麦罗沃，1986。

87 斯皮瓦克，《布宁和列·托尔斯泰作品中"活的生活"（托尔斯泰传统中的布宁美学的若干方面）》，《彼尔姆大学学报》，彼尔姆，1967，155期；马利采夫，上引著作，《活的生活》一章。

88 斯利维茨卡娅，上引著作，94页。

89 列·谢·维戈茨基，《轻轻的呼吸》，维戈茨基，《艺术心理学》，莫斯科，1965年。

90 斯利维茨卡娅，上引著作，95页。

91 斯利维茨卡娅，《布宁的短篇小说〈圆耳朵〉（布宁与陀思妥耶夫斯基）》，《20世

585

纪的俄国文学（十月革命前时期）》，卡卢加，1971，3集。

　　92　请参看对于这篇小说虽不无争论，但很有意思的分析：叶·马加赞尼克，《布宁的〈老婆子〉中从事物美学到事物哲学》，《撒马尔罕大学论文集》，撒马尔罕，1973，238期。

　　93　斯利维茨卡娅，《情节—结构—细节……》，95页。

　　94　布宁，《该死的日子》，莫斯科，1990，65员。下面的引文都来自《该死的日子》同一版本，页数随文标出。

第十一章
亚历山大·库普林

◎叶·亚·季亚科娃　撰／路雪莹　译

亚历山大·库普林（1870—1938）曾经写道："在俄国读者中，有一群为数
众多，然而很难捕捉的中间读者是仅仅凭借健全的本能来判断作品的，但是他
们在对年轻的作者做出选择和评判的时候却从来不会犯错误。"[1] 他用这句话对
自己的读者做出了准确而简洁的判断，流露出对他们的感激之情。从20世纪初
至今，正是国内"为数众多，然而很难捕捉的——智慧而有独立思想的读者"
始终不渝地拥戴和欣赏着库普林的小说。库普林这种独特的文学命运是与他世
界观与美学方面的特质密不可分的。

库普林的小说乍看起来非常清晰易懂，然而其内部却是充满矛盾的：一方
面注重故事情节，另一方面又具有深层的自传抒情底蕴；一方面现实主义的特
征非常突出，往往使作品接近于特写、自然主义小说和"社会民族志"，另一方
面又受到印象主义艺术实验的熏染，有的地方还带有新浪漫主义小说的特点。
写这些小说的作者曾经梦想把作品校对十一或十二遍，然而少年时代却经常在
编辑部的桌子边上干活儿，成年以后有时又会向速记员口述，用这种方式来写
故事。与库普林同时代的批评家在对他进行评论的时候，对这种双重性已经有
所感觉和揭示。叶·亚·科尔托诺夫斯卡娅所写的《生活的诗人》（1915）这
篇文章，差不多是对库普林创作的"俄罗斯时期"，即"革命前"和"流亡前"
创作的总结。她在这篇文章中指出："大自然精心筛选了俄罗斯民族性当中的一

亚历山大·库普林

部分精华赋予契诃夫，而对库普林虽然非常慷慨，但却不够精心，他的身上良莠并存地体现了俄罗斯性格的所有特征……两位作家的'气质'首先表现在他们对于创作的态度不同。契诃夫是以专业的精神对作品进行精雕细琢，手法纯熟，循序渐进地臻于完善，而在库普林的作品中却根本感受不到这种有章法的进展。他好像是完全自发地成长起来的，一路窜升，时而达到巅峰，时而又出其不意地跌入谷底。自然的宝藏似乎是喷溅到库普林身上的，它熠熠生辉，然而这种光却是不均匀的。在他的才华横溢之中有着某种俄国式的松散而不稳固的杂质。"[2]

20世纪初，弗·帕·克拉尼希菲尔德把库普林称为"可喜的偶然造就的诗人"，他指出："这位艺术家原始的创造力要比他的理论体系丰富和深刻得多。"[3]

科·伊·丘科夫斯基也在1910年左右不止一次地指出："……他有着天才的眼光。其作品最好的段落就像一幅幅画面一样。难怪反对他的人会说他是一个描摹派的作家。他总是精细地品味着画面……我有的时候觉得，他主要是靠眼睛，而不是靠心灵生活。但现在我看到，他的眼睛是为心灵服务的。"[4]

1905年文学评论家马·克里尼茨基曾记录下库普林所说的"现实主义作家十要"，其中有库普林对自己"品味画面"原则的叙述："画面要饱满，自然，鲜明，杜绝刻意追求精巧的做法"[5]。同时代人将他最好的作品中这种朴实的，

587

"自然而鲜明的"特点看作其小说特有的风格和品质。库普林的朋友，著名的文学史家费·德·巴丘什科夫在《自发的天才》这篇文章中第一个指出，对库普林的貌似简单的文本进行分析其实是很不容易的，他说："关于库普林的作品可以写出很多评论，但是对于库普林的写作手法却无话可说，只能赞叹他的描绘本领……他属于那样一类作家，他们的作品只需要推荐给读者，告诉他们：读这个作品吧，这是真正的艺术，每个人都能读得懂，不需要任何诠释。"[6]

不过，当今有些研究者还是撰写了研究库普林小说美学的专著。[7]

1906年，库普林在给谢·阿·文格罗夫的信中说过："我的所有作品几乎都是自传。我有时候会编造外部的情节，但从根本上来说……一切都来自我的生活经历。"[8]

作为艺术家的库普林具有矛盾的气质：他的早期作品反映出作者立场、人物形象和观点的双重性：神经质的绝望、尖刻，对"有权有势，脑满肠肥"的人的惧怕、不时冒出的阴郁的激情，这一切和作者对一切善良有力事物的热爱，和对大地上万物满怀赞叹，热爱生活，追求理想的主人公形象交织在一起。这种文学现象是相当罕见的。这些小说中既有对于牧神潘的追慕，表现了潘的力量在自然界和人的心灵中自发喷射所释放的强大能量，也有契诃夫式的，对于19世纪与20世纪之交俄国现实生活的微小细节的温情关照，两者融为一体。

这种双重的特征一部分是由于"时代环境"的影响。叶·科尔托诺夫斯卡娅在《作为时代表述者的库普林》（1907）一文中一针见血地指出："我们在对生活极度高涨的激情与阴郁的保守主义之间摇摆不定。库普林注定要做这个与契诃夫的时代相衔接的，有过渡性质的旧时代的歌手。"[9] 而另一部分则与小说所植根的，作家自己早年斑驳陆离而充满矛盾的生活有关。[10]

亚历山大·伊万诺维奇·库普林1870年出生于奔萨省的一个县城——纳罗夫恰特。彼·安·弗罗洛夫在内容翔实，资料丰富的专著《库普林与奔萨地区》[11] 中对作家的家世进行了详细的研究。库普林的父亲出生于下层军官家庭，母亲的身份是公爵小姐，娘家姓为库伦恰科娃。

家族的传奇经历对于作家本人富于传奇色彩的创作也起了很大作用。库伦恰科夫家族是奔萨的地主，有着古老的谱系，可以上溯到金帐汗国，到亚历山大二世改革以后渐趋没落。这个家族有着豪放，狂暴，自由不羁的性格，酷爱

588

骏马、猎犬和打猎，世代承袭着"金帐汗国式的火爆性格"，祖上曾有过很好的养马场，但后来"因纵酒和种种放荡行为而败落了"（Ⅷ，372）。"外祖母家曾有两个很棒的庄园——谢尔巴科夫斯克村和祖博夫村，后来也被狂放的祖先败光了"（Ⅵ，91）——所有这些都反映在短篇小说《勇敢的逃亡者》（1917）和长篇小说《士官生》（1928—1932）的情节中。

库普林早年丧父。作家的母亲柳·阿·库普林娜因为出身贵族，被收留在位于莫斯科库德林广场的孀妇院，而孩子们则被安排公费入学读书。作家幼年时期是在孀妇院悲戚的氛围中度过的，然后进入拉祖莫夫孤儿寄宿学校和莫斯科第二士官学校学习（1880—1888）。童年这种"寄人篱下的生活，那些求告、赔笑、琐屑然而难以忍受的屈辱"（Ⅳ，281），凄苦、愤恨、恐惧、面对生活一筹莫展的感觉——这些都深深地嵌入年轻的库普林的生活经验中。

但是，作家童年的莫斯科获得的绝不仅仅是一些"琐屑的，然而难以忍受的屈辱"。19世纪80年代，亚历山大三世时代的莫斯科似乎也为库普林才能的发展提供了良好的背景，使他热爱生活，造就了崇尚精神健康和坚强有力的品格，以及犀利的思想和开阔的心灵。作家日后在《列诺奇卡》（1910），《三色堇》（1915）等小说中对童年的印象进行了认真的反思。很多年以后，库普林写了一系列小说和随笔赞美19世纪末，也就是他童年和少年时代的莫斯科，其中包括《红马，灰马，枣红马和黑马……》（1928），《莫斯科的雪》（1929），《莫斯科的复活节》（1929）等，还有长篇小说《士官生》，这部带有明显自传色彩的小说，与库普林1889—1890年在莫斯科亚历山大军校作士官生的生活有着密切联系。

589　　库普林的小说中总是对自己的经历进行逐渐的，然而不间断地重新思考，这反映了他的世界观与对待艺术的价值判断体系正在发生深刻而系统的转变。

1890年，库普林从莫斯科亚历山大军校毕业，成为第聂伯第46步兵团的一名少尉。在四年的服役生涯中，他不断在部队之间调动，辗转于西南地区的犹太人定居点和边境小城之间。在这个阶段，他获得了一些新的经验——军旅生活、南俄地区各省份的波兰和犹太居民点的生活和传闻、边防军和走私者的生活等等。1893年8月，库普林曾想考入总司令部军校，以便离开部队所在的偏远地区，获得在军队系统晋升和进入彼得堡的机会，但却遭到了挫折。库普林没能参加入学考试，其原因他是做了一件近乎疯狂的事——"把一个执行公务的警官推下水"。在前去考试的途中，他在基辅的第聂伯河边上与一位警察分局长发生了冲突，于是年轻的士官生便将这个维护秩序的人推到了河里。[12]

根据基辅军区司令，著名的将军和军事理论家米·伊·德拉戈米罗夫（后来他成为《决斗》中军长的原型）[13] 的命令，库普林被取消了报考总司令部军校的资格。因此库普林于1894年秋天以中尉军衔退伍，来到了基辅，按照他的说法是"身无长物，举目无亲……此外，最糟糕的是，我既没有学问，又没有生活知识"[14]。

这时候库普林已经写了一些有些稚嫩、热情而伤感的诗歌，翻译了海涅和贝朗瑞的一些作品，并在1889年12月号的《俄国讽刺杂志》上与诗人利·伊·帕利明合作发表了浮夸而幼稚的小说《最后的首演》。他还在19世纪90年代颇有影响的《俄罗斯财富》等刊物上发表了中篇小说《在黑暗中》和短篇小说《月夜》（1893年，6—7期和11期）。1893年8月，库普林在彼得堡被介绍给尼·康·米哈伊洛夫斯基和亚·伊·伊万钦–皮萨列夫，与杂志的编辑部建立了通讯联系。1893年12月，他写信告诉米哈伊洛夫斯基，自己正在创作长篇小说《悲伤的人与愤怒的人》。[15] 但这个构想并没有能够完成。在接下来的7年中，库普林注定要一直在南俄的外省期刊上锲而不舍地耕耘，这成为他成长的学校。从1894年9月开始，他在《基辅人》《基辅言论》《生活与艺术》（基辅出版）等报刊上发表了大量的短篇小说、诗歌、文章、特写、纪事、评论，每星期发表数首十四行诗，稿费只有每行一个半戈比。他的作品引起了高尔基的兴趣（1895年秋高尔基曾想邀请库普林到《萨马拉报》工作）。[16] 1896年秋冬之际，库普林在《基辅言论》这家报纸上发表了系列随笔《基辅众生相》，表现出了对生活的深刻了解和洞察力，这对于小说家库普林来说是十分重要的。然而，毫无疑问，这些贫穷的岁月，半流浪的生活，对于他的个性和才华都是严酷的考验。

1897年，当库普林的一本薄薄的小说集《小品集》在基辅出版以后，《俄罗斯思想》的一位评论员曾不无讽刺地写道："也许，这些**小品**是在某个省城大报的'通俗文艺'栏目上发表的，而且说不定就是专门为小品文栏目而写的。"[17] 而《俄罗斯财富》的评论员发现，这本书中有来自莫泊桑的影响，不过没有莫泊桑的深度和风格魅力，这篇评论认为，总的说来，《小品集》是"一系列零散

590

照片和笑话的组合，虽然有不少吸引人的内容，"但"没有结合成强大的艺术感染力"[18]。

的确，库普林发表于19世纪90年代中晚期的作品五花八门：其中既有东方风格（《尔撒》，1894），又有中世纪的日耳曼风格（《因格尔施塔特的刽子手》，1900），还有传说和流传于军队里的笑话（《丁香花丛》，1894）；既有一些为报纸撰写的，情节简单的圣诞节和复活节故事，也有成熟的小说，如《神医》（1897）和《乐手》（1900）；既有最初的动物题材小说，匆匆记下的关于走江湖的马戏团的传说，也有一些很出色的作品，如《调查》（1894），《麻雀》（1895），《宿营地》（1895），《Allez！》（1897），《夜岗》（1899），特写《打松鸡》（1899）等。库普林的小说情节形形色色，从一定程度上讲，这是由于他在那几年的经历异常丰富和充实。他一方面在基辅的报纸上大量发表作品，后来还为另一些刊物撰稿——例如日托米尔的《沃伦》，顿河畔罗斯托夫的《亚速尔沿海地区报》，以及《顿河论坛》，《敖德萨新闻》等，另一方面频繁地变换生活地点和职业。正是在1894—1900年期间，他"先后做过军官，土地测量员，装卸工，搬砖工……还做过护林员，春季和秋季在别墅区搬运家具，为马戏团打杂儿，做过下九流的演员行当……"（Ⅶ，14）。他还曾在乡村郊区做过代理诵经士，在钢厂做过统计员，种过马合烟……库普林熟知俄国生活的细节以及各种职业的内情、不同的生活方式、方言与黑话、各种色彩、声音、气味。库普林的这些特长反映在他1900—1910年的小说中，成为一个显著的特色。

库普林在《现实主义作家十诫》中指出："如果你想描写某种事物……就先要把它想像得非常清晰，包括气味、味道、姿势、表情……在描写风景的时候要记住：在小说中，所谓的'大自然画面'是通过人物的眼睛看到的：他可能是孩子、老人、士兵、鞋匠。他们每个人都以自己的眼光去看……在传达**别人的语言**的时候，抓住其中的特色……要研究、倾听他们是怎样讲话的。……而最重要的是要非常活跃地工作。你是一个记录生活的人。你要到殡仪馆去做拿火把的人，和渔民一起在流冰上经历暴风雪，到处都要去走一走，看一看，要去做一条鱼，一个女人，体会生孩子的感觉，尽可能地钻入生活的最深处，暂时忘却自己。"[19] 在19世纪90年代末，库普林正是如此或大致如此生活的，如果说，这种生活方式一部分是为严酷的环境所迫，但这些生活经验对于小说家库

591

610

普林形成自己的创作方法却是受用无穷的。在19世纪90年代末，"印象主义的生活记录者"库普林还没有在小说中找到与其生活经验完全对应的表达方式，但他正在朝着这个方向努力，这正是他的追求。

丘科夫斯基欣喜地描述了库普林在19世纪初深入生活的情景："他总是渴望研究和理解各行各业的人是如何生活和工作的——工程师、工厂工人、流浪乐手、马戏团演员、盗马贼、修士、银行家、密探……他要作一个现实主义作家和民风民俗的描绘者，对自己的要求简直无穷无尽……他与骑师聊天时就像一个骑师，和厨师聊天时就像厨师，和水手聊天时就像一个老水手。他像一个孩子一样炫耀自己丰富多彩的经验，喜欢在其他作家面前卖弄（例如在魏列萨耶夫、列昂尼德·安德列耶夫面前）……在描写气味方面库普林有一个惟一的对手——伊万·阿列克谢耶维奇·布宁。当他们两人遇到一起的时候，他们就会比赛。这是一场狂热而开心的游戏，看谁能更准确地描绘出天主教堂在复活节晨祷时的气味，或是马戏团场子里的气味……"[20]

不过，库普林关于"生活的记录者"的观念也在其早期小说中有所体现。1896年，年轻的库普林作为基辅报社的通讯员前往新俄罗斯的工业区，了解了叶卡捷琳诺斯拉夫省的冶金工厂和钢轨制造厂、顿巴斯的煤矿，1896年8月至12月曾在沃伦采沃的钢厂做过小办事员，特写《钢轨制造厂》（1896）和《尤佐夫卡的工厂》（1896）为中篇小说《摩洛》（首发于《俄罗斯财富》，1896，第12期）提供了素材和草图。

这一时期俄罗斯的工业迅猛发展。被称为"新美国"的俄罗斯新貌（库普林也在文章中使用过这一19世纪末、20世纪初的流行说法），新的"时代主人公"——工厂主、精明的能人、工程师——的出现，引起了19世纪末俄国小说界的高度关注。在博博雷金和瓦·涅米罗维奇-丹钦柯的长篇小说中，对于工厂主和精明的能人一味加以赞颂，把他们当作未来时代的"文化主人公"，与之相对的是马明-西比利亚克、加林-米哈伊洛夫斯基、柯罗连科、年轻的高尔基等人，他们在小说中对于"工业文明"及其代表人物进行了更为精细、全面、带有批评性的描写。库普林的《摩洛》正是倾向于这一传统的。

《摩洛》并没有使它的作者一举成名，但是引起了批评界一定的关注。《田地》杂志的一个评论家指出："作者对于我们的大型工厂中建立起的秩序心存不满。"[21] 安·伊·博格丹诺维奇在《神的世界》杂志的文学概观中指出，工程师鲍勃罗夫的形象在当时的小说中是很典型的[22]。而亚·斯卡比切夫斯基指出："正如奥涅金和恰茨基反映了20—30年代……当代小说中的这个精神变态的主人公无疑也是我们这个急剧变化的时代的代表和代言人。"[23] 这些观点无疑都是正确的。库普林1896年秋写信告知米哈伊洛夫斯基自己正在创作这部作品，在信中他自己也说道："……我还是无法回避病态心理。也许我与这个不幸的题材有着不解之缘？"[24] 1899年，高尔基对于《摩洛》的社会观及小说本身都给与了高度评价。[25]

但是没有一个批评家看到：在库普林早期的作品中，来自传统的对现实生活的出色描写与属于"新文学"的世界观是有机地结合在一起的。当描写摩洛的神殿——钢厂时，当然有一些在技术上十分精确的细节，表现出作家是个内行的人，但作家对于色彩和形象象征意义的表现也是相当娴熟的。作家自觉地运用了象征性的色彩——红色、灰色、黄色、黑色、紫色、暗蓝色。对硫磺、铁、锈、烟、工厂噪音等等的描写也具有象征意义。库普林的"摩洛"代表的"恶"不仅仅是社会意义上的，而且是本体论意义上的——这就是玷污大地、使人性扭曲和异化的工业文明，它在作者心中引起差不多神秘的恐惧，而钢厂的形象因此几乎具有了启示录般的意义。

593

"张开血盆大口"的工厂，冒着黑烟的烟囱，熔炉的"巨大的红色眼睛"——在这些描写中都似乎闪烁着恶龙的影子。但重要的是，小说的主人公，工程师鲍勃罗夫一点也没有以解放者和骑士自命——这位（按照斯卡比切夫斯基严苛的说法）"当代文学的精神变态的主人公"只能在吗啡中寻求解脱。

库普林早期小说中有一些他喜爱的主人公，他们在寻求逃脱这种恐惧的方法，渴望投入到现实生活中。库普林早期小说的主要人物是具有细腻的心灵构造的人，他受到被广泛认同的事物发展进程的压迫——工厂中军队般严格的生产日程（《调查》，1894），剧院的幕后生活（《追求名声》（一译《追求声誉》——译者注。），1894），编辑部或马戏团的日常事务（《疲惫不堪的人》，1896；《Allez！》，1897），地下室的窘迫生活（《儿童花园》，1897）等等。对于他和他的主人公来说，社会也是某种"摩洛"。

……但是，这样的主人公经受不住"理想的考验"：即大自然、人的自

然而健康的感情、爱,以及一切需要道德力量、勇气、健康的心灵、责任心的
事物对人的要求。在《阿列霞》(1898)中,库普林首次表现了这种冲突。这
个中篇小说在遭到《俄罗斯财富》杂志拒绝以后,登在《基辅人》报上。根据
马·卡·库普琳娜-约尔丹斯卡娅的回忆,高尔基对于《阿列霞》很赞赏,说它
"充满了青春的情绪"[26]。库普林自己尽管承认这篇小说有某些不足,仍然说
《阿列霞》与《生活的河流》是他最心爱的作品。"这两篇作品比我的其他小说
更多地表现了我的心灵"。[27]

在库普林的这篇小说中是否存在着"汉姆生式的主题"呢?《阿列霞》这
篇小说发于《畜牧神》(一译《牧羊神》——译者注。)和《维多丽娅》的俄
译本发表之前,1898年《阿列霞》在报纸上发表的版本很明显具有屠格涅夫的
《猎人笔记》的影响(批评者也发现了这一点)。这篇小说的开篇(后来被库普
林取消了),其情节与屠格涅夫的《初恋》的开头很相像。这篇小说讲的是一个
可爱的、感情细腻的、"汉姆生式的"主人公没有经受住"巫师"对于坚强、
完整的心灵和自我牺牲的感情的考验。这是库普林想在自己的人物身上找到心
灵的力量和健康的道德的一次较早的尝试,他用对生命的强烈感情,对大自然
自发的、多神教和泛神论式的亲近感情来考验主人公……阿列霞是库普林小说
中第一个浪漫主义的女性形象。1908年,弗·克拉尼希菲尔德对此发表评论说:
"我们这位现实主义的艺术家第一个心爱的女性形象竟是一个真正的女术士,
甚至更简洁地说,一个基辅女巫,这难道不是很有意思的吗?"他还指出,库普
林成熟时期小说的女主人公也与阿列霞有几分相似。[28]

在19世纪与20世纪之交这段时期,库普林感到对自己不满,经历了创作
的危机。他面临着最后的选择:是安于做一个外省的卓有成就的通俗栏目作
家——当时他的稿酬已经不是每行一个半戈比,而是五戈比,可以同时轻松地
写作关于各种问题的评论:"关于黄金货币与象征主义者,关于和中国的贸易与
地方官员,关于新戏剧,关于马克思主义者,关于交易所,监狱,自喷井……"
(Ⅲ,122),还是做一个有明确价值取向的真正作家。1901年,库普林大概
是第一次用几个月的时间去写作一个不长的作品,这就是短篇小说《在马戏院
里》。

1901年2月,库普林在敖德萨"非常胆怯地"将自己的第一本书《小品集》

594

（1897）送给契诃夫。1901年夏，库普林住在雅尔塔，他正是应契诃夫的邀请，在位于阿乌特卡村的契诃夫的房子里写作《在马戏团》的。他们的这段交往对库普林的影响很大，对于其道德观的确立和文学创作都具有难以估量的意义。正是由于契诃夫的介入，库普林在20世纪初成为一个真正的作家。这差不多是他的转变的首要原因。1901年5月，库普林在给契诃夫的信中写道："只有对您我才会像那些缠住高尔基的女学生一样，一个劲儿地追问：'请告诉我们，应该怎样生活？'请您不要为此生气。"[29]

库普林于1904和1905年撰写了一系列回忆契诃夫的随笔，表达了同样的感受。关于这两位小说家的私人交往与创作联系，许多研究著作都多有涉及。[30]但库普林早在1901年就已经期待将他与契诃夫的密切关系"告知天下"，当时他在一封信中请求契诃夫允许自己将第一本"严肃的"，"在首都发表的"小说集献给他。[31]

库普林继承了契诃夫的文学主张，推崇"平凡的生活情节、平淡的叙事，避免使用煽情的笔法"（IX，32）。与契诃夫一样，他认为在新式小说中，词语的紧凑、简练，句子的充实与言之有物应远远超过"皮谢姆斯基、格里戈罗维奇或奥斯特罗夫斯基的时代"（IX，32）。值得注意的是，库普林在谈到契诃夫的小说时，提出了自己的最重要的文学任务："他就像一个具有丰富的知识，超人的敏锐，使人变得冷漠的经验，非凡的洞察力的医生，沉思地倾听着俄罗斯生活的流动，向我们讲述着我们的病情：冷漠，惰性，粗鲁，肮脏，懒散，极度的自私，怯懦，优柔寡断。他是一个细腻而忧郁的怀疑论者，已经不再相信那些治标不治本的药方，所以**没有把话说尽**，没有告诉那个不愿从椅子起身的衰老而懒惰的病人：他最需要的是那不可能得到的自由的空气和急速而有力的运动。"（IX，97）

而小说家库普林最主要的任务，就是把这个诊断挑明，告诉人们必须"呼吸自由的空气和进行急速而有力的运动"，将具有创造力、新鲜而完整的世界观，热爱生活的主人公引入世纪之交的俄国文学。1901年，当库普林住在雅尔塔契诃夫家中创作那篇具有转折性的小说的时候，他已经在努力地寻找这样的主人公了。

库普林一部早期短篇小说的主人公——老骑师罗利说："我们马戏团的人不

595

大信命。我们每一个晚上都得指望**自己的**神经，**自己的**灵活和自己的力量，这样一来，就变得只相信自己，只指望自己。"（Ⅰ，348）看来，除了个人对马戏的热爱和熟悉以外，库普林还想在马戏这个题材中颂扬这种"相信自己和指望自己"的精神，使得主人公（也许还有作者自己）获得一种武器，与自己内心那种命中注定的衰弱无力、受困于生活和社会秩序的"摩洛"的感觉斗争。

《在马戏院里》的主人公尼基塔·伊奥诺维奇·阿尔布佐夫是一个角斗士，作者将一些看来不可能并存的特点集中在他的身上：险恶而戏剧性的职业，过人的体力，生活在供人观赏、却很少被19世纪末俄国小说所关照的世界——马戏团中，但同时又是一个非常驯顺的人，一个"小人物"，他因为在谢肉节的一个星期中过于频繁的演出，由于经理的坏脾气，由于合同上100美元的违约金而卖命，最终死去。

甚至马戏团都受到社会体制的掌控。小说以托尔斯泰式的笔法描写了这种机制的荒唐，为健康光明的人类理智所难以想象的极度虚伪，以及它对人残酷而恐怖的统治。对不可理喻而又冷酷无情的体制最精彩的描写，是尼基塔·伊奥诺维奇与美国人罗伯特决斗之前（他在这场决斗中猝死）的那一幕："阿尔布佐夫的脑子里产生了一个异常清晰的思想，他觉得他现在要做的事是那么野蛮，荒谬和残忍。但他知道，他感觉到，一种无名的，无情的力量将强迫他站在这里，去做那样的事。他头脑发木，悲伤而驯顺，一动不动地站在那里，眼睛看着大幕那沉重的褶皱。"（Ⅲ，168-169）

但阿尔布佐夫终究没有被压垮。他是凭着"自己的神经……自己的力量"与"摩洛"进行殊死决斗，最终战死而成为它的牺牲品的。

《在马戏团》是由一些不断变换的画面拼贴起来的，库普林对这些画面的描写非常精细：谢肉节期间的城市，马戏团的侧幕，在穹顶下飞来飞去的意大利杂技演员安托尼奥和亨里埃塔，阿尔布佐夫住的旅馆房间，他的病态的梦魇……库普林第一次将他作为小说家的优良素质如此充分地结合在一起：杰出的观察力，对描写对象的熟悉和了解，仁爱，对主人公的爱。

1902年1月，小说刊登在《神的世界》上。当月22日，契诃夫致信库普林说："亲爱的亚历山大·伊万诺维奇，我要向您通报，托尔斯泰读了您的小说《在马戏院里》，他非常喜欢。"[32]

596

从1901年秋天开始，库普林的命运发生了急剧的、决定性的转变。他在莫斯科结识了"星期三"小组的成员尼·德·捷列绍夫，并与这个小组的其他成员开始交往，其中包括列·安德列耶夫、费·伊·夏里亚宾、谢·伊·古谢夫–奥伦堡斯基、伊·阿·别洛乌索夫。在稍早的1897年，库普林已经在敖德萨与布宁结下了友情，这对于他具有相当重要的意义。[33]

与此同时，库普林受到维·谢·米罗柳波夫的邀请，前往彼得堡主持《大众杂志》的小说栏目。库普林到彼得堡之后，布宁把他引荐给《神的世界》的女出版商亚·阿·达维多娃。

1902年2月，这位女出版商的养女玛丽亚·卡尔洛夫娜·达维多娃成了库普林的妻子。[34] 库普林很快就离开了《大众杂志》，到《神的世界》主持小说栏目，实际上成为这个杂志的主编之一（另外的两个主编是博格丹诺维奇和巴丘什科夫）。1902—1904年期间，库普林最终进入了首都作家和杰出的文艺批评家的圈子，并在一定程度上成为左右文学进程的作家之一。这一时期，他可以精细地，不慌不忙地写作，写出的东西相对较少，但其中有一些很重要的小说，如《沼泽》《胆小鬼》《盗马贼》《太平生活》《白哈叭狗》等。

"新作家，老方法"[35]——1905年列夫·托尔斯泰这样赞扬库普林。但是，到20世纪初，库普林的小说中已经渗入了"新文学风格"的若干主题和手法。例如《沼泽》（1902）的部分情节虽然与柯罗连科的《呼啸的山林》（1895）有些相似，但这种相似反而更突出了两者风格的巨大差异。库普林试图创造一种对他来说全新的俄罗斯形象，这一形象奇怪地有些近似于象征主义关于"至今保持原始状态的，人民心灵的魔圈"（勃洛克）[36] 的神话。作家在写给米哈伊洛夫斯基的信中曾谈到小说的构思，对此有形象的说明："这些人好像被他们恐惧地信奉的神灵所控制……这种歌唱中流露出穴居的人类对于神秘而凶暴的大自然的畏惧……就是这些。这完全是一篇感性的小说。"[37]

在这些小说中，库普林试图利用早期现代主义小说的若干主题来实现自己最主要的追求："挣脱阴郁的怀疑主义，走向生活"，对"新鲜空气和迅速而有力的运动"的向往。但是，1902年在他的文学生活中出现了一种强大得多的吸引力：那就是来自知识出版社圈子的吸引力。

1902年10月双方开始磋商由知识出版社出版库普林的小说。库普林写信给

597

契诃夫说："如果事情能够谈成，我会感到非常幸福。"[38] 1903年库普林结识了高尔基，1903年2月库普林小说集的第一卷由知识出版社出版。

支持"知识派"的批评界很快就将库普林归入"影响知识社的气味、音色、色彩，给它带来成功"的作家 [39]（与库普林同列为这一行列的还有高尔基、列·安德列耶夫、斯基塔列茨、布宁）。评论界似乎相当准确地将第一次俄国革命前夕的俄罗斯比喻为《复活》前几章中的德米特里·聂赫留道夫，指出："列昂尼德·安德列耶夫、马克西姆·高尔基、古谢夫-奥伦堡斯基和库普林在知识出版社出版的文集中把一系列棘手的问题摆在觉醒的聂赫留道夫面前：关于战争，关于知识分子的任务，关于父辈的国家和下一代的国家，关于监狱和从监狱走向自由的天地……"[40]

评论家在库普林的《胆小鬼》（1902）和《盗马贼》（1903）的主人公身上看到了高尔基"流浪汉主题"的延续："盗马贼首领的形象被理想化了，正如后来一切来自下层阶级的浪漫的放逐者都被理想化了，他们爱报复又好心肠，有贼性，胆大妄为，强悍有力，既能做恶，又能做出英雄壮举……"[41]

看来，这种说法只有一部分是公正的。在库普林19世纪初的小说中，社会批判的主题极其鲜明，而且往往与情节的发展并无有机的联系。著名的小说《白哈叭狗》（1903）的创作过程就很说明问题：库普林本来是讲述他在敖德萨郊外遇到的流浪马戏班的生活和漫游故事，后来却加上了一个虚构的任性男孩儿果果的故事，以及一个看门人阿尔多在老爷的别墅行窃的故事。在小说《麻疹》（1904）中，关于第一次堕落和最后一次爱情的细腻伤感的故事却被一个大学生和一个信奉"波纹绸子里裹着的民族主义"的地主之间的"思想"争论所打断。（Ⅲ，325）《太平生活》（1904）引起了托尔斯泰的疑义："他不喜欢把自己的意图强加给读者，他是个很好的，很健康的艺术家。我记不清他那篇小东西叫什么了，就是老头去教堂的那篇——写得太棒了！……只是不该把老头儿写成告密者……何苦呢？"[42]

托尔斯泰对库普林的新作品做出反应并不是唯一和偶然的一次。对于小说家库普林来说，那是一段大力学习广义的托尔斯泰传统的时期，同时托尔斯泰对他的作品也大加关注和赞赏。库普林与托尔斯泰的关系远不止于单纯的崇敬，就像大多数年轻的同时代人那样。《哥萨克》是库普林毕生最看重的书之

598

一。无论是20世纪初，还是20年代，在库普林的信中都不断提起"身上散发着好闻的些许血腥味和烟味以及高加索红酒味"的叶罗什卡，提到"在俄国的大人物身上有许多叶罗什卡的气质"[43]。库普林在特写《我是如何在圣尼古拉号船上与托尔斯泰相遇的》（1908）中，在《我们的辩词》（1910）、《船长》（1920）、《托尔斯泰》（1928）等文章中，在短篇小说《革出教门》以及不同时代多次的访谈中多次表达了对托尔斯泰的景仰。

库普林在《我们的辩词》一文中将托尔斯泰的晚年与使徒神学家约翰生命中的最后几年相比。除了《哥萨克》《战争与和平》以外，对于库普林的心灵体验具有特别重大意义的还有《安娜·卡列尼娜》《复活》《黑暗的势力》《哈吉穆拉特》等。

库普林从托尔斯泰那里学会了"用描写风土民情的方法来表现心灵的激荡"。[44] 使库普林最受触动的是，在那些"粗野的"场面中，早期托尔斯泰对力量的欣赏，对描写对象的确切了解和理解，与晚期托尔斯泰的反文明、反国家主题，与对被普遍接受的社会生活形式中包含的虚伪、虚假、做作和违反人性的内核的"存在主义式的"敏锐感觉全都融合在一起。

不过，在库普林看来，托尔斯泰最重要的功劳在于："他使我们这些盲目而乏味的人看到天地万物是多么美好。他告诉我们这些疑心重重的吝啬的人，原来每个人都可以拥有美好心灵，成为善良的，有同情心的，有趣的人。"[45] 这种对于力与美，对于健康肌体的欣赏眼光，这种对于世间生活之美与欢乐的切身感受，就是库普林从托尔斯泰那里继承下来的最重要的创作特点。

值得注意的是，在1902—1909年期间，在托尔斯泰的信件以及与同时代人的谈话记录中也经常提及库普林的小说，在亚斯纳亚·波良纳曾很多次地朗读库普林的小说。托尔斯泰尤其喜欢《Allez！》《在马戏院里》《夜岗》等，而对于中篇小说《决斗》的态度则复杂得多，他对很多段落大加赞赏（如拉伊萨·彼得松写给罗马绍夫的信，大检阅、在团长舒利戈维奇家吃饭的场景等），但这并不妨碍他对这本书的精神、风格、主题提出批评，指出阅读库普林的《决斗》会对读者的世界观及对现实的态度产生不好的影响。"我读了这本书感到不快。太沉重了……这是本讨厌的书，写得倒是挺有才气。"[46]

托尔斯泰在亚斯纳亚·波良纳读过库普林的《调查》（1894）之后（这部

599

小说于1903年被作者收入知识出版社出版的小说集中），写作了《舞会以后》
（1903）。[47] 托尔斯泰言辞中曾流露出对这位年轻的同时代人的兴趣和喜爱：
"我和他是在从雅尔塔返航的'圣尼古拉号'船上认识的，他是一个黝黑的，
令人愉快的人……""我想起了库普林，他过去是个军人，现在在编《神的世
界》，听说过去喜欢狂吃豪饮，是个大力士"。[48] 托尔斯泰在对作家们进行评论
时的偏心也很说明问题："库普林比高尔基和安德列耶夫强……库普林的小说没
有任何虚假的东西……他的天分比高尔基高，更不用说安德列耶夫了。"[49]

还有一个大概是最重要的评语，那是1907年2月说的一句话："他还太年
轻……当他大谈自由主义的时候，就显得力不从心，而当他表现感情的时
候，就变得很强大……"[50] 这句话完全可以做中篇小说《决斗》的卷首语，
因为它明显地反映出作者同时受到《知识丛书》的政治倾向及托尔斯泰传统
的深刻影响。

库普林1902年曾经说过："我需要摆脱军旅生涯在我心中的重压……我了解
军人的语言，包括士兵、军官、高级指挥官们的语言，我以前的短篇小说中很
少用到这些，现在它们对我来说却非常有用……"[51] 20世纪初，高尔基热情地
支持库普林写一部反映俄国军队的小说。1903年8月库普林在给米罗柳波夫的信
中说："秋天我就要为一本关于军队生活的书'钉上最后一个钉子'了。"[52] 然
而当时他已经毁掉了共有六个章节的第一稿。直到1904年初他才重新着手完成
这一构想，他给高尔基读了最初的几章，并因为得到他的赞扬而备受鼓舞。

1904年7月，高尔基写信给安德列耶夫，提到库普林为知识出版社纪念契诃
夫作品合集提供的小说正是《决斗》。[53] 这件事说明库普林大概希望将这部小
说与契诃夫的传统联系起来，特别是他很喜欢的话剧《三姐妹》。

稍后的时候，库普林曾在《纪念契诃夫》一文中提到，1904—1905年日
俄战争时期，俄国军队正是由维尔希宁、图仁巴赫、萨廖内这样的军人组成的
（1905）（Ⅸ，98）。不过，《决斗》的写作一直持续到1905年春才完成。

1904年秋季，库普林仍在巴拉克拉瓦写作这部小说，他把小说的最后几章
寄给了高尔基和康·彼·皮亚特尼茨基。11月回到彼得堡以后，他又为高尔基
朗读了作品的片断。高尔基在1904年11月14日写给叶·帕·佩什科娃的信中对
库普林的作品作出了很高的评价。[54]

600

1905年冬，库普林仍然在紧张而艰苦地写作这部小说。需要说明的是，1905年1月，库普林正在谢尔吉镇写作，当局对他的住处进行过一次搜查，并没收了部分手稿。皮亚特尼茨基一再催促库普林，为的是在1905年复活节假期之前把小说送到书报检查官那里。于是库普林在1905年4月初把小说的最后几章赶了出来。1905年5月，小说在知识出版社作家合集的第六卷中面世，随即成了轰动一时的文学热点。第一篇对小说发表评论的文章出现在小说出版五天之后的《敖德萨新闻》上，作者是科·伊·丘科夫斯基。作者认为"小说取得了前所未有的成功，这不仅仅是成功，简直是荣耀"。[55] 小说的第一版印了2万册，一个月即销售一空，此后一再重印。

日俄战争中遭到的重创以及由此引发的社会情绪对《决斗》产生了很大的影响。1905年1月2日旅顺港被攻陷，1905年5月底，就在《决斗》发表之时，俄国海军在对马海峡海战中覆没。1906年，文格罗夫在谈到"《决斗》之所以取得了俄国书业前所未有的成功"时写道："全社会都在拼命探究这场灾难的原因……这篇小说击中了要害，而且由于它写于战前并广泛、完整而真实地描写了军队生活的日常状况，所以显得尤其可信。"[56] 这篇小说立即被翻译成欧洲各主要语言，俄国三十几个剧院上演了根据小说改编的话剧。

在小说刚发表的时候，库普林曾写信给高尔基说："我的小说中所有大胆和激烈的东西都来自于您。您简直不知道，我从您那里学习了多少东西，为此我是多么地感激您！"[57]（《决斗》最开始的时候就是献给高尔基的）。持保守主义立场的评论家一再强调库普林的这部新的作品与"知识"社及高尔基立场的联系。《莫斯科新闻报》的评论认为，"知识"社的作品集"将俄国社会一个又一个阶层剔出了具有生存能力的名单"[58]，而《国导俄报》则说："某些自恋的人一意孤行地建立起一座大厦，'否定和重新评价世界上的一切'，而库普林继高尔基之后又为这个大厦多加了一块砖。"[59]

瓦·利·利沃夫–罗加切夫斯基的《祭司与牺牲》一文则语气友善得多，但他也指出安德列耶夫和高尔基向俄国社会提出的"该死的问题"对库普林的作品产生了影响，认为这篇小说是"批判的过渡时期的产物，在这个时期，一切都发生了动摇，古老的权威纷纷崩溃"。[60] 但是，即使最友善的评论家，例如彼·莫·皮利斯基，也指出："损害这篇小说的正是那种具有政论色彩的愤怒情绪，虽然其表现形式具有某种特殊的美，甚至强烈的感染力……"[61]《俄罗斯财富》的评论家亚·叶·列季科写道："他们是些什么人？——就在不久前，我们还在遥远的满洲战场上将'俄罗斯的荣誉'托付给他们……《决斗》的作者所描写的——描写的手法很高超，令人心里发冷，是一幅道德沦丧的画面，而他的人物就时而深陷其中。"[62]

在1905—1906年期间，评论界不止一次地将《决斗》与1904年的畅销书，德国作家弗里茨·比尔泽的《一支小驻防部队的生活》相提并论。这本书对德国军界进行了猛烈的抨击。库普林1905年8月接受《彼得堡报》采访的时候强调说，他在创作《决斗》的时候并不知道那本德国书。[63] 尽管如此，这种相提并论仍然不时地在评论中出现，特别是在对这篇小说评价不高的现代派批评家的文章中。例如，《人生问题》（1905年第7期）的一个评论员写道："这篇枯燥、单调的小说长达几百页……这里似乎一切都合乎要求，其实一切都是空洞无聊的……"[64]；勃留索夫在《天平》杂志上指出："小说最好的场景不过是……士兵和军官生活的荒诞描写。"[65] 亚·亚·孔德拉季耶夫在《艺术》杂志上发表的意见更为严厉："自从比尔泽开了头儿以后，在欧洲几乎所有国家的文学中都出现了许多揭露军官生活阴暗面的小说。库普林的小说恰逢其时，赶上了点儿，因此现在引起了轰动。"[66]

有趣的是，叶·瓦·阿尼奇科夫两年以后在同一本《天平》杂志上发表文章说："人们读《决斗》的时候，读的不是库普林，而是某个想象出来的俄国比尔泽。造成这种情况的原因，一方面是小说本身在艺术上的不足，另一方面是有些人非常渴望拥有自己的比尔泽——正是比尔泽，而不是库普林或任何的艺术家。而库普林所面临的危险，是可能仅仅成为《决斗》的作者。这是一个很严重的危险。好在他作为一个艺术家，成功地避免了这一危险……"[67]

但是高尔基在1905年接受《交易所新闻》采访的时候却称《决斗》是"一部杰出的作品"，他强调说："库普林为军官们做了一件很好的事。他帮助他们对自己有了一定的认识，包括自己在生活中的位置，自己的反常和悲剧……"[68] 弗·瓦·斯塔索夫和列宾都对这篇小说评价很高[69]，而完全出人意料的是，维·彼·布列宁也在《新时代》上撰文称赞《决斗》。

评论家们认为，《决斗》中有种绝望的情绪，所以将它与安德列耶夫的《瓦西里·菲维伊斯基的一生》相提并论 [70]，这是出人意料然而恰如其分的。利沃夫-罗加切夫斯基指出，《决斗》与迦尔洵的《士兵伊万诺夫的回忆》有着继承关系。[71] 还有很多人指出，《决斗》体现出了契诃夫的传统，特别将它与话剧《三姐妹》在1901年引起的轰动联系起来 [72]，认为罗马绍夫具有维尔希宁的气质（令人惊奇的是，没有人将他与萨廖内进行类比），并把纳赞斯基与《黑衣修士》的主人公安德列·柯甫林加以比较 [73]。

在国外文学的新作中，被拿来比较的不仅有比尔泽的作品，正如上面所说的那样，还有阿图尔·施尼茨勒的《古斯特少尉》。另外，评论家们认为1900年左右的新闻报道也是《决斗》的素材来源。[74]

在亚斯纳亚·波良纳，列夫·托尔斯泰请人为他朗读了《决斗》（还有上述那些评论），他说："他对军队生活很了解。写得很好，很欢快。只是发议论的地方写得没意思……团长是一个很好的正面角色。他写得真大胆！书报检查官怎么会放过这本书，军界又怎么会不抗议呢？……库普林比高尔基和安德列耶夫强。"[75] 关于小说中的人物，托尔斯泰说道："在柔弱的罗马绍夫身上，库普林倾注了自己的感情……纳赞斯基发的那些尼采式的议论是微不足道的。"[76]

关于《决斗》有自传成分的说法是言之有据，切中实际的。许多自传性的背景（出生于纳罗夫恰特，教育背景，喜爱马戏和动物，悄悄从事写作，想报考总司令部军校等等）拉近了作者与主人公的距离。根据库普林的同时代人的说法，舒拉奇卡，尼古拉耶夫，团长舒利戈维奇，有点古怪的"布勒姆"这些人物都是以库普林身边的人为原型的。前面已经提到，《决斗》的第一批读者很快发现，军长的形象很像米·伊·德拉戈米罗夫将军。[77] 而罗马绍夫与青年时代的库普林心理状况很相似，这也是毋庸置疑的。

不过，最为精到的还是库普林的好友巴丘什科夫的见解。他在《自发的天才》一文中指出：罗马绍夫与纳赞斯基是作者内心的两个方面，是"不时感到难以协调的两个'我'。纳赞斯基是现在的'我'，是被生活造就，又曾被生活伤害的'我'，他接受了尼采的思想，是一个坚定的个人主义者，一个骄傲的人……罗马绍夫则性格比较柔，为人随和，意志不坚强，但同时更有人情味。现在需要表现的是，这两种气质是可以合而为一的。按照作者的设想，纳赞斯基死于疯狂……而罗马绍夫并没有在决斗中死去，而只是受了伤，在病了很长时间以后，终于在身体与道德方面都恢复了健康。而在经历了危机之后，他迎来了新的生活……"[78] 1908年，库普林曾想使"复活"的罗马绍夫成为一部新小说《乞丐》的主人公，他打算在这部小说中"描写自己作报刊通讯员时代的生活，描写那些可怕的贫困、青春的欢乐……以及那些码头、小客栈……"[79]。

但毫无疑问，既不能将《决斗》看作自传，也不能把它看作是关于第聂伯第46步兵团生活的报告文学。前面已经谈到的，批评界指出了《决斗》在社会与历史方面惊人的精确性，小说取得的成功在一定程度是与此相关的。小说中一系列精彩而精确的细节得到了广大读者的赞赏，从托尔斯泰到丘科夫斯基。但同样引起关注的还有《决斗》中的那些"哲学观"。属于这一层次的不只是纳赞斯基那些激烈、幼稚的"尼采式"言论。[80]

库普林早期的主人公有一个明显的特点，就是对于社会思想范畴的"摩洛"怀着深深的恐惧，对于现行世界秩序的各个层次均抱着极大的怀疑——从基本信念到两性关系准则，从"祖国"和"爱国主义"的概念到曾与决斗本身密切相关的荣誉观念，乃至军官代表会议代表要遵守的礼仪。而在罗马绍夫身上，这种恐惧和怀疑达到了顶点。作者以犀利的洞察力将尖刻的讽刺指向一切——从拉伊萨·彼得松的欲望和军官们那种骠骑兵式的"搞女人"习气，到普遍的社会与精神范畴。例如，当罗马绍夫想像退伍后的生活时，他得出了这样的结论："知识分子从事的绝大部分职业都是建立在对人的诚实不信任之上，神职人员，医生，教师，律师和审判人员的工作一定会在现实中退化为一种懒惰的作风，退化为冰冷僵死的形式主义和习以为常的、可耻的冷漠。"（Ⅳ，173-174）主人公对服役的问题也进行了一番痛苦的思考，结论是："……如果我死了，就不再有祖国，敌人，荣誉。只有当我的意识活着的时候，它们才存在。但即使祖国、荣誉、军服，所有这些伟大的词都消失了，我的'自我'依然完好无损。这是不是说明，我的'自我'说到底要比所有那些关于责任、荣誉、爱情的观念更重要？现在我在服役……可一旦我的'自我'忽然喊道：'我不愿意！'……整个儿这座构造精巧的军人职业大厦又算得了什么呢？什么也不是，不过是一阵烟，一座空中楼阁……"（Ⅳ，62）

"空中楼阁"——这个词在广阔的历史背景下准确地反映了《决斗》时代俄罗斯帝国的状况，以及它大部分受过教育的国民当时的思想情绪。巴丘什科夫

603

在《注定灭亡者》一文中对《决斗》中的阅兵场面与列宾刚刚展出的《1901年5月7日国务院的庄严会议》[81] 相类比，一针见血地指出，在小说中和画面上所展示的盛大、严整、铺张的典礼机器和国家机器不久就会衰亡，因为失去了意义也就失去了有机的生命，形式必将随之瓦解。

604　　　从彼德鲁沙·格里尼奥夫与施瓦普林的决斗到图仁巴赫与萨廖内的决斗，决斗的观念本身逐渐退化（评论家们指出：这部小说的名字本身就说明它从19世纪文学中受到了启发，它会使人联想起奥涅金与连斯基的决斗，巴扎罗夫与帕维尔·彼得罗维奇·基尔萨诺夫的决斗），与此相应的是，到《决斗》发表的时代，俄罗斯18—19世纪培植起来的整个价值体系也在逐渐退化和衰亡。但在小说中，似乎是主人公的思想情绪（以及与之比较接近的作者的思想情绪）造就了这个艺术世界及其所有生活方式与特征。罗马绍夫的生活和服役之所以没有意义，似乎也不是由于他周围环境的可怕，情形似乎恰恰相反：由于主人公——作者的"第二个我"——无法看到生活与服役的意义，他周遭的一切才显得可怕。

"我们看到的是那个时代的典型的中间人物……"[82] ——科尔托诺夫斯卡娅这样评价库普林1900—1910年创作的人物。大概这就是格奥尔基·罗马绍夫的特点所在。再有就是，在《决斗》的揭露主题背后，深藏着一个"20世纪初的中间人物"对于思想与意义体系崩溃的恐惧。

四分之一世纪之后，阿达莫维奇颇为独到而敏锐地将《决斗》与由于第一次世界大战的影响而产生的欧洲20世纪20—30年代小说进行了比较。[83] 从一定意义上说，《决斗》是俄国文学经典中少有，甚至仅有的一部似乎预言了"迷惘的一代"世界观的小说。

小说出版以后，有的军官写信向库普林表达敬意，也有的军官要和他决斗。1905年10月14日，在塞瓦斯托波尔的一次倾向革命的晚会上，库普林朗读了小说的片断。一个年轻的军官来到他的面前，表示非常喜欢他读的东西。他就是彼·彼·施密特中尉，命运安排他将要在几个星期以后宣告"奥恰科夫号"巡洋舰起义。[84]

在第一次世界大战期间，库普林重新应召入伍，他曾对《交易所新闻》的记者说："现在的军官和士兵已经是另一个样子了……现在我回到军队，已经认不出他们了：我的罗马绍夫和《决斗》的其他人物都已经变了。"[85] 1918年9月，彼得格勒的《红色钟楼》登出了讽刺诗人，著名的民歌收集者瓦·瓦·克尼亚泽夫的抨击文章《红色特别法庭。第一场审判。亚·库普林案件（俄国文学坐在被告席上）》。在文章中，克尼亚泽夫尽管批评库普林近几个月在彼得格勒的自由派报刊上针对"新政权"发表了一些尖刻的小品文，但承认"小说《决斗》在客观上具有巨大的革命性意义"。他认为，在第一次俄国革命期间，库普林这篇小说"对于沙皇俄国军队的打击要比日本人在对马海峡对俄国舰队的打击重一千倍"[86]。

对于第一次俄国革命，库普林开始是感到欢欣鼓舞的。在这种情绪之下，他写出了短篇小说《干杯》《侮辱》，乃至于特写《塞瓦斯托波尔事件》（1905）——这是他作为"奥恰科夫号"巡洋舰开炮起义的见证人的激愤的证言。

然而1905年过后至1910年这段时期，是库普林对自己的创作深入反思的时期，他离开的"知识"出版社的同仁，对于表现迫切的社会问题题材也渐渐失去了兴趣。

1908年，库普林发表短篇小说《晕船》，高尔基认为小说诋毁了社会民主主义者的形象，因此与库普林发生了冲突，这件事使得两位作家的分歧进一步加深了。

库普林与高尔基以往那种在创作上的亲密关系，那种相近的社会政治信念都一去不复返了。在高尔基看来，这一阶段的库普林对于自己的才华不负责，不珍惜。1912年1月，高尔基在《论现代性》一文中以很轻蔑的语气写道："每当想起我们现代的文学，就会感到可怕……我们的精英在做些什么呢？一古脑地写那些轻浮的爱情、酗酒、斗殴……连那些大作家也屈服于日益泛滥的小报的低级趣味，自觉不自觉地为它服务，当着我国最有价值的读者——民主主义的读者的面，不可挽回地败坏着自己的声誉……"[87]

不过，尽管高尔基与库普林之间存在着很大的分歧，他在写给叶·康·马利诺夫斯卡娅的信中，对于小说《石榴石手镯》还是很推崇的。不过总的来说，两位作家的疏远持续了很长一段时间，直到1918—1919年，在库普林与世界文学出版社短暂的合作期间，他们才重新亲近起来，但这更多的是一种私人关系，而不是在政治与创作上的志同道合。流亡国外时期，在1920—1924年之间，库普林曾针对高尔基写过几篇尖刻的小品文。

1910年左右，库普林努力探索触摸事物的新方法，创作了他最好的爱情小说。这一时期作品的主调是表现事物的声色、气息，因为真正的爱情总是激发人们怀着欣喜去观察世界的每一个细节并珍藏在记忆中。1907年，叶·瓦·阿尼奇科夫在《天平》上发表评论说，他的小说"已经没有那个像比里捷的库普林的影子了"[88]。

库普林1906年说过："我喜欢'目击者'这个古老的词儿。"[89] 他认为最好的小说都是目击者的纪录。他还特别介绍了《雷勃尼科夫上尉》（1905）这部小说的特色："小说的主人公夏温斯基是一名记者，还热衷于收集人们的各种文件，记录各种罕见和奇特的心灵现象……他与形形色色的人结交，他可以整夜整夜不睡觉，和那些平庸狭隘的人聊天，在饭店请那些声名狼藉的傻瓜和坏蛋喝酒……在这种探寻的工作中，他常常感到完全失去了'自我'，以至于开始用另一个人的心去思考和感受……。"（Ⅳ，234–235）后来丘科夫斯基详细分析了记者夏温斯基的形象中有多少库普林的自传成分。[90]

他似乎对一切"生物性的"特点都感兴趣。据巴丘什科夫说，库普林住在巴丘什科夫家的丹尼洛夫庄园时，曾在马棚转悠了好几个星期，观察一头小马驹。后来这成为小说《绿宝石》（1907）的主要情节。[91] 1909年，库普林在与《俄国言论》的亚·亚·伊兹梅洛夫谈话时声称："如果我能见到真正的，所谓'敞开心扉'的托尔斯泰的话，会感到非常高兴……真想像常言说的，去摇晃他，看到他的本来面目，而不是他那副习惯的，几乎机械的样子……为了看到这样一个托尔斯泰，我愿意付出昂贵的代价！"[92]

正是这种"目击者"的信念使库普林创作出一大批异彩纷呈，而同样精彩的小说和特写，例如《甘勃里努斯》（1906），《绿宝石》《雷勃尼科夫上尉》《里斯特黎冈》（1907—1911）等。许多年后康·格·帕乌斯托夫斯基评论《甘勃里努斯》的话对以上每篇作品都适用："这篇小说中的一切都像记录一样准确，同时小说又极为人性化，使人感动落泪，并且像杰里巴索夫街夏天的傍晚一样美……显然，我们应当记住，库普林本人具有高尚的情操和品格，正是它们使这篇小说具有了真正的伟大艺术作品的特征。"[93]

另外，丘科夫斯基在此以前很久也谈到过同样的看法（同时谈及库普林作为20世纪最初十年的现实主义作家某种意义上独一无二的洞察力）："实际上他是一个大众作家……他描写事物的功力很深，他经常描写最离奇怪异、难以置信的事物，但读者却感到这一切是真实而非常自然的……而为了获得这些知识，他要无数次地钻到我们的'盲音乐家'们所排斥的角落，用鼻子、眼睛、头脑去感受。而那些'盲音乐家'认为：'在那里没有需要体验的生活和道德……没有任何的情节和戏剧冲突……毫无用处！'而这一切对库普林却是'有用'的……对于索洛古勃、丘尔科夫、维亚切斯拉夫·伊万诺夫来说，日常生活不过是一种幻象，而对于库普林来说，它却是唯一的现实。对于那些人来说，拒绝日常生活意味着什么都不拒绝，而对库普林来说，拒绝日常生活却意味着拒绝一切，失去最后的支撑。"[94]

607

不过，这里有一个词可能用得不恰当：对于库普林来说，"日常生活"的范围很广，包括全部"生活"，也就是说，世界上的一切现实。

通过《里斯特黎冈》这个系列作品可以非常清楚地看出小说家库普林"目击世界"的特点，以及特写体裁在其创作中的地位。在19世纪的最后二十几年，特写这一体裁已经在俄国文学中得到了蓬勃的发展。俄国的特写具有很高的文学价值和严谨的纪实性，对社会－历史风貌做出了深刻的揭示和高度的概括，对不同的地方、阶层以及俄国生活的各种现象都进行了系统的研究。

迦尔洵1877—1878年关于俄国－土耳其战争的系列特写，一系列以坦波夫省为例，研究农奴制改革以后俄国地方贵族变迁的特写（列斯科夫的《主教生活琐事》《伯朝拉的老古板》《士官生修道院》和谢·尼·捷尔皮戈列夫的《衰落》），马明－西比利亚克关于西伯利亚的系列特写，柯罗连科关于西伯利亚、伏尔加地区、波列西耶地区的特写，梅利尼科夫－佩切尔斯基关于外伏尔加地区旧教徒和某些教派教徒生活的特写，格·伊·乌斯宾斯基的《彼得堡特写》，弗·阿·吉利亚罗夫斯基的《莫斯科的乞丐》和《底片》，弗·格·唐－博格拉兹和谢·瓦·马克西莫夫的书，契诃夫的《西伯利亚纪行》和《萨哈林岛》——所有这些都是这一交叉性的体裁在该时期的代表作。

库普林最早的系列特写是《基辅众生相》（1895—1896）。进入20世纪以后，他继续创作特写。尽管这种体裁已经不是很热了，但这对于库普林来说并不重要。

从库普林与高尔基的通信可以看出，库普林写作纪念契诃夫的特写《回忆契诃夫》（1904）是非常精心而艰难的。库普林最优秀的特写成就不在其小说之下，其中包括完全纪实性的《塞瓦斯托波尔事件》《我是如何在圣尼古拉号船上与托尔斯泰相遇的》（1908）、《大地之上》（1909）、《我的飞行》（1911）、《蔚蓝色的海岸》（1913）、《乌托奇金》（1915），还有1918—1920年期间关于"红色彼得格勒"的"革命现实"，关于尼·尼·尤登尼奇部队（库普林曾以战地记者的身份在这个部队中服役，虽然时间不长，但亲身参加过战斗），20年代末的纪实性散文《红马，灰马，枣红马，黑马》《巴黎的家常生活》《南斯拉夫》《休伦海角》等，丝毫不亚于他的短篇小说。

1910年前后，库普林曾设想"骑自行车跑遍全国，同时为《俄国言论》写一个系列特写"。[95] 他还想写一组关于庄园生活以及丹尼洛夫村（巴丘什科夫家族在沃罗格达的庄园）的系列特写。[96] 可惜这些设想未能实现，不过他却写出了关于黑海和巴拉克拉瓦的《里斯特黎冈》。

1909年，谢·亚·阿德里阿诺夫在《欧洲通报》上撰文评价这组特写，他说："《里斯特黎冈》是一部真正的艺术杰作……可喜的是，它超脱于那种充斥当代文学的香艳、纤弱、神经质的题材。他的作品散发出来自托尔斯泰的《哥萨克》和《霍尔斯托梅尔》的强大的优秀传统。阅读库普林的这些小说，可以使人感到欣慰，相信这一成果丰硕的传统还没有从我们的艺术中消失。"[97]

这组特写一方面与19世纪末俄国特写的传统有着紧密的联系，另一方面从内容到风格又与之相去甚远，其中没有一个数字，没有报刊语体，也没有对于黑海渔民协会的社会经济状况进行任何思考……这位"生活的通讯员"精确地记录了色彩、声音、气味、生活细节，异常清晰而生动地描写了夜间捕鱼的情景：海面上的渔火闪着磷光，海豚跃出了水面，"我异常鲜明地辨别出它的有力的腾越和整个结实的身体。它周身闪着无数道银光，好像通了电一样，又像一副闪闪发亮的玻璃骨骼"（V，286）；还有咖啡馆之夜，冬天捕鲟鱼的情景，"各种风的方向和吹法都有所不同：飓风、越山风、可怕的狂风、顺风和反复无常的海岸风"（V，293），"这是初秋宁静的夜。我们的小艇静静地在海上摇晃，看不见海岸，因为离岸很远。我们两个或三个人坐在手提灯的黄色灯光旁边，从容不迫地喝着新鲜的、玫瑰色的、带有一股新近榨出来的葡萄香味的本地葡萄酒"（V，294）等等。

在中篇小说《决斗》中，立体的描写甚至反映在对各章题目蒙太奇式的安排上，这些题目说明各章倾向于不同的体裁。《里斯特黎冈》采用了类似的风格，不过更为精细，与现代派小说的艺术经验更为接近。叙事中充斥着描写，几乎可以称为插进小说中的抒情短诗，对于风景描写与景物描写都由"体裁"做出不同的处理。在这组特写中，正是这许许多多的片段构成了立体的效果，记录了"永恒的黑海生活方式"。

1910年左右，库普林还对美学观进行了深刻的反思，他在《克努特·汉姆生》（1908）、《鲁德亚德·吉卜林》（1908）等文章中，在1908年8月接受杂志记者瓦·列吉宁采访，发表关于当代俄国文学的谈话时，在题为《最新文学》的讲演稿（1918）中，都清楚地表达了这种反思。那些风格独特的和"幻想家式的"作家引起了库普林的极大兴趣，他高度评价库兹明小说的风格以及列米佐夫的语言试验。而利·德·季诺维耶娃-阿尼巴尔的《悲剧小野兽》，列米佐夫的长篇小说《钟》和索洛古勃的《妖术》之所以吸引库普林，正是因为它们试图"透过一副阴郁不祥，幻想扭曲的神秘眼镜去看生活"，试图"将极端的现实主义与极端的浪漫主义融为一体"。[98]

库普林的同时代人都知道，他很喜欢汉姆生的小说。例如，克拉尼希菲尔德在《欢愉偶然性的诗人（亚·伊·库普林）》这篇文章中就说过："他善于吸取养料，莫泊桑、契诃夫、托尔斯泰、屠格涅夫、高尔基、汉姆生……所有这些作家都或多或少地在这位天才身上留下了明显的痕迹。"但同时他还指出"库普林对大自然的感受要比他喜爱的这位作家更强烈和独到"。[99] 库普林最喜欢的是汉姆生小说中的"主要形象……自然的强大力量，伟大的潘"（IX，105）。但除此之外，对于库普林来说汉姆生还是一位志同道合者，是"一个将人的个体价值，美的强大力量和生命的辉煌推向极致的艺术家"（IX，109）。

在《鲁德亚德·吉卜林》一文中，在《最新文学》的讲演稿中，库普林出人意料地多次探讨了吉卜林、赫伯特·威尔斯、阿瑟·柯南·道尔的写作技巧。

稍后，他在一篇关于杰克·伦敦的文章中指出："所有读过他的作品的人，特别是俄国读者，似乎都不再认为人类的英雄本色已经蒸发、耗尽，一去不复返（这是19世纪文学的罪过）。多少年来我们已经习惯于认为：人会被穿堂风吹死，看到杀鸡就该昏倒，友谊与诺言不应当相信，金子和财宝要藏好。我们似乎从来不知道，人，每一个人，所能忍受的苦难都要比动物多得多，都可以蔑视最可怕的痛苦和笑对死亡。"（IX，154）

库普林在谈到杰克·伦敦重新彰显了人类英雄本色的主人公时，也谈到自己寻找具有同样心灵历程的主人公的过程。1913年库普林曾说："我迷恋那些表现英雄本色的情节。不应该描写人的心灵是如何堕落的，而应当描写人性的胜利，人的强大力量（IX，240）。他在评论和访谈中很多次提到文学对于少年儿童极端重要的影响（这些言论经常出现在对吉卜林、威尔斯、杰克·伦敦进行评论的文字中），而且有些出人意料地说："假使不用挣钱就可维持这种非常简单的生活，我就会只写些儿童读物。我会写得很耐心，改上二十遍，力争尽善尽美。"[100] 库普林在1910年前后的随笔、文章中对于文学技巧、情节性、儿童文学、英雄主义都有过很多的思考，似乎有意作一个"俄国的吉卜林"和"俄国的斯蒂文森"，用俄国的素材创作冒险小说，并使之成为经典的少年儿童读物。

库普林之所以对这一题材有着浓厚的兴趣，是因为他占有了大量的素材，喜欢跌宕起伏的情节，善于"为大众写作"，还因为他"心灵敏感而富于人情味儿"，对沃伦和加利西亚一带的边城，对军官、马戏团的演员、码头工人、黑海的渔民、士兵、飞行员等形形色色的人物都非常了解，并不分阶层地热爱所有心地纯洁的人们。所有这些都是库普林创作的绝好条件，使他真的可以成为"俄国的斯蒂文森"。

然而，具有异域背景的英雄冒险小说《液体太阳》（1913），尽管按照作者的构想是要写成一部对"技术进步的文明"加以警示的反乌托邦小说，今天在我们看来，却不过是柯南道尔与威尔斯幻想主题的一种变奏……而他最好的儿童小说，例如《象》（1907）、《穷王子》（1909）、《萨什卡和亚什卡》（1917）都不能算作冒险小说。

看来，**过于充盈**的才气和与19世纪俄国经典文学传统的深刻联系反而妨碍了库普林实现**这一方面**的理想。库普林在《鲁德亚德·吉卜林》一书中相当清楚地指出："……吉卜林的作品相当出色，但却缺少天才的两个最可靠的标

志——永恒性和全人类性……只因为思想的狭窄……使他无法被看作天才的作
家。"（Ⅸ，3）

　　库普林不想"使思想变狭窄"，所以他的"强有力的人物"不是汤米·阿
特金斯和"了不起的基德"，而是托尔斯泰的《哥萨克》中的叶罗什卡大叔。在
1900—1905年之间，他小说中最出色的人物的确具有英雄气概，但对于库普林
来说，所谓"英雄主义"恰恰是人在精神上的"道德高尚"，身心健康，人格的
独立。

　　库普林在1910年发表的一篇小说阐述了他最主要的信念："我跟你们赌咒，
生命非常短暂……不过你们不要担心，我不会像一个低俗的后备军中尉一样，
说：'所以要及时行乐'……不，人应当忠贞于爱情，忠实于友谊，扶危济
弱，善待动物。"（Ⅴ，178）

611

　　在这一阶段，爱情的主题重又在库普林的小说中响起，并且达到了一个新
的高度。大概这与他生活中的变化不无关系：在与玛·卡·库普林娜的婚姻最
终破裂以后，1907年库普林与伊丽莎白·莫里佐夫娜·海因里希结婚。伊丽莎
白·莫里佐夫娜在日俄战争中曾做前线的护士，是马明－西比利亚克的亲戚并在
他家长大。[101] 同年，库普林创作了中篇小说《书拉密女》，这篇作品是用小说
形式改写的《雅歌》，这种模仿性的风格对于库普林来说是很罕见的。库普林对
《旧约》中充满诗意的形象一向很着迷，他还曾与布宁谈到"福楼拜的风格"，
并"通过精通希伯来文化的翻译家"钻研过《雅歌》的原文。[102] 这些都是这篇
小说的写作背景和准备。不过，批评界并没有把《书拉密女》与福楼拜联系起
来，却与埃伯斯的长篇小说相提并论，责怪库普林的作品有点像"考古报告"，
风格比较沉闷，不过同时指出，《书拉密女》这篇感情热烈、丰富、纯洁的悲剧
小说与1907—1910年间国内流行的"两性小说"有着本质的不同。[103]

　　在《按家庭的方式》《列诺奇卡》《石榴石手镯》（均发表于1910年）中，
库普林进一步发展了爱和"人性的胜利"的主题，还有"对英雄主义情节的喜
好"。如果说1905年评论界将《决斗》与《瓦西里·菲维伊斯基的一生》相提
并论的话——因为二者都弥漫着绝望的情绪，那么到1910年，库普林却被看作
与安德列耶夫**恰好相反**的作家："读了库普林的小说，你会更清楚地感觉到与可
怕的生活相比，'安德列耶夫式的惊悚'其实并不可怕……库普林的《列诺奇

卡》和《石榴石手镯》是真实，而萨沙·波戈金–热古廖夫可怕的死……不过是编造出来的冲击力很强的故事，是对真实的强暴。"[104]

《石榴石手镯》的情节来自柳比莫夫家的一件真事。柳比莫夫夫妇是库普林的亲戚，库普林与他们过从甚密。1900年左右，作家就了解到"有一个小小的电报局职员彼·彼·若尔季科夫无望地、令人感动地、奋不顾身地爱着柳比莫夫的妻子（德米特里·尼古拉耶维奇现在是维尔诺的省长）"。[105] 但同样可以清晰地感觉到，他为这件事赋予了浪漫色彩。德·尼和柳·伊·柳比莫夫夫妇的儿子列·德·柳比莫夫的回忆录告诉我们，真实的若尔季科夫事件其实是一件"滑稽的事，差不多是一个笑话"。[106] 库普林是在1910年秋写这篇小说的，他对小说精雕细琢，但严酷的生活环境却迫使他必须尽早把小说写完。当时库普林曾告诉巴丘什科夫："我会摆脱困境的，但是——唉！——为此不得不把《手镯》草草结束，要知道这是我非常心爱的作品……是一篇非常非常柔情的小说……我不知道结局会怎样，但每当我想到它的时候就想哭……我能够确定的只是，我还从未写出过更纯的作品。"[107] 大概正是出版界的这种严酷的环境造成了小说开头的风格与富于激情的结尾之间那种明显的落差。

《石榴石手镯》作为阿尔志跋绥夫的《大地》丛书的一种在1911年出版，并立刻引起了当代作家的关注。高尔基在1911年3月写给叶·康·马利诺夫斯卡娅的信中曾很兴奋地谈到这篇小说。[108] 阿·格·戈伦菲尔德专门为这篇小说写了一篇短文，题目非常生动：《浪漫作家库普林》。[109]

库普林终身都很珍爱这篇小说，女作家利·阿尔谢尼耶娃的回忆录中有一件事证明了这一点：据她说，30年代初，库普林曾在巴黎向小说家阿·彼·拉金斯基要求决斗，因为对方质疑了《石榴石手镯》的真实性。[110]

库普林于1910年前后写作了长篇小说《亚玛》（又译《亚麻街的烟花女》《火坑》《烟花血泪》等）（小说的第一部分1909年列入《大地》丛书出版，以后的部分在1914—1915年在同一丛书中陆续出版）。第一部的出版引起了截然不同的反应，亚·伊兹梅洛夫在《俄罗斯言论》上撰文说："自从《克莱采奏鸣曲》以后，我还没有见过一部如此真诚地表达作家心声的作品……"[111] 而鲍·萨多夫斯科伊在题为《小心跌跤！（略谈库普林的〈亚玛〉）》的文章中，却对库普林下了毁灭性的定论："三个方面组成了库普林的全部，那就是中学生式的拙劣'写生'，神学院式的长篇议论，对生活中所有丑陋现象的咀嚼。所有这些推出了一场为丑恶加冕的盛大仪式。"[112] 克拉尼希菲尔德则认为："库普林的错误并不是去了妓院并把我们也领了进去。他的错误在于过夸大了这趟经历的意义。"[113]

在这几年，库普林的名声甚至有点像一个什么都写的报刊作家。1912年，勃洛克曾对批评家列·鲍里索夫说过："我喜欢库普林……的确，我不喜欢他到处涉足：马戏园、摄影棚、'维也纳'饭店、游泳池，所有的杂志，他无处不在。"[114]在这些年中，库普林经常用口授的方法"和他的速记员科马罗夫一起"写小说[115]，只有对新小说的校样才亲自动笔修改。1910—1920年这段时间所写的小说中，有家庭生活的小笑话，取材于青年时代和流浪生涯的急就章，马戏团的传说，经过作者认可的伪作和改头换面的俄国民间传说（如《两个神父》（1915）、《花马》（1918）等）。

布宁谈到青年时代的库普林时曾说："我越了解他，越认为他根本无法过循规蹈矩的平凡生活，无法按部就班地从事文学创作：他总是毫无节制地挥霍自己的健康、精力和才能……"[116] 对于20世纪初的库普林，这番话也完全适用。1912年伊万诺夫－拉祖姆尼克写了一篇关于库普林的文章《片刻为王》，做出了一个尖刻的，当然未必公允的论断："在公众的注视下，一个挺可亲的写笑话的人，一个不错的讲家常故事的人……成长为一颗顶尖的明星。"[117]

不过，这些看法大概首先源于库普林的**多产**。在革命前的十年间，他发表了《甘勃里努斯》《按家庭的方式》《列诺奇卡》《石榴石手镯》《旅行者》（1912）等作品，这些作品题材广泛，内容各异。《革出教门》也写于这一时期（1913），它是库普林最好的小说之一，似乎也是俄国文学中写托尔斯泰最好的一部作品。在这部作品中库普林非常成功地进行了一项实验，就是将自己的写作与小说《哥萨克》中的引文"拼装起来"。库普林自己创造的小说主人公——执祭长的形象，与托尔斯泰的叶罗什卡大叔（当执祭长阅读小说的时候，这个人物使他"那颗野性的心"激动不已）属于同一类人。

奥利姆比神父宁可卸下教职，也不肯在讲经台上宣布教会将伟大作家托尔斯泰革出教门的决定。他说："我信仰教会的信条，真诚地信仰基督与圣徒的教会。但我不能接受仇恨……"这篇小说异常强烈地体现出库普林从托尔斯泰的小说中继承的、对他的艺术价值体系至关重要的东西——那就是对世界和生活的爱。

库普林对于**社会**生活和**日常**生活的看法都较20世纪初有了改变。可以越来越清晰地看出，"俄罗斯的日常生活"，健康而重道德的保守主义，渐渐成为库普林欣赏的原则。

从库普林1905年前后最优秀的作品中（例如《神圣的谎言》《格鲁尼亚》《勇敢的逃亡者》《萨什卡与亚什卡》《毛虫》《沙皇的文书》，特写《人鸟》），已经展现出他心目中的俄罗斯新形象的轮廓。细心的读者可以看出，库普林在20世纪20年代末、30年代初创作的长篇小说《士官生》中表达的世界观在这些作品中已露出端倪。

罗扎诺夫那时候写下过这样的话："不管怎样，我还是最喜欢日常的俄罗斯。"[118] 看来库普林也有同样的想法。还在1908年，他就用赞赏的语气谈到过狄更斯笔下的英国形象："他写了不计其数的人物……可爱的海员、诚实的商人、忠诚而快活的仆人、调皮的大学生……这家常的、舒适的、宗法制的英国，它的家庭节日、驿道、好客的小饭馆、古老的法庭和事务所、淳厚的古风、像海风一样硬朗放诞的幽默，这一切是那么的亲切和迷人"（IX，112）。

"库普林的俄罗斯"没有如此完整，没有狄更斯的英国那么多姿多彩的人物，但看来这位20世纪初的俄国小说家也试图要创造一个"家常的、舒适的、宗法制的"的俄罗斯形象，一个笼罩在圣诞节和复活节的气氛中，居住着美好的平民百姓的祖国。

从这个意义上，中篇小说《所罗门星》（1917年发表，初版名为《每一个愿望》）是一篇很重要的作品。心地淳朴的办事员伊万·斯捷潘诺维奇·茨威特的生活平凡到了极点：他的理想是希望做到十四品文官，他在教堂的合唱团唱歌，擅长把各种小玩意儿黏贴到圣诞树上，养了一只金丝雀，在窗台上放一只板条箱，里面栽种着桂竹香和香豆，喜欢一些最无害的消遣："每逢星期六，晚祷以后，喜欢热腾腾的蒸汽浴，长时间跟心爱的伙伴躺在蒸浴床上，而在星期天的早晨，喜欢就着化开的凝乳和番红花面包喝点咖啡。"（VII，133）在一家叫"白天鹅"的地下室小饭馆，一些"邮局、宗教事务所、孤儿院的职员和监督司祭们经常聚在一起唱圣歌，高谈阔论"（VII，133）。有一次他们谈起了魔鬼。尖刻的宗教事务所职员斯韦托维多夫对在座的人说："我亲爱的大猩猩们，你们谁都没有人的观念。要使生活变美好，只需要很低的一点条件。只需要在那里，在头顶上，有一个小点，并怀着温情的信仰向它走去。而你们的思想就像猪猡、狒狒、野人和逃犯一样……毫无疑问，你们每个人都非常乐意出卖自己的灵魂。但你们产生不出任何新颖、宏伟、快活和勇敢的思想。"（Ⅶ，138-139）心地淳朴的伊万·茨威特阴差阳错地与一个为案子奔走的神秘人物做了一笔交易，从此这位小职员的每个愿望都能得到满足。但是"善良的心地和不自觉的谦逊使他仍然不能摆脱可笑的、被鄙视的、被判有罪的境地。"（Ⅵ，184）恶魔不得不亲自出面对他说："您很幸运，因为您是一个心地如此善良和……头脑如此简单的人。如果一个恶人处在您这种情况下，他会让鲜血染红整个地球，用他兽性的火焰将大地吞噬。一个聪明的人会想方设法将地球变成天堂，但他自己会惨烈而痛苦地死去。您却转过身去……而您最大的幸运全在于这种无动于衷的态度，我亲爱的朋友。"（Ⅶ，206，208）库普林在这部寓言式的幻想作品中将一个"心地善良，头脑简单"的人置于浮士德般的处境，表达了这样的思想：只有顺从，只有拒绝统治世界和改造世界的企图才能拯救世界，使之免遭劫难……这部中篇小说出版的时间是1917年。[119]

　　库普林是在加特契纳迎来1917年2月的。自1911年起，他把家安在了这里。早在1914年秋，库普林就在自己家里为伤员开了一所军医院。有一件事很令人吃惊，但很能表现库普林这个人的性格：由于他没有在"作战部队"服役，竟**不敢**向士兵们打听伤亡的情况。[120]

　　2月事件和10月事件促使库普林返回了出版界。从1917年3月起，他与彼·莫·皮利斯基一起主持《自由俄罗斯》的《图书专栏》，在新政权建立以后，这份报纸被查封，他又在彼得堡最后几份自由报纸上（《彼得堡回声》《言论》《言论早报》《纪元》）频频发表作品。这些水准参差不齐的小品文使我们了解到，库普林对俄罗斯发生的事变的态度是怎样渐渐变化的。十月革命以后，他针对处决军事将领[121]、大规模的宣传运动[122]、"新型学校"[123]等发表了一系列小品文。

　　库普林谴责对沃洛达尔斯基的杀害[124]，同时可能是彼得堡的出版界和作家中唯一的一个出来为米哈伊尔·亚历山德罗维奇大公说话的人[125]。库普林为此付出了被捕的代价。叶·玛·库普林娜给革命法庭的负责人打电话了解丈夫的

615

命运，她得到的回答是："被他妈的枪毙了。"[126] 库普林在小品文《轰动事件》中详细地描写了被羁押时的遭遇。[127]

这些机智尖刻的言辞明白无误地表明了库普林对"新现实"的看法。在小品文《甘汞》（1918）中，他将俄罗斯比作一个"超大型的，然而破烂不堪的医院，千百万的患者自愿或被迫地住在里面"，这个医院过去"掌握在一群粗鲁的，没教养的医生手中"，而现在却掌握在一些"年轻的，在国外培养出来的医生手中"："主治医生也许是一个诚实的人，但他自己就是个病人……革命本来是一种促进健康的手段，但在一些幻想家和群众的手中，却从手段变成了目的，将俄罗斯彻底拖垮，吸尽了它生命中最后的汁液。我们曾有很好的，令举世惊叹的军队，但它却瓦解了，只留下一些史无前例的可耻记录。我们曾经有自己民族特有的面貌，而现在只剩下一张僵死的假面。工厂企业，经济，达到一定水平的科学，像嫩芽一样的文化，伟大而独特的艺术——一切都被推翻，被抛弃，被漠视，被忘却了。"[128]

在小品文《种种品质》（1918）中使用的言辞更为激烈："政权任何时候都不应当因不由自主地参与谋杀，麻痹大意地纵容强暴、窝藏罪犯而使自己蒙羞。那些杀害申加廖夫、科科什金、亚努什克维奇以及许多神职人员、将军、军官的凶手，现在你们在哪里？……（当局）让饿得半死，因失血而晕眩的人戴着小丑一样的尖顶帽和傻瓜一样的铃铛去游行，夜里放焰火……"[129]

库普林也曾与世界文学出版社合作，应高尔基之请写过一篇内容详实生动的随笔《大仲马》（1918）。1918年12月他还想与新政权合作，为此递交了一份计划，准备创办一份名为《大地》的报纸。库普林把计划提交给了列宁（后来他在小品文《列宁（快照）》中提到过这件事）[130]，但这一计划没有实现[131]。

1919年10月，尼·尼·尤登尼奇将军率领的西北志愿军一部占领了加特契纳。按照彼·弗·格拉泽纳普将军和彼·尼·克拉斯诺夫将军的指令，库普林成了战地报纸《涅瓦地区》的主编。但是这份报纸的寿命还不到一个月。1919年11月1日，库普林跟随撤退的西北志愿军离开加特契纳，来到赫尔辛福斯。

后来，他在中篇小说《达尔马提亚圣伊萨克大教堂的圆顶》（1927）中记录了这段经历。小说的草稿是库普林1920年在赫尔辛福斯为《新俄罗斯生活报》写的数十篇小品。后来这份报纸的主编格里高尔科夫留下了关于库普林的内容

616

丰富的回忆。[132]

在《赫尔辛福斯小品文》中，库普林不仅回忆了在尤登尼奇部队几个星期的生活，而且利用自己的威望和知识给那些滞留在爱沙尼亚或驻扎在芬兰的志愿军团官兵带来宽慰（《复活节前夕》[133]《蔬菜栽培》[134]）。其中最好的一篇小品文《图申上尉们》描写了尤登尼奇部队的军官们。它不仅更加清晰地勾画出库普林从《调查》《士官生》《决斗》到《达尔马提亚圣伊萨克大教堂的圆顶》和《士官生》的发展轨迹，而且直接表达了作家的价值体系，以及他关于英雄和民族性格等问题的思考。他写道："图申上尉的形象是那么亲切，那么胆怯却又那么富有英雄气概，这是一个完全俄罗斯式的、令人感动的、非常好的人……他是俄国战斗英雄最典型的代表。他朴实，喜欢幻想，生性腼腆，不会长篇大论、夸饰卖弄，而且毫无居功之意。请原谅我，我认为这才是世界上最崇高的英雄主义。他是无私的，同时又具有纯粹俄罗斯式的性格——驯良，胆怯，奴隶般的服从……"[135]

1920年7月初，库普林一家离开赫尔辛福斯前往巴黎，开始了流亡生涯。

在流亡期间，库普林最初于1920年在巴黎担任《祖国》杂志主编（库普林共编了四期），后来为弗·利·布尔采夫的报纸《共同的事业》（1920—1922）撰稿，1925年起又开始为《俄罗斯画报》撰稿，并在1931—1932年期间担任该出版社的主编。库普林发表作品的刊物还有《复活》（自1927开始）、在一定程度上继承了苏沃林的《新时代》立场的，有君主制倾向的《俄罗斯时报》，以及《俄罗斯报》《祖国》等报刊。这一时期的政论与小品类似于一本"纪念册"，所涉及的内容包括弗兰格尔和弗·德·纳博科夫、在革命时代得到验证的陀思妥耶夫斯基的预言、在巴黎的俄国刺绣女工的精湛手艺；库普林还经常用明快、讽刺的风格与苏联的报刊论战，并写了关于一些迥然不同的人物的短小回忆录，其中包括托尔斯泰、列宁、阿尔志跋绥夫、西北志愿军的上校伊·米·斯塔夫斯基等。[136]

在这些年，库普林的信件和谈话中都饱含着苦涩的乡愁和对纯净俄语的怀念……安·亚·谢德赫在回忆录中说："库普林的不幸在于，他无法像布宁、什梅廖夫、扎伊采夫或列米佐夫那样靠回忆写作。库普林永远需要去体验他所描写的人们的生活，不管是巴拉克拉瓦的渔夫还是'亚玛街'的人们。"[137] 尽

617

管如此，除了一些"写实性"的小说和特写，以及几部以20年代俄国流亡者在巴黎的生活为素材的长篇小说（《鲜红的血》（1925）、《南方的福地》（1927）、《南斯拉夫》（1928）、《休伦海角》（1929）、《隐秘的巴黎》（1930）、《时间之轮》（1929）、《扎内塔》（1933）等）以外，库普林还是在这些年创作了一系列作品，来描述他心目中所谓"纯粹"的俄罗斯生活——那个日常的，"雄健的"，温暖明朗，思想健全，充满人情味的俄罗斯。

库普林常常将这个俄罗斯的生活、人、历史和现实过于理想化，正如他1900年左右的小说中极力突出俄罗斯现实悲剧性的矛盾一样。这种反差不难理解，它体现了库普林对于自己所经历的全新的、可怕的历史经验的思考，使人首先想到托尔斯泰对他的评价："库普林的作品中没有任何虚假的东西。"

现在他觉得彼得大帝、尼古拉一世和亚历山大三世时代的俄国是美好的（例如《沙皇的文书》（1918）、《独臂司令》（1923）、《小房子》（1929），还有《士官生》中沙皇在克林姆林宫检阅的著名场景）。而小说《达尔马提亚圣伊萨克大教堂的尖顶》则由一些库普林式的明朗的场景拼接而成，表现了1919年在"红色"加特契纳的生活，描绘了一系列西北志愿军官兵的形象。

在库普林20世纪20年代面貌各异的小说中，有几篇是"风格小说"的典范，其中对于奇特事物的描写与相当平凡的生活场景相辅相成，宣示着对世界的爱，对美的赞叹。《金鸡》（1923）是其中最突出的一篇。1925年巴尔蒙特撰文对这篇小说大加赞赏。巴尔蒙特很有见地地指出，这篇小说最杰出的片断之所以焕发出风格的光彩，是因为作者"有一种特殊气质，那就是他的心对世界充满善意"。

巴尔蒙特写道："正是由于艺术家的心对世界是接纳的，他的文字才会如此精彩，形象才会如此鲜活。"[138] 从小说《金鸡》、关于莫斯科早年养马场的特写《红马，灰马，枣红马，黑马》（1928）、散文短篇系列《莫斯科的雪》（1929）和《莫斯科的复活节》来看，这种看法是十分准确的。

库普林流亡时期最优秀的小说《士官生》，主要表现了对生活和祖国的爱，对莫斯科的青年时代的怀念，对"俄国军队和俄罗斯国家"的深情，以及一种明朗、健全、昂扬，具有骑士精神的世界观。和《决斗》《里斯特黎冈》《达尔马提亚圣伊萨克大教堂的尖顶》一样，这部小说的全景也是由一系列短篇拼合起来的，其中最精彩的场景像上述那些20世纪20年代的短小精致的作品一样，颇具风格的魅力。

1932年伊·索·卢卡什评论库普林的长篇小说说："库普林的巨作中拼出了一个'1889年的莫斯科'，无论是性格持重的优秀连长特罗兹德的形象……还是士官生亚历山大与老迈的米哈伊尔神父会面的激动人心的场景……抑或叶奇金的三驾马车，很不起眼的士官生们，用寥寥几笔精彩勾画出的莫斯科年轻女孩，所有这些都同样宝贵和不可或缺……作品中所描写的一切物象也都是主人公，——不管是莫斯科解冻时节的雪，军乐队，贵族女校学生们舞会上穿的长裙，士官生雪白的手套，还是'马的鼻孔中喷出的白色水汽'，一切都在微微吹拂，引人遐想……正因为如此，把库普林的书称作莫斯科生活之书是最恰当的，它以惊人的力量不断地复原已经远逝的1889年的莫斯科，好像想使它原原本本地回到现实中来似的……抓住飞逝的生活，这就是库普林这本新书杰出的特色。《士官生》正是由这些飞逝的生活场景和生活感受，由许许多多生活的细节拼织成的一幅锦绣画卷……这本关于俄国的青春和俄国的莫斯科的书中充满着日常生活的欢乐……" [139]

但是，1928—1932年期间，"日常生活的欢乐"之所以流溢于库普林小说的字里行间，却并非得益于现实生活。恰恰相反，这个时候逐渐衰老、疾病缠身的库普林及其一家的生活潦倒而苦涩。库普林写给玛·库普林娜—约尔丹斯卡娅 [140]、列宾、И·А·莱温松 [141] 的信，克·亚·库普林娜的《我的父亲库普林》一书，苔菲 [142]、谢德赫、堂阿米纳多[143]等人的回忆等等，都透露出库普林流亡时期日常生活的窘境。

1936年伊·雅·比利宾获得了全家返回苏联的许可，他提出可以替库普林就他与妻子回国事宜和苏联当局先行接洽。1937年5月29日，库普林离开了巴黎。

库普林在苏联受到了亲切的接待，但他已既无时间，也无体力去了解和理解战前俄国的现实生活，并进行创造性的思考了。1938年8月25日，库普林在经受了一场痛苦的外科手术之后，在列宁格勒逝世。

619

注释：

书中所引用的库普林作品除特别标注的以外，均引自《库普林九卷集》，编者为纳·尼·阿科波娃、费·伊·库列绍夫、克·亚·库普林娜、亚·谢·米亚斯尼科夫，莫斯科，文艺出版社，1970—1973。正文括号中的罗马数字代表卷数，阿拉伯数字代表页数。

1 库普林，《阿韦尔琴科和〈萨蒂利孔〉杂志》，首次发表于《今天》，里加，1925，（第72期）。引自《库普林论文学》，费·伊·库列绍夫编。1969，明斯克，110页。

2 叶·亚·科尔托诺夫斯卡娅，《生活的诗人：纪念库普林创作生活25周年》，《欧洲通报》，1915，304页。

3 弗·帕·克拉尼希菲尔德，《欢愉偶然性的诗人（亚·伊·库普林）》，《现代世界》，圣彼得堡，1908，4月，79页。

4 科·伊·丘科夫斯基，《口香糖》，《言论》，1909，6月14日（第160期），2页。另外参看：科·伊·丘科夫斯基，《库普林的新书》，《田地》，1914，11月8日（第45期），870页。

5 库普林，《现实主义作家十诫》，见《库普林论文学》，278页。

6 费·德·巴丘什科夫，《自发的天才（库普林）》，《康·尼·巴丘什科夫、费·德·巴丘什科夫、亚·伊·巴丘什科夫：乌斯秋日纳全俄学术研讨会资料汇编》，沃洛格达，1968，142页。

7 拉·尼·尤尔金娜，《库普林的诗学》，瑟克特夫卡尔，1997。

8 引自费·伊·库列绍夫，《库普林的创作道路（1883—1907）》，明斯克，1983，15页。

9 叶·亚·科尔托诺夫斯卡娅，《作为时代代言人的库普林》，《教育》，莫斯科，1907，54页。

10 详细的生平纪年请看：库列绍夫，《库普林的创作道路（1907—1938）》，明斯克，1987，261-318页。

11 彼·安·弗罗洛夫，《库普林与奔萨地区》，萨拉托夫，1995。

12 玛·卡·库普林娜-约尔丹斯卡娅，《青年时代》，莫斯科，1966，147-150页。

13 参看弗·尼·阿法纳西耶夫，《走向〈决斗〉》，《俄罗斯文学》，1961，159-163页。

14 库普林，《自传》。引自埃·马·罗特施泰因，《库普林生平资料》，《库普林：遗漏和散失的作品》，奔萨，1950，159-163页。

15 库普林，《论文学……》，第191页。

16 高尔基1895年8月7日写给柯罗连科的信中附言，柯罗连科，《书信集》，莫斯科，1932—1936，第3卷，105。关于这一时期还可参看弗·尼·阿法纳西耶夫，《库普林与90年代的基辅报刊》，《康·尼·巴丘什科夫、费·德·巴丘什科夫、亚·伊·巴丘什科夫：乌斯秋日纳全俄学术研讨会资料汇编》，沃洛格达，1968，88-96页。

17 匿名，《对库普林的〈小品、特写和小说〉（基辅，1897）的评论》，《俄罗斯思想》，1898，第3集，91-92页。

620

18　匿名，《对库普林的〈小品、特写和小说〉（基辅，1897）的评论》，《俄罗斯财富》，1898，第2集，25-28页。

19　库普林，《论文学……》，279页。

20　丘科夫斯基，《同时代人：肖像与片断》，莫斯科，1967，173，175页。

21　罗·谢缅特科夫斯基，《文学中有什么新现象》，《田地，文学副刊》，圣彼得堡，1897，2月，408-409页。

22　安·伊·博格丹诺维奇，《评论》，《神的世界》，圣彼得堡，1897，2月，副刊，14页。

23　亚·斯卡比切夫斯基，《生活中的文学和文学中的生活》，《新言论》，1897，1月，第4期，23页。

24　库普林，《论文学……》，196页。

25　玛·卡·库普林娜-约尔丹斯卡娅，《青年时代……》，莫斯科，1966，128页。

26　同上，128页。

27　鲍·米·基谢廖夫，《库普林的故事》，莫斯科，1964，175页。

28　弗·帕·克拉尼希菲尔德，上引著作。

29　库普林致契诃夫的信，尼·伊·吉托维奇刊行，《文学遗产》，第68卷，《契诃夫》，莫斯科，1960，399页。

30　谢·阿·文格罗夫，《库普林》，《布罗克豪斯与叶夫隆百科词典》，圣彼得堡，1906。增补版，第2卷，40页；费·德·巴丘什科夫，《契诃夫与库普林》，《北方之晨》，圣彼得堡，1910，1月29日（第8期），8-15页；叶·亚·科尔托诺夫斯卡娅，《作为时代代言人的库普林》，《教育》，莫斯科，1907，49-68页；因·维·科列茨卡娅，《契诃夫与库普林》《文学遗产》，第68卷，363-378页。

31　库普林致契诃夫的信，《文学遗产》，第68卷，382页。

32　契诃夫，《作品与书信全集》，莫斯科，1950，第19卷，229页。

33　尼·德·捷列绍夫，《作家笔记》，莫斯科，1980；布宁，《库普林》，《布宁九卷集》，莫斯科，1967，第9卷，393-405页。

34　库普林娜-约尔丹斯卡娅，《青年时代》，16-21页。

35　杜·彼·马科维茨基，《在托尔斯泰身边。亚斯纳亚·波良纳笔记》，莫斯科，1979，（《文学遗产》，第90卷），第1集，425页。　621

36　勃洛克，《咒语中的诗意》，《勃洛克八卷集》，列宁格勒，1961，第5卷，48页。

37　库普林，《论文学……》，197页。

38　《库普林致契诃夫的信……》，384页。

39　彼·德·马内奇，《年轻的文学·库普林》，《文学通报》，圣彼得堡，1905，8月，163页。

40　瓦·利·利沃夫-罗加切夫斯基，《祭司与牺牲（关于库普林的小说〈决斗〉）》，

《教育》，莫斯科，1905，副刊，85-86页。

41　匿名，《文学回声》，《俄罗斯新闻》，莫斯科，1903，12月11日（第340期）。

42　尼·尼·布列什科-布列什科夫斯基，《在伟大的老人身边（亚斯纳亚·波良纳印象）》，《彼得堡报》，圣彼得堡，1907，7月26日（第202期）。

43　库普林，《论文学……》，269页。

44　马内奇，《年轻的文学·库普林》，163页。

45　库普林，《论文学……》，67页。

46　马科维茨基，《在托尔斯泰身边　亚斯纳亚·波良纳笔记……》，《文学遗产》，第90卷，第1册，428页。关于托尔斯泰对库普林小说的评论参看：第1册，422，424，425页；第2册，274，286，343，375，519页。

47　库列绍夫，《亚历山大·伊万诺维奇·库普林》，《库普林九卷集》，莫斯科，1970，第1卷，9页。

48　马科维茨基，上引著作，《文学遗产》，第90卷，第1册，422，424页。

49　马科维菠基，上引著作，第2册，第121，129页。

50　同上，第375页。

51　库普林娜-约尔丹斯卡娅，《青年时代》，121，129页。

52　库普林，《论文学……》，217页。

53　参看《高尔基学术报告会，1958—1959》，莫斯科，1961，29页；因·维·科列茨卡娅，《高尔基与库普林》，《高尔基学术报告会1964—1965》，莫斯科，1966，119-161页。

54　《高尔基三十卷集》，莫斯科，1954，第28卷，337页。

55　库普林，《论文学……：》，221页。

56　文格罗夫，《库普林》，41页。

57　库普林，《论文学……》，221页。

58　阿·巴萨尔金，《文学偷袭军人》，《莫斯科新闻报》，1905，5月21日（第137期），4页。

59　尼·亚·斯塔罗杜姆（斯捷奇金），《刊物与文学评论（库普林先生的小说〈决斗〉——唐先生的诗学）》，《俄罗斯通报》，莫斯科，1905，726页。

60　利沃夫-罗加切夫斯基，上引著作，85-86页。

61　彼·莫·皮利斯基，《在阴暗的派系中》，《俄罗斯思想》，圣彼得堡，1905，11月，65页。

62　亚·叶·列季科，《文学观察（"知识"社文集，第4-6卷））》，《俄罗斯财富》，圣彼得堡，1905，10月，57页。

63　库普林，《论文学……》，277页。参看弗里茨·奥斯瓦尔德·比尔泽：《一支小驻防分队的生活：比尔泽中尉（弗里茨·冯·德基尔堡）的长篇小说》。H. 伊万诺娃译自德语并撰写前言，华沙，1904。还可看看：《比尔泽中尉有关其〈一支小驻防分队的生活〉的诉讼

622

案。速记报告》，费·诺·拉特纳译，圣彼得堡，1904。

　　64　А. Г.，《"知识"社丛书第六辑》，《人生问题》，圣彼得堡，1905，7月，228页。

　　65　《天平》，莫斯科，1905，76页。

　　66　亚·孔德拉季耶夫，《对"知识"社丛书第五、六辑的评论》，《艺术》，圣彼得堡，1905，5—7月号，171页。

　　67　叶·瓦·阿尼奇科夫，《Allez!》，载《天平》，莫斯科，1907，171页。

　　68　《与马克西姆·高尔基的谈话》，《交易所新闻》，1905，6月22日（第8888期）。

　　69　如可参看列宾给库普林的信中做出的评价："作品是用心血写出来的，表现了巨大的才能，深刻的思想和对环境的了解。"《新世界》，莫斯科，1969，193页。

　　70　尤·亚历山德罗维奇，《契诃夫之后。关于近十年来青年文学的随笔。1898—1908》，莫斯科，1908，124页。

　　71　利沃夫-罗加切夫斯基，上引著作，103页。

　　72　巴丘什科夫，《注定灭亡者》，《神的世界》，圣彼得堡，1905，第2集，13页。

　　73　亚·叶·列季科，《文学观察（"知识"社文集，第4—6卷）》，60页。

　　74　按照《俄国导报》评论员的观点，在《决斗》中发生和谈到的一部分事件"来自于我们军区法庭的工作记录，并经过带有倾向性的处理"。尼·亚·斯塔罗杜姆（斯捷奇金），上引著作，693页。

　　75　马科维茨基，上引著作，第2部，519页。

　　76　同上，第1部，第425，426页。

　　77　例如："我问我的交谈者，她是否记得当了许多年第聂伯军团指挥官的巴伊科夫斯基将军。从许多迹象来看，库普林在写作《决斗》的时候，正是利用他的特点塑造了舒利戈维奇……以及巴伊科夫斯基的前任——纳赞斯基上校的形象。"

　　"说到《决斗》中的纳赞斯基，"玛丽亚·伊万诺夫娜补充说，"当时在军队里并没有那种喜欢大发议论的军官，在当时的条件下恐怕也不可能有……我还听说……库普林对于军官沃尔任斯基的妻子很倾心。她的名字与《决斗》的女主人公一样，叫亚历山德拉……她是一个很美的女人，而且与一般军官的妻子不同，很有教养……她在普罗斯库罗夫生活的时间不太久，就离开了丈夫……后来听说她自杀了，但不知道是不是真的。"弗·尼·阿法纳西耶夫，《〈决斗〉作者的同时代人》，《关于亚历山大·库普林的话》，奥·米·萨温编，奔萨，1995，382—383页。在同一篇文章中，还根据一个普罗斯库罗夫官员的女儿玛·伊·瑙莫娃的回忆，初步确定了《决斗》主人公们——尼古拉耶夫，拉法利斯基，阿加马洛夫贝格，雷卡乔夫姐妹"来自军旅生活的原型"。

　　78　巴丘什科夫，《自发的天才》，129页。

　　79　《俄罗斯言论报》，莫斯科，1909（第91期）。

　　80　参看谢·阿·塔什雷科夫，《库普林创作中的尼采思想》，《艺术文本与文化》，弗拉

623　基米尔，1993，63-65页。

81　"能够与这种艺术描写相比的，只有列宾那幅关于国务院的画，这幅画在表面看来如此缺乏美感的、会自动落入刻板模式的'官场'情节中注入了如此丰富的生命与动感。"（巴丘什科夫，《注定灭亡者》，13页）。

82　叶·亚·科尔托诺夫斯卡娅，《生活的诗人（纪念库普林文学活动25同年）》，《欧洲通报》，圣彼得堡，1915，1月，305页。

83　"的确，小说的情节已经成为历史。但这只能使它真正的内容变得更为清晰。在罗马绍夫身上发生的事，在不同的条件下也会随时发生在所有人的身上。如果一个当代法国或英国的小说家重新描写'决斗'，他们通过这件事表现的东西一定够批评家们用几年的时间去研究，去寻找这种'最新发生的'忧虑的根源。"（阿达莫维奇，《库普林》，《最新新闻报》，巴黎，1938，9月1日）

84　参看叶·马·阿斯皮兹，《库普林在巴拉科拉瓦》，《关于亚历山大·库普林的话》，88-91页；Л.米赫耶娃，《"我编制的帆布轮廓……"（库普林与"奥恰科夫"号巡洋舰的起义者）》，《海上题材作品选》，莫斯科，1988，第6辑，69-81页。

85　《交易所新闻》，1915，5月21日（第14855期）。

86　引自库列绍夫，《库普林的创作道路，1907—1938》，301页。

87　高尔基，《1905—1916年文章选》，彼得格勒："帆"出版社，1916，87页，96页。

88　阿尼奇科夫，上引著作，71页。

89　库普林娜-约尔丹斯卡娅，《青年时代》，271页。

90　丘科夫斯基，《同时代人：肖像与片断》，莫斯科，1967，172-173页。

91　巴丘什科夫，《自发的天才》，143页。

92　亚·亚·伊兹梅洛夫，《库普林》，《俄罗斯言论报》，1909，2月6日（第29期）。

93　帕乌斯托夫斯基，《怀着巨大希望的时期》，《帕乌斯托夫斯基八卷集》，莫斯科，1968，第5卷，183页。这里描写了"小说《甘勃里努斯》真正的结尾——乐手萨什卡的葬礼，生活代替库普林完成了这一结尾，为乐手萨什卡送葬的是整个敖德萨的工厂和码头的工人以及郊区农民"。

94　丘科夫斯基，《库普林（1908，1914）》，《丘科夫斯基六卷集》，莫斯科，1969，第6卷，84-85，88-89页。

95　伊兹梅洛夫，《在库普林那儿》，《俄罗斯言论报》，莫斯科，1909，2月6日（第29期）。引自库普林：《论文学……》，304页。

96　参看1909年10月2日致巴丘什科夫的信："我描述的丹尼洛夫把画家彼·亚·尼卢斯和瓦涅奇卡·布宁迷住了（顺便告诉你，我准备为丹尼洛夫写一组像《里斯特黎冈》那样的特写），他们很想和我一起去那里……"（引自库普林《论文学……》，232页）

97　谢·亚·德里阿诺夫，《批评草稿》，《欧洲通报》，圣彼得堡，1909，393页。

98 参看库普林，《论文学……》，292-302页。瓦·列吉宁，《在库普林那儿。短篇小说和戏剧新作。论各位作家。辟谣》，《彼得堡报》，圣彼得堡，1908，8月24日（第232期）。

99 克拉尼希菲尔德，《欢愉偶然性的诗人（库普林）》，79页。

100 瓦·列吉宁，《库普林。作者对文坛上的恶意攻击的回应》，《交易所新闻》，1908，6月17日，晚报（第10557期）。还可参看列·弗·乌先科，《库普林与克努特·汉姆生（关于库普林的一种美学观点）》，《作家的美学观与艺术创作》，克拉斯诺达尔，1981，101-115页。

101 参看：克·亚·库普林娜，《我的父亲库普林》，莫斯科，1971，9-30页。

102 C. 伊萨耶夫，《在库普林那儿》，《基辅言论报》，基辅，1909，6月14日（第156期）。

103 伊兹梅洛夫，《大地欢乐之歌。库普林》，伊兹梅洛夫，《文学的奥林匹斯山》，莫斯科，1911，348-349页。

104 匿名，库普林《短篇小说集》第7卷书评，《现代人》，莫斯科，1912，1月，364页。

105 1910年10月15日致巴丘什科夫的信，库普林，《论文学……》，255页。

106 列·德·柳比莫夫，《在异乡》，莫斯科，1963，19-30页。

107 1910年12月3日致巴丘什科夫的信，库普林，《论文学……》，236页。

108 参看：《库普林九卷集》，第5卷，497页。

109 阿·格·戈伦菲尔德，《浪漫作家库普林》，《俄罗斯新闻》，1911，2月17日（第38期），6页。

110 利·阿尔谢尼耶娃，《关于库普林》，《远方的岸。流亡作家肖像。回忆录》，瓦·科莱德编，莫斯科，1994，61-63页。

111 《俄罗斯言论报》，1909，4月22日（第91期），3页。

112 鲍·亚·萨多夫斯科伊，《小心跌跤！（略谈库普林的〈亚玛〉）》，《天平》，1909，83页。

113 克拉尼希菲尔德，《文学反响》，《现代世界》，莫斯科，1909，6月，100页。

114 引自纳·尼·福尼亚科娃，《库普林在彼得堡-列宁格勒》，列宁格勒，1986，189页。

115 克·亚·库普林娜，上引著作，48页。

116 布宁，《库普林》，396-397页。

117 伊万诺夫-拉祖姆尼克，《片刻为王（亚·库普林）》，《遗训》，彼得格勒，1922，66-67页。

118 罗扎诺夫，《隐居》，莫斯科，1990，123页。

119 参看T. П. 乌萨乔娃，《19世纪末—20世纪初文学史进程语境中的库普林的中篇小说〈所罗门星〉》，《文学进程中的作家》，沃洛格达，1991，124-132页。另参看B. 基谢廖娃、米·彼得罗夫斯基，《"来自基辅的作家"：库普林和布尔加科夫》，《虹》，基辅，1988，10月，124-132页。该著作中认为小说《所罗门星》是《大师与玛格丽特》的源头之一。

120　《交易所新闻》，1915，5月21日（第14855期）。

121　库普林，《三死》，《传闻》，彼得格勒，1918，7月14日（第8期）。

625

122　库普林，《纪念碑》，《晚间言论报》，彼得格勒，1918，4月18日（第23期）。

123　库普林，《合伙》，《传闻》，彼得格勒，1918，7月7日（第13期）。

124　库普林，《在坟前（论杀害沃洛达尔斯基）》，《纪元》，彼得格勒，1918（第11期）。

125　库普林，《米哈伊尔·亚历山德洛维奇》，《传闻》，彼得格勒，1918，6月22日（第15期）。

126　克·亚·库普林娜，上引著作，93—94页。

127　库普林，《轰动事件》，《纪元》，彼得格勒，1918，6月12（25）日（第4期）。

128　库普林，《甘汞》，《彼得格勒回声》，彼得格勒，1918，4月10（23）日（47期）

129　库普林，《种种品质》，《彼得格勒回声》，彼得格勒，1918，5月12（25）日（第68期）。

130　库普林，《列宁（快照）》，《共同的事业》，巴黎，1921，2月22日（第221期）。

131　帕·彼·希尔马科夫，《库普林与〈大地〉报》，《俄罗斯文学》，1970，第4期，139—153页。

132　尤·亚·格里戈尔科夫，《库普林》，《远方的岸：流亡作家肖像》，51—54页。

133　库普林，《复活节前夕》，《新俄罗斯生活报》，赫尔辛福斯，1920，4月7日（第78期）。

134　库普林，《蔬菜栽培》，《新俄罗斯生活》，赫尔辛福斯，1920，5月1、20、22日（第96、112、113期）。

135　库普林，《图申上尉们》，《新俄罗斯生活报》，赫尔辛福斯，1920，3月4日（第52期）。

136　除个别篇章之外，这一时期的政论过去均没有进入一般的库普林选集，但几乎完整地收入了一本内容厚实的文集：《库普林：来自那边的声音（1919—1934年的短篇小说、特写、回忆、小品、文章、文学肖像、祭文、札记）》，奥·谢·菲古尔诺娃编并作序和注释，莫斯科："和谐"出版社，1999。

137　安·亚·谢德赫，《遥远的与亲近的》，莫斯科，1995，29页。

138　巴尔蒙特，《金鸟》，巴尔蒙特，《家在何方。特写集（1920—1923）》，布拉格，1924，108页。

139　伊·卢卡什，《库普林最新的长篇小说〈士官生〉》，《复活》，巴黎，1932，10月20日。还可参霍达谢维奇，《书与人：〈士官生〉》，《复活》，巴黎，1932，12月8日。

140　库普林娜-约尔丹斯卡娅，《青年时代》，322—323页。

141　库普林，《论文学……》，261—273页。

142　《关于亚历山大·库普林的话》，奥·米·萨温编，奔萨，1995，284—289页。

143　堂阿米纳多，《库普林》，《关于亚历山大·库普林的话》，290—291页。

第十二章

维肯季·魏列萨耶夫

◎尤·乌·福赫特－巴布什金　撰／马琳、谷羽　译

20世纪初，维肯季·魏列萨耶夫（1867—1945）的名字在俄国可谓家喻户晓。按作家自己的说法："很多作家都比我有才华，却没有像我这样大的名声。"[1] 他认为，自己成功的原因在于能敏锐地触摸到社会生活的脉搏。即便是在"星期三"文学小组期间，那里汇集了众多年轻的现实主义作家，他们格外赞赏魏列萨耶夫高度关注社会发展的公民激情。据尼·德·捷列绍夫证实，"由于得到大家的信任，魏列萨耶夫负责'星期三'文学小组的日常工作"[2]。

魏列萨耶夫在文坛辛勤耕耘长达六十年之久。他不仅亲眼目睹了俄国1905年革命、1917年的二月革命和十月革命，同时在某种程度上也参与了这三次革命。此外，他还是日俄战争、第一次世界大战、国内革命战争和卫国战争的见证人及参与者。正如作家本人所言："这种剧烈的历史变革是史无前例的，它就像一列飞驰的快车在我的生命中闪过，而我又不得不去关注它。"[3]

魏列萨耶夫的创作像是一部浓缩的时代日记，同时又被称作俄国知识分子的年鉴。但是，作家本人的"年鉴"中所记述的并非仅仅局限于知识分子，还记录了世纪之交俄国社会思想探索方面的重大事件。魏列萨耶夫先是对民粹运动产生兴趣，随后在19世纪90年代是最早关注马克思主义的大作家之一，并创作了一系列接近革命题材的作品。在亲眼目睹了1905年革命事件后，他对革命摧毁一切的权力产生了怀疑，提出了"蓬勃生活"的新理念，他的这一观点不

维肯季·魏列萨耶夫

仅仅针对社会变革的现实，同时也针对人的思想发展、人的本质及其精神世界，以及人类共同的财富。从这个立场出发，魏列萨耶夫不认同十月革命，他在20年代初曾写了一本小说《绝路》，这本书也是最早描写1917年历史剧变及随后的国内战争的重要作品之一，暗示了国家未来的命运。

　　魏列萨耶夫随时都在关注文学和社会变革的重大事件，他义无反顾地致力于改变生活道路的探索。

627　　维肯季·维肯季耶维奇·魏列萨耶夫（真实姓氏——斯米多维奇）1867年1月4日（公历16日）出生于图拉的一个医生家庭，家中兄弟姐妹众多，是个典型的俄罗斯外省知识分子家庭，家风勤劳俭朴，有民主气氛。魏列萨耶夫后来曾回忆说，他早在中学时代就已经养成阅读的习惯，曾反复阅读能够找到手的国内文学作品，还读了很多西方著作。他尤其推崇屠格涅夫，认为他是文笔最为和谐的艺术家。魏列萨耶夫在少年时代的日记中曾这样写道："对我个人而言，屠格涅夫是世界上第一号的诗人"，这一说法既表达了他的挚爱之情，又承认了他在探索适合自己的文学风格。[4] 列夫·托尔斯泰恰恰指出了魏列萨耶夫早期的短篇小说具有屠格涅夫的韵味。[5]

　　在俄罗斯文坛上，大家都毫无疑义地将魏列萨耶夫视为屠格涅夫传统的继承者。谢·卡·弗若谢克是专门研究魏列萨耶夫著作的学者，提及魏列萨耶夫与屠格涅夫之间的联系，他说，"魏列萨耶夫毫无疑问受到了屠格涅夫的影响"，"他的一系列作品都是'屠格涅夫式'的"。[6] 其他一些研究者也都或多或少地证实了这一论点。[7]

不过，这种观点只在局部上符合实际。的确，魏列萨耶夫的早期作品，如当时被称作散文诗的《谜》(1887)，能明显地感觉到屠格涅夫的影响。处于创作初期的魏列萨耶夫曾经痛苦、彷徨，时而模仿某个作家，时而又想探索、开辟一条新路，但他坚信，一定能寻找到属于自己的路。评论家们在评论早期的魏列萨耶夫时意见分歧甚至对立，有的赞美他是"散文中的抒情诗人"，擅长写"哀诗"，"能对人类及其生活进行深入的分析"[8]，——认为他"天生是艺术家"[9]。有的恰恰相反，说他是"冷静的""理性"作家，"他的表现力并不出众"，其作品中缺乏个性，取而代之的是人格化的思想。[10]

有人觉得，"魏列萨耶夫的创作贯穿着一种信念"——"尽可能消灭一切邪恶"[11]，有人对魏列萨耶夫作品的印象却正好相反：他所有的作品"都被一种悲伤的心情所笼罩，甚至可以说——浸透了泪水"[12]，"作者有很强的悲观主义倾向"，"他对生活失去了信心，甚至怀疑，生活中是否存在着正义"[13]。也有一部分评论家认为：魏列萨耶夫是"真正的民粹主义者，令他悲哀的是，好人有时也会成为马克思主义者"。[14] 在魏列萨耶夫身上也会发现一些矛盾："他同情新的学说"，而对待民粹主义者"偶尔还会表现出明显的嘲笑之情。"[15] 有很多人认为魏列萨耶夫既不是民粹主义者，也不是马克思主义者："他对民粹主义者说，**你们是对的**；而对马克思主义者说，**我不得不对你们表示赞同**。"魏列萨耶夫——是个"**模棱两可的天才**"[16]。

之所以出现这种前后矛盾，主要原因在于——魏列萨耶夫正尝试着寻找自我，试图解答生活中存在的一些疑难问题，因此，创作初期，他的想法在不断改变。

中学毕业后，魏列萨耶夫进入彼得堡大学历史语文系学习，毕业后又在杰尔普特大学医学系读书，其间他一直为两个问题寻找答案：是否有能力成为一名作家？怎样才能让人们生活得幸福？1889年10月24日，二十二岁的魏列萨耶夫在日记中写道："……让各个阶层的人都感到彼此是兄弟，大家都真诚相待。这才是解决所有问题的关键，才是生命的意义，才是幸福……我多么希望，自己能为此尽绵薄之力啊！"[17]

魏列萨耶夫早期的文学尝试和他本人的世界观的形成似乎没有什么呼应，但后者对前者又有一定的促进作用。魏列萨耶夫对文学创作和世界观的探索是

628

并行不悖而又相互独立的。

青年时代的魏列萨耶夫创作了很多作品，主要是诗歌。这些诗展示了他内心的情感世界及其经受的痛苦，就诗的内容来看，以爱情诗为主。他认为，爱情能净化和升华人与人的关系，而艺术创作，像爱情一样，能使人变得高尚。

魏列萨耶夫钻研历史、哲学、政治经济学和宗教，思考自己同周围世界的关系。他经常和父亲通信，并在日记中跟自己对话。他认为，问题的答案不能只在科学中寻找，还应在生活中寻找，科学给出的只是非主流问题的答案，而主要问题的答案到底在哪里呢？——真理在何方？无人知晓。"向前！向前！冲向沸腾的生活！"，十七岁的魏列萨耶夫在日记中这样鼓励自己，"丢掉那些僵死的、不切实际的理论，尽量关注当代社会的变化，培养自己坚定的信念"，而"在这方面，科学能给予帮忙"[18]。

魏列萨耶夫热衷于当代政治性的文学作品，尤其对民粹派思想家尼·康·米哈伊洛夫斯基的政论文感兴趣。而在文学艺术方面，最先吸引他的是能够触及社会神经的作家——格·伊·乌斯宾斯基和迦尔洵。他克服了天生的腼腆，努力和不同的人交往，"希望能近距离地研究社会"[19]（1885年1月7日日记）。他经常结识一些大学生，和他们探讨社会问题，参与不同社团的活动，随后自己也创办了一个社团，这个文学社团很快变成了社会性的团体。

最后，魏列萨耶夫得出这样一个结论："独裁统治是我们当代生活中最大的恶。"很多年后，作家回忆起当时的情景，还感慨地说："对独裁的憎恶、对其残暴行为的气愤已经主宰了我的心。"[20] 从青年时代起，魏列萨耶夫就一直不屈不挠地探索着改变社会的捷径。

魏列萨耶夫先是对民粹主义理论产生兴趣。但是，民粹主义运动的失败让作家意识到，社会变革的希望已不复存在。就在不久前还为找到"生活的意义"而沾沾自喜的他，很快就对政治斗争彻底地失望了，"对人民的希望也已经泯灭，剩下的只有对人民的忏悔和愧疚。眼前看不到光明和出路。斗争是壮丽的，引人入胜的，但也是悲惨的，失败的"[21]，——作家在1913年的一篇自传中这样写道。当时的魏列萨耶夫甚至有了自杀的念头。

在短篇小说《同志》（1892）中，魏列萨耶夫首次将文学创作和世界观的探索结合起来，这篇小说描写了几个"诚实、善良"的俄罗斯外省知识分子，他们的生活没有生机，如一潭死水。对他们而言"一切都可以抛弃"：为了追求名利，"青春、理想、信念"[22] 都可以抛在脑后。这篇小说是魏列萨耶夫在大学时代创作的，它真实地再现了当时俄国知识分子的命运，描写了他们的迷茫、困惑以及他们的希望——这也是当时魏列萨耶夫创作的主要题材——他对社会所面临的"无路可走"的状况已经厌倦。这种痛苦成为他的第一部中篇小说《无路可走》（1894）的核心基调。这种基调，正如作家后来所说，已经走进了"病态的"文学。[23] 这篇小说是对抱怨自己"一无所有"的一代人的真实写照，"没有出路，没有指路星，他们将不知不觉、无可挽回地走向毁灭……"[24]。

这部中篇小说先被刊登在由著名的民粹派思想家米哈伊洛夫斯基主持的杂志《俄罗斯财富》上。魏列萨耶夫在后来的回忆录中曾困惑地表示：为什么米哈伊洛夫斯基当时没有发现小说的反民粹运动的情绪，而欣然接受它。[25] 不但如此，当时这家杂志整个编辑部的人，甚至很多评论家也都没有发现小说的这种情绪。

当时的评论界对这篇小说的评价相当一致，认为魏列萨耶夫的《无路可走》以及他早期的短篇小说"使他从众多平庸的作者中脱颖而出"，在他的作品中，"文学获得了新的、与众不同的力量"[26]，评论界在作品中能聆听到"哀怨与**抒情**的交响曲"[27]，感受到"对人民真挚的爱"[28]，但是，却常常体会不出小说的社会倾向性。

小说的这种"目光短浅"归咎于作家本身的性格。在作品中能强烈地感受到魏列萨耶夫在模仿屠格涅夫表现生活的艺术手法——忧伤的抒情语调、令人心醉的俄罗斯自然风光、爱情的氛围，故事中的人物就在这样的环境中生活。作家精心营造出一种网一样的抒情气氛，使得读者很难看出他对民粹派运动究竟持什么态度。小说展现了主人公精神崩溃的过程，德米特里·切卡诺夫医生希望通过行医改善贫苦人民的生活，但在现实生活中，他的愿望却处处碰壁，他精心为人民治病，却遭到了致命的殴打，最后在绝望中死去。小说的心理描写既细致又准确。但是，主人公精神崩溃的社会根源写得模糊不清，这使得一些评论家们将主人公的悲剧归咎于人物本身的矛盾——一方面渴望成功，另一方面却又不擅长或者不愿意处理日常琐事。[29] 只有少数评论家通过切卡诺夫的经历，不仅看到了19世纪末期年轻人当中的一种类型，更进一步发现了民粹主

630

义思想的复杂性。[30]

从年轻作家自身的角度来看，《俄罗斯思想》上刊登的一篇匿名评论文章，对这篇小说的分析最为中肯："魏列萨耶夫先生小说中的主人公——对人民充满了爱……他**爱一个人**，就爱他的全部，包括他的优点和缺点，包括他的高尚或卑微。"[31] 魏列萨耶夫将这些评论抄到了自己的日记中，并且补充说："我最珍贵、最隐秘的梦想就是有一天能配得上这样的评价，因为一切根本、所有的幸福全在于此！"[32]

《俄罗斯思想》的这篇文章对小说给予高度的评价，并不是因为它的社会意识，因为评论人自己也没有看到这一点，而是赞赏小说中的人道主义精神。因此让魏列萨耶夫感受到发自内心的喜悦。值得思考的是，年轻的作家当时也并没有意识到小说中反民粹主义的重要意义。让他更担忧的是年轻一代人已经"无路可走"。

同时，客观地讲，魏列萨耶夫的小说无疑充满了一种痛苦的基调，这种痛苦是希望破灭的痛苦，是知识分子试图接近贫苦人民以便改变社会，但最终却以失败而告终的痛苦。知识分子对人民的幻想彻底磨灭了，这种失望情绪是19世纪90年代文学中的一个特征。比如，尼·格·加林－米哈伊洛夫斯基此前创作的《在农村的岁月》，讲述了主人公想方设法帮助农民重建家园、改善他们的生活，但却碰了钉子，遭到农民的误解和敌视。虽然，他没有像《无路可走》中的切卡诺夫那样遭毒打而死，但他们两个人的思想和命运十分相似。

人们具有兄弟情谊的社会依然是魏列萨耶夫追求的目标，但是，当时俄罗斯现实所能提供的变革生活的方式都失败了。基于这种思想，魏列萨耶夫觉得自己"无路可走"，他和小说中的主人公发出了同样的呐喊："**我不知道该怎么办！——这就是我全部的痛苦。**"[33] 作家在日记中所写的"真理，真理，你到底在哪里？……"成为当时他生活中所面临的主要困惑。[34]

魏列萨耶夫在杰尔普特时就已怀有这种思想。1894年，他从杰尔普特大学毕业后来到图拉实习从医，依然是这种想法，同年，他怀着这种思想到彼得堡博特金医院当了一名编外医生。

魏列萨耶夫一直在不懈地寻找能够改变生活的人，已经集聚起力量的俄国工人运动不能不引起他的注意。后来他在自传中写道："1896年夏天，著名的

631

纺织工人6月大罢工爆发了，这次罢工参加人数多，持续时间长，有一定的组织性，这让所有的人都感到震惊。许多人没有被理论说服，却被这次罢工说服了，——其中，就包括我自己。"在无产阶级面前，作家"感受到一种新生的强大力量正满怀自信地登上俄罗斯历史的舞台。"[35] 魏列萨耶夫在日记中写道，人类的精神历史上有两座高峰：在艺术领域——是列夫·托尔斯泰，而在科学上——是卡尔·马克思。[36]

随后，当魏列萨耶夫认为自己找到问题的答案后，他创作了《时疫》（1897）。在这篇小说中，民粹主义者和马克思主义者进行了直接辩论，一切都表明后者是正确的。迷恋马克思主义成了时代潮流。同样是在1897年，叶·尼·奇里科夫发表了他的中篇小说《残疾人》，民粹派的追随者和马克思主义思想的拥护者相互争论。但是，奇里科夫的小说主要是反映民粹主义已经日暮途穷，而魏列萨耶夫的小说则更加强调新兴学说所拥有的改造力量。

当时的评论认为，《时疫》是一部缺乏表现力的作品，就连作家本人后来也承认，"我这篇小说很不好"：小说主人公的出现"完全是为了声明自己是个马克思主义者，并且一再鼓吹自己新的'信条'"[37]。但是，毫无疑问，作家已经被马克思主义思想深深吸引，他不愿意半途而废，决心为马克思主义而献身，虽然，我们发现，怀疑的情绪一直困扰着他。

19世纪90年代末期，魏列萨耶夫开始参加一个合法马克思主义的文学小组的活动，该小组的成员有：彼·伯·司徒卢威、米·伊·图甘-巴拉诺夫斯基、亚·米·卡尔梅科娃和瓦·雅·博古恰尔斯基等人。同时，他还接近一些正在为革命从事准备工作的人，帮助"工人阶级解放斗争联盟"做宣传工作：在他负责的医院图书馆里创办地下出版物，据魏列萨耶夫回忆，在他的住处"经常召开地下组织领导人会议"，印刷传单，他自己也参与撰写传单。[38] 他的这些秘密活动被发现后，被医院开除，根据内务部的指示，两年内禁止他在京城居住。魏列萨耶夫回到家乡图拉，在那里，仍然积极参加当地社会民主工党人的活动；给他们提供资助；该党分裂后，一部分人成了布尔什维克党，作家和他们保持着紧密的联系。警察厅密切监视着魏列萨耶夫的行踪，尽管如此，作家还是积极参加了图拉第一次工人大游行，根据俄国社会民主工党委员会的指示，他写了传单"绵羊和人"，游行的时候到处散发。

632

高尔基在那些年写给魏列萨耶夫的一封信中表示了忧虑，认为作家没有必要钻研某种理论。不排除他以这种方式对魏列萨耶夫的兴趣表示了异议，但魏列萨耶夫却断然拒绝了这种看法。[39]

作家在那个时期的创作——《医生手记》（1895—1900）和中篇小说《两种结局》（1899—1903），对具有革命情绪的工人抱有明显的好感。而在1901年创作的中篇小说《在转弯处》则进一步表明，在魏列萨耶夫看来，马克思主义并不是什么"时疫"。

这篇小说主要的论点是反对"经济决定论者"和自由主义者。但作家描绘的时代画面却更加广阔：他对1905年革命前夜青年知识分子当中各种各样的情绪和思想影响都进行了生动的评价。

作家强调指出，未来属于像塔尼亚·托卡列娃那样的年轻人：这个姑娘由一名知识分子成长为"彻头彻尾的无产阶级战士"，"跟她只能谈论革命，其他任何事情在她看来都枯燥、无聊，都是不值一提的琐事"。[40] 但是作家从革命工人的立场出发，对知识分子不同阶层的思想探索给予中肯的评价。小说中，"生活中有执著追求"[41] 的工人巴卢耶夫，同犹豫不决、惊慌失措的知识分子进行了面对面的辩论，连出身于知识分子的塔尼亚都赞同巴卢耶夫的观点。

这一时期的中篇小说和描写农民题材的短篇小说，都明显地表现出作家对无产阶级运动的好感。同时，小说描写的重心都是骚动不安、寻求生活真理的知识分子和愚昧的贫民百姓。

633　魏列萨耶夫向往马克思主义的理想，同时他也意识到，马克思主义者将当代人理想化了，夸大了他们的社会积极因素，而对其本能的盲目性和内在的生物性缺乏足够的认识。《无路可走》中的切卡诺夫面对这些因素感到胆怯；中篇小说《在转弯处》的主人公托卡列夫，感觉自己就像一个玩具，被一双看不见的手所操控，这双手"伸进他的体内、他的大脑，甚至他的心脏和血液"[42]。说到人"与生俱来的"潜在力量，不能不提到一篇涉及"日本题材短篇小说"——《洛曼伊拉》（1906）和《对日战争》笔记（1906—1907），魏列萨耶夫认为，人体内生物性的潜在力量有时能战胜一切，甚至包括阶级本能。

对无产阶级运动拥护者如何把他们的思想变成生活现实缺乏信心，尽管作家有时候对自己也细心地掩饰这种念头，但是作家对生活的绝对忠实加重了这种疑虑，这样就使得作家把革命者放在了作品中的次要位置，同时这也在很多方面决定了魏列萨耶夫多年来描写现实的创作方法。

1890年3月8日，作家在日记中写道："不会再有谎言——我学会了**不再怜惜自己**！"[43]，这句话成了他后来进行文学创作的重要信条之一。正如作家所言，由于厌恶各种各样的虚伪，"玩弄写作技巧"[44]，魏列萨耶夫在他的作品中只描写他彻底了解的事物。这也是他器重纪实性作品的直接根源。现成的例证就是这部中篇小说，《无路可走》以主人公的日记形式写成，其中，包括不少作家本人的日记片断，甚至连日期都相互吻合。《医生手记》中主人公的很多言论和生活场面都逐字逐句摘抄自作家1890—1900年期间的日记，而年轻医生的遭遇也使人想起魏列萨耶夫本人从医学系毕业后的经历。总之，魏列萨耶夫作品中的主人公大都有一定的生活原型。他这种有意识坚持纪实性的创作原则也曾遭到一些评论家的指责，他们认为，魏列萨耶夫不是艺术家，只是勤勤恳恳的时代记录员。[45] 但是，作家把这种创作原则与艺术典型化的特殊方法相联系，从而使艺术典型具有了相当广阔的概括力。

作家倾心于写自传性的作品，这使他的作品题材受到了一定的局限：处于世纪之交动乱年代知识分子的命运成为魏列萨耶夫创作的主导性的题材。他本人不愿意、也很难将视线转向社会其他阶层的人物。如果说在描写知识分子的中长篇小说中，作家是通过独白、日记和书信，对人物进行细致的心理刻画，"从内部"描写主要人物，整个故事的叙述往往像知识分子主人公的忏悔，那么，魏列萨耶夫在创作有关农民题材的短篇小说时，则完全回避了这种形式。这类小说，一般是以第三人称来叙述：最常见的是作家本人出面，"维肯季耶维奇"偶然地和某个人相遇（《利札尔》，1899；《匆匆》，1899；《为了权利》，1902；《一幢房子的故事》，1902等）。作家利用一切方法强调，他笔下的农民形象都是按照知识分子所见或他们的想象刻画出来的。有时候，魏列萨耶夫加强这种印象，还会特意加上一个副标题——"朋友讲的故事"（《万卡》，1900年）。作为一个聪明、敏锐的艺术家，魏列萨耶夫在描写农民的小说中，揭露了很多俄国现实社会中存在的现象。不过，偶然相遇——作为情节结构的手段很有意义，这是作家有意识地将自己限定在一定的范围之内。

因此，有时候魏列萨耶夫也尝试直接运用政论语言，以加强情节的刻画。

634

他一直不懈地寻找一种体裁，希望能囊括不同的语言成分，使政论性语言与艺术性的形象语言能够达到有机地融合。长期以来，带有半回忆性质的政论小说，一直深受魏列萨耶夫的喜爱（《医生手记》《对日战争》）。与此同时，还要揉进作者的"抒情"，正如作家所言，在这种情况下，事实的作用格外重要。魏列萨耶夫在日记中写道，事实，事件——"是最引人关注的"[46]。还在从事文学创作的初期，魏列萨耶夫给高尔基的信中就曾一再证实：即便具有很高的"抒情"天赋，当情感与事实发生冲突时，最后获胜的往往是事实。[47]

作为一名作家，魏列萨耶夫是在19世纪俄罗斯现实主义文学潮流影响下成长的，因此他对60年代民主主义文学传统备感亲切。在他的创作中有机地融合了屠格涅夫抒情的感伤和格·伊·乌斯宾斯基特写的纪实性，这种综合随时给作家带来开阔的视野和观察社会的锐气。总体说来，魏列萨耶夫和俄罗斯现实主义文学中被称作"社会学派"的一支有着内在联系。

20世纪初，评论界经常将两个名字相提并论，这两个几乎同龄的年轻人就是——高尔基和魏列萨耶夫，两个能"主宰俄罗斯读者心灵"，同属于一个"流派"，具有同样"气质"的作家[48]，人们甚至发现，他们彼此之间的有些作品甚至会直接地相互呼应。比如，高尔基的《奥尔洛夫夫妇》和魏列萨耶夫的《安德列·伊万诺维奇的末日》，对工人的描写有很多相似之处；两个人作品中所体现的激情也如出一辙，如：高尔基的长诗《人》、中篇小说《夏天》和魏列萨耶夫的短篇小说《幕帐前》、中篇小说《致生活》[49]。但是，从艺术角度着眼，同一个"文学流派"的两个作家又分属于不同的方向：高尔基——是浪漫主义者，而魏列萨耶夫——则"毫无浪漫可言"；"他是个文字简洁、干练的记录者，他具有非凡的才能，能汇集符合实际的材料，并擅长把这些事实安排妥贴，让读者看得清清楚楚，具有合乎逻辑的连贯性"[50]。一种评论意见得到广泛的认同，魏列萨耶夫的创作"具有罕见的逻辑性和层次性，善于从一个阶段进展到另一个阶段——从契诃夫进展到高尔基"[51]，他"依据自己的心灵"进行创作——"绝不是契诃夫与高尔基创作的揉杂折中"[52]。

作为一种文学现象，毫无疑问，高尔基的艺术才华更加光彩。但是，魏列萨耶夫作品引发的社会反响则异常广泛。比如，不妨回想一下围绕《医生手记》的争论，参与人数之众多，辩论语气之激烈，都是前所未有的，争论不仅

635

涉及医德和当时的医疗状况，还涉及到人们病痛的社会根源。[53]

就文学创作，就各自的社会立场，进一步单以人的品格而论，在那些年月，高尔基和魏列萨耶夫有很多近似之处。魏列萨耶夫还特意接近了知识出版社，而高尔基在这个出版社具有主导性的作用。

1905年的革命事件从一开始就引起了魏列萨耶夫的极大关注。作家完全摒弃了他原先所持的怀疑态度。作为见习医生，他被派往日俄战争前线，在特写文集《对日战争》的最后一章，他讲述了从满洲日俄战场返回祖国途中亲眼目睹革命初期胜利的情景。但是，革命的失败加深了他的顾虑，在他看来，革命失败的原因在于——起义的民众不善于使用转移到自己手中的政权：人们刚一觉得自己自由了，潜藏在他们身上的"野蛮、凶悍的兽性"就苏醒了。[54]

魏列萨耶夫创作的中篇小说《致生活》（1908）标志着他在思想探索方面的急剧转变。在自传中谈及这一时期的创作，他特别强调说："……我对生活和艺术追求的态度发生了重大变化。对于过去的事情，我没有什么后悔。不过，现在想一想，原本可以更少一点儿片面性。"[55]

魏列萨耶夫的世界观保留了哪些观念，又出现了哪些新的变化呢？

毫无疑问，中篇小说《致生活》是魏列萨耶夫的一部代表作——也是他所描写的俄罗斯知识分子探索历程中的一页。这部小说和魏列萨耶夫以前的创作关系紧密，也反映了作家对俄罗斯进行斗争的社会力量和各个政党的态度。他用异常尖刻的笔触刻画了立宪民主党人、黑帮分子和自由主义者，而对1905年斗争中遭遇失败的工人和知识分子则给予明显的同情。

但是现在作家觉得，希望借助阶级斗争和社会革命来实现社会和睦的观点非常狭隘。魏列萨耶夫对新的"生活意义"的探索在小说主人公康斯坦丁·切尔登采夫身上得到了体现，1905年，这个人物参加了人民的革命。但是，革命失败了，他苦苦思索着革命失败的原因，最后得出的结论是：解放运动的领导人对于人的天性，人的生物性认识不足，对于人的世界观的影响，社会生活环境和人的内心非理性的力量具有同等的作用。"那里，在潜意识之中，存在一种独立于自我的力量"，"每个人的内心深处，在黑暗中缩成一团，蜷伏着一个无形的主人"，"我的意识的强大主人，是我所不了解的神秘力量的奴仆"。[56] 一个人要想幸福，必须学会战胜自己的主人，即蒙昧的本能。在这方面，精神的

636

"蓬勃生命"给予人的帮助，远远胜过社会的变革。魏列萨耶夫依然赞成摧毁现存的专制制度，但作家跟有些人进行争论，对方坚持认为革命是创造新社会的主要的、几乎是唯一的手段。争论的结果，是彼此斗争的两个阵营都不接受中篇小说《致生活》。

当时对这部小说的正面评价非常少。[57] 如果说批评界对这部作品总体的评价相当一致，认定作家想要"超脱于斗争之上"，那么，对于小说表示不满的意见则是各种各样的。持激进观点的评论表示惋惜，因为小说中对工人阶层的描写放到了次要地位，作家更重视"思考善良的知识分子失眠的时候想些什么问题"。[58] 另外一些观点不同的评论，把这部作品称为马克思主义"记录员"魏列萨耶夫所写的"冗长、枯燥"的中篇小说，他们倾向于把它看作青年人思想发生急剧变化的见证，看作革命走向绝境的征兆。[59]

作家认为，他这部小说不易读懂，主要责任应归咎于本人："我想把我所有的发现都放进小说，对所有困扰我的问题都给出答案。但是……在艺术作品中，根本无法做出任何解答。这种想法完全超出了艺术作品的功能……我已经意识到自己根本做不到这一点，就用另一种形式表现自己的探索与发现——那就是批评性的研究。"[60] 作家在这里指的是他那本《蓬勃的生命》。

一般，关注魏列萨耶夫创作道路的评论都注意到了这本书，但是它在作家创作衍变过程中所处的特殊地位，却没有引起应有的关注。魏列萨耶夫在革命前的创作（至今对此还在进行争论）基本上属于俄罗斯现实主义文学中的"社会学"流派。从世界观和审美角度看，《蓬勃的生命》属于"新现实主义"运动开端的作品。

637

*　　　　*　　　　*

让魏列萨耶夫体验到巨大成功的喜悦，一是《医生手记》的出版，二是广大读者怀着迫不及待的兴趣迎接《生活中的普希金》，后来还有一次，那就是他认为自己最好的、"最珍贵的"一本书《蓬勃的生命》问世。他自己在《私人手记》中承认，这本书永远值得"喜悦而又自豪地"反复阅读[61]。

这本书仿佛将魏列萨耶夫的创作一分为二，不仅因为它出现于作家创作道路的中期（这本书最后一部分于1915年出版了单行本，——恰好是魏列萨耶夫首次发表作品后的三十年，距离他生命的终结正好也是三十年）。从本质上说，这本书标志着作家创作的另一个分水岭：他在本书中重新审视了自己对世界的看法及艺术家肩负的使命。过了很多年以后，魏列萨耶夫在给研究其创作的谢·卡·弗若谢克的信中写道："是的，1910年以后的几年，我的内心世界无疑发生了转变，摆脱了原先对于生存的疲惫感、厌恶感，摆脱了心灵的阴影，摆脱了'依赖性'……由此开始，——通过紧张的智力思考和对自我的艰苦磨练，过渡到为生存感到喜悦，生存不再仅仅追求智慧，而是力求恢复本性，心灵变得明净，精神感受到了和谐有序。"[62] 魏列萨耶夫把他经历生活磨砺的感受，表达在这本书的题目里——《蓬勃的生命》。这本书的思想是在作家创作道路的转折处形成的，作家直到生命的最后都坚持这种思想，不仅把它贯穿到文学作品中，也体现在自己的实际生活里。

这本书的第一部分《论陀思妥耶夫斯基和列夫·托尔斯泰》，写于1909—1910年期间。本书诞生于作家的内心斗争，他不仅同俄罗斯社会思想的左派分子、过激派分子（可读作——布尔什维克）争论，还要同现代派思想家进行争辩。在1900—1902年期间，梅列日科夫斯基在《艺术世界》杂志上发表过研究著作《列夫·托尔斯泰与陀思妥耶夫斯基》，魏列萨耶夫的著作是对这篇研究文章的直接回应。

研究托尔斯泰和陀思妥耶夫斯基的创作绝不单纯是文学兴趣问题。这两位最伟大的艺术家的创作，已经成了俄罗斯社会互不相容的各种思想流派进行较量的演兵场，各种流派都在探索，力求找到答案，解决令他们苦恼的问题：以后，俄罗斯、人民、知识分子和作为个体的人究竟该怎样生活？在此争论过程中，自然就确定了纯粹的审美立场。

按照梅列日科夫斯基的观点，陀思妥耶夫斯基和托尔斯泰代表着近代精神文化领域两个基本的方向。他坚信，再没有作家能像"洞悉肉体"的托尔斯泰和"洞悉灵魂"[63]的陀思妥耶夫斯基那样相反相成。托尔斯泰认为，当生活的意义体现为人身上天生的、自然的因素占上风时，"肉体高于灵魂"[64]，而陀思妥耶夫斯基正好相反，认为"灵魂高于肉体"，只有灵魂才难以遏制地要求探索人类内心的深渊。悬浮在两个"深渊"之间——头顶的光之深渊和脚下的昏暗

638

深渊，——托尔斯泰往往"只向上看"，而陀思妥耶夫斯基则尽力"不仅看头顶的深渊，而对脚下的深渊紧闭双眼；他以无所畏惧的目光观察两个深渊，他深知，这两个对立的深渊是对等的"[65]。

尽管梅列日科夫斯基曾经说明：俄罗斯文学的两座"高峰"[66]是平等的，但不难看出，他更倾向于能够勇敢地面对两个"深渊"的陀思妥耶夫斯基。

魏列萨耶夫只在一点上赞同梅列日科夫斯基的观点，即托尔斯泰和陀思妥耶夫斯基是世界文化的两座"高峰"。其余的所有解释则与之截然相反。与此同时，如果说梅列日科夫斯基始终认为，这两位作家是"同一个树干上"的"两个巨大的树枝"[67]，那么，在魏列萨耶夫看来：世界文坛上很难找到两个作家，能像托尔斯泰和陀思妥耶夫斯基那样，对生活的态度有如此巨大的差异，处于如此针锋相对的矛盾状态。这种显而易见的"对立"，是两位作家对人的本性、对生活的意义及其存在价值，对生活中是否可能存在幸福等问题的理解根本不同所引出的结果。

论述陀思妥耶夫斯基的那一章叫做《该诅咒的人》。在他的心里"有两个势均力敌的主人在痉挛、在跳动"——这就是善与恶[68-69]。但是，"在人阴暗的灵魂深处潜藏着一个魔鬼"（《蓬勃的生命》，50页）。因此，凶恶的"主人"常常会战胜善良的"主人"。人——汇集了所有病态的本能，要克制这些本能只有经历苦难。以魏列萨耶夫的观点看来，这个结论是臆造出来的。他对陀思妥耶夫斯基在人世忍受苦难的思想作出了这样的解释：在无限痛苦的瞬间，黑暗的旷野突然闪现出刺目的光芒，激动万分的人们纷纷奔向"闪耀着欢乐电光的混沌"，把它当作光明的宇宙，视为"崇高的和谐天地"（同上，228页）。但是，这种"狂欢节"的兴奋很容易破灭，它需要节制。而起这种节制作用的首先是宗教。按照魏列萨耶夫的见解，陀思妥耶夫斯基的宗教——就像"收容所收容疲惫的人们，福利院容纳孤苦无依的人们"（同上，92页），或者换句话说，是为那些灵魂深处魔鬼蠢蠢欲动的人们修建的"沉重的房顶"："……如果掀掉那房顶，那么，生活中就会发生无比可怕的事情。人们之间就会出现深深的裂痕、彼此敌对与仇视，盲目地毁坏一切，消灭一切。"（同上，45页）

在魏列萨耶夫的心目中，托尔斯泰的世界则完全是另一番景象。有关托尔斯泰的一章，标题为：《整个世界万岁！》

639

魏列萨耶夫判断，按照托尔斯泰的观点，人类的痛苦不幸之一是由于丧失了对生命的原始体验，没有这种体验，直觉就会逐渐丧失，因此把全部赌注都押在理性上，而"当一个人面对生活，只剩下精明，只剩下概念、判断和推理的准则，他就会变得可怜而无助"（同上，105页）。托尔斯泰的创作找回了这种原始的本性。他坚信："以自己原本的性情生活，就会自然而然地跟世界达到和谐一致，善就会出现。美好而又聪慧的大自然早就关注到这一点，根本用不着我们去指点或提示。"（同上，191页）托尔斯泰崇尚自然生活的思想与陀思妥耶夫斯基笔下将生活复杂化的主人公的想法截然不同（同上，55页）。"陀思妥耶夫斯基说：不信上帝，生活就失去意义；而托尔斯泰则说：不信上帝，是因为脱离了生活"（同上，213页），"生活就是全部，生活就是上帝"（同上，330页）。

这就是艺术家托尔斯泰。在魏列萨耶夫看来：作为理论家的托尔斯泰，其弱点恰恰在于，跟作为艺术家的托尔斯泰自相矛盾，他开始"自作聪明地空想"，用各种理性的，因而也是人为的概念和信条去束缚"蓬勃的生命"。

大多数评论家，其中包括那些赞赏"蓬勃的生命"的人都认为，魏列萨耶夫对托尔斯泰和陀思妥耶夫斯基的评价失之于简单化。叶·亚·科尔托诺夫斯卡娅写道："魏列萨耶夫需要这两个作家，只不过把他们当作自己心情和思绪的插图，用以论证最重要的命题，论证生命的无往不胜。"因此，"在魏列萨耶夫的文章中，既看不到陀思妥耶夫斯基的全貌，更看不到托尔斯泰的全貌。"[70]

的确，魏列萨耶夫的著作与其说是对托尔斯泰和陀思妥耶夫斯基创作的研究，不如说是利用这两位作家的作品为资料，借以表达作家自己的信念。为了更清晰地表述自己的观点，魏列萨耶夫对这两位作家的创作，有意夸大了某些特定的方面，忽略了另外的内容。况且，他所捍卫的观点是在跟象征派的争辩中产生的。辩论中为维护自己的观点而走极端是典型的现象，绝非只有魏列萨耶夫一个人这样做。象征派，包括梅列日科夫斯基，极力推崇陀思妥耶夫斯基，而现实主义流派则追随米哈伊洛夫斯基，即著名论文《残忍的天才》的作者，经常将作家诠释为病态的创作现象，而魏列萨耶夫所持立场的背景正是这种批判性的理解。

与此同时，魏列萨耶夫还把托尔斯泰和陀思妥耶夫斯基的名字跟人类思想史上的两个重要流派联系在一起。这一观念成了他继研究托尔斯泰和陀思妥 640

耶夫斯基之后的另一部著作的核心主题——这本书就是《阿波罗与狄奥尼索斯（论尼采）》。

按照魏列萨耶夫的想法，在两个流派的源头耸立着阿波罗和狄奥尼索斯的宗教；前者是"幸福和力量之神"，后者——是"磨难之神"（同上，284页）。魏列萨耶夫认为，荷马、方济各、歌德、列夫·托尔斯泰、惠特曼和泰戈尔是阿波罗"最出色的子孙"（同上，352页），而古代宗教学说的捍卫者，如俄耳甫斯教、中世纪基督教的代表、叔本华、陀思妥耶夫斯基、于斯曼和俄罗斯的颓废派，则是狄奥尼索斯的"继承人"。

俄罗斯的颓废派认为，尼采跟他们思想一致。魏列萨耶夫同他们争论，他力图证明，决不能用生活态度颓废的框子来局限尼采，再说，也很难把他算作狄奥尼索斯的继承人，尽管尼采本人称自己是"狄奥尼索斯哲学的关门弟子"（同上，307页），他还相信，狄奥尼索斯象征着"生活真正的本质"（同上，238页），而阿波罗只不过使人痴迷于"假象的美妙幻想"（同上，307页）。实际上，尼采的观点并不那么偏执，他不断地"矫正"狄奥尼索斯，同时认为，阿波罗并非虚幻的海市蜃楼，而是生活中必不可缺少的偶像，因为只有这两个"神"互为依存，才能使世界适合于人的生活。尼采不相信"宗教的慰籍"（同上，335页），他要寻找的是"人间的安慰"，并且想在"幸福之神"那里找到这种抚慰：有时在人战胜恶的笑声中，有时在奇妙的审美感受中，这种美感能让所有时代的人，像古代的希腊人一样，"用美的亮丽世界为自己遮蔽生活中的恐惧"，并且"把这些恐惧客体化，变成艺术欣赏的对象"（同上，225页）。

就像晚年的托尔斯泰，尼采坚信，什么人"靠精神生活，具有很强的生活本能，什么人'沉迷于生活'"，他们都不能向自己提问有关思想和存在价值的问题（同上，343页），他们只是过平常的日子，并为生活欣喜。在尼采本人身上也没有"沉醉于生活"的迹象（同上，334页），他痴迷于渗透生存的阴暗面，渴望目睹生存深渊最为可怕的惨象。但与此同时，他又相信人有能力重塑自己阴暗的心灵，使它变得光明。总之，按照魏列萨耶夫的观点，尼采的"本质"属于"狄奥尼索斯"，但是"尼采——也像陀思妥耶夫斯基，既诅咒自己的本质，又尽力逃避这种本质"（同上，334页）。

从"蓬勃的生命"这一理念出发，魏列萨耶夫还评价了尼采的"超人"思想，发现其中号召"生命的情感"以及健康的本能复归，看到其中渴望人类美好时代而感受到的痛苦绝望，不过，魏列萨耶夫同时也指出，尼采用超强意志的思想偷换了生活本能占上风的概念。魏列萨耶夫在这里部分采纳了世纪之交广泛流行的为个性解放而进行精神斗争的"超人"思想。在不同的文学和社会团体相互论战中，尼采被人利用作为论据，就像批评界对待托尔斯泰和陀思妥耶夫斯基一样——各种解释往往带有各自的偏见。

魏列萨耶夫赞同尼采的见解，生活中必定有"阿波罗"的欢乐和"狄奥尼索斯"的痛苦，比如，文学创作和宗教激情当中的"狄奥尼索斯"的"酒"，是"蓬勃生活"必不可少的重要成分。但是，他也认为，在生活中将狄奥尼索斯以及他的信念放在高高在上的位置并不恰当，似乎"他为人提供的酒——是生活中唯一的乐趣和放纵的理由，是克服生活中的灾难唯一的手段"（同上，353页）。

说到生活中"阿波罗"和"狄奥尼索斯"两种因素的相互关系，魏列萨耶夫和尼采的观点是不同的。以明亮的眼光看待世界，是社会处于上升时代的典型特征，比如，产生"希腊荷马"的时代（同上，303页），而社会衰落时期，盛行的则是与其对立的世界观。20世纪第二个十年末期，俄罗斯社会生活舞台上，"狄奥尼索斯"式的思想占据上风，魏列萨耶夫认为，这种状况和当时国家社会的能力下降，以及1905年革命失败后笼罩着知识分子的悲观情绪有关。当时，象征派思想在那些年月的流行正是由于他们具有狄奥尼索斯气质，这种风气在艰难岁月是非常典型的。

但是，在"阿波罗"和"狄奥尼索斯"两种情绪的斗争中，人并不是一个可怜无助的玩偶，他能影响生活，能为生活中"阿波罗"的欢乐而奋斗，即便是在"狄奥尼索斯"主宰的衰落时期。

在评价人类的能力时，魏列萨耶夫不仅不同意陀思妥耶夫斯基的观点，也不同意托尔斯泰的见解。他认为，陀思妥耶夫斯基信奉人类灵魂原罪说，因此他不相信合乎原则的人类生活的变革，甚至反对革命思想。同时，他也质疑托尔斯泰的观念。他觉得托尔斯泰"天真的信仰""人类灵魂原始的神圣性"只不过是空洞的幻想（同上，224页）。魏列萨耶夫所说的信仰，是指由内部战胜周围虎视眈眈的邪恶，只有那些"凭借自身强大力量战胜痛苦和灾难的人"才

641

能生存，"对于这些人而言，'世界上没有什么可怕的东西'，世界是美好的，尽管也有灾难、痛苦和矛盾"（同上，216页），——这是魏列萨耶夫对托尔斯泰世界观的理解。他和托尔斯泰的分歧也正在于此。"既然生活美好而高尚，即便为她'无辜受苦'，生活依然美好，——那又何必还要追求更好的生活呢？——魏列萨耶夫提出了疑问——为什么不以平静高兴的心情接受本真的生活呢？"（同上，217页）

魏列萨耶夫毫不怀疑，"人类必须不断获取生活的力量"（同上，236页），要想让"蓬勃的生命"获胜，势必要求"人的社会性解放"（同上，351页）。但是，仅靠社会解放是远远不够的。魏列萨耶夫在其著作的最后一章得出结论——"改变外部社会结构，只是人本身获得新生的第一步，必不可少的一步是人的自身更新，更新人的血液、神经、肉体，让本能日趋衰落的生命获得新生。"（同上，352页）

*　　　*　　　*

魏列萨耶夫论证了"蓬勃生命"的意义之后，竭尽全力予以宣传，在日常生活中身体力行，并且贯彻到各种各样的文学活动中。

1912年，魏列萨耶夫一方面紧张创作《蓬勃的生命》一书，一方面主持"莫斯科作家图书出版联合会"的工作。其间，魏列萨耶夫坚决实行自己的方案，正如他后来回忆时所说："简而言之，其特点就是：肯定生活。"[71] 在出版社运作的十几年中，有很多著名的作家加入其中，如：布宁、柯罗连科、高尔基、阿·托尔斯泰、什梅廖夫、谢尔盖耶夫-青斯基、扎伊采夫等等。出版社也发行了很多单本作品或是当时国内文坛上一些著名作品的合集。

魏列萨耶夫本人那些年的作品，也明显渗透着"蓬勃生活"的思想，短篇小说《祖父》（1915年）体现得最为鲜明。小说的主人公之———安德列·拉马扎诺夫是著名的革命家，他一生中，有二十五年都是在囚室中度过的。他受到周围人的尊敬，不仅仅是因为他过去从事过革命。其实，他过去究竟做过什么，人们并不在意，而是因为他用自己的言行深深地影响着周围的人。放弃革命思想后，他过起平常人的生活，园子里种满鲜花，人工培植的玫瑰和紫罗兰散发着诱人的香味，饶有兴致地观察小鸟或是其他小生物的生活——所有这些都是"蓬勃的生命"，他使周围的人也开始为这种生活而振奋。

在魏列萨耶夫主持的书籍出版社出版的众多作品中，主人公的世界观大都会发生类似的转变。《祖父》被刊登在该社出版的《语言》第6期合集上。而第7期则刊登了扎伊采夫的中篇小说《旅行者》。该小说主要是讲述那些"半辈子都在各种各样的委员会"[72]中活动的社会活动家们怎样感受到了自己灵魂的空虚，意识到了永恒的珍贵——爱情、大自然、亲情以及平淡生活中的幸福。

魏列萨耶夫开始以新的观念观察俄罗斯发生转折的社会进程。他满怀期望地迎接不流血的"二月革命"。他在回忆录《1917年3月……》中写道，当时，莫斯科的知识分子，不同社会团体和文学团体的代表聚集在艺术剧院的休息室里，一起感受到摆脱了专制制度的欢乐。这次聚会产生了创建莫斯科作家俱乐部的想法，大家消除了敌对情绪，各种信仰的人都联合了起来。该俱乐部的成员包括：别尔嘉耶夫、布尔加科夫、舍斯托夫、勃留索夫、别雷、布宁和扎伊采夫等人。在这个团体中"占优势的是他们，而不是我们"——魏列萨耶夫强调说，"也许，正是由于这个原因，他们推选我当主席作为补偿"。[73]

魏列萨耶夫意识到，团结的时刻来临了。他不想袖手旁观，毅然决然地担负起莫斯科工人代表联合会所属的艺术教育委员会主席之职，捍卫艺术工作者的创作自由，使他们不受新政权的侵犯（文章《致大剧院罢工职工》，《消息报》，1917年4月30日）。组织出版《文化教育丛书》，定价低廉，邮寄给广大读者。

但是，不久后发生的很多事情开始让他感到不安。1917年年中，出于对祖国命运的担忧，魏列萨耶夫出版了一系列小册子——《"打他！"（关于私刑）》《黑色火灾（关于言论自由）》《"管他呢！"（为权利而斗争）》。在这些小册子中，他极其悲伤地指出，以往的顾虑得到了证实：发生的革命事件证明——在革命的旗帜下，以一种暴政代替另一种暴政的尝试，是对人类个性的一种野蛮摧残。

但是，魏列萨耶夫并没有像他的很多同行那样离开自己的祖国，他认为作家应该和自己的祖国同在，直到生命的最后一刻。随后，他创作了极其诚实无畏的长篇小说《绝路》（1920—1923），作品描写了十月革命和国内战争，并预见到了使整个国家遭受折磨的诸多苦难。

作家和小说中的主人公一样，一直在努力思考：人民到底经历了怎样的生活——是历史发展进程中一段悲剧性的转折，还是一个新纪元的开始？

热心地方自治的医生伊万·伊利奇·萨尔塔诺夫是魏列萨耶夫最喜欢的人物之一。他坚决反对专制制度和资产阶级，由于坚持自己的信仰而被投入监狱，他是社会主义思想的拥护者，不接受十月革命。萨尔塔诺夫本质上体现了中篇小说《致生活》的中心思想：人民大众对革命还没有思想准备，他们会把社会主义理想淹没在凶残、报复和贪婪的海洋里。"不管是谁取胜，谁成功——他们不会为胜利喜悦，也不会为失败悲伤。"他劝说女儿："让我们一起死亡吧。"[74]

德米特里耶夫斯基教授所持的立场与此相反，他认为"历史发展进程中，有时候暴力是不可避免的"[75]。因此，他相信社会主义思想，并尽其所能支持苏维埃政权，担任了国民教育小组组长的职务。但是，当他看到周围违法乱纪成风，渐渐地对成功丧失了希望。萨尔塔诺夫和德米特里耶夫斯基是小说中两极的代表。伊万·伊利奇的女儿卡佳，为了寻找真理而在两者之间徘徊，但她最终发现：无论是白匪军，还是布尔什维克，都以自己的方式破坏"蓬勃的生命"。小说的最后，卡佳觉得自己没有能力"走过血雨腥风"[76]，她一个人悄悄地离开，"不知所终"[77]。

魏列萨耶夫认为，很多不幸事件的根源在于，布尔什维克奉行一种观点，似乎为了崇高的目的，一切手段都是可行的。布尔什维克对待革命的最大弊端，是它戕害了革命的信仰——不尊重人的个性，为了抽象的思想而践踏人的价值。因此，特别小组领导人沃罗尼科下令执行的血腥搜捕对革命事业危害极大，甚至伤害了一些忠实的拥护者，如肃反委员会中的知识分子（据作家本人证实，沃罗尼科的生活原型是捷尔任斯基）[78]。

创作小说《绝路》之后，魏列萨耶夫继续关注社会生活，希望理解生活的进程。19世纪20年代中期，已经年过六旬、富有盛名的魏列萨耶夫来到莫斯科"勇士"橡胶套鞋厂，担任保健医生。他离开温馨的家，告别舒适的生活，在工人区租了一间窄小昏暗的小屋，每天来往于车间、宿舍，和工人们聊天，观察他们的言行。经历了这段生活后，作家创作了反映青年生活的长篇小说《姐妹们》（1928—1931），这篇小说也贯穿着"蓬勃生活"的思想。

两部非同寻常的纪实性长篇小说《生活中的普希金》（1926）和《生活中的 645
果戈理》（1933）的问世，在很大程度上同作家关于当代生活的思考紧密相关。
十月革命和国内战争的流血冲突，都以悲剧性的事例一再证明，人在各个方面
都还不完善，对社会变革缺乏充分的思想准备，"魏列萨耶夫式"的普希金和果
戈理，是"蓬勃的生命"通过完善创造精神而战胜人的卑微的典范。

从1910年起，魏列萨耶夫开始对古希腊诗歌的翻译产生兴趣，这种爱好，
一直伴随作家到其生命的终结。作家从古希腊史诗中感受到了人和周围大自然
的欢快的融合，这是他们生存观念的自然流露。

20世纪20年代初期，魏列萨耶夫依据他所喜欢的理论，把他对文学乃至艺
术的想法进行了系统的梳理。他根据自己的想法写成了一篇演讲稿《作家应具
备哪些素质？》（1921），并且在20年代和30年代多次进行演讲。20世纪20年
代，作家着手创作《私人手记》（1942年完成），该作品带有剪辑的性质，正如
其副标题所言"思想、事实、札记及日记摘录"。这篇文章，可以说是作家对
人的天性、对爱情、死亡，当然也包括对艺术进行长期思考的结晶，不过，"蓬
勃生活"的思想让人换一种眼光重新审视艺术。魏列萨耶夫在《蓬勃生活》问
世之前所创作的小说当中，如：《谜》（1887），《美丽的伊莲娜》（1896），《在
舞台上》（1900），《母亲》（1902），作家不止一次谈到艺术对人的影响作用。
的确，在肯定艺术感化作用的同时，作家也指出艺术是生活的"仿制品"，会让
人的思想从现实生活和社会争斗中解脱出来。作家从一些伪劣作品中也发现了
这一点（《在舞台上》）。在《蓬勃生活》问世之后，作家在长篇小说《比赛》
（1919）中，反映了一些新的主题：人应该培养自己从最平凡的事物中发现美
的能力，而艺术刚好能帮助培养这种能力。魏列萨耶夫对艺术、对科学都有深
刻的理解和体会，他从总体上把文化看成实现"蓬勃生活"的主要工具。

魏列萨耶夫极力反对新政权限制作家的创作自由，反对他们阻碍文学的发
展。1925年，魏列萨耶夫在杂志《记者》的问卷调查中，大胆指出了当时腐蚀
文学的一些病态现象——经常巴结书刊检查员的"当代作家，缺少一种**对艺术
的忠实**"，"这种普遍存在的、违背艺术原则的现象，会给作家带来不良后果"，
"以同一个标准衡量所有作家的做法，对文学的发展是毫无益处的。"像索洛 646
古勃、沃洛申、阿赫玛托娃这样的大艺术家，如果因为"在意识形态上与执政

党格格不入"而不得不保持沉默，那么对文学的打击将会是毁灭性的。[79] 在极权制度逐步确立的背景下，魏列萨耶夫指出，对艺术家而言，"精神上的高度自由"是必须的，就像空气一样重要。[80] 作为一名文学工作者，没有任何权利，以怀疑的态度对待生活或是用虚假的语言为文学留下污点，更不能损害文学的名誉，动摇读者对它的信任。从魏列萨耶夫的日记中，可以看出他是怎样培养自己的艺术忠实性的："……要对自己说出事实的真相，需要超常的勇气。"[81] 1925年11月，在莫斯科和列宁格勒作家联合会的倡议下，创建了全俄作家联合会，魏列萨耶夫被推选为主席。

1933年，魏列萨耶夫的长篇小说《姐妹们》出版，随即遭到各方面的尖锐批评，他们认为魏列萨耶夫在恶意诋毁苏维埃的政绩，该小说也被禁止出售和借阅。这部小说确实是一部勇敢的作品，但遭禁的命运对作家来说，无疑是一个残酷的事实。从某种意义上说，作家已被驱逐出文坛。魏列萨耶夫在日记中写道："唉，真理啊，真理——你是列夫·托尔斯泰最主要、最喜爱的主人公，它们却将你踢出了俄罗斯文学"；"一堵厚厚的墙将我和读者隔开，出路只有一个——诚实地保持沉默"[82]。随后，魏列萨耶夫将主要的精力放在文学史研究及撰写回忆录上，他在创作后期所写的小说基本上都带有回忆录性质。此外，魏列萨耶夫还翻译了很多古希腊的诗。从创作《姐妹们》到作家去世，他事实上已经脱离了文学发展的动向，尽管他仍然活了12年，并且充满了创作力。

1945年6月3日，魏列萨耶夫去世。

注释：

1　魏列萨耶夫，《私人手记》，《魏列萨耶夫选集》，四卷本，莫斯科，1985，第4卷，394页。

2　尼·捷列绍夫，《作家手记》，莫斯科，1996，333页。

3　魏列萨耶夫在纪念其从事文学创作五十周年晚会上的讲话速记稿（1935年12月22日）（世界文学研究所，全宗号45，卷宗号1，存储单元11，33页）。

4　魏列萨耶夫，《年轻时代》，《魏列萨耶夫选集》，五卷本，莫斯科，1961，第5卷，186页。

5　1901年10月1日，出版家玛·伊·沃多沃佐娃到加斯普拉探望生病的托尔斯泰，随后给魏列萨耶夫的信中写道："我非常高兴地想把他对您的小说的反响告诉您，前不久，列夫·尼古拉耶维奇读过您的小说……他非常喜欢您的作品。他说，作品中某些东西让他想起了

屠格涅夫，感情分寸把握得当，自然风光描写优美，看得出一颗真诚的、深怀同情的敏感心 647
灵……"（俄罗斯国家文学艺术档案馆，全宗号1041，卷宗号4，存储单元215，5页）。

6 谢·弗若谢克，《魏列萨耶夫的生活和创作》，列宁格勒，1930，190，198页。

7 比如，多年从事魏列萨耶夫创作研究的瓦·利·利沃夫－罗加切夫斯基。见：利沃
夫－罗加切夫斯基，《90年代和魏列萨耶夫的创作》，圣彼得堡，1906年；《魏列萨耶夫作品
选》一书的前言，莫斯科；列宁格勒，1928年等。

8 A.纳利莫夫，《来自生活与文学：当代散文体哀歌》，《教育》，1899，第3期，28-29页。

9 E.K.，《我们的小说》，《新书讯息》，1899，第6期，44页。

10 季·伊·波尔涅尔，《评论随笔：评魏列萨耶夫〈随笔和短篇小说〉》，《信差》，
1900，9月25日。

11 C.P.，《谈谈魏列萨耶夫的小说》，《生活和艺术》，1899，4月12日。

12 伊－特（伊·尼·伊格纳托夫），《文学与新闻界新消息》，《俄罗斯新闻》，1898，9
月11日。

13 Н.И.P，《评魏列萨耶夫〈随笔和短篇小说〉》，《祖国之子》，1898，11月23日（12
月5日）。

14 尼·明斯基，《文学和艺术：1898年的俄罗斯文学》，《新闻和交易所报》，1899，1
月28日（2月9日）。

15 波尔涅尔，上引著作。

16 米·阿·普罗托波波夫，《最新形态的小说家》，《俄罗斯思想》，1900，第4册，241页。

17 俄罗斯国家文学艺术档案馆，全宗号1041，卷宗号4，存储单元122，8页。

18 魏列萨耶夫，《大学岁月》，《魏列萨耶夫选集》，五卷本，莫斯科，1961，第5卷，
210页。

19 俄罗斯国立文学和艺术档案馆，全宗号1041，卷宗号4，存储单元120，22页。

20 魏列萨耶夫，《大学岁月》，268页。

21 《维肯季·维肯季耶维奇·斯米多维奇（维魏列萨耶夫）：自传证明书》，《魏列萨
耶夫选集》，四卷本，莫斯科，1990，第1卷，36页。

22 魏列萨耶夫，《同志们》，《魏列萨耶夫选集》，四卷本，莫斯科，1985，第1卷，73
页、76页

23 魏列萨耶夫，《自传》，载《苏联作家：自传》，两卷本，莫斯科，第1卷，234页。

24 魏列萨耶夫，《无路可走》，《魏列萨耶夫选集》，四卷本，莫斯科，1985，第1卷，
124页。

25 关于这个问题参见魏列萨耶夫所写的回忆随笔《尼·康·米哈伊洛夫斯基》，
（《魏列萨耶夫选集》，四卷本，莫斯科，1985年，第3卷），及米哈伊洛夫斯基本人的文章
《文学和生活。略谈当代小说》（《俄罗斯财富》，1899，第1期。）

26　安·博（安·伊·博格丹诺维奇），《批评札记》，《神的世界》，1898，第12期，副刊，1页。

27　纳利莫夫，上引著作，31页。

28　C.P.，上引著作。

29　如参见：伊（伊·尼·伊格纳托夫），《杂志新闻》，《俄罗斯新闻》，1895，9月6日。

648　30　亚·尼·波特列索夫持这种观点，但刊登其文章《不合时序。批评札记》的《起点》杂志（1899年，第4期）被查封了。七年以后，读者才在波特列索夫文集《俄罗斯知识分子素描》（圣彼得堡，1906年）中读到这篇文章。

31　《俄罗斯思想》书目栏评论（1895，第10册，536页）。

32　俄罗斯国家文学艺术档案馆，全宗号1041，卷宗号4，存储单元122，34页。

33　魏列萨耶夫，《无路可走》，《魏列萨耶夫选集》，四卷本，莫斯科，1985，第1卷，123页。

34　俄罗斯国家文学艺术档案馆，全宗号1041，卷宗号4，存储单元121，13页。

35　魏列萨耶夫，《米哈伊洛夫斯基》，352页。

36　俄罗斯国家文学艺术档案馆，全宗号1041，卷宗号4，存储单元122，33页。

37　魏列萨耶夫，《米哈伊洛夫斯基》，356页。

38　同上，352–353页。

39　1899年底，高尔基在写给魏列萨耶夫的信中说道："有必要再次表明我的观点，我一直对理论不太感兴趣。难道，那些理论对于把人民从困境中解脱出来很重要吗？难道要摧毁一台失灵的旧机器就一定要先掌握力学法则吗？"（《高尔基档案：给作家们和伊·帕·拉德日尼科夫的信》，莫斯科，1959年，第7卷，11页）。1899年12月22日，魏列萨耶夫在回信中反驳道："当然，我们只需要它（指理论——本章作者注）来阐释和确定生活现实的重要性，而不需要让它从自身发展出一套逻辑三段论的罗网来。在我看来，就算要摧毁机器，也**不能**没有力学知识，正是因此理论对我而言才显得珍贵"（高尔基档案，全宗号15，卷宗号6，存储单元2，1页）。

40　魏列萨耶夫，《在转弯处》，《魏列萨耶夫选集》，四卷本，莫斯科，1985年，第2卷，54页，47页。

41　同上，58页。

42　同上，116页。

43　魏列萨耶夫，《大学岁月》，315页。

44　魏列萨耶夫，《私人手记》，367页。

45　如，弗·费·博齐亚诺夫斯基写道："魏列萨耶夫很有天分，但他不是艺术家。他只是以小说作为手段宣传或阐释各种学说和理论。"（博齐亚诺夫斯基，《追逐生活的意义》，《世界史通报》，1900，第7期，163页）。

46   俄罗斯国家文学艺术档案馆，全宗号1041，卷宗号4，存储单元122，16页。

47   1900年1月20日魏列萨耶夫写给高尔基的信（高尔基档案，К Г П15-6-3，3页）。

48   老绅士（亚·瓦·阿姆菲捷阿特罗夫），《文学纪念册》，《俄罗斯》，1900，4月4（17）日。

49   参见明斯基，《文学和艺术：1898年的俄罗斯文学》，《新闻和交易所报》，1899，1月28日（2月9日）；博齐亚诺夫斯基，《魏列萨耶夫：作家评传特写》，圣彼得堡，1904，4页；列·纳·沃伊托洛夫斯基，《文学短评评〈"知识"出版社文丛〉，第一册》，《基辅评论》，1904，6月9日；塔·甘茹列维奇，《在个人主义特征背后》，《科学与生活》，1905，第5期，71页；利沃夫－罗加切夫斯基，《90年代与魏列萨耶夫的创作》，圣彼得堡，1906，17页；《俄罗斯文学》（文章没有署名），《当代言论》，1910，1月1日等。

50   老绅士（阿姆菲捷阿特罗夫），上引著作。

51   米·涅韦多姆斯基（米·彼·米克拉舍夫斯基），《前革命时代我们的文学》，《20世纪初俄罗斯的社会运动》，Л.马尔托夫、彼·马斯洛夫、亚·波特列索夫编，第1卷：《运动的先兆及主要起因》，圣彼得堡，1909，496页。

52   弗·博齐亚诺夫斯基，《斯米多维奇》，《百科辞典》，第4卷（补卷），圣彼得堡，布罗克豪斯－叶夫隆出版公司，1907，637页。

53   《医生手记》在医学界引起激烈争论，多数人认为，魏列萨耶夫伤害了整个医学界，泄露了行业的秘密及其在与疾病斗争中的无能。但报刊界对这本书却看法不同，高度评价了作者的公民激情。魏列萨耶夫本人也加入了围绕《医生手记》的争论，先在杂志《神的世界》上发表文章（1902，第10期），随后出版了一本小册子（圣彼得堡，1903）对指责者予以反驳—《关于〈医生手记〉。答复我的批评者》。

54   魏列萨耶夫，《私人手记》，415页。

55   《维肯季·维肯季耶维奇·斯米多维奇（维·魏列萨耶夫），自传证明书》，39页。

56   魏列萨耶夫，《致生活》，《魏列萨耶夫选集》，四卷本，莫斯科，1985，第2卷，458页，460页，469页。

57   参见：叶·科尔托诺夫斯卡娅在《全民新刊》（1909，第14期）上发表的文章和瓦·布鲁夏宁在《五岳城之声报》（1910年，1月1日）上的文章。

58   尼·纳－耶夫，《关于当代文学中某些现象的短评》，《沿乌拉尔山脉地区之声》，1910，8月11日。

59   鲍·亚·萨多夫斯科伊，《俄罗斯杂志综述》，《天平》，1909，第5期，91页：Ю-н，《对生活的品味》，《新时代》，1909，4月10（23）日。

60   魏列萨耶夫，《私人手记》，393-394页。

61   同上，394页。

62   魏列萨耶夫1923年7月19日的信件，刊载于：谢·弗若谢克，《魏列萨耶夫的生活和

649

创作》一书，列宁格勒，1930，102页。

63　《托尔斯泰和陀思妥耶夫斯基》，《梅列日科夫斯基全集》，莫斯科，1914年，第12卷，208页。

64　同上，第9卷，114页。

65　同上，第12卷，251页，252页，254页。

66　同上，270页。

67　同上，230页。

68-69　魏列萨耶夫，《蓬勃的生命》，莫斯科，1999，64页。下文中本书的所有引文均引自这一版本，在正文中标出页数。

70　叶·亚·科尔托诺夫斯卡娅，《评论漫笔》，圣彼得堡，1912，228页，222页。持有类似观点还有一位匿名作者对魏列萨耶夫，《蓬勃的生命。论陀思妥耶夫斯基和托尔斯泰》的书评，见《全民新刊》，（1911，第29期，130-131页。）

71　魏列萨耶夫，《莫斯科的作家图书出版社》；魏列萨耶夫，《并非虚构的短篇小说》，莫斯科，1968，466页。

72　鲍·康·扎伊采夫，《旅行者》；扎伊采夫，《遥远的地方》，莫斯科，1990，497页。

73　魏列萨耶夫，《并非虚构的小说》，475页。

74　魏列萨耶夫，《绝路》，《魏列萨耶夫选集》，四卷本，莫斯科，1990，第1卷，582页。

75　同上，485页。

76　同上，579页。

77　同上，583页。

78　关于这一点参见：瓦·诺尔德，叶·扎伊昂奇科夫斯基，《再也没有谎言》；魏列萨耶夫，《绝路。姐妹们》，莫斯科，1990，379页。

79　魏列萨耶夫答《记者》杂志的问卷调查（1925，第8-9期，30页）。

80　魏列萨耶夫，《作家应具备哪些素质？给文学工作室进行的讲座》，《魏列萨耶夫选集》，四卷本，莫斯科，1990，第1卷，56页。

81　俄罗斯国家文学艺术档案馆，全宗号1041，卷宗号4，存储单元122，12页。

82　日记的这一部分保存在魏列萨耶夫的继承人叶·安·扎伊昂奇科夫斯基手中。

650

据俄罗斯科学院世界文学研究所遗产出版社2001年版本翻译

世纪之交的俄罗斯文学

РУССКАЯ ЛИТЕРАТУРА РУБЕЖА ВЕКОВ

（1890年代－1920年代初）

(1890-е—начало 1920-х годов)

俄罗斯科学院高尔基世界文学研究所 编著

（俄）李福清　高莽　顾蕴璞　臧传真　翻译顾问

谷羽　赵秋长等　翻译

糜绪洋　谷羽　再版审校

高莽　插图

中卷

山东教育出版社
·济南·

888　第十八章　季娜伊达·吉皮乌斯
　　　◎尼·亚·博格莫洛夫　撰/温哲仙　译

921　第十九章　费奥多尔·索洛古勃
　　　◎萨·纳·布罗伊特曼　撰/谭思同　译

985　第二十章　康斯坦丁·巴尔蒙特
　　　◎因·维·科列茨卡娅　撰/谷羽　译

1018　第二十一章　瓦列里·勃留索夫
　　　◎谢·约·根金　撰/谷羽　译

1086　第二十二章　因诺肯季·安年斯基
　　　◎因·维·科列茨卡娅　撰/谷羽　译

1119　第二十三章　亚历山大·勃洛克
　　　◎迪·马·穆罕默多娃　撰/姜敏　译

1183　第二十四章　安德列·别雷
　　　◎莱娜·西拉德　撰/王彦秋　译

1233　第二十五章　维亚切斯拉夫·伊万诺夫
　　　◎奥·亚·库兹涅佐娃、尤·康·格拉西莫夫、
　　　　根·弗·奥巴特宁　撰/赵秋长　译

1314　第二十六章　马克西米利安·沃洛申
　　　◎因·维·科列茨卡娅　撰/郝淑霞、谷羽　译

第十三章
"萨蒂利孔派"作家：

阿尔卡季·阿韦尔琴科、苔菲、萨沙·乔尔内

◎叶·亚·季亚科娃　撰／马琳、谷羽　译

在《萨蒂利孔》杂志（以及后来的《新萨蒂利孔》杂志）（《萨蒂利孔》杂 651
志得名于古罗马作家佩特罗尼乌斯创作的梅尼普讽刺体同名诗文集。"萨蒂利
孔"字面义为"讽刺体（作品合集）"——译者）周围聚集了一批作家，尽管
他们每个人都个性鲜明，彼此不同，但他们以不可分割的群体形象出现在世人
面前。他们的创作标志着俄罗斯讽刺文学发展的新阶段，与以前（指第一次革
命时期）的作品相比，成了新的艺术景观。从这一角度考察，《萨蒂利孔》派作
家的散文和诗歌，同1910年前后俄罗斯新现实主义的创作趋势相接近（比如，
他们特别热衷于描写日常生活，但在一些优秀作品中又避免了"一味追求风俗
的倾向"）。

俄国第一次革命时期，政治讽刺作品及其出版业曾一度繁荣，后来由于社
会政治局势的改变而被迫中断（这尤其与1907年颁发的新《定期出版物条例》
和1908年规定"在出版物中颂扬犯罪行为"要负刑事责任有紧密联系）。同
时，读者已经对国内的革命浪潮感到厌倦，他们需要一种新型的幽默。这种需
求正好符合了新型讽刺周刊《萨蒂利孔》的办刊宗旨，1908年4月3日，著名的
讽刺杂志《蜻蜓》编辑部出版了第一期《萨蒂利孔》（出版人为米·格·科伦菲

尔德）。

《萨蒂利孔》1至8期的编辑是画家阿·亚·拉达科夫，从第9期开始由阿尔卡季·季莫菲耶维奇·阿韦尔琴科[1]主编。杂志的繁荣和这个人的名字密切相关，甚至可以说，俄国幽默文学创作一个新流派的发展和兴盛在某种程度上都与阿韦尔琴科息息相关。

《新萨蒂利孔》杂志（1913年，由于和科伦菲尔德关系破裂，杂志重组为《新萨蒂利孔》杂志）陆续发表阿韦尔琴科、苔菲（纳·亚·洛赫维茨卡娅-布钦斯卡娅）、萨沙·乔尔内（亚·米·格利克伯格）、彼·彼·波将金、瓦·伊·戈良斯基、阿·谢·布霍夫、瓦·瓦·克尼亚泽夫、奥尔·多尔（约·利·奥尔舍尔）、画家阿·亚·拉达科夫、亚·雅科夫列夫、列-米（阿·米·列米佐夫）和米斯（安·弗·列米佐娃）等一些作家的作品。和"萨蒂利孔"派作家一起为该杂志撰稿的还有列·尼·安德列耶夫、勃洛克、库普林和丘尔科夫。1915—1916年间马雅可夫斯基也和《新萨蒂利孔》合作过，该杂志还刊登过爱伦堡、巴别尔和马尔夏克的早期作品。读者在此还能欣赏到亚·尼·伯努瓦、姆·瓦·多布任斯基、康·阿·科罗温、鲍·米·库斯托季耶夫和安·彼·奥斯特罗乌莫娃-列别杰娃的平面艺术作品。20世纪初，《萨蒂利孔》杂志发行量已经很大，深受中等水平读者层的欢迎，也获得了白银时代爱好文学艺术的知识分子的好评。（由马雅可夫斯基倡议，《萨蒂利孔》杂志的画家在《阿波罗》编辑部举办了平面艺术展，在颇受欢迎的"《萨蒂利孔》杂志舞会上"，由米·米·福金导演，列·萨·巴克斯特设计舞美、塔·普·卡尔萨温娜主演，根据舒曼同名组曲改变的芭蕾《狂欢节》首次在彼得堡上演。）[2]

阿韦尔琴科在具有调侃意味的《自传》（1913）中曾经说过："我从事创作的最初几步和我们创办的《萨蒂利孔》杂志紧密相关……杂志的成功有一半属于我个人的成功。"[3]《萨蒂利孔》的主编在每一期至少刊登两篇短篇小说或者小品文，他们创办了当时非常有名的一个栏目《读者信箱》，以格言的形式回答读者的各种问题，还以戏剧评论家的身份发表剧评，刊登戏剧演出消息或是卡巴莱餐厅的活动安排及游艺公园、马戏团和当时彼得堡老式电影院的演出信息（或以"中间人"的立场观察、评论那个时代在艺术探索方面存在的各种现

652

象，如薇·费·科米萨尔热夫斯卡娅的剧院）。

1910年，阿韦尔琴科的早期作品《幽默故事集》和《快乐的牡蛎》（该书在随后几年里再版二十多次）在彼得堡出版。库兹明在《阿波罗》杂志上和《俄罗斯小说札记》一文中曾指出："阿韦尔琴科具有明显的美国化倾向，这是他和苔菲女士最根本的区别，苔菲所表现出的幽默是纯俄罗斯式的"，令库兹明感到惋惜的是"尽管阿韦尔琴科很有天赋，但是由于他的写作速度很快，所以，他的书中常常有不尽如

阿尔卡季·阿韦尔琴科

人意的地方"。[4] 弗·克拉尼希菲尔德认为，阿韦尔琴科的作品在修辞方面缺乏统一性，"好像写这本书的不是阿韦尔琴科一个人，而是由五、六名幽默作家组成的一家人"，克拉尼希菲尔德发现，这一家人有的模仿马克·吐温，有的模仿契诃夫，有的模仿安德列耶夫或者谢尔盖耶夫-青斯基，"只有最小的小兄弟不模仿任何作家，是个独立自主的幽默作家"。[5]

阿韦尔琴科早期的散文作品中的笑是朝气蓬勃的，仿佛是一个思维健全的、不愚蠢的、有处事经验的人在笑，但与此同时这个人也是一个善良的、胸襟宽阔的人，这是阿韦尔琴科早期散文的主要特征。确实，阿韦尔琴科从19世纪后半期美国幽默文学那里借鉴了很多东西，他的文章《马克·吐温》（1910）几乎是在为他最爱的作家作辩护。此外，他更接近欧·亨利短篇小说创作的传统风格。阿韦尔琴科的短篇小说中的主人公经常会以不同的名字出现，他们像欧·亨利所刻画的人物一样精力旺盛、机敏能干，爱嘲笑人，但又没有恶意。阿韦尔琴科所描写的主人公热爱冒险和故弄玄虚，他是果戈理笔下的"不偏不

653

倚的先生"，他对生活保持适度的热爱，有不错的胃口，与自己的城市和其所处的时代血肉相连。阿韦尔琴科在1910年前后创作的作品常会使人联想到某种"流浪汉小说"（而且得是报刊连载的小说、"小品文小说"）的片段。"萨蒂利孔派"作家谢尔盖·戈尔内曾这样生动评价阿韦尔琴科塑造的人物形象及其在白银时代圣彼得堡文坛上的地位："这一景象十分有趣：——当时，整个社会充斥着争论，对所有'怪癖手法'，对维·伊万诺夫'标新立异'的言论众说纷纭，在那种环境下，突然冒出来……某个年轻人，长着洁白而结实的牙齿……这个大汉显然对维·伊万诺夫上周三的讲话一无所知，甚至不知道何谓"酒神狂欢"……最了不起的是——他并不为自己的无知感到羞惭。这无疑是对当时彼得堡风气明显的冲击。"[6]

阿韦尔琴科喜欢使用的艺术手法是——夸张、怪诞，善于把日常生活中平淡的可笑情节引向离奇、荒谬。他用幽默的手法描写文坛风习、讽刺为性别歧视进行辩护的人（《无可救药的人们》），嘲弄报纸吹捧出来的名望（《黄金时代》），讥笑绘画创作的先锋派（《一幅画的来历》《奇遇（画家生活摘记）》），挖苦彼得堡通奸的丑闻和京城追求享乐的庸人（《马赛克》《别图霍夫》），挪揄女人卖弄风情、虚情假意以及生活空虚（《谎言》）。

有人说，阿韦尔琴科1910年前几年的创作中的幽默可以用"平和"来形容，这种说法既有公正的一面，也有偏颇的地方。《萨蒂利孔》杂志通常每期都会刊登一篇阿韦尔琴科的政论性小品文。他反讽的对象包括——第一届国家杜马，亚·伊·古契科夫和十月党人，弗·米·普里什克维奇和杜布罗温医生，"俄罗斯民族联盟"和《新时代》，苏沃林和米·奥·缅希科夫，《路标》和彼·伯·司徒卢威……作者的幽默绝不是"平和"的：在短篇小说《噩梦》（1908）中，农村选民痛骂杜马议员，同时又动情地呼喊："别忘了，你是我们的乡亲！"小说的引言采用了报纸上的有关报导，揭露了闹灾荒的彼尔姆省发生的残暴事件，这使阿韦尔琴科的政治幽默变成了悲剧式的怪诞作品，远远背离了仅供消遣的幽默作品的初衷。

阿韦尔琴科早期出色的短篇小说《犹太人的笑话》（1909）描写乡村日常生活，家庭主妇们的闲言碎语都充满幽默，小说讲述的主要事件是：贫苦的苏拉·弗莱贝格家有很多小孩儿，其中一个患了重病，她想带这个孩子去另外一个城市求医，一时糊涂却带去了一个健康的孩子。——如此有趣的情节却丝毫

654

不能引起读者的微笑。小说的结局使原本的幽默带上了浓重的悲剧色彩。

阿韦尔琴科精力旺盛，颇为多产，继《快乐的牡蛎》之后，又创作了《涟漪》（1912）、《外省人印象及其他故事》（1912）、《为康复者讲的故事》（1913）、《黑白分明》（1913）、《真正的好人》（1914）、《杂草》（1914，以笔名福马·奥皮斯金发表）、《敖德萨故事》（1915）、《捕狼陷阱》（1915）、《给大人讲孩子的故事》（1916）、《镀金药丸》（1916）、《蓝底金花》（1917）、《奇怪的事》（1917）、《鲫鱼和狗鱼》（1917）。

1911年，阿韦尔琴科的《八种独幕剧及小说改编戏剧集》出版，随后，又有六部独幕剧和滑稽短剧问世（依旧是由小说改编，其中加入了出乎意料的曲折情节、戏剧性的冲突、生动幽默的对白以及不同类型人物"瞬间滑稽表情"的刻画）。国内战争时期及流亡国外期间，作家依然对短小的戏剧和在酒吧戏剧表演情有独钟（这种文艺形式当时非常流行）。1919年，在塞瓦斯托波尔，阿韦尔琴科和阿纳托利·卡缅斯基一起负责"演员之家"酒吧戏剧表演的编剧工作。1920年4月，建立了专门上演短剧的新剧团"候鸟巢"。20年代初期，这个剧团结束了对西欧很多国家巡回演出后，来到君士坦丁堡，在这里，阿韦尔琴科对剧团进行了重建，这个剧团对阿韦尔琴科的晚年生活与创作至关重要。作家去世之后，他的讽刺文集《剧团老鼠笔记》（列宁格勒，1926）出版了单行本，梅耶荷德为文集撰写了序言。

1910年前后，阿韦尔琴科曾是一系列戏拟性"集体创作"的倡导者和领衔作者，这些作品包括《〈萨蒂利孔〉杂志创作的世界通史》和《萨蒂利孔派作家尤扎金、桑德斯、米法索夫及克雷萨科夫西欧考察探险录》。

"许多人认为，阿韦尔琴科是俄罗斯的马克·吐温；也有人认为他走的是契诃夫的创作道路。但他既不是马克·吐温，也不是契诃夫。他是纯正的俄罗斯幽默作家，他不需要过度的亢奋，也不需要含泪的笑。他在俄国文坛上有自己独特的地位，我甚至可以说——他是俄罗斯独一无二的幽默作家"[7]，很久以后苔菲这样评价他。而库普林则写道："读者……站在敏锐的中间立场，迅速地发现了他，大家众口相传，很快就为他树立了名声。"（《阿韦尔琴科与〈萨蒂利孔〉杂志》，1925）。[8] 1910年代初期，阿韦尔琴科在俄罗斯全国闻名，他的小说拥有众多崇拜者，甚至包括沙皇尼古拉二世。[9] 瓦·瓦·克尼亚泽夫曾就阿韦尔琴科写过一首尖刻的讽刺诗《阿尔卡季·列伊金》：

655

　　　　　在成功的火焰中燃烧，

　　　　　尽情地装疯卖傻与胡闹。

　　　　　他哈哈大笑，全国跟着欢腾，

　　　　　就连国王也欢呼微笑。

　　　　　……愚蠢的小丑笑声荒唐。

　　　　　难道我们需要这廉价的欢笑？[10]

　　但是，阿韦尔琴科的散文在不断变化：他在1915年前后几年的作品，幽默源自寻常生活，对生活的观察由肤浅趋向尖锐深刻，越来越有个性。《涟漪》集中有一篇优秀的短篇小说《闪电》，阿韦尔琴科采用了自传中的情节和契诃夫式的、凄凉的矛盾冲突：矿区小村庄伊萨耶夫斯基（阿韦尔琴科年轻时曾在那里担任办事员）正举办无声电影巡回放映，放映的影片有——《正在脱衣服的巴黎女郎》《在东印度公司制陶罐》《贵族太太在生气》（颇具喜剧性）和《游赞比西河》（风光片），[11] 许多影片既感伤又浪漫——竟然产生了强烈的影响，以至于放映团离开后，当地有个担任办事员的纨绔子弟居然从矿上药房偷来药物想要自杀。

　　小说文本的结构与作家早期作品相比严谨了许多，艺术效果不再依靠情节的曲折与冲突，不再无节制的哗众取宠——而是更加关注人物的行为、语言、梦想和日常生活细节。

　　阿韦尔琴科新塑造的人物少了些许平庸，摆脱了独幕轻喜剧中人物塑造的固定模式。比如，描写孩子的小说，写自己的童年（《可怕的男孩子》），写精力旺盛、屡遭失败的父亲（《父亲》《非洲猎人之死》《"威尼斯狂欢节"饭店》）。阿韦尔琴科的作品集《给大人讲孩子的故事》（1916）毫无疑问是他散文创作最好的作品之一。他的另一部文集《蓝底金花》（1917）注重心理描写，充满人情味，散发着淡淡的忧伤。寻找新的体裁使阿韦尔琴科创作了一生中篇幅最长的作品——中篇小说《波德霍采夫和其他人》（1917），还依据他本人年轻时和他的"萨蒂利孔派"朋友们及艺术家拉达科夫和列－米身上的惊险故事，写了一系列回忆冒险经历、以骗子为主人公的小说。

阿韦尔琴科最尖锐、最"刻薄"、最具有现实意义、最出色的作品，可以说是革命前所创作的《杂草》集。该文集问世时署的是"果戈理、陀思妥耶夫斯基"式的笔名福马·奥皮斯金（这个人物是小说《斯捷潘奇科夫村》中的主人公，从《萨蒂利孔》杂志最初几期开始，就已成为作者诸多文学面具中的一个——写作政治小品文时的面具 [12] ）。阿韦尔琴科嘲讽十月党人、《新时代》报的拥护者——这都是《萨蒂利孔》杂志最爱挖苦的对象（从《萨蒂利孔》杂志到其他讽刺文集，几乎随处可见），他讥笑外省官员的专横（《往事：俄罗斯人在1962年》），揭露将犹太人隔离居住的问题（《艺术的评判者》），描写警惕性极强的警察试图从家庭通信中寻找恐怖分子的密码（《新规则》），他鞭挞偷盗公款和贪污受贿，描写中学变得如官场一般，描写教育部长亚·尼·施瓦茨的丰功伟绩，他居然"禁止中学校长娶波兰女子为妻……"，还大言不惭地称这"毕竟是改革" [13] ）。第一次世界大战期间，"以常识为指导的公民性讽刺"路线在小品文当中得到了延续，描绘了充满愤怒的贫乏生活（《酒具》《正片与负片》）。这种创作热情在1917—1918年间的《新萨蒂利孔》上刊登的短篇小说和小品文中达到了一个高潮（同时也是阿韦尔琴科所有创作的最高潮）。

1917年，阿韦尔琴科兴奋地迎接了二月革命，临近五月他已经开始感到不安。他在文学和生活中的"美国化"倾向全都基于自己的积极进取，基于精力充沛的不辞劳苦。在1917年创作的小品文中，阿韦尔琴科以幽默，但却直接而又强硬的笔调向读者指出：不应该"剥夺"有能力而又兢兢业业工作者的财产，无论在什么社会，混淆劳动者与懒汉之间的不同都是不恰当的，要消灭俄罗斯社会的危机，唯一的方法是制定严格的法律，让公民从事有效的劳动（《和气的警察》《暴动的奴隶》《当头一棒》《十个百万富翁》）。阿韦尔琴科在小说《卧轨的年轻人》中，以他喜爱的寓言式的幻想形式预示了无政府主义和各种恣意妄为将给社会带来的危害，指出了过度推崇"在自由的俄罗斯就要奉行人身自由及不受侵害原则"将会带来多么严重的后果——小说中的人物躺在电车轨道上，轻而易举地使整个彼得堡的交通陷于瘫痪：

"临时政府谴责这个年轻人的行为，而社会革命党和社会民主党的执行委员会也支持临时政府的做法，……黑海水兵的代表……纷纷发言。……直到夜晚，人们都在等待克伦斯基。"人们想出的最明智的办法竟是开辟一条新的路

656

线，绕过罢工的人。具有洞察力的阿韦尔琴科这样总结说："为了不让人们认为这整个故事都是凭空捏造的，我甚至能说出这个年轻人的名字。好吧，他就是伊万·彼得罗夫。"[14]

657 小品文《嗨！来瓶桑恬矿泉水！》中，所有的幻想都建立在绝对客观、真实的基础上，与俄罗斯革命时期的事实、细节相吻合——国家面临崩溃、社会动荡不安。阿韦尔琴科把俄罗斯未来逐渐走向清醒的过程比作沉重的宿醉，是在为"所有那些被喝掉的、被吃掉的、被毁掉的"付出沉重的代价。[15]

1918年中，《新萨蒂利孔》杂志被彻底查封后，阿韦尔琴科开始到俄国南方巡回演出，1920年10月，他离开祖国，侨居在君士坦丁堡。著名小说集《插在革命背上的一打刀子》（1921）反映了革命岁月留下的残酷印象，他还用忧郁的笔调描写了革命前彼得堡生活的舒适和贴心（《大影院的戏法》），饥饿和恐怖的场面（《饿汉叙事诗》），对未来的反乌托邦预言（《魔鬼之轮》，《工人潘捷列伊·格雷姆津的生活特点》）。阿韦尔琴科的另一本篇幅不长的文集《孩子》（1922），描写了新一代孩子的可怕形象，小小年纪就知道什么是恐怖，什么叫疏散，榴霰弹划过空中的呼啸声是怎么样的，饥饿是什么样的感受（《被靴子践踏的草》）。

在邓尼金和弗兰格尔控制的塞瓦斯托波尔，阿韦尔琴科积极为《南方报》（后改名为《俄罗斯南方报》）撰稿，在小品文中和文学晚会上号召大家为志愿军募集物资。文人鲍·尼安德尔的回忆十分有趣："在克里米亚的时候，我曾不得不和已故的阿尔卡季·季莫菲耶维奇一起在弗兰格尔的军队中相处过一段十分亲近的日子……我们甚至还一起在总参谋部的指挥下工作，按照他们的要求，阿韦尔琴科写了很多优秀的幽默传单，散发到红军所在的地区……"[16]

《老实人笔记》一书（1922）是阿韦尔琴科侨居生活喜忧参半的真实记录，这种生活迫使他重新审视、重新判断许多问题。作家以过去小说中前所未有的苦涩笔触描绘了不可思议的风俗、不可思议的职业不可思议的生活方式（《君士坦丁堡动物园》《俄罗斯艺术》《棺材、蟑螂和内心空虚的村妇》），他的结论是："……老实人死了……是君士坦丁堡葬送了俄罗斯老实人的性命。我们这些内心善良、软弱温和的傻瓜，被锤炼成了铁石心肠的人……"[17]

1922年夏天，阿韦尔琴科移居布拉格，他最后的几部小说集都是在那里完

成的(《恐怖中的幽默》(1923)、《犬儒故事集》(1925)、长篇小说《艺术保护
人的玩笑》(1925))。作品内容主要是回忆国内战争以前彼得堡发生的意外事
件、骗局、友情、逸闻趣事、日常笑谈和苏维埃俄罗斯悲剧性怪诞生活画面交
织在一起。作家强调说:"我像个勤恳的警察分局长在写出警记录……"[18] 在第
一次世界大战期间,以及更大程度上在1917—1921年期间货真价实的文学创作
高峰中,作家创作的基调是愤怒、悲伤,是感觉自己的常识受到了侮辱,是对
祖国未来刻薄辛辣却又充满远见的预言。而现在,这些情感已从他的散文中消
失了。这位小说家愈发明显地向轶事笑话体裁回归,但如今这些笑话已经带上
了怀旧和乡愁的色彩。

658

  这位革命前年代"嘲笑之王"的创作历程以一种悲剧性的方式戛然而止:
1925年3月,44岁的阿韦尔琴科在布拉格去世。据回忆录作者证实,作家在生命
的最后时刻还在构思新小说中的故事情节。[19]

  与阿韦尔琴科同一时代的评论家公正地指出:"……只消将阿韦尔琴科的
《不幸的奖金》和左琴科的《山羊》进行比较,将阿韦尔琴科的《灾难》和
潘·罗曼诺夫的《天灾》进行比较;将波德霍采夫的形象——'怀疑论者,无
神论者,故弄玄虚的骗子',屡屡在生活中的困难时刻表现出'那种平静的放
肆',同大谋士奥斯塔普·班德尔的形象进行比较;再将阿韦尔琴科的《为了傻
瓜的幽默》和格·戈林的《脚上的绷带》进行对比,从种种比较的结果就不难
发现,阿韦尔琴科的精神、他的构思方式和创作倾向都在苏联作家的作品中得
到了体现。"[20]

*   *   *

  苔菲,原名纳杰日达·亚历山德罗芙娜·布钦斯卡娅(1872—1952,出嫁
前姓洛赫维茨卡娅,是米·亚·洛赫维茨卡娅的妹妹)。苔菲起初写作诗歌、戏
剧和短篇小说进入文坛,后来凭借随笔散文而成名。1905年,苔菲开始为彼得
堡的布尔什维克《新生活》报撰稿,该报汇集了当时各个阶层的文人(有高尔
基、叶·奇里科夫,也有尼·明斯基、巴尔蒙特、德莫夫等)。[21] 苔菲在《新
生活》报上发表了一首讽刺镇压1905年革命的特列波夫将军 [22] 的诗《子弹和

681

苔 菲

庇护者》，引起极大轰动。1905年以后的几年，苔菲的小品文和小说频频出现在《言语》《交易所新闻》《俄罗斯言论》等报刊上，弗·米·多罗舍维奇对其随笔散文给予很高的评价。苔菲还凭借个人特有的魅力获得了索洛古勃和巴尔蒙特的赞赏。她经常参加维·伊万诺夫在他家的"塔楼"组织的活动，后来又和阿克梅派的诗人来往。和其他"萨蒂利孔派"作家相比，她跟现代派作家之间在文学创作和私人交往上关系更加密切。

1910年，苔菲的诗集《七盏灯火》问世，受到勃留索夫尖锐的嘲讽，"苔菲女士在诗的形象、修饰语和艺术手法等方面借鉴了很多诗人的经验，从海涅到勃洛克，从勒贡特到巴尔蒙特……苔菲女士将七颗宝石称为'七盏灯火'……哎，可惜苔菲女士的项链是赝品宝石做成的"。[22] 但古米廖夫的《俄罗斯诗歌信函》却对苔菲的诗集赞赏有加："苔菲的诗最让我喜欢的是其文学性——我指的是这个词最好的那一方面。……诗人就像是庄重、优雅地戴着一张面具，脸上还有不易觉察的一丝微笑。"[23]

苔菲在《萨蒂利孔》和《新萨蒂利孔》上发表的作品为她带来了荣誉，从1910年开始，她的一些优秀短篇小说陆续结集出版，这些短小的作品风格优雅，忧伤。这些短篇小说只能在特定的条件下被称为幽默小说。

苔菲在1911年的《自传》中说过："我最早的刊印作品受了契诃夫的影响。"[24] 1925年，她还说过："我属于契诃夫流派，而莫泊桑则是我的理想。"[25] 正如上文所言，苔菲《幽默故事集》（圣彼得堡，1910—1911，第1～2卷）中收录的早期作品使得库兹明能从语调和修辞方面将她和阿韦尔琴科的"美国化倾向"对立起来，从而认定"苔菲女士的幽默是纯俄国式的"。但是，从苔菲早期的短篇小说判断，我们看到的并不是一个契诃夫流派的作家，而是一个"契洪特流派作家"（契诃夫早期写作幽默作品时的笔名——译注）。

在《幽默故事集》中，作者更多关注的是俄罗斯日常生活中"不美观"的一面。苔菲的幽默（她的这种倾向在成熟的散文作品中明显增强）对日常生活可笑或者忧伤的细节观察得细腻而准确，对人物语言的刻画具有准确的个性化特征。她笔下的主人公彼此不满，相互厌恶：父母在教育孩子时，只会责备和埋怨（《家庭开斋日》《家庭协议》《卡坚卡》），中学低年级的学生要求"取消道德约束"，他们以为巧克力银色包装纸是用铅做的，便积攒这些包装纸，以备街头巷战时能浇铸子弹，她笔下的中学生集会仿佛就是在戏拟成年人对"非道德主义"话题赶时髦的议论（《重估各种价值》《政治与科学》）。苔菲另一个常用的修辞方法是：以幽默的笔调把众所周知的情境典型化，表现老生常谈事物和约定俗成习俗中的可笑之处，无论是卖弄风情（《论调情理论》）、别墅生活（《安泰俄斯》《卡坚卡》《别墅》《别墅之旅》），还是圣诞节前的忙碌（《节日前夕》）或度假地的故事（《远方来信》）。

不过，早在《幽默故事集》中，就有一些短篇小说已经铺就了苔菲未来成果最丰盛的一条道路——"含泪的笑"，她极为关注人物内心最为细微的变化，关注日常生活中的细枝末节。比如，在短篇小说《麻利的手》中，饥肠辘辘又笨手笨脚的魔术师让观众因怜悯而哭泣，而在演出后又因此被同一群观众痛打……苔菲在1910年以后的作品中常常使用这种写法，如《就是这样》（1912）、《旋转木马》（1913）、《八幅微型画》（1913）、《无火之烟》（1914）、《微型画与独白》（1915）、《生活》（1916）、《死兽》（1916）。

这些作品集中最优秀的故事与其说滑稽可笑，毋宁说是悲剧性的。乌克 660
兰的一位老农妇收到了儿子的阵亡通知书，但她却不明白信的内容（《亚芙多哈》）；病危的伤员在战地医院里和心地善良的护士小声交谈（《瓦尼亚·谢戈廖克》）；八十岁的女教师在长达半个世纪的时间里，不厌其烦地给一代代的女孩子听写同一个句子——"骆驼的膝盖非常灵活"（《法语女老师》）；小卡佳在父母分居后和保姆一起待在家里，保姆心地险恶，经常酗酒，小女孩觉得家里唯一可亲近的是一只毛线织成的绵羊，但这只羊却被一群老鼠吃掉了……（《死兽》）；年老的贵族遗孀在小镇上生活，由于寂寞难耐，她在路边给夜间从家里偷跑出来的猫照路（《老妇人》）；同样由于孤独，靠做短工为生的马特廖娜向一只生病的兔子倾诉生活（《兔子》）；小男孩阿廖莎在动物园里看见了庞大可怕的动物，落日的红光照着它，浑身漆黑、又干又瘦（《鹿》）。

苔菲对日常生活中的诗意，喜剧或悲剧因素最感兴趣。她在出色的小说《生活与题材》（1914）中开玩笑说："一个作家几乎永远能有很好的文化趣味，分寸感和举止适度的能力。而这些东西在生活中却一无所有……原本优美、动人的爱情故事，可能在瞬间就被它终结在一个可笑、荒谬的状态下；一部愚蠢的轻喜剧可能被它加上一个'哈姆雷特'式的结尾。所以，我奉劝大家在研究这些糟糕的榜样时，千万不要丢掉自己的品味……"[26] 从《无烟之火》和《死兽》开始，苔菲所塑造的主人公都是极具个性的人物：亚芙多哈、绵羊玩偶的主人小卡佳、阿廖沙、马特廖娜、瓦尼亚·谢戈廖克等等，她笔下的其他几十个人物无论如何也都不能归入某种"时代典型"。苔菲的每个人物都是独一无二的。

苔菲小说的诗学也在不断完善。她早期的一些诗集《七盏灯火》《沙姆拉姆》（1922）、《西番莲》（1923）并没有获得好评（只有《三个少年侍从……》和《到欢快的天涯，到忧愁的海角……》由于维尔京斯基配上了音乐而受到欢迎）。但是，苔菲的散文创作像诗一样结构紧凑，思维细腻，措辞和细节都具有多重含义。毫无疑问，她的创作诗学属于"契诃夫派"，但也借鉴了诗人、小说家索洛古勃，或许还有安年斯基和阿克梅派诗人的创作经验。

库普林在文章《玻璃珠指环》中这样评价苔菲的小说创作："很难用自己的语言复述苔菲小说的内容，作品的全部魅力在于难以捕捉的内在之美，在于语言的温馨……占了五页篇幅的故事几乎没有情节，又怎么能够转述呢？"[27] 后来左琴科也曾写过文章赞赏苔菲的散文创作。[28]

苔菲流落国外之初——先是从"红方的"莫斯科逃到"白方的"南方，经历了敖德萨易主前的日子，乘船去新罗西斯克，再辗转漂流到君士坦丁堡，所有这些事件，苔菲都写在《回忆录》（1927）中。从题材及情绪判断，作品接近布宁的《该死的日子》、什梅廖夫的《死人的太阳》、布尔加科夫的《白卫军》和安·卡·格尔齐克的《地下室札记》，但苔菲的语调却与众不同。

苔菲小说固有的特征是——机敏的幽默、痛苦的人性、人物的多样性及对人物语言最为精确的刻画（彼得堡的贵妇人、邓尼金手下的军官、社会活动家、敖德萨的演出经纪人），既不唉声叹气，也不慷慨激昂（然而却能将时局的可怕淋漓尽致地表达出来）。苔菲创作于20世纪20年代的作品大都具有这样的情调，比如描写战时共产主义时期的彼得格勒、革命时期的俄罗斯、移民初期的生活（《回忆录》《卡斯帕尔中尉》《塔楼》《飞行员》《自己人和外人》）。

在革命以后的岁月里，苔菲最终确立了自己的语言风格。她在1920至1950年期间创作的小说分别收入《黑色鸢尾花》（1921）、《伊斯坦布尔和太阳》（1921）、《大地的宝藏》（1921）、《静静的河湾》（1921）、《小城》（1927）、《女巫》（1928）、《六月集》（1931）、《关于温柔》（1938）、《地球上的彩虹》（1952）。其中有的作品具有出色的漫画式的典型化形象（著名小说《小城》就是20年代俄侨居住的巴黎的一幅冷嘲热讽的肖像），但总体看来，类型化角色最终被人物肖像和简练勾勒出的特征以及人物的命运所取代。这段时期，苔菲曾在巴黎梅列日科夫斯基的文学小组"绿灯社"说过："不在乎谁是被爱的对象……谁若能爱，上帝就与他同在。"[29] 或许，这两句话简明扼要地表达了她最根本的创作理念。

她在回忆录中将索洛古勃、巴尔蒙特、库普林、阿韦尔琴科、梅列日科夫斯基、丰达明斯基、吉皮乌斯、阿·托尔斯泰、鲍·潘捷列伊莫诺夫、格·拉斯普京的形象都刻画得异常具体、生动、细腻，就像纪实小说一样真实可信。

苔菲艰难却问心无愧地活过了第二次世界大战。1946年，她拒绝了让她返回苏联的一再邀请。1952年10月6日，作家死在巴黎。[30] 无论是在国内的文学界，还是在俄侨文学中，也许都找不到她那别具一格创作传统的继承人。

*　　　　*　　　　*

萨沙·乔尔内（亚历山大·米哈伊洛维奇·格里克伯格，1880—1932）1905年凭借其在讽刺杂志《观察家》上发表的诗歌崭露头角。《胡言乱语》中的诗句"整个国家都在期待／究竟是谁把她毁掉……"使他名噪一时（《观察家》，1905年第23期）。1906年，亚历山大·格里克伯格出版了《各种各样的诗》，但这部诗集并没有充分展示出诗人的才华。只有《庸人的抱怨》比较出色，这首诗先描绘了1905—1907年期间十分典型的激烈家庭政治辩论的喜剧性场面，打断辩论的是戴"幽默面具"的叙述者所发出的已不再好笑的哀号："我是个俄罗斯庸人——／我只不过想活着！"

萨沙·乔尔内的才华从1908年开始得以充分施展，随着刚刚创刊的《萨蒂利孔》杂志每周都在显著位置发表他的《讽刺诗集》，他的知名度便不断上升。"吸引诗人参加编辑部的工作是《萨蒂利孔》杂志的最伟大的功勋，在这里，这个有才气，但是还显得腼腆的新手……几周之内就拥有了庞大的读者群，创作获得了长足进步，得到了公众的高度赞许……"库普林曾这样回忆说 [31]。萨沙·乔尔内的《讽刺诗集》（圣彼得堡，米·格·科伦菲尔德出版社，1910年。1911—1912期间该诗集曾再版六次）中几乎所有主要的诗作全都发表在《萨蒂利孔》杂志上（同时发表的还有散文随笔，甚至有针对感伤主义通俗小说和"颓废派"的文学批评"哀歌"）。

《讽刺诗集》一书的装帧是由多布任斯基和列－米设计的。全书分为几个部分：《给所有赤贫的精神》《风俗》《文学行会》《阿革奥斯的牛圈》《无奈的贡品》《外省》《抒情讽刺诗》等，其中收录了一些人尽皆知的诗作，如：《哀歌》（"灯光下读讨喜的小书多美好……"）、《克莱采奏鸣曲》《一个彼得堡人的远行》《大家穿着同样剪裁的裤子……》《黄色楼房》（"家里乱七八糟，熟人满腹牢骚……"）、《一个知识分子》（"对被骗的希望背过身去……"）、《解除警报》《环境儿》《肉》《风格化的驴》《田野之歌》（"该死的问题像烟卷冒的烟……"）、《庸俗》（"雕像的淡紫色围巾和黄色蝴蝶结……"）《不伤风化的嘲讽》《在光荣的岗位上》《早晨》（"清晨，布谷鸟在公园里歌唱"）、《雅歌》等等。

《致批评家》（"当诗人描写贵妇的时候……"）是《讽刺诗集》的开篇之作，这首诗以戏谑的口吻提醒读者作者和叙事者并不相等，诗人本身和本书创造的文学面具系统并不相等。《讽刺诗集》叙述者强有力地表现出来的主要基调有：强烈的忧愁，面对孤寂的恐惧，潜意识中对自己软弱无力的感知，以及各种嫌恶的反感，包括对"小人物的狂欢"的反感，对首都和外省、上流社会联欢会和避暑季节、小市民公寓和严肃文学杂志编辑部的可悲"环境儿"的反感，对"不美观"的日常生活的反感，而作者发现、观察并以出色的笔触记录

663

这种"不美观"的能力愈发突出了这种"不美观"。

萨沙·乔尔内在组诗《"萨蒂利孔派"作家们（圣诞礼物）》（1909）中曾给自己画了一幅出色的文学肖像：

萨沙·乔尔内

> 恰似一块铅版，
>
> 感到愤恨又怀着爱意，
>
> 以忧伤的韵律
>
> 鞭挞远亲近邻和自己。[32]

《讽刺诗集》问世后，受到阿姆菲捷阿特罗夫[33]、克拉尼希菲尔德[34]和科尔托诺夫斯卡娅[35]的一致赞扬。丘科夫斯基写了评论《当代的尤维纳利斯》，将这本诗集的尖酸、刻薄、折磨人心、充满鞭笞但却又自我毁灭的基调与"反动时代"知识分子真实思维趋势之间的内在联系，这种趋势也包括了"路标派"的观察和对社会、道德的诊断："千百个萨沙·乔尔内活该诉苦、抱怨，甚至以头撞墙，就是为了能有一个格尔申宗在哲学中将之论述出来。痛苦是那么鲜活、那么真实，它能一下子又进入哲学论文集，又能出现在喧嚣的杂志——从而占据了我们文学的两极。"[36]

丘科夫斯基回忆说："马雅可夫斯基（稍后，在1915年）把这些诗背下来，难道不是因为他在其中觉察到了自己的影子——他自己表达揭露和憎恨的手法吗……马雅可夫斯基经常把萨沙·乔尔内的诗和自己的诗一并朗诵，带着同样的语调及嘲弄的激情——比如《肉》《环境儿》《摇篮曲》《全俄罗斯的痛苦》和描写阿隆·法尔福尔尼克的'叙事'——《爱情不是土豆》。"[37]

　　　　索洛维约夫们、海涅、歌德

　　　　与左拉的精灵尽在书中，

　　　　而伊万诺夫们的四周，

　　　　土地簌簌颤抖，不堪重负。

　　萨沙·乔尔内在面对"伊万诺夫们"，面对作为幻觉形式的日常生活的平庸，面对"宇宙庸俗"显现时感到的恐惧，大概是一种浪漫主义的感触。忧伤之所以能强烈而尖刻，恰恰是因为理想的崇高。

　　一方面，1910年前几年，所有主要"萨蒂利孔派"作家大都具有这种"反市侩激情"。萨沙·乔尔内笔下"穿着同样剪裁的裤子"的"伊万诺夫们"——近似于阿韦尔琴科笔下那些"快乐的牡蛎"和苔菲早期随笔中的那些"类人者"。但是，苔菲很早就抛弃了对"群氓"的不满情绪：早在1914年前夕，在她的散文中"群氓"就开始分解成一个个人，从"鱼子般堆积的小市民"中显现了人物，而正是这些人物成为小说家关注、同情和爱的对象。而阿韦尔琴科的幽默作品却恰恰相反，在1910年中旬前，他作品中的主人公和故事讲述者之间的立场极为接近。阿韦尔琴科散文中的"我"离戴面具的假"第一人称"越来越远，并越来越接近作者的声音。阿韦尔琴科散文的世界观——正是那个体面、精力充沛、精明、善良的"伊万诺夫"的世界观，那个"只不过想活着"的"俄罗斯庸人"的世界观。

　　萨沙·乔尔内的创作和他们不同。1912年10月，他在给高尔基的信中写道："世界上最让人难以忍受的一种饥饿就是所谓的悲观主义。光有书本是不够的……海涅、狄更斯和其他人都说过不同凡响的话，但是他们不是早就死了吗？……我……曾孜孜不倦地接近一切火焰和一切朽木：安德列耶夫、阿韦尔琴科、勃洛克、布季谢夫、戈罗杰茨基——从字母表上依次排列，直到丘科夫斯基。结果只感受到麻木的疲惫和外省中学生常有的那种极度的失望……当然，不断寻找的人没有错，但是要消解渴望，不再流泪，要摆脱自我却无路可寻。"[38] 这段话无疑是作者在不经意间对《讽刺诗集》中各种情绪与基调，对这部"俄罗斯的海涅"代表作中的浪漫主义"黑色"反讽的自我注释。

　　正如《讽刺诗集》中的"群氓"接近勃洛克同样于1908—1909年撰写的

"论人民和知识分子"的一系列文章（《人民和知识分子》《问题、问题、还是问题》《讽刺》《果戈理的孩子》）中的人物，萨沙·乔尔内在讽刺诗中提到弗·谢·索洛维约夫的名字也绝非偶然。在勃洛克的创作中，特别是在"第二卷"抒情诗当中，"索洛维约夫派"青年象征主义诗人的理想主义结合了19世纪俄国批判现实主义的创作经验。萨沙·乔尔内除此之外还借鉴了法国象征派及"受诅咒的诗人们"（波德莱尔、魏尔兰等）的世界观和表达手法，像他们一样以极大的勇气和怪诞手法描写了大都市中疯癫、不祥的狂欢。

1911年，萨沙·乔尔内离开了《萨蒂利孔》杂志。不久，他的《讽刺诗与抒情》出版（圣彼得堡，蔷薇出版社，1911）。[39] 随后，他又同《蔷薇》丛刊以及《当代人》《当代世界》和《俄罗斯财富》等杂志合作，1910年以后几年，萨沙·乔尔内开始翻译他最喜爱的海涅的作品，同时，为孩子们写第一部诗集《儿童字母表》（1913—1914）。

萨沙·乔尔内早年的一些散文体随笔发表在《萨蒂利孔》杂志上，后来他陆续创作了一些短篇小说，如《夏天的人们》《初次相识》《勇敢的女性》《米尔茨莉》，在这些作品中，作者尝试在现实主义心理小说领域验证自己的能力。寻求新的体裁表明萨沙·乔尔内第一个创作时期的终结，表明《讽刺诗集》"浪漫主义的悲观主义"的语调已经结束。

665

《讽刺诗与抒情》一书中紧随"杂草"这一部分各诗（包括《可怕的故事》《北方日暮》《穿纸领条的人》等）之后的就是有名的诗作《给病人》（"有温暖的太阳，天真的儿童……"），这首诗证明诗人力图寻找新的创作领域：

在忧伤中沉沦无限羞惭，
甘愿消失，如窗上的影子，
莫非新的团聚已经暗淡？
难道只有狗才能活在人世？

看来，作者似乎也患上了某种独特的"果戈理综合征"：生活那悲喜交加的荒谬性，"软木塞儿一样"的嘴脸，"科切雷日金新文章"的庸俗，寻神派演说家及其想"花半个卢布窥视永恒"的听众，彼得堡"小饭馆烟气腾腾、坐满马车夫，/从门口冒出一股股浑浊的黄色蒸汽/夹杂着皮毛和菜汤的味道……"，萨沙·乔尔内还像从前一样，就形象的鲜明、具体而言，他描绘的这种种情景要胜过他笔下生活的"高贵的欢乐"。

1914年，萨沙·乔尔内自愿参加了作战部队，在野战医院服役，创作了组诗《战争》《在立陶宛》《异国的太阳》和《俄罗斯的庞培》。这些作品收入了诗集《渴望》，诗人流亡国外时才得以出版（柏林，1923年），侨居国外期间出版的另一本诗集是《儿童岛》（巴黎，1928）。20年代初期，诗人在柏林期间，积极从事儿童诗创作和翻译工作，大约有一年时间负责著名杂志《火烈鸟》文学部的编辑工作，此外还与《舵》《北极光》《俄罗斯意志》等刊物进行合作。

同前一时期的《讽刺诗与抒情》相比，萨沙·乔尔内后期的诗歌创作有很大不同：战地医院的生活、劳累的女护士（《护士》），士兵（《他们中的一个》《平日》《途中休息》）——这些构成了他的题材，而韵律、作者的语调、甚或至于他对待主人公的态度——都出乎意料地预告了亚·特·特瓦尔多夫斯基的长诗（指《瓦西里·焦尔金》——译注）。

20年代后期，萨沙·乔尔内出版了文集《士兵的故事》：该书叙事语调之精确、语言之丰富、内容之幽默都让库普林赞赏不已。早在1914年，萨沙·乔尔内就在《蔷薇》丛刊上发表了长诗《诺亚》。在流亡期间还创作了长诗《大河边的房子》（1924），长诗《谁在流亡中能过好日子？》（1931），组诗《流亡者的县城》，这些作品的主题是怀念俄罗斯。1922—1930年期间，作家陆续出版了散文集《猎狐梗米奇的日记》（1927）、《美妙的夏天》（1930）和大量儿童诗集，还有故事集《轻松的故事》（1928）。

1932年8月5日，萨沙·乔尔内由于一场意外而死亡。回忆录作者所记录下的他的死因（他在普罗旺斯度夏时，帮助小城里的居民救火，因心脏病发作而死）正符合他为人的品格。

毫无疑问，诗人最好的作品是《讽刺诗集》（1910）和《讽刺诗与抒情》（1911）。他的诗在修辞上取得的货真价实的创新，在语调上的创新，在节奏上的创新（尤其是采用了20世纪最初十年对于俄罗斯诗坛说来尚属新鲜的轻重音

666

格律），尖刻、戏拟和怪诞的表现手法，新颖得令人瞠目结舌的刻薄口吻，预示着意象派和表现主义诗学开端的精彩比喻——当代人对于上述特点都没有给予充分的评价。萨沙·乔尔内对20世纪初俄罗斯诗歌风格革新的影响尚未成为专门理论研究的对象，不过，很多风格各异却都具有敏锐的艺术嗅觉的后辈诗人与作家，比如：马雅可夫斯基、纳博科夫、阿·塔尔科夫斯基和韦·叶罗菲耶夫等，都对《讽刺诗集》给予了高度评价。

近年来，萨沙·乔尔内的创作遗产已经成为图书编目专家、资料刊行者和研究人员认真关注的课题。

注释：

1 参见：德·亚·列维茨基，《阿韦尔琴科：生活道路》，华盛顿，1973；A.多尔戈夫，《革命前及苏联时期文学批评对阿尔卡季·阿韦尔琴科创作的评价》，《吉尔吉斯大学学报》，人文科学版，1975，第11辑，167–175页；利·阿·斯皮里多诺娃，《阿·季·阿韦尔琴科》，《俄罗斯作家。1800—1917年。传记词典》，莫斯科，1989，第1卷，18–19页。

2 米·格·科伦菲尔德，《回忆录》，见《文学问题》，1990，第2期，270页。有关该杂志的历史参见：《〈萨蒂利孔〉杂志的诗人》，莫斯科，列宁格勒，1966；利·阿·叶夫斯季格涅耶娃，《〈萨蒂利孔〉杂志和萨蒂利孔派诗人》，莫斯科，1968；利·阿·斯皮里多诺娃（叶夫斯季格涅耶娃），《20世纪初俄罗斯讽刺文学》，莫斯科，1977；另外，关于《萨蒂利孔》和《新萨蒂利孔》的矛盾，可参见：米·格·科伦菲尔德，《〈白天〉编辑部的信》，《白天》，1913年5月18日，第131期。

3 引自：阿韦尔琴科，《不幸的奖金》，莫斯科，1994，12页；另见：阿韦尔琴科，《自传》（1910），《普希金之家手稿部1973年年鉴》，列宁格勒，1976，150–155页。

4 《阿波罗》杂志，1910，第11期，26–27页。

5 《当代世界》，1910，第9期，171–172页；另见：弗·克拉尼希菲尔德，《文学评论》，《当代世界》，1910，第11期，第二部分，82–85页。弗·阿佐夫（弗·亚·阿什基纳季），《阿韦尔琴科，〈快乐的牡蛎〉》，圣彼得堡，1910年，《言语》，1910年9月27日，第00期；科·伊·丘科夫斯基，《牡蛎和海洋》，《言语》，1911年3月20日，第77期。

6 谢尔盖·戈尔内（亚·阿·奥楚普），《怀念阿韦尔琴科》（《舵》，1930，4月28日）。引文见：列维茨基，上引著作，77页。

7 《今天》，里加，1925年3月22日，第66期。

8 库普林，《论文学》，明斯克，1969，111页。

9 据彼·莫·皮利斯基证实，1910年阿韦尔琴科被邀请去冬宫为皇室朗读小说（他是

667

691

1900至1917年之间唯一一位受邀请的作家）。但由于担心失去自己作为民主文学家的名声，作家谢绝了邀请。（见奥·米·萨温编，《谈库普林》，奔萨，1995，392页。）

10　《〈萨蒂利孔〉杂志的诗人》，220—221页。

11　引自：阿韦尔琴科，《庇护人的玩笑》，莫斯科，1990，209页。

12　斯皮里多诺娃（叶夫斯季格涅耶娃），《20世纪初的俄罗斯讽刺文学》。

13　福马·奥皮斯金（阿韦尔琴科），《杂草》，彼得格勒，1914年，161页。

14　《阿韦尔琴科在〈新萨蒂利孔〉杂志。1917—1918年短篇小说和小品文》，尼·卡·戈列伊佐夫斯基编，莫斯科，1994，14—15页。另见：阿韦尔琴科，《幽默作家眼中的新人，1918—1921年的短篇小说》，斯皮里多诺娃撰写前言，见《文学问题》，1991，第3期，224—237页；《嘲笑之王及其身边人。"萨蒂利孔派"作家鲜为人知的创作篇章》，见《雷普塔》，1993，第3期，129—144页。

15　《阿韦尔琴科在〈新萨蒂利孔〉杂志》，17页。

16　详见：列维茨基，上引著作，106页。

17　阿韦尔琴科，《老实人札记（君士坦丁堡的移民）》，莫斯科，1922，117页。

18　引自：阿韦尔琴科，《魔鬼之轮》，莫斯科，1994，471页。

19　康·别利戈夫斯基，《阿韦尔琴科是怎么死去的》，《今天》，1925年3月17日，3页。

20　斯·尼科年科，《嘲笑之王犹在》，见阿韦尔琴科，《魔鬼之轮》，21—22页。

21　见：叶·马·特鲁比洛娃，《苔菲》，《俄罗斯侨民文学。1920—1940年》，莫斯科，1993；德·德·尼古拉耶夫，《苔菲和阿韦尔琴科的创作。俄国幽默文学发展的两种趋势》，副博士论文摘要，莫斯科，1994；叶·马·特鲁比洛娃，《苔菲的创作道路。侨民时期》，副博士论文摘要，莫斯科，1994；《苔菲的创作和20世纪上半期俄国文学进程》，奥·尼·米哈伊洛夫、德·德·尼古拉耶夫、叶·马·特鲁比洛娃编，莫斯科，1999。

22　勃留索夫，《女诗人们》，《远的和近的》，莫斯科，1912，151页。

23　引自：《古米廖夫三卷集》，莫斯科，1991，第三卷，55页。关于作为诗人的苔菲，还可参考：彼·索良内伊，《阿波罗的祭司（俄罗斯女诗人们）》，《阿尔戈斯》，1913，第5期，69—70页。

24　费·费·菲德勒编，《文学创作的最初几步：当代俄罗斯作家的自传》，莫斯科，1911，204页。

25　弗·韦列夏金，《悼念纳杰日达·亚历山德罗芙娜·苔菲》，《俄罗斯思想》，1952年10月15日；另见：叶夫斯季格涅耶娃，《以笑声对抗邪恶（契诃夫与苔菲）》，见《契诃夫及其时代》，莫斯科，1977。

26　苔菲，《无火之烟》，彼得格勒：《新萨蒂利孔》杂志出版社，未标出版年（推测为1914），共152页。

27　库普林，《论文学》，183页。有关苔菲侨居国外之前的小说，尚可参考：克拉尼希

668

菲尔德，书评：苔菲，《幽默故事集》，彼得堡，1910，见《当代世界》，1910，第9期，第二部分，685页；弗·阿佐夫，书评：苔菲，《类人者》，见《言语》，1911年4月18日，第104期；阿·切博塔列夫斯卡娅，书评：苔菲，《就是这样……》，彼得堡，1912，见《新生活》，1912，第7期，255页；伊·瓦-斯基（伊·马·瓦西列夫斯基），《〈毫无相似〉，苔菲的新书》，见《杂志中的杂志》，1915，第10期，20页；阿·布霍夫，《苔菲》，《杂志中的杂志》，1915，第14期，17页。

28 左琴科，《苔菲》，《普希金之家手稿部1972年年鉴》，列宁格勒，1974，133-140页。

29 详见：特鲁比洛娃，上引著作，67页。

30 《言论》，1991年，第9期，22页，德·德·尼古拉耶夫刊行。

31 库普林，《论文学》，108页。

32 引自：《萨沙·乔尔内五卷本文集》，阿·谢·伊万诺夫编辑、校勘、注释，莫斯科，1996—1999，第一卷，456页。

33 阿姆菲捷阿特罗夫，《论萨沙·乔尔内》，《敖德萨新闻报》，1910年6月29日。

34 克拉尼希菲尔德，《文学评论》，《当代世界》，1910年，第5期，84-86页。

35 科尔托诺夫斯卡娅，《新讽刺》，见科尔托诺夫斯卡娅，《批评随笔》，彼得堡，1912，189-199页。

36 丘科夫斯基，《难逃厄运者的幽默（萨沙·乔尔内）》，《言语》，1910年4月17日，第105期，2页。另见德·弗·菲洛索福夫，《给科学院词典》，载《俄罗斯言论》，1910年10月6日，第229期。古米廖夫对萨沙·乔尔内的幽默所作出的评价简明准确："对未来的时代，他的书将是研究俄国生活中知识分子阶层非常宝贵的资料，而对于同时代的人来说，这本文集容了一切让多灾多难却生生不息的俄罗斯文化最为仇恨的东西"（见古米廖夫，《论俄罗斯诗歌书简》，《阿波罗》，1910，第8期，61-62页）

37 丘科夫斯基，《萨沙·乔尔内》，《萨沙·乔尔内诗选》，列宁格勒，1960年，10页。

38 《萨沙·乔尔内给高尔基的信》，尼·伊·季库申娜刊行，《高尔基及其时代。研究与资料》，莫斯科，1989年，第2辑，22-23页。

39 安·克拉伊尼（吉皮乌斯），《文学家和文学》，《俄罗斯思想》，1912年，第1期，第三部分，27页；瓦·利沃夫-罗加切夫斯基，《初次结识萨沙·乔尔内》，《当代世界》，1912，第5期，第三部分，27页；伊·马·瓦西列夫斯基，《两条道路（伊戈尔·谢维里亚宁和萨沙·乔尔内）》，《新言论》，1913，第8期，52-60页。

第十四章

1900年代—1910年代的通俗小说家：

米哈伊尔·阿尔志跋绥夫、阿纳托利·卡缅斯基、

阿纳斯塔西娅·韦尔比茨卡娅

◎叶·亚·季亚科娃　撰/查晓燕、蒋鹏　译

　　本章将简要地介绍俄罗斯文学现象所具有的一些特征。这些特征正处于其各种状态的"间性"位置上——高雅文化和大众文化之间，纯文学和地摊读物之间，同样也存在于现实主义和现代主义这两大文学传统之间。这一特征下的大众文学和"新现实主义"运动息息相关，我们可以将大众文学的某些典型范例视作是一种"新现实主义"降低层次后的表现。

　　在1905年至1920年前后，"大众文学""反映时代"的小说和"新自然主义文学"有着很多不同种类、不同质量的作品。这些作品的作者包括亚·瓦·阿姆菲捷阿特罗夫、米·彼·阿尔志跋绥夫和他为数众多的模仿者：阿·帕·卡缅斯基、弗·基·温尼琴科、叶·阿·纳格罗茨卡娅、阿·阿·韦尔比茨卡娅、安娜·马尔（安·雅·连申娜）、纳·桑扎里。例如，吉皮乌斯 [1] 在阿尔志跋绥夫的作品中看到了"陀思妥耶夫斯基、托尔斯泰、契诃夫的鬼脸群"。对陀思妥耶夫斯基式的创作诗学和部分哲学问题的模仿与改写，对于小说家阿尔志跋绥夫来说，意义尤其重大。在阿·帕·卡缅斯基的早期短篇小说中也有契

诃夫的明显影响。

同时，对崇高传统的依附与19世纪80年代自然主义小说的影响结合了起来，同时还与接受早期颓废派文学的创作手法，连同20世纪00年代俄罗斯象征主义文学的创作经验结合了起来（后者明显表现在叶夫多基娅·纳格罗茨卡娅的长篇和短篇小说中）。

在现代研究者看来，"1910至1920年期间的小说既运用了地摊读物的神话和套路，也运用了高雅

米哈伊尔·阿尔志跋绥夫

文学的某些思想和手法，这样一来就写出了对读者来说既是新鲜的，又是熟悉的作品……小说积极地，尽管是简化地，给自身加入了最新的科学理念，以改写的形式把这些理念融进了作品的思想基础……个别创新也与大师们——如安德列·别雷和阿列克谢·列米佐夫——的创作探索是相吻合的，同样跻身于20年代先锋源泉之列"[2]。同时代的批评家们，以及稍后的文学史学家们把纳格罗茨卡娅的长篇小说《狄奥尼索斯的愤怒》的主题与题材和库兹明的《翅膀》相比较，把她的短篇小说和格·伊·丘尔科夫以及利·德·季诺维耶娃-阿尼巴尔的短篇小说相比较；在卡缅斯基的作品里人们找到了和短篇小说家谢尔盖耶夫-青斯基早期作品相似的特点；阿尔志跋绥夫的那些作品，如《人浪》《血污》《工人舍维廖夫》也被拿来和鲍·维·萨温科夫的小说作比较（这里发挥作用的不仅仅是主题的同一性，还有作家对1905—1907年革命、20世纪头十年革命者典型特征和革命运动现实的认知）。[3]

就在这一时期，丘科夫斯基在《纳特·平克顿和当代文学》（1908）一文中

670

695

同样有理有据地把阿尔志跋绥夫和卡缅斯基的小说同一些明显是地摊读物的作品相提并论并进行比较。[4] 涅·马·佐尔卡娅被认为是世纪之交时期俄国大众文化科学研究的开拓者，她强调了在阿尔志跋绥夫、卡缅斯基、韦尔比茨卡娅的作品中，在利·阿·恰尔斯卡娅的儿童读物中都存在着19世纪末20世纪初通俗文学的主题、题材和手法，谈到20世纪00年代电影艺术对"俄罗斯地摊文学的各位国王和王后们"作品情节的关注中体现出的征兆。

根据阿尔志跋绥夫作品的主题改编成了电影《嫉妒》《复仇者》《野蛮人的法律》《绝境》，正是它们在俄国"大众观众"中获得的巨大成功，证明了阿尔志跋绥夫及其模仿者、追随者的创作对20世纪初俄国下层城市文化的现实意义。韦尔比茨卡娅的长篇小说《幸福的钥匙》同样相当成功地被搬上了银幕（《幸福的钥匙》，上下集，1913，导演弗·罗·加尔金和雅·亚·普罗塔扎诺夫；《胜者和败者》，1917，导演鲍·斯韦特洛夫和雅·普罗塔扎诺夫）。从文学"走入电影"的还有卡缅斯基，他在1914—1918年间创作了三十多部电影剧本，"体裁包括情节剧、侦探剧、喜剧和神秘剧"[5]。

不同的种类和不同的水平（在阿尔志跋绥夫最好的作品和韦尔比茨卡娅最流行的作品之间有着非常大的差距）；不能并存的东西的结合；以下二者的综合——对陀思妥耶夫斯基的长篇小说《群魔》、短篇小说《噼噼啪啪》、契诃夫的小说（《草原》《新娘》）在情节和思想上的各种联想，以及对尼采、魏宁格、维·伊万诺夫、梅列日科夫斯基等人学说的改编；有着19世纪80年代二流自然主义小说中的那种"沉重的气氛和有害健康而散发着臭味的空气"（勃洛克语），却又夹杂着颓废派华丽得令人发腻的词语；对那个时代最病态、最尖锐的问题的高度关注（革命运动和个人恐怖活动，妇女解放，作为一种社会现象的自杀流行病，人是否有自主结束生命的权利这一哲学问题），还有对1900年代到1910年代"最时髦、最能闹出乱子"的话题的同等程度的关注（招魂术、对神秘学的科学研究、同性恋）——这似乎就是当时通俗小说总体的、显著的特色，也是通俗文学的区别特征，正是这种区别特征已经变成了20世纪初俄罗斯高雅文学和城市大众文化的分界。

671

*　　　*　　　*

　　这种文学在"广大读者"那里获得的巨大成功（只要想想弗·帕·克拉尼希菲尔德在1910年研究"图书馆和阅览室年报"后提出的问题："是列夫·尼古拉耶维奇·托尔斯泰，还是阿纳斯塔西娅·阿列克谢耶夫娜·韦尔比茨卡娅？二者中谁更能领导思想，更能统治当代俄罗斯读者的心灵？"[6]）往往是与来自专业读者的强烈抵触结合在一起的。在《个人的毁灭》一文中评价阿尔志跋绥夫时，高尔基对自己评价的性质毫不动摇："如今精神赤贫者的纵队被阿尔志跋绥夫的萨宁屈辱地、可耻地完成了……在阿尔志跋绥夫的这部作品之前，不止一次有人在刻画人物内心时用兽性回归的方式简化自己。但是这些尝试却没能在小市民的文化社会里唤起极大的兴趣……"[7]语带讽刺的丘科夫斯基和纯粹主义者瓦·瓦·沃罗夫斯基在其著名文章《巴扎罗夫和萨宁，两个虚无主义者》中都表达了对阿尔志跋绥夫这部最著名的长篇小说同样的强烈否定态度。托尔斯泰和柯罗连科虽然相当看重阿尔志跋绥夫的天赋，但也对他的作品提出了指责。引人注目的是，同时代思想者审视《萨宁》（还有其他1900年代—1910年代的"大众文学"现象）时，不仅仅是把它看作一种艺术现象，而更多地是看作一种社会变化的征兆，一种以往占统治地位的文学趣味变化的征兆，一种读者的成分和水平变化的征兆。他们在阿尔志跋绥夫和韦尔比茨卡娅的商业成功中看到了道德标准、品味、文学概念即将改变的可怕的标志。无疑，诸如阿姆菲捷阿特罗夫的《玛丽娅·卢西耶娃》、温尼琴科的《在生活的天平上》、阿尔志跋绥夫的《绝境》、卡缅斯基的短篇小说《四个》和《勒达》、纳格罗茨卡娅的长篇小说《狄奥尼索斯的愤怒》、韦尔比茨卡娅的作品得以广泛流行的一个最重要的原因就是，能感觉到读者明确认同、准许这些作品的思想和感情的水平和19世纪俄罗斯文学相比有所下降。

　　但是只用朴素却又自负的修辞、陀思妥耶夫斯基和尼采悲剧性怀疑的"流行叙述方式"、改编自契诃夫的情节和库兹明的主题、对现实和流行尖锐而肤浅的敏感来解释这种小说的成功是不公平的。首当其冲的就是对阿尔志跋绥夫的不公正的态度。[8]

672

*　　　*　　　*

　　米哈伊尔·彼得罗维奇·阿尔志跋绥夫（1878—1927）的主要主题与日后小说《萨宁》中的冲突，早在第一部"严肃的"短篇小说《帕沙·图马诺夫》（1901）中就有所体现。这部小说深受米哈伊洛夫斯基的称赞，曾准备在《俄罗斯财富》上发表（但被书刊检查机构查禁）。它讲述了一个少年的荒唐悲剧（帕沙·图马诺夫因无法通过考试而在情绪激动之中杀死了中学校长）。这个短篇可以看作一个关于社会规则的残酷性、偶然性和多余性，关于人类潜意识的反叛行为，关于软弱的抗议发展成为可怕反抗的寓言。在1902—1905年间的小说里（《库普里扬》《恐怖》《暴动》《笑》）仍然继续着对自由、强大的主人公的探索，这些主人公既不受常规的约束，也不受社会伦理信条的束缚。在小说《下级准尉戈洛洛博夫》中表现得最为明显，小说的忧郁色调预示了成熟的阿尔志跋绥夫的修辞风格，小说主观存在主义的问题（关于人自杀权利的争论和小说主人公的自杀结局）则使小说成为日后的《绝境》的雏形。勃洛克后来对阿尔志跋绥夫作品基调的见解非常适合于评价其早期小说："忧郁是因为没有信仰，因为心灵的空虚，因为自我的渺小——这是人的固有本性……无信仰的隐秘忧郁产生的是怜悯。"[9]

　　不过，在20世纪开头几年阿尔志跋绥夫拥有现实主义青年作家的良好名声，经常在《俄罗斯财富》《神界》《大众杂志》上发表文章。他的《短篇小说集》（圣彼得堡，1905—1906，第1、2卷）获得了民主派批评家（阿·格·戈伦菲尔德、安·伊·博格丹诺维奇、叶·亚·利亚茨基）[10]的谨慎好评，同时也受到了《天秤》杂志和《生活问题》杂志的"现代主义者们"称赞。[11]

　　1904年阿尔志跋绥夫发表了中篇小说《兰德之死》，这是他最重要的作品之一。伊万·兰德具有"典型的托尔斯泰主义者、梅什金公爵……以及对托尔斯泰怀着'宗教信仰'的青年阿尔志跋绥夫本人"[12]的一些特征。兰德的美好心灵和他"身体的残缺"、社会的无能为力有机地结合在一起（在阿尔志跋绥夫的处理下），他的死像中世纪苦行僧之死，但却极其荒谬。……在19世纪最后30年俄罗斯知识分子的荣誉规则和价值体系被纳入了一系列"相对性"的世界，而这些"相对性"正经受着青年阿尔志跋绥夫用思想和文字将之撕裂的考验。

《兰德之死》昭示了个人对于崇高的——但在阿尔志跋绥夫看来是陈旧的——理想的拒绝。

小说立刻引起了当时一些文学流派代表人物对这位作家的注意。然而，与《新道路》杂志的合作对作家来说实在是太短暂了。阿尔志跋绥夫在"塔楼夜谈"极盛时期几番访问维·伊万诺夫——但最终这也没能引起他的注意。维·谢·米罗柳波夫极力把阿尔志跋绥夫领进"知识派"的圈子——但他最终也没有接近他们。

阿尔志跋绥夫对于当时的一些社会事件有着自己独到的看法，这也是他在小说《朝影》（1905）中所表现出来的和"知识派"的信念与社会情感之间的明显差别。这部中篇小说描写的是第一次俄国革命中的人与事：书中充满了苦痛和辛辣的讽刺，其情节和稍早的契诃夫的《未婚妻》很接近（同样在部分情节上和列斯科夫的《走投无路》很相似）。短篇小说《血污》（1906）更可怕，是部被革命误伤者灭亡的编年史。在中篇小说《人浪》（1907）中看到的是南方海滨城市一次起义中血腥的荒谬。只有奇迹般活下来的青年革命者孔恰耶夫与其心上人的拥抱成为替代这种荒谬的合理选择。而产生这种荒谬的正是一切人"自作聪明琢磨出来折腾自己"的东西（阿尔志跋绥夫明显地、毫不留情地指出了这一点）。

中篇小说《朝影》的主人公是个"个人主义者"，作者笔下的主角问道："……你们这里又有基督，又有祖国，又有人类，又有眼前的和长远的……唯心主义和马克思主义……你们自己究竟在哪里？你们自身的、自由的、个人的生活在哪里？"[13] 在此，长篇小说《萨宁》的主题思想又一次简明地体现出来。

《萨宁》写于1900—1903年间。1903年，投给《神的世界》月刊的小说手稿受到波格丹诺维奇和巴丘什科夫的强烈否定（他们的论敌、小说的辩护人是库普林）。[14]

值得注意的是，早在阿尔志跋绥夫的小说之前，"萨宁"这个姓第一次出现在俄国文学中是在屠格涅夫的中篇小说《春潮》（1871）里。德米特里·萨宁是小说主人公的名字，他如此轻率地以对杰玛高尚的爱换得对玛丽娅·尼古拉耶芙娜·波洛佐娃的盲目的、纯粹肉体的、有失体面的情欲。就某种意义而言，被评论所忽略的"萨宁"这个名字的延续性可以理解为20世纪初通俗小说同19

世纪经典小说之争中前者对后者的又一个反驳。根据作者的构思，正是那些以"新道德"的面貌出现的"阿尔志跋绥夫的萨宁"的思想倾向，为那些打碎了"屠格涅夫的萨宁"的生命的震颤进行平反，并将其确立起来。

674

然而，阿尔志跋绥夫小说中的弗拉季米尔·萨宁不是通常的"萨宁主义者"的形象——它们的区别极大。萨宁不是小县城的卡扎诺夫（骑兵大尉扎鲁金和以及萨宁妹妹利季娅的行为和想法，在解放程度上远远超过主人公的经验；其实，小说只描写了弗拉季米尔本人的一段爱情际遇）。这个"新道德"鼓吹者之所以让人震惊，主要还是因为他的言辞：他对钻营家梁赞采夫和一味享乐的扎鲁金、对尼采的书和马克思的书、对已故的伊万·兰德（《萨宁》和《兰德之死》情节发生的地点是互相关联的，两部作品的一些主人公也有部分联系）和秘密集会都感到同样的厌倦。在受到侮辱的时候萨宁拒绝决斗，但又当众殴打对手，还在不经意间说出"基督很完美，基督徒很渺小"这样的话。

"人……不过是生活的一小部分而已……他不过是不能或不敢从丰富的生活中获取他真正需要的那么多东西罢了。"萨宁如是说。他轻蔑地怜悯着那些软弱的人，他们软弱"只是因为他们被自己对生活的错误观点束缚了……受压的力量冲出来，肉体要求欢乐，并且折磨他们本人"[15]。

萨宁的世界观与其说一种简化后的感性世界观，毋宁说是一种**感官**世界观：对自己的青春、阳光、肌肉力量的感觉，以及清晨草原的景色带给主人公的欢乐，并不亚于亲近寻神派人士、颓废派文学家尤里·斯瓦罗日奇的未婚妻季娜伊达·卡尔萨温娜的感觉。主人公和斯瓦罗日奇"思想的决斗"贯穿了整部小说。就某种意义而言，在阿尔志跋绥夫的创作中，这一决斗是分析伊万·兰德性格和命运的直接延续。就某一点来看，带有寻神学说、柏拉图主义、些许高尚的"心灵探求"色彩的斯瓦罗日奇是伊万·兰德的继承者，是吸取了20世纪最初几年的尼采哲学、欧洲颓废主义和俄国现代主义经验的俄国知识分子。他失去了兰德纯真的自我牺牲精神，而是自命不凡，心地不善，并且和他的先辈一样没有活动能力。"生活得愚蠢，常用种种琐事来折磨自己，而且以一种愚蠢的死法死掉了……"[16]萨宁在他的墓前这样玩世不恭地说。

由于叙述语调过于激昂、缺乏深刻与细致、修辞失之单调，阿尔志跋绥夫在小说中所提出的对生命辩护的"生存哲学"大为减色。"他们用契诃夫的方式来对待生活，但缺乏他的力量……"勃洛克在谈到包括阿尔志跋绥夫在内的一批"契诃夫派"时这样指出。[17] 这体现在小说的内容上，但却没有反映出小说在商业上的成功。

1907年《萨宁》在《现代世界》杂志上发表了，这一年的晚些时候出版了单行本。很快阿尔志跋绥夫因作品的"不道德"被传唤至法庭，在德国和奥匈帝国也对小说的翻译者们提出了诉讼。在俄罗斯很快出版了 В. И. 罗腾什腾主编的译自德语的文集《〈萨宁〉在德国的命运；关于没收和查禁阿尔志跋绥夫小说〈萨宁〉的法庭判决。法院鉴定人的意见》（圣彼得堡，1909）。1910年，教会势力对阿尔志跋绥夫发出了革出教门的威胁。国内的杂志则如此积极地讨论这部小说，早在1908年就已出版了一本很特别的文选《俄罗斯批评界论〈萨宁〉》（编者 Я. 丹尼林，收录了阿姆菲捷阿特罗夫、戈伦菲尔德、科尔托诺夫斯卡娅、瓦·利沃夫-罗加切夫斯基、彼·皮利斯基、叶·特鲁别茨科伊、科·丘科夫斯基等人关于小说的文章节选）。在青年学生中间已经出现了秘密的"萨宁分子"团体。

托尔斯泰对小说这样评价道："没有任何真正的感情（思想），没有任何真正的智慧，也没有任何一处有关真正人类情感的描写，只描写了最低下的动物性的冲动……"[18] 柯罗连科写信给巴丘什科夫时说："作者还有什么东西是不敢描写的？一整章内容就是让一些人物来演绎妇科学……"[19] "思想甚至也溜进了色情作品里！这简直就是俄罗斯社会的特点……阿尔志跋绥夫不仅仅是描写了萨宁的身体行为，还号召所有的人进行这样的身体行为……"丘科夫斯基则如此进行嘲讽。[20] 不过他确切地指出了小说的"宣传"乃至"社会"性。因·费·安年斯基以毫不掩饰的嘲弄态度对待《萨宁》："上帝保佑可别让你们在里面找巴扎罗夫气质……萨宁正好相反，纯粹是果戈理式的漫画般的可笑和空想。不容怀疑的是，这种漫画式的可笑**威风凛凛**地出现了，是否喜欢它则是你们的事情。"[21] 叶·尼·特鲁别茨科伊称《萨宁》是"对查拉图斯特拉的俄式戏拟"[22]。从罗扎诺夫到阿姆菲捷阿特罗夫，从丘科夫斯基到亚·亚·伊兹梅洛夫和科尔托诺夫斯卡娅 [23]，这个时代文学辩论的最出色的参与者们急于就这部小说发表意见。

阿尔志跋绥夫"用尼采哲学把一个著名的虚无主义者（指巴扎罗夫——本章

作者注）翻新成了一个恶劣的复制品"。瓦·利·利沃夫在《教育》杂志上如此断言。[24] 戈伦菲尔德还提到，关于萨宁的争论能与屠格涅夫长篇小说出版时关于巴扎罗夫的争辩相提并论。沃罗夫斯基在《巴扎罗夫和萨宁：两个虚无主义者》一文中进行了详细的比较，并作出了对阿尔志跋绥夫而言极为不利的结论。[25]

格·谢·诺沃波林在《俄罗斯文学的淫秽元素》一书中，把这部小说和19世纪最后20年间俄罗斯自然主义文学的传统作了比较，其中包括瓦·伊·涅米罗维奇-丹钦柯的小说《偷来的幸福》和《奥莉加·马克西莫芙娜》，米·阿尔博夫的小说《到码头》，尼·莫尔斯科伊的《索多玛》，维·布列宁的《死腿》和《在基斯洛沃茨克的罗曼史》，还有叶·亚辛斯基和瓦·比比科夫的散文。布列宁的主人公，作家安特列科托夫，被诺沃波林看作是弗拉季米尔·萨宁的直系前辈。[26]

与此同时，库普林在长时期内仍然是小说的辩护人。勃洛克在《1907年文学总结》一文中十分感性地写道："很明显，作家触摸到了某种坚硬的土壤，并且已经上路了。这清晨的感觉感染着读者……这样，在萨宁身上，在这个阿尔志跋绥夫的'第一主人公身上'，感觉到了一个真正的人，他有着不屈不挠的意志，总是保持着微笑，对什么事情都有所准备，年轻，坚定，自由。想想看，还需要什么呢？或许这样的人一旦消失……那就什么都不存在了吧？"[27]

关于阿尔志跋绥夫和卡缅斯基，德·弗·菲洛索福夫这样写道："这些作家的天才并不是特别大……但是……他们明白，性的痛苦和社会生活的痛苦一样可怕。对于他们来说，性是伟大的苦难，而不是令人满意的淫欲。"[28]

"性主题"成为阿尔志跋绥夫作品1910年前后的主要主题。从1907年开始，阿尔志跋绥夫成为《教育》杂志小说部编辑，1909—1916年间，他编辑并主持出版《土地》文集[29] 和《生活》丛刊（第1辑，1908）。

如阿尔志跋绥夫在写给达·雅·艾兹曼的信里所说，他的一个意图在这里实现了："创造出了一个东西，一个与蒙尘的《知识》和过分商业化的《蔷薇》对立的东西。"[30] 参加过《土地》文集第一期的布宁、列·安德列耶夫、绥拉菲摩维奇，在阿尔志跋绥夫担任编辑后拒绝与之合作。

在《土地》文集中刊登了库普林的中篇小说《书拉密女》，发表了长篇小说《亚玛》。"新自然主义"通俗小说整体上决定了刊物的面貌，一期又一期——

676

忧郁的、生理学意义上的作品日益多了起来：大多是亚·费奥多罗夫、艾兹曼、叶·奇里科夫、谢·尤什克维奇、尼·奥利格尔、尼·克拉舍宁尼科夫等人的作品。在连续出版的文集里，阿尔志跋绥夫本人发表了中篇小说《几百万》（1907）和《工人舍维廖夫》（1909）。批评家们（亚·伊兹梅洛夫在《俄罗斯言论》、鲍·萨多夫斯科伊在《天秤》杂志、谢·阿德里阿诺夫在《欧洲导报》）将这个可怕的独狼恐怖分子的故事与 B. 罗普申（鲍·维·萨温科夫）的小说《灰色马》相提并论。[31] 在丛刊中还发表了阿尔志跋绥夫的剧本《嫉妒》（1913）、《战争》（1914）、《敌人》（1916）。在这些年里，同时代人对作家的态度有了明显的改变：伊兹梅洛夫极富表现力地将其论阿尔志跋绥夫的"专著性"文章称作《理想的破产》（1913）。维·彼·布列宁对《嫉妒》的"新时代的"书评被冠以更富表现力的标题：《风波的奴仆》[32]。

在阿尔志跋绥夫这一时期的小说（《小女人的爱情》《幸福》《复仇者》《关于嫉妒》《一记耳光的故事》《一个老检察官的故事》《在太阳下》）里，新自然主义题材被更积极、更庸俗地开发了。萨宁的生活哲学在几乎是戏拟体的修辞中退化成了对"幽会"与"情欲"的"庸俗的无穷"那令人不耐烦的描写："她睁开眼睛，看了一眼他那漂亮的、因情欲而疯狂的脸，微微地呻吟了一下，向后一仰，仿佛跌倒一般……"[33] 阿尔志跋绥夫小说的艺术水准一落千丈，而正是它的上述特色成了1910年代大众小说中他的模仿者们——奥·米尔托夫、弗·连斯基、奥·达曼斯卡娅等人开发和再现的对象。

与此同时，在他1900年代到1910年代的短篇小说中，出现了改编自19世纪末至20世纪初俄国小说杰作的明显印记（小说《绝症患者病室》和契诃夫的《第六病室》紧密相关，《一名已故者的日记》和陀思妥耶夫斯基的小说《噼噼啪啪》相关，《亚利马太兄弟》和安德列耶夫的《加略人犹大》相关）。长篇小说《绝境》（1910—1912）继续着这些趋势。

阿尔志跋绥夫用自负的无情笔调描绘的一座县城是纳乌莫夫的活动地点，这是作者的一个"思想主人公"，四处宣传唯一合理的行为就是自杀。纳乌莫夫的话"帮助"人们看清日常生活的徒劳，爱情的虚伪，朴素生存的无意义，相信上帝、相信"黄金时代"、相信进步、相信社会主义能够胜利的盲目无知。和纳乌莫夫交谈的人们受其诱骗而远离生活，一连串的自杀和偶然死亡贯穿于

677

整部小说之中。[34]

　　阿尔志跋绥夫本人把自己这一时期的哲学思想称之为"传道主义"。由于书籍出版时正逢俄罗斯社会自杀情绪蔓延时期，人们不止一次地指责阿尔志跋绥夫挑起了这种情绪（我认为，这种指责是不无道理的）。无论是《萨宁》出版后"自由爱情联盟"的出现，还是长篇小说《极限》流行年代自杀倾向的滋长，阿尔志跋绥夫在《自杀的传染》（1911）一文中都拒绝为之承担任何道德责任，此外，他还又一次为不受社会公认道德准则约束的个人主义辩护："自杀是一种个人意志的行为，无论宣传自杀，与自杀斗争，指责自杀，还是建议自杀都是不可能的。"[35] 这种对"极端个人主义"的鼓吹在他的最后一部著作《作家笔记》（1911—1918；单行本：莫斯科，1917），尤其是在《论契诃夫的死》《论托尔斯泰》《生活的导师》《传道与生活》几章中得以延续。

　　1923年，阿尔志跋绥夫离开俄罗斯。皮利斯基在悼念阿尔志跋绥夫的文章（作家于1927年在华沙去世）中指出："从《兰德之死》到《萨宁》的道路不是向上的，甚至也不是向下的——这是一种断裂……他曾找寻人生的意义，却未能找到……在极力摆脱哀伤的思想和死亡的黑暗幻影的过程中，他投向了个人主义的广阔天地……他从未与自己思想的变化无常做过斗争。"[36]

*　　　*　　　*

678　　　阿纳托利·帕夫洛维奇·卡缅斯基（1876—1941）——在俄罗斯新自然主义通俗小说领袖的行列中，这个名字位居第二。他早期的散文作品被收入《草原的声音》（圣彼得堡，1903），书中可以发现契诃夫的强大影响，对修辞的精微度的追求，但与此同时，他还追求奇闻逸事式的情节，在他阴郁的小说中尽力描写出人物行为的某种病态。卡缅斯基最好的一个短篇（《在别墅》）写的是小官吏切贝金的故事，主人公被卷进海军上将一家在皇村的夏日生活圈子的故事。这篇小说让人们看到作者所展露的作为心理学家和修辞学家的才华。

　　可是，给卡缅斯基带来知名度的却是其他一些作品：他的短篇小说《四个》（《觉醒》杂志，1907，第3，5期）和《勒达》（《教育》杂志，1906，第12期）成为人们街谈巷议的话题。《四个》讲的是一名近卫军中尉在四天当中进展迅速的四次"艳遇"。小说从"美好生活"的整体环境反衬出故事情节的那种会引起轩然大波的趣味性。[37]

"假如整个世界到处都满是餐厅里的小桌子、女人和军官，那该有多好呀……"《四个》的主人公这样梦想着。正是在这样的世界里上演着小说《勒达》的故事：一个彼得堡美女带着颓废派的意图，只穿着一双金色小拖鞋，赤身裸体地走进客厅，向聚集在那里的人们宣布："一千年后，每一分钟的生活都将是美丽的，出人意料的，大胆而无耻的……新型女性——女唐璜诞生了，站在你们面前的就是这种新型女性的代表……最终，女人应该与男人一样得到寻找、征服、获取的权利……"[38]

勃洛克在《论现实主义者》一文中写道，卡缅斯基"把观察力和风格……都浪费在细枝末节上了"。并且，尽管他的小说中"最好的几页""完全不是讲肉体的"，作者"带着某种漫无目的而幼稚的'哲学'……围绕着妓院、美酒、纸牌、金钱徘徊……在非常生动的短篇小说《四个》中存在着某种轻浮的、愚蠢的放荡不羁"[39]。这是最善意和最谨慎的评价之一，可是勃洛克也意识到此种文学给社会造成的危害："外省读者越是因为发现'放肆和大胆'的时代来临了而'开始酗酒'；外省的小姐们越是因为发现可以只穿着一双像卡缅斯基的勒达那样的金色拖鞋的时代来临而'重估一切价值'，真正的作品就会越少……"[40]

高尔基在给奇里科夫的一封信（1907年3月）中把"新自然主义者们"的成功评价为"对社会趣味的威胁"："与各种各样的精神病理学人物正在向文学进攻，比如卡缅斯基、阿尔志跋绥夫这伙人。人们感受得到精神上的混乱，思想上的惊慌，病态的、神经质的焦躁不安。语言上的单纯已经消失，随之而逝的还有语言的力量……生活变得更加庞大，人们变得更加渺小……"[41] 丘科夫斯基的措辞更激烈："'啊，你们是在这里和小市民气战斗吧？战斗吧，战斗吧，我也要战斗的！'一个霍屯督人说。稍稍一藏鼻环，他就变成了阿纳托利·卡缅斯基，**为了让资产阶级蒙羞**而创作了各种各样奇闻轶事……"[42] 起初赏识卡缅斯基的库普林在1907年给巴丘什科夫的信中已经写道："卡缅斯基的'我'就在于一切都是被允许的，因而，可以为了自己的舒适和一块多汁的煎牛排去抢劫、去诽谤……"[43]

679

　　事实上，1909年12月卡缅斯基本人在写给伊兹梅洛夫的信中就当时自己的声名狼藉说过："报纸的聒噪和卑鄙的人群从我的种种探索中硬是挑出了……《勒达》和《四个》，这两篇算是不错的东西，但它们完全不是我的特色所在。"[44] 他赋予了自己的长篇小说《人们》（《教育》杂志，1908，第7—10期）更大的意义。卡缅斯基的主人公维诺格拉多夫在彼得堡社会中"宣传相互关系的真理"，被周围的人们当作"可笑的室内的查拉图斯特拉"。[45] 几乎所有的人物（尼采主义者纳拉诺维奇；"穿着黑呢子罩衫的小说家别廖扎"——从这个人的特征可以看出高尔基的痕迹；曾经忠诚而勤恳地为沙皇和国家效力，现在痛苦又恐惧地看着自己的后代、"新人们"的老将军托恩）都体现了某种时代思潮。沃洛申在书评（《阿波罗》，1909，第3期）中指出了这一点，他把卡缅斯基的《人们》看作"俄罗斯思想小说的范例"，但却是无可怀疑的败笔。[46] 伊兹梅洛夫指出了该书与阿尔志跋绥夫的《萨宁》之间的传承关系，《俄罗斯财富》《现代世界》《欧洲通报》的批评家们给小说下的评价是"放肆的"和自负的。[47]

　　在1900年代末到1910年代初，卡缅斯基的散文急速地向简短的奇闻轶事体裁演化（经常带有"神秘主义的内容"或"哲学倾向性"）。文集《轻浮的故事》（圣彼得堡，1910）、《动物园》（圣彼得堡，1913）、《公爵小姐嘟嘟》（圣彼得堡，1914）、伪哲学论著《论自由人》（基辅，1910），以及发表在《蓝色杂志》《俄罗斯太阳》《星火》《彩色文集》上的很多文章都被看作是毋庸置疑的地摊文学现象。到1910年代中期时，他的名气几乎被遗忘了，卡缅斯基成了一个撰写电影和歌舞剧剧本的作家。

＊　　　　＊　　　　＊

　　在这个时代大众文学的洪流中女性小说家的创作极为引人注目，一般来说，这些创作的主题与爱情、"性"、解放等问题紧密联系在一起。在这一批人中可以看到叶·纳格罗茨卡娅、纳·桑扎里、奥·达曼斯卡娅、安·马尔、奥·米尔托夫（奥莉加·涅格列斯库尔的笔名）的名字，阿·韦尔比茨卡娅的名字几乎是在最前列的。批评界注意到并试图理解这种现象。除了丘科夫斯基

680

在各种书评中对这一派通俗文学一如既往的强硬反对立场，还应该提到科尔托诺夫斯卡娅在其《批评随笔》（1912）一书中的一篇长文——《萨宁的继承者们》。

叶夫多基娅·阿波罗诺夫娜·纳格罗茨卡娅（1866—1930）是阿·雅·帕纳耶娃再婚后所生的女儿。1910年，她发表了短期内再版十次的处女作——长篇小说《狄奥尼索斯的愤怒》。女主人公是彼得堡的女画家塔季亚娜·库兹涅佐娃，她因不可兼顾母亲、家庭的责任与人生志向、"创造性的"生活方式而痛苦。妇女解放让她在自己的性格中体验到了完全不属于"家庭"主妇们的元素。她同唯美主义者拉奇诺夫关于同性恋的谈话占据了小说不少的篇幅（不过，有批评指出："那些'在翅膀上'托起库兹明主人公的澡堂服务员（当时一些男性澡堂侍者也从事性工作，而同性恋作家库兹明的《翅膀》则是俄罗斯文学中第一部正面描写同性恋关系的作品——译注）却没有托起纳格罗茨卡娅的主人公）。"[48]

那个年代的流行小说家中，没有人能像纳格罗茨卡娅一样，以定位于哲学问题和俄罗斯现代主义文学的修辞学为特色。但是，"狄奥尼索斯气质"在她的散文里却成为沙龙里的陈词滥调，优秀的小说技法却与地摊文学特有的感伤主义激情比邻（"作为画家，我从他的肉体中获得亢奋……他所有的爱，炽烈而温柔——美丽的爱"[49]）。装饰性很容易转变成对"美丽的爱"的朴素描写，这种爱出现在意大利式的别墅里、壁炉前、熊皮上。

这部处女作一直都是纳格罗茨卡娅最有名的作品，这部小说之后，又有一批作品面世：短篇小说《阿尼娅》《纯洁的爱情》《他》《茶炊旁》（都发表于1911年）；长篇小说《细菌的斗争》（1913）；由于饱受争议的情节而被书刊检查机关查禁的长篇小说《铜门》（1911）；短篇小说集《日与夜》；长篇小说《白色柱廊》（1914）和《恶魔》（1915）；短篇小说集《梦》（1916）。纳格罗茨卡娅的小说情节与卡缅斯基的类似，常常接近于颇具趣味性的日常奇闻轶事，有时，在她的作品中会出现"通灵术""招魂术"和"神秘主义"的情节，或者——感受得到作者表达这些东西的强烈愿望。比如说，在《白色柱廊》这部或许是纳格罗茨卡娅最好的小说中，神秘主义表现在彼得堡女子纳卡托娃有时能在冬日的涅瓦河岸看到古希腊罗马的神庙。

女作家本人的声誉增强了情节的"趣味性"——在1910年代的彼得堡，"纳格罗茨卡娅的形而上学公寓”和她的沙龙享有着十分可疑的名声。尽管纳格罗茨卡娅极力争取库兹明（当时二人的关系良好）参与文学丛刊《彼得格勒之夜》（1910年代中期由纳格罗茨卡娅赞助出版）的编辑，但这丛刊依然是只是“一本模棱两可的刊物：既非高雅文学文化的杂志，又不是面向大众阅读的机关刊物”。[50]

"情色和施虐癖的主题"、贵妇们的尼采主义、为战争的辩护等内容引起了人们对纳格罗茨卡娅的长篇小说《恶魔》的某种兴趣。但是，到1916—1917年，她的知名度几乎消失了。如果说1913年亚·米·柯伦泰在《新女性》（1913）一文中还把纳格罗茨卡娅列为妇女解放的思想家，那么，在小说《恶魔》出版后，伊·马·瓦西列夫斯基（笔名"非字母"）则写道："对于真正的'外在自主、内在独立'的新女性这一概念而言，哪怕是凶恶的敌人所带来的危害也比不上像纳格罗茨卡娅女士……这类……朋友所带来的危害更大。"[51]在纳格罗茨卡娅侨居国外期间面世的最后几部长篇小说（《罗曼·瓦西里耶夫笔记》和《我妻子家的真实情况》，两部作品均出版于1922年）都没有引起读者的注意。

不过，纳格罗茨卡娅的知名度不能和阿纳斯塔西娅·阿列克谢耶芙娜·韦尔比茨卡娅（1862—1928）相提并论。韦尔比茨卡娅的处女作发表于19世纪90年代，她的早期作品发表于诸如《俄罗斯财富》《神的世界》《教育》等杂志上。她赞叹高尔基和柯罗连科的作品，赞同1905—1907年的革命思想。从1899年起，她成为自己作品的独立出版者，并且也"帮助女翻译家们校订、出版了一批关于妇女社会地位问题的外国长篇小说"。[52] 她的早期作品（《瓦沃奇卡》《她解放了》《恶之露》《玛丽亚·伊万诺夫娜之犯罪和单身者生活中的其他故事》等）写的是19世纪与20世纪之交独立却无助的劳动妇女的社会现实状况。韦尔比茨卡娅的早期作品是以自己相当艰辛的生活经历为基础的，赢得了民主派批评界的同情。1901年高尔基发表了对这位刚起步的女作家表示赞赏的文章。[53]

但是，韦尔比茨卡娅的名声是由长篇小说《时代精神》（1907—1908），特别是《幸福的钥匙》（1903—1913；第5-6部以《胜者和败者》的书名出版），《爱情的枷锁》（1914—1916），《叶连娜·帕夫洛夫娜和谢廖日卡（夏日田园诗）》（1915）带来的。这些小说中最有名的，毋庸置疑，当推《幸福的钥匙》。

这是关于"注定不幸的女人"玛尼娅·叶利佐娃的故事——对贵族涅利多夫的爱情和对金融巨头施泰因巴赫强烈的情欲撕裂，这是女主人公对妇女地位、大胆和疯狂的爱情、革命、恐怖活动、尼采哲学、小说《萨宁》、勃克林的画作《死之岛》、普通人所无法遏止的鄙俗、文艺复兴时代和其他很多问题（似乎1910年代所有的问题、哲学思想、文学和艺术偏见都在某种程度上引起了韦尔比茨卡娅女主人公的注意，这几乎造成了喜剧性的效果）发表的评论，——所有这一切，毫无疑问，都处于文学范畴之外。

682

韦尔比茨卡娅的风格特征是：过度兴奋；痴迷于描写室内装饰那市场般的丰富多彩；用从同时代人那里听到的"漂亮且主要是外国的"人名来点缀文本；朴素地开发、挖掘各种时兴话题；极端幼稚地诠释尼采。女主人公的某些外貌特征、《幸福的钥匙》那过度兴奋的文体的基本情调可能都应该归因于早逝的女画家玛丽娅·巴什基尔采娃（1860—1884）那部在19世纪与20世纪之交非常流行的《日记》。

丘科夫斯基在《韦尔比茨卡娅》一文中极为激烈地批评了小说《幸福的钥匙》。与其说他把这看作是作品本身文学上的失败，不如说是看作一种令人担忧的征兆，即作品在取得压倒性成功表明读者的文化品味降低了。

"哦，为什么我不是高尔基的戏剧《在底层》中的纳斯佳，否则，在读这部如此精彩的小说时，我会茫然，颤抖，浑身变冷……"[54] 丘科夫斯基写道。随后他又注意到了韦尔比茨卡娅和她圈子里的那些作家还将处在一种模棱两可的状态——处在高雅文学的传统和五戈比一本的地摊小说之间。丘科夫斯基最尖刻的挖苦是由韦尔比茨卡娅一篇发表在报纸《俄罗斯早晨》上回应弗·格·唐-博戈拉兹严厉批评的文章引发的 [55]："在这篇文章中，她还固执地坚持把自己那遍布地摊的名字忝列在米哈伊洛夫斯基、梅利申、高尔基、安德列耶夫、索洛古勃、库普林、瓦列里·勃留索夫的名字中间，以至于在此之后，《致命的爱情》或者《出纳员的三个情人》的作者（指一生创作了千余部流俗作品的文人亚·阿·索科洛夫（1840—1913）——译注）也会不由自主地觉得自己是凡人中最谦虚、最高尚的人。"[56]

但是，批评界的激烈反应，各种各样的戏拟——所有这一切似乎仅仅促进了《幸福的钥匙》在大众读者中的流行。有趣的是，韦尔比茨卡娅后来的几部水平相对更高的书——如《致我的读者。自传随笔……》（莫斯科，1911）和三部曲《爱情的枷锁》（第一部《女演员》、第二部《黄昏灯火》，莫斯科，1914—1916；第三部《请赶快生活吧》，莫斯科，1920。讲的是19世纪后半叶，一个俄罗斯外省女演员一生的故事，女演员的原型大概是作家的祖母莫恰洛娃），作品所引起的反响比《幸福的钥匙》小得多。

然而，在1920年前后，韦尔比茨卡娅的名字几乎变成了普通名词，它成为歇斯底里而又感伤的地摊通俗文学的象征。（即使到了1926年，韦尔比茨卡娅的创作仍在杂志《在文学岗位上》引起激烈讨论，而且，出面为其辩护的是卢那察尔斯基和米·斯·奥利明斯基，他们认为《幸福的钥匙》的作者"对自己的时代来说，是进步的"文学家 57）

20世纪头二十年俄罗斯新自然主义通俗小说水平参差不齐、风格迥异。尽管如此，它仍然是一种完整的文学和社会现象：首先，它的确是20世纪"大众文化的源头之一"。这种文学的特点不是对日常的、社会的和经济的问题以及当时的所有事件进行全面的描写，不是对"社会典型"的关注，也不是对自己时代职业的、阶层的、地区的日常生活进行具体详细的记录（这看起来也是它与19世纪末俄罗斯自然主义小说之间的区别特征）。

新自然主义通俗小说不追求对社会风俗、关系、矛盾作日常记录和典型化描写：它倾向于"独特"的主人公，其特点是热衷于对19世纪俄罗斯经典作品中的很多问题（以及主题、情节和形象）、对尼采哲学中的某些主题、对俄罗斯现代主义文学的主题和修辞手法进行**庸俗化**。

试图将上述一切综合起来，并与情节、风格和世界观的情节剧化倾向结合，与叙述上的高度表现力结合，与对时代"流行"主题和时代要求（通常理解得很表面）的经常性关注结合，与对"性问题"，对神秘主义和通灵术主题，对地理、社会、日常生活中的异国情调（还伴随着为阐释得幼稚和肤浅的个人主义进行不懈辩护）的持续涉猎结合——这似乎就是这种通俗文学创作方法最重要的特征了。它能引起我们的兴趣，主要是作为一种社会文化现象，是处在"白银时代"高雅文学和那个时代正在迅速形成的面向大众的城市底层文化（而这种文化的载体都是20世纪所特有的：地摊小说、电影情节剧、"粗野浪

683

漫曲"等）之间的"结缔组织"，其次也是因为这种通俗文学在俄罗斯大众读者中风靡一时，尽管它的流行时间非常之短暂。

注释：

1　吉皮乌斯，《失望与预感，〈绝境〉》，见《俄罗斯思想》，1910，第12期，第二部分，179-180页。

2　阿·米·格拉乔娃，《20世纪初俄罗斯大众文化。看待文艺学老问题的新观点》，见《俄罗斯文学新阐释》，卡托维兹，1995。

3　第一次把20世纪初俄国"大众文化"作为社会和美学现象加以分析的书参见：涅·马·佐尔卡娅，《在世纪之交。1900—1910年代俄罗斯大众艺术的起源》，莫斯科，1976。

关于俄罗斯"两次革命之间"时期的通俗小说，以及个别作者和作品可参看：弗·亚·克尔德什，《20世纪初俄国现实主义》，莫斯科，1975；А.А.塔拉索娃，《什么是"新自然主义"》，见《19世纪末20世纪初俄罗斯文学美学诸概念》，莫斯科，1975；爱·阿·舒宾，《反动时期的艺术散文》，见《20世纪初俄国现实主义的命运》，列宁格勒，1972；尤·维·巴比切娃，《与"阿尔志跋绥夫现象"斗争的安德列耶夫》，见《论安德列耶夫文集》，库尔斯克，1975；格拉乔娃，《20世纪初文学斗争史》，见《俄罗斯文学问题》，利沃夫，1982，第2期（总第40期）；米·彼·列皮奥欣，亚·弗·昌采夫，《阿尔志跋绥夫》，见《俄罗斯作家：1800—1917传记辞典》，莫斯科，1989，第1卷；季·普罗科波夫，《米哈伊尔·阿尔志跋绥夫的生与死》，见《阿尔志跋绥夫文集》，三卷本，莫斯科，1994，第1卷，5-31页；格拉乔娃，《阿纳斯塔西娅·韦尔比茨卡娅：传说、创作、生活》，见《人物》，莫斯科；圣彼得堡，1994，第5期，98-120页。 ⟨684⟩

4　丘科夫斯基，《论当代作家》，圣彼得堡，1914，23-72页。

5　昌采夫，《阿·帕·卡缅斯基》，见《俄罗斯作家：1800—1917传记辞典》，莫斯科，1992，第2卷，455页。

6　克拉尼希菲尔德，《在思想和形象的世界里》，圣彼得堡，1912，155页。另可比较："原来，在我们呆坐在这里，因为无聊而谩骂（安德列耶夫的）《安那太马》的十年中，韦尔比茨卡娅女士的作品卖了50万册——这些可爱的《幸福的钥匙》们似乎只用了四个月印数就达到了3万册……"（丘科夫斯基，《韦尔比茨卡娅》，见丘科夫斯基，《论当代作家》，圣彼得堡，1914，13页。

7　高尔基，《高尔基文集》，三十卷本，莫斯科，1953，第24卷，47-48页。

8　关于作家的命运可参见：阿尔志跋绥夫，《自传》，见《青年人丛刊》，圣彼得堡，1908，11页；文格罗夫，《阿尔志跋绥夫》，见《新百科辞典》，圣彼得堡，1911，第3卷，938-939页。

9　勃洛克，《勃洛克文集》，八卷本，列宁格勒，1962，第5卷，117、119页。

10　参见：《俄罗斯财富》，1905，第9期，126页；《神的世界》，1905，第9期，第2部分，10页；《欧洲通报》1905，第9期，394页。此外还可参见一位著名文学史学家关于阿尔志跋绥夫散文的评论：德·尼·奥夫夏尼科－库利科夫斯基，《阿尔志跋绥夫，〈短篇小说集〉》，见《我们的生活》，1905年8月3日，第192期，2-3页；奥夫夏尼科－库利科夫斯基，《阿尔志巴绥夫的〈朝影〉》，见《我们的生活》，1906年2月1日，第358期；3页，《我们的生活》，1906年2月15日，第370期，2-3页。

11　尤·卡·巴尔特鲁沙伊蒂斯，《阿尔志跋绥夫短篇小说》，第2卷，见《天秤》，1906，第9期，64-67页；伏尔加斯基（亚·谢·格林卡），《论扎伊采夫、安德列耶夫和阿尔志跋绥夫诸君的短篇小说》，见《生活问题》1905，第1期，281-291页。

12　列皮奥欣，昌采夫，上引著作，113页。

13　《阿尔志跋绥夫文集》，三卷本，莫斯科，1994，第1卷，744页。

14　玛·卡·库普林娜－约尔丹斯卡娅，《青年时代》，莫斯科，1966，80页。

15　《阿尔志跋绥夫文集》，三卷本，第1卷，336-337页。此外还可参见：瓦·列吉宁，《阿尔志跋绥夫论〈萨宁〉》，见《交易所新闻》，1908，第10536期。

16　《阿尔志跋绥夫文集》，三卷本，第1卷，369页。

17　《勃洛克文集》，八卷本，第5卷，117页。

18　《托尔斯泰全集》，九十卷本，莫斯科，1952，第78卷，58-59页。

19　引自：《高尔基与柯罗连科》，莫斯科，1957，64页；参见柯罗连科关于阿尔志跋绥夫的其他评论：《柯罗连科书信集（1888—1921）》，彼得格勒，1922，69、72、78、293、296页。

20　丘科夫斯基，上引著作，71页。

21　安年斯基，《影象集》，莫斯科，1979，232-233页。对这位当时著名文人的长篇小说也有不同意见，如可参见：阿姆菲捷特罗夫，《萨宁的抗议》，见阿姆菲捷阿特罗夫，《逆流》，彼得堡，1908，67-79页。

22　特鲁别茨科伊，《当代小说中革命的终结》，见《莫斯科周报》，1908，第17期，10页；另可参见：特鲁别茨科伊，《当代魔鬼》，《莫斯科周报》，1908，第24期，4-13页。

23　罗扎诺夫，《在书籍和文学市场上》（《萨宁》），见《新时代》，1908年7月11日，第11612号，3页；丘科夫斯基，《几何小说》，见《言语》，1907年5月27日，第123期，2页；伊兹梅洛夫，《关于"新人"的长篇小说（阿尔志跋绥夫的〈萨宁〉）》，见《交易所新闻》，1907年9月20日，第10108期，2页；科尔托诺夫斯卡娅，《新现实主义者的性问题及其阐述：韦德金德和阿尔志跋绥夫》，见《教育》杂志，1908，第1期，第2部分，114-130页。

24　瓦·利·利沃夫，《萨堤尔与宁芙》，见《教育》杂志，1908，第3-4册，136-137页。

25　《文学的衰落。批评文集》，第2册，彼得堡，1909，144-164页。

685

26　格·谢·诺沃波林，《俄罗斯文学的淫秽元素》，圣彼得堡，1909，43页。

27　勃洛克，上引著作，228页。

28　德·弗·菲洛索福夫，《语言与生活。新时代的文学争论（1901—1908）》，圣彼得堡，1909，64页。

29　参见：A.A.塔拉索娃，《什么是"新自然主义"》，见《19世纪末20世纪初俄罗斯文学美学观念》，莫斯科，1975，284-296页。

30　引自：塔拉索娃，上引著作，289页。

31　参见《俄罗斯言论》，1909年3月7日；《欧洲通报》，1909，第4期，225页；《天秤》，1909，第3期，58页。

32　伊兹梅洛夫，《五彩缤纷的旗帜。萧条时代的文学群像》，莫斯科，1913，5-38页；《新时代》，1914年3月14日，第13051期，5页。

33　《阿尔志跋绥夫文集》，三卷本，莫斯科，1994，第3卷，451页。

34　关于阿尔志跋绥夫最后一部小说的评论参见：安·克拉伊尼（吉皮乌斯），《失望与预感》，见《俄罗斯思想》，1910，第12期，第2部分，179-180页；菲洛索福夫，《黄雀与阿尔志跋绥夫》，见菲洛索福夫，《旧与新》，莫斯科，1912，52-59页；克拉尼希菲尔德，《在地下室里》，《现代世界》杂志，1910，第11期，第2部分，82-100页；科尔托诺夫斯卡娅，《极限还是转折？论阿尔志跋绥夫》，见科尔托诺夫斯卡娅《批评随笔》，彼得堡，1912，57-68页；伊兹梅洛夫，《死亡的胜利和存在的破产：阿尔志跋绥夫小说〈绝境〉之结局》，见《交易所新闻》，1912年2月7日，第12774期，5页，2月8日，第12776期，4页，2月9日，第12777期，4页；利沃夫-罗加切夫斯基，《着魔者：阿尔志跋绥夫小说〈绝境〉》，见利沃夫-罗加切夫斯基，《又是前夜》，莫斯科，1913，53-66页。

35　阿尔志跋绥夫，《自杀流行病》，见《每周总结》，1911年4月4日，第6期，2-4页。还可参见：阿尔志跋绥夫，《关于一封私人信件》，《每周总结》，1911年4月25日，第8期，1页。

36　彼·莫·皮利斯基，《阿尔志跋绥夫》，见阿尔志跋绥夫，上引著作，770-772页。

37　克拉尼希菲尔德，《卡缅斯基，〈短篇小说集〉》，圣彼得堡，1907，见《现代世界》，1907，第4期，第2部分，75-76页；伊·瓦-斯基（伊·马·瓦西列夫斯基），《卡缅斯基〈短篇小说集〉，第2卷》，见《现代世界》，1909，第3期，第2部分，123-124页；阿·格·戈伦菲尔德，《情色小说》，见戈伦菲尔德《书与人：文学对话》，第1卷，圣彼得堡，1908，22-31页；诺沃波林，上引著作，146-154页。

38　《卡缅斯基小说集》，圣彼得堡，1908，第1卷，194页。关于作家文学道路的开端参见：卡缅斯基，《自传》，见《青年人丛刊》，1908，第1期，彼得堡，15-17，237页。

39　《勃洛克文集》，八卷本，第5卷，123页。

40　同上，229页。

41　《高尔基选集》，莫斯科，1955，第29卷，17页。

686

42　丘科夫斯基，上引著作，63-64页。也可见丘科夫斯基，《警惕赝品！》，见《言语》，1907，第153期；丘科夫斯基，《思想的春宫》，见《言语》，1908，第304期；丘科夫斯基，《卡缅斯基》，见丘科夫斯基，《从契诃夫到我们的年代》，圣彼得堡，1908，114-118页。

43　库普林，《论文学》，明斯克，1969，229页。

44　引自：昌采夫，《卡缅斯基》，455页。

45　《卡缅斯基小说集》，圣彼得堡，未标年份，第3卷，53页。

46　沃洛申，《对新自然性的宣传：论卡缅斯基的小说〈人们〉》，见《阿波罗》，1909，第3期，42-45页。

47　克拉尼希菲尔德，《卡缅斯基，长篇小说〈人们〉》，见《现代世界》，1910，第1期，第2部分，123-124页；也可见谢·阿德里阿诺夫，《批评随笔：〈人们〉》，见《欧洲通报》，1910，第1期，385-389页；亚·叶·列季科，《通俗小说中的预言与观察》，见《俄罗斯财富》，1911，第2期，第2部分，110-113页。

48　克拉尼希菲尔德，书评：纳格罗茨卡娅《狄奥尼索斯的愤怒》，彼得堡，1910，见《现代世界》，1910，第11期，163-164页；也可见同时代人的评论文章：谢·阿·奥斯伦德，《纳格罗茨卡娅，〈狄奥尼索斯的愤怒〉》，见《言语》，1910年7月26日，第202期；科尔托诺夫斯卡娅，《读者的饥渴：纳格罗茨卡娅的〈狄奥尼索斯的愤怒〉》，见《言语》，1910年12月9日，第335期；亚·米·柯伦泰，《新女性》，见《现代世界》，1913，第9期，162-163页。

49　纳格罗茨卡娅，《狄奥尼索斯的愤怒》，圣彼得堡，1994，98页。

50　参见：尼·亚·博戈莫洛夫、约翰·E.马尔姆斯塔德，《米哈伊尔·库兹明：艺术，生活，时代》，莫斯科，1995，181-183页。

51　"非字母"（伊·马·瓦西列夫斯基），《自由女性：纳格罗茨卡娅的新小说〈恶魔〉》，见《杂志中的杂志》，1915，第10期，3-4页。

52　格拉乔娃，《韦尔比茨卡娅》，见《俄罗斯作家：1800-1917传记辞典》，第1卷，419页。

53　高尔基，《论韦尔比茨卡娅》，见高尔基，《未收录成集的文学批评文章》，莫斯科，1941，51-52页。

54　丘科夫斯基，《论现代作家》，圣彼得堡，1914，9页。

55　弗·格·唐-博戈拉兹，《穿裙子的萨宁》，见《俄罗斯早晨》，1909年12月31日，第70期；弗·格·唐-博戈拉兹，《男与女（答韦尔比茨卡娅女士）》，见《俄罗斯早晨》，1910年2月13日，第105期。

56　丘科夫斯基，上引著作，14页。也可参见：克拉尼希菲尔德，《关于韦尔比茨卡娅的新人》，见《现代世界》1910，第8期，第2部分，68-82页；"非字母"（伊·马·瓦西列夫斯基），《当代女英雄（第一章：韦尔比茨卡娅的〈幸福的钥匙〉和《爱情的枷锁》），抨击文；第二章：论新女性》，见"非字母"（伊·马·瓦西列夫斯基），《随笔集》，彼得格勒，1918，共143页。

57　《在文学岗位上》，1926，第7～8期，58-61页。

687

第三编

第十五章　象征主义
　　　　　◎ 因·维·科列茨卡娅　撰／黄玫　译

第十六章　弗拉基米尔·索洛维约夫
　　　　　◎ 迪·马·默罕默多娃　撰／黄玫　译

第十七章　德米特里·梅列日科夫斯基
　　　　　◎ 安·格·博伊丘克　撰／何书林　译

第十八章　季娜伊达·吉皮乌斯
　　　　　◎ 尼·亚·博格莫洛夫　撰／温哲仙　译

第十九章　费奥多尔·索洛古勃
　　　　　◎ 萨·纳·布罗伊特曼　撰／谭思同　译

第二十章　康斯坦丁·巴尔蒙特
　　　　　◎ 因·维·科列茨卡娅　撰／谷羽　译

第二十一章　瓦列里·勃留索夫
　　　　　◎ 谢·约·根金　撰／谷羽　译

第二十二章　因诺肯季·安年斯基
　　　　　◎ 因·维·科列茨卡娅　撰／谷羽　译

第二十三章　亚历山大·勃洛克
　　　　　◎ 迪·马·穆罕默多娃　撰／姜敏　译

第二十四章　安德列·别雷
　　　　　◎ 莱娜·西拉德　撰／王彦秋　译

第二十五章　维亚切斯拉夫·伊万诺夫
　　　　　◎ 奥·亚·库兹涅佐娃、尤·康·格拉西莫夫、
　　　　　　克根·弗·奥巴特宁　撰／赵秋长　译

第二十六章　马克西米利安·沃洛申
　　　　　◎ 因·维·科列茨卡娅　撰／赫淑霞、谷羽　译

第十五章
象征主义

◎因·维·科列茨卡娅　撰 / 黄玫　译

1

　　1890年—1910年间象征主义流派之于俄国文学的价值，正在于这个流派与下面这些人物紧密相联：勃洛克、别雷、索洛古勃、巴尔蒙特、安年斯基、勃留索夫、吉皮乌斯、梅列日科夫斯基、维·伊万诺夫、沃洛申。与象征主义者比较接近的还有库兹明、曼德尔施塔姆、霍达谢维奇。在象征主义荟萃的英才中还有音乐、绘画方面的巨匠，如斯科里亚宾、弗鲁别利、勒里希。象征主义作为一种文化现象在自己四分之一世纪的发生发展过程中，还丰富了戏剧探索和哲学美学思想，创立了风格鲜明的随笔文学、文艺评论和政论作品，创办了有别于俄罗斯以往期刊的新型杂志，使出版业达到了新的水平。随着时间的推移，这些丰富多姿的遗产中最为优秀的部分突现出来，这就是文学作品。相对而言不太具有普遍意义、存在时间也不长的是象征主义的理论，即时而主张以"美"、时而主张以"信仰"来改造世界的理论。尽管这些乌托邦式的幻想不乏高尚的道德激情，其中的很多想法现在看来只是一时的历史兴趣。

　　俄国象征主义是欧洲浪漫主义的一个变体，继承了后者的包罗万象，希望自己的作用"不仅仅限于艺术"，而且起到"建构生活"的作用。与产生于社会决定论思想、以阶级之争为代价而实现的平等主义纲领相反，象征主义者号召精神和道德方面的革新，即革新宗教、道德、创作以及人与人之间的关系。他们的确是从"另一端"看到"按照新的编制对人类进行的改造"：进行这一改造唯一可行的途径，就是不流血的"精神革命"，即独立个体在道德和思想上的升华，能够革新人和世界的面貌。

> 但是你，囚徒，抓起战斧，
>
> 奋力劈砍那坚硬的石墙——
>
> 而我，暗中为世界准备
>
> 一剂毒药，像烈火一样。
>
> 它烧灼血液，烧灼心灵，
>
> 它改造现实也改造梦境……
>
> 就这样！我暗自摧毁石墙，
>
> 墙里囚禁着我们的理想。

（节选自《致一名兄弟》）

689

这是勃留索夫写于1905年的诗节，其中极为鲜明地反映出两种真理的对立。在时间和意义上与其接近的同一流派其他诗人的诗学宣言（如勃洛克的《集会》、维·伊万诺夫的《平静的自由》、安年斯基的《睚鲁之女》），以及象征主义者们所发表的很多政论性文章，都证明了他们不接受暴力革命的态度。因此，象征主义的道德伦理和社会学说与很多非革命的世界观之间的继承性和相互关联就绝非偶然，它与斯拉夫派、列夫·托尔斯泰、陀思妥耶夫斯基和弗·索洛维约夫的观点联系更为紧密。如果追溯到更久远的时空，与之相联的就是"爱智派"、恰达耶夫、席勒、卡莱尔和罗斯金、瓦格纳和易卜生。象征主义者被庸俗社会学者称为"资产阶级意识"的代言人，但他们鄙视"资产阶级性"。他们就像19世纪的浪漫派一样，鄙视侮辱个性的私有制，视其为"可耻而琐碎的、不正确的、不美的东西"（勃留索夫语）。对于半官方意见、守旧的媒体和正统道德而言，象征主义者一直就是叛乱者，是"秩序"和官方教会"不可信任的"、恶毒的敌人。

象征主义运动是世纪之交俄罗斯社会意识中一系列"划清界限"的过程中思想意识极端化的征兆之一。马克思主义的传播、民主运动及与其相联的各种类型的艺术创作的高涨，强化了它们之间截然相反的审美系统的形成，这些审美系统都认为自己属于"新艺术"。

象征主义创作为自己开辟了一条与传统品味背道而驰的道路。它向读者和观众大声疾呼，努力使因循守旧者哑然失声，就像日后未来主义热潮中被夸大的第一批浪漫主义者一般威风。只有契诃夫感到了俄国现代主义倡导者们"游戏"的因素。相反，列夫·托尔斯泰、列宾、弗·索洛维约夫则成为各种报刊批评的同道者，共同谴责第一批象征主义的作品。精神病学家（尼·巴热诺夫、格·罗索利莫等）认为早期象征主义的创作是一种病态现象。奥地利医生马克斯·诺尔道认为当时的新欢洲艺术是"退化"，他写了本轰动性的小册子就之命名。年轻的别雷以准备铺设一条通向没有"可怜的神幡"，也没有"令人窒息的"清规戒律的未来之路的勇敢革新者的名义，向反对者们发出雷霆万钧的威吓："疯狂万岁！让我们打掉架在近视眼们鼻头上的清醒的眼镜！"[1] 象征主义的早期宣言是对为数甚众的"佐伊尔们和阿利斯塔克斯们"的驳斥。[2] 早自19世纪90年代起，象征主义者自己开始对象征主义进行阐释，不断澄清其世界观原则、审美标准的本质、诗学及类型学特征。

在梅列日科夫斯基《论当代俄国文学衰落的原因及其新兴流派》（完成于1892年，于1893年发表）一书中，以及勃留索夫为三本题为《俄国象征主义者》（1894，1895）的俄国象征主义者诗歌创作尝试集所写的札记中，显露出对象征主义创作意义截然不同的观点。第一种看法宣扬摆脱官方教会桎梏的新宗教真理（梅列日科夫斯基）；第二种观点则表现出当代人复杂的内心世界（勃留索夫）。象征主义内部这两派的斗争，即宗教美学和心理美学之争，实际上是承认艺术是思想作用的手段和要求艺术自主自立这个"古老的争论"（尼·马·明斯基［1856—1937］语）之延续。

人们通常依据象征主义在时间和空间中的探索将其划分成两个潮流，即"老一代"象征主义者——唯美主义者，后来被"年轻一代"象征主义者——神秘主义者所取代。这种划分法并不合适。例如，19世纪90年代崭露头角的梅列日科夫斯基小组在宗教社会方面的追求，与勃留索夫、索洛古勃、安年斯基、巴尔蒙特等其他"老一代"象征主义者大相径庭，却在晚些时候，与世纪之初登上历史舞台的"年轻一代"象征主义者，如维·伊万诺夫、别雷、勃洛克、谢·米·索洛维约夫（1885—1942）等人在创作理念上颇有类型学意义上的契合之处。勃留索夫的唯美主义宣言《秘密之钥》作为其杂志《天平》的社论于1904年面世，与年轻一代象征主义者们的诗集，如维·伊万诺夫的《透明》、别雷的《碧蓝中的黄金》、勃洛克的《美妇人诗草》是同一年。划分象征主义这两种潮流的标准，实质上是对待象征的态度。对于勃留索夫、巴尔蒙特和其他崇尚创作自由的信徒而言，象征即是语言艺术的手段之一；而对于充满神秘主义精神的维·伊万诺夫或者别雷而言，象征的意义不止于此，它还是彼岸的标志和通向彼岸世界的桥梁；对于前者，象征主义是一种文学流派；而对于后者，象征主义是一种世界观和"信仰"。

尽管如此，这两个象征主义流派之间并没有不可逾越的障碍。将他们拉近的首先是别雷所说的共同的"否定"——都否定唯物主义、实证主义及在审美方面与其相关的对日常生活描写得极为琐细的自然主义和公民诗的刻板公式。从"正面"而言也有趋同的征兆。所有象征主义者都对证明人的最高精神潜质的浪漫主义艺术所膜拜的东西备感亲近，而他们的美学创作都只可与宗教启示相提并论。所有的象征主义者都步叔本华的后尘，认为创作行为中艺术家对世界的直觉理解远远高于科学认知。青年时期的科涅夫斯科伊（即伊·伊·奥列乌斯，1877—1901）即将艺术与美之生机勃勃的力量与理性的真理之"偶像"对立起来。他的前象征主义哲理抒情诗很像19世纪俄国"爱智派"的诗作。[3] 正如在浪漫主义时期一样，在象征主义的诸艺术门类中最受器重的是音乐这门最少理性而最多"魔力"的创作种类。坚信"艺术即是生活创作"[4] 的象征主义者对于美以及美的仆从的膜拜程度至深，可称他们的观念是"泛唯美主义"。但这个术语（扎·明茨坚持使用）[5] 恐怕很难称得上成功，因为术语本身无论在象征主义范围之外或之内都早就带有顽固的消极色彩。[6]

一些文学生活中的事实也说明了象征主义流派中这两种潮流相互渗透的过程。例如，颓废派诗人亚·米·杜勃罗留波夫（1876—1945？）为寻求宗教真理逃向"民间"；梅列日科夫斯基小组中的"新基督教"文学家们和与寻神说格格不入、倾向于"新艺术运动"的画家们在佳吉列夫和伯努瓦的《艺术世界》杂志麾下和平共处；勃留索夫、巴尔蒙特、尤·卡·巴尔特鲁沙伊蒂斯（1873—1944）和谢·亚·波利亚科夫（1874—1942）组织的"天蝎"出版社出版的《北方之花》文选中收入了年轻的神秘主义者别雷的文章，而"唯美主义者"勃留索夫的大作也在梅列日科夫斯基夫妇主办的宣传革新东正教的宗教哲学月刊《新道路》（1903—1904）上发表。在勃留索夫创办的"自主"艺术的堡垒《天平》杂志（1904—1909）中，他的对手维·伊万诺夫、别雷和吉皮乌斯起到重要作用。这两种派别的"学说"都对谢·索洛维约夫思想的形成产生影响。"从年龄和精神上来看，谢·索洛维约夫应该归为年轻一代宗教象征主义者之列，而就其技艺和风格而言，却更接近'帕尔纳索斯派式的'老一代的象征主义"（米·加斯帕罗夫语）。[7] 勃洛克的创作融会贯通，象征主义达到了个性心理方面和神秘社会追求方面的综合。在他的作品中，有对"当代灵魂"深刻的抒情表白，也有作为参与社会活动的诗人和公民的神秘思想，这两方面融为一体，不可分割。

692 　　俄国象征主义活动家们学识渊博（甚至在"白银时代"的精英中也以此著称），往往受过百科全书般的教育；不仅有极深的人文知识造诣，有些人还精于自然科学（如别雷和巴尔特鲁沙伊蒂斯）。这个流派大多数的参加者都对各个世纪的文化遗产如数家珍。相应地，作为吸收了前辈精神经验、对于"亲近的"和"普世的"元素都持开放态度的后来者——象征主义者的基因储备也特别丰富。对形而上学价值观的忠诚激发了他们认真研究哲学的兴趣并廓清了他们的研究范围。充满宗教哲学思想并紧密联系同时代宗教哲学的探索者（如别尔嘉耶夫、布尔加科夫、弗洛连斯基、罗扎诺夫和舍斯托夫），是象征主义创作不可或缺的特性，这个流派的领军人物如维·伊万诺夫和别雷的创作，结出了具有重要创新意义的丰硕果实。被象征主义者列入神殿的艺术家和思想家有陀思妥耶夫斯基、丘特切夫、弗·索洛维约夫以及瓦格纳、易卜生、尼采，这绝非偶然。正是他们合力形成了象征主义者的世界观、美学和艺术原则特征，并且促成了象征主义者被称为"神话诗学"的那种创作（德·马克西莫夫语）。[8]

　　维·伊万诺夫对神话和象征问题进行了深入的理论探讨。在他看来，象征是"最高现实"的形象和相似物，是创造真正艺术的艺术方法之基础。神话的概念主要是在伊万诺夫"狄奥尼索斯"主题的一系列著作中展现出来（如刊登在1903、1904年《新道路》杂志上的《信仰受苦之神的古希腊宗教》；1905年《生活问题》杂志上发表的《狄奥尼索斯宗教》；《天平》杂志上的一些

文章）。象征主义的艺术创作展示出各种不同类型的神话主义：有将不同版本
的神话结合起来的尝试（如维·伊万诺夫的悲剧《坦塔洛斯》《普罗米修斯》
和《尼俄伯》的构思），有对神话的现代化（如安年斯基的四部"古希腊话
剧"）和风格化，如谢·索洛维约夫的抒情诗，在象征主义圈子内开始创作的
谢·米·戈罗杰茨基（1884—1967）的两本诗集《佩伦》和《亚尔》，以及神
话与日常现实的交织错合（如索洛古勃的《卑劣的小鬼》和一些童话故事）。他
们神话创作的传统资源是古希腊罗马神话、圣经、古代东方神话，甚至还有南
美神话（如巴尔蒙特的作品），这一资源由于"新神话化"的形象（扎·明茨
的术语）而大为拓宽。继将具有世界意义的新文学主人公（如堂吉诃德和哈姆
雷特）引入传统神话人物之林的谢林之后，象征主义者不只赋予瓦格纳和尼采
的作品以"神话地位"（他们本身也受益于神话），而且也将俄国文学中的一些
形象神话化。别雷从果戈理的作品《可怕的复仇》中女地主卡捷琳娜的故事中
看到被资本主义魔法师罪恶的魔力所吸引的俄罗斯命运的神话模式；维·伊万
诺夫将陀思妥耶夫斯基小说《群魔》的构思看作是"主要神话"，强调其对大地
母亲原型式的信仰；与象征主义接近的罗扎诺夫从莱蒙托夫的《恶魔》中阐释
出"为数众多的古代神话"。对普希金的《青铜骑士》和《黑桃皇后》、果戈理
的中篇小说和陀思妥耶夫斯基长篇小说进行"神话诗学式的"阐释，是继续19
世纪俄罗斯文学中"彼得堡文本"（弗·尼·托波罗夫的术语）的象征主义者很
多作品的基础。将各种不同类型的神话形象（古老的和新出现的，民间的和文
学中的，亘古有之的和艺术家首创的）结合起来，以及将神话"超时间的图示"
（托马斯·曼）[9]与所描绘的历史和现代事件的现实图景相结合，进一步深化了
象征主义文本的意义，丰富了其涵盖一切的力量。同时，也为全面接受象征主
义文本多结构的构思并对其进行解码造成了困难。

2

这两派不同"信仰"的象征主义者都赞成语言艺术的革新。当时，为更好
地表达人在变幻莫测的世界中内心的变化，需要对艺术家的工具进行细致的加

693

工，整个欧洲的创作都有这一需求。而由此展开的审美探索更加导致对经验和理性的生活态度、"实证式"的知识和接近生活真实的非常实际的艺术产生失望。诗人兄弟们"波澜不惊的诗"和与此同时描写日常生活的小说文学"阴郁丑陋的画面"同样令魏尔伦感到沮丧。[10] 马拉美在避免语言艺术实际生活化的同时，极力追求最大限度地丰富语言手段并将诗语从所有其他语言中独立出来。迦尔洵不接受自然主义散文"备忘录式的描写"，号召加强寓言、童话和神话的元语言。创作出《爱的凯歌》的晚期的屠格涅夫，也有同样的追求。晚年的列夫·托尔斯泰创作了"民间故事集"，这部作品主要依靠寓言的简洁和训诫性。他认为，语言创作到了"翻开新一页"的时候了。柯罗连科也讲到，对于作家而言，"可能的现实"也同纯粹的现实一样有重要意义，他预言了现实主义和浪漫主义因素的综合。契诃夫则宣告了现实主义散文新的尺度，将"意识流"和潜台词引入现实主义散文（梅特林克也深谙此道）。梅列日科夫斯基在前文提到过的那本书中指出，语言艺术将会以强化其自身原初就具有的象征性方式，以及印象主义诗学方法的应用和由此而产生的"艺术敏感性的拓宽"而获得再生，这已经在屠格涅夫晚期的创作、契诃夫的小说和费特的抒情诗中反映出来。

　　象征化和印象性的结合使得19世纪末西欧各位大师的创作别具一格。他们的经验对于早期俄国象征主义正在形成阶段的诗学起到决定性的作用。勃洛克后来指责梅列日科夫斯基，说他和明斯基这些80年代的人，是从"西方接受了象征主义遗产"（8，321）。而勃洛克本人以及别雷，则是在续写俄罗斯抒情传统的家谱，他们二人都尤为敬重莱蒙托夫、巴拉丁斯基、丘特切夫、费特、阿·格里戈里耶夫、雅·波隆斯基和弗·索洛维约夫。但是第一次浪潮中的大多数象征主义者正是向西欧当代和近代的前辈们学习经验。安年斯基这位波德莱尔和马拉美的追随者抱怨说，目前俄国的诗歌创作者们"不擅长掌握法兰西的功课"，而且"不仅不去向法国人学习，还竟敢在他们的范例中引入自己的东西"。[11] 在象征主义者中，也许巴尔蒙特是唯一一个不只看重法国的诗学经验，而且更为器重英国和西班牙经验的诗人，正如对于巴尔特鲁沙伊蒂斯而言，斯堪的那维亚经验更为重要一样。维·伊万诺夫在提到爱伦·坡和王尔德这两位象征主义的预言家时，可以看出，他是源出于波德莱尔，在波德莱尔的十四行诗《感应》中，似乎预言了宗教神秘派和主观心理派两个派别的出现"。[12]

694

自19世纪90年代初起，欧洲，特别是法国和比利时新诗的方法以日益迅疾之势涌入俄国。甚至在地处偏远的维捷格拉的捷捷尔尼科夫（未来的索洛古勃），一个默默无闻的中学教师，当时也翻译了魏尔伦的诗。大学生科涅夫斯科伊则热衷于改写魏尔伦的诗和梅特林克的散文。对于年轻的勃留索夫，用他本人的话说，是波德莱尔、魏尔伦、马拉美和梅特林克的抒情诗为他开辟了通向诗歌的新大陆，让他迫不及待地去开垦。

> 我还是您谦恭的仆从，
>
> 我向领主把礼物奉献，
>
> 我幸福而骄傲，看塞纳河
>
> 披戴俄罗斯花岗岩的锁链。

这是1894年勃留索夫把自己翻译的魏尔伦《无言的浪漫曲》寄给原作者时在上面的题词。从中不只可以看到他对诗歌导师的尊重，同时也有对能够接触其宝藏的骄傲。这可以算做是象征主义者作为翻译家、出版家和阐释者为向俄国读者介绍当代西方文学和艺术所做的多年艰苦努力的开端。[13] 然而，批评界所看到的只是年轻的革新者们对外国范例"仆从式"的依附。尼·康·米哈伊洛夫斯基就个别现象所发的（关于梅列日科夫斯基的讲演）"法国象征主义之俄国反映"这一公式，被赋予了说明全部新诗特点的宽泛意义。而类似的观点（直至20世纪中期还没有过时）[14] 大大简化了问题本身的复杂性。对于文学之间相互影响的分析表明，对外国经验的吸收和对吸收尺度的把握，不仅仅只是审美需求的结果。

俄国象征主义的发起者们在追求对"当代心灵"复杂情感进行忠实传达的同时，吸收了欧洲抒情诗和戏剧中的新方法，其中包括符号与联想的主观性、充满暗喻和神秘的书写、充满异国情调的隐喻和借代、作为"音乐"暗示方法的重复和曲调的"魔力"等等。然而，如果说在诗学和美学领域不乏借鉴之处，那么，抒情之"我"在内心感受上的相近则不能以"模仿"来解释，这是历史背景和社会心理环境的相似造成的。"生于萧条年代"的俄国诗人和成长于"小拿破仑"时期、经历了色当惨败和公社运动的法国抒情诗人一道，感受到

695

"艰难岁月"的情结，而这一情结成为形成悲观思潮和颓废派的内在原因。波德莱尔的生存的无聊（原文为法语），魏尔伦深深的忧郁与索洛古勃和安年斯基悲观主义的反思就其源头而言是相近的。

这两人的抒情世界与他们的多数同代人一样，都是由19世纪80年代所决定的，在当时的情绪和心理色调中，黄昏、落日的调子占了上风。越来越多的诗歌创作者宣称，有写"悲哀的调子"和"痛苦低吟"的权利（阿·阿普赫金语）。尽管阿普赫金和他日常生活题材的戏剧与"公民悲痛"的歌手纳德松抑郁的原因不尽相同，他们"几乎同时唱出悲音"（格·比亚雷语）"。[15] 创作于19世纪70年代中期的戈列尼谢夫-库图佐夫和穆索尔斯基的《没有太阳》和《死亡之歌舞》这两部诗歌音乐组曲，仅从作品名称看，就与接下来十年的情绪十分相符，用诗人本人的话说，"在3月1日可怕的危机之后"，由于对革命主义的失望，"潜藏于社会内部的破坏和毁灭图景"暴露出来。[16] 明斯基的诗作中生动地表现出渴望浪漫主义（"我们所没有的圣物"）的力量（《人们的事业和思想将消逝如梦》，1887）。80年代"关于某种非尘世之物莫名的忧愁"（语出明斯基）在以后年代的诗歌中也有表现，如梅列日科夫斯基、吉皮乌斯和索洛古勃的创作。精神疲惫、"阴雨天气"和"沉重的梦"的旋律也回荡在青年勃洛克的诗作中。

696　　另一些理智和心灵上的病态则造成了对颓废思潮特殊的敏感。它们具有双重的表现：时而是抑郁，绝境感和软弱无力的悲观主义；时而又是对生活充实"补偿式"的感觉，是对冲破公认成规"胆量"的渴望，对自私自利和非道德主义的宣扬。象征主义圈内十分流行的颓废世界观①的特点，在某种程度上，不只为如勃留索夫、巴尔蒙特、安年斯基和索洛古勃那些"唯美主义者"所独有，"神秘主义者"们也具有这样的特点，因此他们的揭露者才把梅列日科夫斯基小组的寻神意向称为"来自颓废派的福音书"（普列汉诺夫）。此后，属于颓废抒情主义现象的还有陶醉于毁灭激情的勃洛克的《白雪面具》，以及勃洛克称之为充满"烦闷的情色"的维·伊万诺夫的一些诗作。

19世纪80年代之初，象征主义者的抒情诗中主要表现的是颓废的"宣泄"，

---

　　① 关于"颓废派"这一法语术语在俄国媒体上的出现（1889年起）参见伊·格拉巴里，《我的生活·专著》，莫斯科-列宁格勒，1937年，126页。

如：在尘世苦海中"熬煎"的愁闷，世纪末（原文为法语）之人的精疲力竭和孤独无助；对毫无意义的生活的怨愤，面对生活的"沼泽"的恐惧，这些情绪充满了梅列日科夫斯基、索洛古勃和早期巴尔蒙特的作品。在世纪之交，他们认为自己是"黑夜的孩子"，在对黎明的期待中渐渐死去："我们奄奄一息的时候，还在思念/那未生的世界……"（梅列日科夫斯基）。这"病态一代"的产儿，在追求"痛苦"、"永恒"之时，意识到终极理想不可能实现，于是，时而将这一理想诗化（"我需要的，是这世上所无"——吉皮乌斯）；时而又求助于"死亡这个救星"。索洛古勃比其他人更经常、更生动地表现出这种死亡的主题。正是在早期象征主义诗歌中，在俄罗斯的土壤上，形成了成为颓废生活观和颓废抒情性决定特征的"对衰退的诗化"[17]（叶·塔格尔语）①。

新世纪来临之际，社会情绪的高涨对象征主义诗歌的基调也产生了影响。其中抑郁月光式的和"发泄"的情绪越来越经常地让位于热情奔放的阳光，"被隔离的个体"对孤独、"没有方向"和"烦闷"（吉皮乌斯）以及一个同样"贫

①"颓废主义"作为一种世界观和社会心理现象（作品的内容和感情色彩中所反映出来的颓废主义）从术语的意义上应当与"象征主义"的概念（作为19世纪末20世纪初的一个文艺流派）和印象主义（属风格范畴）划清界限。颓废情绪，正如印象主义诗学的一些特征一样，在不属于象征主义体系的自然主义和现实主义作品中也有表现。而象征主义者（印象主义者也一样）还运用了其他各种风格。对"颓废主义"和"象征主义""印象主义"这几个术语的本质在理解上的混乱以及对它们之间区别的忽视，在象征主义者本身的文本中也曾出现（如巴尔蒙特的随笔《象征主义诗歌之基础》，收入他的文集《山巅》，1904）。这一混淆至今仍会在很多著作中看到。例如，在让·卡苏等人编写的《象征主义百科全书》（巴黎，1979；莫斯科，1998）这部大辞典中，对于颓废主义、象征主义和印象主义（即世界观、流派和风格）就不加区分。在英国斯拉夫学者阿夫里尔·派曼大量的研究著作中，也将这几个概念混为一谈，她认为，"无法指出，'象征主义'是在何时占据'颓废主义'的位置，也无法捕捉到现代主义阵营中'颓废派'和'象征主义者'之间的区别，因为这两个流派同时存在，代表人物都是同一批人"（阿夫里尔·派曼，《俄国象征主义史》，剑桥，1994；莫斯科，1998，347页，附注）。德国斯拉夫学者奥格·汉森－勒弗在其1989年出版的研究象征主义流派第一阶段的专著中，也错误地用"恶魔主义"取代了"颓废主义"的概念。甚至将领悟另一个世界的"影子"和"回声"的诗人纯属玄虚的推断都视为"恶魔主义"的特征，更有甚者，把弗·索洛维约夫也归到了"恶魔主义"之列。（奥格·汉森－勒弗，《俄国象征主义：诗歌主题的系统与发展》，第1卷：《恶魔象征主义》，维也纳，1989；俄译本：奥格·汉森－勒弗，《俄国象征主义……》，圣彼得堡，1999，61页）。然而，"恶魔化的"动机自古就是世界民间文学和文学所共有，早在浪漫主义时期就得到加强。而在新浪漫派那里，从波德莱尔和斯卢切夫斯基到索洛古勃、巴尔蒙特和勃留索夫，获得了有时有意挑衅、荒诞的尖锐性。不仅如此，颓废主义感受还是丰富多样的，随着时代的变化而有所不同，无法归结到"恶魔主义"情结之中。

穷"而"卑微"的小人物无法帮助自己的"兄弟"（索洛古勃）的抱怨，逐渐为由过分的吹捧而膨胀起来的自私自利、享乐主义和对公认道德的践踏所取代。一些不属于象征主义诗学，但采用了象征主义的一些主题和旋律的诗歌作者，如米·亚·洛赫维茨卡娅（1869—1905），也经历了类似的向颓废主义大调的过渡。巴尔蒙特的转变成了时代的标志：这位钟爱田野的"静谧"，"在北方的天空下"多愁善感的诗人，现在用"匕首般锋利的词语"唱起残酷力量的赞歌，运用起波德莱尔"恶之花"的形象，戴上了"魔鬼艺术家"的面具，称烧毁罗马的尼禄为兄弟。巴尔蒙特将自己的新诗结集，冠之以《燃烧的大厦》的隐喻，于1900年出版。

世界观取向也相应发生了变化。尼采的影响战胜了19世纪80年代曾经十分强大的悲观主义者叔本华的影响。世纪之初整个俄罗斯，从研究其"查拉图斯特拉"现象的学者到庸俗歪曲其主题的大众小说的消费者，都热衷于阅读尼采。这种热潮在象征主义的创作中留下了深刻的印迹。尼采"重估一切价值"的号召深深吸引了年轻狂热的"生活建构者"，他们幻想在"新的空间和时间"改造理智和感情（别雷）。尼采对文化哲学和美学问题的爱好正与这些人内心的兴趣和优雅的教养相吻合。尼采所歌颂的英勇的悲观主义，他那表现出个体对自己的命运坚韧克己地接受的口号"命运之爱"（原文为拉丁语），都对象征主义者的世界观产生了影响。作为实证派"进步"崇拜的反对者，象征主义者更接近"永恒的回归"思想，这是尼采从东方哲学和叔本华那里引申而来。而与象征主义的非理性主义相接近的，是《查拉图斯特拉如是说》作者创作中的神话诗学性质。对于具有浪漫主义理想的象征主义者而言，他们将尼采的形象看作最珍贵的精神领袖大加推崇，欣赏其"狂人预言家"的形象，他对诗歌创作的痴迷以及他所使用的文学式的说教形式，即尼采散文中体裁和风格的非常规性、由激昂和抒情不规律的相间而产生的独特的情感语调，以及文中充斥的元语言因素和音乐性。

自然，同为象征主义者，被尼采的世界所"吸引"的程度也有所不同。"超人"和随心所欲、为所欲为的情绪与勃留索夫的个性相符，为他的诗歌创作提供了生动的"世纪宠儿"的画廊和颓废派抒情性所推崇的对非道德家的认可；尼采的宿命论也影响了这位《未来的匈人》的作者对1905年革命时期政治现实

698

的接受态度。相反，对巴尔蒙特的《燃烧的大厦》和《我们将像太阳一样》两首诗产生了影响的尼采的非道德主义，相对而言则很快局限于主题和情节层面。然而，正是在巴尔蒙特这位"四元素"的歌者、崇拜鲜活的力量和具有个体与整个自然统一之感的诗人的创作中，可以找到与世纪之交欧洲和俄罗斯思想中滋生的"生命哲学"之间深刻的联系，尼采正是这一哲学的发起者和表现者之一。在巴尔蒙特具有直接和不可遏止的"组织性"的作品中，这种联系在诗学层面也表现出来：抒情之我精神结构中自由活跃的"流动性"，在形式中流动的部分得到了表现（参见下文论巴尔蒙特一章）。

梅列日科夫斯基对尼采持双重态度。作为宗教探索者和基督教革新的鼓动者，梅列日科夫斯基不得不与这位《查拉图斯特拉如是说》和《反基督》的作者脱离关系；在他自己创办的《新道路》杂志上，他痛斥尼采对"整个人类中永恒因素的否定"。[18] 然而，梅列日科夫斯基这种类似的宣言却与其作为浪漫主义者、批评家和诗人的创作实践相背离。1902年，勃留索夫这样评价梅列日科夫斯基："他有意反对尼采，但他天生就是个尼采分子，过去是，现在是，将来还是。"[19] 此时，梅列日科夫斯基对尼采的美学、人类学和文化学的热爱已经充分显现出来。梅列日科夫斯基在其研究著作《列夫·托尔斯泰与陀思妥耶夫斯基》（1900—1902）中所宣称的在第三约言的未来宗教中精神与肉体之间"深渊"的弥合，与《悲剧的诞生》的作者尼采所假设的"阿波罗精神"和"狄奥尼索斯精神"融合的理想何其相似。梅列日科夫斯基还从尼采那里学习了"两极式的"（他处处都在使用）思维方法本身和对其进行最后综合的原则。梅列日科夫斯基的很多诗歌和小说就是对尼采一系列思想的图解。例如，《1883—1903年诗集》中道德相对性的主旋律，或者三部曲《基督与反基督》中阐释"超人"和"权力意志"的那些人物以及世界历史的片段。尽管如此，一位研究者正确地指出，三部曲的主人公与其范例并非毫无区别，透过尼采式的性格复杂的人物，也可看到与作者作为过渡时期俄国知识分子的意识相接近的特点。梅列日科夫斯基对尼采主题的发展，最后常常导致"与之完全对立的结论"。[20] 尼采对于作为社会心理分析家的梅列日科夫斯基有重要意义。在俄国革命的条件下，梅列日科夫斯基的尼采主义姿态成为一种立场：尼采关于大众的"乌合性"和暴民政治威胁的观点决定了作为政治家的梅列日科夫斯基的

699

信仰，并且影响了他1905—1907年间一系列观点鲜明的政论作品，首先是他那篇带有预言性质的文章《未来的小人》（1905）。在这篇文章中，作者认为，城市下层流氓以及无政府大众是摧毁社会力量的预备队。

年轻一代象征主义者师承尼采，他们身上"修正的成分"有所增长。这首先表现在与尼采遗产有着深刻联系的维·伊万诺夫的创作中。对于这位狄奥尼索斯的歌手和"狄奥尼索斯主义"的研究者的文化学、伦理学和诗学而言，自其早期抒情诗（收入诗集《导舵的星辰》，1903）开始，他对"悲剧诞生于音乐精神"的阐释不断变化。然而，来自尼采的动力在维·伊万诺夫身上获得了独特的发展轨迹，有时甚至与其来源相抵触。继弗·索洛维约夫1899年撰文对"超人"思想在俄罗斯公民性精神中可能产生的正面影响给予独到的评价（"超人之路"是"很多人为所有人的利益已经走过、正在走和即将走上的道路"21）。之后，伊万诺夫又"以一个俄国知识分子的眼光解读了尼采"（谢·阿韦林采夫语）22。伊万诺夫不认同个人主义的信条，在"超人的个性"中看到"普世的精神"，在《查拉图斯特拉如是说》的主人公身上看到了一个新的服务社会的阿特拉斯，用自己的双肩承担起"世界的重荷"。23 尽管伊万诺夫的"聚合性"理想不只吸取了斯拉夫派向善的劝诫，同时也有"狄奥尼索斯式"将集体的理解为"非理性的"和"非道德的"结果 24，在伊万诺夫的意识中，基督教的信条战胜了尼采的诱惑。需要指出的是，尼采的反基督主义就其实质而言在伊万诺夫"受苦的上帝"理论上被完全消除了，这个"受苦的上帝"使得基督与他的先驱，古希腊的狄奥尼索斯在自我消耗和献身死亡的功勋中等同起来。

"俄国式尼采主义"有明显的变化，其特点在其他年轻一代象征主义者，首先是勃洛克和别雷那里也可看到。（有一系列专门著作 25 对这个需要认真分析的问题进行了研究。本书下文也有论及，在此，我们只是指出其中的一些方面）尽管勃洛克早在大学时期就对尼采产生了浓厚兴趣，他创作中对其思想的折射还是在后来。勃洛克也像很多象征主义者一样，在自己的诗歌和散文中对"永恒的回归"和"命运之爱"26 主题进行了一系列的再创作，也以隐喻的方式运用了这位《查拉图斯特拉如是说》27 一书作者的其他一些情节，但勃洛克特别热衷于尼采"音乐精神"这个象征。诗人将它阐释为革新生活之各种自然力的另一种说法，与诗人自己"神秘民粹主义"情绪协调一致。在诗人

1910年代的（特别是十月革命后最初的几篇）文章中，将带有"音乐精神"的"野蛮大众"比作当时登上俄国历史舞台的底层革命者。类似的阐释[28]对于作为《十二个》的作者和"斯基泰主义"信徒的勃洛克而言是必然的，但却与对民主和革命性具有坚定的特异反应的尼采相矛盾。众所周知，晚年的勃洛克不再对"革命的音乐"进行诗化。但其临终前在《关于诗人的使命》这篇发言中对苏维埃愚昧官僚的抨击又与尼采对德国市侩习气的痛斥同出一辙，都是源于浪漫主义者对庸俗这个创作个体及其崇高使命的永恒敌人的鄙视。

年轻的别雷认为，20世纪初这个"曙光时代"，尼采这位《查拉图斯特拉如是说》的作者在思想和话语上的魔力，不只在于他要毁灭旧生活，更在于他预言了新生活。在《碧蓝中的黄金》这部复调诗集中，带有极其鲜明的神秘象征色调的"太阳爆炸"、为寻找精神理想的"金矿"而进行的宇宙航行主题正说明了这一点。正是对尼采的狂热崇拜使当时的别雷和他的朋友们结合在一起，他们是象征主义诗人埃利斯（列·利·科贝林斯基，1879—1947）和谢·索洛维约夫以及一群青年热心者。他们称自己为"阿尔戈船英雄"，在求索之海中游离了濒死的世界观之此岸。[29]别雷给自己青年时代偶像的下一个献礼丰厚、多样且久长——从巧妙地将尼采"永恒的回归"神话主题与现实生活和超越世界之上的情节层面结合在一起的第三交响曲《回归》，直到1916—1918年间的一些文章（《在山隘》的第二集）。在这些作品中，别雷一方面批评了尼采这位《反基督》的作者，另一方面又与另一个尼采发生关联，即作为与"生命性"现象本身敌对的资本主义、军国主义揭露者的尼采：这位俄国诗人也像那位德国思想家一样，激烈反对技术化泛滥使现代生活窒息，认为现代生活中"人道主义会被机械化消灭"。[30]别雷随笔作品的体裁和风格特点的形成，在很多方面受到尼采散文魅力的影响，尼采的散文具有不合体系、形式随意、印象支离破碎、表现手段随心所欲的特点。

3

在《瞧！这个人》中，尼采这样写自己，说他不仅是颓废派，而且"还是颓废派的对立面"。³¹ 大多数俄国象征主义者也具备同样的双重世界观。对于他们这些生不逢时的乱世之子而言，他们的本质不仅是于衰落的大流中沉沦，而且是逆流而上，是对从"心灵的密室中"清除个人主义"霉菌"的追求（勃洛克语）。正是这种正面的运动决定了俄罗斯土壤上这一流派的命运以及流派很多代表人物的道路，决定了象征主义内部的辩论和其各种杂志的定位（例如《金羊毛》杂志 ³²）。早在1890年，敏锐的阿·沃伦斯基就已经预见到了这种发展变化。沃伦斯基支持明斯基、梅列日科夫斯基、吉皮乌斯和索洛古勃参加他自己领导的《北方通报》杂志，就是希望在未来极其理想的创作中能够克服"病态的"颓废。³³

　　早期象征主义抒情诗的主人公身上，就已经回荡着颓废派自我批评的调子：他时而沉醉于自己的特立独行，时而又为此灰心丧气。如："地狱创造的孤独，/令我欢喜，也令我忧郁……"（索洛古勃）他时而幻想着艺术所赐的"人们团结一心的幸福"（勃留索夫），时而又希冀以信仰的力量战胜自私，用基督普爱众生之"斧"击碎隔在自己和众人之间的"玻璃"（吉皮乌斯）。1909年，别尔嘉耶夫曾撰文讲到吉皮乌斯所特有的这种为了获得"新宗教意识的神赐"而迈向"战胜颓废"的运动，以及这些探索的未完结性。^{33a}

　　极为主观的抒情之我对于现实性和公认性的追求决定了安年斯基抒情性的本质。勃留索夫将安年斯基的世界与魏尔伦的诗歌比较 ³⁴，后者的十四行诗《苦恼》刻画了衰败时期的罗马人和"世纪末"孤独的个人所共有的心结，即沉湎于颓废的慵懒而又为自己的不能自拔而自责。安年斯基翻译了这首与他在心理上十分接近的十四行诗。他不只是在魏尔伦那里，甚至在莫泊桑的创作中也找到了与自己接近的当代人的悲剧：他不寻找孤独，甚至"害怕孤独"，却又热切希望自己"融入孤独的世界"。³⁵ 安年斯基与维·伊万诺夫在宗教一体化的旗帜下战胜颓废的宣言格格不入。对于《小柏木匣》和《影像集》的作者安年斯基而言，伟大的俄罗斯文学和社会中的人道主义是其解放性的因素。

　　不仅安年斯基，大多数象征主义者都受益于这些"遗训"，他们的世界观和创作观都是在本国经典大师，主要是果戈理和陀思妥耶夫斯基的思想和话语影响下形成的（关于这一问题已有深入研究）。³⁶ 老一代象征主义者在精神和创作自觉方面特别倚重同代人中的弗·索洛维约夫，其宣扬的宗教哲学观点、诗歌作品以及个性特征。索洛维约夫对实证主义"进步"观和唯物主义理论的批评在世纪之交知识分子的意识向唯心主义转向的过程中起到决定性作用。索洛维约夫号召"用新的……形式反映基督教永恒的内容"[37]，他的这些宗教改革设想引发了梅列日科夫斯基小组在《新道路》杂志和20世纪初彼得堡"宗教哲学会议"上宣布的东正教现代化的思想。而在梅列日科夫斯基这位新道路派领袖"综合的"理论体系中（表现为对于他的"世纪末"之人分裂的意识，典型的对完整性的渴望），可以感觉到，与来自尼采的影响并存的，还有对"积极大同"思想一体化激情的反应，谢·布尔加科夫称之为索洛维约夫世界观的"阿尔法和欧米伽"（阿尔法和欧米伽分别是希腊语字母表的第一和最后一个字母，"阿尔法和欧米伽"表示全部、从头到尾。如启示录22：13："我是阿尔法，我是俄梅戛，我是首先的，我是末后的，我是初，我是终。"——译注。）。梅列日科夫斯基极不喜欢弗·索洛维约夫其人，总是企图推翻与他之间这种继承性的关联，但却在很多方面得益于他的思想，尽管是明显地将其思想庸俗化。

702

　　弗·索洛维约夫的早逝也引起年轻一代神秘主义者对他个性和创作的关注。这些人倾向于关于最高价值的教外观点，弗·索洛维约夫关于以未来的"神人类"战胜世界的邪恶、敌对和分裂的理想也深深吸引了他们。经索洛维约夫改造的柏拉图之"爱欲"、爱的泛自然力、超越时间和永恒的观点为诗歌创作提供了广阔的空间：

　　　　死亡和时间统治着大地。

　　　　你无须称它们为主宰；

　　　　一切都在旋转，消逝于黑暗，

　　　　唯有爱的太阳照耀千秋万代。

　　　　　　　　　　　（《可怜的朋友，旅途使你疲惫……》，1887）

　　索洛维约夫的这几行诗，成了年轻一代象征主义者们独特的暗语，反复出现在勃洛克、别雷、维·伊万诺夫的诗作和往来书信中。需要指出的是，对于大多数象征主义者而言，对索洛维约夫的崇拜并没有妨碍尼采世界对他们的吸引。"这是两个号召不同方向的同路人，是两个说着不同方言的领袖"，埃利斯在讲到别雷的精神坐标时如是说；对于别雷而言，弗·索洛维约夫的影响和尼采的影响"就好像构成他自己的十字架的两根木头"。[38] 在这些"阿尔戈船员们"的意识中，索洛维约夫"爱情的太阳"的主题与尼采主义的"太阳"象征融洽地结合在一起，使这一象征摆脱了如巴尔蒙特宏大的幻想中流露出的非道德主义的调子。别雷在献给巴尔蒙特的《碧蓝中的黄金》一诗中，有意剥夺"太阳的"超人的光芒，使其与"心灵的因素"拉近：

> 可怜的心中有多少恶
>
> 被火焚烧，烧得粉碎。
>
> 我们的心灵就是镜子，
>
> 反射着金子般的光辉。

（《太阳》，1903）

而维·伊万诺夫则将基督教、索洛维约夫和尼采的思想集中在自己"太阳-心"（1905）这个多维度的象征之中，在对他人之爱自我消耗和"舍己为人的命运"的功勋中将这二者等同起来。在1904年的一篇文章中，伊万诺夫在表述尼采这位看来与俄国宗教美学真谛十分接近的德国哲学家的道德社会信念时，指出："尼采认识到，为了使尘世的面容清醒……我们的心应当改变。"[39] 在写于1917年的一篇纲领性诗作《幸福》中，伊万诺夫又重复弗·索洛维约夫的话说："幸福即是爱的胜利"，似乎想以这普遍之爱的颂歌激活时代猛烈的对抗。

贯穿弗·索洛维约夫的反思和诗歌中的索菲亚这一"大同"之体现的基本神话主题，与作为存在之思想基础的索氏的永恒女性崇拜一道，决定了招魂术式的年轻一代象征主义抒情诗的类型。这方面创作的最高成就，应属勃洛克的《美妇人诗草》。年轻一代象征主义者现实和思想两位一体的诗歌整体结构本身，正是源出于经索洛维约夫改造过的柏拉图主义的教导。索洛维约夫认为："真正诗歌的产物能够在个别现象中看到绝对的东西，并且不只是保持，而且无限增强其个体性。"[40] 年轻一代象征主义的理论家们也提出了同样的原则：对经验层面现象进行充分的表现，是一个在自己的创作中奉行维·伊万诺夫所说的"由现实至更现实"（原文为拉丁语）原则的艺术家对世界的形而上本质豁然

703

省悟的前提。伊万诺夫晚期一首诗中的一节即表达了这样的想法：

> 艺术的水晶折射尘世面貌
> 若能越发清晰、越发透彻，
> 便可更真切地感到惊异
> 其中有别样生命、新鲜世界。

（选自《1944年罗马日记》中的组诗《十二月》）

索洛维约夫认为，在"再塑"单个的个性以及存在之革新这一通神术使命中，艺术家是其峰谷之间神秘的中间人，他的美学理论和他认为艺术是"点亮和革新整个人类世界"之力量 [41] 的看法，为象征主义者的伦理美学乌托邦思想划定了轮廓。特别积极宣扬通神术的别雷这样描述通神术的现实性：社会正在经历着信仰危机，宗教"陷入经院哲学领域"，因此，"以宗教的方式接受生活的实质，就转移到了艺术创作领域"。[42] 而它主要的"宗教活动"，就是促进人类在精神和道德上的升华。（《论通神术》，1903）[43]。维·伊万诺夫就此也认为："艺术是高级现实作用于低级现实的形式之一"，而艺术家则是这种作用的传导者。[44]（伊万诺夫将创作过程理解为一个人"上升"至神秘真理，而后再带着真理所赐"下行"到众人中的辩证法，这也表述了同样的思想。）与此同时，索洛维约夫（以及象征主义）的通神术理论就其本质而言，逐渐通过一种极其神秘化的形式，改变了关于艺术的公民使命、教育使命和社会革新使命的"老"定义，而后者则与各派唯美主义尤其是颓废主义相对立。

704

弗·索洛维约夫的历史哲学使得象征主义者们涉足广泛的社会问题。首先是他在诗歌和散文中对东西方在俄罗斯和世界命运中的作用这一"炽烈的问题"（别雷语）的诠释，这是一个自古以来就困扰俄罗斯思想界（赫尔岑、斯拉夫派、丘特切夫、列昂季耶夫、陀思妥耶夫斯基）的问题。这个问题在20世纪之初，由远东地区的战事而激化。作为对17—18世纪之交俄罗斯历史现实中"东方"和"西方"这一两难抉择的投射，梅列日科夫斯基在其长篇小说三部曲《基督与反基督》的最后一部《彼得与阿列克谢》中，将作为改革者的彼得与俄国独特性捍卫者们之间的冲突描写为"无神的"西方理性主义和行动主义与俄罗斯民族性格所特有的东方式被动性和冥想神秘主义之间的交锋。同时，梅列日科夫斯基以他所领悟到的三位一体性和"综合主义"的精神，重复了索洛维约夫"来自东方的光/让西方与东方讲和"（《光从东方来》（Ex oriente lux），1890）的幻想，以及他关于这两方将在基督教的俄罗斯融为一体而成为未来世界发展模式的预言。

别雷则与这种宗教乐观主义的预言相去甚远。人民生命深处的"东方深渊"令他害怕，但同时他也排斥最后的贵族之家的居住者们所抱有的"欧洲主义"（《银鸽》）。维·伊万诺夫认为，促使这位《彼得堡》一书的作者将彼得堡这座涅瓦河之都、彼得之子（他的西方式的改革最终导致了东方式的官僚暴政）塑造成凶恶、不祥的形象的原因，即是"恐惧的灵感"。别雷将索洛维约夫描述的由"一大群苏醒过来的部落"给罗斯所带来的"泛蒙古主义"的外部威胁，转接到暴君国家的内部情景，在这里，无论是政府还是与其对立的革命者，都同样关涉残酷的"蒙古事业"；上层的强权导致与其进行暴力的对抗；挑拨、搜捕和暗杀在俄罗斯成为家常便饭。需要指出的是，《彼得堡》中所反映出的别雷关于解放运动与暴政之间命定的联系此前梅列日科夫斯基也曾提出过。梅列日科夫斯基在1906年曾写道："革命不是别的，就是专制制度反过来的另一面；专制制度不是别的，就是革命的反面。"因为"无论在沙皇专制，即一人对所有人的暴行中，还是在人民的专制，即所有人对于每个人的暴行中"，都有着同样的实质——暴政。[45]

别雷在《彼得堡》中认为揭开了国家和世界命运灾难性变化序幕的1905年事件，也使其他象征主义者的社会观、历史感和对政治现实的看法激化，同时也影响到他们的美学信念和诗学。早在《匕首》一诗（1903）中就宣称"歌声与风暴永远是姐妹"的勃留索夫，更是把自己精英主义创作的准则"逼到了死角"，他于1905年创作出承继公民抒情诗最优秀传统的关于"现代"的组诗，令他的《花环》集大为增色。在《神圣的牺牲》（1905）一文中，勃留索夫坚持认为象征主义与社会现实主义有关系，称法国帕尔纳索斯派（他们在技法上其实与他本人很相近）的艺术为"精神空虚的道路"，并以凡尔哈伦走向了"火焰和工厂的大锤"为例来证明。[46]

唯我论者索洛古勃在第一次革命如火如荼时期听到了"大教堂的钟鸣"，

他于1906年出版的《祖国》诗集中的一组诗即以此为名。这本集子中的很多作品都"属于俄国革命诗歌的优秀之作",这是勃洛克的评价（Ⅴ，163），他并非对索洛古勃的所有政治诗都持赞同的态度。无论是索洛古勃那些尖刻的"小故事",还是其流传甚广的借"自由的无产者"之口时而痛斥"绯红嘴脸的资本家",时而痛斥"鲜血淋漓的宝座"的对句韵诗,勃洛克都对其中的政治讽刺给予了应有评价。当他的长篇小说《卑劣的小鬼》（1892—1902）于1905年在别尔嘉耶夫和谢·布尔加科夫的《生活问题》杂志中刊行,接着又在1907年出版单行本之后,"整个受过教育的俄罗斯"第一次读起了索洛古勃（勃洛克语）。这部小说中社会讽刺和怪诞的调子给他的主人公,一名来自穷乡僻壤的中学教师佩列多诺夫,这个告密者和蒙昧主义者的形象带来了强烈的社会反响。其中对道德和生活的浓缩描写方式很像契诃夫和谢德林（与亨利希·曼的《垃圾教授,或暴君的结局》,1905,也有相似之处）,但《卑劣的小鬼》及其构思有其独特的风格特色。在这部长篇小说象征式的双重结构中,社会揭露的层面并不比被赋予神秘色彩的存在主义层面更重要。在索洛古勃笔下,告密行为不仅是俄国现实面目之一,而且是存在的属性。

索洛古勃在讽刺杂志上发表的作品十分出人意料,就像巴尔蒙特写宣传鼓动诗一样。他对"尼古拉末代"的讽刺即属此列,这讽刺具有宣传画式的简练和通俗读物般的生动简洁。而预言了专制君主灭亡的这些讽刺作品（"谁的统治从霍登卡开始,/谁就会在断头台上送命"）的作者（莫斯科近郊的霍登原野（霍登卡）在举行尼古拉二世登基庆典时发生了严重的踩踏事故,导致近1400人死亡——译注。）,却被迫流亡海外,只是在1913年大赦后才得以回国。

梅列日科夫斯基、吉皮乌斯以及与他们关系密切的政论作家和批评家菲洛索福夫试图在国外继续自由俄罗斯印刷所的事业（指赫尔岑1850年代初在伦敦开办的专事发行俄国禁书的印刷所,自由俄罗斯印刷所在1850年代中期走向鼎盛,1860年代开始衰落。——译注）,他们于1907年在巴黎出版了自己反对专制的文章集《沙皇与革命》（原文为法语）。就连较之其他形式主义者更少关注时政的维·伊万诺夫也在1905—1906年间的一些诗作（后收入《愤怒时期》组诗）中,鞭笞了"该隐般的"专制制度及其"刽子手们"。在讲到"生锈的强国"时,伊万诺夫与高尔基简直就是如出一辙,高尔基当时准备在"知识"社

706

的杂志上发表文章，并已在讽刺杂志《地狱邮报》上发表了反对警察恐怖活动的诗歌。在"塔楼"，即维·伊万诺夫及其妻子，深受象征主义影响的女作家利·德·季诺维耶娃–阿尼巴尔（1865—1907）在彼得堡的沙龙里，也充满对君主制无所顾忌的敌意。这是彼得堡和莫斯科两个首都知识界精英的荟萃之地，这里聚集着象征主义诗人、哲学家、"艺术世界派"画家、戏剧的革新家等，探讨争论宗教、社会和艺术等问题，而在1905—1906年，社会民主主义的活动家们也在此出没。[47] 莫斯科象征主义倾向的"狮鹫"出版社的谢·克列切托夫（索科洛夫）组织的《在山隘》杂志（1906—1907）宣布的"对锁链的仇恨"，将全体抗议者联合在一起，无论他们是"政治斗士"，还是浪漫主义诗人。在与该杂志革命主义路线相符的出挑作品（如别雷的诗作《人民领袖》、索洛古勃的《排犹的这一天》、明斯基的《死刑》等）中，最为突出的是沃洛申的文章《先知与复仇者·大革命的预兆》（1906）。在这篇文章里，既承认来自人民的惩罚具有神秘的必然性，也担心复仇行动中血腥的自发力量。

很多象征主义追随者反对专制的抗议都来源于他们的基督教社会主义信念。当年，维·伊万诺夫在对"断头斧纪念日"——法国革命100周年的回应中，将法国革命臆想的解放道路与真正的、宗教的道路相对立：

> "博爱，平等，自由"——
>
> 诸王的这些稻草人——
>
> 守护着人民的权利，
>
> 在基督的祭坛旁……
>
> 你可是君主啊，哦，拿撒勒人！
>
> （《一个取代另一个》，1891）

707　　　而在1905年，震撼俄罗斯的"愤怒时期"希望能够以"开明的心灵"在道义上战胜恶的力量而告终。梅列日科夫斯基坚信，已经开始的阶级革命随后会"不可避免地成为宗教革命"。[48] 而别雷在其以《社会民主主义和宗教》（1907）为题的演讲中，表现出在通往新生活的道路上，社会变革与宗教变革和谐一致的思想。得到维·伊万诺夫支持的接近象征主义的文学家格·丘尔科夫提出了"神秘无政府主义"理论。这一理论独特地折射出对于相当一部分俄国知识分子典型的情绪：既反对专制制度，又否定阶级革命。这一匆忙出炉的折中主义理论得到与《天平》杂志竞争的象征主义杂志《金羊毛》编辑部的支持，它引发了激烈的争论和别雷、勃留索夫、谢·索洛维约夫的反对。分属不同派别的文学家们只是因为都支持"神秘无政府主义"思想而在《火炬》文集（1906）中联合在一起，但作为将创作政治化的尝试，这个联盟却宣告失败。但与此同时，作为一种非革命世界秩序的思想，在构建形式方面并不成功的"神秘无政府主义"理论却是一种典型的俄罗斯思想。在此，既有"为应有世界而对现有世界"的拒不接受（语出维·伊万诺夫）[49]，也有在精神革新原则的名义下，不只否定政治无政府主义，而且还否定所有的暴力行动。"天国就在这里，也在我们心里"，1905年伊万诺夫如此断言。这几乎是对列夫·托尔斯泰那个著名的公式原封不动的重复，也是对后者在《论俄国社会运动》（1905年1月）一文中陈述的对阶级革命要求的驳斥以及只通过"个体之人在宗教和道德上的完善"[50] 来达到社会变革目的的这一号召的赞同。

4

　　抒情诗是象征主义创作中最为优秀的领域。正是抒情诗得以传达出"当代的精神状态"（巴尔蒙特语），并且在探索表现这种精神状态的手段的过程中对艺术话语进行了果断的革新。那么，什么是象征主义抒情的主要情调呢？维·伊万诺夫后来将其定义为"对秘密的敏锐感受以及精神的动荡不安"。[51] 勃洛克也多次指出象征主义者们的"不安分"和"忧患"。新颖敏锐的感受需要新的相应的形式来传达。因而一切都发生了变化：词汇和词的用法、语音、韵律和节奏，单首诗、组诗和诗集的结构等。而最主要的是，形成了一种独特的双重形象结构，其中对现实或者历史动因、神话、文化主观折射的印象，表现为联想式的心理象征，即个体心灵生活的符号；另一种象征化的途径是，使深层形象结构充满宗教神秘的、哲学的和历史哲学的内容。按照阿·费·洛谢夫的看法，象征作为20世纪初象征主义艺术万能的思维特征，正是以这些"纯粹

708

意识形而上的特点"使自己突现出来。[52]

象征主义信徒们作品的文本中充满了抽象的概念，这符合他们对崇高精神和神秘的追求。维·伊万诺夫在讲到巴尔特鲁沙伊蒂斯招魂术式的抒情诗时，这样写道："单个的、具体的事物很少能够吸引诗人，诚然它体现着普遍的思想。"巴尔特鲁沙伊蒂斯诗中"地上的阶梯"和"山中的小径"的隐喻（取自他1911、1912年两本诗集的名字）揭示了作者的信条：个性对精神完善理想的追求。伊万诺夫"在这星星唱出的，为时过早的诗句中"听出了"管风琴赋格曲"。[53] 为所有浪漫主义者所钟爱的"无法企及的、超凡脱俗的"词汇（"秘密""魔力""童话"，以及修饰语"解释不清的""彼岸的""一望无垠的""无边无际的"）[54]，正符合这种很多象征主义作品都具有的倾向。这种对言语手段进行选择的方式符合提出以"朦胧传达朦胧"的象征主义重要代表人物之——阿蒂尔·兰波所宣扬的符号与其所指同一的原则。例如，勃留索夫青年时期写下的《创作》（1895）一诗，令同时代人大惑不解，正是兰波"朦胧说"的直接实施。诗之幻想的世界如梦呓，不合逻辑，因此，诗歌逆喻的形象（如：画出的声音，清脆的寂静，圆月下升起的新月等）是不可预料的、非理性的、魔术般的创作过程本身的标志。除了与抒情之我变幻莫测的感情相吻合的心理"暗示"和有意不准确的词汇，年轻一代象征主义神秘派诗人还有一些属于自己的表达感情和理想的隐喻，并且尽量用"暗示性和能够引起某种与词的外表不相符的无法言说的语言"传达出来（维·伊万诺夫语）。[55] 在探寻表达"无法言说"的词汇时，他们使用罕见的言辞，如已被遗忘的斯拉夫词汇，和一些时而是宗教化的古词语（如потир"圣杯"、дикирий"双连烛台"、фелонь"法衣"等，在维·伊万诺夫和谢·索洛维约夫的作品中极为常见）；他们对上古的（古代东方式和旧约式）叠词顶礼膜拜（如"天上的天"、"花环中的花环"、"秘密中的秘密"之类，试比较：《歌中之歌》）（《歌中之歌》，即旧约圣经中的《雅歌》，该名字取自书中首句："所罗门的歌，是歌中的雅歌。"在希伯来语原文以及俄语译文中，《雅歌》书名的字面说法都是《歌中之歌》——译注）；他们追求艰深的句法（如亚·杜勃罗留波夫、科涅夫斯科伊、维·伊万诺夫）；他们还独具特色地创造新词（别雷使用大量的新词，如神秘化的修饰语"忧伤且非尘世的"、"蔚蓝且不平静的"之类）。

709

738

　　然而诗语革新最主要的方法不是在词汇上花样翻新，也不是创造新词，而是改变常见的词汇的功能。维·马·日尔蒙斯基在讲到象征主义文本的这一特征时写道："词语成为隐喻化的另一种说法，是对另外一些意义的暗示；词语逻辑的和物质的意义弱化，而其情感的和抒情的效力却愈加得到强化。"[56] 新的语义色彩是上下文所赋予的，上下文指的是一部诗歌作品本身，一组诗，一本诗集或者完整的作者抒情世界。"少女""霞光""灌木丛"——这其中每一个在普通文本中被单义地分别理解的概念，却都在勃洛克第一本诗集中诗化的神秘氛围中汇合成一个具有象征意义的形象：圣洁的爱人。在维·伊万诺夫笔下，"太阳"是燃烧自己照亮他人的崇高品质的象征；而对索洛古勃而言，"太阳"则是一种毁灭性的力量，是"君临宇宙的蛇，/浑身烈焰，歹毒无比"。对民间口头和笔头文学所固有的话语成分的间接化用，成为象征主义作品中的决定性因素。而隐喻和其他类型转喻的充裕仍然是象征主义诗歌整体一贯不变的特征，其核心是能够引起一系列的类似之物和阐释的多义象征。例如，勃洛克的组曲《库利科沃田野》（1908）中那些多义的形象，不仅可以理解为对民族解放主题的隐喻，也可以理解为是反专制主题的符号（如果指的是关于沙皇政府"东方专制"的看法），或是反资产阶级思想：沉睡在梦中的长满针茅草的俄罗斯草原被资本主义文明"入侵"的轰鸣声惊醒。根据勃洛克当时发表的一些政论作品以及这种象征源出俄罗斯叙事诗的隐喻，对这一象征还可有另一层的解释：人民和与之敌对的知识分子的"鞑靼阵营"应该达到某种调和，尽管目前这一迹象还不太清晰，犹如涅普里亚德瓦河上弥漫的雾气。

　　要理解象征主义文本的涵义，哪怕只是相对完整的理解，前提是要有一定的修养，而且要去积极地接受。安年斯基早在20世纪之初就指出，"**阅读**一个**诗人**本身就是一种创造"。[57] 这位"俄罗斯的马拉美"惯于在自己忏悔式的抒情诗中用密集的引经据典和隐喻借代来使自己的感受以模糊不清的面貌呈现出来，他与自己的法国激励者不谋而合，认为诗歌文本就是"字母的神秘剧"，只有费尽心机猜出其涵义的人，才能深深沉迷于作者的世界。[58] 在象征主义者的作品中，这个世界因使用了大量的暗示性词语而独具权威。诗歌这一"感召力"与内容无关，是通过诗语本身的音响、"曲调"、语调、韵律和重复"符咒般的"魔力达到的。曾几何时，攻讦象征主义的诺尔道认为魏尔伦和他这个

710

圈子的诗人们对重复的痴迷是心理变态的征兆；同质的声音组合挤排在一起从逻辑的角度来说是完全多余的，就像是梦呓（诺尔道忘记了民间口头文学）。重复除了具有强调、加强的意义功能之外，还能够直接对感情产生作用，就仿佛音乐中对节奏和旋律的重复和民歌、民间故事中的循环往复。巴尔蒙特是俄国象征主义抒情诗中最早利用语音的重复进行暗示的诗人之一。他的诗集《无垠》（1895）中的第一首诗《我用幻想追踪消逝的阴影……》即以他所钟爱的节奏（每一行中都排比有同类的词组）成为当时诗坛特别流行的作品之一。别雷也对富有表现力的重复情有独钟。他认为，"声音先于形象"，这位《灰烬》和《骨灰瓮》的作者在诗行中充满重复，在小说中也追求重复带来的魔力，并在理论上阐释了重复的作用，甚至画出了重复的"等级图"（例如，在其晚年的《果戈理的技艺》一书中）。

重复仅是经由象征主义者们丰富和发挥的诗语语音组织方法之一。他们对俄罗斯诗歌的韵式、发掘格律的潜力以及韵脚、诗节艺术方面做出了非常重要的贡献。当代研究者米·加斯帕罗夫指出，在20世纪前几十年，"诗歌技术的发展速度"大大加快，他分析了当时诗歌探索的本质，强调了这一探索的系统性。他认为，这种革新涉及所有的诗歌手段，例如，在音节重音诗的背景下，重音诗行得到大力推广，变体三音节诗（дольник）广泛流行，使用"凡尔哈伦式的"自由格律，宽松韵脚的使用胜于严格韵脚，诗节中"固定"形式的加强等等（米·加斯帕罗夫）。[59]

象征主义诗歌除了对音乐手段特别钟情外，还以浪漫主义的统觉精神尽可能广泛使用语言描述绘画的符号。在早期浪漫主义抒情诗中，富有表现力的颜色具有情感和心理的功能。巴尔蒙特的那些"沉浸在世界的欢呼中"的"宇宙性"诗句（别雷语）就是一个色彩鲜艳的调色板，时而使其中让诗人与大自然联为一体的快乐得以加强，时而强调拥有尼采式自我肯定的个体的自我感觉，这个体来到世界上，就是"为看见太阳"和歌颂太阳。而安年斯基诗歌中的心理主义式的风景描写和修饰，由于大量使用中间色则具有了柔和的情调（但是心灵不要鲜红，/心灵要的是褪色的玫瑰……），这种情调象征着诗人的忧郁，无论是在尘世永恒的悲喜剧中忍受折磨，还是面对赤贫者所怀有的知识分子式的负罪感，都让他感到苦恼。（索洛古勃和吉皮乌斯诗歌中有意为之的苍白，

711

也是一种特具表现力的"简化方法"，就如同版画或素描中黑白对比的效果，在此起重要作用的不是色调，而是仿佛包容了颜色的线条简约的强大表现力。）

运用语言"颜料"作为感情符号并不能取代其另一个功能，即直接的，纯粹装饰性功能。令诗人入迷的，是探索各种色系的言语表达形式这一过程本身。在追求复杂的颜色对比、热衷于表现罕见的细微颜色差异和"珠宝首饰"效果的俄罗斯"现代派"（受欧洲的"青年风格"影响）绘画中，这些色系表现得极其精致。与之相应，颜色修饰语和对比在印象派诗歌中也特别丰富多彩、光怪陆离（不仅有巴尔蒙特笔下火焰的"十二种颜色的钻石"，勃留索夫笔下"雪青色的手臂"，沃洛申"桉树颜色的连衣裙"，而且还有安年斯基诗歌中"锦葵颜色的"、"暗白色的"以及他的剧本《基塔拉琴手塔米里斯》布景说明中"龟背"和"天蓝色的珐琅"色调）。

年轻一代的象征主义者从根本上改变了颜色的功能并使其复杂化。他们赋予颜色神秘的涵义，就像在宗教艺术和祭祀仪式中一样。他们把这些"神圣的颜色"（别雷语）变成超验的符号。别雷的抒情诗（甚至别雷这个笔名也是拜色彩神秘学所赐）（"别雷"［Белый］意为"白色的"——译注）在这个意义上表现得特别明显。早在别雷的第一本书中，他那丰富的颜色就具有多种功能：一方面引起纯粹的装饰性效果，另一方面也是一种心理符号，表示出世纪之初俄罗斯社会精神振奋的情绪和这位年轻的神秘主义者钟情"崇高"的极度兴奋。与此同时，也象征着"破晓的时代"澄明的世界正走向革新。由《灰烬》到《彼得堡》，再到晚期那些渗透着作者社会思考和关于俄罗斯历史命运的思想以及灌输人智学教条的抒情诗，颜色符号的神秘意义在别雷的创作中不断加强。类似颜色情调作用的改变不只别雷所独有；例如，在沃洛申的创作中，也可以看到由印象式颜色的装饰性（金色的光点落到雕像上/颤动着鲜红）到赋予颜色情感心理功能（"灰暗中的红色——这是/令人心碎的悲伤的颜色"），再到颜色的神秘象征意义的历程。

勃洛克作品中颜色的象征意义具有心理和神秘涵义的双重作用（别雷诗作中广泛使用的"金中泛蓝"装饰性对勃洛克而言并不典型）。在使用颜色修饰语时，别雷有时与安年斯基不谋而合。（例如，两人都经常赋予"黄色"以消极性的联想，而对"粉红色"给予肯定的评价。）但是对勃洛克而言具有本质意

712

义的神秘颜色对安年斯基却十分陌生。索洛维约夫式的"蔚蓝"和"苍白"在
《美妇人诗草》中频繁象征式出现，而《小柏木匣》的作者或者没有用（"蔚蓝
的"），或者（如"白色的""苍白"）引起的联想不是高尚美好，而是孤独和死
亡等沉重的感情（如《白石的忧郁》《安灵之后》等）。相反，与安年斯基截然
不同的维·伊万诺夫的诗学中，一切手段都是用来表达他本人的宗教美学观，
色调玄妙难解的象征意义占据了统治地位。他那色彩斑斓的调色板仿佛是教堂
马赛克画的稳固色调。

5

　　较之诗歌创作，俄国象征主义者的散文创作除了少数的巅峰之作（如别雷
的《彼得堡》、索洛古勃的《卑劣的小鬼》）在意义、影响和引起的反响等方
面都略逊一筹。吉皮乌斯就是这方面一个典型的例证。作为诗人，她以鲜明的
创作特色和精巧的创作手法表现出时代典型的心理综合征——自私的个体之人
"离群索居的诱惑"和个体在寻求信仰和"神秘的社会性"的路途上克服这种
诱惑的努力。同样的主题在她的小说中则以完全不同，甚至可以说是平庸的形
式表现出来。吉皮乌斯的抒情诗和叙事作品在象征主义圈内声望十分不同。喜
爱她诗歌的人认为其小说是一种严重的罪过。[60] 对这位女诗人的神秘倾向持
同情态度的别雷曾写道，她的短篇小说被"流行的训诫"所损害，并因此十分
"枯燥和压抑"。[61]"吉皮乌斯正忙着写她那毫无才华的宗教政治长篇小说"，
《鬼玩偶》和《皇太子传奇》发表后，勃洛克如是说（7，246）。霍达谢维奇
认为，吉皮乌斯的"桂冠""不是由她的小说作品编成的"，这些小说中的人物
"不是肉身，而是某种纸做的，某种文学物质做成的"，而她的长篇小说"好像
就是有各种人称的文章"。实际上，霍达谢维奇于20世纪30年代初所给予的这种
评价是结论性的评价。[62]

　　预先设定好的思想无处不在，这也是梅列日科夫斯基这位以散文创作为主
的作家很多作品的区别性类型特征。按照他的看法，对形式问题的冷漠可以从
"神秘主义的内容"方面得到颇为重要的补偿。他的作品，例如最著名的长篇

小说三部曲《基督与反基督》（《被摈弃者：叛教者尤里安》，1895；《诸神的
复活：列奥纳多·达·芬奇》，1900；《反基督：彼得和阿列克谢》，1905）
中，就到处充斥着这种"神秘主义的内容"。梅列日科夫斯基选取的是历史转折
的时代（从古希腊罗马时期到基督教，从中世纪到文艺复兴，从前彼得时期的
罗斯到彼得时代），以传教士般的顽强将自己的东正教革新观发展为所谓的化
多神教和基督教真理为一体的"第三约言"宗教。然而，在三部曲的第一、二
部，作者主要还没有超越"与浪漫主义相关的19世纪历史小说所特有的"传统
叙述的界线[63]，与宗教教条主义相反，三部曲引起了读者不小的兴趣。叙述者
的技巧也十分引人入胜：梅列日科夫斯基以古文献研究家的认真态度对那些已
逝时代的情景进行复原，有时对一些历史人物性格的塑造在心理上十分可信，
例如，他所描写的列奥纳多·达·芬奇即是如此。[64] 作者对这个人物的态度是
双重的。他以一个创造者"超人的"个性力量给人留下深刻印象，但又以一个
自然科学家、唯物主义者的无神论与梅列日科夫斯基的神秘论疏远。

713

　　同梅列日科夫斯基一样，勃留索夫也深深为世界生活的大转折时期所吸
引。但诗人首先没有用长篇历史小说的体裁来反映这些时期，而是用社会幻想
小说的体裁来表现灾难深重时代的形象。例如，他的反乌托邦小说《南十字星
共和国》（1905年末），正是这样一篇讲述某个技术统治的集权国家命运的短
篇，给人留下深刻印象。在这个未来的国度里，"民主的外表遮盖下，是国家资
本主义势力纯粹的专制暴政"，其灭亡的原因，是以瘟疫的形式出现的居民与政
权之间"矛盾的躁狂"。但此时的勃留索夫已经不再为动荡的自然力辩护（此
前不久，这还是这位《未来的匈人》作者的特点）：在这篇小说中，诗人将不
服从的"群体疯狂"（即革命事件）看作破坏力的爆发，是文化和道德的灭亡，
是人的痛苦和全体野蛮化。这就像在爱伦·坡的散文中一样（勃留索夫视爱
伦·坡为自己的老师之一），幻想的情节在接近生活真实的情景中展开，大量
确凿可信的细节赋予勃留索夫的虚构真实发生过的特点。《南十字星共和国》
开了随后十年间俄罗斯和世界文学中从扎米亚京到赫胥黎和奥威尔的反乌托邦
小说题材和形式的先河。

　　需要补充说明的是，勃留索夫并不认为历史小说和幻想小说之间有原则性
的区别。在这个问题上，一位象征主义长篇小说的研究者指出，"在勃留索夫笔

714 下，过去的世界和幻想中的未来世界不过是戏服，其中包裹着同一个问题：原来的和即将取而代之的时代和文化之间不可避免的斗争"。同样，勃留索夫的历史主义也可概括为"装饰性的"和模仿式的。[65] 对逝去时代异域风情的时空体的钟情，不仅符合学识渊博的勃留索夫的兴趣，也符合唯美主义者勃留索夫的爱好（米·加斯帕罗夫在勃留索夫身上发现的，正是这种对古希腊罗马文化的"审美态度"）。[66] 勃留索夫这位精致的历史仿制品的作者之成功，大大得益于1910年前后几年席卷俄国散文界的模仿"热"（如库兹明、鲍·萨多夫斯科伊、谢·奥斯伦德等人的创作），不过，这些作品并没有达到其模仿对象的水平。

尽管勃留索夫历史小说独特的形式使他与梅列日科夫斯基的浪漫相比，完全属于另一种类型，但叙述的符号意义对于这两位作家的史诗都极为重要。15世纪德国宗教改革和农民战争（在长篇小说《燃烧的天使》，1906—1908中），古罗马基督教取代多神教时期（长篇小说《胜利的祭坛》，1911—1912；《被征服的朱庇特》，1912—1913，未完成），在勃留索夫看来，可以象征当代俄罗斯。这种相似性不只体现在事件的层面，更是体现在世纪"之交"时期人们的心理上，体现在大转折时期人们头脑和心灵中典型的焦躁、理智与信仰的矛盾以及神秘主义的极端性中。[67] 勃留索夫描写过渡时期界于"两种真理"之间的现实的那些长篇小说，主人公的悲剧也正是他们的作者以及其他与作者相近的在"世界不幸的时刻"来到这个世界的"智者和诗人们"的悲剧。从勃留索夫的往来信件中可知，《燃烧的天使》的构思最初产生于1905年10月，莫斯科遍布街垒的日子，"哥萨克的齐射中"。[68] 米·加斯帕罗夫在谈论勃留索夫历史主义的发展变化时指出，"勃留索夫创作的早期和晚期之间刚好经历了日俄战争和1905年俄国革命，这为他那种整个一代人所共有的世纪末之模糊感受补充进极为具体的新内容。勃留索夫'古希腊罗马式颓废'主题的特殊力量正源于此……欧洲作家们不需要从古罗马的经验中得出这种俄罗斯作家不得不得出的实际结论"。[69]

象征主义者继承了俄罗斯文学对存在之根本问题的关注，吸收了俄罗斯文学中的宗教探索和存在主义的忧患意识，与此同时，他们使作品思想基质以及形而上学与现实之间联系的表达手段大大复杂化。对于这一流派而言，双重世界的思想具有结构性的意义，因此，神秘的另一世界时而与日常世界矛盾对

立，时而与其交织在一起。在索洛古勃的长篇小说《卑劣的小鬼》中，这种扩
散存在于文本的所有层面，"描绘常常是双重的，时而与现实主义的社会讽刺相
接近，时而与浪漫主义的夸张和讽刺相接近"。[70] 而且，作者力求在不贬低日
常和社会历史现实意义的情况下，"以形而上学思想对其进行阐释"。[71] 因此，
俄罗斯穷乡僻壤的丑陋和可怖在索洛古勃的笔下看来，就是永恒的世界之恶的
一种面目。[72]

　　对于象征主义而言极为重要的语境在索洛古勃笔下尤为重要。贯穿他抒情
诗、随笔和戏剧作品中的一些他个人的神话，如关于"幻想实现的国度"奥依
勒行星，关于太阳龙大蛇之邪恶意志主宰万物的神话，关于阿尔东萨−杜尔西尼
娅在生活和创作中双面一体的神话（堂吉诃德将邻村养猪妇阿尔东萨想象成圣
洁的爱人杜尔西尼娅——译注），也存在于他的长、短篇小说中。维·伊万诺
夫认为，索洛古勃的世界观"本质上是神话化的"。[73] 他的笔下既有很多自创
的神话成分，也有不少对人所共知的神话的引用。研究者发现，他所改写的神
话中既有古希腊和圣经中的神话传说，也有民间文学中的文学主题和情节。例
如，与符合长篇小说"地狱"层的俄罗斯民间鬼神形象相关联的，灰色小鬼的
幻影："一个沾染着尘世的尘埃和尘世的'庸俗'的灵魂"，它"成为佩列多诺
夫卑鄙天性的象征"。[74] 马蒂斯认为，一个创作者贡献的大小，应该用他引入
艺术语言中多少新的符号来衡量[75]，如果他的这一论断是正确的，那么，索洛
古勃就是一位特别重要、特别独特的大师。

　　灰色小鬼只是成为索洛古勃诗歌和散文主题思想的那些离奇古怪的恶之隐
喻中的一个。索洛古勃笔下，具有象征意义的主旋律取概念性的因素而代之，
具有特别巨大的作用。例如，在短篇小说《老屋》（1909）中，索洛古勃抒情
作品中典型的主题：覆亡——既有对复活奇迹的信念，对平日斗争生活的损
害——和梦中另一种存在的快乐，与全家人枉然期待由于参加革命行动被处决
的年轻儿子这一冲突重合在一起。在此，并没有直接讲述社会对抗的害处和革
命力量的凶猛残暴（尤其这股力量打碎了"老屋"中各个居住者的命运）。但是
这力量在神话的主导动机中与拥有无上权力的火龙连在一起，火龙对人的灾难
持"冷酷的淡漠"态度。与之相反，"月亮"的主导动机象征代表着从残酷的激
情中拯救出来的平和安宁。作为精工细雕的诗歌创作大师，索洛古勃的经验在

他最好的散文作品中反映出来，这些作品语调独特，有暗示、启发性的重复和看来漫不经心、实则极为精致的节奏。

尽管如此，索洛古勃的散文创作远非都具有同等的价值。在三部曲长篇小说《创造的传奇》（1907—1913）中，幻想与现实的尖锐对立与结合（对欧洲文学中早已尝试过的表现浪漫主义二元论的手法的过分夸大）对索洛古勃而言，与其说是革新其叙事的方法，毋宁说是将形式上的无限任意妄为确立为创作意志特权的借口。[76] 三部曲的主人公格奥尔基·特里罗多夫就是一个例子，说明优秀个体具有无限权力，能够改变生活的思想。特里罗多夫是诗人、化学家和政治家。他不仅仅是在建立可以借助"类似镭的物质"克服地球引力的宇宙空间站。因为具备魔法天赋，他能使孩童起死回生，或者隐身将迫害自己的人变成身形巨大的昆虫。特里多罗夫热衷于社会变革的思想，他想成为"合众岛"这个异域风情国度的统治者，为的是改变其社会制度，为人类开辟一条"通向完全自由制度"的道路。但是，如果说三部曲的主人公所做的各种各样的实验可算是颇为成功的话，作者在形式上的创新则使他的读者和崇拜者大失所望。这种将"语义空间按照完全不同的原则组织起来的""幻想"和"现实"两个层面匆忙缝合在一起的尝试，在批评界引起一片攻讦之声。[77] 索洛古勃可以用他早年提出的口号来回答这些责备：

> 但什么妨碍我
>
> 去建立我的
>
> 游戏规则
>
> 想要的全部世界？

（《并非我树的篱笆……》，1901）

《创造的传奇》的作者冒险在一部作品中使思想、题材完全不同的领域、时空被完全打破的各种不同类型的叙述形式结合在一起，他的这种艺术家令人震惊的随心所欲后来在许多不同大师的创作中都可看到（比如在俄罗斯作家中有米·布尔加科夫）。

然而，索洛古勃在散文革新方面所做的实验没有持续下去。1912年出版他自己改编的早期长篇小说《甜过毒药》（1892）之前，他宣称，"这部小说很多方面都有改变，不是指内容，而是在形式和细节上"。[78] 然而，他关于小县城市井生活和受到简化了的尼采思想诱惑的青年命运的叙述，不仅缺乏形式的创新，甚至没有达到大众通俗小说的水平。作者始终没能超过《卑劣的小鬼》的艺术水准。

与索洛古勃不同，别雷的实验热情体现在他所有的创作阶段。在他的四部《交响曲》（1901—1905，1908）中，他试图按照音乐对位的方法建立一种形式，并且将文本各个不同层面的片段在这种形式中剪接起来（预言了电影艺术的手法），这使得象征主义的双重性原则表现得特别生动。但是，他最早一批作品中示威式的创新并没有完全拒绝传统，尽管前人的经验在别雷的文本中变化巨大。

长篇小说《银鸽》（1909）具有俄罗斯散文所熟悉的空间："乡村""小城""庄园"，其情节却独特地转变了知识分子式的"走向民间"的矛盾冲突。被1905年事件唤醒的俄罗斯中部乡村，已经不再沉迷于小酒馆并且记得"1月9日"[①]；风烛残年的女地主；老掉牙的男爵夫人多特拉贝-格拉本[②]，这个"西方的"名字本身就具有某种另类、贪婪、僵死的意味；市民、商贩、利霍夫小城形形色色的人物……别雷绘声绘色地描述了他们社会生活和日常生活的特点。丰富的色彩使得小说的语言层也独具一格。来源于果戈理和列斯科夫的故事体艺术被别雷大大复杂化。《银鸽》中的故事体是多层面、多声部的。作者那充满激情的抒情声音透过作为目击者的叙述人所戴的俗语和滑稽腔调的语言面具表现出来。作品的语言层似乎是在重复其思想涵义：知识分子和人民之间不为所知的相互渗透。[79] 一名研究者认为，别雷的长篇小说是描写当代生活和社会性格的范例作品之一，这些主题"早已为现实主义艺术所掌握"，而象征主义创作则赋予其更为复杂的阐释。[80]

《银鸽》是别雷所构思的三部曲《东方还是西方》的第一部。三部曲二择其一的标题听起来就像一场辩论：别雷有别于这两方拥护者的任何一方，认为任

717

---

① 1905年1月9日"流血星期日"。——译者注
② 源自"der tote Rabe"，死乌鸦之意，"das Grab"，坟墓（德语）。

何一方都不可能取胜。作为俄罗斯敌对力量的"东方"与"西方"这一主题在别雷的主要著作、长篇小说《彼得堡》（1911—1913）中得以延续。他以这部象征主义散文的巅峰之作，为20世纪欧洲文学的很多大师指出了一条创作探索之路。

别雷刚刚开始构思《彼得堡》时，还完成了一篇题为《意义的象征学》（1909）的文章。在这篇文章中，别雷得出结论认为，象征主义艺术在修辞上具有多重价值。象征主义艺术的实践证明，"只是浪漫主义或者只是古典主义、只是现实主义的经典不可能成为经典，象征主义作品将这三种流派看作一个统一创作整体的不同类别"。[81] 这一结论具有非常重要的意义，首先是对别雷本人：他对各艺术体系的综合特别有兴趣。在《彼得堡》中，以"父与子"的矛盾为核心的社会心理"家庭"小说的框架由于加入前所未有的一些艺术手段而被打破，这些手段符合作者对发生于这个灾难性时代的1905年10月事件的焦躁心态。具有敏锐洞察力的吉皮乌斯早在对《银鸽》的评价中就指出，其叙述风格是"投掷式、断裂式和上升式的"，就像是"风格的重叠"。[82] 别雷的同代人就已经意识到，以适合于传统散文的标准，不可能正确阐释别雷的叙事作品。尽管《彼得堡》与批判现实主义的意识形态、形象塑造法和主题范围有这样或那样的关联（很多研究者都在阐释这种关联性），别雷的这部长篇小说是一个新浪漫主义艺术现象，吸收了新浪漫主义的核心原则和手法（双重结构、幻想和怪诞、对所反对的现实进行反讽性的陌生化，直至让它因虚无而幻灭）。别雷对这些方法的使用近乎具有"巴洛克般的"丰富。[83] 他以浪漫主义通感的精神，兴致盎然地挖掘词语的音乐和美术潜能。小说所涉及的风格范围极为广阔：从果戈理直到立体主义。例如，小说的"立体主义"形象塑造法（1910年代的造型艺术中风行这种风格）的层次承载了别雷所敌视的将存在数学化、使其丧失灵魂的象征：它从移植进欧洲式"国家平面几何学"的彼得一世时期就开始威胁俄罗斯。"正方形、平行六面体、立方体"等消极的象征是作者出于人道主义立场所反对的反人类生活秩序的最主要隐喻之一。[84] "哪怕是用立方体或者辐射来表现，只要他表现的是人！……"列·安德列耶夫的呼喊（在1913年的信中）[85] 仿佛指的就是别雷的修辞手段和他创新的实质。

上面提到，由印象主义到表现主义运动的风格发展变化具有时代的特点，这对俄国文学创作也产生了影响，其中包括象征主义创作。别雷由《碧蓝中的黄金》发展到《彼得堡》，就是这方面一个鲜明的例证。在浪漫主义类型的各种诗学中，对别雷的创作风格和抒情特点影响最大的是表现主义诗学：处在受震撼之我（主人公，作者）的感受之重压下，现实的形象会发生偏移和转变。别雷就仿佛接受了安德列耶夫给高尔基笔下抗议者主人公的建议："把自己对生活的绝望……刻进绝望的形式之中。"[86] 别雷表现主义的形象性与他非现实叙述层面频繁出现的对梦境、噩梦和折磨主人公的幻觉的描写有关联。或许是因为"长篇小说中每一个'客观的空间'都同时也是'意识的空间'"。[87] 表现主义者善于发现公认之事内幕的习惯与别雷追求看到幸福生活平稳外表下"混乱的面目"十分相像。例如，枢密官家庭的"光鲜、气派和显赫"只是仇恨、背叛和犯罪这个"深渊"的某种虚假的面纱。

别雷作品中所表现出的象征主义与表现主义的并存，不只可以用这两个流派所共有的对这个历史时代悲剧性的感受来解释，也是因为他们的世界观彼此接近。日尔蒙斯基曾写道："不得不承认，在表现主义诗人对生活的新态度和20世纪初在我们俄国作为对艺术中实证主义和幼稚的自然主义之反动而出现的宗教、哲学和艺术意识的革新在本质上有相同之处"。[88] 这些相同的特点不只表现在多义的形象、具有象征意义的潜台词和对隐喻、讽喻式形式的追求上。表现主义的研究者们 [89] 还指出其理论和实践中极为重要的追求"永恒"的形而上学倾向、尖锐的伦理道德观、宗教神秘激情和对人智学的追求（人智学也使别雷入迷）。

然而，尽管别雷的艺术世界与表现主义及其框架有诸多相似之处，却不能将其囿于其中。这不只是因为他在自己的理论中所捍卫、并在《彼得堡》中所实施的"风格多样化原则"。[90] 别雷的艺术根植于俄罗斯大文学富有生命力的土壤中，保持了俄罗斯大文学的道德激情以及与现实的血肉联系，而这个现实全部的时空特点，不为"纯"表现主义抽象化的倾向所接受。同时，别雷对美学创新潮流特殊的、真正超人式的敏感以及他对艺术实验的热情，使得他的艺术也冲出象征主义流派的疆界（尽管诗人本人在晚期的自我阐释中认为，他一直忠实于象征主义）。[90a] 俄国新浪漫主义在别雷这部最主要的作品中达到自己的一个顶峰，并从此进入后象征主义阶段。

6

象征主义者对戏剧创作怀有特殊兴趣，这是因为他们关于艺术之力可以改变社会和个人的美学乌托邦观念赋予了戏剧最为重要的意义。几乎所有象征主义大师都奉献有戏剧作品，如索洛古勃、梅列日科夫斯基、吉皮乌斯、勃留索夫、巴尔蒙特、维·伊万诺夫、安年斯基、勃洛克等。尽管他们在戏剧创作方面的嗜好各有不同，但有一共同之处：他们的作品中都"没有"自然主义戏剧模仿生活真实的"无用的真实"，以及那种"对现实的重复"（勃留索夫）[91]。维·伊万诺夫为此注释说："这是对另一种还没有被挖掘出来的戏剧的渴望，是一种模糊不清的渴望，以及对现有的戏剧同样模糊的不满，这已经成为寻常现象。"他指出，"在戏剧女神所掌管的领域，'希望探索的想法几乎得到世所……公认'"。[92] 1906年伊万诺夫说出这番话之时，象征主义戏剧已经在很多方面实施了他的想法。

象征主义戏剧与其他类别的象征主义作品之间潜在的联系十分明显。在内容方面，表现出与该流派在随笔、政论和艺术散文创作中所宣称的思想原则具有直接的关联。形式方面则受到抒情诗的影响，而抒情诗在其他创作类别中的蔓延是世纪之交最初十年时代的特征。"抒情戏剧"的体裁（概念的名称本身就是矛盾）在象征主义诗人的笔下获得了独具的特色。

1890年代至1900年代的戏剧思想运动反映出象征主义圈内世界观和伦理美学价值观的更迭。例如，作为"老一代"象征主义者标志的颓废的个人主义情绪在明斯基的悲剧《阿尔玛》（1900）中得到回应，在这部剧作中，作者赋予女主人公的自私自利、不道德的座右铭，将其视为当代正面道德观，这重复了他本人轰动一时的论文《扪心自问》（1890）的主题。而在对"聚合性极端"的热情中克服个人主义，则是受索洛维约夫影响的年轻一代象征主义者的信条。这是世纪初维·伊万诺夫在他一系列文章中所极力宣传的，他的悲剧《坦塔洛斯》对此也有反映。这部悲剧改编自希腊神话，讲的是自私自利的统治者在其自负膨胀到极点时所遭到的惩罚。象征主义的戏剧中也反映出时代的公民情绪。例如年轻一代象征主义者的神秘社会活动和"沐浴在人民的心灵中"（勃洛克）的理想，在他《命运之歌》的构思中表现出来。正因为有象征主义的很多诗作中反映出来的反君主专制和对"生锈的强国"（维·伊万诺夫）的痛恨，才产生出勃洛克的《广场上的国王》（1906）和梅列日科夫斯基的《保罗一世》（1907）这样的作品。

　　象征主义体裁和题材的调色板是多彩的，既有"取自当代生活"的剧本，也有历史剧、幻想剧和神话剧。在他们在舞台上再现古代神话的创作实验中，模拟古希腊的剧作为数最多，即对古希腊悲剧的模仿和重构已经失传的希腊悲剧杰作。当时流行的尼采的希腊精神更促进了象征主义对古希腊戏剧的兴趣。尼采的《悲剧的诞生》一书在象征主义圈子内极为流行。世纪之初，亚历山德拉剧院就上演了梅列日科夫斯基翻译的欧里庇得斯的《希波吕托斯》和索福克勒斯的《俄狄浦斯在克罗诺斯》。梅列日科夫斯基力图证明古代悲剧的"新意义"。[93]（上演之前就出版了梅列日科夫斯基翻译的这两位剧作家五部悲剧的单行本和埃斯库罗斯的《被缚的普罗米修斯》）

721

　　安年斯基在古希腊戏剧方面是真正的行家，他所进行的古希腊戏剧现代化的实验最为独特，最有美学价值。安年斯基的四部"古希腊"诗体话剧（1901—1906）是失传的欧里庇得斯和索福克勒斯若干部悲剧的异文，安年斯基在其中拒绝走他称之为"亦步亦趋的考古式"道路，而是选择在"古希腊的框架下"[94]对神话进行自由处理。而对于维·伊万诺夫这位戏剧理论家和"修复派"剧作家而言，作为促进社会宗教一体化进程和创建"聚合性之我"的手段之一，古代宗教神秘剧演出的复兴具有"建构生活"的意义。而安年斯基则赋予古希腊神话的舞台表现另一种伦理和心理的涵义：神话中的矛盾冲突可以为观众树立道德榜样，或者成为警告。安年斯基在他所翻译的欧里庇得斯悲剧集的再版前言中，强调了这些悲剧的教育作用。[95]诗人认为，被宗教狂们所诽谤的墨拉尼珀（《哲人墨拉尼珀》，1901），向宙斯挑战并被处以痛苦死刑的"大罪人"伊克西翁王的命运（《伊克西翁王》1902）以及枉然希望以爱情的力量使战死沙场的丈夫复活的拉俄达弥亚的自杀（《拉俄达弥亚》，1906），都会给他的同时代人留下深刻印象。诗人这一系列的最后一部剧作《基塔拉琴手塔米里斯》（1906，于1913年诗人辞世后发表），更能代表这位由于企图和"缪斯竞争"而受到惩罚的艺术家的戏剧成就。几乎与安年斯基同时，索洛古勃也将拉俄达弥亚的神话搬上舞台（《智慧蜜蜂的馈赠》，1906），稍晚些时候，勃留索夫也有一部剧作以此为主题（《死去的普洛忒西拉俄斯》，1913），此前，1906年勃留索夫还发表了诗歌《拉俄达弥亚的哀歌》）。竟有三位诗人以同一部古代神话为素材进行创作 96，其共同之处是一个浪漫主义假定：爱与忠贞能彻底战胜生活凶险的重负和生活的尔虞我诈。

除维·伊万诺夫的剧作（《坦塔洛斯》《普罗米修斯》）外，象征主义者所改编的这些悲剧形式上与原作完全不同。安年斯基的现代化表现得尤其明显，他认为必须"使神话当代化" 97；他那些失去悲剧性的戏剧冲突，以抒情化的形式表现出来（大量的情景说明，以对情节的抒情叙述来对其进行补充；对人物的面貌和行为诗化的描写；从歌队口中传出的抒情诗；幕间乐曲）。维·伊万诺夫认为安年斯基的剧作"就形式而言是非希腊的" 98，这一评价是有根据的。安年斯基最早的一批戏剧作品在象征主义抒情剧体裁出现之前就是戏剧抒情化的预兆。

各位诗人抒情性进入戏剧空间的程度有所不同。巴尔蒙特在话剧《三度花开》（1905）中，试图取消抒情诗与戏剧二者之间的界线。但在这部作品中，颓废派的女主人公，这位自特洛伊时代起就"不用毒药，而是用美"毁灭爱她之人的"永恒的海伦"的抒情自白，以及歌颂青春之美妙的"花仙女"们合唱的歌曲，遮住了戏剧发展的轨迹。

1906年勃洛克创作的话剧三部曲标志着象征主义抒情戏剧的诞生。诗人认为，抒情的影响"之于戏剧是尤其致命的"（V.164），尽管如此，他还是能够使这二者综合在一起。在发表这一系列作品之前，勃洛克解释说，他这部抒情戏剧的主人公代表着"一个人心灵的不同方面"，他的改革经过"衰落和矛盾的考验"，其冲突表现了"当代的精神"（Ⅳ，434—435）。而且，堪称现代的不只是精神生活的变化和发展，有时也包括事件的序列。例如，在《广场上的国王》中穷人暴动的一幕以及这部作品明显的反专制涵义招致戏剧审查机构的禁止（Ⅷ，176）。

在勃洛克的戏剧诗学中，表现出"先验的"浪漫主义讽刺的特点（作者本人在三部曲的前言中讲到这一特点）。这一被19世纪德国浪漫派奉为经典的原则的复兴者是弗·索洛维约夫（《白百合》《三次会见》《永恒的女子气》等）。其强调的核心是对一切被否定事物都进行反讽性的"陌生化"，直到能将其设想为不真实的、臆造的。勃洛克的戏剧接触了索洛维约夫创作的这条路线，即创作中汇聚了神秘与戏言，幻想与生活，以及自我戏拟、怪诞、滑稽表演的特征。正如在德国浪漫派的话剧作品中一样（例如，路德维希·蒂克的喜剧），在勃洛克的抒情戏剧中，戏剧冲突不时被破坏，作者会从幕后走出来，向观众讲述剧作和演员，因此出现了"舞台上的舞台"，所描绘之事与设想中大相径庭。例如，"美妇人"原来竟是科隆比娜①，死神的镰刀是姑娘的辫子（俄语中的коса是个多义词，既可以表示"镰刀"，也可以指"辫子"——译注），血流只是蔓越橘的汁液。在《广场上的国王》中，那个老迈的君王只不过是一座石像。《陌生女郎》中的几幕被称作"梦幻"绝非偶然，在雾气沼沼的昏暗中，掉落在地上的思想之"星"变成了街头的"陌生女郎"，而诗人——幻想的蔚蓝人的孪生化身，一个神秘的占星家和天文学家——变成了一个剧中人物的几副面孔。在勃洛克的各部戏剧作品中，对假定性的戏剧各种新的可能性进行了尝试，这些可能的方法运用于列米佐夫的剧作中，在索洛古勃的戏剧创作中表现得更为明显。[99]

723

在象征主义戏剧钟爱怀恋过去的背景下（安年斯基、维·伊万诺夫、勃留索夫对古希腊戏剧的改编，中世纪情节在索洛古勃剧作《死亡的胜利》《管家万卡和侍从吉恩》等中的变化），舞台"未来学"的尝试显而易见。在勃留索夫的话剧《地球》（1905）中，象征主义的启示录为灾难时代的感受和神秘主义的想象所激化，而导致这一现象的原因，就是世纪之初所流行的熵和世界热寂理论。未来的人类在剧作中被表现为超级工业化和极权主义的牺牲品，他们被关进数百万人口的玻璃城市中，与大自然隔绝。这种"没有太阳"的存在磨灭了大多数人的生活意志，而冲破人造城市进入环地球空间的英勇尝试则是毁灭性的。这部话剧的结尾是一幅象征主义的图画："静止、屈折的尸体的墓地"，隐喻人类所有改变自己命运的尝试都必遭灭亡。

作者为科米萨尔热夫斯卡娅剧院所写的这部话剧最终没有上演。象征主义戏剧的舞台命运极为沉重，大多数象征主义剧作最终都只是"阅读的话剧"（Lesedrama）。上演最多的是各种社会生活题材的话剧，但它们只是在内容

---

① 意大利即兴喜剧中的传统角色，参与剧情发展的女佣人。——译者注

上（新宗教意识的思想，为"精神革命"而否定阶级斗争）是象征主义式的。这一路线最明显的作品有梅列日科夫斯基的话剧《罂粟花色》（1907，与吉皮乌斯和菲洛索福夫共同创作）、《浪漫主义者》和《欢乐将临》（同创作于1916年）。这些戏的主题（正如在吉皮乌斯的叙事诗和她写于1914年的话剧《绿戒指》中一样）是知识分子对人民和人民解放道路"神秘革命式的"探索。1910年代，索洛古勃在传统的戏剧形式中使爱情和死亡的主题发生变化（《生命的人质》，1910；《深渊上的爱情》，1914等）。梅列日科夫斯基的历史悲剧体裁也具有重要的美学意义。他的《保罗一世》是对主人公个性和他对俄罗斯道路及神权政治思想的宗教观察的独到阐释。勃留索夫认为，《保罗一世》是梅列日科夫斯基最好的作品，在这部作品中梅列日科夫斯基终于做到了"只是一个艺术家"，避免了"狭隘的政治倾向"，令人信服地将"陶醉于"专制思想阐释为沙皇"悲剧性的罪过"。[100]

勃洛克则以另外的方式发掘了历史剧的潜能。诗人曾尝试创作社会剧《命运之歌》，对此失望后便远离俄罗斯现实，沉入欧洲骑士的时间和空间，这些时空符合剧作对责任、忠诚和荣誉的英雄业绩的构思。"玫瑰花"和"十字架"象征着道德思想中的"快乐——苦难"。这一象征是浪漫主义式的，勃洛克使其得以大大丰富。基督教道德的训诫在此与陀思妥耶夫斯基关于苦难崇高力量的道德口号相遇。（"动荡的心灵越痛苦，/世界就越明朗"，自少年时代起，勃洛克的诗中就回响着这样的信念。）《玫瑰花与十字架》有别于其他抒情戏剧，其内容是客观的，诗人努力在话剧的人物性格和情节方面遵循历史逼真的特点，他研究了大量材料，古代法国的民间文学和中世纪史著作。日尔蒙斯基曾说，《玫瑰花与十字架》中的众多人物"在相当大程度上失去了自己的抽象象征的特点，获得了个性面貌和借助更为具体的历史生活材料及戏剧心理材料以间接形式表现出来的各种新品质"。[101] 尽管如此，勃洛克并没有摒弃象征主义构建文本的方法，在作品中以符号式的主导动机代替意义复合体。其中的一些主导动机被化为作品中尘世的情欲与满怀"欢乐——苦难"的崇高却又无望的爱情的两极对立，另一些主导动机则是关于艺术家的"呼唤"和艺术的力量，这力量"就像自然力，像大洋的波涛，溢满"世界（Ⅳ，458）。

724

　　象征主义是俄罗斯文学和艺术中最后一个重要流派。它独具一格，创作丰富多姿，极为罕见，在其风格的每个阶段，从印象主义到表现主义，它都说出了自己的话语。俄国象征主义者敏锐地感受到现实的动荡，具有"挥之不去的灾难感"（勃洛克语）。时而"希望"时而"绝望"的忧患赋予象征主义艺术家的内心世界以特殊的情感语调，一种激动的和令人不安的调子。作为"一个世纪儿的忏悔"的抒情诗成为象征主义文学创作的主要领域和主要价值所在，这绝非偶然。

　　象征主义方法对"现实现象加以形象和神话式的改编"（叶·塔格尔语）[102]，挖掘出了此前不为人知的艺术观察的潜能。在与自然主义流派的战斗中，象征主义拓宽了形象思维的领域，丰富了元语言的手段，革新了元语言的功能。象征主义散文和诗歌具有深刻的语境联系，加强了潜流和潜台词的作用。"多流象征"（别雷语）的诗学促进了艺术语言多义性和多层次性的发展。象征主义者继承了浪漫主义的通感原则，大大丰富了绘画、雕塑和词语的语音潜能。诗学技术和诗艺达到了高度完善。但形式的发达并不是目的本身，词语的工作被认为是加强词语作用的手段。

　　1910年前后，这一流派的领军人物纷纷开始谈论流派原则的危机，这些原则受到模仿者的损害，受到"唯美派"和"社会派"内部纷争的动摇。这两派势力的堡垒，《天平》和《金羊毛》杂志，也于1909年末停刊。由别雷和文化学家埃·梅特纳编辑，在莫斯科象征主义出版社"缪萨格忒斯"旗下出版的双月刊《劳作与时日》（1912—1916），因其理论和哲学倾向[103]，在很多方面与文学发展进程相疏离。"自由美学协会"和"诗学研究院"中的争论（1910年的《阿波罗》杂志对此有所反映），使拥护象征主义作为一个文学流派者（勃留索夫）与热心于其"建构生活"目的者（维·伊万诺夫、别雷、勃洛克）之间发生交锋。在这种情势下，出现了一系列非常有价值的著作，是流派对自身的阐释和对这一流派的两种"势力"特点的分析。1909年面世的维·伊万诺夫的文章合集《星际》，收入了他此前的随笔，是《关于象征主义的思考》（《垄沟与地界》集，1916）的延续，确定了自己的目标：讲述"普世的和聚合的"。1910—1911年出版的别雷的理论和文学批评著作"三卷书"（以及他的作诗学研究著作）《绿色草场》《象征主义》和《杂文集》，阐释了象征主义抒情诗、

725

叙事诗和戏剧中的一系列现象，并勾勒了它们的各位创作者的肖像。埃利斯写巴尔蒙特、勃留索夫和别雷的书《俄国象征主义者》（1910）也充实了这座肖像画廊。所有这些著作（以及《天平》杂志停刊前最后一年中所发表的文章）在公开宣布流派"危机"的条件下，被认为是结论性的作品。

同时，正是1910年前后，象征主义的语言艺术处于繁荣时期，出现了一系列重要的作品（如勃洛克的杰作第三卷抒情诗，他的话剧《玫瑰花与十字架》，别雷的长篇小说《银鸽》和《彼得堡》，维·伊万诺夫的两卷本诗集《燃烧的心》等）。尽管如此，象征主义"自我批评"所得出的结论现在看来尚需修正。象征主义诗歌和散文主要大师的创作成果过于丰富，以致于如今的文学史家们在讲到1910年代时并不能毫无保留地宣称象征主义的"完结"[104]。

而且，第一批后象征主义流派，如阿克梅派、未来派的倡导者们竭力在自己流派的宣言中摧毁象征主义世界观和创作原则的基础，却发现自己在很多情况下与之有关联。例如，阿克梅派反对在艺术中"填充思想"的浪潮实则复活了早期象征主义美学中的一个口号。而在未来派的社会要求中，可以听到年轻一代象征主义口号"建构生活"的回声。一些认为自己不属于任何流派和派别的诗人（如霍达谢维奇）在创作之初也经历了"象征主义的诱惑"。1923年，曼德尔施塔姆曾发表过这样的观点："所有俄国现代诗歌都师出象征主义的怀抱"[105]，这也未必是夸张之说。俄国象征主义对世界语言艺术的影响当今为世所公认，而对这一影响各个方面的研究则构成文艺学一个广阔的领域。

注释：

1　别雷，《一个颓废派致自由主义者和保守主义者的几句话》，见《〈艺术世界〉大事记》，1903，第7期，67页。

2　勃留索夫，[《代前言》]，见《俄国的象征主义者》，第三卷，莫斯科，1895，第2页。（佐伊尔，公元前4世纪希腊哲学家、雄辩家，苏格拉底的弟子。早期批评荷马文本的代表人物。19世纪佐伊尔成为普通名词，泛指吹毛求疵的批评家。阿利斯塔克斯，约公元前4世纪末至3世纪初，古希腊天文学家，断言太阳位于宇宙的中心。——译者注）

3　勃留索夫，《伊万·科涅夫斯基伊：智慧之子（1901）》，见勃留索夫七卷本文集，莫斯科，1975，第6卷，244页；亚·拉夫罗夫，《〈勃留索夫〉致科涅夫斯基伊的信》，见

《文学遗产》，第98卷，第1册，莫斯科，1991，431页。

4 别雷，《生活之歌》，见别雷，《杂文集》，莫斯科，1911，43页。

5 参见：扎·明茨，《论俄国象征主义者创作中的一些"新神话"文本》，见《论勃洛克文集》，塔尔图，第3辑，1979，78—79页。

6 关于象征主义之唯美主义的各种矛盾，可参见：叶·叶尔米洛娃，《俄国象征主义的理论及形象世界》，莫斯科，1989年。

7 米·加斯帕罗夫，《谢尔盖·索洛维约夫》，见《1890—1917年俄罗斯白银时代诗歌：选集》，莫斯科，1993，271页。

8 德·马克西莫夫，《论勃洛克抒情诗中的神话诗学因素》，见《论勃洛克文集》，第3辑。

9 托马斯·曼，十卷本文集，莫斯科，第9卷，1960，17页。

10 魏尔伦全集，巴黎，1911，第5卷，378页。

11 因·安年斯基，《当代法国诗歌中的古希腊罗马神话》，见《赫耳墨斯》，1908，第7期，181页。

12 维·伊万诺夫，《象征主义》，见伊万诺夫文集，布鲁塞尔，1974，第2卷，663—666页（以下引用本书只注明作者、卷数和页码）。

13 如参见：康·阿扎多夫斯基、德·马克西莫夫，《勃留索夫和〈天平〉杂志》，见《文学遗产》，第85卷，莫斯科，1976；尼·科特列廖夫，《〈天蝎〉出版社出版活动中的翻译文学》，见《书籍出版活动的社会文化功能》，莫斯科，1985。

14 如：吉乔特·东钦，《法国象征主义对俄国诗歌的影响》，海牙：穆彤出版社，1958。

15 格·比亚雷，[《导言》]，见《19世纪80-90年代诸诗人》，莫斯科，1964，（诗人文库，小系列）6页。

16 阿·戈列尼谢夫-库图佐夫，《不能这样生活》，同上，607—608页（列·多尔戈波洛夫和Л.尼古拉耶娃注释）。

17 叶·塔格尔，《现代主义的出现》，见《19世纪末—20世纪初的俄国文学：90年代》，莫斯科，1968，210页。

18 《新道路》，1903年，第2辑，160页。

19 勃留索夫致彼·佩尔佐夫的信，1902年10月，由德·马克西莫夫发表（见《文学遗产》，第27~28卷，莫斯科，1937，283页。

20 玛·科列涅娃，《梅列日科夫斯基与德国文化·尼采与歌德·吸引与排斥》，见《在19与20世纪之交：俄罗斯文学的国际联系史》，列宁格勒，1991，53、56页。

21 弗·索洛维约夫，《超人思想》，《艺术世界》，1899，第9期，91页。

22 谢·阿韦林采夫，《维亚切斯拉夫·伊万诺夫》，见维·伊万诺夫，《诗歌和长诗》，

727

列宁格勒，1976，（诗人文库，小系列）16页。

23　维·伊万诺夫，《个人主义的危机（1905）》，见伊万诺夫文集，第1卷，837页。伊万诺夫将自己对尼采学说的态度描述为"肯定与否定"。参见伊万诺夫1903年12月4日致勃留索夫的信（见《文学遗产》，第85卷，442页）。

24　阿韦林采夫，上引著作，17页。

25　如参见罗·丹尼列夫斯基的《弗里德里希·尼采的俄国形象》一文中对问题的介绍和阐释，见《在19与20世纪之交》；伊迪斯·克洛斯，《尼采在俄国：道德意识的革命》，圣彼得堡，1999年。

26　德·马克西莫夫，《勃洛克的诗和散文》，列宁格勒，1981，83页及以下。

27　参见：迪·穆罕穆多娃，《"煤正在变成金钢石"（勃洛克与尼采）》，见迪·穆罕穆多娃，《勃洛克创作中自传式的神话》，莫斯科，1997。

28　关于它的一些动因参见叶·季亚科娃，《"斯基泰人"世界观中的基督教和革命》，见《文学语言部学报》，第50卷，1991，第5期。

29　亚·拉夫罗夫，《"阿尔戈船英雄们"的神话创作》，见《神话-民俗-文学》，列宁格勒，1978；亚·瓦·拉夫罗夫，《安德列·别雷在1900年代：生活和文学活动》，莫斯科，1995。

728

30　别雷，《〈在山隘〉第1期：生活的危机》，彼得堡，1918，24页。

31　引自尼采，二卷本文集，莫斯科，1990，第2卷，699页。

32　参见：拉夫罗夫，《金羊毛》，见《20世纪初的俄罗斯文学与新闻业：资产阶级自由主义和现代派出版物。1905—1907》，莫斯科，1984。

33　参见：德·马克西莫夫，《〈北方通报〉与象征主义者》，载弗·叶夫根耶夫-马克西莫夫、德·马克西莫夫，《俄国新闻史》，列宁格勒，1930，113页。

33a　别尔嘉耶夫，《克服颓废主义》，见别尔嘉耶夫，《创作、文化和艺术的哲学》，莫斯科，1994，第2卷，337、344页。

34　勃留索夫，《前言》，见让·许泽维尔，《俄国诗歌选集》，巴黎，1914年。

35　安年斯基，《何谓诗歌？》，见安年斯基，《影像集》，莫斯科，1979，206页。

36　如参见：多尔戈波洛夫，《别雷的小说〈彼得堡〉与陀思妥耶夫斯基的历史哲学思想》，见《陀思妥耶夫斯基：资料与研究》，列宁格勒，1976，第2卷；В.帕佩尔内，《安德列·别雷与果戈理：论文1～3》，见《塔尔图国立大学学报》，塔尔图，1982、1983、1986，第604、620、683期；尼·斯卡托夫，《别雷的"涅克拉索夫"之书》，见《安德列·别雷。创作诸问题：论文、回忆录、刊行文献》，莫斯科，1988；弗·克尔德什，《陀思妥耶夫斯基遗产与世纪之交时代的俄罗斯思想》，见《时代的联系：19世纪末—20世纪初俄罗斯文学的继承性问题》，莫斯科，1992；谢·阿韦林采夫，《维·伊万诺夫与俄国文学传统》，同上。

37　《弗·谢·索洛维约夫书信集》，圣彼得堡，1911，第3卷，89页。

38 埃利斯，《俄国象征主义者：巴尔蒙特、勃留索夫、别雷》，莫斯科，1910，254页。

39 维·伊万诺夫，《尼采与狄奥尼索斯（1904）》，见维·伊万诺夫文集，1904，第1卷，721页。

40 弗·索洛维约夫文集，第2版，圣彼得堡，1912，第6卷，243页。

41 弗·索洛维约夫，《纪念陀思妥耶夫斯基三篇演讲》，莫斯科，1884，34页。

42 别雷，《象征主义和俄罗斯艺术》，《绿色草场》，莫斯科，1910，33页。

43 《新道路》，1903，第9期，102，120页。

44 维·伊万诺夫，《论艺术之界限（1913）》，见伊万诺夫文集，第2卷，646页。

45 梅列日科夫斯基，《俄国革命的先知》，见《天平》，1906，第3~4期，30，33页。

46 《天平》，1905，第1期，25-26页。

47 参见：别尔嘉耶夫，《伊万诺夫星期三》，见《20世纪俄罗斯文学：1890—1910》，谢·阿·文格罗夫主编。第3卷，莫斯科，1916。

48 梅列日科夫斯基，《俄国革命的先知》，上引著作，34页。

49 维·伊万诺夫，《不接受世界的思想和神秘无政府主义》，见格·丘尔科夫，《论神秘无政府主义》，维·伊万诺夫为其撰写序言《论不接受世界》，圣彼得堡，1906，16页。

50 列夫·托尔斯泰，托尔斯泰全集，莫斯科，1936，第36卷，157页。

51 参见：维·伊万诺夫文集，第2卷，661页。

52 阿·费·洛谢夫，《象征问题和现实主义艺术》，莫斯科，1976，190页。

53 维·伊万诺夫，《作为抒情诗人的尤尔吉斯·巴尔特鲁沙伊蒂斯》，见《20世纪俄罗斯文学：1890—1910》，文格罗夫主编，第2卷，莫斯科，1915，307，301页。

54 纳·科热夫尼科娃，《20世纪初俄罗斯诗歌中的用词法》，莫斯科，1986，12页及以下。

55 维·伊万诺夫，《诗人与愚民（1904）》，见伊万诺夫文集，第1卷，713页。

56 维·日尔蒙斯基，《现代抒情诗的两个流派》，见日尔蒙斯基，《文学理论诸问题》，列宁格勒，1928，189页。

57 安年斯基，《影像集》，5页。

58 引自：马拉美全集，巴黎，1945，382、383页。

59 米·加斯帕罗夫，《俄罗斯诗律史纲：韵律、节奏、韵脚、诗节》，莫斯科，1984，256页。

60 参见：叶·伦德贝格，《一个不自由的灵魂之宗教和抒情诗（吉皮乌斯）》，见伦德贝格，《梅列日科夫斯基及其新基督教》，圣彼得堡，1914。

61 别雷，《吉皮乌斯：鲜红的剑》，见别雷，《杂文集》，莫斯科，1911，440页。别尔嘉耶夫1909年曾写道，吉皮乌斯的小说"比她的诗歌要弱好几倍"（别尔嘉耶夫，《创作、艺术和文化哲学》，第2卷，336页）。

729

62　霍达谢维奇，《书与人》。引自：吉皮乌斯《自由的经验》，尼·科罗廖娃撰写前言和注释，莫斯科，1996，21页。

63　明茨，《论俄国象征主义创作中的一些"新神话文本"》，见《论勃洛克文集》，第3卷，99页。

64　参见：埃里达诺·巴扎雷利，《关于梅列日科夫斯基长篇小说〈诸神的复活：列奥纳多·达·芬奇〉的札记》，见巴扎雷利，《梅列日科夫斯基：思想和语言》，莫斯科，1998，52页。

65　西拉德·利奥，《19世纪末-20世纪初象征主义长篇小说的诗学（勃留索夫，索洛古勃，别雷）》，见《19世纪俄国现实主义诗学问题》，列宁格勒，1984，267、268页。

66　米·加斯帕罗夫，《勃留索夫关于古希腊罗马历史和文化的未发表作品》，见《勃留索夫学术报告会，1971》，埃里温，1973，191页。

67　参见：鲍·普里舍夫，《勃留索夫与16世纪德意志文化》，见勃留索夫文集，七卷本，莫斯科，1974，第4卷，333页。

68　1905年10月28日勃留索夫致丘尔科夫的信，见丘尔科夫，《流浪的岁月》，莫斯科，1930，337页。

69　米·加斯帕罗夫，《勃留索夫与古希腊罗马》，见勃留索夫文集，莫斯科，1975，第5卷，544页。

70　明茨，上引著作，106页。

71　弗·克尔德什，《关于〈卑劣的小鬼〉》，见索洛古勃，《卑劣的小鬼》，莫斯科，1988，10-11页。

72　参见：斯·伊里约夫，《俄国象征主义长篇小说》，基辅，1991，37页。

73　维·伊万诺夫，《一个洞察秘密之人的短篇小说》，见《天平》，1904，第8期，48页。

74　约翰内斯·霍尔特胡森，《费奥多尔·索洛古勃》，见《俄罗斯文学史。20世纪："白银时代"》，乔治·尼瓦等主编，莫斯科，1995，298页。

75　路易·阿拉贡，《亨利·马蒂斯，一部长篇小说》，列·佐宁娜译，莫斯科，1977，第1部，82页。

730　　76　参见叶·斯塔里科娃，《现实主义和象征主义》，见《俄罗斯文学中现实主义的发展》，莫斯科，1974，第3卷，193页。

77　亨里克·巴兰，《费奥多尔·索洛古勃与文学批评：〈鬼魂的魔法〉之争》，见亨里克·巴兰，《20世纪初俄罗斯文学的诗学》，莫斯科，1993，242页。

78　索洛古勃，《甜过毒药》，见索洛古勃文集，二十卷本，圣彼得堡，1913，第15卷，1页。

79　参见：斯塔里科娃，上引著作，208页。

80 明茨，《象征主义危机时期（1907—1910）研究：导言评语》，见《论勃洛克文集》，塔尔图，1991，第10辑，9页。

81 别雷，《象征主义》，莫斯科，1910，143页。

82 吉皮乌斯，《失望和预感》，见《俄罗斯思想》，1910，第12期，181页。

83 瓦·皮斯库诺夫，《别雷长篇小说〈彼得堡〉的"第二空间"》，见《安德列·别雷：创作诸问题》，197页。

84 详见：因·科列茨卡娅，《别雷："根"和"翼"》，见《时代的联系》，239页。

85 1913年10月14日列·安德列耶夫致阿姆菲捷阿特罗夫的信，见《文学遗产》，第72卷，莫斯科，1965，540页。

86 1901年11月30日列·安德列耶夫致高尔基的信，同上，126页。

87 M.尼基京娜，《安德列·别雷的长篇小说〈彼得堡〉中的1905年》，见《1905-1907年革命与文学》，莫斯科，1978，191页。

88 维·日尔蒙斯基，《前言》，见奥斯卡·瓦尔策，《现代德国的印象主义和表现主义：1890—1920》，彼得格勒，1922，4-5页。

89 奥斯卡·瓦尔策、理查德·哈曼、威廉·豪森施泰因，以及列·科佩列夫、瓦·科年、利·济韦利钦卡娅、瓦·图罗娃等。

90 维·弗·伊万诺夫，《论安德列·别雷"美学实验"的影响》，见《安德列·别雷：创作诸问题》，342页。

90a 参见：别雷，《我为何成为象征主义者，又为何在我思想和艺术发展的所有阶段始终是象征主义者（1928）》，见别雷，《象征主义作为一种世界观》，莫斯科，1994。

91 勃留索夫，《不需要的真实》，见《艺术世界》，1902，第4期，68页。

92 维·伊万诺夫，《预感和预兆：新的有机时代与未来的戏剧（1906）》，见伊万诺夫文集，第2卷，93页。

93 梅列日科夫斯基，《写在〈希波吕托斯〉上演之前：戏剧导言》，见《新时代》，1902年10月15日。

94 引自：安年斯基，《诗与悲剧》，列宁格勒，1959（诗人文库，大系列），308页。

95 安年斯基，《古希腊悲剧（1902）》，见《欧里庇得斯的戏剧》，莫斯科，1906，第1卷，47页。

96 参见：伊·杜科尔，《象征主义戏剧》，见《文学遗产》，第27-28卷，123-139页；西拉德·利奥，《古希腊的莱诺蕾在20世纪》，见《斯拉夫学（布达佩斯）》，1982，第28卷。

97 尤·格拉西莫夫，《象征主义戏剧》，见《俄国戏剧史：19世纪下半叶—20世纪初（截止到1917年）》，列宁格勒，1987，597页。

98 维·伊万诺夫，《论因诺肯季·安年斯基的诗歌》，见伊万诺夫文集，第2卷，579页。

99 格拉西莫夫援引索洛古勃在《草台滑稽戏》中所看到的"对新戏剧的预言，也是 731

新戏剧的胜利"的表述指出，"在勃洛克之后，索洛古勃使浪漫主义的反讽成为一种结构原则"。见尤·格拉西莫夫，《象征主义戏剧》，582页。

100　勃留索夫，《两本书》，见《天平》，1908，第6期，49、53页。

101　日尔蒙斯基，《亚历山大·勃洛克的戏剧〈玫瑰花与十字架〉》，见日尔蒙斯基，《文学理论·诗学·修辞学》，列宁格勒，1977，245页。

102　塔格尔，《现代主义各流派和革命间十年的诗歌》，见《19世纪末20世纪初俄罗斯文学：1908-1917》，莫斯科，1972，272页。

103　参见：亚·拉夫罗夫，《劳作与时日》，见《20世纪初俄罗斯文学和新闻学：资产阶级自由主义和现代派出版物。1905-1917年》，209页。

104　比如，叶·埃特金德认为，早在1910年之前，"统治俄国15年之久的象征主义已经终结"。参见：叶·埃特金德，《象征主义的危机和阿克梅主义》，见《俄罗斯文学史。20世纪："白银时代"》，乔治·尼瓦等主编，463页。

105　奥·曼德尔施塔姆，《萧条》，见曼德尔施塔姆，两卷本文集，莫斯科，1990，第2卷，212。

第十六章
弗拉基米尔·索洛维约夫

◎迪·马·默罕默多娃　撰／黄玫　译

俄罗斯最著名的哲学家弗拉基米尔·谢尔盖耶维奇·索洛维约夫（1853—
1900）能被称得上是"文学遗产"的作品相对而言并不多，仅有一本薄薄的诗
集，几部滑稽剧，一篇短篇小说，几篇批评文章和美学问题的论文。他作为整
整一代人导师的声望乍看来似乎有些言过其实。勃洛克在其文章《僧侣骑士》
（1910）中，曾对那些并不懂行的读者可能产生的这种想法加以概括："如同十
年前一样，现在大家都承认这个杰出的天才，但很多人对他各方面的活动都存
在误解。例如，一个著名的哲学流派就对弗·索洛维约夫的神秘哲学体系提出
质疑，认为其中缺乏完整的认知理论。没有一个政论作家会无条件地接受索洛
维约夫，仅仅凭一个原因就够了：因为索洛维约夫倡导以'神圣的爱'为名义
进行的'神圣的战争'；我们当中有些人尽管也承认战争，但并不认为它是神
圣的宗教战争，而只是国家间以政治纠纷的名义进行的战争；另一些人虽然也
信奉爱，他们信奉的却不是神圣之爱，而是人道之爱，他们原则上反对一切战
争。说弗·索洛维约夫是批评家吧？他没有注意到尼采，对普希金和莱蒙托夫
的评价也失之片面。说弗·索洛维约夫是诗人吧？如果把他当作"纯艺术"诗
人来看待，他在这方面所占的地位也只能属于二流。"[1] 索洛维约夫的哲学思想
对于象征主义美学的影响不容置疑。但有一种影响更为真切：在整整一代诗人
作家的意识中，都存在着关于索洛维约夫的神话，这来自于对他的个性、哲学

美学观念结构、来自于对他诗歌的情节和主题的回忆。只有就这个神话和在"年轻一代"象征主义者师承他创作的大量作品的背景下对弗·索洛维约夫加以研究，才能理解他文学创作真正的价值。

弗拉基米尔·索洛维约夫

1

弗拉基米尔·索洛维约夫的传记作者和创作的研究者通常将其创作道路划分成三个阶段。叶·尼·特鲁别茨科伊是这样表述的：第一阶段——"准备阶段"（1873—1882）；第二阶段——"乌托邦阶段"，或者"神权政治"阶段（1882—1894）；第三阶段——"最终阶段"，或者"积极"阶段（1894—1900）。特鲁别茨科伊认为，"准备阶段"是对宗教世界观和哲学世界观的基本原则进行理论研究的时期；"乌托邦阶段"是尝试实践和积极完成"全部生活的基督教理想"时期，亦即为"全世界范围的神权政治"而奋斗的时期；"最终阶段"是神权政治乌托邦和对"全世界的此岸改造"的信仰覆灭时期，此时他坚信上帝之国只有在世界历史的末日才能降临。[2] 而谢·米·索洛维约夫对这些阶段的总结稍有不同："第一阶段是纯思辨阶段的和斯拉夫主义时期，与唯物主义和实证主义进行斗争；第二阶段是宗教政论时期，与民族主义斗争；第三阶段是综合时期，回归哲学，从事诗歌创作与批评，与尼采和托尔斯泰进行斗争。这一时期从《为善辩护》开始，以《三次谈话》和长诗《三次邂逅》告终……第一阶段于80年代初结束，第三阶段于90年代初初步形成。"[3]

733

弗·索洛维约夫诗歌创作的鼎盛时期、他最重要的美学论著和文学批评文章的发表，都属于他创作活动的最后一个阶段。然而，为理解其美学理论的真正涵义，对这位哲学家的个性及其理论世界观的形成，起码要有一个大致的回顾。如果我们认识到，对弗·索洛维约夫创作阶段的划分是假定性的，其全部创作是一个深刻的内在思想统一体，那么这种回顾就显得尤为重要。特鲁别茨科伊认为，"在他早期的作品中，就可以找到构成其创作第二阶段的全部，或者说几乎是全部思想体系的雏形。反之亦然，在他第二时期的作品中，经常会遇到一些对第一阶段典型思想的直接继承。索洛维约夫创作的中期和晚期也同样彼此交织在一起。因此，要理解某一时期的思想，常常需要到更早的作品中去寻找答案。反之，从另一方面来讲，在其晚期的作品中可以找到很多描述其早期创作的有价值的见解"[4]。

谢·米·索洛维约夫也阐述了同样的意思："弗·索洛维约夫在其并不算长的一生中，不止一次经历了世界观的危机。尽管如此，当我们一步一步追寻其思想发展的历程时，我们不难发现，到了19世纪90年代，他还在逐字逐句地重复70年代就已经确立的理论。有机综合、积极的一切统一的理想是索洛维约夫的基本思想。"[5] 尤·约·莱温在其《哲学文本中的恒定结构：弗·索洛维约夫》一文中，在对弗·索洛维约夫进行结构描述的层次上展现了其创作的内在统一性。文章指出，弗·索洛维约夫大部分哲学文本的基础，都是"某种统一的'形象'，'范式'，或者说是'图示'，可以姑且称之为'基本图示'或者'一切统一图示'，这就是索式哲学不变的内核，看来，它是由索洛维约夫生活和思想全部领域的同态（或者说，至少是近似态）的直觉所决定的。"[6]

弗拉基米尔·谢尔盖耶维奇·索洛维约夫生于1853年1月16日（俄历28日），是大家庭里的第四个孩子。他的父亲是著名的历史学家，多卷本《俄国史》的作者，莫斯科大学教授谢尔盖·米哈伊洛维奇·索洛维约夫。父亲这一方的先辈属宗教阶层，母亲波丽克谢娜·弗拉基米罗夫娜，据家族传说和乌克兰哲学家格里戈里·斯科沃罗达有血缘关系，她母亲这一方属波兰布热斯基家族。俄国文化史家们还有待全面思考索洛维约夫家族的意义。这个家族不只出了一个著名的历史学家和一个优秀的哲学家，而且还有流行小说作家弗谢沃洛德·索洛维约夫；语文学家兼翻译家米哈伊尔·索洛维约夫，此人对青年时期

734

的鲍里斯·布加耶夫（未来的诗人安德列·别雷）产生了重要影响；还有女诗
人、画家和革新派儿童杂志《小路》的出版者波丽克谢娜·索洛维约娃，她以
笔名"快板"（Allegro）写作；最后，还有小谢尔盖·米哈伊洛维奇·索洛维约
夫——诗人、翻译家、神学家、神甫和其伯父的传记作者。

　　弗拉基米尔从小便是一个脆弱、发展不平衡、秉性敏感的孩子。"古怪"这
个形容词伴随了他整整一生，还是在童年时代人们就开始这样形容他，后来他
自己回忆说：

> 那时我是个古怪的孩子，
> 我做过古怪的梦。[7]

　　弗拉基米尔·索洛维约夫在自传中回忆过他童年时期的宗教狂热："我不
只下决心去做僧侣，而且鉴于反基督可能很快降临，为了尽早习惯为信仰而殉
难，我开始以各种形式自虐。"[8] 九岁时，他第一次体验到神秘的幻觉，并在长
诗《三次邂逅》中以有意调侃的形式记录下来：小男孩第一次体验到对一个同
龄女孩的"不幸"爱情，在教堂做礼拜时，突然看见"光芒四射的女友"，并认
出这是没有说出名字的神智——索菲亚：

735
> 圣坛敞开……可神甫和助祭在哪儿？
> 怎么看不见祈祷的人群？
> 他激情澎湃，突然呆痴。
> 四周的蔚蓝充盈了我的心。
>
> 你全身蔚蓝，闪着金光，
> 手里拿着人间没有的花朵，
> 你站在那里，灿烂地微笑，
> 向我点点头，在烟雾中隐没。
>
> 我开始觉得童真的爱如此陌生，

我的心灵对尘世闭上了眼睛……

德国保姆一遍遍忧郁地唠叨：

"沃洛奇卡——唉！他真不聪明！"

中学时代却没有留下童年宗教信仰的痕迹：整个60年代的氛围是对自然科学、唯物主义和无神论实证式的膜拜，这种氛围也征服了索洛维约夫。回忆录作者瓦·利·韦利奇科写道，"他热衷于虚无主义和唯物主义，细致入微地研读了形形色色的学说，这些学说直接或间接地动摇了他对基督教的信仰。有一段时间他认为哲学家当中斯宾诺莎是世界第一，而皮萨列夫则是俄国大地上最伟大的作家"。[9] 他拒绝去教堂，把圣像从房间里扔出去，以渎神的狂妄行为使亲人惶恐不安。[10] 与索洛维约夫在同一所中学就读的哲学家列·米·洛帕京后来回忆道："他一生中有一段时期是彻底的唯物主义者，的确如此，在青年时期，大约从十五岁开始，当时他认为是终极真理的东西，正是他日后与之全力斗争的东西。在他之后，我还从未见过信仰更狂热的唯物主义者。这是60年代典型的虚无主义者。当时他觉得，在唯物主义的基本原理中揭示出一个新的真理，它应当取代并且淘汰掉此前所有的信仰，颠覆全部人类思想和概念，创造出幸福睿智的全新生活……他当时的社会理想带有强烈的社会主义，甚至是共产主义色彩。他认真研究了社会主义著名理论家的著作，坚信社会主义运动会使人类获得新生并且能彻底改变历史。"[11] 中学毕业时，索洛维约夫没有像先前打算的那样去读历史语文系，而是上了莫斯科大学的物理数学系。直到三年之后的1872年，他才作为一个自由旁听者回到历史语文系，而在1873年便通过博士资格考试。1873—1874年之交的冬天，他作为自由旁听者在莫斯科神学院上课，而1874年又在彼得堡通过了硕士论文答辩，论文的题目是《西方哲学的危机（反对实证主义者）》。

大学时期是索洛维约夫克服虚无主义的时期。他读费尔巴哈、康德、费希特、谢林、黑格尔、哈特曼、叔本华的著作，与莫斯科大学教授帕·丹·尤尔克维奇和神学院硕士亚·米·伊万佐夫-普拉托诺夫交往，这使他认识到唯物主义和实证论的片面性，他的论文就是他彻底摆脱唯物主义和实证论的影响、转向斯拉夫派的证明。他答辩时引起激烈的辩论，这一辩论又在刊物上继

736

续，使得索洛维约夫成为名人。他被选为莫斯科大学副教授，并应邀到格里耶高级女子讲习班上课。这段时间他还结识了很多作家、学者和政论作家，如康·尼·列昂季耶夫、米·尼·卡特科夫、康·德·卡韦林、伊·谢·阿克萨科夫、尤·费·萨马林等。

　　1875年初，索洛维约夫申请去英国出差，去大英博物馆研究印度、诺斯替和中世纪哲学的古代文献，同年6月，他已经着手在伦敦工作。而10月中旬，他突然向父母宣布，要去埃及几个月，似乎是为了继续工作。然而二十年后才弄清楚，他这次旅行的真正原因绝非为了科研。正如在长诗《三次邂逅》中可以看到的，在大英博物馆他再次在幻觉中看到索菲亚并且听到了她的声音，她说："到埃及去。"底比斯沙漠之行表面看来就像一出悲喜剧：在开罗郊区贝都因人以为他是魔鬼，差点打死他，而后又丢下他一个人。然而正是在这一夜，索洛维约夫经历了平生第三次重要的神秘事件：他最后一次见到索菲亚。长诗《三次邂逅》中这样写道：

> 啊，你光芒四射！我没有被骗：
> 我看到了整个的你，在荒漠……
> 无论生活的巨浪卷向何处，
> 我心里那束玫瑰花永不凋谢。
> ……
> 我还是红尘中被俘的奴隶，
> 但是透过粗鄙的物质外壳，
> 我毕竟看见了不朽的红袍，
> 感觉到了神的灵光闪烁。

737　　　能够将诗句看作是可信的文献吗？亚历山大·勃洛克对此坚信不移。在《僧侣骑士》一文中，他断言："如果我们认真研读索洛维约夫的长诗《三次邂逅》，抛开调侃的语调和由时代条件和周围环境所致的有意不拘小节的形式……我们所面对的便是不容置疑的证据……这首写于生命结束之际的长诗指明了生命的开始之处；今后我们着手研究索洛维约夫的创作时，不应上升到这一高度，而是反之，应以此为出发点；只有依据这一形象，这一在为死亡所结束的第二个派生的形象之后鲜明起来的形象，才可以理解弗·索洛维约夫学说和个性的本质。"[12] 康·瓦·莫丘利斯基倾向于支持勃洛克的看法："我们不得不承认，索洛维约夫从伦敦突然出行要么完全没有理由，要么他所描写的神秘事件完全可信。长诗有意强调现实性，充满大量生活细节，作者的陈述与我们所看到的传记材料完全相符，这使得'邂逅'的精神真实性不容置疑。"[13] 还有一点确凿无疑：这一由关于爱情之意义的神秘学说而复杂化的"邂逅"情节，正是索洛维约夫学说的信徒们所理解的他传记神话的基础，是他艺术创作中蕴涵的世界神话观的基础。

1876年返回俄罗斯之际，索洛维约夫注定经历又一次邂逅，这次相见使得他个人的生活得以多年充实。而他的个人生活是苦行僧式的，极少发生什么事件，如果不计中篇小说《迷惘青春的曙光》中反映出来的他青年时期一些短暂爱情的话。经人介绍，他与阿·康·托尔斯泰的遗孀索菲娅·安德列耶夫娜相识，并与她的家庭真诚亲近，经常去她在彼得堡的家中，并多次长时间在她的领地普斯特尼卡（彼得堡省）和克拉斯内罗格（布良斯克省）做客。当时，索·安·托尔斯泰娅的侄女索菲娅·彼得罗夫娜·希特罗沃与她同住，后者已与丈夫分手。索洛维约夫对希特罗沃怀有深刻的悲剧式爱情，这种感情由于不可能以婚姻告终而更趋复杂。起初是因为索菲亚·彼得罗夫娜的宗教婚姻尚未解除，后来她丈夫去世后，她又担心索洛维约夫不能被自己的孩子们接纳。

索洛维约夫与希特罗沃保持了多年的通信联系，但是这些信件显然没有保存下来。因此，对于他们于1887年分手的原因极难判断。索洛维约夫很多最优秀的情诗都是写给希特罗沃的，其中包括《我的朋友！以前，也像现在……》《痛苦爱情命定的结局！……》《可怜的朋友，路途使你不堪疲惫……》。[14]

1876年底发生的一件事中断了索洛维约夫在莫斯科大学的教学生涯：在讨论提交修改的削减教学机构自主权的学校章程时，柳比莫夫教授提出一个"特殊意见"，遭到莫斯科大学大多数教授的抵制。尽管索洛维约夫并不赞成柳比莫夫，但他却被这种压制不同思想者的风气激怒了，因此愤而递交了辞呈。

1877年3月，他被任命为国民教育部学术委员会成员并移居彼得堡。尽管公职加重了他的负担，他却依然从事大量的学术工作，继续研究关于索菲亚的文

738

769

献。一段时间之后，他重返教职，在圣彼得堡大学和别斯图热夫女子讲习班讲课。但彼得堡时期最为重要的事件是与陀思妥耶夫斯基的接近。

在回忆录和学术文献中，清晰地反映出陀思妥耶夫斯基的政论文章和长篇小说与索洛维约夫这一时期的文章之间在重要思想和主题上诸多的呼应。而且，大量事实证明了这两位作家在精神上的共性和相互间的影响。[15] 陀思妥耶夫斯基十分喜爱索洛维约夫在《三种力量》（1877）这篇讲话中提出的一些思想，索洛维约夫认为斯拉夫民族，尤其是俄罗斯的使命，应当是成为世界历史中两种敌对力量之间的"调和力量"。这两种力量之一是伊斯兰的东方，它竭力使整个人类服从于一个至高无上的原则，而代价则是限制丰富多彩的个体形式、人的独立自主和个人生活的自由。第二个力量是西方基督教文明，这种力量与前者相反，竭力要给个性因素以最大限度的自由，将普遍原则变成空洞、抽象、形式化的法则。这种力量作用的后果是普遍的自私自利、无政府状态和没有任何内在联系的大量孤立个体。索洛维约夫认为，俄罗斯的使命就在于"宣告鲜活的灵魂，通过将人类与永恒的神的因素联合起来而赋予分裂和僵化的人类以生命和完整性"。[16] 特鲁别茨科伊指出，陀思妥耶夫斯基的普希金演讲中这位俄罗斯天才关注世界的激情，可以在索洛维约夫《三种力量》中所表达的思想中直接找到印证。[17] 我们知道，1878年，索洛维约夫和陀思妥耶夫斯基一同前往奥普塔隐修院看望阿姆夫罗西长老，正是在这次旅行中，陀思妥耶夫斯基向索洛维约夫陈述了创作一系列长篇小说的构想，后来他只完成了其中的一部——《卡拉马佐夫兄弟》[18]，而且有证据认为，索洛维约夫是伊万·卡拉马佐夫的原型（也有另一种说法认为他是阿辽沙的原型）。1881—1883年，索洛维约夫发表了《纪念陀思妥耶夫斯基的三次讲话》，称作家为新宗教艺术的先驱。十年之后，这一思想为从梅列日科夫斯基直到维·伊万诺夫的象征主义美学所赞同和发扬。

1877年，索洛维约夫在《国民教育部杂志》上登出一篇未完成的文章《完整知识的哲学原理》。索洛维约夫创作的研究者们一致认为，"这是其哲学体系的第一部初稿；轮廓已经清晰呈现，重要阶段已经显现，主要部分，即哲学、历史学、逻辑学和形而上学的思想方法，也已经大致形成。这篇作品触及了对于索洛维约夫而言最本质的一些问题。在其后的著作中，索洛维约夫多次涉及这些问题，如：《神人类讲座》《抽象原理批判》《为善辩护》等"。[19]（为公正起见，应

739

当更明确地指出，这一作品之前尚有不久前才发表的论文《索菲亚》。[20]）现在我们讨论一下这篇作品，即使只能谈几个初始命题和"思想雏形"。

索洛维约夫最重要的公理是对人类历史意义的一种目的论式的理解：生活应当有放之四海而皆准的最终目标。目标问题是索洛维约夫全部哲学中第二个最重要概念的前提，这个概念就是发展。索洛维约夫认为，发展的概念只适用于**活的机体**。索洛维约夫的第二个最重要的公理是：整个人类及其历史和文化是一个活的机体，并且按照这一机体的规律发展。在世纪之交的文化中，这种将人类文化与活的机体、历史的发展与生理发展相等同的类比十分流行，仅指出以下几位人物便足以为证：孔德、柏格森、尼·丹尼列夫斯基、康·列昂季耶夫、斯宾格勒。这种类比还导致直接互相对立的两种文化模式。对于丹尼列夫斯基、列昂季耶夫、斯宾格勒而言，指的是十数种文化，其中每一种都有自己产生、发展和消亡的道路，并且封闭于自身，是其他文化无法渗透的单子。例如，可以比较一下，列昂季耶夫描写的三阶周期："① 原初的单纯；② 繁盛的复杂；③ 再次混合简化。"[21] 显然，索洛维约夫和列昂季耶夫的文化发展模式在最后一个阶段完全不同。在索洛维约夫那里，全人类文化是一个统一的机体，历史发展的生物观与黑格尔正在形成的普遍精神模式相合。

活的机体的任何发展都有三个共同的阶段："已知的原初状态，发展即萌发于此；另一种已知状态，是发展的目的；以及一系列作为过渡和中介的中间状态。"[22] 考察发展的视角在于有机的完整统一体与其组成要素和形成因素之间相互关系的变化情况。索洛维约夫划分出三种任何机体都需经过的状态："第一种状态是混合统一或外在的统一；在这种状态下，机体的各个部分之间以纯外在的方式互相关联。而在第三种完善的状态下，机体各部分之间根据自身使命的特点内在、自由地相联，并且由于自身内在的一致相互支持、补充；但这一状态的前提是，这些部分要首先被划分或者独立出来，因为他们不可能作为机体的独立成分进入这个内在自由统一体。这个划分和独立的过程就是发展的第二个主要阶段"。[23] 人类在多神教时期经历的是第一个"混合统一"或者说"外在统一"阶段，第二个"各成分独立"阶段始于基督教时期并持续至今。第三阶段为现实生活中诸多敌对的独立因素赋予生机，并使其和解，索洛维约夫将其与"最高神界"的启示联系在一起。如在《三种力量》中一样，索洛维约夫

740

称斯拉夫民族，特别是俄罗斯，为"人类与超人类现实"之间的中介。索洛维约夫以简短的言辞勾勒出革新后人类文化的乌托邦："现在我们得到了我们起初提出的关于人的存在目的问题的答案：它就在于形成以完整创作，或者自由通神术、完整知识，或者自由神智学和完整社会，或者自由神权政治的形式出现的完整的全人类性质的组织。"[24]

就年轻一代象征主义者后来对索洛维约夫学说的接受而言，重要的是注意到，正是在《完整知识的哲学基础》中，这位哲学家首次使用了对于象征主义世界观如此重要的通神术概念，并且实际上将其引入俄国美学。那么，在索洛维约夫的语境中，这个概念究竟何指？索洛维约夫划分出三种基本人性：意志、思想和感观。意志的客体是客观的幸福，思想的客体是客观的真理，而感观的客体是客观的美。美在创作中得以体现。在此也分出三个等级：物质创作、技术艺术（建筑艺术），所谓的"优雅艺术"（雕塑、绘画、音乐和诗）创作以及最后一个级别，面向超验世界的创作（神秘术）。

正是在这部著作中，索洛维约夫最重要的美学原理之一首次明确形成，即完全的美只有可能在超验领域内才能表现出来，尘世之美只是完全之美的反光和仿制品："优雅艺术因自己的对象而具有特别的美，但艺术形象之美并非那种完全完整的美。这些形式极为完美的形象所具有的，只是偶然且不确定的内容，简而言之，其情节是偶然的。而在真正的绝对之美中，内容应该同形式一样，是确定的、必不可少的和永恒的。但在我们的世界中没有这样的美，因为在这个世界上一切美好的事物和现象本质上都是美自身的偶然反映，而非美的有机组成部分……显然，真正完整的美只有可能在一个本身就是理想的世界中找到，这就是超自然的和超人类的世界。"[25]

索洛维约夫称神秘论、优雅艺术和技术艺术的结合体为通神术，这个结合体服从于一个共同的目的，即"通过内部的创作活动与更高级的世界交流"。[26] 他在博士论文《抽象原理批判》（于1880年4月在彼得堡大学通过答辩）中，对这一概念加以明确化。索洛维约夫称普遍创作和伟大艺术的任务是"在一切经验的和自然的现实中实现神性，以及在自然最现实的存在中由人来实现的神力"，他称这种创作为"自由通神术"。[27] 进而，索洛维约夫认为，作为自由通神术的艺术，其任务"在于对现存现实的再创造，在于完全彻底地将神、人和自然之间和谐的内在关系，摆放到这三种因素本来所具有的外在关系的位置上"。[28]
正是这种对现实进行再创造的强调为年轻一代象征主义者所发扬光大，通神术
的概念对于他们而言，远比对索洛维约夫本人重要得多，后者只是在他的著作
中为这个概念下个定义而已。[29]

1878年1月至2月，索洛维约夫以《神人类讲座》为总标题进行了十二次公开演
讲。讲座获得巨大成功，引起强烈的社会反响。据悉，陀思妥耶夫斯基听了这
些讲座，列夫·托尔斯泰也听了其中一讲。[30] 索洛维约夫对《完整知识的哲学
基础》一文中的一系列思想进行了发挥，指责现代人对文化和宗教分割，清晰地
表达出人类存在的不容置疑的意义："宗教的旧传统形式起源于对上帝的信仰，但
并没有将这一信仰贯彻到底。现代的非宗教文明起源于对人的信仰，但它也没有
持续性，没有自始至终贯彻自己的信仰；只有在统一完整和完全的神人类真理
中，这两种信仰，即对上帝和对人的信仰，才始终坚持并贯彻到底。"[31]

在第三至第六讲中，索洛维约夫接连对人类历史（神人化进程）中的宗教
真理进行了挖掘，这已经与他的神智学、宇宙学和人类学的主要观点，即索菲
亚学说，十分接近。

按照索洛维约夫的思想，绝对本原（上帝，唯一者）在自身中蕴含着一
切，但若要对自身进行定义，还需要一个他者，一个理念中的现实。在他者中
思考自己，唯一者便成为一切统一者。索洛维约夫将绝对世界和可见的世界相
对立，他断言，这两个世界是由同样一些成份组成的，可见的世界中的每一个
成分在永恒理念的世界中都有对应物。二者的区别仅在于这些成份的互相关系
不同。在被造物的世界中，占统治地位的是自私自利的独立和分离，而在绝对
者的世界中它们则丧失了力量。这样一来，自然的世界只是实质上为绝对者的
世界所含有的同样一些成分的"不应有的互相作用"和"重置"。

为什么会出现丰富多样的被造物的世界，索洛维约夫的解释是，绝对本
原不仅从各个理念实体创造了每一个个别的实体，而且确立了其独立的自由存
在。在这个过程中，每一个存在者都在失去与上帝之间的直接统一，但通过在
自身中作用的上帝的意志独立出来，他逐渐变成"活的灵魂"[32]，即出现了能够
以自身影响神性本原的人类。

不只每一个独立出来的成分，而且全人类整体都在永恒理念的领域有自己

742

的对应物。索洛维约夫认为，"自身包含有一切特殊的存在者和灵魂，并将其联系在一起"的理想人类，正是世界灵魂，或者说是索菲亚。"参与上帝的统一，并且同时囊括一切众多活的灵魂，一切统一的人类，或者说世界灵魂，是一个双重的存在者；她集神性本原与被造物的存在于一身，却绝非是由这方或那方决定的，所以，她始终是自由的"。[33]

关于世界灵魂拥有自由意志、可以自由选择的思想，对于进一步发展索菲亚主题极为重要。世界灵魂拥有一切，但"不是从自身出发，而是从神性本原出发，神性本原远远早于她，是她的前提和先决条件"。[34] 继而，索洛维约夫提出了一个设想，认为索菲亚"虽然也是拥有一切，却可能希望以另外的方式来拥有它们，即可能希望像上帝一样从**自身**出发而拥有"，因此，世界灵魂可以将"自己生命的相对中心与神性生命的绝对中心区分开来，可以在上帝之外确定自身"。这样，索菲亚就"从神性存在的一切统一的中心降到创造物的杂多圆周上"。与此同时，索菲亚失去自己的自由和凌驾于被造物世界之上的权力，而世界分裂为一些不能通过任何方式联合起来的单独成分，它们"必定成为零散的自私的存在，其根是恶，其果实是苦难"。[35] 现在，存在所有成分的理念统一体便只保存在"隐秘的意向和渴望中。世界发展和前进的意义和目的，就是这一渴望的逐步实现和理念一切统一的逐步实现"。[36] 但如果是这样的话，那么索洛维约夫提出的下面这个问题就是完全合理的："为什么神性本原与世界灵魂的这一结合……不是在上帝创造的一个行为中一次性进行的？世界生命中为什么要有这些劳作和努力，又是为了什么大自然必须经受生产的痛苦，为什么在生产出符合理念的完美形式之前，在生产出完美、永恒的机体之前，它要产出那么多丑陋不堪、经受不住生活的斗争而最终消失无形的东西？"答案只有一个词：**自由**。"由世界灵魂统一起来的世界，借由前者的自由行为脱离了上帝，自身又分裂成很多彼此敌对的部分；这些重生的杂多应当以一长串的自由行为来与自己，也同上帝和解，并且以绝对机体的形式重生"。[37]

在自然之人的身上一直重复着同样的与绝对本原分离又再结合的过程："恶的本原，也就是使一切存在之物陷入原初的混沌之中的排他性自我肯定……现在作为个体之人有意识的自由行为以一种新形式重新显现，并且这个新的出现过程的目的是从内部、从道德上战胜这一恶的本原。"[38]

743

众所周知，《神人类讲座》中提出并且后来又在《俄罗斯与普世教会》（1889）一书中细加阐释的索菲亚学说，与普通基督教关于神智的概念不相一致。特鲁别茨科伊在索洛维约夫的哲学公式中看到的是"最深刻的宗教真理与泛神论的诺斯替学说谬误的结合"。[39]《神人类讲座》的全部哲学内容，特别是索菲亚学说，是按照神秘剧的情节规则建构的：从对世界原初的完整性的破坏，历经苦难、混沌和死亡，再到获得关于世界秘密本质的最高知识，与神的重新结合和恢复和谐。[40]基督教事实上丝毫未怀疑神智索菲亚与绝对本原有任何的偏离。而任何一种形式的诺替斯神话，无论是术士西门、华伦提努、巴西利德斯、俄斐特派或者任何一种其它诺替斯教派，本身都包含着上述情节主题，即索菲亚与世界原初和谐统一的本质之间的分离，她在恶的世界中的逗留，她将通过与最高存在者或者救世英雄进行新的结合而从尘世的俘虏中得救。作为布罗克豪斯-叶夫隆词典中诺替斯教和诺替斯学说词条的作者，又曾在大英博物馆中研究相关一手文献，索洛维约夫熟识诺替斯传统是毋庸置疑的。[41]我们现在不准备在理论哲学或者神学方面对索洛维约夫的索菲亚学说进行评价，我们想指出的是，正是这一学说的神话学方面对于年轻一代的象征主义者具有最为重要的意义。

744

2

通过博士论文答辩后，索洛维约夫有一段时间继续在彼得堡大学和别斯图热夫讲习班授课。然而，他的大学教师生涯在亚历山大二世被刺杀之后彻底中断。当时索洛维约夫以《当代教育批判和世界发展危机》为题讲了两次公开课，在谴责行刺沙皇的凶手的同时，呼吁年轻的沙皇赦免罪犯并且在俄国取消死刑。这两次课在社会上引起巨大反响，以致于索洛维约夫不得不向彼得堡市长巴拉诺夫作出书面解释，之后又致函亚历山大三世。根据沙皇的批示，对索洛维约夫加以申斥并在一段时间内不准他上公开课。1881年11月，索洛维约夫递交了辞呈，专心从事宗教和社会方面的政论写作活动。

19世纪80年代，为恢复基督教会统一而斗争成了索洛维约夫生活中最主要的事情。他开始在伊·谢·阿克萨科夫领导的斯拉夫派报纸《罗斯》上发表自己的政论演讲。索洛维约夫认真研读了俄国东正教会史，特别注重"地方传统"和普世教会理想之间的矛盾冲突，正是这种冲突导致了俄国教会分裂（如《论俄国宗教权力》和《论俄国人民和社会中的教会分裂》两篇文章）。以《大辩论与基督教政治》（1883）为总标题的系列文章引起长时间的争论，并且导致索洛维约夫与斯拉夫派分道扬镳。这一系列文章成为一个转折点。如今索洛维约夫关注的焦点已不再是东正教会内部的分裂，而是整个基督教会内部，东西方教会之间的分裂。他在承认基督教会对人类现代生活影响力较弱的同时，认为其原因在于各教会的分裂和教会与国家政治生活的分离。索洛维约夫认为，天主教与东正教以及新教在统一的普世教会怀抱中的联合是基督教会所面临的迫切任务，而这个统一的普世教会应该能够通过一个基督教政权的国家来革新人类的尘世生活。索洛维约夫称这种教会与国家权力之间他所期待的联合为"自由的神权政治"。

745

在1883—1891年这九年里索洛维约夫与斯拉夫派之间一直就民族问题进行辩论，他将民族性的正面力量与民族主义的反面力量对立起来。随后的十五篇文章以《俄国的民族问题》（1891）为总标题分两册出版。各基督教会之间联合的思想又补充进了关于基督教与犹太教之间和解的内容（《犹太教与基督教问题》，1884）。[42]

索洛维约夫努力将自己的政论活动与实现自由神权政治理想的实际行动结合起来。1884年，索洛维约夫与克罗地亚咏祷司铎弗拉尼奥·拉奇基相识，后来又结识了克罗地亚主教施特罗斯迈尔，并于1886年来到克罗地亚。在这里，他积极与天主教的宗教活动家交往，与他们讨论教会联合的可能性和具体条件。应施特罗斯迈尔之请，索洛维约夫编写了有关东正教会回归普世教会条件的陈述书，在陈述书中坚持保持东正教的仪式、行政上的自治和东正教沙皇的特殊作用。陈述书共印十份，并呈送罗马教宗利奥十三世和枢机主教拉姆波拉以及教宗派驻维也纳的使者塞拉菲诺·万努泰利。在施特罗斯迈尔的极力促成下，索洛维约夫在萨格勒布出版了自己最近十年最主要的著作《神权政治的历史和未来》，这本书是他于1884—1886年间写成的。本来预计写成三卷本历史、神学和哲学巨著，但只完成了关于圣经史哲学的第一部分。

1888年，索洛维约夫应法国作家莱鲁瓦-博利厄之邀第三次出国。这位法国作家想了解索洛维约夫的宗教哲学体系。这次出国的结果是在巴黎用法文出版了

《俄罗斯和普世教会》一书，书中阐述了《神权政治的历史》全部三卷的构思。这部著作的第三卷最终也没有完成。作为此书的序言，索洛维约夫写了一篇题为《俄罗斯思想》的小册子，当时已经出版了单行本，并且此前两次在有天主教神父们、院士和记者们在场的塞恩-维特根施泰因公主的沙龙上朗读过。

746

尽管萨格勒布和巴黎都对索洛维约夫给予了善意的接待，索洛维约夫却始终觉得西方听众对于对他本人如此重要的教会联合问题，以及他的神学思想实质本身，尤其是他的索菲亚学说持淡漠态度。他那些天主教的辩友们认为索菲亚学说是"自由思想、空想和神秘论"。教宗利奥十三世就《俄罗斯思想》一书所谈的看法由施特罗斯迈尔转达给索洛维约夫，并且成了对他的终审判决："思想非常好！但如果没有奇迹出现的话，这是不可能实现的。"[43] 而俄国教会出版物公开谴责索洛维约夫敌视东正教，几乎要改宗天主教。康·彼·波别多诺斯采夫声言，索洛维约夫的全部活动都有损于俄国和东正教。索洛维约夫希望通过天主教出版物发表致沙皇的公开信或者能够觐见沙皇，试图说服他"向被驱逐的大祭司伸出援助之手"。（1870年意大利王国军队攻陷罗马，灭教宗国。此后直到1929年《拉特兰条约》签订，各位教宗都拒绝走出梵蒂冈城以表抗议，并自称"梵蒂冈之囚"。是故此处有"被驱逐的大祭司"之说——译者注）但他的这一愿望未能实现。对索洛维约夫神权政治信仰的最后一击来自1891年，当时他参加组织帮助饥民的社会活动，遭遇到来自政府的直接禁止和俄国社会可怕的冷漠。

自由神权政治思想的彻底覆灭是这十年的最终结果。"大祭司（教宗利奥十三世）称之不可能实现，沙皇对此一无所知，社会又对这位预言家大加讥笑。索洛维约夫对神权政治的失望导致他对俄国救世思想的失望：政府软弱，社会无根，人民无助，这就是他所面临的现实。尘世的基督王国正在离他而去，这个国度正在陷入黑暗，在黑暗的背景下，未来反基督的形象越来越清晰、越来越可怕地显现出来"。[44]

3

1892年，索洛维约夫经历了最后一次浪漫史。他在莫斯科与马丁诺夫一家相识，并且痛苦而热烈地爱上了已婚的索菲娅·米哈伊洛夫娜·马丁诺娃。后者对索洛维约夫的爱情很冷淡，且抱着嘲笑的态度卖弄风情。这次浪漫史维持的时间不久，很快就彻底结束了。但所经历的这一切却大大激发了索洛维约夫诗歌创作的灵感。他创作了所谓的"马丁诺娃"组诗（《就让早秋嘲笑我……》《三日不见你，我可爱的天使……》《我曾经伟岸。尘世之众……》《我不怕死亡，现在我不必活着……》《我看到，你的心太小，容不下我……》《我们的相逢并非偶然……》等）。有理由假设，索洛维约夫这些年间在五篇总题为《爱的意义》（1892—1894）的论文中创立的爱神厄洛斯理论，正是源自于对刚刚经历过的这段心灵体验的思考。[45]

索洛维约夫认为爱的意义在于"通过放弃利己主义证明和拯救个体"[46]，在于战胜人的存在中个体的封闭性："真正的个体应当是全体的某个特定的形象，是所有他者接受和掌握自己的某种特定的方法。

人在所有他者之外肯定自己，就会因此失去自己本身存在的意义，剥夺了自己生活的真正内容，使自己的个体变成空洞的形式。因此，利己主义绝不是个体的自我意识和自我肯定，恰恰相反，是自我否定和毁灭"。[47]这位哲学家认为，对于一个人而言，只有一条自然的途径能够将自己存在的中心从自己身上转到他者身上，这就是爱。

正是爱让人在他者身上肯定自己，承认他者"绝对的意义"："通过在爱中不是抽象的，而是本质地认识到他者的真实性，以及实际上将自己生活的中心转移到自己特殊的经验之外，我们就能展现并且实现自己的真理，自己绝对的意义，而这意义正在于能够超越自身实际的现象存在，能够不只在自身，也在他者中生活。"[48]

索洛维约夫在看到个体通向克服与神的一切统一疏离的真正途径的同时，坚持认为爱的真正意义正是在男女两性的相互关系中呈现出来。父母对孩子的爱、孩子对父母的爱、个人对上帝或者祖国的爱要么缺少相互性，要么缺少平等性。索洛维约夫这样形容施爱者与被爱者的相互关系："就像上帝创造宇宙，基督创立教会。"[49]索洛维约夫认为，施爱者正在恢复每个人身上都存在、但在自己的经验存在中不为寻常目光所知的"真正的存在者"，理想的形象（或者用他的术语来说是"神的形象"）。"对上帝来说，他的他者（即宇宙）自古以来就拥有一个完美的女性形象，但他希望这个形象不只是对他而言的，而是希望这一形象实现并且在每一个能够与他结合的个体存在者身上体现出来。这个永恒的女性自身也渴望这种实现和体现，她并非只是上帝头脑中毫无作为的形象，而是一个活跃的精神存在者，具有全部力量和行为能力。她以各种截然不同的形式和程度实现和体现的过程，就是整个世界和历史发展的过程。"[50]

索洛维约夫特别强调具有将被爱的客体理想化的意义的思想。爱的尘世体现只是对绝对者无法实现的追求。但是理想化并非幻觉。施爱者可以看到通常意识所看不到的东西，即一个唯一之人无限的价值和其不可替代性，其将"全部集为一体"的潜在可能性，以及个体存在中神性的一切统一。爱是"发现理想存在者之处"，这种理想之处每个人身上都有，但在日常生活中为物质现象所掩盖。

索洛维约夫并没有避而不谈爱的理想目标永远无法实现这一点。爱的不断重复的覆灭有两点原因。其一，爱的神秘意义在日常生活中被感官本原和各种日常关系所淹没；其二，个体的努力还不足以战胜尘世之恶，只有与所有人在一起才能得到拯救，与一切统一者的重新结合是整个宇宙发展历程的任务，个人的目的与整个世界的目的不可分割。

索洛维约夫《爱的意义》一书中所包含的思想在其后来的作品《柏拉图的生活戏剧》（1898）中得到继承和发展。在这部作品中，柏拉图的厄洛斯被阐释为理念世界和尘世之间的中介，就像《神人类讲座》中起到这一作用的神智索菲亚。体内有厄洛斯的人也是两个世界之间的中介。"地狱、尘世和天堂都怀着特殊的关切注视着厄洛斯进入人身体的这一决定性的时刻。充足的精神力量和身体力量那时在人身上呈现出来，而上述每一方都希望为了自己的事业而获得那股充足的力量。毫无疑问，这就是我们生活中最重要的中心时刻。它通常非常短暂，也可能分散、重复和延续几年或数十年，但最终谁都不可避免会遇到这个命定的问题：厄洛斯赐予我们的那对有力的翅膀，我们要拿来奉献给什么？拿来换取什么？这是一个有关生活道路主要**性质**的问题，是有关人接受或放弃谁的形象，模仿或不模仿谁的问题。"[51]

索洛维约夫将人类获取厄洛斯的途径主要划分为五种。他称其中两种，即"地狱的"和"动物的途径"为可恶的途径。另外两种，即通过人的婚姻和禁欲的途径为幸福的途径。然而，这后两种途径也并非尽善尽美，还不能认为是获得爱的最好办法。第五种真正创造性和革新性的途径是恢复完整之人，是男性本原和女性本原精神和肉体正面的再结合。索洛维约夫认为，这一过程没有

749

正在生成中的人类和永恒存在的神的相互作用是不可能实现的，因此将其称之为**神人类的**途径。

在《爱的意义》和《柏拉图的生活戏剧》中都可找到那种神秘主义内容，这也正是《神人类讲座》的基础：个体本原从神性的一切统一体中的脱离，作为世界现行状态的普遍异化和利己主义的独立，作为物质和精神世界重新结合的爱的途径，将柏拉图的厄洛斯与索菲亚同一。索洛维约夫的爱情理论对其后的象征主义美学产生了前所未有的巨大影响。通过神秘的爱情义务来革新尘世生活之路，这正是勃洛克的《美妇人诗草》、安德列·别雷的《蔚蓝中的黄金》、谢尔盖·索洛维约夫和维·伊万诺夫的抒情诗的神话诗学基础。不仅如此，这还是各种形式作者自传神话的基础，不只决定了文学作品的情节和主题结构，而且决定了作为象征主义诗人生活行为的特点。

4

19世纪90年代是索洛维约夫创作中独特的回归时期。他对社会活动和教会活动失望后，重新转向理论哲学领域。索洛维约夫道德哲学方面最主要的著作《为善辩护》写作于1894—1897年，是对建议其再版1877—1880年间的著作《抽象原理批判》的答复。1897—1899年，他开始写作《理论哲学》（只完成了三章）。同时他还恢复了对哲学史的研究，与其弟弟米哈伊尔一同翻译柏拉图的对话录（索洛维约夫生前只在1899年出版了第一卷《柏拉图的创作》）。

索洛维约夫对自己的历史哲学思想也开始重新思考。在1877年的演讲《三种力量》中，索洛维约夫称君主专制的伊斯兰教东方与个人主义的基督教西方之间的对立为世界历史的决定性二律背反，将斯拉夫民族，首先是俄罗斯看作综合与和解的潜在历史力量。在其著作《中国与欧洲》和《日本》（1890）中，东方与西方的对立依然存在，但索洛维约夫已经认为东方的主要力量不是伊斯兰教，而是新佛教（"泛蒙古主义"）。欧洲和中国的冲突在索洛维约夫看来是普世基督教取得最终胜利前无法避免的历史灾变。

生活状况在一定程度上也激发了索洛维约夫哲学创作的热情。1889年，根

750

据尼·雅·格罗特的倡议，莫斯科出现了一本新杂志《哲学和心理学问题》，聘请索洛维约夫在宗教哲学部工作。随杂志还出版了一系列经典哲学著作的译本，其中第一本面世的，就是索洛维约夫翻译的康德的《导论》（也是一种独特的"回归"：索洛维约夫对自己青年时代的译文进行了重新修改和加工）。自1891年起，他主持布罗克豪斯和叶夫隆主编的百科词典哲学部分的工作。他这一时期的文学批评活动也与自由主义倾向的一些杂志连在一起，如《欧洲通报》《北方通报》《星期杂志》等。

19世纪90年代，索洛维约夫经常外出旅行，长期住在芬兰。从他游历的地方也可以看到，他是在回归曾与他生活中最重要的精神事件相关的地方。例如，1898年，他再次来到埃及，然后在写作长诗《三次邂逅》的普斯特尼卡度过整个夏天，追忆二十二年前的往事。对青年时代的经历和思想的回归并非偶然，在索洛维约夫去世前几年，他已经感觉到自己的生命即将终结。根据一些回忆的片段可知，他当时经历着可怕的精神震动，改变了他本人对世界之恶问题的态度。据很多传记作家证实[52]，索洛维约夫多次在幻觉中遇到魔鬼，并为此深感痛苦。正如见到索菲亚的情况一样，索洛维约夫也留下两个记述与魔鬼邂逅的文本：一个是幽默的，在副标题为《劝勉海中小鬼们》的《永恒的女性》（《Das Ewig-Weibliche》）一诗中；另一个是严肃的，在其辞世前的著作《三次谈话》的收尾之作《反基督纪事》。正是在此可以看到，索洛维约夫坚信，即将来临的不仅是他个人生命的终结，而且也是人类历史的终结，是启示录般的普世大劫。对末日和灾难的预感充满索洛维约夫这一时期所有重要作品。

19世纪90年代的"回归"中，有一件事特别突出，它发生在索洛维约夫辞世前几个月，颇有些滑稽色彩。1900年3月7日，他收到了一封来自《下哥罗德小报》低级职员安娜·尼古拉耶夫娜·施密特的信，来信试图让索洛维约夫相信，她就是索菲亚的尘世之身，是她手稿《第三约言》中陈述的新"启示录"的承载者。施密特研读了索洛维约夫的著作后，在其中"发现了"自己的男性另一半（alter ego），"天堂爱人"的尘世之身，或者，正如她"以质朴的直率毫无遮掩地明确断言的那样……他是基督的化身之一"。[53] 索洛维约夫的回复十分小心，不想伤害这位女记者，而且在她一再请求下，同意与她本人见面，

751

并且于1900年4月30日与她在弗拉基米尔见面。根据保存下来的索洛维约夫的信件可知，索洛维约夫试图劝说施密特以批评的态度对待自己的神秘体验。然而他生活中出现这样一个"崇拜者"这一事实本身似乎非常重要。年轻的安德列·别雷在见到这位更像是索洛古勃笔下灰色小鬼的"长着两条腿的索菲亚"之后，都感觉到这一情景是个悲剧式的反讽。[54] 几乎所有索洛维约夫著作的阐释者都一致认为，对索洛维约夫的索菲亚学说和他所体验到的神秘幻觉而言，施密特是一个严肃的考验。正如莫丘利斯基所写道的，"除了索洛维约夫，任何一个神秘主义者与永恒的女性都不曾有过这种如此具体的**个人关系**。'女友'为他指定约会地点，给他写信，对'不忠实的男友'发火，一次次地离开他又回到他身边。他不仅尊敬她，而且爱她，也相信来自她的爱。在他的天性中，虔敬与情爱紧密交织在一起，尘世的爱情总是天堂之爱的序曲。他的神秘体验在自身中隐含着破裂和歪曲的危险。去世之前，等待他的是最后一次，同时也是最可怕的诱惑：他期待着世界灵魂的启示，期待着天上的阿芙洛狄忒，而面前却是她拙劣的替代品——安娜·施密特"。[55] 一位研究者的假设十分可信，他认为，索洛维约夫同时于1900年4月为他的诗集第三次再版而写的序言，就是对精神挑衅独特的回答和临终前在对永恒女性崇拜问题上模棱两可的解脱。"全身披着阳光的女子，已经在经历生产的痛苦，她应当表现出真理，生产出语言，而古老的诱惑之蛇正在集聚着自己用以反对她的最后一点力量，想把她淹死在华丽谎言和逼真欺骗的毒流中。这些都是命定的，结局也是命定的：永恒之美最终将富有成效，当欺骗的云翳像诞出人间的阿芙洛狄忒的海中泡沫一样散去之时，永恒之美会拯救世界。我的诗用以侍奉**这永恒之美**的不仅是语言，而这也是我的诗集中，我能够也应该承认的唯一一个不可分割的优点"。[56]

5

752　　索洛维约夫早在写作《抽象原理批判》时期就开始设想，要以通神术的"总基础和规则"作为本书第三部分并以此收尾。索洛维约夫认为，这一部分的任务在于"对现存的现实进行再塑造，在神的、人的和自然的因素之间建立一种无论全体还是部分、全部还是每一个成份之间内在的、有机的关系，以取代现在它们之间外在的关系"。[57]

19世纪80年代，索洛维约夫没有实现这一设想，因为他只是在80—90年代之交才重新开始从事美学方面的研究，正如他这一时期回归理论哲学一样。1895年，他曾对法伊维尔·格茨说："我没有再版《抽象原理批判》，而是在出版三本更为成熟和审慎的书。第一本是《道德哲学》，之后是《认知学说和形而上学》，最后则是《美学》……《美学》已经差不多准备好付印了。"[58] 此前在1893年10月27日致米·马·斯塔休列维奇的信中有关于此书几乎同样的表述："我准备好出版《美学基础》一书。其中的一章……我认为完全可以变成一篇独立的文章。"[59] 他所讲的是几个月后在《欧洲通报》1894年第1期上发表的《通向正面美学的第一步》这篇文章。然而，这位哲学家辞世后，在他的档案材料中没有发现任何关于美学的书稿。据莫丘利斯基推测，索洛维约夫根本就没有写完《美学》，只是想"对他此前所写的一些美学问题方面的文章进行再加工并且形成体系"。[60] 此时，索洛维约夫已经发表了一些阐释自己美学观点的重要文章，如《自然中的美》（1889）、《艺术的普遍意义》（1890）、《通向正面美学的第一步》（1894）。还有一些批评文章通过对某一位作家创作的分析和评价具体反映出索洛维约夫总的美学原则。如上面已经提到过的《纪念陀思妥耶夫斯基的三次演讲》（1881—1883）、《论抒情诗》（1890）、《诗歌中的佛教倾向》（1894）、《阿·康·托尔斯泰伯爵的诗》（1894）、《俄国象征主义者》（1894—1895）、《论丘特切夫的诗》（1895）等等。

特鲁别茨科伊的观察所得印证了莫丘利斯基的推测："我们在美学中看到索洛维约夫哲学中最稳固、变化最少的成分。这里可以指出的变化都仅是涉及不太重要的细节，而不是总的原则。"[61]

索洛维约夫美学思想的形成至少受到两种极其异质的因素影响。其一可溯源至这位哲学家在《抽象原理批判》《完整知识的哲学基础》《神人类讲座》和《爱的意义》中所陈述的总的理论思想，这些思想与柏拉图、新柏拉图主义者、黑格尔、谢林的美学有传承关系。其二源自对索洛维约夫而言至关重要的1860—1870年代的美学和社会思想及其特征，即实用主义美学支持者与"纯艺术"派信徒、"激进派"和社会基础"捍卫者"之间的对抗。

753

　　从纲领性文章《自然中的美》的开篇便可毫无疑问地看到，索洛维约夫学说的出发点是当时俄罗斯关于"美"与"利益"的激烈争论。索洛维约夫将陀思妥耶夫斯基的名言"美拯救世界"作为这篇文章的开场白，乍一看出人意料地宣称，那些认为"纯艺术或者为艺术的艺术"是"无聊消遣"并对之大加驳斥的"实用主义者们"非常正确。这位哲学家认为，正是这些"纯美"的压制者无意间承认了这种美的世界性意义，以及它"深刻强烈影响现实世界"的能力。[62] 索洛维约夫认为，实用主义者们反对纯艺术"不是因为它高高在上，而是因为它不够现实，即它无力拯救我们的全部现实生活，使其革新，使其美好无瑕"。[63]

　　在标题非常引人注目的一篇文章《通向正面美学的第一步》中，索洛维约夫在谈到车尔尼雪夫斯基的论文《艺术与现实的审美关系》时也表达了同样的思想。索洛维约夫认为，车尔尼雪夫斯基的功绩在于，他承认"艺术活动自身并不具有什么特别崇高的对象，而只是按自己的方式，用自己的手段服务于人类共同的生活目标"。[64]

　　我们甚至可以在乍看与现代生活相去甚远的《柏拉图的生活戏剧》一文中感受到当时十分迫切的潜台词。苏格拉底介乎其中的希腊哲学两大敌对阵营"捍卫者"和"智术师"经过索洛维约夫的描写后，读者可以轻而易举地从他们身上看出当时"虚无派"和"保守派"的身影，他们之间的争论在索洛维约夫写作这篇文章时还没有被遗忘。

　　"苏格拉底似乎是这样对保护者说的：'你们完全正确并且非常值得赞赏，因为你们想保护公民公共生活的基础，这是最重要的事业。你们是保护者，这非常好，但问题就在于你们是**不好的**保护者；你们不知道也不懂得保护什么和如何去保护。你们像盲人一样，摸到什么做什么。你们的盲目性源于你们的妄自尊大，但这种自负尽管不正确，而且对你们和其他人都非常有害，却可以被原谅，因为它不是源于恶，而是源于你们的愚蠢和无知……'"

　　而对智术师们苏格拉底这样说："你们进行争辩，并且让一切存在的和不存在的东西都要通过你们批判思维的检验，这一点做得很好；但有一点十分遗憾，你们是糟糕的思想者，而且完全不明白真正的批评和辩证法的目的和方法。"[65]

　　索洛维约夫如此解释上述这两个彼此对立的阵营对苏格拉底的敌意："对于糟糕的保守者和糟糕的批评家而言，他作为真正保护者和真正批评者的化身，

754

就是他们强烈的痛恨对象。因为若没有他，两个派别虽然对彼此不满，但各自对自己还是十分满意的。"[66]

索洛维约夫对苏格拉底观点的评价几乎就是他的自我评价。特鲁别茨科伊精辟地指出了这一点："在现存的任何一种观点中，索洛维约夫总能轻而易举地发现其片面性；而这样一来，立即便使这种观点矛盾起来，即提出了真理的另一面，恰好是存在于与其相反的观点中的另一面。"[67]特鲁别茨科伊还指出："哲学家索洛维约夫罕见的宽阔视野也使他不仅能够看到每一种现存观点的局限性和谬误之处，而且能够看到其中所蕴含的真理的种子。我们在他那里看到他对彼此极为对立、完全不同的世界观都有正面的评价，就不足为奇了。"[68]

索洛维约夫处在"两个敌对阵营之间"倍感孤独的根本原因正在于此。"既不能称他为社会主义者，又不能称他为个人主义者或者保守主义者、自由主义者，因为他在这些彼此对立的派别中都看到正确之处，并且试图将他们结合为一个有机综合体"。[69]索洛维约夫指出，实用主义者要求艺术为生活带来利益，这一点非常正确，同时他赋予"生活的利益"这句话本身十分宏大的意义，以至于无论是教育意义还是盲目追随政治热点都与之无法相称。索洛维约夫像"纯艺术"的赞同者一样，承认真正之美的巨大意义，但他同时坚持美与真和善三位一体不可分离，因此，在两个彼此敌对的阵营中，索洛维约夫同时都既是自己人，又是外人。

索洛维约夫将生活的发展过程本身描述为一种神秘剧情节，这是关于一个堕落的世界灵魂希求与神性的一切统一重新结合的情节："宇宙智性显然是在反抗原初的混沌，并且与被这混沌瓦解的世界灵魂或曰世界自然秘密结盟（后者越来越受到想象的暗示怂恿），通过后者并在后者之中创造了我们宇宙复杂而伟岸的身躯。"[70]

自然中的美作为物质和精神本原相互作用的结果和理念的客体体现而出现。作为例证，索洛维约夫将煤与金刚石就透光与否进行了一番对比。煤和金刚石都是同一种物质——碳。然而在煤身上，这种光线无法穿透的黑黑的"碳物质"战胜了光线"光明的力量"，与此同时，光线在金刚石的晶体中嬉戏，无疑带来美感。在这一对立中可以看到《神人类讲座》中关于绝对世界与可见世界的对立。这两个世界都是由同样的元素组成的，差别只在于其排列次序是否

755

得当。金刚石和煤中晶体分布次序的"得当"和"不得当"，能够造成物体和光线的相互作用，或者用索洛维约夫的话说，物质和精神本原的相互作用。索洛维约夫在他的诗歌中也探讨了作为美必不可少之条件的黑暗与光明相互作用的主题：

> 光明源自黑暗。你那些玫瑰的面庞
> 不可能耸立在
> 黑色巨石之上，
> 如果不是它们黑色的根
> 深深地扎进
> 幽暗的土壤
>
> （《我们的相逢并非偶然……》）

　　索洛维约夫试图将柏拉图和谢林关于美是理念载体的理解与达尔文的进化论结合起来，他的这一尝试也反映出这位哲学家希望在每一种彼此矛盾的观点中看到真理的想法。在《自然中的美》一文中，生物历史的每一步都被看作宇宙智性战胜混沌的结果。"世界的画家"，或者说"宇宙的建筑师"，在无机世界达到完善之后，便在植物和动物王国开始同样的由低级形式向高级形式提升的过程（索洛维约夫认为，这能够解释一个奇怪的事实，即无机自然的最高级创造物要比动物世界的最低级层次更美，因为后者还没有达到完美反映生物世界的层级）。正像在达尔文的进化论中一样，人是自然选择的终结，索洛维约夫也认为，"人不仅参与宇宙诸本原的活动，而且能够**了解**这一活动的**目的**，因此，人是有意识地、自由地为达到这一目的而劳作"[71]。由自然之美向艺术的过渡正在于这个"有意识地"实现世界发展目的的过程中。

　　在《艺术的普遍意义》一文中，索洛维约夫详细解释了自己对于艺术在"全世界觉醒事业"中作用的理解。索洛维约夫称人所应该使之得以体现的理念为"应当应分的存在"[72]。索洛维约夫在区分何为"应当的"和"不应当"的存在时，再次采用了各成分彼此之间以及成分之于整体的关系的概念。"首先，当各个部分的成分彼此不是互相排斥，而是反之，互相在他者中思考自己、团

756

结一致时；其次，当这些成分不排斥整体，而是确认自己是在统一的、全体共同的基础上部分的存在时；最后，当这个一切统一的基础，或者说绝对本原不压制也不吞并部分的成分，而是在这些成分中展示自己、在自身中给予这些成分充分的空间，那么，这种存在就是理想的，或者说是应分的，亦即应当的存在。"[73] 索洛维约夫明白，这一思想只有在历史进程终结时才有可能得到完美体现，因此，他在过去和现在的艺术中只看到"完全之美部分的、片断的预告（预测）"，它让人"预先感觉到对于我们而言非此地的、未来的现实，并且因此成为自然之美与未来生活之美的通道和联结点。这样理解的艺术就不再是空洞的游戏，并且成为具有教益的重要事业，但这教益绝非体现在说教意义上，而是体现在充满灵感的预言意义上"[74]。艺术作品被看作"终极状态或未来世界视角下一切物体和现象的各种可感的映像"[75]。在这篇文章的结尾部分，索洛维约夫更加肯定地断言说："完美艺术的最终任务中应当包含的不仅是想象中的绝对理想，还得是实际中的绝对理想，即应当改变我们的现实生活，使其高尚。如果有人说这样的任务超出了艺术的界限，那么试问，又是谁为艺术划出了这个界限呢？"[76]

索洛维约夫认为，艺术的最终目的是一种通神术行为，是冲出自身的界限，是艺术规律和现实规律完全的融合。在这一点上，索洛维约夫的美学理论与瓦格纳的乌托邦同出一宗，后者宣扬通过未来的综合乐剧这种全民艺术的形式来革新生活。"年轻一代"象征主义者也感觉到索洛维约夫和瓦格纳之间的同源，认为瓦格纳和索洛维约夫同是自己伟大的导师，并且在自己的美学理论中运用他们的思想遗产。

6

弗拉基米尔·索洛维约夫的美学思想是否在其批评文章中也有所表现呢？[77]

作为批评家的索洛维约夫关注的范围很不广泛。他主要写评价抒情诗的文章。世界文学中他最喜爱的散文作品是E. T. A. 霍夫曼的浪漫小说《金罐》，他把这部小说译成俄语，于1880年出版，并为其写了一篇短序。俄国小说家中，

757

只有陀思妥耶夫斯基引起他的注意。但在《关于陀思妥耶夫斯基的三次演讲》中，主要涉及的也只是对这位作家宗教意义的总体评价和对艺术通神术理论的阐述，而不是对其小说的分析。据特鲁别茨科伊研究发现，索洛维约夫对俄国散文作品的漫不经心，是因为他"完全不理解生活的平庸散文"[78]。列夫·托尔斯泰对索洛维约夫而言不仅格格不入，到后者生命的末年时甚至引起了他的仇视。这里所说的不只是索洛维约夫在《三次谈话》中与之争辩的托尔斯泰的宗教观，而且包括其艺术创作。据特鲁别茨科伊回忆："在与朋友们开诚布公的谈话中，他表示《战争与和平》和《安娜·卡列尼娜》令他感到无聊。'我完全无法消化这种健康的平庸'，他对我说。的确，熟悉索洛维约夫的人完全不可想象，他会对某个列文的经营活动和家务事的描绘感兴趣，更何况托尔斯泰对某次打猎或者赛马绘声绘色地描写。总的说来，他与这位当时最流行的艺术家格格不入。在这方面，大家**都**有目共睹的事情对索洛维约夫而言是完全格格不入的，因为他思想的力量完全被另一个更为高级的领域所占据，而这个领域并非大家'都'能理解。正是因为这个原因，当他周围活跃的谈话流向生活的话题时，这位山巅的栖居者就完全漠不关心。这时，他的目光就会彻底黯淡下来，他陷入无望和沉默只是因为，他根本不能理解甚至根本无法倾听。"[79]

与索洛维约夫对艺术本质是绝对本原之体现的看法直接相符的只有抒情诗。而就诗歌而言，索洛维约夫最为看重的正是纯抒情诗。他认为一切有倾向性的诗歌，或者按他的说法是"实用"诗歌，都是从属的、次要的："诗的灵感需要的不是病态的积垢，也不是日常生活的灰尘和污秽，而是人灵魂的内在美，这种美在于心灵与宇宙客观意义的和音，在于心灵个性化地理解和体现世界和生活的这种普遍的本质意义的能力。"[80]索洛维约夫认为，真正的抒情诗"属于各种现象基本的、恒常的方面，与那些同发展、同历史有关的东西格格不入"[81]。不仅如此，"对于一个纯粹的抒情诗人而言，人类的历史只是偶然性，是一系列的笑话，而纯粹的抒情诗人认为，那些爱国主义和公民性的任务是诗歌所不应有的，正如日常生活的琐屑小事一样"[82]。

因此，那些几乎为读者和同时代人所遗忘的诗人，或者至少生前并未得到广大读者青睐的诗人，成为索洛维约夫文学批评文章的主人公，就不足为奇了（只有普希金和莱蒙托夫是例外）。索洛维约夫的《论丘特切夫的诗》一文是对

758

这位诗人在俄罗斯抒情诗史中作用进行彻底重新评价的开端。正是由于索洛维约夫的努力，丘特切夫得以名列俄国象征主义者的"先贤祠"，他们称丘特切夫为自己最伟大的先驱者之一。可以说，同样的情况也发生在费特身上，他生前的最后一本诗集《黄昏的灯光》起初几乎不为读者所知（《论抒情诗》），还有雅·彼·波隆斯基，索洛维约夫在其诗歌中看到了"神的女性影子"。波隆斯基的《少女王》一诗也是由于索洛维约夫的赞赏而成为"年轻一代"象征主义者"膜拜"的文本之一（《论雅·彼·波隆斯基的诗》）。[83]

如果说"诗人斗士"的角色也能让索洛维约夫倾心的话，那只是在他像阿·康·托尔斯泰一样，"拿起自由语言之武器为美的权利，亦即真理的可感形式"而斗争的时候[84]（《阿·康·托尔斯泰伯爵的诗》）。然而，索洛维约夫却认为，涅克拉索夫是个"叛教者诗人"（他的抨击诗最初名为《用精明的骗局取代心灵的亢奋……》），忘记了艺术的真正使命：

用精明的骗局取代心灵的亢奋，

用奴才的口舌替代诸神的鲜活语言，

以喧嚣的闹剧替代缪斯的圣物，

他就这样把那些愚蠢的人们欺瞒。

如果说艺术的任务是表现作为善和真之可感形式的美，那么，真正批评的任务（按照索洛维约夫的观点，即"哲学批评"）"就在于弄清楚并且展示出，在完整的世界性意义中，究竟是什么，是它的哪些成分，是真理的哪些方面或者哪些表现，特别攫住诗人的心灵，并且被他优先反映在艺术形象和音响之中"[85]。

这一表述看来是对索洛维约夫本人批评经验的思考。的确，在他所有的文章中，读者都会发现一系列贯彻始终的主题，而联系这些主题的主要论点就是心灵的个性美与"宇宙的客观意义"之"共鸣"。

索洛维约夫批评文章一个贯彻始终的最重要主题，是指出所有艺术创作中"非语言所能表达的""超意识的""超阈界的""神秘的"东西以及"生活暗夜面"的作用。对于索洛维约夫而言，这是抒情诗恒常的"背景"，是其

759   "根"。例如，他特别注意费特抒情诗中的一首，"其中没有任何确定的内容，灵感之源还没有找到自己的轨道，只见翅膀挥舞，只闻对无法言说的存在发出的叹息"[86]。在《论丘特切夫的诗》一文中，讲到"世界存在的**黑暗根源**"和"包括自然界和人类一切生活的神秘基础……人类发展的意义、人之心灵的命运以及人类的全部历史都是建立在此基础之上"[87]。在此，索洛维约夫看到解释丘特切夫全部诗歌的"钥匙"。在《论普希金诗作中诗性的意义》一文中，索洛维约夫强调，"在灵感来临的时刻，诗之心灵……不听命于任何低下之物，而只服从于来自超意识领域的东西，心灵本身立刻就会认出，这是另外一个更高层次的，同时也是自己的、亲近的领域"[88]。在《莱蒙托夫》一文中，索洛维约夫认为，这位诗人最重要的特点是"在感官和冥想中，越过各种现象的通常秩序界限的能力，以及涵盖生活和各种生活关系超阈界方面的能力"[89]。

  索洛维约夫批评文章中第二个贯穿始终的主题是，他坚信"宇宙的普遍意义在诗人心灵中双重呈现：从外在的方面来说是作为自然界之美，而从内在的方面来说是作为爱，而且是爱最为强烈、最为集中的表现——两性之爱。永恒的自然之美和爱情的无限力量这两个主题就组成了纯粹抒情诗的主要内容"[90]。索洛维约夫在研究某位诗人创作的时候，一直十分关注抒情诗这两个"永恒"主题的反映。在《阿·康·托尔斯泰伯爵的诗》一文中，索洛维约夫重复着一个与之相近的公式："永恒生活的胜利就是宇宙最终的意义。这一生活的内容就是一切的内在统一，也就是爱，其形式为美，其条件为自由。"[91]

  "失败的爱的尝试"对于索洛维约夫而言也十分重要，他在莱蒙托夫的诗作中看到爱情在个人自私的追求面前的失败："在莱蒙托夫所有的爱情主题中，其主要兴趣不是爱，也不是被爱者，而是施爱的'我'，在他的所有爱情作品中，都留有欢庆胜利的自私自利不可磨灭的痕迹，哪怕这种自私是无意识的。"[92]

  这样的例子不胜枚举，但更重要的是要理解，索洛维约夫文学批评文章类似的主题结构，表现出他的这些文章与其美学和总体哲学思想之间牢不可破的深刻联系。在这位哲学家的《神人类讲座》《自然中的美》《爱的意义》《艺术的普遍意义》以及其他一些纲领性作品中反映出的思想综合在一起，决定了他对这位或者那位作家的看法。

还要提及一组篇幅不长，但十分重要的文章，其中可以清晰看到索洛维约 760
夫的哲学美学思想以及自身的局限和毫无疑问的乌托邦性质。这里指的正是索
洛维约夫极为珍视的艺术中的通神术本原的思想，以及用这一思想来评价普希
金、莱蒙托夫和密茨凯维奇个人命运的尝试。

在《普希金的命运》一文中，索洛维约夫与浪漫主义认为天才不受普通人
的道德法则约束、可以为所欲为的观念进行激烈辩论。他认为，普希金的悲剧
正是源于实际生活与诗歌的巨大分野。普希金屈从于微不足道的自负和愤怒，
无力在生活中将自己提升到他在诗歌创作中已经达到的基督教世界观的高度。
索洛维约夫赋予重伤的普希金射向丹特斯的一枪以特殊的"生理"和道德意义：
"这是灵魂极度的紧张，这激情绝望的爆发彻底摧毁了普希金的力量并且实际
上决定了他尘世的命运。普希金不是被埃克朗的子弹杀死的，而是被自己射向
埃克朗的那一枪杀死的。"（1836年丹特斯被埃克朗男爵收为义子后，他在官方
文件中使用埃克朗作为姓氏——译者注）[93] 但是文章对普希金临终前基督教式
的和解也赋予了同样重要的意义。索洛维约夫认为，普希金在生命最后的时日
里，恢复了道德平静，而如果决斗是以杀死丹特斯而告终，这种平静就会被永
远毁掉。索洛维约夫认为，普希金的命运是善良而理性的，因为它以最便捷、
最好的方法使普希金得到精神的净化。相反，在莱蒙托夫的命运中，索洛维约
夫则是在形而上学的意义上理解**毁灭**的特征。莱蒙托夫悲剧的原因在于艺术中
的天才与生活实践中的道德的分野，这一点索洛维约夫在普希金的道路上也曾
看到："道德完善的程度之低，正如其天赋的才华之高。莱蒙托夫是带着未完成
之责任的重负离去的，即未及发展他那上天赋予的美好而出色的天资。"[94] 只
有亚当·密茨凯维奇的命运是将诗歌天才的高度与道德功勋之美结合在一起。
密茨凯维奇三次灾难性的经历，即个人幸福的毁灭、民族幸福的毁灭和宗教危
机，并没有摧毁这位波兰诗人伟大的道德："他之所以伟大，是因为当他登上新
的道德高度之阶时，他一同带去的不是骄傲和空洞的否定，而是对于他业已超
越的那个阶段的爱。"[95]

评价普希金和莱蒙托夫命运的文章引起所有批评阵营一致的愤怒。[96] 罗扎诺 761
夫在其敏锐的回应中指出，也许弗拉基米尔·索洛维约夫对普希金命运悲剧的
冷漠是因为这位哲学家对人与人之间相互关系的心理漠不关心，这就是他无论

在生活中还是在文学中都漠视的那种"生活的平庸散文"。对于罗扎诺夫而言，无论是普希金对于折磨他的埃克朗的愤怒，还是《我记得那美妙的瞬间……》一诗与普希金在信中对安·彼·凯恩的评语不相符，或是普希金不遵守他向尼古拉一世承诺的向其汇报决斗一事的诺言，"在心理上"都是可以理解的。[97] 梅列日科夫斯基在对比了团部文书对莱蒙托夫中尉的评语和索洛维约夫的文章之后，不无反讽地指出："团部文书要比这位基督教徒哲学家更仁慈。"[98]

用宗教将艺术与生活结合在一起的"通神术"理论在用于现实的人的命运和人的行为心理时，就变成了索洛维约夫在自己美学论文中竭力避免的道德说教。对于这位哲学家而言如救命稻草般的解决生活矛盾的出路，每次都是另一种形式的乌托邦，与现实生活水火不容。而戏剧性的是，外在于生活实践的理论建构在他眼中却没有任何价值。

7

同时代人和文学史家对弗拉基米尔·索洛维约夫的诗歌在纯艺术成就方面的评价都相当谨慎。谢尔盖·索洛维约夫在《弗拉基米尔·索洛维约夫诗歌中的教会思想》一文的开端便承认，"无论在哲学领域或者诗歌领域，都无法称其为严格意义上的专家"[99]。《俄国象征主义者》一书的作者埃利斯称索洛维约夫这本"简明、前所未有的抒情小书"为"俄国象征主义最早、最芬芳的源头之一"[100]，尽管如此，他仍然撰文称"我们这位颂扬永恒女性的伟大玄学家，只是在闲暇时刻才拿起里拉琴，他所使用的格律是过时的、初级的"[101]。勃留索夫在一篇批评索洛维约夫诗歌的随笔中说："索洛维约夫诗歌的外在形式是晦涩而不引人注目的，比他的散文平凡得多。他使用的格律也很丰富，诗句也足够悦耳，但诗歌创作者（本义）难以向他学到任何新的东西。"[102] 尤·艾亨瓦尔德在《弗拉基米尔·索洛维约夫（他的诗歌）》一文的开端便肯定地说："弗拉基米尔·索洛维约夫是个绝无仅有的天才，但在他的才华中，诗的才华不是最出色的一面。他在自己的散文中是艺术家，而在自己的诗句中则经常只是个思想者。他经常为自己的诗作逐行注释，并且十分理性地对待自己的诗作。他

762

在其中没有感觉到诗歌本身的忘我激情和纯艺术那种伟大的天真。"[103] 莫丘利斯基在自己关于索洛维约夫的那部令人信服的专著中，用了两个段落写他的诗歌，对其评价极低："索洛维约夫的诗才不高，他笔下也有个别深刻的诗句、优美的诗节，但就整体而言，他的诗给人的印象是令人痛苦的失败。他的抒情诗缺乏内在的激情和直感，缺乏表现力，缺乏如勃洛克每行诗句中都跳动着的那种心灵的韵律。索洛维约夫在哲学领域是个诗人，他是诗的哲学家。他'没有找到心灵运动的表达方式'；也许他更多地不是在感受，而是在思考自己的感受。"[104]

然而也有对索洛维约夫诗歌创作的不同评价。谢·尼·布尔加科夫认为，"在索洛维约夫极为复杂且矫揉造作的创作中，只有诗歌堪称绝对的真诚，因此可以，甚至应该用诗歌来验证他的哲学"。布尔加科夫有别于大多数认为索洛维约夫诗歌逊色于其哲学的批评者，他将这二者的关系完全对立起来："……应当认为，他诗中所没有的东西，在他的哲学中也是矫揉造作、繁琐无谓或者偶然的：例如，其诗中没有索洛维约夫的演绎法、模式和范畴……没有与斯拉夫派机会主义式的偏执争辩，也没有复杂繁琐、重理智而缺乏感情的'为善之辩'。但这里有活跃在索洛维约夫身上令人着迷的一切：对旧约、新约宗教的深刻理解；对圣洁贞女热情的膜拜；对'君后地母'的崇拜；爱的神秘学，与已逝之物之间鲜活的联系等。也许在阐释索洛维约夫的世界观时，更为公平的是认为其世界观的根本是诗歌，而将'散文作品'看作对诗歌的哲学注释，而不是反之，像现在许多人所做的那样。"[105] 罗扎诺夫也持类似观点，他断言："索洛维约夫表面似乎以玩笑的态度对待自己的诗歌，而实际上在内心深处对诗的态度几乎比对哲学和神学散文作品更为认真，他的散文对表达其心灵的模糊运动而言过于零碎和机械。"[106]

无论对索洛维约夫诗歌的美学意义做何评价，有一点毋庸置疑：他的抒情诗对整整一代诗人的创作所产生的影响和作用几乎是无与伦比的。索洛维约夫的诗歌为1900年代三位艺术巨匠——安德列·别雷、维·伊万诺夫和亚历山大·勃洛克，提供了一系列的情节和主题，而这些巨匠又对自己同时代人诗歌"语言"（不仅是这个词的语言学意义）的形成产生了决定性的影响。这一情况使我们在研究其抒情诗的内在世界时，不单应该从其结构出发，而且应将作品放在俄国诗歌传统和后续发展的层面上来看待。[107]

763

　　从勃留索夫的一篇文章（其第一版早在1900年就已发表）起，对索洛维约夫诗歌世界的评价都认为，其主要的建构原则是**双重世界**："索洛维约夫的诗为我们揭示出一个建立在深刻而无望的二元论基础之上的世界观。用索洛维约夫本人的术语来说，是存在两个世界：时间的世界和永恒的世界。前者是恶的世界，后者则是善的世界。而找到由时间世界进入永恒世界的出路则是摆在每个人面前的任务。战胜时间，让一切成为永恒——这是宇宙发展过程的最终目的。"[108]

　　直到最近，文学史家在描述索洛维约夫的艺术世界时，还是依据这些观点。根据扎·明茨的定义，索洛维约夫的哲学抒情诗中，"形象体系所依托的基本对立"是"浪漫主义传统的'天'和'地'的对立，以及崇高精神和低级物质本原的对立"[109]。这一思想几乎在索洛维约夫所有关于诗歌的论文中都以这样或那样的方式重复着。[110] 的确，他的很多诗歌都是再现柏拉图式的真实但"不为肉眼所见"的理念世界和"阴影"与"反光"的尘世之间的对立（《亲爱的朋友，也许你未看到……》）。柏拉图式的回忆天国故乡的主题，未来从时间世界向永恒世界过渡的主题，都渗透于其最重要的纲领性诗句之中：

> 无翼的灵魂，被大地俘获，
> 忘记了自己，神也被遗忘……
> 唯有梦——重新给你翅膀，
> 摆脱尘世惊恐向高处飞翔。

（《无翼的灵魂，被大地俘获……》）

*　　　*　　　*

> 尘世白昼之光突然熄灭，渐渐苍白，
> 心灵顿时充满甜蜜的悲戚，
> 虽然看不到，却能聆听并感觉，
> 春天将临的永恒呼吸。

（《致离开者》）

*   *   *

    春天轻盈的倩影，

    纵然已烧成灰烬，

    这梦境非比人间，

    但是却真实可信。

（《又见白色凤铃草》）

    然而，如果说双重世界是索洛维约夫诗歌世界最为重要的结构性特征，那么有一点尚不明朗，即他的抒情诗与明茨文章中所提到的茹科夫斯基、丘特切夫、波隆斯基和费特的传统浪漫主义诗歌有何区别。关于索洛维约夫在很多方面是"费特的杰出弟子"一说也屡屡可见。勃留索夫认为，索洛维约夫早期诗歌"在何等程度上吸收了其导师外在的形式，可以将其不露痕迹地归入费特作品中，正如奥维德的诗集中可以收入他那些无名模仿者Poētae Ovidiani的诗"（拉丁语，意为"奥维德派诸诗人"。奥维德在古罗马后期和中世纪拥有诸多模仿者，许多模仿者能十分精确地模仿奥维德的语言风格，以至于迄今仍有些传统上认为是奥维德所写的视作其真实作者身份无法确定——译者注）[111]。勃留索夫认为，索洛维约夫的特色在于，他"有意识地将思想放在自己诗歌中最重要的位置"，成为"我们的第一位诗人哲学家"[112]。勃留索夫的这一定义几乎是无可争议的，但是就连他也无力从整体上阐释索洛维约夫诗歌世界的特殊性（更不必说第一位俄国诗人哲学家终究是丘特切夫）。

    我们认为，索洛维约夫诗歌体系中的双重世界是一个非常重要的特征，但另一个非静态的本原，即动态的神话诗学的因素，具有最重要的意义。如同索洛维约夫的哲学和美学理论的建构，他的抒情诗世界，也是按照神秘剧情节，即被尘世生活之"恶"俘虏的世界灵魂，追求恢复神性的一切统一这一思路来组织的。谢·尼·布尔加科夫敏锐地指出，在索洛维约夫的抒情诗中，讲的都是"**长篇小说**，尽管是归入超验领域的、神秘主义的、'升华的'小说，同时既是尘世的，也是天国的小说"[113]。正因为这个"长篇小说式的"情节决定了布尔加科夫所提出的索洛维约夫爱情诗和所谓"风景"诗在客体上的双重性和

"双义性"。

布尔加科夫称，对索洛维约夫的一系列诗"是与某种特定的客体，还是与来自'超阈界'世界中的'女性之影'，还是与这二者都有关系，不得不摇摆不定"[114]。布尔加科夫认为，下列诗属于此列：《啊，所有这些话语究竟何意……》《我看见你祖母绿般的双眸……》《忙碌冷酷的一天过去了……》《何需言语？在无垠的蔚蓝中……》，以及关于塞马湖的所谓"风景"诗，关于这些风景诗，索洛维约夫本人就在《诗集》第三版前言中对目光短浅的批评界作过解释。还有一些诗更为重要，其中根本谈不上客体的双重性，因为这里讲的是"弗拉基米尔·索洛维约夫与为了他而接受女性位格的永恒女性之间特殊的私人关系。"[115]：《忽近，忽远，踪迹不定……》《我的女王有座高高的宫殿……》《今天，一切都在蔚蓝中显现……》《炎热的暴风雪陌生的主宰下……》《多沉重的梦！在一群无声的幻影中……》《只在白天昏睡或者夜半醒来……》，以及长诗《三次邂逅》。

如果透过索菲亚神话来审视索洛维约夫的诗歌世界，可以肯定，他诗歌中最重要的建构性事件不是对双重世界"无望的二元性"简单的记录，而是**穿越**这两个世界**界线**的时刻。这一穿越通过两种形式的情节架构来实现：要么是在索菲亚**降临**到谷底世界以及继之而来的这个世界的更新（有时相反，是主人公攀升到山巅的世界）；要么是在谷底的世界本身的各种现象——在自然和爱中——索菲亚本原**幡然醒悟**的情节。第一种形式的情节在歌谣式的诗歌（《我的女王有座高高的宫殿……》《忽近，忽远，踪迹不定……》《炎热的暴风雪陌生的主宰下……》《焚而不毁的荆棘》《在应许之地》），以及长诗《三次邂逅》中最为常见。第二种情节在所谓的"风景"或者"爱情"心理诗中最常见（《君后地母！我对你顶礼膜拜……》《可怜的朋友，路途使你不堪疲惫……》《以马内利》《我们的相逢并非偶然……》等）。这一类诗中还包括索洛维约夫所谓的"政治"抒情诗，通常将这类诗与他的哲学诗分开研究。然而，这些诗情节的内在逻辑（《泛蒙古主义》《光从东方来》《龙》）也同样在于对人类生活中世界历史事件的索菲亚意义的**幡然醒悟**。用于第一种类型情节架构的是所谓的"垂直"空间布局，这种方法后来在勃洛克的《美妇人诗草》中得到继续发展。第二种类型的布局方式更为复杂多样，但最常见的是对空间布局的水平组织。

在《我的女王有座高高的宫殿……》一诗中，对于女主人公世界的描写是引述《所罗门箴言》的文本，这一点索洛维约夫的阐释者们曾多次指出[116]："智慧建造房屋，凿成七根柱子。"（箴言9：1）

> 我的女王有座高高的宫殿，
>
> 下面有七根黄金柱子。
>
> 我的女王有个七棱的王冠，
>
> 上面镶嵌无数的宝石。

766

按照诺替斯教传统，女主人公花园里的"玫瑰""百合"也与索菲亚形象有关（试比较，在《俄斐特派之歌》中："我们把白色的百合同玫瑰／同鲜红的玫瑰一起搭配"），正如光明与透明的主题一样（"而在透明的波涛中银色的水流／捕捉鬈发和额头的光芒"）。

主人公的世界与索菲亚的世界完全对立，这是冰冷黑暗的世界：

> 她看见，深更夜半的远方，
>
> 冷雾弥漫，风雪茫茫，
>
> 被她抛弃的朋友孤军奋战，
>
> 反抗黑暗凶残，濒临死亡。

诗的第二部分一开始，便是从空间穿越界线：索菲亚降临主人公的世界（"这位不速之客用她高贵的手／敲响她不忠的朋友之门"）并且使这个世界更新：

> 像初春在阴暗的冬末出现，
>
> 容光焕发，在他身旁降临。
>
> 她浑身充满了温馨的柔情，
>
> 为他披上光芒四射的纱巾。

于是黑暗的力量消散如烟，

他周身燃烧起纯洁的烈焰。

这首诗的结尾部分也颇为引人注目。在结尾处，背叛的（因此濒临死亡）的主人公与女主人公"永恒"而不变的爱情对立，正是这爱情将他从死亡中拯救出来。（"你背叛了誓言，但你的背叛/可能改变我的心？"）可以有充分的理由相信，这首诗的情节是勃洛克戏剧《命运之歌》的情节基础：剧本的一开始，主人公居住在明亮的房子里，开满百合的花园环绕着房子，在这里，他抛弃了妻子叶莲娜。而在尾声时，叶莲娜来到背叛了她的格尔曼身旁，当时格尔曼几乎死在深夜的草原。具有拯救力量的"索菲亚式"女性忠诚的主题也贯穿勃洛克的诗集《不期而至的欢乐》[117]。的确，勃洛克笔下也出现了"堕落的"、被俘的索菲亚形象（如法伊娜、陌生女郎），这样的索菲亚是索洛维约夫诗中所未见的，尽管"背叛"的主题一直在暗示着她出现的可能性。

在索洛维约夫的诗歌体系中，这首诗对于其自我风格的形成也非常重要。这里指的是索洛维约夫与他最为亲近的传统之间的相互关系：费特的词汇在索洛维约夫的诗歌文本中经过变形和改造，获得了新的神圣意义，这些意义与关于索菲亚的神话诗学情节连在一起。这种对费特式隐喻的改造在两位诗人那些基本情节相合一目了然的诗作中特别明显：

767

我曾等待。你再次降临了尘世，

我的未婚妻，我的女王。

于是清晨喷薄出紫红光芒，

萧瑟秋天带走的一切，

你都加倍地给予补偿。

这首诗的情节从外在的形式上与索洛维约夫诗中索菲亚"降临"的情节相合（诗中对女主人公称呼的一致十分重要——"女王"）。然而费特所讲的是春天的来临或者是心灵和自然力量的更新（"新坟上开满鲜花/一种无名的力量/欢庆自己的胜利"）。而在索洛维约夫的诗歌中战胜了"阴郁冬天"的"春天"主题，几乎失去了自己直接的意义，成为世界宗教革新的象征。

费特笔下季节的象征与世界诗歌传统中用自然时序喻人的不同年龄阶段有关。[118] 而在索洛维约夫的抒情诗中，这一象征与和谐跟混沌之间永恒斗争的神秘剧情节联结在一起。

昼夜时光（傍晚、深夜、清晨、黎明、日暮、白天）的象征也经历了十分典型的变化，并且与黑暗和光明的象征相关联。在《晨雾中怯怯的脚步……》一诗中，一昼夜的时间（"晨雾"和"朝霞"，"寒冷的白天""夜半"）不仅与生活道路的涵义相关，而且寓指精神的功绩和自我完善。因此，这首诗中，甚至"夜半"的主题也并不意味着死亡，而是与之相反，喻示道路尽头最后的革新和澄明。

> 我还迈着坚定的脚步
> 朝向往之岸直走到深更夜半，
> 那里，在新星闪耀的山巅，
> 我珍爱的圣殿等待着我，
> 整座殿堂放射出胜利的火焰。

在那些谷底的世界中索菲亚本原的**幡然醒悟**这一情节得以展开的诗作中，对传统意义的更新和改变特别重要。例如，在一首不长的诗歌《在"多尔尼奥"号甲板上》中，日出画面的最后一个诗节变成两个世界永恒斗争的画面： 768

> 快看，那血流成河，
> 将整个黑暗的力量缠绕。
> 古老的战争再次打响……
> 太阳，胜利的依然是太阳！

这一类型的诗中通常都有一个从"外部"向内部、向神圣层面"穿越"的诗节。

年轻一代象征主义者正是把这些诗节（或诗行）从索洛维约夫的抒情诗中搬到了自己"引用"的词典中，形成了共同的秘密意义群。下面仅引述几例：

光明源自黑暗。你那些玫瑰的面庞

不可能耸立在

黑色巨石之上，

如果不是它们黑色的根

深深地扎进

幽暗的土壤

（《我们的相逢并非偶然……》）

噢，罗斯！满怀崇高的远见，

你一直沉缅于骄傲的思想：

你究竟要什么样的东方：

是薛西斯还是基督的东方？

（《光从东方来》）

在这不见形迹的邂逅瞬间

彼岸的光辉再次将你照亮，

你抖落凡世沉重的梦境

既怀着爱慕又感到忧伤。

（《何需言语？在无垠的蔚蓝中……》）

孩子，别用徒劳的热望

捕捉浪涛翻涌的情欲之波：

你该仰望头顶的蓝天，

那爱情之岸静穆而空阔。

（《伊马特拉》）

你光芒万丈，仿佛极地的烈焰，

你是黑暗混沌所生的光明之女。

（《塞马湖之冬》）

索洛维约夫的诗歌是通向费特、波隆斯基、丘特切夫的诗学和"年轻一代"象征主义诗歌的一座特殊桥梁。他们依靠着自己导师的"变形"方法，创造出一套自己的象征语言。[119]

8

"诙谐诗"和话剧是索洛维约夫诗歌创作的特殊领域。在这位哲学家生前，这样作品只为少数他亲近的朋友所知，尽管他将其中一些"诙谐诗"（这是索洛维约夫自己的定义）于1886年以笔名"埃斯佩尔·赫里奥特罗波夫公爵"（有时采用变体"赫里奥特罗波夫公""赫里奥特罗波夫公爵"）发表在《新时代》杂志上。然而，读者并不知道这些诗的作者是谁，这些诗也从未收入过索洛维约夫生前出版的诗集中。索洛维约夫的这一部分诗歌遗产可谓命运多舛。就连一直忠于故世的索洛维约夫的弟弟米哈伊尔和他的侄子谢尔盖也都谨慎地反对这些诗面世或发表。1902年，勃洛克试图系统调查索洛维约夫亲朋好友的私人文献资料，希望尽可能收集散见于其书信和纪念册中的这类幽默诗，但被米哈伊尔严词拒绝："关于我哥哥的诙谐诗一事，我想对您说，我认为出版它们**暂时**不可能。其中最好的一部分或者在政治上，或者在道德上过不了审，而且我不认为能够收集到足够数量又好又能过审的诗，但只有在这些诗都收集到之后才能最终解决这个问题。"[120] 准备出版索洛维约夫书信集的埃·拉德洛夫在回忆中也提起其亲属不愿意发表类似的材料。发表了勃洛克与索洛维约夫家族往来信件的亚·瓦·拉夫罗夫和尼·弗·科特列廖夫也认为："索洛维约夫的诙谐诗（正如他信件的某些主题和日常行为的一些特点一样），与苦行者和神秘主义哲学家严肃刻板的形象明显矛盾，而这一形象在索洛维约夫去世后立即在文学界形成。这实质上是对哲学家形象的歪曲，它的产生只能由他的亲属、密友和崇拜者来负责；但即使他们，终究也是受制于文学界不公开发表只在好友范围内朗读的作品这一规矩，而在这个圈子里类似的自由放纵曾是一种传统。"[121] 只是在1921年索洛维约夫诗集第七版时，谢·索洛维约夫才下决心在附录中发表了一章诙谐诗。然而，时至今日，索洛维约夫的这部分遗产的全貌仍然没有面世。很多文本至今不为人所知，也未经考证[122]。

770　　　　对索洛维约夫讽刺诗的评价也远非众口一词。瓦·利·韦利奇科认为，索洛维约夫的创作甚至个性中共存着"神秘"和"幽默"两条线索，这证明他天性的不和谐："经常互相干扰的两种创作思维结构有时交织在一起，导致令人沮丧的不和谐，例如我们在长诗《三次邂逅》中所看到的；有时当幽默与诙谐同神秘论交织在一起时，就会出现一些十分令人费解的东西，例如喜剧（？）《白百合》：其中个别的独白，如'我热，是因为你冷'，非常成功；但总体的印象是十分怪异，甚至对最懂得欣赏库兹马·普鲁特科夫作品的读者而言也是如此。无论如何，上述构成弗拉基米尔·索洛维约夫创作人格甚至个人人格的两个因素，毫无疑问，在他身上并非完全和谐地汇合在一起，并且因此给彼此带来一些损失。"[123] 至于说"狂热的信徒"索洛维约夫能够就圣经情节和"他大半生都严肃而热烈地谈论的那些精神现象"[124] 写出诙谐诗，韦利奇科认为这十分奇怪。布尔加科夫则以宽容的态度对待长诗《三次邂逅》中的诙谐调子："尽管乍一看来，索洛维约夫拿严肃的事情开玩笑这一惯常风格令人惊骇，但对这首独特的'雅歌'而言，却是唯一可能的风格。否则索洛维约夫就只能直接以安娜·施密特'启示'的调子说起或者用唱圣咏的调子来吟诵此事"[125]。然而，索洛维约夫将几首最严肃的神秘诗写进滑稽剧《白百合》的脚本中，布尔加科夫认为，这证明不可将"神秘学（оккультное）与近乎神秘色情文学（мистическая порнография）的神秘主义（мистическое）混为一谈"，"这是索洛维约夫意义最含混、最令人不快的作品之一。"[126] 莫丘利斯基也认为，《白百合》"与其说是逗笑，不如说是吓人；索洛维约夫在这部荒诞不经的闹剧中讲述了四个失意的情夫去寻找白百合的故事，实际上是在自我嘲弄。他嘲弄自己最珍贵的圣物，即对永恒女友的爱，并且戏拟自己对索菲亚神秘的祈祷……索洛维约夫以多少带有点亵渎色彩的幸灾乐祸挖苦自己年轻时对神智学的痴迷，在诙谐的剧本中塞进自己最具神秘倾向的诗作：《白百合与玫瑰》《我们的相逢并非偶然》《为何要给你热情和温柔》。"[127]

　　　　然而，无论这乍看起来多么不合情理，索洛维约夫的诙谐诗和讽刺作品有着更为广泛的读者群，一直都比他写给少数人的崇高的神秘抒情诗更受欢迎。
771　　在此，与索洛维约夫在精神上最为接近的读者与未被此吸引的读者的品味完全对立。在这些诗被收入诗集之前，它们就以手抄本的形式流传，在各种密友小圈子中颇受欢迎，并且在同时代人的回忆录中得以发表。

深受亨利希·海涅和库兹马·普鲁特科夫反讽精神影响的俄罗斯读者大众更容易接受索洛维约夫对俄国象征主义者精彩的戏拟、各种反讽谣曲（《神秘的客人》《未来的先知》《神秘的教堂工友》《骑士拉尔夫之秋游》）和讽刺短诗、寓言及自我戏拟。这里值得一提的是卡·米·叶利佐娃（洛帕京娜）的看法，她也像很多回忆录作者一样，忆起索洛维约夫那时而欢乐且富有感染力，时而令人害怕的特殊的笑：“如果没有这笑，那么就连他的形象都会发生改变；他的外表会变得十分奇特，仿佛不是来自这个世界，而正是对滑稽的钟爱，对库兹马·普鲁特科夫的引用，他书信中和说话时的尖刻与双关，还有他那古怪、粗野然而那样富有感染力、真诚的笑，将他与人们、人群和大地联系起来。”[128] 列·米·洛帕京对索洛维约夫的幽默诗给予毫无保留的极高评价：“……在这些诗中他达到极致，以至于俄罗斯文学中这类作品没有可与之相提并论之作，甚至著名的库兹马·普鲁特科夫团体那些才华横溢的作品也无法与之相比。只有少数作家能够如此有趣地驾驭反差，能够信笔将庄严与平庸结合在一起，如此不露痕迹地由抒发激情的真诚过渡到对其漫画式的夸张，在严肃的戏剧激情旁堆砌上天真的荒诞，并且将不着痕迹地与对人之存在的荒诞的严肃反讽融为一体的富有感染力的欢乐，贯穿于自己无拘无束想象的任性创造。”[129]

上述说法说明一个非常重要的问题，也恰是索洛维约夫的幽默中令人不解而气恼的问题。无论是以浪漫主义反讽的手法对尘世现实生活不合逻辑的贬低（《三次邂逅》），还是对浪漫主义刻板公式或荒谬诗学、彻头彻尾的荒唐事的戏拟（“深夜他回来／受了伤，而且／吃下七块羊肉／一直吃到天亮”），都没有触及崇高的“神秘”意义，而只是以一种格格不入的亵渎性世界观与之对立。《三次邂逅》中的“永恒女友”并没有遭到戏拟或嘲笑，只有抒情男主人公是反讽的对象，在他周围的凡夫俗子们（德国保姆、贝都因人、法捷耶夫将军）的眼中，他可笑而荒唐，不过这个圈子本身也受到了反讽。在《女读者和蝴蝶花》一诗的荒诞世界中，根本就没有崇高的神圣层面。但在诸如《永恒的女性》（《Ewig-Weibliche》）这样的诗歌，特别是在剧本《白百合》中，最

772

深刻的神秘主义价值观遭到戏拟。崇高与滑稽可笑之间这种相互关系已经无法放到浪漫主义反讽的框架中。但对神圣进行戏拟的传统具有很深的文化渊源。对戏拟起源的研究表明，将圣礼变成滑稽剧和闹剧的语言，在神职人员的参与下对上帝本身进行戏拟，"用圣礼歌调唱一堆荒诞不经的话"，给流浪汉和动物们安排教堂环境（试比较动物特别是熊在《白百合》中的作用），所有这些中世纪戏拟的特点，揭示了神圣与被戏拟、神秘主义的进取与嘲笑之间原初的联系。[130] 然而，近代文化几乎没有失去对这一传统的记忆，戏拟开始为社会内容服务。索洛维约夫的"神秘主义闹剧"是对古代神圣与可笑不可分割这一传统的复活，其出现没有得到读者的理解。尽管这种崇高与滑稽并存对俄罗斯经典文学而言并非新鲜事：对索洛维约夫如此重要的陀思妥耶夫斯基已在其长篇小说中掌握了这一技巧。二十年后，象征主义反讽诗歌和戏剧也走上这条道路：勃洛克的《草台滑稽戏》《不期而至的欢乐》和安德列·别雷的《第二交响曲》（"话剧交响曲"）也同样不为读者理解。

在索洛维约夫的遗产中，尽管其幽默诗中荒诞诗学显然居边缘地位，但却具有不容置疑的生命力，与库兹马·普鲁特科夫的反讽诗一道，对各位萨蒂利孔派诗人风格的形成产生了一定的影响，而且，有可能还影响了再往后一代将荒谬诗学视作一种认知"更精确意义"方法的"真实艺术协会"成员们。

根据标注的日期可见，索洛维约夫一生都在创作"诙谐"诗和戏剧。明茨正确地指出，"其特点的变化与索洛维约夫诗歌总体的发展密不可分，应当在索氏诗歌总的背景下，将其作为诗人哲学诗的一个'常相关量'来研究"[131]。索洛维约夫本人曾表述过对他诗歌创作的这两个领域都非偶然的信念，就像宇宙生活的深刻规律之体现：

> 这就是规律：一切好东西都在雾里，
>
> 而身旁除了痛苦，就是滑稽。
>
> 我们绕不开这双重的边界：
>
> 笑声清脆和嘶哑嚎啕——
>
> 宇宙的和谐即由此创造。

让笑声回荡起自由之波，

愤恨不配我们的生活。

可怜的缪斯，哪怕你只有一次

踏上昏暗行程，面带年轻的笑靥，

用你和善的微笑面对生命之恶，

让它平静下来，哪怕只有片刻。

773

注释：

1 《勃洛克文集》，八卷本，莫斯科，1962，第5卷，448-449页。

2 参见：叶·尼·特鲁别茨科伊，《弗·谢·索洛维约夫的世界观》，两卷本，莫斯科，1995，第1卷，94-95页。

3 谢·米·索洛维约夫，《弗拉基米尔·索洛维约夫的生活和创作发展过程》，莫斯科，1997，6页。

4 特鲁别茨科伊，上引著作，第1卷，99-100页。

5 谢·米·索洛维约夫，上引著作，5页。

6 尤·约·莱温，《哲学文本中的恒定结构：弗·索洛维约夫》，见《俄国白银时代：选篇》，莫斯科，1993年，5页。

7 弗·索洛维约夫的诗句引自：弗拉基米尔·索洛维约夫，《诗歌和诙谐剧》，扎·格·明茨撰写序言并注释，列宁格勒，1974（诗人丛书，大系列）。

8 引自：谢·米·索洛维约夫，上引著作，30页。

9 瓦·利·韦利奇科，《弗拉基米尔·索洛维约夫：生活与创作》，见《一本关于弗拉基米尔·索洛维约夫的书》，莫斯科，1997，15页。

10 谢·米·卢基扬诺夫，《青年时代的索洛维约夫：传记材料》，三册，彼得格勒，1921，第三册，第1辑，83页。

11 同上。

12 《勃洛克文集》，八卷本，第5卷，451-452页。

13 康·瓦·莫丘利斯基，《弗拉基米尔·索洛维约夫：生活与学说》，见康·瓦·莫丘利斯基，《果戈理、索洛维约夫、陀思妥耶夫斯基》，莫斯科，1995，97页。

14 关于索·彼·希特罗沃参见：玛·谢·别佐布拉佐娃，《回忆哥哥弗拉基米尔·索洛维约夫》，载《一本关于弗拉基米尔·索洛维约夫的书》，103-105页；卡·米·叶利佐娃，《超凡脱俗之梦》，同上，136-138页；谢·米·索洛维约夫，《弗拉基米尔·索洛维约夫的生活和创作的发展过程》，184-192页；阿·费·洛谢夫，《弗拉基米尔·索洛维约夫及其时代》，莫斯科，1990，656-663页。

15　参见：安·格·陀思妥耶夫斯卡娅，《回忆录》，莫斯科，1987，277-278页，346-347页；维·伊万诺夫，《论弗·索洛维约夫对于我们宗教意识的各位参与者命运的意义》，见《一本关于弗拉基米尔·索洛维约夫的书》，344-354页；特鲁别茨科伊，《弗·索洛维约夫的世界观》，第1卷，80-85页；埃·列·拉德洛夫，《陀思妥耶夫斯基与索洛维约夫》，见《陀思妥耶夫斯基，论文与资料》，彼得格勒，1922；谢·米·索洛维约夫，《弗拉基米尔·索洛维约夫的生活和创作的发展过程》，149，180-182页；洛谢夫，《弗拉基米尔·索洛维约夫及其时代》，506-514页；尼·伊·普鲁茨科夫，《陀思妥耶夫斯基与弗拉基米尔·索洛维约夫（〈宗教大法官〉与〈反基督〉）》，见尼·伊·普鲁茨科夫，《文学作品的历史比较分析》，列宁格勒，1974，124-162页；R. 洛德，《陀斯妥耶夫斯基与弗拉基米尔·索洛维约夫》，见《斯拉夫学与东欧评论》，伦敦，1964，第42卷，99期，415-426页。

16　弗·索洛维约夫，《三种力量》，见《索洛维约夫文集》，两卷本，尼·弗·科特列廖夫编辑，尼·弗·科特列廖夫和叶·鲍·拉什科夫斯基注释，莫斯科，1989，第1卷，29页。下文引用此书注明《索洛维约夫-1》。

17　特鲁别茨科伊，《弗·谢·索洛维约夫的世界观》，第1卷，81-83页。

18　谢·米·索洛维约夫，《弗拉基米尔·索洛维约夫的生活和创作的发展过程》，180-182页。

19　康·瓦·莫丘利斯基，《弗拉基米尔·索洛维约夫：生活与学说》，107页。

20　谢·米·索洛维约夫，《弗拉基米尔·索洛维约夫的生活和创作的发展过程》一书对这篇论文进行了详细转述，前面提到的洛谢夫的著作也对这一转述进行了分析。论文最初用法语发表：弗拉基米尔·索洛维约夫，《〈索菲亚〉和其他法语著作》，由弗朗索瓦·鲁洛编辑并作序，洛桑老城区，人类纪元出版社，1978。完整的俄语译文刊行在：弗·谢·索洛维约夫，《索菲亚，宇宙学说诸本原》一书当中，亚·帕·科济列夫翻译、校勘及注释，译文载《逻各斯：哲学文学杂志》，1991，第1、2期。又见：亚·帕·科济列夫，《一部未完成论文的悖论》，《逻各斯》，1991，第1期。

21　康·尼·列昂季耶夫，《拜占廷主义和斯拉夫主义》，见康·尼·列昂季耶夫，《隐士札记》，莫斯科，1992，116页。

22　弗·谢·索洛维约夫，《完整知识的哲学原理》，《索洛维约夫文集》，两卷本，总编和编纂者为阿·弗·古留加和阿·费·洛谢夫，第2卷，莫斯科，1988，142页。下文引用此书注明"索洛维约夫-2"。

23　同上，143页。

24　同上，177页。

25　同上，152页。

26　同上，174页。

27　弗·谢·索洛维约夫，《抽象原理批判》，《索洛维约夫-2》，第1卷，744页。

774

28　同上。

29　如参见：别雷，《论通神术》，见《新道路》，1903，第9期，106-109页；别雷，《作为世界观的象征主义》，莫斯科，1994，244-255页；维·伊万诺夫，《当代象征主义的两种流向》，见《伊万诺夫文集》，第2卷，布鲁塞尔，1974，536-561页；维·伊万诺夫，《象征主义约言》，同上，588-603页；勃洛克，《论俄国象征主义当前的状况》，见《勃洛克文集》，八卷本，第5卷，425-436页。试比较：叶·弗·叶尔米洛娃，《"通神者们"的诗歌和忠于物质的原则》，见《19世纪末20世纪初俄国文学美学观念》，莫斯科，1975，187-206页；卓·奥·尤里耶娃，《安德列·别雷：生活革新和通神术》，见《俄罗斯文学》，1992，第1期，58-68页；亚·瓦·拉夫罗夫，《20世纪00年代的安德列·别雷》，莫斯科，1995，112-175页。

30　讲座的历史复原参见：格·弗洛罗夫斯基，《哲学硕士弗·谢·索洛维约夫的宗教哲学讲座》，见《被书写的世界：纪念德米特里·奇热夫斯基之诞辰》，慕尼黑，1966，221-236页；亚·诺索夫，《弗·谢·索洛维约夫第12次"宗教哲学讲座"复原》，见《象征》，巴黎，第28期，1992年12月，245-258页。对该著作类似的分析参见：特鲁别茨科伊，《弗·谢·索洛维约夫的世界观》，第1卷，316-402页；莫丘利斯基，《弗拉基米尔·索洛维约夫：生活与学说》，111-120页；谢·米·索洛维约夫，《弗拉基米尔·索洛维约夫的生活和创作的发展过程》，145-152页；瓦·瓦·津科夫斯基，《俄国哲学史》，两卷本，列宁格勒，1991年，第2卷，第1部，33-54页。

31　《索洛维约夫-1》，第2卷，27页。

32　同上，130页。

33　同上，131页。

34　同上，132页。

35　同上，132-133页。

36　同上，134页。

37　同上，137页。

38　同上，142页。

39　特鲁别茨科伊，《弗·谢·索洛维约夫的世界观》，第1卷，348页。

40　关于神秘剧情节可参见：曼利·P.霍尔，《关于共济会、赫耳墨斯主义、卡巴拉教、玫瑰十字会的象征主义哲学的百科叙述》，第1卷，新西伯利亚，1992，43-88页；鲁道夫·斯坦纳，《作为神秘学事实和古代神秘剧的基督教》，埃里温，1991；弗·尼·托波罗夫，《论仪轨。问题引论》，见《民间文学和早期文学作品中的上古仪轨》，莫斯科，1988，7-60页；米尔恰·伊利亚德，《神圣与世俗》，莫斯科，1994。关于俄罗斯象征主义者笔下的神秘剧情节参见：莱娜·西拉德、彼得·鲍尔托，《俄国象征主义的但丁密码》，见《匈牙利斯拉夫学研究》，第35卷，第1~2期，1989，67-95页；伊·斯·普里霍季科，《勃洛克的神话诗学》，弗拉基米尔，1994，8-9页；同上作者，《20世纪初神秘剧的复活。叶芝和勃洛克的戏剧》，载《18—20世纪外国文学中的体裁标准：校级学术研讨会报告提纲》，高尔基市，1990，34-35页。

41　关于诺替斯教义对索洛维约夫索菲亚学说的影响参见：洛谢夫，《弗拉基米尔·索洛维约夫及其时代》，莫斯科，1990，178-182，244-250页；谢·米·索洛维约夫，《弗拉基米尔·索洛维约夫的生活和创作的发展过程》，97、125-128页。

42　关于索洛维约夫对于犹太人问题所持的立场参见：莫丘利斯基，上引著作，145-147页；弗·尼·托波罗夫，《"争论"还是"友谊"？》，见《二分点：亚历山大·缅神甫纪念文集》，莫斯科，1991，147-149页。

43　参见：弗·索洛维约夫1888年12月28日致兄长米哈伊尔的信。

44　莫丘利斯基，上引著作，173页。

45　同上，178页及以下。

46　弗·谢·索洛维约夫，《爱的意义》，见索洛维约夫，《艺术哲学和文学批评》，莫斯科，1991，113页。

47　同上，114-115页。

48　同上，115页。

49　同上，140页。

50　同上，146页。

51　弗·谢·索洛维约夫，《柏拉图的生活戏剧》，同上，201页。

52　此处指的是纳·阿·马克舍耶娃回忆录中所记载的索洛维约夫的话，说的是他在幻觉中见到魔鬼（《一本关于弗拉基米尔·索洛维约夫的书》，275页）。又见：韦利奇科，《弗拉基米尔·索洛维约夫：生活与创作》，同上，57-54页。

53　谢·尼·布尔加科夫，《弗拉基米尔·索洛维约夫与安娜·施密特》，见谢·尼·布尔加科夫，《平静的沉思》，莫斯科，1996，58页。

54　参见：别雷，《世纪之初》，莫斯科，1990，138-145页。

55　莫丘利斯基，上引著作，213页。

56　弗·索洛维约夫，《第三版前言》，见《弗拉基米尔·索洛维约夫诗集》，第3版，圣彼得堡，1900，ⅩⅣ-ⅩⅤ页。

776　57　《索洛维约夫-2》，第1卷，744页。

58　《弗拉基米尔·谢尔盖耶维奇·索洛维约夫书信集》，四卷本，圣彼得堡，社会利益出版社，1909，第2卷，183页。

59　同上，第1卷，114页。

60　莫丘利斯基，《弗拉基米尔·索洛维约夫：生活与学说》，197页。

67　特鲁别茨科伊，《索洛维约夫的世界观》，第2卷，314页。

62　弗·谢·索洛维约夫，《自然中的美》，见索洛维约夫，《艺术哲学和文学批评》，30页。

63　同上。

64　索洛维约夫，《通向正面美学的第一步》，同上，95页。

65　索洛维约夫，《柏拉图的生活戏剧》，同上，174页。

66　同上。

67　特鲁别茨科伊，《索洛维约夫的世界观》，第1卷，35-36页。

68　同上，36-37页。

69　同上，38页。

70　弗·索洛维约夫，《自然中的美》，见索洛维约夫，《艺术哲学与文学批评》，72页。

71　同上，73页。

72　弗·索洛维约夫，《艺术的普遍意义》，同上，78页。

73　同上。

74　同上，83页。

75　同上。

76　同上，89页。

77　对索洛维约夫批评文章及其与其美学理论关系的论著参见：海因里希·施塔姆勒，《作为文学批评家的弗拉基米尔·索洛维约夫》，见《俄罗斯评论》，第22卷，1963，第1期，68-81页（再版：《维也纳斯拉夫学年鉴》，1973，36-67页）；柳·德·佩列佩尔金娜，《弗拉基米尔·索洛维约夫哲学思想体系下的文学批评活动》，坦佩雷，1995；科特列廖夫，《后记》，见弗·索洛维约夫，《诗歌、美学、文学批评》，莫斯科，1990，479-493页；雷·加利采娃、伊·罗德尼扬斯卡娅，《一个艺术家的现实事业（弗拉基米尔·索洛维约夫的"正面美学"和文学创作观）》，见弗·索洛维约夫，《艺术哲学与文学批评》，8-29页；尼·伊·齐姆巴耶夫、瓦·伊·法秋先科，《弗拉基米尔·索洛维约夫——批评家和政论作家》，见弗·索洛维约夫，《文学批评》，莫斯科，1990，5-34页。

78　特鲁别茨科伊，《索洛维约夫的世界观》，第1卷，17页。

79　同上，17-18页。

80　弗·索洛维约夫，《论抒情诗：由费特和波隆斯基晚期诗歌谈起》，见索洛维约夫，《艺术哲学与文学批评》，401页。

81　同上，402页。

82　同上，403页。

83　参见：纳·尤·格里亚卡洛娃，《勃洛克早期抒情诗形象性探源（波隆斯基和弗·索洛维约夫）》，见《亚历山大·勃洛克：研究与资料》，列宁格勒。1991，49-63页。

84　弗·索洛维约夫，《阿·康·托尔斯泰伯爵的诗》，见弗·索洛维约夫，《艺术哲学 777 与文学批评》，483页。

85　弗·索洛维约夫，《波隆斯基的诗》，同上，530页。

86　弗·索洛维约夫，《论抒情诗》，同上，409页。

87　弗·索洛维约夫，《丘特切夫的诗》，同上，473-474页。

88　弗·索洛维约夫，《论普希金诗作中诗性的意义》，同上，328-329页。

89　弗·索洛维约夫，《莱蒙托夫》，同上，387页。

90　弗·索洛维约夫，《论抒情诗》，同上，412页。

91　弗·索洛维约夫，《阿·康·托尔斯泰伯爵的诗》，同上，494页。

92　弗·索洛维约夫，《莱蒙托夫》，同上，385页。

93　弗·索洛维约夫，《普希金的命运》，同上，294页。

94　弗·索洛维约夫，《莱蒙托夫》，同上，397页。

95　弗·索洛维约夫，《密茨凯维奇》，同上，379页。

96　对《普希金的命运》一文反响的简明综述参见亚·安·诺索夫的注释（弗·索洛
维约夫，《艺术哲学与文学批评》，664-665页）以及帕·纳·别尔科夫、维·莫·拉夫罗夫，
《普希金作品及研究文献索引，1886-1899》，莫斯科-列宁格勒，1949，706-707页。

97　瓦·瓦·罗扎诺夫，《基督教是消极的还是积极的？》，载《罗扎诺夫文集》，两卷
本，第1卷：《宗教与文化》，莫斯科，1990，196-198页。

98　梅列日科夫斯基，《莱蒙托夫——超人诗人》，见梅列日科夫斯基，《静静的漩涡
中》，莫斯科，1991，381页。

99　谢·索洛维约夫，《神学和批评随笔》，托木斯克，1996，122页。

100　埃利斯，《俄国象征主义者》，托木斯克，1996，216页。

101　同上，202页。

102　勃留索夫，《弗拉基米尔·索洛维约夫：其诗歌的涵义》，见《勃留索夫文集》，七
卷本，莫斯科，1975，第4卷，230页。

103　尤·艾亨瓦尔德，《俄国作家剪影》，莫斯科，1994，370页。

104　莫丘利斯基，《弗拉基米尔·索洛维约夫：生活与学说》，202页。

105　谢·尼·布尔加科夫，《弗拉基米尔·索洛维约夫与安娜·施密特》，见布尔加科
夫，《平静的沉思》，52页。

106　罗扎诺夫，《纪念弗·索洛维约夫》，载《一本关于弗拉基米尔·索洛维约夫的
书》，337页。

107　关于索洛维约夫对年轻一代象征主义者诗歌创作的影响详见：瓦·利·利沃夫-罗
加切夫斯基，《当代心灵的抒情诗（弗·索洛维约夫、别雷、勃洛克）》，见《当代世界》，
1910，第8期，1-25页；亚·列·斯洛尼姆斯基，《勃洛克与弗拉基米尔·索洛维约夫》，见
《关于亚历山大·勃洛克》，彼得堡，纸牌屋出版社，1921；明茨，《青年勃洛克的诗歌理
想》，见《论勃洛克文集》，塔尔图，1964，172-225页；帕·彼·格罗莫夫，《勃洛克，他的
先辈和同时代人》，列宁格勒，1986，55-122页；阿明·克尼格，《索洛维约夫的抒情诗及其

对别雷和勃洛克的影响》，基尔-阿姆斯特丹，1973。

108　勃留索夫，《弗拉基米尔·索洛维约夫：其诗歌的涵义》，221页。

109　明茨，《诗人弗拉基米尔·索洛维约夫》，见弗·索洛维约夫，《诗歌及诙谐剧》，列宁格勒，1974，（诗人丛书，大系列），22页。

110　下述著作研究索洛维约夫的诗歌：弗·费·萨沃德尼克，《弗·索洛维约夫的诗歌》，莫斯科，1901；埃·拉德洛夫，《弗·索洛维约夫的创作》，圣彼得堡，1909；格·丘尔科夫，《弗拉基米尔·索洛维约夫的诗歌》，见《生活问题》，1905，第5期，100-118页。

778

111　勃留索夫，《弗拉基米尔·索洛维约夫：其诗歌的涵义》，220页。

112　同上。

113　谢·尼·布尔加科夫，《弗拉基米尔·索洛维约夫与安娜·施密特》，59页。

114　同上，61页。

115　同上，66页。

116　如见：明茨对索洛维约夫，《诗歌及诙谐剧》的注释，293页。

117　关于索洛维约夫宗教诗歌理论对于勃洛克戏剧构思的意义（并没有引用这首诗）参见：伊·斯·普里霍季科，《勃洛克的神话诗学》，36-38页；关于"具有拯救力量的忠贞"的各种主题可参见：迪·马·穆罕默多娃，《勃洛克，〈不期而至的欢乐〉，标题的由来和诗集的结构》，见《勃洛克与世纪初文学发展的主要趋势：论勃洛克文集》，第7辑，塔尔图，1986，51-3页。

118　参见：亚·德·格里戈里耶娃，《费特的话语和形象（〈永恒之火〉）》，见亚·德·格里戈里耶娃、尼·尼·伊万诺娃，《19—20世纪的诗歌语言：费特，现代抒情诗》，莫斯科，1985，50-60页。

119　关于索洛维约夫诗歌中对传统意义的革新之简要说明参见：纳·阿·科热夫尼科娃，《20世纪初俄国诗歌的用词》，莫斯科，1986，144-148页。

120　《文学遗产》，第92卷，第1册，莫斯科，1980，411页。

121　同上。

122　关于索洛维约夫诙谐诗在其创作中的意义，以及与之相关的文本学问题详见：明茨，《勃洛克喜剧性的起源：（弗·索洛维约夫与勃洛克）》，见《塔尔图大学学报》，塔尔图，1971年，第266期，124-94页；《诗人弗·索洛维约夫手稿遗产选：诗歌人格的结构与文本学》，明茨整理，见《塔尔图大学学报》，塔尔图，1975年，第358期，372-395页；埃尔达·加莱托、尼·弗·科特列廖夫，《谈谈弗·谢·索洛维约夫诗歌的作者归属鉴定。M 200号：被认为是索氏作品的〈写瓦·瓦·罗扎诺夫的讽刺短诗〉》，见《亲眼所见》（De Visu），1994，第1~2期，62-66页。

123　韦利奇科，《弗拉基米尔·索洛维约夫：生活与创作》，见《一本关于弗拉基米尔·索洛维约夫的书》，61页。

124　同上，57页。

125　布尔加科夫，《弗拉基米尔·索洛维约夫与安娜·施密特》，64页。

126　同上，81页。

127　莫丘利斯基，《弗拉基米尔·索洛维约夫：生活与学说》，127页。

128　卡·米·叶利佐娃，《彼岸之梦：（纪念弗·索洛维约夫辞世25周年）》，见《一本关于弗拉基米尔·索洛维约夫的书》，122页。

129　列·米·洛帕京，《纪念弗·谢·索洛维约夫》，见《一本关于弗拉基米尔·索洛维约夫的书》，450页。

130　参见：奥·米·弗赖登贝格，《戏拟的起源》，见奥·鲍·库什林娜主编的《戏拟镜子中的俄罗斯文学》，莫斯科，1993，392-404页。

131　明茨，《勃洛克喜剧性的起源：（弗·索洛维约夫与勃洛克）》，127页。

第十七章

德米特里·梅列日科夫斯基

◎安·格·博伊丘克 撰 / 何书林 译

德米特里·谢尔盖耶维奇·梅列日科夫斯基（1865—1941）的作品在俄罗斯学术传统中长时期以来受到忽视，对其作品的评价也带有明显的偏见，并且主要都是负面评价。之所以如此，作家的反苏侨民身份是个重大的原因（侨民作家的另一位著名代表人物是梅列日科夫斯基的妻子济·尼·吉皮乌斯，他们1889年结婚，志同道合使他们的婚姻得以长久维系）。但是，即使是在戈尔巴乔夫改革以前，俄罗斯文学艺术界对待这一问题的观点和态度也并不一致——读者及文艺批评界对待梅列日科夫斯基的态度，从一开始就远非同一个声音。[1]

早在19世纪80年代，梅列日科夫斯基就已经名噪一时了。在接下来的几十年里，也就是在他逐渐确立"新艺术"观的那段时间，他的作品在读者群中所获得的成功，足以让他同时代的多数人称羡不已。曾几何时，梅列日科夫斯基的"艺术散文，同他的诗歌一样，简直以变量参数的形式得到了……充分普及……这在某种程度上使得作家的命运有所改善"[2]。他早就成了各通俗杂志的抢手撰稿人。可观的销量，无数次的再版，足见读者对他作品的兴趣有多么浓厚。在当时的象征主义作家中，能与梅列日科夫斯基一争高下的象征主义作者只有巴尔蒙特和索洛古勃。批评家和与梅列日科夫斯基同时代的作家对待他态度复杂，但并非总是带有成见或给予蔑视。与早期象征主义作品常常受到批评家的嘲讽情况相反，梅列日科夫斯基的第一部历史三部曲《基督与反基督》发

德米特里·梅列日科夫斯基

表之初，就获得好评。[3] 在1900年代和1910年代初，梅列日科夫斯基已经为自己争得了足够的口碑。这时，他的俄罗斯"新艺术"奠基人及导师的地位已经得到公认，很少有人再对此予以质疑了。"近二十年来，几乎所有的人都把梅列日科夫斯基称为'尊敬的''著名的'了。由沃尔夫出版的他的十五卷集，让读者和批评家亲眼目睹了他的文学巨著，并给予很高的评价。" 1910年代初亚·伊兹梅洛夫如是断定。[4] 尽管出于种种原因人们所表达的观点不尽一致，对梅列日科夫斯基在世纪之交所出版的一些主要书籍（《永恒的旅伴》，第一部历史三部曲、学术性著作《列·托尔斯泰与陀思妥耶夫斯基》），即使是在思想上及美学立场上与他相去甚远的人们，也都给予了很高的评价。他同时代的人，对他创作那包罗万象的广度，对他创作的高产，对他作为一个文化传播者的执着，都做出了应有的评价。作为一个文化传播者，他致力于打破"本国"与"外国"的壁垒，致力于创建一种在本国与西欧之间没有界限的世界文学（从19世纪90年代关于小普林尼、马可·奥勒留、卡尔德隆的随笔以及古希腊悲剧的翻译，一直到他晚年的作品，都贯穿着这一精神）。梅列日科夫斯基也得到了被正式承认的机会——他被提名为科学院院士的候选人[5]，在20世纪第二个十年，他曾出任帝国剧院文学戏剧委员会的委员。毫无疑问，他成了世纪之交在俄罗斯境外少有的

780

最负盛名的作家，他的作品被译成多种欧洲语言，从他成名的那一刻起，他就同霍夫曼斯塔尔或勃兰兑斯一样，受到了广泛的赞誉（尽管这种赞誉并不是狂热的和无条件的）[6]。

　　据当代学者考证，20世纪初，在英国、法国和德国，梅列日科夫斯基的名字是与契诃夫和高尔基的名字一样被人津津乐道的。[7] 在西方，人们对他的第一部三部曲的兴趣尤为浓厚。人们之所以如此称道这部作品，一是因为它风格简约，极大地减轻了翻译的难度，再者就是作者对欧洲传统历史小说具有相当丰富的知识。比如，米·采特林就认为："如果俄罗斯与欧洲之间能有一个版权契约的话，那么《列奥纳多》的作者一辈子就不愁吃穿了。"[8] 连续多年，梅列日科夫斯基的书，"尤其是《列奥纳多·达·芬奇》在欧洲任何一个国家的任何一个书店里，都能找到它的多种译本"——20世纪40年代初，作家的另一位比较年轻的同时代人曾经这样回忆。[9] 勃留索夫的《天平》杂志中也有人高兴地强调作家在西方多么有名 [10]；最滑稽的是有人宣称梅列日科夫斯基就是托尔斯泰的接班人，而说出这段话的人——边缘媒体《文学通报》的一位观察员——依据的正是国外批评界的观点 [11]——比如，英国《每日电讯报》的一位评论家就持这种观点，称梅列日科夫斯基是"托尔斯泰和陀思妥耶夫斯基的当之无愧的继承人，同时，说他可与著名的《你往何处去》一书的作者一决高下。[12]

　　不过，叶·伦德贝格也曾经发表过这样的看法：广大读者只是把作家当作一个历史小说家看待，他们在欣赏他的作品时，最感兴趣的主要是他那突发奇想杜撰出来的情节。我们认为，伦德贝格的这一看法倒未必是对事实的歪曲。[13] 梅列日科夫斯基在自己的自传里提到俄罗斯国内的一些评论家时，毫不掩饰地称他们永远是"不友善的"，这种说法并非言过其实。[14] 鲍·尼科利斯基的话也证实了这一点，他说："在我们的报刊上，梅列日科夫斯基总是被笼罩在一种不友善的阴影之中，任何其他一位当代作家恐怕都没有这样的遭遇。"[15] 罗扎诺夫则称，人们对梅列日科夫斯基"嘲弄了几十年"[16]。很多年以后，马·阿尔达诺夫回忆道，就文学界的礼节而言，作家简直是在"全天候"地遭受诟骂（不仅是对他的戏剧和文章，甚至连他的《列奥纳多》也难逃厄运）[17]。

　　梅列日科夫斯基文学作品厄运的根源，并非仅仅在于某个团体或个人的不公正。值得注意的是，很早就有人指出，他的作品，无论是整体还是局部，都是

781

不完善、不成功的。持这种观点的人，不仅有他的传统论敌（如在世纪之交，阿·沃伦斯基就是其中之一），甚至还有与他关系很密切的作家，比如别雷，他最早表达了这样的看法：梅列日科夫斯基作为一个人比作为一个作家更伟大。这种观点许多人后来曾经重复过。别雷在1907年谈到梅列日科夫斯基时，称他为"我们时代呼喊的困惑"，同时他还强调指出："梅列日科夫斯基在所有的方面都没有把自己巨大的才能充分发挥出来，他不是一个彻底的大艺术家，不是一个彻底的有洞察力的批评家，不是一个彻底的神学家，不是一个彻底的历史学家，也不是一个彻底的哲学家。"[18] 这种观点以及后来出现的与之相似的一些意见充分反映了文化现实及文学现实的发展状况，其中也指出了作家精神世界的内在特点，这些特点，在他以后生活道路上的每一个阶段都表现得越来越明显。

梅列日科夫斯基曾在自己文集的序言中声称，他这部文集各卷之间"尽管存在着差异，有时甚至互相矛盾，但它们之间都有着一种不可分割的联系"（Ⅰ，序5）。他所有作品的惊人的高度一致性，总是在某种统一的轨道上前进的方向性，几十年一贯善于体现最丰富的构思的能力，让最初读梅列日科夫斯基作品的人都震惊不已。与此同时，他的作品总是表现一种固有的并且是非常明确的发展规律。作为宫廷重臣之子，他在彼得堡大学文史系毕业以后（1888），就成了一名职业作家。作为一个民粹主义的狂热追随者（梅列日科夫斯基后来曾把尼·康·米哈伊洛夫斯基和格·乌斯宾斯基称为自己的启蒙老师——ⅩⅩⅣ，112），他于19世纪80年代以纳德松派抒情诗人的身份崭露头角。在接下来的十年当中，他与明斯基和索洛古勃一样，在自己的诗中把80年代社会活动家的活动表现为世纪末思想与情结的综合体。"梅列日科夫斯基那看似调侃的嬉笑怒骂，让所有的人都振聋发聩"，在回忆19世纪80年代末彼得堡的文学社团时，沃伦斯基曾经这样写道："在米哈伊洛夫斯基在场并且在他盛怒的情况下，发生了与老一代权威正式决裂的一幕。"[19] 勃留索夫把梅列日科夫斯基的诗集《象征》（1892）的出现称作自己一生中的重大事件，并把这本诗集当作自己的必备书籍放在案头。[20] 就像构成《论当代俄国文学的衰落原因及其新兴流派》（1893）之基础的那些讲座一样，《象征》也有理由被认为是俄罗斯"新艺术"最早的宣言之一。

但是，梅列日科夫斯基给后来的文学家们影响最大的并不是他的抒情诗，而是他另外一些创作领域。在19世纪90年代，他的抒情诗曾是那些刚步入诗坛

782

的诗人们的榜样，但后来却再也没有得到过什么能和年轻的勃留索夫的慷慨陈词相媲美的评价 [21]；应该指出，梅列日科夫斯基的诗得以广泛传诵（同稍晚些时候巴尔蒙特和谢维里亚宁的诗成为时尚一样），意味着读者欣赏口味的平民化，不再过于苛求。尤·捷拉皮阿诺指出："曾几何时，待客日，大学生开晚会，人们都在慷慨激昂地读他的某几首诗，同时带有一种当时特有的迟钝。" [22]到了世纪之交，读者对他的散文作品的需求就无限量地增加了，颇为符合"发掘一个作家"和"与他竞争"之间的认知辩证法。梅列日科夫斯基作为一个散文作家的实践所具有的意义，对于当代人来讲并不仅仅局限于历史长篇小说（在他1895—1897年间创作的"15世纪的故事"中，梅列日科夫斯基在俄罗斯象征主义作家中首先尝试使用总体风格化的手法，使自己作品的形式"完全符合作品中所表现的时代"）[23]。但在未来各代人的文学意识中，他首先是一位体裁方面的创新者——他开创了历史哲学小说体裁，而人们经常把它定义为"世界观型思想小说的变体"。梅列日科夫斯基在自己的三部曲《基督与反基督》中，展现了各种叙事可能性，而构成这些叙事方法基础的是一系列贯穿性的主导动机和一个连贯的设定方针，无论是隐喻，还是将被描绘对象升华到某些共同的思想、形象共相，抑或在艺术织体内引经据典，指涉种种神话、文学和美术方面的情节、素材，作家都遵循这种连贯的设定方针。[24] 梅列日科夫斯基为这种诗学提供了最初的范例，而这种诗学的顶峰后来与索洛古勃、别雷、列米佐夫的名字紧密联系在一起（同时，他还为后来的象征小说作家制定了将大型叙事作品汇编成多部曲的独特标准，别雷的三部曲和索洛古勃的《鬼魂的魔法》都遵循这一标准）。在文学体裁分类的发展进程中，梅列日科夫斯基的这部宏篇巨制成了"俄罗斯文学和世界文学从陀思妥耶夫斯基式的'复调'小说向20世纪的'概念型'小说转化运动中的一个重要里程碑"[25]，成了19世纪后半期相对局限的神话主义形式朝着后期象征主义和乔伊斯式的更为精细的引经据典及充满寓意的表现手法转化的一个重要里程碑。同时，作家作品的创作理念不单单是从根本上影响到了与其时代相近的同类现代主义作品，而是远远超出了这个范围：在以后的几十年中，梅列日科夫斯基的经验在某种程度上对几乎所有用俄语写历史小说的人都是重要的。在世纪之交的文学界，梅列日科夫斯基的两个三部曲的出现，使历史题材作品的地位得到了显著的提高，此后，诸多一流作家越来

783

越多地光顾这一题材。与此同时，出现在梅列日科夫斯基以后的一些散文作家，首先从勃留索夫开始，认为有必要对他进行一番挑战。他们摒弃了作家综合视角的某些部分（主要是哲学、宗教方面的），在某种程度上或多或少地改变了他的艺术风格（阿尔达诺夫后来将会是最为接近梅列日科夫斯基1910—1920年代长篇小说的智识主义，以及其小说戏剧化的、大量使用对话的形式的人）。

　　尽管如此，梅列日科夫斯基作为一个经典著作的诠释者，作为一个批评家，作为一个宗教哲学家，在世纪之交，无论是在俄罗斯国内还是在国外，他的表现都是有目共睹的。梅列日科夫斯基曾公开宣布自己是步索洛维约夫和罗扎诺夫的后尘的。作为用宗教哲学观点分析文学作品的先驱者之一，在象征主义批评家中，他的文学评论数量巨大，且深受读者欢迎。他虽然未能给象征主义提出更多的美学理论根源，却为塑造传统在象征主义中的形象做了足够的工作。早在《论当代俄国文学的衰落原因及其新兴流派》一文中，他就首先指出了一些化用俄罗斯和国外经典文学的方法，而后来"年轻一代"象征主义者拿这些方法进行了创作实验。梅列日科夫斯基的许多诠释性著作（首先是那些成就极高的著作，诸如《永恒的旅伴》这本书，学术性著作《列·托尔斯泰与陀思妥耶夫斯基》，以及关于果戈理的著作）一直被认为是光彩夺目的文学事件。那本关于托尔斯泰和陀思妥耶夫斯基的书，从它出现那一刻起，无论是与他关系密切的人，还是与他关系比较疏远的人，都给予了极高的评价。此后，尽管有的人与他有原则分歧，有的与他在细节问题上有分歧，但他们都不止一次地称道这本书是俄罗斯文艺批评及文学理论发展进程中的一部划时代的著作。梅列日科夫斯基曾在不同年代的著作中对普希金、果戈理、莱蒙托夫、涅克拉索夫、丘特切夫、托尔斯泰、陀思妥耶夫斯基、契诃夫以及很多其他作家的作品作出过评价，无论这些评价根据的充足程度与恰如其分的程度如何，都无可争议地成了文化觉醒过程中有重要影响的因素，而且这种影响不仅仅局限于俄罗斯国内；很多西方的研究者也反复确认过这样一个事实：梅列日科夫斯基的文艺批评和他对经典著作的诠释，与他的小说作品一样，都在世纪之初让欧洲人加深了对俄罗斯的宗教思想以及俄罗斯文学的宗教探索的兴趣。[26] 梅列日科夫斯基的著作那犀利的主观态度及热烈的政论风格足以让人产生强烈的反感，但是，甚至他坚定的论敌也承认，他的分析评论"虽然不能永远让人信服，却能永远让人激动，让人产生进

784

行反驳的冲动，而正是在这一过程中，人们得以更深入地认识这位作家"[27]。

在世纪之交，梅列日科夫斯基已经成了彼得堡宗教哲学会的主要组织者之一（1901—1903），并且热情洋溢地宣扬"新宗教意识"。这时，他与索洛维约夫一样，在第二代象征主义者心目中成了现代主义艺术与"精神文化复兴"紧密结合的化身。人们曾多次重复这样一个论题：对那些在世纪之交崭露头角的钟情于象征主义的作者们，梅列日科夫斯基的作品（主要是三部曲《基督与反基督》及学术性著作《列·托尔斯泰与陀思妥耶夫斯基》）已经成了一种独特的"词典"。关于这一论题，我们可以从很多作家的作品中获得印证。这些作家不仅包括勃洛克[28]、别雷（梅列日科夫斯基对他们的影响，无论从深度还是广度上，都可以与索洛维约夫对他们的影响媲美）和别尔嘉耶夫，甚至也包括维·伊万诺夫[29]。安·卡尔塔绍夫、鲍·萨温科夫、米·普里什文[30]和玛·沙吉尼扬也都曾深深迷恋梅列日科夫斯基式的巧妙构思。直到他们与梅列日科夫斯基的圈子所发生的近距离思想接触已经退居二位以后，他们还在很长的一段时间里与作家保持着交往。后来，这种影响已经超越了俄罗斯文学界的范围。[31]

但是，他的第一部三部曲和关于列·托尔斯泰与陀思妥耶夫斯基的学术性著作刚刚问世，人们就发现了作家创作世界中的一些主导特征，其中包括唯理主义，抽象的意识形态色彩，只接受极端特征，而忽略一切相对性和多样性的唯智主义的公式化倾向。这些特征的种种表现（诸如顽固坚持三位一体的思维方式[32]，热衷于二元论的游戏，并把各种现象的总和都转化成这种二元对立），理所当然地引起了批评界的反感（应该指出的是，他们这种看似复杂而结论各异的指责并未触及到梅列日科夫斯基学说的朴实与透彻的本质）。但是，梅列日科夫斯基，这个被伊兹梅洛夫誉为"走遍世界，博览经典"[33]，知识渊博的作家，由于他独具的性格气质，使他在创作活动中充满反叛精神，有着对文化的执著以及对于"美好艺术杰作魔力"的痴迷[34]，由此引发出来的对于他的批评责难也并非没有根据。如果说作家的宗教哲学学说中的逻辑主义会遭人非议（关于梅列日科夫斯基，罗扎诺夫曾经这样写道："尽管他仇视实证主义，但事实上他是非常实证的，并且总是清醒的，从来没有被任何魔鬼迷惑过。"罗扎诺夫还说，在梅列日科夫斯基的作品里"没有黑夜"，如果说其中还有"黑暗"的话，那也是"思想混乱"[35]。鲍·格里夫佐夫也曾调侃地说，在

785

他的作品里，"扮演宗教角色的是赤裸裸的、贫乏的中学生逻辑"[36]），那么，基于相同的理由，文学批评界拒不接受梅列日科夫斯基，认为他的分析以意识形态为前提，分析的依据带有先验性，这导致对写作客体的忽略、论述的随意性和传教士布道般的倾向。勃洛克指出，梅列日科夫斯基的"个人题材""在某种程度上影响了他严肃对待任何一种其他题材"[37]。明斯基也强调说，他"只是从别的作家身上找到自己想找的观点"，他撇去那个真正的作家，然后从引文中创造出了"一个自制的作家，后者当然能证明批评家想证明的一切东西"[38]。梅列日科夫斯基批评政论作品的这些特征，构成了人们评价这些作品时的某种稳定的负面背景，而有一个事实看来能反映人们对这些特征排斥、厌恶的程度——那就是批评家在论及梅列日科夫斯基时，常常不得不提一下他也是建立过许多功勋的。在1900年代的后半期，对他的这种类型的评价就已经开始了。（"我们所有的人所获得的学问，所掌握的思想，都应该感谢梅列日科夫斯基"，莫·霍夫曼曾这样声称 [39]，关于梅列日科夫斯基及其周围的人对于俄罗斯象征主义宗教哲学及文学观念的形成所起的巨大作用，别雷也在比霍夫曼稍早些时候就强调过，他甚至指出，"在梅列日科夫斯基周围形成了一个个新流派的完整的输出体系，但这些新流派却不提及他们所出自的源头"。[40]）梅列日科夫斯基逝世以后，不断提示他的重要地位的必要性显然没有成为过去。后来，格·阿达莫维奇就曾经指出："我们很多批评家，甚至也包括很多作家都没有完全认识清楚，有许多他们以为是自己的东西，其实在很大程度上应该归功于梅列日科夫斯基。"他还劝告人们要"把老书再读一读"。[41]

在梅列日科夫斯基的散文作品和剧作中，我们又能看到上述那些特征的局部折射，包括强调唯智高于唯美，全部艺术结构服从作者观念的展开以及把精力主要集中在人物意识中的思想存在上，因此，就常常导致忽略了人的心理描写，以及过分地夸大了陀思妥耶夫斯基诗学的一个方面：按照梅列日科夫斯基的意见，陀思妥耶夫斯基是"理智的各种激情"的"伟大描绘者"（Ⅹ，44）。"梅列日科夫斯基不是艺术家"，1906年列·托尔斯泰曾这样评论过他 [42]；而拉·瓦·伊万诺夫-拉祖姆尼克则把自己评论梅列日科夫斯基的一篇作品称之为《死板的技巧》。[43] 后来，罗扎诺夫曾就这件事说道："其实在伊万诺夫-拉祖姆尼克之前人们未必不清楚这一点，他不过是把大家的意见进

786

行了一番概括。"[44] 再后来，阿尔达诺夫也不无遗憾地指出："对梅列日科夫斯基来讲，宗教思想比历史真相和小说的艺术价值更珍贵。"[45]

与梅列日科夫斯基的艺术体系的部分调整同时到来的是他的那些社会的和文学组织的活动达到了一个高潮。这些活动既与圣彼得堡的宗教哲学会相关联，又与《新道路》杂志（1903—1904）的同仁们共进退，这是此前没有出现过的一种杂志类型，为社会宗教及文学月刊。[46]"诗对我来讲已经显得有点多余了。快给我心灵的食粮吧，至于诗歌，不过是儿童游戏而已。"1900年梅列日科夫斯基曾对勃留索夫这样讲。[47] 自那部自传体长诗《古体八行诗》创作完成以后，他有相当长的一段时间不再从事诗歌创作。与他同时代的人，随着时间的推移，对他这部诗作越来越抱怀疑态度了[48]，这样，他们也就理所当然地能够做出自己的评价：梅列日科夫斯基作为一个抒情诗人的发展过程已经告一段落。勃留索夫则更超前一些，还在天蝎出版社的那部诗集问世以前的1903年就指出，梅列日科夫斯基靠这部诗集"总结了自己已经告终的诗人生涯"[49]。

第一次俄罗斯革命唤醒了作家的自由理想，这时，这种理想已经成了他"新宗教意识"的组成部分，而这一革命年代则成了他把创作热情的主要部分转向政论范畴的一个标志。在整合反专制力量和宗教力量的努力中，梅列日科夫斯基比1900年代中期也宣称自己具有相同志向的其他多数人更为执着地坚持了自己的立场——在两场革命间的十年中，他是为数不多的没有为与社会倾向变化保持一致而背离自己激进立场的人之一。当时有一种革命浪潮低落导致的思想情绪，按照梅列日科夫斯基的观点，这种情绪中占主导地位的是"个人主义、孤独心态、无社会倾向性"[50]，而拒斥这种情绪则是那些年他很多言论的基调。梅列日科夫斯基所表现出来的社会激情使得他与其他象征主义者之间的距离越来越大，这促使他后来执着地在他们的创作实践中寻求社会冷漠的特征（1908年的文章《阿福花和洋甘菊》，1910年的文章《滑稽戏与悲剧》）。到了1900年代结束的时候，他们之间这种相互对立的特点就暴露得更加明显了。同时代的人觉得梅列日科夫斯基夫妇宣扬新基督教教义的言论格格不入，而后者对前者的这种态度则表现出尤怨之情。20世纪初，在俄罗斯文化界出现了一种认为梅列日科夫斯基有些自我隔绝的观点，这种观点最初是罗扎诺夫于1903年在一篇叫作《在讲另一种语言的人中间》的文章中提出来（以一种极端又耸

787

人听闻的方式），并在以后以各种方式不断被人重复。其实这种观点既不符合他在文学方面的影响，在某种程度上也不符合他在思想方面的影响力，当然，更歪曲了梅列日科夫斯基夫妇那种积极热情的态度，正是他们的这种态度，不断把这种或那种团体吸引到自己身边来，并引发出大量的出版计划。但这份提纲如实反映了作家身边定期会出现的种种困难，甚至在那些接近他的期刊中也不能幸免，同时也反映了他自封的宗教改革家的角色已遭遇彻底失败。这篇文章还表明一个事实，梅列日科夫斯基这位自称整个一生若不是在寻找"接班人和学生"，那至少也是在寻找"志同道合者"的人士（Ⅰ，序6），他提出的观念没有获得群众的任何反响，没有引起任何能让人稍稍联想到其他学说（比如托尔斯泰主义）激起的波澜的动静。伦德贝格指出："社会对他的说教报以'礼貌的冷淡'。"51 而伊万诺夫—拉祖姆尼克则这样说："人们读梅列日科夫斯基的书，给予很高的评价，而对待他的态度却是冷漠的……"52 在他批评著作中所表现出来的越来越多的实用主义色彩，1900年代后半期至1910年代他在艺术探索的背景下越来越明显的刻意仿古式的偏重理性的风格，他艺术风格表现的局限性以及他对戏剧和小说作品中某些形式上的不完善性，再加上人们与梅列日科夫斯基的思想体系在这些或那些方面的不满，这就使得人们越来越不能接受梅列日科夫斯基的著作。从1910年代初开始，作家的声誉受到了一定程度的损害——有些年轻一代的批评家，甚至在那些与取代象征主义的各流派毫无关系的人中，都越来越多地认为他的声誉是虚幻的，并且正在走向消亡。

作家称1917年的"二月和三月"是"非凡的、崇高的"53。与克伦斯基和临时政府的另一位部长安·弗·卡尔塔绍夫关系密切的梅列日科夫斯基夫妇54认为俄罗斯有可能出现真正的自由的希望破灭了。从1917年10月以前梅列日科夫斯基直到他生命的终结，他始终如一地揭露其社会方面、道德方面和形而上方面的危害。侨居生活（梅列日科夫斯基夫妇、德·菲洛索福夫和他们的秘书瓦·兹洛宾于1919年12月离开彼得格勒，经过艰难和危险的跋涉来到波兰，从1920年11月开始，梅列日科夫斯基夫妇在巴黎定居）成了他以后二十多年文学生涯的一个时代的开始。

作家的知名度以及他的笔耕不辍使得梅列日科夫斯基夫妇比起多数侨居国外的其他俄罗斯作家来，从表面上看生活略微安定一些。梅列日科夫斯基的书

788

照旧被不断译成各种语言，在不同的年代里，他先后得到法国、南斯拉夫、意大利和捷克斯洛伐克等各国政府的数目不小的资金支持，这使他有可能定期周游各地搜集新作品的素材（需要指出的是，这种财力保证是相当有限的，梅列日科夫斯基一行人无法避免经常性的精神折磨）。1930年代初，梅列日科夫斯基曾被推荐为诺贝尔奖的候选人，这也证明了人们承认他是最杰出的俄罗斯侨民作家之一。（这一奖项1933年并没有授予梅列日科夫斯基，而授予了侨居中的布宁，侨民界对此评价不一。[55]）这时，他参与社会文化活动的积极性仍然不减当年——梅列日科夫斯基夫妇的"周日读书会"一直持续到第二次世界大战开始，而由此演变来的哲学文学组织"绿灯社"（1927—1939）则成了巴黎俄罗斯侨民精神生活的一个最著名的中心。[56] 在诸多方面，一个新的梅列日科夫斯基展现在俄罗斯侨民读者面前，尽管1920—1930年间他的作品题材仍然延续着从前的基本范围。作家逐渐把他的体裁范围压缩到他个人驾轻就熟的艺术形式方面，首先他把精力投放到历史哲学和宗教哲学的随笔形式（《数字三的秘密。埃及和巴比伦》，1923；《西方的秘密。大西洲和欧洲》，1930；《未知的耶稣》，1934）和与之相关联的传记随笔上（《拿破仑》，1929；《但丁》，1939；以及1930年代后半期—1941年间的系列作品：《从耶稣到如今的圣徒谱》《路德与加尔文》和《西班牙诸神秘主义者》）。"时代的召唤"促使它去寻找基督教产生以前上古时代对基督教的预言（这成了梅列日科夫斯基最后的两部曲小说——《诸神之诞生·图坦卡蒙在克里特岛》，1924；《弥赛亚》，1927——及《数字三的秘密》的主导思想），力图通过传说来理解现实生活（《西方的秘密。大西洲-欧洲》）。与斯宾格勒的思想同出一辙的对现代文明危机深重的深刻感受，世界末日将要到来的思想观点，在他所偏爱的三位一体形而上学的精神基础上彻底改造基督教训诫的想法——所有这些，还有其他一些梅列日科夫斯基晚期作品的关键性题材，以一种复杂的，并且经常是离奇的对位旋律的形式交织在他身上，并由此派生出非常丰富多彩的神话与文学联想，其中还贯穿着各种当代典故。"有时他能达到真正的伟大"，梅列日科夫斯基"完全超过了文学本身"，鲍·维舍斯拉夫采夫在谈到他的研究著作《未知的耶稣》时这样说。[57] 这部著作总结了作家多年来研究隐藏在正统基督教神学背后的福音书教诲的成果。

789

　　尽管梅列日科夫斯基拥有不少崇拜者，但是他侨居国外时所写的作品还是没有获得他在世纪之交的创作那样的反响。梅列日科夫斯基曾经公开宣布自己的意图，"只是要冲破我们常年居住的'俄罗斯的羁绊'"，不过他想真正征服广大西方读者的企图也未能如愿。1927年，在"绿灯社"一次集会上，作家曾经抱怨说："我是一个很欧化的人，欧洲人理解我，关注我。可是我忽然觉得，只要一过某条线，他们就不再理解我了，在他们面前我成了一个不可容忍的民族主义者，我的俄罗斯性太强，让他们无法容忍。"[58] 正像一位他的著作研究者所指出的那样，梅列日科夫斯基经历过荣耀，这种荣耀在20世纪前二十年的整个一段时间在西方一直伴随着他，可是直到20世纪50—70年代人们对他的兴趣转到纯研究领域之前，他都仅仅是一个"一本书作家"——"人们承认他的愿望仅仅建立在一本书上，这本书就是关于列奥纳多·达·芬奇的那本历史小说"[59]。

　　在侨民界，人们对待梅列日科夫斯基的态度也很复杂。他在十月革命以后的作品经常被认为是倒退。[60] 在俄侨批评界，对他的艺术散文所给予的崇高评价伴随着已经成为传统的对他艺术手法个别方面持续不断的指责，首先是他那在美学方面毫无实现可能的意识形态挂帅。[61] 对作家在那个年代的其他一些主要著作，某些人也给予了很高的评价（其中包括阿尔达诺夫、鲍·波普拉夫斯基等人），但与此同时，一些评论家，无论是与梅列日科夫斯基关系友好的还是不友好的，都在重复着革命前的一些论据，说他的创作不合时宜，而且在某种程度上缺少广大的读者群。[62] 对待梅列日科夫斯基一向态度公正的捷拉皮阿诺评价说："梅列日科夫斯基的题材和他的阐释方法，以及他对历史材料不同寻常的堆砌，还有他那对现象的形而上本质的直觉的洞察力，甚至梅列日科夫斯基选用情节的非同寻常——所有这些在他周围制造了一种类似真空的环境——在这个时代，这位杰出的作家理应配得上被更多人倾听，而不是象现在这样。"[63] 梅列日科夫斯基夫妇对待那些主流侨民期刊以及站在他们背后的势力的态度绝非毫无顾忌。他们在给这些杂志撰稿的同时，照常从杂志社那里感受到很大的拘束，这是由他们那特有的美学、世界观以及强烈反对布尔什维克的政治立场所决定的；而梅列日科夫斯基夫妇经常为之撰稿并且在很大程度上视之为"知己"的《新舟》杂志（1927—1928），出版了四期以后就停刊了。"尽管梅列日科夫斯基的书被译成各种文字，甚至包括日语……但是在俄侨出版界，

790

他却与那些年轻的书友一样，是'被排斥者'。"吉皮乌斯在她与梅列日科夫斯基共同编辑的 "自由文集"《文学观察》出版时，在序言中这样写道。[64]

梅列日科夫斯基夫妇认为自己的使命在于让欧洲人看到共产主义政权会给自由与文化带来危险。为此，他们花费了很大气力去进行政治宣传（特别是在20世纪20年代前半期），但是需要指出的是，这种宣传并没有收到他们预期的效果。他预感到苏维埃俄国势力的扩张，于是想努力寻找一种力量来与它抗衡（而在20世纪30年代出现在欧洲知识界和部分俄侨中间的左倾思想也让他难以接受），这就促使作家常把希望——这种希望很快就破灭了——寄托在那些独裁型的领袖人物身上。1920年他写过一篇热情洋溢的文章赞扬波兰的独裁者毕苏斯基，他也曾力图用自己的宗教哲学思想来感化墨索里尼。对希特勒，梅列日科夫斯基和吉皮乌斯倒是一点都没有美化过，但是却一以贯之地支持与苏维埃政权进行武装斗争（"梅列日科夫斯基和我一直都是拥护武装干涉的"[65]），他对希特勒德国有可能战胜斯大林主义的恐惧程度，比起对布尔什维克有可能奴役整个欧洲的担心程度要小得多 [66]。作为一个宗教哲学家，一个极权主义的反对者，一个形而上的自由与爱的宣传者，梅列日科夫斯基认为，第二次世界大战对欧洲来讲是巨大的灾难，他与那些为法西斯的野心张目的理论家们之间，不言而喻，是有很大区别的。然而，在学术话语的框架内，我们确实可以评价说他和那些法西斯主义者的观点是矛盾的，但是他同时代的人却不会这么抽象和理论性地来理解这一点，所以梅列日科夫斯基临终前的政治演说最终的结果也只能是失道寡助。但是，真正能够了解他和感受他的人都能对他作出公正的评价：他只是那一代象征主义者所特有的意识类型的一个载体，也就是说，他根本不是个实际的政治家，他没有义务掌握准确评价现实的技艺，而他，正好相反——他拥有真正的行星宇宙规模的思想，所以反倒不会和现实生活相处，就像一个行路人，当他寻找自己所需要的街道时，"不是凭路人的指点，也不是路牌的标志，而是凭着罗盘和星辰"[67]。早在20世纪30年代末期，他的读者群就已逐渐减少之后，后来他终于在贫困潦倒中死于被占领的巴黎。他一生都未能逃避无数幻想对他的折磨，也未能摆脱时代加在他身上的重负。"法国出版界人士募捐集资"[68] 为他在墓前竖起了一块墓碑。

791

1

19世纪80年代梅列日科夫斯基的诗歌作品主要体现了民主主义诗派（民粹派诗人，首先是纳德松）那种热情鼓动式的诗风 [69]，与此同时，他的诗歌主题和体裁相当广泛，正是这一点，打破了该诗风奠定的那种"忧伤"的公民基调，在某种程度上预示着梅列日科夫斯基对这种诗风将有所突破。最初出版的梅列日科夫斯基的诗歌，在风格上沿袭了当时民主派的传统，在很多方面与当时的社会现实以及文学现实的格调相吻合。他在很大程度上迁就了当时流行的自由民粹派思想以及纳德松还有同时代人乃至他的继承者们所固有的风格，还有属于这种风格的从宣言式的思想性转化为忏悔性的格调，从诗歌的抽象性和陈词滥调转化为多少使用一些词藻华丽的比喻性语言。比如，在他的诗里，有时为贫苦人的权利大声疾呼（《释迦牟尼》，1885，及其他一些诗），有时号召人们投入劳动与斗争的世界（《写给诗人》，1883），有时歌颂为人类无私奉献的英雄主义精神（《东方的神话》，1888），有的诗歌则是把基督教神话按解放运动的路数来改编（《神殿中唱着"基督复活了"……》，1887），有的诗歌里憧憬着由自由劳动者创造的未来社会乌托邦式的天堂（《珊瑚》，1884）。此外，与他的前辈纳德松和明斯基一样（在他们的诗里就交织着公民激情与悲观情绪，对生活的失望和在自己思想中未能解决的疑问的矛盾），尽管自由民主的基本原理已经占了主导地位，却未能消除年轻的梅列日科夫斯基对这种理念在历史上的具体体现的怀疑（如《废墟》，1884），也未能消除他对英雄人物能否将这些理念当作自己人生纲领的怀疑（《我不该把一生献给人民的愿望……》，1887）。在某种程度上为19世纪80年代俄罗斯作家所特有的忧郁低沉的基调，在梅列日科夫斯基身上体现为因祖国的"奴隶的梦"和现实的"无边黑暗"而忧伤（《在伏尔加河上》，1887；《迦尔洵之死》，1888），为艺术的无人响应而抱怨（《写给当代的诗人》，1884），相信世界秩序总的来说并不美满（《秋天的早晨》，1883，以及其他一些诗篇），还有那种在纳德松影响下产生的人所共知的情绪：作为一个抒情诗人的"我"软弱无力、意志薄弱和丧失信仰。由此而产生的精神孤独和感情空虚比社会的强制

792

更让人撕心裂肺："我这颗忧伤的心啊/不相信幸福，也不相信自由。"（《爱人民吗……我常常全身心地爱……》，1887）

19世纪80年代，梅列日科夫斯基写了不少有些偏离民主派诗风所常有的那种主题与核心形象的诗。善于模仿各种不同典范的能力，在他早期所写的不太成熟的抒情诗（1880—1882）里就已经显现出来了。在他的作品里，既有民粹派宣传鼓动者所热衷的主题[70]，也有符合那些所谓"纯艺术"派诗人的情节和描写手法，还有与浪漫主义风格相近的对命运的抱怨和心理分析式的景物描写，即所谓"心灵风景"。此后，梅列日科夫斯基在选材、风格诸方面就越来越多样化了。比如，他继续创作那种类似阿·迈科夫、梅伊、波隆斯基的诗作中常见的"图画式"或者"世纪传说式"的作品，多由某些文学、历史或民族文化的素材改编而来（《诱惑》，1884；《里米尼的弗兰切斯卡》，1885；《阿里万扎》，1886，及其他一些诗作），他甚至还借鉴了"古希腊罗马风"的经验（《厄洛斯》，1883；《阿喀琉斯盾牌上的图形》，1885）。有些尚在"前文学"创作阶段[71]就已经开始运用的宗教题材也保留了下来（《死寂空旷的田野上覆盖着黑土……》，1887；试与精神高尚并不断追求崇高境界的和平殿堂中的形象相比较，这一形象后来会成为作家1880—1900年代创作的贯穿性形象——《自然的祈祷》，1883）。此外，对梅列日科夫斯基影响最大的还有多种浪漫主义诗学。

他在19世纪80年代（直至后来的90年代）作品的主人公在很大程度上像是浪漫主义的"我"，这个"我"怀有着对英勇行为的膜拜，还有对理想与现实的矛盾所产生的困惑，有对存在的不和谐性的深刻感受，但同时又对存在提出了各种绝对性要求（不死，幸福），也有对无助而困难的平庸生活——即黑格尔所谓"定在"的一切——产生的厌恶情绪，还有对苦难与死亡的专注[72]。"既要向死亡学习，也要向生活学习/既不要害怕死亡，也不要害怕生活！"（《在疯狂的争斗中，你能做些什么……》，1890），这种呼唤是梅列日科夫斯基创作中的一个为"世纪末"抒情诗所特有的主导动机，此外，他早期对类似问题的深刻认识，在很大程度上揭示了他世界观和艺术空间的本源。这种"我"的社会特征在梅列日科夫斯基身上首先表现为双重性：崇高而广博的利他主义思想，准备为人类建功立业、承受苦难的思想有时能积蓄为待发的激情（《这是一个无望与痛苦的悲惨世界……》，1883；《太阳》，1886），

793

有时，从为公民服务和生活实际的角度看，又表现为一个想逃避"普通日常事务"的主人公那软弱无力的一面（《有时，仿佛是普罗米修斯的形象……》，1884），有时还表现为一个沉迷于幻想并陷入个人痛苦的人物形象（《良心》，1887，及其他一些作品）。然而，很多传统的浪漫主义素材反映到梅列日科夫斯基的抒情诗里则完全像是其所固有的——比如，主张尘世生活在根本上不充分、"不完整"（《请告诉我，为什么，在绯红早晨……》，1886），或是相信即使在两颗心最接近的时刻，注定的孤独都无法被克服（《我从来都不孤独……》1883）；对和上帝同样崇高的自由的憧憬（《我们走在开满鲜花的道路上……》，1886）；由于在社会与生存方面造物的不公正而表现出的抗神姿态和对造物主的不满（这种情况经常用传统题材的形式表现出来，如1886年的《安拉与魔鬼》，有时则借用19世纪60年代文人的那种实证主义精神，以仿佛是无所指的形式表现出来，如1885年的那首《过了不多几年，从我的努力中……》所写的："没有谁能从天上对我们作出回答／我们复仇的神圣权利已经被人剥夺……"）。梅列日科夫斯基的这种风格一直保持到19世纪90年代，并有所变形，这将使他的诗歌体系平衡在后期浪漫主义和新浪漫主义的临界点上；在上述主题的基础上产生的属于浪漫主义类型的"不幸意识"以及后来出现在梅列日科夫斯基作品中的其他变体（一种和诺斯替主义同源的意识，将存在物视为物质和精神方面的"粗制滥造"[73]，以及末世论者那种急于全面改造生活的渴望）成了他进行艺术创作乃至进行宗教哲学议论的固有特征。这样，作家固有的选题范围从此就与下面的内容相联系：从对日常生活之戏剧的感受中寻找出路，这种寻找想冲破那种"不幸意识"的束缚。梅列日科夫斯基19世纪80年代的很多涉及这一范围的内容——比如，朝后来对他非常重要的斯多噶主义题材的接近（《如果玫瑰花瓣静悄悄地飘落……》，1883）——都预示了他后来的作品。

　　这种多方面、多角度的探索还成了那个时代的又一个特征，刚起步的诗人们正在重拾19世纪前三分之二那段时期内所形成的多元化传统，而势不两立的"纯"艺术与实用主义艺术逐渐趋于调和。正因为如此，19世纪80年代明斯基的诗歌色调才那样丰富多彩；也正因为如此，几乎与梅列日科夫斯基同时进入文学殿堂的福法诺夫才在自己的第一部作品集（1887）里把公民抱负和源出于浪漫主义的超社会的抒情诗结合在一起。[74] 就是那位曾经把所谓"为艺术

而艺术"说成是片面作品的自然"组成部分"[75] 之一的纳德松，也偶尔染指
没有社会功利倾向性的叙事诗歌（《波雅尔布良斯基》，1879；《奥拉芙和埃
斯特里尔达》，1886）。在他身上还明显存有浪漫主义的根基：纳德松的主人
公是各种社会情绪的代言人，他往往会有一个分身——一个被排斥的反抗者，
确信人类的一切关系与习俗都是不合理的（《从时代的黑暗中》，1882），在
对"永恒"的追求中不满于"肉身的枷锁"（《你体验过吗，什么是苟延残
喘……》，1884）等等。梅列日科夫斯基与纳德松的呼应之处还表现在浪漫主
义题材方面 [76]。19世纪80年代梅列日科夫斯基诗歌发展的主要方向与他早就明
白并且逐渐成熟的一些理念有关，这些理念是：要远离民粹派的那些基本定理
并摆脱社会性文学的束缚（一定程度上也和他对19世纪80年代后半期已经出现
的前象征主义"颓废派"美学观点的兴趣有关）[77]。与纳德松在题材方面的某
些相近之处（比起题材与风格方面，年轻的梅列日科夫斯基更多是在主题与体
裁方面有异于纳德松）充分表现了这一运动的特点在朝着更加自由的诗歌体系
发展。在梅列日科夫斯基的早期抒情诗中，一种复合话语战略就已经形成，它
强调作品的多样性及在美学、认知、感官和情爱方面的鲜活魅力，后来这也成
了作家的一个持久不变的特点。（这些观念经过变形，对他的"多神论"概念
以及再后来的"圣肉体"概念的形成起了极为重要的作用，由于这种观点与源
于浪漫主义的对实体的最高要求和对存在的不和谐性的关注并存，这就决定了
他作品存在某些内在的不协调性。）19世纪60至80年代有一种非常重要的文化
思潮（车尔尼雪夫斯基的"新人"），即：享受幸福，欣赏美与艺术是人类的
自然需求，每个人都有追求这种需求的权力（比如纳德松1884年的《不要责备
我，如果你有时……》里就回荡着这种思想），而在梅列日科夫斯基的《我所
有青春的幻想和所有的意愿……》（1884）那首诗里，这种思想已经超出了它
固有的范围，发展成享乐主义的"渴望陶醉"思想了，并与"功利"伦理进行
争辩："我想在创作与知识中陶醉/我需要春日、蓝天与花朵/我想跪在爱人脚边
祈祷、哭泣/我想纵情享受宴会的欢乐……"在这种情况下所产生的"创作"，
必然以一种对某些事物怀有浓厚兴趣的形式出现，如对"夜晚"的兴趣，对非
理性秘密事物的兴趣，对"黑暗""童话"的兴趣（《像被夏天的干旱烧灼的土
地……》，1887），这种兴趣大概反映了早就形成的"来自外国文学的影响，

795　　　如来自波德莱尔和爱伦·坡的影响"（ⅩⅩ1Ⅴ，114），关于这一点，梅列日科
夫斯基曾经在自传里提到过，也正是这一点，标志着他向"新艺术"迈开了最
初的脚步。比如，认为历史与人类命运无意义的悲观主义，是在纳德松诗歌有力
的尾声中出现的[78]，这种悲观主义在梅列日科夫斯基身上就转化为表现叔本华式
的"世界悲伤"的宇宙图景（《当无声无息的日月照耀着大地……》，1886），
这种图景在许多方面预言了后来"神秘剧"式的象征主义式形象塑造法。

　　　19世纪80年代末到90年代初是梅列日科夫斯基世界观和艺术观的转折点，
标志着他对宗教探索的兴趣越来越浓厚，而对功利主义意识形态和民粹主义的
态度越来越冷漠。（不过最初这还表现为立场的多元化，比如，在《信仰》
（1890）这首长诗里，摆在年轻一代面前的两条路——宗教的和服务社会的是
以同等的地位出现的。）梅列日科夫斯基称："父辈"的思想遗产已经消耗殆
尽（诗篇《空杯》，1895），这样，他就自己这一代人形容为"无根之花"
（ⅩⅩⅢ，52）。与此同时，他的艺术世界就获得了一种和既往不同的多层次
的特征。在19世纪90年代的诗歌、散文、批评和文化学作品中，梅列日科夫斯
基作为一位先驱者，体现了正在形成的俄罗斯"新艺术"的两极，阿·沃伦斯
基在其著名的《文学札记》（1896）中界定了这两极的分野，即反实证主义、
宗教（当时他称之为"唯心主义"的）一极和个人主义的一极。一方面是探索
与坚定信仰的激情，另一方面是人们在社会意识中开始将之阐释为"颓废"现
象的精神，这二者在他身上并存；19世纪90年代初，梅列日科夫斯基游历欧洲
时，曾沉浸于欧洲的世纪末氛围，并把自己的一首长诗的题目定为《世纪末》
（1891）（这首长诗的副标题是《当代巴黎即景》），在这首诗里，他提到了
对"共同灭亡"的感受（ⅩⅩⅢ，260）。忧郁、无力、无法克服的孤独、灵
魂的"牢笼"、注定灭亡的命运、对死亡的预感以及死亡的召唤等这类主题已
经不再被解释为社会缺陷的征兆，各种传统的（包括浪漫主义的）诗语有了比
过去灵活得多的使对象变形的能力，在他的抒情诗里除了这些主题和诗语，又
加进了如下的成分：由于不可能做到的事而内心承受折磨，追求"在伟大与冷
漠的美之中""无目的地生，无目的地死"以及游戏人生的思想（《浪涛的喧
啸》，1895[79]）。此外，他的诗里还包含个人主义和唯美主义那种挑衅性、非
道德思想的折磨，这种思想为英雄人物和创世人物的绝对独裁，"犯罪"激情和

"恶的诱惑"进行辩护，同时其中也可以看到一系列思想影响的印迹，比如尼采的一系列思想[80]，还有波德莱尔作品中矛盾、神性与魔性、美的象征意义。由此应运而生的价值层面的二律背反——伦理的与唯美的，宗教的与非宗教的，基督的与反基督的，沉湎于"生活的丑陋"（《苦闷》，1895）、受死神诱惑而"向往天上故国"（《在疯狂的争斗中，你能做些什么……》）与将生命唯美化——人们经常在梅列日科夫斯基创作的整体或各个部分中发现这些二律背反；但恰恰在19世纪80年代末90年代初，且尤其在他的抒情诗里，这种二律背反的观念表现得尤为尖锐，成为俄罗斯"新艺术"中一个最早表现这种二律背反观念的典范，当时这种观念刚开始借助某些宗教哲学思想或象征主义结构朝着较为统一的方向整合。与他同时代的人很合理地从他的诗作主题、情节诸方面的反差中看到了用来解开"梅列日科夫斯基现象"之谜最重要的一把心理学钥匙，在阐释他后来的"综合性"方案以及长篇小说中主人公的"双重思想"时，他们也经常诉诸这些反差。19世纪80与90年代之交，这种矛盾经常成为他诗歌的中心思想内容，在诗中，他往往提出一些问题，却找不到一致的答案（试比较：《天空与大海》，1889；《万神殿》，1891）；这种矛盾思想还出现在他的诗集《象征》（1892）和《新诗集，1891—1895》（1896）的布局侧重的差异中。

"人们都在读《象征》，这是让青年人对艺术产生兴趣并引发强烈反响的一本集子，这本集子的标题就有意引导人们去关注一个最新的法国文学流派。"勃留索夫在自己的日记中曾经这样写道。[81]直接断言人们需要用宗教眼光来看待世界——这是《象征》这本集子的中心思想，而且在整体布局上它也占主导地位。"人们从来没有像现在这样从内心深处感觉到信仰的必要性，也从来没有像现在这样用理智去理解信仰的不可能性。"梅列日科夫斯基在《论当代俄国文学的衰落原因及其新兴流派》这篇文章里提到当代意识中"未能解决的不和谐"与"悲剧式的矛盾"（ⅩⅧ，212）。克服这种不和谐就成了收入这本诗集的长诗《死亡》（1890—1891）、《信仰》和"戏剧故事"《回归大自然》（1887）的主题之一。这些长诗的主人公（他们有的起初信仰实证主义，后来走向了理性、科学和进步，有的是在叔本华式的悲观气氛中成长起来的），他们每个人都有一条通往信仰的路，唯一能给历史与每个人的存在赋予应有意义的就是这种信仰，而这条通往信仰之路也顺应正在形成的各种文化模式[82]，它也应该代表了作者自己所走的路。诗集的开篇之作《神》自始至终都在努力强调对世界的宗教认识（"我热切期待神明——却无缘相认；／……暂用理智否定你，——／我内心感受到你的生存。／……我想让我的生活／充满对你永无休止的赞颂……"）和对现实存在的泛神论灵性（"你是一切。你是天和水，／你是暴风雨的声音，你是太空。／你是诗人的思想，你是星星……" [83]）。

与这种宗教热情不同，《象征》的主题就充分表现了梅列日科夫斯基诗歌世界的新面貌，尽管这时还没有他在以后几年相同主体的诗歌中所有的那种强劲与坚毅的风格。在《美神颂》（1889）这首诗里（这首诗的标题可能是与波德莱尔的一首同名诗的标题偶合），梅列日科夫斯基还未能从美中辨别出非道德的因素。[84] 与古典美学标准十分相似的所谓"纯艺术"（由于诗中充满了对美神库普里斯的溢美之词）（库普里斯，意为"塞浦路斯女士"，诞生于塞浦路斯的美神阿佛洛狄忒的别名——译者注。）首先让人想到的是战胜苦难、混乱和死亡。（在"拯救世界"的美这种说法中多少有一点情色文学的色彩——"……青春的胴体光彩夺目／这傲慢的胴体呀！"——这已经很像1895年那首著名的情诗《丽达》所塑造的人物形象的特点了。）这本诗集中很多我们提及的内容之后在整个19世纪90年代对梅列日科夫斯基而言都以各种形式保持了现实迫切性：号召人们面对苦难的命运要鼓起勇气（《在疯狂的争斗中，你能做些什么……》，1890；《马可·奥勒留》，1891）；追求沉浸于生命的瞬间充实，努力摆脱人世的喧嚣，沉浸于恬静的大自然，其中掺杂着尼采式放荡主义的对从传统的价值观念中解放的渴望（"无论是女人，上帝，还是祖国，／我都不想对他们了解什么，／我只想欢快地生活，为生活而生活……"）；同时，他还痛苦地认定，这样的解放是不可能的，所以他不把自己作品中的主人公与其他人相对立，而是让他们在"爱与义务"这条"神圣的锁链"桎梏下去忏悔（《波涛》，1891）。最后，在《象征》中，尤其是在《万圣殿》一诗中，率先体现了作家1890年代至1900年代作品主题关键问题之所在。这是两种完全对立的处世态度，一是"多神论"式的，它主张光明与欢乐，主张存在的充实，提倡最大限度地强调人类自我；另一个是基督教式的，它将自我牺牲的爱、苦难以及拒斥尘世幸福以换取死后真福的理念神圣化，为了死后进入极乐世界而拒绝一切人世间的幸福（把这两种处世态度作为两个真理交织在一起，梅列日科夫斯基紧紧抓住了他所热爱的阿·迈科夫的悲剧《两个世界》的主题）。

后来，梅列日科夫斯基又把他19世纪90年代的诗作编入一本叫《新诗集》
的集子，这本集子里的诗作所表现的语义对比，已经进一步扩展了在《象征》
中刚刚出现的那种对比系统。这时，他对那种自给自足的、不受任何伦理道德
束缚的"生活"之充溢的兴趣越来越浓厚，认为"人世间没有什么东西"比它
更高（《请在你的心里写下这个信条……》，1894），与此同时，这种兴趣也
与另外一些情绪长相伴随。一方面，它伴随着对它产生"无名的痛苦"（《苦
闷》）与对"故乡天国"那种诺斯替教式的浪漫的向往（《不，在这个世界上
她无法生活……》，1893），另一方面，它又伴随着基督教的主题。在这本集
子里，对比的表现是多方面的，诸如："酒神式"的迷狂（《酒神的女祭司之
歌》，1894）与复活节前的祈祷钟声（《三月》，1894）的对比；艺术家的
绝对独立与"上天的祝福"的对比，而这种祝福就存在于诗人那"永恒的语
言"的"鲜活之美"之中（《歌手》，1892），诗人正在"愉快地""为赞美上
帝"而歌唱（《春天的感觉》，1894）；爱欲与和苦难一体的爱之对比（《虚
弱的》，1893）；拒绝基督教浪漫主义人类学及基督教"无对象的希望"（梅
列日科夫斯基曾经在一篇日记式的随笔中这样表达[85]）与确信"上帝力量的
仁慈"（《母亲》，1892），确信为天命所知却不为人所知的宇宙和谐（《约
伯》，1895）的对比。但是，界定了《新诗集》之面貌的首先是对下列对象的
赞颂：破坏"责任"和"和平誓言"的美（《丽达》）；"犯罪的果敢"（《自
深渊》）；对人们的"伟大的蔑视"（《诗人》，1894）；创作者"神样的"
提坦精神，它能"对具有双重性的万物／都产生巨大的诱惑……"（《列奥纳
多·达·芬奇》，1895）。（勃留索夫曾指出这部诗集具有"紧张的抒情风
格"，而且它比起《象征》来要显得"尖锐得多"，因此，他写道，"果敢坚
毅"是梅列日科夫斯基这一时期诗作的"主要推动因素"[86]）。类似的主题是
证明下列观点最佳例证之一：梅列日科夫斯基起初对尼采关于道德价值的相对
性以及批评基督教禁欲主义的观点的接受表明，他与"大众尼采主义"有很多
"共同之处"。[87] 1896年他那本诗集不仅表现了这一点，而且还表现了尼采思
想对他影响的广度以及与残留的他以往的思想形象系统之间的联系。比如，在
梅列日科夫斯基那里，"热爱生活"的命令可以被呈现为"无限地热爱无限的

悲伤"、"在痛苦中"保留"愉快的笑"的需求（《请在你的心里写下这个训诫……》），这与尼采《悲剧的诞生》一书所提出的最基本的哲学学说十分相似，并且为这种深信"喜悦与苦难"不可分离的世界图景勾勒了轮廓，这种世界图景与狄俄尼索斯本原-阿波罗本原的各种问题紧密相关，这种世界图景将成为象征主义时代的一大主要特征。逾越"所有法则"的"新美"可以与自我牺牲共存——在诗集的开篇之作《夜的孩子》（1894）中，宣言式集体性的"我们"构成了作者的立场，这个"我们"有着各种"太早来到的""先驱者们"的姿态，注定如那些预言新事物的先知一样遭难，这既让人想到尼采式的"爱远人"和为了未来而抑制自我，又（就如同梅列日科夫斯基1890年代和世纪之交时期抒情诗的"颓废派"小调会让人回想起80年代文人们的无力量、无信仰一样）让人想到民粹派所特有的孤胆英雄注定遭难的主导动机。[88]《流放者》（1893）一诗，由表现远离尘世的乐趣与流放生活的喜悦（来自莱蒙托夫的经典诗作《浮云》——"我甘心终生做个流放者，/……/像天上的浮云，孤独的朝圣客，/没有任何朋友"）变成了欣赏"未知的牺牲"，完全再现了梅列日科夫斯基早期抒情诗中有关默默无闻的功勋的主题（如试比较：《英雄，歌手，你们的眼泪快乐地流……》，1883）。

在这本集子里，梅列日科夫斯基对"恶之花"的迷恋，对"未知"的向往（《夜的孩子》）标志着他所奉行的"波德莱尔主义"达到了新的境界。梅列日科夫斯基对这位"从大地最深处，从生活的心脏中"走出来的"危险而神秘的"诗人[89]的关注可谓先锋（梅列日科夫斯基翻译的波德莱尔的散文诗早在1884年就已刊出[90]），比19世纪90年代俄国文学界对这位法国诗人的大规模发掘早了一步。[91]19世纪80年代至90年代初梅列日科夫斯基的原创作品，无论在主题与形象的偶合方面，还是在总体浪漫主义的氛围上，都或多或少表现出以波德莱尔为定位，甚至有意无意的共鸣[92]，如：表现扭曲的世界里存在的寂寞（《……他坐在花岗岩的峭壁上……》，1885），以及对"冷漠的自然"这一主题的诠释。在《新诗集》里，《恶之花》创造者的世界中的一些根本特性也开始接近梅列日科夫斯基。这本诗集各种主题的对立，使人想起波德莱尔笔下宗教因素的两极性，想起他力图将光明与黑暗等同。（然而对于梅列日科夫斯基来说，重要的不是像波德莱尔那样剖析人类的恶习，而是确认在人类心灵深处究竟是暗自容忍或偷偷迷恋道德和形而上的恶，还是相反，不能容忍这样的

799

恶。）但是，在《新诗集》中，思想的争辩性表现得更为直截了当，而各种基督教的主题比波德莱尔的宗教思想更加正统。这一点，在那些彼此相近的诗篇中表现得尤为明显。很可能梅列日科夫斯基在创作《自深渊》这首诗时，已经与波德莱尔进行了对话。如果说波德莱尔的《自深渊求告》认为诱惑的来源具有双重性（女人还是上帝？）的话，那么，在梅列日科夫斯基的作品中，主人公"我"对诱惑、罪恶和"被诅咒"的感觉显然就浓厚得多，在这里，胜利最终属于传统的基督教忏悔意识。

800

  1908年，勃留索夫在谈到19世纪90年代梅列日科夫斯基的抒情诗时，曾经指出，他（与明斯基一道）最早试图把"新诗歌"的主题与原则自觉运用到俄罗斯诗歌中去[93]。我们有时忽略勃留索夫这一论断中关于"原则"的评论，这是没有道理的。自19世纪90年代起，梅列日科夫斯基作为诗人，他在风格、体裁诸方面的表现手法是相当折衷的，在他身上可以找到不少接近他的各位继承者的元素，只不过在后者那里，这些元素已经变得明显了。他曾经公开宣布自己的写作纲领，并袒露自己的心理，这确定了他19世纪90年代抒情诗的基调，即偏爱激情，把注意力集中于摒弃了心灵状态各种细节的普遍性[94]，与此同时也包含或补充了与帕尔那索斯派诗人相距不远的各种感官可塑性和细节描写元素（《丽达》《诸提坦》），以及对波德莱尔和法国象征主义者的别致印象主义风格和暗示性"深修辞术"对应物的探索（虽然次数并不太多），这种探索有些方面比勃留索夫与安年斯基的类似探索早，有些方面与他们同步。象征主义诗学中有一条相当有影响力的脉络，无论是帕尔那索斯派的（客观塑性的），还是象征主义本身的形象类型，无论演说、宣言式的，还是忏悔自白式的抒情，对它而言都具有合法性。[95] 在确定这条脉络的源头时，看来我们应该考虑到梅列日科夫斯基诗歌技艺的这一特殊形式。但最终梅列日科夫斯基探索最新法国诗歌相似手法的成果既没有安年斯基的考究，也没有勃留索夫式的坚决；尽管如此，在《冬天的晚上》（1895）这首诗里，对"老一代"象征主义者而言十分常见的对塑造极具特殊性的形象语境之追求，是借助各种直接评价性的修饰语（"罪恶的月亮"露出"该死的面容"）来实现的，这就使它足以跻身于《俄罗斯象征主义者》这本集子中那些最为离经叛道之作之列。[96]（《俄罗斯象征主义者》是勃留索夫主编的一系列诗集——译者注。）梅列日科夫斯基的《丽达》，那如"新艺术"派画作蜿蜒的装饰性线条一般的优美如画的描写 97，以及高昂的语调，"公式化"、概括涵义的结尾，预示了一种诗歌类型，这种诗歌类型后来勃留索夫及其学生和继承人经常运用。从梅列日科夫斯基到1900年代那一代诗人的创作，大都来源于一种方法，这种方法由多种传统的形象性变体演化而来，而这种形象性的种种形式都是19世纪最后三十年诗歌的一种标志（比如说，不仅费特，甚至纳德松都运用这种形象性 98）。

801　　　如今梅列日科夫斯基对各种常规诗歌手法的偏爱就和过去十年里一样明显，早在19世纪90年代中，他对常规手法的这种偏好就已成为他和那些正在取代他的诗人间的一大区别特征，这种偏好反映在诗歌结构的各个层面里——无论是"标题形象"层面（只消从《新诗集》中列举一些标题，如：《既爱又恨》《放逐者》《苦闷》《白夜》《爱的诅咒》《春天的感觉》《自白》等），词汇用语层面，句法层面（修辞性句法）还是布局层面。99 梅列日科夫斯基对个人内容和风格的探索，一直伴随着对那些传统因素的浓缩并把它们纳入出人意料的语境中。《蔚蓝的天空》（1894）这首诗就是一个例证，在这首诗里，由个人主义悲剧层面的综合情绪（主人公"我"的愤世嫉俗，拒绝"世俗的美德"，向往"无目的"的美，希望像天空那"冷酷的蔚蓝"一样"无所不包"）就是靠着运用哲学沉思性崇高诗歌的各种形象手段而跃然纸上的。在这首诗中，那些很容易被辨识出属于这种崇高诗歌的词汇元素被用来押韵，从而受到特别强调——比如，在其中的四行里就出现了"天光"（твердь）与"死亡"（смерть）这一对韵脚："我只相信那蔚蓝色的，/遥不可及的天光。/它朴实无华，浑然一统，/又不可理喻，犹如死亡。"在另外的四行里，又出现了"暴风"（бурь）与"晴空"（лазурь）这一对韵脚，而这些韵脚梅列日科夫斯基还用过不止一次。（看来，我们可以毫不夸张地说，对浪漫主义"思想诗"来讲，我们所引用的《蔚蓝的天空》中的那四行诗已接近了那条分界线，界限的一边是将各种传统特征凝缩起来的因袭模仿手法，另一边则是将自己的表现手段客观化的风格化手法，就像福法诺夫的某些诗之于晚期浪漫主义创作整体也是如此。100）难怪在20世纪头十年中期也对哲学浪漫主义的各种主题进行过风格化尝试的别雷认为，无论如何，梅列日科夫斯基（借助于联想，有意地语义倒置，或者干脆去求助于模式化的韵脚库以及流俗的格律）都能算得上是由最初的诗歌常规向世纪初的诗歌现状过渡的一个中间人——试比较别雷诗集《骨灰瓮》中的《自由流动》（1907）一诗里与《蔚蓝的天空》相近的一段四音步抑扬格四行诗变奏："心灵啊，请在我们面前展示／那广阔美好的纯净天光！／沉没在绿松石酒杯里吧，／渐趋衰颓的死亡！"

把各种形象上的刻板模式和俗套语言进行浓缩，并用不那么俗套的形象性对它们进行调谐，这也是梅列日科夫斯基创造意义多样性的一种手法（这就朝着包括勃洛克的诗学在内的成熟的象征主义诗学迈出了一步，尽管还相当粗略）。在他的诗歌里出现这种意义的多样性，不仅仅依靠内容丰富的主题，还借助于神秘的氛围设定和"不可言状"的表达方式，比如，在《难以捕捉》（1893）这首诗里就有这种情况，尽管从形象的衔接层面来说，这首诗中的一切又像是"可以言状"和"可以捕捉的"。在他稍晚些时候的一首诗《冬之花》（1897）的开头部分，作者就交互使用了相当传统的比喻方式："冬天——死亡"，"生活——梦"，却又装饰以世纪之交十分时髦的阴森、死亡情调："我们生活在这些白色的日子，就像生活在梦中。／在让人昏睡的松软积雪／死般的沉寂中，某人无生命的爱抚之／温存在哄我们的心入睡。"在诗的第三和第四诗节，又出现了一个深夜的房间——"我的僧房"，被它带入这个梦、死亡、沉寂环境的已经不再是"我们"，而是"我"——生活的主体，也就是劳动与创作的主体："我的僧房里一天比一天死寂，／只有月下发白的屋顶上／冷冷的殓衣闪着温柔的光。"诗的结尾所描绘的"梦中见到的不可能的花"，实际上就是冻结在玻璃窗上的冰花，它成了与死亡相触及的如梦人生的标志，也成了那个"僧房"本身的标志，而这个词在19世纪80年代文人们笔下的内涵（"劳动的僧房"）在这首诗的语境中得到了彻底的再认识。这首诗中只是稍稍勾勒了这条逻辑：生活、梦、不可能的幻想这三者有两个同义词，一个是死亡，另一个是诗中没有明说、但却暗指的创作，不过这一逻辑几乎潜在于这首诗的一个段落中，也就是讲述透过表面的死亡和"无生命的爱抚"流露出诗意的那个段落。互相关联的主题，与其说是彼此交织、渗透，不如说是彼此为邻（试比较，勃洛克作品中就不一样——他的"创作的梦"或"创作的理性战胜了，杀死了"），这样，《冬之花》的象征意义就取决于读者的理解能力和意愿，看读者能否把各个孤立形象融合为一个整体。

802

2

梅列日科夫斯基1895—1896年的第一部长篇三部曲《基督与反基督》的《众神之死：叛教者尤里安》和1900年的《众神的复活：列奥纳多·达·芬奇》以及1905年的《反基督。彼得与阿列克谢》中都表达了一个共同的构思理念，在这一理念的基础上，《象征》中宣告的基督教与异教的对比在三部曲中以充满细微差别的历史哲学画卷的形式表现出来。从浪漫主义的观点出发，梅列日科夫斯基认为，历史题材的作品应该反映一个或者各个民族的"心灵"，这种心灵在他们的信仰和传奇中得到阐明，而实证主义那种坚信时代特点的观点在梅列日科夫斯基身上也发生了变化，服从于他更加广泛的艺术课题，这些课题尽情描绘了历史过程的整个宗教哲学目的论。梅列日科夫斯基认为，彼此有巨大间隔的各个时代，都在各自上演着"统一的世界历史悲剧"[101]，这一悲剧反映的是人类精神生活的抗争过程，而这一过程，发端于整个时代之初，解决于整个时代之末。三部曲各部分之间基本思想冲突的一致性，围绕主题一唱三叹的表达方法，各部分之间场景、细节、人物的追求互相渗透，彼此呼应，所有这些，都在不同时代现象的背后展现了各种各样的思想碰撞，在这些思想碰撞中也包含着基督教与异教之间的对立，而梅列日科夫斯基则把这种对立表现为另外一些象征范畴——基督与反基督，人神思想与神人思想，"深渊"的"表层"与"底层"，"圣肉体"与"圣灵"。梅列日科夫斯基不仅为异教辩护，而且在《基督与反基督》以及他的一系列政论批评性著作中进一步反驳了那些认为基督教就是禁欲主义的观点，而他的这种思想则是在尼采和法国帕尔纳索斯派诗人的思想激励下产生的（一系列欧洲象征主义作家对梅列日科夫斯基产生影响，大概始于19世纪90年代中期，最早始于1894年末，他才在自己的文章中表现了欧洲"新艺术"的形象，如《最新抒情诗》和《剧作中的新浪漫主义》等。目前尚缺乏这方面的文献）。19世纪90年代梅列日科夫斯基与罗扎诺夫"反基督思想"的对话对他也产生了重要影响，让他与罗扎诺夫接近的是俄罗斯文化中一种传统的负面态度，这种传统曾呈现于果戈理的《与友人书简选》和康·列昂季耶夫所谓的"炽热的"基督教理论中。决定该三部曲主旨的宗教综合思想的直接出发点是弗·索洛维约夫的"一切统一"思想、陀思妥耶夫斯基的各种思想和易卜生的"第三王国"的观点[102]，并对亚历山大的克勉的学说有独特的发展（梅列日科夫斯基曾经在自己的译著——朗戈斯的小说《达夫尼斯和赫洛亚》的序言中提到过克勉[103]），同时，也发展了菲奥雷的约阿基姆的学说（在世纪之交，梅列日科夫斯基完成了向新基督教的"新宗教意识"的转变之后，他与约阿基姆在观点上的呼应更为紧密）[104]。在这一三部曲里，不仅有表现人类双重天性和历史缺陷思想的基本创作理念，而且在叙述过程中把主要笔力集中在宗教哲学问题上，还有，在《基督与反基督》的前两部中，所运用的素材也与俄罗斯传统风格迥异，其中充满了各个不同时代的文化精神画卷，不由让人想起欧洲"考古"小说的创作准则，所有这些，都说明这部融入了普希金、陀思妥耶夫斯基、丘特切夫等经典作家的思想与形象的三部曲是俄罗斯与西欧两种文学传统融合的产物。（书中所涉及的人类双重天性和历史缺陷还仅仅限于预知的、并不完美的两种类型处世观的"综合"及在此基础上产生的宗教。）

异教是这一三部曲中所赞扬的美好思想之一，在异教这个范畴里包含着所有美好的东西和一切与"活生生的生活"相关联的东西，其中包括知识、国家体制、爱情。在异教中能够寻找到脆弱的田园风格（如在《众神之死》中对祭司奥林匹奥多罗斯家庭生活的描写），而在那最为本质的表现形式中，它却成了一个恶的世界（强权，罪恶的欲望）或者是不受科学艺术道德束缚的任意行为。在《尤里安》中，它的基本轮廓已经显现出来了，而在三部曲的第二部《众神的复活。列奥纳多·达·芬奇》里，由那些被赋予超人意志的英雄和天才所构成的世界已经跃然纸上，其中有亚历山大·波吉亚和切萨雷·波吉亚父子、列奥纳多这些形象，他们各自殚精竭虑，创造着美好的艺术作品，同时也为制造可怕的杀人武器而冥思苦想。与其他宗教不同，基督教主张应该相信能够克服人类生活的局限性，主张道德与精神的完善性，主张禁欲与无私，但是，它的大部分主张都与世俗观念相悖；它一方面引导人们相信死后灵魂的存在，另一方面又受修道士的恐"肉体"思想的冲击，于是，就像萨沃纳罗拉一样，急于主张包括美在内的所有超出死板教义的东西都是"空虚的和该诅咒的"。由于对人物（切萨雷·波吉亚、列奥纳多）评价标准的不一致性，以及

804

在一开头就摆出了两种截然不同的观点，所以在三部曲的第一部里，并没有让他们任何一方取得胜利，从中我们不难发现作者处世观的"二重性"，在梅列日科夫斯基的抒情诗里，我们早已经领教过这种"二重性"，但是，在《众神之死》和《众神的复活》里，作家又着重强调了"反基督"异教的历史必然性和它的美学魅力。到了三部曲的最后一部《反基督。彼得与阿列克谢》，作者才停止了这种议论。[105]

关于自己立场的转变，1914年梅列日科夫斯基在一部文集中这样写道："当我刚开始写这个三部曲时，我认为世界上有两种真理，一种是基督教关于天的真理，一种是异教关于地的真理，等到将来这两种真理合为一体的时候，那就是完美的宗教真理了。但是，当我将要结束这部著作时，我已经明白，把基督与反基督合为一体，完全是亵渎神灵的谎言；我还明白了，实际上这两种真理已经被基督合为一体了，在他这个唯一者之中，不仅包含着已经完善的真理，还包含着正在完善和不断发展的真理……"（Ⅰ，序6）。梅列日科夫斯基在停止直接呼吁人们去关注反基督以后，就开始潜心于重新诠释基督教的传说，这时，在他的头脑里不仅有一幅三位一体的全景图（在这幅全景图里，占据了异教和基督教位置的，是旧约以及取而代之的新约的时代和启示，而这两个约言则应被第三约言所补充，第三约言将以一种新方式体现旧约和新约的真理，并最终启示三位一体最后一个位格——圣灵的奥秘），而且还有很多其他的具体内容。由于相信纯唯灵论的处世观并不完善，这就促成了作家同情"异教"，而这种信念，到了世纪之交，就转化成不断努力跨越横在世俗文化与宗教文化之间的鸿沟，同时，在他头脑中形成了一种观念，那就是基督教不应该轻视世俗的与"此世"的文化，而应该努力从这些文化中去开发它内在的宗教潜力："我们希望生活在基督之中，也让基督在生活中永存"，梅列日科夫斯基用这句话作为自己1903年一篇评论果戈理著作的结尾。[106] 因此，过去那"反基督情结"的大部分内容，到这时都被解释为世俗"圣肉体"的组成部分（在《彼得与阿列克谢》之前，这一主题在他1900—1902年间的学术性著作《托尔斯泰与陀思妥耶夫斯基》中就已经突现出来了），只是做了某种程度的修正。

"圣肉体"思想被梅列日科夫斯基理解为各种形式的世俗宗教仪式，在从陀思妥耶夫斯基那里借用来的有关湿土地母的民俗神话象征中整合起来（可参阅由梅列日科夫斯基夫妇家庭教堂圣礼仪式中使用的俄罗斯圣诗《祈祷大地》的主题形式 107，还可参阅《托尔斯泰与陀思妥耶夫斯基》和《反基督》——Ⅴ，152、174）。在《托尔斯泰与陀思妥耶夫斯基》中，作家表达了这样一种命题："当大地还不是天空的大地时，它就还是一个古老的异教的大地；当天空还不是大地的天空时，它就还是同样古老的，只是看似'基督教'的天空。"（Ⅻ，49）这一命题从一个侧面强调了，低级现实的宗教概念就像一个"既没有分开，也没有融合"、摆在一起的末世论主题。一切世俗物质基础的崇高精神的象征意义正好与梅列日科夫斯基的这些观点相符，而这些观点又与索洛维约夫的观点最为接近；这时，梅列日科夫斯基开始用自己的象征主义散文作品开创了一条新路，用来进行展现泛神论活动图景试验，他从写抒情诗转向写小说，塑造那种面对主宰世界的上帝虔诚祈祷的形象（Ⅴ，288）。梅列日科夫斯基反对否认启示录思想能够具体化的观点，这成了他的创作纲领，而这种思想也正好与前面提到的那些观点相吻合——无论是在人类肉体演化的层面上（在《托尔斯泰与陀思妥耶夫斯基》中，作家继索洛维约夫之后公开提出"肉体人格"应该与精神人格一样"永生不灭"的主张），还是在整个世界变革的层面上（千禧年主义，渴望在"世俗"思想基础上产生的"新耶路撒冷"，厌恶繁杂的尘世生活等——ⅡⅩ，49，190—191）。

806

另一方面，对于梅列日科夫斯基来讲，尘世能获得宗教合法地位，不仅是在泛神论和末世论的维度上，也是作为一个美学整体和生存唯一体，也就是说，作为一切排斥丑恶、死亡、限制个体存在者的一个共同领域。世俗关于应该完善与丰富社会与个人精神、心理与人类肉体的观点，仍然像以往一样，引起作家的关注（作为"圣肉体"观念的组成部分，在所有关于神秘爱情的重要问题中，直接体现肉欲的东西这时就显得过于皮相化了 108）。包容异教思想的"基督教"与关于世俗的新概念之间最直接的吻合之处首先被梅列日科夫斯基用来解释个人与国家的相互关系，并把这种关系体现在他那五彩斑斓的作品主题之中——这样，以往小说中的寻神情节，在《彼得与阿列克谢》中又被延续下来，成为吉洪的主线，在这条主线中，个人精神自由与宗教感情自由的思想不受任何宗教与世俗权威的左右，这种思想，在世纪之交他与官方东正教的辩论中，又得到了整合与强化。

在《托尔斯泰与陀思妥耶夫斯基》中，同以往他受尼采的非道德主义影响最深刻的时候一样（无论是在三部曲的前两部中，还是在他论普希金的著作中，这种非道德主义都留下了自己的印迹），梅列日科夫斯基仍然在论证"两种道德价值原则的平等性——即上流社会的贵族道德与大多数人的传统信仰"（XI，131）。按照作家的观点，任何一种粗俗的自我中心主义思想，甚至最极端的自我肯定主义，都与对宗教概念的自觉或不自觉的个人理解相去甚远；梅列日科夫斯基宣称，人们爱自己的必要性，"不在于为了自己，而在于为了上帝和生活在上帝之中"（XI，93），他向西方传达了一种与欧洲文化格格不入的基督学说的非道德性思想："基督不是一种道德现象，而是一种宗教的、超道德的、跨越一切道德法规界限的现象，这是一种大自由的现象，它引导人们走向分辨善与恶的方向。"（XI，187）他把反基督诠释为基督"隐秘的"面容（XI，143），"不是为恶而恶，而是为了新的、更高的善"（XII，66），在进行这番诠释时，作家指出，当代基督教并没有并不理解它们"最终统一"的奥秘，而是仍然停留在"旧犹太律法的道德标准之中（以暴抑暴，以血还血……），而在国家体制上，则仍然保留着古罗马的法律……"（XI，186—187）。在《托尔斯泰与陀思妥耶夫斯基》中仍然可以听到在《众神的复活》中所突出的那种国家主义的余音，而且，这还不仅仅是为了重新强调"统一政权的正面意义"（XI，44）；在这篇著作中，他引述了小说中马基雅维利的一段话，说统治者可以为所欲为，他们拥有"任性妄为、想做人做人、想做兽做兽"的权力（III，151），同时，他用美学与玄学的论据来为拿破仑式的无视他人命运的行为辩护，并把这两种论据融合在一种"人神"精神中（"……拿破仑疯狂的或者说兽性的利己主义是从实证主义的道德观念出发的，如果从另外一个角度看，其中隐藏着某种更高级的东西，是那种属于彼岸的、原生的、出众的宗教性的东西……"；他的自爱是"可怕和疯狂的，但无论如何不是唯理的，不是低级的"，至于那种蔑视千百万人生命的话，"在任何别人口中——是气愤……而在他口中——只是可怕，正是以为他应该这样说而可怕……"——XI，71—73）。至于他在关于个人与国家的见解中对待"人神"的另外一种态度，梅列日科夫斯基只是在《彼得与阿列克谢》中提到过——在这里，为英雄个人"超人的"恣肆行为辩护，国家主义的基调明显地减弱了，取而代之的是

807

从不同的角度来阐释彼得一世其人及其事业。

梅列日科夫斯基的这部小说已经不再像1905—1907年革命时期他的某些文章那样，一味地为彼得的改革进行辩护了（如《现在还是永不可能》，1905），同时，他也避免运用新斯拉夫主义的观点怀疑改革的合理性。《众神的复活》中那些恶人们的提坦主义在彼得身上也有，他的意志也能摧毁整个国家生活的体制（梅列日科夫斯基在小说中引用普希金的《波尔塔瓦》的典故[109]，把彼得比作"锻造俄罗斯"的"铁锤"，也就不难理解了——V，240）。此前不久作家还为这位沙皇的残忍行径，为他蔑视他人、不择手段地追逐个人目的的行为进行辩护。梅列日科夫斯基认为，彼得的自负必然让他产生某种不切实际的追求——他采取措施让宗教成为国家机器的一环并从属于他这个身兼大祭司的沙皇，这样，他就被赋予了"人间上帝"的地位——即使他本人不这样认为。（梅列日科夫斯基印象深刻的类似事件，是影射拿破仑热衷于扮演新宗教奠基人的形象，在一篇研究《列·托尔斯泰与陀思妥耶夫斯基》的文章中他曾经写到这一点。）而在《彼得与阿列克谢》中，梅列日科夫斯基就使"人神"的这些特点与过去形成对照。

这部小说在表现彼得和他的事业时，反映了各个方面的观点，其中也包括梅列日科夫斯基本人的观点。民众对这位沙皇的评价几乎是异口同声的——在底层人看来，改革给他们带来重重压迫，而且与他们很多世纪以来的生活秩序格格不入，人们还认为他迫害教会，总之，彼得的种种"凶残行为"让他们把他看成至恶的化身。皇太子阿列克谢和那些文明的外国人（女侍从官阿恩海姆、御医布卢门特罗斯特）的态度就更为复杂了（这种复杂态度与作者的态度相近）。同彼得一样，他们也承认变革的必要性，但是，对变革的很多具体措施，他们却不愿接受。"……在我们俄罗斯，不公正的东西已经根深蒂固了，所以，当一间房子里所有破旧的东西还没有被抢光，当你还没有看清这房子的每一根木料时，请不要急于去清除那些古旧陈腐的东西。"阿列克谢这样强调（Ⅳ，147）；就像那些接踵而来的新的东西一样，旧的东西有时让这位皇太子感到不可接受——这样，他就真正看清了自己的地位：他实际上正在保护那些教会教阶和神职，他们很早以前就被权力与财富击倒了；这使得这位皇太子的忏悔神甫——雅科夫·伊格纳季耶夫成了这些教阶和神职的化身，而这位忏

808

843

悔神甫正是"旧"宗教体制的维护者。这部小说的基调很接近梅列日科夫斯基在《托尔斯泰与陀思妥耶夫斯基》和那篇题为《现在还是永不可能》的文章中对彼得的改革所进行的解释，大意是：彼得对教会进行的打击，"实际上是在拯救教会……彼得是想让教会成为自己的工具，而他自己仅仅是上主最高意志的工具"——彼得大帝以前的东正教已经陷入"绝境"（XI，27），彼得的改革大胆提倡新宗教意识，不管这种改革有多少负面效应，它毕竟是通过外在形式复活民族精神生活的一个促进因素。就是这个阿列克谢自命为人民愿望的代言人，居然当着他父亲的面谴责国家缺乏法制和嗜血成性（"多少人的灵魂被摧毁，多少人在流血！大地在痛苦地呻吟"——V，219）；集牧首与帝王的权力于一身，对彼得有巨大的诱惑力，因此，他觊觎宗教界的特权并从忠于他的神职人员身上看到了改变民族意识的基础，正是这种民族意识崇尚教会至高无上的道德权威。（"教会已经被出卖给反基督了！"在经历了严刑拷打之后，阿列克谢对给他行圣餐礼的神甫这样说——V，228；关于宗教与信仰已经消亡的话，在这部小说的结尾处，那个实为"作者代言人"的人物吉洪·扎波尔斯基又重复了一次——V，280。）在外国人看来，彼得的残暴所带来的后果是野蛮行为公然泛滥，而他所承担的欧化使命所带来的后果却实在让人无法恭维：他把亚洲的残暴与西方的文明嫁接在一起，这样，就形成了一个西方与东方的混合体，其中交织着可怕与可笑的因素，而这位独裁者的形象中也混合着这些因素（"公猫科塔布雷斯"）。

809　　　　这部小说倒数第二部分最后一章，描写阿列克谢死后的彼得大帝，对彼得的执政给予了总括性的评价，即便如此，这个总结性的评价还是显得模棱两可。当作家再次指出彼得改革的根据及彼得本人的"恶行"中所蕴含的积极意义时，他还是不失时机地指出了彼得带领国家所走的这条路必然导致毁灭的结局。在这一章的结尾处，作家在表现自己的最后思想时所发出的信号，充分显露了作者的高超表达能力（他在这里使用了一个隐喻，说俄罗斯正按照那个无情的领路人的意愿，在"铁与血的浪尖上"游泳——V，241），1905年，这部小说最后一次出版时，除了回顾历史意义，它还获得了一种寓言性的意义，在读者眼里，它成了一个已经实现了的寓言。这让我们重温了作者当初以间接引语形式所传达的彼得的自我辩解："如果没有他，至今俄罗斯还处在沉睡不醒的状态之中呢!"（Ⅴ，240）彼得把自己比作圣父，为此，他不惜牺牲自己的圣子，他认为，必须做出处死阿列克谢这种牺牲，因为如果一旦他继了位，"就会把权力还给那些教士和长老，而这些教士和长老就会把俄罗斯从欧洲拉回亚洲，从而熄灭启蒙教育的火光——这样，俄罗斯就会灭亡"（Ⅴ，240）[110]。

从三部曲最初出版开始，对它最后一部分主题处理的谴责声就不绝于耳（尽管这些批评家们立场各不相同，但大多数都异口同声地指责其中尼采式的非道德主义以及作者所期待的虚幻而不现实的"综合"），与此同时，还辅以对他作品风格的颇有声势的分析。[111] 这些批评家对作者展现的思想体系，引用的历史资料以及塑造人物形象的手法都有异议，他们指出了作品内容的公式化，形象结构的呆板性，以及作者源于个人理想所进行的多余的说教，这些批评大部分并非毫无根据。他们还认为，作品中的心理描绘过于草率，仅仅局限于人物的精神生活，着力于表现"智慧激情"的范畴，此外，他们还把批评的矛头指向他所使用的大量晦涩难懂的语言，直接使用那些别有寓意的细节，以及那过于直白的主题思想，他们从艺术结构的各个层面对梅列日科夫斯基所运用的一系列手法从正反两方面进行了对比分析。如果说它在艺术风格方面塞进了很多矛盾修饰法的因素（如："宛如极大恐惧的极大欢乐"——Ⅴ，287等），那么在思想理念方面，三部曲不仅在表现对立精神的开头部分有矛盾冲突，而且在看似统一中表现出二律背反，在看似对立中表现出一致性——作者所经常运用的这些手法让他的同时代人有理由说这部作品中充斥着纯理性的"故意雕琢"。关于这部作品中随处可见的在叙述描写方面所使用的一分为二、对立统一的手法，别雷说得恰到好处："二重性无处不在：混沌与和谐，肉与灵，异教与基督教，无意识与有意识，酒神与太阳神，基督与反基督。他把一个无底深渊的表层与底层分开，成为各自的二律背反形式……这样，就形成了一个复杂的格局，宛如一个由结晶体组成的模型。"[112] 类似的手法还有基督教与异教的互相渗透，正像尤里安的老师马克西穆斯所说的那样，基督教苦行主义的最高境界所给予人的自由，是让他们去重走普罗米修斯和路西法的老路（Ⅰ，71），此外，维·伊万诺夫在《受难之神的诸宗教》里所表达的基本思想的对比，在《众神的复活》中就已经以象征意义的形式表达出来了，比如，把酒神

810

与基督进行对比，把圣餐与酒神节进行对比等等。[113] 通过将两种宗教及其后续变体中的各种理想形式和各种时间意义上的初始形式分隔开来，我们能够发现一些类似手法，此外，这种分隔还能帮助我们发现看似异教中的基督教精神（尤里安的高尚品德及慈爱之心，新柏拉图主义的宗教内涵），以及在"历史的"基督教中所蕴含的异教精神、"反基督精神"（波吉亚家族的罪恶与权欲）。这种风格也经常决定梅列日科夫斯基笔下处在矛盾中的人物的性格特点（列奥纳多的学生乔万尼·博塔菲奥曾经离开他投到萨沃纳罗拉门下，后来又回到了大师身边；而在《彼得与阿列克谢》中，在吉洪看来，自焚者的"红色之死"与鞭笞教徒的"白色之死"是相同的，等等）。

三部曲中那些过于沉重、繁冗的描写事物的形式以及不厌其烦地表达那个时代的哲学、宗教、美学、科学的观点，也让批评家们十分不满。而梅列日科夫斯基正是用这些类似戏剧布景式的东西[114]，用场景与对话的戏剧式的轮番交替来充分补足文选式的简单情节以及诸多叙述细节。"考古意义与思想体系——这就是梅列日科夫斯基这部三部曲的全部思想内容。在这件死气沉沉的铠甲里颤抖和跳动着他那巨大的、压抑的天才。"——还是别雷，言简意赅地概括了三部曲的形象特点和它的两个基本要素。[115] 科·丘科夫斯基也以称赞和惋惜两种语气来评价《基督与反基督》："没有谁比梅列日科夫斯基更加理解书籍、图画和故纸堆中的生活——遗憾的是，他只理解这种生活。"[116] 梅列日科夫斯基所设置的情节，都被限定在他那"文化空间"的范围之内，而他这个"文化空间"是在大量充满思想的对话中，在深沉的思考中，在人物的回忆中，在他们的日记中（其中还有对各种文本个别词句的引用乃至完整片段的抄录）展开的，只有在很少的情况下用紧张气氛和情节的转换来加以补充（把深刻的思想与诱人的情节结合起来，后来者勃留索夫的这种能力已经超过了梅列日科夫斯基）。善于运用各种手段的技巧能使人更深刻地感觉到他作品的艺术性，关于作家小说中"引文的魅力"，伊万诺夫－拉祖姆尼克就曾经指出："数一数（庞大的工作量！）梅列日科夫斯基小说中的人物——其实就是他自己——有多少次会为了随便某种很细小的原因，就'回忆起'别人的话、某句引文、福音书文本等等，这会是一件有趣的事。"[117]

在当时那个美学敏感时代，他随处可见的创新成分以及略显夸张的叙述手

811

法使这部三部曲在20世纪初的一段时间里赢得了特别的文学地位——成了当时无数文学青年效仿的对象，当然，它也引起了很多争论。有助于作品成名的另一个原因是作家善于在情节转折时巧妙地把历史资料、引文以及精彩的摹拟片段糅合在一起 [118]，在19世纪最后三十多年所出现的历史小说中经常使用这种"客观"描写，直到19世纪90年代，人们还津津乐道地把它与福楼拜简约明快的风格相提并论 [119]，但过了不久，这种描写的迂腐和陈词滥调就逐渐显现出来了。对《基督与反基督》的这两种接受态度在勃留索夫（在《燃烧的天使》中）和别雷的创作中都有所体现，他们将梅列日科夫斯基诗学的各个孤立特征重新熔化，汇入若干从表现力角度来看完全不同的艺术系统中。勃留索夫在他的小说中所提出和要解决的问题很多方面都接近梅列日科夫斯基 [120]，同时，在艺术风格上，他也与梅列日科夫斯基如出一辙（列奥纳多与《燃烧的天使》中的人文主义者形象；《众神的复活》中飞往巫婆狂欢会的情节在勃留索夫的作品中也有），只是在某些方面略有变化，比如具有讽刺意味的风格，就是梅列日科夫斯基所没有的 [121]，他一改梅列日科夫斯基三部曲中使用的叙事方式，以戏弄的笔触，刻画虚拟作者的形象，在他以后的作品中，也经常使用这种手段 [122]。别雷也通过揣摩相当熟练地掌握了梅列日科夫斯基的风格，他在构思《银鸽》和《彼得堡》这两部小说时，就直接借鉴了这位前辈的经验，借用了与梅列日科夫斯基相近的综合语义学的基本体系（"肉体"——灵魂，东方——西方），同时在遣词造句乃至塑造象征"阴暗"的形象时，也使用了以引文突出主题的方法。

但是，同时代的人所表达的见解，常常忽略《基督与反基督》的美学特点，有时甚至夸大了它的不足。无论如何，梅列日科夫斯基还是不断关注主题思想的弦外之音或者自己笔下人物的深层次的、无意识的精神动因。（比如，他指出，傲慢是萨沃纳罗拉禁欲主义的真正动力——Ⅱ，43，208。另外，他还特别指出《彼得与阿列克谢》中皇太子阿列克谢对叶芙罗西尼娅的情欲带有自杀的性质 [123]。）至于那些伴随了梅列日科夫斯基整个创作生涯的指责，如他这部作品缺乏历史真实性，时代错乱，让历史事件充斥着太多的现代化气息以及让他笔下的形象屈从于既定的观念，其实，这些指责主要是基于不能接受他小说中的象征主义神话色彩，而实质上作家是在忠于历史事实的基础上融进了自

812

己的看法乃至有意曲解，因为他意识到，主观态度在对待具有实证科学基础的客观事物中，同样是重要的。在近年的研究著作中，对于有些问题进行了相当集中的考察，如梅列日科夫斯基长篇小说创作运用史实的特点，以及他构建自己独特的历史世界是为了实现何种创作任务。[124] 对待史实的随意性，可以用纯美学的观点解释——作家把引文、史实、语言的时代特征等等故意搞混，从而达到作家自己追求的艺术效果。对于梅列日科夫斯基说来，牺牲历史的"字面意义"，是为了洞察历史的密码，在这种情况下，属于观念方面的宗旨最为重要，其中包括准确地把握现实，理解存在于过去与现在之间的同一关系及因果关系，在这种联系的背后可以看到更加深广的——预测性的含义。[125]

　　作为第一个透过世纪之交年代意识的棱镜观察往事的象征主义者（后来，安年斯基在自己的悲剧中，以及勃留索夫在《燃烧的天使》中，也都是用了类似的把历史现实化的手法），作家在《尤里安》和《众神的复活》[126] 中所使用的隐喻，按照他的观点，已经明显具备了世纪末的特点。在世纪末与文艺复兴时代情形相近的"复兴"现象（他把这种现象解释为朝着古希腊、罗马时代的完美世界观回归和摒弃信仰教条，进行宗教探索的积极活动）和与之相反的"衰败"现象（其表现为：具有新思想的代表人物缺乏想象力，难以把新事物贯彻到生活中去，他们塑造的人物大都身体退化、道德沦丧），这些都在他的第一部小说三部曲中大量地、公开地表现出来了。作家进行历史题材创作时惯用的另一种表现形式最具争议性，他常常把描写的历史事物赋予现代特色：把过去的事物当作后来事物发展的源泉来表现，而在其特点中则能看到作者的思想，只是公开的程度不同而已。这首先涉及到《基督与反基督》的基本思想矛盾——按照作家的观点，在希腊化时代和文艺复兴时代都发生过宗教和文化变革，都能在当代找到直接的相似之处。[127] 不能忽略的是，正是社会文化哲学方面的问题促使他采用了上述方法，而梅列日科夫斯基（从《众神的复活》开始，表现尤为积极）是把这方面的问题同宗教、历史方面的问题结合到一起来看待的（在《众神的复活》与《反基督》中表现为：权力的实质，专制国家与被压迫的底层"贱民"，从各个社会层面上所进行的宗教探索，民族性格中的光明面与阴暗面，物质进步与精神真理，宗教对强权的屈服，反专制主义，等等）。三部曲的最后一部所运用的本国素材把各种可能的对比都表现得特别

813

公开——对于国家来讲处于转轨时期的彼得大帝时代所出现的各种现象与过程的特点，都为他以后作品的情节埋下了因果的伏笔。彼得大帝的统治以及18世纪初俄罗斯现实的其他方面是这部小说所表现的新俄罗斯历史时期"原现象"（梅列日科夫斯基不满足于蕴含的、影射的意义来表现它，而是用直接的未来派的情节来着重强调它 [128]）。这种手段是公开使用的，而且部分地用于塑造民族宗教层面上的人物——东正教长老，分裂派信徒及邪教宗派信徒，他们都明确声称自己的教派宏大完美。执着的精神探索，狂热的末世论思想，这些都与梅列日科夫斯基的理念有相通之处，他突出这些理念时，也并不掩盖它们的阴暗面，因为在这些理念中也经常夹杂着盲目迷信和盲目狂热的因素。[129] 这种对民间神秘论的"可怕阴暗面"（别尔嘉耶夫语）的关注，一方面依托着文学传统（如梅利尼科夫－佩切尔斯基），另一方面则对别雷的《银鸽》起到了一定的先导作用。对俄罗斯民族性格中的诸多共性来讲，梅列日科夫斯基在《彼得与阿列克谢》中所表达的对待社会底层宗教思想的双重态度，是他的一个基本出发点，对此，他在第一次俄罗斯革命时期和十月革命前的几年里都曾经阐述过。

与梅列日科夫斯基同时代的人经常指出他这部三部曲形象隐晦，内容公式化，但他们却往往忽略梅列日科夫斯基艺术构思中另外一些与之相反的方面（在近期的某些文章中，也经常表达出类似的片面性观点，如论述三部曲情节背后隐藏的"粗糙的概念层面" [130]。）除了人们以其中有大量直白性的说明和过于隐晦的细节而断言的公式化和隐晦性以及结局处单一的"政论"风格（作家对此格外倾心）和其他一些类似的特点以外，在他的小说中还表现出一种内容模糊性和复杂性的倾向。正是这种对人物、事件和情境评价的模糊性在某种程度上减轻了人们对那种生硬的概念化主题的印象，这种模糊性在《众神的复活》与《反基督》中随处可见，它的产生有意制造互相对立的观点——哪怕最后结果再构成某种复杂的整体。[131] 积极使用对比手法使梅列日科夫斯基塑造人物形象的技巧与他构思的结构相得益彰——他们精神动机的不同取向，在三部曲的思想结构中，通常被表现为互相对立的两极（基督教与异教，人神与神人，等等），但是在塑造列奥纳多或者彼得大帝这些形象时，作家最乐于且最经常使用的手段，则是对这种结构进行重点修饰。在作品中引入宗教哲学内容

814

的特点，也在某种程度上（虽然这种情况的重要性不宜过分夸大）对突出总体中心思想的感染力起到了一定的补充作用。这些宗教哲学内容不仅与梅列日科夫斯基世界观的进化相联系，正是这种进化，让他在完成三部曲的整个过程中在以往对宗教的整体解释上打上了新基督教思想的印记，而且与他惯用的一些表现手法相联系，也正是这些表现手法，是他在自己的每一部小说中表现类似内容时所经常使用的，这些手法主要包括：内容的模糊性、表现的简洁性、形象的对比性和问题的前瞻性。

内容的充实和由对情节、语言起补充作用的"文化空间"而产生的巨大精神冲击力部分地减弱了它以叙述为铺垫的思想内容的教条主义色彩，尽管这些已经把作者个人的美学观念扭曲为巧妙的智力游戏了。梅列日科夫斯基在自己的每一部小说中尽量避免让那些直接怀疑信仰的内容占去太多的篇幅，而是不断引导读者去接触书中人物所持的怀疑观点，其中也包括与对新约学说的诠释有关的观点，这样，他就经常向读者传递书中人物对问题的解决方法，有时（如在乔万尼·博塔菲奥的日记中所提到的列奥纳多临死前的思考）迫使读者自己去解决那些解经学的问题。这样，由作家自己创建的这种近乎谜团的复杂的神话诗学概念的对立统一体系，反倒成了破坏内容统一性的因素。在基督教与异教周围，历来都存在着很多艺术的与思想的衍生物，而且其中还夹杂着尽管有语义共性而其实并不吻合的神话主题与构成神话诗学的情节（如在《众神之死》中，在属于"异教"的范畴内，就有关于普罗米修斯提坦的传说和关于路西法的传说，这些都带有诺斯替教的某些成分），这样，梅列日科夫斯基就根据情节展开的程度提出问题，这些问题都带有一定思想深度，而且迫使读者自己去独立思考它们"不可分性"与"不可融性"的道理。如果说批评《众神之死》中作者对两种互相冲突的宗教体系进行了统一标准的解释[132]还有一定根据的话，那么，在《众神的复活》的最后一部分里，异教通过"两个深渊"的象征意义，把忘我精神也融入自己的教义之中，也就是说，异教也表现出了自己的二元性；这样（比如在列奥纳多身上——Ⅲ，367）对基督教的解释就产生了极大的反差性——在主张谦逊、仁慈的道德标准的同时还向人们宣传某些新约里的神话主题，在这些神话主题里，基督形象是威严的，战斗的，按照第二次基督降临时的判决，让人和他的"家人"天各一方。于是，在《彼得与阿

815

列克谢》中，就出现了一个三位一体——"异教（地上的）——基督教（天上的）——人们期待它们的结合体"，这个三位一体从属于另外一个三位一体："旧约——新约——未来的启示录圣灵王国"，这样，就把异教与旧约的"圣父的宗教"[133] 相提并论，从而创建了一个具有丰富内涵的语义综合体。

此外，作者最终立场的显现程度，在《基督与反基督》的各部分中也是各不相同的。在这部作品的不同部分里都程度不同地详细描写了宇宙论的各种模式（比如在《众神的复活》中，除了基督教以外，还写到了列奥纳多的自然神论和诺斯替教的神话）。至于梅列日科夫斯基个人的观点（即第三约言的教义与"未来上主教会"的教义，按照这些教义的观点，既不能接受"无神之世界"的思想，也不能接受"无世界之神"的思想——V，280、284、285），他只在《彼得与阿列克谢》的最后一章中作了直白的表达。在这里，对作家来讲最为关键、集其思想之大成又具有"总结"意义的末世论思想在主题中才由暗示转为作者观点的直接表达，这种思想此前是通过客观描写，即通过书中人物的思想意识不断表达出来的。（所以，那些经常批评梅列日科夫斯基企图把不能结合的东西结合在一起的批评家，也未能马上意识到，正是启示录保证了作家能够解决任何矛盾。）此前，在三部曲的大部分叙述过程中，宇宙论的各种类型，实质上都是从平等的地位表现出来的；如果说评价它们的程度还有区别的话，那么也只是偶尔打上书中所涉及的价值观问题的印记。三部曲的前两部，即使是作家的"综合"观点，也远远不是直接表达出来的——在每一部中都为这种观点描绘了一个大体的轮廓，但是并没有进行具体、充实的表述。[134]书中人物有很多关于未能把互相对立的东西统一起来的说教，但是读者在猜测那些少量的带有评价性的、用隐喻表达的细节或者假相的真实含义时，却很难通过这些人物的语言来了解作家的真正意图（在《众神之死》中，这表现为对阿尔西诺伊和帕夫努提乌斯的塑造，而在《众神的复活》的最后几章里，施洗约翰的形象则有两个：一个是列奥纳多画的酷似酒神的不辨雌雄的无翼少年的形象，另一个是俄罗斯圣像画家叶甫基希画的有翼的形象）；这样，无论有无作者的提示，我们都能猜出，为什么已经写了基督教与异教的互相渗透（在尤里安身上，在"摩尔人"斯福尔扎公爵和波吉亚身上，以及在彼得身上，都有这种情况），还要对它真正的结局进行一番预示，甚至不无戏拟。

816

在三部曲的前两部里，对所探寻的思想事实上就做了两种（甚至更多的）解释。在《众神之死》中，其中的一种解释就是我们前面提到过的基督与反基督真理的汇合，正是这种解释，从结构上讲，在小说的结局部分里占了"主导地位"。但与之一争高下的还有另外一种解释，这种解释是基于对基督教的另一种认识和理解。小说中不止一次地指出，在世俗成分中，并不是所有光明与快乐的东西都是属于异教的。梅列日科夫斯基并非仅仅把基督教表现为可悲的和濒死的；地与天的"真理"，"肉体"与灵魂的结合都包含在其中，就是通过书中一位女主人公的话揭示出来的，另外作家也没有忘记，通过一个人物的嘴来阐述对生活与美的宗教解释以及拯救众生的思想，这种思想与俄利根异端的学说不谋而合（Ⅰ，155）。另外一些比较重要的对地与天的综合解释，作家是在《众神的复活》中通过塑造先知约翰这一形象来表达的；作家对此一以贯之地揭示让读者搞清了它们之间的主从关系——叶甫基希所画的圣像是否更为符合基督教的教义？还是它摒弃了（因为它出现得比较晚）列奥纳多所表现的象征意义，这种象征意义对各种异教学说起到了公开整合的作用，或者是作家想让这两个形象各异的先知互相补充和互相延伸，以此来象征具有重要综合意义的、更高级的普遍秩序的需求？

3

817　　1891年梅列日科夫斯基在一篇日记中写道："所有艺术都是人类灵魂对上帝的绝望哭泣。"[135] "宗教理想主义"作为一种世界观，应该成为鉴别作品的标准——这是他在一次讲演中提出的口号，正是这个讲演的内容构成了《论俄国当代文学的衰落原因及其新兴流派》（1893）这篇文章的基本观点，而这篇文章则成了他最早提出的关于"新艺术"的理论宣言之一。被视为"法国象征主义在俄罗斯的反响"（尼·康·米哈伊洛夫斯基）的这篇文章，在很多方面都不同于其他宣扬象征主义的文章。对于梅列日科夫斯基提出的这个新文学运动哲学和风格方面的纲领，叶·鲍·塔格尔曾经公正地指出，还是很"泛泛的，只是很模糊的大体上的轮廓"[136]。《论当代俄国文学的衰落原因及其新兴流派》这篇文章，与以后勃留索夫所提出的宣言相比，还是少了一些进攻性。"在当代的'先知'中，很少有人像他那样，一开头就那么温和，而且不加分析地全盘接受了当代文化彼此不同的各种论点"，这是一个与他同时代的人对此提出的看法。[137] 尽管在《论当代俄国文学的衰落原因及其新兴流派》这篇文章中，论战的倾向表现得相当明显，他不同意当时在欧洲精神生活中占统治地位的实证主义和自然主义，也不同意本国艺术中的社会倾向和"幼稚的"现实主义，他反对民粹主义的批评，认为这种批评"是对美的自由感的如同圣像破坏运动般的不信任，而且在这种批评中还包含着让艺术服从教育道德框架的怯生生的要求"（Ⅷ，201），尽管如此，他这篇文章还是为文学民粹主义进行了辩护（"……我们可以漠视美学理论的一切陈规戒律，但在对人民的苦恋中不能没有诗，也不能没有美"——ⅩⅧ，246）。"上一代人视为神圣的东西，如民粹现实主义，艺术中的公民主题，社会公正问题等，对当代人来讲，完全没有过时……它们只是转向了更广泛的范围"，即宗教范围；"只有回到上帝身边，我们才能回到自己伟大的信仰基督教的人民中间去"（ⅩⅧ，264，237），作家在支持索洛维约夫解决社会问题的主张时这样强调。梅列日科夫斯基还写道，正是在索洛维约夫身上，"就像在所有优秀的俄罗斯人身上，重新显现出对人民和对社会公正的爱……就像那无穷的、神性的理想……围绕着美与诗的光环"（ⅩⅧ，273）。

决定这篇文章情调的不仅有思想的双重性和观点的灵活性，还有认为"新""老"艺术之间界限并不清晰的观点（一般认为，"新理想主义的端倪"最早出现在屠格涅夫、冈察洛夫、托尔斯泰和陀思妥耶夫斯基的作品中），对梅列日科夫斯基来讲，还有一个因素，就是他很难借助年轻一代艺术家所取得的成就。按照梅列日科夫斯基的观点，这些年轻艺术家说得多，做得少，他认为，在俄罗斯文学中，"新艺术"还仅仅是一个"模糊的需求"，而且，它还与那些"模仿派"作家的作品相联系。他对有些作家的影响力寄予期望，这些作家不仅有明斯基、福法诺夫、叶·亚辛斯基，而且有契诃夫、迦尔洵，甚至包括博博雷金等人（ⅩⅧ，258—272）。梅列日科夫斯基也表达了对法国象征主义者的同情态度，但只是一带而过（他对他们的态度在1894年的《最新抒情诗》中表述得非常清楚：他们没有表现出真正的巨大天才，也还无力扮演一个

818

潮流领导者的角色，就连魏尔伦，也"完全不是表达者，而仅仅是个新理想主义敏感的预言者"[138]）。

当时，这篇文章遇到的几乎是异口同声的谴责，批评界不仅责备作者背叛了人民热爱的理想，而且指出他哲学观点模糊不清，判断缺乏根据。确实有人指出，无论在关于本国文学"衰落"的判断上，还是在自己的实证主义文学纲领方面，这篇文章里的很多理论问题都还没有定型，其中包括对"新艺术"主要因素的判定。按照梅列日科夫斯基的观点，这些因素应该包括：神秘主义的内容、象征和艺术感染力的扩展（ⅩⅧ，218）。这样，"神秘主义的内容"和"艺术理想主义"就被过分地夸大了，按照尼·康·米哈伊洛夫斯基的表述，它们简直就等同于情节的幻想化和环境的异域化[139]，或者说已经成了区别于缺乏创造力的"左拉主义"的各种道德与精神探索的同义词。阿·沃伦斯基从术语的角度对他提出的批评也是公正的——梅列日科夫斯基并不是什么时候都能分清象征与寓意、象征与典型之间的区别。[140] 但是，尽管在《论当代俄国文学的衰落原因及其新兴流派》这篇文章中存在着概念的模糊性与对文学和文化现象解释的随意性（此后梅列日科夫斯基也经常如此），他在这里还是从对俄罗斯象征主义性质的各种解释中提炼出一个大体的轮廓，这样就在很大程度上对象征主义这一概念的丰富内涵作出了较早的界定，便于以维·伊万诺夫和别雷为首的下一代理论家运用。这时，他已经确定了世界观和内心精神世界的取向（在这方面，梅列日科夫斯基与沃伦斯基是相同的），同时，他也指出了在浪漫主义与现实主义中潜在的象征主义因素，这就让他很自然地把"新艺术"解释为自古以来就有的一种创作类型（"新艺术"不是"巴黎时尚的新近发明"，而是"朝着古老的、永恒的、从不消亡的方向回归"——ⅩⅧ，214），从而为更广泛地——从宗教哲学方面和寻找艺术"永恒模式"的象征意义方面——理解这一流派的实质与起源奠定了基础，后来的"年轻一代"也经常运用这一理念。他们关于象征主义起源的意见，继承了梅列日科夫斯基的观点，认为是"西化"倾向与从本国经典中探索"新艺术"起源结合的结果，而且他们理所当然地把关注点集中在处于本国经典阴影中的那些作品。梅列日科夫斯基在《论当代俄国文学的衰落原因及其新兴流派》中所指出的19世纪俄罗斯文学的某些特点（如涅克拉索夫的宗教主题[141]，屠格涅夫晚期作品中的"神秘色彩")前瞻出以后围绕经典继承问题的讨论。

在他以后几年的作品中——关于普希金的文章和收入《永恒的旅伴》（1896）一书中的部分随笔，乃至学术性著作《列·托尔斯泰与陀思妥耶夫斯基》——梅列日科夫斯基从美学批评重点转向宗教形而上学批评。他在1899年8月4日写给彼·佩尔佐夫的信中称，《列·托尔斯泰与陀思妥耶夫斯基》的最初构思，是与"**人神与神人，即俄罗斯文学中的基督与反基督……**"思想联系在一起的 [142]；透过这些或者那些宗教哲学原理的棱镜来观察、分析一系列文学现象，成了他以后绝大多数批评文章的主要特点。他早期的批评文章主要关注作品的艺术完整性和作者精神世界的结构体系，如关于契诃夫的文章（《关于新天才的老问题》，1888）和关于柯罗连科的文章（《柯罗连科的短篇小说》，1889），这一特点都占主导地位，而从这时开始，上述特点已经逐渐让位于关注俄罗斯文学创作目的性的特点了，这一特点发展的顶峰，按照梅列日科夫斯基的观点，是"最终的、象征主义的普希金"的出现（Ⅸ，115），他认为，在普希金的作品中，凝聚着能摧毁当代人意识的形而上学"深渊"。起初，梅列日科夫斯基由于有人指责契诃夫的作品缺乏倾向性而为之辩护，后来，这种辩护的特点逐渐被一种带有新宗教色彩的倾向所取代，难怪在梅列日科夫斯基这位批评家的风格中很自然地吸收了杜勃罗留波夫和皮萨列夫明显的政论风格和好为人师的特点，总是企图越俎代庖地补充一些原作者没有"彻底"讲清楚和没有表达出来的东西。

除了决定素材取舍与价值取向的原则个性和宗教与文化哲学观念之外，决定梅列日科夫斯基批评风格的还有将"艺术文本"与美学、意识形态层面的现实这两者和"生活文本"，艺术家的精神面貌，创作过程那深藏的、非理性的基础这三者放在一个互相作用的统一体中来研究（对后三者的评价往往毫不犹豫地来自生活现实和作品人物形象，梅列日科夫斯基经常把人物与他们的创造者等同起来）。梅列日科夫斯基的评论文章还有如下特点：广泛的对比性，仅构建俄罗斯文化的语境，也构建欧洲文化的语境，偏爱将两个相同水准的对象进行对照（普希金——莱蒙托夫，托尔斯泰——陀思妥耶夫斯基，涅克拉索夫——丘特切夫等；在一个不同的层面上，作者真实的、隐秘的、与他精神世界现实本质相符合的"面目"与由意识支配、理性化的外在表现之间产生差异

820

也就是常事了）；作为评论某位作家作品的关键一环，梅列日科夫斯基的批评文章还经常提及一些文学形象（如他曾把果戈理与安徒生《冰雪女王》中的凯相比）与神话主题，比如，1909年他评论莱蒙托夫的一篇文章，就借用了关于灵魂漂泊的诺斯替神话来解释诗人的个性。[143] 梅列日科夫斯基照例经常受到一些不无根据的指责（来自美学派的指责是太多的功利主义，来自实证派和学院派的指责是牵强附会和选材过于偏颇），但与此同时，人们也佩服他精湛的剪裁技巧和简洁、完整的文学描写与精神刻画的能力。虽然以偏概全和传记形象与艺术形象界限不清的特点（出现过这样的情况：一段写人物的文字，其中作家本人的形象还没有完全显现出来，就已经断定这是俄罗斯文学所期待的理想"人物"了——Ⅸ，149），但是，他善于运用作品中极细微的情节和作家本人的经历作为结论所依据的素材的能力，还是应该予以高度评价的。[144] 梅列日科夫斯基这样的手法后来经常被别人使用。（1908年别雷曾在他一篇题为《从萨波若克来的达赖喇嘛》的文章中把索洛古勃与他一篇短篇小说里的童话主人公进行过比较。）

　　梅列日科夫斯基在《永恒的旅伴》这部文集的序言中论证自己批评立场的主观性时，曾经提到元文学话语的历史决定性，主张在研究艺术现象时应该采取我们现在称之为历史功能方法的途径。[145] 不过，对于梅列日科夫斯基说来，有些界限并不清楚，比如同时代人感到模糊的、潜在的、含蓄的东西与作品中潮水一般涌动、具有现实性的内容这两者之间的界限，又如，合作者与研究者的界限，写作和把自己的作品混进、"嵌入"他人作品这两者之间的界限。但是，当所评论的内容与他的宗教形而上学的"目标"某些方面相似，而他又能集中精力关注其细节时，他才能对诗学进行准确观察，使用一些宏大的象征形象（陀思妥耶夫斯基的"精神探秘"与托尔斯泰的"肉体探秘"，莱蒙托夫有如俄罗斯诗坛"月亮"，等等），由于这些论述的尖锐性，潜在的适应性，以及常常突现出来的深刻启发性，所以就在某种程度上对象征主义流派的创作产生了影响。梅列日科夫斯基关于托尔斯泰、陀思妥耶夫斯基、普希金、果戈理、莱蒙托夫、易卜生和19世纪至20世纪其他很多作家的论述、分析与个人见解，在以后的历史与文学研究中至今仍一再被人反复引用。

821

4

梅列日科夫斯基在《列·托尔斯泰与陀思妥耶夫斯基》中表达了这样一些
观点，包括："基督的第二次降临已在悄无声息地开始实现"（XI，31），已
经进入"超历史道路"的时代，以及人类本性在"肉体与精神方面一起"再生
的可能性（X，120—121），这些观点与他在《彼得与阿列克谢》中所表达的
观点一样，成为他末世论思想的最高表现。但是梅列日科夫斯基与莫斯科那些
"阿尔戈英雄们"不同，直到世纪之交，启示录思想仍然没有成为他的最高主
导思想，因为他觉得这种思想不可能克服历史的戏剧性与冲突性，并且首先让
人联想到带有通神术特点的宗教行为的思想。1905年他曾经这样写道："那种
缓慢的世界历史进程有它的必要性和可期待性，这一进程把人们从基督的第一
次降临引向第二次降临，通过全人类（普世文化）从'神人'引向'神人类"
（XIV，136），这样，他就进一步为索洛维约夫的通神术思想补充了一定的
宗教改革成分；梅列日科夫斯基夫妇和他们这个圈子里的成员认为，他们自己
的秘密宗教团体的建立以及他们在宗教哲学会和在《新道路》杂志里所进行的
宣传，是从"宗教观察"过渡到"宗教行为"的一个转折点。（带有末世论和
普世教会合一运动色彩的"约翰"教会的建立，被作家称之为"启示录的发端
之举"[146]。）梅列日科夫斯基力图从不同的角度给现实生活赋予宗教的合理
性（在宗教哲学会的发言中，在一篇关于果戈理的文章里，都更明显地宣扬了
是他与禁欲主义基督教进行辩论的主要观点），这就使他的立场具有了某种独
特的色彩。进入20世纪以后，他个人观点中的尼采主义色彩稍见弱化，这首先
表现在对待极端个人主义的态度上和"人神"观点的倾向上，但是，同以往一
样，梅列日科夫斯基仍然坚持认为个人生活至高无上，对他来讲，这是"西欧
文化最新的，也是最珍贵的礼物"（XIV，151）。[147] 但是，以往观点的某些
成分，在他以后整个人生道路上，或多或少地都起着作用。他在论普希金的文
章里，在《基督与反基督》的前两部，以及在学术著作《列·托尔斯泰与陀思
妥耶夫斯基》中对外在于等级制的"贱民"的咒骂不久后又重新被历史语境赋
予了现实迫切性，并且在1905年著名的文章《未来的小人》和第一次俄国革命

822

时期其他文章中得到了呼应：有对小市民庸俗"中道"观的抗议（同以往一样，梅列日科夫斯基的这些观点是与反资产阶级的观点和呼应尼采的唯美主义观点一起表达出来的）[148]，也有对集体平均主义的不接受；这种综合思想决定了作家直到侨居时期都一直在自己的作品中关注那些人类精神的"顶峰"（包括拿破仑、歌德、拜伦、莱蒙托夫这些人物），按照梅列日科夫斯基的观点，这些人在"平等的程度上"与当代的观念大相径庭。[149] 到了1900年代后半期和1910年代，梅列日科夫斯基对待革命恐怖一直持一种带有偏见的复杂态度，他把这种态度称之为"宗教社会性"观点，而且开始对自己的国家观与社会观重新定位，这种观点与他关于恶的进化属性与历史属性以及暴力不可避免的固有观点，这时已经结合到一起了，而他的这种固有观点，既是"反基督"思想的变体，又决定了他从第一组长篇小说三部曲以及《列·托尔斯泰与陀思妥耶夫斯基》直到他最后著作的一贯的对恶的宇宙生成功能和历史功能、暴力的必然性的思考（这种思考所依托的基础也包括对新约神话威严、好战的一面的深入研究，以及基督对"力量"的诉诸等，而根据作家的思想，新约威严的那一面构成了对"温顺的"那一面的补充 [150]）。

在第一次俄罗斯革命时期以及随后那些岁月，梅列日科夫斯基的政论积极性达到了顶峰。梅列日科夫斯基夫妇认为，在每次革命浪潮开始的时刻，对于正在发生的事件，必须首先表明自己的态度。这时，他们或多或少地持一种激进的社会立场，《生活问题》杂志1905年第四、五期合订本中刊登了梅列日科夫斯基的一篇文章《现在还是永不可能》，在这篇文章中，作家号召东正教的神职人员"与俄罗斯知识界联合起来"，"共同投入到俄罗斯解放运动中去"，认为"这才是基督事业的必然延续……"（Ⅳ，143）。1905年从春天到秋天这段时间，梅列日科夫斯基的其他讲演也都表达了一定的反专制观点。[151] 这时他承认，他以往"对国家的观点，不仅在政治上、历史上、哲学上，而且在深层次的宗教意义上都是错误的"，于是，他开始强调，在国家政权与"新宗教意识"之间，"没有任何调和的余地"，因为所有"人类的，只要是人类的政权，都不是政权，而是强权，它不是来自上帝，而是来自魔鬼"（ⅩⅣ，171）。在《契诃夫与高尔基》（1906）这篇文章中，梅列日科夫斯基称，"政治解放是俄罗斯知识分子最神圣、最需要和最伟大的事业"（ⅩⅣ，72）。作家的"左

823

倾"被他的同时代人不无根据地解释为不仅是朝着受革命高潮时期大社会环境影响的早斯青年时代思想的倒退[152]，而且在宗教哲学会与教会之间在颇为广泛的范围内寻找接触点未果的情况下，从具有民主倾向的人群中为自己所宣传的观点尽可能多地寻找听众。

这时，梅列日科夫斯基的世俗"圣肉体"思想，已经与认为社会国家体制必须服从于无政府主义的宗教原则的思想结合起来了。（可参阅《俄罗斯革命的先知》，这篇文章是他于1906年1月为纪念陀思妥耶夫斯基逝世二十五周年而写的。）在社会发展模式上，梅列日科夫斯基不能全盘接受资产阶级民主主义的、社会主义的和无政府主义的观点，认为它们都是不完备的，并且在索洛维约夫的自由神权政治的基础上形成了自己独特的理想（"让国家朝着宗教的方向转变"，废止一切"已经不必要的和过时的国家机构的历史形态，取消一切世俗的政权、法律、国家、领导……"——Ⅹ，131—133），作为一种"普遍思想"，他认为它有可能把彼此不相往来的知识界、教会和民众联系起来，于是他提出了"让宗教与国家一起复兴"的观点，"既不是脱离社会生活的宗教，也不是脱离宗教的社会生活，而是宗教性的社会生活，只有它能够拯救俄罗斯"（ⅩⅣ，38）。在革命前后那十年的整个一段时间里，作家一直在坚持不懈地宣扬他的这一信念。

在呼吁让"我们的上帝与我们的自由"结合在一起的时候（ⅩⅢ，69），梅列日科夫斯基认为，作为传统激进主义基本教义载体的知识界以及怀有宗教需求的民众是这种结合的主体。作家对待这些社会力量的态度还与那些由解放浪潮带来的危险感相联系——在他看来，这是受到"幸福的社会主义"之"蚂蚁窝"鼓舞了的革命的"群魔现象"和"希加廖夫主义"（ⅩⅣ，12），（"群魔"和"希加廖夫主义"典出陀思妥耶夫斯基的《群魔》，"蚂蚁窝"是陀氏对空想社会主义理想惯用的比喻——译者注。）还有无政府主义因素，以及"毫无益处且残酷无情的"普希金描写过的"俄罗斯暴动"。（在那些年发生的事件中所出现的类似现象，他在《俄罗斯革命的先知》这篇文章中已经有所确认。）革命年代梅列日科夫斯基的政论著作中充斥着反专制的声音和对知识分子反宗教心态的批评，也包含着对所发生的大规模事变的担忧以及希望用神权政治改造俄罗斯（乃至世界）生活的心理，当然还有他在《未来的小人》中所

824

表达的尖锐的社会警告。他这篇文章所表达的观点是界于各位浪漫主义者、赫尔岑、尼·丹尼列夫斯基、列昂季耶夫、尼采和后来从斯宾格勒到当代大众意识批判的各种理论之间的一个中间环节 153。

　　社会底层的心理是复杂的，1905—1907年所发生的事件暴露了这种复杂性的动因，梅列日科夫斯基对社会底层心理的分析是多角度的。在《未来的小人》中，梅列日科夫斯基警告说，只有一种人向往反基督的"小市民王国"，那就是"社会底层的小人——流氓、无业游民、黑色百人团"（ⅩⅣ，37），他认为，威胁着自由与文化的不仅仅是流氓无产者，还有那些心态保守的小资产阶级民众。（在这篇文章中，梅列日科夫斯满怀赞许地引用了赫尔岑的话："城市无产阶级的世界全都将变成小市民。"——ⅩⅣ，12。但是，后来他为了应对来自外界的批评，不得不声明，"小人"现象并非特指某一个社会阶层。154）梅列日科夫斯基称，他将为宣传知识分子的神圣社会使命而不懈努力，他认为，知识分子的压力不仅仅来自专制制度和"东正教官僚结构"，还来自那种"阴暗的民族自然力"，"与其说这种自然力憎恨自由思想，不如说它不理解这种思想"（ⅩⅣ，26），他还指出，持激进自由思想的知识阶层的追求与国内基本民众的自我觉悟之间，是存在差距的。作家把民众对待革命的态度首先放置在宗教的层面上。梅列日科夫斯基认为，在底层民众的心目中，专制体制具有神圣的合法性，这种合法性是从登基那一天起就赋予俄罗斯帝王的（所以，专制制度"不能限制，只能消灭……"，而且，"在俄罗斯，君主立宪比实行共和的可能性更小"——ⅩⅢ，95），既然如此，那么，反政府的起义就可能带来灾难性后果，直到整个国家体制被摧毁。"……民众将面临一次彻底的选择，要么回归到专制体制，这种专制是一种新的可怕的政教合一，是普加乔夫与尼康相结合的产物，要么摒弃宗教"作家在《革命与宗教》（1907）这篇文章中如是说，同时他还发问："最近这场俄罗斯宗教与俄罗斯王国的灾难，会不会导致整个俄罗斯的灭亡？灭亡的不是人民永久的灵魂，就是它已经死去了的肌体——国家。"（ⅩⅢ，96）但是，这种前景并没有吓倒梅列日科夫斯基，他期望革命自然力的发展会导致对社会的宗教性重组，正是在从外表上看国家生活风雨飘摇之际，他努力激发人们对国家政权思想的维护者产生更大的仇恨，让他们看到在俄罗斯建立神权国家的道路。关于梅列日科夫斯基的上

825

述思想，别尔嘉耶夫曾经准确地指出，他的这些观点是与他在进行神话构思时所坚持的末世论模式结合在一起的，按照这种模式，在人们所期待的绝对和谐到来之前，必然要彻底摧毁现存的世界秩序，别尔嘉耶夫还指出，在梅列日科夫斯基的头脑里，还有一种至高无上的启示录观念与政治上的激进主义混杂在一起的思想。我们知道，别尔嘉耶夫是把梅列日科夫斯基称为"浪漫主义艺术家"的，说他只善于以巨大的对比模式进行思维，同时，他还指责梅列日科夫斯基忽略了革命过程的真正意义："他在等待由于生活中来自外界的悲惨成分和可怕成分不断增加而最终导致宗教活跃期的到来，但是在他的这种等待中出现了可怕的误区。在流血的呓语与混乱中不可能产生新的宗教行为。"[155]

革命年代梅列日科夫斯基的文章中对底层宗教思想实质和民众精神生活深层次因素的解释，与他在小说《彼得与阿列克谢》中对它的艺术诠释相得益彰。按照梅列日科夫斯基的观点，"俄罗斯民众的宗教自然力因素"很多的表现形式都是"黑暗的"（ⅩⅣ，144），但是在它的最高表现形式上则带有正面因素[156]，在对世界末日的期待中，以及各邪教宗派对很多重要问题的尖锐化处理中（史敦达教派对社会性问题的看法，鞭笞派与阉割派对性问题的看法等等，而在作家看来，"历史"基督教对这些根本问题的看法是不正确的）体现了宗教观念根本改革、"宗教革命"的萌芽，而"宗教革命"被梅列日科夫斯基视为未来俄国生活彻底转变的一个保障，且它或迟或早总会与正在发生的社会政治革命融为一体。梅列日科夫斯基说，在自己的宗教意识与民众的宗教意识之间没有不可逾越的鸿沟，他相信民众中蕴藏着巨大的精神潜能。他主张应该关注民众的强烈需求，并且开始总结自己与"信仰讨论会"参加者交往的经验，这些讨论会都是在亮湖上进行的，传说基捷日城就沉没在这个湖的湖底，他说："……人民本身并未走向我们，而是走向我们的观点，人民本身就是我们自己……"（ⅩⅢ，90）[157]，此后，作家十分乐观地评价了群众解放运动热潮中的末世论思想："越是接近民众，革命性就越强；革命性越强，末世论观念就越强。"[158]

梅列日科夫斯基对待民主知识分子的态度也是相当多元的，按照他在学术著作《列·托尔斯泰与陀思妥耶夫斯基》中所给出的公式，民主知识分子应当成为能够被民众信仰之"火"点燃的"油"，同时负有把分裂到两极的俄罗斯社会重新组合到一起的使命。"他们的良心几乎总是站在正确一方，而头脑却

826

经常处于彷徨状态……面对丰富的社会感情，他们所持的五花八门的理念是有很大缺陷的。"梅列日科夫斯基在《未来的小人》一文中这样评价知识分子，这里所谓"五花八门"的理念，既有各种宗教观念，还有从德国经波罗的海传过来的"死亡的浪涛"，即形形色色的"虚无主义者、唯物主义者、马克思主义者、唯心主义者、现实主义者"的期望（ⅩⅣ，34）。来自不同知识阶层所谓为最高道德服务的大量炫耀之词并没有妨碍梅列日科夫斯基不断揭露实证主义的狭隘和激进主义空想家的偏执（"……在俄罗斯自古以来就有这么一种习俗：成就社会生活的不是成人，而是孩子，是那些永远长不大的俄罗斯男孩，他们穿着竖领红衬衫，外罩大学生制服，可他们在宗教意识方面，比皮萨列夫和车尔尼雪夫斯基走得更远"——ⅩⅥ，15）。到了1900年代后半期，他对社会民主主义学说展开了比以往规模更大的攻击。作家一方面与社会民主主义学说中关于集体主义的理论进行辩论，另一方面拒不接受庸俗尼采主义对个体自由的看法。与索洛维约夫一样，梅列日科夫斯基也指出，解决个人与社会的矛盾，只能在"无限自由与无限仁爱的宗教圈子里"完成（ⅩⅢ，32），同时，他还对激进主义者下了这样的断语："……表面上以真正的宗教态度对待外在的、社会性的自由，背后却隐藏着对内在的、个人自由的不敬"（ⅩⅣ，36）。在《人心与兽心》（1909）这篇文章中，梅列日科夫斯基指出马克思主义思想家"不仅想破坏人类关于上帝的理念，还想破坏人类关于个性的理念"（ⅩⅤ，99）。梅列日科夫斯基寄希望于俄罗斯革命者的宗教意识，其中不仅包括那些真正的、实践证明是正确的理念（就像他在《宗教民粹主义》一文中以同情的语气所提到的热里雅鲍夫的信仰那样 [159]），而且还包括那些尚未公诸于世，尚未明确意识到的，乃至以"普世聚合性"为前提的各种理想；作家认为，"俄罗斯知识分子的无神论，本身就是一种特殊的、神秘主义的无神论……他们的大脑与心灵被悲剧性地分离了：大脑在排斥上帝，而心灵却在寻找上帝"（ⅩⅣ，33）。

很长一段时间里，梅列日科夫斯基的文章，反专制情绪，对政府镇压行为的抗议，以及对自由解放的空泛议论等内容，远远超过了对革命自然力将带来的威胁的预感。他在1906年9月写给安·格·陀思妥耶夫斯卡娅的一封信里说，他在俄罗斯所发生的事件中看到了"来自两方面的疯狂行为，但是，不言而

827

喻，主要是来自政府一方的……"[160]。1907—1908年间社会主导情绪的改变，让他产生了一种痛苦的思考："俄罗斯最终的本质就是朝向反动的宗教意志。"（ⅩⅤ，65）从这时开始，社会悲观主义成了他政论作品的一个主要抨击对象；在他那曾经引起强烈反响的与《路标》的各位作者的辩论中，梅列日科夫斯基号召把知识分子的献身精神与宗教的献身精神结合起来（《七个谦恭者》《伊万尼奇与格列布》，1909）。关于"崇拜人民"的危险性，经过1917年革命，当他承受了那场经历之后，才重新在自己的文章中作为议论的重点。

在第一次俄罗斯革命时期梅列日科夫斯基所持的激进宗教观点与政治观点，以及此后十年期间他的宗教观念占主导地位的批判思想，都在他对待文学现象的态度中得到了延续。"作为一个执著的作家，他独自去宣传宗教的社会性，但是他无力也不想把这种宣传引入自己的文学批评文章中去。"一位评论家（帕·尼·梅德韦杰夫）在评论他的《俄罗斯诗歌的两个秘密》时这样指出。[161]他对经典著作及以往文学过程的评价，同他的许多其他批评政论性作品一样，是有缺陷的。如果说他在关于陀思妥耶夫斯基的那篇作品里（《俄罗斯革命的先知》一文）用了很大的篇幅去反驳《卡拉马佐夫兄弟》的作者所持的那种保守主义的社会观点的话（梅列日科夫斯基曾试图从该作者的作品中寻找与"宗教革命"理论的"无意识"的契合点），那么他从契诃夫的作品中试图找到的则是世纪末没有信仰与没有思想的因素（《契诃夫与高尔基》一文）[162]。梅列日科夫斯基在革命年代的此类见解，随着高尔基的《谈谈小市民习气》的陆续刊出，曾多次以不同的方式进行过阐述。[163]梅列日科夫斯基对契诃夫的否定的态度尤为明显。叶·伦德贝格在谈到梅列日科夫斯基对契诃夫的这种批评态度时，曾经不无讥讽地说，他从中看到了"无名的恶毒与无益的中伤"，伦德贝格还说，梅列日科夫斯基这种批评的"目的在于向人昭示，无论多么伟大的人，都必须成为他梅列日科夫斯基的思想的同盟者，而一旦有人打算对他的观点提出导议，这个人就必将遭到天与地的严厉惩罚"[164]。同样，丘特切夫的形象也被梅列日科夫斯基有意地贬低了，他说，丘特切夫的形而上学和文学源泉是俄罗斯式的意志薄弱和堕落，以及"佛教虚无主义"和对虚无的向往（《俄罗斯诗歌的两个秘密：涅克拉索夫与丘特切夫》）。

积极因素与消极因素同处一身，不仅在很大程度上限制了梅列日科夫斯 828

基对评论对象的判断，甚至也直接限制了他对所评论对象的选择。比如，对莱蒙托夫，他就"当仁不让"地予以夸赞，甚至毫不掩饰他对这位诗人"五体投地"的推崇态度（《莱蒙托夫——超人的诗人》，1909），到这时，莱蒙托夫在梅列日科夫斯基心目中，已经上升到了与他昔日的偶像普希金同等的地位了。他曾努力从涅克拉索夫与别林斯基的公民热情中寻找其与宗教世界观的契合点（《别林斯基的遗训·俄罗斯知识分子的宗教性与社会性》，1915），甚至试图改变自己过去对高尔基作品占主导地位的强烈否定态度，而尝试着从他的作品中去寻找宗教性（《并非神圣的罗斯（高尔基的宗教）》，1916）[165]。梅列日科夫斯基在1910—1920年间的美学见解，很像他早期作品中的理论观点，在那些作品中他承认，对作者个人来讲，在一定条件的限制下，文学的社会倾向是具有其合理性的；作家在《俄罗斯诗歌的两个秘密》一文中，关于美学批评问题为涅克拉索夫辩护时，甚至谈到了政治的美："……在我们心目中，当前的政治，即处于民众伟大的起义与解放中的政治，处于民主中的政治，是最庄严的现象，是所有世界历史现象中的庄严现象：即使不能说这种现象美好，起码它也是激动人心的。"梅列日科夫斯基已经认识到自己所持的独特社会学观点的偏激性："过去作为颓废派我们对涅克拉索夫曾是不公平的；而如今为了恢复最后的正义，为了理解两位诗人，并将他们联系起来，我们的社会对丘特切夫也将会是不公平的。"[166] 对于梅列日科夫斯基十月革命前的大部分文学评论，人们都不接受他明显的功利主义立场，对他来讲，除了个别例外，被他评论的作者们的确通常"只是借口或理由"（尤·艾亨瓦尔德语）[167]。与他同时代的人从梅列日科夫斯基这位批评家的说教中看到了他的文化观念发生了微妙的变化，而他在与基督教禁欲主义的辩论中是始终坚持这些观点的。但是，梅列日科夫斯基坚信，俄罗斯经典文学在理念方面存在着很大的反差，他的这种认识，如实地反映了俄罗斯文化的矛盾性，用今天的眼光看，他的这种观点，比那些古往今来试图把俄罗斯文化的发展说成线性发展的观点要好得多。

梅列日科夫斯基政论作品的抽象性（后来，维·伊万诺夫把他一篇论述梅列日科夫斯基的文章命名为《绕过生活》[168]）及其论证的随意性，很多读者都有切身感受。拉·伊万诺夫-拉祖姆尼克把梅列日科夫斯基关于社会观点的论述称之为又一堆"毫无生气的语言"[169]。梅列日科夫斯基想成为"维持宗教秩序的车尔尼雪夫斯基"，他是"神秘论者中的政治家，又是政治家中的神秘论者"，别尔嘉耶夫如是说。[170] 梅列日科夫斯基本人只不过加深了这种印象，当他从专制政权的反基督天性这一定理出发，用他所特有的那种玩弄概念的方法来论证，比如说，宗教改革和政治改革潜在相同的命题："宗教与革命是两个范畴中的同一种现象，宗教是上帝范畴中的革命，革命是人类范畴中的宗教……革命就是宗教"（ⅩⅥ，35—36）。不能说梅列日科夫斯基没有意识到，自己的目标与大多数民主主义者的意向之间是存在差距的。比如，1906年2月，他在写给罗扎诺夫的一封信中就提到了自己的"宗教社会"宣传："我不期待有任何'成就'，而且也不可能有什么成就，因为我与您都太'光明磊落'了，或者说太'迂腐'了。"[171] 但是，把激进知识分子引入宗教探索轨道的愿望在他头脑里一直都是很执着的。"……一定会出现几座彩虹桥，跨越那条把他们和我们分隔开来的深渊"，1906—1907年间，他与别雷通信，有一次谈到他与巴黎那些"同志"的交往，曾经传递过这样的心声。[172] 梅列日科夫斯基夫妇在巴黎期间（1906—1908），曾与一些地下革命者的代表建立了联系，经常与社会革命党的著名活动家鲍·萨温科夫和伊·丰达明斯基聚会。认为激进主义思想与宗教改革运动能够合流的信念，在梅列日科夫斯头脑里一直保持到二月革命发生前夕。他将在"真正教会性的三个特征"中发现理想与现实的接触点（与此同时再次对宗教意识传统上的隔绝性和非社会性发起抨击），这三个特征都融入了解放运动中：除了末世论的世界观以外，还有社会需求的世界性以及社会主义和无政府主义的消灭国家的最终目标。[173]

在他的这个观念体系中，理所当然地会关注对十二月党人思想的特别解释，作家把这种思想看成是宗教革新观念与政治思想相结合的起点。"……俄罗斯解放运动从宗教开始绝非偶然。"梅列日科夫斯基在《未来的小人》一文中这样写道，他认为，十二月党人是"俄罗斯自由的先知和圣祖"。他们的思想与诺维科夫思想和共济会思想密不可分（ⅩⅣ，38，27）。梅列日科夫斯基认为，十二月党人思想与"之前时代的神秘主义运动"合流，充分证明了"在俄罗斯政治革命的起点上就已经规定了宗教革命的终点线"，而且，穆拉维约夫兄弟在《东正教教义问答》中所提出的在人世间建立上帝王国的思想，在梅列日科夫斯基心目中，不是"抽象的，不可能实现的空想，而是充满活力的现实

829

865

830　存在，是新宗教社会秩序的基础……"（ⅩⅢ，47，49-50）。在俄罗斯解放运动中，政治自由主义与"宗教的社会性"并存且相互竞争，成了梅列日科夫斯基的第二个历史三部曲（剧本《保罗一世》，1907；小说《亚历山大一世》，1912；小说《12月14日》，1918）的中心思想。

5

　　《亚历山大一世》与《12月14日》这两部小说，在叙述技巧的风格上，与《基督与反基督》相比，变化不大。在修辞方面发生的一些变化主要有：句子结构的动感性更强了（主要依靠大量使用倒装句的手段），梅列日科夫斯基所有散文作品与戏剧作品中所惯用的一种基本手段——思想双人对话（或多人对话），在这两部小说中的比重更大了，还增加了一些表现力很强的比喻。[174] 但是，这些新的格调没有引来特别的赞许，比如，有人指出，他模仿托尔斯泰那种平铺直叙的风格并不成功。[175] 为展开作者的思想体系而大量使用的充满说教内容的叙述在这两部小说里依然保留着，只不过换成了宗教革命的内容。同《基督与反基督》一样，这两部小说也使用了把人物形象放在"文化空间"情节的框架里塑造的方法，虽然这时梅列日科夫斯基在作品结构中使用大段引文的方法比过去少得多，但是他笔下的人物还免不了时不时地回忆起这篇或者那篇文章，某个人的谈话或者格言，乃至讨论不在场的人的书信，等等。作家仍然秉承了第一部三部曲的风格，在评价自己笔下的人物时，充满了作者本人的主观意见和说教，公开表达对未来的预测，并且（通过书中人物之口或者作者本人直接出面）昭示"终极"形而上真理以及在从象征和思想层面上能够解决任何问题的神话诗学概念。（他在《12月14日》的结尾处大声呼吁，需要一个永远温柔的"圣母"来拯救俄罗斯，在梅列日科夫斯基夫妇心目中，这个"圣母"与圣灵的地位是相同的。[176]）

　　这两部小说使用了把按当时的标准衡量高度政治化的问题同作家自己的理念以及自己历来对待历史材料的主观态度结合起来的表现方法，这种方法引起了来自各方面责难。虽然梅列日科夫斯基的声名以及他的第二组三部曲不久前还不可能过审的情节引起了很多读者的兴趣（鲍·萨多夫斯科伊甚至断言，《亚历山大一世》之所以取得成功，是因为它那"在此之前都不许印刷刊行的各种秘密细节"[177]），但是人们所给予他的却多是负面反应。从这个三部曲中，批评家和读者们进一步感受到了梅列日科夫斯基作品的"书卷气"和墨守成规的结构形式，而批评家和读者们最激烈的批评点则集中在他对历史事件的随意修正（比如，专业历史学家就十分质疑他在《亚历山大一世》中所引证的历史材料的可信性，但因此也引发了一场专门的讨论[178]）。批评家们还指出，他在塑造人物时，首先是塑造十二月党人时，使用了同一标准（亚·伊兹梅洛夫说，梅列日科夫斯基对十二月党人"过分宽容"[179]），在对一些复杂人物，如克雷洛夫、卡拉姆津和茹科夫斯基等人的塑造上，这种批评的基调也占了绝对优势。遭到人们质疑的还有他不惜损害艺术而去突出自己的观点，为达到这一目的，梅列日科夫斯基使尽浑身解数，乃至在描绘笔下人物的精神世界和行为举止时使用同一种类型的手法（比如，萨多夫斯科伊曾指出，三部曲中的反面人物阿拉克切耶夫，福季等都是同样的小丑嘴脸[180]）。显得有些千篇一律的还有小说里那些描写人物多样性与复杂性的地方（这是梅列日科夫斯基在对人物进行对比评价时所惯用的一种手法）。但是也有一个例外，那就对亚历山大一世的描写，他是个"软弱又狡猾"的当权者，政治舞台上装模作样的演员，同时又是个善良、不幸、饱受权力的重负折磨，而又敢于承认权力危险谎言的人，在小说中被比作上帝的替罪羔羊。在其他一些情况下，经常把笔下人物世界观的道德怀疑与人类所固有的正面品质进行对比（比如，彼斯捷尔表面看上去像个学究，却具有拿破仑的秉赋，他是警察国家与平均主义方案的设计者，对自己的兄弟充满爱心；另外，雷列耶夫是个权力欲望很强的人，他阴险地策划让卡霍夫斯基走向灭亡，使其蒙受弑君的耻辱，但他却是个善良、卑微的人物，等等）。同样，在塑造亚历山大一世和尼古拉一世这两个人物，他也经常使用"真面目"与"假面具"进行对照的方法。叙述过程中作者本人的激情也给读者留下了比较深刻的印象。（一个好挪揄的同时代人十分公正地指出："那些感伤色彩十分浓厚的地方，与其说源于作者笔下人物的内心感受，不如说源于作者本身表达感动之情的需求。"[181]）

阅读梅列日科夫斯基1900年代后半期到1910年代所写的戏剧作品，不难

831

发现他有意避免让深层思想和"命题式"结构服从历史或家庭日常生活情节（《保罗一世》，1907；《浪漫主义者》；《欢乐将临》，1916）[182]。这段时间有关他的创作存在美感缺失的含蓄批评，照例也涉及到了他的戏剧作品（比如维·伊万诺夫把《欢乐将临》称为"极度凄凉与枯燥的戏剧[183]"）。用"思想戏剧"体裁呈现的这些创作经验一方面开始直言不讳地描写各式"秘仪"，另一方面还要充分传达新了解的一大批对梅列日科夫斯基夫妇而言很特别的观念，在1910年代文学创作的大环境中，这些创作经验正变得越来越孤立。只有《保罗一世》获得了一定程度的成功，之所以如此，是因为在很大程度上思想元素被情节的发展所掩盖。

《彼得与阿列克谢》所表现的那种俄罗斯近现代国家体制的主题，在他的第二个三部曲中仍有所继承，但是，随着他社会政治观念的改变，他对这一主题所持的已经是单一的批判态度了。按照梅列日科夫斯基的观点，彼得大帝以后的时代，是兽和反基督得胜的时代，这个时代往国家机器中引进了暴力、强权和军事化规则的普遍思想。保罗一世的短暂统治成了这一时代的重要标志；保罗一世死后，他的执政理念在阿拉克切耶夫的军屯制中得以复活，而阿拉克切耶夫的精神继承者就是尼古拉一世。该三部曲的基本思想内容是读者所熟悉的1900年代后半期梅列日科夫斯基政论作品中所表达的思想理念：用主张把王权和宗教领袖特权结合起来的人神理想来偷换神人理想与基督真理（天上人间均由上帝主宰）的做法是亵渎神灵的，而没有寻神运动的社会解放运动则是不完善的。保罗一世的理想是集世俗权力与宗教权力于一身，建立一个欧洲模式的政权，梅列日科夫斯基认为，他的这种理想有别于亚历山大一世那种心地善良的乌托邦理想（神圣同盟），按照后一种理想，人间的统治者应该在天上的统治者面前卑躬屈膝，而这也符合民众对王者的期待：王者应该是殉教者和蒙难者，为了上帝可以放弃自己的权力。但是，在梅列日科夫斯基心目中，无论保罗一世的统治，还是亚历山大一世的统治，最后都成了兽的王国和失去自由的上帝，成了保罗一世阅兵场和军屯的可怕景象，成了在圣像上把阿拉克切耶夫画成基督的样子。[184] 作家再一次强调了反对"兽的王国"起义的合理性，甚至在描写保守主义意识形态的各位开明代表者时，都加重了自己讽刺的语气。这时，他艺术分析的对象，与其说是反对暴政行动的必要性，不如说是反政府密谋参与者，尤其十二月党人的行事动机、实际意图和行动方式，在梅列日科夫斯基看来，他们（彼斯捷尔和雷列耶夫）的计划与他们想打倒的那个政权的行动方式具有惊人的相似性。[185] 按照三部曲中那个实为"作者代言人"身份的主人公瓦列里昂·戈利岑公爵的话说，没有上帝的自由和没有自由的上帝是"两个无底深渊"（3，265），在小说的人物体系中代表这两个"深渊"的一方面是持有无神论观点的十二月党人，即所谓的"无神者"（如雷列耶夫、彼斯捷尔和"斯拉夫人联合会"的各位成员），另一方面就是福季、马格尼茨基这些宗教蒙昧主义者。作者则无条件地赞同"宗教社会性"，在《亚历山大一世》和《12月14日》中，瓦列里昂·格利岑及其志同道合者（奥博连斯基、谢·穆拉维约夫-阿波斯托尔）就体现了这一主张。

"在所有革命中，都会产生有关暴力的形而上问题、道德问题、个人问题和社会问题。"（ⅩⅤ，22）正是各种革命行动都难以避免的流血，以及由之引发的"流血的权利"的问题，成了三部曲思想体系的焦点。1907年6月，作家在巴黎作了一次讲演《论暴力》（讲稿是吉皮乌斯准备的）[186]。这一论题后来梅列日科夫斯基在《魔鬼还是上帝》（1908）以及《灰色马》这两篇文章中有所发展，后者是一篇评论Ｂ.罗普申（鲍·萨温科夫）的同名小说的文章。梅列日科夫斯基在《灰色马》这篇文章中所表达的观点，继续与托尔斯泰的"不抵抗"理论进行辩论，重新诠释了索洛维约夫《三次谈话》精神中所包含的"为良心而流血"的思想。梅列日科夫斯基认为，"国家主义的和革命的'要杀人'……与伪基督教、真佛教、托尔斯泰主义、反仪式派所主张的'毋杀人'同样平淡无奇，同样反宗教，同样渎神"。为了崇高的解放目的，"不得又必须、必须又不得"诉诸暴力，而且这里的矛盾不是善与恶的矛盾，也不是法与罪的矛盾……这种矛盾就包含于善本身之中，包含于法本身之中，包含于神圣本身之中（ⅩⅤ，25—26）。"不得又必须"为了拯救祖国而杀人，这个不断重复的主题自始至终都伴随着梅列日科夫斯基这两部小说中人物的思想发展。

对于大多数参与反政府密谋的人物来说（也许那些组织和直接参与刺杀保罗一世的人除外），不得不使用暴力是悲剧性的。凡是参加这一组织的人，无论是自愿的还是不自愿的，都必须有一种自我牺牲的精神（梅列日科夫斯基甚至强调说，俄罗斯第一次革命时期那些恐怖分子也具有这种精神，并用一种写圣徒传的调子来为他们定性 [187]），随时准备从容就义。作者在塑造弑父者亚历山大的时候，也把这种随时准备就死的精神赋予了他，当然，这种精神主要存在于十二月党人身上，因为他们深知起义准备不足，而且他们的政治纲领对于民众和士兵来讲，甚至对于那个年幼的亚历山大二世来讲，都是格格不入的（三部曲继承了从《彼得与阿列克谢》开始的"沙皇王朝在劫难逃"的主题）。但是，对书中这些主人公们来讲，"神圣的破坏，神圣的暴力，神圣的屠杀"（3，111），是他们愿意看到并且为之"欣喜若狂"的，他们准备"跨过血迹"去为"上帝而流血"，而为此就要求必须集中每个人的全部精神力量。比如瓦列里昂·戈利岑，他本人认识亚历山大一世，并且深爱着他的女儿，可是当他去塔甘罗格与亚历山大一世会面时，还是意识到自己不能充当沙皇的刽子手。这一事件的参加者们，从决定起义的那一刻起，就知道流血是不可避免的，所以在参政院广场上，他们自愿走向那"苦难的十字架"（4，47）。（"杀死别人，自己也会万劫不复，为了爱，应该献出的不是生命，而是自己的灵魂"，《灰色马》一文中有上述这段话——ⅩⅤ，24。）但是，在《12月14日》中，作者还是对革命的恐怖手段从宗教哲学的角度给予了肯定。为了基督，"应该杀死兽"，在经历了一系列道德的与身体的折磨之后，戈利岑终于明白了这个"最后的奥秘"（4，162—163）。为神圣的目的而使用的暴力，必须有一个制度来维护它，而最终确定这一制度的，正是天意本身。"五千万人的命运都掌握在一个疯子手里，难道还能继续忍受吗？应当杀死他……上帝本身就是这样安排的，应当杀死他"，这是书中另一个与作者观点相近的人物，索菲娅·纳雷什金娜临死时说的一句话，她甚至并没有怪罪密谋反对保罗一世的参与者当中那些卑劣自私的人（3，214）。但是这个为杀戮张目的制度是残酷的和不完善的，就像这个世界存在本身也是残酷的和不完善的一样。难怪三部曲里在索菲娅的呼喊声（"最好根本就没有上帝！"），或是皇后代表所有受苦受难的人对上帝作出的宽恕（3，215，374），都让人联想到梅列日科夫斯基经常发出的（经由诺斯替教调谐的）"神圣的抗神精神"和上帝的最高力量残酷无情的主题。[188] 对这一话题的解决方法远远背离了"目的为手段正名"的原则，于是在《12月14日》中，体现最高伦理价值的，不是南方协会那些领袖的策略，他们释放了暴动的流血自然力，而是"北方协会"那些领袖的牺牲精神，他们认为，"静止的"、"仁慈的"革命比"故意"杀人、积极行动和武装贱民要好 。[189] 那些出现在参政院广场的人，感觉到了"他"，即基督，与他们同在，而他们的道德高度则成了作家所期待的那种俄罗斯解放的保障，在这种解放中，对自由的寻获能变成对信仰的寻获。

1918年，他完成并出版了三部曲的最后一部小说，时代把他在十月革命前所持的激进主义态度以及对"不故意"杀人的谨慎的认同（4，47）变得不现实了，并预示了国家的不祥命运。他在小说的最后一部分里痛苦地断言："俄罗斯将要灭亡……"同时他还警示，那轮"不落的血红太阳"已经升起，而"人民之兽"比暴君之兽更可怕（4，221，233—234），这就与他十月革命以后的政论作品直接呼应了。[190]

梅列日科夫斯基把世纪之交精神生活的二律背反原理（美与"利益"，精神冥想性的和生活实际性的世界观，对文化与社会所持的宗教与世俗的理解，社会革命与"精神革命"）作为自己思想的出发点，并提出了一系列扬弃这些二律背反的方法，尽管在大多数情况下这些办法未必具有普适意义。但是，我们还是很容易从梅列日科夫斯基身上看到人文主义意识的烙印（不过，要把成熟期的梅列日科夫斯基和他的末世论观念放入人文主义框架中，还是要费一番周折的），这是因为我们通过他作品的主题，能够看到他努力保护文化不受任何侵害的倾向，看到他的反战意识，看到他构建和谐世界的理想。当今的读者仍然可以从《未来的小人》中找到诸多证据，证明作者具有卓越的预见性。梅列日科夫斯基有资格与世纪初"宗教文化复兴"运动的很多同道者分享俄罗斯文学领域里"优雅的悲剧式人物"（罗扎诺夫语[191]）这一评语。

注释：

1 毋庸讳言，对梅列日科夫斯基的纯学术研究，在西方当然比在他的祖国开始得要早得多。但是，即使是国外的研究者应该也充分考虑了作家的同时代人对他所持的严厉批评态度导致的惯性（可参看：德·斯·米尔斯基，《当代俄罗斯文学》，伦敦，1926，102页及以下），并就他在20世纪30年代后半期与法西斯有种种接触这一对战后意识而言非常成问题的事实做出自己的判断。因此，就像戈尔巴乔夫改革前苏联国内的研究一样，在20世纪60—90年代西方一些研究梅列日科夫斯基的论著中，一个重点就是要驳斥有关梅列日科夫斯基作为俄罗斯象征主义创始人之一和作为最有影响的象征主义批评家、散文家等等具有重要地位的命题。

2　亚·瓦·拉夫罗夫，《梅列日科夫斯基》，见《俄罗斯作家传记词典。1800-1917》，第4卷，19页。我在此感谢拉夫罗夫使我有幸在文章刊发前就读到手稿。

3　参见：扎·格·明茨，《注释》，见梅列日科夫斯基，《基督与反基督。三部曲》，莫斯科，1989，卷1：《众神之死：叛教者尤里安》，397页；亚·瓦·拉夫罗夫，《梅列日科夫斯基》，19页。

4　亚·伊兹梅洛夫，《不幸岁月的先知》，见亚·伊兹梅洛夫，《五颜六色的旗帜：萧条年代的文学群像》，莫斯科，1913，123页。

5　如参见：西·尤里耶夫斯基，《谁应该成为院士？》，《文学通报》，1912，第11期，303-304页。

6　参见：格奥尔格·勃兰兑斯，《梅列日科夫斯基》，见《勃兰兑斯文集》，圣彼得堡，1913，第19卷，313-325页。

7　阿夫里尔·派曼，《俄罗斯象征主义史》，剑桥，1994，125页。

8　米·采特林，《德·谢·梅列日科夫斯基（1865—1941）》，《新居》，1942，第2期，49页。

9　马·阿尔达诺夫，《德·谢·梅列日科夫斯基》，见《文学评论》，1994，第7、8期，66页。

10　参见：1905年第7期《天平》杂志在新闻专栏中所刊登的西方一些评论家对梅列日科夫斯基作品的评论，或勃留索夫对《未来的小人》所作的评论（奥勒留［瓦·勃留索夫］，《魔鬼与小人》，见《天平》，1906，第3~4期，78页）。

11　《文学通报》，1910，第12期。各界愤怒的评论让梅列日科夫斯基不得不在报刊上刊文与类似称赞划清界限，他说：把他与托尔斯泰相比是"不得体的和荒唐的"。还可参阅：《文学通报》，1911，第1期，17-18页，第4期，88-89页。

12　威廉·莱昂纳德·考特尼，《莫里斯·梅特林克的发展及其他外籍作家简介》，伦敦，1904，144页。

13　叶·伦德贝格，《梅列日科夫斯基和他的新基督教》，圣彼得堡，1914，106页。

14　《梅列日科夫斯基全集》（二十四卷），莫斯科，1914，第24卷，114页（以后再引用该书，只在正文中用罗马数字标出卷数，用阿拉伯数字表明页码）。

15　鲍·尼科利斯基，《梅列日科夫斯基的〈永恒的旅伴〉》，见《历史通报》1987，第11期，594页。

16　《罗扎诺夫文集》，莫斯科，1990，第2卷，402页。

17　阿尔达诺夫，《梅列日科夫斯基》，68页。

18　别雷，《梅列日科夫斯基》，载别雷，《批评·美学·象征主义理论》，莫斯科，

1994，第1卷，328，334页。

19　阿·利·沃伦斯基，《俄罗斯妇女》，见《往事。历史文选》，莫斯科、圣彼得堡，1994，第17辑，250页（阿·利·叶夫斯季格涅耶娃作序、注释、刊行）。

20　《文学事件编年史：1892—1900》，见《19世纪末到20世纪初的俄罗斯文学。90年代》，莫斯科，1968，268页。

21　关于梅列日科夫斯基的一部纲领性著作（《丽达》），勃留索夫1895年4月17日写信给彼·佩尔佐夫说，他可以"跪下"。同时还补充说，他"不得不捍卫这首诗免遭巴尔蒙特的攻击"；在读了《列奥纳多·达·芬奇》这首诗后，他把梅列日科夫斯基称为"伟大诗人"（同年6月14日写给同一位收信人的信）。参见：《瓦·雅·勃留索夫给彼·彼·佩尔佐夫的信（早期象征主义史）》，莫斯科，1927，19，26页。

22　尤·捷拉皮阿诺，《俄侨巴黎半个世纪的文学生活（1924—1974）：随笔，回忆，文章》，巴黎、纽约，1987，25页。

23　阿·米·格拉乔娃，《论20世纪初俄罗斯文学风格化诸类型》，见《文学作品的体裁与风格：高等学校校际之论文集》，约什卡尔奥拉，1994，94页。

24　关于梅列日科夫斯基作为象征主义新神话学的奠基人之一，参见：扎·格·明茨，《论俄罗斯象征主义创作中的某些"新神话"创作文本》，见《国立塔尔图大学学报》，塔尔图，1979，第459辑，101-104页。

25　明茨，《关于梅列日科夫斯基的三部曲〈基督与反基督〉》，见梅列日科夫斯基，《基督与反基督》，第1卷，10页。

26　对类似观点（埃托雷·洛加托，《俄罗斯文学史》，佛罗伦萨，1950，438页；海因里希·A.施塔姆勒，《德·谢·梅列日科夫斯基，1865—1965》，见《斯拉夫世界》，1967，第12期，144页）的综述集锦可参见：泰米拉·帕赫穆斯，《流亡中的梅列日科夫斯基：传记小说体裁大师》，纽约，1990，305页。另外，在关于梅列日科夫斯基的著作中一般要提及托马斯·曼对他的评价。曼曾热烈赞扬梅列日科夫斯基的学术性著作《托尔斯泰与陀思妥耶夫斯基》和他关于果戈理的书（托马斯·曼，《艺术家与社会。文章与书信》，莫斯科，1986，37-38，85-86，398-400页），并称梅列日科夫斯基是"最具天才的批评家和继尼采之后的世界级心理学家"（"der genialste Kritiker und Weltpsyhologe seit Nietzshe"——《托马斯·曼十二卷本选集》，奥尔登堡，1970，第10卷，596页）。亦可参见：J.戈利克，《托马斯·曼、梅列日科夫斯基与俄罗斯文学》，《耶拿大学学报》，1976，第25期，339-343页。

27　弗·费舍尔，《德·谢·梅列日科夫斯基。过去与未来。俄罗斯诗歌的两个秘密》，见《往日之声》，1915，第7、8期合刊，260页。

28　明茨，《亚·勃洛克与梅列日科夫斯基的辩论》，见《论勃洛克文集》，塔尔图，1981，第4辑（《塔尔图大学学报》，第535辑）；阿夫里尔·派曼，《亚历山大·勃洛克与梅列日科夫斯基夫妇》，见《亚历山大·勃洛克诞辰百年纪念会议》，沃尔特·N.维克里编辑，俄

837

亥俄州哥伦布，1984。

29　关于《托尔斯泰与陀思妥耶夫斯基》对陀思妥耶夫斯基诗学的分析对于伊万诺夫的悲剧小说的概念所产生的影响，可参看：弗·亚·克尔德什，《陀思妥耶夫斯基的遗产与世纪之交的俄罗斯思想》，见《时代的联系。19世纪末至20世纪初俄罗斯文学的继承问题》，莫斯科，1992，92页；弗·亚·克尔德什，《梅列日科夫斯基批评中的陀思妥耶夫斯基》，见《德·谢·梅列日科夫斯基：思想与语言》，莫斯科，1999，221页。

30　参见：纳·德沃尔佐娃，《普里什文与梅列日科夫斯基（关于隐形之城的对话）》，见《文学问题》，1993，第3辑，143–170页。

31　参见：帕特里克·布里奇沃特，《表现主义柏林的诗人：乔治·海姆的生平与著作》，伦敦，1999，13，21页及各处。

32　在彼得堡宗教哲学会的一次例行会议上，梅列日科夫斯基援引关于圣三位一体的教条、柏拉图和黑格尔，称"我们思维的三位一体性"是"不可避免的"，随后他嘴里不知怎么漏出了这么一句话："如果不借助三位一体，也就是说如果不'三一式地'思考，我们就不能思考任何东西。"（《新道路》，1903，第11期，独立页码467页）。

33　伊兹梅洛夫，《不幸岁月的先知》，127页。

34　阿·利·沃伦斯基，《一本充满激愤的书》，圣彼得堡，1904，212页。

35　瓦·罗扎诺夫，《论写作与作家》，莫斯科，1995，328页。

36　鲍·格里夫佐夫，《德·谢·梅列日科夫斯基》，见鲍·格里夫佐夫，《三位思想家：罗扎诺夫、梅列日科夫斯基、舍斯托夫》，莫斯科，1911，121页。

37　《勃洛克文集》，八卷集，莫斯科、列宁格勒，1962，第5卷，442页。

38　尼·明斯基，《绝对反响。列昂尼德·安德列耶夫与梅列日科夫斯基》，见尼·明斯基，《论社会性题材》，圣彼得堡，第二版，1909，207页。

39　莫·霍夫曼，《一本关于近十年的俄罗斯诗人的书》，圣彼得堡、莫斯科，［1909］，210页。

838　40　别雷，《杂文集》，莫斯科，1911，414页。

41　格·阿达莫维奇，《梅列日科夫斯基》，见《俄罗斯侨民文学界：综述与资料集》，莫斯科，1993，第2辑，23页。

42　《文学遗产》，莫斯科，1976，第90卷，第2册，135页。

43　拉·瓦·伊万诺夫–拉祖姆尼克，《死板的技巧》［1911年］，见《伊万诺夫·拉祖姆尼克文集》，第2卷，《创作与批评》，圣彼得堡，无出版年份。

44　罗扎诺夫，《论写作与作家》，498页。

45　阿尔达诺夫，《梅列日科夫斯基》，682页。

46　参见：德·马克西莫夫，《新道路》，见弗·叶夫根耶夫–马克西莫夫、德·马克西莫夫，《俄罗斯新闻学简史》，列宁格勒，1930，129–154页；亚·瓦·拉夫罗夫，

《彼·彼·佩尔佐夫档案》，见《普希金之家手稿部年鉴。1973年》，列宁格勒，1976，25-50页；因·维·科列茨卡娅，《〈新道路〉、〈生活问题〉》，见《19世纪末至20世纪初的文学历程及俄罗斯杂志，1890—1904。资产阶级自由派与现代派刊物》，莫斯科，1982，179-233页。关于梅列日科夫斯基夫妇其他的出版计划（包括没有实现的），见：莫·阿·科列罗夫，《〈生活问题〉》，载《逻各斯》，1991，第2期；亚·利·索博列夫，《梅列日科夫斯基与吉皮乌斯的〈未来〉报》，见《目击》，1993，第2期（总第3期），42-43页；莫·阿·科列罗夫：《〈剑〉：关于杂志的梦想（1906）》。《新文学评论》，1994，第7期，307-313页。

47　《勃留索夫日记：1891—1910》，莫斯科，1927，99页。

48　同一个勃留索夫在19世纪90年代中期对梅列日科夫斯基还赞扬有加，到了1903年却这样评论他："在他的诗里，他是个思想家、政论家和演说家。"（1903年3月18日写给明斯基的信——《文学遗产》，莫斯科，1976，第85卷，665页）。《诗集》（1904）在"天蝎"出版社出版以后，沃伦斯基曾指出："梅列日科夫斯基已经远远落后于其他同时代的诗人了。与巴尔蒙特、勃留索夫、索洛古勃这些诗人相比，梅列日科夫斯基就像个小老头。"（沃伦斯基，《一本充满激愤的书》，430-431页）。

49　《文学遗产》，莫斯科，1976，第85卷，665页。

50　梅列日科夫斯基，《俄罗斯诗歌的两个秘密：涅克拉索夫和丘特切夫》，彼得格勒，1915，13页。

51　伦德贝格，《梅列日科夫斯基和他的新基督教》，106页。

52　伊万诺夫-拉祖姆尼克，《死板的技巧》，111页。

53　梅列日科夫斯基，《札记本，1919—1920》，见《维尔纽斯》，1990，第6期，135页（影印自：梅列日科夫斯基、吉皮乌斯、德·菲洛索福夫和瓦·兹洛宾的文集，《反基督王国》，慕尼黑，1921）。

54　参见：鲍·科洛尼茨基，《亚·费·克伦斯基与梅列日科夫斯基夫妇在1917年》，见《文学评论》，1991，第3期，98-106页。丰达明斯基、迈克尔·J.丰特诺特，《说服术中的象征主义：梅列日科夫斯基圈子对克伦斯基的演说术的影响》，见《加拿大美国斯拉夫研究》，1992年，第26卷，第1～4期。梅列日科夫斯基把《自由的头生子们》（彼得格勒，1917）这本小书献给了沃伦斯基。

55　譬如，玛·茨维塔耶娃就曾指出，其他候选人都比布宁更有获奖资格，"因为，如果说高尔基是一个时代，而布宁只能是那个时代的终结，那么梅列日科夫斯基就是一个时代终结的时代，而且他的影响，在俄罗斯国内和国外，都是布宁所无法比拟的，布宁无论在那里，还是在这里，都没有任何影响，一丁点都没有"。（谢·卡尔林斯基，《玛丽娜·茨维塔耶娃侨民时代新论（据她与安·安·捷斯科娃通信的资料）》，见尼·彼·波尔托拉茨基主编的《俄罗斯侨民文学》，匹兹堡，1972，221页）。持此观点者远不止茨维塔耶娃一人，即使与梅列日科夫斯基关系并不友善的伊·伊利因也指出："他可以被认为是最重要的诺贝尔奖候选人"

（该书189页）。伊·奥多耶夫采娃也证明，"许多巴黎人"认为，诺贝尔奖"应当授予梅列日科夫斯基"（奥多耶夫采娃，《塞纳河畔》，巴黎，1983，29页）。还可参见：瓦茨瓦夫·莱德尼茨基，《德·谢·梅列日科夫斯基，1865—1941》，见《俄罗斯评论》，1942，第1卷，第2期，80页。

56　关于梅列日科夫斯基侨居的详细情况，可参阅：伯尼斯·格拉策·罗森塔尔，《德米特里·谢尔盖耶维奇·梅列日科夫斯基与白银时代：一种革命思想的发展过程》，海牙，1975，216页及以下；哈罗德·查尔斯·贝德福德，《探索者：德·谢·梅列日科夫斯基》，劳伦斯（堪萨斯州），1975，145-166页；格·司徒卢威，《放逐中的俄罗斯文学》，巴黎，1984，85-93，253-256页；泰米拉·帕赫穆斯，《放逐中的梅列日科夫斯基：传记小说体裁大师》；亚·尼·尼科留金，《梅列日科夫斯基》，见《俄罗斯侨民作家手册（1918—1940）》，莫斯科，1994，第2部，100-105页。关于梅列日科夫斯基夫妇的"周日读书会"及"绿灯社"，还可参阅：帕赫穆斯，《季娜伊达·吉皮乌斯：一幅智识剪影》，伊利诺伊州卡本代尔、爱德华兹维尔，1971，238-241页。

57　鲍·维舍斯拉夫采夫，《德·梅列日科夫斯基：〈未知的耶稣〉》，见《现代纪事》，1934，第55卷，431页。

58　捷拉皮阿诺，《俄侨巴黎半个世纪的文学生活》，78-79页。

59　海因里希·施塔姆勒，《俄罗斯的元政治：梅列日科夫斯基对历史进程的宗教理解》，见《加利福尼亚斯拉夫研究》，1976，第9期，123页。

60　比如米·采特林在一篇回忆梅列日科夫斯基的文章中说，他最好的作品都是在俄罗斯创作的（采特林，《德·谢·梅列日科夫斯基（1865-1941）》，55页）。相同的观点还可参阅：弗·魏德列，《20世纪俄罗斯文学中的传统与创新元素》，见《俄罗斯侨民文学》，11页。

61　如参见：维·埃里斯曼，《梅列日科夫斯基的长篇小说〈图坦卡蒙在克里特岛〉》，见《在别人的那一边》，布拉格，1925，文集第11卷，283-285页。

62　如参见：伊·杰米多夫，《德·梅列日科夫斯基。〈数字三的秘密。埃及和巴比伦〉》，《现代丛刊》，1926，第28卷，479页。

63　捷拉皮阿诺，《梅列日科夫斯基的〈保罗和奥古斯丁〉，比彼得波利斯出版社，1937》，见《现代纪事》，1937，第65卷，442页。

64　《文学观察》，巴黎，1939，13-14页。

65　季·吉皮乌斯-梅列日科夫斯卡娅，《德米特里·梅列日科夫斯基》，巴黎，1951，308页。

66　关于1941年梅列日科夫斯基那次臭名昭著的亲法西斯广播演说仍然存在着一系列疑点。据乔治·谢龙考证（乔治·谢龙，《书评：泰米拉·帕赫穆斯，〈放逐中的梅列日科夫斯基：传记小说体裁大师〉》，《斯拉夫与东欧杂志》，1992，第36卷，第3期，370页），这篇演说稿就是那篇题为《布尔什维主义与人类》的文章，该文曾刊登在由纳粹支持的报纸《巴黎通

840

报》上（1944年1月8日出版，1993年6月23日《独立报》曾重新刊载）。还有一种说法，认为这次广播讲演是瓦·兹洛宾出于物质上的顾虑而揽下的（捷拉皮阿诺，《俄侨巴黎半个世纪的文学生活》，94—95页）。

67　采特林，《梅列日科夫斯基（1865—1941）》，55页。

68　尼·别尔别罗娃，《我的着重号》，纽约，1983，第2卷，506页。

69　纳德松比梅列日科夫斯基年长不足三岁，但他不仅是帮助他走进文学"殿堂"的朋友，而且，最重要的是梅列日科夫斯基在19世纪80年代进行诗歌创作的榜样——最初是在很多方面进行模仿，后来才逐渐体现出自己的风格。关于梅列日科夫斯基与纳德松的关系，可参阅：梅列日科夫斯基，《致谢·雅·纳德松书信》的刊行前言，见《新文学评论》，1994，第8期，174—177页，由亚·瓦·拉夫罗夫刊行、作序并注释。

70　梅列日科夫斯基所写的这种类型的作品为数不多，后来，他就与当时的多数作家一样，热衷于写那种化敌为友的"和解的爱"（《译自托·塔索的传说》，1883，《大司祭阿瓦库姆》，1887）。

71　参见：玛·尤·科列涅娃所写的刊行前言：梅列日科夫斯基，《1891年札记本》，见《俄罗斯文化的道路与幻影》，圣彼得堡，1994，331，340页。

72　关于梅列日科夫斯基很早就显现出的对死亡题材的关注（这与19世纪70—80年代艺术对死亡学的普遍兴趣相吻合），参见：同上，332—334页。根据有关他的传记文章及其自传资料，家庭气氛形成的心理特征一直伴随着作家成长。父亲对孩子们的冷漠以及母亲对德米特里这个家里最小的儿子的溺爱，让他很自然地接受种种浪漫主义的姿态，在自己身上塑造了某种仿佛既是上帝选民，又受人排挤的自恋感，而这种感觉对浪漫主义的抒情"我"而言可谓是"天生的"。

73　参见侨民时期的诗作《善良的，恶毒的，卑微的，光荣的……》。

74　如参见：叶·扎·塔尔拉诺夫，《福法诺夫与纳德松》，见《俄罗斯文学史选》，切博克萨雷，1992，87—90页。

75　谢·雅·纳德松，《文学随笔（1883—1886）》，圣彼得堡，1887，200页。

76　"向天空……挑战"这一句尤其能体现梅列日科夫斯基坚守意志与理性的决心。尽管这两者并不能为我们指明生活的目的，但它们起码不屈从于任何外在的权威（《在十字路口》，1883）。这是对纳德松的《相信吧，他们说，犹豫是令人痛苦的……》（1883）一诗主题进行的变奏，后者也试图强调面对宇宙之谜，人类的理性应该"自立"，这意味着与其盲目信仰不如毁灭。

77　19世纪80年代梅列日科夫斯基诗歌题材、主题方面的非单一性揭示了这种发展，关于这种单一性可参阅：格·阿·比亚雷，《19世纪80—90年代的诗人》，见《19世纪80—90年代的诗人》，列宁格勒，1972，46—47页。还可参阅：贝德福德，《探索者：德·谢·梅列日科夫斯基》，26—27页；安·维·乌斯宾斯卡娅，《德·谢·梅列日科夫斯基》，见《梅列日科夫斯基诗集》，圣彼得堡，2000，34—36页。因为19世纪80年代梅列日科夫斯基的抒情诗很少被研

841

究，所以我们在本章中对其进行详细的分析。

78　如可比较《白雪像殓衣，覆盖着大地……》，1881，《未来》，1884。

79　后来梅列日科夫斯基以《我曾经是……》为题出版了这首诗。下文我们在引用诗歌标题时，都会根据作者最后修订的版本。

80　梅列日科夫斯基了解尼采的著作是在19世纪80年代末至90年代初。参见：玛·尤·科列涅娃，《德·谢·梅列日科夫斯基与德国文化（尼采与歌德：吸引与排斥）》，见《在19世纪与20世纪之交》，列宁格勒，1991，53-54页。研究"梅列日科夫斯基与尼采"这一问题的著作还有：伯尼斯·格拉策·罗森塔尔，《尼采主义各阶段：梅列日科夫斯基的智识发展》，见《尼采在俄罗斯》，罗森塔尔编，普林斯顿，1986，69-93页。另见罗·尤·丹尼列夫斯基，《弗利德里希·尼采的俄罗斯形象（前史与发端）》，见《在19世纪与20世纪之交》，39-40页；柳·尼·弗洛罗娃，《梅列日科夫斯基的创作诸问题》，莫斯科，1996，90-114页；伊迪斯·克洛斯，《尼采在俄罗斯：道德意识的革命》，圣彼得堡，1999，116-133页。

81　1893年3月26日的札记，见《勃留索夫日记：1891—1910》，13页。

82　梅列日科夫斯基称叔本华思想是主张"当代哲学涅槃并脱离生活实际"的"不可救药"的理论，他说，这一理论已经"渗透到19世纪的肉体和血液当中，给它打上了自己抹杀不掉的悲剧性烙印"（梅列日科夫斯基，《卫城。文学批评文章选》，莫斯科，1991，176页）。作为对叔本华主义之回应的宗教探索转向也是19世纪80年代托尔斯泰主义发展的一个特点。对此，还可参阅：斯·康·库利尤斯、米·亚·戈菲伊曾，《19世纪俄罗斯文学中的叔本华诸理念》，见《17—20世纪的文学历程及文化发展：学术会议报告摘要集》，塔林，1985，101页。

83　关于自己的泛神论思想，梅列日科夫斯基在《本世纪的神秘主义运动》（1894）一文中曾经列举过它的某些哲学与艺术方面的来源：斯宾诺莎、歌德、托马斯·卡莱尔（参阅梅列日科夫斯基的《卫城》，175-177页）。他在自己的后实证主义的诗学宣言中宣布放弃的那个诗学传统，它本身的源流其实很复杂——从杰尔查文的颂诗《神》（梅列日科夫斯基同名诗的标题就强调了它们之间的联系）到哲学浪漫主义及其关于上帝贯穿、渗透世界的永恒主题（直至19世纪80年代末康·利多夫的抒情诗）都包括在内（试比较：在体裁与主题方面与梅列日科夫斯基相近的别涅迪克托夫的诗《我信仰》，1857）。

84　梅列日科夫斯基只在叙事诗《世纪末。当代巴黎随笔》中断言说："圣母还是维纳斯，对我还不都一样"，并将这两个象征都与"对理想的信仰"联系在一起（ⅩⅩⅢ，260）。在《论当代俄国文学衰落的原因及其新兴流派》里，他又提出了另一个与陀思妥耶夫斯基和索洛维约夫相近的美学信条："艺术的本质"在于"让正义的成为美好的和让美好的成为正义的。两者的割裂导致了它的衰败"（ⅩⅧ，206）。

85　梅列日科夫斯基，《1891年札记本》，343页。

842　86　勃留索夫，《远与近。论从丘特切夫到当代的各位俄罗斯诗人的文章与笔记》，莫斯科，1912，60-61页。同时，勃留索夫还指出了梅列日科夫斯基对题材、主题选取的重要性和前瞻性："正像《象征》中所提出的各种思想支撑俄罗斯社会之后整整十年一样，《新诗集》中所涉及的所有题材很快都被我们的"象征主义者们"的流派华丽地、全面地运用起来了"（该书61页）。梅列日科夫斯基在19世纪90年代前半期的诗作中对已有传统根据不同情况进行了改造，或有所超越。他的确涉足了很多后来成为早期（甚至还有一部分是较晚期的）象征主义抒情诗的固有主题的内容——从强调艺术的独立自主到把激情诗化，对生命（自）体验的集约化，直至对厌世和死亡学立场的各种演绎等。在早期象征主义题材、主题的语境下对梅列日科夫斯基抒情诗进行的研究可参见：奥格·汉森-勒弗，《俄罗斯象征主义。诗歌主题体系。早期象征主义》，圣彼得堡，1999。

87 伊迪斯·克洛斯，《尼采在俄罗斯：道德意识的革命》，119页。

88 《夜的孩子》在主题方面也与19世纪80年代思想相吻合：尤其在这里梅列日科夫斯基重新审视了《圣经》中有关黎明前时分的形象（以赛亚书21：12），而在明斯基那首著名的《黎明前》（1878）中，黎明则象征了即将到来的革命；此外诗中还再现了纳德松及其同时代人们常用的一个主题：期待一个能带领人们并指明新路的先知导师。

89 梅列日科夫斯基，《最新抒情诗》，见《外国文学通报》，1894，第12期，148页。

90 参阅：《美文学》，1884，第10期。

91 参阅：阿德里安·万纳，《19世纪末至20世纪初俄罗斯文化中的波德莱尔》，见《20世纪俄罗斯文学：美国学者的研究》，圣彼得堡，1993，26-27页。关于波德莱尔的刺激对梅列日科夫斯基19世纪80年代至90年代创作所产生的影响，可参阅：吉乔特·东钦，《法国象征主义对俄罗斯诗歌的影响》，海牙，1958，94，129页。

92 梅列日科夫斯基在《诸神之笑》（1889）这首诗中，曾写到"波涛的笑"（"无数狂涛的笑声"），这就与波德莱尔的十四行诗《顽念》（《Obsession》）中用来象征宇宙与人的格格不入及美的恬静的海的"笑声"构成呼应（这里，我们或许可以说他们拥有共同的形象源头——埃斯库勒斯《被缚的普罗米修斯》的第89-90行；梅列日科夫斯基曾经翻译过这个悲剧，可参阅ⅩⅩ，15）。

93 《勃留索夫七卷集》，莫斯科，1975，第6卷，238页。

94 关于《新诗集》，还是这位勃留索夫，做过十分精辟的阐述："梅列日科夫斯基的主要特点是，没有那种**细腻**的感情表达，在他的笔下，全是提坦、锁链、暴风雨、疯狂的自由和无穷。有时这让人震惊，有时令人觉得可笑。"见《勃留索夫致彼·彼·佩尔佐夫的信（早期象征主义史）》，69页。

95 关于与勃留索夫及其继承者的名字相关联的这种象征主义诗学脉络，可参阅：米·列·加斯帕罗夫，《俄罗斯现代主义诗学的二律背反》，见《时代的联系。19世纪末至20世纪初俄罗斯文学的继承问题》，245-253页。

96 1895年5月，勃留索夫曾向佩尔佐夫承认，这首诗让他改变了认为梅列日科夫斯基"永远都将是古典作家"的看法，并称《冬天的晚上》这首诗是"真正象征主义的"，并且是"伟大的象征主义作品"。见《勃留索夫致彼·彼·佩尔佐夫的信（早期象征主义史）》，22页。

97 参阅：派曼，《俄罗斯象征主义史》，35页。

98 参见：瓦·弗·克拉斯尼扬斯基，《纳德松抒情诗中的诗歌套语》，见《结构语言学诸问题。1982》，莫斯科，1984，247页。

99 比如，《钢》（1894）这首诗，按它的思想内容（颂扬激情与无激情的"鲜活的双重性"）来衡量，已经完全属于早期象征主义诗歌的范畴（参阅：奥格·汉森-勒弗，《俄罗斯象征主义。诗歌主题体系。早期象征主义》，137页），从形式上看，它已经显露出仿古的特点——不仅在词汇、风格方面，而且在结构布局方面，都运用了19世纪俄罗斯和法国诗歌惯用的展开的双部比较法（试与丘特切夫的《喷泉》相比较）。

100 关于包括福法诺夫在内的19世纪90年代抒情诗的风格化，可参阅：谢·韦·萨波日科夫，《19世纪80—90年代批评界对"萧条时代"俄罗斯诸诗人的反映》，莫斯科，1996，28-37，80-81页。

101 这一表达来源于作者为《被摒弃者》（长篇小说《众神之死（叛教者尤里安）》的最初名称）单行本所写的作者序：梅列日科夫斯基，《被摒弃者》，圣彼得堡，1896，序言第2页。

102 参阅：明茨，《关于梅列日科夫斯基的三部曲〈基督与反基督〉》，9-13页；格·米·弗利德兰德，《德·谢·梅列日科夫斯基与亨里克·易卜生（梅列日科夫斯基宗教哲学思想的来源）》，见《俄罗斯文学》，1992，第1期。易卜生的戏剧二部曲《皇帝与加利利人》很可能对《众神之死》构思的形成产生过影响（勃兰兑斯就已指出这一点）。而科列涅娃则持另外一种观点，请参阅她的著作，《梅列日科夫与德国文化（〈尼采与歌德：吸引与排斥〉）》，67-68页。关于易卜生与梅列日科夫斯基作品的比较，还可参阅：德·米·沙雷普金，《俄罗斯文学中的易卜生（19世纪90年代）》，见《俄罗斯与西方：文学关系史选》，列宁格勒，1973，281页；E.Л.贝伊林娜，《梅列日科夫斯基的长篇小说〈叛教者尤里安〉，个性的悲剧》，见《俄罗斯文学诸问题：年轻学者文选》，马格尼托戈尔斯克，1992，第2辑，42-49页；加·尼·赫拉波维茨卡娅，《三个尤里安》，见《语文学诸科学》，1996，第5期，15-24页。

103 梅列日科夫斯基，《关于〈达夫尼斯和赫洛亚〉的象征主义》，见朗戈斯，《达夫尼斯和赫洛亚》，圣彼得堡，1896，12页。还可参阅三部曲开篇之作《众神之死（叛教者尤里安）》一书中对克勉的提及（Ⅰ，347）。

104 参阅奥莉加·马蒂奇，《梅列日科夫斯基的第三约言和俄罗斯的乌托邦传统》，见《基督教与东斯拉夫人》，第2卷：《现代俄罗斯文化》，伯克利，1993，164-165，170页；薇·鲁季奇，《德米特里·梅列日科夫斯基》，见《俄罗斯文学史。20世纪。白银时代》，乔治·尼瓦、伊利亚·谢尔曼、维托里奥·斯特拉达和叶菲姆·埃特金德主编，莫斯科，1995，222页。

105　大量研究著作从各个角度分析了这一三部曲的内容和诗学，其中最主要的有：叶·斯塔里科娃，《现实主义与象征主义》，见《俄罗斯文学中现实主义的发展》，莫斯科，1974，第3卷，210-213页；明茨，《关于梅列日科夫斯基的三部曲〈基督与反基督〉》；利·安·科洛巴耶娃，《长篇小说家梅列日科夫斯基》，见《俄罗斯科学院学报。文学和语言学版》，1991，第50卷，第5期；M.A.尼基京娜，《老一代象征主义者长篇小说中的现实主义"约言"（梅列日科夫斯基的〈基督与反基督〉，索洛古勃的〈卑劣的小鬼〉）》，见《时代的联系：19世纪末至20世纪初俄罗斯文学的继承问题》，205-217页；迪·马·穆罕默德娃，《关于德·谢·梅列日科夫斯基和他的长篇小说〈叛教者尤里安〉》，见梅列日科夫斯基，《众神之死（叛教者尤里安）》，莫斯科，1993，3-14页；叶·康·索津娜，《梅列日科夫斯基的小说三部曲〈基督与反基督〉（1890-1905）中的诺斯替教传统》，见《作家的创作与文学历程：文学中的语言。校际学术论文集》，伊万诺沃，1993，86-93页；阿·马·瓦霍夫斯卡娅，《梅列日科夫斯基的历史长篇小说〈反基督（彼得与阿列克谢）〉：主观臆断还是高瞻远瞩？》，见《俄罗斯文艺学杂志》，1994，第5、6期合订本，90-104页；尼·弗·巴尔科夫斯卡娅，《象征主义长篇小说的诗学》，叶卡捷琳堡，1996，8-66页；奥·维·杰菲耶，《德·梅列日科夫斯基：克服颓废（对长篇小说〈列奥纳多·达·芬奇〉的思考）》，莫斯科，1999；斯·彼·伊里约夫，《德米特里·梅列日科夫斯基的小说〈彼得与阿列克谢〉和安德烈·别雷的小说〈彼得堡〉中彼得堡神话的发展》，见《德·谢·梅列日科夫斯基：思想与语言》，56-66页。

106　梅列日科夫斯基，《果戈理的命运》，见《新道路》，1903，第3期，161页；这部著作用过的其他标题有：《果戈理与鬼》（1906），《果戈理：创作、生活与宗教》（1909）。

107　参见：《行为中的智识与思想：吉皮乌斯书信选》，泰米拉·帕赫穆斯主编，慕尼黑，1972，763-764页。

108　在泛性爱视角下将"圣肉体"概念当成对神秘主义"淫荡"的宣扬（参阅：皮·盖坚科，《"圣肉体"的诱惑（谢尔盖·索洛维约夫与俄罗斯白银时代）》，见《文学问题》，1996，第4期，89-95页；同上作者，《德·谢·梅列日科夫斯基："毁灭一切的宗教革命"默示录》，见《文学问题》，2000，第5期，98-126页），这种阐释把问题简单化了。很难忽视这样一个事实，即从19世纪90年代中期开始，在梅列日科夫斯基的作品中，性爱就同时拥有吸引与排斥两个维度，难怪《基督与反基督》中那些具有明显情色倾向的女主人公（从《众神之死》中的阿玛里莉斯、费莉斯到《彼得与阿列克谢》中的叶芙罗西尼娅，而在后者的形象中还能分辨出"某种山羊性的东西"），而且在她们身上可以经常看到兽性的、祸害人的和魔鬼的本原。勃洛克就已着重指出，梅列日科夫斯基在对待肉体与女性的美时，总在某种程度上有一种"迷信的恐惧"（《勃洛克文集》，第5卷，657页）。在三部曲中，肉体确实被理想化了，但并非以肉体本身、直白的肉欲的形式，而是以雕像、雕塑的形式（参阅：科列涅娃，《梅列日科夫斯基与德国文化（尼采与歌德，吸引与排斥）》，53页），或者以那些渗透着"上天本

845 原"的形式——试比较：隐居修女索菲娅的形象与"金色圣像上的圣女"形象（Ⅴ，174）。尽管在描写吉洪与索菲娅的那些片段中也存在纯洁的性爱这一主题，但在《彼得与阿列克谢》中也没有为"神圣的欲望"和"肉体与肉体的神圣结合"进行辩护，就像他在《托尔斯泰与陀思妥耶夫斯基》中所做的那样（Ⅻ，221-222）；但即使是在这里，我们还是可以看到他经常宣布这样一种观点，即认为非肉体的精神行为、"守贞操的行为"（Ⅻ，121）要好过情色、纵欲行为。

109 明茨，《关于梅列日科夫斯基的三部曲〈基督与反基督〉》，22-23页。

110 关于作者对彼得形象阐释的总体复杂性，可参阅：阿·马·瓦霍夫斯卡娅，《德·梅列日科夫斯基的历史长篇小说〈反基督（彼得与阿列克谢）〉：主观臆断还是高瞻远瞩？》，102-103页；谢·彼·别利切维琴，《梅列日科夫斯基文学哲学观念中的俄罗斯与西方》，见《俄罗斯与西方：文化对话》，特维尔，1994，158-159页等。

111 对《基督与反基督》的各种评价的汇总，可参阅：弗·韦·阿格诺索夫，《"尽管绞尽脑汁，无力陈情达意……"》，见《20世纪初俄罗斯文学批评：当代观点。综述集》，莫斯科，1991，32-34页，及明茨为该三部曲所加的注释：梅列日科夫斯基，《基督与反基督。三部曲》，1989，第1卷，397-399页；1990，第2卷，368-372页。

112 别雷，《批评·美学·象征主义理论》，第1卷，330-331页。

113 参阅：明茨为三部曲《基督与反基督》所加的注释：梅列日科夫斯基，《基督与反基督。三部曲》，1990，第3卷，421、425页。

114 最早评论梅列日科夫斯基小说的人就已经发现了他散文作品的"歌剧性"（如可参阅：米·涅韦多姆斯基，《1911年我们的文学》，见《我们的黎明》，1912，第1、2期合订本，41页）。伊·伊利因也曾谈到过他作品的戏剧布景元素："梅列日科夫斯基是制造宏伟气势的大师，他使用的粗放笔触和锐利线条是为了让顶层观众也能看清舞台透视……他所描绘的东西，就像宏大的电影场景，夸大了的歌剧布景……"（伊·伊利因，《艺术家梅列日科夫斯基》，见《俄罗斯文学侨界：综述与资料集锦》，第2辑，36页）。当代著作中，可参阅如：因·维·科列茨卡娅，《象征主义》，见《世界文学史》，第8卷，莫斯科，1994，78页；米卢谢·扎德拉日洛娃，《梅列日科夫斯基历史散文中的象征空间》，见《德·谢·梅列日科夫斯基：思想与语言》，23页；亚·瓦·拉夫罗夫，《作为神秘剧的历史：梅列日科夫斯基的埃及二部曲》，见梅列日科夫斯基，《弥赛亚》，圣彼得堡，2000，22-23页。

115 别雷，《作为一种世界观的象征主义》，拉·阿·苏盖伊撰写前言与注释，莫斯科，1994，379页。关于这部三部曲中"意识形态与考古相融合"的观点，后来别尔嘉耶夫也曾重复过，见别尔嘉耶夫，《俄罗斯思想》，巴黎，1971，135页。

116 科·丘科夫斯基，《从契诃夫至今》，圣彼得堡、莫斯科，1908，200页。

117 《伊万诺夫-拉祖姆尼克文集》，第2卷，《创作与批评》，126页。

118 三部曲中的各种风格化形式是一种独特的"位于历史小说传统叙事类型和在20世纪

初取而代之的历史'风格主义'之间的""过渡环节",关于这些形式可参见:阿·米·格拉乔娃,《论20世纪初俄罗斯文学的风格化的各种类型》,94页。

119　尼·恩格尔哈特,《恶的崇拜——为梅列日科夫斯基君的小说〈被摒弃者〉而作》,见《书评周刊》,1895,第12期,171页。

120　详细请参阅:皮埃尔·阿特,《被改变的时间——梅列日科夫斯基与勃留索夫的历史小说》,见《斯拉夫与东欧杂志》,1987,第31卷,第2期,187-201页。

121　研究者发现,就梅列日科夫斯基的各种意识形态素(идеологемы)和修辞学而言,鲁普雷希特和海因里希·冯·奥特海姆伯爵之间的对话并没有丧失戏拟色彩。参阅:明茨,《海因里希·冯·奥特海姆伯爵与"莫斯科文艺复兴"》,见《安德列·别雷。创作诸问题·文选·回忆·新刊资料》,莫斯科,1988,232页。试比较:谢·列·斯洛博德纽克,《20世纪初的俄罗斯文学与古诺斯替教传统》,圣彼得堡、马戈尼托戈尔斯克,1994,41-42页。

122　关于勃留索夫的散文从模仿梅列日科夫斯基往1910年代的风格探索及"库兹明式"历史叙事方向的发展过程,可参阅:米·瓦·科济缅科,《20世纪10年代俄罗斯散文中的风格化问题。语文学副博士论文摘要》,莫斯科,1988,12-13页。

123　我们知道,弗洛伊德称赞过梅列日科夫斯基对列奥纳多个别性格特点的一些直观的理解(参阅:尤塔·比尔梅尔,《说服的策略:以〈列奥纳多·达·芬奇〉为例》,见《读弗洛伊德之所读》,桑德尔·L.吉尔曼、尤塔·比尔梅尔、瓦莱里·D.格林伯格编,纽约,1994,137页。

124　如可参阅:瓦·基帕尔斯基,《论梅列日科夫斯基的长篇小说〈彼得与阿列克谢〉中所使用的彼得大帝时代的语言》,见《斯堪的纳维亚斯拉夫学》,1975,第21期,67-71页;明茨给三部曲所加的注释:梅列日科夫斯基,《基督与反基督。三部曲》,第2卷,372-373页;第4卷,589-601页;叶·尤希缅科,《梅列日科夫斯基的长篇小说〈彼得与阿列克谢〉的旧仪礼派文献资料》,见《目击》,1994,第3-4期(总第15期),47-59页;加·波诺马廖娃,《简述梅列日科夫斯基历史长篇小说中"搞混的引文"的语义学》,见《古典主义与现代主义:论文集》,塔尔图,1994,102-111页;奥·尤·克鲁格洛夫,《梅列日科夫斯基的小说〈反基督。彼得与阿列克谢〉和剧作〈保罗一世〉中的历史事实与艺术虚构。语文学副博士论文摘要》,莫斯科,1996。

125　关于被描写事件的时间以及作者叙事时间之关系的两种类型(直接把历史现代化和在未来的标志下对过去进行"目的论的"改编),参阅:尼·弗·巴尔科夫斯卡娅,《象征主义长篇小说诗学》,26-27页。

126　关于在《众神的复活》中把文艺复兴时代现代化的问题,参阅:德·潘琴科,《梅列日科夫斯基笔下的列奥纳多及其时代》,见梅列日科夫斯基,《众神的复活(列奥纳多·达·芬奇)》,莫斯科,1990,635页。

127　如可参阅:梅列日科夫斯基,《论〈达夫尼斯与赫洛亚〉的象征主义》,11-13页。

128　梅列日科夫斯基曾借皇太子阿列克谢之口，说出了用当时的标准来衡量是非常大胆的预言：罗曼诺夫家族将会血腥覆亡。对此，梅列日科夫斯基有一种多少带些天真的自豪感——比如，他在1906年4月12日写给勃留素夫的信中引用了一位美国评论家对《反基督》的（"十分有趣的"）见解：皇太子的命运"预示了'俄罗斯的专制主义在当代的代表人物'的命运"（俄罗斯国家图书馆手稿部，全宗号386，卡片索引号94，保管单位44，页13）。

129　明茨，《关于梅列日科夫斯基的三部曲〈基督与反基督〉》，22页。

130　莱娜·西拉德，《19世纪末至20世纪初象征主义长篇小说诗学（勃留素夫、索洛古勃、别雷）》，见《19世纪俄罗斯现实主义风格诸问题》，列宁格勒，1984，268页。

131　参阅：尼·弗·巴尔科夫斯卡娅，《象征主义长篇小说诗学》，46页。该文作者提出的关于这几部长篇小说中"静态结构的潜在动态化"的命题（同上，40页）颇具成效。

132　比如，叶·阿尼奇科夫认为，这部小说过于"简单化"，而且"纯逻辑占了历史主义的上峰"（叶·阿尼奇科夫，《1903年的文学形象与观点》，圣彼得堡，1904，165页）。

133　旧约一方面让梅列日科夫斯基联想到各种"肉体宗教"（ⅩⅢ，24）、部族宗教、用泛神论来确立存在的宗教，另一方面又是一种让人牺牲、狂暴和愤怒的宗教（如见Ⅻ，177）。

134　有一个问题可以说尚留待我们解决：在这种情况下，美学上的分寸感起了什么作用，而那种近乎否定式的设定方针（按照梅列日科夫斯基的观点，象征主义者就是这样一些人："他们能够根据某些征兆和形象"悟出"还无法用语言表达的现象。之所以无法用语言表达，是因为它还没有到来，尚只是在吹拂，尚只能被嗅到……"——见梅列日科夫斯基，《关于〈达夫尼斯与赫洛亚〉的象征主义》，11页）和个人主义神话的不稳定性又起了什么作用。

135　梅列日科夫斯基，《1891年札记本》，351页。

136　叶·鲍·塔格尔，《现代主义的产生》，见《19世纪末至20世纪初的俄罗斯文学-90年代》，190页。

137　鲍·格里夫佐夫，《德·谢·梅列日科夫斯基》，92页。

138　《外国文学通报》，1894，第12期，149页。

139　参见：尼·康·米哈伊洛夫斯基，《文学批评与回忆》，莫斯科，1995，371-372页。

140　参见：《北方通报》，1893，第3期。就梅列日科夫斯基对冈察洛夫的分析，沃伦斯基指出，他在《论当代俄国文学的衰落原因及其新兴流派》一文中把象征形象与典型形象搞混淆了，因为梅列日科夫斯基过分夸大了冈察洛夫作品的象征性。在论及奥勃洛摩夫的形象是一个象征形象时，他诉诸的意义层面要比文学典型语义学来得更为宽泛——他认为奥勃洛莫夫身上有一种"永恒喜剧典型（如法斯塔夫、堂吉诃德和桑丘·潘沙）的最高的美"（ⅩⅧ，221）。

141　参阅：谢·波瓦尔佐夫，《梅列日科夫斯基的回归》，见梅列日科夫斯基，《卫城》，337页。

142　《普希金之家手稿部年鉴，1973》，列宁格勒，1976，34页。

143　对作为批评家的梅列日科夫斯基的方法之论述，可参阅：乌特·斯彭格勒，《文学批评家德・谢・梅列日科夫斯基》，卢塞恩、美茵河畔法兰克福，1972；叶・瓦・斯塔里科娃，［《德・谢・梅列日科夫斯基》］，见《19世纪末至20世纪初俄罗斯的文学科学》，莫斯科，1982，208-220页；谢・波瓦尔佐夫，《梅列日科夫斯基的回归》，336-337页；叶・阿・安德鲁先科、列・亨・弗里兹曼，《批评家，美学家，艺术家》，见梅列日科夫斯基，《美学与批评》，莫斯科，1994，第1卷，26-28，50-51页；M. 叶尔莫拉耶夫，《梅列日科夫斯基系列之谜》，见梅列日科夫斯基，《托尔斯泰与陀思妥耶夫斯基・永恒的旅伴》，莫斯科，1995，563-564页；雅・弗・萨雷切夫，《梅列日科夫斯基的理论与艺术探索体系中的"主观批评"》，见《白银时代的俄罗斯文学批评》，诺夫哥罗德，1996，73-77页；亚・瓦・拉夫罗夫，《梅列日科夫斯基》，18页；伊・斯・普里霍季科，《梅列日科夫斯基的〈永恒的旅伴〉（关于文化的神话化问题）》，见《德・谢・梅列日科夫斯基：思想与语言》，199-204页。

848

144　如参见：鲍・格里夫佐夫，《德・谢・梅列日科夫斯基》，119页。

145　参见：叶・阿・安德鲁先科、列・亨・弗里兹曼，《批评家・美学家・艺术家》，27页。

146　《新道路》，1903，第11期，472页。

147　作家关于人类的神子身份的神话主题让相应的福音书情节重新具有现实性，如今这一神话主题取代了"人神"学说的位置，这也顺应了作家的总体发展方向；比如在《托尔斯泰和陀思妥耶夫斯基》中，梅列日科夫斯基就曾提及"福音书的宗教本质"是"关于人之于上帝拥有普遍子性的学说"（XI，214；试比较XII，183及以下）。

148　比如在《未来的小人》中，他十分遗憾欧洲政治舞台上如此鲜活的"恶棍们、跛子帖木儿们、阿提拉们、波吉亚们"已被"并非恶棍，而是像人一样的人"替代。"代替权杖的是米尺，……代替祭坛的是商店柜台。……这些戴着王冠的奴才斯梅尔佳科夫们，这些得意洋洋的小人们是从哪里来的？"（XIV，23）。

149　梅列日科夫斯基，《过去与未来。1910—1914年日记》，彼得格勒，1915，71页。

150　梅列日科夫斯基在宗教哲学会的各场会议上谈及基督的"力量"时，不谈他强大的神力，而是强调可以将这种力量与世俗和宗教权力所具有的那些强制力等而视之（参阅《新道路》，1903，第3期，独立页码153页；第4期，独立页码186页）。

151　关于这些观点参见：谢・尼・萨韦利耶夫，《俄罗期宗教思想的圣女贞德》，莫斯科，1992，35-38页。

152　"在我的'民粹主义思想'中，有很多幼稚的、轻浮的东西，但总归是真诚的，而让我感到高兴的是，我生命中曾有过这些东西，且它并没有从我的生活中消失得无影无踪"，在1913年的一篇自传札记中梅列日科夫斯基这样写道（XXIV，113）。

153　详见：因・维・科列茨卡娅，《德米特里・梅列日科夫斯基的〈未来的小人〉》，见因・维・科列茨卡娅，《世纪初俄罗斯诗歌与散文面面观》，莫斯科，1995，184-198页。

154　参见：梅列日科夫斯基，《论无产阶级的高尚》，见《自由与文化》，1906，第2期。

155　别尔嘉耶夫，《梅列日科夫斯基论革命》，见《莫斯科周报》，1908，第25期，15页。

156　比如，梅列日科夫斯基曾经在宗教哲学会上这样讲：人民"在自己宗教生活的最深处""不是黑暗的，而是光明的"（《新道路》，1903，第4期，独立页码193页）。

849　157　详见：加·米·波诺马廖娃，《"宗教民粹派"与民众交往的问题》，见《"勃洛克与俄罗斯后象征主义"学术会议报告提纲》，塔尔图，1991，55-63页。

158　梅列日科夫斯基，《为什么复活？宗教的个性与社会性》，彼得格勒，1916，17页。

159　梅列日科夫斯基，《过去与未来：1910—1914年日记》，203-206页。

160　《往事。历史文选》，莫斯科，1992，第9辑，246-247页（埃尔达·加莱托刊行）。

161　《文学与生活简报》，1915-1916，第9期（1月号），190页。

162　关于梅列日科夫斯基与契诃夫，可参阅：亚·帕·丘达科夫，《契诃夫与梅列日科夫斯基：两种类型的艺术哲学意识》，见《契诃夫研究：契诃夫与"白银时代"》，莫斯科，1996，50-68页；安·列·格里舒宁，《梅列日科夫斯基论契诃夫》，见《德·谢·梅列日科夫斯基：思想与语言》，235-242页。

163　参见：因·维·科列茨卡娅，《梅列日科夫斯基的〈未来的小人〉》，189页；伊·瓦·孔达科夫，《论"未来的小人"的现象学》，见《德·谢·梅列日科夫斯基：思想与语言》，154-155页。

164　叶·伦德贝格，《梅列日科夫斯基与他的新基督教》，7-8，65页。

165　参见：伊·亚·列维亚金娜，《梅列日科夫斯基论高尔基：反对与赞成》，见《德·谢·梅列日科夫斯基：思想与语言》，252-255页。

166　梅列日科夫斯基，《俄罗斯诗歌的两个秘密：涅克拉索夫与丘特切夫》，25，119页。

167　尤·艾亨瓦尔德，《俄罗斯作家剪影》，莫斯科，1914，第1辑，115页。

168　《俄罗斯晨报》，1916年2月13日，5页。

169　伊万诺夫-拉祖姆尼克，《珍藏的想法》，彼得堡，1922，23页。

170　别尔嘉耶夫，《俄罗斯宗教思想的类型》，载《俄罗斯思想》，1916，第7期，66，55页。

171　《俄罗斯文艺学杂志》，1994，第5、6期合订本，243页（阿·马·瓦霍夫斯卡娅刊行）。

172　俄罗斯国家图书馆手稿部，全宗号25，卡片索引号19，保管单位9，61页。

173　梅列日科夫斯基，《为什么复活？宗教的个性与社会性》，16-17页。

174　比如，"心灵……像一块生肉"（《梅列日科夫斯基四卷集》，莫斯科，1990，第3卷，361页。以后再引用该书，在正文中标出，其中第一个阿拉伯数字表示卷数，之后的阿拉伯数字表示页码）。

175　参见：米·涅韦多姆斯基，《1911年我们的文学》，4页。

176　关于作者将两者相提并论的观点，可参阅：泰米尔·帕赫穆斯，《梅列日科夫斯基的形而上观念》，见梅列日科夫斯基，《圣女小德兰》（由帕赫穆斯主编、作序、加注，密歇根州安娜堡，1984，41-42页）。

177　《北方学报》，1913，第1期，115页。

178　参阅明茨为《基督与反基督》所作的注释，见梅列日科夫斯基，《基督与反基督·三部曲》，1990，第4卷，559页。

179　伊兹梅洛夫，《不幸岁月的先知》，144页。

180　《北方纪事》，1913，第1期，117页。

181　叶·伦德贝格，《梅列日科夫斯基与他的新基督教》，26页。该书另一处，伦德伯格把《亚历山大一世》称为"对话体的的历史哲学论文"，"该论文忽略了逻辑，主要强调预言功能"（同上，33页）。

850

182　关于作为剧作家的梅列日科夫斯基，可参阅：尤·康·格拉西莫夫，《象征主义戏剧》，见《俄罗斯戏剧史（19世纪后半期至20世纪初）》，列宁格勒，1987，553-555，584-588页；叶·阿·安德鲁先科，《"对上帝的绝望哀歌……"》；见梅列日科夫斯基，《戏剧集》（叶·阿·安德鲁先科作序、编纂并加注），托木斯克，2000，5-63页。

183　《俄罗斯晨报》，1916年，2月13日，5页。

184　梅列日科夫斯基称，亚历山大一世的"宗教真理"是"指望基督教是一种统治世界的力量"，而他的"宗教谎言，是把宗教事业与反动事业结合了起来"（梅列日科夫斯基，《过去与未来：1910-1914年日记》，132页）

185　参阅：彼得·G. 克里斯腾森，《梅列日科夫斯基俄罗斯三部曲中的宗教与革命》，见《加拿大美国斯拉夫研究》，1992，第26卷，第1-4期，72页。

186　参见：亚·利·索博列夫，《梅列日科夫斯基在巴黎（1906-1908）》，见《人物：传记丛刊》，莫斯科、圣彼得堡，1992，362页。

187　比如，在他客居巴黎期间为法文版的梅列日科夫斯基夫妇与菲洛索福夫文集所写的序言《沙皇与革命》（1907），以及在文章《魔鬼还是上帝？》中。可参阅：玛·帕夫洛娃，《伟大宗教进程的各位蒙难者》，见梅列日科夫斯基、吉皮乌斯、菲洛索福夫，《沙皇与革命》，莫·阿·科列罗夫主编，莫斯科，1999，49-53页。

188　梅列日科夫斯基认为，只有在万物的自然秩序界限以外，在超自然领域，暴力问题（以及一般恶的问题）的二律背反才有可能被彻底扬弃。对梅列日科夫斯基夫妇来讲，暴力问题是个"奇迹问题"，只有未来的基督"能够说：'毋杀人'，能够在自由中废除暴力，在上帝之国中废除尘世之国"（ⅩⅤ，27-28）。

189　参见：利·安·科洛巴耶娃，《长篇小说家梅列日科夫斯基》，450页。

190　参见：梅列日科夫斯基，《札记本，1919-1920》，134页。

191　罗扎诺夫，《论写作与作家》，501页。

第十八章
季娜伊达·吉皮乌斯

◎尼·亚·博格莫洛夫　撰／温哲仙　译

　　1888年季娜伊达·尼古拉耶夫娜·吉皮乌斯（1869—1945）初登文坛，便以俄罗斯象征主义创始者的姿态崭露头角。她的创作效率直至20世纪40年代中期都丝毫不见褪色。作为倒数第二位离世（最末一位是维·伊万诺夫，1949年去世，比吉皮乌斯晚四年）的象征派最重要的代表人物，即使不是按照创作的规模，而是依据那些鼓舞创作的鲜明的思想和坚定的原则来评判，半个多世纪以来她也当属于俄罗斯最重要的作家之列。因此如果离开对构成她独特文艺体系基础的意识形态的分析，去谈论她的创作是不可能的。

　　吉皮乌斯出生于早已经俄化的德裔（梅克伦堡）家庭，早在16世纪她的家族就与俄罗斯有往来。[1] 1869年11月8（公历20）日，她出生于别廖夫，当时她的父亲在那里服役。后来她又与家人（她的父亲于1881年辞世）辗转许多城市，既有两京，也有外省小城。她接受的是家庭教育，缺乏系统的学习，尽管如此，她感兴趣的学科，却得以深化。

　　还在孩提时代，吉皮乌斯就经常写诗，在她早期发表的一首诗作中，奠定她整个创作基调的部分主题和风格已初露端倪：

我早已不知什么是忧愁，
很久也不再流淌泪水。
我对谁都没有爱的感觉，
我也不会去帮助谁。

爱别人——自己反而痛苦，
安慰天下人终究是空想。
世界——岂不是无底的大海？
我把世界早已经遗忘。

我面带微笑望着忧伤，
我保护自己尽力摆脱哀怨。
我在错失中度过一生，
我不会对什么人心存爱恋。

因此我不知道何为忧愁，
很久也不再流淌泪水。
我对谁都没有爱的感觉，
我也不会去帮助谁。[2]

852

季娜伊达·吉皮乌斯

很难说得清楚，1902年吉皮乌斯在多大程度上改变了早期的诗作，在这些诗作中保留了多少的童真：笨拙的韵脚，冗赘的词句，为赋新词强说愁的少年人的做作（故作厌世智者的少年姿态），但是就其本质而言，这篇早期的范例已经致力于建构诗学思想的哲学体系，定位于词汇的抽象化，并使诗的旋律元素服从口语语调。这位少女诗人（十一、二岁）根据自己的理解致力于展现人的内心世界，对诗作极其严肃认真，这一切都给读者以印象：她是一位个性成熟的诗人。

自此之后至1888年在《北方通报》月刊开始发表作品之前，对于这段时期吉皮乌斯的文学之路，事实上我们一无所知。她这一时期两首诗的形象、情绪以及艺术手法完全效仿19世纪末的诗歌，尤其是纳德松的创作：令人疲倦的三音节诗格，诗歌开篇的风景描写确定了抒情主人公的心理状态，平庸的浪漫主义描写（"心中涌起澎湃的波涛，／双眼泪水遮罩。／既觉愧疚，又欢畅明快／肖邦与我们同泣"；或是另一首关于大海的诗："正午光芒普照四方，海水在摇晃，欢笑，闪光……"[3]——总而言之，年轻作者的"职业化"使她失去了早期儿童诗歌特有的天真自然。

丝毫不足为奇，这些（及其他类似的）诗歌的作者成为另一位年轻诗人注意的对象，这位诗人偶然来到博尔若米，当时吉皮乌斯的家住在那里。1888年夏天，她结识了知名度已经很高的文学家梅列日科夫斯基，尽管他人很年轻。次年初，吉皮乌斯成为梅列日科夫斯基的妻子。这桩婚姻对于俄国文学的命运有着非同寻常的益处，因为吉皮乌斯和梅列日科夫斯基不但在生活中结成了近乎神秘的紧密联盟，而且在创作中也是如此。

与梅列日科夫斯基夫妇[4]亲密熟识的人，对两位作家创作潜力的相互关系发表了自己的见解，这些见解常常为人们所津津乐道。很多人认为，首先是吉皮乌斯说出想法，然后梅列日科夫斯基加以发展，并建立起逻辑上完备就绪、具有各种分支的学说。吉皮乌斯本人对此看法稍有不同，她认为重要的不是心理关系，而是双方思想的充实："……我们天性的区别，带来的不是彼此消耗，刚好相反，在这种区别之间，可以找到众所周知的和谐。"[5]

853

前面还有这样一段话："他——缓慢而持续的增长，遵循同一个方向，更替好比事物发展的阶段，只是发生了变化（没有任何背叛）。而我——一旦拥有，是什么都无所谓，只要是被赋予的，就会保留下来。花蕾可以开放，但要的就是那朵小花，不增加任何新的花朵。"

在1905年3（或5）月12日致菲洛索福夫的信中，吉皮乌斯生动地描述了自己与梅列日科夫斯基之间在思想上（对于我们下文中将要提到的思想而言，这里涉及的属于最本质的思想）互相影响的一幅具体场景："在回家的路上，德米特里针对性别讲了一番胡话，好像是故意的，我非常生气，和他吵了起来。但是突然一个念头在我脑中闪现，我能感受到它很重要。关于它的重要性，大概您现在还不明白，就像我也并不完全理解一样。但是我知道，实际上很快就会澄清的。即使德米特里也没有马上领会它的重要，尽管晚上我们和好之后，讨论了各种话题，其中包括这个话题，一直深谈到将近夜里十二点。今天早晨，德米特里已经给别尔嘉耶夫写了一封最长的信……全都写在里面了——'一、二和三'——丝毫都不觉得于心有愧！"[6]

不管怎样，无论梅列日科夫斯基还是吉皮乌斯，对他们在精神上和创作上飞跃的合理解释，应该说正是他们的结合，对于二人来说有着重大智力意义的结合。

跟随梅列日科夫斯基移居到彼得堡后，吉皮乌斯进入了由众多前辈知名作家组成的圈子，她后来在回忆随笔《白发的芬芳》中记述了这段往事，并收入《那一张张鲜活的面孔》[7]一书中。非常重要的是，从最初出现在这个文学圈子起，吉皮乌斯就明显地担当起两个阵营的中间人的角色：一方面，围绕在她周围的波隆斯基、迈科夫、普列谢耶夫、格里戈罗维奇、魏因贝格（从更深层面上，还有弗·索洛维约夫、列斯科夫、托尔斯泰和苏沃林）；另一方面，那些与梅列日科夫斯基一样，试图用某种方式确定新艺术原则的人，诸如明斯基、沃伦斯基，以及《北方通报》"颓废派"时期的另一些作者，再后来，还有亚·杜勃罗留波夫、弗·吉皮乌斯、罗扎诺夫、济·文格罗娃、彼·佩尔佐夫、莫斯科的象征派诗人……在这里，在两个原则上属于不同创作类型的接合处，吉皮乌斯逐渐形成了自己独特的诗学个性，同时她的仪态气质成为当时"新人"的典范。

正是吉皮乌斯的仪表吸引了文学界形形色色人们的注意。对于19世纪90年代的吉皮乌斯的印象，我们举三个非常有名的例证。

第一个是佩尔佐夫于1892年的记述："高挑苗条的金发女郎，长长的金发，美人鱼般的碧绿的眼睛，非常合体的蓝色长裙，她的外表惹人注目。这种外表，我称之为'波提切利式'……"[8] 柳·雅·古列维奇描摹的，是《北方通报》繁盛时期（19世纪90年代中期）的吉皮乌斯的肖像："瘦削，身段优美，后来被称之为颓废型，身着半长的裙子，温柔却又似乎患有肺痨的尖尖的面庞，衬托在蓬松的金发形成的光环中，脑后垂着一条粗粗的发辫。微微眯起的明亮的双眼，流露出几许挑衅和嘲讽的神色，她不可能不吸引众人的目光，有的人为之折服，有的人为之发窘和气愤。她的声音清脆，孩子般高亢、果敢。她的举止犹如一个任性又有些扭捏的小女孩：用牙把几块方糖咬碎，然后添加在客人们的茶杯里，带着挑衅的笑说些孩子般无所顾忌的事。"[9] 最后是谢·康·马科夫斯基的回忆录中吉皮乌斯的两个时期的形象：1892年的尼斯和1899年在《艺术世界》编辑部的邂逅："她当时三十岁，但是体态瘦削而苗条，看上去年轻得多。她中等身材，胯骨窄小，胸脯平坦，一双小巧的脚……她美吗？噢，毋庸置疑。高傲地扬起的小小的头颅，长长的灰绿色的眼睛，微微眯起，鲜艳性感、轮廓分明的红唇，嘴角向上翘起，罕见的匀称的身材，这一切都令她犹如从索多玛的油画上走下来的阴阳人（"索多玛"［I l Sodoma］是意大利文艺复兴时期画家乔瓦尼·安东尼奥·巴齐的外号——译者注）。另外，她将一头温柔蜷曲的浓密的棕铜色发丝编成了一条长长的发辫——这是未出嫁少女的标志（尽管她结婚已经十年），她浑身上下都流露出带有挑衅性质的'与众不同'：她的头脑比她的仪表更锐利。吉皮乌斯对任何事物的判断都坦率而自信，丝毫不去顾忌常规。她喜欢唱'反调'令众人惊奇。"此外，对她的举止和言谈也进行了刻画："她吐字时懒洋洋的，几乎就是用鼻子，拖着长音，如果在谈话当中有她不喜欢听的，即使是初次见面她也会毫不客气回之以冷嘲热讽。"[10]

在那个年代，佩尔佐夫充其量是一个旁观者，观察的范围也只能在吉皮乌斯心灵的边缘；古列维奇通过沃伦斯基与她有着千丝万缕的关系；马科夫斯基是在六十年后刻画了这幅肖像，这时他已知晓吉皮乌斯的一生，且无疑将她的诗和命运投射在她的外表上。更为重要的是，从这些印象中提取出来的一致描写，可以作为她的仪表的不变量：不为当时的俄国人所习惯的那种"前拉斐尔式的"美艳；极其性感；最突出的是——引人注目的故作坦诚。助长这一切的，如果说不是文学界那种爱搞风波的氛围，也是一种永远充斥着刺激性、挑衅性情绪的氛围。但与此同时，吉皮乌斯的个性还有另一面，它形成于私人交往和关系中，与她展示给众人的面貌截然不同，却又鲜为公众所知。但是"水下的"这一面，逐渐成为诗人的公众形象，其中包括文学形象的基石，这块基石只能给这种形象赋予俄罗斯现代主义者一向的共识以真正的说服力：诗歌与生命是统一而不可分的整体，这种共识决定了不仅要透过对诗人的印象（无论这种印象来自亲身体验、传闻和传奇，还是用一切能读到的文本对诗人面貌进行的随意投射）来解读其诗歌，还要建立起诗人统一的生命创作形象，且这种形象逐渐成为检验真实的唯一正确的标准。

至于文学形象的逐步建立，则首先是通过诗歌，这些诗作经常出现在《北方通报》上，同时以或多或少完整的面貌在吉皮乌斯的《新人》（1896）一书中得到了呈现，这本书中既收录了短篇小说，也收录了诗歌作品[11]。

选集名称的自身已经带有示威和公然挑衅的性质，正如梅列日科夫斯基先前几部作品的书名：《论当代俄罗斯文学衰落的原因及其新的流派》及《象征》。当然，正如其他许多事件一样，在今天看来，这种示威是相当胆怯的，但是却给当时的读者留下了最强烈的印象。正是在19世纪90年代中期开始了俄国象征主义的初始阶段，1896年前后，除了梅列日科夫斯基的演讲及明斯基的几部"颓废派"作品，名扬天下的还有勃留索夫编的文集《俄罗斯象征主义者》（1894—1895）；弗·索洛维约夫的评论，尖锐而机智，尽管其中的讥笑并不总是完全公正；亚·杜勃罗留波夫的《化育的自然：被化育的自然》（1895）；巴尔蒙特的《在北方的天空下》（1894）和《无垠》（1895）；与《新人》同时出现的还有索洛古勃的《影子》和《诗集·第一部》，勃留索夫的《杰作》……新艺术越来越合理地进入时代的文学生活，吉皮乌斯最初几部真正的作品立即将她定位于"新"的一方。

但是她的文学自决的重要因素，不仅是归入哪一个阵营，而且还有同时在诗歌和散文这两个泾渭分明的领域耕耘的需求，并且这一愿望至死不渝。如果说梅列日科夫斯基以诗歌起家，兴趣逐步转向小说，最后实际上放弃了诗歌的创作，那么吉皮乌斯则一直在平衡这两个文学领域的关系。

856

吉皮乌斯对待小说和诗歌的不同态度，多多少少说明了这点。小说属于职业性作品，需要技巧甚至精湛的雕琢，而诗歌首先是表现自我，诗艺（虽然她技艺的水准毋庸置疑——20世纪初诗歌文化的形成过程中，对吉皮乌斯的角色还应做正确的评价）则退居到次要地位。正如吉皮乌斯自己承认，诗歌是她诉诸上帝的工具："每一个人都势必祈祷或渴望祈祷——无所谓，他是否自觉地意识到这一点，无所谓，他以何种方式倾吐祷文，以及求诸哪位神灵。一般意义上的诗歌，尤其是作诗法，还有词语的音乐——仅仅是我们内心祈祷运用的一种形式之一。"[12]

在致瓦·德·科马罗娃的信中，她讲述了诗歌创作的过程本身对她所产生的效用："世上再没有任何事物能够像写作诗歌这样，给我带来如此的愉悦和满足——或许，因此我一年才创作一首诗——大概是这样吧。然而，每作完一首诗，我都会像热恋中的人那样整天走来走去，要过上一段时间，才会清醒过来。"[13] 这样的态度应当令任何一位细心的读者以不同的方式对待吉皮乌斯的诗歌和小说创作。如果说诗歌表达了作者内心世界不安的最本质的东西，逐渐成为创作的精华，那么小说则将这些不安转化为具体的、有时甚至是非常意外的形式。从吉皮乌斯最初的两本书中可以非常明显地感觉到这一点：《新人》

（1896）和《镜子》（1898，实际为1897年末出版），尽管副标题都是《短篇小说》，全书布局的中心却都是诗歌。而且，将第一本示威性的书名、她致阿·利·沃伦斯基的多少有些离经叛道的献辞（在献辞中她写道："殊途可以同归。您的道路与我的有别，您斗争的武器——与我的不同，但是我们前进的方向是相同的，我们进行的斗争是相同的。无论是您，还是我，都是四面受敌：这样朋友相逢才会更快活。您写的东西的精神让我感到亲近，所以我赠送您这本书——这是通往新的美的头几个阶梯，而美是你我都珍重的"[14]与书中收录的那些散文作品中的现实内容进行一番对比也是有意义的。只有在两个短篇（或者，不如说是不大的中篇）——《苹果花盛开》和《玛伊小姐》中，可以见到本来意义上的"新人"，也就是得到下述阐释的世纪末的人，而这种阐释是当时正在形成的"颓废派"批评赋予"新人"这个概念的，其中包括：极其敏感的神经，极度的灵敏，常常有对死亡的预感，举止怪异，这种怪异证明了他们内心深处的神秘主义体验。收集在本书中的大部分短篇完全是传统的，符合19世纪70至80年代叙事的民粹派美学标准，中心人物常常是一位平民出身的普通人（《亲近自然》《平凡的生活》）或者一个孩子（《复仇》《良心》）。甚至勃留索夫所定义的"本书的基本思想"——"仅以纯理性的态度对待世界和生活是不正确的"[15]——也是指选取日常生活的感人题材，其象征性来自于这种日常性，而不是指作者对待现实的独特态度和对特殊现实的构建，而这些正是俄国象征主义小说兴起时梅列日科夫斯基和索洛古勃的最初创作中的特点。她的这种天赋得到了勃留索夫的恰如其分的评价："作为诗人，作为语言考究、思想深邃的诗歌的作者，吉皮乌斯女士当属我们最优秀的文艺家之列。……作为短篇小说家，吉皮乌斯女士则展现出截然不同的一面。作为屠格涅夫流派的追随者，她从宗师那里继承的几乎全是手法上的不足之处。通常很有趣的构思和不时闪耀的敏锐洞察力的火花远远不能弥补对人物非常肤浅的描写、毫无生气的对话和拖沓冗长的情节这些缺陷。"[16]

于是，结果就是（至少在吉皮乌斯最初的几本书中）"新人"的形象首先是在那些被小说框起来的诗歌的基础上确立起来的。这样一来，关注她1903年出版的那部《诗选》，要比关注她早期建立在独特结构规则上的那几本文集（下面将作简短叙述）更合乎逻辑。其实，正是这部《诗选》在俄罗斯的读者

857

当中确立了季娜伊达·吉皮乌斯的诗人形象。

甚至在更晚些时候，俄罗斯象征主义蓬勃发展的年代，吉皮乌斯的诗集仍从一开始就因那不同寻常的韵律而令人感觉到她的与众不同。这种韵律赋予诗集的开篇之作《歌》和《献辞》一种她的同时代人极为生疏的声音。如果说勃留索夫只是宣称追求自由诗，但在他最初发表的几本诗集中并未运用任何诗律上的创新，而19世纪90年代梅列日科夫斯基、明斯基、索洛古勃和巴尔蒙特在诗歌韵律的运用上是极其传统的，那么吉皮乌斯这位很少从理论上关心形式创新，也从不肯对其有丝毫认真关注的诗人，在创作的起始阶段即自由运用了一种果断打破音步束缚的不规则三音步诗格（дольник），并将其与异重音韵（разноударность）和语音重叠体系结合起来（如《歌》）。形式的创新更为突出地表现在，这些诗篇中往往会出现一些精炼的诗句，似乎有意就是为了让人从语境中剥离出来，作为激进颓废派的标语而存在的。"我需要这世上没有的东西"和"……我爱自己，如爱上帝"——这些诗句让一代又一代的读者认识了吉皮乌斯。

如果更为精心地阅读，不难发现，在这些有意取向于反常、荒诞、甚至挑衅的表象背后，蕴藏着比乍看起来更为深刻的内容。

首先这应归因为，对于吉皮乌斯，她的诗歌不是千篇一律的。譬如，她本人将讽刺诗分离出来；但是如果没有专门的指点，这种意图几乎很难察觉（原本计划将这类诗歌列入专章，但未能如愿 [17]）。对于读者来说，"来自另一种声音"的诗歌，事实上看起来与抒情主人公的诗歌毫无二致，尽管吉皮乌斯本人非常重视从一首诗到另一首诗观点的转变。在吉皮乌斯的许多作品中充斥着密码和有意的欲说还休，这些特点从广义上给这个词汇营造了一种刻意的神秘、诡谲、自由联想和象征的氛围，而这与其他象征派诗人的探索是并行不悖的。但在这样的背景之下，吉皮乌斯的诗歌表现出对词汇独有的态度，这种态度从词汇的最初选择就已开始。她的用词特点，一方面表现在内涵的缩小，几乎完全没有巴尔蒙特钟爱的无限扩展意义空间的抽象名词词尾–ость，但是另一方面又缺乏名词的任何具体化。

比方说，上面提及的《歌》，是第一部《诗选》的开篇之作，我们看看其中的主要名词：窗户、天空、霞光、心、悲伤、奇迹、誓言；正是在这里经

858

常运用关键词组"我所不知的"（或者其他的表现形式："所不曾有""世上没有"）。定语的选择也是再平常不过的，甚至不带有任何个性化的描述：傍晚的霞光、空旷而黯淡的天空、贫乏的心、极度的悲伤、不忠的誓言。动词的选择同样平淡无奇，缺乏创意。她的创意并非始于词汇的选择，而是始于意义上结合为统一的整体，在这种统一的整体背后蕴含着诗歌的基本理念：对于不可能的、不存在的、但在贫乏的物质世界现实背后可以预见的事物的隐秘的渴望。这种思想在第一本诗集中通过各种变体不止一次得到重申，但不变的是——体现在这些看似贫乏的词句中："我觉得，真理我是知道的；／只是不知道表达它的词句"，"但对于仅有的话语，／我不知道再现它的语句"，"……我听到，寂静在低声絮语，／谈论着不可体现的美的秘密"等等。词汇自身的结构致使吉皮乌斯的诗歌世界浓缩起来，力求达到人们从未企及却永远期望的共同点。首先得到几个相似的点，每一个点都浓缩着诗人的各种追求。

859

*   *   *

最能体现这种诗歌本质观念的是在一首创作相对较晚的诗篇中（1927）：

> 世上富有三重深渊。
> 这三重深渊给了诗人。
> 但难道诗人们回避的
> 仅限于此？
> 　　仅限于此？
>
> 三重真理——三重门槛，
> 诗人啊，对此该忠贞不渝。
> 上帝只为这些在沉思：
> 思考人。
> 　　爱。
> 　　　　死。

　　自然，在世界的这三重结构中，势必要写入第四个因素——上帝本身，按照许多象征派诗人（包括吉皮乌斯在内）喜用的表达方式，第四因素的存在与这首诗中被直言不讳道出的它的各个组成部分之间"既不可融合又不可分割"[18]。

　　总之，三位一体的概念对于吉皮乌斯至关重要，因为它包含了统一性、内部演化、从一种位格到另一种位格的自由转换同时并存的可能。自然，这种概念与基督教中的三位一体只是间接的联系，在后面的论述中我们也不会奢求对于这些基本范畴进行泛泛的神学阐释，只是力求弄通它们在女诗人的心灵和思想中是如何联结起来的。在自传的末尾，她为自己仅用言语难以表达的世界观的实质下了定义："概括说来，象征的实质在某种程度上表现为包罗万象的宇宙的三角，表现为三个因素始终同在，不可分割又互不融合，永远是三个——同时又永远组成一体。"[19] 但是，既然按照吉皮乌斯的观点，如下面所说，"将这种世界观体现在语词中，主要是，体现在生活中"不可能完全凭借一个对自己的正确无比自信的人来完成，而是所有意识到这个任务的人的事业，这个事业的完成需要几代人的努力；那么将她视为世界观之基础的东西或多或少准确地传达出来，这项任务可能只会被当作是假设性的。

860

　　但是，这种三位一体的某些因素还是不容置疑的。首先，这涉及到人类的历史，人类的历史分为三个与上帝的约言有关的世界。第一个约言是在《圣经》中传授给人们的，也就是《旧约》；第二个约言是《新约》，是基督以自己的尘世生命传授给人们的，并记录在《福音书》中；但依照《启示录》中的构思，应当有一种新的思想来取代它。这种新的思想会是什么，尚无人知晓，但是至少几个对于神秘的预兆最为敏锐的人应该会预感到它。自然，第三约言的世界不可能与前两个约言的世界相互对立，正鉴于此，历史教会根本不可能被弃绝。但是与此同时，应当存在某种哪怕只是对世界未来变化的预感，当然这种变化既不是导致激烈社会变革，也不是逐步改变人们的觉悟。这种世界观和人类历史观的暗示大部分分散在吉皮乌斯的各种著作中，但是整体上看来，表述它们时运用的措辞如果不是渎神的，那么无论如何，也是暂时难以理解的。但是"预感和预兆"这类词汇在她的很多文本中比比皆是。我们姑且举出两个在各个时期都运用的措辞。第一个是关于世纪之初的："末尾和开端，《旧约》和《新约》，智慧之树和生命之树，他们应当以最终而完美结合的面貌呈现在我们的面前。"[20] 还有1928年在评论罗扎诺夫时的表达方式："罗扎诺夫嚷道：基督教与犹太教，《新约》与《旧约》——是的，它们彼此不同，它们'截然分离，犹如天壤之别'！此言极是；哪里还有比这更远的隔离呢？罗扎诺夫似乎自己就已落入了分离的深渊，似乎从那里，从深处，大声疾呼：应当从哪边往上爬？应该选择哪里？……罗扎诺夫终究也未能解决这个问题。如果问题本身就是不正确的，那又能奈其何呢？如果选择是另一种情形，比如说：要么同时接受基督和耶和华，同时接受两部约言，要么同时拒绝这两个神，同时拒绝这两部约言——那又会怎么样呢？如果突然发现它们二者其实是一体的呢？不过，我的话题就此打住。"[21]

　　自然，这样一来，梅列日科夫斯基夫妇（因为吉皮乌斯的首位主要思想同盟者就是她的丈夫）那里就产生这样一个问题：如何将这种预感与他们周围教会的历史现实联系起来。最初，所有迹象表明，他们拒绝教会的态度是非常坚定的。譬如说，1899年夏，吉皮乌斯回忆梅列日科夫斯基的推论："当然，真正的基督教会应该是统一的和普世的。它的诞生不能靠现有各教会的结合，也不能靠它们之间的协议与各种暂时的妥协，而是全新的事物，尽管，或许就是从它们之中成长起来的。但是，这里还有许多我们应当知道的东西……"[22] 1902年前后，勃留索夫日记中的一段话，记录了梅列日科夫斯基夫妇没有发表的轶事："梅列日科夫斯基固执地问我，我是否信仰基督。问题提得这样尖锐，我答道：不信。他陷入了绝望之中。后来谈到了教会，谈到他们是否亲近教会。还谈到了是否应当领受圣餐。'我想，如果我要死了，你来为我授圣餐，'季诺奇卡对德米特里说道。德米特里呢，犹豫不决，是不是最好还是去请神甫，但是后来又决定，他也可以为季诺奇卡来授圣餐……我们谈到了奇迹。梅列日科夫斯基很是排斥（《福音书》中的）那些奇迹：'我不知道，我能拿它们如何，我对它们不感兴趣，只有一个奇迹——那就是基督的复活。'而拉撒路的复活，他则从象征派的观点加以理解。"[23]

　　这里能说明问题的是，梅列日科夫斯基（当然，包括吉皮乌斯）常常有种一知半解的感觉，那种对要走的路只有种模糊的感觉。但是，这条路显而易见与东正教的路并不完全吻合。吉皮乌斯在日记中，记录与创建及发挥自己的"宗教"职能有关的事件中，扪心自问："人类的全部智慧，我们肉体和精神痛苦的全部答

861

案，全部的基督都已经包含在约翰神甫的神圣中了吗？[24] 呜呼哀哉！我们如何割舍我们对于爱的理解、我们对于祈祷的神圣性的追求：关于生活、思想、整个人类，关于人类现存世界的一切？'我将用灵祷告，也将用悟性祷告'，使徒说道。而约翰神甫，整个教会——没有教导我们也要用悟性去祈祷。"[25]

同时，梅列日科夫斯基夫妇非常珍视历史的基督教，因为它原封不动地保留了基督的约言，还因为通过圣礼（显然，勃留索夫记录下来的疑问有点儿过激），首先是圣餐仪式，使得人们可以直接同上帝交流。[26] 看来，可以说，梅列日科夫斯基夫妇希望与教会"既不可融合又不可分割"，与其他许多情形一样：不可分割的是，直接与上帝建立交流，不可融合的是，教条式的东正教传统。为了实现这个不可融合又不可分割的原则，他们沿着两条几乎同时开始的道路前进。第一条是神秘主义的道路，自创教会的道路。可以追溯到1899年10月的一次谈话，吉皮乌斯后来如是转述："……德米特里·谢尔盖耶维奇·梅列日科夫斯基突然来到我的面前，说道：'不，需要新的教会。'后来关于这个话题我们谈论了很久，并弄明白了如下问题：作为福音书宗教、基督宗教和圣体血宗教的一个面相，教会是需要的。现存的教会，由于其自身的构成，既不能满足我们，也不能满足在时代上与我们相近的人们。"[27] 在不同时期或多或少被告知这一思想和这一事业的人有：德·弗·菲洛索福夫、瓦·瓦·罗扎诺夫、彼·彼·佩尔佐夫、亚·尼·伯努瓦、弗·瓦·吉皮乌斯、瓦·费·努韦尔、塔吉扬娜·尼古拉耶夫娜·吉皮乌斯与娜塔利娅·尼古拉耶夫娜·吉皮乌斯姐妹和安·弗·卡尔塔绍夫，这个圈子逐渐扩大，虽然被许可进入圈子的人数从未有过可观的数目。重现这个"教会"的历史仍是未来的事，因为留存下来的见证并不很多。[28]

但从1901年11月29日持续至1903年4月2日的彼得堡宗教哲学会议的成立和活动却是自创教会过程的重要组成部分，同时也是通向认知真理的更为公开的第二条路径。关于举行这些会议的想法本身是如何产生的，吉皮乌斯是这样描述的："1901年9月1日，从林中漫步归来，正值日落时分，晚霞满天，站在沙丘上，我问道：'这个冬天你想做什么呢？继续我们的会议？……你想没想过，在这方面需要开始一项现实的事业，更为广泛的事业，要让它植根于生活，要有钱，有官员和贵妇，显然，就是要让那些从未走在一起的形形色色的人聚到

862

一起……'"但是最为重要的是接下来的这句话："要让我们三个人，你、我和菲洛索福夫，用我们牢不可破的关系在这项事业中联合起来，要让我们了解所有的人，而我们呢，在时机尚未成熟之前人们对我们将一无所知。内部将赋予外部以推动和力量，而外部同样反作用于内部。"[29]

在宗教哲学会议上，知识分子和神职人员首次得以探讨宗教问题，它的历史正在被完全重建，会议记录也已发表[30]，因此这里足以强调指出，对于吉皮乌斯而言，他们服务于实现重要的、决定她本人和梅列日科夫斯基生活的事业——定义新宗教意识的原则，这种意识不仅与他们个人对它的认识有关，而且与在这些会议上经过公开交流得到的认识有关。在这里，看来我们要再次重申关于不可融合又不可分割这一点：一方面这些会议起因于梅列日科夫斯基寻求具有相同想法、提出同样问题人士的需要，另一方面，在这些会议上得到的观念，扩展了应当如何确立这种宗教意识的认识。

于是产生了第二个三重结构：当前生活的结构，在这种当前生活中人们应当拥有自己的位置。对于吉皮乌斯而言，这个位置取决于三个连续的数：一、二和三。[31]

一，就是一个离群索居的人，将自己的个体性置于世间其他一切事物之上，对他而言，自身的感受是最为重要的。这样的人有着无可置疑的个人真理，对此吉皮乌斯给予百般强调（尤其在19世纪90年代早期的作品中）。坦率地说，正是从描写孤独的诗歌开始了她的第一部《诗选》：

> 我和你如此怪异地亲密，
>
> 而我们每个人备感孤寂。

正因为每个人在通往死亡的道路上是孤寂的，他的孤独便获得了存在层面上的价值。这种孤独不是骄傲和凯旋的孤独：在这条道路上等待人们的是绝望，渴望得到安慰，软弱——但是同时还要具备一种意识，意识到这条道路的唯一性和必要性。确实应当在这样的语境下领会吉皮乌斯那段著名的自白：

> 我的道路严峻冷酷，

> *它将我引向死亡之境，*
>
> *但我爱自己，如爱上帝——*
>
> *爱能拯救我的心灵。*

在这里，当然，问题不在于过分推崇人类的唯一价值——与上帝的平等权利，如这些诗行通常所阐释的，而在于，每一个人心目中都有上帝，只有通过理解自身上帝的实质，才能获得在苦难世间生存的意义。唯有当这种宗教开端在幽居的人那里成为公然的事实，才可以将自己的道路作为别人的范例[32]。

当主人公陷入两难的境地，迫使他在受私欲驱使的愿望和别人可能遭受的悲惨生活之间作出抉择时，诗作中用严格的诗歌格式表达的内容，吉皮乌斯以复杂的沉思的形式在小说中呈现出来。这样的冲突体现在她早期的短篇小说《苹果花盛开》和《月亮》中。

在第一篇小说中，年轻的音乐家跟随一位非同寻常的姑娘，跟随盛开的苹果花，正是这一切毁掉了他的妈妈，儿子"背叛"她之后，她走向了死亡。"是的，是的，我不怀疑，她所作的一切是有意的。医生们说她患有白喉，那又怎样呢？白喉可能是有，但是不管怎么说，她大概不会死，如果她有强烈的求生欲望。"此后主人公失去了一切："马尔塔的消息我不再打探，公园不再去了……多少年过去了。我现在记不清楚——究竟是多少年。我不记得，我是怎样过来的……生活的重负与时俱增。我活着，是因为我连死的气力都没有。"[33] 他的生命已经终结，只得在枝形吊灯架的钩子上自缢身亡。

864

在第二篇小说中，因为爱上一个不可企及的女人而万分绝望的主人公在威尼斯邂逅了一位爱他爱得要死的姑娘。他的同情和随后同意结婚的决定实在是拯救了这位姑娘：她的身体显然日见好转，她生活在身体康复的希望中。但是意想不到的讥讽和嘲笑迫使主人公将自己的意愿置于恋人的命运之上。他走了，身后留下的是绝望和——最有可能的——死亡。

在两部小说中，自身瞬间的烦恼都迫使一个人毁掉了自己亲朋的命运，使他们注定遭受痛苦和死亡。正是这种心理状态，吉皮乌斯称之为"颓废性"，正是这种"颓废性"，是她毕生极力排斥的。因此，她的同时代人（甚至最敏感的人）时常力图视她为一个鼓吹者，鼓吹某种仿佛存在于人的意识之上、同时又替一切行为辩护的模糊不定的新事物，这是很大的错误。"超人"形象（当然，并非尼采所指的真正意义，而是19世纪末和20世纪初的庸俗世界观对这个概念的阐释），对她从未产生过任何吸引力，而那些只凭感观生活的人，他们引起吉皮乌斯的兴趣并不是因为自己本身，而是因为他们是生活更为尖锐的新状态的例证，对于他们的生活品行，吉皮乌斯从她所信奉的永恒真理的视角，给予了非常明确的评价。

吉皮乌斯珍视新艺术，现代主义艺术，因为它为作家、随之为读者关注的范围引进了他们所处时代的现实（既有社会现实，也有心理现实，且后者是最重要的），与此同时，她鄙视一种企图，就是将艺术仅仅变成对做作的"颓废派"感受的表达和赞美。对此，她的许多评论文章都讲得非常清楚。

譬如，1902年发表的文章《两头野兽》，评定颓废派两个支派（"彼得堡派"和"莫斯科派"）时，公然以敌对的语气对待彼得堡的颓废派，对待莫斯科的颓废派则略微宽容："彼得堡的颓废派——怕冷，自视甚高的伪君子，纯净水的唯美主义者。他们害怕破坏任何常规，保持着绅士风度。莫斯科的颓废派——不单纯是一种信仰，更经常的是一种生活。西方枯萎的萌芽——在这里长成了明艳的片片花瓣——也许有些粗糙——但却是自家的玫瑰。颓废派们凭借上个世纪的所有智慧，不单说：'我想要的！'而且还做他们想要的——这很好，因为这里有某种运动，虽然沿着一条还是虚假的道路。"但是同时后面的话表达了非常明确的愿望："……首先应当平静下来，看个清楚，或许，甚至爱上这些遭到过分鄙视而有时又会得到过分赞扬的人们——只有那时，才会知道，他们究竟是何许人也。"[34] 因此，吉皮乌斯从来不曾拥护过排斥先前艺术价值的主张，这并非偶然。如果说勃留索夫的文学政治的重要组成部分是：自觉而一贯地反对19世纪60年代的艺术，尤其是这一时期的美学观点，那么，对于吉皮乌斯而言，则从未有过这种意图。

她不但按照尚在19世纪60年代就已确立的模式建立自己的生活[35]，而且还常常竭力捍卫那些不因艺术上的完美（尽管对此她绝不是充耳不闻的），而因作者的思想、生活观察和捕捉时代气息的敏锐能力受到珍视的文学作品。

还在出版《新道路》杂志期间，勃留索夫指责吉皮乌斯："对我来说，诗歌之门，艺术之门，比其他所有一切都珍贵。而在《新道路》中，她以这样一种

865

置若罔闻的姿态，似乎这是一扇"后门"，一扇通往肮脏阶梯的门……在《新道路》中，短篇小说是对艺术的侮辱，其他文章则是对思想的玷污……这些庸俗的"小说"和这些愚蠢的'凑到十五印张'的文章（在"道路"社每一本新书中都如此）折磨着我，就像一群女巫在重新吓唬人、欺骗人一样。"[36]

　　在吉皮乌斯看来，这类非难都没有击中目标。她觉得解答自身的（等同于整部杂志的）思想重要得多，由谁及以怎样的方式来解答则无关紧要。对于勃留索夫的责难她是这样回应的："如果在《新道路》中没有发觉对于生活的渴求，——那么这不是外部的阻碍及政治的罪过，而只是因为我们内心的、自身的死气沉沉。也就是说，我们所'喜好'的、我们不可企及的目标、我们最后的真理是死亡。这是不幸，而您指责我们的却是阴险、怯懦、缺乏理智。徒劳无益！"[37] 关于杂志的主导原则，在它尚未出版之前，她就曾对佩尔佐夫说过："关于'取悦'和追逐小说（белле-тристика，这样分开写更加轻蔑）（俄语中表示消闲小说的词беллетристика来自法语的belles-lettres，字面义为"美文"。一般俄语中写这个词时将两部分并在一起，强调其作为"小说"的意义，但吉皮乌斯特地将其分开写，大概是为了强调作为"美文"的字面意义——译者注）——我完全赞同您的观点。就是这样，就是这样，而不是别的样子……就让这成为我们不可动摇的主张：'形式无关紧要——而且彻底的无关紧要。'我们发表'哲学'，尽管它是短篇小说，我们不发表短篇小说——仅仅因为，它是'短篇小说'……补充一句：我们自身应该摈弃对于形式的原始划分。这并非易事。"[38] 正如我们所见，这里的话题涉及的不仅是"形式——内容"的原始划分，而且涉及到《新道路》中小说材料的体裁的理想特性，但是在实践中常常表现为忽视所发表作品的艺术上的完美，毋庸置疑，思想倾向成为更加重要的因素，于是，艺术只能退居次要地位。

866

　　不仅在20世纪初，而且事实上直到吉皮乌斯生命的最后时刻，情况都是如此。塔·塔马宁（吉皮乌斯的女友塔·伊·马努欣娜的笔名）于1933年发表的长篇小说《祖国》，就是典型的例证。吉皮乌斯在《最新消息》报上发表这部小说的评论文章，引起霍达谢维奇极其强烈的反响，他指责评论人因完全无视小说创作的艺术水准而带有明显的偏见。两位评论家辩论的问题，对于吉皮乌斯具有原则性的重要意义。虽然对于小说及作者的写作能力她不抱任何幻想，但对于这一事件她还是深感不安，并为此专门写了日记。[39] 因而，将思想或者宗教元素与文学元素相对立是吉皮乌斯作为文学评论家，以及在一些情况下作为作家的个人活动的极其重要的方向。[40] 甚至谈及在她看来明明写得很好的作品时，吉皮乌斯宁愿不提作品本身，而提另外一面——意义层面，并常常附加类似这样的话："如果由于意义的表达而使它（故事）在艺术上有所流失，那也并没有关系。"[41]

于是——回到上面所说的——反对作为最高价值的个人主义，也就说反对"颓废派"的极端形式，这种主张具有完全自觉的性质。一个个体、一个离群索居的人是不会恰然自得地存在的，一定要接受两个其他的数字作为组成部分：二和三。

人的存在的第二个重要因素是"二的秘密"，也就是爱情。

吉皮乌斯的世界里，大概可以诠释她的心理特征的事物中，爱情无疑占有最为重要的一席之地。不必赘言，以她本人写给济·阿·文格罗娃信中的话为例，一切迹象表明，这封信写于1897年（原件中未注明日期）："顺便提一句，关于女性：您知道什么样的问题困扰着我吗？我猛然醒悟，立刻走出了对立的一面，——我悟出：所有的女性都是可以接近的。是的，每一位女性对于每一个人永远都是可以接近的。起初我有一种白痴般的信念（除了知识），认为所有的女性都是不可接近的，并且'这'根本是不可能的。而后来我又转变到对立的观点……如果不是因为我偶然的特殊性——我本也是可以接近的。"[42] 对于自己某种独特天性的感受、生活中诸多事情的无奈，迫使吉皮乌斯尤其密切关注爱情体验，并不断在自身中寻求某种和他人相近的情感。这里用的是"人"，因为她乐于自己试着既充当男人，也充当女人。

当然，在她的诗歌中几乎只用阳性，大多数小说作品的引子中平淡的叙述出自男性（小说中以第一人称口吻），使用笔名安东·克拉伊尼、列夫·普辛以及类似的分析男性心理的严肃尝试，这些都不是偶然的。但是同等重要的是，就吉皮乌斯在交际场合及文学沙龙中对自己的容貌描述，"致命诱惑的女人"形象是其中最重要的组成部分，在这里被用来当作标志的不仅有和梅列日科夫斯基的婚姻（这个标志恰好可以理解为只是一种掩护，一个虚假的联合），而且还有广为人知并固执地示之于众的与不同人等的各种公开的爱情关系。[43] 这实质上指出，既然生活创作实践是任何一位象征主义者经验的重要组

867

成部分，那么吉皮乌斯也不例外。

但是她的心理和（大概）生理特性，毫无疑问，影响了其浸透在理论和文艺创作中的那种形而上学的爱情观。这种形而上学基于这样一种观念：任何一种爱情关系都一定是两个人精神上的联系，在这一方面她坚决地反对精神方面已经弱化的亲密关系，无论是婚姻还是任何其他关系。最为明朗并且近似于数学计算般精确的叙述体现在中篇《玛伊小姐》中，小说中有两条平行的线索，老爷和仆人的爱情故事，在生活中两个人都遇到同样的情况：已经确定的婚姻突然因为对另一个女人非理性的爱而变得复杂。在两个事件中，"正统"习俗的婚姻思想占了上风，而忠诚的爱情则沦为牺牲品。正如吉皮乌斯写给菲洛索福夫的信："……二诚然是二，而非任意的庞大的偶数。因为二——是唯一的。要知道如果任何两个人的秘密都是相同的，那么要知道这就已经不是两个人的秘密，而是所有伴侣的秘密……每个二的唯一性消失不见。对我来说随之消失的还有统一的第二者的唯一性，反之，常常犯下这样的错误：并非人类固有的不忠，无差别乱交带来的盲目的痛苦……每个'二'应当拥有自己亲近的秘密，唯一的秘密，由这些'二'两个人一起为他们自己寻找到，或寻找中的秘密……没有共同的规则，爱情上完全没有共同的规则。'到底'的个性——以及与此同时（非常重要！）他们之间，甚至所有个性之间的彻底的共性，他们唯一没有否认的共性是在统一中心里的共性，上帝里的共性，三位一体里的共性。这已不是人性的共性，而是上升到神性的人性。"[44] 这里的"到底"是个很具有代表性的说法，在吉皮乌斯个人的诗歌体系中有着多重意义。她在自传中将下面四行诗中的最后一行称之为自己最为基本的一行诗，并非偶然：

868

> 我深爱我的极度绝望，
>
> 这是我们最后一滴欣喜。
>
> 我知道只有一点真实：
>
> 任何杯盏都该畅饮——到底。[45]

这里谈及的不仅是人类存在的意义在于应对个人生平中的各种变故，还谈及将个人的命运和命运所有的个别细节联结为浑然一体，在这些细节当中，爱情占有最为重要的一席之地。

我们提及的形而上学的爱情观，在吉皮乌斯众多的诗篇中，不管怎样都得到了广泛的展开。这些诗篇孜孜不倦地表述的最基本的认识，即在生活中应当看到这一方面。显而易见，最坦率地表白这种观点的诗篇是《爱是唯一》，诗篇本身的情节就类似写给菲洛索福夫的信中统一思想的发展，此外，文章《爱慕》、小说及生活的种种变故都表达了这种观点。

> 只有一次浪涛汹涌，
> 碎成浪花分崩离析。
> 一颗心灵容不得背叛，
> 没有背叛：爱是唯一。
>
> 我们愤怒，或者游戏，
> 或者说谎，但心灵静谧。
> 我们从来不会背叛，
> 心是唯一，爱是唯一。
>
> 漫步平生，单调荒凉，
> 可单调具有顽强之力，……
> 人的一生十分漫长，
> 地老天荒，爱是唯一。
>
> 两心相许，永不背叛，
> 忠贞在于始终不渝。
> 路越遥远，越近永恒，
> 一切彰显：爱是唯一。
>
> 我们的鲜血浇灌爱情，
> 心灵忠诚，坚定不移，

869

我们心心相印共享爱情，

爱是唯一，如同死是唯一。

　　这首诗写于1896年，比上面引用的信件早九年之久，这是令人惊奇的。爱
是某种无限的统一，其中容纳了生命的全部意义，因而等同于最为重要的神秘
之一——死亡，这种观点贯穿在吉皮乌斯的创作之中，直至最后。

　　与此同时，应当指出，在她的观念中，爱情与性无关："还记得我们三
个人的谈话吗？两个人在性意义上的爱情将来会以何种现象惊人地出现？如
果（当然）废除生育子女，性行为还能保留下来吗？还记得你得到德米特里
（·梅列日科夫斯基）肯定的那些话吗：如果没有性行为，那么应当有别的同
样能够感受到肉体结合的力量来取代它，别的普遍的、统一的（这一点你要记
下来）行为？"[46] 然而，这种新行为的本质就是"二的秘密"的本质，无论是
在语言中，还是作为榜样，这种本质都不能再现。正因为如此，吉皮乌斯的
一段段"罗曼史"并非一般字面意义上的爱情关系，而是她毕生唯一之爱的
发散物。

　　当走出离群索居的界限，又走出爱情结合的二元统一界限时，人存在的第
三种位格就开始了。这个方面最能判定吉皮乌斯从20世纪最初至去世（在这方
面她生命最后的岁月不能计入）的外部的经历。这里谈论的是，社会存在、与
他人的关系应当成为生活最重要的、与其他一切不可分割的组成部分。不过，
"走出"一词在这里看来不完全准确，因为话题谈论的应该不是走出，而是这
种社会位格同时与其他两种位格的自然存在，没有其他两种位格，这种位格就
失去了意义，变为盲目的徘徊。20世纪20年代，吉皮乌斯草拟了"不妥协者协
会"的"章程"草案，这些"不妥协者"因坚决反对苏联政权的唯物论思想
及其具体表现而联合起来。她得以鲜明地表达了这种思想："应当成为解决当
前社会问题基础的宗教思想，是圣灵思想。正如圣父的思想具体表现为圣子
的思想，逻各斯具体表现为统一的位格和神人，那么圣灵思想的具体表现或
许应该把三个位格在一个神人共性中的统一——也就是人间的天国——变为
现实。"[47]

　　关于吉皮乌斯社会思想的演化已经进行了不同程度的详细描述，因而对此我

们仅指出其最重要的方面：首先是我们上面已经提到的组织宗教哲学会议；会议停办之后则是继续出版杂志《新道路》，直到1904年末（1905年起该杂志不再作为梅列日科夫斯基夫妇执掌的刊物，甚至名字也更改为《生活问题》）[48]。1905年革命致使梅列日科夫斯基夫妇反对专制的根基的情绪逐渐滋长，最后发展到完全公然对抗。[49] 为了更加自觉地定义这种对抗的内部精神实质，梅列日科夫斯基夫妇决定离开俄罗斯去巴黎过两年（1906年夏至1908年夏）[50]。回到彼得堡后，他们成为宗教哲学协会最知名的人士，在协会成立了专门的秘密独立的基督教分会，积极参与发起各种出版和新闻事业。[51] 他们的住处成为1910年前后彼得堡文化生活的中心之一；尤为重要的是团结在吉皮乌斯（梅列日科夫斯基参加的程度要少得多）周围规模不大却意义深远的年轻诗人小组（包括瓦·兹洛宾、尼·亚斯特列博夫和格·马斯洛夫等人），战争和革命阻碍了小组真正地固定下来。

在这期间，吉皮乌斯发表了第二部《诗选》（1910）；几部小说（《红剑》，1906；《白纸黑字》，1908；《月亮上的蚂蚁》，1912；《鬼玩偶》，1911；《罗曼王子》，1913），与梅列日科夫斯基和菲洛索福夫共同出版了政论集《沙皇与革命》（1907，法文版）并写作了剧本《罂粟的颜色》，独自创作的剧本《绿指环》，于1915年在亚历山德拉剧院上演，虽然在观众之中并未获得成功，但是对于当时的文艺生活意义却非同小可。对俄罗斯文学命运产生巨大影响的是《诗选》的出现。尤为值得注意的是作为构思好但未完成的三部曲组成部分的两部长篇小说《鬼玩偶》和《罗曼王子》的失败，在这两部小说中，吉皮乌斯暴露出自己不善运用艺术形式回应时代的需求。事实表明，那些因种种原因卷进革命运动的人们的命运无法在其文学的血肉中得到体现。尽管这些小说曾得到评论界一时的广泛讨论，但是很快就被遗忘了。立场先行、只了解一个特定小圈子的革命者，这都令小说失去了现实性，冗长而呆板的文体则表明吉皮乌斯不善驾驭层次丰富的叙事。吉皮乌斯自然也没有超过自己公开选择作为榜样的陀思妥耶夫斯基的各部长篇小说。[52] 甚至著名的恐怖分子鲍·萨温科夫根据自身经验创作的《灰色马》相对而言都重要得多。

决定吉皮乌斯后来的生活道路和文学命运的最为重要的事件当推1917年的两次革命，其中第一次，二月革命，她是拍手称快欣然欢迎的，而第二次，她则视之为一切珍贵事物的灾难。问题在于，1906—1908年梅列日科夫斯基夫妇

871

尚在巴黎逗留期间，他们与当时流亡在那里的众多的俄国革命者进行了亲密接触。梅列日科夫斯基在写于1913年的自传中回忆道："我当时觉得并且至今也认为，这是我平生遇到的最优秀的俄罗斯人。我们的接近不仅植根于社会土壤，而且还有宗教的土壤。在这里我亲眼目睹，似乎双手触摸得到俄国革命与宗教的关系。在与他们会聚的过程中，我感受到了自己后来常常提及的：新的宗教社会的可能性，以及俄国解放运动与俄罗斯宗教命运的最深层的联系。"[53] 与梅列日科夫斯基夫妇尤为亲密的有鲍·维·萨温科夫、伊·伊·布纳科夫–丰达明斯基以及其他社会革命党著名成员，其中包括克伦斯基。[54]

因此吉皮乌斯视二月革命为人民摆脱濒临灭亡的沙皇制度的真实的解放。与她对待两次革命态度完全相符的见证是1917年的诗篇，首篇是标明日期为当年3月8日的《年轻的三月》：

> 让我们走上春天的街道，
> 让我们走进金色的暴风，
> 阳光与积雪在那里亲吻，
> 畅饮着火热陶醉于欢腾。

与此同时，希望主要被寄托在召集立宪会议，实现自十二月党人以来历代俄国革命运动的理想上。诗集本身被定义为（鉴于指的是具有公开政治倾向性的诗歌，使用这个词是非常恰当的）为"怯懦的双唇道出的我们的祈祷，/我们的哀愁和希望"，而十二月党人未竟并在1917年2月完成的伟大革命事业之命运，再现于这样的诗句中：

> 我们不复存在，我们忘了一切，
> 随风盘旋于前所未见的游戏。
> 依稀想起，很久以前的十二月
> 你们如何在刑罚中变凉。

> 犹如征服了轰鸣的铁兽，

872

仿佛胜利了——却没有胜利……
铁兽消失，可来自深渊的怪物
控制我们，羽翼散发着臭气。

穆拉维约夫秘密遗嘱的
纸页白白地卷成一团。
彼斯捷尔，严峻的首领，
你甘受绞刑，已无人叹息。

一切皆枉然：人心麻木，
我们情愿当鬼魅的奴隶，
就连《俄罗斯法典》的灰烬——
在这片土地上已不见痕迹。

  吉皮乌斯竭尽所能与在十月掌权的当局论战：既有诗歌（收录于下列书中：《最后的诗篇》，1918；《诗篇，日记》，1922），又有特地用来宣传鼓动的诗作（《行军歌曲》，1920，以笔名安东·基尔沙出版），还有政论[55]，以及直接的政治活动，意在唤醒西方列强武装干涉俄罗斯以消灭布尔什维克政权。[56]

  20世纪20年代至30年代吉皮乌斯政治活动的积极性有所减弱，而是让位于文学创作本身，然而这些文学创作服务于同样的任务，所以同样也算是政治言论。无论是"绿灯"协会（这个协会的名称有意令人联想起十二月党人起义之前的那个"爱、自由和美酒"的协会）（指的是1819—1820年在彼得堡聚集的贵族小组绿灯社，它的很多成员后来都成了十二月党人。普希金也是绿灯社的成员，这里的引文典出他的诗作《给尤里耶夫》，他在诗中将绿灯社社员称作"爱、自由和美酒/的彪悍骑士们"——译者注），在吉皮乌斯住处没有形式约束的定期聚会，还是1939年出版的选集《文学观察》[57]，它们的定位都是将只有在上帝那里才能得到的真正自由，与苏联对个人自由的极权压制相对立。

总体上说来，吉皮乌斯侨居期间的文学活动非常充实，尽管远不是她所有的创作都得到了足够的辑录。读者实际上无法读到的作品有：小说、作为《那一张张鲜活的面孔》续集的刊登于报纸上的回忆文章[58]、刊登于各种报刊的绝大多数的文学评论和政论。梅列日科夫斯基夫妇在创建出版于华沙的《自由》报（后来改称《为了自由！》报）所扮演的角色，吉皮乌斯与《环节》报和《最新消息》报的合作，与《当代纪事》杂志的合作，还有其他的许多活动，都没有得到研究。

但是，与吉皮乌斯文学体系的嬗变完全对应的看起来是她的两本诗集，以及作为补充的一系列未收入诗集的诗作。

第一本诗集被称为《日记》不无原因，它确实是1911至1921年这十年间独特的诗体日记，并记录了吉皮乌斯作为诗人演化的显著特征：如果在第一部《诗选》中多数篇章是"祈祷"，也就是集中围绕某些原则性的、重要的主题，那么第二部诗集已经在很大程度上是一部普通的抒情诗集，由诗作《彼得堡》和《12月14日》组成结构上的圆环，而这两首诗完全可以被认为是一幅双联画的两翼。但是在这个圆环的内部，诗作是按年代（如果每首诗后注明的日期是可信的）次序排列的，而诗集本身则失去了第一部诗集特有的整体性。在侨居期间才出版的下一部诗集中，诗集的日记性使它被根据不同政治事件而分割为一个个篇章（写于第一次世界大战之前的诗作归入了《门槛旁》一章，还有《战争》《革命》等章）。公开描写政治的诗歌是在这本书（如果不计事实上完全收入《诗篇，日记》中的《最后的诗篇》）中首次呈现的。有人认为，在她的创作中，正是这个方面最无价值：对当下事实的批判揭露，尽管具有普遍的洞察力，且经常有格言水准的句子出现，但还是在含义的丰富方面输给了那些"真正的"诗歌。这一点在与勃洛克的革命观进行争辩的那些作品中尤为明显。

对于吉皮乌斯而言，勃洛克立场中本质的方面首推政治。她的那些著名回忆文章恰好集中在这一点上——勃洛克关于布尔什维克的立场，他拒绝参加知识分子组织的抗议，这首先都是政治行为，吉皮乌斯"只在私人层面，而不在公共层面"向他伸出友谊之手。对于勃洛克本人来说，无论是他自己的诗歌活动（以及由此而引发的"公共"活动），还是吉皮乌斯的创作，评定的标准

873

首先是倾听时代的音乐元素的能力，在这里他公正地感觉到，诗人吉皮乌斯渴望倾听的只是她自己，而不是周围的事物。因此，他在收到《最后的诗篇》之后，回答吉皮乌斯的不是个人的责备，而是将辩论转换到了更高的层次。吉皮乌斯诗歌视野的局限性明显输给了勃洛克的艺术敏锐，即使那甚至算不上勃洛克最有力的诗（《女人，疯狂的发烧……》）[59]。

874

　　但是，在自己最后一部诗选《光辉》（1938）中，吉皮乌斯虽然仍非常重视政治化诗歌，但却重新回到在第一部《诗选》中尝试过的结构原则。这本不大的小书故意抹去日记性和编年排序的任何特征，也是唯一一次她的诗作完全没有标注日期。因而它被人视为诗人的忏悔和遗训。《光辉》中重又出现"祈祷"诗，没有日常的具体特征，发生在某个抽象化的世界。此外书中不像第一部《诗选》那样只集中关注几个诗歌题材，但却会不断回到如今吸引诗人注意力的那同一批思想。虽然下面这首诗属于诗集中那些相当标志性的作品，但我们仍能在其中读到作为哲学概念的游戏的威力：

> 世界上的游戏最无私，
>
> 谜语一般最为神秘。
>
> 它像孩童无心的欢笑——
>
> 从来就没有任何目的。

　　绝大多数作品并没有提及任何游戏，而是极其严肃，关注着存在的那些永恒问题，而对这些问题的领会则是通过那些对吉皮乌斯而言传统的范畴。

　　一首平衡于纯朴与复杂边缘的小诗，谈论的正是这一点：

> 回归纯朴——为什么？
>
> 为什么——假定说我知道。
>
> 但并非人人皆可回归，
>
> 像我这样的人就做不到。

> 穿过多刺的灌木丛前行，

灌木纵横，我行走困难。

突然间我跌倒在地，

达不到第二次纯朴自然，

没有办法——再一次回返。

初看起来，我们面前的诗句有些像帕斯捷尔纳克写于20世纪30年代的著名诗行：

深信与存在的一切有亲缘，

并在生活中与未来交往，

不能不陷入末日，如陷入异端，

陷入前所未闻的单纯。

但是与帕斯捷尔纳克并不太单纯的思想相比（提醒一下，此后的诗句是："然而我们不会得到宽恕，/若我们不会掩饰单纯：/它最为人们所需要，/可人们更了解复杂深沉"），吉皮乌斯诗歌的思想看起来更具有多面性，不能用日常人们的语言传达无遗。纯朴的概念在她这里也分裂为原初纯朴和"第二"纯朴，而从原初纯朴穿越复杂性的多刺灌木丛向"第二"纯朴移动的过程，看起来就像对外部复杂性之阻力不断的、紧张地克服，这么做的是为了内心认清自身的正确，而这种正确无论如何应当外现，应当化为新的"词语的光辉"。对于这种"光辉"来说，无论是从前坦率的表达，还是隐喻结构的故意复杂化都是不够的。

然而在这首诗后紧跟着《拉撒路》未必偶然，这首诗（诗选中唯一的一首）的落款上标有日期，并且日期极其独特：1918—1938。在诗中不仅可以轻松读到将众所周知的福音传奇现实化，寓指被布尔什维克扼杀的彼得堡，而且明显参考了《青铜骑士》和所有的"彼得堡神话"。在这种具体的上下文中，这首诗很容易被理解为属于"第一纯朴"作品的范围，浅显易懂。但是只要更加仔细地探究，很快就会发现一连串需要进一步解释和格外专注阅读的引人注意的复杂性：积雪、潮湿的大地和腐朽的结合运用，令人不由自主地记起

875

因·费·安年斯基的一系列诗作（当然，尤其是《棕枝周》——其中那行无情的诗句"被遗忘在脏水坑的拉撒路们"在吉皮乌斯这首诗的"臭坑"中得到回应——及《黑色的春天》）；手持喷壶双目呆滞无神的女孩令人想起收入上一本诗集中吉皮乌斯自己的诗作《端汤》里的两姐妹——普利维奇卡和奥特维奇卡中的一个；"棕黄的蕾丝边"（在连续三个诗节中被顽固地重复的词组）、石头上棕黄色的斑点和烈焰指涉了吉皮乌斯本人1909年的《彼得堡》——第二部《诗选》的开篇之作，从这首诗又能联系到写于1914年12月14日的《彼得格勒》，这个日期本身就让人想把它与吉皮乌斯数目可观的关于十二月党人的诗作进行对比，而十二月党人在她的意识中又和对俄国革命的总体看法联系在一起，这根联想的链条可以一直这样延伸下去。因此，这首诗嵌在了独特的、意义极其复杂的索引中，只有那些不但对吉皮乌斯本人的文本，而且对于她所处时代的诗歌都很关注的读者才能领会。

876 　　此外，诗歌中还存在着"第二纯朴"，这种纯朴体现在丝毫不加遮掩地公然将彼此矛盾的概念结合为意义统一的整体，迫使读者完完全全在物理意义上感受到腐烂，感受到如尸斑一样扩散的棕黄蕾丝边的出现，但与此同时也让人同样在物理意义上真切地感知到正在发生的复活。尸体分解（而且不仅是物理上的分解——对吉皮乌斯来说，就连彼得大帝所有的位格，无论是作为沙皇的位格还是作为"青铜骑士"的位格，都早已不复存在）的印象愈是强烈，复活（诗人矢志不渝的信仰和她传达给读者的期待）的作用就愈加明显。

　　无论是否出于偶然，但《光辉》成了吉皮乌斯在世时出版的最后一本书，浓缩了人们对于她的印象：一个富有哲学才华的诗人，在最优秀的作品中她的思想复杂又缜密，而这种思想在俄罗斯文学史中只能被为数不多的诗人所拥有。当然，吉皮乌斯的才华在一定程度上是有限的，普希金那种潜藏着非凡深刻思想的轻巧灵活的天赋并不为她所天生固有；她的小说将来未必会重新流行，大多数的评论文章也只能引起文学史专家的兴趣。但是她的诗歌，她的回忆录，以及她自身的形象，已经进入了民族的文化意识，并将永远留在其中。如果忽略她的形象，要想认真地描绘19世纪90年代初至20世纪40年代俄罗斯国内以及俄罗斯侨民界文化生活完整的全景图将会是不可思议的。

注释：

1　如参见：《俄罗斯作家传记词典（1800—1917）》，莫斯科，1989，第1卷（纳·伊·奥西马科娃在 Л.马卡罗娃参与下撰写的文章），以及下文提及的各种吉皮乌斯著作集中的序言。

2　1902年1月11日致勃留索夫信中此诗经过改写。参见：《吉皮乌斯、梅列日科夫斯基、菲洛索福夫与勃留索夫通信集（1901—1903）》，米·瓦·托尔马乔夫刊行，Т.В.沃隆佐娃撰写序言及注释，载《俄罗斯文艺学杂志》，1994，第5／6期，288页。瓦·兹洛宾也曾引用此诗（《新杂志》，1952，第31辑；《俄罗斯文艺学杂志》转载，1994，第5／6期），并公正地指出，这首诗与1930年发表的诗作《我看》有着"同样的主题，同样的韵律连带不变的男性叙事，而主要的是——对世界有着同样的看法"。

3　以下吉皮乌斯的诗作引自最为权威的版本：《季·尼·吉皮乌斯诗集》，亚·瓦·拉夫罗夫撰写序言、编纂、校勘并作注，列宁格勒，1999（"新诗人文库"）。这里引用的诗篇（《秋天的夜晚清新，明亮……》和《昨天正午我久久地坐在池塘旁……》）分别刊登于1888和1889年的《北方公报》，署名为季·吉和季·尼。

4　这种说法对于世纪初的作家习以为常，且吉皮乌斯曾为自己的几部作品署名"吉皮乌斯-梅列日科夫斯卡娅"，因此我们认为可以为求简而存之。译按：作者指代"梅列日科夫斯基夫妇"的用词Мережковские暗示两人分别姓梅列日科夫斯基和梅列日科夫斯卡娅，但吉皮乌斯保留了自己的娘家姓，在多数情况下不用夫姓，所以有人会认为"梅列日科夫斯基夫妇"的说法不严谨。

5　出自《德米特里·梅列日科夫斯基》一书。此处及下面引自：季·吉皮乌斯，《那一张张鲜活的面孔：回忆录》，两卷本，第比利斯，1991，第2卷，185页。

6　泰米拉·帕赫穆斯，《行动中的智识与思想：季娜伊达·吉皮乌斯通信选》，慕尼黑，［1972］，62页。以下出自该书的引文简称为《通信集》。关于援引片段的意义，参见后文。

7　迄今为止《那一张张鲜活的面孔》仅有的一个注释版本，参见：济·吉皮乌斯，《诗集·那一张张鲜活的面孔》，尼·亚·博格莫洛夫撰写序言、编纂及注释，莫斯科，1991。此书的文本在注释5中提到的第比利斯版两卷集中同样可以找到。

8　彼·佩尔佐夫，《文学回忆录（1890—1902）》，莫斯科、列宁格勒，1933，87页。稍后他继续写道："由于她的这副外表，由于她频频出席文学晚会，整个彼得堡都知道她，在那里她显然是以逞强的姿态朗诵自己如此罪过的诗篇。公众斜眼看她或者公然愤怒……"（同上，228页）。

9　《二十世纪俄罗斯文学（1890—1910）》，莫斯科，1914，第1卷，第2册，240页。

10　谢·马科夫斯基，《在"白银时代"的帕尔那索斯山上》，慕尼黑，1962，89页。

11　当时吉皮乌斯已经创作了为数可观的小说作为收入的手段，这些小说显然不足以

877

受到当今读者的注意。甚至她本人在《德米特里·梅列日科夫斯基》一书中也回忆道："我不记得这些小说了——甚至名字都忘了，除了一篇，叫做《小浪花》。这是些什么"浪花"——我已经没有任何概念，也不替它们负责。"（吉皮乌斯，《那一张张鲜活的面孔》，第2卷，194页）

12　出自第一部《诗选》的前言（吉皮乌斯，《诗集》，71-72页）。

13　引自：尼·亚·博格莫洛夫，《二十世纪前三分之一时期的俄罗斯文学：肖像·问题·研究》，托木斯克，1990，27页。

14　吉皮乌斯（梅列日科夫斯卡娅），《新人：短篇小说集》，圣彼得堡，1896。

15　勃留索夫，《诗林漫步：宣言，文章，评论》，莫斯科，1990，454页。

16　同上，217页。

17　吉皮乌斯在致勃留索夫的信中指出，想编纂这样一个专章，当时勃留索夫正在筹备《诗选》的出版。在《诗集·那一张张鲜活的面孔》部分诗作的注释中也记录了这一点。还可参见尼·亚·博格莫洛夫、尼·弗·科特列廖夫，《季娜伊达·吉皮乌斯第一部诗选成书经过》，见《俄罗斯文学》，1991，第3期。

18　对吉皮乌斯诗歌若干基本不变特征的成功分析参见：奥莉加·马蒂奇，《季娜伊达·吉皮乌斯宗教诗歌中的悖论》，慕尼黑，1972。这里提到和研究的原则性主题有：上帝、爱情、绝望、恶魔和死亡。

19　《二十世纪俄罗斯文学》，177页。

20　安东·克拉伊尼（吉皮乌斯），《文学日记，1899-1907》，圣彼得堡，1908，151-152页。

878　　21　季娜伊达·吉皮乌斯，《两个约言》，见《俄罗斯基督教运动通报》，1977，第122期（首次发表：《复兴》，1928年4月11日，第1044期）。

22　吉皮乌斯，《那一张张鲜活的面孔》，第2卷，207页。

23　勃留索夫，《日记》，莫斯科，1927，115页。未能出版的文本片段依据下列手稿得到恢复：俄罗斯国家图书馆，全宗号386，卡片目录1，存储单位16，页10正-10反。

24　指的是喀琅施塔得的约翰（如今已封圣）。吉皮乌斯首先写到他，因为他极力反对宗教哲学会议，全然否定自己从梅列日科夫斯基夫妇的社会活动中看到的那条"新道路"。详见1904年4月20日吉皮乌斯致佩尔佐夫的信件，及玛·米·帕夫洛娃所作的注释（《俄罗斯文学》，1992，第1期，139-142页）。

25　吉皮乌斯，《往事随感》，见《复兴》，1970，第219期，66页，她在信中引用的《哥林多前书》并不准确。原文是"我要用灵祷告，也要用悟性祷告"（哥前14：15）。目前吉皮乌斯所有已知的日记都已重刊于：吉皮乌斯，《日记》，两卷集，莫斯科，1999（试比较亚·瓦·拉夫罗夫的评论，载《新世界》，2000，第4期）。

26　参见：吉皮乌斯一本日记中的说法："（任何）基督教会，依她所见，在全世界继续着，或仿佛在继续着基督的事业；它维持着基督开辟的'真理'之路能向每一个人开放。正是拯救每一个自愿选择这条道路的人……而不是拯救世界（这是一个内在的、深刻的区别）——世界无论如何是无法拯救的。"（吉皮乌斯，《选择？》，泰米拉·帕赫穆斯刊行，见《复兴》，1970，第222期，67页。）

27　《复兴》，1970，第218期，52页。同样试比较1900年5月梅列日科夫斯基致佩尔佐夫的信："……如果尚未答复俄罗斯和世界文化如今摆在我们面前的问题，我们就不能拯救自己的灵魂，如果只是一味地等期待宗教，我们就不会得到拯救，因为，再次重申，它全部的可能性和必要性我们已经看得太清楚了。"（《俄罗斯文学》，1991，第3期，147页，玛·尤·科列涅娃刊行。）

28　在由泰米拉·帕赫穆斯发表的专门的日记《往事随感》（《复兴》，1970，第217～220期）中，吉皮乌斯本人阐述了与"核心"相关的外部事件的进程。目前玛·米·帕夫洛娃正在根据未出版的材料研究梅列日科夫斯基夫妇"教会"的历史。对后来（1910）该教会一场"仪礼"的描述，参见：玛·沙吉尼扬，《人与时代：人形成的历史》，莫斯科，1982，305-306页。

29　《复兴》，1970，第218期，66-67页。在《德米特里·梅列日科夫斯基》一书中转述的对话之开头与日记中的记述相当接近，第二部分的对话则一带而过，似乎那里谈论的是无关紧要的话题。此外，关于会议活动的中止，吉皮乌斯是这么说的："我们的会议生气勃勃，充满趣味，从中已经产生了一个新想法——创办一本杂志的。但是我非常清楚，会议从内部已经终结了，因为没有内部的圈子。"（同上，第219期，65页。）

30　宗教哲学会议的讨论报告发表在《新道路》杂志上，并出版了单行本（《宗教哲学会议纪事》，圣彼得堡，1907）。也可参见：尤塔·舍雷尔，《彼得堡宗教哲学社：其知识分子成员宗教自我认知的发展》，柏林·威斯巴登，1973；叶·波利休克，《教会与知识分子：对话史》，见《莫斯科宗主教辖区杂志》，1991，第4期。

879

31　也可参见另一种版本的定义："世界进程——就是与虚空进行永恒的斗争中上升的进程，就是战胜死亡。这是摆在人类面前的任务。三重的任务——或者三位一体的任务，与之密不可分的有三个问题：① 我（个性），② 你（个体的爱情），③ 我们（社会）。"（吉皮乌斯，《艺术与爱情》，见《经验》，1953，第1期，107页。）

32　另参见：奥莉加·马蒂奇，上引著作，42-43页。

33　吉皮乌斯，《著作集：诗歌、小说》，列宁格勒，1991，301-302页。

34　安东·克拉伊尼，《文学日记》，98-99页，试比较梅列日科夫斯基致佩尔佐夫的信中，谈论到关于后者编选的合集《年轻的诗歌》："我真想把第四组称为与颓废派相对立的象征派。并在前言中向俄罗斯读者一劳永逸地解释清楚，颓废派（堕落）与象征派（复兴）的区别所在。最好言辞激烈些，越激烈越好。我一定会把吉皮乌斯算作第四组的成员——她根本就不是颓废派。"（《1900年2月24日信件》，见《俄罗斯文学》，1991，第3期，141页。）试比较玛·尤·科列涅娃的注释（152–153页）中关于1900年围绕"颓废派"的争论。

35　对吉皮乌斯生活创作实践与车尔尼雪夫斯基理论之间相互关系的深入分析参见：奥莉加·马蒂奇，《文化回归辩证法》，见《从黄金时代到白银时代》，伯克利，1994。

36　《俄罗斯文艺学杂志》，1994，第5／6期，304页。信件草稿标注的日期是1903年7月（勃留索夫致吉皮乌斯的绝大部分信件的誊清稿下落不明）。

37　同上，315页。1903年10月7日致勃留索夫的信函。

38　《俄罗斯文学》，1991，第4期，133–134页，1902年3月8日致佩尔佐夫的信函。

39　参见：吉皮乌斯，《1933年日记》，帕赫穆斯发表，见《新杂志》，1968，第92辑。吉皮乌斯没有撰写长篇日记的习惯，而是针对个别问题做些笔记。

40　其实，如果一部作品在她看来在艺术上完美，即使内容上并不完全令她满意，她也会不惜违背自己的原则而加以维护。参见尼·亚·博格莫洛夫，《关于1927年的一次文学政治辩论》，载《俄罗斯侨民文化》，两卷集，莫斯科，1995，第2卷。

41　吉皮乌斯，《爱的特征（在"绿灯"协会的报告）》，见《圈子：选集》，巴黎，无出版年份，第3卷，144页。总体上说来，这部关于格·伊万诺夫的《原子分裂》的报告对展现吉皮乌斯思维的精神实质而言颇具标志性。

42　俄罗斯文学研究所，全宗号39，卷宗号2，存储单位542。

43　最广为人知的"罗曼史"是她与沃伦斯基（参见她写给他的信函：《往事》，巴黎，1992［影印再版：圣彼得堡、莫斯科，1993］，第12卷，阿·利·叶夫斯季格涅耶娃和H. K. 普什卡廖娃发表），与明斯基（吉皮乌斯写给他的信函保存在俄罗斯文学研究所，全宗号39，卷宗号44，存储单位205），当然还有与菲洛索福夫的。对于最后一位，谢·康·马科夫斯基综合两位文学家周围人的意见，进行了生动的描述："在一位不承认男人的女士和一位不承认女士的男人之间发生了一场奇怪的爱情。"（马科夫斯基，《在"白银时代"的帕尔那索斯山上》，慕尼黑，1962，118页。）详见兹洛宾《沉重的心灵》书中《吉皮乌斯与菲洛索福夫》一章（华盛顿，1970，初刊于：《复兴》，1958，第74～76期），及吉皮乌斯致菲洛索福夫信函（《通信集》，59–132页）。译按：菲洛索福夫是同性恋，吉皮乌斯是双性恋，但更偏爱女性和同性恋男性，而梅列日科夫斯基则是带有微弱双性恋倾向的无性恋。

44　《通信集》，64–65页。

45　参见：《二十世纪俄罗斯文学》，第2卷，177页。

46　《通信集》，64页。

47　吉皮乌斯，《信念宣誓》，帕赫穆斯发表，见《新杂志》，1975，121辑，141页。

48　详见德·马克西莫夫，《〈新道路〉》，见弗·叶夫根尼耶夫–马克西莫夫、德·马克西莫夫，《俄罗斯新闻学简史：文章及资料》，列宁格勒，1930；亚·瓦·拉夫罗夫，《彼·彼·佩尔佐夫档案》，见《1973年普希金之家手稿部年鉴》，列宁格勒，1976；因·维·科列茨卡娅，《〈新道路〉。〈生活问题〉》，见《19世纪末20世纪初文学进程与俄罗斯新闻业，资产阶级自由派和现代派刊物》，莫斯科，1982；《吉皮乌斯致佩尔佐夫的通信》，玛·米·帕夫洛娃发表，见《俄罗斯文学》，1997，第4期；1992，第1期。应当指出，下面这本书中多多少少完整地讲述了吉皮乌斯生活道路的各个阶段：泰米拉·帕赫穆斯，《季娜伊达·吉皮乌斯：智识剪影》，卡本代尔等地，1971。

49　遗憾的是，梅列日科夫斯基夫妇生命中这段最为重要的时期并未得到应有的全面描述。最为系统的论述参见：扎·格·明茨，《勃洛克与梅列日科夫斯基夫妇的辩论》，见《论勃洛克文集》，塔尔图，1981，第4辑；梅列日科夫斯基、吉皮乌斯、菲洛索福夫，《沙皇与革命［巴黎，1907］》，莫·阿·科列罗夫主编，玛·米·帕夫洛娃撰写序言；奥·瓦·埃德尔曼翻译；纳·弗·萨莫韦尔校勘，莫斯科，1999。同样重要的还有下列书籍中搜集的资料：莫·阿·科列罗夫《并非太平，而是刀兵：俄罗斯宗教哲学出版物：从〈唯心主义诸问题〉到〈路标〉，1902—1909》，圣彼得堡，1996，《寻求将来的城：通信与日记中俄国宗教哲学家的私人生活纪事……》，弗·伊·凯丹编纂、校勘、撰写序言并注释，莫斯科，1997（据索引）。

50　详见：亚·利·索博列夫，《梅列日科夫斯基夫妇在巴黎：1906—1908》，见《人物：传记文选》，圣彼得堡、莫斯科，1992，第1卷。

51　关于吉皮乌斯这一阶段生活道路的资料，参见注释49提到的明茨的文章。

52　对这些小说内容结构的成功解析，参见：亚·马·埃特金德，《鞭笞派教徒：邪教，文学与革命》，莫斯科，1998，209-213页。这些小说重版于：吉皮乌斯，《自由的经验》，莫斯科，1996。

53　亚·利·索博列夫，上引著作，353页（据文章作者说，所有版本的自传中都有一个片段被审查机关删除）。

54　参见：鲍·伊·科洛尼茨基，《克伦斯基和梅列日科夫斯基夫妇的圈子》，见《1917年彼得格勒的知识阶层》，莫斯科，列宁格勒，1990。

55　参见：《"人与非人"：十月革命后最初几个月吉皮乌斯政论文章选》，亚·瓦·拉夫罗夫刊行，《文学评论》，1992，第1期。 881

56　对吉皮乌斯战争与革命年代立场的描述，最为贯彻始终的是她本人的《彼得堡日记》，部分日记于1929年发表，此后多次重印过，还有部分日记——不久前首次在出版物中重现。（《济娜伊达的"黑色笔记本"》，玛·米·帕夫洛娃校勘，玛·米·帕夫洛娃和德·伊·祖巴列夫撰写序言并注释，见《环节》，莫斯科；圣彼得堡，1992，第2辑。）关于梅列日科夫斯基夫妇更晚期的政治立场，参见：《明斯克讲座（1920）》，帕赫穆斯刊行，见《俄罗斯基督教运动通报》，1986，第147期；《1920年的华沙（日记摘抄）》，见《复兴》，1950，第12-13期；《华沙日记》，帕赫穆斯刊行，见《复兴》，1969，第214期。后来，对毕苏斯基的希望破灭之后，武装干涉的想法有所减弱，但是并未完全熄灭，早在30年代末他就与墨索里尼进行联系，后来梅列日科夫斯基通过广播对希特勒入侵苏联表达欢迎，再加上他的文章《布尔什维主义与人类》（《巴黎通报》，1944年1月8日；《独立报》，1993年6月22日转载）都证明了这一点。吉皮乌斯对待梅列日科夫斯基这些文本的态度尚未完全探明。《巴黎通报》编辑部称，《布尔什维主义与人类》的刊登是经她同意的，但是各位回忆录作者对此事的记载众说纷纭，莫衷一是。

57　关于"绿灯"社的活动，参见：尤·捷拉皮阿诺，《半个世纪（1924—1974）以来巴黎俄侨的文学生活：随笔，回忆，文章》，巴黎、纽约，1987。其中关于《文学观察》的构思及材料收集的回忆录。

58　这些回忆录只有极少一部分曾在下列文献中得以再现：《"三重无底深渊"：季娜伊达·吉皮乌斯文学遗产选》，尼·亚·博格莫洛夫刊行，《文学评论》，1990，第9期；吉皮乌斯，《"谁知道骇浪惊涛……"：诗歌，宗教哲学会议回忆录》，叶·维·巴拉巴诺夫刊行，见《我们的遗产》，1990，第4期；还可以比较她生前未发表的回忆录：吉皮乌斯，《波利克谢娜·索洛维约娃》，见《复兴》，1959，第89期；帕赫穆斯，《济娜伊达·吉皮乌斯：〈艺术世界〉的时代》，见《复兴》，1968，第203期。

59　关于勃洛克和吉皮乌斯的关系，参见：亚·瓦·拉夫罗夫，《"生于萧条时代……"：亚历山大·勃洛克和吉皮乌斯》，见《俄罗斯文学》，1995，第4期。

第十九章
费奥多尔·索洛古勃

◎萨·纳·布罗伊特曼 撰／谭思同 译

列夫·舍斯托夫评论索洛古勃时写道，"他的全部诗歌始终如一，但却又极其 882
紧张地关注着一个点"[1]，关于这个点究竟是什么，诗人后来曾阐释道：

> 我酷爱那一线之光，
>
> 不管它来自何方，
>
> 因为黑暗总使人恐慌。

（《熏香》，1921）

可见，这就是他那独特的恒常性（说得重一点则是毫无变化）之根源——恒常不变的是他的声音，是他那些能被人一眼认出的同一批题材与动机的无尽变奏。霍达谢维奇认为，"实际上从90年代初索洛古勃已经成熟。他很快就找到了'自己的位置'，一下子就给自己划定了范围，并且再也没有超越出这个范围。随着时间的推移，他只不过将其一开始就已形成的风格特色发挥得更加自如，更加出色罢了。我觉得，索洛古勃的诗不能不说是一种超乎寻常的特殊现象，要研究透彻其诗歌形式的演化过程，几乎是不可能的。表面上看来，演化几乎就是没有的……当然，他也不是一下就确定了构成他诗歌基调的内容，而索洛古勃究竟是何时又是如何成熟起来的，这一点正是我们所不得而知的。当他

921

费奥多尔·索洛古勃

一出现在我们面前的时候，已是一切都定型了，而且照此发展贯彻始终。"[2]

德·叶·马克西莫夫采纳了这个观点，不过有所保留，他也将索洛古勃列入"定型"的艺术家，而不是"变化"的艺术家。[3] 然而，在文学史的研究中仍然无法回避索洛古勃（费奥多尔·库兹米奇·捷捷尔尼科夫，1863—1927）的演化问题。但是要提出这个问题，不能仅仅依据那些确实具有罕见稳定性的题材和动机，还要依据作者本人的诗学观点。[4]

根据这一原则，我们将作家的创作划分为如下几个时期，并加以研究：早期（1878—1892），中期（1892—1904），成熟期（1905—1913）和晚期，晚期又可分为两个阶段（1914—1919，1920—1927）。在承认索洛古勃首先确实是位"定型"诗人，而不是"变化"诗人的前提下，若要理解其定型的含义，唯有将诗人各个时期的创作联系起来研究才有可能。作家本人也认为，采取全面分析他的作品的态度才是将其作为艺术家加以评论的必要的先决条件，因为在他看来，他生前的评论并没有认清这一点，所以他确信，他至死仍然没有被同时代人所理解。因此，即使在他知名度鼎盛时期，他也极不愿意让读者了解他的个人生活，其理由则是"任何人也不需要传记。只有在他的作品受到批评界和读者的充分关注之后，作家的传记才有必要出场。目前还没有做到这点"[5]。

这种"定型"不仅包括对不吝作出各种"评定"（说他是颓废派分子、

883

躁狂者、精神变态者、施虐癖、受虐癖、鬼魂魔法的俘虏、斯梅尔佳什金①）的批评界的不满，还包括一种特别的方针，想让人不要通过他的传记来理解其创作，而是相反，从创作来推断其经验层面的个性，而正如其他某些象征主义者那样，索洛古勃也在创作中制造了自己的自传神话（"被创造着的"［《творимая》］自传）。

1

这部神话还没有经过研究，我们一时难以准确可靠地将现实的事实和艺术的虚构完全区分开来 [6]——这大概也是作家有意为之的，他经常说："我的传记真是谁也写不出来。"索洛古勃给未来的传记作者的工作造成了很大困难，这不仅仅因为他在自己的作品中"几乎从来不涉及"他的童年和青少年时代，对自己的双亲也避而不谈 [7]，而且还因为他在其《自传概要》中加进了一些虽说是可能发生过的，但却是证据不确凿的资料（例如，有关师范学院鞭挞大学生的描写），同时也有些材料明显是虚构的，不可能的事情。例如，有关1892年的一段记事就是如此（作家二十九岁，是十年工龄的教师）："市立荣举圣架专科学校。1892年9月。控告。传唤。随母亲进城。上校。母亲控告。'您在家挨打吗？''挨打。''得在这里也好好教训一顿。一百五十。''大人……'肃静！不是我们在惩罚，是母亲。脱光！'医生。检查。鞭挞。" [8] 然而，根据履历表记载，捷捷尔尼科夫并没有在市立荣举圣架专科学校工作过。显然，我们读到的是一个自传神话中的情节——而上面引用的记事甚至在《卑劣的小鬼》中也会由于不协调而不被采用。 [9]

以作家的"施虐—受虐情结"来解释这类情节（阿·切博塔列夫斯卡娅认为，以上观点为布列宁派的批评所特有 [10]，而且此种看法如今又重新开始流行 [11]）有欠具体，是在被诱发这一情节的作家的杜撰牵着鼻子走，而不是在恰当地诠释这类情节。经得起检验的事实至今仍为数不多。我们能够知道的是，作家的父

---

① 高尔基《俄罗斯童话》第三则的主人公叶夫斯基格涅伊的笔名，词根来自"死亡"（смертяшка）。高尔基笔下的这个人物是对索洛古勃的暗讽。——译者注

884

亲是一个女农奴和地主伊万尼茨基的私生子，他曾当过仆役和裁缝，在孩子四岁时，就去世了，身后没有给家里留下什么财产。母亲是个乡下女人，丈夫死后做了洗衣女工，再后来则在加·伊·阿加波娃家当了多年女佣，作家就是在这个家庭里成长起来的。传记作者们发现孩子过着"双重生活"。[12] 对艺术富有浓厚兴趣的知识分子家庭，对索洛古勃文化素养的提高非常有利（索洛古勃在少年时代就能听懂帕蒂的演唱，经常去戏院观剧，阅读大量书籍），阿加波娃和女佣连同她的孩子们之间关系极为融洽，仿佛他们已经成为这个家庭的成员一样，孩子们也称女主人为"奶奶"（她做了作家和他妹妹的教母）[13]。但与此同时，却又存在着另一种非常古怪的生活环境——女主人喜怒无常，家庭关系时好时坏，有时令人精神极度紧张，经常遭受残酷的鞭打，处于一种饱受屈辱和被人曲解的感觉之中。根据一位传记作者似乎是真实的资料证实，索洛古勃十二岁就开始写诗，他小小年纪就深信自己负有"宣扬伟大思想的使命。而且绝不辱此使命……当他受到惩罚的时候，他将其视作净化灵魂的手段……小男孩会怀着十分虔诚的谢意给母亲叩头——这是捷捷尔尼科夫家的规矩：每当有人给他们什么，或者他们想要点儿什么的时候就要这样做"[14]。

1878—1882年，索洛古勃就读于圣彼得堡师范学院，后来又在外省当了十年教师（在克列斯齐、大卢基、维捷格拉等城市）。这些年正是他的创作处于早期，还是"前象征主义"的阶段。在写作诗歌的同时（第一批作品发表于1881），索洛古勃也尝试写作散文。现存有他的详细写作大纲和1879年构思的自传体长篇小说《夜露》的三个片段。[15] 1883至1894年，索洛古勃一直在从事长篇小说《噩梦》的创作。

正如其他19世纪80年代即开始创作的老一代象征主义者（梅列日科夫斯基、明斯基）一样，索洛古勃在其创作形成的时期受到从涅克拉索夫到纳德松的"公民"诗歌的强烈影响。而今天对我们来说，纳德松和索洛古勃竟是领域如此不同，无可比拟的两位有名望的作家，以致使我们常常忽略一个意味深长的事实：他们是同龄人，两个人不仅仅同时开始，而且还分别对他们继承下来的"公民悲痛"诗进行了两种互不相同的改革。

这种改革在涅克拉索夫写作《最后的歌》时（1876—1877）就已经开始。

诗中公民的主题与个人所感受到紧张的局势有机联系在一起，而世界的状况与个人的灾祸（临终前的病痛）也同时并存出现。公民的悲痛（被所谓民主派诗歌培育出来的）与"永恒的问题"（曾是"纯艺术论"所专用的）二者之间的这种联系由纳德松和索洛古勃向不同的方向加以发展了。

纳德松使公民和存在这两条线统一起来，不仅仅通过他的抒情诗中相关的主题来体现，而且还通过与主题相一致的活生生的现实——诗人的疾病和早逝，体现出来，他讴歌"理想"和那因本身的软弱、病态、动摇、怀疑甚至仇恨而饱受折磨的"受苦的一代"，而且这些怀疑情绪的蔓延不仅影响理想的实现，而且也影响对生活意义的认识。在诗作《我不吝惜自己，折磨人的怀疑……》（1883）中，抒情"我"面临敞露着的恶的深渊[16]，而在更早些的作品《覆盖的白雪似不幸的白色殓衣》（1882）中，回响着诱惑的声音："四周是善，抑是恶，——在坟墓中忘却——这就是最终的目标和世界的结局"。这表明纳德松笔下的"恶"，不仅是对社会制度的评判（《巴力》），或者对一代人未来命运的评判，而且也是对那病态的时代子弟们的评判："他走近我们身边——一副恶狠狠的、可卑的、病态的样子"（《我们久久地争吵——激动得流出了眼泪》，1883）；"我，怀着坦诚的心，走近你的身边……"（1883）。

然而，纳德松是在其讽喻的和辞藻华丽的艺术形式中将"公民悲痛"和"永恒问题"完美地结合起来。诗人的全部形象——巴力和理想，恶的深渊和夜的朦胧，破碎的祭台和熄灭的长明灯等等——都包含着寓意。从这些诗歌中逐步成熟的抒情"我"同样也成为形象地阐释思想的讽喻"范例"。尤·尼·特尼亚诺夫在勃洛克逝世后写道：俄罗斯读者喜欢他的"面孔，而不是艺术"[17]。在某种意义上，这同样也适用于纳德松，不过要加上一个重要的补充，这张面孔是近乎讽喻的，然而正是这样的面孔符合1880年代民主派读者的思想和风格。奥·曼德尔施塔姆曾指出，"在那个令人痛苦的时代，任何事情都不能直言不讳"[18]。

索洛古勃则探索另外一条途径来塑造公民悲痛和永恒问题相结合的抒情"我"，但他也吸纳了自己那位同龄人的经验。诗人早期的诗——《请相信，残暴的偶像必将倒塌》（1887），《打破了的高脚杯有什么可惜》（1889），令人

885

觉得和纳德松有相似之处，这期间他的许多作品都明显地表现出喜用华丽辞藻和寓言讽喻修辞方法的特点。不过，索洛古勃的革新就在于他赋予公民主题以个人传记式的生活气息，几乎有自然主义的色彩：

> 我的年龄已经二十二岁，
>
> 三年来在十字学校任教，
>
> 住校，衣着跟孩子们一样，
>
> 站在讲台讲课依然光着脚。
>
>
> 经母亲请求，校长开恩，
>
> 每年一次一次获得续聘，
>
> 由于我的家境实在贫寒，
>
> 必须尽职尽责小心谨慎。[19]

（《我已经二十二岁》）

886

（同样可参见：《我来自中学》《五八四十》《我的命运算个啥》[1882—1885] 等。试比较在《自传概要》一书中的说法："校长的批文来了——允许我在课堂上光脚。"[20]）

尽管"公民"主题与个人自传那种近乎怪诞的手法结合在一起显得十分幼稚，仿佛是些不经意之作，但其反讽的效果却不容置疑——完全不为纳德松所具备的这种反讽贯穿索洛古勃的全部作品之中，而且在我们目前所研究的这段时期，这种反讽就已被运用于对诗人来说最宝贵的主题——公民悲痛、"诗"与"梦想"之上（《我的极富嘲讽的才能》，1889；《沉溺于幻想的人》，1879；《光明的时刻来到了》，1885，以及其他作品）。由此可见，索洛古勃在写作公民诗歌的同时，还在其追求怪诞和悲剧反讽的那一面中继承着浪漫主义哲理抒情诗的传统。[21]

然而，诗人以独特的方法将两种前象征主义的传统联系起来，例如，前面提到的赤脚对索洛古勃而言，既是主人公社会地位贫贱的标志，又是浪漫主义的怪诞手法，同时还是对大地母亲坦诚的象征。（"贴吧，大路上的尘土，贴着我那光裸的双脚，我的心忐忑不安，听一听小鸟的鸣叫"，1887；又见《我爱春天里的紫罗兰》，1888。）在索洛古勃的作品中，光脚的动机后来竟反复出现。

它之所以值得注意，是因为这一动机在其形成和发展中是与具体的社会思考联系在一起，而不是像决定论者那样片面地去理解。索洛古勃的主人公们不仅不得已光脚走路，而且他们也喜爱光脚走路，这不是因为他们贫穷，尽管单这个动机本身（尤其在早期作品中）就包含着社会性层面。而重要的是，这里社会意义和形而上意义之间建立起来的不是因果关系，而是一种本质不同的联系形式，使人不能不想起象征主义的"感应"（correspondance）原则。

影响索洛古勃从艺术上把握这个原则的不仅有法国象征主义的美学理论（波德莱尔的《感应》、兰波的《元音》，以及为诗人所爱戴的，并在维捷格拉市译过其作品的魏尔伦），而且还有他十分崇敬的叔本华，后者主张，主体与客体之间的关系不受理由律的影响，而且也不是原因和行为的关系。[22] 我们找到了诗人这种形象语言产生的根源，使用这种语言将可避免片面的社会决定论以及因果联系的控制。对早期索洛古勃的诗学而言，我们描述的这种倾向具有代表性，这一点揭示了作者是如何对自己的贯穿性主题，即恶的主题进行艺术处理的。

在1879—1892年间的诗歌中，具有公民诗及描写"恶的深渊和人间不公正"类型诗歌的刻板模式，在这类模式中恶与"我"保持着距离，并归入抽象的、社会的生活范围；同时还频频显现的是内在论的倾向和形而上学地去理解这种现象的倾向。一开始"我"之中所以出现恶，是因为恶从外部渗入了他的心灵："唉！我已获得了它（生活的知识——本章撰写者注）/早在很小的时候，/这也是为什么我恶"（《我要写什么，我要说什么》，1888）。《愤怒》（1891）一诗在这方面极具典型性：

887

> 神圣的造物主赐予你
> 一颗纯洁而又善良的心，
> 心儿如星斗光彩熠熠，
> 像祭坛的香炉散发氤氲。
>
> 尽管他人恶毒的气息，
> 不止一次让你面带愁云，——
> 但是你不会因任何人

　　而让心中的恶毒翻腾。

　　但罪恶与谎言威逼头顶，——
　　痛苦之火天天烧灼你的心。
　　于是愤怒像入土的种子，
　　在你的心田已深深地扎根。

　　这种"愤怒"已远比纯粹的公民悲痛广泛得多，诚然这种悲痛就包含在它之中。在这个阶段创作的长篇小说《噩梦》又将另外一束亮光洒射到索洛古勃的身上。小说中有这样的对话："不要动不动就怒气冲冲，还不如为了其他感受而保护好心脏。"洛金不无嘲讽地说。安娜突然激动起来……"什么感情能比愤怒更好呢？"她低声说道。"爱情更好。"舍斯托夫说。"……爱情又怎么样？"安娜说，"任何爱情都是自私的。只有仇恨有时反而倒是无私的"[23]。重要的是，在小说中对愤怒给予了如此的评价的是安娜——这个名字的意思是"美惠"，这也使我们不禁想起涅克拉索夫式的无私的（公民的）爱和恨。而更重要的则是，无论在诗歌中，抑或在长篇小说中，"愤怒"都与恶相联系（在长篇小说中愤怒直接导致杀人）：甚至在其理想的（无私的，"公民的"）形式中，愤怒就是恶的内化，而它渗入人的内心世界的过程与"堕落犯罪"别无二致。对索洛古勃来说，愤怒中包含着伟大的真理，然而却只是两种真理中的一种。而且这真理是苦涩的：

　　笼罩心头的愤恨难以消除，
　　炽热、痛苦而公正的话语在低声倾诉。

（《笼罩心头的愤恨难以消除》，1893）

888　　　动机的逐步内在化有助于同时既从外部研究罪恶观（作为一种保持距离的社会现象），又从内部来研究罪恶观（从一个人的立场出发来看问题，而这个人既不把自己与世界上存在的恶分离，也不将恶仅仅定位在别人身上）——这样一种对恶，以及与之相关的死亡的双重看法将成为作家的明显特点（这种特点使他与法国的"被诅咒的诗人"们接近起来[24]），同时也成为直至今日人们仍完全不懂他的根源。在我们研究的这个时期，索洛古勃始终拒绝那种生硬的恶的社会决定论观点，同时又不断深入到它形而上学中去，有时采用平行结构的形象语言，而这种语言则能创造一种外部现象和内心世界不可分割的效果：

> 恰似山芥正逐渐
>
> 布满了坍塌的栅栏，
>
> 生活中梦幻的无瓣之花，
>
> 恍惚间迷乱了我的视线。

（《恰似山芥的斑驳苔藓》，1889）

在一首最能代表这一时期创作特点的诗歌中，我们读到：

> 形形色色的期望，
>
> 折磨得我肝肠欲碎，
>
> 生活连同它的纷扰，
>
> 既阴暗，又令人心醉。

（《形形色色的欲望》，1886）

在这里，内心世界不受外界事物的左右，而是各种感应的关系将它们联系起来，这种感应不是扬弃矛盾，而是以相互补充为前提。眼前显示出的画面——不是幸福，而是使之"肝肠欲碎"的东西。索洛古勃的"既阴暗，又令人心醉"与普希金的"我既忧伤，又愉快，我的忧愁浸透着幸福"，这两者之间有很大的差距。然而在这里不能不看到对矛盾的存在具有普希金式的"不敏感"，并力图将其转化为一种创造的力量。这就是索洛古勃对矛盾的态度与道德多元论之间的区别所在，而人们却常常将此二者混为一谈。

长篇小说《噩梦》的问世标志着作家早期创作阶段的结束，开始转入新的创作时期。虽然他早在1883年就已开始写作此书，但在作品完成之前（1894），作家的生活发生了重大变化——1892年他从维捷格拉迁移到彼得堡，结识了明斯基、梅列日科夫斯基以及《北方通报》杂志编辑部全体同仁，并与之来往密

889

切，作家开始积极参加《北方通报》的工作，并且结识了许多老一代象征主义者（亚·杜勃罗留波夫、弗·吉皮乌斯），由此开始融入主流文学界。

如同早期诗歌一样，索洛古勃的长篇小说也涉及鲜明的社会主题——其中描写了庸俗的外省生活，尖锐地暴露了社会的恶，以极大篇幅反映了"八十年代人"的命运（对照诗作《我也是病态时代的儿子》，1892）。《噩梦》是俄罗斯最早的这种类型的长篇小说之一——书中有机发展了陀思妥耶夫斯基的传统，并探讨社会"愤怒"和恶的体现者进行"思想"谋杀等问题，且在探讨中直接指涉了《罪与罚》。

然而，片面地将《噩梦》解读为社会长篇小说是不可能的，正如许多研究者早已指出的那样，"难以捉摸的语义双关使书中所描写的现象会因感受水平的不同而有各种不同的理解"，并且书中"各种事件的现实依据的"多元性"不单单是索洛古勃的艺术手法，而且也是作为概念构成基础的原则[25]"。譬如，另一位"病态时代的儿子"——长篇小说的主人公洛金那种传统的双重性格，在索洛古勃笔下不仅具有社会的、心理的色彩，而且也具有形而上色彩，这些层次彼此又借助各种"感应"而联系一起。主人公在他所有的生命维度中都在寻找自决的理由，于是安娜（意为"美惠"）谈到洛金（他必将成为"逻各斯[①]"）时说："他对各个方面都有浓厚的兴趣，并且同时看到两种真理……但他没有掌握完整的真理。"（《噩梦》，36页）

这些言论对于《噩梦》最初的读者来说，尤其具有提纲挈领的作用，那是因为长篇小说在《北方通报》（1895，第7～12期）上刊登，是在梅列日科夫斯基的《诸神之死》发表之后，而关于两种真理和完全真理的思想正是《诸神之死》的中心思想，且它引发了基督、反基督以及即将来临的第三真理的概念。索洛古勃使我们不能不想起梅列日科夫斯基作品中这样一段对话："还有另一种真理。""最高真理吗？""不是，是与你所摒弃的那个真理相同的真理"。再请看这之前的一段对话："有两种真理吗？""有两种。""你是在诱惑我吗？""不是我在诱惑，而是完全真理在诱惑，而且它有极不寻常的力量。"[26] 安娜和洛金的对话与《诸神之死》互相呼应："'信仰的时代正在结束。''是的，正在结束，老的诸神已然逝去。

---

　　① 洛金这个名字的词根是"逻各斯"。逻各斯在希腊语中本义为语言，专指思想、理性，在希腊哲学中指支配万物的规律，而在基督教哲学中（和合本圣经译作"道"）则指上帝的旨意或话语。——译者注

然而对信仰的渴望依然强烈。新的神灵还没有诞生，这就是我们最大的不幸和我们消极悲观的全部谜底。'但新的诸神根本不会诞生'，安娜安然自信地反驳道，'他们将被虚构出来！''不，这不可能。未来属于爱。'"（《噩梦》，181）

总之，与爱相联系的完整的真理不能成为新一轮的片面性，新一轮的意识形态，甚至新一轮的信仰。按其实质，出现在我们面前的是"抽象原理批评"（弗·索洛维耶夫语）或者"理论主义"（米·巴赫金语），它们是近代思想文化特有的理论。摆脱这种片面性似乎意味着达到了本质上的一种全新状态。这种成就从以往经验的观点看起来似乎是不可思议的，简直是奇迹。洛金也谈到了那个"不可企及的，难以实现的，而却是唯一有价值的目标"（《噩梦》，33）。

890

正是应当在这样的上下文中理解"奇迹"的主题——作家不变的主题。还必须注意到小说主人公们言谈中那种非在主义的潜台词，它表明作家也知晓象征主义者圈子内众所周知的"非在的传奇"（勃洛克语），明斯基的这一理论当时很合索洛古勃当的意。明斯基断言，信仰作为一种"违背现象界常规的假设"[27]已经过时，正在被神秘主义理性，或曰"非在"（меон）取而代之（其字面义即"非存在者"[①]，但是在明斯基的概念中却成了"异在"；这位诗人兼哲学家在此依据的是尼采的那种"连存在的概念都不承认的纯粹生成"[28]）。其实质就在于非在理性正在克服普通理性无法解决的上帝存在和不存在之间的二律背反，同时意识到上帝既是永远在死亡的（因此是"非存在者"），却又是永远在诞生的、生成的，然而任何时候都不能彻底具象化，并获得某种限制自身的、一劳永逸的给定存在形式。这样的异在生成，按照明斯基的看法，是上帝自我牺牲的举动，上帝出于"对世界上芸芸众生的爱，心甘情愿走向死亡，为了大众时刻准备去牺牲，同时，在这个世界上，在对绝对唯一者的追求中，他一次又一次地复活"[29]。

非在主义将完全真理理解为异在生成的且永无终止的爱与牺牲，这一观点后来被索洛古勃加以独特地发展，并成为其"被创造着的"创作的思想基础。《噩梦》中的主人公们一直在两条独立的、平行的情节线索中寻求这种完全的爱的真理：洛金——安娜，帕尔图索夫——克拉芙季娅（作家在这里探索的布局形式将会在他的其他长篇小说中发生变体）。

---

① Меон的词源为希腊语mê on，字面义为"非存在者"，相当于俄语的не-сущее。——译者注

在帕尔图索夫——克拉芙季娅的线索中显现的是一条情欲之爱的道路，这种情欲在其高潮时刻甚至达到了某种类似自我燃烧的程度，然而却又被主人公抛弃上帝，浅薄的恶魔思想以及庸俗的日常生活之恶压得喘不过气来。

洛金——安娜这条线索的描写处理得比较复杂，其中包含着"逻各斯"和"美惠"爱情结合的许诺。这里不止一次地描写到如何达到所寻求的完美，以及对完美的直接感受。关于洛金这样写道，"每当存在的问题迎刃而解的时候，往往是他充满热情的时刻，而在其他时候，却常常是处于那种令人恐惧的，百思不得其解的痛苦之中。他意识到自己确实和那不再是外在的世界融为一体了，这一刻是完美的，仿佛永恒一样。于是这个世界中的一切，都汇集到他心中，融会、调和成一个统一体，如果是在其他时间内，那这个统一体就似乎是荒谬不合道理的：声音具有了色彩，气味具有了形体，人物形象也发出声响和香气"（《噩梦》，44）。我们注意到，完全真理的形象在这里是通过象征主义的"感应"的思想塑造出来，而在小说的其他章节中则直接地讨论这个思想（第1章中洛金与克拉芙季娅的交谈）——洛金与安娜的会面（第29章）也是以同一种方式呈现的。

但是，在洛金——安娜这条线索中，爱情的真理与第二真理——愤怒的真理——复杂地交织在一起。在洛金的"愤怒"中社会感情实际上是一种极其内在的，潜藏在孩提感受的无意识层中的一种感情。主人公第一次产生杀死莫托维洛夫的念头（"杀死你——未必不是一件好事"［《噩梦》，166］）是在莫托维洛夫兴高采烈地讲述女厨娘玛丽娅和她儿子的事情之后，那些事勾起了主人公孩提时代痛苦的回忆，同时也引发了那些对索洛古勃本人来说也同样十分敏感的，当众惩治和耻辱的情节。莫托维洛夫讲述的事使"几乎遗忘了的孩提时代噩梦的恐怖"（《噩梦》，229）又在脑海中重现出来，在临杀人之前，洛金心中再一次充满的正是这种恐怖："洛金犹豫不决地站着，想要转回身，抬起一双忧郁的眼睛仰望天空。某种破灭的、受到粗暴践踏的、埋藏在心底的东西以不顾一切的力量从死亡中迸发出来。对祈祷和恭顺的渴望在心中痛苦地颤抖起来。月亮青幽幽的圆盘发出昏暗的、凶狠的亮光，悬挂在空旷、死寂的天空，那阴沉昏暗的光使人的心冷透，停止了跳动……他知道，童时噩梦的预兆即将成为现实，沉寂的天空和那挂着僵硬的笑容，发出冷冰冰光亮的毫无生气的月亮，以及稀疏苍白的星

891

星都在述说，童年时代折磨人的噩梦现在正在应验。"（《噩梦》，229）

显而易见，出现在我们面前的不仅仅是"厨娘的儿子"对残害他的人的社会复仇，也不是单纯地杀死一个坏人，而是试图消除深藏于洛金本人无意识中、化身为"他者"的令人痛苦的、充满恶意的过去。我们已经注意到，尽管就"思想"杀人而言，洛金与拉斯科尔尼科夫甚相近似，但另一方面索洛古勃的主人公却不是他的复制品：他没有寻求"我是个发抖的畜生呢，还是我有权杀人"①这一问题的答案，而是竭力要"从心头搬走死尸，消除罪恶（即"死的毒钩"②——本章撰写者注），并使魔鬼一般的世界秩序失去核心"³⁰。与《卑劣的小鬼》的主人公彼列多诺夫相类似，洛金也希望消灭制度不公正的世界，战胜死亡，他的方法就是以死亡来挽救死亡，但不是用自己的死亡，而是用别人的死亡。杀人是在主人公被"他者"（其中包括主人公自身内部的"他者"——一种"恶劣的"，应被消灭的形式）附体的精神状态下完成的（《噩梦》，204）。就在杀人之后，主人公表示他明白发生了什么："这事是多么残酷——这是流血事件，——看来，又是多么没有意义！"（《噩梦》，233）

情况之所以变得更加复杂，是因为对实施杀人第二个起决定性推动作用的是美惠安娜说的几句话："'莫托维洛夫！他是个无权再活下去的人……'洛金看了看安娜的脸。那张脸因怒气和愤怒而涨红了。洛金恭顺地微微笑了一下"（《噩梦》，182）。（让我们回想一下主人公在杀人之前的"恭顺"）在这里爱的真理和痛苦的愤怒的真理比小说任何其他地方都更紧密地汇合在一起。杀人的动机之一原来是对安娜的恭顺，这也正解释了洛金在心中默默地对安娜说的话："我的女祭司和羔羊。"（《噩梦》，233）不难发现，在描写洛金和安娜同在的场合时，一句古代的哲理又以独特的方式变成了现实："祭司和牺牲品是一回事。"安娜实际上是在"诱惑"洛金去杀人，并就使洛金这个"祭司"也成为牺牲品。然而按照小说的艺术逻辑，她本人也是牺牲品（"羔羊"），后来作家在"被诱惑的诱惑者"的形象中进一步发展了在这里已勾画出轮廓的主题。这样一来，小说中与非在主义的牺牲相平行的那条线索（上帝出于爱作出牺牲，而

892

---

① 典出《罪与罚》第五部第四章，是拉斯科尔尼科夫为杀人自辩的最基本逻辑。——译者注
② 典出"死的毒钩就是罪"（哥林多前书15：56。）——译者注

两位主人公则出于对"愤怒"不同层次的理解作出牺牲）被以悲剧反讽的形式表现出来。抛开爱和愤怒的区别不谈，上帝牺牲的是自己，而两位主人公牺牲的却是别人，在自身的抗争中，他们对于自己正在反抗的那个恶的世界的法则却是恭顺的（"被附体的"），于是他们本身也不由自主地变成了牺牲品。

2

　　受生与死（混沌和恶）附体的主题和战胜附体的主题，从这时开始成为索洛古勃的中心主题之一，同时也为其创作第二阶段（1892—1904）的抒情诗赋予独特色彩。

　　索洛古勃在这些年里所形成的抒情"我"，虽然植根于公民的和浪漫主义的抒情诗中，并且和其他老一代象征主义者的作品有某些类似之处，但却是俄罗斯诗歌中的新鲜事物。

> 我知道——普天之下
> 根本没有别的存在，
> 哭泣和欢笑的一切，
> 一切都是我，我无处不在。
>
> 因此，那种种行径
> 让众人难受眼里流泪，
> 因此，都在我的心中
> 引起无限痛楚与伤悲。

　　　　　　　　　　　　　　　　（《我知道——普天之下》，1896）

893　　　这首诗歌的第二个诗节，波隆斯基也写得出来（试比较《作家，倘若只有他……》），19世纪80年代的任何一位公民诗人都可能写得出来，但索洛古勃对"我"与他人统一的论证决不属于传统的类型。

19世纪70年代至80年代，俄国文学主张塑造这样的主人公，他们明确意识到自己对世界上所发生的一切应负的责任，并善于通过一桩桩具体事件分析世界的恶（只要回忆一下，迦尔洵的《画家》，或者《红花》就足以说明）。然而这些年的文学作品中自我反省的主人公通常意识到他们的"我"是获得与世界真正统一道路上的障碍，——由此主人公也渴望"从心中除去这个可憎的小上帝，这大腹便便的畸形儿以及这个令人讨厌的'我'，他像一条蠕虫，啃噬人的心灵，并贪婪地不断汲取新的养料"[31]。

在索洛古勃和其他老一代象征主义者的作品中，与世界相联系的感觉恰恰相反，不是放弃"我"，而是扩展和"加大"其自我感觉的范围[32]，确立其独立的，纵使不是绝对的价值，直至极力将其置于世界发展过程的中心，并赋予它"通神师"的地位。象征主义为这种非传统的个性化的观点提供了多种表现形式，而其中采用最多的正是索洛古勃反复锤炼使其达到完美程度的那种形式。在他的抒情主体中"完美的自我肯定"与承担世界事务的一切责任的极限已完全汇合交织在一起了。在这个基础上，俄罗斯诗歌中新的"绝对我"诞生了，上面所引用的诗即提供了这种"绝对我"的轮廓，继之又加以发展，并多次变形，直至最终确立："我是一切中的一切，别无另一个。"（《罪恶一天中仅有的一线光亮》，1903）

索洛古勃按照他的方案创作了一部神话，神话的一个版本中"我"仿佛古希腊俄耳甫斯教传统中的厄洛斯一样①，早在创世之前就已存在："火星刚刚一闪，／火焰即将燃成熊熊大火，／预示着世纪的创建，／诸神响亮地呼唤我。"[33]按照另一种说法，"我"或者从混沌中自发产生（"我来自荒野的深渊／——就像突然冒出的花朵。"3～4集，112）或者来自创世主的创造（"上帝用湿润的黏土塑造了我，／我和大地永不分离"，1896）。神话的各种表现手法不可合并，在这里是基于一定原则的，它不仅反映索洛古勃抒情"我"的绝对性（"通神性"），而且也反映其"不确定性"和"多样性"，他的抒情"我"比其他象征主义者表现得更加直接明显，不能归结为经验主义的"我"。抒情"我"常常表

---

① 传统希腊神话中认为爱神厄洛斯是与地母盖亚、深渊塔尔塔洛斯一起由混沌卡俄斯所生，但俄耳甫斯教传统认为厄洛斯是天地尚未开辟前由夜神倪克斯下的蛋长成。——译者注

现为大写的"我"，但也可写成小写的字母；它往往不是作为一个人来被描写，而是作为一种主观上不受任何限制的声音在作品中鸣响（《罪孽深重的人，要明白，创世主……》，1904），或者与角色性的"我"很近似——这种情况下一系列的人物，从难以与诺斯替教①的"造物匠"（《демиург》）区分开来的上帝（《分离的痛苦绵绵无期》，1903），到受诱惑的使徒彼得（《我因忧愁而沉睡》，1904）、魔鬼崇拜者（《当我在汹涌的大海中游泳》1902），甚至一条狗（《白发国王的狗》，1905）都有可能成为话语的主体。这种绝对的、然而不确定的"我"可能成为无恶不作的"我"（《我爱在泥泞沼地上徜徉》，1902，等等），但它又是无限的，对世界生命而言是内在的，并且也是创造出来的大自然的主宰（"我呼吸着全世界的生命，／我不知道哪里是尽头，哪里是边际：／我是我的大自然的灵魂，／而它之于我，只是顺从的躯体"——《我欣赏人之美》。3~4集，103）。

索洛古勃的抒情"我"由于其对世界而言的内在性而否认从旁观察到的任何事物，认为它们都是异己的，是"他者"。诗人始终在寻找对恶与死亡的内在观察点——而恶与死亡这些非凡现象却正是古典艺术家通常唯恐避之不及的。因此在诗人的艺术世界中，恶不再受外界的限制，在"他者"中，诗人就能够以代表"我"进行表述的形式创作诗歌，在这类诗歌中"恶"的意识进行自我揭露（《我爱在泥泞沿地上徜徉》《当我在波涛汹涌的大海中游泳》，或者更晚些的《纽伦堡的刽子手》），在这方面索洛古勃较之其他象征主义者走得更远。

诗人所指涉的诺斯替教和叔本华的传统对解开其抒情"我"这一谜团有很大帮助。"绝对个性"的直觉是诺斯替教的基础（弗·索洛维约夫的著作问世之后，该学说在象征主义者中间曾相当流行）。而且诺斯替教徒们的绝对个性（正如同我们这位诗人作品中的"我"）"不知道为什么，突然——它开始完全像人一样行动起来，像人一样具有各种各样的缺点、错误，像人一样有着喜怒哀乐，甚至像人一样犯下血肉之躯的自然人所犯的各种罪行"[34]。

---

① 诺斯替教，又译灵知派，公元1—3世纪产生的宗教哲学学说，是基督教、犹太教、各种多神教以及希腊、罗马哲学某些成分的结合体。在诺斯替教义中，造物者与上帝并不等同，而是介于上帝和魔鬼之间的一个"造物匠"（希腊语dēmiourgos，意为"匠人"）。——译者注

相似之处还远不止于此。诺斯替教徒们的绝对个性是"造物匠"（在俄斐特派传统①中，他也像在索洛古勃的作品中一样化身为蛇的形象），他与对他隐瞒了真正知识（灵知）的上帝展开竞争。由于自己不如万能的上帝那么尽善尽美，那么无所不知（"神性的圆满"），他在与上帝较量的同时，创造出一个自己的不完美和恶的世界。索洛古勃的作品中也有一个不完美的、恶的造物匠（《统治宇宙的蛇魔》，1902），他表现为与"我"处在复杂关系中的"他者"，而同时"我"本身又宣称自己是上帝兼造物匠（《我是神秘世界的上帝》《我睁开彻夜未眠的眼睛》，1896；《克服沉重的积习》，1901；《我令整个大自然着魔》《墓穴的寒气逼人》，1902；《显灵的时刻来到了》1903，等等）。

然而，造物匠"我"又常常感到自己不完美。这种不完美表现在缺乏通晓终极知识（"我看不透自己，对自己感到陌生"，出自《我不为任何人，任何事而愧疚》，1896，另可参看：《不明白，为什么》，1898）；也表现在感到自己屈服于某种势力（《借助命运的任性》，1900；《某个狡猾的魔法师》，1896）；甚至还表现在异常软弱和渺小（"我令所有的星斗黯淡无光，／就像软弱无力的上帝"（《假如有另一个》。3~4集，87页）；"只有我是上帝。但我既渺小，又软弱。／创造因由的是我。／在我的因由之路上，我是存在的俘虏／也永远是个奴隶。"（《哦，抱怨许多光线》，1904）他一方面高傲地断言："我是一切中的一切，别无另一个"，同时却又常常紧张地感觉到那"另一个"的存在，听到那另一个向自己发出的声音（《分离的痛苦绵绵无期》，1903；《假如有另一个》），而且自己无时无刻，甚至在最不乐意接受的时候竟向那另一个提出请求（《我们为什么作祷告》，1902；《罪孽深重的人，要明白，创世主……》，1904，等等）。

但是索洛古勃明显地把自己的抒情"我"投射到诺斯替教的神话上，该神话有助于他尖锐地提出世界之恶的问题，创世不尽善尽美的问题以及"我"和上帝兼造物匠的关系问题，与此同时他又把这种神话与叔本华的观念结合起

895

---

① 俄斐特派是诺斯替教的一个分支宗派，崇拜蛇，认为它给人带来了造物匠创世时没有赋予人的知识。——译者注

来。当诗人写道："为何一次次将我埋葬！／为何一遍遍把我悼念！／然而我与这些统统无关，／我超越黑夜，超越白天／……／在那令人恐惧的极限后面／我高高举起我的灵魂，／燃红了霞光一片／把爱给予我的生命。／我正在给普世灵魂打造／有力的宇宙躯体。"（《为何一次次将我埋葬！》，1902）——那么，在这里明确无误地是在指涉叔本华有关自然界是世界意志的躯体和有关人的特殊地位的观念。作为躯体和个体，人仅仅是一种服从于理由法则、因果法则、时空法则的"现象"。但是作为世界意志的载体，人原则上是非客体的，非物化的，他是"无所不知，却不被任何人所知的现象"，"他是世界的载体，是一切现象、所有客体普遍的、永远假想的条件"[35]。

同时，索洛古勃揭示，并从艺术上演绎了包含在叔本华体系中的重要矛盾。我们存在的双重性，按照叔本华的说法，没有"自足的统一体作为基础：否则我们在自身中且不依赖于认知和愿望的客体就有可能意识到自己；实际上我们决不可能做到这点，相反，我们刚刚以经验的形式进入自身内部，并且把自己的认知转向内部，想要完全地意识到自己，就会立即沉入一个无底的空洞，看上去就像一个空心的玻璃球，从空球中传出一种声音，发出这声音的原因究竟何在，我们却无法知晓；于是我们想要设法抓住自己，令我们感到惊惧的是，除了虚无缥缈的幻影之外，我们什么也没有抓住"[36]。

在这里，人的这种不能归结为自足的统一体的双重性的思想，这种不依赖世界就不可能意识到自己的想法和发自我们"我"最深处的另一个"声音"的直觉对索洛古勃来说非常重要。然而，尽管叔本华的这个"线索"非常重要，它也如同诺斯替教的神话一样，没有能彻底揭开索洛古勃抒情"我"的秘密，而仅是作为一个组成部分包含进他的形象的复杂整体中去。特别是诗人独特地发展了"他者的声音"的内容。（与叔本华的体系不完全协调，因为从本质上来说，叔本华的世界意志根本不知道有"他者"：人作为一种现象仅仅是世界意志的一个客体，而决不是一个平等的"他者"；同样，一个人内部的非客观物是世界意志本身，而不是"他者"。对于世界意志来说，上帝也本可以是一个"他者"，然而在这个体系中却没有他的地位。）但正是这"他者"，这"另一个"（况且还处在它最高的、神性的地位）成为索洛古勃最重要的内在问题，以至在许多方面决定了他对诺斯替教神话的态度。

在诗歌《假如有另一个》中，作为造物匠的我承认："噢，另一个，噢，多么令人惊奇，就是你！／周围的一切照旧，／而我心中的一切却已改变。／内心的隐秘无声地坦露。／我的生命像烟一般消散。／还有你转瞬即逝的一闪——／是幻影还是光线，／然而在那短暂的刹那我已获拯救，／反正都一样，／是梦呓，／还是灵感。"在此正是"另一个"才成为"全体存在"的载体，这也正是索洛古勃的绝对的但不完美的造物匠"我"通常所追求的。虽然"另一个"很少直接出现在诗人的作品中，常常是代表绝对的，但不完美的"我"发表意见，这类抒情诗中"另一个"的意向经常是以冷漠的、悲剧反讽的视角出现，作者即以此观点来观察自己的抒情主人公。作者的这种立场塑造出该艺术体系中不计其数的抒情"我"，其中有小写字母的"我"，也有大写字母的"我"，它们是主观上不受限制的各种"声音"，是无数"角色性的"主体，以及另外一些使作者和主人公特地保持抒情距离的方法。

索洛古勃的一些敏感的同时代人已经发现，在索洛古勃的作者立场中看不到庸俗的主观主义和唯我主义，恰恰相反其中却隐藏着对人类中心论的嘲讽 [37]。下面这些令人难以置信的，在古典抒情诗中根本不可能出现的情况，今天看来更加清楚明显：诗人对世界上任何一种现象都没有距离感，他拒绝从旁观察任何一种东西（甚至是对恶和死亡），几乎取消"非我"，但对"我"本身他却不仅从内部，而且也从侧面，运用特殊的悲剧反讽的视角来加以观察。在我们没有弄清作者立场中的这一区别性特征之前，我们将和诗人在其晚期诗作中所描写的那些人处于同样的境况之中："他们认出个跟我同貌的恶人，／可那不是我。"（《我创造了迷人的往事》，1923）[38]

这样的立场使索洛古勃有可能按照自己的方式接近世界普遍统一的秘密，他始终保持免受其"附体"的状态，不仅仅保持了自己和世界之间的某种距离，而且也保持了自己和自己的创作感受之间的某种距离。后来诗人意识到自己的诗歌作为"被创造着"的创作这一特点不同于"天真"的创作。在我们所研究的这些年代里，索洛古勃一直在探索完全适合类似洞察的形象语言。

首先这是一种古老的平行结构语言，它以其本身的内在形式说明"我"和自然界（广义地说——世界）一开始就是不可分割的：

897

向着晚霞，向着曙光

我久久地，久久地凝望。

我听见，我的血在沸腾

曙光中传来它的回声。

不知为何我感到欢快，

仿佛整个人都置身火海。

我的血正渐渐消融，

但仍在燃烧、仍在沸腾……

　　　　　　　　　　　　（《向着晚霞，向着曙光》，1896）

　　另外一种诗人喜爱的形象结构是使用名词工具格进行变形的古老形式，这种形式通过自己的语义来肯定"我"转化为世界的现实性，而不是诗的假定性。此处的转化指的是："心儿在燃烧就像当空的烈阳，／内心变得像天空一样宽广，／我的理想也像风儿一样在飞翔"（《我躲藏在草丛中，并躺下》；"我像广阔无垠的大地，／默不作声怡然自得，／我像满天繁星眨动的目光，／拥抱我的整个世界。／我将像雾一样封闭自己，／我给理想添上意志的翅膀，／并像童话的欺骗一样／铺满田野村庄。"（《我爱我的沉默》，1896）

　　对索洛古勃的这种形象结构有着各种不同的理解。阿·格·戈伦菲尔德在其中看到一种"莫大的，直至完全与自然界融为一体的消极性"[39]。伊·帕·斯米尔诺夫也同样以太阳为例子，却断定这儿的"我""吞没了其周围的自然界，外在的改变为内在的，而不是相反"[40]。这两种解释都没有考虑到工具格变形的古老性。而这种古老性正说明各种现象之间的相互转化。在这种情况下——"我"和世界之间"感应"的程度是难以用通常分割两者的比喻（或者隐喻）加以表达，而是要求运用神话变形的语言，以表达其艺术体现。

　　索洛古勃的艺术体系与神话的这种联系，他的同时代人已经认识到。戈伦菲尔德将他与丘特切夫相比较："在丘特切夫的心目中依然残留着的正是对世界

的神话式式的，而不是诗歌式的理解"，并补充说，"但未曾有过一个诗人能像索
洛古勃这般，其看法那么不像诗（而是像神话——本章撰写者注）"[41]。诚然，
批评家对诗人的神话主义理解过于狭隘，几乎仅仅将其归结为现实和想象难以
区别这一点。巴赫金的认识更准确一些，他看到索洛古勃在最"直觉地揭开神
话的根源和神话的诞生"方面极具"天才"[42]。

　　但是索洛古勃的神话主义既是直接的、直觉的，又是在创作上自觉的（"被
创造着的"）。诗人"演绎"神话本身，以及其固有的"不可分性"和对矛盾的
"不敏感性"。索洛古勃实现了一个诗学原则，该原则后来被其归纳为抒情的
"否定"和反讽的"肯定"相结合的原则。例如，《沿着生活的荒漠已徘徊得
疲倦》（1893）和《活着并相信谎言》（1889，1894）这两首相照应的诗就是
按照这种原则组织起来的。在第一首诗中，诗人追求过，且似乎都追求到的一
切——"全体存在"、"我"和世界的各种感应、通神术——这一切都受到抒情
的怀疑，并且以又一种自我欺骗和被存在所"附体"的表现形式出现，在第二
首诗中这一切被说成"肯定"，然而已经是反讽的肯定。

　　这类相互否定的肯定（它们有可能包含在某几首相对应的诗作中，正如作
者在一天内写成的《噢，我的朋友，我苍白的朋友》和《噢，我的朋友，我亲
爱的朋友》（1897），但也可能出现在同一作品中）是索洛古勃惹人注目的诗学
特点，对这一特点也有着不同的理解。有人把这一特点看成是不负责任的颓废
派的"多元论"，最好的情况下不过是指出，诗人作品中的矛盾"和睦相处，因
为这些矛盾存在的本身就是诗人世界观的一部分"[43]。在这个艺术整体中确实存
在着矛盾，但绝不是和平共处。把它们突出出来是体验真理的一种方法，也是
使人们从"钟爱的思想的种种偏见中"（普希金诗）摆脱出来的一种方法。索洛
古勃是那样一个时代的艺术家，在那个时代里众多的作家（我们可以列举出：
契诃夫、因·安年斯基、罗扎诺夫、勃洛克、布宁、霍达谢维奇）和思想家建
立了非教条式的世界模式，追求"怀疑是永久的创造力量，仿佛它本身包含着
我们生活的最根本的本质"[44]。在推翻"最后一个偶像"（安年斯基）方面，索
洛古勃占有特殊的地位：他的思想解放扩展到了不承认人类中心论，甚至走得
更远，已扩展到了拒绝被自己的创作"我"附体——而这种附体已经是守候一
位艺术家的最后一道关卡了。

　　问题在于，索洛古勃的边玩耍边轻松地创造着世界的通神师不但是万能的，而且像我们已经注意到的那样，也是软弱的、渺小的和变化无常的。诗人在对通神师的意图作出最富激情的，而且似乎是最坚定的断言中，也存在某种冷漠和悲剧反讽的意味：

有什么能干扰

我缔造一切世界，

我的游戏信条

想要的那些世界？

（《不是我建造了围墙》，1901）

我酷爱我的游戏，

在嬉戏中将耗尽精力，

疯狂地向死亡逼近，

然后我死掉，彻底死掉。

（《我酷爱我的游戏》，1902）

　　这是诗人对其所创造的（通神师的）"我"本身的反讽。出现在我们面前的既不是素朴的意识，也不单纯是诗歌，而是"诗歌的诗歌"（就如同"小说的小说"一样），创作的游戏在其过程中创作出诗歌，游戏本身在这儿却成为描写和内省的对象，而创作则成为"被创造着的"。

　　如果抒情诗对索洛古勃来说是这样一个范畴，在这个范畴内受存在附体的现象从内部得到克服，并产生新的世界观，那么散文按其自身特点而言有助于与主人公保持冷静的距离，有助于为描写对象制定作者外部发现的形式。在1892—1904年间的短篇小说中作家集中在童年的主题上，这一主题与其对"非在"的理解有着紧密的联系。

　　按照索洛古勃的看法，儿童和成年人的区别在于对"全体存在"怀有一种美好的、游戏似的亲近，在于他们几乎是纯粹的生成、纯粹的非在。他们那"转瞬即逝、动荡不定的生活"已不是寻常意义上的生活。尘世生活的这种状态既是儿童力量的源泉，也是儿童稚弱的原因，对孩子的力量和稚弱应抱有深深的同情，备加爱护的态度，但是这种态度却难得见到。

孩童对世界的直接观察甚至连智慧的保姆埃皮斯季米娅——这个名字在希腊语中意为与"教条"相对的"真知"——都难以感觉得到（《大地的归大地》，1898）。保姆断言小说主人公萨沙"正在被人复仇"，但恰恰相反，叙事者却强调，对萨沙而言"从来没有任何东西是好像如何（着重号系本章撰写者所加）。一切就是如此清晰，只不过有点儿奇怪罢了"（《噩梦》，271—272）。作家再现了这种清晰而又奇怪的观察，并成为第一批把用近景特写呈现出的各种细小物件的非凡世界引入俄罗斯散文的人："萨沙翻了个身，脸朝下趴着。草丛中一个完整的世界在他眼前蠕动——草儿生机勃勃，吐出芬香，小甲虫来回奔跑，五颜六色的背脊在闪动，可以听到微乎其微的簌簌响声。萨沙更近地伏向地面，耳朵几乎紧贴着地。轻轻的沙沙声传到他的耳中。草儿像蛇似地轻轻摇动，簌簌作响。由于水分不断地蒸发，下沉的小土块时不时也发出轻微的声响。有一股细细的水流在地下悄悄地淙淙流淌。"（《噩梦》，270页）试对比短篇小说《阳光与阴影》（1894）中的描写："一股甜甜的水流涌入茶中，细细的小汽泡浮到茶水的表面。小小的银匙轻轻地叮当作响……消融在茶水中的淡淡的阴影，从小茶匙一直流淌到小茶碟和桌布上。"（《噩梦》，233）

然而，他们正是以儿童不受干扰地观察生活的那种轻松通往异在，通往对生活的背面、阴影之观察，因为这两种本原对他们来说同样亲切。沃洛佳——小说《阳光与阴影》的主人公，恰好是迷恋异在世界的："沃洛佳对那些事物已经不再感兴趣，他几乎看都不看它们一眼——他的全部注意力都转向了阴影。"在他全神贯注的那些阴影的附体下，这个孩子正被引导回作家在《卑劣的小鬼》中称之为"原始混合"、衰老的混沌的东西，于是周围的（"已生成的"）世界对他逐渐产生了敌视的感觉："在大街上，沃洛佳感到恍惚和胆怯……警察用敌视的目光看了看沃洛佳。房顶上的乌鸦向沃洛佳预示大祸临头。其实悲哀已经埋在他心中，他忧愁地看到，所有一切都敌视他。"（《噩梦》，235）

孩子在世界上的地位和孩子意识方面的这些特点，按照索洛古勃的看法，要求成年人要以特别负责任的态度来对待。作家一边把不应有的事物作为大多

900

数小说的主题（《蠕虫》，1896；《微笑》，1897；《死的毒钩》，1903），一边将俄罗斯文学中"孩子的眼泪"的传统主题进行尖锐处理，并在对作者本人声音的设置中体现出应有的态度。对儿童知觉的呈现是通过一个关爱理解他的成年人来进行的，就仿佛是翻译成了后者的语言。然而作家不允许对自己的主人公们抱有那种"表面化的"、"窥视的"态度，童年如同任何一种秘密一样，如同美抑或死亡一样，不能容忍局外人的目光，不能向这种目光坦露自己，而且会为了这种目光而报复（这也成为两部成年人小说——《美》，1899；《白毛狗》，1903——的主题）。在《大地的归大地》中埃皮斯季米娅对萨沙说："翘鼻女不喜欢有人窥探她"（《噩梦》，272）。作家对自己主人公也力求站在接近埃皮斯季米娅的立场上：从内心去理解孩子们，不是和孩子的观点融为一体，而是在他们身上发现"自主参与"（巴赫金语）的观点——爱孩子就要爱他们的自我意识终结，并开始"关注自身以外，且需要处于外部、意义外在的活力"之时分[45]。

作者再现儿童的观察时，正如我们指出的那样，是以独特的方式把这种观察翻译成成年人的语言："在微泛着绿色的金黄的麦穗徐徐拂动中，萨沙感觉到与那种仿佛转瞬即逝、动荡不定的尘世生活一般，在他自身内部运动、活跃的东西发生了感应。"（《大地的归大地》。见《噩梦》，270）在这里由于儿童的知觉的关系，象征主义的"感应"理论不再是"好像"如何，而是作为清晰的但又不因此而丧失其神秘性的现实被描写出来。"感应"一词使这种现实成为被另一种意识反射出来的现实。要知道孩子需要的正是这另一种意识，孩子仅仅看到和感觉到，但是却"难以思考这一点。模糊的思想闪现一下，接着就熄灭了——于是萨沙又重新陷入沉重的、痛苦的困惑之中"（《噩梦》，207）。

但是那"另一种"，亦即成年人的意识同样也需要儿童的意识。在这儿它的反射不像在抒情诗中那样，响起"不要相信！"的呼声，而是发出信任的、近乎率直的声音。作者担任的只是语言逻各斯的角色，而孩子的意识却还不能掌握这种语言逻各斯。因此，至于那一系列令人苦恼的、在小说情节层面悬而未决的问题，尤其是小人物被附体以及被上天所抛弃的问题，解决这些问题的艺术模型是通过语言层面和作者声音设定层面来呈现的：在创作的艺术世界中，主人公因作者兼创造者的语言而被关怀获救，反过来主人公本人又将作者从不

901

体面的无休止的自省中拯救出来。

苦苦思索而悟出的对待孩子的态度在长篇小说《卑劣的小鬼》（1892—1902）中发生了出人意料的转折——这部小说不仅是索洛古勃的最优秀作品之一，而且也是所有象征主义的最优秀作品之一，这部长篇小说为作家享有广泛声誉奠定了基础。

由于印刷的耽搁，1905年在破坏性的社会剧变的形势下该书才问世，这就加深了人们对《卑劣的小鬼》历史现实性和现实迫切性的认识。在作家生前的评论中已经有人指出，长篇小说继承了俄罗斯文学的讽刺传统，并肯定了索洛古勃"就其创作特点而言……十分接近契诃夫、果戈理和谢德林[46]。后来安德列·别雷写道，俄罗斯文学从索洛古勃开始了"果戈理主义转向"。虽然索洛古勃写作散文的初期（写作长篇小说《噩梦》时——本章撰写者注）还看不到果戈理的影子，然而他的影响"在索洛古勃创作的繁荣时刻却大大增强了；而在他衰退期的创作中，果戈理的影响又重新减弱了"[47]。正是在《卑劣的小鬼》一书中，"外省小市民的世界又不由自主地让"死魂灵"们重新复活……《卑劣的小鬼》与《死魂灵》相隔60年，沉积在小市民身上的外省灰尘竟是一模一样的……彼列多诺夫来自现实"。别雷认为果戈理的创作原则是索洛古勃这部长篇小说的风格，他这部小说的前言中"同时揭示了'我将以苦笑而笑'和'脸丑别怨镜子歪'①"[48]。

然而《卑劣的小鬼》中的主人公们那灵魂的麻木比起果戈理的人物来严重得多，它的主要人物彼列多诺夫在这方面既把果戈理的死魂灵，也把契诃夫的别利科夫（《套中人》）远远地抛在了身后，人们曾不止一次地把他们加以比较。关于索洛古勃曾有这样的评论（尤其是长篇小说更是这方面最有力的证明之一）："他对现实否定的深度达到我国文学空前未有的程度。"[49]

批评界在评论索洛古勃所描绘的情景的艺术真实性时说道："彼列多诺夫就

---

① "我将以苦言而笑"是果戈理的墓志铭，典出耶利米书20∶8的教会斯拉夫语译文，但由于该译本所依的希腊语七十士本翻译错误，导致教会斯拉夫语译文与其他各语言译文有很大出入，试比较和合本中译文："我每逢讲论的时候，就发出哀声"。罗扎诺夫在纪念果戈理百年诞辰的文章《果戈理之谜》中，又把"我将以苦言而笑"误作"我将以苦笑而笑"，但因这句话更切近果戈理的创作特征，反而广为流传。"脸丑别怨镜子歪"则是果戈理剧本《钦差大臣》的卷首题词。——译者注。

902　是我们当中的每一个人。"[50]作家赞同这样的观点，而且把话说得更满。在小说第二版的前言中他写道："一些人认为作者是个很坏的人，他希望描画一幅自己的肖像。"[51]（试对照莱蒙托夫为《当代英雄》——同样也是第二版——的前言写道："而另一些人很细心地发现，作者描绘了一幅他自己的肖像和他朋友们的肖像……多么陈腐、多么可怜的玩笑！然而从中可以看出，罗斯就是被这么创造出来的：在这个国度里，除了类似这样的荒唐事之外，一切都在更新。"）[52]接着索洛古勃又写道："不，我亲爱的同时代人，我的小说写的就是你们……是你们。"（《卑劣的小鬼》，6）在这之前他还写道："某些人甚至在考虑，我们中的每一个人，在仔细地审视了自己之后，会真的在自己身上发现无可置疑的彼列多诺夫的特点。"（《卑劣的小鬼》，5）（再对照一下莱蒙托夫的话："当代英雄，我亲爱的先生们，的确是肖像，但不是一个人的肖像，这是一幅我们整整一代人在他们一生中由种种恶习构成的肖像。"）[53]按照这种彼此呼应的意思看，索洛古勃是在坚称自己塑造了他所处时代的"英雄"形象，但是却绝口不谈自己长篇小说的元历史意义，及其仅从书名上就已透露出的象征主义多义性（可以追溯到几个来源，其中也包括莱蒙托夫："可能是大撒旦本人／也可能是官级最低的卑劣的小鬼。"《写给孩子们的童话》）。

今天看来，尽管《卑劣的小鬼》与经典的现实主义传统（除了上面提到的果戈理、谢德林、契诃夫、莱蒙托夫，还应该提到普希金和陀思妥耶夫斯基连同他们的《群魔》①）有着根深蒂固的联系，但这个传统在小说中不是唯一的原则。[54]索洛古勃对现实的反映"常常具有双重性，忽而接近现实主义的社会讽刺，忽而又接近浪漫主义的怪诞和反讽"，并且有时还会朝着另一方向发展，即令人不得不承认《卑劣的小鬼》是一部神话长篇小说[55]。然而，如果说合乎正统教律的创世神话是叙述宇宙从混沌中的分离的话，那么在索洛古勃的长篇小说中，正如我们已经指出的那样，展现出的却是"反发展（'反路径'）的图景，人的理智退化的图景"[56]，用作家的话说，即人的理智正在重新回到"时空创造前的混合、衰老的混沌"中去（《卑劣的小鬼》，312）。

──────────

① Бесы是陀思妥耶夫斯基一部长篇小说和普希金一首诗的标题（前者还用后者充当卷首题词），前者一般译为《群魔》，而后者有《鬼怪》《魔鬼》等多种译法，而《卑劣的小鬼》中的"小鬼"（бес）则是这个词的单数形式。——译者注。

被混沌附体（正如我们记得的，暗中窥视还没有"生成"的儿童意识那种危险）在小说中，特别是在作者的主要人物塑造上采用了极限的形式。并且与儿童意识不同，彼列多诺夫的意识仅仅在这个方面是坦露的，而对尘世生活相反的一极——"全体存在"却紧紧地封闭起来。因此在主人公的身上各种"感应"采取了一种"负形式"（在这方面彼列多诺夫仿佛是一个负象征主义者）："彼列多诺夫透过大自然对他敌意的假面，在其中感受到对自身苦闷、恐惧的反映，但他却没有感受到整个大自然中的那种内在的、无法用外在定义涵盖的生活，而只有这种生活才能创造人与自然之间真正的关系，深刻的、毋庸置疑的关系。"（《卑劣的小鬼》，278）

但是彼列多诺夫不仅是一个负主人公，还是这部他在其中充当主人公的小说的负造物匠，在这方面戈伦菲尔德的论断是近似正确的，他认为《卑劣的小鬼》看上去似乎是彼列多诺夫本人在古怪的梦呓中编写而成的。[57] 彼列多诺夫"就是作者"的说法主要表现在长篇小说的情节在实现和表达他那种让现实服从于自己的谵妄状态。并且他还激发了《卑劣的小鬼》的第二条情节线索，这条线索常常被看作一条"正面的"，且与其本身相对立的线索——萨沙-柳德米拉的线索。萨沙在小说中出现之前很久，彼列多诺夫曾对米沙·库德里亚夫采夫说："唉，玛申卡，你好，乔装的小姑娘。"（《卑劣的小鬼》，90）这事之后，同学们就常称米沙为"小姑娘"来戏弄他——主人公的恶毒意志正注入情节的生命之中。原来彼列多诺夫就是萨沙·佩利尼科夫是女扮男装的小姑娘这一谎言的主要传播者。

的确，彼列多诺夫不是有关萨沙传闻的制造者，就像他不是情节线索本身的直接创造者一样——这两种情况都是格鲁申娜和瓦尔瓦拉在捉弄他，但是她们在捉弄他时完全遵照主人公本人的风格。当格鲁申娜提到中学生佩利尼科夫时，瓦尔瓦拉用地道的彼列多诺夫的口气说道："真是长得很不错，像个小姑娘。"格鲁申娜更添油加醋地说："他怎么会不像小姑娘，本来就是位乔装打扮的小姐嘛。"格鲁申娜的解释值得注意（又很符合彼列多诺夫本人的精神）："他们为了抓住阿尔达利昂·鲍里索维奇，故意想出这个主意来的。"（《卑劣的小鬼》，140—141）瓦尔瓦拉刚跟格鲁申娜交谈完，马上就把她们的发现告诉了彼列多诺夫；她的讲述"在他心中激起了淫荡的好奇心"，这种好奇心通

903

过他传给柳德米拉，又传遍全城，以至成为长篇小说第二条情节线索的推动力（试对照彼列多诺夫和柳德米拉所做的关于萨沙的春梦。）

这样一来，萨沙也就参与进彼列多诺夫寻求"位子"和"妻子"的这一情节之中去（情节中这两个主题紧密相联，对崇高史诗体的"祖国——妻子"这一平行结构作了戏拟）[58]——更甚之，由于彼列多诺夫的努力，萨沙——柳德米拉这条线索竟成为独立的线索。极其重要的是，长篇小说在接近结束时（从25章开始）两条情节线索平行地发展，而在化装舞会的场景中却交叉在一起（29~30章），结尾处又相互对立（31~32章）。这不仅造成了两条线索的对比，也造成了两条线索的"感应"。彼列多诺夫这个形象令人意想不到地竟提高到几乎含有悲剧成分，而柳德米拉和萨沙（两个"天国的小市民"）却遭到反讽性贬低，而萨沙因为将主人公"病态的怀疑"付诸实践，对柳德米拉来说，他甚至成了一个"小彼列多诺夫"[59]，成了他的代替者。注意，各个人物的神话位格虽然是以各不相同的"代码"呈现，在语义上却是相吻合的：如果说萨沙在柳德米拉的梦中是宙斯天鹅和蛇，那么在彼列多诺夫身上就能看出格罗莫夫尼克以及"小鬼"（蛇）的特征①。使两个主人公独特的相似性显得更加突出的是他们的两位女性补充者——瓦尔瓦拉（"陌生的女人"）和柳德米拉（"讨人喜欢的，但也是陌生的女人"）——也属同一类型。

在自己充当主人公的小说中还是一个负造物匠——彼列多诺夫的这一特殊地位，使得对于理解《卑劣的小鬼》至关重要的作者和主人公的相互关系这样一个问题，更加尖锐地突显出来。这种类型的关系索洛古勃在有关儿童的短篇小说中已经初步勾勒出来——这儿只不过因主人公特殊的天性而使这种关系更加复杂，不得不将元叙事引入小说中来。

之所以它会与儿童题材接近，是因为呈现在我们面前的恶主人公和折磨孩子的人除去其他种种形象，首先就像是个受到惊吓、正在受苦的孩子。还在作者生前的评论中就曾有人指出这一点："有许多像卡拉玛佐夫兄弟、菲维伊斯基家的孩子们②那样受折磨的、无辜或有辜受苦的孩子，而像彼列多诺夫家的孩

904

---

① "格罗莫夫尼克"这里指的是东斯拉夫神话中的雷神兼主神佩伦，因而与萨沙的神话位格宙斯（希腊神话中的雷神兼主神）相吻合。——译者注。

② 典出列昂尼德·安德列耶夫的中篇小说《瓦西里·菲维伊斯基的一生》。——译者注。

子们那样经受着绝望的痛苦，在一切方面都陷入赤贫，被所有的人诅咒的孩子则更多。我们了解这一情况，只是很少思考这个问题。而当我们思考，当我们看到和感觉到的时候，我们就再也不会鄙视彼列多诺夫家的孩子了，我们就会对他们加以袒护，并且还会问道：'创造了彼列多诺夫的祢，祢怎么敢造下他的？对造下了他祢要如何负责？祢说，我们需要知道。以爱的名义，祢要说；我们不能不知道。'"[60] 吉皮乌斯不仅向上帝发问，而且也向长篇小说的创作者发问，这个问题也将我们引向《卑劣的小鬼》那更深层次的思想。

索洛古勃借用作者的声音来回答这个问题，也就是用对所描写的生活和人物的"否定"和"肯定"的独特结合来回答。

正是在这部小说中作家对这种生活的否定达到俄罗斯文学中前所未有的高度，这否定是全面的、不妥协的。在此意义上，一位研究者的话十分正确："《卑劣的小鬼》的作者描写了尘世的恶（意味着对它进行了艺术认知），试图完成'独自实施的毁灭行为'。揭露、描述总是包含了异化和毁灭的因素。"[61] 但这仅是一个方面，倘若长篇小说中只有这一方面，作者的立场同主人公的立场基本上就难以区分了，而题词"我要把她烧为灰烬，这个恶毒的女巫师"（一首1902年诗作的第一行）从意思上看，与彼列多诺夫的自白"我要烧死公爵夫人，但火候不够：她逃脱了"几乎吻合（《卑劣的小鬼》，379）。但事实上在题词和引用的主人公的话中有两种创作意志相互矛盾（因为主人公是造物匠，虽然他又卑鄙、又恶毒）。而且相对于这位试图（就像《噩梦》中的洛金一样）消灭附体在自己身上的世界之恶却无果而终的主人公而言，作者的创作意志仍多出一些内容。这多出的内容就是在自身和自己对他者的态度中克服"附体"和魔性，即使那是一个极端异己、可怕的"他者"——魔鬼。

905

受到作者无情揭露的恶的化身原来同时也是受苦的孩子（创作者是应为这孩子负责的），他是"我们当中的一员"，甚至颇具悲剧反讽色彩地与哈姆雷特相类似（在假想杀人的场面中，25章），这一切都说明，作者并没有为彼列多诺夫辩护，而是对他采取一种"超越生活地积极的"（巴赫金语）立场①，与主人公本人的生活立场截然不同。"是的，要知道，彼列多诺夫也追求真理，而

_____

① 术语来自巴赫金的《审美活动中的作者与主人公》。——译者注。

根据任何意识活动的普遍规律，这种追求苦苦地折磨着他。连他本人也没有意识到，他像所有的人一样，也在追求真理，所以他的不安是模糊的。他无法为自己找到真理，于是走上歧途，最终归于毁灭"（《卑劣的小鬼》，313）——这是小说中为数不多的一个地方，在其中叙事者对其主人公直接表达了这样的态度，通常这种态度会不露骨地出现在叙事者的言语中——表现在他反对"窥视"主人公（那是后者最害怕的事），表现在他与直接引用别人话语时流露出的他自己的声音往往很接近。

长篇小说的作者实际上是能够像普希金那样去怜悯被附体的小鬼的[62]，也正因为这样，作者本人才得以免受恶的附体，因此他不是简单化地用描写恶来焚毁恶，而是开发一种完全善意的，足以从内部战胜恶的作者的立场（用索洛古勃的话说，只有这样才能实现"恶的自焚"——这是他晚期一部短篇小说的标题）。作者对主人公直接评价的观点和那些儿童短篇小说属同一类型——在主人公自我意识终结的时候，在他转向外部，并需要一个善意的作者、创造者的时候，作者就会怜悯主人公。

3

索洛古勃的下一个创作时期是从1904年到1913年。[63] 这个时期，他的艺术世界的"蓝图"正在定形，他的创作组成的各种要素的比例正在变化。

首先，抒情创作的强度有所减弱，尽管索洛古勃囊括了1890—1910年作品的一系列主要的诗集正是在这个时期陆续出版的，其中有：《致祖国》（圣彼得堡，1906）、《蛇魔》（圣彼得堡，1907）、《魏尔伦诗歌集，索洛古勃编选并翻译》（圣彼得堡，1908）、《火圈》（莫斯科，1908）。诗人还出版了一套文集（圣彼得堡，"西琳"出版社，1913—1914），并在其中将自己的诗歌重新分组成册：《蔚蓝色的山岗》《上升》《蛇的眼睛》《珍珠星球》《大地的魅力》），这是一次"系统化"的尝试，这种尝试在其总结性的诗集《火圈》的结构中就已能觉察到。

这个时期索洛古勃的散文极为丰富多彩：《童话集》（莫斯科，1905）、短篇小说集《朽坏中的假面具》（莫斯科，1907）、《离别集》（圣彼得堡，1908）、《忧伤的新娘》（莫斯科，1912）（"西琳"社出版的那套文集中，散文也被重新分组成册：《大地的孩子》《不怀好意的女士》《悲伤的日子》《变形集》《追求集》《无法抑制的》）。也正在此时索洛古勃完成了长篇小说《甜过毒药》（1894—1912），写下了《被创造着的传奇》（1907—1913）①。

作家第一次尝试自己在戏剧方面的才能，并且立即成为最大胆、最受欢迎的新戏剧的创作者之一。最著名的是他的悲剧《智慧蜜蜂的馈赠》（1906）、《死亡的胜利》（1907）和喜剧《管家万卡和侍从吉恩》（1909），而且索洛古勃还创作了近20部剧本（《爱情》《为我做弥撒》（1907）、《夜舞》《中毒的花园》（1908）、《卑劣的小鬼》的舞台改编版、《生命的人质》（1910）、《理想—胜利的女人》（1912，与阿·切博塔列夫斯卡娅合著）等。

作家也发表评论文章（《我，一本完全自我肯定的书》[1904]、《伊丽莎白》、《堂·吉诃德的幻想》、《唯一意志的戏剧》、《诗人们的精灵》[1907]等等），在评论文章中他的个人神话得以系统化，并对起源于早期"非在"神话主题的"被创造着的创作"的思想加以反省。

"无限者"或者"统一者"是索洛古勃世界图景（"全世界蓝图"）作为出发点的因素。"只有面对无限者，才能使生活得到证明，才能克服生活的荒谬或空虚。只有归于无限的生活才能成为高尚的生活。"[64] 这样的强调并不意味着作家忽视现行的生活，恰恰相反，在这些年里，他对俄日战争、1905—1907年革命以及晚些时候的第一次世界大战等社会和历史事件都及时作出了反应，这在以往是从来没有过的，但是他仍力求以他对无限的态度来看待所发生的一切。无限者和统一者本身在索洛古勃心中，具有一种给世界提供启示的"大写的我"的人格学的形式。从这种不合乎正统教律的启示的观点出发，历史基督教的三位一体圣父、圣子和圣灵成为"最后的偶像"，对他们的崇拜应该彻底根除，而代之以对大写的我的爱。[65]

① 小说现有的译本译作《创造的传奇》，但这里为了与索氏强调生成、进行的"被创造着的创作"这一核心概念前后一致，姑且译作《被创造着的传奇》。——译者注

出现在我们面前的是俄罗斯文学中极为罕见的对个性原则的肯定。索洛古勃从这种立场出发与俄罗斯经典作品，尤其是与普希金进行争论，他认为普希金有着"不公正的自我否定"，"虚假的与世无争"，拒绝"我"，并力图"改变自己面貌"的危险。而正确的与世无争的途径，按照索洛古勃的看法，放弃的不该是"我"，而是自己"偶然的、虚幻的非我；这是一条积极活跃的爱之路，在这条路上我奉献我的一切，而不攫取别人的任何东西"[66]。虚伪的忘我精神只能导致假面（личина）的改变，而完全的自我肯定才会显露出"面孔"（Лицо）、"永恒的面容"（Вечный Лик）、"大写的我"——它是爱和变容的行为 [67]。

后来索洛古勃在《为我做弥撒》和《我，一本完全自我肯定的书》之中看到了"过分的个人崇拜""唯我主义""深自内省的个人主义"，然而作家将这种立场与"流于表面的"利己主义区别开来。[68] 这区别就在于"唯我主义者"把自己置于世界进程的中心时，同样意识到，"大写的我也要为这个世界上所发生的一切负起责任"[69]，所以他的肩上要承受着"最光荣的功绩和最伟大的牺牲——通向死亡的功绩和生命的牺牲"[70]。因此，完全的自我肯定在索洛古勃笔下就戴上了自我牺牲的（"非在的"）行为这项桂冠，在自我牺牲的举动中实现"宗教信仰与统一的世界意志的融合"[71]。

尽管索洛古勃与年轻一代象征主义者们，首先是维·伊万诺夫非常相似，但是作家常常以耸人听闻的个人主义形式表现出来的人格论，却是他们之间的分歧点。在1900年代中期至1910年代初期这段时间内，索洛古勃与伊万诺夫的意见明显对立——1905年伊万诺夫曾断言，虽然个人主义"不仅不会耗尽其激情，相反，它还指望未来能成为我们探索的最终定论"，但毕竟"我们心灵中已发生过某种转向，某种尚模糊不清的、朝着聚合性那一极的转向"[72]。作家用对"我"的非在式的自我确立和自我牺牲，来和他的论敌这种乐观主义的信仰作对比，同时又对这个"我"加以悲剧反讽的阐明，从而使作家与因·安年斯基、勃洛克以及别雷（在一定程度上）"反综合的"和怀疑主义的激情接近起来。

索洛古勃一些关键的神话主题形象，如抒情女神和反讽女神、杜尔西尼娅和阿尔东萨正是贯穿了这种悲剧反讽原则①。作家不仅"在主观诗歌的意义上理解抒情女神，还在更宽泛的意义上将她理解为抒情性情绪和刚毅的、积极的世界观"[73]：抒情女神是"完全的自我肯定"，是无限者，是没有者，是"所期待的可能性的世界"[74]。抒情女神以这种尘世以外的、积极的断言之名义，向世界诉说燃烧一切的"否定"，又从可被认知的世界诸要素中，构建出另一个"包含各种并没有的圣物"的世界[75]，这并不是庸俗的不存在意义上的"没有"，而是在另一种意义上的"没有"，即它们是被派定的（заданные），而不是被给定的（данные）；它们是被创造着的，而不是已被创造的；它们是非在的，而不是存在的[76]。

同时，照索洛古勃的看法，任何真正的诗歌都是从抒情开始，而以反讽结束[77]，反讽不是刻意假装的赞扬。反讽希望严肃认真地"接受、赞许、颂扬，虚幻的东西和现实的事物不相适应是不由自主的，但又是不可避免的"[78]。于是暴露出"世界注定的矛盾性和不确定性""任何认识和行动的不可避免的双重性""完全对立的同一性"，这种同一性"把诗歌提升到悲剧启示的高度"[79]。

这里出现了两条道路。第一条道路始终处于悲剧反讽的内部——在"杜尔西尼娅身上揭露出尘世的阿尔东萨的特征。但是因为抒情诗人对阿尔东萨说"不"，"所以他也拒绝了杜尔西尼娅"。按照索洛古勃的说法，这是勃洛克的道路。作者所肯定的第二条道路是把悲剧的反讽改变成神秘主义的反讽，在这种情况下，世界的矛盾没有得到解决，而是作为不可理解事物的一种特殊类型的非在现实保留和肯定下来："阿尔东萨作为真正的阿尔东萨和真正的杜尔西尼娅被接受了。"[80]

这就是不合乎正统教律的世界观的创作意识"蓝图"，其终点就是关于被创造着的创作的非在主义理念。索洛古勃与一般象征主义的立场观点相当接近，按照这种观点，艺术不仅仅是一种专门形式的活动，他把艺术理解为在创作意志中"使生活变容"[81]，因而他提出了与众不同的"通神术"方案。他主张创作的非在性，因为所要寻求的美"不是已经创造出来的，已经完成的"，这种美"是被创造着的，因而也是永远富有朝气的"[82]。同时这又是一种具有第三维度

908

————————
① 典出《堂吉诃德》，见第十五章第［715］页译者注。——译者注

953

的创作，是创作的创作或者元创作。不同于直接的、质朴的创作行为，艺术在此接近于自我元内省（автометарефлексия），需知"当艺术形象在自身中包含自身起源的历史时，这些形象即具有最有效的力量"[83]。

当然，作家在1904—1913年间的实际创作过程比他所勾画的"蓝图"要复杂得多、矛盾得多。早在1903年索洛古勃抒情诗中的公民主题即开始增强。在1905—1907年革命时期，他也像其他许多象征主义者一样，沉浸于社会变革的激情之中[84]，在自己的诗歌、散文和尖锐讽刺的《政治童话集》（1905）中，对当时轰动一时的事件作出积极的反应，在许多方面，正如扎·格·明茨所认为的那样，索洛古勃又回到了自己的起点——公民诗歌，并与整个民主运动的关系密切起来。[85]

他的诗集《致祖国》（圣彼得堡，1906）收入了1885—1905年的诗歌作品，而其中主要篇幅是1903—1905年的作品。很明显，这部诗集影响了勃洛克较晚期的组诗《祖国》，但据此也很能说明两位诗人之间的差别。在索洛古勃的抒情涓流中没有突出一个女性形象，但也没有绝对的"我"，而后者在他的其他作品集中都是相当突出的特点。"大写的我"在这儿是以比抒情主体更广泛的"你"来加以补充，然而"我"与"你"又是一脉相承的。于是产生一种特殊的人与自然兼祖国的统一：

> 你广漠平原沉寂的远方
> 充满了令人痛苦的苍凉，
> 天空弥漫着伤悲，
> 沼泽地里低垂的花枝，
> 无限沮丧，憔悴无力，
> 呈现出一片凄美。
>
> 你那阴沉又辽阔的大地
> 使忧郁的目光更加忧郁，
> 心灵充满了怅惘。
> 但失望中仍有一丝甜蜜，

909

祖国，呻吟之于你也是欢愉，

也是绝望，也是安详。

（《啊，罗斯！在忧愁中精力耗尽》）

在诗中，远方那令人痛苦的忧伤和忧郁的目光，苍凉的天空和充满痛苦的心灵，自然界的无能为力和心灵的绝望，小花朵凄美的景象和诗中的祖国，就像在民间口头创作中一样，是并列的。诗人用内在的形象语言塑造了祖国和"我"的浑然一体的关系（实现了较晚时期《火圈》的宣言："我有不少物，但你——不是我的物，你与我——浑然一体"）[86]。最后一行指引我们参阅巴拉丁斯基的诗歌《两种命运》（1823）："上天提供两种命运／让人的智慧去选择：／或者是希望与激动，／或者是绝望与死亡。"但是这儿巴拉丁斯基所运用的对立不仅仅保留下来，而且重新加以戏剧化，不只是对立，而且成为与"我"不可分割的整体的悲剧形式。

收集在《蛇魔》（圣彼得堡，1907）一书中的诗歌有着不同的特点。它们突出了神话色彩，精工打造恶造物匠的主题，使之在诗人的公民抒情诗的语言环境中增添新的意义。

一般来说使各种结构密切联系是索洛古勃的独特之处，这种联系形成了最具体的事物和普遍事物的相互统一、相互补充。在这种结合的标志下，他深刻领悟了自己生活中纯个人的事件——1907年妹妹的死亡以及对切博塔列夫斯卡娅的爱。所有关于索洛古勃的著作都强调了革命后的年代里他的外貌和生活方式方面所发生的变化，这些变化与他那些年的风格、结婚和不断提高的文学知名度联系在一起。这个时期索洛古勃成为最受读者欢迎的作者之一。1909—1914年间他出版了两套文集，1911年则又出版了一本评论他的文章集。1908年有关他的著作的数量在同时代人中位居第一。正是在这个时候，由他组织的文学"星期天"沙龙特别受欢迎，几乎聚集了彼得堡当时戏剧、艺术和文学界的所有名流。[87]

然而尽管有如此的荣耀，索洛古勃的文学声誉却仍然是有争议的。同流派的战友们以及像舍斯托夫、格尔申宗、伊万诺夫-拉祖姆尼克这样的文化活动家都认为他是最著名的当代作家。按照沃洛申的认定，他的散文是"俄罗斯

910

语言史上的新阶段"[88]。但是在普通读者和评论家的眼中，索洛古勃是最典型的"颓废派分子"，是死亡、非社会性、个人主义、非道德主义和情色的讴歌者。对评价的这种极端性，戈伦菲尔德极力加以调和。按照他的观点，索洛古勃的力量在于，与"理论上"的象征主义者们（明斯基、梅列日科夫斯基）不同，他是"本质上的象征主义者"，他是"颓废派文艺的最显著、最合理的体现"，并且是"颓废派分子中最俄罗斯的"。在他身上表现出俄罗斯的基本要素——小市民的、平民知识分子的、卡拉玛佐夫的要素，也正是在他身上"俄罗斯的颓废派文艺发现了自己，发现了自己的真正面目，找到了对自己的辩护"[89]。

　　评价之所以有如此大的反差，是因为索洛古勃创作的复杂性和他"创作生活"立场的复杂性所造成，而他的创作和立场很少能被那些解释者们给以比较确切的理解。虽然他作品的外在结构"清晰简洁"，但要理解这些作品却相当困难，这首先是由于他的"抒情"和"反讽"那种令人难以置信的结合，另外也由于其风格的衍生"演绎性"。的确如此，索洛古勃不单单创造了固定的风格（"颓废派的"或"小市民的"风格），而且也使它成为反讽性地间接描写的对象，而这一点却常常不能被批评界捕捉到。这类"被创造着的创作"即使在反讽的原则没有充分明显地表现出来时，也不能进行单一的解释，而肯定的激情则似乎占据主导地位。这也适用于成熟时期的索洛古勃那本有代表性的、总结性的诗集《火圈》（莫斯科，1908）。

　　不仅仅是选进这本诗集的大部分诗歌，而且在艺术结构中表现出来的艺术概念本身，都属于新时期的创作成就。在《火圈》第一部——《种种体验的假面》中，抒情的主体经历了一系列历史的和元历史变形。它化身于圣经的、古希腊罗马的、印度的、欧洲的、俄罗斯的抒情人物中，也化身于索洛古勃自创的关于恶造物匠、奥伊勒行星国和狗人的神话主人公身上。这一部的大多数诗歌让人觉得是角色诗：通过各位主人公之口道出看法。然而，如果说在一般的角色诗歌中，话语的主体植根于自己的角色，又不了解自己的角色，又不能摆脱自己的角色，那么索洛古勃的话语主体却保留着记忆，而且从绝对的（元创作的）"我"的立场回忆起自己过去的"假面"："我孤独一人留在我的天堂里，／有人把我叫亚当"；"那轻飘飘、冷冰冰、赤裸的身体／涌入我的眼帘，／我

想被尘世的/情欲之美化身。/那时人们给了我个名字叫佛律涅 ①……""我"关
于自己变形的记忆（而变形的原则，正如我们所指出的，是索洛古勃诗学的中
心原则）在诗集开篇的元创作宣言中得到证实："已不是第一次诞生，也不是第
一次完成外部变化轮回的我，安详地、坦诚地打开我的心扉。"（《火圈》，
7）于是《火圈》第一部不仅描写了抒情"我"的一系列变形，而且其中还潜
在地包含着对这些变形持有"超越生活的积极的"观点的某种可能性。

在接下来的《尘世的牢房》《死亡之网》《烟雾缭绕的神香》这三部中，
"我"经过孤独、被俘和遁世的祈祷等修炼，从外在改变（假面的更替）走向
内在改变。在诗集正中间的《变容》这一部中，这种变化开始实现。它实现的
可能性在于自然和精神生活的"神秘联系"——"感应"。诗人的"我"既是这
些变容感应的场所（主人公），又是对它们提出疑问的意识，在极端情况下，
还是——借助对他自己"统一意志"的自觉——它们的作者兼创造者。

通向"统一意志"（也是该书倒数第二部的标题）是先通过《占卜》（诉诸
黑暗的、魔鬼的力量），然后战胜它们，最后走到《寂静谷地》去的过程来实
现的，在这"寂静谷地"里，"我"不再受存在的附体，对存在具有超越生活地
积极的观点，足以实现在第一部中所预定的那些可能性。诗集倒数第二部——
《统一意志》——让我们回到了《火圈》开篇《种种体验的假面》：曾与自身
分离、变化为无数的"我"，现在又重新在创作上与自身自觉统一。《统一意
志》十一首诗中的九首都是融合主义的、通神师的"我"在诉说，这个"我"
与《体验的假面》的话语主体的区别就在于，这已经不是世界生活的人物，而
是其作者（"这是大写的我用自己的意志/把生活升华为意识"，见《病态地苍
白的一天燃尽了》）。

可是在这一部的第一首诗中已经向这位作者兼造物匠表示出反讽的"肯
定"，揭示出他的悲剧矛盾性。现在在新的（"通神师的"）高度上"我"看到的
不仅是自己的不完美和不自由，而且看到自己"永恒的罪过"（《我使整个自然
界着魔》）。诗集的最后一部《最终的安慰》更加强了悲剧的反讽（《就连大写

---

① 佛律涅，又译芙里尼、芙丽涅，古希腊著名艺妓，相传当时雕塑家都以她作模特雕阿佛洛狄
忒像。原诗的"我"之后使用的是动词的阳性变位形式。——译者注

的我，也依然只是我》）。就像种种原始的创作化身那样，元创作游戏实际上落入了"'火圈'的永恒轮回"，即使死亡也不能打断它："死神女友，立刻行动吧，/去毁灭那不道德的自然，/再一次还我以自由/让我去创造。"（《奇迹的时代来临了》，1903）

912　　　构成《火圈》肯定性总结的，恰恰是其思辨性综合（十分精细地安排在结构中）之缺位，是替代前者的悲剧反讽式的冷静，是对被尘世和"我"附体的命运之摆脱，以及对自己的使命——做一名粉碎一切幻想的人，做一名"种种可能世界"的不由自主却又自由的创造者——之接受。即使是死亡——无论在这本书中，还是在索洛古勃全部创作中，都能看到对它的辩护——也不可能战胜"不道德的自然"，这成了这本诗集的悲剧性结局。

　　实际上，索洛古勃将死亡理解成不只是一种摧毁的力量，而且也是一种创造的力量（这里对巴拉丁斯基的艺术经验之指涉特别有意义），然而同时他也认为这种创造潜力是有限的。以死亡为代价所产生的一切是"合乎正统教律的"，这是预先注定的，而且注定要"永远重复"，这种重复与"非在的"过程恰恰相反。按照作家的看法，只有爱才能创造出绝对新的、"不合乎正统教律的"、不是按照"世界蓝图"的构思预先规定好的、独一无二的事物。由此，以独一无二的创造举动，即建立在爱的基础上的牺牲，去冲破那永远轮回的熊熊燃烧的火圈，就成为艺术家坚持不懈的追求。对索洛古勃来说基督的功绩就是这种不合乎正统教律的创造的原型，《火圈》的悲剧就在于恰恰是这种战胜死亡的变容始终没有实现。

　　对非正统教律意义上的变容和"被创造着的美"的探求在戏剧与抒情作品中平行发展。众所周知，正是在这些年内，戏剧不仅在象征主义者的创作中，而且在他们构建生活的各种理论中都具有十分特殊的意义。维·伊万诺夫期望通过戏剧实现向"聚合性"艺术过渡，向生活的神秘剧式变容过渡。别雷虽曾与其论战，却也认为戏剧中"艺术形式力图扩展到有可能成为生活"[90]。索洛古勃创立了一种与一般象征主义有共同之处，而又新颖独特的戏剧实践和唯一意志的戏剧概念。

　　如果说抒情诗面向希望能够实现的世界，那么戏剧，按照索洛古勃的看法，是从反讽地"肯定"世界——从塑造世界的演出、"假面"开始，而以神秘剧结束。尽管十分离奇，但戏剧中的"作者"与"种种体验的假面"之间的联系不如在抒情诗中那么密切，而是更接近那唯一的"面容"（Лик）：他将抒情诗人的假面具代之以"半假面具，但仍然没有露出自己的面孔。他希望人们能从他唇角蜿蜒的微笑认出他来"[91]。"作者"在索洛古勃的剧作中的特殊地位导致了戏剧冲突的传统结构的改变。

在索洛古勃许多悲剧中，主要的戏剧情节不是在人物与人物之间展开，而是在人物与主角（造物匠）之间展开，同时也是在主角和"作者"之间展开。象征爱的主角在悲剧中致力于实现自己的构想：他力图把演出变容成神秘剧，为此才需要众多人物。在《死亡的胜利》的"序幕"中，悲剧的主角杜尔西尼娅戴着阿尔东萨的假面具走动，于是任何人——无论是昔日的国王，还是如今的诗人——都没认出她来，诗人说："这位古怪女郎答应为我们表演。"她回答说："这仅仅是一场表演，抑或能变成神秘剧，这取决于你们自己。"（Ⅷ，21）关于这一点——她在序幕结尾的对白中又说道："表演还依然是表演，不会成为神秘剧。但是我不愿抛弃自己的构想。"（Ⅷ，24）悲剧成为主角实现这个"构想"的尝试。当第三幕中听到杜尔西尼娅在说"睡觉的人们，起来吧！"时（Ⅷ，43），这些话既是说给这一场睡在王宫里的各位人物听的，也是说给序幕的各位人物听的——能否唤醒他们决定了能否将演出变成神秘剧——甚至还是说给观众听的，他们是来看演出的，但却被主角的意志吸引进了存在的神秘剧层面。

索洛古勃发现了独特的戏剧发展进程，正由于这种进程，戏剧体裁的中枢——真面孔[①]和假面具的游戏——成为戏剧情节发展的原则。在《死亡的胜利》的序幕中，杜尔西尼娅戴着阿尔东萨的假面具在走动，而阿尔东萨却戴着奥尔图德王后的假面具走来走去。他们的真正面貌在假面具下不为人知的这一点，不仅使人物难以从表演向神秘剧过渡，而且产生了一场假面具的新游戏，这种游戏有可能陷入不断变身的恶性循环中去。未被认出的杜尔西尼娅的愤怒成了主要一幕的情节：她戴着新的玛尔吉斯塔的假面具，用以自己的女儿阿尔吉斯塔偷换伯莎女王的手段，又引发了新一轮的对人物的考验。

913

———————

① Лицо的本义是面孔，但在这里也专指戏剧中的人物（действующее лицо）。——译者注

按照戏剧的逻辑，这种偷换——不仅是对其他人物的考验，而且是对杜尔西尼娅本人的考验，她把真正的女王变成自己取得胜利的一种工具，从而承受着悲剧性的罪过。我们面前出现的是愤怒让爱遭遇悲剧性的盲目（即古希腊罗马人所说的hybris——傲慢），并蒙上阴影，作家在《噩梦》中就已经看到愤怒可能导致这种结果。主角既然已走上了这条道路，也就充当了不完美的恶造物匠的角色，同时怂恿其他人物为所欲为，而表演并不是像主角构想的那样，变成神秘剧，反而变成了悲剧。于是，在序幕中仅仅是个智力有限人物的国王，在主要一幕中竟变成悲剧性人物；虽然他爱阿尔吉斯塔，但却不能原谅那游戏和偷换行为，他宁愿去死，也拒绝跟她出走，于是死亡胜利了。

在展开的悲剧中，"作者"的地位是独特的。索洛古勃认为，作者不是悲剧的人物，而是悲剧的命运。[92] 他不仅是众多角色的"命运"，而且也是那个觊觎着成为剧中人物之作者，并用愤怒偷换爱的造物匠主角的命运。然而真正的"作者"在悲剧中有着另外一种地位。就像主角一样，他希望人们了解他："他用正在寻找的全部语言说着同一件事，他不知疲倦地呼唤着同一个名字。假若人们不听他的……"（Ⅷ，11）作家要求我们考虑他全部创作的语境，他期望读者至少能了解，他的立场并没有因愤怒这种附体效应而蒙上阴影，因而和主角的立场是对立的。唯有"作者"对正在发生的事情有着超越生活的积极的观点，并且任何场合都不干预剧情的发展（与造物匠主角不同），而是用纯戏剧的手法暴露事件的悲剧本质。

我们不仅不能将主角的宣言归属于作者，而且也不能把结局中响起的"缺乏激情的声音"（Ⅷ，54）当作作者立场的表露。这个接近主角意图的声音想把结局的场景装扮为爱的胜利，但是实际情况表明，出现在我们面前的只不过是表演，虽然是悲剧性的表演。只有当我们能"认出""作者"及其创作意志，并且始终跟踪其创作意志，表演才能成为神秘剧。然而，要真正认出作者的意志，我们只能根据他的神秘主义的反讽和"他嘴角蜿蜒的微笑"（Ⅷ，11）——整部悲剧直到最后一句话和那个"缺乏激情的声音"都是这样的微笑。

《智慧蜜蜂的馈赠》也是双重游戏的结构：主角和其他人物，"作者"和主角。这个剧也是以主角（爱神阿佛洛狄忒）对一个凡人（普罗忒西拉俄斯）大发雷霆作为开端（Ⅷ，89）。无论主角由愤怒而生构想的主题，还是剧中人物

914

变成诸神追求自身目的的游戏工具的主题，在两部悲剧中都是相同的。女友的剧终独白显示出主角的积极性在剧情发展中的决定作用："死了，拉俄达弥娅死了，啊，死亡多么美好！哭吧，为亲爱的拉俄达弥娅痛哭吧，把哭泣和巨大的喜悦联接在一起吧，赞美吧，赞美迷人的天神，致命的阿佛洛狄忒！光荣，光荣属于你，阿佛洛狄忒！天神你战胜了死亡！"（Ⅷ，130—131）总之，不是这位女性角色，而是使她成为自己工具的主角战胜了死亡。然而，像索洛古勃作品常有的情况那样，我们仍然不能将这段独白与作者的观点等同起来。

有这样一种意识进入拉俄达弥娅眼界之中：诸神为了在游戏中追求自己的，对凡人来说格格不入的目的而捉弄人。由此引出了这位女性角色的一段独白："你们，不公正的诸神！……啊，颤抖吧，——诅咒就像炙热的灰烬倾落到你们的头上！一个男子汉从大地的尘埃中挺立起来，以血还血、以牙还牙针锋相对地回敬你们。"（Ⅷ，87）通过第一幕中蛇的预言暴露出阿佛洛狄忒的立场也并非那么绝对。当珀耳塞福涅抱怨，只有死人才到哈得斯的冥界来时，蛇竟郑重地说："连祂也一样下地狱。"（Ⅷ，68）但是珀耳塞福涅并不理解蛇的话。显而易见，这个预言讲的是：耶稣基督将来也要下地狱①，他的独一无二的牺牲，以及对死亡的胜利（蛇的预言引起了"远方普罗米修斯嚎叫"的响应，见Ⅷ，69）。

因此，"作者"在这部悲剧中相比主角而言有着更多的意义，所以不能够将他们的立场等量齐观，虽然各部悲剧中各位造物匠的许多独白常常逐字逐句地重复着索洛古勃诗歌和评论文章中的诗学公式。"作者"看到并且揭露出造物匠主角的盲目和悲剧性错误，而这是其局限性和"不正确的"世界构造——人在这个世界上被构想成世界上各种势力角逐的工具，被构想成假面具——所导致的。但那唯一的"面容"并不属于这些势力之列，它是非在的，并且属于剧中人物看不到，而只能隐隐约约预感到的那个"祂"（这里对"祂"和基督不能在正统教律层面上理解，而是要非在地理解。因此这儿与索洛古勃过去号召打

915

---

① 虽然《圣经》经文中没有明确记载，但正教和天主教教义都认为耶稣在受难后先下到阴间，接出旧约中的各位义人后再复活、升天。——译者注

倒"最后的一批偶像"的观点没有矛盾）。"作者"的统一意志成为悲剧结构中"祂"的替代者，不过"作者"的统一意志我们只能通过神秘主义反讽间接了解。

这种深深隐藏在悲剧中的反讽，比在喜剧中还要露骨。一位研究者在《管家万卡和侍从吉恩》中敏锐地发现了"俄罗斯象征主义的主要神话，有关人世间美的化身的神话"[93]。这里也有杜尔西尼娅——阿佛洛狄忒的游戏，但不是以悲剧的形式，而是以粗俗的通俗艺术形式，或者风格化的高雅形式演出。双重画面的平行结构很富有反讽意味，这种平行结构使画面成为"阿尔东萨化"爱情的两张不同的假面（1909年版的剧本印成两栏，更清楚地显示出同一情节的俄罗斯和西方版本的对比）。由喜剧拟定的两个故事的幸福结局也富有反讽意味，在这两个故事中，剧中人物使用我们已经熟悉的偷换的方法避免了死亡（被杀死的不是万卡，而是"坏透了的鞑靼人"，而对吉恩则以放逐代替死亡；喜剧的两位阿尔东萨则分别以被揍一顿免却了死亡）。在索洛古勃的笔下，表演既没有成为悲剧形式的，也没有成为喜剧形式的神秘剧。只有体现在戏剧的艺术整体中的作者的"统一意志"仍然是兑现神秘剧的某种承诺，是它遥不可及的可能性，而在这种统一意志中，抒情的"否定"和反讽的"肯定"结果还是没有归纳为一类。

这也是1904—1913年索洛古勃短篇散文的明显特点。早在19世纪20年代巴赫金就曾指出："索洛古勃短篇小说的基本特点就是在两个层面上进行叙述……在老的短篇小说中全部事件都容纳在一个统一的、整体的、紧凑的事实中。这些事实一环扣一环，只是偶尔为不同结构的抒情感想留有一定余地，例如契诃夫的《黑衣修士》……索洛古勃作品中的双重性随处可见，他未曾构建过一个统一的层面[94]。"最近以来索洛古勃散文的这个特点被弗·亚·克尔德什解释为"决定论的存在观和非决定论的、形而上的存在观相互联系的结果"，而这两种存在观在作家头脑中并没有被"中国长城"隔离开来的。[95] 克尔德什指出了该现象与浪漫主义双重世界观的区别，并为了说明它而提出了一个术语——"后现实主义"[96]。

的确，与浪漫主义的日常生活和存在不能相互结合的特点不同，在索洛古勃的创作中，不能结合的是存在和"超存在"，而在那"超存在"之中"已经丝毫没有存在，然而一切存在又都存在于'超存在'之中，并为'超存在'而存在"[97]。我们要强调指出，索洛古勃的"超存在"（或"非在的"异在）不能与"主观主义的原则"混为一谈，尽管"超存在"缺少了"主观主义的原则"是不可思议的。巴赫金说道："意识具有独特性，具有主观的方面；对其自身而言，意识本身的术语中既不可能有开始，也不可能有终结。这个主观的方面却又是客观的（但不是客体的，不是物质的）。"[98]——在索洛古勃的术语中，这个主观的方面就是非在的。

对世界的这种理解导致了索洛古勃的现实不能纳入统一的囊括现实的"蓝图"中去。作家有意识地力求克服那种用他的话说是"我们贫乏生活"虚构的唯一性——这已成为这一时期短篇小说（也包括长篇小说）的主要情节。而变形则成为这种情节的不变的主题。

变形可以具有日常生活的、甚至趣闻轶事的色彩（《变形》，1904；《骑马的小警官》，1907），但也可以引向变容和被创造着的奇迹的主题（《变水为酒》《渴望的人们》《雪姑娘》，1908）。一些情况下，变形会导致衰落，直至对象完全消失（《野兽统治的国家》，1906；《小矮人》，1907），但是变形也可能意味着上升的发展，这种发展有时就像游戏一样开始，而到后来则具有无疑的（虽然不是"物质的"，而是"非在的"）现实性（《小白桦》，1909；《宣布死刑》，1907；《忧伤的未婚妻》，1908）。变容和被创造着的奇迹的主题占有特殊的地位，这类主题常常是在福音书中寓言故事的背景上不按正统教律加以处理。

在短篇小说《变水为酒》中，变容的奇迹不应该（像福音书中的情节那样）由教师来完成，而是由女主人公本人来完成的。教师对她说："喝下这碗圣洁的水，你那颗创造奇迹的心就会把水变成真正的酒[99]。"接下来："年轻的姑娘喝光了这碗水，巨大的喜悦使她容光焕发。那像又甜又辣的酒一样的水使她酩酊大醉，她欣喜得流下了眼泪，一边赞扬教师和先知，一边激动地欢呼。"（XI，241）这时是否发生了变容的奇迹呢？在教师的言谈中也好，在叙述者的话语中也好，水还是水，而酒还是酒，也就是说从外在的观点来看，奇迹并没有发生。但是对身临其境的姑娘来说，奇迹发生了。这正是在内在的和外在的观点之间在该情况下无法形成"统一层面"。这两种观点都没有被当成唯一

917

的真理——无论是其他人物，还是叙述者，都保留自己的看法，同时也不否定另一种观点："酒宴主持人和年长的、头脑清醒的客人都不明白，这位被普通的水灌醉的姑娘有什么可感到喜悦的，并笑对她的泪水和呼喊"（Ⅺ，241）；不过人们一面称她是精神失常的人，"一面又羡慕她——因为他们知道，她看到了巨大的秘密和令人惊讶的奇迹；天堂呈现在她的面前；上帝还跟她交谈"（Ⅺ，242）。

在《智慧的姑娘们》（1908）中，两个层面同样不能相互一致，小说中五位智慧姑娘所渴慕的那位未婚夫只对一位不理性的姑娘显现。在这些以福音书为本的寓言故事中，作家的立场不合乎正统教律的倾向特别明显，他竟对奇迹同时说出抒情的"否定"和反讽的"肯定"。在其他各种情况下——在保持两个层面在根本上不一致的条件下——有时强调这一方多一些，有时强调另一方多一些。于是，在《镀金的楼梯》《通向以马忤斯之路》（1909）、《渴望的人们》（1908）、《未出生者的吻》（1911）中明显地突出"奇迹"，而在《解忧的梦》《伊万·伊万诺维奇》（1909）、《记住——不要忘记》（1911）中强调的则是"现实"。在这两种情况下，对立的那个层面都"没有乖张地闯进现实中，而是以细小的、微不足道的细节形式被描写出来"[100]。

而这种艺术原则成为这一时期长篇小说《甜过毒药》和《被创造着的传奇》的基础。其中第一部长篇小说侧重于揭露主人公（"一个变成恶棍的光辉灿烂的英雄"）的神话。[101] 第二部恰恰相反，写出了一个创造奇迹的胜利者——格奥尔基·特里罗多夫——的神话。然而在《被创造着的传奇》中，作家仿佛向自己提出通过神话创作让生活变容的任务，即使在这种情况下，他仍保留了悲剧反讽这一侧重点，以及我们在其短篇散文中见到的那两个层面不相一致的情况。

《被创造着的传奇》中让生活变容的问题是经过了全方位的思考——从社会的改革和教育体制的改变，到让停滞的物质变澄明和战胜死亡。三部曲（《鬼魂的魔法》《斑斑血滴》《烟尘与灰烬》）开篇有一段作者插入的话，多次在评论作品中被引用："我截取一小段生活，粗陋的、贫乏的生活，用它创造一个美丽的传奇，因为我是诗人。停滞在黑暗中吧，暗无天日的生活，浑浑噩噩的生活，或者让猛烈的大火燃烧吧——在你头上，生活；我，诗人，将建立起一个由我创作着的关于奇妙和美的传奇。"[102] 所有评论《被创造着的传奇》的人都认为，这是作者的宣言，既然宣言的各个主题在人物的言论中经常重复，那么"索洛古勃的美学观点跟他的诸多人物（首先是特里罗多夫——本章撰写者注）的美学主张是完全相同"[103] 的论断就变得更加复杂。果真是这样吗？这里是否表达出了索洛古勃的美学观呢？

实际上，这正是索洛古勃的诗学极具特点之处，即突出两种真相中的一种。三部曲的第二部长篇小说的开头提供了另一个元叙事段落，其中从不动摇的唯意志论那种让生活变容的激情却遭到否定："我们只是坚信，我们只是等待。而你们，出生于我们之后的人们，去创造吧！"（《被创造着的传奇》，195）两个宣言之间不仅仅有逻辑上的矛盾：其中第一个是以特里罗多夫的视角提出来的，第二个是以达维多夫的视角提出来的（该宣言也是在两位主要人物争论之后才成为可能，因为在争论中主人公都无法听到彼此的真相）——但这两种真相叙述者都听到了。如果说其中第二个宣言给人以隐晦的感觉（达维多夫的形象也是如此神秘地意犹未尽，而在其形象中可以分辨出对基督的指涉），这还说明不了宣言不具有重要意义。但是长篇小说一开始就肯定的正是那种已成为一位主人公激情的被创造着的创作，这绝不是偶然的。

索洛古勃让一位与自己精神相符的艺术家——特里罗多夫——成为长篇小说的主人公，并且给他以特殊的地位，这种地位与其说是小说人物所特有的，还不如是一般长篇小说作者所特有的。作家虽然在人物的安排上继承了陀思妥耶夫斯基的传统，但与其不同的是他这么做，完全是为了使自己钟爱的被创造着的创作的思想经受考验。他把个人创作中对通神术的关切及自己对"两种真理"的理解统统转达给特里罗多夫——这两种真理是"不能融为一体又不可分割的，永远相互敌对，又永远处于秘密的、不可知的相互结合之中"（《被创造着的传奇》，452）。正如索洛古勃本人一样，他的主人公不接受这两种真理在割裂情况下的任何一种，而且把它们理解为不是"已经生成的"，而是非在的——这就是他和唯一一位将会与其完全一致的论敌埃玛努伊尔·奥西波维奇·达维多夫公爵（俄罗斯化了的耶稣基督的名字）①争论的意义所在。为了回答达维多夫"关于信仰，关于奇迹，关于借助奇迹实现人们所期盼的、必然到来的世界变容，关于战胜时间的束缚和战胜死亡本身"（《被创造着的传奇》，192）的热情洋溢的讲话，特里罗多夫（他把自己的一生正是贡献于实现奇迹的事业）宣称："您要知道，我永远都不会和您在一起，永远都不会接受您那套予人以安慰的理论……您在诱惑弱者时说得多么华丽动听，但我一点也不相信……离开我吧！……没有奇迹，从不曾存在过复活。任何人都战胜不了死亡。在因循守旧、杂乱无序的世界之上恢复统一的意志——那只是还没有建立起来功绩。"（《被创造着的传奇》，193）

如果说在这一场公爵被赋予以基督的特点，那么特里罗多夫则被赋予以诱惑者和造物匠的特点：特里罗多夫否认已实现了奇迹这一事实，并将奇迹理解为非在地生成的事物，而不是已经生成的事物，尽管如此，他仍然敢于担负起率先体现奇迹的使命，而且"哪怕多少加速事件的必然进程也好"。他的多种多样的活动都是受到这种思想的鼓舞。

但是，特里罗多夫正是作为主人公兼造物匠才不同于对他持保留态度的作者。在三部曲的第三部小说的开头作者就指出，"特里罗多夫仿佛觉得个人在历史上的作用是永久且牢固地确定了的……特里罗多夫曾认为，实验将表明社会主义制度的必然性……他还认为，为此可以利用合众岛国。特里罗多夫觉得，这个国家好像是进行实验的合适的对象"（《被创造着的传奇》，439）。此处（如在其他许多地方一样）作者从旁看到主人公教条式的信心，以及他对生活、对正在成为他实现目标的工具的人们，那种物化的、实验的态度。巴赫金注意到了这一点，他强调"特里多罗夫追求的是从各种物品中只拿取那部分它们为你所提供的东西……他从对象中分离处的物质性，并加以否定，而对象中的另一方面对他却有着特殊的意义，因为它可以深入他的心灵、精神履历的范围中去"[104]。

---

① 埃马努伊尔这个名字的词源是"以马内利"，即"上帝与我们同在"，但它同时也是对基督的一个称谓（见马太福音1：23）；奥西普是约瑟夫的俄化形式，因此奥西波维奇也就是"约瑟夫的儿子"，而耶稣名义上的父亲正是木匠约瑟夫；达维多夫可以理解为"达维德（大卫）族的人"，而福音书强调耶稣是大卫后裔。——译者注

在这些情况下，作者和主人公之间的界线是很明显的，但这并不妨碍作者对特里罗多夫的态度与他本人对世界的态度——怀着同情的、尽管是反讽的理解——迥然不同："他拥有能够解开空间和时间之结的无穷的力量。他知道的东西很多。倘若他竟不知道一个人最需要知道的东西，那么不正是在这致命的无知之中，蕴藏着对一切人类智慧的诅咒吗！"（《被创造着的传奇》，453）叙事者对主人公竭力追求却又实现不了的让世界变容的愿望表示出反讽的"肯定"。这表现在长篇小说从头到尾多处描写那"有意地粗俗和狡黠地荒诞"[105]的风格中，表现在对特里罗多夫觊觎王位的反讽描写的情节中，也表现在他从天而降那庄重而喜剧化的场景中。尽管自己极力追求成为生活的作者兼造物匠，特里罗多夫却仍然只是长篇小说的主人公——值得注意的是，有一天他竟然悟出了这一道理："我与您竟是这样"，他对伊丽莎白说，"我们都感觉自己是活生生的人，对我们来说，有什么东西能比我们的生活，比我们对生活的感觉更加确定无疑呢？也许，我与你根本不是活生生的人，而仅是一部长篇小说中的出场人物而已，而且小说的作者也丝毫没有真正去关心外表的逼真"（《被创造着的传奇》，115）。

长篇小说作者确实把注意力集中在其他方面。如果说主人公的精力花在了直接干预生活之上，那么作者在以同情而又反讽的态度对待这种活动的同时，担负起了另一些功能：创作一种在他看来足以成为让生活变容之模型的艺术。这就会增加长篇小说这种形式的思想负载量。断言"没有权力也没有准则"的非传统世界模型的"自由体小说"之结构本身就变得十分重要（《被创造着的传奇》，460）。在小说艺术结构中，"唯一的贫乏的生活"变成了"无穷无尽的潜力"，各种各样潜在世界的"感应"也得以实现。

920

这最明显地表现在索洛古勃的人物经受着"双重的生活"。当流氓袭击伊丽莎白的时候，她体验到一种很特别的心理状态："许多黑暗的刹那正在漫延，其中却有清晰的一瞬从傍晚的天空跌落（让我们回想一下，'清晰的'曾是《大地的归大地》中对孩子感受的定义——本章撰写者注）。一个瞬间变成百年——从出生到死亡。翌日清晨伊丽莎白清楚地回忆起这奇特一生的过程——一条崇高的、悲伤的路，奥尔图德王后的一生。于是奥尔图德即将咽气时……轻轻的脚步踏着草地的沙沙声唤醒了伊丽莎白。"（《被创造着的传奇》，144—145）

这个主题将不断重复。

　　但是，奥尔图德也经历过伊丽莎白的生活："她突如其来地觉得，她的生活不过是一场只在开始时令人神往的恶梦。她只是梦见奥尔图德开始是那么的幸福，而如今又是如此的不幸。觉得她本人是遥远国度里一位幸福的、勇敢的姑娘，想去哪儿，就去哪儿，想干什么，就干什么，而且享受着炽热、幸福的爱情。就像在预言中说的那样，一条静静流淌的小河出现在她的面前，小河位于她的坦克雷德常常讲起的那个遥远的地方，而伊丽莎白就在小河的上方。"（《被创造着的传奇》，298）

　　特里罗多夫和坦克雷德、俄罗斯和合众岛国，同样被那种虽不十分明显，却非常重要的"感应"联系起来（"棕榈树大花园里的扑鼻香气常常掺和进一股烟熏苦涩的气味：它们极像遥远的俄罗斯的平原上森林大火那种甜腻腻的苦涩的气味"）（《被创造着的传奇》，310）。再看一看各个国家之间那种另类的感应：人民的起义、特里罗多夫的殖民地和合众岛上的教育，一群死人来到特里罗多夫和奥尔图德面前等等。

　　《被创造着的传奇》本身也是由两条平行的情节线索（特里罗多夫-伊丽莎白和奥尔图德-坦克雷德）构成的，这两条平行的情节线索在三部曲的第一、二部中是完全独立的（只是偶尔出现互相渗透的情况），而在第三部中却汇合到一部小说的框架中。但是我们上面提到的这种平行发展仅仅是《被创造着的传奇》表达多重世界的形式之一。在这本书中还包括了其他"各种各样的潜在世界"——奥伊勒行星国，"宁静男孩们"的异在世界，生者与死者、孩子与成年人以及现实与梦境的各个世界。

921　　元小说结构本身的重要性并不亚于以上种种，正是有了这些结构，艺术现实和艺术之外的现实才能相互平行、相互渗透，小说的主人公才会意识到他们不是活生生的人，而是作品的角色，以及作者也因此注意到他所塑造的这些人物的观点，并向他们求教。《被创造着的传奇》是一部不合乎正统教律的、细腻的元长篇小说，带有捉摸不定的摇摆性和"感应"的不确定性，同时又是一部大众化的（几乎是地摊级的）低级读物和消遣文学，实现了逐渐让生活变容的"全民艺术"的思想——这一事实也成为这种平行结构的一种变体。

4

1914—1927年是索洛古勃创作的新时期。它是在第一次世界大战和作家所接受的二月革命的条件下开始的，十月革命之后继续延续，作家对后者是持彻底的、不妥协的否定态度。着重点的转移已经为这一时期的创作进行了铺垫，这种转移已在作家的创作方针上显露出来，并在《当今的艺术》（1915）一文中作了最充分的阐述。

索洛古勃为了保留甚至更加清晰地表述自己过去的许多创作原则和生活创造的原则，他当时宣布必须拒绝"过分夸大的个人崇拜"，并断言"民主的象征主义"的时代已经到来了，这种象征主义渴望"聚合性和集体性"，并希望将现实主义作为"象征主义艺术的合法形式"包括进来。[106] 就其实质而言，作家对维·伊万诺夫较早时期著作的许多论点是表示赞同的，从而改变了自己对这位艺术家提出的象征主义路线一贯坚持的反对立场。[107]

新的着重点没有打消索洛古勃那种根深蒂固的，借助加强创作意志来让世界变容的思想，不过还是以自己的方式考虑到作家本人的经验和伊万诺夫提出的"不要将自己的意志强加于事物的表层"的要求。这种定位为再加上以"质朴的""下层的"文学为准绳的方针，赋予索洛古勃这些年来的艺术散文在许多方面以新的面貌。[108]

短篇小说集《狂热的一年》（莫斯科，1916）、《盲蝴蝶》（莫斯科，1918）和《屈指可数的日子》（雷瓦尔，1921），以及长篇小说《诱蛇者》（1921）等作品中，体现出散文家索洛古勃的晚期风格。作家继续坚持《被创造着的传奇》两条路线中的一条，竭力使高雅的文学与近乎浅陋的为平民的文学接近起来，甚至不拒绝"庸俗"，是希望能从这庸俗的内部为庸俗的"自焚"找到依据（《恶的自焚》是作家晚期一部短篇小说带有纲领性意义的标题）。同时，《被创造着的传奇》的评论家们所说的作家的那种"有意地粗俗和狡黠地荒诞的风格"如今被他呈现得"更加幼稚"，几乎不再通过反讽保持距离。

这些年大部分短篇小说的情节都刻意突出其日常和琐碎。甚至让人觉得，好像作家正在放弃以往小说在两个层面上展开叙述这一主导原则。比如短篇小

922

说《内心的真相》（小说集《狂热的一年》）即是遵循极其日常生活化的基调。故事发生在1914年，女主人公丽莎有两个崇拜者，第三个是一个爱沙尼亚农民保罗，起初丽莎并没有把他看成个很有希望的追求者。但是战争改变了墨守成规的生活进程。她的两个崇拜者原来是胆小鬼，而保罗却上了战场，于是丽莎当众宣布自己是他的未婚妻。同样不起眼的神奇故事也出现在该小说集的其他作品之中，如：《订婚戒指》《塔尼娅的理查德》《爷爷和孙子》《温顺的蛇》等。然而在这类有意日常生活化的、简化的叙事中，有时却会汇入一些完全属于另一层面的形象，如关于"各种元素的友好"的段落，太阳蛇的神话主题（《三盏圣像灯》），与现实难以区分、可以影响它或变成它的预兆性的梦境（《心心相印》《复活的希望》）。

在小说集《盲蝴蝶》中，象征主义的主题开始明显地排挤简朴的日常生活外表面（《捕鼠器》《棺材匠女儿的童话》等），但是它并没有脱离开那个外表面，必定还会回到其上，并用自己的方式去破坏它。例如，明显参照了普希金的《棺材匠》创作的《棺材匠女儿的童话》就渗透着象征主义的气息。女主人公叫卓娅（意为生命），女儿是父亲制作棺材的活的测量器，她喜爱在棺材里睡觉。童话从卓娅向其未婚夫讲述的《鹦鹉故事》中的一则故事获得象征意义（这是一篇关于婆罗门遭到国王捶打时变成金子的故事，我们还记得，变形是索洛古勃不变的主题）。后来未婚夫提出卓娅爱不爱他的问题时，女主人公回答："我不知道，要知道，你还没有照着我头上，照着我心上打过一次呢，好让我成为你的宝贝，你生命中的黄金。"[109]卓娅为了"呼唤"他的未婚夫，迫使他醒悟，自己摆脱、同时也帮她摆脱日常生活麻木不仁的状态而挑起的那次与未婚夫的争斗也是极具象征意义的。童话的结尾，未婚夫终于悟出，怎样捶打卓娅的心，怎样把她变成宝贝：他上了战场。这样一来，多层次的、近乎童话的象征意义有了具体的结果。

当时，作家追求的正是这种有着最具体、最通俗的结局的"质朴"。出自同一文集的短篇小说《屈指可数的日子》中，主人公在谈论俄罗斯可能灭亡的问题，但是年轻一代人不同意他的看法，并以孩子们质朴的行为举动证明他们是正确的（又是索洛古勃固定不变的主题）。一座别墅失火的时候，男孩子们在抢救手稿，但是这件事是怎样发生的却具有特殊的意义。主人公说道："孩子们做这件事非常质朴，就像做件很普通的事，薇拉奇卡向我提起这件事，也没有强调有任何特别的地方。一次质朴的、实际的帮助而已。她甚至没有说抢救二字。只是简单地说——拿出去了。怎么样，看来就是这些普普通通的孩子们，将来长大成人，他们会把任何一件事情都当作质朴的和普通的事情去完成。有赫赫功绩的浪漫主义也许将会消亡，慷慨激昂的口号也会变得有气无力，可是将来会构建一种完全不同的、不是我们这样的、质朴的、稳固的、有特色的幸福生活。" [110]

即使在过去，作家也因其摆脱抽象性重负的、质朴而直接的经验主义象征而区别于其他象征主义者。在晚期的散文中，索洛古勃将这些特点发展到一定的极限，有时甚至几乎超过了这个极限，并在"老生常谈"和深邃的智慧之间保持平衡。将形象局限在具体的、平淡无奇的事件中这种特色本身，以及许多细节都很类似东方的寓言故事和佛教禅宗爱用的各种手法。作家显然在追求"简化"，同时也追求形象的现实化，这些都曾经以不同的形式在许多后象征主义者的作品中出现过。

经历了诗歌创作暂时的低落之后，1915年索洛古勃的抒情诗又出现了新的繁荣，1920—1926年达到高峰。诗人将晚期诗歌收集成诗集《战争》（彼得格勒，1915）、《红罂粟》（莫斯科，1917）、《神香》（彼得格勒，1921）、《唯一的爱情》（彼得格勒，1921）、《蔚蓝的天空》（雷瓦尔，1921）、《教堂钟声》（彼得格勒，1922）、《路边的篝火》（莫斯科、彼得格勒，1922）、《有魔力的酒杯》（彼得格勒，1922）、《芦笛》（彼得格勒，1922）、《庄严的钟声》（莫斯科、彼得格勒，1923）。除此之外，作者编辑成集的还有《美满生活的诗》《伏尔加河上空的雾》《丽莎和科拉》（1920）、《阿娜斯塔西娅》《前夜》（1921）、《黄昏童话集》（1922）、《环礁》（1926）[①]——还有整整一系列单独的诗歌他在世时没有发表（大部分没发表过的诗歌近十年来才得以问世）[111]。

因为这些情况，索洛古勃晚期的抒情诗几乎没有得到研究，因此关于他这一时期抒情诗的任何论断都只能具有初浅的性质。按照明茨和Н. Г. 普斯特金娜

---

① 这第二组诗集与上面第一组的区别在于第二组都是手抄本，每册中只有十首左右的诗，且一般只抄不到五份。——译者注

的意见，诗人晚期创作可分为三个时期，其中第一个时期（1910—1913）的特点是力求克服象征主义的诗学原则，在此过程中他也有意接近表现主义和自我未来主义。第二个时期（1913—1917）的最重要的特点是放弃了遁世，并部分地回到描写日常生活的主题上来。[112] 明·伊·迪克曼注意到的正是这些特点，他着重指出："在10年代的诗作中，索洛古勃似乎又重新回到早期抒情诗的特点上——日常生活的具体性和与现实直接的联系……以及代替悦耳动听的音调而使用口语的语调；而且从各种哲学概念开始转向再现心理的感受。"[113] 最后的阶段（1918—1926），按照明茨和普斯特金娜的看法，诗人又回到象征主义神话上来，从现实逃入风格化的牧歌世界，并且放弃了改造世界的思想。迪克曼更加谨慎一些。她认为入世的线索有所加强，这并没有改变晚期抒情诗的悲剧性质，而且更加强调把创造的主题提到第一位的重要意义[114]。玛·米·帕夫洛娃则对明茨和普斯特金娜的观点作了重要修正，她指出最后时期存在着两种对立的，但并没有发生相互冲突的倾向。与现代生活的联系"成为一种与各种使其摆脱现实的力量有同样意义的力量"。同时可以发现"透出'死亡意志'的文本急剧增加"，这"为索洛古勃全部的晚期作品定了调，并赋予其一种绝对的一致性和一种特殊的俄耳甫斯式声调"[115]。该研究者指出作家晚期抒情诗的艺术价值相差悬殊，"艺术水平猛烈摇摆"，不过这种摇摆"在某种意义上也反映了他诗学体系的独特性，且服从于作者创作任务的要求"[116]（我们在散文中也看到同样的情况——本章撰写者注）。

帕夫洛娃将这一独特之处与诗人历来具有的使用词汇单调雷同，某些词的搭配高度重复，造成"有意摆弄语言上的单人牌戏的错觉"联系在一起，索洛古勃"为了创造出一个唯一的、完美的文本，似乎'算好了'基本单词和形象搭配的各种可能出现的方案"[117]。从整体上说，索洛古勃晚期的抒情诗像以前一样多种多样，作者那种特殊的、超越生活的积极的立场使这时期的抒情诗独具特色。诗人达到了对他来说少有的那种清晰（"阿波罗性"）和冷淡的境界，而在其他一些情况下，实际上达到了"俄耳甫斯性"（特别是在《阿娜斯塔西娅》这组诗歌以及与组诗相关的诗中）。

我登上越来越高的地方，

山上空气更稀薄、更清新，
我的命运仍然和过去一样，
心情也依旧难消愁闷。

人世间令人窒息的呓语，
没有同情，没有原谅。
即使死后也难以寻觅，
丝毫安慰，丝毫褒奖。

给了我一块救命的苦面包，
我忍受炙烤般的煎熬痛苦。
本是无数猴子中的一个，
我却得不到创世主的呵护。

我仿佛沙海中的一粒沙，
卷进大自然的狂涛巨浪，
蛇魔还在嘶鸣、挑衅，
提出决斗，让人绝望。

该死的蛇妖伸出魔爪，
把我和别人牢牢抓住，
冷笑一声把我们抛进了，
闪闪发亮、沸腾的巨釜。

我在烈火中反复熔化，
经受残酷、疯狂的摧残，
烹煮的佳肴无比香甜，
你我却与之绝对无缘。

（《我登上越来越高的地方》，1920）

925

这首诗就像高山上稀薄的空气，但这是主人公无法达到的高度、清晰和冷漠，而且在这里出现丘特切夫"毫无希望的决斗"的主题，也不是偶然的。索洛古勃晚期的许多诗歌借鉴了丘特切夫的创作。除了《两种声音》之外，《最后的爱情》中缅怀往事的部分特别有意义：

> 残酷的恶运肆虐逞狂，
> 无论是谁的罪过概不补偿。
> 筋疲力尽的先知呀！
> 命运对你是铁石心肠。
>
> 疲惫不堪的日子临近结束，
> 你体验到一丝最后的甜蜜——
> 大火快把你化为灰烬，
> 你体验到一丝惨痛的惬意。
>
> 像娇柔的春天流泪哭泣，
> 她被放逐到荒凉的天涯！
> 前途无望已身处绝境！
> 想化险为夷却毫无办法！
> 梦中的亲人和诸多宾朋，
> 以此地为家，倒不害怕。
>
> 这里的声音喊喊喳喳，
> 命运依然在低声抱怨，
> 看这一片天空愁云惨淡，
> 闪动着痛苦无声的责难。

（《残酷的恶运肆虐疯狂》）

我们面前又一次出现了索洛古勃那由来已久的主题，但是当"狄俄尼索斯式的"疯狂如今成为生活中悲剧的现实时,"恶的自焚"和"被创造着的创作"的新阶段即开始了。

迪克曼指出,创作一直是20世纪20年代索洛古勃的主导主题。[118] 这甚至不是因为在国内形势和诗人生活几乎处于走投无路的情况下,创作仍然是唯一的出路和回报。现在创作已由一个题材和一种理想变成了(虽然诗人早已走向这一步)某种"俄耳甫斯式的"方法,这种方法吸收了全部生活,并重新回到本来的基础上去。

现在被创造的创作改变了自己的方向:它开始面向的已不是外在的现实,而是沉入到自身内在的意义空间里去,以便成为世界的创造性变容的化身和模型。

诗人将创作方向上的这种改变理解为从狄俄尼索斯式的"面面俱到的完整性"(阿·费·洛谢夫语)过渡到有严格尺度和自我节制的阿波罗式艺术的一条途径:

> 躲进那狭小封闭的限制里吧,
>
> 你要在顽强的劳动中稍事休憩。
>
> (《在野蛮生活自发的狂暴中》,1920)

(试比较1896年创作的诗歌《我不为任何人和任何事而羞愧》中的一段话:"我究竟为什么羞怯地躲进/那午夜寂静的谷地中?/天空和大地就是我……")晚期的索洛古勃重新理解的"劳动"既吸收了他本人"非经典的"经验,也吸收经典诗歌的经验。诗人在短小的二部曲——1920年7月4日创作的诗歌——《小鸟儿在河面上低低飞翔》和《狂风劲吹》中进行的那段与经典作品的对话极具深刻的意义。

其中第一首诗构建在鸟、风和诗人之间贯彻始终的平行结构之上。这里提到了直率和自由,让我们隐约联想到援引的普希金的诗句(《风儿为什么在峡谷中旋转》)和费特的诗(《猛地一下推动了摇晃的大船》)。

与经典作品相比,通过运用平行结构的内在形象语言,这一点得到更明确的强调:自然界的各种因素与人的(况且正是创作的)各种因素不仅相类似,而且也是不可分离的。创作是作为一种生活的"质朴"根基出现的。

第二首诗阐释了这种自由，同时引入丘特切夫的命运和混沌的主题，并与之争论：

> 我们的风是强劲的风，
>
> 我们的风是尘世的风，
>
> 亵渎神灵的歌声
>
> 不要回荡在我的头顶。

"风"，"不要回荡"，"亵渎神灵的歌声"——明显是在指涉丘特切夫的诗《夜风啊，你在哀号着什么》（"啊，不要再唱这些可怕的歌／歌唱远古的、生养我的混沌"）。抒情主人公"我"在前一首诗中被与自然元素（风和鸟）等同，现在则与它分离，但也不是与创作更加接近，而是与阿波罗亲近起来：

927

> 什么人和风相像，
>
> 他的眼神会流露。
>
> 诗句听从节奏指挥，
>
> 心脏跳动也吻合节拍。

> 光明之神阿波罗，
>
> 是他主宰我们的世界。
>
> 是他把鲜活的生命，
>
> 赐予心灵、赐予诗歌。

> 他像太阳的光辉，
>
> 洒遍了大地与峡谷，
>
> 他为田野的清风，
>
> 指明了飞扬的道路。

　　最后一行诗——不仅反驳了普希金，而且也反驳了回荡在第一首诗中的那种为自由辩护的声音。索洛古勃的二部曲发出"两种声音"（给出这种范例的是丘特切夫）——狄俄尼索斯式的自由和阿波罗式的节制。这种节制不仅与自然元素相对立，而且还赐予它生命、力量和自由（"风，自由的风，／飞驰的乌云的首领，／让你自由而有力的／并非人世的力量"）。诗人在与丘特切夫的"生养我的混沌"辩论的同时，也并未抛弃它，而是不是用普通的创作（阿波罗式的）节制，而且还是用被折射的创作节制来使其变容，因而使这首诗成为"被创作着的诗歌"或者元诗歌。索洛古勃晚期的代表作在这方面最为明显：

> 我创作了引人入胜的往事，
> 　　在我的梦里，
> 不是那种付诸出版的往事，
> 　　绝对不是。
>
> 那些事我对别人只字未提，
> 　　为保护自我，
> 他们认出个跟我同貌的恶人，
> 　　可那不是我。
>
> 或许，这儿的人们也不必
> 　　了解这些梦，
> 这对我将是多苦涩的欢乐——
> 　　永远沉默无声！
>
> 天知道，沉默令我何等苦闷，
> 　　心中疼痛难消，
> 我将长久地在放逐异域他乡，
> 　　至死忍受煎熬。

（《我创造了迷人的往事》，1923）

928

诗中描写的不仅是抒情主人公"我"的生活，而且恰恰是他的（并且是全部的）创作生活。所描写的诗人的面貌与早期创作的诗中他的面貌根本不同（"他们认出个跟我同貌的恶人，╱可那不是我"），诗人的面貌不是与作者的形象近似，而是与"第一性作者"相近，正如巴赫金所指出的那样，第一性作者总是与作品有关，并"表现为沉默"。沉默既成了索洛古勃的主题，同时也是反省的方法。第一性作者在其沉默中成为说话的人，当然是用一种十分特殊的方式。他对自己的沉默的言说不是简单地否定，而仿佛是非在的话语本身，是纯粹的生成，而不是存在。在整个象征主义和俄罗斯诗歌中，这总的来说几乎是对那个"难于言说者"，对索洛古勃毕生凝望的那个焦点，对他无畏地热爱的那"一线光明"最极致的接近了。

注释：

1　舍斯托夫，《索洛古勃的诗歌与散文》，见《论费奥多尔·索洛古勃，评论·论文·札记》，莫斯科，1911，71页。

2　霍达谢维奇，《索洛古勃》，见霍达谢维奇，《摇晃的三脚架》，莫斯科，1991，344、348页。

3　德·叶·马克西莫夫，《勃洛克的诗歌与散文》，列宁格勒，1981，27、10页。

4　总的来说，在揭示索洛古勃创作阶段的方法上，题材和"动机"的原则至今仍占主导地位。这些原则在下列著作中十分明显：明·伊·迪克曼内容丰富的著作《索洛古勃的诗歌创作》，见《索洛古勃诗歌集》，列宁格勒，1975；扎·格·明茨与Н.Г　普斯特金娜的摘要提纲《关于象征主义作家的道路与演化的神话》，载《"勃洛克的创作与20世纪俄罗斯文化"第一届全苏研讨会（总第三届）发言提纲》，塔尔图，1975。

5　《最近十年的俄罗斯诗人论集》，莫·霍夫曼主编，圣彼得堡，1909，240页。关于这一点参见：索洛古勃，《自传概要》；奥·尼·切尔诺斯维托娃，《索洛古勃传记材料》；薇·帕·阿布拉莫娃-卡利茨卡娅，《索洛古勃在维捷格拉》，均载《索洛古勃未发表的作品》，玛·米·帕夫洛娃、亚·瓦·拉夫罗夫合编，莫斯科，1997。

6　玛·米·帕夫洛娃，《〈索洛古勃自传材料〉序言》，见《索洛古勃未发表的作品》，226页。

7　切尔诺斯维托娃，上引著作，227页。

8　索洛古勃，《自传概要》，同上，256页。

9　帕夫洛娃，《〈自传概要〉注释》，同上，260页。

10　阿·切博塔列夫斯卡娅，《"被创造着的"创作》，见《论费奥多尔·索洛古勃》，　　929
82页。

11　帕夫洛娃，《〈索洛古勃自传材料〉序言》，226页；亚·埃特金德，《所多玛和普叙赫。白银时代智识史纲》，莫斯科，1996，39-40页。

12　切尔诺斯维托娃，《索洛古勃自传材料》，235页。

13　同上。

14　同上，237页。

15　其中一则已发表于：帕夫洛娃，《〈卑劣的小鬼〉创作前史（费·索洛古勃的虐恋长篇小说）》，见《目击》，1993，第9期。

16　纳德松的文本引自《纳德松诗集》，彼得格勒，1917。

17　尤·尼·特尼亚诺夫，《勃洛克》，见特尼亚诺夫，《诗学·文学史·电影》，莫斯科，1977，119页。

18　奥·曼德尔施塔姆，《索洛古勃周年纪念》，《曼德尔施塔姆两卷集》，莫斯科，1990，第2卷，305页。

19　《索洛古勃诗歌集》，列宁格勒，1975，82页。以下所引索洛古勃的诗歌作品，除特别注明者外，都引自此版本。

20　索洛古勃，《自传概要》，253页。

21　甚至有这样一种看法，认为索洛古勃诗歌的起源是绕过法国象征主义和帕尔那索斯派而直接来自浪漫主义。见米·列·加斯帕罗夫，《俄国现代主义诗学的二律背反性》，见《时代的联系·19世纪末20世纪初俄罗斯文学中的继承问题》，莫斯科，1992，254页。

22　叔本华，《作为意志和表象的世界》，载《叔本华文集》，五卷本，莫斯科，1992，第1卷，62页。

23　长篇小说《噩梦》引自：索洛古勃，《噩梦：长篇小说和若干短篇小说》，列宁格勒，1990。以下对此书的引用均在正文中注明"《噩梦》"和页码。

24　索洛古勃在维捷格拉工作时（1889—1892）学了法语，并翻译魏尔伦的作品。在其藏书室存有一本谢·安德列耶夫斯基的书（《诗歌集》，圣彼得堡，1886），其中收有译自波德莱尔的作品，《索洛古勃未发表的作品》，511页。在1883年开始创作的长篇小说《噩梦》中，主人公们把"感应"论当作一种"时髦"思想来讨论。

25　帕夫洛娃，《光明与黑暗之间》，见索洛古勃，《噩梦》，列宁格勒，1990，12-13页。

26　《梅列日科夫斯基4卷集》，莫斯科，1990，第1卷，82页。

27　《尼·明斯基简论其非在主义》，见《20世纪俄国文学》，莫斯科，1974，第1卷，364页。

28　尼采，《悲剧在音乐精神的诞生》，见尼采，《诗歌·哲学散文》，圣彼得堡，1993，133页。

29　《尼·明斯基简论其非在主义》，368页。

30　帕夫洛娃，《光明与黑暗之间》，11页。

31　迦尔洵，《夜》，见《迦尔洵短篇小说集》，圣彼得堡，1882，187页。

32　伊·科涅夫斯科伊，《诗歌与散文》，莫斯科，1904，199页。

33　《索洛古勃诗选》，第3～4集，莫斯科，1904，120页。以下对此书的引用均在正文中注明"第3～4集"和页码。

34　阿·费·洛谢夫，《古希腊罗马美学史·千年发展的结果》，莫斯科，1992，249页。

35　叔本华，《作为意志和表象的世界》，第1卷，55页。

36　同上，271页。

37　拉·伊万诺夫–拉祖姆尼克，《索洛古勃》，见《论费奥多尔·索洛古勃》，26页；米·格尔申宗，《朽坏中的假面具》，同上，119页。

38　这种盲目批评最近的一个例子是：谢·列·斯洛博德纽克，《行进在恶之路的人们：古诺斯替教与1880-1930年的俄国文学》，圣彼得堡，1998。

39　阿·格·戈伦菲尔德，《索洛古勃》，见《20世纪俄国文学》，第2卷，37页。

40　伊·帕·斯米尔诺夫，《各诗学体系的艺术意义与演化》，列宁格勒，1977，47页。

41　戈伦菲尔德，《索洛古勃》，20页。

42　巴赫金，《索洛古勃》，见《对话·狂欢·时空体》，维捷布斯克，1993，第2～3期，151页。

43　霍达谢维奇，《摇晃的三脚架》，莫斯科，1991，348页。

44　舍斯托夫，《无根据颂（非教条主义思维的一次尝试）》，见《舍斯托夫六卷集》，第2版，圣彼得堡，无出版年份，第4卷，91页。

45　巴赫金，《审美活动中的作者和主人公》，见巴赫金，《文学创作的美学》莫斯科，1979，165-166页。

46　弗·费·博齐亚诺夫斯基，《论索洛古勃、小鬼、果戈理、雷帝及其他》，见《论费奥多尔·索洛古勃》。

930

47 别雷，《果戈理的技巧》，莫斯科；列宁格勒，1934，294页。

48 同上，292页。

49 特列普列夫（亚·亚·斯米尔诺夫），《鬼魂魔法的俘虏》，莫斯科，1913，6页。

50 勃洛克，《论各位现实主义者》，见《勃洛克八卷集》，莫斯科；列宁格勒，1962，第5卷125页。

51 索洛古勃，《前言》，见《卑劣的小鬼》，圣彼得堡，1908，5页。以下长篇小说引文都引自此版，并在正文中注明"《卑劣的小鬼》"和页码。

52 《莱蒙托夫文集》，六卷本，莫斯科，列宁格勒，1957，第6卷，202页。

53 莱蒙托夫，同上，203页。

54 明茨，《论俄国象征主义创作中某些新神话文本》，见《勃洛克的创作与20世纪俄国文化》，第3辑，塔尔图，1979，《塔尔图国立大学学报》，总第459期，108页。

55 同上，106页。

56 普斯特金娜，《索洛古勃长篇小说〈卑劣的小鬼〉中火的象征意义》，见《20世纪初俄国文化中的传记和创作。论勃洛克文集。第9辑》塔尔图，1989，《塔尔图国立大学学报》，总第857期，128页。

57 戈伦菲尔德，上引著作，48页。

58 关于古代史诗情节中"妻子–国家"平行结构的作用，参阅：帕·亚·格林采尔，《古印度史诗》，莫斯科，1974（"史诗情节中妻子的攫取与寻觅"一章）。

59 戈伦菲尔德，上引著作，48页。

60 吉皮乌斯，《彼列多诺夫的一滴眼泪（索洛古勃不了解的东西）》，见《论费奥多尔·索洛古勃》，78页。

61 普斯特金娜，上引著作，135页。

62 关于普希金对"鬼怪"的态度，参阅：萨·纳·布罗伊特曼，《从历史诗学的角度看普希金的〈鬼怪〉》，见《作为历史诗学问题的文学作品完整性》，克麦罗沃，1986。

63 明茨、普斯特金娜，上引著作，150–151页。

64 索洛古勃，《列夫·托尔斯泰的唯一道路》，见《索洛古勃文集》，二十卷本，第10卷，圣彼得堡，1913，194页。

65 索洛古勃，《我，一本完全自我肯定的书》，见索洛古勃，《被创造着的传奇》，莫斯科，1991，第2卷，153页。

66 索洛古勃，《诗人们的精灵》，见《索洛古勃文集》，第10卷，183页。

67　同上，130页。

68　索洛古勃，《当今的艺术》，见索洛古勃，《被创造着的传奇》，第2卷，206–207页。

69　同上，207页。

70　同上，204页。

77　同上，207页。

72　维·伊万诺夫，《个人主义的危机》，见《伊万诺夫文集》，布鲁塞尔，1971，第1卷，836页。

73　索洛古勃，《当今的艺术》，193页。

74　索洛古勃，《诗人们的精灵》，165页。

75　同上，164页。

76　索洛古勃，《唐·吉诃德的幻想》，见《索洛古勃文集》，第10卷，160页。

77　索洛古勃，《诗人们的精灵》，164页。

78　索洛古勃，《当今的艺术》，193页。

79　索洛古勃，《诗人们的精灵》，165页。

80　索洛古勃，《当今的艺术》，198页。

81　同上，203页。

82　同上，195页。

83　同上，201页。

84　有关象征主义者（其中包括索洛古勃）与1905年至1907年革命，有一些尽管在许多方面已经过时但是内容十分丰富的著作。参阅：《1905年革命和俄国文学》，莫斯科，列宁格勒，1956；《1905—1907年革命和文学》，莫斯科，1978。

85　明茨，《俄国象征主义和1905—1907年革命》，见《勃洛克和1905年革命。论勃洛克文集。第8辑》，塔尔图，1988。《塔尔图国立大学学报》，总第813期，5页。

86　索洛古勃，《火圈》，莫斯科，1908，7页。以下该书的诗歌引文均引自此版本，在正文中注明"《火圈》"和页码。

87　康·埃贝格（康·亚·辛纳贝克），《回忆录》，见《普希金之家手稿部1977年年鉴》，列宁格勒，1979，140页。

88　马·沃洛申，《列·安德列耶夫和费·索洛古勃》，见沃洛申，《创作脸谱》，列宁格勒，1988，443页。

89　戈伦菲尔德，上引著作，15、17页。

90　别雷，《剧院与当代戏剧》，见别雷，《评论·美学·象征主义理论》，莫斯科，1994，第2卷，21页。

91　索洛古勃，《死亡的胜利》，见《索洛古勃文集》，圣彼得堡，第8卷，1910，11页。以下索洛古勃的剧本引文均引自此版本，在正文中注明卷数（"Ⅷ"）和页码。

92　索洛古勃，《唯一意志的戏剧》，见《索洛古勃文集》，第10卷，140页。

93　明茨，《论"象征主义者的象征主义"问题（索洛古勃的剧本〈管家万卡和侍从吉恩〉）》，见《文化体系中的象征》，塔尔图，1987。《符号学学报》，第21辑，总第754期，114页。

94　巴赫金，《索洛古勃》，146页。

95　弗·亚·克尔德什，《从俄国经典传统看索洛古勃的散文》，载《东欧》（Europa Orientalis），总第11期，1992，第2期，77页。

96　同上，85页。

97　巴赫金，《1970—1971年笔记》，见巴赫金，《文学创作的美学》，341页。

98　巴赫金，《关于陀思妥耶夫斯基著作的修订》，上引著作，316页。译按：这篇文献如今收录于中文版《巴赫金全集》第4卷的《1961年笔记》中。

99　《索洛古勃文集》，彼得堡，1914，第11卷，241页。以下短篇小说均引自此版本，在正文中注明卷数（"ⅩⅠ"）和页码。

100　巴赫金，《索洛古勃》，146页。

101　《索洛古勃文集》，圣彼得堡，1913，第16卷，289页。

102　索洛古勃，《被创造着的传奇》，莫斯科："现代人"出版社，1991，16页。以下三部曲均引自此版本，在正文中注明"《被创造着的传奇》"和页码。

103　博齐亚诺夫斯基，上引著作，164页。参见关于索洛古勃与其主人公相似的论述：科·丘科夫斯基，《卑劣的小鬼的鬼魂魔法》，《论费奥多尔·索洛古勃》，52页。

104　巴赫金，《索洛古勃》，150页。

105　亚·阿·吉泽蒂，《索洛古勃的抒情面貌》，见《当代文学》，列宁格勒，1925，87页。

106　索洛古勃，《在关于当代文学的辩论会上的讲话》，见索洛古勃，《被创造着的传奇》，第2卷，173页。

107　关于索洛古勃与维·伊凡诺夫的创作关系及私人关系，参阅：《维·伊凡诺夫致索洛古勃及切博塔列夫斯卡娅的信》，亚·瓦·拉夫罗夫发表并注解，见《普希金之家手稿部

932

1974年年鉴》，列宁格勒，1976。

108　维·伊凡诺夫，《当代象征主义中的两种元素》，见《伊凡诺夫文集》，布鲁塞尔，第2卷，1974，538-539页。

109　索洛古勃，《盲蝴蝶》，莫斯科，1918，86-87页。

110　索洛古勃，《屈指可数的日子》，雷瓦尔，1921，39页。

111　《各民族友谊》，1989，第1期（亚·瓦·拉夫罗夫刊行）；《俄罗斯文学》，1989，第2期（玛·米·帕夫洛娃刊行）；《我们的遗产》，1989，第3期（亚·瓦·拉夫罗夫刊行）；加布里埃勒·保尔，《索洛古勃：未发表和未收集的文稿》，慕尼黑，1989；《阿撒兹勒》，1992，第2期（谢·费佳金刊行）；《普希金之家手稿部1990年年鉴》，圣彼得堡，1993（帕夫洛娃刊行）；《索洛古勃未发表的作品》，莫斯科，1997，（帕夫洛娃、拉夫罗夫刊行）。

112　明茨、普斯特金娜，上引著作，150-151页。

113　迪克曼，《索洛古勃的诗歌创作》，63页。

114　同上，71-74页。

115　帕夫洛娃，《索洛古勃。1878—1927年间未发表的诗歌》，见《索洛古勃未发表的作品》，11页。

116　同上，12页。

117　同上。

118　迪克曼，上引著作，72页。

第二十章
康斯坦丁·巴尔蒙特

◎因·维·科列茨卡娅　撰／谷羽　译

1

康斯坦丁·德米特里耶维奇·巴尔蒙特（1867—1942）的创作，被沃洛申 称为"朝霞中的火光"，这一说法是诗人同名诗集中的一个隐喻——巴尔蒙特的诗确实像火光一样照亮了世纪之交俄罗斯诗歌新的地平线。[1] 巴尔蒙特作为象征主义潮流的源头之一，正如勃洛克所说，是"俄罗斯……文学（起码是'诗歌'）解放的发起者……"[2]。安年斯基认为，正是在巴尔蒙特笔下，诗歌语言在长期身为俘虏之后，第一次摆脱了"平庸的奴仆角色"，不再是官方思想的工具，它重新获得了独立性，获得自我审视的美学价值。[3]

像魏尔伦和费特一样，巴尔蒙特推崇印象主义富有音乐性风格的抒情诗。他断定"诗歌是有韵律的语言表达出来的内在音乐"[4]，他挖掘出了词语蕴涵的新颖的音乐潜力，使音乐的象征性变得更加丰富。"俄语诗歌中巴尔蒙特的诗句最富有音乐性"，1896年勃留索夫这样写道[5]，后来他依然坚持这种观点。"论歌咏力量谁能跟我比赛？／没有人，没有人敢站出来！"巴尔蒙特自豪地宣告，像后来的先锋派一样，他勇于自我肯定，批评的利箭朝他射得越猛烈，他就表现得越发顽强。他被认为是世纪之交那个时代首屈一指的诗人（比如，维·伊万诺夫1903年写道："我认为巴尔蒙特超越了费特。"）[6]，因此涌现出一大批模仿者，他成了读者心中的诗歌之王，巴尔蒙特征服人心的手段与其说是靠"当代心灵抒情诗"的内容，不如说是凭借声音的天真直率，诗句和谐富有魅力。

康斯坦丁·巴尔蒙特

我用幻想追踪消失的阴影，

消失的阴影尾随熄灭的白昼，

我攀登高塔，阶梯在颤动，

阶梯颤动，在我的脚下颤抖……

这一诗节（诗集《无垠》的开篇四行，1895）抒发了诗人心怀高远的浪漫主义激情，其引人之处首先是和谐如歌的节奏，巧妙地创造出起伏波动，正好吻合抒情主人公置身"天空"与"大地"之间的自我感觉。"难以用言语说明，／就用声音吹拂心灵"（费特诗句）——"心绪成诗"这一警句，像音调悠扬的回声，长久萦绕在抒情诗人巴尔蒙特的心中。巴尔蒙特在诗歌音韵方面的开拓发现日渐增多，趋向深刻。但是越到后来，音韵技巧运用过度，失之泛滥，常常伤害到"歌咏"的内在涵义。巴尔蒙特曾经向高尔基提到过"天堂鸟西林"，这只鸟纵情歌唱，"常常忘记了自己"[7]。这种对音韵的过度迷恋，太多的自我重复，漫无节制的多产，写作起来随意挥洒不分良莠，导致了不良后果，诗人受到了无情的抨击，批评他的人大多是他往日的同道和诗友——勃留索夫、别雷、埃利斯、勃洛克，这些人过去对巴尔蒙特早期的几本诗集都曾热情阅读，赞扬有加。埃利斯1910年写的一篇短评中将巴尔蒙特与果戈理小说《肖像》中的画家恰尔特科夫相提并论，这位画家因不断自我重复而损耗了自己的才能。[8] 在巴尔蒙特经历了创作高潮之后，仅仅过了十几年，批评界就开始议论他的才华已经衰退。"作为杰出的诗艺巨匠，巴尔蒙特在同代诗人当中依然找不到比肩而立的对

934

手……"1911年勃留索夫指出,"但是他身为作家,……巴尔蒙特,显然,最后的话也已经说完"[9]。

之所以产生这种结论(并非完全公允),一方面与巴尔蒙特创作发展过程的特点有关,另一方面也跟20世纪最初十年俄罗斯精神生活的状况直接相关。这种生活的起始阶段,19世纪80年代社会意识中的沮丧消沉(此后十年并没有完全消失)已经被20世纪初叶彩虹般的霞光所取代,这些都在巴尔蒙特的诗歌中得到了鲜明的体现。他的抒情主人公成长在"北方的天空下",但是渴望"像太阳一样",反映了年轻一代思维能力的进展。这一代人在"重估一切价值"的狂热中,从迷恋纳德松到推崇尼采,并把这种冲动比喻为不可遏制的宇宙自然力。与此同时,现代的"我"情感光谱上所具备的"超人"的激情,非道德主义的狂妄,自我欣赏的放肆,唯美主义的偏执,无一不反映在巴尔蒙特的诗集当中。另外他还吸收了一些反差鲜明的"时代的色彩":渴望社会自由,对"生活中受害者"的怜悯,反对专制强权的激烈抗争精神。诗人1901至1907年所写的政治抒情诗和讽刺诗与当时的历史事件以及社会情绪联系尤为明显;巴尔蒙特从年轻时代就流露出无政府主义自由倾向以及知识分子"民粹派"的特征(如同其他许多象征主义诗人一样),在革命时代表现得愈发强烈。

但是,1905年以后,社会风气与文学界的氛围都发生了变化,巴尔蒙特诗歌的许多题材也时过境迁而有所改变。如同他笔下尼采主义的或者富有公民激情的鼓舞和灵感失去了往日的影响,"太阳般辉煌的"英雄同样失去了号召力。巴尔蒙特一度被推崇为印象主义笔法的大师,然而再迷恋印象主义此时已显得过时;联想式的象征主义受到通神术信徒们的蔑视,他们宣称那只对应了象征主义流派最初的低级阶段。与此同时,愈发时髦的新古典主义凝滞在它所标榜的"优美清晰"之中,它站在巴尔蒙特抒情风格的对立面,反对他所提倡的崇拜"瞬间"与变化。而且当俄罗斯文学生活进入一个充满变化的新时期时,诗人正好又长时间疏离了文坛:由于讽刺"尼古拉末世"而受到警察的迫害,1906年初,巴尔蒙特不得不离开俄罗斯侨居国外(过了七年以后,直到1913年大赦,他才有机会返回俄罗斯)。

在国外孤独的处境中,"古代的召唤"吸引了巴尔蒙特,他认为欧洲古

935

风犹存的偏僻角落胜过欧洲各国的京城，世界上许多民族的神话和民间文学成了诗人长久感兴趣的研究领域。历史民族志的钻研，醉心于五大洲的漫游以及1912年历经一年的环球航行，都有益于他获得新的创作题材。就这样在1900年代末到1910年代巴尔蒙特的诗集和文集中，涌现了一批视野开阔的组诗和系列抒情散文。虽然说这里的宝石少于无矿的废石，但是不能不承认这些书籍为扩展俄罗斯诗歌的时空体、克服诗歌欧洲中心论所发挥的作用（随后不久，在艺术上疏离巴尔蒙特的一批年轻诗人就会向"远游的缪斯"奉献贡品，比其他人先行一步的就是——古米廖夫）。

对"普世合一"的激情，对大地上所有人在精神上统一的感受，激发通晓多种语言的翻译家巴尔蒙特在人生道路的各个阶段都能紧张地工作。他能"阅读塞万提斯、莎士比亚、歌德、易卜生、波德莱尔、莱奥帕尔迪、迦梨陀娑、鲁斯塔维里等作家的原版著作，大约能翻译三十种语言的作品……"[10]。他的译作曾被人指责过于主观随意。比如，在巴尔蒙特力图用俄语再现雪莱的丰厚译作中，尖酸刻薄的丘科夫斯基所看到的不过是"雪尔蒙特"的拙劣仿作。然而在英国，有些语文学家却持有不同见解，早在1897年，他们就邀请巴尔蒙特赴牛津讲学，俄罗斯的高等学府的学者肯定诗人的"伟大功绩"，其中就包括他"在俄罗斯与西方之间架设桥梁"的作用[11]。他的一系列翻译著作的价值如今得到了承认[12]。帕斯捷尔纳克为巴尔蒙特的翻译辩解，他不同意所谓"随意性"的指责，他认为巴尔蒙特用俄语再现雪莱的工作，与"茹科夫斯基发现雪莱"具有同等重要的意义[13]。

从1921年到最后的日子，巴尔蒙特度过了第二次侨民生涯的二十多年。诗人不接受十月革命，并谴责布尔什维克的政策（1918年出版的小册子《我是不是革命者？》，还有那个时期的一些演讲稿），他离开莫斯科，长期居留国外。对俄罗斯的苦苦思念渗透在他的诗歌与散文中，这使得巴尔蒙特晚年的作品与早期风格有所不同，那就是前所未有的戏剧性。即使这个悲剧时代的人们反复诉说，流亡的惨痛至今仍不显陈腐，正是这种痛苦赋予诗人最后岁月的作品以生命，让它们长存人间。

2

20世纪初俄罗斯文化界有许多特立独行的杰出人物，即便在他们当中，天 936
性超凡脱俗的巴尔蒙特依然显得出类拔萃。一方面拥有高超精湛的诗歌技艺，
莫扎特一样的轻盈才思，——另一面则是自学成才的艰苦磨砺，持续一生永不
满足。一方面是"恶魔艺术家"的颓唐姿态，故意仿效爱伦·坡和波德莱尔的
"疯狂"，——另一面则是读书万卷，出版了几十卷著作和译文。一方面戴着尼
采的面具，掌握了"匕首似的词语"，政治讽刺诗里那种剧院顶层观众式的略带
粗俗的语言，——另一面诗行中却拥有真挚动人的温柔，"难以遏制地渗透心灵"
（勃洛克语）。

> 俄罗斯自然风光温柔疲倦，
>
> 隐含着忧伤，暗藏着悲痛，
>
> 广漠无言的郁闷难以排遣，
>
> 像伸展向远方的寒冷天空。

（《无言》，1900）

巴尔蒙特描绘的这些景致，就其充满灵性的忧郁情调以及笔法的高度简洁
而言，非常接近列维坦晚年的风景画。

诗人的童年是在弗拉基米尔省乡村度过的，他父亲在那里有一座不大的庄
园，童年的生活印象使他对俄罗斯大自然产生了火热而强烈的爱。后来创作的长
篇小说《在新的镰刀下》（1923）复活了家乡田庄花园里美丽迷人的景象，这座
花园给了他最初的"……美感意识"。巴尔蒙特热爱俄罗斯中部地区富有诗意的
辽阔原野，他说过"十个意大利换不走我的家乡"（引自写给母亲的信 [14]）——
这正是他的"有机论"的源头，而这种"有机论"成了巴尔蒙特感触世界的基
础。这一世界观的结果就是不喜欢一切虚假、理性、思辨的事物；他认同"卢梭
主义"对城市和机器的贬斥，信奉泛神论，诗人的情感永远与整个大自然相关

联，渴望接触广漠无垠的宇宙力量。这一观念确定了巴尔蒙特的风格探索（后文还要详加论述）及审美倾向。他最初的偶像是雪莱和惠特曼，是《牧羊神》的作者汉姆生，而神话和民间文学日后将被他看作世界诸多自然要素中的一种——即民间自然要素的表现。

　　从年轻的时候起就不喜欢官方教育，先后被中学和大学开除，原因是参加非法的小组活动和大学生的学潮，巴尔蒙特离开了法律系，为的是献身于文学创作。但是他认为1886年发表在《美术评论》上的处女作，以及1890年出版的《诗集》，都算不上成功之作。柯罗连科给年轻的作者写信，认为他掌握了"优雅的形式"，但是还没有为自己找到"诗的内容"，因而建议他不要匆忙发表，巴尔蒙特接受了这些劝告[15]。

937　　　在《北方天空下》（1894）和随后相继出版的《无垠》（1895）与《寂静》（1898）这几本诗集中，巴尔蒙特已经是站稳脚跟、具有当代抒情意识的诗人，是转折时期人们生活情感的表达者。传统的浪漫主义忧愁，这只"无所依归的海鸥"，"带着凄凉的叫声掠过／寒冷的大海深渊"，意识到上帝的遗弃和世间不可避免的孤单，那里

　　　　　心灵与心灵相距遥远，

　　　　　　就像一颗星与另一颗星，

诗行散发出的仿佛是18世纪的音调：主人公"在死气沉沉的寂静王国里"受苦，"徒劳地等待春天"让他厌倦，日常生活这个"泥潭"的"引诱、扼制、压挤"又让他恐惧。类似的许多体验并不新鲜，但是这种情感的逼迫与增强产生了新的后果：颓废综合征。"死亡，请哄我入眠"，这是在当时非常流行的"配乐诗朗诵"表演中不知被重复过多少次的年轻的巴尔蒙特的一行诗。索洛古勃的诗中也有同样的主题，——这都是"美化死亡"（卢那察尔斯基语）的典型例证，也是颓废派缪斯的特点。

　　"世纪末"抒情诗风格所特有的由浪漫主义向颓废主义衍变，在巴尔蒙特创作的各个层面上都有所显现。比如，对于"船"这类题材的重新思考就是最好的例子。船——是浪漫主义诗人最为钟爱的意象，是追求、激情的标志，是

从拜伦到兰波一直使用的形象，隐喻叛逆的个性和叛逆的命运，船的形象有时候吸收了暴风雨热爱自由的精神（如亚济科夫、莱蒙托夫的诗篇），有时候蕴涵着痛苦的思索，思索"漂泊"生活的徒劳无益，这是"无限的幻想与有限的海洋"决斗（波德莱尔的《远行》①），戏剧性的冲突不会有任何结果，有时候是海上飘荡者凄楚的心愿，他渴望"重新返回欧洲平静的河流"（兰波，《醉舟》②）。

巴尔蒙特《苦闷的小舟》（1893，诗集《北方天空下》）这首诗中，小船无望地挣扎在大海深渊，它是阴沉忧郁的象征。这首诗连同它大量采用辅音同音的艺术手法不止一次被戏拟，遭受蔑视，被人说成缺乏思想性，是追求音韵的文字游戏，是"精致却不合时宜的戏法"（勃洛克，V，548）。然而作者通过"黑色小舟"与"白帆"的对比 16，解释了色彩的隐含的寓意。《苦闷的小舟》是针对莱蒙托夫的《帆》有意识地通过联想和反差塑造的对比意象。和帆一样，小舟也体现着骚动不安，两条船都与普通人的向往追求格格不入，莱蒙托夫写道："帆啊，并非寻找幸福。"巴尔蒙特则写道："一心远离幸福的引诱。"但是，帆是英勇无畏的，它"祈求风暴"；黑色的小舟向往幻想的世界，"追寻梦中闪光的圣殿"。莱蒙托夫的诗采用了精确的抑扬格，调性属于意志坚强的大调；而巴尔蒙特的诗律是四音步扬抑格，调性是压抑哀伤的小调，伴有叹息一样的断续间歇。两首诗的色调也形成了鲜明的对比：伴随白帆的"海水澄澈如碧霄"，"太阳的金光灿烂"；黑色的小舟则"被黑暗笼罩"，四周是咆哮的"无底深渊"。莱蒙托夫的诗中的背景形象，"翻滚"的波浪，"呼啸"的海风，"弯着腰挣扎呐喊"的桅杆，正好衬托诗歌不屈反抗的主题。巴尔蒙特描写自然景物则意在表明身处绝境无路可行："寒风呼啸"，"黄昏死亡"，"一脸忧伤的"月亮静静观望，冷眼旁观抒情主人公的悲剧，目睹他与自然风浪徒劳无益的抗争。

《小舟》的作者可能会想起魏尔伦《厌烦》（载《忧郁诗章》，1866）一诗中的诗行，其中抒情主体的近似心态塑造出了近似的意象："像被遗忘的小

938

---

① 玛·茨维塔耶娃译文。——作者注。

② 贝·利夫希茨译文。——作者注。

船/飘荡在潮汐之间，/我的心随风浪的意志滑行……"①。像魏尔伦一样，巴尔
蒙特对"船"这一浪漫主义题材用颓废派的观点给予新的解释。标题中的小舟
加上"苦闷的"这个修饰语绝非偶然。从魏尔伦的十四行诗《苦闷》（载《今
昔集》，1885）开始，这种情感就成了世纪末诗人自我感觉的独特投影：他痛
苦，是因为意识到面对生存环境自己软弱无力，而且不可能成为另一种样子的
人。索洛古勃的抒情诗当中，生活、命运、写作都是"苦闷的"。悲凉的"苦
闷"是梅列日科夫斯基、安年斯基、吉皮乌斯抒情风格固有的本色。巴尔蒙特
只不过强调了颓废派自我感觉的这个音调，把注定的苦闷赋予了小舟——这抒
情主人公"我"的同貌人。

在世纪末纷纷涌动的思绪中，早期的巴尔蒙特曾经借鉴"八十年代人"
的公民觉醒的题材，变换手法，写出过一些作品。长诗《死亡之船》（见诗集
《寂静》，1895）继续采用了毁灭性的"远行"这一隐喻，它所描绘的不仅是
个人反抗的悲剧，而且是整整一代"被骗水手"的不幸：

> 我们被派到白茫茫的荒原，
>
> 我们在冰天雪地祭奠亡灵，
>
> 我们衰竭呻吟，冻得僵硬，
>
> 苍白的唇上凝结着诅咒声！

开拓新疆土的英雄气概与冲动归结为虚幻的渺茫，开满鲜花的岛屿只是海
市蜃楼的幻影，所谓庞大舰队的功勋只不过让人回想起"哑默的死亡之船"。但
是，19世纪80年代典型的"捐躯将士"的矛盾冲突和这种冲突的隐喻说法（如
在俄罗斯思维中已习以为常的"冰雪"国度之讽喻）在《死亡之船》这部长
诗中，却最终走向了为免受"骚动世界"侵扰的"高尚的寂静"作辩护，这
就与赞扬"牺牲"的慷慨激昂背道而驰。组诗《雪花》反映了同样的心情：
在这里，"皑皑白色"成了无所畏惧的联想符号，成了躲避"恶及其诱惑"，躲
避"昏聩的善良"、与世隔绝心态的象征。"哭泣的我"令《寂静》的主人公厌

939

---

① 费·索洛古勃译文。——作者注

恶，这个人物与苦难世界格格不入（"我不能去爱人类的叹息声"）。

还在《北方的天空下》这本诗集当中，一方面赞美基督教的牺牲之美以及准备"哪怕擦干一滴泪"的决心，同时已经出现了相反的意向："我疏离亲人们的痛苦//我厌倦整个大地和它的斗争。"诗人用其抒情世界任性的活泼为他的离经叛道进行辩解："我是一片云，我是风的呼吸。"从此开始了对于变化的崇拜，心绪与情感的嬗变，这些变化的"飞逝的瞬间"成了巴尔蒙特艺术追求的座右铭：

> 我不晓得明智，那只对别人合适，
> 我只会把飞逝的瞬间化为诗句。
> 每一个瞬间我都发现世界在改变，
> 其中充满游戏，彩虹一般奇幻。

俄罗斯诗歌中的印象主义在费特的抒情诗中达到了巅峰，这位诗人所倡导呼吁的"瞬间陶醉"（勃留索夫语，Ⅵ，216），在巴尔蒙特笔下得到了生动完美的体现，原因是这种追求符合他个人的天性，成了他的"第二本能"。印象主义艺术固有的特征是用诗意美化世间万物无穷无尽的变化，在文艺趋向颓废的环境里，这种主张不止一次地增强了相对主义和主观主义的倾向[17]。巴尔蒙特也有这样的倾向，他的审美观念中渗透着夸张变形的"瞬间感受"（创作是"一挥而就的诗行"，其中凝聚着只有"刹那间"真实的内心体验），这几乎成了他的伦理准则（"一个人是好还是坏，/反正对我都一样，/他说实话还是撒谎，/反正对我都一样"）。

因此，巴尔蒙特抒情主人公所喜欢的形象一般都具有"瞬间"变化，难以持久的特征——比如朝生暮死的螟蛾，"既给所有人，又不属于任何一个人"的奔流的小溪，"一闪而过的"大海浪花。诗人认为，诗句的功能，艺术的手法就在于传达稍纵即逝、朦胧缥缈的印象。海湾上缭绕的雾气，草原针茅的脉络，秋天飘在空中的蜘蛛丝——所有这些都是朦胧感触的象征，都会引起抒情主人公"我"的情感震颤。这些印象的可贵之处就在于初次感受的朦胧，不能用通常的逻辑推理，而只能凭借联想将这些印象联系起来。巴尔蒙特的"心绪成诗"的许

940   多诗行往往由一连串同类成分构成，是许多形象与色彩的罗列：

> 缥缈的虹影。遥远的星。
>
> 峡谷与云朵，忧烦难排遣。
>
> 幸福的遐想由斗争激发，
>
> 哑默、辽阔、谜一般的蓝天……

　　适用于抒情短诗的联想原则常常也适用于创作组诗；组诗的题材虽然得不到充分发展，但是就像音乐组曲一样，可以产生出一系列变体。比如，在诗集《寂静》中，借助于各种各样的"洁白"物象（《水仙花》《白天鹅》《雪绒花》等），从不同角度表现了浪漫主义诗歌中孤独以及与世隔绝这一主题。音乐组曲结构的典型例子是《自然力的四重唱》（见诗集《我们将像太阳……》），还有歌唱"花与色"的组诗《摩根魇景》中的二十二首诗（见诗集《美的圣礼》）。巴尔蒙特论述费特时写道，印象主义诗人想在抒情诗中表现"瞬间感受与这种感受外在的表达——奇妙的节奏这两者之间的精妙和谐"[18]。这时候，起到联想符号作用的节奏就具有了生命力；节奏丰富多彩，各有细腻精微的差别，隐含着奇异美妙的感情色彩，与抒情主人公的心态相吻合。巴尔蒙特被称呼为"擅用形容词的诗人"，"修饰语之王"；大量使用定语是其诗篇的特征——这是过分注重外界物体表象的结果，也是印象主义观察所固有的特点。安年斯基从巴尔蒙特的修饰语中分列出"抽象型""重复型""矛盾型"等类别，指出他所使用的形容词具有朦胧易变性，因而具有强烈的象征性[19]。巴尔蒙特第一本评论集《山巅》（1904）的开篇之作是《简论象征主义诗歌》（1900），他在这篇文章中界定了印象主义及其创作宗旨"局部代替整体"（原文为拉丁文）是心理抒情诗的修辞手法之一："印象主义诗人——是用暗示和主观体验说话的艺术家，他常用局部的标示在别人心里复现他的整体印象"。虽然这种风格照巴尔蒙特的见解是超时代的（比如说他认为戈雅在其《狂想曲》和《战争的灾难》中是个"耽于幻想的印象主义者"），正是印象主义才有能力并且完全适合表现"当代心灵"的状态，以及其错综复杂、任性变化的"……感受的手法"[20]。巴尔蒙特的抒情诗扩展了印象主义诗学的功能：从它最初的模拟

功能——那只不过是"进一步完善再现现实的方法"[21]——过渡到重新塑造、主观地转换现实的形象的功能。巴尔蒙特的风格创新极具锋芒，有意炫耀，过度泛滥，甚至纠缠不清，因此尤其让人记忆深刻。

3

巴尔蒙特在抒情诗集《寂静》中所表现出来的情绪带有颓废色彩，而在此后创作的第四本诗集《燃烧的大厦》（1900）中情绪就变得昂扬雄壮起来，正是这本诗集使得他名噪一时。对于世纪之交的社会氛围具有典型意义的社会情绪的转化，从忧伤的小调转向欢乐的大调，在这本诗集当中留下了鲜明的烙印。在《燃烧的大厦》当中，主人公挑衅性的情绪取代了沮丧消沉的感觉，狂放的情感、战斗的冲动、兴高采烈的豪情占据了上风，激发这些情绪的诱因各不相同——或者是对女人的爱情，或者是创作的激情，或者是超越既定界限的渴望。

《燃烧的大厦》一书的内容汇集了社会灾难的预感，用尼采的话说就是"世界火灾"，同时也有俄罗斯方式的价值重估："我烧毁了我曾崇拜的，/我崇拜了我曾烧毁的。"这一次"烧毁"的原来是伦理道德法则：在俄罗斯第一批颓废主义者狂放无羁的言论中，大概巴尔蒙特的言辞最具有挑衅性。《燃烧的大厦》的作者公然颂扬残忍与放荡（《我抛弃了她》《像西班牙人一样》），把两千年前烧毁罗马的暴君尼禄视为兄弟，用粗鲁的语言模仿波德莱尔的"恶之花"（见《西徐亚人》《海盗》《丑八怪》等诸多诗作）：

> 瘟疫，疾病，黑暗，杀戮与灾难，
> 蛾摩拉与所多玛①，瞎眼的城镇，
> 欲壑难填的愿望，张开的嘴唇，——
> ……

① 蛾摩拉与所多玛，据《圣经》传说是古代两个城市，城中居民荒淫放荡，受到上帝惩罚，城市被大火焚毁。——译者注

我祝福你们，祝你们一帆风顺！

（《丑八怪》，1899）

巴尔蒙特恶魔般的姿态引起了许多批评家的愤怒，他们谴责他的无政府主义倾向，甚至担心他会疯狂；弗·舒利亚季科夫在受众广大的《信使报》上写文章指责《燃烧的大厦》的歌手有意把"当代心灵的抒情诗"全部引向用心险恶的颓废。[22] 诗人的另外一些朋友和读者对他新出版的诗集也持否定态度，他们讨厌"血淋淋的鬼脸"（亚·乌鲁索夫公爵语），有些作家（如安年斯基、高尔基、勃留索夫）则不相信那些"匕首似的词语"的真实性，以为这些超人式的追求只是诗人所戴的面具，与这位"温柔、驯顺诗人"真实的、"女子气的"禀性格格不入。只有为数不多的同代人能够理解走极端的诗人好强争胜的目的：他想以罕见的激烈隐喻表示出对一切清规戒律的厌恶。向各种束缚人的法规造反，极其主观的诗人"除了推翻所有已知的规范以外，不承认任何法则"（维·伊万诺夫 [23]），他主张无条件地肯定生活，对包容着极端黑暗与光明的存在"全盘接受"（作者给诗集写的题词是——"为了能够生存／整个世界都应被正名"）。巴尔蒙特运用一切手段写出了大量相反相成的诗句——《对唱》篇，组诗《既说是，又说不》《心中什么都有》《偶数与奇数》的诗句和《致波德莱尔》的诗节都是例证。而正是在《致波德莱尔》的诗行中，诗化了这个具有"女性心灵"的"恶魔"悲剧性的双重性格：

你坠落在深渊，却渴望攀登顶峰，
你透过昏黄的惆怅仰望蓝色天空……

《燃烧的大厦》的题材，形象情感的表达手法，节奏与色彩，处处都表现出水火难容的尖锐对立。"猩红花朵"的西班牙与俄罗斯平原"苦闷贫乏的土地"，奔驰在"火热沙漠中的阿拉伯骏马"，对应"宁静的阿姆斯特丹／古老的钟阵阵鸣响／动听的钟声相互呼应"。组诗《余光返照》中"老虎欲望"的凶猛，与《堕天使》诗行中的温柔、忠诚的诗意形成对比。对于一个非道德主义者来说，无论是《良心》一辑中忏悔性的自我揭露，还是自我中心主义者忽然

942

996

准备为了邻人"燃烧自己"的决心，抑或诗人带有基督教民粹主义倾向的利他主义（《为牺牲祈祷》）都可谓始料未及。巴尔蒙特（与俄罗斯其他的尼采信徒不同，与追求"一切统一"的索洛维约夫派象征主义者也有区别）虽然擅长运用相互冲突的反差与对比，但是他并不会在拯救性的合题中扬弃二律背反。恰恰相反，在巴尔蒙特的艺术世界中，借用陀思妥耶夫斯基的话说，是"矛盾可以一道生存"①；对于诗人来说，宏观世界与微观世界成分的错综复杂与"众声喧哗"乃是万物生存的条件和形式。这一信念的深层，陀思妥耶夫斯基人类学的动因（诗人承认，《卡拉马佐夫兄弟》给予他的影响"超过世界上的任何一部著作"[24]）与道德相对论的最新信条交织在一起了。但是《卡拉马佐夫兄弟》的作者与扎拉图斯特拉的歌手给予巴尔蒙特并行不悖的影响（许多象征主义者都受过这种共存的影响），并没有因为宗教思想（比如像梅列日科夫斯基那样），或者索洛维约夫学派的说教（比如像年轻的勃洛克和象征主义第二浪潮的其他诗人）而有所修正。在巴尔蒙特抒情主人公思绪与情感"百音交汇的乐曲"中，保存了颓废派抒情的狂放恣肆，同时也保存了挣脱道德说教的畅想：

> 我迁就市场及其赌咒与拥挤，
> 但也再次感到神明的亲近。
> 用沉重的战斧把一个人劈死，
> 我绝望地呼唤被我砍死的人。

（《超凡脱俗》，1899）

按照出版时间顺序，巴尔蒙特的下一本诗集《我们将像太阳……》（1903）被同代人公认是他最出色的作品。"……在这里，诗人沉浸于象征的森林之中，创作了唯一一本独具一格而又无限丰富的诗集。"勃洛克这样写道（Ⅴ，137）。"烈火熊熊的熔炉熔炼并铸就了他抒情诗中最为出色的形象。"埃利斯如此评价巴尔蒙特的这部诗集[24a]。勃留索夫认为，在这本诗

943

---

① 典出《卡拉马佐夫兄弟》第三卷第三章。——译者注

集中，"巴尔蒙特的创作达到了永恒之岸"（Ⅵ，258）。巴尔蒙特想重新塑造个性，为了与世界"融合"而克服"无家可归"的个人主义倾向（巴尔特鲁沙伊蒂斯）[25]，这些思想都在包容宇宙的象征主义体系中得到了表现。富有创造性的太阳成了衡量最高存在的尺度；"永生不死的星体""对于善、对于恶"同等看待，它不停地燃烧，这种馈赠的功勋——都让它成为"地球幻想者"的榜样：

> 我来到这世界为观赏太阳，
>
> 　如白昼熄灭，
>
> 我仍将歌唱……歌唱太阳
>
> 　至临终一刻！

打开诗集就能看到这一诗节，突现了热情的浪漫主义诗人的信仰，呼唤人们为创作意志"喷薄燃烧"，而不是"无声无息地腐朽衰灭"。

巴尔蒙特"放眼星球"的激情（其昂扬澎湃最近可以追溯到尼采，而从长远视角来回顾的话，则可以追溯到一系列有关"太阳"的民俗、神话和文学主题）表明他是俄罗斯艺术进入"宇宙时代"的先兆之一（斯克里亚宾，《神圣之诗》，1903；别雷，《碧蓝中的黄金》，1904；维·伊万诺夫，《太阳心》，1905—1907）。而与巴尔蒙特的"太阳"诗集在同一年问世的齐奥尔科夫斯基关于依靠"火箭设备"征服星球世界的著作则标志着这一时代在科学领域的开端。

虽然这部诗集中开篇就是火与月、水与风的组曲，这些自古以来就存在的自然力展示出各种各样的面貌，或是相互结合在一起出现，并且还描绘了与其接近或相似的心理活动，但是这些都还不足以概括这部作品的多声部结构。正如诗集《燃烧的大厦》一样，诗人在这里一方面宣扬非道德主义，展现震撼人心的罪孽（《蛇的眼睛》一辑当中的《我欣赏自己的放荡》《自由放任》《无法无天地生活》等一系列诗作），另一方面是颓唐的情色（见诗辑《令人销魂的山洞》），再有就是颂扬"恶魔艺术家"（见同名诗辑和组诗《死亡之舞》，原文为法语），在这里也会反映了公民的心声，出现了诗之利剑的形象（《不

要畏惧》，原文为西班牙语），揭露社会弊端的声音，对市侩和庸人的抨击
（《在家里》《给我们的敌人》等）。同样是在这本诗集当中，还有基督教伦理

的说教，以及对使用暴力惩罚恶所持的怀疑：

> 圣徒乔治，屠龙既毕，
>
> 朝四周观望，目光悲凄……

在与毒龙战斗中体验了"自己的辉煌时刻"，英雄"刺中——杀死了"
它，但是面对敌人的尸体，英雄的豪迈气概已经"熄灭"。同代人指出了
《圣乔治》构思的深刻与形式的纯熟："这首真正称得上是天才之作"，"是
巴尔蒙特王冠上的一颗明珠"。[26] 这本诗集是多声部的交响曲，其中依然听
得见"民粹派"抒情诗的余音，献给高尔基的诗篇《路边草》（1900）对生
活中的受苦受难者充满了发自内心的同情，是生活那"无形的沉重车轮"碾
轧和蹂躏它们。安年斯基充分肯定了这几节诗，他与勃洛克有所不同，勃洛
克认为，巴尔蒙特关心的"纯粹是他自己"（Ⅴ，372），安年斯基则恰好将
巴尔蒙特称呼为"《路边草》的诗人"[27]。勃留索夫也把《路边草》视为巴
尔蒙特"最好的作品之一"（1921年写的一篇未竟文章的草稿，题为《巴尔
蒙特是什么样的人？》）。他用《青铜骑士》和《罪与罚》的线索来理解路
边草与车轮的矛盾冲突，将其视为一部充满历史意义的悲剧，讲述的是"世
界命运"的无辜牺牲品（Ⅵ，491）。但是，巴尔蒙特本人却把自己的诗与
涅克拉索夫的作品联系在一起，正是这位公民诗人鞭挞了"摧残千百万人的
心灵与躯体的暴力"。在巴尔蒙特的心目中，涅克拉索夫才是伟大的社会艺
术家，是具有创新意识的诗人，正是他在俄罗斯诗歌中第一次展现了"不和
谐的音乐与丑陋的画面"[28]；巴尔蒙特把他在文集《山巅》中有关涅克拉索
夫的文章叫作《穿透制度》。把颓废倾向与社会利他主义结合在一起，初看
起来有些怪诞离奇，但是采用这种艺术手法的并非只有巴尔蒙特一个人。文
集《山巅》与诗集《我们将像太阳……》的作者把波德莱尔与王尔德相提并
论，不仅仅是由于迷恋"恶之花"，而且还由于热切关注备受欺凌与歧视的
受苦人；由于俄罗斯热爱人民的人道主义传统强有力的影响，在这位俄罗斯

诗人身上这种关注还得到了加强。

　　尽管巴尔蒙特的诗歌有对社会疾苦的强烈关注，但是在他的抒情世界里处于主导地位的依然是存在领域，是对生活中奇异现象的强烈感受。"自然力的四重唱"的歌手，拥有蓬勃的生命力和激情，由始至终感受到个性与自然宇宙的统一，巴尔蒙特于是走上了那时已在俄罗斯形成的"生命哲学"的轨道，为这种哲学提供了诗歌创作的早期样本。正是基于这种原因，才产生了巴尔蒙特与尼采——生命哲学的灵感来源和最早的表达者之一——之间深刻的精神联系，比起人们通常在这位"燃烧的大厦"之歌者身上察觉到的与尼采在动机、题材层面上的联系，如今的这种联系更接近实质。[29] 巴尔蒙特一个本质性的特点是崇拜直觉，这使人们有理由思考他与"生命哲学"另一个名家柏格森的关系；尽管这两个人物有种种不同，然而他们的共同之处是都信奉叔本华的直觉论，强调变化和不停的运动是"生命力"的本质属性，对于理性主义和唯科学主义的堡垒表示厌烦。

　　巴尔蒙特的作诗法同样体现了他与生俱来的对"有机者"的激情。就像在那些"现代派风格"注重优美的艺术作品中一样（前面已有所论述），形式的流动性是其作诗法特有的标志，这是外部世界与"心灵海洋"持续运动的符号。（在与诗集同名的诗篇《我们将像太阳……》中，"断线、尖角"是黑暗的奴仆，是即将降临的恶之使者，这一点绝非偶然。诗集《朝霞中的火光》中有一首诗题为《曲折》，这是活跃的思想和语言的标志，是"游牧的云朵"和"伟大的银河"的特性。）巴尔蒙特对节奏音韵的"锤炼"使他的诗句精巧流畅，朗朗上口，如行云流水，特别柔顺和谐，灵活自然：

　　　　月光下飞行的白天鹅，

　　　　在冥冥之中越飞越远。

　　　　海浪温柔地偎依船桨，

　　　　百合向湿润倾诉依恋……

　　　　　　　　　　　　　　　　　　　（《湿润》，1899）

选择音韵的娴熟技巧，采用辅音同音法的高超造诣在这里塑造了轻柔海水的音乐形象，取得了类似印象派音乐所达到的艺术效果。"我把白昼的色彩赠予大海……/我的语言翻卷着波澜"，诗人不知疲倦地重复着这样的诗行。"你——像清风，像波浪"，勃留索夫在给巴尔蒙特的赠诗中这样说。而巴尔特鲁沙伊蒂斯则把巴尔蒙特抒情诗内在韵律比喻为"出乎意料的浪涛"的来潮，是海潮汹涌吸引诗人追求新的境界。[30]"我们——是同一个大海深处迸溅起来的水珠浪花"，巴尔蒙特如此评说天才人物之间的兄弟情谊，但是在宇宙的交响乐中他所听到的是"和谐的波浪各自发出不同的声音"。大海汪洋，江河浩荡，山涧溪流，宁静河湾，点滴春雨——所有这些都是巴尔蒙特抒情风景中最为喜爱的形象，它们千姿百态，变化多端，具有各种各样的联想与象征意义。水的漂浮力——是青年风艺术①形象资源里一个典型的隐喻（正如前面指出的，受他影响的艺术家甚至在雕塑中也违背静态的规律，力求表现浪花的飞腾）。生活中的自然现象在不停地自我更新，青年风艺术的分析者认为，表现这种自我更新正是该流派的根本属性，正如我们在前面所看到的，这种自我更新对于巴尔蒙特的创作个性具有纲领意义。"他的变动不居是他断言自己永恒不变的一种形式，因为他觉得永恒不变就是不停地运动，就是坚持不懈地登上'山巅'……"维·伊万诺夫在1912年的一次讲话中透彻地分析了巴尔蒙特[31]，指出了其抒情世界的辩证特色，而这种特色对于这位一直在歌唱永远变化的生活的歌手而言，是自然而然的。

巴尔蒙特最喜爱的象征变化生活的标志是青年风艺术中密集使用的各种植物隐喻系统。巴尔蒙特抒情诗的巨大"花束"囊括了俄罗斯田野和森林里大量的鲜花。在诗人看来，这些象征自然永恒更新的小小符号，与斯堪的纳维亚史诗《埃达》中的"世界之树伊格德拉西尔"那般的参天巨树地位相当。巴尔蒙特为1916年出版的一本诗集起的书名是《白蜡树》②，有的研究者说过，如果将巴尔蒙特有关树木的其他诗节收集在一起，"就足以再编出一部诗集"[32]。巴尔

946

---

　　①"青年风"（Jugenstil）和上文提到的"现代派"（модерн）分别是19世纪末—20世纪初在欧洲盛行的一种艺术风格在德国和俄罗斯的名称。汉语中通常根据该风格在英语和法语中的名称Art Nouveau译作"新艺术"。——译者注

　　②斯堪的纳维亚神话中的世界之树就是一棵白蜡树（桦树）。——译者注

蒙特的文本中充满了各种人和植物同态的例子（神话和民间文学中有过很多类似例子）。除此之外，他认为植物的命运是存在的一种模型；诗人呼吁人们像"花儿"一样生活，从容接受开花的幸福和凋谢的悲伤（诗集《只有爱》中的诗篇《轻轻地，轻轻地脱去衣裳……》）。而植物繁衍生长的现象有时候竟然成了一种构建诗歌整体的法则。比如，《植物》一诗的各个诗节（见诗集《美的圣礼》）就像从诗的"树干"上长短不一孳生出来的嫩枝；格律交错与节奏变化恰似一切生物自由生长的天性。与此同时，巴尔蒙特热衷于"色彩鲜明"的形象符合他美化世界图景的追求，这正是"现代派"艺术大师共同的特征。在俄罗斯艺术界，不仅巴尔蒙特一个人，还有许多象征派诗人受到了现代派多方面的影响，现代派影响与印象主义揉合在一起，丰富了这些诗人的风格选择。巴尔蒙特还最早提及（1900年一次演讲）新时代心理抒情诗复杂的艺术、构思整体中，象征主义、印象主义与颓废主义三种因素共生共存的现象。

4

继诗集《我们将像太阳……》之后，陆续出版的三本诗集《只有爱》（1903）、《美的圣礼》（1905）、《恶毒的诱惑》（1906）——证明了巴尔蒙特依然停留在原先的创作领域。诗人的一系列价值观，他的情绪变化，他的爱与憎大致已具备了轮廓；现在要做的只不过是向读者提醒一下这些要素，想方设法"挖掘出"其中珍贵的（或者否定的）因素，并为其寻找出新的形象例证。正如人们所了解的，音乐般的变奏性是印象主义绘画的特点，它常常把客体外貌的细微变化画成一系列连续的组画（比如莫奈的组画《鲁昂大教堂》《睡莲》等）。巴尔蒙特的诗歌中也有类似的变体特征。诗人在其创作道路的不同阶段，有一套稳定的、反复出现的题材，这样，一个形象就可能折射出许多近似的形象。一个心爱的主题可能在几部组诗当中多次出现，这个主题日益复杂化的重复版本从一本诗集流向另一本诗集。例如，诗集《我们将像太阳……》开篇就颂扬"崇高的天体"，这种宇宙激情还回响在诗集《只有爱》中的组曲《太阳颂》，以后又出现在《美的圣礼》卷首的题词引子当中，此后还有多次的返

947

响。穿上新颖的隐喻服装，在一本本诗集中一再重申"包容一切"的信条，鼓吹非道德主义的宣言，高唱"自发力量的颂歌"——或者反驳"陈腐论调的奴隶"唯理论者，痛斥"人类的霉菌"——庸俗的市侩。但是，许多巴尔蒙特诗歌的评论家并没有将这种变体性当作其手法上的属性以及体裁、风格上的特征来看待。巴尔蒙特不断出版新诗集，"伴随日益增长的声望不知节制地耗费诗句"（Ⅴ，547），这一现象让勃洛克感到不安；埃利斯写道，1905年以后，巴尔蒙特只不过是在把原先的诗歌开拓变得庸俗化，成了"不断自我重复的诗人"[33]。

然而就在这个并非是巴尔蒙特诗歌创作最为鼎盛的时期，诗人依然运用从前的主题写出了富有表现力的变体作品，艺术技巧有了新的超越。诗作《原子的舞蹈》（1905，见诗集《美的圣礼》）以"科学诗"（这种诗歌因勃留索夫在《天平》杂志中的努力开拓而变得流行）的精神对宇宙主题进行了勾勒描绘。迎合原子世纪之初人们的兴趣，巴尔蒙特采用一系列巧妙的隐喻，猜想"天上的宫殿"与物质的神秘内核具有天然的共性；因为在后者中也有"尘埃似的星球"，四周是"隐秘旋涡的湍流"。然而让反理性主义的巴尔蒙特和科学诗的其他追随者区别开来的，是前者不相信"思想高傲"的人类能够掌握大自然的秘密，从"卢克莱修的古老歌谣"开始的探索自然奥秘的尝试一直都是徒劳无功白费气力。这几年巴尔蒙特的爱情诗获得了新的色彩。"巴尔蒙特的诗歌颂扬……爱情的全部仪式，歌唱爱情的七彩虹霓"，这是勃留索夫的评价（Ⅵ，253）。作为"蓬勃生命"的歌手，巴尔蒙特渴望占据抒情世界引人注目的舞台，他的爱情诗优劣悬殊参差不齐，有时候失之平庸，陈腐拘谨（比如流传甚广的《我想要放肆，我想要大胆……》），但他的诗句总是形象鲜明，独具风采，在这些成熟的年代里奉献出许多给人印象深刻的诗行。诗人认为，性的自发力量的确能移动高山，海洋陆地都得听凭它主宰；只要"血液海洋里的怪物／伴随摇晃的节日／还在颤抖，编织爱情的笨重锁链"，古老的海洋就依然充满生机。然而这海洋的巨人及其情欲一旦消失，澎湃的海浪变得软弱无力，吞噬一切的将是"平坦的，单调的，无声无息，荒无人烟，被太阳烤焦的沙滩"；没有爱情的世界就是这种荒凉景象（《沙滩》）。

巴尔蒙特还曾经为自己的女儿写过一本"儿童诗"诗集《仙女的童话》（1905），诗句"轻盈如清风吹拂"，用勃洛克的话说，这是"一束最为芳香细

948

腻的花朵"（Ⅴ，619）。在这本书里，巴尔蒙特仿照魏尔伦的《幸福之歌》，以天真的旋律，亲切的语调，纯朴而优美的笔触描写大自然给予人的亲切印象，诗句富有引人入胜的艺术魅力：

越橘正慢慢成熟，
白天已越来越冷，
听到鸟儿的鸣叫，
心里平添了愁情。

太阳已很少欢笑，
花朵失去了芳香。
秋天就快要睡醒，
哭泣得泪眼汪汪。

（《秋》，1905）

很难相信，还是同样一支笔（而且是在相同的年代！），却开始诅咒"专制强权的野兽"，为奋起反抗的无产阶级谱写赞歌（"工人啊，我和你在一起！／我歌唱你掀起的风暴！"），创作"鞭挞的诗篇"（用作者的话说），就是揭露当权者的讽刺诗（《我们的沙皇》《撒谎王》等等），须知在世纪之初讽刺杂志上，类似的作品比比皆是。如同巴尔蒙特第一首嘲讽尼古拉二世的作品（《小苏丹》，1901），这些讽刺诗以手抄本的形式四处流传，有些还被社会民主党人印成了传单[34]，或者发表在布尔什维克的《新生活报》上；巴尔蒙特（像明斯基和丘尔科夫一样）成了《新生活报》的撰稿人，这份报纸第一期就采用了巴尔蒙特写的《给俄罗斯工人》。维·伊万诺夫当时认为，巴尔蒙特"常常是一个出色的讽刺诗人"[35]。但是，绝大部分象征主义诗人都蔑视"三戈比巴尔蒙特"的政治讽刺诗，这些诗被收入了《诗集》（1906），由高尔基主持的知识出版社出版，是"廉价文库"的一种，印数两万册，后被警察统统没收。巴尔蒙特的革命诗篇还出现在被俄罗斯官方查禁的、由阿姆菲捷阿特罗夫主编的《红旗》杂志（出版于巴黎）上；同样在那里，诗人于1907年出版了诗集《复仇者之歌》。

那时候波兰诗歌中的革命复仇精神引起了巴尔蒙特的关注。他怀着浓厚的兴趣翻译密茨凯维奇反抗暴君的诗篇，诗中的情绪与俄罗斯社会大多数人的心情极为接近。巴尔蒙特从密茨凯维奇的诗剧《先人祭》中选译的《波兰囚徒之歌》，愤怒的诗句尖刻犀利，发表在阿姆菲捷阿特罗夫主编的《红旗》杂志上（1906，第2期），引起了强烈反响，效果决不亚于他自己创作的政治抒情诗和讽刺诗：

> 不管处境有多么险恶，——
> 西伯利亚，苦役矿场，
> 随便。我倒心甘情愿
> 劳动流汗，为了沙皇。
>
> 手起锤落，趁热打铁，
> 一片昏暗里没有霞光，
> 我说哪怕再冷再黑暗，
> 打造利斧，为了沙皇。
>
> 我要娶一个鞑靼女人，
> 讨个鞑靼老婆度时光：
> 万一我死了被人抬走，
> 生下帕楞①，为了沙皇……

巴尔蒙特1906年所写的随笔《人骨笛子》采用了密茨凯维奇的诗作《先人祭》和长诗《康拉德·华伦洛德》的片段，后来又把这些作品收入了抒情散文集《白色闪光》（1908）。（巴尔蒙特笔下凶险的长笛形象，具有紧张的表现主义色彩，它源自王尔德，同时也预示着马雅可夫斯基著名的"脊柱笛子"的隐

---

① 指策划刺杀沙皇保罗一世的彼得堡总督彼得·帕楞。——译者注

喻。）巴尔蒙特在这里感受到了"流逝瞬间斯拉夫人心灵"共有的疼痛；做笛子的骨头属于暴君奴役下牺牲的那些人，他们唱着复仇的歌，唱着所有斯拉夫人忧伤的歌，照波兰诗人的话说，他们只知道"奴隶的反抗精神"。在巴尔蒙特的意识中闪耀着杰出艺术家的理想，这样的艺术家像"山巅"一样，在"共性之中显示出个性"。现在，诗人觉得自己是"波浪中的波浪"，是"琴声中的琴声"，是"闪电中的闪电"。他呼吁当代的抒情诗人记住密茨凯维奇的口号："要歌唱并且要诅咒！"他号召当代诗人"与沸腾的熔岩，与热血的熔岩，与潜藏在大地之下、终将喷涌到大地上的红色潮流"站在一起。[36] 巴尔蒙特的革命激情符合暴风雨年代的精神，而时过境迁，他的激情也归于泯灭。创作命运新的转折带领诗人走上了历史与神话的道路。

5

巴尔蒙特的诗集《恶毒的诱惑》（1906）开篇引用了《伊戈尔远征记》的片段，其中涉及覆盖大地的漫漫长夜，阴沉的乌云和血红的霞光：诗人把已经开始的反动政治所激发的事件看成是民族歌谣使之世代流传的历史悲剧。这一时期往昔的形象越来越吸引巴尔蒙特的目光，他从民族的道路看到了通向世界的共同大道，他想从写抒情诗转向创作史诗。但是，对于1900至1910年期间的俄罗斯艺术说来相当典型的这一倾向（巴尔蒙特是最早感受并且试图表现这种倾向的先驱之一），并没有完全如愿付诸现实，在巴尔蒙特的创作中"时时处处见到的依然是抒情诗"（维·伊万诺夫）。

950　　诗集《火鸟。一个斯拉夫人的芦笛》（1907）标志着用现代诗再现俄罗斯口头诗歌杰作这一尝试的失败，许多批评家认为这本诗集是巴尔蒙特的败笔之作。勃留索夫指出了诗集中为数不多的成功之作是《礼赞太阳的辉煌》；再有值得一提的是《雷神》——巴尔蒙特的这篇神话题材的杰作与戈罗杰茨基的"多神教"组诗几乎写于同一个时期，但是他的作品就其生动准确形象性与诗句的表现力而言，远远胜过后者。不过，《雷神》只不过是《火鸟》篇目中为数不多的例外。这本诗集的作者由于追求浪漫主义诗人所热衷的民间文学的氛围，从而走上了一条将其现代化的错误道路。引诱巴尔蒙特误入歧途的是《海华沙之歌》的作者朗费罗，巴尔蒙特肯定地说，这个美国诗人善于"透过当代印象的棱镜折射出大地原始子民的原始传说"[37]。但是，朗费罗利用土著印第安人的神话片段试图创造出到那时为止仍不曾有的美国民族的史诗，而巴尔蒙特却想要改写已经存在的神话。重新改编有关伊利亚、米库拉或者萨特阔的壮士歌，模仿谚语（如"避开毒眼""避开刀枪与箭镞""三十三重忧愁"等等），编写民间传说（《白蒿》），他把几篇民间口头歌谣的情节和形象随意地穿插交织在一起，并引入与这些作品相去甚远的抽象概念以及诗的外在形式。起初，勃洛克还称巴尔蒙特为"古斯里琴师"，但很快就责备他说《火鸟》以及巴尔蒙特改编的其他民间诗歌"四分之三的篇幅都是胡言乱语"（Ⅴ，138，374）。勃留索夫不喜欢巴尔蒙特的这些作品，认为"怪诞的韵脚"与古老的壮士歌格格不入，他批评诗人把"谱系上源自弗里德里希·尼采的当代智慧格言"生硬地强加给来自民间的思想；壮士歌中的英雄人物穿上"颓废派的常礼服"显得"既可笑又可怜"，勃留索夫的结论是，迫使民间艺人世世代代创造的天才作品适应"当代审美趣味的要求"，这种做法是徒劳无益的（6，270，271）。然而，从20世纪之初开始广泛流行的"新俄罗斯风格"难道不也是这种现代化错误的产物吗？毕竟当时我国的建筑、雕塑、平面设计，还有阿布拉姆采沃和塔拉什基诺工作室的应用艺术品无不受这一现象影响。如今我们正应该如此理解巴尔蒙特那"一个斯拉夫人的芦笛"的声响，即把它视为该流派在其他艺术门类中创作的各种作品在类型学意义上的相似物（继诗集《火鸟》后，在1909年的诗集《绿色花园》对鞭笞派歌谣的模仿中，在1912年的诗集《朝霞中的火光》中，以及在其他诗文集中，都能听到那芦笛声的回响）。

1890年代末至1910年代初，在俄罗斯艺术界与文学界，风格化成为时髦现象，这种风格化在巴尔蒙特这一时期的作品中占据了不少篇幅，这与他写诗只顾追求数量而忽视质量不无关系；他的诗歌作品占优势的并非内容的深度，而是它的广度，一个受诗人喜爱的题材会以大量投射、变体的形式得到呈现。在模仿民间文学的潮流中，巴尔蒙特一方面利用民间口头诗歌材料进行改编重写，另一方面开始翻译世界上各个民族的神话与传说。1908年出版的译作《古代的召唤。古人的颂歌、民谣与构想》有一个长长的副标题："埃及—墨西哥—

951

玛雅—秘鲁—迦勒底—亚述—印度—伊朗—中国—日本—斯堪的纳维亚—希腊—布列塔尼。"

　　值得指出的是，巴尔蒙特对于神话的兴趣范围很广，扩展到希腊罗马神话领域之外（这一点有别于大多数象征派诗人对神话的兴趣）；这个好走极端的浪漫主义者痴迷于更罕见的、更古老的神话。"希腊人与罗马——这已经是现今岁月。这——就是我们……。我从来不想从希腊人和罗马人那里获得自己心灵的复苏……"这是巴尔蒙特1911年写给勃留索夫信中的几句话。[38] 1905年游览了南美洲各国和一些海岛以后，巴尔蒙特的注意力开始转向阿兹特克人和玛雅人的信仰与传说（他为《天平》和《金羊毛》撰写了系列随笔，这些作品后来收入了文集《蛇花》，1910）。在以后的岁月里，巴尔蒙特继续关注这些古老民族的历史、神话和民间传说，把收集到的材料写进诗歌，在连续出版的几本描绘"海外见闻"的集子当中还各有侧重地收入了斯拉夫、立陶宛和斯堪的纳维亚各个民族的神话与传说。对大量的异域风情材料进行加工利用，有时候诗人把握不准审美趣味与感情尺度，这种材料的多到形成了障碍，使得读者和评论者难以发现巴尔蒙特作品中真正有价值的东西——天真直率的爱情诗和歌颂俄罗斯大自然的抒情诗。随着诗人年岁的增长，越往后越常听到向这种抒情诗的忏悔式"回归"。1909年远游埃及以后，巴尔蒙特写成了关于这个"俄西里斯之疆"①的组诗（这也是诗人为他的旅行随笔集所起的书名），其中有许多语言表现了诗人对于俄罗斯森林与原野的赤子般的忠诚与热爱。"我们的北方比埃及更美丽"——这不仅仅是那些年代所写诗篇开头的一句诗，同时也是诗人站在"世界"与"祖国"十字路口时的一种抉择和表白：

> 无论多么遥远，不管水深火热，
> 无论盲目的命运把我抛到哪里，——
> 我唯一的呼声是呼唤"俄罗斯！"
> 在燃烧中歌唱："我永远热爱你！"
>
> 　　　　　　　　（《在地球的边缘》，1914）

————————
　　① 埃及神话中的冥王。——译者注

巴尔蒙特在祖国度过的最后五年，经常去外省游览（从乌克兰到远东），一路上进行诗歌朗诵会，举办讲座，不仅创作取得了丰硕成果（五本新的抒情诗集问世，还出版了一本诗歌评论集《作为魔法的诗》，1915），还写了评论艺术通感的文章（《自然界的声光现象与斯克里亚宾的光之交响乐》，1917），翻译了鲁斯塔维里的《虎皮武士》的部分章节，撰写了一些诗集与文集的序言。勃洛克写于1907年的预言应验了："显然，'优雅精致'的巴尔蒙特应该被质朴的，像从前一样大胆的巴尔蒙特打得落花流水"（Ｖ，138）。的确，随着年月的推移，巴尔蒙特诗歌中名噪一时的非道德主义题材，故作姿态的轻浮狂放以及颓废主义的种种乖谬行径逐渐消失殆尽。同时消失的还有印象主义手法的过度夸张；艺术上任性的"形式技巧"（勃留索夫评论巴尔蒙特的话）越来越多地让位于节制与分寸感。巴尔蒙特号称"蓬勃生命"的歌手，他的抒情世界的核心得以保存，现在，诗歌的枝条不如前一个时期那么鲜明，但是生长得更加精细。"在《我们将像太阳……》和《只有爱》两本诗集中大喊大叫的内容，在后来的诗歌作品中表现得更有思想深度也更加完美。"叶·阿尼奇科夫有关巴尔蒙特的这一论断，见1914年谢·阿·文格罗夫主编的具有奠基意义的《20世纪俄罗斯文学》巴尔蒙特一章。[39]

952

巴尔蒙特作品中的变化驳斥了他已"日暮途穷"的见解，不过远非所有人意识到了这种变化。在文学界的"路标转换"时期，在新的风格与新的诗人层出不穷的时候，只有维·伊万诺夫和巴尔特鲁沙伊蒂斯（在前面提及的那篇文章里）坚持他们的意见，给予诗人以崇高的评价。伊万诺夫作为首倡者之一于1912年3月11日在彼得堡大学新语文学会组织了诗歌朗诵会，庆祝"伟大的俄罗斯诗人"创作二十五周年，并且在会上发言（而诗人巴尔蒙特此时却正在环球旅行途中）[40]。

伊万诺夫对比了巴尔蒙特与魏尔伦的创作意义，强调指出这两个诗人都属于那种与众不同的艺术家，他们来到这个世界上的使命就是"以多种方式的生活，用前所未有的、新的眼光透视所有人的心灵"。伊万诺夫从巴尔蒙特的诗歌作品中发现了（对他本人而言多么亲近的！）"满怀无限热情充分肯定……生存的价值"：诗人不知疲倦地"向所有的人表示'赞许'"，其中洋溢着"人类精力旺盛的激情以及难以遏制的创作欲望"，他所"否定"的——"仅仅是死亡，因循守旧，活泼生命僵死的外壳……心灵的怯懦，对自由力量的奴役以及奴隶的怯懦驯服"（48，49，53）。在费·亚·布朗看来，巴尔蒙特的创作，与梅特林克和汉姆生一样，都处于欧洲现代主义的"顶峰"——都属于新浪漫主义艺术的典型范例。在19世纪曾使哲学思想和精神生活的其他领域都出现新面貌的那股"汹涌的唯心主义浪潮"如今又出现在了新浪漫主义中（3）。

费·德·巴丘什科夫着重指出了巴尔蒙特诗歌中的"现代性的印痕"，认为他的抒情风格"影响了整整一代人的心理"；巴尔蒙特作为"当代英雄"既出现在作品的正面内容当中，也出现在"朦胧迷茫的情境中"，还出现在陀思妥耶夫斯基所指出的俄罗斯人的"全人类性"中，这种全人类性如今成为社会对"认知、理解、吸收"世界生活之脉动的自觉追求（16—17）。

在《四分之一世纪》一诗中，巴尔蒙特以戏谑的口吻回答了二十五周年纪念庆典（这种庆祝活动也在巴黎举行，与会者有热内·吉尔、保罗·福尔、居斯塔夫·卡恩等名流），诗人夸张地承认他具有"疯狂歌手"的面貌特征，他重复说自己"只是用心生活，超脱理智／像一只飞鸟，像个诗人"，并且"在雪原上仰天大笑，／留下初行者凌乱的足迹"。但是，与上述说法不同，在1915年前后出版的几本诗集中常常回旋着忧虑不安的音调。这是呼吁"失去理智的人"制止战争的罪恶，这是为工业化造成大自然"启示录般的末日"感到痛苦（《黑天鹅》《夕阳残照金字塔》及其他随笔）。这也是替"与顽固的大地争讼的"农民的艰难感到忧虑。在《还是那些》和《何时？》这两首诗作中（见诗集《白色建筑师》，1914），罗斯——不是"火鸟"的天地，不是"绿色花园"，而是乡下土地，那里"还是那些破败的荒村，／阴郁的农夫，瘦弱的马匹"：

> 这里年年岁岁闹饥荒，
>
> 忧患连续了几个世纪，
>
> 这里有严酷的大自然，
>
> 这里的人一直受委屈。

忍受屈辱的人只能"在梦中发泄怒气"，或许"只有……红色的公鸡"才能惊醒他呆滞的睡梦。

对于伴随十月革命而来的种种事件，巴尔蒙特的反应不同于另外那些象征派诗人，既没有创作上的欢欣鼓舞，也没有种种美好的幻想。《牧羊人的号角，你为什么吹响？》这首诗标明了创作日期是1917年12月，诗中音调像"叶赛宁式"的沉痛，俄罗斯辽阔的远方已经失去知觉，那里"游荡着灾难"，诗人把俄罗斯的命运视为自身的痛苦：

> 我像你一样响亮，一样呼唤，
> 但在沉寂的荒原我变得沉寂……

自由再一次没有交到人民的手中，留下来的只有梦：

> 被囚的时候我们梦见自由，
> 获释的时刻却没有自由……

对人民获得虚假解放、"获释的时刻却没有自由"（与先前承诺的相反）的思考，成了他在十月革命后最初一段日子里政论的主导动机。在自传体散文与诗歌集《我是不是革命者？》（1918）这本小册子中，诗人将已被历史正名的反抗专制主义的斗争与布尔什维克暴动的虚假革命性进行了对比，并且提醒大家自己从年轻时代就积极参与了前者。怀着同样的目的，他还把自己1905至1907年期间发表的政治抒情诗也编进这本书中。组诗《1917》包含着"二月"彩虹般的希望，诗人号召士兵奋起捍卫祖国，拒不接受十月的"背叛"。按照茨维塔耶娃的话说来，巴尔蒙特"从革命停止的第一个小时就表明了拒绝它的态度"[41]，而他对自己曾经写过的赞美革命的诗篇，很快就判定说是"谬误的"声音。诗人认为真正的革命只能具有创造性、建设性，面对"盲目摧毁、恶魔般凶狠的风暴"，诗人表达了他的愤怒，并且谴责了这种风暴的目的。巴尔蒙特回顾了自己年轻时代如何钻研政治，他写道，"社会主义，……在我看来是枯燥的，扭曲的"，是"贫乏的杜撰"，是"对个性自由的摧残"。这种杜撰"或许在短暂的历史时期注定变为现实"，但只不过是为了让人类推翻这种"精神奴役

954

最坏的方式"。诗人谴责新政权，因为它"导致国民经济的完全瘫痪"，他还谴责其"虚伪性"，谴责"小沙皇们懒惰、居心不良、粗野"，"寡廉鲜耻、贪婪"，谴责他们"在全国各个城市和乡村独断专行，在俄罗斯生活各个领域飞扬跋扈"[42]。

在1918—1920年期间与巴尔蒙特有来往者的证言，他于1923年出版的文集《我的家在何处？》中同名的随笔体回忆录，以及他的诗体回忆录《没有面包》等作品，全都说明了诗人及其家庭1917年以后在莫斯科三个冬天经历的极度匮乏，说明了父亲位于舒亚附近的庄园被没收充公、惨遭毁坏以后，诗人无家可归的凄凉感受，了解巴尔蒙特1918至1920年生活状况的人们对此都能给予证明。那时候与巴尔蒙特保持友好交往的茨维塔耶娃赞赏他的坚强，欣赏他对平庸无聊的蔑视，认为他"天生的高贵"，具有那个时期极为罕见的习惯奉献而不善索取的品格与气质[43]。根据1917年秋天起开始写的抒情日记当中的几行诗（这些作品都收入了巴尔蒙特侨居国外出版的第一本诗集《海市蜃楼》，1922）判断，在诸多损失与悲凉中最让诗人感到痛苦的是对人民心灵的失望，是意识到人民心灵中潜藏着深刻的缺陷：

> 你全错了。你心爱的人民
> 并非你幻想的人民。不是。
> ……
> 那捕狼坑上的狼龇着牙齿，
> 人心里的人沉默，没有声息。

（《钟摆摇晃》，〈1919〉）

6

巴尔蒙特来不及等待萨巴什尼科夫兄弟出版社出版他在俄罗斯完成的最后一部作品集——《太阳的金线》（1890—1918年诗选，作品选自从前出版的二十一本诗集，莫斯科，1921），诗人携带妻子和女儿于1920年6月25日离开了莫斯科，然后经过彼得堡、雷瓦尔和斯德丁，艰难地到达了巴黎。首先体验的痛苦就是不得不生活在"外人之间"；尽力避开"巴黎的俄罗斯人"和从前认识的法国知识界的熟人，孤身独处成了他不可抗拒的愿望。仿佛是有意加重自我流放，诗人在法国濒临大西洋海岸各个荒凉的角落（卡布勒通等地）找到了栖身之地，但是这只不过徒增愁闷，忧愁笼罩了"被人遗忘的诗人"：

> 我在古老、灰暗、聋哑的布列塔尼，
>
> 在渔民当中，他们和我一样贫困，
>
> 但是这些渔民能从大海里捕鱼，
>
> 海洋只把苦涩的浪花给我作赠品。
>
>
> 一个人孤零零滞留在别人的天地，
>
> 往日理想珍重的一切已随风消散，
>
> 我消磨时日，四周如灰雾濛濛，
>
> 一个人，孤零零。不幸。在天边……
>
> （《被遗忘的人》，1921）

在异国他乡，忧愁中唯一的安慰那就是回忆俄罗斯，怀念俄罗斯，歌唱俄罗斯。《我的——给她》（1924）是巴尔蒙特献给祖国的诗集当中一本书的标题，这也成了诗人创作最后的座右铭。在他的心目中，诗意的"俄罗斯"，这一个题目可以写出无穷无尽的诗篇。诗人对珍藏在心底的隐秘一向善于"呼唤"，照亮并给予赞美，巴尔蒙特采用多种透视角度，各种投影方法，依靠联系产生的种种方案，一次又一次地描绘祖国的面貌。古代的传说，历史的篇章，农民劳动与过节的情景，尤其是俄罗斯中部地区大自然留下的印象，锐利的目光多次观察到的与记忆保存的细节特征，融合成了故乡土地生动的形象，这与巴尔蒙特从前的风格化——以"俄罗斯情趣"塑造镏金镀银的外形有着明显的区别。在侨民文学篇目浩繁的怀念家乡的抒情诗当中，巴尔蒙特缅怀俄罗斯的诗歌以其感情的穿透力和艺术技巧的优雅精致而显得出类拔萃。他的名篇佳作对于俄罗斯侨民诗歌来说如此珍贵，足以与什梅廖夫的散文《神的禧年》或者布宁的《阿尔谢尼耶夫的一生》相媲美。

20世纪30年代中期（让诗人临终岁月黯然失色的精神疾病的征兆出现于此时）之前，巴尔蒙特的创作精力并没有衰退；他的五十卷作品二十二卷是在国外出版的（最后一本文集《光明的献身》，1937年在哈尔滨出版）。但是这些书籍既没有带来新的读者，也不能帮助他摆脱贫困。只有为数不多的人珍视这位老诗人罕见的行云流水般的抒情才华和内心感受的明澈开朗。在这些作品中——如同魏尔伦书中的"明智"——出现了巴尔蒙特早期很少涉及的宗教情感。这些情感不仅渗透在内容当中，而且也影响到了形象的结构（见《千真万确》《上帝和我》《袅袅上升的烟》等诗篇）。

> 耕地、草场的圣像，
> 宗教仪式的芳香……

又如：

> 在那里互相亲吻三次，
> 蜜蜂亲吻金色的垂柳①……

克留耶夫的隐喻手法与此相类似（如"以为松林边缘是教堂台阶"等）。巴尔蒙特晚年写诗的某些特点与比他年轻的一些诗人不止一次产生了呼应与共鸣。比如，从巴尔蒙特的创新词语（像"сребровлага Луны"，月亮的银湿；"небосинь"，天蓝；"всеобъем"，包罗万象；"златоверх"，金顶等等）不能不说是受到了谢维里亚宁"反转回来的影响"（而谢维里亚宁从创作之初就将巴尔蒙特视为典范，并且以这种师承关系为荣）。巴尔蒙特的《牧羊人的号角，你为什么吹响？》（前面已经提到过）回响着"叶赛宁式"悠长的旋律，——巴尔蒙特某些"乡村题材"的诗节与《悼亡节》②作者的抒情诗在音调韵律方面的近似

---

① 这里的"亲吻三次"（христосоваться）指复活节人们见面时互道耶稣复活，吻面颊三次。复活节前一个周日为棕枝主日，在俄罗斯人们用银柳枝代替棕枝，故柳树也是俄罗斯复活节的独特象征。——译者注

② 叶赛宁的第一部诗集。——译者注

绝非偶然的巧合。正是1910和1920年代的年轻一代诗人推崇巴尔蒙特为大师，而他往日的志同道合的朋友却拒绝给他这份荣耀。1916年霍达谢维奇写道："经常评说巴尔蒙特诗歌的时代已经过去。他的诗成了我们曾经生活过的那个时代的一个组成部分。他的诗融入了我们正在呼吸的空气。没有巴尔蒙特的世界，对于我们说来是不完整的。"44

1942年12月24日巴尔蒙特在巴黎附近由玛丽亚嬷嬷（伊·尤·库兹明娜-卡拉瓦耶娃）创办的一所养老院去世。诗人在人们朗诵他的诗歌声中离开了这个世界。

注释：

本章文本中的引文，除了下面指明出处的以外，分别引自下列版本：《康·德·巴尔蒙特诗选》，弗·奥尔洛夫编选、撰写序言并作注，列宁格勒，1969，诗人文库，大系列；康·巴尔蒙特，《光明时刻。从50册书中选出的诗歌与译文》（第1卷）；《我的家在何处？诗歌、艺术散文、评论文章、随笔、书信》（第2卷），瓦·克莱德编选、作序、注解，莫斯科，共和出版社，1992。

1 马·沃洛申，《朝霞中的火光》，1912，见马·沃洛申，《创作剪影》，莫斯科，1988，537、539页。

2 亚·勃洛克，《康·巴尔蒙特，诗集（1905）》，见《勃洛克文集》，八卷集，莫斯科，1962，第5卷，548页（此后文本中注明卷数和页码）。

3 因·安年斯基，《抒情诗人巴尔蒙特》（1904），见因·安年斯基，《影像集》，莫斯科，1979，93页。

4 引自：康·巴尔蒙特，《作为魔法的诗》，莫斯科，1922，22页。

5 瓦·勃留索夫，《一本论俄罗斯诗歌小册子的草稿，1895》，转引自：阿·尼诺夫，《〈勃留索夫〉与康·巴尔蒙特来往信函，1894-1918》，见《文学遗产》，第98卷，第1册，1991，35页。

6 《维·伊万诺夫致勃留索夫信件，1903年10月12日（旧历9月29日）》，见《文学遗产》，第85卷，莫斯科，1976，438页。

7 高尔基，《巴尔蒙特与勃留索夫的诗歌》（1900），见马·高尔基，《未收入文集的文学批评文章》，莫斯科，1941，43页。

8 埃利斯，《俄罗斯象征主义诗人：康斯坦丁·巴尔蒙特、瓦列里·勃留索夫、安德列·别雷》，莫斯科，1910，118页。

9 引自：《勃留索夫七卷集》，莫斯科，1975，第6卷，281页（此后文本中注明卷数和页码）。

10　瓦·克莱德，《侨居国外的巴尔蒙特》，见康·巴尔蒙特，《我的家在何处？》，第7页。

11　参见：《圣彼得堡大学附属新语文学学会学报》，圣彼得堡，1914，第7辑，3页。

12　参见：弗·奥尔洛夫，《巴尔蒙特：生平与诗歌》，见《康·巴尔蒙特，诗选》，列宁格勒，1969，诗人文库，大系列，70页。

13　鲍·帕斯捷尔纳克，《一个译者的札记》（1943），见《鲍·帕斯捷尔纳克五卷集》，第4卷，莫斯科，1991，394—395页。

14　引自：弗·奥尔洛夫，上引著作，27页。

15　弗·加·柯罗连科给巴尔蒙特的信写于1886年2月23日（见《青年近卫军》，1957年，第6期，材料公布者是亚·赫拉布罗维茨基）。巴尔蒙特把自己的诗集《寂静》赠送给柯罗连科，并在扉页上题词感谢他的支持（这本书存放在波尔塔瓦柯罗连科故居纪念馆），1916年他们见面时，巴尔蒙特再次表示谢意。参见：《柯罗连科书信札记选》，见《文学报》，1983年8月10日，第32期（材料公布者是米·彼得罗娃）。

16　参见：诗集《我们将像太阳》（1903）中的一首诗《当之无愧与名声扫地……》。

17　参见：因·科列茨卡娅，《象征主义诗歌与美学中的印象主义》，见《19世纪末—20世纪初俄罗斯文学美学观念》，莫斯科，1975，213页。

18　康·巴尔蒙特，《象征主义诗歌简论》（1900），见巴尔蒙特，《山巅》，莫斯科，1904，83页。

19　因·安年斯基，《影像集》，莫斯科，1979，117—118页。

20　康·巴尔蒙特，《山巅》，77—78页，74页。

21　奥斯卡·瓦尔策，《当代德国的印象主义和表现主义（1890—1920）》，维·马·日尔蒙斯基责编并撰写序言，彼得堡，1922，8页。

22　参见：《文学大事年鉴：1900年》，见《19世纪末—20世纪初俄罗斯文学，90年代》，莫斯科，1968，462页。

23　维·伊万诺夫，《论巴尔蒙特的抒情风格（在新语文学学会会议上的讲话）》，见《阿波罗》，1912，3~4期，36页。

24　康·巴尔蒙特，《1903年5月17日自传书简》，见谢·阿·文格罗夫主编，《20世纪俄罗斯文学：（1890—1910）》，第1卷，莫斯科，1914，59页。

24a　埃利斯，《俄罗斯象征主义诗人》，112—173页。

25　尤·巴尔特鲁沙伊蒂斯，《论巴尔蒙特内心的探索道路》，见《约言》，1914，第6期，64页。

26　参见：《山隘》，1907，第7期，57页。《圣乔治》未通过书报审查官的审查，从诗集《我们将像太阳》的篇目中删除，后来收入诗集《恶毒的诱惑》（1906）。

27　因·安年斯基，《为巴尔蒙特的诗集〈平静的歌〉（圣彼得堡，1904）题写赠词》，见《安年斯基诗歌与悲剧集》，列宁格勒，1959，诗人丛书，大系列，221页。

28 康·巴尔蒙特，《山巅》，101页。

29 对于巴尔蒙特的尼采主义立场，通常的解释说那只是一种文学姿态，是各种非道德主义主题和自我中心主义审美情趣的源头，这种观点也见于下面这本专著：伊迪斯·克洛斯，《尼采在俄罗斯：道德意识的革命》，圣彼得堡，1999，16、70、86、91页。

30 尤·巴尔特鲁沙伊蒂斯，上引著作，63页。茨维塔耶娃称巴尔蒙特具有"莫扎特式的"才能（有别于勃留索夫的"萨列里式的"才能），同样指的是巴尔蒙特抒情风格的直率，及其"有机"诗歌的率真自然。见：玛·茨维塔耶娃，《勃留索夫与巴尔蒙特》（1925），载《遗产》，1988，第5期，66-67页。

31 维·伊万诺夫，《论巴尔蒙特的抒情风格》，47页。

32 弗·马尔科夫，《康·巴尔蒙特诗歌注》，科隆、维也纳，1988，425页（原文为德文）。

33 埃利斯，《俄罗斯象征主义诗人》，118页。

34 参见：《俄罗斯文学》，1963，第3期，161页及后面的内容。

35 《维·伊万诺夫给勃留索夫的信（1905年9月20日）》，见《文学遗产》，第85卷，485页。

36 康·巴尔蒙特，《白色闪光》，圣彼得堡，1908，213、196页。

37 康·巴尔蒙特，《极性》，见惠特曼，《草叶集》，巴尔蒙特翻译并撰写序言，莫斯科，1911，3页。

38 《巴尔蒙特致勃留索夫信函，1911年1月30（旧历17）日》，见《文学遗产》，第98卷，第1册，226页。

39 叶·阿尼奇科夫，《巴尔蒙特》，见《20世纪俄罗斯文学：1890-1970》，文格罗夫主编，第1卷，78页。

40 《新语文学学会学报》，第7辑，3页。（此后只在文本中注明页码。）

41 玛·茨维塔耶娃，《勃留索夫与巴尔蒙特》，69页。

42 康·巴尔蒙特，《我是不是革命者？》，莫斯科，1918，7、11、12、34页。

43 玛·茨维塔耶娃，《简谈巴尔蒙特》（1936），见《玛·茨维塔耶娃选集》，两卷集，莫斯科，1980，第2卷，散文，314页等。

44 引自：康·巴尔蒙特，《光明时刻》，547页。

第二十一章
瓦列里·勃留索夫

◎谢·约·根金　撰／谷羽　译

3　　　如何评价瓦列里·雅科夫列维奇·勃留索夫（1873—1924）的创作及其在文学史上的作用，至今仍存在争论与分歧，从推崇备至到极度蔑视，可以说褒贬不一，水火难容。这些争论说明了勃留索夫文学创作审美观念的复杂性和背弃传统的创新性，同时也证明了文学科学亏欠诗人很多。对于勃留索夫文学创作的学术研究，诗人还健在的时候就已经开始，到20世纪30年代初期已经取得了卓越的成果。[1] 但是从30年代末期开始正常的研究被打断了。最出色的研究专家（如尼·卡·古济、亚·伊·别列茨基）永远地放弃了对勃留索夫的研究，另外一些专家（如尼·谢·阿舒金、伊·斯·波斯图帕利斯基）则长期停止了对勃留索夫的研究，他们都没有创立学派。学术传承的中断至今仍在受报复与惩罚：尽管有各种选集[2]，有几十本学术专著和数以百计的论文[3]，但勃留索夫的许多作品至今未被编入文集，甚至根本没有出版过，他的某些核心著作以及活动中的许多领域时至今日还没有被人进行过一次系统的分析梳理。

　　在这种条件下试图对勃留索夫的创作道路给予全景式的评述自然为时过早，并且不可避免地会存在缺陷。本章作者意识到这一点，决定从过去研究较少的角度，对勃留索夫的"文学事业"进行探索清理。处于评述中心位置的——是诗歌创作。按照惯例，分析的基本单位不是个别的诗篇，而是诗

集——勃留索夫为这种形式
在俄罗斯文学中的确立发挥
了特殊的作用。需要附带说
明的是，我们研究1895—
1909年期间出版的各本诗集
时，使用的并非1913—1914
年出版的最终定本 [4]，而是
各原始单行本。

19世纪90年代：
自我定位

1873年12月1日，瓦列
里·雅科夫列维奇·勃留索
夫出生在莫斯科，假如不

瓦列里·勃留索夫

算到外地出差或者休假，他的一生都是在这座城市里度过的。他的祖父生为农
奴，后来赎身获得了自由，由于做软木塞生意积累了可观的财产。他父亲年轻
时受到1860年代的思想影响 [5]，但是迫不得已必须帮助家里经商，因此他把未能
实现接受教育的愿望寄托在他的长子瓦列里的身上。

勃留索夫八岁时写了第一首诗，十二岁的时候，已经开始有系统地写作。
虽然他青少年时代所写的作品带有模仿的性质（"词汇和惯用语"源自纳德
松，基本主题模仿莱蒙托夫 [6]），但诗歌逐渐成了生活的需要，并且感受到
了使命的召唤。他对诗歌态度的认真，以及抱负的远大表现在尝试大型的诗
歌体裁（长诗，悲剧），表现在诗歌翻译的初步尝试，表现在保留下来的作
品都受到过严格挑选，还表现在他从他十七八岁写在练习册上的诗歌作品都
附有散文体注释。大约在1891年，勃留索夫开始大量抄写引起他注意的当代诗
人的诗歌 [7]：由此可见他强烈渴望倾听值得珍惜的语言，渴望发现俄罗斯诗歌
新的道路。

　　勃留索夫读了季娜伊达·文格罗娃发表在1892年9月号《欧洲通报》上的文章《法国的象征派诗人》后，立刻购买了魏尔伦、马拉梅、兰波、梅特林克等诗人的作品。"对我来说，那是一次重大的发现"[8]，他后来这样回忆说。在俄罗斯同时代人的创作中，甚至让年轻的勃留索夫最感兴趣的诗人，比如福法诺夫或者梅列日科夫斯基，都能感到一股因循守旧的陈腐气，仿佛是浪漫主义时代诗歌作品一再重复的回声。法国诗人的诗歌作品让勃留索夫感到惊讶的正是不同于已知典范的异质性。他第一次体验了诗歌的力量，感受到具有独特追求与向往的诗才是当代的诗，响亮的诗。

　　从这个时刻起，勃留索夫的文学活动有了新的基点与追求目标。他的人生计划与象征主义、颓废主义建立了联系。1893年3月4日，勃留索夫写下了那句有名的格言：颓废主义是他"迷雾中的指路明星"，正是他将成为俄罗斯颓废派"当之无愧的领袖"（见日记，12页）。

　　在他的心目中，象征主义是长久盼望的时代语言。在这种情况下理解"语言"这个词，不仅指它的隐喻意义，而且也指它的本质意义。勃留索夫阅读俄罗斯诗歌与法国诗歌，意识到两种诗歌"潜力的不同"，另外，当时最受读者欢迎的俄罗斯诗人纳德松的作品语言明显显得陈旧刻板——这些现象激发了勃留索夫对于诗歌创作语言基本特征的研究兴趣。1893年3月22日，他在笔记中写道："假如我突发奇想，用荷马的语言写一篇光谱分析的论文，该有怎样的结果呢？显然我的词汇与表达方式都不够用。同样的道理，假如我想入非非，用普希金的语言怎么能表达世纪末（原文为法语）的感受！这样做肯定行不通，需要象征主义。"（见日记，13页）此后一连五年时间，勃留索夫通过一系列尚未发表的作品反复推敲琢磨，怎么样安排诗中的语言，语言究竟有哪些组织成分需要被更新，又怎么样才能使它们呈现出新的面貌。钻研的结果是形成了一个观念：要更新俄罗斯诗歌中诗句和语言的语义可能性，这种想法实际上提前几十年预言了它们未来的实际发展[9]，这一发现事实上还帮助他本人完成了象征派"领袖"的使命，从而为俄罗斯诗歌开创了一代新风。

　　勃留索夫中学毕业以后，进入莫斯科大学历史语文系学习，但他的志趣却倾向于文学创作活动。他以《象征主义：仿作与译作》[10]为标题编辑过一本诗集，但是，后来这个想法被新的计划推翻了。当时他痴迷戏剧，并且同时在编写好几部诗体或者散文体的剧本，勃留索夫决定以自创剧本主角演员的身份出现在世人面前 [11]。他初次登台的计划是在独幕小喜剧《别墅热恋》中扮演角色 [12]。

出乎意料的是，这部欢快且完全无害的剧本却遭到审查机关的查禁，理由是"有失体统"和"玩世不恭"（阿舒金，55页），取代第一个剧本的是另一个剧本《散文》，它是普希金的"……但手稿可以出售"①这对年轻诗人们而言永远现实迫切的主题的一个小变奏（参见《曙光》，50-56页）。

1893年11月30日，作者二十岁生日前夕，《散文》进行了公演（参见《笔记本》，628页）。虽然戏剧演出没有给剧作家和演员"马斯洛夫"（勃留索夫的舞台艺名）带来任何名气，但是对于理解勃留索夫日后的道路，理解其诗歌个性的特征，这两个早期编写的剧本却显得特别重要。问题的关键不仅仅在于对戏剧的迷恋（勃留索夫一生创作的戏剧作品多达二十余部，有一般剧作，也有诗剧，至今只有八部得以发表）。头两个剧本的主要人物是一些年轻诗人，他们都属于一项文学运动的成员，勃留索夫认为自己的任务就是让这种运动在俄罗斯生根开花。《散文》的主人公弗拉基米尔·达罗夫甚至被赋予了作家所珍视的思想，他认为应当保持诗集的"完整性"（《曙光》，53页），甚至作者即将出版的诗作《玫瑰色将要熄灭……》在剧本中也通过达罗夫之口道出。尽管如此，剧本中的这些诗人还算不上是作者的另一个自我，对他们的呈现都是外在的，比较幽默诙谐（勃留索夫并不喜欢这种品格）。勃留索夫能借用剧作家和史诗作者的眼光从旁边来观察自己的事业，站在它的上方——这其中暗含着勃留索夫最终能够成为象征派运动的组织者和领袖最为重要的原因。

6

---

① 典出普希金诗作《书商与诗人的谈话》，完整的句子是："灵感是非卖品，/但手稿可以出售"。——译者注

诗集《俄罗斯象征主义者》

在为戏剧忙碌的同时，勃留索夫并没有停止研究工作，他撰写了一篇重要论文《保罗·魏尔伦和他的诗歌》[13]，并依据魏尔伦的生平创作了一个多幕剧剧本（参见《笔记本》，613-615页）。但是他的心思更多地集中在文学处女作反传统的形式上，他要自费出版诗集，这样就能随心所欲，不受出版商、编辑和生意人的左右……1894年2月，丛刊《俄罗斯象征主义者》第一次发行问世（《日记》，15页；以下该刊物简称"俄象征"并注明刊号）。

《俄象征1》并非都是勃留索夫个人的作品，其中包括了他中学的朋友亚·亚·朗的诗作，朗使用的笔名是A. Л. 米罗波利斯基。这种样式的诗歌处女作，在欧洲是法国的浪漫主义诗人创始的，而在俄罗斯，则几乎是初次尝试。继勃留索夫之后，团体性和挑衅性的大胆放肆就成了20世纪俄罗斯诗歌处女作的典型特征。诚然，幸亏"俄罗斯象征主义者"这个标题幸运地使得必要的创新与应该遵循某一固定传统的定规得以并存。在《俄象征1》第三位"参与者"所写（其实是勃留索夫本人操刀）的前言——《出版者的话》中，强调了书中主张的温和性（Ⅵ，27页）。但是，无论是这种温和性，还是大部分诗作的传统性和模仿性（弗·索洛维约夫立刻就指出了费特与海涅的影响[14]）都不妨碍两个莫斯科年轻人所写的一本薄薄的诗集引起了文学界一场轩然大波——从《欧洲通报》到各家薄杂志①与报纸议论纷纷[15]。

遭到一致的排斥与嘲讽挖苦，可能出乎《俄象征1》两位作者的预料，不过，反响的广泛倒是他们精心策划所引起的结果：他们编排推出的都是些最违犯常规、违背传统、有伤体面的作品。比如说，勃留索夫所写的那部分，实际

---

① 俄罗斯的杂志有"厚"、"薄"之分，除了页数差异外，"厚杂志"通常为月刊，面向专业的文学爱好者，"薄杂志"（现在已"进化"为"光面纸杂志"）通常为周刊，面向普通读者。——译者注

上是作者创作的一本没有书名的独立诗集，它拥有清晰的结构，带有模仿性质的东西藏在中间部分，使用了缓和性的庸俗的题目《初次的幸福》和《新的幻想》，而反常与怪诞的诗则编排在《序曲》和《尾声》两个部分，因此读者不可能不看到这些作品。

勃留索夫写的诗《玫瑰色将要熄灭……》和《镀金的仙女……》最让人感到迷惑不解，因而受到最多的嘲笑。它们的不同寻常之处取决于两个基本特点。第一，破坏习以为常的有关事物与现象特征的认识。梦境有结局，有开端，它们可以"转化为哀悼"。仙女与波浪声有色彩，颜色默默无言，而和声在花坛开放成玫瑰。由此产生了一种印象，情节发生在一个拥有特殊规律的世界，在那里甚至星星都不发光，而是变得幽暗，而在诸如"幻想的飞行"这样的非物质客体上方，霞光正在凝结。

上述诗歌的第二个特点是——所写情境具有难以再现、难以想象的性质。在大多数情况下，这种特点局限在一个句子当中，原因是句子中被连起来那些词在意义上互相排斥。比如，怎么能够"切断"几条线的笔画？——要知道一条线除了笔画就什么也没有了。又比如，可以艰难地想象编织成花带的梦，然而要想象这种编织是由颜料完成的——那就简直是不可能的了。

在另外一些情况下，把不同句子描写的情境并置在一起，让人感到莫名其妙 [16]。在《镀金的仙女……》这首诗当中，第一诗节的"冻僵的林荫道"与第二诗节的"鸣溅声"结合在一起，怎么理解？第三诗节的"花瓶"指的是什么？作者自己说"花瓶"不可理解，显然是在戏弄读者 [17]。弗·索洛维约夫为了取笑，把这首诗第二诗节诠释为描绘了少年想偷看女人洗澡 [18]，索洛维约夫不仅被迫忘记第一诗节里的冬天，而且还不得不扭曲了代词"你们"的意义，在这首诗里，这个代词显然是指代"鸣溅声"的。

如此看来，在《俄象征1》当中提出了两条俄罗斯文学 [19] 尚不习惯的创作原则：创造特殊的诗歌世界和表现事物的朦胧性。1892年勃留索夫写的一首尚未发表的诗，题为《诗歌》，宣告了第一点："你要创造——不要模仿。诗歌是个世界，/但是透过灵感棱镜折射出来的世界。"（Ⅲ，213）第二点将在《俄象征2》的前言中给予理论的阐述 [20]。

广大读者和批评界对《俄象征1》的大部分诗歌作品不感兴趣，这一点迫

7

使勃留索夫认真思考作者的追求与团体丛刊目的之间的界限。1894年夏末，与《俄象征1》编排不同的《俄象征2》问世。丛刊中包含了十位作者，每一部分，每个人的作品通常不超过五首诗。这样做掩盖了参与者的个体性，而把诗歌流派的集体形象提到了首位。

诗集中各部分的标题：《音符》《和弦》《音阶》《组曲》昭示着构思的连贯性，——指涉了魏尔伦的口号："音乐高于一切。"（原文为法语）实际上《俄象征2》诗歌作品中的音乐形象极少。再说诗人标榜的由组成要素（"音符"）"上升"到整体（"组曲"）的逻辑也在诗集中遭到了挑衅性的破坏：诗集是以第三部分《音阶》开头，接下来是第二部分《和弦》，第四部分《组曲》占据了下一个位置，最后才是第一部分《音符》！《俄象征2》里的游戏态度开始得更早，渗透得也更深。《瓦列里·勃留索夫的绪论》提出了象征主义理论非常严肃的问题，却编写得仿佛是在回答某个"令人迷醉的陌生女子"的疑惑。在书末依照字母顺序列出的作者一览当中赫然在目的有化名"M"和代替化名的星号"***"。尼·卡·古济已证明[21]，《俄象征2》的八名新参加的俄罗斯作者里，实际上只有埃·马尔托夫和尼·诺维奇两个人是真实存在的（不过，他们俩也都使用了化名），其他的诗全都出自勃留索夫一个人的手笔。

古济认为，勃留索夫的目的是要造成一种假象，似乎很多人都这样写诗，已经形成风气，仿佛很多人都在模仿他的经验。但是勃留索夫用那么多笔名也有他自己的艺术上的动机。我们不妨注意审视他那些化名何等纷繁多变。化名的外部形式就在提醒人们说，这些名字都不是真实姓名。因此在任何情况下读者都会轻易地识别它们的真伪。还在1894年，勃留索夫就承认了署名字母"M"的诗歌《幻想衰亡，幻想往昔……》[22]是他自己的作品。1913年出版的勃留索夫全集第一卷编入了诗作《她在茂密的草丛中……》，而在《俄象征3》当中这首诗的作者署名是"***"。由姓和名字、父名的第一个字母组成的笔名不会被当作密码，因此也就不存在揭露、解码之类的问题。勃留索夫后来从未用自己的真名发表过任何一首曾用这种化名发表的诗。四个类似化名中有三个后来又出现在《俄象征3》当中，这样一来，这些化名的"拥有者"就成了这一丛刊固定的参与者，完全就和诺维奇和马尔托夫这两个真人一样了。这些"作者"在多大程度上具有独特的风格——从来没有人研究过[23]，不过勃留索夫为大部分化名的"作者"杜撰了自传（关于达罗夫参见《自传》，109页；关于布罗宁参见《笔记本》，691页）。

　　勃留索夫只在《俄象征2》和《俄象征3》当中很少一部分作品下面签署了自己的名字，与《俄象征1》相比较，他有意缩小了展示"自己"诗人个性的领域。然而他却志在显示他是一个造物匠①，是他造出一个居民众多的"天地"，开创了一个完整的诗歌流派，在这个流派当中，名叫"瓦列里·勃留索夫"的诗人只不过是身份平等的许多参与者之一罢了。勃留索夫显然意识到了这种类型的创作与戏剧（在一定意义上还有史诗）创作类型 24 的亲缘关系：比如《俄象征2》和《俄象征3》的参与者之一弗·达罗夫，他的名字与姓就与戏剧《散文》当中的主要人物完全一样，而《俄象征2》的"出版者"则使用了勃留索夫的舞台艺名："弗拉基米尔·马斯洛夫"。这种游戏手法在《俄象征2》和《俄象征3》当中不仅成了引人发笑或者令人惊讶的因素，而且也成了这套丛刊的结构特点。由于这种游戏手法，丛刊中再次体现了勃留索夫对他所宣扬的流派有一种超脱态度，这在前面说过的《别墅热恋》中曾经提及。从历史透视的角度观察，《俄象征2》和《俄象征3》借"他人之名"的这种创作经验成了对20世纪诗歌而言非常重要的异名（гетероним）②现象的一个源头。25

　　喜欢变形、化身为其他诗人个体成了勃留索夫热衷于翻译的一个起因。几辑《俄罗斯象征主义者》刊载大量的翻译诗歌可以解释为丛刊具有启蒙性质：展示他们所宣扬的诗歌流派的"典范"（参见：《自传》，109—110页）。但是1894年秋天，勃留索夫个人生活中经历的艰难时刻使得他闭门独处避开世界（《笔记本》，631页），一心一意翻译魏尔伦的《无言的浪漫曲》，并且出版了这个译本（这是魏尔伦在法国境外出版的第一个单行译本 26），比勃留索夫自己创作的第一本诗集《杰作》（莫斯科，1895）还要早出半年，单纯用外在的任务难以解释这一现象。对于勃留索夫说来，翻译一辈子都是他创作不可分割的形式，也是他创作心理的内在需要。随着岁月的增长，勃留索夫自己创作

---

　　① 诺斯替教传统认为造物者并非上帝，而是介于上帝和魔鬼之间的一个"造物匠"（демиург），详见第十九章注。——译者注

　　② 即一个作家用多个笔名、伪装成多个人格进行创作，通常认为费尔南多·佩索阿是这一手法的创造者。——译者注

的诗和他翻译的诗两者之间的界限越来越清晰，但是，当他经历内心危机的时候，或者外部的审查格外严厉的时期，翻译就成了他表达内心真挚情感可以信赖的形式。

《俄象征2》出版仅仅过了一年，《俄象征3》就出版问世，实际上丛刊这一辑是和《杰作》同时发行的。如果说在《俄象征1》和《俄象征2》中，很多作品只被视为宣言和实验，那么勃留索夫在《俄象征3》中的作品，尤其是《杰作》中的诗歌就已经不再需要卑微的姿态了，有些作品毫无争议写得相当成功，比如《她在茂密的草丛中……》、《很久以前》、（后来题目改为《在往昔》）、《窗边》（《初雪》）等等都堪称名篇佳作。

从《俄象征3》的外部结构着眼，游戏态度和乖谬手法已消失不见，勃留索夫回归到传统的做法，密集呈现每位作者的诗作。但是在学院派外表的掩饰之下，这一辑的一些元素，其大胆放肆远远超过了《俄象征2》的一切内容。有"俄罗斯女波德莱尔"之称的季娜伊达·富克斯刊登了吸血鬼式的十四行诗《啊，妈妈，你在哪儿！我的胸中有条蛇！》，而弗·达罗夫发表了凌乱无序到挑衅程度的九行诗《煤气照亮的死人们》。勃留索夫翻译的洛朗·塔亚德的《残月》让当时的读者震惊不已（见《笔记本》，682页），有的词（мантиды）没有翻译，有些罕见的生物译名（утесник，житник）不加注释说明，这都令人费解①。

在《俄象征3》连续的左右两页刊登的勃留索夫的两首诗体现了创新原则的新水平，其宗旨一是让"世界改变面貌"，二是内容模棱两可的朦胧性。排在左侧的诗《未被创造的创造物的影子……》从第一个诗节就让读者坠入迷雾当中：既然某物没有被创造出来，那么它怎么会投射出影子来？这影子在什么人的梦中摇晃，也未加说明，自然而然就会断定，处在睡梦中的是影子自己。诗人追寻的只是词的意义，有时候忽略了它的所指。[27] 不过被他创造出来的世界尽管非同寻常，却是可信的，有说服力的。这个世界的"不同性"是借助日常

10

---

① Мантиды是对拉丁语mantidae（螳螂科）的音译（试比较法语原诗中的形式：les Mantes，而俄语中一般用богомол表示螳螂）。后两个词意为荆豆和田鼠，但使用的是非常罕见的形式（字面义分别为"悬崖者"和"谷物者"）。在没有注释的情况下，一般俄罗斯读者也是看不懂这些词的。——译者注

生活熟悉的细节表现出来的，而诗中词语的不完整的朦胧性并不妨碍整首诗各部分之间的联系。读者始终觉得，他所面对的是同一过程的各个环节，在这个过程当中，某个"未被创造者"完成了一系列不可思议的运动后，正在变成"已被创造者"，它的运动也变得可思议起来："怀着爱怜跟我亲热。"[28] 在我们这个时代已经可以发现，这首诗预言了先锋主义诗学，已经具有这一流派典型的建构世界的功能。[29]

读者发现，排在《未被创造的创造物的影子……》右侧的那一页中间只有一行诗："噢，盖上你苍白的大腿。"这里没有任何东西违背客观世界的规律。一切都写得明明白白。但是，它在整体上有什么含义？这一行诗究竟针对什么人？是在什么情境中写的？内容的朦胧性几乎到了登峰造极的程度。

"……我向20世纪的青年伸出手"

新书《杰作》尚未出版就预先宣告是一本"非象征主义诗集"（《俄象征2》，52页）。《杰作》的绝大多数诗篇清晰准确，鲜明的形象屡屡出现，结构连贯，句式完整。就风格与题材而言，这本诗集具有许多层次，但却由于诗集的总体结构受过精确调谐而不显得庞杂。

在诗集的开篇《秋天的日子》这一部分（后来作者把它叫作长诗）以平实的现实主义姿态讲述事件的来龙去脉。诗中断言的价值观体系能使得哪怕是最严厉的民主派批评家也会感到满意："联结心灵与大地之美的链条，/不会迸断，永远不会迸断！"《杰作》的第二部分《雪》可以被看作一篇前后统一的完整作品。没有展开的铺叙：我们看到的只是"小型的"或者"抒情的"叙事诗，勃留索夫的这种初次尝试日后成了他具有代表性的体裁。《雪》与《秋天的日子》形成对照的不仅是其整体性，而且还有其情节发生在夜晚的设定，以及照作者自己承认的说法，源自"爱伦·坡的各种动机"的情节的神秘性 [30]。与此同时连接这两个部分的是季节交替的"自然"情节，在诗集的副标题下面已经

11　　注明："1894年秋—1895年春"。但是第三部分的标题却使用了罕见而怪诞的词语《秘部树》（《Криптомерия》）①。读者刚刚与"雪"的主人公"在梦的秘密中"分手，新的标题由于前边的"秘"字很容易（虽然并不正确）让人联想到谜和秘密这样的题材。就这样，在勃留索夫的诗集中，各部分之间的联想联系取代了时间联系。

　　《秘部树》的情节发生在风俗奇异的外国，在彗星上，或者是在历史上某个时代。与此同时只有《预感》这首诗可以被诠释为是在直接描绘看见自己置身于这些假定环境中的作者。在《很久以前》和《麻风病人》这两首诗中，作者出现仅仅是作为叙述语言的主体。在其他诗篇中则是作品中的人物出面驾驭语言，这些人物都得到了客观、具体的呈现，明显区别于作者。我们面前出现的是帕尔纳索斯派诗学典型的范例。但是第四部分第一首诗又恢复了主体性的束缚：原来"秘部树林"——只是作者夜晚的梦想（作者在诗中甚至被人叫出了名字："瓦列里"）。在这种完全不是帕尔纳索斯派风格的"转折"中，有很多游戏笔墨，如同在这一部分平和的标题《最后的亲吻》中也是如此，在这个标题背后，各种可怕的情色噩梦（《幻象》《为家园辩护》）和不涉及情色题材的《窗边》或者《疯子》和谐共存。

　　勃留索夫把第五部分，也就是最后一部分《沉思》称作"我心灵生活的连续故事"[31]。但是在几首诗的中间，叙述者的人称忽然变成了"我们"——既不是同代人，也不是泛指人类的口吻。在结尾的诗篇《苍白的影子卷成一团……》，这首堪称整本诗集当中最富有象征主义朦胧性的作品中，"我们"获得了另外的含义，指的是诗人的朋友和战友。这样在勃留索夫笔下就出现了日后对他说来非常重要的主题——对他这一代人历史作用的思考。

　　《杰作》和《俄象征3》是同时出版的，勃留索夫想凸显出《杰作》的严肃性，内容的广泛以及诗歌形式的多样性。但是一切努力均属枉然：由于书名的挑衅性和"前言"的狂妄（参见Ⅰ，572），评论者对《杰作》的评价是象征主义者的又一次兴风作浪。

---

　　① 柳杉的西文学名cryptomeria来自希腊语kryptos（秘密的、隐藏的）和meria（部分），得名于其隐藏起来的生殖器。这里为顾及上下文，根据其学名字面义译作"秘部树"。——译者注

新的抨击浪潮让勃留索夫体验了比过去更揪心的痛苦，忍受折磨的时间更长久（试比较12月札记——《日记》，23页）。评论界继续固执地把他视为文学生活的一个现象，不是个"精神病人"，就是个"故弄玄虚者"[32]。然而勃留索夫却认为自己一直是以严肃的态度对待文学。1895年8月，《杰作》出版前夕，勃留索夫着手系统性地写作评论文集《95年俄罗斯诗歌》[33]。勃留索夫看到了这一年诗歌作品中总的症状和倾向，感觉到当代俄罗斯诗歌是相互联系的整体，把握了它的衍变方向，他以一种新的方式意识到自己在诗歌界的位置不可剥夺，深知自己所面临的文学任务，以及为了完成这一任务所肩负的责任。正是那个时候在他的创作笔记本里出现了意有所指的字句："我是链条。我还呼吸着19世纪的思想空气，但正是我第一个向20世纪的青年……伸出手……尽力赶上他们前进的脚步。"[34]

12

与1893年3月4日的日记相比较（《日记》，12页，试比较上文），现在勃留索夫对自己文学使命的定位表达的口吻较为谦虚。但是这种使命已经不仅仅局限于一个流派（尽管是先进的流派），而是涉及俄罗斯全部的文学。毫无疑问，勃留索夫就连从受到嘲笑的《杰作》中也感觉到那是通向俄罗斯未来诗歌的一根线。时间证明了他的正确，过了八年以后，他从勃洛克的书信中读到了这样的字句："您早就用自己的诗集（包括《杰作》和《这就是——我》）影响了我。"[35]

《这就是——我》：
肯定还是疑问？

勃留索夫对自己文学使命有了新的理念，但是并没有立刻就反映在当时的写作计划中。他继续使用原来的战术，开始准备《俄象征4》，撰写了小册子《打倒暴君》（《笔记本》，694页）——直接回击那些批评者。第二版《杰作》（以下简称《杰作2》）出版，风格更加大胆。在与文学陈腐观念进行公开的斗争中，第二本诗集《这就是——我》堪称冠冕之作，这本书经过深思熟虑，不偏不倚是对"整个人类的辛辣嘲讽，其中没有一句表示善意的话……"

（《日记》，23页）

但奇怪的是这些计划没有一项能进行到底。勃留索夫当时忙于认真构思：他要写一篇文章《作者的话》给《95年诗歌》那本书作绪论，另外一篇论文《为象征主义一辩》分析了这一新流派的文学处境及理论特点 36。1896年6月初，他把所有的文学与出版计划都抛在一边，动身去了高加索。

"五岳城之夏" 37——是勃留索夫一生重要的分水岭。开始疏远习惯的生活和文学活动，亲近大自然，重新阅读俄罗斯经典散文作品（《自传》，104页），这些都促使他反复思考自己的生活。《这就是——我》这个标题在某种程度上标志着由向公众挑战的姿态转向了思考作者自身的心理与艺术问题。他本想在1896年年底出版的（标明日期为"1897"）第二本诗集中彻底解决这些问题，但是并不成功，这本诗集书名用的是拉丁文同义词《Me eum esse》（《这就是——我》，以下简称《我》）。书中前言第一句话就承认："我所出版的这本书远远没有完成……我不知道什么时候能继续写完……"（Ⅰ，580）的确，这本诗集的结构原则上说来是不完整的：第一部分《约言》有头无尾，后边各部分的标题一以贯之，并带有列举性质，如果继续下去可以无尽无休 38。进一步说，诗集《我》充满了矛盾。按照最初的构思，《我》像是"嘲讽"，《约言》部分描写那个颓废诗人的开头三首诗符合这种情调，那时的媒体就想把勃留索夫描绘成这副模样：冷淡又高傲，"对世界的惊恐"漠不关心，丧失了正常人的品格（"不要爱，不要同情"），对现代社会表示轻蔑，甚至……仇视祖国。但是在《……当离开了人们……》这首诗中，孤独、逃避世界已经被视为艺术家内心实在的要求，而第一部分的最后一首诗《摒弃》把清心寡欲和献身永恒与艺术看作诗人的精神职责，这种写法几乎已接近宗教范畴。不能不同意德·叶·马克西莫夫的论断，他认为诗集《我》当中抒情主人公的"与世隔绝""孤僻冷漠"是经历了反映在《杰作》中的极端狂热以后所进行的"独特的精神素斋" 39。

诗集其他部分的乖谬之处或许是将"自然的威力"归入易朽的、可耻之列。不过无论是号称被摒弃的种种情欲，还是对"我们的现实"的印象都不断出现在诗集中。虽然在本书最后一首诗《最后的思索……》中，诗人的形象又变回了一个"清心寡欲的术士"，但是从各个部分构成的整体结构之表层来

13

看，这种形象回归却又被取消了：原来在诗集开始的部分让人觉得是针对现时，是留给未来的约言，可现在最后一部分的副标题却又将其归入"往昔"。

诗集《我》即使在勃留索夫的诗学中也算是新的语言。其中没有对与抒情主人公"我"不同的其他人物的客观化呈现。为数不多的几个人物都集中在标题为《幻象》的一部分，这绝非偶然，——这样就实现了形象塑造的主观化原则，勃留索夫从《为象征主义一辩》开始，就认为这是新流派明确的区别特征之一。[40]

写作"诗的约言"要求语言准确、犀利——甚至提出一些如同口号般的论断——还要求像演说家那样进行逻辑推理。但是在诗集《我》当中，并非一切都符合"纲领性的宣言"[41]——比如《春天》（"一朵白玫瑰在纤细的枝条上呼吸……"）和《她身穿丧服……》，在勃留索夫的创作中，这两首诗写得几乎达到了模糊朦胧、难以把握的极致。的确，这种不确定性已经不是《俄象征1》或者《俄象征3》里的"马拉美的风格"，倒是更接近魏尔伦和梅特林克的手法。

最后该指出的是，诗集《我》最重要的特点在于——作者的个性和履历在本书逐渐成为这本诗集在构型、布局方面公开宣布的核心要素，作者本人则变成了书中的主要人物。这个先例的意义（1898年勃留索夫在《论艺术》中论证了这一点——参见Ⅵ，46）对于20世纪俄罗斯诗歌，甚至对于整个欧洲有关"抒情诗作为当代性范式"[42] 的哲学见解的形成所起的作用，给予多高的评价都不为过。

14

1896—1897年的危机：
寻找自我

把诗集《我》交给印刷所以后不久，1896年10月，勃留索夫遭遇了深刻而长久的危机。他突然感到特别孤独（《日记》，25页），近乎思想枯竭，再也不能进行诗歌创作（《笔记本》，707-709页）。与身患重病的叶夫根尼娅·伊利伊尼奇娜·帕夫罗夫斯卡娅开始的那段罗曼史（《笔记本》，711-720页）使两个人都陷入痛苦之中，虽然他们都极为尊重彼此。危机的渐渐加深被勃留索夫理解为彻底丧失"在世界上的位置"（《笔记本》，749页）。

只有一个老习惯让勃留索夫支撑下去，那就是有规律地进行多方面的工作，尤其是科学研究的规划。其中的一项是撰写《俄罗斯抒情诗史》[43]——短时间内给了他一种"复活"的感觉（《日记》26页；但是可比较：《笔记本》728页）。不过，真正的恢复并不是来自科学研究。1897年2月，阅读帕·瓦·安年科夫编写的《普希金传记材料》启发勃留索夫重新思考和评价自己的生活（参见：《笔记本》，734页；这里是未来勃留索夫将普希金视为"英雄"与典范的源头——《Miscellanea》（杂集）——Ⅵ，399）。同一个月的日记里还第一次出现了让娜（约翰娜）·伦特的名字，她将是勃留索夫的终生伴侣。文学理想的影响与活跃的情感产生了相互促进的作用。6月13日写出了长诗片段，该长诗后来采用标题《初恋》收入全集第一卷。从《我和她偶然相逢……》开始，勃留索夫的作品中还没有过如此单纯清新的语言。诗人自己认为，满怀自信与无拘无束的叙述是接近普希金的传统（《笔记本》，756页）。过了两周，勃留索夫写的《我爱……》这首诗，几乎是第一次把爱情写成占据了诗人全部心灵的感受，并且不是痛苦的感受，而是欢快的感受。《我爱……》这首诗表现了与心爱的生命融合如一，同时也是与世界，与它的过去、现在、将来的和谐一致："我凝视她的眼睛：其中／有遥远悠久的时空。"（Ⅰ，191）

1897年秋天临近结束，缪斯彻底地回到了勃留索夫身边，此后一年未来的诗集《第三夜岗》最为重要的题材线索一个接一个地显现出来。其中两个题材就是——历史与当代的城市，这两个题材贯穿了诗人全部成熟时期的创作。这个时候才真正称得上是勃留索夫的"新诗"。与诗集《我》不同，"新诗"的特点是不再把注意力集中在自己的个性上，而是对其他人的性格和命运产生了浓厚的兴趣。与两版诗集《杰作》也不一样，其中没有了对异国风情的猎奇心理，也不再把精力集中于情色。欧洲历史以及与它相近的文明取代了民族志的位置，克里木取代了爪哇岛和复活节岛；与历史题材一起出现的还有市民的日常生活。

与新的题材相适应还出现了新的诗体和新的风格：形象鲜明生动，逻辑清晰精确，句式完整，布局结构简洁明快。对抒情主人公"我"加以精心限制，以便区别于其他人物，描写外部世界的事物要借助于它们自己的特点或行动，

15

而不是仅仅凭借诗人主观感受的片段印象，后一种方法以前在《为象征主义一辩》中不知为何被归给"象征主义者"，而在为《俄罗斯抒情诗史》所写《导论》中则被归给"抒情诗人"[44]。当然，还会找到模棱两可或者欲言又止的字句——没有这些也就不能称其为诗，但现在这样写已经不再是诗人追求的目的，也不再是抒情结构的推动力。

诗人勃留索夫获得新生的悖论在于，这位俄罗斯象征主义的首倡者，如今却定型为一个客观型而非主观型的艺术家，或者不妨借用列·彼·格罗斯曼很久以前的两分法：没有定型为一个象征主义型，而是定型为一个"帕尔纳索斯派型的"艺术家。[45] 1897至1898年的"二次诞生"赋予了勃留索夫的作品以原创性和力量，明确了他在新世纪之初的吸引力和权威性，但同时也潜藏着未来分歧的幼芽，预示着勃留索夫跟他所培育的俄罗斯诗歌新的流派以及由这一流派培养的读者审美趣味都将分道扬镳。

1898年注定成为用新的理论自我定位的时期。在列·托尔斯泰的论文《什么是艺术？》[46] 影响之下，勃留索夫开始了还是在《杰作2》当中已经许诺过的"艺术研究"。的确，1898年秋天出版的（标注日期为1899年）《论艺术》一书不像一部研究论文，倒像是哲学信条的转述，或者说是诗歌宣言。在这本书中取代讨论和论证的是一些没有任何例证的主张。宣言的命题的迅速转换（其中有不少言辞与那个时期勃留索夫的诗句相吻合[47]）赋予了《论艺术》以诗意的简洁和生动的表现力，但是却增加了理解的难度，这是这种普通的"信息性"文本的法则决定的。这一点极大地限制了它在当代读者中的受众人数，遮蔽了它研究问题的广度与严肃性。

对于勃留索夫说来，艺术——是"与艺术家心灵的沟通"（Ⅵ，47）。艺术留下的印记不受时间与死亡的掌控。对于那些献身于艺术的人，艺术提出的条件崇高而又坚定："让艺术家像先知一样，投身于建树生活的功勋。让他首先成为一个智者"（Ⅵ，45）。但是读者、观众和听众肩负的责任并不亚于艺术家："为了真正地享受艺术，必须学习，周密思考，成为一个活跃的人。"（Ⅵ，48）艺术家的任务就像是转述或者记录自己的"种种情绪"，敞开"自己的心灵"（Ⅵ，45—46）。而与此同时则提出了另外一个最高纲领："作为目标，在自己的阐述中致力于**再现整个世界**（Ⅵ，46；黑体为本章作者强调所用）。"这

16

样在理论探索层面上就再次出现了矛盾，这是我们已经熟悉的勃留索夫诗歌衍变过程中的矛盾。

《论艺术》不仅涉及美学纲领，而且包含了生活纲领。勃留索夫确信，追求完美是人类生活的规律，"所有人都有能力达到最高层次"（Ⅵ，52）。正是在《论艺术》这本书中出现了勃留索夫未来诗歌作品中典型的作者形象——坚强有力的人，他的心相信胜利，他能发现通往胜利的道路，并且相信这条道路的正确无误（试比较巴尔蒙特对《论艺术》的评价——《日记》，53页）——他同时也拥有内心的自由，善于接受和承认不同的决定，选择不同的道路。

1899年春天，勃留索夫通过了大学毕业考试，同年夏天，继《这就是——我》之后，他的诗歌再次问世：彼得堡诗人巴尔蒙特、莫·杜尔诺夫、勃留索夫和伊·科涅夫斯科伊等共同出版了《沉思集》。在这本诗集中，勃留索夫第一次发表了最重要、最有影响的作品，比如《还指望狂妄……》和《出类拔萃者具有……》（后来这两首诗成了诗集《这就是——我》再版的压卷之作），还有《阿萨尔哈东》《莱布尼茨》《巴耶济德》。这些作品发表的背景对于勃留索夫说来也同样重要。巴尔蒙特虽然和勃留索夫一直关系很好，但是他没有想到在《俄罗斯象征主义者》当中发表作品，就连科涅夫斯科伊年长的同乡亚·杜勃罗留波夫和弗·吉皮乌斯当年都拒绝在《俄象征2》中发表作品。可是再看现在，这本集体诗集的总标题《沉思集》却正是取自勃留索夫那一编的小标题。

1899年年底，期刊界从《俄象征1》出版之日对勃留索夫形成的封锁也被突破：彼·伊·巴尔捷涅夫主编的杂志《俄罗斯档案》发表了勃留索夫的文章《论丘特切夫文集》。选题严谨、令人敬重的声望和几乎长达半个世纪的传统是《俄罗斯档案》显著的特色。昨天搅扰安宁的狂妄分子如今能在这家杂志上刊登作品，说明他获得了"贵族执照"，表明他忠实于保存文化记忆的事业。

还是在1899年，已经形成了重新开展文学组织活动的先决条件。巴尔蒙特介绍勃留索夫认识了谢·亚·波利亚科夫和尤·巴尔特鲁沙伊蒂斯（《日记》，74页）。对诗歌的痴迷以及对"新艺术"理想的坚定不移促使这四个人相互接近成为朋友。就这样产生了一个思想一致、特色鲜明的文学团体，勃留索夫在出版《俄罗斯象征主义者》的年代对此曾苦苦期盼却难以实现。波利亚

17

科夫家庭富裕，于是第二年，也就是1900年，莫斯科天蝎出版社就已开始出版书籍。

20世纪最初十年：
文学建设者勃留索夫捍卫艺术的独立性

在天蝎出版社计划出版的第一批书目提纲上赫然写着神圣的词语："新诗歌，新艺术"。这些词语的潜在含义可能指的是在俄罗斯已经有了名气的一种艺术风格（即Art nouveau，"新艺术"风格），但是对这些词语可以进行更为宽泛的解释：就是从整体上更新改造文学艺术。《论艺术》中写道："时当今日到处都是新事物的征兆。"（Ⅵ，53）勃留索夫已经走出了多年的孤独，形成了文学史视野，对诗歌的发展和诗歌语言有明确的主张（《论俄罗斯诗体学》，见《曙光》，98~100页），创作正处于上升时期，他满怀理想，渴望团结志同道合的艺术家，领导这个文学更新与建设的进程。

1900至1903年期间，正是建设新文学——首先是建设新诗歌的任务，团结和鼓舞了人数众多的诗人与作家，他们认同勃留索夫的创作和组织活动：编辑和出版《北方之花》丛刊，由天蝎出版社出版当代俄罗斯诗人的"诗歌选集"[48]，就美学问题作报告、举办讲座，在《俄罗斯档案》和《作文月刊》上发表文章，刊登俄罗斯文学史资料，与文学青年进行"有教益的"谈话[49]……要知道诗坛经过了长期的萧条沉寂之后，开拓俄罗斯诗歌的往昔的意义决不亚于开拓它的未来。[50] 何况往昔与现在从本质上说来是不可分割的。在丛刊《北方之花》与编辑出版的各位诗人的"诗歌选集"中，对当代作品与经典作品的呈现方法有了最大限度的接近，且彼此可以进行比较。引导读者思考俄罗斯文学的统一性，如果在历史上文学的统一性被呈现为一个事实，那么对于当代文学而言，这种统一性被提出来作为纲领："中断了七十年之后，丛刊《北方之花》重新恢复发行……我们希望保持它的传统……我们愿意置身于现存的各种文学团体之外，无论什么地方有诗，我们都愿意接受它，让它在我们的丛刊上面世……"[51] 继承普希金的传统，隐含着对抗19世纪后半期诗歌发展的方向，意

18

味着恢复到普希金时代诗歌的统一和完整。

　　这样一来，勃留索夫对普希金的研究虽然在文体方面一直受到质疑[52]，却扩展到了其他领域——文学建设方面，——提出了一个基于一些固定的美学总观点的战略。在诗集《第三夜岗》（1900年8月书报审查机关批准；以下简称《第三》）的《前言》中，勃留索夫强调，"'新艺术'的任务……是赋予创作以充分的自由"。虽然"艺术的终极目的"在《前言》中依然是对《论艺术》所提倡的传统之重申（"表达艺术家的全部心灵"——Ⅰ，589），但是这里有关创作自由的命题已经超出了个人的见解，这就意味着拒绝让诗歌（也可以泛指艺术）屈从外在于诗歌的其他价值，不管它是"纯艺术派"为之辩护的"美的偶像"，还是"公民诗派"所倡导的"利益的偶像"。实际上这是回到了当年普希金以格言形式表达的诗歌美学观念："诗的目的——就是诗，诚如杰里维格所言（倘若这不是他偷来的概念）。"[53]

　　就这样开始了一场"把艺术至高无上的自由还给艺术"的斗争，后来费·索洛古勃把争取艺术自由视为勃留索夫的生活目的和他所肩负的历史使命。[54] 但是为了让有关诗歌与艺术自主性的论断成为统领全局的核心内容，进一步上升为更有力、内涵更丰富的信条：艺术享有独立性，勃留索夫必须找到更充实的证据（与《论艺术》比较），说明艺术存在的必要性以及艺术所拥有的力量。1903年3月27日，在莫斯科的历史博物馆，勃留索夫面向听众作了一个报告，题为《打开秘密的钥匙》。这是在《论艺术》出版以后，诗人第一次畅谈美学的讲演。对当时的美学理论进行了有理有据的批评（其中包括他在《论艺术》一书中认同的把艺术解释为交流的观点），勃留索夫得出了结论：艺术的"唯一使命"就是"认识世界，既不借助理性推论，也不依靠因果思维"（Ⅵ，93）。对于艺术的新的理解使得人们能够重新认识艺术强大的威力："艺术，或许是人类掌握的最伟大的力量"，它远远胜过"科学的杠杆"或者"社会生活的斧头"。对于那些认为艺术"无用，与当代生活需要格格不入"的论调，勃留索夫回答说："你们衡量利益和社会现实使用的尺度太渺小。人类的利益——其中就包含着你们个人的利益。"（Ⅵ，93）

　　"天蝎"和"狮鹫"出版社于1903年2月至3月间在莫斯科为"新艺术"展开的全面的斗争在高唱艺术独立性的颂歌声中结束（《日记》，130—131，

184页）。围绕天蝎社的文学团体引起了社会的关注。连出三辑的《北方之花》丛刊合在一起再次出版，从1904年起，图书评论月刊《天平》开始在莫斯科发行——第一期开卷第一篇论文就是《打开秘密的钥匙》。

《第三夜岗》：
新世纪第一本书

间隔四年之后勃留索夫出版的第一本诗集的标题《第三夜岗》，一反过去那些书籍借书名进行自我评价的习惯。这本诗集的标题文字把读者引向了历史（第三夜岗在古代罗马指黎明前的那班夜岗），其象征意义在于明确所处时间的过渡性，意味着这是新时代的前夜。这样在标题中就揭示了全书的特点——历史与现实的相互渗透性。"黎明前的昏暗"，诗集的过渡性，我们发现同样反映在诗集的结构上。五部分当中两部分的标题加上了附注，把这两部分变成了以前出版的诗集《这就是——我》和《沉思集》姗姗来迟的补充（也许是反驳？）。在诗集《第三夜岗》当中，第一次不再关注部分与部分之间的组合性，以及时间上的彼此参照。勃留索夫放弃了这一原则，却没有找到合适的替代办法（后来在《勃留索夫全集》当中，只有《第三夜岗》的结构作了彻底的调整，这绝非偶然）：各个部分的构成依据的原则各不相同（题材，题赠对象，与其他诗集的关系），而这些原则之间的关系也很复杂，每一种原则充其量只能涵盖那一部分当中有限的作品。

诗集的第一首诗——《给斯基泰人》——就显示出整本诗集的许多特点，这些都是勃留索夫对俄罗斯诗歌发展所做出的贡献。按照马·沃洛申的定义 [55]，这首诗的"非古典主义"格律具有迷人的魅力……有关"斯基泰人"的主题对于20世纪的文学和社会思想意义重大……当代与往昔的相似性成了这首诗的情节……诗人（或者说抒情主人公）的形象站在当时流行的诗中人物的对立面，比如纳德松诗中病态而痛苦的主人公，福法诺夫的长诗《诗歌是神明》中卑微的落魄者以及众多的类似人物。最后，以胜利者的心态感受世界，并以这种心态选择词汇，渗透音韵声调结构……

《给斯基泰人》是《历代骄子》这一部分的头一篇，二十三首诗和三首长诗构成了同题"组曲"。对于俄罗斯诗歌说来，历史抒情诗当然并不新奇。但是就时代的恢弘气度、文明的氛围、人物的类型、事业与情欲、整体构思等方面而言，或许很难寻找到与勃留索夫《历代骄子》相类似的作品。勃留索夫不仅通过标题，还通过"组曲"中附加的四首译诗有两首是译自雨果的作品这一事实来表明自己有一个间接的借鉴对象。[56] 不过，雨果的《历代传说》只是在构思的类型和宏大气势方面提供了范例，而对具体作品的结构则未必有多大影响。

组曲以斯基泰、亚述、迦勒底的形象作为开篇，而结尾部分的几首诗则描述了未来的远景。与声名赫赫的历史活动家和神话人物并列的是一些无名的英雄、普通人：如迦勒底的牧羊人、埃及祭司、拔都进攻基辅时的无名同时代人……题材的范围既不局限于情色（如同《杰作》中的《秘部树》一诗）和对威严与勇猛的颂扬，但也包括了人类的认知、道德的冲突。情节的叙述除了"作者"采用第一人称（《拉美西斯》）或第三人称（《阿玛尔忒娅》），还有人物自己叙述的各种方式（如《唐璜》与《克娄巴特拉》的口述，与《阿萨尔哈东》的书面语风格），作者与人物无拘无束地畅谈交流（《给斯基泰人》《迦勒底的牧羊人》）。与法国帕尔纳索斯派诗人所宣扬的诗歌的"客观性""超个体性"不同，在勃留索夫笔下身为作者的"我"确确实实是"无处不在"[57]，但是他的出现并不意味着各种观点的混合，也不是作者戴上了别人的面具。作者的"我"总是会与其他人物有所区别，或者靠人称"我"和"你"或者"您"直接区别，或者就是用其他种种词句准确指明语言归属的主体（比如《阿萨尔哈东》的副标题"亚述人的题词"），还有，就是借助修辞手段体现出区别来。[58]

编进《历代骄子》这一部分的三首长诗，最不同凡响的是第一首《献给北极之王》，诗中讲述的是维京人远征北极的故事。史诗中大胆引进了神秘剧的因素：剧中人物不仅仅是海盗，还有他们远征过程中围绕在他们四周的大自然的力量——水、火、空气、严寒……《献给北极之王》预言了20世纪俄罗斯长诗的发展，它的结构并不基于完整连贯的叙述，而是由个别事件的片段以及人物的内心表白构成。远征的参加者最后全部死亡，他们征服极地的事迹也无人知晓。但是毕竟在结尾有一个声音宣告了他们所完成的事业不可超越的价值。只有人才能赋予宇宙及其漫长的存在以意义："往昔曾完成一次建树，/这功绩就

不会被忘记：/记住，整个世界，全部秘密都在我们心中，/我们心里有黑暗也有黎明。"（Ⅰ，256）

长诗《阿伽那提斯》（后来改为《阿伽那特》）语调较为平稳，叙述结构更为古典，内容借鉴了远古文明腓尼基人的传说。这部长诗指出，人类生活的价值不在于建立丰功伟绩，像《献给北极之王》当中的维京人那样，而在于日常生存：人类的诚实可靠胜过盲目的自然力，胜过命运。

第三首长诗《强盗的传说》篇幅最短，类似圣徒传说体裁，继承了涅克拉索夫警世叙事诗《两个大罪人》的传统。但是这部作品也潜藏着再现民间诗体的大胆试验，其中依据的正是勃留索夫自己提出来的独特的理论（参见：《曙光》，98~99页）。

在诗集《第三夜岗》中，依据最大限度展现对比反差的原则，继《历代骄子》之后，转向了现代生活题材，这一部分的标题是《城市》。这一部分的诗歌篇幅较为短小，题材联系比较紧密，但是已经丧失了历史题材那一部分所特有的清晰与明快。这里弥漫的是朦胧，暮色昏沉："一连串流动的阴影……和记忆模糊的脚步声。"（Ⅰ，174）在很多诗中很容易辨认出莫斯科，甚至能识别出尼古拉街与芭芭拉街之间那一带具体的地方，狭窄的街道弯弯曲曲，那时候的一些暴发户在古老的教堂附近修建了许多大房子。这些专门描写莫斯科的诗篇，语调平静，内敛，注意力相当集中。城市和市民的日常生活充满了诗意，这种生活就是创作的源泉和条件："我爱城市，我爱石头，/爱轰隆声和悦耳的喧闹，——/当一支歌深深蕴藏心底，/亢奋中能听见回声缭绕。"（Ⅰ，174）"悦耳的喧闹"，"爱轰隆声"——词语如此搭配在勃留索夫以前的俄罗斯诗歌作品中还未曾出现过。

可是勃留索夫描写的毕竟不是具体的城市，而是当代城市生活本身。他的眼前还只是保持着淳朴古风的莫斯科，在诗集《第三夜岗》中还没有出现大喊大叫的城市冲突。但是城市如同人类的命运，"街道的暮色"犹如世界未来的沙皇"未来的世界之王"（Ⅰ，174），这个主题在其中已埋下伏笔。在组诗《城市》中，这个主题可以说是矛盾的："在死气沉沉狭窄的房子里"预见到未来岁月的人仍旧被称做"高傲的人"。然而写在组诗前面的一首诗《在没盖完的楼房里》，城市就像是人类的监狱。这首诗里已经隐藏着勃洛克的"可怕的世

21

界"，也隐藏着古米廖夫的"弥漫宇宙的恐惧"，对于勃留索夫本人说来，这里是他怀着惊恐思考未来的开端，是他在小说和戏剧中反乌托邦思想的萌芽。

诗集《第三夜岗》的第三部分，《写给孩子的小书》内容相当集中——这在勃留索夫的创作中几乎是唯一的一次——绝大部分都是宗教诗歌。这里处于主导地位的语调是欢乐明亮的。即便是一首悼亡爱人的诗，诗的色彩并不是走投无路的绝望，而是充满了光明，是触及崇高的一种情感："她的面庞……仿佛照耀阳光……心脏在跳，/相信，那个瞬间崇高……"（Ⅰ，200）

《克里木与大海的风光》这一部分是与诗集《我》中的自然风景诗直接、强硬的论战：大自然与诗人不再陌生。但是大自然与同一本诗集《第三夜岗》里的《城市》组诗又相互对立。冲突的不仅是题材（城市——大自然），形成反差的还有修辞风格：在《城市》中占上风的语调是吞吞吐吐，欲言又止，而在《克里木与大海的风光》当中则继承了阿·康·托尔斯泰《克里木随笔》的传统，风格清新而透明。

诗集的最后一部分《呼应》完成并归纳了前面几部分在题材和语调上的发现。不过，这里与肯定胜利的语调相联系的已经不再是《历代骄子》里的往昔，也不是《日冕》一诗中神秘主义的"凯旋战士"，而是诗人本人和他的同辈人："将来我们为什么欢呼，/我知道。"（Ⅰ，230）诗集的标题"黎明前"的象征最终投射到当代："我们是涌起的浪峰。"（Ⅰ，230）《在矛盾的幽暗中我的精神并不疲倦……》（后来标题改为《我》）和《欢快》这两首诗，敞开胸怀拥抱世界，成了诗中抒情主人公"我"的本质特征，这种心态正好吻合世界本身的构造。就《第三夜岗》的创新性而言，这样的世界感受的重要性并不亚于题材的开拓和艺术的深度，使得这本诗集成了20世纪俄罗斯诗歌交响乐的序曲。

《致全城与全球》：诗集结构的新类型

勃留索夫的诗集《第三夜岗》第一次迫使读者倾听诗人的声音。但是读者真正倾听的却是诗人新出版的诗集《致全城与全球》（1903）。不同时代兴趣不同的人们都在这本诗集中发现了感到亲近的内容，听到了动听的旋律（参见：I，613-614，610；阿舒金，175-176页）。象征派的年轻诗人，也就是勃留索夫在1895年秋天的笔记中曾对之寄予厚望的那些"20世纪的青年"，一个个惊讶不已："外在的文字，内容——一系列空前的发现，闪耀着近乎天才的光辉。"[59]

诗集《致全城与全球》的特点显然是它的无所不包，从总体上把握世界，从广博的角度塑造生活。[60] 在诗集的开篇之作《序曲》（《沿着狭窄的街道……》）中，吸引读者的是非同寻常、在词汇层面上十分丰满的格律，涵盖一切的思想仿佛已经具体化，融入了这首诗的结构之中。两行诗句构成一个诗节，每个诗句都由两个半句组成，在进一步切分各个半句时追求二元性，这些手法的运用创造了很好的条件，可以最大限度地进行广泛的对比，并且有利于由始至终采用列举手法，把"存在"的各种可思议的变体都挖掘出来。勃留索夫早就有志于创作能够包容世界的诗歌，我们不妨想一想1892年他写的十二行诗，题目就叫《诗歌》（III，213），或者他在《论艺术》中提出的口号"重塑整个世界"。但是，诗集《致全城与全球》从总体上把握整个世界的任务已经不是面向变动中的整个诗坛，甚至不是针对某个艺术家，而是指向具体的一本书，这本书的使命是成为世界的模型。

要想体现出这么复杂的构思必然会遇到许多困难：世界的多样性无穷无尽，而且在不断地变化，而一本诗集毕竟有限，而且内容分散。因此各部分之间的关联就承受着巨大的压力。在诗集的《序言》中，勃留索夫把诗与诗之间，部分与部分之间的关联，区分为两个层次："从总体的联系当中抽掉一首诗，其损失就像是连续的推论中缺少了某一页。诗集当中的各个部分就像彼此说明的章节，它们是不能随便撤换的。"（I，605）诗集《致全城与全球》两个层次的结构很有特点，它不是一般的新鲜，有时候显得格外新奇。

在以前的诗集中，勃留索夫指点读者注意从时序和题材角度区分各个部分（比如，《杰作》中的《秋天》和《雪》；《这就是——我》当中的《幻象》与《漂泊》等）。在诗集《致全城与全球》当中读者发现了按体裁划分各个部分的原则：《歌曲》《谣曲》《哀歌》等等。初看起来仿佛又回到了18世纪至19世纪初那些年代。但是，这种回归是故意的：勃留索夫故作姿态几乎使用了传统诗歌的全部体裁（缺少的大概只有篇幅极短的诙谐诗，再就是讽刺体裁虽没有组成一个特殊的部分，但却通过长诗《封闭者》得以呈现），再说，这么多的诗歌样式并非用在一本带有总结性的诗集当中，倒是用在了一本通常出版的诗集当中。这样的结构即便对于讲究体裁原则的黄金时代的各种"通常"诗集来说，也并不具有代表性（举例说，巴丘什科夫的诗集《诗中体验》总共只有三部分，而1826年出版的《普希金诗选》也只有四个部分）。

诗集《致全城与全球》依据体裁样式编排，使得作者有可能坚持他所器重的部分与部分之间的聚合（парадигматическое）对比，而不采用在诗集《第三夜岗》当中局部使用过的组合（синтагматическая）分组。采取按体裁原则编排的方法还有更重要的理由，那就是为了显示诗集所探求的"包容一切"的气势。《致全城与全球》内容所涉及的领域非常广阔，从远古时期直到人类的《末日》。在这本诗集当中，就题材而论，有许多明显的反差与对比，比如说，城市和乡村，俄罗斯与西方，亚洲与欧洲……但是如果我们尝试把书中的诗歌作品重新编排，按照创作时间先后的顺序，或者按照题材分类——那么"包容一切"的感觉就会消失：如果按照时间连续排列题目，那就不可避免地会出现空白，因为无论是主题，还是时代或者事件，都不能一一穷尽。而体裁，更不用说是传统筛选出来的体裁了，却可以穷尽，并且有可能制定出它们相当全面的范式。与每一种传统体裁相联系的都有一个观察世界的特殊视角，都有其主题和情感的特殊"领域"。把各种体裁放进同一本诗集，就能囊括世间生活的各个"层面"。为了保证没有遗漏，还加进了一部分，题为《集萃》，从某种意义上来说，它是"诗集中的诗集"，按照一定之规补充了各种各样的诗歌作品。

扩展诗集思想容量的另一个手段，或许也是主要手段隐藏在每一部分的内在结构中，那就是怎么编排出组成这一部分的诗与诗之间的联系了。

在话语的主体于诗与诗之间不断变化的那些部分中，意义的疆界在不断地扩展，促使实现这一点的首先是各个主体彼此不同，各有特色。《歌曲》部分，可以说是20世纪将包括工厂民谣在内的都市民谣运用艺术手法进行描绘的第一次尝试 [61]，涉及人物依次为工厂的工人、老兵、玩耍的孩子、街头募捐者、当洗衣工的姑娘、游荡的女人。在涉及情色的《谣曲》部分，对穷尽各种情欲类型的追求不仅造就了历史情景、主人公间社会关系的多样性，还具有构造结构的作用 [62]。每个属于这一类型的部分都经过精心安排，仿佛有意检阅某种体裁究竟能演变出多少种形式。

而在叙述语言主体固定的那些部分，它们的布局是另外一种方式。在这里诗与诗之间基本上都有意义上的联系。《杜马诗·探索》[①]部分是这种类型最为鲜明的范例。这一部分没有统一的情节或者贯穿始终的主题。一切都凭借联想的转换，相邻的作品之间联想的性质每次都不一样。每一首诗在某一点上都否定前面一首，成为它的对立面——同时还要延续和发展它的主题。一个具体的人的生活道路（《生活的烦恼》《诱惑》），人在真实的地理环境中的迁移（《意大利》《巴黎》、杜马诗《世界》中的莫斯科），国家的历史（《意大利》《世界》），人类的存在与历史（《她怀了孕》《意大利》），种族史（《世界》），关于道路的讽喻（《哀涟叹尔》）——所有这些主题彼此联系，互相映现。结果发现，整个部分仍然可以当作某种连贯的叙事来读，但却又避免了整齐划一和道德说教，而这些都是过去那些有统一情节的作品不可避免的因素。

采用类似"蒙太奇"的构思方式赋予每首诗以新的意义，这并非个别的孤立现象，勃留索夫以前出版的诗集当中，例如《杰作2》在连续的左右两页上分别就有《往昔》和《未来》这两首相互对立的诗。不过，以前使用这种蒙太奇手法，只是局限于相互毗邻的诗篇当中，还没有贯穿整个组诗所有的作品。而《致全城与全球》中我们刚才分析的这个部分主要的新颖之处正是在于把片段、连续和毗邻作品的互斥、对立连接在一起，从而极大地扩展了这一部分的容量，并且赋予这部分作品某种确定的复调性。

风暴与漩涡

1904年前夕，勃留索夫完成了"启示录诗"《灰色马》，立刻震撼了同时

25

---

① "杜马诗"指的是16—18世纪左岸乌克兰哥萨克的历史题材口传诗歌。雷列耶夫就曾以这种体裁写过一系列诗歌。——译者注

代的人们 63，而且至今这是他文学遗产当中最有价值的名作之一。勃留索夫的诗歌作品里从来还没有过这样的城市——"普遍意义上的城市"，而且其存在又被诗人展现得非常丰满。这座世界城市盛大富裕的生活中闯进了永恒——预言启示录末日的骑士。刹那间一切都变得凝滞不动。但是除了一个疯子和一个妓女，谁也不愿承认骑士的预言会是真的。1907年勃留索夫本人倾向于把诗歌中描写的城市影射超越现实的"未来"，指向人类统一的时代。64 今天看来，《灰色马》可说是当代大都市非常现实主义的画像，勃留索夫笔下那个疯子的预言："你们四分之一的人——都会死于瘟疫、饥饿和刀剑之下！"读起来，呜呼，简直就是20世纪上半叶俄罗斯命运已经应验的预言。

这首诗在勃留索夫的创作道路上具有划分界限的意义。人类与俄罗斯的命运成了诗人那几年写作中最重要的主题之一，但是表现的形式已经采用"另一种语言"。诗集《致全城与全球》所采用的客观的、具有世界包容性的作诗法到《灰色马》几乎是发展到了极限：在同一篇作品当中，既体现了世界此时此刻的完整性，又包涵着其历史的前景，而叙述语言的主体则完全消融在作品的结构之中。继续沿着这条道路朝前走已经不大可能，重新回到诗集《这就是——我》所使用的偏重抒情类型的作诗法已是自然的趋势，采用这种作诗法，叙述语言的主体通常就是诗歌作品的主要人物。

勃留索夫的下一本诗集《花环》（莫斯科，1906），用诗人自己的话说，是他的"第一个比较大的成就"（《自传》，115页），在很多方面与诗集《致全城与全球》形成反差与对照。这本诗集划分各个部分依据的并不是体裁，而是按照题材为原则，中间三部分的主题（诗集总共分为五个部分）实际上是一个深层次主题——情欲所包含的几种变体。各部分也都遵循这一内在变化的主导原则（第一部分《黄昏歌曲》尤为明显）。甚至用过去的手法写成的《安东尼》与《尤利乌斯·恺撒》在自己所属的两个部分的上下文中逐渐丧失了客观性，变得像寓言或讽喻一样。

1904年开始出现种种变化。虽然按照诗人创作发展的逻辑来说这些变化是有准备的，可以用诗人的亲身经历与历史环境来解释为什么变化会这么急剧强烈。变化的第一个原因与《天平》杂志开始出版有关。在天蝎出版社的创始人当中，勃留索夫是唯一一个没有推辞繁重编务工作的人，临近夏天，涉及出

26

版的一系列事务全都压在了他一个人的肩上——从撰写评论，直接为"每期杂志"写简讯，到审阅所有的校样。[65] 时间的紧迫妨碍了他自己创作的"案头"工作 [66]，反而使他不由自主地浓缩了内心的构思，不得不转向从前珍爱的构想（《大地》《燃烧的天使》），并在这些作品中加强了主观的语气与声调。[67]
在个人生活中，1904年秋天，是勃留索夫跟尼娜·伊万诺夫娜·彼得罗夫斯卡娅建立亲密关系的时期 [68]："我从来没有体验过这样的情欲，这样的痛苦，这样的欢乐。"（《日记》，136页）诗集《致全城与全球》当中的谣曲和城市歌曲所表现的大都是以客观化形象呈现的情欲——而在1904和1905年的作品中，表现的首先是灼烧诗人自己及其恋人的情欲："烧灼的疼痛让我欢欣，／我盼望自己的篝火点燃。／天空垂下黑色帷幕，／遮蔽了我盲人一样的视线。"（《闪电》，Ⅰ，400）最后，促使勃留索夫的作诗法呈现出强烈主观色彩的因素还有历史事件。俄日战争的爆发让勃留索夫感到欢欣鼓舞，他从中看到了实现俄罗斯世世代代地缘政治愿景的希望。但是那时候写的诗《致太平洋》（Ⅰ，423）充满了雄辩的华丽辞藻，代词"我们"的意义还相当抽象，与时代的联系并不紧密。1904年年底战争的惨痛失败反映在他的诗里是深刻的悲痛，其中的代词"我们"所指的是作者自己和他的同代人："家家户户，／站着血淋淋的期望。／等待报纸信息，／我们的心疲倦又紧张。"（Ⅰ，425）

　　1907年，勃留索夫回顾1904年中到1905年秋天这段日子的感受，他承认："……那是风暴与漩涡的岁月……很多时候我发自内心地想要抛弃以前的一切生活道路，转而踏上新的途径。"（《日记》，136页）这里反映的首先是个人生活的波折，但这些文字也传达出了普遍的声音，反映了那个时代作品和生活的特点。在那个年月个人与社会是很难分开的——正是1905年勃留索夫有意识地写道："……现在我远比任何时候都能更准确地翻译外国诗人的作品。"[69] 勃留索夫那个时期写的文章《激情》仿佛是一篇独特的宣言，他宣称激情是"人类生活永生不灭的理想"，他在激情中看到了"支撑地球接触其他生命的基点"[70]。最后这些话与《打开秘密的钥匙》一文中最后界定艺术作品的句子（Ⅵ，93）惊人地相似。如果说在勃留索夫的一生当中有一段时间追求"把生活与创作融为一体"，那么这段时间就是1904至1905年，而霍达谢维奇则把这种论调看作俄罗斯象征主义的特点与不幸。[71] 正是那时候写的文章《神圣的奉

27

献》几乎是勃留索夫平生唯一的一次跟他奉若神明的普希金展开了争辩："我们要求诗人不懈地做出'神圣的奉献'，不仅奉献自己的诗，而且要奉献出一生当中的每时每刻……"（Ⅵ，99）

勃留索夫持这种美学观点的文章只有一篇。这篇文章所标榜的立场到了1906年写的《查理五世》已经不见踪影——后者是一篇精彩的"关于艺术中现实主义的对话"。不过，1904至1905年之间他对于世界的感受，那段时间构思的结晶《燃烧的天使》，表现得十分准确。只不过那时候勃留索夫的作为[72]，未必像霍达西谢维奇[73]所描写的，是为了将来创作长篇小说故意进行的一次冷淡的试验——应当说这是艺术与生活相互渗透的结果，是那个"漩涡"的一部分，这个漩涡可以说波及到了俄罗斯的全部生活。无怪乎勃留索夫在1904至1905年不仅对祖国和人类的历史命运的题材产生了浓厚的兴趣（《大地》《小灯笼》——Ⅰ，435等），而且以其敏锐的才华对祖国和人类的这种种命运进行了深入的观察。1904年诗人创作的两首抒情诗最为重要，不仅是这一时期的标志，而且在勃留索夫全部作品中也堪称代表作。其中的一首是《致幸福的人们》，勃留索夫以罕见的明亮笔触描绘了人类未来的幸福与强盛，附带说，自古以来就有的个体存在之意义问题最后得到的并非个人主义的答案。1904年2月，产生了《未来的匈人》的初稿。[74]但是这两首诗最终完成却是1905年，那时候继战争的惨重失败紧接着就是第一次俄国革命的一系列事件。

艺术家与革命

还在1904年12月，勃留索夫就觉得奉天交战和旅顺口保卫战期间不应该是国内争辩的时候（Ⅰ，425）。但是，在1905年1月9日军警开枪镇压群众以后仅过了四天，他就给彼·彼·佩尔佐夫写信说："如果俄罗斯起锚离开其世世代代奉行的落后的君主制，那等待我们的会是什么？……而这并非完全不可能……"[75]对于他来说，刚刚开始的革命不仅是此时此刻的事变，不仅是俄罗斯的大事，也是历史上多少世纪以来人类为争取自由而斗争的一个环节（《熟悉的歌》，Ⅰ，429），是全人类所面临的社会、民族、宗教的大地震之开端。

难怪广为传诵的《未来的匈人》标题中的形象具有双重性——这既是社会底层 28 卑微人物的代表，又是来自东方的入侵者，正如在给佩尔佐夫的信中所说，这些人"反抗欧洲文化两千年的霸权"（试比较1911年写的诗歌《苏醒的东方》——见《曙光》，293页）。

事实性的传记材料以及针对"勃留索夫与1905年革命"这一话题的言论，曾被收集在一起，并进行过一系列严肃认真的研究 [76]。但是，意识形态上的障碍至今仍阻挠学者对这些材料进行恰如其分的研究：革命不是被看作矛盾的动态体系，而是被视为一个带有不容置疑的正面特征的片面现象，而诗人任何反驳革命家或者对他们的具体行为表示怀疑的企图都会被视为他思想不成熟的表现。因此对于1905至1907年期间勃留索夫言行的阐释至今还搀杂着很多迷思或者不确切的看法 [77]。

勃留索夫意识到革命不可避免，认识到革命对于俄罗斯命运的意义，因此完全认同革命短期的目的——推翻腐朽的国家体制。革命迫使他对于和人民团结一致有了新的感觉和体验（《人民的呼声》，Ⅲ，286），重新思考自己的理想（《给幸福的人们》）。他既作为一个普通人，也作为一个艺术家，被革命的恢弘气势所吸引，用自己独具一格的作品记录了革命事件，反映了革命中存在的问题，体现了革命的精神，同时他还把"真正具有革命精神"的诗人维尔哈伦的作品翻译成一本诗集，没有采用原作的书名，而是用新的标题《现代诗歌集》于1906年出版。

虽然迷恋革命的自发力量，理解革命的历史正义性，但是勃留索夫并没有无条件地接受它或者不假思考地给予颂扬（试比较：《日记》，136—137页）。在革命延续的整个过程中，革命的方法与措施，革命领袖的理想和目标中有很多东西，对于勃留索夫说来，都是断然不能接受的。诗人把自己与革命以及革命家的分歧准确地表述在1905年所写的诗歌作品里（《熟悉的歌》，《在充满惊慌的广场上……》，Ⅲ，286；《给亲近的人们》，Ⅲ，289），1906至1907年之间具有争辩性质的言论与作品只不过是延续革命高潮时期形成的思想罢了。

为了迅速回应弗·伊·列宁的文章《党的组织与党的出版物》，勃留索夫写了《言论自由》，发表在1905年第11期《天平》杂志上，这篇文章成了争辩的中心环节（按时间顺序，也按思想性质而论）。对列宁初看起来纯属战术性

29 　质的建议，勃留索夫敏锐地从中发现了未来极权主义的雏形，觉察到前者正在为就可怕程度而言远超沙皇专制时代的对自由思想与创作的压制进行辩护。不抱成见阅读勃留索夫的文章可以让我们断定，《给亲近的人们》这首诗那个有名的结尾（Ⅲ，289）根本就不存在列宁随意指出的所谓无政府主义[78]：诗人并非对任何"建设"都一律拒绝，他所拒绝的只是基于那些专制思想的建设，《言论自由》一文把那些思想称为"社会民主主义的可兰经"（《曙光》，201页）。

　　《言论自由》发表后不久，紧接着在《天平》杂志上（1905年第12期—1906年第1期）刊登了勃留索夫的短篇小说《南十字星共和国》，在漫长的几十年之间（有时候也许是迫不得已）这篇作品被认为是在描绘未来资产阶级的社会体系。但是文本字句与《言论自由》的呼应让人确信，小说中所描写的毋庸置疑是未来的社会主义社会，其中按照列宁的处方《党的组织与党的出版物》确立了统一思想的法则。就其实质而论，《南十字星共和国》是20世纪俄罗斯第一篇反乌托邦作品，它比叶·扎米亚京的长篇小说《我们》早出版十五年，它以令人惊异的准确性预见到了苏维埃国家与社会在"社会主义取得胜利"的时期许多本质性的特点。

　　诗集《花环》在作者"序言"下面标注的日期"1905年11月21日"（Ⅰ，620）表明，这本诗集的编纂完成于他阅读列宁的文章后，大约同时写出了《言论自由》这篇论文。了解这一点，有助于我们从《花环》的总体结构中有所发现，了解诗人对文学为党的目标服务这样一些要求的某种程度的答复。是的，勃留索夫并没有从诗集中删除他回应战争与革命事件的那些诗作，这些作品组成了分量厚重的一部分《现代性》。不过这一部分几乎排在了诗集的最后，紧接着它的是煞尾的几篇小型的长诗，然后就是《后记》。排在前面的是赞美孤独和镇定的《黄昏之歌》以及《偶像的永恒真理》《来自地狱的被折磨的人们》和《日常生活》这"充满热情"的三个部分。勃留索夫以这种编排方式有意强调：当代的焦虑与不安进入了诗的选材范畴，但是诗歌不能局限于这些题材，题材受诗的掌控，而不能主宰诗歌。这是一种新颖的、纯属艺术的表达方式，表明的依然是诗歌具有独立性的思想。勃留索夫在《第三夜岗》序言中提出了这一思想，它是《打开秘密的钥匙》一文的基础，诗人又在《言论自由》一文中满怀热情地为之辩护。

短篇小说《最后一批殉难者》反映了个人与革命专制、与暴力相互之间的关系问题，这是勃留索夫与革命者直接争辩的最后一个"回合"。在勃留索夫的长篇小说《燃烧的天使》当中读者可以发现对于那个时代比较深刻的反映，以及人们由于时代变迁而在思想意识方面所发生的变化。

小说家横空出世

从诗集《致全城与全球》包容世界的诗转向强调收敛的《花环》，这在某 30
种程度上相当于勃留索夫短篇散文作品总体变化的趋向。革命年代就算没有把勃留索夫培养成一个散文作家，也帮助了他的散文才华"浓缩结晶"。19世纪90年代高强度的散文创作一直是勃留索夫内在创作生命的一个领域。[79] 1901至1903年之间，勃留索夫开始积极地发表他新创作的短篇小说，不过，通常都不刊登在他发表诗歌和翻译作品的报刊上。刊登在《俄罗斯专页》报及其文学副刊上的短篇小说似乎是勃留索夫文学活动的一个次要的侧面，与其说它是严肃的文学创作，倒不如说可以纳入"群众文化"系统。从1905年起，勃留索夫的散文作品开始和他的诗歌发表在同样的一些报刊上。1907年，《天平》杂志开始刊登长篇小说《燃烧的天使》，天蝎出版社出版了短篇散文集《地轴》，散文作家勃留索夫在俄罗斯文坛的声望已经并不亚于诗人勃留索夫的名声。

勃留索夫的《地轴》收入了1904年以前发表的近半数短篇小说（所有圣诞节与复活节的故事全都没有收进这本书），这些小说中间"夹进"了一些革命年代写成的作品。开篇之作是《南十字星共和国》，处于中间部分的是《最后一批殉难者》，结尾部分则是《大地》中的一系列戏剧性场景，这些场景与其他各部短篇小说互相关联，就如同在勃留索夫的诗集中，长诗会与之前的许多抒情诗互相关联。

小说集的书名看来借鉴了斯·普日贝谢夫斯基的名句："我们生命的轴——就是爱与死。"[80] 的确是这样，情欲和毁灭的主题几乎贯穿了书中所有的小说。与此同时，让勃留索夫更为关注的往往是情欲走向极端的表现方式，还有情欲的病态心理，由此产生了下列一些副标题——"一起法院疑案""精神变态者笔记""摘自精神病医生的病历"等等。但是这本书同样有典型意义的还有那些介于真实与梦幻、本质与映象、现实与回忆之间的题材[81]，是有关自由与束缚的安逸、文化与毁坏、抉择与命运的题材。因此，更确切地说，这本书的标题含义在于透过人类存在与一切虚幻之象（梦、印象、回忆）之间的复杂关系，透过它与外在力量（压制、暴力与毁灭、宇宙规律）之间的矛盾对立来探索其本质。《地轴》这一贯穿始终的最高宗旨毫无疑问使得它与内容丰富的诗集《致全城与全球》成为底蕴相近的作品，不过《地轴》与《致全城与全球》毕竟不同，诗集肯定生活的多样性，而小说倾向于通过分析来探索"多样性当中的唯一"。

31　　　　如果说《地轴》中的小说选题大体上符合象征派散文（更宽泛地说是现代派散文）审美趣味总的趋向，那么就创作诗学而论，在那个时代的小说当中，《地轴》是一部独具特色的作品。俄罗斯的读者已经习惯性地认为，行动、事件——只不过是揭示人物心理的手段。按照勃留索夫的评价，是契诃夫为"短篇小说文学体裁"提供了这种类型的"完美典范"。勃留索夫的《地轴》"几乎所有的短篇小说"都属于另外一种类型的作品，"作家的注意力集中"[82] 在对事件进行评价，分析事件发展的逻辑。因此，情节的作用显得更为重要，这使得勃留索夫的作品与西方文学，首先是爱伦·坡的作品产生了某种亲缘关系。

　　　勃留索夫在《地轴》的"前言"中指出了这本书的另一个创作特点，那就是"大部分"小说的叙事并非从作者的角度展开，而是由事件的见证者或参与者出面讲述。故事叙述人以及作品的体裁（报纸上的文章，16世纪手稿，疯狂罪犯的书信、笔记等等）往往在副标题当中给予说明，进一步还特别强调指出叙事与作者的疏离。[83] 对待勃留索夫小说的这种态度同样适用于诗集《俄象征2》和《俄象征3》当中许多采用化名的诗歌作品，还有日后在《人类之梦》当中为世界诗歌"建立模型"。在俄罗斯文学史上像这样客观主义的叙述方式显然受到了普希金散文作品的影响。从勃留索夫短篇小说的修辞风格——语言朴素、简洁、明快（尤其是句式）[84]，同时代人都联想到了普希金的传统。

　　　各部短篇小说中不断替换的叙述者之个体性在多大程度上体现于语言与风格中，这一问题至今还没有人研究。[85] 亚·勃洛克认为小说集《地轴》当中"风格上最不连贯的"当属短篇小说《在地下监狱》[86]——这是唯一的一篇不是由事件的见证者或参与者出面讲述的作品，因此无法仅仅凭借所讲的事实与心理的可信性来给人留下真实的印象。只有到了创作长篇小说《燃烧的天使》的时候，勃留索夫才做到了将呈现世界的可信性、故事讲述人的心理真实性这两者与有说服力的个人修辞风格结合起来。

据勃留索夫本人后来证实，这部长篇小说最初的构思诞生在1897年5月末，在科隆和亚琛"中世纪的庙宇里"[87]。现代生活的喧嚣跟古代的建筑与设计形成反差（参见：《笔记本》，747-749页），引起人的遐想——想象许多世纪以前在这里曾经沸腾的生活。在这次出国前两年，勃留索夫写过一部题为《两个世界的边界》的书，以此反映新旧交替的两种文明的冲突。现在，可能是来自梅列日科夫斯基的长篇小说《被摒弃者》[88]的思想跟时代对话生动的感受结合在一起了。在以后的岁月里，阅读史学著作，对"违禁学科"的兴趣，几次赴德国游历，都在不断地滋养和扶持这个闪现在心中的构思。1904年写成的《大地》第一次与未来的长篇小说产生了呼应：作品的结尾，一个牺牲的人把太阳看成了"吹着金喇叭的燃烧的天使"。跟尼娜·彼得罗夫斯卡娅的相逢加速了构思的成熟和计划的实施。

长篇小说的写作开始于1905年夏天。[89] 最初的草稿原本要展开描写"1535年德国的宗教革命运动"[90]，核心人物当中有内特斯海姆的阿格里帕，其他人物有不少历史上的名人。[91] 后来，勃留索夫把两个普通人的爱情故事置于情节的中心——男主人公是到处流浪寻求奇遇的鲁普雷希特，女主人公是被控行巫术的赖娜达。对于"集中写大名鼎鼎的人物"表示拒绝，很可能是对梅列日科夫斯基的历史小说三部曲进行有意识的抗争。《燃烧的天使》从"全景式的长篇小说"变成了心理小说、个人命运小说。但是这未必就能说明勃留索夫"放弃了气势宏大的历史长篇小说的构想"。[92] 故事情节让两个主要人物经历了当时社会的各个不同的阶层，选择男主人公作故事的叙述者（长篇小说的主要部分就像是他的回忆笔记），这个人虽说平凡，却具有足够的文化修养，这样就可以对那个时代典型的思想和世界观进行艺术重构。长篇小说中能够感受到那些重大历史事件的存在（第3章远洋船船主讲故事提到明斯特起义，就足以说明问题），不过，这些事件大都是通过人物的回忆或者说故事的形式讲出来的。《燃烧的天使》这部小说的历史主义恰恰体现在作者清醒地理解到，历史转折时代改造"新人"的思想（鲁普雷希特不止一次对自己和他所亲近的人们说过

32

这种新思想的意义）。俄罗斯正在感受这种转折，长篇小说与时代的深刻呼应就体现在这里。

与勃留索夫的其他著作相比，《燃烧的天使》被人研究得要更详细，更深刻——长篇小说当中对神秘主义和通灵术理论的阐释，日尔曼历史和文化在小说中的反映，体裁的混合使用和时空体问题，正文文本与标题、序言、题词的相互关系，小说中蕴涵的作家生平履历等问题，都得到了研究 [93]。因此我只局限于分析小说第二版包含的"说明性注释"的作用。有时候人们认为这只不过是作家故意炫耀自己的博学多才，还有些人认为注释是艺术因素与学术因素的冲突，这种冲突破坏了小说的完整性（参见彼·谢·科甘的评论——阿舒金，231页）。有鉴于后来文学的经验，人们才逐渐明白了"注释"本身的艺术功能。须知作者为主要人物的笔记添加的注释，正是为了评价这个人物和他所处的那个时代。这是为了"拓展作品容量"制作的一面特殊的镜子，能够增加作品的深度和透视感。注释能说明书中人物各种论断和见解的依据，尤其是主要人物鲁普雷希特，往往带来一种反讽的疏离色彩，揭示了他思想意识的典型性。勃留索夫因其使用注释的这种手法，后来在一定程度上成了后期纳博科夫和一些后现代派作家运用注释的先驱。

甚至那些对小说《燃烧的天使》持怀疑态度的同时代人，比如彼·谢·科甘，也都承认，勃留索夫在这部小说中创造了新的"文学体裁"（阿舒金，231页）。随着岁月的流逝，对这部长篇小说的评价越来越高 [94]，在读者的心目中，它足以和勃留索夫的诗歌相提并论。[95] 在俄罗斯和苏联，从1909年一直到1974年，《燃烧的天使》从未再版，但是它却继续生存在俄罗斯和世界文化当中，是它给了普罗科菲耶夫的同名歌剧以生命，它在"谢拉皮翁兄弟"早期描写德国的散文中也得到了反响，布尔加科夫的魔幻小说《大师与玛格丽特》以及列·马丁诺夫的诗歌同样受到了它的影响。

煞尾的年代

1908年《燃烧的天使》最后几章在《天平》杂志上刊载，同年出版了长篇小说的单行本，这标志着勃留索夫创作中"耶稣受难"式的五年已经结束。取代大胆想象、新奇构想的是思路清晰的工作——成就事业、进行总结。勃留索夫以自己的名义为《燃烧的天使》第二版（1909）重新写了序言（不像在杂志上初次发表和第一次出版单行本时，以"俄罗斯出版者"的面目出现），而新增加的注释又使这部长篇小说有别于当代作品。1909年出版的勃留索夫译诗集《19世纪法国抒情诗选》既有历史意义，也有文学价值。在前两本译诗集当中，勃留索夫向俄罗斯介绍了当代诗人的创作，回应了俄罗斯文学界的迫切需要（魏尔伦，1894年）以及文学界与社会局势的需要（维尔哈伦，1905—1906年）。1909年的译诗集包含了不同时期"怀着不同的目的和动机"翻译的作品，仿佛是对"刚刚过去的世纪法国诗歌主要流派"[96]的重新回顾。出版这本译诗集的同时，勃留索夫恢复了俄国在"现代派以前"出版外国诗歌选读本的传统，尤其是尼·瓦·格尔别利主编的各种译诗选读本的传统。[97]《19世纪法国抒情诗选》的新颖之处或许仅在于所有的译诗出自同一个译者的手笔，而译者又是一个获得公认的真正的诗人。

34

如果说《法国抒情诗选》总结了此前只是少数人知道的默默工作的成果，那么三卷本诗集《道路与十字路口》（1908—1909）则是同一个十五年创作活动的结晶，只不过这些成果已是许多读者有目共睹的了。细心的读者不难发现，作者有意减弱早期诗集当中的斗争锋芒。在"少年诗作"这一编（《道路与十字路口》所有部分的题目使用的都是俄文！），包括了《俄罗斯象征主义者》创作时期，比较新颖的诗歌作品都已弃而不用，《杰作》和《这就是——我》两本诗集中有争议和"反道德"题材的作品也都没有选入。诗歌作品的编排打破了原来诗集的界限，这就避免了按时序排列导致的"随意性"（比如，曾收入诗集《致全城与全球》当中的《老维京人》，《玛利亚·斯图尔特》和《拿破仑》，如今被归入诗集《第三夜岗》的组诗《历代骄子》），几本诗集总体上又进行了修订和重新编排。

《道路与十字路口》最为鲜明的"总结性"特点在于它的第三卷是一部新诗集。诗集的标题《曲调汇总》按照语义重新又返回了包罗万象、把诗集视为世界模型的观念，其实这就是诗集《致全城与全球》的特征。然而新诗集继承了《致全城与全球》和《花环》两本诗集的特点。各个部分的划分，像《花环》一样，基本上遵照题材划分的原则，有几部分直接借用了《花环》原有的标题，这几个部分相对于诗集首尾的位置也跟原来的编排次序差不多。但是原来各部分之间的线性联系局部作了调整、变形，这是由于各个部分被分组成容量更大的单位，我们姑且把这些部分称为"编"，这些部分的编排依据的已不是题材原则，而是遵循在诗集《致全城与全球》中占主导地位的、依据体裁样式进行编排的方法。

三层结构显得刻意地调谐、匀称。诗集里共有四编，每编包含四个部分。每编开头有一首纲领性的序诗，它不从属于任何部分。四首序诗的标题依次为：《孤独》《弃绝》《生活》《人的赞歌》，呈现出诗集独特的哲理抒情情节。各编之前有一篇共同的开场白：这就是著名的宣言《致诗人》（"你该高傲，如一面旗……"），而为诗集收尾的则是由四首诗（和编数相同）组成的《尾声》。《尾声》内部四首诗的标题依次为：《为尘世辩解》《播种者》《星》《法厄同》。排列次序再次呈现出某种情节，但是诗思的流动方向与四首序诗形成对照：序诗的发展顺序是由个人（"孤独"）趋向普遍意义的话题（"生活""人"），而尾声的顺序则是由一般哲学话题（"为尘世辩解"）趋向于对个人道路和瞬间体验作出评价。

勃留索夫的诗作艺术结构显得空前严谨，分寸把握适度，看起来跟他阅读和研究但丁有关（他还曾有意翻译但丁[98]），难怪他在诗集中第一首诗开头四行就提到但丁的名字。从优秀诗歌作品篇目数量的角度着眼，诗集《曲调汇总》可以与《第三夜岗》和《致全城与全球》这两本诗集相提并论，一般传统都承认后两者属于勃留索夫的巅峰之作。这些作品当中有几首诗堪称勃留索夫创作体系中最有"分量"、最有影响的诗篇（《致诗人》《生活》《人的赞歌》，颂歌《给城市》《赠某人》）。另外一些诗篇具有鲜明的"勃留索夫色彩"，能引发一系列联想，在其他诗人的作品里反响最为强烈。这一类诗歌如《相逢》（"靠近水流迟缓的尼罗河……"），尤其是序诗《致诗人》，借助于茨维塔耶娃的宣扬，产生了一个广为流传的勃留索夫神话（寻找"词语而非意义"[99]），半个世纪之后，这首诗又激发了阿赫玛托娃采用同样的格律写出了和诗《读者》。清楚无误地提倡人道主义精神，参与生活的激情[100]，把人与地球上当前、过去和未来的生活紧密地联系在一起（今天我们更应该说，与地球的生物圈联系在一起），揭示诗人之路就是服务与建树功勋的道路，所有这些因素使得诗集《曲调汇总》成了俄罗斯革命之后最初的艰苦岁月里最为重要的文化、精神和道德现象。

但是，这本诗集的意义至今仍没有得到充分的认识。同一时代的评论家曾谦卑地指出"诗句的极其完美，更高程度的自信，词语的更趋精确"（引自谢·米·索洛维约夫的评论——阿舒金，255页）。但是后来提到勃留索夫的主要著作很少再提及《曲调汇总》。究其原因，首先在于它是一部诗歌总集，因此也就有着因循守旧的特征。《第三夜岗》和《致全城与全球》，还有《花环》的部分作品，都属于突破口，突破到新鲜的、俄罗斯诗歌从来不曾涉足的领域，这几本诗集当中不太成功或者很差的诗并不妨碍读者从总体上感受作品的价值。《曲调汇总》虽然在总体结构上比较适度，部分作品在诗歌创作方面又上了一个新的台阶，但是，由于它只是为"从前已经开始的工作"进行煞尾（Ⅰ，637），这一次，不太成功的诗就特别扎眼，它们"起而对抗"整个诗集，借用同一个索洛维约夫的话说就是"旧调重弹"（阿舒金，255页）。

勃留索夫在《曲调汇总》的前言（1909年2月）中写道，有几个部分"已经瞄准了那个方向，用费特的话说，现在那是'缪斯向往'的趋向"（Ⅰ，637）。这种缺乏自信的语调与《第三夜岗》和《致全城与全球》两本诗集前言的语气大不相同，这一点说明了诗人自己对这个方向也还尚未明确。不过诗人追求变化的决心不仅已经显现，而且流露出了高度的热情。同样还是在1909年2月，勃留索夫在《天平》杂志上发表了他的公开信，把他自己的文学立场与杂志的立场严格地加以区分。4月他在俄罗斯文学爱好者协会典礼大会上作报告，题为《耗尽心血》，大胆指出长期以来针对果戈理个性与创作的观点是错误的，必须重新审视。他的话引起了那些受人敬重的听众强烈不满，这让人回想起上个世纪90年代《俄罗斯象征主义者》和《杰作》出版时各种报刊纷纷指责的激烈反应[101]。勃留索夫再一次一个人独自反抗所有的人，他在报告中所强调的正是让个人的精神活动——"思想，语言，判断"（Ⅵ，135）——自由的理念。

十九岁的尼古拉·阿谢耶夫满怀兴奋听了有关果戈理的报告，当时他还默默无闻，不久他就会成为"20世纪的孩子"新的第二代的代表人物。在象征派之后登上文学舞台，他们这一代人对于勃留索夫进入1910年以后的创作内容、文学活动的条件作出了许多正确的评判。

20世纪第二个十年：
文学批评与编辑出版活动
美学观念的发展

1909年，早在跟《天平》杂志编辑部分手之前，勃留索夫在《俄罗斯思想》杂志上发表了两篇对他来说具有纲领意义的文章——《罗曼·罗兰的人民戏剧》和《科学诗歌》。这家杂志具有民主倾向，与契诃夫的多年合作更为它增添了光彩。何况主持杂志的彼·伯·司徒卢威在1907年不止一次地宣称，要把他的杂志办成"自由思想的喉舌"[102]。从1910年年初勃留索夫开始与《俄罗斯思想》杂志合作，就像他从前在《天平》杂志一样积极，坚持不懈，同年秋天他开始主持小说部的编务工作了。

勃留索夫在《俄罗斯思想》杂志的编辑工作持续了两年。由于他的引荐，勃洛克和阿赫玛托娃，索洛古勃和阿·尼·托尔斯泰，丘科夫斯基和列米佐夫都成了这家杂志的合作者。杂志相继发表了普里什文的《乌黑的阿拉伯人》、亚·格林的《苏安高原的悲剧》；勃留索夫还跟格尔申宗和亚·亚·基塞韦特合作在杂志上开辟了"文学与艺术"时事专栏以及"俄罗斯文学史与文化史资料"刊发专栏。但是他的活动受到主编严格的制约和监督。由于别雷的长篇小说《彼得堡》[103]引起了一场尖锐的冲突，勃留索夫从1912年11月拒绝参加编辑部的工作，不过，在第一次世界大战爆发之前，他还继续在这家杂志社的杂志上发表作品。

37 　　勃留索夫在《俄罗斯思想》杂志上五年之间发表的批评文章，就数量而言少于在《天平》杂志工作期间发表的评论，但是就批评的尖锐程度和反映诗歌创作生活的深度与广度而言并没有减弱，原因是他熟练掌握了综述分析文章这种体裁（《俄罗斯诗歌的未来》，《俄罗斯诗歌的今天》，连续发表的评论《俄罗斯诗歌新的流派》，最后，还有《俄罗斯诗歌一年综述》）。在关于未来主义的出色文章《塔尔塔罗斯的常识》中，曾由《查理五世》一文奠定基础的那种围绕问题进行的批评对话体裁得到了发展。

与在《天平》杂志工作期间不同（而他生前出版的唯一一本评论集《遥远的与亲近的》［1912］当中主要体现的恰好是这一时期），在《俄罗斯思想》编辑部工作，勃留索夫不再使用笔名：因为他已经没有必要借助化名来构建团体或杂志的立场。还在1907年勃留索夫就预见到"嘲笑"拉斐尔们和普希金们的可能性以及这种嘲笑的历史合理性 104，现在，当这种嘲笑的钟声真正敲响的时刻，勃留索夫并没有随声附和，迎合后象征派那些年轻人。他在写给法国象征派先驱的悼文《让·莫雷亚斯》中指出："文学只有当它自身同时活跃着革命力量与传统力量的时候，它才会朝正确的方向发展。"（《曙光》，265页）由于这种高瞻远瞩的立场，批评家勃留索夫的威望在那几年逐渐得到普遍的公认。年轻诗人阿赫玛托娃、茨维塔耶娃、阿谢耶夫把自己的作品寄给他，请求他过目评判，谢·帕·博布罗夫希望得到他的赞赏，请求他帮助解决疑难问题，而一些未来派诗人，虽然在刊物上嘲讽挖苦他的评论，但是却主动参加他在家里为年轻诗人举办的"星期四"聚会。105

1910年以后，对于勃留索夫说来，与这个"面向众人"的讲坛同时存在的还有一个"面向少数人"的讲坛——《莫斯科文学艺术小组通报》——在勃留索夫一生当中大概这是唯一一个可以被称作是"瓦列里·勃留索夫的杂志"，勃留索夫在这个杂志上发表文章涉猎面很广，为撰文和编辑工作付出很多心血，至今还没有人对此进行过认真的研究。

1910年以后十年中勃留索夫的文学批评活动，大量的文学研究著作，都基于统一的美学基础。流传着一种说法，似乎勃留索夫与象征派分手以后，"背弃"了他自己在《打开秘密的钥匙》中的"奠基性的美学宣言"，由"直觉美学"转向了"将艺术视为认识的……实证主义理论"106。但是，勃留索夫在《打开秘密的钥匙》一文中就曾强调指出，"艺术最高的也是唯一的使命：就是认识世界"（Ⅵ，93），在《当代的设想》一文中他写道，"艺术研究生活的组织成分"（Ⅵ，111；着重号为本文作者所加）。1910年代勃留索夫有关美学的言论既连贯发展了这些命题，也发展了来自同一篇《打开秘密的钥匙》的主要的"信仰之象征"——有关艺术具有强大威力的命题（Ⅵ，93）。这种发展有三个基本的方向：① 捍卫艺术，任何让艺术屈从于艺术自身以外的要求和目的

38

的新的企图，都在拒绝之列；② 明确艺术和艺术家在社会中的地位；③ 明确艺术家为了完成自己的使命必须具备的品格与素质。

在《当代的设想》一文中勃留索夫捍卫诗歌不受政治权力的干扰。1909年，跟罗曼·罗兰进行争辩，勃留索夫捍卫艺术的独立性，认为艺术不能迎合"人民"的需要和目的。[107] 1910年，为回答维·伊万诺夫的《象征主义的遗训》和亚·勃洛克的《关于俄国象征主义的现状》这两篇著名的文章，勃留索夫在《为捍卫诗歌论"奴性话语"》一文中坚决反对强迫艺术"为宗教效力"（Ⅵ，178）。

"仅仅做个诗人"，"仅仅做个艺术家"，以勃留索夫的观点看来，这并不简单，而是意义重大。1912年勃留索夫继续以隐秘的形式跟维·伊万诺夫进行争辩，在为其诗集《引航的星》所写书评的一个修订版中，勃留索夫强调说："诗人——是人类的导师"（Ⅵ，294），而"诗歌——是使用人类语言最完善的方法，因此……为了琐碎渺小的事情使用语言——那就是有罪的，是可耻的"（Ⅵ，295）。号召做"人类的导师"定然对诗人的个性、精神和学识提出空前严格的要求：诗人的"头脑必须……达到他那个时代精英的水平"，熟悉"当代哲学和科学最新的成就"，善于提出"他的同代人认为重要的和必要的问题"（Ⅵ，294—295）。漠视这些要求会把诗人引向何方呢？1916年勃留索夫在《伊戈尔·谢维里亚宁》[108] 一文精彩地回答了这个问题，在这篇文章中，他再一次，或许是以最严谨、最朴素的语言定义了自己对诗歌的看法："……诗歌是人们迫切需要的、严肃而重要的事业，……诗人有责任庄重地看待自己的功绩，应该懂得他肩负着多么重大的责任。"（Ⅵ，458；着重号为本文作者所加。）

探索新的作诗法：
《影之镜》与《人类之梦》

继《道路与十字路口》之后，勃留索夫出版的第一本诗集是《影之镜》（1912），诗人放弃了《曲调汇总》过分注重结构调整的手法，回到了以题材为柱石，各部分自由衔接的编排方法。从标题来看，占主导地位的题材是：忧伤，恍惚迷茫与转瞬即逝的短暂感，虚幻感与死亡。与此同时诗集以镜子为比喻，仿佛有意预先提醒读者，他们所看到的世界是透过诗人的感觉和意识折射出来的世界。勃留索夫对自己在20世纪头十年的作诗法产生了怀疑，他转向了凭借主观描绘形象的原则，其实早在19世纪90年代他就认为这种方法是俄罗斯新诗创作的康庄大道，1910年以后这种方法已经在勃洛克的诗歌作品中闪烁光彩。

更加看重主观主义的方法，或者用勃留索夫现在的说法，更看重"抒情"的方法（见《亚历山大·勃洛克》，Ⅵ，441），用这种方法来描绘外部世界，第四部分《死气沉沉的月光下》开头两首诗《在我的国家》和《种子》这一点表现得最为鲜明。这两首诗当中，话语的主体仿佛跟标题中的客体已经合二为一，这里所讲的究竟是抒情主人公在其中生活的国家，还是在说诗人心中的国家，躺在泥土里的究竟是种子还是人——简直都难以分辨了。这些诗歌作品的多义性，引出了随后一系列仿效它们、更加个性化并且带有自白性质的作品，依靠其背景，这些诗读来让人不由自主觉得它们不仅仅是写给"心灵"的，还是写给国家的。类似的形象还有第五部分《家乡的草原》当中的风景抒情诗，读过第四部分的诗歌，就会觉得这里所看到的不仅是国家的风景，而且也是诗人心中的风景。

在诗集《影之镜》当中有不少诗歌属于勃留索夫的巅峰之作。其中两首，《自杀的恶魔》和《母语》曾广泛流传：第一首赢得了同代人的好评[109]，第二首则是因为受到了杰出的语言学家们的青睐[110]，进入了文选，受到一代又一代读者的喜爱。《影之镜》当中历史题材部分《威严的幽灵》具有新的思想深度：《埃及奴隶》和《亚历山大之死》这两首诗，对于痴迷威力与建功立业的偏执有所纠正，而诗集《第三夜岗》当中那些历史人物的画像正是由于这种偏执才失之拘谨。《枯萎的花朵……》和《干枯的山杨树上……》这两首诗以其痛苦的穿透力和无助的坦诚破除了对于勃留索夫诗歌个性的既有认识，或许也正因此这些作品至今没得到应有的赏识。

1911年，诗人勃留索夫在创作《影之镜》的同时（见：Ⅱ，308，459），开始为《人类之梦》进行系统的准备工作，他想写一本书，"以抒情笔法描绘各个时代各个民族的生活"（《自传》，118页）。《人类之梦》里边那些历史久远的原形，正如勃留索夫在"前言"草稿（Ⅱ，459）里所指出的，来自伊·赫尔德的《民歌集》，雨果的《历代传说》和巴尔蒙特的《古代的召唤》。从历史包容量的宏大规模以及选材依据原作而不是参考翻译作品着眼，勃留索夫的《人类之梦》更接近雨果的著作。不过，雨果感兴趣的是"人与时代的历史变迁"（Ⅱ，459），而勃留索夫的兴趣则集中在用诗歌描绘事件和情感的历史衍变。由此就产生了化身为各个时代各个国家那些诗人的"必要性"，借用他们的名义，以他们的身份面目出来说话。在有些情况下，当能够找到某些诗人或流派的作品，而这些作品又足以充分地层现他们的诗歌才情，勃留索夫就着手进行翻译（比如维永、艾兴多夫等人的作品）。但是《人类之梦》当中绝大多数诗歌作品都出自勃留索夫个人的手笔，这些诗写得多姿多彩，对不同诗人的"气质"，不同流派的"风格"进行了精心的模仿。

如果说诗集《影之镜》是在一个新的台阶上重新恢复了《俄象征1》和《这就是——我》那两本诗集直截了当的传记性手法，那么《人类之梦》就意味着像《俄象征2》和《俄象征3》那样向异名游戏的回归，又采用了《杰作2》中《日常生活》那一部由角色抒情的方式。创作《人类之梦》最为紧张的时刻，恰巧也是勃留索夫创作其最重要的两部诗体戏剧作品的年代，亦即独幕心理剧《旅行者》和悲剧《已故的普罗忒西拉奥斯》。就像在《影之镜》中那样，《人类之梦》中也是话语主体直抒胸臆起着主导作用，但是，《人类之梦》中的这一主体就决不能和作者勃留索夫等量齐观，混为一谈。在不妨碍个别诗作内部传记性和描写内容主观化的同时，诗与诗之间话语主体的更替在新的基础上产生了那种包罗性和"超个体性"，这也是1900年代勃留索夫各部诗集的特点。

勃留索夫没有来得及写完《人类之梦》。但是即便是他已经完成的部分，我们至今也没有见到过完整、原始的编排情况。[111]尽管如此，如果我们回顾20世纪文学，那么可以说这部著作尽管没有完成，仍然是具有重大意义的文学现象。在俄罗斯诗歌中，这是异名创作规模最为宏大的一次尝试，而且几乎是唯一的一次，直到谢·伊·基尔萨诺夫的《诸诗人之歌》这部"俄罗斯异名书"问世。[112]就在勃留索夫写作《人类之梦》的同一时期，保加利亚大诗人彭乔·斯拉韦伊科夫出版了诗集《在幸福岛上》（1910），诗集的结构仿佛是某个虚拟国度的诗歌选集，甚至书中还列出了各个"作者"的传记[113]——时间上的重合表明，类似的"诸诗人之诗"已经提到了整个欧洲文学的创作日程之上。最后需要指出的是，《人类之梦》显得特别重要，还因为它用诗的形式贯

40

彻了一个理念：呈现在不同空间、族裔、时间中的人们可以构成统一的人类。在赫尔德和雨果的书中，标题里的"民"和"代"用的都是复数，而勃留索夫书题中的"人类"则用了单数。这一选择蕴含了一种已经定型的价值观，这种价值观养育了勃留索夫和他的许多著名的同时代人，比如尼·费·费奥多罗夫、弗·伊·韦尔纳茨基、康·爱·齐奥尔科夫斯基。

生活的挫折：
1914至1917年期间诗歌创作危机

勃留索夫的两条诗歌创作新道路似乎都展现出远大的前景。1912年8月，勃留索夫的抒情诗主导性的情绪是"参与生活难以遏制的不可战胜的呼唤"（Ⅱ，416）。从诗歌标题《但却不满足》可以看出下一本诗集的纲领，它被构思为《影之镜》的反题。1913年差不多写完了未来组诗《大地之子》的全部诗作——这部作品在俄罗斯诗歌史上第一次有意识宣扬地球上人类的共同性以及他们面对宇宙的一致性。

但是这种新的探索被生活中突发的灾难给打断了。1913年11月24日，勃留索夫面向听众第一次朗诵了《人类之梦》里边的诗歌作品，不料十天之后他的学生和女友纳杰日达·利沃娃自杀身亡。这个悲惨的事件对于两部大型诗歌作品的构思都带来了致命性的打击：诗集《但却不满足》的主题原本是歌颂欢乐生活，它从根本上受到了戕害，明显受到损失的还有《人类之梦》的写作，这个包罗万象的题目要求诗人精力充沛，驾驭重大题材有足够的自信心。还在悲剧发生之前，勃留索夫置身两个女人中间，就已经"感到毫无出路"，只能"借助吗啡"麻醉自己，这样做却更加重了他的沮丧。[114]

抒情诗创作所需要的有机发展就这样中断了。1914至1917年期间，勃留索夫仍然写了一些好诗，比如《本来应该……》《教堂顶上……》《孩子的期望》《这不是希望也不是信仰……》《超越者致停留者》等等。这期间还显示了原先不曾有过的讽刺才能，比如《双头鹰》《鱼国》……但是从总体上来说，创作的航船搁浅了，勃留索夫虽然写了许多诗，却难以让这些作品形成一

41

个有机的整体。不错，1916年出版了诗集《七彩长虹》，勃留索夫原本指望它能成为《但却不满足》的续集，他认为，"经受了痛苦的体验，肯定生活的声音应当变得更有时代感，更有必要"（Ⅱ，417）。但是，这本诗集的结构，所起的书名，都像20世纪最初十年宏大模式迟到的回声，有"人为"拼凑材料的痕迹[115]，收入了一些质量不高乃至生硬的诗歌作品（《给土耳其人》《片断》），加深了给人留下的缺乏生命力的印象。

这一时期最后一部诗集《第九个卡墨奈》（等到诗人百周年纪念时，全部内容才得以出版，Ⅱ，207—310）缺乏一个贯穿始终的思想——难怪诗人只是按照自己出版诗集的先后顺序给它起了这个名字。

勃留索夫意识到了自己的创作危机，他的心情非常沉重[116]，但是他看待这次危机就像看待俄罗斯诗歌总体上遇到的困难一样。[117] 只有等到1921至1924年出版了一系列诗集后，他才走出了这次危机，1914至1917年勃留索夫对于俄罗斯诗坛的贡献不是他自己原创性的诗歌，而是翻译：用自己的语言难以表达的痛苦，再一次激发他以特殊的敏感倾听别人的声音。

翻译，再一次从历史文化事业变成了一种深刻的表达个人见解和回应现实事件的方法。从1913到1916年，勃留索夫发表诗作越来越少，直到几乎不发表任何作品。这期间他翻译了贺拉斯的一系列诗作[118]，而以前这位诗人从未曾吸引他。他完成的译文追求最大限度地保留原作的特色，他深知原文所属的那个"时代与我们的时代完全不同"[119]，但是，这些翻译（与勃留索夫的《埃涅阿斯纪》译文不同[120]）不仅是语文学实验，而且成了有血有肉的俄罗斯诗歌作品。

如果说勃留索夫是为了自己翻译贺拉斯，几乎没有发表过任何译文，那么由他主持、在土耳其种族灭绝亚美尼亚人周年纪念的日子完成了内容厚重的诗歌选本《亚美尼亚古今诗集》（莫斯科，1916）就成了一个重大的文化与社会事件。勃留索夫自己翻译的诗歌作品不少于全书的三分之二，这决定了全书在译文准确性和诗的力量方面的水准。伟大的阿拉伯学专家伊·尤·克拉奇科夫斯基写道："我只能幻想，让我的心倍感亲切的穆斯林诗歌在我们的俄罗斯也能这么幸运。"[121] 勃留索夫翻译的《亚美尼亚诗集》成了苏维埃时代组织翻译各个民族共和国文学事业的典范，然而如果要说能在俄罗斯诗歌中作为一个整体保持生命力的翻译文集，那么它至今仍是仅有的一个例子。

1910至1919年期间的散文和政论战争
2月革命

1910年勃留索夫中止了长篇小说《人间七种诱惑》的写作，在刊物上发表了这部没有写完的作品"某些章节的片段"，表示他放弃了原来的写作计划。这第二部长篇小说无论在题材方面，还是在昂扬的语调方面都过于接近《燃烧的天使》，接近《最后一批殉难者》以及第一次革命时期其他的短篇小说。[122] 1910至1913年勃留索夫创作并发表了第二部历史长篇小说《胜利的祭坛》以取代《人间七种诱惑》，出版了第二本短篇小说集、剧本《黑夜与白天》，最后还写了中篇小说《达莎的订婚礼》。这些作品的题材具有强烈的差别：长篇小说写的是公元4世纪的罗马，短篇小说描写的是俄罗斯现实，而中篇小说则回顾19世纪60年代的莫斯科。与此相应的是叙述的风格和手法也各不相同。不过，这些作品也有共同的特征。对于1910年年底发表的中篇小说《一个女人日记的最后几页》谢·阿·文格罗夫评论说："……描述极其准确，有丰富的细节……这是——优秀的现实主义作品"（阿舒金，279页）。一年之后，伊·伊格纳托夫指出，《胜利的祭坛》头几章"一切最真诚的文字都来自最真切的体验"（阿舒金，281页）。批评家弗·格·戈利科夫指出《达莎的订婚礼》"出类拔萃"之处在于"色彩"和"生活细节"的真实性。[123]

43

为了给读者留下真实性与现实感这样的印象，作家使用了各种不同的艺术手段。长篇小说《胜利的祭坛》使用了大量的历史文献资料，其中有许多真人真事，就使用了罗马人真正用过的称谓，这赋予小说一种考古的意味。[124] 中篇小说《达莎的订婚礼》采用了家庭记事和逸闻传说体[125]，显然，小说在风格上有意借鉴了所描写时代的俄罗斯作家们，尤其是亚·尼·奥斯特罗夫斯基。剧本《黑夜与白天》关注的是人物的病态心理，这一点非常接近1900年代写的那些短篇散文作品，主要角色不是被放置于某些特定的坐标中，而是置身于一些很容易辨认的日常生活意义的，乃至空间意义的坐标中。

上述作品的主题是：时代转折和文化转折时期的人，民族根源和个体命运的根源，女人性情的极端性——在勃留索夫笔下这些都不算新鲜。但是这些散文作品描写的内容范围广阔，涉及社会生活各个方面，显示出他散文创作新的进展。《胜利的祭坛》和《达莎的订婚礼》另一个新颖之处是每种文化都有的独特性与完整性的理念，正是这一理念将两部作品联系在一起。勃留索夫唯一的一本纪实性回忆散文《窗外即景》（1913）力求记录下当代生活的具体细节。

　　上述题材和风格的发展趋势应当在散文作家勃留索夫日后的构思中得到进一步展现：长篇小说《被推翻的朱庇特》就是《胜利的祭坛》的续篇，《玻璃柱》则是一部描写现实的全景式长篇小说。可惜这两部小说都没有写完。战争与革命事件当然是影响作家搁笔的因素，但更主要的原因却是前面提到的那次惨痛的风波：《被推翻的朱庇特》1912年动笔，四部当中还是写完了三部，《玻璃柱》已是1913年年底在那次灾难发生后开始写的，最终也只写出了草稿。短篇作品的命运似乎稍微好一些。日常生活心理描写方面的成果是"抒情短篇小说"（实际上是中篇小说）、《莫扎特》（1915，1983年首次发表）。历史题材方面新的作品是中篇小说《雷亚·西尔维亚》和短篇小说《埃卢利之子埃卢利》，后者成了《地轴》中各种神秘题材发展的新阶段。

　　在战争年代，勃留索夫所写的前线通讯成了他的散文中相当重要的特殊作品。就像曾经在俄日战争期间那样，勃留索夫起初认为欧洲战争有可能实现地缘政治长期以来的梦想：实现斯拉夫人的统一，重新夺回皇城察里格勒（君士坦丁堡）——甚至可以开展斗争，"以便争取文化生活的自由权利，几十年以来因受到德国军国主义的压制而丧失了这种权利"。但是即便是在战争最初的日子里，勃留索夫并没有忘记提醒读者："……战争毕竟是给人间带来痛苦的罪恶，是各民族沉痛的灾难。"[126] 前线以及前线附近的真实情况很快就使勃留索夫彻底清醒过来。他写的大量前线通讯经过军队的审查机关审查歪曲后才发表问世，至今未能把全部稿子收集在一起，实际上也没有人通读过。[127] 这些通讯稿件尽管有许多删节，但是仍然如帕·尼·米留可夫指出的那样，帮助政治家"正确地解决了很多问题"（阿舒金，325页）。

　　随着时间的推移，勃留索夫终于明白了，面对战争带来的毁灭、惨无人性和毫无意义，参战的各个民族的命运都是一样的——《西线》（Ⅱ，155）、《越来越常见……》（Ⅱ，148）、《在天堂门口兴奋地等待……》[128]。《第

44

十三个月》这首诗体现了诗人对于战争题材的总结性认识："我们为混乱松开了绑绳。……是时候了……该明白，目的已经被偷换……"（Ⅱ，233）。

对战争"恐怖与谎言"（Ⅱ，233）的感触加强了诗人早就存在的对于专制制度的厌恶。他满怀喜悦和兴奋看待他早就预言过的君主制度的瓦解。跟1905年不同，现在他不再犹豫，也不想跟流行的舆论发生争执，因为二月的胜利既未导致流血，也是"人民的"胜利（Ⅱ，219），反映的并非是某一个阶级或政党的利益。勃留索夫全身心投入了社会活动：他承担了国家书库莫斯科分部的主管责任，参与了以高尔基为首的《新生活》报和《年鉴》杂志的编辑工作，在沙尼亚夫斯基人民大学讲课，倡导出版维尔哈伦选集，发表研究大西洲的论文《教师们的教师》（Ⅶ）。在间歇了很长一段时间之后，他的抒情诗又出现了开朗乐观的音调。这几个月所写的诗编为一辑收入了诗集《最后的梦想》（1919），这一部分作品的标题是：《工作——是唯一的幸福！》，诗人复苏的心灵格外珍惜人类共有的普通的欢乐与平凡的价值。

勃留索夫反复思考未来的俄罗斯应当是什么样子，她应该拥有什么样的理想，为此他奉献出自己的文章《谈新俄罗斯国歌：序论》——这是继《言论自由》之后勃留索夫政论当中最重要的作品。文章中描绘的社会结构和价值体系带有明确的民主特征，其理论基础在于尊重人的尊严、情感，以及各个民族和宗教的传统。

但是1917年3月3日和4日所写的诗作当中已经显露出惊恐不安："但我知道，时代顽固的争辩没有结束，／纷争闭着眼睛胡言乱语，／在附近什么地方搜查。"（Ⅱ，220）又过了一天，诗人写出了祈祷性的词语："但愿我们千万别陷入／又一次长达四十年的迷茫！"（Ⅱ，222）诗人的忐忑不安带有先见之明……

十月以后：
1917—1918年勃留索夫的社会政治立场

在战争年代和二月革命以后的几个月，勃留索夫多次表现出善于分析国内　45

形势及其历史前景的能力，同时他积极投身克服当时遇到的困难的活动。正是这种品质最终决定了他对待1917年十月革命事件以及随后在俄罗斯建立的新政权的态度，决定了这种态度的本质以及变化。

根据诗人的妻子回忆，"瓦列里·雅科夫列维奇……愁眉紧锁，沉默寡言，对事件很少有什么反应，虽然射击的子弹几乎就在他的窗户下边飞来飞去"[129]。勃留索夫起码有五个月的时间一直处于"苦闷"状态，很少跟别人来往。1918年1月写的诗——一首比一首更阴郁，更绝望，我们不妨回想一下《隐喻之夜》（Ⅲ，19）的结尾或者他对驱散立宪会议的反应："伟大的希望产生恐怖／庞大魔鬼如黑雾一团；／全部生活被魔爪抓住，／前面是昏暗的无底深渊……"[130] 1918年2月26日勃留索夫写给弟弟的信同样明白无误："荒谬当中最荒谬的都成了真正的现实。……我几乎只读拉丁语的书籍，根本不想用手去触摸报纸。"[131]

但是仅仅过了一个月，在下一封给弟弟的信中情绪已经有所不同："我在人民大学讲课，出版自己的著作，在报纸上发表东西（全都是诗），在文学艺术小组和出版委员会任职"。不难发现，勃留索夫参与工作的这些部门都是十月革命以前就存在的、旧的机构，诗人在信中对新政权总是给予辛辣的嘲讽："我们生活在地球上所有民主国家当中最民主的共和国，这里实行的是半社会主义，甚至不是'半'，而是四分之三社会主义。"[132] 然而，躲避现实的想法再也没有出现——显然，1918年3月之间，勃留索夫作出了抉择，确定了在新的条件下自己的行动路线。

关于这样选择的社会环境和原因，不久前有一种说法："……卢那察尔斯基和托洛茨基两位人民委员接见了勃留索夫，赏赐给他'口粮'和荣誉，勃留索夫就出卖了诗歌和自己的才华。"[133] 在各种各样的庸俗化说法当中，类似的解释只不过是早就存在的一种传闻的发展罢了——诗人的同代人曾有人说过，勃留索夫出于纯粹实用主义的原因声明"自己是共产党员"[134]。勃留索夫与卢那察尔斯基于1918年第一次见面[135]。卢那察尔斯基在文化问题方面开明的立场不可能不让勃留索夫感到敬仰。但是，1918年3月11日人民委员会和中央执行委员会由彼得格勒迁到了莫斯科，会见勃留索夫未必会是教育人民委员在新工作地点的首要工作。与此同时，勃留索夫在综合技术博物馆作的学术报告《历

46

史的教训：公元前3世纪至耶稣诞生期间罗马帝国的危机与当代现实》被安排在了3月12日，传单通知上也是这么写的。报告材料表明，诗人新的自我定位是他独立分析当时的事态以及将其与历史经验进行对比的结果。报告提纲列举了罗马帝国种种危机事件所具有的特征，其中包括以下："士兵政权。——无政府状态。——城市无人管理……——国家的瓦解。十四个国家取代一个统一的国家。——财政危机和物价暴涨。——文化的衰落。"从这里列举的项目很容易理解，十月革命带来的后果——勃留索夫看见了也预见到了这些后果——像从前一样并没有唤起他的热情。但是他的结论却让人出乎预料："……在俄罗斯当前的条件下，还没有出现报告里所指出的把罗马帝国不可避免地引向毁灭的条件，而这可以成为我们的刺激因素，让我们努力取得双倍效果，无论岗位高低，团结工作，帮助我们的国家摆脱她艰难的处境。"[136]

按照米·列·加斯帕罗夫的意见，勃留索夫的提纲提供了一个"乌托邦式的"折中方案："很快"意识到方案不可能实现，于是勃留索夫"作出了选择……站到了革命一边，加入了共产党"[137]。勃留索夫作了《历史的教训》这次报告以后，过了两年多的时间才加入俄共（布）（参见下一节）。他选择立场并非在他对《历史的教训》这个报告所开列的提纲感到失望以后，而是在准备这份报告的过程中就明确了立场。这种选择并非神话般地转向"革命那边"并认同当局的意识形态，而是意识到有必要让每个人的工作都能与社会和谐一致。这就是他为什么要撕毁自己1905年的宣言："破坏，我跟你们在一起，而建设——我不参与！"勃留索夫选择的正是参加"建设"，拯救祖国。

促使勃留索夫这么做的绝不是向权力的屈服[138]。他作《历史的教训》这个报告的时间相当于政权的最高机关实际上从彼得格勒逃离的时间，这件事（如同与德国的和平协定）被当时的人们一致认为是新制度的软弱，而非有力量的表现。1918年春天，勃留索夫给终未能出版的一期《莫斯科文学艺术小组通报》写了一篇文章，题为《我们的未来》，他明确指出："无论私人的生活，还是我们国家的命运，下一天都没有确切的保证，任何人都不敢预言，一周之后……我们会是什么样子。"（《曙光》，357页）勃留索夫与当局的合作，并非像弱者屈服于强者，而是像一个平等的人——卢那察尔斯基这样回忆他们两个人初次见面的情景："勃留索夫的谈话态度高度诚实，并且直言不讳。"[139]

47　　在《我们的未来》这篇文章中，勃留索夫明确了使用力量最初的着力点：
"不管未来是什么等待着我们……我们必须让我们民族的文化之光穿透这些暴
风雨。"（《曙光》，360页）十月革命以后勃留索夫的所有社会工作和担任公
职以各种方式致力于保存文化土壤，尽力协助精神创作。他的工作包括三个主
要的方向：在文化机关任职（首先是在图书馆一类的机构[140]），编辑出版大量
的普及本经典著作，进行教学和教学组织工作。1921年建立了高等文学艺术学
院是勃留索夫这一系列忘我活动的最大功绩，显然，这是为文学家和文学工作
者建立的第一所专业学校，它的教学原则和教学大纲[141]接近于现代的人文学
科大学。这所新学院帮助年轻人学习艺术与人文学科的文化知识，使很多从旧
社会过来的知识分子有了面包，有了社会地位，重新找回了自信。

1918至1919年的诗歌创作：
把翻译当作自我表白

　　勃留索夫后期的诗歌创作让有些人感到难以接受，一部分人是出于政治观
念不同，另一部分人则是由于他的诗歌表现手法过于复杂，常常带有实验的性
质。何况当时由他自己解析过的作品只有诗集《远方》和《赶快》当中的一首
诗[142]。勃留索夫在苏维埃时代创作的长篇巨制等到20世纪七八十年代才得以出
版[143]，这些年视野开阔的大量翻译作品至今也还没有全部列入勃留索夫文学著
作全集。

　　十月革命以后勃留索夫第一本诗集的标题《最后的理想》（1919）与它
前面的一本诗集《第九个卡墨奈》不同，这里大有深意。"理想"——这是
1917年十月以前的心情和希望，因此并非无缘无故写成"最后的"。1917年的
诗生气勃勃，开朗乐观，1918年年初的诗就变得情绪阴郁消沉，对于正在发生
的事件有明确无疑的判断——这样的作品有《隐喻之夜》，有编入《这一切都
是噩梦》那一部分的诗作《被追捕的野兽》（在题材上领先帕斯捷尔纳克的诗
作《诺贝尔奖》一步），还有结尾承认自己软弱无力，已准备好死去的《俄耳
甫斯的学生》。但是毕竟大自然又因春天而复苏了（《第四十五次》，Ⅲ，

12），历史的经验产生了希望。作完《历史的教训》那次报告仅仅过了两天，勃留索夫所写的诗《世界电影院》，可以看作对那一首有名的诗篇《小灯笼》（Ⅰ，435）的回应与再现。但是现在看来，时代交替已经被明确地列入道德的架构，它的声音似乎是一种慰藉："让帝王的宝座毁灭吧，但愿人民的精神／如同凤凰，在世纪的烈火中重生！"（Ⅲ，30）诗集中的头一首诗《高山之光》（1918年7月）写道："自由的理想——绚丽明亮！"（Ⅲ，7）这与诗集的题目形成对立，在这首诗当中诗人自己的面容又泛出希望之光。

诗集《最后的理想》最后的一篇作品是十四行诗《勿忘你终有一死！》。就这样，毁灭与再生这相反相成的主题构成了勃留索夫个性最为鲜明作品中的一部。

无论诗集《最后的理想》，还是此后出版的诗集《在这样的日子里》，几乎都找不到1919年写的诗。这一年写的诗很少，其中一首《1919年给自己》[144]发表在期刊上，写得格外阴沉压抑，与作者给两本诗集定的基调形成强烈的反差。要想理解1919年"诗的沉默"究竟隐藏着什么，只有顾及到勃留索夫创作各个阶段立场的一致性：在反对派出版物被查禁后，这种前后的一致性就具有特别的意义。

1919年教育人民委员会文学处和国家出版社为广大读者出版了由勃留索夫主编的十本经典著作。有特色的选题引人注目。其中有五本属于普希金：一本的题目是《歌唱自由的诗》，另外两本是《有关各个国家的诗》和《各个民族的诗歌》。主编者以他的选材明确地在强调文化的多样性以及人类社会发展的多元性。勃留索夫所选择的外国作家的作品就更加让人感到惊奇。在他自己不计其数的翻译作品中唯独再次出版了王尔德强烈抗议人类杀戮的《雷丁监狱之歌》。1919年勃留索夫为广大读者提供的另一本书是雨果的《一个死囚的末日》（诗人采用了他弟弟的译文，亲自撰写了序言）——这在世界文学名著当中，是最有力量的人道主义宣言。

上面所说的这些作品的出版，是勃留索夫对国内战争和现实政治的一种回答，再次重申了从1918年年底他的翻译活动所确立的方向。[145] 1918年11月，他只用了"几天时间"[146]就翻译了罗曼·罗兰的诗剧《黎留里》——剧本讽刺了由各种崇高的幻想引起的、毫无意义的兄弟相残。在俄罗斯当时的条件下这部翻译剧作的思想性和现实性十分明显，过了四年之后，勃留索夫得到了卢那察尔斯基的帮助，译作才得以出版。在勃留索夫的译作中，与法国大革命有关的作品逐渐占据了越来越重要的地位。1918年翻译了法国革命恐怖时期有关吉约丹医生①的民歌："爱国者／他造出了／这台机器，／为的是把我们杀得更快，／照科学的方法切下脑袋，／因此说它叫作：／'吉约丹！'"[147] 1919年勃留索夫创造了一部有趣的两部曲，把年轻的罗伯斯庇尔所写的戏谑性康塔塔片段与后来匿名人士呼吁这位暴君仁慈对待受审者的文字归在了一起。[148] 勃留索夫翻译的"反恐怖"诗歌作品最精彩的当属雨果的长诗《断头台》片段，雨果在这部长诗当中对法国革命的事件和一些人物的看法有别于革命时代俄罗斯对法国大革命的普遍认识："传单浸透霞光和肮脏，／荒谬思想披着破烂衣裳。／……贞女般自由的残酷匪徒／……正透着笑向人群和全民／应许拯救——怎么救？灭绝所有人！"[149]

虽然说勃留索夫对恐怖手段表示了断然拒绝，但是他并不急于逃避当时的事态进展。著名的"抨击性"诗篇《致知识分子同志们》（1919年2、3月间）的精彩之处不仅在于谴责了那些过去想匆匆忙忙奔向未来、现在却满怀"忧愁"回顾往昔的知识分子，而且跟他们说话的方式也别有深意。时代的关键词"同志"用在这里并非嘲讽：这就像勃留索夫年轻的时候，诗人运用抒情主人公"我"，同时还出现了抒情主人公"我们"，其中包括的不仅有知识分子，而且还有全体同胞。诗人在《我们的未来》一文中从理论层面上宣扬的"全民的事业"如今变成了对世界的诗歌感知："我们被抛进了不可思议之中！"这个暂时还很少被人注意的转变在勃留索夫的下一本诗集《在这样的日子里》（1921，以下简称《日子》）得到了进一步的发展。

1920—1921年的诗歌创作
《毕达哥拉斯信徒》与《独裁者》

《日子》是勃留索夫唯一的一本书名就已直接指向现实的诗集。它的编排

---

① 吉约丹（Guillotin）医生是断头机的发明人，后来在西方语言中就将断头机称为guillotine。——译者注

结构在很多方面依然遵循传统，就连回应现代性的章节在诗集《花环》当中也已经有过。只不过现在《日子》里具有现实迫切性的部分《火灾反光》被放在了诗集的起始位置，而接下来一部分的标题《在世界篝火的上空》不仅可以被解读为旧隐喻（《篝火激昂兴奋的力量……》，1907）的发展，同时也是战争和革命的标志。这样一来，词义的蒙太奇就越过了《七彩长虹》和《第九个卡墨奈》，把《日子》跟1900年代的诗集联系了起来。

几乎所有反映现实的诗歌作品都以"我们"的名义来说话，这种写法的开端是1919年创作的带有抨击性的作品（其中也包括《日子》）。如果说这些诗笼罩着暴风雨的感觉，那么，1920年写的诗歌里有了新的感觉——似乎找到了目标明确的道路。诗篇《第三个秋天》，在令人揪心地讲述了国家经历的灾难以后，紧接着是赞美团结一致的庄严颂歌，正是这种团结给人民以鼓舞的力量。以前勃留索夫呼吁人们为了共同的事业而顽强、坚韧、从事劳动，但是共同事业的前景如何，他并不清楚——现在，《第三个秋天》和《莫斯科的花园》则充满了胜利的信念。克服国家"自古以来的散漫性"，在苦难中加强了与人民血肉相连的情感，最后，还有新的爱（《在十月以后的第三年……》——《曙光》，467页）重新让诗人产生了希望，精神又振作起来。勃留索夫把他所经历的这段时间现在确定为"创作时期"和"创立生活的新形式"的时期（《现代诗歌的意义》——Ⅵ，477）。这是不是意味着诗人树立了共产主义理想了呢？

勃留索夫对自己所发生的变化，解释为受到了他所敬重的弗·伊·韦尔纳茨基以及其他俄罗斯的"宇宙主义者"的思想影响："……人登上了阶梯的第一个台阶，这个阶梯将把人引向下一个目标，那就是让整个人类成为他的故乡。"（Ⅵ，477）可是写完《第三个秋天》仅仅过了两个月，就以颂诗形式写成了《致俄罗斯革命》，这首诗已经没有了精力充沛的踪影。革命被想象成"红色骑士"、"烈火般的奔驰"，这些形象使人联想到普希金笔下铜骑士"沉重的马蹄声"："你用沉重的马蹄震撼／世世代代破败的城墙，／蹄铁无情踏过颤抖的条石，／发出阵阵可怕的声响。"（Ⅲ，49）这情景很容易使人回想起启示录诗歌《灰色马》。为国家有机会复兴感到高兴，预见到她在"今后几个世纪"充当世界首领的作用（《我们要尝试》——Ⅲ，52），勃留索夫深知未来道路的艰辛，就连

50

这同一首诗《我们要尝试》所刻画的有尊严的个性行为法则也充满了悲剧性。

1920年勃留索夫加入了俄罗斯共产党（布）。诗人沃洛申记录了勃留索夫的一段话，他说，"登记为党员"从他自己来说没有任何主动性，他没有拒绝这样做，只是为了避免与当局"明显的敌视态度"。的确，勃留索夫在沃洛申面前显得精神焕发，他说，"与此同时也没有任何力量坚决地阻止他入党"[150]。但是还有更高级的文件——艺术文献。这就是——1920年所写的戏剧小品《毕达哥拉斯信徒》，最早用笔名在刊物上发表，后来到1921年才收入勃留索夫的第二本诗集《瞬间》。一般人都认为这又是一部历史题材的作品，不知为什么没有人发现自1916年以后勃留索夫一直没有写这种类型的作品。实际上《毕达哥拉斯信徒》的主题是——表现具有创作个性的人难以容忍领袖的绝对指令和党内的纪律规章。

至于勃留索夫身在俄罗斯共产党（布）队伍里，却依然忠实于自己有关艺术家天职的信念，他在革命年代所写的最为厚重的作品——悲剧《独裁者》，就是有力的证明。这部作品写完的日子正好是十月革命的四周年纪念日，悲剧揭示了出现个人独裁制度难以察觉的逻辑。即便是当时报刊界最有独立见解的领袖人物亚·康·沃隆斯基，也拒绝发表《独裁者》，他给作者写信说："……作品有意反对当代无产阶级专政"[151]。勃留索夫并不惧怕这种激烈的意识形态评鉴，同年12月2日他在莫斯科出版大厦当众朗读了《独裁者》，听众根本不相信诗剧中关于他们命运的预言，打断了诗人的朗读并且纷纷给予指责。据鲍·伊·普里舍夫见证，勃留索夫对于那些指责坚决地给予"反驳，他说，……艺术家有权利指出生活中的阴暗面，有权利指明未来的危险"（阿舒金，356—357页）。勃留索夫没有办法发表《独裁者》，从诗集《日子》开始，他都会在书后附录的作品目录里把《独裁者》和已经出版的作品列在一起。他以这种方式表明自己拒绝改变立场，不想讨好当局，也不屈从于占统治地位的社会舆论。

《科学诗》和最后岁月的诗歌实验

1918至1921年之间勃留索夫的作品不难发现思想上的创新之处，不过，他写诗的方法一如从前，很容易辨认。最后的两本诗集——《远方》（1922）和《赶快》（1924）情况却有所不同。勃留索夫以新的面目出现在读者面前——新的节奏，新的句式，从来没有见过的新的题材。早在1920年勃留索夫就已经发觉，生活的变化要求以新的语言来进行表达。他在为听众进行讲座时 [152] 论证了这个命题，他还写了一篇文章，题为《当代诗歌的意义》（Ⅵ，478—480），这些都使人联想起勃留索夫在大学时代所写的文章，正是那些文章提出了象征主义运动的纲领。但是现在的生活之更新在勃留索夫看来更为彻底，而锤炼新的语言却是一个较为复杂的、长时间的任务。

勃留索夫再一次埋头于探索创作的因素。从此以后勃留索夫晚期的诗句增多了重音（尤其是诗集《赶快》）——由于这种因素的出现，大大扩展了诗行的词汇容量。[153] 诗集《赶快》里边的一系列诗作由此出现了诗意特别难以理解的现象，这些诗大多描写意识的变化状态，有时候——诗句就处在神经质的紧张倾诉与梦呓的边缘。[154] 由此开始，在俄罗斯文学题材领域出现了科学诗，这一题材的扩展正与勃留索夫的名字联系在一起。

有一种意见认为，勃留索夫的科学诗创作遭遇了彻底的失败，这在科学界和文学界都已是老生常谈。还有人认为，写科学诗根本没有必要——在诗歌中阐述（甚至普及）科学发现和科学道理是难以完成的任务。但与此同时这种指责却源自误解：勃留索夫毕生捍卫诗歌的独立性，不可能提出类似的任务。"假如'科学诗'只是复述实证知识提供的资料……而不能增加任何新鲜的东西，——毫无疑问它是没有人需要的。"——勃留索夫在论述苏利-普吕多姆的文章中这样写道（全集第21卷，256页）。

对于勃留索夫说来，科学诗是扩展诗歌题材视野带有根本性的必要步骤，就像当年诗歌题材扩展到反映城市生活一样。"让现代人感兴趣，让现代人激动的一切现象，都有权利反映在诗歌当中"（诗集《远方》序言——Ⅲ，571），因此，科学以及科学的特殊情怀和追求不应当成为例外。与此同时，勃留索夫的科学诗，就像哲理诗一样，是俄罗斯和世界文学传统树枝生长出的新芽：在20世纪，思考世世代代生活中存在的问题，已经不能不顾及各种具体的科学知识。

十月革命以前，勃留索夫写过几首涉及"科学"范畴的诗歌，基本上局限于从理论层面解释热内·吉尔以及维尔哈伦的思想与实践（《科学诗》——

52

Ⅵ，160—175）。十月革命以后他才开始在科学诗领域进行系统的创作，当他原以为稳固的世界秩序突然发生了断裂，他又开始寻求一种感觉，思索目前发生的事件与世界完整性的意义。

虽然通常都把科学诗与自然科学联系在一起，但是它对整个世界的历史肩负着不小的责任。十月革命以后，勃留索夫所写的历史抒情诗，占主要地位的已经不再是历史活动家的形象，诗人把人类的历史看作统一的、有规律的，同时又充满了偶然性的一个过程，从而进行紧张的探索思考。如果说在最好的十四行诗《思想的明灯》（1918）当中，历史还被看作是一连串个别场面形成的序列，那么，在诗集《远方》和《赶快》当中，就获得了综合表现历史运动本身的经验，这种表现只是在这里或者那里有选择地照亮个别阶段。过去是把个性与事件进行对比，现在与个性进行对比的与其说是按先后顺序演变的事件，不如说是这些事件的意义或作用。这种综合性的场面也包括最近的这次革命，它就像人类走向统一这条道路上必然出现的一座路标："把编年史刻进玄武岩，／在法老斯尼夫鲁的皮鞭下，／奴隶们可曾幻想过，国际歌／会从塞纳河胜利地传向第聂伯？"（《从伯里克利到列宁》，1921）

53　　　勃留索夫的科学诗在自然科学领域的分枝在很大程度上与现实存在联系。年轻的时候勃留索夫对待科学小心谨慎：科学追求对人类知识的垄断式表现，追求对世界做出最终解释的权利，这让他感到困惑。[155] 但是当自然科学（首先是物理学）开始了急剧的变革，其意义堪与哥伦布发现新大陆相比拟，勃留索夫以欢欣鼓舞的心情接受了这样的科学。他觉得这样的科学近似于他的激情，摧枯拉朽的激情，展现世界与心灵无限的丰富，他在《论艺术》一文中早就谈过这些（附带说，这篇文章还预见到了"新科学"的诞生——Ⅵ，54）。最后两本诗集当中的科学诗充满了头晕目眩、疯狂进攻的感觉："宇宙中第一次建造的轴／启动。听：吱吱的响声！／我们的智慧莫非带有齿轮？／光把篱笆加固，你难以遏止雪崩。"（Ⅲ，136）

　　　经常被人引用的诗歌《相对性原理》表达了科学发现所引起的直接感受。在其他一系列诗作当中，比如《电子世界》，科学发现的事实只不过是诗人自己进行思考、对比和艺术猜想的依据——从而让读者跟诗人一起感受认知的过程。当然，勃留索夫之所以对艺术的假设情境感兴趣，并非出于后者自身的原因，而是把它当作一种方法，借以探明和解决人类生存的深层次问题。至于电子世界是否真有智慧的居民，这一点已经不那么重要——这里首先是一种艺术化的方法，用它来显示我们文明进程中的人类总是处于中心的论点。电子世界居民的呼声："上帝熄灭了自己的神灯！"（Ⅲ，172）能引起我们的会心一笑，但是我们从来没有过于骄傲——与《电子世界》并列，诗人还写了《N维世界》，这首诗表现了不断发展的文明，地球的居民在这种文明面前，只是怯懦的孩童。诗人就这样采用诗的手法揭示了世界难以穷尽的深奥和它无限的丰富多彩。

最后两本诗集的一个基本的主题是——生命的价值问题——这里所说的生命，既是人类的生命，也是每个具体的人的生命。面对世界上的无数深渊，人的生命会不会消失？面对着无穷的变化，面对着无比庞大的世界，生命怎么样才不会丧失？哪里去寻找立足的支撑点？勃留索夫曾被人指责，说他奉行相对主义、宇宙主义，缺乏人性，但是他却在地球上找到了人性，在人们日常生活的环境里，在存在不可重复的个体性当中找到了它："把传说和书籍抛给崇拜者，/也许像星星上的龙一样活跃，/我将是什么——不是无尽的虚无？/既然回忆在大地的犁沟里黯淡"（《虚无》——Ⅲ，137）；"只有雪，草绿，海浪，/唇边的话献给祭坛的月神——/光穿过死亡的语言，暗藏欺骗，/我们的道路通向宇宙的纵深！"（Ⅲ，138）

《赶快》成了勃留索夫最后一本诗集：1924年10月9日，他不在了。[156]

注释：

1 首先参见：《瓦·勃留索夫日记》，约·马·勃留索娃筹编，尼·谢·阿舒金注释，莫斯科，1927（此后只注《日记》）；尼·卡·古济，《俄罗斯早期象征主义简史：莫斯科诗集〈俄罗斯象征主义者〉》，载《艺术》，莫斯科，1927，第4册，180-218页；《自传性随笔、信函、同代人回忆及评论家文章中的瓦列里·勃留索夫》，尼·谢·阿舒金编，莫斯科，1929（此后只注阿舒金）。

2 《瓦·勃留索夫七卷集》，莫斯科，1973—1975，后文引用此书时，在正文中用罗马数字标明卷数，阿拉伯数字标明页码。

3 迄今最重要的专著有：德·叶·马克西莫夫，《瓦列里·勃留索夫的诗歌》，莫斯科，1940；德·叶·马克西莫夫，《诗歌与立场》，列宁格勒，1968；琼·格罗斯曼，《瓦列里·勃留索夫与俄罗斯颓废派之谜》，伯克利等地，1986（原文为英语）；1978年之前的国内发表的著作包括在下列索引中：埃·斯·达尼埃良、格·因·杰尔别尼奥夫、莱·列·谢尔巴科夫，《瓦·勃留索夫书目：1884—1973》，埃里温，1976；娜·维·古日耶娃，莱·列·谢尔巴科夫，《瓦列里·雅科夫列维奇·勃留索夫》，载《苏联俄罗斯作家、诗人》，第4卷，莫斯科，1981，181–240页。

4　《瓦·雅·勃留索夫著作、译作全集》，1～4卷，圣彼得堡，1913—1914，后文引用这套没有出全的著作时，在正文中使用简称"全集"。

5　尤·帕·布拉格沃林娜，《瓦·雅·勃留索夫档案》，载《手稿部学报》，苏联国立图书馆编，第39册，莫斯科，1978，70–80页。

6　尼·卡·古济，《勃留索夫少年时代的创作》，载《文学遗产》，1937，27～28卷，203页。

7　勃留索夫所抄诗歌作者的简短名单，参见：尼·卡·古济，《勃留索夫少年时代的创作》，200–201页。

8　瓦·雅·勃留索夫，《我的青少年时代》，载勃留索夫，《生平记事》，莫斯科，1927，76页。瓦·勃留索夫，《自传》，载《20世纪俄罗斯文学（1890–1910）》，第1卷，［第1册］莫斯科，1910，107页（此后只注明《自传》）。

9　参见：谢·约·肯金，《新世纪诗学纲要》，载《俄罗斯白银时代》，莫斯科，1993，108–113页。

10　这本诗集的"前言"刊登在：勃留索夫，《时代曙光》，莫斯科，2000，27–28页（此后本文中这一版本的引文只注明简称《曙光》）。

11　［瓦·雅·勃留索夫，］《摘自创作笔记本的信件（1893—1899）》，谢·约·肯金刊行，载《文学遗产》，1991，第98卷，第1册，614–615页。后面用此材料的引文只注明《笔记本》。

12　《曙光》，29–50页。关于这部喜剧还可以参考：谢·约·肯金，《康斯坦丁·特列普列夫，弗拉基米尔·芬杰西耶克列夫和海因里希·舒尔茨》，载《契诃夫学：契诃夫与"白银时代"》，莫斯科，1996。

55　13　参见：谢·约·肯金，《翻译与批评——在魏尔伦的肖像中及其后》，载《目击》，1993，第8期，29页。那里还发表了这篇文章本身的定稿。

14　弗·谢·索洛维约夫，《俄罗斯象征主义者》，载索洛维约夫，《诗歌，美学，文学批评》，莫斯科，1990，271页。

15　注释3提及的那些索引中顾及到了《俄罗斯象征主义者》所引起的广泛反响。但是，至今仍然有新的评论不断出现，试比较：《笔记本》，678–680页。

16　见关于"真实情景之不可辨别性"的论述：米·列·加斯帕罗夫，《俄罗斯现代主义诗学的相反相成性》，载《时代的联系》，莫斯科，1992，247页。

17　试比较："勃留索夫的早期诗作总体上更像戏拟"。伊·斯·波斯图帕利斯基，《瓦列里·勃留索夫的诗歌》，载《勃留索夫诗选》，莫斯科，1933，24页。

18　索洛维约夫，上引著作，272页。

19　一些学者指出《玫瑰色将要熄灭……》和《镀金的仙女……》与马拉美的诗学存在联系（尼·卡·古济，《俄罗斯早期象征主义简史》，202-203页；伊·斯·波斯图帕利斯基，《瓦列里·勃留索夫的诗歌》，24页；德·叶·马克西莫夫，《瓦列里·勃留索夫的诗歌》，39-40页），但文本对比却不能证实这种看法。但是对这种观点的驳斥（罗曼·杜布罗夫金，《斯特凡·马拉美在俄罗斯的接受》，伯尔尼等地，1998，245-251页）在很大程度上也没有根据。

20　详细参见：谢·约·肯金：《新世纪诗学纲要》，88-90页。

21　尼·卡·古济，《俄罗斯早期象征主义简史》，184-187页。。

22　《勃留索夫给彼·彼·佩尔佐夫的书信》，莫斯科，1927，7页。此后引用这封信只注明《给彼尔佐夫信》。

23　维·弗·维诺格拉多夫曾经写过勃留索夫"伪造了""俄罗斯早期象征派的风格多样性"（维·弗·维诺格拉多夫，《作者归属与风格理论问题》，莫斯科，1961，168页）。但是，风格伪造毕竟也有优劣高下之分。

24　试比较关于"诗人们的面容和假面具"在《俄象征》中的"戏剧展示"：维·弗·维诺格拉多夫，上引著作，168页。

25　如参见：雅辛托·普拉多·科埃略，《序言》，载费尔南多·佩索阿，《抒情诗》，莫斯科，1978，14-26页，31-32页。

26　参见：乔治·图尔努，《魏尔伦学书目》，莱比锡，1912。

27　试比较索洛维约夫与勃留索夫关于这首诗当中圆月与月亮的争论：弗·索洛维约夫，上引著作，277页；第1卷，567-568页。

28　勃留索夫全集第1卷中的一首诗并非无缘无故地采用了标题《创作》。弗·费·霍达谢维奇在有关全集第1卷的评论中对这首诗给予了精彩的诠释，参见：阿舒金，309-310页。

29　罗尔夫·迪特·克卢格，《俄罗斯文学中的象征主义与先锋主义——断裂还是继承？》，载《欧洲文化范围内的俄罗斯先锋派》，莫斯科，1994，66-67页。

30　《瓦·雅·勃留索夫致弗·康·斯塔纽科维奇书信》，载《文学遗产》，第85卷，738页。

31　同上。

32　通过别人说起而知晓勃留索夫的列夫·托尔斯泰就是如此评价他的（《什么是艺术？》草稿），参见：谢·约·肯金，《康斯坦丁·特列普列夫……》，117-118页。

33　对于勃留索夫写作这本文集的经过至今没有人研究，而文集中刊行过的篇目中，只有一篇评库尔辛斯基著作《半明半暗》的文章留有草稿，参见：《文学遗产》，第98卷，第1册，358-361页。现在本章作者编纂的关于《95年俄罗斯诗歌》的一系列材料即将发表。

34　亚·亚·伊利因斯基，《瓦列里·勃留索夫的文学遗产》，载《文学遗产》，第27、

56

28卷，494页。文中稍有差错，也没有指出这些话与《95年俄罗斯诗歌》之间的联系。

35　《亚·亚·勃洛克八卷集》，第8卷，莫斯科、列宁格勒，1963，76—77页。

36　参见：谢·约·肯金，《新世纪诗学纲要》，96—103页。

37　有关这个夏天参见：弗·谢·德罗诺夫，《瓦列里·勃留索夫的五岳城之夏》，载《文学与高加索》，斯塔夫罗波尔，1972；弗·谢·德罗诺夫，《勃留索夫日记未公布材料摘记》，载《瓦·勃留索夫与19世纪末20世纪文学》，斯塔夫罗波尔，1979；《笔记本》，702—707页；《与亚·阿·库尔辛斯基通信》，载《文学遗产》，第98卷，第1册，308—323页。

38　有关诗集《这就是——我》其余部分"明显从属于"《约言》这一部分的见解（米·列·加斯帕罗夫，《俄罗斯现代主义诗学的相反相成性》，248页）并不具有说服力。

39　参见：德·叶·马克西莫夫，《瓦列里·勃留索夫的诗歌》，64页。

40　参见：谢·约·肯金，《新世纪诗学纲要》，99—100页。

41　米·列·加斯帕罗夫，《俄罗斯现代主义诗学的相反相成性》，248页。

42　这是1964年德国学术讨论会文集的题目，也是汉斯-格奥尔格·伽达默尔同名书评的题目，参见：汉斯-格奥尔格·伽达默尔，《美的现实性》，莫斯科，1991。

43　准备撰写《俄罗斯抒情诗史》的过程，为勃留索夫日后成为批评家与文学史家所从事的许多活动奠定了基础，并且完成了诗体学的早期研究，参见：谢·约·肯金，《勃留索夫的一个未能实现的构想》，载《文学问题》，1970，第9期；瓦·雅·勃留索夫，《俄罗斯诗节与韵律史纲》，载《语言学问题》，1970，第2期。

44　参见：《导论》的一个片段刊载于：谢·约·肯金，《勃留索夫的一个未能实现的构想》，193页；还可参阅：谢·约·肯金，《新世纪诗学纲要》，104—107页。

45　列·彼·格罗斯曼，《瓦列里·勃留索夫与法国象征主义者》，载《献给瓦列里·勃留索夫》，莫斯科，1924，41页，我们这里继承了格罗斯曼的定义，只往"象征主义型"和"帕尔纳索斯型"这两个术语里输入类型学内容。但如果将勃留索夫与作为一个具体法国诗歌流派的帕尔那索斯派的成员们进行比附，那么对《杰作1》《杰作2》时期的勃留索夫而言，这样的分析会取得丰富成果，但用在成熟期的勃留索夫身上（参见：米·列·加斯帕罗夫，《俄罗斯现代主义诗学的相反相成性》，248—250页）则未免显得牵强附会。试比较勃留索夫《神圣的牺牲》一文中对"'帕尔纳索斯派'开花不结果的高峰"的指责（Ⅵ，95）以及作为翻译家的勃留索夫对于法国帕尔纳索斯派诗人的冷淡态度（伊·斯·波斯图帕利斯基，《勃留索夫与勒贡特·德·列尔》，载《勃留索夫学术研讨会，1963年》，埃里温，1966）。

46　关于这种影响的性质与原因，参见：谢·约·肯金，《列夫·托尔斯泰的美学与青年勃留索夫对这种美学的接受及其在美学方面的自我定位》，载《手稿部学报》，苏联国立列宁图书馆编，1986，第47辑。

47　试比较与《论艺术》同一时期的一种"诗歌书信"的类型，《笔记本》，575—576，771—773页。

48　有关勃留索夫在天蝎出版社的活动与其所发挥的作用，参见：尼·弗·科特列廖夫，为《［勃留索夫］与谢·亚·波利亚科夫来往信函》所写的序言，载《文学遗产》，第98卷，第2册，9-12，20页。

49　比如，安·别雷曾写过这种谈话的意义：别雷，《瓦列里·勃留索夫》，载《俄罗斯》，1925，第4期，272页；别雷，《世纪之初》，莫斯科，列宁格勒，1933，164页。

50　关于勃留索夫的文学批评和政论活动的战略，参见：谢·约·肯金，《通向经典作家声望之路》，载《经典与当代》，莫斯科，1991，202-206页。

51　《出版弁言》，载《1901年北方之花》，莫斯科，1900，第3页。

52　参见：维·马·日尔蒙斯基，《瓦列里·勃留索夫与普希金的文学遗产（第2版）》，载日尔蒙斯基，《文学理论·诗学·修辞学》，列宁格勒，1977，144-175页。

53　普希金，《1825年4月给茹科夫斯基的信》，载《普希金10卷集》，第10卷，莫斯科，1958，141页。

54　费·索洛古勃，《纪念瓦·雅·勃留索夫讲话》，琼·格罗斯曼刊行，载《耶路撒冷斯拉夫学》，1981，5～6卷，422页。

55　曾公开表示不接受勃留索夫前几本诗集的沃洛申在谈及出现了一个"新的勃留索夫"时，回忆起的正是《给斯基泰人》这首诗。参见：马·亚·沃洛申，《瓦·勃留索夫，回忆·片段》，载《文学遗产》，第98卷，第2册，388页。

56　把勃留索夫的全部"史诗"作品与"零散的"《历代传说》进行对比的评论见：卢那察尔斯基，《瓦·雅·勃留索夫》，载《卢纳察尔斯基八卷集》，第1卷，莫斯科，1963，437页。专门论述《历代骄子》的著作，参见：米·列·加斯帕罗夫，《俄罗斯现代主义诗学的相反相成性》。

57　1900年年底或1901年年初勃留索夫自己曾强调过这一点，参见：亚·亚·伊利因斯基，《高尔基与勃留索夫》，载《文学遗产》，第27～28卷，640页。

58　试比较："……普希金之后第一次有人展现出这样的才华，把久远的历史形象给予充分的体现……"，帕·格·安托科利斯基，《瓦列里·勃留索夫》，载第1卷，14页。

59　勃洛克，《1903年11月20日给别雷的书信》，载《亚·亚·勃洛克八卷集》，第8卷，69页。

60　伊·伊格纳托夫在《俄罗斯新闻》报上写道："凡是涉及人的精神世界的现象作者都感兴趣，……他的探索领域是整个人类世界。"（阿舒金，174页）

61　详见：埃·所·利特温，《瓦列里·勃留索夫与俄罗斯民间创作》，载《俄罗斯民俗学》，1962，第7期。

62　这一部分的修辞研究参阅：维·马·日尔蒙斯基，《文学理论·诗学·修辞学》，列宁格勒，1977。

63　"……这是我至今写得最好的作品（我给安·别雷和小谢·米·索洛维约夫读了

以后，他们俩从椅子上跳了起来）。"瓦·雅·勃留索夫，《给彼·彼·佩尔佐夫的信》，载《报刊与革命》，1926，第7期，42页。

64　《1907年2月4日瓦·雅·勃留索夫给科·伊·丘科夫斯基的信》，载科·伊·丘科夫斯基，《回忆片段》，莫斯科，1959，444页。

65　参见：德·叶·马克西莫夫、康·马·阿扎多夫斯基，《勃留索夫与〈天平〉杂志》，载《文学遗产》，第85卷，272-273页。关于勃留索夫在《天平》杂志所起的作用还可参阅：亚·瓦·拉夫罗夫、德·叶·马克西莫夫，《〈天平〉》，载《20世纪初俄罗斯文学与新闻学，1905—1917。资产阶级自由派与现代派出版物》，莫斯科，1984；谢·约·肯金，《勃留索夫：文本与阐释》，载《文学问题》，1978，第7期，259-261页。

66　"《大地》发表的是草稿"（《日记》，136页），无论以前还是以后对于勃留索夫说来这样的事是难以想象的。

67　这不仅仅指诗句，在同一篇《大地》中人物语言失去了"社会言语"方面的细微差别，一律都是热情奔放的风格，参见：维·弗·维诺格拉多夫，《论文学语言》，莫斯科，1959，161-162页。

68　参见：尼·伊·彼得罗夫斯卡娅，《回忆录》，载《往事》，1992，第8卷，115，117页。

69　摘自1905年10月13日给谢·阿·文格罗夫的信，转引自：Н.索科洛夫，《翻译家勃留索夫》，见《翻译技巧》，莫斯科，1959，382页。同一年的文章《坩埚里的紫罗兰》（Ⅵ）以新的观点论证了勃留索夫的翻译，这篇论文成了我国翻译科学的开山之作。

70　瓦·雅·勃留索夫，《激情》，载《漫步诗林》，莫斯科，1989，115，117页。

71　弗·费·霍达谢维奇，《赖纳达的末日》，载瓦·雅·勃留索夫，《燃烧的天使》，莫斯科，1993，365页。

72　参见：谢·谢·格列奇什金，亚·瓦·拉夫罗夫，《勃留索夫长篇小说〈燃烧的天使〉的传记素材》，载《新巴斯曼街19号》，莫斯科，1990；扎·格·明茨，《海因里希·冯·奥特海姆伯爵与"莫斯科文艺复兴"》；载《安德列·别雷：创作问题》，莫斯科，1988。

73　弗·费·霍达谢维奇，《赖纳达的末日》，372-373页。在客观事实方面的重大修正参见：琼·德拉内·格罗斯曼，《瓦列里·勃留索夫与尼娜·彼得罗夫斯卡娅：艺术中的生活模式冲突》，载《创造生活》，斯坦福，1994。

74　因·维·科列茨卡娅，《瓦列里·勃留索夫，〈未来的匈人〉》，载因·维·科列茨卡娅，《世纪初俄罗斯诗歌与散文篇章分析》，莫斯科，1995，166-167页。

75　德·叶·马克西莫夫，《瓦列里·勃留索夫的诗歌》，181页。

76　首先可参阅：伊·格·亚姆波利斯基，《瓦列里·勃留索夫与第一次俄国革命》，载亚姆波利斯基，《诗人与散文作家》，列宁格勒，1986；尼·谢·阿舒金，《未写完的长诗〈亚哈随鲁在1905年〉》，载《文学遗产》，1937，第27~28卷；德·叶·马克西莫夫，《瓦列里·勃留索夫的诗歌》，172-235页；埃·所·利特温，《1905年革命与勃留索夫的创作》，载《1905年革命与俄罗斯文学》，莫斯科、列宁格勒，1956；德·叶·马克西莫夫，《勃留索夫：诗歌与立场》，164-175页。

77　几乎所有类似观点都在，比如说，这篇文献中被呈现：亚·阿·尼诺夫为《[瓦·雅·勃留索夫]与康·德·巴尔蒙特书信集》所写的序言，载《文学遗产》，1991，第98卷，第1册，67-68页。

78　列宁，《"你会听到蠢人的评判……"》，载《弗·伊·列宁全集》（55卷），第14卷，288页。

79　19世纪90年代勃留索夫创作的全部散文作品至今发表的只有三篇短篇小说和两部大体裁作品的片段。总的综述参见：格列奇什金，《瓦·雅·勃留索夫的早期散文》，载《俄罗斯文学》，1980，第2期；阿·弗·马尼科夫斯基，《[为刊载〈萎靡的莫斯科街道……〉所写的前言：]〈瓦·雅·勃留索夫一部未写完的长篇小说〉》，载《我们的遗产》，1997，第43-44期。

80　斯·彼·伊里约夫，《作为一个循环整体的勃留索夫的书〈地轴〉》，载《勃留索夫学术研讨会，1973》，埃里温，1976，94。

81　《地轴》这方面的研究文章参见：谢·尤·亚先斯基，《勃留索夫与安德列耶夫小说中的意志自由问题》，载《俄罗斯文学》，1997，第1期。

82　瓦·雅·勃留索夫，《前言》，载勃留索夫，《地轴》，莫斯科，1907，Ⅷ页。

83　关于《地轴》一书短篇小说的这一特点与此后20世纪各文学流派之间的关系，参见：谢·尤·亚先斯基，上引著作。

84　详细阐述参见：谢·谢·格列奇什金，亚·瓦·拉夫罗夫，《小说家勃留索夫》，载《瓦·雅·勃留索夫中短篇小说选集》，莫斯科，1983，5，10页。

85　关于勃留索夫散文相对较少（比契诃夫的少两倍）的句法"同质性"，以及它与德·马明-西比利亚克、弗·利金的散文归入同一个"句法阶级"，只有一些不充分的文献资料：格·雅·马丁年科，《句法结构的系统统计分析》，载《符号学与信息学》，1983，第21辑，155-156，167页。

86　亚·勃洛克，《[书评：]瓦列里·勃留索夫，〈地轴〉，莫斯科，1907》，载《勃洛克八卷集》，第5卷，莫斯科，1962，642页。

87　勃留索夫，《童年和青少年时代的回忆》，载勃留索夫，《生平记事》，莫斯科，1994，170页。

88　后来书名改为《众神之死：叛教者尤里安》，有关勃留索夫阅读这部小说的印象，参见：《给佩尔佐夫的书信》，22，25，28-29页。

89　参见：谢·谢·格列奇什金、亚·瓦·拉夫罗夫，《论勃留索夫写作长篇小说〈燃烧的天使〉的过程》，载《勃留索夫学术研讨会，1971》，埃里温，1973，123页。

90　瓦·雅·勃留索夫，《1905年10月28日给格·伊·丘尔科夫的信》，载格·伊·丘尔科夫，《漫游岁月》，莫斯科，1999，341页（宗教改革的年份在本文献中被错标为1553年）。

91　关于早期手稿，参见：亚·伊·别列茨基，《瓦·雅·勃留索夫的第一部长篇历史小说》，载勃留索夫，《燃烧的天使》，莫斯科，1993，383-387页；谢·格列奇什金和亚·瓦·拉夫罗夫，《论勃留索夫写作……》，124-125页。

92　亚·瓦·拉夫罗夫，《诗人的散文》，载《瓦·雅·勃留索夫散文选》，莫斯科，1989，12页。

93　相关著作参见：亚·伊·别列茨基，《瓦·雅·勃留索夫的第一部长篇历史小说》；鲍·伊·普里舍夫，《勃留索夫与德国16世纪文化》，载《勃留索夫学术研讨会，1966》，埃里温，1968；斯·彼·伊里约夫，《一部长篇小说还是一部'真实的中篇小说'？》，载瓦·雅·勃留索夫，《燃烧的天使》，莫斯科，1993；斯·彼·伊里约夫，《注释导言》，出处同上，还有注释73指出的几篇文章。

94　一篇写给勃留索夫的悼文中对长篇小说的评语尤为说明问题：格·维·阿达莫维奇，《文学评论》，载格·维·阿达莫维奇，《文学丛谈》，第1册，圣彼得堡，1998，105页。

95　试比较茨维塔耶娃1925年的论断，沃洛申1932年的说法和列·马丁诺夫在20世纪70年代初的评价：茨维塔耶娃，《劳动英雄》，54页；亚·瓦·拉夫罗夫，《诗人的散文》，10页；列·尼·马丁诺夫，《飞行的航船》，莫斯科，1974，253页。

96　瓦·雅·勃留索夫，《译者前言》，载《19世纪法国抒情诗选》，圣彼得堡，1909，文中黑体为本文作者所加。

97　《斯拉夫人的诗歌，俄罗斯作家翻译……诗集》，尼·瓦·格尔别利主编，圣彼得堡，1871；《传记与典范作品中的英国诗人》，尼·瓦·格尔别利主编，圣彼得堡，1875；《传记与典范作品中的德国诗人》，尼·瓦·格尔别利主编，圣彼得堡，1877。

98　H.索科洛夫，上引著作383-388页。

99　玛·伊·茨维塔耶娃，《劳动英雄》，载《我们的遗产》，1988年，第5期，55页。关于这个神话的继续发展，参见：谢·约·肯金，《关于"音调和谐的诗行"与一个传说》，见《各民族友谊》，1972，第9期，279-280页。

100　正是基于对诗集《曲调汇总》作品的分析，丘科夫斯基才对勃留索夫的诗歌作出了"胜利的诗歌"这一有名的评价，参见：科·伊·丘科夫斯基，《航空与诗歌》，载《言语报》，1911，5页，8页。

101　参见：阿舒金，249-252页；尼·尼·阿谢耶夫，《瓦列里·勃留索夫》，载尼·尼·阿谢耶夫，《诗歌家谱》，莫斯科，1990，259页。

102　1908年8月24日彼·伯·司徒卢威给阿·费·科尼的信，参见：A.H.米哈伊洛娃，《［刊行材料：］瓦·雅·勃留索夫致彼·伯·司徒卢威信函（1910—1911）［的前言］》，载《文学档案》，第5卷，莫斯科，列宁格勒，1960，259页。

103　参见：A.H.米哈伊洛娃，上引著作，261-265页。以及勃留索夫写给司徒卢威的另一封信，刊行于：伊·格·亚姆波利斯基，《诗人与散文家》，列宁格勒，1986，348-349页。

60

104　《瓦·雅·勃留索夫［致格·伊·丘尔科夫］的书信》，载格·伊·丘尔科夫，《漫游岁月》，莫斯科，1999，351页。

105　参见：加·加·苏佩尔芬、罗·达·季缅奇克，《阿赫玛托娃给勃留索夫的书信》，载《手稿部学报》，1972，33辑；《尼·尼·阿谢耶夫给勃留索夫［的信］》，载尼·尼·阿谢耶夫，《诗歌家谱》，莫斯科，1990，374-375页；谢·帕·博布罗夫，《男孩子》，莫斯科，1976，484-487页；达·布尔柳克、阿·克鲁乔内赫等人，《你们见鬼去吧！》，载《马雅可夫斯基12卷集》，第1卷，莫斯科，1939，404；尼·尼·阿谢耶夫，《在瓦列里·勃留索夫家做客》，载《诗歌家谱》，156-157页。

106　德·叶·马克西莫夫，《勃留索夫：诗歌与立场》，187-188页。"背弃"一词表明了这一概念与勃留索夫过去的战友们对他的指责有关，比如，安·别雷，《花环还是王冠》，载《阿波罗》，1910，第11期，1-3页。

107　瓦·雅·勃留索夫，《罗曼·罗兰的人民戏剧》，载《俄罗斯思想》，1909，第5期，第2部分，149-150页。

108　详见：谢·约·肯金：《〈伊戈尔·谢维里亚宁〉一文在批评家勃留索夫之进化、传承中的地位》，载《论伊戈尔·谢维里亚宁》，切列博韦茨，1987。

109　参见有关作者在"缪塞革忒斯"出版社亲自朗诵这首诗的描写：谢·帕·博布罗夫，《男孩子》，481-482页。

110　参见：列·弗·谢尔巴，《俄语论著精选集》，莫斯科，1957，114，130-132页；维·弗·维诺格拉多夫，《论艺术言语理论》，莫斯科，1971，48页。

111　在最细致的刊行材料当中（Ⅱ，313-393），阿·阿·科兹洛夫斯基从《人类之梦》剔除了1894至1901年所写的全部诗歌作品，他认为那时候勃留索夫"还没有思考"这样一本书（Ⅱ，475）。然而所有这些诗歌的标题一字不改地列进了作者拟订的《人类之梦》创作提纲，而且酝酿多年在勃留索夫作品创作历史上是很平常的现象。

112　关于《人类之梦》生前版本出版的同一年，勃留索夫还匿名出版了《奈莉的诗》（莫斯科，1913）一事，可参见：谢·帕·博布罗夫，《男孩子》，486页；米·列·加斯帕罗夫，《诗体学研究者勃留索夫与诗歌创作者勃留索夫》，载《勃留索夫学术研讨会，1973》，埃里温，1976，13页；亚·瓦·拉夫罗夫，《奈莉的新诗》，载《文化纪念碑：新发现。1985》，莫斯科，1986。

113　参见：《彭乔·斯拉韦伊科夫、佩约·雅沃罗夫、迪姆乔·德贝利亚诺夫诗选》，莫斯科，1979，131-1512，369-370页。

114　瓦·雅·勃留索夫，《纳·格·利沃娃死亡真相：（我的忏悔）》，亚·瓦·拉夫罗夫刊行，《目击》，1993，第2期，10页。

115　试比较伊·斯·波斯图帕利斯基，《瓦列里·勃留索夫的诗歌》，67页。

116　参见：瓦·雅·勃留索夫，《诗人日记》，载《文学遗产》，1976，第85卷，28-29页。

61

117 瓦·雅·勃留索夫，《"诗歌只珍重明天！"》，载《文学遗产》，第85卷，218页。

118 《瓦列里·勃留索夫翻译的外国诗歌》，莫斯科，1994，35-58页。

119 瓦·雅·勃留索夫，《用俄语诗体翻译贺拉斯颂诗的点滴体会》，载《翻译技巧》，1971，第8集，127页。

120 关于这部作品参见：米·列·加斯帕洛夫，《勃留索夫与逐词逐句的翻译》，载《翻译技巧》，1971，第8集。

121 伊·尤·克拉奇科夫斯基，《1916年11月26日给勃留索夫的信》，载《勃留索夫与亚美尼亚》，第2册，埃里温，1989，117页。

122 参见：埃·所·利特温，《瓦·雅·勃留索夫未写完的乌托邦长篇小说〈人间七种诱惑〉》，载《勃留索夫学术研讨会，1973》，埃里温，1976。

123 转引自：谢·谢·格列奇什金、亚·瓦·拉夫罗夫，《注释》，载《勃留索夫中短篇小说集》，莫斯科，1983，358页。

124 参见：米·列·加斯帕罗夫，《勃留索夫与古希腊文化》，载第5卷，545-549页。

125 参见：尤·布拉格沃林娜，上引著作，70-80页。

126 两段引文均出自注明写于1914年7月26日的勃留索夫的那篇社论文章：《莫斯科文学艺术小组通报》，1914，第7期，2页。

127 少数例外之一是一篇副博士论文：格·因·杰尔别尼奥夫，《1914-1917年勃留索夫的创作》，莫斯科市立师范学院答辩通过，莫斯科，1972。

128 瓦·雅·勃留索夫，《未曾出版和未收入文集的作品》，莫斯科，1998，46-48页。

129 约·马·勃留索娃，《瓦列里·勃留索夫的传记材料》，载《瓦·雅·勃留索夫诗选》，莫斯科，1933，144-145页。

130 瓦·雅·勃留索夫，《1918-1921年诗选》，载《目击》，1993，第4期。

131 《瓦·雅·勃留索夫书信》，载《手稿部学报》，国立列宁图书馆编，1967，第29辑，220页。

132 同上，221页。

133 米·塔·拉特舍夫，《瓦列里·勃留索夫的道路与十字路口》，载瓦·雅·勃留索夫，《回忆时刻》，莫斯科，1996，169页。

134 弗·费·霍达谢维奇，《勃留索夫》，载霍达谢维奇，《摇晃的三脚架》，莫斯科，1991，292页。

135 参见：阿·瓦·卢那察尔斯基，《瓦·雅·勃留索夫》，431页。

136 转引自：米·列·加斯帕罗夫，《瓦·雅·勃留索夫研究古希腊罗马历史与文化的未出版著作》，转引自《勃留索夫学术研讨会，1971》，埃里温，1973，203，206页。

137 同上，206-207页。

138 霍达谢维奇为了增强他的观点的说服力，甚至提出勃留索夫在"恐怖年代的初期"，即1918年秋天对政权的态度发生了转折——弗·费·霍达谢维奇，《勃留索夫》，292页。

139　参见：阿·瓦·卢那察尔斯基，《瓦·雅·勃留索夫》，431页。

140　参见：康·伊·阿布拉莫夫，《苏联图书馆事务史》，莫斯科，1970，222—229页，以及下列文献中大量关于勃留索夫的资料：《苏联图书馆事务史：文献与材料。1918—1920》，莫斯科，1975。

141　参见：瓦·雅·勃留索夫，《高等文学艺术学院》，载《新闻记者》，1923，第8期。

142　参见：米·列·加斯帕罗夫，《学院先锋主义：勃留索夫后期诗歌中的自然与文化》，莫斯科，1995。

143　瓦·雅·勃留索夫，《七代人的世界［未完成的终稿］》载《星》，1973，第12期；瓦·雅·勃留索夫，《独裁者》，载《当代戏剧》，1986，第4期（《曙光》中的文本更精确）；瓦·雅·勃留索夫，《七代人的世界［完成稿］》，载《无愁园事件》，莫斯科，1988。

144　瓦·雅·勃留索夫，《未曾出版和未收入文集的作品》，79-80页。另一种版本参见：Ⅲ，395页。

145　上面提到的诗《1919年给自己》，勃留索夫把标题中的年份改成了1849年，同样也打算把它当作译自雨果的一首诗发表（参见作家手稿：俄罗斯国立图书馆手稿部，全宗号386，目录号26，存储单元7，66-67页）。

146　参见：约·马·勃留索娃，《传记材料》，145页；罗曼·罗兰，《黎留里》，莫斯科，1922，214页。

147　俄罗斯国立图书馆手稿部，全宗号386，目录号26，存储单元11，标题为《叙洛的歌》。

148　参见：谢·约·肯金，《注释》，载《瓦列里·勃留索夫翻译的外国诗歌》，822页。

149　《瓦列里·勃留索夫翻译的外国诗歌》，233页。

150　《文学遗产》，第98卷，第2册，394页。

151　《文学遗产》，第93卷，552页。

152　瓦·雅·勃留索夫，《［"我们正在经历一个创作的时代"］》，载《文学遗产》，1976，第85卷，221页及后面的内容。

153　参见：米·列·加斯帕罗夫，《诗体学研究者勃留索夫与诗歌创作者勃留索夫》，载《勃留索夫学术研讨会，1973》，埃里温，1976，21-23页。

154　关于这些诗歌当中的一首——《在白色吃语市场上》，参见：米·列·加斯帕罗夫，《学院先锋主义》，28-38页。

155　比如，参见：瓦·雅·勃留索夫，《科学与信仰》，载《文学遗产》，第98卷，第1册，800页。

156　本章写作得到俄罗斯基础研究基金会第00-07-90106号项目"为语文学提供保障的超文本信息检索系统（以瓦·雅·勃留索夫的创作素材为例）"的额外资助。

62

第二十二章

因诺肯季·安年斯基

◎因·维·科列茨卡娅 撰／谷羽 译

1

　　在同时代人的心目中，因诺肯季·费奥多罗维奇·安年斯基（1855—1909），既是著名的教育家、民间启蒙活动家，又是哲学家、学者、研究古希腊文化的专家，还是翻译家，翻译过欧里庇得斯的悲剧和西欧一些新锐诗人的作品。他的诗歌在俄罗斯20世纪文学中占有重要地位，具有美学意义和创新价值，他的剧作和文学评论独具个性，而所有这些得以充分展示，获得公认，却是在作者离开人世之后。的确，勃留索夫和勃洛克对安年斯基的第一本诗集（《平静的歌》，1904）都曾给予中肯的评价，尽管作者署名时故意采用了一个同音异义的缩略词作为笔名①。勃留索夫就这本诗集所写的评论指出："这位我们不知晓的作者的处女作"，还"称不上是诗歌"，但是必须承认，其中包含着"艺术家的气质"[1]。勃洛克则在诗集《平静的歌》当中发现了"真正诗感的痕迹……"[2]，他甚至对那个"可疑的笔名"产生了动摇，不相信是初学者的试笔之作。按照作者的构思，笔名中隐含着神话中奥德修斯的一个名字，他在与食人的独眼巨人搏斗时，称自己为

---

　　① "无人"著，《平静的歌。附译诗集〈帕尔那索斯派与被诅咒的诗人〉》，圣彼得堡，1904。（译文中有波德莱尔、魏尔伦、勒贡特·德·列尔、苏利－普吕多姆、兰波、马拉美、科比埃尔、罗利纳、克罗等诗人的作品。）——作者注

"无人"（诗集最初题为《乌提斯——来自波吕斐摩斯的山洞》）①。

在荷马形容奥德修斯 3 的修饰语当中，安年斯基可以选来自我形容的不仅有"多才多智的"，还可以有"多灾多难的"。用他自己的话来说，出生于一个"官吏与地主相互融合" 4 的环境，表面看来人生道路一帆风顺，彼得堡大学才华横溢的大学生，学者，科学院普希金奖章获得者，但是由于他天生极其敏感，本性易受伤害，一直处于"仕途官运"与使命感的矛盾之中，个人生活坎坷的境遇，使得他人生道路变得相当复杂。5

从这些经历当中不难理解安年斯基为什么要对他的抒情世界尽力戴上面具加以掩饰。和诗集《平静的歌》一样，诗人安年斯基去世后才得以出版的第二本诗集，也是他主要的诗歌著作（《小柏木匣》，1910）当中，字里行间，也充满了迂回委婉的句式和典故、主观联想，只有在具体的上下文环境中这些内容才能被正确解码 6。安年斯基熟读马拉美的诗歌，他仿照这位法国诗人追求神秘的旨意，为自己的内心感受加上种种迷彩般的伪装，安年斯基之所以这样做，一是由于象征主义潮流注重"无法言说"和欲说还休的倾向，二是出于生活经历的缘由——"受官职地位的牵制"："直截了当"地发表自白性的、涉及隐私的抒情诗，从某种角度说来，有悖于五十岁身为人父与一家之长的身份，有悖于四等文官的尊严。

从诗集《平静的歌》当中，勃洛克看透了"病态的心力交瘁"的特征，认识到作者的心灵"被难以承受的忧患击得粉碎"（第5卷，620页）；确实如此，让歌吟抒情的安年斯基觉得亲近的题材，总是包含着"过多的悲伤"7，具有凄凉哀婉的音调。沃洛申曾经论述过安年斯基和康·斯卢切夫斯基拥有同样的特点，那就是对"日常生活中的灾难" 8 具有极其敏锐的感受能力。浪漫主义诗人对平凡日子的"呆板"，对日常生活的贫乏与弊端予以蔑视，导致出现了"平庸的"隐喻——出卖爱情的爱神，"酒精和大麻"处于主宰地位的"生活的酒馆"。浪漫主义意识早就创造出来的可怕的怪物——苦闷，不仅出现在诗人所写

64

---

① 典出《奥德修纪》第九卷，奥德修斯和战友们被困独眼巨人波吕斐摩斯的洞穴，奥德修斯谎称自己的名字是"无人"（希腊语outis，故也可音译为"乌提斯"），灌醉波吕斐摩斯后戳瞎了它的眼睛，波吕斐摩斯的呼救"无人用阴谋杀害我"被其同伴当作玩笑，奥德修斯遂逃脱。——译者注

的"庸俗花哨的"舞厅里（诗作《哦，不，并非躯体……》），而且也出现在另一个大厅里，图书馆的阅览厅，其中"脸色发青"的俘虏费尽心机：

> 妄图在褪色的纸页上
> 破解令人生厌的字谜
>
> （《理想》）[9]

日常生活的悲剧性，人生处境注定的宿命及其短暂的辉煌，"晚年的屈辱"和不可避免的死亡——是贯穿安年斯基全部抒情诗的一根主线，因此安年斯基和索洛古勃、列·安德列耶夫、舍斯托夫一样，成了俄罗斯采用存在主义表现手法的先驱者之一。由于不信宗教，安年斯基生存的悲剧意识是难以排遣的；人生有限难免终老的思考，作为他的主要的推理方式，常常把其他想法推到次要地位。在《平静的歌》和《小柏木匣》的抒情诗中，或许过于频繁地出现了"冷漠地呼吸着 / 紫罗兰与苯酚的妇人"——死神和它的通报者，佩戴着各种各样的面具的忧郁女神（诗作《火车站的忧郁》《钟摆的忧郁》《缓慢雨滴的忧郁》《响过的雷霆的忧郁》等等）。从病患者内心存在的、空虚的"忧郁"（诗集《平静的歌》中的同名诗歌）到为《小柏木匣》收尾的《我的忧郁》的诗节，其情绪的抒发，诗人觉得最终归结为一点：

> 我觉得，你们始终不理解
> 唯独我的忧郁将永世长存……

诗人"忧郁的我"把注意力凝聚在"临界的处境"，凝聚在"最后的界限"（《弥留时刻》《那与这》《梦与无》《失眠》），凝聚在恐惧、罪孽、良心的痛苦等种种情感，跟将来存在主义诗歌创作的许多现象极为相似。同样相似的还有一个异化个体充满戏剧性的冲动，意欲通过与"他者"、与人们的亲近来克服孤独。这种冲动是俄罗斯颓废派的意识中与生俱来的（勃洛克论述《小柏木匣》的抒情风格说："难以置信的亲近感为我的许多内心体验作出了解释。"——第8卷，309页）。对于安年斯基说来，接近"他者"的冲动几乎注

65

定永远不会有善终。
因此，他诗中的爱情通
常都"有始无终"、压
抑痛苦、没有出路，或
者是"无法被知晓的"
情感（《三月》《煤气
灯蝴蝶》《凉台眺望》
《梦幻曲》《一条小船
两篷帆》《琴弓与琴
弦》《四四方方的小窗
户》等）。与此同时，
诗人所展示出来的重重
内心矛盾与冲突似乎见
证了当代人全部生活的
深重苦难。安年斯基认
为，他的抒情诗的本质

因诺肯季·安年斯基

是——意识到不可能存在幸福。安年斯基有一首诗题为《不可能》，他曾经联
系这首诗论述自己的全部诗作，诗人说道："我觉得，那里面除了《不可能》的
种种变奏外就没有任何东西了。"（473）

有些人有才华却无缘施展，屡屡遭受践踏欺凌，希望变成了受人诅咒的空
想，这些悲剧性的情节让安年斯基这位吟唱"不可能性"的歌手尤为重视；"所
有一生去而不返的人"都让诗人伤心落泪。这种情感多次得到鲜明的形象体
现——从崇高的象征系统（比如，诗作《棕枝周》中引用福音书里拉撒路的典
故——当然，在安年斯基笔下，拉撒路没有复活，被人遗忘），到习以为常引
用揉碎花朵的隐喻；何况安年斯基从根本上反对把诗学分成三六九等，在他看
来，崇高的隐喻并不比日常生活的朴素隐喻重要：

> 你将会睡着，天使姑娘，
> 粘一身毛，倚着臂膀……

　　　　而两小块黄色的未耕地

　　　　轻轻摊开在沙土上。

　　　　　　　　　　　　　　　　　　　（《蒲公英》，1909）

　　生命遭受蹂躏的悲剧性最深刻的体现是《命运》一诗（后改名为《农妇》，1906）。这首诗反映了一个社会底层妇女、小酒馆服务员的遭遇，她注定要：

　　　　用心，用全部力量

　　　　服侍恣意妄为的罪恶——

　　　　好让女儿弯腰打伞

　　　　送别蒙着绸缎的棺椁。

　　在这篇由三节四行诗组成的契诃夫式的大容量"短篇小说"中，每节起首的动词不定式（"开放……""恋爱……""服侍……"）给个别人的命运打上了某种共同遭遇的印记。（动词不定式的类似"典型化"功能还见于勃洛克1914年的诗篇《无耻地、沉醉地作孽……》，之后还出现在沃洛申的创作中，参见后面有关诗人沃洛申的章节。）

66　　《命运》是小型组诗《诅咒三叶体》的第二章。类似这首诗的三联诗（"三叶体"）①和二联诗（"对折体"）以及一些零星的诗篇构成了《小柏木匣》的主体。不仅这本诗集含隐喻的书名②音调悲怆（在古代柏树是哀伤的树木），而且诗人为许多组诗的标题选择了种种具有忧伤色彩的词语（如《忧伤三叶体》《悲怆三叶体》《劫难三叶体》《寒冰三叶体》《昏暗三叶体》《命

---

　　① 安年斯基这些三段式组诗的名称显然受到了法国诗人亨利·德·雷尼耶（1864—1936）的影响，雷尼耶的散文诗集《玉石手杖》（1897）有《黑色三叶体》。安年斯基所写的文学评论也有这种三联结构或二联结构的体式。——作者注

　　② 这本诗集的书名既有真实的依据（诗人把他的诗歌手稿保存在一个老式的小匣子里；这个小匣子目前存放在普希金之家的博物馆里），也有文学方面的含义，使人联想起"帕尔那索斯派"诗人夏尔·克罗的诗集《檀木箱》（1873）、阿纳托尔·法朗士（1844—1924）的诗集《珠母贝匣》（1892）等诗集的标题。——作者注

定三叶体》《诅咒三叶体》《孤独三叶体》等）。三首诗像三面镜子，把诗人的感受从不同侧面反映出来，从而获得浮雕一般的特殊效果。在《诱惑三叶体》《感伤三叶体》《月光三叶体》《胜利三叶体》等三章组诗和对折体组诗《美德》以及其他一些诗篇中，诗人以细微巧妙的心理刻画表现了人物情感的起伏变化（但是，勃留索夫却认为，安年斯基的组诗结构是"人为的与矫揉造作的"）[10]。

沃洛申称安年斯基为"不开心的诗人"，这位诗人心中的世界，与象征派阵营中"炫目的'肯定'"的歌手，与热衷于"优美清新风格"的诗人，显然都格格不入。安年斯基去世非常突然，《阿波罗》丛刊发表悼念文章，竟然指责诗人"哀伤凄凉的唯美主义"，说他"缺乏爱上帝的理由"（格·丘尔科夫），说诗人的创作反映了"心灵的颓唐"（沃洛申），说他是"理想及其现实化身破碎的"表达者，封闭在个体体验中，倾向于"画地为牢折磨自己和别人的'我'"（维·伊万诺夫）[11]。这些评价（在很大程度上是因为安年斯基反对神秘象征主义，而后期又接近于原初的、"心理的"，或者照伊万诺夫的说法，"唯心的"象征主义倾向），其实大都失之片面与匆忙。诗人之子瓦·科里维奇-安年斯基给诗人维·伊万诺夫[12] 写过一些书信，我们从这些书信可以弄清楚当时的许多情况：伊万诺夫仅仅根据《平静的歌》的文本就写出了随笔《抒情诗人因·费·安年斯基》（1910年1~2月），因为他根本没见过诗集《小柏木匣》，后者的手稿尚在莫斯科"狮鹫"出版社等待出版。但是，《阿波罗》丛刊对业已过世的诗人的指责很长时间留在人们的记忆里：刻薄的霍达谢维奇1922年写的一篇文章中还把安年斯基称呼为俄罗斯诗坛的"伊万·伊里奇"，因为《小柏木匣》的作者，霍达谢维奇说，和托尔斯泰笔下的人物都"呜——呜——呜"地哭泣，面对临近的死亡都恐惧万分，但是却没有得到后者所获的精神净化。[13]直到20世纪60年代仍然有安年斯基诗歌的研究者撰写论文分析他的抒情诗蕴涵的深沉忧郁以及存在主义的苦闷。[14]

但是，安年斯基的世界充满了尖锐的矛盾，疑虑，自觉养成的犹豫不决的"哈姆雷特气质"，实际上比平静的外表要复杂得多。在他的天性中，既有一个精致的个人主义者唯美的一面，又有热心社会活动、真诚忘我热衷于启蒙活动的另一面。日益加重的疾病（安年斯基患有严重的心脏病）使得诗人依恋

67

生命，害怕死亡；"疾病元素"与"死亡元素"不仅成为颓废的诗化形象，而且还受到浪漫主义的"黑色幽默"精神的嘲讽。比如，对追悼亡灵仪式的亵渎嘲弄，对各种post mortem（亡后）埋葬场景的描写——《冬天的梦》《追荐亡灵》《黑色春天》；安年斯基在这里采用的艺术手法近似于斯卢切夫斯基诗歌作品中"墓园式"的怪诞手法（《喀马林舞曲》《日内瓦行刑之后》等）。现实中让人反感的种种面容只不过更加强了诗人对于美的幻想，安年斯基在一组《三叶体》诗中亲自说明了这一点：

> 假如四周尽是污秽与卑贱——
>
> 只有对远方闪光之美苦苦思念……
>
> （《哦，不，并非躯体……》，1906）

作为批评家，安年斯基不止一次论及艺术中否定与肯定的辩证关系。例如，他在果戈理揭露性的现实主义中看到了理想的某种异在。即便《死魂灵》的作者刻画"光明的精灵"不太成功，但是，果戈理毕竟把他的《星光圣母》留给了世人——那些多亏他的著作，才学会"大胆地正视作家勾画涂抹出来的魔鬼"的人。因为，作品的主要内容不是它光亮的色调，而是构思的"豁达明朗"（14）。在这些论断中包含了许多个人的创作体验：在为被人指责艺术上偏好负面元素的果戈理进行辩护的同时，安年斯基其实也在为自己进行辩解。

这里引用的是安年斯基短评中的几行文字。他的批评文章大大扩展了读者对诗人的个性、生活感受、道德与审美观念以及文学偏好的进一步了解。诗人的散文创作我们之后再谈。但不仅仅是在散文作品中能看到安年斯基的"另一副面貌"——一个以人道主义情怀进行思考的艺术家，力求（正如玛·茨维塔耶娃论述真正诗人的职责时所言）"用自己的痛苦容纳别人的所有痛苦"。社会悲剧对他心灵的伤害有时候甚至超过日常生活悲剧带给他的创伤。安年斯基成长在一个具有民主气氛的知识分子家庭（双亲早早去世以后，他在兄长尼·费·安年斯基家中生活，接受教育，这位兄长是著名的民粹派政论家，《俄罗斯财富》杂志的活动家），伟大的俄罗斯文学面对受压迫者的负罪感和热爱人民的传统让诗人感到血肉相连一般的亲切：

> 爷爷背着布袋光脚行走，
> 谱写悲惨故事的是贫困：
> 噢，折磨人的一个问题！
> 我们的良心，我们的良心……

（《途中》）

安年斯基的抒情另我（alter ego）"痛心地"承认，苦役般的劳作把人压榨到何等凄惨的境地："想一想吧，母亲的怀抱里／都曾是粉红色的婴儿"——诗人如此描述赤贫的雇农（诗歌《七月》，1900）。这种情景以后又出现在勃洛克的笔下：在日常生活的层面上，在人类共同命运的标志下逐渐认清社会之恶的程度之深，以及对恶之牺牲品的亲近（"在同样的痛苦中母亲生了这些儿女／同样温存地用乳汁把他们哺育"——勃洛克这样描写那些"从地下室的昏暗中"成长起来的人）。

但是安年斯基与有着与生俱来灾难意识的勃洛克的区别在于，虽然社会的不公正使他感到痛心与愧疚，然而他丝毫也不认为这是走上革命道路的借口。俄罗斯的人道主义传统珍视通过语言和身体力行的典范来改变人们的道德品行与信念，正是为了这种传统，安年斯基拒绝接受革命道路——《寒冰三叶体》中的诗篇《睚鲁之女》（《复活》）就潜藏着这种含义。福音书里寓言故事的形象性如同密码，遮蔽了这首诗的意义，使得它没有引起研究者应有的关注，然而这首诗确实具有本质性的意义。千年的"寒冰"束缚了四周的一切（继康・列昂季耶夫之后，"冰封的俄罗斯"成了一个通用的隐喻），如今寒冰已被击碎，"金属胜利的声音响亮"。但是诗人觉得人们的欢呼声并非是"复活节的颂歌"，他从欢呼声中听出了"死神的召唤"。因为"心在积雪下面跳动，／那里延续着生命之线"，而那洁白的被子容不得"粗鲁地"掀开、"焚烧"："那钻石般的凝滞／必须轻轻唤醒。"要小心翼翼地呼唤，如同"当年耶稣唤醒／睚鲁的女儿"——

> 燃烧的灯芯没有抖颤，
>
> 风儿也没有吹动衣衫……
>
> 救世主走到她的身边，
>
> "起来吧，"他轻轻呼唤。

安年斯基对于1905年事件以及"它的可怕的邻居"，即1906年这段时间的战地军事法庭和惩罚清剿，给予了态度更为明确的回应。得知这些事件让诗人感到心灵的震颤，甚至觉得罪孽深重。作为一个良心受到痛苦折磨的知识分子，他就如同迦尔洵笔下和契诃夫的短篇小说《精神错乱》中的主人公一样，写出了诗作《爱沙尼亚老妈妈》[15]。虽然诗人是从报纸上知道的日瓦尔群众大会遭受枪击的消息，他甚至还"为那些勇敢的人祈祷"，但却觉得对他们的遇难他自己也负有间接的罪责。诗人做梦都梦见遇难者的母亲，爱沙尼亚老妈妈（"没完没了地"纺织的她们与希腊神话中编织命运线的命运三女神非常相似），诗人借她们之口严厉地责备自己恭顺于无所不在的恶：

> 你呀，温和、驯服、沉默，
>
> 世界上没有谁比你更有罪！①

安年斯基把《爱沙尼亚老妈妈》这首诗归入自己的"梦魇良心（即良心的梦魇）之诗"。良心的吩咐是他的伦理最高准则，也是他在这种伦理基础上形成的审美倾向之最高准则。安年斯基从年轻时代就推崇陀思妥耶夫斯基，他运用这种观念对陀思妥耶夫斯基所作出的几段评论具有典型意义："陀思妥耶夫斯基头上只笼罩着一种力量。他是我们良心的诗人。正因为这样的原因他才让读者觉得如此之亲近……"从"良心的诗"这一角度出发，安年斯基把陀思妥耶夫斯基精神世界中占有重要地位的苦难与尼·康·米哈伊洛夫斯基所指出的作家

---

① 安年斯基对于"骚乱者"的同情并非仅仅停留在口头上。1905年秋天，皇村中学闹"学潮"，身为校长的他没有惩罚"学潮"的几个带头人。为此他付出了代价，失去了校长的职位，被调到圣彼得堡学区做学监。学监的职责并不轻松，经常要下到外省各地去进行调查，直到他临终前不久辞职退休才得以解脱。[16]——作者注

天才的"残酷性"进行了对比分析（"因为残酷的、无情的首先是人的良心"）。除此以外，良心中的道德律令、良心的"诗意"按照诗人的观点，都对陀思妥耶夫斯基小说的结构施加了影响（"真可谓波澜频生，情节堆积！正像被良心煎熬的思想在头脑中觉得挤得慌……"）。《罪与罚》的作者所驾驭的正是"焦灼不安的良心迸发出来的语言，这种语言粘稠密集、疼痛酸楚、反复强化、断续呜咽呼天抢地……"（239，241—242）。

这种伦理与审美之间的类似联系同样存在于安年斯基本人的创作中：在他的抒情诗中，痛苦与同情的"泛自然力"既主宰着"内心的风景"，又影响到外在的形象。因此，远在欧洲艺术出现类似风格之前很久，在诗人安年斯基的笔下就产生了"受苦之物"的抒情风格。[17]日常生活的平凡之物——残破的手摇风琴、陈旧的布娃娃、半瘪的气球——蕴涵着自古以来的人类悲辛和当代孤零零的"我"心中的一份酸楚，因而这些平凡之物就成了个人与普世生活悲剧的标志物。安年斯基是城市和城市人的诗人，他从"微型都市"（利·金兹堡语）的环境中汲取心理象征的频率要超过从种种自然现象中选材。与普通人的日常生活联系在一起、随时随地可见的平凡事物，比如闹钟的"铃声"，或者"火车站的喧嚣与色彩"，都可以成为隐喻符号，借以表达抒情主人公"我"的感情和心绪。现实生活日益增长的机械性为诗人安年斯基提供了方便，使得他可以从包围着人和"效仿着"人的物件中选择利用隐喻的"机械装置"[18]。而他本人未必不带着同样的烙印，因为"他的心——是痛苦的计量器"（诚然没有说是"创造奇迹的机器"，其实，那是心灵应有的本色）。在《细雨》最后的几行诗中透露了抒发激情的新的动因："在湿淋淋的柏油路上，诗人／忽然想发现幸福。"古米廖夫曾写文章评论这本安年斯基去世后出版的诗集，他绝非无缘无故地说出这样一句话："《小柏木匣》——是一本当代敏感度的教义问答手册。"[19]

与此相应，安年斯基认为，新诗语言的前途在于它的"简化程度"，在于强化俚俗语言的地位。"最能震撼人心的、最有威力的词，换句话说，最奇妙莫测的词——或许正是日常生活中使用的词语。"安年斯基在给沃洛申的一封信中这样写道（486）。他嘲讽那些"神话创造者"和造物匠们（首先是维·伊万诺夫）祭祀语言的辞藻华丽，有意让俄罗斯读者接近欧洲诗歌的种种创新，而这些创新产生于与生活素材的紧密联系之中。

70

但是，安年斯基的这种推荐，即使对他自己而言也不是能够无条件接受的。他自己承认，"从记事起……我就对一切浅白的、明晰到庸俗地步的东西感到反感"[20]。（古米廖夫写过，诗人安年斯基固有的本性是"追求美丽的艰涩"[21]。）就这样形成了"在各个方面由始至终独具一格、与任何人都不相同的诗人"，他有能力"从意想不到的角度去把握每一种现象，每一种情感"（瓦·勃留索夫）[22]。当代诗歌研究者撰文论述安年斯基本质性的特征，指出"诗人对客观事物具有极为个人的洞察，通常他对于同一客观事物的洞察不会重复人们公认的观点"[23]。由此也形成了安年斯基与众不同的风格特征：声调的清新随意，隐喻的出乎预料，词汇的复杂多变，其中既有俄罗斯19世纪抒情诗的常用词语，古希腊罗马的术语，古老的格言和法语外来词，也有民间谚语，方言，甚至行话和黑话，所有这些语汇构成了不可重复的纷繁交织的诗篇。安年斯基一系列的隐喻和借代手法特别新颖，并且富有创造性，由于诗人喜欢"具有神秘色彩的词语"，所以这一类隐喻和借代在他的诗歌语言中占有重要地位。他用"拐弯抹角的意义"取代词的直意的本领有时太过发达，以至于要求读者具有敏锐的猜谜能力。比如，在《小柏木匣》的开篇诗作《丁香雾》中，这个扑朔迷离、难以把握的雾蒙蒙的形象其实是对创作的隐喻，要明白这一点不仅要结合这首诗的上下文，还要参照浪漫主义美学观念，以及现代派的色彩象征系统等。在题为《忧伤的国家》的幽默短诗中，诗人以迂回的手法把一段揭露性的话转成了密码。在一个连"喜剧的结尾"都很忧伤的国家，"老生常谈的"（亦即见怪不怪的，着重号为本章作者所加）也就只能是"毛茸茸的熊／由于战栗的食物／而鲜血淋漓的唇"了。换句话说，在我们俄罗斯，弱者被强者吃掉已经是习以为常的事了；她就是这么个"忧伤的国家"。只有一次安年斯基对这个国家的命运直言不讳，他公开指责俄罗斯"令人恐怖的往事"，而按照诗人的见解，彼得的事业可以被归结为这种恐怖：

> 巫师给予我们的只有石头，
> 还有一条黄褐色的涅瓦河，
> 再就是空荡荡沉默的广场，

那是黎明前绞死人的场所。

（《彼得堡》）[1]

在安年斯基种种典型的讽喻中，有一种是将隐喻现实化的手法，它得到了浪漫主义者的充分肯定，后来又在"左派"的诗歌和平面艺术创作中（如表现主义和未来主义者的作品）被过分夸大。在题为《我以为，心是石头做的……》这首诗中，通行的诗歌意象"情感之火"焕发出新意，拓展成了诗中的抒情情节：抒情主人公认为心是"石头做的"，决定把一颗爱情的火星引入心中，但却没能预见到熊熊燃烧又被扑灭的"火灾"的危险性。在马雅可夫斯基笔下，类似的隐喻现实化（可能是受到了这首诗的影响）最终以一个粗暴到怪诞的场景告终：穿着靴子的消防员"往燃烧的心脏里爬"。安年斯基的诗结尾是悲剧性的：

看吧……火焰已被扑灭，

可我在烟雾中奄奄一息。

安年斯基在其诗歌和散文中精心培育自己用词的"特殊性"，展示性地夸大这种特殊性有时则导致了自我损耗。一个在自己的创作中以"他者"为目标的诗人最终却让很多读者和评论家感到难以理解。安年斯基去世以后，能够理解其艺术性的人还是为数不多，甚至当后来经过古米廖夫、阿赫玛托娃和几个热心的评论家（阿·阿尔希波夫，阿·斯米尔诺夫-阿尔文，"基塔拉琴"小组的各位成员）的努力，安年斯基在俄罗斯文学中无可争辩的地位得以确立时，情况依然还是如此。

---

① 安年斯基没有把这首诗收进《小柏木匣》诗集的《零星诗草》一辑，或许正因为这首诗政论性过于明显。诗人去世以后，这首诗才出现在《阿波罗》杂志上（1910年5-6月，第8期）。——作者注

2

　　安年斯基的诗歌就风格而言，占主导地位的是印象主义。诗集《小柏木匣》出版时，勃留索夫写过评论，他指出，诗集的作者"所描述的一切，并非像他了解的那样，而是像他感觉的那样，并且是此时此刻的瞬间感受……作为彻底的印象主义者，因·安年斯基不仅远远超越了费特，而且也超越了巴尔蒙特。"就这一特点的力度而言，安年斯基最为接近的诗人只有魏尔伦 [24]。

　　早在诗集《平静的歌》当中就已经出现了诗人所喜爱的抒情戏剧的样式，其中外在景致与内心世界靠联想结合在一起。与此同时，外部世界的印象，作为抒情主人公情感的相似物或者情感的隐喻都是非常重要的。《菊花》《九月》《平行线》《古老的庄园》《秋天童话的结尾》等许多首诗都具有这样的特点。《林荫道上的电灯光》这首诗，明暗对比，印象鲜明如画，这是通过联想产生的内心矛盾的标志，是心理的象征。就像灯光把一条树枝照亮，使得它跟其他树枝区别开来，某种情感也想让诗人摆脱他习以为常的平静，而这种情感具有主宰的威力，就像黑夜中的一缕电光。印象主义抒情诗最富有表现力的作品是《梦幻曲》（《月光三叶体》中的一首，1906），诗中借助富有音乐性的"语言魔力"再现了月夜里闪烁的阴影，忽明忽暗的阴影与抒情主人公情绪的波动相互吻合，抒情主人公一会儿相信幸福的幻影，一会儿又意识到幸福不可能存在。正如印象派画家擅长运用他们所喜爱的"局部取代整体"的原则，安年斯基培育了细节刻画的艺术手法。《菊花》一诗之所以能让我们明白描写的是一个年轻女子不幸死亡的悲剧及其葬礼，仅仅是由于若干催生联想的细节：掉在"送葬灵车踏板上的两片卷曲的花瓣"恰似死亡女子圆圆的耳坠。印象主义诗学的特征是看重内在品质胜过直观的表象，雕琢《小柏木匣》的大师对此产生了共鸣，表现在他的诗中，修饰语异常丰富，使用修饰语极其巧妙。"……形容词不会把束缚人的现实强塞给我们的头脑"，它有"更多的摇摆性，由此它也就有了更多的象征性"——这是安年斯基论及巴尔蒙特诗歌定语丰富这一现象时写出的几句话（118）。安年斯基在自己的诗中多使用定语，用得精致巧妙（"颜色如旧金币一样"的晚霞和"香瓜一样的"晚霞，"清洗过的、蔚蓝"天空，"贫瘠的浅蓝色、泪眼汪汪的"冰，"在字条与幽会之间粉红色时刻"的疾速流逝等等）。隐约闪现的情感，时断时续的诗行，残缺不全的句式，很像印象派画家的笔触，其绘画作品源自整体综合印象：

心系家园。心情喜悦。为什么？
家乡与花园的幻影？难以琢磨。

古老的花园，杨树干瘪，恐惧！
池塘蒙着水藻……房舍成废墟……

多少损失！兄弟相残……可悲！……
灰尘、衰败与颓唐……有谁理会？……
（《旧记事本三叶体》中的《古老的庄园》）

作为批评家，安年斯基还提出了短篇抒情诗印象主义的结构原则，形象的使用与其说具有客体意义和逻辑意义，勿宁说更具有某种情感色彩。安年斯基分析波德莱尔的一首十四行诗（诗集《恶之花》，组诗《忧郁》中的第一首），指出了诗歌内在的相互交织的不同印象，正是通过和弦原理而对意识产生了影响。秋季阴雨的天气，呻吟的钟，"伤风感冒的"表，一副玩旧了的纸牌，牌里是骑士J与王后Q在"阴沉地诉说着逝去的爱情"，所有上述这些形象其重要意义不取决于自身：它们只不过是"存在之忧伤"的"反响"，只不过是"很快就会被披盖上的服饰，在这服饰里边闪耀着诗人忧愁的心灵"（204）。然而随着研究的逐渐深入，越发引起安年斯基关注的正是内心体验的这种形象性"服饰"。对于真实的追求促使他的诗语言具有敏锐的塑形性，充满了对于外在世界的感性印象：

73

> ……我总想用眼睛
>
> 看透花园里的幽暗……
>
> 草坪上黄色的刷子，
>
> 花朵被遗忘在苗圃，
>
> 凉台的遗骸残损破烂，
>
> 缠绕着绿色的爬山虎……

（《日落之前》）

    维·伊万诺夫在批评安年斯基的"原初"象征主义（即非神秘主义的象征主义）时，责备他过分依附于凡俗事物，受到了"塑形"方法的束缚。[25] 早在诗集《平静的歌》中就已经显现的这种倾向后来日益强化：安年斯基的诗歌作品越来越充满了现实性的冲动，形象结构的外部设置（从年轻一代象征主义者的正统观点看来，这种设置是"从属性的"）逐渐获得了一种独立存在的艺术价值。比如，在《孩子们的小气球》这首诗中对街头人群进行的速写扫描就是如此，印象主义诗人的"望远镜"对准了身边生活中来来往往花哨的人流，但他并不是为了寻找对抒情主人公心态的"感应"，而是为了寻找生活本身。"小气球"和游戏的气氛，以及传达俄罗斯街头声音嘈杂的意图，接近于音乐中的类似探索手法，比如斯特拉文斯基作曲、伯努瓦编剧的芭蕾舞剧《彼得鲁什卡》（1911）。在安年斯基后期的创作中，"客观"描写的艺术手法所传达的已经不仅仅是外在的画面，而且还传达了内心的矛盾与冲突（《断断续续的诗行》，亦名《离别》，1909）；《神经》（1909）的场景。

    但是，安年斯基的抒情诗总是把注意力集中在人类生存的永恒归宿，这与印象主义的宗旨、与它的"瞬间"真实和推崇变化是相互矛盾的。紧张的、相互冲突的情感产生的诗是"破碎的、撕裂的、尖锐对立的"（弗·霍达谢维奇语）[26]。安年斯基笔下那些辛酸的形象刺激着读者的心灵，让人长久地感到不安，感到压抑。自杀、送葬、途中夜晚的噩梦（《黑色春天》《赝品》《在棺材旁边》《篱笆墙后边》《冬天的火车》等诗篇），这种种场面中的形象痛苦、惊心动魄，赤裸裸地展现残忍的细节，与早期表现主义的作品相类似。在二联

74

诗《赝品》（《折叠体诗》辑）的第二首诗中——"整个夜晚某个敏感又可怜的人，／躺在长椅上瞌睡，时不时走向行军锅，

> 吊死在白桦树上阴森扭曲，
> 黎明前飘浮乳白色的雾气，
> 紧挨着一个凌乱的鸟巢，
> 悬挂着凄惨乌黑的长豆角，
> 长度大约相等于人的躯体……

（请比较列·安德列耶夫小说中的文字："整个夜晚，犹大吊在耶路撒冷城上空，恰似某种奇怪的果实，阵风吹来，吹得他摇摇晃晃……"[27] 安年斯基曾经写过一篇短评分析安德列耶夫的中篇小说《加略人犹大》，对于作家这种具有创新意识的技巧给予高度评价。）

把印象主义和表现主义的艺术手法交织在一起，让这两个文学流派互相对抗——这是世纪之初风格探索的典型特征。[28] 安年斯基的诗里印象主义诗歌的闪烁朦胧与精细微妙占有优势。但是，在他的笔下也出现了尖酸刻薄的形象，病态的幻影，断断续续凄凉的语调。这位各种"三叶体体"和"对折体"诗歌的作者，在不放弃印象主义精致笔法的同时，创造出了传达内心感受的艺术。如我们在"受苦之物"的例子中看到的那样，在这种艺术中有对世界的主观的、扭曲的感知。在安年斯基的作品中还没有因为抒情主人公"我"的感受而引发的形象变形（这是表现主义视觉的典型特征），也没有形象变形的衍生产物：如韵律的破坏，节奏的急剧跳跃等等。在感受的单调性本身，在某种情绪的"偏狂"中也同样表达了这种扭曲。抒情主体疼痛的生活感受给周围的一切都染上了痛苦的色彩，波及到所有具象和抽象的事物（甚至铜版画版面"受伤的铜轻轻呻吟"，罂粟花在草叶上留下"血斑"，而"森林烟雾后面的太阳／像病人一样脸色焦黄"）。虽然说类似的形象并不是安年斯基一个人的独自创新，这种形象是他总体风格的关键构成要素。因此诗人能先于推崇陀思妥耶夫斯基的表现主义者，以他们的观点对这位作家进行解释，这完全不是偶然的，他写道，《卡拉马佐夫兄弟》的作者"不能不用自己笔下人物的痛苦去感染人……"

（128）。无论是安年斯基的"撕裂"力量，还是他的各种符号，就节制程度而言，既胜过20世纪20年代德国的表现主义者（韦费尔、托勒尔、米萨姆等），也胜过此前1910年代的马雅可夫斯基及其未来主义式的乖张行为（在安年斯基笔下"霞光之前／雾中的伤口"；在马雅可夫斯基笔端——"晚霞浑身颤抖，就要咽气……"）。但不管怎么说，安年斯基抒情诗中"疼痛艺术"的体验，对于俄罗斯表现主义的形成具有毋庸置疑的重要意义。

3

诗人安年斯基专门研究过古典语文学，学习过古希腊罗马文化史，这对他的世界观，他的有关人与艺术的观念，对他的创作，无疑都产生了影响。"安年斯基将整个世界的诗歌视作古希腊投射来的一束阳光"——曼德尔施塔姆日后这样说。那时候，"人们还在沉睡"，《天平》杂志尚未出现，大学生维·伊万诺夫还在向蒙森学习，"……皇村中学的校长在漫漫长夜里与欧里庇得斯搏斗，从充满智慧的古希腊语言中汲取蛇毒一样的精华，创作出同样浸透着苦涩味儿、像苦艾酒一样浓烈的诗篇，那样的诗，无论在他之前，还是在他之后，从来都没有人写过"[29]。纪念碑式的"俄文版欧里庇得斯"（第1卷，1906年出版；第1至第3卷，1916、1917、1921年出版）成了翻译家安年斯基最重要的事业[①]。欧里庇得斯是怀疑主义者，他否定神的明智，这位"第一个描写个人的悲剧家"（维·伊万诺夫语）[30] 推断人应该平等，强调个人意识的作用，他的这些观念，让否定宗教信仰的安年斯基觉得亲近，他的民主主义倾向，他的人道主义同情心，都使他由衷地喜爱古希腊的悲剧作家欧里庇得斯 [31]。欧里庇得斯的某些艺术原则，比如他的剧本固有的特色——崇高与卑微交织，神话因素与平凡生活穿插，富有激情的演说语言与俚俗词语相互掺杂，这些在安年斯基反对等级制度纲领性的诗学中——都得到了回应，他的这类作品的特点是反讽与抒情交替出现，不同种类的形象汇聚一起，不同的话语层级相互冲突。

---

① 只有安年斯基生前出版的第1卷保存了他所选择的剧目和他独有的翻译特色。1916—1921年由萨巴什尼科夫兄弟出版社出版的三卷集，内容编排和译文都经过了修改。——译者注

在研究和翻译欧里庇得斯那个时期，安年斯基写出了四部奇特的"古希腊风"诗体悲剧：《哲人墨拉尼珀》（1901），《伊克西翁王》（1902年出版），《拉俄达弥亚》（1902，1906年出版），《基塔拉琴手塔米里斯》（1906，1913年出版）。当然，安年斯基的剧本只能是有条件地被称为"古希腊"剧本（安年斯基的剧本如今被公认为"象征主义戏剧中最为重要的现象之一"）[32]。由于这个原因，曼德尔施塔姆指出，甚至"生来可以做俄罗斯的欧里庇得斯的诗人"，也不能"让全民悲剧的大船下水起航"，原因是"它在俄罗斯当代艺术中……是不可能的，因为我们缺乏综合性的、不容争辩的和绝对的民族意识（而这是悲剧必不可少的先决条件）"[33]。由于相似的原因，安年斯基本人对维·伊万诺夫精英式的古典化创作持保留态度，他说，"神话之所以伟大，因为它永远是属于全民共赏的"（333）。

古代传说深深吸引着安年斯基，用他的话说，那是"英雄形象和情境的源泉，那些形象和情境能使人的心灵升华……现代的题材难以企及那样的高度"[34]。与此同时他在自己的剧本里也采用了一些现代化的手法。他写道，在时间、地点一致的"古希腊戏剧框架内"，他引进了"抒情因素"，使合唱队原本同情主人公的立场趋向弱化与"个性化"。在预告自己的第一个剧本时，安年斯基说他拒绝对一个范本进行"考古式的"改造，他更看重"神话式的"的创作道路，因为它"允许时代穿插，允许想象"；这样写作，不仅能"更深刻地触及心理问题和伦理问题"，而且能够"使古希腊的世界与当代的心灵相融合"（悲剧，308）。（难怪古米廖夫从安年斯基笔下的古希腊人物的话语中听出了"巴尔蒙特和魏尔伦言论的回声"。[35]）

剧本《墨拉尼珀》展现了一段启蒙运动式的冲突。女主人公成了宗教狂热的牺牲品，她奋起反抗迷信，为情感的自由，为理性思考的权利而抗争。无怪乎安年斯基把墨拉尼珀称呼为"哲人"，在舞台提示中还有意强调她"早慧"的秉性。欧里庇得斯曾写过同名的悲剧（可惜没有保存下来），其中流传下来的片段阐述了阿那克萨哥拉的哲学体系，诗人安年斯基遵循这个片段，把哲学家阿那克萨哥拉的宇宙生成论引进了剧本中女主人公的独白：借助精神的动力本原照亮因循守旧的物质世界的混沌——

76

这种精神

它一直在赋生。世上将没有被造物，

如若纯洁、永恒的它不再呼吸……

关于伊克西翁王的悲剧主人公完全不同，用安年斯基的话来说，他是"古希腊世界里的'超人'"（悲剧，372）。色萨利的主宰者，在"造孽和背信弃义"方面登峰造极，杀人后神经错乱，不料得到了宙斯的宽恕，竟然起死回生。然而狂妄的伊克西翁自以为与神平等，居然调戏神后赫拉，宙斯再也不能容忍，他下令把这个放肆的国王钉在投向空中的燃烧的车轮上，让罪犯忍受酷刑。伊克西翁原谅了出卖他的赫拉，走向刑场，合唱队能做的只有为"受难者"祈祷。不过剧本给人印象深刻之处，与其说是神话情节的跌宕起伏，莫如说是伊克西翁的抒情独白，是他各种情感的撕裂冲突：当他勾引赫拉后，意欲"报答主人厚待"的第一次"秘密"诱惑 36 将淹没在产生的情感之激昂中。正如对于抒情诗人安年斯基本人一样，对于他的伊克西翁说来，只有当爱情与痛苦各占一半时，爱情才是真正的爱：

难道那个人没有痛苦，

没有被怀疑的隐痛熬煎，

有一天，忽然也会爱恋？

没有心颤与秘密的爱情……

只能是装饰遥远冰山的花边……

安年斯基的第三个剧本《拉俄达弥亚》，痛苦爱情的主题出现了新的转折。这里表现的是"死亡之后爱情的"悲剧（这个主题曾经吸引毕尔格创作了叙事谣曲《莱诺蕾》，吸引歌德写出了《科林斯的新娘》）。"拉俄达弥亚的悲剧我们取自古希腊的神话传说，故事说一个妻子不堪忍受与死亡丈夫的幽会……"安年斯基关于自己的剧本这么写道。他还引了欧里庇得斯的例子，这位剧作家"天生对痛苦的传说十分敏感"，他置于戏剧中心的人物不是亡故的丈夫，而是"他接近死亡的妻子"（悲剧，443页）。"痛苦……啊，痛苦！……为谁？／我该为谁哭泣？……为死者还是活人？"——安年斯基在剧中借合唱队之口这样质问。波兰的新浪漫主义剧作家斯坦尼斯拉夫·维斯皮扬斯基写了剧本《普罗忒西拉俄斯和拉俄达弥亚》（1899），诗人安年斯基因此称呼他为在再现"色萨利的莱诺蕾"神话方面视自己最为接近的先驱。继安年斯基之后，对同一神话运用戏剧加以解释的有索洛古勃（《智慧蜜蜂的馈赠》，1906，1907年出版）和勃留索夫《已故的普罗忒西拉俄斯》，1911—1912，1913年出版）。正如有的研究者对比几个剧本所指出的，勃留索夫的悲剧"与作者的个性'疏离'"，而索洛古勃与安年斯基的解释反而相当主观。[37]

安年斯基在剧本的扉页上引用了奥维德的诗行绝非偶然："当我丧失了真正的欢欣，虚假的欢欣于我都是喜悦的"。女主人公不是在她确信丈夫已经战死在疆场的时候，而是当她失去了她幻想丈夫可以复活的希望以后，才决定自杀。从易卜生到高尔基的近代欧洲戏剧所熟悉的那种围绕着拯救幻想、善意欺骗／自我欺骗以及上述希望毁灭性的丧失这三者展开的心理冲突，在安年斯基的剧本中都能找到让人印象深刻的表达方式。在《拉俄达弥亚》一剧中，诗人继续寻找使戏剧抒情化的形式（这成了象征主义戏剧的一种倾向）[38]。安年斯基不满足于改变合唱队及其领唱人的作用，他们已经"不再是超越个人的客观真理的体现者"，而是向女主人公表示同情[39]，他（以诗体"音乐间奏曲"的形式）引进了直白的抒情合唱，用以衬托剧中人物的内心感受。

与索福克勒斯未存世悲剧同名的"酒神节戏剧"《基塔拉琴手塔米里斯》被同时代人认为是安年斯基最好的剧本，也只有这个剧本被搬上了舞台（1916年曾在小剧场演出）。甚至连维·伊万诺夫这位对安年斯基的抒情诗多有指责[40]的批评家竟然也写道，这个剧本"以莎士比亚式的天才"巧妙地结合了崇高的悲剧元素与讽刺滑稽元素；他还指出在这个剧本中，个体元素比剧作家以前的三个剧本占了更多份额，显示出戏剧大师承认"他的心灵奥秘"[41]的迹象。

希腊神话中的琴师由于胆敢跟缪斯比赛而受到神灵的惩罚，从而丧失了音乐才能，安年斯基对此进行了根本性的重新思考：在他的剧本里，最高的审判不仅属于神，而且也属于艺术家本人。与司音乐的缪斯欧忒耳佩进行比赛，塔米里斯意识到自己技艺的缺陷，他离开了比赛场地，后来，当他确信手指弹

78

拨的琴哑默无声，立刻刺瞎了自己的双眼。这个在古希腊时代就广为通行的惩罚与自我惩罚的方式，在这里具有象征意义。塔米里斯天生"'不爱'凡尘"（维·伊万诺夫语）[42]，从小就生性孤僻，只喜欢倾听来自"星空高处"的歌声，现在，经历了失败之后，他只渴望"更黑暗／更深地挖掘夜晚的坑"，他根本不想吸纳外部的音响，"只要一听见光一样的音乐……他就更深地向内心躲避"。在艺术领域，决定成败的并非"普通视力"，而是"远见卓识"：安年斯基再现了很久以前（起源于古希腊思想）[43] 浪漫主义者关于诗人的见解——只有超脱出日常的观念，才能创作出永恒的作品。比如，《奥德修纪》的作者就是这样，他虽然双目失明，但"智慧的思想赋予他远见卓识"（济慈，《致荷马》）。安年斯基具有相似的信念（与他诗歌中出现的早期表现主义倾向并行不悖），同样渗透在他的文学思考当中。要知道有关塔米里斯的剧本以及许多批评文章，是他统一的诗人学（поэтологическая）观念中的重要一环。这一观念同样体现在他有关创作的诗歌中，这些诗作在他的常年创作的抒情诗中占有许多篇幅（《诗》《老手摇风琴》《给另一个人》《我的诗》《音乐会后》等）。

4

　　安年斯基从19世纪80年代末期起撰写了大量的文学评论（其中绝大部分发表在教育杂志上），他从20世纪初写成的评论中筛选出十九篇收入了两本文集（《影像集》，1906；《影像续集》，1909）。文集的书名大概是受到一本法文书的启发拟定的，法国随笔作家、长篇小说家雷米·德·古尔蒙 [44] 写的《假面具文集》（1、2卷，1896—1898）当时在俄国象征主义诗人中间受到普遍的欢迎。与德·古尔蒙相比，安年斯基明显更加注重作家如何将现实的外部特征和内在本质反映成影像；读者对作品的接受则可以被相应地视为"影像的影像"。安年斯基侧重分析的是——创作心理，创作成果的类型学和接受问题，文学史的比较，语言诗学。《影像集》的许多篇章闪耀着存在主义思想之光：创作自身并不是目的，创作中包含着"为生活辩解"（123）的可能性，或许这种辩解就是存在的目的。

79

创作现象对于安年斯基说来之所以珍贵，因为它是人们交往的一种最高形式，须知"诗人写诗既不是为了照镜子，也不是为了死水"（5）。作家以自己的作品与"他者"打交道，引起他们某种回应的"好感"，也就是说，一种同情的体验。[45] 此外，艺术家的业绩本身也是他接触很多人的结果，因为他的个人创作实际上是"以自己的名义保存前辈几代人和群众于无形之中所做的工作"（477）。这个不止一次被安年斯基提出来的"我"与"非我"的关系问题，按照诗人的意见，是个人生活有无价值的关键，也是创作意义之所在，这个问题类似于西欧存在主义各位"先驱"关注人与人沟通交流的现象。[46] 最早指出缺乏沟通交流导致危险症状的人中也有一批俄罗斯作家，比如列·安德列耶夫（《大满贯》，1899）、列米佐夫（其中篇小说《教妹》写于1910年，其中有作家的表白："人对人——是木头"）；安年斯基创作的《小柏木匣》和《影像集》，也属于俄罗斯思想的前存在主义探索。

安年斯基对于艺术的理解，如同他所处领域里的许多事物，全都取决于交错的相互影响。在他的"基因储备"当中，既有俄罗斯民主主义思想的遗产，也有波捷布尼亚各种语文学观念的推动。《影像集》的作者考察作家的精神世界，并非没有受到波捷布尼亚"心理学学派"方针的影响；与此同时人物的塑造者甚至比人物本身更加引起考察者的关注："客体和木偶让我感兴趣的程度不如那些木偶的创造者和主人。"（5）对于俄罗斯浪漫主义批评（包括阿·格里戈里耶夫的文章）[47] 的印象，与安年斯基所体验到的西欧新浪漫主义派（波德莱尔、马拉美、王尔德）艺术理论的吸引力已经相互结合。古希腊文学对于安年斯基的艺术世界具有重要意义，它对诗人的人类学见解产生了影响，同时也与后者一并影响了他的审美观念。比如，产生于雅典民主制危机时期的欧里庇得斯有关孤立、区隔的个体的理想被安年斯基所接受，并被视为当代个人主义戏剧的类似物。"在欧里庇得斯笔下的古代的新人身上……"维·伊万诺夫写道，"他（指安年斯基——作者注）发现了与在自己身上所体验到的一样的不协调与分裂——将自己的个人意识和自我决断从陈旧的生活和宗教集体中解放出来后，个体却把自己锁在了自身之中，失去了与他者进行真正统一（用伊万诺夫的话说，叫"聚合性"统一——作者注）的方法"[48]。

对20世纪初人的心理，安年斯基具有深刻的洞察力，他强调指出了个性

80

"异化"的致命征兆。"毫无出路的孤独感，难以避免的毁灭感以及生存的茫然意识"，"变成整个世界"的焦灼愿望，还有命中注定"在世界上施展才华"的渺茫无望（102）——所有这些隐忧构成了个人内心的基调。按照安年斯基的观点，这种类型的个性只能借助于语言抒发内心的感受，借助"暗示，含蓄，象征"的语言，只能在音乐型的艺术中——并非凭借逻辑力量，而是通过情感发挥影响，使用的不是通知性的公文语言，而是能触及内心的艺术语言。符合这些要求的只有新诗，只有这种诗歌能够接近精神世界最重要的因素，而这种因素的标志是"瞬间感触的绝对性"（102，109）。

安年斯基认为俄罗斯音乐型诗歌的创新者是巴尔蒙特（见文章《抒情诗人巴尔蒙特》，1904）。巴尔蒙特以其文字与生俱来的印象主义色彩，诗行"波光闪烁"的流动性以及扩大词语的多义性等创新技巧顺应了一个当代的抒情主人公"我"及其变化多端。而这里所说的象征化使人想起波德莱尔的"感应"论，非常接近于安年斯基本人的象征化的类型：眼睛看到的事物绝非彼岸的、神秘的事物，但是它能借助联想成为内心生活的生成中的符号。安年斯基细致入微地研究了巴尔蒙特对诗体艺术所做出的贡献，对巴尔蒙特在诗歌节律、语音、韵律的创新和造词特色等方面都进行了分析。

安年斯基以巴尔蒙特的《我们将像太阳》一诗为例，分析诗人的技巧，赞赏诗歌形式的新颖，认为这对于保存俄语的审美可能性至为重要，安年斯基把这些与语言艺术的交际功能联系在一起。这里出现了一道分水岭，一边是马拉美为了作品的"密闭性"而对新诗学进行的探索，另一边则是安年斯基为了更深入地渗透心灵而对新诗学进行的探索——他的审美观念的根本特征是，以感受外界事物的意识为方针。

《影像集》的作者认为："不仅诗人，批评家或者演员，甚至观众与读者也都永远在创造哈姆雷特。"（205）在这里诗人安年斯基特别接近波捷布尼亚有关感受过程具有创造性的观点[49]。因此，安年斯基进行文本分析的时候，像"心理学派"批评家那样，致力于复原作家的思想和情感，然后用自己的观点给作品以解说，有时候甚至对作家所写的题目设想出另一种构思方式，极力"深入理解"作家的文体特色，不惜模仿作家驾驭语言的风格。正是以这种方式写出了《鼻子》《陀思妥耶夫斯基的〈同貌人〉灰纸上的花饰》这样的短评，以及

《三姊妹》《幻想家与命运的宠儿》《被锁住的海涅》等论文中的许多篇幅。
由于语言风格的非同寻常,安年斯基的短评有时被人误解;《影像集》的人道
主义思想,精致独到的分析,散文艺术技巧的高超,处处体现着沃尔特·佩特
和王尔德的箴言"批评家该是艺术家",所有这些都还没有得到应有的评价①;
有些批评家所看到的,除了挑衅性的主观性,矫揉造作,再就是"审美的虚无
主义"②。对于维·伊万诺夫来说来,《影像集》的作者是创作奥秘的"揭露者",
他"以亵渎神明的方式"窃听艺术家在其"僧房里"的"祈祷"。伊万诺夫将
自己这首写给安年斯基、用来回应《影响续集》的诗愤怒地称作《最后的告
别》。

就评价前辈作家和当代作家与象征主义批评的争论首先透露出世界观的分
歧。梅列日科夫斯基与维·伊万诺夫的宗教激情(尽管他们的有神论体系存在
种种分歧),让安年斯基感到格格不入,正如这两个象征主义思想家的教条式
思维方式让他厌恶一样。安年斯基为强调自己的反教条主义态度与他们不同,
说他"粉碎最后一个偶像"的一天是自己最为得意的日子(485)。梅列日科夫
斯基与维·伊万诺夫写文章把陀思妥耶夫斯基说成是神秘主义者,是宣扬基督
真理的先知,安年斯基则以"良心的诗人"的例子予以回应。安年斯基曾写诗
描绘"被遗忘在黑坑洞中的拉撒路",他在分析小说《罪与罚》的时候无视精
神净化的情节线,并且对拉撒路-拉斯柯尔尼科夫的精神复活的可能性表示怀
疑,与此同时,维·伊万诺夫所强调的正是小说主人公"精神复活的过程"51。
在分析陀思妥耶夫斯基思想演变过程中,安年斯基特别强调社会主义者"自我
暴露"的瞬间,并且对其新的信仰持怀疑态度,安年斯基的这种认识相当接近

81

---

① 比如,年轻的霍达谢维奇关于《影像集》的评论显得可笑:"这是一本学生作文练习册",
缺乏"统一的思想"(《金羊毛》杂志,1906,第3期,138页,发表时署笔名"西古德")。——
作者注

② 科·丘科夫斯基在《天平》杂志上以此为题针对《影像集》发表评论说,安年斯基"以自己
的任性乖僻哗众取宠","任意宰割"那些他喜爱的作家,指责那些有关他们的随笔就是一堆"地
下室笔记":"安年斯基先生的神经质常常是虚伪的,他的激情是假装的,亲密的风格往往会转化
为庸俗。"(《天平》,1906,第3~4期,79-81页。)后来,1909年丘科夫斯基在写给诗人的书
信中对自己的这些不公正的指责表示了后悔和歉意(俄罗斯国立文学艺术档案馆,全宗号6,存储单
元382,2号,2页;5号,5页)。从丘科夫斯基的文稿中可以看出,是他"促成出版了"《小柏木
匣》50。——作者注

列·舍斯托夫的观点——舍斯托夫所写的《陀思妥耶夫斯基与尼采：悲剧哲学》（1902）曾经轰动一时，虽然安年斯基并不认同这部著作的所有结论。[52]对于寻神派信徒将陀思妥耶夫斯基据为己有的企图，安年斯基如同对待这些人的所有活动一样，采取了冷嘲热讽的态度："寻找上帝是喷泉河83号的事。打断人家给上帝的掌声……良心上过不去。每逢星期五才寻找上帝……这是多么犬儒啊①！"（485）

82　　《影像集》的作者认为，陀思妥耶夫斯基和果戈理一样，这些"破坏协调"的艺术家是"莱蒙托夫"创作路线的继承者（与"普希金路线"相比，安年斯基更看重这条路线）。对作为艺术家的安年斯基而言，果戈理《鼻子》的诗学十分亲近：尖锐的反讽、荒谬悖论、比例偏差、现实与幻想交织；而对作为人道主义者的安年斯基而言，亲近的则是对"小人物"的捍卫和对其"反抗"的辩解（依照诗人的见解，小说《鼻子》里的冲突就具有这种寓意）。安年斯基在最初写的几篇有关陀思妥耶夫斯基的文章中对高略德金们和普罗哈尔钦们所进行的徒劳反抗寄予同情（诗人在文章中为"逆来顺受的人们"辩护时，其实已经接近了尼·杜勃罗留波夫的看法）[53]。

　　以陀思妥耶夫斯基笔下"被侮辱与被欺凌的人们"的命运为例，《影像集》的作者指出了社会悲剧与存在悲剧水火不容的尖锐性。起初，诗人批评家认为只有前者——由于社会压迫所产生的"生活恐怖"——是真正悲惨的，因此强调有生活恐惧感的人们应该团结一致。与此相反，存在的"死亡恐怖"是自私的个体性体验，因为这种恐怖只能"让我们每一个人离开整个世界——借由那个仿佛和他私下认识，而且还只和他一人认识的可怕的死亡幽灵"（35）。随着时间的推移，安年斯基诗歌与散文之间的矛盾得到了缓解：《影像续集》中的随笔也表现出了《小柏木匣》诗集中的存在主义抒情意味。《影像续集》作者的某些文学观点也发生了变化：不再为"果戈理流派"进行辩解（当年革命民主主义批评曾着力提倡这一流派），安年斯基晚期的批评文章接近罗扎诺夫的观点，尤其接近勃留索夫，因为他曾经说果戈理的"典型"往往会变成"令人

_____

　　① 喷泉河滨河街83号是圣彼得堡宗教哲学会所在地，梅列日科夫斯基和维·伊万诺夫都是其重要参与者。从安年斯基的话来看，宗教哲学会每逢周五进行活动。——译者注

厌恶的漫画"（227）。虽然从谢德林到索洛古勃许多作家都曾受到果戈理艺术的
影响，但是俄罗斯文学的发展"并非越来越接近果戈理"：因为陀思妥耶夫斯基
带给俄罗斯文学的是"赤裸的良心和人如同似神者一样的崇高理想"（445）。

安年斯基分析小说《罪与罚》的结构，在作品的种种特征中，虽亦确认其
社会生活描写与心理刻画真实可信，色彩鲜明，但是首先指出的是不同人物所
持不同道德立场的标志，他有意识地将长篇小说的艺术整体予以图表化（甚至
可说是图画式的——比如附录里就有一幅图示）。因为他关心的恰恰是类型学的
方法。诗人把论述这部小说的文章称为《思想的艺术》，他提出了这种类型的
创作"只有靠作者的思想"维持生存，而并非借"持续涌入的直接印象"来延
续生命；这种类型的创作在文学史上的里程碑——是古希腊悲剧、莎士比亚、
陀思妥耶夫斯基。因此，还在第一本《影像集》当中，安年斯基就连续写了三
篇文章论述俄罗斯戏剧，特别提出了高尔基的剧本《在底层》，认为剧本贯穿
着"问题的迫切性"。因此，安年斯基也不掩饰他对契诃夫艺术的强烈厌恶，后
者在他看来仅仅忠实于再现生活的流水账，而不对其进行深入思考。在一些对
契诃夫言辞激烈的抨击中，诗人的观点竟与和他格格不入的梅列日科夫斯基及
其《新路》杂志的参与者们诡异地一致：他们都蔑视契诃夫的创作，因为这些
作品仿佛不假思索地沉浸在日常生活的经验之中。"对一个简直要把契诃夫称为
伟大作家的时代还有什么话好说的？"安年斯基在写于1905年的一封信中抱怨
说："……难道，就好像说俄罗斯文学必须先陷在陀思妥耶夫斯基的沼泽里，和
托尔斯泰一起砍伐苍天大树，然后就是为了当一座用篱笆圈起来的小花园的女
主人吗……"（459）

与此同时，安年斯基一边极力否定"契诃夫气质"，否定戏剧《三姊妹》，
不恰当地把剧本的涵义归结为表现平庸知识分子的冲动，一边却不宽恕自己和
跟自己相似的人，嘲笑契诃夫笔下的人物变成了自我嘲讽。诗人多次承认："契
诃夫比任何一个俄罗斯作家都更多地给我描绘了你们，描绘了我。""而为什
么我们是这样的，不正是符合了契诃夫所写的吗……"（1905年文章《情绪的
戏剧：三姊妹》。82，83）。相似之处也出现在诗学领域：《小柏木匣》的作
者习惯用外部世界偶然的、无足轻重的特征来遮掩内心的冲突，这种手法不仅
接近梅特林克，而且与契诃夫的"弦外之音"艺术技巧存在着亲缘关系；"非洲

83

的炎热"距离"煤气灯蝴蝶"并不遥远。从创作的类型学角度考察，安年斯基把莱蒙托夫置于契诃夫的对立面，他认为前者是"构思机敏、以反讽见长"的艺术家。但是，按照《影像集》作者的见解，未来最有可能属于陀思妥耶夫斯基——莱蒙托夫式的创作智识类型最杰出的表达者。因此安年斯基对列·安德列耶夫的艺术创作产生了兴趣（尽管前不久诗人还斥责过剧本《人的一生》是"肤浅说教"——475），这一点很有代表性。对于批评家安年斯基说来，安德列耶夫之所以受到青睐，是因为他的风格"植根于思想"（326），还因为他体验到了陀思妥耶夫斯伦理学的"魅力"。《影像续集》中的文章《犹大，新的象征》将这位安德列耶夫笔下人物的心理特征与陀思妥耶夫斯基塑造的"地下室人"及其他类似人物的心理进行对比，而安德列耶夫的中篇小说《加略人犹大》则被评价为当代散文的一个创新现象。

　　"思想"的哪些精神道德面貌能让安年斯基觉得亲近，从《影像集》的字里行间表露得十分清楚。他否定易卜生笔下布兰德这位信奉"不评判"教条的骑士的品行（见文章《布兰德-易卜生》）。与勃洛克的观点相近似，安年斯基认为，要克服布兰德式的"一切或一无所有"的律令，个人必须获得内心世界的自由。安年斯基将哈姆雷特及其不断探索的思想与易卜生的人物进行对比。丹麦王子的自省充满生机，安年斯基经常把这位王子当作一位艺术家（《影像续集》中的文章《哈姆雷特的问题》）。对于诗人说来，"哈姆雷特化"意味着追寻并且找到根源——这就是为什么人一旦想起哈姆雷特，就会愿意"成为他"（172）。安年斯基就哈姆雷特这一主题写下的种种变奏是非常私人的，在莎士比亚塑造的这个形象身上，无论分析的激情还是"永恒"问题的诗意都让他感到亲切。（我们不妨指出《小柏木匣》作者特有的怀疑语调，忐忑不安地思索；诗人的句法也相应地充斥着疑问句式。）

5

　　安年斯基早期所写的文章中有一篇谈到，从事创作的人不可避免地会感受到一条鸿沟横亘在美与真的追求与单调无聊的现实之间，他引用莱蒙托夫的一行诗句来形容艺术家这种艰难的处境："诗人的生活若没有痛苦还算什么？"对这一浪漫主义座右铭的坚信不移，在现实生活经历的种种戏剧性事件又增强了这种信念，决定了安年斯基最后一部大部头作品，文章《论当代抒情风格》（1909年夏）中的许多评价。促使这位诗人批评家写出这篇文章的因素，是他在生命的最后岁月对当时的美学进程与日俱增的兴趣，以及他姗姗来迟的投身其中的愿望。通过自己在皇村中学培养的学生古米廖夫的介绍，1909年春天安年斯基接近了彼得堡文学艺术界月刊《阿波罗》的组织者，参与讨论杂志编辑纲要，撰写宣言，成为编辑部同仁，也在杂志上发表文章和作品。

针对俄罗斯诗歌最新创作的《论当代抒情诗风格》这篇文章从构思来看可以分为三个部分。第一部分《他们》评论的都是最有名的诗人，也有一些已经走上轨道、有影响的年轻诗人。第二部分《她们》评论的是已经获得一定声望的女诗人。第三部分名为《它》，指的是语言艺术，作者想用这部分探讨诗歌理论问题。诗人的儿子回忆说，这一部分"……已经考虑得详细周密，拟订好了写作计划，但是却没有最终完成可供发表的手稿"（663）。

然而，文章前两个部分所谈的内容（《阿波罗》1909年，1、2期），就足以让读者、评论家和文中提到的那些文学家感到脸红。"安年斯基不仅让那些'不了解内情的人'和那些被宠坏了的、只期待在《阿波罗》杂志上受到吹捧的作家感到震惊、惶恐与愤怒。"后来杂志编辑谢·马科夫斯基这样回忆。[54] 诗人不得不刊发一封《给编辑部的信》，以使自己的评价跟编辑部其他成员的意见区分开来。安年斯基的权衡尺度与往常一样，是作品的道德意义，作者对他人痛苦的敏感程度，他自己所经受的苦难体验，照安年斯基的意见，不具备这些因素，就不可能产生真正的艺术作品。当然，新时代的诗坛远非所有的诗人都符合这样的要求。这也能解释，比如说，为什么安年斯基要抨击沃洛申组诗《鲁昂大教堂》中"淡紫色调风格化的"诗体色彩描绘，因为在他看来，诗中的美术效果遮蔽了基督教苦修教士的殉教这一主题。安年斯基还曾经建议库兹明"焚毁"他的组诗《至圣圣母的节日》，对他的标新立异不以为然，并用因苦难而豁达的囚徒诗人舍甫琴科真诚的宗教抒情诗与之对比。安年斯基还以尖刻的语言嘲讽别雷"经久传扬"的才华，挖苦这位诗人形形色色的爱好（"康德嫉妒他爱诗。诗歌嫉妒他爱音乐。颤抖的公路嫉妒他向往印度的象征"等等）。

85

我真想不明白，"这个人什么时候思考？什么时候来得及烧毁和撕碎他自己的作品"（367）？

那时候许多人只注意类似的冷嘲热讽，却忽略了《论当代抒情诗风格》这篇文章所包含的大量深刻细腻的观察与评价，其中容纳了无数的文学现象，甚至包括了诗歌潮流中一些最不为人关注的人物，比如德·岑佐尔、叶·塔拉索夫以及谢·拉法洛维奇。安年斯基有关当时象征主义诗派状况的见解那时不可能得到人们的认同。尽管安年斯基高度评价索洛古勃的艺术技巧，承认勃留索夫诗中杰作的"光辉"，肯定勃洛克抒情诗的"神奇"，但是他提起象征主义就像说一个不久前产生过影响、但是已经耗尽了自身才华的文学流派。而且安年斯基得出这个结论是在象征主义流派诗人自己承认"象征主义危机"之前。

《论当代抒情诗风格》这篇文章引发了安年斯基与《阿波罗》编辑部的分歧，而马科夫斯基的决定则进一步加深了这种矛盾，他把那时候从准备出版的《小柏木匣》诗集中选出来的、原定刊登在杂志第2期的一组诗无限期推迟发表。"我看不出为什么偏偏您的大作就不能再等一等。"马科夫斯基对安年斯基的"任性"心怀不满，他语气生硬地向诗人发泄怒气[55]。安年斯基只能忍受，把自己的屈辱写进收到信件那一天的一首诗当中："他的忧伤"的孩子（就是他的诗）"被他们折断了手臂，弄瞎了双眼"（后来阿赫玛托娃正是这样解释这首《我的忧伤》中的隐喻的）。根据德·叶·马克西莫夫见证，"阿赫玛托娃有一次跟他谈话说，马科夫斯基的所作所为，正是稍后安年斯基猝死的直接原因"[56]。"不仅是俄罗斯，而且是整个欧洲失去了一个大诗人。"古米廖夫说，"新道路的探索者应当在自己的旗帜上书写安年斯基的名字，就像书写我们的'明天'。"[57] 过了许多年以后，阿赫玛托娃证实了这一预见的正确性："安年斯基的事业以其沉痛的力量活在后辈的心中。假如他不是过早地谢世，他会亲眼看见，他所播洒的豪雨迸溅在鲍·帕斯捷尔纳克的书页上，音调玄妙的'让爷爷跟丽达和睦相处……'已被赫列勃尼科夫继承，他的拉洋片诗（《小气球》）已被马雅可夫斯基接受，如此等等。我这么说不是想表明所有的人都在模仿他。但是，他的确同时探索过那么多条道路！他的身上蕴藏着那么多新颖的胚芽，以至于所有的创新者都跟他有亲缘关系。"[58]

注释：

1　《天平》，1904，第4期，62-63页。

2　转引自：《亚·勃洛克八卷集》，莫斯科-列宁格勒，1960-1963，第5卷，619-621页。此后的引文只在行文中注明卷数及页码。

3　参见：阿·费·洛谢夫，《奥德修斯》，载叶·莫·梅列金斯基主编，《神话词典》，莫斯科，1991，411-412页。

4　因·安年斯基，《［自传札记］》，转引自：罗·季缅奇克、康·乔尔内，《安年斯基》，载《俄罗斯作家传记词典，1800-1917》，莫斯科，1989，第1卷，85页。

5　参见：亚·拉夫罗夫、罗·季缅奇克，《未出版回忆录中的因诺肯季·安年斯基》，载《文化纪念碑：新发现，1981年》，列宁格勒，1983年。

6　参见：鲍·亚·拉林，《评〈小柏木匣〉》，载《文学思考：丛刊》，彼得格勒，1923，第2期，158页。

7　安年斯基，《影像集》（1905），引自：安年斯基，《影像集》，莫斯科，1979，242页（下文引用安年斯基的论文和书信直接在正文中注明本书页码）。

8　《阿波罗》丛刊，第4期，1910年1月，12页。

9　因·安年斯基，《诗歌与悲剧》，列宁格勒，1959，"诗人丛书"，大系列，69页（下文引用此书直接在正文中注明"悲剧"及页码）。

10　瓦·勃留索夫，《评〈小柏木匣〉》（1910），载《勃留索夫七卷集》，莫斯科，1975，第6卷，328页。

11　《阿波罗》丛刊，第4期，1910年1月，大事记，9-10页，14页，17-18页。

12　俄罗斯国立图书馆手稿部，全宗号109，目录号28，存储单元1，第2页，第1页反面。

13　霍达谢维奇，《论安年斯基》，载《凤凰：丛刊》，莫斯科，1922，第1册。

14　埃里达诺·巴扎雷利，《因诺肯季·安年斯基的诗歌》，米兰，1965。尚可参阅：珍妮特·塔克，《安年斯基与阿克梅学说》，俄亥俄，1986，23-27页。

15　这首诗的创作显然受到了1905年11月爱沙尼亚事件的影响（日瓦尔群众集会遭到沙皇警察开枪镇压，死伤几百人，随后举行了声势浩大的葬礼。参见：《1905至1907年俄罗斯民族区的革命》，莫斯科，1955年，377-398页）。1909年秋天，在整理诗稿准备出版《小柏木匣》诗集的时候，安年斯基有可能曾经对《爱沙尼亚老妈妈》这首诗进行修改，并把它作为"最新的作品中的一首"给家人朗诵。诗人的儿子瓦·科里维奇在1916年写给阿·阿尔文的一封信中就是这么形容这首诗的，并解释说没有把这一首收入集子，是因为它"未必能够发表"（转引自：拉·季缅奇克，《关于因·安年斯基诗集〈小柏木匣〉一书的编辑事宜》，载《文学问题》，1978，第8期，311页）。

16　参见：法·泽［法·泽林斯基］，《安年斯基》，载《新百科全书》，圣彼得堡，布罗克豪斯-叶夫隆出版社，第2卷，921页。

　　17　亚·布尔杰耶夫，《作为诗人的因·费·安年斯基》，载《收获：丛刊》，莫斯科，1912，第3卷，205-207页。

　　18　利·金兹堡，《论抒情诗》，莫斯科，1964，333-335页。

　　19　《阿波罗》，1910，5～6月，第8期，60页。

　　20　因·安年斯基，《［自传札记］》，载《俄罗斯作家传记辞典，1800—1917》，第1卷，上引版本，85页。

　　21　在1914年给戏剧《基塔拉琴手塔米里斯》写的评论中。参见：尼·古米廖夫，《俄罗斯诗歌书简》，彼得格勒，1923，182页。

　　22　瓦·勃留索夫，《小柏木匣》，第6卷，328页。

　　23　伊·斯米尔诺夫，《艺术意义与诗歌体系的演进》，莫斯科，1977，75页。

　　24　瓦·勃留索夫，《小柏木匣》，第6卷，328页。

　　25　维·伊万诺夫，《论因·安年斯基的诗歌》，载《阿波罗》丛刊，第4期，1910年1月，大事记，第18页。

　　26　弗·霍达谢维奇，《论安年斯基》，125页。

　　27　列·安德列耶夫，《加略人犹大》，载安德列耶夫，《中短篇小说两卷集》，莫斯科，1971，第2卷，61页。

　　28　参见：奥斯卡·瓦尔策，《当代德国的印象主义和表现主义（1890—1920）》，前言为维·马·日尔蒙斯基撰写，彼得格勒，1922，7-9页。

　　29　奥·曼德尔施塔姆，《论词的天性》（1922），载《曼德尔施塔姆两卷集》，莫斯科，1990，第2卷，181页。

　　30　《维·伊万诺夫文集》，第2卷，布鲁塞尔，1975，578页。

　　31　关于古希腊悲剧作家，尤其是欧里庇得斯，对于安年斯基诗歌世界的意义，可参看：克斯·费尔赫尔，《安年斯基抒情诗中的悲剧因素》，载《因诺肯季·安年斯基与20世纪俄罗斯文化》，圣彼得堡，1996，33-34页。

　　32　参见：尤·格拉西莫夫，《象征主义戏剧》，载《俄罗斯戏剧史：19世纪下半叶—20世纪初（至1917年）》，列宁格勒，1987，559页。

　　33　奥·曼德尔施塔姆，《俄罗斯诗歌书简》（1922），载《曼德尔施塔姆两卷集》，第2卷，266页。

　　34　因·安年斯基，《古希腊悲剧》，载《欧里庇得斯的剧作》，圣彼得堡，1906，第1卷，47页。

　　35　尼·古米廖夫，《俄罗斯诗歌书简》，183页。

　　36　尤·格拉西莫夫，上引著作，561页。

　　37　莱娜·西拉德，《古希腊的莱诺蕾在20世纪：俄罗斯象征主义中的古希腊罗马遗产问

87

题》，载《匈牙利斯拉夫学》，布达佩斯，1978，333—335页。尚可参阅：托马斯·文茨洛瓦，《阴影与雕像：比较分析费奥多尔·索洛古勃与因诺肯季·安年斯基的创作》，载《因·安年斯基与20世纪俄罗斯文化》，55—56页。

38　安·费奥多罗夫，《因·安年斯基：生平与创作》，列宁格勒，1984，227页。

39　尤·格拉西莫夫，上引著作，562页。

40　参见：因·科列茨卡娅，《维·伊万诺夫和因·安年斯基》，载因·科列茨卡娅，《俄罗斯诗歌与散文作品研究》，莫斯科，1995。

41　维·伊万诺夫，《论因·安年斯基的诗歌》，19页。

42　同上书，21页。

43　亚·阿尼金研究安年斯基创作中的古希腊"盲目"动机时指出："基塔拉琴手痛苦地回想起曾在天空中向他展现的'各领域之和谐'，这与哲学家和智者领悟存在的本原具有同等的意义，按照希腊文化特有的逻辑，这种和谐和本原只能向盲人启示。"（《俄罗斯白银时代：精选文章》，莫斯科，1993，142页）

44　参见：伊·波多尔斯卡娅，《批评家因诺肯季·安年斯基》，载因·安年斯基，《影像集》，510—511页。

45　按照一位德语研究者的见解，瓦·罗扎诺夫将会在这一问题上接近安年斯基，前者把阅读比作心灵体验（罗扎诺夫，《落叶，第二筐》，彼得格勒，1916，26页）。参见：费利克斯·因格尔德，《因诺肯季·安年斯基：他对俄罗斯象征主义诗学的贡献》，伯尔尼，1970，5页。

46　"沟通交流是雅斯贝斯全部世界观的……一个核心概念"，谢·阿韦林采夫指出，只有它"'赋予'人真正的本质。"相应地，"道德、社会和智识之恶的首要原因对雅斯贝斯而言就在于不愿倾听他者的呼唤"（谢·阿韦林采夫，《雅斯贝斯》，载《哲学百科词典》，莫斯科，1989年，785页）。

47　参见：加·波诺马廖娃，《因·安年斯基的〈影像集〉与阿·格里戈里耶夫的批评》，载《因·安年斯基与20世纪俄罗斯文化》，84页。

48　《维·伊万诺夫文集》，第2卷，579页。

49　加·波诺马廖娃，《因·安年斯基与亚·波捷布尼亚》，载《塔尔图大学学报》，1989，第620期。

50　参见：罗·季缅奇克，《关于因·安年斯基〈小柏木匣〉一书的编辑事宜》，309页。

51　维·伊万诺夫，《陀思妥耶夫斯基和悲剧小说》，载《维·伊万诺夫文集》，布鲁塞尔，1987，第4卷，414页。

52　参见：康·埃贝格〈康·辛纳贝格〉，《论批评的空中桥梁》，载《阿波罗》丛刊，第2辑，1909年11月，62页。

53　格·弗里德连杰尔在为《陀思妥耶夫斯基全集》第1卷（莫斯科，1972，503页）所作的注释中，指出了安年斯基与尼·杜勃罗留波夫在对普罗哈尔钦之阐释中的相似之处。

54　谢·马科夫斯基，《同代人肖像》，纽约，1955，224页。

55　《1909年11月10-11日谢·马科夫斯基致安年斯基信函》，《普希金之家手稿部1976年年鉴》，列宁格勒，1978，240-241页。（材料公布者为亚·拉夫罗夫和罗·季缅奇克。）

56　同上，241页。

57　尼·古米廖夫，《俄罗斯诗歌书简》，86，88页。

58　《安娜·阿赫玛托娃的记事本（1958-1966）》，克·苏沃罗娃等人编，埃·格尔施泰因撰写序言，莫斯科、都灵，1996（记事本第13号，1962-1963，页10反面）。

第二十三章
亚历山大·勃洛克

◎迪·马·穆罕默多娃　撰／姜敏　译

勃洛克的诗歌，或许只有在组诗或者诗集的大语境里，才能获得其真正 的生命，象征派诗人中很少有哪位诗人的作品具备这样的特点。每首诗与其他诗在主题上都相互关联、相互呼应，不管近在咫尺，还是相距遥远。诗歌之间相互应和，一首诗驳斥另一首诗，以轻慢的态度对不久前还是神圣的题材进行戏拟，似乎早就被认识和否决的命题重新被赋予往昔的崇高意义。一个组诗内部建立起一定的情节线索，各个组诗相互关联的排列构成诗集更加复杂的情节、结构整体。对于白银时代的诗歌文化来说，所有这些都是显而易见的真实情况。

从1904年至1911年八年时间勃洛克出版了五本诗集——《丽人集》（莫斯科，狮鹫出版社，1904，标注1905）、《意外的喜悦》（莫斯科，天蝎出版社，1907）、《白雪假面》（圣彼得堡，荷赖出版社，1907）、《雪中大地》（莫斯科，金羊毛出版社，1908）和《夜晚时分》（莫斯科，缪萨革忒斯①出版社，1911）。无论诗人自己（如果根据他为各个诗集所作前言断定的话），还是他的同时代人，都把每一本诗集看成独特的艺术整体，每一本诗集都具有独立的情节逻辑、典型的修辞以及内在的神话诗学主题思想。但是在1911—1912年勃洛

---

① 阿波罗的别名之一，意即司文艺女神缪斯的领袖。——译者注

克出版了第一套三卷本诗集（莫斯科，缪萨革忒斯出版社，1911—1912）。这一版本的前两本诗集保留了原来的标题《丽人集》和《意外的喜悦》，其组成成分却发生很大的变化。第三本诗集的标题《雪夜》融合了第四、第五本诗集标题的成分。1916年勃洛克诗集的第二版问世，原来三本诗集的组成被更彻底地修订：三本诗集不再被冠以标题，一些组诗被补充进来，而另一些组诗则自行解体，

亚历山大·勃洛克

一些诗篇从一个组诗转到另一组诗，甚至从一卷转到另一卷。勃洛克在这两个版本之间创作的所有意义重大的作品——组诗《卡门》，长诗《夜莺花园》《抑扬格》和《灰蒙蒙的早晨》这两本诗集也在新版的诗集中出现。1918—1921年勃洛克再次修订三卷本诗集（前两卷于1910年由大地出版社出版，第三卷于1921年由阿尔科诺斯特出版社出版），并且当即着手筹划三卷本诗集的新版，生前他一直致力于此。

勃洛克本人赋予自己诗集的这种三卷结构以非常重要的、非形式上的意义。他在1916年6月6日致安德列·别雷的信中所作的自我评价广为人知："……我的历程就是如此……现在这一历程已经完结，我坚信理应如此，我坚信所有的诗作放在一起就是'人化三部曲'。（从瞬间过于耀眼的光华—穿过必经的沼泽林—走向绝望、诅咒，'报应'以及成为一个'社会的'人，一位艺术家：勇于直面世界，获得了研究形式、稳重地试验有用和无用的材料、审视'善与恶'面目之权利——却是以损失心灵的一部分为代价的）"[1]这些话被多次引

用，被五花八门地片面曲解。（特别常见的情况是：重视这一历程末端的"社会的人"，而忽略其开端的"瞬间过于耀眼的光华"）然而这一"人化三部曲"（或者按另一种说法——"诗体长篇小说"[2]）的艺术逻辑是那么令人信服，以至于勃洛克早先的诗集在读者的记忆里渐渐消失，取而代之的是唯一的、犹如"标准版"的三卷本版本。在维·马·日尔蒙斯基、弗·尼·奥尔洛夫、阿·叶·戈列洛夫、德·叶·马克西莫夫、利·雅·金兹堡、扎·格·明茨、谢·鲍·布拉戈等人的大多数研究、专著以及批评文章中，正是这样——在由三部分组成的一体结构中——研究勃洛克的创作的。[3] 仅仅可以说出两个背离这一传统的引人注目的例子。列·伊·季莫菲耶夫只是纯粹按照时间先后顺序来研究勃洛克的诗歌创作，而忽略诗篇在诗集的语境中所获得的补充意义。[4] 而帕·彼·格罗莫夫恰恰相反，主要集中研究其初版诗集。[5] 尽管在他的著作中重新组合问题也受到关注，但"人化三部曲"几乎未被当作一个整体研究。格罗莫夫更为关注的是勃洛克的实际衍变问题，正是在比较各个诗集的最初版本时衍变情形显而易见。

马克西莫夫认为必须在理论上论证研究者是否有权利主要关注三卷本诗集最后的一个版本——即"标准"版本。这位学者认为，这套"抒情三部曲""实际上是在时间范畴内不断发展着的统一作品，这是勃洛克创作独具特色的标志"[6]。马克西莫夫承认勃洛克诗集的早期版本与后来的版本之间存在不容置疑的差别："在早期的版本中勃洛克各个组诗的组成以及标题……是由印象主义式的主观风格和弱化的过渡逻辑决定的，但是再版中对各个组诗的组织安排却变得更清晰了，而且在一定程度上更合乎理性了"。[7] 然而，"勃洛克诗集最后的一个文本，也就是标准文本中，被重新组合的各个组诗往往并没有废止它们之前的组诗，多半是对之进行精确、联结、概括，并且使之更富有逻辑性。这一情况肯定了研究者在研究勃洛克时不仅有权利用其诗集的早期版本，而且在更大程度上也有权利用后来的版本，因为在后来的版本中作者对过去进行了具有回溯意味地练达的、总结性的阐释，这在很大程度上减轻了分析任务的难度"。[8] 马克西莫夫把勃洛克生前最后一版的三卷本诗集看作"标志着诗人历程各个独立阶段的一系列界碑"。[9]

康·马·阿扎多夫斯基和尼·弗·科特列廖夫在勃洛克《精选集》前言

91

中阐述的见解是对这一结论必要的修正："对于任何一个希望了解勃洛克成长过程的人来说，'标准'版本没有废止任何一个更早些的版本，每一个早期的版本都可以作为理解其相应'生命阶段'的一手材料。关于诗人的各个单行本，也应该以同样坚决的态度断言……按照1907、1908年勃洛克发表诗集时的本来面目对《意外的喜悦》《白雪假面》《雪中大地》进行最精密的分析是十分必要的……在我们看来，勃洛克学迫切的任务之一是把诗人单行本著作和三部曲的所有版本当作具有自身价值的客观艺术现实精心地加以研究。"10

＊　　　＊　　　＊

亚历山大·亚历山德罗维奇·勃洛克生于1880年。他的父母（华沙大学法学教授亚历山大·利沃维奇·勃洛克和圣彼得堡大学校长之女亚历山德拉·安德列耶芙娜·别克托娃）实际上在他出生之前就已离异。勃洛克的童年和少年是在别克托夫家度过的。别克托夫家的生活方式汲取了俄罗斯知识分子生活习俗和文化的全部传统，因此勃洛克一生都感到个人的命运与俄罗斯古典文化的命运是不可分割的："要知道我……连同母亲的乳汁把俄罗斯的'人文主义'精神吸取到了体内。我的外祖父——别克托夫是圣彼得堡大学的校长，因而从出身和血统看，我是一个'人文主义者'，也就像现在所说的'知识分子'。这就意味着，作为一个独立的个人，我备受独自怀疑的折磨，但是作为整体的一部分，我属于一定的群体，这一群体不会对与之敌对的群体做任何的妥协。我越强烈地意识到自己是这令人倍感亲切的整体的一部分、是'自己祖国的一名公民'，我心中越发热血沸腾。"（Ⅶ，274）正如明茨准确地指出的，"贵族知识分子以同情的态度关注过19世纪60—80年代的民主运动，并成为这一运动积极合法的外围力量，'别克托夫家的世界'正是贵族知识分子自由主义人文主义文化的世界"。11

勃洛克的家庭环境和文学有着千丝万缕的联系。诗人的外祖母伊·格·别克托娃是著名的翻译家，几个姨妈和他的母亲也从事翻译，并且尝试过创作诗歌和儿童文学作品。陀思妥耶夫斯基、萨尔蒂科夫－谢德林、阿·格里戈里耶夫、托尔斯泰和契诃夫的"名言警句"在这个大家庭里代代相传。在勃洛克的意识里，"家"的概念与俄罗斯文化是不可分割的[12]，这在他的早期诗歌尝试之作中得到最直接的反映。

谢尔盖·索洛维约夫对勃洛克在1900年以前创作的早期诗歌做出了精炼、准确的评价："各个方面都是对费特的模仿，尚不具备思想，然而他已经在吟唱。他写一些概念化的诗，赞美夜莺和玫瑰，讴歌奥菲丽娅，不过，在他的吟唱中已经升腾起某种强大的、有魔力的诗意。"[13] 也许，在勃洛克的创作中再也不曾有过这么多没有被他收录进生前任何一个诗集的作品。在分析诗集的标准版本"抒情诗三部曲"之前，应该弄清楚哪些诗作被摈弃在三卷集外。

费特、波隆斯基、阿·康·托尔斯泰对少年勃洛克的诗歌确实产生过非常巨大的、不容争辩的影响，不仅回忆录作者，还有专门学术著作的作者也都多次指出这一点。[14] 但是勃洛克"前标准版时代"的抒情诗整体情况要复杂得多，这不只是对俄罗斯浪漫主义诗歌的简单模仿。多半可以说，勃洛克那时的诗歌与普希金的抒情诗或者莱蒙托夫青少年时代的诗作有某些相似之处，能够感觉到其诗歌的"多声部"，实质上，他掌握了19世纪俄罗斯抒情诗的全部修辞资源（也许，只有涅克拉索夫、纳德松的抒情诗除外）。那时勃洛克还没有找到自己的题材和个人独特的声音，对于在他之前形成的诗学风格，他都一一进行过模仿尝试，况且，他感到自己是俄罗斯诗歌任何一个时期的同时代人。

在勃洛克青少年时期的诗歌中，常能见到像给杰利维格和巴拉丁斯基的赠诗那样的诗作，其中明显地复现了普希金时代的诗歌语调。抒情诗《在酒神节的劲舞中……》（1898）看起来几乎就是康·巴丘什科夫的《酒神的女祭司》的引文。勃洛克为数不多的篇幅不长、"具有古希腊罗马抒情诗选风格"的剧本也可以归于普希金时代的传统。钟情于普希金传统对于年轻的勃洛克来说意义重大，这一范畴内最完美的诗篇之一——哀诗《一个秋日徐徐降临……》（1900；Ⅰ，34）被收进抒情诗三部曲第一卷"标准版"文本中，被安插在组诗《黎明前》之中——从这一点可略见一斑。

除了重现和联想普希金的诗作（决不止所举的那些例子[15]），勃洛克还特别积极地去掌握瓦·安·茹科夫斯基的诗学风格，他在生平自述中把这位诗人

93

称为自己的"第一位激励者"（Ⅶ，212）。勃洛克正是通过茹科夫斯基第一次接受了"此岸"与"彼岸"的对立，这种对立对于他诗集第一卷的艺术世界十分重要。在没有被收入"标准版"文本的诸多诗作中有一首创作于1898年、题为《叙事诗》（Ⅰ，374—375）的片段引人关注：这个片段在勃洛克的年谱索引中标有"茹科夫斯基"（Ⅰ，648）的字样，它再现了茹科夫斯基浪漫主义童话故事的风格。据安德列·别雷观察，勃洛克有机融入茹科夫斯基的艺术世界，这使得那些年长的同时代人对他早期诗歌的接受出现了耐人寻味的怪事——阅读涅克拉索夫作品的父辈觉得枯燥、无聊的东西，对受过茹科夫斯基作品熏陶的老太太们而言却显得亲切和熟悉："我发现，勃洛克唤醒了那些受过茹科夫斯基的哺育和谢林形而上学的影响的老大爷、老大娘们非常温柔的情感。"[16]

勃洛克创作中也有少许涉及古希腊罗马神话的作品不在抒情诗三部曲之内，涉及古希腊罗马神话对其他象征派诗人（勃留索夫、安年斯基、维·伊万诺夫、谢·索洛维约夫）来说是意义重大、必不可少的。古希腊罗马的一些主题——神话的名字、情节，拉丁文和希腊文引语，对古希腊罗马作者的援引，使用古希腊罗马诗歌的格律——所有这些恰与勃洛克大学期间学习古典语文学的时间相一致。因此，被认为是柏拉图所作的《星》（"你凝望星辰，我的星辰……"）一诗不止一次被勃洛克用作诗篇的卷首题词（他甚至自己翻译过这首诗）。柏拉图与毕达哥拉斯的"灵魂迁移"（灵魂转世）的主题，在勃洛克的几首诗中都有所体现：《投入灵感的疯狂……》（1900；Ⅰ，458—459）、《那里曾有我的全部希望……》（1900；Ⅰ，460）、《他们生活在灰云下……》（1902；Ⅰ，522）。柏拉图的灵魂与肉体的二元论思想在《哲理叙事诗》（1900；Ⅰ，461—462）以及《哲理叙事诗的末章》片段（1900；Ⅰ，467—468）中得到发展。可以设想，勃洛克在对古希腊罗马主题的运用中感到自己仅是一种简单的模仿，于是，随着他大学时代古典语文学的学习结束，这些主题也逐渐归于沉寂。但是，不言而喻，这里指的只是古希腊罗马主题对勃洛克创作现于表面的明显的、外露的影响消失，而不是指他的创作在更深层次再现古希腊罗马的神话原型。

对19世纪80年代的诗歌的模仿与借鉴，如模仿阿普赫京、拉特高兹以及晚期的费特，在勃洛克早期诗作中显而易见。从《习作》（1898）一诗就可以揣测到阿普赫京的戏剧式音调。勃洛克诗歌中"自然"现象与"内心"现象的抒情性结合直接来自费特，这种结合在关于勃洛克的文献中多次被指出和描述，两个诗歌系统之间的差异也几乎立刻就被明确：勃洛克几乎没有再现费特抒情诗中"人的因素"与"自然因素"的和谐。他把"自然因素"和"内心因素"并举，多半是确认两者之间的不协调。[17] 尽管勃洛克正是在获得自己的诗歌主题之际，对这两种因素的结合的认识发生了十分显著的变化，但是在他的"标准版"的抒情诗中仍然保留了这一结合。

94

勃洛克抒情诗独特的"前史"于1900年结束。1918年勃洛克在日记中再次提及与创作早期相符的生平大事时，特别提到1900年夏季："开始大量阅读书籍：哲学史。开始醉心于神秘主义……开始听从上帝的旨意和迷恋柏拉图的思想。"（Ⅶ，342）一年之后，即于1901年，勃洛克从圣彼得堡大学法律系转到历史语文系，也就在那时他开始狂热迷恋弗·索洛维约夫的诗歌和哲学。在生平自述（1915年）中勃洛克谈到这一时期："家庭传统和我自己的封闭生活使得我在读大学之前对所谓的'新诗'一无所知。在这里，由于强烈的神秘主义以及浪漫主义感受，弗拉基米尔·索洛维约夫的诗歌占据了我的全部心灵。直到这时，新旧世纪之交空气中弥漫着的神秘主义氛围仍令我迷惑不解；我在自然界中见到的征兆令我焦虑不安，但我认为这一切都是'主观的'，并且小心翼翼地防范着所有的人。"（Ⅶ，13）

勃洛克提到自然界中的"征兆"，这一情况值得特别瞩目。其实，这里说的是不仅仅对自身感情、精神的生平体验突然进行重新认识，而且也指费特因素在他的抒情诗中的变化。勃洛克从费特创作中接受的"内心因素"和"自然因素"之并行与他对弗·索洛维约夫创作中对爱情主题的神秘主义领会交织在一起，并且获得了一系列在费特诗作中几乎难以想象的意义。"自然征兆"在勃洛克的诗歌中变成生活即将发生神秘主义变容的主题。为了弄清楚这一时期勃洛克抒情诗中潜在的索洛维约夫影响，必须去关注一下这位哲学家的文章《爱的意义》——年轻一代象征派诗人视其为最重要的纲领性文本。

弗·索洛维约夫认为爱的意义在于"通过牺牲利己主义使个性得到证明和拯救"[18]，克服人类存在的个体封闭性："真正的个性是一切统一的某种确定

95　　形式，是某种出于自身需要接受和把握整个他者的确定方式。倘如一个人在整个他者之外确认自己，他会因此失去自身的存在意义，剥夺自己生活的真正内容，并把自己的个性变成一种空洞的形式。因而，利己主义无论如何也不是个性的自我意识和自我确认，恰恰相反，它是自我否定和死亡。"[19] 在哲学家看来，只有一个自然的途径——爱可以把自己存在的中心从自身转移至他者。正是在爱中一个人能够使自己确信他者的价值，使自己坚定地承认别人"不容置疑的意义"。总之，爱的意义在于获得个人和世界的有机联系，爱是克服异化的途径。勃洛克曾经对这一思想倍感亲切，以前他不曾阅读索洛维约夫的任何著作时，他就已经开始意识到某种类似的东西了。勃洛克在18岁青春年少时给克·米·萨多夫斯卡娅的信中写道："难道我不知道自己确确实实是个利己主义者吗？这种意识常常使我非常痛苦……或许，你的信能够帮助我摆脱利己主义，以此你将把我从生活的巨大痛苦中拯救出来……"（Ⅷ，8～9）在索洛维约夫看来，正是在爱中包含着世界的宗教性变容的开端。这些主题成为索洛维约夫诗学神话的基础，他的诗学神话吸收了诺斯替教关于解救被俘虏的"世界灵魂"的情节：解救被俘虏的"世界灵魂"是每个人，尤其是艺术家所面临的生活任务和艺术任务（试与他的诗篇《三项功勋》相比较）[20]。

　　这就是作为勃洛克第一本诗集《丽人集》情节基础的"索洛维约夫潜台词"的情况。并且勃洛克的自传神话 [21] 也是以此为基础，这一自传神话正是1900—1901年在勃洛克的意识里产生，而且与他和未来的妻子——柳·德·门捷列娃的相互关系永远联系在一起。

＊　　　＊　　　＊

　　勃洛克的第一本诗集《丽人集》（莫斯科，狮鹫出版社，1904，诗集的扉页上标注的是1905）好像与后来"自发性的"（或者"茨冈风的"）组诗《白雪假面》《法伊娜》《可怕的世界》或者《竖琴与小提琴》毫无相似之处。在《丽人集》里很难找到关于俄罗斯诗篇的主题、《报应》的主题。无法想象，同样是这位诗人，几年后写出了《生于沉闷年代的人们……》《在铁路上》或者《彼得格勒的天空阴雨霾霾……》。不仅批评家，而且作者自己也甘愿承认

"诗集在技巧上是薄弱的"[22]。但正是这本诗集的标题使诗人被称为"丽人的歌手",这一代称在某种意义上成了诗人的第二个"迂回修饰的"名字,那么这又何以解释呢?而勃洛克自己在不同的版本中多次再版这本"薄弱的"诗集。为什么他在辞世前不久说道:"我只完成了第一卷。"(据弗·皮亚斯特见证)[23]是不是因为除了"技巧上的不完善",勃洛克的第一本诗集还包含着精神潜力和创作潜力,正如最敏感的读者所理解的,这些潜力"决定了他的整个创作道路"[24]。

勃洛克抒情诗第一卷的研究和批评文献最丰富,形成了对组诗《黎明前》和《丽人集》的一系列解读。所有这些文献总的来说可以分化为两类:第一类文献(大概最重要,而且数量最多)在世界观前提下,在诗作的"索洛维约夫"哲学潜台词中,看到的是抒情诗第一卷的统一体[25]。第二类文献偏好谈论《丽人集》的真实生平经历潜台词。我们会更详尽地谈论这两类文献。大概没有哪一个论述勃洛克的作者不直接或间接地触及"永恒女性""世界灵魂""索菲娅"的思想对于《丽人集》的意义的问题,勃洛克是通过弗·索洛维约夫的哲学和诗歌接受了这一思想。世界文学范围内,作为神秘主义服务的爱的主题是在但丁、彼特拉克的十四行诗中得以体现的,这一主题只是19—20世纪之交才出现在俄罗斯诗歌中——首先出现在弗·索洛维约夫的创作中,随后出现在年轻一代象征派诗人的诗作中,其中勃洛克被公认为这一派别最深刻、最始终如一的信徒。"亚历山大·勃洛克诗歌第一时期的每一首诗都不像镶嵌画,而像完全映射出他的缪斯女神完整面庞的露珠。"安德列·别雷写道:"诗人罗列了她的'称名'(《имярек》);她是童贞圣母、是索菲娅、是世界女主宰、是霞光、是荆棘;她的生命把弗拉基米尔·索洛维约夫和诺斯替派教徒最崇高的任务体现为爱;把抽象概念转化成生命,把索菲娅变为爱;并且把巴西利德斯和华伦提务①古怪的观念直接带入我们的心灵,把古代十分朦胧的探索与当今的宗教哲学探求联系起来。"[26]

勃洛克通过弗·索洛维约夫接受索菲娅尘世化身的主题,同时,他坚信自身负有使索菲娅脱离尘世罪恶之樊篱的使命,诗人把这两者结合起来。这是

---

① 巴西利德斯和华伦提务都是诺斯替教派的创始人,生活于2世纪。——译者注

形成勃洛克抒情三部曲情节的基点，同时也是形成他自传神话的基点。可以举出勃洛克1902年9月16日写给门捷列娃的一封信（未写完）来证明这一点，信中他十分坦率地表示自己坚信他们在理想存在的范畴内有着共同的命运："事情是这样的：我坚信我与您之间存在着神秘的、难以理解的联系……由此可以十分肯定地得出结论：我早就渴望以任何方式接近您（也许，哪怕是做您的奴仆……）。当然，这是胆大妄为的，实质上甚至是不可企及的……然而对您长期的、笃厚的信仰（正如对童女或者永恒女性的尘世化身的信仰，如果您愿意知道，那么也可以这样说）证明我是正确的。"[27] 不过"生活文本"与"文学文本"之间的差别立刻就出现了。据柳·德·勃洛克回忆，应她的请求，诗人初次给她看了四首诗，在其中的两首里她没有看到自己的影子："那里根本没有我。不管怎样，我在那样的诗以及类似的诗里没认出自己，没找到自己，因而在我心头曾悄然萌生人们通常指责的'女性对艺术'的恶意忌妒。"[28]

　　只此一个证据就足以使我们清楚地看到试图把《丽人集》当作爱情风景抒情诗解读的局限性，这种解读还用索洛维约夫式的"令人懊恼的"故弄玄虚，把问题复杂化。古米廖夫就是最早如此解读勃洛克早期抒情诗的人之一，他说："人们对勃洛克的丽人有很多猜测——希望在她身上看到的意象各不相同：有时是沐浴着阳光的妻子，有时是永恒的女性，有时是俄罗斯的象征。但是如果相信，这只是诗人第一次爱上的那位姑娘，那么我觉得，诗集中没有一首诗能驳倒这一看法，而形象本身，越近变得越神奇，因而艺术层面也历久弥新。"[29] 在最新的文学研究著作中，弗·尼·奥尔洛夫的文章最始终一贯地持有这种观点，这位学者在文章中如此评论诗人的早期诗作："尽管早期诗作的神秘主义色彩浓厚，但其中搏动的却是真实的、人的激情。这激情无处不在——在写给所爱的'粉红色姑娘'的诗作中（她的形象在索洛维约夫的意义上'被理想化'，但是这一形象中透露出'尘世'的特征），也在对故乡的大自然的细腻感受中，在俄罗斯景色可视的特征中，在来源于俄罗斯民间童话、民间歌谣的形象和主题的民族典型性中。所有这些使得勃洛克在那时就已经创作出卓越的诗篇，这些诗篇丰富了俄罗斯歌唱爱情和大自然的古典抒情诗，它们作为真正的诗歌富有生命力，并将永葆其艺术魅力，而无需进行任何神秘主义的理解和阐释。"[30]

不管对《丽人集》情节的"索洛维约夫式"解读和"现实主义"解读持怎样的态度，这两种解读方式都不能完全囊括勃洛克的诗作，对于没有成见的读者而言，这一点是很清楚的。甚至这两种方式的"结合"所带来的某些帮助也只是就对诗集进行概括性阐释而言，而非就对理解诗歌文本的真实具体情况而言。

例如，我们来看看组诗《丽人集》第一首诗的开头：

> 休憩枉然。道路陡峭。
> 夜晚美好。我把大门敲。
>
> 你冷漠严厉，我等待无期，
> 你将颗颗珍珠撒满一地。
>
> 楼阁高耸，霞光已逝。
> 房门入口处有红色秘密。
>
> （Ⅰ，74）

98

我们自问：为什么这首诗的女主人公"撒落珍珠"？为什么她身居楼阁？为什么在这首诗以及组诗的其他一些诗篇中她只在日落时出现，而且在高处出现？[31]

《青春的百无聊赖，黎明的慵懒……》一诗描绘了男主人公与她的相会，呈现出一幅她现身时更加怪异的图景：

> 你踏上黑暗台阶，不动声色
> 你轻轻浮起，悄无声息。
>
> （Ⅰ，100）

不管组诗的女主人公是谁，是"永恒的女性"，还是柳波芙·德米特里耶芙娜·门捷列娃，都未必能够解释清楚她为什么"浮起"（《всплывает》）。

这是偶然的笔误还是诗性的随意？但是这个动词，就像与它同类的动词"漂浮"
（《плыть》）和"升起"（《восходить》）一样，也在其他诗中重复出现：

> 透明、神秘朦胧的阴影，
>
> 向你游去（плывут），你也随它们漂游（плывешь），
>
> （Ⅰ，107）

> 不见你的芳容，也很久不见主的圣容。
>
> 但我相信，你会升起（взойдешь），闪现暗红颜色，
>
> 姗姗来迟，使神秘的圆环衔接闭合。
>
> （1，109）

> 伴随白色暴风雪中，雪的呻吟
>
> 你再一次如神奇仙女飘浮飞腾（всплыла）……
>
> （1，143）

可否这样称谓"永恒的女性"或者真实的尘世姑娘（即便是在诗里）：

> 你一身洁白，在深邃中不受侵扰，
>
> （Ⅰ，185）

怎样的女主人公能够像《在雾霭那边，森林后边……》一诗里那样出现在
男主人公面前，这也很难以理解：

99
> 在雾霭那边，森林后边
>
> 有亮光闪耀，忽明忽暗，
>
> 我漫步走过潮湿的原野——
>
> 那光亮又在远处闪现。

宛若迷途的点点灯光

深更半夜在河的对岸，

轻轻飘过忧伤的草原

我与你常常这样相见。

（Ⅰ，99）

为什么《她在遥远的群山那边长大……》（Ⅰ，103）一诗这样谈到女主人公："还有湿润的牧草，她朝那边飘浮"，而在结尾处——"她在另外一些星辰中穿行"，这已经完全无法解释。或者为什么《你要秘密地祈祷……》一诗说道："你洞悉她的特征，/你能领会——这是上帝的意愿——/她非凡的一只眼。"（Ⅰ，98）这里最令人费解的正是女主人公这"非凡的一只眼。"

可能还有很多这样"幼稚的"问题，例如：为什么女主人公"使神秘的圆环衔接闭合"，为什么"两面性""占卜""改变面容"的主题与她相关——对于其中任何一个问题，假如立足于对勃洛克早期抒情诗常见的解读，都不能给出令人信服的答案。

诚然，一般说来，可以不去解决类似的问题，可以认为这样的问题难登大雅之堂，同时可以公正地指出，象征派诗人的诗作不受制于理性认识，因为追求诗歌内容的"神秘性"和"隐晦"是他们的诗学基础之一。但是，即使解读时不顾及理性逻辑，我们也不能不了解诗歌的艺术逻辑。否则只能假设，勃洛克的早期抒情诗是主观形象的某种集合，这些形象由永恒女性的思想统领，被随意结合在一起。然而任何一个潜心思考的读者都不会认同这种假设。

无论这显得有多怪异，但假如我们暂时忘记永恒女性和柳·德·门捷列娃，而是再次深入思考组诗"垂直"结构的意义，我们还是可以找到答案的；也就是说直截了当考虑一下组诗中的情形：女主人公通常位于高处，而男主人公通常位于低处，女主人公一成不变地在昏暗的夜色、傍晚的霞光中出现（"浮起""升起"），女主人公是"发光体""光源"，是"白色的"，是"日落时分的神秘的童女"。然后，如果我们重新考虑第一个问题（为什么她"撒落颗颗珍珠"），就会忆起费特1847年创作的《英明之人需要光之语……》一诗：

100

　　　　　　我不清楚：今生今世

　　　　　　是否有真实的情感与思索？

　　　　　　为什么春夜里的明月

　　　　　　会把颗颗珍珠向青草撒落？

　　这样一来，我们了解到"撒落颗颗珍珠"早已经是俄罗斯抒情诗中广为人知的隐喻手法，它意味着被反射在露珠中的月光。勃洛克另一个"怪异的"隐喻——"她非凡的一只眼"在19世纪俄罗斯抒情诗中也并不陌生，它源于雅·波隆斯基的诗作《少女王》，这首诗对《丽人集》的形象体系有着重大影响。[32]

　　《在雾霭那边，森林后边……》一诗勿容置疑在引用普希金的"旅途"诗、"冬季"诗篇的典故，试将普希金《我沿着湿润的原野向前》的一节：

　　　　　　穿过波浪般的云雾

　　　　　　云层中偶尔露出月亮，

　　　　　　它向忧伤的林间旷地

　　　　　　洒下凄清悲凉的月光。

　　与勃洛克的《我在纯净的原野里穿行》的片段加以比较：

　　　　　　宛若迷途的点点灯光

　　　　　　深更半夜在河的对岸，

　　　　　　轻轻飘过忧伤的草原

　　　　　　我与你常常这样相见。

　　倘若我们假设这些巧合不是偶然的，假设《丽人集》的核心形象是月亮 [33]，诗集中没有对其直接指称，但其形象通过迂回的描绘贯穿组诗始终，那么刚刚列举出的组诗中的很多"谜团"便迎刃而解了。在组诗《丽人集》的文本中，"月亮"（"月"）总共只有六次被直接指称，这是很典型的。[34] 在组诗《黎明前》中，月亮的直接称名更多一些，但是几乎所有的称名都集中在组诗开头的一些诗篇中（《即使月光照耀——夜仍旧晦暗……》《一轮满月在草原上方升起……》《朋友，看吧，无垠的天幕里／苍白的云朵在月光下游移……》《月亮醒来了。喧嚣的城市……》《夜晚的阴影还没有浮现，／而水中已是月光闪闪……》以及其他一些诗篇）。随后对月亮的直接称名被第一个字母大写的代词"你""她"以及一些委婉的称名词语所替代。于是形成这样一种印象：作为主要圣器的月亮成了禁忌，被编成密码。值得一提的是，在没有进入三部曲第一卷基本文本的诗作中倒是有很多对月亮的直接称名。

如果这样解读，很多诗看起来就像是"谜语诗""字谜诗"（米·列·加斯帕罗夫的术语 [35]），只要说出"关键词"，这些诗的诗意顿时变得明朗了：

> 黑暗浓重的半夜时分
> 真正奇迹的出现征兆——
> 透过朦胧昏暗和大块岩石
> 你宛若金刚石光华闪耀。
>
> （Ⅰ，116）

> 生于夜半的万籁俱寂
> 作为大地的苍白伴侣，
> 被大地的褙褓包裹
> 远处你的银白如玉。
>
> （Ⅰ，71）

但不是第一卷所有的诗篇都可以轻松地解读为简单的"景色"描写，"她"也远远不是总与凭经验可感的月亮形象相一致。因而，那些把她称作"楼阁里"的"公主""湿润的牧草"的诗作，那些谈到她的"神庙"、"宝座"的诗作，那些分身、两面性、占卜、算命、魔法、死人国等诸如此类的主题得以展开的诗作，仍旧无法解释。然而，假如从月亮的感性形象转向月亮的多义性象征以及与象征关联的神话主题体系，所有这些诗作就变得明白易懂了。毋庸置疑，勃洛克至少能够知晓月亮神话的种种古希腊罗马变体，他在这方面

101

的知识部分是从中学课程中获得的，但最大程度是从大学课堂——首先是从
法·弗·泽林斯基的授课中获得的。勃洛克自己也承认钻研语文学对其诗歌创
作的影响。因此，1902年12月16日他给未婚妻写信谈到希腊哲学对自己的帮助：
"这会让你感到奇怪吗？不管多么奇怪，不仅希腊哲学（特别是基督时代的希
腊哲学），而且任何一本阐释永恒事物的'真正的'书，现在对我来说都是可
以理解的和亲切的。我已经能够在那里找到你的影像。"[36] 1918年在《丽人集》
的自我注释（未完成）中勃洛克追溯既往，他断言："语文学也影响了我的领悟
力。"（Ⅵ，343）

譬如，人们熟知，希腊神话中的塞勒涅（赫卡忒）①庇护爱情的魔力、占卜
和魔法[37]。月亮与谷神得墨忒耳（罗马神话中的刻瑞斯）以及她的女儿——冥
王王后珀耳塞福涅（罗马神话中的普洛塞庇娜）的关联也可以解释《丽人集》
中牧草的象征意义以及死人国的主题（"你天鹅般的歌声／令我感到惊奇"）。
"使神秘的圆环衔接闭合"的主题最早出现在荷马式颂歌《致塞勒涅》里：

> ……塞勒涅女神
>
> 在月圆之日的夜晚。
>
> 画完她那巨大的圆环，
>
> 此时她无比明亮，神采奕奕，
>
> 从高空指点世人，她是一面旗。
>
> （维·魏列萨耶夫俄文译文[38]）

抛开经院式的研究，关于这些资料直接来源的问题回答起来相当简单：阿
普列乌斯的长篇小说《变形记，或金驴记》第十一卷开篇以最凝练的形式叙述
了所有上文列举的月亮象征的产物，这一卷始于男主人公对月亮的祈祷以及月
亮对他的回应。需要提醒大家的是，勃洛克为这部长篇小说中关于丘比特和卜
茜凯的片段②写过书评（Ⅴ，578—581）[39]。

---

① 在希腊神话中塞勒涅是月亮女神，赫卡忒则是象征暗月之夜的提坦女神，后来这两位女神的
形象逐渐被混同起来。——译者注
② 指的是《金驴记》第4—6卷。——译者注

另外，楼阁里的公主的主题不仅仅引导我们去追溯俄罗斯著名的童话，而且引导我们去追寻诺斯替教关于神智索菲娅的神话的变体，她被置于尘世女子——术士西门的伴侣海伦的身体内。法·泽林斯基的阐述无疑为勃洛克所知，按照他的说法，这一情节涉及斯巴达的海伦神话的一部分。[40] 海伦居住的木质塔楼（楼阁）所有窗户同时透射出她的光辉，因为她是月亮：海伦（Елена）–塞勒涅（Селена）这两个词的谐音使海伦（和阿斯塔耳忒①一样）与月亮、魔法也出现类似的等同。[41] 塔楼——海伦的神庙，在斯巴达被看成奇迹之源。而且，在俄罗斯民间文学中，关于楼阁里美丽的海伦公主的情节也保留了某些与月亮神话相关的特征——我们回忆一下：海伦坐在楼阁里，用镶嵌宝石的戒指击打疾驰到她那里的未婚夫，因此他的额头上亮起了一颗星。

这样一来，尽管勃洛克早期抒情诗的核心女性形象与月亮神话有关联，但是这根本没有消除通过索菲娅神话解读这一组诗的可能性：索菲娅本身也与月亮的象征相关。《丽人集》最复杂的形象结构正是包含在涵义和解读的多层次性——对俄罗斯诗歌而言独一无二的多层次性之中，其中没有哪一个层次损毁前一个或后一个层次，而只是促使其进一步深化和扩展。这就是作为对世界进行诗性重构之原则的象征。

安德列·别雷大概应该是勃洛克早期诗作最敏锐的读者，他当即揣测到了勃洛克的女主人公与月亮的关联。早在1903年1月6日写给勃洛克的一封信中，别雷思考弗·索洛维约夫的语句"世界灵魂具有双重性"之涵义，指出双重诠释永恒女性的可能性："体现基督时，她是索菲娅，是光之童女；不体现基督时，她是月之童女：阿斯塔耳忒，火热的巴比伦荡妇②。"[42] 别雷最后一次撰写的《回忆勃洛克》，再次提及自己与勃洛克的早期通信，并肯定勃洛克《丽人集》的核心形象是双重的："阿斯塔耳忒，月亮总想遮蔽她。"[43]

全新认识《丽人集》第一版的结构也是必须的，这个版本中各个组诗按题材分类，分别被冠以《静止不动》《十字路口》《损失》的标题。在这一语

---

① 又译"阿斯塔蒂""阿斯塔尔塔"，腓尼基神话中司丰饶、生育、性爱的女神。——译者注

② 典出《圣经·新约·启示录》，《启示录》上说约翰看到有个大淫妇受到了上帝的惩罚，这个淫妇就叫巴比伦，她是世上淫妇和一切可憎之物的根源（《启示录》第17–19章），引申为荡妇之意。——译者注

103　境中，后两个组诗的标题具有与月亮的象征意义相关的补充意义。考虑诗集的第一个版本之所以非常重要，还因为这个版本的结构看来是未来"人化三部曲"的雏形：第一部分集中了与确认索洛维约夫的永恒女性理想相关的主题，第二部分集中了不和谐、不幸的存在的主题，其中包括现代城市的主题，第三部分涵盖前两个组诗的主题。这种模式经过变形和复杂化之后成为勃洛克三卷本《诗集》的基础，此后已无必要在第一卷的结构中保留它的原貌，但是甚至在按时间先后顺序对诗作进行排列时，第一本诗集的三分结构仍然被保留下来（《黎明前》—《丽人集》—《歧路》）。

　　然而，这种"生平""月亮""宗教神秘主义"三个层面的统一没能维持很长时间。1902年11月7日勃洛克与柳·德·门捷列娃的罗曼史的第一阶段幸福结束——门捷列娃同意勃洛克的求婚。正如被多次指出的那样，恰恰是从这个时候起，《丽人集》的统一宇宙分化为《歧路》里很多独立自主的世界（在"标准"版第一卷中）。正是从这个时候起，第一卷的内部世界充满了焦虑、不幸、分身的气氛。在第一卷结尾处和整个第二卷里，不和谐的现代城市闯入男女主人公相会的世界，那是读者习以为常的"自然"世界、几乎超越时间的世界。而在其中一首诗中"神秘主义浪漫史"的情节本身突然失去了神圣的色彩——于是对于这首诗的解读，除了生平层面的解读之外，不可能再进行任何象征主义的解读了：

　　　　我沿路穿行，暮色苍茫，
　　　　见到小窗里有红色灯光，
　　　　粉红色的姑娘站在门口，
　　　　她夸我身材修长又俊朗。

　　　　这就是我的全部传奇，善良的人，
　　　　我不再需要你们的任何褒奖：
　　　　我从来不曾幻想过什么奇迹——
　　　　你们该平静了，最好把奇迹遗忘。

（Ⅰ，279）

个人生活结局幸福，同时，感知到世界上发生的事情的戏剧性甚至毁灭性，何以解释这两者的相互抵触呢？扎·格·明茨表述了以前世界分崩离析的心理原因：“勃洛克是一个‘老派的’诚实人，对各种‘神秘主义的招摇撞骗’极度恐惧（Ⅶ，14），‘冰冷的吻’把他与一位姑娘一生一世联系在一起了，他不能把她和诺斯替式的‘虹门童女’等同起来，不能把所发生的事情当作‘世界的神秘剧’和‘全世界历史的终结’……究其实质，当时是没有出路的。表面上看，个人的‘浪漫主义’需求、神秘的理想、现实似乎融为一体，实际上，所有这一切正是在1902年11月7日后陷入矛盾之中，而这矛盾对勃洛克以及他的未婚妻来说都是悲剧性的。实现多年以来狂热愿望的第一天就成为在个人层面体现世界神秘剧的神话覆灭的开端。”[44]

从这时起，勃洛克的《丽人集》逐渐失去与但丁致贝雅特丽齐或者彼特拉克致劳拉的十四行诗的任何相似性：世界文学中类似的组诗没有一部原则上能以男女主人公在物质世界的真实结合为结局。

为了使得“诗体长篇小说”得以延续，需要多方面的求索，需要大手笔重新书写关于世界灵魂的基本自传神话，需要展示外在的客观现实，这一客观现实越来越有力地渗透到勃洛克个人生活的重大事件以及他创作的艺术空间中去。不言而喻，这指的是第一次俄国革命。[45]

*　　　*　　　*

勃洛克做出的自我评价——“单旋律性”对于他早期的创作是适用的。勃洛克以后各个时期的创作已经不再是“单旋律性的”。

外部世界的事件对诗人以前封闭的、全神贯注于内部心灵事件的生活产生了越来越大的影响。他越来越积极地参与到当时文学的日常生活中去，为不断出现的象征派杂志（《新路》《生活问题》《天平》《山隘》《金羊毛》）撰稿，在一些报纸（《言论报》《言语报》）上发表文章，参与不定期丛刊和作品集的出版工作，在文学界建立起更多新的联系。还是在1902年勃洛克就开始经常拜访梅列日科夫斯基夫妇，从1903年开始与他们通信，而1904年与安德列·别雷谋面结识，他们的相识后来发展成为多年使人痛苦、从创作角度看却非常有益的"亦敌亦友"的关系。[46] 同年他结识了勃留索夫、巴尔蒙特、埃利斯，1905—1906年参加"年轻人小组"，这个小组吸纳了一些倾心"新艺术"的年轻诗人和散文作家。从1905年起勃洛克参加著名的维·伊万诺夫"塔楼"上的"星期三"聚会，从1906年起参加科米萨尔热夫斯卡娅剧院的"星期六"聚会。这座剧院的女演员娜塔丽娅·尼古拉耶芙娜·沃洛霍娃成为勃洛克狂热迷恋的对象，他的诗集《白雪假面》、组诗《法伊娜》都是献给她的，这位女性是"身材颀长的美人"，穿着"紧身的黑色绸衣"，长着"一双明亮的眼睛"——这些特征决定了这一时期勃洛克诗作、剧本《陌生女郎》（1906）和《命运之歌》（1908）中"自发性的"女主人公的面貌。

如同对于其他象征派诗人一样，对于勃洛克而言，第一次俄国革命时期不仅是社会动荡的岁月，而且也是他创作和个人生活中发生具有转折意义的重大事件的时期。在关于勃洛克的文献中指出，1905年的革命事件不仅在他的诗作和剧作（《集会》《人民中是否一切平静……》《灰色的天空仍然美好……》，剧本《广场之王》《关于爱情、诗歌和国家公职》）、散文（转向"新民粹主义"）中引起直接的呼应，而且在他对世界进行艺术描绘的图景中引起更深远的变化。甚至像勃洛克诗歌韵律的演变这样初看起来属于中性范畴的东西，也与他创作的总体倾向有着十分明显的联系：在早期抒情诗中占主导地位的古典格律，到1905年时已让位于非古典的三音节诗格变体（дольник）[47]。对于勃洛克而言，革命暴露出存在的不和谐、灾难性质，决定了他创作意识中"自发力量"的象征范畴的积极形成、新型主人公的产生，特别是其抒情诗中女主人公的急剧更迭。

在这一时期的第一篇纲领性文章《天灾人祸之时》（1906）中勃洛克谈到旧的生活方式无法挽回的覆灭、精神家园的坍塌，谈到世界展现出来的带有破坏性的、暴风雪的面貌，谈到现代俄罗斯人的特殊心灵状态——"漂泊朝圣"。"我们生活在一个向广场敞开门扉、炉灶熄灭、室内一片漆黑的时代"（V，71），"逃离故居，失去了对自己家园、对自己孤独、痛苦心灵的感受"（V，73），"这是一种神圣的漫游，是无所事事、孤注一掷的千眼俄罗斯齐整的舞蹈，她把自己的整个肉体都奉献给世界，瞧，她随意向风伸出臂膀，不假思索、漫无目的、自由自在地跳起舞来"（V，74）。

勃洛克的创作也渐渐变成了"多重世界"的，具有了"多旋律性"。他不仅发表新的诗作，结为新的诗集《意外的喜悦》（1907）和《白雪假面》（1907），而且创作了抒情诗剧三部曲（《滑稽草台戏》、《广场之王》、《陌生女郎》——1906），他的批评活动和抒情政论创作也变得越来越繁忙。他从在杂志《新路》和《天平》上发表书刊简介性质的短小评论文章转向另一种体裁的创作——撰写探讨特定问题的论文（按照他的定义——"抒情小品文"），并且尝试创作短篇小说（未发表的手稿毁于沙赫马托沃庄园）、童话（完成并发表的只有《一个不懂童话的女人的童话》一篇，1907）。此外，1907年勃洛克成为《金羊毛》杂志的主要批评家，并且在两年期间定期发表内容广泛的"时事述评"——对最重要的文学事件的评论，其中特别重要的有《论现实主义作家》（1907）、《论抒情诗》（1907）、《论戏剧作品》（1907）、《1907年文学概述》和《论戏剧艺术》（1908）。

勃洛克创作中的"多重世界"并不意味着每个世界与其他世界是隔绝的。这是在研究他的诗歌、戏剧和散文遗产时必须注意的问题。一次在与纳·亚·帕夫洛维奇的谈话中，勃洛克无意中说："我的创作基于同一题材，我首先创作了诗歌，然后是戏剧，再以后是评论文章。"[48] 当然，不能从字面上诠释这句话：这里说的不是他创作中的始终一贯性，而是他艺术创作各个方面的多样性之中某种特殊的相互连结性和完整性。

在研究文献中曾多次指出勃洛克的评论文章、剧本、诗作之间存在着数量众多的相互应和[49]。这样，在《意外的喜悦》的诗作以及诗剧《滑稽草台戏》中就对《丽人集》最重要的主题进行亵渎式的嘲笑和戏拟。神秘主义者所期待的"遥远国度的童女"首先成了皮埃罗的未婚妻科伦比娜，随后又成了没有生命的纸板玩偶。阿尔列金所歌唱的世界①——"远方"的、飘浮在高空的"春天"的世界只不过是纸上描绘的世界；丑角的血原来是红莓苔子汁，骑士的头盔是用硬纸板做成的，剑是木制的。勃洛克早期诗作中的骑士，以及丽人的所

---

① 勃洛克剧本中的这三个人物都是意大利即兴喜剧（又称面具喜剧）中的定型角色，三人通常都是仆人，科伦比娜和佩德罗利诺（通常也被称作"丑角"，皮埃罗则是其在法国即兴喜剧中的变体）往往是夫妇，但科伦比娜最后都会抛弃后者，投向阿尔莱基诺（法语中称阿勒坎，俄语称阿尔列金）的怀抱。——译者注

有象征物都在读者眼前死去，呈现出自身的虚幻性、"装模作样"和矫揉造作的特点。只有为幻影破灭而伤心的皮埃罗忧郁的歌儿是真实的：

> 她躺倒在地，一身洁白。
> 唉，我们曾跳得那么欢！
> 而她无论如何站不起来。
> 未婚妻原来是一张硬纸板。
>
> 瞧，我身体僵直，面无血色，
> 你们却不怕作孽地嘲笑我。
> 怎么办！她俯身倒向地面……
> 我心情忧郁。你们却觉得可乐？

（Ⅳ，21）

《意外的喜悦》中亵渎的自嘲与《滑稽草台戏》的反讽相近：这是"不乘轮船"的丽人（Ⅱ，70）和她的骑士们——"沼泽中的小傻瓜们"（Ⅱ，10），是变换了形态的"残月"（代替了《丽人集》中的月亮的是"天上的皮埃罗"、"大庭广众中的丑角"[50]），令人焦虑、不和谐的现代城市世界代替了早期诗作中"夜晚"相会的宁静气氛。对以往圣物的戏拟大大激化了勃洛克与从前的索洛维约夫派同仁（别雷、谢·索洛维约夫、埃利斯）的相互矛盾，导致他们之间在象征派杂志上进行激烈的论战。"我们开始为作者感到恐惧。要知道，这不是'意外的惊喜'，而是'绝望的痛苦'"，安德列·别雷感叹道。"在美好的诗句中，作者过分亲热地爱抚魔鬼和恶龙。这是危险的爱抚！……有魔鬼的笑话不是什么好笑话，难道他不记得吗？"[51]

然而，《意外的喜悦》中亵渎的主题只是这本诗集贯穿始终的主题之一。批评界和最近的研究者对诗集第二个贯穿始终的主题的著述要少得多，而更常见的情况是简直没有觉察到这个主题的存在。抒情主人公意识到背叛自古存在的理想相对于贬低理想本身而言，更多是使他自己的心灵陷入空虚。由此出现一个贯穿许多诗歌的主题——临终前对永恒女性（"初恋"）的理想的必然回归，向拯救和保护罪人的女性忠诚（索尔薇格、"活泼愉快的未婚妻"、"母亲"、"圣母"的形象）提出呼吁。诗集的标题证明亵渎与回归永恒女性这两个主题的交织。正如众所周知的那样，一个与"意外的喜悦"圣像①相关的传说讲述的是一个强盗在圣母像前祈祷忏悔，以及他因蒙圣母袒护而感受到的被宽恕的意外的喜悦 52。在诗集的情节中没有直接再现这个传说的故事，只是再现了它的主要思想冲突：罪孽的主题（背叛最初的价值观，自我背叛——试图打破以往和谐、却与世隔绝的"丽人"世界的界限）——对自古存在的崇高道德理想的坚不可摧性之记忆和认知的主题 53——向永恒女性呼吁的主题，希望借助于矢志不渝、忠诚的爱克服精神空虚的主题，这种爱就体现在"索菲娅"的女性形象中，而这类形象与《丽人集》女主人公的形象保持着继承性的联系。

这一思想冲突影响着整个诗集的结构以及它的七部组诗（《春之歌》《童稚曲》《魔幻之音》《苦难戒指》《恭顺》《意外的喜悦》《夜间的紫罗兰》）每一组诗的构成。呼吁永恒女性的诗篇被安排在各个部分的开头和结尾，而"亵渎"的主题则在各个组诗内部得到发展。

对于组诗《意外的喜悦》需要予以特别关注——要知道，从它的标题来看，这一组诗集中了对整本诗集来说最为重要的诗篇。确实，必然回归"初恋"、回归青春的主题在组诗的第一首诗（《的确如此。一切如旧……》）就已经得到确认，整个组诗贯穿着题材上与"意外的喜悦"圣像传说情节相关的隐居生活主题。但是，初看起来令人诧异的是，组诗中突然出现很多"沼泽地的"、"多神教的"诗篇。最初这些诗篇被看作具有亵渎意味的反题，对立于最初的理想。然而，在组诗的最后一首诗中，"被缓缓移动的水气荫复"的她在一些多神教的"秋季女神"伴随下突然出现。在组诗的第二首诗中（《这就是他——基督——戴着镣铐和玫瑰花环……》）基督与自然背景也这样密不可分。

自然、"多神教"主题在与基督教象征意义的交织中得到加强，这种加强除了与传说情节有关，正如给人的感觉那样，还可做以下解释：标题《意外的

108

---

① 勃洛克的诗集得名于俄罗斯正教会崇敬的一种同名圣像样式，圣像中通常描绘一个罪人跪在一幅示道圣母像前祈祷。——译者注

喜悦》还有一个出处——弗·索洛维约夫的文章《进步的秘密》（勃洛克私人收藏的《弗·索洛维约夫全集》，圣彼得堡，1903，第8卷，这篇文章页边上有标注 54）。索洛维约夫叙述了一个流传甚广的童话的情节：一个猎人把一个衰弱的老太婆背过湍急的水流，而老太婆在对岸变成了美丽的姑娘。索洛维约夫认为这个神话传说是人类进步的一种象征。现代人体察不到"传说神圣的古风古韵"，它对于现代人来说没有任何吸引力。但是现代人的任务在于"通过历史之流担负起传说的这一神圣重荷"，即便现代人不相信将来会得到奖赏："有信仰的人非常幸福：他们还站在此岸，就已经看到了衰老的皱纹下面泛出的不朽之美的光辉。可是不相信未来转变的人也有其好处——意外喜悦的好处。"55

"古老的传说"对于勃洛克来说能意味着什么呢？当然，索洛维约夫文章中谈的是忠于东正教的遗训。但是，正如对于其他"年轻一代"象征派诗人，对于这一阶段的勃洛克来说，这首先是指民间文学、多神教神话的自发力量。一个当代艺术家回归人民意识的神话层面被理解成个人主义主观主义的创作认识"人民灵魂"和俄罗斯的途径。勃洛克在与诗集《意外的喜悦》同时完成的文章《咒语和召神祷文的诗歌》以及《玫瑰花园小门的姑娘与蚂蚁之王》中也谈到这一点。"沼泽地"诗篇的民间创作主题和神话主题、"春天的生物"、巫师、水妖、"头发乱蓬蓬的女妖"、小鬼、侏儒、回声宁芙仙女、春女神和巫师的婚礼——所有这些都体现了"古老的传说"，这传说既是"被挽救的"传说——当代艺术家使其免于被遗忘，同时也是"挽救"艺术家的传说——传说使艺术家克服狭隘的个人主义，避免与人民生活的隔绝。56 在《意外的喜悦》的第二个版本（已经是抒情三部曲的一个组成部分）中这一主题变得特别清晰：组诗《意外的喜悦》的前三首诗是《秋的意愿》《意愿，你别诱惑我……》和《罗斯》。

诗集标题的语义被两个相互补充的出处论证，诗集的结构以两个相互补充的题材体系为依据，这在某种程度上解释了为什么《意外的喜悦》中不是一个而是两个女主人公，确切地说是两种类型的女主人公（勃洛克后来的诗集中也是如此）。第一种类型的女主人公起源于《丽人集》的"索菲娅"女性形象（索尔薇格、圣母、未婚妻）。第二种类型的女主人公是初看与"索菲娅"的女主人公截然对立的"自发性"女主人公（陌生女郎、"狂放自由的姐妹"以及其他的女主人

109

公）。在《陌生女郎》和《命运之歌》两个剧本中也出现第二种类型的女主人公。

从1916年的版本开始，诗集的结构发生了非常大的变化，甚至去掉了《意外的喜悦》这一标题。第二卷的各个组诗——《大地的气泡》《夜间的紫罗兰》《杂诗》《城市》《白雪假面》《法伊娜》《自由的思想》——具有题材和情节的自主性，但是组诗的排列顺序可以让人觉察到某种揭示"道路逻辑"（德·叶·马克西莫夫的术语）的向前运动。抒情主人公不再浸沉于自然界的自发力量（组诗《大地的气泡》）和现代城市不谐和的自发力量，勃洛克把他带往《白雪假面》的世界——第二卷的结构核心和意蕴核心、"自发力量"的顶点。1920年勃洛克说过："如果把我的创作看成螺旋曲线，那么《十二个》处于最上面的一圈，与此相应的下一圈则是《白雪假面》所处的位置。"[57] 据纳·亚·帕夫洛维奇证实，他这么说不是偶然的。这一组诗与第一卷的世界完全对立，而且主人公沉浸于"暴风雪的激情"世界，被看成"第二次受洗"（见同名诗）[58]：

> 暴风雪吹开了我的房门，
> 我的小小堂屋寒冷无比，
> 于是我接受第二次洗礼
> 在暴风雪的新圣水盘里。

（Ⅱ，216）

主人公与自发力量的融合是绝对的。然而这种融合并不是真正获得了一种新的积极理想。被主人公批驳的规范价值观的世界与组诗《白雪假面》内部自发力量的反道德倾向是相对立的。马克西莫夫分析《在守卫之岗》一诗时指出："在自发性的《白雪假面》中也响起已经升华为良心的认罪之音。"[59] 与暴风雪的"号角"和"喇叭"相对立的是具有启示录色彩的发出报应之音的小号：

110

> 我——不甘驯服，随心所欲，
> 自由的命运由我控制。
> 而他——在深渊上方挺直腰身
> 把小号向天空高高举起。

他能见证我全部的背叛，

他能列举出所有罪状，

一排模糊的泡沫后面

他的小号总是闪闪发亮。

……

并且他坚决要求答复，

高举着寒光四射之剑。

于是那颗昏暗的彗星

沉入新的幽会的深渊。

（Ⅱ，215）

与《白雪假面》中自发力量融合的主题依旧和定数、死亡的主题相关联：

失去的还有我美好的命数——

在遗忘的雪中往事如烟，

于是在沿岸的雪野上死去

暴风雪呜咽是对我的礼赞。

（Ⅱ，224）

逃离暴风雪没有途径

于是我愉快地牺牲性命。

（Ⅱ，250）

　　不论是世界的形象，还是《白雪假面》的女主人公，除了自发性，都失去了任何可以被认知的具体特征。《白雪假面》之后的组诗《法伊娜》中"自发性"的女主人公的面貌发生了变化：她具有尘世女子的特征，并且在《啊，日落时霞光对我意味着什么……》一诗中成为民族性格、"自由的罗斯"的化身："是谁的歌声？抑或是某些声响？／何种忧虑充满我的胸膛？／令人压抑的声响／还有自由的罗斯激情飞扬？"（Ⅱ，280）

*　　　*　　　*

　　因为组诗《法伊娜》女主人公的名字与剧本《命运之歌》女主人公的名字相同，我们不得不把这个剧本的戏剧情节与出现"自发性"女性形象的诗篇进行对比。剧本《命运之歌》与勃洛克极其重要的、关键性的文本相呼应。这不仅仅是与1906—1908年的诗作相呼应，而且也是与第一卷时期的诗作以及更晚一些的创作（组诗《卡门》）相呼应。并且，尽管把《命运之歌》看成勃洛克创作败笔的传统评价 [60] 很大程度上是公正的，然而这一剧本还是应该受到最密切的关注。我们不由得想到，《命运之歌》中勃洛克第一次也是最后一次决定在拓展开的戏剧情节叙述中呈现自己的自传神话，相对于这种戏剧情节叙述而言，诗作看上去像对某些情景别出心裁的"片段式""点状"再现。[61]

111

　　勃洛克的论敌——索洛维约夫分子指责他亵渎、背叛索菲娅的理想，勃洛克声明自己从来不曾否定最主要的东西，对此他们却置若罔闻。[62] 这使得我们做出推测，对于勃洛克来说，"自发性的"女主人公在他创作中的出现不仅不与原本的索菲娅神话相矛盾，而且是这一神话几乎必不可少的延续。

　　上文已经提及的诺斯替教中术士西门关于海伦–索菲娅的神话也包括她被尘世俘虏的主题。下面我们列出古代哲学史学家奥列斯特·诺维茨基对这一情节的阐述：索菲娅或者厄尼娅（或厄诺娅①）是"一切存在之母"。但是，她造就的精灵"忌妒"她的威力，于是他们"决定摆脱这种屈居其下的处境"。他们抓住了她，使她与外部世界隔绝，并且"把她囚禁在凡人的身体内"。从那时候起，世界的恶和不完善开始肆虐。被俘的艾妮娅疑惑、痛苦，直到最高存在决定使她脱离苦海，恢复万物最初的和谐。同时，依照术士西门的说法，最高存在穿越存在的所有等级，"以一切存在所固有的形态出现在他们面前，以西门的形象出现在撒玛利亚人②面前"。根据西门的说法，海伦原本是推罗城的女奴，被最高存在从她以前的伴侣和主人那里抢走，她成了堕落的、被欺凌的索菲娅。西门确信，她也是特洛伊的海伦，并且"从那时起只能更加堕落"[63]。

---

　　① 在希腊语中意为思想、信念。——译者注

　　② 古代巴勒斯坦的居民，系犹太人的一个旁支，但因为信仰理念不同，深受犹太人歧视。《路加福音》中有关于"好撒玛利亚人"的寓言。——译者注

显而易见，勃洛克的同时代人所熟悉的诺斯替教神话的西门版本在很大程度上不仅决定了《命运之歌》，也决定了《陌生女郎》的情节背景。[64] 1921年彼·古贝尔以最概括的形式提出了一个假想，勃洛克创作"无意中"再现了诺斯替教的厄诺娅神话，此后这一假想没有得到什么明显的进展。[65]

在勃洛克的剧本中，正如在他的诗作中，有两个女主人公——海伦（叶连娜）和法伊娜。在第一场就可以猜到海伦身上的索菲娅特征。首先，她的名字与西门神话中女主人公的名字相同。白色房子、白色衣裙、修士所见到的白色翅膀、白色百合、明亮的灯笼——所有这些都与《丽人集》中女主人公的面貌相一致，同时也与同海伦名字有关的月亮的象征意义相符。

112　　可是为什么不仅在诗作中，而且在剧本中出现第二个女主人公呢？用勃洛克与纳·尼·沃洛霍娃的相遇解释这个情况再简单不过了。但为了使生平事实变成创作事实，必须把它纳入自传神话的情节中。那么，最令人不解的是为什么格尔曼离开房子和海伦时还在坚持："我是忠诚的！我是忠诚的！谁也无权提到背叛！你们什么也不明白！"（Ⅳ，148）。在最迷恋纳·尼·沃洛霍娃的时候，勃洛克也曾试图让妻子容忍出现的三角恋爱。勃洛克去了沙赫马托沃庄园（与平常不同，这次他是只身前往）之后，他从彼得堡给她写信："你对我是非常重要和必不可少的；纳·尼也是这样——当然，完全是另一种意义上的。爱你们两个——对于我而言是命中注定的。如果这让你痛苦——没关系，就应该是这样。无论如何，我清楚我的从属性和纯洁无瑕，清楚我的责任和令我愉悦的天职。你们两个人现在对待对方的态度和方式很好。……写信告诉我现在你对此的想法，不要为你自己或者为我对这件事轻描淡写。记住，你对我是必不可少的，我深深知道这一点。"[66] 在这种对三角恋爱的阐释中含有《命运之歌》的情节秘密以及勃洛克自传神话的发展方向。

法伊娜（Phaennos）这个名字在希腊语里意为"发亮光的"。换句话说，和海伦一样，法伊娜是光之童女。勃洛克是否意识到这个名字的词源呢？

从剧本的文本来看——他意识到了。修饰语"发亮光的"、动词"发亮"在人物对白中以及作者所作的情景说明中都伴随着法伊娜——修士（第二场）："只有眼睛在头巾下发光"（这个句子重复两次——Ⅳ，127）；情景说明（第五场——Ⅳ，142）："法伊娜出现了……她的头发包着黑色头巾，而日落时分空中的余辉——如同她头上方的光晕。"

因而，法伊娜也是光之童女。但是，与身穿白色衣裙的海伦不同，法伊娜总是黑色的装束（黑色的衣裙、头巾）——她是被黑暗俘虏的光明。从表面上看，法伊娜也被俘虏——她在自己的伴侣那里等待着应该解救她的未婚夫："这个一言不发、喜欢发号施令的老家伙又要把我带走！听到我的呼救声吧！听到吧！解救我！"（Ⅳ，145）无论是年老的修士，还是法伊娜自己，都回想起她遥远的过去，那时她在自焚的分裂派教徒中。换句话说，法伊娜是海伦"自发性的"、尘世的对立分身。堕落的索菲娅，世界灵魂被囚禁在凡人身体内，失去了自由，充满忧伤，法伊娜体现着她的特征。

于是又出现了一个情理之中的问题：勃洛克是否意识到了这种分身事实呢？

在《命运之歌》的主要文本中两个女主人公一次也没有相遇过。更有甚者，格尔曼和法伊娜相遇、结合后，后者突然消失，而海伦却踏上遭遇格尔曼之路：依照作者的意图，格尔曼正是应该重新与她结合。通向法伊娜的道路变成向海伦的回归。但是男主人公不是回到从前的白房子，因为海伦自己来到世间，踏上了她遭遇格尔曼的十字架苦路，如今她把尘世女主人公与"天国"女主人公的特征集于一身。

然而，剧本草稿中法伊娜的"索菲娅"面貌以及两个对立女主人公的分身事实则明显得多，这使我们确信，勃洛克对这一主题的体现也完全是有意识的，想必在语文学层面有所指涉（看来，诗人也不愿意有太明显的语文学学究气）。早期的一个版本里修士说法伊娜"依照自己的意愿令帝王们威望扫地，使英雄们丧失荣誉，并使战舰后退"[67]。格尔曼的朋友回答时反驳道："或许，您故意把名字混淆。您讲述的是古代的王后——特洛伊的海伦的神话，由于她的缘故，帝王们和英雄们曾经争战，战舰也曾经后退，确实如此，但是为何这样作假把名字混淆呢？"修士答道："您认为是神话，在我看来，却是发生过的事。过去是海伦，而现在是法伊娜。"[68]

我们认为勃洛克把这一片段从正文中删除不是偶然的：修士的最后一句对白使诗剧的情节完全失去了神秘感，两个对立女主人公的分身事实变得过于明显，使得剧情发展本身看上去差不多提前就能被预想到。

113

　　我们还要指出《命运之歌》中与体现诺斯替教神话有关的一个极其重要的情况。这里指的是，什么对于剧本的主人公来说属于"遥远的"回忆、理想存在的范畴。无论是修士，还是法伊娜，都在回忆分裂派的罗斯。格尔曼把自己看成库利科沃大会战的一名军人，他在独白中转述组诗《在库利科沃原野上》的所有主题（这个组诗与诗剧《命运之歌》在勃洛克创作中是同时出现的）。换句话说，《命运之歌》中理想存在的范畴——不是《陌生女郎》中宇宙星辰的范畴，而是着眼于永恒性的俄罗斯的民族历史生活。在勃洛克的创作中，关于拯救童女的英雄这一欧洲各民族共同神话变成了关于接近人民心灵、接近民族存在的世界之民族神话。正如一些研究者所指出的那样 [69]，勃洛克试图在诗剧中把生平神话与民族神话结合起来，但是在创作中他的尝试遭到失败，之后，他在抒情组诗《在库利科沃原野上》（1908）中成功地实现了这一结合。

＊　　　＊　　　＊

　　勃洛克于组诗《在库利科沃原野上》（1912年版）的注释中断言："在笔者看来，库利科沃大会战属于俄罗斯历史上具有象征意义的重大事件。这样的事件必然要回归。对它们的彻底解读还有待时日。"（Ⅲ，587）

114　　勃洛克自己多次重新回到库利科沃大会战这一意象。除了格尔曼的独白，报告《俄罗斯与知识分子》（后改题为《人民与知识分子》）中对人民与知识分子的对立的描述广为人知："城市上空一片轰鸣，即便是富有经验的耳朵也难以辨别；这就是传说中库利科沃大会战前夜鞑靼军营垒上空的那种轰鸣。"（Ⅴ，323）

　　在对组诗《在库利科沃原野上》的阐释中，最复杂的问题是"永恒的""历史"层面与"现代"层面的相互关系问题，还有个人情节线索与民族历史情节线索的结合问题。著名的诗行"啊，我的罗斯！我的妻！……"增强了组诗的意蕴，然而同时也成为批评家和读者无休止争论和误解的对象。《文学报》上刊发了伊·谢利温斯基和科·丘科夫斯基之间令人难忘的争论。前者说："令我……讨厌的是我的祖国竟成了亚历山大·勃洛克的妻子" [70]；后者反驳说："这与亚历山大·亚历山德罗维奇有什么相干？谁赋予我们权利……把作家笔下的'我'与日常生活中的作者个人等同起来呢？"[71] 这场争论之后，在关于勃洛克的文献中出现了力求更加准确的趋向。帕·彼·格罗莫夫提出了勃洛克的抒情主人公"戏剧化"的概念："在带有'我的妻'这几个字的勃洛克诗篇中，戏剧化的抒情主人公面向俄罗斯，这个角色还被十分准确地固定在一个确切的、由来已久的历史阶段上。要知道，这个与自己国家的关系那么简单明了的人，这个如此直接地想象全体人民的人，他是属于库利科沃大会战那个时代的。"[72] 这种历史性的阐释使如此的等同成为可能，但是甚至这种阐释也不能彻底廓清抒情主人公与祖国关系的实质。其原因恰恰是组诗诗篇的核心女性形象的特点不够明晰。

如果考虑到诗句"啊，我的罗斯！我的妻！……"的援引性质，那么它的涵义就会变得更加容易理解。勃洛克这一时期的抒情诗和政论作品多次使人联想到易卜生的诗剧《培尔·金特》——特别是《培尔·金特》第五幕的场景：把索尔薇格与拯救、宽恕误入歧途的男主人公的圣母等同起来：

培尔·金特：
或许……你自己就是
你所说的那个人的母亲？

索尔薇格：
· · · ·
我是母亲。
可谁是父亲？是不是
应母亲请求宽恕你的那个人？

培尔·金特：
（仿佛一丝光线令他猛醒，突然喊道）
啊，我的母亲！
我的妻！至纯至洁的女性！
请庇护我吧，赐我栖身之地！[73]

115

　　培尔·金特的最后一句对白包含着诗意的说法（"啊，我的母亲！我的妻！"），它在勃洛克的组诗中以另外一种节奏变体出现，并进行了同义替换：对于俄罗斯的文化意识来说，"母亲"和"罗斯"听起来像同义词。易卜生的诗剧中索尔薇格–母亲–妻子–圣母的意义被认为是相同的。勃洛克的创作中，罗斯–母亲–妻子–圣母是一个意义相同的词汇链。并且，在这两种情形下，正是圣母的形象使得母亲与妻子的等同成为可能，这种等同在其他任何语境里都是不可思议的（比较东正教的祈祷中对圣母的固定称谓："圣洁之母""无玷的未婚妻""妻子""童女"）。抒情称谓所指的对象——有时是"光彩照人的妻子"，有时是"母亲"，有时是"罗斯"——最终在第三首诗中被理解了，从这首诗在组诗中的结构位置及其充实的内容看，它是组诗的核心诗篇。在组诗的前两首诗中把罗斯、祖国与妻子的形象等同起来。第二首诗以如下诗句结尾：

　　　　我不是头一个也非最后一个战士，

　　　　祖国的病痛将长期延续，

　　　　晨祷时该为她祈求福祉

　　　　亲爱的女友，光彩照人的妻子！

　　　　　　　　　　　　　　　　　　　　　　　　（Ⅲ，250）

　　第三首诗的开头则诉诸于"你"：

　　　　深夜，当马麦汗率领鞑靼军队

　　　　在草原安营，在桥梁布哨。

　　　　我与你可是在漆黑的原野相会，——

　　　　难道你当时已早有预料？

　　　　　　　　　　　　　　　　　　　　　　　　（Ⅲ，250）

　　根据以上这些诗行，可以将"你"释作"妻子"的潜在替换词。然而在第三、第四诗节中真相大白：原来所说的是等同于罗斯的母亲：

迢迢远方传来马镫声响，

母亲呼唤。

还有鸟儿夜晚绕着圆圈，

在远处飞翔，

而罗斯上空静静的霞光

为王公站岗。

（Ⅲ，251）

在最后几个诗节中，与组诗女主人公有关的所有意义在圣母的统一形象中 116
被整合（尽管至此这种整合仍未被明确指出），圣母形象揭示了男主人公像称
谓妻子和母亲一样称谓祖国的深层神圣内涵：

翌日凌晨，如乌云翻滚

涌来鞑靼的兵马。

盾牌映出你神圣的容颜

永远放射光华。

（Ⅲ，251）

俄罗斯批评界仅仅注意到了组诗《在库利科沃原野上》的存在，但并没有
当即予以好评：组诗刊登在1909年《野蔷薇》丛刊（第10期），没有引起多少
值得关注的批评反响，在诗集《夜晚时分》（1911）和"抒情三部曲"第一版
（1912）第三卷中再版，情况依旧如此。只是当1915年组诗在诗集《关于俄罗
斯的诗篇》（彼得格勒）中出现时，批评界才意识到勃洛克是一位具有全民族意
义的诗人。"勃洛克最新的诗作真正具有古典风格"，格·伊万诺夫写道，"但是
这些作品与勃留索夫的诗完全不同，比如勃留索夫那些跟普希金或茹科夫斯基
的作品'难以区别'的诗作。这是淳朴自然的古典风格，只能出自经历了创作
旅程一切考验的大师笔下。其中很多诗句达到了亮丽洗练的高度，像歌曲一样
贴近每个人的心灵"[74]。

安德列·别雷在纪念勃洛克的发言中把组诗《在库利科沃原野上》和诗人

关于索菲娅的生平神话联系起来："触及大地以后，勃洛克第一次成了我们的民族诗人。他明白世界的索菲娅不能失去人类的维系，然而，他还深知，如果这种人类的维系不关注人民的面貌，不关注人民的心灵，不触及人民性的根基，那就不可能结出累累硕果。"[75]

＊　　　＊　　　＊

以怎样的方式克服与本民族人民生活格格不入的弊端，是勃洛克这一时期政论作品的探索方向，对他说来，这种探索具有特殊的、极其迫切的、"社会性的"意义。1907年至1909年初是十月革命之前作为批评家和政论作家的勃洛克最活跃的时段。除了在杂志《金羊毛》所从事的批评活动，勃洛克还举办公开的讲座和学术性的专题评介报告（《论戏剧艺术》《亨利克·易卜生》），在圣彼得堡宗教哲学协会作报告（《俄罗斯与知识分子》《自发力量与文化》），在报刊上发表对一些作者或者作品的评论和批评文章（《俄罗斯上空的太阳》《巴尔蒙特》《梅列日科夫斯基》《评维尔哈伦的〈修道院〉》《论一部古老的剧作》），还发表一些探讨某一问题的短小文章（如《三个问题》《嘲讽》《作家的心灵》《果戈理之子》），这些文章对于理解他这一时期的思想立场非常重要。这一时期勃洛克全部创作的关键问题是"人民"与"知识分子"的问题，这决定着他在文章和诗作中提出的所有主题的意义：个人与人民自发力量的悲剧性隔绝，个人主义世界观的危机，探索克服这种隔绝的途径，思考作家在现代世界中的位置。

这一时期勃洛克转向俄罗斯民主主义美学传统，这种转向对于他周围的人来说是始料不及的。对共同生活不幸的感知，对人民自发力量新的爆发的预感，对现代艺术精英自我封闭的批判，呼吁文学界应重视皮萨列夫、杜勃罗留波夫、车尔尼雪夫斯基、尼·康·米哈伊洛夫斯基、格·伊·乌斯宾斯基的思想遗产，重视高尔基的创作——所有这些使得勃洛克的政论作品在象征派的批评语境中如异军突起。由此导致他的象征派同仁以及民主主义批评界对他的文章都（都感到）困惑不解和难以接受。民主主义批评界在评价勃洛克的文章时，对他的"新民粹主义"带有明显的嘲讽和不信任的成分[76]。

1907年，作为散文作家的勃洛克的创作中首要的体裁是"时事述评"。勃洛克转向述评这种形式，这本身就说明他希望看到当代文学的整体进程，而不再区分"学派""流派""自己人"和"外人"。然而这种体裁很快就被摒弃了：它的经验主义性质不能为思想自决提供更多的可能性。还是在1907年9月1日勃洛克就写了以下的笔记："得快放弃这令人厌烦的当代文学了。要知道总是那一套——一个斯基塔列茨①总不能谈两次。我要摒弃这种文学，并且我将撰写'文学史方面'的文章——现在该谈谈斯拉夫派和西欧派的继承者的问题了。那更有益，更有趣，甚至是'纲领性的'（？）。"（札记，98）尽管勃洛克没有写出以此为题的单篇文章，但是俄罗斯文化的民族特色问题、对自发性的人民心灵以及脱离人民土壤的当代知识分子的思考贯穿着1908—1909年他的全部政论作品。勃洛克在1908年1月8日写给母亲的一封信里更加明确地形成了自己下一年政论创作活动的任务："我应该通过著述一系列文章确立自己的立场、与颓废派分道扬镳。"（Ⅷ，224）勃洛克超越作为一个封闭的文学派别的象征派之局限，探求真正回归传统的途径，意欲通往19世纪俄罗斯古典文化和社会思想。1908年9月13日他给叶·伊万诺夫写信谈道："顺便说一下（或许是主要的），对我而言，'公民'这一概念越来越有分量，我开始明白了，当你在自己的心灵中开启这一概念时，它是多么富于解放力且有益健康啊！"（Ⅷ，252）勃洛克继续在象征派的定期刊物上发表著作的同时，开始渴望为一种全新的杂志撰稿，渴望创作与积极的社会活动直接相关的政论作品。1908年9月1日他写道："无限向往秉持杜勃罗留波夫的《现代人》传统的杂志。存在两类知识分子。'西欧派'一伙精神空虚（《天平》，带有神秘色彩的无政府主义，诸如此类）。唯一的宣言和最严谨的纲领。目的是使自己的创作中不再有任何晦涩作品的味道，无论是饱经忧患性质的，还是蛮横无礼性质的，都坚决避免。脱离《天平》。抵制西欧的新文学。革命的遗训是无所顾忌。"（札记，113）[77]总是能感觉到勃洛克渴望大大扩展读者群的心愿。他甚至把自己1908年10月加入宗教哲学协会的行为解释为出于"与新的听众打交道，通过各种途径（哪怕是通过作报告和听取见解新颖的人们的异议），必须倾听他

118

---

① 俄罗斯作家斯捷潘·加弗里洛维奇·彼德罗夫的笔名，它的原意是"漂泊者"，作为笔名则象征作家经历了各种各样的考验。——译者注

们心声"（札记，118）。

　　同时，这一时段勃洛克创作中具有民主主义倾向，同时也存在着与19世纪民主主义思想格格不入的因素。勃洛克没有接受对于革命民主主义世界观来说十分典型的唯物主义和理性实证主义。尽管勃洛克批评当代的象征派艺术，但从最根本上讲，他仍旧倾向于象征派对世界的感知方法，甚至仍旧倾心于象征派理论的哲学美学前提。围绕关于人民与知识分子问题的文章进行的论争，对这些文章的评价总体上趋向于否定，以及勃洛克自己越来越明确地意识到没能实现直接面向广大的民主主义读者——所有这一切令他在1909年初对自己政论创作活动的结果愈来愈失望。1909年2月23日在写给母亲的一封信中，他把政论创作作为某种与自己格格不入、敌对的东西和诗歌创作对立起来："总的说来，我时常考虑：希望不再撰写各种各样的文章，不再做各种各样的讲座、专题评介报告，不再在琐事上花费精力，而转向艺术……聒噪的冬季以及诸如此类的东西又把我推向绝望，我连写四句诗的力气都没有了。希望不会永远这样。"（Ⅷ，278）信中提到的"绝望"由于这时勃洛克经历了沉重的个人悲剧而加剧，悲剧与1909年2月柳鲍芙·德米特里耶芙娜·勃洛克的孩子出生及夭折有关。正如诗人稍晚一些时候所说的那样，"生活与艺术混为一谈"，变成了最严重的生活冲突。对于勃洛克而言，1909年春夏两季的意大利之行成为他以决绝的态度"重估价值"的阶段。在俄罗斯政治反动，而在欧洲勃洛克遭遇的是自我满足的市民阶层自发力量泛滥，这样的背景下，对于他而言，崇高的古典艺术能够与不和谐、怪诞的现代性相抗衡，是唯一具有现实意义的价值。正如他后来回忆的那样，意大利旅行期间崇高的古典艺术"烧灼"了他的心。在那里，勃洛克在思考自己最近几年的文学活动的过程中，给出了坚决否定的自我评价，并且痛苦地探寻着自己作家道路的另一个方向："……我不知不觉陷入了对我来说格格不入的人们中间，陷入一种玩弄权术、夸夸其谈、急功近利、投机钻营的氛围中，已经三四年时间了……趁现在还没有失去意识、还不很晚，应该断然回头。办法是放弃文学收入，找到别的方式维持生计……而艺术对我来说弥足珍贵，却是我的一些虚伪朋友竭力从我身上去除的东西，就让它保持本色吧……"（札记，145）1909年6月11日夜里他在札记中写下了以上的语句。然而，勃洛克只是在父亲去世后，于1909年12月获得遗产，办完手续，他放弃

119

文学收入的愿望才得以实现。勃洛克没有完全停止政论创作活动，这是事实，但是，其频率明显下降，最主要的是探讨问题的范围发生了变化。

＊　　　＊　　　＊

1907—1908年勃洛克所写的文章，"人民""俄罗斯""知识分子""职责""人民的心灵""自发力量""文化"是主要的象征范畴[78]。1910年的文章（《纪念弗鲁别尔》《纪念薇·费·科米萨尔热夫斯卡娅》《论俄罗斯象征主义的现状》《致德·谢·梅列日科夫斯基的一封公开信》[79]《骑士-修士》）中起着构建结构作用的是"世界管弦乐队"的一些象征范畴，与之相关的是"微小的"象征：如"小提琴""乐器""鼓手"以及"艺术家""演员"等。所有这些象征范畴在勃洛克的创作中并非新的现象，它们在以往的诗作、剧本、文章中都曾经以某种方式出现并得以发展[80]，然而只是到了1910年才在他的散文中相互关联起来，汇成对世界的某种整体描绘，这使得我们可以对其做出某种系统的、总结性的评价。

"世界管弦乐队"的象征范畴在勃洛克的创作中表示宇宙、历史、个人存在之广泛的、有机的统一。

勃洛克谈到把私人事件以及个人命运与"世界管弦乐队的音乐"关联起来的必要性，他总是以此把它们与历史存在、宇宙存在关联起来。勃洛克在《高尔基论墨西拿①》一文里写道："只是做一个精神上闭塞视听、不关注宇宙生活、对混沌世界每日的震颤置若罔闻的人，就会认为大地的形成有其自身的规律和次序，无论如何也不对人的心灵以及人类日常生活的形成产生影响。"（Ⅴ，380—381）

在这个时期的文章中，个体人问题——首先是与普遍存在相互关联的个体人创作问题是阐释"世界管弦乐队"这一象征的最重要角度之一。"世界管弦乐队"和"小提琴"这两个象征表示个人因素与普遍因素的不可分割性和不可融

120

---

① 意大利西西里岛东北端城市，临墨西拿海峡，地中海中部重要的海港。1783年和1908年两次大地震，破坏严重，后逐渐恢复。勃洛克这里评论的正是高尔基就1908年地震所写的札记《卡拉布里亚和西西里的地震》。——译者注

合性。如果世界是"管弦乐队"，那么个人——"人的心灵"就是"最复杂、最温柔、最富于旋律的乐器"（V，417）。从这些象征最内在的结构看，个人对世界整体生活的参与不仅意味着世界规律对单个人的影响，而且意味着单个人、私人事件对世界总体状态的反作用。这就是在《纪念薇·费·科米萨尔热夫斯卡娅》一文中把"定准调的"和"音调不正的"小提琴对立起来的客观涵义。勃洛克在报告《论俄罗斯象征主义的现状》中的见解与这篇文章相呼应："就像我们身上有某种东西失控了一样，在俄罗斯也有某种东西失控了。正如人民心灵造就的蓝色幽灵浮现在人民心灵面前，它也浮现在我们面前。"（V，431）在勃洛克看来，参加"世界管弦乐队"意味着个人（首先是艺术家）道德责任感的增强。信奉个人主义的艺术家类似于从"世界管弦乐队"的声响中脱落而出的乐器（《致德·谢·梅列日科夫斯基的一封公开信》）。归根结底，艺术家只有克服与世界存在（既包括宇宙存在，也包括历史存在）的隔绝，他的创作才具有充分的价值。勃洛克在自己习以为常的形象中表达这一思想时写道："艺术家是这样的人——对于他而言，世界是透明的……他命中注定（甚至不取决于自身的意志）看到的不只是世界的表层，他还看到表层后面被遮蔽的东西，看到那不为人知的远方，对于平平常常的目光来说，这远方会被幼稚的客观现实遮蔽；他倾听世界乐队的轰鸣，并且真诚地对它作出呼应。"（V，418）

在"世界管弦乐队"这一象征中得到相应体现的对世界的感知方法也成为对世界进行艺术体察的原则，这反映在抒情三部曲（作者自己最后一次筹备的那个版本）第三卷的结构中。

首先，这一体察世界的原则体现在各个组诗的排列中，也体现在这些组诗在第三卷的艺术世界里所具有的特殊作用中。第一卷中诗集的统一性建立在把所有诗篇结为一体的统一抒情情节上，也建立在按照时间先后顺序排列诗篇的"日记"逻辑上。第二卷中各个组诗在形象和情节上具有一定的独立自主性，但是从组诗的排列顺序中可以觉察到某种揭示"道路逻辑"的前进动向。第三卷的统一则建立在另外一种完全不同的基础上。不仅各个组诗是独立自主的，而且在组诗的排列中也几乎没有方向性，没有向前发展的特点[81]。第三卷的各个组诗在"不可分割性和不可融合性"中并存[82]。"多声部"原则成为抒情诗第三卷体裁构成的主要原则。每一个组诗都不是包罗万象的宣言，而是壮阔、多

121

变、复杂的当代存在图景中的一个"声音"。第三卷很多组诗的标题都与音乐联想相关,这也和"世界乐队"的象征的主导作用相关:《竖琴与小提琴》《卡门》《夜莺花园》《风在歌唱什么》。在所有组诗(无一例外)的内部世界里,"歌唱""叮当声""寂静""音乐""吉他""小提琴""铃鼓"等等诸如此类的"微小的"音乐象征作用重大。在第三卷的诗篇中"音乐的"象征意义有着特殊功能,勃洛克把音乐看作世界的创造性因素的认识在这种功能中得以体现。

这样,"音乐"题材的出现可以作为诗歌内容得以无限丰富、诗歌时空界限得以扩展的标志。具体、可感的情景被赋予"宇宙"的涵义。

> 桥上响起芦笛
> 苹果树正值花期。
> 天使把一颗绿星
> 托向高高的天宇,
> 在桥上感受神奇
> 仰望深邃的夜空,
> 如此崇高、静谧。

(Ⅲ,158)

在纲领性诗篇《艺术家》中"音乐"("叮当声")的出现和"谛听"成为创作过程之发端,同时,深入探寻存在的世界规律,弃绝外在的尘世浮华:

> 时钟延续,承载世界轮转。
> 声音、运动与光在扩展,
> 过去的空间向未来展望,
> 没有现在。无从奢谈可怜。

(Ⅲ,145)

在《可怕的世界》《报应》《意大利诗篇》中"反音乐的"声音形象（"嘶哑声""尖叫""哀号"）作为虚假存在的象征出现，这种存在丧失了对崇高精神财富的记忆。而且，对自身堕落的认识、对"失乐园"的回忆（"青春—报应"的主题）在第三卷的诗作中也同一些"音乐"形象的出现相关联。

勃洛克的散文创作与他的诗歌、戏剧创作中象征范畴类似的相互影响正是在1906—1910年特别强烈，而在革命前的时代则逐渐减弱。

*　　　*　　　*

勃洛克的报告《论俄罗斯象征主义的现状》（1910）不仅对作为一个派别的象征主义的发展历史作出总结，而且在更大程度上标志着勃洛克自己创作道路和生活道路一大阶段的完结及其自传神话的终结。俄罗斯象征主义历史的"正题"与"反题"囊括了艺术家勃洛克形成艺术个性的全部历程：迷恋"招魂术"的青春时代——"朝霞之光"的覆灭和沉浸于自发力量"浅紫色的昏暗"——探索"社会服务"的形式——对普遍危机的感受以及对无论怎样都不可能"综合"解决危机的感受。对于勃洛克而言，继续这一道路与期待末日论所说的生活改观立刻到来已经不能相容："艺术家即便果敢时也应当是忐忑不安的，他清楚把艺术与生活混为一谈的代价，在生活中他仍然是一个普通人。"（Ⅴ，436）道路似乎在重新开始："应该再次向世界学习，向那个不谙世事的人学习，他还生活在焦灼不安的心灵里。"（Ⅴ，436）勃洛克在1909年的意大利之行中感知到艺术的挽救功能，并在《意大利诗篇》和已经动笔、但未能完成的一组散文《艺术的闪光》的详细提纲中表达了这种感知——这是向永恒的艺术价值的回归。

勃洛克在报告末尾谈到的"精神节制"、"自我深化"的外在表现就是他脱离积极的政论创作活动、不再参与文学和戏剧界的波希米亚式生活。在重新进行政论创作的几次不太成功的尝试（设想与维·伊万诺夫、弗·皮亚斯特、叶·阿尼奇科夫以及其他倾向于象征主义的作家联合创办杂志，1911年尝试创办杂志《三位诗人的日记》，1912年为杂志《劳作与时日》以及阿·特尔科娃主办的报纸《俄罗斯之声》的短时撰稿，与阿·鲁马诺夫之间关于为《俄罗斯评论报》撰稿事宜耗时长久、却无成效的商榷）之后，勃洛克彻底脱离为定期刊物系统撰稿的工作，这种状况一直持续到1918年。这种状况的形成还有一些更深刻、内在的原因：从1909年末开始，他掌握了一种对于他自己来说新的体裁——长诗，越来越全神贯注于一个宏大的艺术构思（《报应》）。

显而易见，始于1910年、几乎持续到诗人去世之前的长诗《报应》的创作，应该把勃洛克以及他那"一代人"的自传神话与由文献证明的生平合为一体，也与俄罗斯的"历史生平"合为一体。在《华沙叙事诗》中已经含有把"文献的"和"神话的"说法合为一体的暗示，其中父亲的道路是通过堕落天使、恶魔的神话解读的。长诗创作的第二阶段立刻就突现出这两种线索的加强。1911年3月勃洛克创作序诗，其中集中了最重要的神话主题：英雄-拯救者的主题（瓦格纳的歌剧四部曲①中的形象——齐格弗里德、米梅、巨龙、锻剑），库利科沃大会战的主题（"在我们营垒上方，/远处烟雾缭绕，有如过往，/并散发着烧焦的味道。那里——火光冲天"），"使朝霞倾倒的"索菲娅主题，最后还有"煤炭变成金刚石"的形态变换（它既源于尼采的《查拉图斯特拉如是说》一书里关于质地松软的煤和质地坚硬的金刚石的寓言，也源于弗·索洛维约夫的文章《自然中的美》当中乌黑丑陋的煤与光洁奇美的金刚石之对照）。那时勃洛克就开始收集"用于创作长诗的资料"，研读描述19世纪70—90年代最重要的社会、政治、文化事件的各种文献资料。按照勃洛克的构思，长诗的两条线索通过总体的关于报应的末日论神话合为一体。在勃洛克的意识里，写在长诗前面、引自易卜生剧作的题词"年轻人等于报应"与启示录中的话"然而有一件事我要责备你，就是你把起初的爱心离弃了"（《启示录》，第22章第12节②）是相通的。长诗中与报应主题密切相关的是堕落者良心之音的觉醒、对最高道德价值世界的回忆、对自身堕落和背叛自古以来的使命的认识——类似于《意外的喜悦》的情节中那个罪孽之人的忏悔。首先这是父亲的故事：他从恶魔到悭吝人的堕落，背叛初恋，还有伦理道德的沦丧和背叛青春理想。良心之音的觉醒和对崇高生活使命的回忆在长诗描写父亲的即兴音乐演奏中得以体

---

① 指《尼伯龙根的指环》，包括《莱茵的黄金》《女武神》《齐格弗里德》和《众神的黄昏》。——译者注

② 原文如此。应为《启示录》第2章第4节。——译者注

现。正如从长诗的前言中得出的结论那样，主人公们个人的命运与俄罗斯以及欧洲的命运应当处于一种休戚与共、错综复杂的相互关系中。然而，尽管意识到"一切的不可分割性与不可融合性"，尽管在对"见所未见的转变"和"闻所未闻的暴风雪"的预感主题中民族历史罪责这一基本主题已初露端倪，但是它在长诗中还不够清晰、明确。关于历史报应的问题，只是"波兰"那一方面得

124

到最深入的探讨。长诗提纲中拟定的很多主题（其中包括玛祖卡的主导主题）最终没有落实，显而易见，玛祖卡的主导主题应该体现俄罗斯与波兰相互之间的历史罪责和历史报应这一基本话题。

1912年春勃洛克开始创作诗剧《玫瑰与十字架》（最初是为亚·格拉祖诺夫创作的芭蕾舞剧本，随后扩展为歌剧剧本，最后诗人意识到自己创作出一部话剧，于是1913年以话剧剧本定稿）。1914年勃洛克最后一次体验了对音乐话剧演员——柳·亚·安德列耶娃-杰利马斯的强烈迷恋，把组诗《卡门》献给她（根据诗人内心的感知，她使他联想到《夜莺花园》的女主人公[83]）。应该把勃洛克为出版《阿波隆·格里戈里耶夫的诗歌》（莫斯科，1916。勃洛克还撰写了序言《阿波隆·格里戈利耶夫的命运》，并对诗做了注释）所做的精心校勘工作，与准备上演《玫瑰与十字架》的莫斯科艺术剧院合作（尽管进行过二百场排练，最终仍未能上演），翻译亚美尼亚和芬兰诗人的作品这三件事归入1914至1916年最重要的事件。勃洛克在第一次世界大战期间所持立场（比较1916年3月6日日记中的记录："今天我终于清楚地认识到了这次战争的特点——非崇高性"。Ⅶ，283），没有使他走向任何的和平主义者或"失败主义者"的立场：1916年夏天他应征参加现役部队（被列为全俄地方自治局和城市联盟第13工程建筑民兵团的一名考勤兵），在波列西耶、平斯克的沼泽地区服役。二月革命以后才服完兵役。

勃洛克晚期创作的主人公以及生平的"道路神话"也发生着重要变化。在《骑士-修士》（1910）一文中他坚持忠实于"珀耳修斯和安德洛墨达的古老神话"[①]，并且立即从诺斯替教角度进行阐释："我们大家，应该不遗余力地参与

---

① 安德洛墨达是希腊神话中国王刻甫斯的女儿，珀耳修斯是杀死女妖美杜莎，并用美杜莎的头让海怪刻托石化，救出安德洛墨达的英雄。——译者注

解救被混沌俘虏的公主——世界灵魂和自己的灵魂。我们的灵魂分沾了世界灵魂。"（Ⅴ，454）但是，现在被勃洛克视作"英雄"的不是库利科沃大会战的军人，不是瓦格纳的齐格弗里特（"不知恐惧的人"），不是童话里"追寻火热春天"的骑士，而是生活在"可怕世界"、经历了各种诱惑和堕落、在自己身上找到勇气对抗生活之恶的人，是自觉选择尘世的痛苦、自我牺牲精神甚至失败命运的人[84]。诗剧《玫瑰与十字架》的男主人公伯特兰就是这样的人——唯独他能够理解加埃唐歌曲中神秘的呼唤话语"快乐与痛苦本无二致"，并且在个人命运中对其加以体现。长诗《夜莺花园》的男主人公也是如此，他从美好的、但是却脱离共同生活的爱之花园回到了艰苦的、不和谐的世界。长诗《报应》的作者在"序诗"中也这样谈论自己，他把自己与"不知恐惧的"齐格弗里特类型的男主人公对立起来（"而我软弱又无助，/如同你们，如同所有的人，——/只是一个聪明的奴仆，/造就我的是尘埃和黏土。"Ⅲ，301）。这在某种程度上也关系到长诗的两个主人公——父亲和儿子（后者的道路在长诗里未得到完整的体现），他们两个人都以自己的方式任青少年时代的理想消逝，经历了道德堕落，并且失去了初恋。这一时期勃洛克撰写的文章不多，其中有一篇题为《从易卜生到斯特林堡》（1912），他把斯特林堡笔触下"人的面貌"（"坚硬的唇须下面是苦楚的皱痕"，"灰眼睛里闪烁着勇敢的目光"）跟易卜生创作中神秘的、抽象的英勇精神对立起来（Ⅴ，462）。

瑞典作家奥古斯特·斯特林堡在这一时期对于勃洛克说来是一个特别富有意义的人物，这与勃洛克对当代生活中"勇敢风尚"的探索有关（Ⅲ，293）[85]。勃洛克承认，他是"在斯特林堡的符号下"度过的1912年（Ⅷ，383）。斯特林堡的三部曲（《疯人辩护词》《女仆的儿子》《地狱》）的男主人公与勃洛克在生活状况的某些方面无疑有着类似的经历（对心爱的女人柏拉图式的精神依恋，缺乏表演才华的妻子渴望在戏剧领域出人头地，戏剧界给她造成的致命影响，孩子的出生与夭折以及妻子对此的态度），这在很大程度上可以对勃洛克醉心于斯特林堡作出解释。然而应当指出，斯特林堡创作中"对妻子的怨恨态度"在勃洛克抒情三部曲第三卷里被托尔斯泰《复活》的伦理学经验所修正：勃洛克把《审判前》一诗安排在献给斯特林堡的《女人》一诗之后，《审判前》一诗中被欺凌的、堕落的女人没有受到男主人公的指责——像托尔斯泰笔下的聂赫留朵夫一样，他意识到自己在她面前是有过错的。诗作的这种排列顺序绝不是偶然的：斯特林堡笔下的男主人公的"声音"在俄罗斯古典文学道德经验的光照中获得了另一种意义。

但是，从另一方面看，"斯特林堡"的因素在内涵方面对关于拯救世界灵魂的神话做了最重要的补充。在寻找当代"勇敢的"英雄的过程中，勃洛克转向斯特林堡的经验[86]，但是，如果说在斯特林堡的作品中存在使女性因素脱离混沌之境的英雄-拯救者的主题，那么它也仅仅是作为一种没有变成现实的可能性而存在。长篇小说《疯人辩护词》的男主人公把未来的婚姻看作拯救自己所爱的女性脱离堕落之渊："我对自己立下誓言，我要把她拉出泥潭，扶助她，把她从堕落中拯救出来，为此我将不遗余力。"[87] 但是情节的进一步发展全部表明这种意图的不可实现性。长篇小说中被竭力肯定的却完全是另一种形象——被女性的魔力俘虏、在奇异的梦境里失去力量和勇气的男人："我在女魔法师的怀抱里昏睡了整整十年，或许，我已经丧失了荣誉感，丧失了果敢、生活的意志、智慧以及自身的七情六欲，甚至失去了更多的东西。"[88] "我突然产生了一种强烈的愿望：跳出这个安乐窝，逃离女巫拘禁我的这个拷问室。"[89] "怎么说呢，我被这个女人施了魔法，我不能从她的魔力圈中逃脱。"[90] 这些引文分别出自小说的开头、中间和结尾。如此执着地重复这一主题，这说明在斯特林堡的世界中重要的不是关于拯救被俘的世界灵魂的神话，而是关于被女魔法师俘获的男主人公的神话。这一情节具有同样古老的神话根源：从陷于喀耳刻①的海岛的奥德修斯到维纳斯洞穴里的汤豪瑟②，到俄罗斯角色乔装改扮传统中年轻姑娘的城堡里的拉特米尔③（《鲁斯兰与柳德米拉》）。如果考虑到这一神话语境，就可以回想起第二卷抒情诗中与这类题材相关的陌生女郎、白雪假面以及女蛇妖（《一个不懂童话的女人的童话》），而且使得长诗《夜莺花园》的情节与斯特林堡的主题意想不到地接近，《夜莺花园》里的男主人公也是自愿被爱俘虏，

---

① 希腊神话中的女怪，通巫术，居于地中海小岛，旅人受她蛊惑，就变成牲畜或猛兽。——译者注

② 歌唱爱情的吟游诗人，经不起维纳斯诱惑，抛弃恋人，在维纳斯的洞穴中住了一年。——译者注

③ 基辅王公，柳德米拉的追求者之一，追求享乐而性格平和，在寻找柳德米拉过程中有艳遇。——译者注

而随后也是自愿返回贫困、严酷的世界。显而易见，理解勃洛克晚期神话诗学观念的关键正是在于理解两个神话成分的相互关联：这两个神话成分的内容都是关于被俘的世界灵魂和被俘的男主人公的，二者同样古老，但对于勃洛克而言，它们却分别与弗·索洛维约夫、斯特林堡相关。并且，这两个相互补充的神话在勃洛克意识中的存在或许能够解释这样的现象：为什么勃洛克以"索洛维约夫式"的《丽人集》开始创作道路，却以"斯特林堡式"的诗作《你坚信我冷漠、孤僻、兴味索然……》（1916）结束自己革命前的诗歌创作。

*　　　*　　　*

　　勃洛克在1917年10月作出非同寻常的选择，这使得某一段时间他在自己最倾心的文学艺术知识分子之中处境极其尴尬。勃洛克对《知识分子能否与布尔什维克一同工作？》的问卷调查作出了"能一同工作，而且必须一同工作"的回答，1918年1月在左派社会革命党的报纸《劳动旗帜》上发表了一组题为《俄罗斯与知识分子》的文章（首篇为《知识分子与革命》），一个月后又发表了长诗《十二个》（2月18日）和《斯基泰人》（2月20日），这些做法极其明确地表明了他的社会立场。尽管勃留索夫、安德列·别雷、叶赛宁、梅耶荷德、彼得罗夫-沃德金也作出了类似的选择，但是大多数作家对十月革命持指责态度，这意味着他们同样指责宣称支持布尔什维克的作家[91]。吉皮乌斯对勃洛克最为激烈的驳斥集中表现了对"亲布尔什维克"知识分子之指责的实质："难道他们知道什么是选择吗？难道他们对沙皇专制和社会主义不是同样冷漠吗？他们对俄罗斯和共产国际不是同样漠不关心吗？他们懵懵懂懂、随波逐流。他们不负责任。他们不配人的称号"[92]。索洛古勃、维·伊万诺夫、阿·切博塔列夫斯卡娅、格·丘尔科夫、弗·皮亚斯特、阿赫玛托娃、尤·艾亨瓦尔德、普里什文、爱伦堡、瓦·舍尔舍涅维奇也表示了与勃洛克的分歧。布尔什维克批评界以同情的态度评论勃洛克"与人民融合"的同时，仍旧带着明显的警惕性谈到他的长诗与布尔什维克对革命的认识格格不入（或者，多半是与布尔什维克对如何在文学中反映革命的认识格格不入）。"《十二个》毕竟不是革命的

127

长诗，"托洛茨基写道，"这是归附革命的个人主义艺术的天鹅之歌"[93]。而且以后他又写道："长诗中并没有揭示革命的内在涵义，就结构而言，长诗是奇特的——因而勃洛克以基督结束长诗。"[94]

长诗《十二个》在批评界引起众多互相抵触、互相矛盾的反响和阐释，甚至连勃洛克最"晦涩"和"隐秘"的诗作都不曾出现过这样的情况。长诗完全致力于民主化的风格，诗中带有说白、幽默小曲、歌谣甚至进行曲的音调，对那个时代的批评家以及现今的读者来说，这部长诗都是一个难解的谜团。存在着两个传统上最难诠释的问题：对"革命步伐"的号召与赤卫队员的无政府主义狂欢是怎样结合在一起的（其中包括为什么卡季卡被杀的事件在长诗中占据着核心位置）以及如何解释基督形象在长诗结尾的出现。最近十年的著述中已经见不到过去关于长诗中基督形象的"偶然性"或"非本质性"的论断[95]。在那样的论断之后，必然引用勃洛克日记中的话（1918年2月20日的记录）："这些天的可怕想法是：问题不在于赤卫队员'不配'此时与他们一道行进的耶稣，而在于正是他与他们一道行进，然而与他们一道行进的应该是一个别的什么人。"（Ⅶ，326）根据这一引文，一些批评家甚至肯定，勃洛克似乎希望改变长诗的结尾。然而，存在一个看起来最重要的而且目前还没有得到彻底解释的事实：鲍·米·加斯帕罗夫和米·彼得罗夫斯基的著作中都把《十二个》的最后一章与普希金的诗作《鬼怪》进行对比。（显而易见，两人的研究是独立进行的，互无牵涉）[96]，他们的对比中涉及到诗歌格律的一致（四音步扬抑格，押交叉韵），也涉及到再现两个人的对话（"喂，车夫，快点走！……""不行啊：／老爷，马儿走不动。"与"谁在那里挥舞红旗？""瞧吧，多么黑暗！"）一些诗行直接呼应（"暴风雪打得我睁不开眼睛"与"暴风雪使他们睁不开眼"），"饥饿的狗"突然变成了"狼"（"谁能知道？那是树桩还是狼？"与"……呲着牙———一只饿狼。"），暴风雪、风暴、飞舞的雪，这些形象出现在勃洛克1918年1月5日的日记里，这正是开始创作长诗的前夜（其中出现了《鬼怪》中的诗行："是埋葬了老妖大放悲声，还是妖女出嫁难以割舍双亲？"），所有这些突现了勃洛克的长诗在思想情绪上受到普希金的诗作《鬼怪》的特殊影响。但是这种影响的涵义何在呢？

首先让我们关注一下长诗交错的诗律结构。长诗中什么时候以及怎样出现

《鬼怪》的格律——押交叉韵的四音步扬抑格呢？考察表明，长诗中不是立刻就响起了这种格律，它是逐渐出现的，首先只是个别的诗节运用了这种格律，并且刚一出现就立刻被其他格律打断。只是在第七、第十一和第十二章中这种格律才确实起到了主导作用。这到底是一些什么样的场景呢？

四音步扬抑格首先在第三章出现，与赤卫队员的题材相关（"像我们的伙伴／到赤卫队去服役"）。往下运用扬抑格的场景与爱情悲剧、忌妒（"卡佳，你还记得那个军官吗？／他做了刀下鬼。"）以及凶杀、不可控制的激情自发性放纵这些主题有关，也与彼得鲁哈的忏悔（"啊呀，同志们，亲爱的，／我曾经爱过这个姑娘……"）以及对这一忏悔的集体指责有关（"顾及你的感受，／现在还不是时候"），这种格律的运用还与长诗结尾队伍的行进相关（"他们手里的钢枪／指向隐蔽的敌人的胸膛"）。

从所列出的引文明显看出，对普希金作品的引用与长诗的核心情节——私自处刑、毫无意义地杀害卡季卡的场景相关。这使我们有理由确信，"魔鬼性"就隐藏在自发力量之中——既隐藏在人民的自发力量之中，也隐藏在自然界的自发力量之中。"魔鬼性"与私自处刑场景的这种联系在某种程度上也被文本外的因素所证实：列·康·多尔戈波洛夫就注意到以下事实——勃洛克的第56号札记本中第一次提及这部长诗的创作，并且恰巧与两则消息（水兵在医院里杀死立宪民主党的显要活动家——临时政府的部长安·伊·申加廖夫和费·费·科科什金）的记录相邻，晚些时候有关长诗创作的记录则与"人民委员会指责私自处刑"的记录相邻，尽管多尔戈波洛夫对此持审慎的保留意见："勃洛克有夸大此事（指杀人行为——本章作者注）以及与其相关的传言之意义的倾向"[97]。研究者公正地指出，现实生活中的私自处刑成了"构建长诗核心情节的直接推动力"[98]。然而时代表明勃洛克的担忧并非夸大事实。

长诗中某些诗行一再重复也与"魔鬼性"的主题相关："自由，自由，／哎，哎，没有十字架啦！""不再信仰圣名。"与这一题材相关的还有一点：长诗的故事发生在十字路口（在魔鬼题材的民间文学中这是"闹鬼"的地方）。第十章杀人和放纵场景之后的诗行（"雪漫天旋转飞舞，／隆起高高的雪堆"）使我们想起，在俄罗斯民间文学的象征意义中雪堆是魔鬼的放纵，是女妖与鬼怪的舞蹈和婚礼。勃洛克熟知这一迷信传说，他在《咒语和召神祷文的诗歌》一文中援

129

引过这个迷信传说，并在《罗斯》（1906）一诗中对其加以运用："还有女妖和鬼怪开心取乐，／在路上的雪堆中穿梭。"[99] 此外，长诗的象征结构中非常重要的公狗形象在俄罗斯以及欧洲的民间文学中传统上都与魔鬼相关。[100]

现在长诗结尾处出现的基督的作用也更显而易见了。我们回过头来再看看长诗与普希金诗作的对比，就会觉察到长诗的结尾具有截然相反的涵义。依照弗·阿·格列赫尼奥夫的表述，"普希金的诗作《鬼怪》的诗学空间在结尾变得无限开阔"[101]（"在无边无际的天穹"），并且这首诗以"无限之恶无穷无尽的景致"[102] 结尾。勃洛克的长诗里空间也同样无限广阔，但在高空出现对自发性放纵的"诅咒"：勃洛克笔下"驾临在暴风雪之上"的基督形象被置于普希金诗作中"一群鬼怪"的对立面。

这里我们还必须回忆这样的事实——普希金所创造的关于"魔鬼性"的民族神话在陀思妥耶夫斯基的创作中得到发展，并且这种发展对勃洛克来说非常重要：我们指的是长篇小说《群魔》，在这部作品中"鬼附体"的主题与"不要十字架的暴动"的主题直接相关。[103] 长诗中毫无意义地杀害卡季卡的问题与小说《群魔》中所提出的毫无意义的杀戮问题相呼应，后者与彼得·韦尔霍文斯基小组的否定道德直接相关。（彼特鲁哈、万尼卡与彼得·韦尔霍文斯基、伊万·沙托夫的名字相同是偶然的吗？）长诗结尾与小说两段卷首题词的呼应特别意味深长：第一处是普希金的《鬼怪》中的一段，第二处是路加福音书中的一个片段（第8章，第32—36节）：讲的是基督把魔鬼从病人体内驱逐到猪的身体里去。这些题词的涵义在小说的结构中彰显出来："魔鬼"骚乱的放纵、杀害沙托夫、使跛脚女人死亡的火灾、令丽莎死亡的私自处刑的场景——所有这一切劫难之后，作者安排的是在奄奄一息的斯捷潘·特罗菲莫维奇床前读福音书的场景以及对福音书中关于驱逐魔鬼的片段的象征性阐释。总的说来，长诗的结构与小说的结构出乎意料地相似：长诗中的基督在卡季卡死亡和"穷人"的无政府主义放纵这两个情节之后出现。长诗的结尾也与小说题词的结构相呼应：起初是对普希金诗作的引用，随后是基督的出现。倘若这样解读，那么长诗中的基督就不意味着祝福正在发生的事情，而意味着驱逐"魔鬼"、克服自发性的不道德行为，保证长诗主人公们未来悲剧性的道德净化。赤卫队内各种力量并存，它们都致力于遏制激情的自发性放纵。赤卫队

130

员本身更容易听见外部力量——职责的声音（"保持革命的步伐！"）。然而
也存在着另外一种力量，米·费·皮亚内赫借用勃洛克的形象恰当地把它称
作"精神和心理的地下避难所"：彼特鲁哈内心醒悟的良心和同情心之音、
对杀戮行为的指责、对往昔爱情的记忆。正如皮亚内赫正确指出的那样，
"长诗结尾的基督体现了彼特鲁哈及其同志们身上的一种隐秘力量"[104]。我们
会发现，彼特鲁哈自己也不由自主地对基督呼吁："啊，多么大的暴风雪啊，
主啊。"于是基督的出现可以看作对长诗主人公们几乎是无意识的心灵运动的
回应。

　　同时不能不看到，对于勃洛克而言，认定除了千百年来与基督的名字密切
相关的伦理学——同情、爱、肯定每个人的个性价值和生命价值的伦理，没有
任何别的道德力量能够战胜自发力量的不道德行为，这是多么惨痛的事。勃洛
克希望获得一种全新的、不指向个人而指向人民群众的道德，他在一些文化随
笔（《人文主义的覆灭》《喀提林》①）中宣讲这种道德，不过那已经是完成长
诗《十二个》之后的事了，在这部长诗中他的这种希望旋即破灭，尽管读者没
能当即理解这一点。

＊　　　　　＊　　　　　＊

　　勃洛克在《关于〈十二个〉的笔记》（1920）里确认，"……1918年1月我最
后一次与1907年1月或1914年3月②同样盲目地浸沉于自发力量中"（Ⅲ，474）。
在创作了《十二个》和《斯基泰人》之后，勃洛克的诗歌创作归于沉寂，直到
1921年。他写了一些笑谑的"即兴"诗句，编辑自己以前的诗作，筹划出版
《抒情三部曲》的最后一个版本，然而他已经不再创作独具特色的新诗，这种
状况一直延续到他创作最后一首遗嘱式的诗篇《致普希金之家》（1921）。

　　然而，从1918年开始作为散文作家的勃洛克的创作却焕发出新的生机。他

---

　　① 全名是路奇乌斯·塞尔吉乌斯·喀提林（公元前约108—前62），古罗马的政治家，罗马共
和国末期的著名人物，阴谋推翻共和国失败身亡，一般认为他喜欢内战、杀戮、抢劫、政治上的相
互倾轧。——译者注
　　② 1907年1月和1914年3月分别是勃洛克完成《白雪假面》《卡门》的时间。——译者注

撰写抒情政论文章（《知识分子与革命》《艺术与革命》《弗拉基米尔·索洛维约夫与当代》），把创作于1907—1918年间、探讨"人民"与"知识分子"问题的七篇文章汇集成书：《俄罗斯与知识分子》（第1版：莫斯科，革命社会主义出版社，1918；第2版：彼得格勒，阿尔科诺斯特出版社，1919），在自由哲学协会和新闻学校作文化哲学报告，写一些抒情片段（《不是梦，也不是现实》《一个多神教徒的忏悔》）和讽刺小品文（《同胞们》《俄罗斯的纨绔子弟》《对红色刊物问题的答复》）。最后一篇小品文意义特别重大：勃洛克出乎意料地展现了讽刺作家的才能，在他的《对红色刊物问题的答复》一文里能够揣测到后来布尔加科夫怪诞的《恶魔纪》的语调[105]。

　　勃洛克这些年撰写的许多作品都与他的职务活动相关：革命后，他生平第一次不仅被迫寻求文学收入，而且不得不谋求国家公职，这是在经济崩溃和贫穷的情况下得以存活的唯一办法。

　　实际上，勃洛克的第一份公职还是始于1917年，这多半是与他对沙皇政权最后几年秘密内幕的真诚兴趣有关：我们说的是他作为临时政府特别侦讯委员会（"为侦查前大臣和其他身居要职的人员利用职务之便的违法行为而设立"）速记报告的文学编辑，最后依据未公之于世的文献编著成题为《沙皇政权的最后岁月》（1919）一书。

　　勃洛克后来所有的国家公职都与文化教育活动有关：1917年9月他成为戏剧文学委员会的成员，从1918年年初开始在教育人民委员部戏剧处工作[106]，1919年4月转到大话剧剧院工作。同时，1918年他还成为高尔基领导的《世界文学》出版社的一名编辑，而从1920年起成为诗人协会彼得格勒分会的主席。勃洛克的每一份公职都与撰写内部意见、发言稿、前言、便函、演讲稿有关，这些构成了勃洛克在革命后年份里所撰写的大量材料。

　　勃洛克对自己的文化教育活动，特别是对1918—1919年期间所从事的国家公职的态度发生了根本变化。他参与年轻的苏维埃政权最初的一些创举性活动，是基于他认识到关于知识分子对人民负有职责的认识，这种认识可以追溯到他革命前的政论作品。然而，在他的文化哲学中能够感受到一个似乎于1917年便初露端倪的新的关注点。诗人多次谈到与人民自发力量格格不入的文化悲剧。然而，对于俄罗斯的命运来说，与文化因素隔绝的人民的命运可能最终同

131

样是毁灭性的和悲剧性的。1917年8月勃洛克在日记里谈到人民自发力量的放纵，他写道："这就是俄罗斯文化的任务——把这火引向应该烧毁的东西，把斯坚卡和叶梅利卡①的暴动转化为坚定的音乐浪潮；摧毁那些不舒缓火的进攻反而推波助澜的障碍；把狂暴的自由组织起来。"（Ⅶ，297）他在1918年1月19日的日记中写道："人民是有羽翼的，但需要在技能和知识方面对其进行帮助。"（Ⅶ，321）

那时，勃洛克的文化史观以及他对艺术在人生活中的作用的见解形成了独特的文化哲学体系，他在报告《人文主义的覆灭》中对这一体系做了详尽的阐述。

这一体系的主要反题是以整合的文化对抗四分五裂的文明。在这一反论题中"音乐精神"范畴起着决定性的作用，是音乐精神使这种或那种现象具有整体性、连结性、生命力。充满人文主义精神的文艺复兴时期的个人主义文化散发着"音乐精神"的气息，但是，随着时间的推移，"当群众（而不是个人）作为新的推动力量登上了欧洲的历史舞台"（Ⅵ，94），文化丧失了音乐精神而蜕化为现代文明。勃洛克认为，在这种情况下，历史需要参与到"音乐精神"中去，但是"音乐精神"不需要历史，并且它可以存在于历史之外。使"音乐的存在"与经验主义的生存二者对立起来，就是在逻辑上完成了"音乐精神"和"历史"的这种划分。尽管失去存在不意味着立刻失去生存，但是必然使文明遭受灭顶之灾：旧世界、个人主义文化"尚能复归和生存，但是它们已经失去了存在"（Ⅵ，59）。反之，停止经验主义的生存不意味着失去存在：勃洛克经常谈到不可毁灭的"永恒形态"、相对于其物质表现形式而言的原初形态。

勃洛克的文章中提出的全部文化哲学问题在1917年后失去了抽象理论的意义而转入生活实践的范畴。这里指的是在日常生活层面上解决与普遍的文化自决有关的各种具体问题：加入新政权的机关可能还是不可能？是否应该为人民保存所有古典遗产或者必须进行有倾向的选择，或者甚至以虚无主义的态度忘却古典遗产？在一切基础遭受破坏的时期能否进行个人创作，以及个人创作为何服务？关于俄罗斯文化能否在发生灾难性变化的世界里生存下去的问题仍

132

---

① 斯坚卡和叶梅利卡是俄罗斯历史上两位农民起义领袖拉辛和普加乔夫的名字斯捷潘和叶梅利扬的俗称。——译者注

然是主要的问题。尽管勃洛克对"知识分子"文化的毁灭、对接受新的群众文化有心理准备，但他正是在这些年认识到俄罗斯文化的价值以及它的不可毁灭性："俄罗斯精神生活背负十字架的整个历程浸润着我们的心田，令我们热血沸腾。"（Ⅵ，137）从这种认可中可以直接得出的结论是有实践意义的，它关涉到为人民出版俄罗斯古典作家的作品的原则："我们应该尽可能充分地介绍俄罗斯语言两个世纪以来的生活。"（同上）

勃洛克以他特有的责任心、近乎迂腐的诚实、认真负责的精神履行了与国家委员会的活动相关的职责。勃洛克本来认为革命自发力量具有净化作用，然而，事情越往下发展，他越强烈地感受到新政权血腥的日常生活与他的那些认识是相背离的。新极权主义国家的到来在更大程度上令勃洛克不寒而栗。从禁止出版自由、贸易自由开始，新的制度对人身自由步步紧逼，干涉个人创作，侵犯精神自决的自由。勃洛克把这看作"旧世界"的复辟，他的《札记》里出现一些新机关的旧名称："警察厅"，《真理报》等于《新时代报》，"密探"。必须把时间和创作精力消耗在各种新机关官僚主义的繁文缛节上，这越来越令人抑郁不快。所有这一切都是在逮捕知识分子的背景下发生的（因为2月15日至16日夜针对左翼社会革命党人的政治运动的关系，勃洛克本人也曾短期被捕）。在最为悲剧性的第60号札记本（1919，迄今仍未全部发表）[107]中出现充满绝望、愤怒的简要记录，随后越来越强烈地感觉到其中流露出来的沉郁低落的情绪：

1月1日。……"看来，城市里对公社的憎恨达到了极限——前所未有的食物匮乏和商品高价。"……5月4日。"谁扼杀了革命（音乐精神）？——战争。做了一些事情。但是，当脖子上晃动着警察国家的新绞索，我已经不能真正地工作。"……5月6日。"《真理报》上公布了执勤人员的职责（间谍活动和侦查审判）。"5月7日。……"存活于世，苦闷无边"。5月31日。……"《真理报》等于《新时代报》。列宁谈间谍活动。新的拘捕的传言……痛苦不堪。"6月1日。……"奴隶们在兵役和其他鞭子的威胁下聚到一起……"7月12日。……"徒步徐行，骑着小跑马的水兵、坐着豪华单马拉车的警察和刽子手从身边超过。非常炎热。地地道道的专制。而工人们疲惫不堪、饥肠辘辘，无精打采地走着。"7月13日。……"警察厅的一个机关禁止我从波罗（的海）

火车站出发去海滨的斯特列尔纳村休养。《真理报》号召消灭市场上的买卖人。"8月6日：……"在一家小报上出现一种新的庸俗言论——号召进行'普遍的军事训练'。前往一个个办公室——放下工作，张罗忙碌。"

勃洛克对周围正在发生的事情感到失望，只能重新寻找自己赖以生存的精神支柱，形势迫在眉睫。还是在1918年谈到告别旧世界时，勃洛克写道："只有像我这样爱过的人，才有恨的权利。并且我理应当地下避难所①。地下避难所——是空旷的蓝天上疾驰的星辰，发光的星辰。"（Ⅶ，326）在题为《人文主义的覆灭》的报告中勃洛克又回到艺术家——地下避难所的形象："欧洲的艺术家感受到了世纪的自发性和威慑之势，他们这些音乐的体现者当年被残酷迫害。只是现今才被承认是天才……可以把他们称作文化生存的地下避难所，因为在19世纪整个历史期间我们看到由文明推动的、旨在消灭文化精神体现者的诸多迫害行动以及一系列使文化精神所敌视的文明适应文化精神的努力。"（Ⅵ，107—108）

在勃洛克之前，20世纪俄罗斯文学中就出现过退守到地下避难所的文化形象（比较勃留索夫的诗句《未来的匈人》）。别尔嘉耶夫在《浮士德弥留之际的想法》一文中把地下避难所的形象用于相似的意义："新的中世纪将成为开化的野蛮期，那不是森林和原野间自然性质的野蛮，而是机器喧嚣中文明化的野蛮。崇高而神圣的文化传统将隐遁。或许，真正的精神文化不得不经历地下避难所时期"[108]。

对于勃留索夫而言，正如对别尔嘉耶夫一样，退守到地下避难所相当于文化对野蛮行径的自我隔绝。勃洛克不把地下避难所想象成地下室和山洞，而把它想象成蓝天上的星辰，这绝非偶然："在我们这个多灾多难的时期，必须把任何一种文化创举都当作地下避难所来思索，最初的基督教徒就是在地下避难所挽救自己的精神遗产"，他在报告《人文主义的覆灭》中写道。"差别在于现今已经不可能把任何东西藏到地下保全了；挽救精神遗产有另外一种途径；不应当把它们藏匿起来，而应当把它们公之于世；公之于世，使它们的不可侵犯性

---

① "Катакомба"本指古罗马的一种地下走廊，基督教徒用作避难所、地下祈祷所或墓穴。——译者注

得到世界的承认，使它们受到生活本身的捍卫。"（Ⅵ，111）保持对古典文化财富的信守不渝，同时又不脱离当代现实，并且不以完全拒绝传统为代价消弭在新事物中，而是作为一个传承文化记忆的生命器官生存于现代——对于勃洛克而言，这便是赖以延续生命和保存文化的可行途径。

　　为了深入思索勃洛克在《关于〈十二个〉的笔记》中勾勒出的回归自发力量的"螺旋曲线"[109]，需要关注一下这一"螺旋曲线"在1907—1909年和1918—1920年期间的延续情况。革命前勃洛克的"浸沉于自发力量"与他在关于人民与知识分子的文章中体现出来的极力接近民主主义阵营是相符的。众所周知，随着"关注社会"时期的结束，在1909年意大利之行以后，发生了向文化和艺术的永恒价值的回归：勃洛克撰写文章《纪念薇·弗·科米萨尔热夫斯卡娅》《纪念弗鲁别尔》《论俄罗斯象征主义的现状》，与此同时，开始筹备创作一本关于意大利旅行的书《艺术的闪电》，撰写一系列篇幅不长的专论，其中仅有《街上的面具》一篇凭借一次偶然的机会，1912年在费·费·科米萨尔热夫斯基主办的杂志《面具》上发表，但是集文成书的构想没有得到最终实现。1918—1920年期间，勃洛克的"浸沉于自发力量"与他创作中的回归社会主题也是相符的：《知识分子与革命》一文是作为1907—1913年撰写的文章的自然延续，是他的有意呈现，被列入题为《俄罗斯与知识分子》的一组文章中。螺旋曲线"上面的"一圈的延续与曲线"下面的"一圈同样也是吻合的：被搁置已久的关于意大利旅行的书的构想突然再次萌生，以此实现向文化的永恒价值的回归。1920年，勃洛克重新撰写了书的序言和《罗马的幽灵和卢卡山①》一文，其中强调了对艺术家而言"非法的"国家公职世界与对其而言自然的艺术世界之间的对立，这种对立是尖锐的，是当前亟待解决的。换句话说，不仅"浸沉于自发力量"与创作倾向相符的情况，就连回归"永恒价值"的情况也都是以1907—1910年所经历过的同样那些路径发生的。这个情况不那么明显，仅仅是因为勃洛克到1920年也没有最终完成《艺术的闪电》一书，而他去世之后出版的文集中传统上把这本书放在他革命前创作散文的全集中，而1920

---

　　① 卢卡山（Monte Luca），更准确的名称是卢科山或蒙特卢科（Monteluco），是勃洛克曾造访过的意大利斯波莱托镇外的一座小山。——译者注

年创作的各个部分无论如何也没被列入其中。显而易见，当代的勃洛克文集的编者应该有以下两种做法：或者拒绝把《艺术的闪电》作为一本完整的书出版，而把《街上的面具》和1909年未经加工的草稿刊印在革命前的散文中；或者为了保持这本书的完整性而把它置于1920年的文本之中。从勃洛克创作演变的实际情况看，后一种做法可能更符合逻辑。勃洛克对文化、艺术绝对价值的思索与他的文章《论梅列日科夫斯基》相呼应，这篇文章中把欧洲与俄罗斯对艺术家在社会中的作用的认识对立起来："在欧洲人们清楚这一诅咒；这一普通而又沉重的人类悲剧在那里被理解和尊重。我们这里的情形却与欧洲不同；我们这里'连裁缝、割麦人、吹笛子的人'都可以算作艺术家。'你可以去做先知、社会活动家、教育家、政客、官吏，只是不要斗胆去做艺术家！'人们初次相识时习惯于提的第一个问题是'您在哪里供职？'过去如此，迄今依旧如此。"（Ⅵ，393—394）

　　然而，勃洛克关于文化和艺术绝对价值的思想在演讲《论诗人的使命》（1921）中得到更深刻的发挥，这一演讲成为勃洛克的精神遗嘱，也成为他对新"贱民"的诅咒，他坚决地把这种"贱民"与人民区分开。在勃洛克看来，"内在的自由"和对永恒事物"内在的认知"——这是艺术家得以在现代世界存活下来的最后一件法宝。

　　勃洛克谈到文化生存的地下避难所，不仅仅指对文化传统的忠诚，还指为现代艺术家保留内的创作自由："安宁与自由。它们对于诗人发出和谐之音是必须的。但是安宁和自由也正在被剥夺。被剥夺的不是外在的安宁，而是创作的安宁。被剥夺的不是孩子般的无拘无束，不是恣意妄为的自由，而是不受束缚的创作自由、一种内在的自由。于是诗人濒临死亡，因为他已经没有可以呼吸的空气，生命失去了意义。"（Ⅵ，167）

　　勃洛克关于普希金遭遇的言论也十分明确地指涉到现代生活中的悲剧冲突以及他的个人悲剧，他以生命为代价捍卫艺术家精神独立的权利。"普希金也根本不是死于丹特斯的子弹。是空气匮乏把他置于死地。"他的言论最终成为对自身归宿的预言。勃洛克值普希金逝世84周年之际在文学家之家发表演讲，五个月之后（1921年2月13日）他离开了人世。关于把诗人置于死地的"空气匮乏"的言论注定在纪念诗人的悼文和悼词中被一再重复。

136

注释：

1　亚·亚·勃洛克，《勃洛克文集》（八卷本），莫斯科–列宁格勒，1963，第8卷，344页。文中后面出自这一版本的所有引文都只在正文中标明卷数和页码。出自勃洛克的《札记（1901—1920年）》（莫斯科，1965）一书的引文，在正文中标注"札记"字样和页码。

2　勃洛克在1911年《诗集》的前言（Ⅰ，559）中所给出的定义。

3　参见：维·日尔蒙斯基，《亚历山大·勃洛克的诗歌》，彼得堡，1922；弗·尼·奥尔洛夫，《先知鸟：亚历山大·勃洛克的一生》，列宁格勒，1978；阿·叶·戈列洛夫，《夜莺花园上空的雷雨：亚历山大·勃洛克》，列宁格勒，1973；德·叶·马克西莫夫，《亚·波洛克诗歌世界中的道路思想》，载德·叶·马克西莫夫，《亚·勃洛克的诗歌和散文》，列宁格勒，1981，6-151页；利·雅·金兹堡，《论抒情诗》，列宁格勒，1974，243-310页；扎·格·明茨，《亚历山大·勃洛克的抒情诗》，塔尔图，1969-1975，第1~4卷，第2版更名为：扎·格·明茨，《亚历山大·勃洛克的诗学》，圣彼得堡，1999，12-332页；谢·鲍·布拉戈，《亚历山大·勃洛克：生平和创作概述》，基辅，1981。

4　列·伊·季莫菲耶夫，《亚历山大·勃洛克》，莫斯科，1957。

5　帕·彼·格罗莫夫，《亚·勃洛克，他的先驱和同时代人》，列宁格勒，1986。

6　马克西莫夫，《亚历山大·勃洛克诗学世界中的道路思想》，42页。

7　同上，98页。

8　同上，98页。

9　同上，98页。

10　康·马·阿扎多夫斯基、尼·弗·科特列廖夫，《编选一卷本诗歌选集（〈精选集〉，1918）的亚历山大·勃洛克》，载《亚·亚·勃洛克精选集》，《文学纪念碑》丛书，莫斯科，1989，186-187页。

11　扎·格·明茨，《亚历山大·勃洛克》，载《俄罗斯文学史》（四卷本），第4卷，列宁格勒，1983，520页。

12　扎·格·明茨，《勃洛克与俄罗斯象征主义》，载《文学遗产》，第92卷，第1册，112页。

13　谢·米·索洛维约夫，《回忆亚历山大·勃洛克》，载《亚历山大·勃洛克书信集》，列宁格勒，1925，12页。

14　例如，参见：帕·彼·格罗莫夫，《亚·勃洛克，他的先驱和同时代人》，17-29页；安·彼·阿夫拉缅科，《亚·勃洛克与19世纪的俄罗斯诗人》，莫斯科，1990，61-131页；萨·纳·布罗伊特曼，《亚历山大·勃洛克与19世纪至20世纪初的俄罗斯抒情诗（诗学问题）：专题课的教学大纲》，马哈奇卡拉，1982，12-13页。

137

15 关于这方面的研究参见：薇·尼·戈利岑娜，《普希金与勃洛克》，载《普希金论集》，普斯科夫，1962，57-59页；扎·格·明茨，《勃洛克与普希金》，载《俄罗斯及斯拉夫语文学丛刊》（第21辑：《文学研究》），塔尔图，1973，《塔尔图国立大学学报》，第306期，139-157页。

16 安德列·别雷，《世纪之初》，莫斯科，334-335页。

17 参见：帕·彼·格罗莫夫，《亚·勃洛克，他的先驱和同时代人》，21-22页。

18 弗·谢·索洛维约夫，《爱的意义》，载弗·谢·索洛维约夫，《艺术哲学与文学批评》，莫斯科，1991，113页。

19 同上，114-115页。

20 参见：本套著作第一卷中本人执笔的《弗拉基米尔·索洛维约夫》一章里对这篇文章的观念的详细分析。

21 自传神话指的是一种原初的情节模式，这种情节模式在诗人的意识中获得本体论的地位，被他看成自身命运的图解，被不断地与他生活中的所有重大事件关联起来，并且在他的艺术创作中纷繁复杂，富于变化。详细内容参见：迪·马·穆孛穆多娃，《亚·亚·勃洛克创作中的自传神话》，莫斯科，1997。

22 亚·勃洛克，《诗集〈丽人集〉未出版的版本前言草稿》（Ⅰ，560页）。

23 弗·皮亚斯特，《论勃洛克的〈第一卷〉》，载《论亚历山大·勃洛克》，彼得堡，1921。

24 拉·伊万诺夫-拉祖姆尼克，《顶峰》，彼得堡，1923，17页。

25 例如，参见：亚·斯洛尼姆斯基，《勃洛克与弗·索洛维约夫》，载《论亚历山大·勃洛克》，265-283页；谢·索洛维约夫，《回忆亚历山大·勃洛克》，载《亚历山大·勃洛克书信集》，14-18页，43-45页；安德列·别雷，《回忆亚历山大·亚历山德罗维奇·勃洛克》，载《同时代人回忆中的亚历山大·勃洛克》（二卷本），莫斯科，1980，第1卷，208-222页；弗·奥尔洛夫，《先知鸟》，列宁格勒，苏联作家出版社，1978，116-135页；帕·彼·格罗莫夫，《亚·勃洛克，他的先驱和同时代人》，57-122页；扎·格·明茨，《青年勃洛克的少年理想》，载《勃洛克论集》，塔尔图，1964，172-225页；扎·格·明茨，《亚·勃洛克的抒情诗》，塔尔图，1965，第1卷。

26 安德列·别雷，《亚历山大·勃洛克》，载安德列·别雷，《词语的诗歌》，圣彼得堡，1922，110-111页。

27 《文学遗产》，第89卷：《亚历山大·勃洛克：与妻书集》，莫斯科，1978，52页。

28 柳·德·勃洛克，《关于勃洛克和我自己的真事与谎言》，载《两种爱，两种命运：回忆勃洛克和别雷》，莫斯科，2000，56页。

29 尼·斯·古米廖夫，《论俄罗斯诗歌的书信集》，莫斯科，1990，152页。

30 弗·尼·奥尔洛夫，《永远的战斗》，载弗·尼·奥尔洛夫，《道路与命运：文学随

138

笔》，莫斯科-列宁格勒，1963，399页。

31　参见：扎·格·明茨在著作《亚历山大·勃洛克的抒情诗》（第1卷）中的研究结果。

32　参见：纳·尤·格里亚卡洛娃，《勃洛克早期抒情诗形象性的起源探析（雅·波隆斯基和弗·索洛维约夫）》，载《亚历山大·勃洛克：研究与资料》，列宁格勒，1991，58页。

33　这一问题是尤·阿·希恰林和迪·马·穆罕默多娃在塔尔图第一届全苏"勃洛克与20世纪俄罗斯文学"学术研讨会（1975年4月）上宣读的报告《〈丽人集〉的核心形象问题探析》中首次提出的。本文这一部分探讨的恰是这篇报告的原初思想。

34　参见：扎·格·明茨、莱·阿巴尔杜耶娃、奥·安·希什金娜编，扎·格·明茨作序，《亚·勃洛克的〈丽人集〉词频词典以及关于组诗结构的一些看法》，载《符号学学报》（之三）（《塔尔图国立大学学报》，第198期）；扎·格·明茨、奥·安·希什金娜，《亚·勃洛克抒情诗〈第一卷〉词频词典》，载《符号学学报》（之五）（《塔尔图国立大学学报》，第284期），塔尔图，1971，310-332页。

35　米·列·加斯帕罗夫，《"白银时代"的诗学》，载《白银时代的俄罗斯诗歌（1890-1917）：文选》，莫斯科，1993，35-36页。

36　《亚历山大·勃洛克：与妻书集》，82页。

37　《世界各民族神话：百科全书》（二卷本），莫斯科，1982，第2卷，80页。

38　《古希腊罗马的颂歌》，阿·阿·塔霍-戈季主编及编纂，莫斯科，1988，138页。

39　比较："上天的主宰，你就是刻瑞斯，是恩泽牧草的母亲……你就是崇高的维纳斯，亘古之初以丘比特的降生把男女结合在一起……你就是福玻斯的姐妹……你就是普洛塞庇娜，以夜间悲惨的呼号引起人们的恐惧，以自己三副面孔的形象制服恶魔的侵袭，并且治理地下的监狱。"女神在回应男主人公时也列出自己的表征性称谓："自然之母、所有自然元素的主宰者、各个时代的最初产物、最高神明、故去灵魂的主宰、神灵之首、所有男神和女神的统一形象、蔚蓝的天穹、有益健康的大海涟漪、地狱的凄怆无息都听命于我的意志。"（阿普列乌斯，《变形记，或金驴记》，米·库兹明译，载《阿喀琉斯·塔提奥斯，〈琉基佩和克勒托丰〉；朗戈斯，〈达夫尼斯和赫洛亚〉；彼得罗尼乌斯，〈萨蒂里孔〉；阿普列尤斯，〈变形记〉》，莫斯科，1964，526-528页。）

40　比较："神的智慧从天空降临到大地；智慧在一凡尘女子的形象中得以体现；智慧被黑暗势力俘虏；海伦形象中的智慧成为特洛伊战争的原因；被俘虏的智慧期待自己获得自由，谁解救她，谁将成为神。"（法·泽林斯基，《美丽的海伦》，载《源自思想的生命：基督教的竞争者》，圣彼得堡，1907，第3卷，178页）

41　谢·阿韦林采夫，《海伦》，载《世界各民族神话》，第1卷，莫斯科，1980，432页。

42　亚·勃洛克、安·别雷，《勃洛克与别雷通信集》，莫斯科，国立文学博物馆出版社，1940，9页。

139

43 安·别雷，《回忆勃洛克》，载《史诗》，第1～4期，1922—1923；慕尼黑，1969再版，52-53页。

44 明茨，《亚·勃洛克的组诗〈歧路〉》，载《亚·勃洛克的世界：勃洛克论集》，塔尔图，1985，8页。

45 在所有研究诗人的专著（弗·尼·奥尔洛夫、阿·叶·戈列洛夫、鲍·伊·索洛维约夫、列·康·多尔戈波洛夫、列·伊·季莫菲耶夫、谢·鲍·布拉戈以及其他人）中都涉及到第一次俄国革命事件对勃洛克的影响问题；在一些学术著述中也触及这一问题，如德·叶·马克西莫夫，《亚历山大·勃洛克与1905年革命》，载《1905年革命与俄罗斯文学》，莫斯科、列宁格勒，1956，246-279页；扎·格·明茨，《勃洛克与俄罗斯的象征主义》，载《文学遗产》，第92卷，第1册，124-132页；米·列·加斯帕洛夫，《1905年与勃洛克、勃留索夫、别雷的诗律演变》，载《亚·勃洛克与20世纪初文学发展的主要趋势：勃洛克论集》，塔尔图，1986，25-31页；叶·尼·伊万尼茨卡娅，《第一次俄国革命时代亚历山大·勃洛克的抒情诗（个性观念）》，莫斯科，1983。

46 参见：弗·尼·奥尔洛夫，《一个"亦敌亦友"的故事》，载弗·尼·奥尔洛夫，《道路与命运》，446-578页；迪·马·穆罕默多娃，《作为完整文本和情节来源的通信（以1903—1908年勃洛克与安德列·别雷的通信为例）》，载《亚·勃洛克创作中的自传神话》，莫斯科，1997，111-130页。

47 参见：米·列·加斯帕洛夫，《1905年与勃洛克、勃留索夫、别雷的诗律演变》，27-28页。

48 纳·亚·帕夫洛维奇，《回忆亚历山大·勃洛克》，扎·格·明茨和伊·阿·切尔诺夫刊行，载《勃洛克论集》，塔尔图，1964，484页。

49 例如，参见：帕·彼·格罗莫夫，《勃洛克的剧作》，载帕·彼·格罗莫夫，《主人公与时间》，列宁格勒，1961，411-412页，414页，417-418页，430-432页，454-456页；德·叶·马克西莫夫，《勃洛克的批评散文》，载德·叶·马克西莫夫，《亚·勃洛克的诗歌与散文》，187-189页。

50 安德列·别雷稍后透彻地指出"残月"主题在勃洛克这一时期抒情诗中的重要性（参见：安德列·别雷，《回忆亚·亚·勃洛克》，载《史诗》，第1～4期，1922-1923，慕尼黑，1969再版，380页）。

51 安德列·别雷，《勃洛克：〈意外的喜悦〉》，载安德烈·别雷，《批评，美学，象征主义理论》（二卷本），莫斯科，1994，第2卷，414页。

52 参见：扎·格·明茨，《亚·勃洛克诗学中联想的功能》，载《符号学学报》（之六）（《塔尔图国立大学学报》，第308期），塔尔图，1973，339-400页；迪·马·穆罕默多娃，《亚·亚·勃洛克〈意外的喜悦〉：诗集标题的来源以及诗集结构》，载《亚·勃洛克与20世纪初文学发展的主要趋势：勃洛克论集（第七辑）》，塔尔图，1986，48-61页。

53　传说中的强盗清晰地意识到自己是罪人（参见：罗斯托夫的季米特里，《湿润的羊毛》，切尔尼戈夫，1702，无页码），他每天向圣母祈祷——这说明他还牢记和懂得某些不可动摇的道德价值，这是被遮蔽的、但终究是发自内心深处的真实良心之音。圣母对其所示的仁慈——这只是对他自身内心运动、对他一定的道德主动性的回应。勃洛克的抒情主人公在对"初恋"的回顾中也发生某种类似的事情（"在黑色的日子里我的嘴唇／只紧贴在你金色的牧笛上"：Ⅱ，7）。

54　参见：德·叶·马克西莫夫，《勃洛克与弗·索洛维约夫（根据亚·勃洛克私人藏书中的资料）》，载《作家的创作与文学进程》，伊万诺沃，1981，163页。

55　弗·谢·索洛维约夫，《弗·索洛维约夫文集》，圣彼得堡，1903，第8卷，72页。

56　"挽救者被挽救，这就是进步的秘密——没有也不会有别的秘密"（弗·谢·索洛维约夫，上引著作，74页）。

57　纳·亚·帕夫洛维奇，《回忆亚历山大·勃洛克》，487页。

58　对组诗的详细分析参见：维·马·日尔蒙斯基，《亚历山大·勃洛克的诗歌》，69-75页；扎·格·明茨：《亚历山大·勃洛克的抒情诗》，塔尔图，1969，第2卷；维·亚·萨波戈夫，《亚历山大·勃洛克的〈白雪假面〉》，载《20世纪俄罗斯文学：苏联文学》，莫斯科，1966，5-23页；维·亚·萨波戈夫，《亚·勃洛克抒情组诗的诗学》，莫斯科，1967。

59　德·叶·马克西莫夫，《亚·勃洛克诗学意识中的道路思想》，载《亚·勃洛克的诗歌与散文》，93页。

60　例如，参见：帕·彼·格罗莫夫，《亚·勃洛克，他的先驱和同时代人》，310页；安·韦·费奥多罗夫，《亚·勃洛克的剧作与他那个时代的戏剧艺术》，列宁格勒，列宁格勒国立大学出版社，1972，91-92页。

61　勃洛克作品中展开的叙述与抒情诗的"点状"情节之间的关联，可能类似于帕斯捷尔纳克的长篇小说《日瓦戈医生》中长篇小说的史诗性情节和抒情诗的作用，尽管，与后者的长篇小说不同的是，勃洛克创作中剧本与诗作没有连接成结构统一的文本。

62　例如，比较：1907年3月24日他写给别雷的信："我仅请求你抨击我亵渎时不要把《滑稽草台戏》以及类似的作品当作我'对自己的过去的辛辣挖苦'。我根本就不善于挖苦，而且我非常清楚这一点，就像非常清楚我正沿着自己既定的道路自觉地行进，并且应该始终不渝地沿着这条道路行进。"《亚·勃洛克与安·别雷通信集》，195页）；勃洛克1907年8月6日写给别雷的信："我认为，我站在一条坚定的道路上，我创作的所有作品皆系我最初的创作——《丽人集》的有机继续。"（同上，190页）

63　参见：奥·诺维茨基，《与多神教信仰发展联系中的古代哲学学说的逐步发展》（四卷本），基辅，1861，第4卷，45-46页。

64　参见：米·弗·别兹罗德内，《亚·勃洛克的抒情诗剧〈陌生女郎〉（校勘、起源、诗学的问题）》，塔尔图，1990，7-8页。

65　参见：彼·古贝尔，《诗人与革命》，载《文学家之家年鉴》，1921，第1期，1-2页。1925年谢·索洛维约夫也提出了这一假想："细心研究勃洛克三卷诗作的将不仅仅是诗人……在其中我们看到体现于音乐形象中的一个完整的诺斯替教体系……这一体系在我们眼前再现被遗忘的诺斯替教古风：有时勃洛克的题材与多西透斯和海伦的浪漫故事直接相关，而那是2世纪的作品《伪克雷孟书集》中转述的故事。"（谢·索洛维约夫，《回忆亚历山大·勃洛克》，44-45页）

66　亚历山大·勃洛克，《与妻书集》，18页。

67　俄罗斯文学研究所，全宗号654，目录1，存储单元147，18页。比较：在《白雪假面》里："我摇着／使帝王们和英雄们都睡去……／听雪的声响吧！"（Ⅱ，233）

68　同上，第19页。

69　参见：格罗莫夫，《亚·勃洛克，他的先驱和同时代人》，309-327页。

70　伊·谢利温斯基，《不准确的准确，抑或只是太随便？》，载《文学报》，1963年10月5日。

71　科·丘科夫斯基，《我的答复》，载《文学报》，1963年10月29日。

72　格罗莫夫，《亚·勃洛克，他的先驱和同时代人》，318页。

73　易卜生，《易卜生作品全集》（八卷本），莫斯科，1905，第4卷，242页。在勃洛克所拥有的这一套书中，这个片段被用红色的铅笔划出来（《亚·亚·勃洛克私人藏书：情况记述》，列宁格勒，1984，第1卷，291页）。

74　格·伊万诺夫，《亚历山大·勃洛克的〈关于俄罗斯的诗篇〉》，载《伊万诺夫文集》（三卷本），莫斯科，1994，第3卷，475-476页。

75　安德列·别雷，《批评，美学，象征主义理论》（二卷本），莫斯科，1994，第2卷，485页。

76　参见，例如：格尔曼同志（吉皮乌斯在刊载这篇文章时的署名），《旋毛虫》，载《天平》，1907，第5期，70-71页；格尔曼同志（同上），《拉帮结伙》，载《天平》，1907，第7期，82-83页；安德列·别雷，《论最精美的批评杰作》，载《清晨》，1907年12月5日；弗·巴扎罗夫，《寻神运动与造神运动》，载《巅峰》，圣彼得堡，1909，第1辑，335-337页；米·涅韦多姆斯基（米·彼·米克拉舍夫斯基），《现代主义者的醉后不适》，载同上刊，404-406页；弗·罗赞诺夫，《教士，宪兵与勃洛克》，载《新时代》，1909年2月16日。

77　象征派期刊把"厚"杂志当作"很少起推动作用的"和"过时的"杂志加以否定，而把"西欧评论杂志（revue）式"的"薄"杂志加以推广（参见：《新路》，1903，第1期，8页），勃洛克有针对性地提出自己的主张。明茨的著作《亚·勃洛克的抒情诗》（塔尔图，第3卷，61-62页）中揭示了他的期刊纲领潜在的针对象征派期刊的论战意味。

78　对勃洛克散文中以多义性、逻辑混乱区别于概念的象征范畴（象征思想）的论述参见：德·叶·马克西莫夫，《勃洛克的批评散文》，341-353页。

141

79　这篇文章曾经以《［对梅列日科夫斯基的答复］》为题刊印在勃洛克八卷本文集的第5卷中。文章的标题根据勃洛克列出的《我的著作清单》（俄罗斯文学研究所，第654全宗，第1目录，第373号）修改，精确。

80　参见：迪·马·穆罕默多娃，《论亚·勃洛克创作中世界管弦乐队的象征的起源与意义》，载《莫斯科大学学报》，第10版，语文学版，1974，第5期，10-19页。

81　在我们看来，组诗《可怕的世界》与《报应》之间，还有组诗《卡门》、长诗《夜莺花园》、组诗《祖国》三者之间一定的"情节"联系、逻辑联系没有推翻关于第三卷多声共存结构的论题。这样的组诗序列可以看作由两三个部分构成的组诗（"超组诗"）。

82　关于这种提法的涵义的论述参见：萨·纳·布罗伊特曼，《勃洛克创作中"不可分割性和不可融合性"提法的由来》，载《亚历山大·勃洛克：研究与资料》，列宁格勒，1987，79-88页。

83　参见：阿·戈列洛夫对长诗《夜莺花园》一份丢失的抄本（上有勃洛克给柳·亚·杰利马斯的馈赠题词"赠予在夜莺花园歌唱的女性"）的证词（阿·戈列洛夫，《夜莺花园上空的雷雨》，列宁格勒，1973，398页）。

84　关于勃洛克晚期创作中"人的神话"之意义更为详尽的论述，参见：扎·格·明茨，《勃洛克与俄罗斯的象征主义》，载《亚历山大·勃洛克：新资料与研究》，第1册，《文学遗产》，第92卷，142-148页。

85　参见：德·米·沙雷普金，《勃洛克与斯特林堡》，载《列宁格勒大学学报》，1963，第2期，《历史、语言和文学版》，第1辑，82-91页；扎·格·明茨，《亚·勃洛克的〈女人〉一诗》，载《亚·勃洛克的诗歌与民间文学传统。高校学术著作汇编》，鄂木斯克，1984，65-77页；维·弗·伊万诺夫，《勃洛克与斯特林堡》，载《亚历山大·勃洛克：新资料与研究》，第5册，《文学遗产》，第92卷，402-417页。

86　参见：扎·格·明茨，《亚·勃洛克的〈女人〉一诗》，67-68页；维·弗·伊万诺夫，《勃洛克与斯特林堡》，406-407页。

87　斯特林堡，《斯特林堡作品精选集》（二卷本），莫斯科，1986，第2卷，110页。

88　同上，11页。

89　同上，106页。

90　同上，189页。

91　对长诗《十二个》以及十月革命后勃洛克立场的评论综述参见：奥·彼·斯莫拉，《"黑色的夜、白色的雪……"：亚历山大·勃洛克的长诗〈十二个〉的创作历程及其命运》，莫斯科，1994，151-253页。

92　安东·克拉伊尼（季·吉皮乌斯），《人们和恶人们》，载《新新闻报》，1918年4月10日。

142

93　托洛茨基，《文学与革命》，莫斯科，1991，99页。

94　同上，100页。

95　以下著述在认识基督形象和长诗情节的联系方面起着特殊的作用：米·费·皮亚内赫，《亚·勃洛克的〈十二个〉：情节和形象结构的特点》，载《20年代的苏联诗歌。列宁格勒国立赫尔岑师范学院学报》，列宁格勒，1971，第419卷，3-53页；弗·尼·奥尔洛夫，《亚历山大·勃洛克的长诗〈十二个〉》，莫斯科，1967；帕·彼·格罗莫夫，《亚·勃洛克，他的先驱和同时代人》，456-534页。

96　米·彼得罗夫斯基：《在〈十二个〉的源头处》，载《文学评论》，1980，第11期；鲍·米·加斯帕洛夫，《亚·勃洛克的〈十二个〉与20世纪初艺术中狂欢化的一些问题》，载《耶路撒冷斯拉夫学》，1977，第1期，这篇文章还被冠以另一标题发表：《亚·勃洛克的长诗〈十二个〉中圣周狂欢的主题》，载《文学的主导主题》，莫斯科，1994，4-27页。

97　列·康·多尔戈波洛夫，《勃洛克的长诗与19世纪末20世纪初俄罗斯的长诗》，莫斯科-列宁格勒，1964。

98　同上。

99　详见：克·安·库姆潘，《简论〈咒语和召神祷文的诗歌〉的来源》，载《勃洛克的世界：勃洛克论集》（之六），塔尔图，1985，40-41页。

100　这一形象也有勃洛克自己指出的一个文学来源：指歌德的《浮士德》中的魔鬼靡菲斯特（比较："我理解了浮士德。'别叫，卷毛狗'。"这是勃洛克1918年1月29日的记录，《札记》，387）。

101　弗·阿·格列赫尼奥夫，《普希金的波尔金诺抒情诗》，载弗·阿·格列赫尼奥夫，《普希金抒情诗的世界》，下诺夫戈罗德，1994，246页。

102　同上。

103　详见：迪·马·穆罕默多娃，《勃洛克与沃洛申（对魔鬼性的两种阐释）》，载《勃洛克论集》（之十一），塔尔图，1990，43-47页。

104　米·费·皮亚内赫，《亚·勃洛克的〈十二个〉：情节和形象结构的特点》，51-62页。

105　参见：伊·叶·乌索克，《勃洛克1920年一篇不为人知的小品文（创作手稿）》，载《亚历山大·勃洛克：新资料与研究》，第5辑，《文学遗产》，第92卷，莫斯科，1993，5-20页。

106　这方面的情况参见：尤·格拉西莫夫，《亚·勃洛克批评中的戏剧和剧作艺术问题》（语文学副博士学位论文摘要），列宁格勒，1954；叶·维·伊万诺娃，《在戏剧文学委员会和教育人民委员部戏剧处供职的勃洛克》，载《亚历山大·勃洛克：新资料与研究》，第5辑，《文学遗产》，第92卷，134-222页。

143

107　俄罗斯文学研究所手稿部，全宗号654，目录1，第365号。

108　别尔嘉耶夫，《浮士德弥留之际的想法》，载《奥斯瓦尔德·斯宾格勒与〈西方的没落〉：论文集》，莫斯科，1922，69页。

109　同样参见：德·叶·马克西莫夫，《论文学发展的螺旋状形态（针对亚·勃洛克的进化问题）》，载《古罗斯文化遗产》，莫斯科，1976，326–334页。

第二十四章
安德列·别雷

◎莱娜·西拉德 撰／王彦秋 译

安德列·别雷是诗人、散文家、哲学家、文化理论家鲍里斯·尼古拉耶 144
维奇·布加耶夫（1880—1934）的笔名。他出生在莫斯科。父亲是闻名欧洲的
数学家，创办了莫斯科数学学校，其"单子学"将原子视为最基本的元素，决
定性地影响了当时的自然科学思想，他的观点不仅与齐奥尔科夫斯基的"泛心
理论"相近，而且与其他"宇宙学家"（从门捷列夫和韦尔纳茨基直到我们当
代的谢·库尔久莫夫和伊·普里戈任）的观点相近，这种近似性在于他们都力
争在协同学的旗号下将自然科学视角、人文科学视角和宗教视角相结合来理解
世界。尼古拉·布加耶夫的理论同莫斯科数学学派的思想一起对别雷产生了作
用，使他形成了关于整个存在是统一的整体、只不过具有阶段性的等级差别这
样一种观念，这个存在还包括非生物界，尤其是晶体。别雷的母亲是位不错的
音乐家，她力争以自己的艺术影响力去对抗父亲一方的"平淡的理性主义"。这
一冲突的实质后来在别雷的许多作品中有所体现。

1903年，已经开始发表作品的别雷完成了莫斯科大学数学物理系自然专业
的学习。对物理、数学、化学和生物领域最新发现方面的渊博学识，尤其是对
空间和时间、有机界和无机界的物质构成的新认识，大大影响了他的语汇、形
象、题材，更强烈地影响了他的作品结构，以及文化哲学方面的论文的立脚点
和方法论。在这些作品中别雷努力将自然科学的方法和认识论、逻辑学、价值

安德列·别雷

理论中的最新观点相结合，但也不排斥"旧真理"，其中包括逻辑学和佛教心理学，还有各种秘密的"精神科学"的传统。别雷对这些传统进行了认真的研究，在被学院派传统推翻了的焦尔达诺·布鲁诺、牛顿和他们的继承人的各种"旁系"思想中看到了未来世界观发展的前提。曼德尔施塔姆后来这样评价别雷："欧洲思想的岔路口／他以巨人之力把它搬拢。"但是这些话仅仅反映了一部分

事实，其原因是，忠于索洛维约夫思想的别雷还力求将西方思想与东方智慧结合起来——在中学年代他就把学习佛家学说、《奥义书》、老子和孔子的学说作为自己的任务。别雷此举反映了20世纪思维的一个典型的转折，即拒绝欧洲中心主义，在世界文化和世界历史的广度上进行思维。对祖国的思索在别雷的作品中占据了很重要的地位，但是他并没有把祖国的命运与世界的命运相脱离，无论是欧洲，还是阿拉伯、中国、日本，都在其思索的范围之内（最明显的表现是他的长篇小说《彼得堡》，还有旅行笔记《奥菲拉》①——1921）。别雷深刻地领会了索洛维约夫的那种思想，即到了20世纪，"共同历史的舞台……与整个地球的球体相吻合"，并且理解到，在它的一个点掀起的波浪，会在另一点得到回应。

145

————————
① 奥菲拉是神话国度的名称，意为宇宙的最高层，日月星辰起源地，众神栖息地。——译者注

别雷所受的教育还让他选取了20世纪普遍主义认识的另一种观察问题的角度——将人文主义思维与自然科学思维相结合。据扎米亚京回忆，在生命的最后几年，别雷的写字台上还并排摆放着量子力学方面的书籍和声学教科书，莱布尼茨、亥姆霍兹、高斯的著作和陀思妥耶夫斯基、歌德、鲁道夫·斯坦纳的著作。别雷没有写过科学幻想小说，但是他允许自己把从本世纪最新科学思想中培植出来的"预言""洞见"写入自己的作品。他是世界文学中最早以原子弹爆炸的形象来响应居里夫人实验的人之一（说不定就是第一人！），在长诗《初会》（1921）中，有直接表达出来的诗行：

世界——在居里的试验中爆炸
用那引爆了的原子炸弹[1]。

而在诗歌《小行星"地球"上的小戏台》（1922）中原子弹爆炸被描述为意识的爆炸。不过，这些爆炸具有相关性这一观点，在别雷的世界中是根深蒂固的，并且以微观宇宙与宏观宇宙对等这一古老观点作为依据，别雷把他的观点用上面所举的长诗中的前两行进行了说明：

——"世界——将要飞起！"——
弗里德里希·尼采爆炸般地说道……

在以对一个孩子的意识的最初阶段的描述作为原始材料的中篇小说《科季克·列塔耶夫》（1917，1922）中，遗传信息学的最新理论被用来描写别雷称之为"关于记忆的记忆"（从一个角度）和"意识的翼指龙"（从另一个角度）的诸多功能，而略微勾勒出来的未来的全息摄影术与"基督在以太现身"这一概念相对接，如此等等。别雷的直觉非常强烈，强烈到能够抓住那些刚刚在科学界开始成熟的观点，这些观点甚至还没能以假说的形式定型，而是过了很久以后才变得清晰。可是他急于对它们做出反应，虽然他的预言的"拙口笨舌"令许多读者望而却步，令他在许多年里一直只是为那些能感觉到他在铺设人迹罕至的道路的诗人、哲学家、心理学家写作的作家。

146

别雷比他的同时代人中的任何一位都更加敏锐地感觉到了自己时代的意识危机，而且他明白，这不是彼此无关的单纯的物理学危机、艺术危机、人文主义的贬值、个人与社会之间的旧式关系的瓦解、从前的交际原则的破灭等等，而是反映在思想领域的生活的全面危机，其结果将是产生一个新型的文化时代。正如别雷的同时代人、哲学家费·斯捷蓬后来所说的那样："别雷的创作是唯一能在力度上和独特性上都充分体现'两个世纪之交'的虚无感的创作，是对所有那些在他身上和围绕在他身边发生的分解进行的艺术建构；在别雷的心灵中，早于在任何一个他人的心灵中，坍塌了19世纪的大厦，浮现出20世纪的轮廓。"[2]

创作道路

别雷的创作是一种不断的探索。可以确信地说，在俄罗斯文学史上像他这种坚定不移的实验家实属前无古人后无来者。别雷的实验并不是所有的都取得了成功，但是它们都被确定了重大的任务——探索能够对等地传达作为他的思想基石的那个二律背反的形式和结构，那个二律背反即世界组成成分在现象、经验层次上的解构、原子化，和在实体、本体层次上的统一、系统化之间的二律背反，若用现代物理学的语言下定义，即为混沌与秩序的二律背反。

当然，最初的探索仅仅是一些在很大程度上凭借直觉的道路摸索。但就在这些"前文学期"的诗歌实验（"从艺术创作的最初尝试到把《交响曲（第二部），戏剧交响曲）》交付出版"，1895—1901）[3]中，尤其是在著名的莫斯科波利瓦诺夫私立中学当学生期间，别雷已经尝试着再现（或者说创立）基于音乐的各种印象的综合体："……音乐走进了心灵，像一片熟悉的世界；阿法纳西耶夫、安徒生的童话和乌兰德、海涅、歌德的诗歌，虽然我还不理解它们的意思，但是它们产生了振奋精神的作用；奇怪，最早对我产生影响的诗歌竟是德语诗……"亚·拉夫罗夫在引用别雷的这些话时[4]，准确地指出了别雷对诗歌的第一印象是与词语的声音、词语的语音结构、词语的旋律和节奏相

关，而不是与词语的实用语义相关。节奏意义和声音意义被阐释为诗学篇章的
两个意义属性，别雷把这两个属性置于首位，这一宗旨一直贯穿于别雷创作的 147
始终，并且作为他自己在语言创作方面所进行的艺术实验的基础，包括"声音
叙事诗"《无声嗫嚅》（1917），它也是别雷研究节奏、音步和声音之间相互
关系的基础，他的这些研究多次拿到讲座以及有关诗歌创作的专题课（从1910
年"缪萨革忒斯"出版社创办的节奏小组开始，一直延续到苏联时期各种各样
的小组活动）上和听众探讨。别雷的一部分涉及节奏意义和声音意义的观点，
有赖于对他的讲座和授课的记载而流传到了今天，当然更重要的是通过他已
出版的著作，包括：《词的魔法》，《抒情诗和实验》，1909；《思想和语言
（亚·阿·波捷布尼亚的语言哲学）》，1910；《亚伦的权杖》，1917；《作
为辩证法的节奏和〈青铜骑士〉》，1929；《果戈理的技巧》，1934。这些著
作虽然引起了不少争论和反对意见，但同时却对俄语诗律学产生了决定性的影
响，这种影响不仅体现在这一学科的文学研究分支（特别是形式主义和结构主
义的一些说法）上，而且体现在它的数学（柯尔莫哥罗夫的）分支上。

一个最不为俄罗斯思想界所领会的事实是，别雷的以节奏意义现象为定
位的研究乃是一种艺术哲学（别雷一经接触就对其爱不释手）的奠基概念，这
种艺术哲学与其说是起源于德国浪漫主义的普遍的非理性主义追求（况且它被
20世纪初的诠释者们涂抹得迷雾重重，比照日尔蒙斯基的《德国浪漫主义和当
代神秘主义》，1914），不如说是起源于德国浪漫主义的自然哲学的方法论设
定。其中首当其冲的是诺瓦利斯的观念，即探询对世界进行有机整体的、综合
的理解和再现的方法，以此否定被诺瓦利斯称作"用思维进行人工构成"的方
法。这种"用思维进行人工构成"的方法是由"无知的话语思想家们"努力创
造出来的，他们用"逻辑学的原子"建立宇宙，在解剖宇宙的同时摧毁了把宇
宙理解为一个活生生的整体这种可能。别雷确信，对于尼采来说"正如对于诺
瓦利斯一样，方法……是音乐的节奏"[5]。

在信奉有机学、信奉世界是一个有机整体（与新康德主义的数理逻辑相对
立）这方面，别雷与维·伊万诺夫十分相近，维·伊万诺夫也相当看重诺瓦利
斯的人不仅受理性支配，而且受自己精神的其他力量支配这一观点，以及由此
产生的不通过理性的"我"，而通过精神的"我"去揭示世界的追求。诺瓦利斯

148 的"魔化唯心主义"很合二者的心意，因为它强调作为始于声音的词的载体的诗人乃是"先验的医生"，服务于将存在的情感和思想诸方面重新统一起来这一主旨。因为都预感到新的有机统一时代即将来临，别雷和维·伊万诺夫便以共同的努力促使它走近，尽管他们在对象征的本体论的理解上不尽相同，并因此产生出许多分歧。他们这种追求的最鲜明表现就是在1909年和埃·梅特纳一起组建了缪萨革忒斯出版社，发行了双月刊《劳作与时日》（1912—1916），此刊旨在从哲学上纠正《逻各斯》杂志（1910—1914）的"新经院哲学"倾向（维·伊万诺夫的看法），倡导有机综合地理解世界。

对综合的追求令别雷把各种形式的知识和各种形式的艺术联系成某种统一体。正如帕·弗洛连斯基所指出的，别雷"有一种天才的直觉，能够找到看起来完全不同类的事物和现象在内在本质上的相同之处"[6]。这一点在他还是莫斯科大学数学物理系自然部学生的时候就曾显露出来，他不但在尼·乌莫夫教授的物理小组做了题为《关于物理学的任务和方法》的报告，并几乎与此同时写下了关于峡谷的副博士论文，而且仔细研究了叔本华、尼采（他的著作别雷读的是原文）、康德及其继承人的哲学，还一边钻研印度和中国的宗教哲学典籍，一边认真研读神智学和各种神秘主义学说的出版物（叶·布拉瓦茨卡娅[①]，查尔斯·利德彼特，安妮·贝赞特），从一大堆表层掩体底下挖掘出深层意义，他迷恋拉斐尔前派的艺术和罗斯金的美学，酷爱易卜生、梅特林克和豪普特曼的戏剧，为建立以复兴俄耳甫斯教传统为己任的"阿尔戈英雄兄弟会"而操心，他是玛·奥列宁娜–达尔海姆音乐会的忠实听众，他把这些音乐会的举办看作通向瓦格纳和尼采所倡导的艺术综合的可行途径之一。别雷自己的早期文章——按作者的话说是"模仿塔索的无终止的长诗"——也是在走向这种综合的道路中的实验，他自己不满意这些文章，因此没有送去发表。神秘剧《反基督》却注定会拥有另一种命运，别雷把其中的片段读给米·谢·索洛维约夫和他妻子奥·米·索洛维约娃听，从他们的看法中预感到了他们对自己的缪斯的支持。的确，初尝写作的中学生作者的这部未完成作品在弗·索洛维约夫弟弟的家中得到了肯定，不仅如此，过了一年有余，就在这所房子里，弗·索洛

---

① 即海伦娜·布拉瓦茨基夫人，神智学的主要创立人。——译者注

维约夫宣读了自己刚刚完成的《反基督纪事》，并且，据别雷的回忆录记载，米·谢·索洛维约夫认为"中学生的版本比自己著名的哥哥的《反基督纪事》更为成功"[7]。（两年后，又是在这所房子里，举行了新作家的"文学洗礼"[①]，当时米·谢·索洛维约夫嘲讽地驳斥了他正在考虑使用的笔名"布列沃伊"，提议用"安德列·别雷"。）

总的来看，与其说是第一次的成功鼓舞了别雷，不如说是他的灾变论在性质上与索洛维约夫的末世论预言相符合这个事实本身充满神秘性地震撼了他。他把索洛维约夫看成自己主要的哲学导师。别雷虽然意识到其神秘剧实际写作中的不完善性，但却肯定它的初始意图，因此很快出版了其中的两个片段（《复临者》，1903；《夜的大嘴》，1906），他还希冀于或早或晚完成在他创作道路之初设想好的三部曲《敌基督》。三部曲终究没有完成，但是敌基督的主题和与此相关的启示录性的期待后来成为了别雷大部分创作的基石。

别雷的公之于众的早期实验是四部《交响曲》（Ⅰ.《北方交响曲》，1900年完成，1903年出版；Ⅱ.《戏剧交响曲》，1902；Ⅲ.《回归》，1905；Ⅳ.《暴风雪之杯》，1908）。它们呈现出将诗歌、散文、造型艺术、哑剧及电影的表现手法以音乐为基础进行综合的尝试。作者追随毕达哥拉斯-俄耳甫斯学说的传统，把音乐理解为对世界的普遍规则的表达，这些规则组织着宏观和微观宇宙的构架。别雷把古代的格言稍做了一点改动后写道："音乐是心灵的数学，而数学是头脑的音乐。除了在对现象的理解（音乐）和对这些现象在量的变化上的类似和不同进行研究（数学）之间，我们在哪儿都不会在同一时间拥有这样的近似性和对立性……在音乐中运动的本质得到理解；在一切无限世界中这个本质是相同的。无论是过去的、现有的，还是未来将存在的世界，将它们联系起来的统一性是由音乐表现出来的……在音乐中我们无意识地倾听着这个本质……音乐的深度和音乐中外在现实的缺乏会令人想到阐释着运动的秘密和存在的秘密的音乐具有象征（本文杂志版写为'本体'[8]——本章作者）性质……每一种艺术都力求通过形象表达某种典型的、永恒的、不受时空局限的东西。

---

①基督徒通常在出生后受洗时取名，因此这里把取笔名称作"文学洗礼"。——译者注

在音乐中永恒的这些波动更为成功地被表达出来。"[9]

别雷最早发表的这些作品的体裁名称指明了它们的主要结构原则是交响原则，这一原则完全是依据别雷的美学观而选取的，他确信："……一切艺术形式都把现实作为出发点，终点则是作为纯运动的音乐……在交响乐中进行收尾的是对现实的加工；之后再无他途。"[10] 最早注意到这一点的人之一弗洛连斯基在谈论第一部《北方交响曲》的时候指出，整个这部创作都是听从了"内在的节奏，形象的节奏，意义的节奏"："这个节奏令人想起音乐中主题或者单个乐句的复现，造成主次分明的几个主题一下子全被展开的效果：它们内在是统一的，外在是不同的。"[11] 勃留索夫在评价别雷的早期创作时，试图确定这一新生体裁在已经存在的体裁中的位置，他强调，别雷以自己的《交响曲》"创立了一种新型的诗歌作品，它们既达到了真正的史诗般宏伟的音乐建构，又保留了充分的自由性、广度、随意性等一些小说常有的特征；……他努力……将宇宙的不同'平面'混合起来，用另一种非尘世之光穿透整个强大的日常生活……"[12] 十年以后，谢·阿斯科尔多夫在赞同勃留索夫（和梅特纳）关于在别雷的交响曲中诞生了一种新的文学体裁这一观点的同时，又把这一事实和别雷的探索呈现出来的对世界的全新认识联系起来："交响曲是文学叙述的一种特殊类型，可以说，是由别雷创造出来的，多半应和了他对生活的认识和写照的那种独特性……在别雷的交响曲中能够发现他比世界上其他作家出众的方面。对周围的世界进行心灵的和声，在世界的各个方向、各个部分和各种表现形式当中，有某种从未进入过任何人的文学构思也未曾被任何人领会的东西……从……世界音乐（这音乐对于没有经验的听觉来说尽是些无聊的噪音）里，别雷主要选择那些最不清晰、最无理性、在生活的忙碌中最不能被意识到的东西。他的独特感受的秘密不在于抓住谁都听得见的鲜明的音调（特定的思想、感情、行为），而是抓住半意识下被感知的生活的泛音。"[13]

还有，许多年以后，因为已经没有机会在报刊中层开自己的思路，弗洛连斯基就试着在私人信函中勾勒出别雷创作当中音乐精神的表现形式："……在他那里最重要的是音乐，不是它一般所指的声音层面，而是更深的层面。他的抒情诗致力于完成节奏和旋律任务，而大型作品——交响曲和小说，尤其是合乎对位规则的交响曲，则致力于配器。"[14]

这种对位原则表现在哪里，作用在哪里呢？首先应该注意到，在安·别雷的各首"交响曲"中，就所涵盖的已接近长篇小说容量的事件（如上文所指出的）来看，实际上没有事件的情节线索，也没有主人公相互关系的线索（比如家庭的、奇遇的、社会的等等），而这些线索根据相应体裁的规则构成着这样或那样类型的长篇小说（家庭小说、惊险小说、社会小说等等）。同样不存在的是统一的叙事声音，像在布宁的《安东诺夫卡的苹果》里那样，它以情绪的转换来弥补统一情节的缺乏。情节被故意拆散，事件的联系被分解并退居次要地位。比如，在更鲜明地呈现出这种篇章布局的第二部"交响曲"中，可能的情节线索被一些仅仅在空间和时间上略有关联的独立片段的"剪辑"所取代：用大城市生活情景拼凑的场面有时只因为它们在同一时间或者同一地点发生而联系起来。别雷排除了对于古典长篇小说来说具有传统性的社会学、生物学、经济学等等之类的关联，而暴露出那些纯粹由偶然性决定的关联。这样，对传统情节发展线索的排斥便强调了一个观点，即经验世界是偶然事件的混杂堆积，其中并无因果关系。世界管弦乐队解体了，每一声部独立组成自己的小世界。孤独的人们，好像布朗运动中的分子，盲目地在城市的摩天巨石中间乱窜。他们能够相遇的唯一理由是因为他们在同一量度范围内活动。这样，时间和空间概念成为这个布朗运动的混沌当中唯一的逻辑学支柱；换句话说，用来使经验世界的混沌秩序化的唯一的坐标是空间和时间。地域上和时间上的联想即使不是唯一的也是最重要的情节连接依据。别雷的这种以围绕着零散的时空站点（广场、商店、音乐厅、宗教哲学会议等等）建立起情景这种方式，开辟了分节的途径：第二部"交响曲"四章中的每一章都切分成许多自我封闭的片段，即极其短小的场面。场面的万花筒、人物的万花筒——这就是大城市生活、20世纪文明生活的杂乱无章。难怪在几乎20年后，乔伊斯在他的《尤利西斯》中也采用这种分节技巧，描述了在都柏林的一天——1904年6月16日。

独立片段的封闭性由围圈突出出来，围圈是通过把一些固定的形象词语单位进行简单的或者稍有变化的重复构成的。这些重复建立起一条主题流，它把零散的段落稳固在某种统一体中。巴赫金在20世纪20年代讲课时恰当地指出，这是由于力求传达"逻辑上和情节上都无关联的一排排文字的和谐"[15]而决定的。这样，故事情节的零散因在音乐动机这一层的联系而得到了弥补，作为音乐动机的乃是语音节奏组织而成的句子，这些主导动机句构成作品的一些主要主题（首要的一个，就是时间的对立面——永恒），并且按照音乐的对位原则展开——别雷对对位原则了如指掌。主要音乐主题（主声部、和声声部）和主导动机的发展构成作品的统一体，它反映出作者的这样一种信念，即经验世界的混沌与思想层面的和谐相对立，它也反映出作者向往趋近那个整体的、大型的、原初的统一体，人类从这个统一体上脱离了，但是渴望着回归[16]。

第三部"交响曲"《回归》的情节比其他"交响曲"更连贯些，但是这种连贯也是具有象征性的，而且更为强调了象征性，因为《回归》的艺术整体建立在镜像对称的原则上，这种对称把"交响曲"的第二部分与围绕着它的第一部分和第三部分联系在一起。如此标签式的"镜像颠倒式的对称"结构用在这里，还是为了传达那个对别雷的世界观来说是基石的思想——即原则上有许多个世界，它们彼此具有"照哈哈镜般的"相应性，这一思想是在研究焦尔达诺·布鲁诺的著作时激发的。第二部"交响曲"就已经出现了"年轻哲学家"的身影，他在读到康德作品中的"关于作为认识的先验形式的时间和空间这一内容后，就开始思索，能不能用屏风挡住自己，躲藏起来不让时间和空间看到，离开它们去到无际的远方"[17]。在第三部"交响曲"（《回归》）中，作品的宏观结构由中心人物"科学的杂工"汉德里科夫（这位20世纪的巴施马奇金①）从第二部分里的经验世界转移到另一个与它相对称的镜像世界的过程组建而成。"转移"是通过疯狂和"仰面栽入"湖的深处来实现的，对于生活语用学来说这意味着死亡，而从形而上学的角度来说，这是回归到第一部分和第三部分所说的本真的原初世界里的婴儿状态。从一个世界向另一个世界转移的标志是跨越界线，即空气和水（湖面）的界线，现实和梦境的界线，理智与疯狂的界线，生与死的界线。"同态的"主导动机体系把《交响曲》的三个部分联结起来，以此强调了怪诞地成为现实、同时又具有本体论依据的两个世界的相应性。是汉德里科夫的沉思把这种相应性加以主题化的："我已经不止一次地这样

---

① 巴施马奇金是果戈理的短篇小说《外套》的主人公。——译者注

坐着，静观着自己的多种影像。而且很快我又会看到它们。或许，我在另外一些宇宙里的某处也有影像，那里也住着跟我类似的汉德里科夫。每个宇宙里都有一个汉德里科夫……在时间里这个汉德里科夫已经不止一次地重复过了……或许，时间和空间里的每一个点都是各种类型的螺旋形道路的交叉点。我们同时生活在遥远的过去、现在和未来。既没有时间，也没有空间。我们使用这些只是为了简单。或者这种简单就是许多螺旋形道路形成的综合……一切都不确定。最精确的科学创造出概率论和不定方程式理论。最精确的科学是最具有相对性的科学……一切都在流动。在疾驰。在模糊的圆圈上飞驰。世界的巨大龙卷风柱挟卷着整个生活。"[18]

如果说第三部"交响曲"的宏观结构旨在呈现作者对世界的空间-时间构造的认识（这一认识的基础是赫拉克利特学说，但是往这一学说中加入了"拓扑"思想，又冠之以弗洛连斯基在关于但丁的著作中论述的有关"颠倒"的见解），那么第四部"交响曲"《暴风雪之杯》的实验任务就是弄清楚别雷所迷恋的组合论的语义范围（尤其是沿着拉蒙·柳利的道路，借助他的由焦尔达诺·布鲁诺注释的《伟大的艺术》）。别雷利用精细的组合论（用弗洛连斯基的话说，它开辟了"语言的分子力量"）展示出来的"全体普遍参与"原则，究其实质是以实现音乐材料发展的基本规则为基础。

但是别雷的"交响曲"以音乐作为基本结构原则这一方针不仅仅体现在对"交响曲"的宏观结构的组织上。这一原则还体现在独特的句子-重复语-主导动机的韵律化上，别雷吸取了《查拉图斯特拉如是说》的作者尼采在这方面的建构技巧。别雷本人曾经指出过尼采的影响作用，他说："别雷的'交响曲'，还只是对尼采散文的稚嫩的旧调重弹……"[19]

的确，别雷在把散文节奏化的过程中，曾求助于《查拉图斯特拉如是说》中使用的那些手法，其表现是：

（1）别雷也破坏句子，在其中让走向互反的音步碰撞在一起，有时甚至还利用句法停顿和音步停顿的不协同来形成特别的切分音，以此加强效果；

（2）别雷也注重维持"章节-段落"中的紧张度和定向运动，把节律化的和无节律的文字行混杂在一起，也就是说把加分的手法和减分的手法联为一体。其结果产生一种对节奏的期待感，它迫使读者对"章节"中节奏多寡的波动灵

153

敏地进行反应。

别雷和尼采的节奏手法在功能上而不只是在形式上的相似没过多久受到了玛·沙吉尼扬的注意。在就别雷的《史诗》所写的书评中，她写道，别雷"使用意料之外的而且在散文中从未有过的手法"，让节奏"替他去完成体现主题的任务……书中没有刻意装载的内容，所有内容都是'汩水'而来的、乘着合乎规律的节奏之波。尼采曾经这样让自己的思想音乐般地诞生出来，他把这些思想像浪花一样擎在宛如歌唱的词语浪潮的峰尖上"[20]。

在"交响曲"中开发出来的叙事原则，在别雷继"交响曲"之后的"散文"作品中依然保留着，只是稍有变化。这些原则为那种后来被统称为装饰性散文的叙事类型奠定了基础。这些原则首先表现在讲述本身的功能超过了性格和事件的相互关系的功能，还有就是，通过交替采用的韵律化、加强了的谐音学的作用、有特色的倒装，使散文语言接近于诗歌语言。不过，装饰性散文的最主要的特征，正如在别雷那里所形成的，乃是动机结构的主宰地位、动机结构即形象词语单位的简单的和加以变化的重复，它充当基本的结构原则。

别雷的实验尽管具有很强的独特性，但却反映了20世纪初散文向音乐抒情方向发展这一总体特征。这种发展还有契诃夫的戏剧作为支柱，契诃夫的戏剧在事件、主人公和对话层面的分散性通过暗流中的线索得到了弥补。同时，把一个情节切分为数段，并借助主导动机再把它接合这种做法，表明了在这一技巧的使用上别雷比乔伊斯的《尤利西斯》更早。

别雷在"交响曲"中表现出来的另一项实验是试图以语言艺术为基础最大限度地靠近音乐——实现艺术综合。他在《世纪之初》一书中写道："那些年代我感觉到自己身上的多重交叉：诗歌、散文、哲学、音乐；我知道：离开其中哪一个都是缺憾；可是怎样将它们合为整体——我不知道。"这句话的含义并不只是让诗歌和音乐相互接近这么简单。浪漫主义艺术的这一共同特征存在于别雷的探索中是作为必要元素，但也只是其一。这句话说的甚至不是诗歌和散文之间的妥协（散文诗），在19世纪末20世纪初，这种妥协的范例不胜枚举，在别雷本人的创作中也很常见（见诗集《蔚蓝中的金色》里的相应章节）。这句话表达的是对某种包罗万象的形式的探索，在那种形式里，新的混合艺术就可以表现出自己来。和维·伊万诺夫一样，同时也遵循了诺瓦利斯的思想传统，

154

别雷确信，全面的原子化和无所不包的启示录般的末世危机时期正在被新的
精神文化时代所取代，这个新时代能够以创作来改造世界。他把它称作综合时
期，并且梦想着能有各种把分离的艺术门类重新聚合，复活古代的艺术一体性
的形式。这个由瓦格纳抛掷出来的思想（总体艺术），众所周知，既迷住了尼
采，也迷住了马拉美。本世纪初的许多艺术家都曾在邻近学科的边缘地带寻找
过新的形式。赫列勃尼科夫甚至认为有可能创造条件让布谷鸟的声音向矢车菊
的颜色转化……别雷的《交响曲》乃是这股巨大创新力量的见证之一，激发起
这股力量的就是各种艺术语言的相互靠近。正因为如此，才像什克洛夫斯基指出
的那样，"没有别雷的交响曲，似乎就不可能有新的俄罗斯文学"[21]。

　　1904年，别雷出版了诗集《蔚蓝中的金色》，按照弗·皮亚斯特的说法，
这部诗集是"他的各交响曲中的间奏曲"[22]。的确如此，诗集里处在主要地位
的仍然是那些动机和情绪，相似的色调，同类的比喻。不过，诗集的首要任务
是传达莫斯科索洛维约夫派小组的心境，他们把自己称作"阿尔戈英雄"，每
个人都被"黎明"即将来临的预感笼罩着。他们的阿尔戈英雄目标证明了他们
在尝试着复兴俄耳甫斯教传统（俄耳甫斯教与作为它的哲学基础的毕达哥拉斯
学说混合在一起），世纪之初的几种宗教哲学探索显示出了这种尝试（尤其是
维·伊万诺夫和弗洛连斯基的），虽然他们的探索方式不一样，但是都在俄耳
甫斯教义中发现了"原始基督教"。把艺术的新的、可预见的任务拿来与神话原
型俄耳甫斯相联系的，还有勃洛克和勃留索夫，勃留索夫确信："如果说直到现
在为止，瞎子荷马的形象都是诗歌通常的象征，那么他该被预见者俄耳甫斯取
代了。"[23] 创立莫斯科"阿尔戈英雄兄弟会"（1903）差不多是别雷在促使艺术
创作的途径和方法变革为生活的创造（"创造生活"）这方面的第一个尝试，那
是他和当时与他来往密切的埃利斯、谢·索洛维约夫、阿·谢·彼得罗夫斯基
等人一起进行的。这种变革以入会仪式上的神秘宗教之旅的再现为基础，正如
莫斯科"阿尔戈英雄"们所希望的那样，精神科学的秘仪传统里保存着对这些
旅程的记载。"修复"这些传统的尝试表现在一些诗歌的主题集合中，如《金羊
毛》《太阳》《晚霞》《世界心灵》，尽管组诗《永恒的召唤》的诗歌，还有
《从前和现在》《荆棘里的紫红袍》的一些章节，显露出"自古以来的正本"

在我们的世界里的各种化身的反讽性。相应于这一思想，对于作者来说最有价值的形象被渲染上讽刺色彩之后呈现出来，结果嘲讽和信念、荒诞和诗意的激情在别雷的创作世界里成为不可分割的统一体。对太阳、天空、朝霞（它们通常标志着对精神领域的诉求，试比照：维·伊万诺夫的酒神颂《被撕碎的俄耳甫斯》）这样一些象征的重点着墨，伴随着对光明形而上学的研究，后者几乎立刻铸成为"光明理论"，它把歌德、亥姆霍兹的思想同秘密科学学说结合在一起。很能说明问题的一句话，就是五年以后，别雷在诗集《瓮》的序言中回溯自己的第一本诗集时所指出的："什么是蔚蓝，什么又是金色？这个问题将由玫瑰十字会员①们来作答。"（《诗歌集》，545页）别雷历经数年不断修改的文章《神圣的颜色》证明他既熟悉自然哲学，又了解对颜色的神秘主义阐释，他试图把它们联合起来，以建立自己的观点。（十年后这个观点呈现于颇有论辩色彩的研究《现代世界观中的鲁道夫·斯坦纳和歌德》中。它是对埃米利·梅特纳的《歌德论》第一卷的回应。）别雷发展了毕达哥拉斯学说中的观点，他坚持认为色谱（在索洛维约夫哲学的世界中用彩虹象征来标记）同声谱一样，是现象世界中表现实体的基本组合。正因为如此，每一种颜色，按照别雷的阐释，都具有相应的意义组，具有在存在中与之相应的思想域界、心理域界和日常事物的域界。譬如，作者在第一部诗集发表几年后（那时别雷正想方设法成为通俗易懂的作家）解释它的名称的意义时指出："'金色和蔚蓝'是索菲亚的圣像色彩；索菲亚的圣像画以那些色彩为衬托；弗拉基米尔·索洛维约夫笔下的'她'浸透染金的蔚蓝……她自天空降落到大地，把她的金色和蔚蓝带给我们，带到这里……"24

别雷的第一本诗集（还是像他的第一部《交响曲》那样）色彩异常丰富（难怪别雷当时称自己为"外光派画家"和"晚霞学家"）。就拿最普通的"红色的"来说吧，诗集里有各种变体出场："紫红的""殷红的""火焰红的""火花红的""大红的""鲜红的""赤红的"，同时它们又按照巴尔蒙特的范本转变为类似"红金色的"这样的复合形容词。塔·赫梅利尼茨卡娅 25 准确地注意到，诗集里还有这样一些修饰语：变成火红色的，变成琥珀色的，变成蔚蓝色

---

① 17—18世纪德国、俄国、荷兰等国的一些秘密会社，据说创始人为14—15世纪的传说人物罗森克洛兹，意译为"玫瑰十字"，因而得名。——译者注

的，等等，这些词语表现的不是状态，而是动作过程。这说明了对于别雷来说十分典型的一个特点，即要传达动态性、过程性、"赫拉克利特旋风"的活动性，而不是静止性。通过与宝石和布匹相比拟而建立的丰富的色彩效果说明其与现代派有相似之处。"分离派"①特征还显示在对18世纪的怪诞风格化模仿上（《爱的表白》，《小步舞曲》），这使别雷与"艺术世界"派的画家们相近（尤其索莫夫和鲍里索夫-穆萨托夫），"分离派"特征还表现在拿变了形的、把对立面怪诞地结合在一起而生成的风格化神话形象（勃克林②、施图克③所作的半人马肯陶罗斯、半羊人法翁、水仙那伊阿得斯们）进行游戏。与"艺术世界"派的画家们的另一个相近之处是生活的阿尔莱基诺滑稽戏主题，这一主题同样体现在勃洛克的诗歌，以及后来米·库兹明等人的诗歌当中。弄臣、丑角、阿尔莱基诺、普利奇内拉、小丑④的各种各样的面相变体，作为诗人的"他我"（Alter ego）符号，充满了现代派时期的欧洲艺术，但是在俄罗斯，这一群像又增加了对于俄罗斯文化极为典型的滑稽木偶戏角色彼得鲁什卡、流浪艺人（скоморох）甚或常让人联想起基督的圣愚等各种形象。把圣愚形象纳入作者假面的可能组合当中，大大加强了"解读"作者立场的复杂性和多样性。比方说，在勃洛克那里展现出来的滑稽木偶戏的形象是演员的理所当然的面具，它们是艺术家无法摆脱的悲剧性的重负（比照《滑稽草台戏》），但是它们与作为诗人"他我"的基督形象毫不相干（比照《秋日的爱情》）。而在别雷那里，被东正教传统坚决分为两级的丑角形象和圣愚形象（比照：对于东正教而言非常典型的将圣愚与流浪艺人对立起来这一点），并没有如此分明的界线，尽管他们的"非对立"恰恰是由强烈地区分他们的愿望而引起的：弄臣—流浪艺人—阿尔莱基诺—疯子—傻瓜（以各种变体出现）在别雷那里表现为基督的危险的分身，表现为他的伪装。这样一来，弄臣的各种假面在别雷那里衍生出"没有复活的基督"、伪基督（即反基督）的问题，其结果就势必要确定自己的本

157

---

① 慕尼黑（1892）、维也纳（1897）、柏林（1899）的美术家团体的名称。他们反对学院派的条规，提倡"现代派"艺术（即"新艺术"）。——译者注

② 瑞士象征派与现代派画家。——译者注

③ 德国现代派画家、雕塑家。——译者注

④ 以上都是意大利即兴喜剧中的定型角色，有阿尔莱基诺这一角色的即兴喜剧可以被称作"阿尔莱基诺滑稽剧"。另可参见第二十三章相关注释。——译者注

质——诗人的本质（我是谁？），以便逃脱"宇宙诱惑"的"最后一个欺骗"。这一点在《复临者》当中已经形成，继而延续在抒情片段《阿尔戈英雄》以及短诗《夜晚的祭品》（1903）中：

> 我像个傻瓜似的呆站
> 戴着我那火红的花冠，
> 身披金线织就的希通①，
> 用紫水晶紧紧地扣严——
>
> 一个人，一个人，似一根柱
> 站在遥远的沙漠深处——
> 等待那些双膝跪地的
> 朝拜的人群缓缓走入……

　　《蔚蓝中的金色》没有《交响曲》所具有的那种在文体结构上的大胆的实验性，但是在这本书里有另外一些从俄罗斯文学史角度来看具有实质意义的探索。首先是"抒情片段"（《毛虫》《吼王》），它们呈现出对"散文体诗歌"传统进行独特变体的尝试。还有就是一系列诗歌的节奏创新，它影响了后来的俄罗斯诗歌发展。具体说来，在一系列诗歌当中，别雷把三音节变体诗格（дольник）继续向前推进，其表现是在书写法上对诗行传统建构进行了分解。别雷拆散了习以为常的那种诗行模式，按照语调排列诗行，有时在行首不用大写字母：

> Чистая, 　　　　　纯净得，
> словно мир, 　　　如宇宙，
> вся лучистая— 　　通体闪亮的——
> золотая заря, 　　　金色朝霞，

---

① 希通是古希腊时期的男女贴身内衣，也泛指宽松的衣服。——译者注

158

мировая душа.	世界心灵。
За тобой бежишь,	追逐着你,
весь	浑身
горя,	热血沸腾,
как на пир,	好似向那盛宴,
как на пир	好似向那盛宴
спеша.	急急驰骋。

稍后这种技巧由马雅可夫斯基采用并发展为纯重音体诗。（众所周知，马雅可夫斯基读过别雷的作品后，"忌妒"上了他的诗歌《在山上》（1903），而且他预见到了后象征主义的富有表现力的修辞手法，于是打算"也写得这么好，但是是关于另外的内容"。）"竖行式"和稍晚些时候的"梯级式"成为俄语纯重音诗的书写特征。

接下来别雷的两本诗集——1909年出版的《灰烬》和《瓮》——对于年轻一代象征主义者的精神发展来说具有典型意义：如同勃洛克在那些年里写的诗歌一样，混沌与秩序、黑暗与光明的对立在这里转变为对俄罗斯命运更为直接的思考，诗中的俄罗斯是以她的主要组成成分和相互关系为象征的——城市和乡村，铁路网（"那里发出隆隆声响的／莫不是宇宙混沌的车轮？"）和疯狂空间的网。诗集《灰烬》把先前诗集中的金蓝色基调置换为灰白色基调。作者本人在这本诗集的序言中这样描述它的主要情绪："……整体上是个无物的空间，其中是日渐衰落的俄罗斯中心。资本主义在我们这里还没有把像西方那样的城市中心建立起来，但却已经在使农村公社解体；正因为这样，逐渐扩大的、布满杂草和小村子的冲沟所构成的图画乃是宗法制生活方式毁坏和灭亡的活生生的象征。这种灭亡和这种毁坏浪潮般地席卷着村落、庄园，而城市里资本主义文化的呓语正在勃然兴起。诗集的主导动机是一种不由自主的悲观主义，它产生自对当代俄罗斯的看法（空间在压迫，无物性在威胁——生成的是幻景：苦艾，山杨，野蒿，等等）。"（《诗歌集》，544页）在为一首诗歌（《安宁》，1904—1906，它确定了整本诗集的基调）所做的注释当中，别雷更加尖锐地阐明了它的基本思想，他强调说，诗歌"用'病房'

159

（камер）和'死亡'（замер）来押韵，陷入我的努力和绝望中的'我'在疯人院的病房中死去"[26]。

诗集是献给涅克拉索夫的，这既有它的主题为证，又有它的形式为证：首先在诗集中可以感受到使用各种民歌音调这一诗歌传统，别雷在这方面展现出"有声语言艺术家的无比威力"（弗·皮亚斯特）。这一点的鲜明示例是《在罗斯的欢愉》（1906），这首诗极富表现力地传达出伴随着手势和舞蹈的热情奔放的歌曲语调，大概在相应时期的作品中可以相比的只有瓦·卡缅斯基的《全到船头上去》。短句和长句的放慢和加快的速度如下所示：

Д'накачался—	酒也喝够了——
Я.	我。
Д'наплясался	舞也跳够了
Я—	我

打断诗行的词语重复：

Дьякон пляшет—	助祭在跳舞——
—Дьякон, дьякон—	——助祭，助祭——
Рясой машет—	教袍在挥舞——
—Дьякон, дьякон—	——助祭，助祭——

这些所构建的不是诗歌的节奏体系（它不能仅仅用来阅读），甚至不是歌曲的节奏体系（只唱出来也嫌不够），而是剽悍的歌舞——豪放不羁的特列帕克舞的节奏体系。再说得远一些，我想在此强调一点，关于文学的科学暂时还无法以应有的方式评价和阐释别雷的节奏体系与各种音乐声响节奏的关系，以及与舞蹈姿态节奏的关系，虽然大量的回忆录作品多次讲到过别雷动作独特的造型美，而且很乐意地演绎为一则则奇闻轶事，比如说1921年，别雷在柏林的时候，一喝醉就不停地跳狐步舞（似乎，最令回忆录作家难堪的是当时别雷所钟爱的舞蹈样式）。

选择"民主"主题并不意味着拒绝象征主义。别雷在诗集《灰烬》的序言

里就已努力地强调这一点，该序言言简意赅地表达了他在那几年里的美学信仰
（很快在其1910年出版的著作《象征主义》中得以展开阐述）："是的，珍珠般
的朝霞、下等酒馆、资产阶级的僧房，超凡脱俗的高空、无产阶级的苦难——
所有这些都是艺术创作的对象。珍珠般的朝霞并不高于下等的酒馆，因为两者
经过艺术写照都是某种现实的象征：幻想，日常生活，倾向性，哲学思考在艺
术创作中都预先取决于艺术家的真实态度……把艺术感受（这一感受的对象无
关紧要）和内心里义务的驱使独具一格地结合在一起就决定了艺术家的道路，
把他塑造成象征主义者……现在，当自由和义务、艺术和生活、祈祷和亵渎、
象征主义和现实主义、朝霞和酒馆的概念混乱不清的时候，我认为有必要说这
些简单的话，说明我对艺术的要求，我对艺术家的期待，以及我怎样理解象征
主义。"（《诗歌集》，543-544页）有了这样一篇序言，诗集《灰烬》就成了
别雷通往构建新型象征主义道路上的里程碑，这种新型的象征主义不仅允许、
而且要求自由地囊括文化和亚文化的两个极端，高雅的一端和低俗的抑或"鄙
俗的"一端，这与文化掌权阶层的那种标准化地进行选择（即支持它所中意的
现象并且奉为经典，排斥其他不太中意或者不中意的现象）的倾向正相反。与
这一"反标准性"（"标准是后行为"——别雷在后来的《象征主义》一书中
确信地说）完全相符，《灰烬》里的诗呈现给读者的是诸多"作者的"声音-面
具的混合体：他们中间有朝圣者，有"田野先知"，还有苦役犯、杀人犯、绞
刑犯、赌徒、"孤苦伶仃的孤儿"、商人、电报员等苦命人（有专章来描写他
们）；有一些诗是以女性甚至死人的名义来写的，比如《无赖小曲》（1906）：

从前曾有个我和他：
参加葬礼成了知己。

那骷髅多年把我看
无论是酷暑或严寒。

他骨骼健壮心单纯——
我们俩散步绕着坟。

他时常爱把玩笑开

说起葬礼有多愉快——

棺材一个个往外抬，

神父随棺材走出来：

161

冒烟的鼻子像香炉。

运棺材的是胖车夫。

"与圣像同眠请安息！"

棺材板把我们来压挤。

从前曾有个我和他，

吱嘎——吱嘎——吱嘎——嗒——

　　以这种对别雷来说十分典型的方式塑造出来的还有另外一些假面，他们精巧奇异地与对如下一些形象的联想构成感染错合：一会儿是圣愚，一会儿是弄臣，一会儿是阿尔莱基诺，一会儿又是把自己当作基督的疯人院的病人（《早晨》，1907）。从我们今天诗歌中的语言探索和反标准化倾向来远观当时，有一个事实引人注意，即这些如此多样化的"形象"，别雷是以使用作为集体语言活动产物的"俗套"语言为基础建立起来的：这类诗歌毫无阻碍地把相差甚远的各阶层语言吸收进自己的语义圈，包括文学语言、活生生的城市语言和乡村语言、多种多样的民间口头语言。别雷把诗集献给涅克拉索夫，便指出了这一传统的作用，不过，如果仔细考量《灰烬》中对涅克拉索夫诗歌的明显的或者潜在的引用，不难发现它们是在对他的尤为著名的文本（《货郎》《园丁》）进行演绎，那些文本人尽皆知或者已经流入了亚文化。从这个意义上说，《灰烬》中的涅克拉索夫"引语"延续了传统，重弹流浪艺人的旧调，这些旧调曾经吸引了涅克拉索夫本人（比照他对莱蒙托夫的《哥萨克摇篮曲》的重复），也曾令米纳耶夫着迷，为俄罗斯诗歌发展的新趋向铺设着道路，一直延伸到德·亚·普里戈夫的文本。与此同时，这些"引语"与一系列把"大众形式"灵活地导入"高雅诗歌"的情况交相辉映，比如茨冈浪漫曲、狱中的口头创作。有时候对狱中口头创作的联想与其说是得自于词汇的选择，不如说是得自于以容易识别的节拍组合的节奏结构（比照1906—1908写就的《苦役犯》的第一行"跑了。甩开了押送队"和小说《银鸽》中引用的歌曲《沿着后贝加尔的荒原》，以及在《灰烬》的很多诗歌中不难发现的四句头、特列帕克舞曲、卡玛琳斯舞曲的节奏）。因此，《灰烬》的诗学特征极为鲜明地表达了别雷大规模地摧毁经典结构的目标，这同他因反对文化的基本组织原则的作用而摧毁经典化机制本身一样。对这一点的理论表述体现在几乎同一时期的文章《文化问题》（1909）中，它是《象征主义》一书的开篇。

诗集《瓮》和《灰烬》有着内在关联，因为其中收入了同一时期所写的 162 诗，但是在体裁上和风格上又有着新的探索：其核心是试图创立一种哲理抒情诗，使其符合更新后的（这种更新在于混合了杰尔查文时代的风格并且经过了勃留索夫的加工）普希金、巴拉丁斯基、丘特切夫传统。不过这个万花筒式的"遗产"堆的基础是素质，对此我斗胆说一句，上述提及的前辈中的任何一位都不曾拥有这种素质，即：对最新哲学问题的专业化的了解。要知道，众所周知并且本文也已述及了别雷自中学时代起就认真钻研过哲学著作（尤其是德国的）。这还不够，数学物理系毕业后，别雷在1904年考入了母校莫斯科大学的历史语文系，在那儿主修哲学和逻辑学方面的课程：谢·尼·特鲁别茨科伊的关于柏拉图的讨论课，列·米·洛帕京的关于莱布尼茨的单子论的讨论课，此外还有亚·尼基茨基的古希腊语言讨论课，罗·勃兰特的斯拉夫哲学课。诚然，这些课并没有持续上下去：1906年秋，别雷递交了退学请求，因为他要远赴国外。

慕尼黑和巴黎（1906）之行，使别雷先后与弗兰克·韦德金德、斯坦尼斯拉夫·普日贝谢夫斯基（在慕尼黑）、让·饶勒斯（在巴黎）等人结识了。第一次大型的国外旅行把别雷吸引到了国际文艺小组和沙龙的活动中（包括一些"秘仪"活动），然而他并未停止系统地学习哲学，非但如此，快到1909年时他以"象征主义的现象学"为基础构建了独立的文化哲学。关于这一点下文再述。这里有必要指出的是，这个"象征主义的现象学"的主要论辩对象是俄国新康德主义者的方法论，用维·伊万诺夫的话说，这些新康德主义者是"穿着翻过面又重新剪裁了的老康德的裘皮大衣的一群跟班"。别雷赞同维·伊万诺夫的观点，那是在1923年他为自己再版的诗集所写的序言中谈到《瓮》时告诉读者的："作者围绕着一个主题把这一部分诗歌联结起来；这个主题就是——哲学；1904—1908年间作者花费大量时间研读哲学，在这个过程中作者越来越意识到高估新康德主义文献带来的毁灭性后果；柯亨、那托尔卜、拉斯克的哲学因其把人的内在品质分裂为冷酷无情和可感可觉而影响着世界观；冷酷无情的可感可觉——这就是进行哲学思考的认识论学家得出的结论……"（《诗歌集》，556页）他在回忆录《两次革命之间》中这样回忆这一期间的感受："我从来没有像1908—1909年之交这样衰老过；就像下象棋一样，抽象概念的交织游戏占据着我；我埋头于分析康德的经院哲学，对其不抱信心，但还是受其毒害；我像参加象棋循环赛般去上哲学课堂讨论，上完却怀有讽刺地写作……"正是这种情绪反映在了《瓮》的诗歌当中。大概没有一位别雷的前辈能像他这样毫不费力地把哲学范畴和日常生活中的动作配合在一起，从而营造出一种强烈的喜剧性气氛，在《哲学的忧郁》一章中的诗歌就有成功的范例：

> 对那怯生生提出的致命的问题
> 这位哲学家正在作答，
> 轻轻地搔着苍白的鼻子，
> 说真理啊，真相啊……那都是方法。

或者：

> "……生命，——他小声说，停步
> 在一片发绿的坟墓空档处，——
> 是许多超验的前提
> 形而上学的联系……"

（《我的朋友》，1908）

163

诗集的宏观结构是模仿环形结构，更确切地说是模仿螺旋形结构，因为诗集是以一系列献词作为开篇和结束。然而如果说开篇致勃留索夫的献词强调了失望和与过去告别的主题，这一主题将以变体形式重复"心灵的冬天"、夜和悲痛的情绪（《哀怨》）来联结中心部分的章节，那么尾声的致列夫·托尔斯泰、谢·索洛维约夫和梅特纳的献词就是诉诸于由记忆的恢复力量带来的希望：

> 不要悲伤：正在复活着
> 那将由记忆封存的一切

（《致梅特纳（书信）》，1909）

也是在1909年，别雷发表了他的第一部长篇小说《银鸽》。他在其中尝试着回应在俄罗斯历来具有现实意义的人民和知识分子问题，给出自己的象征主义历史哲学的阐释。俄罗斯在这里像在别雷的其他许多作品中一样，被视为东方和西方能量对峙的场：人民身上那种亚洲的——欧亚的自发力和以贵族庄园为载体的西方的文明化因素相敌对。别雷不久前还指望过的民间本能的神秘主义的复兴力量，如小说中所示，在这里转变成为魔鬼跳神活动的致命的深渊——在这一点上别雷与梅列日科夫斯基的观点相同。贵族庄园同样也不能成为救赎的保证，因为它的所有文化标志物已经变成了一幅无生命的图景。生活因其呈现出各种极端世界彼此对立的局面而正在产生威胁，这一思想从象征着这些世界的小说人物名字上就已经突显出来：乡村"鸽子"邪教教派头目、木工库杰亚罗夫的名字，系源自民间传说的土匪名字；男爵名字托德拉贝-格拉本的德式发音与死亡和坟墓产生着关联[①]。

164

当然，小说中有一个同样具有德语姓氏的人物——施密特，这个姓氏乃是别雷在各门精神科学的秘密遗产领域的个人探索的含蓄体现。别雷运用通过人物的图书收藏来呈示人物的古老传统，让施密特去阅读那些他自己感兴趣的专题论文，后来在《象征主义》一书中又援引它们来作附注：占卜，托勒密《占

---

① "鸽子"是邪教教派阉割派信徒的自称。库杰亚罗夫（Кудеяров）的名字源自民间传说中的盗匪库杰亚尔（Кудеяр）。托德拉贝-格拉本（Тодраабе-Граабен）的名字让人联想起德语的"死亡"（Tod）和"坟墓"（Grab）。——译者注

星四书》的星相学阐释，亚历山大的克勉的《杂缀集》，哈默的拉丁语论著，其中有《揭露巴风特》《创造书》、选自《各族之牧者》的若干抄本、帕拉赛尔苏斯的《超科学魔法》、基歇尔的《论磁术》等摘抄。但是施密特的知识并不能帮助他解救朋友于危难之中。他的世界，正如在小说中不止一次所强调的——与世隔绝——他暂时的栖居地是一个荒僻的小岛别墅（见《在小岛上》一章）。所有这些细节都能证明，别雷在《银鸽》中已经提出必须从出世的研究转为入世的问题，它很快会转变成建功和献身的问题，尽管他意识到解决办法的妥协性，但这件事使他认同了鲁道夫·斯坦纳的见解。

小说的中心人物以达里亚尔斯基命名，是作为知识分子问题的化身呈现出来的，他急欲走出首都和庄园的封闭世界。然而当他投身于民间自发的邪教宗派活动以后，他的"到民间去"的尝试却以悲剧告终，其原因从各方面来看可归结为所描述的世界中各种相互对立的极端的致命的非理性。至少主人公的名字所引起的联想令人产生这种观点。那是一个标签式的名字（"达里亚尔斯基——我的主人公的名字难道不值得注意吗？"[27]），它包含几层意思。首要的一层是，它暗示着那条幽深狭窄的峡谷许多勇士非理性地受到模棱两可的女性形象（如莱蒙托夫那部非常著名的抒情谣曲《塔玛拉》所描写的）吸引，纷纷在那里死去[①]。可以确信地这样说，在《银鸽》里第一次鲜明地突出了对女性形象的反讽性的、催人清醒的塑造模式，这一模式对于成熟期的别雷的大多数作品来说十分典型。该怎样理解这一点呢？众所周知，俄罗斯象征主义者，尤其是年轻一代，热衷于追随弗·索洛维约夫的索菲娅学说——该学说提出索菲亚即"神的物质化身"的概念。象征主义者在这一概念中找到了作为他们的美学支撑的观点，即诗人是天上世界和人间世界之间的媒介：作为"神的物质化身"，索菲亚可以被理解为克服超验化和极度的内在化之间分裂的那种能量的载体。但是如果在勃洛克的创作中索菲亚信念是以"美妇人"的各种形象来体现的，这些形象呈现了存在的最高价值，在本体论上定了型且只有极少情况下（如"陌生女郎"）被相对化，那么在别雷那里——相应于他的创作的总的诺

165

---

① 指的是大高加索山脉中险峻的达里亚尔峡谷，普希金、莱蒙托夫的许多作品中都曾提及过它。——译者注

斯替教方向——本体在现象世界中仅仅能够以怪相化的象征物来现身，与此相应，作为神的物质化身的"永恒女性"信念，同样是以分裂了又降级了的形式呈现出来。的确，在《交响曲》中，他还能够找到完整的人物形象表达方式，只不过那些形象被浪漫主义化了，因而强调了她们不可能体现在现实世界中，这在对她们的命名上就显而易见，如"童话""女王"等等。正是从《银鸽》开始，别雷主要通过把女性因素两极化来传达其在现实世界无法完整体现的特性（这其实完全符合诺斯替教的思想）：无论是屠格涅夫笔下的小姐的后裔卡嘉（这个夸张了的阿佛洛狄忒·乌拉尼亚或者索洛古勃的杜尔西尼娅），还是邪教宗派信徒的圣母玛特廖娜（阿佛洛狄忒·潘德摩斯①或者索洛古勃的阿尔东萨），都恰恰由于自己的不完整性，由于是女性因素的片面呈现，而无法拯救达里亚尔斯基使其免于在黑暗的强盗库杰亚罗夫式的社会自发势力中死亡。

别雷在《银鸽》中向爱情情节回归，但也并不排斥《交响曲》中的那种主导动机技巧，只不过这一技巧走向了篇章深处。《银鸽》中更为突显的是另外一点，即以模仿民间故事的形式来叙述，就是说，以深入了解民间语言特性的讲故事人的口吻来戏说。当然，20世纪初俄罗斯文学中的民间故事并不是新鲜事物。这一手法的19世纪大师有列斯科夫、陀思妥耶夫斯基（中篇小说）和早期的果戈理，别雷就是首先继承了果戈理的传统。但是在别雷那里起决定作用的手法是十分鲜明的风格游戏，以及自如地使用荒诞、反逻辑，它们由冲突而构成，反映出被描述的世界的极端异质性，其中首要的一方面就是文化和亚文化的对峙。风格化手法在这里浮出了表层并且得到了最大限度的开发。

《银鸽》曾被作为三部曲《东方和西方》的第一部。三部曲的第二部是与《银鸽》所反映的问题相对具有较少关联的作品——长篇小说《彼得堡》。别雷从1911年秋开始这部长篇的写作，但主要是在1912—1913年进行的，1913—1914年在"西林鸟"出版社的丛刊中分三次发表，1916年也出版过。（1922年出版了另一个版本，经过大量删改，不过保留了最初的宏观结构：八章，开场白和尾声。）对最初构思的改动和改动后的推展是以一系列在写作之前发生的

166

———
① 古希腊神话中，爱神阿佛洛狄忒的谱系有各种不同版本，柏拉图在《会饮》中用两个不同的称号来区分爱神的两个面相："阿佛洛狄忒·乌拉尼亚"（意为"属天的阿佛洛狄忒"）主"属天的"崇高之爱，"阿佛洛狄忒·潘德莫斯"（意为"全民的阿佛洛狄忒"）主肉欲之爱。——译者注

事件为前提的。其中最主要的有：

（1）1909—1910年初未能实现的构想：作为彼得堡中心的领袖，与安·明茨洛娃和维·伊万诺夫一起创建真正的玫瑰十字会，以复兴格·斯科沃罗达和尼·伊·诺维科夫的传统，并促进新的精神科学的形成。

（2）与未来的妻子阿霞·屠格涅娃一起，经过意大利（威尼斯、罗马、巴勒莫）和突尼斯到埃及的朝圣之旅，其主要目的很显然：去领受弗·索洛维约夫在长诗《三次相会》中所反映的那种经历，并且登上金字塔，这在许多神秘主义传统里意味着入会的阶梯。别雷参观了金字塔、大斯芬克斯（狮身人面像），1911年3月16－18日登上了金字塔，他把这一事件视为另一种生活的开端，并称其为"金字塔症"。

（3）到访科隆（与阿霞·屠格涅娃一起），听鲁道夫·斯坦纳的讲座，以及1912年5月7日那次导致别雷迈入人智学领域的与斯坦纳本人的会面。这一切实际上都是必然的，尽管它们是对这些探索和对深入研究精神科学传统的尝试的一种半妥协的总结：别雷在那段时期以前就这一并不简单的问题已经形成了自己的观点体系，但是该问题的复杂性和与之相联系的诸多难题的实质本身还是要求寻找"同路人"，寻找志同道合的同事。因此别雷认为接受人智学是必须的，他确信，他离真理已经不远，鲁道夫·斯坦纳的事业是一种特殊的长老制，即把先前的秘密（被隐藏的）知识送入人世，这种入世行为是新时代的精神和任务所决定的。但是因为别雷掌控着自己的精神科学观念体系，他尽管直至生命的最后日子依然身处在斯坦纳信徒和人智学信徒之中，却经常在观点上与同僚相去甚远，与"人智学的大娘们"分歧尤甚，因此在圈子里时常被认为"很差的人智学家"。

别雷将自己独特的入会之路和"精神革命"之实质的观念体现在长篇小说《彼得堡》中，开辟了入会之路小说题材。从这个意义上说，他继续实现着其他一些作家尚未完成的意图，一方面是诺瓦利斯的，他的《海因利希·冯·奥夫特尔丁根》的构思与歌德的具有教育意义的长篇小说《威廉·迈斯特》截然相反，另一方面是陀思妥耶夫斯基的，反映在他的《卡拉玛佐夫兄弟》末一部的提纲中。巴赫金在他关于别雷的讲座中指出了陀思妥耶夫斯基和别雷在题材上的这一相似之处。

167

长篇小说《彼得堡》的写作风格，按照列·多尔戈波洛夫的话说，"暂时既缺少一个必要的概念，也没有术语"来分析它。最为复杂的是创作的多级性、多层性，每一个人物，每一件事物都伸出长长的影子通向无限的象征意义。这些意义相互间存在着等级关联，与它们身上所反映的存在的等级、层次相呼应。比如说，小说故事发生地和作品的"主角"——彼得堡，它是俄罗斯帝国的首都，并因为这一身份而成为俄罗斯历史的枢纽，东方和西方的交汇点。但是东方和西方的问题比俄罗斯历史更宽泛，它是世界历史进程的矛盾性的直观表现。这个世界历史进程即宇宙力量在地球历史表面的投影。这么说来，彼得堡就是宇宙力量碰触的"数学的点"。然而"数学的点"这一概念还指明了另外一些特征，特别是空间参数的缺乏。就是说，如果彼得堡是"数学的点"，它就不具有"现实的"空间特征，也就是说，它的空间是虚构的。但是如果它的空间是虚构的，那么连同住在这个城市里的居民也……等等。然而"大脑的游戏"可以在其他方向展开。别雷信奉神智学说的玫瑰十字会版本，他认为人生存于许多世界的交叉点上，在人身上反映着多种图景：生理的、心理的、精神的、心智的、星相的（通过它实现着人与"宇宙空间"的联系）等等。不言而喻，这一概念影响到小说的形象建构，在其中可以看出相应的观察角度和描述层次的多样性。有鉴于此，我们试着首先把最常被分析的方面摘出来，即社会历史方面。

小说故事发生在1905年10月的九天中，在这九天里投射着世界历史的过去和未来。在把人们变成影子的光怪陆离的彼得堡，有三股势力碰撞在一起，它们争夺着俄罗斯未来命运的掌控权。这三股势力之一是由参政员阿波罗·阿波罗诺维奇·阿勃列乌霍夫代表的，他的形象基于几何和官僚主题的荒诞的结合。他在空间上的固有标志物是直线形的涅瓦大街（政权所在地彼得堡的中心，彼得堡由许多条直线和站在它们的交汇点的警察们构成），四轮轿式马车的黑色立方体，还有机关办公室的数学的点——从那里参政员向全国发送通令，用旋风般的纸片和印刷的编号文件散布出去。同索洛古勃的作品一样，在别雷对主人公的描述当中起重要作用的是对似曾相识的画面的联想：参政员的家庭生活重复着卡列宁一家的经历，但是别雷笔下的安娜·彼得罗夫娜只是以戏拟手法再现了安娜·阿尔卡季耶夫娜的命运，大概就像卡列宁的鼓胀着的耳朵变成了参政员阿勃列乌霍夫那如同蝙蝠翅膀般的耳朵那样。参政员的名字也

168

有着戏拟的特征：但愿由他来射箭，但愿由他来转动风火轮，但是他的箭谁也吓不倒（它们连普平斯克都到达不了），国家车轮在俄罗斯的道路上摇摇晃晃，阿波罗·阿波罗诺维奇也已经不是阿波罗神，而是无力的、昏聩的小老头；他所代表的国家官僚主义体制的冷酷的理性主义政权是木偶般的、虚幻的政权。

小说以同样的方式揭开了敌对势力——恐怖主义政党的内在空洞性和虚幻性。这一主题是以杜德金这位"留着小胡子的陌生人"的形象开始出现的，他以前是平民知识分子大学生，"革命的运动员"。杜德金的空间标志物是混乱的瓦西里岛，黑色的楼梯，爬着潮虫和蟑螂的拉斯科尔尼科夫式的阁楼。杜德金的生活由一连串的怪事构成。他是以"不可捉摸者"这个可怕绰号而为俄罗斯、俄罗斯的革命青年所熟知的，他是政党精神的化身（他说："党在我体内"），但是越来越清楚的是，不可捉摸者被一个最愚蠢的形象捉住了：他的一切行为都被奸细利潘琴科左右着，被后者打着党的纪律这个旗号像控制傀儡一样地控制着。杜德金以为自己是为社会而活，但是却丧失了与社会的最基本的接触，他唯一的社会圈子是一个"抑或是蒙古人，抑或是闪米特人"的幻影、向警察告密的扫院子人莫尔若夫和蟑螂（我们会回想起列比亚特金大尉的诗中那只"掉进了玻璃杯，里面全是苍蝇在互吃"的蟑螂[1]）。可怕的不可捉摸者不过只是杜德金而已——一支普普通通的木笛[2]，其实就连杜德金也不存在：他——戈列利斯基——波戈列利斯基[3]——是用来实现不可捉摸者功能的牺牲品。当杜德金意欲将尼古拉·阿勃列乌霍夫从奸细利潘琴科布下的网中拯救出来，以这种方式来做唯一的一次具有相应的个体道德标准的人（个体）的时候，他却发现，他不属于自己，他无法表现一个有伦理道德的人的自由意志，因为他也被阴谋之网缠绕着，给他的选择是：要么被诽谤成对党有罪含冤而死，要么牺牲尼古拉·阿勃列乌霍夫而放弃对自己的尊重。但是杜德金身上却发生了第三种情况：他疯了，杀死了利

169

---

① 陀思妥耶夫斯基小说《群魔》中的人物，他的这首蟑螂打油诗出自小说第一部第五章第四节。——译者注

② 杜德金与木笛在俄文里是同根词，此处意为受摆布的工具、传声筒。——译者注

③ 杜德金在小说中被人识破用了名为戈列利斯基的假护照，但他假护照上的名字其实是波戈列利斯基，这两个姓分别有"燃烧的"和"烧光的"之意。——译者注

潘琴科。在杀人场面之前还描绘了一个幻觉——青铜客人现身，他令人联想起普希金的青铜骑士和石客主题。这里显示出在杜德金身上并非仅仅存在陀思妥耶夫斯基笔下的虚无主义者这条线的延续：青铜骑士以彼得诸多的位格散布在小说中，从而引入杜德金-叶甫盖尼主题①（在《客人》一章我们会看到亚历山大・伊万内奇・杜德金被直接等同于叶甫盖尼）；这样，源自于陀思妥耶夫斯基《群魔》的个体的人和恐怖主义政党之间的矛盾，与小人物和国家之间的矛盾（普希金的《青铜骑士》）结合在一起。杜德金逐渐被揭示为并非一股（如普希金和陀思妥耶夫斯基笔下那样）而是两股极权势力的牺牲品，这两股势力一是国家，一是恐怖主义（前法西斯）政党，它们在国家机制的发展和分化过程中逐渐壮大。这两股令人与自己异化的独裁势力的内在关联，别雷用奸细莫尔科温的形象突出出来，因为他既与利潘琴科有交往，又和阿勃列乌霍夫有联系。莫尔科温对尼古拉・阿勃列乌霍夫说话时有两种身份：作为政党的代表，要求尼古拉杀害当参政员的父亲；作为秘密警察的官吏，随时能够因为尼古拉与恐怖分子有染而逮捕他。因此，表面上相互敌对的国家和政党两股势力联合威胁着作为个体的人：尼古拉・阿勃列乌霍夫。

别雷在刻画大学生知识分子尼古拉・阿勃列乌霍夫的形象时添加了许多自传色彩（甚至包括爱上朋友的妻子，那是对他自己与柳・德・勃洛克-门捷列娃之间的情感波折的夸张表现），并且试图以他的命运来概括具有人道思想而又被迫两头不讨好的知识分子命运。尼古拉・阿勃列乌霍夫是参政员的儿子，天生牵连着权力。但是他厌恶父亲，尽管随着时间的推移逐渐对其心生怜悯。尼古拉的行为表现出心理上的俄狄浦斯情结（它几乎在别雷的所有小说里都起着重要作用），同时他的行为也暗示出其他层面的含义：潜在的弑父情结，按照别雷的看法，是知识分子对待产生它的秩序的态度之一，它同时也是文化周期更迭机制的一部分。

小说情节的推动力是尼古拉轻率地许诺杀害父亲。围绕着这一许诺展开 170
的波折，还有小说故事的大部分时间是定时炸弹启动到爆炸的二十四小时这个事实，营造出侦探小说的气氛：在这方面别雷也是继承了陀思妥耶夫斯基

---

① 指的是普希金的叙事诗《青铜骑士》的主人公叶甫盖尼。——译者注

传统，后者曾把社会哲学问题和侦探小说情节结合起来。但是别雷的特别之处在于，侦探小说的所有典型细节和情景在他笔下都具有极强的戏拟特征。预谋杀害参政员的武器——定时炸弹——是装沙丁鱼的罐头盒（"有可怕容物的沙丁鱼罐头盒"），它在小说里的第一次亮相，是在"留着小胡子的陌生人"的简朴的农民小包裹里，这呈现出与彼得堡的结构的极具戏拟性的类似——彼得堡的中心是涅瓦大街这个夹鱼子酱的三明治（一个鱼子人——"这颗鱼子既是世界，又是消费品"——的反讽形象借助这个隐喻固定了下来[28]），沿着它的周边是金属的"烟囱林立的工厂圈"，圈外延伸着无垠的信仰各种邪教教派的农村俄罗斯。炸弹爆炸一场（在第8章末尾）被描述得异常喜剧化：不言而喻，径自启动的"有可怕容物的沙丁鱼罐头盒"谁也没能炸死，仅仅把老参政员驱赶到了"无可比拟的地方"，把一个冠着最高名字阿波罗（掷雷者！）的人变成了号啕大哭的孩童。但是这种方式却为他的改变开辟了道路。利潘琴科被杀死了（在第7章末尾），但是对杀人经过的描述十分荒诞：我们只消回想一下利潘琴科的尸体与铺上洋姜的圣诞节小猪的对照，还有没有提及名字的杀人凶手杜德金的身体与同样没有叫出名字但却很容易识别出来的彼得的对照——彼得摆着模仿法尔科内的雕塑[①]的姿势，那是彼得堡的象征。同时，文中写到的杜德金面色苍白，令人将其与《青铜骑士》中可怜的叶甫盖尼联系起来，叶甫盖尼也曾不自觉地模仿法尔科内的彼得的姿势，而蟑螂在杜德金脸上爬过的斑点，以及杀人凶器——在他伸直的手中的剪刀，指出了别雷小说的另一个参照范本——陀思妥耶夫斯基的《群魔》。这样，潜在的悲剧被以怪诞喜剧的方式传达出来，争夺俄罗斯掌控权的三股势力上演的"三重奏音乐会"（用小说中的说法）演变成了一出滑稽草台戏。而这场木偶戏的"观众"是谁呢？他是以斯捷普卡这个形象来代表的，他是到彼得堡来赚钱的农民、邪教教派信徒，他预言需要建造一艘诺亚方舟。别雷重又像在《银鸽》里那样诉诸农民邪教教派信徒的形象，这不是偶然的。别雷与他的许多同时代人都看到了，俄罗斯不像欧洲那样经历过宗教战争，邪教教派信徒或许可以为宗教改革提供可能，因为他们曾经充当民

171

---

① 指彼得大帝的青铜骑士像，法尔科内是雕像的作者。——译者注

间对一切威权政权自发反对态度的表达者，无论这是教会政权，还是国家政
权。邪教反对派的自发性、深刻性，它与知识分子单方面的启蒙影响之间的
游离关系，在这里显得格外有分量：通过语音转写出的斯捷普卡的话语，反
映出他丝毫没有文化觉悟（他唯一的文化来源是福音书）；但是与此同时斯
捷普卡却具有启示录式的预言本领，这些预言是与作者自己的期待（在"抒
情插叙"中有所表述）相符合的，即未来世界将发生震荡、剧变，并且很可
能以灾难性的悲剧告终。这样，斯捷普卡的直觉意识显得更为真实，但是他
也没有带来任何希望。然而小说的尾声坚定地指出了走出彼得堡地狱般的酷
热（黑洞），走出这八章（∞）彼得堡小说可恶的无限性是可能的。这一可
能的出路是由尼古拉·阿勃列乌霍夫去埃及旅行来象征的，它代表着入会之
路的起点：在埃及尼古拉经历了外部视觉向内部视觉的转换（"他看不见柏
柏尔人；他看见……阿波罗·阿波罗诺维奇……"，"……他开始戴蓝色的眼
镜"[29]，这样就体现出对俄狄浦斯刺瞎自己双目的滑稽模仿），他开始研究
古代书面文化遗产——教人相信生命永恒的圣书《亡灵书》。这种对古埃及
文化的诉求与结局中主人公那几乎托尔斯泰主义式的朴素化完全呼应，从钻
研康德学说转向阅读生活的导师斯科沃罗达的作品，这一转变意味着向"精
神革命"的最初源头回归。与此同时，它还意味着通向解决由来已久的俄罗
斯问题和小说主要冲突的途径，该冲突的双方即混淆到无法区分却敌对性不
减的东方和西方两大势力。小说的结论是：无论东方还是西方都不可取。可
取的是向共同的祖先回归，因为诉诸古埃及在秘仪的传统里被视为向整个地
球的精神发祥地渗透，向东方和西方文化的共同源头渗透。主人公的特有兴
趣——研究《亡灵书》——暗示着玫瑰十字会入会仪式的肇始，这种仪式以
古埃及秘仪，尤其是作为各种支柱概念之基础的《亡灵书》文本为定位（与
定位于印度的神智学和把重心转移到基督论的外围人智学不同）。这样，结
尾前对小说主人公在斯芬克斯面前和大金字塔脚下的描写，就象征着那是通
往入会攀登的起点的出口，这与玫瑰十字会的标志系统完全相符——别雷还
曾将其借用到他的理论文章（见《意义的标志系统》，1909）中。精神爆炸
的那一瞬间（《最终审判》《狄奥尼索斯》和《启示录》这几节）为入会攀
登做了充分的准备，那一瞬间撕下了主人公的红色乔装，在他面前打开了一

172

片别样的精神空间。比如蒙受恩赐走进了别样精神空间的参政员之子与恐怖分子杜德金这个可怜的由青铜骑士之光放射出来的黑魔法力量的牺牲品相对照。比如"投身于金字塔"的尼古拉·阿波罗诺维奇与自己的父亲相对照，后者只是通过夜间的、无意识的意识才想到金字塔，而白天的意识在寻找着立方体里的保护：上了漆的四轮轿式马车、住宅、机关、"无可比拟的地方"……凭借着小说中主要的几何象征物，可以说，小说文本的全部语义是在两个主要形象之间拉伸着：一个是父亲所喜欢的立方体形象，共济会认为它象征着完善；另一个是金字塔形象，它是玫瑰十字会所说的入会之路的象征，儿子最终走向了那里。与此相应，儿子的哲学兴趣引导他从康德走向斯科沃罗达，斯科沃罗达被象征主义者认为是玫瑰十字会会员。这就是别雷最主要的一部小说所刻画的前景。

在对《彼得堡》的诠释中可以看出两种倾向。一些学者从维·伊万诺夫的诠释出发，认为它是意识的产品，"一次即永远地"被稀奇古怪的荒唐事"震动了的世界"意识的产品，是一部由一连串的噩梦和幻觉构成的小说。另一些学者，尤其是M. 德罗兹达等人，把注意力集中在了叙述者的特殊作用上，叙述者扮演着作者这个自己语法空间的缔造者的角色，他好像当着读者的面结构和解构着小说，摇摆着主人公和叙述者之间的距离，以此几乎按照先锋派的方式显示出艺术家的自由。这种故意引人注意地突出出来的叙述人对主人公和事件的掌控，被解释为"大脑的游戏"，它在小说中建造了一段游戏间距——这使别雷不同于索洛古勃等人，后者虽然经常宣扬艺术家的自由，但是对待自己那令人懊丧的素材还是略显压抑。

对现象世界和本质世界（即实体世界和"无耻的偶然性"世界——别雷在描写奸细莫尔科温的脸和疣的时候戏用的"术语"）的清晰而有价值的拆分是通过在"交响曲"时期开发的那个语义结构等级来实现的。虽然在《彼得堡》中，不同于"交响曲"而承继于《银鸽》，长篇小说类散文传统上所必须的情节语用学和人物行为由情景链串连而保存了下来，但这一层面的功能与主题结构还是存在着关联错位。主题集合的语义负载是如此巨大，以至于它的元素跨越语义场界限的运动所占的分量，从文本的整个意义实体的角度来看，显得比人物在情节事件中的命运和他们从一个情景进入另一个情景的过程更加厚重。要知道在情节语用学里，与主人公有关的所有事件都滑稽地或者戏拟地再现着

173

上一世纪的主要小说情景。"彼得堡时期"的经典俄罗斯文学所赖以生存的重大冲突和矛盾在进入《彼得堡》的书页中时，就好像降落到了巨大的滑稽草台戏里，说开场白的人一边强行邀请读者观戏，一边对自己提出问题："我们的俄罗斯帝国是什么？"但是，在情节语用学层面以木偶戏的荒诞情节呈现出来的东西，在主题结构层面乃是存在的实质现象。比方说，情节语用学层面的荒诞闹剧场景尼古拉·阿勃列乌霍夫和利胡京"决斗"一场（第7章），在主题层面是天使长米迦勒和魔鬼一对一交锋主题的核心，它的象征意义对于别雷来说是极其重大的，这一点是效法了鲁道夫·斯坦纳。这一主题在小说中是通过一连串的形象转换对位来形成的，这些形象是：耳朵—翅膀—瘸腿—瘦骨嶙峋的手。这一链条的两端在小说开头以解释阿勃列乌霍夫家族①的名字为标志，而在小说结尾是以提到格里戈里·斯科沃罗达的名字为标志，斯科沃罗达是哲学对话《天使长米迦勒与撒旦关于从善难不难的争论》的作者，正如上文已经提到的，他被象征主义者视为玫瑰十字会会员。主题的开始植根于人物的名字这一点，证明了是从语言的形而上学培育主题的形而上学。而将利胡京通过一连串的中间形象与天使长米哈伊尔相对应这种做法（尤其是通过时不时地说他像"白色多米诺"——那个忧伤而瘦长的人，其身形令我们怀疑是基督，而某个老太婆有一次却叫他米沙②），提醒读者去注意"普遍参与"这一逻辑，它联系着这个链条上的各个元素。借助这个组织着主题的普遍参与的逻辑（普遍的互渗律——如果用列维-布留尔的术语来说），它的世界的所有元素——不管是人和人的组成部分，还是自然界的自然或人创造出来的自然，又或是思维现象或者非理性的现象——建立起连绵不断的相互沟通和转换的场——包罗万象的统一的场和无限变体的场。这就是为什么说，尽管别雷十分倾向于二律背反的思维（比如阿波罗——狄奥尼索斯，基督——敌基督，东方——西方，诸如此类），他的世界也不可能描写为二元对立的世界：在他的世界里，两极间彼此的调解和自由转换同样起着实质性的作用。无怪乎别雷本人这样写自己："在这个源于音乐的象征主义里，在这个源于赫拉克利特旋风的象征主义里，奠定了

174

① 阿勃列乌霍夫（Абреухов）这一姓氏中的"乌霍"（ухо）就是"耳朵"的意思。——译者注
② 天使长米迦勒名字在俄语中就是米哈伊尔，而米哈伊尔的小名则是"米沙"。——译者注

我的整个未来的根基。赫拉克利特旋风建造只有运动、永无静止的形式，把教条概念改换成节奏概念，或者说改换成把主题进行变异这个法则和一切可能的变体论。"[30] 这样，别雷为《彼得堡》找到的语义结构等级，使得通过情节语用学的间断性和主题集合的连续性之间的张力，以及一些层面的滑稽草台戏般的偶然性和另一些层面的严肃的本质性之间的张力来组织小说的意义场这种做法成为可能。

上述示例似乎足够令我们作出总结：小说《彼得堡》的每一个形象，每一个物体的、颜色的、声音的细节或者情景——其实，整个小说的情节连同它那按照李凯尔特①的模式颠倒过来的主客体间的相互关系，都投射出无限延伸的多层次的隐喻象征意义的影子。在它们的多样性中必定存在着互相不可抹杀的"严肃的"和喜剧的（荒诞的、戏拟的、滑稽模仿的）东西。世界呈现出一种残缺不全同时却又完整的体系。正是这种在根本上具有多层次性的对周围事物的理解——这种多层次性，与宇宙是一个处于不断变异和变体（理论家别雷酷爱的两个术语）运动中的统一体这一认识相符合，令别雷创造出堪与乔伊斯的《尤利西斯》媲美的独一无二的作品。至少扎米亚京持这种看法，他实际上是第一位提出这种对比的人，而把乔伊斯介绍给俄罗斯读者的格·里韦指出，能与后期的乔伊斯媲美的只有一位俄罗斯作家，那就是别雷。值得注意的是，自称为别雷的学生的帕斯捷尔纳克、皮利尼亚克，还有格·萨宁科夫，都把乔伊斯归入了别雷的后继者之列（见这些作家署名的别雷悼文[31]）。

别雷在《彼得堡》中保持了对装饰性散文的忠诚。正如已经指出的，主导动机的使用起着尤为重要的作用：各主人公的空间标志、颜色标志、物体标志的描写是按照主导动机原则展开的，比如写恐怖分子时一直伴随着黄色（指示着与东方的关联），阿勃列乌霍夫的主色调是灰色；绿莹莹的发磷光的铜色是青铜骑士的颜色，它暗示着魔鬼搞出的不可思议的事情；"红色多米诺"（尼古拉·阿勃列乌霍夫的斗篷）和示威者们逗弄居民的"红布"一样，是社会革命的象征；附着基督——天使长米迦勒主题的"白色多米诺"象征道德重建，如此等等。白色和红色多米诺的对比说明别雷不管怎样是把精神革命和社会革命

175

———————

① 德国哲学家，新康德主义弗赖堡学派的创始人之一，他抛弃了康德的"物自体"，把存在归结为人的意识。——译者注

关联到一起的，因为他确信："厄运的真面目将在人类克服了阶级斗争之后显现……谋求自由的斗争……将在社会平等的新形式里开始。"[32] 如果这些话表明别雷把社会革命作为精神革命的前提，那么在《忆勃洛克》中，他又把社会革命的前景放置在了与精神革命休戚相关的状态上："……如果缺乏意识上的精神进步，社会革命（红色多米诺）会演变成反动暴行；其结果是——编上号的大街在社会意识中永远静止不动，而与此同时在个体意识中却生发着狂野的激情。"

最后这句话里突出出来的一个形象"编上号的大街静止不动"表明，正是以这个主导动机（见序言）引入小说语法空间的彼得堡乃是一个特殊的世界，它被红衣化妆舞会笼罩着，是远离精神革命的（彼得堡的居民听不见也认不出"白色多米诺"的声音）。正因为如此，唯一一位被引向"精神革命"的门槛的人物，被带出了彼得堡远赴埃及，而在投身于金字塔之后又回到了广阔无垠的俄罗斯大地。可以合理地认为，叙述本身关于未来灾变的预言预示着俄罗斯的边远之地浮现出来的时刻已经临近，因为它说道："……隆起处出现的是下诺夫哥罗德、弗拉基米尔和乌格利奇。彼得堡即将陷落。"这样，别雷关于彼得堡的小说预言了俄罗斯历史上彼得堡时期的终结。20世纪20年代别雷不止一次地回顾自己的彼得堡文本，还拟就了它的第二种写作版本（1922），不仅仅做了删节，还对小说文本进行了独特的改写，先是从象征主义转向先锋派的写法，随后又从小说变为戏剧（《彼得堡/参政员之死》，1924），但是尽管如此别雷还是似乎结束了对彼得堡的处所的实质的思考，仿佛在以这一行动宣布俄罗斯历史上彼得堡时期的终结。

别雷后期创作中的体裁和题材创新发端于对长诗体裁的探索，其中的第一个尝试是长诗《基督复活》（1918），作者本人称其与勃洛克的一部著名长诗有着内在的关联："长诗几乎是与勃洛克的《十二个》在同一时期写就的，它和《十二个》一起遭到了歪曲，作者被指责说差一点加入了共产党。对这个'无稽之谈'作者甚至不能做书面回应（时代条件的限制），但是对他来说十分清楚的是，在1918年哪怕写个'登山宝训'①出来，也会被拿来衡量是'布尔什维克的'还是'反布尔什维克的'。"这位精神意识的代言人和人智学家不会

176

---

① 指《马太福音》第5~7章中讲述的基督在山上的布道，被认为是基督徒言行的基本准则。——译者注

如此简单地加入政治宣言行列，关于这一点谁也没有想到（大家都忙于随各种大流），而事实上，长诗的题材是极为隐秘的、个人的感受，它们不取决于国家、政党和天文意义上的时间。"我所写的东西，埃克哈特大师就曾经历过，使徒保罗也写过。当代性只是长诗的外层覆盖物。它的内核没有时间。"的确如此：虽然长诗中有这样一些直接标志着现实感的内容，比如口号"第三国际万岁"，但是长诗的意义整体更确切地说是对鲁道夫·斯坦纳的基督论的回应，这一基督论别雷大部分是在斯坦纳的课上听其讲授的。众所周知，鲁道夫·斯坦纳不止一次地讲到俄罗斯在20世纪的特殊使命。别雷长诗里的地球—俄罗斯—未婚妻形象与此相关，和维·伊万诺夫的一系列文章一样，这个形象被改换成了玫瑰花和十字架的统一：

> 那不断生长着的十字架
>
> 终将结满巨大的玫瑰花！

为进一步理解这个观点，不妨提一提维·伊万诺夫在关于诺瓦利斯的文章中对玫瑰花和十字架这一象征的普遍意义所作的注释，他把这一象征视为对神秘主义意识的早期道路的指示标，"这种神秘主义意识以自由个性的完整的自我肯定为基础，让自由个性在世界心灵的怀抱里生根，而它的枝叶则伸向天空……向往着基督和个体心灵相结合的天空祈祷着基督和地球的结合，以便让人们相信在地球的十字架上绽放出神秘主义的玫瑰花，尽管是在个别的、特定的时刻"[33]。因此，别雷的长诗在构思上有别于勃洛克的长诗，后者运用的是另外一些与其不同的主题和词语含义，但是两者的风格相近，因为它们都呈现出以组诗化和主题集合统一化为基础构筑长诗统一体的尝试。

别雷开始关注另外一种类型的长诗——抒情史诗性长诗，是时过三年后写作《初会》的时候（1921）。在这方面我们也能感觉到别雷和勃洛克的探索的同步性：跟勃洛克的《报复》一样，别雷在《初会》中以普希金的《叶甫盖尼·奥涅金》的经验为写作原型，但是，与勃洛克不同的是，别雷是以戏说的形式，按照自由的、轻松的旧调重弹传统再现这个作品（回想一下米纳耶夫的重复旧作的写法），或许正是因为如此，别雷才没步勃洛克的后尘，完成了自己的构思。同时，这种写法还突出了别雷在20世纪20年代典型的、更加强烈的愿望，即塑造一些传达现在、过去和未来之间的动态关联的形象。

指涉普希金作品的写法持续影响到诗集《星》（1922）。正如塔·赫梅利尼茨卡娅所注意到的，诗集里的许多诗歌重现了普希金诗歌的语调和句法走向，尤其是他的《先知》一诗。诗集里有一系列诗歌是谐音法的试作（例如诗歌《致阿霞：（a–o）》《早晨（и–e–a–o–y）》），还有一些分节尝试，它们以特定方式组织成别雷称之为"词语的布置"的诗节。（例如，他的根据日本短歌体裁进行的"词的短歌形布置"实验和描写，具有很强的表现力，试比较《迎面而来的目光》《自由奔放的心灵》《水》《生命》《碧空》。）诗歌实验道路上的新台阶是诗集《离别以后》（1922），正如作者解释的，它的名称表明了茨维塔耶娃诗歌的特殊作用，她的诗集《离别》被别雷看作俄罗斯诗歌发展史上的重要里程碑：在茨维塔耶娃的这部诗集里，用别雷的话说，显示出了诗歌的全新品质，它被别雷称为（看来是不太成功的命名）旋律主义，首先表现在用特殊的句法布置和词语的图像布置突出出来的语调强度。别雷提出的术语"旋律"，在这里并不十分成功，因为它需要根据别雷的最新音乐兴趣加以特殊的理解才能明白，别雷在诗集序言中这样写道："……'入会之路'的音乐对于我已被狐步舞、波士顿舞和吉米的音乐取代；我认为一个优秀的爵士乐队好于《帕西法尔》的钟声；我希望将来写一些与狐步舞相当的诗歌。"（《诗歌集》，558）别雷的这个纲领，"……旋律主义——这就是当前需要而暂时没有的派别……"（《诗歌集》，546）看来需要根据他对狐步舞做的注释进行一番解说：狐步舞（如同电影——用他的术语叫"电影艺术"）对他来说是文化组成发生变化的标志：文化和亚文化的标准形式之间相互关系发生变化的标志，以及欧洲和向往欧洲的文化走出欧洲中心主义的框框的标志。这个观点与怪诞因素的加强相关，怪诞因素既在题材层面，也在节奏层面使用。这方面最为鲜明的例子是目前尚未得到文学研究界应有评价的诗歌《小行星"地球"上的小戏台》，它的题词令人震惊：朝柏林的小窗不停歇地喊着

砰——砰：

开始了！

177

和同样令人震惊的结尾：

砰——砰：

结束了！

178

象征主义诗学密码转译成先锋派诗学密码这一过程的延续，是别雷在20世纪20年代对自己先前的诗歌进行的彻底改写，尤其是诗集《蔚蓝中的金色》《灰烬》《瓮》中的诗歌。回忆录作家几乎把这一行为视为作者的古怪行径（见弗·皮亚斯特的回忆：关于朋友们有意设立"保护安德列·别雷的作品不受他的残酷虐待协会"），而别雷当时的确曾尽可能最大限度地使他进行修改的文本接近他对诗歌创作任务和诗学的理解。比如，他在1931年给拟于30年代初出版的诗集《各时代的召唤》写的序言草稿中解释20世纪20年代的重写时，就以如下方式阐述了他的要求的实质所在："我力争打破某种诗行、某种诗节的规范，代之以与整体相交织的活生生的、响亮的词语的规范。声音的整体（选音、丰富的内在韵脚）取消了行末韵，代之以整幅的韵律织体；在行与行之间的停顿前敲击出行尾的韵脚是整个织体音韵协调的假象；整个织体的音韵协调是被解放出来的节奏的优质表现；音的质量在于音的推动力——这就是节奏的独特性，音的重读的数量也在于此。

"诗行、诗节的概念将来会被高质量发声的词语构成的语调整体所取代；诗行、诗节，如同咏叹调（指意大利的）一样；谐音整体是瓦格纳式的无休止的旋律，其中主导动机的连体组合代替了封闭的单元（旋律）的作用……

"鉴于如上所述，词语的布置问题首次成了'问题'。诗行是节奏的整体；它，这么说吧，被两个语调停顿切开；此外，在有韵的诗里它被两个落在韵脚上的重读发音切开；韵脚强调出重音体系……内在韵脚强调出一行诗中间的停顿，直到像行与行之间的停顿那样鲜明。

"同样一个词语组合，因为不同的排列，会呈现出不同的诗行、不同的呼吸；每一种排列都有它自己的语调；在抒情诗中语调就是一切；它就像面目表情、身体姿势；语调、姿势取代了词语的意义……音步规范常常把抒情表现力束上程式化的腰带，就像歌剧演员的手势和姿态……与其衡量音步的多寡（四音步，三音步），与其关心韵脚正确与否……与其努力寻找精巧的韵脚……不如去关心声音整体的布置……

"束着音步腰带的诗行令我想起单向发展的二头肌；这种诗行当中的语调是预先确定好的。在我称之为无休止的旋律模式下的诗行，仅仅服从于节奏的语调整体，而不是，比方说，四音步量程；节奏的整体是抒情诗人的耳朵，把词语分配进诗行就取决于它……

"诗人的任务就是从众多的可能表达中找到应有的表达；并用词语的布置将其体现出来，而不拘泥于音步形式。"（《诗歌集》，563-565）

这就是将先前写好的诗歌文本进行改造的纲领，它展望了俄语诗歌未来十年的发展前景，并且预测到了我们今天的"后现代主义"的某些趋势。

别雷朝着类似方向进行实验的对象还有散文作品，对此他也有着深思熟虑的观点："我对小说《面具》的散文文本也做了同样的事，因为散文和格律是某种很久以前的宣叙调式谐音悦耳（正题阶段）的两个后来形成的分裂体，它们在第三阶段（在合题里）应当重新结合，以便显示出新的形式，对于这个新形式我们这些当代人还在诗歌和故事性散文之间的分裂处挣扎（反题阶段），还只是可怜的先驱；由此而仿佛产生了'散文'向曲调方向断裂，仿佛产生了习以为常后成为格律的合规曲调的断裂，以及看起来像散文宣叙调的断裂。"（《诗歌集》，563）

当然，别雷在20世纪20年代至30年代初的散文在题材和体裁结构特征上并不是单一的。可以将它进行微分，首先是根据对于象征主义美学观点来说具有奠基意义的读者参与共同创作这一目标。虽然别雷根据诺斯替教传统没有把新时代的读者加以明显区分，但他在苏维埃时期创作的散文还是可以稍嫌公式化地分成三组：

（1）回忆录（《忆勃洛克》《两个世纪之交》《世纪之初》《两次革命之间》）和为最广泛的读者写的一部分旅行笔记。

（2）面向易于领会创新、尤其是美学创新的读者的实验性小说。其中最有影响的是一系列关于莫斯科的故事概要和长篇小说，第一部是在瑞士的多尔纳赫写的中篇小说《科季克·列塔耶夫》（1917年写成，1922年发表），继而是一些长篇小说异文和长篇小说《回到祖国，回归》、《怪人笔记》（史诗《我》的开篇）、《尼古拉·列塔耶夫的罪行，一个受洗的中国人》（史诗《我的一生》的开篇），均是1922年的作品；《莫斯科怪人》、《危境中的莫斯科》（1926）；《面具》（1932）。

（3）针对题献对象而写的特殊类型的"回忆录"和关于自我意识生成历程的叙述：《拥有自我意识的心灵的生成历程》《我为什么成了象征主义者和我为什么在自己的各个思想和创作发展阶段都没有停止做一个象征主义者》《回忆鲁道夫·斯坦纳》，以及部分属于此列的《奥菲拉》（1921）。

值得注意的是，别雷于20世纪20年代在自由哲学协会（他是该协会的创立人之一）以及在人智学协会讲授的大量课程，也按照叶·布拉瓦茨卡娅在上个世纪为神智学协会提出，并由鲁道夫·斯坦纳在人智学协会的结构中保留下来的那个渐进等级发生了分化。然而尽管有种种区别，这些体裁上和题材上各不相同的作品，且常常是片断的或者片断地进行变异又根据把装饰主义的技巧移植到篇章宏观结构组织层面这一原则联结起来的作品，都这样或那样地呈现出莫斯科系列问题的余波，其主题不能归结为那个极容易令人想到的莫斯科和彼得堡的对立：莫斯科在别雷的作品里不仅仅表现为特殊的方位和俄罗斯文化史的中心地，它也是一个独特的精神空间。这在收入小说《科季克·列塔耶夫》的为莫斯科系列小说所写的《序言》中已经显而易见。

与俄罗斯文学中之前的大多数关于莫斯科的文本（从莱蒙托夫到茨维塔耶娃，后者通过克里姆林宫的教堂把莫斯科"赠送"给了曼德尔施塔姆）不同，别雷关于莫斯科的散文的中心不是克里姆林这个国家形式俄罗斯的形象，而是阿尔巴特，它是产生能量的焦点，是人口核心地，在那里融合着来自东西方不同族裔和社会阶层的人潮。在小说和各种回忆录散文作品里，别雷把这个方位的所有支撑元素加以象征：林荫道、胡同、环路等等。不过，在这方面别雷并不是绝对独一无二的，因为他效法了阿尔巴特家庭幽默杂志《林荫道和胡同》的出版者构想出来的游戏（1914—1915，编辑出版者有：维·伊万诺夫、别尔嘉耶夫、弗·埃恩、米·格尔申宗、谢·布尔加科夫、舍斯托夫、茹科夫斯基夫妇、尤·巴尔特鲁沙伊蒂斯，而且其中两位被赋予了图腾——维·伊万诺夫是猫，别尔嘉耶夫是狗）。

别雷作品里的阿尔巴特形象本身是建立在对于象征主义十分典型的时间和永恒的对立关系之上。时间的运动在房子排列出的线条——房子的门牌号中得以物质化，房子的门牌号则体现着历史的和自然的演进，具体来说：多罗戈米罗沃市场里的庄稼汉向莫斯科大学教授的转变，是反讽地浮现出来的，即他的"居住地"由多罗戈米罗沃关卡向苔藓街迁移，也就是向克里姆林靠近（科季克・列塔耶夫这孩子把克里姆林的名字和焦糖布丁①混淆了）。至于永恒，它是在阿尔巴特的人们围绕他们所在地的神圣中心的圆圈运动中显示出来的，这个中心即显灵者尼古拉教堂，而这个教堂的神圣中心则是圣像画《乘着石头的尼古拉》："要知道米科拉被描绘成手托着好像把圣饼团在了一起的教堂，乘着石头游水，还佩着宝剑，穿着祭披，他这副模样着实令阿尔巴特人感到愉快。"[34]这幅《乘着石头的尼古拉》（请注意把尼古拉替换成了米科拉这个俗称②），构成着阿尔巴特的如套娃般构建的世界的中心，它乃是阿尔巴特的真正原型（原生形式，按照维・伊万诺夫翻译的这个柏拉图的术语，叫作"自古以来的正本"）：如同乘着石头游水的米科拉"手中的"教堂一样，在阿尔巴特中心耸立着显灵者尼古拉教堂，它被阿尔巴特斜胡同、钱币胡同等胡同的一片混乱环绕着，"只是模糊地感觉到——有一片汪洋环绕着，限定了'我们'的区域：阿尔巴特街，厨师街，狗广场，托尔斯托夫胡同，诺文胡同，斯莫棱斯克胡同，至净街；林荫道上的小房子；然后又是阿尔巴特街；圆圈聚拢了：阿尔巴特人完成了他们在圆圈里的旅行，在至净林荫道散散步，然后沿西夫采夫沟壑回家，回到阿尔巴特街"[35]。米科拉，用别雷的话说是阿尔巴特的主保圣人，阿尔巴特人向他发出祈祷（对赫拉斯科夫的圣诗《既然我们的上帝在锡安是光荣的》）：

> 忍耐吧，阿尔巴特人，在艰难的命运中：
> 即便用语言也难以解释，
> 既然我们的阿尔巴特因米科拉显现光荣，——

---

① 又称"法式炖蛋"，其发音"克列姆布留勒"（крем-брюле）与"克里姆林"接近。——译者注

② 尼古拉在俄语方言土语中常被称作"米科拉"。——译者注

透过饥饿，瘟疫，尖叫和恐惧 36。

别雷的莫斯科小说是用主导动机来传达这一点的，这样便以一种绝妙的方式避免了直接提及一个背景，即根据教会传统，米拉的尼古拉①这位用水施惩也救人于水的流浪者的庇护人，被认为是俄罗斯的，而不仅仅是阿尔巴特的主保圣人。相应地，别雷主要小说中的主人公都叫尼古拉，连阿尔巴特的居民也以尼古拉耶维奇为父称（包括别雷自己——鲍里斯·尼古拉耶维奇·布加耶夫）。

但是有个特殊的阿尔巴特人，他只是像流星一样一下子穿过阿尔巴特街，来到自己的哈莫夫尼基②，但他是特别的尼古拉耶维奇，他的胡子都在随风飘摆，如同乘着石头的米科拉的祭袄或者狮子的鬃毛。这是列夫·尼古拉耶维奇·托尔斯泰③。在阿尔巴特小说《科季克·列塔耶夫》中，他的名字的语义化发展成为主要的象征内核。小说的中心是一个入会仪式：在黄沙圆圈里，就是阿尔巴特狗广场的沙池里有个叙述主人公——还是兽形（"科季克"，将来才是尼古拉）但是有个飞翔的名字（列塔耶夫④）的男女同体的孩子，他第一次遇到狮子这个现象——这"第一个清晰的形象"使他意识到作为感受对象的世界的分化（"……列夫是狮子：不是狗，不是猫，不是鸭……"37，后来又使他意识到在现象（圣伯纳犬）和它的名字（列夫）之间的思想振荡。在以列夫为名字的狗的身上看出了狮子之后，与"原始记忆"有关的孩子的意识把阿尔巴特街上的儿童沙箱连同阿尔巴特一起变成了利比亚的沙漠，那是猜斯芬克斯之谜的地方，也是在"金字塔脚下的埃及"举行第一次入会仪式的地方。"列夫来了"，这声宣告童年的沙池里出现了圣伯纳犬的呼喊，在原始记忆的空间里意味着考验和唤醒意识的时刻，因为在埃及的入会秘仪中，狮子起着十分独特的作用：与它相遇意味着走进大自然的大门。但是在小说的叙述空间（它是以三十三岁的尼古拉·列塔耶夫对自我意识生成过程中诸多关键时刻的回忆这种方式建构起来的，自我意识把它的各个层面连结成——"协和成"——一个

182

---

① 即显灵者尼古拉，因其是米拉城主教，故亦有此称呼。——译者注
② 哈莫夫尼基是阿尔巴特西南方向的街区，托尔斯泰在那里有自己的庄园。——译者注
③ "列夫"这个名字的意思是狮子。——译者注
④ "科季克"这个绰号的意思是小猫，"列塔耶夫"这个姓的词源是则"飞"。——译者注

统一体）里，围绕着名字"列夫"所作的旋转，把尼采的查拉图斯特拉的狮子也卷到联想链上，推出列夫·尼古拉耶维奇·托尔斯泰的形象作为它的意义中心，在他的名字里，考验性的遇见时刻等同于对主保圣人的记忆（而他的胡子令人想起狮子的鬃毛，还有乘着石头的尼古拉那不合教规地随风飘摆着的祭披）。正因为如此，尼古拉·列塔耶夫与来自沼泽地上的城市的与他同名的人[①]不同，他没有必要去埃及。他的方位，阿尔巴特的空间，可以是精神的埃及：这片被混乱的海洋围绕着的大地（无论如何）能够受到保护，因此可以成为入会仪式的空间。（把阿尔巴特作为体验入会仪式的空间这个主题后来被布尔加科夫的小说《大师和玛格丽特》继承，但有一个显著的区别，在布尔加科夫那里的体验时刻不是同狮子，而是同魔鬼沃兰德相遇。）

别雷从来不曾是托尔斯泰主义者，但是，根据《彼得堡》的结尾、别雷关于托尔斯泰的文章以及这个形象在他的莫斯科小说中的作用来判断，在别雷有关精神革命的观点体系的基本理论当中，各种精神科学的设定曾经以托尔斯泰其学说及其人这一主要价值坐标来校验，就好像在对质一般。别雷给20世纪20年代的一个讲座命题为《列夫·托尔斯泰和瑜伽宗》，这很值得注意。

美学和文化学

别雷的哲学美学作品和文学批评作品值得特别的关注。1902年，在《艺术世界》的第11和12期里出现了文章《女歌唱家》和《艺术的形式》，从那时起，别雷定期发表文章、随笔、公开信，并且作讲座和授课，题目既有当时关注的迫切问题，也有最为普遍的艺术问题。别雷赋予杂志活动同样重要的意义，1903年他参与创办《天秤》杂志，自1909年起，和梅特纳一起筹办"缪萨革忒斯"出版社，随后，在1912年，又筹办该出版社的杂志《劳作与时日》。别雷在杂志上发表的文章有许多都被过分加载了现实意义的辩论，因而过于受到当时关注的问题的牵制，但是大部分文章提出了艺术哲学和文化学的

183

---

① "沼泽地上的城市"指圣彼得堡，而这位"同命人"应该是指《彼得堡》的主人公尼古拉·阿勃列乌霍夫。——译者注

基本问题，而这些问题只有在今天才被意识到其原本面目。这首先涉及到收入文集《象征主义》（1910）、《绿草地》（1910）和《小品集》（1911）里的一些文章。这些文集相对很长的一段时间被视为一种复杂化的随笔，如果用维·鲍·什克洛夫斯基对本文作者的话说，在这些随笔里"别雷尽其所能让人们不懂他"。随着奥博亚兹（即诗歌语言研究会）以及随后文艺学中形式主义学派的出现，从别雷的这一系列文章里实际上找出了所有可以为材料美学（如果采用巴赫金的术语）所用的东西，首先是研究声音的原则（用别雷的话说，叫谐音学）、诗人的语汇以及从别雷关于节奏意义的学说中挖掘出来的节奏和格律的具体区别实例，后者尤为特别。这样看来，别雷原来是形式主义的一系列方法论观点的奠基人，但也附带一个保留性的说明，那就是他的作品常常是被加以批评地排斥，这便是他神情激动地发出类似于"十年来人们在用我本人的另一半来攻击我"这样的感叹的原因，这同样也是他努力去迎合20世纪20年代的形式主义趋势的原因，形式主义既是他写出不太成功的作品（《作为辩证法的节奏和〈青铜骑士〉》，1929）的原因，又是他用材料美学的语言写出较为成功的试作（《果戈理的技巧》，1934）的保证。不管怎么说，别雷在艺术形式领域的研究不仅得到了形式主义的肯定，而且得到了结构主义的认可（我们回想一下尤·洛特曼为《结构诗学讲义》所写的前言）。除此之外，正如不久前斯蒂芬·卡西迪所指出的，这些研究经过罗·雅柯布森的中介，还成了美国"新批评"的基础。

由于当今对波捷布尼亚的语言哲学的兴趣高涨，别雷的另一部奠基性作品《思想和语言》也被发现，但是遗留在研究视野之外的仍有这样一些作品，比如《亚伦的权杖——论诗中的词》（1917），《当代世界观中的鲁道夫·斯坦纳和歌德——答埃米利·梅特纳的〈歌德论〉第一卷》（1917），《无声嗫嚅：声音之诗》（1917年完成，1922年发表），这种情况的原因看来首先是别雷在所列举的作品中进行了又一轮的新路探索，这次力求走向"半人马学"，就是说，别雷追随焦尔达诺·布鲁诺的范例，试图把自然科学的方法论同有关精神的秘术学的诸多方法结合在一起，并以隐喻象征的描述方式对其加以表达。

至于别雷的诠释学，因为它并没有得到清晰的表述，只是以隐喻的方式呈现出来，所以实质上只有维·伊万诺夫注意到它。维·伊万诺夫强调了它的重

184

要意义，把它从奥博亚兹提出的"最新方法论探索"中剥离出来（见维·伊万诺夫的文章《论文艺语词领域的最新理论探索》），拿它与格尔申宗的方法论以及他自己的方法论相提并论，一年后在论文《狄奥尼索斯和前狄奥尼索斯》的第12章中对它进行了表述，将它确定为四层次研究的结合：① "低级诠释学"；② "高级诠释学"；③ 前神话基础的揭示；④ 神话的祭祀诠释学。虽然维·伊万诺夫和他的圈子中各位人士的诠释学的独特实质很长时间没有得到理论上的理解，但是这些独特实质通过研究实践几乎立刻被接受了，并且全面地展示出自己的面貌，尤其在巴赫金的著作《弗朗索瓦·拉伯雷与中世纪和文艺复兴时期的民间文化》中。这样，别雷的诠释学宗旨，尽管没有被清楚表达出来（见《亚伦的权杖》），依然影响了俄罗斯文学研究实践——虽然这一影响相当间接——是通过与维·伊万诺夫的诠释学相配合，后来又借助了巴赫金的诠释学才被人重视的。

别雷在文化学方面的遗产情况复杂得多，这方面遗产主要是通过《象征主义》第一章的文章呈现的（不过，当然不只通过这些文章）。这里提出的观点，尽管相当有分量，在俄罗斯文化中也仅仅能够找到间接的反映，还需要得到应有的研究。如果摘出最主要的，应该提到哪些观点呢？

（1）首先是，重新确定了文化概念的理解重点。这个"新"表现在哪里呢？它在于，与广泛普及的那个定义不同，即不同于把文化称为"社会在物质和精神发展方面的成果总和"[38]，别雷把理解文化概念的重点转向了人类共同体在创造物质价值和精神价值方面的活动："我们在19世纪称之为文化的东西，跟文化没有任何关系，那是对人类创造的产品（日常生活形式、思想形式、制品形式）透过它们的某一个特征进行的审视，在这样的审视中文化整体永远只显示出单个侧面的投影。文化不是静止的，而是生成中的，不是处于形式中，而是处于各种形式的创造性的构成过程中。"别雷提出的这个观点乍一看来只是前进了一小步，却包含着在文化组成成分及其相互作用机制的理解上的实质性的重心转移和原则性的变化。其首要的一点是改变了对于标准的实质和功能的看法：别雷坚持认为"标准是事后之物"，他的立场是根本上的反标准化（在这一点上，乍一看来他与后现代主义的观点相近）。按照别雷的看法，社会，更不用说国家，都不能把标准强加于艺术家：对于标准的概念是在人类共同体与集体

185

和个人的创造物交往的过程中形成的，它的形成——再重申一遍——是事后行为。从这个观点得出的结论不是标准的取消而是标准的转移，还有对价值的全新定义。我们从后一点结论说起。

（2）"那么价值在哪里呢？"——别雷自问并且自己回答道："它不在主体里，也不在客体里；它在生活的创造中……活动（理解为创造）在这个世界里建筑着现实的阶梯；我们正是沿着这个阶梯行走着；每一个新的梯级就是价值的象征化……"[39]，"成为价值的只能是创造的能量"[40]。别雷这样描述价值的概念，就一下子既推翻了文艺复兴时期强调作品创作过程的价值性的观点，又推翻了那些虽然存在差异但是都在完成的作品中寻找价值的价值观，那些价值观把完成的作品定义为审美客体、人工制品等等。别雷的论述推翻了这两种观点，他完全依照总的象征主义艺术观把对创作的理解转向了作为共同创作的创作接受过程：就是说，对艺术作品的接受，根据象征主义的观点，不是认知过程（象征主义反对"文学是生活的教科书"这种教育公式），也不是浪漫主义随意提出的那种消极关注的过程（比照浪漫主义诗歌的典型开头"我歌唱……"），而是共同创作（比照别雷多次重复的简短表述："创作重于认知"）。从上述内容可以得出结论：按照别雷的观点，创作应理解为能量过程，这一过程只有在出现三方统一的情况下才能实现，即创作者、作品和共同创作—接受者，这可以与电能作用相类比，电能只有在打开开关并把它的三相电路连上才会有效，否则就仅止于潜能而已。别雷把重点转移到作为共同创作者的接受者的作用上，不但预示了后现代主义的宗旨，而且与以往完全不同地指向了审美交际的作用，因为他确信作为审美交际基础的（也可以说，作为它的本体论根基的）是超验，更准确地说是超验的标准，这个标准因为超验于我们的世界而能够在我们的世界中以我们称作美的那种形式显示出来。这个观点是别雷提出的区分三种交际形式的基础。

（3）三种交际形式今天习惯称为：① 语用交际；② 审美交际；③ 通神术交际。别雷提出这三种交际的区分首先是：①用"思想"交际和②用"语言"交际的区分——他是从波捷布尼亚关于词语的形象本性学说出发，但是又为了自己理论的需要加以改动后提出的（见：文章《思想和语言》，发表于国际文化哲学杂志《逻各斯》，1910年第1期）。这一区分为奥·曼德尔施塔姆所接

186

受，他基本保留了别雷的"术语"，这一区分也为赫列布尼科夫所接受，但他把矛头转向了在星语和玄妙语之间划界的问题。划界的基础，尽管有种种差别，都是强调语用交际的水平线和审美交际的"金字塔"、"虹"曲线之间的区别，前者追求从一个人类共同体向另一个人类共同体，从一个人到另一个人传达的语义要有单义性，后者则以多义性为前提，并把超验的标准囊括进人与人之间的交往，把超验的标准作为价值坐标、"指路星"，指引人们"以永恒的样式"看待问题。但是把超验的标准以及向它"攀登"这一因素纳入审美交际，导致许多象征主义者以及赞同象征主义美学原则的哲学家、艺术家走向了把审美交际和通神术交际等同起来的误区。这方面典型的表现是世纪初的一些戏剧理论，它们的目标是把剧院变成神庙，类似斯克里亚宾构想的那种以及其他模式（参见帕·弗洛连斯基的《作为艺术综合的神庙宗教剧》）。但是别雷在文章《剧院和现代戏剧》（1908）中就已经写道（他先声明，自己的反驳不是针对维·伊万诺夫的理论）："……剧院为什么要成为神庙呢？我们这里本来就同时有剧院和教堂。"[41] 作为区分三种交际类型问题的继续，他证明道，审美交际有着特殊的用途，与通神术的用途不同。审美交际的基本用途是唤起人（接受者）身上的创造能量："一切艺术都始于人的精神宣告创作高于认知之处，哪怕是无意识地宣告"[42]——"生活的意义在于创造，而不是认识生活。生活就是创作的形式。艺术的用途在于促使人们参加创作活动。这个用途完全不在于叔本华提出的那种静观审美现象。象征主义强调创作的动态性……认为各种流派作为创作活动的结果而存在是正确的，但是却反对这些流派把自己当作规范创作的标准。艺术的静止在象征主义圈子看来是艺术的动态的偶发事件。艺术本身是在精神与形式作致命斗争的时刻预先体验到的战胜命运的感受。象征主义对创作是生活的永恒动力源的论证，是最为可靠的论证。艺术在这里被确立为为人类的解放而斗争的手段。"[43] 怎样确立的呢？

（4）"哪里对创作的号召同时是对创造生活的号召，哪里就是艺术受到鼓舞的地方。"

"理解这个生活的言下之义不能仅止于已经结晶为牢固的社会、科学和哲学形式的表层含义，还要考虑到这些形式的源头——创作。生活就是创作。非但如此：生活是创作的范畴之一。生活应当从属于创作，在生活以急剧的转

187

折钻进我们的自由的地方，就创造性地重建它。艺术就是熔炼化生活的开始。它把生活的冰融化成生活的水。艺术家之所以是艺术家，就因为他彻头彻尾地看透作为创作的生活而不屈从于生活的假象。在他创造偶像（形式）的时候，他用这些看得见的偶像遮掩住自己和我们，以排除掉看不见的偶像——命运，这命运用看似铁一般的、实质是虚幻的规则来束缚我们的生活。他把崇拜看得见的、他自己创造的形式与崇拜看不见的幻象相对立。在一切艺术中偶像（形式）是手段。在一切对准许血腥屠杀当祭品的看不见的偶像（命运）的臣服中，都是把偶像作为目的来屈从。生活的创作废除一切偶像……人们将成为他们自己本身的艺术形式。"[44] 就艺术家来说，这个任务在别雷那里是这样描述的：如果艺术家"……想一直是艺术家，又不停止作为人，他应当成为自己本身的艺术形式。只有这一创作形式还在为我们预示着救赎。未来艺术的道路正在于此"[45]。

上述引自《剧院和现代戏剧》和《未来的艺术》两篇文章的片段说明，别雷在文化学方面的美学理论是一份详细制定的以创作为基础来改造生活的纲领："文化的最终目的是重建人类；在这个最终目的里文化与艺术和道德的最终目的相遇；文化把理论问题转变为实践问题；它迫使把人类进步的产物视为价值；它把生活本身变成材料，创作从这材料中打造价值。"[46] 别雷的这一结论的理论意思没有引起关注，但是它在米·布尔加科夫和帕斯捷尔纳克的基本观点和主要小说的宏观结构中完全能够感觉得到。

注释：

1 引自：安·别雷，《诗歌和长诗》，列宁格勒，1966年，诗人文库，大系列，411页（下文出自此书的引文只标注《诗歌集》和页码）。

2 《忆安德列·别雷》，莫斯科，1993年，178页。

3 亚·瓦·拉夫罗夫，《安德列·别雷在1900年代：生活和文学活动》，莫斯科，1995年，25页。

4 同上，23页。

5 引自：安·别雷，《作为世界观的象征主义》，莫斯科，1994年，127页。

6 参见：《俄罗斯基督教运动通报》，1990，第160期，45页。

7 安·别雷，《两个世纪之交》，莫斯科，1989，380页。

8　《艺术世界》，1902，第12期，120页。

9　安·别雷，《艺术的形式》，载安·别雷，《作为世界观的象征主义》，93、101、103页。

10　同上，100-102页。

11　帕·弗洛连斯基，《作为反基督教义的招魂术》，载《新路》，1904，第3期，150页。

12　引自：《勃留索夫文集》，七卷本，莫斯科，1975，第6卷，307页。

13　《文学思想：文选》，彼得格勒，1922，第1辑，81页。

14　引自：《语境：文学理论研究》，莫斯科，1991，96页。

15　参见：米·米·巴赫金，《关于安·别雷、费·索洛古勃、亚·勃洛克、谢·叶赛宁的讲义（Р. М. 米尔金娜记录）》，谢·格·博恰罗夫撰写前言和评论，谢·格·博恰罗夫和莱奥·西拉德注解，载《对话，狂欢，时空》，维捷布斯克，第2～3期，135-174页。

16　同上，227页。

17　安·别雷，《交响曲（第二部），戏剧交响曲》，莫斯科，1902，148页。

18　安·别雷，《第三交响曲（回归）》，莫斯科，1905，60、83-84页。

19　安·别雷，《果戈理的技巧》，莫斯科，1996，317页。尚可比较："……向尼采学习了……节奏"，载安·别雷，《面具》，莫斯科，1989，764页（选自作者序）。

20　《文学工作者之家年鉴》，1921，第1期。

21　维·什克洛夫斯基，《别雷》，载《俄罗斯同时代人》，1924，第2期，243页。

22　弗·皮亚斯特，《会面》，莫斯科，1997，232页。

23　《勃留索夫文集》，第6卷，171页。

24　安·别雷，《忆勃洛克》，载安·别雷，《论勃洛克》，莫斯科，1997，107页。

25　塔·赫梅利尼茨卡娅，《安德列·别雷的诗歌》，《诗歌集》，17页。

26　安·别雷，《为什么我成了象征主义者》，载安·别雷，《作为世界观的象征主义》，437页。

189

27　安·别雷，《银鸽短篇小说集》，莫斯科，1995，19页。

28　安·别雷，《彼得堡》，莫斯科，1981，256页。

29　同上，417，419页。

30　安·别雷，《在两个世纪之交》，莫斯科，1989，199页。

31　《消息报》，1934年1月9日。

32　安·别雷，《剧院和现代戏剧》，载安·别雷，《作为世界观的象征主义》，156-157页。

33　维·伊万诺夫《文集》，布鲁塞尔，1987，第4卷，265页。

34　安·别雷，《世纪之初》，莫斯科，1990，113页。

35　同上，121页。

36　同上，113页。

37　安·别雷，《科季克·列塔耶夫》，慕尼黑，1964（彼得格勒，1922版之翻印版），42页。

38　《哲学百科全书》，莫斯科，1984，第3卷，118页。

39　安·别雷，《意义的标志系统》，载安·别雷，《作为世界观的象征主义》，38页。

40　安·别雷，《剧院和现代戏剧》，同上，155页。

41　同上，157页。

42　同上，154页。

43　同上，160—161页。

44　同上，154，155页。

45　安·别雷，《未来的艺术》，载安·别雷，同上书，144页。

46　安·别雷，《文化问题》，同上，23页。

第二十五章
维亚切斯拉夫·伊万诺夫

◎奥·亚·库兹涅佐娃、尤·康·格拉西莫夫、
　根·弗·奥巴特宁　撰/赵秋长　译

1

　　维亚切斯拉夫·伊万诺夫在他自传性作品中通常会列举出同一些事件，这些事件被反复提及是因为它们对其思想形成至关重要，对理解其创作意义重大。[1] 人们通常认为，这位多才多艺同时又名副其实的俄国象征主义代表创造了一种神话，是"各种天赋的碰撞：神秘主义作家、抒情诗人、语文学家、哲学家、教授、革新家、优雅的怀疑主义者"（别雷语 [2]）。他总是把这些亲历的事件解释为自己思想得以淋漓尽致体现的标志或发展的转折点。从这个意义上来说，他之所以是象征主义者，不仅是因为他奉行时代应运而生的这一艺术原则，而且是因为他的世界观：他不单把象征主义理解为一种美学观，而且扩大了它的外延，将之视为领悟世界秩序的万应方法。

　　维亚切斯拉夫·伊万诺维奇·伊万诺夫1866年2月16日生于莫斯科。他的父亲是个"善于思索却又落落寡合的人"，曾在稽核局供职，在儿子五岁时便死去了。伊万诺夫少年时期受到的影响主要来自母亲，她是位"独树一帜的女人，头脑敏锐，想象力丰富，尤其对音乐和语言天生具有敏锐的感官，还有着深刻的神秘主义感"。她在孩子的想象中塑造了一个诗人兼圣经赞美诗吟唱者的形

维亚切斯拉夫·伊万诺夫

象，并给儿子灌输一种观点：写诗诵诗是一项宗教使命，使之从伦理和审美层面上领悟基督教文化。维·伊万诺夫的童年是在莫斯科度过的，那时在他幼小的心中拜占庭式的古罗斯是至美至善的，他对古代的斯拉夫民族发生了浓厚的兴趣。维·伊万诺夫后来写道，母亲无意识地熏陶出他童年的"精致的骄傲"和"个人主义"，而他的整个余生都将在理论上和实践中，在哲学和美学领域与之"搏斗"不息。

维·伊万诺夫在青年时代曾一度沉迷于无神论和以革命改造世界的思想。1884年他进入莫斯科大学历史语文系就读。他暗暗地希望通过钻研历史"独立地搞通社会问题，找到改造社会的途径"。

他本人承认，青年时代写的诗"对大自然的描写是与众不同的"，"在被描写物中添加了某种特殊的神秘意味"。因而基督的形象就成了他第一批长诗（《耶稣》《传说》）的主人公，而对古希腊罗马作家的笔法和诗格的模仿则成了改造俄罗斯诗体的手段。

从1886年起他转到柏林就读。在国外，他的世界观经受了一场危机，他的兴趣也从社会政治转移到神秘主义和宗教上来。诗人的传记作者奥·杰沙尔特（奥·亚·绍尔）如此评述他命运中的这次转折："维亚切斯拉夫至此坚定地认为，一切辉煌的艺术成果：帕特农神庙、罗马万神庙、帕埃斯图姆神庙建筑

191

群、罗曼和哥特式教堂以及但丁和米开朗琪罗的作品……艺术中的一切伟大成就都是以宗教为基础的，并都担负着通神使命。"[3] 他在青年时代为纪念法国大革命一百周年而写的长诗《秘术》就是用艺术论证这一命题的尝试。

维·伊万诺夫思想的变化很快反映在学术研究方面：他"终于开始专注于对罗马进行历史学和语文学研究"，并"在尼采的推动下"研究狄奥尼索斯教。这时的伊万诺夫开始对古希腊罗马语文学格外青睐，称它为"自己的未婚妻和心上人"，他不但是作为学者，而且是作为诗人热爱这些古典遗产的，以期通过学习希腊宗教仪式造就一颗"希腊心"。

"该死的"俄罗斯问题"自美丽的远方"①能得到不同的理解，并"萌生了理解俄罗斯及其思想的必要性"。"俄罗斯思想"（这是一种新的集体认识，它包括"全人类"和"普世教会"的理念）与西方的个人主义和与世隔绝说截然不同，霍米亚科夫、陀思妥耶夫斯基和弗·索洛维约夫的宗教观对理解"俄罗斯思想"起到了很大的作用。在西方的哲学家中对伊万诺夫的世界观形成起到巨大作用者有叔本华和尼采，尤其是尼采，他力图把"远逝"的古希腊文化译成"可以直接感受"的语言。

在国外时，这位大学生醉心阅读歌德大部头的著作，从中汲取"科学和美学的灵感"。维·伊万诺夫推崇这位德国人兼具的诗歌和学者的天才。他的一生也同时走着诗歌和学术两条道路，有时两者相辅相成，他的文集《引航的星斗》便是证明，有时两者发生冲突，一者挤走另一者。"一方面要全身心地投入诗歌创作，一方面必须完成已开头的学术著作，矛盾遂起"。这种内在矛盾后来竟出人意料地解决了：在很长的一段时间内，"个人感受"和文学构思让这位用拉丁文写完学位论文[4] 的博士生脱离了学术工作。

此处所说的"个人感受"系指他1893年夏在罗马结识莉季娅·德米特里耶夫娜·季诺维耶娃–阿尼巴尔的感受。他们俩一见面就有种"息息相通"的感觉。"我们通过彼此找到了自己，而且比仅仅找到自己更多：我应该这样说，我们找到了上帝"，维·伊万诺夫1917年在自传中这样表述这次神秘主义的相逢的

---

① 典出《死魂灵》。《死魂灵》是果戈理在罗马写的，因此也算是"自美丽的远方"理解"该死的"俄罗斯问题。——译者注

192

意义。他觉得突然迸发出来的激情是"毕生唯一和最高的内心体验"，它成了他诗歌灵感的源泉。维·伊万诺夫通过宣扬"聚合性"原则，意欲为自己建立在弗·索洛维约夫《爱的意义》诸假说基础上的克服利己主义的精神经验赋予一种"社会性"共振。

1903年伊万诺夫在马·马·科瓦列夫斯基创办的巴黎社会科学高等学校讲授希腊宗教史十二讲。在讲授第二讲时他认识了同在此授课的勃留索夫，勃留索夫这样评价维·伊万诺夫的演讲："作者……用一种新观点阐述狄奥尼索斯崇拜……他将之与基督教作比较，注意到这两种宗教之间有一系列绝妙的共同点。"[5] 但从他们第一次见面起，就存在着观点上的分歧：勃留索夫发现维·伊万诺夫臣服于狄奥尼索斯的魔力，而且被自己的理念所俘虏。

1903年春，梅列日科夫斯基建议维·伊万诺夫将他的讲义整理，投给《新路》杂志发表，并请他表述得"尽量通俗、简明、浅显些！……务求想不懂都不可能"[6]。1904年期间他的研究《希腊的受难神宗教》在《新路》发表，1905年又以《狄奥尼索斯教，它的起源和影响》为题在《生活问题》上发表。伊万诺夫为自己对狄奥尼索斯系列信仰从考古学、历史学和语文学角度进行的研究做出了第一个结论：作者指出，狄奥尼索斯教狂喜和神秘主义的根源可以追溯到远古的追悼酒宴仪式，他还试图阐明这些以独特方式渲染了基督教的宗教体验的生动意义。

1904年春，维·伊万诺夫在莫斯科开始与俄国象征派交往。此前他已出版了两部诗集（见下）。他在1917年写的传记材料中透露："勃留索夫、别雷和巴尔特鲁沙伊蒂斯当时庄严地承认我是个'真正的人'，并与我庄严地结下了莫逆之交。"伊万诺夫构想了一种新的艺术的通神术观念，照其发明人的看法，这种艺术观念的志向便是对俄罗斯的现今局势产生影响，于是他决定最终返回俄罗斯。他在1904年9月28日（公历10月11日）写给勃留索夫的信中说："我觉得你们的时间是炽热的，一些思想潮流正在被培育出来，并正在获得躯壳，对这些思潮需要有确定的态度……我们亦应果敢地自我定性为一种运动，因为一个新时代业已开始。"[7]

从1904年起，维·伊万诺夫与《天平》杂志圈子的关系变得极为密切，同它保持着密切的接触，与勃留索夫的关系尤密。尽管如此，伊万诺夫关于运营

193

这家象征主义领衔刊物的各种想法——扩大自己的队伍，吸引越来越多的新生力量，试图把杂志办成"俄罗斯和欧洲自我意识中的某种集体自我肯定、某种生命进程的机关报"[8]——并没有得到主编的认可，因为他更倾向于与"新"文学运动的各种派别划清界限的政策，并倾向于象征主义内部或明或暗的论战。

伊万诺夫返回祖国之后的命运恰恰与俄国对日本悲剧性的战败和他1905年开始的"悲愤时期"（诗人如是命名自己在这几年写的公民诗组诗）暗合了。而诗人本以为就在这个时期，就在自己的祖国能够实现建立"世界公社"的理想。他几经犹豫在莫斯科和彼得堡之间做出了选择，最终在首都定居下来。

1905年7月，维·伊万诺夫偕妻子迁到彼得堡塔夫里达街一所住宅（25号楼24号房），这间公寓位于凸窗之上的顶层，被人们称为"塔楼"。

从1905年秋天起，这里每星期三都要举行一次聚会，这种集会很快就变成一种多人参加的有趣例会了。他这位"塔楼"的主人想把新生力量召进这个"新艺术"信徒的封闭世界，但要求他们"与这个封闭世界秉承的思想保持内在的和谐"。维·伊万诺夫在这几年间积极活动的主旨是：把"小圈子的艺术"变为全民的艺术，这种艺术应该在悲剧和宗教神秘剧的歌队合唱演出中得到完全的体现。"参加'伊万诺夫星期三聚会'的人形形色色，他们各有不同的才赋，不同的境遇，分属不同的流派，他们之中有信奉神秘主义无政府主义者和东正教徒，有颓废主义者和教授、院士，有梅列日科夫斯基新基督教的信徒和社会民主党人，有诗人和学者，还有画家、思想家、演员和社会活动家"[9]，这就决定了他们讨论的话题极为广泛，有"文学的，艺术的，哲学的，宗教的，通灵术的，还经常讨论文学的热点问题及日常生活中最新产生的终极问题"[10]。维·伊万诺夫坚定地认为，在一个秘教社团中不应有党派和宗派之分。他经常关注的是"精神创作中的集体因素"，探索"各种观点的求同"和各种政治思想、志向的求同。这位"塔楼"的主人孜孜不倦地告诫说："我认为，作为诗人就应时刻全身心地对一切做出回应……"别尔嘉耶夫这位"塔楼聚会"不变的主席对这些创举的试验性质和这种创建"精致的文化实验室"的尝试也心照不宣。

据他同时代人回忆，这种特殊的创作氛围的形成得益于"思维的发散和活跃"，得益于"懂得……世间的万物与万物都有联系，诗人只有意识并感觉到这一点才称其为诗人"[11]。维·伊万诺夫兼具宣传家和聆听者的才能，善于主持公

194

众座谈和"单独"的私密性谈话——在1910年代的"塔楼"里经常进行这种私密谈话，他的家人戏称之为"觐见"。谢·维·托洛茨基当时是"塔楼"座谈的常客之一，他后来回忆道："维·伊也馈赠了我不少这样的'觐见'，我们就仿佛在具有普遍精神重要性的领域一起萌芽。"[12]

伊万诺夫在给韦利米尔·赫列布尼科夫的一首献诗中提及他在"塔楼"座谈中的作用问题：

> 不，我怯懦的窥望者
>
> 和可爱的刺探者！我不是恶魔，
>
> 不是诱惑者，我只是试验者，
>
> 充当砺石、圆规、测锤、吊锤的角色。
>
> 测量准确，称重无误，
>
> 要的是心灵沟通——朝你粘滞的目光
>
> 投入自己的目光，一边诡诈地
>
> 铺砌谈话，如铺开渔网……

维·伊万诺夫很快就在彼得堡文学界获得了极高的威信。在"塔楼"这个氛围中也结出了许多思想和艺术硕果，如格·伊·丘尔科夫的"神秘主义无政府主义"、莫·霍夫曼的"聚合性个人主义"，戈罗杰斯基对多神教时代古罗斯各种形象的诗体风格化模拟，库兹明的"澄明主义"志向和勃洛克掀起的狄奥尼索斯式的"暴风雪"。

1907年"塔楼聚会"的普叙赫女神季诺维耶娃-阿尼巴尔逝世，从此聚会逐渐走向式微。维·伊万诺夫也进入了一个内心封闭时期，他整日"与书桌和校样为伍"，不大热心参加任何文学和评论界的"运动"，各种争论在他看来不过是"思维拥挤"的表现。他在1908年11月7日给勃留索夫的信中说："我唯一想参加的斗争就是在自己的精神中确立宗教意识的价值。"[13]

1910年代，"塔楼聚会"终告解散，之后维·伊万诺夫全神贯注于文学创作。这个时期社会上关于象征主义已经发生危机的舆论越是甚嚣尘上，维·伊万诺夫越是呼吁真正的象征主义作家要写出具有"大文体"的作品。

195

妻子的亡故给维·伊万诺夫的心情罩上了浓重的阴影，似乎他的生活"被连根拔起"，变得没有着落。作为诗人的主要作品，1910年初发表的两卷本长诗《燃烧的心》（《Cor ardens》）就是为纪念妻子而写下的。他的下一本诗集——献给勃洛克的《温馨的秘密》（1912）则充溢着新的感情：这时的伊万诺夫决定与薇拉·康斯坦丁诺夫娜·什瓦尔萨隆结合，她是前妻季诺维耶娃－阿尼巴尔的女儿，他的继女。1912年7月17日，他们在埃维昂莱班附近的纳弗塞勒（法国）生下了儿子德米特里。1913年夏，维·伊万诺夫与薇拉·康斯坦丁诺夫娜在利沃诺的一座正教教堂进行宗教婚礼，而这正是他过去同薇拉的母亲举行婚礼的地方。伊万诺夫家族有一个"家庭传说"，对此奥·亚·绍尔作过这样的描述："……维·伊不得不将生者与逝者之间的继承关系的奥秘当作自己私生活的决定性事件：母亲死时薇拉住在扎戈里耶。维·伊·伊万诺夫在薇拉的身上看到厄琉息斯秘仪中得墨忒耳的女儿珀耳塞福涅的影子。他在人生的各个时期为薇拉写的献诗中有个总标题：《致她的女儿》……随着岁月的流逝，他对薇拉的感情日渐深刻、复杂，内心的亲密感渐次转化为爱恋之情。维·伊对'她的女儿'的感情变得矛盾起来：这是可能的吗？难道这是可行的吗？……要让她取代母亲的位置，成为自己的妻子吗？……他忆起了亡妻莉季娅患上致命疾病前不久的一幕：她看着、指着薇拉，若有所思、声若游丝地对他说：'她可以做……'，这是什么，是暗示？约言？遗嘱？"（Ⅰ，133、134）

1913年8月，维·伊万诺夫一家回到俄罗斯，在莫斯科定居下来。这时他与《道路》杂志同仁弗·弗·埃恩、谢·尼·布尔加科夫和帕·亚·弗洛连斯基过从甚密，又由于在创作和思想上的志趣相投，同亚·尼·斯克里亚宾保持着友好的关系。1913年维·伊万诺夫开始创作自传体长诗《婴儿期》，其结尾的三节直到1918年8月才告完成。诗中作为人生道路肇始和起源的象征的儿童伊甸园形象如今被视为勃洛克的《报复》的反题——后者早在自己这首长诗的早期稿本中，就已把报应视为"世界法则"和部族及社会历史的推动力（请比较典出易卜生的题词"年轻人等于报应"）。

伊万诺夫的"旋律创作"（《мелопея》）《人》的构思始于1915年，缘于他对艺术和宗教理解人在世界历史中的地位之可能性的思考。他在延续《关于象征主义的思索》的附论《论邪教和教义》中写道："人是一切艺术创造的

196

唯一任务和唯一对象。然而这里说的不是人的利益，而是人的秘密，换言之，是纵向的人，是往深处和高处自由生长的人。以大写字母书写的人决定着整个艺术的全部内容，舍此艺术便无内容可言了。这就是宗教总是渗透于伟大而真实的艺术之中的缘由，因为上帝就寓于人的垂直线上。"（Ⅱ，614）1915年7月15日他完成了《人》的第一稿，而长诗的"抒情三部曲"形式的基础则是黑格尔-索洛维约夫式的三段论。维·伊万诺夫把它推荐给《阿波罗》杂志的编辑谢·康·马科夫斯基发表，并对其三个部分分别列了标题："第一部分可标为《朝霞》（路西法）或《我在》，第二部分标为《厄洛斯》或《你在》，第三部分标为《双城》，并附有选自真福奥古斯丁的卷首题词……最后一部分（十四行诗花冠）带有启示录的语调。这种情调当然与战争有关。"[14]

这首长诗未能在《阿波罗》上发表。维·伊万诺夫数年内不止一次地朗诵它并为之作评注。1916年3月30日，在莫斯科宗教哲学协会举行的会议上他为这首长诗定名为《人：关于人的本质和使命、脱离和复归神子进程的思考》。这样一来，"一统的亚当"这个作为"超个体的个体"（谢·谢·阿韦林采夫语）而体现全人类神秘统一思想的形象就是这首长诗的根本[15]。伊万诺夫此后的文本加工就分成了两个方向，一是致力于作品结构的完善，他认为结构是"自己作品的精神肌体"；二是为文本作诠释。这部作品在体裁上非同寻常，因此在确定其体裁时，就会立刻注意到其中的混乱：他将其称为抒情组诗、抒情三部曲、抒情悲剧、宗教神秘剧、长诗，认为它是自己的"书信"，最后，他还为这部在布局上类似大型音乐著作的作品从古希腊罗马音乐美学中寻找了一个相应的术语——"旋律创作"。维·伊万诺夫追求正在给象征主义时代划上句号的"大文体"的"尺寸"，他在1910年代宣告这种追求，在《象征主义的约言》一文中对之进行表述，并在抒情人正论（即"为人辩护正名"）中得到体现。他按照古希腊长短格式的诗节分法（旋律和反旋律）和罗曼、文艺复兴式的固定形式（十四行诗花冠）来严格组织自己文本的各个部分，这些部分从属于微观宇宙（人）和宏观宇宙（世界、上帝）之联系这一就其本性而言具有二律背反性质的问题。依照维·伊万诺夫当时的构思，《人》要写成但丁《新生》那样，其文本早在构思产生的早期阶段就预设应配备注释。第一位提出有意为这部"旋律创作"第一稿计划发行但却未能付梓的版本作注的是帕维尔·弗洛连斯基，

197

维·伊万诺夫称他为"正在被创造的人正论的创始人"（他为《人》所作的注释只有一些草稿保存下来）。后来维·伊万诺夫本人会在朗诵这首长诗后讲解其各篇章的构造和各种象征的意义，或者要求听众按中世纪经院哲学家的传统，"在四种意义层面上"——即字面义、托寓、道德和从最高意义的视角，即神秘阐释——来解释这部作品。维·伊万诺夫为《人》所作的注释现保存下来的有四种变体，其中一种附在这部"旋律创作"的唯一出版版本（巴黎，1939）上。他认为，这是理解他的世界观的关键作品，也是最完整地表达了作者的神秘主义世界观的作品。

革命后的最初几年间，维·伊万诺夫参加了新文化领域的集体创举，以试图积极推行自己的思想。然而他发现，在一个无神化的社会里推行聚合性生命创作和神秘剧艺术是不可能的。伊万诺夫由十二首诗组成的组诗《冬天的十四行诗》有资格被认为是其顶尖作品之一，它反映了国家经历的艰难的、一贫如洗的岁月（革命后的破敝、国内战争）和作者的家庭困境（妻儿双双患病）。伊万诺夫的妻子和儿子当时住在莫斯科郊外的"银松林"疗养院，他得时常去看望他们，每次都是乘无篷雪橇沿着冬天被彻底覆盖的道路艰难跋涉。十四行诗的中心形象是"心灵之冬"，这是抒情主人公存在状态的写照，他在这种状态中开始将自己的肉身当作"分身"。作者认为，克服灵肉脱离的方法和通向自我的道路自然是有的，那只能是寻找上帝的精神"我"。在冬日的原野上跋涉，只是"诗歌隐喻，它表述的其实是心灵对崇高意义的向往；因此，诗歌内部篇章的布设本身就表明，如果生活只是作水平运动，而没有纵直向上的升华，将是毫无意义的"[16]。

1920年，诗人在薇拉·康斯坦丁诺夫娜死后拟出国而未遂，后来便到了北高加索，最后在巴库停留下来。维·伊万诺夫认为，这里"有着俄罗斯需要的生动的文化工作"。在巴库大学他身边又有了一群学生[17]，"他们中一些人会让你觉得把精力花在他们身上并不遗憾"，在这里他又得以钻研古典语文学。1921年他答辩了博士论文《狄奥尼索斯和原始狄奥尼索斯教》[18]。

1924年8月28日，维·伊万诺夫一家途经柏林来到意大利。关于自己的行程，他对朋友们称"我是去罗马死的"。1924年10月在罗马获知勃留索夫的死讯后，维·伊万诺夫指出："没了勃洛克，没了勃留索夫：我们的老团体离开了新世界。"他对自己平生的探索和成就作了这样的总结："伟大的东西理所当然会由伟大牺牲来补偿"，"我们人类的成就离不开我们的迷误。"[19] 1926年3月4日（公历17日）是圣维亚切斯拉夫日，在这一天，他皈依了天主教，这是他步弗·索洛维约夫的后尘迈出的一步，也是他一生苦苦思索的结果。

维·伊万诺夫自我放逐到罗马之后，对以往零散发表于期刊而未收入诗集的作品进行加工整理，准备再出版最后一部文集，并收入包括《1944年罗马日记》在内的在国外写的诗文。这个想法早在俄罗斯时便萌生了，不过书名《黄昏的光》是在40年代才最后选定的。这个书名出自殉教者阿菲诺革涅斯的祈祷词，然而也不排除这是他由屠格涅夫的《暮年集》（《Senilia》）或费特的《黄昏灯光》引起的联想。1947年秋，维·伊万诺夫在罗马拜会了莫里斯·博拉和以赛亚·伯林两位牛津大学的教授，并和他们解决了出版文集的全部问题。此书在他生前就已编辑完成，但真正付梓已是1962年了。

伊万诺夫未能彻底实现出版封笔之作的夙愿，完成这个任务的是伊万诺夫忠实的学生奥·绍尔（杰沙尔特）。这本书就是《斯维亚托米尔王子的故事：一个修士长老的传奇》。斯维亚托米尔这个形象最早见于伊万诺夫19世纪90年代一部题目暂定为《俄罗斯浮士德》的作品的草稿中，后来还偶尔出现在组诗《悲愤时期》的底稿上。直到1916—1917年间《斯维亚托斯拉夫》才成为一个独立构思，而到1928年伊万诺夫才开始写这则《故事》，一直写到临终前。1949年6月16日维·伊万诺夫在罗马去世。

2

维·伊万诺夫"孜孜不倦地进行增补润色"，致使处女作诗集《引航的星斗》的出版延宕了多年。该诗集的写作计划和第一批草稿没有注明日期，大部分是写于出国前和在柏林居住时期，而其中刚起步的作者诉诸歌德之权威的序言草稿应是他在柏林读书时写下的。他在19世纪90年代的信件中就屡屡提到他意欲将自己的诗作结集出版。《引航的星斗》的面世有赖于弗·索洛维约夫的提携。1895年夏诗人的第一位妻子达·米·伊万诺娃（娘家姓德米特里耶夫斯卡娅）把手稿送给弗·索洛维约夫，弗·索洛维约夫对之极为赞赏[20]。同年秋，伊万诺夫亲自拜访了这位哲学家，从此，弗·索洛维约夫就成了他"缪斯的庇护者"和"心灵的告解神甫"，而且还热心地帮助他筹备出版事宜。根据弗·索洛维约夫的建议，此书交彼得堡阿·谢·苏沃林的印刷厂印制，题献给鼓励伊万诺夫走上诗歌道路的母亲。维·伊万诺夫为他的"索洛维约夫洗礼"赋予了神圣色彩。这部诗集到1902年10月才得以出版，那时弗·索洛维约夫已不在人世了（大部分书的扉页上所注的日期为1903年）。

维·伊万诺夫的《引航的星斗》同别雷的《蔚蓝中的金黄》和勃洛克的《美女诗草》一样是俄国象征主义发展新阶段的开山之作。作者追随陀思妥耶夫斯基和弗·索洛维约夫，关注人的精神领域，并将其作为诗歌的美学观察对象。"正在被经历的瞬变者和正在被经历的存在者之间的明显区别，'心灵'个性和'精神'个性之间的明显区别，将生命观察为'高处的道路'，对自己在精神复兴事业中的矢志不渝之觉悟……统一、不可动摇的忠诚信仰之宗教，就和这种信仰一样坚定不移的爱的情欲热忱，最后，是这种爱的柏拉图式的深化，是这种爱从心理领域向本体领域的增长"——这是维·伊万诺夫对索洛维约夫精神经验的评价 [21]，也是《引航的星斗》的抒情式主人公的精神追求。

这部诗集的灵感来自这位年轻诗人的学术探索，同时他在抒情之中转换了传统式的感观与理智之间的关系：理论上的认识成为一种隐秘的内心感受，"冷静的智慧已与喷薄而出的感情毫无二致"。将"类似的""普世的""这两个彼此似乎毫无共同之处的领域""绝对地融合起来"，成为主要的艺术表现方法之一 [22]。

维·伊万诺夫本人有时抱怨人们对自己的诗歌探索进程及其结果的不正确理解："许多内心经历都被表述出来，但可能被认为只是改弦易辙时说的套话。"诗人在生前备受非难，说他的诗行文死气沉沉，书卷气十足，没有生活的气息，过于抽象，艰涩难懂，之所以会有这些指责，根源就在于此 [23]。谢·阿·文格罗夫是伊万诺夫将神秘主义经验沿用于诗歌创作的一贯反对者中的一员，他对"非象征主义"批评的立场进行了如下概括："……伊（万诺夫）诗的'艰涩'和独特的外在形式不过是某种既定理论的结果；当他抛开这种理论时，常常会写得简明易懂，而且才气四溢，诗味十足。" [24]

纳入抒情感受领域的材料范围的扩大及其固有的特点要求诗人具有新的表现手法，首先是要运用被编码的象征性语言，只有这种语言才能转译宗教美学的种种共相。维·伊万诺夫在一封信中承认，他在这方面的革新是"不明就里的"："诗歌的语言就其本质而言是在寻求与散文语言的区分……格律言语的魔法和通神能量会随着表述神圣性的增长而增长……从事宗教创作的新能量会在我们心中形成看待生活一切现象的新观点，而这种新的能量又不安地要求在语言中对这些新观点进行新的象征化……我们的母语是强有力的，而且蕴含着许多潜在的力量，但许多力量被我们的文化演化的当代形式给遮挡、削弱了，它正在寻求把自己从民间自发力量和内核中释放出来……诗要成为真正俄罗斯风格的诗，而对它来说，我们被遗忘的语言古老的神圣色彩比我们文明社会普遍通用的言语更为亲切"[25]。这位坚定的象征主义者称，"诗歌的语言"应近似于"诸神的语言"和"逻各斯"。

《引航的星斗》中的象征性形象取自"远逝"文化，主要是古希腊罗马世界、中世纪或文艺复兴时期的语境，而且在诗歌的形象性方面，描绘的都是在19世纪的俄罗斯抒情诗歌中（普希金、莱蒙托夫、丘特切夫和费特）业已形成的范式性情节和固定动机[26]，而诗歌的语法结构则受到了18世纪俄罗斯语言的影响。与此同时，如同一位研究者指出的那样，这部诗集"各种基本象征和统一的高雅文体之间的深层结合战胜了它们的异质性，使得来自不同文化背景的词句和在抒情层面上异质的不同世界也融为一体"[27]。抒情诗人维·伊万诺夫的独特性在"第二代俄国象征主义者"的代表中是引人注目的：他与勃洛克和别雷的两层面性（有"高""低"两个层面，并以浪漫主义反讽的精神将这两个世界当作游戏）不同。他的诗歌语言仅固守在"上层"音区："语言和高雅的文体沿着一条直线推进。"[28]与伊万诺夫同时代的法·弗·泽林斯基等人指出，他的诗歌语言的一个鲜明特点是"狄奥尼索斯式的自由，他在创作希腊式典范作品时对这种自由进行了研究"[29]。《引航的星斗》中占主导的调性是最为强烈、激昂的大调，足以表达出维·伊万诺夫对未来抱有的形而上层面的乐观态度。作者的"是！"（对世界一切现象的接受）说明作者对"这个不仅在梦想中，而且在现实的潜能中尚且崭新的世界的内在必然性"[30]和对按"新的编制"构建全人类的可能性充满信心。

维·伊万诺夫在《引航的星斗》中塑造了一个致力于创造的艺术家的新形象。他认为，世上有两种艺术家，第一种的标准是能够将梦想与生活对立。属于这种"纯粹艺术家"的有普希金和作为长篇小说家的托尔斯泰。另一种创作

201

心灵则"激情澎湃地用幻想覆盖生活，给现实烙上幻想的印记"，而且他们强调的就不是幻想，而是意志了。按照维·伊万诺夫的分类法，属于此类创造者的有拜伦、莱蒙托夫、瓦格纳、尼采和陀思妥耶夫斯基，以及各类先知、理想主义者、改造世界者、道德家和布道者。他认为自己也属于这种人。他在《创造》一诗中表述了"覆盖着"艺术家的信条 [31]：

> 无以言传的意志炙烤着我的心，
>
> 我却挚爱、拥抱这片荒蛮的大地——
>
> 我要撼动世界这座大狱。

他在这种抒情式宣言中道出了艺术的通神（"以神之力的"）任务："我们现在尚是象征主义者，但将要成为神话的创造者。我们从象征的道路通往神话。" [32] 在维·伊万诺夫看来，只有这条道路才能克服艺术家的孤立性和"小圈子性"，通向全民艺术，通向"人民的、'神话亲缘的'灵魂之密室"。由于与魔法效应有关的正是创造神话的艺术，也正是这种艺术才是"自我确认的、有意志的行为"，因此正是这种类型的创作可以寄托艺术家用美拯救世界，改造生活的期望：

> 创造事业的圣母继承者，
>
> 快发出改造世界的呼吁！
>
> 要把显现上帝的理想
>
> 给大地留下爱的印记！

收入《引航的星斗》的诗作，是他在柏林和初到罗马以及在巴黎侨居时写下的，它们并未被"彼此间在时间、情节和地点的真实统一"结合起来（奥·杰沙尔特，Ⅰ，42）。文集的整体脉络与其年谱不尽一致，尽管他长期的"学习和流浪"生活在诗集中有明显的反映。从"体裁纯净"角度来看，诗集在布局上也不连贯，因为各个篇章分栏的原则也不能说是统一的、一以贯之的。比如，一组根据体裁原则收编的章节很显眼，这指的是《十四行诗》和

202

《双行诗》两个章节，而《意大利十四行诗》和《巴黎讽刺短诗》这另两组组诗则是根据体裁和题材两个原则收编的。有三组组诗靠神话中的地域精灵联合起来的，这就是《赫斯珀里得斯》《塔拉萨》和《俄瑞阿得斯》[①]，这里可以观察到主题和神话学的分组手法。最后，还有个别组诗和叙事诗相当独立，不能被归入那种将诗集呈现为一个完整整体的一般分类法。维·伊万诺夫本人在序言的草稿中就提请读者注意：这部诗集是"漫长而缓慢的多年'学习和流浪'的诗歌收获，其中诗作的形式和关注点必然互相矛盾，再严格的选编也不会使其成为一个统一的整体"[33]。

由此看来，由于作者拒绝进行"严格的编选"，使诗集的结构复杂、多层次，各章节在等级上一般不共同隶属统一布局，并包含了"诸多世界"的图景：呈现出地域的，历史的、文化的、现实的、设想的和其他超越经验认知的多维画面。在各个世界"漫游"的经历就成了他抒情的情节，这就使得整本诗集接近一首长诗。在这些流浪的路途上，维·伊万诺夫的"导游"就是《浮士德》的作者歌德[34]和《神曲》的作者但丁。流浪情节本身同时有若干层面，既是行走于各个城市和国家的疆土上，又是漫步于历史中，还有对现存或不复存在的圣地所作的朝圣，精神的漂泊和在另一些世界的"虚拟游玩"。书中的每一个章节或每一批组诗都各自独立、分隔地在对旅行主题进行变奏。

诗集的第一章名为《冲击与界限》，具有纲领性意义的两首诗《美》和《创造》位于首尾，这一章把艺术这一主题解释为将尘世生活的界限和创作的边界扩展到对存在的形而上基础进行预见的那种诗意的果敢。在这一章中他把但丁、歌德、贝多芬、陀思妥耶夫斯基和弗·索洛维约夫选为主要的"引路的明星"，因为正是他们在各自的作品中对人类的精神道路进行了研究。

203　　　在叙述狄奥尼索斯的那一节中反映了作者领会宗教狂欢的体验。这条道路上的"向导"是福音书作者约翰、俄尔甫斯教徒、贝多芬和未竟长篇小说《绣球花》的作者利·德·季诺维耶娃–阿尼巴尔。这一组诗中的狄奥尼索斯的形象远非"古代各种哲学学说和神学学说之神"，而是心理迷醉的象征，是能使人亢

---

① 分别是看守金苹果园的三位宁芙仙女，塔拉萨是原始希腊神话中的女海神，俄瑞阿得斯则是掌管山岳、岩洞的各位宁芙仙女。——译者注

奋、狂乱的生命、创作方式的象征。维·伊万诺夫借助对各种狄奥尼索斯神话
的边缘性信息（尤其是希墨里乌斯①的著作），着重叙述了自己对这一主题独特
的、极为私人的"体验"："致命的痛苦与尖锐、鲜活的欢娱"二律背反式的共
存，以及"感受到世界律动的能力"。

接下来的组诗题名为《天堂之母》，作者在这里塑造了一个风格化的古罗
斯形象，它向流浪盲歌手、传经布道的浪人和朝圣者展现自己，"穿透"了整首
组诗。"大地母亲"的形象在这里被描写为人间的天堂。这组自传性的组诗还有
维·伊万诺夫在弗·索洛维约夫的祝福下偕季诺维耶诺娃-阿尼巴尔到基辅告解
的情节。

在《夕花》中流浪主题再次变形：抒情主人公已经迁徙到世界上被忘川
包围的那一部分。此章之后的若干组诗则描写他在神话世界和历史时空中的旅
行，他到过世界之极"圣园"（《赫斯珀里得斯》），在诸海中漂流（《塔拉
萨》），又攀登过诸山的峰顶（《俄瑞阿得斯》）；读者可以看到法国大革命时
代的巴黎和巨擘辈出的文艺复兴时期的意大利。

诗集各章之间保持着关联，不过使用的艺术手段不尽相同，有时用共谐
法，有时用对位法，因而使这部诗集活像一部交响乐曲——这一点表现出"年
轻一代"象征主义者组织诗歌材料的特点。在以古希腊宗教崇拜为主题的组诗
《献给狄奥尼索斯》之后，紧接的是关于神圣罗斯的《天堂之母》这一章，
这就强调了维·伊万诺夫的一个"心爱的思想"：罗斯的基督与希腊的"受难
神"之相似。组诗《夕花》和长诗《门》是诗歌总情节的两个转折点，漫游者
在《夕花》中下降到影子世界，然后穿越"死亡之门"走向写有埃及象形字
"生"的彼岸。组诗与组诗之间另一种关联的例子是涉及狄奥尼索斯的潜台
词。组诗《塔拉萨》总的来说与海岛狄奥尼索斯崇拜有关——该神将自己呈现
为漂游或行走于渔场的海面上的海上狄奥尼索斯。而组诗《俄瑞阿得斯》恰恰
相反，反映的是大陆狄奥尼索斯崇拜，其基础是迈纳得斯在山里的狂欢②。在
描写埃及的文本（《斯芬克斯》和《门》）中狄奥尼索斯主题也以"水下的暗

204

---

① 盖指古希腊智术师、演说家希墨里乌斯（约315—386），有24篇演说词传世。——译者注
② 迈纳得斯是四处狂欢的酒神狄奥尼索斯的女追随者。——译者注

流"形式存在，因为维·伊万诺夫认为正是埃及才是将狄奥尼索斯神圣化为死而复生之神（如同俄西里斯）之处。还有一章可以被归入此语境——《叹息》（《Suspiria》）写的是作者本人"狄奥尼索斯式的"体验，他在1901年的一场大病后曾"遭遇死亡"，并重又"复活"：他亲身体会到什么叫"令人恐惧的对现实的丢失，逐渐张大的被撕扯掉的空虚和最后弥留之际的忧伤"（杰沙尔特，Ⅰ，51）。濒于死亡边缘的感受以及昏迷的感觉让作者接近了中世纪文学中被称作"幻梦"的经验，也就是在冥界旅行，这种经验在但丁的《神曲》中被经典化了。灵魂和精神在爱恋中的融合和死亡时灵魂逸出肉体，这就是在《引航的星斗》中由许多变奏呈现出来的"音乐主题"。

这部抒情诗集的特殊时空体是通过经验世界疆界的扩展和时间坐标的最大整合、聚合这种手法来布设的：地理空间（欧洲、俄罗斯和近东）同时含纳着历史的空间（古代希腊、文艺复兴时期的意大利、18世纪末的法国和古代罗斯），后者同时也与神话的、艺术的空间及幻觉画面糅合在一起。维·伊万诺夫避免逻辑严密的完善结构和题材、主题的统一体，而是试图使读者产生这样一种想象：这部诗集是一种新的格式塔，就像一部奇巧的"生命之书"。诗集作者另一种最爱的隐喻也在这里实现了——那就是将诗集与"诗的宴饮""思想的会饮"作比较，这就与文化是"善意之体系"的观念相吻合。"引航的星斗"这个象征性形象有着诸多的含义，它同任何象征一样，可以对之做各种各样的解释。尽管如此，它还是能"挑起"一系列相当固定的联想：人们一见到"引航的星斗"这个字眼，首先联想到"为舵手导航的星辰"、"永恒不变的精神方向标"、引导人们从柏拉图的"理念世界进入物质世界"的光芒[35]，还会联想到"作者落入"其掌控的那些"伟大的永不枯竭的思想"：有狄奥尼索斯思想（见《致狄奥尼索斯》一节），有"死亡与复活交织"的思想（尼采），有"万物本原为火的思想"（赫拉克利特），有"俄罗斯人民性"思想[36]，以及但丁的世界图景中爱推动天体运行的思想等。[37]诗人曾将诗集交给弗·索洛维约夫作评判，而后者又发现了一个纯语文学的联想——古代拜占庭教会法（《教法汇编》，Nomokanon）在罗斯被称作"引航书"（《кормчая книга》），而这本诗集就像"引航书"一样，可以充当某种美学典范。

作者本人认为，这部诗集引起了"总体来说严厉的批评"，但毕竟也使他

"在文学界结交了不少朋友"。《引航的星斗》令同时代的象征主义圈子惊讶的首先是它竟能"同时将诸多现象囊括无遗",可谓史无前例,读者可以在诗集中通过过去"和当今的楼房"看到"未来期望的切入点",发现"科学的神话与幻想的科学依据之结合",看到"前途是广阔的",与此同时也不妨碍作者实现"细节的精致完美"、高超的作诗技艺、丰富的语言形式与组合的"过度饱和"、"诗歌词汇的独特性"和"令人炫目的语言创作"。使用由两部分组成的修饰语是维·伊万诺夫诗歌语言一个独具的特色,别雷将之形象地比喻为古希腊神话中的半人马"肯陶罗斯们",而《引航的星斗》就像是"一群"肯陶罗斯"踏在高原上"。

维·伊万诺夫后来在侨居罗马期间曾对这些诗篇进行回顾性评价,认为这是他踏上极为私密的精神之路的起点。奥·绍尔-杰沙尔特正是如此阐释这部诗集的:"它准确地记录了一个因精神上的饥渴而疲乏的人在浓雾弥漫的无路之境'行走苦路'",它是"对叛逆和罪恶的告解忏悔",是"对正在寻找和业已获得的信念的宣布与坦陈"(Ⅰ,42)。

3

1903年夏,维·伊万诺夫从巴黎回到瑞士的沙特兰别墅。他又和家庭成员在一起,自己则又处于"往日孜孜不倦地钻研梵文、古罗马、古希腊的氛围"之中。他筹备下一部抒情诗集,向勃留索夫请求由"天蝎"出版社"出版他名为《透明》的新的小诗集"。他在1903年9月29日(俄历16日)写给勃留索夫的信中说:"如果合意,您就出版它,不用为它花多少功夫,只是要快些。我只需一份校样……以进行文字的调整和增补。余下的工作就全都交给您了。"[38] 他如此匆忙主要是因为关于爱的神秘主义、狄奥尼索斯式奥秘的文本的基本骨架只有部分被收入《引航的星斗》中。他的第一任妻子达·米·伊万诺娃是最早提议主张出版这部诗集的人之一,不过她不赞成收入献给利·德·季诺维耶娃-阿尼巴尔的篇什。维·伊万诺夫从1895年起就在季诺维耶娃的鼓励下写作了一系列狄奥尼索斯文本,这些诗应在他第二部诗集中占有中心位置。同时,他还想通过诗歌的形式展现自己在最后决定返回俄罗斯前所形成的并拟在回国后亲自"践行"的思想：要从个人主义的意识和主观的艺术转向合唱式的、神秘主义的全民一致。《天平》月刊1904年第1期就对这部诗集预先做了简介，同年4月抒情诗第二卷问世了。

206

　　作为一种特殊"环境"的"透明"题材在他第一部诗集中就出现过：其中长诗《门》中的抒情主人公具有一双慧眼，能把"透明环境映照出的东西"看得真真切切。维·伊万诺夫在第二部诗集中"开始探究那种精神环境的本质，因为正是在精神环境中演绎着神秘主义现实的实现过程"（杰沙尔特，Ⅰ，63）。这种"精神环境"在作者看来是二律背反的：它透明得能不阻碍"阳光"的通过，同时它也并非绝对透明，以致光线发生折射，否则"物"（res）就难以看到。

　　《透明》的抒情主人公也不失为一个"探索者"，他探索的内容依然决定着诗集的动态进程和抒情情节，然而在哲学层面上诗歌中的叙述已从《引航的星斗》中的本体论的立场转向认识论的立场。于是，漫游和徘徊的范围主要就囿于主体的意识之内：主人公认清自己的神性本质并不是通过对本体论意义的绝对的探寻，而是通过对自我本身的认识。抒情主人公精神生命的升华和"成长"的特点是：追求"不可动摇的原则"、"永恒的真理"和导向标思想的"渴望"已被追求"内在的形式"、寻求"创造的原则"和世界观的结构化的努力取代了。作者研究的对象成了个性的深层次及其力量，个性的魅力和趋向，这些是与意识"表面上"的变化迥然不同的。正是在这种情况下"孤立的意识之链"才会断裂，作为探索最终成果的"超个性意志的行动"和"在个体层面上无意志的宇宙意志力"的行动才能产生。这本诗集的抒情情节有以下三个组成部分：攀登精神的"高峰"、在意识流中失却自我和获取精神之道。

　　从这个意义上说来，这个抒情主人公不仅相当精确地再现了作者人生的一个阶段，即获得"爱与信仰"的阶段，按照作者本人的意见，他正通过这种信念重建个人同全人类的联系，而且这个抒情主人公大体上符合"新宗教意识"探索的演化，在这方面弗·索洛维约夫的著作对他发生了决定性的影响。

　　《透明》中将诗歌材料组织成一个统一整体的元素是一个三段论运动概要，作者本人后来在《弗拉基米尔·索洛维约夫的宗教事业》一文中对这种概要进行了呈现和诠释。被当作正题提出的是孤立的、个人主义的意识丧失了"反映之正确性"的口号:"作为造物,人意识到自己的认识取决于某种客观存在,他自己会觉得自己是一面活的镜子。人认识的一切都不过是镜子的映像,而这映像又受着光折射原理的制约,因而对被映照物而言就是失真的。"(Ⅲ,303)

这个论点在《透明》的第一章中也得到了相应的抒情体现:作者展示的艺术空间中充斥着光与影的游戏、昏暗("昏暗的地球""昏暗的子宫""暗影中的德律阿得斯姐妹们""角落的阴暗")以及光亮("明亮的日子""明亮的透明""雪的亮光"),而且"淡白"成了作品的一种基色,其他颜色都在最大程度上退居其次,使用频率最高的修饰词则是"惨白"(阴影是惨白的、反光是惨白的、海洋是惨白的、折光是惨白的)。在宇宙风景中占主导地位的是山脉和山谷,在这种风景的背景上没有光,只有光反映出的影像,没有太阳,只有太阳的图案,没有月亮,只有水面上映出的光影,没有晚霞,只有金杯上映出的夕阳的余晖。这是个光之反映的世界(闪烁,折光、反光、映照、反射光、映辉)与声之"反映"的世界(回声、轻轻的叮当声的幻影、呼唤声)。诗集中各位抒情角色是"无形的""透明的","是各种化身"(梦幻、黄昏精灵、寂静、无肉体的灵魂、安祥树木的瞌睡灵魂)。而古代神话的主人公们也失去了原有的人形和物质形态:珀耳塞福涅成了影子皇后,德律阿得斯宁芙成了树的灵魂,潘和普叙赫成了类似林涛中芦笛的飘渺之音。诗集第一章由于使用了大量头韵和不规则格律,才实现"诗体的增强"。

在为这一章收尾的组诗《透明的王国》中描写了一个无定形的、支离破碎的、模糊的世界,这种"透明的环境"开始结晶,构形,获得内在形式。在这里喻示"透明"的是宝石[39]。组诗的主导动机在每首诗中发生变奏,这些诗写了金刚石、红宝石、祖母绿、蓝宝石和紫晶,主导动机在最后一首题名为《透明的诱惑》的诗中听起来就仿佛"全体充满欢欣的一声'是!'"。组诗中呈现的别雷所说的抒情诗的"棱面沉重"本性在最不同的各个层次上是如此表现的:作者在诗行中创造"宝石哲学",它们的结晶性能形成若干形象链和本书诗歌结构的借喻层。维·伊万诺夫继歌德之后以艺术家的观点通过观察折射现象,研究了光线与颜色的相互作用,抒情主人公也经过折射分解为众多的"我"。

维·伊万诺夫以反题的形式提出克服主观反映的不准确性问题:"要用另一

208

面镜子对照这面镜子（speculum speculi，即'镜之镜'）进行第二次映照——对一个进行认知的人来说，这面校正第一面镜子的镜子就是他者。真相只有在他者中被观察时才能得到验证。"在诗集的第二章相应占统治地位的便是"二"这个主导动机。除了抒情主人公"我"，又出现了个"她"（抒情女主人公）。通过两者的热恋搭起了与周围世界联系的桥梁，而且这种联系具有愈益明显并与主观的世界感知无涉的轮廓（它得到了物质化体现），于是形成了自我恒同性（"命运在那撞见了／两个被寻获的自我"），同上帝的联系也建了起来（"上帝之中有个世界，我的心中有个上帝！"）。在这里古希腊神话中的男女主人公变成了"血肉之躯"（《热恋中的阿波罗》，达夫尼斯与赫洛亚），并物化成古代雕像的样子（《纳耳喀索斯：庞贝铜像》）。

在《纳耳喀索斯》这首诗中艺术地再现了纳耳喀索斯这个希腊神话中的美少年的形象，如今他已经不再被视为是与抒情诗主人公一致的了，他独自得意于自己的俏美的影像，而不听从宁芙们的召唤，因此也就不能认识自己。在《画家与诗人》一诗中展示了三种创作者，其中一种是"大公无私的"，他们是像镜子一样忠实反映世界的画家；另一种是纳耳喀索斯式的诗人（心中只有自己）；第三种是两者的合题，即心中同时装着"自己和世界"的"画家诗人"，这也表达了本章中抒情诗主人公的信念：

> 无私的画家像坦荡的水面映照世界；
>
> 诗人是纳耳喀索斯：望着涟漪中的容貌，他深觉有幸。
>
> 画家诗人亦乐亦忧，胸怀天下风云：
>
> 他热恋的面庞，看见了透明与——和平。

这部分诗的特点并非对形象的细微差异进行印象主义式的辨别，而是诗句加工的完美和精当。

三段式道路的最后一阶段便是得到合题："对存在之谜的认识只能来自神秘主义交际……"（Ⅲ，303）在诗集的最后部分（第4、6章和酒神颂歌的译文）中，作者又按照这一纲要，根本地改变了世界图景：诗集第一部中孤独的抒情主人公"我"和第二部中的抒情男女主人公统统从作者的视线中消逝了，抒情的独白和对白被一种"合唱戏剧"取代：赫利阿得斯的群白，伽倪墨得斯与谷地之合唱、山峰之合唱进行的对话，俄耳甫斯与俄刻阿尼得斯的合唱进行的对谈[①]，还有宗教神秘剧的合唱，其中有"祝福精灵"的合唱，"感化精灵"的合唱和"报喜精灵"的合唱。诗集的末尾是酒神颂歌《忒修斯》（作于公元前5世纪）的译文，伊万诺夫将其呈现为古希腊宗教诗、"平行悲剧"的典范，其后还附有译者写的《酒神颂歌注》。

《透明》的神话诗学体系由光谱广阔的典故构筑而成，这些典故来自古希腊罗马神话和圣经，来自古希腊直至现今作家的著作（柏拉图、维吉尔、忒奥格尼斯、圣奥古斯丁、但丁、歌德、波德莱尔、魏尔伦、莱奥帕尔迪），还有当时的象征主义作家（勃留索夫）的作品以及作者本人的作品。除此以外，诗歌文本将作者在各类散文体裁中平行发展的各种思想、形象、情节进行变化。诗人通过对神话人物（珀耳赛福涅、普罗米修斯、纳耳喀索斯、俄耳甫斯、伽倪墨得斯、法厄同、阿波罗、卡珊德拉、潘、普叙赫、林叩斯、诸提坦神、赫利阿得斯、俄刻阿尼得斯、迈那得斯、得律阿得斯[②]等）引起的联想和《圣经》故事（关于圣母、拉结、利亚、以利亚、索菲娅等）的联想交叉，强调了狄奥尼索斯与基督等同的思想，这一思想最终投射到作者的题材中。这一形象的各种位格有："精神的诗人"、"精神的隐士"、"巫师"、幻想家、沿着神圣路径上升到"云霄外的梦中"的梦想者诗人、下降到混沌自发力量的神秘主义者诗人。

"透明"是一大关键概念，这些概念组织、连接并同时隶属于抒情整体的不同层次：诗集的思想、主题、形象系列和格律体系。"透明"的象征意义源自维·伊万诺夫对弗·索洛维约夫作为抒情诗人使用的艺术手法的诠释。这位"神秘女友"歌者的诗作"总是异常深刻、真实、诚恳，同时本质上又是鲜活的"，在他看来，构成这些诗作之意义核心的是各种"暗示"，而这些暗示"用更厚的盖布包裹着，但这种盖布就仿佛是由透明的月光编织而成"，并"以自己象征性的语言讲述神秘的伊西斯"（Ⅲ，305）。如此说来，真情只有入会者才能

209

---

① 赫利阿得斯是古太阳神赫利俄斯和海洋女神克吕墨涅的五个女儿；俄刻阿尼得斯是俄刻阿诺斯和忒提斯所生的三千个宁芙仙女，每一个都代表某小溪、河流、湖泊或大海。——译者注

② 得律阿得斯是长官森林、树木的宁芙仙女。——译者注

知晓，它对于门外汉读者是隐匿的。

同任何的象征一样，对"透明"可以通过解析出不同的支配形象来进行诠释。"透明"的面容有无数假面，而在世界是诸神的游戏这一主题中实现的"诸神的面具"就是这种假面的一次体现，而在诗集的同名诗中，诗人宣布了这个主题：

> 透明！戴着诸神的面具，
> 你翱翔在蒙娜丽莎的微笑之中。
> ……
> 透明！戴着诸神的面具，
> 你要克制生活的意愿。

遮蔽了各种现象之本质的面具在这里获得了极致的多样体现，然而它和摩耶之幕①不同，它是透光的，因此（巴赫金注意到了这一点）在诗集情节的起始点，面具和"透明"几乎完全同义。在对利·德·季诺维耶娃–阿尼巴尔的爱恋和情欲的最私人、最隐秘的体验之中，作者兼主人公在诗集的第二部分戴上了文学的面具。在组诗《达夫尼斯之歌》中，他戴着古希腊理想恋人达夫尼斯和赫洛娅的面具，演绎了自己的爱情牧歌。被诗人置于诗集第四章中的三首诗（《伽倪墨得斯》《赫利阿得斯》和《俄耳甫斯》）不仅是根据酒神颂歌的风格来构思的，而且就是指定给奏乐悲剧场景的，演出者还一定要戴面具（见《酒神颂歌注》）。在这部诗集的结尾中，"透明"的"诸神的面具"形象物质化为古希腊剧场的道具和悲剧缪斯墨尔波墨涅的象征物，这顺应了整部诗集的总趋向：从无形走向有形。

《透明》中的诗没有"朴素的非自足形象性"，这里的"意义的饱和程度"取决于"象征的美术形象性"，它"比朴素的隐喻形象性丰富得多……因为在意义方面这种形象性还包括对自己的各种异在的指示"[40]。维·伊万诺夫在他这部诗

① 摩耶，印度哲学术语，原义指"幻觉""魔法"；"摩耶之幕"是叔本华和尼采经常使用的比喻。——译者注

集中力求找到在《引航的星斗》尚没有的轻盈、柔韧、善变的语调和形象；这部诗集的声响更具室内性。但是大部分诗作仍严格服从为作者思想服务的总纲。

勃洛克在为维·伊万诺夫的作品写评论时，首先关心的是这位诗人的读者会是怎么样的人，并为他绘制了肖像。他在"曲高和寡"的圈子里，首先是位"阅历丰富""尝尽人间况味"的人，他善于体会"文化的高雅"，习惯于尊重"人类历史的一切高楼大厦"[41]。勃洛克在《维·伊万诺夫的创作》一文中并没对诗人的前两部诗集进行具体分析，而是亲自扮演了这种"读者"的角色，沉浸在作者的抒情幻象世界中，并在无数文化和艺术世界的迷宫中漫游。

4

维·伊万诺夫的第四本名为《燃烧的心》的诗集，收入短诗350多首，堪称他的代表作。1905年间他在境外开始构思这部诗集，以便接近新俄罗斯艺术的支持者。然而由于生活和创作计划的变化，这部两卷本分为五编的诗集的出版被搁置下来了，直到1911年才由天蝎出版社出版。这部诗集的最终版几近诗人作品的总汇，其中收入的许多诗歌曾被收入先前的那些超文本统一体（有的结为组诗，有的结为诗集）。这部诗集读来会不断给人一种对同一些主题进行变奏的感觉，其主题、韵律和形式互相呼应，形成一个庞杂却又统一的整体。这部诗集还表明伊万诺夫在诗歌语言上发生了转向，并在文学形式方面进行探索。正是这部诗集仿佛对伊万诺夫诗作风格的艰涩进行了"合法化"，尽管诗人这么做是否有"预谋"至今仍不得而知。[42]

1906年夏，诗集出版的筹备工作第一次"搁浅"，当时他正迷恋年轻诗人谢·戈罗杰茨基。维·伊万诺夫写给当时和孩子一起在瑞士的季诺维耶娃-阿尼巴尔的信中透露："我无心筹备出版《燃烧的心》或称《愤怒的彩虹》（到底叫什么我也不知道，反正我对两个都反感），我指的是抄抄写写，粘粘贴贴，把诗稿整理就绪（你也知道，这是最无害、最愉快的工作），可是我做不到，因为做不到只对诗这一样东西感兴趣。"[43] 信中提到拟采用的诗集名称都与伊万诺夫的文本有关：第一个（"燃烧的心"）可能源自《太阳颂》（作于1905年，在本

211

诗集中是组诗《太阳心》中的第一首 44）一诗的比喻系统，第二个后来成了另一首诗《Iris in iris》①（写于1908年，组诗《西比拉》中的一首）的题目。让伊万诺夫从编纂诗集分心的情绪在他后来写的诗中曾被提及，这些诗结集为一本叫《厄洛斯》的小诗集，由伊万诺夫的家庭出版社"荷赖"②出版（于1906年出版，封面上标为1907年）。后来《厄洛斯》中的诗与以玛·瓦·萨巴什尼科娃为"女主人公"的《金幕》一起成为诗集中的第三编，这一编的诗歌是献给伊万诺夫生命中的厄洛斯的。

让我们来看一下初拟收入《燃烧的心》第一稿的诗作，亦即首先是那些在某种程度上反映了诗人对于1905年革命的思考的诗作。这次革命的事件在诗人的作品中都得到生动的表现。如第一卷中的组诗《愤怒时期》就是明证，它汇集了作者1904—1906年写的政治诗，它们把超历史的启示录式的层面和对日俄战争和第一次革命这些现实事件的回应融合在一起。45 伊万诺夫尚在回国前写的组诗《世纪之歌》（文本下标注的年份为1904年）也涉及他对这些事件的感受，并表达了诗人对未来的忧虑。诗集《燃烧的心》的第一编《镜之镜》的第一章题名为《奥秘》，指的是神秘主义语境中的"奥秘"。伊万诺夫组诗的神秘性可以从引自德国中世纪神秘主义作家阿格里帕·冯·内特斯海姆的《阿巴太尔魔法》书中的卷首题词得到解释。当时勃留索夫醉心于阿格里帕，并将此事告知伊万诺夫。此情可参阅他的序诗《献给为我开启阿格里帕学说所云的犹菲勒时代的瓦列里·勃留索夫》（Ⅱ，286）。因此，整个《奥秘》一章都是献给勃留索夫的——"sanctae mnemosynon sodalitatis"，亦即"为纪念神圣的友谊"。

按照阿格里帕的预言，从1900年起一个新的"世界舵手"犹菲勒将掌管世界，开始了一个新的神秘主义时代。俄罗斯也进入新的历史时期（这种感觉也是伊万诺夫回国的原因之一），两个主题构建了这组组诗的意义空间：一是作者预感到新世纪新人的产生；二是描述他所讴歌的新时代的特点（《世纪之歌》）。组诗中的话语仿佛都是假托"先知和诗人们"之口说出来的，他们在

212

---

① 即拉丁语的"愤怒的彩虹"。——译者注
② 荷赖是宙斯和忒米斯所生的三个女儿，掌管季节变迁、社会秩序，也被称为"时序三女神"。——译者注

积累着关于未来的神秘主义知识之"细微的毒药"（"在我这个术士面前／星辰之毒药结为晶体"，Ⅱ，288）。新世纪的特点就是坚决，"这是一个由钢和金刚石打造的世纪"。新的一代人（"金刚石一代"）不懂得怜悯为何物，作者这位术士预见到这样的一代正在朝他走来："孩子们没有从妈妈那里学会'怜悯'二字，／青春少女手里拿着刀枪剑戟……"诗人认为"怜悯"是与"半宽恕之脓水"为伍的，与爱则水火不容："我们用贪婪的怜悯破坏了誓约，／我们用它永久废除了爱。"（Ⅱ，287）未来一代具有的是一种新的狂热的爱："孩子们用太阳神颂歌高扬起／无法捕捉的爱之雷雨的以太旋风"，他们拥有的也将是一种新的艺术（与古希腊的酒神颂歌可疑地相似）：

> 被俘的心灵欢呼着戴上假面；
> 沉重的脚步践踏春日群花的天堂，
> 在盾牌金刚石般的敲击声中，
> 用舞蹈的呼啸包围库瑞忒斯青年[①]。

（Ⅱ，288）

毋庸置疑，伊万诺夫的这种激情是受到勃留索夫《未来的匈人》的感染而生成的。但应是尼采的著作，更准确些说是超人查拉图斯特拉对于组诗的思想和形象发生了更直接的影响。在现代主义文化中只要说起新人，必然要联想起查拉图斯特拉，因为这位超人是他们的同路人。在下面的诗句中又出现了一个最为显凸的形象：

> 历经大地的重重劫难，精灵
> 蔑视世间的哭声，如蔑视塞壬的埋怨，
> 它像雄狮一样，嘲笑我们……

（Ⅱ，287）

---

① 库瑞忒斯是提坦神瑞亚的九个侍从，擅长击鼓、跳舞、敲击盾牌制造噪声。——译者注

然而，就连无怜悯之心的思想总的来说无疑也来自尼采的《论道德的谱系》。

在诗歌的形式上，作者主要追求改变文本的语用学：他看重使用咒语、酒神颂歌、太阳神赞歌和赞美歌的词句。因此他的诗就迷失在抒情性之中，适于带着对听众产生某种影响的目的来当众朗诵，如他的《迈纳得斯》（1905）。阿·特尔科娃中肯地指出，这首诗"成了塔楼聚会的会歌"[46]。这首诗在"塔楼"聚会上被多次演绎，而朗诵最好的当属帕·叶·晓戈列夫的妻子，演员瓦·晓戈列娃。的确如此，这首诗充满四音步和两音步扬抑格"令人窒息"交错的著名的第二部分明显不是供人私密阅读的：

> 迈纳德斯向前猛奔去，
>
> 　　像头鹿，
>
> 　　像头鹿，——
>
> 　　·················
>
> 遇见上帝时，你也要如此，
>
> 　　心骤停……
>
> 　　心骤停……
>
> 　　　　　　　　　　　　　　　（Ⅱ，227—228）[47]

诗歌各主题的发展也是通过格律来展现的：在描写迈纳得斯等待"潮湿神"狄奥尼索斯到来时用的是五音步扬抑格（这是德国浪漫主义常用的格律之一 [48]），在迈纳得斯的话中，各种扬抑格开始混沌地交错，表明神的显现，而诗的结尾在格律方面和"狂喜方面"都是同质的。

本部诗集在内容方面的重要特征是基督教和古希腊罗马象征体系的混合。其中只有《迈纳得斯》一首诗的《这就是燃烧的心》一章却有三首卷首题词，这些题词不仅把这一章献给季诺维耶娃-阿尼巴尔（第一次发表时这首诗曾是献给格·丘尔科夫的），也为阅读提供了语境。最后一段卷首题词因此尤为重要："献给她，/当她燃烧的心脏/停止时，/在这个 / '带有剧烈跳动的心脏' /（Παλλομενη κραδιην /——如荷马所唱）/的迈纳得斯的形象中/我认出了

／她的命运和面容。"（Ⅱ，225）最初这首诗取名为《没药调和的酒》，喻示一种宗教礼仪——让被判死刑的人喝上一杯这种麻醉饮料，也就是当初基督在同样处境下拒绝喝下的酒。如此看来，这首诗描写的是古希腊或基督教的"牺牲前"状态（《牺牲前》也是第一次发表时的标题），这完全符合伊万诺夫《希腊的受难神宗教》这组文章的基本思想。这首诗志在使读者也进入这种状态。

在《迈纳得斯》中还借用太阳和心脏喻示上帝的存在：

> 一颗盛怒的心，就像太阳
> 在清晨，
> 在清晨，——
> 一颗牺牲的心，就像太阳
> 在西沉
> 在西沉……

（Ⅱ，228）

这首诗写于1905年秋[49]。在《生活问题》杂志的最后一期，即第12期上刊登了伊万诺夫的两首诗的选段，选段的标题《太阳心》后来在《燃烧的心》中得以保留。引人注目的是其中基督教和多神教象征体系的互相干涉更为彻底。在他后来写的组诗并不简单的隐喻系统中，作为中心主题的一方面是太阳和基督教"受难神"之间可疑的相似性（试比较："几世纪来你想把基督-赫拉克勒斯的／受难荆冠称为自己的！"，摘自《太阳颂》一诗），另一方面则是太阳和心脏之间的这种被宣称的"相似"。太阳对心说：

> "刺李的尖刺和宝石，
> 仿佛恭顺地加冕，
> 我受膏成为王！
> 像我一样被钉死吧，
> 张开自己的怀抱，

214

　　　　然后燃烧，燃烧，燃烧！"

（《太阳的约言》，Ⅱ，234）

　　太阳和心相近似是二者融合的必要条件。于是心对太阳做出了如下的回答（尤其值得注意的是，《太阳心》这组诗在《生活问题》发表时采用的是太阳和心的对话形式，后来收入诗集时又改变了）：

　　　　待到复活后，我们将融合
　　　　显现的容貌，隐秘的容貌，
　　　　你中有我，我中有你！

（《太阳分身》，Ⅱ，236）

　　"太阳心"这个总象征在组诗中以各种方式得到变奏。他意译了一首莱奥帕尔迪的《写给自己的诗》，刊行时题名改为《你跳得很厉害》，其中太阳心被描绘成"欢快地被钉死的／忧愁地胜利的！"（Ⅱ，233）而他本人写的《太阳的合唱》的末句是"太阳是诸太阳心之心！"（Ⅱ，231）然而组诗中的9首诗当初是以不同的选段被发表的，只是在收入诗集时被串连起来。在意义上最接近最终版的是在《生活问题》上第一次发表的选段。这几首诗的主题和题材坚定的统一给人留下深刻的印象，这是伊万诺夫这个阶段生活和创作的写照，是他社会宗教道德观的写照：他信奉人应为全人类而"共同被钉十字架"，为了这一事业他坚决抵制个人主义。这种统一也带有传记性质，作者在编纂这组诗时是很看重传记色彩的。

　　贯穿这组组诗的主题是描写上帝的感受、个人的神秘主义体验和与后者相关的个体的变革。"太阳心"这个中心形象为几种传统揉合而成。其中最为明显的就是"被革新的"人、尼采的查拉图斯特拉的太阳符号系统。"盲太阳"主题在这组组诗中起着提纲挈领的作用，它又是《太阳颂》一诗的基础。太阳在这首诗中被称为"盲人向导""爱的盲者"，对太阳来说光是没有的："光不会照射你们——于你们而言没有太阳！"因之太阳神就是"看不见自己前方路途者"（Ⅱ，230）。[50] 组诗《群蛇与诸日》（曾在1905年的《北方之花》上

215

发表）尚在国外时就已汇编，其中也充满了尼采的各种思想，这组组诗的第一篇就是《太阳颂》。其中应该特别提及的有永恒回归思想，这种思想以蛇为象征，而查拉图斯特拉的标志物就是蛇；还应提及同样与蛇相联系的智慧主题——它同样存在于组诗《世纪之歌》中，并且是由"毒药"（最高知识）主题承载的。另一方面，组诗的主要形象、"太阳式"主人公补充并发展了俄罗斯现代主义的太阳题材，它包括（超）人的自我证明主题——"与太阳争讼"（帕斯捷尔纳克）和神话神秘主义（巴尔蒙特的《我们将像太阳……》，高尔基的《太阳的孩子们》和安德列·别雷的《蔚蓝中的金黄》）[51]。

《个人主义的危机》（1905）一文可作为伊万诺夫的"太阳"象征系统的一个优秀注释，不仅因为它提供了一份各种文化语境的列表，还因为能帮助解释主要的悖论思想——认为抗神论和神在论、尼采主义和牺牲精神、个人主义和聚合主义是同等的。应在这种思想范畴内探寻"以马忤斯的太阳"主题产生的起源。这个主题第一次出现在《群蛇曾是我的女友》（1904）一诗中，这首诗后编入作为伊万诺夫对恶和情色题材进行反省的组诗《群蛇与诸日》中。这种反省的具体由头是在勃留索夫《我的心又碎了》一诗中宣布比起善他宁愿要恶——这是他对自己、尼·彼得罗夫斯卡娅和安德列·别雷之间复杂的关系进行沉思的结果。而伊万诺夫运用但丁和福音书中的象征体系对此作出了答复：

> 我像奴隶被蛇死死盘绕，
>
> 痉挛中呼唤蛇咬的烙印；
>
> 但最终考验的火焰
>
> 念出咒语，于是我的时日
>
> 因以马忤斯的太阳而泛金光。

（Ⅱ，291）

在但丁笔下惩罚盗贼的手段是让蛇噬咬，只是使受惩罚的盗贼遭到阵痛后又马上死而复生。而基督在被钉死后却在以马忤斯向两个门徒显现。这两种复活之间的对立教导了勃留索夫，什么是真正的从恶中复活——就是在受难之

216

后复活。帕特里克·戴维森研究了这首诗后，公正地指出了起初也被收入同一组诗而在《燃烧的心》中被置于《群蛇曾是我的女友》之前的加泽勒体诗《复活》（其拉迪夫是"群蛇与诸日"）①，这首诗的这种布局就像是诗人在陈述来自但丁的地狱同一层的观点（"深处隐秘的自由奔放"，Ⅱ，290）52。其后的一首诗题名为《蛇的盘绕》，它明显地发展了但丁塑造的形象，何况蛇在基督教义中就是罪恶的象征——这首因闹出风波而人尽皆知的情色题材诗在初刊时题为《维纳斯的形象》53。基督教关于受难后得以复活的思想与狄奥尼索斯关于罪孽是通向神的道路（罪孽即受难）的思想在诗中被拿来对比，这一点在《透明》诗集的《恶的十字架》一诗中就已提过一次。

如此看来，"以马忤斯的太阳"主题发展了本诗集第一编太阳象征系统的基督教和神秘主义方面。就连词组"燃烧的心"本身也正是在这一主题内部产生的，它典出圣经武加大拉丁译本54，基督在以马忤斯显现的情节构成了伊万诺夫《通往以马忤斯之路》（1906）一诗的背景，诗中直接提及了因上帝在场而"燃烧"的"心"：

> 路上有个行迹古怪的人
> 纠缠我们，对我们说道，
> 上帝如何赴死，如何殉难……
> 于是心呼吸急促，开始燃烧……

（Ⅱ，264）

因此可以说，诗集《燃烧的心》中的《以马忤斯的太阳》这一编收录的诗，表述的都是基督教与狄奥尼索斯神秘主义体验一致性的题材。值得注意的是，其中大部分诗篇都是写给伊万诺夫同时代的也曾触及过神秘学题材的作家和哲学家的，他们中有谢·布尔加科夫、尼·别尔嘉耶夫和尼·明斯基，而组诗的最后一首宣言式的诗《阿提卡和加利利》在第一次发表时是献给吉皮乌斯的。这种题

---

① 加泽勒是近东、中东文学中一种重要的诗体，每节两句，一般总共5～15节，节与节之间的内容松散相关。哈菲兹是加泽勒诗体规范最重要的确立者。加泽勒诗每一节的第二行都会在韵脚后用同一个词或词组结尾，此即为"拉迪夫"。——译者注

材的诗作中最重要的是他与梅列日科夫斯基进行诗体辩论，后者在《赞成还是反对》一文中提出了基督和狄奥尼索斯的问题。伊万诺夫的回应，《面孔》（初次发表时题名为《面孔还是面具》）这首诗，一开始就把古希腊和基督教传统、"晦涩者"赫拉克利特的引文（后来以其作为长诗《火的审判》的卷首题词）和福音书中广为人知的情节融合在一起："火会审判一切！它不会对我们的心撒谎：/忠诚的领袖带领我们朝黄昏中的以马忤斯行进。"（Ⅱ，265）[55]

伊万诺夫塑造的"太阳"主人公已从诗歌中走出，进入了他的生活。1906年春在塔楼产生了一个友好的团体，名为"哈菲兹之友"[56]。在这个组织与文学创作计划不可分割的"生活创作"计划中，有一项内容是为其成员授予别名，不过它只能在这个团体内部使用。伊万诺夫的别名有两个，一个为鲁米（哈菲兹抒情诗的一位主人公），一个为许佩里翁，季诺维耶娃–阿尼巴尔则为柏拉图《会饮篇》中爱的女祭司狄俄提玛。为庆祝"哈菲兹之友"聚会，诗友们写了一些诗歌，伊万诺夫也欣然命笔，其中两首后收入《燃烧的心》诗集，组成了组诗《哈菲兹之帐》（《痴迷》编，342—343），还有一首没编入诗集正文，作为此编的注解发表（738—739）。除此之外，"哈菲兹之友"们的交流还激发了《复春的佩特罗尼乌斯》和《时代错乱》这二首同样收入《痴迷》一编（332—333）的诗。瓦·努韦尔在这个圈子内的名字叫佩特罗尼乌斯和复春，第一首诗就是献给他的；《时代错乱》则是他写给安提诺乌斯的，这是米·库兹明的"哈菲兹"名[57]。最后，对哈菲兹创作的兴趣也致使伊万诺夫自己的诗歌中出现了加泽勒诗体。

许佩里翁在古希腊意为"天神之子、高天之子"，提坦许佩里翁之子赫利俄斯也是这个意思——因此许佩里翁成了太阳神的另一个名字。这样一来，伊万诺夫两个"哈菲兹"化名中的一个也就延续了他诗歌的太阳神话。组诗《哈菲兹之帐》的第二首诗是为小组于1906年5月22日举行的第三次聚会而写，手稿上用的标题为《许佩里翁的幽怨》（Ⅱ，343）。这首诗还有另一个题目《酒神赞歌》，它是许佩里翁–伊万诺夫向"哈菲兹"诗友们发表的演讲。"殉难之友们"都忙于情色题材（"人人都因无忧的欢愉而放松"）和饮酒（"巴库斯为你们击钹"），而许佩里翁本人获得的却只是"恶刺"和"毒针"——那是"厄洛斯射来的宿命之箭"。赫利俄斯将自己的处境视为折磨，与此同时"太阳组诗"的

217

各个主题又在此复现："我的心在如此疲惫、多疑地受难——／麻木到连惊愕和祈祷都不能！"他的处境被拿来和圣巴斯弟昂这样的殉教者作对比，这样也就再次重复了太阳殉难的主题：

> 赤身裸体被绑在柱子上，
>
> 我像个被判死刑的囚犯！
>
> 厄洛斯统领着你们，
>
> 我的殉难之友们，
>
> 在这残酷的联盟中，
>
> 每个盟友都用太阳眼，
>
> 瞄准我丰满的胸脯，
>
> 射出一支支利箭……

218　　　从这首诗就可以清楚地看出当时各种思想异常活跃，"哈菲兹"同仁们的思想正是在这些思想中产生的。显然，小组全体成员对哈菲兹的接受都是透过了不同的文化折射，其中包括歌德的《东西诗集》和弗·索洛维约夫的译文 [58]，当然还有普希金的《译自哈菲兹》以及奥古斯特·冯·普拉腾同性恋诗歌的影响 [59]。"哈菲兹主义"的主要激情是种独特的"重估一切价值"：他们宣称懒惰是一项大事业（按库兹明的话来说即是"隐韬晦略的赋闲"）[60]，情色内容是通向神秘学的路径（"赠您设拉子的玫瑰／还有销魂的梦幻"，引自《许佩里翁的幽怨》），欢愉绝不意味着轻佻，美酒的作用不是醉人，而是愉悦精神。可想而知，团体内几个成员（米·库兹明、康·索莫夫、瓦·努韦尔）受社会指责的同性恋倾向对这种价值重估的影响并不是可以忽略不计的。库兹明在得知成立"哈菲兹小酒馆"的动议时，以为这是在组织邀请了各路"司酒人"（"Hafiz-Schenken"——"哈菲兹司酒人"）的同性恋聚会。伊万诺夫在《许佩里翁的幽怨》中就描写了"太阳心"许佩里翁与他那些唯以调情和亲吻为乐的同性恋友人之间的冲突。1906年夏，在季诺维耶娃—阿尼巴尔缺席的情况下，这一矛盾终于得到化解——而在伊万诺夫亲近的名字中将会出现尼采的《快乐的科学》[61]。

伊万诺夫对年轻的"哈菲兹之友"谢·戈罗杰茨基的爱恋使他投入了写作抒情诗的又一个热潮。勃留索夫中肯地指出，应将伊万诺夫的组诗《厄洛斯》"视为一首连贯的抒情长诗"[62]。组诗有两首卷首题诗，第一首说明这些诗是献给谁的，作于何时："你的名字像和谐的芦笛声让心忧伤，/你知道，我戴上了柳冠，又是为谁编织你的桃金娘，/从秋月的摇篮到第二次残月，/一九零六，那年我的生活因明媚的春天而忧郁。"（Ⅱ，362）这样一来，诗人自己将结集的时间定为1906年9—11月，这在细节上与实际情况不符，可大体上这确是实情，因为诗集是一个统一的抒情文本。

猜恋人名字"字谜"的主题也出现在组诗《金幕》题献为"给利季娅"的第十首十四行诗中："你的名字为何能使人沉醉？/是吕底亚笛声的游戏么……"（Ⅱ，388）由此看来，《厄洛斯》的献诗也是根据同一原则构建的——其基础便是"谢尔盖"（Сергей）和"芦笛"（свирель）之间的谐音①。作为醉酒、情欲、性、神秘、无法遏止的爱恋之象征的芦笛是《厄洛斯》的一个重要主题。试比较这本诗集的第一篇《蛇》，其中有这样的诗句："我吹一声心爱的魔笛，/顿时觉得心醉神迷。"（Ⅱ，363；在《坎佐纳2》中又重复了这组韵脚，Ⅱ，422）使人神魂颠倒的芦笛和笛子是狄奥尼索斯和巴库斯的标志物，而诗集中施爱者的形象是和这两位酒神联系在一起的。这也为我们解读《巴库斯的召唤》一诗中的形象——"你如酒般双目的芦笛"（Ⅱ，369）提供了一把钥匙。《来自遥远的地方》一诗未被收入《厄洛斯》，诗中所提到的"芦笛的音调"并非巧合地使人联想到能让人产生异常感念的夜晚，它是发自人心底的"幽暗深渊之声"（Ⅱ，306）。在《等待》（组诗《北方的太阳》中的一首）一诗中，也写到了夜晚，这是一个受到评论家讥讽的形象："从遥远的地方/蛤蟆发出芦笛声"，至少在当前语境下，这一形象也就不言自明了（《沉默在心中的……是爱的忧伤》，Ⅱ，321）。

伊万诺夫在1906年8月1日致季诺维耶娃-阿尼巴尔的信中描述他对戈罗杰茨基的感情时，除了用诸多文学和神话语境诠释自己的感情外，还提到了

219

---

①"吕底亚"谐音"利季娅"，即季诺维耶娃-阿尼巴尔的名字，而与"芦笛"谐音的"谢尔盖"则是戈罗杰茨基的名字。——译者注

阿·康·托尔斯泰《在喧闹的舞会上，偶然……》（1851）一诗的最末一行：
"我等待过——而且我说过，我依然在等待——你的到来，有一双迷人眼睛
的神秘青年巴库斯！我不知道到来的是不是你，我还不知道，'但我……觉
得……我……爱……你'。"[63] 对这一文本的引用使我们有权将阿·康·托尔斯
泰的这首诗列入对构建诗集中的施爱者形象而言最重要的语境组合之中。以下
是这首诗与之前我们已经讨论过的那些主题相关的第二节：

> 眸光里充满了忧伤，
>
> 召唤声是那么芬芳，
>
> 恰似远方传来的芦笛声，
>
> 恰似起伏难平的海浪。

　　下一节的首句"我喜欢你俏丽的身躯"也可以与伊万诺夫诗集中爱情抒情
诗的描写对象的种种特征相对照："小窗边洁白的／是你少年的身躯……"（引
自《晨》，Ⅱ，365）。要理解后一特征，关键就是要明白其中各种私密、小圈
子和文学含义的混合：在《晨》中施爱者将对方的匀称身材比作白桦，其中的
某种语境只有伊万诺夫和戈罗杰茨基知道。"哈菲兹"成员在努韦尔家举行的一
次聚会上，戈罗杰茨基就曾被比喻为白桦。这个比喻在季诺维耶娃-阿尼巴尔的
讽刺剧《歌唱的驴》中也使用过，而且戈罗杰茨基本人也曾表示过，他对白桦
有种深深的爱恋之情[64]。诗集中的许多形象处于这种彻底盘根错节的背景中。
譬如，所有了解"哈菲兹"和"提阿索斯"两个小圈子内情的人都知道，作为
《燃烧的心》组成部分的诗集的第二首卷首题诗（写下时季诺维耶娃-阿尼巴尔
已故世）中，狄俄提玛的名字代替了季诺维耶娃-阿尼巴尔名字（"狄俄提玛，
你可知道，戴着柳冠的我，你的歌手／在为谁编织桃金娘？……"Ⅱ，362）而
要阐释《厄洛斯》中写给狄俄提玛的那些诗，很重要的一点就是要记得这是柏
拉图的《会饮》中爱之女祭司的名字：《蛇》《疗伤者》和《火山口》中她就
和厄洛斯、情色题材联系在一起（"鹰被可恶的绳索缚住，他挣扎着"，"伊西
斯，抹大拉，／哦，多露的山谷"，"哦，毒刺恶魔，厄洛斯祭司！"）。狄俄提玛
还有第三种含义，尼·亚·博戈莫洛夫正确地指出[65]，许佩里翁和狄俄提玛这

对恋人的形象投射了荷尔德林的创作——长篇小说《许佩里翁或希腊的隐士》和抒情诗,其中爱上男主人公的狄俄提玛一方面是作品中的人物,另一方面是诗歌献给的对象[66]。我们在解读诗集中的"厄洛斯"时就应该采用这种视角。他既是古希腊的爱神厄洛斯——而晚期希腊神话中厄洛斯的弟弟安忒洛斯在诗集中出现(II,375)就并非偶然——又是柏拉图作品中象征顺着爱的阶梯向美爬升的厄洛斯,也是普通的尘世情爱[67]。

伊万诺夫1907年9月27日从扎戈里耶写信给勃留索夫,想解释清楚关于"神秘主义无政府主义"的立场,信末写了一段愤怒、冗长的话。[68] 这段话的语气之所以如此强硬,显然不仅是因为他对勃留索夫攻击"神秘主义无政府主义"立场感到愤懑,还因为他希望尽快出版自己的诗集,因为作为一本题献给勃留索夫的书,它应该凸显出两位作家曾经的团结。[69] 诗集诗稿的重新整理工作始于季诺维耶娃-阿尼巴尔死后不久。1908年1月8日伊万诺夫写信告诉勃留索夫:"整理工作基本结束,剩下的工作就是把诗稿按新计划编排一下,把某些在某处发表过或抛弃在废纸堆里的旧稿重新誊写一遍"。看来所谓"重新编排"显然还是没有打破原有的"三部曲"的主体结构[70],那就是《燃烧的心》—《镜之镜》—《厄洛斯》。[71]

妻子死后的一年里伊万诺夫无心从事文学活动,这使得他的诗集再次延期出版。只是到了1908年春他才发表了组诗《晚祷》,这是他与妻子共同生活的最后一年即1907年的夏天创作的。伊万诺夫本人在1908年11月7日致勃留索夫的信中称自己的行为是"'不接受'文学",而这是"凝神"所必需。尽管如此,伊万诺夫内心隐秘生活的种种不寻常事件以及他对通灵术和神秘学兴趣开始深化都把他的创作推向一个高潮,并开启了新的诗歌探索。伊万诺夫在同一封给勃留索夫的信中就已提到一部新的"抒情诗集",题名为《爱情与死亡》,内容是"纪念亡妻的坎佐纳和十四行诗"。伊万诺夫建议将他已写出的新诗(当时计37首)以单行本出版,这与他当年出版《厄洛斯》时的情况一样,唯一的差别在于勃留索夫拒绝了这个要求,只同意将新诗作为增补与旧作合并出版。诗人对这种模式也感到很满意,因为他认为新的诗集完全能够添加进已经就绪的诗集布局中,从而构成了整部诗集的"结构匀称性"[72]。于是原诗集中就又增补了一编,尽管伊万诺夫有尽快出版这些诗作的"道德需求"[73],但这一编却注定

221

还要扩充。内容的扩充延宕了出版时日，伊万诺夫1910年1月3日再次致信勃留索夫，在信中他抱怨说："我纯粹没有把《燃烧的心》印出来的意愿。"勃留索夫对此满怀激情地责备道："《燃烧的心》对我们而言远不仅是一本必不可少的书。它的出版每拖延一天都是你对俄罗斯文坛，对俄罗斯社会，对整个俄罗斯的犯罪。"[74]

《爱情与死亡》是伊万诺夫诗歌创作的一个转折点。一向看重诗歌创作形式的伊万诺夫从其彼得堡阶段初期探索的核心——模仿仪轨文本（咒语、赞美歌等）的经验转向了精练的诗体形式。从此十四行诗、十四行诗冠、坎佐纳、六行诗节、评注诗诗成了他开始采用的诗体，他在1910年所写的《象征主义的约言》中论证了自己的立场。而诗歌的内容则常常是描写幻觉，在这种幻觉之中伊万诺夫或借助本人的力量，或借助神智学者安·鲁·明茨洛娃同亡妻"幽会"[75]。在这种情况下正是诗歌的形式成了诗歌的内容，比如说，十四行诗这种形式即刻会使人联想起但丁《新生》的象征性、幻想性文本，而《爱情与死亡》本身也是以《新生》为定位的。帡幪、罩布主题不仅在题材层面，而且作为对自身诗学的反省（组诗《蔚蓝的帡幪》，十四行诗《致读者》）都显得尤为重要。

1910年夏伊万诺夫又写了一组诗，于是他对诗集进行第三次增补，这组诗是全书最后一编《玫瑰园》（Rosarium）的基础。那年夏天他还有一个计划，即把整部诗集分为两卷本[76]，以季诺维耶娃-阿尼巴尔去世日为界，此前写作的作品为第一卷（包括我们熟悉的篇章《燃烧的心》《镜之镜》和《厄洛斯——金幕》），此后为《爱情与死亡》和《玫瑰园》组成的第二卷。然而也不尽然，因为被列入第一卷的也常有一些1907年后的诗作。

《玫瑰园》是对玫瑰这同一个象征的无穷发挥，在不同的神话、文学和神秘主义传统（伊万诺夫本人直接指出的有亚·维谢洛夫斯基和叶·阿尼奇科夫的民间文学题材）基础上，用最多样化的诗体形式，从不同角度阐明这个象征。结果玫瑰象征就和世间一切事件和现象有了关系。从这个意义上来说，这一编就是同一主题诗歌的汇集，难怪天主教的祷文集也叫《玫瑰经》（Rosarium）。

5

1912年夏，维·伊万诺夫筹备出版另一部诗集《温馨的秘密》，当时他和 222
妻儿住在萨伏依（法国北部）小城内维塞尔不远处的一座别墅里。在这本诗集
中，伊万诺夫想对刚发生的这起事件（与薇·康·什瓦尔萨隆的联姻）给出自
己的诗歌陈述，把彼得堡文学界关于他的沸沸扬扬的传闻扭转到形而上层面，
并继续同文学界的朋友和志同道合者进行诗歌对话。

《温馨的秘密》这部抒情诗集于1912年底由荷赖出版社出版。由于当时伊
万诺夫正在国外，因此他把书稿寄给了彼得堡的诗人阿·德·斯卡尔金，委托
他办理出版事宜。筹备出版的工作是秘密进行的。伊万诺夫写信给斯卡尔金，
称这本书"不仅书名上有'秘密'二字，本身也要对所有人保密"[77]！这本带
有题献"给诗人亚历山大·勃洛克"的诗集收入的是两种诗歌，一种是"纯粹
就是艺术品"，维·伊万诺夫认为它们是"伪装过的承认"，另一种是为特定场
合所作（ad hoc）的"无遮无拦的抒情"。两种诗歌汇于一体，这也是作者外在
生活的反映，当时与这"温馨的秘密"有关的事件使他一度与昔日"塔楼"聚
会的参加者们疏远。诗集有两个标题，相应也就有两种主题，"面具下的""温
馨的秘密"形象展开了维·伊万诺夫生平中一个具有符号性的片断，它被他阐
释为是上界"注入"了现实生活（伊万诺夫之子、利·德·季诺维耶娃之孙
德·维·伊万诺夫的诞生，被诗人看作生对死的战胜）；而另一编题目为《雷普
塔》①，则把志同道合的诗友们召集到"诗歌的会饮"上来。以往的诗集中，献
给同时代人的诗歌进入文本的躯壳，构建统一的抒情情节，而《温馨的秘密》
则一改诗集结构的常态，"私人"诗和"公共"诗被打散为两个不同的章节。
维·伊万诺夫在诗集的前言中写道："作者将这些付梓的诗作进行检点，不禁第
一个感到窘迫：这些不同的东西本不可杂烩在一起的。"两编的结构有所不同：

---

① "雷普顿"为古希腊面值最小的货币，"雷普塔"则是其复数形式。马可、路加福音中都
有"贡献自己的莱普塔"（和合本圣经译作"投了两个小钱"）的表述，象征做了力所能及的贡
献。——译者注

《温馨的秘密》中的诗由贯穿性的抒情主题连接起来，而排列上除了一些微小的偏题外，都符合时间顺序；而《雷普塔》这编则相反，它是根据"扑满"的原则构建的，收入的都是些"诗的细枝末节"。在第一种情况下，借助"神秘和仪轨元素"，缪斯和"尘世艺术"的疆域发生扩展，而在第二种情况下，往"艺术的区域"中引入了传记和日常生活的内容。

"秘密"这个形象是维·伊万诺夫的一个重要的美学理念，它充斥于他的各种诗文中，这位诗人、哲学家借助其艺术世界中的这个普世范畴来描绘爱情、创作和宗教。伊万诺夫1917年在一篇自传中追述了他的一位中学同学曾"用纯粹的未卜先知"料到他将来必定会成为"超凡脱俗的诗人"[78]。伊万诺夫在一部草稿中指出，"基督在现世上是无处不在的"，这就隐含着一个秘密："基督的秘密就是人的秘密"；对万物的"秘观"是其重要的艺术手法之一，而"爱的行为"则被诗人视为"编织世界灵魂的宇宙躯体的仅有活布"的"秘行"，他坚持认为"教会在圣礼的奥秘之外没有躯体"。

"温馨的秘密"这一形象直接取自于席勒的警句诗《荷马头像印章》：

> 忠诚老迈的荷马！请谨守这温馨的秘密！
> 恋者心中的幸福只应托付给诗人！[79]

这首警句诗后收入组诗《碑》（德文为《VotIVtafel》，来自于拉丁文tadula votIVa，意为"还愿碑"）。这种"还愿碑"被逃脱了凶险的古罗马人悬于庙宇之中。这首诗与"温馨的秘密"在伊万诺夫创作和生活中所起的那种"魔力"作用息息相关[80]。在伊万诺夫看来，利用抒情诗讲台来宣传宗教哲学思想暂时显得不是多么迫切了，而诗歌创作的新使命已变为抒情自白："我的生活在歌声中敞开了。"

6

1905年在《亚述的北方之花》丛刊中发表了三篇剧作：勃留索夫的《大

地》、巴尔蒙特的《三次花期》和维·伊万诺夫的《坦塔洛斯》。这三部剧作
都将俄国象征主义戏剧的多样性表现得淋漓尽致。这种多样性此前只是通过理
论著作和自发性试验为人所知，而现在却成了文学生活的恒常现象。按照伊万
诺夫的构思，悲剧《坦塔洛斯》是描写抗神精神的主人公及其叛逆的后裔的三
部曲的第一部，它被引向研究个人主义及其在摆脱造物主的辖制、获得个人最
高的精神自由和独立的过程中的作用。维·伊万诺夫双管齐下，一面写作《坦
塔洛斯》，一面写作三部曲的第二部《尼俄柏》。这位坦塔洛斯之女的血管里
流淌着不安分的血液，她是处理同一个问题的坦塔洛斯的变体可能性。滋养了
女性抗神精神的是另样的欲望，女性的抗神精神有着自己的道路。伊万诺夫认
为，女人在天性上是一种悲剧性生物，女人就是"双重性"：她爱着男人，却又
为着自己的独立同男人斗争。因此伊万诺夫认为，"悲剧的未来命运与未来女人
的命运及其类型密切相关"（Ⅱ，202）。随着《坦塔洛斯》的封笔，伊万诺夫再
无心写作《尼俄柏》了 [81]。虽然三部曲未能成就，但它讨论的问题在伊万诺夫
后来写作的悲剧《普罗米修斯的子嗣们》中借由神话化的人类世界史的素材以
更宽泛的方式被再次提出。这部悲剧写于1907年，发表于1915年，是伊万诺夫
关于人类未来的神化，及人类活动所有阶段和道路之目的论的总结性的（就革
命前阶段而言）人类学和历史哲学观念。

224

在悲剧《坦塔洛斯》的开始，主人公坦塔洛斯，宙斯和宁芙仙女普卢托
（意为财富）之子，被呈现于自我确立的顶峰。他得意洋洋地感受自身"我"
过剩之充盈的同时也感到无所希冀的困扰。作者认为，这种"路西法式"的对
个性的极端确立并不是一种创作状态。在生命充实而带来的无私果敢中——完
全就像尼采说的那样，坦塔洛斯偏离了完整与和谐，同时向诸神发出挑战。他
渴望逾矩所带来的愉悦和"赤贫的真福"。他自愿走上了下凡的道路，像个真正
的悲剧人物那样，为自己选择命运："要敢做敢为，这是命运给我的安排，我这
样做了，死而无憾！"坦塔洛斯认为在他行动的那个瞬间，即盗取不死神食那
一刻，相当于永恒。正是这种"瞬间哲学"歪曲了下凡的宗教实质，亵渎了创
造性的冲动，暴露了悲剧性主人公的罪愆。坦塔洛斯对世界秩序的反抗最终是
徒劳的。凡人不敢为自己赋予天神的命运（神食可使食者不死，也可揭示每个
人的本性）。敢觊觎不死的只有奴隶般反抗，却毫无创造性的个人主义者伊克西

翁和西绪福斯。坦塔洛斯的下凡与狄奥尼索斯式的生命自发力量有相似之处，但前者并没有克服对人类能力的个人主义式理解（"活着就要敢做敢为，或者卑躬屈膝"），他没有感到歌队所知晓的那种聚合性统一的狂喜。他在自身的存在得以充实后从不为世界贡献自己的力量，与世界格格不入。主人公种种努力的徒劳在结尾的形象中得到强调："熄灭了的"坦塔洛斯手执一个大大的空球游走在阴间。克服个人主义，乃至克服英雄式利他性的个人主义问题是这部悲剧形形色色的主题中占主导地位的一个。伊万诺夫认为，"聚合性"意识在伦理上优于"超人"。这部悲剧真正给人教益和净化的并非主人公的命运，而是歌队意识的变化，他们在谴责个人主义反抗的同时，从中悟出了自我牺牲的冲动，并用自己的同情让主人公归附人民的心灵。他。

225 　　左翼报刊对《坦塔洛斯》发表了一些轻蔑的评论。其中一篇文章称这部悲剧的语言是"野蛮的"（彼·谢·科甘）。而象征主义者的出版物则对维·伊万诺夫所进行的认真的试验表示赞许（勃留索夫、丘尔科夫）。勃洛克在《论戏剧》（1907）一文中写道："象征主义戏剧出现在俄国……是一种偶然现象，它是舶来品，表演起来带有异域的情调，勃留索夫的《大地》如此，维亚切斯拉夫·伊万诺夫的《坦塔洛斯》亦如此。"（勃洛克，V，169）这种论断中暗含潜在的指责。而梅耶荷德则急着将《坦塔洛斯》（还有勃留索夫的《大地》）誉为俄国象征主义戏剧的"文学先声"[82]。

　　维·伊万诺夫确有这种意向，他在1904—1906年撰写了系列文章，把演剧和戏剧问题摆到象征主义理论及其社会宗教和美学任务的中心位置。伊万诺夫认为古希腊悲剧可以径直作为人们正在寻找的当代神秘剧的原型，这种神秘剧应植根于全民族神话，可使表演者和观众、知识人士和普通百姓融为一体。在他看来，未来的戏剧是全民意志诉诸的载体，能够解决民众精神和社会政治活动中最为重要的问题。伊万诺夫在社会和文化上的乌托邦以宗教和戏剧上的乌托邦形式体现出来。伊万诺夫认定戏剧有通神使命和美学外在性，于是他就排斥了亚里士多德的戏剧理论，在他看来这会导致外在动作的模仿性演剧。伊万诺夫认为，整个戏剧史就是在不断偏离献祭牺牲性质的宗教、村社表演（其悲剧主人公的面具是"受难神"，首先是狄奥尼索斯的种种容貌之一）并走向对立的极端，其特征是舞台和观众的分离以及面具的客体化（莎士比亚和古典主义者们）。伊万诺夫预言，舞台要回归到狂欢祭仪的表演上来。剧中人的面具也要恢复成透明的，透过它可以看到"神灵的面目"。因此，戏剧作家应该讨论"全面和普遍的"现象，剧情则应该是"绝对的"，[83] 并与世界生活的主要进程相关。伊万诺夫甚至拒绝作为独立单子的剧中人物系统。诺斯替教派认为，人类是一个单一的存在（即"单人主义"——монатропизм），伊万诺夫据之教导人们要把剧中所有人物视为"单一的全人类'我'的面具"，把剧中人的命运视为全人类命运的集中体现。这样的戏剧不打算对具体的生活、习俗、性格、真实动作和情节做任何具体描写。

作为戏剧作家的伊万诺夫竭力坚守自己的种种极端预设。然而他在鼓吹全民艺术的同时也深感自己有从事"祭司式神话创作"、领导宗教生活的志向，于是写下了一些有秘教教化意义的作品。"秘法家"的宗教贵族主义与其社会民主倾向发生了碰撞。要阐释他的悲剧作品，就要对其进行文化和哲学、文学史等多方位的冗长注释，因为这些作品表达的关于世界秩序和神人形成的悲剧性道路概念就是如此复杂，他引入的那些广阔又往往少有人知的神话材料在象征意义上的着重点转换就是如此强烈。甚至被伊万诺夫吸引、研究过其创作的作者们也不敢解读他写的悲剧作品。比如，法·弗·泽林斯基对古希腊戏剧颇为熟悉，并与伊万诺夫共同研究古典哲学，他也称悲剧《坦塔洛斯》像迷雾重重的大海，他只能指出他所捕捉到的其中的些许思想。[84]

伊万诺夫在从事戏剧创作初期有着明显的复古倾向。他很看重古希腊悲剧结构本身之中对鲜活宗教意识的表现，而这种意识是由神话所滋养的。因此吸引他的戏剧作家不是欧里庇德斯，也不是索福克勒斯，而是埃斯库罗斯，他曾将埃斯库罗斯流传下来的七部悲剧都用原著的诗体翻译出来。

在伊万诺夫的《坦塔洛斯》和《尼俄柏》中（值得注意的是，这也被认为是埃斯库罗斯失传的两部悲剧的剧名）可察觉到诗人在布局上、诗体（三音步抑扬格）上和语言上同埃斯库罗斯悲剧的常用形式的联系。然而情节神秘剧般的规模和抗神者主人公的典型使伊万诺夫得以将这两部"埃斯库罗斯式的"悲剧转化为象征主义的作品。伊万诺夫将有关坦塔洛斯、西绪福斯、伊克西翁和尼俄柏的各种神话故事变体（荷马、品达、欧里庇德斯、贺拉斯和奥维德）混杂在一起，增强了这些神话变体的多维性，并且在不将神话进行公开现代化的

226

同时，在自己的悲剧中注入当代问题的元素。

　　依照古希腊典型来创作现代的悲剧作品必然要遇到将抒情诗转化为戏剧的问题。象征主义在文学上主要是在作为个人主义抒情诗的诗歌中确立起来的。伊万诺夫认为，悲剧的目的则应是达到表演者和观众的超个体的"合唱式"统一。虽然尼采关于抒情诗发展到最高阶段就会演化为悲剧（正如《悲剧从音乐精神中诞生》这个题目揭示的那样）的论断激励象征主义作家去创作戏剧作品，在个体创作的界限内达到数百年积累之结果的愿望总是落空。然而伊万诺夫在对宗教戏剧源头的思考过程中，发现联系抒情诗和戏剧作品的纽带乃是古希腊的酒神赞歌。表演它便可引起一个人"走出个人主义界限的狂暴"。维·伊万诺夫竭力复兴狄奥尼索斯的这种体裁，并将之引入象征主义的文学实践中来。前面已经提到，诗集《透明》的第四编就是由这种体裁的《伽倪墨得斯》《赫利阿得斯》和《被撕碎的俄耳甫斯》所组成的。它们的结构很简单，即合唱歌队与主人公的对白。这种合唱歌队是抒情元素的载体，其性质不是个人的，而是群体的（族属的），是狄奥尼索斯式的，其中饱含着希冀、预感、对主人公（命运的武器）的畏惧和为主人公（命运的牺牲）而生的忧虑。在表达为主人公而生的忧虑时，酒神赞歌与狄奥尼索斯剧以及悲剧之间的关联尤为明显。在这一编的特别注释中，伊万诺夫不仅强调了酒神赞歌作为悲剧核心的意义，还强调了它在狄奥尼索斯戏剧中的体裁独立性。[85]

　　无论采用的是古典形式，还是象征主义的变体，古希腊悲剧都不为社会所需，这一点也影响了维·伊万诺夫的创作。他的下一部悲剧《普罗米修斯的子嗣》历经十年才得以面世。它仍保留了古希腊戏剧的宗教重心，但就剧情的普世意义而言更是一部神秘剧。可是伊万诺夫在这里并无原则性创新，因为《透明》的第六编就是《神秘剧合唱》。

　　维·伊万诺夫试图以其新作激活业已走向衰落的象征主义，使人想起他在生活营造方面的主张。直到1916年伊万诺夫仍坚持认为"戏剧问题乃是我们今日经历的文化历史革命的中心策源地"（Ⅱ，218）。他在对《普罗米修斯的子嗣》作的情景说明中指出，表演是在舞台上进行的。这部神秘剧并不隐瞒它只是一场表演。伊万诺夫借鉴拜伦、雪莱还有——按照库兹明的看法——瓦格纳（《尼伯龙根的指环》）的经验，更新了悲剧的面貌。[86] 伊万诺夫1919年在这部悲剧再

227

版（题为《普罗米修斯》）前言中指出这部悲剧采用的是"浪漫主义的形式"，这表现在它的结构不合传统规范，合唱诗是押韵的，而对白诗却不押韵。

维·伊万诺夫本人承认他对关于普罗米修斯的神话进行了"自由的"演绎，与此同时也借鉴了从赫西俄德到俄尔甫斯教徒、诺斯替教徒的神话变体。而且，他坚持认为自己作为通神者诗人有权参与宗教创作。他在这篇前言中提醒人们注意，对神话的诠释被交还给了各部悲剧的作者们。他新创作的这部悲剧也从他以往的诗歌中选取了许多心爱的题材。悲剧的创作激励他又写出了一系列的诗歌作品，其中最突出的是"旋律创作"《人》，它仿佛是这部悲剧的补充，而从普世神秘剧视角来看它还完成了悲剧（不过不是悲剧这种体裁罢了！）。在维·伊万诺夫笔下，人类的整个形而上历史都是源于俄尔甫斯教关于天神的幼子狄奥尼索斯－扎格琉斯被提坦神们撕碎吞食的神话故事。这个神话故事的形象不止一次地出现在他的作品中（《尼俄柏》《普罗米修斯》《狄奥尼索斯的心》和《人》等）。狄奥尼索斯的神性肉体从内部将提坦们烧成灰，这些灰与粘土混合，人就是用它造成的。因此，人类本性上是神的承载者，他们会在将来的革新中成为神。这个神话故事就是秘存于伊万诺夫悲剧中的"超情节"[87]。

228

普罗米修斯对人们怀着慈父般的爱，将天火窃来送给人间，教会凡人从事手工业和农业生产。他知道，一切开创性行为（尤其是提坦的）都会破坏世界原有的平衡，招致反作用，引起一系列纷争。最后就会有报复和惩罚（这就是埃斯库罗斯所有悲剧的根源）。但人类没有别的获得自由的途径，普罗米修斯把人类因自由而导致的犯罪、手足相残的罪责揽到了自己身上，是他自己把死亡和罪孽投入了尘世。整部人类的历史在这部悲剧中得到了正名和一种只为入会者——火种的保存人——所知晓的崇高秘教意义。普罗米修斯点燃了人们心中的不驯精神和对世界的拒斥，以激励世人去改造世界。对俄罗斯思想界而言最紧要的神正论问题，即使没有被伊万诺夫彻底扬弃，那至少也是被搁置一边了。

普罗米修斯在这部悲剧中的形象，并非一种"典型"，也不是"性格"，作者只是把他视为一种精神真理的"想象性象征"[88]，这位提坦并非领袖，也不是人们敬仰的对象，却是文化和文明的首创者。通过这种"浮士德式"的道路人类才能达到"自立"，掌握"宇宙的纬线"。而自创生之日便为人所固有的狄奥尼索斯躯体的碎块保障了神人形成的目的论。在悲剧所描绘的人类意志的形而上谱系学中运转的，是象征性的角色、化身乃至讽喻。比亚和克拉托斯分别是暴力和权力的化身（正如在埃斯库罗斯的《被缚的普罗米修斯》中一样）。而地球上第一批不安分的居民、普罗米修斯的宠儿的名字也各有其意，他们是：阿尔卡托斯——"罪与罚的肇始"，奥托狄克托斯——"私刑"，倪克忒利俄斯——"夜间的"等等[89]，也就说他们的功能和范畴不仅仅是剧中人物。潘多拉也不是个独立的形象，她是普罗米修斯女性分身，是她的关联物。潘多拉是普罗米修斯取下自己的血肉做出来的，为了"大分裂"，为了向世界"播撒纷争种子"。此剧通过她塑造了一个悲剧性反抗的双重女性的象征性原型，伊万诺夫早在《尼俄柏》中就已被这种形象吸引。

　　世界大战极大地改变了俄国社会对宗教的兴趣，俄国社会也没像伊万诺夫预期的那样对《普罗米修斯的子嗣》表现出多大的关注。尽管如此，神秘剧中紧张地创造生活的激情，其形式的相对性，剧中人多种含义的形象性和情节的象征性都使我们能将其视为一部对象征主义通神戏剧而言完整的，甚至可说是正统的创作。预期和结果之间的主要矛盾之发展越来越惊人。伊万诺夫创造的形而上神话没有得到社会的明显回应和认可，只能充当他个人的"抒情诗"而已。尽管他构思恢宏，技艺卓绝，但他的作品还是备受冷落。他自以为他的作品对世界和人进行了深刻的解释，可它却依然只是饱学之士的闭门造车，一部在艺术方面亦无多大开拓的作品。

229　　一位现代研究者发现，维·伊万诺夫悲剧遵循的是陀思妥耶夫斯基道德世界观的一些特色原则。[90] 这一说法有一定的道理，因为陀思妥耶夫斯基的创作对象征主义整体，尤其是对伊万诺夫都具有非同小可的意义。大家知道，维·伊万诺夫曾极力支持莫斯科艺术剧院将陀思妥耶夫斯基的各部长篇小说改编成剧目的设想——俄国悲剧的诞生与这些小说也不无关系。但伊万诺夫具体实践立场的复杂性在于这种实践立场与他反亚里士多德的表演、戏剧理论发生了矛盾：因为"陀思妥耶夫斯基的戏剧"是一种亚里士多德式戏剧。两者还有一个重大的差异，即在陀思妥耶夫斯基小说和伊万诺夫写的悲剧中，主人公所处的道德世界的结构不同。如果说在陀思妥耶夫斯基的小说中道德世界的结构

是两极性的（善—恶），并具有叛教与复活的冲突，那么在伊万诺夫的悲剧中
人类的神化和人类的自由则寓于不可避免地隶属罪孽的行为之中。

如果只是把《普罗米修斯的子嗣》作为一部文学作品来读，那么其中许多
东西就会被忽视。"看来，维·伊万诺夫的《普罗米修斯》是将前社会主义的一
切普罗米修斯式人物概括无遗的一部作品。"阿·费·洛谢夫如是说，他曾高度
评价这部普世性、历史性神话的"深刻的谜底"[91]。但窃以为，对于这么一部
主要是把各种版本的讲述恶（诚然，并非"阿里曼式的"恶，而是"路西法式
的"恶[92]）也是一种基础性世界力量的神话精致混合起来的作品而言，"深刻的
谜底"并不是最准确的定义。

维·伊万诺夫正视舆论认为宗教的时代已告终结，但他相信另一种"新的
更为精致的宗教观"刚刚兴起。其实，他早就意识到，为一种没有新的教义、
没有圣名的宗教文化而斗争是有缺陷的、模棱两可的。他并没有成为异端教派
的领头人，但却自认为是"秘法家"。他就连在为新悲剧写的前言中也称，这
部悲剧中的普罗米修斯"乃是一种独特的建立在废除崇拜基础上的提坦宗教的
创立者和祭司"，并且讲明了"这种宗教未被歪曲的实质"[93]。和诺斯替教徒的
一样，伊万诺夫将自己宗教哲学上的混合主义（他称之为"亚历山德里亚式"）
定义为在所有的祭礼中体现真理的规则，以及创建一种普世宗教，或靠各种神
话及神话创作所滋养的具有"精致宗教性"的普世的神话基础。伊万诺夫用诺
斯替教的方法通过艺术形象和对宇宙生成论、神谱和神圣文本的诠释学解释实
现了对受难神种种崇拜的"汇集"。准宗教学说是没有生命力的。真正精致的
关于普罗米修斯的神话应符合文学作品的各种法则。具有重要宗教意义的关
于人类未来神化的思想，实际上就是运用神话形式表达的神秘主义的人文主义
思想。

伊万诺夫1919年为他的《普罗米修斯》写的再版前言无可置疑地说明，他
迫切希望推出这个剧目，使之打入革命的俄罗斯的精神生活领域。他阐释这部
作品的意义，并且为了适应当时的形势对它作了些改动，强调抗神论主题，强
调为自由而斗争的过程中不可避免地会有暴力和罪恶发生的主题，以及民众天
然的集体主义主题。普罗米修斯题材在革命年代中是常被采用的。其中有一首
著名的歌曲为《我们有铁匠的身躯和年轻人的精神》，它仿佛就是维·伊万诺

230

夫《普罗米修斯》的独特的卷首题词。如将其神秘剧简化，则完全可以充作十月革命后几年的"大众表演"和"革命神秘剧"（如《被解放的劳动》）之类戏剧的基础。当时，维·伊万诺夫正在论证并宣传自己根据时代精神进行过修正的全民戏剧的乌托邦思想。这从他为周刊《戏剧通报》撰写的纲领性宣言中便可看出。伊万诺夫在工农戏剧协会会员第一次全俄代表大会上也讲述了这个思想 94，又在他领导的教育人民委员部戏剧处莫斯科戏剧史分部的会议上和他担任委员的中央剧院委员会发展了这个思想。他的思想在无产阶级文化协会的活动家（普·克尔任采夫）中间得到响应，并得到主张压制"资产阶级戏剧"者（教育人民委员部戏剧处领导人奥·达·加米涅娃、彼·谢·科甘等）的赞许。卢那察尔斯基于1920年也承认，这种"不甚明朗的集体主义"，即维亚切斯拉夫·伊万诺夫所谓的"聚合性"相对来说与"我们时代的"意识形态还算合拍 95。

维·伊万诺夫作为《普罗米修斯》的作者，感受到基督这个形象和基督教的价值观具有巨大的吸引力，对一个宗教作家而言，在基督教的问题范畴外谈论人类的未来几乎是不可思议的。但他在为《普罗米修斯》所写的前言中表示了他对基督教的态度，他指出"形式上的传说"已失却了"其生命意义和其宗教价值" 96。他赋予了普罗米修斯某些耶稣的属性和特征：爱护人类，为使人类获得真正的自由，甘愿成为救赎性的牺牲，深明苦难的根基意义。他不向先知隐瞒自己将被背叛、钉死的劫运。剧本的结局是普罗米修斯自感虚空、耗尽，这便再次与基督的命运形成了对应。

也许维·伊万诺夫笔下的普罗米修斯可以成为那个"他者"，勃洛克在《十二个》中想看到的正是这个"他者"，而非基督。在《普罗米修斯》这部悲剧（及其前言）中还提出了几个重要的基督教形象概念（童贞女、羔羊等），但由于他们已失去了具体的福音书中的意义，不过意味着是一些完整的伪基督教神话而已。经由伊万诺夫加工过的普罗米修斯的教义是一种幸福论，全然没有末世论和启示录主题。由于这位提坦独立、秘密的工艺，人们终可以达到神人阶段。对于基督教义异常重要的自由选择问题，在这里完全不存在。维·伊万诺夫的作品中所有这些特征都成了征兆和折射光，预示了承载着种种诱惑——刚毅的决定、被操控的民主和暴力的体制——的崭新的20世纪，也预测了人类的未来——因为对"远人"的爱和种种世界规模的密谋,人们反而对"邻人"表现出铁石心肠。

别雷发现,在维·伊万诺夫的悲剧中作者常常把自己比作各位主人公。为了实现自己提坦式构思而心力交瘁的"创造者"[97]、机灵的诗人原来就是《普罗米修斯的子嗣》中这位提坦的隐形分身。别雷把还将从事30年创作活动的诗人称作"心力交瘁",看起来用词显得夸张了些。但如果只把这话看作是对伊万诺夫剧作的评论,那这位批评家的隐喻确是意味深长的。别雷也曾试图创作描述世界和人类命运的宗教神秘剧,他深知,这种世界性"情节"必须将大千世界体现无遗,并且不能给作品中作为天意说出的东西留下变体改写(如各种神话故事和思想)的可能。神的启示是独一无二且完整的,它不能被续写。在这个意义上说来,《普罗米修斯》这部人类神秘剧把伊万诺夫搞得"心力交瘁"。出于类似的原因,1905年他在悲剧《坦塔洛斯》封笔之际放弃了写三部曲的念头。在上升到《普罗米修斯》的巅峰后,对维·伊万诺夫而言剩下的就只有下降了——即下降到普通的戏剧。但这种戏剧创作并没有吸引到他。

7

维·伊万诺夫作为美学家、哲学家和文学评论家的声望(尤其是他作为年轻作家的导师)几乎要比作为诗人更为大些。如果说,他最初的自我定位,首先是研究古代世界史(他用拉丁文写的关于古罗马包税问题的学位论文直到1910年才得以发表)和古典哲学,那么伊万诺夫如此众多的活动究竟有没有联系在一起,研究一下这个问题不无价值。须知,这种联系不仅是建立在内容、思想层面上,而且是建立在话语层面上:文学、哲学和语文学这些不同的学科都以各自的方式和语言打交道。

将不同的语言表述方式合而为一,这就创造了一类即便对于俄国象征主义文化而言也是独一无二的作家,在和他最接近的圈子里,能和他相比的或许只有安德列·别雷。但可想而知,在世界文化中有过这类作家的原型,我们举出其中一些对伊万诺夫影响最大的作家。离我们年代最近的当然是哲学家、语文

232

学家和诗人尼采。众所周知，伊万诺夫曾痴迷于尼采哲学，视之为自己的终身伴侣，甚至在批判性地重新审视自己青年时期的观点后仍是如此。伊万诺夫的作家策略的另一个原型则是作为作家和学者的歌德，他对伊万诺夫显然也有重要意义。若我们超出习惯区分写作种类的近代文化之局限来看，那么还应该指出那些古希腊罗马的哲学家们，首先是前苏格拉底哲学家。

就我们对俄国象征主义的了解而言，伊万诺夫作为一个诗人不单以文学为目标，这其实是十分寻常的现象，但同时他作为哲学家和评论家的身份却还没被充分阐述。如果考虑到形式上的特征，那么把伊万诺夫在这一领域的创作称为"散文"是可行的（请比较德·马克西莫夫的《亚历山大·勃洛克的诗歌和散文》）。其实，这种散文有着独特的风格，在诸多方面与他的诗歌的特点相一致：复杂的句法结构、大量极为个人化的比喻（许多在他的诗中也有）、运用古词来充当自造词的功能等等。还有一点让伊万诺夫的散文与诗歌接近的是他的"回应诗学"（《responsIVe poetics》）。提出这个术语的马利昂·瓦赫特尔，他注意到伊万诺夫的诸多诗篇或是对同时代人的应和，或是对各位"永恒伴侣"的回应。[98] 从留学德国期间为补贴生活而给俄罗斯法学出版物撰写的早期文章起 [99]，伊万诺夫的文章在更大程度上可视作对某个事件做出的反应。最后，从创作心理学观点来看，文语的散文体和诗歌体形式在作家的创作意识中并未划分得泾渭分明，可以证明这一点的是他在创作诗歌的过程中经常会用散文体打草稿。[100] 以上种种都让我们可以用帕斯捷尔纳克的一句话来描述伊万诺夫创作中的诗与文的关系：他的"诗歌与散文"是某种统一言语的"两极"。[101]

伊万诺夫的散文作品由他本人结为三个文集：《沿着群星——哲学、美学和评论习作集》（圣彼得堡，1909）、《垄沟与阡陌——美学和评论习作集》（莫斯科，1916）和《亲近的与普世的》（莫斯科，1917）。未收入这三部文集的尚有一些文学时评、苏维埃政权建立初期写的文章和侨居国外时在欧洲发表的一些文字以及论述古希腊罗马文化的篇什。

伊万诺夫在象征派刊物上发表的第一篇著作为《希腊受难神宗教》。它阐释了崇拜狄奥尼索斯的历史，发表在梅列日科夫斯基主编的《新路》杂志上（1904，第1、2、3、5、8、9期）。其中有一个思想就是把狄奥尼索斯对世界的理解解释与基督教对神秘主义经验的理解是一回事，这不可避免地引起了梅列

233

日科夫斯基的注意，因为梅列日科夫斯基也曾借自己作品中的一个女主人公之口宣布对基督和狄奥尼索斯的崇拜是等同的（小说《莱奥纳多·达·芬奇》中的卡桑德拉）。[102] 梅列日科夫斯基给伊万诺夫的著作赋予的不是学术色彩，而是政论和思想色彩 [103]，如果从上述观点出发来理解他这么做的意图，就能明白他为什么要将文本以讲义的形式呈现，尽管如他自己在前言中所承认的那样，这种形式"在科学性和文学性上还远不能称得上完美"。[104]

《希腊的受难神宗教》一经发表，伊万诺夫就被誉为思想家作家，在俄国象征派中这样的作家不乏其人。发表在文学社会杂志上的这部作品尽管有着学术文体，但人们却将之视为一种哲学姿态。伊万诺夫在论述古希腊文化时极力强调它的现实意义，这是他未写完的系列文章《狄奥尼索斯的宗教》（《生活问题》，1905，第6、7期）的突出特点。用古典语文学解决现代文化问题并提出一些哲学问题，这自然让我们想起了不久之前死去的尼采。19世纪90年代他一直钟情于尼采哲学。

伊万诺夫作为象征主义理论家的活动正式始于《天平》杂志。当时亟待解决的问题是确立"新艺术"拥护者团体的思想和理想，并用宣言发布，他与勃留索夫等莫斯科的象征派作家结识后，感到自己属于"新艺术"的拥护者团体。1904—1905年间，他为《天平》杂志写了一系列评论，其中有评勃洛克《美妇人诗草》的，评索洛古勃《死的毒钩》的，评魏尔伦《宗教诗》的，评梅特林克《双重花园》的，评安德列耶夫《红笑》和《瓦西里·菲韦伊斯基的一生》的。

他在这家杂志发表的第一批杂文论述的是就浪漫主义对"诗人"和"群氓"的区分谈艺术在社会中的作用。伊万诺夫的《诗人与贱民》一文（1904）通过分析普希金在《贱民》（1828）一诗塑造的各种形象，指出必须创建能够将至今仍被隔离的诗人和民众联系在一起的全民艺术。他为《天平》月刊撰写的社论《雅典娜之矛》（1904）发展了这一思想，难怪诗题与"好战的帕拉斯"这一雅典娜的称号有关 [105]（这是新团体的成员们行动的榜样），也与勃留索夫的诗《忒修斯致阿里阿德涅》相关，这一点根据卷首题诗即可得知，而伊万诺夫的诗在杂志上发表时还有个副标题——《因为我们是个人主义者》。伊万诺夫为描绘（甚至命令）通往新型艺术的道路引入了一系列专业术语：当与民众分离的作家借由"人民"（《демотической》）艺术 [106] 向"全民"或"神话创

234

作"艺术阶段过渡，从而创造那些为民众暗中理解的象征时，艺术在伊万诺夫看来便是在克服"私密"阶段和"僧房"阶段（Ⅰ，730—731）。这种"全民"或"神话创作"艺术能把民众和诗人在一个供需相谐的新境界中联合在一起。

在这种格局中必然又产生另一个问题，即艺术家如何创作象征，之后民众又如何理解象征。伊万诺夫的第三篇纲领性美学论文《美学元素的象征系统》（1905年春）就是为回答这个问题而写的。伊万诺夫在文中运用了饱满的印象主义的、富于隐喻文体和诸多极为宽泛的概念（弗·索洛维约夫的"本原"），这些概念可以轻易地用来指涉哲学、美学和心理学等各种思想领域。他的基本思想是预设艺术家心理和艺术接受心理的三个本原："上升""下降"和"混沌"（前两个本原的提出是受了尼采《查拉图斯拉如是说》的启发）。这些术语即刻就界定了文本的空间隐喻："上升"的本原伊万诺夫通过"高飞的鹰""掀起的大浪""高塔上的召唤声""金字塔中神秘的台梯"和"山的巅峰"等来体现（Ⅰ，823）。这个本原一方面可意味着上升至上帝处（这是个"宗教现象"。Ⅰ，824），另一方面可意味着艺术家仿效"将整个尘世的罪恶一人担当"的基督而舍生取义的悲剧性功勋（Ⅰ，824）——这是艺术家一个非同寻常的骄傲的自我认识、缔造"神秘主义联盟"和自我改造的过程。然而仅仅有这些还不足以构成和谐，艺术家还应将其收获传递出去，并归还大地。"下降"的本原解决的就是这个任务，其主要象征就是"上升线的下转"（"花冠下垂的花朵"、"霓虹"、"穿顶和弧"、古希腊庙宇的柱廊等。Ⅰ，828—829）。当然，下降同时也是"天赋""仁慈""美""善"之本原。伊万诺夫认为，和谐的形式有赖于这些本原的相互补充，由此可以看出尼采《悲剧的诞生》中关于艺术的"狄奥尼索斯"和"阿波罗"的两个本原说的反映（伊万诺夫这时还写了一篇名为《尼采与狄奥尼索斯》的文章，说及他与尼采的分歧所在）。伊万诺夫的思想更为复杂，他认为第三个本原，即"混沌""如断裂般下降"的本原才是"狄奥尼索斯式的"本原（"泉水""瀑布""迷宫""豁口和暗井的魔法"。Ⅰ，828—829），这种"混沌"在创作过程中具有的意义与"崇高"和"美"相当。于是，伊万诺夫在他的《希腊的受难神宗教》中用类似的思路把狄奥尼索斯式的狂喜、迷乱和神魂颠倒解释为不可或缺的宗教体验——复活的体验翻转了被神"附身"

235

以及随之而来的后者被当牺牲宰杀的体验。

如此看来，伊万诺夫这个时期在宗教史、象征主义理论和美学方面的关注点实际上聚合在一个问题上，即要确立神秘的、解构的、混沌的狄奥尼索斯本原在内在生命和人类活动不同领域中的作用。聚焦这个问题的首先是他的文化观——现代派艺术和派生了当时实验心理学和神秘学的欧洲哲学涉及的也正是这个问题。然而必须指出的是，伊万诺夫钟情于这个问题还有其个人经历的原因，首先是他对季诺维耶娃恋情的萌发和发展，对她的感情战胜了社会和自己的内心阻挠他们结合的障碍 [107]。进一步说，我们可以把当时的伊万诺夫的思想视为对这段关系反思的回声。因此，在某种程度上说，伊万诺夫的这种兴趣汇集在改造、"明晰"、"净化"不可控制的情欲的过程。

自1904年秋起，伊万诺夫就拟举家返回俄罗斯，"因为一个新时代已经到来"。[108] 1905年春伊万诺夫一家来到莫斯科，然而到夏天就去了彼得堡时，个中原因不止一个。可能是由于他看中了首都的文学和社会局势——当时梅列日科夫斯基等人主持的《新路》杂志寿终正寝，而《生活问题》刚刚兴办，伊万诺夫是该杂志的诗、文和评论作者。《生活问题》是"新唯心主义者"和对宗教问题感兴趣的青年的阵地（杂志的秘书为丘尔科夫）。但也有可能是他更看重彼得堡，因为那里的文学团体潜心研究宗教、神秘主义和教会，对他有更大的吸引力。换言之，伊万诺夫回国时在思想、艺术层面选择了"象征主义"的，而并非"颓废主义"的倾向。

伊万诺夫1905年夏刚搬去彼得堡后就拟将原在《天平》月刊发表的理论文章重新结集出版。[109] 这个文集的组成一直在变化，比如1906年夏计划加进了季诺维耶娃-阿尼巴尔早先在《天平》上发表的论纪德的创作的《在绝望的天堂中》一文。[110] 这都说明伊万诺夫不仅急于显示自己作为艺术和象征主义理论家的身份，而且还要表明这乃是他和妻子作为一个小团体的共同活动。

这种志向在他组织著名的"塔楼"沙龙时流露得更为明显。对于伊万诺夫夫妇来说，"塔楼"聚会不单单是一种文学沙龙——梅列日科夫斯基夫妇和索洛古勃组织的沙龙和罗扎诺夫家的星期日茶话会都属于这类——而是一种"生活构建"。它就像所有象征主义者的"生活构建"一样，有着自己的文化原型。就像柏拉图的"会饮"那样，一起就某个给定的专题展开讨论，讨论时（一定

236

要一边喝着葡萄酒）各抒己见。[111] 这种"会饮"的理想目的并非彼此说服，而是就一个问题得出综合发言者意见的共同观点。聚会的文学作用部分也是席勒和歌德的活动激发起的——集会的时间选在星期三和伊万诺夫家庭出版社取名"荷赖"（席勒办过一本同名杂志）就说明了这一点。毫不奇怪，从"塔楼"内部又诞生了更为封闭的协会，只允许更大规模会议（彼得堡的整个文学、演艺和公共圈子都能参加）的某些访客入内，如供男性的"哈菲兹"小组和供女性的"提阿索斯"[112] 小组。

伊万诺夫当时社会观点的核心概念是"聚合性"，这个从斯拉夫派那里借用的词语的含义常常与农村公社及其社会理想相关。在伊万诺夫看来，聚合性是一种"形而上的和社会政治的理想"[113]，并且被他理解为是一种对共同性的非宗教的神秘体验，正是这种体验将形形色色的人们结成一个（教会的、神秘主义的和政治的）统一"身体"。因而，它可以以最为不同的形式显现，如宗教剧、祭司团体或后来的鞭身派团体。神秘主义选择的自由乃是聚合性的基础，这种自由曾单独被作家根据"神秘主义无政府主义"思想进行概念化，后者是"青年一代象征主义者"最重要的思想之一，长期以来在象征派报刊上对之争论不休。

虽然"神秘主义无政府主义"这一术语本身是丘尔科夫首创的（这是他在《论神秘主义无政府主义》一文中提出的，这篇文章是对谢·布尔加科夫和谢·索洛维约夫的回应，他们两人在1905年曾对丘尔科夫的文章《弗拉基米尔·索洛维约夫的诗歌》进行评论），但伊万诺夫却融会贯通地根据他所有的世界观方针得出了自己的结论。[114] 伊万诺夫在19世纪80年代末已经形成了这种世界观的雏形：他认为人类处于一个新的历史时期的前夕，他运用德国社会学家斐迪南·滕尼斯的术语将这个新的历史时期称为"有机的时代"。[115] 从另一方面来说，伊万诺夫对"神秘主义无政府主义"的理解是建立在另一个观念的基础上：人类的意识神秘的，并且会遭到不可控制的狄奥尼索斯式、混沌式感受的影响。

据伊万诺夫本人称，他最早一篇论述"神秘无政府主义"的文章是《个人主义的危机》。他1905年8月在"塔楼"上就写下了第一批以此为内容的文章，这是其中的一篇。伊万诺夫在这篇文章中指出对人性只作平面、简单、实证主义的理解是不够的。他认为，个人主义在文化史中源远流长，它已经发展到这般程度，以至于"我们心中已开始了某种转折，暗暗地转向其反面——聚合性"，"正是我们心灵深处，我们的敏感已感到个人主义衰败的征兆"（Ⅰ，836）。伊万诺夫还以尼采的"超人"概念来作为个人主义全盛之后已走向其反面的一个实例，称这种超人论"已不属个人主义范畴了，而是不得不是世界性的，甚或宗教性的"（Ⅰ，837）。透过伊万诺夫的后一段话之折射，可以看见弗·索洛维约夫的意见，他认为基督即战胜了死亡的真正超人（《超人思想》一文）。伊万诺夫在转到预测部分时提出了一个无政府主义的口号，这种无政府状态不可理解为一种社会学说，而是应该理解为一个"精神层面的事实"（Ⅰ，839）。名汇聚"不知名字的狂人"的启示性公社——"在世界上找不到位置的个人主义在这里得以安身"（Ⅰ，839）——应成为精神无政府主义者的聚合性联合。伊万诺夫在为丘尔科夫《论神秘主义无政府主义》（圣彼得堡，1906）所作的序言《论对世界的不接受》中重复了这种思想："神秘主义无政府主义唯一可采用的，而且更是人们希望它采用的聚合性联系的外在形式应该便是公社——根据近似原则，对其成员们在彼此身上相互猜出的最后的'是'和'就要这样'进行神秘主义推选的联盟……"（Ⅲ，89）

承载伊万诺夫这些想法的思想语境至少有二。一是弗·索洛维约夫的"神权政治"论，这种理论把全部的社会生活划分成"政权、教会、神启"三个板块。当然这种划分是照搬了先知时代犹地亚社会机制的三分法——某种对哲学家而言的理想社会。伊万诺夫在构建自己的"神权政治"时，考虑了索洛维约夫设计的模式，并指出，将来的社会要特别发展的将会是神启这一部分："我们相信神的威力和神启领域、那种自由创作领域的神意使命，自由创作领域一定正在成为通神创作，它也将成为合唱式公社中的全民创作，这种合唱式公社就是未来真正的、最深沉的人民自决的永不止息的源泉……"[116] 我们不难发现自由的神秘主义创作的这一领域同神秘无政府主义在精神层面上的联系。对新的宗教道路和对历史教会的排斥也是受了梅列日科夫斯基的激励，但与梅列日科夫斯基的复杂争论则构成了伊万诺夫"神秘主义无政府主义的第二层背景。根本分歧在于两位作家对与狄奥尼索斯教神秘主义的相关那部分古希腊遗产对于基督教的意义理解不同，而他们对这一部分都尤为感兴趣（可参阅伊万诺夫对

238

梅列日科夫斯基所作的论辩性答诗《面孔还是面具》[117]）。再者，革命时期的梅列日科夫斯基认为，"无政府状态"和"神权政治"是两个异常重要的概念，然而它们与个体的自由的神秘主义自决、神启自由和"聚合式个人主义"——这也是莫·霍夫曼在伊万诺夫直接授意下写的一本小册子（1907）的书名——并无干系。伊万诺夫曾拟写一组论当代思潮的文章，其中已写就的第一篇《当代思潮选萃之一·启示录与社会性》（《天平》杂志，1905，第6期）就谈到了他与梅列日科夫斯基的分歧。

　　对"神秘主义无政府主义"持反对意见的，除梅列日科夫斯基和吉皮乌斯外还有勃留索夫，尽管对后者而言首要的是文学和政治方面的原因——勃留索夫作为《天平》杂志的主编在彼得堡小组中观察到统一的象征主义的团体业已分裂（他化名奥勒留发表的文章透露了这一点，见《天平》杂志，1906年第5期），还发现他的杂志的霸主地位受到了威胁。于是他在1905年12月草拟了一份改组《天平》杂志的计划，其中的主要内容就是要求同仁们只能将自己的作品交由自己的杂志发表"。[118] 后来丘尔科夫成立了火炬出版社，在1906至1908年间，以《火炬》为名出版了三辑文选，从而试图为"神秘主义无政府主义"赋予组织色彩，这就使本已严峻的局势更加恶化。而且，丘尔科夫还召集科米萨尔热夫斯卡娅——她领导的剧院导演是梅耶荷德——谋划成立一个聚合性祭司剧团（在这项计划的成就中，可以例举勃洛克所写的剧本《草台滑稽戏》，以及尝试上演伊万诺夫的《坦塔洛斯》片段，尽管只是给小圈子观看的）。除此之外，几乎整个"塔楼"的圈子都逐渐被和"神秘主义无政府主义者"划了等号，后者也有了他们的机关杂志《金羊毛》，勃洛克任该杂志文艺部主任，伊万诺夫受邀主持哲学部，也就是说决定着该杂志的思想倾向。

　　伊万诺夫在《金羊毛》上发表了一系列的文章，以如今有了名称的他的平台的观点探讨艺术理论和象征主义艺术问题。进一步发展《诗人与贱民》的观点的同时，伊万诺夫集中探讨"神话创作"艺术的概念问题，并把它与"神秘主义无政府主义"思想联系起来。伊万诺夫认定，他那个时代的象征主义文学更类似于"神秘主义的预言"（Ⅱ，89），因此他观察发现象征主义艺术正在走向聚合的、合唱的、全民的艺术。于是象征主义被他视为一种最终在创作新

239

神话的艺术:"在象征主义艺术范围中,象征正自然而然地作为神话的潜能像胚芽一样逐渐展开。有机的发展过程将象征主义变为神话创作"(Ⅱ,90)。因为宗教经验使然,艺术家会分辨出(或创作出)这些象征,因为象征是"超个人的",它"有能力把个人神秘主义心灵的私密沉默变为制造举世皆然的统一思想和统一感悟的机关"(Ⅱ,90)。依此推之,象征主义者、未来的艺术家就能成为"神话创作的机关"(Ⅱ,90)。伊万诺夫认为戈罗杰茨基的作品(《雅尔》,1907)和列米佐夫的作品(《循着太阳运行的方向》,1907)就属于这种神话创作的开端。他将这些作家对民间魔鬼题材自由的(创作性的)采纳阐释为"对民间创作本原的鲜活、直接的触及"[119]。

8

1907年夏,伊万诺夫一家住在莫吉廖夫省的扎戈里耶村。这是伊万诺夫思想创作的转折期。他同"神秘主义无政府主义"的朋友丘尔科夫产生分歧[120],因而又选择了新的同路人。在这里也有神智学家安·鲁·明茨洛娃影响的作用,她对伊万诺夫夫妇的影响从1907年冬起就开始增长[121]。明茨洛娃曾从师于鲁道夫·斯坦纳,是他组织的第一个秘教小组的成员。伊万诺夫在她的启发下把对神秘主义的兴趣定位在德国神智学的教理上,正是在这种理论基础上后来产生了人智主义运动。伊万诺夫1907年9月写的《你在》一文(它是《沿着群星》一书的末篇)是伊万诺夫反思神秘主义题材,亦即抗神心理学的范例。

其实,这篇文章的中心思想就包含在其题目中,作者暗示的就是普卢塔克对话录之一的《德尔斐的E字母》。这篇对话讨论的是德尔斐阿波罗神庙上的神秘字母"E",而对话的一位参与者从语法的角度解释它象征的是"(你)是"(《[Ты] еси》)①。通过写在庙宇上的这个字母,就能确证神的存在("你存在,你是")。在伊万诺夫看来,寻神论和对崇高"我"的存在的神秘主义经验正是在于寻找内在的上帝,并承认上帝就存在于人的意识之中。此前,伊万诺夫主要专注于被神附体的狂喜经验,现在被排除掉的只是感受自己是"神子"过

240

---

①古希腊语表示"是""在"的系动词不定式形式eimi的第一个字母便是e。——译者注

程中的一个阶段，这种过程是对弗·索洛维约夫神秘主义学说的一种响应。教会对于伊万诺夫而言并非只是个外在的组织，而更是一种神秘主义共同体，它形成于爱的行为中，比如当有人对别人说"你在"，"将我本人的存在融于这个'你'的存在之中"（Ⅲ，304）时。尽管伊万诺夫对自己的上述思想表述得甚为简约——如在他的《拜狄奥尼索斯教》一文中那样，但正是在这里他第一次触及具体的意识理论，该理论在内容上可以拿来与那个时代的心理学给他提供的知识（人身上有阳性、日性、有意识性本原和阴性、夜性、潜意识性本原）做对比，而在意图上可与鲁道夫·斯坦纳那些对基督教和人寻找"崇高的'我'"和"自我性"（"das Selbst"）的心理学进行神秘主义诠释的那些著作相提并论。

伊万诺夫非常了解神秘主义乃至通神术的灵知，只有在这一背景下，作家多次看见1907年10月17日死去的利·德·季诺维耶娃-阿尼巴尔之幻象 [122] 以及他之后对明茨洛娃的神秘主义 "师从"看起来才具有连贯性。为了解释这些幻象，明茨洛娃向伊万诺夫介绍了"入会者"这一神智学概念，即能在神秘主义和其他精神活动领域开辟一个新的时代的导师。伊万诺夫自从妻子死后生活的世俗程度就远不如前，他积极思考自己在艺术领域的新经验，于是俄国象征主义最著名的宣言之一《当代象征主义的两大元素》遂告问世（它是在1908年春做的一次报告）。

在这篇文章中伊万诺夫提出了一个对自己的美学观而言崭新的思想："模仿"、摹仿（即亚里士多得的"μίμησις"）是文艺创作的基础。这种"模仿性的基本渴望"可具有"标志的"、接受的、"阴柔的"性质，亦可具有"革新的"、首创的、"阳刚的"性质，而这两种特性对作家而言分别意味着文学创作中的现实主义和理想主义（Ⅱ，540）。现实主义艺术家不会在他们描写的事物中附加任何主观性的内容，丝毫不会改变它们，而与此同时理想主义者却会把事物"还原成另种样子"（Ⅱ，540），他们或借助个人的联想，或借助幻想对之进行了加工。伊万诺夫以古希腊和中世纪艺术为例对这两种元素进行了分析后，转向各个当代问题，即首先研究了象征主义这一流派。这时他以波德莱尔著名的十四行诗《感应》为基础，指出当代象征派同时具有"现实主义"和"理想主义"两元素。在伊万诺夫看来，现实主义的象征派作家在深入考究事物本质的同时，通过他们的作品"借助对存在者隐秘生活之显白奥秘的撕去一

241

切帷幕的描写，来实现对这种生活的直接理解"（Ⅱ，549），理想主义的象征派作家则将"事物的奥秘"置之度外（Ⅱ，550），因此像颓废派那样不断寻找或杜撰一些虚无缥缈的或异域风情的东西。对现实主义的象征主义而言，象征乃是"艺术揭示的目的"，因为世界上任何事物"既然是一种神秘的现实，那就算得上一种象征了"（Ⅱ，552）。对理想主义的象征主义而言，象征的作用仅仅在于借助"让人们相互只传染主观感受"从而将艺术家和受众相互分离的意识联系起来（Ⅱ，552）。

伊万诺夫正是以这种观点看待自己的"神话创作"纲领的，并将其定义为"接近最为彻底地揭示现实这一目标"（Ⅱ，554）。"神话即关于存在的客观真理"，勃洛克在他的札记本中这样概括伊万诺夫报告的要义[123]。以这种观点看来，神话并非对现实的粉饰，而是"对神秘主义事件和宇宙秘密的回忆"，因此，它是靠"信仰的预见力"创作出来的，"并且是一种梦谶"（Ⅱ，556）。故而，现实主义的象征派作家进行创作时应"联系神性的一切统一"（Ⅱ，558）——这是伊万诺夫借用弗·索洛维约夫的术语，而因为所谓宗教"就是各种现实的联系和知识"，所以如果艺术"把现实主义的象征主义和神话的口号——a realibus ad realiora[124]——设定为自己的口号的话"，那么它的领域就将会与宗教领域接近（Ⅱ，561）。

伊万诺夫的报告在一些象征主义作家中引起了混乱，他们已因对待"神秘无政府主义"问题的观点不同而分成"莫斯科派"和"彼得堡派"。以安德列·别雷为代表的莫斯科派[125]认为伊万诺夫的定义是在胡乱地为象征主义贴各种新的标签，而伊万诺夫的意图便是完全不顾文坛政治的种种要求，宣告自己的新纲领。[126] 伊万诺夫的这一举动同时引起了文学界派别的重新组合，直至1910年在就所谓"象征主义危机"展开辩论的过程中才形成了定局。这个时期与伊万诺夫结成暂时同盟的是1909年创办的《阿波罗》杂志的编辑部（谢·马科夫斯基、因·安年斯基和亚·伯努阿），伊万诺夫在这家杂志发表了几篇重要文章，其中包括对安年斯基诗歌的评论、对列·巴克斯特绘画《古希腊的恐怖》以及评沃洛申和古米廖夫诗集和库兹明短篇小说第三卷的几篇书评文章。

除了美学领域的各种创新，伊万诺夫这个时期的创作还因一批关于宗教题 242 材的新作而添彩。1909年初他积极参与组织宗教哲学协会的基督教分会，并于5

月在那里作了《论"大地"一词的福音意义》的报告。[127]

在伊万诺夫的诸多思想中，"俄罗斯思想"也在当时获得了现实迫切性（上文已经提及，19世纪80年代年轻的作家就曾与俄国的法学报刊合作，甚至在俄国第一次革命时期，他竟还潜在保留着广义上的斯拉夫派的观点）。[128] 如今由于面对危害俄罗斯的命运的黑暗通神术力量的神秘主义恐惧情绪作祟，这些斯拉夫派的观点得到巩固，而这种力量则是安·明茨洛娃灌输给一批文人，尤其是伊万诺夫的）。[129] 因此，伊万诺夫在1908年12月（与勃洛克的报告《自然力与文化》同场）首次作的报告《论俄罗斯思想》中追述了阿格里帕·冯·内特斯海姆的预言和弗·索洛维约夫的"泛蒙古主义"的启示录思想，并直接引述了他1905年所写的《启示录与社会性》一文（Ⅱ，322—323）。伊万诺夫认为，革命尚未解决俄罗斯民族问题之基础，就是分裂的社会各阶层、人民和知识分子的团结一致问题："……我们的集体心灵躯体还不协调，内部无序而又异常虚弱……"（Ⅱ，322—323）但他还是认为，世界"分配给了"俄罗斯乃至斯拉夫人"某种火炬"的角色（Ⅱ，327），如果俄罗斯的社会获得了同质性，它就将担当救世主的大任。伊万诺夫在表示这种社会的团结统一状态（还包括面临神秘主义危险时）时用了一个词叫作"全民性"，并解释说这种全民性就是"我们将离开大地者的真理与大地的真理协调起来的所有努力之基础"（Ⅱ，327），而且这个"大地"应该按照象征意义来理解，它在《论"大地"一词的启示录意义》的报告中已被伊万诺夫指明了。伊万诺夫在评安德列·别雷诗集《灰烬》的文章中表示，他欢迎对俄罗斯的命运——同黑暗势力作斗争——的感受。[130]

9

尽管伊万诺夫参与了《阿波罗》杂志纲领的制定，但很难说这家杂志起到了它预期的作用。杂志的编辑马科夫斯基和所谓"青年编委会"的成员们对"宗教象征主义"、"现实主义象征主义"之类并不以为然。这个"青年编委会"的核心人物古米廖夫崇拜的则是安年斯基和库兹明。1910年春围绕着伊万诺夫在出版物上被冠名为《象征主义的约言》的报告所进行的争论使得各个阵营最终成形。

伊万诺夫的报告在莫斯科文艺小组的第一次宣读就导致了勃留索夫与他的分歧。勃留索夫在日记中透露："赞成维·伊万诺夫观点的有别雷和埃利斯。我们和他冷淡地分别了。"[131] 伊万诺夫的第二次宣读是在彼得堡，他写信给勃洛克邀他一起去做报告："……我将谈一谈象征主义的现状和究竟还存在不存在象征主义的问题（这个问题在我莫斯科的同仁中引起了'轰动'，并使我同勃留索夫发生了分裂）。"[132] 勃洛克所做报告的标题几乎就取自伊万诺夫信中的词句，为《论俄国象征主义的当代状况》，而且他被称为伊万诺夫报告的"贝德克尔手册"（即导览指南的意思）[133]，[134]，[135]。

伊万诺夫的报告堪称其美学纲领之总汇。在报告中他提出了确定象征主义文学创作方法的任务，他之前就曾将内容描述为新的神话创作，而形式则是对象征的创造性运用。因此伊万诺夫首先强调了《当代象征主义的两大元素》一文的某些原理，尤其是在文学纲领的那一部分。伊万诺夫此时已将象征主义文学的语言同对"祭司和术士的神圣语言"之回忆联系在一起，这种神圣的语言可同时表达经验的事物和"隐秘世界与凡人经验极限之间的"秘密感应（Ⅱ，593），可表达"于内在经验中呈现的另一种秩序的客体和关系"（Ⅱ，594）。当代象征主义是这种语言的"回忆"和"超前"，这种语言将是一种"神话"语言，"'神话'是这种语言的基础形式"（Ⅱ，594）。为了说明这种神话性、象征性和预言性语言的基本功能，伊万诺夫将他过去例举过的普希金的《诗人与贱民》奉为这方面的榜样。如今在他的心目中，诗人就是人群不再聆听的祭司，因为人们忘却了"诸神的语言"和宗教，"只剩下功利道德"（Ⅱ，595）。与此同时，普希金的诗人还记得"做生活的宗教组织者"这一诗人素来的使命（Ⅱ，595），因为"诗歌的任务曾是用有韵律的语言念咒语魔法，这种语言可以将神性本质的世界和人间联系起来"（Ⅱ，595）。作为人的内心神秘主义体验和一种新的神话创作的象征主义在伊万诺夫的这篇文章中获得了逻辑语言学描述：象征主义诗歌语言在功能上与魔法语言、咒语、谶言相关（伊万诺夫认为女诗人安·格尔齐克作品的语言就具有这种特征）。这篇文章所具有的集大成的意义还表现在伊万诺夫试图构建俄国文学中的象征主义流派发展的历

244

史。在这方面他沿用了黑格尔的三段论方法，将象征主义发展划分成正题阶段
（"乐观的瞬间"、"我们将要像太阳一样"时期，试图"实现……神秘主义现
实主义世界观"的时期）和反题阶段（空想的幻灭，美妇人被《草台滑稽戏》
的"硬纸板新娘"取代，神秘主义无政府主义）（Ⅱ，598、599）。伊万诺夫认
为"向事物直观的'现实性'投降"是走出反题阶段的开始（Ⅱ，600），注重
诗歌的形式方面也是这种肇始的体现。他提请读者注意，对模仿者和追求"毫
无生气的学院式偶像崇拜"而言，注重诗歌形式就是有害的（Ⅱ，600），并指
出，不应将传统的诗歌形式（硬形式）当作一种规范，它不过是有机的联系，
是同狄奥尼索斯创作自然力的一种联姻。伊万诺夫将这种有机联系称为"内在
的教规"，并将之解释为"自由而全面地承认现实价值体系中的等级秩序"，在
创作中这种承认"为相应同隶属一物的各种象征赋予了鲜活的联系，艺术家用
这些象征编织出世界灵魂珍贵的盖布，就仿佛是在创造一种比自然界色彩缤纷
的希腊无袖女袍（пеплос）更具灵性、更为透明的自然"（Ⅱ，601）；这种艺
术将不会把对象复杂化，而是会将其简化；伴随着"大文体"——史诗、悲
剧、神秘剧——到来的是对反题阶段的克服（Ⅱ，602）。伊万诺夫尤其对象
征主义悲剧创作寄予厚望。

对伊万诺夫报告和此后他与勃洛克一同发表的两篇文章的回应浪潮重新
划分了俄国象征主义的阵营：批判伊万诺夫之立场者不仅有勃留索夫和《阿波
罗》杂志同仁[136]，还有戈罗杰茨基[137]；拥护者除了勃洛克外[138]，还有安德
列·别雷[139]和正在组织中的"缪萨革忒斯"出版社圈子，其成员主要由"阿
尔戈英雄"们组成，如今这个圈子的领导人为安·明茨洛娃（1910年夏下落不
明）。伊万诺夫积极地参加了这家出版社和《劳作与时日》杂志（1912—1916）
的组建和日常工作，成为杂志最亲密的员工，并在其上发表了一系列关于美学
的文章。缪萨革忒斯出版社将这些文章与他1909年后写的文章汇在一起结集出
版（文集《垄沟与阡陌》[140]）；这家出版社还预告出版译文集《诺瓦利斯的里拉
琴》，但未付梓。伊万诺夫还是建议出版神秘主义文献译文丛书"俄耳甫斯"
品牌的人之一（已出版的有"晦涩者"赫拉克利特、约翰内斯·埃克哈特和雅
各·波墨的著作）。

1910年代伊万诺夫在《劳作与时日》上发表的文章发展了"通神术"象

征主义这一平台的各种基本观点。他的美学著作也显得日臻成熟和周详，深化加工了早期形成的美学思想。这些著作是在象征主义和后象征主义（尤其是阿克梅派和未来派）矛盾日趋加深的形势下写成的，他极力坚持的并非创建新的思想，而是确立象征主义是一切真正艺术的本性。这就是伊万诺夫为《劳作与时日》第一期写的纲领性文章《关于象征主义的思考》[141] 和论述艺术家形成过程的美学论文《手法、面貌和风格》（1912）[142] 的主旨。他在这个时期的又一力作是一篇名为《论艺术的界限》（写于1913年秋）的长文，它发展了过去《美学元素的象征系统》一文提出的"上升"和"下降"的概念。

245

伊万诺夫1910年代还站在象征主义的立场上确定了自己对待于他而言最具现实迫切性的当代俄国作家和思想家的态度。不言而喻，作家对陀思妥耶夫斯基、托尔斯泰和索洛维约夫个别、零散的表态散见于他的许多文章。在《象征主义的约言》中伊万诺夫还对丘特切夫的艺术世界进行了详细的描述，在他看来，认为无论从文学意义上还是从世界观层面上说，丘特切夫都称得上是俄国象征主义的鼻祖。《陀思妥耶夫斯基与悲剧长篇小说》《弗·索洛维约夫的宗教事业》和《列夫·托尔斯泰与文化》这三篇文章都是从1910年底至1911年初写下的，构成例外的则是1914年所写的"附论"《小说〈群魔〉中的基本神话》，在编辑《垄沟与阡陌》文集时才被附在论陀思妥耶夫斯基的那篇主要文章之后。

在这组为数不多的文章（这些文章被汇入一组，不单是因其写作年代相近，而且因其内容相连，其中的每一篇都会重复关于其他文章主人公的思想）就重要性而言，论陀思妥耶夫斯基的那篇文章处在中心地位，这首先是因为在伊万诺夫心目中，这位作家是"离我们而去的精神领袖和巨擘之中最富活力的"，而且"我们赖以生存的一切——无论是我们的上流社会还是我们的地下室——都是取之于他或通过他得到的"（Ⅳ，401、402）。陀思妥耶夫斯基的主要问题是"认识被打散的、自足的个体之道路与将自己的和普世的存在寄于上帝之中的个体之道路"（Ⅳ，403）——这与伊万诺夫孜孜以求的人的神秘主义体验的这个人类学问题非常相似。伊万诺夫对"形式的原则"（该文的第一部分），即陀思妥耶夫斯基长篇小说形式的意义、渊源和创新颇感兴趣。在伊万诺夫看来，长篇小说之所以重要，是因为它是一种具有"纯悲剧的形式"的史诗类型，他在《象征主义的约言》一文中已经预言了这种形式的到来。伊万诺夫认为，陀思妥耶夫斯基的小说就是这种悲剧式小说，它使史诗的本有特征得以复归，即把抒情的私密话语和主人公仿佛是独立的戏剧独白融合在一起。伊万诺夫还认为，陀思妥耶夫斯基对小说的构思本身"就其实质而言"也是悲剧式的（Ⅳ，410），这些小说就像贝多芬交响曲的对位结构和"悲剧的布局"——情节的一个个转折"就仿佛"被分为"戏剧的各幕"（Ⅳ，410）。陀思妥耶夫斯基的小说就其情节的性质而言属于"灾难型"，因为它"急遽地向悲剧性的灾难发展"（Ⅳ，411）。伊万诺夫这些观点浓缩、简练的风格旋即引起了同时代人的注意：一位评论家称他的报告"如此饱含思想，以至其中的每一句话都仿佛是某本没写完的书的章目名称"[143]。这些观点很快就得到了发展，如谢·布尔加科夫就莫斯科艺术剧院上演的《群魔》作的报告《俄罗斯悲剧》，而伊万诺夫则写了《小说〈群魔〉中的基本神话》作为前者的补充（之后这两篇文章又成了巴赫金《陀思妥耶夫斯基创作问题》一书（1929）若干思想的出发点，对这一点作者本人毫不隐讳）。

第一次世界大战的爆发及其对俄罗斯构成的切实威胁使得伊万诺夫的注意力也转移到对"俄罗斯思想"问题上来。他这个时期写的文章结集为《亲近的与普世的》，它构思于1914年春，那个时候战争尚未爆发，但直到1918年初方得以出版。其实，民族思想的神话学早在他的《小说〈群魔〉中的基本神话》中就有体现，在这篇"附论"中，他将《群魔》中跛脚女人的探寻与福音书中真正的新郎（即基督）为改造大地而进行的探索联系起来。因此毫不奇怪，伊万诺夫把这场战争视为宇宙规模的大事件，是外在的组织"群"（《легион》）①与"聚合性"的斗争（文章《群与聚合性》），是柏拉图主义同康德主义的斗争，是俄罗斯与中国／德国式亚细亚的斗争（文章《俄罗斯、英国和亚洲》）。他对战争表态的第一篇文章《普世事业》标志着他同与莫斯科"道路"出版社圈子关系甚密的、雄辩的哲学家弗·埃恩的思想接近。顺理成

---

① Легион原指由5～6千人组成的罗马兵团。福音书中耶稣从附魔病人身上把群鬼驱离后，群鬼称自己名легион（这里遵照和合本的译法作"群"），因为人数众多（马可福音5：9，路加福音8：30）。福音书中的这一段落也是《群魔》的卷首题词和全书的核心寓言。——译者注

章的是，在文集《亲近的与普世的》的思想图景中，对俄国斯拉夫派的政治、哲学主张进行的思考占据了重要地位（文章《鲜活的传说》）。这个时期伊万诺夫最大部头的作品是《俄罗斯的面目与假面》，其中呈现了所有关于民族思想的最重要的神话：为俄罗斯寻找真正的新郎、以神职人员统治（агиократия）为形式的神权统治、对"地上天国"的希望以及路西法和阿里曼这两种类型的恶对"地上天国"的抵抗（他们的抵抗是伊万诺夫从鲁道夫·斯坦纳的著作中借用来的）。伊万诺夫还在论述晚年与之交往甚密的作曲家亚·斯科里亚宾创作的文章中记述了他对未来混合式艺术的性质和功能进行的思考。

10

伊万诺夫拥护二月革命，而对十月革命持一种复杂的态度。他是以各种既有的观念来阐释这一事变的。伊万诺夫一方面备感自己担负着激活"狄奥尼索斯式自发力量"[144] 的责任，另一方面，尤其是在革命激情受挫后，他倾向于把发生的事件当作对俄罗斯的考验，并以斯坦纳主义和尼采主义的术语对之进行评价（文章《陡崖——论人文主义的危机》，1919）。然而，由于他持历史乐观主义的态度，故而诗人把业已成为国家意识形态的有关"新人"的人类学乌托邦诠释为向人的崭新的、神话学的、超人文主义的状态之回归。这使得伊万诺夫在意识中又唤起了他第一次俄国革命时期的思维模式，这表现在他为其供职单位教育人民委员部戏剧处和《戏剧通报》杂志撰写的文章中。

在生活于苏维埃俄国时期，伊万诺夫写下其仅有的一部文化学著作《两个角落的书简》（彼得堡，1921）。尽管这本书在形式上是伊万诺夫同米·奥·格尔申宗的通信对话，因而作者系两个人，但书的构思却完全是伊万诺夫一手策划的。格尔申宗在致舍斯托夫的信中承认道："开始通信的是他，并要求我一定给他书面的答复。我有些不快，因为这有些像作戏，况且我身体虚弱，完全没有写的意愿。然而他不放过我，直到我给他回信为止。后来他总是立刻回信，而我拖上几天，然后他就没完没了地指责我；我却实在不想写。因此，他的来信总是署上日期，而我的去信则不然。我的信往往是开了个头，再搁置五、六

247

天，经他催促，我才写完。……由于我的坚决要求，我们俩互通了六次信后就告结束了。他想把这些信件编成一本'书'。"[145] 由此可分明看出，伊万诺夫执拗地坚持自己的构想，尽管他当时的境遇悲惨：1920年夏当他在编写此书时他的第三任妻子薇·康·什瓦尔萨隆垂死。[146] 当时"为过度疲劳的脑力工作者开设的疗养院"（位于莫斯科涅奥帕利莫夫第三巷）的条件甚差，伊万诺夫就是在这里编写此书的。据无法在那里过夜的格尔申宗的证言，那里的条件同样也不能唤起什么哲思："拥挤、脏乱，毫无舒适可言，而且伙食也很差"，"肮脏，窒息，苍蝇成群，夜晚走廊里总有脚步声……没有窗帘，床垫硬得像木板，房间闷得透不过气来"[147]。后来伊万诺夫回忆道，《两个角落的书简》两作者的争论"并非事先安排好的"，并且具有"毫不拘束的谈话之特性"。[148]

要说《两个角落的书简》的思想背景中最接近我们的，那首先应指出这是两个作者各自在哲学文化学方面进行的探索[149]，世纪初俄罗斯哲学界、文学界在革命后对文化危机进行的一系列思考[150] 以及两次世界大战之间欧洲主知主义（интеллектуализм）的背景——《两个角落的书简》被译成欧洲多国文字出版，这证明了最后一点的重要性。[151] 后来，伊万诺夫本人也认为他与格尔申宗的笔谈继承了中世纪"唯实论者和唯名论者之间永恒、原初争论"的哲学传统。[152] 库兹明关于伊万诺夫的"开明希腊主义"和"格尔申宗对游牧的、无政府主义的苦恼所进行的塔木德式分析"的简短评语[153] 把这场争论放到了更为广阔的思想和文化背景中去（这个观点不久就在格·兰道的文章中得到充分的发挥）。[154]

现在我们介绍一下伊万诺夫同格尔申宗从1920年6月17日到7月19日一个多月间进行的这场对话发展的情况。前几封信就已为对谈勾勒了轮廓。伊万诺夫就仿佛是在继续已经开始的谈话一样，直接提出了要害问题，即个人的永生和个人的上帝问题。他承认将这个问题理解为对自身内部上帝存在的感受，即个体的神秘主义经验："我自祂而生，祂处我之内。"[155] 格尔申宗的信却提出新的议题，因为伊万诺夫感兴趣的问题在他看来"既不必谈论，也不必思考"（385）。格尔申宗认为思考和谈论个人对上帝认知这个神秘学问题只属于文化的一个范畴，是一种"无益又无望的事"（385）。文化问题相反却使格尔申宗生烦："……近来人类一切的精神成果、世代积累并巩固起来的一切知识、价值之财富都让我心烦意乱，像恼人的负担，像沉重又密不透风的甲胄。"（385）如此一来，该书的两个话题：被理解为个人神秘主义体验领域的宗教和文化就立刻互相联系了起来。

然而光知道文化之空虚（因为借助文化无法思考并形成神秘主义经验），这一点对格尔申宗的激进主义而言还不够，况且伊万诺夫的回信自信地宣告这种能力："内心的体验是可以言表的，它也正在寻找这种语言，无以言表，内心就会痛楚，'因为心里所充满的，口里就会说出来'①。"（386）伊万诺夫认为，文化被错误地理解了，文化乃是"才赋的活宝库，而不是最微妙的强迫的集成"，他视文化为"厄洛斯的阶梯和虔敬的等级"（386）。柏拉图在对话录《会饮》中的比喻"厄洛斯的阶梯"成了伊万诺夫"上升"概念中的一个重要的语境，它意味着对客体之爱升华为崇高的爱。伊万诺夫后来对此作了这样的说明："在我的身边有许多事物和人物——从人及其手中的工具，他们伟大的劳作，他被侮辱的尊严，直到大地蕴藏的矿产，都使我萌生虔诚之心。对我而言，沉溺于这片海中是甜蜜的（'naufragar mi è dolce in guesto mare'），亦即沉溺于上帝之中。"（386）此处引用的诗人自己过去翻译的莱奥帕尔迪《无限》中的诗句和前一页出现的引自波德莱尔《和谐》一诗中的"象征的森林"（"我惯于在象征的森林中漫步"）都是伊万诺夫最喜爱的、在他的不同文本中随处可见的引文。如果不再把文化视为强迫和镇压，那么"无法表达者"和"被道出者"之间的矛盾就将被扬弃。

然而，正如我们已指出的那样，格尔申宗持的立场更为激进。他在第一封信中就对一切记忆进行了猛烈的抨击："……扎进忘川里，在心中把一切宗教和哲学体系，把一切知识、艺术、诗歌的痕迹统统抹掉，然后像人生之初一样赤条条上岸，这是多大的幸福啊……"（385）他在给伊万诺夫的第二封回信中终究还是提及了自己思想产生的最近的哲学背景："我像卢梭一样，隐约看到一种至福状态——完全自由，精神没有负担，天堂般的无忧无虑。但我知道得太多，这成了我沉重的负担。"（388）在这里又产生了两个对二人接下来的笔谈至关重要的话题，即作为记忆的文化，以及失忆与革命之间的联系。伊万诺夫在《致杜博斯的

249

---

① 典出《马太福音》12：34。——译者注

信》中回忆起格尔申宗观点的哲学谱系，伊万诺夫认为他"无疑是沉溺于自己对知识白板的渴望，以及对列夫·托尔斯泰的作品及其人格的景仰。他追随着自己最爱的作者让-雅克·卢梭，就像最近的研究所揭示的托尔斯泰做法一样。"[156]换个角度说，伊万诺夫认为，卢梭的追随者就是革命者，而"遗忘的鼓吹者是在扼杀宗教"[157]。伊万诺夫在写给格尔申宗的第三封信中的这一思想同样以指涉柏拉图的《蒂迈欧篇》的形式存在着："然而原罪是不能靠对其外在的痕迹与表现进行表面的毁灭来根除的。忘记文字、驱逐缪斯（用柏拉图的话说）只是治标不治本……卢梭的梦想就产生于他的无信仰。"（391）伊万诺夫的如上观点就把宗教同文化，把以上两者同记忆直接联系起来。

其实伊万诺夫关于文化同宗教关系的立场是很复杂的。一方面他指出，"信仰上帝的人无论如何不会承认自己的信仰是文化的一部分"，因为"信仰是某种外在于文化的、独立的、简单的、原发的东西"，与文化不同，信仰"直接把人的个体与绝对存在联系起来"（391）。直接另一方面，与记忆、"缪斯之母"（391）联系在一起的文化"……不仅是对父辈尘世和外在面貌的记忆，还有对他们达成的献身的记忆"（395）。这些献身的痕迹也引起了伊万诺夫的关注，他号召大家"信仰精神生活、神圣和献身"（396），在自己身上深刻激发各种文化形式的"献身能量"（397）。换言之，即使忽略"献身"（посвящение）这个词的神智学语境（即入会神话），伊万诺夫还是将文化视为对于个人神秘主义体验的记忆，而遗忘则给人以"守旧""颓废"的联想（396）。

250   "这一次您说到了我们争论的要害问题上了"，格尔申宗如此回答伊万诺夫的这封来信（397）。他大体同意伊万诺夫的观点，并强调说，正是这些"父辈的真正献身"、"对真理的发现""已经僵化，已经变成暴虐的价值观"、"木乃伊、物神"（398）。在他看来，这些"发现"的内容并非如此紧要，真理"不过是作为道路而真实存在"，文化遗产中关键的只是获取真理的"方法论"（398）。

格尔申宗这么说时，究竟在多大程度上是在指寻找作为一切神秘学基础的自己认知上帝的道路的这种神智学教义，这很难确定。但重要的是伊万诺夫对这种教义早就有了兴趣[158]。他在下一封回信中愤怒地复原格尔申宗观点（"就您的本性而言，亲爱的朋友，您就是个自言自语者"，401）的同时，终于还是直接提及了посвящать这个词用法的实际源头——"'入会者'（照神智学者们的说法）"（402）。在诗人看来，格尔神宗是尼采的继承者，而尼采的激情也被诗人用在入会路中迎接学徒的"门槛保卫者"这一神智学概念来描述（402）——这是人实现自己种种卑贱情欲的可怕分身。伊万诺夫把这种激情比作"游牧式的坐卧不安"（402）——这是诗人个人神话中一个异常重要的主题，它在其创作的各个阶段把各种关于蛮族之渴望的题材联系起来，这些题材与智者们、"入会者"们"定居"、稳定的文化相对立（伊万诺夫在《书简》中称后者为"埃及式"文化，402）。

伊万诺夫通过对格尔申宗的"心灵和气质"继续加以"类型学研究"（404，格尔申宗作出的反应是："……您就像医师研究患者一般在研究我"，406），得出了几个出乎意料的揭露性的结论。他不认为格尔申宗是"雄狮式"（典出尼采的一个形象）的破坏者角色，而是把他缩减到"猜疑、困惑、分化之散播者"的角色（403）。伊万诺夫认为，尼采是个破坏者，也是新价值观的奠基者，"他从圣像破坏者转变成了圣像画家"（403）。而格尔申宗的价值观"就其实质和最内核而言，恐怕正是与各种公认的价值观是一致的；可您却不知为什么非要从对这些价值观进行虚假的揭露和示威性的取消开始做起"（403）。在伊万诺夫看来，格尔申宗立场的实质就是对吞没"管控性思想"的"圣像破坏渴望"，而比如多神教就是通过"潜意识的黄昏"来加工这种管控思想的（403—404）。换言之，格尔申宗反对文化和宗教价值的支配，并将它们置于"本能"领域，他宁愿"在血管的搏跳中"，而"并非在人可见的天空中和不可见的天国中"感受到上帝的存在（404）——"不可见的天国"这个隐喻、福音书经文的变换措辞形式之前就已引起了伊万诺夫的注意，如他的《你在》一文就是证明。

着手解构格尔申宗的各种思想后，伊万诺夫便把自己的结论引申到年轻的苏维埃政权的意识形态上去，与此同时开始拓展《两个角落的书简》中的一大贯穿性主题，即革命与文化的问题。伊万诺夫在前面的信中分析了革命发生的各种哲学基础，后来转而具体剖析当代的事件，其由头是格尔申宗在自己的前一封信中表示同情这场革命："现在一场新的暴动震撼大地，人们冲破千百年的羁绊，挣脱各种社会思想和抽象思想的骇人联系——这就是我个人关于劳与获

251

的真理。"（400）[159] 伊万诺夫的立场仍是揭发性的：他认为当时的革命并非自由的暴动和全新时代的肇始，它"不过是文化意义上的埃及编年史上新的一页"（405），这场革命采用的方法"主要是历史的、社会的，甚至国家性的方法，而并非乌托邦和无政府主义的方法，也就说是留存者和定居者的个人方法，而非游侠和游牧者的个人方法"（405）。伊万诺夫的观点可以与勃洛克对革命的失望进行对比，勃洛克认为，革命后积极推行的国体建设背离了基本的、摧毁性的、"斯基泰式的"和尼采式的激情。

他们之间最后一次通信同时以坚持原则但又亲密的语调结束了这场对话（一个说"我们之间没有共同的信仰"，一个说"我同您确实没有共同的信仰"，410）。伊万诺夫往阐释格尔申宗立场的那堆概念里又加上了一整套在他看来在俄罗斯知识界是有代表性的理念："您呢，当然彻头彻尾、彻里彻外属于我国知识分子，无论您与之如何相斗不止。"（412）当然这种亲和仍不失尖锐的辩论性——使格尔申宗得以成名的《路标》文集（1909）聚焦的正是对知识分子各种观点的去魅（难怪他在回信中写下这样的话："……您甚至骂我是知识分子。"413）。伊万诺夫则把自己排除出知识分子队伍："……不如说我的一半是俄罗斯大地的儿子，不过已被驱离了这片土地，我的另一半是异地人，塞易斯这个人们遗忘氏族、部落地方的一个学徒。"（412）伊万诺夫在信中提及他曾翻译并极力介绍的诺瓦利斯长篇小说《塞易斯的学徒》之书名是不无理由的，因为这里它指涉了参与寻找那种对各民族而言都一致的秘密的、神秘主义的知识。

伊万诺夫是通过"朴素化"这个概念来剖析知识分子文化态度的实质的："'朴素化'——这是个对我国知识分子很有吸引力的词：在这种渴望中表现出他们对根基的完全脱离。"（412）托尔斯泰名字的再次出现也与朴素化有关：

252 "列夫·托尔斯泰属于理应为您所青睐的那种人。"（412）与此同时朴素化在本质上是为伊万诺夫断然不能接受的，它是一种"……背叛、遗忘、逃避和怯懦、疲劳的反应"（412），通向"作为统一体"的朴素的道路必须经过复杂性，"以遗忘粉饰的自由是空泛的"（412）。伊万诺夫已不再建议自己的对话人改变主意，而是一会儿用先知般的口吻说："文化将变成对上帝和大地的崇拜。但这将会是记忆——人类的原初记忆的奇迹"（411），一会儿用庄严而又如告解般的口吻说："数典忘祖者不是逃亡的奴隶便是获释的农奴，但绝不是生而自由者。文化即是对先祖的崇拜，——文化甚至至今还能隐约地意识到这一点，即祖先的复活。"（412）伊万诺夫这最后一封信的最后一句话是"我说完了"（拉丁语"Dixi"）。这种结尾的趋近在伊万诺夫的创作中有着一个重要传统："奴隶"（或"获释农奴"）在他的诗歌中是游牧民、流浪者的变体，而祖先的复活理念当然属于作家思想中的索洛维约夫主义层面。伊万诺夫在最后一封信中又把我们带到他的笔谈的起始点上。他把朴素化的话题同朝着上帝上升联系起来："我又要重复并见证这样一个实情：世界上处处存在伯特利和雅各的天梯，在任何一条地平线的每一个中点"（412），只有"精神中的炽热死亡"（413），即对上帝存在的个人经验能解放我们。很典型的是，后来伊万诺夫在《致杜博斯的信》中把自己皈依天主教（只是到1926年才正式改宗）也和拒绝接受革命的唯物主义、拒绝反对基督的抗争等原因联系在一起。这种个人将两个教会连接起来的行动——即得到真正的基督教和基督，他自己承认有关这一点的想法正是在革命后时期强化起来的——也可视为对格尔申宗的回答。

1921年伊万诺夫离开饥馑的莫斯科来到巴库大学供职，在那里他主要研究古典语文学问题，其成果便是《狄奥尼索斯与原始狄奥尼索斯教》一书（1923）。他不再在报刊上发表自己的意识形态观点，却在同他的学生莫·阿尔特曼、维·马努伊洛夫和叶·米利奥尔的交谈中直率地表达自己的见解。他在侨居国外期间更多地与欧洲报刊，而非俄语报刊合作，从1936年起他才开始在俄语刊物上发表作品。末期伊万诺夫在思想领域的工作大多是从事翻译和对在本国内写下的多篇著述进行整理。

（本章第1、2、3、5节的作者为奥·亚·库兹涅佐娃，第6节的作者为尤·康·格拉西莫夫，第4、7、8、9、10节的作者为克根·弗·奥巴特宁。）

注释：

1　自传材料〔始于下列著作中伊万诺夫的文本：《近十年来的俄国诗人介绍》（莫·霍夫曼编，圣彼得堡、莫斯科，1909）〕以及回忆录信息在这篇文章中得到总结：尼·弗·科特列廖夫，《维亚切斯拉夫·伊万诺维奇·伊万诺夫》，载《俄国作家生平词典（1800–1917

年）》，莫斯科，1992，372-377页。

253

2 安·别雷，《维亚切斯拉夫·伊万诺夫》，载《20世纪的俄罗斯文学》，谢·阿·文格罗夫编，莫斯科，1916，第3卷，115页。

3 奥·杰沙尔特，《前言》，载《维·伊万诺夫文集》，四卷本，布鲁塞尔，1971，第1卷，15页。此后出自该书的引文只在正文中注明卷号、页码。

4 这篇学位论文到1911年才得以发表，参见：维·伊万诺夫，《论罗马人民的公共税团体（皇家考古学学会。古典学部学术论丛）》，圣彼得堡，1910，第6版。

5 《雅典娜神庙》，1903，第3949号，7月4日，23页。

6 勃留索夫，《与维亚切斯拉夫·伊万诺夫的通信（1903—1923年）》，谢·谢·格列奇什金、尼·弗·科特列廖夫、亚·瓦·拉夫罗夫作序、刊发，载《文学遗产》，莫斯科，第85卷，435页注。

7 同上，第462页。

8 同上。

9 别尔嘉耶夫，《"伊万诺夫星期三"》，载《20世纪的俄罗斯文学（1890-1910年）》，谢·阿·文格罗夫主编，莫斯科，1918，第3、4卷，第8辑，98页。

10 同上。

11 格·维·阿达莫维奇，《维亚切斯拉夫·伊万诺夫与列夫·舍斯托夫》，载格·阿达莫维奇，《孤独与自由：文学评论文集》，圣彼得堡，1993，134页。

12 谢·维·托洛茨基，《回忆录》，亚·瓦·拉夫罗夫刊发，载《新文学评论》，1994，第10期，50页。

13 勃留索夫，《与维亚切斯拉夫·伊万诺夫的通信》，第514页。

14 转引自：安·鲍·希什金，《维·伊万诺夫创作长诗〈人〉始末》，载《科学院通报》，文学语言版，1992，第51卷，第2期，53页。

15 谢·谢·阿韦林采夫，《维亚切斯拉夫·伊万诺夫》，载维·伊万诺夫，《短诗和长诗》，列宁格勒，"诗人文库"，小系列，1976，51页。

16 帕特里克·戴维森，《维·伊万诺夫的〈冬天的十四行诗〉》，载《维·伊万诺夫：资料与研究》，弗·亚·克尔德什、因·维·科列茨卡娅主编，莫斯科，1996，225页。

17 维·伊万诺夫在巴库任教时的学生有马努伊洛夫（参见：维·安·马努伊洛夫，《一个幸福人的札记》，圣彼得堡，1999，86-107页）、莫·谢·阿尔特曼（参见：莫·谢·阿尔特曼，《与维亚切斯拉夫·伊万诺夫的谈话》，康·尤·拉波-达尼列夫斯基作序，瓦·阿·德姆希茨、康·尤·拉波-达尼列夫斯基作注，圣彼得堡，1995）。

18 有关内容详可参见：尼·弗·科特列廖夫，《维·伊万诺夫——巴库大学教授》，载《塔尔图国立大学学术论丛》，第209辑，《俄罗斯和斯拉夫语文学学报》，第11卷，1968，326-339页。

19 《1924年10月16日维·伊万诺夫致伊·玛·勃留索娃的信》，载勃留索夫，《与维亚切斯拉夫·伊万诺夫的通信》，544页。

20 参见：尼·弗·科特列廖夫，《〈导航的星辰〉出版始末》，载《俄罗斯思想（巴黎）》，1989，第3793期，9月15日，11页。

21 这是维·伊万诺夫在下述传记随笔中对索洛维约夫"生活—爱—创作"概念的诠释：《歌曲和思维中的索洛维约夫的波吕克塞娜（快板）》，载《20世纪的俄罗斯文学（1890—1910年）》，谢·阿·文格罗夫主编，莫斯科，1918，第3卷，第7辑，181页。

22 阿·费·洛谢夫，《维·伊万诺夫评弗拉基米尔·索洛维约夫》，在《维·伊万诺夫：档案资料与研究》，柳·戈戈吉什维里、亚·卡扎良主编，莫斯科，1999，160页。

23 可参阅：帕特里克·戴维森，《俄罗斯和西方评论思想中的维亚切斯拉夫·伊万诺夫（1903—1925年）》，载《匈牙利斯拉夫学》，布达佩斯，1996，第41卷，112-114页；对《引航的星斗》书评的综述可参见：《维·伊万诺夫与谢·阿·文格罗夫的通信》，奥·亚·库兹涅佐娃作序、刊发，载《普希金之家手稿部，1990年年鉴》，圣彼得堡，1993，84页。

24 参阅：谢·阿·文格罗夫，《维亚切斯拉夫·伊万诺维奇·伊万诺夫》，载《弗·阿·布罗克豪斯与伊·阿·伊夫隆百科词典》，第1a补卷，圣彼得堡，1905，807页。

25 《维·伊万诺夫致谢·阿·文格罗夫的信（1905年10月8日）》，载《维·伊万诺夫与文格罗夫的通信》，91页。

26 维·伊万诺夫第一、二部诗集的这些主题已得到详尽的分析，可参阅：米罗斯拉夫·约万诺维奇，《维亚切斯拉夫·伊万诺夫〈透明〉诗集潜台词结构的若干问题》，载《文化与记忆（第三届维亚切斯拉夫·伊万诺夫国际学术讨论会）》，第2卷，福斯托·马尔科瓦蒂主编，《帕维亚大学文学语文学系学报》，第45卷，，佛罗伦萨，1988，59-81页。

27 米·米·巴赫金，《俄罗斯文学史讲稿：维亚切斯拉夫·伊万诺夫》，载米·米·巴赫金，《语言创作美学》，莫斯科，1979，376-377页。

28 同上，378页。

29 法·弗·泽林斯基，《维亚切斯拉夫·伊万诺夫》，载《20世纪的俄罗斯文学（1890—1910年）》，谢·阿·文格罗夫主编，莫斯科，1918，第3卷，第8辑，110页。

30 《维·伊万诺夫致亚·瓦·戈尔施泰因的信（1903年2月18［5］日）》，（收于《维·伊万诺夫与亚·瓦·戈尔施泰因的通信》一文），马利昂·瓦赫特尔、奥·亚·库兹涅佐娃刊发、作序、作注，载《匈牙利斯拉夫学》，布达佩斯，1996，第41卷，366页。

31 同上，366-367页。

32 伊万诺夫致勃留索夫的信（1903年12月28［15］日）（勃留索夫，《与维亚切斯拉夫·伊万诺夫的通信》，442页）。

33 引自《引航的星斗》序言草稿，参见：鲁·叶·波米尔奇，《注释》，载维·伊万

254

诺夫，《诗歌、长诗、悲剧》，圣彼得堡，1910，阿·巴尔扎赫作序，鲁·波米尔奇编辑、校勘、作注，圣彼得堡，1995年，第2册，268页，"新诗人文库"。

34　关于《引航的星斗》中对歌德《浮士德》的影射，可参阅：马利昂·瓦赫特尔，《俄国象征主义与文学传统》，1994，78-83页。

35　阿韦林采夫，《维亚切斯拉夫·伊万诺夫》，19页。

36　泽林斯基，《维亚切斯拉夫·伊万诺夫》，107页。

37　帕特里克·戴维森，《维亚切斯拉夫·伊万诺夫的诗歌想像：一个俄国象征主义者对但丁的接受》，剑桥，1989，93页。

38　勃留索夫，《与维亚切斯拉夫·伊万诺夫的通信》，437页。

39　对这组组诗有人进行过专门的研究，可参见：阿米纳达夫·迪克曼，《伊万诺夫式抒情诗：关于组诗〈透明〉的几点看法》，载《俄罗斯世界杂志。20世纪的一位智慧大师：维亚切斯拉夫·伊万诺夫及其时代》，巴黎，1994，1～6月，269-283页。

40　洛谢夫，《维·伊万诺夫论弗拉基米尔·索洛维约夫》，152-153页。

41　《勃洛克文集》（八卷本），莫斯科、列宁格勒，1962，第5卷，538页（此后出自该书的引文只在正文中注明"勃洛克，卷数，页码"）。

255　42　《燃烧的心》出版时，从这一视角做出的最重要评论可参见下列著作：帕特里克·戴维森，《俄罗斯诗歌传统中的困难遗产：同时代对维·伊万诺夫〈燃烧的心〉的批评回应》，载《俄罗斯世界杂志》，1994，第35卷，第1～2期。与伊万诺夫同时代的评论者认为，伊万诺夫诗歌语言的艰涩（尤其如若将之视为一种文学姿态）让这种语言与18世纪的诗歌近似（对这种观点的论证可参见：B.A.库兹涅佐夫，《维·伊万诺夫的"僧侣体语言"：文学渊源》，载《语文艺术：纪念阿斯科尔德·鲍里索维奇·穆拉托夫教授诞辰60周年》，彼·叶·布哈尔金主编，圣彼得堡，1997；还可比较纳·丘尔科娃关于《迈纳得斯》一诗的困难形式的评论："别让不了解维·伊万诺夫诗歌的人以为他使用这种语言是故意的……不，这是他的一贯风格，他说话和写作的一贯用语，这几乎算他的口头语了"。[纳·格·丘尔科娃，《"你——一个沉寂词语的回忆"：回忆格奥尔基·丘尔科夫文章选》，柳·伊利尤尼娜刊发、作序，载《俄罗斯基督教运动通报》，1989，第157期，137页]

43　1906年7月28日的信，俄罗斯国立图书馆手稿部，全宗号109，卡号10，存储单元3，22页。

44　安·希什金认为这首诗中的"熔化的心"的形象是"燃烧的心"在伊万诺夫抒情诗中的首次出现（见安·鲍·希什金，《维亚切斯拉夫·伊万诺夫诗中的"熔化的心"——论"伊万诺夫与但丁"这一题目》），载《维亚切斯拉夫·伊万诺夫：资料与研究》，334页。

45　以伊万诺夫的政治、美学的观点和文学、社会的时代背景对这组组诗进行的阐释可参见：因·科列茨卡娅，《维·伊万诺夫的组诗〈愤怒时期〉》，载《1905—1907年的革命与文学》，莫斯科，1978。关于对伊万诺夫极为关键的1904-1906年间的"精神编年史"及其超历史的意义，可参见：谢·多岑科，《维·伊万诺夫组诗〈愤怒时期〉中的历史主义问题》，载《塔尔图国立大学学术论丛》，第813期：《论勃洛克文集：第8辑》，塔尔图，1988。

46　阿·弗·特尔科娃-威廉姆斯，《往事的影子：塔楼种种》，载《复兴：文学政治记事簿》，1955，第41册，5月，84页。

47　这节诗的韵脚在俄罗斯抒情诗界得到广泛的响应。鲁·波米尔奇指出了勃洛克和叶·文斯基对此韵脚的戏拟（参见维·伊万诺夫《短诗·长诗·悲剧》，298页），不过这个名单还可以延续下去：从丘科夫斯基精确的"我们打鲨鱼和梭子鱼——从两旁，从两旁"，到奥·曼德尔施塔姆的"堤岸之上——伏尔加，你涌！伏尔加，你涌"（1937年）。

48　这种韵律最有可能来自于歌德翻译的塞尔维亚民间诗歌《哈桑阿迦尼察》。不能排除奥·杰沙尔特在为这首诗所作的注中对这首塞尔维亚歌曲的提及体现了伊万诺夫本人的意思（Ⅱ，688）。另一方面，能够推测歌德的译诗只是为伊万诺夫提供了一种范例，而伊万诺夫对这首塞尔维亚民歌的原文是熟悉的。这首诗民歌的首句"绿色山岭上什么闪白光？"与伊万诺夫《引航的星斗》中的《客人》的第一句"我的花园在绿色山岭上……"（Ⅰ，705）呼应。而歌德的译文则并非译自原文，而是译自德语的改编版，因而第一行的词汇译得不精确，把"山岭"换成了"森林"："绿色森林中什么闪白光？"（《阿桑阿迦夫人的悲歌》）

49　具体日期见杰沙尔特所作的注（Ⅱ，699）。

50　这一太阳戏剧也是他同年（1905年）写成的悲剧《坦塔罗斯》的基础。伊万诺夫曾对莫·阿尔特曼说："……我发展了尼采关于太阳悲剧的思想（这绝不是一件坏事）：它普照天宇，自己却看不见，它施予一切，自己却无法施予。"（见莫·谢·阿尔特曼，《与维亚切斯拉夫·伊万诺夫的谈话》，圣彼得堡，1995，28页）。

256

51　我们带有几分怀疑提出这样一种假设：对神秘主义感兴趣的伊万诺夫可能还知道各种神秘主义文本本身所包含的太阳象征系统，如西莱西乌斯的二行诗《你必须亲自成为太阳》（安格卢斯·西莱西乌斯，《诗歌全集》（三卷本），慕尼黑，1949，第3卷：《炽天使漫游者：对四件终末之事的感性描写》，20页）。至少后来，当他用《自深处》（1909）这首诗（是他对神智学的曼特罗密语的思考）给《燃烧的心》中的太阳组诗结尾时，伊万诺夫仿佛把这种阅读给合法化了（详可参见：根·弗·奥巴特宁，《神秘主义者伊万诺夫：维亚切斯拉夫·伊万诺夫诗歌与散文中的通灵术主题（1907-1919年）》，莫斯科，2000，56-57页）。

52　帕特里克·戴维森，《维亚切斯拉夫·伊万诺夫的诗歌想像：一个俄国象征主义者对但丁的接受》，第180页。

53　亚·亚·孔德拉季耶夫在1907年1月13日写给谢·阿·索科洛夫的信中记述了勃洛克家的晚会，尤其是维·伊万诺夫朗诵《厄洛斯》组诗后也读了这首诗。（《文学遗产》，第92卷，《亚历山大·勃洛克：新资料与研究》，莫斯科，1982，第3册，268页，在这本书中根据作者手稿将写作日期确定为1907年1月11日。）

54　详见：帕特里克·戴维森，上引著作，第198页。

55　组诗《北方的太阳》中有太阳题材的另一个变体。这个组诗的题目在最终结集时仍被使用，1906年伊万诺夫在《天平》上发表诗作专辑时——勃留索夫计划为每位著名诗人单留一期——就用了这个标题。。

56　详可参阅：尼·亚·博戈莫洛夫，《彼得堡的哈菲兹之友》，载尼·亚·博戈莫洛夫，《米哈伊尔·库兹明：文章和资料》，莫斯科，1995。

57　佩特罗尼乌斯是古罗马讽刺作家，"复春"（Renouveau）意为"革新者"，这是努韦尔这个姓略加改动后的音变形式——如果用法语把它读成Nouvelle的话。安提诺乌斯则是安东尼皇帝热恋的美少年。（译按：此处安东尼皇帝应为哈德良皇帝之误。）

58　尼·亚·博戈莫洛夫，《彼得堡的哈菲兹之友》，78、79页。

59　伊万诺夫翻译过普拉腾的诗歌，并拟收入合集《北方的哈菲兹》，但此合集因故未能出版（参见尼·亚·博戈莫洛夫，《彼得堡的哈菲兹之友》，87页）。在伊万诺夫的箴言集《斯波拉泽斯》中也提及了这位诗人。

60　同上，72页。

61　伊万诺夫在1906年8月11日写给季诺维耶娃-阿尼巴尔的信中向她转述了他同德·茹科夫斯基的谈话："我建议他径直在禁欲和快乐的科学之间做出选择。禁欲就意味着约束自己，为了目标强制自己做一切不愿做的事，把重心从自己转移到精心选定的目标上来。"快乐的科学"的要义就是在满足自己需求、欲望等等的意义上确立自己。禁欲也可以是一种快乐，而快乐的科学则把一切变得生机勃勃，并扩展强有力的心灵。"（俄罗斯国立图书馆手稿部，全宗号109，卡号10，存储单元3，59页）

62　《天平》，1907年，第2期，85页。

63　俄罗斯国立图书馆手稿部，全宗号109，卡号10，存储单元3，43页。

64　奥·杰沙尔特，《附录与补充》。Ⅱ，759。

257　65　尼·亚·博戈莫洛夫，《彼得堡的哈菲兹之友》，第79页。

66　如参见荷尔德林的诗《致狄俄提玛》和《狄俄提玛》（荷尔德林，《许佩里翁、诗歌、书信、苏泽特·贡塔尔、狄俄提玛的信》，莫斯科，1988），伊万诺夫可能也知道，荷尔德林用狄俄提玛称自己的恋人苏泽特·贡塔尔，这是他当家庭教师的那户人家的女主人。

67　1909年伊万诺夫准备将《厄洛斯》收入《燃烧的心》，在重新审阅原作时他说："站在局外人立场上把《厄洛斯》当作别人的作品来读，我为由情欲、秘密行动和秘密视象带来的某种魔法的沉醉、黑暗的紧张氛围感到震惊。这些诗可谓淋漓尽致，标新立异，不过并非每一首都尽如我意（见8月16日日记；Ⅱ，791）。"

68　勃留索夫，《与维亚切斯拉夫·伊万诺夫的通信》，506页。

69　1907年夏天伊万诺夫与丘尔科夫的立场划清界限，因而体验到了小圈子内部的偏见危机，详可参见：根·弗·奥巴特宁，《维·伊万诺夫关于与"神秘主义的无政府主义"争辩的未发表资料》，载《人物：传记丛刊》，圣彼得堡，1993年，第3期。

70　勃留索夫，《与维亚切斯拉夫·伊万诺夫的通信》，507页。

71　伊万诺夫1907年7月2日致勃留索夫的信，转引自：奥·杰沙尔特，《附录与补充》。Ⅱ，693。

72　勃留索夫，《与维亚切斯拉夫·伊万诺夫的通信》，514页。

73　同上。

74　同上，523、525页。勃留索夫此前就指出了这本书的"必要性"，比如1909年夏把此书的第一批校样送给了伊万诺夫的时候（详参见：奥·杰沙尔特，《附录与补充》。Ⅱ，695-696）。

75　关于这一题材可参见：奥巴特宁，上引著作，81-84页。

76　参见：奥·杰沙尔特，《附录与补充》。Ⅱ，697-698。

77　详参见：《维·伊·伊万诺夫与阿·德·斯卡尔金通信选》，马利昂·瓦赫特尔刊发，载《往事》，1990，第10期，121～141页。

78　《维·伊万诺夫写给谢·阿·文格罗夫的一封自述生平的信（1917年1～2月）》，载《20世纪的俄罗斯文学》，第3卷，88页。

79　《席勒文集》（七卷本），莫斯科，1955，第1卷，237页。

80　有关这一情节详可参见：马利昂·瓦赫特尔，《维亚切斯拉夫·伊万诺夫的"应答诗学"》，载《俄罗斯文学》，1998，第64卷，第3期，304-308页。

81　这部作品开头部分留存下来的文本及其写作经过可参见：尤·康·格拉西莫夫，《维·伊万诺夫未完成的悲剧〈尼俄柏〉》，载《普希金之家手稿部1980年年鉴》，列宁格勒，1984年版，178-203页。

82　参阅：弗·梅耶荷德，《论戏剧的历史及技术》，载《戏剧·一本关于新戏剧的书》，圣彼得堡，1908。据玛·萨巴什尼科娃回忆，1906年11月间薇·费·科米萨尔热夫斯卡娅剧院的演员们背了《坦塔洛斯》一剧中的合唱（玛·萨巴什尼科娃，《绿蛇：一个人的历史》，莫斯科，1933，146页）。

83　维·伊万诺夫，《垄沟与阡陌：谈戏剧问题》，载《阿波罗》，1909，第1期，77页。

84　参见：《20世纪的俄罗斯文学》，谢·阿·文格罗夫主编，莫斯科，1916，第3卷，第8册，105页。

85　在科米萨尔热夫斯卡娅于其剧院创办前举行的一次星期六集会上（1906年10月21日），"青年小组"的成员们在火炬光下朗诵了维·伊万诺夫的《酒神赞歌》。

86　库兹明，《渔网中的鳞片》，载《射手》，1921，第3集，98页。

87　列·普·卡尔萨温在其《关于死亡的长诗》中称，有关狄奥尼索斯-扎格琉斯的神话为"伪基督教书籍"中常见的"渎神传说"。参见：《北方》，1992，第2期，142页。

88　"想象性"（《имагинативный》）这个形容词源于拉丁语imagines，意为古罗马人为先祖塑造的蜡像。

258

89　参见：维·伊万诺夫，《普罗米修斯》，彼得堡，1919，12页。

90　弗·亚·克尔德什，《维亚切斯拉夫·伊万诺夫与陀思妥耶夫斯基》，载《维亚切斯拉夫·伊万诺夫：资料与研究》，247—261页。

91　阿·费·洛谢夫，《象征问题与现实主义艺术》，列宁格勒，1976，285、287页。

92　关于阿里曼和路西法这两个魔鬼的区别，可参见：维·伊万诺夫，《俄罗斯的面目与假面：陀思妥耶夫斯基意识形态研究，第1编，绪论：关于魔鬼》（Ⅳ，445—453）。

93　维·伊万诺夫，《普罗米修斯》，18页。

94　参见：《戏剧通报》，1919年，第44期，4页。

95　《卢那察尔斯基文集》（八卷本），莫斯科，1966，第5卷，390页。

96　维·伊万诺夫，《普罗米修斯》，23页。

97　参见：别雷，《维·伊万诺夫》，《20世纪的俄罗斯文学》，谢·阿·文格罗夫主编，莫斯科，1916，第3卷，第8册，145页。

98　马利昂·瓦赫特尔，《维亚切斯拉夫·伊万诺夫的"应答诗学"》，303页。

99　参见：尼·弗·科特列廖夫，《维亚切斯拉夫·伊万诺维奇·伊万诺夫》，载《俄国作家生平词典（1800—1917年）》，373页。以及《维·伊万诺夫，智识日记（1888—1889年）》，尼·弗·科特列廖夫、И.Н. 弗里德曼校勘，尼·弗·科特列廖夫作注，载《维亚切斯拉夫·伊万诺夫：档案资料与研究》，莫斯科，1999，50页。

100　某些篇什已被我们发表。参见：根·弗·奥巴特宁，《普希金之家手稿部保存的有关维亚切斯拉夫·伊万诺夫的资料》，载《普希金之家手稿部1991年年鉴》，圣彼得堡，1994，31—32页。

101　鲍·帕斯捷尔纳克，《几点说明》，载鲍·帕斯捷尔纳克，《空中路：早期散文》，莫斯科，1982，112页。

102　梅列日科夫斯基在收到《希腊的受难神宗教》的第一部分的手稿后，写信给伊万诺夫称："第一章给了我很深的印象，您的著作像一道清新而明亮的光照亮了我们所有的选题。衷心地请求您尽快地写下去！"（《德·谢·梅列日科夫斯基与维·伊·伊万诺夫的通信》，玛丽亚·齐姆博尔斯卡娅-列博达、尼·亚·博戈莫洛夫刊发、作注，载《俄罗斯研究（第七辑）：国内与境外：20世纪俄罗斯文学》，华沙，1999，83页，1903年12月22日的信。

103　梅列日科夫斯基在1903年3月20日写给伊万诺夫的信中说："我们只求您一点：要写得尽量通俗些，简明些，快些！我们的主要任务就是让人想不懂我们都不可能，因为我们主要的障碍就是有人竭尽全力不想懂我们。"（同上，第81页）

104　《新路》，1904，第1期，110页。

105　伊万诺夫1904年9月19日（俄历6日）致勃留索夫的信，信中对他写的这篇文章进行了一系列说明。载勃留索夫，《与维亚切斯拉夫·伊万诺夫的通信》，459页。

106　这个术语是伊万诺夫从法国评论家埃米尔·埃内坎著作中借用的，其亲近的女友

259

亚·瓦·戈尔施泰因曾把这些著作介绍给他看（参见：《维·伊万诺夫与亚·瓦·戈尔施泰因的通信》，357页）。

107 这对未来夫妇的爱情在种种文学语境中发展，而这些语境正是与人类本质之神秘性这一思想相联系（可参见：马利昂·瓦赫特尔，《俄国象征主义与文学传统：歌德、诺瓦利斯与维亚切斯拉夫·伊万诺夫的诗学》，麦迪逊，1994；帕特里克·戴维森，《维亚切斯拉夫·伊万诺夫的诗歌想像：一个俄国象征主义者对但丁的接受》）。

108 引自伊万诺夫1904年10月11日（俄历9月28日）致勃留索夫的信（勃留索夫，《与维亚切斯拉夫·伊万诺夫的通信》，462页）。伊万诺夫感到俄国乃至全世界历史上某个新时期业已到来，这也表现在他写的组诗《世纪之歌》（1904）中，他将预言1900年起新的"星魔"犹菲勒会开始统治世界的德国通灵术士阿格里帕·冯·内特斯海姆的话作为这部组诗的卷首题词（这是勃留索夫告诉他的）。

109 "我决定将我的文章（诸如《诗人与贱民》《尼采与狄奥尼索斯》等以及我现在正撰写的新篇什）与论述狄奥尼索斯宗教的书分开发行，并给它们起了一个《狄奥尼索斯与全民艺术》之类的总标题。这是一本小部头的书。我想"天蝎"出版社对它不会感兴趣。如果我不对，请告诉我。"（引自伊万诺夫1905年7月31日致勃留索夫的信（见勃留索夫，《与维亚切斯拉夫·伊万诺夫的通信》，476页）。早先已答应出版《希腊的受难神宗教》的女诗人安·格尔齐克的丈夫德·叶·茹科夫斯基后来又答应出版这部文集，但最终也未果。1909年夏，这个文集由伊万诺夫夫妇的"家庭"出版社"荷赖"社出版。

110 如参阅伊万诺夫1906年6月17日的日记记载（Ⅱ，752）及其就该计划写给季诺维耶娃-阿尼巴尔的信，见俄罗斯国立图书馆手稿部，全宗号109，卡号10，存储单元30。

111 有关情况详可参阅：安·鲍·希什金，《1905-1906年间的彼得堡塔楼的会饮》，载《前夜：丛刊》，德·谢·利哈乔夫出版、主编，圣彼得堡，1998，273-352页）以及一部更早的著作：安·希什金，《彼得堡"塔楼"的柏拉图式和苏菲式宴饮：别尔嘉耶夫与维亚切斯拉夫·伊万诺夫》，载《俄罗斯世界杂志：20世纪的一位智慧大师：维亚切斯拉夫·伊万诺夫和他的时代》，1994，第35卷，第1~2期。

112 有关这两个小组的情况见：尼·亚·博戈莫洛夫《彼得堡的哈菲兹小组》。

113 罗森塔尔的观察。（伯尼斯·格拉策·罗森塔尔，《超越的政治：维亚切斯拉夫·伊万诺夫对"聚合性"的看法》，载《加利福尼亚斯拉夫评论》，1992，第14卷，148页。）

114 可比较："他对我说'神秘主义的无政府主义'，而我对他说'不接受世界，超个人主义，神秘主义的能量论'——于是我们两人相互理解了对方的意思，我们觉得，对于理解某个文化事业我们有共同的思想基础"（维·伊万诺夫，《论"火炬派"及其他集合名词》，载《天平》，1906，第6期，54页）。

115 参阅维·伊万诺夫早期日记中的记录：维·伊万诺夫，《智识日记：1888年》。

260

116 维·伊万诺夫，《当代思潮选萃之一：启示录与社会性》，载《天平》，1905，第6期，38页。

117 对这场争论的分析可参阅：伯尼斯·格拉策·罗森塔尔，《从颓废到宗教：伊万诺夫和梅列日科夫斯基》，载《文化与记忆：第三届维亚切斯拉夫·伊万诺夫国际学术研讨会通报》，福斯托·马尔科瓦蒂编，佛罗伦萨，1988，第1卷，以及玛丽亚·齐姆博尔斯卡娅-列博达、尼·亚·博戈莫洛夫，《论"梅列日科夫斯基与维·伊万诺夫"问题》，69-70页。

118 参阅：康·马·阿扎多夫斯基、德·叶·马克西莫夫，《勃留索夫与〈天平〉：出版史》，载《文学遗产》，第85卷，280-281页。

119 参见：维·伊万诺夫对谢·戈罗杰茨基，《雅尔——抒情诗和抒情史诗》（圣彼得堡，1907）的评论，载《批评评论》，1907，第2期，48页。

120 导致他们发生分歧的原因是丘尔科夫给《法兰西信使》做的访谈，其中他对"神秘主义无政府主义"的基本定义进行了庸俗化处理，详情可参阅：根·弗·奥巴特宁，《关于"神秘主义的无政府主义"的争论——未曾发表的维·伊万诺夫的资料》，载《人物：传记丛刊》，圣彼得堡，1993，第3辑。

121 关于他们之间的关系可参阅：马利昂·瓦赫特尔，《维亚切斯拉夫·伊万诺夫：从美学理论到传记实践》，载《创造生活：俄国现代主义的美学乌托邦》，伊琳娜·帕佩尔诺、琼·德拉内·格罗斯曼编，斯坦福，1994；尼·亚·博戈莫洛夫，《20世纪初的俄罗斯文学与通灵术》，莫斯科，1999；以及我们的一部著作：《神秘主义者伊万诺夫：维·伊万诺夫诗歌、散文中的通灵术主题（1907—1919年）》，莫斯科，2000。

122 现存有伊万诺夫约100篇通灵学文章，参见我们的文章《关于伊万诺夫学院版文集的一个问题》（载《俄罗斯现代主义校勘学问题》，责任编辑奥·亚·库兹涅佐娃，圣彼得堡，2001）。

123 勃洛克，《札记本》，莫斯科，1965，104页。

124 拉丁语，意为"从最真实者到更真实者"。

125 参见：安·别雷，《更真实者》，载《天平》，1908，第5期；伊万诺夫的回应：《鲍·尼·布加耶夫与〈更真实者〉》，载《天平》，1908，第7期。

126 伊万诺夫写信给别雷说："我的发言只代表我，不代表派别。我不知道谁将与我一派，谁将反对我。我当年写《引航的星斗》和《诗人与贱民》时的情形一样对此一无所知。"（俄罗斯国立图书馆手稿部，全宗号109，卡号9，存储单元8，3页）。

127 这段活动的编年概况可参阅：维·伊万诺夫，《〈论"大地"一词的福音意义〉报告》，载《书信·自传（1926年）》，142-144页；以及参阅：《德·谢·梅列日科夫斯基与维·伊·伊万诺夫的通信》，载《俄罗斯研究（第七辑）》。

128 请对照他1905年10月24日给勃留索夫信中下列的话："让世界看到斯拉夫各民族会建立一个一统的国家（这是我一直以来的理想）。"（勃留索夫，《与维亚切斯拉夫·伊万诺

夫的通信》，487页）

129 参阅：尼·亚·博戈莫洛夫，《20世纪的俄罗斯文学与通灵术》，232，239—254页；以及我们的著作《神秘主义者伊万诺夫：维·伊万诺夫诗歌、散文中的通灵术主题（1907—1919年）》，122—147页。为团结反对这些势力的力量，他们曾拟成立神秘主义骑士会，骨干为伊万诺夫、别雷以及明茨洛娃本人（可参阅：玛丽亚·卡尔森，《伊万诺夫−别雷−明茨洛娃：神秘的三角》，载《文化与记忆：第三届维亚切斯拉夫·伊万诺夫国际学术研讨会通报》，63—79页）。

130 维·伊万诺夫对安德列·别雷的《灰烬》（莫斯科，1908）的评论，载《批评评论》，1908，第2期。

131 勃留索夫，《日记》，莫斯科，1927，142页。

261

132 1910年3月25日的信，《亚历山大·勃洛克与维·伊万诺夫通信选》，尼·弗·科特列廖夫刊发，载《苏联科学院学报（文学语言版）》，1982，第41卷，第2期，170页。

133 勃洛克，V，426。

134 同上。

135 同上。

136 关于谢·马科夫斯基和"青年编委会"对勃留索夫《论"奴隶语言"，保卫诗歌》一文的同情性反应，参见：《文学遗产》，第92卷，第3分册，369—371页。

137 谢·戈罗杰茨基，《谄媚之国及其紫百合色的贝德克尔》，载《逆流》，1910，10月15日，第1期。

138 以通灵术主题的观点对勃洛克这篇文章的阐释参见：尼·亚·博戈莫洛夫，《20世纪初的俄罗斯文学与通灵术》，197页。

139 参见：安·别雷，《是花冠，还是荆冠》，载《阿波罗》，1910，第11期。

140 然而这个题名早在1909年就作为写给《阿波罗》杂志的系列文章总名称使用了，其第1期上只登载了这批文章中的一篇名为《论戏剧问题》的文章。

141 登载这篇文章的《劳作与时日》第1期，是在伊万诺夫的直接监督下编订的。如可参阅他1912年2月3日致埃·梅特纳的信（《维·伊·伊万诺夫与埃·卡·梅特纳：两个世界的通信》，瓦·萨波夫作序并刊发，载《文学问题》，1994，第2期）。勃洛克对这家新刊物的创刊号给予否定性的评价，他在1912年4月16日给别雷的信中说："第1期是维亚切斯拉夫·伊万诺夫一手操办的；他愉快地在忧郁的俄罗斯人头顶，在满目疮痍的俄罗斯上空震耳欲聋地掀动铁页……"（《勃洛克文集》，第8卷，387页）

142 关于这篇文章可参阅我们的著作《维·伊万诺夫〈手法、面貌和风格〉一文的校勘》（载《俄罗斯现代主义校勘学问题》文集）。

143 瓦·丘多夫斯基，《论"俄罗斯思想"》，载《阿波罗》，1911，第8期，67页。

144 详见：根·弗·奥巴特宁，《1917年革命时期维·伊万诺夫肖像的细节》，载《俄罗斯文学》，1997，第2期。

145　1922年6月26日的信，见米·奥·格尔神宗，《致列夫·合斯托夫的信（1920—1925
年）》，安东诺拉·达梅利亚、弗·阿洛伊刊发，载《往事》，1988，第6期，263页。

146　据格尔申宗称，由于妻子的亡故，伊万诺夫当时未能审阅完书稿（同上）。伊万诺
夫传记作者奥·杰沙尔特指出，根据一切迹象和诗人本人的话判断，恶劣的生活条件加剧了什
瓦尔萨隆的病情，而伊万诺夫又未被准许出国（"薇拉得知被拒绝出国后，只平静地说了一
句：'这给我判了死刑。'"Ⅰ，169）。

147　1922年6月26日的信，见米·奥·格尔神宗，《致列夫·舍斯托夫的信（1920—1925
年）》，263页。不过霍达谢维奇对疗养院的回忆却与此不同："那里很清洁、明亮、舒适。
在当时的莫斯科，疗养院可称得上天堂般的绿洲。"（霍达谢维奇，《疗养院》，载《霍达谢
维奇散文选》（两卷本），约瑟夫·布罗茨基主编，纽约，1982，第1卷：《白色的走廊——
回忆录》，104页）

148　维·伊万诺夫，《致杜博斯的信》（Ⅲ，419）。

149　舍斯托夫在悼念格尔申宗的文章中写道："我又重读了、重新聆听了亡者的《信
仰的钥匙》《墨西哥湾暖流》和《两个角落的书简》这三本不厚的书。这些书几乎是在他临
终几年同时写成的，它们的题材也是一致的。"（列·舍斯托夫，《论一本永恒的书——纪念
米·奥·格尔申宗》，载《当代纪事》，1925，第24期，238页。）亚·沃隆斯基为更全面地
说明格尔申宗的立场，还引述了他的《普希金的睿智》（亚·沃隆斯基，《谈一场争论》，载
《在交接点上：文集》，莫斯科、彼得格勒，1923，182-185页）。

150　叶·伦德贝格在评论柏林出版的《两个角落的书简》（《火星》杂志在获得格尔申
宗的允许后于1922年做了转载）的文章中，指出这本书的主题是"一切思考统统围绕着一点，
即文化的危机。勃洛克才华横溢的《人文主义的危机》一文写的就是这种危机，安德列·别雷
就这个问题专门写了三本小书（原文如此）——分别谈的是语言、意识和文化的危机。以伊
万诺夫-拉祖姆尼克和埃贝格为领导的彼得堡的自由哲学协会以此为题还召开了讨论会。'斯
基泰'社和伊万诺夫-拉祖姆尼克论精神最高纲领主义的书亦以此为议题"（叶·伦德贝格，
《论文化的危机》，载《前夜：第62期文学副刊》，1922年第7期，6月11日，10页）。瓦·津
科夫斯基发表评论指出，这本书"尖锐地提出了当代一系列主要和最重要的问题"（《东正教
与文化——宗教哲学文集》，瓦·瓦·津科夫斯基教授主编，柏林，1923，223页），库兹明也
指出了对谈主题的现实迫切性："……他们通信的议题非常贴近现实，这是非常迫切、非常必
要的。"（米·库兹明，《限定性——艺术论文选》，彼得格勒，1923，156页）

151　在伊万诺夫生前，《两个角落的书简》已被译成德文（1926年马丁·布伯在他主
办的杂志上发表）、法文（1930年发表，1931年又出版了由加布里埃尔·马塞尔作序的单行
本）、西班牙文（1933年发表在何塞·奥尔特加-伊-加塞特主办的杂志上）。1932年出版了
由奥·列兹涅维奇-西尼奥雷利翻译、作者本人亲自编辑的意大利文译本。伊万诺夫1930年

262

写信给该书法文译本的出版者、评论家夏尔·杜博斯，阐明了该书的基本论点，丰富了伊万诺夫的思想遗产（Ⅲ，384）。亚·沃隆斯基在接近这场争论之实质的系列人物中提到了赫尔曼·凯泽林、奥斯瓦尔德·斯宾格勒（他是备受俄罗斯哲学家们关注的人物）两人的名字，并且还十分敏锐地提及了俄罗斯侨民思想界的"欧亚主义者"和"民族布尔什维克主义者"们（沃隆斯基，《谈一场争论》，188页）。

152　维·伊万诺夫，《致杜博斯的信》（Ⅲ，419）。

153　库兹明，《限定性》，156页。

154　格·兰道，《拜占庭人与犹太教徒》，在《俄罗斯思想》，1923，第1～2期。

155　维亚切斯拉夫·伊万诺夫、米·奥·格尔申宗，《两个角落的书简》，（Ⅲ，384）。此后本卷的引文直接在正文中标注页码。

156　维·伊万诺夫，《致杜博斯的信》，431页。

157　同上，432页。

158　如参见我们的著作：根·弗·奥巴特宁，《神秘主义者伊万诺夫……》，21-23，118-119页。

159　请对照苏维埃官方评论家彼·谢·科甘书评中的说辞："格尔申宗反文化的愤慨与我们时代更合拍。"（《报刊与革命》，1921年，第3期，224页）同时，科甘，尤其是沃隆斯基都怀疑格尔申宗的立场是否与革命文化的意识形态合拍（请对照："这是个极为反动的观点体系。"见：亚·沃隆斯基，《谈一场争论》，185页）。

第二十六章

马克西米利安·沃洛申

◎因·维·科列茨卡娅　撰 / 郝淑霞、谷羽　译

马克西米利安·亚历山大罗维奇·沃洛申（1877—1932）在俄国象征派中占有特殊地位。他与勃洛克、别雷同龄，在探索精神本质方面与他们接近，忠实于"创造生活"的象征主义理想，是勃留索夫的《天平》杂志的撰稿人之一，但他"并非这一'流派'的人，也不是为团体利益奋斗的斗士"。1903年沃洛申写给勃留索夫的诗句正说明了这一点："在你们的世界，我是个过客，/与所有的人亲近，又与一切隔绝。"由此，研究者客观地认为，沃洛申把自己与象征派活动的联系，理解为对其文学活动没有严格限制的自由创作联盟。[1]

1917年10月俄国的悲剧和国内战争是沃洛申创作命运的分水岭。他是一位只为少数人理解的诗人，是"追求既往的幻想者"和唯美主义者，诗中文雅的诗行描绘欧洲艺术的神奇和克里米亚的独特美丽，他找到了与此前不同的道路。他拒绝离开俄国，把人民经历的俄国"内乱"的沉重考验视为自己的遭遇，从而成长为一位公民诗人，对当时的事件发出了愤怒的、充满先知般激情的言论。沃洛申忠实于索洛维约夫的爱的哲学理论，视其为存在的本原。这给了沃洛申力量，使他得以超脱出两大阵营的敌对状态，深信俄罗斯必定能够复兴。从1910年代末到1920年代年末，沃洛申的政治抒情诗是20世纪公民诗歌创作的巅峰之一，在苏维埃时期曾被列为禁书，只是到了现在才有机会重新与读者见面。

1

马克西米利安·亚历山德罗维奇·基里延科-沃洛申出生在基辅的一个法庭官员家庭,祖辈出身于扎波罗热哥萨克营地,父亲过早离开人世(1881年),沃洛申便由母亲独自抚养。他的母亲精力充沛、意志坚强,对于知识有广泛的兴趣爱好,是他"毕生的同路人"。[2] 未来诗人的童年和少年是在塔甘罗格、莫斯科和克

马克西米利安·沃洛申

里米亚度过的。还在费奥多西亚上中学时,他便第一次发表了诗歌。他模仿纳德松的诗《追悼诗人纳德松》是他早期的典型作品。[3] 1899年2月底沃洛申去雅尔塔登门拜访契诃夫。[4] 沃洛申当时还是莫斯科大学法律系二年级的学生,因参加学潮被学校开除,流放到克里米亚。[5] 他未能大学毕业;1900年被捕后,他放弃了法律系的学业,独自在人文知识的山路上攀登。对于他来说,通向欧洲教育之路始于20世纪曙光初现的巴黎。在那里他与文学界、演艺界交往,去索邦大学、卢浮宫和各家画室听课,在图书馆彻夜攻读,还去地中海沿岸国家、瑞士、奥地利旅行(常常是徒步旅行)。他对欧洲"神圣之石"的忠实始终是不容置疑的。

264

　　未来的诗人，继游历西方之后，又去东方漫游。1900年沃洛申到过中亚
（曾在塔什干——奥伦堡铁路的大地测量工程队工作）。正是在辽阔、浩瀚的
亚洲沙漠，这个被视为人类摇篮的地方，诗人形成了他独特的世界观：坚定支
持普世教会合一运动，关于各民族文化有共同源头的信念，再就是对古老东方
宗教和伦理道德的兴趣。沃洛申在自传体诗《四分之一世纪》（1927）中写到
了这段经历对自己的意义："我走过帖木儿山区的小径，感受到历代猎获物的沉
重。"沃洛申后来将把1900年称为"精神再生年"，同样因为正是那时他接触了
尼采和索洛维约夫的著作，帮助他进行"价值重估"，使他能够"站在亚洲高原
的高度审视整个欧洲文化"。[6]

　　在沃洛申交响乐般复杂的艺术世界中，既爱东方，也爱西方（例如，对佛
教和天主教的兴趣）并非是唯一的对位旋律。在其中和平共处的有诗人对青少
年时期对涅克拉索夫之爱的忠诚和对法国象征派的标新立异之顺应，有对陀思
妥耶夫斯基的景仰和对法朗士怀疑主义的推崇，有对抗议者高尔基的好感以及
对革命思想的疏离，还有对苏里科夫绘画的钦佩和对现代派艺术形式创新的兴
趣。艺术现象是否独特、鲜明，成为文化学家、艺术理论家、批评家沃洛申权
衡艺术精品的尺度。

　　对东方神秘主义和西欧艺术的痴迷，密切了沃洛申与莫斯科的艺术家玛格
丽特·萨巴什尼科娃的交往；从他第一本诗集当中的一编《爱的神圣痛苦》[7] 开
始，诗人的许多抒情诗都被这段短暂、失败的爱情带来的烦恼所渲染。1910年
代初，沃洛申又会在瑞士多尔纳赫城人智学的圈子里遇见他的前妻，两个人均
受到鲁道夫·斯坦纳学说的深刻影响，对他的个性魅力极为推崇。[8]

　　20世纪初沃洛申奔波于巴黎和俄国两京之间，目睹了彼得堡"流血星期
日"的惨象。他（在写给法国报刊的通讯中）有远见地把这一事件称为"民族
大悲剧之神秘序幕"。[9] 1905年1月9日的诗《先兆》也谈到这一点。对俄国悲
剧充满秘教意味的感悟，并把这种感悟与世界历史上发生的事件相联系，这些
因素决定了沃洛申日后创作公民题材的轮廓。针对"俄国专制制度"，1905年
夏他改写并发表了维尔哈伦的反专制主义诗歌《头颅》。他把讲述"史诗般的
暴行"要上断头台赎罪的这样一些诗节取名为《死刑》，并且在给母亲的信中
指出，这首诗是针对尼古拉二世翻译的。[10]《预言家和复仇者》（1906年11月刊

265

登在《山隘》杂志上）一文中"革命恐怖的气息"让作者联想到古代启示录的
情景，想起从基督教最初几个世纪的教父学到陀思妥耶夫斯基和索洛维约夫关
于世界末日的学说。继《罪与罚》作者陀思妥耶夫斯基之后，沃洛申在革命过
程中预见到的也首先是精神危机现象和"整个民族的心灵颤动"。（《文学创作
剪影》，192页）诗人分析了18世纪法国革命编年史中的一些事实，研究了当时
人们的智识和心灵状况之后，他表示不愿接受通过强制手段达到社会公平的思
想："……可怕的不是以仇恨的名义带来的死刑和杀戮，……可怕的是以热爱人
类、热爱人的名义执行的死刑与屠杀。"（《文学创作剪影》，194页）文章以
"复仇天使"的诗体独白结尾，这个天使预言俄国人民"血债血还永无休止"
的悲剧。1906年，在俄国禁止发行的由亚·瓦·阿姆菲捷阿特罗夫主办的巴黎
反专制杂志《红旗》上刊登了这段独白。杂志还发表了年轻的沃洛申的最受欢
迎的诗中的一首《德·朗巴尔夫人的头颅。1792年9月4日》。诗中富有表现力
的节律似乎在重现恐怖岁月不祥之兆的舞蹈：巴黎拥挤不堪的街道上，人群攒
动，被处决的保皇党女人的头颅在矛尖上跳舞。

　　20世纪头十年中叶是诗人沃洛申成长的时期。他认为自己在诗歌艺术上的
俄国老师是巴尔蒙特和维·伊万诺夫[11]，但是对后者更加敬重。重视"印象"，
对印象派手法的浓厚兴趣使沃洛申愿意接近诗艺巧匠巴尔蒙特，彼此之间交往
发展为友谊。但《寂静》的作者巴尔蒙特所固有的自发性的抒情风格、"突如
其来的诗行"的创作灵感，沃洛申却并不了解。依靠"思想"和文化传说的影
响间接地表现自我，拥有一系列稳固的精神价值观，爱好古希腊文化，诗歌时
空体的恢弘，诗的音域广阔接近"歌剧"，所有这些因素都使得沃洛申与维·伊
万诺夫更接近。

　　1910年莫斯科"狮鹫"出版社出版的沃洛申的第一本诗集《一九〇〇——
一九一〇诗歌》，标志着诗人从巴尔蒙特风格转向维·伊万诺夫风格。开篇第
一章《漫游年代》的这个为浪漫主义者所珍视的标题取自歌德和李斯特的作
品①，其中大多是对旅途所见的诸多色彩、旋律、形式的匆匆描绘（《卫城》

266

———————————

　　① 指歌德的《威廉·迈斯特的漫游年代》和李斯特的《漫游年代》（通译《巡礼之
年》）。——译者注

《在罗马广场上》、组诗《巴黎》等）。具有典型特征的是1904年的诗歌，诗中体现了陶醉于色彩斑斓世界中的作者作为印象派艺术家的信念：

> 发现一切，洞察一切，了解一切，体验一切，
>
> 一切形式，一切色彩，统统都收入眼底，
>
> 接受一切，然后再一次加以表现，
>
> 迈着热情的步伐走过所有的土地。

（《穿过钻石之网东方泛绿······》）

　　但是在诗集结尾部分，《茵陈星》和《荒漠祭坛》这两章抒发的情感，对大自然、历史、艺术的印象转调进入神话诗学的高音区，短暂的瞬间映射出永恒的光彩。《茵陈星》中的十四行诗，如《萨图尔努斯》《宁芙仙女的洞穴》与沃洛申1903年读过的伊万诺夫的诗集《引航的星斗》中的一些诗句相类似。1906—1907年，年轻的沃洛申夫妇定居在彼得堡，处于"塔楼"的庇护之下 [12]，沃洛申和伊万诺夫因萨巴什尼科娃而成为情敌（这对沃洛申来说是不幸的），但就连这些都未妨碍两位诗人在彼得堡开始的创作交流。沃洛申创作了《给圣母玛利亚的诺斯替颂歌》（1907），献给"塔楼"的主人。诗中——以神学家伊万诺夫那种融合学说的精神——阿佛洛狄忒–玛丽亚的"牺牲和死的／鲜活神秘剧"与佛教关于摩耶的"梦幻"进行对比。沃洛申年轻时在巴黎的创作就显示出秘教的倾向，《血》便是其中的例证之一。它指涉了伊万诺夫的诗集《厄洛斯》。伊万诺夫圈中有威望的翻译家和音乐家安·明茨洛娃的"神启"推动了沃洛申对神秘学的兴趣。[13]（沃洛申1907年写的组诗《鲁昂大教堂》，就是献给明茨洛娃的，以此作为他们一起向大教堂朝圣的纪念。）

　　《鲁昂大教堂》一诗中，面对中世纪美丽建筑产生的兴奋与对哥特式教堂神圣思想的感受汇为一体。哥特式教堂中体现出对苍穹的向往，对诗人来说（这一点从组诗初次出版时所写的注释中可以看出）[14]，寓意着背负十字架经历痛苦后奇迹般的复活。引人注目的是，安年斯基没有感受到《鲁昂大教堂》诗句中神秘的言外之意（见《关于现代的抒情风格》一文），他指责"充满激情的年轻美学家"，认为他的诗歌《浅紫色光线》中将炫耀颜色的闪变本身当成了

目的。[15] 的确，《鲁昂大教堂》的诗行中（作者对作品神秘意义的阐释并非多此一举）大半是装饰性的色彩的记述，有过多美丽的隐喻（"紫水晶——祈祷的祭坛"，"大教堂——第一次领圣餐者，/穿着带花边的白色纱裙"，甚至还有——烙印的"神圣的珊瑚石"）。

267

迷恋唯美化的形象是年轻的沃洛申（按诗人自己的话说，他曾向埃雷迪亚[16]学习）奉献给帕尔纳索斯诗派的贡品。[17] 勃留索夫第一个指出了这种依承关系，他在评论沃洛申的《诗集》时点明，沃洛申借鉴了帕尔纳索斯诗派"明快的诗句，严谨、深思熟虑的修饰语，清晰、完整的形象"。[18]（顺便指出，沃洛申创作的关于各他之路上阶梯的组诗的构想可能源于勒贡特·德·列尔的组诗《十字路》（1859），难怪安年斯基会将二者进行对比。）后来，沃洛申步入自由体诗创作空间，他认为创作自由体诗就是对抗"雨果、勒贡特·德·列尔和帕尔纳索斯派庄重、单调的轰鸣"（《文学创作剪影》，第544页）。但帕尔纳索斯派诗人的经验并非白白付出。他们的艺术技巧渗透在沃洛申擅长的诗节种类的特征里——沃洛申热衷于十四行诗，创作了形式最为繁难的"十四行诗冠"的典范作品，这一点还体现在沃洛申后期创作中对"科学诗"的兴趣。与此同时，虽然他依然崇拜形式，并对其不断锤炼，但它们本身不再是目标。纲领性的诗歌《学徒》（1917）中，对"桀骜不驯的词"下力量锤炼是出师必须跨过的阶梯，而所谓师傅就是意识到人有创建"自由和爱的天地"之使命的人。

就事情的本质而言，这里重复的是年轻一代的象征主义诗人的口号：对真实者的完美体现是艺术家通向更真实者的保证（伊万诺夫在文章和诗歌中对此不止说过一次）。沃洛申对现实者和象征者辩证关系的理解因此值得注意："艺术中现实主义的深化通向柏拉图意义上的唯心主义（理念论），也就是说，在每个过渡的、偶然的事物中寻找它的本质和理念。从这个角度着眼，现实主义也包涵着象征主义，因为用歌德的话说，'一切过渡的事物都是符号'。"[19]（这些出自《浮士德》第二部的格言，成了梅列日科夫斯基象征理论的发端。）

沃洛申诗歌一个本质性的特点是侧重视觉感知的印象，这源自帕尔纳索斯风格的艺术。在他的创作中处于主导地位的是形象性的因素，首先是传达形式和颜色，是"雕塑"，而不是从许多象征主义者（像魏尔伦那样）所钟爱的"音乐"开始下笔。"五种感觉当中最重要的是视觉。他是具有绘画家和雕塑家气质的诗人"——茨维塔耶娃如此评价沃洛申。[20] 而维·伊万诺夫发现，沃洛申长着"会说话的眼睛"。[21]

> 我感到亲近，我理解
>
> 这个世界——碧绿，蔚蓝，
>
> 世上的斑点生动透明，
>
> 到处是矫健而柔韧的曲线。

这是1902年沃洛申一首诗作（选自早期组诗《巴黎》）的引子，它只是一个例子，再次证明了诗人对于语言绘画的痴迷。

沃洛申诗歌作品的色彩功能真值得专门研究。诗人自己就颜色引起的情感心理作用，对圣像画色彩的象征意义，提出了一些有趣的看法（文章《圣像的教化意义》，1914）。在他的诗歌中，色彩的心理象征手法接近安年斯基，"神圣色彩"的神秘主义象征与勃洛克和维·伊万诺夫的近似，装饰性色彩的标新立异借鉴了帕尔纳索斯风格，同时还有印象派艺术对于色彩的客观描述，在丰富繁复的修饰语当中，具有细腻入微的艺术趣味。形象完美类似"雕塑"，类似勃留索夫作品的特征，这两位诗人都是由印象派转向新古典主义，似乎有共同的规律可循，上述事实让人有理由认为我们这位诗人和《花冠》的作者一样，是阿克梅派风格趋势最亲近的源流之一（尽管这两位诗人跟阿克梅派的"纲领"相距甚远）。

沃洛申的创作世界由多种源流汇合而成，这符合他"博采众长"的性格，符合他善于团结人、容纳人的特长，也符合他多才多艺的天赋与秉性。沃洛申的"文学创作剪影"——不仅仅是诗歌和翻译[22]，还是文化学家、文学、艺术和戏曲批评家沃洛申的随笔与评论文集，这种博学多才，正如我们所见，是他那个圈子里许多人的特点。沃洛申在造型艺术方面同样卓有成就：他的素描和油画颇具才华，水彩画技艺精湛独具一格，他画了很多风景画，被人公认是风景画大师。美术专家们发现东方（日本、中国）绘画对他产生过影响，诗人对东方绘画的经验作过认真的研究。[23] 他在水彩画上的简短题词近似东方古典诗

268

歌中的短诗。作为画家的沃洛申，最喜欢画的是克里米亚东部山峦和海边的风光。1903年诗人在科克捷别利海边的房子建成后，多次去那里休憩，1910年起在那里定居，一直到生命的最后时刻，这段时间诗人背弃了他一向倾心的"远行的缪斯"，年轻时他对这位"缪斯"的忠诚，丝毫不亚于喜爱旅行的布宁、巴尔蒙特或者古米廖夫。

克里米亚大地的风貌，让沃洛申梦见古希腊的遗迹——半岛的东部地区在荷马时代叫作基梅里亚，诗人用语言描述这个半岛早于用画笔描绘它的景色。组诗《基梅里亚的黄昏》（1907）充满激情的诗句就是如此，这些诗句为他的第一部诗集增添了光彩。覆盖克里米亚山麓丘陵的"白蒿"，残阳余辉的"胆汁"，海浪的"苦盐"——这一切都隐寓着诗人与心上人分离的悲伤。基梅里亚组诗是沃洛申抒情诗的一个高峰：当代心灵的情感，融合了古代的传说，由于"当地的精灵"而变得圣洁庄重，这些都在罕见的完美诗句中得到了体现。康·费·博加耶夫斯基是费奥多西亚的画家，沃洛申献给这位朋友的组诗中的几节诗似乎有意进行一场比赛，他想运用丰富的文字绘画和真实的地形"考古学"来与这位历史风景画大师的作品一决高下。有关基梅里亚的题材仍将回荡在沃洛申的诗歌作品中，可惜的是他的第二本诗集《幽暗的森林》未能出版（诗集的题目来自但丁）。

献给阿波罗的组诗《荒漠祭坛》（1909）涉及古希腊的另一种风貌。诗中的基梅里亚一扫昏暗凄凉，取而代之的是阳光明媚，中午的灿烂，以赞美诗般的响亮，颂扬霞光之神的辉煌。《提洛岛》是一支颂歌，赞美的是在这个希腊岛屿上出生的"命运女神摩伊拉和文艺女神缪斯的首领[①]"，它发表在《阿波罗》杂志第一期的诗歌专栏。《阿波罗》杂志倡导"和谐的、开明的"创作原则和新古典主义的风格，沃洛申成了这家杂志的积极撰稿人。沃洛申故弄玄虚，假借某个外国贵族小姐切鲁宾娜·德加布里亚克的名义，投寄的精致组诗据说震惊了编辑部；沃洛申的女友，天才的伊·伊·德米特里耶娃用同一个杜撰笔名在《阿波罗》杂志上发表处女作（用真名曾被编辑部拒绝），当时沃洛申为她写了不少情诗，她也是沃洛申跟古米廖夫决斗的"直接起因"。

269

① 即阿波罗。——译者注

　　沃洛申像早年在《天平》月刊上发表的作品一样，在《阿波罗》杂志
1911—1912年期间由他参与的《俄国文学艺术年鉴》栏目上，发表有关造型艺
术、文学、戏剧以及文化新闻综述等方面的评论文章。其中对文艺现象、文学
事件的阐释结合了美学的深刻思考。例如，在描绘法国现代诗人和散文家亨
利·德·雷尼耶的创作风貌时，沃洛申在他的作品中（对此给予高度评价）发
现了一种新型的文学创作类型；作品的现实主义观察揉进了象征主义意味和印
象主义的艺术手法（《文学创作剪影》，第60，62页）。沃洛申的短评延续了他
在彼得堡《罗斯》报上开创的《文学创作剪影》专栏的风格，这些作品编入了
由《阿波罗》杂志社于1914年出版的那一卷（《文学创作剪影》，第一册），
遗憾的是同样名称的后三本书未能问世。[24]

　　多产的批评家沃洛申不能不令人惊奇。他写了几百篇文章和短评。这些
文章除刊载在现代主义杂志《天平》《金羊毛》《阿波罗》和专门的出版物
（《帝国戏剧年刊》《面具》）以外，还发表在普通刊物（如《罗斯》报、
《交易所新闻》《俄罗斯晨报》《言语》《20世纪》以及其他刊物[25]）。近
二十五年之间，诗人兼评论家对具有重大意义的事件和西欧、俄罗斯文化生活
的典型事例都作出了回应。托尔斯泰去世，布宁、安德列耶夫、勃洛克的新书
问世，陀思妥耶夫斯基作品在艺术剧院上演，邓肯在俄国巡回演出，巴黎美术
沙龙和戏剧的首演，这些都成了批评家沃洛申的写作题材。与此同时，沃洛申
作为"西方派"，在评价俄罗斯艺术现象方面，比评价欧洲文艺生活更有洞察
力，比如，在有关艺术剧院改编陀思妥耶夫斯基的这一争论中沃洛申的立场就
是这样。他认为，基于陀思妥耶夫斯基长篇小说的戏剧性本质，对它们进行舞
台再创作是有根据的，1910年沃洛申写道："《卡拉玛佐夫兄弟》是被赋予长篇
小说形式的悲剧。"（《文学创作剪影》，第365页）他这种观点显然比维·伊
万诺夫更早地发展了梅列日科夫斯基类似的想法更早。

　　沃洛申的很多文章涉及创作问题（《现代美学问题》《艺术中的个人主
义》《论舞蹈的意义》《戏剧的结构》《创作的魅力：论俄罗斯文学的现实主
义》等等）。他的评论论述的人物相当广泛，从风靡世纪之交的法国后浪漫主义
作家巴尔贝·多尔维利和维利耶·德·利勒-亚当，到俄罗斯未来派诗人，"红
方J"和"驴尾巴"的参加者。天生具有天然感知美的"第六感觉"的沃洛申能

轻而易举地进入艺术家的精神世界，把握艺术大师形象语汇的独到特点，他对凡高和涅斯捷罗夫、雷东和鲍里索夫-穆萨托夫、苏里科夫、萨里扬都有深刻的认识。透过色彩缤纷的艺术全景，显现出沃洛申道德—美学信条的轮廓：崇拜自由的探索精神和天才的蓬勃朝气，鄙视死板公式，也不接受自然主义的一切表现形式，即使这些形式出自大师的手笔。比如，列宾的油画《伊万雷帝和他的儿子伊万》（沃洛申指责列宾以自然主义的手法展示杀子场面血淋淋的细节，因此受到报刊的抨击 [26]）。

诗评家沃洛申时常关注现代创作。维尔哈伦、安德列耶夫、布宁、勃留索夫、索洛古勃、维·伊万诺夫、勃洛克、列米佐夫、戈罗杰茨基、库兹明等诗人作家成了《文学创作剪影》第四辑所评述的人物。在随笔《诗人之声》中，沃洛申对茨维塔耶娃、曼德尔施塔姆、阿赫玛托娃、索·帕尔诺克等年轻诗人的作品给予肯定与好评。尽管常有主观评价和"王尔德式"对悖论的喜好（为此《文学创作剪影》有时受到评论家的指责），但是沃洛申的短评不仅为读者提供了大量信息，而且还培养了他们的审美情趣。沃洛申的散文之所以取得成就，原因在于他有广博的知识、丰富的联想、形象的语言。"艺术家般的批评家"和"批评家般的艺术家"——这种当时特有的二美兼备曾为王尔德所提倡，也是勃洛克、安年斯基、别雷的散文所固有的风采，诗评家沃洛申面对这一尺度同样毫无愧色。

在这些岁月里，沃洛申的诗歌造诣继续得到完善。他的第二本诗集（《幽暗的森林》，1910—1914，未出版）中写给德米特里耶娃的情诗《徘徊》，描写风景的《基梅里亚春天》，描摹人像的《剪影》都是颇具光彩的杰作，诗人在驾驭形式、丰富比喻、诗节形式之选取标新立异等方面无不显示出深厚的功力。第一册诗集以十四行诗冠《星冠》结尾，第二本诗集最后一首诗是《月之诗》——新的十四行诗冠，这都表现出诗人的高深造诣。诗人其他作品的抒情自白（如组诗《徘徊》首尾的诗节），作为20世纪初优秀的诗歌将长久被人铭记。可惜诗人的创作并没有达到一个新的高度，甚至在高峰期他依然停留"在以前的题材及风格定位范围之内"（拉夫罗夫，第35页）。世界大战的局势帮助诗人走出了创作停滞的困境。

2

　　战争年代初期沃洛申的诗歌（收入诗集《世界燃烧那一年，1915》，莫斯科，1916），受人智说的影响，和平主义情绪和对灾难的神秘主义理解得以加强：战争爆发时沃洛申正在瑞士，跟从各个国家来的鲁道夫·斯坦纳的崇拜者住在一起。他和这些人一块儿劳动修行，在巴塞尔附近，他（像别雷一样）建造"歌德堂"①。沃洛申在1914年8月的日记中写道，他本"想获得一份绘画工作"，但与斯坦纳交谈之后（斯坦纳认为他的画稿不完全符合神秘主义学说的要求），不得不做锯木工，半年后离开了多尔纳赫，返回巴黎 27。与以前的朋友（巴尔蒙特、伊·谢·克鲁格利科娃、阿·托尔斯泰、亚·瓦·戈尔施泰因等）相见的喜悦，与艺术界同行（毕加索、迭戈·里维拉、阿梅代·奥藏方、米·拉里奥诺夫、纳·冈察洛娃、奥·察德金等）的交往，暂时驱走了世界灾难带来的苦闷。沃洛申围绕巴黎新写了六首诗 28，他更像是个唯美主义者，透过历史的风云欣赏这座伟大的城市，而非现时灾难的表达者。战争是世界性的灾难，沃洛申写给爱伦堡、别雷、巴克斯特和画家玛·斯捷别利斯卡娅的诗中表达了这样的感受（《在这些日子》《序幕》《哈米吉多顿》《疲惫》）。这些作品中有启示录里的形象，有最终审判和基督二次降世的幻觉，有民间文学中使大地遍体鳞伤的血腥播种的主题（《播种》）。沙文主义的猖獗使沃洛申感到压抑。他写了《报纸》一诗，抨击那些虚伪报刊恶毒鼓吹自相残杀，"复仇在徘徊，愤怒在发酵"，诗的结尾是沃洛申特有的伦理道德标准，他以坦诚的口吻说出了自己的想法：

> *……不要怨恨敌人*
>
> *也不要仇视兄弟！*

272　　全人类博爱这一思想也决定了沃洛申在十月革命后最初几年的言行。1915年所写诗作中战争时期俄罗斯的悲剧形象——"乡下村妇痛哭失声／俯身触摸儿

---

　　① 人智学运动的世界中心，位于瑞士多尔纳赫。——译者注

子的尸体",明显受到涅克拉索夫、斯拉夫主义者、丘特切夫的影响。沃洛申透过"受奴役的面孔",看到国家"温驯、贫穷、／忠于自己的命运";多灾多难的祖国正像拉斯科尔尼科夫梦见的马,"温顺的眼睛"遭受"主人抡起胳膊抽打"(《俄罗斯》)。与祖国共患难,分担人民的痛苦忧愁——这是俄罗斯作家心底的志向,如今变成了永不懈怠的祈祷:"请让我为你祈祷,／了解你的生活,／体验你的苦恼,／为了你的名义而燃烧。"在1905年第一次迸发出来,又在"世界燃烧的一年"加剧的公民激情和公开的政论性成为以十月革命为开端以后十余年间的创作主流。(按照诗人的观点,二月革命注定了十月革命的发生[29]。)

从1917年起,"普世的"和"亲近的"在沃洛申的意识中调换了位置,现在他的思想和语言全部转向了俄罗斯。对符号的选择已经有所改变:在写给茨维塔耶娃的二联诗(《攻占巴士底狱》《占领杜伊勒里宫》)以及组诗《热月》(这些作品都写于1917年11至12月之间)之后,指涉法国革命时期的隐喻不再出现,而民族历史的题材,出自陀思妥耶夫斯基文本的典故逐渐增多。"心灵雕刻家,呼唤热情深沉的民族／投入生活,他洞察我们的时代。"——诗人这样评价这位他最心仪的作家。1917至1918年之间沃洛申写的很多诗歌(如《彼得格勒》《旋毛虫》《自深渊。1917年10月》),都引用了长篇小说《群魔》《少年》,或者《罪与罚》的尾声中的形象。沃洛申越来越频繁地回顾祖国的历史,把历史和现实相比较。联想的范围广阔——从黑海沿岸"蛮荒原野"上的斯基泰人到俄国最后几位专制君主。伊万雷帝和戈都诺夫时代,自封为王者和普加乔夫,阿拉克切耶夫时代和保罗、阿捷夫,拉斯普京以及布列斯特和约,都遭到诗人愤怒词语的抨击,他为"失去自由的罗斯"感到屈辱:

> 再没有什么比俄罗斯历史
> 更黑暗,更恐怖,更疯狂。

> (长诗《俄罗斯》,1924)

正如研究者所指出的,沃洛申历史哲学的本质特点是"承受苦难并用独特的艺术形式表现苦难",虽然说"不难发现它与克柳耶夫的观点之间的联系"。[30] 诗人对历史进行深入钻研，尤其爱好研究古罗斯典籍。他曾经尝试用诗体转述一些文本（如《大司祭阿瓦库姆》，1918，依据卡特廖夫-罗斯托夫斯基公爵17世纪编年史中的材料改编的《莫斯科诸沙皇传略》，1919）。他像列米佐夫一样，依靠研究经典著作，在诗中再现典型的言语氛围。附带说一下，沃洛申对《顺着太阳起落的方向》一书的作者列米佐夫给予高度评价，对这本书给予好评，与列米佐夫交往，互相通信。[31] 不过沃洛申并没有模仿列米佐夫对待古俄语词的游戏态度，不像他那样以敏锐性本身为目的。对于沃洛申说来，用古文字写成的著作就像历史事实一样，是对历史事件进行思考的切入口，或就是它的类似物。有时候诗歌的政论目标会把隐蔽的历史与现实的相似性以及它们之间的联系提升到作品的表面上来。比如，"俄国大地上第一个共产主义者——／阿·安·阿拉克切耶夫伯爵"，"愚蠢的专制念头——出现在政委身上，/革命的爆炸——出现在沙皇们身上"。或者：

> 彼得大帝是第一个布尔什维克，
>
> ……
>
> 他跟我们一样不知道别的途径，
>
> 为了在大地上寻找真理，
>
> 只知道命令、监狱和上刑。

（长诗《俄罗斯》）[32]

　　沃洛申对待彼得大帝个人品德及其事业的态度，接近于象征主义诗人所形成的历史哲学观点，首先接近于梅列日科夫斯基、安年斯基、别雷的观点（这些人的观点则源于斯拉夫派学者、陀思妥耶夫斯基和弗·索洛维约夫）。肇始于恰达耶夫的俄罗斯思想传统，形成了沃洛申有关民族性格的认识。诗人发现，革命过程中抛弃了"大量能量，那是潜藏在俄罗斯人民的社会历史和心理类型中的能量"，研究者据此指出，沃洛申的看法接近那些哲学家和政论家在文集《自巨块之下》（1918）所提出的观点，首先是接近别尔嘉耶夫在《俄国革命精神》一文中的观点（拉夫罗夫，第55页）。与此相关可以回想起许多善于分析"民族精神"的人物——从赫尔岑、屠格涅夫、列斯科夫，到布宁和高尔基。按照沃洛申的见解，劫难的原因在于——人民心中自发性的暴乱、失去理智的张狂、无政府主义的为所欲为占了上风。因为人民的心从小就喜欢：

> ……游牧区草原没有道路，
>
> 那里只有放任自由，有枷锁镣铐，
>
> 有自称为王者，小偷，流亡的神甫，
>
> 有尖锐的夜莺之歌，还有监牢。
>
> （《神圣罗斯》，1917年11月）

沃洛申政论抒情诗所固有的坚定信念、思想的威力，词语的表现力征服了当时所有听他朗诵的人。[33] 正是这些特点也使他的文章与别人不同（《俄罗斯的深渊》《自酿血酒》《国内战争》等）。作者当众朗诵的诗歌，当时人们广为抄录，其中《神圣的罗斯》特别有名：她——

274

> 听从了大胆狂妄的劝告，
>
> 竟然委身于小偷与强盗，
>
> 纵火烧毁了城镇和庄稼，
>
> 把古老的住宅夷为平地，
>
> 变成了受人斥骂的乞丐，
>
> 成了奴仆的下贱奴隶。

然而即便是这个"无家可归、四处流浪、醉醺醺的罗斯"，"笃信基督的圣愚罗斯"，诗人依然对她深深地弯腰鞠躬，为她默默地祝福。《给流浪的罗斯》（1923）当中具有穿透力的诗句诉说的正是这种情感，这首诗的一个版本引用了丘特切夫的诗句"对俄罗斯只能信仰"作为题词，诗歌结尾表达了诗人与饱经忧患的祖国密不可分的关系：

> 这样的国家难道能抛弃，

能疏远，能脱离，能遗忘？

祈祷也难以使她融化，

挚爱也软化不了她的心肠……

对这首诗的评价褒贬不一，尖锐对立，就像勃洛克抒情诗第三卷组诗《祖国》当中《醉醺醺无耻地犯罪》（1914）那首诗一样 [34]。沃洛申《蛮荒原野》与勃洛克响亮的诗篇《在库利科沃原野上》两首诗题材上相互呼应，虽然两首诗的写法大不相同——勃洛克的"组曲"属于象征主义的多维风格，而沃洛申的三联诗主题则如宣言般说一不二。勃洛克的《斯基泰人》直抒胸臆，表达思想非常直接，如政论般充满激情，作者的话语多用命令式口吻，沃洛申的政治抒情诗在很多方面都接近这种风格（比如，1919年写的诗《焚而不毁的荆棘》）。沃洛申在1918年写了一篇文章，题为《诗歌与革命：亚历山大·勃洛克与伊利亚·爱伦堡》，他认为勃洛克的长诗《十二个》是对"俄罗斯诗歌作出的宝贵贡献"，并对长诗的思想做了独特的阐释。但是沃洛申在把勃洛克的《斯基泰人》和普希金的诗《致俄罗斯的诽谤者》以及伊万诺夫的《斯基泰人在跳舞》加以比较的同时，却拒不接受这些诗歌用"壮丽的、极其精美的形式"中表达的思想，因为它表达了"俄罗斯的精神状态，其中混杂着斯拉夫派观点，赞美自己对立于腐朽西方的野蛮，还有纯属于俄罗斯的反国家权力的观念" [35]。

275　　　诗人把圣经中的象征《焚而不毁的荆棘》用作诗集的标题，其内容反映了俄国的"动荡" [36]。《圣经》中关于"焚而不毁的荆棘"的隐喻是沃洛申最喜欢的、被他用许多方式进行过变奏的关于"火"的浪漫主义比喻系统之巅峰（如同福音书里不经历毁灭就不能再生的种子，以及死而复生的拉撒路这两个象征一样） [37]，毁灭是为了复活——对于象征主义的末世论来说，具有典型意义：

我们并不在衰亡，而是在覆灭，

我们的精神暴露无遗，

奇中之奇——燃烧却不毁灭，

我们是焚而不毁的荆棘！

从"末世论"推定来分析，就能清晰地了解沃洛申《东北》一诗的涵义（1920年7月，作者对该诗作了附注："苏维埃政权攻入克里米亚前夕"）。诗中的"魔鬼"和"风"是象征派典型的隐喻，它们环绕着全诗的游牧主题：像维·伊万诺夫（《美的游牧民》）和勃留索夫（《未来的匈人》）一样，沃洛申欢迎"蛮夷"的入侵。但诗人从"蛮夷"身上看到的绝不是他们让世界复活的力量（勃留索夫）或者让精神复苏的力量（伊万诺夫），而是像五世纪天主教主教祝福阿提拉时所说的那样——是"上帝之鞭"，是上天的惩罚。沃洛申引用法国古老编年史中的这些话作为诗的题词，在结尾表达了一种愿望，盼望国家能承受"上帝的意图"（即作为上天惩罚的动荡）。但是这首诗的思想并没有被人理解，甚至吉皮乌斯也对它加以指责（参见拉夫罗夫，第57页），虽然梅列日科夫斯基在他的神学理论中不止一次谈到末世冲突的救赎性质。

猛烈的抨击激发了沃洛申保持中立的志向，他愿意帮助敌对两方遭受暴力侵害的人。他不偏不倚地谴责红军与白军的残忍（"战争使双方爆发 / 愤怒、贪婪、狂欢的阴郁醉态"），与阶级仇恨的号召相反，他对双方的苦难都给予同情：

我独自站在他们中间

四周是烈火与浓烟

我使出浑身力量祈祷

为一边和另一边的平安

（《国内战争》，1919）

沃洛申在论维尔哈伦的那篇文章中写道："在普遍残忍和充满敌视的时代，应该让那些反对报复和憎恨情感的人保存下来"，诗人视之为"宗教责任"[38]。他一边从契卡手里救助"白军"——知识分子、军官和克里米亚居民，一边又能写诗献给"红军"水兵，1919年5月从敖德萨返回克里米亚途中，诗人与这些水兵一起经历了危险的海上抛锚停泊（《撤退》）。他从中斡旋让邓尼金释放了前"红军"将官，学者尼·亚·马克斯。[39] 他写道，被白军枪毙的费奥多西亚

276

苏维埃警备司令有一种"人性的感觉"，他希望红军部队能够让破烂不堪的城市得到安宁（《给西伯利亚第三十师》，1920）。但诗人拒不接受"各个苏维埃"的意识形态，他认为一旦布尔什维克的宣传"召唤俄罗斯心灵里贪婪、阴郁、强盗般强悍的那一面"，"布尔什维克主义就会成为有关俄罗斯出乎意料的，深刻的真理"（文章《在诗歌的天平上》，1919）。[40]

　　诗人的立场受到很多人的谴责。布宁在《该死的日子》[41]以及后来有关沃洛申的回忆录中有时指责他"政治上的路标转换"，有时责备他描述布尔什维克的罪行"过分文学化"（这在当时近乎是亵渎性的做法）。[42]但是沃洛申描绘大规模执行死刑的恐怖场面和饥荒年代的过火行为的诗篇（如《大屠杀》《红色复活节》《饥饿》等）并没有"文学化"，而是极其写实，1918—1920年间克里米亚国内战争文献资料就能给予印证，魏列萨耶夫1922年写给莫斯科报纸的通讯，作为历史的客观见证同样提供了真实的证据。红军统治时期恐怖进一步加剧，诗人预感到自己的命运将非常凄惨（《术语学》）。勃洛克去世和古米廖夫被枪毙的消息促使诗人创作出反映俄罗斯作家悲惨命运的诗行，但诗人决心与祖国共患难，即便是"在地狱的底层"：

　　　　饥饿与仇恨会夺去性命，
　　　　可是我不想要别的命运，
　　　　要死，就跟你死在一起，
　　　　和你一起像拉撒路死而复生！

　　　　　　　　　　　　　　　　　（《在地狱的底层》，1922）

　　像勃洛克、勃留索夫、别雷、维·伊万诺夫一样，沃洛申在国内战争时期积极行动保护科学和文化珍品。他参加了克里米亚人民教育机关的工作，保护艺术文物和个人图书，参加了帮助学者委员会的工作，在塞瓦斯托波尔人民大学里讲课，经常会见富有创造力的年轻人（《文学创作剪影》，第792—795页）。但沃洛申交往的圈子并不限于知识界。1920年11月他在给布宁的信中写道，最近一段时间"他从上到下重新研究了俄罗斯的各个党派，保皇党、神职人员、社会革命党人、布尔什维克、志愿军、强盗"。沃洛申请布宁阅读他寄往

277

敖德萨的新诗："……在诗中我试图在现实主义层面上更加接近当代（组诗《假面具》，诗作《水兵》《红色近卫军》《投机者》等等）。"[43]

这种对俄罗斯城市不同类型的人物和动荡时期种种丑态的讽刺性描述是沃洛申后期创作的独特一页。作品内容统一（不接受十月革命，清醒地认识到它的后果），形式上迥异——有对各种民间文学体裁的风格化模仿（《关于俄罗斯大地的咒语》），对古罗斯文献的风格化模仿（除上面提到的作品外，还有《修士叶皮凡尼的故事》《圣谢拉菲姆》），还有招贴画一般形象鲜明的人物讽刺素描（《假面具》），以及接近"科学诗"传统的作品（《走该隐之路》，1922—1923）。带有真挚坦诚的抒情的诗作更接近诗人的秉性。为了让听众能够接受，沃洛申把呈现揭露性内容的古老能力（杰尔查文就已将其复兴）"还给"了"颂诗"体裁。诗人的声音里有斥责、痛恨、同情，在充满灾难的年代，它成了人民的声音。沃洛申的语言经过俄罗斯和法国诗歌文化的考验，在这位已成为俄罗斯"动荡年代"编年史家的克里米亚隐士的沉思中得到澄清，因而显得特别睿智，犀利，威严。"革命敲击他的创作，就像火镰敲击燧石——从中迸发出鲜艳、壮丽的火花"，魏列萨耶夫写道。[44] "……很难想像"，布宁谈及沃洛申时说道，"随着时间的推移，他的诗歌创作才能竟如此顽强，外部形式与内在气质发挥得如此淋漓尽致"[45]。

诗集《焚而不毁的荆棘》的作者不仅是史家、政治家，还是敏锐的心理学家，描绘出了他所处时代必然出现的恐惧综合征以及人们在暴力威胁下的状态——"他们的悲痛，他们的仇恨，他们的苦难。"《大屠杀：费奥多西亚，1920年12月》大概是沃洛申有关恐怖的最犀利的诗，诗中提出一连串惶恐的问题，它们都只有同一个不祥的答案，以此传达出普遍存在的恐怖与绝望：

> 为什么城市傍晚变得空旷？
>
> 为什么士兵要封锁道路？
>
> 为什么大门敞开叮当作响？
>
> 今天有多少？一百五？一百个？
>
> ……

为什么瘟疫山后面揉皱的花头巾

抛进了路边那一堆垃圾？

为什么掉下了一小片纸？

哪儿来的手套，贴身的十字架，袜子？

278

先知以利亚小教堂门前，

是谁站在那里掩面哭泣？

士兵用枪托驱赶什么人，喊叫说：

"不许哭！狗崽子就该如狗一般死！"

但是她不走开，一直泪水涟涟，

她回话时盯着士兵的眼睛：

"你以为我为死去的人哭泣？

我为活得长久的人感到痛心……"

　　后期沃洛申多次采用自由诗，取代规范的格律，以此加强语言的思想情感表现力，从而使他的诗歌更加贴近读者。辞藻华丽（为此诗人受到批评家的指责），或者毋宁说气势强劲的词语，炽热的情感表达，有时让位于枯燥记录事件的过程，比如，描写惩戒队员认真执行大规模的死刑的"规章"（《恐怖》，1921）。在同年所写的诗《术语学》中，枪杀和刑讯再一次成了柯罗连科所说的俄罗斯的"日常现象"，诗中使用了这样的词汇呈现了这种寻常性：用来描述杀人的词汇变得"越来越简单、越来越痛快"，过去还是"抓去对准心了"，"让站去墙边了"，"列入消耗名单了"；现在的说法是"崩了"，"灭了"，"开销了"。

　　街头黑话，让那些"穿粗呢大衣、军大衣，披毡斗篷"的人搅浑了的语言，符合挣脱了数百年国家根基的逃难者、背口袋乞丐的真实面目，符合战时取暖车厢和遍布宿营者的火车站的实际状况。《火车站》（1919，收入《俄罗斯道路》这一编）这首诗，描绘昏睡的人群，他们"枕着包袱、提着大包小包、裹着被子"，坐在人群丢下的"瓜子皮、烟头上"，内战使他们逃离自己的家园，他们成了整个"被钉死在十字架上"、不停说着胡话的民族悲惨命运的缩影。沃洛申早期作品中的形象有时失之于过分美好。现在，他的诗集的多声部中融入了由现实的恐惧和"下流"催生的令人厌恶的形象和粗鲁的声音。在《诗歌和革命》一文中，沃洛申指出，勃洛克"存心用鄙俗的声音"创造了《十二个》的交响乐。[46] 沃洛申评价他自己的组诗《假面具》说是"现实的精华——囊括了反映时代精神的所有词汇"（《诗人文库》，第625页）。

3

沃洛申给他的长诗《走该隐之路》（1922—1923）加了个副标题《物质文化的悲剧》。但长诗的内容实际上要比最初的构思丰富。史前时期的混沌和宇宙力量的急剧变化，地球的形成和有机物的产生。人类的出现和发展。力量的进化：拳头，刀剑，火药；民法和宪制性法律的形成。发现蒸汽和发明蒸汽机车。战争的罪恶。阶级的纷争和国家的利维坦——这些只是沃洛申这首哲理长诗中的一些"情节"，作者认为这部哲理诗集中体现了他的社会思想和文化学思考。世界大战和革命时期，俄国和欧洲很多思想界的代表人物就意识到，现代文明下人类自相残杀是人文主义危机的后果之一。象征主义者同样有这种认识。别雷《在山口》这组文章中的几篇，勃洛克写的《人文主义的毁灭》，维·伊万诺夫的《悬崖》（都是1918—1919年期间的文章），与沃洛申的长诗不仅仅是在创作日期上相近。斯宾格勒的著作《西方的没落》（1918）受同样事件的启发，与他们的部分思想并行不悖。沃洛申的长诗写完许多部分的时候，他从魏列萨耶夫那里得到了斯宾格勒的这本著作。沃洛申承认，这位德国作者"给了他很多灵感和新的思想"，并提到"为各种文化绘制肖像"的题材让他觉得十分亲近（《诗人丛书》，第643页）。还可以补充一点，沃洛申把文明进程看作倒退，也与欧洲文明"没落"的思想有关：难怪诗人会谈到自己社会伦理道德观的"反讽"意义：诗人谴责完通向自我毁灭的现代世界的意识形态、道德和实践之后，便用末日审判作为长诗的结尾（《审判》）。

沃洛申涉及历史全景的创作带有本质性的一个主题是欧洲思想固有的对崇拜科学技术进步的忧虑，诗人对其致命的阴暗面预先提出了警告。对此《走该隐之

279

路》的作者有时提出讽喻性的告诫（从瓶子里放走镇尼的寓言①，歌德的谣曲：魔法师的徒弟轻率地唤起大自然的力量、最后无法控制），有时则对当代人直接提出警告："你们权衡，分解原子，/把自己楔入罪恶的原子核。"（《反叛者》一章）沃洛申作为核物理成就的见证人，担心科学家探索权的伦理问题，因为探索的结果可能转变为灾难。众所周知，早在1903年发现原子能轰动一时之际，列夫·托尔斯泰就指出了"人们生活缺乏道德"，"人类控制自然"不断增长的危害[47]。俄日对马岛海战时，别雷也有类似的认识："违背道德应用科学必将造成现代战争的惨无人道……"[48]此前梅列日科夫斯基在关于莱昂纳多·达芬奇的小说中指出小说主人公对设计造福农业的灌溉系统和摧毁人类的军事机器同样感兴趣所反映出的道德冷漠的危险。沃洛申提出了自己对这个两难问题的解决方案："认识领域的每个阶段，/必须有自我拒绝/这样的步骤相对应……"（《魔法》一章）。当时库普林已经写完幻想中篇小说《液体太阳》（1912），小说涉及类似"自我拒绝"的矛盾冲突。但到20年代诗人已意识到自我否认是不现实的，因为"人们缺乏理性"，罪恶已生存在"毁灭性武器和机器"中。（顺便说一下，当时有这种认识的不仅仅是《走该隐之路》的作者，1922年罗曼·罗兰撰写文章指出西方国家无力"开启制动装置"，制止科技进步的毁灭力。[49]）

沃洛申的长诗全面否定现代世界的秩序，抨击精神空虚、以"平安和吃饱"为理想的小市民社会，这样的社会"机器处于主宰地位"，"人受物质驱使支配"，"法律创造犯罪"。诗人揭露了掠夺性国家在政治上的制度化，这种国家"一切建立在利益和好处之上，/建立在适应生存和强力上"，"攫取/政权的每个人，/滥用抢劫的权利"，而"选民迄今依然相信/三百个坏蛋能/建立诚实政府/治理国家"。

对现有秩序的不接受达到了反抗的程度：长诗开头将反叛看成创造生命的因素而加以称赞。秉承浪漫主义道德的遗训，诗人颂扬"疯狂"，反对"适应"，疯狂的人"用反叛来确认上帝，/用不信仰创造，用否定重建"（《反叛》一章）。创造性的火成了反叛的标志，这火"把野兽烧成人"，千年之后"借由

---

① 阿拉伯语对"精灵"的称呼。我们现在所熟知的阿拉丁神灯的故事中，阿拉丁释放出的精灵就是一位"镇尼"。——译者注

普罗米修斯——成了任性的象征"。

《反叛者》中有一章宣称人类为了必需的"自我重塑"才发动"叛乱"。内在的个性完善的要求，是改善社会存在的唯一途径，这是象征派从他们的各位伟大导师那里继承下来的理论，如今再次回响在沃洛申的长诗当中，与此同时则是对暴力革命灵丹妙药的直率否定：一切把"炸弹投向/国会、交易所和宫殿"，想"用甘油炸药炸毁/一切内在萌芽"的人都注定噩运。借助重复列夫·托尔斯泰"天国"在人的内心中的最高纲领，诗人劝告现代人："你的上帝在你内心，不必去寻找别的人"。虽然研究者和诠释者发现长诗主要是受西欧影响（梅特林克，法朗士，维利耶·德·利勒-亚当等），留下了神智说、通灵术，以及现代自然科学理论的痕迹，但是长诗的重要组成部分追根溯源还是受到了俄罗斯道德哲学思想的影响。

《走该隐之路》属于"科学诗"现象，这种体裁早在罗蒙诺索夫时代就闻名于俄罗斯，而在象征主义时代引起了勃留索夫的兴趣。但"科学诗"高扬的进步激情与沃洛申关于科学发明将带来危害阴暗面的观念格格不入。像这种类型其他很多作品一样，沃洛申的长诗内容的价值（很多地方有先见之明）比严谨的外在形式更有意义，作者的政论激情往往会突破规范。长诗的十四章组诗（每章由七首诗组成）写于不同时期，因此结构有些零乱，有些艺术手法显得重复。比如，篇幅很大的一章《宇宙》的思想用作者的话说涵盖了"希伯来神秘哲学到相对论以及现代物理的衍变"（《诗人文库》，643页），但这一章却重复了前面几章的某些主题。作者顺应了题材所特有的训诫意义和雄辩辞藻，但是这首长诗最出色的那些自由体诗行中，思想的表达具有格言性，论人论事评价准确，这些特点与沃洛申早在《学徒》中就已提出的座右铭（"创作出诗歌的是——身处绝境，必须倾诉，语言凝练……"），也与《诗人的英勇》（1925）所宣扬的精神相一致：

> 修改长诗如越洋电报的文本：
>
> 干巴，清晰，压缩——警惕每个词。
>
> ……
>
> 语言越吝啬，它越有张力。

281

4

　　沃洛申在其一生的最后十年，潜心创作了两部描写俄罗斯宗教苦修者事迹的长诗，《修士叶皮凡尼的故事》和《圣谢拉菲姆》（1929年写完，20世纪60年代才出版）。《修士叶皮凡尼的故事》1919年动笔，是长诗《大司祭阿瓦库姆》的独特反题。对于沃洛申来说，叛乱的大司祭（其布道文本是创作的依据）是民间反抗不平与罪恶的英勇形象的典范：在诗集《焚而不毁的荆棘》（长诗是诗集中的一章）的上下文中，长诗具有象征意义，它对人民坚不可摧的精神意志表现出坚定的信心。十年后写完的"饱受苦难者"修士叶皮凡尼的故事诗化了俄罗斯另一种类型的人——为了信念甘愿受难，坚忍不拔，只寄希望于祈祷的力量。作为尼康改革的牺牲品，叶皮凡尼与阿瓦库姆以及另外两个人一起在普斯托奥泽尔斯克被判处火刑，按照传说，叶皮凡尼是唯一一个"依靠上帝的力量／在烈火中升天"的人。在萨罗夫的谢拉菲姆的故事中，同样能感觉到圣徒传写作的传统，萨罗夫的谢拉菲姆受圣母派遣进行苦修，靠修炼随处显现圣迹，荒漠修炼增长了他的智慧。诗人强调指出，谢拉菲姆的世界观和日常生活具有方济各派的高尚和温顺：在与森林野兽的交往中，在对将人和他的小兄弟们统一起来的生灵本原所进行诗化中，沃洛申描写的俄罗斯苦修者就像亚西西的圣方济各，诗人早在1919年的同名诗作中就曾经颂扬过他。按照研究者的看法，描写叶皮凡尼和谢拉菲姆的长诗就像诗篇《弗拉基米尔圣母像》一样——这首诗是对这幅已成为民族圣物的12世纪圣像的一支颂歌——证明了诗人向"谦逊睿智"的转变："多年来思想徘徊在通灵术和神智学之间，促使他最终转向了教会正统。"（拉夫罗夫，64-65页）以类型学的观点分析，沃洛申的宗教诗和长诗接近谢·索洛维约夫笔下的（《拉多涅日的圣谢尔吉》），梅列日科夫斯基后期创作中的，以及画家涅斯捷罗夫和帕·科林画作中的圣徒传体裁的作品。

　　从1910年以后不久，沃洛申在科克捷别利的住所就成了许多来自彼得堡和莫斯科的诗人、作家、画家、学者夏天与房子主人聚会的地方。诗人在克里米亚的殷勤好客之家，诗人吸引文艺界精英的鲜明个性，似乎在延续和发扬维·伊万诺夫彼得堡"塔楼"的传统。与"塔楼"的"哲学"氛围不同,这里更关注艺术方面的兴趣,但和"塔楼"一样,很多时间用于阅读和讨论新诗。克里米亚的交往特别亲切——远方来的客人可以在这里长期居住,不仅可以写作,参加辩论,为年轻人讲学,还可以一起休养,有无穷无尽的即兴戏剧表演、出游和玩笑竞赛。勃留索夫和高尔基、别雷和茨维塔耶娃、曼德尔施塔姆和霍达谢维奇、阿·托尔斯泰、扎米亚京、米·布尔加科夫、格林、丘科夫斯基、尼·扎博洛茨基、库·彼得罗夫-沃德金、安·奥斯特罗乌莫娃-列别杰娃、亚·斯片季阿罗夫——这些都是诗人克里米亚之家几百个客人中最显赫的名字。克里米亚的房子差不多二十年之间一直是"在美中旅行者的宾馆"(如果引用一本发行不久、还算成功的杂志的名字的话)。别雷写道,科克捷别利的沃洛申是"各色人等这种独一无二组合的主人",他能"把他们最为对立的观点联结在一起,……就像马赛克工匠把一块块小石头镶嵌成一幅独特的画一样"。[50] 苏维埃政权开始压制言论自由以后,文化界人士在科克捷别利会面实际上具有特殊的意义:志同道合的人只有在这里才有可能进行不受管控的交流。

这是一所独一无二的房子,很多回忆录记述了曾经在这里居住或者来此做客的人,提到他们的著作以及他们在这里度过的日子。但1926年沃洛申写给朋友们的诗《诗人的屋子》,可以说是这座房子最好的形象。研究者断定,这首诗综合了作者的社会和道德观念。"抒情诗与史诗相反相成"在这里不仅表现在基梅里亚的小空间,而且还体现在文本广阔的历史语境中。[51] 作者在这里还讲明了克里米亚的"隐居地方"对他自己意味着什么:勃留索夫在1905年,以及勃洛克随后在1918年都曾经预言未来文化人的"地下避难处",而对于沃洛申说来已经变成了现实:

> 你和我——我们俩都有幸
> "在严酷时刻把这个世界造访",
> 变得比原先更忧郁,更犀利。
> 我虽非弃儿,俄罗斯却是后娘。
> 这些日子我熟悉她无言的斥责,

283

> 是我选择了这个荒僻的隐居地方，
>
> 心甘情愿自己把自己流放，
>
> 谎言、堕落、破坏的年代，
>
> 在苦难中认识伟大的真理，
>
> 孤独中磨砺，让精神更坚强。

　　这些诗句不仅是写给这首诗的作者一个人，而且是献给他那一代所有诗人和作家的墓志铭，他们的命运注定他们成为祖国的荣耀，同时又受祖国的责备。

注释：

　　1　亚·拉夫罗夫，《马克西米利安·沃洛申的生活及其诗歌》，载沃洛申，《诗歌和长诗集》，圣彼得堡，1995，"诗人文库"，大系列，8，16页（以下文中再引用这篇专著性文章，只注明"拉夫罗夫"和页码）。沃洛申诗歌引用诗句依据这一版本。

　　2　沃洛申，《自传（1925）》，材料公布者瓦·巴扎诺夫，载《苏维埃作家创作遗产摘编》，莫斯科，1991，20页（以下文中简称《遗产摘编》）。

　　3　参见：伊·库普里亚诺夫，《诗人的命运：马克西米利安·沃洛申的个性与诗歌》，基辅，1978，26-27页。

　　4　《马·亚·沃洛申生平和创作大事年表》，载沃洛申，《文学创作剪影》，列宁格勒，1988，780页。

　　5　参见：弗·库普琴科，《诗人热爱自由的少年时代》，载《新世界》，1980，第12期。

　　6　沃洛申，《自传》，载《遗产摘编》，21页。

　　7　这里原为拉丁语"Amori amara sacrum"。

　　8　玛·沃洛申娜（萨巴什尼科娃），《绿蛇：一个人的生命史》．莫斯科，1993；《沃洛申给玛·萨巴什尼科娃的信》，材料公布者弗·库普琴科，载《往事，历史丛刊》，21辑，莫斯科，1997，305页开始。尚可参见：《俄国斯坦纳派的起源》，材料公布者康·阿扎多夫斯基和弗·库普琴科，载《星》，1998，第6期。

　　9　沃洛申，《圣彼得堡的流血星期日》，引自：沃洛申，《漫游世界的旅行者》，弗·库普琴科和扎·达维多夫编写，莫斯科，1990，95页；利·斯皮里多诺娃，《从沃洛申的创作了解俄国革命》，载《1991年沃洛申学术报告会的材料》，科克捷别利，1997，42-43页。

　　10　参见库普琴科为《诗人文库》出版沃洛申诗集所作的注解，1995，669页。

　　11　《一本关于最近十年俄罗斯诗人的书》，莫·霍夫曼编，圣彼得堡；莫斯科，1909，365页。

12　参见：沃洛申娜（萨巴什尼科娃），《绿蛇》。

13　我们这里不涉及这个专门题目，请参看专著：尼·博戈莫洛夫，《20世纪初俄国文学和通灵术》，莫斯科，1999。

14　加上标题《十字路》的这些说明，被诗人放在组诗《鲁昂大教堂》结尾的四首诗（《烙印》《死》《埋葬》《复活》）的前面，载《山隘》杂志，1907年，8～9期，4页。

15　安年斯基，《影像集》，莫斯科，1979，363-364页。

16　《一本关于最近十年俄罗斯诗人的书》，365页。

17　关于帕尔纳索斯传统以及象征主义传统对世纪之初俄罗斯诗歌的意义，参见：米·加斯帕罗夫，《俄国现代主义诗学的二律背反》，载《时代之间的联系：19世纪末20世纪初俄国文学中的继承问题》，莫斯科，1992，245页。

18　［《摘自勃留索夫评论，1910》］，引自：勃留索夫七卷本文集，莫斯科，1975，第6卷，342页。

19　沃洛申，《论列宾》，莫斯科，1913，第8页。

20　玛·茨维塔耶娃，《对鲜活事件的鲜活记忆》（1932），茨维塔耶娃两卷本文集，莫斯科，1980，第2卷，207页。

21　参见：库普里亚诺夫，《诗人的命运》，170页。

22　关于沃洛申作为翻译家的活动，参见：弗·库普琴科，《沃洛申生活和创作研究的一些问题》，载《沃洛申学术报告会》，莫斯科，1981，106-107页。

23　叶·扎瓦茨卡娅，《沃洛申基梅里亚水彩风景的诗学：东方文化的反响》，载上引著作，50页以后。

24　1988年出版的基本版本有选择地出版了其中的不少作品（参见注释4）。

25　《马·亚·沃洛申文章目录索引：生前出版的作品》，弗·库普琴科编写，载《文学创作剪影》，801-810页。

26　详细内容参见：沃洛申，《论列宾》。

27　沃洛申，《我的灵魂的历史》，弗·库普琴科编并作前言，莫斯科，1999，230-232页。

28　这六首诗收录于有伊·克鲁格利科娃单版画和维·伊万诺夫、列米佐夫、索洛古勃、阿·托尔斯泰和其他人文本的纪念册中，该纪念册出版为的是救济遭受战争苦难的画家：《战争前夕的巴黎》，圣彼得堡，1916。

29　沃洛申，《被钉在十字架上的俄罗斯〈讲义〉》，莫斯科，1992，44页。

30　参见：列·多尔戈波洛夫，《沃洛申与俄国历史：基于1917—1920年克里米亚诗歌资料》，载《俄罗斯文学》，1987，4期，168页。

31　谢·格列奇什金，亚·拉夫罗夫，《马·沃洛申与阿·列米佐夫》，载《沃洛申学术报告会》，92-104页。

284

32　库普琴科引述了（《诗人文库》，636页）别尔嘉耶夫的类似观点，别尔嘉耶夫认为，把武力强加于人民的新型文明时期，"彼得的方法完全是布尔什维克式的"。见：别尔嘉耶夫，《俄国共产主义的起源和意义》，巴黎，1955，12页；关于沃洛申和别尔嘉耶夫历史哲学思想的相近性，参看：斯皮里多诺娃，上引著作，51页。

33　如参见：《回忆马克西米利安·沃洛申》一书中的证明，弗·库普琴科和扎·达维多夫编，莫斯科，1990，513–514页（以下简称《回忆沃洛申》）。

34　勃洛克在这里大量使用动词不定式（在他之前安年斯基在《诅咒三叶草》一诗中使用过这种手法），目的是概括社会环境的特点，沃洛申在讽刺组诗《假面具》（1919）中也使用了这种手法（《红色近卫军》《投机者》）。

35　《卡墨奈》，哈尔科夫，1919，第2集，20页。

36　该诗集未曾出版（《诗人文库》，604–605）。1918–1919年问世的只有精选集《碎片》（《Иверни》，这是一个古俄语词），收入了某些政治诗的小诗集《聋哑恶魔》，还有一篇关于维尔哈伦的文章，这篇文章预告了沃洛申将来出版的这位比利时诗人的译诗集。

37　参见：叶·萨哈罗娃，《诗歌与革命：苏维埃时期马·亚·沃洛申创作中的革命题材》，载《沃洛申学术报告会》，26–27页。

38　引自：《维尔哈伦诗集》，沃洛申翻译并撰写前言，敖德萨，1919，35页。

39　参见：沃洛申，《尼·亚·马克斯案》，载《回忆沃洛申》，378–409页。

40　引自：沃洛申，《被钉在十字架上的俄罗斯》，123页。

41　布宁，《该死的日子：1919年4月13日起的笔记》，引自：布宁，《只有言语有生命》，1990，268–269页。

42　布宁，《沃洛申》（1932），引自：布宁文集9卷本，莫斯科，1967，第9卷，423页。

43　同上，432页。

44　魏列萨耶夫，《科克捷别利》（1939），载《回忆沃洛申》，449页。

45　布宁，《沃洛申》，上引著作，424页。

46　《卡墨奈》，第2集，13页。

47　列夫·托尔斯泰，《1903年日记：11月14日笔记》，载托尔斯泰90卷全集，54卷，1953，193页。

48　别雷，《俄国诗歌中的启示录》，载《天平》，1905，4期，14页。

49　罗曼·罗兰，《1922年10月12日给高尔基的信》，载《人们不了解的高尔基》，莫斯科，1994，88页。

50　别雷，《沃洛申故居博物馆》，载《回忆沃洛申》，509页。

51　尼·巴拉绍夫，《沃洛申后革命诗作中的二律背反和他在20年代中期的启示诗中恢复诗歌殿堂的努力》，载《1991年沃洛申学术报告会资料》，科克捷别利，1997，33页。

285

据俄罗斯科学院世界文学研究所遗产出版社2001年版本翻译

国家出版基金项目
NATIONAL PUBLICATION FOUNDATION

世纪之交的俄罗斯文学

РУССКАЯ ЛИТЕРАТУРА РУБЕЖА ВЕКОВ

（1890年代-1920年代初）

(1890-е—начало 1920-х годов)

俄罗斯科学院高尔基世界文学研究所 编著

（俄）李福清　高莽　顾蕴璞　臧传真　翻译顾问
谷羽　赵秋长等　翻译
糜绪洋　谷羽　再版审校
高莽　插图

下卷

山东教育出版社
·济南·

1567　第三十三章　未来主义
◎ 亨里克·巴兰、尼·阿·古里亚诺娃　撰 / 赵秋长　译

1648　第三十四章　韦利米尔·赫列布尼科夫
◎ 维·彼·格里戈里耶夫　撰 / 王立业、李俊升、李莉　译

1713　第三十五章　弗拉基米尔·马雅可夫斯基
◎ 奥·彼·斯莫拉　撰 / 曾予平　译

1745　第三十六章　各流派与团体之外的诗人：
弗拉基斯拉夫·霍达谢维奇、格奥尔吉·伊万诺夫、
玛丽娜·茨维塔耶娃等
◎ 尼·亚·博戈莫洛夫　撰 / 王立业、余献勤　译

1781　第三十七章　新农民诗人与作家：
尼古拉·克柳耶夫、谢尔盖·叶赛宁等
◎ 纳·米·索恩采娃　撰 / 孔霞蔚　译

1827　结束语
◎ 弗·亚·克尔德什　撰 / 谷羽　译

1834　汉俄对照人名索引
◎ A. H. 托罗普采娃　编写 / 糜绪洋　译

1957　同心协力　架桥铺路
——初版译后记
◎ 谷　羽

1969　再版审校后记
◎ 谷　羽

第四编

第二十七章　列昂尼德·安德列耶夫

　　◎阿·维·塔塔里诺夫　撰 / 赵秋长　译

第二十八章　阿列克谢·列米佐夫

　　◎米·瓦·科济缅科　撰 / 郝尔启　译

第二十七章
列昂尼德·安德列耶夫

◎阿·维·塔塔里诺夫 撰 / 赵秋长 译

列昂尼德·尼古拉耶维奇·安德列耶夫（1871—1919）是20世纪俄罗斯文学史上一位独特的边缘作家。安德列耶夫通过认真仔细地研读、阐释陀思妥耶夫斯基、托尔斯泰、迦尔洵、契诃夫的著作，从以往时代的经典中开发出一种新艺术的可能，它在遗传上源于这些前辈作家的创作经验，但却顺应了新时代的法则而发展，即强烈热衷于神话创作、神秘主义，积极探索社会和哲学问题。安德列耶夫等人率先缔造了一个不能用传统美学术语作单一界定，且与各种意识形态化的现实主义和现代主义理论水火不容的艺术世界。业已形成的各个文学团体都要求恪守"各自的"形象和思想体系，这些团体之间的藩篱在他看来过于狭小。

安德列耶夫与世纪初的现实主义运动有着诸多的联系：他同高尔基保持着友好关系，参加"星期三"文学小组和"知识"文丛的编写工作，与其社会观亦相一致，但是在许多方面又与之存在分歧：他不信仰历史乐观主义，经常关注死亡问题，艺术空间中有种独特的虚幻性和隐喻的饱和性。安德列耶夫在力图掌握形而上学系列问题、建造一种"双重世界"方面接近象征主义美学，而他的社会神秘学则类似梅列日科夫斯基和别雷散文中神话与历史的合一，但那个彼岸世界的客观性（更不用说它的实质是好是坏）总是在安德列耶夫的创作中面临怀疑。

对这种所谓的"边缘性"，安德列耶夫本人认为是创作自由的自然表现，而别人对之则褒贬不一。持古典现实主义观点者视安德列耶夫为另类：他"完全没有节制感，而节制感恰恰是诗歌、音乐、雕塑等一切艺术的主要要素"[1]，列夫·托尔斯泰如是说。契诃夫对列昂尼德·安德列耶夫的态度也充满警觉："安德列耶夫不朴实，可把他的才华比作人造夜莺的歌声"[2]。然而，在熟悉20世纪文学艺术新的表现形式的读者看来，安德列耶夫的艺术世界却是另一番景象。

列昂尼德·安德列耶夫

安德列耶夫的创作是存在主义关于人和存在的冲突以及表现主义诗学的早期体现之一。然而，无论表现主义抑或存在主义在安德列耶夫这里都还尚未成为考虑周详的完整体系，毋宁说它们是见证了作者直观地深入到了不久的未来的艺术和生活之中。他喜好做神话学的"游戏"，而伴随这些游戏而来的反讽让我们能推测说这是各种后现代主题的先声，但是其潜台词真切的严肃性和对人类并非无病呻吟的悲痛使其创作具有了世人公认的深厚道德基础。

安德列耶夫同时代的人和后来的研究者都未能找到足以表示他艺术表现方法的"关键词"。他本人对别人极力为他的创作进行非此即彼的定性也颇不以为然，甚至极尽讥讽挖苦。他觉得外在强加的术语纯属意识形态标签，不仅会使美学真实简单化，而且会使作家受制于小团体的、派别的私利。安德列耶夫虽然对他在文坛（尤其是1910年代的文坛）孤立的境况了然于胸却依然孜孜以求地思索其创造的艺术世界的本质。安德列耶夫在20世纪最初十年间创作的短篇、中篇小说和戏剧在怪诞、独特的命运中认知何谓现代性，这些作品有时被他本人称用"新现实主义"这一概念统一起来。其实，这个标志说的是在那些

287

年安德烈耶夫创作中占主导地位的表现主义倾向（尽管这一特色远不能囊括哲学作品）。到了1910年代，其表现主义的概括式艺术表现方法被对心灵细微运动的艺术研究所替代，于是出现了"泛心理主义"这么一个术语。

*   *   *

安德烈耶夫生前就有许多著述对其创作，特别是20世纪00年代的作品进行评述，在20年代对其作品的研究仍未停止。但此后安德烈耶夫的著作落入了意识形态的真空地带，从专家学者和普通读者的视野中消失了很久。安德烈耶夫同"亦友亦敌"的高尔基的决裂、他对革命意识的重新审视以及对1917年十月革命的排斥都过于醒目了。安德烈耶夫式的"现代主义"无论在生活还是艺术中都不再受到欢迎。

288

列昂尼德·安德烈耶夫同罗扎诺夫、梅列日科夫斯基、索洛古勃和列米佐夫一起被视为"神秘主义者"和"颓废主义者"，被驱逐出苏维埃文学进程，只是到50年代他才又作为"现实主义作家"和"抗神的斗士"回归，并因为他与高尔基有多年的友谊，因为他明显不接受传统的宗教意识，因为作者的反抗伦理学和反抗美学见证了对革命长久的兴趣，为他部分地进行了"平反"。此时的安德烈耶夫被定性为发生迷误的革命同情者。从1950年代开始他的作品得以再版，但其中许多篇什（如短篇小说《黑暗》，长篇小说《萨什卡·日古廖夫》，剧本《饥饿王》《黑假面人》《狗的跳舞》等）仍为普通读者可望而不可得。安德烈耶夫两卷本的小说集（为纪念作者诞生一百周年于1971年出版，瓦·尼·丘瓦科夫、А. И. 瑠莫娃编辑）和剧作集（1989年出版，尤·尼·奇尔瓦编辑）是其回归道路上的重要里程碑。1990年代又出版了他的六卷本文集[3]，至此安德烈耶夫的主要文学作品和许多政论著作已经面世。1959年出版了三十年以来第一部评述安德烈耶夫生平和创作的专著，作者为奥廖尔的文学家列·尼·阿福宁[4]。安德烈耶夫学迅即成为语文学科学的一个研究领域。[5]

安德烈耶夫从1898年开始在俄国的报刊上陆续发表作品。1901年9月，在高尔基的参与下，"知识"出版社出版了安德烈耶夫的第一部《短篇小说集》（卷首有献给高尔基的题词），这使他一举成名。他在外省度过了自己的童年和少年，在奥廖尔中学毕业后，步入青年时期的安德列耶夫先后在彼得堡大学和莫斯科大学的法律系学习。安德列耶夫大学毕业后在莫斯科司法厅做律师助理，1897年成为莫斯科《信使》报的员工，经常在该报发表司法报告，继而又针对热点问题发表一些小品。不久，这种法律和文学两栖的状况遂告结束：20世纪初安德列耶夫最终选择了作家这个职业。

然而他的法律素养和司法实践经验除了在其一些短篇小说中得到了具体体现之外（如《辩护》，1898；《第一笔酬金》，1900；《基督教徒》，1906），对安德列耶夫的创作还具有更普遍的意义。辩护和指控这两种重要的法律行为永远占据着其小说和剧作的中心位置。作者离开了判决私人案件的法院，以期作人间纷争的"检察官"和"律师"。列昂尼德·安德列耶夫笔下的诸多主人公（瓦西里·费维伊斯基和《人的一生》中的人、加略人犹大和阿那斯玛、克尔任采夫医生和"神秘主义的恐怖分子"萨瓦）后来都作了"法官"，他们向上帝和世界提出了严正的要求。在他的小说和剧作中常常有痛砭时弊、义正辞严的自白："不能这样生活。而世界却在安然地昏睡：男人们热吻着自己的老婆，学者们在按部就班地授课，乞丐们因投来的一枚戈比而欣喜万分。疯狂的，而且以自己的疯狂为福的世界，你的醒来将会十分可怕！"——克尔任采夫发出这样的呐喊（《思想》），此人杀死了自己的朋友当作试验，还承诺要对整个世界进行审判：摧毁"万恶的人世，那里有诸多的神，却没有一个永恒的神"[6]。与安德列耶夫同时代的人因其塑造的对世界不满的人物——这也是他自己苦苦思索的问题——将之比作伊万·卡拉马佐夫。[7] 列昂尼德·安德列耶夫就像陀思妥耶夫斯基笔下的这位著名的主人公一样担当着指控者和辩护者两个角色。他似乎是在为那些仿佛不应得到辩护的人辩护。其"律师"的才能惠及自杀者（《谢尔盖·彼得罗维奇的故事》《狗的跳舞》）、恐怖分子（《萨瓦》《黑暗》《七个绞刑犯的故事》）和将革命事业与各各他神话混为一谈的怪人（《萨什卡·日古廖夫》）。在1907年他写的一篇小说里，甚至福音书里的加略人犹大也有了发言权，成了个让人认不出来的悲剧人物，而且还得到了开脱，尽管这种开脱是间接的。

而且，虽然列昂尼德·安德列耶夫受的是法律教育，但却从未有过这种职

289

业所必需的内心的平静和防卫性的冷漠。他是俄罗斯文学史上最富神经质的作家之一。从青年时期起，忧郁就常常造访他。1889年他试图卧轨，而在1890年代他患上了终身未愈的严重心脏病，又两次自杀未遂。他抑郁难耐，整日靠酗酒浇愁，一直到1910年代才戒除了酒瘾。

列昂尼德·安德列耶夫在世纪之交写下的第一批短篇小说，描写的多是过圣诞节或复活节的场面，承续的是俄罗斯文学传统的"庆典"体裁。其中最著名的有《巴尔加莫特与加拉西卡》（1898）、《小天使》（1899）、《礼物》（1901）和《春天的许诺》（1903）。与此同时还有一些因表达对"小人物"生活关注和怜悯之心而与"庆典"系列接近的短篇小说，如《彼吉卡游别墅》（1899）、《在地下室》（1901）、《爱咬人的狗》（1901）和《曾经有过》（1901）。

这些小说的前景人物是俄罗斯日常生活空间中的各种社会典型人：警察和流浪街头的醉汉、勤务兵、铁匠和教堂执事、商贩和火车司机。其中大部分篇什都饱含着作者对那些沉默的、不受关注的落魄者的同情，还听到作者的轻声呼吁：要看重这些人物对善和美的追求。安德列耶夫还经常描写儿童更为凄惨的命运。他们一来到世上就掉进苦海，他们未老先衰，甚至有着自杀的倾向。《小天使》中十三岁的萨什卡"不时地……想不再做那件被称为生命的事情"（I，157）。然而安德列耶夫并不因备感现实生活的苦难而欲"将门票还给上帝"。在复活节和圣诞节小说中，形成了一种情节模式，它既可以预示与生俱来的苦难、世间和人内心的丑恶，也预示着心灵的省悟。使主人公得以发生些微改观的是各种事物和场景，如打碎的复活节彩蛋（《巴尔加莫特与加拉西卡》），祈祷仪式上喃喃的祷告声（《节日》，1900），偶遇的戴十字架的牧师（《寒鸦见闻》，1898）和圣诞树上蜡制的小玩具（《小天使》）。

短篇小说《曾经有过》被公认为安德列耶夫早期创作中最优秀的作品之一，其情节、结构规划和形象系统同其"恻隐"小说的体裁特征类似，但这里的一切都更严肃、更有意义。他对人物进行的心理分析将他们以往时代生活的方方面面展现无遗。尽管这部作品的情绪极为紧张（医院的空间，生与死近在咫尺），这却是安德烈耶夫创作中在现实主义意义上最"平静"的叙事之一。

290

而且作者对主要人物的评定得到了成功利用。他笔下的商人在仇恨和冷冰冰的买卖关系中度过一生，最后被一个封闭的虚空圈子所孤立。而那位教堂执事感谢生活，坚持祷告，对大地、对太阳充满着爱意，因为太阳照耀着这个正在逝去的人们和让人无穷欢喜的万物的世界。通过营造阴暗的情绪，作者精巧地筹备了作品的高潮：愤恨占有了奸商的心；执事知道自己即将死去后受到惊吓，逐渐沉寂下来；大学生托尔别茨基生活无着，心爱的姑娘又没有来找他。从小说的前几句话开始，医院的空间就决定了与黑暗的接近，这黑暗越来越稠密，然而到了叙事的末尾，这种黑暗却因执事和及时敞开心扉的商人的"净化性的"哭泣而受到怀疑，并且最终得到克服——克服了它的是等到爱人到来的大学生的幸福和小说的最后一句"复活性"的句子："太阳升了起来。"

然而在其他的短篇小说中则充斥着这位作家悲伤的讥讽之词，这缘于他对改头换面事实的不信任："庆典"时间转瞬即逝，此后的日常生活仍如故态，把心灵返回到沉重的日常："车队从身畔驶过，辚辚的响声湮没了孩童的喧哗和很久前就已从街心花园传来的遥远的凄惨呼喊，那是一个醉汉在殴打一个喝得同样酩酊大醉的女人"（《彼吉卡游别墅》，Ⅰ，148）；"清晨淡蓝色的光透进挂满窗帘的窗子，冻僵的运水工已开始在院子里用铁勺敲敲打打了"。（《小天使》，Ⅰ，168）

在复活节—圣诞节体裁的历史中，列昂尼德·安德列耶夫占据了介于陀思妥耶夫斯基和高尔基之间一个典型的位置，在陀思妥耶夫斯基的经典宗教小说《与基督共度圣诞晚会的小男孩》（1876）中，基督是最后的希望和唯一的慰藉。它是一种在神话学上已定形的爱，而在美学上存在于文本中，并在大地上呼吁开启其可能性。而高尔基的复活节反讽短篇小说《筏上》（1895）中唯一的基督教徒却是虚弱、邪恶的米特里，他放走了被其父亲诱惑的妻子，时而幻想遁入空门，时而幻想自杀。他仿佛与基督同在，但却没有复活。高尔基所说的"复活"（Пасха），是指坚强的意志，健康的体魄，可以说就是"生命"，而并非基督教意义上的"复活"（Воскресение）。列昂尼德·安德列耶夫不喜欢这种会毁灭体裁法则的赤裸裸的反讽，却也不认可宗教的慰藉。一方面是心灵的神秘论，另一方面又运用社会现实主义的创作方法，崇尚本色、天然的生活。在安德列耶夫的创作中交织着宗教神话学意识和人类中心主义的成分，这就使得

291

他的立场游移在宗教信仰和无宗教信仰、寻神派和抗神派之间。

在安德列耶夫这种"中间"立场的形成过程中，对叔本华哲学情绪化、形象化的接受起了巨大的作用。叔本华否认个人上帝的存在，猛烈抨击圣经的一神教理论，将世界意志神话化，把这种意志转变成一个带有不断把新苦难送去人间的忧郁的天父兼考验者特征的主体。这位德国哲学家的世界是二律背反的：没有上帝，但拯救是可能的，魔鬼是杜撰出来的，但现实中确有诱惑存在，意志是不具人格的，但它却是一条自我吞噬的恶龙。对超验上帝思想的克服以及叔本华对佛教思想、柏拉图主义和康德哲学的综合都显著影响了安德列耶夫关于对个体抱持敌意的世界空间的艺术神话。使世界去神圣化，亦即将之从传统神话力量的枷锁中解脱出来，丝毫不意味着失去任何神圣性。"上帝正在垂死"，安德列耶夫笔下的主人公们想从记忆中抹去上帝，但即刻就有一些奇异的幽灵、精灵跑来填补"神圣位置"的空白，它们营造了一种独特的多神教语境。

当然，我们也不能夸大叔本华对安德列耶夫的影响。在研究哲学与文学的相互影响这一问题时应取慎重的态度。这位德国思想家的主要著作（《作为意志和表象的世界》）具有教条式体系的特征，叔本华本人经常像对待宗教规范那样捍卫它，而对其他关于世界和人的命运的观念则持排斥态度。可以这样说，叔本华总是"无所不知"，所以他的悲剧悲观主义不乏唯美主义和自我满足。而列昂尼德·安德列耶夫的情况则更复杂些。他似乎总是"懵懵懂懂"，他弄不清是无生机的空虚笼罩了我们这个可怕的世界，还是恐惧原本就具有个体性，是向人间故意摆出的一副凶恶的面孔？

在艺术创作中这种抽象性是完全可行的。借喻帮助安德列耶夫建造了一个活生生的世界的图景。借喻是一种明显的游戏性的奇迹，就连通过借喻化实现的复活也是虚假的，它并不要求对无生命的存在或客体之真实存在的信仰。安德列耶夫和读者保留了一个不公开协议，它在艺术中事物的生命和日常生活中事物无生机的生存之间划清了界限。可是有时这个协议会遭到破坏，然后作家会开始用并非玩笑性质的复活来折磨读者。这时就会出现各种"特殊类型的活生生的存在者"（用详细研究过借喻是如何转变为神话的阿·费·洛谢夫的话来说）[8]，而作者本人则相信或假装相信这些奇怪存在者的真实性。

情欲和本质开始变成行为的主体，这在他小说的题目中就有所反映，如《沉默》（1900）、《谎言》（1901）、《笑》（1901）、《墙》（1901）、《深渊》（1902）、《思想》（1902）、《红笑》（1904）、《黑暗》（1907）。可以谈谈这些作品中的艺术魔鬼学。它与俄国象征主义作家的魔鬼学大不相同。在安德列耶夫笔下凶神恶煞并无清晰的形态，总是给人一种话未说尽的感觉，这就比列米佐夫笔下的恶鬼，梅列日科夫斯基笔下的"反基督"和索罗古勃笔下的"卑劣的小鬼"更使人心悸。在这些作品中没有象征主义作家自觉的两重世界，也没有现实主义的祥和而相对可以预料的空间。他生成了一种恶魔世界的概念，恶魔世界衍生了人类，使其终生受制于希冀和幻想的诱惑，并饱受苦难折磨，最后让他们一死了之。

最先使读者感到"心悸"的是列昂尼德·安德列耶夫的《沉默》。这部短篇小说描写的是发生在一个家庭的事件：彼得堡姑娘维拉自我封闭，她也不解释自己不幸的原因，便去卧轨自杀，把父母留在恐惧的迷茫中。作者关注的并非发生在家庭中的冲突本身，而是产生在这种冲突发展过程中的实质。这里有一个未知的行为主体，它心怀邪恶意志，蓄意向作神父的父亲隐瞒了女儿之死的真相。沉默就是这个主体（主语）的谓语，它意欲突破艺术形象的边界，将自己呈现为神话中的某种无处不在的角色。把恐惧传染给自己笔下主人公的叙事者帮助读者作出相应的艺术概括，告诉他们："这不是静谧，因为静谧只是无有声响；这是沉默，所谓沉默，就是人守口如瓶，他们似乎可以讲话，不过不想开口罢了。"（Ⅰ，199）沉默从不幸的父亲被激发起来的意识里像"泛滥到墓地的砖墙，重重地漫溢过去，淹没了整个城市"（Ⅰ，204）。

安德列耶夫的创作对理解20世纪流行的"无信仰的形而上学"大有助益。这是一种带"负号"的形而上学，永远伴随着对虚无的恐惧，这种虚无是在传统的宗教道德思想的空地上产生的。比安德列耶夫年龄小些的同时代神学家、哲学家格·弗洛罗夫斯基曾描述过"对事件、命运、存在的盲目力量之恐惧""被揭示的世界的无意义和空虚"和"人的被抛弃与孤独"9。安德列耶夫满怀着萌芽中的恐惧，在时代的社会和道德危机中寻到其形而上学基础并通过艺术形式将之刻画出来。他关注恐怖现象的美学原理，并注意到"恐怖"的东西永远是双重性的，其中有着社会内容，也有远远超出社会边界的内容。安

293

德列耶夫早期的小说，反映了世纪之交意识的危机现象，显示出其诗学的一个重要特征——力图在不大的篇幅里靠将描写的事件象征化，从而实现内在形式的扩充。

短篇小说《墙》中出现了社会哲理寓言，它将世界描写成一个囚禁麻风病患者的监狱，这里壁垒森严，隔离了未知的真理。短篇小说《深渊》（它在舆论界引起了激烈的辩论，有人指责安德烈耶夫污蔑了人的本性）描写的是主人公的软弱与性欲和潜意识致命力量之间的冲突，后者无法承受极端状态，并且会对犯罪作出病态的回应。《谎言》和《笑》惟妙惟肖地塑造了被拔高到普遍性层面的爱情失意的种种形象："唉！什么做个堂堂正正的人，什么寻找真理，统统是痴心妄想！我痛不欲生！"（《谎言》，Ⅰ，276）安德烈耶夫作品的本质常常高于生存。在《谎言》中，杀害被主人公欺骗的爱人却导致她消失了（"那里只有一片黑暗……她不见了，到处都不见她"），但是她却有一种力量，这种力量在抛弃个体的同时，仍然具有生命特征（"然而，谎言还是留了下来，它是不会死去的"）。安德烈耶夫的另一篇小说《贼》（1904）同样令读者"心悸"：盗贼出发去找自己的妓女情人，并在火车站小吃店吃馅饼（小说的前几句话透露了这一"基础"信息），他偷了一个钱包，却成了悲剧性的牺牲品主人公，而塞满乘客的车厢则变成了一个存心凶恶的存在——追杀盗贼费奥多尔·尤拉索夫的猎人。

难以说这些作品继承的是现实主义的传统，因为主人公的命运只是一种标识，失去了具体的社会意义，并成为消极形而上能量的传导者。安德烈耶夫积极进攻，试图让读者震惊，他选择富有表现力的文体，用恐怖变形的措手不及和创造具有秘密威力的形象来让人心悸。在短篇小说《深渊》中，白昼迅即变为黑夜，昨日的"天堂"变成了今天的"地狱"，说明确有一种"冷酷的可怕力量"存在。日落预示着心头的晦暗的来临；四周围坐着妓女的地坑，暗示的就是大学生涅莫维茨基将要陷身的深渊；后来将这位主人公从深渊中抬起的则是一个被唤醒的怪兽。

安德烈耶夫的作品不像卡夫卡的《变形记》那样虚幻，但在其中仍有诸多可能性。安德烈耶夫世纪之交的许多小说都呈现了异化个体的概念。他在《大头盔》（1899）、《窗前》（1899）、《城》（1902）和《标新立异的人》（1902）

中对人性悲剧的思考也有社会根源，但通常位于前景的仍是对不受人控制的各种力量的致命依赖这一思想。"理智"并不能保障各种日常形式的稳定，生活的"底"被发现了，而变形就是生活的法则。

如果说安德列耶夫的《沉默》《深渊》《谎言》和《笑》描绘的是发生冲突的一方（敌方，即"邪恶世界"的形象），那么他的《谢尔盖·彼得罗维奇的故事》（1900）和中篇小说《瓦西里·费维伊斯基的一生》（1903）则着力寻求人性的英雄概念的基础。他创作中的许多东西是在《谢尔盖·彼得罗维奇的故事》中首次出现。在这部著作中，他的艺术描写对象变成了意识形态上的存在，写的是一个学习自然学科的大学生把尚未读完的"一本为所有人又不为任何人写的书"——尼采的《查拉图斯特拉如是说》当作一种通过具有仪式意义的自杀来进行自我创造的宗教 10。安德列耶夫以往复活节—圣诞节小说的那种温顺的主人公不见了，代之而来的是与自然和社会作对的人物。这部小说的主题思想是一颗不完美的灵魂奋起与自己的局限性抗争，这与小说的辩论性形式相辅相成。这部小说的体裁特征颇引人注目：这几乎是对真实事件的原型式刻画（参阅I，600的注释），但同时也是一首讲述为新信仰殉难的独特长诗；这是一则关于一个愚昧读者的忧伤的笑话，但也是一部描绘一颗探索心灵的悲剧。故事的叙述者明知道这位大学生选择结束自己年轻的生命是多么错误，但在描写他与生命分别时却无法掩饰自己的狂喜。作者是在故意避免做出单重视角的评价。（至于对大学生的自杀可以多么见仁见智——1970—1990年间俄罗斯文艺学对这部作品的不同思考就揭示了这一点。11）

要理解小说的结局，须认真研究主人公自我认识的发展过程——一连串呈现在这个大学生面前的视相。谢尔盖·彼得罗维奇变成了自己的局外人，"第三者"。名字和父称不过是个又空泛又无人格的符号，"我"才是自由精神的形象。他内心的冲突伴随着其人格分裂成两个意志主体，分成了一个"我"，一个"谢尔盖·彼得罗维奇"，两者的对峙在结尾达到了一种巨大的力量。对结局的日常社会解释（大学生死了）并不妨碍浪漫主义的解释：尽管他的肉体死去了，但最可宝贵的东西——他所获得的自由灵魂，骄傲的"我"却永驻人间，而这篇充满矛盾的作品也正是为了确立这个"我"而创作的。由于叙事的这两个层面的交相作用，作者的态度也是复杂的，他既为亡者悲伤，又为其以死制死的人性获胜而欢欣。

《瓦西里·费维伊斯基的一生》是安德列耶夫早期创作的总结。这部中篇小说描写的是一个乡间神父的遭遇。他的头生子溺水身亡，次子生来就是个白痴，妻子整日借酒浇愁，后来丧身火灾。他在教民们做忏悔时满怀对人生普遍苦难的知识，很快就领悟到自己是上帝的选民，他试图复活一个无辜被杀的农民，结果彻底失败，在致命的惊恐中他离开了教堂，死在出走途中。朝着瓦西里·费维伊斯基这个形象，安德列耶夫走出了漫长但又目标明确的路途。为这个形象做铺垫的有"口歪眼斜、表情呆滞""从闭不上的嘴里吐出的说话声低沉而嘶哑"（Ⅰ，205）的伊格纳季神父的"静静的出走"（《沉默》），还有经常"用由于烟熏火燎变得黑黢黢的手指"（Ⅰ，479）指指点点地愤怒地数落"生活失去了真理，朗朗乾坤中的不幸儿童为谎言所毒害"的铁匠梅尔库洛夫（《春天的许诺》）。这都为塑造瓦西里·费维伊斯基这个人物打下了基础。

在《瓦西里·费维伊斯基的一生》中，现实主义与安德烈耶夫的新神秘主义错综复杂地交织在一起。所谓新神秘主义是一种无有信仰，却艺术地再现了"另样的世界"的神秘主义。安德列耶夫在这部作品迈出的第一步顺应了世纪初俄罗斯现实主义的潮流——精挑细选出能认识到指望超自然力量毫无意义的积极的人。但他迈出的第二步也同样重要——取代了被克服、被驱逐的上帝的是被人格化了的疯狂。从叙事的前一个层面来说，真实的农村世界充满着困苦，从后一个层面来说，这些困苦乃是各种超验的力量对人们希求公正进行的恶毒的嘲讽。

把这两个层面统一起来的是白痴的形象。白痴是那种力量的肉体和精神的双重表现，在这部作品的第一句话中，就把这种力量称作"命运"。他有着双重性质，既受身于神父夫妇，又是由于他们的苦苦哀求要让死去的头生子瓦夏复活，而不知由谁给送来的。他们本希望生活从此出现转机，但这希望却落入了黑暗的无意义性这一总的语境中。自白痴出现以来，艺术空间中就充满了各种幽灵，于是存在的第二个层面就展现开来。作者用了一连串不定代词和副词塑造了一个闯入神父家的隐形敌人的形象。复活未果的场面是作品的最高潮：在一场充满矛盾的对话中，作者让乡村神父和在文本中获得自己声音的虚空起了

296

冲突。莫名其妙地让这位乡间神父与文中能说话的虚无人物谈起话来。谁能回答瓦西里神父的问题：用希望欺骗，用苦难折磨他和全世界的人是谁呢？安德列耶夫提供的答案发人深思：在这个世界上除了人没有什么鬼神，然而，却有一种能置主人公于死地的力量。上帝和魔鬼是不存在的形象，世界是各种自然力的王国，而自然力又造就了人的心灵。"人是孤立无援的"，因此周遭是"无际"的虚空，这是该作的一极，世界充斥着各种摧残人的力量，这是该作的另一极。

可以确定地说出列昂尼德·安德列耶夫的创作中无人格世界之所以能复苏的一个原因。"自然界本是冷漠的"，我们很难去憎恨它，但是那隐形的敌人却需要完全不同的对待，并且鼓励对恶的精神性、反抗性的克服。费维伊斯基是一个出走的英雄，几乎是一个与黑暗世界决裂的史诗性人物。因为"上帝"获得了另一重面目，并蜕化成了苦难的制造者，所以主人公就获得了新的"屠龙者"的功能。死亡是不可避免的，而抗争是壮丽的事业。别的世界是没有的，而这个世界又不可留。由自我界定带来的涉及自身存在的感觉、塑造人格的浪漫主义激情与英雄主义伦理在悲剧性世界图景中交融在一起。

这部作品在其写作的那个时代具有一定的反基督教意义：神父离开教堂，象征着俄罗斯人民脱离教会；"另样的世界"被描写成邪恶的无人性的藏身地；圣经中的形象和主题得到了兼具悲剧和反讽的双重演绎：瓦西里神父是未取得成功的约伯和基督。但在客观上说来瓦西里·费维伊斯基也需要上帝，他的叛逆是开启了的世界性空虚使然，这种空虚使得偶然性和注定不幸的游戏可以接触到人的命运。革除了上帝的世界里也不会有任何平静。惊慌只会加剧。希望被从世界上驱逐出去，而安德列耶夫又不想去安慰。

安德列耶夫的任务是通过描绘不寻常的命运来确立俄罗斯危机的形象。离奇古怪的事情几乎是不可能发生的——比如疯狂地复活死者的那个情节，作者写这些是为了揭示现实，认识其实质。此作引起一场关于其主人公瓦西里·费维伊斯基究竟有多大典型性的争论，有人说这个形象"怪诞不经，虚假之极"[12]，有人说他纯属"蜕化者"[13]。但也有很多人认为作者做出了高超的、具有当代特征的概括，称瓦西里·费维伊斯基"走过了人的思想从盲目的信仰到自我确定的全部路程"[14]。

297

我们谈谈主人公非理智行为的典型意义。他这种异常行为和使死者复生的愿望，不仅是作者独特的构思，而且也是那个时代共同的情愫，力争获得对上帝的复活能力的信仰。在这部小说中，安德列耶夫强烈地感觉到，世人要求尽快实现古代基督教的变容理想。神父瓦西里自认为是启示录时代的英雄，要将神话变为现实，意欲亲自造就一次复活。这也正是安德列耶夫与通常不见容于他的世纪之交俄罗斯宗教哲学思想的有趣的相汇之处。弗·索洛维约夫、梅列日科夫斯基和别尔嘉耶夫都曾按自己的方式期待上帝最后约言的降临，他们对这一约言三番五次地加紧筹划（体现在费维伊斯基的形象中），外加主张一切死者的复活几乎是"技术上"可以完成的事业的尼古拉·菲奥多罗夫的哲学都表明安德列耶夫笔下主人公在宗教上的傲慢并非痴人说梦。

安德列耶夫在思想和美学上的探索，他的"抗十字架说"及特殊类型的艺术空间在文学进程中得到了响应，我们哪怕只举两位不同的作家谢尔盖耶夫—青斯基和列米佐夫的各一部作品（前者的《林中沼泽》，1907；后者的《钟表》，1908）就足以说明。《林中沼泽》的开头完全是"安德列耶夫式"的：落单进入密林中的孩子们会碰上从沼泽里探出来的"长着厚苔的绿色的脑袋"，在惊恐中逃离这受诅咒的地方："……没有人格的恐惧一分为二，在那里跑着，在后面哈哈大笑追赶着的是秘密，还有森林也在叫喊……"[15] 复苏了的空间代表的是不幸的、敌对的世界，处于这种世界的人注定不会幸福。这部长诗的主人公是被林中恐怖"损伤"的安东尼娜，她像费维伊斯基一样，感到自己遭遇灾难并非偶然，这是上帝在与自己作对。安东尼娜并没有在叙事的结尾，而是在叙事的中间经历了自身命运的高潮：她生下了一个"半边脸上长着巨大斑迹"的女孩（这毫无疑问是对安德烈耶夫中篇小说的"白痴"的变奏），她成了驳斥"世界和谐"的主要论据。母亲表达反抗的方式是把小女孩投入火中杀死她。而在火中站着"某个未知者"。《林中湿地》的叙述者没有《瓦西里·费维伊斯基的一生》的那么积极，情节明显拖沓，其第二部分是朝着结局萎靡的运动，结局则终结了生活的沼泽对安东尼娜象征性地吞噬。冲突的象征系统和主人公与世界的脱离比起安德列耶夫成功达成的高度概括而言相差甚远。

"我不想再忍受下去了"，《林中沼泽》中的安东尼娜这样宣称。《瓦西里·费维伊斯基的一生》的主人公们得出"人是孤立无助的"结论。而列米佐夫的长篇小说《钟表》表述了同一个思想："……世界上不存在恻隐之心，没有可求助的人。"列米佐夫的作品塑造了这样一种世界的艺术形象，在那里所有的主人公都以自己的方式期待着历史的终结（主人公柯斯佳·克洛奇科夫砸碎了象征历史时间的钟表）。填满长篇小说空间的是一种别样的、非人间的生活，各种本质受到个人生存的吸引，拟人化的艺术表现方法类似安德列耶夫。但列米佐夫这里的艺术世界还是要比安德列耶夫的明快些。如果说笑在安德列耶夫的作品里是对苦难做出的魔鬼似的反应，那么在列米佐夫的作品里则是一种含泪的苦笑："隐秘的力量"不单是施虐者，而且也是不乏悲哀与怜悯的观察者。《钟表》的叙事者不会把冲突激化，也不想靠反抗来吸引读者。

列昂尼德·安德列耶夫在《瓦西里·费维伊斯基的一生》中比同时代的作家更具动感。他利用圣经潜台词（约伯、基督），扩展了现代性的边界，创作出一个由20世纪初知识分子"阅读出来"的"永恒"悲剧。在这方面主人公的社会标志也起了促进作用。列昂尼德·安德列耶夫笔下的神父本是世代相传的守旧的基督教文化的守卫者，却发现它在已开启的"真理"面前变得无力。短篇小说《人子》（1909）中的神父伊万·博戈亚夫连斯基要将姓氏①改为数字，他购买留声机，用模仿声响，包括模仿基督的声音是否可能这一问题来折磨自己的教友们，后来他改信伊斯兰教，达到了自己荒谬但又具有代表性的反抗的最高峰。短篇小说《不慎》（1910）写的是一个乡间神父来到火车站，变成了飞驰列车的司机，冲向死亡。两部短篇小说的情节像是奇闻轶事，但奇闻轶事只是一个方便的形式，能让我们透过博戈亚夫连斯基的个性和那个有趣的无名神父看到时代的悲喜剧特征和传统正在经历的令人痛苦的危机。透过这些轶事奇闻我们会发觉空虚的恐怖，而被熟悉的俄罗斯日常习俗包围着的主人公们，则在文明的种种最简单现象中观察着深渊。

社会状况、社会地位和内在本质之间的不符，这是安德列耶夫创作中揭示人物性格的艺术手法之一。《人子》和《不慎》中的两位神父与其说是俄罗斯平和的神职人员，更像是受到惊吓的颓废派；而一个小罪犯则对世界的混乱充满恐惧（《贼》），等等。

①这个姓意为主显。——译者注

安德列耶夫对人格的关注具有非凡的意义，他的人格主义可放在俄罗斯哲学（舍斯托夫、别尔嘉耶夫）的背景中来审视。然而，他在关注人的自我塑造的进程这个问题时却疑窦丛生，缺乏信心，其表现就是他的作品常常有种阴郁的色调。这种疑虑也与作者的"统一体"形象有关，面对这种形象，主人公们只会成为无助的牺牲品，同时这种疑虑也与主人公人格形成的病态的、扭曲的形式有关，而这些形式又是时代危机的反映。

《思想》（1902）的核心是一场铁石心肠的实验的形象。他采用的是陀思妥耶夫斯基作品中"哲学"谋杀的"拉斯科尔尼科夫式"主题，但与此同时谋杀者的品格却被明显降低：拉斯科尔尼科夫是在仔细地考察了周围人们的苦难后实施犯罪的，而养尊处优的医生克尔任采夫则是为搞清自己自由的边界而置好友于死地。"拿破仑式"的计划保留了下来，然而它失去了社会根基，成了游移于理智和疯狂之间的独特游戏，于是就排除了《罪与罚》中拉斯科尔尼科夫与索菲娅·玛尔梅拉多娃会见或是一起读福音书的情节。而安德列耶夫在展示这种游戏的形象时，让读者与克尔任采夫进行一对一交流。他的这篇小说是用主人公笔记的形式写下的，这就突出了叙事的最大客观性。而作品的情节和布局的结构逐渐地对克尔任采夫的自吹自擂进行修正，作品中空间背景（精神病院）的意义也益愈显著，表明主人公的人格无疑发生了分裂，而他意欲摆脱朴素的处事情感，并在智识中寻找的那种自由则彻底丧失了。

展示唯理主义过甚带来的危害只是《思想》的主旨之一。小说的结局是，凶手出人意料地成了被害者，并开始预言这个陷于疯狂中的世界即将毁灭。安德列耶夫在这里并没作出最后的裁定，当然也没有免除对这个犬儒医生的严厉判决。然而重点却转移到正在扩大的疯狂之形象上来。克尔任采夫是个疯子，但这种不乏个人特性的疾患又是一种公众的疾患，其公式从小说中即可轻易摘出：再也没有健康与疯狂、真相与谎言的绝对标准；世界陷入了抹去一切边界的相对性之中。

疯狂是安德列耶夫创作的重要主题之一。如果说在《思想》中作家扮演的是一个能察觉这种疾病的种种细节，与此同时还常进行哲学概括的精神病医生的角色的话，那么他的另一部小说《幽灵们》则有另外的任务：创造两种现实

300

（精神病院和"巴比伦"餐馆）之间的相互联系的形象，并在这种过程中揭示出将医院和外界隔绝起来的墙其实是虚幻的。在这堵墙背后安身的是那些我们完全可以想象到的人物，这些人与"健康"人的区别其实只是心灵气质的某些特征发达过了头。他们中的一个人经常感到恐惧，最终死于被迫害妄想；另一个人无休止地反抗，叩打一扇扇锁上的门，渴望"所有的门打开"（II，75）；还有个人在臆想中同显灵者尼古拉结成了同盟，充满了乐观情绪，而在这个世界上，乐观就和恐惧、悲观一样疯狂。文题中的"幽灵们"一词波及到了整个现实，无论这个现实到底位于医院院墙的里面还是外面。

日俄战争和俄国第一次革命前夕，安德列耶夫创作中具体的、历史的现实性的意义不断增强，这种现实性成了展开当代冲突所必需的史诗性空间，但与此同时这种现实性仍被放置于存在问题的"维度"中。安德列耶夫的中篇小说《红笑》（1904）就是对日俄战争的回应。他本人没有到过战场，没有亲自参战，他创作这部作品依靠的是报纸上关于战事的报道和自己对现代战争这一理念本身的直觉洞察。在19世纪的俄罗斯文学中——如列夫·托尔斯泰描写塞瓦斯托波尔战役的系列作品和迦尔洵的一些短篇小说，传统的军事冲突在颇大程度上已被心理化了。因此作品中没有明晰的"敌人"的形象，而这恰恰是支持对合法杀人正义性的信念所必需的。在《红笑》中，人民、国家和个人也不再是正义的战争主体。而作品的核心是对自我毁灭中的人类的强烈情绪化描绘——人类在体现了世界之疯狂的某些黑暗力量的作用下，开始担忧起自己的结局来。

301

紧凑、富有表现力的叙事旨在把作者、叙事者、主人公和读者们在"不接受世界"这一点上联合起来。"他在写这部《红笑》时，每到夜间就发烧，他会紧张到不敢独自待在房间里。"尼·捷列绍夫回忆道。[16] 勃洛克的反响很有趣："我在读安德列耶夫的《红笑》时真想跑到他那里问：你什么时候把我们大家都杀光啊？我几乎发疯了，可到了第二天清晨（我是夜里读的）我又照例喝起茶来。"[17]《红笑》充溢着恐怖的气氛，然而它给人的恐惧感是短暂的，因为他所反映的现实太过虚幻，而其感知世界，或者更准确地说，创造世界的意识无疑是疯狂的。安德列耶夫在《红笑》封笔之后立即将手稿寄给了托尔斯泰，托尔斯泰在回信中说："……这篇小说对许多场景和细节的描写很见功力；缺点是小说雕琢的痕迹过重，而且晦涩、不明晰。"[18] 但是安德列耶夫却认为，构思的这种故意雕琢正是他创作的成功之处。高尔基建议他把此作修改得"更健康些"，安德列耶夫也对此不以为然，他反驳道："修改得更健康些，就意味扼杀这部小说，扼杀小说的基本思想。健康的战争已一去不复返了；而现在进行的和行将进行的战争乃是狂人与狂人之间的战争。我的主题就是疯狂与恐怖。我断然不同意你的如下意见：'事实要比你的态度更重要，更有意义'……我的态度也就是事实，而且它是非常重要的。"[19]

安德列耶夫"似乎在说梦，其实这种梦呓就是他对现代性的领悟"，别雷如此评述《红笑》的诗学特点。[20] 白昼的意识，平常的时空概念在这部作品中是没有的，世界的形态翻转过来，空间解体，天空退到了大地之下，死者比生者更真实。作者坚持灌输这样一种思想：启示录就是战乱造成的当代现实。小说的最后一幕最终确定了"地狱"对尘世的征服。安德列耶夫运用各种末世论主题，"完成了"世界的转折：大地抛扔着亡者的尸体，红笑本身从它的深处走出，这是疯狂屠戮的标志。疯狂产生于人类（这涉及这部小说的各种和平主义宗旨），又是从深渊中召唤出的独特的集体诅咒（这已经是"形而上学"层面了）。

作家对俄罗斯革命的态度就是另一回事了——1902年安德列耶夫由于与地下学生运动有联系遭到搜查，1905年2月又由于把自己的公寓提供给俄国社会民主工党中央委员会作开会场所被囚禁于单人监室长达两个多星期，他还在声援罢工工人的文学晚会上发言，对反抗当局的政治恐怖主义抱以同情。他的一系列短篇小说，如《马赛曲》（1905）、《曾经如此》（1905）、《省长》（1906）、《黑暗》（1907）、《一则永无结尾的故事》（1907）和剧作《走向星空》（1905）、《萨瓦》（1906）、《饥饿王》（1908）都明显带有革命事件的"影子"。安德列耶夫并未忽视正在发生的事件的具体历史意义，但还是将革命首先视为人自我塑造的过程。他把阶级搏斗分为两个视角：精神视角和社会政治视角。

通过比较两篇以法国大革命为题材的小说《马赛曲》和《曾经如此》，可以很好地观察到这种区分。《马赛曲》描写了一个怯懦的小市民，他"胆子像兔子，无耻的忍耐性像牲畜"（Ⅱ，148），一直为自由斗士们所不齿，但他出人意料地声援监狱里的绝食斗争，摇身一变成了一个堂堂正正的人。小说的结尾是"藏在小人物滑稽外貌之下的主人公被神化"。[21] 而他的《曾经如此》意味深长地把读者带到法国大革命的情境之中，这里谈论的已经不再是个人对通往自由道路的选择，而且还指全民的起义。周而复始均匀摆动的钟摆形象（"曾经如此，将来亦如此！"）体现了作者这样一个思想：人民现在颂扬国王"二十世"的统治，后来才发现"这个像世界一样古老的神秘政权"原来是"神话中吞食姑娘的恶龙，使国家陷入恐怖之中"，它变为"长着长长鼻子的，带着擦鼻涕手帕的资产阶级"，然后被送上断头台，却只是为了在"二十一世万岁！"的口号中复活，从而证明了叙事者口中的一大关键词——"一群奴才！"

安德列耶夫的革命观最为一贯地反映在他的第一部戏剧作品《走向星空》中。在这部剧作中争取自由的英雄主义哲学再一次与各种关于具体的社会历史现实变化的宿命论观念交织在一起。真正的革命是精神革命，它能跨越时代，将有共同精神的舍身取义者联合在一起，无论他们是现代人抑或几百年之后才能诞生。其主人公天文学家捷尔诺夫斯基只以"永恒"和宇宙的维度对革命进行思考，认为只有这样才能建立不朽的功勋。"死去的只是那些屠戮者，而那些被杀害，被迫害，被执行火刑的人却得以永生。对于人而言是没有死亡的，对于永恒之子而言是没有死亡的。"（II，371）

短篇小说《省长》则以另一种方式呈现了对社会政治冲突的改换，它描写一个人心中的官衔死了，生出一颗忏悔的心灵。这篇小说写作的由头是当时发生的一系列政治谋杀，其中包括1905年莫斯科总督谢尔盖·亚历山德罗维奇大公被刺。安德列耶夫固然知道，凡恐怖袭击本质上都属党派活动（伊·普·卡利亚耶夫实施的对莫斯科总督的暗杀是社会革命党人策划的）。但在《省长》这部小说中，惩罚开枪镇压游行者的省长被呈现为以牙还牙，但却公正的法律的必然姿态，而具体的社会因素让位于神秘主义因素。不过这种神秘学并没有导致历史层面的消失。尽管复仇的承载者处在社会物质的可见范围之外（"某个黑暗者用黑色的翅膀遮住了城市"），但毕竟恰恰是多声部的人民重申了为开枪屠杀百姓承担罪责的省长将来的死亡，并将其处决。省长不单单错在他自己犯下的罪：他还要为把他自己也变成牺牲品的俄国专制政体的总体罪孽负责。然而，罪与罚的较量可视为一场"超验"战争的一个插曲。《省长》如同《思

303

想》一样发生了重要的去人格化：在历史戏剧的真实参与者之后开启的是真正的矛盾——凝集形而上的恶于一身的政权与好似严厉但公正的旧约上帝的法律之间的冲突。

俄国革命的失败导致安德列耶夫创作中悲观情绪的增长，而这位作家的家庭生活又遭到了更大的不幸。1906年11月，他的妻子亚历山德拉·米哈伊洛夫娜（韦利戈尔斯卡娅）患产褥热死去，美满婚姻带来的短暂平静也烟消云散，尽管这种平静在他的创作中并未有太多体现。死亡常常使安德列耶夫想起生命注定的不完美和人的命运的不幸，这些曾是他艺术观察的主要对象之一，如今却紧紧地触及到了他。安德列耶夫承受了妻子亡故带来的痛苦，然而被挤进创作中的个人悲剧却让他创作出了一些最为阴暗的形象，这尤其表现在他的短篇小说《加略人犹大》和《黑暗》之中。这也体现了安德列耶夫那以不和谐为基础，从沉重、灾难性事件中汲取灵感的才华的一个特色。安德列耶夫本人也承认，在"自己感到最杂乱无章、心情最沉重的时期"[22] 他的写作最为得心应手。

安德列耶夫尚在亚历山德拉·米哈伊诺夫娜生前就写过一部剧作《人的一生》（1906），它开启了安德列耶夫创作最明快的时期。安德列耶夫1906—1911年间的创作的决定性特征在于将革命思想和宗教思想相参照，这使作家愈发远离了现实主义美学观，并保障作家能在对俄罗斯而言非常传统的殉身成仁的神话学中去发掘新的、当代的意义。"新神话学"的一系列问题对"白银时代"文学而言极为重要，在安德列耶夫的创作中也逐渐扎下根来。

在作家的散文中有两种体裁形式得到发展，而将它们结合起来的是作家对基督教神话及其运用的兴趣：一种是将之用作素材的基础，从而能再现出圣经所描写的时空和主要人物；另一种是将之用作内在结构和潜台词，使读者通过对现实生活中事件的艺术描写来发现神话意识的逻辑和象征意义。第一种叙事类型被与安德列耶夫同时代的评论界和苏联时期的文学研究者称为"圣经型"，属于这种类型的有短篇小说《多比之子》（1905）、《以利亚撒》（1906）、《加略人犹大》（1907）和鲜为人知的《来自远古时代》（《国王》，1904）；属于第二种社会神话类型的有短篇小说《省长》《黑暗》（1907）、《七个绞刑犯的故事》（1908）和长篇小说《萨什卡·日古廖夫》（1911）。

在《多比之子》《以利亚撒》和《加略人犹大》这三篇短篇小说中出现了一种独特的艺术伪经的形式，它们对圣经中描写的事件持特殊视角，我们称之为"伪经式风格化模拟"。在这种风格化模拟中叙事者的形象显得很重要，他一方面并不否认圣经所记载事件的真实性，另一方面表现得像一个新的信息提供者，仿佛一个被传统所抛弃的人物，告诉读者正统的福音书作者隐去了些什么。他与福音书的作者不同，有着自己的观点和自由的立场，并不受制于基督的教义。这时，让基督与那些福音书作者接近的神圣元素被破除了：作家由被上帝鼓舞的记述者变成了富有批判精神的观察者。

教会在精神和社会生活中失去了主导作用，不再被视为圣经的唯一可能的解释者。俄罗斯世纪之交及其之后的文学界，诸如列夫·托尔斯泰、高尔基、叶赛宁、马雅可夫斯基、布尔加科夫和帕斯捷尔纳克等各种各样的作家都曾为用一种新方式来阅读圣经的神话，而一直致力于重新构建基督教中的形象、主题和思想。

列昂尼德·安德列耶夫也参与了这项复杂、而且在很多方面算是危机性的工程。作为对过去时代各种稳定意义之克服的去神话化、作为对新现实之形象性确立的神话创作和对新现实具有历史迫切性的论证这三者共同组成了一个多功能统一体。安德列耶夫的伪经式风格化模拟是一种"冲突性"体裁，给读者带来了强烈的感受，也招致有些人猛烈的攻击。攻击作家的伪经创作尝试的不仅有俄国的神学家和神职人员 [23]，而且还有东正教传统主义倾向并不突出的文学家，如沃洛申。他指责安德列耶夫的《以利亚撒》《加略人犹大》和《人的一生》是一种审美上的亵渎："在我们看来，福音书上的每个情节和人物都像代数式，它们之间的关系是那么紧密，这种关系发生少许变化，其数值就大不相同。" [24]

从《以利亚撒》开篇的第一句话便可看出安德列耶夫对圣经原文的特殊态度："以利亚撒在墓中在死神谜一般的统治下躺了三天三夜，又活蹦乱跳地回到自己的住所，人们很长时间都未在他身上注意到那些让他变得声名狼藉的不祥的奇怪之处。"（Ⅱ，192）此句话的前半部分读起来并不陌生，像是对约翰福

305

音第十一章的转述①，第二部分则产生了出其不意的效果：被开头安抚下来的读者发现自己处在一个被偷换的世界中，并且落入了讲述者新知识的掌控之下。

正如在《瓦西里·费维伊斯基的一生》中那样，复活节落入了一个反讽的语境中，复活落到了没有出路的地步。基督教的光芒被"来自东方"的"庞大的黑色阴影"扭转（Ⅱ，200）。在以利亚撒的目光下，圣贤、雕塑艺术家和恋人们统统丧失了生命力。只有罗马皇帝奥古斯都才能制止这个"被奇迹般地复活的人"，以保护自己的臣民——"这些无穷昏暗中的明亮阴影"（Ⅱ，208）。驱逐死亡的奥古斯都取代了不成功的复活者基督。小说末尾显然是在号召人们驱逐"东方"，把消极性"钉在十字架上"，重燃热爱生活之火。这篇小说中基督教被联想为颓废派，对作为悲壮人道主义和生命积极性原则的"罗马"之确立必定克而胜之。

对安德列耶夫圣经题材的小说而言，叙事的多层面性是很典型的。《以利亚撒》可作为论述基督教发展史的寓言来读。以利亚撒这个形象本身也是个寓言，某种意义上他就是游遍世界的"基督"；而透过雕塑家奥勒留斯的形象安德列耶夫与颓废主义进行着论战。作者对死亡之谜的兴趣也是无疑的。[25]

306　　如果说在《以利亚撒》中作家仿佛是在续写圣经事件，那么《加略人犹大》的描写则只限于福音书的空间内，但作者对新约文本的解读的目的是"重新折服"读者，用他从圣典故事中开发出的新意义来征服读者。于是在安德列耶夫创作中出现了一种模仿原始神话的异端改造的艺术文本。福音书中统一的神人形象在《加略人犹大》中解体了。在这里，基督变成了失语的、几乎不被注意的人物。他是"不幸的耶稣"，在宁静、无形体性和爱的无力中，安德列耶夫探寻基督教的原则性特点——依靠优柔寡断的同情来生活，却不能用自己的牺牲来改变世界。在这篇作品中，具有坚强意志，进行了神圣的选择的基督已经消失了。对罪孽本质的认识和形而上的复杂性一起转到了犹大这个人物身上。这篇小说的真正主人公是解体了的福音书基督。犹大则是耶稣基督的一重孤立的"我"的独立生命。对罪恶的认识和揭露性力量从神的恩赐中被剥离出来（在福音书耶稣中二者是一体的），并且获得了在变节门徒的名下独立存在

---

　　① 约翰福音第十一章叙述的是基督让拉撒路复活的神迹。——译者注

的权利。

安德列耶夫使神秘和阴暗元素得以升华，他认为，对于文学趣味性而言，基督的殉难写得过于明快和清晰了，当然这也不意味着他是在贬低基督。安德列耶夫作区分是为了合并。"精神"与"肉体"，"饶恕"与"谴责"，虽然被不同人之间的边界隔开，却向往着统一，向往着确立安德列耶夫所称的两极整体存在。《加略人犹大》的主导动机是"神性的美和兽性的丑奇怪的临近"（II，214）。纯洁无瑕一极与道德沦丧一极融为一体。

落入讽刺语境的门徒们被强烈贬低，并且和法利赛人的普遍概念结合在了一起；而基督和犹大作为两个极端的形象被置于"善恶的彼岸"，并依靠叙事者的努力形成了一个"犹大兼基督"的形象，它成为安德列耶夫世界中新救世主的一个变体——是对福音书中两位对立者的亵渎性联合，开启了一条通往人格新概念的道路。

在世纪之交各种宗教、文化学说进行大量接触的背景下，犹大和耶稣的接近显得十分有趣，也是安德列耶夫进行伦理哲学探索的见证。安德列耶夫缔造的"犹大兼基督"，是崇高和卑贱两种殉难者的升华，面对盲众懦弱的妥协，这两者显得同样重要。在安德列耶夫的所有伪经情节中，盲众都是主要的"敌基督"。如在《多比之子》中，盲众中的一人视自己的牙痛重于义人被钉死在十字架上。在《加略人犹大》中主人公的声音预告了各各他是"第二次堕落"，并揭示出一些惊人的矛盾：基督教是在大多数人怯懦的同意中建立在血之上的，而教会的基干原来是些冒充使徒的真正的叛徒，十字架成了新宗教的象征，它是杀人的武器，它把关于"上帝之死"和"人的诅咒"的概念给具体化了。[26]

在这篇小说中可以听到犹大的声音，但作者的立场却复杂得多。比起对加略人知识的拔高，安德列耶夫更多是在确认那种反讽的存在，这种反讽既战胜了犹大，也战胜了基督。更切近作家的是使徒神话（"被宽恕被拯救"）和犹大神话（"被诅咒被杀死"）共存的二重性概念。犹大作为钉十字架的制造者进入了关于拯救的神话，并帮助基督成为新信仰的基石。基督作为殉难者进入了犹大的神话，并把犹大造就成揭发者和挑拨者。两者各有各的"真"与"伪"，然而在安德列耶夫看来，无论基督抑或犹大都不是完全正确的。他把福音书解读

307

成对无穷反讽的悲剧性见证，这种反讽能把被钉十字架者变为救世主，把施爱者变为叛卖者，把胆小如鼠的懦夫和满口谎言的人变成门徒和使徒。

随着加略人犹大这个形象的出现，在列昂尼德·安德列耶夫创作中形成了一种新型的主人公，嗣后这种类型的主人公注定将获得稳定性，并以各种形式体现在短篇小说《黑暗》《七个绞刑犯的故事》和剧作《阿那斯玛》及长篇小说《萨什卡·日古廖夫》《撒旦日记》之中。而安德列耶夫是在短篇小说《国王》中第一次塑造犹大这个形象的[27]，《国王》的写作时间比《加略人犹大》还要早三年。决定《国王》主题思想的主要故事情节是对巴比伦的暴君尼布甲尼撒二世所受神的惩罚的重新思考。安德列耶夫的这部作品只算是《但以理书》情节的余绪；无名氏国王见到了一个麻风病人，怀疑他的知识有无用处，遂实施了一系列"存在主义式"的杀戮，并自愿变为一头令人厌恶的野兽，于是理解了新的自由，并感受到那些不能上升为神、下降为兽的臣民们的奴性。

1904年安德列耶夫被高尔基说服，表示不发表这部小说（它的主题和方法有着明显的颓废派倾向）[28]，但他对奇异人格的关注一如既往。心灵的规模从上帝直到牲畜。《国王》首先确立了这么一种人格概念，对它而言为"分处两极"的生活辩护正名是很重要的。一极是纯洁、清白（叙事者传达了他严肃、美丽的面容，是治国的贤君），一极是兽性，两极结合在一起。两极性的存在，从"深渊"到"天堂"的豪放过渡让"人类"的领域不会发生固化。主人公部分继承了尼采主义的座右铭，高于人类。他经常仰望天空，看到高远的星辰，但也能降低到尘世畜生的层次，并获得一种不思考的自由。把自己变成一种新的活物并没有扬弃苦难问题，孤独之感与日俱增：国王身处日常理性之外，获得了自己独有的时空，但身畔空无一人。"上帝明亮的面孔和野兽、畜生黑色的形象"——这就是把不同"两极"结合在自己身上者的悲剧性面具。被日常逻辑区分开的迥然不同的"王国"和"兽界"在神话世界中混合起来，在安德列耶夫这篇小说中构成了一个统一形象。

双重性决定了《国王》和《加略人犹大》之中的人格理念。兼具面容和假面特征的逐渐双重化的面孔是时代的典型特征。这个特点在象征主义作家们的创作中表现得尤为明显。他们看重人与各个"另样的世界"的联系，并将双重世界变成了美学原则，但他们仍惴惴不安：诸多可能的"世界"中的哪一个会呈现一种抑或另一种面孔？梅列日科夫斯基的散文永远在探寻基督和反基督，面容和假面的合一展示了主人公的复杂性及其与另种世界秩序的联系。在长篇小说《彼得与阿列克谢》（1904）中，两个主要人物身上都表现出两种面孔的永恒斗争。其中尤为突出的是彼得，他是俄国伟大的改革家，却也被神秘的"深渊"奴役着。而王子阿列克谢在观察父亲的时候发现他有两张面孔："一张像死的面具般陌生、可怕，一张像他回忆中小时候看到的父亲那样亲切、可爱。"（第八部，《变形人》）别雷的长篇小说《银鸽》（1909）在描写难辨的悲剧时也运用了双重性的冲突。两种"极端"的游戏构成了情节，并成为考验，随后又导致了彼得·达里亚尔斯基的死，他在与人民的宗教、情色结合中发现了未来拯救的形象。达里亚尔斯基在新的邪教中寻找的是鸽子，得到的却是鹞子。小说的大部分主人公既是罪人又是圣人。达里亚尔斯基的至爱玛特廖娜是个"妖女、畜生、荡妇"。小说主要的"魔鬼"库捷里亚罗夫却像个"义人"和"伟大的先知"。别雷找到了一种充分表现双重人格的挑衅性特点的公式："……猪猡像与圣像混合起来。"

在列昂尼德·安德列耶夫的创作中，"犹大兼基督"这个形象就是这一公式的一个艺术变体，它后来又出现在还是以拯救和变节为主题的短篇小说《黑暗》中。这是安德列耶夫闹出最大风波的作品之一，"这其实是对革命的绞杀，与官方的绞杀同步，尽管与之相敌对"，—— 瓦·沃罗夫斯基这样写道。[29]《黑暗》写一个经验老到的恐怖分子，逃脱了追捕，来到一所妓院，在妓女面前"屈服"起来，并在她脸上认出了毁灭了的世界之"真相"。与《加略人犹大》不同的是，这里并无福音书的情节空间，但新约中的法利赛人和税吏这两个范畴①以及圣愚心理学对理解这部作品有非常重要的意义。这个"真相"的源头（福音书中上帝的自我牺牲、税吏和强盗的升天）就在短篇小说的潜台词中。圣愚为了给"光明"开路，治疗人们的心灵，改变世界，甘愿接受"黑暗"。这是安德列耶夫创作的一些常见的主题，它就寄寓于犹大和被爱钉在十字架的基督的人格中，就寄寓于将自己变为匪首的贵族小男孩（《萨什卡·日古廖夫》）的壮举之中，就寄寓于变为人形并走过一段悲伤道路的撒

309

---

① 典出《路加福音》18：9—14。——译者注

旦的自我侮辱中（《撒旦日记》）。

然而与此同时，这些主题被带出了纯基督教语境的界限之外。身为"彼得"（这是基督大门徒的尊名）的恐怖分子却在自己身上发现了"阿列克谢"（这个名字常常与圣愚联系在一起[30]）的个性，最终消失在"黑暗"之中。税吏好过法利赛人，革命的"基督""童男"成了"犹大"，在自身中战胜了社会人格，失去了自己骄傲的形象，又重返"故乡"，这个故乡在小说中并没有具体的内容，但有着民族形式和对静止世界的一种反抗性回应。这部小说直接或间接地证明安德列耶夫远离了革命，在他看来，革命像基督殉难地各各他那般"光亮"。不是让人复明，而是让人失明，这就是《加略人犹大》和《黑暗》的激情所在。安德列耶夫在"黑暗"（黑暗在他笔下是"放光华的"[31]）中寻找神话的深度、颓废派的民主主义，而后者的意义在于与"底层"结合。基督教的十字架被摒弃，但是自行被钉十字架受难却留存了下来。"我们背负着十字架"（Ⅱ，281），阿列克谢如是说。但是，这已是另一种十字架，另一种殉身。安德列耶夫笔下的主人公不是基督教徒，却是"十字军"：基督教没有被视为一种胜利了的法利赛教，但牺牲本身却得到了正名，新的十字架将会产生。在这个新十字架上"犹大"和"基督"同样显眼。

在小说《黑暗》中，列昂尼德·安德列耶夫与基督教传统的接触不仅表现在他对圣愚行为充满矛盾的运用之中。可以说存在着一种独特再现的圣传诗学和心理学。主人公往往突然间从满怀罪孽的情欲或浑浑噩噩的日常生活变成义人，完成弃绝私利的功勋。读者面前一眼即可认出的不信神者只是受了未期的一句话、一个手势或一个动作的启发就能摇身一变，文本中对此的解释是上帝奇迹般地存在于不完美的世界中。[32] 安德列耶夫的这些"奇迹"把人格从一个极端扔到另一个极端，缺乏宗教上的确定性，但却见证了人的生活中存在着一种非理性的力量。[33]

安德列耶夫还看重圣徒行传的另一个原则，即一个真人可以变成神圣人格，它不仅充满了整个艺术空间，而且还能进入日常生活中，在日历中得到纪念自己的日子，作为一个战胜了死亡、恒常助佑人的灵魂而存在于教会的意识中。列昂尼德·安德列耶夫虽然和东正教式的圣徒崇拜相距甚远，却努力给自己的主人公赋予真正的圣徒传式的重要性，这种重要性能实现历史元素与神话

310

元素之间的关联，命运明显的象征性与存在于一个人形象之中的经过细致考虑的"奥秘"之间的关联。《谢尔盖·彼得罗维奇的故事》中的谢尔盖·彼德罗维奇、《黑暗》中的阿列克赛、《七个绞刑犯的故事》的各位主人公和萨什卡·日古廖夫都是被安德列耶夫用来在读者意识中固定、"祝圣"新时代"宗派主义"的现代"圣像"。

《我的札记》（1908）的主人公也欲充当新的救世主，在这部中篇小说中，安德列耶夫也像在《思想》中一样，对揭示又一个乌托邦形象的自白篇章进行模仿。主人公兼叙事者被判处终身监禁，渴望通过对监狱的哲学式拔高、将对生活的逻辑调整提升为宗教原则以及将生活彻底理性化来摆脱监狱。基督教的禁欲教条，高尔基、博格丹诺夫和卢那察尔斯基的造神说以及同时代的社会主义探索在安德列耶夫笔下通过能使人免除苦难的被渴望的非自由形象奇异地交汇在一起。

《我的札记》的体裁复杂性起源于陀思妥耶夫斯基长篇小说中的多层次叙述法和可避免对各位思想家主人公发生单一评价的复调诗学。这部小说中实实在在的悲剧成分（莫名的病态犯罪、注定终身被监禁）与反讽共存，反讽过渡到作者的冷嘲热讽，这种嘲讽存在于叙事者的自我揭露中，他没有注意到悲剧正在变成闹剧，恐惧正在变成宗教，自己"受苦受难的'我'"正在变成得意洋洋的生活教师的人格。

安德列耶夫对待好战乌托邦的态度与陀思妥耶夫斯基的立场相近。[34] 在《我的札记》中，作者评价的重点是叙事者的弥赛亚意识。主人公是一个伪弥赛亚，他戏拟性地将十字架变为监狱的"铁栅栏"，赢得学生，模仿布道，他还是一个大谈自己不理解基督、对他抱有敌意的"敌基督"。陀思妥耶夫斯基认为基督是悲剧性自由的活生生象征，而在安德列耶夫在这部作品中，他也是"拯救性奴役"的间接揭发者。

尽管如此，我们还是不应过高估计陀思妥耶夫斯基道德思想对列昂尼德·安德列耶夫的影响。[35] 但陀思妥耶夫斯基描写堕落的义人、精神上的抗神者和乌托邦主义者的艺术世界之结构对他的影响是显而易见的。神秘与政治的色彩糅合在一起，在当代的冲突中探寻神话渊源，这些在这位俄罗斯经典作家的创作中都具有很大的意义。然而安德列耶夫并不接受东正教的经验。

311

　　《思想》中的克尔任采夫的自白揭示了他内心中存在的"拉斯科尔尼科夫"，而后者最终又出乎意料地变为"伊万·卡拉马佐夫"，把一桩偶然事件拔高到世界观体系的高度，要求推翻没有明确善恶观的世界。在克尔任采夫这个形象中体现拉斯科尔尼科夫主题时，安德列耶夫尚与自己的主人公保持距离，但到后来克尔任采夫向"卡拉马佐夫"接近时，安德列耶夫就与之同仇敌忾地声讨起理智尽失的生活来。《我的札记》也是这样。被揭露的主人公兼叙事者仍因身上那种阴郁的恭顺与抗争精神矛盾的结合而引起作者的兴趣[36]，这个形象也体现了作者的自我嘲讽：就像从伊万·卡拉马佐夫潜意识深处冒出的第二个"我"——宗教大法官一样，《我的札记》的主人公也直白地表现了改变世界、"拯救"世界的那些好战渴望的另一面。陀思妥耶夫斯基关于世界的神性本质之信念对安德列耶夫而言是格格不入的。当他的作品中出现"理想"时，那往往是对现实充满表现力的排斥。在《七个绞刑犯的故事》中，经过艺术刻画的对死刑的抗议在情绪之慷慨上已经接近了《红笑》里的那个世界，而安德列耶夫的浪漫主义也在此达到了最高潮。如果说在《黑暗》中革命是作为法利赛式的傲慢的形象遭到安德列耶夫的质疑，那么到了《七个绞刑犯的故事》，革命就被视为一种献身的生活：有两个刑事犯和五个谋杀老臣未遂的政治犯最终喝尽了苦难的鸩酒。但奴役了短篇小说部分主人公心灵世界的死亡的悲剧性荒谬却与浪漫主义激情相对立，这种激情使得另一些更为重要的主人公与"荒谬"保持距离，他们就是穆萨、塔尼娅和韦尔纳，他们面对自己肉体的消灭，意识到内在的"我"是永生的："死亡是没有的"（这是第7章的标题），"墙倒了"（这是第10章的标题）。

　　安德列耶夫在使用殉难神话时，去除了革命在社会、历史方面的具体意义，代之以社会神秘主义概念。他认为革命思想是一种发现了永生的爱之思想，也是一种投身于无数殉难者的牺牲之思想。在这个意义上说来，革命只不过是一种偷换了社会现实方面变化的精神现象。

312　　安德列耶夫把各各他与恐怖主义联系在一起，这就符合了20世纪最初十年间俄罗斯文化形成的一种重要的潜台词：比如在《神性与人性》（1906）中将革命的牺牲精神与基督教的道德联系起来的托尔斯泰；比如将《七个绞刑犯的故事》阐释成为了解放基督精神而背离了传统基督教的梅列日可夫斯基[37]。高尔基的长篇小说《母亲》（1906—1907）中显然也含有福音书潜台词，安德列耶夫对之颇有好感："这正是民众自己在以异常痛苦和辛酸的语言谈论革命。"[38]

长篇小说《萨什卡·日古廖夫》的社会和神话化张力达到登峰造极的程度，它也在寻求"俄罗斯人为什么和如何投身革命的"这一问题的答案。如果说高尔基在《母亲》中宗教神话的形式是在为革命思想服务，并被后者吞噬，那么《萨什卡·日古廖夫》则恰恰相反，革命与神秘主义的平衡被打破后，朝着确立民族、宗教的世界图景的方向发展。高尔基对安德列耶夫的这部作品持严厉的批评态度："萨什卡本是我们早就知道的那种乡间蠢货；是俄国文学中已经写滥了的'羔羊'，他为'全世界的罪恶'而献祭自己，他忍辱负重痛苦地呻吟着——这份悲惨在以往的1880年代和现今的1910年代并无多大变化。其实他是咎由自取，自套枷锁。"[39]此前不久高尔基已将"拜占庭主义和基督教精神"视为《萨什卡·日古廖夫》的基础，并将主人公视为这种精神的"体现"。[40]

《萨什卡·日古廖夫》反映了作者对俄国革命的超历史的"圣像画式的"认知——它是起源于福音书事件的最高真理的事实。在这部作品中俄罗斯成了第二个巴勒斯坦，这里洒满了殉难者的碧血，它的主角是民众召唤的"基督"，他将历史的罪恶一身担负，他的母亲是有着圣经般忧愁的"基督圣母"，叙事者则仿佛是一位圣徒传作家，从革命事件中看到古代罪恶、救赎、殉身和变节的反映。这部小说的第一部将主人公认识自己使命的过程娓娓道来，并从不同视角进行了大量评点，其中也不乏对"伟大民众的忧郁心灵"，对"选择清心寡欲避祸免灾"式生活的描写。半是革命者半是邪教徒的科列斯尼科夫凭直觉认为必须杀死波戈金作为牺牲。"波戈金兼科列斯尼科夫"这一对形象可使我们联想起《加略人犹大》中的犹大兼基督。叙事者仔细地阐释了科列斯尼科夫的功能性角色，他是为了宗教和社会上的挑衅行动而将萨沙—萨什卡"钉死"在十字架上的"圣父""洁净"者的牺牲不会不受到注意。在科列斯尼科夫的形象中体现了作者对革命的理解——它是一种献祭仪式，也体现了民众对造出新的基督所付诸的努力。

313

小说的第二部是对众多神启的实现。不久前的中学生变成了匪首和杀人犯，被许多可怕的分身包围，但最终由于他自我牺牲的努力而得到作者的宽恕。波戈金兼日古廖夫真实地将世间的罪恶一身承担，而不是像福音书中的基督那样神秘地或隐喻地承担，他升华为一种异常的、神圣的，将蒙难与屠戮、

"基督"与"犹大"融为一体的新宗教化身。

*　　　　*　　　　*

1905年之后直至1920年期间安德列耶夫在戏剧创作上取得了新的艺术成就。他写下了二十一个剧本（不包括1901—1902年间创作的《法与人》，它未能写完，只留下手稿存世）和讽刺性戏剧小品（其中七部得以发表），为振兴戏剧做出了贡献。他认为（在这方面与俄罗斯现代派在戏剧上的探索不谋而合），戏剧可以冲破剧本，进一步与观众进行交流，对之发生多方面的类似宗教神秘剧的影响。还须重视作家在悲剧创作方面的努力，因为这种戏剧可以解救世界观的危机，克服主人公极端的"颓废主义"和"自然主义"倾向。莫斯科艺术剧院践行安德列耶夫的戏剧主张，进行大胆尝试，实地探索新俄罗斯戏剧的美学原则。[41]

安德列耶夫的创作始终与同时代的各种戏剧体系有着密切联系。他晚期的戏剧创作接近契诃夫体系，即注重潜台词的运用和心理描写。他也青睐于"知识"出版社发表的剧作激越的社会感、严肃的抗神精神和对世界"阶级"结构的描写。高尔基的剧作贴近思想斗争的实际。象征主义作家的戏剧作品的精神基础不同于安德列耶夫，但安德列耶夫十分看重他们处理无形物之间激烈冲突和形而上问题的艺术方法。安德列耶夫很重视列夫·托尔斯泰的剧作的教化意义，虽然他很少像托尔斯泰那样用一个警句为整篇作品"作结"。

列昂尼德·安德列耶夫为戏剧制定了两个理论原则，一是"新现实主义"，二是"泛心主义"。1910—1920年期间安德列耶夫倾心打造泛心主义戏剧，而此前的1905—1910年间他为戏剧奠定了"新现实主义"的理论基础。

应将安德列耶夫的"新现实主义"戏剧与20世纪的俄国一大批"新现实主义者"的创作严格区分开来，他们的创作虽然具有一些新质，但基本上仍没有突破经典现实主义传统的框框。安德列耶夫"表面上摈弃自然主义的形式，严格维持现实主义的基础"[42]，而实际上是在追求另外一种形象的语言，正如前所述，这是一种未有先例的表现主义式的语言。（我们在此后论及这些现象时，为了避免对安德列耶夫所属流派造成混淆，不再使用"新现实主义"这个术语

314

来称谓他这个阶段的创作。）

安德列耶夫的戏剧体系颇为纷杂，而且在俄罗斯戏剧史上是前所未有的。[43]
他的第一部剧作是《走向星空》（1905），写的是革命工人这些"阿特兰特"似
的巨人同"永恒之子"们协作共创人间奇迹的壮举。《萨瓦》（1906）则是一部
描写日常生活，但在体裁上模仿宗教作品的剧作，它"隐去了"基督与反基督
之间的矛盾。而在《人的一生》（1906）和《饥饿王》（1908）中，作者为不失
"现实主义基础"而摈弃"自然主义"的形式，便设置了一定的空间，无名的
主人公及其化身就是在这个空间内解决着世界大事。安德列耶夫与象征主义作
家争论不休，力克"梅特林克"的象征主义风格，但这并不妨碍他在《黑假面
人》（1908）中为渲染悲凉气氛使用复杂的象征手法。安德列耶夫的《阿那斯
玛》在舞台上再现了富有哲理的劝诫故事，以期在现实中解决圣经里悬而未决
的问题。1910年他又写下悲剧《大洋》，成了他成功探索20世纪"世界灾难"
的封笔之作。

是什么把风格如此不同的作品联结成安德列耶夫戏剧创作的统一体呢？这
些剧作令人信服地再现出日常生活或具体的历史现实的特点，它们往往具有一
种"超现实的"背景和一种（可称为神话似的）潜台词，这种潜台词促成了戏
剧的哲理性，突出了戏剧立足当代解决"永恒问题"的针对性。安德列耶夫的
小说常常把历史和神话结合起来，这也是他戏剧作品的美学原则，借助它能够
看到现象的本质，发现具有"重大"意义的矛盾。安德列耶夫剧作表现出来的
神话般的"庄重"，体现在黑暗和光明的冲突之中，体现在生活中的"两极"截
然对立之中，甚至在描写人的心灵封闭、堕落的《黑假面人》中也未能例外。
作品主人公罗伦佐公爵的父亲是十字军骑士，而他本人是"圣灵骑士"，后来被
撒旦俘虏，撒旦有用两面人性对人施以彻里彻外毒害的法术。公爵被施法后遂
开始编造魔咒，然而最后还是纵身于圣火之中，赎了自己的罪恶也驱散了世间
的黑暗。

《萨瓦》描写的时空，是具体的历史时空，然而描写的俄罗斯生活是一
种幻象，它并不是自生自灭的，而是一种形而上的象征的映像，神人面孔和圣
像的映像。这个剧本中的基督能主宰一切，他对其他人物有生杀予夺的权利，
能塑造他们的形体，支配他们去行善，于是俄罗斯便成了一个神话般的清明世

315

界。基督不但是令人敬重的主神偶像，而且是浑浑噩噩众生的实际统治者，世人的希冀、恐惧和救赎都由他定夺。基督也会开口说话，他的话就记在福音书上："一切受苦受累的人们啊，来找我吧，我会给你们安慰。"福音书把人类定性为"受苦受累"的群体，他们理应与基督耶稣融为一体，获得救赎。"安慰"的许诺显得至关重要，这是剧作者的用意所在，名为安慰，实为让他们"沉沉地睡去"。基督在这里变成了一个让俄罗斯人沉沉睡去，俄罗斯昏昏死去的神。

超然于世人之上的还有两个人物，一个是"神秘的谋杀者"萨瓦，一个是受"希律王"之命刺杀王子的"神秘主义的恐怖分子"叶列梅。希律是个矜持的受难者，他背负着沉重的十字架却备感幸福。他在和解和抗争之间寻求平衡，自认为神与自己毫无二致，因为神也承受着苦难，并用自己的苦难去救赎其他背负十字架艰难度日的人。希律和萨瓦都游离于众生之外，而希律先下手打击了萨瓦，这似乎授这个神秘的谋杀者以柄。只有圣像上的基督能区分他们，因为两人都是孤傲的恨世者，都憎恨"折衷"，可谓志趣相同，现在他们分道扬镳了。这就从客观上帮助作者阐明了悲惨人生中新发生的冲突的意义所在。萨瓦最终与"父辈"断绝了关系，回到他的童年世界中去，以唤醒这个被奥斯特洛夫斯基称为"黑暗王国"的灾难深重的国家的复兴，但他并不想与他那个阶层的代表人物们共事。萨瓦反对各种象征，他要冲破缔造俄罗斯生活的"神话"。主人公的目的是打破神话，实施宗教仪式式的灭杀，摧毁庸俗精神的支柱和救赎观念。他"孔武强悍，对现实憎恨之极，毫不妥协，这也正是我喜欢他的原由"——安德列耶夫这样写道。[44] 萨瓦还是个双重性格的人，他反对俄罗斯神话，却梦想"人变得率真""世界变得率真"，充当着福音书上的基督救世说的代言人，同时还要间接地作撒旦的使者，将其用心暴露无遗。

316　　安德列耶夫的戏剧引人注目之处，是他把革命描写为一种对立物，人们可以通过传统的基督和反基督的形象对之进行理性的思考，这种情形在"白银时代"的文学中是颇为常见的。此剧结尾为在教化的氛围中，世俗世界的代表们纷纷近乎神秘地转变为"聚合性的""基督"，一起佑护着俄罗斯拨正反乱的生活，杀死了此前已在复活节圣歌中被驱出现世的反基督。此剧悲凉又不乏讽刺意味的结尾（"基督"杀死了"反基督"，而"反革命"暂时得胜，但难逃"死亡"的命运）彰示了1906年的安德列耶夫对待俄罗斯传统的态度。[45]

《萨瓦》提出的世界新模式是大有效能的。这个模式后来又出现在《人的一生》这部剧作中，只是它变得更加程式化了。安德列耶夫向《俄罗斯言论》报记者这样解释新戏剧的艺术原则："现在是进行广泛概括的时候了，需要对近几十年来的新经历、新思考、新感受的东西进行一番总结，进行一番整合。而这种广泛的概括靠日常生活题材的戏剧是不行的。这种戏剧只能反映一个角落、一个人家的生活，只是小小的局部。作总结须有模拟风格的作品，这种作品才能抓住全面，抓住本质，不会主次颠倒，以偏代全……"[46]

《人的一生》中的人物没有姓名（他们分成亲属、朋友、敌人几类），没有个人的心理活动，而空间的约定意义就显得突出了，而且像在《萨瓦》中那样，基督圣像起着关键性作用。在这部剧作中，通常供奉圣像的室内墙角处，摆放着一个穿灰衣人的画像，他冷漠地解析着匆匆的人生，在作者的笔下人生有如下阶段和场景："人的诞生与母亲的苦难""恋爱与贫穷""人的舞会""人的不幸""人的死亡"。着灰衣者在序幕中就宣布了他的哲学，勾勒出人生悲惨的宿命，称之"以昏暗开始，以昏暗告终"（Ⅱ，443）。这个占据着祈祷台位置的角色被评论界称作"手执安徒生的生命之烛的宇宙宪兵"[47]，哲理不足但智慧有余的"人道主义者"[48]，"天然必然性法则的化身"[49]。人们称着灰衣者为"上帝、魔鬼、命运或生灵"。一切超人的力量和人生中共同遭遇的厄运、凄凉联结成一条意义链。

在《人的一生》这部剧作中形成了安德列耶夫关于新戏剧的审美观，人们对之一直争论不休：它宣扬的哲学是乐观的还是悲观的？人这个主人公是庸人还是苦命人？它构筑的形象是象征性的还是理性的？[50] 毫无疑问，《人的一生》中也描写了"庸俗习气"，不过是将之当作一种诱惑——世界要你"沉溺"其中，精神堕落，任凭命运胡乱摆布。列昂尼德·安德列耶夫给主人公设计了一种人生，凡是人都沿着这个轨迹从降生走向死亡。他艺术地再现了人"现原形"的过程，以及他如何丢掉幻想和期望，首先是对宗教的期望——其实这种期望的实质不过是"中规中矩"地做人而已。人与身着灰衣者的冲突在第四场发展到极致：人的儿子死去（被"恶人"从角落丢来的石块击中），主人公责骂六亲不认的沉默命运之神："我诅咒你给予的一切……我诅咒我生活中的一

切⋯⋯邪恶的命运啊，我把一切丢还给你，抛到你冷酷的脸上。你万恶不赦，永遭诅咒！我用诅咒击倒你。"（Ⅱ，483）[51]

主人公在自己房间的祈祷处发现了世界不公的根源。观众在序幕中就已看到的（上帝是不公正的，而执火种者是虚无的），主人公在剧末才意识到。于是主人公第一次也是最后一次背离了"超人的力量"，即黑暗、不公正的势力。剧中的人走上了过去瓦西里·费维伊斯基走过的道路。离弃现实的世界才能免受恶的伤害。祈祷者变成诅咒者，这就是剧情发展的主要脉络，也是安德列耶夫特有的悲剧因素：人可能被欺骗，被摧残，但不可能被战胜。

按照列昂尼德·安德列耶夫的构思，《人的一生》是他揭示人类生活的系列戏剧的第一部，此后还有四部（《饥饿王》《战争》《革命》和《上帝、魔鬼和人》）。安德列耶夫预感到他将面对的是一批新的观众，1906年他这样写道："一般说来，颓废派拥有的一切，亦即文学的洛克伏尔干酪已经消逝了，取而代之的是普通黑面包，不过这种食品我们这里至今还没有。"[52]

安德列耶夫的设想没有完全实现，不过《饥饿王》还是写成了，这部剧作鲜明地显示出被安德列耶夫称为"普通黑面包"的"宗教神秘剧"风格。在俄罗斯刚刚过去的激烈的阶级斗争，作为饱食者和饥饿者的冲突在剧中反映出来，其中贯穿着饥饿王（这是人格化了的本能）对死亡和司时职能的积极参与。

安德列耶夫的这部剧作就其艺术形式和给观众带来强烈刺激的哲理性内容而言，都类似宗教神秘剧。列昂尼德·安德列耶夫在《饥饿王》中描写了抗争，但评论界大都对此持否定态度。个中原因是宗教神秘剧面对的观众是"有信仰"的，这样才能引起他们的共鸣（如中世纪的宗教信徒或苏维埃政权早期群情激愤的民众），但他此类剧作可谓生不逢时，他的基调不是乐观主义，而是怀疑主义。"真理"并未亮到台前，而是隐在幕后。剧本的脉络虽不失清晰，然而具体的"善"和"恶"没有表现出来，代之的却是对善恶这对立斗争两方的并不实在的描写。

《饥饿王》关于可悲的挑战的主题在《阿那斯玛》中得到进一步拓展。饥饿王和阿那斯玛都属叛逆和挑战者，他们和小说《加略人犹大》的主人公一样以意味深长的宗教神秘剧的情节（基督被钉死在十字架上，饱食者和饥饿者的

318

冲突，大卫的殉难）揭示了世界的阴暗。他们像魔鬼那样精明，深知人间不公的原委，并欲借宗教仪式告之大众。这些主人公是集狂妄和凶残于一身的凶神恶煞，他们扼杀美好，诅咒良善。

阿那斯玛是个魔鬼，他不堪丑陋而浑浑噩噩的生活折磨，徒然地欲借助冷静的判断探究天下大公的秘密，选择了饱受磨难的老犹太人作枪手，送给他四百万卢布，先是把他化装为虔诚的教士，要其散尽钱财，赈济穷人，后又让他招摇撞骗，称自己无力救济、超度别人。《阿那斯玛》一剧的风格类同于《人的一生》和《饥饿王》。此剧也展示了一个"另样的世界"：这里有"闭关自守的着灰衣者"，主人公的命运具有多种譬喻意义，在阿那斯玛实施抗争的过程中和大卫·列伊则尔悲惨的结局中都显露出"宇宙悲观主义"（高尔基用此语为安德列耶夫的世界观定性）的痕迹。然而在《阿那斯玛》中并没有在《人的一生》中显示出来的那种"宇宙个人主义"，主人公也没有对身边一切喋喋不休地诅咒，以致使之逐渐变成自己的敌人。

在《阿那斯玛》中，为上苍的"沉默"和人的死亡所铺设的情景也与其他剧作有所不同。安德列耶夫着力以旧约和新约的基本神话素材体现上帝个性发展的历程（受苦难—受诱惑—救世主—奉献—殉难—复活）及其主要形象（从旧约中的约夫到基督耶稣、基督人类和教会）。上帝的生平无疑是借犹太人大卫的事迹表现出来的。安德列耶夫照例又塑造了一个不中用的基督形象：刚刚诞生的"教会"又灭掉了自己的"上帝"，因为他没有给大家创造出社会和宗教的奇迹来。穷人没有匿迹，死者未能复活，受苦受难的人有增无减。安德列耶夫在这部剧作中表现出来的意愿和《瓦西里·费维伊斯基的一生》《以利亚撒》《加略人犹大》诸篇毫无二致。在阿那斯玛心目中大卫这个救世的"基督"，就是地地道道的"犹大"，他"不能使饥饿者果腹，不能使盲者复明，不能使无辜被害者复生，却只会制造互相的纷争和血腥的杀戮。君不见世人已经拔刀相向，以大卫的名义在施暴、行凶、抢掠，而大卫不但无计可施，反而助纣为虐，使其变本加厉"（Ⅲ，468页）？但应指出，安德列耶夫在《阿那斯玛》中表现出来的态度难以一言蔽之。它表现在人类社会和历史这两个层面的比照之中。"基督"大卫在社会中是个不自觉的叛逆者，给民众不切实际的幻想，又置他们于绝望的境地。而在历史的时空中，他死去了，并以此得到了自救（剧尾

319

有浴火涅槃的情节）。世界依然如故，而殉难作为舍己救世的壮举，作为缘于福音书的道德召唤被广为传颂。[53]

悲剧《阿那斯玛》写作时间在《加略人犹大》之后，《萨什卡·日古廖夫》之前，这就再一次表明安德列耶夫对基督象征救世，犹大象征叛逆的神话题材的重视。在《阿那斯玛》一剧中有一场（安德列耶夫绘画和拍摄艺术照的技艺很好[54]）救世主和叛逆者都戴着同样的荆冠，这就意味着"他们二人都蒙受着无比巨大的苦难"[55]。安德列耶夫塑造的苦难者的形象也不尽相同，在《加略人犹大》和《黑暗》中他们的苦难被极力渲染，而在《萨什卡·日古廖夫》和《阿那斯玛》中则轻描淡写。至于对叛逆行为的描写，在他1906—1911年间的作品中则屡见不鲜。其起因，有的是由于谢尔盖·彼德罗维奇的"拯救性"自杀，有的是由于瓦西里·费维伊斯基的英勇就义，有的是由于萨瓦摧毁圣像的神秘行为。

《人的一生》《饥饿王》和《阿那斯玛》所采用的表现主义描写手法常常受到俄罗斯文学评论界的关注。[56] 安德列耶夫的创作接近表现主义，如作者满腔热情地进行抽象的概括，意欲将个人的意识呈现为具有普遍意义的神话；追求悲剧性怪诞，用以震慑观众，使之相信世界本来就无和谐可言，把文艺作品转化为一种破解世界之谜，获取简明的世界模式的一种符号；采用富有表现力的独白，浪漫地表达"世界的乖张"；词语慷慨激昂，言锋锐利。安德列耶夫的剧作集这些特点于一身，他的某些散文也如此（如短篇小说《墙》《谎言》《笑》《红笑》和中篇小说《瓦西里·费维伊斯基的一生》），总的说来他的全部作品也大抵如此。然而认为安德列耶夫属于"纯粹"的表现主义作家的结论是没有说服力的，这样做结论也显得过于仓促。文学界一直很重视对安德列耶夫进行心理分析，这种分析表明：他的创作应是继承了托尔斯泰和陀思妥耶夫斯基的传统形式，而表现主义的因素很弱。安德列耶夫对"大千世界"的感受不取决于社会本身的状况及其心理特点，却常常与他的内心活动的轨迹有关，他关注的是特定的个性，经常发生变化的人物。

安德列耶夫的戏剧创作发展的轨迹就是证明：20世纪最初十年期间，他的创作由宗教神秘剧转向"泛心理"剧。他在转向新戏剧创作时还采用了现实主义的美学形式，而在这种形式中又"浓缩"了泛心理材料，将剧情限制在一个封闭空间内。

《在我们生活的日子里》（1908）和《我们要欢乐之歌》（1909）是描写大学生生活的剧作。它们上演之后取得了较大的成功。两部作品中没有主人公之间的冲突、神秘的潜台词和"代数式似的连带关系"。其主人公都生活在"尘世"之中，他们随遇而安，这样就弱化了安德列耶夫别的剧作中表现出来的苦难的心与敌对的世界之间的矛盾冲突。《在我们生活的日子里》描写的是一对快乐的恋人，憧憬着幸福的来临，后来果然如愿以偿。奥尔加·尼古拉耶夫娜不得不屈从于母亲的卑鄙策划，违心地操皮肉生涯；格鲁霍夫采夫是个软弱的大学生，他的"抗争"只限于醉醺醺地跟人打架，然后醉醺醺地跟人和解。这曲大学生之歌的歌词，无非是由苦命的剧中人同病相怜期期艾艾的叠句组成的。《我们要欢乐之歌》讲述的是一个人自欺欺人地倒转时光的故事：四十七岁的主人公遭丧妻之痛，又被流放西伯利亚，成了一个老大学生。但时光突然倒转，他又重享爱情的甜蜜和青春的韶华，呼朋引伴过起了小青年的生活。他逆转时光之后又想入非非地折腾起来，荒诞不经地夸夸其谈，莫名其妙地坠入爱河，幼稚可笑地要当作家。但人的宿命难违（"……我像一个愚蠢的牛皮大王，大声地向自己的命运发出挑战，话声未落我就被击倒在它的脚下……" Ⅲ，608），这一命题后来又决定了海因里希·提勒的绝望无奈，吉列是安德列耶夫的剧本《狗的跳舞》中又一个完全"泛心主义"式的主人公。

1910—1920年期间，安德列耶夫的戏剧创作大体上从新神秘主义转向"泛心主义"[57]。这种泛心主义的戏剧与他以往的剧作有诸多明显的差别。[58] 后者的艺术空间给人一种形而上的"庄严"感。比如在《人的一生》中，舞台的房间可以装得下整个宇宙；人物失去了形体，命运却成了主人公，在那里颐指气使地表演。而在泛心主义的戏剧中过去来表现日常生活中人物同"形而上"的敌人作斗争的"庄严"空间常常换成了一个知识分子的住宅。约定性极强。剧作家更加重视人物心理活动的描写；剧中的中心人物就是食人间烟火与社会有着密切联系的凡人，而以往同萨瓦、《人的一生》中的人、洛伦佐公爵和阿那斯玛作对的那些切实存在的有形"敌人"却消失了；主人公与超然的邪恶力

321

量的冲突被淡化了，此时的安德列耶夫已不再注意它，不再把它视为俄罗斯知识分子心理矛盾的必然反映。剧本的潜台词仍具有巨大作用，不过与《萨瓦》《阿那斯玛》《人的一生》和《饥饿王》的潜台词有所不同，后者的表现方式是新神秘主义，借之即使在一个酒馆或犹太人村落里也能将"神人们"的冲突演绎得清清楚楚。安德列耶夫1910—1920年期间剧作的潜台词重在全面地向人置身的物质世界灌注一种灵性。泛心理化已经成为一种存在，不过这也与以往不同。在安德列耶夫的《叶卡捷琳娜·伊万诺夫娜》（1912）、《斯托利岑教授》（1912）、《思想》（1913）[59]和《狗的跳舞》（1916）中，这种潜台词"频频"出现，颇有愈演愈烈之势，这就使这些剧作具有了特殊的意义。

安德列耶夫在1910年之前和1920年之后的剧作在形式和内容上都形成了鲜明的对比。他的宗教神秘剧以抽象的形式掩盖了现实的内容，而他的"泛心理"戏剧的形式却表现了作家生活年代的俄罗斯现实，但这种内容中有虚无缥缈和心理变态的成分。

列昂尼德·安德列耶夫在《关于戏剧的书简》（1912—1913）中从理论上阐述了缔造新戏剧的必要性，认为"思想"是形成泛心理艺术方法的根本，并称传统的戏剧表演要逐渐地过渡到电影这门新艺术；戏剧的主人公将是理智，只有它，而不是外部的空间能为人内心的激烈思想斗争提供展现的舞台。安德列耶夫认为，托尔斯泰、陀思妥耶夫斯基和契诃夫就是以往时代的泛心理主义的艺术家，而莎士比亚的《哈姆雷特》第一次将人的内心世界作为描写审美认识的客体。然而，在安德列耶夫看来，即使是莎士比亚，也不得不让舞台上充斥着"公爵的身影、刀光剑影、残酷的屠杀和各种勾当"（Ⅵ，511），这应属"虚假的戏剧""过去的戏剧统统是虚假的戏剧，与之相异的是一种新戏剧，它才是真实的戏剧"（Ⅵ，530）。

在"真实的戏剧"中没有"公共的典型"，取而代之的是复杂的，用"典型"不足以囊括的个性；演员在舞台上不是在做戏，而是要进入角色，恰如角色，这样观众也就贴近了舞台，进入剧情之中，观众和演员就会"息息相通，同忧同乐"（Ⅵ，544）。在这方面契诃夫做得最好，他"使剧中的一切都有了灵气：布景的灵气不比人少；人物的灵气也不比云彩、石块、桌椅、水杯和房宅多。有形和无形的万物不过是一个硕大灵魂体的组成部分……"（Ⅵ，525）

安德列耶夫1910—1920年期间的戏剧作品可谓种类纷呈。有新型的家庭生活剧，如《安菲萨》（1909）、《叶卡捷琳娜·伊万诺夫娜》《斯托利岑教授》。这些作品反映出来的男人同女人之间的关系对认识当时的一种危机颇有助益。[60] 这种危机即人们日益增长的孤独感，家庭的崩析，人们心灵得不到慰藉的空虚和自卑之感；有《国王、法与自由》（1914）[①]、《戴镣铐的参孙》（1915）和悲剧《吃耳光的人》（1915）之类的剧作，这类作品不以日常生活为背景，而充满着理想化的色彩，这种理想化的色彩用在描写个人同停滞的社会的冲突上，是不能将心理描写引向深入的。安德列耶夫的《吃耳光的人》（这是他最心爱的剧作之一），情节跌宕起伏，形象生动，安德列耶夫重新使用了此前处理冲突的高妙技法，且又达到了通过人物的外部行为揭示其思想本质的目的；安德列耶夫还写下了《思想》、《安魂曲》（1915）和《狗的跳舞》之类的作品，反映了那个年代的社会、家庭和爱情生活，揭示了孤独的个人求解生与死这个永恒问题的过程。在这些剧作中"泛心主义"被毫不遮掩地发挥到极致。大千世界尽收入人的意识之中，在舞台上演绎出理智苦苦挣扎的悲剧。

人的心灵备受钳制之苦，是"泛心理"戏剧的一个重要主题。《叶卡捷琳娜·伊万诺夫娜》中的女主人公整天被丈夫旁敲侧击[61]，说她与小人物明季科夫有染，她不堪这种折磨，离家出走[62]。她抛弃了丈夫却又鄙视明季科夫，但不想再回到家里过那种不得安宁的生活，便委身于这个"小人物"了。[63]《斯托利岑教授》这部剧作描写的是被家庭生活折磨得郁郁寡欢的知识分子流离失所，过着人不人鬼不鬼的生活，最后死在他寄住的萨维奇的家中，这个叫萨维奇的恶棍正是与他的妻子长期厮混的奸夫，而他的妻子就泰然地看着他死去。悲剧《戴镣铐的参孙》的主人公无论是内在，还是在字面意义上，都是被俘虏的——安德列耶夫对非利士人的囚室的展示延续了圣经的情节。而安德列耶夫笔下的又一个"圣愚"、马戏团小丑托特（《吃耳光的人》）也是被俘虏的，这位小丑还是位著名的作家，后因妻子被掠，著作被剽窃隐遁尘世，出家修行，然而仍向往自由，踌躇满志。《莫动屠刀》（《该隐的形迹》，1913年）也是描写囚禁生活的作品，作者不顾标题所示的旧约上规定的禁忌，对迷失在虚幻世界的主人公们抱以同

323

---

① 此剧曾有过题为《比利时的悲哀》的中译本（沈琳译，商务印书馆，1925年）。——译者注

情，并为之辩护："……其实他们都是圣人，不过是旁人看花了眼，迷迷糊糊地把他们当成醉汉、盗贼和凶手。他们只是披着魔鬼的外衣而已。"[64]

如果说20世纪最初十年间最令安德列耶夫苦恼的问题是虚幻世界中的不公正，那么到了1910至1920年期间，他创作的主题就成了现实世界的龌龊和丑恶。叶卡捷琳娜·伊万诺夫娜、托特和《莫动屠刀》的主人公们追求的是在审美意义上的完美人生。追求生活的唯美把斯托利岑教授推向了死亡："我们每一个人都有各自的索命鬼，向我索命的是愚昧……和尘世的顽劣"——这位主人公如此招认（Ⅵ，500）。而且，在他那些"泛心理"戏剧中，不再追求人肉体死亡的具体原因。对于叶卡捷琳娜·伊万诺夫娜何以心灵破碎和斯托利岑何以丧命的答案，决不可做等量齐观。作者力求以其1910年以后十年间的散文和戏剧作品中工笔描绘的复杂心理活动来吸引观众和读者。

从表面看来短篇小说《他》（1913）的情节极为简单，而叙述自己遭遇的主人公重在披露自己对生活中重大变故的内心感受。穷困的大学生，"因一件喜事喝醉了酒"，他以这个"深刻的教训"为戒，去北方沿海地区诺尔金老爷家里给其公子当家庭教师。小说的结尾是主人公悟到"不知怎么人就会死去"。这部小说表明，人的死亡不需要什么具体切实的原因，但安德列耶夫制造出一种人不可避免死亡的氛围，正是这种氛围笼罩着主人公的心理。究竟发生了些什么？诺尔金在谈到溺水而死的女儿时称，一切物体都会放光，一扫"忧郁"之阴霾，成排的树木，人迹罕至的小径，初冬的第一场雪，甚至死气沉沉的海水都会愉悦人的心情。对大学生的内心感受产生极大影响的人物却是诺尔金的亡女，亦即他的妻子。这个女子整天和他厮守在家里，她的死让大学生如梦方醒，悟到他的爱已逝如流水。这时在大学生的窗前有一个陌生而无言的幻影久久徘徊不肯离去，原来它是丈夫难释的幽怨变幻而成。

列昂尼德·安德列耶夫一直对人死亡的过程颇感兴趣。20世纪最初十年间作品的主人公有的因某种思绪未能释解而死（谢尔盖·彼得罗维奇、克尔任采夫、萨瓦），有的由于世界不公而殉难（瓦西里·费维伊斯基、《人的一生》中的人），还有的是自掘坟墓，如《加略人犹大》和《萨什卡·日古廖夫》中的一些人物。但无论他们的死因如何，安德列耶夫希图揭开死亡（精神和肉体）的神秘面纱，展现出置人于死地的神秘力量。于是，恶露出了它的面孔。

324

短篇小说《他》中提及的"心理"戏剧在这方面就显得更复杂些。思绪、语言、身势和形象都具有了一种负面心理的能量，这种能量汇集在主人公的意识之中，摧毁了他生命的力量。

这种描写冲突的方法仍然涉及到由于世界的不公造成的人性沦丧。这种方法在泛心主义的戏剧中仍然沿用，不过已经改头换面了。《斯托利岑教授》的结尾呈现出一种局面：人不会走投无路，可以摆脱"丑恶"现实生活的压迫。涅瓦河从岸边滔滔地向前流去，柳德米拉·巴甫洛夫离开了老屋，众人也纷纷离萨维奇而去，留下他一人。而斯托利岑也孤身逃出这个是非之地，最后悲惨地死去，临终还坚信美会战胜卑劣的生活。

《吃耳光的人》中的小丑兼导演托特，也是个备受屈辱的丈夫，他的创作成果被人剽窃一空，他还称得上神秘的神（这个神与埃及的智慧之神遥相呼应），他苦思冥想欲用牺牲拯救这个浑浑噩噩的世界。托特杀害了孔苏艾拉，使男爵、演马戏的女演员和自己都丢了性命，而死亡也使他们彻底摆脱了俗念，还原了被践踏的美。安德列耶夫这样解释此剧隐寓的神话意义："这个剧本蕴含着古希腊多神教与扼杀爱的基督教的争论；它讲述的是高尚的众神为世间的恶势力所害，在卑鄙小人设置的欲望迷宫中误入歧途的故事。"[65] 1910至1920年期间与安德列耶夫私交甚密的作家之一索洛古勃，以象征主义的视角评析《吃耳光的人》一剧的基本冲突，指出此剧"具有明显的神话形制，道出了我们对现实生活的个人感受""它重又演绎了一遍一颗童贞的心被永恒的诱惑玷污这个永恒的故事"。托特在马戏场上追随思想的上帝，摆出一副世界一切财宝占有者的姿态。他时刻准备同人间美神普叙赫合作，指使她去作践庸俗、卑劣的俗世。思想的上帝扮成小丑表演的目的是拯救世人脱离罪恶，免受诅咒，逃离死亡，而他拯救的是普叙赫这位美神，使她那颗尚未被玷污的灵魂脱离在诱惑下日益堕落的肉体。[66]

"悲情"对安德列耶夫一直存有吸引力。他早期的创作中展示了由于"敌对世界"造成浓郁的常常使人绝望的悲情。1910至1920年期间安德列耶夫倾向自由选择人生命运的思想。在他的《戴镣铐的参孙》中，《圣经》的情节无不带有神圣的"标记"：他为了阐明旧约所记载的参孙英雄主义理想主义的实质，甚至不惜抛弃了心爱的仿神话创作（《以利亚撒》和《加略人犹大》就属这种作品）。被戴上镣铐的壮士凭着向往光明的坚强意志，挣脱不堪忍受的卑贱生活悲壮地死去。参孙的死如同托特一样，其浪漫主义寓意是获取了真正的自由。

短篇小说《飞翔》（1913，最初名为《超越死亡》[67]）被安德列耶夫认为是表达自己美学信条之作。作品的最高潮是一位挑战高空极限的飞行员普什卡列夫之死。安德列耶夫在叙述奇异的，"充满亢奋之情"的自杀时，不惜采用一切可能的手段来"诅咒"死神，表现死神的"自我批判"。在这里寿终正寝不仅是被搁置了，而且应该说是被排除了，代之的是生命的无限。《飞翔》如同小说《他》一样，营造了一种笼罩一切的永不泯灭的胜景：灿烂的朝阳，深远的碧空，在窗下啼啭的小鸟，而且主人公"阳光般"的性格也构筑出一个喜气洋洋的世界。小说《飞翔》充溢着爱，对家庭的爱，对友人的爱，对生活的爱。"我深深地爱着你"，普什卡列夫在地面上这样说，在空中也这样说，听来就像诗歌中反复吟诵的叠句。这首先是对娇妻的一片爱意，其次是对大地、生活和永恒的一腔深情。《飞翔》中主人公与尘世的告别，不同于安德列耶夫其他作品中的弃世，他在告别之际还留下了对整个尘世的祝福。这个尘世充满着快乐，因为他预感到奇迹即将发生，因为它辉映着天空的祥光，而普什卡列夫就是投奔这方喷射着祥光的天空去了。

安德列耶夫对第一次世界大战的评价中洋溢着浪漫的激情："请看，出现了多么波澜壮阔的事件，人民奋起抗战的身姿多么威武，发出的炮声多么动人！……民众成了英雄，民众中的每一员都大逞英豪，同仇敌忾，众志成城，杀声震天，拼一死战，宣传鼓动声和庄严的国歌声不绝于耳，奇迹和发明层出不穷，我们就是这个美好年代的万军之主，将来也是如此。"安德列耶夫在1914年8月给涅米罗维奇—丹钦柯的一封信中这样写道。[68]《国王、法与自由》（1914）是对战争中发生的事件做出的回应。剧中的比利时作家是个切尔诺夫斯基教授（《走向星空》）式的人物，他坚强地忍受丧子之痛，兢兢业业地为着美好永恒的未来而工作。短篇小说《夜话》（1915）写的是威廉皇帝在意念之中同一个赴比利时做志愿者的俄国知识分子的谈话，这位志愿者为人率直，沉默寡言，以拒绝刺杀熟睡中的国王的实际行动征服了这个欲在世界上称霸的人。在现实主义的中篇小说《战争枷锁》（1916）中，安德列耶夫分析了普通人对非常事件的各种心理反应，主人公起初是害怕，继而亢奋，最后很快归于彻底的

326

绝望。"小人物"个人的坎坷命运（丧女、失业），其实就是整个社会失谐的反映，这也表现在战场上的失利。世界的危机也会导致个人命运的式微。"我哭，我哭，我哭泣不止。"——这篇小说以此作为结尾（Ⅵ，85）。

通过《战争枷锁》我们清楚地看出，安德列耶夫已经很快地从激情的理想主义转为对他而言驾轻就熟的"宇宙悲观主义"。不过，安德列耶夫1910至1920年期间创作的总体色调还是明快了许多，但对此也不能估价过高。《安详》（1911）、《我的趣事》（1915）和《切莫丹诺夫》（1915）是安德列耶夫沿用死亡题材的几篇短篇小说，为其达到创作高峰的佳作《狗的跳舞》《安魂曲》和《撒旦日记》打下了坚实的基础。

几十年以来，文学评论界认为《狗的跳舞》是安德列耶夫1910至1920年期间创作的最优秀的作品[69]，安德列耶夫本人认为，它具有"深刻的悲剧意义和否定意义，对人类生存问题进行了理性思考"[70]。他在这部新作中坚持既往近乎神秘主义的世界观，坦承"《狗的跳舞》是一部宗教神秘剧，教堂的钟声可以召唤观众去看它，它的前面还需要有一支送葬曲，可是，谁去观赏这个宗教神秘剧，什么样的戏剧才能征服前来观剧的普通观众呢"[71]？

《狗的跳舞》同《叶卡捷琳娜·伊万诺夫娜》一样，起始的事件牵动全局：春风得意的银行家海因里希·提勒在自己的新居请客，庆祝即将到来的新婚之喜，但就在这个时候收到未婚妻退婚的信。第二个事件则放在了小说末尾：海因里希用手枪自杀。伊丽莎白的背叛使主人公失去了生存的意义，他从一个精明的控制一切的主宰者变成一个命运不济的落魄者。安德列耶夫将主人公临死的瞬间故意拉长，用了整整四幕来表现。剧首的悲情（未婚夫被骗）逐渐地演绎到山穷水尽的地步：身畔没有爱人，心中充满绝望，此时此刻剧情已是无关紧要的了，只消描绘出他的心理状态，这个形象就跃然于眼前了。海因里希·提勒就是不再对奸王克劳狄斯失去兴趣的哈姆雷特，就是毋须再用盗窃杀人证明自己犯罪，犯下滔天大罪出于无意的克尔任采夫。这位主人公是想用江洋大盗的行为来报复世界，他理解了人情世态的炎凉（剧名就点明了这一点）：他遭遇的并非天灾，而是人祸（菲克鲁莎和海因里希之弟卡尔的从中作梗），有些歹人是故意干出烧杀抢掠的罪恶勾当，与他作对，逼得他自卑自

327

贱，走上绝路。

在《狗的跳舞》和《安魂曲》中，安德列耶夫超前地使用把存在描写成一片浑沌的荒诞戏剧的技法。安德列耶夫为《安魂曲》设计的第一句台词（"所有这一切都发生在空旷之中。"Ⅵ，372）可谓用心良苦，他营造出一种了无人间烟火令人压抑的气氛，《狗的跳舞》的气氛亦如是。在空旷之中自然没有动，有的只是静，这种静意味深长，它就是衰败世界的形象。在《安魂曲》中，一座空空如也的房子就是剧场，而观众则是一群木偶，面具充作演员。死神恣意横行，导演的妻子、孩子和朋友统统死去，演员们也难逃劫运。在这里，列昂尼德·安德列耶夫重又采用他所理解的那种启示录的模式。如果说在按这种模式描写的《瓦西里·费维伊斯基的一生》和《人的一生》中还有自新或诅咒的喧闹声，那么在《安魂曲》中则一切归于寂静，那是一种空旷中的寂静。在这寂静之中从舞台上方传来剧院经理的声音："慈悲为怀！慈悲为怀！"（Ⅵ，386）到此剧终。

*　　　*　　　*

从第一次世界大战初开始，列昂尼德·安德列耶夫撰写了大量政论时评，所以在评析他晚年创作时，必须将这些作品纳入其中，否则就是不全面的。1914年以来，安德列耶夫在《交易所新闻》《俄罗斯之晨》《日报》和《祖国》等报刊上发表文章，坚定地站在保卫祖国的立场上，不懈地同那些主张为了革命的利益可以不计战场上的胜败的人作斗争。1916年12月起他又成为彼得格勒新创办的《俄罗斯意志》报的一位有影响的政论撰稿人。

328　　　安德列耶夫热情地为二月革命的爆发而欢呼。这场革命很快以不流血的方式取得胜利，过去不大相信历史机遇的安德列耶夫认为这是久久盼望的光明的胜利，这是神圣的全欧结盟时代的肇始。在安德列耶夫的政论文章中，俄罗斯、民众、工人和士兵尽管仍不失其固定的抽象意义，但分明已成了人的一种集合实体，他们摆脱了千百年来的压迫获得了新生。这些文章不仅激情洋溢，而且带有神话的风格。然而在十月革命之前，安德列耶夫心中胜利的激情消退了，代之而生的是一种神秘意识：俄罗斯难逃受奴役的劫运，任何人也不能，也不想拯救它。安德列耶夫不对形势作周详的分析，只是一味地恳求俄国人民省悟，而在他著名的文章《呼救信号》（1919）中又恳求欧洲各国人民省悟，帮助俄罗斯，莫使"魔鬼"闯入世界的历史。他在《我来了看，创造者!》（1917年）中讥讽地表示"欢迎""魔鬼"的到来。在他的文章中频繁地使用《圣经》上的名字：亚伯、该隐、基督、犹大。在安德列耶夫看来，俄国发生的是一场浩劫，是一场类似发生在各各他的悲剧。1919年夏秋。列昂尼德·安德列耶夫最终得出这样一个结论：革命已经破灭，代之而来的是一种破坏性的暴动，他对这种暴动已在《曾经如此》《萨瓦》《饥饿王》和《萨什卡·日古廖夫》中描写过："暴动是盲目的，暴动是自发的，暴动失却了思想——因此它对人类而言是可怕的……失却了思想，就失却了其他的目的，它的发生无非是为了尽快满足自己的私欲，并不惜给全世界带来险恶、贫困甚至死亡的威胁。"[72] 1917年2月安德列耶夫的立场又转向历史乐观主义，但在八个月之后这种乐观主义又从人间秘密地消失得无影无踪。

安德列耶夫晚年的日记体作品的内容可分成三类，分别为关于个人生活、政治和创作的记述。在这些记述中俄罗斯的历史性灾难与他的家庭生活事件交织在一起。有许多篇幅提及他的第二个妻子安娜·伊里伊尼奇娜·安德列耶娃（杰尼谢维奇）、其久治不愈的病体和挥之不去的老死将至的阴影："我的情绪和思绪被一个阴影笼罩着，那就是衰老、疾病和日益逼近的死亡。"[73] "……我自感黄土已埋到腰际，只能眼巴巴地看着这个世界和仍健在的人们。"（177）从此，革命已褪去理想主义的光晕，它在经过现实检验后显得"如此不如人意，借之不足以消除人间的纷争和战争"（37），他谴责布尔什维克，称他们"也许永远地葬送了革命的宗教"（42），同时他也不能原谅自己："我曾经那么愚蠢，竟希望俄罗斯发生革命，我愚蠢，我被骗了。俄罗斯需要的是伟大的改革。"（83）他被欺骗的感受随着重回彼得格勒的可能性的明显丧失益发变得强烈——他从1918年起住到芬兰的一个叫瓦梅尔苏的乡村里，开始了流亡的侨居生活。

安德列耶夫在其日记和书信中多次对自己的创作心理和独特的艺术经验进行解析。他称他的剧作《国王、法与自由》、小说《战争枷锁》为"不高明的政论式作品"（51），而称赞悲剧《吃耳光的人》（"'托特'的底蕴是透明的"）和《狗的跳舞》（它的"底蕴是阴暗、可怕和肮脏的"，138），称《黑假面

329

人》是"历史的悲剧"（324）："大概没有一部作品能像《黑假面人》那样精到地揭示出革命的如下实质：革命把大家召集到盛宴上来，而它的烈焰却在无形的'面具'，亦即人间的黑暗和冷漠的拥抱之中灰飞烟灭……"（133）安德列耶夫在1918年3月25日致谢·谢·戈洛乌舍夫的信中称《人的一生》《阿那斯玛》和《加略人犹大》《黑暗》分别是他最好的剧作和小说（233），同时还对他1910年代创作比较低落的原因作了解释："……当充当破坏者角色，充当'以利亚撒'——这是我的自我画像——时，我会表现得卓尔不凡。而当我在试图说服、安抚、鼓励别人，对他们进行说教的时候，我就变得平庸了，与众人毫无二致，有愧于作家的称号了。"（234）

　　《撒旦日记》（1919）是列昂尼德·安德列耶夫最后一部作品，它在作家死后（1921）方得发表。在这部作品中他并没有进行"说服和安抚"。撒旦曾以不同的面目出现在小说《思想》、《加略人犹大》、《善的法则》（1911）、《瓦西里·费维伊斯基的一生》和剧作《萨瓦》、《阿那斯玛》之中，——撒旦在安德列耶夫笔下是个多义的形象。他对抗绝对观念，否定既成的却不公正的世界，追求不断的合理化、力主严厉的"世界大公"的治国方略；他愤世嫉俗，憎恨人间的虚伪和无聊，否定一切，表现强悍，渴望博爱祥和，而在《人的一生》中撒旦又是一个扑灭人心目中希冀之火的冷冰冰的世界的化身。《撒旦日记》中这位主人公满怀对俄罗斯社会进行改革试验之志，下地狱后变化成百万富翁范德尔古德，要扮演博爱主义的角色，把自己的财富散发给众人。《撒旦日记》开始还不乏调侃的意味，但后来其笔调很快就变得悲壮严肃了。安德列耶夫之所以选择撒旦做主人公是为了取得旁观者清的效果，通过一个"远距离"的旁观者对怪异世间生活的切身体会来艺术地表现对这种生活逐渐认识的过程。[74] 撒旦像凡人一样，深切感到自身的缺憾，能正视自己缺乏理智，没有完美的体魄，也做不到长生不老，而且他突然发现身畔也是一个丑陋的世界。列昂尼德·安德列耶夫的用意不是告诉我们撒旦多么可怕或荒唐，而是告诫我们在一个没有爱的世界上做人如何艰难。主人公撒旦最后恍然大悟，他戳穿了他的情人玛丽娅的秘密，原来她叫玛顿娜，一个冒名福玛·马格努斯女儿的荡妇，乔装成圣女的模样掩盖其堕落的灵魂。

　　安德列耶夫在《斯托利岑教授》和《狗的跳舞》中描写的那种使他备感

330

痛苦的卑琐生活，在《撒旦日记》中以历尽人间苦难的撒旦"殉身"的形式而告终。如果说作品中的撒旦是在变化成人后才感受到难以安身立命，那么马格努斯就是披着人皮干着魔鬼的勾当——这种魔鬼般的行径就充斥在社会生活之中。安德列耶夫对《思想》《加略人犹大》《萨瓦》和《萨什卡·日古廖夫》所描写的种种带神话色彩的社会改造试验持一种复杂的态度。俄国历史的经验证明，福玛·马格努斯给人带来的是恐怖。他从撒旦范德尔古德那里骗来大量钱财，却一直在大肆许愿，要"超度世人"，要建成"人间天堂"。这是一部被认为并未写完的作品，不过从逻辑上说最后一幕可视为收场了——让人哭笑不得的是已经变成人的撒旦被驱逐，混世魔王福玛登基。"神话"对险恶的人间现实也无可奈何。

安德列耶夫在临死之前的几个月间拟定了一个反布尔什维克的国际宣传计划，准备到美国作巡回讲演，但在1919年9月12日一切均告搁浅——这一天列昂尼德·安德列耶夫死于猝发的心脏病。

＊　　　　＊　　　　＊

列昂尼德·安德列耶夫的创作反映了19世纪文明发生的一系列危机以及20世纪的一种美学同世界观实行综合的观念。他的艺术创作展示了各种范畴（宗教的、文学的和社会的）之间的相互作用。郊外的树林会在顷刻之间变成险恶的陷阱（《深渊》），乡间的小屋里充斥着人间的苦难和神界的冷漠（《瓦西里·费维伊斯基的一生》），在俄罗斯的外省可以看到基督、反基督的身影（《萨瓦》《萨什卡·日古廖夫》），福音书上的耶稣和犹大出现在"当今"（《加略人犹大》），因死罪被枪决的省长居然升腾到旧约所描绘的天界（《省长》）；被囚禁在监狱的革命者（《七个绞刑犯的故事》）和妓院的妓女（《黑暗》）也可以过常人的生活。安德列耶夫的剧作和小说所描写的环境，一方面不失具体的历史风貌，另一方面又具有另外的背景，——这是作者虚构的一种莫大的空间。于是革命便成了一种"宗教"，宗教便成了一种"颓废"，战争便成了一座"疯人院"，而且它也算作一种"世俗世界的模式"。

伴随这种变形描写的还有时间的变幻，在安德列耶夫的作品中，时间并非

331

既定的平缓水流。这种"时间"是人物自我感受、自我定义的时间。它不过是存在的一个瞬间，标注的是生活道路上的一个高峰点，它可以"消弭"现实、历史和社会性，以证实人就是可与之"永远搏斗"的"骑士"的思想。描写末世冲突是安德列耶夫在表现当代文明带来的灾难时惯用的手法，他把这种冲突写成了描写"历史终结"的犹大兼基督的神话。这种神话的表现形式简明，常常没有"新天"和"新地"的形象。注意到这一点对于理解《瓦西里·费维伊斯基的一生》《红笑》《萨瓦》《人的一生》《萨什卡·日古廖夫》和《撒旦日记》至关重要。

列昂尼德·安德列耶夫为我们勾勒出一个神话化的时代，正是由于它形成了这位作家关于人物形象的艺术观念。安德列耶夫笔下的主人公被放置在一种多义的空间和存在主义意义上的时间中，他有着丰富的思想性、象征性和幻想性，在传统的背景中展现自己，有时表现为"基督"，有时表现为"犹大"，有时表现为"基督兼犹大"。

列昂尼德·安德列耶夫自称为"诅咒的产物"，悲切地认为灵魂是孤独的，是被抛弃的，而且，他竭力克服艺术造成的外部世界和内心世界的混乱，这就是构成其美学体系的基础。针砭时弊的独白，富有表现力的举止，勇于挑战的精神，这就是作者用自己的艺术作品同卑琐世界进行斗争的武器，也是瓦西里·费维伊斯基、《人的一生》中的主人公、克尔任采夫医生、叶卡捷琳娜·伊万诺夫娜、谢尔盖·彼得罗维奇和海因里希·提勒同他们所发现的道德沦丧作斗争的武器。

332　　　形形色色的经典现实主义作品未能改变冈察洛夫、屠格涅夫、陀思妥耶夫斯基和托尔斯泰的创作建造起来的艺术总模式，这些大师们没有重拾业已过时的中世纪或浪漫主义关于双重世界的牙慧，坚信世界只有一个，坚信生活极其深厚的道德传统是大有前途的。无论是对宗教漠然处之的屠格涅夫，还是对基督人类学推崇备至的陀思妥耶夫斯基都存有一种独特的幻想（当然其内容和程度不尽相同），正是这种幻想使作者、主人公和读者息息相通，共同克服某种危机。屠格涅夫和冈察洛夫的创作依赖于自然推进的生活，托尔斯泰遵循的是道德的法则，陀思妥耶夫斯基看重的是人不惜冒险到生活中去寻找真理的自由。

他们都是"有信仰"的作家，即使他们都像陀思妥耶夫斯基那样只是感觉到现实生活的空虚，但并不乏与这种生活作斗争的力量和手段。加缪、萨特、贝克特和尤内斯库用他们的作品建造的是另一种世界模式。在他们看来，空虚乃是一种实际存在的力量，正如道德之于托尔斯泰，东正教之于陀思妥耶夫斯基。固然，现实生活不容对其价值进行臆断，作品却可以采用层出不穷的文字符号来表明作者对生活的态度，如"荒诞绝伦""令人厌恶""世界温暖和冷漠并存"等。

安德列耶夫的创作在哲理性和形象性上接近新艺术流派。他在创作初期的一个阶段以俄罗斯文学为基础，将存在主义的处理冲突的方法，表现主义的主观性、紧张性，后现代主义的调侃风格和20世纪诸多艺术家创作所特有的神话题材集于一身，但并未形成一种具体的创作思想。在《瓦西里·费维伊斯基的一生》《狗的跳舞》《红笑》《安魂曲》《加略人犹大》和《人的一生》中，列昂尼德·安德列耶夫同祖国道德传统的决裂已是无可避免的了，因为他的主人公们发现自己置身于社会和生活的茫茫黑暗之中。

但是，安德列耶夫毕竟不是能将自己的思想上升到严整世界观高度的哲学家。他常常处于"亦明亦惑"的状态。笼罩着我们这个世界的空虚是创世的摇篮还是末世的坟墓？泛神论的超意识能否驾驭生活？先验的劫运果真就是由人类必须与之苦苦斗争的"恶的力量"造成的？这就是安德列耶夫在作品中提出的问题，它们之间交相发生作用，造就了其艺术探索的严肃性。在列昂尼德·安德列耶夫的某些作品中，主人公充当着自述者的角色，他们也在孜孜不倦地同空虚的生活做着斗争。他再现了人生存的环境，这种环境固然是不良的，却也是生动的，正是这种环境激起了瓦西里·费维伊斯基、《人的一生》中的人的抗争，激励人们还原生存本来的崇高意义，避免苟且偷生。安德列耶夫认为，断定上帝不公正的淫威比较容易，难的是容忍这个无声的世界——它默默地使人投胎世间，又在人死后将之默默地吞噬殆尽。安德列耶夫与许多人不同，他反对那些后来在20世纪中叶的哲学界和文学界显赫一时的人物。神话化不仅是他再现压抑作者和读者的悲惨生活的一种文学技法，而且也是他表达悲壮的人道主义的方式，这使得他的创作接近于经典现实主义的形而上的表现方法，又有别于后现代主义的"荒诞"和冷漠的实验写作方法。

安德列耶夫的创作在艺术上体现了"非具体性"，坚持塑造亦此亦彼的形象，别出心裁地将浪漫主义同怀疑主义结合在一起，成为纷乱时代一种引人注

333

目的重要文学现象。合法的"现实主义"和"社会主义现实主义"刚一统治文坛，安德列耶夫就退居其次了。然而可以预料，由疑虑、忧患和克服这些意识的愿望来决定文化的向量之日，便是安德列耶夫回归之时。

注释：

1　尼·尼·古谢夫，《与列夫·托尔斯泰相处的两年》，莫斯科，1973，94页。

2　《契诃夫作品与书信全集》（三十卷本），《书信编》，12卷，莫斯科，1982，第11卷，13页。

3　《安德列耶夫文集》（六卷本），（编辑委员会委员：И.安德列耶娃、尤·韦尔琴科、瓦·尼·丘尔科夫；А.博格丹诺夫作序；弗·亚历山德罗夫、И.安德列耶娃、Т.Н.别德尼亚科娃、Е.М.热兹洛娃、瓦·丘瓦科夫校勘；А.博格丹诺夫、米·科济缅科、亚·鲁德涅夫、尤·奇尔瓦、瓦·丘瓦科夫作注），莫斯科，1990—1996。

4　列·尼·阿福宁，《列昂尼德·安德列耶夫》，奥廖尔，1957。奥廖尔是安德列耶夫的故乡，后来它依旧是研究这位作家生平和创作的中心之一。这里建立了安德列耶夫纪念馆，每逢作家生卒整数年举行学术会议，会议论文资料结集出版。

5　我们在此列举一些最重要的著作：《文学遗产》，第72卷，《高尔基与列昂尼德·安德列耶夫。未曾发表的通信》，莫斯科，1965（克·德·穆拉托娃作序；瓦·尼·丘瓦科夫、А.И.瑙莫娃刊行、注释译）；尤·维·巴比切娃，《列·尼·安德列耶夫第一次俄国革命时期的剧作》，沃洛格达，1971；弗·亚·克尔德什，《20世纪初的俄罗斯现实主义文学》（"现实主义与现代主义"一章），莫斯科，1975；柳·亚·叶祖伊托娃，《安德列耶夫的创作（1862—1906年）》，列宁格勒，1976；瓦·别祖博夫，《安德列耶夫与俄罗斯现实主义传统》，塔林，1984。

90年代中叶对安德列耶夫创作的研究及其创作遗产的出版掀起了一个高潮，本国和国外的学者对此都做出了贡献。最重要的著作有：安德列耶夫，《紧急求救：日记（1914—1919），书信（1917—1919），论文与访谈录（1919），同时代人的回忆录（1918—1919）》，理查德·D.戴维斯、本·赫尔曼作序、编辑、作注，莫斯科、圣彼得堡，1994；《列昂尼德·安德列耶夫：资料与研究》，弗·亚·克尔德什、米·瓦·科济缅科编，莫斯科，2000。90年代还出版了两部大型的书目汇总：《列·尼·安德列耶夫，书目（第一册）：著作与书信》（瓦·尼·丘瓦科夫编，莫斯科，1995）和《列·尼·安德列耶夫，书目（第二册）：文献（1909—1919）》（瓦·尼·丘瓦科夫编，莫斯科，1998）。

在整个20世纪，国外文学研究界对安德列耶夫的研究保持相对稳定。我们在这里列举一些最重要的专著：亚历山大·考恩，《列昂尼德·安德列耶夫》，纽约，1924；詹姆斯·伍德沃德，《列昂尼德·安德列耶夫研究》，牛津，1969；安妮·谢尔顿·奈蒂克，《列昂尼德·安

334

德列耶夫剧作中的表现主义》，范德堡，1972；亨利·哈尔·金，《陀思妥耶夫斯基与安德列耶夫：深渊上的凝视者》，纽约，1936。

6　《安德列耶夫文集》（六卷本），莫斯科，1990，第1卷，418、420页。此后该书的引文在正文中注明卷数和页码。

7　如瓦·利·利沃夫—罗加切夫斯基，《俄罗斯文学的伊万·卡拉马佐夫》，载瓦·利·利沃夫—罗加切夫斯基，《当代俄罗斯文学史纲》，莫斯科，1919，64-67页。

8　阿·费·洛谢夫，《象征问题与现实主义艺术》，莫斯科，1976，167页。

9　引自：格·弗洛罗夫斯基，《俄罗斯宗教哲学之路》，基辅，1991，455页。

10.在世纪之交颇为流行的尼采的人格观在安氏短篇小说《思想》（1902）、《加略人犹大》（1907）、《飞翔》（1913）以及剧作《萨瓦》（1906）、《安菲萨》（1909）和《大洋》（1910）之中都有所反映（往往是以论战形式）。

11　阿·安·阿恰托娃认为主人公自杀时"令人厌恶地软弱"，并得出结论："安德列耶夫用各种鄙视性的细节来描写死亡"（参见：阿·安·阿恰托娃，《安德列耶夫短篇小说中的情节及作者的立场》，载《创作与体裁问题：论文集》，托木斯克，1982，第7辑，116页）；谢·尤·亚先斯基承认思想的绝对统治是这部小说最重要的开拓，并在其结局中看到了一种近乎神秘的现象："……抗议的大脑是恶魔性元素，并像恶魔一般嘲笑它"（谢·尤·亚先斯基，《费·米·陀思妥耶夫斯基与列·尼·安德列耶夫创作中的心理分析艺术》，载《陀思妥耶夫斯基：资料与研究》，第2卷，圣彼得堡，1994，185页）；相反，玛·雅·叶尔马科娃却确信"精神正在战胜物质"，而谢尔盖·彼得罗维奇"在临死之前就成为一个巨人了"（玛·雅·叶尔马科娃，《陀思妥耶夫斯基的长篇小说与20世纪俄罗斯文学的探索》，高尔基市，1973，216页）。

12　H.科洛索夫，《列昂尼德·安德列耶夫短篇小说〈瓦西里·费维伊斯基的一生〉中信仰的虚假破灭》，载《开卷有益》，1905年1月号，593页。

13　亚·米·斯卡比切夫斯基，《当代小说中的蜕变者》，载《俄罗斯思想》，1904年，第9期，第2部分，85-101页。

14　米·奥·格尔申宗，《文学评论》，载《科学言论》，1904年，第6期，125页。

15　《谢尔盖—青斯基文集》（十卷本），莫斯科，1955，第1卷，233页。

16　《尼·捷列绍夫选集》，莫斯科，1956，第3卷，125页。

17　《勃洛克文集》（八卷本），莫斯科、列宁格勒，1963，第8卷，117页。

18　《列·托尔斯泰全集》（九十卷本），第75卷，莫斯科、列宁格勒，1933，181页。　　335

19　《文学遗产》，第72卷，244页。

20　安德列·别雷，《俄国诗歌中的启示录（1905年）》，载别雷，《象征主义作为对世界的一种理解》，莫斯科，1994，40页。

21　瓦·利沃夫—罗加切夫斯基，《两种真理：论安德列耶夫的论著》，圣彼得堡，

1914，63页。

22 安德列耶夫，《紧急求救：莫斯科》，圣彼得堡，1994，12页。

23 《圣经》的注释者们这样评价安德列耶夫在《加略人犹大》中对背叛的解释："这是一本完全不学无术的作家为完全不学无术的读者写的小说。"（《〈圣经〉解读》，圣彼得堡，1911，第8卷，403页）还可参阅：阿·布尔戈夫，《列·安德列耶夫的中篇小说〈加略人犹大及其他〉（犹大背叛的心理和历史）》，哈尔科夫，1911。

24 马·沃洛申，《穿灰衣的某人》，载沃洛申，《创作剪影》，列宁格勒，1988，461页。

25 高尔基的话是："……在我看来，这是世界文学中一切描写死亡的文字中最好的……"（《文学遗产》，第72卷，280页）

26 值得注意的是，"第二次堕落"这个主题也出现在罗扎诺夫的创作中，尽管他在思想上与安德列耶夫相去甚远。他对门徒们在客西马尼园所作的梦进行了思考，写道："他们通过这个神秘的梦……全部分领了犹大之精神和事迹的圣餐……这是多么可怕呀！还有人类犹如该隐的行为，还有在我们家里、在我们的田野上横陈着的亚伯的尸体！什么亚伯啊！……难道我们不是犹大？……不仅是犹大，还是该隐！……第二次堕落在人间形成了！人们杀死了上帝。啊，比起这个，当年亚当不听主的教诲又算什么呢……亚当是轻微的堕落，而这是重大的、主要的堕落。"（罗扎诺夫，《阴暗的面孔》，载《罗扎诺夫文集》，2卷本，莫斯科，1990，第1卷，561页）

27 安德列耶夫，《自远古时代——国王》，列·尼·阿福宁、柳·亚·叶祖伊托娃刊行、作序，载《列昂尼德·安德列耶夫的创作：研究与资料》，库尔斯克，1983，99–130页。

28 参见：《文学遗产》，第72卷，210–214页。

29 瓦·瓦·沃洛夫斯基，《激战后的夜晚》，载瓦·瓦·沃洛夫斯基，《文学评论》，莫斯科，1971，149页。

30 帕·弗洛连斯基，《名字》，莫斯科，"荆棘"出版社，1993，115、117页。

31 这是格·波隆斯基发现的，他文章的题目就点明了这一点。参阅：格·波隆斯基，《安德列耶夫的〈黑暗〉放光华》，载《当代报》，1907年12月24日。

32 圣徒传中类似变化的经典范例有：《埃及玛丽娅传》《圣佩拉吉亚忏悔录》《基督的圣愚西梅翁尊者传》。在殉教者的圣传中也常有奇迹般瞬间转化的描写。

33 瓦·伊·别祖博夫曾评论安德列耶夫创作中的"无定型化的心理描写"，参见：瓦·伊·别祖博夫，《列·安德列耶夫与陀思妥耶夫斯基》，《塔尔图大学学报》，1975，第369卷，116–119页。

34 近年以来安德列耶夫常常被评论界列为俄国的反乌托邦的奠基人之一，对这一理念最一贯的论述见：纳·尼·阿尔先季耶娃，《俄罗斯文学中反乌托邦体裁的形成》，莫斯科，1993，第二部，221–272页。

35 20世纪90年代初出现了一种为安德列耶夫"正名"的倾向，认为他是一位尚未被认

336

识的基督教艺术家，他的思想既接近俄国宗教哲学，又符合教父学传统。然而在就安德列耶夫对瓦西里·费维伊斯基的抗争、谢尔盖·彼得罗维奇的"妄自骄矜"和犹大的恶魔主义进行的毫不含糊的谴责做出匆忙结论的同时，却忽略了作者自身的立场。参见：纳·尼·阿尔先季耶娃，《俄罗斯文学中反乌托邦体裁的形成》及她的论文《基督教人类学背景下的安德列耶夫创作（善与恶的问题）》，载《不谐美学》，奥廖尔，1996，79-86页。

36　这种将温顺与反抗相结合的手法是安德列耶夫全部创作的特征。希律王（《萨瓦》）、《黑暗》中的阿列克赛和响应神秘的人民号召的萨什卡·日古廖夫似乎都违心地采取了和解的态度，但是这些用古怪的驯顺来"炸毁"现实的主人公却又都是安德列耶夫笔下最鲜明的反抗者。

37　梅列日科夫斯基，《下临地狱》，载梅列日科夫斯基，《在平静的漩涡中：各时期研究论集》，莫斯科，1991，40-48页。

38　《文学遗产》，第72卷，522页。

39　同上，327-328页。

40　同上，450页。

41　安德列耶夫所写的剧本大部分提供给莫斯科艺术剧院。该剧院演出了《人的一生》《阿那斯玛》《叶卡捷琳娜·伊万诺夫娜》《思想》，但获得成功的只有前两部。总起来说，安德列耶夫的创作命运多蹇。书报检查机关下令禁演《走向星空》《萨瓦》《饥饿王》和《大洋》，《阿那斯玛》只在莫斯科剧院上演了三个月。安德列耶夫死后，其戏剧作品在苏联的境遇颇具讽刺意味。岗位派和无产阶级文化派的戏剧关注的是那些表面有抗神精神可资用来进行无神论宣传的作品。符合这个要求的只有《萨瓦》《走向星空》和《饥饿王》。苏联成立初期安德列耶夫曾作为戏剧作家一度被重视，但为时不长，而且系一种故作的姿态。

42　《列·尼·安德列耶夫致弗·伊·涅米罗维奇—丹钦柯和康·谢·斯坦尼斯拉夫斯基的信》，纳·巴拉托娃刊行并作注，载《戏剧问题——论文资料集》，莫斯科，1996，276页。

43　俄罗斯文艺学称，安德列耶夫的戏剧分属两种"新现实主义"，属于第一种的作品只有《人的一生》《饥饿王》和《阿那斯玛》，这些剧作因具有高度的概括性和公式化、宗教神秘剧的特点，故可归为"新现实主义"。属于第二种"新现实主义"的是他1910年前的所有创作，但其中的《在我们生活的日子里》《我们要欢乐之歌》以及"泛心主义的"《安菲萨》属现实主义作品。

44　《列昂尼德·安德列耶夫未曾发表的信（关于第一次俄国革命时期剧作的创作经过）》，瓦·伊·别祖博夫刊行并注释，《塔尔图国立大学学报》，塔尔图，1962，119卷，392页。

45　《饥饿王》的结局与之相似："饱食终日者"杀死了"食不果腹者"，暴动被镇压，然而这是暂时的胜利，此后新的灾难和破坏会接踵而至。

46　埃斯·佩，《在艺术世界中——列昂尼德·安德列耶夫访谈录》，载《俄罗斯言论

337

报》，1907年10月5日。

47　沃洛申，《穿灰衣的某人》，载《创作剪影》，列宁格勒，1988，459页。

48　尤·艾亨瓦尔德，《俄罗斯作家剪影》，莫斯科，1913，第3卷，116页。

49　尤·尼·奇尔瓦，《论安德列耶夫的剧本》，载《安德列耶夫戏剧作品集》（两卷本），列宁格勒，1989，第1卷，18页。

50　许多与安德列耶夫同时代的人注意到《人的一生》所描写事件的约定性，认为它属于象征主义戏剧。而勃洛克对之批驳道："梅特林克从来不会如此尖锐、深刻又如此鲁莽、天真地提出问题。"见《勃洛克文集》，8卷本，莫斯科、列宁格勒，1962，第5卷，189—190页。康·弗·德里亚金中肯地指明了安德列耶夫此举的套路，称其"象征化方法"让位于"代数方法和将具体归纳为抽象的方法"（康·弗·德里亚金，《表现主义在俄罗斯：列·安德列耶夫的戏剧》，维亚特卡，1928）。

51　"人的诅咒在剧中是人格自我表现的主要形式"（利·安·科洛巴耶娃，《19—20世纪之交俄罗斯文学中的人格概念》，莫斯科，1990，139页）。

52　《列昂尼德·安德列耶夫论俄罗斯文学》，载《火星》，1906，第47期，667页。

53　苏联文学界将《阿那斯玛》解释为一部抗神性戏剧作品，如：尤·维·巴比切娃，《安德列耶夫的抗神性剧作〈阿那斯玛〉》，载《20世纪俄罗斯文学（十月革命前）》，卡卢加，1970，第2辑；克·德·穆拉托娃，《戏剧作家列昂尼德·安德列耶夫》，载《俄罗斯戏剧史（19世纪后半叶至20世纪初。1917年前）》，列宁格勒，1987。还有些评论家认为安德列耶夫在《阿那斯玛》张扬了的高尚精神，如：弗·亚·克尔德什，《20世纪初的俄罗斯现实主义》，莫斯科，1975，253-255页。

54　安德列耶夫拍摄的照片集（主要是1910年代的）曾出版过，并由理查德·戴维斯（英）为之配写注释，见：《列昂尼德·安德列耶夫：一位俄罗斯作家拍摄的照片。一幅新发现的革命前俄罗斯的肖像》，理查德·戴维斯编辑并注释，奥莉加·安德列耶夫·卡莱尔撰写前言（伦敦，1989）。

55　安德列耶娃，《往昔的回声》，莫斯科，1986，27页。

56　参见：康·弗·德里亚金，《表现主义在俄罗斯》；鲍·瓦·米哈伊洛夫斯基，《列昂尼德·安德列耶夫》，载鲍·瓦·米哈伊洛夫斯基，《文学艺术论文选集》，莫斯科，1969；尤·维·巴比切娃，《列昂尼德·安德列耶夫第一次俄国革命时期的剧作（1905—1907年）》，沃洛格达，1971；Л. К. 什韦佐娃，《接近表现主义的创作原则和创作观》，载《19世纪末俄罗斯的文学美学概念》，莫斯科，1975。

57　与安德列耶夫同时期和近些年来的文学评论界比较重视安德列耶夫1910年代以前的艺术探索，而对其这一年代的创作有所忽视。近年以来的研究著作中应提及的是为《安德列耶夫作品选集》（六卷本）所做的总注（见米·瓦·科济缅科为第4卷做的总注，602-610页；米·瓦·科济缅科为第5卷做的总注，477-485；尤·尼·奇尔瓦为第6卷做的总注，593-619

页）。

58 评析安德列耶夫1910年代的戏剧作品的著作有：纳·维·古日耶娃的《列昂尼德·安德列耶夫的20世纪10年代的剧作》（《俄罗斯文学》，1965，第4期）和叶·亚·米赫伊切娃的《论列昂尼德·安德列耶夫的心理描写》（莫斯科，1994）。

338

59 安德列耶夫的1910年代的戏剧创作又重拾其早期创作的素材。短篇小说《春天》（1902）的素材构成了剧作《青春》（1915）的基础；短篇小说《思想》（1902）于1913年被他改编为同名悲剧，并保留了原有的奇突情节（在妻子面前杀死了她的丈夫亦即自己的朋友）及其"正当"意义："《思想》绝不是有悲观主义倾向的作品，这是因为被害的克尔任采夫，同样是个赤裸裸的个人主义者，他同玛莎是水火不容的，在玛莎的身上体现了集体生活乃至世界生活的坚定不移、无可置疑的原则……"，见：《列·尼·安德列耶夫致弗·伊·涅米罗维奇-丹钦柯和康·谢·斯坦尼斯拉夫斯基的信（1913—1917年）》，纳·巴拉托娃、瓦·伊·别祖博夫编辑、作注，《塔尔图国立大学学报》，塔尔图，1917，第266卷，239页。

60 男人同女人的关系也是安德列耶夫同期小说描写的一个主题。作者常揭示的是由于负心造成的爱情悲剧，如《格尔曼与玛尔塔》（1914）和《两封信》（1916）。

61 叶卡捷琳娜·伊万诺夫娜是个又堕落又凶恶、又无助又高尚的女人，属于陀思妥耶夫斯基塑造的那类女性形象。可以把安德列耶夫1910年代的思想归为国家基督主义体系，他青睐于陀思妥耶夫斯基便是证据之一。据列·彼·格罗斯曼回忆，安德列耶夫称自己是"他的直系弟子和直接的继承者"（《格罗斯曼选集》，莫斯科，1928，第4卷，250页），积极参加了围绕莫斯科艺术剧院根据陀氏小说《卡拉马佐夫兄弟》和《群魔》改编的同名戏剧进行的论争，并在《可爱的幽灵》（1916）中竭力以陀思妥耶夫斯基后来创作出的人物和氛围为背景表现出陀氏青年时期的精神面貌（同上，255页）。

62 在安德列耶夫1910年代创作中在对"小人物"的处理上较前发生了变化，即注重其心理创伤的描写。除明济科夫外，《狗的跳舞》中的人物费克鲁沙也是一例。

63 安德列耶夫对叶卡捷琳娜·伊万诺夫娜的评价是："……她是在逆境中跳舞，任何人都不肯这样做，因此憋憋屈屈地过日子。"（《列·尼·安德列耶夫致弗·伊·涅米罗维奇-丹钦柯和康·谢·斯坦尼斯拉夫斯基的信》，载《戏剧问题》，莫斯科，1966，287页）

64 《列·尼·安德列耶夫夫致弗·伊·涅米罗维奇-丹钦柯和康·谢·斯坦尼斯拉夫斯基的信（1913—1917年）》，235页。

65 引自：安德列耶夫，《戏剧集》，莫斯科，1959，581–582页。

66 索洛古勃，《一个对戏剧充满幻想的人》，载《戏剧与艺术》，1916年1月4日，第1期，15页。

67 安德列耶夫，《斯托利岑教授》，最初名为《永垂不朽》，意在进一步强调人不死的思想。

68 《列·尼·安德列耶夫致弗·伊·涅米罗维奇-丹钦柯和康·谢·斯坦尼斯拉夫斯

基的信（1913—1917年）》，254页。

339

    69 有关《狗的跳舞》的评论可参阅如下文章：柳·亚·叶祖伊托娃，《列·安德列耶夫的〈狗的跳舞〉："泛心理"戏剧试析》，载《论安德列耶夫文集》，库尔斯克，1975；柳·尼·肯，《安德列耶夫的〈孤独诗篇〉》，载《俄罗斯文学》，1991，第2期。

    70 《列·尼·安德列耶夫致弗·伊·涅米罗维奇–丹钦柯和康·谢·斯坦尼斯拉夫斯基的信（1913—1917年）》，283页。

    71 同上，284页。

    72 安德列耶夫，《以革命的名义》，载安德列耶夫，《面对时代的使命：政治文论（1917—1919年）》，理查德·戴维斯编辑、校勘，本森（美国），1985，126–127页。

    73 安德列耶夫，《紧急求救》，155页。此后该书的引文在正文中只注明页码。

    74 安德列耶夫在小说《善的法则》中沿用了魔鬼"变化成人形"的写法：一个"年事渐高的魔鬼"弃恶从善，便学着按照圣训生活，于是悟到法则与生活有着"尖锐的矛盾"。这部作品中不仅反映了安德列耶夫与唯理论的分歧，也说明作者承认"善"和"恶"具有双重的意义。

第二十八章
阿列克谢·列米佐夫

◎米·瓦·科济缅科　撰／郝尔启　译

　　列米佐夫在垂暮之年的回忆录里始终强调自己在20世纪初文学界中的"孤
单"。他在描述自己与"彼得堡阿波罗派"的关系时写道："我的'形式主义'
（现在人们这样说我）的本性，抑或广义上更确切一些的说法，'言辞主义'
的本性，与他们水火不容。我的方方面面不仅不符合'优美的明晰性'，而且
放肆地表现出来，完全毁坏了与俄罗斯方式格格不入而他们却认为是不可动摇
的'普希金风格'的'浅显易懂'与'老妪能解'。他们受某一特定'语言素
材'支配，仅仅进行加工，什么都不开创。所以在'形式上'才会疏远，但就
连从骨子里看我也属另类。我的一生都与他们大相径庭……但我又是怎样曾与
'阿波罗'为伍的呢？说来十分简单：因为只有他们这些'不动脑筋'的人那
里才有艺术。如若没有艺术，语言便哑然无声，而文字的堆砌只能是废话连
篇，喧哗嘈杂。然而他们不允许我接近，无论与他们在一起，还是与否定他们
而信奉艺术的人在一起，我都不觉得我是'自己人'——'事不宜迟，一走了
之'。"[1]

　　上述自我评价的许多内容当然来自列米佐夫精心打造的本人文学道路的
写照。这一写照在其回忆录中表现为一连串滑稽可笑富有戏剧性的事件，一
系列本欲一显身手然而徒劳无益的尝试。每次尝试都不为周围人们理解或遭
遇"不虞之患"，一再受到命运恶狠狠的嘲笑。作家列米佐夫晚年体弱多病，

阿列克谢·列米佐夫

纳·维·列兹尼科娃成了他的保护精灵之一，她曾不无根据地指出，这一写照在许多方面与作家的作品在各个时期（尤其是在生命的最后时期）得到的高度评价（尤其是从法国文学精英那里）相互矛盾[2]。据这位列兹尼科娃细心观察，作家仿佛把不被承认变成了"自己的风格"[3]。

此外，列米佐夫作品的"过渡性"（既面向传统，同时又面向革新）的美学本质[4] 以及在很大程度上与其相关的作家诗学的孤立性，都是20世纪初批评界业已发现的特点。对列米佐夫的天才推崇备至之日，正是1910年前后象征派发生危机、"新现实主义"浪潮兴起之时。列米佐夫是判定这一潮流在俄国散文中兴起的批评家们文章中最早提到的姓氏之一。[5]

341　　　我们认为，"过渡性"（甚至是某种"边缘性"）确实是其作家风貌的组成部分之一。一个无所适从的作家的过于夸张的形象乃是列米佐夫式生活建构最重要的"面具"。[6] 正如我们在下文要努力展示的，这一"面具"在列米佐夫的世界观和创作实践中具有现实依据。但是，他的主要艺术追求是在世纪之初各种探索的共同轨道上得以发展的。如果不把列米佐夫诗学的许多特点孤立地加以研究，而是将其与这个时代的各个流派、思潮以及文学界的实际情况进行对照，这些特点就能更为成功地得到诠释。

1

阿列克谢·米哈伊洛维奇·列米佐夫（1877—1957）生于莫斯科商人区正中心——莫斯科河南岸区。1895年他在亚历山大商业学校毕业，然后到莫斯科大学自然科学部数学系做旁听生。不过时隔不久，这个思想激进的大学生被捕，致使学业中断：1896年他曾在瑞士访问革命侨民的各个中心，并从那里非法带回大批社会民主党的书籍。

列米佐夫本人曾多次写道，正是童年印象起了决定性的作用，形成了两个极端：一极是"厌世之悲痛"，对尘世苍生命运的缺憾具有极度悲观的意识，另一极是"乐观精神"，面对上帝的世界惊喜交加，而这种狂喜的表现形式是插科打诨，荒诞离奇，谐谑调笑，玩世不恭。他对生活的理解后来经常就摇摆于这两极之间。

列兹尼科娃的随笔言简意赅而准确无误地说明了"厌世之悲痛"在生平上的渊源："阿列克谢·列米佐夫自幼天赋过人：有罕见的记忆力和掌握科学（数学和自然科学）的才智，富于幻想，酷爱读书和绘画，具备非凡的音乐鉴赏力和出众的嗓子，关注人们的痛苦和动物的磨难。但他的童年却是在相当阴郁的环境中度过的，周围的人们对他漠不关心；母亲万念俱灰，离开了丈夫，她在酒精和书籍中寻求安慰，成天把自己关在屋里，不是读书就是喝酒。孩子们经常听见一个渐渐失去自制力的女人的叫喊，她住在哥哥们家里，奈焦诺夫兄弟虽然是有教养的人，却又都冷漠无情，甚至不无私心。他们的妹夫米哈伊尔·阿列克谢耶维奇·列米佐夫在妻子离开后，将她的财产——她的嫁妆——归还给了她。而在他死后，本应属于子女的那部份遗产却落入奈焦诺夫兄弟之手。玛丽娅·亚历山德罗芙娜、她的子女及女仆购买所有生活必需品一概'入帐'。阿列克谢·米哈伊洛维奇在大学读书期间，甚至没有起码的零用钱。他大约二十岁被投入监狱，遭到流放，没有得到过家里任何援助。"7

列米佐夫最初的几次写作尝试，正值早期"颓废的"象征主义从如日中天到逐渐没落的时期。从各种迹象看，列米佐夫是1897年在奔萨狱中开始写作的。他是由于参加为纪念"霍登惨剧发生半年"而举行的大学生游行示威而被捕入狱的（1896年11月18日）。[8] 作家的回忆录使我们可以推测，他最初的还远非完美的作品，从不同寻常的书名算起，就已经带有未来将独具一格的迹象，具有强烈的抒情色彩、鲜明的形象性："我还想提一提1897年的《鬼把戏》。从监狱里带出的厚厚的笔记本。我的炽烈的感情诉诸文字。我把这个本子交给了勃留索夫，并不指望他会拿去。一年后勃留索夫把本子还给我，上面还写着让人难以忘怀的话：花团锦簇的缎带缀在灰不溜秋的呢子上。我明白了，勃留索夫想使散文成为一种毫无特色、毫无华丽辞藻的结构，让语言不是含义丰富，而是枯燥无味，整齐规则。后来勃留索夫在1902年11月日记中又写了'狂人'一词。说得何等正确：我的狂热、文字创作的激情从来不曾熄灭，也不曾冷却过。我一生留意语言如何发出声响，语言于我是头等大事。"[9]

亚·瓦·拉夫罗夫在评论这件往事时，在文章中重新提起列米佐夫交给俄国象征派领袖评阅的那几篇作品，对列米佐夫的试笔之作有如下说明："……他的早期作品，就其大多数而言，在'颓废派'特有的面目上与现代派完全相同……列米佐夫在与现实发生令人痛苦的悲剧性冲撞的过程中，提出了一个概念：生活是一场噩梦，是不合逻辑的呓语和折磨人的绝境。这一概念促使他采取相应的艺术表现手段：列米佐夫的短诗和散文体长诗大部分是自发的、不受约束的情绪涌流，这种涌流似乎在随心所欲地奔泻，为内心的力量所驱动，不考虑艺术结构的逻辑和习惯的接受规律。"[10]

此外，列米佐夫的"富有诗意的散文"的研究者们甚至在他最初的这类习作中也发现了他独具一格而又相当严谨的艺术逻辑和许多有趣的形式上的创新。[11]这不仅对于阐明列米佐夫散文的混合主义性质的一般问题十分重要（他的散文是既借助音乐原理，又借助塑形原理写成的），而且由于作家在首次尝试内容丰富的史诗般叙述的过程中，将会运用几部初期抒情著作的动力元素，这就尤为重要。列米佐夫在暮年回忆录里承认，在长篇小说《池塘》中插入了他"早些时候在乌斯季瑟索利斯克所写的东西中的'引子'（抒情序曲）"[12]。例如，从前述《文学遗产》公布的材料中引用的从未发表过的1902年诗作的《恶魔（为弗鲁别利的画配诗）》片断（作为声嘶力竭的慷慨激昂和"不可读性"等的例证）进入了（从"我为何不能敬佩亲人和与我同样的人……"这一句起）长篇小说已发表的文本，在第一个版本（1905）和第二个版本（1908）中几乎

343

未加改动，在第三个版本（1911）中略加改动。[13]

在奔萨（1896—1897）、沃洛格达省的乌斯季瑟索利斯克（1898—1900）和沃洛格达市（1901—1903）度过的流放岁月中，列米佐夫专心致志投身于紧张的创作活动。流放者首先努力通晓西方和俄国最新的哲学和文学著作。十分重要的是，指导他自学的是当时还很年轻、但已得到学术界承认的帕·叶·晓戈列夫——未来的文学史学家和革命运动史学家。从与他的通信中，我们可以知道列米佐夫阅读范围之广：经典著作的科学院版本（普希金、别林斯基的著作），欧洲和俄国的哲学思想新著（威廉·冯特、威廉·耶路撒冷的著作以及梅列日科夫斯基有关托尔斯泰和陀思妥耶夫斯基的研究著作）和文学新作（安德列耶夫的短篇小说、别雷的《交响曲》），文艺学著作（约·曼德尔施塔姆的《论果戈理风格的特征》一书）。[14] 他在这里完成了一批译作：尼采的《查拉图斯特拉如是说》（后来译稿遗失），普日贝谢夫斯基、梅特林克的著作，与梅耶荷德合译阿尔伯特·罗德的《尼采和豪普特曼》（1902年发表）。在沃洛格达，恰好是列米佐夫做出完全献身于职业作家生涯的决定的时期，用他自己的话说，他身处"北雅典"——处于充溢着创作冲动的环境之中。他周围的人有别尔嘉耶夫、亚·亚·博格丹诺夫（马利诺夫斯基）、卢那察尔斯基、萨温科夫等。沃洛格达的交往圈子在很大程度上确定了列米佐夫以后的文学和日常生活的交往范围。

看来，早在乌斯季瑟索利斯克列米佐夫对民间创作所怀的职业作家兴趣已经开始形成。众所周知，民间创作是他创作的主要源泉之一。列米佐夫首次发表的作品——发表在《信使报》上的《姑娘出嫁前的哭泣》（1902年9月8日）——正是对科米（齐良）人婚礼送别歌的加工成果。

流放期满后，由于当局不准列米佐夫在两大都城居住，他便接受梅耶荷德的邀请，到赫尔松去后者创立的"新剧社"担任文学部主任。这一时期，列米佐夫着手研究与他同时代的西方戏剧，这对他以后的创作十分重要。正是为了填补"新剧"剧目的空白，列米佐夫翻译了普日贝谢夫斯基、梅特林克、胡戈·冯·霍夫曼斯塔尔、斯特林堡、纪德等人的作品 [15]。

344

写给沃洛格达的一位熟人——丹麦商人、未来的作家奥托·马德隆的几封信，可以证明列米佐夫当时对文学的酷爱。譬如，在1904年5月8日的信中他建议阅读安德列耶夫的《瓦西里·费韦伊斯基的一生》，而在1904年4月24日的信中他写道："寄上高尔基的《人》。这是陈规旧套、老生常谈的样板。"[16] 下述列米佐夫表达个人对"新艺术"理解的尝试也颇具代表性："被称为'颓废派文艺'的东西也包括现实情节，只要这些情节揭示新事物，并将这些新事物与存在的意义联系起来。陀思妥耶夫斯基、列夫·托尔斯泰、易卜生正是在这个意义上从事写作的。"（1904年3月2日的信）[17]

1900—1904年期间，作为译者的列米佐夫对普日贝谢夫斯基的作品给予极大关注。后者的影响不仅在列米佐夫本人创作的主要体裁散文诗中可以察觉到（尽管这里当然也有尼采"查拉图斯特拉系列"作品的直接影响），而且在长篇小说《池塘》和《钟表》（尤其是两部小说1905—1908年发表的早期版本中），总的感情色彩、主人公的心理特征、某些情节的影响也十分明显；在思想上和风格上与这位波兰现代主义师长的作品直接呼应，有时将"粗俗、平庸的颓废主义特征"带入列米佐夫的作品中。[18] 但是应该注意，普日贝谢夫斯基的许多诗学特征是以改容易貌的形式进入列米佐夫的创作意识的。而且在这个问题上，列米佐夫只是卷入了1900年代俄国对这位波兰作家普遍的、十分广泛的迷恋潮流之中。在勃留索夫的短篇小说中，在别雷的《第四交响曲》中，在古谢夫—奥伦堡斯基、阿尔志跋绥夫、安德列耶夫的作品中程度不同地都可以看出普日贝谢夫斯基的主题思想、形象和修辞手法的影响。[19]

阅读列米佐夫早期的，即"前彼得堡时期"的作品（这个时期除散文诗外他还写了长篇小说《池塘》和《钟表》的前几个版本，《在囚禁中》和《押送途中》两个抒情系列，《火灾》和《宫廷珠宝匠》等短篇小说，后来收入《循着太阳运行的方向》和《走向大海》系列的某些民间文学风格模拟小型作品），可以看到独树一帜的"列米佐夫个人风格"渗透到颓废主义诗学的各个方面。

早期短篇小说《火灾》（写于1903年）的基本风格主线和主要思想体系在很大程度上都还依附于19世纪90年代欧洲和俄国颓废主义的形象和情节。这篇小说在新浪漫主义的高音区中叙述被一名身穿修士袍的神秘陌生人诅咒的整个城市在大火中的覆灭，从各种迹象看，此人是该城市一个受摒弃的孩子。但是，就在这里也出现了列米佐夫暮年所特有的形象和修辞特征。作者叙述的"形而上学"的、语气含糊不清的表现力，被世俗的、可以清晰分辨的不同声音的合唱，被这个外省小城让灾难的预兆吓坏的居民们的富有特色的话语所冲淡。于是，他们即将临头的灾难的征兆本身就具有了双重的根据：既可看作宇宙无情劫数的表现，又可看作民间谶语和迷信的物化（当地巫婆生了一只有翅膀的老鼠——"鬼的儿子"，隆冬暴风雪中雷声大作，"寒气逼人"的太阳周围出现了三个与它一模一样的色彩斑斓的太阳，在劫难逃的居民中流言不胫而走，说"手持来复枪的中国人"入侵俄罗斯，说一个商人家里闹鬼，"是一个有六只爪子的蓝色精灵"，不一而足）。在《火灾》中，世纪之交在两大都城中对于狭窄圈子里的精神精英（如莫斯科的"阿尔戈船的勇士们"）来说十分有代表性的象征派文学的几个启示录主题，与俄罗斯腹地亘古以来的种种可怕的事情完全"按列米佐夫的方式"碰撞在一起。在这篇小说中，各种题材、形象、情节和"语言"相互咬合，然而按照任何标准（无论是传统的现实主义标准，还是已具有自己的刻板模式的现代主义标准）它们都本应分属两个极端——精英文化和民间（保守）"意识"。[20]

2

1905年列米佐夫终于获准迁居彼得堡，他立即投入文学生涯汹涌的潮流中。促成此事的还有朋友们为他谋取的为《生活问题》杂志（当时俄国哲学和艺术思想中心之一）办理事务的差事。列米佐夫与罗扎诺夫、勃洛克、维·伊万诺夫、吉皮乌斯、康·索莫夫、格·丘尔科夫以及"白银时代"其他许多著名活动家建立了友好关系。列米佐夫的作品刊登在《北方之花》丛刊、《生活问题》和《天平》杂志上。他是1900年下半年几家最著名的彼得堡文学沙龙（梅列日科夫斯基夫妇家、索洛古勃家、维·伊万诺夫的"塔楼"）的常客。

应该说，列米佐夫文学生涯起初阶段最重要的事件是长篇小说《池塘》问世。该书1905年发表在《生活问题》上。这部小说发表几乎未引起批评界注意，因此，周围人们的口头评价和直接反应对作家来说愈加重要。当时列米佐夫在给妻子的一封信里写道："听丘尔科夫转告，列昂尼德·安德列耶夫说，《池塘》的形式不是'长篇小说'。像长篇小说那种鸿篇巨制，不应如此'速

346

成'。'抒情性'使他十分气愤。当然，'叙述的平稳性'在《池塘》里是没有的，而且我也不曾追求它。德·叶·茹科夫斯基同意列昂尼德·安德列耶夫的看法，他把'你看了一章什么都不会记得'作为'速成'的证据。"[21] 这部长篇小说的基本主导思想也未获得大多数同时代人的赞同。这样的主导思想也就造成了一些不可接受的表现角度（例如极度的自然主义）。列米佐夫曾回忆他当众朗诵（1906年3月4日至15日期间）长篇小说中在这方面给人印象最深的一个片断，其中有一件事很有代表性："有这么一件事：晚上在弗拉斯基家。我朗诵《池塘》中的一章，讲的是母亲在复活节前夕自缢。吵起来了。佳吉列夫、勃洛克、菲洛索福夫、巴克斯特赞成我。梅列日科夫斯基夫妇'嗤之以鼻'，索洛古勃持慎重态度。"[22]

二十年后列米佐夫回忆《池塘》的前两个版本时，强调小说问世"为时过早"，而绝不是本人文笔稚嫩（后一个说法是为数不多的善意反响中主要的具有"辩护性质"的潜台词）："《池塘》的'离奇古怪和晦涩难懂'吓跑了读者，而现在看来则毫不离奇古怪，也毫无晦涩难懂之处（重点号为我所加——米·科按）。当然，我笔下既没有'银白色的远方'，又没有'炎热的慵困'，在描写大自然时也没有传统的'丘鹬'。我凭着青春的热情，想按照自己的方式写出一切——用别人尚不曾用过的名称去称呼每一件东西。在篇章结构中有不同往常的做法，而现在这已十分平常：每一章都有'引子'（抒情序曲），然后描写实事，并且必有一梦；在描写内心状态，如描写'良心'的几个声音的斗争时，我采用悲剧合唱的形式。"[23]

《池塘》中凝聚了年轻作家痛苦的存在主义经验、他对"终极问题"的折磨人的思索、改革传统文学形式的大胆追求。《池塘》的思想上哲学上的核心建立在世纪之交现代主义文学共同的诺斯替教范式的基础上。这一范式断言，对宇宙说来，善与恶、神性与魔鬼性势均力敌。在阐明这种世界观的一种激进的可能（根据这种可能，世界处于魔鬼的绝对控制之下）时，列米佐夫在《池塘》中写出了关于"未复活的基督"的作者新编神话。正如十分仔细地研究了这一问题的阿·米·格拉乔娃指出的那样，列米佐夫在创作第一部长篇小说的神话诗学结构时，依靠的是"伪经文献中保存的宇宙生成学、人类学和末世论的概念"体系 [24]。"伪经内容"逐渐成为列米佐夫艺术的（同时也是个人存在

347

的、"传记的")自我定位的常数，在他创作的早期，这种内容是以依次更替的方式出现的：政治的（反政府的、被禁止的马克思主义书籍）、美学的（对普通读者来说处于边缘状态的颓废派艺术）和宗教的（诺斯替教的最近形态——波格米勒异端教派——的背离正宗教义的宗教古籍）。

《池塘》的早期评论者之一利·季诺维耶娃—阿尼巴尔在长篇小说的结构中发现了社会学和形而上学之间的动态冲突："如果只勾画出一个情节骨架，长篇小说至今似乎仍是纯社会学的。但是此书的长处不就在于附在它社会学躯体上的完全是另外一个灵魂吗？附的是一个深邃的、永远二律背反的灵魂。"[25]在这部长篇小说的第一部中，浓墨重彩的"日常生活描写"立足于列米佐夫童年和青少年时代的实人实事，并因借助商人、小市民、工人的莫斯科富有特色的细节而受到相当严格的限制。这种描写，一方面（在传统的长篇小说结构的坐标中）具有自身价值（季诺维耶娃—阿尼巴尔谈到长篇小说的"社会学的躯体"，不无道理），但是另一方面——在革新的形象体系背景上看——又是主要人物尼古拉·菲诺格诺夫的一幅如印象派绘画那种模糊的"灵魂风景画"。[26]列米佐夫本人确认："《池塘》有自传性质，但不是自传。我的观察范围是：工人，我度过童年的工厂；街道和林荫道——我曾是'流浪街头的孩子'；莫斯科近郊的修道院，夏天我们成群结伙到那里去'朝圣'。这一切都来自生活。但最重要的两段：《修道士》（母亲的自尽）和《披甲兵》（监狱中的梦幻），却是真实的梦境。"[27]

在这里"真实的梦境"与自传性的内容（"来自生活"的那些内容）相互对照并非出于偶然，列米佐夫首先是指梦境的形而上学的真实性，产生神话的潜力。长篇小说的故事情节，尼古拉·菲诺格诺夫的"外在故事"，十分准确地（如果说不是"像原型一般"）紧扣自传主线：莫斯科（更确切地说是"塔干卡"）的童年，母亲与奥戈列雷舍夫（在现实中就是奈焦诺夫们）舅舅们的复杂关系，大学生游行时毫无道理的被捕，荒诞不经的指控和随之而来的监禁，流放者与流放营复杂的相互关系。第一部中的"日常生活描写"可能使最早的读者觉得这将是一部传统的"训育小说"，但是"这部小说中没有那种小说的心理发展，我们看到的不是预期的社会化过程，却是现代的'地下室人'尼古拉的精神异化"[28]。正在发生的事情的因果理据被与主人公悲剧性分裂的意识相关

348

的联想关系所代替。而这种意识（在总的叙述背景上）应该几乎是理解小说所描写的"现实"的唯一棱镜。这种使《池塘》的叙述技巧十分接近"意识流"长篇小说的革新，因新采用的主人公与作者—叙述人之间的关系类型而复杂化了。上述列米佐夫关于长篇小说中梦境"真实性"的话还有第二个含义：作家在将自己的真实梦境转托给主人公的意识时，确认两个内心世界的形而上学的真实性（在情节层次上这伴随着对非常表面的、"有自传性质的"而不是"自传的"吻合的确认）。作家在晚年始终密切注视各种不同的文艺学流派异彩纷呈的状况，他以准确的术语将《池塘》称为"抒情长篇小说"[29]。"形而上学的真实性"要求在《池塘》中对主人公和作者叙述人的态度（以及声音）不加区分。作者的抒情冥思也像梦境一样被转托给主人公：列米佐夫早年表现自身存在的感受确实性的散文诗变成了尼古拉·菲诺格诺夫的内心独白。

早在1907年底，出版这部长篇小说单行本（第二个版本，书中补上了被编辑删节的文字，并且只是在有限程度上加入了因果上的"省略"）时，列米佐夫期冀对自己的革新之作能有恰如其分的解读。但是，甚至安德列·别雷（列米佐夫的最善于深思的读者之一，还在同年年初就对文集《循着太阳运行的方向》给予了可能是最深刻的评价。他是四部《交响曲》的作者，列米佐夫认为《交响曲》是与他的《池塘》类似的前卫性的试作）在谈到长篇小说的形式时也写出了一些与上文引用的安德列耶夫的评价相似的话："全部不幸（原文如此——本文作者）在于，列米佐夫在大开本284页上绣上了小尺寸的纤细花纹：这就是极其微妙的心理感受（梦境、沉思、祈祷）和对大自然的极其细腻的描写……列米佐夫的长篇小说中没有素描：无论粗线条还是细部都用水彩的中间色调画出。……无法把偶然的噩梦与故事情节区分开，因为支离破碎的情节经常转化为支离破碎的噩梦。情节和梦境之间只有寥寥数语：'坐下了。入睡了。醒来了。'"[30]

1911年，列米佐夫在准备出版自己的文集时，彻底修改了这部长篇小说，首先是彻底放弃了那些将长篇小说的"抒情性"推到首位的结构革新之处。作家恢复了作者与主人公之间的传统距离：情节之间的纯粹联想关系被代之以因果前提，每个章节都冠以名称，参差不齐的句子变得整齐划一。库兹明仔细分析了第三个版本之后指出，修订的体系只在长篇小说叙述主人公莫斯科童年

349

时代的第一部里效果良好。批评家认为第一部可以列入"整个现代俄国散文最值得一读的作品"。至于长篇小说的第二部，其中的"日常生活描写"几乎全部被梦境和潜意识假象的描写取代，这里材料本身便阻碍了风格的"平稳"。因此"优美的明晰性"的热烈捍卫者确认："几乎必须把每一章都分为噩梦和噩梦般的现实。定期的歇斯底里发作（在25章里多少都有），主人公不可理喻的行为（强奸、杀人、死亡），不必要的重复和插叙，使得第二部索然无味：既没有日常生活描写方面的趣味，又没有情节方面的趣味，也没有心理方面的趣味。"[31]

列米佐夫本人后来把这次修改看作迎合"传统读者"的不成功的尝试："那时我突发奇想：'如果把离奇古怪、不可理喻的《池塘》用自己的话叙述一下又如何呢？……如果像人们当时说的，我在第一和第二两个版本中'堆砌得乱七八糟'，那么，在第三个版本中我又'翻倒得一塌糊涂'，闹得我自己都为之汗颜，真是胡来！"[32]20世纪20年代中期，列米佐夫又向这部长篇小说原来的文本回归并非偶然，他写了新的版本，总的看来恢复了最初构思中的许多东西。[33]

另一部长篇小说（作者如此说明这本简洁而生动的中篇小说的体裁）《钟表》写于"彼得堡之前时期"（1903—1904），发表于1908年。这部小说的命运与读者接受《池塘》的过程惊人地相似。《钟表》包含两个地下室意识的故事——半大孩子（外省少年，可笑而又凶狠的丑孩子科斯佳·克洛奇科夫）的地下室意识的故事和成年人（遭受命运多次打击而心灵空虚的知识分子涅利多夫）的地下室意识的故事。关于"未复活的基督"的神话在这里体现在两个怪诞的形象中：在涅利多夫的梦中为人类所企盼的救世主被从棺材里站起来的猴子暗中替换，而另一个被拙劣替代的弥赛亚竟是在长篇小说结尾处发疯的科斯佳·克洛奇科夫。关于《钟表》的两篇最详尽的评论的作者在以下两点上看法一致：一点是承认年轻的作者前途无量，承认他确实有"装神弄鬼"和"故作癫狂"的天才，另一点是确认所评论的长篇小说各个形象完全不可理解，"荒诞无稽""含糊不清"。[34] 在将《钟表》编入1910—1912年出版的列米佐夫《文集》时，长篇小说的文本作了类似的修改：目的是使之清晰易懂。

1907年出版了列米佐夫两部早期的著作：童话集《循着太阳运行的方向》和伪经故事集《西奈圣徒传》。其中前者与在杂志上发表的《池塘》及其同年

350

年底出版的单行本不同，为大多数同时代人所肯定（作家甚至在回忆录中写道，在阿·亚·沙赫马托夫院士支持下，《循着太阳运行的方向》被提名申请科学院普希金奖金[35]）。

《循着太阳运行的方向》在很大程度上是列米佐夫创作的另一极：标志着前两部长篇小说那个世界的分裂的"潜意识"，在这里被代之以完整和谐的世界感知，其视野中在"我"与"非我"之间没有原则性的分界线。一年四季周而复始，围绕每个季节都有许多童话，时间与存在和谐一致，在这里取代了在《池塘》和《钟表》中组织叙述的破坏性的"个人存在的"时间。[36] 这两极（我们下面会看到，许多同时代人和后来的研究者将把这两极解释为列米佐夫创作发展中的不同"阶段"）的这种相互对立，或者更确切地说，"同时存在"的情况，后来在别雷的评论中曾被提及："终于有了在现代个人主义者的极其深刻的感受中找到与民间神话创作的联系的尝试。民间创作的独特形象（神话）又在他们面前复活了，在他们心中找到了反响。列米佐夫就属于这类作家。"《循着太阳运行的方向》的思想充实、形象饱满及其与童话、神话传统的密切联系，使别雷谈到作家创作的与众不同的特点：这位作家突破了以往对民间创作所持的、主要是抽象民族志态度的界限。因为列米佐夫在斯拉夫神话的古老形象中注入了"那种感受的神秘主义""如果在神秘主义之前我们不曾经历过纯个人主义时期，神秘主义永远不会如此蓬勃发展。他在自己的个性深处找到了先前的诸神"[37]。

将光明灿烂的《循着太阳运行的方向》与前两部长篇小说的窒闷阴暗的世界相对照的思想哲学模式，建立在对于世纪初俄国哲学十分重要的"童年形而上学"上。这种形而上学是"绝对的此岸的死亡替代物"，根据这种学说"孩子是永生的人的活的底稿：无论在人的世代相传的神话意识里，还是在世界躯体的娇嫩花朵中"[38]。作家把儿童游戏看作多神教仪式的遗留现象，他说，不能区分游戏与实际、梦境与现实、个人与其周围的存在的儿童意识，是一个唯一可能的基础，由于这一基础，某种乌托邦的"黄金时代"才可能得以构拟。

列米佐夫本人在给《俄罗斯新闻》编辑部的信（1909年9月）中为"新神话主义者"们提出独具一格的纲领，这一纲领与年轻一代的象征主义者对聚合

351

性原理的探索相似。同时，他突出了两种对待神话诗学"源文本"的可能的方法。在一种情况下，当材料"本身"对于列米佐夫具有意义时，他将童话的各种变体加以对照，试图得出其"不变体""最终使童话具有其尽可能理想的形式"（根据这些原则创作了组成《劳烦与打趣》文集〈1914〉的童话）。在这里，作家担任"编辑兼缮写员"的角色，真正把作者的因素压缩到最低限度（正如我们在下文会看到在其他体裁中也拟订出的原则）。

在另一种情况下，列米佐夫则以"诗人兼修复者"的面目出现。这时他认为自己的任务是恢复"民间神话，这些神话的碎片是他在保存下来的仪轨、游戏、圣诞祝歌、迷信活动、讖语、谚语、谜语、咒语和伪经中发现的"。《循着太阳运行的方向》《走向大海》《西奈圣徒传》各系列中的故事基本上正是这样写出的。这里的风格化模拟具有综合性质，对作者凭直觉深入到已经湮没在几乎无法穿透的时间厚度里的神话内核，起到了特殊作用——"这时可能成为素材的仅是已失掉任何意义、但仍在民间流传着的某个普普通通的名字"，而且必须"最终从名字或风俗中包含的毫无意义的和神秘的内容出发深入到其恰恰需要描绘的灵魂和生命中去"[39]。

具有征兆性的是列米佐夫宣言的"反抒情主义"，它将"新神话主义"艺术家的"聚合性"原则与颓废主义艺术家的极度主观的创作活动相对照。这些原则接近民间创作传统，接近中世纪匿名的、有时对"文学所有权"漠不关心的创作。由此得出结论，必须标记出"神话考古学"的足迹——对文献资料的引用等等（列米佐夫公正地认为这是他的"复述"和"风格化模拟作品"的创新）："我把恢复我们的民间神话作为自己的任务，不是一代人，而是只有经过若干代人的集体的连续不断地创作才能完成这一任务。我放上我的、也许是绝无仅有的一块石头，为的是创造未来的皇皇巨著，这一巨著将建立整整一个民间神话王国。我认为我的天职是，不拘泥于传统，作出诠释并在其中说明我的工作进展情况。可能与我同样的人或者那些比我更有才能、更有天赋的人，在进行尝试并利用我的标记时，已经可以花费较小的力气，他们搬来的已不是一块，而是十块石头，摆放得比我那块石头更高，更接近成功。只有这样，用集体的、连续不断的创作，必定能构建出伟大的作品，就像过去建造出举世闻名的宏伟庙宇，绘制出举世闻名的伟大图画，就像过去写出不朽的《神曲》和

352

《浮士德》一样。通过标记出工作的方法和材料——这在美文学中通过注释已在某种程度上可能实现，而在画家中则通过敞开画室的大门和传授奥秘——就可以开辟一条通往富于成果而意义重大的工作的出路，而摆脱缺乏理智而痛苦孤独的创作状态。这种创作状态仅仅满足于不顾历史，随意发挥，独出心裁，索性凭空捏造，其结果则是徒劳无益。"[40]

一位研究者将列米佐夫的神话创作思想与维·伊万诺夫的聚合性艺术思想（特别是表现在1907年的文章《论快乐的技艺和聪明的快乐》中）相对照之后，写道："对集体创作，对克服艺术家们身处其中的令人难堪的隔绝状态，对未来创建某种奠基性典范神话的期望——这一切都与伊万诺夫关于新民间神话创作的思想一致。"[41]

但是，在同一年出版的《西奈圣徒传》一书的经历却表现出列米佐夫与"通神术"象征主义的代表人物（首先仍是那位维·伊万诺夫）之间的本质区别。《西奈圣徒传》中显示出诺斯替教派观点的"最初本源"，这些"最初本源"含蓄地形成了长篇小说《池塘》和《钟表》中对世界和人的一整套消极观点，伊·伊利因准确地称这些观点为"黑色梦幻"[42]。《西奈圣徒传》的伪经传奇中充满了诺斯替教的最新变体，波格米勒派的宗教思想——12世纪基督教内出现的异端，承认善与恶、魔鬼性与神性在对世界的支配中势均力敌。[43] 用以结束该书的传奇《关于上帝的受难》用自然主义的笔触详尽描写了魔鬼对基督尸体的嘲弄，似乎呈现了关于"未复活的基督"的作者新编神话的源情节。在维·伊万诺夫的"塔楼"里一次晚会上朗诵这一传奇时，引起本打算在自己的"荷赖"出版社出版此书的主人激烈的负面反应："这是亵渎神灵！我抗议！"[44]（试比较："这个故事是渎神行为，是下流货色，无论如何不能在我的出版社出版。"[45]）根据这件事的一位评论者的公正结论，"伊万诺夫在这件事上扮演了宗教检查机关的角色，而列米佐夫坚持自己的观点，并不退让，他的举动正如他一贯对待书刊检查机关那样：对文本作了'化妆式'的修改，却未改变其本质上的离经叛道"[46]。《循着太阳运行的方向》一书最接近于对新的、"神话诗学"的、"通神术"的一代象征主义的主流探索，而《西奈圣徒传》则包含着"恶魔式"象征主义的"残留"。[47] 两书在同一年问世是列米佐夫在不同时代的思想艺术主导思想方面常有的态度"双重性"的鲜明例证之一。

353

《西奈圣徒传》也反映了列米佐夫创作的一种本质特征，那就是对古代神话进行具有现实意义的重新编码。这本伪经故事集总的说来是列米佐夫改造俄国民间宗教信仰的初次尝试。起源于中世纪的各种观点的二元论（这些观点的基础既有多神教的双重信仰，也有波格米勒的诺斯替教派学说）标志着民族性格的多义性、复杂性和不完整性（对它的这种理解是与斯拉夫主义者和民粹主义者将人民理想化的概念的公开论战）[48]。然而在列米佐夫看来，同样是那些起源在很大程度上预先就注定了分裂的、"地下室式的"现代个人意识，终将"被上帝遗弃"。不仅如此，根据最新的研究成果，《西奈圣徒传》是作家对当时最重大的事件——第一次俄国革命——的反应。在自己的系列作品中"作家'研究了'革命的特点、推动力量及对人民命运影响的性质"[49]。

列米佐夫的第一次戏剧试笔《嘲弄某个男子的鬼戏》（1907）是神话现实化的突出例证。列米佐夫在这里以一个文化考古学家的身份出现，"他为自己建立在古俄罗斯资料基础上的戏剧采用了欧洲道德剧模式"，并根据支离破碎的材料和间接的资料"'改正了'历史上的不公正之处。由于这种不公正，中世纪俄国戏剧未能形成"[50]。剧本中融合了古俄罗斯文学的三种主要情节：生与死的争论，罪人痛苦死亡与义人寿终正寝的相互对照，修道士受到魔鬼引诱。列米佐夫的创作从古罗斯和民间创作资料严格划定的范围出发，但同时又努力预见到这些情节可能的形成过程及其在另外的文化历史条件下可能发生的变化。列米佐夫总结了"未形成的"古俄罗斯道德剧的体裁，与此同时努力强调其"广场"民间狂欢性质。这种性质把高雅的与低俗的内容、永恒性的与目前大众关心的内容、悲剧性的与滑稽可笑的内容结合起来。在整部"戏"的演出过程中，有意的时代错乱以及与当代的呼应 [51] 创造出立体效果、内容丰富的各个角度的多层次性。

《鬼戏》实际上是列米佐夫唯一具有大规模演出史的剧作。此剧曾在薇·科米萨尔热夫斯卡娅剧院上演（在排演时离去的梅耶荷德的导演构思实际上被接替他的费·费·科米萨尔热夫斯基全部保留）[52]。同时代人关于演出不为观众接受的回忆以及批评家对该剧的评价，都说明该剧不被接受的主要原因正是其思想和体裁上的多值性。有代表性的是，甚至参与该剧演出（作为该剧作曲者）的库兹明也指出："话剧类的东西《鬼戏》的构思有趣的试验不十分成

354

功，这是因为地狱居民过于现代化，使这出'戏'与'时评'和讽刺小品相近似。"[53]

勃洛克是对该剧的主题思想的构思和独树一帜的风格给予正面评价的为数不多的同时代人之一。他不满意列米佐夫以往出版的作品（包括《池塘》《循着太阳运行的方向》和《西奈圣徒传》），但认为《鬼戏》是作家在文学上具有远大前程的出色证明，因为剧中"情节发展如此严谨，作者甚至在他的黑暗环境中展开如此具有个人特色的轻松、活泼而又尖锐的对白。这一环境突然被蔚蓝色的光芒照亮：某个羞怯、痛苦不堪并且备受惊吓的灵魂深处，在透明的光线中，在宛如涅斯捷罗夫油画的开春前的洁净而又芳香的空气中显现出来"[54]。更确切地说，列米佐夫的戏剧给勃洛克留下的深刻印象是，其在"新剧"领域中的探索与他自己的探索是一致的（一年前他的《滑稽草台戏》在同一家科米萨尔热夫斯卡娅剧院由梅耶荷德搬上舞台，该剧院的特点是努力将舞台提供给倾心于革新的综合形式的作者）。

无论是在《鬼戏》中，抑或是在一年后写成的《加略王子犹大的悲剧》（1908）中，列米佐夫重新着手解决使现有剧目完全适合现代剧院需求的问题（1903—1904年他在梅耶荷德的"新剧社"工作时，曾试图通过大批翻译西方戏剧来解决这一问题）。他的"新剧"的形式——复杂的风格综合体（"从滑稽草台戏、礼轨表演和民间戏剧到广场宗教戏"，包括"抒情戏剧"成分[55]）——不仅可以改造古代的（当然是"前现实主义的"、程式化的、"聚合性的"）民族文化的各个层次，而且可以使其对于现代派戏剧在美学上具有现实意义。甚至这种民族文化与其说是保存在戏剧中，不如说是保存在编成剧本"之前"的和剧本"之外"的各种"戏"中。

在《勇者圣乔治的剧》（1910）中，"列米佐夫明显地不再追随知识分子戏剧的利益及其宗教探索、道德相对主义、文雅的抒情和唯美主义，而是回归于为民众创作戏剧的试验"[56]，在该剧中聚合性艺术的思想本身看来得到了最充分的体现。使这一点十分明显的是作者的"匿名"（没有情景说明），取消前两出戏剧（《鬼戏》和《犹大的悲剧》）中为引导戏剧情节而发表议论的滑稽"怪人"，删除"抒情线"，而最重要的则是合唱队的主导作用。根据列米佐夫的意图，《勇者圣乔治》应作为仪轨剧在莫斯科新救世主修道院上演[57]。

355

3

从1909年起，列米佐夫的散文中出现了新的风格属性。《池塘》和《钟表》的几个早期版本所特有的"抒情"叙述话语现在走向暗面，有时变为作品文字和言语结构的"文本外"层次，而故事体则上升到首位。无论在大型叙事形式（在长篇小说《池塘》和《钟表》某几章的"楔子"里借助故事体塑造叙述者的形象）中，还是在童话系列（《循着太阳运行的方向》中被看作某种"插入情节"的短篇故事《祖母》和《蛇》，与抒情的、有时是有节律的叙述的总情调形成对照）中，作家过去也曾把故事体用作一种修辞"色彩"。在1907年的短篇小说《小魔鬼》和《扎诺法》中，作者已经力求将故事体提到总的话语结构战略的首位。例如，在《小魔鬼》中，作为开场白因而为整个短篇小说定调的第一章，特别保持着故事体的手法：讲故事的人关于不能进入季维林家神秘的房子的议论，其依据是口头自发话语规则，辅之以相应的"简单"词汇、口语体的充满身势语的句法、富有表现力然而规范的文学语言中通常不用的词序：

"季维林家的房子在河边。破旧，灰暗，掉了墙皮。哪一条狗都认识。

房子门前有台阶，门很窄，灰色的，严严实实的，——连一个小洞儿，一个小缝儿都没有，——连一个插钥匙的窟窿眼儿都看不见。夜里敲不开门，再说，谁夜里敲门呀？——除非小偷。就算小偷吧，他也用不着敲门。小偷不走门也能进去，要不怎么是小偷呢。可真要有什么事，有要紧事要进去呢……嘿，那就多包涵吧——没有门铃。"

但是故事体得到充分运用的还是中篇小说《不知疲倦的手鼓》（1910）。小说的创作时期——1909年——正值纪念果戈理诞辰一百周年。这是象征主义者对果戈理遗著进行最为深刻的重新认识的时期。由于罗扎诺夫、梅列日科夫斯基、勃留索夫、安年斯基、别雷、勃洛克的文章的发表，果戈理由"自然派之父"变为具有某种博大精深的神秘知识的造物匠和先知、秘仪的祭司，不仅影响文学的命运，而且影响俄罗斯生活的整个潮流的灵魔性的人物。[58] 果戈理笔下的形象和情节正是在这个时期开始被象征主义者理解为"第二现实"，理解为

356

象征派新神话主义的实质性源文本之一。1909年全年间发表在《天平》上的别雷的中篇小说《银鸽》理所当然地成为这一"果戈理中心主义"给人印象最深的非凡现象。

正如对于《银鸽》的作者一样，对于列米佐夫来说，果戈理的叙述风格（包括各种类型的故事体和许多抒情叙述的手法——从《密尔格拉得》的浪漫主义表现力和《死魂灵》中作者插话的激情到《与友人书信选萃》的庄重教训口吻）在很大程度上都是那种"宏大风格"的体现。这种风格就像古代伪经和民间童话的话语，应该不仅促进克服阴郁的自然主义的苍白无力缺乏风格的现象（"彻底铲除！"——按照后来列米佐夫的观点），而且促进克服颓废派的风格欠雅，克服那种"缺乏理智而痛苦孤独的创作状态"。"这种创作状态仅仅满足于不顾历史，随意发挥，独出心裁，索性凭空捏造，其结果则是徒劳无益。"（用上文引用过的信件——新神话主义宣言——中的话来说）风格对于新一代新神话主义散文的创作者来说，与同一"源文本"的情节和形象不可分割（在新神话主义长篇小说的创始人梅列日科夫斯基那里风格方面与思想形象方面是分离的）。对于《不知疲倦的手鼓》来说，居于中心位置的是果戈理，但他不是唯一的神话诗学方位标。根据一位当代研究者的观察，这篇小说的主要人物——刑事司驻省城办公室官员伊万·谢苗诺维奇·斯特拉季拉托夫——有许多细节与一系列以往的人物有关。除了果戈理笔下的人物（巴什马奇金和《伊万·伊万诺维奇和伊万·尼基福罗维奇吵架的故事》里的两位主人公），在他的形象中还能令人感觉到陀思妥耶夫斯基笔下的主人公（马卡尔·杰武什金和卡拉玛佐夫老头）、谢德林笔下的尤都什卡·戈罗夫廖夫、契诃夫笔下的别里科夫以及索洛古勃笔下的佩列多诺夫的特点。[59] 使这篇小说与俄国现实主义经典的很多形象、情节和风格上息息相关的似曾相识之处，让同时代读者和后来的研究者都产生一种想法：《不知疲倦的手鼓》是直接继承关于俄罗斯官员的经典中篇小说传统的作品（从关于一个"穷人"的情节演变为关于一个"套中人"的情节）。在很大程度上能概括这种观点的评价是把《不知疲倦的手鼓》的体裁风格结构看作是按"面向社会的故事体"的方式写成，从而可以归入现实主义传统的作品这样一种评价。[60]

357 但是，从我们的观点看，列米佐夫中篇小说的"社会学性质"在本质上是虚幻的，具有派生、反射的性质。与以往文学的大量情节和形象上的呼应给人的印象是某种镜子的组合。中篇小说主要人物在这些镜子中形成的多重映像服务于创造立体效果，其目的是用斯特拉季拉托夫和他的文学上的孪生兄弟虚构的相似和本质上的区别来引逗读者。关于不幸官员的中篇小说里的主要冲突——他丢失外套，失掉心爱的女人，丧失生存的意义——在列米佐夫笔下变为另一种原型模式的更为独特的事件：年轻的妻子背弃年老的丈夫。问题是，斯特拉季拉托夫的令人痛苦的情感的悲喜剧故事建立在"穷人"们和"套中人"们的进化中完全不曾有过的情节转折的基础上。斯特拉季拉托夫以一个与众不同的"生活建构者"身份出现在我们面前。他能够无意识地以自己的命运诠释普希金的"可爱而又可恨"的《加百列颂》中的冲突。这样一来，中篇小说的冲突就从社会层面（"小人物"的逆来顺受，"套中人"的与世隔绝等等）转向另外的层面。在中篇小说中，这一冲突直接具体化为两个文本——祈祷文"童贞诞神女，万福……"（众所周知，这是信奉东正教的人最喜爱的祈祷文之一）和普希金的亵渎神灵的长诗——在主人公意识中的对立。中篇小说最重要的潜台词（如果说不是仅仅从辞藻华丽的角度来中篇小说——而这种理解由于形式主义者的发端而成为诠释中篇小说的另一个极端的话）是一位当代美国研究者称为"萨满教"的东西，即具有新观念的艺术家"超越日常生活的界限"并接触其他世界的能力 [61]。"萨满教的潜台词"被发挥为《不知疲倦的手鼓》的另外一种情节。这种情节间接涉及了1910年前后与象征派危机有关的许多现实问题：关于生活与创作之间的界线、关于艺术的"意识形态功能"、关于"建构生活"的作用。因此列米佐夫一贯地将自己的主人公与自己等同 [62] 得以实现（在很大程度上是由于新神话主义的形象障碍和故事体的中介作用体系、风格形象体系，这种形象使列米佐夫能将直接抒情因素加以"升华"），在这里不是通过"自传体方法"和艺术方法的切合自身存在的真实的结合（像早期的长篇小说中那样），而是采用更加刁钻古怪的方法。虽然如此，这种与自己等同还是存在，因此该研究者的初看上去乖张怪僻的结论在很大程度上是公正的："斯特拉季拉托夫是一个不知疲倦、行为放荡而头脑狂热的叙事人、神话创作者、巫师和收藏者——他将自己的创世主所有最喜爱的面具都集中在自己身上……" [63] 所以，列米佐夫通过斯特拉季拉托夫——《加百列颂》的赏识

358

者和淫秽作品的收藏者——的形象提出了对于作者来说很重要的艺术中的底线问题。《不知疲倦的手鼓》就是列米佐夫在1900年代末对俄国批评界出现的关于艺术中的海淫作品的争论（争论首先与安德列耶夫、阿尔志巴绥夫、阿·卡缅斯基的某些作品的问世有关）中的反驳。但这一书面反驳——十分独特的反驳——将问题从被批评界夸大的社会和道德方面引向神话诗学方面。描写斯特拉季拉托夫的中篇小说实际上与一个"秘密的"文化层面有关。1908年列米佐夫曾将这一层面的一个范例加以"改造"——当时是为了狭小圈子里的朋友出版了"修道士中篇小说"《什么是烟草》，印数则只有编有号码的25份。值得注意的是，这本淫秽的、亵渎神灵的风格化模拟作品与组成《西奈圣徒传》文集的传奇有着同样的出处。[64] 对列米佐夫来说，这里重要的是修复起源于古代男性生殖器崇拜的"边缘"文化的又一个层面。根据他的看法，这种崇拜的余音迄今仍回响在下层民间创作传统（即晚些时候被巴赫金称为"民间笑文化"的那一传统中）[65]。

列米佐夫期望《不知疲倦的手鼓》能发表在1909年问世的《阿波罗》上。他在回忆录中详尽地描写了他在这家杂志编辑部朗读这篇小说的情景，而且着重讲述了勃洛克的反应（他是听众中唯一能对这一作品深蕴的潜台词作出评价的人）。[66] 值得注意的是，尽管《阿波罗》宣称其具有广阔的美学文化平台，却不肯发表列米佐夫的这篇小说。1909年同年刊载并成为新杂志纲领性宣言之一的库兹明的文章《论优美的明晰性》，在讨论关于风格模拟的原则问题——一个对于"阿波罗派"美学十分重要的问题——时提到了列米佐夫的名字。但是，批评家在作为风格模拟的典范历数巴尔扎克、福拜楼和亨利·德·雷尼耶的某些作品，屠格涅夫的《爱的凯歌》，列斯科夫的传奇故事，勃留索夫的《燃烧的天使》之后，却不承认《西奈圣徒传》是真正的风格模拟作品。库兹明在这里没有发现符合他的要求的这种叙述形式的主要特征，依据是，"可以认为后者是艺术赝品、美学游戏、力量的展现，如果当代作者们违心地不把自己对古老传说的全部爱心和自己的个性注入这种他们并非偶然地承认是对自己的构思最合适的形式中的话；这一点在《燃烧的天使》中尤为明显，在那里地地道道的勃留索夫式的主人公冲突、勃留索夫式的（毋庸置疑，也是俄国式的）语言，如此惊人地与17世纪德国自传体小说的准确而纯正的形式相结

359

合"[67]。

令库兹明厌恶的是风格模拟的各种"过饱和"的形式,这些形式与他自己的再现另一时代风格的原则完全相反。这就决定了《西奈圣徒传》文集(其风格体系是书面教会斯拉夫语的、民间创作的、故事体的以及富有表现力而抒情的几种因素的大胆混合)与《燃烧的天使》形成对照。后者不差分毫地保持着统一的、枯燥无味而无个性特征的风格。批评家反对如此鲜明地表现在列米佐夫风格模拟作品中的各个时代、各种叙述方式、各种话语的明显而直接的碰撞。考虑到民族语言的"最后的纯洁性、逻辑性和灵魂",他认为类似的"多种风格"和"多声部"是做作的(和欠雅的)。列米佐夫本人后来回忆往事,对《论优美的明晰性》一文的反应意味深长:"我读起来毛骨悚然……格罗特和雷尼耶式的优美的明晰性。"[68]

"野蔷薇"成为作家的避难所。这是一家出版企业,它被象征派的《天平》和后象征主义的《阿波罗》的批评家们视为在风格上形形色色、五花八门的人才的折中主义大杂烩。1910年"野蔷薇"的一期丛刊上发表了中篇小说《教妹》。该书显然成为列米佐夫最著名的作品,引起了各种评论的轩然大波。批评界的关注绝非偶然——列米佐夫在这里找到了某种黄金分割,使叙述的社会现实方面与生活"现实"方面、使"形而上学"和"社会学"得以平衡。读者明显体会到的感同身受的、"自传性质"的内容[69],在这里被置于使这篇小说载入俄国文学"彼得堡文本"的博大的新神话主义结构中(例如,主要人物——失去职位的银行职员马拉库林可与《青铜骑士》中的叶夫根尼、果戈理笔下的巴什马奇金以及陀思妥耶夫斯基作品中的一系列主人公:梅什金公爵、拉斯柯尔尼科夫、"地下室人"相对照)[70]。与此同时,在列米佐夫看来,生活在世纪之交(和两种文化的断裂处)的同时代人——俄国人——的种种命运与俄罗斯历史最深层面有着牢固的联系。女主人公——"教妹"们的形象成为将"彼得堡主人公"与起源于民间神话、古代壮士歌、伪经故事和圣徒传(其中主要是古俄罗斯的《圣母历难记》中)的那些普遍现象的世界联系起来的环节。[71] 因此,同时代批评界认为《教妹》的各个形象乃是将中篇小说"社会志"和历史哲学的两维结合起来的容量极大的神话题材成分(给人印象最深刻的一个形象与主人公的住所有关:"布尔科夫大院就是整个俄罗斯!"),而马

360

拉库林和其他人物的离奇古怪的、像舍斯托夫的《无根据颂》中的格言式的议论则是列米佐夫世界观实质的表现（其中使用最频繁的无疑当数箴言"他人是木头"）。

《教妹》的叙述结构体现了列米佐夫风格探索的新阶段。与《不知疲倦的手鼓》的言语结构不同，新的中篇小说里传统的果戈理故事体（就其本质说是"他人的"、外在化了的语言）在最富有戏剧性的时刻变为"作者插叙"的语言，将话语的交际清晰性复杂化（最重要的是从传统"讲故事人"向"作者"冥思的转化并未贴上常见理由的标签）。马拉库林成为集所有叙述类型、所有声音于一身的独具一格的中心人物。在他"睡醒"后，在许多方面与《白痴》中的梅什金公爵相似：虽然仍然处于"生活圆周的切线上"，但"他能够透过其他人血肉之躯'洞察'他们灵魂深处的'我'"[72]，这里谈的自然不是陀思妥耶夫斯基在大部头的复调长篇小说中详尽描述的十分复杂的意识模式，而是其简化的典型（试比较关于陀思妥耶夫斯基的各位主人公在列米佐夫的创作中被"简化"的总的意图）。[73] 这种典型在列米佐夫情节多变的中篇小说里变为通灵术士、中介人、"教妹"们（阿库莫芙娜、薇罗奇卡·威霍列娃、薇拉·利胡京娜、叶夫根尼娅·马拉库林娜等人）不幸命运的同情者。马拉库林（倾听"教妹"们的不幸遭遇，将其纳入自己关于生命的意义的冥思苦想的链条之中）不仅是主要人物，而且是担当叙述者的中介人之一。这一点在这里被作者用一个原则特点加以强调，即抹掉了"作者—叙述人"的言语、故事（定位为口头"说话"的讲故事人的言语）、马拉库林的非本人直接引语、"教妹"们的"叙述"几者之间的界限。《教妹》中极其清晰地反映出列米佐夫对经典故事体的重大改革，由于这一改革，"作者"、叙述者、主人公的价值观之间的社会文化等级被打破了。传统故事体的变化也仅是列米佐夫革新的最显明的，但又是很独特的情况。根据一位研究者正确的观察，"列米佐夫把自己看作整体的人民意志的体现者，看作在自己作品中对统一的俄国文化的各个断面加以综合的作家。这一文化的各个断面作为一个统一的整体从民间创作发展到现代的作者个人文学"[74]。

《教妹》的形象上和思想上的多值性，招致大量彼此矛盾的评论，但与此同时，它使批评家们把中篇小说看作列米佐夫创作中的重要作品，看作他的

361

世界观的精髓，也不无道理。我们仅从众多评价中举出几个最具有代表性的评价。例如，将列米佐夫贬为"世界级作呕"的歌手的科·丘科夫斯基，以他惯常的离奇夸张的手法首先阐述了中篇小说凄凉悲观的方面，认为这些方面最充分地表现出列米佐夫式的"糊里糊涂、备受欺凌、屡遭唾骂的人物的原汁原味的抒情，原汁原味的痛哭号啕"[75]。根据他的看法，列米佐夫笔下文字的泛悲剧因素是出于自我满足，并无一定目的，归根结底远离真正的人文主义："愚蠢，加上恶毒，加上卑鄙——列米佐夫能容忍人的一切，只有一件事他对人不能容忍：幸福！……幸福的人毫无疑问不可避免地总是最令人厌恶的昆虫——'虱子'……马拉库林刚刚吞下命运给他安排的苦果，他——据作者记载——就破天荒地'开始看得见，又听得清，还感觉得到'[76]。"丘科夫斯基认为，此类作品的最终目的是用现代精神分析术语可以被称作"抑压"或"升华"的东西，是"鼓吹自己这种感觉""将自己的创伤和疮痂奉为金科玉律和思想体系"，以期"多少能从中得到解脱"[77]。

有"新民粹派"倾向的批评家伊万诺夫—拉祖姆尼克（他与列米佐夫在1910年代的接近，可以从在《约言》杂志的合作以及诸如参与创建"西林鸟"出版社之类的许多其他文学社会活动中看出[78]）则相反，他认为列米佐夫的中篇小说是对革命后时期俄罗斯生活最深刻的诠释之一。批评家借用中篇小说文本里的一个形象，认定列米佐夫的立场处于"《神圣的罗斯》和猿猴之间"。伊万诺夫—拉祖姆尼克认为，作家的思想艺术世界的复杂性在于，"在看见的、感觉到的和塑造出的生活中，万物都混淆着、颠倒着、纠缠着：受苦受难的义人从涅斯捷罗夫的《神圣的罗斯》画面上走下来，混入猿猴群中，沉湎于充满禽兽般的残忍和形形色色的淫荡的盛宴中；只有一双目光游移、'惘然若失'的眼睛流露出他们内心的恐惧和痛苦。世间万物都混为一谈了：善与恶、真与假、义人与猿猴"[79]。

在与丘科夫斯基辩论时，伊万诺夫—拉祖姆尼克认为，马拉库林坚决不接受"不死的虱子们"——麻木不仁而又沾沾自喜的庸人们——的"没有罪恶和无忧无虑的生活"，而是宁肯继续过"最恐怖，最像'被钉在十字架上'的生活"。他的生活态度就是实现最高纲领派的道德选择，但绝不是不能为自身幸福和成功而斗争的畏畏缩缩而又昏头昏脑的离经叛道者的消极放弃。[80] 批评家也

362

不同意中篇小说另一些解释者的观点。他们在作者那里除了《教妹》中描写的荒谬而黑暗的世界，没有发现任何别的东西。"单单是'理解'并不能对生活作出评判。列米佐夫不能理解生活，但他能接受生活。列米佐夫创作的第二个方面就在于此：在这部作品中，对生活的恐惧与对这种生活的各种表现形式所持的温情的、热爱的态度融为一体。"[81] "第二个方面"与批评家的新民粹派的倾向一致，直接表现在《神圣的罗斯》的世界中，表现在古代壮士歌和传说、民间童话和传奇故事里。

谢·阿德里阿诺夫也写道，列米佐夫的情节和形象有着实实在在地涉及整个人类的根据，因为"其中包含着太多的无可置疑的痛苦和向世界、向上帝以及向人的心灵提出的深刻问题，太多的备受生活的不可理喻的残酷性折磨和惊吓，然而仍未像奴隶那样逆来顺受而且麻木不仁的心田的真诚的、并非出于臆造的追求。这与科·伊·丘科夫斯基的看法大相径庭"[82]。在批评家看来，《教妹》是作家嬗变中的全新阶段：在其以往的作品中，"幼稚、天真、娇嫩"的心灵曾经无助地彷徨于为摆脱"从每个角落发出威胁"的残酷而凶猛的制度而作的探索中，曾经彷徨而最终与世界上根深蒂固的恶作了宿命论的和解。唯有《教妹》的主人公马拉库林"将自己与生活的争论进行到底"[83]，他证明了个人对抗全世界谎言的可能性，即使是以自身生命为代价。而中篇小说的作者有勇气"在自己心里理解并接受生活的百般恐怖，不向其屈服，不作凶恶而又沮丧的奴隶，不甘示弱，而是在自己身上找到足够的精神力量，以期在悲痛和战栗的同时，还能体验爱之兴奋和兴奋之爱的狂喜。但是，须知这恰恰是一种悲剧性的统一，而如果说列米佐夫不用英雄主义的形式，而用故作癫狂的形式来表现它，那是因为他个人的特色正是如此"[84]。

通过上下文中对马拉库林的形象的诠释，阿德里阿诺夫所阐发的观点"悲剧性综合"（但是，通向"悲剧性综合"道路的环节之一是主人公的母亲，一个在自己身上体现东正教的宽恕一切的形象），大概最有助于我们非常清楚地看到列米佐夫与列夫·舍斯托夫的存在主义"悲剧哲学"的种种联系。[85] 人的生存终结的悲剧在列米佐夫的作品中因坚信人的本性的双重性而得以深化（这种双重性的根源很可能是中世纪观念，也可能是从果戈理和陀思妥耶夫斯基的艺术人类学中汲取的）。

列米佐夫关于民族性格的必然结局和人的天性的复杂性的概念最充分地反 363
映在中篇小说《第五场瘟疫》（1912）中。小说的主人公是外省侦查员博布罗
夫。他对自己在俄罗斯大地上恢复法纪的尝试已经绝望因而不再"当俄国人"。
他写了一篇奇文——对全体俄国人民的"起诉书"。但是他对骇人听闻的罪行
提出起诉，开列出洋洋洒洒的状子（所依据的材料既有古代编年史，又有日前
报纸上的刑事犯罪简讯）用于对全国人民作出判决的证据不足。博布罗夫本身
的轻微罪过（对无辜者提出错误起诉）在与全国的争讼中反而加重了。他虽有
绝对的忠诚，却在国内成了多余的人，"失去意义的人"。他的唯一一次诉讼错
误成为一种形而上学的推动力，随之而来的便是颓丧和死亡。这场明显的荒谬
与健全的理性之间的搏斗的高潮是博布罗夫与敌手——人民生活中非理性素质
的体现者沙帕耶夫老人——在精神上的决斗，一场博布罗夫——"法学家"和
"德国人"——在其中遭受彻底失败的决斗。

小说的书名来自14世纪伪经《帕塔拉的梅笃丢斯纪事》——中世纪的世界
末日梦幻之一。根据古罗斯文献记载，"第五场瘟疫"是上天降给人类的最可怕
的瘟疫，这就是让人们之间不相往来。这种隔绝就在反基督出现之前开始。[86]
末日审判的主题对于《第五场瘟疫》的另一个重要的中世纪"源文本"——《圣
母历难记》——也是中心主题。借助于对后者的直接援引和许多引喻，使关于俄
国外省小城斯图杰涅茨的荒诞离奇的叙述（列米佐夫在这里毫不掩饰地继承了果
戈理—谢德林的讽刺传统[87]）充满了与古罗斯对地狱居民的记述的呼应[88]。

对当时的批评界来说，将列米佐夫的中篇小说与布宁的《乡村》和高尔基
的"奥库罗夫三部曲"相提并论是很自然的，虽然列米佐夫研究民族性格的态
度独具特色，只有从其纵深处的历史哲学潜台词出发才能彻底理解[89]。在《第
五场瘟疫》中列米佐夫继续发挥作者态度的多义性、非单质性的同样原则，而
批评家们（以及后来的列米佐夫创作的研究者们）通常把作者的态度仅仅与两种
"真理"，要么与"沙帕耶夫的真理"，要么与"博布罗夫的真理"直接比较。[90]
可能这篇小说结尾部分是两种对立的真理互相碰撞的关键情节，那时濒临死亡
的"主人公受到谴责，陷入'苦难'。但是对列米佐夫来说，这里包含着博布 364
罗夫的极其崇高的宽恕精神，包含着他与人民的共同性格的融合，虽然只是发
生在死亡的瞬间"[91]。对于最有远见卓识的同时代人来说，列米佐夫的这部作品

实际上是登峰造极的作品之一。（例如，别雷认为这部作品是一个"里程碑"，是一桩"我们的文学十年可以为之自豪"的"大事"。他把这篇小说与曾使他同样大为震惊的勃洛克的组诗《在库利科沃原野上》相提并论。[92]）

根据后来的研究者们的见解（在很大程度上与上文援引的与作家同时代的批评家们某些说法相似），《教妹》和《第五场瘟疫》标志着作家创作的自我意识的新阶段。在这个阶段，早期的关于"未复活的基督"的作者新编神话被代之以所谓民间东正教教义——列米佐夫在古代文学文献（既有官方教会承认的，又有被其否定的）和民间创作（童话、勇士歌、传说）的基础上加以改造的宗教伦理体系。[93] 民间东正教的精髓在于其主人公们的道德观点——《教妹》中的阿库莫芙娜的道德观点（"不能认为任何人有过错"）和《第五场瘟疫》中的沙帕耶夫的道德观点（他有更激进的论点："哪里有人，哪里就有罪孽！……而被罪孽迷惑的人并不是罪犯，而是不幸的人……如果说有谁应受惩罚，那么并不是犯罪的人，而是那个给这个罪犯定罪的人，惩罚罪犯的人。"），这一切为1900年代到1910年代列米佐夫创作出某种程度上反映他对民间东正教的理解的作品（修士传短篇小说系列《小玻璃珠》《并非傍晚的光》《七天的婴儿》[94]）的紧张工作所证实，被他利用显灵者尼古拉[95]的名字（众所周知，他是平民百姓心目中三位一体中的一个"位格"）联系起来编写几个系列和书籍等行动所证实。

但是，作家直接动用应该反映民众世界观本身的民间创作，并不能充分证明前述伊万诺夫—拉祖姆尼克关于列米佐夫在《神圣的罗斯》的世界里，在民间传奇、勇士歌和童话里发现的道德理想的论点。1914年列米佐夫改写的最完整的童话集《劳烦与打趣》出版。与《循着太阳运行的方向》不同，列米佐夫在这里作为"编辑兼加工者"有时最低限度地改变原著文本。在童话集的53篇童话中展现了关于妇女性格（《俄罗斯妇女》篇）、关于尽人皆知的《圣经》人物（《所罗门王和格罗斯卡特王》篇）、关于机灵的小偷和残忍的强盗（《小偷》系列）、关于魔鬼（《主人》系列）、关于民间道德与基督教道德的相互关系（《世俗寓言》系列和《玩笑》的一部分）的民间观念的全景图。如果说在诸如《上帝的钟声》《金长袍》《他人的罪过》《企盼的客人》《复活节灯火》这些"世俗寓言"里确实肯定禁欲、认命、受苦的理想，那么在与宗教寓言情节没有直接关系

365

的童话中对民间道德的表现就不是如此单义的了。

在这方面，童话《荡妇》尤其有趣。其情节建立在Н. Ф. 苏什科娃关于叶卡捷琳娜二世时代的回忆录中的真人实事基础上，在许多文学的、半文学的（通俗的）和民间创作的版本中有着丰富的重新认识的传统。列米佐夫利用的正是情节的民间创作版本（伯朝拉地区的童话《商人的女儿和扫院子人》）。曾经研究过这一版本的形成过程的瓦·西波夫斯基指出，与19世纪初的几种印刷版本特有的情节剧式的情感故事（不幸的苦命女人失去了心爱的人，被迫与人同居，又为雪耻而复仇）相比，在伯朝拉地区的童话中"多愁善感"的因素大大弱化了："震撼人心的生活悲剧变成某种'滑稽故事'———一个既会享受生活乐趣，又会向敌人复仇，还会消灭罪证的狡诈的青年女子的故事。"[96] 列米佐夫正是利用这种"非戏剧性"，正是利用了民间创作版本"缺乏道德和心理内容"这一点。不仅情节本身，还有对它的解释都变得对作家十分重要（在列米佐夫的"抄本"中，民间创作童话用微不足道的，然而富有表现力的细节"加强"了）。因此，根据一位当代学者的公正看法，列米佐夫的版本"具有对民族性格进行隐蔽研究的特点。作家在这里把民族性格的不可预言性、不可解释性与俄国生活的不可预言性、俄国生活中具有的很可能是神秘的力量作了鲜明的对比"[97]。

4

列米佐夫在《第五场瘟疫》中表现的对民族生活灾难令人不安的预感，在第一次世界大战期间开始变为现实。战争除带来物资匮乏，还造成了道德缺失和人心失调。描写这些情况的是收入1914—1916作品的《在斗室中》（1917）一书。开始出现人际关系瓦解和诚挚贬值的原因是战争，是"那种由人干的、却丧失人性的可怕的事，对这种事无论是人还是禽兽都无法适应"[98]。作家当时已预见到即将到来的社会政治灾难，因为道德秩序的灾难已在俄罗斯降临。一篇短篇小说里的主人公明显意识到未来的悲剧不可避免："他看到俄罗斯——熊熊大火，百姓奔跑，人们拖着硕大的黑色钩杆，像是拿着最后剩下的东西，不是去救那无法扑救的大火，那大火是扑不灭的——那是上帝的意志——百姓是跑去惩罚那些人，惩罚那个人，那个生着蓬乱的棕色头发、从十分遥远的乡村经

366

过长途跋涉急急忙忙赶来的庄稼汉，他们有话要对那个人说，不是呵斥，只是要说。"[99]

1914—1918年列米佐夫写了中篇小说《水沟》。此书虽然到他侨居国外时期才发表[100]，却在作家这些年来的创作中占据特殊位置（这篇小说描写的事件结束于二月革命的最初几天）。在"最后一次写长篇小说（作家本人这样说明这部著作的体裁）的尝试中"，他最大限度地浓缩了以前所写的关于当代俄罗斯的长篇小说和中篇小说的全部主要题材和情节。例如，主要人物布特林对俄国历史阴暗面的想法与侦查员博布罗夫相似；另一个人物——失去工作和家庭的巴兰采夫——在马拉库林之后继续着列米佐夫的"小人物"线索。《水沟》中的女性人物形象与"教妹"们（同名中篇小说中的几位女性）相互呼应。作者对这两部作品之间的联系的直接说明，是绝望的马拉库林的各种议论的有名的中心思想"他人是木头"在这里的发展。在《水沟》里这一思想有了两种截然相反的说法："他人是下流痞"和"他人是精神安慰者"。列米佐夫的读者已经熟悉的与陀思妥耶夫斯基作品的呼应仍然是新的中篇小说的特点。[101] 但是，根据一位当代研究者的公正见解，《水沟》的主人公们不仅失去了陀思妥耶夫斯基的主人公们的深度，只是"一些从19世纪开始使俄国知识分子不安的'该死的问题'的抽象体现"[102]，而且失去了作家本人以往作品中人物的悲剧性可信度。他们与马拉库林和博布罗夫一样，企图探索自身生存的意义并思考降临俄罗斯的灾难的种种原因，但是对这些探索和思考的描写在这里很大程度上失去了通常的作者"同时在场"。有代表性的是，在《水沟》中列米佐夫离开了主人公们的各种声音和作者声音复杂奇巧的交响乐式的融合，回到了较为传统的叙述结构。这篇小说是"他最具现实主义的并带有公然的道德说教色彩的作品，作品中清晰地回响着编年史编著者和先知盛气凌人的声音"[103]。看来，不能将这部作品毫无保留地列入列米佐夫"富于抒情的""吟唱般的"天赋的主线。

367　　革命前的几年中，作家与新的文学浪潮——早期未来派作家的接近很有意义。大家都知道他与赫列布尼科夫和瓦·卡缅斯基的交往，与叶连娜·古罗出版合作书籍的打算，与克鲁乔内赫的通信。[104] 列米佐夫对语言持有与众不同的态度，对"未来派诗人"来说他必然是关系最密切的先辈作家之一。与此同时，有意义的事情还有这位大师对文学界新思潮深表欢迎，深感兴趣，并十分理解。我们认为，正是这一欢迎态度在很大程度上为1910年代末到1920年初期列米佐夫的散文革新行动做好了准备。

5

阿·米·格拉乔娃不久前公布的列米佐夫1917—1921年的日记证明，他对二月革命引起的普遍欣快并不感同身受 105。人们通常把作家认为十月革命是千年俄罗斯国家体制和文化被悲剧性地摧毁与他著名的《俄罗斯大地毁灭记》联系起来，此书被看作对布尔什维克革命的最初的和誓不两立的反应之一（尽管根据作家的说法，《毁灭记》是1917年夏季参加克里姆林宫圣母安息大教堂的祈祷后开始构思的，但此书在十月革命后问世使其内容具有了相关的符号意义）。

对列米佐夫这个时期的政治态度需要作某种更确切的说明。情况是，列米佐夫在侨居国外时期显然因为希望回到俄罗斯——他的女儿娜塔莎还留在基辅他妻子的亲戚家里，所以他没有对苏维埃政权作过猛烈的攻击。但不久前公布的他在革命年代的日记，还有已经查明他在1917—1918年曾与亲社会革命党出版物（《人民意志》《普通报》等）合作，他在这些出版物上发表过尖锐而愤怒的各篇《记》和反布尔什维克的讽刺性童话故事 106，这些事实说明列米佐夫十分坚决地拒绝新制度。作者在《斯基泰人》续集（1917年12月出版，封面印有"1918"字样）上第二次发表了《俄罗斯大地毁灭记》107，同时发表了"斯基泰派"思想家伊万诺夫-拉祖姆尼克含有对列米佐夫猛烈抨击的文章。"斯基泰派"出版物发表与其政治倾向对立的作品，并与之同时发表有失体统的斥骂文章，这段神秘的历史几乎被看作伊万诺夫-拉祖姆尼克与作家划清界限的仪式性行动，而"过去他曾长期认为作家是他本人的思想纲领的体现者"108。

与此同时，大师继续参加彼得格勒社会文学活动，继续写作、出书。列米佐夫在教育人民委员部戏剧处和彼得堡戏剧局供职。在革命后最初几年中，他成为青年作者的文学师长之一，其影响在列·列昂诺夫、费定、维·希什科夫、左琴科、皮利尼亚克等人的早期散文中都很明显。他与"谢拉皮翁兄弟"文学小组的关系也非常重要。

在彼得堡戏剧部门工作使列米佐夫再次着手研究戏剧。在他后来有关戏剧的理论表述中，个性因素的价值开始起着越来越大的作用。这招致他的戏剧从神秘剧和仪轨剧的形式（最充分地表现在《勇者圣乔治的剧》中）向希腊罗马或莎士比亚式的命运悲剧转变。在1919年的《工农剧目》一文中列米佐夫谈到"荐亡节"，将这一概念从新的角度解释为"怀着奔向永恒的心的盛大的全民性的戏剧，带有宗教与疯狂的性质"。这样一来，他所描述的综合性演出（其中包括交响乐、话剧、芭蕾舞）的中心事件正是命运悲剧："剧中人是皇帝们，即表面上获得了舒适的生活条件，不再受外部环境束缚的皇帝们。他们生活的和谐是阐明生活本身最深重的致命灾难的条件；人们之间为之争斗的财富都已获得，于是就暴露出了难以理喻的、无法形容的、一味争斗的、命中注定的劫数。"[109]

1918—1921年期间对于列米佐夫的戏剧观点（他根据自己的工作职责写了对扎米亚京、希什科夫、阿·恰佩金等人新剧作的内部评论）来说，"环球剧场"（以莎士比亚戏剧为定位的剧场）和"合唱队"成为主要概念。譬如，在针对恰佩金的剧本《狼跟着狼》的否定性评论中，这两个概念同时出现："作者走的是已被踩坏的路。一部没有对环球剧场的任何暗示，也听不到合唱队声音的最为三壁镜框式的剧本。"[110]

合唱队是将列米佐夫以往的戏剧创作艺术探索和新的戏剧观点联系起来的重要因素："有一些孤芳自赏的戏剧，而且为数极多，它们似乎用壕沟和要塞与观众隔离开来。而观众无论如何也不能发出声音，观众就是深牢大狱里的囚徒。但是有完全开放的戏剧，而且观众是自由的，他们应答的声音清晰可辨。

　　这就是合唱队造成的。

　　唯有合唱队才能拓展舞台，将其推向观众大厅，而且再进一步——推上广场。

　　唯有通过合唱队观众才能自由，其声音才会清晰可辨。

369　　合唱队，这是真正摧毁各式各样的壁垒并为大型戏剧拓宽范围的形式。"[111]

最能说明问题的是，成为列米佐夫剧作总结性的剧本是《马克西米利安皇帝》（1919）。在这里作家确实采取了民间神话诗学创作中通灵术士的那种匿名的做法。关于这一点他在1909年就写过文章。也像在他建立在民间创作素材基础上的许多童话里一样，列米佐夫在根据几种变体创作民间戏剧的"不变体"时，是以一个"加工者"的身份出现的。在关于《马克西米利安皇帝》的文章中他写道：

"俄国百姓创作了戏剧——《马克西米利安皇帝》，一出虚构的戏剧，也就是说是一出地地道道的、有着生活中不常有的，但在戏剧意义上真实的戏剧。

戏剧和梦幻一样，不能用尺寸丈量，也不能用钟点计算……让那些平常没有的事情出现在剧中吧。一切都离奇古怪，富有魔力，都被夸大，仿佛在梦中——

> 在如同中了魔法的梦中。
> 梦幻和戏剧是孪生兄弟……

俄国百姓有戏剧——绝无仅有的马克西米利安皇帝与卡尔德隆的骑士们、莎士比亚的掘墓人以及浮士德的合唱队一起登上舞台。

> 俄国百姓不是莎士比亚。
> 马克西米利安皇帝不是哈姆雷特。
> 俄国百姓是莎士比亚的门生。
> 马克西米利安皇帝是莎士比亚的一个小脚趾头。"[112]

列米佐夫在其民间戏剧的"不变体"中强调民间戏剧的美学现实性、前卫性，同时还强调其与千年传统的联系。这就是他对1920年前后戏剧探索的回答。

据作者回忆，该剧"在喀琅施塔得起义的日子里，在利戈夫卡的铁路俱乐部里，在手风琴伴奏下上演；场面令人难忘"[113]。有代表性的是，在"左派艺术"理论家（尤其是什克洛夫斯基[114]）的文章中，将列米佐夫的剧作与马雅可夫斯基的《滑稽神秘剧》进行了对比（根据"真正的人民性"的程度）。由于忠实于旧教信仰而被马克西米利安处死的"倔强的儿子阿道夫"（在百姓意识中起源于对彼得大帝与阿列克谢王子的关系的影射）在当时条件下也可能被理解为与《俄罗斯大地毁灭记》的主人公类似的形象。

　　1919年2月列米佐夫因左派社会革命党人案件遭到短期拘留（后由高尔基和卢那察尔斯基保释），1921年8月初侨居柏林（曾在日瓦尔短期逗留）；从1923年底定居巴黎，直至逝世。

　　侨居国外后出版的（但主要是在俄罗斯境内写成的）第一本有重大影响的书——就仿佛是转折性的作品——是《风起云涌的罗斯》。此书1927年才在巴黎出版，但其中大部分章节曾于1917—1920年期间在俄国期刊上单独发表。《风起云涌的罗斯》不仅是作家革命后的生活编年史，而且是他革命后的创作编年史，其中还包括这一时期与同时代俄罗斯各种题材有关的几种单行本（在这个独具特色的摘编中选入了《论燃烧的命运》〈1918〉、《燃烧的俄罗斯》和《城市的喧哗》〈1921〉、《阿赫鲁》〈1922〉等书的全文或部分文字）。

　　创作这一本质上严整，但结构上古怪的叙事的事实本身就证明了其基础是蒙太奇——正是在20世纪20年代被广泛而自觉地应用于艺术的各个门类（从文学到电影艺术）的前卫艺术重大原理之一。[115] 当然，《风起云涌的罗斯》结构最完整的版本是1927年的全印本，但蒙太奇作为一种叙述方式在发表于期刊——《民治》杂志（1917，第5、10、12、18—19期）和《史诗》杂志（1922，第1—3期）——上的编年史前几章的最初几个版本中已经出现了。

　　《风起云涌的罗斯》主人公兼叙述者无论和习以为常的回忆录作者的"我"，还是和与世隔绝的俄罗斯与欧洲的编年史编纂者均不可等量齐观。列米佐夫只是偶尔提及自己十分高强度的（尽管革命年代困难重重）写作活动（如果总数中包括二月革命第一天出版的《在斗室中》，那么在列米佐夫1917—1921年的著作目录中算来可以有在莫斯科、彼得堡、柏林，甚至赤塔出版的约20本书），无论与文学家们创作上的联系，还是自己在教育人民委员部和其他单位的工作，几乎只字不提。《风起云涌的罗斯》中的自传性主人公类似作家描写小人物的几个中篇小说的被侮辱与被损害的主人公，"他整个陷入革命时期艰难的日常生活中、与饥寒所作的斗争中，被谋取最起码的生活用品的琐事所

370

吞没"[116]。"编年"（作品的一个早期版本的体裁标志）中自传的"我"与列米佐夫以往故事的主人公们的密切关系，通过将他们直接引入现实的同时代人的圈子来加以强调，例如，直接引入了评论动荡时期种种事件的《教妹》中的主人公阿库莫芙娜。

用形形色色的素材——日记中的记载、梦境、各种抒情的"记"（其中最著名的是《俄罗斯大地毁灭记》和哲理长诗《论燃烧的命运：从以弗所的赫拉克利特的话说起》）、祭文、街头人群中和拥挤的车厢内的谈话记录、各种文件（从当局指令到监狱墙壁上的简短词句）[117]和其他许多东西——组成的拼贴画式作品，是由列米佐夫通过革新的叙述结构创作而成的。一位当代研究者谈到他叙述所依附的两条坐标轴。第一条轴是水平坐标轴，即根据那个前面已经提过的陷入日常生活的"自传的主人公兼叙述者"的形象编写的编年史："叙述手法也有助于吸引读者进入事件漩涡的中心：代替一致观点的是不稳定性，忽而热情高涨（列米佐夫式的'飙升'），忽而怒不可遏（经常采取怪诞的方式），两者交替转换；叙述中夹杂着许多说错的话……"[118]第二条轴——垂直坐标轴——与试图克服这种将人卷入忙忙碌碌的日常生活（同时还有不断变换方向的革命旋风）怪圈的力量，力求不做被春潮舞弄的"团团转的棍子"有关。作者怀着这一目的在编年史中加入历史文化记忆（首先表现在《彼得堡》一章——描绘彼得大帝和安娜·约翰诺芙娜时代的真人真事——和《燃烧的俄罗斯》一章——借助陀思妥耶夫斯基的名字及其笔下的形象）。同样的对日常生活中的忙忙碌碌、对精神和肉体上的不自由、对全民被欺骗愚弄和新当权者无处不在的无耻与谎言的抵制，出现在像"猿猴自由大议院"（虚构的上流社会的"材料"拼进《风起云涌的罗斯》这一整幅马赛克镶嵌画中）这种列米佐夫式建构生活的令人惊讶的非凡现象中[119]。在这里起着重要作用的仍然是梦境——这个对于列米佐夫及其主人公从"白昼空间"的熙熙攘攘前往不受欧几里得三维限制并且往往与创作自由王国等同的空间的始终非常重要的出口。在日常生活最困难的时期，这最后的出口也被关闭——梦都做不成，叙述者特别指出这一点。我们同意这位研究者公正的结论：梦是基本的结构部件之一。这些部件支撑着"垂直坐标轴，在这条垂直轴上从艺术的角度捍卫着在列米佐夫看来不受时代支配的人所固有的那些素质：记忆、意识和痛苦"[120]。此外应该指出，梦

371

同时也与"水平坐标轴"有关。

在这里必须提及，梦在列米佐夫编年史史诗中与梦在他以往作品中的运用相比较，有着全新的功能。梦境作为其主人公的平行的、潜意识的、对他们的命运几乎始终比"白昼"生活更具有重要意义的生活，在作家最初几部长篇小说中就已经是非常重要的情节构成因素了。从1908年（当时在《金羊毛》第5期上出现了总标题为《在夜幕笼罩下》的第一个梦幻系列）开始，梦就成为独树一帜的列米佐夫体裁，那是一种字数不多的小型散文作品，其主人公已经是作者本人兼叙述者；梦系列（《任性的命运》《四目对视》《桦皮小筐》等）周期性地出现在作家的几个文集中。通常都有简短的附言预先告诉这些系列的读者梦境的"真实性"。在《风起云涌的罗斯》里梦成为编年史的一部分，因此而具有"素材"的地位（将编年史中的梦境与这些年日记中的记载作个比较即可证实其"真实性"）。革命和军事共产主义时代的梦的主人公是列米佐夫的熟人和著名政治家，例如其中有克伦斯基、勃洛克、罗扎诺夫、普里什文、皇室成员，也就是"远远近近"的同时代人。梦中出现了贯通的情节，从梦境回到现实，又从现实进入梦境的"萦回"富有特色。譬如，编年史的开头经常提到列米佐夫的熟人费·伊·谢科尔金，在叙述中间部分确认了他的死亡并重现了列米佐夫写的祭文，然后谢科尔金出现在作者的梦中并称赞这篇祭文。成为梦的主旋律的是当时的现实（经常梦到吃饭、乘有轨电车、排队）及其引起的感觉（梦中主人公坠入深渊、摆脱破坏性的自然力、等待自己的死亡）。与早期的、和现实没有那么严格联系的梦不同，动荡时期的梦完全"有凭有据"，是"如实照录"。对梦中所见情景的转述有时竟接近于法国超现实主义者后来称为"自动写作"的那种技术。考虑到梦在列米佐夫的革新的"编年史"中的重要作用，可以说，梦在这里开始不仅具有情节构成意义，而且具有体裁和类型学上的意义，成为《风起云涌的罗斯》马赛克艺术结构的独特模式。[121]

《风起云涌的罗斯》是列米佐夫自传体史实性长篇巨著中的第一本书。这部巨著在其侨居作品中占据主要地位，作家在巨著中涉及到自己一生的全部历程——《用被修剪过的眼睛》（其中描写童年时代——1877—1897），《碎片》（流放和流浪年代——1897—1905），《彼得堡的雪坑》（革命前的文学生涯——1905—1917），《风起云涌的罗斯》（1917—1921），《音乐教师》（两次大战之间的侨居年代——1923—1939），《穿过悲痛之火》（德军占领巴黎时期——1940—1943）[122]。《音乐教师》（可能是上列作品中经过最精心的打磨的一部作品，全书出版已在作者去世后）的校勘者和注释者注意到卷帙浩繁的整个系列的难能可贵的统一性（正是在《风起云涌的罗斯》中已经提出该系列的主导思想）："列米佐夫的自传空间既包括通过一系列文献对过去的反思，又包括围绕生活中的'疙疙瘩瘩'给回忆录配出的音乐总谱，还包括白昼现实与梦境的融合。"[123]

373

他的革命后"编年"的诗学特点，对成为境外俄语文学最有趣的非凡现象之一的列米佐夫晚期散文的这个最重要的部分而言，在很大程度上是起决定性作用的特点。

注释：

1　列米佐夫，《万物之火》，莫斯科，1989，263页。

2　纳·列兹尼科娃，《阿·米·列米佐夫谈自己》，载《远方的岸：侨民作家肖像》，编者、前言作者和注释者瓦·科莱德，莫斯科，1994，87页。

3　纳·维·列兹尼科娃，《燃烧的记忆：回忆阿列克谢·列米佐夫》，伯克利，1980，68页。

4　参见：弗·亚·克尔德什，《20世纪初的俄国现实主义》，莫斯科，1975，267-268页。

5　在1910年代初期，列米佐夫关于"新现实主义"的论点——这个观点在沃洛申的文章《雷尼耶》（《阿波罗》，1910，第3期，第2部分，25页）中首次出现——得到广泛运用。首先是在叶·科尔托诺夫斯卡娅的几篇文章中，她把《教妹》称为"现代技巧的标准"。这位批评家认为列米佐夫作品最重要的特点是象征主义和现实主义的统一，是"抒情与日常生活罕见的、难能可贵的结合，这种结合是年轻的文学力求达到的"。（叶·亚·科尔托诺夫斯卡娅，《评论集》，圣彼得堡，1912，32-36页）

6　关于列米佐夫的"面具"体系，详见：安·西尼亚夫斯基，《阿列克谢·列米佐夫的文学面具》，载《阿列克谢·列米佐夫：理解一个变化多端的作家的多种方法》，哥伦布，1987（加利福尼亚大学洛杉矶分校，《斯拉夫研究》，第16卷），25-40页，以下引用该文集时均用简称《方法》）。

7　纳·维·列兹尼科娃，《阿·米·列米佐夫谈自己》，88页。

8　年轻的列米佐夫参加革命运动的经历并未纳入作家亲手打造的本人生活道路的写照中，所以此事在他的回忆录中始终模糊不清。而实际上他确实表现出是一名善于行动的秘密工作者、组织者和宣传者。（参见：阿·米·格拉乔娃，《革命者阿列克谢·列米佐夫，神话与现实》，载《人物》，莫斯科，圣彼得堡，1993年，第三期，419-447页）

9　纳·科德良斯卡娅，《阿列克谢·列米佐夫》，巴黎，1959，318页。

10　《与亚·米·列米佐夫的通信（1902—1912）》，前言作者和注释者亚·瓦·拉夫罗夫，刊行者谢·谢·格列奇什金、亚·瓦·拉夫罗夫和伊·彼·亚基尔，载《文学遗产》，莫斯科，1994，第98卷：《瓦列里·勃留索夫及其通信者》，第2册，141，142页。

11　尤·鲍·奥尔利茨基，《阿·列米佐夫作品中的诗歌与散文（论问题的提法）》，载《阿列克谢·列米佐夫：研究与资料》，圣彼得堡，1994，166页（以下引用该文集时均用简称《研究》）；亚历克斯·M.沙恩，《无韵的节奏：阿列克谢·列米佐夫的诗歌》，载《方法》，217-227页。

12　列米佐夫，《未出版的〈熊窝〉》，刊行者安东诺拉·达梅利亚，载《往事》，莫斯科，1991，第3期，227页。

13　列米佐夫，《池塘：长篇小说》，圣彼得堡，1908，322页。试比较1911年版本文本：《列米佐夫选集》，列宁格勒，1991，185页。

14　参见：《列米佐夫致帕·叶·晓戈列夫的信：第1集，沃洛格达（1902—1903）》，前言作者、文本校勘者和注释者阿·米·格拉乔娃，载《普希金之家手稿部1996年年鉴》，圣彼得堡，1999，121-177页。

15　个别译作生前曾出版：普日贝谢夫斯基，《雪：四幕话剧》，译者阿·列米佐夫和塞·列米佐娃，莫斯科，1903；阿克塞尔·施泰因布赫，《爱情》；拉希尔德，《卖太阳的人》；安德列·纪德，《菲洛克但德，或论三种美德》，译者列米佐夫，彼得堡，1908。大部分戏剧译作生前未发表。见：阿·米·格拉乔娃，《阿列克谢·列米佐夫不为人知的戏剧译作》，载《东欧》，1994，第13期（1），207-216页；梅特林克，《不速之客》，同上，217-232页；克里斯蒂安·迪特里希·格拉贝，《笑话，反讽及某种更深刻的东西》，译者列米佐夫，刊行者阿·米·格拉乔娃，同上，233-284页；胡戈·冯·霍夫曼斯塔尔，《探险家和女歌手》，译自德文，译者列米佐夫，刊行者阿·米·格拉乔娃，载《东欧》，1995，第14期（1），289-354页；梅特林克，《盲人》，译自法文，译者列米佐夫，前言作者和刊行者阿·米·格拉乔娃，载《研究》，196-213页。

16　《阿·米·列米佐夫和瓦·雅·勃留索夫致奥托·马德隆的信件》，刊行者彼得·阿尔贝里·延森、彼得·乌尔夫·默勒，哥本哈根，1976。（哥本哈根大学斯拉夫学院，资料汇编，第1卷，28，26页）

17　同上，22页。

18　《与阿·米·列米佐夫的通信（1902—1912）》，142页。

19　叶·扎·齐边科，《斯坦尼斯拉夫·普日贝谢夫斯基与俄国现代主义散文》，载《波兰研究：纪念维克托·亚历山德罗维奇·霍列夫六十华诞》，俄罗斯科学院斯拉夫学与巴

374

尔干学研究所编，莫斯科，1992，217—228页。

20　关于列米佐夫的早期散文另见：夏洛特·罗森塔尔，《列米佐夫早期短篇作品
（1900—1903）中的原始主义》，载《方法》，195—205页；哈利娜·瓦什凯莱维奇，《阿列
克谢·列米佐夫的游历：论基于短篇小说〈在囚禁中〉的空时》，载《波兹南俄罗斯研究》，
1988，第20卷，65—74页（亚当·密茨凯维奇大学出版社，波兹南）：哈利娜·瓦什凯莱维
奇，《阿列克谢·列米佐夫，〈在囚禁中〉（艺术方法的起源）》，载《研究》，19—25页。

21　列米佐夫，《晚霞时分：列米佐夫与塞·列米佐娃－多夫格洛的通信》，文本校勘
者和注释者安东诺拉·达梅利亚，载《东欧》，1900，第9期，465页。

22　同上，473页。试比较《聚会》一书中有关同一次朗诵的回忆（有不同之处："晚上
在帕连索夫家……"）（列米佐夫，《万物之火》，莫斯科，1989，408—409页）。

23　列米佐夫，《未出版的〈熊窝〉》，227页。

24　阿·格拉乔娃，《从非法文献到伪经书籍：阿列克谢·列米佐夫的长篇小说
〈池塘〉》，载《斯拉夫学》，1999，第39期，德布勒森（《以拉约什·科苏特命名的德布
勒森大学斯拉夫语文学院年刊》），179页。

25　利·阿尼巴尔，《阿·米·列米佐夫，〈池塘〉，长篇小说》，载《天平》，
1905，第9-10期，85页。

375

26　试比较：就实质来说，《池塘》是首批俄国存在主义长篇小说之一。……作者不与
自己的主人公中的"任何一名"完全吻合。每一个主人公都是作者的"我"的一部分、一小部
分或者极小的一部分。而"我"是长篇小说中唯一一名可以包容一切、代替一切的主人公。
（阿·米·格拉乔娃，《从非法文献到伪经书籍：列米佐夫的长篇小说〈池塘〉》，178页）

27　列米佐夫，《未出版的〈熊窝〉》，228—229页。

28　格蕾塔·N.斯洛宾，《列米佐夫的散文：1900—1921》，圣彼得堡，1997，60页。

29　列米佐夫，《万物之火》，305—306页。

30　别雷，《列米佐夫，〈池塘〉：长篇小说，圣彼得堡，厄俄斯出版社，1908》，载
《天平》，1907，第12期，55页。

31　库兹明，《关于俄国小说文学的札记》，载《阿波罗》，1911，第9期，74页。

32　列米佐夫，《未出版的〈熊窝〉》，227—228页。

33　为在巴黎"火焰"出版社出版，1925年整理完毕的《池塘》第四个版本未能问世。
现收藏在巴黎列兹尼科夫家族私人档案馆中。

34　A·K，《阿列克谢·列米佐夫，〈钟表〉》，载《现代世界》，1908，第7期，
第2部分，125-127页；米·格[尔申宗]，《阿列克谢·列米佐夫，〈钟表〉》，载《欧洲通
报》，1908，第8期，769-771页。

35　列米佐夫，《万物之火》，305-306页。

36　米·瓦·科济绌科，《列米佐夫的世界和主人公（论作家的世界观和诗学的相互联

系问题）》，载《语文学科学》，1982，第1期，27-28页。

37　别雷，《列米佐夫，〈循着太阳运行的方向〉》，载《评论观察》，莫斯科，1907年，第1期，34-35页。

38　康·格·伊苏波夫，《俄国的哲学死亡学》，载《哲学问题》，1994，第4期，111页。

39　列米佐夫，《给编辑部的信》，载《俄罗斯新闻》，1909年9月6日（第205期）。

40　同上。

41　亨利·巴兰，《论俄国现代主义的类型学：伊万诺夫，列米佐夫，赫列布尼科夫》，载亨利·巴兰，《20世纪初俄国文学的诗学》，莫斯科，1993，201页。

42　伊·亚·伊利因，《论蒙昧与清醒。艺术批评集：布宁——列米佐夫——什梅廖夫》，慕尼黑，1959，97页。

43　详见：米·瓦·科济缅科，《〈西奈圣徒传〉作为改造俄国民间宗教信仰的试验》，载《研究》，26-32页。

44　玛·沃洛申娜（萨巴什尼科娃），《绿蛇：一条生命的故事》，莫斯科，1993，164页。

45　莫·霍夫曼，《彼得堡回忆》，载《关于白银时代的回忆》，莫斯科，1993，376-377页。

46　《维·伊·伊万诺夫与阿·米·列米佐夫的通信》，前言作者、注释者和列米佐夫信件校勘者阿·米·格拉乔娃，维·伊万诺夫信件校勘者奥·亚·库兹涅佐娃，载《维亚切斯拉夫·伊万诺夫：资料与研究》，弗·亚·克尔德什和因·维·科列茨卡娅主编，莫斯科，1996，79页。

376

47　奥格·汉森-勒弗，《俄国象征主义：诗学主题的体系·早期象征主义》，圣彼得堡，1999，13-19页。根据这位研究者的分类，"魔鬼象征主义"（第一代象征主义）产生于神话诗学象征主义（第二代象征主义）之前。虽然列米佐夫诗学的基本原理更应该放在汉森-勒弗定义下的最后一代象征主义——怪诞狂欢的一代象征主义（第三代象征主义）——的坐标体系中研究，恰恰是《西奈圣徒传》具有一系列与第一代象征主义颓废派诗学有关的特点。

48　作家关于他对晚期斯拉夫主义者的直接反应的回忆录作品中的记载是很典型的。作家少年时代在尼·亚·奈焦诺夫舅舅家里还能观察到这些斯拉夫主义者："……这些都是'俄罗斯性的'人，斯拉夫主义者的苗裔——父辈及其子女，年轻人，——但对我来说都是上岁数的人，与扎别林一样……。对我来说，赫尔岑、车尔尼雪夫斯基和所有被称为'西方的'东西，直到俄国'虚无主义'，就精神实质来说，都比基列耶夫斯基兄弟、阿克萨科夫兄弟、霍米亚科夫、声音柔和悦耳的舍维廖夫和有点跛的波戈金亲近得多。而鲍·尼·切切林和米·尼·卡特科夫一样，他们和他们的'国体'和'法制'简直令人厌恶。总之在'莫斯科的世界'里没有我呼吸的'空气'。虽然我对'世袭的'俄国的东西——包括俄语的字词语调和克里姆林宫美妙的钟声——怀着一种天生的'习惯性'的爱，但是从那种'俄国的东西'上闻到一股因循守旧、俯首帖耳、卑躬屈膝的气息。对思想活跃的人来说，那是哨卡。"（列米佐

夫，《碎片：我的记忆的痕迹》，伯克利，1986，42—43页）

49 阿·格拉乔娃：《阿列克谢·列米佐夫的〈西奈圣徒传〉：透过伪经文学棱镜看第一次俄国革命》，载《维也纳斯拉夫学年鉴》，1998，第42卷，113页。

50 尤·弗·罗扎诺夫，《阿列克谢·列米佐夫的戏剧作品和20世纪初俄国文学中的风格化模拟问题》，语文学副博士学位论文作者摘要，沃洛格达，1994，8页。

51 "序幕中的审判很像现代的政治诉讼案，而在戴兽形面具的爱情游戏中可以看到对阿尔志跋绥夫著名长篇小说《萨宁》关键情节的戏拟，魔鬼折腾苦修者与自然主义戏剧的手法惊人地相似。"（同上，11页）

52 叶·雅·杜布诺娃，《阿·米·列米佐夫在科米萨尔热夫斯卡娅话剧剧院》，载《文化经典：新发现，1992》，莫斯科，1993，90页。

53 库兹明，《关于俄国小说文学的札记：阿·列米佐夫，短篇小说》，圣彼得堡，1910，305页，载《阿波罗》，1909，第3期，第2部分，22页。

54 勃洛克，《1907年的文学总结》，载《勃洛克文集》（八卷集），莫斯科、列宁格勒，1962，第5卷，227页。

55 尤·康·格拉西莫夫，《阿列克谢·列米佐夫的戏剧》，载《研究》，180—182页。

56 同上，188页。

57 同上。《勇者圣乔治的剧》的合唱队因素促使作曲家弗·阿·谢尼洛夫于1913年根据其主题写出一部歌剧（谢·谢·格列奇什金，《阿·米·列米佐夫的档案》，载《普希金之家手稿部1975年年鉴》，列宁格勒，1977，41—42页）。

58 参见：弗·马·帕佩尔内，《寻找新的果戈理》，载《时代的联系：19世纪末—20世纪初俄罗斯文学中的继承性问题》，莫斯科，1992，27—33页。

59 亚·阿·丹尼列夫斯基，《只要换一个名字，这正是阁下说的事情》，载《国立塔尔图大学学报》，1986，第735辑，137—145页。

60 叶·格·穆先科、弗·彼·斯科别列夫、列·叶·克罗伊奇克，《故事体诗学》，沃罗涅日，1978，149—154，163—166页。

61 格蕾塔·N.斯洛宾，《列米佐夫的散文：1900—1921》，96—102页。

62 在1912年的自传里列米佐夫写道："我没有自传体作品。所有人以及在一切之中都是自传：死人博罗金（《文集》，第1卷，《受害者》）就是我自己，我在描写自己；公猫科托费伊·科托费伊奇（《文集》，第4卷，《走向大海》）也是我自己，我在描写自己；彼得卡（《野蔷薇》丛刊第16集中的《小公鸡》）还是我自己，我在描写自己。死人博罗金下场如何，大家都知道，可科托费伊·科托费伊奇……现在它在哪儿？科托费伊奇成功地钻到独眼利赫那里去解救它的小白兔了吗？这谁都不知道。可是1905年彼得卡在莫斯科土堤路上被打穿了胸膛，人们把他抬起来，尸体已经僵硬了。"（阿·米·格拉乔娃，《革命者阿列克谢·列米佐夫，神话与现实》，442页）

377

63　格蕾塔·N.斯洛宾，《列米佐夫的散文：1900—1921》，104页。

64　《西奈圣徒传》和中篇小说《什么是烟草》各种情节的共同出处是亚·尼·维谢洛夫斯基院士内容丰富的《俄国宗教诗歌领域的研究》，第1—6分册，圣彼得堡，1879—1891。

65　详见我们在文集《厄洛斯·俄罗斯·白银时代》中为重新发表的中篇小说《什么是烟草》所写的前言（莫斯科，1992，175—185页）。列米佐夫的情色观与罗扎诺夫的"性形而上学"的关系的根据即在于此。首次指出这一关系的著作是亚·阿·丹尼列夫斯基的《阿·米·列米佐夫的主人公及其原型》，载《国立塔尔图大学学报》，1987，第748辑，150—165页。

66　列米佐夫，《万物之火》，321页。

67　库兹明，《论优美的明晰性》，载《阿波罗》，1910，第4期，9页。

68　列米佐夫，《万物之火》，260页。

69　关于中篇小说的自传体基础及其改容易貌的原则详见：弗·尼·托波罗夫，《论列米佐夫的〈教妹〉：诗与真，第一篇论文》，载《国立塔尔图大学学报》，1989，第857辑，138—158页；弗·尼·托波罗夫，《论列米佐夫的〈教妹〉：诗与真——地理元素和自传元素，第二篇论文》，载《国立塔尔图大学学报》，1988，第822辑，121—138页。

70　关于《教妹》是"彼得堡文本"的一部分见：列·多尔戈波洛夫，《关于彼得堡的神话及其在世纪初的革新》，载列·多尔戈波洛夫，《在世纪之交》，列宁格勒，1979，167—168页；亚·阿·丹尼列夫斯基，《从最真实者到更真实者》，载《国立塔尔图大学学报》，1987，第781辑，99—123页。

71　总结对中篇小说这个方面的多篇研究成果的著作是叶·维·特雷什金娜的专著《列米佐夫的〈教妹〉：观念与诗学》（新西伯利亚，1997）。

72　米·米·巴赫金，《陀思妥耶夫斯基诗学问题》，莫斯科，1979，202页。

73　弗·亚·克尔德什，《20世纪初的俄国现实主义》，273页。

74　阿·米·格拉乔娃，《1910年代文学中的俄罗斯命运（列米佐夫的中篇小说〈第五场瘟疫〉）》，载《文学与历史》，圣彼得堡，1992，235页。

75　科·伊·丘科夫斯基，《阿列克谢·列米佐夫创作中的心理主题》，载科·伊·丘科夫斯基，《批判性短篇小说》，圣彼得堡，1911，142页、143页、148页。

76　同上，166页。

77　同上。

78　关于列米佐夫和伊万诺夫-拉祖姆尼克在创建"西林鸟"时的角色，见：H.弗鲁姆金娜、拉·弗莱施曼，《"缪萨革忒斯"和"西林鸟"之间的亚·亚·勃洛克（致埃·卡·梅特纳的信）》，载《论勃洛克文集》，1972，第2辑，388页。关于两位文学活动家之间的相互关系见：《拉·瓦·伊万诺夫-拉祖姆尼克致阿·米·列米佐夫的信（1908—1944）》，刊行者叶·奥巴特宁娜，弗·格·别洛乌斯和乔治·谢龙，前言作者、注释者叶·奥巴特宁娜和

378

弗·格·别洛乌斯，载《伊万诺夫-拉祖姆尼克：个性、创作和在文化中的作用·材料刊行与学术研究》，第2辑，圣彼得堡，1998，19—122页。

79 伊万诺夫-拉祖姆尼克，《在〈神圣的罗斯〉与猿猴之间：阿列克谢·列米佐夫的创作》，载《言论报》，1910年10月11日。

80 伊万诺夫-拉祖姆尼克，《阿列克谢·列米佐夫》，载《伊万诺夫-拉祖姆尼克·创作与批评》，彼得格勒，1922，74页。

81 同上，78页。

82 谢·亚·阿德里阿诺夫，《批评提纲》，载《欧洲通报》，1911，第2期，353页。

83 同上，358页。

84 同上，363，367页。

85 对这一问题的综合性学术著作见利·安·科洛巴耶娃：《"主观性的权利"（阿列克谢·列米佐夫和列夫·舍斯托夫）》，载《文学问题》，1994，第5辑，44—76页。

86 阿·米·格拉乔娃，《1910年代文学中的俄罗斯命运》，235页。

87 阿·米·格拉乔娃对"最初来源"更为准确的追溯十分有趣："初看上去，对斯图杰涅茨居民的生活和颠沛流离、被环境折磨得苦不堪言的博布罗夫的怪诞描写都是以果戈理的中篇小说和陀思妥耶夫斯基的《舅舅的梦》那种风格写出的大量外省轶事的形式出现的（阿·米·格拉乔娃，《1910年代文学中的俄罗斯命运》，233页）。

88 卡塔林·瑟凯，《列米佐夫式地狱的模式（中篇小说〈第五场瘟疫〉分析）》，载《匈牙利斯拉夫学研究》，布达佩斯，1989，第35期/3-4，385—392页。

89 对它得到的反响及其同时代的诠释之概述见：阿·米·格拉乔娃，《20世纪10年代文学中的俄罗斯命运》，244页。

90 详见：弗·亚·克尔德什，《"野蔷薇"出版社的丛刊》，载《20世纪初的俄国文学和新闻学：1905-1907：资产阶级自由主义和现代派的出版物》，莫斯科，1984，284—286页。

91 阿·米·格拉乔娃，《1910年代文学中的俄罗斯命运》，245页。同时代人中对中篇小说（也与结尾的片断有关）做出最深刻评价的当数伊万诺夫-拉祖姆尼克（同上，247页）。

92 1913年4月中旬致列米佐夫的信已发表：亚·瓦·拉夫罗夫，《普希金之家手稿部中的安德列·别雷的资料》，载《普希金之家手稿部1979年年鉴》，列宁格勒，1981，50—51页。

93 这一论题最彻底、最充分地表现在叶·维·特雷什金娜的专著《列米佐夫的〈教妹〉：构思与诗学》中。同时请比较："……20世纪10年代末，在作家的世界观中开始看到朝着为现实'恢复名誉'方向的进展——现在他觉得超自然的意志不再是魔鬼的意志，而是上帝的、公正的意志。列米佐夫在致奥托·马德隆的信（1909年5月11日，公历24日）中说明其实质的艺术构思即是新的生活美学信念的结果：'尚未履行一个应该彻底履行的诺言：没有有罪过的人……'正是这一构思决定了中篇小说《教妹》（1910）的形象结构及作为中心

379

思想贯穿在中篇小说中的一句话：'不能认为任何人有过错！'这一构思促使他对《钟表》（1910）和《池塘》（1911）进行彻底修改，同样是这一构思也决定了中篇小说《第五场瘟疫》（1912），尤其是中篇小说《水沟》（1914-1918）的形象结构（作者本人承认这部作品与《教妹》的联系）。"（亚·阿·丹尼列夫斯基，《谈列米佐夫革命前的"长篇小说"》，载《列米佐夫选集》，列宁格勒，1991，596页）

94　详见：阿·米·格拉乔娃，《修士传短篇小说的结构及其在阿·列米佐夫文集〈小玻璃珠〉中的反映》，载《1977年共和国大学生学术协会研讨会资料》，塔尔图，1977，第3辑，66-67页。

95　关于圣徒的传奇汇编构成了《尼古拉寓言》一书（彼得格勒，1917）。

96　瓦·西波夫斯基，《北方的童话（一个情节的故事）》，载《国民教育部期刊》，1913，第10期，第2部分，350页。引文摘自：亚·伊·米哈伊洛夫，《阿·列米佐夫的永不消失的罗斯》，载《文学与历史》，圣彼得堡，1997，第2期，278页。

97　同上。

98　列米佐夫和许多同时代文学家一样，并非立即认清战争在瓦解习以为常的道德价值方面的作用。一系列本着向俄国军人发出爱国呼吁的精神写成、曾在战争初期的期刊上发表的作品收入《为了神圣的罗斯》（圣彼得堡，1915）和《中流砥柱》（彼得格勒，1916）两书中。

99　列米佐夫，《在斗室中》，彼得格勒，1917，38页。

100　预计1919年在莫斯科作家出版社出版的长篇小说单行本未能出版（谢·谢·格列奇什金，《阿·米·列米佐夫的档案》，39页）。长篇小说在1923—1925年作家侨居国外期间才在两家杂志（《俄罗斯思想》，1923，第1～4期，6-10期；《俄罗斯意志》，1925，第5期）上发表。

101　详见：亚·阿·丹尼列夫斯基，《谈列米佐夫革命前的"长篇小说"》，603-604页。

102　格蕾塔·N.斯洛宾，《列米佐夫的散文：1900-1921》，132页。

103　同上，137页。

104　参见：尼·古里亚诺娃，《列米佐夫和"未来派"》，载《研究》，142-150页。

105　列米佐夫，《1917—1921年的日记》，载《往事》，莫斯科、圣彼得堡，1994，第16分册，407-550页。

106　霍斯特·兰普尔，《列米佐夫和扎米亚京在〈普通报〉上的政治讽刺》，载《方法》，217-236页。

380　107　《俄罗斯大地毁灭记》首次发表在《人民意志报》1917年10月29日的文学副刊上（柳·亚·叶祖伊托娃，《〈人民意志报〉上的阿·米·列米佐夫的〈俄罗斯大地毁灭记〉》，载《研究》，67-79页）。

108　爱·马努艾里扬，《阿·列米佐夫的〈俄罗斯大地毁灭记〉与拉·伊万诺夫-拉祖姆尼克的斯基泰派意识形态》，载《研究》，87页。

109　列米佐夫，《涂脂抹粉的嘴脸：戏剧与书籍》，柏林，1922，83-84页。

110　同上，48页。

111　同上，91页。

112　同上，29，32，35页。

113　列米佐夫，《万物之火》，267页。

114　参见：卡特琳娜·克拉克，《1919—1921年彼得格勒的列米佐夫，人民剧院的吟游诗人》《方法》，273-274页。

115　参见：维·伊万诺夫，《蒙太奇作为20世纪上半叶文化中的构成原则》，载《蒙太奇：戏剧·艺术·文学·电影》，莫斯科，1988，119-148页。

116　详见：茹然瑙·卡拉法蒂奇，《"永不熄灭的火焰燃烧在俄罗斯上空"：列米佐夫长篇小说〈风起云涌的罗斯〉中的时间和记忆问题》，载《东西方之间的俄国文学》，匈牙利俄罗斯学研究所编，布达佩斯，1999，90页。

117　真实文献在整个拼贴画式作品中的革新式运用后来也成为这一时期其他书籍的突出特点。这些书籍是：《库克哈：罗扎诺夫的信》（柏林，1923）和《书信中的俄罗斯》（莫斯科，柏林，1922）。关于后者——由不同时代的文献和"考古事实"（私人信件、物品清单、占卦纸牌上的卜辞和瓷砖的文字等等）剪辑而成的作品——列米佐夫本人写道：这"不是历史学术著作，而是中篇小说的新形式。其中的人物不是个别人，而是整个国家，事件发生的时间是若干世纪"（列米佐夫，《谈自己》，载《俄罗斯》，1923，第6期，25页）。

118　埃莱娜·西纳尼-麦克劳德，《〈风起云涌的罗斯〉的结构布局》，载《方法》，238页。

119　关于"猿猴"社会详见：哈利娜·瓦什凯莱维奇，《猿猴皇帝阿瑟卡的文书阿列克谢·列米佐夫及其猴议院》，载《俄罗斯思想》，1981年9月8日，第9403期；叶·奥巴特宁娜，《"猿猴自由大议院"：游戏及其范式》，载《新文学评论》，1996，第17期，185-217页；谢·多岑科，《列米佐夫的猴议院是俄国革命的一面镜子》，载《东欧》，1997，第16期（2），305-320页。

120　埃莱娜·西纳尼-麦克劳德，《〈风起云涌的罗斯〉的结构布局》，240页。

121　例如，关于蒙太奇与列米佐夫世界模式的催眠代码的关系见：塔·弗·齐维扬，《关于列米佐夫的催眠学和催眠志》，载《俄罗斯的白银时代：文选》，莫斯科，1993，303页。

122　系列回忆录《穿过悲痛之火》收入列米佐夫《在玫瑰色的闪光中》（纽约，1952）一书中。

123　安东诺拉·达梅利亚，《阿列克谢·米哈伊洛维奇·列米佐夫的自传体空间》，载列米佐夫，《音乐教师》，巴黎，1983，前言11页。

第五编

第二十九章　象征主义后文学（综述）
　　　　　　◎尼·亚·博戈莫洛夫　撰／王彦秋　译
第三十章　　米哈伊尔·库兹明
　　　　　　◎尼·亚·博戈莫洛夫　撰／刘银银　译
第三十一章　阿克梅主义
　　　　　　◎叶·弗·叶尔米洛娃　撰／陈松岩　译
第三十二章　尼古拉·古米廖夫
　　　　　　◎尼·亚·博戈莫洛夫　撰／赵秋长　译
第三十三章　未来主义
　　　　　　◎亨里克·巴兰、尼·阿·古里亚诺娃　撰／赵秋长　译
第三十四章　韦利米尔·赫列布尼科夫
　　　　　　◎维·彼·格里戈里耶夫　撰／王立业、李俊升、李莉　译
第三十五章　弗拉基米尔·马雅可夫斯基
　　　　　　◎奥·彼·斯莫拉　撰／曾予平　译
第三十六章　各流派与团体之外的诗人：
弗拉基斯拉夫·霍达谢维奇、格奥尔吉·伊万诺夫、玛丽娜·茨维塔耶娃等
　　　　　　◎尼·亚·博戈莫洛夫　撰／王立业、余献勤　译
第三十七章　新农民诗人与作家：
尼古拉·克柳耶夫、谢尔盖·叶赛宁等
　　　　　　◎纳·米·索恩采娃　撰／孔霞蔚　译
结束语　　　◎弗·亚·克尔德什　撰／谷羽　译
汉俄对照人名索引
　　　　　　◎А. Н. 托罗普采娃　编写／糜绪洋　译
同心协力　架桥铺路——初版译后记
　　　　　　◎谷羽
再版审校后记　◎谷羽

第二十九章

象征主义后文学[①]（综述）

◎尼·亚·博戈莫洛夫　撰／王彦秋　译

　　至1900年代后半期，当象征主义在俄语诗歌和散文领域取得辉煌成就的时候，它也开始明显地呈现出危机的征兆。这种情况的首要原因是已经变成文学时尚的象征主义的大规模普及。文学形式上的创新堂而皇之地演化为对已知宝藏的寻找，生活创造变成了粗俗的尼采主义或者廉价的恶魔主义，历史文化方面的渊博知识仅仅表现为对通俗术语和大众神话的挑挑拣拣，而深奥的神秘主义则只剩下流于肤浅的模仿。正是象征主义运动这个20世纪初俄罗斯文学中成果最为丰硕的流派的时代能极为有效地契合俄国形式主义学派在15年后描述的文学演化模式（自动化和陌生化）。

　　不久前刚刚开辟的文艺创作领域面向的是不断趋于狭窄的精英阶层，而更强有力地开发这个领域的愿望，产生了寻求更为广泛的读者的需求，这就不可避免地要把作品通俗化，随之而来的便是文本组织原则的艺术简化。这样一些作家，如巴尔蒙特、索洛古勃、梅列日科夫斯基以及部分阶段的勃留索夫，他们的创作的发展方向清楚地证明了他们的创作在走向越来越广的读者群体。通过在一些势必将成为纲领性作品的文本里（如索洛古勃的《创造的传奇》）使

---

　　① 原文的标题按照词形和翻译习惯似应为"后象征主义"，但是这里所讲述的并不是一个类似"后现代主义"这样的确定的文学流派，而是对象征主义后的各种现代主义文学现象的综述，为免产生歧义，译者将其译为"象征主义后文学"。——译者注

用显白化的手法，这些作者的作品里的主要神话成分不仅（甚至可以说"与其说"）成为深奥世界观的财富，也（"毋宁说"）成为大众时代意识的财富。

这种状况首先成为象征主义者们自己反思的对象。围绕着"神秘主义的无政府主义"进行的辩论，对巴尔蒙特在1910年代后半期的几本诗集的激烈否定，一系列反对以机械模仿的形式理解象征主义的文章，与列昂尼德·安德列耶夫这一时期的创作（按照许多评论家的观点，其这一时期的创作庸俗地歪曲了象征主义认真开发的题材）的种种倾向坚决划清界限的举动——所有这一切表明了对1907—1908年左右俄国现代派在创作上较为自主的那部分作品的单纯文学上的排斥。

同时有一点正变得越来越明显，那就是文学和批评完全依靠精英刊物（几乎所有象征主义杂志都是精英杂志）而生存，已经既不能满足作家，也不能满足读者。一些较有知名度的作家定期尝试在更多的刊物上发表作品，不管是丛刊（比如《野蔷薇》，勃洛克和索洛古勃在上面系统地发表作品）还是杂志（比如，1908年以后的《俄罗斯思想》），甚或报纸，就很说明问题。

1909年末和1910年代上半期的一些事件对于象征主义的命运来说至关重要。1909年11月30日，因·费·安年斯基逝世。许多自认为"克服了象征主义"的诗人都把他当作自己的导师。1910年春举行了几次论争激烈的会议，会上讨论的是与象征主义历史，尤其是象征主义理论相关的问题，那是在"自由美学协会"和彼得堡的"艺术词语捍卫者协会"[1] 召开的。论辩在《阿波罗》杂志上继续，在该杂志上首先发表了维·伊万诺夫的《象征主义宣言》和勃洛克的《论俄国象征主义的现状》，随后刊登了勃留索夫专门写的文章《论"奴性言语"，替诗歌辩护》，再随后是别雷的《花冠还是光环》，在杂志编辑部的强烈要求下，论辩才就此停止，没有再继续下去。

1910年春发表的安年斯基的《小柏木箱》被许多人视为俄语诗歌发展史上的新成就："1910年是象征主义的危机年，是列夫·托尔斯泰和科米萨尔热夫斯卡娅去世的一年。"——阿赫玛托娃写道。[2] 看来，在她那一代的意识中，1910年的确是某种意义上的圣神日期，因为一系列事件直观地证明了俄罗斯文学中越来越强劲的"克服"象征主义的倾向。从维·马·日尔蒙斯基那篇相当著名的文章《克服了象征主义的人们》[3] 中借来"克服"一词的同时，我们也十分清楚，完全意义上的克服在文学上是不可能的。不管某种新东西看上去有多么广阔的前景，它都不能抹去先前的任何东西。自然，象征主义也继续存在着，只是它部分地变了样，与那个自认为是来代替象征主义的文学产生了某些内在的关联；它的另一部分则保存了规定的特点，甚至继续发展着那些要么是在萌发时就奠定了的，要么是在历史发展进程中形成的潜在因素。未必能说继象征主义之后进入俄罗斯文学的流派比1910年代和1920年代初的象征派作家赋予了俄罗斯文学意义更重大的作品。安德列·别雷的《彼得堡》，勃洛克的第三卷抒情诗集、《玫瑰花与十字架》《十二个》，沃洛申国内战争时期的诗歌，毫无疑问都在俄罗斯文学的最高成就之列。然而沿着与象征主义提出的那条道路不同的其他道路前行的可能性本身，却是相当实际的。

虽然如此，接下来的运动方向却大为迥异。相对准确地区分出来的有两条路线——阿克梅主义和未来主义，此外还有"新农民"诗歌。

象征主义文学和象征主义后文学之间分界的主要时间标志可以用如下方式划出。

《天平》和《金羊毛》停刊后，俄国现代主义的主导杂志改为《阿波罗》。最初一段时间它的文学部分的思想主宰是安年斯基和维·伊万诺夫，但是在安年斯基逝世和伊万诺夫不再与杂志合作以后 [4]，所谓的"年轻编辑部"走上了杂志领导前台，其中包括尼·古米廖夫、米·库兹明、谢·奥斯伦德、叶·兹诺斯科－博罗夫斯基，站在他们一方的还有杂志主编谢·康·马科夫斯基。《阿波罗》发表了勃留索夫对维·伊万诺夫的《象征主义宣言》的回应之后，古米廖夫给勃留索夫写了一封信来表达对这个编辑部的好感（其中的杂志名字写错了）："您最近在《天平》上的一篇文章征服了我，其实，它也征服了整个编辑部。" [5] 就这样，《阿波罗》以浅显易懂的方式告诉读者整个象征主义运动的方向改变了：在"造物匠派"和勃留索夫的论辩中它选择的立场是站在勃留索夫一边，这导致了维·伊万诺夫的离开，导致了与勃洛克的严重冲突（他自身也有更为具体的、私人的原因），也导致了与别雷合作的事实上的中断。当然，这些排斥的直接理由可能完全是不同的，但是它们的共同源头却毫无疑问地在于编辑部的立场。

然而勃留索夫没有接受马科夫斯基的邀请，他拒绝担任杂志文学部编辑，

《阿波罗》几乎完全掌握在"年轻编辑部"的手中，这在批评活动方面表现得尤为突出：《关于俄罗斯诗歌的书信》由古米廖夫撰写，《俄罗斯小说简论》由库兹明撰写，而戏剧评论由奥斯伦德撰写，三人都以"美的清晰"为准绳（尽管这个概念十分模糊不清，它主要是被作为文学运动的方向来理解的，而不是美学原则的总汇）。

1910年，未来派宣布登场：3月份出现了文集《印象派艺术家工作室》，参加者有布尔柳克兄弟、赫列布尼科夫、尼·库利宾。稍晚一些，4月份，出版了文集《判官园地》，在里面发表作品的除了布尔柳克兄弟和赫列布尼科夫以外，还有叶·古罗和瓦·卡缅斯基。[6]

384

与此同时，象征主义出版社"缪萨革忒斯"的各个小组在莫斯科开始活动，它们的主要目的是往年轻人的头脑里树立象征主义美学原则，但是又相当迅速地接受了由那些追求"克服象征主义"的年轻诗人、批评家和思想家组成的自由共同体形式。（比如，未来的"抒情诗"小组中的大多数人参加了安德列·别雷领导的节奏小组的活动；在由埃利斯领导、以雕塑家克里斯蒂安·克拉赫特的工作室为聚会地的小组里，帕斯捷尔纳克于1913年初作了他的第一次公开报告，题为《象征主义与不朽》。）

然而在《印象派艺术家工作室》和《判官园地》出版之后，外部活动基本上没有接续下去，显然内部发生了明显的动荡。这一次纷争的爆发是在1911年底。11月伊戈尔·谢韦里亚宁出版了小册子《开场白——自我未来派》，其中"未来派"一词是作为确切的术语定义而出现的。此后他又立即与伊·伊格纳季耶夫建立了联系，到1912年初，他们创立了《自我诗歌学园》，加入其中的除了谢韦里亚宁本人，还有格·伊万诺夫、戈拉里-阿列利斯基、康·奥利姆波夫和伊·伊格纳季耶夫。[7]

当时还有一个组织"诗人行会"，由"理事"古米廖夫和戈罗杰茨基充当形式上的领导（第一次会议于1911年10月20日召开）。[8] 这个组织初期是"无党派的"团体，但是许多相当知名的"行会"成员很快就确定了与象征主义对立的路线。[9] 1912年几乎整整一年，"诗人行会"逐步制定了这个"来接替"象征派的流派对诗歌的总体要求。这些论点在各种公开演说中得到了"磨合"，最终在1913年1月号的《阿波罗》杂志上发表了古米廖夫和戈罗杰茨基的两篇阿克梅派宣言。第三篇是曼德尔施塔姆的文章《阿克梅主义的早晨》，但是这篇文章没有发表。

1912年全年，自我未来派和立体未来派的活动相当积极，他们出版了大量的文集（最著名的和具有标志意义的是1月份出版的《给社会趣味的一记耳光》）。自我未来派内部发生了复杂的分化和融合过程，最终的结果是格·伊万诺夫和戈拉里－阿列利斯基离开了这个群体，转而声明拥护"诗人行会"（前者后来还声明拥护阿克梅派，不过，没有得到这个流派主要代表的支持）。与其相反，立体未来派团结了自己的力量，不仅共同出版书籍，还组织一些声势浩大的演讲，甚至参加各种绘画和戏剧活动。

在阿克梅派和未来派运动中，对象征主义的态度是各不相同的。如果说阿克梅派声言与先前的诗歌，尤其是象征派诗歌（尽管与它存在很多分歧）有继承性关联（正如古米廖夫所断定的，"……象征主义是当之无愧的父亲"[10]），那么未来派却反其道而行之，宣称完全放弃整个文学传统。然而实际上这两个象征主义后的文学流派无论哪一个都与象征主义有着起源演化关系。比如，在安德列·别雷、费·斯捷蓬和埃利斯领导的"缪萨革忒斯"出版社的各小组里，"离心机派"帕斯捷尔纳克和谢·博布罗夫开展了初期的活动。几乎所有阿克梅主义者都经历过"艺术词语捍卫者协会"的历练。"诗人行会"是与这个"捍卫者协会"同时出现的，但它避免了维·伊万诺夫的压倒性的影响，参加它举办的会议的不仅有阿克梅派成员，还有克柳耶夫、米·洛津斯基、赫列布尼科夫；它还计划（但没有实现）与伊戈尔·谢韦里亚宁建立联系。赫列布尼科夫是作为维·伊万诺夫和库兹明的学生开始写作的。谢韦里亚宁的第一本书受到了索洛古勃的欢迎，索洛古勃还为其撰写了序言。马雅可夫斯基提到过安德列·别雷对自己早期创作的影响。在贝·利夫希茨和康·波利沙科夫的诗歌中可以感觉到勃留索夫作品的影响力。很典型的一个特点是，在未来主义者的圈子里时常发生对自己同僚的攻击，原因正在于那些同僚是象征派的后继者，他们没有彻底摒弃象征主义。[11]

然而关于象征主义文学和象征主义后文学的原则上的区别很难做出一致的解答。有一系列文章试图把象征主义后文学确定为统一的体系（当然同时也意识到这个体系存在外在的分化，它分成一些单独的子体系，既有群体的，也有个体的），同时，作为确定这种体系的根据，曾拟定出各种各样的哲学和美学观念。比方说，伊·安·叶萨乌洛夫提出把绝对宗教意义上的聚合性范畴视为象征主义后文学的主导思想，聚合性范畴通过在个体的艺术意向中得以实现，从而促成了向俄罗斯东正教意识的回归。[12] 提出这一看法的同时他还认为，阿克梅派诗学是这一现象的"语义内核"，这就导致把未来派看作是带有强烈反东正教色彩的象征派的合法继承人。这样一来俄国未来派的全部价值论和提出的问题就被排除在象征主义后文学之外了。对此观点很难苟同。

386

瓦·伊·丘帕把象征主义后文学放在更广阔的语境下进行研究，他在著述中指出文学的演变是"艺术范式"的更迭，在这个更迭过程中象征主义后文学开辟了一个全新的发展阶段，而象征主义则是一种过渡形式。赋予象征主义后文学这样的意义的理由是艺术交际主体之间关系的变更，也就是作者和读者（听众、观众）之间关系的变更。放到第一位的不是创作者，而是创作者与接受他的艺术表达的人之间的契合。20世纪上半叶在文学方面扮演重要角色的所有流派都存在这种契合：**先锋派**表达在颓废的孤独中的那种极端的绝望，**社会主义现实主义**作为极权意识的产物强行消灭这种孤独，**新原始主义**传达的精神定位是群居的、树立权威前的（也就是还没有受到孤独或者极权压迫／屈从的诱惑）意识，还有，**新传统主义**是走向新的、聚合性意识的突破口。[13] 这一理论的确包罗了20世纪文学事实中的绝大部分，但是通过仔细研究文学史，不得不说，它的诱惑力有些减弱，因为从这种看待事物的角度出发，新传统主义这一美学发现的归属者应当不是阿赫玛托娃和曼德尔施塔姆[14]（根据作者的观念，属于他们队伍的还有作为《日瓦戈医生》作者的帕斯捷尔纳克、布尔加科夫和布罗茨基），而是维·伊万诺夫和"第三约教会"创始人梅列日科夫斯基夫妇。宗教性这个标准把他们与仅在俄罗斯东正教里才有可能实现的真正的聚合性区别开来，这个标准大概还会令我们怀疑布尔加科夫或者布罗茨基的新传统主义是不是真正的新传统主义。

对这个题目的论据最为充分的研究迄今为止仍属伊·帕·斯米尔诺夫在20世纪70年代中期形成的观点体系[15]，他在其中试图确立创作所特有的规律性，该规律性划分出对世界的诗学态度的两种原则。这一文本内容异常丰富，因而我们放弃对其多多少少偏于详尽的分析，仅仅指出，在这里发挥原则作用的是符号（诗歌词语）和意义的相互关系，这个意义所指的当然不是词典上的意义，而是在最大限度地压缩的符号空间里体现的对存在的认识的实质。

这种研究方法本身并不会引起反对意见。[16] 但是对文学现实的历史考察说明，创建认识世界的特殊形式的动态过程所包含的不仅仅是拒绝继承象征主义，它还会在世界观的最根本的特征上与象征主义不断发生交会。这里更应该谈到的是主导思想的更迭，况且在象征主义后文学中新的主导思想由复杂得多的艺术意向集合而成，要说找到某些规律性，把克鲁乔内赫和霍达谢维奇或者阿赫玛托娃和伊利亚·兹达涅维奇对艺术的理解联系在统一的场里，这只能在高度抽象的情况下才有可能，也就是当已经失去对作者本身创作个性的认识，而仅仅摘取出共同的构造模型，这些构造模型常常是属于研究者本人的，而不是他所研究的那个体系的。[17]

因此在本书中我们所理解的象征主义后文学不是某种以美学原则完全而严格地界定出来的、能够作为毫无疑问的整体来描述的体系，而是更像一个文学可能性的场，在这个场里诗人（还有重要性相对而言较低的散文家）根据自己的偏好来实现那些在象征主义文学看来占据次要地位的文学可能性。我们深信，象征主义文学和象征主义后文学没有原则上的区别，其差异仅在于所实现的潜在特点的总和，这个特点总和对与这两种文学相关的某个作者来说是典型的。无怪乎在象征派的批评实践中有不少对象征主义后的文学创作的高度评价 [18]，几乎与对它们的否定评价相当。

在这个场里，从其自身的角度来说，既可能有激烈坚决的排斥，也可能有出乎意料的接近（类似于库兹明的"赫列布尼科夫倾向"[19]，尽管库兹明通常被读者视为"美的清晰"派诗人），或者还有已经不止一次地研究过的阿克梅派的创作与未来派的探索之间的交叉 [20]。因此这里不可能有清楚的界限，不可能有无保留的评判，不可能有准确的定义。象征主义后文学的空间还远没有得到足够的研究，因此这里的话题将要涉及的是关于那些哪怕能够以最接近的程度来描述的现象，而且它们在文学上的地位是可以判定的。

下文将要述及的是象征主义后的文学流派，以及单个作家（游离在流派之外的）的创作，这些作家要么对于象征主义后文学具有过渡意义（见关于库兹明的一章），要么与象征主义后文学接近（见《各流派和团体之外的诗人》

一章）。那些在1917年后直接产生，并且属于文学发展新阶段的运动，如意象派、构成主义、生物宇宙主义、新古典主义、"无为派"、"无产阶级诗歌"、"费解者骑士团DSO"、"法国梧桐"等等，不属本编阐述范围。

这样一来，我们所理解的俄罗斯象征主义后文学是各种各样的艺术意向的复杂的混合体，这些艺术意向不是由某种统一的总体诗学、世界观、文学技巧、心理学依据等等来决定的，而仅仅是因为它们是对1900年代末和1910年代初所形成的象征主义是俄国现代主义的领潮流派这种认识的反动。正如米·加斯帕洛夫令人信服地指出的那样[21]，俄国现代主义的历史可以不加切分地展示出来，那么象征主义后文学将是象征主义以各种形式呈现的自然延续。然而我们认为重要的是，不仅要强调俄国象征主义的总体特征，而且要强调它的历史演进，这种演进的最明显的表现就是统一的流派（尽管流派中每个作家的做法各有不同）分裂成一系列更小的文学流派和独立存在的创作个体。

注释：

1　参见：奥·亚·库兹涅佐娃，《"艺术词语捍卫者协会"对于俄罗斯象征主义地位的争论（对维·伊万诺夫报告的讨论）》，载《俄罗斯文学》，1990，第1期；尼·亚·博戈莫洛夫，《俄国现代主义简论：1. 对维·伊万诺夫关于象征主义的报告讨论提纲的重构）》，载《新文学评论》，1997，第24期。

2　阿赫玛托娃，《文集》，两卷本，莫斯科，1990，第2卷，277页。

3　《俄罗斯思想》，1916，第12期。重刊：维·马·日尔蒙斯基，《文学理论，诗学，修辞学》，列宁格勒，1977。关于这些文章在苏维埃时期发表时各个版本的删节的性质，参见：瓦·叶·哈利泽夫，《维·马·日尔蒙斯基1914—1921年作品中的20世纪初俄罗斯文学》，载《作为一种文化现象的象征主义后文学：1998年3月4-5日召开的国际学术会议资料》，莫斯科，1998，第2辑，50-55页。

4　详见：因·科列茨卡娅，《〈阿波罗〉》，载《20世纪初的俄罗斯文学与期刊：1905—1917，资产阶级自由派和现代主义刊物》，莫斯科，1984；《维·伊·伊万诺夫和谢·康·马科夫斯基书信集》，尼·亚·博戈莫洛夫和谢·谢·格列奇什金校勘，尼·亚·博戈莫洛夫和奥·亚·库兹涅佐娃注释，载《新文学评论》，1994，第10期。

5　《古米廖夫1910年9月2日致勃留索夫的一封信》，载《文学遗产》，莫斯科，1994，第98卷，第2册，500页，罗·达·季缅奇克和莱·列·谢尔巴科夫刊行。另见：马科夫斯基1910年7月29日致勃留索夫的一封信，信中写道："……现在构成《阿波罗》编辑部的一群年轻的作家，向往的正是由您的威信巩固起来的那个文学信条……"（《新文学评论》，1994，第10期，159-160页）。

6　完整列出未来派演出年谱（包括诗歌、绘画方面的演出、展出，以及公开活动）的著作是：安·克鲁萨诺夫，《俄国先锋派：1907—1932（历史综述）》，三卷本，圣彼得堡，1996，第1卷，《战斗的十年》；另见该卷的《未来派》一章。

7　参见：卡赞斯基，《自我未来派的第一年》，载《深渊上空的鹰》，圣彼得堡，1912。

8　详见：罗·达·季缅奇克，《阿克梅派简论》，载《俄罗斯文学》，1976，第7、8期。对"行会"第一次会议的描述见勃洛克的日记（勃洛克，《文集》，八卷本，莫斯科、列宁格勒，1963，第7卷，75-76页）。

9　目前为止关于"诗人行会"内部发展史、它的总体追求以及个别作家的个性探索最为详细而且有说服力的文章是：奥·安·列克马诺夫，《阿克梅派，古米廖夫圈里的诗人》，载《新文学评论》，1996，第17、19、20期（该文章的主要论点参见：奥·安·列克马诺夫，《阿克梅派论集及其他》，托木斯克，2000。遗憾的是，对会议的编年、行会内部讨论话题的范围、参加者之间的共识和分歧等的研究尚很粗浅）。

10　尼·古米廖夫，《文集》，第3卷，莫斯科，1997，17页。

11　如参见：瓦·舍尔舍涅维奇，《象征派的廉价品》，载《展览开幕式》，莫斯科，1913，第1辑；以及他著的《象征派的留声机》，载《下诺夫哥罗德人》，1913年8月15-28日，第247期。

12　伊·安·叶萨乌洛夫，《象征主义后文学和聚合性》，载《作为一种文化现象的象征主义后文学：1995年3月10-11日国际学术会议资料》，莫斯科，1995，3-11页。

13　瓦·伊·丘帕，《新传统主义，或者第四种象征主义后文学》，同上，21-24页。对这一观点的更为展开的论述见：瓦·伊·丘帕，《象征主义后文学：20世纪俄语诗歌理论随笔》，萨马拉，1998。

14　把古米廖夫加入他们中间，就像叶萨乌洛夫在上面提到的论文中所做的那样，在逻辑上没有任何明确性，因为这位诗人的思维类型与传统的东正教相距甚远。

15　伊·帕·斯米尔诺夫，《艺术的意义和诗学体系的演进》，莫斯科，1977。另外他还试图把象征主义后文学归结为文学"心理史"发展的一个阶段（《心理诊断编年学：自浪漫主义至今的俄罗斯文学心理史》，莫斯科，1994）。

16　以类似方法研究象征主义文学和象征主义后文学之间相互关系的还有萨·纳·布罗伊特曼，他从这种方法的研究中得出结论：俄国后象征主义文学中的每一位大诗人都"以自己的方式，极其独特地实现着那个由俄国象征主义诗歌提出的内在尺度"（《作为一种文化现象的象征主义后文学》，28页）。我们还要指出维·弗·伊万诺夫的见解，对他来说象征主义后文学等同于欧洲的先锋派，它还包括像勃洛克的《十二个》和安德列·别雷的《彼得堡》这样的一些作品（维·弗·伊万诺夫，《论19世纪末—20世纪初俄罗斯文学和文化中的象征主义文学、象征主义前文学和象征主义后文学之间的相互关系》，载维·弗·伊万诺夫，《符号学和文化史论文选集》，莫斯科，2000，第2卷，120–122页）。

17　注意，在《作为一种文化现象的象征主义后文学》国际会议资料第二辑（莫斯科，1998）里，没有试图对该现象提出任何新的界定。

18　如参见：勃留索夫对伊戈尔·谢韦里亚宁和帕斯捷尔纳克的创作的评价，维·伊万诺夫为米·津克维奇和叶·古罗的著作写过题为《旁注》的评论，沃洛申就曼德尔施塔姆和爱伦堡的诗歌所作的论述，等等。

19　关于库兹明和赫列布尼科夫接近的一些事实，参见：亚·帕尔尼斯，《米·库兹明日记里的赫列布尼科夫》，载《米哈伊尔·库兹明和20世纪俄罗斯文化》，列宁格勒，1990。

20　参见：例如：罗·达·季缅奇克，《阿克梅派简论，Ⅱ》，载《俄罗斯文学》，1977，第5卷，第3期；亚·格·梅茨，《阿克梅派史中的一个片断》，载《第五次特尼扬诺夫报告会：报告提纲及讨论资料》，里加，1990。

21　参见米·加斯帕洛夫的文章：《俄国现代主义诗学的二律背反性》，载《时代的联系》，莫斯科，1992（收入《论文选集》）；《"白银时代"诗学》，载《"白银时代"的俄罗斯诗歌，合集》，莫斯科，1993。

第三十章
米哈伊尔·库兹明

◎尼·亚·博戈莫洛夫　撰/刘银银　译

　　米哈伊尔·阿列克谢耶维奇·库兹明（1872—1936）一生作品颇丰：十一本诗集，九本篇幅适中的散文集，几部剧本单行本以及几组声乐器乐组曲，散见于各报端、杂志的评论，内容涉及文学、戏剧、绘画等领域，此外还有诗歌和散文译著。[1]

　　库兹明与20世纪初及整个20年代的文坛密不可分。研究勃洛克、勃留索夫、维·伊万诺夫、古米廖夫、阿赫玛托娃、曼德尔施塔姆、赫列布尼科夫、茨维塔耶娃、帕斯捷尔纳克、马雅可夫斯基、瓦吉诺夫、真实艺术协会的作品时，都无法绕过库兹明[2]，他的名字无时不出现在索莫夫、苏捷伊金、萨普诺夫、梅耶荷德的传记里，闪现在丰富多彩的戏剧活动中。但读者至今仍不熟悉库兹明的名字，也远非每个研究者都意识到了他在时代文学进程中的作用。

　　库兹明墓碑上的诞生日期有误，他于30年代创作的作品完全没能流传下来，这块墓碑和他那些流失作品的命运，一起构成了独具象征性的谜团。

　　大多数回忆录作者在描述库兹明的肖像时，都在不经意间流露出一个共同的特点：那就是库兹明的相貌结合了一切难以结合的特征，近乎是无缘无故地让人感受到一种清晰的魅力，仿佛与整个外表相矛盾。这种印象不断积累加深，当你一部又一部研读他遗留的作品时，总能读到那些让人怦然心动的词句，即便题材平淡无奇，写的是日常琐事，似乎心灵难以从中发现诗意，间或还可领略到一种漫不经心的闲适意趣，不料，突然间会迸发出一种无法用语言形容的神韵，于是，周围的一切无不映射出强烈的艺术光辉。

库兹明的作品奇异无常，这与诗人的经历有关，他的一生充满了外在事件的纷扰，导致他的内心情绪多变。[3]

米哈伊尔·阿列克谢耶维奇·库兹明，1872年10月6日出生于雅罗斯拉夫一个退伍海军军官的家里。然而这句近乎学院派

米哈伊尔·库兹明

的惯用语从一开始就显得模棱两可，因为库兹明自己经常说出不同的生日。咨询手册、大百科全书，以至他亲手签署的文件，标明的出生日期为1875年，甚至是1877年。这样一来，诗人步入文坛的时间自然就不同了：如果1872年的出生日期使库兹明年长于同时代人勃留索夫，就此年龄而言更接近梅列日科夫斯基、索洛古勃、维·伊万诺夫，那么后一个出生日期一下子就把他归到勃洛克和别雷这一代人，而他几乎是和他们同时初涉文坛的。对出生日期的态度表面上看是一件简单的事 [4]，但它透露了库兹明在对待个人履历上有一个重要的特征，那就是个人履历会受到内心瞬间感触的影响而发生各种变化。

库兹明的家庭环境可以用他的日记里冠以《我初年的有教益故事》的段落中的一句话来概括："我在一个双亲不和睦、生计艰难的家庭里独自成长，父母都很任性、固执。" [4a] 正因为经常处于这种状况，孤独、缺乏广泛的交流使小男孩儿从小就爱幻想，外省陈腐保守的生活方式进一步强化了这种幻想的特殊作用。谢·季·阿克萨科夫的《孙子巴格罗夫的童年》生动地描绘过那种生

392

活。家庭生活的诗意，与伏尔加河的旖旎风光密切相连（库兹明离开雅罗斯拉夫以后，直到十二岁，与父母住在萨拉托夫），与众不同的培育方式，奶妈讲的古老童话故事，以艺术的方式自然而然地进入他的生活，这一切决定了他的童年。在上面提到的那段自传性文本中，库兹明写道："我最初喜爱的人物是：浮士德、舒伯特、罗西尼、梅耶贝尔和韦伯。不过，这都是我父母感兴趣的人物。我迷恋的是莎士比亚、唐·吉诃德、瓦·司各特……"几乎所有这些被提及的作家和作品都能走进一个仿佛不是生长在19世纪70年代末80年代初，而是生活在30年代末的男孩的生活。

影响库兹明的童年的一方面是古老的生活传统，这种传统让他永远地与不太富裕的俄罗斯贵族阶层的生活方式连在了一起：他们自古以来就与大自然亲密无间，结交平民百姓；另一方面是一种感人、天真的半瓶醋艺术，这种艺术在《叶甫盖尼·奥涅金》中就曾被十足地嘲讽过一番，但库兹明却把它作为自己的美学基础牢牢地接纳了。当然，寻觅那朵诺瓦利斯的蓝花象征①却几乎是最为主要的任务。

393   寻觅开始了，自然首先是在艺术界。然而这里的艺术是广义的：其中既有继承，又有独立创作——包括音乐、文学、各种形式的戏剧……无论是从美学感观出发，还是出于个人艺术创作经验，库兹明都没有封闭于其中某个狭小的领域，而是最大限度地兼收并蓄，这一点决定了库兹明一生的创作风格。

意大利和埃及之旅对库兹明的生活影响尤其深远。海外之旅不仅仅让他了解了异国风情，并给他留下深刻印象，更为重要的是两次短暂的旅行在诸多方面决定了他的世界观。

1895年第一次埃及之旅以旅伴和男友"乔治公爵"的意外死亡的悲剧告终。诗人发现，（回顾平生时库兹明强调了这一点）原来死神就站在我们每个人的背后。因此，认为库兹明的创作属于"轻松愉快无忧无虑过活"的观点是错误的。无忧无虑、轻松愉快的单纯，却时常透出死亡的阴影，即便没有直接提及死亡二字。1916年，论述康·安·索莫夫艺术的本质时，库兹明指出，索

---

① 诺瓦利斯（1772—1801）在未完成的小说《奥夫特尔丁根》中用蓝花象征浪漫主义对无法言说的理想之憧憬。——译者注

莫夫的绝大多数作品充分而优雅地再现了他自己的诗歌风格："焦灼不安、反讽、木偶戏一样的世界、充满情色的喜剧、五颜六色的怪胎假面舞会、摇曳不定的烛光、虚无缥缈的焰火和彩虹——忽然间跌入死亡和魔法的黑暗深渊——被破布和鲜花遮盖的头骨，装腔作势的爱情，讨好的微笑死气沉沉，甚至让人恐惧……"[5] 如同索莫夫的世界一样，库兹明的世界一直都充满了死亡的阴影，不仅是人生的自然死亡，而且包括意想不到的突然死亡。埃及的印象反映在库兹明后来的小说和诗歌中，死神将终生伴随故事的主人公，虽然死神披上了异常愉快体验的外衣。

库兹明在埃及度过不到两个月的时间，但汲取生活和艺术最细微的感悟能力，使他常年沉浸在古埃及的世界，徘徊在希腊化时代的亚历山大城，他所描绘的那片安乐之邦的神奇画卷令早已习惯了欧洲风情的诗人们神往。20世纪欧洲最著名的诗人之一康斯坦丁诺斯·卡瓦菲斯[6] 大约也是在世纪初为希腊读者再现了他自己的亚历山大城并非偶然。亚历山大城如亲朋挚友，让库兹明眷恋不已：

394

> 啊，我离开了亚历山大，
> 长久见不到这座名城！
> ……
> 我将目睹美景的缤纷，
> 将凝视各种各样的眼睛，
> 我将亲吻不同的芳唇，
> 把不同的卷发轻轻抚弄，
> 心中默念不同的名字，
> 约会在不同的树林中。
> 所到处总不见你的踪影！

1897年，第二次短暂的意大利之旅同样意义非凡，它给诗人留下了诸多感慨，直到20世纪20年代都无法忘怀。如果说埃及之旅让库兹明感受到世界的可爱与死神的阴影密不可分，那么意大利之行则把艺术、激情与宗教连在一起，这是库兹明创作的另外三个最重要的主题。[7]

　　先于一切的主题涉及宗教探索。

　　库兹明接受的是相当严格的传统宗教教育。我们知道，库兹明醉心于基督教历史与现代宗教意识的研究。然而正如许多人，尤其是知识分子，对当代的东正教相当愤慨，长期思考、焦虑，探索的结果是坚决脱离官方的东正教。说实在的，对于19世纪末有思想的知识分子来说，这样的结果是必然的：因为教会留给他们的路未免太窄了，他们虽然虔诚信仰，并渴望遵守仪轨，但不可能完全受主教们恪守的教规的束缚，即便这些主教掌有至高无上的权力。因此，在教会控制范围之外尝试寻求宗教真理便越来越顺理成章。尽人皆知，各色哲学宗教团体缔造者的尝试往往演变成企图为追随自己的一小撮教徒建立自己的教会，就像梅列日科夫斯基夫妇所做的那样。

　　起初，库兹明想走那条俄国文化界曾经尝试过的道路——当一名天主教徒。尝试失败后，继而转向寻找俄罗斯本土的东西。最终，库兹明做出一个超凡脱俗的决定——加入旧教派圈子。1890年代末到1900年代初，库兹明的生活一度大幅摇摆不定。第一，旧教派为他提供了一套能直接深入民族意识和民族史的特殊教规；其次，旧教派能够使他接触极为引人入胜的古老风俗。

395

　　然而，不同于传闻的是，库兹明从来没有成为一名真正的旧教徒。大概是他曾幻想过，但却没有变成旧教徒，就像当初没有变成天主教徒一样。更何况，对库兹明来说，那时从事艺术创作已经是他生活的主要内容之一，而艺术创作对他想踏入的旧教圈子而言是不可思议的。在中篇小说《翅膀》（1905）中，年轻的旧教徒商人萨沙·索罗金对小说的主人公坦言："看完戏以后你如何向耶稣念赞美诗？杀人后会轻松些。的确如此：任何信仰下都可以杀人、偷盗、通奸，而理解《浮士德》的同时专心致志地数着念珠祈祷——不可思议……"从库兹明的信中我们得知，类似的这些话其实出自库兹明认识的一个旧教徒之口。这位旧教徒给自己的笔友描绘了一幅可以将艺术和真正的信仰结合在一起的画面，而这一点正是库兹明的艺术创作所追求的。于是出走修道院的问题再次浮出——即使不去旧教徒的隐僧修道院，去一个"好的"东正教修道院也行，在那里可以忘却尘世，可以逃避罪孽的生活，可以忏悔。

　　但是艺术的吸引力太大了，不是那么轻而易举地就能放弃创作。库兹明并非偶然地认为，那些建在古罗马废墟地基之上的意大利建筑才是真正艺术的楷模，它们把遥远的神话般的古代与当代有机地结合在一起。

起初一段时间，库兹明曾爱好音乐，为作曲着迷。他的早期诗作通常是他自己谱曲的歌词，其中包括歌剧、浪漫曲、组曲、声乐组曲等等。

这类文本的主要原则之一，就是必须把词语当作有声语言，而不是只供眼睛看的无声语言，因此，词语深刻的思想内涵潜能远没有被充分挖掘出来。为了歌唱，通常要存心选那些含义单一的，或者由作曲家从复杂的诗作中只选出一条线索，却不去关注诗的其余层面。所以有意写来供歌唱的诗往往追求一下子引起听众的共鸣。库兹明早期的诗歌创作，据我们所知，正是如此对待有声语言的例证。

毋庸赘言，库兹明是以自己所谱乐曲"配词人"的身份步入文坛的。1903年年末或是1904年年初，发生了几件事，在《我初年的有教益故事》中有简短记载："……我结识了'现代音乐晚会'小组，在这里，我的作品找到了用武之地。""晚会"是《艺术世界》杂志社独具特色的音乐分部，尽管它的参与者人数并不多，就像从前库兹明的诗歌只为少数人欣赏一样，但库兹明的作品首次进入了职业音乐家，而不单单是老朋友们的视线，首次逾越了友谊与宽容，获得了严肃、公正的评价。

此后，库兹明开始脱离音乐写诗。1904年底，与库兹明交往甚密的韦尔霍夫斯基家族的家庭印书馆推出了《绿色诗文集》，发表了库兹明的三十首十四行诗及一部歌剧脚本。勃留索夫针对这本书一针见血地写道："……完成后的《绿色诗文集》远没有达到它的构思的水准。"[8] 而《达莱西奥骑士的故事》遭到勃洛克辛辣的嘲讽："这位作者的长诗（戏剧形式）有十一场，但可以再随意地插入五十场，因为达莱西奥骑士（浮士德、唐·璜及哈姆雷特的混血儿）还远没有对所有的国家都绝望，也没有对地球上所有的女人都心灰意冷。"[9] 至于十四行诗，尽管它们也有明显的不足之处，但毕竟引人瞩目，甚至让一些偶然看到这些诗的读者牢记不忘。[10]

但是，诗歌作品的首次出版表面上丝毫没有改变库兹明的生活。跟从前一样，他仍身穿俄式外衣，仍在旧教徒商人格·米·卡扎科夫的小铺子里消磨大部分时光，库兹明与卡扎科夫关系良好且有事务往来，仍然一如既往地孤立于

396

文学界。直至中篇小说《翅膀》的问世才改变了他的处境，真正地让他名声大振。1905年秋，小说刚一封笔，库兹明就把它读给熟人听，其中"现代音乐晚会"成员表示出极大的热情，尤其是瓦·费·努韦里和康·安·索莫夫。努韦里把库兹明引荐给维·伊万诺夫的"塔楼"。"塔楼"是当时彼得堡文化生活的中心之一。[11]

初次造访伊万诺夫的社交圈子并没有给他留下什么特别的印象，同样，"塔楼"的主人对他也没有刮目相看。但随后在那里与勃留索夫的结识却在某种程度上改变了他的命运，使他成了一名职业文学家。

此时，不单是库兹明遇到了一位可以给他创造作家声望的文学活动家，就是勃留索夫本人也把库兹明当作可靠的追随者。难怪勃留索夫立刻致信"天蝎"出版社和《天平》的赞助人谢·亚·波利亚科夫称："……我遇到了《绿色诗文集》的全部编写者，其中韦尔霍夫斯基和库兹明在诸多方面能成为有益的合作者。"[12] 过了很久以后，勃留索夫在列举自己的文学功勋时仍认为："……我发现了库兹明，《绿色诗文集》的作者，当时还默默无闻，是我把他引荐给《天平》和'天蝎'的。"[13] 这次相识的结果是在俄罗斯象征派最著名的刊物《天平》上，发表了《亚历山大城之歌》组诗中的部分诗歌，接下来整期刊出了库兹明的中篇小说《翅膀》，然后由天蝎出版社两次出版了单行本。这些作品问世后，库兹明就不再是一个无人知晓的作曲家和诗人，一下子成了深受俄罗斯现代主义各个流派关注的文学名人之一。

是什么让这位无名诗人的作品一下子就吸引住了勃留索夫？可以说，原因就在于勃留索夫没有任何先决条件、没有多作思考就同意出版的组诗《亚历山大城之歌》。

组诗创作于1905年，虽然又是以声乐作品的形式，但就词语结构来说，已经非常接近传统诗歌，再加上另外一些优点，因而非常流行，长期以来成为库兹明诗歌的象征性作品。之所以如此，首先是因为诗集恰好符合时代艺术探索的方向（这未必是库兹明的本意，他并没有特别留意当代文学的步伐）。诗集的大部分是自由体诗歌，它当时刚进入俄罗斯诗歌的诗体"节目单"，而库兹明最常使用的形式建立在句法和词汇有规律的平行法基础之上，从而为这种不寻常格律进入读者的意识铺平了道路。诗歌的情节本身则属于久远的历史时代，完全符合俄罗斯象征主义的那种把发生的故事安排到过去遥远的国度的倾向。不过，由于有意识地让作品的情节有所保留，以此弥补了部分诗作思想内容的单一。不知情的读者和听众不是轻易就能明白《我与他三次面对面……》指的是什么人；情节可以在最紧张的时候戛然而止（《我又见到了我出生的城市……》）；结尾的诗行"啊，也许我们不是四个人而是五个？"让人觉得特别神秘，可以有多种解释（《我们是四姐妹，四姐妹是我们……》）。读诗的时候，读者不像是旁观者，就像在勃留索夫的历史谣曲中那样，而是几乎成为所有事件的直接参与者，作者向他倾诉故事的所有情节和秘密，就像对一个知情者一样，让读者和自己以及某一首诗或整个组诗的各位主人公处在平等地位。[14]

因此，甚至诗人本人的容貌也带上了某种神话色彩。这一点在最早的评论文章中已经初露端倪——这是沃洛申的一篇短文。沃洛申写道："当你第一次看见库兹明时，不禁要问：'请说实话，您多大年纪？'但你下不了决心，因为怕听到回答：'两千岁。'毫无疑问，他很年轻，如果用常识判断，他不会超过三十岁，但他的外表显得特别苍老，会让人产生这样的想法，他是不是古埃及的木乃伊，被什么巫术赋予了生命和记忆。……我想复原库兹明生平的细节——在亚历山大城，在像极了18世纪意大利的希腊衰落时期的这片乐土，库兹明过着真正属于自己的生活。"[15]《亚历山大城之歌》是他第一次出版作品，就凭这部作品库兹明已经塑造了相当稳固的诗人地位，与早已大名鼎鼎的勃留索夫、巴尔蒙特、索洛古勃，以及正在同时代人注视下冉冉升起的勃洛克、别雷、维·伊万诺夫并驾齐驱。

库兹明曾意外地被列入象征派语境，而库兹明对此暂且没有表示异议，因为这样他可以出书，可以定期在杂志上发表著述，不埋没自己的天分。但在象征派的圈子里他始终努力展示自己的特殊性。

表面上看库兹明最接近建立在"唯美主义"原则基础上的勃留索夫的立场，而这种"唯美主义"的意思是追求艺术家最大限度地独立于意识形态之外，无论那是某种社会运动的意识形态，还是宗教或神秘主义的意识形态。"我们只知道对于艺术家的一种训诫：那就是忠诚，无比忠诚，无限忠诚。"[16] 开诚布公的意识形态化，给作品加以某种坐标网格般的外在束缚，在库兹明心目中一直是一种无法用任何理由开脱的暴力行径。

然而，库兹明与象征派另一翼的代表人物维·伊万诺夫也保持着友好关系，而且创作上也在某种程度上相近。他曾是《天平》杂志作者中的一员，同时又和与其公开对立的《金羊毛》及《山隘》杂志友好交往。他既是"艺术世界"派众多艺术家的朋友，同时又能让那些视伯努瓦或索莫夫为"仿佛能抖出灰来的小老头儿"的"蓝玫瑰"派画家产生深刻好感 [17]。而当库兹明在参与梅耶荷德的各项计划的同时，并未放弃对极为传统的戏剧之思考。这样的例子举不胜举。

凭借发表《亚历山大城之歌》和《翅膀》，库兹明无疑在文坛上赢得了显赫的名声，虽然这名声不乏争议（人们还会因《翅膀》这部纯粹的"男同小说"而记恨他很久），但对于任何一名关注俄罗斯现代主义文学的读者来说，库兹明的名声还是非常稳固的。1907年，库兹明发表了中篇小说《纸牌屋》，以及与之密切相关的《被打断的故事》《赫利奥波利斯的欧多喀亚的喜剧》二联剧 [18]，更加巩固了他的文学声誉。针对他的作品，不仅一些大胆的报界评论家，就连别雷、勃洛克、吉皮乌斯以及勃留索夫这样的作家也展开了唇枪舌战。《天平》成功地阻断了库兹明与《金羊毛》的来往，但《金羊毛》的出版人尼·帕·里亚布申斯基准备不惜任何代价把库兹明拉回到杂志这边来。《山隘》的主编谢·阿·索科洛夫对库兹明好言相邀，各类报刊寻求跟他合作，梅耶荷德试图让薇·费·科米萨尔热夫斯卡娅接演库兹明的喜剧（但她冷淡地表示拒绝）。1906年底，勃洛克的《草台滑稽戏》公演，库兹明为之谱曲。这成了那一戏剧季的大事，当时人们没有意识到，这也将成为俄国20世纪整个戏剧生活的一件大事。

库兹明作品的流行，某种程度上依赖他高超的作诗技巧，同时或多或少与他作为散文家所处的特殊立场有关。他所发表的作品从一开始问世就确定了自己的独特性。这首先体现在散文上。库兹明的散文分成两大类——一类是历史和风格化模拟散文，另一类则是当代散文，描写的几乎就是当今的事，而且能让读者确信无疑，作品中描写的主人公和发生的事件确确实实就发生在身边或是刚刚发生过。如果说《翅膀》中描写的主人公只被作者最亲密的人所熟知，那么，《纸牌屋》里再现的现实生活就是几乎全彼得堡及其他城市的居民都熟悉的了。科米萨尔热夫斯卡娅剧院，如肖像画般描摹的梅耶荷德、维·伊万诺夫、索洛古勃的形象，毫不费力就能被认出来的苏捷伊金和索莫夫（被冠以纳利莫夫的姓氏），由于读者对他们异常熟悉，因而读来几乎令人震惊，尤其当两位男主角之间发生了恋爱故事时，而小说中这两位主人公用的就是其原型现实中的真名——米哈伊尔·亚历山德罗维奇·杰米扬诺夫和艺术家米亚特列夫。库兹明散文作品的这条线索闹出了最多风波，也最受研究者瞩目。

不过，由于批评过于关注这些问题，因而容易忽视作品的主要精神。谁都没有注意到《翅膀》这部"长篇小说"（库兹明喜欢这样称呼这部中篇小说）几近是一篇探讨爱的各种形式与本性的理性哲学论文。《纸牌屋》是这种论文的延 400

续，其中几乎是借助真人真事揭露了顷刻间爆发又转瞬消逝的情欲的特征。[19]与此同时，库兹明的"现代"散文在遵循他景仰的列斯科夫或皮谢姆斯基传统的同时，又能够反映现代生活的各个层面——从名士派的轻浮私情到旧派教徒的隐僧修道院，从佛罗伦萨的五光十色到俄国商界的务实，从中学生的游戏到浪漫主义式的强盗故事。机敏的对白，极具可塑性的描写，剧烈的情节转折，主人公格言般的道白，使库兹明的散文独具魅力，这种魅力随后在《崇高的艺术》《温柔的约瑟夫》《家里故去的女人》《漂浮的旅者》等作品中再次得以体现。

库兹明曾在信中谈到，他风格化模拟的历史题材散文更受评论界青睐。《艾梅·勒伯夫奇遇记》《厄琉西普斯的自传故事》《亚力山大大帝之功勋》等作品很快为库兹明赢得了当之无愧的卓越文体家的美誉。有手稿资料证明，库兹明曾有选择地认真研读过他所写时代的文学作品，不仅研究具有时代特点的典型情节，而且更注重文本的修辞结构。正因为吸取了情节的精华，库兹明才取得了如勃留索夫所述的效果："……作者掌握了18世纪语言和思维的典型特点，他以平易近人的口吻引导读者进入他所描述的时代，这比只靠各种外部描写要亲切得多。"[20] 这里要指出的是，库兹明既没有着意去设计紧张的故事情节（情节大部分是很传统的），也没有展开细腻的心理刻画（在流畅地描写行为的过程中，几乎没有心理细节）和特别的哲学观点来让读者大为惊叹。艾兴鲍姆概括得相当准确，他写道："洞察生活如同观察一个别致的花纹一样优雅而故作天真，以及倾向性本身中蕴藏的天真——这就是库兹明的感召力。"[21] 但这只是泛泛而言。如果把他的思想具体化，应该指出，纵观全局，库兹明最本质的特征是力求把握所书写时代的脉搏，向读者展示所处时代的特点，这种特点反映在人的个性、情节冲突及作家的写作风格中。此时，至于谁是故事的主人公——是亚历山大大帝还是无名的艾梅·勒伯夫，是卡里奥斯特拉还是约翰·菲尔法克斯，实际上并不重要。重要的是透过时代的主要特点体验这些人所处的时代。

401　　这一点极其鲜明地体现在库兹明革命后所写的散文中。遗憾的是，这些散文流传下来的只有少数（许多长篇都没有写完，如《金色的天空》和《罗马奇观》，就诗体来说与真实艺术协会派手法相近——虽然写作时间比他们早得多的《浴室里的火炉》和《五次谈话和一起事件》不被当代人所知）。然而即便是短小片段也能说明，一度分离的两大方向在这里得到了融合。

　　相比之下，库兹明的戏剧作品就要逊色多了（《尼禄之死》或许除外，列宁的死触发了他的创作动机），虽然剧本在他的文学遗产中不是数量最少的作品。

　　但有一点是很显然的，库兹明首先是作为诗人被铭记于俄国文学史的。他的第一本诗集也是他最受欢迎的诗集之一，出版于1908年春。

　　诚如20世纪初大多数诗人一样，库兹明力图使自己创作的每一本诗集都代表了他艺术之路上不同的创作阶段。无论作品成功与否，也可能遭到好坏不一的评价，但不管怎样，这些作品都能体现作者创作个性的发展轨迹。

　　《网》是作者给自己的第一本诗集起的名字，诗集由几个大板块组成，其中的许多部分过去都发表过但在收集成册以后，赋予其新的特点。因此诗集的结构在编辑时起了重要作用。

　　《网》由四部分组成，但第四部分《亚历山大城之歌》内容与抒情情节发展无关，而前三部分构成一幅整体画卷。我们不妨研究一下，这幅画卷是如何由零星的诗作、完整的组诗以及某些诗集的部分章节构成的。[22]

　　第一部分由组诗《今夏之爱》《中断的故事》和《形形色色的诗篇》组成，倘若不算最后一组，因为这组诗歌与这一部分的情节关系不大，那么我们就可以轻易地确定第一部分的主题——不真实的爱情。它一会儿是失望，如《今夏之爱》；一会儿是直接的背叛，如《中断的故事》。我们无法直接从文本中得知那种失望和背叛，这些感情对我们来说存在于语言的另一面，然而，进入诗中的这些心境刻画了诸多相当有表现力的画卷。《今夏之爱》中的肉欲总是通过各种背景来呈现的，有的以告别为背景，有的以回忆曾经的吻展开，有的描写分手或是忘却……当然，首要意义不是体现悲剧，主要是展现感激之情，感谢所赋予的爱恋，尽管它转瞬即逝。不应忽视诗中那种情感的复杂，以便使我们不至于被传统的眼光束缚，只把这些诗只看作"琐碎、美妙和轻盈精神"的极端体现。在这里，飞翔与接地气，轻快与沉重，无忧无虑与睿智结为一体，总之，这就是库兹明整个创作的特点。

402

我们仅以第一组诗中最著名的那首《今夏之爱》的一个诗节为例，从中可以窥见到这种复杂性。

> 你温柔的目光调皮又诱人，
> 如同喧闹的喜剧那可爱的胡言乱语，
> 又像马里沃手中变化莫测的笔。
> 你那皮埃罗的鼻子还有令人陶醉的嘴，
> 犹如《费加罗的婚礼》令我痴迷。

诗节思绪驰骋，不给读者留有思考的时间，读者只来得及捕捉几个关键词"温柔的目光"，"可爱的胡言乱语"，"皮埃罗的鼻子"，"痴迷"……马里沃的喜剧和莫扎特的歌剧一并让读者想起那令人神往的轻快，带着这种轻快又去联想《费加罗的婚礼》。总之，让人不禁想起普希金说的："当你忧郁的时候，你就开启一瓶香槟酒，或者再读一遍《费加罗的婚礼》。"但无论是诗人自己还是他的读者，想起普希金这段话时，不能不清楚地意识到这段话的出处，从而想起《小悲剧》探讨的全部问题。这些回忆的阴影必然反映在引用的诗行上，因而也就反映在整首诗篇上，从一首诗又影响到整个组诗。这种阴影并不是瞬间的，从另外几首诗中同样可以感觉到。如第四首诗就是这样结尾的：

> 我们的面具在微笑，
> 我们的目光不再相遇，

> 我们的嘴默默地紧闭……

把脸称做面具，目光彼此防备，嘴默默地紧闭——就这样结束了"充满温存的夜晚"。因此，诗中的人物已今非昔比：

> 唱着《浮士德》，娱乐，
> 仿佛我们不知道那些夜晚，
> 夜还是夜，可我们已经改变。

爱欲变得虚伪，成了欺骗，极力掩饰背叛和一贯的疑心，即便是组诗的主角也试图说服自己：

> 好吧，他是什么样子，
> 我就爱并且接受他。

组诗在几近幸福的音符上结束。然而如果试着想象一下后面的情节发展，那么我们就会看到，所有进行中的逻辑都归结为一个不可避免的结局：昙花一现的爱就该收场，好给别的情感让路。

至于《中断的故事》虽然结构似乎更为复杂，但内容如出一辙。此类诗被首批读者拿来与中篇小说《纸牌屋》参照阅读。最让人感兴趣的是，小说反映的完全是真实的人的命运，但这就让读者和评论家忽视了更深层的东西，忽视了小说，尤其是组诗的多面性。组诗以《尾声》结束，使读者得以用作者的眼光回顾刚刚读过的诗行，而作者则已经知晓现实生活中此类事情的结果：

> 没有发觉我脸上的泪珠，
> 爱哭的读者，
> 最后的句号不代表命运，
> 它只是一个墨点儿。

这个墨点儿扯断了若断若续的情节，使读者无法追踪它到终点，没能让两个主角的形象发挥到极致。然而，上述的一切足以证明，和《今夏之爱》一样的幸福的结局是不会有的，因为有些言辞已经不言而喻："妒忌之针"，"我为何因某次背弃而颤抖"，"我的朋友——冷酷的嘲弄者还是细致的喜剧演员"，"不幸的一天"，"可怜的欢乐"，"凄凉的烛光"，等等。《那样的夜晚》原来是像诗集开头的一组诗那样的欺骗性的夜晚。

《网》的第二部分断然转变了第一部分的情绪。组诗《焰火》《受骗的骗子》和《快乐的行路人》把读者从带有18世纪特色的风格化模拟作品特有的虚幻、近乎透明的情景中解脱出来，对未来抱有一丝希望——相信最终能够获得真正的爱情：

> 我面前的第一片树叶光洁如初，
>
> 世界重又洒满金灿灿的阳光。

最后，第三部分笔锋一转，把对爱情的描写变奏为完全不同的第三种调性。米·列·加斯帕罗夫就是根据《网》这一部分的结构分析，在自己的一篇论文中对这些诗句所描绘的世界提出了如此具有表现力的概括："心在颤抖，面对预感的爱燃起激情；号角已吹响，阳光照亮我的路，我的目光锐利，宝剑可靠，恐惧被抛到脑后；玫瑰指给我遥远天国花园的大门，面孔白净的领路人伸出有力的臂膀，领我向前，他的铠甲闪闪发光。"[23] 领路人指出一条唯一通向真正的神性之爱情的正确的路，这种爱取代了不忠的情欲。

如果看看库兹明的日记，我们就会发现，库兹明这些诗歌的人物都与幻境缠绕，如同身临其境般真实，甚至，在梦幻中胸膛被剑刺伤，都要疼上好多天。

然而，这并非与米哈伊尔·阿列克谢耶维奇在彼得堡和在塔夫里达街二十五号①的生活有直接的联系。通过这篇日记我们可以得知，在这些笼罩着梦幻的日子里，他把自己描绘成一名隐士，随手翻开一本不太高尚的小说来读，

404

---

① 即维亚切斯拉夫·伊万诺夫的"塔楼"所在地。——译者注

或是观看演出，完全沉浸在别样的心境中……但是，为了情节的展开，他为我们勾勒出了一个不同的现实世界，在那样的世界里，爱情具有崇高、神圣的意义，它既得益于个人的亲身体验，又受那个穿铠甲、佩宝剑、有着光辉形象的人（与此同时也像是库兹明的主保圣人、天军之统帅天使长米迦勒）的恩赐，此人的使命就是要让爱他的人绝对幸福。

独特的三部曲，把人类的肉欲变成崇高的几近神圣的爱情，也是诗集《网》的主要内容。当然，这一点从表面上无法理解，有时主要内容不仅被轻浮的、风格化模仿的华丽词藻和思想所掩盖，情绪的变化仿佛使作者和他的读者走上了歧路，但最终却殊途同归。

结束了贯穿《网》的情节后，库兹明通过诗集附录的组诗（甚至可以说是一本独立的书）《亚历山大城之歌》，仿佛呈现了诗集基本题材和情绪的一座微缩模型。组诗与《网》的其他部分不同，它没有延续的情节，每首诗完全是独立的篇章，但是总体上，《亚历山大城之歌》是库兹明早期诗歌特有的题材、基调及创作方式的摘要汇总。诗中既有无忧无虑的快乐（尤其是《克诺珀斯小曲儿》篇），又有独特的哲学思想；既有孩童的天真，又有深刻的思考，这种深思与个人的人生经验密不可分（《智慧》篇）；同时又有爱情的体验，而爱笼罩着死亡的阴影，这些内容都被表现得极其敏锐、鲜明。所有这一切都被容纳在同一个历史文化意识类型的框架内，与呈现在作者面前的亚历山大独特文化息息相关。

然而，《网》的评论家们却没能恰如其分地读出其诗歌构思。对他们而言，这本诗集的价值首先在于它仿佛一本诗歌创作技巧的教科书。

当我们使用"诗歌创作技巧"这个非常传统的词组时，理应清楚，库兹明完全不接受这种搭配。可以设想，他反对评论自己的诗歌形式，不赞成分析诗歌技巧的结构。对他来说，写诗的技巧完全是"手指头乏味的、顺从的快速运动"，任何创作都离不开这种运动，不值得去过分关注。

然而，对今天的读者而言，库兹明的声音是俄罗斯诗苑的财富，而从这组神奇的大合唱中很难辨别出只属于库兹明个人的声音。看来，还是有必要提一下，库兹明给俄国诗坛带来的是什么，为什么他的第一本诗集就让他成了俄罗斯诗歌天幕上引人注目的明星，尽管那片天穹上每一个耀眼的作者都可以遮掩任何一点不太明亮的光芒。跨越遥远的岁月，我们来审视这段时间，就会发现，常有一些诗人，当时被推为诗坛巨子，但随后就销声匿迹了，而库兹明这颗星却没有被遮蔽，相反却熠熠生辉。

翻开库兹明的诗集，当代读者最先感受到的是什么？回答可能是枯燥无味的老生常谈。但真理来自于重复，真理不会消失，也无法歪曲：让库兹明的诗被我们一眼认出的首先是它的语调和独一无二的声部进行，如同熟人的嗓音一样，多年之后也不会混淆。

与此同时他的诗中没有任何特殊的修辞手段，没有呐喊，没有亲密的悄声细语，也没有令人厌烦的"音乐性"。诗人的声音平静、干脆、响亮，但平静后隐藏着大量异常细微的曲折变化，可以辨认的东西就蕴含在这些变化中。

声音这种"细微变化特性"的优点就是让每个人都能在库兹明的诗歌中发现属于自己的、个人的东西。每个读者都会在这个声音中找到对于自己而言弥足珍贵的一面，尽管别人就会认为这一面是冗余的。这种风格化模仿的、稍微有点做作的语调可能让某些人觉得亲近：

> 跳小步舞的人群谁的身材更匀称？
>
> 谁更会挑选彩色的丝绸？
>
> 谁的发型更无可挑剔？
>
> 哎，所有这些都已尘封日久……

406

某些人则认为，库兹明——首先意味着亢奋：

> 再生的精神——我们无法扼杀，
>
> 诱惑也是白搭。
>
> 我的领路人如六翼天使般美好，
>
> 我的道路——通达。

还有某些人则会觉得库兹明如家庭成员般亲切：

> 我在谢廖沙那里逗留片刻，
>
> 然后又陪姐姐在家里的餐厅闲坐——
>
> 每分钟您都让我倍加倾慕，
>
> 既然不爱，莫如鄙视我，忘掉我。

　　语调的例子举不胜举，它们丰富多彩，无止无休。如果专家们谈及，比如说，马雅可夫斯基对库兹明某些诗作的影响，那么他们首先指的是库兹明从这位比他年轻的诗人那里借鉴的不是词汇，不是情节，也不是韵脚，更不是形象，而是语调特点，用马雅可夫斯基的话说，是"口齿"（《дикция》），这种语调特点虽然不能用语言界定，但可以准确地感觉出来。

　　声音自由的绝对统治是库兹明诗歌结构的主要特点，其余因素都受其制约，这就让我们必须对同时代人关于库兹明的看法进行校正。

　　最为不同的各种刚性固有形式的自由运用，变化多端的实验性诗格，以及在节律、格律、押韵变化诸多方面规律性的尝试，总之，由勃留索夫、巴尔蒙特、索洛古勃、吉皮乌斯、维·伊万诺夫及其他象征派诗人带给文学的一切，对于20世纪初的读者而言，已经是习以为常的事了。库兹明大可以展示自己对此类尝试的掌握不亚于上述这些作者中的任何一个，甚至超过他们。但如果说，对库兹明的前辈们而言，实验手法是一种独特的炫耀——"看，我多会！"——那么，库兹明的这种实验则运用得自然而然，如同用四音步抑扬格押交叉韵写就的一首诗。如果勃洛克或者勃留索夫的自由体诗采用减法型的创作手法，那么库兹明则如我们上文提到的那样，将自由体诗汇入了传统诗歌的语调空间，因此听起来像是完全自然的形式，即使处在其他格律背景下也没有任何突兀的地方。

407　　单独来看一行诗的任何其他因素也如此。库兹明可以被认为是创作复杂诗歌结构的冠军，不知这样评价有没有意义。如果从整体中挖掘出一些个别因素，我们就会发现，这些因素运用得颇具匠心，独具美感。让我们试以上文所举第一首诗《今夏之爱》中的一个诗节为例，细心的读者很容易就能发现其中的韵脚，第一行和第二行的韵脚很明显，但并不是轻易地能看到第四行中间的"皮埃罗"与第三行和第五行结尾押韵（这绝非偶然，因为在三个诗节里都如此）。

而相邻的一段——完全是另外的诗节：

> 为什么月亮升起，变得粉红？
>
> 吹来的风，饱含脉脉温情，
>
> 小船触不到浪花蛇一般的涟漪，
>
> 何时我的心只为你祈求神明？

> Зачем луна, поднявшись, розовеет,
>
> И ветер веет, теплой неги полн,
>
> И челн не чует змеиной зыби волн,
>
> Когда мой дух все о тебе говеет?

在第二行中间，诗的行内韵脚也不是轻易就能察觉出来，因为它与第一行的结尾而不是中间押韵，但更出乎意料的是——第二行结尾与第三行开头押全韵，而且不是和第三行的语气停顿处，因为如果和此处押韵的话，韵脚会非常明显，而库兹明则是由着诗句自然行进押韵，没作任何刻意的划分。

库兹明轻巧地构建复杂地交织在一起的诗节（如《过去及将来日子的双重阴影……》一诗），使用独特的叠句结构（《如果有人对我说："你应该去受苦……"》），他不仅处理自由体诗，还处理与众不同的、个性十足的三音节变体诗格（《每个夜晚我从陡崖处观看……》等等），他用清亮的、从不会惹人厌烦的声响表现法贯穿自己的诗行，为俄罗斯诗苑构筑了独一无二的诗节样式。[24]……然而，这些尝试从没被赋予过什么特殊的意义，它们蕴含在诗行深处，只有深入分析时才能被察觉。《网》的开卷第一首诗《我的先辈》多次进入课本文选，是广大读者最熟悉的诗之一，整首诗由同一种句型构成，绵延五十二行，其中没有一点矫揉造作、牵强附会的痕迹，这一点难道有很多人发现了吗？

对库兹明的诗及诗学的这种认识似乎让我们不得不否定《网》的权威评论家的意见，他们认为，这本诗集首先是精美的小饰物的集子，这些小饰物自然有生存权利，但不具备什么更大的意义。[25]

　　　　我们认为，这样的"总评"无疑是错误的。诗中，评论家终究没能注意到的"当代问题"，已经早就被放到其次地位，背离了当今俄国读者的日常需要，但是，心灵的探索，那种全人类意义的客观现实，决定了库兹明第一本诗集的主要倾向：

> 明亮的正房是我住的洞穴，
> 思想是河边水鸟：鹤与鹳；
> 我的歌是快乐的赞美诗。
> 爱情是我终生不渝的信念。
> 来找我吧，不管你是悲是喜，
> 得到或者丢失了订婚戒指，
> 我把你们欣喜或忧郁的包袱，
> 像衣服一样挂上那颗钉子。

　　随着《网》的问世，朋友们此前熟悉的库兹明完全变成了另一个人。如今他们看到的是一个打扮入时的唯美主义者和花花公子，每天穿不同颜色的坎肩，他经常光顾戏剧首映式和画展开幕式，成了作家沙龙的常客、几家主要俄国杂志的工作人员、天蝎出版社的骄傲。

　　确定了自己的新特点后，库兹明开始了职业文学家的事业。看来，他的文学生活和个人私生活最终形成了一个整体，如今对两者显然应该合二为一进行整体研究。然而事实并非完全如此。

　　从1908年到1917年，库兹明主要转向散文创作，只出版了两本诗集，大量的短篇和中篇小说集以及单独出版的长篇小说完全遮盖了诗歌的发表，如果再加上两个剧本，两次出版的声乐组曲集《爱的钟声》，诗歌就越发显得少。更何况，库兹明这几年创作的散文，大部分与《翅膀》《纸牌屋》《亚历山大大帝之功勋》等作品开创的某些新的叙事方法不同，这一部分与其说是严肃文学，不如说更符合通俗小说的范畴。

　　但就算跨越漫长的时间，细细品味这几年的诗集，也会觉得，它们远非等值。库兹明本人用中学打分的方法，犹豫不决地但最终还是给《网》打了个五分，1912年发表的《秋天的湖泊》得了三分，而1914年发表的《陶土小鸽子》只得了无望的二分。[26]

坦白地说，可以同意这种自评。的确如此，第二和第三本诗集显然是《网》在所有结构以及素材运用原则上的延续，个别的诗歌从形式上看也很完美，但显而易见，完美的外表下失去了《网》中作品如此明显的深刻的内涵。

当然，这不是指所有的诗歌。无论是在《秋天的湖泊》还是在《陶土小鸽子》里，都有不少局部成功的作品，但整体感觉欠佳。我们认为，这与库兹明诗学最显著的整体发展趋势有关：此时，也就是1908到1914年间，他越来越把自己的探索简单化甚至变得有些原始化。某种程度上，这与库兹明的文学视点演化的方向有关，另一方面或多或少受他所处的外部环境的影响。

诗集《网》确定了库兹明在俄罗斯象征主义者中的地位，虽然他从未觊觎过理论家、严肃文学评论家、杂志斗士的角色，就连他的作品本身——优美的散文、迷人的诗歌——也经常被视为，用别雷的话说，天生"为休息"而作。

即便针对库兹明内在的气质而言，这样的评价也是恰如其分的。在他的散文及诗歌中，那种复杂的，往往甚至是神秘主义的元素是暗暗存在的，而这种内容却是象征派喜欢展示出来的。"秘仪祭祀"、"通神师"、秘教知识承载者的姿态与库兹明格格不入，虽然我们能不时地感觉到有某些掌握神秘主义知识的迹象。因此，象征派和库兹明的文学行为模式也是完全不同的。上文已经提及，库兹明与当时象征派两大阵营的代表作家——勃留索夫和维·伊万诺夫都建立过友好关系。但友谊与分歧不仅是由个人关系决定的，而且也受对现实的不同态度制约。

维·伊万诺夫在库兹明诗歌和散文作品中蕴藏的神秘主义中看到了那种启示，这种启示是通过个体的秘密知识、祈祷及神秘主义顿悟实现的。伊万诺夫认为，这种启示可以扩大范畴，通用于其他人的生活，可以作为他们具体直观的训诫，也就是说，库兹明被他认为是某个用此类知识及经验结合在一起的假定性社团的潜在成员。

但对库兹明本人来说，这样的意图不能不预示着失败，因为对现实的宗教体验是具体的个人感悟，把它作为别人的楷模，哪怕是相对少数人的楷模，都是对这种体验的亵渎，也就失去了它的全部意义。从某种意义上说，他更接近

409

410

不追求隐晦复杂思想的勃留索夫的立场，但即便是这种立场与他的志趣也相去甚远。主要是因为，那个团体以纯文学的价值体系为取向，局限在书刊杂志的辩论框架中。这位无情抨击同时代人，让他们哑口无言的大师的姿态也不能不使之不快。根据库兹明的日记和论文来看，享有巨大内在自由的艺术对他弥足珍贵，这种自由表现为偏差，疏忽大意，有始无终，而这种有始无终可以让作者同样轻松地成为完整的和分裂的，神秘主义者和现实主义者——总之，更符合他自己的天赋的特性。

在这一基础上，库兹明有着非常自觉、经过梳理的极为个人的经验，这种经验就是展现在其作品中的无法肢解和不可分割的个性统一。

库兹明从中确立了个人的文学立场。只要个性还不被触碰，他就完全能够与其他作家、理论家、文学流派等和平相处，可是一旦他们开始尝试干涉其诗歌个性的自然发展，他便会反抗，导致重新审视任何一种文学立场，不管它们看上去有多牢固。

很可能正是因为这一点，库兹明一直独立于各种文学立场与团体之外。而各流派都渴望在自己的行列里拥有这样一位才华横溢的诗人。

与维·伊万诺夫的决裂是此类分歧的典型例证。纯粹的个人原因很可能只是库兹明对那场他被卷入其中（看来，是非自愿的）的公开思想辩论深刻内在不满的外在表现。其实理由微不足道：《劳作与时日》杂志刊登了库兹明对伊万诺夫文集《燃烧的心》的评论，编辑部删去了评论的结尾，这同时引起了伊万诺夫与库兹明本人的愤怒。库兹明决定利用这一机会，与杂志从创刊之初就清晰确立的所有立场彻底划清界限。辩论的个别局部焦点昭示了其主要缘由——对俄国象征派是世界文学唯一合法继承人这一观点的分歧，这个观点却是《劳作与时日》杂志第一期许多作者固守的。库兹明在写给《阿波罗》杂志编辑部的一封信中绝决地说："无论《劳作与时日》的编辑部会感到多么不快，但是，象征主义流派确实是80年代在法国出现的，而它在我国的第一批代表人物是：勃留索夫、巴尔蒙特、吉皮乌斯和索洛古勃。造一个'但丁、歌德、丘特切夫、勃洛克、别雷'的谱系并非总是合宜，这一前提引出的结论也并非总能令人信服。"[27] 虽然伊万诺夫的名字被小心地隐去，但他不可能不把库兹明说出的许多话放到自己身上，这样一来，这场个人争执就被追溯到对两位文学家而

411

言更为严肃、重大的美学和意识形态分歧。

库兹明在许多方面与另一个文学流派的关系也建立在同样的指导思想之上，直至今日他还时常被认为是那个流派的成员。库兹明到底是不是阿克梅派——对此争论不休，旷日持久。维·马·日尔蒙斯基对他这样评论："俄国最后一个象征主义者。"[28] 显然没有顾及库兹明对把他列入象征派各种纲领性发言的个人反应，这只是一个类型学定义，而且也只在日尔蒙斯基自己的概念框架中有效。但试图把库兹明归入阿克梅派的根据也并不充分。库兹明在不同文章中多次刻薄地评价过这一流派，因此，要驳斥库兹明是阿克梅派的说法是非常容易的。但研究他与阿克梅派在时代文学进程中的分与合则重要得多，也有教益得多。

似乎是在古米廖夫从巴黎回到彼得堡后，库兹明与他建立了亲密的个人友谊。在第一次象征派最严峻的危急关头，也就是1910年，当库兹明和所有《阿波罗》杂志的"年轻编辑"明确表示，他们恪守的是勃留索夫的方针，而非勃洛克和维·伊万诺夫的纲领的时候，库兹明和古米廖夫有着统一的文学立场，此外，论文《论明晰之美》，出席《诗人车间》的例会，为安娜·阿赫玛托娃第一本诗集作序——这一切都证明，他与阿克梅阵营有一定程度的接近。然而，阿克梅派中却从没有一个人提到库兹明是他们那个狭窄、封闭小圈子中的一员。

个人的恩怨往往可以作为令人信服的解释。正如阿赫玛托娃所说："对我们来说，就比如说，对科利亚（指古米廖夫）来说，一切事物都很严肃，而在库兹明的手里一切都变成玩物……他只是一开始与科利亚很友好，后来他们很快就分手了。库兹明这个人很不好，缺乏善意，爱记仇。科利亚写了一篇文章评论《秋天的湖泊》，文中称库兹明的诗为'小客厅的诗'。发表前拿给库兹明看，库兹明要求把'小客厅'改成'沙龙'，他至死都没有原谅科利亚的这句评语……"[29]

412

古米廖夫写了三篇文章评论《秋天的湖泊》[30]，其中的一篇竟让库兹明如此计较，以至于库兹明觉得，有必要否定自己对古米廖夫《异国天空》的评论（毫无疑问，这是俄罗斯文学史上的罕见之事！）：在《阿波罗》杂志上高度评价这本文集之后，没过几个月就在《〈田地〉副刊》上把这本文集评得无可救药。[31] 但是毋庸置疑，古米廖夫书评事件只是库兹明与古米廖夫及其领导的团体决裂的催化剂和借口。

对库兹明而言，有一个事实非常清楚（至于它到底在多大程度上符合事实，这就是另一回事了），那就是阿克梅作为一个文学流派，首先反映的是它的创始人即古米廖夫的个性。所以，也正是古米廖夫的美学原则必会映射到阿克梅派对文学的美学本质的全部认知。在这一方面两位诗人的分歧是原则性的。库兹明不止一次刻薄地嘲笑古米廖夫津津乐道的柯尔律治的那句话："诗是最佳排列的最好文字。"——古米廖夫在自己的书评和"诗人车间"的例会中，遵循的正是这个原则。古米廖夫，以及紧随其后的整个"车间"，还有阿克梅派的部分成员对标准诗学的追求，不能不招致库兹明的坚决反对。正因为如此，外在的原因才成为两位诗人分道扬镳的导火索。私人间的误会及不和的幕后，极易透射出诗歌创作观在原则上的分歧。[31a]

不愿以任何方式与当时的文学流派发生纠葛，这就导致库兹明在一定程度上被孤立在"高"文学里。1909年，与《天平》及《金羊毛》断绝关系后，库兹明成了刚刚面世的《阿波罗》杂志的积极合作者。在那里，他不仅仅是杂志合作者之一，而且很大程度上决定着杂志的内部决策。然而，与古米廖夫的分手不能不影响到与《阿波罗》的关系，因为古米廖夫仍然是这本杂志有影响的人物。与《劳作与时日》产生不睦以后，象征派的新事业没有引起库兹明丝毫兴趣。与勃留索夫的关系也已明显恶化，勃留索夫掌管《俄罗斯思想》文学部期间，库兹明极少在该杂志上发表文章。传统的厚杂志仍没有改变对他的不良印象，在他们看来，他依旧是一个爱惹麻烦的人物，这样一来，库兹明能合作的就只有对作品类型要求不太高的《田野》《阿尔戈斯》《火星》及《巅峰》等报刊了，他甚至会把稿子给地摊刊物《蓝色杂志》及苏沃林的《海湾》，而这些刊物被当时知名文学家们嗤之以鼻。当然，也有严肃刊物《北方论丛》及不同种类的丛刊，如《人马座》《缪斯丛刊》会刊登库兹明的诗作，但多半还是与半地摊刊物合作。如果说这种状况还没影响到《秋天的湖泊》，那么在《陶土小鸽子》中就充分反映了这一点。

第二个主要特点——长期与剧院合作。库兹明不仅谱曲，而且撰写完整的剧本，常是自己的剧本自己谱曲。这些剧本既在严肃剧院上演，又在当时很多

413

的小型剧场或者和半业余戏剧表演中上演，但所有剧本的定位都是无忧无虑地轻松观赏，不逼观众思索复杂问题，只给观众带来欢笑，让他们心情愉快。

最后，库兹明创作基调的改变，不能不影响到他的交际圈子。如果说从前是与文艺精英过从甚密（佳吉列夫、索莫夫、梅耶荷德、维·伊万诺夫、勃洛克、索洛古勃、安年斯基、勃留索夫等），那么如今，库兹明越来越经常地与年轻诗人、演员、艺术家、音乐家们打成一片，对这些人来说，库兹明是理所当然的"导师"，他说的话应该无条件听取。虽然根据回忆录可以判断说，导师的架势是与库兹明的为人格格不入的，但毕竟大家对他的这种态度不能不影响到他的意识。他不再与那些和自己并驾齐驱的人交往，而是身处于一些无论是知识修养还是艺术造诣都要比自己逊色得多的人之中。

在一段时间里，对于库兹明来说，衡量艺术是否尽善尽美的尺度没有固定的标准：写成的所有作品在他看来都是绝对成功的，一件作品一旦发表过一次，就一定会收录在诗集里面出版。

《秋天的湖泊》和《陶土小鸽子》仍如从前，善于用白话表达爱恋和柔情，通过琐碎细节揭示深刻的内涵，把神话情节与当下感受相结合，达到风格化模仿与现实生活的有机统一，构成一首大型短诗的情节……然而，高产量明显对库兹明不利。比如，《秋天的湖泊》中的《嘎泽勒》组诗，倘若不是由三十首相当单调的诗，而是由五至六首诗组成就会好得多。作者渴望通过某种特定的精神和诗歌形式努力表达自己的力量，不受一个苛刻艺术家严格要求的束缚，结果令读者（同样也应该令作者）感到疲惫不堪。

又如，当读《陶土小鸽子》里的"片段体长篇小说"时，你不免会惊叹于库兹明诗歌形式的独树一帜，他用标新立异的节奏和格律创造了从来没有过的诗节结构。但这里的构思仍旧是有缺欠的，让人无法体会到写作计划中的那种缜密，这种缜密是维·伊万诺夫在与库兹明的多次谈话中提到过的。我们能看到的只是由零散的片断拼凑成的一幅画面。爱情故事原来没有写完，而约瑟夫·德·迈斯特伯爵在最后几个片段的现身所预示的思想斗争及冲突最终也没来得及完全展开。

类似的例子在两厚本诗集里不胜枚举。当然，库兹明仍然保持了自己的创作风格，但明显减少了《网》中表现出来的热情，即在生活中任何一个无关紧

414

要的时刻都能感觉出自己和上帝世界是一个统一体的热情。在我们看来，即便是《秋天的湖泊》（更不用说《陶土小鸽子》了）与第一本诗集相比，显得也远不是那么完整。最隐晦的安年斯基在《论当代抒情风格》一文中论及将来会成为《秋天的湖泊》之结尾的那组组诗时表露出如此强烈的不信任，并赋予其一种特殊意义决非偶然："顺便说，库兹明作为《圣母节》的作者，他是否读过诗人谢甫琴柯——这个被奥尔河和其他各个要塞弄得疲惫不堪的老人，像夜莺一般，突然从自己半干涸的眼睛里哭出了如此汹涌的温柔泪水——关于圣母的诗？不，他没有读过。如果他读过这些诗，他就会把自己的《圣母节》付之一炬。"[32] 的确如此，组诗中对普希金的老调重弹显得不仅仅是怪诞："夜里，皇后生下的不是儿子，不是女儿，不是老鼠，不是青蛙，是个无人知晓的小妖怪。"库兹明对天使报喜故事的阐释也极为不妥；甚至这本献给意中人，同时还收录了一些赤裸裸描写对圣母肉欲之诗作的诗集的结尾几乎就是亵渎性的。

1914至1915年间，库兹明热衷于战争诗的创作并在多种报刊上发表。这些诗更能反映出创作的不足之处。这些诗似乎是库兹明在其创作生涯中绝无仅有地失去了自己的特色的作品，这些诗与当时大量的赝品混为一谈，难于辨认。好在这种情况持续时间不算太长。大约从1916年开始，库兹明的创作风格有所改变，虽暂且不为读者所知，但对作者本人来说，已经相当明显。于是，从20年代初开始，库兹明焕然一新的面貌随着一本又一本新书的问世显得越来越清晰。

既然从"20年代最初"开始谈起，那么我们就从几个问题入手，因为库兹明的某些变化在革命后即1918年出版的最初两本诗集里，已经很明显了。一本书（《给两个人》）是本小册子，只有两首诗，另一本（《领路人》）则完全是本可观的诗集（虽然规模不及前三本中任何一本的一半），但从这两本书中不难察觉，这位似乎已经完全定型的诗人作品中有一些不同寻常新特征。

首先是有关社会现实和创作之关系的问题。库兹明一直努力把政治和有关社会生活的其他事件排斥在自己的作品之外，要说他的作品无论能以某种方式与这些东西纠缠在一起，这实在是不可思议的。

在俄国生活大转折的年代，当代的社会现状越来越经常地出现在库兹明的作品中。最初，时常反映在库兹明的日记里，没有涉及散文和诗，因为它没有

切实触及到诗人的个人生活。但随着世界大战的爆发，政治开始毫不留情地渗
入他的生活。库兹明的新男友完全有可能应召入伍，对这件事情的担心不仅经
常反映在日记里，也出现在诗歌中，并且在某种程度上赋予了他的日记和诗作
与主流意见相左的特性。他意识到，战争正在从一种发生在无关的某处、给自
己提供轻松挣钱机会的转瞬即逝的事件，逐渐变成一种直接关系到他身边事的
残酷现实，这迫使诗人不得不确定自己的立场。认清自己身边战争的狰狞面目
后，库兹明果断地与之背道而驰。

1917年秋，格·丘尔科夫在他发表的特写中，虽没指名道姓，但可以确认
无疑就是引证库兹明，表明了自己鲜明的立场：战争无论如何必须停止，不惜
用任何代价。正是应该在这种语境下来理解下面这句需要专门解释的话："当
然，我是布尔什维克。"[33] 在那些日子里，"布尔什维克"首先意味着不惜用任
何手段结束战争。但就算是在后来，尤其是在10月25号以后的最初几天里，库
兹明在日记中时常对政变发动者和他们的追随者表示出好感："士兵们伴着音乐
行进，儿童欢呼雀跃。婆娘们在骂街。此刻他们轻松地走着，步履轻盈，欢快
而庄重，感到自己是自由的。仅仅为这一点就应该赞成政变。"[34]

可以推断说，在库兹明的意识里，革命是和那些流氓无产阶级化的群众
被唤醒的能量息息相关的，而他早就非常同情那些大众，他们最充分地表达了
过去一直沉默的俄罗斯的集体意识。在这种意义上他们在某些方面与旧教派接
近，旧教派对当前事件的态度不是根据报纸和政治手册决定，而是以古老的生
活方式为基础，这样一来就能提升到当今时日的空虚之上，获得绝对的真理。
的确，如今这些跃居政权核心的"流氓"们、"商栈客"们和"十二个"身上也
正在发生完全一样的事情。

但在1918年3月，库兹明就已经写道："……是的，破衣烂衫的同志把自己
表现得像阿提拉，只有头脑灵活的好汉才能生活……"他很快发觉，布尔什维
克的革命不是人民意志（就算是用他本人对这个概念投入的局限性理解）的自
然流露，而是某种完全不同的东西。情况越来越明显，领导政变的大部分人都
怀有私心：为了自身的利益应该如何去利用这种自发力量。布尔什维克党的组
织力量，在广袤的俄罗斯微乎其微，而在首都却可以大行其道。于是，库兹明
1919年创作了直白的政治组诗《俘虏》，此诗多年后才得以发表。诗中，库兹

明并非偶然地把布尔什维克党公开比作俄国史上最不受欢迎的人物之一："阿拉克切耶夫，要实现的难道不是你的理想吗？"[35]

而他对布尔什维克的主要指责是—— 消灭私有生活的全部现象：消灭私有财产，私有企业，个人收入，这一切的结果就是从总体上压抑人的个性，它如今要直接服从国家，哪怕是最基本的生活需要，国家一旦停止佯装大度地发放口粮，冻饿而死就会变成极为迫切的现实。

诗人习惯于不依赖国家，不依赖集体，甚至不靠同代人生存，他视这种独立为艺术独立的保障。对他而言，如今的情形可谓难以想象，让他想做出某些实打实的抵抗。

《俘虏》中，诗人把这样的对抗表现在对太阳光的期盼上。阳光离奇讽刺地变成了私家澡堂的热能，诗人希望它能重新光芒四射，照耀世界。

在1917年底和1918年上半年创作的《被罩住的画卷》一诗中，库兹明把这种对立又表现在肉体之爱的各个方面——从几乎天真无邪的儿童之恋到轻佻的、风格化模拟的爱慕，从极文雅的爱到粗鲁的金钱之爱（其中，异性恋、同性恋和双性恋程度均等）。[36]

在一段时间里，艺术可以成为倚靠，它应该把诗人用魔力之圈围起来，与现实隔绝，为诗人筑就一片绿洲，远离外界残酷的纷扰。对昔日生活的怀念就像是这种艺术的对照，而且，回忆同时把宗教和爱情体验以及热烈列举的大量商行汇合成一股洪流：

> 皮革，马具行，
>
> 鱼肉，灌肠厂，
>
> 文具用品，手工作坊，
>
> 糖果点心店，面包房，
>
> 《圣经》般的繁荣，
>
> 这是在什么地方？
>
> 面粉市场，
>
> 肥肉，木材，绳子，油脂加工厂……

然后是几乎没变的壮丽尾声：

> 苹果园，皮大衣，绿地，
> 养蜂人，宽阔的灰眼睛，
> 冰雪消融，雪橇，父亲的住宅，
> 白桦林还有割草的地带。

但渐渐地，希望一个接一个地破灭了。从前那温暖生活的制度一去不复返了，相反，逐渐变得越来越可望而不可及。艺术也不再能保护诗人免遭外界残酷的侵蚀。1922年那自豪的声明越来越难以实现：

> 我们的心是否已经疲惫，
> 我们的双手是否已无力，
> 掂量掂量那些新书吧，
> 但愿它们有机会问世。

在革命后的岁月里，库兹明出版了自己十一本诗集中的八本，但就规模而言，没有一本可以和以前的诗集相比。库兹明"晚期"的诗歌世界可以根据四本书来描绘：《领路人》（1918）、《并非此地的夜晚》（1921）、《抛物线》（1923）、《鲑鱼冲击坚冰》（1929）。

前两本书似乎是相互补充，可以作为统一整体的两个部分：诗集《领路人》编入了1913—1917年的诗作，《并非此地的夜晚》编入了1914—1920年的诗。无论是哪本诗集，都不像以前那样，严格要求整体结构和情节。即便是诗集本身也是相互补充而已：《领路人》中的《幻觉》和《并非此地的夜晚》中的《梦境》极其相似，《天空中的小船》是组诗《果实成熟》的独特延续和发展，而《针酒》里的好多内容大可以被写进《茶碟中的富士山》。因此，这两本书可以看作是独特的二部曲。

"二部曲"的两部分结构原理极其相似，共同特点可以概括从用平和而赞许的目光来看世界的尝试出发，通过隐藏在平静外表下深邃宇宙杂乱无章的征

418

兆，到达已经直接威胁到人的赤裸裸的不和谐；结论就是《领路人》结尾诗《敌意之海》中的轻松一叹："塔拉萨！"抑或为《并非此地的夜晚》画上句号的对爱神厄洛斯——"最年轻和最老的一切众神之神"的热情洋溢的欢乐颂歌：

> 有终结的凡人在他百年前梦到的一切，
> 过百年都不会终结！

当然这样的划分忽视了许多丰富的细节，诗歌靠着这些细节用来彼此衬托，而且结构的分析有时甚至可以改变作品的中心思想，使读者走入误区。但对作品的认真阅读表明，甚至单独的几首诗也会让我们追踪作者世界观的逐渐变化，其中交织着希望与绝望，信心与担忧，正义感和对自己未竟事业的遗憾。这里仅举一首诗为例，其中就连思绪运动本身也是根据两本诗集全部诗歌的共同运动原则构建的：

> 倦怠让好几周无所事事，
> 忙碌推迟了轻松的瞬间——
> 但是心在祈求，在谋划：
> 它是木工，不是棺材匠。
> 快乐的木匠正在盖楼房。
> 刨出的木板并非冷岩石，
> 心在祷告，将我们呵护：
> 纵然我们自以为无信仰。
>
> 心总是悄悄地不停跳动，
> 我们却没有思想没有梦……
> 我们会猛醒面对着奇迹：
> 我们沉睡时楼宇已建成。
> 主啊，为什么心跳渐缓？

419

手捂着心房一阵阵惊恐……

木匠，你还没雕出马头，

你没有最终修建好房顶！

　　诗歌形象系统的摇摆不定一目了然，作者的情感时而见证了他的希望，时而在死一般的绝望中褪色。上帝世界的结构原来也是不完美的，而其中的人面对大地的自然力量则很无助。塔·弗·齐维扬正确地评论道："应该长时间地潜心阅读组诗，以便通过品尝这些用理想的分寸感调试过的细节，让某种别的东西开始渗出：世界的和谐体制的表现形式是各种对立力量的不稳定性、变异性，有时表现为上与下易位，从而导致次序被破坏，导致位移，在安宁闲适下孕育着危机。"[37]

　　两本诗集中大部分诗歌仍保留以前的风格系统，美学定位在表面上语言简明，语调平缓，在回忆典型的俄罗斯自然风光和画面时，再现出慈祥、感动，经常随机创作"偶然的诗"，自如使用固定格式。但库兹明已经开始直接把情感紊乱、世界失调等内容写入一些诗篇的文本中，这一点无需细心搜寻就能觉察。

　　充满感叹和疑问的紧张语调，被打断破坏的刻意不准确的韵脚，非常生硬的倒装句，生疏的构词模式，高尚与卑鄙的冲突，诗中引用远非众人熟悉的神话形象，指涉对读者而言神秘的文本，这时常造成一种莫名其妙的感觉，让人觉得这几乎是未来派的试验。

　　《回声》是对库兹明本人而言最"未来派"的一本诗集，如诗歌《受难星期五》或者《雷伊的狐猴》，他在日记中不是没有理由地称这些诗为"赫列布尼科夫式的"作品，然而，无论《领路人》还是《并非此地的夜晚》都有一些类似的内容。如果说对于读过世纪初有关俄国教派的大量著述的读者而言，只要能克服狂热娱神活动语言的杂乱无章，那么还可能比较容易地读懂《鞭笞派之歌》的话[38]，那么在《仇海》里，错综复杂的各种形象或组诗《索菲娅》中作者对诺斯替教派神话情节的自行解说，就显得极为费解，需要根据丰富的知识进行专业解码才行。

　　这种表达的朴素与刻意强调的复杂相结合，甚至让一些高明的评论家　420

犯了惊人的错误。赏识库兹明才干的人，很清楚他晚期诗歌结构的复杂性，康·瓦·莫丘利斯基把《并非此地的夜晚》中的《亚当》一诗顺手随便简化为浅显的、几乎是供孩子们阅读的故事，大胆说出这样一番话："对各种事物的细节描写，对小物件及详情的关注，正是对象征主义囊括一切和包容性的自然而然的反作用。"[39] 读这些诗的时候，从文字结构就能感觉出复杂，评论家没有意识到，玻璃罩下的亚当和夏娃，看外表故事浅显，其实远非那么简单，描写他们的生活本身并不重要，而是作为表达复杂思想的一种手段，这种思想甚至在库兹明的两本诗集中都有所发展，它们取材于同一个历史来源——18世纪玫瑰十字会的手稿片断[40]。人工培育亚当和夏娃的历史几乎是逐字逐句摘自古老的故事，库兹明对亚当和夏娃在玻璃罩下的生活并无兴趣，他要表现的是他们的缔造者所在的研究室中的生活。对库兹明来说，重新写一遍亚当和夏娃的故事，并改编成原始化的剧本去演出，这些都不是主要的，他的目的在于，在烧瓶的主人们、培育出这两个人造人的学者处欣赏完他们以后，读者能产生一种感觉，感到不是那些被关在那里的人，而是他们自己成了"无法唤醒的黑暗王国会飞的玩具"。

把库兹明视为20世纪俄国最爱写秘教题材的诗人之一，极大程度上是根据库兹明的最后两本诗集：《抛物线》和《鲑鱼冲击坚冰》（如果不算只有一组组诗的《新胡尔》）。这种看法从某种程度上说来具有双重性：有些诗，看外表简单明了，几乎是描述，突然间，形象的意外结合为读者展现出奇怪的画面，不作鞭辟入里的分析，似乎就无法破解这些画面。

现实的重大事件及对各种艺术作品的回应，神秘主义感受以及对这些感受的嘲弄，传闻及对传闻的反驳，个人的思考及神话内涵，朋友们讲的故事及萦绕在头脑中的构思，对往昔的追忆及对未来的预感——所有这一切构成了库兹明1920年代诗歌独一无二的风貌，不仅是《抛物线》和《鲑鱼冲击坚冰》，还包括那些由于种种原因而未能发表的诗作。

421　　当然，库兹明20年代的诗歌有时仍然像往常那样明快。在《和军官坐在一起的不是省长夫人……》或者《移民》中作者毫不动摇的立场让写作这些诗成了绝不亚于《安魂曲》及《我们活着，感受不到脚下的国家……》的勇敢壮举。然而，对那个时代的库兹明而言，这种明朗并不典型。他显然想寻求自己的途径诠释那个时代。这种诠释既不是对迅猛到来的斯大林时代的不可抵抗的屈服，也不是尝试用时代的语言跟时代对话，但与此同时依然还是现存制度不可调和的论敌。

库兹明的个性风采任何情况下都保持了自尊自爱，因为不需要依靠任何时代、任何社会制度，不受情绪、志趣等因素的主宰。如果对曼德尔施塔姆而言，重要的是不仅让自己明白，而且也能使别人确信，他是"莫斯科缝纫厂时代的人"（可以按这样的逻辑评价他所有的"公民诗"，从《我们活着，感受不到脚下的国家……》到斯大林《颂诗》），如果说帕斯捷尔纳克曾经坚信"难道我能用'五年计划'押韵吗"这个问题有正面答案，如果说阿赫玛托娃因为无法忍受日益加剧的压迫，但为了继续捍卫身为诗人的尊严而多年沉默（只有叶若夫恐怖和战争年代的无限绝望才唤起了她沉默的声音），那么库兹明则稳重、不屈不挠，始终保持自己的本色。他能够轻易改变自己作品外在的特点（自己出手，不等审查机构干涉，就主动删去对审查机构而言可疑的章节，开始用小写字母书写"上帝"这个词等等），但与此同时仍遵循他于20年代中期形成的基本创作理念。

1929年4月6日，库兹明在日记中写道："为何我在日记中从不提及我当今生活中最重要的两三件事？它们一直就在那里，正如我现在所见，我甚至看到了它们的飞速发展，许多过去的东西变得清晰起来。我非常清楚，尤尔昆甚至猜到了。叶古诺夫说得对，这是宗教。或许是精神错乱，但不是。这里有无限的贞洁和彼岸的逻辑。我不写，因为我清醒地意识到，这不需要被表达出来。自然，我永远不会忘记这，既然这就是我的生活，而要让别人知晓则不必用论述的形式，而是通过我所有这些事的影响……没有这两样东西日记也显得枯燥乏味，就会成为冷冰冰的琐事流水账，而琐事只因本质才有生机（对我而言）。可本质是看不见的，对旁观者来说，它以费解的联想、出乎意料的修饰语等形式悄悄存在。一切都不是突如其来，不是变化莫测的。"

要很明确断定库兹明这里所指的除了直接提到的宗教以外还有什么，并非那样简单。但有一点是很清楚的：他明显感觉到，他所做的一切，都是由他一致的个性决定的，这种个性不屈服现状，哪怕是20世纪20-30年代间那样的生活状况，当时他出版著述的机会微乎其微：他的原创散文在20年代初期就被禁

422

止出版，继《鲑鱼冲击坚冰》之后，没出过一本诗集，即便是单独发表的诗歌也屈指可数，批评文章也找不到用武之地。慢慢地，库兹明被排挤出《红色晚报》，这是他经常发表戏剧和音乐会评论的最后一家刊物……他只能从事翻译（荷马、莎士比亚、歌德、拜伦——直至布莱希特），甚至与剧院的合作也越来越困难。

可惜，我们不知道库兹明在30年代都写了些什么。他不但不能发表作品，甚至不能保存写下的东西。据我们所知，有关维吉尔的长篇小说可能大部分已经写完（如果不是全部），但保留下来的只有1922年出版的前两章，组诗《特里斯坦》也仅存片段。[41]据同代人回忆，库兹明已经译完了莎士比亚十四行诗，但译文手稿根本没能保存下来。完全可以肯定，消失的还有别的东西，包括清单上记录的20年代的诗歌手稿，这些情况再也没有人能说得清楚了……

根据保存下来的材料我们还是尝试一下回答这样的问题：什么才是库兹明创作个性的本质？答案可能很多，其中包括可以用几句话就能概括的简单答案。考察库兹明的最后一部诗集《鲑鱼冲击坚冰》，我们试着把答案尽量展开。

诗集由6大部分组成，这些部分有时被认为是长诗，有时被认为是组诗，视研究人员的观点而定。每一部分都有独特的内在统一，就像其中的每一首诗也都有这种统一。而整部诗集本身也是一个整体，书中清晰地透视出库兹明艺术思索的那些原则，无疑，正是这些原则使他能够不容争辩地成为20世纪俄罗斯诗坛最重要的诗人之一。

在第一组也叫《鲑鱼冲击坚冰》的组诗里（无论在库兹明的生活还是创作中，鱼撞冰，试图挣脱束缚的动机曾多次重复），一年四季是把片段贯穿起来的环节，独立的片断不仅因主人公的共性彼此相连，并且贯穿着断断续续发展的爱情情节，爱情由现实生活转向了神话化的电影世界（《第二次撞击》），被带入谣曲中的神秘主义世界（《第六次撞击》），而最多的是追忆自己往昔的生活。通过这些回忆以及对人类生活的别样的环境的向往，通过被写入现实生活的幻想情节，一个贯穿始终的主题最终出现：

……我相信，

423

对鲑鱼说来冰能够撞穿，

只要它顽强。就是这样。

这一形象明显的爱情联想（从高深的神话人物到最浅显的形象）无法掩盖另外一层极其明显的含义：实现目标需要经过不懈的努力，克服一切险阻，甚至战胜看上去无法战胜的困难。任何情况下，只要坚忍不拔，无论是他人的爱，还是分手离别，无论是彼岸力量的干涉，还是生活轻松愉快的诱惑，或是对悲惨往事的回忆，都注定要消亡。"变化的天使重又回到这里"，新的一年带着鲑鱼与冰的最后决斗：

我的鲑鱼最后一次

响亮地向冰撞击。

结果并不复杂，也不是什么了不起的奇特消息，但为了实现它却需要克服种种诱惑和重重障碍，并且随时可能都有这样的危险：世界将和从前一样，分身重又孤身一人，格里诺克依然是遥远的苏格兰小城，最终，"清醒的日子必将驱散一切幻想"。真正的爱应该战胜诱惑和考验——只有这样，在面对强于意志的情欲时，人才能保持自己的个体性，永远成为主人公的难兄难弟。[42]

《带注解的全景》有一组劝善的场景，用以替代苦乐交织的事件（旧教派隐修院的孤独生活引发了情欲；灰暗的感官催生的谋杀、投毒、偷盗；收藏的神秘精巧的工艺品触动了对被无法克服的空间相隔两地的最忠实朋友的思念），与超出劝善范围的"注解"并存，这些注解既包括神话概念（赫尔墨斯——伽倪墨得斯——宙斯），又有改编的宗教情节，最后，就如同这一切的结果，还有会飞的船，无垠的空间，风，与闪现的人与风景最终诀别的感觉，这种心情由于"兄弟"的出现而豁然开朗。全景与现实为邻，感觉到它们永远彼此交错，生活和艺术的关系在告别某种珍贵事物时产生甜蜜的虚幻感。

424

《北方的扇子》这首诗，一系列事件体现出统一与亲近之感，这些事件把两个最亲密的人的生活连在了一起。因审查的原因被删去第五首诗中所呼喊的"尤罗奇卡"这个名字直接揭示了组诗抒情的本质。该诗写于尤·尤尔昆满三十周岁那一年：

> 十二——预言的数字，
>
> 而三十——是鲁比孔河……

一些细微的家务事：狗的名字，曾经喜欢的餐厅，来自男友散文中的形象，他被监禁处的准确地址——一切都无所顾忌地展示了敏锐的柔情：

> 带上她吧——她属于你。
>
> 求你也带走我的生命。

最后一部作品之前还有一组诗：《为了八月》，为读者展现了一种不甚清晰的情节结构，这种结构基于对当代电影和文学中的"撕裂性戏剧"的戏拟感知："我从没吃过它们，我读过一些勃洛克"，"时而亨利希·曼，时而托马斯·曼"，"比亚兹莱及莎士比亚"，"犹如兰波笔下，得意洋洋的虱子在指甲下弹"等等。

在整本诗集中，最直白地强调这种戏拟性的是部分片断的淫荡，以及刻意引入对贼窝的描写，还有组诗中最后一首诗中挖苦性的拟声。与此同时丰富的外部情节完全是骗局："所有人都是自己原来的样子。"无论是到荷兰旅行，还是其他非常诱人的奇遇，都什么也没有改变，一切恢复到老样子，从头开始，无果而终。

书中最后一组诗《拉撒路》，初看，给人感觉似乎是《为了八月》内容的延续，虽然不是那样毫无顾忌的戏拟：复杂的情节，犯罪，密探和法院，试图查明真相——几乎是一篇侦探故事。但读者逐渐会意识到，现代的年轻人维利的故事是把新约中拉撒路的复活搬到了现代，这就迫使我们对组诗的所有情节波折另作观察。其中名为伊曼努尔的"钟表匠"（从《圣经》中可以得知，这个名字意味着"上帝与我们同在"）就获得了特殊作用，同时，用原始、离奇的结局结束了侦探情节，把其引向彼岸。维利兼拉撒路在深深地跌进耻辱和绝望的深渊之后的起死回生让库兹明以对于20年代末的标准来说最直白的方式诉说了

425

自己对天意的期望——无论是在他的私生活里，还是在跟他息息相关的整个国家生活的态度上。第一组诗和最后一组诗在这一点上首尾呼应：无论是冀望个人努力的可能性，还是天意论，都决定了两者之间的关联。在充满恶、暴力、隔阂的世界里，仍有希望把过去被分离的东西合而为一，从而恢复真理，让在棺材里躺了四天的死者复活。

这就是库兹明最后一本诗集总结性的观点，它使作品具有完整性，把几首个别的、常是十分晦涩的诗和组诗连成一个拥有独特共同点的整体，很明显，结构上是在重复库兹明的第一本诗集：如果第一本中描绘的是人从虚伪、欺骗之爱走向圣洁之爱，那么这里清晰再现的则是由始至终寄希望于人和上帝，借助这一丝希望才能在越来越冷酷的世界上生存下去。库兹明看到并且清醒地意识到这种冷酷，但没有把这种感觉转嫁给读者，留给读者的是完整，明晰，爱恋，对事业成功的信心和对复活的渴望——这就是库兹明在整个创作中的高超地完成了的任务。

阿赫玛托娃在一篇晚期访谈录里，无意之间说走了嘴，话说得冷酷，但在某种意义上是很中肯的："库兹明死于1936年，还算万幸，否则，会比1938年被枪毙的尤尔昆悲惨得多。"[43]

1936年3月1日库兹明在市医院一间挤满人的病房中去世，因为这之前他被安排在走廊里然后着凉了。葬礼的见证人这样描述："来参加葬礼的文学界的人要比'应该来的'少，但也许比预见的还多……试想，护送王尔德灵柩的才七个人，还不是每个人都走到了墓地。"[44]

库兹明死后及尤尔昆被捕后，大部分过去没有卖给国立文学博物馆的档案都丢失了，直至今日，也无人知晓它们的下落。就连库兹明的名字也仿佛一下子飘逝到遥远的文学往昔，似乎注定永无回归之日。

他甚至没有按传统的惯例，临终前为俄罗斯诗坛留下自己的"纪念碑"诗，因此就让另一位诗人——勃洛克来代他说吧："最奇妙的是，我们觉得牢固的许多东西都将不复存在，而节奏不会消失，因为它们如同时间本身，是流动的，而且一直都会流动。这就是为什么我们要想方设法尽力保护你们，这些节奏的承载者，诗人，节奏所服膺的大师，复杂的乐器，我们想要，也将会尽一切力量保护你们，不让任何破坏节奏、阻塞音波的东西伤害你们。"[45]

426

注释：

1　约翰·马尔姆斯塔德及弗·马尔科夫主编的《诗集》（慕尼黑，1977，第1-3卷）最全面地呈现了库兹明的诗歌，库兹明的散文则在由弗·马尔科夫和弗里德里希·肖尔茨主编的九卷本（伯克利，1984—1990）中得到最完整的呈现；这套文集的第10-12卷为评论文集（1977—1999）；戏剧作品则最完整地收录于由安·格·季莫菲耶夫主编的两卷本中（伯克利，1994）。俄罗斯出版的版本中值得注意的是《作品选集》（列宁格勒，1990），由亚·瓦·拉夫罗夫和罗·达·季缅奇克编选。下文中库兹明的诗歌均引自"新诗人文库"中的那本诗集（圣彼得堡，2000，尼·亚·博戈莫洛夫编纂、写序、注释），其中没有全部收入库兹明的诗歌，但编者有机会完善了文本的校勘。

2　如参见：根·什马科夫：《勃洛克与库兹明》，载《论勃洛克文集》，塔尔图，1972，第2辑，341-364页；《米·阿·库兹明致勃洛克的信函及米·阿·库兹明日记片断》，克·尼·苏沃洛娃刊行，载《文学遗产》，莫斯科，1981，第92卷，第2分册，143-174页；乔治·谢龙：《瓦·雅·勃留索夫致米·阿·库兹明的信函》，载《维也纳斯拉夫学年鉴》，维也纳，1981，第7卷，65-79页；罗·达·季缅奇克、弗·尼·托波罗夫、塔·弗·齐维扬：《阿赫玛托娃与库兹明》，载《俄罗斯文学》，1978，第6卷，第3期；尤·利·弗莱金：《米哈伊尔·库兹明与奥西普·曼德尔施塔姆：影响与呼应》，载《米哈伊尔·库兹明与20世纪俄国文化》，列宁格勒，1990，28-31页；亚·叶·帕尔尼斯：《米·阿·库兹明日记中的赫列布尼科夫》，同上，156-165页；叶·托尔斯泰娅-谢加尔：《帕斯捷尔纳克与库兹明》，载《俄国文学与历史》，耶路撒冷，1989；《鲍·帕斯捷尔纳克给尤·尤尔昆的一封信》，尼·亚·博戈莫洛夫刊行，载《文学问题》，1981，第7期，225-232页；列·谢列兹尼奥夫：《米哈伊尔·库兹明与弗拉基米尔·马雅可夫斯基》，载《文学问题》，1989，第11期，66-87页；乔治·谢龙：《库兹明与真实艺术协会派：一份综述》，载《维也纳斯拉夫学年鉴》，维也纳，1983，第12卷，87-101页；亚·尼·博戈莫洛夫：《库兹明与维亚切斯拉夫·伊万诺夫》，载《文学问题》，1998，第1期等。

3　对库兹明生平更详尽的记述参见：尼·亚·博戈莫洛夫、约翰·马尔姆斯塔德：《米哈伊尔·库兹明：艺术，生活，时代》，莫斯科，1996。

4　这是克·尼·苏沃罗娃的功劳，参见：克·尼·苏沃罗娃，《档案家寻觅日期》，载《相遇过去》，莫斯科，1975，第2册，119页。

4a　参见：《米哈伊尔·库兹明与20世纪俄国文化》，列宁格勒，1990，148页（谢·维·舒米辛刊行）。

5　库兹明：《约定性：艺术论文集》，彼得格勒，1923，187页。注意，"烛光，焰火和彩虹"——这些是库兹明第一本诗集最有特点的词汇："两只蜡烛之光无法驱散黑暗"，"谁歌唱夏天的欢愉：小树林，彩虹，焰火……"，等等。叶·鲍·塔格尔首次找到了《康·安·索莫夫》一文与库兹明的诗歌之间的近似之处（《19世纪末—20世纪初的俄国文学：1908—1917》，莫斯科，1972，302-303页）。

6 参见：索·鲍·伊利因斯卡娅，《康·卡瓦菲斯和米·库兹明诗歌中的"亚历山大城景区"》，在《巴尔干报告会-2：文本结构学术讨论会》，莫斯科，1992，113-118页。 427

7 本次旅行详情参见：安·格·季莫菲耶夫，《米哈伊尔·库兹明的〈意大利之旅〉》，《文化典籍：新发现，1992》，莫斯科，1993，同一篇著作中刊载了库兹明从意大利写给格·瓦·契切林的信。

8 勃留索夫：《漫步诗林：宣言，论文，评论》，莫斯科，1990，133页。

9 勃洛克：《文集》，八卷本，莫斯科，列宁格勒，第5卷，587页。

10 参见：《"帕拉斯也没有被遗忘……"，鲍·奥·贝格伯爵回忆录选》，罗·达·季缅奇克刊行，载《俄罗斯思想》，1990年11月2日，第3852期所附的第11期文学附刊。

11 有关详情及其对俄罗斯文化的意义参见：尼·别尔嘉耶夫：《"伊万诺夫星期三"》，载《20世纪俄国文学》，莫斯科，1916，第3卷；安·希什金：《1905—1906年彼得堡塔楼里的会饮》，载《俄罗斯会饮》，圣彼得堡，1998。

12 《文学遗产》，莫斯科，1994，第98卷，第2分册，109页。

13 《文学遗产》，莫斯科，1976，第85卷，206页。

14 有关此种类型的文章结构参见：尤·米·洛特曼：《文本与读者结构》，载《塔尔图大学学报》，塔尔图，1977，第442期。

15 沃洛申：《文学创作剪影》，列宁格勒，1988，471、473页。

16 勃留索夫：《漫步诗林：宣言，论文，评论》，131页。

17 1907年8月18日尼·尼·萨普诺夫致库兹明的一封信，藏于俄罗斯国家图书馆，全宗号400，序号138，第1页。

18 前两部作品刊于《白夜》丛刊（圣彼得堡，1907），剧本发表在由维·伊万诺夫的"荷赖"家庭出版社出版的文集《荷赖花坛：第一筐》中。

19 遗憾的是，读者无法全面评价小说的思想意图，因为由于排字工的疏忽，最后几章没能刊登在《白夜》文集上，而后，库兹明也没有再版该篇小说。完整文本首次发表于：库兹明，《漂浮的旅者》，莫斯科，2000。

20 勃留索夫，《漫步诗林：宣言，论文，评论》，242页。

21 鲍·艾兴鲍姆，《论文学：不同年代的作品》，莫斯科，1987，350页。同时参见维·伊万诺夫的犀利文章：《论米哈伊尔·库兹明的散文》，载《阿波罗》，1910，第4期。

22 弗·费·马尔科夫的论文《米哈伊尔·库兹明的诗歌》对库兹明的诗作了最为详尽的文学评析（《库兹明诗集》，慕尼黑，1977，第3卷。该文在马尔科夫《论诗中的自由》一书中再版，圣彼得堡，1994）。我们还要指出下列文章：亚·瓦·拉夫罗夫、罗·达·季缅奇克：《"可爱的旧世界及未来时代"：《米·库兹明肖像中的几个笔触》，载《库兹明作品精选》，列宁格勒，1990，3-16页；安·格·季莫菲耶夫：《米·库兹明的肖像的七幅草稿》，载库兹明：《演技场：诗选》，圣彼得堡，1994，5-38页。

23　米·列·加斯帕罗夫：《米·库兹明的艺术世界：形式成分汇编和功能成分汇编》，载《米·列·加斯帕罗夫著作选集》，莫斯科，1997，第2卷，《论诗》，第424页。

24　如参见：米·列·加斯帕罗夫：《20世纪初的诗体：诗的传统分节与实验》，载《时间的联系：19世纪末20世纪初俄罗斯文学继承性问题》，莫斯科，1992，362-367页（亦收录于《米·列·加斯帕罗夫著作选集》，第3卷，《论诗体》，384-387页等）。

25　参见评论：勃留索夫，《漫步诗林》，379页；谢·索洛维约夫，《天平》，1908，第6期，64页；《古米廖夫三卷本文集》，莫斯科，1991，第3卷，34页。

26　参见：库兹明，《1931年日记》，维·谢·舒米辛刊行，载《新文学评论》，1994，第7期，177页。

27　《阿波罗》，1912，第5期，57页。详见：尼·亚·博戈莫洛夫；《一篇评论的经过》，载《语文学》，1994，第1部，第1、2期。关于争吵的私人原因参见：康·阿扎多夫斯基：《一段插曲》，载《新文学评论》，1994，第10期。

28　维·马·日尔蒙斯基：《米·阿·库兹明》，载《交易所新闻：晨讯》，1916年11月11日。试比较：维·马·日尔蒙斯基：《文学理论，诗学，文体学》，列宁格勒，1977，107-109页。

29　利·丘科夫斯卡娅：《安娜·阿赫玛托娃札记》，第1卷，《1938—1941》，莫斯科，1997，173-174页。

30　参见：《古米廖夫三卷本文集》，第3卷，111-115页。阿赫玛托娃指的是《阿波罗》杂志上发表的第一篇评论。

31　参见：《阿波罗》，1912，第2期，73-74页；《田地》杂志带插图的文学及科普附刊，1913，第1册，第1期，161-162页。

31a　参见：奥·安·列克马诺夫：《论阿克梅的书及其他著作》，托木斯克，2000，第45-50页。

32　安年斯基：《影像集》，莫斯科，1979，366页。

33　格·丘尔科夫：《今天与昨天》，载《人民政权》，1977，第12期，9页。

34　1917年12月4日记事。库兹明的日记引自尼·亚·博戈莫洛夫和维·谢·舒米辛校勘的文本。

35　库兹明对革命后最初几年事态的见解详见尼·亚·博戈莫洛夫和维·谢·舒米辛为发表库兹明1921年日记所写的序言（《往事：历史文丛》，巴黎，1991，12期，428-432页；影印本：圣彼得堡，莫斯科，1993）。

36　详见：尼·亚·博戈莫洛夫：《"我们是被雷电击中的两根树干"》，载《俄罗斯文化的反世界》，莫斯科，1996，314-319页。

37 塔·弗·齐维扬，《对〈茶碟中的富士山〉的分析》，载《库兹明与20世纪俄罗斯文学》，44页。

38 参见：亚·埃特金德：《鞭笞派：教派，文学与革命》，莫斯科，1998，307-311页。

39 康·莫丘利斯基：《当代俄罗斯诗歌的古典主义》，载《当代纪事》，1922，11分册，376页（再版为：康·莫丘利斯基：《想像的危机》，托木斯克，1999，194页）。

40 详见：尼·亚·博戈莫洛夫：《米·库兹明诗注》，载《俄国现代主义文化》，莫斯科，1993；同时参见：尼·亚·博戈莫洛夫：《库兹明：论文与资料》，莫斯科，1995。

41 片段刊载于：根·什马科夫：《库兹明与瓦格纳》，载《米哈伊尔·库兹明生平与著作研究》，维也纳，1989，41-42页。

42 详见：尼·亚·博戈莫洛夫：《"读完了的各长篇小说中的片段……"；论〈鲑鱼冲击坚冰〉》，载尼·亚·博戈莫洛夫：《库兹明：论文与资料》，163-178页。试比较：亚·埃特金德：《索多玛与普叙赫：白银时代历史精神论文集》，莫斯科，1996。

43 尼·司徒卢威：《与安娜·阿赫玛托娃在一起的八小时》，载安·阿赫玛托娃：《一切之后》，莫斯科，1990，257页。

44 《1936年3月15日埃·费·戈列尔巴赫致叶·雅·阿尔希波夫的一封信》，载《相遇过去》，莫斯科，1990，第7辑，247页。

45 勃洛克，《文集》，第6卷，440页。

429

第三十一章
阿克梅主义

◎叶·弗·叶尔米洛娃　撰／陈松岩　译

　　　　1910年代初，俄国文学生活中发生了一大事件，这一事件随着时间推移被研究者越来越认为具有重大意义：取代"自身穷尽了的"象征主义出现了一个新的文学流派，这一流派拥有一个古怪而又有些令人费解的名称——阿克梅主义。

　　当然，如果把这一对抗看作是同等文化力量的对立，这种认识至少是不正确的。象征主义"是全欧洲范围的思想理论、文学、造型艺术、戏剧领域的一大潮流，而奉行阿克梅主义的只有五六个年轻诗人（他们与'诗人行会'相关联，但自身又都与这个成分五花八门的组织相疏离），不能用同一个历史尺度来度量二者的规模"。[1]

　　阿克梅主义是对年轻一代象征主义者宣扬的神秘主义的反抗和排斥，这也是其自我确立的基础。它正面的核心内容只是最近才被一些阐释者试图加以发掘。对抗的实质就在于，取代"俄国文学的最后一个大流派"（据晚年阿赫玛托娃身边一些人回忆，她正是这样来定义象征主义的）的文学流派，恰恰是以此使自身得以确立。也就是沿着这条线出现了时代的"断裂"。因为"通神术"的象征主义（阿克梅主义取而代之的那种象征主义）自身并不认为自己是文学流派，它更近乎"世界观"，而非"学派"，也正因如此，它十分广泛地涉猎了所处时代从神学到实用艺术不同领域的众多哲学美学观念。

"阿克梅主义"这一术语来源于希腊语акме一词，意思是"顶峰"、"刀锋"、"某物的最高级"、繁盛时代。不过，当时还有另一个术语，那就是"亚当主义"，这一术语实质上内容更丰富，因为它指的是那个给万物命名的最初的人，这就宣告了自己的原则是长位优先和初次命名。但是阿克梅主义也许正是因为其名称具有不确定性，而被更牢靠地确定下来，围绕着它渐渐出现越来越新的阐释。所以实际上到目前为止，研究者们无论对"阿克梅主义"概念本身，还是对其时间界限都还缺乏共识。

阿克梅主义作为一个完整现象比象征主义更难加以确定。年轻一代象征主义者们（首先是维·伊万诺夫）自己对自身世界观和象征概念的实质作了深刻和多方面的论述。给他们所划出的历史时代（"世纪初"的十年），充满了与之同类的社会和哲学氛围。阿克梅派的时代则不同，相比要短得多，他们在1912—1913年间发表的宣言中无条件接受的"世界"，很快就被战争摧毁了。

与象征主义对立的流派是在象征主义核心成熟起来的。阿克梅主义的发起者，首先是尼·古米廖夫和谢·戈罗杰茨基，他们都曾经是维·伊万诺夫"塔楼"的常客，许多作品也归功于与"塔楼"主人的交谈，特别是具体诗歌写作方面（这一点流派未来的首领古米廖夫也承认）。阿赫玛托娃和曼德尔施塔姆1911年在"塔楼"初次相见。1910年3月维·伊万诺夫在"艺术语言爱好者协会"做了一个报告，在报告中概括了自己关于象征主义的思想，确定了其当时境况的本质。（后来根据这一报告以及他在"自由美学协会"所做的另一个报告的材料，维·伊万诺夫写下了《象征主义的遗训》一文，同年发表在《阿波罗》杂志第8期上。）报告引来的争论，表明了严重分歧的开始，反对者们还没有形成什么明确系统的观点，但已经站出来反对象征主义无所不及的影响。古米廖夫反对维·伊万诺夫，捍卫"帕尔纳索斯派"的艺术原则，戈罗杰茨基责怪这位师长过分沉溺于宗教而偏离了现实主义的象征主义原则。

阿克梅派的"反叛"是在1909年底创刊的《阿波罗》杂志中形成的。这一杂志用自己的名称强调了自己更倾向于和谐、均衡、乐观的艺术（与"狄奥尼索斯"式的自发力量相对）。杂志上既发表象征主义的巨擘（勃留索夫、维·伊万诺夫、勃洛克、别雷）的作品，也发表未来的阿克梅派诗人（阿赫玛托娃、戈罗杰茨基、古米廖夫、弗·纳尔布特、米·津克维奇）的诗作。《阿波

431

罗》第一期就发表了古米廖夫的组诗《船长们》。一位研究者指出："对反叛者具有浪漫主义情调的歌颂和对'父辈国度'的敌意，无疑在这里具有团体意义的潜台词：'大地'、'平凡'、'此岸'的歌手们，正在起来反对象征派高雅的精神性和对'高山'的神秘主义激情。"[2]

432　　　　"平凡"和"大地"的概念当然需要加以明确，但是很明显，这是"反叛"的开始，而且是原始意义的反叛，因为这一反叛理论上还没有成形，古米廖夫此时还完全是在象征主义轨道上，尽管他对象征主义的理解完全不是维·伊万诺夫式的。古米廖夫对象征主义的这一认识，表达在1910年他发表在《阿波罗》杂志第7期上的第一篇理论性文章《诗的生命》之中。从《阿波罗》杂志最初几期开始，古米廖夫在杂志主持"论俄国诗歌书简"栏目，这一栏目对新出版的诗集做出回应。这些书评中所逐渐形成的一些观点，后来成为阿克梅派主张的基础。[3] 古米廖夫提到了已经终刊了的象征派的杂志《天平》，但是他强调象征主义还没有过时，因为它不是由某个人的意志所建立的，和"帕尔纳索斯派"是由勒贡特·德·列尔个人意志所创建不相同，"也不像浪漫主义那样是社会变革的结果"。这一点很难让人认同，因为象征主义的产生即使不是社会变革的直接结果，也是对社会变革的期待和预兆，按照"通神术士们"的观点，这些变革也应该伴随着精神的变革。象征主义"是人类精神成熟的结果，这一精神宣告世界就是我们的想象。这样一来，只有当人类一旦拒绝这一命题时，它才会过时……而如今我们不能不成为象征主义者"。[4]（1913年古米廖夫发表的宣言开始时有这样一段话："象征主义已经结束了它的发展周期，现在正日趋没落。"[5]① 这里没有什么尖锐冲突之处，如果说在《诗的生命》一文中，象征主义被理解为人类精神史上不可避免的时段，那么到了今天，当新的潮流自我确立白热化的时候，象征主义也就只能被解释为被新潮流所"取而代之"的潮流之一。）

　　　　像"我们不能不成为象征主义者"，象征主义不会衰亡一类的话，维·伊万诺夫也讲过。但是，很自然，古米廖夫的阐释与伊万诺夫的"现实主义的象

---

　　① 译文引自理然、肇明翻译的古米廖夫的《象征派的遗产和阿克梅派》，《现代国际诗坛》，第2辑，湖南人民出版社，1989。——译者注

征主义"的观念截然对立（这一点下面再论述）。《诗的生命》一文，除了"保卫"象征主义，还包含最早宣布的一些美学原则，这些原则在多多少少变形后，后来在古米廖夫的一些文章和书评中得到进一步发展。他认为，诗应该是在极高的技艺水平上被创造出来的，但是诗歌形式的完美不是自足的，否则诗人就会变成"普通的体操运动员"，因为"……艺术产生于生活，又重新走向生活……两者彼此平等"[6]。后来这种平等发生动摇，古米廖夫不止一次谈到诗人具有祭司一样的使命，艺术具有神奇的力量，能够改造现实。他相信在非洲大陆深处住着一些自古以来无人知晓的部落，他们拥有关于世界的神秘知识，他希望能找到他们并拥有这些知识，成为一个"诗人、魔法师、宇宙的主宰"。在《诗的生命》中，古米廖夫举出了他所认为的真正的艺术创造应该具有的特点，那就是要有"思想和情感"、"阳光照亮的雕像的清晰"、"简明和精确"，"在这一切之上的是风格和姿态"[7]。在对"姿态"概念的解释中，反映了古米廖夫幻想诗歌能对读者心理产生近乎催眠的效应："诗歌中的姿态，我是指词语的排列、元音和辅音的选择、节奏的加速和延缓，让读诗的人不由自主做出诗人的姿势，换上诗人的表情和动作，靠肢体的作用感受诗人本人所感受的东西。"[8]

433

　　《阿波罗》杂志内部"青年编辑部"与"白发智者"（其实其代表只是维·伊万诺夫）的对立，迅速上升为公开的争执和辩论，在"艺术语言爱好者协会"（"诗歌学院"）中、在文人和艺人的"流浪狗"咖啡馆里、在许多杂志的版面上层展开。1911年底，由古米廖夫和戈罗杰茨基倡议，成立了"诗人行会"，这一团体提出要仔细认真地研究"诗的生命"，尤其重视"手艺"方面的问题。为首的是两大"行会理事"——古米廖夫和戈罗杰茨基（他们的意见被看作是不容争议的），还有一个"杂务侍者"、司库——德·库济明-卡拉瓦耶夫。1911年10月在戈罗杰茨基家举行的第一次会议还没有固定形式，与会人数众多（会上勃洛克第一次也是最后一次在座），后来，用阿赫玛托娃的话来说，"工作开始了"。人们在会上阅读和讨论诗作，而且要求有确实的证据（提出"补充建议"）。会议分别在戈罗杰茨基、米·洛津斯基、库济明-卡拉瓦耶夫以及古米廖夫夫妇在皇村的家中举行。

　　加入"行会"要由大多数人秘密投票通过。出席会议的人不一定必须是

"行会"会员，更不一定必须是未来的阿克梅派诗人。经常参加会议的人，除了阿赫玛托娃、曼德尔施塔姆、洛津斯基、伊·库济明娜-卡拉瓦耶娃、米·津克维奇、弗·纳尔布特、格·伊万诺夫、玛·莫拉夫斯卡娅、格·阿达莫维奇等"行会"会员外，还有米·库兹明、弗·皮亚斯特、尤·韦尔霍夫斯基、格·丘尔科夫、阿·托尔斯泰、尼·克柳耶夫、韦·赫列布尼科夫等人。

"行会"参加者还创办了自己的小刊物——《许珀耳玻瑞亚》（洛津斯基主编），一共出了十期（1912年10月—1913年12月）。杂志上登载"行会"诗人的诗作，也有对诗集的短评（大多数出自古米廖夫之手）。与杂志同时他们还创建了一个同名的出版诗集的出版社，其中出版的诗集包括阿赫玛托娃的《念珠集》（1913），库济明娜-卡拉瓦耶娃的《斯基泰人的头骨》（1912），格·伊万诺夫的《上房》（1914），阿达莫维奇的《云》（1916），曼德尔施塔姆的《石头集》（1916，第2版），古米廖夫的《箭袋》（1916）、《篝火》（1918）、《琉璃亭》（1918）和长诗《米克》（1918）。

最后，在1912年底最终形成了我们一般所说的阿克梅主义（亚当主义）文学团体。1912年12月，古米廖夫和戈罗杰茨基分别在"流浪狗"咖啡馆作报告，已经明确用诗歌的新道路来对抗"衰老了的"象征主义。古米廖夫的《象征主义的遗产和阿克梅主义》和戈罗杰茨基的《当代俄国诗歌中的几个流派》这两篇报告发表在1913年第一期的《阿波罗》杂志上，成为新流派的宣言。当时还有第三个"宣言"——曼德尔施塔姆的《阿克梅主义的早晨》，不完全明白由于什么原因没有被古米廖夫和戈罗杰茨基接受（曼德尔施塔姆的文章后来由纳尔布特倡议，1919年发表在沃罗涅日的《塞壬》杂志上）。文章中对象征主义的批判更加细致，却并不能令人更加信服。不过文章中表述的新流派的信条，可以看作是阿克梅派的"另一种"（即语文学的）观念的萌芽，后来被研究者加以发展。新流派的核心由六位诗人组成，分别是阿赫玛托娃、古米廖夫、戈罗杰茨基、曼德尔施塔姆、津克维奇、纳尔布特。（不久，戈罗杰茨基这个阿克梅主义-亚当主义的一大首创者便脱离了这个圈子。他那些轰动一时而又空洞无物的宣言，极富挑衅性地攻击象征主义者，败坏了新流派的名声。）

正如后来阿赫玛托娃所说，"并非日历上的、真正的20世纪开始了"。她坚定地把象征主义留在了上一个世纪："20世纪是与战争一道，开始于1914年的秋

434

天。日历上的日期没有意义。毫无疑问，象征主义是19世纪的东西。我们对象征主义的反叛完全合情合理，因为我们感觉自己是20世纪的人，不想停留在上一个世纪。"[9]

对于象征主义来说，这并不准确，象征主义不属于19世纪，而是属于世纪交替之际，属于被称作20世纪"世纪之初"的历史时段。象征主义者敏锐觉察出自己属于历史的转折点，他们同等地面向俄国历史和文化的过去和未来，对于他们来说，历史本身既是日常生活的、也是形而上学的现实。人们热切期待的、同时也是骇人心魄的历史新事物的强大压力，令人不能不将其看作是世界之上的风暴和大灾变的余声或象征。

对19世纪俄国文学形象的新的、"象征主义"的阅读，没有使其变成需要考古专家来研究的"死物"（像20世纪"极端"的形式主义流派对古典传统的理解那样）。无论怎样明显地崇拜勃洛克（"我们的太阳"），晚年的阿赫玛托娃在《没有主人公的长诗》中，还是把他彻底凝固在了那个时代："这个人站在那里，／仿佛世纪初的纪念碑。"曼德尔施塔姆对勃洛克历史作用的思考更有弹性，正是他对其作用作了标志性的阐释："通过勃洛克，我们看见了普希金，也看见了歌德，看见了巴拉丁斯基，也看见了诺瓦利斯，但却是以新的方式，因为他们都是永恒运动中统一的、永不枯竭的、飞奔远方的俄国诗歌的支流。"[10]飞奔远方、永不枯竭的河流的形象，意味着这一诗歌同等地属于未来和过去，但绝不是凝固了的时代的"纪念碑"。

当时的情形令人难以置信，因为到阿赫玛托娃认为是20世纪开端的1914年前，"终结的"不仅仅是象征主义，还有阿克梅主义——其在早期宣言中所提出的自己的时代，即其"有组织的""学院式的"时代非常短暂，大约只有一年半到两年。

随着战争的开始，"行会"的例会也中止了。阿赫玛托娃说，早在1913年末、1914年初的冬季，他们和曼德尔施塔姆就开始把"行会"当成了累赘，随后古米廖夫与戈罗杰茨基分手，亚当派分子纳尔布特和津克维奇离开行会，行会也不复存在。阿赫玛托娃所说的"我们"实际上只包括三位大不相同的诗人的联盟，古米廖夫死后，则是两个人无休止的对话，与"阿克梅主义"概念相去甚远。

435

后来曾有人多次试图使行会复活。1916年，行会"年轻一代"成员格·伊万诺夫和阿达莫维奇本来决定复活这一组织，但是没有成功，"第二行会"只存在到了1917年春。阿达莫维奇回忆说，1920年古米廖夫"产生想法，第三次复活了'诗人行会'——一个除了手艺和友情外没有任何东西使之联合在一起的人们的自由团体"[11]。古米廖夫在革命后最初的岁月积极参加启蒙活动，在许多文学创作小组办讲座、上实践课等等。在"第三行会"（确切地说是在"第二行会"，因为1916年的"行会"通常不计算在内）中，已经没有了阿赫玛托娃和曼德尔施塔姆，有的只是格·伊万诺夫和阿达莫维奇、尼·奥楚普、洛津斯基，有段时间霍达谢维奇曾出席过行会的活动，实际上基本围绕"行会"集聚的是一批青年诗人（"古米廖夫分子"），他们以诗歌为生命，热情忘我地去认识诗歌规律。他们热衷于"手艺"的秘密，几乎像当年象征派诗人热衷"理念"一样，带着同样饱满的、近乎宗教般的献身精神。这已经不是"阿克梅主义"了，尽管其反对者（勃洛克、库兹明、霍达谢维奇）在文章中用这一定义涵盖所有与"行会"相近的东西。

436　　我们重申，阿克梅主义并没有建立起完整的观点体系、美学体系，所以阿克梅主义的"理论"，不应当从那些充满激情的宣言中进行概括，而应当从古米廖夫个别的文章和书评中、从他本人的创作中、从阿赫玛托娃和曼德尔施塔姆的诗歌实践中进行抽象概括（研究者们通常也是这么做的）。古米廖夫的文章，可以称得上是阿克梅主义体系的一系列"砖石"，比方说，"追求精确和言至意尽"（谈舍尔舍涅维奇[12]），"积极地欣赏世界"（谈戈罗杰茨基[13]），"追求称呼每个物品的名字，仿佛在爱抚它"（谈津克维奇[14]）等等。

在对"象征主义的克服者"的研究中，通常会强调具体性、物质性、具象性是阿克梅派诗学不可分割的属性，他们对"尘世"的关注，与象征主义的神秘主义和抽象性针锋相对。弗·魏德列很久以后，1968年在概括他称之为"彼得堡派"（他补充说，这一称谓比"阿克梅主义"概念要广，包括的诗人非常广，从安年斯基和库兹明到霍达谢维奇和后期的勃洛克）诗学的特点时，极其简明地指出其特征："……词语的物体意义占主导地位……高于其概括意义。"[15]

当然，当涉及个别诗人的创作，特别是阿赫玛托娃和曼德尔施塔姆的创作时，所有这一切都需要加上大量的补充说明，但是对阿克梅主义诗歌信条的总括性和最普遍的认识正是如此。奠定这一认识基础的是维·日尔蒙斯基1916年所写的文章《象征主义的克服者们》，在文章中他当即就指出了新流派的成就和缺损："……语言使用中……高度的自觉性"，"词语搭配的图像性和精准均匀"，以及"艺术上的均衡……是靠一系列重大让步取得的：不是有形战胜了混沌，而是有意识地驱走混沌。一切得以体现，因此也就消灭了不可体现的东西；一切得以彻底表达，因为他们拒绝不可表达的东西"。[16]

很明显，如果认真地对待象征主义和阿克梅主义的对抗，就应该不去注意"宣言"中那些最令人反感的观点，例如戈罗杰茨基所宣称的，"玫瑰"到了阿克梅派手中最终成为了自身，带着自己的颜色和气味，以及古米廖夫关于象征主义一些古怪的观点。古米廖夫未必没有读过或者没有听说过维·伊万诺夫关于象征的论述，可以进一步推测，他在这里有意识地建立一道"误解"之墙："尽管我们称赞象征派为我们指出了象征在艺术中的意义，我们还是不愿为它而牺牲其他诗歌表现方法，并去探索它们充分的协调一致。"[17]（因此，古米廖夫认为，作阿克梅派比作象征派要难。）这次连勃留索夫，这个此前在与通神术的象征主义宗教神秘主义斗争中一直支持"反叛者"的人，都被激怒了："多么天真的对词语的误解——把象征主义、艺术创作的基本法则以及什么'其他诗歌表现方法'放到了一个平面上。"[18]

437

要不是曼德尔施塔姆在更晚一些的文章（1922年）中言辞尖刻的攻击持同样的观点的话，那么就可以说这种误解是"天真的"了："形象像稻草人一样被掏去了内脏，并被填充进别人的内容……没有一个明确的词语，有的只是暗示、言犹未尽。玫瑰向少女点头，少女向玫瑰点头。谁也不想成为他自己。"[19]

但是就是这些责难也没有触及象征概念的本质。我们提醒大家注意，象征主义学说的一个最重要的方面，新流派的信徒（自觉不自觉地）不想去发现。那就是关于象征的物质性的学说，"忠实于物质的原则"。维·伊万诺夫所坚持的正是这一点，而且不只是他在《阿波罗》杂志范围内寻找与杂志"青年编辑部"的接触点的时候（像某些研究者有时所以为的那样）。接近1910年的时候，维·伊万诺夫关于"现实主义的象征主义"的观点，就已经明确形成，并且不止一次被重复："a realibus ad realiora"，即"从可视的现实出发，通过它走

向同样事物更现实的现实，内在的、隐秘的现实……"（1908年的文章《当前象征主义中的两种自然力》[20]）

用巴赫金的话来说，象征"标志着事物的现实本质"[21]。"可视的现实"并不被象征主义者们所怀疑；正是在这当中，在"同样的事物中"确立了真正存在的在场。（实际上，曼德尔施塔姆在自己的宣言《阿克梅主义的早晨》中，也把这一点说成是阿克梅主义的最高信条："要热爱物质的存在甚于物质本身，热爱自己的存在甚于自我。"[22]）

维·伊万诺夫坚定地发展和变化了这些原理："真正的象征主义更习惯于描绘尘世，而不是上天……它不偷换事物，当它说大海时，指的就是尘世间的大海，说到雪峰时……，指的就是尘世的山峰。"[23]

魏德列几乎逐字逐句地重复了这些论断，将之阐释为"彼得堡诗学"的一个属性："所有三位诗人（古米廖夫、阿赫玛托娃、曼德尔施塔姆——本章撰写者注）完全可以追随他们中的一员高呼：

> 如果想要真正歌唱
>
> 敞开心胸歌唱，那么最后
>
> 一切都会消失，只剩下
>
> 空间，群星，还有歌手"[24]①

魏德列还解释道："'空间'不是时间的相关物，而是荒原的宽阔，'群星'便是天空中照耀荒原的群星本身，而歌手也的确是'骑在马上，闭起双眼'，编起'随意的歌谣'，然后才是描绘'一般'的诗人。"[25] 反对象征主义的评述和伊万诺夫对象征主义原则的界定完全吻合。区别只是强调重点不同："彼得堡诗学"中物质的意义占主导，而另一个则是在物质中发现其真正的存在，用维·伊万诺夫的话说，不是"声音的力量"，而是"共鸣的威力"。

帕·弗洛连斯基在自己的日记中，根据自己个人的生活感受，最直截了当地表达了对事物和象征二位一体本质的认识："现象是二位一体的，精神和

---

① 这是曼德尔施塔姆1913年创作的一首诗的最后一节。——译者注

物质一体的，是象征，我最珍视的是它的直接性、具体性，具有自己的肉体和心灵。在它肉体的每一根血管里，我看见和想要看见……心灵，统一的精神实质；我坚信肉体不仅仅只是肉体，只是僵化的、外在的东西，我同样坚信不可能、不必要而且是过于自信地把心灵当作无肉体的、脱去了自己象征外衣的东西……我想看见心灵，但我想看的是被体现出来的心灵。如果这会叫人感觉是唯物主义的话，那我情愿被人这么叫。但这不是唯物主义，而是对具体性的需求，或者说是象征主义。所以我永远是一个象征主义者。"[26]

这里清楚体现了所谓"有机的"、天然的象征主义，它不是"艺术流派"（或者甚至不是潮流），但未必不是与生俱来的一种坚定的世界观，它不可能被外来的哲学信念以及文学锤炼所取代。这是一种视线博大的天才，一种发现"神圣之物"（维·伊万诺夫），一种无论"事物"如何具体物质化，都能认识其"精神实质"的能力。象征主义者们，无论他们怎样（实际上的以及归咎于他们的）倾向于"抽象"，他们都完全可以重复费特的词句："不是我，我的朋友，而是神的世界富有。"

霍达谢维奇深刻领会了象征主义的思想和感情形象的本质，他写道，当时存在着象征主义的特殊空气，象征主义的圈子，"存在着地方守护精灵（genius loci，拉丁语——本章撰写者注）"。霍达谢维奇本人也呼吸着这一空气，这一空气吹拂得非常之广……（霍达谢维奇与象征主义和阿克梅主义的关系问题，本文不加涉及。）"象征主义者及其周边的人善于彼此相认……在面对同时代的异己人时，他们是自己人，'不由自主的朋友'……面对与自己格格不入的同时代人，象征主义者们'不会杂交'。这便是规律，是文化生物学。"[27]

对于维·伊万诺夫以及其他象征主义者来说，重要的是和颓废派划清界限（这一内在斗争贯穿整个象征主义历史），清楚地划分开"真正的"、"现实主义"的象征主义和颓废派的、"唯心主义的"、"幻想主义的"象征主义，并且认为颓废派一个最大的危险是它能够熔化"健康的经验论"坚固的外壳。这就不仅仅只是时间框架内（早期的颓废派阶段和"通神术象征主义"阶段）象征主义内部两个潮流之间的斗争。正如霍达谢维奇所中肯地指出的那样，"象征主义很快便自我察觉到，颓废派是游荡在其血液中的毒药。后来所有其内部发生的内战，不是别的，恰恰是健康的、象征主义势力同病态的、颓废派势力所展

439

开的斗争。最糟糕的是即使是最纯正的象征主义者也或多或少同样身受颓废派的毒害"[28]。霍达谢维奇在谈到阿克梅派时说，"他们正是在、也只是在与象征主义、与健康因素作斗争，并且最终把自己锤炼成最纯正的颓废派"（出处同上）。

阿克梅派所提出的许多主张，让人有理由得出类似的结论，也不只霍达谢维奇一个人把阿克梅主义看作是"1912年演出季节的颓废派"（德·菲洛索福夫）。前面引用的古米廖夫说象征主义好像在主张世界只是我们的想象的论述，纯粹是颓废派性质的；库济明-卡拉瓦耶夫宣扬的阿克梅主义"归还给艺术摆脱任何旁的要求、自由表现人类精神的创造力的权利"[29]的主张，表明其重归颓废派的唯美主义。

鲍·艾兴鲍姆在自己关于阿赫玛托娃创作的文章中，正面肯定了阿克梅派对早期"唯美主义"的象征主义的回归，他说："阿克梅主义是现代主义的最后声音。它的特点是，不是建立什么新传统，而是部分地拒绝后期象征主义者所提出的，并且使其自身创作实践复杂化的某些原则。难怪阿克梅派把安年斯基推为自己最重要的导师，是他比别人更多地原封不动地保持了早期的、被称为现代主义或颓废派的象征主义的特点。这里保留下来的唯美主义的立场，正是运动本身的出发点，也是后来因迷恋把宗教哲学作为自己的艺术倾向基础而脱离开去的分歧点。"[30]

"健康的象征主义"斗争锋芒所针对的颓废派的基本表现便是唯美主义、个人主义，宣扬自主开创和自我满足的个性拥有绝对的权利。在维·伊万诺夫看来，颓废派的象征主义者，是把象征当作"纯主观内容特定客观化的手段"[31]。象征主义内部的"内战"刚刚过去，所以这段言论既是针对早期象征主义，也是针对不久前"作战"时的敌人别雷，别雷当时认为象征主义是"力求把现实的形象当作是表达人所感受到的意识内容的一种手段"[32]。

古米廖夫响应的正是这一原则，只不过是将其作为阿克梅派的原则。比如，他在为曼德尔施塔姆的《石头集》所写的书评中指出，诗人在这里从象征主义转向阿克梅主义，"他出色地运用了这样一个知识，即任何一个形象都不具有自足的意义，其用处只是后来为了尽可能充分揭示诗人的心灵"[33]。在谈到戈罗杰茨基时说，他"作为阿克梅派诗人（着重号为本章撰写者所加）描述的不是美，而

440

是自己对美的感受"[34]。这一从客观向主观的重心转移，并不是这位流派领袖的偶然口误，而是阿克梅主义的一大重要方针，是其特有的人类中心论的一种表现（就像"聚合性"和反心理主义是维·伊万诺夫的象征主义方针一样）。

总而言之，无论我们援引多少日常的、具体的、尘世的实在之物的例子，来证明其属于阿克梅主义（或者"诗人行会"），这些实在物离开对上下文语境的分析都没有任何意义。具体的"物"，甚至是特意强调的具体的、几乎可以触摸的"物"，可以同样成功地存在于现实主义、象征主义、阿克梅主义、超现实主义、后现代主义等等流派之中。离开上下文语境（包括整首诗、诗人的整体创作以及流派的总方针），"物质性"不可能成为其归属于某一流派的证据。

比如，我们在勃洛克《我被钉在小酒馆的柜台上……》一诗中，可以读到下列的诗句：

> 只有那金黄的马具，
>
> 整夜都看得见，整夜都听得见……

此时此刻一切都实实在在地存在着：夜、三套车、马具等等。但是只要稍稍了解"通神术士们"的各种象征标志，就很容易看出，这些细节具有多重复杂、遥远的回声：对为崇高献身理想的背叛，深陷于夜的黑暗；但即使在黑夜中也鸣响着早期象征派的"金子"的主题，不倦地向失聪的心灵（"而你，心灵，耳聋的心灵……"）提醒着这一"背叛"。这首诗有自足的意义，但又指向其他（象征主义自身的、普遍的）上下文语境，有"共鸣"，有"声音的回响"，是这些东西使这首诗歌成为象征主义诗歌。

象征主义一开始便具有的建设生活的意愿，不能不影响到艺术创作，因为正是从这里得出结论，认为艺术最终只是改造现实的杠杆和手段，这就导致了抹煞艺术与生活之间的清楚界限（勃洛克对此十分担心）。在现实存在的每一点中都必须要揭示出"最高意义"的存在，这一要求本身就有可能导致（特别是在象征主义外围模仿者那里）使象征退化为常见的、抽象的隐喻，成为"老生常谈"。因此阿克梅派就有了某些理由去说"象征主义喊叫'难以言表'太多、太响，以至于这种'难以言表'像纸币一样到处流传"[35]。离开弗洛连斯基

441

在自传中清楚表达出来的那种有机的象征主义世界观，象征主义的形象性很容易退化为曼德尔施塔姆所尖刻批评的"难以言表"的无聊游戏。

魏德列，这位霍达谢维奇的朋友和创作的赏识者，与其在对象征主义的评价上产生分歧，他更看重"彼得堡派诗学"。他在回忆库兹明在《阿波罗》杂志第4期上发表的文章《论美妙的清晰》给他留下的印象时，把它和勃洛克在第8期上发表的《论俄国象征主义的现状》一文加以对照，他说："这篇文章毫无拘束的口语化言辞，与勃洛克文章抒情诗般亢奋、抒情诗般支离破碎的混乱言辞有天壤之别。那样的话没法再谈论诗歌。" 36 从魏德列文章的上下文来看，在他看来，那样的话也没法创作诗歌。

我们认为，库兹明文章的情况有些复杂。这篇文章通常被看作是一篇"前阿克梅派"的宣言，而实质上并没有超越对维·伊万诺夫当时所制定的象征主义"外部规范"的认识。他当时所说的"外部规范"与库兹明的精神实质完全一样："人们重又喜欢那些古老的信条，如形式的封闭和统一、和谐和尺度、朴实与直率……" 37

如果说按照霍达谢维奇的说法，"象征主义的出现不可避免"的话，那么在一定意义上阿克梅主义的出现也是不可避免的，正如同时代人所理解的那样，其特点是感情的节制、准确、线条清晰、艺术均衡、无拘无束的口语化言辞、"词语的物质意义占主导"。

阿克梅派诗人在这方面拥有一些具有影响力的先导。首先被提及的便是安年斯基和库兹明的名字。前者的影响被绝对承认（"而那个我奉为导师的人"——阿赫玛托娃），后者的情况要复杂一些。晚年的阿赫玛托娃坚决否认库兹明所起的作用，总的来说对他的批评极其尖锐，甚至到了在《无主人公的长诗》中称他为"最优雅的撒旦本人"，把他直接当作魔鬼的程度。他成了1910年代所有闪亮和恶劣狂欢节首要的反英雄，几乎成为罪魁祸首。长诗一开始就引用了库兹明的典故，如"安提诺乌斯"①、"绿色的烟雾"、"莫非是大海"（库兹明原文是"乐队中奏响受伤的大海／绿色的国度追随蔚蓝的蒸汽"；绿色的

---

① 希腊的美男子，被罗马皇帝哈德良纳为男宠，在陪皇帝出巡溺亡后，被悲痛的皇帝奉为神祭拜，库兹明一直用安提诺乌斯自况。——译者注

442

国度是贯穿库兹明长诗《鲑鱼冲击坚冰》全篇的形象）等。而最重要的一点，阿赫玛托娃全诗都是用《鲑鱼》其中一章（《第二次打击》）的诗节写成，不过有一点区别，彻底改变了库兹明诗节的音响效果。库兹明作品中，每一诗节最末一行不押韵，以此给人制造一种动荡的未完结性、"开放性"的印象。阿赫玛托娃则用押韵作为诗节的结束，这是阿克梅派主张的精确性占了上风。如今这被称之为"阿赫玛托娃诗节"。

最先指出阿赫玛托娃创作的"物质性"特点的是库兹明，正是他最先在《黄昏集》的前言中将其作为一位年轻的、但又是一位"真正的诗人"介绍给公众。库兹明仿佛是给诗歌面向生活"具体的碎片"的许多可能的表达方式作了简明的分类："可以热爱物质，就像收藏家一样，或者是像留恋感观依赖的人们一样，或者将其作为感伤的纪念物……与其他爱物者不同，安娜·阿赫玛托娃拥有一种能力，恰恰能在物质与所经历的时刻难以理解的联系中将其理解和热爱。"[38]

流派的领袖古米廖夫似乎没能充分肯定阿赫玛托娃创作的"实物性"的作用，他在给其第二本诗集（《念珠集》）所写的书评中说，"阿赫玛托娃了解观照外在的喜悦"[39]，但是仍然仿佛达不到"真正的诗人"的程度，真正的诗人能够"快乐地接受世界的所有方面"。因为（这一评价也是许多人对阿赫玛托娃诗歌进行评价的基础）她热爱的是"自己的孤立无援"。也就是因此，"那些拥有对精神所有经历过的阶段恋恋不舍的猫一样记忆的人们，会感到阿赫玛托娃的书既激动人心，也弥足珍贵"（出处同上）。这里有一点指责的意味，但依恋精神所有经历过的阶段这一特点，本身是古米廖夫以其对诗歌具体评价所特有的那种洞察力所理解把握的。同时我们还要指出被古米廖夫予以负面评价的阿赫玛托娃创作的另一个特点："……她的主题经常无法穷尽于一首诗的范围，其中许多东西似乎没有依据，因其没有讲完。"[40]

但是也就是"没有讲完"和"没有依据"（与诗歌明显的精确性和"完结性"一道）在很大程度上构成了阿赫玛托娃创作的独特性。诗歌本身就仿佛已经包含着对以前发生的某事的回忆，确立下牢固的语境衔接，比如"我们最后一次见面／是在以往一贯见面的沿岸街上……"，"我知道，知道——重又是滑雪板／发出干涩的吱呀声……"，"啊，这又是你……"，"我爱您，我爱上您／还是在那

443

时……"，"一切尽如从前：餐厅窗户／扑打着暴风雪微小的雪片……"，"我的影子留在那里思念至今……"，"莫非你欺负我／就像上次一样……"等等。

这些诗给人一种感觉，那就是主人公所回忆的事件出现在更早一些的诗作中，但是热心的读者会白白浪费功夫在前面写的作品中寻找"上一次"，因为事件发生在文本之外。这里好像在和读者作挑逗游戏。这一特点并不是在其晚年的抒情诗中才出现，这完全可以用生活经验和创作经验的积累来解释，但却（古米廖夫也指出）立即就被当作其诗歌世界不可分割的特点。罗·季缅奇克把这一特点概括为阿赫玛托娃诗学的"历史主义"（"历史主义"被看作是阿克梅派诗学区别于象征主义的总体特征）："历史主义的特点极富表现力地体现在她晚年的创作中，特别是在《无主人公的长诗》中。但要着重强调一点，历史主义这种反映方法正是产生于阿赫玛托娃诗学核心内部。她在1910年代的诗歌风格的许多不同特点，为这一方法提供了良好基础。那就是抒情诗作的'可证性'，所有诗作对时间的极端依赖，一首诗与整本诗集抒情情节连续的'反向运动'，当文本给读者提出'真实性'（用时间标注和献辞）时，作者与自己的主人公以及甚至是作者与文本的疏离。"[41]

这里未必需要专门探讨一个并非简单的问题，那就是我们寻找文本外现实多大范围合适，这种寻找是否有什么范围。"你们真该知道，从怎样的垃圾中／生长出诗歌，它不知道羞耻。"阿赫玛托娃写道。但我们已经"知道"，而且问题只在于由于知道这一点，我们对抒情语段价值的感受得到多大程度的丰富。如果我们承认"没有根据"和"没有讲完"包含在诗人的创作意图中（亚·若尔科夫斯基称之为"刻意地没有讲完"[42]），而不是古米廖夫所认为的是一种缺陷的话，那么研究者（读者）好奇的范围就要大大收缩，因为剥夺了诗歌的"神秘性"，我们就破坏了诗人的创作构思。

至于"物质"在阿赫玛托娃诗歌中的作用（特别是那么广泛和自如引入诗中的日常生活用品），它们在这里是被当作"背景""环境""布景"。阿赫玛托娃诗歌中的"实物"是替代和克制抒情情感的"客观相关物"。

"实物"也可以是主人公略微"戏剧化"的、雕像似的、具有大致轮廓姿态的外貌本身，如"她坐下，仿佛是陶瓷偶像，／姿态是她早已选定"，"我那没有卷曲的额发，／几乎垂落到了眼眉"，"深色的面纱下我紧抱双臂……"，"我

444

只有一种微笑：／微微显现嘴唇的翕动……"等等。正如谢·阿韦林采夫所说，在阿赫玛托娃笔下，"如同早期库兹明一样，所有这一切都是作为戏剧布景使用，在其背景下抒情的'我'展示自己可供戏剧化表现的存在"[43]。

对自然世界的描写也具有这一特点。在阿克梅派那里，大自然不具有自主和自足存在的属性（这一存在的本质为丘特切夫以略带宣言性质的形式予以表述："大自然并不是如你们所想：／不是模型，不是无心灵的圣像——／它有自由，它有心灵，／它有语言，它有爱情……"）。对于"通神术士"派象征主义者而言，根据象征概念本质，自然世界是神圣的，渗透"神的能量"，所以艺术家的使命就是竖起耳朵，大睁双眼，倾听其"心灵"，理解其"语言"。

日尔蒙斯基在谈到阿赫玛托娃的"风景"时说，风景是"心灵感受必然的联想背景，但是没有与其可见的联系"[44]，就是说风景不必然十分明显表现诗歌主人公心灵的波动，就像绝望时刻错戴在另一只手上的"手套"，但仍然起到背景或标志的作用。

库兹明尽管钟爱"人间生活的美妙和琐碎"，但是在他那里还是对"实物"的存在性的象征主义感受占了上风："一小滴水中都有上帝。"他的多层次、复杂的长诗《鲑鱼冲击坚冰》中的一章就讲到了完整的象征主义世界观的丧失：

> 须知应该承认，愚蠢的人才会
> 执拗地声称，在语言的背后
> 隐藏着某种"最高的意义"……

这种丧失有精神灾难的威胁：

> 再用不了多久——我会完全失明，
> 玫瑰会成为玫瑰，天空成为天空，
> 再不是别的东西！那时我是尘土，
> 又一次回归到尘埃之中。

让"象征主义者"害怕的，正是让"阿克梅派"喜欢的——"玫瑰会成为玫瑰"——"再不是别的东西！"

445

换句话说，我们可以提出一个初看起来很荒谬的论断，那就是象征主义者的"实物"，比阿克梅派拖入人的范围、"人文化的""实物"拥有更多的自主性、存在性（这里我们暂时只是靠近非常重要的曼德尔施塔姆的"器具"的概念）。

大家公认安年斯基给了阿克梅派巨大影响。古米廖夫指责象征派说，不是他们，而是阿克梅派最先承认和肯定了安年斯基。"物质性"和"联想性"、心灵世界和物质世界的"连结"实际上变成新诗艺的强有力手段。安年斯基因其参与《阿波罗》事务、支持"青年编辑部"而让阿克梅派感到亲近。阿赫玛托娃讲到过当她看见《小柏木匣》清样后是如何震惊。无疑，安年斯基的"精细的心理描写"和"高度的散文化抒情"（曼德尔施塔姆语）影响了她的诗歌。不过，曼德尔施塔姆有一次竟说出这样的话，说安年斯基能为我们所知是凭借他的方法在阿赫玛托娃那里的"通俗化"。这一点在阿赫玛托娃早期一首名为《仿因·费·安年斯基》的诗作中最为明显。这首诗放大了其"颓废派"的抒情特征，更像是篇滑稽性模拟："我只喜欢瞬间的欢愉／还有蔚蓝菊花的花朵"。安年斯基世界的"实物性"被阿克梅派在外在层次上所接受。安年斯基创作深刻的悲剧性恰恰在于，他的"物质"（而这又永远是"受难之物"）是自主的，承受着与人同等程度的苦难。安年斯基、库兹明、维·伊万诺夫那里的自然物和日常物品，紧密"连结"着人，或他们共同的苦难，或其共同的对"最高现实"的快乐参与。阿克梅派的大自然不具有自身的（可怕的或美满的）自主生活。

早期阿克梅主义的一个主要公设——毫无保留地、快乐地接受世界，很快就被阿克梅派诗人自己的创作实践所推翻。

只有曼德尔施塔姆在这个意义上可以和维·伊万诺夫或库兹明相匹敌。即使是在他早期的、象征主义颓废派的诗作中，就透露出纯粹的存在的快乐，仿佛稀薄云雾中一缕微光。曼德尔施塔姆早期的世界，是几乎没有实物的世界，诗歌仿佛轻飘飘地在透明的虚空中运动，"天空暗淡，带着古怪的反光"。心灵的世界与这虚幻般的世界浑然一体，"无法消除的昏沉，／思绪朦胧的叮咚"。"我"只是说明自己存在的这一事实，他在小心谨慎地触摸自己的边缘、周围世界的边缘。无须从未被人的意识所扭曲的、与"生活本原"融为一体的完整世界中，分离出美的化身、言语的表达，"阿佛洛狄忒，依旧作泡沫吧，／言语啊，请你回归为音乐"。诗人开始小心翼翼、缺乏自信地摸索着向存在的意义运动，对其半带疑问：

> 难道我是真实的，
> 死亡真的会到来？
>
> ....
>
> 为何心灵如歌一般，
> 亲切的名字又那么少……
>
> ....
>
> 为什么音乐那么少，
> 又为何如此寂静？

　　透过昏暗朦胧的存在，开始渗入快乐存在的主题，这一点在曼德尔施塔姆早期创作的或许是最完美的一首诗中得到了表现：

> 为了呼吸与平静欢乐地生存，
> 你说，我该向谁表示谢忱？
>
> 我是园丁，也是小小的花朵，
> 我并非独自面对昏暗世界。
>
> 我的体温，我的均匀呼吸
> 已经浸润了永恒的玻璃。

　　这里又开始出现曼德尔施塔姆一个重要的母题——"温暖"。被"永恒的玻璃"包围的"世界牢狱"并不令其害怕，这更像是"温室"，"玻璃"便成为保护他的"平静欢乐"必不可少的屏障。"天空"和"星辰"在曼德尔施塔姆那里是异己的、可怕的因素（"我感到面临神秘的高空／有一种无法战胜的惶恐"）：

> 一旦永远闪烁的星辰
>
> 不正确地抖动一下，
>
> 它们那生了锈的别针
>
> 会让我遭遇到什么？

　　阿克梅派1912年的"反叛"，在曼德尔施塔姆那里有机地成熟起来，不可避免地要走出朦胧的、不定形的世界，但绝不是朝向"最高现实"，而是朝向准确清楚、结构定形的此岸世界。"石头"（曼德尔施塔姆以此命名整部诗集，这是他新组诗和新世界观的核心形象）标志着世界坚固的密度、它的重量和清晰轮廓，最重要的是标志着一种建设精神，一种富有活力、积极面对世界的精神，这完全符合流派领袖所发出的要求。无论是诗还是文章都发出挑战性的音调、论辩性的激情：

447

> 我仇视星光
>
> 单调星辰的光亮。
>
> 你好，我久远的谵妄——
>
> 箭一般高塔的身量！

> 石头，去变成花边，
>
> 去成为蜘蛛网，
>
> 用你纤细的针尖
>
> 刺伤天空空虚的胸膛。

　　"我"最终与危险的宿敌摆脱纠缠：人工高塔的"针刺"回击了星辰的针刺。曼德尔施塔姆解释说："对那些充满建设精神的人而言，阿克梅主义并不轻率拒绝自身的沉重，而是快乐地接受它，以便唤醒和运用建筑方面沉睡于其中的力量。"[45] "建设意味着与虚空作斗争，给空间催眠。良好的哥特式塔楼的塔尖是凶恶的，因为其意义是刺破天空，责怪它一无所有。"[46] 所以，也许正是《石头集》时期的曼德尔施塔姆，可以算是最标准的阿克梅派诗人，用瓦西里·吉皮乌斯的话说，是"逻辑上认真负责的、所有人中最彻底的一个，到了走极端的程度"[47]。

把阿克梅主义看作是某种新的颓废派的看法，在流派首领——古米廖夫的创作中可以找到重要证明。早期宣言中特意强调出来的精神饱满、意志坚强的基调，在更近距离地了解其诗歌的条件下，似乎成为覆在深渊上的一层帷幔。

人们经常会把古米廖夫说成是一个"象征主义者"。在其早期诗作中，明显看到巴尔蒙特、当然还有勃留索夫的影响，也有《丽人集》的回声。这不仅有惯常使用的一些语义聚合，如"非尘世的言语"、"苍白的女皇"等等，而且还有对担负拯救世界使命的女性形象的相近似的观念。这些"索非亚通神术"[①]的回声也响起在其晚期的《致蓝色的星星》组诗中。古米廖夫曾经努力把勃洛克的一些形象非神话化，他关于"美妇人"的一段话非常著名："只不过是诗人初恋的姑娘。"[48] 在《论俄国诗歌书简》的注释中，引用了古米廖夫对勃洛克的《骑士团长的脚步》一诗文本的一段有趣的解释："……从情节上这实际上只是在现代化城市环境发生现代通奸行为，一个复仇的丈夫坐着汽车去找妻子的情夫。"[49] 当然，这里是故意挪揄和贬低形象，但是在《致蓝色的星星》组诗中，神话化的少女形象和散文化的注解这两种意向仿佛联成一体，组诗是对"世界大战的第四年，／古米廖夫不幸的爱情"这一主题忧伤的自嘲。

通常人们所说的古米廖夫的象征主义，恰恰是被霍达谢维奇称为"病态"的那种象征主义。例如，在谈到古米廖夫的《肇始之长诗》时，Ш. 格列耶姆指出，在诗中"起最大作用的是象征主义遗产，即古米廖夫极力要否定的东西……在《长诗》某些地方故意含混的、抽象的东西达到了极端程度，几乎到

448

---

① 原文为софиургический。София是索洛维约夫、布尔加科夫等宗教哲学家经常提到的一个概念，词源来自古希腊的"智慧"一词，经常被描绘成女性形象。Теургия则是通神术，按照布尔加科夫的说法，теургия指的是神以人的形式并通过人在世界上完成的行为，而софиургия则是指人由神的智慧完成的行为，София在某些场合被描述为实现了的"神的无上智慧"（Божия Премудрость）。——译者注

了丑化象征主义的程度"[50]。而与之相关联的是古米廖夫色彩绚丽的异国情调以及对异国土地热切的思念。

古米廖夫的诗总体来说是极度悲观主义的。早期阿克梅主义所说的"鲜花盛开"的土地，完全不在这里，不在诗人身旁：

> 那里一切都在闪光，在运动，
>
> 在歌唱——我和你在那里生活。
>
> 而这里就只有我们的倒影，
>
> 被散发臭气的水池所俘获。

这首诗（《坎佐纳之二》）是其最后时期的作品之一（1921）；而在以前所写的《坎佐纳之一》情形相反，肯定了这里和女人，那个"……不该与之一起／飞向高空"的女人。两首不同写法诗作的组合，更加强调出世界被划分为"这里"和"那里"两重天地。

"二元论"的焦虑、对"某个地方闪光的美"（假如想起安年斯基的表述）的苦痛贯穿古米廖夫的整个创作，赋予其深度忧郁的色调。安年斯基早在古米廖夫早期还不成熟的诗集《浪漫之花》中就看出了这种忧郁，并且认为这是民族特征，自己感到很亲近："我还喜欢在这位诗人异国情调的假面中，有时不仅能感觉出纯斯拉夫式的阴郁，还能感觉出自发的俄罗斯式的'对痛苦的寻求'……"[51] 安年斯基所看出的"阴郁"在古米廖夫更晚一些的诗作中几乎达到绝望的程度，在其最后一部诗集《火柱》（古米廖夫死后不久才问世）中带上了悲剧性特征。

这里要补充一句，假如认真倾听安年斯基的话语，那么那些具有代表性的（不管是针对古米廖夫诗歌的责难者还是拥戴者而言）对其非俄罗斯性的"指责"就可能失去效力。他的确焦虑的是俄罗斯这一最近的现实，即使是所有彼得堡诗人所珍爱和歌颂的"荣耀和灾难之城"，包括皇村，据阿赫玛托娃证明，在他看来似乎也有些"散文化和世俗化"[52]。因此——

449

> ……真想要那陡崖险峻

　　白雪覆盖银色的巅峰，

　　还有那暗紫、乌黑的阴云

　　笼罩在雪崩轰鸣的上空！

　　他的类似阿赫玛托娃的"手套"或库兹明的"白面包"的一个标志便是
"精美绝伦的长颈鹿"："可你太久地吸入沉重的雾气，／除了雨，你再不想相
信什么。／……你在哭？听我说……在遥远的乍得湖上／精美绝伦的长颈鹿在
逡巡。"为什么要出现这只不带彼得堡雾气的长颈鹿？这当然是纯俄罗斯式的
对某个地方存在的完美生活的焦虑，这一生活色彩鲜艳、内容丰富，与古米廖
夫平生的"朝圣"行为密切关联。（当人们回想起曼德尔施塔姆确定的阿克梅
派特征之一——"对世界文化的焦虑"时，问题往往归结于将阿克梅主义纳入
世界语境中，归结于引文的回应；而"焦虑"一词通常不被加以思考，尽管直
接被提及的是"俄罗斯式的忧虑"和朝圣的概念。）

　　远方漫游的缪斯，在古米廖夫那里仿佛是试图借助水平位移寻找垂直——
那"一切在闪光，在运动"的国度。他所歌颂的欧洲城市并不比比"太阳更炽
热、更金黄"的"维纳斯之星"更具现实性。他羡慕"动身离开者"（这也是该
诗的题目），不是因为后者能亲眼看见意大利的大海和美丽的城市（"我本人一
次也未亲身经历过"），而在于出发、去"自由自在生活"这一思想本身：

　　当我内心为强烈嫉妒所充满，

　　我不在意自然、在意年代久远，

　　而是你看见了远方漫游的缪斯，

　　拥有其全部装饰的缪斯。

　　难怪这里三个词都是以大写字母开头。[①]

　　在古米廖夫的诗歌中，有心灵被尘世的重力所俘获的忧虑，有对重组肉体
和心灵失去的和谐的幻想（例如《语言》、《心灵与肉体》、两首《坎佐纳》、
《第六感觉》等等）。他有一首好诗《又见大海》，开始便是阿克梅派式的完

---

　　① "远方漫游的缪斯"的原文是Муэза Дальних Странствий。——译者注

美清楚的"实物"——

> 我今天又一次听见了，
>
> 沉重的铁锚慢慢滑动，
>
> 于是我看见，出海了
>
> 一艘五层甲板的汽轮——

诗的末尾想到的依然是"最高"的因素人无法达到，无法与大地相融合：

> 精神的太阳啊，永远不落，
>
> 大地——难以跟它较量。

450　　　　这种"精神的焦虑"在晚期的作品中更为浓烈，特别是《第六感觉》中，有对精神渴求无法顺从尘世的渴求的焦虑："吃不到，喝不下，也吻不着……"

　　曾几何时，古米廖夫揶揄过象征主义"时而和神秘学，时而和神智学，时而和通灵术"为伍。今天一些研究者在古米廖夫本人的创作中考察出许多通灵术主题和共济会学说成分。为古米廖夫研究中这一倾向奠定基础的很可能是阿赫玛托娃一个绝对性的定义——"通灵者和预言家"。而且面向神秘主义也正好符合阿克梅主义自身的逻辑。例如，米罗斯拉夫·伊万诺维奇说："我认为，谜底就在古米廖夫更深层次地关注共济会思想，这些思想从完善阿克梅主义–亚当主义诗学角度来说是自然而然的。属于这方面的有诗集《箭袋》，特别是组诗《致蓝色的星星》和诗集《火柱》。在这些作品集中，共济会仪式的主题和象征渗透进情节肌体组织之中……"[53] 这位研究者用共济会思想思考和重新思考了其诗学主张所有著名的标志，如建造、技艺、石头等等主题。而且"诗人行会"本身及其对技艺的追求，在伊万诺维奇看来，也应该和"共济会分会"联想在一起，因为这便是由"高级师傅"古米廖夫所领导的"诗歌分会"，他认为"起巨大作用的是古米廖夫的文学方针，他的方针指向创造技艺和诗人师傅，这个师傅能够也应该在不远的将来统治世界"[54-55]。尼·博戈莫洛夫也对"手艺"和建设生活之间（看似很悖论）的关系表达了类似观点："一个坚信自己诗歌具有超人能力的诗人，如今所面临的就是发现更有效的方式去实现这一超人因素，于是他着手认认真真地学习诗歌手艺。"（参见下一章古米廖夫专论。）

阿克梅主义阵营中最坚定的"亚当派"分子纳尔布特和津克维奇的诗，也贯穿着独特的神秘主义。纳尔布特的诗集《哈里路亚》（许珀耳玻瑞亚出版社，1912），是诗人第二部诗集，却又是第一部阿克梅主义诗集（印数为一百本），一出版就被检查机关以渎神和色情而没收。这本诗集中的作品充满"审丑"气息，充满故意贬低、极度粗俗的东西，按照古米廖夫的说法，容纳了"世界的污泥浊水和乌烟瘴气"[56]。很可能，在作者的构思中，的确本该由世界所有的污泥浊水、前理性的"光滑的动物"①，从自己无底的深渊中给世界和上帝唱颂歌，"……以便于用大粪／建造起尘世的、而非上天的乐园"。但是最后结果，所有一切被混合成了一锅由人、动物、死人、巫婆等等组成的丑陋的糊涂粥。纳尔布特的"审丑"赛过了波德莱尔，后者的影响明显感觉得到，特别是他描写的不是一般的腐臭的尸体，而是自己（《自杀者》）。这里还有在将动物等同于人时、或在人们对自然世界的死亡的认罪中表达出的对动物的同情，但是占据主导的是对人的卑劣因素的思考。比如诗的开始是描写夏末平和寂静的大自然形象：

451

> 又是明亮而忧郁的八月，
> 又是宁静和蓝色的天空……

而诗的末尾是富有审美色彩的对人践踏大自然的描绘：

> 在如血燃烧的枫树上面
> 是一束束切下来的鹅掌。

对人有罪于自然世界的思想，在津克维奇的诗集《野蛮的紫袍》（1912）中表现得更为尖锐。他的诗歌被人们评价为是"科学的自然主

_____

① 来自古米廖夫的诗《第六感觉》。——译者注

义"，他把地质学和动物学中一些主题引入了诗歌创作。维·伊万诺夫在其为诗集所写的书评中指出，津克维奇既迷恋于物质，也为之感到可怕，这导致他走向悲观主义哲学的边缘。[57] 津克维奇比纳尔布特更浓烈地描绘了"世界的污泥浊水和乌烟瘴气"，他极其自然化地描写了屠宰场、畜肉分割、动物交媾。吸引诗人的是死亡与淫欲的可怕联系，于是他特别详细地描写了屠宰前畜棚里的交媾。

津克维奇的诗歌，力求充当人所征服的自然界——土地、水、石头、金属的代言人。人，这个行星肌体上偶然的霉物，他对自然世界的态度是一种亵渎神灵的行为，因此被奴役的大自然未来的复仇必不可免。与纳尔布特不同，津克维奇仍然追求得到精神的庇护，不过这精神是不包括人的大地本身，所以诗人赞颂其未来的辉煌：

> 不朽的大地，你会在火中重生，
> 在宁静太空里太阳们的合唱中
> 再重新轰响起你庄严的声音！

这种改变大地的期望，可能与未被彻底"克服的"象征主义相关，与古米廖夫最后时期的情绪相呼应：这一自然、这一大地并不为古米廖夫所承认，这里有的只是"影子和面具"，"只是造物主播撒的种子／可怜巴巴的形形色色"，所以他想要看到真正闪闪发亮的地球：

> 地球，没必要和我开玩笑：
> 抛掉那些乞丐的外衣，
> 还原你自身星球的面貌，
> 你本是火焰贯穿其里！

（《大自然》，1918）

追求对最原始状态的大自然的感受，使纳尔布特与津克维奇相亲近，这导致纳尔布特在1914年写给津克维奇的信中写下一段很有意义的话，他承认："我

452

们可是文学血肉相亲的兄弟……知道吗，我坚信阿克梅派只有两个人——我，还有你。"[58] 但是，即使承认这两位诗人是阿克梅主义中"亚当派"分支的全权代表，他们诗歌的内容实质上也还是前亚当的和无亚当的世界，是与人敌对的世界。而最重要的一点在于，尽管他们的诗歌中有独特的主题和个别成功的艺术形象，然而完全感觉不到构成阿赫玛托娃和曼德尔施塔姆诗歌本质的那种对语言的统治、对仿佛初次见到的物质真正的首次命名（当然他们的表现各不相同）。

阿赫玛托娃的同时代人以及后来的研究者一致公认，革新陈腐之词的才能是其诗歌的特殊属性，弗·希莱科曾写道："僵硬的词又有了生气。"列·坎嫩吉塞尔在写给《念珠集》的书评中指出："阿赫玛托娃善于让早已熟悉的词发出新鲜而强烈的声音。"[59]（着重号为本章撰写者所加。）

这里必须要作一点补充。总的说来，诗歌中的词语本来就应该让人感到是首次说出来的。而感觉到词语烂熟、陈腐，必须要加以更新，这也正是"诗歌危机"（"艺术的死亡"）的一大征候。这一危机早在19世纪末就为俄国诗歌界和批评界所明显觉察，并且在整个20世纪许多争论和论辩中被热烈讨论。

对于象征主义者来说，更新词语的任务没那么尖锐迫切，要成为象征，词语不必一定要新，老生常谈也行，所以只要雪地上有那么一点点反光，就足以让自己感觉到是在"新的空间中"。也许对"危机"的预见让人感觉到的主要的不是"初次"见到的，而是"最后一次"见到的。库兹明早就在自己为阿赫玛托娃第一本诗集写的序言中提到了亚历山大城某个团体，其成员为了最强烈地感受生命而"自认是注定死亡的人"。库兹明写道："诗人们就应该要有强烈的爱的记忆和大睁的双眼，去面对整个可爱、快乐和痛苦的世界，以便尽情欣赏它，最后一次吮吸它的每一分钟。"[60] 在最高程度上，这也是库兹明本人诗歌所固有的特点：世界是"存在的最后闪光中"所见到的世界。难道不正是这一点，成为早期阿克梅派化名为"首次命名"的基础吗？它不仅出现在阿赫玛托娃"痛苦的"诗行中，也出现在曼德尔施塔姆早期阿克梅派的佯装兴奋的颂诗中，那些诗用庄严而奇异的语调歌颂"人间生活的美妙和琐碎"——沙丘上的娱乐场、网球、冰淇淋、拍摄言情剧的电影家等等。他在自己的"象征主义"时期就游离于崇高概念的游戏："不要和我谈论什么永恒，／我没有办法将

453

其容纳。"他像库兹明一样，宁愿去想"可爱而无用的东西"。

库兹明在阿赫玛托娃那里发现的正是这最后一瞥的特点："所以我们觉得，阿赫玛托娃具有注定死亡的人团体成员所追求的那种高度的敏感。我们不是想以此来说明她的思想和情绪永远朝向死亡，但这些思想和情绪正是如此强烈。" 61

我们补充一句，阿赫玛托娃的"思想和情绪"即使不是永远，也是经常地朝向死亡，她很乐于"埋葬"爱人和她自己："埋葬，快埋葬我吧，风……""灰眼睛的国王昨天死了""在我临死前的昏睡中……""我为坟茔寻找墓地……""你陪伴要死的那个人，他很快，很快就要死了""我莫非在期待死亡的时刻？""上帝保佑！我就要站到／这一明亮而易碎的冰面上……""原谅我，快乐的孩子，／是我给你带来了死亡……""你知道吗，我在忍受囚禁，在向上帝祈求死亡……""以为，你会遇见我成了死人……""临死时我为永生而痛苦……"这些引文摘自她头两部诗集，这里还表现出了阿赫玛托娃所特有的对苦难的钟爱（这一点也为古米廖夫所指出，说她爱"自己的孤立无助"），还有自恋的意味：

> 我将平静地在墓园，
> 沉睡在橡木墓牌下，
> 好孩子，你在星期天
> 会跑来看望你妈妈。
> ……
> 我知道，亲爱的孩子，
> 对我可能没多少记忆：
> 没骂过你，没爱抚过你，
> 没送过你去参加圣餐礼。

对为人母的罪过的忏悔自白仿佛为诗意的死亡所取代。面向死亡表现了其敏感性的基本要素——"最后一次"看见自己和他人，同时看见周围的世界，这也是阿赫玛托娃抒情诗总特点的极端表现。

尼·弗·涅多布罗沃在论述阿赫玛托娃的第二本诗集《念珠集》的文章中，最仔细地（富有洞察力并且满怀爱意地）解读了阿赫玛托娃的诗歌，他说这是"威严诗行的强力之书"，其诗歌是"用词语"建造而成[62]，这种看法今天得到大家公认，也得到阿赫玛托娃本人认可。如同库兹明一样，涅多布罗沃也谈到了仿佛是以注定死亡的人的眼睛所看见的世界，她诗歌中的外部世界的景象"并非是出世之美，而是渗透了心灵的光芒，好像是溺水者眼中所见"[63]。涅多布罗沃的文章阻挡住了开始成形、已经被群起效法的阿赫玛托娃印记，即软弱性、私密性、疲倦而病态的风格。不过，阿赫玛托娃印记并没有为涅多布罗沃所否定，但他表示，其最主要的特点，也许便是为哪怕是最脆弱和最私密的感受提供庇护的威严词语具有决定性的作用："……这一力量就在于，词语在多大程度上忠实于每一个哪怕是因软弱而产生的激动，这词语具有弹性，呼吸自如，也像法律用词一样牢固坚定。词语坚定牢固的印象如此巨大，以至于让人觉得整个人类生命都可以依赖这些词语；似乎如果这位使用这些词语的疲惫的女人身上，没有包裹她、支撑她的牢固的词语铠甲的话，那么个性构成立刻就会坍塌，活的心灵就会瓦解为死亡。"[64]他还指出，"阿赫玛托娃的声部进行"本身"展示了抒情心灵更硬朗，而不是过于柔弱，更残酷，而不是感伤，已经明显占上风，而不是被排挤压迫"[65]。

库兹明在1912年写的献诗中，也意识到了阿赫玛托娃这一脆弱、敏锐与强势力量、形式的防护甲的典型组合：

算卦女人，你在残酷地磨亮
细薄的、带毒的匕首的锋芒！
你会乐于控制运行的太阳
还有闪亮的晨星。

你走来，那么没有防护，
保留着脆弱玻璃的甲胄，
但不安而带翼的星斗
在上面颤抖。

曼德尔施塔姆的词语在寻找"首次命名"中，走的是与阿赫玛托娃的"牢固坚定"词语不同的道路。纳·别尔科夫斯基正是在对"首次命名"的追求中（准确地说，是在与已有的名称对抗中），看到了曼德尔施塔姆词汇的坚定目标："曼德尔施塔姆是这样一个诗人——对于他来说没有名称和称谓的世界是不可想像的，他最大的骄傲在于想要以最后一个命名者身份走向事物，是他之前曾赋予事物名称和定义者的聪明的对手……不捕捉未被称名的东西，而是将旧的称呼混合起来，并且欣赏新的题铭与半陈腐的旧题铭之间的反差，仿佛便是曼德尔施塔姆的使命，他的文体中的许多东西也来自游戏因素……"[66]

为了归还给词语其已经失去了的初创的新鲜感，应当将词语推离开物质（"难道物质是语言的主人？"），创造出新的诗歌逻辑，具有被省略的中间环节，具有不属于物质而属于上下文语境、属于"连结诗学"的定义（利·金兹堡语；她坚持的一种看法不是所有人都认可，她认为曼德尔施塔姆的诗具有难度很大但理智可以认知的事物联系，原则上"可以被解释"）。罗·季缅奇克在其《论阿克梅主义》中谈到语言是一种"工具因素"："顽强地寻找那种没固定任何东西、其中一切导自词典和象征联想、一切都不确定的词语……"[67]"……经常性地破坏词汇搭配规范"，所有这一切可以给人以"新鲜"、"未准备好"的感觉[68]。文章作者是在总的方面来谈阿克梅主义，但很明显，这些特征首先（在我们看来，是完全）属于曼德尔施塔姆（主要是晚期的曼德尔施塔姆）的诗歌使命。起巨大作用的是整个创作的语境和文本外的实物：一首诗和某个形象的含义，有时只有在与词语在其本人以及其他诗人别的作品中、或者在生活现实中的存在相对照后才能被理解（"跳下去——我便知晓"一类的形象，除了生平经历，无法用任何东西解释清楚）。

开启一首诗的钥匙可以不仅仅存在于别的语境中，它可以被特意丢弃。米·加斯帕罗夫从这一视角分析曼德尔施塔姆一首多次被阐释的诗作《为了我没能够阻止你的手……》。从区分现实与假定的（独立的和辅助的）形象出发，他展示了作者如何逐渐"抛弃"诗的实在的（爱情的）意义，把辅助意义（"特洛伊木马"）上升到首位，导致给诗的真正含义加密，以至于仿佛留给读者一把假钥匙。加斯帕罗夫认为，这一"与读者的游戏"在现代主义诗学中很常见，而曼德尔施塔姆一直倾心于这一诗学。这样一来读者到底能做些什么

呢？“……作者好像在让读者用理解本原意义上的、现实层次上的诗歌的经验
得出结论，说这不会有任何结果，于是在意识到其所面临的不是现实形象，而
是假定的、辅助的形象之后，去试图以此重建诗的现实层次（当然，只是或多
或少地相近似）——或者承认自己无能为力。”[69] 加斯帕罗夫还强调了在分析
曼德尔施塔姆诗歌文本时必须考虑的一个重要方面——其诗学的双重性。这里
既有矛盾，也有“精心考虑的双义性”，但主要的是矛盾，这“不是对照，而是
双重性”。[70]

　　阿韦林采夫也谈到过那些不必解决和阐释的“矛盾”，他强调曼德尔施塔姆
与“20世纪普遍类型的诗人”的区别是“意义因素与‘含混’之间的极度紧张
状态。这是并非没有问题提出的共生体，在其中过度的理性与过度的反理性和
平共处。这的确是‘真正深刻’的矛盾”。[71] 我们认为，逻辑判断给无节制的
跨文本研究和阐释的泛滥划定了一定界限，这种泛滥近些年来席卷了阿赫玛托
娃和曼德尔施塔姆的后期创作，毫无疑问，它们提供了良好的土壤。

　　一个主要的复杂之处，会在解决阿赫玛托娃和曼德尔施塔姆后期创作是否
是阿克梅主义这样一个似乎最简单的问题时出现。如果不是，那么阿克梅主义
的终点线在哪里；而如果是，那么阿克梅主义归根结底究竟是什么？

　　问题关键在于，对这个问题至今没有任何统一的答案。阿韦林采夫认为，
“在《忧愁集》中占重要分量”的20年代最初几年的诗作中，“旧的‘建构上
的’匀称与新的、大胆的，根本不能纳入阿克梅派范围的语义错位，达到了自
然而然的平衡……”[72] 魏德列在曼德尔施塔姆最后的一些诗作中，读出了损坏
艺术的那种“心灵痛苦”，在他看来，在某些诗作中，“诗人满足于不会有任何
结果的语言游戏”[73]。这一点当然不能纳入“彼得堡诗学”之中。

　　但也有另外的意见。加斯帕罗夫在分析曼德尔施塔姆20年代诗歌中的俄耳
甫斯形象时，说他有个分身，“……即亚当，第一个也是主要的命名者和管理
者，阿克梅派的鼻祖……因此曼德尔施塔姆对于诗人事业的这种新观念，是往
昔阿克梅派观念的自然延续”[74]。

　　借助那些把阿克梅主义观念归纳为“语义诗学”的研究者二十多年所进
行的认真研究，也很难划定阿克梅主义的界限和范围。“语义诗学”这一称呼
自身并不比“阿克梅主义”更具确定性，但是在这些研究者（塔·齐维扬、

罗·季缅奇克、尤·约·莱温、弗·尼·托波罗夫等人）的著作中，它首先被
具体化为语文学指向。"阿克梅主义"的概念还保留着，但是同时有略窄和略
宽的解释：窄是因为几乎完全是以阿赫玛托娃和曼德尔施塔姆晚年创作为基
础，而宽则是因为其认定的阿克梅主义的特性也可以（当然，具有自己的特
点）在其他流派中发现。比如，传统上认定的阿克梅主义的特点是特殊的历史
主义感觉，与象征主义及其把作为"真正现实"的先验当作追求目标相对立。
但是对"真正现实"的追求完全不会必然带来对"历史主义"意识的轻视，确
切地说，会反过来使之加深。任何论及勃洛克的人，都必然会肯定其特殊的
"历史"嗅觉，在这方面和曼德尔施塔姆相提并论的正是勃洛克。最后，象征
自身的特性把这种历史认识变成"同步"行为，这也被当作阿克梅主义的特点
（毫无疑问，区别十分巨大，而且需要的只是要补充加以说明）。

再举一个概括"语义诗学"基本观点的最简明的阿克梅主义的定义："……所
研究的诗人具有许多典型特征：把其作品的躯干理解为一个统一的文本；具有
把文本、描述引入其本人文本的倾向，也就是自我元描述 [75]；在内容层次上则
是自我描述，即形成自己的诗歌传记；把自己的诗歌文本纳入世界诗歌文本，
由此广泛地使用别人的语言。这些文本属性决定了其教育功能，激发读者（研
究者）去阐释、注释文本，也就是去解码。严格地说，这些诗学属性是在分析
阿赫玛托娃和曼德尔施塔姆创作的基础上形成的（扩展一些，也是阿克梅派诗
学的属性）。" [76]

但是对这一"扩展"作者没有加以解释，因此也就不完全清楚为什么阿赫
玛托娃和曼德尔施塔姆诗学属性等同于阿克梅派的诗学属性：不知是先验地认
定某些阿克梅派诗学的参数，再把阿赫玛托娃和曼德尔施塔姆的创作添上去，
还是由分析得出的这两位诗人的属性被概括到了"阿克梅主义"这个假定的名
称下。我们认为，这些被确定为阿克梅派自身特有的诗学属性，如互文性、自
我描述和自我注释、解码要求等等，可以更广泛地解释为"危机"诗学的典型
特征——从先锋派到后现代主义。

也许，对理解阿克梅主义更为适合的是一些研究者（季缅奇克、奥·列克
马诺夫）所引进的"圈子"的概念。列克马诺夫提出用"古米廖夫圈子的诗人"

的定义，能够更加明确"阿克梅主义"的概念。他画出了三个好像一个套一个的圆圈：①与"行会"相接近、具有一定相似性的非常广泛范围的诗人；②阿克梅派六大主要诗人（古米廖夫、阿赫玛托娃、曼德尔施塔姆、戈罗杰茨基、纳尔布特、津克维奇；最后还有③古米廖夫、阿赫玛托娃、曼德尔施塔姆。

对"圈子"的概念应该再加一点详细解释，因为它也许是确定阿克梅主义的特征最行之有效的概念之一。当然，并不是"圈子"学说本身（这一概念相当宽泛，相当不确定），而是其在20世纪许多流派中的变型。

我们从季缅奇克所研究的一个似乎是纯日常生活性的故事开始：为什么阿赫玛托娃在拒绝多次之后应允了与古米廖夫的婚姻；季缅奇克把这件事与一件特定事件联系在一起：那就是在基辅举行的一次诗歌晚会，晚会上来自首都的文人遭到当地听众的嘘声："晚会后古米廖夫和阿赫玛托娃去了饭店。在饭店得到了最后和彻底的应允。这一应允不是给予纠缠不止的求婚者，不是少年的朋友，而是一个诗人，一个两次受到屈辱，第三次是被耳光、流言蜚语以及后来阿赫玛托娃在诗中称之为庸众人的冷漠所屈辱（着重号为本章撰写者所加）。"77-78 这里说出了最传统的对立面的关键词："诗人与庸众。"当然，又是诗人被庸众侮辱。在这里友谊、同志情谊、团结等崇高概念起了作用，"圈子"结合得更加紧密，心爱的女人答应了婚事。

提醒大家注意，"通神术"的象征主义（特别是维·伊万诺夫），不止一次因"聚合性"（有时被解释为"集体主义"）、因侵犯个性自由权利受到过攻击。侨民圈子中的极端好战分子、批评家和哲学家尼·巴赫金[①]曾归纳总结了一个极端的观点："在诗人与庶民的永恒争论中象征主义承认庶民是正确的。"79 这里我们不可能深入到这一复杂、多面问题的实质，我们只指出它是阿克梅主义与象征主义长期"争论"中的自我定义之一。

季缅奇克谈到"诗人的同志情谊"主题对于理解阿赫玛托娃的世界观非常重要："我知道您是位诗人，／就是说是我同志。"（可以说，在阿赫玛托娃诗的歌中，"友谊"和"爱情"的概念可以相互替换："和一个雏鹰般黑眼睛高个子／

459

---

① 尼古拉·米哈伊洛维奇·巴赫金（1894—1950），哲学家、语文学家，米·巴赫金的哥哥，十月革命后曾参与反布尔什维克的军事行动，后移民国外。——译者注

结成秘密的友谊……""我也不能不相信，／他会和我相友爱……"等等。）若尔托夫斯基在其消解阿赫玛托娃神话的文章中对这一"诗人情谊"给出了一个具有负面色彩的同义词——"精英集体主义"[80]。在许多回忆录中我们看到阿赫玛托娃对"别人"傲慢而有些造作，对"自己人"则朴实自然。例如，米·巴赫金回忆说，她对普通人（不是"自己圈子"的人）"居高临下"，而且这种对她有些"傲慢自大"的说法他"从非常多的人那里"听到过。她"有些轻视在艺术、文学、科学领域，在政治上没有特殊表现的人，轻视普通人……"[81]

当然，象征主义者也具有高度的"圈子"感，大家可以想想上面援引的霍达谢维奇关于象征主义的特殊空气的话，他认为这是真正的一次集体创作。二者的区别在于，"通神术士们"的"圈子"具有的更像是离心力，能结成圈子靠的是共同服务于某个超个人的、不确定但又崇高的目标，"挽起手臂，飞向天空"；而阿克梅派的"圈子"在更大程度上具有的是向心力，是防护性的精英意识。

再来看看涅多布罗沃那篇著名的文章，他在讲完阿赫玛托娃抒情心灵的"残酷性"之后，展示了一幅那些特选者受难的诗意图，他们想要去受难并且感到快乐，只因为一个伟大的理由——他们不像这里的、"处于世界的圆心"的"其他人"。"而阿赫玛托娃就属于那些走到边缘的人……他们痛苦无望地挣扎在封闭的界线旁，呼喊、哭泣。不明白他们愿望的人认为他们是怪人，嘲笑他们无聊的呻吟，毫不怀疑是这些最可怜的、伤痕累累的圣愚们，突然有一天忘记了自己荒唐的欲望，回归世界的话，那么他们就会以钢铁般的脚步踏过他——一个活着的凡人的身体，那时他会发现因琐事而在墙边泪水涟涟的任性男女身上所有的残忍力量。"[82] 阿赫玛托娃本人也意识到自己属于这样一个特选者的圈子（"你和我在一起，和我相同"），这就难怪她会认为涅多布罗沃的文章最适合于她的诗歌："难道你不重对我说出／战胜了死亡的话语／还有我生活的谜底？"她在《没有主人公的长诗》中为诗人所作的无条件的辩护也说明了这一点："他没有任何过错，不在这，／不在那，也不在别的地方……诗人们／完全不该有罪过。"（不过，如果谈到她不喜欢的人，"罪过"便不可饶恕，例如库兹明、维·伊万诺夫。）这种精英意识曼德尔施塔姆具有的最少，你更愿意把他当作"活着的凡人"。

460

革命后诗人"圈子"（"第二行会"）的氛围非常不确定和五颜六色。这已经仅仅像是"古米廖夫的圈子"。这一团体的意义可以用阿达莫维奇的话来确定，那就是手艺和友情。对于接近于象征主义的诗人来说，这种对诗歌"手艺"方面的痴迷似乎是颓废的阿克梅主义坏的方面的复兴。勃洛克著名的文章《"没有神灵，没有灵感"》形式上主要是针对阿克梅派的文集《龙》，它概括了勃洛克早已有之的对阿克梅主义的不满，如今重新为即使不是那么具有挑战性、也是更狭隘的"手艺"目标而复活。用霍达谢维奇的话说，特别使勃洛克痛心的是古米廖夫越来越强烈的对诗歌青年的影响，这种影响他认为是致人死命的。

1921年，库兹明在解释创作别有意味地命名为《幻想家们》文集的意义时写道："如果比起莫斯科各学派的形式主义鼓噪，和独断专行、相当愚笨地从各个方面限制自己的阿克梅主义的执拗自尊，那当然就是些幻想家。不管怎么说，这些人还认可那些陈旧的词语，如'世界观''诗歌激情''内在内容'和'艺术的形而上学'。"[83] 在此，库兹明与勃洛克完全不谋而合，不论是评价象征主义，还是阿克梅主义，尽管勃洛克同年写成的文章1925年才发表。（霍达谢维奇对新"行会"的态度也大致如此，他也无法接受对诗歌的"纯形式主义"的态度。）至于库兹明本人对阿克梅主义的定义，假如抛去消极色彩，那么剩下的只有"自尊"和"圈子"。我们认为，这里问题的关键并不仅仅在于有意识地把目标定在纯形式主义态度、定在"手艺"上。最后一个圈子的深层含义植根于现实本身：步步紧逼的寒冷（既有字面上的——在寒冷的革命后的彼得堡，也有社会意义上的和形而上学意义上的），逼迫有某种亲缘的人更紧密地缩在圈子里，他们用"手艺"抵御极端严酷的现实。

格·伊万诺夫侨居国外时怀着温柔的嘲讽创造了幻想性的小野兽——"披斗篷者"，彼得堡文化生活边缘生物的可笑形象："他们喜欢跳舞、冰淇淋、散步、丝绸领结、节日、命名日。他们这样看待生活。一年由什么组成？'360个节日。'一个月呢？'30个命名日。'人们对披斗篷者说：'……生命在流逝，冬天越来越近，你们会被冰雪覆盖，你们会冻僵，你们会死，你们，这些如此热爱生命的小野兽。'但他们彼此靠得更加紧密，捂起双耳，平静而自尊地回答——'这咬不痛我们。'"[84]

461

"阿克梅派"的（首先是"阿赫玛托娃"的）"同志情谊"的感觉具有双重性，自然也就不仅仅是"精英集体主义"。晚期的阿赫玛托娃在"相同的人"都死了以后长期处于孤独当中，她的"傲慢"理所应当，非常美好：如今阿赫玛托娃自己创建了一个"圈子"，保护她的世界、她的形象免遭毁誉。阿克梅主义的"执拗自尊"给她帮了忙。

涅多布罗沃的文章不仅谈到了"特选性"，也谈到了他认为是阿赫玛托娃特有的"勇敢照亮人"的才能，谈到了"人的尊严"的重建，谈到了她的抒情诗具有"深刻的人道主义性质"。

我们在这里做出概括，我们如今多少假定性地称之为"阿克梅主义"的"圈子"（通常把圈子缩到两个人的名字），它的最重要的特征是人道主义和人类中心论，人是万物的尺度。也许就是在这一点上阿克梅主义与象征主义产生了最大分歧，并且在这里占中心位置的是曼德尔施塔姆诗歌的"温暖""器具""家务"等主题。

曼德尔施塔姆认为文化、艺术人的作用，在于把新世纪与旧世纪联系、固定在一起：

> 为了让世纪摆脱拘役，
> 为了新世界能开始，
> 把一段段打结的日子
> 连结成一支长笛。

"对于这个巨大而挺直的新世纪来说，我们是开拓殖民者。让20世纪欧洲化和人道化，用目的论的热温暖它，这便是翻船后被命运抛到新大陆的19世纪来者的使命。"[85] 曼德尔施塔姆用把"器具"作为人最近的和人工的环境的思想对抗"象征"，创造出自己的"希腊化"概念："希腊化，是煮物罐、炉火叉、牛奶罐，是家具、餐具、服饰；希腊化是具有神圣感的家园，是所有财产，是属于人的外部世界的一部分希腊化，是有意识地用器具替代无关紧要的东西围在人周围，让周围世界人性化，用最微细的目的论的热量温暖人……在希腊化的理解中象征便是器具，因而任何拖入人的神圣圈子里的东西，都可以成为器具，也就可以成为象征。"[86] 而对于象征主义来说，重要的"不是用处，而是人的秘密"，人的"神圣"圈子能够被看中只有当其被从高处所照亮才行，而"物质"只有被"真正"的本质照亮才能成为象征。 462

在物质上打上人的印记，它们从外部投射出人，同时保护人免受"虚无"空间的寒冷。这一思想被曼德尔施塔姆扩展成为用家务性原则组织世界经济，成为"宇宙家园"；也正是有赖于这一思想，曼德尔施塔姆才会在初期接受革命，认为革命就应该有责任实现这一思想。他在1922年写的《人类的小麦》中写道："……美好的是具有全世界家务激情的经济，是阶级斗争的石斧，是充满对组织世界经济巨大关怀的一切，是所有的操持家务和经营家产，是所有的对宇宙家园的担忧。"[87] 诗人明显感觉到，巨大的"社会建筑"在向人迫近，于是曼德尔施塔姆的笔下出现了亚述、埃及金字塔的形象，并且人（19世纪传统理解的，"人道主义覆灭"前的）走在其阴影里，"带着恐惧和难以理解，不明白这便是逐渐迫近的黑夜的羽翼，或者我们要进入的故乡城市的阴影"[88]。但是曼德尔施塔姆仍然寄予希望（《人道主义与当代》，1923），或者可能想要寄予希望："迫近的世界建筑的雄伟巍峨，是由其以全世界家务原则组织世界经济以满足人的需求的使命决定的……"[89] 如同象征主义者一样，尽管是在直接对立的层次上，曼德尔施塔姆建造了自己的乌托邦——"宇宙家园"的宏大乌托邦。他部分地规劝自己，部分地"告诉"人们这一可怕的威力，因为假如希望落空，那发生的事想起来就太可怕了。"未来对于那些不理解的人来说是寒冷和可怕的，但未来的内在温暖，合理性、经营性和目的论的温暖，对于一个现代的人道主义者来说是那么清楚，就像今天熊熊燃烧火炉的炽热。假如真正人道主义的正当理由不成为未来世界建筑的基础，那么它就会把人压垮，就像亚述和巴比伦。"[90] 曼德尔施塔姆的社会立场在革命国家体制的这两种体现之间摇摆。

曼德尔施塔姆感觉，语言也是人附属的"器具"，剥夺其象征主义的神圣性。也许就是因此才会有那种曼德尔施塔姆放任自己的"主人般的"大胆的语义错位。而要是放下"宇宙家园"的乌托邦思想（尽管这是完全很难放下的人类希望之一）的话，那么作为人类的尺度和在危机的世界安顿人的能力的象征的"器具"，正是那一分量很重的人化现实的微粒，阿克梅主义（曼德尔施塔姆）以此成功对抗象征主义暴露出其乌托邦性的精神改造世界的理想。 463

　　曼德尔施塔姆的文章中在社会文化层次上提出的"温暖"的主题，在他的诗歌中表现为他特有的一些形象象征——从最开始的，人作为无可替代和宝贵财富带给世界的"温暖"（"我的体温，我的均匀呼吸／已经浸润了永恒的玻璃。"）开始，接下来延续了整个创作，如"绵羊的温暖"，"电车的温暖"，"他手套里热量不足"，"温暖奥维德的披风"，"一颗火柴就能让我温暖……"，等等。诗人请求要像"战旗"一样覆盖自己（即战斗中光荣阵亡的战士）的"苏格兰的旧方格毛毡"，这一文化学象征具有强大的能量，一圈又一圈宽广地揭示出自己的内涵，这是平衡僵死的世界之中的消极现象的一个支点。

　　无论曼德尔施塔姆20年代研发出的思想有多新颖，其中都有对早期阿克梅派宣言的某些呼应："我们不去飞翔"（像象征主义者那样），我们只是登上由我们建造起来的高塔，也就是作为"圈子"和支点的那一人工建造的坚定思想，即用人所创造出来的东西来包围人。这便是我们确定我们称之为"阿克梅主义"这一现象相对统一性的为数不多的几条线索之一。

注释：

1　利·金兹堡，《论旧与新》，列宁格勒，1982，213页。

2　因·科列茨卡娅，《〈阿波罗〉》，载《20世纪初的俄国文学与期刊：1905—1917，资产阶级自由派与现代派出版物》，莫斯科，1984，217页。

3　由格·伊万诺夫作序的《论俄国诗歌书简》一书，1923年出版了单行本，已经是在作者死后。

4　古米廖夫，《诗的生命》（1910），引自：《论俄国诗歌书简》，莫斯科，1990，54页。

5　同上，55页。

6　同上，53页。

7　同上，48页。

8　同上。

9　《书籍·档案·手稿》，1970，46页。

10　曼德尔施塔姆，《论俄国诗歌的一封信》（1922），载曼德尔施塔姆，《语言与文化》，莫斯科，1987，174—175页。

11　格·阿达莫维奇，《来自彼岸》，莫斯科，1996，15页。

12　古米廖夫，《诗的生命》，168页。

13　同上，180页。

14　同上，159页。

15　弗·魏德列，《论诗人与诗歌》，巴黎，1973，111页。

16　维·日尔蒙斯基，《文学理论·诗学·修辞学》，列宁格勒，1977，132页。

17　古米廖夫，《诗的生命》，56页。

18　勃留索夫，《俄国诗歌的新流派——阿克梅主义》，载古米廖夫，《赞成与反对》，圣彼得堡，1995，391页。

19　曼德尔施塔姆，《论语言的本性》，载曼德尔施塔姆，《语言与文化》，391页。

20　维·伊万诺夫，《维·伊万诺夫文集》，布鲁塞尔，1974，第2卷，571页。

21　参见：米·巴赫金，《文学创作美学》，莫斯科，1979，375页。

22　曼德尔施塔姆，《语言与文化》，172页。

23　维·伊万诺夫，《维·伊万诺夫文集》，第2卷，611-612页。

24　魏德列，《论诗人与诗歌》，108页。

25　同上，109页。

26　帕·弗洛连斯基，《回忆录》，载《文学学习》，1988，第6期，118页。

27　霍达谢维奇，《论象征主义》，载《霍达谢维奇文集》，四卷本，莫斯科，1996，第2卷，175页。

28　同上，183页。

29　《阿波罗》，1913，第1期，71页。

30　引自：鲍·艾兴鲍姆，《论散文·论诗歌》，列宁格勒，1986，382页。

31　维·伊万诺夫，《当代象征主义中的两种自发力量》，载《维·伊万诺夫文集》，第2卷，569页。

32　别雷，《杂文集》，莫斯科，1911，258页。

33　古米廖夫，《诗的生命》，201页。

34　同上，180页。

35　参见：曼德尔施塔姆，《语言与文化》，255页。

36　魏德列，《论诗人与诗歌》，112页。

37　维·伊万诺夫，《维·伊万诺夫文集》，第2卷，576页。

38　引自：《安娜·阿赫玛托娃：一零年代》，莫斯科，1989，50-51页。

39　古米廖夫，《论俄国诗歌书简》，182页。

40　同上。

41　罗·季缅奇克，《后记》，载《安娜·阿赫玛托娃：一零年代》，275页。

42　亚·若尔科夫斯基，《安娜·阿赫玛托娃——五十年以后》，载《星》，1996，第9期，215页。

43　谢·阿韦林采夫，《奥西普·曼德尔施塔姆的命运与传说》，载《曼德尔施塔姆文集》，两卷集，莫斯科，1990，第1卷，22页。

44 日尔蒙斯基，《文学理论·诗学·修辞学》，列宁格勒，1977，330页。

45 曼德尔施塔姆，《阿克梅主义的早晨》，载《曼德尔施塔姆文集》，第2卷，142页。

46 同上，143页。

47 瓦西里·吉皮乌斯，《诗人行会》，引自：《安娜·阿赫玛托娃：一零年代》，85页。

48 古米廖夫，《论俄国诗歌书简》，152页。

49 同上，316页。

50 引自：《尼·古米廖夫与俄国的帕尔纳索斯》，圣彼得堡，1992，29页。

51 引自：安年斯基，《影像集》，莫斯科，1979，640页。

52 参见：《新世界》，1990，第5期，221页。

53 引自：《尼·古米廖夫与俄国的帕尔纳索斯》，37页。

54-55 同上，35页。

56 古米廖夫，《论俄国诗歌书简》，157页。

57 维·伊万诺夫，《旁注》，载《劳作与时日》，1912，第4-5期，44页。

58 引自：米·津克维奇，《童话纪元》，莫斯科，，1994，29页。

59 参见：《安娜·阿赫玛托娃：一零年代》，莫斯科，1989，128页。

60 同上，50页。

61 同上，51页。

62 阿赫玛托娃，《没有主人公的长诗》，莫斯科，1989，251页。

63 同上，257页。

64 同上，258页。

65 同上，266页。

66 纳·别尔科夫斯基，《现行的文学》，莫斯科，1930，160页。

67 《俄罗斯文学》，1974，第7-8期，61页。

68 同上，61页。

69 米·加斯帕罗夫，《加斯帕罗夫文选》，莫斯科，1995，219页。

70 同上，234、235页。

71 阿韦林采夫，《奥西普·曼德尔施塔姆的命运与传说》，64页。

72 同上，43页。

73 魏德列，《论诗人与诗歌》，32页。

74 加斯帕罗夫，《加斯帕罗夫文选》，229页。

75 《俄罗斯文学》，1974，第7-8期，72-73页。我们在此举出季缅奇克给这一概念更
展开一些的解释："与引文和自我引文的主题相关的，还有一个阿克梅派诗学的基本方面——
元诗学的自我注释，或'自我元描述'，即作者有意识地或者甚至专门在诗歌文本中引入对该

465

文本形式上的分析层次。"

76　弗·尼·托波罗夫，塔·弗·齐维扬，《阿赫玛托娃和曼德尔施塔姆的奈瓦尔层面》，载《新巴斯曼街十九号》，莫斯科，1990，443-444页。——原注。奈瓦尔是法国19世纪的诗人，新巴斯曼街19号是莫斯科文学出版社的所在地。——译者注。

77-78　季缅奇克，《艺术岛》，载《各民族友谊》，1989，第6期，253页。

79　引自：《霍达谢维奇选集》，第2卷，509页。

80　《星》，1996，第9期。

81　参见：《维·德·杜瓦金对米·米·巴赫金的访谈录》，莫斯科，1996，103-105页。

82　引自：阿赫玛托娃，《没有主人公的长诗》，266-267页。

83　库兹明，《假定性：论艺术文章集》，彼得格勒，1923，154页。

84　格·伊万诺夫，《格·伊万诺夫文集》，三卷本，莫斯科，1994，第2卷，21-22页。

85　曼德尔施塔姆，《19世纪》，载曼德尔施塔姆，《语言与文化》，86页。

86　曼德尔施塔姆，《论语言本质》，载《曼德尔施塔姆文集》，第2卷，181-182页。

87　同上，193页。

88　曼德尔施塔姆，《人道主义与现代性》，载《曼德尔施塔姆文集》，第2卷，205页。

89　同上，206页。

90　同上，207页。

第三十二章
尼古拉·古米廖夫

◎尼·亚·博戈莫洛夫　撰／赵秋长　译

尤·尼·特尼亚诺夫在一篇论述赫列布尼科夫的文章中写道："不可将一个人同其生平割裂开来。但这种情况在俄罗斯文学中是不少见的：韦涅维季诺夫是位复杂、异乎寻常的诗人，二十二岁便死去了，从此之后人们只记住了这一点：他是在二十二岁时死去的。"[1] 我们大抵可以断定，这位评论家所指的不仅仅是他提及的那些作者，还应包括另外一位诗人，人们每每在谈及他的文学创作时认为，其生平同样具有决定性意义，他就是尼古拉·斯捷潘诺维奇·古米廖夫（1886—1921）。

20世纪20年代的后五年间，人们对这位被布尔什维克处决的诗人的品性和创作推崇备至——这种感情尽管在当时是不可流露的，却也将古米廖夫的创作变成了一个幽秘的领域，在那里无论怎样的评论都不得要领，而且严谨的研究都不能进行，使得对古米廖夫生平和诗歌难以进行严肃的历史与文学的研究。

然而，无论他的生平和诗歌创作，抑或其文学评论活动都与俄罗斯"白银时代"诗歌的全部发展史所涉及的重要问题紧密相关。古米廖夫置身于这部历史之中，他决不会超然其外，我们只能将他作为一种非凡现象，作为对文学发展的总态势发生了异常影响的人物去研究。这首先指的是诗人创作的内在意向，正是这种意向使古米廖夫超越了世纪初的时空，并使读者（自然还有研究工作者）得以探寻并相当容易地发现其创作与俄罗斯诗歌发展不容违抗的潮流的交汇。

我们还认为，古米廖夫的诗歌也是与其他诗人的创作共同进步并最大限度地追求自己个性的，弄清其独特的发展规律也颇有意义。尤其重要的是，古米廖夫的诗歌虽然十分注重异己的创作经验，却又完全坚持自己内在风格和特立独行的路线。这条路线的轨迹已为古米廖夫本人作了明晰的勾勒，现有必要将它依次呈现出来。

关于这一点第一位的明证便是古米廖夫有意打乱了自己诗歌所署的写作时间的顺序。比如，拒绝承认《西班牙征服者之路》

467

尼古拉·古米廖夫

（1905）是自己的第一部诗集：他将其中的三首诗（作了重大改动）后移，辑为第二部诗集，而分别命名为《异邦的天空》和《箭袋》的第三、四部诗集就成了他的第四、五部诗集了。此后编辑的诗集也很能说明问题：《浪漫主义的花朵》有三个不同的署时版本（分别为1908、1910和1918），《珍珠》有两个版本（分别为1910和1918）。古米廖夫就是这样在他生平的不同时期以各种不同的方式来重新编排其诗歌创作的年表，然而归根结底，都是为了别有用意地将之呈示给自己的读者，这就产生了一些异常重要的问题："什么是他诗歌创作的准则？哪些诗集属于他的代表作？"[2]

我们认为，符合其创作准则的有下列诗集：《西班牙征服者之路》（1905，尽管我们也注意到，古米廖夫本人后来将其排除在自己正规创作之外），《浪漫主义的花朵》（1908，及1910、1918年编辑的版本），《珍珠》（1910、1918年版本），《异邦的天空》（1912），《箭袋》（1916），《篝火》（1918）和《火柱》（1921）。顺言之，古米廖夫还有些在其创作中属于长篇的散文和戏剧作

品（《贡多拉》和《被下毒的丘尼卡》两部悲剧，一些不太长的歌剧，短篇小说集《棕榈树阴》和未完成的中篇小说《快乐兄弟》等），在此对之就不作评介了，因为在我们看来，它们与淋漓尽致地发挥了他创作思想的诗歌比较起来显然处于次要地位。

我们在评介他的作品时也排除了古米廖夫的某些诗歌作品，如他为儿童所写的平庸长诗《米克》（1913，断断续续发表，直至1918年才出齐全文），翻译的东方诗歌集《琉璃亭》和奉命写作的"诗体地理志"式的诗集《帐篷》。[3] 米·达·埃尔宗的意见值得认真商榷，他认为，古米廖夫在死前不久还有一部诗集，名为《在人生的中途》。[4] 我们则认为，毋宁采用期刊上关于这部书的解释：它是后来《火柱》的底本。[5] 如此说来，伊·奥多耶夫采娃的解释倒是可取的了，她在她那部不太可信的回忆录中写道："……他拟仿效但丁将自己的新书命名为《人生旅程的中途》[①]，并在'诗人行会'的一次会议上提请大家讨论，得到一致的赞成。然而次日他来到我处时却又故作忧愁状说道：'告诉你个不幸的消息：《在人生的中途》这个题目换成了《火柱》。为什么呢？因为昨夜我突然惊醒了，并被吓呆了。天啊，怎么能叫《在人生的中途》呢？我现在三十四岁，如果叫做"中途"的话，那就意味着我甘愿在六十八岁死去了。'"[6] 然而，即使假定古米廖夫计划再出一部的确采用但丁书名的新书，也没有合理的理由认定它就是古米廖夫1918年间所写的那些诗。那些诗（据未具名的诗集编者称）原本写在古米廖夫送给生活在巴黎的一位旧恋人的纪念册中，古米廖夫死后以《致蔚蓝的星》为书名结集出版。

阿赫玛托娃早在20世纪20年代就对古米廖夫创作中的幽邃之处进行过认真探究，她认为，多年以来古米廖夫诗歌写作的素材是一样的，不过他对这些素材的理解在他创作的各个阶段是逐年加深的。[7] 根据这种判断，我们试将古米廖夫创作中原本存在的一些定数加以揭示。[8]

毋庸置疑，古米廖夫多年以来对异国他邦兴味甚浓，渴求再塑英武壮士的形象。总而言之，崇拜古米廖夫的才华，撰写了题名为《骑士诗人》一文评介这位作家的尤·艾亨瓦尔德道出了全体评论者的心声。[9] 荒蛮的非洲，古老的

[①]《神曲》的第一句话就是"我在人生旅途的中途"。——译者注

斯堪的纳维亚，远东地区的神奇国度，航海的奇闻轶事，这类"披着神奇面纱的破烂"（阿赫玛托娃语[10]）都是那些忠实于他但理智尚未尽失的读者们的关注点。然而，这些只是古米廖夫诗歌以及散文、戏剧创作体系理性结构的外壳。

然而，古米廖夫的诗歌显然并非如此浅陋，诗人的内涵决然不是靠平铺直叙来成就的。站在一个幼稚读者的立场上，就会昏昏然不知所云：是什么令古米廖夫对遥远的国度心驰神往，为什么他对周游世界如此尽兴？要知道，进行诗歌创作的第一位动因并非旅行，事实正好相反：诗人去旅行却另有动机，他并不像那些欧洲旅游者那样通常去那些名胜会集之地观光。

顺理成章的是，对古米廖夫其人存有这样一些解读，它们依据的是俄罗斯和其他欧洲国家传统的文化观，这类文化号召那些认真谛听它的人仿效西班牙征服者、冒险家、意大利雇佣兵、过去未知事物研究者的事例。[11] 然而，我们还是坚信，古米廖夫不远万里地去旅行不单单是为19世纪末直至20世纪初仍强劲不衰的历史传统所致——是时他已形成了自己的品格，而首先是由于其逐渐形成的世界历史发展观。在这位艺术家兼思想家生活和创作活动的最后岁月，亦即创作和思想发展的高峰时期，这种历史发展观充分体现在他的生活观中。（当然，我们在称古米廖夫为思想家的时候应注意到，他的哲学概念并非在逻辑的推理，而是在诗歌与散文作品的语言织体中获得了血肉。）

青少年时期的阅读大抵会给人带来最初的冲动。书籍对古米廖夫创作乃至人生命运的影响常常被文学研究工作者所低估。只消抱着一种平和公正的心态重读那本极富"浪漫色彩"的诗集《珍珠》，就会很容易发现，书籍和阅读在抒情诗主人公的世界里占有何等重要的位置。

> 诗句像小溪般不倦地流淌，
> 须臾间便汇成章节的海洋。
> 放眼去看那些翻滚的水沫，
> 洗耳谛听那潮涌的轰响！

这些诗句很容易使我们联想起波德莱尔的《旅行》所洋溢的诗情，它们同时还另具一种自然表现力（这在古米廖夫早期作品中是不多见的），这也是诗

469

人日常感受的结晶。大量的回忆文字都提到古米廖夫拥有丰富的藏书，他的行文也表明其阅读范围之广泛。我们可以不无理由地认为，他最初自觉阅读的应是19世纪末至20世纪初出版的惊险小说的俄译本。[12]

古米廖夫阅读的惊险小说林林总总，不过常置案头的是那些关于神秘国度的书籍，它们描写的不仅是那里的风物，而且还有神秘的传统，那是一些世代相传的、常常与当今人类隔绝的人群的传统。

古米廖夫早期有一部短篇小说，名为《逆尼罗河而上（摘自日记）》。其中有一段引人注目的对话：

"'一位贫苦的托钵僧曾对我说，即使在热带雨林中，处于伯沙撒王后裔统治的淫威之下仍偷生着聪慧的埃塞俄比亚部族。'

'这听起来像赖德·哈格德杜撰的小说。'

'绝不是这样！赖德·哈格德遇到凶残的贩卖黑奴者、狡黠的贱民和白皮肤的姑娘就会喜形于色。而我们这些生活在1906年的人寻求的是隐秘。而且我是在哈格德眼中除了高大的棕榈树和女黑人外别无长物的地方揭示秘密的。新的知识会使我们认识世界万物的另一面。去发现这些新知识吧——这样您会惊叹不已，您居然能够认识到云彩是一种大气现象，而它实际上是乔托的原始王国中的长着带有星点翅膀的蝴蝶。'"

这段文字之所以引人注意，不仅因涉及对于寻常事物和自然现象的认识，而且还在于提及赖德·哈格德的名字。诚然，在这里提及赖德·哈格德，未必就会对他产生什么良好的联想，可是这却是古米廖夫创作构思的一个独特之处，它与语境无关，他在怀疑态度的华丽外衣下显露出自己创作灵感的源泉。毋庸置疑，古米廖夫的创作受到了赖德·哈格德的某些长篇小说的巨大影响。[13]

一般说来，并非面向当今"高雅"读者群的文学所发生的影响，已成了评论20世纪初诗歌的一个重要问题，是时的诗歌常常向世界文学的经典作品看齐。然而，即使在勃洛克这样的诗人心目中，布莱姆·斯托克和儒勒·凡尔纳也占有一定的地位[14]，而库兹明关注的则是大众艺术作品[15]。青少年时代的阅读会对人的终生发生极为纯正的影响。

谈到赖德·哈格德的创作对古米廖夫的影响，首先应提及其在本国颇为流行的一部长篇小说《她》（他在俄罗斯最为出名的作品是《所罗门王的宝藏》、

470

《美丽的玛格丽特》和《阿兰·夸特曼》等长篇小说①，而《她》在古米廖夫
青年时代也至少于1902和1904年出版过两次）。稍微读一读这部作品就会发现
其中许多情节与古米廖夫的经历及其诗歌中提及的传奇情节颇多相似之处。他
的一首诗曾描述这样一个故事：一个人在垂死之际向自己住在剑桥大学的一位
和善的友人托孤，并立下遗嘱日后由他将一沓文件转交其成年的儿子。这是些
证明儿子出身埃及祭司家庭和记载先父曾在非洲腹地神秘游历的材料。当列奥
（故事主人公的遗子）得到这些材料后遂约上收养自己的恩友们来到一个神秘
的叫做科尔的国家。执掌这个国家的女皇叫阿艾莎（或根据20世纪初通用的音
译规则译为艾莎），她深受子民拥戴，被奉为神明。她的年龄已有两千多岁，
还记得古埃及、犹地亚、对弥赛亚的期待，对古希腊、古罗马等都很熟稔。阿
艾莎的美艳深深地打动了列奥，而她也悟到来客就是她久久思慕的埃及祭司的
托生之身。她想让列奥变成像自己一样长生不老，虽解数使尽，却以悲剧告
终，她本人反遭连累，气数殆尽，刹那间眼睁睁地衰老，死去。在弥留之际她
许下诺言，死后化成肉身转世，再续前缘。

471

　　古米廖夫作品的情节和某些片断与赖德·哈格德的小说相仿，而且，这里我
们尤其看重的是二者古色古香的文体。这种文体在19世纪下半叶和20世纪初的惊
险小说中屡露峥嵘，它鲜活地勾勒出一幅非洲大陆的画图，在这片未被充分认识
的土地上不仅物华天宝，而且屡有新的发现（多属于逝去的古老之文明），这些
新发现不说有多大神秘的色彩，至少是为当代科学知识所不逮。有鉴于此，古米
廖夫的作品往往提示，拥有如此发现的民族必然与古代文明有着某种联系。

　　如此说来，古米廖夫能够描绘出世界的图景得益于他青少年时代阅读的
大量书籍，在这幅图景中"异邦"占一席之地，那里的民族虽然尚未开化，但
这是保存着远古种族文化遗传记忆的人群。哈格德小说所描写的空间（当然并
非他一人的作品如此），是已被欧洲人认知的世界之外的一个空白和盲点，是
一段空缺的历史。因此，我们满有理由说哈格德的小说纵横捭阖，近至现代，
远达古代，有如天马行空，穿越了一切时空，古米廖夫的诗歌和戏剧作品也随

_____

　　① 这四部小说都曾被林纾翻译过，分别叫《三千年艳尸记》《钟乳髑髅》《双雄较剑录》和
《斐洲烟水愁城录》。——译者注

之亦步亦趋。如他们都描写荷马时代（哈格德的《世界的欲望》和古米廖夫的《奥德修斯归来记》；不过值得注意的是，故事发生在尤利西斯①漂泊结束后），都描写古斯堪的纳维亚（哈格德的《慧眼艾里克》②和古米廖夫的《贡多拉》），都描写基督教刚刚兴起的几世纪和萨拉丁统治时代。历史的空白如同世界的盲区一样，等待着当代作者用自己的想象去填充。

在这里还有两种对古米廖夫的解读，借之似可弄清这位诗人创作发展的走向。

众所周知，19世纪末至20世纪初的俄罗斯对尼采思想格外垂青，折射出林林总总的现象。此处详述这段历史和这些折射现象未必有什么意义，况且这类工作已有人做过[16]。但是，过去的考察往往停留在某些思想的比较上，这就不可避免地导致纯表象的诸多巧合。其实俄罗斯的尼采主义在极大程度上是直接依据对这位德国哲学家几部名著中的神话和诗歌形象的理解而形成的，俄罗斯的尼采主义哲学著作其实是尼采著作的折光。大家都读尼采的著作，不过对他的哲学的理解常常流于肤浅粗陋。其实，在20世纪初的俄罗斯尼采著作广为流行的条件下，其作品独特的诗学结构本应产生更大的影响。

还是那位奥多耶夫采娃（尽管不得不再次指出，她的回忆录有些重大失实之处）见证称，尼采的那些最著名的作品长期以来成为古米廖夫的案头书，特别是在他的青年时代："我们先从尼采谈起。他还是位诗人。这是显而易见、明白无误的。您看他那部《查拉图斯特拉如是说》。您要是看了它还懵懵懂懂的话，那就算我真的错了。不过，我是看懂了。古米廖夫把他保存的那本精致羊皮装帧的《查拉图斯特拉如是说》赏给了我……是尼采，阅读尼采帮助我深刻地认识了古米廖夫……后来我多次发现，古米廖夫是在重复尼采的思想，不过他本人没有做出这个结论罢了。"[17]

阿赫玛托娃在许多领域，也包括对古米廖夫的创作进行了开拓性的研究。与她经常保持密切交往的帕·尼·卢克尼茨基在1925年7月13、14日的日记中写道："查拉图斯特拉和反基督是相互对立的善与恶两方。尼采反对瓦格纳。于斯曼的影响。'我以昏月般的醉眼看待一切'（古米廖夫致戈罗杰茨基信中用过的

---

① 尤利西斯即奥德修斯这一名字的拉丁化形式。——译者注
② 哈格德这两部作品林纾分别译作《金梭神女再生缘》和《埃司兰情侠传》。——译者注

一句话），它是否尼采的原话？[18] 此后就没有什么像样的人物了……我们看看勃留索夫对《西班牙征服者之路》的评论，他谈到尼采的影响了吗？[19]……豪瑟健在，这是尼采说的吗？戈拉利苦命，这是尼采说的吗？"[20] 一个月后，卢克尼茨基致信阿赫玛托娃（显然他已按照阿赫玛托娃的建议仔细地研读了尼采的一系列著作），信中说："我读完了《查拉图斯特拉如是说》，现在正读《善恶的彼岸》。您的一切推断都被证实了。'崇高'、'无限'、'深邃'等许多许多词藻都是从尼采那里借用的。《西班牙征服者之路》中的许多诗对地域、形象和对比的描写亦然。而《致当代人》和《致未来人》两首则完全是在尼采的影响下写出来的。"[21]

目前，对古米廖夫从尼采著作（首先是从《查拉图斯特拉如是说》）中借用词语的这种情况只是进行了少许的清点[22]，这项工作尚待大力地开展。即便如此，现已查明，尼采对古米廖夫的影响是个不争的事实，对之应作认真负责和实事求是的阐释。

由于经常借用尼采著作的词句，古米廖夫的诗中便明显地存在仿效这位德国哲学家关于人类历史发展理论总模式的痕迹，根据这个模式当代人不过是向超人演化的一个阶段。这就使得尼采之后的人们产生了填补被我们称之为人类历史发展空白的意念。古米廖夫特别看重这一点：人们希望看到历史是一种大部分民众不可遏止地进化的过程，这不是天意，而是人的潜在意愿。因此他认为，缺陷与空白的弥补和填充不是任意的，而是要遵循一定的规律。

于是，古米廖夫顺理成章地认为，找到这种规律的关键乃是推行欧洲的通灵术理论，他很久以前就对这种理论作过研究。许多资料表明，他曾研读过通灵术通俗作家帕皮斯和埃利法斯·莱维的著作。还是前面提到的那位卢克尼茨基曾记录下阿赫玛托娃的一段讲述："一路上安·阿（即阿赫玛托娃——译者注）滔滔不绝地谈论着德米特里耶娃、沃洛申、利沃娃和图姆波夫斯卡娅这伙信奉神智学的作家。这个话题是由回忆卡普伦引起的。安·阿对神智学及其一切信奉者颇不以为然（图姆波夫斯卡娅除外，安·阿对她还是有好感的，不过安·阿对其迷恋神智学依然毫不认同）。她的话意在揭露，这伙人企图'通过'神智学竭力证明沃洛申和德米特里耶娃是多么高明。"[23] 卢克尼茨基转述的阿赫玛托娃的下面一段话更加证明她对神智学的不恭："安·阿告诉我，尼古拉·斯捷潘诺维奇曾在1906年从巴黎寄给她一封信，通篇大谈通灵术。尼古拉·斯捷潘诺维奇在信中称，他正是因为对此术感兴趣才奔赴巴黎的。"[24] 卢克尼茨基的作品中还有一处证实了这种情况："1907年古米廖夫把帕皮斯带到施密特的别墅，并把他交给了我。古米廖夫在1906年就写下了他有关通灵术的文稿"，这些文稿急需校改。"在皇村时我还没发现他信奉什么通灵术。可能是后来背着我迷上的"。[25] 姑且不谈阿赫玛托娃对于古米廖夫迷恋通灵术和神智学所抱的极为不屑的态度[26]，我们还是要点明这样一个事实，这位当年二十岁的诗人特别痴迷于帕皮斯理论的通灵术，甚至为此去了巴黎。

其他的证据则是古米廖夫本人写给勃留索夫的一些书信。如他在1906年下月11日的信中写道："当初我出国就是为了研究通灵术。现在我发现，我原来的意想和成功地写出的诗篇确可以激发心灵的悸颤，它似如列维含糊地将之称为亡者的召唤。"[27] 他未必对列维的这个调侃认真。无论如何，不争的事实是，四个月后古米廖夫又旧念重萌。1907年3月24日他对采访他的记者说："最近以来我忙于探索散文的风格，研究和思索通灵术，故而没有写诗……如果我不信奉通灵术，就会莫名其妙——我的诗怎能使您大感兴趣呢。"[28] 一年之后，即1908年2月7日古米廖夫又写道："……我看腻了居斯塔夫·莫罗的绘画，读烦了高蹈派和通灵术的作品（唉，这些作者非常糟），终于为自己建造了有趣的诗歌理论……"[29]

从以上引文可以看出，古米廖夫对其中提到的文艺界人士的理论观点，态度是不尽相同的，尽管他确实热衷于研究通灵术和他们的作品[30]。

古米廖夫何以如此青睐于这门"神秘科学"并对之作悉心研究呢？无疑，对这样的问题，暂时还不能指望得到完全确切的答案，不过，还是有几种答案是可供参考的。

首先，这事关古米廖夫对世界观的整体认识（这也使得我们明了，是什么吸引他到非洲旅行）。按照帕皮斯博士的理论，人类在历史长河中聚结的智慧是由一些代表人物保存下来的，他们的身份往往是祭司，他们基本上又分雷姆利亚人、亚特兰蒂斯人、黑人和白人四个种群。[31] 古米廖夫无疑熟知这种观点，因为它在其最后一部未能完成的作品《初之诗》和另一首长诗的写作计划中都有反映，《初之诗》的人物就有"雷姆利亚祭司莫拉迪塔"，而另一首长诗写作计划的第一句话就是"故事发生在童话般的雷姆利亚，亚特兰蒂斯的先行者"[32]。而帕皮斯接着还写道：每一个种群都有生存的遗迹和智慧的遗产，这种智慧先人有之，而后代不具。阿赫玛托娃在死前不到一年这样写道："他几次向我谈起那扇'金门'，说它应在他陷于困惑之际向他开启，而他在1913年回国之后却又称'金门'不复存在了……这对他是个可怕的打击。"[33] 这个念头缘于他青年时期写作非洲探险小说的感悟，理所当然地激发了这位功名心极重的年轻人亲自探寻这些遗迹和遗产的愿望。

此处提到功名心并非偶然。显然古米廖夫在这方面表现得尤为突出。一些有关材料披露的内容可令我们触目惊心。

1907年初居住在巴黎的济·尼·吉皮乌斯曾向勃留索夫谈到二十岁的古米廖夫经他介绍造访她家时给她留下的强烈印象（曾写下《米莫奇卡》的利·伊·韦谢利茨卡娅—米库利奇也会对他产生这种印象）："我们简直要晕倒了。鲍里亚（即安德列·别雷——作者注）还有气力嘲笑他，我却惊诧得动弹不得。二十岁的人，却形容委琐，还满口过时的豪言壮语，显得是那样不伦不类。他满身浊气，突然若有所悟地声称，他一个人就能改变世界：'佛陀、基督等在我之前就尝试过，不过他们没有成功。'"[34] 这次会面异常重要，一切迹象表明，它决定了古米廖夫此后很长时期对待梅列日科夫斯基夫妇以及当时嘲笑他的安德列·别雷的态度。不过我们对此就不作详细的评述了。[35] 我们重视的是古米廖夫的那句使早就度过颓废期的吉皮乌斯备感过时并充满憨气的话：我能改变世界。他说出如此的话并非偶然，卢克尼茨基写的关于阿赫玛托娃的回忆录也可作为旁证："1909年安·阿送尼古拉·斯捷潘诺维奇到敖德萨，两人同行的路上（乘电车），尼古拉·斯捷潘诺维奇不断地问她爱不爱自己。安·阿回答道：'不爱，不过还是认为您是位杰出的人……'尼古拉·斯捷潘诺维奇微笑着又问：'像佛陀一样杰出还是像穆罕默德一样杰出？'"[36]

如此看来，古米廖夫在写作结集为《浪漫主义的花朵》的那些诗歌的创作初期，认为世界的变化是预先有定数的，而且世界也不是孤立的。我们研究19世纪下半叶和20世纪初期的法国诗歌，发现其中充溢着通灵术（对这个词应作广义的理解，它包括从广义的神秘主义、共济会、炼金术、塔罗牌占卜直到使用魔法的一切通灵术思想家的伎俩[37]）的货色，并在信奉通灵术的诗人群中形

475

476

成了相应的世界观。阿蒂尔·兰波的生平及其诗歌创作就充分体现了这一点，对此美国著名的文学研究者伊妮德·斯塔基写道："……他在创作的最活跃时期坚信，他是通过魔法获得了超自然的力量的……他认为，诗歌是魔法的一个组成部分，魔法是洞察神秘世界，起着与上帝同样作用的方术。后来他还认为自己像路西法一样因傲慢而堕落了，并发现对于他和一切人而言，诗歌就是诗歌，不是什么相互理解的手段，借之只能进行自我表达。"[38] 加以适当的变通，这句话用来评价古米廖夫也是完全贴切的。诗人信念的变化首先表现在他放弃了诗歌等同于魔法的认识。不过，我们现有的许多材料（也包括上面提到的阿赫玛托娃的笔记，其中的内容与下列说法并不矛盾：古米廖夫只不过未能找到"金门"，不过也没有获得它根本不存在的证据）证明古米廖夫并没有绝望，最终仍坚信术士诗人在任何社会中都是高尚知识的保存者，这种知识可以通过对神秘科学的研究和实际应用而增殖。

看来，古米廖夫对兰波的了解并非浮光掠影。从俄罗斯象征主义兴起之日起，这个神秘人物就引起了人们的关注。众所周知，济纳伊达·文格罗娃发表在《欧洲通报》1892年第9期上的文章[39] 乃是勃留索夫写象征主义诗歌的第一个动因，而勃留索夫紧随其后拟定的一篇文章的提纲就更具有指导性："象征主义诗人，流派的奠基人（法国）魏尔伦……和马拉美（他写的作品艰涩难懂，唯有作品的受献者才能解其意）。阿蒂尔·兰波（最不易懂）。"此后还为他们加了批注："兰波，创作期为1869—1871年（十八岁前后），在80年代初便销声匿迹，再也没发表过一首诗。魏尔伦精心保存留下来的东西，并赞美他的天才。"[40] 勃留索夫在笔记本里的写的第一首放在"象征主义"一栏下的诗，被冠之以《译自兰波》，并作了如此说明（显然是后来写上去的）："这是故弄玄虚。当时我还没有读过兰波的诗作，也并没有直接接触过象征主义者，只是看过文格罗娃在《欧洲通报》，1892年第9期上的有关介绍文章。"[41]

兰波谜团般的生平和创作活动对于俄罗斯的象征主义流派有着特殊的吸引力。他的诗作在俄罗斯大部分是以手抄本的形式流传的，虽然兰波诗歌的俄译本相当少，实在难与魏尔伦的译本相提并论，但是，兰波的生平和创作暗藏玄机，要认识法国诗歌不但要读他的诗歌，而且还要了解他的生平。兰波与法国通灵术的联系是显而易见的，因此古米廖夫不可能无视它。而且值得注意的

477

是，在古米廖夫的诗歌及其保存下来的赴非洲旅行的有关证件中有许多人物和地方也曾是当年兰波造访这片大陆时所接触过的。说古米廖夫重走了兰波的旅程无疑是夸张，不过说两人的路线多有重合确也是引人注意的实情。

古米廖夫早期的诗歌形式简明，内容注重反映其对现实的感受，我们读《浪漫主义的花朵》会发现，他的诗中通篇充满着术士及其法事活动。

1908年版《浪漫主义的花朵》中的第一首诗是首以爱情劫数为主题的变奏曲，但用的全是施展魔法的"道具"：

> 年轻术士身穿紫红长衣，
> 说的是异地的话语，
> 为一个叛逆的公主，
> 打磨着有魔力的宝石。
>
> 燃烧的香草散发着温馨气息，
> 弥散在无限宽广的天际，
> 那里却翻滚着沉沉的暮霭，
> 像群鱼戏水又像黑鸟展翅。
>
> ……
>
> 月儿升起在翠绿的尼罗河上空，
> 惨白的月色在暗暗浮动，
> 憔悴的公主丢下鲜红的花朵，
> 向术士聊表难掩的隐情。

人们认为，这首诗连同诗集《致安娜·安德列耶夫娜·戈连科》的献辞[42]的写作动机是以通灵之术向阿赫玛托娃表示爱慕之心。在后来的版本中这首诗被冠以《咒语》的标题是不无理由的。此诗的传记性弦外之音是很明显的。阿赫玛托娃自然也心知肚明。[43] 但是这还远不是此诗的全部用意。统观全篇 478

我们会发现这部诗集是以向心上人恳切表爱为始，以宇宙大动荡的景象告终
的：

> 昏惨惨的太阳望着人间难土，
> 但见那里滞留着亘古洪荒和恐怖，
> 这边，孤山像丧家野犬默默站立，
> 那边，火山喷发腾起暗红的浊雾。
>
> 世界的末日来临。
>
> ……
>
> 窈窕而温柔的姑娘头戴刺李花冠，
> 头上淌着鲜血，身披着爱的韶光，
> 她用银犁辛勤垦出一片荒地，
> 人们给她起名叫苦命女郎。
>
> 她却是世界的救星。

我们有十分理由认定"年轻术士"爱慕的"叛逆公主"就是这首置于诗集
末尾的诗中的窈窕而温柔的"苦命女郎"，她不仅能化解爱情愁绪，而且更重要
的是能拯救濒于崩溃、几近绝望的世界！如此看来，通灵术的咒语关乎世界的
命运，只能依靠承咒语之泽的女人来救世。

我们不必怀疑，古米廖夫构思时抱有一种既定的个人目标，以期运用魔力
召唤多年以来他追求的爱情 44，并用诗歌语言表达出来。这种布局首先说明：
他将魔法融入诗歌是为了重建世界的秩序。

每个细心的读者都可以发现《浪漫主义的花朵》中赤裸裸展示的魔法神
术 45，然而此后，他创作中的隐秘面就不得"破解"了 46，这些咒语一方面无
法发挥自己的功能（而且，它们入诗后丧失了固有的句式结构），另一方面又

难以化成真正的诗句，故而显得不伦不类。有鉴于此，古米廖夫开始渐渐地改变第一部诗集确立的创作准则。从这个意义上说来，他殚精竭虑不止一次更易第二部诗集的名称是不无原因的。1908年5月，他就此与勃留索夫商议，为新诗集取名为《珍珠》，年底又改为寓意毕露的《金魔法》。但到1910年5月，他又恢复了最初的名称。所拟书名中的"魔法"一词，初看起来颇引人注目，但经深思熟虑之后会觉得它是不可取的，读者看见它自然就会产生这样的感觉：这样的名称过于直白，过于直接地表露了诗集的内容，而这本诗集却如同前一部诗集一样是以充作"神秘科学"的诗体指南为宗旨的。

479

其实，诗集发表时采用的名称《珍珠》一词及其含义具有的玄秘色彩毫不逊于"金魔法"。研究者早就发现，这个书名和诗集中的三个章节的题目（《黑珍珠》《灰珍珠》和《玫瑰珍珠》——再版时它们被取消了）出自古米廖夫的短篇小说《斯特拉迪瓦里乌斯的小提琴》。这部小说中的魔鬼造访作曲家保罗·贝利契尼时是这般模样："他赤露的手脚上戴着一串串灰色、黑色和玫瑰色的珍珠。"这个魔鬼洋洋得意地向作曲家作自我介绍："……我是美的创造者，热爱一切美好的事物。当卓越的该隐告别冥界意欲建设阳世时，我就做了他的艺术教师。正是我教会他用诗歌的格律转述乞讨的话语，用金刚石刀在象骨上刻画动物和人的形象，制造乐器并用它们演奏。"我们又想起这部小说的结尾：魔鬼接替保罗师傅继续演奏乐曲，大师不堪忍受这种超乎寻常的完美，竟精神失常，捣毁了斯特拉迪瓦里乌斯制作的令魔鬼生畏的小提琴："我看到眼前是一片恐怖。人至多只能接受我这把心爱的样板琴的谐音，我说这些并非以我的名义，而是以上帝的名义。而制造你现在手中的那种手提琴就会把我吓死。"

三种颜色的珍珠演变的取向就是非人能忍受的谐调，它注定是以上帝的名义，也是以魔鬼的名义。其实，在古米廖夫看来，上帝之路是很明了的："他走的是珍珠演变之路。"这不是一条黑色、灰色或玫瑰色的珍珠之路，而是本色珍珠之路。只有这样，上帝的门徒才能紧跟上主的步伐：

> 选择不会使人苦恼悲伤，
>
> 有什么比奇迹更令人神往？！

牧人和渔夫也会紧跟上帝，

行进在探索天理的大道上。

480　　　　然而，诗集的取名对于勃留索夫这位多年的学生古米廖夫来说并没有什么重大意义。古米廖夫和勃留索夫在各自的作品中都屡有将上帝和魔鬼一样歌颂的引文，而索洛古勃则把魔鬼当作"老朋友"加以颂扬，对于他们来说这不关乎伦理的相对性或其他什么问题，只不过是在诗歌中寻找醉心于机遇的"自我"。这时的古米廖夫坚信他的诗歌可以塑造出超人的形象，理应找到实现这个志向的最有效的方法，于是便认真地研习起诗艺来。

　　初看起来这显得颇为怪异：他已写过两本诗学著作，并得到被他奉为权威的俄国象征主义大师（勃留索夫和安年斯基）的好评，现在却自揣浅陋，甚至怀疑自己缺乏起码的诗歌创作技巧。对此，他在1909年写信给勃留索夫说得尤其坦率："您想必听说过维亚切斯拉夫·伊万诺维奇（·伊万诺夫）为包括我在内的一些年轻诗人举办过讲座。我觉得只是在听了讲座后才开了窍，知道什么叫作诗歌。"[47] 这里还应指出，在"诗歌研习所"讲的并非高深的题目，而是不超过初级程度的诗歌写作入门技巧。[48] 古米廖夫在这封信中接着写道："但从另一方面来说，我在研习诗歌形式时仍因力之不逮而感发怵。这项工作可能会妨害我的思想和感情，况且这些思想感情现在就被埋没了……"

　　其实，《珍珠》的出版使古米廖夫受到勃留索夫以及维·伊万诺夫的赞许，勃留索夫在此前就一直全力鼓励他，而伊万诺夫称，这部诗集为古米廖夫带来了骑士的封号，古米廖夫的诗可称为骑士之剑颇有风度的击打。尽管如此，古米廖夫仍对他能否正确地为读者所理解存在疑虑。我们现在虽难以弄清当初读者的原本反应，不过可以推断，这些描写异地生活，充满"浪漫情怀"的诗篇定然得到了他们的好评，尤其是在其中占重要地位的《船长们》一诗。那些船长已成为读者长期以来心仪的标志性人物。但是就是在这首诗中也明显地暴露出诗人的创作意向难以被读者理解的缺陷。

　　我们还记得，古米廖夫写作这组诗歌时正值与伊·伊·德米特里耶娃，即后来的切鲁宾娜·德加布里亚克相爱最热烈的时期。如果这位女作家不出现神秘主义的倾向，指出这一点或许也就无关紧要了；不过事实恰恰相反，此时的德米特里耶娃正沉浸在这种思潮之中——这种思潮也影响到沃洛申和约翰内斯·冯·京特以及与德米特里耶娃很少有交往的人。[49] 难以设想古米廖夫会对这种思潮毫无察觉，而且我们前边也提到阿赫玛托娃曾向古米廖夫和德米特里耶娃介绍过神智学（此情他是从别人那里得知的）。因此，对《船长们》这篇文学作品的理解不能脱离这个实际，读者也不应浅尝辄止，而要追踪作者的思路。它始于对"勇敢的船长们"（这也是吉卜林一本书的名称）进行的浪漫化描写，不过此后读者就会进入另一个洞天了。诗集中的第二首诗把读者带入一个不倦的开拓者、"绿色神庙的圣骑士"的世界。这些开拓者堪称"神圣的勇士"，远有"驾驶原始木筏的原始人"，近有库克、拉彼鲁兹，他们确信："我们的世界未被完全发现！"有了这些铺垫，第三首诗就可以理解为世间"快活的船员"暂时的缺位，这也是向快活人的过渡。在这首可谓举足轻重的诗中，主人公全然成了另一种人物。这些当代的船长和船员虽然已"不恐惧飓风"，却有另一番苦衷：

> 他们的内心总是惴惴不安，
> 无端地承受着未来的忧患。

从表面上看来，这种忧患有一定合理的因素，它与诗中提及的船员中流传的关于飞翔的荷兰人的传说有关。但是目睹诗人独特描写，我们会这样作想：这里说的不单单是传说，重要的是古米廖夫另有深意。我们再来看此诗的开头：

> 世界上还有另样的疆域，
> 那里月光惨惨，愁雾凄凄。
> 任你有无穷力量，至高豪气，
> 也战胜不了它的暴戾。

这个"飞翔的荷兰人号船横冲直撞"的海域，是一个与众不同的异样世界，在昏惨惨的月光下，不仅前三首诗的主人公——一位普通船长踯躅不前，就是具有无穷力量、至高豪气的"该隐再世"的船长也望而却步。对于生活在现今世界上的人来说，作者假设的航船不仅预示着灾难的降临，而且使得他们为那条船上的船长误入的、被现实生活中的船长暂时幸免的死亡航途而伤悲。

482   于是，只消我们不带偏见地读一读古米廖夫的这组诗就会发现，他力图向读者同时呈现现有的两种空间，其中的第二种空间阴气森森，宛如地狱。不过现世中人很少会误入其境，只是在特殊的情况下才有此遭遇。

指出这样一点是非常重要的，即使洞察力很强的读者也难以发现古米廖夫诗歌的这个隐义，勃留索夫也没能做到；而安年斯基在评论中称《浪漫主义的花朵》为一本"没有丝毫古老东方的隐秘和千年迷雾"的书 [50]；怀才不露的埃利斯在看过维·伊万诺夫对《珍珠》的评论后，指责他亵渎了一位神秘勇士的壮举，一怒之下与之断绝了一切来往 [51]。可以设想古米廖夫当时的心情：他宣扬通灵术和魔法的努力未能奏效，即使是善解人意的读者，也没有一个能理解他何以将现今世界描写得如此隐晦、怪异。

似如雪上加霜，古米廖夫奋起与维·伊万诺夫这位相当长时间以来充任他文学师长的人进行争论之际，又在文坛遭受了两桩劫难。据当时的文件判断，古米廖夫和伊万诺夫在1909—1910年间经常见面，1909年底，古米廖夫还约这位师长同他一起到非洲旅行（一切迹象表明，这个计划也与伊万诺夫探幽揭秘的意愿有关，当时的他正迷恋于安·鲁·明茨洛娃关于神智学的说教）。现有资料证明，伊万诺夫和古米廖夫建立了一个"地智学协会"，我们对这个协会知之甚少，不过其名称本身分明就充溢着对地球这个存在物的神秘主义的理解。1911年4月，"艺术语言促进会"的会议总结写道："古米廖夫朗诵了组诗《浪子》。大家认为，诗人可以自由地以这个传统题目写作，可是对于自由的界限，发生了激烈的争论。" [52] 据阿赫玛托娃回忆，维·伊万诺夫对这部长诗进行了严厉的批评，古米廖夫（在他看来，接触历史和神话资料的自由是至关重要的）备感屈辱，这也成了他建立阿克梅主义理论的原动力。当然，这些纠纷只是其原因之一，然而，它确是同创作观的差异交织在一起的。罗·季缅奇克中肯地指出，一场普通的分歧终于演变成关于创作观的大辩论，这种争论其实并非始于今日。[53]

483   这里，我们还要指出，1910年代初期，古米廖夫作为文学活动家和评论家在文坛已占有很显著的地位了。他从事创作之初就立志做个有作为的诗人和散文作家，而且还要出版杂志，组建文学社团。在侨居巴黎期间，他主持《天狼星》的出版工作（阿赫玛托娃最先为之撰稿[54]），1909年在充任《文艺协会剧团杂志》文学部的实际领导者期间创办了《岛》杂志[55]，不过他在这方面取得的最大的成功是与当年下半年创办的《阿波罗》杂志建立了密切的联系。

　　早在1909年春，艺术学家谢·康·马科夫斯基就倡议创办一家首先面向彼得堡象征主义作家的大型文学杂志，而筹办工作到该年下半年才付诸实施。杂志的办刊思想原拟由维·伊万诺夫、因·费·安年斯基、阿·利·沃伦斯基和亚·尼·贝努阿共同制定，但由于各种原因未能落实，主持该刊的大任渐渐地落到米·库兹明、谢·奥斯伦德和叶·兹诺斯科-博罗夫斯基的身上，而古米廖夫也是主要的参与者之一。而且他踊跃地将自己的诗稿投向该刊，并开始了他的系统的文学评论活动。他发表在该刊"俄罗斯诗歌评论书简"一栏中的评论，描绘出1910年代俄罗斯诗歌的整体面貌。能如此全面客观地把握其全景的除此之外也唯有勃留索夫写的一些文章和评论了。古米廖夫在1911—1912年间的文学评论和组织工作使之在彼得堡诗人中享有广泛的声誉。1910年代中叶，彼得堡诗人群已形成一个真正的流派，它首要的信念是必须追求创作形式的完美。这种理念也为古米廖夫戴上了"形式主义者"和"萨利里式作家"的桂冠，而且，他对他的文章和个人交往中提出的主张率先身体力行。

　　至于将古米廖夫誉为"高蹈派"，则当是严重失实了。固然，可以说阿赫玛托娃为否定古米廖夫的声誉，也曾对其诗歌的本来面目进行过某种程度的歪曲，不过我们还是应注意到，在传统上与"高蹈派"有关的特点，如缺乏传统的抒情感受，竭力追求传统上看重的外在形式的完美，追求冷静的描写，都变相地体现在古米廖夫的诗歌之中。这首先关系到形式的完美问题：我们前面所援引古米廖夫的诗句说明，他初期的作品远远不能与泰奥菲尔·戈蒂耶和泰奥多尔·德·邦维里比肩，只能说是平平之作。作为一个象征主义作家，即使其青年时代最为成熟的诗集《珍珠》，也尚处于"学生"水平，而绝非属"大师"一级。在这个时候，古米廖夫为在俄罗斯诗坛崭露头角，就在诗歌形式的选择中大胆地除旧布新（米·列·加斯帕罗夫在俄罗斯三重音变体诗格分类中单辟出一种"古米廖夫诗格"是不无道理的），采用了他人很少问津的严整

484

的诗节结构。古米廖夫的描写从来不流于呆板，在绝大部分情况下充满动感。（比如《珍珠》中的《野蛮人》，诗中有这样的描写："头领"大手一挥，一场奢华的异域情色图景遂告开场，他又不屑地大手一挥，便使自己的军队从淫欲中解脱出来，奔上新的征程。）在世纪之交的俄罗斯诗坛，法国的高蹈派和象征主义的诗风并存[56]，古米廖夫在革新上不说是勃留索夫的模仿者，也可算作他的一名学生，但这位年轻诗人的作品充满着激情和切身的感受，这种感受无明显的神秘的色彩，这是为他的老师也不及的。因此，古米廖夫表现出的高蹈派诗歌风格未必比他对诗歌形式外在华美的追求更值得重视，不过，他的这种追求为时不长，后来很快便退居次位——他这时转而探索诗歌作品结构的统一性了，这鲜明地体现在他的《诗歌的生命》（1910）和《一首诗的解剖》（1921）两篇文章中。

我们在回顾古米廖夫1910年代初的创作时发现，1911年秋古米廖夫和戈罗杰茨基发起成立了"诗人行会"，这是一个诗人自由参加的合作组织，起初的参加者还没有与象征主义发生对抗（在一年半之前就发展了伊万诺夫思想的勃洛克在该组织第一次会议上的表现就具有代表性）。阿赫玛托娃认为它的建立是一件很寻常的事："'行会'的成立不过是标志着一个社团（库兹明、兹诺斯科–博罗夫斯基等人的）的解体。他们逐渐疏远了，兹诺斯科也不再担任《阿波罗》杂志的秘书，波将金投奔了《萨蒂利孔》周刊，阿·托尔斯泰在1912年迁居莫斯科，一去不复返……'行会'有了完全不同的定向……这伙人似团结在维·伊万诺夫的周围，而新人则与原先的'塔楼派'格格不入……这是一个新的团体，其中有洛津斯基、曼德尔施塔姆、戈罗杰茨基、纳尔布特和津克维奇等。这个团体很少举行阿里贝尔特式的聚餐会，常常召开行会会议……"[57] 不过"诗人行会"成员的创作也上了一个层次，其标志是这些年轻（和已不太年轻）的诗人竭力摆脱到处弥漫的象征主义的影响。

古米廖夫在"诗人行会"中起着"行会理事"的作用，是该会的领导人和导师之一，但是他认为参加该会活动有另外的意义。首先他是为了克服许多象征主义者自命不凡的倾向。他认为一个人的综合素质只是在整个"行会"（甚至整个俄罗斯诗歌界）的集体行动中才能表现出来。故而，"诗人行会"吸收了各种创作风格的作者，兼容了1910年代初诗坛的各种"思想"倾向。"民间"的诗

485

人，无论是生性浪漫的还是谨守传统的，无论是有未来主义倾向的还是带通灵术色彩的，古米廖夫都不计好恶地纳入他建立的组织之中。[58] 这样，"行会"就形成了会中有派，派中有各色人等的局面。[59] 古米廖夫就是在这个全新的诗人群中探寻摆脱以往影响的途径，同时又坚持自己关于世界结构的基本理念，尝试新的表达方法。有鉴于此，我们称他的《异邦的天空》为其过渡性作品的范例，它呈现了诗人探索的历程，古米廖夫诗歌构建的新样式。这是他创作的一种实验，却也成了其他诗人各种诗学观念的基础。[60] 他发表了在亲友纪念册上的题诗（以此来尝试代替普希金及其之前时代诗人常做的旧题赠诗），他还发表了唯一的一本译诗和一部诗体剧作。但是，如果不计尖刻的腔调的话，我们可以说库兹明对于《异邦的天空》的评价还是中肯的："他是'空虚'的——对之可以这样一言而蔽之……" [61] 这种"空虚"也可能像戈罗杰茨基所遭遇的那样转化为严重的危机，然而对于古米廖夫来说，它是一种催人进取的力量，因为空虚过后他就步入了经验老到、夙愿得以实现的诗歌创作晚期。

阿赫玛托娃在同卢克尼茨基谈论波德莱尔对古米廖夫创作的影响时，对他深受影响的创作道路作了如此的估量："尼古拉·斯捷潘诺维奇在他的晚年又受到来自波德莱尔的影响，不过这种影响的性质发生了变化，而且变化得很微妙了。如果说在1910—1918年间他青睐于波德莱尔诗歌中的异国风物和鬣狗之类，那么到了现在则钟情于过去未曾留意的东西——那就是波德莱尔更为深刻的思想和塑造的形象……波德莱尔所作的比喻，他所塑造的形象在尼古拉·斯捷潘诺维奇这里常常就化为存在的现实……这是诗歌的影响，而并非'模仿式的拾人牙慧'……" [62] 然而，诗歌创作方法发生如此转变的道路不是平坦的：不仅要实施根本的转向，如前说所说，还要对既定的创作方针进行更新。

古米廖夫在其思想发展的过程中形成了这样一个理念：将现实转化为诗，这些诗类似于阿赫玛托娃和曼德尔施塔姆晚期的作品，并获得"俄罗斯语义诗学"的称谓，在这种诗歌"行文中含有多种元素，文风和文体（诗体和散文体）各异，诗人的创作和生平际遇统统交织在一起，构成一个用以再现历史与人相互关系的意义枢纽"。这种诗体是诗人着意锻造出来的，又是语言本身对世态的一种自然反应，是推动"文化历史中的潜移默化" [63] 的宝贵因素之一。阿赫玛托娃和曼德尔施塔姆也锻造出这种诗体，可谓与古米廖夫殊途同归，而

486

在古米廖夫的创作中这种诗体风格表现得比他们更明显些。

从这种诗学的视角来看，他艰难地在矛盾之中寻求统一。他在度过1911—1912年的危机之后在相当长的时期内仍对诗体找不到感觉，因而对其诗歌的评论者的态度十分在意。这里举一个实例。马·马·图姆波夫斯卡娅与古米廖夫不但有文学交往，而且有着私交。她认为古米廖夫的诗集《箭袋》（1916）中的诗写得有"志大才疏"之嫌，是"泄个人积愤"[64]之作。艾兴鲍姆好像附议似的写道："古米廖夫的诗风有些糜乱，因而他的语言变得如此夸张。它们杂然轰鸣，淹没了内心的声音。"[65]这本诗集似乎没有体现出古米廖夫在宣言文章《象征主义遗产和阿克梅主义》中首先提出的起码的任务。想当年，古米廖夫确定了阿克梅主义对待"未知"事物的态度，这也就回答了象征主义产生的一个重要问题："要永远惦念着尚有未知事物的存在。不过不要用模棱两可的猜度玷污了这种惦念——这就是阿克梅主义的准则。这并不意味着阿克梅主义在人的心灵悸颤着接近异类事物之际拒绝描写它。心灵在这种时候是本应悸颤的。"

487　　我们发现，他说的绝然不是阿克梅主义（应该说是古米廖夫心目中的阿克梅主义）否认世界上存在着能够决定人类在尘世和天国的生存意义和目的的至大伟力，而是应对未知的事物进行有别于象征主义的描写。古米廖夫坚持自己的世界观，要求阿克梅派和本人首先要改变描写这个世界的方法。

当然，这个要求本来是有些幼稚的，因为它显然忽略了词语原本是思想的载体，思想在词语中得到体现后才具有了它真正的形式（对此，曼德尔施塔姆的《阿克梅主义的早晨》论述得更为精细、严谨）。古米廖夫却走上了一条错误的道路，一开始就陷入了不可避免的矛盾之中。他的《五音步的抑扬格》一诗就是如此遭遇狼狈的例证。它有两种文本，描写的同是主人公（显然其原型就是作者本人）的命运，不过这两种文本的末尾显示的命运大不相同：第一个文本是作为1913年写作的第一批"真正的阿克梅主义诗歌"之一发表的，令人心碎的悲剧情节引出充溢着赤裸裸的共济会情节的结尾：

> 庄严而神秘的圣殿高高耸起，
>
> 神香弥漫，琴声悠荡，祥光熠熠；

> 烛光和阳光共造辉煌，
>
> 汇成一片彩虹的海洋；
>
> 大师发出的声声召唤，
>
> 回响在占据一切时空的共济会员耳畔。

　　而1916年收入《箭袋》中的第二种文本，则被古米廖夫赋予了全然不同的意义：它没有再提及具有象征意义的共济会，而代之以战争和东正教传统理想的描写：

> 苍茫的大海上有座修道院，
>
> 白色的石墙，金色的屋顶，
>
> 昭示着永远不衰的盛名。
>
> 归来吧，舍弃那尘世的浮华，
>
> 在碧海蓝天前仰俯……
>
> 在白墙和金顶前凝目！

　　在对第一种文本进行改动时古米廖夫没有想到，《箭袋》的读者大多读过这首1913年发表在《阿波罗》上的诗，并会记得它完全是另外一种样子。原有的结尾不会被彻底忘却，这势必会在读者的意识中形成两种具有几近同等意义的道路。诗歌的主人公如同作者一样，可谓兼容并蓄，这样就难以说古米廖夫用词语忠实地体现了其构思了。在这部诗集中，词语的内涵比其固有的意义更宽泛——这里我们同意艾兴鲍姆和图姆波夫斯卡娅的这个意见，因此可以明确地说，诗人还丧失了他此前具有的以诗来探测人生的价值（其实那时他对诗歌使命的理解也是很狭隘的）。

488

　　古米廖夫对诗歌使命的新的理解是在最后两部诗集《篝火》和《火柱》中获得的。这两部作品确立了古米廖夫的创作在俄罗斯20世纪诗坛的地位。首先应该指出，这时的古米廖夫赋予了词语以崭新的意义，而且拓展了其多义性，使之像阿赫玛托娃和曼德尔施塔姆晚期的语言一样，成为一种"文化上的潜移默化"。

为此，词语必须具有一种能在读者面前展现诗人寓寄其中的全部意义的能力，就像打开意念中的花苞使之怒放一样。展现全部意义最为可行的途径，就是披露出诗歌的弦外之音。

曼德尔施塔姆所说的"旁征博引"，是古米廖夫晚期创作的真实写照。研究性专题论文需要它，不过也是极为有度的。因此我们在论证自己的观点时只征引几个例子。

第一个例子就是当年引起古米廖夫与维·伊万诺夫之间激烈争论的诗作之一，他们争论的焦点是：能否肆意歪曲文化的真实性？

在《萨摩色雷斯的胜利女神》一诗（《篝火》中的一首）中，古米廖夫描写了一尊塑像，它现矗立在卢浮宫正面楼梯的上方：

> 在我梦呓连连的午夜时分，
> 你出现在我的眼前。
> 萨摩色雷斯的胜利女神，
> 两臂前伸，英姿凛然。

489　　我们不是造型艺术专家，因而也不追究这尊萨摩色雷斯的胜利女神像其实是没有双臂的。不过，它是什么？是诗歌的随意性？是误笔？诗中说这是"梦呓"，那么，它怎么会断臂复原？看来，要回答这些问题必须这样认为：古米廖夫表面所写的萨摩色雷斯的胜利女神像，实际是哈格德小说《她》中的真理女神塑像在他脑海中的映像。小说是这样描写的："塑像约有二十英尺高，用现今最好的白大理石塑成。像身略微前倾，似乎要展开她那长翅腾空而去。她的双臂前伸，似乎要把爱人揽入怀中。她那曼妙的形体楚楚动人，不过……她的脸上罩着薄薄的纱巾，掩住了面容。纱巾的一端垂落在她的胸前，另一端已经破损，想必是在以前逆风飘扬时吹坏的。"这段描写显然是为主人公们日后的命运埋下的伏笔。但见数页之后阿艾莎就被写成塑像的模样："阿艾莎身着一袭白衣，宛如笼罩在天光之中，她站在悬崖旁的小台上——这一切显得那么不可思议，那么朦朦胧胧，这幅凄美的图景给我留下的深刻的印象简直难以言表。"

《萨摩色雷斯的胜利女神》接续下来的描写使我们有理由认为走上了受制于这部小说的轨道——古米廖夫应对小说的情节记得清清楚楚：沉沉的夜色，万籁俱寂，涉越深渊的眩晕，对篝火出现的预感，对即将到来的新生的向往——这一切都营造出一种作品中言而未尽的氛围。

于是，这首诗的意义增殖了，我们觉得，它比初看原文时扩大了许多。

古米廖夫最后一部诗集的名称具有标识性意义，通常会使人联想起《圣经·出埃及记》中一段文字："神领百姓而行，以色列人出埃及地。他们从疏割起行，在旷野边的以倘安营。日间，耶和华在云柱中领他们的路；夜间，在火柱中光照他们，使他们日夜间都可以行走。日间云柱，夜间火柱，总不离开百姓的面前。"（《出埃及记》，第13章，20-22节[①]）《出埃及记》中还有一段话，其意义不仅与引导百姓的火柱相近，而且直接昭示着耶和华关于柱的概念："摩西进会幕的时候，云柱降下来，立在会幕的门前，耶和华便与摩西说话。"（《出埃及记》，第33章，9节）在国内战争期间，《圣经》具有的意义重大，不说到了人人朗读的程度，也可谓非比寻常。当时甚为流行的一首纳尔布特的诗便是明证。这首诗古米廖夫必定读过 [66]，它这样写道：

490

> 给予心灵的恩惠无可兑换，
>
> 供人的饮食毕竟有限，
>
> 拉辛和列宁的俄罗斯啊，
>
> 有一根熊熊的火柱冲天。

在此我们应提及，纳尔布特1920年在俄国南方出版了一本书，取名为《在柱中》，而在科·泽林斯基的回忆录中（诚然，他的话不能完全当真）记载了他与纳尔布特的这样一次谈话，纳尔布特一直在讲述他和古米廖夫对《圣经》中"火柱"这一形象的理解。[67]"火柱"这个名称的含义是明明白白、毋庸置疑的。在新约中还有一处提到火柱，它使人们引起更为复杂的联想："我又看

---

① 此处及之后的《圣经》译文均摘自《新旧约全书》，中国基督教协会印发，1994，南京。——译者注

见另有一位大力的天使从天降下，披着云彩，头上有虹，脸面像日头，两脚像火柱。"（《启示录》，第10章，1节）这位天使发誓说"他来不及了"，后就把自己的书交给了约翰，约翰说："我从天使手中把小书卷接过来，吃尽了，在我口中果然甜如蜜，吃了以后肚子觉得发苦了。天使对我说：'你必指着多民、多国、多方、多王再说预言。'"（《启示录》，第10章，10—11节）我们没有继续援引纳尔布特此后那些契合新约象征意义的诗句，但足以弄清此书名称的含义就是，诗人在他"来不及"的时候借助了谙熟天时的先知，即暗示历史将会呈现出一种全新的面貌来。

与此同时，古米廖夫也牢牢记得他拜读多遍的《查拉图斯特拉如是说》中的语句："这个大都市是多么痛苦！——我好像看到这座城池置身的那个火柱！因为这种火柱必将在伟大的午时来临之前出现。然而，这是可遇而不可求的事。"[68] 这似是此书名隐寓的另一层象征意义了，说明作者转而对现实进行另一番思考了。"这个大都市是多么痛苦！"一语在长诗《星辰的恐怖》中也屡屡反复地得到回应：

> 痛苦啊，痛苦！恐惧、网罗和陷坑
> 等待着降生在世间的每一个人……

当年奥尔洛夫就发现，此语出自先知以赛亚："地上的居民哪，恐惧、陷坑、网罗都临近你！"（《以赛亚书》，第24章，17节）[69] 古米廖夫此前和之后的诗句则回应《以赛亚书》中关于对罪恶进行惩罚的论述："我有祸了，我有祸了！诡诈的行诡诈，诡诈的大行诡诈。"（《以赛亚书》，第24章，16节）毫无疑义，古米廖夫和他同时代的人产生这些联想是合乎情理的，对他们关于发生过革命的"大都市"行将灭亡的预言应作如是观。不过也不应忘记上面援引的尼采那段话的后半部分，即谈及的必将到来的"伟大的午时"。尼采所说的火柱不仅有破坏作用，而且还能照亮复兴的希望，就像哈格德小说的另一种火柱一样。

马科夫斯基在他的回忆录中称，古米廖夫最后一部诗集的名称源自一首在生前未发表的诗：

491

姑娘啊，请你告诉我，

你的爱意和忧愁是什么？

你怎能心如止水，

心底就没有昔日的欲火？

倘若你来到我的身边，

像一道天火迸发的闪电，

但愿我从此浴火重生，

与你一道实现脱胎换骨的涅槃！[70]

这样的判断应是符合逻辑的：此诗将这个诗集的两个主题——爱情和诗人美好的向往联系在一起。而从地面腾起的火柱，如若不能升天，就会遁入地下，这就是哈格德小说《她》的主要象征意义之一：曾几何时男主人公对女主人公山盟海誓，到头来却杀死了她。爱情，永恒，看破红尘，殉情（许诺来世再续前缘，这也是哈格德二部曲的另一部《阿艾莎》所描写过的）——这些在极大的程度上决定了古米廖夫死前出版的这部诗集的情调，在这方面，前面提到的他那首1917年写的诗就相形见绌了。

看来，诗集《火柱》单凭它的题目就可以同时激起读者各种各样的感慨，面对同样一个题目，形形色色的读者会发现形形色色难以归一的意义。

在这本诗集中还有一些占重要位置的诗也是这样。比如那首著名的《迷途的电车》，往往会令人凭空生出一些牵强附会的联想，而对其意蕴仍备感茫然。[71] 另外，《记忆》《在茨冈人处》《言语》《灵与肉》[72] 和《醉僧》[73] 等篇也无不给人复杂之感，

现在我们试就诗集《火柱》的开篇之作——它又是其中的主要作品——《记忆》进行评析。

492

此诗中有个关键句："我们改变的是灵魂，而并非肉体。"它在起首和最后的诗节中重复了两次。记忆在这首诗中被物化了，戴上了人的一种面孔，它把人现今的灵魂介绍给在这个人肉体中滞留的已往的灵魂。

古米廖夫想必读过灵魂轮回论的许多著作，对这样一种理论并不陌生："人的灵魂会转生，会重现以往的感受。人生是一个轮回的过程，在人生中'心灵的我'会将过去的所作所为再现出来。"[74] 应该说，古米廖夫诗中的不少观点是同这种观念吻合的。比如，他这样写道："记忆啊记忆，你找不到你的符号，你也不相信我曾生存过的世界。"无疑，这里说的是灵魂的"我"形成的过程，这种明晰的描写在斯坦纳的许多著作中比比皆是[75]（在其他神智学著作中也大抵如此），在古米廖夫的组诗《灵与肉》中表现得更为分明。不过，这是一种灵魂而并非肉体的轮回，它使我们再一次联想起小说《她》来，这部小说也经常涉及传统的灵魂轮回论，并称列奥其实就是阿艾莎原先恋人托生的肉身，在这个托生者身上没有恋人的灵魂，离开文字记载，他对往事便一无所知。

指出这一点非常必要，不单因为这是一种重要的说辞，而且因为它能帮助我们廓清古米廖夫诗歌的一条主线，这条主线是确定不移的，而且是要读者容易察觉的——它就是爱情的红线。这不但表现得很明显，而且易于理解。有鉴于此，当代的研究者这样说：小说《她》在一定意义上说来可称为"世纪末男性小说"的典范之作[76]，其故事情节充溢着象征性意义，这使我们联想起关于男性在男女之间关系中起着特殊作用的观念——古米廖夫把这一观念表达得更为鲜明。这两位作家都描写了一个阴阳人形象，两位阴阳人好似结成了一个神秘的同盟，都摆脱了恼人的淫欲，成为召唤新人生的预言家（参阅《珍珠》诗集中的《阴阳人》一诗[77]）。

《记忆》一诗删除了草稿中描写爱情和女人的词句：

> 这位恋人斩断了情思
> 洗手写起诗歌来

493　　而且将"我完全不爱的人"也一并删去，但我们仍能通过对寄寓在此人肉体中的各种灵魂的描写，看见作者生平的影子，感到作者的气息，这个主题是无可回避的。

从一定的意义上说，对自己亲身经历的象征性描写使前面提到的《五音步抑扬格》两种文本的结局合二为一。一方面，这是共济会情节的一种鲜明表现

（"我郁郁而执著地建造了神殿，让它矗立在沉沉的黑暗之中"），另一方面，它又是一种"军事宗教"主题，它决定了其第二种文本的结局。

而这种结局同时又引发了死亡的主题，这一主题是为古米廖夫此前的诗歌所回避的。阿赫玛托娃在1920年代就直截了当地指出，当代作家应意识到死亡的主题是不可或缺的。她在评论《迷途的电车》的结构时谈到："革命之后死亡会接踵而至……关于死亡的概念，在《记忆》和《迷途的电车》中几近相同，只不过在彼它是一个慢腾腾的行者，而在此它是一个飞奔的骑士。"[78] 在《迷途的电车》中，死亡是最终和无可改变的结局，而在《记忆》中却可用一些方法在瞬间克服它：一是走共济会的道路，建造所罗门神殿，亦即"在故国的土地上营造起新的耶路撒冷"；二是将自己的命运融入天然的宇宙界，在那里象征死亡的灵魂、妖风凶光就会将"我"转送到"天宇园"中，而死亡就化作无形的行者，这行者便叫基督（据《圣经》故事说，陪伴他的还有狮子和鹰，亦即两个圣徒马可和约翰），他像查拉图斯特拉，像太阳（按照魔法说），像语言无法表示的其他神圣之物。

尽管垂死的灵魂处于绝望的境地，而记忆却能在任何情况下留存下来，它遗传给接替的新灵魂，新灵魂就寓寄在托生的同一种肉身之中。这使我们又回到记忆这个题目上来，它是研究"俄罗斯语义诗学"的作者们共同探讨的问题，并认为这是一个关乎"创作、信念和真实的深刻的道德原则问题。违背它就会导致失忆、迷误和混乱"[79]。

古米廖夫的艺术世界里充斥着通灵术观念，有时竟达到无以复加的程度，其中的记忆问题显得至关重要：是它引导着心灵走向超感觉的世界，在那里肉体成了轮番体现"我"的各种品性的舞台——而实际上灵魂是通过外部的纷乱和超感觉的宇宙来引导"我"的生活的，阿赫玛托娃和曼德尔施塔姆正是这样记忆的，他们将自己的生活同历史联系在一起。

古米廖夫的《记忆》只是通过对前述的肉体这个喻体做出评判，将意念物化了，在这方面，《火柱》诗集的最后一首名为《我的读者们》的诗可谓演绎到了极致，这对古米廖夫及其绝大多数读者来说都具有象征性意义。既然在"我"的人生际遇中记忆和命运起着第一位的作用，而命运又取决于超乎人意的神意，对此任何人都于事无补（"我在呼救……可谁能来帮助我，使我的灵魂

494

免于灭顶之灾？"），那么就只好靠本人不失时机地展现自己的品性，自由自主地选择自己的命运，成为永恒之中的尤物。这部体现了古米廖夫晚年把握命运意志的诗集，以特具的综合功能为他的尘世生活奠定了新基，而且使之得以知晓天意，他在终生的尘世生活中认定，只有上天的意志才符合其创作具有的深刻内涵。

古米廖夫对于自己生活目的和意义的认识，渐渐具有了特有的诗学深度和表现力，这成了他日常生活（这是我们通过各种文件和回忆录得知的）和创作的一个主要内容，他的创作很容易被视为一种为作真正艺术家而进行的萨列里式的苦斗，但如果仔细审视其各种不同的创作方法，就会发现他有一颗致力于认识世界和人的意志力的赤心。

注释：

1　尤·特尼亚诺夫，《诗歌语言问题：论文集》，莫斯科，1965，299页。

2　其实人们常将《西班牙征服者之路》排除在外。如可参阅权威的《诗人文库》丛书（列宁格勒，1988）。

3　详情可参阅该诗集的注释：《古米廖夫著作集》，三卷本，莫斯科，1991，第1卷，532-533页。后来，古米廖夫的全部文本，除特殊注明外，都引自这套文集，因为它收录的内容最为完整，校勘原则也最为一贯。我们在此指出，对于《帐篷》还存有不同的观点，就此可参阅安·尼基京，《未知的尼古拉·古米廖夫：研究与诗歌》，莫斯科，1996。

4　参见：《古米廖夫长短诗集》，列宁格勒，1988，538-539页；古米廖夫，《在人生的中途》，列宁格勒，1991。

5　古米廖夫在创作这部作品的过程中完全有可能改变作品的名称，可参阅他写给勃留索夫的一些信件，在这些信件中他曾表示对《珍珠》这部诗集应取的名称犹豫不定（《古米廖夫著作集》，第1卷，496页）。

495　　6　伊·奥多耶夫采娃，《塞纳河畔》，莫斯科，1989，187页。

7　如可参阅：《安娜·阿赫玛托娃笔记（1958—1966）》，莫斯科、都灵，1996，219、220、393、486等页。

8　在此我们指出，现在出版了大批帮助读者以传统的观点认识古米廖夫生平和创作的著作，如伊·潘克耶夫所著的短小的生平随笔《尼古拉·古米廖夫：作家的生平》（莫斯科，1995）；叶·叶·斯捷潘诺夫撰写的作家生平年谱（《古米廖夫著作集》，第3卷）；薇·卢克尼茨卡娅著的《尼古拉·古米廖夫：卢克尼茨基家族文献中关于诗人生平的资料》（列宁格勒，1990）；回忆录汇编《尼古拉·古米廖夫的一生》（列宁格勒，1990）以及《同时代人回忆尼古拉·古米廖夫》（莫斯科，1987）和后注中提到的著作。

9　参见：尤·艾亨瓦尔德，《男女诗人们》，莫斯科，1922。

10　《安娜·阿赫玛托娃笔记》，393页。

11　在阿·达维德松的《尼古拉·古米廖夫漫游的缪斯》（莫斯科，1992）一书以这种观点对古米廖夫的非洲之旅进行了详细的阐释，并提供了大量历史比较材料。

12　阿赫玛托娃回忆道："维·伊万诺夫编了这样一个公式：'您是个读缪塞的女孩儿，而他是个读马因·里德（或吉卜林）的男孩儿。'这个说法使尼古拉·斯捷潘诺维奇大感屈辱。"（《安娜·阿赫玛托娃笔记》，650页）可以想见，古米廖夫的这种屈辱感是由被伊万诺夫说中了而引发的。

13　以古米廖夫的其他作品为例论述这种影响的著作有迈克尔·巴斯克的《古米廖夫的短篇小说〈扎拉公主〉和〈该隐的女儿们〉》，载《古米廖夫学术报告会》，圣彼得堡，1995。

14　此情可参阅：亚·拉夫罗夫，《亚·勃洛克在〈昏暗的喀尔巴阡山中……〉描写的"另种生活"》，载《纪念尤·米·洛特曼教授诞辰70周年论文集》，塔尔图，1992；亨里克·巴兰，《勃洛克的若干联想：吸血鬼说及其来源》，载亨里克·巴兰，《20世纪初的俄罗斯诗学》，莫斯科，1930。众所周知，儒勒·凡尔纳对勃留索夫的创作也有影响，吉皮乌斯的《喧嚣》（1912）一诗也借用了儒勒·凡尔纳的小说《从地球到月球》的情节。

15　例如，叶·格·拉宾诺维奇正确地指出，库兹明早期诗歌中的重要形象之一安提诺乌斯来自于格奥尔格·埃伯斯的长篇小说《帝王》（参阅：叶·格·拉宾诺维奇，《安提诺乌斯的睫毛》，载《新文学通报》，1992，第4期），而《亚历山大城之歌》的写作无疑参考了埃及文本的译本和哈格德的《克娄帕特拉》（林纾译《埃及金字塔剖尸记》——译按）。从库兹明的早期歌剧《哈尔马喀斯与克娄巴特拉》可以看出他曾拜读过哈格德的《克娄帕特拉》。

16　参阅：《尼采在俄罗斯》，伯尼斯·格拉策·罗森塔尔编辑，普林斯顿，1986。

17　奥多耶夫采娃，《涅瓦河畔》，莫斯科，1988，52-53页。

18　应为古米廖夫致戈罗杰茨基信中的话。而卢克尼茨基和阿赫玛托娃所说的那封信我们尚不得而知。现在唯一得见的古氏书信参见：《未曾发表的尼·斯·古米廖夫书信》（罗·季缅奇克刊行），载《苏联科学院通报》语言文学版，1987，第46卷，第1期，70-71页。也不排除这段话是古米廖夫1908年8月20日在致勃留索夫的信中说的，这封信写道："我依然热爱并最珍重您为艺术指明的道路。不过我发现，我还远远没有接近它。说实话，您的创作具有永久的思想魅力。您完美地将生活译成象征和符号的语言。我至今都是在以'昏月般的醉眼'（尼采语）看世界，我似那些并非因蕴含的意义，而是因玄妙的笔画而钟爱象形文字并借之涂鸦的人。"（《文学遗产》，莫斯科，1994，第98卷，2册，482-483页）

19　此篇评论刊登在《天平》杂志（1905年第11期）上。它关于尼采对古米廖夫的影响未置一词。

496

20　帕·尼·卢克尼茨基，《阿克梅研究：会晤安娜·阿赫玛托娃》，第1卷（1924—1925），巴黎，1991，197-198页。

21　薇·卢克尼茨卡娅，《来自两千次会见：一个编年史作者的故事》，莫斯科，1987，16页。

22　除卢克尼茨基这些简短的评论外，还可参阅我们写的《读书者》一文（《古米廖夫著作集》，第1卷，9-13页），以及《古米廖夫著作集》中部分诗歌的注释。谢·列·斯洛博德纽克对我们进行的一系列对照所提出的反对意见在我们看来没有丝毫说服力（参阅：谢·列·斯洛博德纽克，《尼·斯·古米廖夫：世界观和诗学问题》，杜尚别，1992）。

23　帕·尼·卢克尼茨基，上引著作，278。文中提到的卡普伦即所·吉·卡普伦（随夫姓斯帕斯卡娅），她在20世纪20年代积极参加彼得格勒—列宁格勒各种秘教小组的活动。

24　同上，309页。

25　同上，176页。

26　之所以如此至少有两个原因：一、阿赫玛托娃笃信东正教，不屑耽于通灵术的观念之中。然而，据一般说来甚为真实可信的霍达谢维奇回忆录记载，古米廖夫"不管遇到什么教堂都不忘划十字，我很少看过对宗教如此不怀疑的人"（霍达谢维奇，《摇晃的三脚架：文选》，莫斯科，1991，323页）。二、与他们之间的私人关系有关，涉及古米廖夫与伊·伊·德米特里耶娃（当时还不姓切鲁宾娜·德加布里亚克）之间的那段掺杂了各种神秘主义的罗曼史。

27　《文学遗产》，第98卷，2册，420页。对此处引文更为详细的阐释可参阅：尼·亚·博戈莫洛夫，《20世纪初的俄罗斯文学与通灵术》，莫斯科，1999，125-126页。

28　《文学遗产》，第98卷，2册，431页。

29　同上，467页。

30　关于通灵术与尼采超人理论的相近性，俄国的通灵术权威彼·杰·乌斯宾斯基曾有著述（彼·杰·乌斯宾斯基，《内圈》，莫斯科，1999，125-126页）。

31　参阅：热拉尔·昂科斯（帕皮斯），《通灵术与招魂术》，巴黎，1902，111-129页。我们在这里姑且不讨论并非原创思想家，而只是编纂家和普及者的帕皮斯的观点起源何处。

32　《文学通报》，1920，第8（总20）期，11页。

33　《安娜·阿赫玛托娃笔记》，639-640页。

34　《文学遗产》，莫斯科，1976，第85卷，691页。

35　古米廖夫本人在1970年2月8日致勃留索夫的信中对阿赫玛托娃也作过描绘，而且抱怨说："我尽量回答，并且把那些不明晰和未经证实的思想从自己的体系中割离出去。"（《文学遗产》，第98卷，2册，426页）；安德列·别雷在死前也曾忆起过这次会面（安德列·别雷，《两次革命之间》，莫斯科，1990，153-154页，以及亚·瓦·拉夫罗夫为该书所作的注释，492-493页）。

497

36　卢克尼茨基，上引著作，189页。

37　完全可以同意列·黑勒的定义："秘教——世界一切文化的一部分——这是在启示中获得的、针对入会者的关于上帝、世界和人的知识。在我们的文化中属于秘教的有赫尔墨斯主义、通灵术和诺斯替教派的部分遗产……通灵术是利用各种超自然力量的协助，对世界发生影响的实际作用力……"（列·黑勒，《社会主义现实主义中的秘教成分：发言提纲》，载《斯拉夫语文学中的正教与异端》，维也纳，1996（《维也纳斯拉夫学丛刊》，特刊第41号），330页。

38　伊妮德·斯塔基，《阿蒂尔·兰波》，纽约，1968，16-17页。在各种各样论述通灵术对法国诗歌发生的影响的文献中，我们在此只举两部：阿兰·梅西耶，《象征主义诗歌中的秘教和通灵术起源（1870—1914）》，第1卷，《法国象征主义》，巴黎，1969（这部研究著作第2卷论述的是在表面上与之不同的其他欧洲国家的象征主义）；詹姆斯·韦布，《飞离理智》，第1卷，《非理性的时代》，伦敦，1971，尤其是《天堂和地狱的视相》一章，94-119页。此书名为《地下通灵术》的第二版更加全面，不过在莫斯科各图书馆中未有收藏。

39　还可参阅哪怕勃留索夫本人的回忆录：勃留索夫，《自我的一生：我的青年时代》，莫斯科，1927，76页。

40　俄罗斯国立图书馆，全宗号386，卡号1，保存单位11/2，页码36。

41　转引自：尼·亚·博戈莫洛夫，《诗坛生活》，载勃留索夫，《1894—1924年的诗坛：宣言·文章·评论》，莫斯科，1990，6页。

42　献词对古米廖夫而言并非泛泛空谈。他致勃留索夫的信中对为什么他们两人都喜欢的一些诗歌没有收入诗集这一事实所做的解释说明了这点："《新浪漫主义的童话》未入选是因为我是自费出版此书，所以要节约篇幅，而删去《假面舞会》的原因是我与两者都不匹配的献辞。"（《文学遗产》，第98卷，第2册，467页。古米廖夫的这首诗初版时献给了某位德奥尔维茨—扎内蒂男爵夫人。）

43　可参考卢克尼茨基在一条札记中的记述："虽然法尔马科夫斯基希望为安·阿'辩白'，但这首诗毕竟是写给她的。"（《古米廖夫长短诗集》，第比利斯，1988，475页）

44　在这一意义上极其能够说明问题的一点是，古米廖夫1918年在与阿赫玛托娃离异后改变了这部诗集的整个结构，把《咒语》一诗移出这部集子，而最后一首诗则完全从诗集中剔除。

45　如可参阅对此有详细、细致论述的巴斯克的文章：迈克尔·巴斯克，《"由梦组成的诗"：古米廖夫〈浪漫主义的花朵〉中的艺术、魔法和梦》，载《尼古拉·古米廖夫，1886—1986：古米廖夫百年纪念学术讨论会论文集》，希拉·杜芬·格雷厄姆编辑，伯克利，1987，27-68页。

498

46　这里我们借用了一个阿赫玛托娃评价早期古米廖夫时的使用的术语（整句话始于我们引用的这几个词）："他还没有能力破解自己的诗。"（《安娜·阿赫玛托娃笔记簿》，288

页）

47 《文学遗产》，第98卷，第2册，491页，1909年4月21日的信。

48 参阅：米·列·加斯帕罗夫，《1909年维·伊万诺夫在诗歌研究会举办的诗歌讲座》，载《新文学评论》，1994，第10期。

49 切鲁宾娜的故事最完整地呈现于：切鲁宾娜·德加布里亚克，《自白》，莫斯科，1998。

50 转引自：罗·季缅奇克，《因诺肯季·安年斯基与尼古拉·古米廖夫》，载《文学问题》，1987，第2期，274页。

51 参阅：埃利斯1910年4-5月致维·伊万诺夫的信，俄罗斯国立图书馆档案，全宗号109，卡号39，保存单位58。

52 《俄罗斯文艺年谱》，1911，第9期，143页。

53 参阅季缅奇克为古米廖夫致维·伊万诺夫的信所作的注释，见《未曾发表的尼·斯·古米廖夫书信》（罗·达·季缅奇克编辑），载《苏联科学院通报》语言文学版，1987，第46卷，第1期。谈及更早期的争论，我们首先指的是古米廖夫在就维·伊万诺夫的报告展开论战时所持的立场，这篇报告在为媒体加工后以《象征主义的遗训》为题发表。报告在"诗歌研究所"讨论的时候，他对报告中的一些观点进行了坚决的论战（参阅：奥·亚·库兹涅佐娃，《"艺术语言爱好者协会"内部关于俄罗斯象征主义现状的争辩——对维·伊万诺夫报告的讨论》，载《俄罗斯文学》，1990，第1期，203-204页），并给勃留索夫写道，在勃留索夫与维·伊万诺夫的争论中，《阿波罗》杂志的全体"年轻编辑"站在前者一边（《文学遗产》，第98卷，第2册，500页）。

54 参阅：Н. И. 尼古拉耶夫，《〈天狼星〉杂志（1907年）》，载《尼古拉·古米廖夫：研究与资料，书目》，圣彼得堡，1994。

55 参阅：《〈岛〉杂志第2期》，А. Г. 捷列霍夫刊行，同上出处。需要指出的是，此文还以一种近乎包罗万象的方式汇集了有关该刊第1期的资料。

56 详见：米·列·加斯帕罗夫，《俄罗斯现代主义诗学的二律背反》，载《加斯帕洛夫作品选》，莫斯科，1997，第2卷，《诗论》。古米廖夫与戈蒂耶的诗歌理论体系相近和截然不同之处在这篇文章中得到准确例举：格·科西科夫，《戈蒂耶与古米廖夫》，载《泰奥菲尔·戈蒂耶：珐琅与浮雕宝石》，莫斯科，1989。

57 卢克尼茨基，上引著作，128-129页。

58 参阅：尼·亚·博戈莫洛夫，《论"诗人行会"中的一"派"》，载《俄罗斯文学和文化中的现代主义与后现代主义》，赫尔辛基，1996。

59 其中许多实例可参阅：奥·安·列克马诺夫，《阿克梅派：古米廖夫圈子里的诗人们》，载《新文学评论》，1996，第17、19、20期。

60 这些构建的实例参阅：尼·亚·博戈莫洛夫，《读书者》，载《古米廖夫著作集》，

第1卷，14—15页。

61　《涅瓦》杂志每月的文学和科普附刊，1913，第1期，161页。

62　卢克尼茨基，上引著作，230页。

63　尤·约·莱温、德·米·谢加尔、罗·达·季缅奇克、弗·尼·托波罗夫、塔·弗·齐维扬，《作为潜在文化范式的俄罗斯语义诗学》，载《俄罗斯文学》，1974，第7/8期，51页。谢加尔在《20年之后的俄罗斯语义诗学》（《俄罗斯研究》，1996，第2卷，第1期）一文中，则把古米廖夫径直列为"俄罗斯语义诗学"的代表之一。迄今为止关于这个诗人圈子的各种权威论述似乎都没有对该文的意见表示异议。

64　《阿波罗》，1917，第6/7期，58页。本文就像许多其他古米廖夫生前评论他的文章一样，被重刊于：《古米廖夫：赞成与反对，俄罗斯思想家和研究者评论中的尼古拉·古米廖夫其人其作》，圣彼得堡，1995。

65　《俄罗斯思想》，1916，第2期，第三页码顺序第18页。

66　做出这种坚决论断的根据是：一、古米廖夫对纳尔布特的创作颇为关注——他早在1913年4月给阿赫玛托娃的信中就这样写道："……我确信，在所有后象征主义诗歌中，你，或许还有纳尔布特（以他独特的方式）是最重要的诗人。"二、纳尔布特经常邀请许多彼得堡文人到发表他诗作的《塞壬》杂志社做客，并把他们的作品介绍到这家杂志发表。老朋友出版的这份装帧精美的杂志无疑流入了彼得格勒，古米廖夫对它不可能不予关注。

67　参阅：科·泽林斯基，《两个时代之交：1917—1920年的文学晚会》，莫斯科，1962，17页。

68　尼采，《查拉图斯特拉如是说》，圣彼得堡，1906，248页。

69　参阅：弗·奥尔洛夫，《十字路口》，莫斯科，1976，126页。

70　参阅：《同时代人回忆尼古拉·古米廖夫》，莫斯科，1990，52页。

71　参阅：路易·艾伦，《尼·古米廖夫的〈迷途的电车〉：诗节注释》，载路易·艾伦，《俄罗斯诗歌习作》，列宁格勒，1989（前述的一些著作就是在那里提及的）。在路易·艾伦提及的文章中，可以指出如下著作：罗·达·季缅奇克，《论电车在俄罗斯诗歌中的象征意义》，载《塔尔图大学学报》，塔尔图，1987，第754卷；Ю. Л. 克罗利，《论一条非同寻常的电车路线（古米廖夫的〈迷途的电车〉）》，载《俄罗斯文学》，1990，第1期；科尔内利娅·伊钦，《尼·古米廖夫的〈迷途的电车〉的文本际综合》，载《尼古拉·古米廖夫与俄罗斯的帕尔纳索斯派》，圣彼得堡，1992；索·维·波利亚科娃，《古米廖夫的〈迷途的电车〉中一个形象的来由》，见上著；米·达·埃尔宗，《"……声言说：'绿色'……"（〈迷途的电车〉注释选）》，载《古米廖夫学术报告会：斯拉夫语文学家国际研讨会资料》，圣彼得堡，1996；尤·瓦·佐布宁，《〈迷途的电车〉女主人公的原型——玛丽亚·亚历山德罗夫娜·库济明娜-卡拉瓦耶娃》，见上著。卢克尼茨基在自己的日记中记录了阿赫玛托娃对此诗的解释，参见：《关于古米廖夫：帕·尼·卢克尼茨基日记选》，薇·康·卢克尼茨卡娅刊行，康·米·波利瓦诺夫、罗·达·季缅奇克作序作注，载《文学评论》，1989，第5期，88—89页。

72 拉乌尔·埃谢尔曼，《作为古米廖夫神秘诗学一个范式的"灵与肉"》，载《尼古拉·古米廖夫，1886—1986》，伯克利，1987。

73 参阅：迈克尔·巴斯克，《论古米廖夫的〈醉僧〉》，载《俄罗斯基督教运动通报》，1991，第162—163期；同样试比较：Е.П.姆斯季斯拉夫斯卡娅，《尼·斯·古米廖夫的最后一部诗集〈火柱〉（论内容的完整性问题）》，载《古米廖夫学术报告会》，圣彼得堡，1996。

74 鲁道夫·斯坦纳，《神智学：对世界和人之使命的超感觉认识导言》，圣彼得堡，1910，61页。然而，这种理论并不属于斯坦纳特有理论的范围，而属于普通神智学的论断。

75 比如可参阅不久前出版的施泰纳的两本著作：《通向人的自我认识之路：八种冥想》和《精神世界的门槛：格言论述》，埃里温，1991。

76 伊莱恩·肖瓦尔特，《性的无政府主义：世纪末的性别与文化》，纽约，1991，83页。

77 关于古米廖夫和阿赫玛托娃对阴阳人主题及其引起的联想场的论述，可参阅：С.Л.科兹洛夫，《对阴阳人的爱：勃洛克—阿赫玛托娃—古米廖夫》，载《论特尼亚诺夫文集：第五届特尼亚诺夫学术研讨会》，里加、莫斯科，1994。围绕这个对全部欧洲文学（顺带一提，对神秘学亦然）而言至关重要的主题的更为详细的讨论我们就不在这里展开了。

78 《文学评论》，1989，第6期，89页。应指出，这是阿赫玛托娃就此所说的波德莱尔的潜台词我们并未找到，尽管我们尽力查找并咨询了熟悉波德莱尔创作的专家。

79 尤·约·莱温等，《俄罗斯语义诗学》，50页。

第三十三章

未来主义

◎亨里克·巴兰、尼·阿·古里亚诺娃　撰／赵秋长　译

俄罗斯未来主义文学运动中有多个派别，他们或是短暂的同盟，或是"竞相"提出不同口号相互攻击的团体，然而就是这种文学运动成了20世纪初先锋派中一支显要的力量[1]。关于俄罗斯未来主义内部的散乱纷杂的状态，当时的评论家这样写道："……未来主义并非一个统一的美学流派，它不过是一个口号，一种思想纲领，在它的周围麇集了形形色色的团体。"[2] 而又是这种"形形色色"构成了这些团体的共同特征。未来主义运动（甚至某些团体）的内部，对待象征主义的创作尝试和文化传统的态度各不相同；同一个未来主义诗人的作品，可能既有宣扬机器文明、都市化，趋向未来的纯未来主义的元素，同时又有怀旧、回归、复古的色彩。然而，无论宣称自己是当代文化中的斯基泰人、野蛮人的"叙莱亚派"，还是以西方纨绔子弟作风为定位的精致的"自我未来派"，还是"诗歌顶楼"那些追求唯美的成员，还是在先锋派中属于传统主义者的"离心机派"建立者，对于诗人在当代社会的角色——破坏者兼创造者——他们都持有某种共同的、尽管并未得到清晰表述的美学观念：诗人应该"以一种新的目光看世界"[3]。

*　　*　　*

对俄国未来主义文学的发展产生决定性影响的有若干因素。其中重要的有

三：一是1907—1910年间在西欧和俄罗斯文艺中出现的革新倾向；二是意大利未来主义的理论和实践；三是俄罗斯象征主义的实验，这种实验不仅对文学，而且对世纪之交诗人的观念和精神都产生了重大的影响。

由于达·达·布尔柳克、弗·达·布尔柳克兄弟、娜·谢·冈察洛娃和米·费·拉里奥诺夫等人的创作，当时的俄国画坛出现了新的趋向。1907年12月布尔柳克兄弟举办了名为"花环–斯特法诺斯①"的莫斯科画展，达维德·达维多维奇·布尔柳克（1882—1967）初登画坛便对西欧艺术的新潮流和新风格心领神会，米·瓦·马丘申则进一步阐明布尔柳克特具的那种"惊人的、无误的灵感"，说他正是凭着这种灵感得以"在自己的周围聚集了"能够"推动艺术发展"的"力量"[4]。尼·伊·哈尔吉耶夫称，布尔柳克不仅是位画家和诗人，而且是个出色的组织家，"在这方面，……足可与纪尧姆·阿波利奈尔比肩而立"[5]。

继1907年的创新画展之后，心理医生、画家和文艺理论家尼古拉·伊万诺维奇·库利宾（1868—1917）又举办了"艺术中的现代流派画展"（1908年4月）和"印象派画展"（1909年3—4月）。这些印象派艺术家固然还难以被称为先锋派人物，但他们仍是俄罗斯新艺术勃兴的前驱。此后不久又有《金羊毛》月刊举办的系列展览（1909—1914），弗·伊兹杰布斯基的"沙龙"、"方块J"（始于1910年）和"青年同盟"（1910—1914）的系列画展。库利宾对早期未来主义的定义起了重要作用。他博学多识，与当时欧洲新派的文艺大师们私交甚密，同时又深谙东方的传统哲学和文化，因此得以把自己的才识推广到先锋派中去。库利宾的组织活动及其关于"自由艺术"和"词的新系"的论文对未来主义运动理论的形成影响极大，虽然他本人并没创作出什么著名的文艺作品。在库利宾1910年举办的一次画展上，不但展出了布尔柳克兄弟、亚·亚·埃克斯特、马丘申、瓦·瓦·卡缅斯基等人的作品，而且也第一次展示了作家（勃洛克、别雷、列米佐夫和赫列布尼科夫等）亲手绘的插图和墨迹。艺术的综合问题后来亦在立体未来主义的文论和纲领性文件中得到发展性阐述。

西欧和俄国新的绘画实验（野兽派和立体派等）都为诗人们所看重。注

---

① "斯特法诺斯"（Stephanos）是"花环"的希腊语说法。——译者注

重自我内心的更新、发展和诗学原则的变易是20世纪先锋派运动的显著特点之一。这个特点无论在早期的未来主义诗歌中，还是在与之并行的绘画中都凸显出来。公认的原始派绘画的领袖米哈伊尔·费奥多罗维奇·拉里奥诺夫（1881—1964）无疑对俄国未来主义——其中也包括立体未来主义——美学的产生和发展影响巨大。马雅可夫斯基不经意间说的一句话便是明证，他说："我们都曾受过拉里奥诺夫新流派的熏陶。"拉里奥诺夫是莫斯科画家团体的精神领袖和组织者，参加这个团体的有画家冈察洛娃、米·瓦·勒当蒂、亚·瓦·舍甫琴科和诗人康·安·博利沙科夫等。后来在先锋派文艺中牢牢地占据"领袖"地位的卡·谢·马列维奇，在早期也不免受到了拉里奥诺夫的影响。拉里奥诺夫对未来主义进行诠释，于1912年创建了被他称为"辐射主义"的独特的无对象绘画理论。在他看来，未来主义乃是一种最大胆的实验所使用的风格。拉里奥诺夫早在美术学校读书期间就创作了后印象主义的绘画，并立志不固守既往的成就，坚持新的探索。他的思想悖逆常理，反叛传统，已经可以寻到后来的达达主义的脉络。他是位"万能"的艺术家，对任何艺术风格和艺术思想可以做到万应，故而，可以说他已经具备后现代主义者的品格了。

　　"万能"和"万应"的概念是拉里奥诺夫的同仁勒当蒂、基·米·兹达涅维奇和冈察洛娃提出来的。娜塔莉亚·谢尔盖耶夫娜·冈察洛娃（1881—1962），是拉里奥诺夫的妻子与志同道合者，她的作品堪称俄国未来主义绘画的典范。她参加了拉里奥诺夫画派举行的名为"驴尾"（1912）和"靶子"（1913）的画展。她还撰写过多篇纲领性宣言和文章，对拉里奥诺夫理论的发展影响颇大。冈察洛娃致力于俄罗斯民族艺术的建设，注重研究东方艺术传统，抵御当时俄国艺术界盛行的"西欧化"的潮流，在未来主义，特别是"叙莱亚"派的世界观和美学观点的形成中所起的作用是不容小觑的。她在1913年举行的个人画展作品目录前言中称："对于我来说，西方能给予的已到此告罄……我前方的路奔向全部艺术的本源，奔向东方。"[6]

　　新原始主义绘画的特点是化用文化中的上古层次，痴情于民间创作的题材，对在视觉或文学文本中描绘的情节采用一种独特的"放低的"、"陌生化的"视角。未来主义诗人，首先是赫列布尼科夫的创作在诗歌的题材和结构上

503

与之相仿。未来主义的画家和诗人（其中不少人起初是画家）竭力为创造艺术而斗争。他们经常组织讨论会、大众朗读会，在公众面前甚至不惜采用令人生厌的姿势，进行恶毒的攻讦。这竟成了这派诗人和画家惯用的招数。

＊　　　＊　　　＊

1909年2月意大利诗人菲利波·托马索·马里内蒂（1876—1944）在巴黎的《费加罗报》上发表了《未来主义的第一篇宣言》，它否定传统的美学，号召把意大利"从充斥着无数坟墓的无数博物馆里解放出来"，召唤"年轻力壮、生机勃勃的未来主义者去摧毁浮华城市的基石"，声称未来主义诗歌的"基本要素"乃是"勇敢、粗蛮和叛逆"[7]。此后他又发表了《我们要杀死月光》《第一篇政治宣言》等论文。至此未来主义的思想体系形成，而且未来主义也成了本世纪先锋派运动的第一个支派，它仿佛一种范式，试图对各种艺术样式甚至政治、社会道德风习施以影响。在马里内蒂的周围聚集了一大批极富才华的画家，他们中有贾科莫·巴拉、翁贝托·博乔尼、卡洛·卡拉、路易吉·鲁索洛和吉诺·塞维里尼等。这些人在文学艺术领域进行变革性实验，加之马里内蒂本人能言善辩，会笼络人心，终使未来主义驰行全球。

"未来主义"这个术语起初是同时代人用来对"叙莱亚"派和其他各小组的创作进行定性的。然而，意大利的这个派别对俄国的实际影响问题却难以一言而蔽之，何况我们注意到，这里涉及的是各色人等的美学观和创作的问题。某些诗人——最为突出的是瓦·加·舍尔舍涅维奇——一度模仿意大利未来主义者的选题和诗艺；伊·米·兹达涅维奇则在1911年初便读到了意大利未来主义的诸篇宣言，并开始与马里内蒂进行书信交往。立体未来主义的立场与前者有别，亦有其独到之处。故而不无道理的是赫列布尼科夫早在1908年10月就发表了他的散文诗《罪人的诱惑》。但是这种实验对其他诗人并没有产生什么切实的影响。立体未来主义在论争中也会故弄玄虚，如阿·叶·克鲁乔内赫和赫列布尼科夫称《评判者的牢笼》写于1908年（实际上是1910年初），还说什么"意大利人对其中描写的俄罗斯的风情备加赞赏，并开始出版这部著作的译注本，甚至发生抄袭它的事情"[8]。

504

1914年初马里内蒂访问俄国。其间他举行会见，举办讲座，参加在"流浪狗"卡巴莱酒吧召开的庆祝会，并连篇累牍地在报纸上发表文章。尽管俄罗斯某些团体（如离心机派）的成员表面承认他的领导地位 9，但这位"第一个未来主义者"同俄国立体主义者的会见进行得并不大顺遂。马里内蒂埋怨俄国人缺乏未来主义者的激情，仍固守着本国的遗风，沉溺于"过去完成时"（"plusquamperfectum"）10，而俄国人则指责他看重的并非未来而是现在，唱的是"破烂的"和"廉价的"象征主义浪漫精神，不过披了未来主义的羊皮，却在那里"哗众取宠"而已 11。马雅可夫斯基拒绝继承意大利未来主义者的一切传统，声称未来主义是"产生在大都市的一种社会潮流，它自行消除一切民族间的差别。未来的诗歌将是世界性的。这就是未来主义师徒们的奇思妙想"12。拉里奥诺夫以及赫列布尼科夫、贝·康·利夫希茨在马里内蒂访问彼得堡时散发了传单，他们对这位意大利未来主义领袖的批评态度更为激烈。13

诚然，俄国立体未来主义者们明白，他们与意大利未来主义诗人和画家们之间颇多相同之处。在意大利未来主义的宣言的勇猛精神激励下，俄国的先锋派于1912—1913年间也撰写了自己的宣言，前者的风格在后者中亦得到了体现。两者都否定并"清洗旧风"，反对艺术和诗歌中的"常识"和"良好趣味"，憎恨语言的"僵化"，倡导新的自由格律，对词语使用"语音学定性"，"动摇句法"，废除标点符号。两国未来主义者还共同地积极鼓吹新艺术和新文学：意大利未来主义者举行公众音乐会，俄国未来主义者的先锋派则"把诗歌和绘画以及有关它们的理论论争……搬到公共大厅的大舞台之上"14。随着俄国先锋派运动的发展，昔日的学生超越了他们的老师，取得了未期的成就，可谓青出于蓝而胜于蓝。因此可以说，在俄国未来主义的宣言和诗歌作品的全部内容都是"本我"的、全新的、"独创"的，甚至是与老师的观念相左的。

在未来主义纲领性宣言《给社会趣味一记耳光》（1912）中发出了"号令"，要求"尊重诗人任意扩展词和派生词汇（新词）的能力，以增加词典的词汇量"的权利 15。"自足的词"（赫列布尼科夫的术语）和自身就有价值的词的思想成为俄国未来主义（首先是"叙莱亚"派，其他派也莫能例外）发展的基础，也使之"与众不同"：它具有本民族的特色和"时间断层"（时代错位）。未来主义者将这种"时代错位"作为自己看待世界的方法论原则。马里内蒂在

505

《未来主义文学技术宣言》（1912）中宣扬一个新时代已经到来，必须用一种新的语言来表述它。他还宣称文艺必须建立一种现代的选题。然而实际上他在表述时也总是小心翼翼地，他的诗作的"血和肉"的构筑使用的是与内容密切相关的规范的形象性和象征性语言，他在摈弃语法、进行莫名其妙的类推方面也没有多大建树。

506　　俄国的未来主义者也致力于彻底的甚或"研究性"的语言革新。"艺术作品即词语的艺术"[16]，这是赫列布尼科夫和克鲁乔内赫的一个主要思想，他们只承认有个性的语言形象，并认为这是诗歌的独立的结构单位。"新的语言形式创造新的内容，而不是相反。"克鲁乔内赫在他的《词本身宣言》（1913）[17] 和《语言发展的新道路》（1913）中进一步发展了"艺术作品即语言的艺术"的思想。他在《词的新道路》一文中写道："我们对语言的创造缘于思想的进一步深化，而语言的创造会为大千世界增添新的光彩。创作有新的对象（客体）并不意味着创作有真正的创新。"[18]

　　两国未来主义者对待都市的态度亦不相同。意大利的未来主义者毫不隐讳地声称，他们热情地"歌颂那里的车水马龙……和那里强烈的电灯光下的军械和战船制造厂发出的轰鸣"[19]，而俄国的新派诗人们（包括都市主义者马雅可夫斯基）往往谴责"都市的流弊"。叶·亨·古罗在日记中就透露出类似的情绪："都市中时时刻刻都有人自杀，这使人备感处世之艰辛。在乱纷纷的都市中我们被列为任人随意调遣的知识分子，同战时一样。时过而境未迁。任人摆布之后即被弃如敝屣。"[20]

　　俄国的未来主义者对待传统的态度是独特而又复杂的，却可归结为"万应"一个公式，这是与马里内蒂摧毁、冲击旧艺术的思想相悖的。在俄国先锋派的文学和艺术中，战争颇似一种借喻抑或一种题材。在这种情况下，战争的本意便与革新者的理解、与他们破旧立新的艺术思想息息相关。在反对资产阶级道德和学院派作风的斗争中，许多先锋派活动家使用"语言枪弹"，进行所谓的"革命""战役"和"未来主义式的搏斗"，他们很重视这种双管齐下的作用。先锋派创造视觉语言借助的是搏斗时的动作、节奏和"群体的姿势"。

　　意大利的未来主义提出宣扬战争乃是复兴国家手段的美学和政治纲领，而俄国的未来主义在思想和世界观上与之大相径庭。对未来主义持批判态度的别尔嘉耶夫则将这个纯美学概念扩展到世界观的范畴，他在1917年写道："我们俄国人在这场战争中表现得并没有多少未来主义的成分……未来主义可以休矣，在生活中如此，在艺术中亦如此。战胜这种主义可采取深化的手段，要进行另一种测定。测定的不是广度，而是深度。还要借助知识，不是抽象的知识，而是生活中的知识，知识即存在。"[21] "总体看来，我国的未来主义者在诗歌和散文创作上……并无特别的建树，甚至可以说，并没提供什么新鲜的货色。"勃留索夫在他的第一篇评论《俄罗斯诗歌的新流派》[22] 中如是说。关于未来主义与象征主义的相互关系，不同的未来主义派别莫衷一是。伊·伊格纳季耶夫认为自我未来主义者同象征主义者存在"继承关系"[23]，而"离心机派"称他们的创作受到了象征主义的影响（参见帕斯捷尔纳克的文章《黑色的高脚杯》）。立体未来主义者则与前两者不同，他们从发表《给社会趣味一记耳光》伊始就一直声称拒绝继承以往的文学思想遗产。当时的评论界常常大谈立体未来主义具有继发的属性。[24] 马雅可夫斯基对此不以为然，他在题名为《不请自来》的报告（1913年3月）中说："在我国诗歌界并没有先驱者。"[25] 而利夫希茨在《词汇的解放》（1913）一文中问道："继承就是继承而已，难道一切都要投入象征主义中去回炉？难道我们首先提出的关于词的概念的要义同象征主义的纯理念有什么共同之处？"[26]

507

这种意见与高峰派和古米廖夫关于马里内蒂是"当之无愧的父亲"的好评相左，是对后者的反驳，其中隐寓着一种对象征主义、对包括勃留索夫在内的象征主义诗人的复杂的态度。要知道，克鲁乔内赫和尼·达·布尔柳克与勃留索夫保持着频繁的书信往来。毋庸置疑，现代派和象征派被许多先锋主义者视为跃向新潮的"跳板"。波莫尔斯卡娅认为"意大利和俄国未来主义之间差异的产生，缘于俄国象征主义文学的顽固的传统。甚至可以说，没有俄国的象征主义，便没有俄国的未来主义，或至少可以说，没有象征主义，未来主义对于俄国现代诗歌的发展就不会起到如此重要的作用"[27]。正是以往诗歌语言的革新运动为未来主义的实验准备了不可或缺的前提。而且，在早期的先锋派和颓废派文学中的某些基本表现形式上确实存在着某种"类属上的渊源"关系，这表现在未来主义者也运用了"颓废派文学的身势描写法"（面部的花哨、着装的奇特）[28]。

尽管如此，未来主义的美学观还是与象征主义的理念有着本质的区别。

＊　　　＊　　　＊

俄国先锋文艺诸多纷杂的流派都不由地对艺术的本性进行探索，这是它们共同的情结，也是新潮艺术必不可少的要素。必须指出，早期先锋派的理论和评论性著作在整体上（基本上是各种宣言）可视为文论或诗论作品，它们试图极力反映出本派的纲领（但这种纲领描述得不够具体）。毋宁说这些著作只是传达出这个运动的基调和与先锋派诗学不同的新的介质（"艺术的诗即艺术的理论"，库利宾的这句话反映了这场革新运动诞生的氛围[29]）。当时各种言论的说法不同，意思相同，说的都是创作的个性自由问题。这里指的不单是选择和重新理解传统的自由，而且更重要的是从虚幻的合理性中解放出来的自由，这种虚幻的合理性的表现是构筑的模式律条，把世界视为封闭的体系和终极的构成。[30]

展开论述这个问题的是奥·弗·罗扎诺娃的"青年同盟"的宣言和"叙莱亚"派宣言。她在这两篇宣言中号召人们摧毁禁锢现代社会意识的模式、律条和等级观念。克鲁乔内赫则称，艺术就是争取思想得到"新的深化"的斗争，这种斗争的基础就是承认确保创作的自由，确立创作的直观性，"……为艺术设置樊篱就是扼杀艺术！……艺术的道路千万条"，"我们的口号就是：'艺术的将来寓于不断的创新之中'"[31]。

"青年同盟"的这篇宣言是1913年间发表的早期未来主义第一个纲领性文件，其他的尚有拉里奥诺夫的《辐射主义》、《辐射主义者和未来主义者宣言》和克鲁乔内赫的《词本身宣言》。这些著述证明，俄国早期先锋派，包括未来主义的美学基础乃是对世界的新的感悟，正是这种感悟使其坚持进行语言形式的探索，实施艺术向无描写对象的转变。

正如瓦尔德马尔·马特维斯（弗·马尔科夫）1912年指出的那样，早期俄国未来主义坚持的万应的"自由创作的美学原则"[32]，使之既有别于意大利的未来主义，又有别于后来的派别（至上主义、构成主义、列夫时期的未来主义）。其显著的特点是：一、极力追求各种自由，故而俄国早期的先锋派内派

508

系纷杂；二、新文艺的领域和体裁冲破了艺术的传统界限，由此产生了"万能"的概念和折衷主义的强力元素。拉里奥诺夫和冈察洛娃把折衷主义引入先锋派文艺，使之成为其美学纲领（"我们主张艺术的完全自由，坚持以折衷主义为纲，因为折衷主义乃创新之本"[33]），同时引入的还有摆脱古典欧洲中心主义关于美的概念，他们还格外关注外行绘画、儿童绘画、原始派绘画和圣像、书法、"手稿画"甚至梦境画艺术。正是这种理念体现在所谓"偶然原则"[34]的形成过程之中，而这种原则又似乎成了"日常事件"的写照。审美感受的无终极性和残缺性使"暗示"[35]得以实现，而这是通过终极的、完整的形式无法做到的，在无终极思想中还反映了一种对整体和独立自在的事物不可能做理性复制的理念。再者，透过未来主义绘画和诗歌表现出来的不和谐（"恶调"）和"不正确性"[36]可以发现艺术和生活中的活生生的现象。早期先锋派的这种倾向乃是对时代更替、历史和文化变迁的反应，是时，词汇、物体和行为展现本身的方式发生了变化，它们外部相互关系的表现已不能囿于一个什么框子了。

早期先锋派的全部美学理论都缘于物质"转化"和物质为本的思想。在形式的形成中知觉与意念相结合，这是物质发生转化和归从的第一步。第二步是物质的形状的改变和新生物质的显现。这一步明显地反映在辐射主义和立体主义的自觉的否定结构中。否定形式的理念（因而这里的主坐标是时间，而并非作为别种美学中要素的空间）即"我们不注重形这是我们与折衷主义的共同之处，而且我们能做到经常把形式的概念扩展开来"[37]。

众所周知，尼采在他《悲剧的诞生》一书中首先提出这样一个任务："以艺术家的视角看待科学，而以生活的视角看待艺术。"[38]这成了一切新艺术的原则，对早期先锋派世界观的形成影响甚大。这个观点又形成了如下的观念："为生活而艺术，为艺术而生活"，"为生活而生活"，即生活是无所谓目的的，"没有原因的"；"我们被诸如'无须'、'荒诞'、'卑琐的威严之谜'这样的题材慑服，并为之讴歌"[39]；"……我们要宣告未知，要重建生活，把人充盈的心灵引领到生活的上游"[40]。

如果不提及这位德国哲学家，那么对古罗的诗集《天上的骆驼》（和立体主义的所有作品）的诗学中的许多动机，如孩子气、欢笑、飘飞、轻盈、果敢、游戏等动机的分析都将是不全面的。尼尔斯·尼尔松指出，尼采的《查拉图斯特拉如是说》一书的思想和创作的神话成分乃至诗体的结构对早期俄国未来主义（包括对卡缅斯基的《土窑》）都不无影响。[41]

510   在"对生活的哈菲兹式承认"（赫列布尼科夫语）和"愉快创作"（古罗语）中表现出一种新的哲学和美学特征，这种哲学和美学特征使得早期的先锋派同象征主义彻底划清了界线。象征主义的艺术是通过象征、通过中介符号进行的，而这种符号把绝对的系统视为典范，现实理应包含在这种典范的体系中。未来主义者与象征主义者关于存在最高的隐秘真理的思想相对立，他们的思想基础是自由的虚无主义（未来主义者对象征主义者的这种评价在克鲁乔内赫的评论文章中占重要位置）。

如果说象征主义者试图像艺术作品那样去构筑生活，那么俄国的未来主义者则直接地面向生活的过程，使自己的艺术服从物质和时间的多变运动规律："艺术创作的过程和对生活的爱统领着我们。"[42]

马丘申将艺术的感悟过程比作"生活的步伐"[43]。叶连娜·古罗的创作活动对这种"新生活进行创造"[44]的思想作了充分同时又矛盾的预示。在纪念她的《三杰》文集（1913）中，克鲁乔内赫写道："俄国的读者……（在词语中——本章作者注）看到一些代数符号，这些符号是用来生硬地破解一些毫无意义的思想命题的。"[45]可以说，对古罗及其同仁而言，至关重要的是摧毁这种"生硬"。早期未来主义的美学冲破了素常思辨规律的禁锢，转向了另样的、包括直觉的认识。伊格纳季耶夫说，她"从神智主义转向了社会主义，从生物学转向了哲学，从神秘主义的无政府主义转向了个人中心主义，最后又返回到自我未来主义，重新信奉直观的意识和直观的感悟"[46]。

在尼采之后的20世纪哲学中，建立在实践经验和理论知识分立基础上的对世界的感悟成了主要问题：在传统的西方哲学中，存在的行为、行动与思维、认知发生了脱离，这导致了形而上学的危机。俄国的先锋派直觉地寻求解决这个问题的途径，他们在某种程度上借助的是中世纪关于"完整知识"的传统理念：认为认知等同于行为，存在的目的即是原本就被注入了认识世界的能力的存在本身。

文艺创作的过程等同于存在的过程、"升华行为"的过程，在他们看来，这种过程就是艺术的目的。他们看重的不再是劳动的最后成果——完成的艺术作

品，而是创作过程本身和其中包括的认知。在这里，思维、认知与行为之间划 511
上了等号（"我们把认知和行为混同，于是便投身于芸芸众生之中"[47]），知识即
认识的过程，即存在。

　　未来主义是20世纪初文化中的一个"丑八怪"，它故意给自己戴上一双"驴
耳"，招人戳点，在其"愚蠢""蒙昧"的背后隐着一种极为复杂的现象。克鲁
乔内赫在阐释他那玄妙语言（见下文）的概念时称："一个词会死去，而世界永
远年轻。艺术家像亚当一样，以新的目光看世界，他们为万物赐名。百合花美
极了，可是'百合花'这个词却是被众人摸脏、'奸污'了的。因此，我就称
百合花为'耶乌娥'，这样它的贞洁就失而复得了。"[48] 认识世界过程的推动
因素是原始的蒙昧无知和语言的自由改装，这是未来主义美学的主导思想。正
是这种观念使得冈察洛娃认为"艺术的成就无边际可言"[49]。反教条不是胡作非
为的伎俩，而是了解世界的方法——俄国先锋派活动家把从内部"粉碎"关于
"理想"和"美"的陈词滥调和为"知识"重负所制约的学院的、象征主义的
和其他各种认知模式，以开拓艺术的"疆土"作为自己的主要任务。

　　这就是先锋派关注"边缘"现象的最大的理由。在这个问题上他们有着
另种衡量的标准，其中一个是"浅尝辄止"。这个概念指的是早期先锋派诗人
和画家在进行自由创业时表现的态度，他们往往视创作为游戏。他们提出这个
概念意在用直觉压倒技艺，用生活冲破"主义"的框框。未来主义者研究人物
的形象和联想，认为他们出现的动作是非理性的，这些动作不取决于他们的手
臂，也不取决于画家及其意愿，故而强调说，不可解释的就不可能转换成可解
释的，而下意识的也不可能转换成有意识的。在现时代追求统一公认的高超的
创作技艺和美轮美奂的风格是完全不可取的，"业余性"（浅尝辄止）有了新的含
义，那就是讲究特别的"直率性"（或"无意性"），以独一无二的强有力的手
段表达"连续中的瞬间"和"生活的动荡"：我们觉得纯真的凡人们比那些如
蝇逐臭般附庸新艺术的败类更亲切。[50]

　　在早期先锋派的美学中充斥着许多并列的合理体系。克鲁乔内赫在致勃留
索夫的一封信中批判了当时未来主义者和象征主义者的一种倾向："你们使用的
是一种不正确的客观标准——表现力，却忘掉了它的客观性和相对的价值……
但凡对X有表现力的，对Y则不然。有什么好争论的……我们说，我们的作品有 512

表现力就意味着它们有表现力（就其本身而言）。如果认为其中一些艺术灵性低下，而另一些则很高，那就大谬不然了。应作如是观：这些是这样的，那些是那样的，不应用一种标准去衡量万物……"[51] 作品的风格和体裁无疑是具有双重性的，既有正的一面，又有负的一面。然而首要的是，这种双重性的认识手段使得未来主义各派艺术家的创作得以迅速地发展起来。

1910年代初，俄国的未来主义者并不垂青描写个人的"真实"（这有别于20年代的列夫派），因为他们关注的是各种源头、传统、原理，以及对它们的克服和"反结构"（达维德·布尔柳克语）："我们的成就只是搭起了我们这个派系的架子，但还没有形成理论，我们一直关注的是更新传统的问题……"[52] 这种美学观在未来主义者的一系列著作中都有所表露，这些著作不断修订再版，似乎在强调他们的创作有更新、嬗变，在行为和结果之间进行平衡的权利。

未来主义者把生活理解为一个不断运动的过程，在这种理解中，时间坐标发生的作用占主导地位，因为正是时间冲刷了形式是单一的概念，单一的形式只能存在于抽象的静止的空间之中。俄国的未来主义者在1910年代初的创作实践中试图捕捉极难忍受的时间流，捕捉飘忽不定的运动流，捕捉变化的过程，描绘出"存在的地形学"（如若此处能采用马丁·海德格尔的说法的话）。如此说来，对存在的承认，便是对历史短暂时段的承认，对人类存在末日的承认，这可谓早期先锋派的一种勇敢精神。[53]

＊　　　＊　　　＊

从1910年到1914年的五年是俄国未来主义历史上非常活跃、成就卓著的时期。是时，未来主义团体中最为激进，影响最大的"叙莱亚"诗派和"青年同盟"画派实行了联合，使得立体未来主义获得了一个大发展。

关于用来称呼"叙莱亚"派及其同仁的"立体未来主义"等术语的由来，众说纷纭，莫衷一是。克鲁乔内赫在谈到1912年发生的事件时说："我只记得，当时我们并没有自称未来主义者（футуристы），我也不知道赫列布尼科夫自创的这个同义的俄文词（будетляне），而且也不知道它是何时最初造出来的。'叙莱亚'可能是个出版社的名称，它的出现肯定比发表《给社会趣味一记耳光》

513

宣言要晚。"[54]

研究未来主义的著名历史学家弗·费·马尔科夫认为，科·伊·丘科夫斯基《自我未来主义者和立体未来主义者》（1914）一文的发表，使"立体未来主义"一词首先见于报刊。[55] 哈尔吉耶夫称，这个"概括性的词……首先出现在评论文章中"，理由是"未来主义诗人与立体主义画家广有接触"[56]德·弗·萨拉比扬诺夫指出，俄国立体未来主义同意大利未来主义持相互对立的态度是一个人所共知的事实，并强调说俄国"立体未来主义"这个名称本身就说明它是个"稀奇古怪的大杂烩"，他还说，"在这个名称下聚集着绘画界的各色人等"[57]。大家公认马列维奇是首先使用这个术语的人之一，他在"青年同盟"举行的最后一次画展（1913年11月—1914年12月）的目录中称，他1913年的画作属于"立体未来主义现实主义"；1915—1916年间他又在他写的几本小册子中使用了这个术语。应当指出，"叙莱亚"派的成员不仅如同萨拉比扬诺夫所说的那样，在《见鬼去吧》这篇宣言（1914年1月）中"丢开"了这个术语，而且在他们的文集中，从《残月》（1913年8月）开始就只用"未来主义者"这个名称了："他们（诗人们——本章作者注）从画家们那里搬用的'立体'并非他们自我定义中必要的一环，尽管他们从绘画艺术中多有汲取。"[58]

在立体未来主义的发展中有两个关头，一是1910年，这一年通常被认为是立体未来主义运动发生的时间；二是1913年，立体未来主义这个流派在这一年最终形成。

1910年4月在彼得堡出版了新诗集《评判者的牢笼》，其作者们后来成了"叙莱亚"派的核心人物。而此前的2月16日在该市就正式注册成立了画家团体"青年同盟"。

古罗和马丘申曾参加了该同盟的筹建工作，他们不仅要把它办成一个筹备画展的团体，而且要使之成为一个志同道合者的组织。"青年同盟"成立伊始就以团结联合新文化队伍为指导思想。[59] 同一切派系一样，在这个派系中很快就分化出其左翼，它的成员有奥尔加·弗拉基米罗夫娜·罗扎诺娃（1886—1918）和年轻有为的画家、理论家和组织家弗拉基米尔·马尔科夫（原名瓦·马特维斯，1877—1914）[60]。马尔科夫坚持"反对狭隘的艺术界的欧洲中心论"[61]。罗扎诺娃和马尔科夫曾邀请莫斯科的画家，包括拉里奥诺夫画派的画家

514

参加画展，使他们对"同盟"施加了重大影响。新画家联合组织章程的宗旨定为"向组织成员介绍现代的艺术流派"，举办画展、音乐会、戏剧演出、公众朗诵和讨论会。毫无疑义，"青年同盟"的影响是无可替代的，先后有库利宾、罗扎诺娃、马尔科夫、帕维尔·尼古拉耶维奇·菲洛诺夫（1883—1941）和马列维奇参加到这个画派中来。[62] 它举办的各届画展囊括了彼得堡和莫斯科先锋派大师们林林总总的画作。[63]

叶连娜·亨利霍夫娜·古罗（1877—1913）创作的统一体是由文学和美术这两个彼此相称、不可分割的元素组成的，她能成为"叙莱亚"和"同盟"的缔造者之一并非偶然。大概只有这位同仁中的佼佼者的实验才能将两门艺术结合得如此和谐。诗人马雅可夫斯基、赫列布尼科夫和克鲁乔内赫会作画，画家菲洛诺夫和马列维奇会作诗，而对于古罗来说，不但是诗画两兼，而且是诗画共依共荣。

古罗的诗风源于印象主义、现代派艺术和象征主义。在其1900年代的日记和短篇小说集《早春》（1905）和《春前》（1906）中，不是描写所见所闻，而是致力于表达能够"照亮"所度时日的感受和印象。从此，在古罗日益提升的艺术中至为重要的便是内心的体验、直觉、心情，对世界的本性感悟，这种感悟的表现就是面对大自然的虔诚。

古罗创作个性的形成是俄国20世纪初所谓"斯堪的那维亚喧嚣"的反映。当时人们迷恋汉姆生、斯特林堡、易卜生的作品和瑞典、芬兰、挪威的绘画。北欧的神秘主义泛神论从此成为文艺创作的主旋律之一。古罗的艺术，虽不是行为的艺术，却也是状态的艺术。她认为她的任务是"弹拨心弦"[64]，古罗的散文作品着力"摧毁传统的典范"，创作一种"独特的断章的文体"[65]，读来给人一种阅读日记的感觉。

古罗的第一部书《手摇风琴》（1909）的写作受到了象征主义诗学的深刻影响。它的行文诗体和散文体并用，由以城市生活为题材的散乱断章连缀而成。在那些以"琐记"为总标题的散文体章节中古罗又把现时的感受以儿童的心态写出，意在沉入儿童语言的诗境中。这种尝试为她日后那些背离象征主义的作品准备了重要的条件。在她最后的一部文集《天上的骆驼》和她为之所作的插图中充满了稚气，她竭力要把自己完全化为她描绘的对象，她似乎在"游戏"它们，潜入它们的内心，探究"万物的灵魂"。

515

勃洛克、勃留索夫、别雷、维·伊万诺夫（以及维尔哈伦的都市主义诗歌）的创作对古罗的影响不但表现在她的文学活动中，而且也表现在她的绘画中。在这个领域她亦进行过类似象征主义画家，当然首当其冲的是弗鲁别利和鲍里索夫-穆萨托夫的实验。弗鲁别利和鲍里索夫-穆萨托夫属于俄国传统发生骤变时期除旧布新的代表。可以说，象征主义的绘画及其创作形式使古罗斩获良多，为其不断探索新的文学和绘画语言起了定向作用。这种"骤变"最明显地反映在她的剧作《秋梦》之中。这个剧本发表于1912年，内有作者自制的插图和翻印的马丘申的画幅。剧本卷首有"纪念我永志难忘的独子 B. B.诺腾贝格"的题诗。这首诗使研究古罗创作的学者们坠入五里雾中，竟历时几十年未能破解。原来，古罗并无子女，这首诗纯属未来主义式的自我履历神话。[66]此剧的第一幕叙述的事件发生在一个虚拟的翠菊国，在那里长满了"金色的翠菊"，而后来各幕则移到了"别墅区的俄国"。剧本的中心思想是表现万物的富有生命创造力的美，这种美无论作为一个美学概念还是作为一种伦理概念都是可以解读的。

这个思想逐渐成了古罗在1910年初对世界感悟的主线。她在未完成的长篇小说《贫穷的骑士》（1910—1913）中注入了宗教题材的成分。"美"的概念之于古罗，已不仅是善的象征，而且成为她审美观念中近似于"或卑微或伟大的"生活本身的现象，生活这时就成了美的代名词："我们对'美'作何理解？……为什么佝偻的人被认为不美，要知道这种人有时也是美的。而月亮女神的嘴唇有时也是耷拉的，显得那么凶恶而淫荡，她的眸子也会狠毒，或像鸡眼那样贪婪、游移。"[67]

古罗对颓废派的泛唯美主义及其"为艺术而艺术"论持否定态度。而且艺术之于她，并非逻辑上纯理性的认识甚或服务于最"崇高"的功利目的（如在列·托尔斯泰《什么是艺术？》这篇论文中提及的缔结"世界各民族的兄弟友谊"）的手段，而是一种赞颂和人性化，是对周围世界和作为这个世界一部分的艺术本身的赞颂："诗人是生活的建造者，而不是生活的掠夺者。"[68]我们已经说过，古罗深受尼采的影响。《查拉图斯特拉如是说》令古罗崇拜备至，它诗一般的旋律和遣词造句风格融进了她的作品之中。她的《天上的骆驼》充斥着形

象化的象征意义——如树木啊，风啊，夏日的中午啊，太阳啊，暴风雨啊，舞
蹈啊，还有"那些草芥之物"……凡此种种都和尼采的隐喻系统遥相呼应。古
罗的借喻在她的《充满阳光的梦》《敬请鞠躬……》《秘密》《风魔、狂客和
飞人》中比比皆是：

> 风魔、狂客和飞人，
>
> 合伙制造了春天的暴风雨，
>
> 合伙激发了思绪纷纭，
>
> 驱散天空中的澄碧！
>
> 你这狂暴的探索者啊，
>
> 尽情地肆虐吧，驰骋吧，
>
> 什么也束缚不了你，
>
> 这才叫做呼风唤雨。[69]

据古罗的丈夫、画家兼音乐家米哈伊尔·瓦西里耶维奇·马丘申（1861—
1934）回忆，这首诗曾被认为是未来主义的"代表作"。[70]

古罗创作的折衷主义特色表现在她善于自由地接纳她那个时代的各种思潮
和哲学流派的思想。她认为给自己进行严密的派系归属是荒诞不经的，因为她
的作品中常常同时表现出各种流派的特征。

叶连娜·古罗没创建过什么派系，这里指的是马列维奇、马丘申或菲洛诺
夫所"指教"意义上的那种派系。然而她的风范和思想对"青年同盟"的各种
观点的形成起了决定性作用，对赫列布尼科夫、克鲁乔内赫产生了几近"无可
抵御"的影响，他们认为古罗成为"革新的鼓吹者"是不无理由的。

在古罗的创作中蕴含着一种轰击艺术律条的爆破力，无论这种桎梏是打着
经院抑或先锋的旗号。马丘申将她晚期的作品定义为"综合主义"，并将之视为
他建立"有机艺术"理论的出发点。古罗的非理性的新浪漫主义的反实证主义
思想的表现形式只能是无终极的和反映创造过程本身的，即片断式的札记、信
束和生动的交流，而这些形式具有一种流动性的结构，这与文章的丰富性的概
念迥然不同。

1910年2月卡缅斯基介绍古罗和达维德·布尔柳克同赫列布尼科夫认识，从此，未来的"叙莱亚"派的历史掀开了第一页。两个月后出版了《评判者的牢笼》，作者有古罗和她的姐姐叶卡捷琳娜·尼津（原名叶卡捷琳娜·亨利霍夫娜·古罗，1874—1972），布尔柳克兄弟，赫列布尼科夫，卡缅斯基和数学家、作家、音乐家谢·尼·米亚索耶多夫。关于这本书（评论界几乎对之未加注意）出版时的情景，马丘申回忆道："我还记得作者聚会的场面……会上大家俏皮话连篇，嘲笑那些将会仅仅因为这本印在墙纸上、刊有古怪诗作和散文的小书的样子就陷入绝境的人。于是弗·布尔柳克就顺手画下了作者们的众生相，于是也就写下了一些滑稽的即兴的小品，大家被逗笑了，笑得前仰后合。"[71]《评判者的牢笼》中的诗文印在有各种颜色的墙纸的背面，它的外观很不传统，没有使用标点符号和字母 ь、ъ[①]，没有传统的体裁区分（几乎所有的文本都被标为"作品"），不同寻常的词汇（赫列布尼科夫和卡缅斯基自创新词）、修辞法和题材，使人心生怪异之感。

517

1912年聚集在《评判者的牢笼》周围的一些诗人最终宣告成立了名为"叙莱亚"的诗人团体，这是赫列布尼科夫、马雅可夫斯基、拉里奥诺夫、利夫希茨等多次拜访布尔柳克一家，几经会晤、磋商的结果。他们经常在两个地方聚会，一处是塔夫利省亚·亚·莫尔德维诺夫伯爵的切尔尼扬卡庄园，布尔柳克三兄弟达维德、尼古拉、弗拉基米尔的父亲在那里当管家；另一处是赫尔松，那里有布尔柳克一家的住宅。切尔尼扬卡在古代属斯基泰人的疆土，在希罗多德《历史》中被称为"叙莱亚"。20世纪初这里进行了考古发掘。据贝·利夫希茨回忆，切尔尼扬卡的整个氛围刺激了将过去投射到现在，以及使用各种古代形象来进行集体自我认同的做法。[72]

诗人们经过这些卓有成效的联络又在1912年12月出版了《给社会趣味一记耳光》，这个文集在很长时间里定格了人们对"叙莱亚"派的认识，而这首先靠的是文集中的同名宣言——未来主义纲领文件中最轰动的一篇宣言。此文集篇幅不长，由布尔柳克兄弟、克鲁乔内赫、马雅可夫斯基和赫列布尼科夫共同

---

① 在1918年的正字法改革中字母 ь 被 е 完全取代，ъ 则被部分废除。但在1910年这两个字母仍在使用。——译者注

执笔，它颠覆往日的经典，挑战现时的偶像："过去是狭隘的，科学院和普希金比象形文字还晦涩难解，把普希金、陀思妥耶夫斯基、托尔斯泰一干人等统统从现代的大船上掀下海。总是对初恋念念不忘的人就体会不到最后的爱情……所有这些马克西姆·高尔基们、库普林们、勃洛克们、索洛洛古勃们（原文如此——本章作者注）、列米佐夫们、阿韦尔琴科们、乔尔内们、库兹明们、布宁们等等需要的只是河畔的别墅。"[73] 他们还鼓吹要蔑视评论界和读者群的权威，文中写道："……第三，要从你高贵的头上摘下你用澡堂的扫帚条编成的一文不值的桂冠；第四，在呼啸、咆哮的大海中，要傲立在'我们'这块巨石上。"[74]

利夫希茨说："应承认这个文集的战斗性，理由只有一个足矣，那就是赫列布尼科夫的诗文占去了其整个篇幅的一半。这可是个被迫沉默了两年之后（要知道，没有一家杂志社同意刊登这种'狂人的梦呓'）爆发的赫列布尼科夫！文集收集了他的《普尔热瓦尔斯基马》、《少女的上帝》、《纪念碑》和"石器时代故事"《И和З》，以及内容完善、形式完满的《双唇唱出了波拜欧毕》和《小翅膀如金字》，还有语言上堪称重构词汇典范，充满悬念又言简意赅的文论《展望1917年》。"[75] 其他同仁的诗文所占的篇幅就不多了。其中有尼·布尔柳克的几篇俏皮的短篇小说，瓦·瓦·康定斯基的几篇极简主义文本和利夫希茨的一些实验性作品。另外还收入了古罗、利夫希茨、达维德·布尔柳克、克鲁乔内赫和马雅可夫斯基的诗歌。《给社会趣味一记耳光》文集很快便销售一空，却招致报刊群起而攻之，使立体未来主义的"恶名"从此逐渐播扬开来。造成这种名声的因素还有"叙莱亚"派在艺术、文艺讲座、辩论会上出轨的表现（如在1913年10月13日莫斯科的"第一届俄罗斯语言工作者研讨会"上）。从此人们对立体未来主义的非难之声不绝于耳。

此后立体未来主义者们便开始出版了一系列的类似先锋派画集的诗文合集。1913年发表了《评判者的牢笼（第二集）》（2月）、《三杰圣礼书》（3月）、《三杰》（9月）和《残月》（9-10月）。1914年1月出版了《牝马奶》、《咆哮的帕尔纳索斯》，3月出版了《俄国未来主义者第一期杂志》（与伊戈尔·谢维里亚宁和"顶楼"诗派合作——见下），4月《残月》再版。这些合集同1912年12月最早出版的叙莱亚派个人诗文集（如赫列布尼科夫和克鲁乔内赫

518

的《地狱中的游戏》等）一样，在内容和形式上都给人一种清新之感，渗透出一种勇敢的精神。

同马雅可夫斯基一样，韦利米尔（维克多·弗拉基米罗维奇）·赫列布尼科夫（1885—1922）是"叙莱亚"派的精神支柱和中坚人物。关于他及其创作在20世纪初的俄国文学进程中的地位问题至今仍争论不休。尤·尼·特尼亚诺夫就已在《赫列布尼科夫选集》的前言中开宗明义："谈及赫列布尼科夫，大可不必谈及象征主义、未来主义，也未必谈玄妙语言。"[76] 他又在前言的结尾处强调："无须将这个人列入哪个主义或哪个流派。"此后他和他的文学遗产被认为是特立独行和独一无二的，他的创作被誉为"史无前例的非经典诗歌与非经典哲学的融合"[77]。然而我们觉得，试图无视赫列布尼科夫与立体未来主义的联系是不甚妥当的，"叙莱亚"派的纲领从整体上看来似乎可视为立体未来主义理论探索和诗歌创作实践的继续："……恰恰就是赫列布尼科夫的创作宛如一个无形的轴，新艺术正是围绕着它隆隆转动的。"[78]

《给社会趣味一记耳光》称，诗人有"扩充词汇"的权利，主张使用"自身就有价值的（自足的）词"。这些观点在赫列布尼科夫1908年发表的纲领性文章《斯维亚托戈尔的库尔干》中得到进一步的阐述，论文号召俄国文学界要抵御西欧的影响，要利用俄语独特的势能："如果各民族或生动或枯燥的语言可以比作欧几里得的几何学，俄罗斯人不是也可以横下一条心，办别的民族办不到的事，创作出自己的语言——罗巴切夫斯基几何学吗？其他领域何尝不是如此？……俄国的知识界一贯追求自己的权利，难道它会拒绝本国民意赋予的造词的权利吗？"[79] 赫列布尼科夫在诗歌创作的初期便深受维·伊万诺夫神话诗学思想的影响，他极力主张"诗歌的语言，即我们的语言应从民间词汇这个地下的根上生长起来，而且现在正生长着，以期在全斯拉夫语这座林子里掀起声涛。"[80] 后来他又在他那篇题名为《故巢》的回顾性文章（1919）中谈到，他"对词汇的第一次变革是在不破坏词根系统的前提下找到使各斯拉夫语种之间得以进行相互转换，得以自由驾驭斯拉夫语词汇的一块魔石"，并称以此为己任。他还指出，"这块魔石就是超然于日常生活和生活中的功利的自足的词"[81]，一方面是采用不合规范的然而又为语言本身所能为之的连接词根、前缀和后缀的方法，另一方面是运用方言古语和借用其他斯拉夫语的词汇来创造

519

新词新义。

据一种统计，赫列布尼科夫已发表的著作（未发表的手稿不计）新造的词有六千多 [82]；他所创的词汇的特点是词义纷杂、游移，构词方法灵活多变；而且"赫列布尼科夫的新词无一不可引起双重的理解" [83]。除此之外还须注意，不可将他在记事本中所反映出来的创作实验与著者的最后成稿作等量齐观。不少充满自创词的片段，本是他不准备发表的，而且字迹潦草难以辨认，后来却被"叙莱亚"派付梓 [84]（这使得他的作品戴上了"难以解读"的光晕）。其实，诗人在使用不规范的词语时还是很慎重的，而且通过这些新造的词语的上下文形成对于其意的假想，这种假想虽然不能完全证实，却也全然合乎情理。在下面这首模拟壮士歌诗体的诗歌中有三个用"时间"（время）一词的词根加不同的后缀新创的词——времири（构词模本是снегири，"红腹灰雀"）、времушек（构词模本是камушек，"小石子"）和времыня，这样就能引起些许准神话式的假想，使其中的抒情"我"几乎具有某种神性特征：

520

> 时光（времири）在匆匆飞行，
>
> 真累得不亦乐乎，
>
> 我抓起一掬时光（времушек）把玩，
>
> 又把它当石子抛弃，
>
> 它沉没在滔滔的河水里，
>
> 可时光（времыня）仍把翅膀高高地乍起。[85]

赫列布尼科夫一方面注重使用平民词汇和创造新词汇，一方面又着力研究民间文学，特别是那些短小的口头体裁。他在自己的诗文中喜欢使用一些成语（如谚语、俗语、谜语等），并常常把它们改写；在他的作品中有不少"难解"之处，还有些篇什通篇都很费解，那是因为他采用了一种谜语般的行文方法。

赫列布尼科夫致力于丰富诗歌语汇，这使得"叙莱亚"派和许多其他派别诗人竞相仿效。难怪利夫希茨对赫列布尼科夫的创作不符合立体未来主义的说法做出这样的回应："赫列布尼科夫的伟大功绩在于发现了语言的液体流动状态，还有什么比这更符合未来主义的本义？……在第四维——我们的现代性之维——的境地，唯一能使用的就是赫列布尼科夫的语言。"[86]

在语言、词法的基础上创造新词，只是赫列布尼科夫词汇工作的一部分，他还进行了其他实验，如借用维·彼·格里戈里耶夫所称的"鸟语"和"声响语言"等"语言"[87]。他的带有乌托邦色彩但不失科学性的探索，已经大大地超越了文学本身的范围，使他"对词汇发起了第二次变革"："我发现词根不过是一些符号，其后有若干个字母，要找到世界各民族语言都以字母为单位构成的这个共同之处……这就是通向世界玄妙语言之途。"[88]（《故巢》）这里所称的"玄妙语言"这个术语与克鲁乔内赫和其他诸多诗人，有时甚至是赫列布尼科夫本人的作品中使用的"玄妙语言"的共同之处不多（见下）。这里所说的"玄妙语言"，是指能使"世人息息相通"的"未来的世界性语言的雏形"[89]。1919年赫列布尼科夫已树立了这种"太阳的第三行星上一切民族"通用的书面语的思想的范例[90]，而他1912—1913年的文章已正式提出了这项任务。赫列布尼科夫通过对以同一辅音字母为头的词进行比较，得出一个结论：每一个辅音字母都具有某些固定的"空间性"意义，如"'B'在一切语言中都表示一个点围绕另一个点，或者围绕一个整圆、圆的一部分、弧，作向上或向后的旋转运动"[91]。这个诗人称："……语言的躯体即字母的发音，是各种形式空间名称的本体，是其中演绎的各种事情的名册"，"许多民族共用的字母表就是一部空间世界的简明词典……"[92] 赫列布尼科夫不仅编录了"星球语言"各单位的意义，而且将只用于自己的诗文中；在他的《赞格济》（1920—1922）的第八节中主人公赞格济——诗人的化身——唱起了"星球歌曲，歌词是词语的代数与长度和时间单位的混合"[93]："一窝蜂绿色的 X 为两个人，／Л 是奔跑时穿的衣裳，／浮云的 Г 俯视着人间的游戏。"[94] 令人遗憾的是，这种词句虽然可以作为"科学"诗歌的范例而引人注目，但毕竟未能获得那种脉脉的魅力和"魔力"——而这正是他制造新词的初衷。

赫列布尼科夫在《给社会趣味一记耳光》中编制了标题为《展望1917》的各种不同国家政权沦陷的时间表，这证明了他创作思想的另一个趋向，这种趋向比他对语言的探索显得更为重要。后来，赫列布尼科夫的朋友和崇拜者们经常引用时间表最后一行的"某人，1917年"。在《教师与学生》（1912）这篇对话中赫列布尼科夫初次尝试了为在对马岛战役中殉难海兵的死亡进行"正

521

名"[95]（《"命运牌"片段》，1922）：他不是在政治上和经济上，而是在时间的推移中探寻战争的起因，意欲揭示纷乱历史事件的规律性、重复性和循环性。他的《教师与学生》记录了他推算的结果，并用数学等式表示出来，由此似乎就可预见到未来的动乱发生的时间："……我想超期地……预见全人类的命运，并弄清世界发展的次第和节律是否固有，与其生活是否合拍……我在寻找左右人们命运的定则。我发现，各国之肇始之间的年份能被413整除，而1383年分离了各国的国运衰败，自由沦丧……我还发现，这个时间Z区分开了类似的事件，而且Z=（365+48y）x，公式中y可同时表示正负两个意义。"[96]

"命运啊！你对人类的威力是否已经削弱？因此才使我得以盗走了它掌管的规律的秘笈，而等待我的是能置人于死地的悬崖。"[97] 这位诗人仰天长啸，他把自己视为普罗米修斯，揭示他本人赋予"未来主义者"这个词的崇高含义。赫列布尼科夫对自己使命的正义性和担此大任的能力深信不疑，同时又愈益感到自己是在孤军作战，这在其晚年的那些悲凉之气渐重的作品中有所流露。

罗·奥·雅柯布森称，赫列布尼科夫"在社会萧条时代的千百年之后奉献给我们一首新的叙事诗和一批真正叙事作品。即令他那些短诗也能产生几分叙事诗的效果，赫列布尼科夫还是毫不费力地把叙事诗的碎片连缀成叙事体的长诗。"[98] 长诗是赫列布尼科夫的主要遗产之一（在这方面只有马雅可夫斯基与之匹敌）：他战前作品的内容多是田园诗（《仙女和树精》），嘲弄英雄体长诗（《马鲁沙的孙女》），而革命和国内战争时期的作品则继承了涅克拉索夫的传统（《苏维埃的前夜》），与勃洛克《十二个》的风格相呼应（《夜间搜查》）。

赫列布尼科夫战前的创作着力揭示历史的相似之处，钟情于各种文化（尤其是斯拉夫文化）传统中的英雄人物，这些英雄人物因为争取独立和自由而名垂政治或文化发展的史册（普加乔夫、拉辛和扬·胡斯）。1912年他开始研究有关居住在阿穆尔河下游地区的少数民族奥罗奇人的物质和精神文化的民族志著作[99]，他从中借用了讲述一个文化英雄的宇宙生成神话：天上本有三个太阳，炙烤得地上的人们难以生存，英雄灭掉其中的两个。[100] 这个素材在赫列布尼科夫的作品中被多次采用，尤为明显地表现在他的第一篇"超纪事"（各种作品的剪辑）《水獭的孩子们》（1911—1913）中。作品的主人公扮演着各种历史的或虚构的角色，意在最后宣告自己的自传性——他竟是勇敢的未来主义者韦利米尔·赫列布尼科夫本人。继这个文本之后，与太阳作战的神话也被其他未来主义者引用，如克鲁乔内赫（《战胜太阳》）和马雅可夫斯基（《我和拿破仑》等），"与太阳作战"成了"叙莱亚"派为自己规定的诗歌创作恒常的主导动机之一。

从赫列布尼科夫的神话题材来看，他与象征主义的遗产有着紧密的联系，然而在这个问题上将二者画等号就错了。赫列布尼科夫与象征主义者不同，他并非一味地推崇神话。除此之外，他的文本不死板地谨守严整之道，不过于一本正经和"书卷气"十足，通常——当然也有例外——不会抬举那些崇高的形象，而是对之抱以平淡的态度，并不时地把他笔下的人物嘲弄一番。

赫列布尼科夫的创作颇像拉里奥诺夫和冈察洛娃的绘画，受到了原始派艺术的影响，深深地打着民间文学和神话的烙印。另外，他善于直接地、非常周密地观察世界：他在描写景物时，对大自然的观察不是浮光掠影，而是像农夫、初次造访者或儿童那样细致入微。他的长诗《И和З》（1911—1922）中细腻的描绘和轻盈的诗律交相辉映，在他的笔下景物的情状、人物的对白娓娓道来，使人产生一种悠悠然的感觉（诗中石器时代的人名中只有一个元音）：

523

> 迷迷茫茫的丛林，
>
> 暗暗隐藏凶险。
>
> 可是不久以前，
>
> 我遇到一场灾难？
>
> 恶兽凶猛地咆哮，
>
> （还有可怕的一跳，
>
> 畜牲气粗如火烤，）
>
> 面孔火烧火燎。
>
> 看来是在劫难逃！
>
> 张开血盆大口，
>
> 眼睛迸发光芒，
>
> 那一副狰狞凶相……

> 随身带的尖刀，
>
> 救了我的小命。
>
> 至今想那次遇险，
>
> 仍然心跳怦怦。[101]

  古米廖夫对这段诗评论道："透过这些节奏急促却不失韵律的诗句，你还是能看到一个荒蛮时代的人濒临危险的惊恐状，听到他们那悸颤的话语声……"[102]

  "叙莱亚"出版的文集中收入的赫列布尼科夫的其他许多诗文，则是另一种启示录式的题材。在他的笔下，有悖于他苦苦寻找的"生命之谜"的都市文明受到了"报复"。他的《亚特兰蒂斯的覆灭》（1912）采用的是传统的神话素材，而另外的一些作品则带有新的"日常生活"神话成分——"物的起义"。长诗《鹤》（1909）描写彼得格勒的居民死于巨鸟之啄，而这只巨鸟的骨架竟是在不经意间由人类建造的桥梁、房屋和城市生活的其他一些设施构成的，它的躯体是由"墓地里的尸体"变化成的："乾坤翻转，生命让位，／尸体与物的联军横行。"[103] 据雅柯布森称，他的戏拟剧作《黛泽斯侯爵小姐》（1911）是受《智慧的痛苦》影响而写的，剧中展览会的观众蓦地变成了"某个花园里的石头"，"草木向富人发起了进攻"，衣装也成了灵物："看，两个雪团咬牙切齿，追逐着，把银鼠掀翻，／连那鲜蓝色的公鸡们也卸下了双肩。／……／小金翅雀飞进一个什么样鸟的嘴里，趁着它打哈欠的工夫筑了个窝，／一切都显得那么神秘、离奇。"[104] 这个与意大利未来主义者作品中对城市、机器文明的崇拜大相径庭的反都市主题也被马雅可夫斯基在1913年写的悲剧《弗拉基米尔·马雅可夫斯基》承接下来。

  上文中我们提到了达维德·布尔柳克绘画的各种风格倾向，他的文学作品也是这样："对比布尔柳克的诗作（甚至那些写于同一年的），你会觉得它们出自不同作者之手，因为它们的世界观、气质和风格各不相同。"[105] "愉快恐惧"[106] 的诗人布尔柳克极力向波德莱尔、兰波这类"被诅咒的"诗人学习。《给社会趣味一记耳光》收入了他的组诗《园丁》，其中表现出他的作品常具的残缺性、情色性和反唯美性："你召唤着爱人／用流着脓的双眼／干瘪蜡黄的

524

唇吐着白沫／身体弯曲又委琐／双手紧抓着一根马棘／你没能享受平凡人的生活／没被甜蜜的婚姻之线缠裹／你总是浑浑噩噩／委身于缓缓的生活之波。"[107]由于布尔柳克写了些诸如《陷于墓室，隐于塔楼》（1914年）之类闹出风波的诗，因而其作品的戏拟性被评论界忽视了。而且，兼具以往的诗歌诸流派的题材和风格确是布尔柳克乃至整个立体未来主义创作的一个重要特点。[108]1910年代初布尔柳克创作的最大成就当是收入《三杰圣礼书》的那些短文章和赫列布尼科夫重现"小事物"思想影响下写的一些短诗：

> 油漆匠晚霞挥动大刷子
>
> 漫不经心地刷着房子
>
> 它对于金钱从不贪心
>
> 干活也从不那么勤奋
>
> 刷上的油漆并不牢靠
>
> 那颜色终究也会褪掉
>
> 不变的唯有油漆匠的命运
>
> 索性就让他喝个醉醺醺 [109]

此后，布尔柳克在祖国生活或者侨居美国（从1922年起）的日子里，继续写作新诗，修改旧作，然而很难说他的诗歌创作又有新的斩获。

贝内迪克特·康斯坦丁诺维奇·利夫希茨（1886—1938）是"叙莱亚"派中持较"温和"立场的人，他在同达维德·布尔柳克结识前便是一位深受法国诗歌熏陶的诗人和翻译家，并应古米廖夫之邀参加了《阿波罗》杂志社的工作。《给社会趣味一记耳光》收入他的一篇实验抒情散文《风景画中人》，其激进倾向对他的整个创作来说是不同寻常的："我们健步如飞心中却有积年的郁结，瘦瘦的猫头鹰飞过光滑如绸的苹果，跌进停顿的橄榄色灰烬。八面体宝石显得苍白，上面涂着黑色的蜜预示死亡之吻，报纸上的翠菊呈现出咖啡色……"[110]《狼的太阳》（1914）（他的第二部文集）是利夫希茨真正的未来主义作品，亦是"诗体和非诗体语言采用新句法的典范"。他本人称，这部文集"与其说是个人的成就，不如说是大家的贡献"[111]。嗣后，诗人仍自命为"叙莱亚"

525

派，但已逐渐转向阿克梅派，而到了他写作文集《帕特莫斯岛》（1926）时又回归最初的象征主义去了。

"叙莱亚"派内部持"保守"立场的还有尼古拉·达维多维奇·布尔柳克（1890—1920），他是一位天才的散文作家、诗人，还著有一批论述诗歌语言的文章。下面是他的一首诗：

> 懵懵懂懂你不知向谁祭拜
>
> 彻夜祈祷是恶梦的毒药
>
> 纵理智暗示你白昼辉煌
>
> 阴霾中的声音属于徒劳
>
> 但幻境和夜晚朋友的话音
>
> 让这一颗心儿备感甜蜜
>
> 仿佛有个平静的天才
>
> 愿把你带入幽灵之地 [112]

瓦西里·瓦西里耶维奇·卡缅斯基（1884—1961）是一位诗人、画家和先锋派的领军人物，他"不仅以自己的全部作品，而且以其生活和生活方式证明"他不愧为"叙莱亚"派中最具"未来主义特质"者 [113]。"既然我们是真正的未来主义者，既然我们是引领时尚的人，活跃于全世界的诗人，未来的使者……我们就应该也必须善于当先锋派。"他在他后来的回忆录《一个热心人的道路》[114] 中如是说。

卡缅斯基和古罗一样，把描绘大自然作为自己创作的一个中心题材。他的诗文都洋溢着"炽热的生活快感"："欢唱吧，鸟儿们！欢唱吧，世人们！欢唱吧，地球！／我奔向愉快的田野。／欢叫吧，热烈的，黑土地的，／丰盈又丰盈的时日。"（《欢叫的时日》，1910）[115]

卡缅斯基同赫列布尼科夫结识后便在创作中引入新创词。他在作品中不仅采用了俗语、方言，还时常以民间创作为体裁（如《摇篮曲》），而且广泛地研究诗歌的词源，进行自己的创词实验，如他那首题名为《不》的诗：

526

……偷来的温情不能给予

可爱的百合花固然可爱

却又不可以爱

不可以爱的就可爱。

难道不是我，不是我——

用篝火把可爱的

但不可以爱的女人熔化。

难道不是我亲吻

不可爱的唇

我虽然充满爱意。

却没得到她的爱情。[116]

瓦·瓦·卡缅斯基

卡缅斯基于1910年11月发表了反都市主义的长篇小说《土窑》（主人公从都市逃出到大自然中去寻找安宁），其中还附有曾收录进《评判者的牢笼》中的短诗。

"您发现他们书中单词的字母，这些字母被列成一排，它们个个委委琐琐，秃头秃脑的，没什么色彩，灰里吧叽的——算什么字母，简直是戳记！"赫列布尼科夫和克鲁乔内赫在《字母本身》这篇宣言的草稿（1913）中这样写道。[117]为克服这种单调的、通常的排印方法，进行印刷的改革实验，其中一个方法就是在书页上采用不同字体和把单词分开。在这方面卡缅斯基也是个革新者。在《俄国未来主义者第一期杂志》中他刊发了《同母牛跳探戈》，印刷时用的就是不同的字体，而且分行拼接，这增强了勇敢形象的表达效果："生命苦短，短于麻雀的一声啼叫／浮冰上的狗满不在乎／顺着初春的河水漂流／我们无忧无虑／注视命运／我们是开国元勋／虫豸的主宰／橘林的主人／和牲畜贩子"[118]。1914年他出版了"钢筋水泥长诗集"《同母牛跳探戈》，后者被称为"五角书"（它的右上角沿斜线剪下），文字印在黄色壁纸的背面。[119]卡缅斯基的这本书也使用了新创的排字方法和奇特的拼接法，以追求强烈的视觉效果。长诗的一些篇章——如《君士坦丁堡》《旱冰场》《卡巴莱》《尼基京马戏团》和《谢·伊·休金宫》——的片断被置于由若干几何弓形组成的框子内。

弗拉基米尔·弗拉基米罗维奇·马雅可夫斯基（1893—1930）从参加编写《给社会趣味一记耳光》之后便步入文坛。1911年9月他结识了达维德·布尔柳克。1912年初他卷入了社会上关于现代化艺术的争论，同年11月在"流浪狗"卡巴莱酒吧首次朗诵了自己的诗作，根据报纸评论的说法，"听众即时便察觉到他具有真正的作诗才赋"[120]。从此，一个立体未来主义者们颇感陌生的声音便不绝于耳，那件"用三丈的黄昏"（《公子哥的女衫》）制成的黄色女衫也不时地映入他们的眼帘。他这个"无赖、小丑、二十二岁的车夫"（他1915年发表的自嘲性小传《形形色色的马雅可夫斯基》用语[121]）成了"叙莱亚"派的领袖之一，这不仅得益于他那非凡的诗才，而且凭借的是他的辩才，这种辩才在他日后的诗歌中发挥得愈发淋漓尽致。

收入《给社会趣味一记耳光》的是马雅可夫斯基的处女作短诗《夜》和《晨》。正如哈尔吉耶夫在《诗歌与绘画》中指出的那样，在这两首诗和马雅可夫斯基战前的其他作品中"立体主义绘画的因素被移进诗歌形象体系"。此外，在他早期的许多诗歌作品中"采用了立体主义和未来主义绘画的创作原则：被描绘的对象与其相互间的渗透性生动地融合在一起了"[122]，"透过我，在月华之中／着色的字母在跳动"（《街道》）[123]。

克鲁乔内赫在他的《马雅可夫斯基的诗歌》（这本小册子于1914年2月出版，是第一部评论诗人马雅可夫斯基的著作）中阐明了马雅可夫斯基在"叙莱亚"派文学团体中的作用，认为他不同于"伟大的念咒师赫列布尼科夫"，是个"在大都市中特立独行"的"混世魔王"[124]："你去读铁制的书吧！／在镶金字母这支长笛的伴奏下／熏好的鲑鱼在爬行／金色卷发的冬油莱也蠢蠢欲动"（《致各色人等》）[125]。克鲁乔内赫还认为马雅可夫斯基塑造的充满活力的形象完全不同于象征主义者静止的都市主义："现实被隐没在昏厥之中！在勃留索夫心目中都市是如此昏昏沉沉，活像一具玩偶……马雅可夫斯基洞察的并非都市的可描绘的外貌，而是它内部的活动。他不是在观察，而是在感受（炽烈的未来主义！）。"[126] 马雅可夫斯基的作品善于再现整个都市的内部活动和抒情式的"自我"的内心，读来令人叹为观止。他借助的是非同寻常的形象以及别出心裁的对比、比喻和夸张："沿着／我那被狂人踏碎的／心桥／生硬的词语呼啸着践踏而过。／那里有座座都市／高高地挂在／云的尘埃里／塔楼的／歪歪

527

的脖子／僵挺着——／我走着／独自痛哭／为的是／都市的人们／都被钉在／十字架上。"（《我》）又如："我来到广场上／把烧灼的街区／顶到头上，像火红的假发。／人们好怕啊——我不禁脱口而出／一种嚼不烂的呼叫蹭着脚跟嗫嚅。"（《毕竟》）[127] 诸如此类的形象显得很怪诞奇崛，它们汇成了一个"马雅可夫斯基受难曲"的表现大系，与德国表现主义者（恩斯特·基希纳、马克斯·佩希施泰因、格奥尔格·格罗斯和奥托·迪克斯等人）的绘画和平面艺术异曲同工。马雅可夫斯基早期创作的内容和表现方法与表现主义类似，即张扬人的激情，用以同机器文明作斗争，争取人的个性和精神的解放。

528

马雅可夫斯基的美学理念不仅体现在他大胆塑造的形象上，也体现在语言创新中，他创造新词、新诗体和新句法。格·奥·维诺库尔指出，这种创新的目的论和源泉在他的长诗《穿裤子的云》（1915）中就已开启。[128] 如诗中有如下句子："当人们用爱情和夜莺熬汤，／发出的咝咝声充当韵脚，／无言的街道发生痉挛———／它已无可呐喊，无可言谈。"[129] 马雅可夫斯基在《如何作诗》（1926）一文中发问："如何把口语引入诗歌，又如何使诗歌在口语中得到升华？"[130] 马雅可夫斯基不像赫列布尼科夫那么激进，但还是受到了他的影响。而可以追溯到后者的《笑的咒语》一诗造词范式的有诗作《喧哗、喧声和喧音》（1913）的标题和这样的诗行："巴比伦废墟们、／巴比伦人们、／巴比伦们的／木马以地球为轴旋转着。"[131] 至于马雅可夫斯基的诗歌的其他层面，早在1923年雅柯布森就指出："马雅可夫斯基的诗主要是强调词的诗。"[132] 后来，维诺库尔也说："马雅可夫斯基的语言是一种独特的语言想象，它突破了句法，把语义从形式关系的束缚中解放出来。"[133]

马雅可夫斯基创作活动的初期是写作短诗。后来赫列布尼科夫开始写作长诗，他也就随之转向这种体裁。1915—1917年间他有一批鸿篇巨制问世，其早期作品的主题也得到进一步的升华：一方面表现宗教的牺牲、救赎精神，另一方面又表现出对神灵的亵渎和叛逆。在《穿裤子的云》中，宇宙般的各各他之激情（"哪里有痛苦——我便在那里停下；／为每滴血泪的流淌／我都把自己钉在十字架"[134]）与胡闹、流氓行径（"我们把一群夏娃抓进天堂：／你下了命令／今天夜晚／我替你把那些美女／从花园里一个个拉来"；"我以为你是个万能的神，／你却窝囊透顶、猥琐至极。／瞧我的，我俯下腰，／从靴筒里／亮出一把尖刀"[135]）相交替。这种悖论性亦是他其他篇什共具的一个特点。马雅可夫斯基抒情式作品的主人公在长诗《脊椎长笛》（1915）中的表现，既是主宰者，又是牺牲品："我／是一切欢愉的创造者……""请听，／至高无上的宗教审判者！……把我绑到彗星上去吧，权当绑在了马尾上，／拖着我飞驰／犬牙参差的星辰磨烂我的肌肤。"[136] 长诗《战争与世界》是马雅可夫斯基战前的一部篇幅最长的巨著，他自己站上了"砍头地"，但同时又请求人们的宽宥，因为他不止一次地扮演了刽子手的角色（"是我／马雅可夫斯基／把／被砍去头颅的孩童／带到偶像的脚下"[137]）。关于马雅可夫斯基所抱的这种双峰对峙的态度，雅柯布森作如是说："马雅可夫斯基的诗歌创作——从收入《给社会趣味一记耳光》的第一批诗作到他生前写下的最后诗行——是一个不可分割的整体。"[138]

阿列克谢·克鲁乔内赫（1886—1968）[139] 也许算是立体未来主义者中最"左"的了。1908年他开始同达维德·布尔柳克交往，1912年又结识了马雅可夫斯基和赫列布尼科夫，并参加了"叙莱亚"诗派。他是先锋派诗歌和绘画发展的中流砥柱，经常举办讲座，参加辩论会，而且，按哈尔吉耶夫的话说是"穿过报刊批判的枪林弹雨"[140] 的人。

在俄国未来主义的历史上克鲁乔内赫对玄妙语言的发展，对探索石印书籍艺术中的新形式做出了贡献。卡济米尔·马列维奇言之有理："未来主义的鼻祖过去是，现在是，将来仍然是马里内蒂；而玄妙语言的鼻祖过去是，现在是，将来仍然是克鲁乔内赫。"[141] 克鲁乔内赫追记了创建玄妙语言的缘起："1912年末，达维德·布尔柳克一次对我说，您用'玄妙的词'来写诗如何。于是我就写了一首《德尔、布尔、舍尔》，共五行。我把它收进我当时正筹备出版的《化妆香膏》（1913年初出版）中。"[142]

　　　　1号　德尔　布尔　舍尔
　　　　乌别什舒尔
　　　　斯库姆
　　　　维索布
　　　　尔莱埃兹 [143]

在这方面，赫列布尼科夫可称为他的老师，他借鉴了赫列布尼科夫的造词经验（《笑的咒语》和《双唇唱出了波拜欧毕》等）。然而，克鲁乔内赫与赫列布尼科夫不同的是，他自称不仅在诗歌创作中而且在理论上深入地研究了语言的发音："……我从来没有把他当作诗人看待。我们经常作为两个理论家，两个研究玄妙语言的理论家，在书信中探讨这个问题。"——雅柯布森这样写道。[144] 克鲁乔内赫并不将这种语言诉诸读者的逻辑判断及其破解这种文字谜的能力和书本知识，而诉诸"存在知识"，就仿佛是在绕开固有的语言体系。于是，玄妙语言所表达的对象就成了语言本身，于是便生成了抽象的概念和创作过程的"神圣化"，于是创作的过程便同时具有了创作对象和创作结果的意义。

在《词本身宣言》中，克鲁乔内赫把"个性语言"放到同"共性语言"对立的位置，声称"'新的词语形式'便是'玄妙'的语言，它"没有确定的意义（没有凝固）"[145]。他的文集《爆破者》也表达了同样的主张，他说，为了摧毁"凝固"的词形，要制造玄妙语言："人的感受装不进词汇（凝固的概念），这是词汇的悲哀，亦是认识上的孤僻。因此必须致力于创造一种玄妙的、自由的语言……"他还以邪教徒、鞭挞派教徒在精神恍惚状态下说出的胡话为例说明"欲真正表达纷杂心态，必要做到宗教的狂喜"。在谈及自创新词的经历时，他诙谐地写道："4月27日午后3时我突发灵感，完全掌握了所有的语言，成就了一个当代诗人。"[146]

530

毋庸置疑，在诗歌空间的这种扩展中，隐藏着诗歌结构"融化"进"前书本、前词语的混沌中"的危险，"一切都生于这个混沌，又遁入这个混沌"[147]。

克鲁乔内赫创作中的玄妙的语言与对逻辑的背离紧密相关。后一特点在他与阿利亚格罗夫（罗曼·奥西波维奇·雅柯布森的笔名，1896—1982）合著的《玄妙书》（1915）[148] 中表现得尤为明显。未来主义的思想在这本书中发挥到"绝对"的极致。它像在发布圣旨："我不许你们以正常的思维来读！"（这权当书的前言。）——这是在宣扬超然于理性的交流是第一位的，而这种交流不取决于符号或象征结构，通过"词本身"就可驱使读者去面对"生活本身"，去体会生活的不受任何约束而独立存在的非理性的内涵。克鲁乔内赫似是从传统书面语言内部来了个爆破。其实，他的书也是装在这个传统的框子里，要破除这个框子，也需要来个爆破。他与赫列布尼科夫初期的石印出版物中明显地表露出一种回归古代手写术文化的倾向，后来他们逐渐又否定了这种倾向。在克鲁乔内赫的《绘画》和《苔、里、莱》（1914）中，通常意义上的文本结构已被破坏殆尽。

"一个奇怪的现象是，无论巴尔蒙特还是勃洛克似乎算得上最富时代感的现代人了，可他们竟没有想到把自己的作品卖给收藏家，却交给画家作素材了……"赫列布尼科夫和克鲁乔内赫在1913年的《字母本身》的宣言中这样写道。[149] 克鲁乔内赫有志于对堪称经典的古俄罗斯的手抄本书籍做出新的别出心裁的注释，在他看来，这些书只能"就书本身"而论，是一种不可复制的文学和美学现象。[150] 克鲁乔内赫使画家与书籍联袂，使他与书的作者处于同等地位，不是让他做什么媒介，而是让他成为真正意义上的合作者。未来主义者著作的每一页都可视为匠心独运的硕果仅存的艺术品。

1913年12月，克鲁乔内赫出版了《陋词鸭窝》（罗扎诺娃插图），书中的插图与石印的手书诗行错落有致，相得益彰，宛如电影"镜头"，各种画面迭现，角色的动作和作者的画外音配合默契，把抒情型的主人公刻画得活灵活现。确切地说，那是个反英雄的形象，这个肖像式的形象一以贯之于全书。这本书是克鲁乔内赫那个时期的著作中最富"自传色彩"的一部。然而，这本书的"自传性"和"说教性"是为它的作者所独具的，它们以诗的形式表现出来。在《陋词鸭窝》中诗人似乎是书写一篇讲述自己的童话，这童话是由现实生活的碎片、虚无缥缈的梦境、冥冥之中的喻示和恍恍惚惚的感念构成的。

这本书以诗人写给读者的"献词"为开端：

> 这堆污言秽语
> 是我冒他之名的
> 呼吁
> 无须为它们
> 作序
> ——我可是个好人
> 尽管时时出言不逊！[151]

这个意思在下列诗行中重又点明："即使您觉得恶心……每到晚上我也厌倦／您最好耐着性子把书读完／那时将头戴豌豆桂冠。"[152]

以短诗《艾弗之光》起首的章节描写都市的灭亡，这种都市不仅是人们活动的地方，而且扮演着诗中的一个重要角色。在不祥的同时又是自由的"艾弗之光"照射下，这座"都市地狱"现出了濒临"世界末日"的晦色。克鲁乔内赫诗歌语言的急促节奏——这取决于他宣扬的"不确切"原则——和有具体内容的玄妙词汇相结合，使它与经典诗歌迥然不同，像口头文学，像生动的布道词。

《陋词鸭窝》整本诗集的主题乃是诗人心灵的解放和他勇敢精神的释放，他嬉笑着用嘲讽的口吻把他那些"丑陋的词"抛向人群：

> 维护我骨灰的人踊跃前来
> 我放肆地向他们啐口唾沫
> "有多少伤悲和屈辱
> 在你们低垂的脑袋里装着"
> 让唾沫啐醒那些庸民
> 我不想让别人为我哭嚎
> 活在别的世纪我长生不老
> 像匹脱缰野马不停地奔跑
> ……
> 勇敢、勤奋的人认为
> 责备之词
> 腐而不死，与日月同辉
> 它是神灵处处行善
> 法力无边无垠[153]

532

直到1914年初之前立体未来主义还备受报刊的抨击，不过它在当时的艺术文化中已占有重要的一席了。

*   *   *

    我们在梳理"叙莱亚"诗派内部诸多重要支系时，应即刻说明，这些支系之间并无严格标定的界限，它们随着这个诗派的发展也在不断变化。"叙莱亚"派作为一个早期的先锋派别，它的美学观以及对创作自由的追求和创新的探索与金科玉律背道而驰。马雅可夫斯基说："诗歌就是一种每日更新的可爱的词汇。"[154] 利夫希茨在《词的解放》一文中强调，未来主义诗人在进行创作时有多种多样的手法："如果在理解自由创作时，不把评定自身价值的标准放到存在和意识的相互关系的层面上，而是放到独特的词句方面，这样我们的诗歌当然就是自由的了，第一次让我们这种人觉得我们的诗歌究竟是现实主义的、自然主义的还是荒诞主义的，这都已无关紧要……"[155]

    立体未来主义作家将自由创作的原则充分体现在行文的方方面面。"为追求个人写作的自由，我们破除了文法。"[156] 这些立体未来主义者集体为《评判者的牢笼》第二辑编写的序言中有这样一句话。序言还宣称要摒弃标点符号、语法规则（"我们破坏了句法"），打破传统的诗歌韵律（"我们不再照着教科书去找什么诗格，因为一切都可以变化，于是造成了新的自由的诗律"[157]）。这使得立体未来主义作家许多诗文的语言更接近口语（雅柯布森早在1921年写的题名为《当代俄罗斯诗歌》的小册子就指出了这一点），这种语言比会意的书面语更隐晦，修辞手段更多样化，遣词造句更随意。尼·布尔柳克《诗学原则》一文中写道："一切至美都是妙手偶得。其实，叫'偶得'的有两个孩子，他们的命运是不同的：诗韵享受荣华，这是理所当然，而口误（lapsus linguae）则备受歧视，它在诗歌中的地位就好像古希腊神话中的半人半马。"[158]

    "叙莱亚"派诗人在追求作品语言口语化的同时还加强了语言的声感和文字符号的外观感。立体未来主义者继承象征主义者开创的诗歌选音实验，他们采取了两种行文方法：或是如同克鲁乔内赫和赫列布尼科夫在《词本身》中所说的那样，"在一瞬间进行写作和观察"，或是"紧张地写作和紧张地阅读比穿上抹油的靴子或客厅里的卡车还更加不方便"[159]。第二种方法是在灵感迟钝难以下笔时使用的。这种方法大概已为"叙莱亚"派作家所熟知，在他们的作品

533

中断然没有浪漫主义和象征主义诗歌中的那种谐美的天籁之音。克鲁乔内赫和赫列布尼科夫援引莱蒙托夫的诗句"在夜半的空中，天使在飞翔……"并反唇相讥道："即使健康的人吃了这道菜也会泻肚子。"他们还称《德尔、布尔、舍尔》这首诗"虽然只有寥寥五行，其俄罗斯民族底蕴却比普希金的全部诗作还要丰厚"[160]。

要达到语言的"刁钻"、表达效果的"粗糙"，首先是靠音响："语言首先应名副其实，如果它能让人想到什么，那就应该是一把锯或野人手中的一支毒箭。"[161]"叙莱亚"派诗人特别注重在作品中使用辅音结构，难怪马雅可夫斯基在短诗《给文艺大军的命令》中发出这样的口号："请你们在音后堆砌音吧／唱起歌，吹起口哨／向前进。／还有些好的字母：Р／Ш／Щ"。[162] 除此之外，还有一种诗歌名称学效果，如在古罗的名诗《芬兰》中一连串的新造词，不仅再现了自然界的声响，而且也很符合芬兰语的发音：

> 是它？不是它？
>
> 针叶哗啦啦，哗啦啦。
>
> 是安娜，玛丽娅，丽莎？——不是吗？
>
> 那是啥？莫非是荡漾的湖水？
>
>
> 鲁尔拉，劳尔拉，拉尔拉—鲁，
>
> 丽莎，劳尔拉，鲁尔拉—丽，
>
> 针叶哗啦啦，哗啦啦。
>
> 唧—咦—咦，唧—咦—呜—呜。
>
>
> 是树声，是水声？
>
> 你可听得分明？……[163]

与表声实验相关的还有一个立体未来主义诗学的重要课题，即表达对内容的作用问题。"我们根据词形和词的发音特点赋予词汇某种内容"[164]——"叙莱亚"作家在行文时，自主表达的主客体因其相互联系可以自动地转换。他们日益重视作品文字的印制，卡缅斯基就出版了一些手刻石印的书籍，进行了改变传统印刷方法的实验。

534　　　"叙莱亚"派诗人在创作时制造新词新义，与其说是总体构思或抒情式描写的需要，不如说是他们在搞词语的拼凑，制造笑料，布设谜局，玩文字游戏，以激活读者阅读时的听觉和视觉。赫列布尼科夫写过一篇名为《蚤斯》的短诗（"小翅膀如金字／把最纤细的血管挥动，／蚤斯往肚皮的箩筐里放入／许多岸边的草和信念。／'乒，乒，乒！'山雀一声巨响。／哦，妙哉天鹅！／哦，照耀吧！"）[165]，他本人后来指出诗中隐藏的语音结构，对其意义的阐释至今仍吸引着研究者。

　　　立体未来主义的作品不但有剧烈的、不同寻常的语音表征[166]，而且语法"错位"，任意使用转喻，风格失谐，结构和情节也不连贯。这种现象通常被认为是（文本各个层面上的）"错误"、"口误"和不和谐，而克鲁乔内赫认为这是由"把生活的懵懂、乖张、恐怖和隐秘表述清楚"的需要所引起的[167]："反常的遣词造句（从意思和词的雕琢方面来看）会使人对世界的认识发生变化，反过来，心理的运动和变化则催生了词语和字母古怪的'无意义'搭配。因此我们打破了词法和句法，我们深知，为表述令人目眩的当代生活和更为光怪陆离的未来生活，必须重新进行组词，我们造出的句子越失常序越好。"[168] 克鲁乔内赫认为"反常的遣词造词"[169] 包括两种，一是语法上的，二是语义上的。第一种即主语与谓语和形容词与被形容词在格、数、时、性上不保持一致……；第二种的实例如"在行为的发展中"、"比较的意外性"[170]。

　　　立体未来主义的诸多特点充分地反映在克鲁乔内赫1913年出版的题为《爆破》的诗集（根据他本人的解释或称《炸弹》）。这个诗集还收入库利宾、罗扎诺娃、马列维奇和冈察洛娃的石印画。克鲁乔内赫的诗艺原则之一就是作诗不讲和谐，押头韵，读起来"佶屈聱牙"，这种原则也进入了书的插图中，其中充斥着动感、断裂、错位，乃至各种形式的"爆炸"，与诗中的"疯狂的节拍"（克鲁乔内赫语）相得益彰。

　　　俄国的诗人和画家认为，追求这种新的"万应的动感"和节律符合柏格森关于生命冲动的思想，是意大利未来主义者主要的不可否认的成就（正是马列维奇把生命冲动视为未来主义的"补充元素"）。"万应的动感"论也反映在早

535

期未来主义者的一个重要美学观念——"始于终结的世界"之中（《始于终结的世界》是赫列布尼科夫和克鲁乔内赫1912年合著的文集的名字），这种学说否认线性的时间[171]。

《给社会趣味一记耳光》收入克鲁乔内赫的一首短诗《补丁夕阳的旧钳子》（诗题中没有大写字母），他在描写一个军官和"棕发波莉娅"的罗曼史时追求戏拟，而且打乱了故事情节的时间顺序。"作者注释"对这种实验的理由作了如下解释："始于终结的世界在艺术中的外在表现是：事件的叙述不按1、2、3，而按3、2、1或3、1、2的序号，我的诗就是这样。"[172]

克鲁乔内赫在《玄妙书》中把"始于终结的世界"说演绎成一种世界无序的理念，在传统的"世界之书"原型中，文本是基础，是世界的"统一和完整元素"，而克鲁乔内赫则解构了这种传统。

赫列布尼科夫创造的"始于终结的世界"说构成了他1912年写的同名小剧本（最初的剧名是《波莉娅和奥莉娅》）的基础。剧中人的生活循反序进行：先死亡后诞生。赫列布尼科夫还著有一部中篇小说《卡》（1915），这是他的优秀作品之一，叙述的事件时序混乱，首尾颠倒。

先锋画派的实验对"叙莱亚"派的理论和实践活动产生了显著的影响："未来主义画家乐于利用被肢解的人体的碎块，而未来主义作家乐于利用的是被肢解的词、半拉子词及其标新立异的搭配（玄妙语言），借此达到最强的效果……"[173] 譬如在马雅可夫斯基的短诗《晨》中他像对人体几何部分的立体主义错位那样，把词分隔成不均匀的短诗行，从而使读者印象鲜明。《街道》一诗开头产生的效果就异常强烈："街 / 道。/ 老 / 猎犬 / 的 / 脸 / 真叫厉害。/ 穿 / 过金戈铁马 / 从奔跑的房子窗口 / 跳下的是第一批立体……"（У- / лица. / Лица / у / догов / годов / рез- / че. / Че- / рез / железных коней / с окон бегущих домов / прыгнули первые кубы..) [174]

利夫希茨的短诗《温暖》（1911）可谓将"立体主义绘画截取、拼凑、变形等表现手法"[175] 借鉴到诗歌中来的范例。后来他在《一只半眼睛的射手》中对此诗的含义作过解释。诗中写道：

屠杀布须曼人的呆子啊，

你还是去剖大肚的核桃吧；

你像老太太一样终身劳累，

你的生活至死是一潭死水。

从永远发黄的彼岸，

尚未得到充分的温暖，

那就祝福上路的孩子们吧，

面对划入梦海的船帆。

安详地伏地跪拜，

不要打听圣书页下隐着什么，

夜色中坟岗上有条孔雀的尾巴，

狠狠地刺痛人们的眼窝。[176]

　　诗人本人作的注释称，这首诗采取的是错位写法，分别描写的是棕色的柜橱、内有只甲虫刨翻着拉开的抽屉、通往隔壁房间的门以及夜幕下的窗扉和家具。正如米·列·加斯帕罗夫指出的那样，利夫希茨常常使用一种"密码"技术，马拉梅的诗就是他借鉴的样板之一。[177] 顺言之，文学晦涩也是"叙莱亚"派其他作家的作品的一个特点。

　　利夫希茨的诗歌作品表明，"叙莱亚"派极为看重的对诗的结构和素材进行的革新实验给读者带来多大的困惑。在立体未来主义者的笔下，抒情的情节、情节重要事件的演绎和人物的行为常常交待不清楚，致使读者去填充文义中的"白色污点"——就仿佛是在解一个有许多变量的方程。这类作品难以理解，难就难在它们总是一下子以现实的生活跳跃到虚幻的境界，或者没有任何情景的铺垫就突发或实或虚的喻示。雅柯布森在《当代俄罗斯诗歌》中将类似结构解释为"手法的袒露"——未来主义者一边运用纯粹传统的文学表现手段，一边却抛弃了心理的抑或其他传统的论证。其实，在他们的行文中也作了论证，不过它或者深深地掩藏在行文中，或者游离于行文之外——这种论证只是与作者（在神话诗学、历史哲学层面）的特定观念有关，却无法用普通的形式传达给读者。曼德尔施塔姆在《风暴与冲击》（1923）一文中指出："难以将未来主义者作品的主题与其表现手段相剥离，没有经验的读者即使在赫列布尼科夫的作品中也只能发现纯粹的写作手段或者赤裸裸的玄妙。"[178]

"错位"诗学在广义上最为调和的是建立在不和谐基础上的非逻辑的原则。卡济米尔·谢韦里维奇·马列维奇（1878—1935）对此作了阐释："将各种形式进行非逻辑的并列，是对逻辑性、自然性和小市民的意义与偏见的挑战。"（在绘画《母牛与小提琴》背面的题词。）未来主义者1913—1914年间的作品中的语义关系，实际上就是马列维奇所说的被描绘对象之间的非逻辑的关系，它对玄妙诗歌的发展功不可没。《英国人在莫斯科》（1914）、《飞行员》（1914）这类画作中，在绘画结构内部存在着某种思辨性的"小画"，以及各类由"玄妙"的画谜、某种提供给观众的游戏所构成的，乍看起来很随意的对象与片段。[179] 然而在这种游戏中，没有绝对的谜底、唯一正确的答案，因为这种画谜不受机械的理性制约。被描绘的人和物之间的联系是非理性的、自由的，具有联想性，因为它们已脱离了我们通常所说的"环境"，因而便失去了本身固有的能够得到某种解释的含义。它们各自的意义都是游移的、多重的，因语境而异。处于这种结构中的被描绘的对象就像玄妙诗作中的词汇一样，具有了各种各样的意义——从日常生活细节到形而上学的象征，无所不有。

537

* * *

俄国立体未来主义的一个最具影响力和强烈的追求就是谋取各类艺术的综合，这个问题成了康定斯基和达维德·布尔柳克创作及拉里奥诺夫、库利宾和克鲁乔内赫文论的主题以及马列维奇与马丘申当时通信的经常性的议题。

1913年3月，"青年同盟"与"叙莱亚"派实现了联合，之后他们共同举办讨论会，出版第3期《青年同盟》杂志，年底演出了"第一个未来主义剧院"的两部戏剧（此前，1911年就举行过"大堂会"的实验演出，它与任何传统戏种不同，在集市上演出，是诗与戏剧的综合）。[180]

1913年7月，马丘申、马列维奇和克鲁乔内赫发起召开了"第一届全俄未来主义者代表大会"（赫列布尼科夫也参加了筹备工作），并发表了会议宣言，宣言称要在"文学、绘画和音乐的新原则"基础上创建"未来人"的"新剧院（зерцог）"①181，还宣布将上演克鲁乔内赫的《战胜太阳》（歌剧）、马雅可夫斯基的《铁路》和赫列布尼科夫的《圣诞故事》等。

同年年底，在彼得堡的"月光公园"剧院（旧称科米萨尔热夫斯卡娅剧院）演出了两部戏：12月2日和4日上演的是菲洛诺夫和什科利尼克设计布景的悲剧《弗拉基米尔·马雅可夫斯基》，同月3日和5日上演的是《战胜太阳》（剧本：克鲁乔内赫；序幕作者：赫列布尼科夫；音乐：马丘申；布景、服装和道具：马列维奇）。

《弗拉基米尔·马雅可夫斯基》这部话剧的同名诗人主人公就由马雅可夫斯基本人扮演，此剧的情节在城市中展开，而这座城市很容易从他的诗句中认出来："在描写他的'悲剧'中，塑造出一个未来主义诗人的形象。一方面，他的身畔有形形色色的市侩和被城市迅猛的节奏——'万物的起义'——吓昏的'可怜的耗子'182。"菲洛诺夫的舞台设计使青年马雅可夫斯基鲜活的外貌和得体的身势动作相得益彰。但见他身着平常的服装，一副伟岸从容的样子，他的四周包围着幻想的幻影角色，这些幻影是由演员穿上由菲洛诺夫绘制的白色巫衣装扮的。

马丘申和马列维奇在同《日报》的同仁谈话中谈到《战胜太阳》一剧的本意："此剧的主题是阐明作为巨大的艺术价值之一的喻体——太阳，是可以被战胜的……未来主义者试图打破世人的思维定式，从世界固有的秩序中释放出来。他们要把有序的世界变成混沌的世界，把固有的价值粉碎，继而创造新的价值，形成新的人际关系，那将是一种新型的、人们意想不到的、无形的联系。正是为达此目的，他们向太阳发难，意欲除之而后快。"183

这部歌剧的开场就充满了未来主义的色彩：两位剧中人分立两边把白色的大幕拉起，那幕布上绘有编剧马列维奇、马丘申和克鲁乔内赫的"象形文字"肖像。演员们套在一个又高（足有两人高）又大的用硬纸板粘成的大纸壳里依次出场，上面绘的是断断续续的抽象几何图形。由于采用了投光灯，灯光

---

① Зерцог是未来主义者发明的对应театр（剧院）这个外来词的斯拉夫自造词，大致可以解作"观宫"。——译者注

的效果很好，与独特的布景相映成趣。究竟是什么原因使未来主义戏剧得以独树一帜，既与同时代的和过去时代的流派，又与风格相近的流派，如阿尔弗雷德·雅里和叶夫列伊诺夫的戏剧大相径庭呢？毫无疑问，那就是因为他们使用的是新的戏剧语言和发声方法。克鲁乔内赫歌剧剧中人的台词时而采用纯粹玄妙语音，而在别的情况下我们则能遇上语法形态上的随意性或语义上的错位（"朋友一切成为／大炮的突然"，《–Друг все стало ／ Вдруг пушки》）。这使得"第一个未来主义剧院"同后来的超现实主义戏剧、荒诞派戏剧颇多相似之处。[184]我们由此也可以发现，先锋派在此后发展的各个阶段中也是循着未来主义戏剧这条路线的，这首先表现在伊·米·兹达涅维奇关于"玄妙戏剧"（见下）和丹·伊·哈尔姆斯关于超现实主义戏剧的创作理念上，哈尔姆斯早期的剧作《彼得堡城的喜剧》和《爪》尤其明显地说明了这一点。在《战胜太阳》一剧中，语言成了"艺术的要务"，它的作用更多是创作的对象，而非沟通的手段。

539

《战胜太阳》与悲剧《弗拉基米尔·马雅可夫斯基》也不一样，不能把它视为戏剧体的抒情诗。它一直被认作一个游戏的剧目，在游戏之中实现了舞台效果。"游戏原则"是建立在想象与现实的混合上，虚幻情景与日常生活景象的融合，玄妙同各种杂音的交合，而这种杂交的语言是一种"确定"的语言，其中不乏调侃的积极因素。

《战胜太阳》的主旨是把未来主义比作充满"阳刚之气"的黄金时代，它在形而上层面上战胜了消极的充满"阴柔之气"的象征主义的白银时代。[185]马丘申借此来"挖苦已过时的浪漫主义和那些空话连篇的东西"，讴歌战胜关于"美"的陈旧老套的概念和"看不见生机"的"为艺术而艺术"的思想的"伟绩"。早期未来主义的诗歌和戏剧确也有着"新的内容"，它们否定了心理描写，否定了"性格发展"论。

在未来主义综合性戏剧中（它集戏剧、抒情、长诗、朗诵、歌唱、舞蹈、哑剧和抽象布景的元素于一身），这种戏剧是个自我实现的过程。那么，其中的音乐有什么作用呢？至今人们对这个问题争论不休。要知道，不单是马丘申的音乐作品，就连阿·卢里耶和谢·普罗科菲耶夫早期的一些作品都含有立体未来主义的成分。普罗科菲耶夫青年时代曾研究意大利未来主义者对音乐的革新，并与马里内蒂和俄国的未来主义诗人开始交往。音乐学家们一致认为，"1913年出版的克鲁乔内赫的配有马丘申音乐片段的戏剧作品……可称其为具有许多假定性成分（或更确切地说，具有不少真正的未来主义的叛逆成分）的歌剧。尽管如此，其关于追求综合艺术的构思仍责成我们……对这种实验给予应有的注意。"[186] 马丘申大概是第一个将诸如"机器的敲击声"和"工厂的轰鸣"这种嘈杂声引入戏剧的乐谱的。

未来主义者追求艺术的综合，建立一种混合型的不仅集诗歌、绘画，乃至包括舞蹈（"未来主义的探戈"）和行为艺术（涂脸）等元素于一身的文本，属于这种追求之列的还有他们在电影领域未保留下来的早期试作——体现在1914年1月的戏拟影片《未来主义下13号卡巴莱的戏剧》中。在此剧中扮演角色的有拉里奥诺夫、冈察洛娃和安东·洛托夫（博利沙科夫），而达维德·布尔柳克，可能还有马雅可夫斯基也参与了制作。[187]

"综合"的倾向表现在未来主义者活动的方方面面，如实现"叙莱亚"派与"青年同盟"的联合，酝酿成立未来主义剧团，他们的作品已具有概念主义的萌芽，他们举办有众多参加者的活动（如拉里奥诺夫、冈察洛娃、兹达涅维奇在库兹涅茨桥上的著名游行和嗣后发表的《我们为什么要化妆》宣言），还有出版作者自刻石印书籍等。

这批书籍中的第一部是长诗《地狱中的游戏》，它是1912年春克鲁乔内赫与赫列布尼科夫合作写成的。克鲁乔内赫后来在他的回忆录中写道："《地狱中的游戏》和另一本小册子《古老的爱情》由我手刻石印而成……冈察洛娃和拉里奥诺夫为之作了插图，当然是出于友情，未取报酬。"[188] 后来又出了一批这类石印书，篇幅都不大，有二三十页，印数三百至一千册。

"我对那些洋洋万言的著作和大厚本的书籍厌恶之极，因为你不能一口气读完，不能形成一个完整的印象。书要写得短些，而且要没有一句谎话，它从头至尾表述的全是自己的心声。"克鲁乔内赫认为这是未来主义书籍应具的本色。[189] 娜塔莉娅·冈察洛娃和拉里奥诺夫是这种本色的"最初发现者"。冈察洛娃所作的插图全然不可只当插图看待：对于她（拉里奥诺夫也如此）来说，这是一种探索，探索与诗文呼应的、对等的画面上的形象，用借喻的手法将其表现出来。她寻到的"表现本色"的要则就是图文的有机综合：二者互为渊源，发挥出字母的"造型"属性，坚持手抄石印，使读者对文和图的感受紧密地联系起来。

继《地狱中的游戏》《古老的爱情》之后，又出版了几乎可称为未来主义最出名的著作——赫列布尼科夫与克鲁乔内赫合著的作品集《始于终结的世界》（1912），拉里奥诺夫、冈察洛娃和弗·叶·塔特林也参加了此书的编辑工作。这本书从视觉上充满了辐射主义的元素，书页上那些生动而简洁的线条在我们的眼前构成了孩子们万花筒中那般光怪陆离的景象，充分体现了"使万物皆动的原则"。

忠实地奉行这个原则的还有罗扎诺娃和菲洛诺夫，前者通过插图为克鲁乔内赫的诗歌语言配上不规则跳动的音符，后者则通过为赫列布尼科夫的《精选集》（1914）所作的插图为诗人的作品注入一种影射的魔力。[190] 在这方面无人可以与之媲美。菲洛诺夫这位画家善于按照诗人塑造的形象，随手撷取任何时间和联想的"碎片"，黏合在一起，制造出独特的包罗万象的神话来。受赫列布尼科夫诗歌的启发，菲洛诺夫也写下了自己的长诗《世界繁荣之歌》（1915），这首长诗也充分发挥了他这方面的功力。马雅可夫斯基的一些著作也是手刻石印的。1913年3月他筹备出版第一部诗集《我》（有四首诗），瓦·尼·切克雷金、列·费·舍希特尔（热金）作插图，马雅可夫斯基本人作封面。

未来主义者追求书籍印刷的视觉效果，也可视为他们诗歌中的一个表现手段，借之实现喻示、变形和错位。故意使词与词义剥离的文字游戏，这近似"绘画中使用杂色孪生的现象"[191]。这种手法尤为明显地表现在诗歌的行文、韵律和插图中。未来主义诗人们认为，只有亲自手刻才能充分表达诗歌的音乐性、风采和韵律，所以很看重这种印刷方式。在未来主义画家看来，词和字母的描写性，能够像"物体"一样可直接感受的词汇，都是绘画的"主题"，这是俄国未来主义的另一个特征。"词汇—形象"这一概念，成了立体未来主义者所追求的诗歌与绘画实现综合的象征。

意大利未来主义者在诗歌创作中进行了增添视觉效能的初步实验，马里内蒂在其"自由词"（"Parolibere"）中将印刷机视为自己的盟友。而克鲁乔内赫则与之不同，他把"词本身"的原则推广到绘画中去，使其成为画家的个人风格。俄国的未来主义者在作品中不是借助印刷机，而是借助图画实现艺术作品的独特性和不可复制性的。在画家的"参与"下，作为艺术的两种门类、创造活动的两种形式的绘画和诗歌之间的界限被"抹"去了。

色与声、绘画与诗歌的综合，使得罗扎诺娃为克鲁乔内赫和赫列布尼科夫合著的彩色手刻石印诗集《苔、里、莱》（1914）所作的插图达到了美轮美奂的程度。克鲁乔内赫对她的插图这样评论道："当然，书中的词（字母）发生了很大的变化，它们居然被图画魔化了。然而'天堂里的醉汉'与凡间的平庸生活是毫无干系的。我遇到过这样一些人，他们购买了《苔、里、莱》，对'德尔、布尔、舍尔'之类的词语一窍不通，但对书中的图画却赞不绝口。"[192] 1915年克鲁乔内赫绘制了彩色诗画粘贴册《世界大战》（1916年出版），它将朦胧的诗意和抽象的画面融合在一起。后来克鲁乔内赫说："它的创作乃至玄妙语言的生成，靠的是摆脱无用的便利（透过无指向性）……玄妙语言的首席代表就是自我，它是玄妙绘画的牵手搭档。"[193] 在这本诗画册中首次使用了抽象的几何图形，这也是受了马列维奇至上主义的启发。在克鲁乔内赫的诗歌中形式与材料组织密切相关，这就是他的"要诀"。

1915—1916年间，克鲁乔内赫笔下的玄妙词几乎被写成音韵符号了。《世界大战》的结构已与过去未来主义者的书没有相似之处，词汇和描绘的统一并不体现在两者的"相互渗透"上，而是体现在并立的两个等值系统的建立上，这两个系统恪守一个节律，同拥有一个包装。玄妙诗歌词汇及其读音在无所指的几何图形中、在图色中、在结构单位的对应中寻找一种等值，而每个单位的"色型"都是同字母的发音对应的。在这本诗画册中克鲁乔内赫透露了他对这部作品的总体构思，他强调指出："……我描绘的并非玄妙诗与画的联袂，而是一对孪生的姊妹……"[194]

马列维奇高度地评价克鲁乔内赫的诗，他发表《诗论》一文，其基本论题即绘画、诗歌和音乐的统一问题。"有这样的诗，它鲜明的韵律和节奏如同运动和时间；这种韵律和节奏依据的是作为符号的字母，这种字母符号本身就蕴含着某种音律……绘画和音乐中的情况亦如此。"[195] 马列维奇认为至上主义就是对尘世生活的"统制"（"至上主义"理论的名称就说明了这一点），它意味着精神的解放和对世界发展规律的重新认识。依据这位画家及其追随者的思想，至上主义应实现绘画、诗歌、音乐、建筑术的综合，这乃是对立体未来主义思想鲜活的发展。

值得注意的是，在1915—1918年这几年，许多画家对玄妙诗歌情有独钟，在克鲁乔内赫的诗歌及其同仁和追随者的札记中常常提到罗扎诺娃的名字。1915—1917年间罗扎诺娃和克鲁乔内赫共同创建了独特的视觉诗体。在这种诗歌中，"词汇、字母的形状和图画浑然一体，它们各自给人的时空感觉也合而为一"[196]。

1917年在修订《词本身宣言》时，克鲁乔内赫补充了两点，一点是强调玄妙诗歌具有"至高的终极的世界性和经济性"，另一点是他试图把诗歌创作的具体过程进行图解，并且归结为这样的公式："……音乐中——声音，绘画中——色彩，诗歌中——字母（思想=觉悟+声音+字母形状+色彩）。"[197]

543

*　　　*　　　*

与"叙莱亚"派并存的还有自我未来派，它形成于1911年，在早期先锋派的历史上亦占有重要的一席。自我未来派同坚持集体活动，共同创作的"叙莱亚"派不同，首先倡导的是个人和个性，这从它的名称就可看出。

伊戈尔·谢维里亚宁（原名伊戈尔·瓦西里耶维奇·洛塔廖夫，1887—1941）对俄国自我未来派的形成功不可没。早在1910年5月他便自称未来主义者，并将"自我未来主义"这一术语用作《百合花丛中的溪流》（1911）中一篇名为《平庸的人们》的短诗的副标题。《平庸的人们》所持的立场是：反对把"诗人看作一个人群"，要突出诗人个人："我蔑视那些平庸之辈，态度平和、悲切却又鲜明、严厉：／他们落后粗俗，却抱残守缺、不思进取"；"我难与他们为伍，可又对他们无可奈何！／他们是如此卑贱，如此愚昧，如此猥琐。"

1911年秋，谢维里亚宁出版了"巨型长诗"《"自我未来主义"的序幕》，并借此机会发起成立了青年诗人小组，参加者有康斯坦丁·奥利姆波夫（原名康斯坦丁·康斯坦丁诺维奇·福法诺夫（1888—1940），诗人康·米·福法诺夫之子）、格奥尔基·弗拉基米罗维奇·伊万诺夫（1894—1958）、格拉利-阿列利斯基（原名斯捷潘·斯捷潘诺维奇·彼得罗夫、1889—

1938？）、帕维尔·米哈伊洛维奇·科科林（1884—1938年前）、帕维尔·德米特里耶维奇·希罗科夫（1893—1963）、伊万·奥列吉（原名伊万·索宗托维奇·卢卡什，1892—1940）。谢维里亚宁用下列诗句宣布了他的纲领，这个纲领的某些观点的提出先于《给社会趣味一记耳光》，带有意大利未来主义宣言的印记："普希金之于我们已成了杰尔查文——／我们需要新的声音！／／现在举目都可看见飞艇，／充耳的都是螺旋桨的轰鸣，／而诗韵就像马刀，／把好端端的诗歌砍得乱七八糟！／我们命途乖舛，生命短暂——／却任性地又叫又喊：／别看我表面冰冷，可我满怀着激情，／我无论说些什么，／肯定会让你大吃一惊。"[198] 谢维里亚宁宣称，灵感就寓于优秀诗人对世界直觉的感悟之中："我不屑于在了无思想的书籍中，／翻找激发灵感的钥匙——／……／我善于直接地／认识这迷茫的世界……／我在天上高傲地飞翔／乘着自家的舰艇在海中游弋！"[199]

1912年初，Ego（拉丁语，意为"自我"。——译者注）小组改组为"个人主义诗派学园"，学园的"世界未来主义的""要旨"见于他们的传单："1. 个人主义的世界化……2. 直觉论和神智学；3. 狂热的思想：狂热的自我；4. 风格的折光——修整思想的光谱；5. 真诚的灵魂。"[200] 我们难以确切评价这种"对个人主义理解得尚显粗浅"[201]的表达，但应注意到这个完全按照早期先锋派纲领缔造的新组织的激进精神。格拉利-阿列利斯基在《诗坛的个人主义的诗歌》（1912）中就发现："个人主义的诗歌，乃是对作为人唯一真实的生活直觉的弘扬。"[202]

尽管学园的"世界未来主义要旨"受到舆论界的批评，自我未来主义者们仍孜孜不倦地宣传他们的作品，并收到了一定的效果，但其影响比不过"叙莱亚"派的长诗，在这方面学园的外围人物伊万·伊格纳季耶夫（原名伊万·瓦西里耶维奇·卡赞斯基）立下了汗马功劳。1912年2月，他创办了《彼得堡之声》报，同时又成立了同名出版社，推出了《橙色的瓮》（为纪念康·米·福法诺夫而作）、《深渊上的群鹰》、《玻璃链》等一批文集，文集中也收集包括勃留索夫和索洛古勃等其他流派代表人物的作品。

格·弗·伊万诺夫和格拉利-阿列利斯基不久就退出了学园。1912年9月，奥利姆波夫又与谢维里亚宁发生冲突，这场冲突又使谢维里亚宁与他的诗友们分手。他在诗体传单《自我未来主义——尾声》中写下了"我认为奥利姆波夫是犹大"的句子。[203] 谢维里亚宁还不时地参与自我未来主义者著作的出版工作，但评判他的作品的立场应超脱于学园这个圈子。1913年3月，他出版了大型诗集《沸腾的高脚杯》，成了风靡一时的诗人。

勃留索夫在评论谢维里亚宁的短篇诗作《电光诗篇》（1911）时指出：作者"率先致力于诗歌语言的革新，引入了我们创造的一些街头黑话、勇敢的自造词，运用大胆的比喻，在进行对比的时候，他选取的不是自然界的而是当代生活中常见的现象"。[204] 王尔德关于新型的词法句法同理想的资产阶级贵族生活和考究唯美观念相结合的思想体现在《沸腾的高脚杯》的诸篇诗歌中，而且谢维里亚宁本人称这个唯美观念常常回归"原始"，他呼唤这种回归。譬如《紫色的梦幻》中的幻象就是以骑车旅行的形式呈现的：

> 哦，甜酒百合，哦，紫罗兰酒！
> 我畅饮紫色酒杯里的紫罗兰幻想……
> 我吩咐立刻备好我的敞篷汽车，
> 我在枫木车厢坐在绸缎的座位上。[205]

谢维里亚宁能够把风马牛不相及的东西连缀在一起，可"用菊花造出一条蟒蛇来"，他的纲领性短诗《香槟波洛涅茨》中有这样一节：

> 鸽子和鹞子！国会和巴士底！
> 娼妇和苦行僧！激情和睡梦！
> 放入香槟的百合！倒进百合的香槟！
> 在失谐的海洋中，灯塔发出阵阵谐声！[206]

针对谢维里亚宁所驾驭的"高雅"与庸俗——这种庸俗至今仍为人所诟病——之间的平衡，谢·帕·博布罗夫写了一首题名为《致伊戈尔·谢维里亚宁》的诗，他警告谢维里亚宁说："请你小心使用你那借喻的汽车，／和换喻的雪橇，／还有不合规范的拐杖！／你切勿陷入幻想的罗网，／这幻想着实可

545

恶，／既可批发又可零售，／你活生生扯下了芬芳的鲜花，／这叫人多么难受。"[207] 曼德尔施塔姆则在对《沸腾的高脚杯》的评论中指出谢维里亚宁的诗歌薄弱的一面，同时又肯定了其优点。他写道："伊尔戈·谢维里亚宁诗作的全貌主要是受了他耽于幻想这个缺点的影响。其实，他那些骇人听闻的自造词和那些如异域风情般令他钟爱的外来词使之妙笔生花……诗人把一切文化都糅合在一起，所以得以化腐朽为神奇。"[208]

　　谢维里亚宁的反常语言有别于赫列布尼科夫创造的新词语和克鲁乔内赫的玄妙语言。这种反常语言读起来悦耳，意思也很明白，这些新词语和外来词语并不难被读者领会。另外，他不像赫列布尼科夫那样，对外来词语的吸纳只限于斯拉夫语，对罗曼语族的词语他也照收不误。因此，他的诗很富"音乐性"，很动听，但是又如同古米廖夫所说，他的语言有种"报人惯用的时文腔"[209]——虽然苍白，在用诗歌这种体裁反映当代生活时却不得不用。

　　谢维里亚宁的电光诗要素的形成早于其自我未来主义的要素。这种要素可视为19世纪末至20世纪初若干诗派成分的合成。[210]吉皮乌斯、丘科夫斯基和其他与他同时代的人指出，谢维里亚宁的作品中，采用的是俄国第一代象征主义者（巴尔蒙特、勃留索夫和索洛古勃）的题材和诗歌表现手法（结构和语言上），但谢维里亚宁的作品对于广大读者来说更易懂，更有吸引力。[211] 谢维里亚宁本人也称他的诗与易卜生（"可以算作第一位自我未来主义者"）这类人的创作有密切联系。然而值得注意的是，谢维里亚宁"重走的是20世纪初俄国诗歌的道路，并从中汲取了许多营养，自觉或不自觉地排除和化解了一些象征主义的成分，并在此基础上建立了自己的诗歌形式和构思方式"[212]。

　　《沸腾的高脚杯》及其之后作品的结集出版大获成功，读者争相阅读，一时间谢维里亚宁和他的"诗歌音乐会"名声鹊起。

　　马雅可夫斯基、达维德·布尔柳克和卡缅斯基为争取更多的观众，从1913年12月至1914年3月进行了周游俄罗斯的巡回演出。谢维里亚宁也随同前往，但不久就因他与他们的美学观点迥异而分道扬镳。立体未来主义者给艺术家们演出各种节目，举办外省人士晚会，他们像过去那样化妆，穿着过去惯用的演出服登台表演，或演讲、朗诵诗歌。外省的报刊对此反应热烈，这说明人们对未来主义的兴趣日浓，他们赢得了越来越多的受众。

546

此次事件之后以谢维里亚宁的追随者为骨干力量的未来主义者队伍便失去了自己的"首领"。此派的发展进入一个新时期，于是伊格纳季耶夫和瓦西利斯克·格涅多夫就成了领军人物。1913年初，伊格纳季耶夫成立了"自我未来主义直观协会"，自任协会"评判会"主席，该会成员有格涅多夫和德米特里·亚历山德罗维奇·克留奇科夫（1887—1938）。伊格纳季耶夫嗣后又创办了彼得堡之声出版社，使他的活动更为活跃，同年便出版了几本作品集（《阿多尼斯的贡品》《糖醮耗子》《听完再打》等），其中有他本人的诗集（《断头台》）和舍尔舍涅维奇的诗集，这位诗人表面上从1913年春起就与自我未来主义者有了密切交往。伊格纳季耶夫还与莫斯科新成立的文学团体"诗歌顶楼"建立了联系，联系人为彼得堡的新闻记者维克多·霍温。是年秋，谢维里亚宁又恢复了同其他未来主义者的关系。他组织了本派的一系列外出活动，有些活动还是与立体派合作的。

尽管"协会"宣扬直觉在认知中的首要作用，伊格纳季耶夫的诗学纲领却与"谢维里亚宁自我未来派"的主张大相径庭。伊格纳季耶夫在他的题名为《自我未来主义》的小册子中称："……在谢维里亚宁的自我未来主义那里只剩下了一些字母，把这些字母拿出来一看，就会发现其中迸发的是异样的激情、力量和色彩。应提出一个新的口号来取代谢维里亚宁的那种过时的所谓万应的表白……这个口号就是：斗争！难道生活本身不正是斗争吗？……

547

我们谨为协会提出如下要旨：

1. 散文中题材的运动和对它的无视；

2. 诗歌格律的更新和对它的无视；

3. 节律的跳跃式变化；

4. 个人的视角；

5. 现代性；

6. 机械性。"[213]

"协会"时期的出版物使伊格纳季耶夫发现了"自我未来主义者明显的左倾"[214]及其诗歌风格跟着"叙莱亚"派亦步亦趋的现象。伊格纳季耶夫极力挽回诗歌的这种局面，于是便写下了一些作品（构思颇为有趣，可完成效果不佳）。伊格纳季耶夫还以他的短诗《第三个入口》进行实验，意在实现艺术的综合，即支离破碎的词汇配上乐谱。他解释道："读者（这个词放到这里有种怪怪的感觉——因为他必须同时是观者、听者，更重要的还须化成直觉）什么都有了：字词、颜色、旋律还有自左而右的节拍。"[215] 其实，自我未来主义者中最勇敢的探索者当属瓦西利斯克（瓦西里·伊万诺维奇）·格涅多夫（1890—1978），他是1912年底受谢维里亚宁的派遣从顿河畔罗斯托夫到彼得堡投奔伊格纳季耶夫的。这位年轻诗人从此便开始参加"协会"出版文集的工作，并推出了他个人的两部篇幅不长的诗集《送给感伤者的小礼物》（1913）和《让艺术去死》（1913）。他还和"叙莱亚"派成员一起在未来主义者的集会和研讨会上进行演讲。

格涅多夫的诗歌风格非常接近"叙莱亚"派，追求前卫的自我更新："……后继发表的每一部作品……都表现出对以往诗歌及其表现手法的改造。"[216] 譬如他"根据故乡乌克兰顿河地区村镇（非哥萨克居住区）民间迷信传说而写"[217] 的"停顿诗"《槭树群》与赫列布尼科夫受民间口头文学影响而创作的作品颇为相似：

> 啊——啊！啊——啊！翠的枝呀叶呀，
> 簌簌地发响吧，前仰后翻地摆动吧。
> 呜，呜，呜！！！啊——啊！啊——啊！啊——啊！
>
> 既讨人嫌又可怜，
> 我丢了根针就流泪……
> 妈妈骂我讨厌鬼，
> 讨人嫌，讨人烦，丑东西……
> 妈妈的话像尖刀，
> 一下扎进我心里。[218]

548　　　格涅多夫一些诗的行文模仿斯拉夫神话和民间创作，而另一些诗则全然违背了作诗的常规。在有些诗中通篇都是字母的拼凑，这种诗不过只算是分行写的缀在一起的字母而已，因而其意迷离，不知所云：

乌吧

牛奶甜

远离远祖

多事

未来主义本性

给心涂油仪式

甜啊甜

牛奶。

死后第二年书。[219]

　　格涅多夫的诗集《让艺术去死》是他进行这种令人震惊的实验的范本，它由十五篇"长诗"组成，其中十四篇是单行诗（"我将懂——我将懂——拿走灵魂吧"，这便是《无音讯，长诗5》），而最后一首《终之长诗》只有标题和一页空白[220]。格涅多夫先于20世纪后半叶的概念主义进行了这种含糊不清的行文实验。需要指出，《终之长诗》不仅作为零形式的视觉文本而存在，也是一种独特的行为艺术。弗·皮亚斯特在回忆录中曾就此说道："它（这首诗）的构造不是词语，而是一个手势：手迅疾地在额头举起，而后又猛地放下，再往右一挥。这个手势可以算作作者的一个密码，其实全篇就是一个密码。"[221]

　　格涅多夫在置身彼得堡浮华文坛的不长时间内可谓声名狼藉。他急进的表现正如赫列布尼科夫和克鲁乔内赫的实验一样，其实是"向未来的申请"，后来的达达主义和概念主义也体现了这种思想。

　　"协会"和"彼得堡之声"出版社的好景不长，厄运便不期而至。1914年1月20日伊格纳季耶夫自杀身亡，他在诗中常常预示了自己的末日："我穿着入殓的裹尸衣／亲吻着天堂的仙女／我欲远远地离去／归向那无垠的天际。"（《我今天就奔赴天国》，1913）[222]

　　由维克多·霍温编辑，由"自我未来主义者"出版社出版的系列文集

549

《着魔的流浪人》"延续"了自我未来主义的传统。第一批出版的几乎统统是评论（副标题是《直觉评论家》），于1913年11月面世，而最后一部文集的出版时间已是1916年初了。

"着魔的流浪人"这一出版团体与以往团体不同的是，它没有公认的诗界领袖，也没有独特的诗歌"专长"。文集收入的是各种流派代表的作品，有谢维里亚宁、克留奇科夫和格涅多夫的诗文，也有卡缅斯基、古罗和"诗歌顶楼"派诗人（瓦·舍尔舍涅维奇、留·伊夫涅夫、米·司徒卢威等——见下）的诗作，勃留索夫、索洛古勃和吉皮乌斯的部分短诗也被收入其中。

在《着魔的流浪人》文集中诗歌占的比重不大，其中大部分是评论。霍温无疑对柏格森的哲学思想情有独钟，他认为自我未来主义即"直觉主义"，是20世纪初颓废主义的延续，召唤复兴纯艺术理想，呼吁创作的充分自由和精神的探索。与此相应的是，文集中许多文章对王尔德（引自他著作的话成了整篇评论的"信条"）、安年斯基和古罗的思想进行阐述。至于论述自我未来主义的，有论谢维里亚宁的，他的观点被这些文章引来作为同"思想空泛的现代文学作斗争的武器"："……为打破现代文学的平静，搅动这潭死水，看来必须给它当头一棒，需要'吓吓资产阶级'，需要格涅多夫式的'平方语言'。"[223] 然而如果说《着魔的流浪人》开始歌颂的"主角"是谢维里亚宁的话，那么到一年之后出版的第十辑中，取而代之的便是立体未来主义作家古罗、赫列布尼科夫和马丘申了。这是《入魔的漫游者》第十辑，也是最后一辑和最引人注目的一辑，因为它出现了"左"的、亲"叙莱亚"派的明显倾向。虽然1917年之后的数年间仍沿用这个名称出版了一些文集，但已与未来主义毫无干系了。

*　　*　　*

未来主义的派别中最短命的就是莫斯科"诗歌顶楼"派了，它实际上是根据谢维里亚宁的"配方"形成的彼得堡自我未来主义派的变种，是在舍尔舍涅维奇撮合下由两个小团体联合而成的。"诗歌顶楼"派的另一位组织者是列夫·瓦西里耶维奇·扎克（1892—1980，笔名赫里桑夫）。此派的成员有博利沙科夫、谢尔盖·米哈伊洛维奇·特列季亚科夫（1892—1939）、希罗科夫、娜杰日达·格里戈里耶维奇·利沃娃（1891—1913）、伊夫涅夫和鲍里斯·安德列耶维奇·拉夫列尼约夫（1891—1959）等。

"诗歌顶楼"派自称它存在的时期不足一年（从1913年春到1914年1月）。在这期间此派诗人出版了如下诗集：第1辑《开幕式》、第2辑《瘟疫盛行时的筵宴》和第3-4辑《常识的火化场》以及其他一些诗集。

"诗歌顶楼"派诗人（舍尔舍涅维奇例外）与立体未来主义和自我未来主义不同，他们并不热心组织公众活动。该派的美学观是在为《开幕式》所写的《序言》（匿名发表，其作者为扎克）构筑的。它说的是有一位"娇小"女士应邀会见诗歌女主人及其房客——诗人们。这些房客"浑浑噩噩地恋着女主人"。作者通过这种沙龙式借喻的演绎点明，"楼顶里的房客们""爱近不爱远"，他们是"彻头彻尾的罗曼蒂克"，"从他们的玻璃窗望去，一切表象，一切思想感情，哪怕是随便什么人的一个动作，连街上的喧哗也不啻高雅的音乐"[224]。因此可以说，"诗歌顶楼"派拿腔作调的纲领，实质上就是准备随时随地展现出现实生活中所蕴藏的美，为花花绿绿的现代城市生活大唱赞歌，随之它也就在作品的内容和表现方式上拒绝激烈和极端。

赫里桑夫的诗作和平面艺术中的形象、风格便明显地体现了这种相当肤浅的唯美主义和被弗·费·马尔科夫中肯定性的"未来主义的纨绔习气"。在他那篇收入《瘟疫盛行时的筵宴》的《代引言》中，普希金塑造的形象投影在他——布陈的异域城市景象之中：

> 主人还没来得及哭泣，
> 我已代客人们悲切地干了一杯。
> 为那腾空的焰火，为那熊熊的火炬，
> 为那迸发出来的浓郁的情欲！
> 松鸡肉和瓣瓣牡蛎，
> 玫瑰花，服务生，快一点！
> 我们在橙色的灯光下痛饮，
> 我就是瘟疫，我就是黑人。[225]

诗人、戏剧作家瓦季姆·加布里埃列维奇·舍尔舍涅维奇（1893—1942）在"诗歌顶楼"派中起着主导作用，他在1920年又成了意象派的领袖之一。他的第一部未来主义诗集《浪漫主义的香粉》（1913）是由"彼得堡之声"出版社出版的。此前他发表过两部诗集，一部是充满强烈浪漫主义色彩的《冰雪消融的春野》（1911），一部是交织着象征主义和阿克梅主义风格的《歌集》（1913）。

收入《浪漫主义的香粉》的短诗基本上属于模仿谢维里亚宁的沙龙诗。其中《诗艺》一诗格调靡丽，词藻奇巧，堪称这部诗集风格的代表之作。诗中写道："请你与诗同行，如同挽着贵夫人出入沙龙……"[226] 然而他同年出版的诗集《放纵的香水瓶》的题材和风格大变。这时的舍尔舍涅维奇把城市题材放到了创作的第一位，继承了马里内蒂的思想和法国"被诅咒的诗人"的精神。比如他的短诗《林荫道上》，意大利未来主义者的作品所表现出的城市生活的躁动（跳跃）与色情、怪异和现实生活中存在的死亡现象交汇在一起。

舍尔舍涅维奇诗歌的艺术感染力不仅得益于马里内蒂理论中的进行形象间强烈比对的思想，而且有赖于他对诗歌形式，尤其是韵律的创新：

> 那群形容枯槁的守门人又聋又哑，您
> 只好手扶书房的椅子，
> 迎迓诗人，并把自己那颗忧郁的心
> 交到他青铜色的手里。
> 您解衣除冠，但见一头黑发之上
> 爬着一把梳子，且通体闪烁黄色亮光……[227]

在舍尔舍涅维奇的未来主义创作阶段，其创作的主题和创作方法历经更易，到《汽车的步态》（1916）发表遂告终结。

康斯坦丁·阿里斯塔尔霍维奇·博利沙科夫（1895—1938）称得上"诗歌顶楼"派诗人中的佼佼者。他的早期创作交织着未来主义各个流派的风格，可谓纷呈杂陈。其第一部诗集《马赛克》（1911）还是模仿巴尔蒙特之作；而

1913年秋出版的石印诗集《未来》，则由于冈察洛娃和拉里奥诺夫的装帧显示出辐射主义的色彩；是时他还参加了拉里奥诺夫《驴尾和靶子》文集的编辑工作，并在其中发表了自己的诗歌，进行塑造辐射主义诗歌形象的实验。在这一年博利沙科夫还出版了诗集《戴手套的心》，其多情善感的主人公是在现代城市的背景中抒发他的感情（包括同性恋情感——可参见其《献给奥古斯都》）。他对现代生活图景的描绘恰到好处地将"叙莱亚"派的都市主义因素（间或还有马雅可夫斯基早期的反唯美主义和极端夸张的创作方法）同谢维里亚宁的华丽词藻融合在一起。博利沙科夫在1914—1916年间曾与"离心机"派合作，他的立场也就转向左翼艺术，其诗歌体系也变得类同于马雅可夫斯基的战时诗歌了，他的《在西方》一诗便是明证。（关于博利沙科夫还可见本书第673—675页。）

552

在"诗歌顶楼"派存在的不长时期内，最后一次活动就是与"叙莱亚"派结成联盟，这促成了1914年3月《俄国未来主义第一期杂志》的问世。

＊　　　＊　　　＊

1914年有三位倾向于"抒情"派象征主义的"青年缪萨革式斯"派成员从中退出，并缔结了"离心机"派，他们就是谢·帕·博布罗夫、尼·尼·阿谢耶夫和鲍·列·帕斯捷尔纳克。同年3月，"离心机临时非常委员会"成立了同名出版社，4月底出版了它的第一本出版物《手足》诗集。

不久之前"叙莱亚"派在《给社会趣味一记耳光》中否定了当代和古典文学的价值等级，在这种先锋派文化的气氛中，"离心机"派的成员们也立即卷入同未来主义公认权威的争论，此时的未来主义者们已集聚在《第一期杂志》的旗帜之下。我们不得不认为挑起争论的人是舍尔舍涅维奇，因为他积极地参加《第一期杂志》的出版工作，而此前不久他却责备"离心机"派的缔造者们追随未来主义。在"离心机"派成员同伊·米·兹达涅维奇一同签署的"证言"中，《第一期杂志》的作者们被斥为"过去主义者"（引用的是马里内蒂的说法）、"冒名者"、"懦夫"、"庸才"（赫列布尼科夫和马雅可夫斯基除外）。[228]伊格纳季耶夫也反对《第一期杂志》和"叙莱亚"派的立场。这位伊格纳季耶夫是不久之前去世的，他曾在《手足》上发表过许多诗作（《手足》也收入过格涅多夫和"自我未来主义者协会"其他成员的诗歌）。

这场恶战的情况在帕斯捷尔纳克的描写"离心机"派与《第一期杂志》的代表（马雅可夫斯基、博利沙科夫和舍尔舍涅维奇）会谈的《安全保护证》中有生动的记载。这次会谈为新成立的"离心机"派埋下了危机：帕斯捷尔纳克开始与马雅可夫斯基和博利沙科夫建立了友好关系，几乎脱离了"离心机"派。帕斯捷尔纳克还认为博布罗夫卷入争论是轻举妄动，他使"离心机"派错失了在文学界"担当领导角色和引导潮流"[229]的机会。

勃留索夫的简评文章《俄国诗歌的一年（1913年4月—1913年4月）》将博布罗夫、阿谢耶夫和帕斯捷尔纳克归为"边缘"作家，并指出，他们对未来主义者早期那些不被"抒情"派接纳的诗文产生过影响，还称新成立的"离心机"派的奠基者们所奉行的未来主义是"别具一格的，这种未来主义欲将自己的活动同过去时代的艺术创作联系起来"[230]。

"离心机"派的领袖谢尔盖·帕夫洛维奇·博布罗夫（1889—1971），早年曾作为诗人和评论家在勃留索夫和别雷的影响下参加了所谓的青年"缪萨革忒斯"派，还作为画家参加过数次先锋派画展。他的第一部诗集《柳树上的园丁们》（1913）由冈察洛娃插图。虽然评论界指出它带有明显的模仿痕迹，但不可否认作者艺术技巧高超，诗歌语言优美，而且诗情和画意完美地融合在一起（其中多篇与画作——如拉里奥诺夫的《随军女贩》和亨利·卢梭的《梦》——直接相关）。

博布罗夫在未来主义和象征主义之间纵横捭阖，他是未来主义派别的理论家和首领，同时又与象征主义者合作出版书刊。他的重要理论著作《抒情题材十八论》（1914）最早是发表在象征主义者的杂志《劳作与时日》上的，后来由"离心机"派转载时他并没有作重大改动。博布罗夫反复研究象征主义的成果，吸收现代绘画艺术的经验，进而提出自己关于"抒情"的概念（他的某些观点超前于后来的文化理论），作为诗歌创作的"主要手段和动机"，"其中包括形象的塑造和少量象征的设置"，同时"它统领着并驾驭着它们"，使诗具有"长诗中能将读者和诗人联系在一起的运动"（"抒情的空间"）[231]。

在《手足》这部诗集中收入的博布罗夫的诗体"清唱剧"《里拉琴的里拉

琴》，大胆地塑造了一些艺术形象，虽然这些形象还显得有些人为的痕迹：

> 时光以罕见的步伐赶路，
>
> 临近这个夏天累倒在地。
>
> 我们同样地孤单无助，
>
> 度过寒冬走完一年四季。
>
> ……
>
> 棺材里的人不禁手舞足蹈，
>
> 活像一组生动的群雕。
>
> 人间的隐秘跳崖自杀，
>
> 像疯子一样大张着嘴巴。[232]

　　1917年离心机出版社又出版了博布罗夫的一本诗集，题名仍然用的是《里拉琴的里拉琴》，收入的诗歌已属未来主义了。然而博布罗夫诗歌的属性经常变化，同年他出版的《金刚石林》一书"读来有种突然复旧的感觉"[233]。

　　在起纲领性作用的诗歌《涡轮赞》（可能是"离心机"派三位缔造者合作的）中，也反映出博布罗夫关于诗歌本质、诗人特殊作用的观点，这些观点缘自于浪漫主义，对阿谢耶夫和帕斯捷尔纳克的早期创作都发生了一定的影响[234]。诗中写道：

> 离心机启动了，
>
> 它的轮子在飞转！
>
> 发出的尖叫声声刺耳，
>
> 臂杆的闪光道道刺眼！
>
> 好个离心式的脱粒机，
>
> ……
>
> 虽然炎炎夏日漫漫
>
> 我们干得热火朝天——
>
> 让我们的杂志《手足》，

　　成为天庭畅销的读物；

　　我们要像鸟儿一样飞翔，

　　脉脉的目光朝远方凝望！

　　——大地的高空筑起巢穴，

　　住着阿谢耶夫、博布罗夫和帕斯捷尔纳克。[235]

　　尼古拉·尼古拉耶维奇·阿谢耶夫（1889—1963）最初是作为"象征主义者的门徒"[236] 的身份结识了博布罗夫。时值1911年，两个人同为《春天》杂志撰稿，阿谢耶夫在此后相当一段时间内受到了博布罗夫的影响。早在他的第一部诗集《夜笛》（1914）就显示出未来主义的一些特征，例如我们在其中的《幻象》一诗中可以觉察到马雅可夫斯基式的都市主义因素："昏昏沉缅于华尔兹舞曲之中／是张张睡眼惺忪的面庞，／顺着电火初上的夜空滑下的／是一轮夕阳……"[237] 后来阿谢耶夫又深受赫列布尼科夫和马雅可夫斯基的影响，潜心研究民间口头文学和民间语言，进行改造诗体的实验。阿谢耶夫称他发表在《手足》杂志上的《古多克琴歌》采用的是古体和方言（可以被视为玄妙语言）：

　　君用玄黑节略符

　　我唯辨其中恭顺者

　　嗳流哩　嗳流哩

　　我唯辨其中恭顺者

　　请君故作欢喜状

　　灵魂掩不住眼冒凶光

　　沿着斜坡滑进地狱

　　就像是一场恶作剧

　　……

　　尔等巴扬之部族

　　嗡嗡嘤嘤震耳聋

555

我们听见一醉汉

醉意朦胧的弹琴声 [238]

　　阿谢耶夫活跃在"离心机"派的时间并不长。1914年秋他在哈尔科夫与格里戈里·尼古拉耶维奇·佩特尼科夫（1894—1971）、博日达尔（原名博格丹·彼得罗维奇·戈尔杰耶夫，1894—1914）相识，三人共同创建了"里拉琴手"出版社，该出版社在历史上起了不小的作用：出版了阿谢耶夫和佩特尼科夫合著的《岁月翱翔》（1915），诗集《佩塔》（1916）和《里拉琴手》（1920），以及赫列布尼科夫的剧本《死亡之误》和《火星人的喇叭》宣言。这些出版物的出现并非偶然，这反映了佩特尼科夫和阿谢耶夫所持的"叙莱亚"派新原始主义的立场，也是赫列布尼科夫对诗歌语言进行改革实验的成果。难怪《略论〈岁月翱翔〉》（1915）指责"不幸的经典作家们在市场上当了冤大头"，并指出"创作的唯一责任就是创新"。这篇文章还摒弃了以往的律条，提倡使用"原生态的语言"，称这种语言可"使我们走出心灵的幽谷"[239]。佩特尼科夫的《三月里·北方之春》充斥着自造词和方言：

三月里，隐没了死亡的含义，
阳光照耀着千年的草地。
清澄如练的江水温柔地逝去，
神秘的魔法师隐藏在水波里。
潮湿的春土苏醒之际，
清晨的田野上行走着铧犁。

清脆的声音在他的喉咙里，
远播的余音是春水的嬉戏。
褐色的枯草悄然隐去，
一对鸟儿的鸣叫穿透天际。
还有村里的机杼，声声不息，
圣灵降临了，护佑我们的天地，

枝条变红了，是太阳高高升起。[240]

鲍里斯·列昂尼多维奇·帕斯捷尔纳克（1890—1960）对自己的过去一直持否定态度，因而他在早期的自传里一直认为提出自己属于还是不属于未来主义作家的问题是"无事生非"。[241] 关于他在创作初期参加"离心机"派一事，556 诗人后来这样写道："那年整个冬天我都是懵懵懂懂的，只是稀里糊涂地加入了这个团体，又稀里糊涂地为它做了些违背自己兴趣和良心的事。"[242]然而，帕斯捷尔纳克生平中的这一时期又是他创作的一个重要阶段。他在《手足》上发表《华氏反应》一文同舍尔舍涅维奇进行了公开的争论，称他为"认为作诗只要像做小生意一样得到法律认可就行的可怜虫"，批评他的诗"一直平平庸庸"，缺乏"抒情的才思"，与赫列布尼科夫以及马雅可夫斯基、博利沙科夫的"真正未来主义"背道而驰。[243] 与此同时他还谈到运用借喻时要重视相近性，并谈了自己这方面的创作体会："只有极力追求相近性，形成抒情意识的错位才会笔下生花。"[244]

帕斯捷尔纳克在《手足》杂志上发表过三首诗，其中一首题名为《伊凡大帝》，读起来令人拗口结舌，颇像立体未来派的作品：

伊凡大帝
颤音比舌音发得更有力，
宫廷的地板已经古老。
守宫的卫士威武神气，
让文人墨客四散奔逃。

从那潮湿低洼，
从那贫瘠的田野中，
从那如絮的白云下，
他能取出一块块薄饼。[245]

勃留索夫对"温和"诗人的作品进行评论时很看重帕斯捷尔纳克的著作，

其中包括他的诗集《云雾中的双子星座》（1914）："……他塑造的形象很奇特，有时甚至是荒诞的，但绝不是胡编乱造的……帕斯捷尔纳克诗歌的'未来主义风格'，绝不是对这种主义理论上的归附，而是他个人的精神气质使然。"[246] 这个评价也适用于这位诗人青年时代的创作方法，尽管他在形式上曾从一个派别转向另一个派别。

《离心机派第二文集》本拟在1914—1915年出版，但由于资金和技术方面的原因，推到1916年4月才得以问世。收入作品的作者除博布罗夫、帕斯捷尔纳克外还有赫列布尼科夫和一些彼得堡自我未来派的二流作家以及留里克·伊夫涅夫（原名米哈伊尔·亚历山德罗维奇·科瓦廖夫，1891—1981）、费奥多尔·费奥多罗维奇·普拉托夫（1895—1967）。

这部新的文集中"出版者论战的火药味消退了，作者们只是正面强调自己的文学主张"[247]。文集收入帕斯捷尔纳克的《黑色的高脚杯》一文，文中不仅坚持认为未来主义产生于象征主义和印象主义，它们之间有着密切的内在的联系，以之驳斥"叙莱亚"派的起源说，而且还提出了自己的理论。帕斯捷尔纳克认为，未来主义的实质并不体现在现代技术文明上，而体现在抒情之中：未来主义就是"真正的抒情"，而未来主义者就是"预先对抒情身体力行的人"，就是"属于未来、前卫、未知的新人"。[248]

离心机出版社一直存在到1922年，出版了大批书籍，其中包括帕斯捷尔纳克的诗集《越过壁垒》（1916）和伊万·亚历山德罗维奇·阿克肖诺夫（1884—1935）的几本著作。阿克肖诺夫是位军人、工程师、艺术理论家、诗人和翻译家。他从1916年1月起积极参加"离心机"派的活动。1917年，博布罗夫曾收集文稿，准备出版第三辑文集，但和"离心机"派的许多计划一样无果而终。

*　　　*　　　*

1914年初，未来主义者们试图打破内部各派系之间的界限实现联合。同年1月他们出版了《牝马奶》和《咆哮的帕尔纳斯》，在后一本出版物中刊登了宣言《见鬼去吧》。在这篇宣言上签名的不仅有"叙莱亚"派人士，还有谢维里亚宁。他们抛弃了"自我和立体派这些随意的绰号，联合成未来主义的一个统

557

一的文学团体"[249]。在"离心机""诗歌顶楼"派的出版物和"里拉琴手"小组中也有这种对联合的向往。在这种情况下，《俄国未来主义者第一期杂志》的合作出版就具有了象征联合的意义。

战争的爆发不仅阻碍了未来主义者的出版工作，也影响了整个未来主义的发展。尼·尼·普宁说："我们早就明白，在1915—1916年这段时期向资产者发难是有害的，不合时宜的。"[250] 各先锋派组织的成员有的被征召入伍（如利夫希茨、博利沙科夫、格涅多夫和舍尔舍涅维奇等），有的虽未被征召，但境遇不妙，公众对先锋派文化兴趣大减，当时的物质生活也很艰苦。那时达维德·布尔柳克给安·阿·舍姆舒林的信中有这样的话："艺术将在俄国无立身之地，人们谁还顾得上它呢。"[251] 尽管如此，1915年初，还是出了第一辑文集，题目为《射手》，其式样同过去一样，用厚实的纸张印刷，但内部的装帧与以往未来派的出版物大异。该文集的出版人亚·埃·别林松试图将象征主义者和未来主义者这两个以前势不两立的阵营联合起来。勃洛克的《吾友生活片断》和布尔柳克的"圣像破坏运动式的"《结出果实者》（"我喜欢怀孕的男人／他在普希金像旁多英俊"）被置入诗集的同一单元中。

评议界对此感到茫然。阿·奥日果夫说："象征主义者们投降了。文学决斗结束了。"[252]"勃洛克同布尔柳克，索洛古勃和克鲁乔内赫卿卿我我，把读者搞得眼花缭乱……《射手》是什么货色？是一种重要的文学现象抑或……文坛上的一次无关紧要的盲动？"[253] 后来在谈论这部文集时，马丘申称文集的出版为"立体未来主义的葬礼队伍"。[254]

美术界的情况却与文学界不同。1915年彼得格勒的全部绘画作品似乎都被放到两个画展的框架里去了。一是3月份举行的"第一届未来派画展（B路电车）"，其实这次画展是向近两年来所坚持的立体未来主义美学作"最后的告别"；二是"最后一届未来主义画展（0-10）"，其用意在于将来，为1915—1916年度画季揭开序幕。这当是先锋派画展中最著名的一次，它首次推出了马列维奇及其同仁的至上主义画作。他们宣扬"要为物的解放而斗争，使物解除艺术使命的束缚"。"B路电车画展"的主导思想与同时举行的"各种风格混杂的"莫斯科"1915画展"相同。莫斯科"1915画展"极力鼓吹摒弃唯架上艺术论，这表现在塔特林的反浮雕和拉里奥诺夫、达维德·布尔柳克、马雅可夫斯基和卡缅斯基送展的作品中。

在短短的一年之中竟实现了不仅向新的美学而且向异类艺术哲学的转变，由立体未来主义向至上主义和构成主义的转变。这种异常复杂的转变反映在马列维奇和塔特林貌似相互矛盾的理论之中，他们的理论现今已广为人知。

＊　　　＊　　　＊

1917年前夕，未来主义派又分成了两支，一支是激进的"左翼"，聚集在包括梯弗里斯的高加索地区，一支聚集在莫斯科，领导者为马雅可夫斯基，发展了革命的现实题材。昔日的"叙莱亚"派成员布尔柳克和卡缅斯基同1916至1917年间登上文坛的将来的列夫派，首先是奥·布里克一起将未来主义政治化，试图使之成为变革社会的武器。

1916年春克鲁乔内赫来到格鲁吉亚，成了高加索未来派公认的领袖。他在致舍姆舒林的信中说，在梯弗里斯"对未来主义没有任何介绍资料"[255]，于是他与伊·米·兹达涅维奇开始宣传这种新艺术和新文学。1916—1920年间，克鲁乔内赫在高加索陆续出版了一系列手刻石印本。他利用在梯弗里斯青年诗人中的崇高威望，把他们联合起来，还为他们举办讲座。

1917年春，在梯弗里斯出版了《学艺》诗画集，其中收入克鲁乔内赫多首玄妙的和原始主义的诗、兹达涅维奇的画和居住在梯弗里斯的波兰籍画家齐格蒙德·瓦利舍夫斯基（1897—1936）的诗。同年11月，以如上几位作者为核心组建了"未来主义者联合会"，参加者还有兹达涅维奇，诗人尼古拉·安德列耶维奇·切尔尼亚夫斯基（1893—1942）、亚美尼亚诗人和记者卡拉德尔维什（原名阿科普·米纳耶维奇·根江，1872—1930）和格鲁吉亚画家、诗人拉多（弗拉基米尔·达维多维奇）·古季阿什维利（1896—1980）。这个新团体带有国际性，自觉抵制政治利诱，以艺术家为中坚。它的成员看重原始艺术和民间口头创作，注意诗歌和绘画的密切联系，尤其是这种联系在玄妙诗歌中的表现。切尔尼亚夫斯基的诗歌就属这类作品，它们让人想起了"立体未来主义在俄罗斯的产生时期"。[256]

1918年初，"未来主义者联合会"就已解体。同年2月一个比它牢固也重要得多的创作团体"41度"社（梯弗里斯所在纬度）取而代之。[257] 这一小组持续存在到1919年中期，其主要成员有克鲁乔内赫、伊·兹达涅维奇和伊·捷连季耶夫。

"41度"社和41度出版社成立伊始就出版了手抄版的《不见血的屠戮》杂志，它于1915—1917年间在彼得格勒发行。是时，战争打破了国家和世界的界限，在战争造就的艺术氛围中已经能体察到无体系美学暴动的最初原子，这种暴动稍后在欧洲被称为达达主义。杂志的主编米哈伊尔·勒当蒂（1871—1917），是推行新艺术的激进活动家之一，最初是拉里奥诺夫派的未来主义者。这个杂志具有达达主义的风格（这里说的是最广义上的达达主义，是世界范围内的一种艺术流派），其中蕴含着对包括未来主义在内的先锋派各种传统的在某种程度上必需的自我戏拟。1916年前夕该杂志备受伊里亚·兹达涅维奇的关注："他下定决心要扩大《不见血的屠戮》杂志的影响"，把它办成左翼艺术的机关刊物，为它开设附属的卡巴莱酒吧，成立自己的剧团和印刷厂等……然而，战争和革命的爆发使兹达涅维奇的计划大部分未能实现。[258]

依据"41度"社宣言，"41度"社同仁要联合左翼的未来派，将玄妙定为必须坚持的艺术表现方法。"41度"社的任务是依靠同仁的伟大开拓，重造一个新的世界。[259] "41度"创建了同名出版社，只发行了一期《41度》报，但出版了大批书籍和诗文集，还举办了几次美术展览。该社还在名为"幻境小酒馆"的诗歌咖啡馆里举办了"未来主义大学"（"未来全学所"），由克鲁乔内赫及其同事授课。

克鲁乔内赫这个时期的主要理论著作是《长袍里的愚蠢症》（1919），它阐述了错位理论，他在诗集《上漆的花呢》中践行了这种理论。罗斯玛丽·齐格勒认为，"克鲁乔内赫'41度'社时期的未来主义作品是他晚期创作的总结，置身于此社的他早就以这种主义作为自己创作的纲"[260]。他在梯弗里斯发表的作品多是其早期的旧作，新作并不多。

"41度"社的另一个成员是伊里亚·米哈伊洛维奇·兹达涅维奇（1894—1975，笔名伊里亚兹德），他出生于梯弗里斯一个有波兰和格鲁吉亚双重血统的家庭。1911年秋他来到彼得堡（那里居住着他的哥哥——画家基里尔·兹达涅维奇），投入到先锋派的活动中。在那里他结识了拉里奥诺夫派，以埃利·埃甘比尤利为笔名出版了第一本论述拉里奥诺夫和冈察洛娃的专著，1912年又同勒当蒂一起"发现了"皮罗斯马尼的绘画，并在先锋派画家中广为宣传。

而兹达涅维奇在参加"41度"社期间继续用戏剧体裁进行创作，他在《不见血的屠戮》杂志的"阿尔巴尼亚专刊"上发表了剧本《阿尔巴尼亚王扬科》（1918），继之他又写下了《出租驴》（1918）、《复活节岛》（1919）和《朦胧》（1919），这些剧本组成了他总题为《驴之容貌》的傀儡戏五部曲（最后一部为《灯塔般的勒当蒂》，1919）。[261] 每部剧本都有一定的情节，但这些情节是荒诞不经的。譬如讽刺性傀儡剧《扬科》"有故事性，可搭台或在剧院演出"，"……流浪汉扬科碰到一伙正在吵闹的匪徒。他本是个没头没脸的闲人，可众匪要拥他为王，这可把他吓坏了。众匪徒把他推上大王的宝座，可他一心要逃离匪巢。这时来了一个德国义士帮他：他们俩大喊一声'水'。可哪有什么水呀，只听'哟'的一声，扬科被打翻在地，置身于匪徒的刀下，至此全剧终"[262]。

兹达涅维奇如同垂青于弗洛伊德主义的克鲁乔内赫一样，让剧中的人物使用的是玄妙的语言（用特殊的拼音转写法书写的），他认为这样便可表达出潜意识的意义。[263]

伊戈尔·格拉西莫维奇·捷连季耶夫（1882—1937）比起"德高望重"的克鲁乔内赫和兹达涅维奇，可算小字辈人物了，加入"41度"社给他提供了在文学界崭露头角的舞台。不过，他很快便进入角色，积极参加该社的各项活动，做报告，发表诗文。他在梯弗里斯出版了两部诗集（《事实》和《炽天使在吹口哨》）、两本评述同仁作品的小册子（《克鲁乔内赫———一位巨人》和《温柔至极，伊里亚·兹达涅维奇生活记述》）和三篇专题论文——《热气球的路线；绿宝石的细节》《十七种胡诌武器》和《论彻头彻尾的不体面》。

捷连季耶夫在《克鲁乔内赫———一位巨人》中称："这种（玄妙式——作者注）语言是持'始于终结的世界'论的诗人唯一的语言，舍此整个未来主义便是无人需要的故作玄虚。"[264] 尽管这句话里充满了论辩的激昂，捷连季耶夫在自己的诗歌中还是运用了它，不过是将它当作一种技术手段。他笔下的玄妙语言由各种词素构成，并将之插进规范的语言之中。他与克鲁乔内赫不同，基本

561

上不使用纯粹的玄妙语言。《政治》一诗使用的这种语言勾画出1918年欧洲的政治版图。这首诗很难读，不仅是因为其中夹杂着对某种东方语言的模仿以至英语，而且诗句之间没有逻辑联系，这也是捷连季耶夫诗学的一个特点。

> 政治！你把居民们
>
> 卷进世界地图之中
>
> 维戴伊达　迈尔　迪拉
>
> 艾达
>
> 把立宪民主党人卷进英国
>
> 把社会主义者卷进德国
>
> 吞掉天使们
>
> 这些　麦尔金　桎梏
>
> 斗争的信心已经找到
>
> 啊——把这些国家
>
> 从地理学家的墙上摘下
>
> 你就吊在那面墙上
>
> 不用担心污血把墙染脏
>
> 你晚上是什么下肚
>
> 艾里 哎伊 达伊 达伊 麦特
>
> 需要的是松节油制成的花束 265

1919年下半年，"41度"社解散。1920年10月伊·兹达涅维奇转道君士坦丁堡到达巴黎。1921年秋，克鲁乔内赫从梯弗里斯回到莫斯科，1923年2月捷连季耶夫也回到莫斯科，两人都投入"列夫"的出版工作之中。

1917年马雅可夫斯基、卡缅斯基和达维德·布尔柳克又恢复了合作。同年秋，他们仍像战前那样举办朗读会、研讨会，参加在"诗人咖啡馆"举办的联谊活动，活动由卡缅斯基和"生活未来主义者"的弗拉基米尔·罗伯托维奇·戈尔茨施米特（1891—1957）共同主持 266。

"诗人咖啡馆"开设于1918年4月。是时莫斯科的未来主义者们已意识到战前的读者群尚不适应新的社会条件，便试图寻找新的创作方法，以适应读者。
1918年3月他们出版了第一期《未来主义者报》（只出了一期），出版人为布尔柳克、马雅可夫斯基和卡缅斯基，布尔柳克兼编辑。在这期报纸上刊载了马雅可夫斯基、布尔柳克、卡缅斯基和格涅多夫的诗歌及一些文章和几篇宣言。

马雅可夫斯基在报上发表了《未来主义者飞翔联邦宣言》和《致工人的公开信》，其中心思想是继承《给社会趣味一记耳光》的精神，同旧传统作斗争。这顺应了当时社会的政治变化，并具有一种新的意义：

"旧制度有三个支柱。

政治奴役、社会奴役和精神奴役。二月革命粉碎了政治奴役……十月革命这场社会革命的炸弹已投到资本的脚下……现在只剩下顽固的第三个支柱依然挺立，它就是精神奴役。"[267]

宣言的作者们认为，出路就是进行某种革命："我们这些艺术领域的无产者号召工厂里和土地上的无产者进行第三次革命，这是一场不流血的但很残酷的革命——精神革命。"[268]这也是《致工人的公开信》的中心思想："只有爆发精神革命才能使我们得以荡涤旧艺术的污泥浊水。"[269]

虽然《宣言》提出的诸多要求的第一条就是"使艺术脱离政权"，但《未来主义者报》还是在政治上的批评。曾编辑《着魔的流浪人》的霍温发表抨击性文章，他愤怒地责问："这些自封为未来主义者的人何以如此匆忙地归附于新'主人'……成为莫斯科布尔什维主义的座上客呢？"[270]

1918年4月，布尔柳克离开莫斯科，他于1918—1919年间在乌拉尔和西伯利亚的城市作巡回演讲，1919年4月来到托木斯克，在那里出版了刊载有马雅可夫斯基诗歌的第二期《未来主义者报》。

1917年10月马雅可夫斯基进入生平的一个新阶段，他自称为"艺术的布尔什维克"[271]，在1918—1919年间与人民委员会造型艺术部合作，参加其出版《公社艺术》报和《艺术》报的工作。他在这两家报纸上发表了论战性的诗歌（《给文艺大军的命令》、《高兴过早》等），又发起了坚决反对旧传统（"经典作家"）、缔结新文化的斗争，诗人开始创建"应邀"的未来主义。这种主义在诗学上毫无建树，不过大大改变了自身的题材，变得政治化，并且重新思考了自身的社会功能，并努力成为"国家"美学。数年之后这终于演化成为"列

563

夫"的美学。

在数十年间，人们认为"列夫"是俄国早期未来主义的唯一继承者，而它在20世纪20年代的文艺斗争中遭受了惨败。文学研究界也承认未来主义美学的影响，特别是马雅可夫斯基和赫列布尼科夫对形式主义学派、对诸如茨维塔耶娃和早期的扎博洛茨基等诗人都产生了很大的影响，而到60年代末发表了第一批达·哈尔姆斯和亚·维坚斯基的文本时，研究者也发现了未来主义美学在总体上对真实艺术协会派成员在诗学上的影响。

未来主义的影响确实表现在方方面面，而且绵延不绝。早在20世纪20年代，"第一次移民潮"中以鲍·波普拉夫斯基为代表的一批年轻诗人就投奔了居住在巴黎的兹达涅维奇。由于兹达涅维奇及其同仁和雅柯布森的努力，俄国未来主义的某些思想在某种程度上被包括超现实主义圈子在内的西方诗歌文化所应用。

未来主义思想50年代末又表现出它的生命力：它孕育出安·沃兹涅先斯基和其他一些独立反规范派青年诗人（根·艾基、尼·格拉兹科夫、弗·卡扎科夫）的早期作品。被这代人重新"发现"的克鲁乔内赫在这一进程中发挥了巨大作用。在一系列当代玄妙派诗人的创作中，我们可以发现激进未来主义在玄妙语言领域和视觉诗领域实验的延续。

未来主义者的自发行的出版物不仅是俄罗斯地下出版的重要组成部分，而且是手抄书籍的范本，是一种艺术和美学现象。未来主义者关于手抄书籍的构想也为1970—1980年代在莫斯科概念主义派中产生的作为艺术物件的书籍之新演变提供了借鉴。

注释：

1 关于先锋派的历史可参见：安·瓦·克鲁萨诺夫，《俄国先锋派：1907—1932（历史综述）》，三卷本，圣彼得堡，1996，第1卷《战斗的十年》。

2 亨·塔斯特万，《未来主义：在通往新象征主义的路上》，莫斯科，1914，23页。

3 克鲁乔内赫，《词本身宣言》，载《俄国未来主义：理论·实践·评论·回忆》，薇·尼·捷廖欣娜、亚·帕·济缅科夫主编，莫斯科，1999，44页。

4 马丘申，《俄国立体未来主义》，尼·哈尔吉耶夫编辑、作序、作注，载尼·伊·哈尔吉耶夫，《先锋派评论集》，二卷本，鲁·瓦·杜加诺夫、尤·阿·阿尔皮什金、安·德·萨拉比扬诺夫主编，莫斯科，1997，第1卷，156页。

5 哈尔吉耶夫，《纪念达维德·布尔柳克诞辰百年：资料与注释》，载《先锋派评论集》，第1卷，311页。

6 冈察洛娃，《1913年画展作品目录前言》，载拉里奥诺夫、冈察洛娃、舍夫琴科，《论艺术》，列宁格勒，1989，27页。

7 马里内蒂，《未来主义》，米·恩格尔哈特译，圣彼德堡，1914，106、108、109页。

8 《〈词本身〉宣言草稿》，载《俄国未来主义者宣言和纲领》，弗·马尔科夫主编，慕尼黑，1967，59页。

9 耶鲁大学藏马里内蒂档案中保存的博利沙科夫、博布罗夫、兹达涅维奇著作和离心机派文集上的作者赠言可以证明这一点。

10 切萨雷·德·米凯利斯，《意大利未来主义者在俄国：1909—1929年》，巴里，1973，34页。

11 雅柯布森致克鲁乔内赫的信（1914年2月），引自：《未来主义者雅柯布森：资料汇编》，本特·扬费尔德编辑、校勘、作序、作注，斯德哥尔摩，1992，74页。

12 《致〈处女地〉报编辑部的信》，载《马雅可夫斯基全集》，十三卷本，莫斯科，1955，第1卷，369页。

13 赫列布尼科夫曾就此事件致信尼·布尔柳克，称他把俄国革新运动的启始又推迟了几年："我们没必要追外来之风，因为我们是从1905年起投身到未来中去的。"（赫列布尼科夫，《未发表的作品》，特·格里茨、哈尔吉耶夫主编，莫斯科，1940，368页）

14 克鲁乔内赫，《我们的出路》，载《今日记忆良多：克鲁乔内赫的文学遗产》，565尼·阿·古里亚诺娃编纂、后记、刊行文本、作注，伯克利，1999，65页。

15 《俄国未来主义诗歌》，弗·尼·阿尔丰索夫作序，弗·尼·阿尔丰索夫、С. Р. 克拉西茨基编辑，圣彼得堡，1999，617页。

16 《〈词本身〉宣言草稿》，载《俄国未来主义宣言和纲领》，59页。

17 《俄国未来主义》，44页。

18 《俄国未来主义者宣言和纲领》，72页。

19 马里内蒂，《未来主义》，107页。

20 古罗，《末期日记》，俄罗斯国立文学艺术档案馆，全宗号134，目录号1，存储单元3。

21 别尔嘉耶夫，《艺术的危机》，莫斯科，1990，23页（1918年版翻印本）。

22 勃留索夫，《俄国诗歌的新流派·未来主义者篇》，载勃留索夫，《诗坛：1894—1924——宣言·论文·评论》，尼·亚·博戈莫洛夫、尼·弗·科特列廖夫主编，尼·亚·博戈莫洛夫作序、作注，莫斯科，1990，386–387页；对勃留索夫和象征主义的答复就是宣言《见鬼去吧！》（载《咆哮的帕尔纳索斯》，1914）。

23 伊·瓦·伊格纳季耶夫，《自我未来主义》，载《俄国未来主义者宣言和纳领》，42页。

24　如参见：阿·卡·扎克热夫斯基斯基，《疯狂的骑士（未来主义者）》，基辅，1914。

25　《马雅可夫斯基全集》，第1卷，316页。

26　《俄国未来主义者宣言和纲领》，74页。

27　克里斯蒂娜·波莫尔斯卡，《俄国形式主义理论及其诗歌氛围》，海牙，1968，53页（引文为本章作者所译）。

28　叶·博布林斯卡娅，《叶连娜·古罗创作中的自然哲学动机》，载《艺术学问题》，1997，第6卷，第2期，163页。

29　库利宾，《自由的艺术作为生活之基础》，载《俄国未来主义者宣言和纲领》，19页。

30　通过库利宾和利夫希茨分别所写文章的标题《自由的艺术作为生活之基础》（1910）和《词的解放》（1913）便可看出对自由问题的关注。克鲁乔内赫的许多著作也强调所谓玄妙语言的意义就是"自由的语言"。

31　《"青年同盟"传单》，载《俄国未来主义》，227、228页。

32　"自由创作是一个总则，它是诸多原则的组成部分，并且永远能产生各种完全起源于它的独立的原则。"弗·马尔科夫，《新艺术的原则》，载《青年同盟》，圣彼得堡，1912，第2期，15页。

33　亚·舍甫琴科，《新原始主义：它的理论、可能性和成就》，载拉里奥诺夫、冈察洛娃、舍甫琴柯，《论艺术》，66页。

34　马尔科夫在制定"新艺术的原则"时特别注意"偶然创作的原则"，诉说现已失落的那种观点的公正性，以及要善于欣赏"偶然的"和"非构成的"元素。

35　"我对这种形式感到不满，于是现今我便否定形式，但我苦于……缺乏'言下之意'的那种简练，这种简练逼迫人研读书籍，从书中探寻一种新的、朦胧的可能性。新的探索中自有美妙在。"（《选自古罗致克鲁乔内赫的信（1913）》，载《古罗作品档案摘编》，安娜·永格伦、尼·阿·古里亚诺娃编，斯德哥尔摩，1995，92页）

36　"我们的目的不过是指出'不正确性'这种方式本身，展示它对于艺术的必要性和重要性。"（克鲁乔内赫，《词的新道路》，载《俄国未来主义者宣言和纲领》，70页）

37　舍甫琴科，《新原始主义》，载拉里奥诺夫、冈察洛娃、舍甫琴科，《论艺术》，68页。

38　《尼采文集》，两卷本，卡·阿·斯瓦西扬主编，莫斯科，1990，第1卷，50页。

39　《评判者的牢笼》第二版前言，载《俄国未来主义》，42页。

40　伊·兹达涅维奇、拉里奥诺夫，《我们为什么要化妆——未来主义者宣言》，载《俄国未来主义》，243页。

41　尼尔斯·奥克·尼尔松，《克努特·汉姆生在俄国：瓦西里·卡缅斯基的〈土窑〉》，载《俄国现代派文化》，罗纳德·弗隆、约翰·马尔姆斯塔德主编，莫斯科，1993，

566

257—259页。

42 兹达涅维奇、拉里奥诺夫，《我们为什么要化妆》，载《俄国未来主义》，242页。

43 马丘申，《不是艺术，而是生活》，载《艺术生活》，1923，第20期，5月22日，15页。

44 "生活是很严肃的，它可以在艺术的成功外还颇多建树，而对于我们来说……也许可以不是靠我们的书和画展来创造，而是靠生活本身来创作。"（《叶连娜·古罗日记》，安娜·永格伦、尼尔斯·奥克·尼尔松编，载《古罗散文诗歌选》，乌普萨拉，1988，53页）

45 克鲁乔内赫，《词的新道路》，载《俄国未来主义者宣言和纲领》，66页。

46 伊格纳季耶夫，《自我未来主义》，载《俄国未来主义者宣言和纲领》，35—36页。

47 兹达涅维奇、拉里奥诺夫，《我们为什么要化妆》，载《俄国未来主义》，242页。

48 《词本身宣言》，载《俄国未来主义》，44页。在这个纲领性文件（根据弗·费·马尔科夫的说法，它于1912年写成，但后来才发表）中，作者把画家创作者或诗人创作者比作亚当。谢·戈罗杰茨基在《现代俄国诗坛的几个流派》（《阿波罗》，1913，第1期）中亦用了这个比喻。然而在阿克梅派的理论中，"亚当主义"这个概念的意义较为传统，与未来主义派涵义不同。

49 冈察洛娃，《1913年画展目录前言》，载拉里奥诺夫、冈察洛娃、舍甫琴科，《论艺术》，28页。

50 《辐射主义者和未来主义者（宣言）》，载《俄国未来主义》，240页。

51 克鲁乔内赫，《致勃留索夫的信》，俄罗斯国家图书馆手稿部，全宗号386，目录号91。

52 舍甫琴科，《新原始主义》，载《论艺术》，68页。

53 "让艺术死去吧！这是作者的腔调？威胁？不。恐惧？未必。也许。——是快乐？是的……是快乐创造了长诗。最终归于虚无，不过终便是快乐之始，创造的快乐……"（伊格纳季耶夫，《瓦西利斯克·格涅多夫〈让艺术死去吧！〉一书前言》，载格涅多夫，《诗集》，尼·哈尔吉耶夫、马尔齐奥·马尔扎杜里主编，特伦托，1992，128页）

54 参见：罗斯玛丽·齐格勒，《阿·叶·克鲁乔内赫致阿·格·奥斯特罗夫斯基的信函》，载《维也纳斯拉夫学文丛》，1978，第1卷，8页。

55 马尔科夫，《俄国未来主义史》，伯克利，1968，119页。

56 哈尔吉耶夫，《诗歌与绘画》，载《先锋派评论集》，第1卷，31页。

57 德·弗·萨拉比亚诺夫，《革命前十年的俄国画坛最新流派（俄罗斯与西方）》，载《苏联艺术学》，1980，第1期，150、151页。

58 德·弗·萨拉比亚诺夫，《立体未来主义：术语与现实》，载《艺术学》，1999，第1期，223页。值得注意的是，雅柯布森后来在20世纪70年代的著述中只使用"未来主义"这个术语，并将其与自己青年时代同道们的这一运动相等同。

567

59　然而，在1910年刚开始，也就是还在"同盟"举行第一次画展之前，他们就退出了该组织（1913年重又加入），因为他们认为自己的思想被同仁歪曲了，而且觉得"同盟"的艺术水平过于低下。

60　关于他的情况可参见：《马特维学术报告会（报告和资料汇编）》，伊莱娜·布任斯卡主编，里加，1991，第1编。

61　叶·费·科夫通，《俄国未来主义之书》，莫斯科，1981，61页。

62　关于"同盟"的情况可参见：杰里米·霍华德，《青年同盟：一个俄国先锋派艺术团体》，曼彻斯特、纽约，1992。

63　关于彼得堡"青年同盟"和莫斯科拉里奥诺夫画派这两个竞争团体互相之间的复杂关系可参见：哈尔吉耶夫，《诗歌与绘画》，载《先锋派评论集》，第1卷，34-52页。

64　俄罗斯国立文学艺术档案，全宗号134，目录号1，储存单元44。

65　哈尔吉耶夫、特·格里茨，《叶连娜·古罗（逝世二十五周年纪念）》，载《先锋派评论集》，第1卷，328页。

66　参见：弗·尼·托波罗夫，《叶连娜·古罗创作中少年儿子的化身、死亡和复活神话》，载托波罗夫，《神话·仪轨·象征·形象：神话诗学研究选集》，莫斯科，1995，400-427页。

67　古罗，《天上的骆驼》，载古罗，《天上的骆驼·贫穷的骑士·诗歌与散文》，列·弗·乌先科主编并撰文、作注，顿河畔罗斯托夫，1993，121页。

68　参见：《天上的骆驼》，53页。古罗对托尔斯泰观点的批评与颓废派对其批评的差异正在于此。她不仅不赞成托尔斯泰的观点，也反对与托尔斯泰对立的"为艺术而艺术"阵营的颓废派立场。

69　《俄国未来主义诗歌》，263页。

70　马丘申，《俄国立体未来主义者》，载《先锋派评论集》，第1卷，162页。

71　同上，第1卷，158页。

72　贝·利夫希茨，《一只半眼睛的射手》，载利夫希茨，《一只半眼睛的射手：诗歌·译文·回忆录》，"叙莱亚"章，叶·康·利夫希茨、帕·马·涅尔列尔编，帕·马·涅尔列尔、亚·叶·帕尔尼斯校勘，帕·马·涅尔列尔、亚·叶·帕尔尼斯、叶·费·科夫通作注，列宁格勒，1989，310-347页。

73　《俄国未来主义者的纲领》，617页。

74　同上。

75　利夫希茨，《一只半眼睛的射手——诗歌·译文·回忆录》，404页。

76　尤·尼·特尼亚诺夫，《论赫列布尼科夫》，载《赫列布尼科夫选集》，五卷本，尤·尼·特尼亚诺夫、尼·列·斯捷潘诺夫主编，莫斯科，1928，第1卷，19、30页。这种说法遭到了"赫列布尼科夫朋友群"（克鲁乔内赫、帕斯捷尔纳克、弗·伊万诺夫、奥列沙和

568

阿·韦肖雷等人）的批评。

77　维·彼·格里戈里耶夫，《韦利米尔·赫列布尼科夫》，载《20世纪俄罗斯诗歌语言史纲（诗歌语言和个人风格：一般问题·文本的声响组织）》，维·彼·格里戈里耶夫主编，莫斯科，1990，99页。

78　鲁·瓦·杜加诺夫，《韦利米尔·赫列布尼科夫：创作的本性》，莫斯科，1990，24页。

79　《赫列布尼科夫作品集》，维·彼·格里戈里耶夫、亚·叶·帕尔尼斯主编、校勘、作注，莫斯科，1986，580页。

80　维·伊万诺夫，《论欢愉的技艺和聪智的欢愉》，载维·伊万诺夫，《俄罗斯的面容和假面：美学与文学理论》，谢·谢·阿韦林采夫作导言及序，170页。

81　《赫列布尼科夫作品集》，37页。

82　参见：纳·佩尔佐娃，《维利米尔·赫列布尼科夫自造词词典》，莫斯科，1995。

83　维·彼·格里戈里耶夫，《个人风格的语法：韦·赫列布尼科夫》，莫斯科，1983，62页。

84　在《三杰圣礼书》文集（1913年3月）中收集了一批这种大部分是在围绕着自造词而构建的作品片段。

85　《赫列布尼科夫作品集》，50页。

86　贝·利夫希茨，《给俄国评论界的当头一棒》，载《俄国未来主义的第一期杂志》，莫斯科，1914，103页。

87　关于这些另类语言的罗列及其分析见：格里戈里耶夫，《个人风格的语法》，81-119页。

88　《赫列布尼科夫作品集》，37页。

89　同上，628页。

90　同上，621页。

91　同上。

92　同上，622页。

93　同上，481页。

94　同上，480页。

95　《赫列布尼科夫文集》，第3卷，马尔科夫主编，慕尼黑，1972，472页。

96　《赫列布尼科夫作品集》，587页。

97　同上，589页。

98　雅柯布森，《论挥霍了自己诗人们的一代人》，载雅柯布森，《作品选》，海牙、巴黎、纽约，1979，第5卷，355-356页。

99　瓦·彼·马尔加里托夫，《皇家港的奥罗奇人》，圣彼得堡，1888。

100　参见：亨里克·巴兰，《赫列布尼科夫和奥罗奇人神话》，载亨里克·巴兰，《20世纪初俄罗斯文学的诗学》，莫斯科，1993，15–21页。

101　《赫列布尼科夫作品集》，199页。

102　尼·古米廖夫，《俄国诗歌书简》，莫斯科，1990，173页。

103　《赫列布尼科夫作品集》191页。

104　同上，411页。

569　105　埃·费·戈列尔巴赫，《达维德·布尔柳克的诗歌》，纽约，1931，15页。

106　同上。"愉快的恐惧"一语出自勃洛克的文章《"没有神灵，没有灵感"》中对未来主义的评价。

107　《俄国未来主义诗歌》，112页。

108　参见：阿尔丰索夫，《俄国未来主义诗歌》，21–23页。

109　《俄国未来主义诗歌》，115页。

110　《俄国未来主义》，125页。

111　利夫希茨，《在革命词汇的堡垒中》，载《创作之路（哈尔科夫）》，1919–1920，第5期，46页。

112　《三杰圣礼书》，莫斯科，1913。

113　尼·尼·叶夫列伊诺夫，《生活的戏剧化：将生活戏剧化的诗人——论瓦·卡缅斯基》，莫斯科，1922，10页。

114　卡缅斯基，《一个热心人的道路》，载卡缅斯基，《同母牛跳探戈；斯捷潘·拉辛；春歌之声；一个热心人的道路》，马·雅·波利亚科夫编并撰文，莫斯科，1990，系1914，1916，1918年原版的重版并增带附录，450页。

115　《俄国未来主义》，91页。

116　卡缅斯基，《春歌之声》，载卡缅斯基，上引著作，49–50页。

117　《俄国未来主义》，49页。

118　卡缅斯基，《同母牛跳探戈》，载卡缅斯基，上引著作，26页。

119　本书有复刻版：卡缅斯基，《同母牛跳探戈》，复制本，莫斯科，1991。

120　瓦·卡塔尼扬，《马雅可夫斯基：生平活动大事记》，第5版（增订版），莫斯科，1985，61页。

121　《马雅可夫斯基全集》，第1卷，345页。

122　《先锋派评论集》，第1卷，61页。

123　《马雅可夫斯基全集》，第1卷，37页。

124　克鲁乔内赫，《马雅可夫斯基的诗歌：实验的结果》，圣彼得堡，1914，7、10页。

125　《马雅可夫斯基全集》，第1卷，41页。

126　克鲁乔内赫，《马雅可夫斯基的诗歌》，23页。

127　《马雅可夫斯基全集》，第1卷，45、62页。

128　格·奥·维诺库尔，《马雅可夫斯基——语言的创新者》，莫斯科，1943，134页。

129　《马雅可夫斯基全集》，第1卷，181页。

130　同上，第12卷，84页。

131　同上，第1卷，215页。

132　雅柯布森，《论捷克语诗体——主要同俄语诗体比较》，载雅柯布森，《作品选萃》，第5卷，110页。

133　维诺库尔，《马雅可夫斯基——语言的创新者》，77页。

134　《马雅可夫斯基全集》，第1卷，185页。

135　同上，195页。

136　同上，200、201页。

137　同上，230、231页。

138　雅柯布森，《论挥霍了自己诗人们的一代人》，载雅柯布森，《作品选萃》，第5卷，357页。

139　有关克鲁乔内赫的评论可参见：谢·米·苏霍帕罗夫，《阿列克谢·克鲁乔内赫，一个未来主义者的命运》，慕尼黑，1921。

140　哈尔吉耶夫，《克鲁乔内赫的命运》，载《先锋派评论集》，第1卷，300页。

141　马列维奇，《韦·赫列布尼科夫》（亚·叶·帕尔尼斯刊行），载《创作》，1991，第7期，4页。

142　哈尔吉耶夫，《克鲁乔内赫的遭遇》，载《先锋派评论集》，第1卷，301页

143　《俄国未来主义诗歌》，206页。

144　《未来主义者雅柯布森》，48页。

145　《俄国未来主义》，44页。

146　《俄国未来主义者的宣言和纲领》，61、62页。

147　什克洛夫斯基，《论玄妙语言：七十年之后》，载《俄国先锋文学派：资料和研究》，马尔齐奥·马尔扎杜利、达尼埃拉·里奇、米哈伊尔·叶夫兹林主编，特兰托，1990，254页。

148　据雅柯布森称，虽然此书封面标明出版时间为1916年，但却是在1914年策划出版，在1915年面世。

149　《俄国未来主义》，49页。

150　德·谢·利哈乔夫指出，"在20世纪的一切类型的假定艺术中"，包括在立体主义和未来主义中，都存在着与古代手抄本中"被画出的"词近似的现象。

151　克鲁乔内赫，《陋词鸭窝》，第2版，罗扎诺娃插图，圣彼得堡，1914，3页。

152　同上，4页。

570

153　同上，16页。

154　马雅可夫斯基，《非军人的榴霰弹——地雷阵上的诗人们》，载《马雅可夫斯基全集》，第1卷，307页。

155　《俄国未来主义者的宣言和纲领》，75页。

156　《俄国未来主义》，42页。

157　同上。

158　同上，58页。

159　《俄国未来主义者的宣言和纲领》，53页。

160　同上，55页。

161　同上，56页。

162　《马雅可夫斯基全集》，第2卷，14页。

163　《俄国未来主义诗歌》，264页。

164　《俄国未来主义》，42页。

165　《赫列布尼科夫作品集》，55页。

166　"我们的目的是强调所有剧烈、失谐（不和谐）和纯粹原始粗鲁艺术的重要意义所在。"（克鲁乔内赫，《词的新道路》，载《俄国未来主义者宣言和纲领》，70页）

167　同上，67页。

168　同上，68页。

169　同上。

170　同上，69页。雅柯布森《最新俄罗斯诗歌》一文列举了各种语法、句法"不正确"的实例（参见：雅柯布森，《诗学著作》，莫斯科，1987，272-316页）。

171　基于这种原则，安·阿·舍姆舒林才得以写出《14、15以及13世纪的手抄本中的未来主义者》（1917—1918）这样的文章，俄罗斯国家图书馆手稿部，全宗号339（手稿没有固定的收藏号编目）。

172　《俄国未来主义》，120页。克鲁乔内赫不仅将"始于终结的世界"的概念用于事件顺序，而且用于词语顺序："……关于词语，我们发现，一个词经常可以倒着读，那时它会获得更为深刻的词义！"（《词的新道路》，载《俄国未来主义宣言和纲领》，71页。）关于未来主义诗歌中的回文以及巴洛克诗学中对词语、时间错位的运用可参见：伊·帕·斯米尔诺夫，《艺术意义和诗歌体系的进化》，莫斯科，1977，118-143页。

173　赫列布尼科夫、克鲁乔内赫，《词本身》，载《俄国未来主义者宣言和纲领》，57页。

174　《马雅可夫斯基全集》，第1卷，38页。

175　米·列·加斯帕罗夫，《贝·利夫希茨的彼得堡组诗：谜之诗学》，载《加斯帕罗夫文选》，莫斯科，1995，204页。

571

176　《俄国未来主义诗歌》，280页。

177　《加斯帕罗夫文选》，莫斯科，1995，209页。

178　《曼德尔施塔姆文集》，四卷本，帕·马·涅尔列尔、亚·尼基塔耶夫主编、作注，第2卷，莫斯科，1993，290页。

179　"……一个谜……读者好奇，并且首先还确信，这种玄妙必定有所指，即有一定的逻辑意义。所以读者就仿佛在用谜的诱饵来捕捉奥秘。""艺术家是否故意把这种玄妙隐藏在内心——我不得而知。"（克鲁乔内赫，《致舍姆舒林的信，1917年7月12日》，载《今日记忆良多》，201、202页）

180　这里需指出，根据拉里奥诺夫1913年在一次辩论会上所作的《绘画在俄罗斯戏剧中的作用》的报告的说法，他领导下的辐射派就曾想建立自己的剧院。

181　马丘申，《未来主义在彼得堡》，载《未来主义者：俄国未来主义者的第一期杂志》，1914，第1-2期，155页。

182　克鲁乔内赫，《我们的出路》，载《今日记忆良多》，78-79页。

183　克鲁乔内赫，《今日记忆良多》，84页。

184　如果我们要比较非逻辑戏剧同荒诞派戏剧，那么尤涅斯库的这段话是很有趣味的："……永远都会有荒诞派戏剧、荒诞派的各种其他形式，它们将数不胜数。"（尤涅斯库，《"荒诞派戏剧"有没有未来？》，载《荒诞派戏剧：论文及刊行材料集》，莫斯科，1955，199页）

185　关于俄国未来主义的黄金时代神话，可参见：叶·博布林斯卡娅，《俄国未来主义美学中的"克服人"主题》，载《艺术学问题》，1944，第1期，199-212页。

186　塔·列瓦娅，《时代背景下的20世纪初的俄罗斯音乐》，莫斯科，1991，139页。

187　参见：莱恩·克鲁斯，《再论俄国未来主义和电影》，载《俄罗斯文学》，1992，第31卷，333-352页。

188　克鲁乔内赫，《我们的出路》，载《今日记忆良多》，57页。

189　克鲁乔内赫，《艺术札记》，载《三杰》，圣彼得堡，1913，40页。

190　在《精选集》的封面上有马雅可夫斯基所绘的赫列布尼科夫肖像（肖像的作者被出版者误标为娜杰日达·布尔柳克）。

191　这种近似被雅柯布森在《最新俄罗斯诗歌》中多次提及。

192　《致舍姆舒林的信（1915年9月25日）》，载《今日记忆良多》，195页。

193　克鲁乔内赫，《世界大战（彩色胶）》，彼得格勒，1916。关于此画册详情可参见：古里亚诺娃，《彩色胶》，载《创作》，1989，第5期，28-31页。

194　《致舍姆舒林的信（1916年8月16日）》，载《今日记忆良多》，199页。

195　马列维奇，《诗论》，载《马列维奇文集》，五卷本，莫斯科，1995，第1卷，142页。

572

196　克鲁乔内赫，《致舍姆舒林的信（1916）》，俄罗斯国家图书馆手稿部，全宗号339，目录号4，存储单元2，页码38。

197　《今日记忆良多》，204页。

198　《俄国未来主义诗歌》，337页。

199　同上，338—339页。

200　《俄国未来主义》，130页。

201　哈尔吉耶夫，《马雅可夫斯基与伊戈尔·谢维里亚宁》，载《先锋派评论集》，第1卷，38页。

202　《俄国未来主义》，132页。

203　关于这场冲突可参见：康·奥利姆波夫，《世界未来主义的自我诗歌的诞生》（安·瓦·克鲁萨诺夫、阿·穆·米尔扎耶夫刊行），载《往事》，第22卷，圣彼得堡，1997，186—205页。

204　勃留索夫，《几部新诗集》，载《漫步诗林》，346页。

205　《俄国未来主义诗歌》，346页。

206　《谢维里亚宁文集》，五卷本，维·阿·科舍廖夫、维·亚·萨波戈夫主编、作序、作注，第1卷，圣彼得堡，1995，93页。

207　博布罗夫，《柳树上的园丁们》，莫斯科，1913，92页。

208　曼德尔施塔姆，《伊尔戈·谢维里亚宁，〈沸腾的高脚杯〉（书评）》，载《曼德尔施塔姆文集》，莫斯科，1993，第1卷，181—182页。

209　古米廖夫，《俄罗斯诗歌书简》，莫斯科，1990，171页。

210　参见：叶·维·伊万诺娃，《伊戈尔·谢维里亚宁的诗歌谱系》；H.博奇卡廖娃，《伊戈尔·谢维里亚宁与象征主义》；А.В.璐缅科，《伊·谢维里亚宁与康·巴尔蒙特》；娜·亚·莫尔恰诺娃，《伊戈尔·谢维里亚宁与巴尔蒙特（小花的神话主题）》，载《论伊戈尔·谢维里亚宁：报告提纲》，切列波维茨，1987，18—26页。

211　"勃留索夫深藏不露，聪明、精巧地锁在七道锁之后的东西，伊戈尔·谢维里亚宁则是一下子都抖落出来。似乎谢维里亚宁生来就是为揭示勃留索夫的秘密的。"（吉皮乌斯，《那一张张鲜活的面孔》，布拉格，1925，第1辑，109页）

212　维·阿·科舍廖夫、维·亚·萨波戈夫，《诗人之王伊戈尔·谢维里亚宁》，载《谢维里亚宁文集》，第1卷，19页。

213　《俄国未来主义者宣言和纲领》，41页。

214　同上，44页。

215　转引自：《先锋时代文选：俄国，20世纪前三分之一：诗歌》，亚·奥切列江斯基、杰拉德·亚内切克主编，纽约、圣彼得堡，1995，91页。

573　216　谢·西格伊，《不戴死亡高帽的自我未来主义史》，载《格涅多夫诗集》，8页。

217　同上，144页。

218　同上，39页。

219　同上，51页。

220　同上，44、48页。

221　弗·皮亚斯特，《会见》，载罗·季缅奇克编纂、作序、校勘、作注，莫斯科，1997，176页。

222　《俄国未来主义诗歌》，370页。

223　П. О.，《吓吓资产阶级》，《着魔的流浪人》，1913，第1辑，7页。

224　《俄国未来主义》，164-165页。

225　同上，178页。

226　《俄国未来主义诗歌》，403页。

227　舍尔舍涅维奇，《灾难天使》，载《舍尔舍涅维奇选集》，弗·亚·德罗兹德科夫编辑、作序、作注，莫斯科，1944，43页。《轻佻的不和谐》一诗的题目就指明了其中使用的手法。

228　《俄国未来主义》，196-197页。

229　《帕斯捷尔纳克致博布罗夫的信（1914年7月12-14日）》，《鲍里斯·帕斯捷尔纳克与谢尔盖·博布罗夫：四十年间的书信往来》，玛·阿·拉什科夫斯卡娅编，斯坦福，1996，51页。

230　勃留索夫，《漫步诗林》，441页。

231　《俄国未来主义》，195、193、194页。

232　《俄国未来主义诗歌》，454、455页。

233　尤·马·赫尔佩林，《谢尔盖·帕夫洛维奇·博布罗夫》，载《俄罗斯作家生平词典（1800—1917年）》，第1卷，莫斯科，1989，294页。

234　可参见：С.卡扎科娃，《离心机派的创作历程（论帕斯捷尔纳克、阿谢耶夫和博布罗夫的早期诗歌联系）》，《俄罗斯文学》，1990，总第27期，459-482页。

235　《俄国未来主义诗歌》，457页。

236　尼·亚·博戈莫洛夫，《尼古拉·尼古拉耶维奇·阿谢耶夫》，载《俄罗斯作家生平词典（1800—1917年）》，第1卷，116页。

237　《俄国未来主义诗歌》，464页。

238　同上，467页。

239　《俄国未来主义》，200-201页。

240　格·佩特尼科夫，《太阳的萌芽（诗辑3）》，莫斯科，1918，13页。

241　拉·弗莱施曼，《帕斯捷尔纳克"未来主义"传记片断》，载《耶路撒冷斯拉夫学》，耶路撒冷，1979，第4卷，79页。

242 帕斯捷尔纳克，《安全保护证》，载《帕斯捷尔纳克文集》，五卷集，瓦·米·鲍里索夫、叶·鲍·帕斯捷尔纳克主编、校勘、作注，莫斯科，1991，第4卷，215页。

243 同上，352、351页。

244 同上，354页。

245 《俄国未来主义诗歌》，477页。

246 勃留索夫，《漫步诗林》，443页。

247 弗莱施曼，《帕斯捷尔纳克与革命前的未来派》，载《帕斯捷尔纳克学术研讨会》，莫斯科，1998，第2辑，252页。

248 《帕斯捷尔纳克文集》，第4卷，357、358页。

249 《俄国未来主义》，60页。

250 尼·尼·普宁，《世界因爱而光明：日记·书简》，列·亚·济科夫主编、作序、作注，莫斯科，2000，106页。

251 俄罗斯国家图书馆手稿部，全宗号339，卷夹号2，8。

252 阿·奥日戈夫（尼·彼·阿舍绍夫），《论一本语言上的空谈书——〈射手〉文集》，载《现代世界》，1915，第3期，142页。

253 匿名，《没有答案的问题》，载《着魔的流浪人，第7辑（春辑）》，圣彼得堡，1915，10–11页。

254 马丘申，《俄国立体未来主义者》，载《先锋派评论集》，第1卷，168页。

255 《今日记忆良多》，196页。

256 参见：塔·尼科利斯卡娅，《"未来主义者联合会"》，载《俄罗斯文学》，1987，第21期，89–98页。

257 关于该社参见：罗斯玛丽·齐格勒，《"41度"社》，载《俄罗斯文学》，1986，第1期（总第16期），79–103页；伊·叶·瓦西里耶夫，《20世纪初的俄国先锋派文学（"41度"社）：教材》，叶卡捷琳堡，1995。

258 奥·伊·列什科娃，《〈不见血的屠戮〉杂志》，《20世纪初的俄国先锋派文学……》，110页。

259 《捷连季耶夫文集》，马尔齐奥·马尔扎杜利、塔·尼科利斯卡娅主编、校勘、生平资料、作序、作注，博洛尼亚，1988，第418页。

260 罗斯玛丽·齐格勒，《"41度"社时期克鲁乔内赫的诗学：音响层面》，载《先锋派在梯弗利斯》，路易吉·马加罗托、马尔齐奥·马尔扎杜利、乔瓦娜·帕加尼·切萨编，威尼斯，1982，233页。

261 这些剧本在他生前发表的各个版本中个别字体的写法都有所差异。

262 捷连季耶夫，《温柔至极》，载《捷连季耶夫文集》，244页。

263 兹达涅维奇，《阿尔巴尼亚王扬科》，梯弗里斯，1918（无页码）。

574

264　引自：《捷连季耶夫文集》，227页。

265　引自：塔·尼科利斯卡娅，《伊戈尔·捷连季耶夫在梯弗利斯》，载《先锋派在梯弗利斯》，192—193页。

266　此人在未来主义运动历史上是个边缘却很有特色的人物。他的诗《我的颂歌》写道："我是个执掌生活的未来派，／我歌颂太阳和爱，／我深知，世界这个大家庭／需要比太阳更炽热的血脉。／／……我瞧不起那些诗人，／马雅可夫斯基、达维德·布尔柳克、卡马河来的卡缅斯基，／和他们的印刷附带品，／和他们生活创造学说的废物……"（弗·戈尔茨施米特，《生活派弗拉基米尔在通往真理的道路上的信》，堪察加彼得巴甫洛夫斯克，1919，35—36页）

267　《俄国未来主义诗歌》，627页。

268　同上。

269　《马雅可夫斯基全集》，第12卷，8页。

270　霍温，《寄语今天》，彼得格勒，1918，5页。

271　卡塔尼扬，《马雅可夫斯基生平活动大事记》，133页。

第三十四章
韦利米尔·赫列布尼科夫[①]

◎维·彼·格里戈里耶夫　撰／王立业、李俊升、李莉　译

　　在莫斯科新圣女墓地，安葬着从诺夫哥罗德穷乡僻壤迁来的赫列布尼科夫的遗骸，与之安葬在一起的是韦利米尔的母亲、他的妹妹薇拉以及妹夫彼得·米图里奇。1975年在赫列布尼科夫坟墓上竖起一块不同寻常的墓碑，形状为一尊巴巴石像[②1]，这尊石像让人想起诗人对草原和斯基泰人的浓厚兴趣，想起他那象征一个时代的长诗《巴巴石像》（1919）和《战壕之夜》（1920）。赫列布尼科夫以自己的全部创作生命力求弄清时间之奥秘，并对时间展开"围城"。他"像老鼠那样"[2]锲而不舍地"嗑着""混沌的时间"，坚信自己会胜利，并且作为诗人和"新型哲学家"取得了胜利。但是到了今天，在相当程度上可以说他是被"我们丢失掉了"的诗人，因为他的诗作没有人去认真阅读，也不再出版，没有人研究他那些文辞非常的诗歌全集。

　　关于他的诗，墓石也不能告诉我们什么，可上面却大可以有这样的诗句，比如1910年代的："要做善的朗声报信人。""让人对人／如同诸世界的声音，听起来歌一样悦耳。""我认为，我们可以／这样生活，让罗斯成为／无愧人生的喜床。"以及后来的诗行："歌，乃通往另一颗心的阶梯"和"罗斯，你完全

---

① 本文的不同版本发表在《新文学评论》杂志1998年第34期。——编者注

② 欧亚草原上很常见的一种人形石像，从斯基泰人到突厥人的很多游牧民族都留下了类似遗迹。——译者注

就是冰雪中的亲吻！"还有类
似"别了，一切！"那样扣人
心扉的话语（《小溪清凉静静
流……》，1921），甚至可以刻
上整首诗（1915）：

岁月、人和民族
犹如江河奔流，
无时无刻不在迁徙。
诸神是暗中的幽灵，
大自然是变幻的镜子，
星星是网，我们是鱼。

同样配得上雕刻碑上的还有
1922年这几行傲岸的诀别遗言：

韦利米尔·赫列布尼科夫

一次，又一次，
我是你们的
星星。

就是在今天，诗人赫列布尼科夫的读者依然比那些把他看作非古典学者的
人，比那些关心他对"20世纪诸原则"贡献的人，那些关心仍旧被视为传奇的
《命运榜》的人，期待着《命运榜》的"八张纸"³公之于众的人要多得多。然
而赫列布尼科夫本人仿效索洛维约夫，力求"完整的知识"，最渴望以思想家、
学者和"未来人"的身份就时间问题表达出新的见解。这是他对自身学识原则
性的界定，这一界定把他跟圈内的其他未来主义者区别开来。赫列布尼科夫的
思想要求他自己具备新的、鲜明的认识论层面上的审美意识，格外注重寻找扩
大语义的表达手段。他本人在诗歌和散文创作上所达到的高度，出自他对语
言、对著名的"自足的词"——作为创造的词语之锲而不舍地追求。

576

　　因此，适于刻在墓碑上的还有诗人这些闪亮的自造词——用词语、词素甚至字母发音所做的语义实验。这类自造词成千上万，这里只列举些结构不同但能够表现出创造者个性的词语，如：весничий，春之人和небесничий，天之人（ <①лесничий护林人），Волеполк 沃列波尔克，"意志／自由之师"（〈Святополк斯维亚托波尔克，"神圣之师"）和вольшевик，沃尔什维克，"意志／自由派"（ < большевик布尔什维克，"多数派"），времякоп，时间挖掘者，времяука时间喵叫，красивейшина，孔雀，"最美者"，красотинец，美之兵，мечтежник，梦想暴动者，поец，歌者（ < пою，我唱，以及боец，斗士），предземшар，地球主席，словознатец，懂词人，Сонцелов，捕日人和Судьболов，掌握命运者，умночий，智人（ < рабочий，工人），числяр，数学家……Заумец，玄妙人和Главздрасмвысел，总常识，即诗人的他我——Зангези，赞恒西（ < Ганг，恒河和Замбези，赞比西河）。

　　从一些读者的趣味来看，赫列布尼科夫的自造词的创作、结构和美学，乃至他的整体创作，其特点都在于过分追求"非同寻常的表现"，具有显而易见的复杂性。但这种复杂性并没有超过曼德尔施塔姆、茨维塔耶娃、真实艺术协会派、帕斯捷尔纳克和布罗茨基。重要的是要懂得：如果"日常语言"与诗人的理念（思想）不相符，那么他就会"以美之名"而"反潮流而行"（遵照阿·康·托尔斯泰的遗训）。因而，比如说赫列布尼科夫在追求"数字语言"时，他不得不将自己的个性化的语体（个人风格）"复杂化"。这不是乖谬行为，而是可以与19世纪20—30年代普希金的"复杂性"相映照的内在需要。

　　在《故巢》——《赫列布尼科夫著作大全》（1919）一书的简短前言[4]中，作者写道："最近改用数字了，好像宇宙永恒头脑的数字艺术家……"[5] 1920年有一段时间他几乎让自己的词语完全服膺于对数字相互关系的探索——探索"诸二"和"诸三"在自然和社会中的幂。再度恢复词语与数字的平衡是在作者为自己写完札记之后（如同普希金和勃洛克在极度高兴时所做的那样）："终归如愿以偿了，强盗。"也就是说，当他终于找到了——用他的话说——"时

_____

　　① 符号 < 意思是"源自"。

间的基本法则"，并因而掌握了"世界的伟大真理"的时候。[6]

为他所作的悼词给予他崇高、鲜明的评价，但也属于狭隘的派别评价，与他在20世纪文化中的地位和意义并不相符："为了维护文学的正确前途，我以自己的名义，毋庸置疑，也以我的朋友们，诗人阿谢耶夫、布尔柳克、克鲁乔内赫、卡缅斯基、帕斯捷尔纳克的名义，我认为用白纸黑字刊印这些话是我的责任：我们过去和现在都认为他是我们的诗歌导师之一，是我们诗歌斗争中最辉煌、最真诚的骑士之一。"[7] 未来主义者们随意解释赫列布尼科夫的形象，把他看成"对抗象征派清规戒律的诗歌革命的战斗象征"，尽管他一度隶属"叙莱亚"派，但在这前后都是个"天才的单干者"[8]。而临近1915年，他"清楚地知道"："……我身边没有一个人能够理解我。"[9] 这些至今犀利而确凿的言语说明那些亲近诗人的朋友并不了解诗人内心深藏的志趣。马雅可夫斯基和他提到的那些诗人同样并不"完全"理解赫列布尼科夫。

我们知道赫列布尼科夫早期的方向坐标是罗巴切夫斯基。诗人把自己"想象的语文学"和"想象的历史学"的起步归功于他。所谓"想象的语文学"包括："自足的词"；"词的内在偏转"理念；"造词权（及随后提出的造词文化）"；造词"交响乐"和"星语"，而"想象的历史学"指对时间法则的探索，在全社会传播的"互生"（《метабиоз》）理念，关于全人类的"生命波"以及关于将这些波统一起来的"螺旋"的理念。《老师与学生》（1912）一文仅仅为各位"想象家"指明了出路。文章宣告了"词的内在偏转"理念（如бок / бык侧面 / 公牛等）和"时间法则"的早期公式（预言"某个"国家政权将于1917年灭亡）。诗人把"民歌"与诅咒生命的作家（"黑暗预言者"）对立起来。不久，他就已开始描写自己规划的对时间与词的"围城"，以及对"多数"（或是"人群"）的"围城"，所谓"多数"，亦即"地球各个同类部分的聚集"，尤其是人的聚集——在"相信人类的人类"中，人是"各个民族和一颗颗心的灵光"[10]。"围城"的总结是《命运榜》、"造词科学"、独特的"词科学"，但也是"想象的伦理学和社会学"的基础。很说明问题的一点是，1921年，作为罗巴切夫斯基学说补充者的南森成了诗人的伦理方向坐标。

577

　　对于诗歌语言研究会的学者们来说，要"彻底"认清这位未来人的奇异现象，并不比诗人们更容易。尽管雅柯布森也的确承认赫列布尼科夫是"本世纪最大的世界诗人"[11]，但是，他对各种"围城"的关注是有选择性的，特尼亚诺夫也是这样，尽管他们两个人在"韦利米尔学"领域做出了巨大贡献。[12]尼·伊·哈尔吉耶夫和尼·列·斯捷潘诺夫也是如此，后者试图以常规的"乌托邦面貌"来描绘诗人总的形象。唯独曼德尔施塔姆开始猜测这个作为学者和思想家的未来人真实的广度和深度。

　　然而，至今我们还没有找到破解他"无可比拟的超凡魅力"的钥匙。他身上有某种本质的、完整的东西难以被人把握，原因在于他的"方位坐标"涉及范围极其广阔——从毕达哥拉斯和阿育王到莱布尼茨和闵可夫斯基；从《伊戈尔远征纪》、日本短歌和普希金到惠特曼、福楼拜和威尔斯；从民歌到莫扎特和斯克里亚宾；从岩画和圣像画到达·芬奇和毕加索；从基捷日和沃罗尼欣到苏尤姆贝卡和第三国际纪念碑；从阿蒙霍特普四世和琐罗亚斯德、摩诃毗罗和老子到穆罕默德、宗喀巴或巴哈伊教；从普罗米修斯到海华沙；从萨满教和水妖、耶稣和圣母到巴枯宁、马克思、克鲁泡特金、列宁；从科索夫、扬·索别斯基和无敌舰队到1905年的奉天、1915年的普热梅希尔、1921年的符拉迪沃斯托克和新经济政策。

　　诗人让自己的每一门"语言"（个人习语）的美学都从属于自己个性化语体的美学整体——经过他非同凡响熔铸锤炼的统一诗歌语言。《蠡斯》中民间俗语зинзивер（"大山雀"）和长诗《现在》中的"街头群声"；不仅爱俗语，也爱神话语言（вырей——"天堂、南方"等类似词语），还爱"陈旧的崇高词语"，如：сыны обмана，欺骗之子，девы，少女与жены妻子，дабы，为了，чертог，宫殿，кат，刽子手，лик，面庞，очи，眸，выя，颈项，нег，安逸（属格），объять，包罗，внемля，聆听（还有который ден和в лони́ годы；古俄语词бабр"虎"；儿童用词бо-бо、бяка，以及"契诃夫式的"дзыгой"陀螺"，这三个词交替着里海沿岸居民的职业行话，被写入《大海》一诗）；以及斯拉夫语的цекавый、пивни、Ляля等；各种各样的感叹词；不寻常的自造词——这一切（还有争论式的激情）用独特的"个人感"渲染了这位未来人的个性化语体。

敌视和怀疑的态度无助于我们搞懂他的创作，他亦让守旧分子望而却步，但后现代主义的激进分子们又觉得他淡而无味。个人趣味的形象尚且能显露出来。因为，他让"普希金的和谐"从属于对新和谐的探寻，与此同时他不怕紊乱，并且勇敢地承认这些不和谐，并且相信他自己的和谐符合世界深层的统一关系——和声与众声。他真正的地位正等待着准确确定的时辰，也许这时辰很快就会到来。

*　　　*　　　*

1885年11月9日（俄历10月28日），维克托·弗拉基米罗维奇·赫列布尼科夫出生在"信奉佛陀的游牧部落里——部落的名字叫'汗营'，在草原上，在里海干涸的海底……"[13]，换句话说，他出生在过去的阿斯特拉罕省过去的小杰尔别托夫乌卢斯（即现在卡尔梅克的小杰尔别特村）信教的卡尔梅克人中间（父亲是乡里的督察官）。父亲的祖上是阿斯特拉罕有名的商人[14]，母亲的祖先是扎波罗热人（这是诗人尤其引以为荣的一点）[15]。

他父亲，弗拉基米尔·阿列克谢耶维奇，是"达尔文和托尔斯泰的崇拜者"，"精通鸟类王国的各种知识"[16]，1919年他成了阿斯特拉罕自然保护区的创建者之一。他希望看到维克托也成为自然科学家（小儿子亚历山大已经选择了父亲的道路[17]），他认为"未来派活动"纯属"野蛮"。他母亲叶卡捷林娜·尼古拉耶夫娜·维尔比茨卡娅是学历史的，与服苦役的民意党人安·德·米哈伊洛夫是堂姐弟。母亲把自己的精力都献给了家庭，性格比较温和。对维克托而言，最亲近的人是后来成为画家的小妹妹薇拉，大哥去世后她嫁给了画家彼·瓦·米图里奇。

由于父亲的职务之故，他们家经常搬迁。"学龄前"的维克托在乌克兰沃伦省的戈伦河畔住过一段时间，之后住在同样荒僻的辛比尔斯克省的帕马耶沃村，直到1897年他才在辛比尔斯克中学三年级就读，从四年级开始在喀山上学。1909年，诗人在回忆自己童年的诗句里清楚地写道[18]（古米廖夫所谓"伟大的文理不通"这一名言捍卫了这句话的语法）：

579

我曾经生活，大自然，和它在一起。

赫列布尼科夫似乎没有将自然纳入自己设定的"围城"：他对自然的关注作为一个整体贯穿于其创作和生平。《自由的坟墓——卡尔格比利和古尼布》（1909）一诗即是就前往达吉斯坦的地理考察所写："我一边旅行（путешествовал）走在高加索／一边把伏尔加河遥想。／……我把数字相加，／仿佛回到创作的时光……／我把自然思想，她野性／而又可爱，让人心驰神往。"

我畅想俄罗斯，她交替（смена）的冻土带、原始森林和大草原，

她宛如一首天籁般的诗……

这首自由诗的非传统的艺术性很出色（而此诗所题词为"赠给您"——即赠给库兹明，当时他对赫列布尼科夫来说是导师。[19] 不过，当时同样重要的是诗人想成为旅行家的念头已经笼罩了他那些主要"围城"，而这些"围城"的对象是：穿越空间的时间，穿越数字的多数，穿越大自然的诗歌语言。

与诗人其他文本的联想也很有意义。譬如，构成"旅行"（путе-шествие）一词中"行"（шествие）的形象，将读者导向一首长诗的标题《秋行五岳城》（1921，《Шествие осеней Пятигорска》）和《命运榜》中《路》（《Пути》）一章。譬如，"交替"（смена）是赫列布尼科夫论互生（"通过在时空的属性中移置时间和空间"来补充"共生"［симбиоз］的概念）的那篇文章（1910）之基础，因此也就是对人群的"围城"，即"一个民族内部各代人"之间的互生。[20] 而不起眼的词"一"既与1910年代初的札记《论时间》的一个信条相关联，这个信条是："统一，我向你致敬！"[21]，继而也与赫列布尼科夫最重要的诗篇《唯一的书》（1920）相关。在诗中，世界各种信仰的圣书都自愿地、自觉地让位给"统一信仰"——诗人创造者之书，譬如，群山和"蓝色波涛的大河"（对世界的全面互生过程中的各个文化中心的换喻）在他的笔下融合成多元世界文化一体化的诸多"山的链条"和"巨大海洋"，其中也包括"文明"的成就，亦即由创作者所构建的"来自未来的诸多悬崖"之和谐共生所设想的某种与互联网相类似的东西。这是一种与自然统一的文化。《唯一的

580

书》的字里行间"鲸鱼翻腾",旁边有雄鹰"飞临于海浪之巅",而在长诗《和谐世界》(1920)和早些时候,诗人讨论的都是"未来人"在达成社会意义上的"地球统一"中的作用。[22] 对于他的伦理里程表很重要的一点是,在1918年莫斯科关于"诗人权利宣言"的辩论被他出人意料地用"诗人责任"的观念给"着陆"了(谢·斯帕斯基语)[23]。

"联系之波"将诗人年份不同、体裁不同以及主题和语言性质不同的文稿连结为统一的文本。这些文本背后是语言的"快照"(其早期散文的体裁)、"事件"、它们互动的"围城",以及一次次"围城"走向综合的远景。

众所周知,1917年2月之后,赫列布尼科夫"体验到了空间的真正饥饿"[24],然而他早在之前就已经能够缓和在"时空"中移动的渴望。长诗《哈吉塔尔汉》(1913)便是一例,诗中有各个不同时代"事件"的细节,但形式上它们却被限制在当代的伏尔加、阿斯特拉罕和喀山,服从于诗人广阔无垠的时空体。在这首长诗中,这一点由一连串的地名和人名加以展示,"下游人"(即生于那些还记得拉辛的地区者)作者之所以需要这些地名和人名,并不是为描写"伏尔加河下游地区的历史"(哈吉塔尔汉是阿斯特拉罕的古名),而是为了思考将彼此关系遥远的各种现实合拢在一起的问题。长诗中的这些名字有"博格多山""穆罕默德""罗马""非洲""亚述""埃及""普罗米修斯""苏尤姆贝卡""拉河"(希腊作者对伏尔加河的称呼)、"罗蒙诺索夫"等。被当作借代引入长诗的有普加乔夫和拉辛(对诗人是很重要的形象:他把自己叫作"反拉辛","里朝外的拉辛",见长诗《古丽毛拉的号角》,1921;试比较回文诗《拉辛》,1920;以及长诗《拉辛的手锤》,1921—1922),诗人的爷爷和"畜牧之神",也是"一窝蜂神"之一,这位神是诗人特别感兴趣的。有一条线索与《唯一的书》一诗有关:

> 啊,俄罗斯人也是穆斯林,
> 伊斯兰可以是俄罗斯式的。
> 可爱的眼睛又窄又细,
> 好像微微开启的窗棂。

"对多数／人群的围城"需要先对任何宗教和神话(其意识形态、哲学体系、美学……）进行"围城"，对万物的对话态度"认真地又平等地"[25] 召唤着他 "比老师们走得更远"。赫列布尼科夫的"亚细亚主义"也是这样：长诗《梅德卢姆和莱莉》（1911）用了一个有名的情节（不单单是内扎米版本）[①]，但通过使氏族的仇恨更趋"尖锐化"，作者仿佛站在莎士比亚和歌德的肩膀上，赋予情节以自己的"东西方"理念——尽管分裂成两半，但仍旧统一的世界模型——那尚处于萌芽状态的新意义。[26]

581

崇拜阿顿和"卡"（诗人用后者命名了自己的一部1915年的中篇小说）、毗湿奴、盘古、俄耳甫斯、基督、佛教和道教、各个民族的神话、佩隆、阿胡拉·马兹达和阿里曼、乌库鲁库鲁、伊奘冉尊[②]——他们就和柏拉图、商羯罗、克里扎尼奇、弗·索洛维约夫、波提切利和戈雅、维尔哈伦和论敌们：牛顿、康德、马列维奇一样，都是"方位坐标兼对话者"。作为"各个时代的同时代人"和"一切文化的参与者"，他与此同时还"强烈地感受着"自己"生平"的时间和空间。他不是"外在于时空"的诗人，也不是"一切让一个人与另一个人不相像事物的无情敌人"，仿佛深信"一切永恒、长久，在自己深刻的本质上是不变的、常在的一"[27]。他始终是一个博物学家，作为过程的参与者，诗人一直关注着科学假说和范式的变化。[28]

作为亚洲（以及"统一"学说）的劝诱改宗者，赫列布尼科夫对基督的形象、对他"人类先导"的作用及其"千百年来的巨人阴影 [29] 格外感兴趣，由此产生《神圣星期四》《钉十字架》[30] 的主题和圣母形象（《和谐世界》并未因描绘了"同时代的诞神女们"而贬低这一形象）。早在讽刺诗草稿《当着我的面熬松焦油……》（1909年秋）里，圣母将吻倾洒给马的"羞愧之妙"和"痛苦"，就被拿来与维·伊万诺夫的"塔楼""星期三"聚会的虚荣截然对立。[31]在半玩笑半讽刺长诗《萨满和维纳斯》（1912）中，以及在诗人的许多其他作品中，圣母的形象都是缺位的，但在长诗《诗人》（1919）中，"严酷的命运"

---

① 即波斯民间故事《蕾莉与马杰农》，内扎米在其《五卷书》中的演绎是比较著名的版本。——译者注

② 阿顿，埃及神话中的太阳神，宇宙创造者；埃及神话认为"卡"是人的灵魂和生命力；毗湿奴是印度教的诸神；佩隆是斯拉夫神话中的雷神和主神；阿胡拉·马兹达是琐罗亚斯德教中的创世主、最高光明神，阿里曼则是其宿敌黑暗之神；乌库鲁库鲁是祖鲁神话中的创始者；伊奘冉尊则是日本神话中的创始者。——译者注

却使圣母、水妖和诗人合为一体（对赫列布尼科夫创作中的这种"狂欢性"，"后期"巴赫金给予过极高的评价 [32]）。

维·伊万诺夫的圈子和越来越广的交往使他面对许多新的"信仰"、对神秘学的时髦兴趣，然而他仿佛是对时尚和喧嚣并不关心，仍一味坚持走自己的路。1911—1913年间，诗人在"超小说"《水獭的孩子们》里，把自己在《老师与学生》中一系列的想法加以拓展，这便是散文与诗歌"多风格"和"多体裁"的"交融"，这种交融由六张"帆"组成（"帆"意为"部分"；1920年代，在《赞格济》中，作者以"平面"代替了"帆"，明确了超小说的体裁特征是突破封闭的开放性原则，是"由短篇构成的建筑术"，每篇都有"特殊的信念和特殊的规章"）。在这里，宇宙起源神话与阿喀琉斯时代和仿果戈理的"帕利沃达"①并存，诗中对"泰坦尼克号"命运的戏剧化诗体思考与关于内扎米主题的一张"帆"（论罗斯人和马其顿王亚历山大）并列。为一切画上句号的是"水獭之子（即作者）的心灵"这一段的情景说明——"忠告"。然而西庇阿和汉尼拔的心灵却已经尖刻地嘲笑了"马克思和达尔文"的学说 [33]（后来诗人认为"达尔文法则"适用于诗体）。无论这些年以及此后的岁月里人们写了什么东西来议论赫列布尼科夫的"玄妙"，无论人们如何对这"玄妙"进行嘲笑，但正是在《水獭的孩子们》，在这部战前、革命前时代诗人最为宏大的史诗性戏剧作品中，诗人需要那些"伟大心灵"的忠告，从而证明"超小说"的核心主题是智慧和理性问题。

· · · · ·

*　　　*　　　*

1903年在喀山，赫列布尼科夫进入大学物理数学系在数学专业学习。他迷上了数学。罗巴切夫斯基的"喀山"形象、他的"不相交曲线"理论对于诗人而言是神圣的，他也不可能不知道尼·亚·瓦西里耶夫的想象逻辑理论。[34]

赫列布尼科夫18岁时因参加大学生示威游行被逮捕。他在监狱里待了一个月。虽然2月份他被开除，但1904年秋天，他又重新成为大学生，不过已经是

582

---

① 帕雷沃达是果戈理的《塔拉斯·布尔巴》中的一个人物。——译者注

在自然科学专业学习。在这里，1907年，《博物学家会议记录》上刊登了他的第一批（鸟类学的）著作，其中包括《1905年夏季乌拉尔考察报告》。考察持续了五个月。[35] 1908年秋赫列布尼科夫转入彼得堡大学，不过自然科学道路的逻辑已经受到排挤，取而代之的是艺术道路的逻辑和探索各条"世界聚合"道路的逻辑。[36] 诗人在《印象派画室》和《评判者的陷阱》（1910）上发表的作品早于他写的关于互生的文章。他的纲领性的《笑的咒语》中对创造自造词的实验，以及《动物园》和长诗《鹤》（开头）里"万物的起义"都引起了批评界的关注。著名的《动物园》之所以特别引人注目，在于它大胆地将各种信仰与外在形式联系起来，将人类时空体和自然时空体结合起来的实验，动物、鸟类和人的形象之间的并列和相互作用（譬如狡猾的海鸥与国际贩子、企鹅与旧式地主、海象的头与尼采、犀牛与伊凡雷帝等等，而与整个动物园比对的则是《伊戈尔远征纪》手稿的遭遇）。（赫列布尼科夫的处女作《破戒者的诱惑》1908年发表在《春天》杂志上，仍未引起注意。）

实际上，赫列布尼科夫的作品未必能划入俄国文学的"彼得堡文本"。第一个"征服"他的城市是莫斯科 [37]，然而就连诗人的"莫斯科文本"也很独特：对他来说，"漂泊"胜过"忠实"于"栖居地点"，胜过"定居"。何况"漂泊者"还被一种"渴望"所主宰，那就是不断地思考当前发生的事件。当"对马岛的消息"传到雅罗斯拉夫尔的小村庄布尔马金诺时，他也被激怒了。正是在那里诗人发誓"为死者寻求正名" [38]，换言之，就是寻找"时间法则"，并把法则刻在白桦树上（《故巢》；试与诗歌《萨彦》比较，1902—1921）。特尼亚诺夫写道：赫列布尼科夫是"语言领域的罗巴切夫斯基" [39]。对自己而言他还将成为"时间领域的罗巴切夫斯基"。

就对诗人的"自我感觉"、他的自我意识和个性化语体的意义而言，1904—1905年间发生的那些事件和他的对自己"意图"的"誓言"，在某种意义上讲，甚至超过了1910年发表的作品。读者未能看到《水獭的孩子们》，因为《哭喊的帕尔那索斯》丛刊（1913年12月）被书报审查机关查禁了。但是在第一本《评判者的陷阱》里仍然能见到这种意图：在使用"格利鲍耶托夫式"的诗句，对《阿波罗》进行嘲笑的剧本《代泽斯侯爵夫人》中，剧本女主人公名字（代泽斯＜Des S）连带着出自смерьте（"度量吧"）——смерти（"死"）韵

583

脚（出自她的旅伴，也就是诗人的他我之口）的这两个S把"度"（меры）的概念提到了首要位置。

剧本《小雪姑娘》（《圣诞节童话》，1908年底）反映出赫列布尼科夫早期其他方面的探索，即"模仿奥斯特洛夫斯基"追求民间口传和神话自造词的风格，重视"斯拉夫人之伟大"的主题，重视"俄罗斯民族服饰"。在剧本结尾，众人发誓"决不使用外来语"。那时候，诗人还在《晚报》上匿名刊登"轰动一时"（诗人自我评价）的《斯拉夫学生呼吁书》（论"波斯尼亚-黑塞哥维那大抢劫"）。乌拉爱国主义的调子，几近黑色百人团的泛音一直持续到战争爆发 [40]，后来在反战的"超长诗"《捕鼠器上的战争》（1915—1919—1922）里这种调子消失了。在《和谐世界》（还有《诗人》）里，河流说"我爱全世界"，而"栗色辫子的斯拉夫女子"，她们跟所有"和谐世界的神职人员"一样，看到了"世界劳动"的壮丽高潮；"自由如普世灵魂之火／前进永不停歇"，坚信"有西方人的地方，就有东方人同在"，而与此同时：

出自通用之书的词语"罗斯"
　　　　　　　　　　　　··

不仅仅只是充满普希金式潜台词的半谜语似的长诗《乡村友情》（1913）结尾中的一句话。在赫列布尼科夫的诗作中，俄国和俄罗斯人的主题从不让位于"围城"或大一统的思想。

"小雪姑娘"在表演时，禁止了"西方"的，也就是来自希腊、拉丁语的词根，诗人自己实现了这一指令，通过此举释放了自己造词的自发力量。自造词是赫列布尼科夫遗产最鲜明的特点。对20世纪如此罕见的个性化语体（但可比较列米佐夫的语体）进行评价就更加困难了：自1908年起，赫列布尼科夫就不再使用源自西方的"外来词"（例外情况极少）。他没有把禁令扩展到专有名词上去，这一点是可以理解的，此外他还对"东方"词汇进行了敏锐的分类。曼德尔施塔姆曾说自己对赫列布尼科夫语言（"义人语言"）之纯净的喜爱胜过阅读帕斯捷尔纳克的《生活——我的姊妹》时体验到的"最纯净的快乐"（《诗歌札记》，1923）。

*　　*　　*

584　　　随着这等的自我发展，诗人自然而然地逐渐成为一个"人文科学工作者"。从1909年秋天起，他已经是历史语文系斯拉夫–俄罗斯专业的大学生了。也不是没有过犹豫：一开始他递交的是去东方语言系（梵文文学部）的申请。可是大学生活与创作产生了矛盾。1911年6月，赫列布尼科夫（因没交学费）被除名。同年10月，显然是在为了安慰父亲，他还答应考虑值不值得去"考古系"[41]学习，而实际上已经铁了心去过创造性自我教育的"永恒大学生生活"。

　　据鲍·彼·杰尼克回忆，赫列布尼科夫上中学时的一篇作文曾经以"语言用法的独创性和表现主题的自由"让所有人感到惊奇。[42]毫无疑问，赫列布尼科夫最初的艺术散文作品是他12岁那年开始写的鸟类学札记。[43] 1904年，喜欢《天平》杂志和索洛古勃的年轻人已经将自己的某些试笔之作寄给高尔基。[44]如今，到1908年春天，在卡缅斯基绘声绘色描写的那次对《春天》编辑部的拜访[45]之前，赫列布尼科夫曾从喀山寄给维·伊万诺夫14首自造词的诗作（"斯拉夫主义"诗和其他作品，其中有充斥着"时间雀"〈времири〉一词的《住着太平鸟的地方……》；但是其中却没有那首著名的《时间芦苇……》）。

　　不久赫列布尼科夫在苏达克跟维·伊万诺夫见了面。最有权威的象征主义者的庇护持续了两年，诗人的创举得到了导师的支持[46]，于是从1909年5月起，赫列布尼科夫进入伊万诺夫的"圈子"，其中的成员给诗人起了一个足以自豪的新名字"韦利米尔"（意为"大世界"）[47]。伊万诺夫写了一首献给他的诗《致受戒者》。6月10日，准备去乌克兰的赫列布尼科夫就把长诗《动物园》的草稿题词寄给伊万诺夫。后来长诗正式出版时仍然保留了这篇题词，虽然赫列布尼科夫已经离开了伊万诺夫的"塔楼"，脱离了"诗歌学院"（1910年初），那是跟《阿波罗》杂志决裂的后果，杂志违背了诺言，没有发表《动物园》。

　　与《阿波罗》的冲突在诗人的履历中颇为重要，实际上他没有动摇作者个性化语体的性质。到1910年，他的基本理论已经建立，但是杂志编辑谢·马科夫斯基以自己的批评尺度衡量不予接受，这样一来只不过加快了赫列布尼科夫与日益成熟的立体未来主义者的接近。稍后他承认：

> 我在涅瓦河边被骗了，
>
> 因二十三岁而相信了一切……[48]

在《当着我的面熬松焦油……》和《长腿蚊子二号》[49] 这两首抨击性诗   585
作里，诗人描绘了逐渐迫近的与杂志决裂的气氛。两首小诗还透露了赫列布尼
科夫在"诗歌学院"圈子里审美观念的孤独处境。在人们眼里，他是"用地主
石膏浆做的宙斯塑像"（沃洛申），"作家已经把希望换成了／让众人敬重的衣
裳"（索洛古勃），"长颈鹿的崇拜者"（古米廖夫）。与结成一伙的"巴黎"和
"西欧主义"相对抗的是这位"俄罗斯巴扬"（参见另一部讽刺剧《代泽斯侯爵
夫人》里莱莉的形象），维·伊万诺夫和库兹明在剧本中被提及时口吻略带嘲
讽。让我们再注意一下一个已经和这些名字无关的事实：1909年底安年科夫猝
然去世，而"安年斯基最后的悲剧"（阿赫玛托娃语[50]）成了时代的双重损失：
对"安年斯基／赫列布尼科夫"两人关系之丰富潜能的讨论从此只有在思想实
验的语境下才有意义。

由此，在划分赫列布尼科夫的创作时期时，我们已经可以定出两个"瞬
间"和两个"基点"：

1. 1904至1905年布尔马金诺村的"赫尔岑誓言"是"对时间围城"和清
晰的"自我感觉"开始的标志。试比较1914年提纲：我们，各位未来人，从
"1905年起就奔向未来"[51]。体裁性质复杂的《叶尼亚·沃耶伊科夫》（副标
题"原则"）未完成的片段明显可以归为1904年创作，其中作者的他我已经自如
老道地谈论柏拉图、斯宾诺莎和梅契尼科夫，评判禁欲主义、健康人的"自我
形态"（ego-morfiзм［原文如此——作者注］），谈论自己"美学之我"的基
础。[52] 诗人的"伦理之我"则在稍后的诗作中得到了如此鲜明的体现[53]：

> 我们是否需要很多？
>
> 不：一小块面包即可，
>
> 还想要一滴牛奶，

> 天空和这些云朵
>
> 就是我们的盐。

2. 1908至1910年——进入文艺界，交往圈子不断扩大；第一批作品发表，迅速摆脱老师的影响，这些老师包括：索洛古勃、梅特林克、伊万诺夫、库兹明、列米佐夫、戈罗杰茨基（他的诗集《雅尔》），还有勃洛克[54]；与《阿波罗》的冲突，与立体未来主义诗人逐渐接近。某部《长篇小说》的写作提纲和草稿涉及斯基泰人的世界，红太阳弗拉基米尔，"民间的信仰"，斯拉夫民族和"我们的当代生活"。作者在一部欢快的幻想长诗《小孙子马卢沙》[55]里"自我戏拟地"运用了这些力所不及的构思，尤其是对南斯拉夫人的关注。

1908年，诗人为"自足的词"找到了出色的定义："词是绣圈；词是亚麻；词是布。"[56] 该定义使诗人跻身于"经典语文学家"的行列。赫列布尼科夫认为，任何一个词都不单单是社会文化造就的一般语言现成的结果（即体现在详解字典里的"亚麻"），也是工具，是改变已有词汇的手段（即"绣圈"，试比较："语义辞格和句法辞格"），最后，还是把"绣圈"套到"亚麻"上去的某种成果，即在动态的文艺和科学探索（言语、话语）的各种语境中的"布之词"。但是罗巴切夫斯基几何已经将赫列布尼科夫带得更远，带往"造词权"，它的体系、辩证法、理论，带往"星语"的开端和对时间的"围城"。而"自足的词"的概念形象和全体地球人的统一语言，诗人穷其一生地使其更准确。词（слов–）、度（мер–）、运动（движ–）、时间（врем–）、数（числ–）等词根的频率增长在其个性化语体中是不言而喻的。

而对应了我们所说的两个"基点"的则是诗人两篇出色的文章：《让他们去墓碑上读吧……》（1904年底）和《斯维亚托戈尔之冢》（1908年底）。

＊ ＊ ＊

战前岁月似乎全然被赫列布尼科夫在"叙莱亚"团体的一批朋友以及接近这一团体的艺术家的各种发言所填满了，但诗人和所有能够帮助他出版诗作的

586

人建立了联系。比如，1913年，吸引他的是《斯拉夫人》报（圣彼得堡），他在这家报纸上发表了一篇很有原则性的文章《论拓展俄罗斯文学的界限》（号召拒绝"俄罗斯文学人为的狭隘性"，因为现有的文学几乎涉及不到欧亚大陆的许多领域，涉及不到俄罗斯历史的某些时代，以及栖息在俄罗斯土地上的各个民族）。晚期斯拉夫主义或"抗德意志"的主题还鸣响在《何谓乌戈尔罗斯人》和《西方的朋友》两篇文章中。[57] 短篇小说《煅冶的心》歌颂了黑山人的英勇，赫列布尼科夫早就对这些人产生了兴趣。[58]

得益于作为出版人的克鲁乔内赫的热心帮助，他在未来派的成员的文集之外发表了一些作品，如和克鲁乔内赫一起写成的长诗《地狱里的游戏》（1912）（受普希金《地狱里的诗》的残稿片段的影响[59]）；诗作《哦，疾驰乌云的陀思妥耶夫斯基笔法！……》（1909；在这首诗中"普希金美"这个自造词与"丘特切夫"的名字"毗邻"出现）和《我们想对群星以"你"相称……》（1910；没有全部写完）收入作品集《从终结开始的世界》（1912，石印出版[60]）；诗作《螽斯》（异文）和《绿色的林妖……》收入诗集《古老的爱情？轰然倒下的大树》（1914）[61]。

1913年夏，讨论了筹建"未来人"剧院的设想。赫列布尼科夫尽管未能出席克鲁乔内赫、马列维奇和马丘申在彼得堡近郊为此举办的聚会[62]，但他对此创意做出了积极的反应，并且在8月就列出自造词样品清单，以取代"西方"戏剧术语：作者（автор—*дей*）、戏班（труппа—*людняк*）、剧院（театр—*созерцебен, созерцавель*）、导演（режиссер—*указуй*）等等。在歌剧剧本《战胜太阳》（圣彼得堡，1913）出版时，增加了"序幕"——《黑色创作之小传说》，其中充满了诸如"在'未来荣光城'剧院里有自己的提词者"（В детинце созерцога "Будеславль" есть свой подсказчук）这样的句子[63]，标题中的词语创造的"传说"因"黑色"这个修饰词而显得陌生化，同时"传说"又以一种怪诞的方式使剧本和"序曲"以及标题中的"战胜"变得陌生化：诗人甚至在1917年写的《赤裸的自由向我们走来……》一诗中，仍将"强大的人民"赞美作"太阳的忠诚臣民"；后来，他本人通过向"各个太阳发出命令"，指出了它们意义的急剧转变（指的是已经发现的"宇宙的法则"）[64]。

1913年赫列布尼科夫与克鲁乔内赫共同署名的两份宣言《词本身》《字母本

587

身》[65] 常常被人不加分辨地引用，尤其是第一篇宣言，但尽管赫列布尼科夫参与了两份宣言的拟定，但他是否有决定性意义却令人怀疑。他对这位朋友没有看得太错。《克鲁乔内赫》一诗（1921年秋）语调平和，其中把这样的诗行[66]：

> 你机敏地捕捉别人的想法，
> 以便引到极致，直至自杀——

和这样的记忆——这位诗人"最爱搬弄是非，是个大淘气"，又"往往充满柔情"——相提并论。的确，这是个"诽谤信的灵敏出版商……，／但生就一双少女的眼睛"。

从1910年起，赫列布尼科夫常常去赫尔松近郊的切尔尼亚克镇主动拜访布尔柳克一家，希望"叙莱亚"的成员能理解他的那些不能融入立体未来派斗争的追求。他高度评价达维德·布尔柳克作为组织者、宣传家、出版家的作用。试比较《布尔柳克》（1921年秋）一诗中的"总结命题"：

> 风景如画的各个世界奇异地夭折，
> 预兆着自由将挣脱枷锁。

1912至1916年期间文学社团的相继"夭折"与身为编辑的布尔柳克有着直接关系。他"编辑"了许多文集，但价值参差不齐。但赫列布尼科夫的小册子《老师与学生》是在他的帮助下才得以问世。在他的帮助下，赫列布尼科夫的作品相继收入《给社会趣味一记耳光》《评判者的陷阱》《三人圣礼书》《残月》等文集。1914年布尔柳克出版了他的一卷《创作集》，准备出版"全集"第二卷，用他的话说，他毫不怀疑他所经手的文本，"其重要价值现在还不可能被人理解……"[67]

但是，由于出版作品将作者"完全排除"在外[68]，布尔柳克本人并不能保证文本能免遭最粗暴的歪曲，放任作者的手稿被任意篡改为所欲为，这激起了赫列布尼科夫的强烈抗议[69]，生前没有一本他自己校勘、修改的作品集能够出版，这在20世纪是极为罕见的现象。赫列布尼科夫的"未完成"方法可能为

588

布尔柳克提供部分辩解的理由，因为作品是在刹那之间完成的，而其虚拟未来"历时性"取决于太多的因素，以至于文本的潜能无法在自身内部被穷尽。他经常能发现赫列布尼科夫超文本构思动律中新的发挥。"他所发表的东西的完成只是一种假象"这个命题[70]是一种过度的夸张。尽管犯了很多错误，布尔柳克对于诗人来说仍是一个"有明眸的人"[71]。

米·瓦·马丘申经手出版的情况较为顺利。他听取了赫列布尼科夫的执意请求（不顾布尔柳克与卡缅斯基的反对），将年轻的"小俄罗斯女人米丽察"[72]的诗收入了《评判者的陷阱》第二辑；他还出版了他的诗集《1915—1917年战役·战争的新理念》（彼得格勒，1915）和《时间是世界的度量》（彼得格勒，1916）[73]。马丘申是赫列布尼科夫在叶·亨·古罗死后所写下的那封著名信件（1913年6月18日）的收信人，古罗受到诗人很高评价。这封信的内容与整个文体描绘了作者的形象，温柔、明晰与细腻的深邃情感表达得罕见的完美，使得伦理道德、心理感受、审美情趣达到了和谐统一。[74]

1914年1月马里内蒂的俄国之行，导致立体未来派成员的分裂，同时加速了"叙莱亚"的瓦解。马丘申[75]回忆道，在圣彼得堡马里内蒂的讲演会上，素常冷静的赫列布尼科夫"非常气愤，差一点儿把（讲演会的组织者）库利宾揍一顿"。诗人在讲演会上散发传单，传单最后一句话是："殷勤好客的绵羊缀着奴才的花边。"第二天，在对马里内蒂说出了"庸碌无为的饶舌鬼！"和"再见吧，草包！"这一类的粗话后，赫列布尼科夫宣称："从今天起我跟'叙莱亚'没有任何共同之处！"[76]

也许，后来（在长诗《奥列格·特鲁波夫》中）提到"拉辛的流星锤般的争论"[77]时，他在记忆中还保留着这一幕情景的鲜明印象，但已经不再生气，他与"叙莱亚"团体毕竟还保留了某些"共同之处"：1914年他的诗集《里亚夫！》《选集》和《创作集》问世。战争使依旧准备"站在刻着'我们'一词的巨石上"的他们团结在一起（就像《给社会趣味一记耳光》问世那年一样）。

"同志与朋友"的主导语调终究还是被破坏了（诗《七人》，1912年）。战争开始前夕，赫列布尼科夫一边在长诗《森林的恐怖》（1914年夏）中评论"流浪狗"的生活，述说自己在这"恐怖"中的地位，一边平行对比了（并不明确的）自己（在"流浪狗"酒吧中与他坐在一起的是"因荣誉而大汗淋漓的朋友们"）与（出乎意料、有失公正，但同时很能说明问题）……"被朋友们压制"[78]的加蓬神甫。在指出"这里是胡说八道，那里是荒诞可笑，／器具叮当作响，分头熠熠生光"的同时，他也不原谅自己，以及自己的内在危机："像一匹脱缰的野马／这一年忘记了我是谁。／但是很晚，很晚打起退堂鼓，／就让歌声掩盖诺亚。"他的讽刺是对自己而发，略带苦涩，然而无情：

> 险些丧失了自己的良知，
>
> 但有的是体验填充故事。

但并非总是这样："也曾把普希金赶超。"（此处的自我嘲讽的复杂源自对"当代轮船"的回忆：诗人从轮船上"抛出的"并非普希金"本身"，而是被1910年代的社会庸俗化了的那个与自己心灵很亲近的形象；这一点已被遗忘。）他希望——

> 要还给俄罗斯的血统
>
> 这样一种言语——
>
> 它能让夜莺的啁啾与漂泊
>
> 在那里像江河般淌流。

"流浪狗"的地下室，"这个皮条客"，对他来说成了"棺材的拱顶"——诗人则依旧是鲜活的"白桦，这棵白桦的太阳穴／留下了一道创伤"（1904年刻上"誓言"的那株白桦）。除去各种胡说八道，他也在"流浪狗"的"花哨谈话"中寻找（"像为篝火寻找枯树枝"），显然也找到不少同样在探寻某些类似东西的人。《森林的恐怖》原来并非完全不能穿越。然而诗人保留着对"朋友们"（和"人们"）的谴责，因为在寻找的是他，却没有一个人真正地将他寻找[79]：

> 但在寻找火的人们中间，
>
> 人们啊，请把我也寻找。

许多人都按自己的方式找到他，这些人既有"叙莱亚"成员，也有参加马雅可夫斯基和布里克夫妇的宴会而结识的人。许多人以不同的方式与他接近，有些时间很短暂，有些维持的时间很久。这些人当中有阿谢耶夫、格·佩特尼科夫、德·彼得罗夫斯基和谢·特列季亚科夫，艺术家鲍·格里戈里耶夫、塔特林、纳·冈察罗娃、菲洛诺夫和马列维奇，西尼亚科夫一家和布鲁尼、尼·叶夫列依诺夫、梅耶荷德、留·伊夫涅夫，作曲家阿·卢里耶，稍后还有画家瓦·叶尔米洛夫、梅·多布罗科夫斯基和叶·斯帕斯基，工程师亚·安德里耶夫斯基，年轻的丽塔·赖特和沃洛佳·别斯梅尔特内以及哈尔科夫的其他"公社社员"[80]，莫斯科高等艺术与技术工作室（呼捷玛斯）的年轻人，伊萨科夫一家和曼德尔施塔姆一家，无所顾忌一直忠实于赫列布尼科夫的彼·瓦·米图里奇等。

再一点值得思考的是赫列布尼科夫对他所遇到的各流派及其价值的探索。这关系到诗人与叶赛宁、马利延霍夫、谢·博布罗夫交往的背景问题。"叙莱亚"派成员与谢维里亚宁关系破裂一年后，赫列布尼科夫忽然对这个名字产生了兴趣（尽管一语双关的俏皮话伊戈尔·乌瑟普利亚宁①有可能同样出现于这段时间，也就是在1915年 [81]）。

像普希金一样多情的赫列布尼科夫一生经历过多次恋情，他没有找到真正的生活伴侣，再说有哪个女人敢把自己的生命托付给一个"狂者"呢？

赫列布尼科夫具有悲剧意义的"孤独"（《孤独的戏子》，1921—1922）是一个"疯狂，但了不起的"（阿赫玛托娃语）诗人，在身处众多向他伸出手的人们之中时，所具有的那种无与伦比的孤独。他在燃烧，身上发出非凡的光焰，而要占据他所寻找的"神意注定的交谈者"（曼德尔施塔姆语）的那个自由化合价绝不是一件轻松的事。

590

＊　　＊　　＊

1914至1915年间，赫列布尼科夫一度痴迷于泛日耳曼主义与反泛斯拉夫主义的对抗。《给斯拉夫对德意志的压力》[82] 与《关于风暴战争的训令》[83] 相呼应。马丘申保存着这份训令，但没有将其发表。还有一个回响着"爱国主义"情调的片段标注的写作日期仿佛竟是1916年。[84]

1915年夏天，赫列布尼科夫居住在莫斯科郊区米哈廖沃村布尔柳克家的别墅。他按照自己的生活习惯，常常在夜间工作。在布里克夫妇举办的一次"周六朗诵会"上，马雅可夫斯基称赞赫列布尼科夫为"俄罗斯诗歌之王"。诗人指出，临近新年时，"奥西普·布里克宣布为时代之王韦·赫列布尼科夫干杯"[85]，后者半带嘲讽地说："我贪图恭维。"[86] 与此同时，1915年初，诗人在写作他那奇幻到"无忧无虑的、戏谑的程度"[87] 的中篇小说《卡》，作品中有"非洲的声音"（依据《故巢》的说法）和神秘的"卡"——它象征着生命力，是故事叙述者兼主人公的分身：在小说中古埃及神话、未来的"2222年"与彼得格勒的现实奇妙地交织在一起。11月完成了剧本《死亡的错误》（这是跟勃洛克和索洛古勃的"死亡"以及克鲁乔内赫的"歌剧"进行的争辩）[88]。

就在那个时期，未来派的出版物中发表了他许多带有明确反战性质的文本，这些文本后来被收进超长诗《捕鼠器上的战争》，其中有这样的诗行：

> 布良斯基一家衰落，蒙塔舍夫家孩子成长，
> 已经没有年轻人，已经没有我们，
> 晚餐时边吃边聊天的黑眼睛国王。
> 要知道，他很高贵，我们需要他！

还有"人们，要记住，人毕竟有羞耻，／西伯利亚的森林拐杖都不够给你们。"这两行早就被人引用过。不过，超长诗另外一些特征完全不同的形象也刻画得相当有力："马利亚温笔下的美女"和"马雅可夫斯基的呼唤歌"，"二十二岁年轻人亲爱的国家"和：

你们曾严厉，你们曾充满灵气，

我曾是多瑙河，你们曾是维也纳。

除了二月革命颂歌、《赤裸的自由向我们走来……》这节诗之外，还有
《今年的秋天如此胆怯……》这样一节。超长诗的自传性根基催生出的只是各
式各样的新芽。由超过二十节，甚至都没编完号码的诗节组成的多维形象与多
格律自由诗体的时空体非常明显地表明，作者观念与精神的核心焦点是国家的
生命和一个愈发坚定的渴望——"把战争淹死在墨水瓶里"。

591

自1916年4月起，诗人经历了整整一年当兵的各种考验——在察里津预备团
当普通士兵，以列队操练为形式的"处决和讲究的拷打"，"疥疮小队"的小医
院、喀山的军医院、阿斯特拉罕医院，"在疯子当中度过的三个星期"，在萨拉
托夫城下第九十预备团当列兵……军医学院编外副教授尼·伊·库利宾对稍稍
减轻这个士兵的痛苦命运起了重大的作用。[89] 直到1917年2月之后，诗人才获准
五个月的假期，于是立刻动身去彼得堡，途中被怀疑是临阵脱逃，甚至被关进
了禁闭室。

还在1916年夏天，赫列布尼科夫就通知马丘申，说他"对词与数字有许多
研究成果"[90]，《论词语》让读者关注"星语"的构建。他赋予词开头的第一个
（后来则是所有位置的）辅音以意义。这种思想在《世界的艺术家们！》、《我
们的基础》（1919）、诗作《关于 Л》（1920）中得到了概括的体现。在《赞
格济》（1920—1922）中音位（也就是"准语素"）的特殊意义被以具有美学
意义的象征形式呈现：Л象征民主，Г象征高峰或最高政权，Р象征崩溃、战
争、革命，而К则象征"束缚人的"停滞。《和谐世界》一诗可作为典型的参
照：

日耳曼（Германия）的 Г 坍塌了，

塌陷的还有俄罗斯人（русские）的р。

于是我在雾中看到了，

施洗约翰节（Купала）前夜大火的 л。

就在那封信里，赫列布尼科夫宣称"要跟曾与我争执的人讲和，不然大家就各奔东西"，同时宣扬"大家共同的文集"，其中包括克鲁乔内赫、马雅可夫斯基、布尔柳克"和我"。一年以后他又重提这一想法，却以卡缅斯基取代了马雅可夫斯基。看来，言者无心：他在《虎背上的莉亚莉亚》（1916年末）一文中还把"云人弗拉基米尔"的《穿裤子的云》叫作"闻所未闻的作品"。

1916年"对人群的围攻"并没有中断。1915年诗人写了建筑学"怒吼诗"《我们和楼房》，献给"流浪者的城市"和"贪婪和愚蠢的联盟"，出租公寓楼，"耗子楼"，"愚昧与异己意志的……'怪物'"，诗中并列或对立着某些"未来主义想象力的怪物"——"桥楼"，"白杨树楼"，"毛发楼"，"薄膜楼"，"书楼"，"骨架楼"和"透明纯洁的蜂房"。这些楼房（《未来的城市》与《未来的莫斯科》，1920—1921）里借助直升飞机塞满了"玻璃小屋"；"私人建筑"被严格限制，而人们则被指定有权成为"某个不确定的城市"的蜂窝单元的所有者（"街道创作者"和"合股协会"随着时间的推移将成为国家政权，照作者的说法，将会出现"建筑国家"）。也是在那时候，赫列布尼科夫在《论研究故事的益处》一文中用飞机的发明解决了古代有关飞毯的幻想这一点来比附他所期待的未来"所有国家结合成地球共同体"的心愿。《伊朗歌谣》（1921）只是用点滴忧伤巩固了这个梦想命题：

> 我相信展望未来的童话：
> 过去的童话将会变成现实，
> 然而当轮到我的时候，
> 我的肉体成灰早已消失。

还在当兵的1916年，赫列布尼科夫就曾提议库利宾加入"'317'成员社团"。这是他对自己的"时间的独立国家"想法的称谓（在从"疥疮病医院"寄出的信中）。这个社团里联合了从"获得者"当中分离出来的"创造者"；"未来人"被临时调入"火星人"等级（宣言《火星人的号角》，1916年4月；提到了赫伯特·威尔斯）。在这个国家，"时光盛开，宛如稠李花"。诗人没有把"长辈"与"过去时代的人"等量齐观：库利宾与威尔斯比赫列布尼科夫年长许多。他在《写给两个日本人的信》中提出新命题，宣称："要知道，如果有祖国这一观念，那么也就有子国这一观念，我们将同样保护这两者。"诗人急剧地转变了对"老年人"的看法：他再也不回忆"二十二岁年轻人亲爱的国家"，而是在明确自己伦理上"权利捍卫者"的立场。

1917年2月以后，赫列布尼科夫很快（在两个编辑部）写下了《各位地球主席的呼吁书》，其宗旨在于努力创建一个各个民族与文化活动家的共同体，而这些活动家应该明白，如果"时间公社"不去跟"过去的国家"以及"战争公司"的商贸大厦展开对抗的话，那么目标——"对人类的科学构建"和（诗人的"想象的政治经济学"中的）"反钱财的崇高元素"——将不可能实现，而人们将把任何一个"空间国家"的"颌骨弄裂"。

《呼吁书》的夸张辞藻充满了隐喻和乖张：

> 为什么祖国变成了吃人魔，
> 而故乡成了他的妻？

或者：

> 就这样，掷出挑战的手套，
> 四个字：
> 地球政府。

这种激情使人想起《给社会趣味一记耳光》、诗集《里亚夫！》、诗歌《我们想对群星以"你"相称……》（1910）的激情，最为接近《捕鼠器中的战争》一诗的激情，而《呼吁书》的构想也正是从后者中产生的。

毫无疑问，《呼吁书》具有"乌托邦"的色彩，假如我们依然囿于"乌托邦的——科学的"，"无法实现的——真实的、实用的"这样的对立，以及"乌托邦——反乌托邦"这样的标尺的话。但是，在维·恰利科娃[91]的作品问世之后，在记住"乌托邦"与"神话诗歌因素"（作为假定的同义词）的同时，对我

593

们而言更重要的是要去搞清已经成为诗人原则性范畴的想象的本质。

他笔下的"乌托邦"是艺术地研究完整统一体的各个方面及其发展变化的方法。诗人的"塑形的想象"、他对科学知识的"诗化"以及自身的"美学认识论"帮助诗人找到了体系。"幻想"（греза）这一概念在他的自造词中无与伦比：从"大幻想"（грезилища）[92]、"幻想祈祷"（грезитвы；源自诗《火神！火神！》，1908）、"幻想烘烤师布尔柳克"（Бурлюк-грезопек）的形象（1921）[93]，一直到《未来的悬崖》（1921—1922）的尾声："我们的土地将是伟大的幻想之圈舍（грезарня）。"[94]

揭露"地球政府"思想是一种"乌托邦"无须花费多少气力。但作为一种确定的"对未来的预见"[95]，作为"俄罗斯思想"（陀思妥耶夫斯基式的"人类的联合"）："让我们走向世界的聚合！"（"斯克里亚宾式的"[96]），走向同一个"相信人类的人类"——"地球主席"思想既可以成为对"民族意识形态"的探索，也可以成为对"全新文明"（尼·尼·莫伊谢耶夫、维·伊·丹尼洛夫–丹尼利扬式的）道路的探索，还可以成为对接收"未来之波"可行性的探索（根据后来的各种设想；照赫列布尼科夫在《故巢》中的说法，"……未来是创作的故乡"）。

"'317'社团"以及"地球主席"思想诗人后来再未放弃过，这两个思想使我们必须将1916与1917年当作他创作分期的第三个"基点"来看待。

*　　　*　　　*

对于尼古拉二世的逊位诏书，诗人以《人民举起最高的权杖……》做出回应。

诗人自己在《故巢》中把1912年做出的关于国家政权将于1917年崩溃的"预言"称为"辉煌的成就"。但更让人惊讶的是他顺便做出的预测（1916年底的一封信）："这只有一年半，然后外部战争将转变成内战的死水。"[97] 关于这场"死水"的威胁好多人都说过；但这种预言的精确性（不是一年，也不是两年，恰恰是一年半）从何而来？"时间法则"还没有被发现呢……

同样的敏锐性使赫列布尼科夫于1917年10月25日来到彼得堡，然后过了屈指可数的几天，他又到了莫斯科。在那里，冒着流弹，不顾封锁，几次被

594

阻拦，被搜查，但他"有一天深夜沿着花园街走过了整个莫斯科"[98]。注意，1918年1月他还观察了苏维埃政权在阿斯特拉罕的胜利（特写《谁也不能否认那件事……》，1918）。[99]对空间的这种近乎记者般的渴望在如今可以被说成是对"热点"的向往。1918至1919年之交赫列布尼科夫最后一次去了阿斯特拉罕，与《红色军人报》积极合作。而在1919年春天他已经离开莫斯科，再度被吸引去南方，去哈尔科夫，他以为那里的饥荒没有那么严重。诗人在那里经受了巨大的痛苦："政权不断更迭"，体验了当地的疯人院（即所谓的"萨布罗夫别墅"），忍饥挨饿，得了两次伤寒。1920年2月23日在写给布里克的信中他写道："太可怕了！"[100]然而，正是在哈尔科夫（他在那里住了一年多）开始了他1919—1922年间令人难以置信的创作高峰。

这里几乎所有的作品都证实了这个创作高峰。主题、思想、体裁越来越丰富多样，时空体也更为具体化，更加相信想象的能量，相信未来，相信"羞怯的能量"。诗人将自己的"围城"修建得更严密，依靠最后三年个人的与社会的经验，力求使各个"围城"成为一个综合体。因此他有机会对自己的创作进行较为深刻的反省，并且在其创作中"智识的因素"与"感情的因素"达到了更明显的交融。正是在这里他写下了自己"最优秀的"作品（根据他自己的评价）——长诗《诗人》（它的其他标题有：《狂欢》《水妖》《水妖与诗人》和《三一节周》）。

这首长诗的构思诞生于"萨布罗夫别墅"。在那里他得以躲避邓尼金军队征兵的威胁。这座"别墅"在长诗《迦尔洵》中曾经描写过（"半是铁皮的房子……"）[101]；后来作者借助不理解赞格济的"人群"之口说出了"兵役的疯狂"；另外的形象："在大道的积雪上，／士兵横躺竖卧像无用的劈柴，／死尸像木板堆积到天花板，／在往日学校的寝室。／哪里是疯人院？／在墙壁里边？还是在外面？"——这里无须注释就能明白。诗人进一步表达了自己的信念："地球的拉达①，／飘荡在国家上空。"

长诗《诗人》一开头出现的一年四季就确定了变形、更迭的思想和"普希

---

① 在乌克兰语中，"苏维埃"被称作"拉达"。1919—1934年哈尔科夫曾是苏维埃乌克兰共和国的首都。——译者注

金的抑扬格”的惯性，接下来这种惯性常常被打破，但时不时冒出的“深红色”（багрец）这样的词和очи—ночи（眸——夜）这样的韵脚仍然支撑着这种惯性。

“三一节周狂欢”的场面，如同主要的形象——在长诗结尾被宣告为“姐妹”的水妖（作为调停者诗人的论敌）和圣母——一样，都在后来的超长诗《闪电姐妹》中得到了呼应。[102] 狂欢性是赫列布尼科夫很多作品的特征，比如在诗作《劳动节》（1920）和《劳动的纳吾肉孜节》（1921）中，在“渺小者的反向伟大”的法则中都能找到狂欢性。[103] 不过，这里熟悉的人物，如水妖和诗人，都是作者着力反思的对象。

595   温柔的小雪姑娘与幻想的鹤，侯爵夫人代泽斯（还有她的旅伴），可笑的小鬼，卖弄风情的维纳斯（去萨满家做客），最终还是没有兄弟，如同失去翅膀的鸽子般的伊万（出自明显“普希金式的”长诗《乡村友情》），这些形象以不同方式离开了读者的视野，其他一些形象则完全就是在逐渐消失。骇人的《火车蛇》（1910）还留在镜头中，不过更像是被反讽战胜了的“纸龙”。在诗《贫民窟》（1910）中，鹿变成狮子的奇迹意味深长，但毕竟只是个别的讽喻。

而在《诗人》中，三位主要人物虽然外表没有什么变化，但却“沉浸在（自己与这个世界的）关系”中。共同的誓言联系着诗人（“追求韵律和谐的囚徒，／远离了快乐，沉思的俘虏”，“为某种幻想而惊喜”）、水妖（她的心灵中有“某种／让头脑惶惑的东西”；她觉得，诗人只期待着“学术圣火的节日”，而她，“波浪里的居民”、“远古世界”的孩子，这个世界因“理性思考”而被磨成了“白色的痛苦”，诗人特别害怕，这引起她的委屈与嘲笑：“我给你的歌唱带来花环，／请把我写进崇拜者名单！”）和沉默的圣母——她遭受驱逐，命中注定像水妖、像诗人一样漂泊（“但女乞生就圣洁的脸，／像蓝色天空一样伟岸”），这些象征性的形象体现了现实世界的多维性：理性（诗人的“沉思”、“头脑”）和情感——多神教神话的诗歌（“诸水的新娘”）和基督教形而上学的崇高（“群星的新娘”）。在长诗的结尾这三个形象仿佛和读者面对面，恰似一张神秘而又清晰的照片（类似一个已经被提出，但仍未找到答案的问题）：“像家里夜晚的幽灵／长椅上冻僵了三个人”。

长诗《三姊妹》（1920年3月）中叙事的脉动全然不同，舒缓，平稳，像

"叙家常"一样。诗人自由了，于是在休息的时候即兴为女主人——西尼亚科夫家的三姐妹画像。1922年，诗人在长诗《蓝色的枷锁》中重新塑造了三姊妹的形象。长诗的标题（Синие оковы）取自三姊妹的姓（Синяковы），符合"星语"与"时间法则"的要求，"蓝色的枷锁"就像"崇高的卡"和"天上的木桩"、宇宙轴心一样，——对抗1917年抛来的枷锁，对抗那些想让"卡""走出烂泥"的"木桩脑袋"，对抗"顽固的死亡之未婚夫，／顽固的战争之鲟鱼"。把两部长诗联系在一起的特殊纽带是回忆。第二部在莫斯科写的长诗，不仅源自第一部在哈尔科夫写的长诗，而且两部长诗拥有共同的体验根基，因此对词语的回忆也很接近。《蓝色的枷锁》描写的是"片警"："哨声响在耳边，因为写的是活的词语，／而与此争吵的是法律"；在严肃的"我相信：地球的世界理性／远比大脑更宽阔"前面的却是欢乐的引语——关于雅斯纳亚·波良纳的明亮、欢愉的记忆：

> "奴才！去秉报，
>
> 太太摘采了许多樱桃。
>
> 快叫人把毯子拿过来。"

与《诗人》同时产生的还有长诗《森林的忧愁》，就语调而言一点也不像《诗人》，就情绪而言，与《迦尔洵》构成鲜明的反差。长诗在其描绘大自然充满了光明的欢腾画面中"躲避着黑暗"，这些画面甚至比"多神教"长诗《维拉与林妖》（1912）更富有田园诗的情趣。剧中人物有：风神（"轻浮的负心汉，／给他的不是花环，是笤帚"，这个"总爱撒谎的人"）、被他欺骗的维拉、爱慕维拉的林妖、水妖、老翁、渔夫、少女以及为长诗结尾的晨之神——这些人物运用了作者所喜爱的多样格律（扬抑格占优势），但他们说起台词来却用"同源形似词的齐唱"。"幽灵与巫师的时分"被劳动的白昼替换："一切都静悄无声。／在村庄，在遥远的打谷场，／连枷在连续敲打。"

长诗《三姊妹》（以及跟它相近的诗歌《我和你》和《勇敢点，勇敢点，闲暇的心灵！……》[104]，在某种层面上长诗《森林的忧愁》亦然）是国内战争白热化时期自然而然的舒缓消遣。这位未来人的抒情位格通常体现在与"史

596

诗"位格的奇妙融合中，而与文本在体裁和形式上属于哪一类无关。他并未把这样的"抒情"列入自己主要"围城"的范围，这显然是出于一种信念：有关"心""情感""灵感"或者"潜意识"对创作而言必不可少的崇高思想是一个众所周知的道理。但比如说，在《故巢》中就尤其强调上述因素的作用，赫列布尼科夫对"抒情元素"进行围城这一题目至今还没有人研究，大概是出于误会。

攻下"史诗围城"当然是主要任务。但是，就连"抒情诗"也没有被赋予对史诗"内容"进行抒情"表现"的简单作用。抒情诗多次把"被渴望的睫毛闪烁的意志之益（вольза）"（1918）或者"谚语及绕口令的春天"（1919）从史诗对"学术之火"的"酷刑"中解放出来。这一点抒情诗做到了，但是有一个条件：诗人一刻也没有停止过"对词语的围城"，而这一围城本质上是"抒情叙事性的"。

如果没有造词（"意志之益"——вольза，或"寒羞的"土地——стыдесная земля），没有"星语"和／或"声音模拟"（《天空的划痕》，1920）的实验，没有对"鸟语"（见《赞格济》）和"玄妙"——"玄妙语言"的思考[105]，没有为"扩展意义"而使用的各种同源形似词勘查手法或经过检验的"怀旧主义"手法（各种类型的比较、隐喻，甚至"俗套"："马蹄踏踏／沿着田野奔向白杨"；"春天的烟呼唤蜂蜜／人群与蜂群相继而行，／飞往这里，如飞入白色房屋"[106]等等）诗人的个性化语体就不可能会有真正的艺术发展，他对时间、数字和多数所发起的那些"史诗性围城"也就难以取得进展。赫列布尼科夫同样珍视"严峻的"（суровый）和"温柔的"（нежный）这两个词，但在具体实践中更多地采用"温柔"的词根，如：негистель 温柔太平鸟（＜ свиристель 太平鸟）、нежево 温柔花边（＜ кружево 花边）、нежносвистный 音韵柔婉的（曲调）、нежногорлый 嗓音轻柔的（普希金）、нежчина 柔情汉（＜ мужчина 男人）等。试比较Нежный Нижний 温柔的下城（1918年诗人到过下诺夫哥罗德）。

*　　　*　　　*

597　　　如今展现在我们面前的是由那些岁月诸多文本汇聚成的一个罕见的星座：《战壕之夜》和《和谐世界》，超长诗《吾从镣铐》（1919—1920—1922；其中包括：《唯一的书》、诗作《亚洲》、《哦，亚洲，我因你而憔悴……》、《当代》），一头一尾则是《巴巴石像》（1919年3月）和《契卡①主席》（完成于1921年秋）[107]。这些作品与文章《我们的基础》（1919年3月）以及戏剧化长诗《苦与笑》（1920年6月；后收入《赞格济》）一起，构成了一个非同凡响的银河系，其中汇集着丰富的文本、观念或深思，以及它们彼此之间或"强"或"弱"的交互联系与作用。

如果试图从这一高压场概括出它的"散文性本质"的话，我们大致能得到这样几句简练的总论：

——未必值得寻找赫列布尼科夫在哈尔科夫期间，甚至再晚些时候的"主要"作品。他的创作"中心"永远是他此时此地正在写的那个文本。《赞格济》和《命运榜》成了他总结性的操心事。但这两部作品还不能包容作者所有最重要的思想。在确定《赞格济》组成部分的时候，他的犹豫很能说明问题：诗人完全不清楚值得给予综合的那些作品之间的全部联系。

——哈尔科夫时期，是作者眼里他最伟大的发现的前夜，那就是发现了"时间的基本法则"。是前夜，但还不是转折本身，转折出现在巴库（1921年末），随即导致个性化语型和个性化语体最核心的新内容，导致新语调的巅峰，导致新的自由诗体（或者依据另外的尺度来说的话，是新的三音节诗格；参见下文），导致诗人对世界与历史（以及一如既往对语言）提出的那些"永恒"的问题与新发现之间新的关系以及比例，这些新发现一方面是大量找到的答案，另一方面则是严谨的体系渐趋驯服这些答案，但这种体系却又不断引发出新的问题。

在巴库，赫列布尼科夫在札记中写道："1920年12月6日心头得到了轻松：时间是空间的对数。"[108] 在哈尔科夫，还仅仅是对轻松的预感，关于"对数"当时还仅仅属于猜测。

札记中还出现了这样的文字："关系越复杂，数字越简单"；"我像只母猫，盯着数字，直到耗子从眼前跑过"；"我沉醉于数字"；"20年8月1日：对词义的感情全然消失。只有数字"；"1920年8月7日：我梦见了拉格朗日和欧拉来

---

① 肃反委员会的缩写。

访"[109]。《和谐世界》写于5月，回文长诗《拉辛》写于7月。6月15日就已开始
了"数字带"。从巴库札记中我们可以知道这个"带"何时结束："1921年3月
14日，星期天，从数字转向词语。"[110] 一个特殊的创作时期就是这样逐渐显现
的，有半年多时间，诗人"忘记了音韵的世界"，他就像给"燃烧的数字篝火送
去干树枝"一样，把音韵送去献祭。[111]

598

当然，他明确地知道："神圣的话语"会回归于他。更何况这种话语的基础
都将在未来《命运榜》的一切"数字部分"的素材中得到体现，而诗人也没有
中断《吾从镣铐》的写作。[112] 与《命运榜》构思同时进行的"超体裁"实验衍
生出《赞格济》的总结性体裁。因此，就本质而言，"干树枝"与"数字篝火"
的形象终究有些言过其实。

这一切说明的主要问题是：对于赫列布尼科夫而言，下面这些做法都是不可
能的——无论是醉心于对时间和语言的学术围城，从而能脱离当代；还是以存在
主义的苦行僧生活为屏障（崇高的圣愚品行，日常生活层面的自我牺牲精神），
忘却博大的世界，忘却此时和此地；还是在挣脱兵营生活或"萨布尔卡"[①]后，与
对社会秩序的围城断绝关系——这种世界秩序就是自由、平等、博爱的问题，诗
人周围的广大"人群"都被残酷地吸引进了对这些问题的解决之中。

这里指的就是"接受十月革命"的问题。无论二月革命，还是十月革命，
诗人都予以"接受"。自1918年起他就与苏维埃政权积极合作，无论在莫斯
科，在阿斯特拉罕，在这里，也就是在哈尔科夫，而后在巴库和吉兰（1921年
他与几支红军部队奔赴又一个"热点"——在伊朗里海沿岸这个不稳固共和国
动荡的末日时分前去支援这些什叶派穆斯林[②]），然后依然是在巴库，在热列兹
诺沃茨克，还是在罗斯塔分社当夜间值班员的五岳城都是如此。他一直合作，
但却是一个持异见的宣传者，宣扬坐标更替，宣言自己的世界秩序模型——自
成一体的"赞格济思想体系"。外表看这一体系似乎接近欧亚主义，但实质上
与那种主张和路标转换派思想都相距甚远。

《战壕之夜》一开始，作者明确说明自己是"过去的步兵"，看着"巴巴石

---

① 即哈尔科夫的精神病院"萨布罗夫别墅"。——译者注
② 1920年伊朗北部里海地区曾短暂成立过一个吉兰（波斯）社会主义苏维埃共和国，1921年9
月因内讧和苏联撤军而灭亡。——译者注

像"，意念或本身都处在"红色战壕"里，听着《国际歌》的歌声（如同"国际歌有力的巨浪／将夜晚的草原拥抱"），并且在睡梦中（可以在"去睡觉"和"该死的胡话！"这样的词句中看出对睡梦的暗示）沉思着，或者说痛苦地思考着"谁将在军事争端中获胜"——是"沙皇们的奴隶"（也就是那个到最后也没有被点出名字的邓尼金），还是那个"被劳动视为朋友的人"（也就是没有被点名的列宁）。邓尼金默不作声：就算诗人当真想再次听取为"地主老爷们"和"一百个民族的刽子手"的申辩，那也得像是长诗《现今》（1921年11月）中那位接受"命运的严酷曲调"的有良心的大公的独白那样："人民造就了我们，推举了我们。／那好吧，你来行刑吧，人民！"

　　《战壕之夜》只是勉强提及了帽圈上有"鲜红星星"的"战士们"的论据。在《和谐世界》那些概括性的形象身上，这些理由在长诗的一个个版本中不断变动，以至于读者并不总是能将呼语"你"和各种命令式——这些命令式近似《国际歌》的曲调和节奏，有时近似无政府主义者——与长诗结尾作者那些有名的诗句（标点相当怪异！）区分开来：

599

> 不要用粉笔，而要用爱
> 绘制出的未来图纸，
> 向下飞至床头的命运
> 把聪明的黑麦穗压低。

　　作者从各种细节中知道群众"反邓尼金"的仇恨情绪——证据是"街头巷尾的议论和民谣"，是来自彼得堡热野区的"用肚子思考的思想家"，或者是"干粗活的老百姓"，他们反对"高官显贵"、等级制并争取"普天恩祷平等"[113]，否则就支持"神圣的抢劫"，像拉辛与普加乔夫时期那样，"争取民众的利益"，支持"神圣的杀手"，或者按照《夜间搜查》（1921年11月）中的水兵们，和用"神圣的／大规模洗劫的自由之／木橛子"战胜了"吃喝世界"的全体"弟兄们"的看法，支持"工厂拉响汽笛，／为全世界的兄弟／呼唤朝霞"时扬起的"风的狂野自由"，这就意味着："让财富'举手投降'。"（长诗《奴隶之岸》，1921年11月）让赫列布尼科夫特别动心的是"复仇"，在长诗

《苏维埃前夜》（1921年秋）中这一主题接近了勃洛克、涅克拉索夫的作品，但早在《未来的城市》（1920）一诗中就宣布了"复仇法则"，而《夜间搜查》则针对《十二个》"女人气"的结尾提出了原则性的论战：某个时间之神"奇斯洛博赫"（意为"数神"）会"报仇"并"报答"水兵们。[114]

在赫列布尼科夫笔下，"复仇者"（мстилец）这个词往往与"炸弹"（взорваль）一词同时出现，预兆着在长诗《大西洲的毁灭》（1912）中成为"复仇女神"的拉贝娜。自1918年起，由于杀害沙皇一家给苏维埃政权带来"污点"[115]，复仇与恐怖的主题再次引起诗人的关注。这也是为什么诗人在巴库（1920）拒绝加入"惩治者的行列"，为什么会出现怪兽般的契卡分子萨延科（长诗《契卡主席》）[116]；为什么会写科诺普良尼科娃刺杀明、布留姆金杀害米尔巴赫（《赞格济》）；为什么不同诗篇常常出现"肃反委员会"的形象；为什么明确指出有些人"眼窝里闪着复仇的火焰"[117]，断言"远古复仇的呼唤！"和"遥远田野的复仇鸟"至今仍在回荡，这两者现在正以"大的灾难"威胁着恢复元气的力量（《苏维埃前夜》）；为什么会刻画丹东的形象："他心里有个棺材匠。"[118]

在这样的背景下，《战壕之夜》的作者让列宁出面说话。诗人聆听着列宁的独白，并给予解释，以至于有些地方两个人的声音几乎难以分辨。但列宁的面目"强悍又严厉，／就像你的新形象，时间！"领袖从没有任何犹豫，他——是直线型的独白者，是坚持既定路线的狂热者："它是唯一的，铁定的路线！／滚开，无益的空谈。"赫列布尼科夫指出："不，我——不是他，我——不是这样的人！／但是，飞腾吧，人类！"（然而，不能排除诗人作为"人类的喉舌"[119]自己也准备好了要体验"铁定的路线"。）不过，萦绕着他的依旧还是1904年遇到的那个老问题，虽然带有新的隐喻表述：出海航行提防"风云难测"，是否备好了"整套的风帆"？[120]（比如说，就像诗中那样……）。

诗人并不把自己的保留意见归结为"严厉的坏消息通报者"（《巴巴石像》）口中的预先警告：国内战争之后来"接班"的将是真正的瘟疫——（象征性的，甚至是启示录式的）"伤寒"！在赫列布尼科夫笔下，起码有三条反驳的线索：

1. 世界革命"要求世界的良心"，但显然后者还远远不够。[121]《亚洲联

600

盟》（1918年秋）宣言就已经以这样的条款结尾："第七条，良心崇拜。每周一个晚上谈论良心"和"第八条，个人的良心汇入社会的良心。良心是亚洲的灵魂"[122]。

2. 作者准备将两种合唱，即"富人的合唱"与"穷人的合唱"[123]，纳入长诗《现在》之中，而在围绕"时间之国"的构建而周密思考"世界之普天均衡"和"平等（以利主义①）"时，却遇到了平等与不平等两者平权的悖论——"不平等：'还有我！还有我！还要给我平等！'"[124]。

3. 早在"普天均衡"之前，诗人就造出了волитва，"自由／意志祷告"一词。[125] 在他的词典中воля一词的两种含义（"自由"场和"意志"场）都很关键，两者都融入了一系列自造词中：Волеполк 自由／意志之师（指自己）、волытьба自由／意志之民，вольба自由／意志祈祷，Вольша自由／意志人，也融入了这样的抨击之辞中："从每个响亮的单词……我们可以知道，它在强暴、吞噬谁，依靠谁的沉默它养肥了自己。Большевик（布尔什维克，即"多数派"）一词就是例子。受它压迫的是沉默的вольшевик（沃尔什维克，即"自由／意志派"）一词。Большевик更大。比谁更大？比Вольша更大，比воля更大。这就是在большевик这个词下面沉默，被它压倒在地的人。每个词都依靠着它对手的沉默。"[126] 连性格沉默，在许多诗文中歌颂"沉寂"与"宁静"的诗人，同时也在倾听"寂静"（像在《萨彦》一诗中那样），但早在《火星人的号角》（1916）时期，他就已开始实实在在地吹奏"最重要的消息"。

根据《和谐世界》的说法，正是"未来人们"保存着"诺萨尔生前点燃的火药"[126a]——这是1905年烙"糊"的"第一张饼"②的崇高意义（正如《1905年》那首诗中所写的）。诗人没有放弃自己笔下的"红色未来人们"或者"Ла智"，即"社会主义思想"的形象。[127]《和谐世界》中没有出现列宁的名字，但是长诗结尾处"粉笔"与"爱"的对立是针对他而写的，而在长诗中间部分则描绘了城市骏马的形象：它"粉笔一样白"，"点着火镰"，并且"嚼着铁嚼子"，这与长诗《战壕之夜》中列宁的独白里的"铁定的路线"是一种呼应。

---

① Илийство，概指《旧约》《撒母耳记》里的一位士师。——译者注

② 俄谚云："第一张薄饼总是糊的"，意思接近于"万事开头难"，而这里则是指1905年第一次俄国革命的失败。——译者注

在诗人的笔下，"苏维埃旗帜"保留了它的"崇高性"（诗《黑寡妇蜘蛛》，1920年10月，罗斯塔巴库分社，诗配画）。"星语"也站在了苏维埃和其领袖的一边：字母 Л 将"爱"的含义跟老子、列宁的追求联系在一起。但是在《赞格济》中既没有领袖的形象，也没有"苏维埃"这个词。虽然我们在这部超小说的草稿中能看到这样的字句："执行委员会"与"列宁的政府"[128]"过了三的五次方"（二百四十三天以后）将来接替"忠于战争"的米留可夫。诗人对于"苏维埃政权"寄予了全局性的希望[129]：

601

> 各所国家法庭的绳索
>
> 如苏维埃宽阔的背带
>
> 合拢在世界纤夫的胸前
>
> 用以减轻胸膛的压力

"劳动歌手"乌里扬诺夫–列宁（Ленин）"召唤人们摆脱懒惰（лень）"（在"星语"中字母 н 带有贬义），就像"嗓音温柔""夜莺一样的"普希金（Пушкин），"他的家族竟来自大炮（пушка）"。列宁赋予一个典型的自造词语以生命："莫斯科的钟"可以唤起印度斯坦和孟买"四墙的呻吟"，并同时把整个地球和"所有的部落"都"乌里扬诺夫化"[130]。但是，诗人没有忘记"契卡"的幽灵，某个（莫斯科的？）"牧羊人""把宇宙请去"（在作者笔下宇宙是颤抖的"小宇宙儿"[131]）那里。后来在《拒绝》（1922）一诗中，在罗列导致作者与"统治者"地位不符的各种原因的"天真"列表中，反映了他有关"布尔什维克侵袭"的构思。在赫列布尼科夫的作品中，列宁的"手段"跟《卡拉马佐夫兄弟》、跟《群魔》中的形象之间没有直接的联系，但是他并没有忘记《水獭的孩子们》（1911—1913）：

> 把信仰看作通向目标之岸的报酬
>
> 这种想法非常危险，
>
> 不然黑暗缝隙里的秃顶鬼
>
> 就会爬到亲兄弟身边。

就我们能评判和希冀的程度而言，大诗人根本无法去呼吸"死刑的空气"。

现在可以往三个"焦点"——即赫列布尼夫个性化语体发展过程中转折嬗变的1904—1905年、1908—1910年和1916—1917年——以外再补充第四个焦点，就是1920—1921年之交，其中包括巴库的12月，这是实现1904年理想的极盛之时，"向往不可能吧！"原则辉煌的胜利；难怪1920年7月诗人会回忆起这个原则。[132] 最后冲击的起点是1920年8月8日，"思想之树开始开花了"[133]。

*　　　*　　　*

对于赫列布尼科夫的个性化语体来说，巴库的冬天虽然在日常生活层面更"像是涅尔琴斯克的矿井"①，但却具有转折意义。"数字带"的辉煌让"神圣的言语"体验欢欣，欢呼的诗歌一首接着一首：《像一群绵羊在安详地瞌睡……》（关于"第一盒／命运火柴"），《海员与歌手》（关于战士作者的"童年欢乐"，他纯洁的心愿："让存在的一切汇聚成大地上的亲兄弟"，并"抚摸天上的银河的小脑袋"），《"唉—唉！哎—哎姆！"浑身是汗……》（在翻耕土地和"笃信上帝"、呱呱叫的癞蛤蟆的场景之间，是对自己的审视，以及"某些事"和"额额头"［лббы］之类词语的"形而上学"："春天的气息和风的机关枪——／醒来吧，沉思者，还有某些事——／额头紧皱、鼻孔紧缩……／急促的'嘟——嘟——嘟'响个不停"；这首诗里潜在着《战壕之夜》的形象）。有两首精彩绝伦的诗：《大海》和其东西伯利亚式明晰性至今仍是一个谜的《萨彦》，还有更早的一些作品，比如扑朔迷离，但也因其不明晰而吸引人的诗《在这蓝熊的日子……》和《夜晚的幽蓝正在变成儿子……》（两首诗韵脚都不协调），难以确定其写作日期。

602

1921年4月14日，用诗人自己的话说，在"春之庆典日、复活之日和向自己致敬（自我尊重运动）之日"，他乘坐"库尔斯克"号军舰抵达恩泽利——"波

----
① 涅尔琴斯克矿井是许多十二月党人服苦役的地方，条件非常艰苦。——译者注

斯蓝色的奇迹"[134]。长诗《古丽毛拉的号角》，上面提到过的诗以及其他许多诗歌，如《恩泽利的复活节》《铁匠卡瓦》《夜的气息——这些星星……》《吸鸦片人》《波斯的橡树》《波斯人，你们看，我这就来了……》《这就是佐尔加姆绿色峡谷……》[135]，这些诗描写伊朗不用任何华丽的辞藻，"紧凑、朴实"，已经把"通过歌声建立泛亚洲意识"（根据《故巢》的说法，在《水獭的孩子们》中这个任务就是被这么设定的）的任务抛在了脑后。这些文本一部分发表在一些军队报纸上。诗人告诉波斯人自己是"俄罗斯的先知"，那些波斯人则给长发的他起了托钵僧的绰号[136]，满怀尊敬地叫他"古丽毛拉"，即"鲜花教士"。

在极其平和的诗歌《波斯之夜》中，诗人轻声念着"马赫迪"一词，也就是"弥赛亚"，倾听着这个词的音响，领悟着他的含义，带着一点儿自嘲，仿佛在试穿它。显然，1921年夏天，他的自我感觉不可能是别的样子。他认为自己已经发现了伟大的真理，在他看来，这个真理即使对全人类而言也是空前重要："对超度量上帝的信仰将被作为超信仰的度量代替。"他也找到了这个度量——统一体内部关系的数字度量——隐藏在统一体内部各种差别后面的类似波的东西。[137]诗人为找到这个"度量"付出了极大的代价，但对"度量"的宣教却没有一个人愿听，哪怕是不怀偏见地讨论一下也好。"诗人——可以，思想家——不行！"赫列布尼科夫差不多就是这样被我们时代的文化这么草率地肢解了。

"脚步蹒跚，我的学问压着我的双肩，／喑哑的宣教，可惜没有学生"，诗人，《古丽毛拉的号角》一诗中的诗人，也就是"词语之小神"脱口而出地说道。但这只不过是这部缺乏反叛精神的（超）长诗中的一声感叹：他并非先驱，也不是《海鸥》中只愿等待先锋派的特列普列夫[138]，并非尼采或斯宾格勒式的"先知"。真正的先知们为了一切，为了所有的人而已经"从山峰上跑下来"迎接他，我们的人。读着克鲁泡特金的《面包与自由》（又名《面包略取》），作者说："我是对天空的征服。"

长诗中的里海渐渐变得有些像太巴列湖。诗人微妙地摆脱了先知的角色："大海／在海岸铺开桌布，／为狗、为先知、为预言家和我，／摆好宴席——酣睡的鱼，／多么的丰盛！"在草稿中，甚至平平淡淡的洗衣场景在他笔下竟

603

也变得极端崇高起来："大海用她神圣的潮湿（另一稿为：神圣的大海）/洗去衣服上的孽尘。/海岸成了忏悔和告解室。"[139] 长诗中出现了一系列形象：祈祷前的钟声、荆冠、拷打、处决、背负十字架之路、圣母、圣灵节（三一节）、无花果和至圣所；淫妇们（"麻风女"）和希罗底——没有过分渲染，也没有草率地引经据典，却说出了作者独特的自我认识。一个有血有肉的人，踏上了琐罗亚斯德的土地，他以新的、受尽折磨的、赤贫的弥赛亚的面目出现——他自己和自己所有神性位格与特权的弥赛亚。

以基督教的教条和教法来衡量，赫列布尼科夫这样子显然是要被立刻革出教门的。而在他那内心一直"不停地燃烧"里，就连语文学家看到的也是"致命的圣愚行径"和乌托邦，他就像马雅可夫斯基（而且20世纪初也不止他一个人如此）一样，把自己的心灵献给这乌托邦作了祭祀的供品。[140] 但是，说到这个未来人的"类宗教性"时，我们不能忘记：赫列布尼科夫的"超信仰"之深刻、虔敬绝不亚于阿赫玛托娃、帕斯捷尔纳克或者曼德尔施塔姆。他没有把"圣谕教诲"淹没在象征主义的泛滥中，而象征的泛滥正是阿克梅派所反对的。不是别人，正是维·伊万诺夫在给巴库的莫·阿尔特曼的信中（并无任何嘲讽地）说道："赫列布尼科夫身上有一种神圣性[141]。"通过遵循在《泛亚联盟》的宣言中提出的"沉默原则"，以及在众人面前埋头沉思，诗人仿佛以这种方式为默修派、廉施派，也就是无恒产派，乃至苦行僧做出了应有评价。《唯一的书》一诗表明：他的"抗神论"就是在努力捍卫向他启示的真理。在他看来，这一真理继承了人类全部的精神文化，不以对抗东正教为己任，而是与东正教以及所有"旧"信仰的遗训联系在一起，而把它们联系起来的是补充性关系，是它们完全自愿的"替代"关系，代替它们的将是适用于所有人，且对所有人而言都是唯一的解决"科学与宗教"问题的方案——"新的约言"。（"被遗忘的"互生思想也曾在另一个层面上如此宣告自己。）

他的"约言"没有写完。经过诗人整理出版的只是《命运榜》手稿的一小部分。这些手稿的含有"历史纪实"和"自然科学"内容的这一特征与作为诗人的赫列布尼科夫、与他整体的"艺术话语"，以及具体来说，与《赞格济》都并不矛盾，而是对这部"超小说"进行了补充。无论癫痫患者的场景（《赞格济》），还是那些基本的"命运测量"（在《命运榜》里作者称呼金星为"心肝

儿、可爱的、亲爱的、美人儿……"）都是以共同的神圣语调在相等程度上"起
效"的。

如果把《赞格济》（1920—1922）看作终结性和总结性的作品，那将是错
误的。在作者看来，这部超小说出版时，主人公身上的神圣性并未得到完全
的体现：（1）小说中"第二个过路人"说过："不成熟的东西，他的宣教真的
还不成熟。"（2）赞格济本人谈到自己的学说，涉及"时间法则"的事实时也
说："这是什么？真理的独木舟？／还是个撒谎成精的人？"（3）创新式的体裁
还只是个大有希望的实验；部分也是由于这些原因，作品未得到语文学家们认
可。诗人在编辑《赞格济》时，不得不匆匆忙忙进行编排，从大量的布局材料
中忍痛删去很多。这是作者的意图，但有一点是肯定的，那就是这种意图并非
不能帮助我们认清哪些文本是作者"福音"的"正典"。

抒情主体、抒情叙事主体和自传性主体的概念无论在《赞格济》当中，还
是在赫列布尼科夫创作整体中，都在逐渐精确起来，然而它们明显都还没有能
力在总体上囊括这个话语。各个主体归结出了一个更为总括的概念——"个性
化语体作者的形象"。诗人在很多文本中一直挂念着"有关人的神学"和"成
神论"（谢·谢·霍鲁日语），他用近乎亵渎神明的语气教导说，"在把博克多
汗马克思推翻后"[142]，他为人们开辟了一条通往某种"超信仰"的道路。在青
年时代，他就像《卡拉马佐夫兄弟》中的见习修道士阿廖沙，总想"一头扑到
大地上，吻呀吻，吻个不停"[143]。格·奥·维诺库尔的公式：诗人置身于"时
空之外"忽然恰恰就具有了"人神"维度。既然诗人所设想的世界的大真理不
能不触及基督的形象，不能不触及"千百年来的巨人阴影"，不能不触及"穆
罕默德的生平"，不能不触及"信仰鲜明性"，即"该信仰的追随者数量"
这一普遍问题，那么又该怎么办呢？[144] 在超长诗《闪电姐妹》（1921，未写
完。长诗的构思产生于1910年代中期）里[145]，各种崇高的"信仰"在现代性
这位崇高的裁判面前处于无条件一律平等这一思想，在赫列布尼科夫手下取得
了某些发展。

闪电姐妹当中的一个既准备用"吾乃上帝……"这句引文，也准备用"在
四处寻找度量！"这句口号来包裹自己；她虽然相信"伊斯兰是我的衬衫"，
但却又突然觉得"它在咯吱窝下有点紧"，便去"偷偷地吮吸／善良母牛的乳

头"，还戏拟水妖和诗人："惧怕理智的围城吧！"闪电姐妹们相互间愉快地闲聊，把严肃的话题（"你不可有别的神"或者"旧世界打个落花流水！"）和"我信仰青蛙"这样的荒诞联想穿插在一起，讥笑作者的现代派手法和关于"别的神"的说法："已是可敬年岁的／预言式的忠告。"

但"第二张帆"（"帆"等于《赞格济》中的"平面"）与"轻盈地东游西逛的"姐妹的唧唧喳喳形成对比。这就是《受难广场》。（此节开头是修道院情景说明："年轻的修士在隐修室中读诗。"）把基督钉上十字架的士兵在其天真的独白中思考着信仰和生命的意义（让人想起史诗《夜间搜查》中老人的形象）。1918年，一个被后人称为《钉十字架》的片段讲的就是这一情节（只有最后一稿发表过）。现在，诗人在《赞格济》[146] 的布局结构中也想为《耶稣》这一"平面"安排一个位置。巴库的"思想界人士"不理会诗人的"发现"，于是，从1921年开始，诗人答应要"把这些发现教给这个被奴役的群马部落"[147]。开始出现"马救世主"的各种形象，还有"白鬃马救星"的形象 [148]。前来倾听赞格济的人们（他们的头一句话说的是："噢，老天爷的妈呀！"），对这个"森林里的傻瓜"，刚刚出道的"导师"，"从天上掉下来的救主圈（原文如此）"嘲讽挖苦。马、赞格济及其创造者——赫列布尼科夫的形象都具有"既难以融合又难分难解"的特点，因此，在下面这首诗人在莫斯科实行新经济政策时期写的四行诗 [149] 里：

605

> 让那些在节日里
> 欢度自己时辰的人牢记，
> 有一位莫斯科救世主
> 已经在断头台上死去

假如我们想要从中看出毫不含糊的宗教所指的话，那这就应该是种独特的面对形象意义和内容之"各种摇摆特征"的"罪孽"所指，而这些内容则是由诗人正在形成中的"第二申命记"[150] 那为数众多的全部文本所提供的。

比如，从早期的双关语"如今隐藏在诸神里"，从最早的把神、上帝的词根（бог-）与能的词根（мог-）进行对比的实验，从尚处于朦胧状态的"对神类的幻想"——期望诸神的统一，从对"那些渴望不识面目之神的梦想暴动者"的关注，[151] 引出了《唯一的书》当中的许多形象，引出了《诸神》这一平面（兼剧本）[152]，引出了用成千上万个声音宣誓"我们能"（мы можем）吓跑诸神的"能人们"（моги），引出了不被任何人理解的"神畜生"赞格济本人。不过，陪伴他的毕竟还有他那些忠实的"声音之大神"、"愿望之神"以及其他一些姑且说是"手造之神"。赞格济骄傲地宣称："如果人们说：你是神，／应该愤怒地回答：诬蔑，／神只够到我的脚底下！／脚后跟儿怎能与双肩相提并论？"而赫列布尼科夫甚至开始草拟《致上帝的公开信》[153]，可惜没有明确地写出他的构思。

在长诗《蓝色枷锁》的手稿中，诗人在"星语"的层面对基督教跟佛教作过一次简略的对比，勾勒出了响亮的韵脚："（为了世界的）伊万（［для мирового］Ивана）——涅槃（нирвана）。"并提出了论题："上帝是最终的不平等，是敌对各方不平等的长者。／这是脱出涅槃的何等出走，何等逃离！／是何等逃窜，是对虚无的恐惧，／恐惧对手们的平等。／要是我将在，——／我将不仅仅是反对。／不然，我就潜入虚无中／并成为无。"[154] 诗人试图窄化时间法则折射出的那最为宽泛的光谱，但阻挠他的却是这样的比较：[155]

> 然而偶数与奇数之树
> 比乌拉尔之矛隼更缤纷多彩

606　以及与摆脱不掉的契卡进行的危险游戏："时代幻想／契卡信仰／国家契卡"，凌驾于这一切之上的则是"契卡法则"！诗人的法则是"把战争淹死在墨水瓶里"，但也威胁着那些权力机构"小牛般的兴奋"。在它们眼里，即使赫列布尼科夫大多数文本中"天真的笑之创作"（不同于基督的"个性化语体"）的微笑对它们而言也是敌对的；作者连自己都不怜悯："我是上帝，浑身满是昆虫。／我不知道，谁在我身上爬行。"[156]

在此，我们还想慎重地指出四部"作品"的"神圣"地位（按照上文已经采用的一种类比，它们恰好构成了一部动态的"四福音"）。第一个，也是最早的那个文本由这位"创作人"完成于1920年。这就是诗作《唯一的书》。

其他三篇作品的一个共同特点是，作者在决定它们的组成篇目时犹豫不决。这几部作品是：长诗《和谐世界》，这部长诗带有"过量"的无政府主义色彩（和／或各个出版版本中在校勘方面过于原始的暴露），当然还包括《赞格济》和《命运榜》。在出版和阐释这组"四书"时，诗歌《再来一次，再来一次……》、长诗《战壕之夜》和《古丽毛拉的号角》，还有其他一些文本也都有理由占据一席之地。

许多与"四书"有关系的其他作品（和赫列布尼科夫的全部创作一样）贯穿着极为强烈的寓言因素。从形式体裁、形象原型或神话诗学"层面"上看，对于这位未来人而言，这种寓言因素与他早期对观察、思考所写的散文体札记——"快照"相比，意义并没有增加多少。但是许多形式上相差甚远的文本，其内在的深刻一致性仍然与这种寓言因素有关，比如：《我哪儿知道——受谁迫害？……》《乡村友情》《夜晚的庄园，成吉思汗！……》、各篇"幻象"、《而我……》《未来的天鹅国》《萨彦》《饥饿》《阿依月的绿罗斯！……》《未来的罗斯塔》《深夜舞会》《两个三位一体？拉辛相反》《喂，灰马，跟上……》《神圣的上苍！……》《如果我让人类关注时刻……》。把寓言因素与"记者的"笔法结合在一起，这构成了诗人独特的"自传性"。

*　　　*　　　*

赫列布尼科夫从伊朗返回巴库后，就被传到"40俄里开外"的契卡受审，然后他写下了其创作中为数不多的给那些彻头彻尾怀疑论者留下深刻印象的作品（也该留下印象），这首诗就是《小溪清凉静静流……》："小溪清凉静静流，／我像个疯了的毛拉在里面跳，／那地方挺好／……两只驴迎面碰上。／……我的同志嘴唇上露出白色微笑。／……山村坐落在四周，高加索的小屋就仿佛／我们不懂言语的字母。／……契卡结束了多余的审讯，／我被它轰出来，坐火车到了巴库。／……在这里，我摘取了野葡萄，／两只手划出伤口一条条。／……别了，一切！／别了，傍晚，夜晚的诸神如白发牧人把畜群赶回黄金村。／……别了，夜的黑暗……。／愁眸的妇女，／头顶水罐，／步态平稳又缓慢"。需要指出的

607

是，弗·尼·亚洪托夫在30年代正是选中了这首诗，把诗人介绍给普希金"认识"（在他的作品《诗人们》中）。

诗人在去波斯[157]之前曾经设想，"一辈子待在高加索"，但这种想法未能实现。对他来说，新的"热点"是那个他以为可以解决棘手出版事宜的地方——莫斯科。

1921年，通往莫斯科的路本身就充满了艰险，一场悲剧使旅程变得更加复杂。在从巴库去莫斯科的火车上，赫列布尼科夫遭遇抢劫，更惨的是，在哈萨维尤尔特附近，他让人从车厢里赶了下来（根据德·谢·科兹洛夫对其口述的转述）。"半死不活的"他怎么能走到矿水城，至今还是个谜。在伏尔加河流域蔓延的饥荒，被赫列布尼科夫痛斥为"亵渎伏尔加"[158]。饥荒也波及到捷列克河地区。诗人身患重病，忍饥挨饿，勉强支撑着双腿，在五岳城到处搜救濒临死亡的流浪儿童，把他们送到救济所。他还给报纸（《捷列克河致伏尔加河》专刊）写了一首诗《吹号吧！怒吼吧！奔波吧！》。过去他曾用"怀旧主义的手法"表明自己能像"普希金一样"写诗，而在这首诗中，他使用了号召的主音调，仿佛是在展示马雅可夫斯基的诗学与节奏：

> 你们，把你们的肚皮放在一对粗木桩上，
>
> 走出苏维埃的食堂后四处闲逛，
>
> 你们知道吗，一整个大邦
>
> 或许就要成为停尸房？

他筹划着出版这三年创作的所有作品。在极为艰难的条件下，诗人经历了自己的"博尔金诺之秋"。一系列作品都是在其36岁生日前后完稿，日期的密集让人为之震惊：这些作品是《夜间搜查》《现在》《苏维埃前夜》《燃烧的田野》（《洗衣女工》）、《五岳城诸秋游行》《符拉迪沃斯托克的政变》《奴隶之岸》，以及诗作《在红色死亡之乡——马舒克山……》等等（但这些作品几乎没有一篇刊登在重要的出版物上……）。

冬天快到了。他终于又动身去莫斯科。诗人坐着"暖和的医院列车"，可是走了"整整一个月"[159]，而成群的战争伤残者和癫痫患者成了真正的热点（无

需引号）：在《赞格济》中的台词"烧死他！"和《癫痫患者》都证明了"暖和的"列车里的温度。但与此同时诗作《在偏僻的小站上……》的自由诗体依然用明朗的寓言手法（类似于《波斯之夜》）描绘了这么一个场面：

> 一大帮弟兄哼呀，嗨呀，哈呀，
>
> 叫嚷着把出了轨的列车
>
> 重新抬到路轨上——快跑吧。

在新年前赫列布尼科夫到了莫斯科。有关诗人最后一次在莫斯科度过的几个月的回忆录详细描述了他与莫斯科高等艺术与技术工作室（呼捷玛斯），与画家谢·伊萨科夫、叶·斯帕斯基和学者鲍·库夫京的联系，他跟画家彼·瓦·米图里奇的亲密关系，记述了创办两期《韦利米尔·赫列布尼科夫通报》（石印书）并向几位"地球主席"分发的情景，记录了在《马科维茨》杂志第一期刊发诗歌《波斯之夜》和《马舒克山今天像猎犬……》的情况，还记载了《全俄中央委员会消息报》发表诗歌《别淘气！》（3月5日，得到了马雅可夫斯基的帮助，诗歌没有标题）的过程。

为了积蓄力量去阿斯特拉罕探望亲人，他跟米图里奇搭伴儿往诺夫哥罗德附近的桑塔洛沃村休养。在这里，命运（或者对他进行了"围城"的时间）开始对这位未来人进行报复，因为诗人曾经用各种"捕鼠器"和"火柴"威胁命运。身体在多年患病之后陷于瘫痪，在没有放弃希望的克列斯齐医院诊治后，米图里奇因无法快速找到援助而陷入恐惧，在经受病痛折磨后1922年6月28日是诗人解脱折磨的日子。米图里奇画了两幅画，题为《最后的遗言："是"》（回答"你死得难受吗？"这个问题）和《赫列布尼科夫的弥留之际》。诗人被埋葬在溪水村乡间墓地，墓碑上刻着："地球第一主席"。

*　　　*　　　*

1922年春天的莫斯科给我们留下了两段插曲。

1. 赫列布尼科夫1919年交给马雅可夫斯基的手稿，马雅可夫斯基没有发

608

表。雅柯布森回忆说："我们得到了一笔资金，能够出版赫列布尼科夫的作品，但他却没有出版，我对此特别生气……"[160] "意象派诗人"叶赛宁1920年在哈尔科夫把地球主席头衔授予了赫列布尼科夫，把他嘲笑了个够，随后又从不记仇并且焦急渴望着出版作品的作者手里拿到了底稿，发表了《战壕之夜》（莫斯科：·意象派出版社，1921）。作为"朋友和学生"的马雅可夫斯基却没有履行自己的诺言。他在《我自己》一文中说过，"激情迸发的达维德完全遮蔽了"韦利米尔那"寂静的天才"。可现在，他自己也成了这种"激情迸发遮蔽别人"的人物了。

"青年人艺术"出版社未能出版赫列布尼科夫的作品集，对于这一点早在1920年春天诗人就"怀着忧伤表示谅解了"[161]。但是为什么1922年春马雅可夫斯基没有归还作者工作所需的手稿，并且也不操心他能不能用到它们呢？"肉铺街上那些亲密、可爱的朋友"[162] 在这件事上的表现是如此没有分寸，以至于"普加乔夫的小皮袄"以及他们对这位未来人的其他关心都多少像是在"补偿"那让诗人难以忍受的"精神饥饿"（见诗歌《给大家》）①。"朋友们"的冷酷心肠让赫列布尼科夫的愤怒与日俱增，这从有关"沃瓦"②的诗以及对他的"柔情"（《承认》）演变的轨迹中可以看出：《喂，灰马，跟上……》那两三行中止乐章中的"朋友"逐渐变成了《赞格济》结尾中的那群犯下"毁灭手稿"之罪的"不怀好意的恶棍们"。

这种责难是有失公允的：所有手稿几乎都保存了下来。马雅可夫斯基只不过是顾不上它们罢了。但说米图里奇在朋友中间挑拨是非的（半）官方的说法也靠不住，毕竟关于"手稿据为己有"的问题"已经解决"了，因为后来才弄清楚，这些手稿已不在马雅可夫斯基之手，而是归入了莫斯科语言学小组的档案。[163] 这位未来人在观察了全神贯注于自己境况的列夫派成员们"面子问题"和"虚空的虚空"的新方面后，出于自己的道德信念，毅然决然地跟他们一刀两断。

2. 幸亏在赫列布尼科夫的命运中，莫斯科并不仅仅意味着这个"热点"。

---

① "肉铺街的朋友们"指马雅可夫斯基和布里克夫妇。"普加乔夫的小皮袄"原本是莉莉·布里克从国外送给马雅可夫斯基的，后者将其转送给了饥寒交迫的赫列布尼科夫。——译者注

② 即弗拉基米尔·马雅可夫斯基，沃瓦是他的小名。——译者注

在这几个月，很多人都关心他，纳·雅·曼德尔施塔姆不止一次接济过他。他与奥西普·曼德尔施塔姆也有过多次畅谈。在1910年代，他们之间的关系并不亲近，但是现在，这些倾心畅谈是在"家庭气氛"中进行的，但可以说也在"大时代"的宏大范围中补偿了他与马雅可夫斯基戏剧性的决裂，并把一段足尖舞变成了绵延十五年的"尾声乐章的省略号"。

实际情况是这样的：（1）曼德尔施塔姆在1922—1923年期间撰写的几篇文章，对这位未来人作了既有高度又有深度的评价。如果曼德尔施塔姆不了解第一手材料，不了解赫列布尼科夫从高加索归来时带有多么丰厚的创作积淀，那就很难解释他怎么能写出这些评论。（2）在曼德尔施塔姆那些年创作的诗歌中，无论是模糊的典故引用，还是词语的暗示，都能感觉到赫列布尼科夫诗学、诗法和他本人形象的影响。（3）赫列布尼科夫有一件已知手稿叫《玄妙者与前智者》（体裁是他最爱的"谈话"[164]），在这部作品里，"玄妙者"（заумец）是赞格济，而"前智者"（доумец）则是说了"你说这'总常识'（Главздравсмысел），所以你伟大"的某人。看不出这个"前妙者"还会有什么别的原型。（4）在赫列布尼科夫五卷集陆续问世的那几年（1928—1933），曼德尔施塔姆的那些《八行诗》——"关于认知的诗"——当中，有许多地方与赫列布尼科夫的思想及形象有交叉与贯通之处。[165] 在这些诗中，就像在《狂飙突进》一文当中一样，曼德尔施塔姆把赫列布尼科夫的遗产叫作"全俄罗斯的圣礼书和圣像架"，而这个"圣礼书和圣像架"变成了"巨大根数的习题集"。在《无名战士之诗》中可以很显眼地看到《命运榜》中的一个关键词"误差"（промер），这给我们留下了难以磨灭的印象，而且这个词镶嵌在一句极有震撼力的警句中："前方不是垮台，而是误差！"曼德尔施塔姆没有作任何解释，何况，"战士"又不仅仅是赫列布尼科夫一个人，但"战士"的思想闪烁着赫列布尼科夫的"光辉"[166]。

610

*　　　*　　　*

当然，赫列布尼科夫个性化语体的形成有五个至关重要的"焦点"：1904至1905年，1908至1910年，1916至1917年，1920与1921年之交，1922年春，这只是他具体的文本真实演变的大体轮廓。这一轮廓的发展也构建在各种"题材基础"（"神话学题材"、"民间文学与民族志题材"，"斯拉夫主义题材"、"东方题材"以及面向全人类的"赞格济主义"，"普希金题材"和"果戈理题材"，还有对诗人来说极为重要的"政论题材"等等）之上。这一轮廓只不过稍稍提示了赫列布尼科夫在先锋派和现代主义类型学中的真实位置，绕开了后现代主义者对于诗人的过度演绎，也绕开了他头上的那道"防火幕"，同时也闭口不谈赫列布尼科夫在诗学，以及在体裁、情节创新（相对于各位同时代人的个性化语体）等方面所独有的特点，也不提毕达哥拉斯和开普勒是怎么样跟"伟大的斯克里亚宾本原"联系在一起的，并且回避了所谓"唯左准则"等等话题。

赫列布尼科夫学刚刚升温，一点一点逐渐解决的也只是堆积如山的问题当中的一小部分。那么，如何评价这个"可爱男孩儿的成长道路"呢？（诗人描绘了这条途径：阿斯特拉罕／莫斯科／哈尔科夫／罗斯托夫／巴库／波斯／五岳城／长途列车／莫斯科。[167]）如何恰如其分地阐释赫列布尼科夫对20世纪20-30年代的一连串的"预见"？如何解释他对"自由意志尸体"（但"绝不"意味着"降下人的旗帜"）的思考？[168] 诸如决定论／目的论／意志自由等等这些"极为复杂的问题"，无论赫列布尼科夫，还是我们现代的知识和"信仰"的"光谱"都解决不了。而应该去了解的是诗人的整个"对谈人"圈子。

赫列布尼科夫的"想象的语文学"有几个支撑点。"词语创造时期"（尼·伊·哈尔吉耶夫语）——显然是个神话：诗人的创作始终贯穿着词语创造。但要分成几个阶段：1. 制定主要原则时期（1910年代之前）。对"西方"词根的限制燃起了他词语创造的自发力量，赋予它以高尚文化的地位，确定了在自造词美学和隐喻指代美学领域的成就。象声词（бобэоби，"波拜奥比"），一系列衍生词（смехачи，笑者；смеюнчики，爱笑的小人儿……врем-ирь，时雀；гор-ирь，悲雀……），"准词缀"（бог-очий，神人；умн-очий，聪明人；试比较：раб-очий，工人），"词的内部屈折"（бок，侧面；бык，公牛）的意义得到了试验；产生了"词根融合"的想法（времыши，时间芦苇，源自камыши，芦苇；мучёба，刻苦学习，源自учёба，学习。试比较后期有关"连接所有词汇的辅音之光"的论题，1920 ）[169]。"词本身"和"自足的词"这些概念开始得到思考。

2. 第二阶段，1912—1913年，这是为"星语"的各种变体探寻"最小单位"的时期。"星语"的想法就是到后来也与"玄妙"语言交织在一起。戏剧《诸神》是用"玄妙"——狭义的玄妙语言（辅音没有语义）——写成的[170]。但就算是在《赞格济》中，"信仰者"还在把"自足的歌"、"玄妙言语"和"星语"看作一回事儿。诗人本人无疑能区分这些词语，但对它们之间的区别也没想着要费心去明确地给予界定，这就是为什么他会在《世界的艺术家！》（1919）一文中，将"星语"解释为"玄妙"语言的原因（也可能是为普及流行而做的让步）。"前置词前缀"也获得了"最小单位"的等级（试比较《赞格济》中的"字母表"和"智慧之钟"：一边是Доум，前智；Изум，出智；Ноум，但智；另一边则是Лаум，Ла智；Коум，Ко智；Моум，Мо智；Раум，Ра智）[①]。允许（只有）词开头的辅音能"向其他辅音发号施令"[171]……然后规则得到强化：任何辅音在任何音位中都可以是意义单位。

3. 第三阶段，1914至1918年没有给"对词语的围城"带来什么原则性质的新突变。

4. 最终的第四阶段却融语言创造思想、历史思想和社会思想于一炉。前文所述的"词根融合"因"星语"的关系而逐渐转型，强化了其社会层面的效应，并在1920年创立了"字母表中的主子与奴隶"这一公式，这一公式已经摆脱了"词语创造"的束缚（试比较：пар，水汽，пан，主子与пал，野火。三个词当中的字母音 р、н 和 л 的意义相互碰撞）；"词语间的决斗"滋养着幻想，渴望造出"自明词义的词语"（比如：дворяне→творяне，贵族→创族；большевик→вольшевик，多数派→意志／自由派；спорвер，争论信仰；верлад，信仰和谐等）；积极使用新的浓缩法（比如：наука，科学→хорошеука，好之学；ценоука，价值学；волеука，意志／自由学；вероука，信仰学；небоука，天学；илиука，或学；времяука，时间学）[172]。在诗歌《消

---

① 这两类自造词中，第一类是往ум之前加上俄语中本身有意义的前缀，后一类则是往ум之前加上在俄语中没意义，只有在"星语"中有意义的前缀。赫列布尼科夫自己对其部分词的解释是：Изум——跳出日常智慧的极限；Ноум——通向其他结论的敌对智慧，第一个说"但是"的智慧；Лаум——宽阔的智慧，在最为宽阔的面积中弥漫，就像春汛时的河流一样，不知道自己的河岸在何处；Коум——平静、束缚性的智慧，颁布基准、书籍、规则和律法；Раум——不知边界、障碍、辐射性的智慧，它的言语是ра言语。——译者注

611

耗与劳作及摩擦……》（《Трата и труд, и трение...》）中，以字母 т 开头的"诸三"（тройки）跟以字母 д 开头的"诸二"（двойки）既被看作时间法则中的两个元素（Два, 二→движит, 移动；три, 三→трется, 摩擦），还包含着抗衡的意义：以字母 д 开头的词（дело, 事业；дар, 天赋；душа, 灵魂；дорога, 道路；движение, 运动；дева, 少女；дух精神）抗衡以字母 т 开头的词（трава, 青草；отрава, 毒药；тупой, 迟钝的；тупнк, 死胡同；тропа, 小路；туша, 胴体；труп, 尸体）；这一实验未能继续发展。[173]

在最终的尽头，是具有普世意义的形象，比如Равнебен，"普天恳祷平等"（意味着天空下人人"平等"）；是Или，"或者"（意味着各种选项之间的"平等"）；是Л（民主制的象征；试比较Ла-ум, Ла智），是这些形象的美学（试比较《赞格济》），是"唯左准则"（《принцип единой левизны》，可读作новизна，"创新"），这一准则强调新的思想需要新的词语（语言、言语）。寻找这样的自造词——是责任，而非一时的任性妄为；"出于本性"，这样的自造词无论艺术家，还是读者都不可能就立刻明白。赫列布尼科夫的这一准则符合玻尔本人的理念。"当问及什么概念是对真理这一概念的补充时，玻尔回答说：'明白'。"[174]"真理"是在"不-明白"（неЯсность）的衬衫里，在各种戏剧性的"艰难"形式里诞生的（这一思想与"明晰主义者现在就想要"[《вынь-да-ложь-кларистам》]相距甚远，反而接近从普希金关于"两种无意义"的著名论断①中衍生出来的"唯满准则"[《принцип единой полноты》]）。

* * *

赫列布尼科夫的诗体非常复杂。罗蒙诺索夫、杰尔查文、普希金、格里鲍耶陀夫、丘特切夫、莱蒙托夫、涅克拉索夫、勃洛克、库兹明和马雅可夫斯基等诗人的创作经验在他的诗中都有不同程度的体现：四音步颂诗体抑扬格和丘特切夫的沉思体；《火车蛇》的散文化自嘲三行连韵体（暗示阿·康·托尔

---

① "有两种无意义：一种源自可被语言表达的情感和思想不足；另一种源自情感和思想的满溢，而语言却不足以表达它们"。——译者注

斯泰的长诗《龙》），诗作《七个》已经显示出摆脱同一个托尔斯泰谣曲《爱
德华》译本的翻译腔（可能正是这位诗人促使赫列布尼科夫走上了不和谐韵脚
的路子）；在新的条件下带有传统主题、形象、格律语义光晕的诗体的变革与
变奏；不畏惧带有普希金或勃洛克的烙印的节奏句法上的老生常谈（《风，
风……》），也不害怕采用任何一种来源的套语，换成别的诗人这或许就会变
成折中主义了。在赫列布尼科夫的诗体里，简单与复杂交融，"丘特切夫的严肃
与魏尔兰的童趣"并存（1908年曼德尔施塔姆的系列形象），这使得人们很难
把他包容广博的诗体看作统一的体系。[175]

612

　　如果说赫列布尼科夫1911—1920年期间的长诗主要采用节律细微多变、以
音节重音诗体为主的"诗节系统"，那么，稍后的长诗则更多地采用舒缓的、
不分诗节的诗体，外加不完整、不可预测韵脚系统，其中的诗行有些押韵，
有些不押韵，占主导地位的格律是自由体三音节重音诗格，其次才是自由体
抑扬格。在最早期的诗歌中，"混成诗格"也并不鲜见：在《克里米亚的诗》
（1908）中，"自由的诗格"就已经伴随着诗人的思维而转折跳跃。看来只有在
写《动物园》时，才使用了自由体（圣经体散文诗［версэ］？），尽管诗人的
"自由体"初看起来有时显得堆积笨重，有时则"像库兹明一样"顺畅。

　　但是，从1921年开始，这个毕竟还是"无序"的自由体内部发生了转折，
研究表明，这与他发现了时间法则有关。"和谐有序"的新诗体产生于由两部
分组成的诗歌《像一群绵羊在安详地瞌睡……》（这首诗讲的是"命运的火
柴"）。结论是：这种"新的和谐有序"已经不是自由体了，而是经过整合的
长短不均匀的素体三音节重音诗格（他一直信奉这种格律到最后）。这种诗遵
循严格的作诗逻辑，对材料（当然不是全部）精打细算，且它妙就妙在不惧怕
"认识论——思想体系——作诗法"三者的捆绑。[176]

　　不过，如果说赫列布尼科夫放弃了自由体，那毕竟意味着这位未来人对自
己的背叛。

　　1. 作为"节律细微多变的头号大师"[177]，赫列布尼科夫有意压制"节律"
这个词，他更喜欢说"格律游戏"。即使是在创作非自由体诗歌的时候，他所
关心的并非诗的格律，而是更注重某一组诗行在音调上强调在哪里。在癫痫病
患者的车厢里，他即兴做了这么一首诗："歌曲像癫痫病人的刀子，／无情地逼

向喉咙，歌词说：'宰了你！'……受到格律的压挤，我发作了词语的痉挛。"（这里是在用"格律"比附"布尔什维克"！[178]）

2. 格律（节律）在此之前也"压挤"过他。可作为"沃尔什维克"（意志／自由派），他冲破了任何"既定形式"。不能把他想象成十四行诗诗人。三音节重音诗格（дольник）、多音节重音诗格（тактвик）（哪怕这两种诗格采用的是"自由体"）许诺的那种"自由"对他来说还是太少了。

3. 他的逻辑是自由体诗歌思想家与实践家的逻辑。他极为珍视音调充分自由的权利，以及不受任何人阻挠地为这个文本的这一行选择音调的权利。

4. 某些不和谐音也是1921年"和谐有序"的支点，不然的话，这一和谐就会与时间法则的本质——"诸二"与"诸三"这两道波之间的联系相矛盾。[179] 诗人需要"自由"，而三音节重音诗格或者抑扬格的"新和谐"终究还是会限制它。但自由诗体不会因任何原因被提前拒绝，它"有着绝对主权"。倾向于扬抑格、多音节重音诗格等格律——这是他的意志。在自由体面前人人平等，但在那些平等的诗人之中，他又确确实实处在第一的位置（他们会因受到他关注的任何迹象而骄傲："哎！抓住散漫的抑扬格！"或者"抑抑扬格！打断它！"）。

613

5. 因此，他对自己诗中三音节重音诗格诗行的比例多少并不在意。所以虽然感受到了为《小溪清凉静静流……》一诗赋予惯性的抑扬格四行诗的"统计分量"，他却没有提高下一行诗"两只驴迎面碰上"的"惯性分量"——这是抑扬格诗及与其接近的格律"基础"（或者说"底色"？）尤为"有力的地方"。

6. 为了把赫列布尼科夫晚期的诗体看成他成功地完成了一次狭义的、专门的"围城"——自由体，那就必须对"自由体"这一概念本身进行新的猛攻。顺便说，这种"围城"也像诗人对不规范重音的"围城"一样在不断发展。他的同乡画家库斯托季耶夫也难以摆脱阿斯特拉罕的乡音，他说钟表（часы）和斑点（пятно）两个词时，重音总是错误地落在第一个音节上。[180]

* * *

让赫列布尼科夫一直操心的"围城"使得他确实成了20世纪诗歌中的某个

"特例"[181]。作为一种文化现象，对于布宁、高尔基、尼·谢·特鲁别茨科伊、霍达谢维奇、格·伊万诺夫、纳博科夫、阿·塔尔科夫斯基说来，似乎赫列布尼科夫从来不曾存在过。我们的第一位"后现代主义者"安·西尼亚夫斯基跟他格格不入，而现在的"发达后现代主义"也跟他格格不入。

作为分析对象，赫列布尼科夫让语文学家多少感到有点捉襟见肘。而从另一方面来说，有时候诗人几乎被完全消融在思想家的哲理思辨当中："韦利米尔·赫列布尼科夫的全部诗歌是把闵可夫斯基—彭加莱—爱因斯坦……所发现的人类空间变成宜居环境的尝试。"[182] 弗·所·比布列尔[183] 则为"俄罗斯言语"的进展画出了这样的轨迹——普希金、赫列布尼科夫、普拉东诺夫与布罗茨基，但是，可惜这一轨迹又"割裂"了与我们的诗人思想遗产的联系。[184] 赫列布尼科夫与普希金从本质上具有罕见的联系[185]。对于"赫列布尼科夫与普拉东诺夫"这一重大课题的研究眼下还仅仅局限于一些"初步的观感和印象"[186]。即便是对有"茨维塔耶娃情结"的布罗茨基而言，赫列布尼科夫元素也不仅仅限于对"波拜奥比"（бобэоби）、"挥动着小翅膀"（крылышкуя）和罗巴切夫斯基的提及；赫列布尼科夫元素不仅存在于"沉默创作"（тихотворение）、"小心梗儿"（Инфарктик）这两个布罗茨基的自造词中，还存在于类似《那些没有死，还活着的人……》（诗中有бегствуют，"他们在溃逃"这个有趣的形式）这样的自由体诗中。[187]

具有实质性意义的是站在赫列布尼科夫的立场观照安德列·别雷（或者从别雷的立场反观赫列布尼科夫[188]）。但别雷的经验和"光学"过于个性化，用别雷的"未来主义"尺度难以衡量后期的赫列布尼科夫，而他对别雷的影响跟他对曼德尔施塔姆的影响也难以相提并论。赫列布尼科夫的"尺度"没有触及超越尺度的茨维塔耶娃，尽管研究他们内在的深层联系，可能会有许多意想不到的发现，而且这发现不仅局限在语言和诗学层面上。对于帕斯捷尔纳克来说，赫列布尼科夫始终完全是个"外人"，要研究他们"对比"比较的元语言绝非轻松的课题，这种元语言对别的配对倒是足够了：赫列布尼科夫与伊万诺夫（库兹明、"悬铃木派"诸诗人；托尔斯泰、契诃夫、索尔仁尼琴；"偶数奇数剧院"、动画片、"电视电影剧院"[189]；菲洛诺夫、康定斯基、马列维奇；戈列伊佐夫斯基；赞名派；先锋派、超现实主义、后现代主义、"新纪元运动"等

614

等）。

勃洛克说，赫列布尼科夫的诗仅仅去读是不够的，"应该钻研它"[190]。它确实被钻研了，而且不仅在我们这儿。[191] 赞赏诗人的不仅有塔特林、贝·利夫希茨、阿谢耶夫，还有马尔夏克、弗·伊万诺夫、扎博洛茨基、阿·卢里耶、玛·尤金娜、列·利帕夫斯基、米·库利奇茨基、尼·格拉兹科夫、达·萨莫伊洛夫、尤·纳吉宾……无论"六十年代人"还是"九十年代人"都给予他高度评价。但对他的承认只不过停留在"姑且这么说吧"的阶段（安德列·别雷语），他有"正在分成两半的形象"，我们还没有像研究20世纪其他大诗人那样认真研究他。

对他的"生态围城"也评价不够，尽管著名的"蝴蝶效应"被《小鬼》和诗作《车夫的梦》（1911）中的相似情节，以及被神秘剧《撬开宇宙》（1921）中"神之牛"那特别重要的情节结构功能给抢先了。对诗人的遗产，有些生物学家比许多文学评论家理解得更深刻。[192] 语文学家之所以不把赫列布尼科夫跟亚·博格丹诺夫的《文本学》、雅·戈洛索夫克尔的"想象的认识论"、亚·奇热夫斯基的思想、尼·瓦西里耶夫的"想象的逻辑"、伊·普里戈金的"非平衡性"，以及"波学"、"分形"联系在一起，还因为他们自己的价值论里没有他也往往能对付得过去。

他仍旧被各种传说所缠绕，他像曼德尔施塔姆笔下"无名的吗哪"一样神秘莫测。他到处在寻找"最小单位"——"无穷小"的艺术词汇（《故巢》）。[193] 显然，如果轻视这些细微的词语，那么理解诗人就将是困难的。他无心把自己写作的那些片段当成一种体裁来加工，但他笔下精彩的片段并不少于诺瓦利斯。而如果没有这些片段——如果要论及那些已发表的片段的话，那么它们散见于赫列布尼科夫研究者的著作中——诗人在很多方面就会依然模糊不清，甚至让人觉得很"精英"。赫列布尼科夫的天才得以实现的方式是一种在诗人们中间并不罕见，但在这里却很宏大的"诗性省略三段式"：搞懂了题材——动机还不明确；抓住了动机——情节和本事却扑朔迷离；"概念"与"形象"过于相似，"形象"则更像"概念"；好不容易挨个单独摸清了老"词儿"和新"词儿"的构成和意义，深入体验了这些词语的美妙，但是这些"词语""情感"还有"思想"体系之间的联系究竟又在哪里呢？到哪里去寻找它们在文本后的潜在意义？"抒情叙事的主体"跟作者的"审美我"又是怎样结合在一起的？再就是——"省略三段论的精髓"——超体裁方面的创新，这些"帆"啊，"平面"啊，连带着它们的"多神论"。还有各个层面的"错位"——多样格律、同源形似现象、古代与现代交织、崇高与卑俗混杂的时空体。对表达方式的大胆压缩——像"普希金一样"轻盈的闲聊（曼德尔施塔姆语）。严肃的乃至悲剧性元素与游戏以及神话之间模糊的界限。费解的，不知为何要留下来的"脚手架"和"趣味的崩坏"。

615

　　这样的诗句同时并存：上文引用过的明亮的"除了大海，此处不见人影儿"，大胆的"嘴里灌满海水，／孤儿的父亲躺在海底"，淘气的"他光着身子出来，一丝不挂，／两条腿之间有个带点的i"[194]。尼·哈尔吉耶夫（引用了曼德尔施塔姆的话）给自己的一篇文章起了个题目：《赫列布尼科夫身上无所不有！》[195]。但目前还没有对这一切进行全面概括的文化学家，因为他意识到："赫列布尼科夫的时代"还没有开始。[196]

注释：

　　1　马·米图里奇-赫列布尼科夫，《韦利米尔·赫列布尼科夫死亡和安葬在哪里》，载《韦利米尔·赫列布尼科夫学会会刊》，莫斯科，1996，第1卷，78—79页等；格·鲍·费奥多罗夫，《"带着凝固的微笑……"》，载《青春》，1975，第7期，103页；亦可参见鲍里斯·斯卢茨基的诗《赫列布尼科夫迁葬》。

　　2　赫列布尼科夫，《诗集》，莫斯科，1923，31页。

　　3　只出版了三张"纸"：赫列布尼科夫，《命运榜》，莫斯科，1922—1923，共48页。重刊于：《赫列布尼科夫著作集》（下简称《著作集》），第3卷，慕尼黑，1972；《命运榜》片段散见于本文作者的各部著作和鲁·瓦·杜加诺夫所著《韦利米尔·赫列布尼科夫：创造的自然》（下简称杜加诺夫），莫斯科，1990；赫列布尼科夫，《来自未来的悬崖》（以下简称《悬崖》），杜加诺夫编，埃利斯塔，1988。

　　4　此书未能出版。"故巢"一词为雅柯布森提议。

　　5　赫列布尼科夫，《创作集》，莫斯科，1988，38页。

　　6　俄罗斯国立文学艺术档案馆，存储单位82，35页；存储单位83，34页（该档案全宗号527，卷宗号1，后文只指出存储单位和页码）。试比较下引书中的一系列自造词语：числослово 数字词语，числоречи数字言语等，见：纳·尼·佩尔佐娃，《韦利米尔·赫列布尼科夫自造词语词典》，维也纳、莫斯科，1995。

7　马雅可夫斯基，《马雅可夫斯基全集》，莫斯科，1959，第12卷，28页。

8　让-克洛德·拉纳，《韦利米尔·赫列布尼科夫》，载《俄国文学史：20世纪，白银时代》，莫斯科，1995，558—559页。

9　赫列布尼科夫，《未出版作品集》，莫斯科，1940，371页。

10　《创作集》，539、631页；《著作集》，437—447页。

11　本特·扬费尔德，《未来人雅柯布森》，载《资料汇编》，斯德哥尔摩，1992，21页。

12　雅柯布森，《俄国最新诗歌，速写一：韦·赫列布尼科夫》，布拉格，1921（再版于：雅柯布森，《诗学论著》，莫斯科，1987）；特尼亚诺夫，《诗歌语言问题：论文集》，莫斯科，1965（与1928年的《论赫列布尼科夫》略有不同）；维·弗·伊万诺夫，《赫列布尼科夫与科学》，载《通往未知的路》，莫斯科，1986，第20辑；《20世纪俄国诗歌语言史纲》，莫斯科，1990，第1卷，98—166页（描写赫列布尼科夫个性化语体的尝试）。

13　《创作集》，641、711—713页。

14　其中一人曾于1722年赠给彼得一世一个装有金币的银器皿。

15　据赫列布尼科夫言，他们的"血统特殊"，"体现在普尔热瓦尔斯基，米克卢霍-马克莱和其他探险家都是谢奇人的后代子孙上"。（《创作集》，641页；那里还写道："我的血管里流着亚美尼亚人的血（阿拉博夫家族）……"）。

16　《创作集》，642页。试比较他儿子笔下无与伦比的鸟类形象。

17　经亚历山大努力，这篇文章得以发表：维·弗·赫列布尼科夫、亚·弗·赫列布尼科夫，《帕夫达厂地区的鸟类学考察》，载《自然与狩猎》，莫斯科，1911，第12集。

18　《诗歌日，1975》，莫斯科，1975（由尼·伊·哈尔吉耶夫发表）。

19　赫列布尼科夫，《作品集》，列宁格勒，1933，第5卷，287页。

20　《创作集》，582—584、704、677、698页，还可参见：《悬崖》。

21　俄罗斯国家图书馆手稿部，全宗号1087，存储单元31，1页（后文标注法见注释6）。

22　俄罗斯国立文学艺术档案馆，存储单元9，13页有关《和谐世界》，参见：杜加诺夫，65页。

23　《文学同时代人》，1935，第12期，197页。

24　《创作集》，544页。

25　《作品集》，第1卷，29页。"小故乡"的佛教和喀山的伊斯兰教在《蓝色的枷锁》（1922）中有所回响："卡尔梅克人，鞑靼人和灰兔！"

26　彼·约·塔尔塔科夫斯基，《俄国诗人与东方·布宁·赫列布尼科夫·叶赛宁：论文集》，塔什干，1986；氏著，《东方各民族的社会历史经验与韦·赫列布尼科夫的诗歌。1900—1910年代》，塔什干，1987。《我骑在象背上……》（1913）一诗中毗湿奴的形象具有典型意义，维·弗·伊万诺夫分析过这首诗，见文集《符号学学报》，第3卷，塔尔图，1967。

27 格·奥·维诺库尔：《语文学研究：语言学与诗学》，莫斯科，1990，251、250页（比较马·伊·沙皮尔的注释）。

28 试比较："闵可夫斯基和我（我是自1903年起）能够……"等等（俄罗斯国家图书馆手稿部，全宗号26，片段1，2页；1910年代初期）。

29 俄罗斯国立文学艺术档案馆，存储单元83，13页。比较：《俄罗斯与外罗斯》（俄罗斯国立文学艺术档案馆，存储单元91，9页）。

30 俄罗斯国家文立艺术档案馆，存储单元4，1-4页；存储单元38，1页，1页；存储单元85，13页。

31 《未出版作品集》，第197页。

32 他的评价（1973）有点出乎意料："他的确是个非常狂欢的人物。……倘若我们以某种方法进入他的和谐性、宇宙性思维之轨道，那么这一切都将明了……这是个了不起的人。……退一步说，所有的其他未来主义者在他面前都微不足道。"（《维·德·杜瓦金与米·米·巴赫金谈话录》，莫斯科，1996，124-125页）

33 俄罗斯国立文学艺术档案馆，存储单元9，8页。

34 瓦·巴扎诺夫，《尼古拉·亚历山德罗维奇·瓦西里耶夫》，莫斯科，1988。他父亲是数学教授，很久以后曾多次回忆起自己这位极具才华的一年级学生的超凡魅力。

35 试比较注释17。

36 俄罗斯国立文学艺术档案馆，存储单元9，8页。

37 《作品集》，第5卷，285页。1904年起他时常身处该市。比较：马·伊·沙皮尔，《论赫列布尼科夫一首字母换位诗：关于"莫斯科神话"的重构》，载《俄罗斯语言》，1992，第6期。

38 《命运榜》，4页。或许是记忆的错误？对马岛战役爆发时他正在乌拉尔。

39 《作品集》，第1卷，25页。

40 《创作集》，641-642、51、69-70、185-187页；罗·达·季缅奇克，《20世纪初俄国诗歌中的犹太主题》，载《论特尼亚科夫文集：第五届特尼亚诺夫学术报告会》，里加，1994，178页。

41 《未出版作品集》，363页。

42 《诗歌日》，1975，202页。

43 同上，203页。

44 尼·斯捷潘诺夫，《韦利米尔·赫列布尼科夫：生活与创作》，莫斯科，1975，12页。关于诗人的散文，尤其是其杰出的中篇小说《战俘》（《Есир》，1918-1919），参见：杜加诺夫，第4章；纳·雅·别尔科夫斯基，《当代文学》，莫斯科，1930。

617

45　瓦·卡缅斯基，《热心者的道路》，彼尔姆，1968，78–81页。

46　《作品集》，第5卷，286–291页。

47　《作品集》，第5卷，289页。

48　《作品集》，第5卷，49–50页（未完成的长诗《奥列格·特鲁波夫》，1915？）。

49　《未出版作品集》，197–204页，第二首的结尾部分以《彼得堡的〈阿波罗〉／讽刺诗》为题收录于《作品集》，第2卷，80–82页。显然，作者在不再"受骗"之前写完了剧本《小鬼》和这篇《有关〈阿波罗〉诞生的彼得堡笑话》。剧本中的"对白"故意夸大了《小雪姑娘》和《代泽斯侯爵夫人》的幻想，作为"火神的一小条出路"（《故巢》，并且预言了"不可能戏剧"。俄罗斯国立文学艺术档案馆，存储单元27，11页）。参见注释189。

50　安年斯基，《影像集》，莫斯科，1979，662–663页。

51　《未出版作品集》，368页。

52　参见：《赫列布尼科夫学会会刊》，第1卷，7–28页（引用了尼·阿·祖布科娃首次发表的文本）；索·瓦·斯塔尔金娜，《赫列布尼科夫1904—1910年间的创作……》，副博士论文摘要，圣彼得堡，1998。

53　《创作集》，664页。

54　试比较：亨里克·巴兰，《20世纪初俄国文学的诗学》，莫斯科，1993，191–210页（将伊万诺夫、列米佐夫、赫列布尼科夫进行比较）；索·瓦·斯塔尔金娜，《赫列布尼科夫的剧本〈莱宁女士〉》，载《俄罗斯文学》，1995，第38卷——与诗人的札记，记载了"维尔哈伦的长诗、惠特曼和马里延霍夫的抒情诗、勃洛克的史诗、威尔斯的散文"给予他的影响（1920？，俄罗斯国立文学艺术档案馆，存储单元64，104页）。

55　纳·尼·佩尔佐娃，《论赫列布尼科夫未完成的长篇小说》，载《作为创作的语言》，莫斯科，1996，104页。

56　俄罗斯国立文学艺术档案馆，存储单元60，40页；赫列布尼科夫，《创作集：1906—1908》，莫斯科、赫尔松，1914，44页；《著作集》，第3卷，383页；详细内容见《自足的词：20世纪俄国诗歌词典——试刊：А–А–ю–рей》一书绪论，莫斯科，1998，8–12、17等页。

57　由叶·阿伦宗刊行（出版信息见注释52）。

58　参见：《作品集》，第5卷，288页。这一短篇小说由亚·叶·帕尔尼斯发表在《国外的斯拉夫人和俄罗斯文化》（列宁格勒，1978）文集当中。

59　雅柯布森，《普希金与赫列布尼科夫笔下的地狱里的游戏》，载《文学的比较研究》，列宁格勒，1976，35页。试比较：耶日·法雷诺论1921年诗歌的文章：《普希金的先知是怎样变成赫列布尼科夫的伪君子的》，载《俄罗斯研究》，布达佩斯，1988，第12期。

60　剧本《从终结开始的世界》收入赫列布尼科夫的《里亚夫！手套。1908—1914年》（克鲁乔内赫编辑出版，圣彼得堡，1914）。

61　由于克鲁乔内赫的努力，还出版了"同人"文集《台利莱》（圣彼得堡，1914）、
《比耶利》（巴库，1912，两书均为胶版印刷）及其他作品。

62　参见：《未出版作品集》，437页；《作品集》，第5卷，298页。

63　《作品集》，第5卷，256页。

64　《作品集》，第5卷，167页。

65　《作品集》，第5卷，247-249页。《未出版的赫列布尼科夫》各辑（1923—1933，胶版印刷）在校勘上不太可信。策划出版的是"赫列布尼科夫的一群友人"，而出版的灵魂和推进者也是克鲁乔内赫。他出版的《韦利米尔·赫列布尼科夫的札记本》（莫斯科，1925）在校勘上也很成问题。

66　《创作集》，165页。试比较《给阿廖沙·克鲁乔内赫》（1920）一诗。

67　《未出版作品集》，14页。

68　《未出版作品集》，12页。

69　《作品集》，第5卷，257页。

70　马雅可夫斯基，上引著作，第12卷，23页。

71　俄罗斯国立文学艺术档案馆，存储单元25，8页。在计划"强制招募地球村主席"（被提到的有甘地、威尔斯、茨威格和其他人）的时候，诗人还曾指望得到布尔柳克的帮助；《赞格济》的各种提纲特别规定了要展出"布尔柳克网罗里的'所有主席'"（俄罗斯国立文学艺术档案馆，存储单元66，5页；存储单元27，12页；比较存储单元27，3页）。

72　《作品集》，第5卷，294-295页。比较：《未出版作品集》，338-340页。

73　《著作集》第3卷，411-455页。

74　《未出版作品集》，364-366页。

75　《未出版作品集》，475页。

76　《未出版作品集》，368-369页。参见：贝·利夫希茨，《一只半眼睛的射手》，列宁格勒，1989，页682。

77　《作品集》，第5卷，49页。

78　《未出版作品集》，232-233页。

79　《未出版作品集》，236-240页。

80　丽·赖特，《"一切美好的回忆……"》，载《塔尔图大学学报》，第184辑（《俄罗斯和斯拉夫语文学著作》，第9卷），塔尔图，1966。亚·尼·安德里耶夫斯基，《我与赫列布尼科夫的夜谈》，载《各民族友谊》，1985，第12期（有删节）。

81　参见：《未出版作品集》，379页；《作品集》，第5卷，267页。

82　选自1908年的"自造词笔记本"，俄罗斯国立文学艺术档案馆，存储单元60，13页。

83　俄罗斯国立文学艺术档案馆，存储单元105，1-5页。

84　《作为创作的语言》，15-16页（亨里克·巴兰刊行）。

85 日记条目（《作品集》，第5卷，333页）。

86 《未出版作品集》，230页。

87 俄罗斯国立文学艺术档案馆，存储单元97，4页；比较：同一出处，2页。

88 作者在剧本中看到了"对死神的胜利"（《作品集》，第5卷，309—311页），但同时
也看到了"阴暗沉重的东西，水底的石头"（俄罗斯国立文学艺术档案馆，存储单元97，4页；
1922）。关于"卡"，参见：杜加诺夫，317—325等页；《悬崖》，244—248页。

89 参见两封写给他的卓越的信，《作品集》，第5卷，309—311页（信的日期应当标
为6月。试比较1916年5月19日的诗中的句子："奔赴第93步兵团，／我倒下，如同孩子们灭
亡。"——《著作集》，104页）。

90 《未出版作品集》，380页。

91 见有关他的立场的评论：鲍·杜宾，《自由的观点》，载《旗》，1995，第8期。

92 《未出版作品集》，283页。

93 俄罗斯国立文学艺术档案馆，存储单元64，105页。

94 《作品集》，第4卷，311页。

95 俄罗斯国立文学艺术档案馆，存储单元72，7页（1922年）。

96 俄罗斯国立文学艺术档案馆，存储单元9，8页（1920年）。斯克利亚宾是诗人最为
重要的"交谈者"之一。有关"伟大的斯克利亚宾因素"以及音调的和谐与不和谐，参见我们
的著作《个性化语体的语法》（莫斯科，1983）。赫列布尼科夫是拉·利·格尔韦尔不久前答
辩的博士论文《20世纪第一个十年俄罗斯诗人创作中的音乐与音乐神话》的主要研究对象，莫
斯科，1998。

97 《作品集》，第5卷，312页。

98 《创作集》，547页。

99 《作品集》，第4卷，114—117页；《悬崖》，105—106页。

100 《未出版作品集》，384页。

101 《作品集》，第3卷，47—52页。

102 《作品集》，第3卷，155—170页。

103 俄罗斯国立文学艺术档案馆，存储单元9，10页。试比较巴赫金的想法（注释32）
和这部著作：芭芭拉·伦奎斯特，《赫列布尼科夫与狂欢：长诗〈诗人〉分析》，乌普萨拉，
1979。

104 《作品集》，第3卷，115—127页。

105 "玄妙"语言在字面上就是"超越智性界限"的语言（咒符或咒语；《创作集》，
628页）。"星语"是"将玄妙语言变得理性的方法"（出处同上）。"鸟语"并非"玄妙语言"
（而是禽鸟声音的"录音"）。见：沙皮尔，《论赫列布尼科夫早期诗作的"声音象征意义"
（〈嘴唇唱出波拜奥比……〉：语音结构）》，载《俄罗斯科学院学报》，1992，第6期，文

619

学语言版，第51卷。

106　《作品集》，第3卷，84、116页。第一个例子选自《天空的划痕》。

107　长诗《契卡主席》由亚·叶·帕尔尼斯刊载在《新世界》杂志上（1988，第10期），但刊行水准并非无可指摘。

108　俄罗斯国立文学艺术档案馆，存储单元82，58页。

109　俄罗斯国立文学艺术档案馆，存储单元93，7页、8页；存储单元16，23页。

110　俄罗斯国立文学艺术档案馆，存储单元97，2页，4页；存储单元92，43页。

111　《作品集》，第5卷，137页。

112　俄罗斯国立文学艺术档案馆，存储单元92，5页。

113　普天恳祷平等（Равнебен）（源自молебен，恳祷；契合平等即"面对天空人人平等"的社会思想）——出自长诗《战争——死亡》（1910，1912〈？〉参见：《作品集》，第2卷，190页；《未出版作品集》，407页）的这个自造词有着特别重要的意义。这部长诗充满了难以理解的自造词语（可能是为了抗拒书报审查），其中的"战争"一词仿佛在有意掩盖那些关于"人群"和"起义者"的诗句。这——对解释的探寻——既是在为俄日战争中，也是在为1905年革命的"死亡正名"（《命运榜》，4页）。同样参见诗《1905年》（1921年末）。

114　俄罗斯国立文学艺术档案馆，存储单元33，1页（这还是20世纪10年代中期的形象）。

115　俄罗斯国立文学艺术档案馆，存储单元64，78页（"炸弹"与"复仇者"这两个词见存储单元63，7页）。

116　俄罗斯国立文学艺术档案馆，存储单元97，5页。

117　俄罗斯国立文学艺术档案馆，存储单元64，41页，31页，50页。

118　俄罗斯国立文学艺术档案馆，存储单元87，89页。

119　俄罗斯国立文学艺术档案馆，存储单元43，6页。

120　俄罗斯国立文学艺术档案馆，存储单元117，2页。

121　俄罗斯国立文学艺术档案馆，存储单元95，1页。

122　俄罗斯国立文学艺术档案馆，存储单元112，8页。尼·谢·特拉武什金将其发表于他的著作《韦·赫列布尼科夫的诗歌世界》，伏尔加格勒，1990，122页。

123　俄罗斯国立文学艺术档案馆，存储单元125，28页。

124　俄罗斯国立文学艺术档案馆，存储单元41，2页；存储单元66，5页；存储单元91，4页。

125　自由／意志祷告（волитва）源自祷告（молитва）（1908）。俄罗斯国立文学艺术档案馆，存储单元60，56页。

126　俄罗斯国立文学艺术档案馆，存储单元97，2页；存储单元66，5页；存储单元117，3页；存储单元46，5页；《作品集》，第3卷，203、204页。

620

126a　1905年10月，格·斯·诺萨尔，亦即彼·阿·赫鲁斯塔廖夫（1879—1919），是彼得堡工人代表苏维埃第一任主席。

127　俄罗斯国立文学艺术档案馆，存储单元49，6页；存储单元125，16页。

128　《作品集》，第3卷，84页；《著作集》，第3卷，396页。

129　俄罗斯国立文学艺术档案馆，存储单元64，64页。

130　俄罗斯国立文学艺术档案馆，存储单元80，36-40页。比较1921年的一条重要札记："地球的韦利米尔化"自1917年3月10日开始了（俄罗斯国立文学艺术档案馆，存储单元91，8页）！

131　《作品集》，第2卷，187页。

132　俄罗斯国立文学艺术档案馆，存储单元93，9页。

133　俄罗斯国立文学艺术档案馆，存储单元89，42页。

134　《作品集》，第5卷，320页。

135　《作品集》，第5卷，34、85、86页。

136　《作品集》，第5卷，321-322页。

137　俄罗斯国立文学和艺术档案馆，存储单元82，17页；《命运榜》，40页；《著作集》，第3卷，512页。参见注释179。

138　塔·沙阿齐佐娃，《预言者》，载《欧洲文化背景中的俄罗斯先锋派》，莫斯科，1994，54-64页。

139　俄罗斯国立文学艺术档案馆，存储单元64，40页。参见：米罗斯拉夫·约万诺维奇，《赫列布尼科夫诗学中的"我"（"我们"）和"您"（……1920—1922年）》（样书）。

140　谢·阿维林采夫，《奥·曼德尔施塔姆的命运和传说》，载《奥西普·曼德尔施塔姆两卷集》，莫斯科，1990，第1卷，25页。

141　《文学报》，1985，46期，11月13日，第5版。

142　俄罗斯国立文学和艺术档案馆，存储单元83，25页（1920）。

143　俄罗斯国家图书馆手稿部，存储单元11，1页。正是在当时提到了斯塔夫罗金和韦尔霍文斯基的名字（俄罗斯国家图书馆，存储单元1，1页）。

144　俄罗斯国立文学艺术档案馆，存储单元83，13页；存储单元72，7页，16页。

145　《作品集》，第5卷，155-170页（这是唯一一个印刷版本——《著作集》，第2卷除外）。

146　俄罗斯国立文学艺术档案馆，存储单元38，1页，1页；存储单元64，82页。

147　《未出版作品集》，385、485页，试比较《波斯之夜》一诗中的甲虫。

148　俄罗斯国立文学艺术档案馆，存储单元64、82页；《作品集》，第3卷，174页（诗《听！云突然发出呼啸声……》）。

149　俄罗斯国立文学艺术档案馆，存储单元56，9页。

150 俄罗斯国立文学艺术档案馆，存储单元107，2页。

151 俄罗斯国立文学艺术档案馆，存储单元60、40页，39页、131页，131页（1900年代）。

152 米·列·加斯帕罗夫，《数诸神……》，载加斯帕罗夫，《论文选集》，莫斯科，1995，246-258页。

153 俄罗斯国立文学艺术档案馆，存储单元75，31页。赫列布尼科夫出版的诗文中，上帝一词词首字母究竟选择大写还是小写是一个非常复杂、精确的问题。

154 俄罗斯国立文学艺术档案馆，存储单元25，7页，7页。在《闪电姐妹》中另一片"帆"的标题是《灵魂的迁徙》（俄罗斯国立文学艺术档案馆，存储单元4，1页）。

155 俄罗斯国立文学艺术档案馆，存储单元64，103页。

156 俄罗斯国立文学艺术档案馆，存储单元82，35页，44页。比较诗《虱子傻呵呵地向我祈祷……》（1921年秋）。

157 《作品集》，第5卷，319页。

158 俄罗斯国立文学艺术档案馆，存储单元42，4页。

159 《作品集》，第5卷，324页。

160 本特·扬费尔德，上引著作，45页。

161 《致奥·马·布里克的信》，《未出版作品集》，384页。

162 《未出版作品集》，386页。

163 瓦·卡塔尼扬，《马雅可夫斯基：生平和活动年谱》，第5版，补充修订版，莫斯科，1985，550页。

164 俄罗斯国立文学艺术档案馆，存储单元117，1页，1页；同时参见注释173。

165 纳·雅·曼德尔施塔姆，《注释……》，载《奥·埃·曼德尔施塔姆的生活和创作……》，沃罗涅日，1990，237页及以下。

166 有关赫列布尼科夫与曼德尔施塔姆的创作相互关系的论述，参见：米·列·加斯帕罗夫，《奥·曼德尔施塔姆：1937年的公民抒情诗》，莫斯科，1996，6页等。还可参考我们关于"赫列布尼科夫与曼德尔施塔姆"这一题材的系列文章，包括：维·彼·格里戈里耶夫，《晚期的曼德尔施塔姆："狡黠的角"（给斯大林或／和赫列布尼科夫的〈颂诗〉）》，载《东欧》，1998，第2期，125-149页，该文的最早版本见《今日俄罗斯学》，1998，3-4期。

167 俄罗斯国立文学艺术档案馆，存储单元75，35页。我们发现：清单中既没有喀山，也没有彼得堡。米图里奇用自己加上的"自由"一词结束了清单，还在手稿中标明了诗人去世的日期和地点。

168 俄罗斯国立文学艺术档案馆，存储单元79，6页；存储单元82，10页，12页。试比较一条简讯：纳·尼·佩尔佐娃，《论韦利米尔·赫列布尼科夫的"命运方程式"》，载《各种文化背景下的命运概念》，莫斯科，1994，298-301页。

621

169　俄罗斯国立文学艺术档案馆，存储单元9，8页。试比较：纳·阿·尼科林娜，《现代言语中的词根融合》，载《作为创造的语言》。

170　俄罗斯国立文学艺术档案馆，存储单元97，6、9页。

171　《作品集》，第5卷，235-236页。

172　俄罗斯国立文学艺术档案馆，存储单元125，15、23页；存储单元66，5页。

173　试比较："社会主义的任务就是减少人与人之间的摩擦"（俄罗斯国立文学艺术档案馆，存储单元93，10页，1920）。关于发展各阶段的详情，请参阅我们的著作：一、《词语创造和诗人语言的各相关问题》（莫斯科，1986）；二、《论想像语文学的辩证法》（载《韦利米尔·赫列布尼科夫……，神话与现实》，阿姆斯特丹，1986）；三、《玄妙人与总常识》（载《俄罗斯文化中的玄妙未来主义和达达主义》，伯尔尼等地，1991）。

174　阿·贝·米格达尔，《物理学和哲学》，载《哲学问题》，1990，第1期，15页。

175　米·列·卡斯帕罗夫，《现代俄罗斯诗体：格律和节奏》，莫斯科，1974，459-460页。

176　参见：塔·弗·斯库拉乔娃，《赫列布尼科夫的自由诗体》，载《作为创造的语言》；试比较文集《斯拉夫诗体：作诗法、语言学和诗学》，莫斯科，1996。

177　米·列·加斯帕罗夫，《1890—1925年俄罗斯诗体评注》，莫斯科，1993，128页。

178　俄罗斯国立文学艺术档案馆，存储单元49，6页。此处还是同一个"决定论抑或意志自由"的问题：格律（раз-мер）是一种节律（мер- а）。试比较词组："子宫的（？）／数字的，度量的（размера）和律法的"（俄罗斯国立文学艺术档案馆，存储单元41，6页）。

179　在赫列布尼科夫看来，这些波渗透进世界的一切构造（宇宙和个人生活、碳水化合物分子和世界史）。诸二连结着"相似"（今天您上升；很可能经过2的n次方天它又会发生），诸三则是"反向的事件"（过了3次方有可能衰落：过了"3的5次方"，即243天，将要"等待报应"）。历史的节律就是天、年。据我们所知，亚·列·奇热夫斯基没有探讨过赫列布尼科夫的"信仰"。

180　比较：赫列布尼科有按格律朗诵的符号。参见：格里戈里耶夫，《词语创造……》，197页及以后几页。

181　弗·维德列，《论诗人和诗歌》，巴黎，1973，84页。

182　康·亚·克德罗夫，《文化中的伦理—人类原则》，俄罗斯科学院哲学研究所论文提要，莫斯科，1996，39页。

183　弗·所·比布列尔，《俄罗斯民族思想？——俄罗斯言语！》，载《十月》，1993，第2期。试比较另一种方法：尤·谢·斯捷潘诺夫，《在语言的三维空间中》，莫斯科，1985，196-199页及其他页。

184　参见：《今日俄罗斯学》，1996，1期，17-18页。

185　参见：同上，8、20及其他页；亨里克·巴兰，《20世纪初俄罗斯文学的诗学》，

622

152–178页（《赫列布尼科夫创作中的普希金……》一文）。诗人以为，在他的心里大概"波德莱尔死了，可惠特曼还活着"，而"魏尔伦补充着坡和普希金"（俄罗斯国立文学艺术档案馆，存储单元9，11页）。还可参见我们的文章《赫列布尼科夫与普希金》（即将刊印）。

186　《作为创造的语言》，55–65页（罗纳德·弗隆的文章）。

187　对此可参见：瓦·普·波卢欣娜、于莱·佩尔利，《布罗茨基隐喻词典（以诗集〈言语部分〉的材料为基础）》，塔尔图，1995。

188　维·弗·伊万诺夫，《论安德列·别雷"美学实验"的影响（赫列布尼科夫、马雅可夫斯基、茨维塔耶娃、帕斯捷尔纳克）》，载《安德列·别雷——创作问题》，莫斯科，1988。试比较：纳·阿·科热夫尼科娃，《安德列·别雷的语言》，莫斯科，1992；《安德列·别雷：赞成与反对》，米兰，1986。

189　试比较：谢·弗·西戈夫，《论赫列布尼科夫的戏剧创作》，《1907—1917年俄罗斯的剧院和戏剧》，列宁格勒，1988；杜加诺夫，177–211页；武断随意的版本：《赞格济》，莫斯科，1992；格里戈里耶夫，《"从格律剧院到不可能剧院"》，载《新文学评论》，1998，第33期，同时参见注释49、54。

190　尤·安年科夫，《我的会谈日记：悲剧集》，莫斯科，1991，第1卷，151页。

191　我们这里只提一下"老大"：弗·马尔科夫，《论诗歌中的自由：文章、随笔及其他》，尤·林尼克作序，圣彼得堡，1994。

192　瓦·阿·德姆希茨、谢·维·切巴诺夫，《赫列布尼科夫的生物学思想》，载《赫列布尼科夫学术报告会》，圣彼得堡，1991；瓦·瓦·巴布科夫，《共生、互生和生物圈理论》，载《个体发生、进化、生物圈》，莫斯科，1989。

193　对他的转喻系统的研究刚刚开始：纳·阿·科热夫尼科娃，①《20世纪初俄国诗歌中的词语运用》，莫斯科，1986；②《论赫列布尼科夫的转喻》，载《赫列布尼科夫的诗歌世界》；③《论直接用词和隐喻用词的相互关系……》，载《作为创造的语言》。早于"最小单元"的是"简单值"，即对简单数字的表示（俄罗斯国家图书馆手稿部，存储单元29，10页）。

623

194　俄罗斯国立文学艺术档案馆，存储单元64，58页；存储单元77，55页。

195　《文学报》，1992年6月1日，第6版。然后哈尔吉耶夫的"赫列布尼科夫档案中的文件"被他们封闭了25年之久！（亚·萨茨基赫，《哈尔吉耶夫档案……》，载《结果》，1998年5月19日，54页）。

196　很多迹象表明，这个时代可能快要开始了。大概它已经开始了。特别是第六、第七届国际赫列布尼科夫研讨会上的报告、文章和论文提要可以证实这一点（参见：《韦利米尔·赫列布尼科夫与20世纪的艺术先锋派……》，阿斯特拉罕，1998；《韦利米尔·赫列布尼科夫与千年之交的世界艺术文化……》，阿斯特拉罕，2000）。诗人的新六卷集正在筹划出版（莫斯科，俄罗斯科学院世界文学研究所出版社、遗产出版社，第1卷，2000；第2卷，

2001。叶·鲁·阿伦宗和鲁·瓦·杜加诺夫编选、文本校勘并作注释）。筹备中的著作有：维·彼·格里戈里耶夫，《未来人；韦利米尔·赫列布尼科夫的世界：文章，研究（1911—1998）》，维·弗·伊万诺夫、季·萨·帕佩尔内和亚·叶·帕尔尼斯编；《诗歌与绘画：尼·伊·哈尔吉耶夫纪念文集》，米·鲍·梅拉赫和德·弗·萨拉比扬诺夫编；还有国外韦利米尔学家，主要是亨里克·巴兰和罗纳德·弗隆等人的研究成果。

第三十五章

弗拉基米尔·马雅可夫斯基

◎奥·彼·斯莫拉　撰／曾予平　译

对于弗拉基米尔·弗拉基米罗维奇·马雅可夫斯基（1893—1930）的地位和作用，玛林娜·茨维塔耶娃是这样评价的："他是世界上第一位群众诗人。"[1]但是，我们也可以说，早期的马雅可夫斯基是一个个人主义诗人。他刻意让自己的生活和创作与社会、与世界秩序、与上帝对立。并且，这两方面（个人主义和联系群众）看似互相排斥的因素，却坚持在他身上互相依存了下来。"我感觉／'我'／对我太小。／我身上有个人要固执地挣脱。"说出这样的话的人算是谁呢——是个人主义者，还是"社会活动者"？渴望走向整个社会，融进人群，或是力求让挣脱自我的躯壳的"我"充满整个世界——这两种倾向中哪一种更强烈呢？有时候让人觉得，诗人不知道该把自我放置于何处，并且，他也不知道这位"有个人"什么时候从他自身挣脱。他想抹掉"自己人和他者面目之间"的差异，堆砌各种彻底更新人性的设计方案，接近群众，关怀大多数人，接近天空，接近大西洋，接近遥远的时空大陆，走向宇宙。他在宏伟的阶梯上行走得越是坚定，往上走得越高，肩负的重担越是沉重，他在实质上离"那个洒满阳光的彼岸"的距离也就越远。这正是马雅可夫斯基浪漫主义乌托邦的根源。

＊　　　＊　　　＊

弗拉基米尔·马雅可夫斯基

马雅可夫斯基有一回讥讽过费特，说后者在自己的诗里曾经四十六次使用"坐骑"（конь）而一次也不肯用"马"（лошадь）这个词。他说，"坐骑"很优雅，而"马"字太寻常。早在童年，马雅可夫斯基就不能容忍湿（诗）呼呼地说话："'族人'和'峭壁'这类词让我生气。"[2] 由于他在库塔伊希古典文理中学的入学考试（1902）中，回答不出神甫关于"眸"（око）字释义的提问，他立刻憎恨起"一切古代的、一切教会的和一切斯拉夫的东西[①]。很可能，我的未来主义、我的无神论、我的国际主义可能就是由此而产生的"（12页）。

关于马雅可夫斯基的问题，在许多方面都是关于革命的问题。这不仅是因为革命的主题逐渐将其他内容从他的创作中排挤出去。他的革命性的来源在于他非常离奇的气质和他的童年印象。当马雅可夫斯基一家还住在格鲁吉亚的时候，有一天，姐姐从莫斯科悄悄给弟弟带来了用诗体写成的传单。"诗歌和政治在头脑中连为一体"，"发生游行示威和群众集会的时候，我也上街了"（13页）。"1906年，父亲去世后，马雅可夫斯基随同家人一起来到莫斯科。少年马雅可夫斯基转入莫斯科第五文理中学就读。当时"我完全不承认小说。哲学、

625

---

① Око是"眼睛"的教会斯拉夫语说法，通常俄语说глаз。——译者注

黑格尔和自然科学，但最主要的是马克思主义。"（15页）很自然地——他在
1908年加入了俄罗斯社会民主工党（布尔什维克派），并且因为地下活动而三
次被捕。1909年的第三次被捕给马雅可夫斯基带来布蒂尔卡十一个月的监禁
生活。这段时间里，马雅可夫斯基的日常生活被阻断了，但是他对文学的兴趣
却被重新激发了。在被迫无所事事的日子里，除了拜伦、莎士比亚和托尔斯泰
之外，他还"读遍了所有最新的作品"，其中包括别雷和巴尔蒙特的作品："形
式上的新颖把我吸引住了。但是总觉得格格不入。这些主题、形象都不是我生
活中所有的。我自己也曾尝试过，要写得同样的好，不过是写别的事物。哪知
道，就是这样来写别的事物却办不到。结果很不自然，好像嚎叫和哭诉。"[①]
（17页）

　　也可以把1909年看作诗人文学创作活动的开端。我们已经找不到在狱中写
满诗文的那本笔记本了。（"谢谢看守——出狱时被没收了。"17页）。重要的
一点是，党的工作被扔下不管。年轻人认真严肃地思考起自己下一步的命运。
在1910年的前半年，马雅可夫斯基大概用了四个月的时间在画家斯·茹科夫斯
基的画室学习彩色写生画；年中，他又去了彼·克林的画室，准备参加绘画雕
刻建筑中等专业学校的入学考试。这段时间里，"被尊重的"诗人是萨沙·乔尔
内（"他的反唯美主义让我喜欢。"19页）。1911年8月，马雅可夫斯基通过复
试，考入绘画学校的人体班，这是当时唯一一个不需要政治可靠证明录取学生
的地方。

　　在谈论诗人马雅可夫斯基之前，我们先回头来关注一下他的一个童年印
象。这个童年印象为我们提供了一把心理和情感上的钥匙，能解答马雅可夫斯
基对他未来的诗歌宇宙的中心——现代大都市的强烈向往。他的自传《我自
己》中的一章名为"非凡的"。自传谈道，有天夜里，（父亲带着七岁的马雅
可夫斯基骑马巡视森林，）透过消散后的云雾，他从高处突然看见，脚下的世
界比天空还亮，世界沐浴在电灯光中（附近开着一家铆钉厂）。只有身处偏远
地带的外省小男孩才会对眼前所见的一切深感诧异，这也许就是他那交织着爱

---

①《马雅可夫斯基选集》，庄寿慈译，人民文学出版社，1984，北京，第1卷，15页。——译
者注

和恨地轻视自然的"落后"与"不完美"，向往科学技术进步的都市主义、巴扎罗夫式的唯理论的开始。（"看过电灯光之后，我对大自然就完全失掉了兴趣，那是没有改进过的东西。"①11页）

*　　*　　*

　　　　1911年秋天，马雅可夫斯基结识了"俄罗斯未来主义之父"达维德·布尔柳克，1912年2月第一次向他朗诵了自己的诗。从这一刻开始，马雅可夫斯基把全身心投入了文学艺术活动。

　　在1900年代快要结束的时候，未来主义者们以一种往往骇人的霸道的姿态拒象征主义者于千里之外，后者和街上的世俗生活隔绝，当时正在逐渐老化。这群叙莱亚小组的未来派（гилейцы-будетляне）一副粗俗又无所拘束，弃绝日常生活的举止派头，反对沙龙生活方式，表现为一种不受规训、毫不节制地探索通往未来艺术道路的尝试，这种未来的艺术以创造新词为任务，并且还包含对社会大灾难已经临近的预感。未来主义的"街头性"自发力量吸引了马雅可夫斯基，在当众"斗殴"的间歇写作诗歌。与那些被激动起来的群众的直接接触激动着马雅可夫斯基，对震撼群众的想象和对刻意展示新艺术规程的向往都催生了带有个人特色打扮———身穿黄色女衫或是粉红短上衣、大礼帽加晚礼服、涂画着花纹的脸和别在纽扣眼里的胡萝卜。"街头性"自发力量给马雅可夫斯基留下了一个习惯，就是要在人多的地方边迈步边写诗，比如说在电车上。未来主义以鲜明的表演性因素和戏剧性吸引了写诗伊始的马雅可夫斯基，而这些都是世纪之初俄罗斯的艺术所特有的。

　　1912年12月，立体未来主义者们发表了他们的第一篇宣言《给社会趣味一记耳光》，签名者有达维德·布尔柳克、克鲁乔内赫、马雅可夫斯基和赫列布尼科夫。我们可以在宣言中读到酷似马雅可夫斯基风格的句子："把普希金、

---

①《马雅可夫斯基选集》，庄寿慈译，人民文学出版社，1984，北京，第1卷，5页。——译者注

陀思妥耶夫斯基、托尔斯泰等等从现代航船上扔下去！……我们命令要尊重诗人的以下权利：1. 要尊重诗人任意扩展词和派生词汇（新词）的能力，以增加字典的词汇量的权利……如果就连我们的诗行里也还残存着你们那'常识'和'良好趣味'的肮脏印记，那么其中仍然会有自身就有价值的词（自足的词）第一次像新的未来之美的启明星那样颤动'。"[3] 在刊载这篇宣言的刊物（同名的丛刊）第一次刊载了马雅可夫斯基的著名诗作《夜》和《晨》。这些诗作是一个美术学校的学生创作的。《夜》是一幅光谱色阶的习作，它的主角是色彩，林荫道、广场、建筑、窗户和门在这里都仅仅是色块游戏的理由，或者，如果接受这种说法的话，只是色块游戏的底色基础。那些色块以自己的变幻多彩营造着大城市夜生活的场景。诗里流淌着立体未来主义精神的综合艺术理念的印记。这里没有词汇实验，但是这里有着马雅可夫斯基诗学的决定性因素——可视的具体性、大量的比喻、诗行笔法的密集性、醒目的色泽和动感的形象性："血红和苍白已被揉皱而抛弃，／墨绿里撒上了一把把灿烂的金币，／黄亮的燃烧的牌被一张张分发出去，／发到争先跑来的窗户的黑手掌里。"[①]

627

《晨》大大补充了《夜》。浓重的夜幕渐次散去，晨曦揭开了早晨并不可爱的细节："于是马路花园中的一束花／一群互相敌视的卖淫女郎"，"戏谑的／钻心的笑"，"花柳街巷中／淫窟的／棺木"等等，带着令人厌恶和压抑的共同特点，这些细节依次排列着。同时，马雅可夫斯基也在目睹的丑陋中找寻着美："可是路灯／这批头戴煤气王冠的／帝王"，"星斗"，"花束"，"玫瑰丛"以及周围的"喧声"，"恐怖"，"妓女们"，"淫窟的棺木"——所有这一切，都被"东方投入一个火光熊熊的花瓶"。在稍后一些时间，马雅可夫斯基指出："契诃夫第一个明白，作家只需侧起花瓶，而往里面注入美酒或者泔水——则无关紧要。"（299页）自然界没有美，美是由艺术家亲自创造的。马雅可夫斯基问道："难道在维尔哈伦[②]之前可以想象在酒气熏天的小酒馆、办事处还有肮脏的街道以及城市的喧哗声中的美吗？"（283页）

诗歌《晨》还揭示了初试锋芒的诗人的一种努力，这就是罗·雅柯布森所

---

① 《马雅可夫斯基诗选》，飞白译，上海译文出版社，1982，上海，3页。——译者注
② 法国象征派诗人。——译者

说的"以表达为方针"，示威性地暴露或更新词语的内在形式。在这首诗里，诗人把诗行末尾的音节变成了一些有含义的单位，并把它们转入下一行——这样便产生了一行新的诗："阴郁／的雨／飞着斜的目光。／电线流着铁的思想——／像铁窗一样／清清楚楚，／而铁窗后／是鸭绒褥，／脚／轻轻巧巧／踩在褥子上，……星星们正在起床。"（《Угрюмый дождь скосил глаза. ／А за／решеткой／четкой／железной мысли проводов —／перина. ／И на／нее／встающих звезд／легко оперлись ноги. ／Но ги-／бель фонарей...》）[1]更新失去意义的旧的东西，或是创造全新的东西——这是未来主义者的主要任务。诗歌创作的源泉、目的和最终结果是词语。由此产生了一系列警句格言："不是思想产生了词语，而是词语产生了思想"（300页）；"诗歌——每日更新的一个喜爱的词语"（307页）；"词语——乃是目的本身"（317页）。

对彻底革新诗体的激情，对声音和节律、词汇和句法的实验契合马雅可夫斯基的内心追求。的确，达维德·布尔柳克是马雅可夫斯基的第一位老师（"好朋友，我真正的老师，布尔柳克把我变成了诗人"）（20页）。但他未必能给这位青年诗人传授真正的技艺。倒不如说影响他的是布尔柳克宽广的、充满艺术天赋的气质和他罕见的善良。布尔柳克本人的抒情诗是朦胧而折中主义的，在他的抒情诗中是一些普通浪漫主义动机的变奏：热爱自由和个人主义，蔑视饱食终日和精打细算的世界。未来主义诗学本身在他这里只表现为对令人惊骇的反唯美主义的钟爱（"天空——尸体！！！别无其他！星星——一群蛆虫，喝醉了美酒似的雾气……"），表现为热衷搞声音实验，在于反对符合逻辑的描绘，以追求"不和谐的马赛克效果"（"苍白的马鬃／苦难的人想哭泣／海湾的小径／孤儿们伸出手指"）。与那些成功地把某种意义的光晕塞进声音里的未来主义者不同（例如赫列布尼科夫的《关于Л的词语》），布尔柳克只不过是在宣布这种关联的存在。

马雅可夫斯基头二三年的诗歌仿佛就是在大街上直接写出来的。诗歌中城市的面貌简直像照片一样，对比鲜明细致（头两年的诗《街道的诗》《从一条街到另一条街》《致招牌》《剧院》《彼得堡点滴》《在一个女人后》《我》

---

[1]《马雅可夫斯基诗选》，飞白译，上海译文出版社，1982，上海，4页。——译者注

等等）。在这张照片上的林荫道和广场、妓女和光秃秃的路灯、小摊贩和疲惫的电车、排水管道和广告橱窗、街口的交通灯以及锈迹斑斑的钟楼上的十字架、火车和轮船上的烟囱等等，全都以一种陌生化的统一姿态展现着。隐喻向静止僵化的比喻中注入鲜活的血液。"带刺的风"，"沉赘的燕尾服"，"天空的鬼脸"，"疯子的脚步"，"屋顶的恶意"，"橱窗反剪的双手"——各种形象和印象将内和外统一起来。比各种自我界定和宣言，"发到争先跑来的窗户的黑手掌里"或是"钟楼脖颈的天鹅"更能昭示诗人的特点。它们经常能揭示出他身上时而被暴徒和无耻之士的做派掩盖住的一颗鲜活的温柔的心灵（黄色女衫下裹着察觉不到的心）。"聋了的轮船的耳朵"，"电车的嘴脸"，"被涂抹的橱窗的瞳仁"，"烟的长手"等等，所有这些不是别的，正是马雅可夫斯基渴望建立壮美的未来大厦的拟人化努力的一些遥远先兆。诗人仅仅只做了一个尝试。他不知道该拿他那无尽开阔的心胸，拿这个不知出于谁的邪恶意志而让他落在其中的世界怎么好。他只是从心里向外叫喊出狂喜的声音，忽而是癫狂的温柔，忽而又是死一般的忧郁。

马雅可夫斯基的"未来主义"（《футуризм》）是怎样接近赫列布尼科夫的"未来主义"（《будетлянство》）的呢？后者是新潮流最为鲜明和原创性的代表。在后者的艺术世界里"一切单一的、部分的、终结的事物皆起源于大一统和无极"[4]。在赫列布尼科夫看来，大一统哲学在面向未来，并且被未来孕育了的创作中找到了直接的表述（"创作的故乡是未来"）。在通向未来的艺术道路上，扮演了向量角色的是词本身，是词游离于外部强加的功利交际功能之外的自然本质，是被赋予了自我发展的鲜活属性，并可以在一些条件下发展成为完整艺术作品的"自足的词"。诗人在词里看到了一种建设生活的能量，这种能量能够重建曾几何时人与人之间遗失的共性联系，还世界完整的本来面目。"找寻吧，不要从根本上打破词根圈，找寻那块可以把斯拉夫词汇相互改变的神奇石头，自由地熔炼斯拉夫词——这就是我关于词语的第一个观点……""在世界各种由字母表单位构成的语言中寻找一统关系——这是我关于词的第二个观点。这是一条通向世界玄妙语言的道路。"[5]（《独特》）"玄妙"对于赫列布尼科夫来说并非无意义，而是探究隐藏在表象之下的词语起源的本真意义。赫列布尼科夫的语言乌托邦带着生活创作的动力，缔造着人类和自然一统的神话，号

629

召人们猜想历史发展的规律，指出避免死亡走向永生的道路。赫列布尼科夫的神话诗学般的造词工作并不承认生活和诗歌是分开存在的。完整性对他而言不是"美学"，不是一种假定的规则，而是那些活生生的物质的状态，是唯一的存在方式，其中共存着、漂浮着、互相渗透着抒情和史诗的成分，过去、现在和将来，诗和散文。由此而来的就是文本彻底的开放性以及其特有的"敏锐性"，这种敏锐性让我们可以把赫列布尼科夫的所有抒情诗看作一种在自身基础上不寻常之灵巧的一首长篇诗作，而其中的每一首个别的诗则是前一首或后一首的一种延续。

如果没有赫列布尼科夫的哲学，尤其如果没有他的"词语的周期循环系统"，热衷于词韵发明的马雅可夫斯基未必能成为一个创新诗人。赫列布尼科夫的生活创作思想和包揽一切的视野，让马雅可夫斯基感到非常亲切。差不多在他的第一批作品里就融合了一些直接的感受和理性乌托邦式的幻想，融合天上和地下、融合私密爱情元素和存在元素，融合街巷俚俗和崇高激情。但是，马雅可夫斯基的社会敏感性却好像超过了除了赫列布尼科夫以外其他所有的未来主义诗人。他的反叛，他的乌托邦，直至最后他的悲剧都正是从这里开始的。出于对社会丑恶现象的仇恨，他萌生了对"没有痛苦、没有贫穷和没有委屈"的世界的向往，这个理想社会在诗人看来，只有彻底净化人类过去的疮疤才有可能建成。

帕斯捷尔纳克曾经写道："在他的风格后面好像有一种类似于决定的东西，一旦它付诸实施，结果便不应该取消。这种决定便是他的天才，曾几何时与它的相遇令他震惊到如此程度，以至于它对他来说成了一道题材上的永恒命令：为了实现这道命令，他毫不惜力、毫不动摇地献出了整个自己[6]。"也许，正因为如此，马雅可夫斯基才会在写出数十余首诗歌后，方才体会到自己是一个初试锋芒的诗人。"他是那种无人庇护的诗人。"科·伊·丘科夫斯基证实，"我见过很多初露锋芒的诗人，他们一般对批评采取逢迎的态度。可马雅可夫斯基早在青年时期就拥有一副傲骨。跟他相识熟悉的时候我就发现，在他身上通常没有任何渺小的、灵活的、或是那些意志薄弱者哪怕是有才华的意志薄弱者所特有的松弛。在他身上已经能感受到他是个具有伟大前途的人，是个肩负伟大历史使命的人。"[7]

630

　　格列佛被"肮脏道路的绳子"束缚着，缠在尘世注定性的一团乱麻中，他的悲剧性自我感觉被记录在由四首诗歌组成的抒情组诗中，用醒目的《我》做书名，构成了作者的第一本书（1913年5月）。这是作者的自白，"我"既是现实的自传人物，也是宽厚的胸怀，而在这个胸怀中，人类心灵的马路、神秘的大海、城市、红头发的妻子（也是情人）、基督、燃烧过的天空、畸形的时代、山谷的道路都以一种对马雅可夫斯基的隐喻和转喻意识而言非常特有的方式，被打成了一个辩证之结……《我》是由各种互相矛盾的统一体组成的一个综合体，这些统一体或互相补充，或互相排斥。在戏弄人群的时候，诗人可以让自己采取犬儒的姿态："我一边感受到衣服下摆呼唤的爪子，一边向他们的眼睛挤出一脸笑容。"与此同时，他却"浑身是伤痛"。在广场和十字街头，他感到很拥挤。巴比伦之囚的痛楚他感同身受。也正因为如此，他才像格列佛式诗人应该做的那样，准备着担当世界局势的责任。于是就出现了这么一句自白，这句话可以被视为马雅可夫斯基全部革命前创作的伦理公式："我——是一个诗人，我擦去了自己人和他者面目之间的差距。"他那"歪嘴的"叛逆以及在自己心灵的施洗盆里洗刷别人的尝试正是发端于此。

　　大都市风景画——这是马雅可夫斯基最具特色的抒情体裁。但是不管他怎么样赋予客体世界以生命，认知的主体和客体都会存有间隙。马雅可夫斯基试图克服这里的差距，建立自己的有关物质世界的规则。他那座巨大的透明得超现实的大都市仿佛就建在他的心上。一方面，格列佛般的视野允许他用不寻常的透视法从上到下地观察地球上的凡尘空间（"在那里，城市被绞死在云的绞架……"），另一方面，城市的交通要道就像是一个血液循环系统，不断把城市的伤痛传达给诗人的内心。那些传导现代世界秩序的丧失理智状态的细节，首先把人们的注意力集中了起来："疯子的脚步拧成了生硬语句的脚掌"，"一大堆疯狂的思绪从舒斯托夫的厂房顶上冒出来"，"倾盆大雨之间疯狂的大教堂在光秃秃的圆顶上奔走"。也正是这些歇斯底里的细节成了心灵状态的象征。城市风景画的可感知的客体性图景变成了诗人世界观的一个隐喻。

　　在认知现实的悲剧情怀上，马雅可夫斯基不亚于白银时代的任何一个诗人，包括勃洛克在内。在那首因对走投无路的描绘而惊人的诗《说说我自

631

己》中，局部的和普世的两个层面相遇了。这两位一体的聚焦点又是诗人的"我"：在诗的开头、中间和结尾都宣告了这个"我"："我爱……"，"我看见……"，"我孤独……"。马雅可夫斯基的"我"被推上诗的前台，强调着勇于牺牲的悲剧激情，同时又构建了诗人许多作品的结构语义基础，成为诗人的一个商标。马雅可夫斯基在1917年前的所有抒情诗，包括其中一些大型作品，全都是拉长了的呼叫救赎、向未来呼叫的声音："圆睁一百只眼的巨火／从码头冲进住宅的静寂／人群战栗／最后的呼声啊，——你起码／该把我在燃烧的痛苦呻吟／传到未来的世纪！"（《穿裤子的云》）①

只有在那样充满悲情的上下文里，才可能理解抒情诗《谈谈我自己》（组诗《我》）中的那句让许多人厌恶诗人的诗句——"我喜欢看着孩子们怎样死去"。这首诗以及类似这首诗的其他作品使霍达谢维奇把马雅可夫斯基叫作"无助人群的蹂躏者""下流暴徒的歌手"[8] 等等。马雅可夫斯基的反传统在现代为尤·卡拉布奇耶夫斯基[9]、尤·哈尔芬[10] 等诗人所继承。"我喜欢看着孩子们怎样死去"这行诗处于诗人遭受的许多尖刻批评的中心——全都是对未来主义反传统人道主义的越轨行为的快意攻讦。正如帕斯捷尔纳克指出的那样，"他狂野的廉耻心是他毫无廉耻的动力"[11]。现存世界秩序下的生（"我和心从未活过五月，／过去的岁月里只有第一百个四月"）比死更坏。这种极端的有时使人反感的夸张风格，以及隐喻的奇妙幻象（那些隐喻体现了在城市这个石头口袋里生活所具有的毁灭性和疯狂）就是发源于此，这块扔向普遍冷漠的那潭死水的石头——"我喜欢看着孩子们怎样死去"——也同样发源于此。

顺便说一句，俄罗斯文学早在未来主义之前很早就有过像诗人一样为孩子死亡"高兴"的例子。而且孩子不是抽象的，还是自己的。阿·热姆丘日尼科夫因为儿子的死称自己是"一个幸福的人"[12]。因为假如他，也就是儿子，没有在自己的人之初离开这个畸形的世界，那么他最可能做的就是不得不自杀。有一个批评家认为："弗拉基米尔·马雅可夫斯基最伟大的功勋就是——他写了这行诗。"（指"我喜欢看着孩子们怎样死去"——本节撰写者按）这行诗像一把插入伤口的刀，它集中了对俄罗斯文学（对其他文化而言也完全如此）如此神

632

———————————

①《马雅可夫斯基诗选》，飞白译，上海译文出版社，1982，上海，45页。——译者注

圣的原型——垂死孩童的原型，受难孩子的原型。[13]

马雅可夫斯基抒情的自传（《谈谈我自己》）的情节就像是在一滴水中反映出诗人革命前走过的道路，它带领我们走过城市的栅栏和屋顶，走向大教堂的圆顶，进而走向天穹的圆顶。城市空了，甚至基督这个人性的最后庇护，他也已经逃出了被恐怖笼罩的巴比伦，只剩下诗人一个人。他被绝望地折磨着，向天空投去了词语的"匕首"。他求助于太阳和时间，与此同时他从来没有放弃拯救人类的想法："时间啊！／哪怕你，这瘸腿的圣像画匠，／把我的面容涂抹在／世纪畸形儿的圣像架上！"

诗人的语言风格一会儿是演讲式的，一会儿是口语式的。有点粗鲁是经常的，有时还会口齿不清，有时很尖刻，像他的咒骂式的《给你们尝尝！》《给你们！》。在写成自己的大型作品前，他已经很明确地背离了传统的诗歌象征物——星星、月夜、浪漫的云朵、露珠、花园……确切地说，他把它们带进了另外一个"非诗的"语境之中，天空像"没有眼睛的蜥蜴的脸"，云——这是"套在城市脖子上的绞索"，花园"在六月里可耻地坍塌"。更为出乎意料的是诗人对读者的礼貌请求："请听着！／我说，既然星星点亮了——／也许——这是什么人需要？／也许是什么人想要它们存在？／也许——有人把这些痰叫宝石？"

"这不会太感伤了吧？"——诗人问索·沙马尔金娜，这首诗是写给她的 [14]。对感伤情调的担心恐惧（所以才会写"痰"）以及在对姑娘的感情的作用下，从自身摘掉无懈可击的假面具（"公子哥的女衫"）的愿望，形成了抒情诗《请听着！》的矛盾对立的结构：星空与尘世，被请求的与被要求的，宝石与痰，哭泣、亲吻，然后闯了进来。

温和的抒情风格也是另一首抒情诗——《小提琴也有些神经质》（1914）内在调性的特点。这首诗需要谈得详细点，因为它为解释马雅可夫斯基早期诗学的某些共同特点提供了良好的依据。

从各个角度出发探讨马雅可夫斯基诗学的研究著作（专著和论文）已经不下十几部 [15]。在众多研究诗人的整体性著作里，我们可以找到许多关于这样或那样艺术表达手段的珍贵观察成果。但是目前对我们而言重要的是一个最一般的问题——马雅可夫斯基诗学的基础是什么？

633

诗人在1917年之前写的二十篇文章里，贯穿始终的主题都透露着对诗歌动态特性直接或间接的确认。平静、稳定和静止被转化为道德评价范畴，并且被认同为惯性、停滞、衰落、腐败、死亡。诗人用静止的因素和能动的因素对立，"伟大的打破（着重号为本章撰写者所加），由我们以未来艺术之名开启于美的所有领域……"这是马雅可夫斯基在他的第一篇论艺术的文章里的第一句话（275页）。静观的诗歌（包括一般意义上的古典诗）"不是诗"。艺术不复制现实——它根据艺术家的理解力让现实发生"扭曲"（279页）。要复兴戏剧，艺术首先要用电影艺术来"消灭"它（278页）。为了与在原地忧郁的踱步对抗，推出来的是"各种认识能力的自由游戏"（276页），这种自由游戏又是由城市生活的紧张动感所引起的。现代的图景不是"搬运常识用的驮货的动物"，而是"在纵情和艳丽的舞蹈中"旋转的"一群赤脚舞女"（293页）。古典艺术死掉了，因为它"落在了生活的尾巴上"（303页）。由此便有了一个号召："先生们，够了，别再系着那条白围裙服务于事件了！参与到生活里来吧！"（317页）由此也得出了词语的一个独特作用——尤其在社会暴动和斗争条件下："只有词语利箭"才能够表达世界的现代状态（317页）。抑或可以这样说："可以不写战争，但是必须用战争来写！"

而这只是诗人能让我们得出下列结论的诸多观点中的一小部分，我们的这个结论就是：马雅可夫斯基的诗歌创作基础是对动态原则的自觉坚持。这个原则一方面极为切合诗人的积极本性，另一方面也顺应时代本身的需求——这个"古典美艺术的旧理想彻底失去光芒"、"艺术盼望挣脱羁绊"、艺术家急待"从创造艺术作品转向创造生活本身"[16] 的时代。

抒情诗《小提琴有些神经质》的创作是如何落实这种观念的呢？

1.《小提琴有些神经质》——好像是在蒙太奇原则下写出的一个小剧本。一系列相互转换的镜头营造了一个动态的效果。

第一个镜头。小提琴和鼓的谈话：

　　　小提琴心烦意乱地哀求着，

　　　突然又号啕痛哭，

　　　就像孩子似的。

大鼓再也忍耐不住：

"好，好，好！"

第二个镜头。鼓没有听完就走了：
· · · · · · · · · · · · · · ·

634

它自己十分疲惫，

没听完小提琴的唠叨，

径直向繁华的铁匠桥

急步走去。

第三个镜头。乐队漠然望着小提琴的眼泪：
· · · · · · · · · · · · · · ·

乐队无动于衷地看着

小提琴是怎样尽情哭泣，

没有言辞，

没有旋律……[①]

诸如此类还有其他诗句。

迅速转换的镜头（一共九个）造成一切急速发生的印象。《小提琴……》的故事不是用叙述的形式（描写的成分压到最低限度），而是用展示的形式来呈现的，而这种展示则是用有着特殊自由和活动性的重音诗行来表现的。《小提琴……》一诗和马雅可夫斯基的许多其他抒情诗一样，是用"电报体"写出来的（他后来说："诗行啊，像电报一样飞吧！"），这种电报体赋予诗行和整部作品一种在总体上强化了的动感：全诗有四十六行，最长的诗行有五个词（包括两个虚词），有八行每行四个词（包括虚词），有十二行每行三个词（包括虚词），有十三行每行两个词，有十二行每行一个词。几乎贯穿全诗的

[①]《马雅可夫斯基选集》，杜承南译，人民文学出版社，1984，北京，第1卷，8页。——译者注

断开的简短诗行都被用来赋予每一个重读的由一个词组成的诗句或短语以特别的分量。

2. 马雅可夫斯基的动态诗学同样也是（也许，首先就是）依靠语言表现力来维系的。这种表现力是通过最为多样的方式和方法来实现的。一首诗共有一百一十一个词，在八十八个实词中——动词和动词的变化形式有三十一个。就是它们承担了基本的动态的负荷，并且其中有很多是具有强化语言表现力的动词，例如"心心烦意乱""嚎啕痛哭""急步""尽情痛哭""尖声叫嚷"、"喊"（两次）、"扑过去""大喊大叫""真行""啐"等等。

3. 在《小提琴有些神经质》一诗中，还有一个具备强化表现力的媒介——对立和对衬系统。它们在语义情感空间内相互作用，构成诗的整体面貌，在这样的诗中，语音序列就和图像序列一样，被赋予独特的建构风格的作用。《小提琴……》是一个从头到尾都会发音的有机体。可是，像格·维诺库尔指出的那样，如果"玄妙"诗（如克鲁乔内赫的）里的声音"是纯粹的心理学、赤裸裸的个人化，与作为社会因素的语言系统毫无共同之处"[17]，那么马雅可夫斯基笔下"作为诗歌素材的声音要与其语义色彩和意义联系起来把握"[18]。第一组对立（**小提琴——鼓**）马上就让我们的听觉捕捉到了反差。我们听到小提琴在哀求，听到鼓发出的拟声的"好"，其间不但有慰藉的音调，还有恼怒，想摆脱小提琴纠缠不休的愿望。与此同时声音的对立被时间上的对立加强。哀求预示着动作的绵延："小提琴心烦意乱地哀求着……"（"哀求着"［упрашивая］重音后的三个轻音节强调了时间的延展。）鼓的反应是一瞬间的，这是一甩手。三个重复的重音在最后的"好！"（хорошо）加强了表达恼怒的姿态。当然，"好"和言说的语境下对立的"走去"（ушел）一词能够合辙押韵也不是偶然的。

第二个对立是：**小提琴——乐队**。两个世界碰撞了，一端是神经质、易受伤害、孤独、爱，另一端则是漠不关心、冷漠无情、不理解、粗鲁。小提琴在静静的绝望里"嚎啕痛哭"（"没有话语，没有节拍"）。铙钹大声地、毫不委婉地"尖声叫嚷"自己的不解。接下来的对立是：低音喇叭对漫长、多音节的"尽情哭泣"进行的简短且激烈粗野的回应：

635

"傻子，

好哭精，

擦泪吧！"

对立和对衬系统继续发挥作用，同样明显的是，伴声起到了强化表现力的作用。低音喇叭喊出了自己的粗鲁，回应立刻紧随而至——抒情主人公"站起来""爬""喊""扑过去"紧搂住小提琴的脖颈：

你知道吗，小提琴？

咱们像得要命：

我也欢喜

大喊大叫——

可就是任何问题也说不清！

诗的内容有一半篇幅被有声的彼此争吵占据了——大家针锋相对，互不相让，重又开始并持续"诗人和群氓"没完没了的对话。"音乐家们"（一帮门外汉和犬儒）一边观察新生爱情那令人惊异的场面，一边——"笑了"。

我真想啐他们一口吐沫！

我是个好样的。

"你知道吗，小提琴？

来吧，

让咱俩在一块生活！

啊？ 行不行？ "[1]

636

没有答案的带问号的"啊？"是未解决的不和谐音的标志。诗人一如既往

---

[1]《马雅可夫斯基选集》，杜承南译，人民文学出版社，1984，北京，第1卷，9页。——译者注

地孤独一人。小提琴带着自己的温柔和爱情——也是伶仃一个，只有总是在撞击冷漠之墙的争取统一和人性的决心在被诗人之口"大喊大叫"出来。难道不就是由于这样的原因，像未来主义者马雅可夫斯基的大多数作品一样，《小提琴有些神经质》的诗学几乎从头到尾都是在不彻底体现、不完满、不足够的元素中实现自己吗？比如："再也忍耐不住"，"自己十分疲惫"，"没听完唠叨"，"急步走去"，"无动于衷地看着"，"不用言辞"，"不和节拍"，"任何问题都说不清"等等。"音乐家们"嘲笑诗人找来了"木头的"未婚妻。诗人同时依然相信，那些今天讥笑怪人和疯子的人，明天就可能与他们为伍。克服"恶的无穷"，加速明天——那个"没有伤痛、贫穷和侮辱"的未来——的到来，正是这种向往促成了充满活力的效率诗学、行为诗学。

*　　　　*　　　　*

抒情诗《请听着！》里的象征形象"没有星星的痛苦"是理解诗人所有抒情诗的一把钥匙，其中包括他最宏大的作品：悲剧《弗拉基米尔·马雅可夫斯基》（1913）、长诗《穿裤子的云》（1914—1915）、《脊柱横笛》（1915）、《战争与世界》（1915—1916）、《人》（1916—1917）。尽管在内容和体裁特点上有着显著差异，这些都是同一过程和同一激情下的作品。甚至长篇巨制的情节都以抒情为基础，根据词语—神经节点的联想式联系的原则，这些词语神经节点营造出这样一种效果，即在一个完整统一体内部将各个部分以对立、意外、"偶然"的方式联结起来。作为一个极端诗人、一个不同寻常的敏感的人、一个容易受伤的人，马雅可夫斯基承担起对19世纪俄罗斯诗歌而言非常传统的先知的重任（杰尔查文、普希金、莱蒙托夫）。高尔基第一次听到马雅可夫斯基的诗后，评论说："先知以赛亚的气质[19]。"与那些教导人们只听取"上帝之声"的先辈们不同，他经常向大众，向病人和穷人，向"像医院一样让人睡坏的男人们和像谚语一样被人用滥的女人们"，向他们大声呼吁。执念于革新一切的先知诗人需要"大海和大地们"，还有同样规模，即全球范围的听众。直接行动的结果和对回应的期待形成了"命令式"诗学——热情召唤、高声呼喊、强烈呼吁、刻薄诅咒、猛烈抨击——"读一读铁造的书吧！"，

637

"热爱小酒馆的天穹下／陶瓷的茶壶上画着罂粟花吧"，"太阳！／我的父亲！／你好歹同情一下，不要折磨我！"，"人们！／够了！／向太阳！／冲啊！"等等。这也就是诗人（在世界的中心）赋予自身"我"的那个"不谦虚"之处。浅薄的眼光在这里只能看到诗人的自我中心主义。仔细观察就会另有发现："就像信奉拟人观的希腊人曾经天真地把自己和自然界的力量相比，我们的诗人也一样，他信奉的是拟马雅观①。他让自己住进广场、街道和革命的战地……若想要唤醒一个人，他就授予他马雅可夫斯基的称号"[20]。最后，特别有洞察力、特别敏感的人就会说："诗人的我——是一个嘎嘎作响冲向未来禁地的攻城槌，是一种'被抛向最后极限'，向往实现未来，追求绝对充实的存在的意志……"[21]

我们面前的是一个乌托邦浪漫主义者，他的出发点是"把生活当成一个诗人的生活来理解"。[22] 悲剧《弗拉基米尔·马雅可夫斯基》写成的时候，他只有二十岁。帕斯捷尔纳克曾写道："剧本题目掩盖了一个天才般简单的发现，诗人不是作者，而是——一个抒情的对象，这对象用第一人称来描写世界。书名并非作者的名，而用内容的姓。"[23] 悲剧中的出场人物除了弗拉基米尔·马雅可夫斯基，还有一个老头，他领着一群又黑又瘦的猫，一个没有眼睛和腿的人，一个没有耳朵的人，一个没有脑袋的人，一个脸拉得很长的人，一个带着两个吻的人等等。所有这些奇怪的，可以说是超现实主义的人物，都可以被放进马雅可夫斯基革命前的任何作品里去，因为在作者的诗歌神话学里，他们存在于任何确定的时间之外，但却在城市的空间里，并且一方面代表着种种缺陷和弱点的全人类，另一方面代表诗人自己的各种位格和现象。在悲剧的序幕里已经有了对末日论意图的暗示："你们未必懂得，／为什么我，／一个安守本分的人，／要用嘲笑的暴风雨／把心盛在盘子里，／让将来岁月饱餐一顿，／顺着毛茸茸的、广场一样大的面颊／流着不必要的泪水／我，／很可能是/最后一位诗人。"

城里的"石头小路"上，生活一片死寂，"钢铁的手"打断了桥梁，天空放声痛哭，女人盼望孩子，老天却"抛给她一个独眼小白痴"。城市上空是一幅

---

① 这个词（Маякоморфист）是对前文"信奉拟人观者"（антропоморфист，即相信万物具有人的形态的人）一词的仿构，意为相信万物具有马雅（可夫斯基）的形态。——译者注

"升华了的无聊"的幻影图，或者像果戈理说的，"出现了最高级的空虚"。被驱逐到尘世的人类，形成数个世纪之久的物质和守旧社会生活道德原则之王国的人类，现在变成了奴隶。甚至基督也没能经受住痛苦，"从圣像上逃走了"。剩下最后一种办法：抛开"可耻的谨慎"，"用痴狂为自己加冕"，去创造奇迹，也就是去承担起世界道德现状的责任。"我只要用指头点一下你们脑袋，／你们就会，／努起巨大的嘴唇，／学会巨大的亲吻。／就会长起／各族人民都喜爱的舌头。"这样就出现了人神的神话，在作者被折射了的意识中，人神一会儿是为人类牺牲自己的创世者和救世主，一会儿又是魔法师和奇迹制造者，他们"朴素如牛哞"的语言改变着人们的心灵，一会儿又是"灯光的沙皇"，用新的光芒给所有"撕破了沉默，／由于中午的绞索太紧，／而大喊大叫"的人照亮道路。也正是悲剧《弗拉基米尔·马雅可夫斯基》和长诗《人》这两部作品，为一些研究者提供了论据，让他们认为：包括苏联时期在内的诗人的全部创作是一个渗透了受难、救赎性牺牲和复活思想的对基督连续一贯的模仿过程 24，在时代剧变中，在社会大灾难的前夕形成了一种新的宗教意识，或者说得更明确点，一种宗教的代用品，因为在马雅可夫斯基的社会乌托邦里，人迸发出对人类的爱的同时，也给自己设定了一个明显难以完成的任务——让自己去替代"从圣像上"逃走的基督。别尔嘉耶夫曾经写道："人神论的公共道路是通向希加廖夫体系和宗教大法官的①。" 25 但是在马雅可夫斯基的人神论概念里，完全没有暗示说诗人要把救赎任务的实现与权力支配民众的思想结合起来，即以剥夺民众的精神自由为实现救赎的代价。在悲剧的序言里诗人的想象描绘了人们深切期待的普遍的爱和统一的图景，作为诗人普罗米修斯式的奋斗的结果。

可是悲剧的序幕原来只是诗人自产的"金色的梦"，尾声方才返回现实。一如悲剧的一条情景说明所言："疯狂泄气了。"在马戏团里由"精心琢磨诗行的赤脚珠宝商"发起的"赤贫者的节日"和"万物的起义"（悲剧题名的一个变体）耗尽了。于是这群人，这些"上帝便帽上的小铃铛"，再次满怀自己无法摆脱的痛苦来找诗人弗拉基米尔·马雅可夫斯基，要在他脚下放上无数盛放小泪滴、大

---

① 希加廖夫和宗教大法官分别是陀思妥耶夫斯基的长篇小说《群魔》和《卡拉马佐夫兄弟》中的人物。——译者注

泪珠子和眼泪串子的盘子。马雅可夫斯基疲惫不堪，在最后的狂言乱语里，他将
"你们的眼泪"抛出——"向着／狂信家海洋／在无边烦恼的挤压下／用浪涛的
手指／永远地／撕裂着胸膛的地方移动。"也就是说向虚空抛洒。人类可怜。
（"我写的都是／关于你们／贫穷的老鼠们的故事。"）可是就连诗人自己也失去
了往日的伟岸——公爵，灯光的沙皇（"我——被上帝庇佑着"）。觊觎成为创造
者和救世主后，他变成了（假如套用尼采的话）一个太人性的人，他什么都不会
做、什么都不会证明："这是我，／用一个指头插入天空，／证实了：／他——是
一个窃贼！"悲剧的最后一段话引导我们想起果戈里的《狂人笔记》："有时我觉
得——／我是普斯科夫国王，／或者我是／一只荷兰公鸡。／有时候，／我特别
喜欢，／我自己的姓名：／弗拉基米尔·马雅可夫斯基。"26①

悲剧《弗拉基米尔·马雅可夫斯基》之后的作品中，肯定或否定二元对立
的倾向都得到了增强，逐渐形成了"巨大的爱和巨大的恨"的形象，并形成对
反抗和暴动逐渐增长的需求。并且，这些暴动已经不是在悲剧中用马戏演出的
形式表现的、本体论意义上的万物暴动，而是真正的社会暴动，也正是这些暴
动促使诗人参加了1917年的革命事变。尚不明显的构建世界的理想以及新的未
来主义艺术的任务被统一成了一个整体。那些进攻和抨击、那些词汇和句法的
实验、对广场式表达方式和"几百万人的蹩脚话音"的倚靠把最初占主导地位
的城市情绪风景画体裁变成了社会斥骂体裁——对"脑满肠肥"人群的直接抨
击。人群不是抽象和无名的，而是这样的——比如说，那群现在正坐在文学咖
啡馆里、吧唧着嘴盯着眼前的舞台、指望着再从艺术果实中品尝些什么当甜点
的人："可是我这个粗鲁的匈人，如果我／今天不愿矫揉造作，对你们迎合，／
我就仰天大笑，欢乐地啐口唾沫，／直啐你们这一伙——／我把价值连城的词
句尽情挥霍。"革命对马雅可夫斯基而言，也是开始于一场和文学对手们的当
街群殴。"出版商不待见我们。资本主义的鼻子闻到了我们身上的爆破手味儿。"
（22页）"蜷缩在家宅和硬壳里的脑满肠肥群体"意欲教授诗人道德规范或创作
条件，唤起他绝望和仇恨的爆发，在一个被社会弃绝的人的意识中描绘出全世
界空旷无人的图景（"没有人了。／你们明白吗，千日痛苦的叫喊？"），引起

639

①《马雅可夫斯基选集》，卢永译，人民文学出版社，1984，北京，第3卷，33页。——译者注

灵魂的"地狱火之深处"对忏悔和复仇的祈求（"我的神圣的复仇！／又一次腾越于尘嚣之上／沿着诗行一级一级地／引领向上！"），让他准备好为了最一丁点的人的温暖而牺牲全部——只为"一个词，仅仅一个词，／一个温和的词，／一个人道的词"。

诗人在1914年初的笔记中写道："我感觉到我有了技巧，我能够掌握主题。我能就主题提出问题。关于革命的主题，我构思写《穿裤子的云》。"[①]

马雅可夫斯基在库奥卡拉写作《穿裤子的云》时，科·丘科夫斯基在场，他说自己非常惊讶马雅可夫斯基在战争开始一年后，在静静的别墅里居然能写出预言革命发生的诗句。"我们其余的人"，他写道，"都没有预感到革命的临近，也不理解诗人威严的预言……我评论他说：'他是一个灾难和抽搐的诗人'，而究竟是怎样的灾难我却没有猜到……我是后来才懂的，那时马雅可夫斯基以天才的远见喊出：'在人们的近视眼光截断之处——／率领着饥饿的人群，／头戴着革命的荆冠，／某某某某年[②]已经迫近。／而我，是他的先驱……'"[27] 马雅可夫斯基在1918年长诗完整出版时的序言中写道："我认为《穿裤子的云》（长诗最初题为《第十三个使徒》，被检察机关勾掉了。我不想再恢复那个题目，已经习惯了）是今日艺术的教义问答手册：'打倒你们的爱情'，'打倒你们的艺术'，'打倒你们的制度'，'打倒你们的宗教'——这个四部曲的四个呐喊。"（441页）

长诗的序言非常有意义——它从语义和情绪方面提供了理解整部作品复杂内容的关键："你们的思想／正躺在软化的大脑上做着好梦，／好比油污的沙发上躺着个吃胖的奴仆。／我却偏用血淋淋的心的红布去挑逗它，／辛辣地嘲讽，刻薄地挖苦。"[③]马雅可夫斯基艺术视觉高亢的表现力也催生了表现主义诗学，在《穿裤子的云》中，这种表现力多次得到增强，从而创造了长诗在表现力方面罕见的过度紧张的、悲剧性的氛围。

640

---

①《马雅可夫斯基选集》，庄寿慈译，人民文学出版社，1984，北京，第1卷，24页。——译者注（22页）

②《穿裤子的云》初版中此处并未指明年份，在革命发生后马雅可夫斯基才将这里改为"1916年"（不改为"1917年"显然是为了让自己的"预言"看上去真切一些）。——译者注

③《马雅可夫斯基诗选》，飞白译，上海译文出版社，1982，上海，35页。——译者注

开启了长诗的爱情主题显然远不限于"在敖德萨"发生的事情。诗人改造了一起事件，果断决定重新构思，他抛开了玛丽亚·亚历山德罗芙娜·杰尼索娃的现实形象，就像普希金当年抛开安娜·彼得罗芙娜·凯恩的现实形象，或是勃洛克抛开柳鲍芙·德米特里耶芙娜·门捷列娃一样。顺便加上一句，《穿裤子的云》的第一版是带着一行献词出版的，上面写着："献给你，莉莉！"当莉莉·尤里耶芙娜·布里克在诗人那儿读到这些，就问道："既然长诗是写另一个女人的，您怎么能把它献给我呢？"马雅可夫斯基回答："长诗没有写任何具体的人，我用了一个概括性的、《圣经》里的名字玛利亚，因此我可以勇敢地把长诗献给你。"²⁸

长诗里的爱情和之前的抒情诗里的爱情不一样——是个包罗万象的因素，通过它可以看到私密的、道德心理的和社会层面的意义。各种感情大幅度震荡着——从小提琴的温柔到定音鼓的轰鸣铿锵。真爱有着宇宙般宏大的影响范围，它似乎能道出宇宙本身的喑哑，同时也能道出要求——让人摆脱遭到痛骂的"你们的"爱情，有如摆脱遭痛骂的，有时被否定得令人震惊的"你们的"艺术和"你们的"宗教。（"对过去造成的一切／我都批上：'不算数。'"）

《穿裤子的云》是按照仿佛正在变开阔的视野的原则构建起来的。作为一个被玛利亚拒绝的人、一个被社会拒绝的人，甚至为被拒绝者拒绝的弃民诗人认识到自己是他们的先知、"第十三个使徒"："没有一个人／不高声喊叫：／'钉死他／钉死他！'"。悲剧《弗拉基米尔·马雅可夫斯基》的牺牲和救赎的中心主题在《穿裤子的云》里获得了第二次生命。作为"各各他被唾弃的罪人"，诗人准备让自己承担起那些拒绝了他的人的苦难，走向牺牲。"可是对于我，／人们——／包括那些嘲弄过我的人，／你们对我比一切都亲近。"随着牺牲式效劳理念的深化，《穿裤子的云》的悲剧性得到了强化。社会原因和后果因各种形而上动机而变得复杂化了。这些形而上动机又在长诗中表现为明显迫近的革命的形象。这场革命似乎将给人类带来精神上的新生，而马雅可夫斯基则视自己为这场革命的"先知"。

热情奔放和冷嘲热讽——在宗教形式的辉映下，这两种风格层级结合在一起了。对《圣经》形象的大量运用给这两种风格层级赋予了独特的色调。之所以要使用圣经用词和教会斯拉夫语词，照诗人自己在《关于各种各样的马雅可夫斯基》中的说法，是为了让"夸大人的词语变得更毋庸置疑"（346

641

页）。讽刺的层面则是直接实现了对立的功能——揭露与辱骂。诗人把上帝"从天庭的宝座上"推翻，是想重建人类的宗教。但是挖苦、恶毒反讽、俏皮话和充满表现力的自造词（"犹大着""各各他人""小神儿"）、对教堂仪式的讽刺性变换（"人们将用我诗作为孩子的名字"）——这一切都反映了抗神者诗人驳斥信徒对上帝全能信念的徒劳努力。引起对上帝斥骂的绝望和愤怒甚至让高尔基都深感震惊，他说除了《约伯记》外，他还没有读到过那样和上帝的对话。[29]

*   *   *

如果说诗人在写给玛利亚的《穿裤子的云》里，怀着祈求和抱怨，倾诉绵绵不绝的爱情，那么在写给莉莉·布里克的长诗《脊柱横笛》中，诗人则体会到了真正的爱情和激情降临时那种"不会干涸的快乐"。只是横笛歌唱的却全然不是爱情的欢乐：

> 大步迈开甚至踩烂街市的里程碑。
> 心怀苦恼我又能走到哪儿去！
> 这是哪一个天上的霍夫曼
> 杜撰出一个你，这该诅咒的魔女？！[①]

不是爱情，而是爱情的折磨；不是爱的激情，而是因感情得不到回报，以及心上人"真正的丈夫"在场而引起的"每天增长的"醋意的折磨。"愿意怎样，惩罚随便你挑。／高兴，就四马分尸。／公正的上帝啊，我要亲自给你洗手道劳。／听着！——／只是有一条——／将那个该诅咒的女人，／那个你把她做成我爱的人给收拾掉！"莉莉·布里克在《忆旧》的笔记中写道："沃洛佳不单单是爱上了我，他简直就是在向我进攻，是攻击。准确地说，我在两年半的时间里没有片刻安宁。我立刻就知道了，沃洛佳是一个天才的诗人，但是我

---

①《马雅可夫斯基选集》，张勇译，人民文学出版社，1984，北京，第2卷，48页。——译者注

不喜欢他。我不喜欢咋咋呼呼的人——外在的咋咋呼呼。我也不喜欢他的大个
子，马路上的人都回头看他。我不喜欢他欣赏自己的声音，我甚至不喜欢他的
姓——马雅可夫斯基——那么响亮，像一个笔名，而且是一个庸俗的笔名①……
直到1918年我才有信心向奥西普·马克西莫维奇诉说我们的爱②。" 30

　　写于1916年的抒情诗《给一切》和《小莉莉》以不同寻常的表现力发展了
《横笛》的中心动机——悲剧性的爱情和嫉妒的动机。

　　只是没过很久，写过《小莉莉》之后三到四个月的时间，诗人又写出了新
的诗行——出乎意料的、喜悦的诗行。更让人惊奇的是，这些诗行出现在长诗
《战争与世界》中。在长诗结尾，对人类的信心、诗人关于和平和幸福世界的
梦想，在充满阳光的背景下，和与爱人相遇的场景交汇在了一起："我爱抚着你
的每一根头发，／卷曲的，／金灿灿的。／呵，从南方的什么地方／吹来什么
样的风，／以它深藏了的心成就了这样的奇迹？／你的双眼像花朵一样绽开，
／两面草地！／我像一个愉快调皮的孩子，／在上面打跟斗，翻来覆去③。"

　　但是，"愉快调皮的孩子"的形象却未必适用于对诗人的爱情抒情诗作总体
的评价。如果以诗歌的内容为依据，那么可以说，在马雅可夫斯基的爱情故事
里几乎就不曾有过晴空无云的天气。不仅由于普遍性的原因，还因为其个人深
刻的不满足，在马雅可夫斯基的诗歌里逐渐出现了爱情的"千页福音书"，其本
质不仅和一个人，而且和整个人类的精神和社会悲剧密切相关。"以咝咝作响的
痛楚来祈祷爱情"的诗人，想把自己当作全人类爱情的一个抵押人质，这种爱
用救赎的烈火把人烧成灰："将光线当作绞索往脖子上套！／我在火热的夏季蜷
作一团！／在我身上鸣响着／镣铐，／爱情的几千年④……"爱情的牺牲救赎意
义，在十月革命前写的最后一首长诗（《人》）中被高亢的音调固定下来，也
在长诗《关于这个》（1923）中由对爱情的类似解释所证实："长年累月站在桥
上，忍受嘲笑，／忍受屈辱，／一定站着，／为所有的人站着，／为所有的人

----

　　① 马雅可夫斯基这个姓的词根意为灯塔（маяк）。——译者注
　　② 奥西普·马克西莫维奇即莉莉·布里克的丈夫奥西普·布里克，"我们的爱"是指莉莉和
马雅可夫斯基后来逐渐产生的爱情。马雅可夫斯基与布里克夫妇从此过着三人同居的生活。——译
者注
　　③《马雅可夫斯基选集》，卢永译，人民文学出版社，1984，北京，第2卷，114页。——译者注
　　④《马雅可夫斯基选集》，卢永译，人民文学出版社，1984，北京，第2卷，169页。——译者注

受罪，／为所有的人痛哭①。"

*　　　*　　　*

马雅可夫斯基在自传中写道："战争来了，我兴奋地迎接战争。起初只是从造成效果、引人注意等方面着想……第一次会战，紧接着出现了战争的惨况。战争是讨厌的。"（22页）战争的存在在《穿裤子的云》的紧张的悲剧氛围里已经有明显表现，在若干形象的塑造上也是一样："你的身体／我将永远爱惜和珍贵，／就像一个兵／被战争打成残废，／毫无用处，／谁也不要了，／但却珍惜自己唯一的那条腿②。"第一首写战争的诗《宣战了》写于1914年7月20日，充满了灾难临近前的预感："'晚报！晚报！晚报！／意大利！德国！奥地利！'／广场上一片阴森森的密林的轮廓／殷殷的鲜血满地流淌！"诗进一步用形象明确了一场普遍的灾难："咖啡馆把那张嘴脸打倒在血泊中"，"被刺刀划破的天空燃起火焰／星星的眼泪不停地流啊，就像面粉放进了筛子"等等。抒情诗《妈妈和被德国人杀害的夜晚》《我和拿破仑》也充满了同样的意义和修辞语气。抨击诗《给你们》可以被看成是反战主题的一个阶段性的推进。它的讽刺和仇恨减少了抽象性，带上了有具体所指的尖锐形式，几乎就是对酒足饭饱的小市民的政治揭发："知道吗，你们庸俗而又平凡，／只会盘算怎么更好地填满你们的嘴，／也许，正在这个时候，一发炮弹／夺去了彼得罗夫中尉的两条腿③……"1915年2月，诗人在"流浪狗"酒吧的晚会上朗诵过这首诗，引起听众的极端震怒，闹得咖啡馆差点关门。

马雅可夫斯基关于战争的最重要、最长篇作品是长诗《战争与世界》。它写于1916年，直到1917年11月才刊登出来，因为此前没有通过军事审查。

长诗序幕中的诗行正是它的主导动机："在狂吠声中，／在怪叫声中，／

643

---

① 《马雅可夫斯基选集》，卢永译，人民文学出版社，1984，北京，第2卷，341页。——译者注
② 《马雅可夫斯基选集》，卢永译，人民文学出版社，1984，北京，第2卷，39页。——译者注
③ 《马雅可夫斯基选集》，杜承南译，人民文学出版社，1984，北京，第1卷，11页。——译者注

今天我要让／唯一的人的声音／飞上高空①。"与之前的其他长诗比较，长诗《战争与世界》中的客观性元素明显加强。仿佛是世界本身借诗人之口在诉说（长诗题目中的"世界"一词中写的是"i"②）。地球和全人类都处在全球性疯狂的转折中。

作为一个深谙夸张和怪诞手法的大师，当只有悖论乃至荒谬才能揭示现实之可怕时，马雅可夫斯基能把事物变形到异常丑陋的程度。长诗的第二部分显示了这个诗人喜爱的手法：他把社会的精神瓦解的题材和描述战前传言、恐惧、疯狂的氛围结合起来写，随后引导了一个疯狂的思想：战争的刻不容缓就和用外科手术治疗"患上传染病的大地"一样急迫："如果不把人们一连一连地集合起来，／不把人们的静脉抽出来，切开——／患着传染病的大地自己／就将死去——／跟着断气的是那些柏林，／那些维也纳，／那些巴黎③！"

整个第三部分——描述的都是战争本身的形象，战争就像"伟大剧院的场面"一样被展开，而这种场面靠的是使用各类相似细节和隐喻，这些细节和隐喻恰恰强调了战争情节的"剧场式"特征："今天，／整个燃烧的欧罗巴，／像枝形吊灯一样在天空／高悬，／以它遥远的火光照耀着地球的秃顶，／血掩人群的怨声④。"审查官不放过的正是长诗的第三部分，尤其不满其中反对民族主义宣传的诗行："谁也不去祈求，／愿祖国能／取得胜利。／对着血宴上的残羹剩饭，／见鬼去吧，胜利⑤？！"第四部分展开成一段抒情独白。就像在悲剧《弗拉基米尔·马雅可夫斯基》里写的那样，诗人向往唤醒每一个人的意识，因此他在个人罪责和责任的思想中看到了出路："人们被杀害了——／是我还是他／杀了他们——／对我没什么不同⑥。"罪责平等地传给了所有的人，由此得出了一个因真诚而可怕的结论："我被砍断了，我流着血，／但我要用血吃尽／

644

---

① 《马雅可夫斯基选集》，卢永译，人民文学出版社，1984，北京，第2卷，67页。——译者注

② 俄语中"世界"与"和平"读音一样，且现在都写作мир，但在1918年正字法改革前写法不同，和平是миръ，而世界则是мiръ。——译者注

③ 《马雅可夫斯基选集》，卢永译，人民文学出版社，1984，北京，第2卷，77页。——译者注

④ 《马雅可夫斯基选集》，卢永译，人民文学出版社，1984，北京，第2卷，82页。——译者注

⑤ 《马雅可夫斯基选集》，卢永译，人民文学出版社，1984，北京，第2卷，94页。——译者注

⑥ 《马雅可夫斯基选集》，卢永译，人民文学出版社，1984，北京，第2卷，97页。——译者注

印在人身上的／名字：'杀人犯'①。"只是长诗却不止于陈述悲剧性的走投无路。第五部分仿佛是对前面几部分的反驳，它肯定生活的治疗性力量，尽管有战争的一切恐怖，它却能让人类获得新生："他，／自由的／我高声呼唤着的／人——／他就要来到。／相信我吧／相信吧②！"

实质上，不管主题和情节有多少不同，马雅可夫斯基革命前的所有创作都有一种共同的感情——对人性巨大的不自由的艰难体验。这种体验的单一来源一方面明显束缚了诗人抒情诗的声调结构，另一方面却把他的视野扩展到世界规模——从对一个女人伤感的爱恋到全人类的一场悲剧。这种视野浓缩的悲剧性使马雅可夫斯基与其他未来主义者截然不同。在诗人追求绝对的意识中，**自由——不自由**这两个范畴获得了存在的基本二律背反的意义，并能在自身界限之内被诠释成生与死，光明与黑暗，善与恶，高兴与伤感，美与丑等等。几乎所有1916年的诗作（《哎！》《毫无意义的自慰》《烦》《贱卖》《作者把诗献给心爱的自己》《致俄罗斯》等）的形象都给人这样的感觉，认为俄罗斯这个"冰雪覆盖的丑八国③"患上了不治之症：

> 没有人了。
>
> 你们明白吗，
>
> 千日痛苦地叫喊，
>
> 心灵不想沉默前行，
>
> 可是又向谁诉？

弃民诗人的这种呼喊让人想起了陀思妥耶夫斯基的话："先生，您明白吗，人走投无路时意味着什么④？"这种呼喊催生了一系列绝对性的极端公式，而这

---

①《马雅可夫斯基选集》，卢永译，人民文学出版社，1984，北京，第2卷，98-99页。——译者注

②《马雅可夫斯基选集》，卢永译，人民文学出版社，1984，北京，第2卷，118-119页。——译者注

③ "丑八国"（уродина）是诗人将丑八怪（урод）和祖国（родина）合并而得的自造词。——译者注

④《罪与罚》中马尔梅拉多夫对拉斯科尔尼科夫说的话。——译者注

些公式决定了马雅可夫斯基在革命前创作的最后阶段抒情诗的基本情调："以眼还眼"，"杀人犯和无政府主义者的黑色心灵中，／我燃烧成一个血腥的幽灵"等等。这依然还是"统一象征系统的两个方面——悲剧性和喜剧性的"（雅柯布森），激情昂扬和讽刺性模拟确定了马雅可夫斯基1915—1916年间多数抒情诗的主要风格。

正是在写作长诗《战争与世界》及其他反战诗的同时，诗人还创作出一批讽刺性模拟成分明显多于慷慨激昂情绪的作品，这些作品都可以被归入一种对他来说全新的体裁——讽刺小品文，或者用诗人自命的说法，讽刺颂诗。他在《新萨蒂利孔》杂志上发表了二十五篇这样的讽刺小品，其中最著名的有《法官颂》《学者颂》《健康颂》《批评家颂》。不可组合的事物被怪诞的手法组合起来（"海枣果和疯狂"）、矛盾修饰结构（"壮观的荒谬"，"美妙的恶棍"）、鲜明的夸张（论文《论巴西赘疣》）、出人意料的格言式结论（"我——一个悲观主义者，我知道——／世界上永远／会有一个讲习班的女学生。"）、挑衅性的论据（"在家坐不住。／安年斯基。丘特切夫。费特。"），这些以及诸如此类的尖锐的讽刺和陌生化的手法实际上都服务于同一目的：唤起对那群在如此悲剧的时代埋头装睡，"不为流血图景以及火光冲天的世界感到惊扰"的人们的愤怒。

发表在《新萨蒂利孔》杂志上的诗作（例如《海军的爱情》）促使人们去探究马雅可夫斯基尚未弄清的诗学问题之一——游戏问题。在我们看来，游戏因素和动态原则一同构建了马雅可夫斯基的诗学体系，确定了它的基本参数。当诗人把诗歌比作认知能力的自由游戏，或者把现代绘画比作一群快乐地转圈跳着狂舞的赤脚女人的时候，他亲自把我们引向了游戏问题。诗人创作中所有最严肃的问题，甚至包括悲剧性的无法解决的问题，都同游戏联系在一起。（"不是花蝴蝶，而是马其顿的亚历山大。"）只有马雅可夫斯基会这样谈论严肃的问题。他首先是个有趣的人。机敏聪慧、言辞尖刻、出其不意。这也是他的说教都会被全盘接受的原因——**游戏式的**表现力使它不同寻常。在抒情诗《小提琴有些神经质》里，我们已经观察到诗人在分配完角色后，恰恰就是在**表演**各个场景。

对马雅可夫斯基而言，诗性作品的基础是节奏，节奏产生于直觉性、游戏

645

性的自发力量中，"像轰鸣一样……通过"。诗人说："我走着，挥舞双臂，几乎无语呢喃，为了不干扰呢喃，有时我加快脚步，有时又加速呢喃，来赶上脚步的节拍。"（《怎样作诗？》[31]）游戏的实验特点、游戏时对一切新节奏的不懈追寻以及难以预见的启发式的本性都再好不过地切合了马雅可夫斯基对诗歌本质的理解："诗歌——一切诗歌！——是朝未被认知的领域进发的旅程。"借助一系列出其不意的反差鲜明的对比（戏剧性怪诞元素或悲剧元素，而往往是喜剧性元素和悲剧性元素同时出现），诗人创造出一系列最后发展完整诗歌的结构。这些结构几乎总是隐藏着出乎意料的转折："彼得大帝站在那里，／他想：／——我要在这大海上欢宴！／两边，／伴随着醉汉们的喊叫，／建造起了'阿斯托利亚'饭店①。"

　　在马雅可夫斯基笔下，诗歌的所有元素全都投入了节奏—语调、声响和词汇的游戏——完备的隐喻、夸张、双关、自造词、韵脚、矛盾修饰法等。

　　　　最后的时刻来到了。

　　　　没有我的照料猫崽病了，

　　　　一边倾听着预言，

　　　　您康复起来吧——

　　　　可爱的猫和我们的时代将会来到。②

　　　　Пришли последние времен́я,

　　　　Кисий́ты стала болеть без меня.

　　　　Выздоравливайте,

　　　　предсказанию внее́мля —

　　　　будет Киса и наше вре́мля③

---

①《马雅可夫斯基选集》，郑铮译，人民文学出版社，1984，北京，第1卷，26页。——译者注

② 顾蕴璞教授译。——译者注

③ 根据莉莉的回忆，这是她在自己别的情人家住了几天染上感冒后，马雅可夫斯基送来的鲜花上附的字条（"猫"是莉莉在他们三人家庭中的绰号）。在这首打油诗中，времен́я（时刻）、Киситы（猫崽）、времля（时代）都是诗人的自造词。——译者注

　　阅读这些诗句时，与其说你注意的是它传达的信息，还不如说关注的是自造词的游戏。但是，就像马雅可夫斯基创作中常有的那样，在外在的喜剧性和俏皮话之后，隐藏着真正的戏剧。轻快的、略显蹩脚的诗行的移动转换，尤其是玩笑语气遮蔽下的鲜明表现力都传达着痛苦和伤悲——无论如何都无法留住心爱的女人的痛苦和伤悲。

　　诗人最喜爱的将隐喻变成现实的创作方法，将形象意义变为直接意义，最主要的是精致变化的过程本身——要知道这也是种独特的游戏，它之所以能吸引孩子们，就在于它因将一些意义替换成另一些意义而显得有趣。且不必说诗人超凡的充沛感情，以及他像孩子一样对外界的"刺激"迅速做出感应的能力。他不理解也不承认抽象性，所以才会那么频繁地在周围世界的对象上投射出人和动物的品质，借此把普遍、抽象的范畴演变成具体的、通常是身体的序列："呐喊倒竖着卡住喉咙"，"人群——一只快步跑过的花猫"，"天空看着白色的瓦斯／用蜥蜴那张没有眼睛的脸"，"死去的词语的尸体化解了"，"朝霞的大口，无耻地龇牙咧嘴！"等等。将现实隐喻化或神话化的顽强追求也可以存在于游戏意识之外。可是未来主义者马雅可夫斯基对词语和节奏的发明和实验却同游戏诗学密切相关，而这种游戏诗学响应了诗人的一个珍视的理念：更新一切。如果我们了解，诗人的血液里流淌着赌博狂热，如果了解在生活中的他就是一个超级狂热的赌徒，那么就不会为游戏元素如此明显地影响了他的创作而感到惊讶了[①]。

　　长诗《人》（1916—1917）是马雅可夫斯基革命前大型作品中的最后一篇。1918年1月底，诗人第一次在"两代诗人相聚"的文学晚会上公开朗诵，长诗得到了同时代诗人们的认可。巴尔蒙特、维·伊万诺夫、安德列·别雷、巴尔特鲁沙伊蒂斯、达维德·布尔柳克、瓦·卡缅斯基、爱伦堡、霍达谢维奇、茨维塔耶娃、阿·托尔斯泰等聆听了这次朗诵。"马雅可夫斯基刚读完"，布尔柳克说，"被感动得脸色苍白的别雷就从座位上站了

647

---

　　① 在俄语中игра可同时表示"赌博"和"游戏"，而игрок则既是"赌徒"也是"玩家"。——译者注

1741

起来。别雷表示：他无法想象在俄罗斯、在这个时间还有人写得出在思想的深刻和实践方面这样有力的长诗，这篇东西把整个世界文学向前推进了巨大的一步。"两个流派——象征主义和未来主义——的相遇，据《思想报》报道，带来了"意想不到的后果——'老头子们'认可了未来主义者马雅可夫斯基巨大的天才。"[32]

长诗的中心是人的问题。一个具体的人——诗人弗拉基米尔·弗拉基米洛维奇·马雅可夫斯基，一个作为全人类的代表的人。解读长诗的史诗层面的关键仍然在其抒情性——诗人自己的命运和爱情遭际被当作例证。作品的关键形象——"我的爱情故事的千页福音书……"——决定了作品的环形结构：长诗一开始就承认爱情对人的独一无二的影响力，同时，这也是一股难以承受的压迫（"以咝咝作响的痛楚来祈祷爱情……"）。而长诗的结尾则是本质上同样的承认，不过这种承认已经包含了向爱情做永恒奉献的牺牲准备（"我站立在永不熄灭的 / 不可思议的 / 爱情的篝火上，/ 被火团团围住"）。中间有"转述"福音书的七章，只不过取代基督的是抒情主人公自己："马雅可夫斯基的圣诞"，"马雅可夫斯基的生平"，"马雅可夫斯基的受难"等等。早在悲剧《弗拉基米尔·马雅可夫斯基》中就已初步形成的争辩式"顶替"是又一次确立"人神"思想的尝试。"马雅可夫斯基的圣诞"一章，作为诗人的哲学反题，用一系列扩展的隐喻把人描绘成一个"前所未有的奇迹"，像上帝一样无所不能——想象出新的动物，将冬天变成夏天、水变成酒，有着天性本身赋予人的造神能力。人的原始自然本质就是这样的——一个创造者，一个自由的艺术家，一个世界的主宰。

但是在"马雅可夫斯基的生平"里，人类共同生活的现实律法却推翻了上一章的这一"逻辑前提"。关于类似的上帝般的自由人的想法原来只是用"孔雀之尾"张开自己幻想的堂吉诃德诗人那未实现的梦想。人被心的无冕之主、万物主宰——黄金——所奴役。在马克、卢布、美金流淌的旋涡里，崇高的意志、创作的幻想、科学、艺术、美全都淹死了。爱本身也成了对"在万物主宰的富裕中沐浴"的普世渴望的牺牲。

抒情主人公自杀、升天、返回几百万年后一切照旧的大地，并终于在结尾伴随着安魂祈祷又一次升天，这一切都把20世纪一位诗人身上发生的事情带入一部适应所有时代的世界性悲剧里。在马雅可夫斯基的创作中，似乎没有比这部为其革命前创作画上句号的长诗更具悲剧性的作品了。然而他很快就担当起了革命第一诗人的角色，在他看来，这一角色的天职就是改变生活，"直到衣服上最后一颗纽扣"，但这对于马雅可夫斯基而言却变成了一个新的悲剧乌托邦。

注释：

1　茨维塔耶娃，《当代俄罗斯的史诗与抒情诗》，载茨维塔耶娃，两卷本文集，莫斯科，1980，第二卷，400页。

2　《马雅可夫斯基全集》，十三卷本，莫斯科，1955，第1卷，11页。下面引用该卷只在正文中注明页码。

3　《马雅可夫斯基全集》，十三卷本，第13卷，245页。

4　鲁·瓦·杜加诺夫，《韦利米尔·赫列布尼科夫：创作的本质》，莫斯科，1990，9页。

5　赫列布尼科夫，《创作》，莫斯科，1986，37页。

6　帕斯捷尔纳克，《安全保护证》，列宁格勒，1931，97页。

7　丘科夫斯基，《回忆录》，莫斯科，1959，346页。

8　霍达谢维奇，《关于马雅可夫斯基》，载《复兴（巴黎）》，1930，4月24日。

9　尤·卡拉布奇耶夫斯基，《马雅可夫斯基的复活》，慕尼黑，1985。

10　尤·哈尔芬，《主人的使徒》，载《二十世纪与世界》，1990，8期。

11　帕斯捷尔纳克，《安全保护证》，98页。

12　阿·米·热姆丘日尼科夫，《"在这个残酷的世纪，命运从我身上卸下了……"》，载《热姆丘日尼科夫选集》，莫斯科、列宁格勒，1963，157页。

13　亚·戈尔德施泰因，《告别自恋：追悼美学试作》，莫斯科，1997，68页。

14　《这个题目的名字：爱！——同时代女性忆马雅可夫斯基》，莫斯科，1993，13页。

15　其中最重要的有：罗·雅柯布森，《最新俄罗斯诗歌》，布拉格，1921；茨维塔耶娃，《现代俄罗斯的史诗与抒情诗》，《新城（巴黎）》，1933，第6、7期；维·霍夫曼，《论马雅可夫斯基的语言》，载《星》，1936，第5期；鲍·艾兴鲍姆，《论马雅可夫斯基》，载《马雅可夫斯基，1930—1940，文章和材料》，列宁格勒，1940；列·季莫菲耶夫，《马雅可夫斯基的诗学》，莫斯科，1941；格·维诺库尔，《马雅可夫斯基——语言的革新家》，莫斯科，1943；季·帕佩尔内，《论马雅可夫斯基的技巧》，莫斯科，1957；米·什托克马尔，《马雅可夫斯基的韵脚》，莫斯科，1958；尼·阿谢耶夫，《诗歌为什么被人需要，被什么人需要？》，莫斯科，1961；季·帕佩尔内，《马雅可夫斯基的诗歌形象》，莫斯科，1961；弗·阿尔丰索夫，《语言和色调》，莫斯科、列宁格勒，1966；尼·哈尔吉耶夫、弗·特列宁，《马雅可夫斯基的诗歌文化》，莫斯科，1970；米·列·加斯帕罗夫，《弗拉基米尔·马雅可夫斯基》，载《二十世纪俄罗斯诗歌语言史纲：个体风格描绘试作》，莫斯科，1995。

16　别尔嘉耶夫，《艺术的危机》，莫斯科，1918，3页。

17　格·奥·维诺库尔，《语文学研究：语言学与诗学》，莫斯科，1990，21页。

18　同上，20页。

19　Н. 谢列布罗夫，《关于马雅可夫斯基》，载《同时代人回忆马雅可夫斯基》，莫斯科，1963，141页。

20　托洛茨基，《文学与革命》，莫斯科，1991，119-120页。

21　雅柯布森，《论挥霍其诗人们的一代人》，载《勃洛克，马雅可夫斯基，叶赛宁文集》，莫斯科，1991，665页。

22　帕斯捷尔纳克，《安全保护证》，112页。

23　同上，100页。

24　亚·戈尔德施泰因，《告别自恋》，86页。

25　别尔嘉耶夫，《创作、文化与艺术哲学》，两卷本，莫斯科，1994，第2卷，134页。

26　参见下列著作中对悲剧《弗拉基米尔·马雅可夫斯基》的分析：弗·阿尔丰索夫，《为了生命我们需要词语：在马雅可夫斯基的诗歌世界中》，列宁格勒，1984。

27　丘科夫斯基，《回忆录》，莫斯科，1959，356-357页。

28　摘自奥·斯莫拉的三篇文章中所引用的莉·尤·布里克的口述（《莫斯科真理报》，1988年7月23、24日；《夜晚俱乐部》，1994年12月12日）。

29　谢列布罗夫，《关于马雅可夫斯基》，137页。

30　摘自上引莉·尤·布里克的口述。

31　《马雅可夫斯基全集》，第12卷，100页。

32　转引自：瓦·卡塔尼扬，《马雅可夫斯基，生平与活动年谱》，莫斯科，1985，第138、139页。

649

第三十六章

各流派与团体之外的诗人：

弗拉基斯拉夫·霍达谢维奇、格奥尔吉·伊万诺夫、

玛丽娜·茨维塔耶娃等

◎尼·亚·博戈莫洛夫　撰／王立业、余献勤　译

1

为展示后象征主义给予与其相关作家所提供的创作机遇，我们挑选了几种艺术体系，在我们看来，它们既具有代表性，同时又跟任何一个后象征主义团体保持哪怕只是相对的独立。当然后象征主义对这些作家具有一定的吸引力，但这一点并不能左右他们的创作意识。

许多诗人在自己的创作初期都和象征主义有着千丝万缕的联系。他们是米·库兹明、弗·霍达谢维奇、尤·韦尔霍夫斯基、瓦·博罗达耶夫斯基、鲍·萨多夫斯科伊、亚·季尼亚科夫、米·洛津斯基。此外，在创作初期和象征主义有种种关联的还有一些阿克梅派诗人，如尼·古米廖夫、谢·格罗杰茨基、奥·曼德尔施塔姆（安·阿赫玛托娃和象征主义联系略少一些），以及未来主义诗人，如韦·赫列布尼科夫、谢·博布罗夫、鲍·帕斯捷尔纳克、瓦·舍尔舍涅维奇、贝·利夫希茨。

　　那些没有加入新派别的诗人既有意回避同象征主义正面接触，以着重表明自己和象征主义脱离了联系，又避免和后象征主义任何一种派别相关联。不过要把他们放到"诗人行会"以及阿克梅主义小组成员中来进行描述，并不特别困难。但是他们全都对阿克梅主义保持戒备，甚至原则上持敌视态度，这使人不得不把这些诗人和阿克梅派严格划分开来，尽管从个人友谊、封闭式的行会或团体以及创作上的接触来看（这种接触在相当程度上决定着流派的生存），他们跟阿克梅主义诗人有着极为密切的关系。[1]

　　第二组诗人是那些始终处于严格意义上的阿克梅主义外围的诗人，不管他们怎样把自己的创作和阿克梅主义相比较。这里说的是那些加入过"诗人行会"并且在很多方面跟阿克梅主义诗人保持一致的诗人，如格·伊万诺夫、格·阿达莫维奇、米·司徒卢威。这组诗人还包括"行会"的成员叶·库济明娜—卡拉瓦耶娃、格拉里–阿列利斯基（谢·彼得罗夫）、萨·格德罗伊茨。在创作追求方面与上述诗人接近（尽管他们自身的艺术倾向与之有种种不同）的瓦·科马罗夫斯基、弗·希莱科[2]、塔·叶菲缅科、玛·莫拉夫斯卡娅、列·坎嫩吉塞尔、弗·库尔久莫夫、尤·德根等诗人，他们的诗作常常被放到阿克梅主义诗歌范围内来分析。[3]

　　第三组包括所谓的"'《萨蒂利孔》派'诗人"，其中最重要的诗人是萨沙·乔尔内、彼·波将金和瓦·戈良斯基。他们的显著特点是一方面仿效象征主义传统（特别是波将金的第一本诗集《可笑的爱情》，1908），另一方面又坚决地排斥象征主义传统，表现为既戏拟象征主义的套式，又关注日常生活，还表现在采用反讽的诗体架构以及其他一些创作特点。[4]

　　在1910年代的俄罗斯诗歌中，茨维塔耶娃的创作可算是独树一帜。当然，如果愿意的话，可以在其中发现同时代诗歌诸体系对她创作的影响。不过她的创作不仅没有向这些体系转变，而且甚至连接近都从来没有过。跟茨维塔耶娃有过密切关系的女诗人索·帕尔诺克也持类似立场。

　　另外一些小说家的创作也特别值得关注，他们的创作一度接近象征主义，但是后来又疏远了这个流派。这类作家首先当推阿·列米佐夫（参见关于他的专章），此外还包括谢·奥斯伦德、1910年代的鲍·扎伊采夫（参见《现实主义和新现实主义》一章）和作为小说家的米·库兹明、鲍·萨多夫斯科伊以及

651

其他一些重要度稍逊的作家。[5]

最后还应指出，值得细致研究的还有1900年代末期至1920年代的"大众文学"（我们姑且点几个名字，如皮·卡尔波夫、米·阿尔志巴绥夫、阿·卡缅斯基、叶·纳格罗茨卡娅、阿·韦尔比茨卡娅、尤·斯廖兹金）。这一文学折中地吸取现实主义、新现实主义、象征主义和后象征主义各种思潮，不时创作出极受读者欢迎的作品。只要回想一下围绕阿尔志巴绥夫的《萨宁》展开的热烈辩论，或是皮·卡尔波夫的《火焰》[6] 所引发的强烈情感就能明白这一点（请参看本书谈"大众"通俗小说部分，以及关于"新农民"作家的章节）。

本章中我们将把注意力集中到后象征主义几个代表人物身上。传主的选择取决于两大同等因素：个人创作的艺术价值及其创作相对于同时代文学所表现出的特性。

2

在着手写自传时（只写完第一篇随笔《幼年》），弗拉基斯拉夫·费利齐阿诺维奇·霍达谢维奇（1886—1939）写道："假如我早出生十年，我就是颓废主义者和象征主义者的同龄人了，因为勃留索夫年长于我三岁，而勃洛克比我年幼四岁。我登上诗坛时偏偏赶上当代各流派中最重要的派别行将穷尽自己，但还没有出现新的流派。……我……和茨维塔耶娃离开象征派后，对任何一个流派也不亲近，只落得个一辈子的孤独，成为'野人'。那些文学分类专家和文选编纂者们都不知道该把我们划归到哪家哪派。"[7]

当然了，这里的问题不仅仅在于年龄的大小。霍达谢维奇全然明白，在当代文学中，他的孤独是由于他身处其间所选择的道路而不是出生年月来确定的。难怪他另一篇分析透彻的文章《论象征主义》从回忆开始着笔："演讲者研究了象征主义的生活领域，它的风景——我本人毕竟还赶上了呼吸一口它的空气，趁这一空气还没有完全消散，趁象征主义还没有变成脱离大气层的一颗行星。"[8] 霍达谢维奇作为诗人的地位的确立是在象征主义完全掌控文坛的那几年。"要知道，那是些什么样的年代呀！在那些日子里，巴尔蒙特出版了《我们将像太阳》，勃留索夫出版了《致全城与全球》。我们一遍又一遍地反复诵读

652

弗拉基斯拉夫·霍达谢维奇

用各种真话和假话搜罗来的天蝎出版社的《北方之花》的校样。就这样，我们第一次弄来《恶魔艺术家》的打印稿，这就是《我想成为粗野之人》，这个粗野之人只能成为臭名昭著的人，这就是用笔名列昂内尔署名的《月亮的颂歌》。但我们知道，写这些的不是别人，而是巴尔蒙特自己。我们偷偷地阅读，兴奋得浑身发抖，当然是这样了！春天，太阳高照，我们俩如此年轻——而在这首诗里，有一种全新的坦诚，这在当时说来，可算是无比的新鲜、优美、不同凡响……多么幸福的前景展现在我们的眼前，这是一种什么样的希望呀！"9

霍达谢维奇有关他文学童年的这段文字在他的第一本诗集《青春》中完全得到了证实。这本诗集是1908年在象征派的"第二梯队"出版社"兀鹫"社出版的。献词、题诗，一看即知道出处的引文，让这本诗集的读者很容易就把它纳入象征主义流派。霍达谢维奇似乎是有意在为自己确定方位：勃留索夫、勃洛克、索洛古勃、安德列·别雷、谢尔盖·科列切托夫（象征派二流诗人，"兀鹫"社的老板），还有不被广大读者所知，但同样完全可以列入这一名册的穆尼（萨·基辛）、尼·彼得罗夫斯卡娅和谢·奥斯伦德。但就语义结构而言，霍达谢维奇第一本诗集的绝大部分诗篇都是承接着象征主义这条线的。细心关注勃留索夫与安德列·别雷"诗坛决斗"的读者们不会发现不了他们的许多诗行在《写给约翰节前夜的花朵》和《神圣的爱神》诗中的变形（而这些标题本身唤起人对尼娜·彼得罗夫斯卡娅短篇小说和诗歌集的记忆 10）。大量具有象

653

征意义的神话形象的运用，在霍达谢维奇的诗集中早已似曾相识，正如同把普希金的诗句放在一首诗的开头作为题词。尽管书中反映了诗人内心真正的痛苦（这种痛苦跟霍达谢维奇本人的生活悲剧有关），但这本诗集甚至对诗人所亲近的朋友和对诗集作者的同情者都还是留下了明显的人云亦云的印象，重复着早就被更为自由独立的诗人们说过的话。

假如霍达谢维奇满足于他的第一本诗集所取得的微不足道的成功，人们对他的记忆未必会超过那些和他同时发表处女作的诗人，像亚·勃留索夫、瓦·斯特拉热夫、谢·科列切托夫等等。但在《青春》问世后不久，诗人便重新修改他的诗作[11]，而在重写的诗作中诗人开始寻求新的创作手段。正像研究家们经常判断的那样，霍达谢维奇不止一次地发觉，世界文学中初试锋芒的"个性存在的诗"[12]，似乎才是他摆脱象征主义无边空旷的出口，在象征主义的领地上他的试笔之作差不多都无声无息地消失了。在这一点上许多批评家都附和诗人本人的声明："我的整本诗集都是为第二部分而写的，这一部分果断地吸纳了'质朴'与'简约'。"——这是他所推崇的艺术手法。[13]不过，即便所有这些观察都真实无误，仍然不能不指出，霍达谢维奇第二本诗集的思想内涵远远不局限于这种手法。

首先，他明显改变了自己诗作的取向：诗集中两段题词分别选自普希金和杰尔查文的诗作，而且引用的重点朝向普希金和普希金时代的诗人，甚至诗集的标题——霍达谢维奇诗歌创作实践中唯一的一次——也没有用自己诗集中的诗行，也许粗心的读者看不出来，但对共情者来说则是显而易见的：它援引自普希金的早期诗作《给家神》。在可怖的1914年来临之际，霍达谢维奇将自己的诗集冠名为《幸福的小屋》，而其中的诗歌本身使人毫无歧义地联想起"黄金时代"：普希金、巴拉丁斯基、维亚泽姆斯基、拉斯托普钦娜、雅泽科夫、别涅迪克托夫、科兹洛夫、费特（这一名单显而易见还可以继续延伸）。这些诗人都或强或弱发出了清晰的声音[14]，而他同时代其他人的声音几乎已难以听见。上述诗人常常起到一种中介作用，使得霍达谢维奇那几年的创作主题与19世纪诗歌产生了依承关系。

就外在层面而言，这本诗集的含义读来不应该让人感觉有歧义，正如它的三个部分的标题所言：悲剧性预兆的《被俘的喧嚣》，这一喧嚣让诗人第一本

654

诗集最基本的情绪都屈从于自己的意图。而现今这些喧嚣让位于家庭的《神灵们》①，这些神灵可靠地护佑着抒情主人公朴素的爱情、尘世的欢乐和家庭的安逸。唯有《棕榈树上空的一颗星》为怀抱圣子的圣母指明了通往埃及的道路，正是这颗星指明了通往生活之旅的正确道路。

　　如果只阅读表层含义，而不特别注意各首诗语义的复杂与婉转，情形就会是这样。事实上，"神灵们"保佑的只是外在的生活，而内在的生命与神灵相去甚远。这内在生命，像往常一样，依然处于漫无边际、并不舒适、常常缺乏安全感的状态。可以举出很多这方面的例子。不妨看看这本诗集中心部分的第一首诗。这首诗以"神圣的群星汇拢的潮流"浸入主人公平和的、田园般宁静的世界作为结束，这股潮流是丘特切夫"可怕的、神秘莫测的黑夜世界"，霍达谢维奇所敬仰的先辈在这里看到了"命定的渊薮"。在这里白天向夜晚的过渡象征着丘特切夫笔下"白昼是用金线绣成、抛向'无名深渊'的帷幔"[15]。

　　在第二首诗中，一如第一首，就风格而言，有意沿袭"黄金时代"的哀歌，诗的结尾含义十分明显，甚至不值得多加解释：

> 劝诫的话语———是我狡黠的谋士，
> 永恒———如利剑高悬于我的良心。

　　现今的存在只是天上与人间永恒争斗的临时体现之一，因此当今世界在霍达谢维奇眼中是一个"玩具店"，一个"印花布拼接成的王国"，一个"新年到来的童话"，在那里

> 只有耗子不会欺骗
> 疲惫不堪的人心。

　　然而，诗人意识的深处一直在鸣响：

---

　　① 俄语Лары（神灵们），来自于拉丁语Lares，指古罗马人信仰中的长辈死后的灵魂。这种神灵保佑各自的后代。但在霍达谢维奇笔下也泛指俄罗斯民间信仰中的家神。——译者注

> 我们并不是在松林里
>
> 轻松而又自由地呼吸，
>
> 而是呼吸地狱古老的昏暗
>
> 抑或呼吸天国圣洁的空气。

　　因此，《幸福的小屋》作为一本诗集呈现在我们眼前，其中对象征主义世界观的拒绝徒有其表，并不那么彻底，只不过局限于诗歌技巧方向性的转变，拒绝传统的象征神话，拒绝在自己极其有限的创作素材中玩弄每个人都熟悉的情节游戏。但是形式特征的改变，就像素常就有的做法，并不能触动内容。现在霍达谢维奇的诗趋向深邃，只是这种深邃尚不为读者和评论家所察觉。同时，《幸福的小屋》确定了整个后象征主义（不仅仅是我们所理解的这个词的含义）的本质特征之一，即力求摈弃成为象征派语言刻板公式的老生常谈，存留由它所复归的俄罗斯诗歌思想与情感的崇高体系。难怪丘特切夫成为象征主义诗学的基本方向之一。毫无疑问，霍达谢维奇熟悉并且热爱丘特切夫，但他尽力不强调他与丘特切夫创作的内在联系，对于他来说，汲取巴拉丁斯基的创作经验，尤其是写《黄昏》时的巴拉丁斯基的经验显然更重要得多。

　　这一点极其鲜明地体现在霍达谢维奇的第三本诗集《种子的经历》中。这本诗集的问世，已经是在十月革命之后，即1920年，但却收入了1914至1917年写下的诗作。《种子的经历》展现的是后象征主义特征发展的另一种途径，这些特征业已确定了《幸福的小屋》的氛围。取代无条件遵从普希金时代诗歌创作方向的是，在霍达谢维奇的诗学中开始了对他来说最大限度贴近"先锋派"诗歌的时期，带有不和谐韵律的三音节变体诗格（《温馨的夜雨后散发甜蜜的味道》），第二行、第四行不押韵的四行诗的运用（《沿着街心花园》），在六音步诗行中加入五音步抑扬格无韵诗句，除这些之外，还有无停顿诗（《插曲》）——这一切都是对经典诗歌体裁相当明显的偏离，无疑是诗人有意而为之完善诗艺的追求，对于霍达谢维奇的创作显然具有重大意义。

　　除此之外，最为热点的现代性特征非常分明地涌进了霍达谢维奇这一时期的诗作，比如：飞行员，报贩子，有轨电车，世界大战的开始，莫斯科的革命

655

岁月，被拆掉当烧柴的小木房，火柴盒，缝纫机——这一切在此之前不可能出现于霍达谢维奇的诗中。而且诗中的空间获得了别样的特征，这些特征在此之前是几乎感觉不到的。如果说第一本诗集中根本不存在任何准确的空间方向，而在第二本诗集中，表示地名的标题是和一种带有异国情调的地名（琴斯托霍瓦、热那亚、福音书里的伯利恒和埃及，神话中的科库忒斯河和厄瑞玻斯）相关联的话，那么，在《种子的经历》中，空间坐标的密布则具备了几乎魅惑人的特征。于是就像我们感受到的，这里莫斯科的坐标是最具本质特征的，如彼得公园、斯摩棱斯克市场、尼基塔门、普柳希哈、塔冈卡，抑或已经全然就是展示性的，如"……从这一头走向另一头／从普列斯尼亚城关到罗果扎城关／于是，从巴尔丘格到列佛尔托沃，蹒跚着／人们拥挤在人行道上"。而在那里，在诗人重又回忆意大利的地方，他就是这样展示性地贬低那些他从前企望过的崇高联想。也许，正因为如此，后来写下的《布伦塔河》作为总结性诗篇被收进《种子的经历》，诗中曾被诗人歌颂过的那条威尼斯附近的河流如今变成一条"火红色的小河，美的虚伪形象"：

> 布伦塔，从那个时候起，
> 我就爱孤身一人的浪迹，
> 穿着防水布制作的雨衣，
> 在稠密的雨中胡诌着诗，
> 任雨水将鳞峋双肩敲击。
> 布伦塔，从那个时候起，
> 我爱生活与诗的平淡无奇。

类似的对"生活与诗的平淡无奇"着了魔的迷恋赋予霍达谢维奇1914—1920年间写下的诗一种特殊的色调。因为他的诗的主题依旧"崇高"，如爱情、死亡、作为实体的时间和活生生的当代生活、人民的命运、创作……但这些都是在最平常和最低俗的环境中得以发展的，这种碰撞使得《种子的经历》中的诗作变得极富昂扬的诗意。"真实者"和"更真实者"的相互渗透，依维·伊万诺夫的意思，构成了真正的、现实主义象征主义的本质，这种互为渗透在霍达谢维奇的笔下表现得最为显见。但同时，他避开必要的升华，这种升华是象征派诗人从来不能够拒绝也不想拒绝的。也许，正是霍达谢维奇《种子的经历》的年代写出的诗以俄罗斯诗歌所能够达到的最大程度的清晰，表现着形式和内容的辩证关系，因为"内容"几乎是象征派诗人同样要写的内容，可是诗的结构已经确定再也不可能把霍达谢维奇作为象征派诗人来看待了。[16]

毋宁从反面说，霍达谢维奇的同时代人偏爱把他的诗仅仅看成是穿着"普希金式"外衣的拉家常。[17] 似乎只有象征派诗人（尤其是安德列·别雷和维·伊万诺夫 [18]）开始尝试着读这些诗，如同他们在自己诗歌中所追求的对经典诗人的真正继承。但这种继承已经显见地位于象征主义的"对立面"，因为首当其冲的不是能决定人生的最高秩序的现象，相反，却是一种呼唤坦诚的、日常的、司空见惯的东西，它不是将人们存在的两个方面连接在一起，而是仅仅立足于此岸，这个现实的世界。

霍达谢维奇创作中从象征主义诗学向后象征主义诗学的演变过程，如同对先前已有的描写现实诸方面功能的再分配。他没有发明任何真正的新东西，但他自身对日常生活的关注却调整了读者的注意力，使得他们按新的方式评价他创作中所再现的宇宙的全部结构。因此，在霍达谢维奇创作中得以反映的后象征主义的那种典型与其先驱者达到了最为紧密的联系。

霍达谢维奇的诗集《沉重的竖琴》（1922），以更加鲜明的形式巩固与体现了《种子的经历》中的创新。在这本诗集中，霍达谢维奇把形式上的新手法缩减到最低程度，甚至像在前一本诗集中那么小心翼翼的创新也不见踪影，以至于引起勃留索夫非常过激的反应："……这些完全像是对普希金与巴拉丁斯基的戏拟。诗作者总是学着经典大师的样子，以至于到了亦步亦趋的地步，竟然除了滑稽地模仿外在形式，已经对什么都无能为力了。"[19] 其实，安德列·别雷与吉皮乌斯的说法才对，他们充分肯定地说，在《沉重的竖琴》中，"霍达谢维奇完全属于今天"，因为"最为复杂的内在分裂的悲剧以及与这种分裂所作的经常不变的痛苦斗争——实际上也是我们当前的悲剧"[20]。但是，在马雅可夫斯基、帕斯捷尔纳克和赫列布尼科夫的诗歌背景上看到这一点并不那么容易。所以以霍达谢维奇的名字为标志的后象征主义，被视为"新古典主义"诗人创作的邻居（"新古典主义"诗人有鲍·萨多夫斯科伊、尤·韦尔霍夫斯基、瓦·博

657

罗达耶夫斯基、帕·拉吉莫夫、帕·苏霍京、康·利普斯克罗夫等 [21]），"新古典主义"诗人确实想复原19世纪及各种典范的构思模式，比如韦尔霍夫斯基模仿普希金流派的风格，拉吉莫夫仿效杰利维格的哀诗，萨多夫斯基则追随费特的诗风。甚至在他们力图面向现实的诗作中，这类作品也并不罕见（如果以完整的诗集为例，就有韦尔霍夫斯基的《囚禁的太阳》、萨多夫斯基的《死亡的居所》、苏霍京的《在漆黑的日子里》），他们的主要目标是模仿丘特切夫的政论诗或费特的"即景诗"，而不是尽力创造出某种就世界观而言真正有新意的东西，也就是说依然是旧瓶装新酒。这是霍达谢维奇所极力回避的。

霍达谢维奇生前的最后一部诗集《欧洲之夜》（没有单行本，编入1927年出版的《诗集》）表明诗人的立场略有改变。但是这本诗集完全是在国外写成的，和在国内写作的诗集相比，已彻底属于另一种现象，因此这部作品应该在稍后的文学史中予以研究。

3

彼得·彼得罗维奇·波将金（1886—1926）的创作影响比霍达谢维奇小得多。但他依旧引起了文坛的特别关注，因为与象征派划清界限是他最为坚决与果断的表现之一，而象征派在当时是各种后象征主义的地方团体所热切支持的。

波将金的处女作是在"胜利者庆典"的年代问世的，当时最有名的象征派诗人的诗歌几乎受到每一个诗人的欢迎，诗的语调很容易就能记住并被人接受，作诗技艺达到了很高的发展层次，被报纸上的批评家们所诠释的题目往往被人模仿，或是写出还不太成熟的戏拟之作。波将金试图在他的第一本诗集（《可笑的爱情》，1908）中，既戏拟象征派诗人（尤其是勃洛克），又想如何用他们的语言写出完全相左的东西，但是决不把贬义色彩带入写成的作品。

在《可笑的爱情》一书的诗作中，不难发现形式实验的光彩（比如奇巧精致的韵脚：《на кол—заплакал》，《стукли—букли》，超扬抑抑格韵脚：《вскрикиваю—пиковую》，或同音异写词韵脚：《Судьба дарит всех сужеными—глядит глазами суженными》），既有留白押韵词（后来这种手法被马雅可夫斯基在《关于这个》的引子里运用得十分奇妙），又有原创性的诗节；既有一首诗内部随心所欲的节奏更替，又有寥寥数行描就一幅速写画的技法；既善于将现代都市的各种特征导入诗行（"喊叫'卖袍，卖袍'的鞑靼人早就累了"，或是"天花板上贴着招贴画——'沙普沙尔'和'奥斯曼'①"），又有永恒与日常生活的刻意碰撞……但这一切都服从于一个主要的目的，或者运用节奏的进展，或者借助于语言形式，或者利用俄罗斯象征主义诗歌逐渐成为经典的修辞套路，借以塑造现代化都市多层次的生活画面。在这种生活中，反讽就像极度的严肃一样重要；在这种生活里，悲剧变得可笑，朴直的存在获得了最高的含义，尽管在常人眼中，这种存在状态只显得滑稽可笑。

波将金诗歌的创作基础，显然可以归入20世纪初非常流行的"浪漫主义反讽"的范畴，难怪在他的诗中可以毫不费力地发现与安德列·别雷诗歌的呼应，首先是与《蔚蓝中的金色》这本诗集中的一节《往昔与现今》，或著名的《无赖汉的歌谣》（收入1908年末出版的诗集《灰烬》）。然而，成为波将金的模仿对象的不只是安德列·别雷和勃洛克，比如他有首小诗《我熟悉对面窗口的灯光……》，可以看作对库兹明爱情诗多种要素的浓缩（尤其能明显地感觉到诗集《网》中《将房子造在窗前……》一诗的回响），只是通过时间先后排列的对比才会明白，与这首小诗最值得比较的是库兹明晚于波将金写成的一首诗（《绿色的花园充满阳光……》，1909）。因此，波将金不只是简单地附和其他诗人的主题、内容、音调，或者"滑稽地模仿"那些诗人，他也能"预言"他们未来的发展趋向。

波将金对勃洛克的诗戏拟得最甚，尤其是对成为1907年文坛重大事件的《白雪假面》组诗的戏拟。同时，波将金将理发师与铁皮玩偶写成主人公，赋予他们以活人的一切本性和体验。不过，他最后写成的作品，比如说，与因·安年斯基的作品（如《瓦伦-科斯基瀑布奇遇》）却完全不同，更不用说其他象征派诗人笔下的玩偶形象了。对于波将金说来，重要的是建立多层次的结构，在这种结构中玩偶似乎既是人的象征，又是普通玩具，还是都市风景的可笑细节，同时也是真实的、感受着的肌体。这种思维的非单一性，对以往诗学

659

---

① 当时的两个烟草品牌。——译者注

系统在既认可又否定中保持平衡，使得诗人获得了真正的能力。可惜这种能力没有继续发扬，在下一本诗集《天竺葵》（1912）中，波将金走上了相当廉价的幽默道路，风格化模拟农民和小市民的民间传说，从而极大地限制了才华的发挥。波将金成就的昙花一现，既验证了以一种不局限于模仿翻新的形式来复杂地把玩象征主义遗产的可能性，同时也证实了走这条道路极其艰难，并非随便什么人都经受得起这条道路的考验。

4

格奥尔吉·伊万诺夫

后象征主义的另一个圈子是阿克梅派诗人的创作（对此可参见相关章节的论述），此外还有一些诗人非常接近阿克梅派，如格奥尔吉·弗拉基米罗维奇·伊万诺夫（1894—1958），相似点显而易见，但是他（就像在创作道路的特征上跟他有着许多相似之处的格奥尔吉·维克多罗维奇·阿达莫维奇［1892—1972］一样）和他们都没有加入阿克梅派这一团体。[22] 因此，以我们的观点，对伊万诺夫应该单另评说。

660　　当然，对于他来说，彼得堡时期只是他创作道路的开始。只有到侨居国外时期，他才形成了自己独特的声音，成为一名重要诗人。没有这样的诗人，俄罗斯文学从某种意义上说就算不上完整。但是他的创作倾向在最初阶段就很有特点，因为它意味着后象征主义为诗人提供了选择的可能性，即选择自己倾心的创作道路。[23]

说到格·伊万诺夫离开俄罗斯之前，即1910至1922年的诗歌，首先必须指出他的处女作发表得很早，当时他还不满十六岁，十七岁时他出版了第一本诗集。临近二十二岁，他已经是四本诗集的作者，这四本诗集基本上奠定了他的创作面貌，对此勃洛克有一段著名的评论："……有这样一些什么也没说得可怕的诗，什么也不缺——不缺才气，不缺智慧，不缺品位，但与此同时——这些诗似乎并不存在，它们什么都缺，对此你毫无办法。"[24] 毫无疑问，这一评价的尖刻与毫不含糊，不仅仅针对勃洛克并不喜欢的阿克梅派以及具有阿克梅派倾向的诗歌，而且的确是格·伊万诺夫20世纪10年代创作的真实特征。

格·伊万诺夫属于世纪之初俄罗斯诗歌史中没有真正受到象征主义影响的第一代诗人。在他并非总是真实可信的回忆录《彼得堡的冬天》中，他讲述了多次与格·丘尔科夫会面，是丘尔科夫带他去见勃洛克。[25] 不过，严肃交谈的气氛对于刚刚离开士官武备学校的青年来说显然感到陌生。关于这些在回忆录中自然有所记载，不过勃洛克被写得非常片面，对他内心历程的复杂性并不理解，而库兹明则被描写成彼得堡一位典型的唯美主义者……多年以后，在献给维·伊万诺夫的悼文中，他的这位同姓者对20世纪10年代困扰象征派的诸多重大问题表现得相当冷漠。当然，象征主义流派对于他也是回避不了的话题（从伊万诺夫的最初诗作轻易地就能发现他熟悉勃洛克、巴尔蒙特，尤其是库兹明早期的创作），但这已经不是在流派框架内的直线发展，只不过证明了他纵览群书的渊博。博学是他持续一生的特征，博学使得他能卓有成效地创造出自己的"集锦"诗学。

格·伊万诺夫结识了尼·伊·库利宾，在与之交往过程中了解了立体未来派，但对他而言这一流派也并不显得更为亲近。直到生命结束，格·伊万诺夫深信未来主义除了有意胡闹没有任何意义，或者（像赫列布尼科夫那样）纯属发疯或颓废堕落。只有临近1911年形成的一个诗歌流派引起了伊万诺夫的关注，那就是谢维里亚宁版的自我未来主义。他的签名附在自我未来派第一篇宣言《准则》下面，该宣言曾经在1912年1月印成传单[26]；他在《下诺夫哥罗德人报》上发表作品，这份报纸的文学专栏是由伊·伊格纳季耶夫办起来的；伊格尔·谢维里亚宁发表了一首献给格·伊万诺夫的十四行诗；此外，格·伊万诺

661

夫在写给马尔科夫的信中回忆说："自我"出版社印行了"……我于1910至1911年在武备学校课桌旁写的第一本小书，它是在1911年秋天问世的。"[27]《驶向基西拉岛》一书并非默默无闻，此书出版的最直接的后果，正如伊万诺夫在上述引用过的信中所写，"由于这本书，一个月后我被推举为诗人行会的成员，但是的的确确受之有愧"。

被选入"诗人行会"成了伊万诺夫"进入一流诗人行列的特许证"，何况还有古米廖夫在最具权威性的杂志《阿波罗》上写的评语："格奥尔吉·伊万诺夫的书最引人注目的——是诗。在刚刚步入诗坛的诗人当中，他的文笔罕见地细腻准确，加之用笔神速，为了与主题贴切，往往会稍加节制。因此，阅读他的每一首诗，都会给人一种生理上的满足感。"[28]——因而伊万诺夫在经常出席"诗人行会"的成员中，完全有权利占据一席之地。他跟谢维里亚宁当面争吵[29]：从种种情况判断，年轻的诗人渴望挤进阿克梅派六位诗人的行列。但是这没有成功，真正的原因我们不得而知（尽管伊万诺夫非常地崇拜古米廖夫，和曼德尔施塔姆成了朋友，除了阿赫玛托娃之外，他和其他阿克梅派诗人相处得都非常愉快），但古米廖夫后来对他的诗集的评价表明，"诗人行会"的代言人和最具权威的批评家对他的创作持一种越来越怀疑的态度。也许，伊万诺夫诗歌的模仿性，他无意于开辟一条属于自己的创作道路，而沿袭别人早先走过的路，成了他被排斥在阿克梅派这一文学团体之外的主要原因。

但同时，格·伊万诺夫是阿克梅派诗歌观原则最执著的后继者之一。在他的诗集《前堂》（1914）与《寻石南》（1916，其中收入了《前堂》中的大部分诗篇）中，我们清楚地看到他对诗歌语言精确性的追求，拒绝讨论那些需要抽象诗歌工具的题材，着意于诗歌的口语化，而非一味追求悦耳动听，力求启用为阿克梅派诗人所钟爱的固定形式，偏爱叙事谣曲这种体裁。

但是在阿克梅派几位创始者的笔下，新流派的这一切原则都不带有教条的性质。他们自己创立了规则，他们自己也常常打破。而伊万诺夫怀着新皈依者般的激情，严格奉行着他视为章程的规定，结果他的诗成了地道的阿克梅派诗歌，但同时也失去了生机，失去了内在把握的自由。这一点在古米廖夫对《寻石南》的评价中能够鲜明地感觉到，其中融合着这位批评家的好感与困惑："……格奥尔吉·伊万诺夫是一位颇具技艺的诗歌行家，而且是个目光敏锐的观察家。……但要说的不仅是诗，还有诗人。……为什么诗人只看见，而不是感觉，只是描写，而不说说自己——生动的与真实的、高兴的与痛苦的自己呢？"[30]

的确，我们不能不看到伊万诺夫早期诗歌中高度的艺术技巧，还有让诗行绘声绘色、简练准确的艺术特征。

> 粗鲁的蓝天有耸立的云朵，
> 云下的森林织就了彩绸风帆，
> 皮鞭子抽打着鞋面的皮革，
> 眼睛一闭一睁朝望远镜里看。
>
> 稍远处，一个快活的呆子，
> 匆忙的理发师，散步的女士。
> 下面靠河是"三友"小酒馆，
> 镶着阿姆斯特丹市徽的五彩玻璃。
>
> 船坞，还有角质酒杯都很熟悉，
> 一位达官手中举起带来的饮料：
> 有何必要去阅读辽阔的天空
> 回荡在烟囱与天才之间的呼哨？

在将阿克梅派与象征主义对立的过程中，各种造型艺术（绘画、平面艺术、雕塑、建筑）与音乐之间相应的近似性已成为老生常谈。在这首诗中，伊万诺夫以惊人的努力将这一观念带入诗行。其实，意义还不仅限于此。请看他的一些诗歌标题：《书本装饰》《石印》《素朴的风景画》。再例举他的一些很说明问题的诗行："我多么热爱弗拉芒的画墙……"，"……这个世界在复苏，就像朦胧的水彩画"，"发黄的版画……"等等。当然，不能说，伊万诺夫把世界全然想象成图画、版画、陶瓷画等画面，在他的诗中，描绘与被描绘之物相互作用，二者的界限正逐渐消失，大自然进入画图，而画图自身变得鲜活起来，同时这一转变的时机无法预见，因此事件就对读者产生积极的作用。但是，经常的自我重复模糊了正在产生的功效，最终就把这种效果变成了一种给定性，仿佛诗人只是在转述一幅画。对于伊万诺夫的早期作品来说，既不可能出现象征主义的重大主题，也不会出现阿克梅派"潜在文化范式"的深刻性。

663　　《前堂》与《帚石南》的读者脑海里常常形成一种印象，在领略诗人全部才华与技巧的同时，似乎他什么也没有写。而自身缺乏生活中有价值的积淀，使得作者自比为自己诗中的人物，而对诗中人物的描绘一方面带着真正的嘲讽，另一方面，则十分严肃，就像现实生活中客观存在的典型。

> 天色已晚。畜群浑身尘土。
>
> 牧童将集合号吹起。
>
> 究竟干什么？去吃晚饭
>
> 还是继续写诗？……

伊万诺夫这几年的诗总是在非常严肃的描写和细腻的自我挪揄之间寻求平衡。只要稍微越过界限，就会失去嘲讽，就会出现类似诗集《光荣的纪念碑》（1915）中所收录的那种诗作，该诗集汇集了当时大量出现的典型的"战争诗"。不过，许多时代的重大事件有时会唤醒诗人对现实进行严肃的思考：

> 如同古老欢呼的荣耀，
>
> 云朵在飘浮，熊熊燃烧，
>
> 天使从彼得与保罗的城堡
>
> 透过云层向未来的世纪远眺。

> 目光明晰——但看不清那里，
>
> 有什么样的梦境、落日和城市——
>
> 什么样的夜晚将永世降临——
>
> 取代这些褪了色的金子！

当然，可以把这些诗看成是勃洛克诗的仿制品（试比较为大家所熟悉的诗行："……也许大家不得不／透过令人陶醉的田园热闹，／游向哀歌的沉沉黑夜"），但在这首诗里还可以尝试着发现真挚的情感，这种感情在1917年十月革命后越发尖锐。

这种情感和整个以往彼得堡的彼得—叶卡捷琳娜—普希金世界联系在一起，这个世界有资格得到继承，但是一种强烈无情的声音让你明白，往昔的世界永远结束了。正是这种情感产生了伊万诺夫成熟的诗章。

他的诗集《花园》（1921）回响着这样的诗歌最初的旋律，分辨起来并不容易，但的确可以听见。

这是"无人知晓的哈里发花园"，这些花园里，"夜莺不停地鸣啭"，有"东方的蔷薇"、"百年的古树"等等：

664

> 那里有惆怅，春天，清凉，
> 有流淌的银色波浪。
> 这种花园的所有轮廓——
> 像鸵鸟的羽毛一样。

就其外在的主题而言，《花园》的诗绝对是回避时代，回避时代和日常生活的重大问题。和当代的直接对话在这些诗中是全然缺位的，但显而易见，仔细谛听诗歌音调的读者依然应该明白，在他的诗歌的外部环境之外，在这冻结的、完全定型的现实生活之外，依旧有其时代性——这就是饥饿、寒冷的彼得堡生活，远处炮击的轰鸣，可怕的流言，夜间的搜寻与逮捕，好友与熟人牺牲的噩耗——毫不遮掩地在他的那些日子写下的某些诗行中迸发出来，其中包括《花园》（《解冻。好像……》或是《普希金的，20年代》）。

但是伊万诺夫注定在侨居国外的日子里才能沿着这条路走到底，而且分析他这一时期的诗歌创作应该写入更晚时期的文学史。[31]

5

玛丽娜·茨维塔耶娃

玛丽娜·伊万诺夫娜·茨维塔耶娃（1892—1941）的创作，通常被研究者们视为某种自我封闭的体系，似乎完全游离于同时代俄罗斯诗歌具体文本的背景之外。这样的想法当然有很多的理由，不过就我们的目的而言，这样的分析，一方面还远远不够，另一方面又显得多余。毕竟在离开俄罗斯之前，茨维塔耶娃的诗歌还没有在读者中真正流行，而且她的诗歌本身，一般人都认为，也还没有达到能让女诗人成为20世纪俄罗斯文学最耀眼的人物那种高度。诗人文学成果包括十月革命前出版的三本诗集（《黄昏纪念册》，1910；《神灯》，1912；《摘自两本诗集》，1913），此外有两个不同版本的《路标》（1921年版和1922年版）、长诗《少女王》（1922）、剧本《卡萨诺瓦的结局》（1922），以及在德国出版的《离别集》（1922）、《致勃洛克的诗》（1922）和《普叙赫》（1923）。国外出版的诗集《手艺》（1923）几乎没有传到苏联，单独出版的叙事诗《美少年》（1924）和诗集《离开俄罗斯之后》（1928）更是如此。只有极窄的圈子能读到茨维塔耶娃在侨民期刊上发表的作品。对于大多数的苏联读者来说，茨维塔耶娃（和其他侨民作家一样）始终隐身于20年代中期形成的铁幕之后。正因为这样，50年代以及60年代初苏联出现的茨维塔耶娃诗歌现象才显得如此出人意料，并成为当时最重要的文学事件之一。本节所分析的茨维塔耶娃的诗

665

歌作品，从作品出版的时间上有所限制——至1922年离开俄罗斯以前；其次，本节的研究主要是在她同时代的后象征主义诗歌背景下进行，从而使我们既有可能看到后象征主义的创作潜力，也能发现茨维塔耶娃本人的一系列本质性的艺术特征。

大部分研究茨维塔耶娃创作的著作都有一个主要缺陷，即著作者们过于相信女诗人的自传性文本。无疑，使用自己的生平是茨维塔耶娃创作行为不可分割的一部分。然而在茨维塔耶娃的回忆录中，很容易发现许多偏离"生活真实"的地方，这使人不能够把它们当作最终的真实，而只能作为历史文学研究的资料看待。这类研究做得很少，但是它们的重要性毋庸置疑。

对于大部分论述茨维塔耶娃的作者而言，1926年茨维塔耶娃在一张调查表上写的话是绝对权威的："我没有受到过文学方面的影响，我只受过人性方面的影响。……我过去不属于、将来也不属于任何一个文学流派和政治派别。"[32]如果说第二句话我们还姑且可以同意，那第一句话则毫无疑问并不正确。要在特定的历史文学序列中来理解茨维塔耶娃的诗歌，这并不困难，更不要提她早期模仿痕迹很重的作品了。

首先当然要看诗人早年的文学活动。在我们看来，不能脱离青年"缪萨革忒斯"的活动，不能脱离那些1900年末至1910年初令莫斯科的文学青年激动不已的问题，不能孤立地看待茨维塔耶娃与弗·尼伦德尔和埃利斯的友谊。叙事诗《巫师》（1914）不仅完全证实茨维塔耶娃笔下以埃利斯为原型的主人公与众不同地迷恋但丁和波德莱尔，同时还证明茨维塔耶娃该时期进行的探索在很大程度上和象征主义诗歌极为相似。

> 我是玫瑰和圣杯骑士，
> 基督和我在一起。
>
> 但那跟随我走遍条条道路
> 的人，也在这里。
> 在魔鬼和上帝之间
> 我遍体褴褛。

666　　当然，随后茨维塔耶娃转以调侃的口吻谈及这些宣言，以便还它们一种崭新的、全然属于个人的、拿破仑时代的浪漫主义色彩。不过，还存在另一个层面，表明诗人同埃利斯和青年"缪萨革忒斯"绝大部分成员的神秘探索有密切联系（对此安德列·别雷有过详细论述）。这样一来，茨维塔耶娃的自我定位就和那些产生莫斯科后象征主义派别的小组所开展的精神探索有了关联（哪怕这种关联是排斥性的）。

　　不过，更为清晰地反映茨维塔耶娃与整个文学进程的联系的是她和瓦·勃留索夫的关系（既包括私人关系，也包括纯文学上的关系），因此这一关系也备受关注。[33] 在回忆勃留索夫的随笔《劳动英雄》（1925）中，茨维塔耶娃描述了自己在20年代中期的观点。简要概括起来，从一开始勃留索夫就把茨维塔耶娃当成同等的竞争对手，因此他不仅在一些评论文章中，而且还在各类文学活动中想方设法贬低她诗歌的意义。不过可以确切地说，实际上茨维塔耶娃和勃留索夫的文学关系却完全是另一个样子。

　　勃留索夫对十八岁的女诗人出版的第一本诗集表示欢迎。在他看来，茨维塔耶娃身上体现了当代创作总体要求所必需的东西。勃留索夫在《新诗集》一文的引言中写道："真正的艺术道路存在于呆板地再现现实和同样呆板地摒弃生活之间……年轻的诗歌放弃了观察的翅膀，渴望在幻想的国度飞翔，还不具备经验就渴望对事实做出总结。因此诗歌缺乏生气，带有模仿色彩……"[34] 在勃留索夫看来，茨维塔耶娃的第一本书恰恰是一种突破，避免了这种模仿色彩。"她直接截取生活的特征，而不害怕把日常生活引入诗歌，这也使她的诗歌有一种令人不太愉快的私密色彩。"[35] 当时正有些诗人试图改变象征主义，或者想突破象征主义的界限。毋庸强调，正是这一观点使勃留索夫成为这些诗人的同盟。古米廖夫1910年说过一句很有名的话，在勃留索夫跟勃洛克和维·伊万诺夫进行的辩论中，《阿波罗》杂志完全站在勃留索夫一边，这句话毫无疑问指的就是这一方面的争论。也正是这一点极大程度地说明了阿克梅主义反对象征主义的最初动机。许多后象征主义的出现正源自勃留索夫对物质性的理解（当然，勃留索夫本人仍然算象征主义诗人，尽管他把象征主义的界限扩大到年轻一代象征主义者无法接受的程度）。

667　　勃留索夫对茨维塔耶娃第一本诗集所作的评语表明，在20世纪10年代初期步入文坛的那些诗人当中，茨维塔耶娃显得格外突出。勃留索夫还提醒道："玛琳娜·茨维塔耶娃无疑具有很高的天赋，或许她能给我们带来隐秘生活的真正诗歌；也有可能她在轻松的写作中把自己的全部才华浪费到没有必要的、哪怕是十分雅致的小诗上。"[36] 这些话看起来就像一个年长善意的诗人给沉湎于个人感情的年轻人发出的忠告。

不过令茨维塔耶娃倍感委屈的是，勃留索夫说过这样的话："我们将拭目以待，诗人会在自己的心灵中找到比《黄昏纪念册》中大量的甜蜜琐碎更为强烈的情感，以及更加有用的思想，而不是单纯重复陈旧话题，说什么'伪君子的傲慢令人憎恶'。"[37] 为此女诗人专门写了一首诗《致瓦·雅·勃留索夫》。这首诗对茨维塔耶娃本人有原则性的意义。诗中诗人不仅声明"上帝没有赐予我 / '强烈的情感'和'有用的思想'"，而且还把争论转到另一个领域：

> 应该歌唱黑暗，
> 世界上空梦魇高悬……
> ——现在都开始这样唱——
> 但上帝没有赐予我
> 这样的情感和思想！

在这种背景下，可以这样理解茨维塔耶娃的回答，即诗人拒绝离开在新诗人眼前已经展现的世界，拒绝回到象征主义。茨维塔耶娃让争论偏离了方向（看起来是有意为之）。她和勃留索夫没有什么可争辩的。勃留索夫谈的仅仅是诗歌的成熟程度。在她的诗集中，相当单薄的诗歌作品的确占多数。这一点就连茨维塔耶娃本人（类似她后来的大多数出版商和诠释者）也感觉到了，并不再打算再版第一批书中收集的早期诗作，个别情况除外。

然而很快自尊心又遭到新一轮打击。勃留索夫在评论茨维塔耶娃第二部诗集时指出："五六首真正漂亮的诗歌作品完全被诗集中'纪念册式'的小诗所淹没，这些小诗如果有人感兴趣的话，那也只是她的亲朋好友。"[38] 不同派别的严肃批评家们反应完全一致（尼·古米廖夫、谢·格罗杰茨基和霍达谢维奇也做出了类似的评语）。这也让今天的读者们明白，茨维塔耶娃的第二部集子确实不可能被同时代人视为成功之作。

想必女诗人自己比任何人都明白这一点。虽然她在刊物上答复勃留索夫时，指责他有"评论家的嫉妒心"，但是内心深处显然认同勃留索夫和其他人的观点。这很自然，"一个从里到外的反叛者"是不可能把内心的想法告诉任何人的，甚至一年后她还示威性地出版了诗集《摘自两本诗集》。但是她多次坦言："从1912年至1920年……我游离于文学生活之外……"（第4卷，30页）——这本身就很说明问题。

这一点同茨维塔耶娃回忆录中的很多地方一样，与事实不符。正是在这些年里，茨维塔耶娃开始在各种杂志和丛刊上系统发表诗作和译作，换言之，她已不再是一名诗歌爱好者，而成了真正意义上的文学家。只不过诗人认为没有必要向公众展示自己的诗歌面貌。《青春诗篇.1912—1915》始终没有出版，而《路标》的多数作品虽然写于1916年，却在很多年过后才问世。似乎这证明茨维塔耶娃为自己早年的诗歌尝试遭到失败感到十分苦恼，并试图改变写作风格，而且首要的是改变作品中的抒情个性。

这一过程当然可以从女诗人的个人生活和心理变化来进行解释（结婚、女儿出生、跟女诗人索·帕尔诺克的恋情）。多部专著已经作过此类解释。但是，还可以从另一个角度——即从1910年代中期俄罗斯诗坛的进程来分析。

很显然，这时期的俄罗斯诗坛中出现了"女性诗歌"现象。安·阿赫玛托娃、切鲁宾娜·德加布里亚克（叶·德米特里耶娃）、安·格尔齐科、纳·利沃娃、玛·沙吉尼扬、索·帕尔诺克等人的创作（尽管各人的创作价值不等）引发了不计其数的模仿作品[39]，而且还让人对"女性诗歌"有了充分的认识。从茨维塔耶娃回忆勃留索夫的文章可知，茨维塔耶娃十分清楚评论家和读者对女诗人的期望。只是类似的态度出乎茨维塔耶娃本人的预料，也有违她的心愿。要想不凭借性别和年龄进入俄罗斯诗人的行列，茨维塔耶娃不仅需要寻找自己的个性（这在早期诗集中已经存在），还必须用独特的革新形式把个性展现出来。为此，仅凭早期诗集的"私密性"和对日常生活细节的关注是远远不够的。于是，茨维塔耶娃好像回想起了勃留索夫关于强烈的情感和有用的思想的话。[40] 她的《青春诗篇》（诗集的名字可能是在指涉勃留索夫的书《青春》）首次尝试了许多新题材和形象的诗体结构。依我们看，最先使用这些题材和结构的是献给女诗人索·帕尔诺克的组诗《女友》。

在茨维塔耶娃的后期回忆录中，《异地的黄昏》讲述了茨维塔耶娃与米·库兹明之间唯一的一次见面，其中隐约提到茨维塔耶娃与帕尔诺克的关系，这一点并非巧合。[41] 自库兹明的诗集出版后，同性情色题材在俄罗斯诗歌中开始成为可能。茨维塔耶娃觉得这好像是一个可挖掘的题材，对它进行加工可以使自己的诗歌更强烈。使用情节组诗是库兹明前三本诗集最典型的特点。（比如《这个夏天的爱情》《中断的故事》《炮弹》《在灯塔上》等等）。而《女友》本身也采用了情节组诗结构，这也未必就是偶然。并且在选择关键词和"信号词"时，茨维塔耶娃很乐意仿效库兹明。类似的巧合还可以再继续写下去，只是问题并不在此。更重要的是，以前茨维塔耶娃不敢触及的题材现在正成为整个诗集大厦的基石（《女友》是未出版的诗集中容量最大、结构上最核心的片段。）另一部组诗《致彼·埃》也有类似特点。组诗献给彼·埃夫隆，茨维塔耶娃丈夫的哥哥。不过类似"谢·埃"和"彼·埃"的姓名首字母组合，对作者的朋友而言一目了然，却会让一个偶然拿到诗集的陌生读者费一番思量。组诗中禁忌的爱情主题和死亡主题在当代事件的映衬下变得更加尖锐：

> 战争啊，战争！——神龛旁摇炉散香，
> 马刺声咔嚓咔嚓响个不断。
> 但沙皇的账目，人民的争吵，
> 统统与我不相干。

> 我——小小的舞者，好像
> 在颤抖的——绳索上——站立。
> 我是某个影子的影子。
> 我在两个昏暗的月亮之间游弋。

在这首诗中茨维塔耶夫展示性地表现得非常文学化。不过如果说第一诗节像19世纪抒情诗的翻版，那第二诗节则像是在给当代人的抒情诗主题编目录："绳索上的舞者"让人想起阿赫玛托娃和古米廖夫相互呼应的诗作（《新月时分离我而去……》和《驯兽师》）；"某个影子的影子"，且不提影子是象征主义诗歌中最流行的主题（只要看一看勃留索夫1912年出版诗集的书名《影镜》[42] 就不难理解了），从各方面来看，这句诗模仿了巴尔蒙特那些年最有名的诗句"别人是烟。我是烟的影子。我嫉妒所有充当烟的人"；月亮和月夜梦游者也同样是象征主义诗歌的流行主题。[43] 这些主题交织在一起，让人清楚地看到，茨维塔耶娃的诗歌以先前的典范为目标。这首诗中出现的象征主义诗学形象还在组诗的其他部分继续出现 [44]，以加强同自身诗学的对照。这里，诗歌语言已经不再有意得到"另一世界"的反响，而是力图用内在的表现力来对抗死亡和死亡所带来的别离。

> 落叶纷纷洒满了您的坟墓，
> 散发着冬的气息。
> 请听，逝去的人，请听，亲爱的：
> 您终究为我所有。
>
> 您在笑！——身着贵重的旅行披风！
> 月亮在高空漫游。
> 您的爱——如此无容置疑无可争辩，
> 如同这只手。

在这个诗歌片断里，所有词语都没有使用象征和隐喻，而是使用词语最初的本义，"如此无容置疑无可争辩／如同这只手"。虽然这里并非有意美化"反常"和"畸形"，有意欣赏死亡及其他东西，但是两部组诗的新意和直白的坦率却由此变得模糊起来。不过茨维塔耶娃在后象征主义领域里并非完全孤立。无独有偶，库兹明也做过类似的事情。他的诗歌语言既吸取了象征主义多层次意义的复杂性，又始终保持了高度的简洁。尽管在这方面远非他所有的诗歌都是成功之作，但是，不论对他还是对其他诗人，包括对茨维塔耶娃，这条创作道路意义重大。当然，应当指出，对茨维塔耶娃而言，问题的关键并不在于如何理解象征主义复杂的世界观以及文本语言的组织，而是怎样把握象征主义世界形象和诗学最本质的特征。

这以后茨维塔耶娃渐渐不可能再创作纯粹描写性的作品。早期诗集中这类作品很多，甚至连《青春诗篇》（这部诗集如此命名并非偶然）也还没有摆脱描写的特点。但是从《路标》起，女诗人就已经逐渐找到了个性化的创作道路。其标志性特征是高度个性化的诗歌形式和对词语的特殊态度。（高度个性化的诗歌形式不仅仅指容易辨认出来的茨维塔耶娃的语调，或是指空前频繁使用的混合格律节拍［тактовик］，还首先指整个无法在此描述的诗歌手段体系。）如今象征主义诗学对茨维塔耶娃不再有现实意义，学习象征主义的经验已成为过去。首要的是努力发现周围世界中自古就有的崇高现象，而要表现它们，使用原始的名称是唯一正确的手段。由此，茨维塔耶娃诗歌中出现了非常明显的民间文学和宗教联想（这一点在随后的年代里表现得更为明显）。

671

> 我要出门谁也不告诉，
>
> 不论妈妈，还是亲戚。
>
> 我要出门站在教堂里，
>
> 去祈求上帝的圣徒
>
> 把年轻的天鹅赏赐。

这仅是一个最直白的例子，类似诗句在《路标》中不计其数。很自然，只有那种词汇排列才可能看起来超越尘世。不过茨维塔耶娃还不时打破这种排列："伴着钟声走向断头台／天使长们将我引领。"有些诗句则更加坦率：

> 报喜节前夜。
>
> 报喜大教堂
>
> 灯火特辉煌。
>
> ……
>
> 教堂灰门前
>
> 老妇排成串，
>
> 乞求施舍物

声音惹人烦。

不过，各种新的修辞手段之间的对立，其本身也带来一些新层面的词汇，从而有可能创造出一个在极端神圣和极端卑劣、罪恶和功勋、骄傲和卑微的顺从之间保持平衡的诗歌世界。这里并非指两种极端之间的联系"不可分割"，如同象征主义诗人喜欢表达的那样，而是要发现这两种极端之间存在的多种可能形式。

茨维塔耶娃在1916—1920年间写的几乎任何一首诗都可以证明这一点。我们随意挑选其中的一首：

今明两天白雪即将融化。
你在羊皮大衣下独自躺卧。
你真叫人可怜，你的嘴唇
总是那么干裂。

你步履沉重喝水艰难，
路人见了你也匆匆躲避。
莫非罗果仁将那把园艺刀
也像这样紧攥在手里？

而眼睛啊，眼睛在你脸上——
恰似去年烧焦的两个圆圈！
可见，是女友把年少的你
领进了阴沉的宅院。

远处——深夜——手杖敲击马路，
房门大开——夜风——阵阵吹袭……
请进——请降临——不速之客
请走进我圣洁的安谧。

672

引人注意的首先是诗歌空间的不确定性：诗中主人公一方面被描绘成躺着的人，另一方面又被描绘成行走的人，而且他不仅在房间里走，还在"远处——深夜"中行走。厚厚的白雪与光秃秃的马路相邻。准确的方位（羊皮大衣下、沿着马路）与完全不确定的并最终朝向某个圣洁空间的方向（房门大开——夜风）并存。[45]

诗中的主要人物既是个应该受到怜悯的病人，又是个罪犯。他既引人注意（"你真叫人可怜"），同时又让人避而远之（"路人见了你也匆匆躲避"）。在他的脸上，嘴唇和眼睛——性吸引力的两大传统中心部位——流露出亘古存在的永无尽头的痛苦。哪怕想用往日的经历来解释如今的命运，却也徒劳（我们注意到"阴沉的宅院"和妓院的传统指称"快乐的房子"形成对照）。于是这整个复杂的矛盾语义结构体系最后以男女主人公结尾的对立而结束（"请降临！——不速之客"）。抒情主人公也感受到了这全部的对立，并无限扩大自己的承受限度。取代简单自然的感情的是一系列极为复杂的感觉，大致可以描述为："是啊，你是一个让所有人不幸的——也让我——感到害怕的人；这一点我懂，但是你的到来我无法抗拒，我准备接受它，如同接受神的降临。"

茨维塔耶娃的大部分创作看起来走的都是这类诗的路子，而这条创作道路也造就了她的艺术，使其成为20世纪俄罗斯诗歌一个最独特的现象。当然，要找出相当数量的复杂步法被拉直、思想和情感的发展被严重简单化的诗歌并非难事。尽管在这一时期的短诗，尤其是浪漫主义剧作中，不时出现司空见惯的漂亮语言、不曾体验的情感和相当原始的模仿行为，但是茨维塔耶娃始终主要沿着上述这个方向发展，由此方向继续，也就不难想象诗人20年代在国外创作的优秀作品。

673

6

康斯坦丁·阿里斯塔霍维奇·博利沙科夫（1895—1938）的创作可以在俄国未来主义的背景下予以考察（参看《未来主义》一章），但他本人则应当被视为纯粹的后象征主义诗人，因为他的诗歌爱好尽管相当"左"，却始终无法准确地界定。博利沙科夫是以勃留索夫流派的继承者身份开始创作的，长诗《未来》（1912年完成，1913年出版）证实了这一点。1912年他在自我未来主义的活动中心《下诺夫哥罗德人报》上发表作品。1913年加入了"诗歌顶楼"小组，出版了诗集《戴手套的心》。之后他完成了一个极其重大的转变，同立体未来主义关系密切起来（和"顶楼"的领袖瓦季姆·舍尔舍涅维奇一样），并应马雅可夫斯基的邀请，参与编辑了《处女地报》的"哀悼的乌拉声"版面，出版了定位于立体未来主义诗学的《事件的叙事诗》（1916）。而他的最后一本诗集《冲力已逝的太阳》（1916）却由"离心机"出版社出版，该社主要出版本小组成员的书。可见，四年内博利沙科夫至少三次改弦易辙，变换所属派别，这一方面证明他始终定位于俄国后象征主义的"左翼"，另一方面说明他想拥有自由，不愿受派别教条和诗学原则的约束，而一些教条和原则之所以被他轻松接受下来，也仅仅是因为他在某个时期与这个或那个未来主义派别的原则相吻合。

关于博利沙科夫诗歌创作的相对自由，哪怕用诗人最后一本、也是最具代表性的诗集的一系列赠诗就可以说明，诗集中写给马雅可夫斯基、莉莉娅·布里克、帕斯捷尔纳克、拉·利西茨基、谢·博布罗夫的诗和献给另一些取向完全不同的作家（如勃留索夫、霍达谢维奇、库兹明、尤·尤尔昆、康·利普斯克罗夫）的诗被放在了一起。而且书中个别章节或诗篇引用的题词同样说明问题：皮埃尔·龙沙（博利沙科夫曾在勃留索夫的坚持下翻译过他的作品）[46]，朱尔·拉弗格，一个既受象征主义诗人景仰，又受温和的未来主义诗人尊敬的诗人，被勃留索夫复活的卡罗琳娜·帕夫洛娃，极其古典的阿里弗莱·德·维尼，兰波[47]和赫列布尼科夫。这样一来，作者本人标示出了自己无论对象征主义诗人还是对未来主义诗人同样都富有魅力的取向。

和20世纪10年代初大多数莫斯科诗人一样，博利沙科夫也是在勃留索夫的赞许下开始发表作品。勃留索夫一贯密切关注文学发展进程，1912—1913年间他恰好被称为"温和"未来主义的新的典型特征所吸引。勃留索夫认为，"温和派在承认诗歌中'形式'的首要意义的同时，使用形式来表现出某种崭新（在他们看来）的'内涵'，而极端派则除了'形式'以外，什么都不知道，也什么都不想看见。"[48] 被勃留索夫归入温和派的，首先是大部分自我未来主义者（谢维里亚宁位居前列），"诗歌顶楼"小组和留里克·伊夫涅夫。他不仅向门

674

生们推荐这些诗人的写作风格（比如，很说明问题的一点是，纳·利沃娃晚期开始进行自我未来主义风格的实验），还亲自进行尝试，如模仿这种风格写成了《涅利的诗》和《涅利新诗》（未出版）[49]。对于他和其他评论家而言，这类未来主义无疑和象征主义的成就有着直接的基因联系。

在博利沙科夫的创作中，这一联系更加清晰。比如，1913年出版的《未来》从外表看完全属于俄国未来主义诗歌类型：手抄本，石版印刷，书中的版画出自纳·冈察洛娃和米·拉里奥诺夫的手笔，书名本身也包含未来主义的关键词。而书的命运呢，和其他未来主义出版物一样，也不知是在问世前还是在问世后立刻被查禁。不过小型叙事诗的文本则和勃留索夫极负盛名的作品《白马》尤其相像。相似之处在于极度简单化的尼采哲学，幻想新一代"超人"突然出现，以取代周围庸人们的疲惫躯壳。而第一行诗——"我们处在可能的边缘"[50]——就可能在勃留索夫的诗作中碰到过。不过在老诗人那里，它会和无比严整的上下文相协调，而在博利沙科夫的叙事诗中，它却落入参差不齐的诗行里，为数不多的好诗句也被淹没了。

诗集《戴手套的心》则要完善得多（书名借自朱尔·拉弗格）。这本书也是在1913年由诗歌阁楼出版社出版，反映出了这一派别的取向。当时该派的领导人——年轻的瓦季姆·舍尔舍涅维奇，未来的"意象派弹唱诗人"（霍达谢维奇的话）——刚刚开始写诗，正在紧张寻找自己的诗歌个性。"诗歌阁楼"处于自我未来主义和立体未来主义的十字路口，并试图在自身创作中把象征主义的成就同未来主义的主题和个别手法结合起来（因此就连勃留索夫、纳·利沃娃，甚至连霍达谢维奇那写诗相当业余的妻子安娜·伊万诺夫娜也都参与了该派别的出版工作）。这一点在十八岁的博利沙科夫身上表现得尤为明显。以下面这首诗为例。这首诗的大部分诗句如果不是和年轻的马雅可夫斯基一样，就是和达维德·布尔柳克相同，有意不追求审美效果，而结尾处则平静地转入了"未来主义的纨绔子弟做派"（弗·费·马尔科夫语），这一做派甚至还不是借自伊戈尔·谢维里亚宁，而更有可能来自伊戈尔·谢维里亚宁为数众多的模仿者中的某位：

675

好似工厂高高的煤烟烟囱，

给我的睫毛挂上忧伤的黑天鹅绒，

愤怒的眼神缓慢地织补，

恶狠狠把一口痰吐向灰色天空。

醉醺醺的蒸汽穿过发霉的门，

紧握结实的灰白二头肌。

珠宝匠制作费时费心的钟表。

工厂里倾倒出万千话语。

电灯眨着眼睛，羞怯地进门，

疲惫和灰蒙蒙的白天调情。

那美第奇家族最优秀的女子，

昼夜接客，生意兴隆。

  崇高诗意和审美情趣的缺失极其偶然的融合，也是博利沙科夫那一时期其他作品的典型特点。这一点大概更多地表现在诗歌《城市的春天》里。这是他那些年最受欢迎的作品，博利沙科夫定期在各种小组和沙龙中朗诵它：

春天从心里捧出葱茏的绿，

为原野涂抹淡紫铃兰欢乐。

出示护照在寂静中做梦，

亲吻中与鸟鸣声相融合。

Эсмера́ми，вердо́ми труве́рит весна，

Лисилея́ полей элило́й алие́лит.

Визиза́ми виза́ми снует тишина，

Поцелуясь в тише́нные ве́реллоэ трели...

  这首诗的"玄妙性"当然源自立体未来主义的"词本身"理论，模仿刚刚

发表在《给社会趣味一记耳光》（1912）上的赫列布尼科夫的《波贝奥毕——嘴唇唱道……》，以及模仿克鲁乔内赫的各种诗歌实验。但是音调和谐的悦耳构词、十一行诗句中三次重复出现的极为讲究的"捧出"（《труверит》）、独特的叠句诗节，这一切都特别像谢维里亚宁的诗，始终浸透着诗人的号召："让饭菜香味飘到大街，把狂野化为歌曲！"

676

甚至连博利沙科夫这本诗集的名字也跟舍尔舍涅维奇的《浪漫主义的香粉》和弗谢沃洛德·库尔久莫夫的《扑粉的心》相像（两本书都在1913年出版），这并非偶然。《浪漫主义的香粉》完全坚持非未来主义的后象征主义精神。而弗谢沃洛德·库尔久莫夫同未来主义毫无关系。由此可以清楚地看到，博利沙科夫最初尝试写作时学习了象征主义的经验，以及谢维里亚宁那些早就被奉为经典的名诗（尽管谢维里亚宁的第一本书也是1913年出版，但之前他已经名气很大了），借鉴了尚在形成中的立体未来主义的外在题材和个别手法 [51]，以及不同诗人身上体现出来的某种后象征主义的共同特性。

不过博利沙科夫逐渐地越来越"左"倾。他在创作方面更频繁地实践和马雅可夫斯基类似的诗学，只是这个演变过程受到了库兹明的强大影响。[52] 1914—1916年间博利沙科夫定期为立体未来主义的各类选集撰稿，如《死寂的月亮》《缪斯的春天契约办事处》《莫斯科大师》，参与编辑了《处女地报》上马雅可夫斯基所负责的版面"哀悼的乌拉声"。这一切都让人把他看作一个彻底的立体未来主义者。比如1920年勃留索夫写道："十年前，在未来主义诞生的时代，康·博利沙科夫就作为这个运动一个最有天才的代表诗人而受到批评界的关注。" [53] 这些话起到了推波助澜的作用。而十分了解博利沙科夫的霍达谢维奇却略带遗憾地写道："博利沙科夫先生的不幸就在于他是个未来主义诗人。公正地说，他是该运动在俄罗斯的创始者。这么说吧，他天生就是个未来主义诗人，而不是后天形成的。" [54] 实际上，从各方面来看，恰恰是博利沙科夫多变的创作促成了这种观点。而且同一个霍达谢维奇在评论《事件的叙事诗》时指出，叙事诗仅仅长着一副"未来主义"的面孔，这也并非没有缘由。

这里我们可以把博利沙科夫当作一个演变中的诗人来谈论。其演变过程和帕斯捷尔纳克在20世纪10年代下半期重要的创作演变相似。帕斯捷尔纳克既可以被视为活跃的未来主义诗人，俄罗斯先锋派诗歌最杰出的代表，又可以被当作与未来主义对立的诗人，而且后者的理由和前者一样充分（首先根据诗人本人在50年代的言论）。在某种程度上，博利沙科夫也是这样。他看到了先锋派诗学所实践的俄罗斯诗体新可能（他一边接受下来，一边又努力发展这些形式），然而博利沙科夫使用它们，并非为进行形式实验，而是想表达复杂的抒情内涵。谈到博利沙科夫时，帕斯捷尔纳克首先称他为"真正的抒情诗人"、"无可争辩的抒情诗人"[55]，这并非偶然。帕斯捷尔纳克认识到，"博利沙科夫常用的表现手法是这样的：就仿佛一个不熟悉各种诗歌奥秘之陈腐的人，在戏拟当代生活时，就有可能会如此进行思维"。[56]

对于这些年中帕斯捷尔纳克与博利沙科夫相似的诗风，拉·弗莱施曼已进行了细致的研究。[57] 不过我们要看到，即便在非常接近立体未来主义的时期，博利沙科夫依然在一定程度上保留了自己的独立性。譬如，在唯一一次尝试写作上文引用过的"玄妙"诗之后（特别是博利沙科夫没有把它选入带有总结性的诗集《冲力已逝的太阳》），他放弃了一切意义上的"玄妙"尝试，也不再随便创造新词，而使用更复杂的词法句法手段。[58] 和带有未来主义倾向的都会主义一样，反唯美主义也变得更为温和。最接近马雅可夫斯基早期诗歌的轻重音节诗则使用得相当有限（首先限制在军事题材内）[59]。与此同时，博利沙科夫不仅在杂志上（为赚取稿酬），还会在书里收录十分传统的诗作《英国》。这首诗被列入该时期的"军事"诗歌大系列，而未来主义诗人根本不可能写这样的军事诗歌。由此表明，未来主义仅仅是博利沙科夫使用的手法之一。

博利沙科夫随后的生活和文学道路也证明，诗人更倾向于非未来主义的生活方式和创作类型。[60] 这样一来，博利沙科夫在接近艺术的"极左"派的同时，保留了某种内在的独立性，从而有可能把他当作一个最大限度地实践后象征主义可能手段的作者来评论。他的这种后象征主义虽以未来主义为方向，但在各个方面并非都与未来主义相吻合。从这一点来讲，把帕斯捷尔纳克十月革命前的创作列入俄国未来主义会合情合理得多。

注释：

　　1　我们想指出，库兹明曾写道："阿克梅主义非常愚钝荒唐，这个海市蜃楼很快就会消失。"（库兹明，《网中的鱼鳞》，载《射手》，第三辑和最后一辑，彼得格勒，1922，100

页。）霍达谢维奇在他的回忆录中对"诗人行会"和阿克梅主义曾表示极不赞许的评价（参见：《霍达谢维奇文集》，四卷本，莫斯科，1996，第4卷，85-89页）。萨多夫斯科伊对阿克梅派的活动提出过尖锐批评，并打算出版带有反行会和反阿克梅主义倾向的丛刊（或杂志）《伽拉忒亚》（详见：《文学遗产》，莫斯科，1982，第92卷，第3册，414-415页）。关于米·洛津斯基，阿赫玛托娃曾这样写道："阿克梅主义产生的时候，米哈伊尔·洛津斯基是我们身边最亲近的人。不过他即便是作为我们《许珀耳玻瑞亚》杂志的编辑、诗人行会的一个主要成员和我们大家的朋友，始终也不想放弃象征主义。"（《安·阿赫玛托娃作品集》，第2卷，223页；还可参阅尼·古米廖夫对洛津斯基唯一的一部诗集《山泉》的评论：《尼·古米廖夫作品集》，三卷集，第3卷，156-158页）

678

2 对这两位诗人创作的详细研究，参见一部细致的研究著作：弗·尼·托波罗夫，《20世纪初俄国诗歌史中的两章》，载《俄罗斯文学》，1979，第7卷，第3册。

3 有关他们初步资料见：罗·达·季缅奇克，《关于〈阿克梅主义时期的彼得堡诗歌选集〉》，载《俄罗斯文学》，1977，第5卷。

4 关于"《萨蒂利孔》派"诗人，请参阅本书第1编有关章节。

5 把这一系列诗人视为从象征主义到某个新流派的过渡时期的作家的思考，参见：扎·格·明茨，《关于"象征主义危机"时期（1907—1910）的研究：引论》，载《塔尔图大学学术论丛》，塔尔图，1990，第881期；《亚·勃洛克和俄罗斯象征主义：文本和体裁问题，论勃洛克文集，第10册》。

6 详见：《勃洛克与皮·伊·卡尔波夫》，康·马·阿扎多夫斯基刊行，载《亚历山大·勃洛克：研究与资料》，列宁格勒，1991；《维·伊万诺夫写给皮缅·卡尔波夫的信》，尼·弗·科特列廖夫刊行，载《俄罗斯思想》，《文学附刊》，附刊第9期，1990年4月6日，总第3822期。

7 《霍达谢维奇文集》，四卷本，莫斯科，1996，第4卷，190页。

8 同上，第3卷，173页。

9 霍达谢维奇，《维克多·维克多罗维奇·霍夫曼：传记随笔》，载《维·霍夫曼文集》，两卷本，莫斯科，1917，第1卷，15-16页。

10 详见：亚·瓦·拉夫罗夫，《论霍达谢维奇与安德列·别雷"感伤的诗篇"》，载《新近问世的小品：瓦·埃·瓦楚罗六十寿辰纪念文集》，莫斯科，1996—1998。

11 参见：《霍达谢维奇诗选》，列宁格勒，1989，大诗人文库，361-362页。

12 尼·弗·科特列廖夫，《有纪念意义的图书日》，莫斯科，1989，134页。

13 《霍达谢维奇文集》，第4卷，389页。

14 参见：尼·亚·博戈莫洛夫，《霍达谢维奇抒情诗对普希金时代诗歌的接受》，载《塔尔图普希金学术研讨会》，塔林，1989。

15 霍达谢维奇，《摇晃的三脚架》，莫斯科，1991，235页。

16 参见：《维·伊万诺夫文集》，布鲁塞尔，1974，第2卷，537-561页等。

17 甚至像尤·尼·特尼亚诺夫这样细腻的研究家和批评家都写道："普希金和巴拉丁斯基双音步抑扬格诗及其手法中的斯莫棱斯克市场当然是我们的东西，我们时代的东西，但作为诗的东西，它不属于我们。"（特尼亚诺夫，《诗学、文学史、电影》，莫斯科，1977，173页）关于《斯莫棱斯克市场》双音步抑扬格真正的起源，参见：尼·亚·博戈莫洛夫，《20世纪前三分之一的俄罗斯文学》，托木斯克，1999，365-366页。

679

18 别雷有两篇文章论霍达谢维奇：《当今诗歌中的伦勃朗式真实》（《空想家札记》，彼得格勒，1921，第5辑）和《沉重的里拉琴与俄罗斯抒情诗》（《当代札记》，1923，第15辑），霍达谢维奇自己则回忆了维·伊万诺夫对他那几年诗歌特点的精辟理解。很可能可以说，霍达谢维奇的诗对维·伊万诺夫的《冬天的十四行诗》产生了影响，后者之中充满了革命后莫斯科饥荒年代的各种特征。

19 勃留索夫，《漫步诗林》，616页。我们姑且把对勃留索夫而言最本质的、清晰鸣响在这篇文章中的政治泛音弃置一旁。

20 吉皮乌斯，《"标记"：论霍达谢维奇》，载《新生报》，1927年12月15日。也可与别雷的上述文章进行比较。

21 在这种情形下我们是在广义地理解"新古典主义"（根据在一些虽然简短，却极具价值的命题中勾勒出的一个概念，见：尤·赫尔佩林，《论20世纪俄罗斯诗歌中的"新古典主义问题"》，载《第26届大学生学术会议大会材料》，塔尔图，1971），并不将其归入20世纪初集结在"新古典主义者"称谓之下的那些诗人的创作活动中（如尼·扎哈罗夫—门斯基、纳·吉利亚罗夫斯卡娅、尼·米纳耶夫等）。

22 在阿克梅主义者的名单中没有提到他——这份名单是古米廖夫寄给勃留索夫的，作为对新流派本质特征的某种解释（参见：《文学遗产》，莫斯科，第98卷，第2册，512页）。安·阿赫玛托娃坚决否认他属于阿克梅派（《安娜·阿赫玛托娃手记：1958—1955》，莫斯科、都灵，1996）。根据曼德尔施塔姆和米·津克维奇的说法，曼德里施塔姆夫人写下了这件事（娜·雅·曼德尔施塔姆，《第二本书》，莫斯科，1990，48页）。

23 瓦季姆·克莱德专为伊万诺夫的早期创作而专门写的《格奥尔吉·伊万诺夫的彼得堡时期》（康涅狄格州奥兰治，1990），在我们看来这本书相当肤浅。

24 《勃洛克文集》，八卷本，莫斯科、列宁格勒，1962，第6卷，337页。

25 试比较勃洛克日记中的记载：同上，第7卷，98页。

26 文本见：卡赞斯基，《未来主义的第一年》，载《深渊上空的群鹰》，圣彼得堡，1912。再版收录于：《俄罗斯未来派的宣言与纲领》，弗·马尔科夫编，慕尼黑，1967，27页。

27 格·伊万诺夫、伊·奥多耶夫采娃，《给弗拉基米尔·马尔科夫的信》，科隆、魏玛、维也纳，1994，30页。

28 《古米廖夫文集》，莫斯科，1991，第3卷，101-102页。

29　1912年春，谢维里亚宁就已向勃留索夫抱怨说，伊万诺夫离开"自我诗歌学院"；而1913年中，他撰文说他不想在自我未来派中挂名。详见：尼·亚·博戈莫洛夫，《双重眼界的天才》，载《文学问题》，1989，第2期，121-123页。

30　《古米廖夫文集》，第3卷，155-156页。

31　不久前路易·艾伦试图将诗集《花园》描述成一本由"阿克梅派"特征转向决定了所谓"巴黎声调"诗学的晚期特征的过渡之书（《格·伊万诺夫的〈花园〉与〈蔷薇〉》，圣彼得堡，1993）。

32　《茨维塔耶娃文集》，第7卷，莫斯科，1994—1996，623页（以下在正文中标明卷数和页码）。

33　这一主题在奥·亚·克林格的一篇文章里有所涉及：《安·阿赫玛托娃和玛·茨维塔耶娃创作构思中的勃留索夫的艺术发现》，载《1983年勃留索夫学术研讨会》，埃里温，1985。

680

34　勃留索夫，《漫步诗林》，336页。

35　同上，339页。

36　同上，340页。

37　同上。

38　同上，372页。

39　比如诗集《白银时代100名女诗人》里的例子不胜枚举。霍达谢维奇曾就此尖刻地写道："诗歌特殊的'女性色彩'开始得到比先前高得多的评价。需求带动了供给……琐碎的私密生活是妇人诗歌的必要内容。女诗人们想方设法证明自己不是普通意义上的人，而'仅仅是女人'，与一切大事要事无关的女人，一个除了自己谁也不了解、也不想了解、只想私密地耍小性子的女人。"（《霍达谢维奇文集》，第1卷，472页）

40　关于诗歌的"强烈"概念，在谈到阿赫玛托娃以及整个阿克梅主义时被常常提起（在各种层面上）。参见：罗·达·季缅奇克，《阿克梅主义短评》，载《俄罗斯文学》，1977，第7-8期。

41　对这种关系的演变以及它在茨维塔耶娃和帕尔诺克的诗歌作品中的体现，索·波利亚科娃在书中进行了详细分析。请见：索·波利亚科娃，《日落的那些日子：茨维塔耶娃和帕尔诺克》，安娜堡，1982。（该书的标题有一个技术性的错误：它应该用茨维塔耶娃的话命名——《非日落的那些日子》。）再版见：索·波利亚科娃，《〈奥列伊尼科夫和关于奥列伊尼科夫〉以及其他论俄罗斯文学的作品》，圣彼得堡，1997。

42　特别要参阅：弗·尼·托波罗夫，《"没有面孔和名字……"（论象征主义形象之联想）》，载《第四届派生模拟体系暑期学校报告提纲》，塔尔图，1970。

43　可以推测，"两个昏暗的月亮"和勃留索夫极负盛名的《创作》一诗有联系。该诗有如下诗句："天蓝色的月亮下一轮裸月升起。"（1914年初，正当茨维塔耶娃写这首诗的时候，霍达谢维奇在一篇细致的文章里详细分析过《创作》。）而勃留索夫的另一首诗《失眠》，从时间来看，可以算作时间最近的梦游症主题的潜在文本。诗中月亮召唤女人离开"昔日的恋人"，"去到一个自由清冷的空间"。其他著名样板中，我们还要提一下巴尔蒙特的《月光》。

44　例如，试比较组诗最后一首的诗句"既没有信件，也没有戒指作纪念"，还有"在天堂的港湾请为我祈祷，不要再有别的水手"，完全是勃洛克式的诗句。

45　关于走进安谧的隐喻含义见：《圣经》，希伯来书，第3—4章；"请降临（гряди）"或源于婚礼仪式中的话"亲爱的，请走近（гряди）"，或改编自"我必快来（гряду）"（《圣经》启示录，第3章第11节及其他诸多经文）。

46　这一点在博利沙科夫极富自传色彩的长篇小说《第一百零五天的元帅》（莫斯科，1936）中讲到过。这些作品的翻译我们没见到。

681

47　关于兰波的诗歌对象征主义诗人的重要意义，有很多论述。达维德·布尔柳克最有名的诗作之一《每个人都年轻，年轻，年轻》就是对兰波诗歌的自由改编，知道这一点的人就少得多了。

48　勃留索夫，《漫步诗林》，430—431页。

49　参见：亚·瓦·拉夫罗夫，《〈涅利新诗〉——勃留索夫的文学神秘化》，载《文化经典·新发现·1985年年鉴》，莫斯科，1987。

50　博利沙科夫，《未来》，莫斯科，1913，2页。试比较勃留索夫的诗句，如"我们被抛进渺茫的空间"。

51　不过，勃留索夫在分析博利沙科夫和其他"温和未来主义诗人""技巧上的勇敢"时，也曾公正地指出它们的模仿色彩。（《漫步诗林》，433页）

52　要更好地理解后象征主义共同的本质特征，必须看到，库兹明和马雅可夫斯基20世纪10年代后半期的创作有许多共同点（有文章对此作过分析，参见：列·谢列兹尼奥夫，《米哈伊尔·库兹明和弗拉基米尔·马雅可夫斯基》，载《文学问题》，1989，第11期）。

53　《文学遗产》，莫斯科，1976，第85卷，244页。

54　《霍达谢维奇文集》，第1卷，457页。

55　《鲍·帕斯捷尔纳克和谢·博布罗夫：四十年书信集》，玛·阿·拉什科夫斯卡娅刊行，斯坦福，1996，56、64页。

56　同上，64—65页。

57　拉·弗莱什曼，《帕斯捷尔纳克"未来主义"传记片段》，载《20世纪俄罗斯文学：美国学者的研究》，圣彼得堡，1993。

58　如参阅他的《无语法的十四行诗》（载《佩塔》，莫斯科，1916）或者弗莱施曼分析过的"破除语法"（同上，138—140页）。

59　参见：米·列·加斯帕罗夫，《现代俄语诗体：格律和韵律》，莫斯科，1974，454页。

60　关于这一点请参见我们为下列著作所写的序言：康·博利沙科夫，《俘虏的逃亡……诗歌》，莫斯科，1991。该书对博利沙科夫的诗歌进行了最全面的介绍。

第三十七章

新农民诗人与作家：

尼古拉·克柳耶夫、谢尔盖·叶赛宁等

◎纳·米·索恩采娃　撰／孔霞蔚　译

"新农民"作家 [1] 在一个时代的精神文化中有着特殊的地位，他们使城市人认识了罗斯农村的世界，认识了它过去的信仰、诗篇和当今的种种悲剧，认识了它的种种幻想和希望。该流派诗人和作家的创作活动集中于1900年代至1930年代。他们的作品表现了20世纪在体裁和宗教哲学方面的探索，这些探索一方面以传统学说为对象，另一方面，又受到了时代的悲剧性成分——历次战争、几度革命、集体化、没收富农财产及镇压运动——的制约。尼·阿·克柳耶夫（1884—1937）、谢·安·克雷奇科夫（1889—1937）、皮·伊·卡尔波夫（1887—1963）、谢·亚·叶赛宁（1895—1925）、阿·阿·加宁（1893—1925）、亚·瓦·希里亚叶维茨（1887—1924）、彼·瓦·奥列申（1887—1938）、同以上诗人关系密切的帕·亚·拉吉莫夫（1887—1967）以及20世纪20年代涉足文坛的帕·尼·瓦西里耶夫（1910—1937）并不是一个有组织的统一的创作团体。他们没写过一份文学宣言和声明，没创办过一份团体杂志，但他们在哲学观点和美学倾向方面的某些共同特点，却使人们在谈及他们时，把他们当作了一个固定的文学团体。格罗杰茨基和列米佐夫1915年创建的小组"美"把新农民诗人和其他一些著名诗人联系在一起，这个小组和后来取而代之的小组"农忙期"一样，都存在了不长时间。

1

新农民诗人和作家的著作是在1900年代开始问世的，有克柳耶夫的诗集《松林呼啸》（1911）、《兄弟之歌》（1912）、《森林的故事》（1913）、《世俗的沉思》（1916）、《铜鲸》（1918）；克雷奇科夫的诗集《歌集。忧伤–快乐。——拉达。——鲍瓦》（1910）、《隐蔽的花园》（1913，1918）、《密林》（1918）、《拉达的指环》（1919）；叶赛宁的首部诗集《亡灵节》（1916），同年，他的著作《雏鸽》付梓，随后他的作品集《变容节》和《乡村日课经》（1918）问世；卡尔波夫的短篇小说《犁的旁边》、《聪明的俄罗斯农民》（1910），长篇小说《火焰——从农民的生活和信仰中升腾》（1913）单行本出版。新农民诗人踊跃地在期刊上发表作品。

总体来说，新农民流派的作家具有东正教意识。他们中有些人出身于旧礼仪派教徒家庭。但他们在1900年代至1910年代的创作中，却反映了俄罗斯宗教思想中异端教派的观念，譬如鞭笞派和阉割派的学说。他们中有些人的世界观明显表现出某些与托尔斯泰主义近似的观点。社会革命党的立场符合大多数新农民作家的政治利益。他们认为农民是一个社会主要的、富有创造性和建设性的力量，他们宁愿把俄罗斯的历次革命视作农民的、东正教的内容。在他们的美学观点和诗歌实践中，既显示了包括旧礼仪派文学在内的中世纪文学的传统，又显示了民间创作的世界观之基础和形象性。这种民间创作不仅保留了民族特色，而且保留了印欧文明普遍的、最古老的特点。

与新农民作家同时代的几个现代流派在体裁方面的探索所产生的影响，在新农民作家的作品中有所体现。新农民文学与象征主义有着不容置疑的深刻联系，但总的来说，"新农民"作品的诗学是后象征主义时期俄罗斯文学的一种现象，从中能够发现阿克梅派和先锋派的趋向。

新农民作家是自觉的神秘主义者。在他们的早期创作中，除极个别作品外，都没有把对女性的爱恋作为主题，他们的抒情诗与享乐主义格格不入；而社会革命党充满了崇高的精神，是经过改造的人，他们爱恋的对象是神。他们

683

在自己的创作中把白银时代各个旗帜鲜明的宗教哲学流派的某些传统结合起来，组成了20世纪初至20世纪30年代俄罗斯文学的一条隐秘线索。末世论是他们创作的内容。不论革命前、二月革命和十月革命期间，还是苏维埃政权时期，他们的创作内容都是一样的。正如伊万诺夫－拉祖姆尼克在文章《两个俄罗斯》（1917）中所说的，他们是"真正的末世论者，不脱离现实，而是脚踏实地、思想深刻、具有人民性的"[2]。

新农民诗歌的抒情主人公在神面前就像是孩子。加宁的诗句表现了一种直率、天真的宗教情感："而英明、温柔的神用眼睛／从神龛那边，寻找比沿岸更蓝的地方。"（《动听的岸》，1916。）[3] 克雷奇科夫诗歌的主人公"祈求忧心忡忡的严厉的上帝／实现那无法实现的愿望"（《童年》，1910，1913）。但是，在"新农民"的创作中也反映了具有本体论性质的一些观念，作品题材中的某些神话成分迎合了这些观念。

天堂是他们宝贵的精神财富的中心概念。与起源于《圣经》的"天堂"这一概念完全相符的形象，有葡萄园、花园以及与开花结果相关联的、在他们的作品中起点题作用的象征。从他们的诗歌中诞生了关于天堂、关于黄金时代的新的神话。克柳耶夫就曾经写道："永恒的世纪就要到来，／金黄麦穗的世纪就要降临"，／期待着它的人们"悠然自得"，他们是"世界田园的割麦人"（《我们的快乐，我们的幸福……》）。麦穗、收割——在奥列申的抒情诗里象征着神的恩赐："我熟悉睡梦中熟透的／麦穗的沙沙声和叮当声"，"体验过收割时的酷热白昼"（《克瓦斯》，1913—1922）。在新农民诗人的末世论意识中，在他们对世界发生不可思议变化的期待中，都显示了人间天堂的各种动机，这使研究者们断定他们的创作是一种人间千年天国说现象。对天堂的信仰在他们的意识中获得了历史语境，不知不觉取代了历史上关于天堂的正统思想。[4]

在克柳耶夫早期的创作中，天堂是同乡村、同农民的农舍结合在一起的。他编撰了关于大地的护身符的新神话，说它被至高无上的神失落在深不可测之处，人们徒劳地寻找它："搜遍地狱黑暗的柜箱，／连通向死亡的夺命入口也打开，／在时间这个吝啬鬼的钟表里，／在月亮的耳朵太阳的牙齿里寻找。"可是，"大地——万军之主的食物的碎屑"发现了护身符，把它编入自己的发辫，于是，"失落之物"便成为了乡村的生命。农民的世界展现出一派美好和谐的

684

面貌，它天然地就是如此："在黑暗中从烟雾笼罩的农舍走出来吧——／你会进入上帝唇边的沿海地带。"（《白色的印度》）在克柳耶夫的乌托邦里，农舍是"人间圣地，那里有壁炉后的秘密和天堂"，而庄稼汉被赋予了神秘的力量："烟雾在庄稼汉的手掌里绞缠。"（《农舍——人间圣地……》）宇宙与农民的世界彼此相似。不论在叶赛宁还是在克柳耶夫的意识里，高板床、顶棚梁都是同银河联系在一起的。克雷奇科夫创作了组诗《拉达的指环》（1910—1918），其中的女主人公宇宙姑娘正做着农民那具有宇宙意义的活计，而圣母修道院则是"天上的房舍"（《三臂人的形象……》，1910）；在《动听的岸》（1916）中，加宁进一步深化了同一主题："把胡须如雪、如暴风雪的／敬爱的爷爷从高板床上／领到了朝霞的足迹所经的道路，／带他去神的草地上刈草。"

如果说克柳耶夫在一个现实的但却具有双重世界的空间里预见了天堂，那么，卡尔波夫则力求在世俗的层面上分辨出它来。他的"光明的城市"就是俄罗斯："啊，金色的方舟，啊，光明的城市——／从东方到日暮的俄罗斯。"（《俄罗斯咒语》，1918）新农民诗人与象征主义者、未来派一样，把未来作为自己的定位。他们同样相信世界将得到拯救，相信在依旧一贫如洗的农舍里呈现出的和谐定会降临。加宁写道："我用明丽的、非世间所有的感情，／爱我的住宅，爱那罪孽深重的大地，／爱那忧郁而穷苦的乡土，／宛如爱从前的天堂。"（《早晨》，1915）

农民诗人期待着农民的现状发生改观，变成天堂，他们塑造了具有象征意义的弥赛亚的形象——"光明"、"神奇"、"尊贵"的客人和先知-牧人，根据路加与约翰福音书中的牧人形象和旧约中牧人之子阿摩司的形象创作了有关牧人的神话。牧歌结合了预言的功能，而农民被诠释为被神选中的、知晓天堂之路的人。克柳耶夫就曾经写道："大卫唱着牧人动听的赞美诗／哄扫罗入睡。"（《春天的尼古拉》）叶赛宁的抒情主人公是身处大自然宫殿、与宇宙休戚相关的牧人（《我是牧人，我的宫殿》，1914）。在他的《玛丽亚的钥匙》（1918）里，创作被形容为牧人的思想果实，牧人则被比作阿摩司。就连深奥的哲学箴言也含有把农民视为精神牧师的观点。尼采赋予查拉图斯特拉这样一种思想："农民本应是主宰者。"[5] 俄罗斯出版的托马斯·卡莱尔的《农民圣徒》中明确提出了一种观点：农民将带领人类进入一个崭新的拿撒勒。《共同事

685

业的哲学》的作者尼·费奥多罗夫认为，与工业和资本不同，只有农业同富有创造性的自然力密切相关，而对于乡村来说，城市人的学识是致命的。

新农民作家们常常发现自己和彼此身上具有先知的才干。"与查拉图斯特拉比肩的将是叶赛宁——／梁赞大地的庄稼汉。"克柳耶夫曾经这样写道。他倾向于普济主义，把俄罗斯与东方视为统一的空间（《故乡，我有罪，有罪……》，1919）。因为诗歌作品被比作了放牧，所以克柳耶夫把宗教诗歌称为金角牧群。克雷奇科夫在塑造了牧羊人这一抒情主人公之后写道："而歌声如羊群／在那晨雾蒙蒙的河边……"（《我要不停歌唱，既然我是歌手……》，1910—1911）。

农民诗人作品中具有预言作用的、崇高的大自然，一方面是他们富有个性甚至私密性的创作的特点，另一方面，又与鞭笞派教徒固执地自命肩负着特殊使命相关。鞭笞派抱有这样的观念：死者能够脱离人的肉身，变容为基督或圣母。这种观念得到了以旧礼仪派为世系宗教根基的作家们的认可。克柳耶夫、卡尔波夫、克雷奇科夫都是旧礼仪派教徒，叶赛宁也倾向于认为旧礼仪派是自己的家庭文化的根基。克雷奇科夫始终对各种邪教漠不关心[①]，其他新农民诗人不同程度地受到了它的影响。一定的历史条件和认识论立场有可能成为消除各种邪教信徒与保守的旧礼仪派信仰之间隔膜的基础。阿瓦库姆深信，"喜欢新鲜事物的人们由于离开了真正的神而丧失了神性"[6]，他信念中的那种不可调和性在邪教与教会的关系中也是存在的。阿瓦库姆式的不肯屈服或许是卡尔波夫和自视为阿瓦库姆后代的克柳耶夫之所以认同鞭笞派教徒的狂热和勇敢精神的心理动因。此外，不论邪教信徒还是旧礼仪派教徒，在历史上都是迫不得已而采取反对派立场的：首先，教会拒不认可旧礼仪派徒和邪教信徒的神职体系；第二，在1905年宣布信仰自由之前，不管是前者还是后者，都不享有人人平等的公民权利，因为在教会之外，并不存在有关公民行为的契约。

686

明显带有鞭笞派色彩的民谣、总体带有鞭笞派色彩的观念形态和阉割派的观念形态一样，在克柳耶夫的诗中得到了明显的体现。有理由认为他的《兄弟

---

① 这里和下文的"邪教"（секты，сектантство）指的是鞭笞派、阉割派等俄罗斯民间非主流小教派，它们的教义相比正统东正教、旧礼仪派东正教有很大的出入，而且还奉行跳神、自残等残酷仪式，但尽管如此，这种"邪教"仍与20世纪后半叶兴起的各种邪教有很大区别。——译者注

之歌》是鞭笞派的赞歌。向天国、向不朽的花园行驶的舰艇和巨轮的象征意义反映了鞭笞派的乌托邦思想。卡尔波夫抒情诗的情节之一，是罗斯被抢婚抢到了鞭笞派教徒中间。在白银时代的文化中，新农民诗人的异端情结并非一种特殊现象，他们有机地加入到同时代作家在意识形态方面的探索活动中，这些作家把国家"抢婚"抢到了自己的乌托邦理想中。无论梅列日科夫斯基的新基督教，他在《艺术世界》上发表的作品《托尔斯泰与陀思妥耶夫斯基》中关于第三约言、关于"作为第一次降临的完成与补充的第二次降临、关于在圣子的统治之后未来的圣灵天国"[7]之思想的表述，抑或马雅可夫斯基的《战争与世界》（1916）、《人》（1917）中未来派对新人和新时代的预见，都是那种乌托邦。鞭笞派的学说成为克柳耶夫与卡尔波夫革命精神的宗教基础，两人在1915—1916年间关系密切。使他们走到一起的既有观点上的异教色彩，又有对变革俄罗斯社会和道德面貌的渴望。卡尔波夫和叶赛宁也是在那段时间认识的。

但与此同时，任何一位新农民诗人都不认为自己属于某个宗教团体；事实上，他们的创作各具价值，而鞭笞派等等倾向，不过是创作上或世界观方面的探索倏忽即逝的现象而已。或许，"邪教文化对诗学的影响"，仅仅是诗人借以显示才华的游戏、大师的怪念头罢了。后来，人们抑制了对邪教的信仰，或从旧礼仪派或从正统教会中寻求安慰，这一点的原因首先又是诗人们悲剧性的个人经历：自20世纪20年代以后，政治和意识形态方面的迫害使他们的命运变得复杂起来。

卡尔波夫步入文坛的标志，是他关于农村生活的若干访谈和发表在《涅瓦》《俄罗斯言论》上的、以民间文学传统作为其诗学基础的诗歌。较之于克雷奇科夫、克柳耶夫和叶赛宁的天赋，毫无疑问，卡尔波夫在文学方面的潜质略逊一筹。但恰恰是在他的作品中，明显地反映出了时代的异端倾向。邪教运动是他1913年问世的长篇小说《火焰——从农民的生活和信仰中升腾》的主题。[8] 小说围绕拥有狂热信徒的邪教和他们通往人间天堂——光明之城——的精神道路展开叙述。作家诗化了邪教信徒的信仰，形容他们是热爱邻人的基督教徒和多神教中富有战斗精神的崇拜太阳的人。他们既相信神，又和晚些时候写下《乐土》（1918）的叶赛宁一样，不接受其带着旧约色彩的残酷。鞭笞派对肉体的崇拜在他们创作的关于神子——遁世者——的神话中有所反映：万军之主在"盛怒之下"杀死人子，"天之信使"违背他的意志，视子为"结合了天民与地民、灵与肉、爱与恨，从大地上复活者"，但神子因"胆敢拒不服从"而被自有永有的万军之主抛到了人间。天之子爱上了大地，他为参加战斗的火焰人之领袖克鲁托戈罗夫志士福，因为人们都应该成为神。[9]

在这个以鞭笞派内容为基础的情节中，表现了关于万军之主的残酷无情和不恰当的武力的异端主题。这个主题是古老的，在旧约中就已经出现了。耶利米、约伯、传道者允许自己有自由思想，对神创造的世界之有失公允和不符合逻辑之处进行思索，认为在这个世界上，大地"空虚混沌"（耶利米书4：23）；在这个世界上，"我见日光之下所做的一切事，都是虚空，都是捕风"（传道书1：14）；在这个世界上，认识与屈辱相伴；在这个世界上，无辜者因万军之主的意志而不公正地遭受苦难，承认自己无能："……并没有能救我脱离你手的。"（约伯书10：7）

志士们准备为正义，其中也包括社会正义而战，这是卡尔波夫所有作品中占主导地位的主题，与旧约里的箴言也相符合："我见过仆人骑马，王子像仆人在地上步行。"（传道书10：7）同一个主题也响彻在奥列申的抒情诗中："一贫如洗者将成为贵族。"（《金色的犁》，1913）卡尔波夫指出地主和城市是庄稼汉的两大仇敌。宫廷高级侍从格杰奥诺夫——一个受胎于恶魔的反基督者——摧毁了各地的修道院，把笃信宗教的禁欲苦修者流放到西伯利亚，在俄罗斯各地作黑弥撒，使教会听命于自己，他是俄日战争悲剧的罪魁祸首。城市的形象在新农民的作品里成为恶的象征。在长篇小说里，鞭笞派教徒远征城市代表着为了真神而进行的斗争。庄稼汉们劝告城市人："听到了吗，松树的喧哗？……星星的叮当？……大地的低语？……所有这一切——都是神！……可是吸血鬼迷惑了神灵。"[10]

作者喜欢把《火焰》里的形象看作是表现整个世界渴望改变面貌的象征。[11] 象征主义美学在卡尔波夫的诗歌里也有所体现，不论双重世界、神秘拯救、消除世界灾难的主题，还是暗示诗学，在他的诗歌中都非常典型："玫瑰用月光施展魔法，／花开时节落满露水的花园，／我是否会相信我那神秘之星的／各种魔法和征兆？"（《玫瑰用月光施展魔法……》，1911）他认识维·伊万诺夫、梅列日科夫斯基、勃洛克、别雷和菲洛索福夫。在俄罗斯国立

688

文学艺术档案馆里保存的他的回忆录中 [12]，包括有与勃留索夫、梅列日科夫斯基和勃洛克相关的资料，这些资料虽然有些故弄玄虚，但就其内容而言既符合时代精神，又与新农民作家和象征主义者的关系的实质相符。邪教运动同样吸引了象征主义者，他们试图从历史的角度对邪教信徒公开的反教会性做出解释。譬如明斯基，他的文章《关于宗教良心的自由》发表在1903年《新路》杂志第1期上，就把基督视为自由思想者、法利赛人眼中的邪教徒。勃洛克把卡尔波夫的长篇小说和瓦·斯文齐茨基的《反基督》相提并论，认为他的小说近似于一场暴动，塑造了热切关注革命的俄罗斯的形象。[13]

紧跟在《银鸽》（1909）之后完成的《火焰》，或许可以看作卡尔波夫与安德列·别雷的论战。在《银鸽》里，以领袖库捷雅罗夫为首的鸽子邪教，代表着毁灭了知识分子的愚昧无知的民众力量的联合。安德列·别雷认为鞭笞派对个性构成了暴力威胁。他所指的既不是忠诚于教会和有能力改变俄罗斯面貌的健康的民众力量，也不是令人敬仰的教会。这一度令谢·布尔加科夫颇为尴尬，后者与"俄罗斯灵魂中特殊的、黑暗的、东方的东方"，与库捷雅罗夫派相反，渴望看到"萨罗夫之光"[14]。而卡尔波夫认为，精明强干的、变革性的宗教力量首先并不是正统教会，而是作为民众宗教意识之显现的邪教。他在给瓦·瓦·罗扎诺夫的信里写道："……到目前为止，没有人了解我书里所描绘的世界，而这世界——是属于未来光明之城的全新世界。"[15] 他还告诉罗扎诺夫，他相信死气沉沉的基督教之爱是"卑鄙和伪善的"。[16]

689 新农民作家的宗教意识既体现了鞭笞派的激进主义，又体现了多神教的信仰，不过，不应当在其中寻找折中主义。不同派别意识形态倾向的统一是有认识论方面的根源的。在就弗·邦奇–布鲁耶维奇的文章《新的以色列》（1910）对鞭笞派的实质和起源的结论进行探讨时，《俄罗斯邪教研究》这篇文章的作者德·菲洛索福夫，以卡尔·格拉斯 [17] 的著作为依据，明确指出："多神教的成分在鞭笞派中，毫无疑问，是存在的……"[18] 他赞同格拉斯的观点，并将鞭笞派从东方和希腊的自然哲学中推导出来。与此同时格拉斯还曾经断言："俄罗斯的鞭笞派信徒是经由保加利亚随基督教一起进入俄罗斯的、古老的、东方基督教灵知的模仿者。"[19]

有关基督教和多神教观点的主题在克雷奇科夫的创作中得到了艺术的体

现。与克柳耶夫不同，旧礼仪派教徒出身没有使克雷奇科夫成为一个具有宗教气质的人和宗教文士。他的信仰带有一种本能性和直觉性，在他的诗歌和20世纪20年代的长篇小说（《甜蜜的德意志人》《切尔图辛诺的陶壶》《世界公爵》）中，这种信仰与表达了独特的泛心论观点的多神教形象结合在了一起。

与谢·索洛维约夫和埃利斯的相识决定了克雷奇科夫在文学方面的倾向性：他参与了由"缪萨革忒斯"社出版的《诗选》（1911）的创作；"阿尔刻俄涅"出版社推出了他的诗集《歌集》（1910）、《隐蔽的花园》（1913）；1900年代的诗也被收进了诗集《拉达的指环》（1919）、《密林》（1918）中。和象征主义者的抒情诗一样，克雷奇科夫早期的创作，也表现了浪漫主义的主题。他笔下的抒情主人公孤独而忧郁，具有二元世界的思想；诗歌里主要的形象有隐蔽的花园、河岸、远方和异域；出现了对于20世纪20年代他的小说结构来说至关重要的梦幻情节，表现了亲人的灵魂无法结合的典型的浪漫主义主题。和象征主义者的很多作品一样，克雷奇科夫的抒情诗也带有宗教色彩。譬如在《三臂人的形象……》（1910）一诗中，就揭示了人的道路是预先确定的这个主题。三臂人给人指出了三条道路：第一条是愉快之路；第二条是忧郁之路，"通过幽暗的云杉丛进入修道室"；第三条是"前无古人的"神秘之路。但是，在克雷奇科夫的抒情诗具有象征意义的情节和形象中，基督教传统又是和多神教传统相互交织的。克雷奇科夫塑造了为大自然所听命的神秘的古代长老的形象（《在云杉林中……》，1912—1913）；老树精是克雷奇科夫塑造的众多形象之一（《老树精在峡谷中站起身来……》，1912—1913），这个形象后来成为其散文的一个中心人物；出现了多神教中裹着包脚布——灰蒙蒙的乌云——的巫师的形象（《在远方火红的云中……》，1910，1918）。

克雷奇科夫构思的诗歌富有神话色彩。他用象征性的形象创造了融现实与神秘世界于一体的艺术空间："鹿群在雾气中吃草：／有人在山的转弯处／弯下了金黄的膝盖／举起银色的弯弓。"（《清晨》，1910）具有女性气质的形象——朝霞女友或多神教中的拉达——也是象征性的。克雷奇科夫相信生物世界是一个统一体，由此可以理解他惯常使用的那些比喻。在克雷奇科夫早期抒情诗中的箴言"连野兽也是我的兄弟和同名者"（《遥远的天涯——在眼中……》），1910—1911）后来成为其神话小说的基础。这也是对克雷奇科夫

690

文本中俯拾皆是的"公牛也用红色的角／抵着乌云"、"月光落在了羽茅上……"
（《树精》，1910）之类的隐喻所作的说明。

　　如果说对克雷奇科夫第一部诗集的反响是审慎的，那么，《隐秘的花园》
的作者则已经被人们视作天才诗人了。他的诗歌在同时代现代派作家的作品中
占有特殊的一席之地。20世纪20年代，评论家们认为他的创作是晚期象征主义
的表现。文艺学家彼·阿·茹罗夫在题为《克雷奇科夫主要的神话》的报告中
最早提出，他的诗歌是第三代象征主义的代表作品。[20] 从关于第三代象征主义
和晚期象征主义的修正意见中，可以看出确定在克雷奇科夫的诗学中存在后象
征主义新趋势的愿望。维·伊万诺夫在《象征主义的遗训》（1910）中，对有
关象征主义的神话色彩和象征主义者所面临的从象征到象征意义，从把生活和
艺术复杂化到使之简单化地转化等状况作了说明。[21] 茹罗夫在注意到上述内容
后，对克雷奇科夫没有使用象征手法的诗歌中的大自然进行了研究。茹罗夫认
为，他的诗歌自然地表现了一种新的灵魂和美学的存在。

　　克雷奇科夫诗学中体现了民间诗歌传统与象征主义美学某些元素的统一。
民间创作的象征和世纪初现代主义者作品的相似，是由它们都是富有艺术性的
记忆形式所决定的。亚·波捷布尼亚曾经写道，"恢复词汇被遗忘的原初意义的
需求"[22] 是民间诗歌中的象征形成的原因，而伊万诺夫则要人们相信，"新诗
里的象征主义似乎是对术士和星相家神奇语言的最初的、模糊的回忆"。[23] 在
克雷奇科夫诗歌的象征里面，表现了对祖祖辈辈相传的文化的记忆，这对组诗
《拉达的指环》中抒情主人公的缺失作了说明。克雷奇科夫早期的抒情诗在一
定程度上是叙事性的，而其情节却是隐喻性的。比如，冬天的来临与快乐媒人
的到来相联系："男人的长衣和粗呢大衣／都胡乱扔在洁白的兔皮上／一副衣
裾拖到沟陇上，／而另一副拖在树木和皮袋上……"（《大车队在酒宴上唱起了
歌……》，1910）关于冬天的叙述是"她把洁白的熟皮袄／放进了箱子／不过
嫩绿的衬里／却落在了河边……"（《穿过春天蓝色的朦胧……》，1913）讲
述了运出沉重云彩的红鬃神马太阳的故事（《神马》1910）。有关多神教的女
神、神秘的姑娘拉达和杜布拉芙娜的情节，讲的是地球和宇宙平衡关系的创造
者的故事，是他们把农民的劳作比作了世界性的工程。克雷奇科夫主动使用民
间创作中典型的排偶、比喻和转义等手法。在《稠李树》（1910）中，小鸟像

691

征着姑娘，鹰是小伙子的象征，他们的关系让人联想到爱情游戏："哎呀，小鸟姑娘：雄鹰弹无虚发！……/朋友啊，姑娘们，快躲到洁白的稠李树中。"词汇的头语重叠，诸如"真的，我不会看一眼林中的河流"、"不会烂腐，那轻盈的箭羽"（《忧伤，我的花园里的忧伤……》，1910）中的动词否定以及民间诗歌的其他些特殊用法，也促使当代诗歌语言克服了古老民间文化结构和时代脱节的现象。所以说克雷奇科夫的象征主义源于民间创作，现代主义者的标新立异和哲理性在他的象征中与传统性结合在了一起。

与叶赛宁和希里亚叶维茨不同，克雷奇科夫没有把克柳耶夫当作自己的导师。克雷奇科夫基本上没有模仿过他，他给鲍·萨多夫斯科伊也写到了这一点。[24] 茹罗夫作过一个代表性的评论，说克雷奇科夫诗意的语言和克柳耶夫不同，当时后者语言的神话色彩尚显不足。克柳耶夫创作于1910年代初的诗歌所隐喻的对象，是克雷奇科夫所陌生的鞭笞派文化。克雷奇科夫也没有克柳耶夫的那种虔诚。他是一位"安安静静"的抒情诗人，追求诗歌语言的朴实无华，避免根据"广种薄收"[25]的原则塑造形象。

克雷奇科夫还有一点与其他新农民诗人不同，即他早期的抒情诗异常清晰地表达了某些存在主义情绪，这些情绪在他20世纪20年代的创作中占有主导地位。他在1912年6月2日写给萨多夫斯科伊的信中说："……我看到了，唉，我都到了何种地步——孤单啊！唉，生活灰蒙蒙的，亲爱的朋友，黑暗呐，就像扫烟囱的——假如没有歌，没有诗，那可怎么办呢？孔雀，漂亮的、炫目的孔雀，在肮脏的院子里舒展开瑰丽的孔雀屏：这才是诗。假如这只孔雀不能开屏，那可怎么办？要知道好像是一点点、一点点地开屏的呀！漂亮的孔雀将会死去，它将合上眼眸——小树林和泥土将缩成一团乱麻，直直地滚落山下……见鬼——罪孽深重者将把我们吞咽下去而不被呛住，他将痛饮一升酒，因为心满意足而在最后一抹霞光中用孔雀屏画十字，然后把醉醺醺的、卑鄙而没有用处的家伙诱惑到整个宇宙：

在你领到工资时

可别把钱寄回家！哎呀呀！"[26]

692　　　　通过最后一抹霞光及罪孽深重者这些情节，克雷奇科夫在20世纪10年代初就为他在20世纪20年代用现代主义手法创作的表现主义长篇小说奠定了基调，这些小说描写了被抛弃感和人的孤苦无助。在克柳耶夫关于镇压年代的长诗《伟大母亲之歌》（1929或1930）中，可以看到这一形象的另一个版本："唉，先知天鹅被刺死了，／变成了一群乌鸦的午餐，／而恶魔用驴的尾巴在天上／驱逐星星！"可是，如果说克柳耶夫早期和后期的作品隐约流露出对俄罗斯与农民性格的复兴，对具有象征意义的利达城，对长诗《烧光的灰烬》（1928）中"穿花粗布衣裳的天使"或《伟大母亲之歌》中振翅天使抱有希望的话，那么，克雷奇科夫的创作则指出了一条存在主义者的道路。他早期的抒情诗就已经表现了一种悲剧世界观——克尔凯郭尔称之为亚伯拉罕的恐惧。克雷奇科夫踏上的这条路引领他感受到了荒谬世界中人的彻底的孤独，不过，这并不意味着他不能够诉诸上帝。他的作品的主题，是人的叛教行为、人的灵魂的脆弱及对恶势力可悲的屈服。这种处世态度符合列·舍斯托夫关于存在之悲剧荒谬性的学说。俄罗斯存在主义的奠基人之一舍斯托夫，在1917年发表于《斯基泰人》上的文章《音乐与幻影》中，认定《伊万·伊里奇之死》、离家出走以及对自己生活之合理性的怀疑是精神上与新农民们接近的托尔斯泰生命的存在主义本质的结果。克雷奇科夫的最后一部小说是《世界公爵》（1927），作为这本书的作者，他也产生了存在没有任何意义和善良毫无力量的想法。人与神的关系、个性与别尔嘉耶夫所定义的客观化世界的关系是折磨着存在主义者的问题。毫无疑问，克雷奇科夫思想的悲剧成分受客观情况的影响，并随着无产阶级社会主义的胜利而强化。[27]

　　　　如果说新农民作家在自己的作品里大体上塑造了作为天堂居所的花园这个形象，那么，克雷奇科夫还描写了春天里衰颓的花园，那是一个无所归依、令人伤感的空间，就像《死魂灵》第十一章里的罗斯："忧愁，我的花园里的忧愁，／从林中的小路走来。"（《忧愁，我的花园里的忧愁……》，1910）"明天我将早早地死去"——这就是《在我的窗旁……》（1910）里抒情主人公的感受。关于鲍瓦的情节的结尾是主人公死了，人们忘记了他，从他的心脏里长出一株挺拔的橡树，猫头鹰在上面"以残酷的游戏取乐"和分食猎物（《鲍瓦》，1910，1918）。克雷奇科夫在色彩的运用方面非常有节制，他只以银色和蓝色装点自己的画面，金色和大红色都很少能够见到。

诗集《杜布拉芙娜》（1918）、《家里的歌》（1923）、《神奇的客人》（1923）中的诗歌，抒情主人公的恐慌感不断加强，以往诗集的庄严沉着感让位于隐秘感。《杜布拉芙娜》中抒情主人公的情绪具有明显的多声部特点——由希望看到自己置身于和谐的世界到感受着世界苦难的沉重负担。折中的想法是渴望找到世界秩序与忧伤和谐共处的办法。普希金曾经承认"我渴望活着，为的是思考和承受痛苦"（《哀诗》，1830）。在他之后，克雷奇科夫写下了这样的诗句："……就让／老茧不要从手上消失，／而轻唱的歌中不再有忧伤。"（《给我的荣誉越来越亲切……》，1912）"忧伤，就像那欢乐，娇养着心灵……"（《我一生都在憧憬天堂……》，1914）

克雷奇科夫的抒情诗塑造了忧郁的故乡这一形象，农村的俄罗斯被想象成末世论空间：牧人的助手的风笛即将停止吹奏，"工厂的汽笛就要鸣响"（《田野上烟雾弥漫，烟雾弥漫……》，1914）。神秘的列莉、拉达、杜布拉芙娜活在克雷奇科夫的艺术世界里，在这里，出现了庸俗的日常生活和对存在彻底绝望的情节："今天在我们村里／人们殴斗，争吵，酗酒。"（《今天在我们村里……》，1914）抒情主人公的生命在渐渐地逝去："听吧，心儿，傍晚时听吧，／白桦树的葬歌！……"（《树林呼啸着，呼啸着，渐渐凋零……》，1914）她贫穷而朴实——"仿佛田野上一座新的山丘／没有坟墓和十字架。"（《我一生都在憧憬天堂……》）克雷奇科夫的诗和克柳耶夫、叶赛宁的抒情诗不同，没有关于未来和谐的内容，他是"世间前所未有的忧伤"（《地毯般的田地金光闪闪……》，1914）的歌手。

第一次世界大战只不过加深了诗人们，首先是克雷奇科夫和加宁的存在主义情绪。战争启示录的幻影使加宁的抒情诗流露出了绝望：地球成为"长着钢铁牙齿的毁灭者"和猛兽铁爪下的牺牲品，"人与神的面容模糊了。／混沌重新来临。别无所有"（《歌手兄弟，路上只有我们俩……》，1916），"曾孙们把肋骨送去撒旦的磨盘，／用一柄宝剑去折断另一柄，背负一具接一具的躯体"（《下来，乘着火下来吧，天亮了！……》，1916）。

加宁的长诗《板棚》（1917）深深地浸透着被凸显出来的存在主义的主题。诗人道出了自己对时代的灾难性感受。长诗的主人公是一个被神所遗弃、

694

受控于"长角者"的孤独的人。大地那么孤独和绝望："大地的边缘陷入黑暗。"理想变为了梦幻，天堂之路竟然通往地狱，世界庙宇原来是世界板棚，偶像原来是恶魔。加宁描写了一个原本对和谐抱有信心的受骗者的状态。他把个体意识（"思想的线索"）看成一道界限，在这道界限之外就开始是血腥的客观世界了。世界观中的悲剧成分表现在各种自然主义的形象上，这些形象不论在其他诗人还是小说家的创作中，都是时代的象征。譬如，人孤苦无助的主题是通过多个备受折磨的肉体的形象来表达的：时间是恶魔般的肉贩子，而人变成了被大卸八块的动物的身体。出现了高喊着"乌拉"的头颅、"粘有残肢断臂血污的泥泞"、悬挂在墙上的肠子和"尚有余温的尸体"的形象。古米廖夫的《迷途的电车》（1921）里的世界所展现的也是这样一番景象：一个小菜店里出售的不是蔓菁，而是死人的头颅。在克柳耶夫的《死人的头颅》的梦境里，描绘了一些经营人肉、用人的肠子做的香肠和他已故友人头颅的售货亭。

新农民作家以"斯基泰人"的眼光来看待二月革命和十月革命：他们对资产阶级持怀疑主义态度，并且把革命情绪和乡土主义情绪相结合，认为几次革命是对俄罗斯的精神改造。对于所发生的一切，他们与党的观点相去甚远，可是，这并不妨碍他们和左翼社会革命党人的接近，后者曾从组织上给予文集《斯基泰人》以关照。在斯基泰派的领袖伊万诺夫-拉祖姆尼克的文章《两个俄罗斯》（1917）中，新农民作家的创作和他们的思想一样，是同知识分子们的创作和思维方式相对立的。新农民作家们自己喜欢这种时而在对被教导的渴望中、时而在对知识分子毫不妥协的抵制上表现出来的对立。在卡尔波夫、克柳耶夫、叶赛宁和希里亚叶维茨对待知识分子，首先是对待象征主义者的态度上，并不存在学徒情结。如果说克雷奇科夫对象征主义表现了明显的兴趣，承认象征主义者都是大诗人，而对自己的评价却是初出茅庐的诗人[28]，那么希里亚叶维茨则认为，克雷奇科夫的《森林中的磨坊》（1912）是给"那些空想家们"上的一课。[29] 克柳耶夫在《你们答应给我们花园……》（1911）和《因此我的眼睛是蓝色的……》（1916）中，描述了他想象中造物匠象征主义者的思想体系，并把它和体现着新农民的有机文化对立起来。

克柳耶夫对勃洛克的民粹主义观点的影响是人所共知的。克柳耶夫的信[30]对知识分子勃洛克不理解人民提出了指责，而勃洛克的文章《对1907年文学的总结》，则响彻着克柳耶夫的信件里所表达的观念。在克柳耶夫对城市诗人的严格要求中，表现出了他对自己诗歌的苛刻，这些诗歌，用埃·赖斯公正的评价来说，是"为达到精神完善而作的自觉努力的成果"。[31] 勃洛克准备在民众面前替自己所属的整个阶层忏悔，斯基泰派的领袖伊万诺夫－拉祖姆尼克也是这样打算的，他在文章《黑暗的俄罗斯》（1912）中写道，俄罗斯庄稼汉所做的"黑暗勾当的重负"也落在了他的身上，整个知识界"对民间的黑暗都脱不了干系"。[32] 在《臭虫的皮囊》（1913）中，他谴责彼得堡宗教哲学协会对人民的冷漠。欧洲文明与自然世界的尖锐对立在克柳耶夫的意识中获得了宗教上的阐释：城市文化是毁灭性的，因为它是魔鬼的，或者说它是没有灵魂、虚无和物质的。克柳耶夫在1914年给希里亚叶维茨的信中写道："整个所谓的文明世界看起来是多么地可恨和黑暗，它还会做出什么事，还会带来怎样的十字架、怎样的各各他啊——千万不能让美国逼近灰色羽毛般的朝霞、森林里的小礼拜堂、干草垛旁的兔子和童话般的农舍呀……"[33]

卡尔波夫的名字与世纪初文学、社会生活中马哈伊斯基派之类的反知识分子现象联系在一起，他因其政论著作《霞光的语声·略论人民与"知识分子"》（1909）中的一些思想而被指责为马哈伊斯基派。[34] 他谴责知识阶层对人民进行精神掠夺。他渴望唤起知识阶层的根基派情绪，号召他们参加到农业和体力劳动中来。他给勃洛克写道："知识分子是能够和人民打成一片的"，不过要在拿起"犁"之后。[35] 在克柳耶夫写给勃洛克的信中，也能发现《霞光的语声》中的那些思想，它们在诗人列·谢苗诺夫和亚·杜勃罗留波夫的命运中被以不同的方式付诸实施，这两位诗人到民间去的举动被新农民诗人们认为是象征性的、划时代的现象。对知识阶层的严格要求、对俄罗斯虔信精神的平民实质的提示，也是谢·布尔加科夫的著作的主题 [36]，他把脱离人民称为知识分子习气。[37] 知识阶层对精神生活的怀疑主义态度在列·托尔斯泰身上也颇典型，杜勃罗留波夫和谢苗诺夫引起了托尔斯泰对他们的密切关注。卡尔波夫曾把一本《霞光的语声》寄给托尔斯泰。托尔斯泰的回信里包含有和作者相近的思想："要对'受过教育的人'说出痛苦的真理，在我们这个时代需要的是比对他们的政府说出真理时更多的勇气。在你的书里，你从当今农村的农业中所看到的伟大意义和那种广阔的未来尤其让我喜欢。"[38] 不过，如果说托尔斯泰注意到知识阶层的立场偏离了基督的戒律，如果说布尔加科夫谴责的是知识阶层的虚无主义，那么，卡尔波夫和克柳耶夫在指责知识阶层漠视人民的同时，他们自己也成了鞭笞派的和革命的，本质上是虚无主义的观点之推崇者。

696

把自己和理性的、富有创造性的精英对立起来的，还有叶赛宁。在他看来，如果说除伊万诺夫-拉祖姆尼克以外的文学家都是浪漫分子的话，那么，新农民诗人们就都是斯基泰人，他们从安德列·鲁布廖夫的视角接受了拜占庭，并用老太太们的迷信来理解"航印度者"科斯马斯的著作。在1917年6月24日写给希里亚叶维茨的信中，叶赛宁要对方相信，斯基泰人和浪漫分子的相互接近是不可能的。[39]

新农民作家的革命情绪是以鞭笞派的偏执和宗教-异端的虔敬为基础的。但是也应当考虑到他们的革命性具有社会原因。农民日常生活的苦难原本就大大超出了农民的忍耐力。这样，较之于其他农民诗人的诗歌，奥列申的抒情诗更进一步拓展了涅克拉索夫关于劳动者所受苦难的主题："刈草时节我们艰辛无比，／简直连骨头都要折断。"（《金色的犁》，1913）"我们光着脚，赤身露体，／树皮的带子缠在腰间。"（《沉思》，1913）"被诅咒的，令人心痛的，／饥饿的村庄啊！"（《黎明》，1913）"酷热正盛。手掌上鲜血淋漓。／黑麦在镰刀下面，仿佛石头。"（《农忙期》，1914）哀泣的语调和忧伤的农村俄罗斯的形象所表达的，与其说是诗人形而上学的观点，毋宁说是他的公民立场。把农民生活理想化和对它批评性的认识同时存在于诗人的意识中。如果说诗歌《克瓦斯》（1913—1922）的正题是"我喜欢俄罗斯乡村屋顶上／麦秸的金色"，那么，在《金色的犁》中，回响的则是反题："树林昏暗，覆盖着凶恶的／苦闷麦秸的农舍更加昏暗。"新农民诗人感觉到自己是一群脱离实际的人，他们意识到，在现实中，他们是被社会抛弃的边缘人，像奥列申所写的一样："我们是乡土遗弃的渣滓。"（《沉思》）这种矛盾的结果是，在新农民诗人的抒情诗里出现了普加乔夫式的主题，温柔俄罗斯的形象完完全全变成了强盗俄罗斯的形象。在《我们的信心没有失却……》（1915）中，叶赛宁使社会大为震惊："不单单是虔诚的道路／能把我们带到天堂"，"请你不要在神那儿找我"。奥列申写道："我们有火红的小径，／珍藏在心间的道路。／有活跃的头脑，／荒谬至极的力量——豪放。"（《金色的犁》）"长袍和隐僧修道院"不是为希里亚叶维茨的抒情主人公准备的，而他们注定要把"勇敢的头颅"架在断头台上（《歌》，1917）。对于希里亚叶维茨来说，革命是基捷日城雄浑的钟声（《我要不停地歌唱，还要不停地寻觅……》，1917）。

这些情绪也决定了新农民诗人对左派社会革命党观点的兴趣。社会革命党人吸引了克柳耶夫、加宁和叶赛宁的注意力。1917年，卡尔波夫作为雷利斯克县社会革命党的代表入选立宪会议。文集《斯基泰人》（1917—1918）中发表了《市长夫人玛尔法》《湛蓝的天空，绚丽的彩虹……》《关于那些快乐的同志》《同志》《唇髭》《如歌的召唤》《奥特恰尔》《红榆树下的台阶和院落……》《风没有白白地吹……》《夜，田野，还有云的叮当声……》《啊，阴雨绵绵的地方……》《马群》《给尼古拉·克柳耶夫》（《"啊，罗斯，挥动翅膀吧……"》）和叶赛宁的其他作品，克柳耶夫的《土地和铁》《载日者之歌》《农舍之歌》，奥列申的《小小的梨》、《饶舌的爷爷》及加宁的《圣餐礼》、《云的马匹》。在精神上与斯基泰团体接近的卡尔波夫没有参加到《斯基泰人》中来；居住在突厥斯坦的希里亚叶维茨也是斯基泰团体的圈外人，对马克思主义的排斥拉近了他与那些斯基泰人的距离。[40] 远离各个团体和党派，虽然经历了整场一战却赞成和平主义的克雷奇科夫不是运动的参与者。就像伊万诺夫-拉祖姆尼克所写的那样，在斯基泰团体中，改造俄罗斯的思想和对通往天国——"世界、人民与人的自由未来"——之路的探索吸引着"新农民"作家们。[41]

以斯基泰派的方式接受了革命的新农民作家们起初不仅乐于证明博爱、平等的口号是正确的，而且愿为革命暴力辩解。在克柳耶夫的诗歌里，普遍复兴和宽恕罪恶的早期思想在革命年代不仅发展为古代化身为大蛇的恶魔、魔鬼变成世界的改造者的情节，而且发展成了"高贵的杀人者"具有神圣性的主题。卡尔波夫也是这样对待反基督——高贵的恶魔、"血腥的救世主"和领袖的："向不可救药的／异教徒水手们举起／雷电做成的／笞杖……"（《自焚者》）革命浪漫主义和宗教异端促成了纯粹的恶向善的转变，具体的历史状况因形而上学而得到辩白。宗教里苦难的内容被卡尔波夫重新理解为在革命之火上主动地自焚（《自焚者》），或为了对俄罗斯"刻骨铭心的爱恋"而流尽满腔鲜血的愿望（《繁星密布的和暴风骤雨的……》）。抒情主人公"为孤独者和被命运抛弃者"献身的功勋在卡尔波夫的诗歌里获得了社会意义（《加冕者》）。

697

尼古拉·克柳耶夫

在所有新农民诗人革命后的创作中，宗教乐观主义让位于对现实的悲观看法，对人间天堂和叶赛宁笔下光明客人的期待被圣徒离开俄罗斯、堕天使的现身及长角者胜利的主题所取代。悲痛代替了革命宗教乌托邦，成为新农民诗歌的基调。革命后卡尔波夫的命运是不幸的：为免遭迫害，他在偏僻的农村藏匿起来，不得不多年保持沉默。[42]

叶赛宁与希里亚叶维茨的毁灭似乎预告了其他人的结局：加宁、克雷奇科夫、克柳耶夫及奥列申都被枪决了。

2

尼古拉·阿列克谢耶维奇·克柳耶夫生于奥洛涅茨省维捷戈尔斯克县一个信仰旧仪礼派的农民家庭。他的创作别出心裁，是在俄罗斯北方旧礼仪派传统的影响下成熟起来的，那里坐落着尼康之前罗斯的宗教和文学中心——摩尔曼斯克、索洛维茨基、帕莱岛等修道院。大司祭阿瓦库姆、修士叶皮法尼、旧礼仪派历史学家伊万·菲利波夫、反尼康的《北方沿海派教徒的回答》的作者安德列·杰尼索夫等人的著作的主题和词汇、句法特点，在克柳耶夫的作品里都有体现。[43] 克柳耶夫的一生重复了阿瓦库姆和其他旧礼仪派囚徒自我牺牲的道路。他的诗还有一个精神源泉，这就是俄罗斯北部农民的创作。芬兰－乌戈尔文明在克柳耶夫的形象体系中也有所表现：诗人自己曾指出他的拉普兰公爵血脉。[44]

698

在诗人的意识和早期创作中，还显示出异端宗教的分支——鞭笞派、阉割派 45、各各他派基督教——的特点①，不过，并不能因此而贬低其诗歌的自我价值和独立性。在一定程度上，各个流派的观点、主题和形象是被他用来创造自己的诗歌体系的。

最初的一些作品是1904年问世的。在克柳耶夫20世纪初的抒情诗中，包含有在宗教语境下所理解的革命主题，这本身就证明了诗人意识的独立性和无党派性。诗人把革命理解为天国降临人间。激进分子克柳耶夫对列·谢苗诺夫、亚·杜勃罗留波夫的兴趣显而易见。

克柳耶夫的文学成就在很大程度上是由他起初通过书信，而后面对面地与勃洛克的相识所决定的，后者把他的诗推荐给了包括"金羊毛"在内的一系列出版社。象征主义向克柳耶夫展示了当时的哲学中由新基督教到新民粹主义、由造物匠诗人的绝对化到对人民心灵的信仰，这使得诗人的旧礼仪派教徒的、鞭笞派教徒的世界观里糅进了对自己使徒般的优选性和自己诗歌的神性真实之理解。克柳耶夫早期的抒情诗带有说教性质，这种说教性质由于诗人与各各他派基督教徒的接触而增强。

各各他派基督教是革命情绪和宗教信仰、斗争理想和真正的基督教之悲悯的结合体。各各他的殉难精神，为正义之国流血牺牲是"各各他弟兄"作品的主导动机。在勃洛克的帮助下，克柳耶夫结识了基督教各各他派的一个领袖，诗人约·布里赫尼乔夫，基督教各各他派的信仰也就暂时成了克柳耶夫的思想体系。因为激进主义而被剥夺了圣事权的神甫布里赫尼乔夫同瓦·斯文齐茨基、帕·弗洛连斯基、弗·埃恩一起创建了"基督教斗争兄弟会"，1910年，他出版了各各他派基督徒的杂志《新地》。显然，斯文齐茨基 46，通往人间天国的各各他牺牲之路和违背腐烂法则的新肉体的鼓吹者，对克柳耶夫的观点产生了深刻的影响。47 斯文齐茨基的基督教理念和为罢工运动所作的辩解及对私有制的否定联系在一起。在各各他派基督教的另一位思想家米哈伊尔神甫（帕·瓦·谢苗诺夫）的宗教道路上，就像菲洛索福夫所写的那样，有"三种

699

① 各各他，意为"骷髅地"，即基督受难的地方，因此"各各他"这个地名对基督徒而言就是殉难的代称。——译者注

力量：旧礼仪派、东正教和内心自由的宗教人格"[48] 发生了碰撞。旧礼仪派主教米哈伊尔曾经担任东正教修士大司祭，1905年他宣布自己是基督教社会主义者，他是《论真正的基督》中二十封信的作者。他阐述了基督对世界的救赎尚未实现和世界仍未得到拯救的思想，引起了梅列日科夫斯基的困惑："救赎尚未完成的观点含糊不清。救赎没有完成，那么复活也是如此吗？要知道两者是相互关联的——缺一不可。但是对于复活他几乎想都没想。有时候觉得，各各他，没有复活而单单是各各他，对于他来说完完全全是个'好消息'。他相信复活吗？当然相信。但不得不这样问一下，这本身就已经很糟糕了；更糟的是，假如都像他那样对待各各他，那么，为什么还需要复活就让人弄不明白了。"[49] 当"全部的希望就是背叛基督"时，梅列日科夫斯基无法接受让每个基督徒都重复各各他，自钉十字架和承受无法排遣的苦难的要求。[50]

在收入克柳耶夫的诗集《松林呼啸》（1911）和《兄弟之歌》（1912）的诗中，舍己忘生的行为、拯救以及复活的主题占了绝大多数。克柳耶夫把自己的抒情诗称作在"长途漂泊的各个十字路口"收集的"婉转动听的故事"（《坟墓上小小的圣像庇佑着我……》，1908）。这句自白表现了克柳耶夫作品中世俗传统和个人经验的结合。为克柳耶夫的第一本书作序的勃留索夫并不是偶然间才注意到克柳耶夫抒情诗中内心的火焰，同时，作为其第二部著作的序言作者，斯文齐茨基也在他的诗里听到了古罗马斗兽场上的殉教者和躲在西班牙火刑堆上兄弟们隐约可闻的歌声，他这是要人们相信，诗人是先知，而诗人的作品，则是新的宗教启示。不过，在几部作品集中居主导地位的情绪，恰恰是发自内心的对宗教的虔诚。

渴望把基督教思想和革命功勋联系起来，在新约中包括非暴力箴言在内的各种道德准则之间达成妥协，这种渴望，一方面，是为了世间的幸福这一伟大理想而采取的积极行动，另一方面，它又是传统的俄罗斯意识。不论各各他派基督徒还是克柳耶夫，都没有揭示这个主题：通过斗争和抵抗而把宗教思想与舍己忘生的功勋结合起来，这在19世纪60年代至19世纪70年代诗人们的创作中也是很典型的。只要回想一下彼·拉夫罗夫的《弥赛亚的诞生》、奥加辽夫的《耶稣》、涅克拉索夫的《预言家》以及他关于库劫亚尔的寓言，当然，还有

700

仁慈的天使召唤其建功立业的教会学校学生格里沙·杜布罗斯克罗诺夫①。尽管克柳耶夫的抒情诗表现了各各他派基督徒的任务中的民主主义，但其特别之处却在于贵族式的、精英式的神秘主义：他同自己，也同神说话。或许，可以以此来对其笔下各种形象内容丰富的隐喻进行说明，这种隐喻性证实他与神有着秘密的接触。

就像"肺结核和西伯利亚"是为格里沙预备的一样，等待克柳耶夫的抒情主人公的，是"黑暗和牢狱／还有铁窗里星光的闪烁"（《在九月金色布匹般的日子里……》，1910）、断头台（《我将穿上黑色的衬衫……》，1908）和死刑（《今天的天空就像一位新娘……》；《我患上了甜蜜病……》，1910）。殉难者的形象在克柳耶夫的早期抒情诗中是中性的，其中有古米廖夫喜爱的"在昏暗的远方，／在令人不安的忙乱中，不要忘记，／我在霞光中像新郎一样，／走上了那座断头台。"（《遗嘱》，1908）[51]

《兄弟之歌》中的几首诗富有战斗精神，动人的情感使这几首诗更接近于颂歌。克柳耶夫歌颂"驱策战车的军队"（《礼拜日我心情舒畅……》），颂扬抒情主人公是"铠甲战士"（《草原上的篝火在飞扬……》）。

克柳耶夫继承了19世纪诗歌崇高的传统。在劫掠、顺从和做预言家这三条道路中，他选择了第三者（《啊，祖国母亲，走怎样的道路……》），称自己是"为上帝效力的自由人"（《庄稼人》），把兄弟们称作"世界田园的割麦人"，预言"金黄麦穗世纪"即将到来（《我们的快乐，我们的幸福……》）。他创作了关于被拯救的灵魂的神秘主义形象和情节：

> 我思念天堂的百合花，
>
> 思念另一片土地上的岸，
>
> 在那河湾打盹的拂晓，
>
> 慵懒地游荡着一条条船。

---

① "库劫亚尔"这个名字来源于波斯语的"胡大亚尔"（神所爱者），是俄罗斯民间传说中的侠盗人物。涅卡拉索夫在《谁在俄罗斯能过好日子》中的《两个大罪人的故事》里讲了他的事迹。格里沙·杜布罗斯克罗诺夫也是涅克拉夫这部长诗中的人物。——译者注

> 远方的道路尚未昏暗，
>
> 亡故的游魂浮现在那里，
>
> 似想避开风暴不再流浪，
>
> 飘向陆地之洲前来休息。
>
> （《我给你讲过上帝……》，1908）

但克柳耶夫抒情诗里有关宗教的内容并没有为基督教各各他派的思想体系所约束，他的诗歌——按照他古怪的念头——兼有各各他派的思想和鞭笞派的信仰。克柳耶夫对诗歌的认识没有局限在某种思想体系的条条框框之内，因此，在收入书内的鞭笞派的诗中，跳神诗歌《哎呀，你们这些朋友——友好的同行……》（1912）所讲述的既有关于神化的肉体（"我们变成了早于晚霞的肉体，／比地上自由的乌云更加不羁的肉体"），又有关于建立在"耶稣的各各他"之上的肉体的功勋，而新酒的各各他式形象则被编入了《婚姻之歌》的文本中。在这首诗里，可以听到本质上有着鞭笞派性质的对神子的呼唤："从表面黑暗的世间／消灭人——自己兄弟！"在克柳耶夫的诗中，基督教各各他派被诠释为鞭笞派。肉体崇拜的诗歌主题不仅符合邪教的意识形态，而且表现了诗人敏感的内心状态，在其鞭笞派教徒的期望中，可以感觉到真正多愁善感的心境。

诗中介绍了邪教信徒的礼仪文化及其标志性的细节：用金线编织的小地毯、通宵燃烧的蜡烛等等。其中某些诗通过语调表现了鞭笞教徒狂热跳神时的癫狂。对于克柳耶夫来说，重要的是展现鞭笞派学说的独特性与原始性。他还把自己和兄弟们称作"亚当的头生子"、"基督的代言人"，把上帝和农民的劳动联系起来，把全世界的犁和为开垦"辉煌的处女地"而磨尖的禾捆的形象（《通宵蜡烛点亮了……》，1912）纳入了艺术体系之中。

复活、灵魂不朽的主题在克柳耶夫的抒情诗中与各各他主题同样重要，而抒情主人公的使命，是打开地狱之门。但他了解恶的力量，创作了关于无处不在、使人接近地狱的魔鬼的地狱新神话。他警告说："请不要相信魔鬼长着翅膀——／他们像鱼一样有泡"，他们很贪吃，他们这一群家伙常在"纺线女的小曲儿"里出没（《请不要相信魔鬼长着翅膀……》）。他无法抑制内心对不能

701

复活的恐惧："啊，难道在棺材盖的外面／等待我们的是奴役和牢狱？"（《我给你讲过上帝……》，1908）于是，和正统教派对灵魂不朽的信仰一样，和鞭笞派对肉体崇拜的期望一样，又出现了殉难派基督徒关于不朽的肉体的主题："胸口被射穿的男青年，／在战斗中牺牲的姊妹——／总是在傍晚没人的时候／来到你的茅舍相会。"（《你越来越神秘越来越严肃……》，1908）"我们用无辜者的骨灰／创造了浅蓝色的生活。"（《礼拜日我心情舒畅……》）斯文齐茨基对违背了腐烂规律的肉体的信仰与尼·费奥多罗夫的观点接近，后者哲学箴言刊登在杂志《新酒》上。

不论费奥多罗夫还是克柳耶夫，都关注克服死亡的问题，诗人把《共同事业的哲学》里的主题也纳入了自己的主题之列。[52] 这既有关于人们的亲缘关系的学说，也有支配着"大地的陨石过程"[53] 的农民劳作的宇宙性内容，最后，还有对一般的肉体复活的信仰。但是，费奥多罗夫关于有意识地操纵复活的过程和把所有已故祖先从土地的控制下解放出来，关于在调整过程中改变人的肌体与心理的理性的论断，是神秘论者克柳耶夫所没有的。克柳耶夫没有用人的苦难来偷换神的使命，因此，克柳耶夫的抒情诗只是从表面上反映了费奥多罗夫关于不朽的肉体从坟墓中奋起反抗的思想。圣徒不朽的圣髑在民间受到深深的敬仰，以至于形成了一种神圣的社会习俗。克柳耶夫在文章《宝石般的血》（1919）里写道："这就是圣髑的整个存在——树皮鞋上的桦树皮和用海象骨雕装饰的手杖的顶端。人民……从来没有把圣髑的概念和它作为坟墓里尚未腐烂的三四普特人肉的概念联系在一起。"[54]

这样一来，就不能把克柳耶夫的创作归结为某种宗教哲学学说。早在最初的几本书里，他就已经声称自己是独立思想者。他的《兄弟之歌》运用了一种崭新的诗歌技巧，古米廖夫注意到了这种技巧。但古米廖夫却表示反对斯文齐茨基的前言，他认为，这篇前言差在"邪教信徒的褊狭和信口开河"。[55] 1911年，克柳耶夫结识了格罗杰茨基、古米廖夫和阿赫玛托娃，引起了阿克梅派的注意，进入了"诗人行会"的圈子，在"阿波罗"社出版的《文学作品选集》（1912）和《许珀耳玻瑞亚》（1912）上发表作品。[56] 在和阿克梅派关系密切的同时，他对各各他派兄弟的态度冷淡了下来。

702

如果说在《松林呼啸》和《兄弟之歌》两本书中诗人的思想表现了宗教联合的观点，那么，在诗集《森林的故事》（1913）中，克柳耶夫则已经能够自由地抒发感情，着手于广泛的主题了。《森林的故事》的诗学以民间创作的传统作为参照，但是，这里除具有民间创作典型的综合性和史诗性倾向外，还显示出克柳耶夫个性化的因素。譬如在《动听的诗歌使我失去理智……》（1912）中，尽管抒情主人公被比作了叶鲁斯兰王子，但他在自己对世界的认识和个人感情方面仍然是独立的："安静下来吧，命运的纺锤，／断了吧，思念的长线！"除传统的、民间创作中的形象外，一些个性鲜明的形象也被编进了文本："雾之女侏儒正躲藏起来"（《乌云就像夜晚的马群……》），"月亮是鹿的角，／乌云——狐狸的尾巴"，"黑暗为云杉和丘陵／编织了僧帽"（《月亮是鹿的角……》），"守旧的寒鸦身穿黑色浮萍，／系着草绳的树皮鞋，灰蓝的腰带"（《守旧的寒鸦身穿黑色浮萍……》）；日常见惯的形象被新的形象取代："小树林的金色正在消退，／苍白的空气里飘着焦糊的乳香。"（《山坡，低地，沼泽……》，1915）等等。

克柳耶夫相信自己的信仰和自己的神秘优越性是真实的，这在他当时或许是最重要的创作主题——复活与灵魂不朽的主题里有所体现。他希望在灵中体验自己。在有关宗教仪式的散文《在祂的桌旁》（1914）里，克柳耶夫描写了这样一种幻觉：上帝因祂的视线也"常常投向罪孽的深渊"而原谅了他的引诱[57]，说要把自己的王国送给诗人和他的兄弟们，并将拒绝戴上自己的王冠；再往下是："那时我扑倒在雪地上，叫喊起来。天哪，我怎能登上你的王位，来到你所征服的世界？我怕我的灵会因为喜悦而死去！你怎么就毫不犹豫地爱上了我？……于是我又进入了躯体，环顾四周。当我到家时已近黄昏。"[58]这类幻觉的深度、它们的高度敏感性，以及在他20世纪20年代预言性的梦中所表现出的高度的直觉，都显示出他不仅是一个有书本知识，而且有切身体验，并从宗教角度理解生活的名副其实的神秘论者。鲍·菲利波夫把克柳耶夫和安格卢斯·西莱西乌斯、西班牙的圣约翰等神秘论者，乔治·赫伯特和约翰·沃恩等形而上学者相提并论。[59]

1914年至1916年，克柳耶夫创作了献给已故母亲的组诗《农舍之歌》，是关于灵魂不朽的，被收入了《世俗的沉思》（1916）一书中。把十五章诗联系在一起的既有代祷者母亲的形象，又有以下情节：母亲之死、安葬仪式、儿子对死者的哀泣、显圣的母亲光临被她抛下的房舍及对广大农民的帮助、克制悲痛和复活节节庆、对大圆面包——"农舍中的星球"的歌颂。一年到头对逝者的哀悼在第九章以后被存在的喜悦自然地替代。这一章在结构上就仿佛与第九个荐亡日相呼应，紧跟在令人压抑的四音步抑抑扬格之后的，是令人精神振奋的四音步扬抑格[60]，它既代表着欢蹦乱跳、"热情似火的叶戈里"——战胜"命运之蛇"的象征，又代表着"黄金的礼拜日时刻"的弗拉斯①。诗歌表现了诗人对生死循环的看法，关于天、地和农舍中的宇宙之和谐的思想，以及他参与到了宇宙生活中的思想。

克柳耶夫认为诗歌是理解上帝的一种媒介，因此，就连儿子所经历的苦难和偿还给他的存在的喜悦，也是认识上帝之真理的一种经验（"我全天都在接受你的真理的教诲"，"我整夜都在接受你的秘密教诲"）。"获救的明亮喜悦"和因"深渊和地狱之泉"遭到破坏而欢腾雀跃的宗教情绪，使死去的女人顺利完成了向圣者的转变。克制极度的悲痛和继续生活下去的主题在描写安葬的第一章就已经出现了：四个寡妇拿着大圆面包围绕火炉转圈，从而让火炉"烘烤过去果腹的面包"。她们把灰撒到"鸡的尾部"，"好让疾病离开"。为儿子、家用什物及垂头丧气的奶牛所理解的死亡与复活的奥秘被小纺锤揭示了出来："妈妈在天堂里，——为小纺锤歌唱——／就像喜悦的保姆为婴孩基督歌唱。"包含着人民的智慧与特征的由十组两行诗组成的最后那首诗宛如一曲生活的颂歌。

不应该从组诗的宗教内容里寻找费奥多罗夫哲学箴言的影响，这些箴言在克柳耶夫早期的抒情诗中非常引人注目。关于母亲归来的神话与费奥多罗夫的说法并无联系。在《农舍之歌》里，克柳耶夫是一个旧礼仪派教徒，依据基督教保守地相信灵魂不死和守护天使会对死者施以帮助。光临明亮小房间的母亲是一位"没有肉体的女客"，她是一个圣徒，陪伴她的有"绝妙的圣徒"——

704

---

① 叶戈里或叶戈尔都是俄罗斯农民口语中对乔治的音变，在古代俄罗斯蛇与龙常被视为一物，因此这里说的其实就是圣乔治屠龙的典故；弗拉斯则是俄语对布莱斯（天主教传统译作伯拉削）的音变，因此这里的弗拉斯指的就是圣布莱斯（圣伯拉削）。——译者注

"持洗礼圣杯"的伊万"和他上方的鸽子"①。

组诗里广阔的世界是多维的，这是农舍、小教堂和宇宙。教堂是天上的世界的形象，里面的陈设被比作普世的、《圣经》上的秩序，建筑式样有象征意义：二十四级台阶是"清晨之昼"，大箱子是"绝妙的他泊山"②，而"圆木做的筐子——是鲸的肚腹，／在那里，约拿因用二指画十字而获救"。克柳耶夫这样写道，他在旧约的情节上添加了旧礼仪派的内容③。"农舍的天堂"里的红角与"红房间"是相互关联的④。而"红房间"便是被赋予了富足主题的天堂：大雁把母亲的灵魂带到了其中，"那里，在红房间里有柞木的桌子，／由于果子羹碗而变得雪白"。后来，叶赛宁关于天堂的神话中，也出现了有关富足的同一主题。譬如，在《八重赞美诗》（1917）中，俄罗斯部族聚集在天堂的餐桌旁，有人给斟上了香气四溢的家酿啤酒。而在《玛丽娅的钥匙》（1918）里，出现了世界的餐桌这个形象，所有民族都围拢在周围，给每个人都盛上了一勺香气四溢的家酿啤酒。母亲光顾之后，连农舍里都呈现出富足的景象："褐发女一早挤出更多奶，／沙鸡生蛋枣红马欢。"大自然富足、肥沃的主题也体现在人民的形象中：红船路村里的人们都"很标致"，姑娘们是"小天鹅"，"小伙子们像蜂蜜"，而部族的生生不息通过人们为之切一小块大圆面包的小玛莎的形象表现了出来。

农民的世界是一个生机勃勃的有机体，其形象具有隐喻性，运动动词使农舍的世界具有了多维性和秘教的奥秘性："农舍轻松地叹了一口气"，"火炉孤孤单单的"，瓦罐在跟铁的支架"低语"，屏风在"呢喃"，"冬天吃掉了干草垛的一侧"，"人群的影子在一个阴暗的角落低声交谈起来"等等。隐喻[61]成为用来表现克柳耶夫关于宇宙和农舍现实相统一思想的基本手段。譬如："晚霞是一位镀金工匠，／他贸然跑进农舍：带来一件法衣。"隐喻里包含着拿大自然的生命和农民的劳作来做比喻的观点："仿佛鳊鱼食饵，光线的云杉／捕捉着琥珀般

① 伊万是俄语中对约翰的音变，这里的伊万指的就是施洗约翰。——译者注

② 他泊山，今译塔沃尔山，根据《圣经》记载，是基督显圣容处。——译者注

③ 用两指还是三指画十字是旧礼仪派与尼康改革后的正统东正教会的一大分歧所在。——译者注

④ "红角"是俄罗斯农民木屋中供奉圣像的角落。在古语和平民口语中，表示红的красный一词也可表示美丽的。——译者注

的细尖。"做梦的情节是现实和想象空间之间的媒介：儿子梦见女主人——母
亲回来了，"祖父打起盹来"，"木盆在睡觉"，出现了"渡鸟-梦幻"的形象。后

705

来睡梦诗学在克雷奇科夫的神话小说里也有了重要意义。组诗的形象性与其说
是以书面文化为基础，毋宁说是以诞生于农民意识中的各种幻想为基础的。"字
字句句"在克柳耶夫看来不过是"森林里倒下的树干"，不可能用它们绣出"理
想的花纹"，而他往"太阳般金色的诗"中编进去的是"巫术"。为得到"理
想的花纹"，他使用了诸如"把我的男性的母亲（родитель моя）放在了卧榻
上""请赶紧唤醒猫即懒汉（кот же лежебок）"等不合常规的词法。格罗杰茨
基注意到组诗的形象具有"近似于神话的最高象征"，《农舍之歌》的创作手法
使得他把克柳耶夫称作"流派和天性上的象征主义者""只不过是被日常生活和
身体压紧凑了的俄罗斯的梅特林克"[62]。"日常生活和身体"这一具体说明反映
了作为一位后象征主义时代的诗人的克柳耶夫之特色。阿克梅主义者完全有理
由把克柳耶夫看成是和他们志趣相投的诗人。把物质世界诗化是新农民创作的
总体特点。

　　抒情诗《世俗的沉思》也是一部荐亡诗。它是为世界大战的蒙难者而作
的，俄罗斯所经受的鲜血的洗礼被诗人置于《圣经》的上下文中去加以理解，
而诗本身则被认为是赞美诗。诗集里抒情诗的中心主题还是死亡与复活、圣徒
对死者灵魂的关注。在《追荐亡灵之哭诉》中，克柳耶夫编造了一个形而上
情节，是关于在"日出前的"城门处获得了"肉体容貌"的"死去士兵的魂
灵"。天兵们和天使长米迦勒把"致命的恐惧"从这些灵魂里驱逐了出去；
他们用自己血迹斑斑的躯体捍卫着由先知阿瓦库姆主持的"追荐祈祷"；他
们被送到了"极尽安乐的天堂"，在那里，新建的农舍上覆盖着柏树做成的木
板，"耕地是自由的，无偿的"。《世俗的沉思》中还收入了组诗《外奥涅加歌
集》，其中展示了农民家庭世俗的日常生活方式。[63]

　　在克柳耶夫的意识里，农民的世界等同于俄罗斯的形象。在他的诗里面，
俄罗斯是与女性的本质结合在一起的：她要么是"目光威严的妻子"，要么是
"母亲"，要么是心爱的女人（《在严寒的雾气中，如猫头鹰的眼眸……》），
这对于俄罗斯的哲学思想和包括民间诗歌在内的诗歌来说都是司空见惯的。但
是，在俄罗斯这个概念中最为关键的，还是诗人认为它既是现实的，又是形而

上的，既是属于民族的，又是普世的空间。1910年代中期，俄罗斯作为白印度的定义出现在他的作品中，而在白印度，经索洛维茨基群岛到西藏的道路从"农舍的心脏"穿过（《白印度》）。某个叫伊帕特或涅尼拉的人的皮袄是俄罗斯人的世界性的象征：他的衣裾使人联想到布哈拉，他的前襟让人联想到撒哈拉，在他的低语中能听到"星光流淌的尼罗河汩汩的流水声"，他的"垫肩"让人想起克什米尔和西藏，"在东方的羊皮里／献祭的光散发着温暖"。这一整部复调音乐被克柳耶夫称为"红角里的印度"（《皮袄从贮藏室里爬了出来……》）。印度不是一个地理形象，它是神圣的。克柳耶夫曾经写道："我们的印度，神秘的晚餐，／像红角里的祭樽一样鸣响。"（《火炉上的浪潮让人陶醉，很响亮……》）

白银时代的作家对历史的认识不仅是横向的，而且也是纵向的；勃留索夫、梅列日科夫斯基、阿姆菲捷阿特罗夫的历史观假定现代文明是与各种古老文明联系在一起，赫列布尼科夫、廖里赫、布宁、古米廖夫都转向了基督教之前的文明 [64]，写过俄罗斯的全人类体验的既有勃洛克，也有别雷，俄罗斯作为《圣经》里的空间出现在列米佐夫的作品中。在克柳耶夫看来，俄罗斯是宗教史上的王冠和新的世界文明的发祥地，就像印度是印欧文明的源头一样。克柳耶夫的构想是"白银时代"俄罗斯思想所固有的。俄罗斯是"第一块处女地"，东方和西方将在那里交会，别雷在自由哲学学会宣读的一份纪念亚历山大·勃洛克的报告中这样说道。[65] 后者则认定俄罗斯人是"最后的雅利安人"[66]。对于别雷来说重要的是，根据奥托·施拉德尔的理论，"最最古老的原始雅利安部落散居在俄罗斯南部，后来，有两支印欧部落分别迁到了不同的地方——西方和东方"[67]。而且在传统的俄罗斯意识中，印度就与尘世的天堂联系在一起，不论《印度王国纪事》——一位捍卫正教信仰的印度国王约翰之信函，在约翰的王国里，停有圣多马的圣髑——还是关于赞美上帝的子民的叙事《拉赫曼人的故事》，这些俄罗斯中世纪的乌托邦都把印度当作了理想的、尚未被人们认识的土地。

克柳耶夫把革命理解为"复活的圣宴"[68]，他相信俄罗斯扮演着救世主的角色。1918年，他在《斯基泰人》上发表了《载日者之歌》，其中写道：

> 中国、欧洲、北方和南方
>
> 相逢在宫殿像女友跳环舞一样，
>
> 以便把深渊和穹隆联结在一起。
>
> 俄罗斯是母亲，拯救者是上帝。

革命像神秘的礼仪表演一样降临了：在"大地中心的三株火红的橡树"上共有三枚太阳橡实：浅蓝色的、孔雀般斑斓和红彤彤的；红彤彤的太阳将在众目睽睽之下在"悲伤和痛苦的世界"上方升起。所有这一切都被视为一种对天下施以宽容的举动：不仅各个基督-民族，就是那些走出"地狱洞穴"的恶魔-兄弟也将享受到阳光。

克柳耶夫革命后的诗歌反映了诗人的革命神秘主义情绪。在克柳耶夫的乌托 707
邦里出现了现实的主人公，其中列宁被想象成一个旧礼仪派教徒的形象："列宁怀有克尔任涅茨精神，／他的法令里有修道院长的召唤，／他仿佛在《沿海回答》里寻找／崩溃的源头①。"（《列宁怀有克尔任涅茨精神……》，1918）但是不久后，革命浪漫主义就被自欺的情节所替代，而且，在与莱蒙托夫的《飞船》同名的诗里，他已经表明他意识到了无论斯莫尔尼宫，还是"红彤彤的士兵"都不需要自己。他把自己的诗和杰米扬·别德内应革命之需所作的诗作了对比："别德内·杰米扬从卖书款里／红艳艳地笑着，喘不过气来……"克柳耶夫命途多舛，1923年被捕后囚禁了不长时间，但是在1934年再次入狱，并被流放到西伯利亚的科尔巴舍沃市，之后被转到托木斯克，1937年投入托木斯克监狱后被枪决。从20世纪20年代下半期开始，克柳耶夫基本上就是在写"给书桌抽屉"，一些文本在1934年被捕时被没收。流放期间完成的作品下落不明。

克柳耶夫在风格方面的探索，在20世纪20—30年代他描写革命后俄罗斯的诗歌中取得了进展。时代悲剧性的体验对诗人的世界观产生了影响，这不可能不在其作品的诗学中表现出来。他的风格日臻完美，形象的精巧性和世界观的明确性相结合，隐喻性、象征意义和艺术上的质朴、形象的透明及具体性相结

---

① 克尔任涅茨河流域和北方沿海曾一度是俄罗斯旧礼仪派逃亡的目的地和宗教文化中心。《沿海回答》即《北方沿海派教徒的回答》，系各旧礼仪派教徒普遍承认的教义文献。——译者注

合。应当同意埃·赖斯的看法，他认为克柳耶夫的主要贡献，在于"把中世纪的圣像画术贯彻到了语言艺术中"，"克柳耶夫和圣像画家们一样，把世俗世界的千姿百态变成了丝毫没有丧失其鲜明真实性的符号和象征"。[69]

3

谢尔盖·叶赛宁

谢尔盖·亚历山大罗维奇·叶赛宁出生于梁赞省康斯坦丁诺沃村的一个农民家庭，毕业于四年制小学和师范学校，1910年代初期与苏里科夫小组的作家们关系密切，1913年至1915年就读于阿·列·沙尼亚夫斯基大学哲学史部。叶赛宁早期的抒情主人公是准备为了神圣的真理而建功立业的浪漫主义者、道德马克思主义者，或许，俄罗斯诗歌方面的知识对此产生了影响。叶赛宁关于诗人的概念是传统的：诗人是与盲从的大众相对立的预言家。在《诗人》（1910—1912）这首诗里，他塑造了具有浪漫主义二元世界意识的受难诗人、阁楼居民的形象。勃洛克在其能使人联想到涅克拉索夫之城市诗歌的组诗《城市》（1904—1908）里，就已经塑造过这类形象了。叶赛宁早期的手抄作品集名为《病中沉思》，是由1911至1912年创作的十五首诗组成的，这些诗的内容是浪漫主义的，描述了陷入忧郁中的诗人的孤独。叶赛宁塑造的诗人形象的内心世界暂时还是借用的，但诗中却有着莱蒙托夫式的语气。

708

创作上的独立性的获得伴随着诗人在世界观方面的探索、理性的尝试以及与克柳耶夫的结识，后者作品中形而上学的内容和隐喻的诗学使叶赛宁感到亲切。叶赛宁以宗教传统为依托，在俄语诗歌里寻找自己的位置。他和克柳耶夫一样，也出身于信徒家庭，盲人、朝圣者关于天堂、米科拉①、神秘城市的宗教歌曲的内容，熟知《圣经》和宗教诗歌的外祖父 费·安·季托夫所讲的故事，在他的创作里均有反映。年轻的叶赛宁对神启的渴望来源于《圣经》——他把《圣经》理想化了，既接受了思维和形象的普世性，又接受了形而上学和弥赛亚学说。

但叶赛宁不是教徒。在他的意识里，获得内心宁静的愿望和不安定感交织在一起。他的诗并不像我们在克柳耶夫作品中所注意到的那样突出宗教理性，恰恰是抒情的"我"起着组织叶赛宁诗歌的内容和艺术体系的作用。

叶赛宁在20世纪头十年的中期创作的抒情诗充斥着源自于东正教的形象。譬如，白桦与蜡烛相结合（《已经是傍晚 露珠……》，1910），松鸡呼唤人们去做彻夜祈祷（《春汛用烟雾……》，1910），流浪的盲人歌手的精神文化和农民日常生活里的文化构成了一个世界（《流浪的盲人歌手》，1910）。谢尔盖·叶赛宁1914年的诗歌的主旋律是美满，而风景的隐喻则是与福音书里的形象结合在一起的。在《融化的黏土干涸了……》一诗中，风"温和的褐色驴驹"的形象，使人联想到了基督的漫游："有人身穿太阳的粗呢衣，／骑着褐色的驴驹前行。"在《我闻到了神的亡灵节的气息……》（1914）中，大自然是基督的化身："在枝叶纷披如串珠的／松树、云杉和白桦间，／在花冠下，针的指环中，／我仿佛看到了耶稣"，耶稣叫抒情主人公到密林里去，"就像唤他进入天国"。

叶赛宁早期的风景抒情诗一个常见的动机是钟声齐鸣，它赋予大自然以庙宇的特点，后者是与钟声联系在一起的。他的诗里出现了和克柳耶夫的诗句"松林呼啸"相似的形象："森林用镀金的针叶，／发出阵阵钟鸣"（《泥泞地和沼泽茫茫无边……》，1914），"柳树——温顺的女修道士，／长久而清晰地敲打着那钟"（《我热爱的地方！心儿梦到了你……》，1914），"在黑麦叮当作响的垄沟里"（《我将戴着法冠出发，我是谦恭的僧人……》，1914）。风景的形象获得了圣礼般的特点，把叶赛宁富有诗意的思维中典型的泛心论也保留了下

709

---

① 米科拉是俄语农民口语中对尼古拉的音变，这里指的是显灵者圣尼古拉。——译者注

来。风景是活生生的肉体，也就是勃洛克谈及《大地的气泡》时将其称为"树木之狂欢"的东西。[70]

叶赛宁笔下的风景具有双重空间性，这在新农民诗人的风景抒情诗里是固定不变的。他们对多重现实、"观点的混乱"[71]的疆界秋毫无犯，而这条疆界则是由各种先锋派试验在空间上的无理由特征所确定的。他们创造了兼有神圣世界和有机世界的二元空间。

因此，诗人在树林里出生的情节是标志性的："伴随着歌声，我在草做的被子中降生。／春天的朝霞给我裹上彩虹襁褓。"（《母亲披着金梅草在树林里漫步……》，1912）值得注意的是，树林里的小孩这个情节也出现在确实是在覆盆子树丛里出生的克雷奇科夫的抒情诗里。在叶赛宁那里，大自然庙宇般的宁静与抒情主人公内心的温柔是相互联系的："宁静和力量在心里安睡。"（《傍晚炊烟袅袅，猫在梁上打盹……》，1912）他承认在他的"心灵的上方有一盏神灯，／而耶稣在心里"，他就像一位"仿佛草原上的燕子一般"在为上帝歌唱的香客（《我是一贫如洗的流浪汉》，1915），这样，就找到了一个表明了诗人的内心想法并传达出他与树林世界的相似之处的词汇。燕子诗人、小鸟诗人饱含着对上帝的爱。似乎是为了配合"捣毁燕子窝是造孽"这句谚语，克柳耶夫在《为谢尔盖·叶赛宁哭泣》（1926）中写道："我像塑造燕子窝一样，塑造了你可爱的心灵。"但克柳耶夫还写道，叶赛宁走着"强盗的小道"离开了他。肉体的天性向抒情主人公传达了多神教欢腾雀跃的状况。在那"珍珠般的露珠／闪烁着鲜红的光辉"（《天鹅》，1913），所有泥土和草木的汁液都在流淌的世界里，抒情主人公是"热情奔放人群"中间的一员（《外婆的童话》，1913）。叶赛宁笔下的"我"的内心矛盾，在其直到《黑影人》的创作中始终没有发生过变化。

在东正教的主题中，叶赛宁仅仅是个抒情诗人。在其诗歌的宗教形象里，没有克柳耶夫诗歌的书卷气智慧，取而代之的是感性。因此，在描写复活节时，强调了对内心喜悦的关注，而三位一体首先是主人公抒情状况的语境；在近似于赞美诗的诗歌《阵阵的风没有撒向密林……》（1914）中，居主导地位的是感性因素——领悟到自己的爱情和自己对"怀抱至净圣子、／人所钟爱的圣母"的哀悼。

情节体系赋予了叶赛宁的抒情诗以谣曲的特点。在诗人的宗教诗歌里也显现出谣曲元素。譬如，在《上帝去审问陷入爱情的人们……》（1914）里，就描写了没有被人认出来的上帝与看他可怜而施舍给他钱的老爷爷的相遇。收入诗集《亡灵节》的诗歌《米科拉》（1913—1914），其题材既符合宗教诗歌的传统，又合乎圣徒传情节的特点，描写了"上帝的一位温柔的侍者"在俄罗斯的漫游。[72] 他以流浪的盲人歌手的身份来到了农民的世界：脚蹬树皮鞋，肩挎背囊；他遵照神的意志，为俄罗斯边远地带农民的"微不足道的安适"而祈祷；他把上帝的恩惠——"成熟的黑麦"分发给东正教徒，像圣母用饱满籽粒的黑麦喂鸽子一样，用黍喂养树林里的动物。麦穗是表明作品主旨的形象，是人民的生活得以恢复、"生活腾飞"的象征。叶赛宁的想法非常乐观，《米科拉》的结尾是对庄稼人为纪念圣徒而进行的劳动的描写。

霍达谢维奇认为叶赛宁是一位利用了基督教神话形象的半多神教诗人。[73] 但是，不论抒情主人公的性格，还是东正教的形象（后者表现了叶赛宁的思想、他关于俄罗斯是"神的垂青者"的概念），都说明基督教的历史并没有被诗人从功利的角度加以理解，也不仅仅是其诗学的组成部分。甚至连诗歌《在农舍里》（1914）所提及的农民的日常生活和日常生活中使用的发面盆、松软的烤饼和鸡蛋壳、犁、轭等等，都使农民的宇宙具体了起来。而刻意的直观性是这样一种器具，关于它们，曼德尔施塔姆曾经写道："是周围世界的拟人化，是用最微妙的、目的论的热量来温暖它。"[74] 他认为由物体向器具象征的这种转化是希腊化时代的传统，并认为"可以把俄罗斯语言之希腊化时代的本质与其存在性等同起来"[75]。叶赛宁的诗证实了曼德尔施塔姆认为俄语与实用目的相对立的思想。他的那些形象是一种肉体，表达了新农民诗人特有的感受：他们把日常生活当成了被喻为世界秩序的微观宇宙。此外，在叶赛宁对农村秩序的理解中，还表现了《圣经》的传统：虔敬的约伯的富裕程度是由上帝的意志决定的，而当旧约和新约中那些神性真理在日常生活中显现时，它们便在日常生活层面上得到了验证。

诗人世界观的主导思想表现在"我接受"这个词上：他以一种托尔斯泰的方式认为世界是既定的。在他对待俄罗斯的态度中并不存在理性，而是怀有莱蒙托夫式的"奇异的爱"。在组诗《罗斯》（1914）里，俄罗斯这个"故乡"

710

既是"温柔的"，又是纵酒狂饮的，既是迷人的，又是毫无诗意的。诗人接受了它本质上所具有的一切，不过，根据俄罗斯的存在主义传统，他也指出了其存在的一个可悲的主导动机："你那短暂的欢乐是多么幸福。"

1913年，叶赛宁在仔细阅读福音书的时候，就像他对友人格·潘菲洛夫所承认的那样，发现了很多对他来说全新的东西。他早期的宗教观点中，已经表现出了异端色彩。在叶赛宁对待基督的态度上，可以发现托尔斯泰式的怀疑。从他1913年写给潘菲洛夫的信件可以得出结论，他信奉的基督是一个被赋予了人的英明头脑的天才，是一个高尚的灵魂和以仁爱待人的榜样——仅此而已。他承认："但我并不像别人那样信仰他。"[76] 叶赛宁认为，基督"并没有揭示生活的目的"，只不过指出了应该怎样活着，但"这么做能得到什么，谁也不清楚"[77]。他自己得出了结论：生活的真谛在于全世界的联合，要"万众一心"[78]。对齐心协力的信念使诗人避免了革命年代的极端行为。当时，他已经在谈论对被压迫者和受苦受难者、罪犯和品行端正者的爱了；当时，他已经不能接受流血了。另一方面，齐心协力的观念又使叶赛宁觉得自己是个非决定论者：既不是农民，也不是基督徒。为了让自己相信世界是统一的，他在1910年代对人和基督的共同点作了总结："人们啊，瞧瞧自己吧，从你们自己当中就不能出现一些基督吗？你们就不能成为基督吗？难道尽管满怀希望，但我还是不能够成为基督吗？难道你也一样"，他问潘菲洛夫，"不会走向十字架，如我对你的了解，为了他人的幸福而死吗"[79]？

在叶赛宁的意识里，他所钟爱的基督形象首先是同殉难、自我牺牲精神和苦难结合在一起的。在宗教诗歌《阵阵的风没有撒向密林……》（1914）中，基督是一位漫游者，这个形象让百姓感到亲近。叶赛宁塑造的基督形象与丘特切夫的一个有名的形象近似，即"天上的沙皇身着仆人的装束，／走遍了你这故乡的土地，／并赐予祝福"。诗人对耶稣的态度中流露出了怜悯的感情。叶赛宁把承受苦难的耶稣与大自然视为同一，把耶稣的创伤比作花楸丛（《静静地走在璎珞林中的悬崖边……》，1914）。他在疲惫不堪的祈祷者身上看到了"温柔的救世主的忧郁"（《这是我的方向吗，我的方向……》，1914）。后来，在《乐土》（1918）中，这种感情以反抗铁石心肠的万军之主和不愿把基督的苦难当作对人类罪孽的补偿的形式表现了出来。

711

身处莫斯科的环境中，理想主义者叶赛宁想到，当耶稣再次降临世上之后，还是因为不能够唤醒人们沉睡的灵魂而将再一次死去。他在给潘菲洛夫的信中提到过这一点，他的《阵阵的风没有撒向密林……》里也提到过这一点。叶赛宁内心的道德反抗情绪愈高涨，他诗歌里抒情主人公就越是积极地宣布自己不单单是香客，而且还是流浪汉。在叛逆的"我将戴着法冠出发，我是谦恭的僧人／或头发浅黄的浪人"里，受到青睐的仍然是浪人，甚至在和谐的大自然的形象中也显示了浪人的特点："黎明用一只多露凉爽的手／碰翻朝霞的浆果。"（《我将戴着法冠出发，我是谦恭的僧人……》，1914）

712

从诗歌《我们的信心没有失却……》（1915）可以看出，尽管作为东正教徒，他的歌颂和赞美都充满神圣性，但他还是很容易陷入矛盾："不单单是虔诚的道路／能把我们带到天堂。"叶赛宁指出了他选择的通往天堂的新的道路——囚室、"锁链的金属声"的道路。那几年，在叶赛宁的抒情诗里出现了被他赋予浪漫主义色彩的自由流民的代表人物——市长夫人玛尔法、拉辛、普加乔夫、瓦西卡·布斯拉耶夫、戴镣铐的人和苦役犯。抒情主人公自己记得，"罗斯迷失于偏远的摩尔多瓦与楚德①，／恐惧对于她来说算不得什么"，"戴镣铐的人""杀人犯和小偷"艰难地行走在罗斯的道路上。他宣称自己是他们中的一员："但是连我也会杀人／伴着秋天的呼啸声"，"我将被人们牵着颈上的绳索，／去爱上寂寞"（《在长着黄色荨麻的地方……》，1915）。叶赛宁抒情诗的这些情节与别雷的《灰烬》中的内容相近似，而且，或许就是受了这本书的启发，在书中，诗人把自己视为一无所有的香客、逃亡的囚犯和农村里"不幸的人"[80]。

如果说在意识到了自己注定要灭亡的普加乔夫起义者们演唱的纤夫之歌里所表现出的诗性恐惧使格里尼奥夫②感到震惊的话，那么，在叶赛宁描写反抗的那些情节中，则发出了俄罗斯河上强盗们欢快的无政府主义之声，这既符合他所赋予自由流民的浪漫主义色彩，又符合他的性格特点。伊·罗扎诺夫为叶赛宁记录下了一段广为人知的自白："对宗教的怀疑早早地就降临到了我的身上。

---

① 摩尔多瓦和楚德都是伏尔加河流域的芬兰—乌戈尔部族，它们的地域是从俄欧地区流放西伯利亚的必经之路。——译者注

② 普希金以普加乔夫起义为背景的长篇小说《上尉的女儿》中的主人公。——译者注

童年时我发生过一些急剧的转变：先是祷告时期，然后是非同寻常的顽皮阶段，以至发展到了渴望侮辱和咒骂神灵的地步。后来，在我的创作中，也经历了那样一些阶段：即便您把第一部书里的心境比作'变容'也可以。"[81] 诗人-燕子彬彬有礼，对神充满敬仰，像普希金一样渴望内心的宁静，游民诗人表现了俄罗斯意识里的最高纲领主义。

但早期有关苦役犯和强盗俄罗斯的浪漫主义情节，和游民抒情主人公的形象一样，无论如何也不能与现实中残暴的行为和阶级报复的思想本身联系在一起。叶赛宁和克柳耶夫不同，他后来不可能为这一思想真正的、与文学形象相去甚远的执行者——革命战士进行辩解。

1916年初，叶赛宁的首部诗集《亡灵节》问世，对诗人早期的基捷日情结的特点作了总结。1916年初，他同克柳耶夫在伊丽莎白·费奥多罗夫娜大公夫人军医院和大公夫人家中发表了三次演说。7月22日，叶赛宁在皇村军医院当皇后亚历山德拉·费奥多罗夫娜的面朗诵了自己的《罗斯》（1914）。但克柳耶夫和伊万诺夫-拉祖姆尼克都劝说叶赛宁要与宫廷保持距离。德·彼·斯维亚托波尔克-米尔斯基猜测，克柳耶夫和伊万诺夫-拉祖姆尼克对叶赛宁的心理不可避免地产生了绝对的影响：他们俩不论谁，都是"具有坚定的思想信念、不会怀疑什么和不知疲倦的人。叶赛宁应该很容易地就屈服于他们了"[82]。像叶赛宁在诗歌《啊，缪斯，我温和的朋友……》（1917—1918）中所写的那样，"温柔的使徒克柳耶夫／把我们抱在怀中"，"拉祖姆尼克的面容／在雾中若星辰为我们歌唱"。在1917年6月24日写给希里亚叶维茨的信中，叶赛宁对伊万诺夫-拉祖姆尼克做出了这样的评价："他性格深沉而坚毅，思维富有洞察力，因而，谢尔盖·叶赛宁本人，也就是我本人在他那儿既能够得到放松，又能看清楚自己，还能为自己激动不已。"[83] 叶赛宁浪漫地迷上了社会革命党人的理念，但却自发地接受了二月革命和十月革命。他以艺术家的秉性对现实做出了解释。他的革命性比那些党派——不论社会革命党人还是布尔什维克党——的观点都深刻得多，马克思主义对于他来说是陌生的。相对于农民的神秘主义和把俄罗斯作为负有《圣经》中行星使命的国度的认识来说，他的立场是左倾的。在这个意义上，斯基泰派叶赛宁既是斯拉夫主义者，也是西方主义者。

俄罗斯侨民阅读了叶赛宁1916年至1918年创作的小型乌托邦叙事诗，把

713

它们视为关于庄稼汉的宗教启示录。康·莫丘利斯基在1923年9月3日巴黎《环节》报第31期上发表的文章《庄稼汉的小牲口槽——论叶赛宁的创作》中，把《奥特恰尔》和《如歌的召唤》中的世界观的概念解释为关于俄罗斯-拿撒勒，关于上帝选民的预言——能显灵的长着宽颧骨的庄稼汉，正是他在大老粗的小牲口槽里为耶稣接生。在小型宗教-革命史诗《同志》《如歌的召唤》《奥特恰尔》《八重赞美诗》《降临》《变容节》《乡村日课经》《乐土》《约旦河上的鸽子》《天上的鼓手》和《全能者》中，都表示俄罗斯是被预先指定为人间天堂的、神选中的国度。在这些史诗中，二月革命被解释为旧礼仪派庄稼汉——与《圣经》中牧人相近似的宇宙猎人——的革命。在叶赛宁那个时期的抒情诗里，农民和上帝、先知平等相处。在《田野上空的朝霞——就像红色的板墙……》（1917）中，一位农民对耶稣就像对待孙子一样："你好啊，小孙孙！""你好，光明！""去农舍坐坐吧。""那么爷爷在家吗？"

叶赛宁认为革命是基督关于爱的学说的体现。如在《如歌的召唤》中所说的，"我们来到世界不是为了残杀破坏，／而是为了友爱和信赖！"叶赛宁避免使用"革命"一词，讲述了伴随着基督——光明的客人——现身世界同时发生的变革。在勃洛克的《十二个》问世之前，叶赛宁关于婴儿耶稣的长诗《同志》就已经完成，婴儿耶稣和起义者们一起冒着枪林弹雨行进，并在"为了自由，为了平等，为了劳动"的战斗中牺牲。亚·巴赫拉赫确信，革命把叶赛宁吸进了"自己具有向心力的漩涡中"，他从耶稣之死中发现了为了革命而扼杀信仰的主题。[84] 维·扎瓦利申，战后一代侨居国外的文艺学家，把叶赛宁的宗教信仰与革命对立起来，做出了另一种解读："在长诗《十二个》中，勃洛克以基督的名义祝福革命；在长诗《同志》里，叶赛宁……要证实的是，对基督的信仰被革命枪毙了。"[85]

1916年，怀孕的新俄罗斯的宇宙之肚腹、产下马驹的天空和降生的小马驹——俄罗斯-拿撒勒等形象在叶赛宁的头脑里成熟起来。终于，在《变容节》中，出现了令人瞠目结舌的诗行："云彩在吠叫，／金黄牙齿的群峰在怒号……／我歌唱和呼唤：／上帝，生个牛犊吧！"在这似乎是明显亵渎神灵的诗句中，很大程度上显示了农民日常生活的体验、把天空和乌云与家畜家禽联系在一起的民间创作的传统，或许还有从克柳耶夫那儿所了解的普济主义。叶赛宁

714

诗歌里关于光明的客人用以灌满日常生活的牛奶的内容也有象征意义。不论神秘的形象性，还是《圣经》里的人物与情节，直白的《圣经》引文，还是各章中用祈祷文体裁写就的诗行，以及其根源可以追溯到被叶赛宁视为标志性作品的《伊戈尔远征记》的自由诗的运用，都与各首小长诗神秘的内容及其"第三约言"的主题相符。

　　抒情诗人叶赛宁的诗学表现了通过一系列形象的隐喻所表达的联想与使用原意的语言的综合。叶赛宁诗歌的句法结构符合浪漫曲的风格，一句话安排在一至两行。伊·格鲁济诺夫曾引用过叶赛宁的经典的说法："句子从一行向另一行的移动我最初是在莱蒙托夫那里注意到的。我喜欢诗句自然的流动。我喜欢句子与诗行的重合。"[86] 以元音和响辅音作为语音图的基础也符合浪漫曲的风格。隐喻性和文本中方言词句的使用与风格的严格规则并不矛盾，尼·彼得罗夫斯卡娅在其风格中发现了宗教传统，在这种传统中，所有事物都被以自己的名字相称，避免了暗示和反思。[87] 这种宗教上的准确性对叶赛宁诗句里颜色的形象性也产生了影响。他的颜色和圣像画的颜色一样，具体、清晰而鲜明。叶赛宁对勃洛克和他本人的诗歌里颜色的见解颇为典型："甚至其形象的色彩本身似乎也被思想所融化，被反思所分解了。我从自己最初发表的诗歌起，就开始用纯净、鲜明的色调写作了。"[88] 与宗教的确定性相符合的，既有格律结构被明显打乱的分解诗行的缺失，又有古典韵脚。

　　小长诗的诗学成为叶赛宁意象主义成长的土壤。"朝霞熊熊燃烧，烟雾升腾，／刻着花纹的窗户上挂着血红的窗帘"（《傍晚炊烟袅袅，猫在梁上打盹……》，1912）或"在那轻巧的、金子做的吊灯上，／天堂的烛火开始摇荡"（《罗斯》，1914）之类的形象在叶赛宁早期的抒情诗里也很突出和鲜明，并不亚于先锋派。可是到了1917年，叶赛宁的风格中出现了新的倾向，这种倾向在舍尔舍涅维奇属于未来主义阵营的阶段及其在意象主义时期所写的著作中找到了自己的理论依据。故弄玄虚、矫揉造作的形象，形象的刻意雕琢，出其不意的逻辑联系，生动的表现力，对以损害直觉为代价来塑造形象过程中的逻辑的兴趣，形象的完整性和独立的价值以及意象主义诗学的其他特点，在叶赛宁的作品里也都能够找到。

　　在叶赛宁的意象主义中，和在他的所有诗歌中一样，较多地表现了被他称作神秘的绘画的方法。在《玛丽娅的钥匙》里，有对具有中世纪书面文学和民间创作典型的双重视觉、双重听觉和双重感受的时代的指涉。这些指涉说明叶赛宁认为诗人传达宇宙的二元世界性的能力是塑造形象的基础。他使动词在解决这个问题方面起了举足轻重的作用。特别需要指出的是，舍尔舍涅维奇也曾经从上古时代寻找过第一位意象主义者，并且认定所罗门就是。不过他倾向于把创作当作算术，同时对艺术的实质抱有怀疑态度，而艺术的实质恰恰吸引着叶赛宁的注意力。

叶赛宁的宇宙主义思想以及作为其结果的二元世界既来源于农民对宇宙的认识，来源于农民像对待父辈的家园一样对待天堂的态度，又来源于《圣经》的传统，在极其微小的程度上也来源于象征主义，尽管叶赛宁正是从安德列·别雷的《科季克·列塔耶夫》的风格中发现了真正的二元世界。在关于《科季克·列塔耶夫》的评论文章《父亲的词汇》（1918）中，他提到了"诗歌创作中的譬喻，这种譬喻实质上表现了他本人早期和后期在风格上的探索：我们打起了嘴仗，'就像水里的鱼一样，竭力去咬落在冰面上的月亮，但在冰下面咬着咬着却发现上面什么也没有，那黄色的东西看上去近在咫尺，却升了起来，愈升愈高'"[89]。同样通过这个形象，他表达了自己对同勃洛克谈话中的一个词的理解："创作的形象：抓、咬。一群江鳕看到了月亮在冰上的影子，就从下面咬紧冰，吮吸，吮啊吮，可月亮却逃到了天上。一条江鳕跃出水面去够月亮。"[90] 在寻找能把天和地连接在一起的词汇时，叶赛宁引用了 716
克柳耶夫，几乎逐字引用了他的原话："在寂静的河湾，我们为和音织起了一张网。"而且诗歌语言——叶赛宁这样认为——具有自我繁殖的能力，它会像雏鸟一样，从自己的心灵里破壳而出："……词汇是宝贵的——是刚刚被顶破壳的鸡蛋。"[91] 在《乡村日课经》（1918）里，叶赛宁提到了"伊兹拉米斯季尔"（израмистил）（"我宣布了 / 你的两个罗斯的 / 重新诞生。/ 她给你 / 生了儿子…… / 起名叫—— / 伊兹拉米斯季尔"）。在1921下半年写给伊万诺夫-拉祖姆尼克的信中，他解开了这个定义的谜团：神秘的绘画（мистическое изграфство），双重视野。所引用的那些譬喻证明，叶赛宁创造了关于词汇的新神话。

叶赛宁20世纪20年代的诗歌标志着他不仅公开脱离了克柳耶夫"流派"，

而且也背离了自己1910年代的价值观。在这些诗里，宗教哲学主题越来越少，诗歌揭示了仅仅具有宗教直觉的诗人的内心世界，并且首先引起了"感情的春汛"——抒情主人公"我"的隐秘的心绪。表现俄罗斯命运的作品已经失去了神秘的乌托邦色彩，是对革命后人民的悲剧充满感情的反应。克柳耶夫在20世纪20年代指责叶赛宁的背叛是有根据的。叶赛宁在俄罗斯诗坛取得自己的一席之地后，就愈加成为一名抒情诗人，其创作中对俄罗斯命运形而上学的、庄严深沉的思索让位给了自传性质的"小说"。

＊　　＊　　＊

新农民作家的创作活动在20世纪30年代大镇压时期终止了，它构成了苏维埃时期文学的一种非主流的、秘教的潮流。随后几年禁止出版他们的作品是一种政治的和民事的惩罚举动。只有叶赛宁的诗歌例外。在经历了长久的忘却之后，20世纪90年代初，新农民作家的创作又出现在学术交流中。他们的形而上学体验和在文体方面的发现仍然没有被当代的文艺作品所接受。但是农民的悲剧命运和乡村世界的主题不同程度地在被评论界称为乡村作家的小说家和诗人的作品里重现。为公平起见，应当指出，这里主要指的是20世纪20年代的新农民作家的创作：首先，在瓦·拉斯普京的作品里，就能看出克雷奇科夫散文的明显痕迹，情节特征和形象系列方面的相似之处也是显而易见的。

注释：

1　这个术语是由瓦·利沃夫－罗加切夫斯基引入学术界的，他把20世纪的农民诗人与阿·柯里卓夫、伊·苏里科夫、斯·德罗任等自学成才的诗人相比较。参见：利沃夫－罗加切夫斯基，《新俄罗斯诗歌：田野和城郊的诗人》，莫斯科，1919。在当代，亚·伊·米哈伊洛夫的著作《新农民诗歌的发展道路》（列宁格勒，1990）对这个术语给予肯定。

2　拉·瓦·伊万诺夫－拉祖姆尼克，《两个俄罗斯》，载《斯基泰人》，1918，第2期，228页。

3　文中的艺术文本引自以下版本：《克柳耶夫作品：两卷本》，格·彼·司徒卢威与鲍·安·菲利波夫主编，慕尼黑，1969；克柳耶夫，《颂歌》，谢·伊·苏博京与伊·阿·科斯京编纂、作序并注释，彼得罗扎沃茨克，1990；《克雷奇科夫诗歌》，谢·伊·苏博京校

717

勘，莫斯科，1997；《诗与生活中的谢尔盖·叶赛宁；1910—1925年诗歌》，纳·伊·舒布尼科娃-古谢娃主编并作序，谢·彼·科舍奇金、谢·伊·苏博京、纳·伊·舒布尼科娃-古谢娃、尼·格·尤索夫整理并注释，莫斯科，1995；卡尔波夫，《火焰·俄罗斯方舟·来自深处》，谢·斯·库尼亚耶夫校勘并作序，莫斯科，1991；加宁，《诗歌，长诗，长篇小说》，斯·尤·库尼亚耶夫、谢·斯·库尼亚耶夫编、作序及注释，阿尔汉格尔斯克，1991；《克柳耶夫、克雷奇科夫、奥列申选集》，В.П.茹拉夫廖夫编、作序及注释，莫斯科，1990。

4　米歇尔·尼克，《"新农民诗人"的末世论愿望与布尔什维克革命》，载《第四届布尔什维克革命的宗教背景世界会议，哈罗盖特，1990年7月21—26日》。

5　尼采，《查拉图斯特拉如是说）》，尤·安东诺夫斯基译，莫斯科，1990，211页。

6　《大司祭阿瓦库姆传》，载《手写作品选集》，莫斯科，1969，626页。

7　梅列日科夫斯基，《托尔斯泰与陀思妥耶夫斯基》，载《梅列日科夫斯基全集》，二十四卷本，莫斯科，1914，第10卷，160页。

8　1911年，梅列日科夫斯基曾试图发表这部长篇小说。参见：康·米·波利瓦诺夫，《皮·伊·卡尔波夫》，载《俄罗斯作家1800—1917：传记词典》，莫斯科，1992，第2卷，498页。

9　卡尔波夫，《火焰》，载《最后的列莉：叶赛宁圈子诗人的散文》，莫斯科，1998，159页。

10　同上，98页。

11　亚·亚·伊兹梅洛夫1914年1月1日信件，普希金之家俄罗斯文学研究所，全宗号115，目录号1，存储单元141。

12　卡尔波夫，《骑在太阳上方》，俄罗斯国立文学艺术档案馆，全宗号1368，目录号1，存储单元10—15。

13　勃洛克，《火焰（试论皮缅·卡尔波夫的〈"火焰"——从农民的生活和信仰中升腾〉）》，载《日报》，1913年10月28日；再版于：《勃洛克文集》，八卷本，列宁格勒，1962，第5卷，485页。

14　《1910年12月13—17日、1911年2月13日谢·布尔加科夫致别雷的信件》，载《新世界》，1989，第10期，238—239页。

15　俄罗斯国立文学艺术档案馆，全宗号419，目录号1，存储单元481。

16　同上。

17　卡尔·格拉斯，《俄罗斯邪教》，载《上帝的人（鞭笞派）》，莱比锡，1905；《白鸽（阉割派）》，莱比锡，1909。参见：德·弗·菲洛索福夫，《俄罗斯邪教研究》，载德·弗·菲洛索福夫，《长明灯：论教会—宗教问题文集》，莫斯科，1912。

18　同上，91页。

19　同上。菲洛索福夫指出格拉斯所阐述的俄罗斯鞭笞派起源的四种基本理论：起源于西方的基督教，斯拉夫-芬兰的多神教，具有俄罗斯特色的基督教，最后还有博戈米尔派的学说。格拉斯倾向于最后一种理论，认为弥赛亚说是俄罗斯鞭笞派的源头。但卡尔波夫的小说却被菲洛索福夫视为对俄罗斯人民的宗教探索的诽谤。（菲洛索福夫，《谵语》，载《言论报》，1913年10月14日）

20　彼·阿·茹罗夫，《克雷奇科夫主要的神化·1929年的报告》，俄罗斯国立文学艺术档案馆，全宗号2862，目录号1，存储单元6。研究新农民作家创作的当代学者米歇尔·尼克也认为克雷奇科夫是一位象征主义诗人。参见：米歇尔·尼克，《注定灭亡的列莉》，载《克雷奇科夫诗集》，米歇尔·尼克编，巴黎，1985，8-9页。

21　"此前，象征主义把生活和艺术都复杂化了。从现在起，如果它注定存在——它将使之变得更简单。从前那些象征是零乱而分散的，就像星散的宝石（抒情诗的优势正是产生于此）；从现在起，象征主义的作品将像用整块石头刻成的象征物一样。从前是'象征化'，从现在起将是象征体系。"（维·伊万诺夫，《象征主义的遗训》，载《阿波罗》，1910，5-6期，再版于：《维·伊万诺夫文集》，布鲁塞尔，1974，第2卷，602页）

22　在阐释这一思想时，波捷布尼亚指出了象征与被指明物体的相似之处："绣球花之所以成为少女的象征，与少女被称作红颜有着相同的道理。根据少女、红、茭蒾这些词中火——光的基本概念统一的原理。"（波捷布尼亚，《论斯拉夫民间诗歌中的某些象征》，载波捷布尼亚，《美学与诗学》，莫斯科，1976，222页）

23　维·伊万诺夫，《象征主义的遗训》，《维·伊万诺夫文集》，第2卷，593页。

24　克雷奇科夫1912年6月2日致鲍·萨多夫斯科伊的信，参见：纳·索恩采娃，《最后的列莉：论谢尔盖·克雷奇科夫的生活与创作》，莫斯科，1993，27页。

25　克雷奇科夫1912年6月2日致萨多夫斯科伊的信，俄罗斯国立文学艺术档案馆，全宗号464，目录号1，存储单元69。这里指的是柳·斯托利察的诗歌"过于"华丽。

26　同上。

27　关于存在主义思想与无产阶级社会主义思想的相互关系，参见：别尔嘉耶夫，《不平等的哲学》，莫斯科，1990，176-202页。

28　《彼·阿·茹罗夫的札记本》，俄罗斯国立文学艺术档案馆，全宗号2862，目录号2862，卷宗1，存储单元23，64页。

29　希里亚叶维茨1914年6月1日致帕·谢·波尔沙科夫的信：米歇尔·尼克，《根据其未发表之作所描绘的希里亚叶维茨肖像》，载《苏俄世界杂志》，1985，第26卷（3-4），7—12月，432页。

30　《克柳耶夫致勃洛克的信》，康·马·阿扎多夫斯基作序、刊行及注释，载《亚历山大·勃洛克——新资料与研究》，五卷集，第4卷；《文学遗产》，第92卷，莫斯科，1987，427-523页。

31　埃·赖斯，《尼古拉·克柳耶夫》，《克柳耶夫文集》，两卷集，慕尼黑，1969，第

2卷，59页。

32　拉·瓦·伊万诺夫–拉祖姆尼克，《黑暗的俄罗斯》，伊万诺夫–拉祖姆尼克，《珍藏集·论文化传统：1912—1913年文集》，彼得格勒，1922，75页。

33　麦克维·戈登，《尼古拉·克柳耶夫：部分生平资料》，载《克柳耶夫文集》，两卷集，慕尼黑，1969，第1卷，190页。

34　在《骑在太阳上方》中，卡尔波夫描述了与列宁的会面，后者也指责他是马哈伊斯基派（俄罗斯国立文学艺术档案馆，全宗号1368，目录号1，存储单元10，105页），不排除故弄玄虚的可能。在《骑在太阳上方》中，还记述了梅列日科夫斯基对卡尔波夫的著作《霞光的语声》的反应："您的可怕的书……"还引用了以下对话："应当和人民一起前进。"我说。"可如果人民是……野兽呢？""就是说，您——与人民为敌？""我不知道。但是您呢，您自己打算拿这些'人民的敌人'怎么办？""用胜利来向敌人复仇。人民不是野蛮人。"（存储单元11，121页）

35　《勃洛克文集》，八卷集，莫斯科，1963，第8卷，601页。

36　谢·布尔加科夫，《俄罗斯革命中的人神宗教》，载《俄罗斯思想》，1908，第3期；布尔加科夫，《两个城市：对社会理想之本质的研究》，莫斯科，1911，第2卷，128-166页。

37　"在这里发生作用的还有一种新的力量——知识分子习气——人生际遇和对我们祖国的诅咒，使我长期脱离根基的虚无主义的诱惑。我几乎未进行任何斗争，自然而然地失去了宗教信仰，变成了兼具褒贬意味的'知识分子'：知识修养本来就是与虚无主义结合在一起的。"（布尔加科夫，《自传札记》，巴黎，1991，27页）

38　《托尔斯泰作品全集》，莫斯科，1955，第80卷，205页。

39　《诗与生活中的谢尔盖·叶赛宁：信札·文献》，莫斯科，1995，70页。

40　"许多叫喊声和'口号'等，某种东西开始使我感到恶心，但我期待着开口说话的不是仅仅承认卡尔·马克思的工厂的罗斯，而是乡村、农业的罗斯，很早我就把自己的同情献给了她，因为只有她才有蓬勃的力量。"（摘自希里亚叶维茨1917年3月31日致波尔沙科夫的信件，米歇尔·尼克，《根据其未发表之作所描绘的希里亚叶维茨肖像》，434页。）

41　拉·瓦·伊万诺夫–拉祖姆尼克，《火的考验》，载《斯基泰人》，1917，第1期，304页。

42　参见部分发表的卡尔波夫写给 А.Б.鲁德涅夫的信件（奥·尼·维舍斯拉夫采娃档案）：纳·索恩采娃，《基捷日的孔雀，语文学散文：文献，事实，表述》，莫斯科，1992。文中所涉及的诗歌载：卡尔波夫，《俄罗斯方舟》，莫斯科，1922。

43　德·阿·萨韦利耶夫，《尼古拉·克柳耶夫的精神探索与他在1910—1930年代的创作遗产》，语文学副博士论文摘要，莫斯科，1999，7-8页。

44　叶·伊·马尔科娃，《在俄罗斯北部文学艺术语境下尼古拉·克柳耶夫的创作》，彼得罗扎沃茨克，1997。

45 关于克柳耶夫早期诗歌中的鞭笞派与阉割派的主题参见：亚·埃特金德，《鞭笞派教徒》，莫斯科，1998，292-303页。

46 关于斯文齐茨基参见：索恩采娃，《基捷日的孔雀》中《各各他派基督教》一章，46-78页。

47 关于各各他派基督教思想体系与费奥多罗夫学说的联系参见：斯·格·谢苗诺娃，《俄罗斯"底层的"诗人：尼古拉·克柳耶夫作品的宗教哲学主题》，载《尼古拉·克柳耶夫：研究与资料》，莫斯科，1997，21-53页。

48 菲洛索福夫，《旧仪礼派与东正教》，载菲洛索福夫，《不灭的神灯》，17页。

49 梅列日科夫斯基，《尘世的基督》，载梅列日科夫斯基，《过去和未来：1910—1914年日记》，彼得格勒，1915，163页。

50 同上，164页。

51 "非常喜爱并时常诵读克柳耶夫的一句诗：'我将像新郎一样迎着朝霞走上断头台。'"（帕·尼·卢克尼茨基，《与安娜·阿赫玛托娃的几次会面》，两卷集，巴黎，1991，第1卷，188页）

52 有关费奥多罗夫《共同事业的哲学》对克柳耶夫创作的影响的论述，参见：鲍·菲利波夫，《尼古拉·克柳耶夫：生平资料》，载《克柳耶夫文集》，第1卷，5-182页；斯·谢苗诺娃，《俄罗斯"底层的"诗人》，27-53页。

53 《费奥多罗夫文集》，莫斯科，1982，377页。

54 《克柳耶夫文集》，第2卷，365页。

55 古米廖夫，《俄罗斯诗歌书简》，莫斯科，1990，136-137页。

56 参见：康·阿扎多夫斯基，《克柳耶夫与"诗人车间"》，载《文学问题》，1987，第4期。

57 显然，罪孽的主题对于思考复活问题的诗人来说有着重要意义。1913年下半年，他对维·谢·米罗留博夫阐述了关于人必然要认识到罪孽的思想，指出，连"古代的圣徒都去过妓院"，为的是不仅仅通过爱，还要通过罪孽来接近终将死去的人们。他写道："不，即便我是圣徒，也不必害怕罪孽，这样就不会像狐狸落入陷阱一样陷入谎言之中……"（《尼古拉·克柳耶夫不同时期信札》，谢·伊·苏博京刊行、校勘、序及注释，载《尼古拉·克柳耶夫——研究与资料》，207页）

58 《克柳耶夫文集》，第2卷，357-358页。

59 埃·赖斯，《尼古拉·克柳耶夫》，《克柳耶夫文集》，第2卷，84页。

60 "对《农舍之歌》格律的分析使组诗诗学的研究者雅·彼·列季科得出结论：在具有不同格律环节的分布中，可能保留了演唱送殡哀歌的程序，一部分送殡哀歌是在出殡前演唱的，而另一部分（荐亡哀歌）则是在出殡后演唱的。"这里指的是，克柳耶夫对抑扬抑格的偏爱意味着他的一种创新，因为抑扬抑格就是在1925—1936年风行起来的（雅·彼·列季科，

《克柳耶夫组诗〈农舍之歌〉的诗学》，语文学副博士论文摘要，克拉斯诺亚尔斯克，1999，8-9页）。

61　在344行诗句中，有271个一般的隐喻，而在所有的隐喻中，有180个隐喻组合。见：列季科，上引著作，12页。

62　《高加索言论报（梯弗利斯）》，1918年9月28日，第207期，页2。引自：《尼古拉·克柳耶夫不同时期信札》，217页。

63　叶·伊·马尔科娃，《在俄罗斯北部文学艺术语境下尼古拉·克柳耶夫的创作》，112-132页。书中对《外奥涅加歌集》的诗学进行了研究。

64　参见：尼·亚·博戈莫洛夫，《20世纪初的俄罗斯文学与通灵术》，莫斯科，1999。

65　《追忆亚历山大·勃洛克：安德列·别雷，拉·瓦·伊万诺夫-拉祖姆尼克，阿·扎·施泰因伯格》，托木斯克，1996，39页。

66　《勃洛克文集》，第7卷，318页。

67　《追忆亚历山大·勃洛克》，39页。

68　克柳耶夫，《红马》，载《克柳耶夫文集》，第2卷，360页。

69　同上，101页。

70　1905年5月23日致叶·普·伊万诺夫的信，《勃洛克文集》，第8卷，125页。

71　贝·利夫希茨，《一只半眼睛的射手》，莫斯科，1989，330页。

72　如马·弗·斯科罗霍多夫所说的一样，把"亡灵节"（Радуница）和"米科拉"（Микола）这两个词连接起来，恰好是在叶赛宁创作中起着举足轻重作用的尼古拉-拉杜尼察修道院（Николо-Радуницкий монастырь）的名称。参见：马·弗·斯科罗霍多夫，《文化史语境下叶赛宁的早期创作》，语文学副博士论文摘要》，莫斯科，1995，15页。

73　霍达谢维奇，《叶赛宁》，载《诗与生活中的谢尔盖·叶赛宁：同时代人的回忆》，莫斯科，1995，188-206页。

74　曼德尔施塔姆，《论词的本质》，载《曼德尔施塔姆文集》，四卷集，莫斯科，1991，第2卷，253页。

75　同上，246页。

76　《诗与生活中的谢尔盖·叶赛宁：信札·文献》，28页。

77　同上，28页。

78　同上，30页。

79　同上。

80　参见：Л.К.什韦佐娃，《安德列·别雷与谢尔盖·叶赛宁——论十月革命后最初几年他们创作上的相互关系》，载《安德列·别雷：创作问题》，莫斯科，1988，422页。

81　伊·罗扎诺夫，《回忆谢尔盖·叶赛宁》，载《同时代人回忆叶赛宁》，两卷集，莫斯科，1986，第1卷，442页；

721

82　德·斯维亚托波尔科–米尔斯基，《叶赛宁》，载《俄罗斯意志》，1926，第5期，75-80页；再版于：《俄罗斯侨民论叶赛宁》，两卷集，第2卷，纳·伊·舒布尼科娃–古谢娃作序、编纂及注释，莫斯科，1993，63页。

83　《诗与生活中的谢尔盖·叶赛宁·信札·文献》，71页。

84　亚·瓦·巴赫拉赫，《叶赛宁，〈诗歌与长诗集〉》，载《日报》，1922年12月24日；再版于：《俄罗斯侨民论叶赛宁》，第2卷，32页。

85　维·扎瓦利申，《谢尔盖·叶赛宁的创作》，载《叶赛宁作品选》，雷根斯堡，1946，第1卷，7-17页；再版于：《俄罗斯侨民论叶赛宁》，第2卷，107页。

86　伊·格鲁济诺夫，《叶赛宁谈文学与艺术》，载《诗与生活中的谢尔盖·叶赛宁：同时代人的回忆》，259页。

87　尼·彼得罗夫斯卡娅，《叶赛宁·诗歌与长诗集》，载《前夜·文学副刊》，1922年11月19日，10-11页；再版于：《俄罗斯侨民论叶赛宁》，第2卷，25页。

88　尼·尼基京，《关于叶赛宁》，《同时代人回忆叶赛宁》，第2卷，143页。

89　引自：《诗与生活中的叶赛宁：1912—1925年的长诗、1915—1925年的散文》，莫斯科，1995，254页。

90　《勃洛克文集》，第7卷，314页。

91　同上，313页。

结束语

◎弗·亚·克尔德什　撰 / 谷羽　译

现在，当我们给予20世纪以美学总结的时候，本书所研究的这一时期的
真正意义就显得更加清晰了。这一时期包含了许多不同的思想倾向和艺术方向
（或者是它们的前驱），它们都注定了将继续生存：从社会集体主义到存在主
义的世界观，从现实主义到各种极端左倾的艺术形式。每种倾向都以不同的方
式反映出对于综合的追求，其中包括对于往昔与现代创作经验的综合。

比如，有一种相当具有说服力的观点强调20世纪先锋艺术与历史遗产、与
"经典范例"存在深刻的内在联系，这些遗产和范例"会经受各种各样的审视思
考，经历意想不到的阐释——然后总能成为最新文学的组成部分"。[1]（类似观点
的提出与一种仍然稳固的观点形成了对立，这种观点认为，摆脱传统是先锋主义
本质性的重要特征。[2]）从这样的角度思考，以独特的方式模拟文学未来的白银时
代创作经验尤其具有代表性。其中既有索洛古勃在荒诞派文学方面的早期探索，
也有安德列·别雷的探求发现，包括在"意识流"领域的开拓（《彼得堡》），
使现实主义经典的传统逐步接近先锋派艺术；既有赫列布尼科夫的未来主义实
验，是他把自己的新神话学派的内容扎根于古代语言形象思维的土壤之中，也有
安年斯基的戏剧，是他把"古希腊传统的象征与现代的艺术手法"[3]相结合。当
然，这一艺术文化还有许多其他的现象都重现了那种新的因素与传统因素的综
合，对于此后的现代派文学运动的发展这将成为典型的特征。

现实主义新的形式也显现出综合的倾向。这表现在"永恒的"与"暂时

的"，本质的和历史具体的思维范畴之间决定性的彼此接近（对此以上有所论及），摆脱传统的详细描绘，摆脱不惜笔墨的详尽叙述，或者追求思想的变化，或者趋向较为浓缩的、往往是象征的、概括性的手法重塑现实，以及激活主观因素。从20世纪世界文学的角度着眼，世纪之交在俄罗斯由契诃夫开始所形成的现实主义正属于这种类型。

723　　　最终，不仅具体的、文学史方面的兴趣，还有更宽泛的、类型学史方面的兴趣都呈现出各种过渡（在现实主义与各种非现实主义流派的交界处）现象，这些现象产生于19世纪末20世纪初的俄罗斯文学发展进程中（比如说，在某种程度上列·尼·安德列耶夫、阿·米·列米佐夫、鲍·康·扎伊采夫的创作都可以被视为例证）。因为跟这种过渡现象相关联的问题，已经远远超出了民族文学创作的经验，成了世界各国文学中语言艺术的一种标志。

　　　"白银时代"的遗产，对于俄罗斯文学艺术更加长远的发展道路来说，自然具有特殊的意义。这里所说的既指俄罗斯国内的文学，也包括俄罗斯侨民文学（下面还会讲到侨民文学的第一次浪潮）。与此同时"20世纪俄罗斯文学"这一学术概念作为一个整体进入祖国当代学术领域还是不久之前的事情，因此引起了广泛的关注，各方面积极地交换意见。在最后总结的时候，我们将会提到这个从某种程度上来说超出了题材范围（当然，同时对题材范畴也有所拓展）的"情节"。

　　　众所周知，由于新政权所奉行阶级与意识形态方面的不可调和论，从1917年之后，对于作为一个整体的俄罗斯文学的认识日趋衰微，这种不可调和论还在不同程度上被投射到我们所有的文学史。"白银时代"成了最受轻蔑的继子，至于侨民文学那就更不在话下了。如果说在最初一段时间各种对立的流派还有机会让人们感觉到它们的存在，那么随着时间的流逝，把侨民文学视为不可调和的敌人逐渐成了占有统治地位的观点。

　　　从另一方面来说，还在俄罗斯文学分裂成两条河流最初的源头，在侨民文学那一极对于这种戏剧性的进程就抱定了一种反对立场——将俄罗斯文学真正具有创造性的各种力量连接起来的拯救性思想。然而这种思想即使在己方这边要得到肯定与支持也绝非易事。"我完全不能理解那些高傲不屈、白雪一样纯洁的侨民作家，他们对在那边生活、呼吸、日趋成熟的一切，竟不加分别地统统给予污蔑。"1926年库普林写道（虽然在那个时期他本人也强烈敌视苏维埃制度），他指出，在"彼方文学"的各种最佳现象中，存在着让"此方"与"彼方"得以接近的那种对俄罗斯经典著作遗训的"继承性"，尽管"彼方文学""不可避免地要为红色审查献上贡品"[4]。

就在1926年同一年，伦敦出版了德·斯·米尔斯基（德·彼·斯维亚托波尔克-米尔斯基）的著作《当代俄罗斯文学（1881—1925）》（英语版），书中谴责了对于俄罗斯文学的"政治偏见"："有许多怀有亲苏维埃情绪的俄罗斯人准备剥夺布宁伟大作家的称号，理由是他站在白军一边；同样，许多侨民又反对高尔基享有伟大作家的称号，因为他支持列宁。对于未来的俄罗斯文明来说，万幸的是在苏维埃的栅墙两边，都有一些人不囿于'头脑中的国内战争'，而且这些人的数量正逐渐增加。"[5]

"国内战争"在此后仍然持续。尽管如此，在以后很长的岁月里，让人们记住"国内外两方面"俄罗斯文学各种具有生命力元素之间具有亲缘关系的首先恰恰是侨民。令人敬重的俄罗斯侨民批评家弗·瓦·魏德列毫不含糊地写道："什么是20世纪的俄罗斯文学，对于这个问题，无论是国外的侨民，还是苏联国内，都不能单独做出回答。"[6]

究竟是什么力量使这两条河流相互接近，又是什么力量使它们彼此疏离呢？

另一位俄罗斯侨民界著名的批评家尼·叶·安德列耶夫写道："由于侨居生存的特殊条件，侨民文学活动始于'政治优先'，出于政治上的防卫和政治上进行自我辩解的立场（我们不妨补充一点：从政治角度进行揭露——本章撰写者注）。而俄罗斯侨民界值得赞扬的一点是，'文化优先'的思想也毫不迟疑地起而捍卫纯政治元素以外的其他元素。"[7]但并非永远如此。"政治"并没有隐退，它依然对侨民文学施加着有力的影响。[8]不过，批评家所指出的总的趋势是正确的。具有离心倾向的流派和具有向心倾向的流派，会持续不断地围绕着母国文学展开斗争。离心倾向表现在各种不可调和的意识形态对抗本身之中——这种对抗是离散文学分化成各个敌对阵营的主要根源。不过，尽管意识形态上彼此不容难以调和，但是在艺术以及总体世界观方面的容忍度有时却增长了——这种现象首先出现在侨民文化界内部。使得文化领域彼此分离的特殊立场与固执的偏见，在多数情况下并没有像革命前几年那样，导致过于激烈的派系纠纷。俄罗斯侨民文化界观念不同的活动家在各文学团体和侨民出版物中相遇、合作，且跟以前相比，在更大程度上找到了共同语言。在很大程度上是共同流亡的弃民身份迫使他们产生了这种相互接近的要求。但是对于俄罗斯文学的一致性，毕竟形成了更为宽泛的见解（与革命之前相比）。重要的是这种见解扩展到了俄罗斯文学整体，而非仅仅是侨民文学。

正是在内容的"超意识形态"的层面上——在存在的、本质的、普遍的层面上——形成了俄罗斯侨民文学的基本价值，这就是"文化优先"的意义所在。正是在这个层面上存在着联结两条文学河流的经脉，因为尽管在俄罗斯，文学的总体进程受到各种外在因素的掣肘，但母国文学最重大的事件中还是出现了这种现象。正是在这种意义上，无论国外还是国内都能感受到"白银时代"文艺生活的遗训，这种生活特别强调与"时代的"因素相比，"永恒的"因素应该处于更高的位置。

这样的路线对苏维埃时期官方奉行的文学政策而言自然是"禁忌"。一切变化都是逐渐出现的，但根本性的变化发生在后苏维埃年代。相对于文学创作的内容而言，那时在国内的文学研究和文学批评中，"20世纪俄罗斯文学"这一概念对他们而言出现了实质性的新内容——它指的是一个在最高程度上互相矛盾，但却保持统一的整体，其中一边是去神圣化了的苏维埃时代的文学，另一边是"被平反的"俄罗斯侨民文学以及它的源头——"白银时代"。有了这种观念，学界才开始认识到俄罗斯侨民文学真正的复杂性，认识它的缺陷，认识它的巨大成绩——这不仅指那些在俄罗斯就已经开始创作的作家（比如茨维塔耶娃、格·弗·伊万诺夫），而且也包括那些在革命之前创作就已经达到全盛期，侨居国外以后还获得了新的进展的作家。而这种收获与创作的源头并没有脱离。事实上恰恰相反：这些收获保卫了源头，有时甚至显著弥补了不仅是苏维埃文学，还有苏维埃之前俄罗斯文学运动的损失。

这样的功绩不妨列举一二。"白银时代"面向它同时代的世界艺术文化敞开了大门。这种倾向在俄罗斯革命之后的20年代多多少少仍然得到了继续发展。但是，众所周知，对待西方最新的文学流派，在国内从30年代开始逐渐出现了自上而下的文学孤立主义。在这样一种背景之下，境外的俄罗斯文学在忠实于自己的传统的同时，依然力图继续同世界的艺术创作经验保持交流——尽管程度深浅有别，这种经验原本是"白银时代"提出的任务，而在母国这种交

725

流已经急剧减少。第一次侨民浪潮中年轻一代作家一个鲜明的特征就是极力接近欧洲的当代文学（那时候侨民文学批评界就已经注意到了这一点）。但"年长一代"侨民作家、"俄罗斯过头的俄罗斯人"列米佐夫1925年说过这样的话："在这里（指侨居国外——本章撰写者注）我希望什么呢。我真希望俄罗斯作家们能在这里忍住性子，向这里的艺术大师们认真学习，以便为俄罗斯的文学做出榜样。"[9] 列米佐夫仍然忠实于过去的自己。早在出国侨居之前很久，他的作品对于民族精神传统、对于自古以来的"俄罗斯和谐"（这位作家的话）以及形象结构就有深刻的洞察，这种洞察关乎与西方文学具有亲缘关系的各种艺术探索。姆·瓦·多布任斯基回忆说："他常为自己的写作点缀一些十分奇怪的图画，在这些图画中，他是个超现实主义之前的超现实主义作家。"[10] 但他的一些写作也拥有同样的——纯超现实主义的——性质（比如《任性的命运》《四目对视》——是一系列对梦境的记录）。布宁也曾经指出，在自己后期的创作中不由自主地想接近普鲁斯特。[11]

726

但是，在以种种不同的方式跟西方当代艺术探索进行交流时，第一批侨民作家（首先是年长的一辈）依然能感受到与他们原来的根基和土壤那种割不断的联系——精神联系与艺术联系。扎伊采夫写道："带来了什么，就传播宣扬什么……这其中最主要的——就是俄罗斯。"[12] 不过，扎伊采夫接下来写道，在以前的主题素材中，在"回忆的水流"中，出现了思想的一种新品质——只有"很少的揭露、对抗"剩了下来："过去的和平、诗性的吸引力比战争、流血、暴力、苦难大得多"。[13]

过去了的，就会变得可爱。怀念家乡的情绪无疑会美化陈旧的俄罗斯社会生活的某些方面。同一些艺术家在革命之前的生活中对那些方面已经公正地给予了否定。其实，这是有关俄罗斯的两种真理。（不妨以什梅廖夫为例，1911年他写过著名的长篇小说《从餐厅里出来的人》，另一方面又在30与40年代之间则写出了《朝圣》和《上帝的夏日》两部长篇小说。）但是，在一定距离开外，它们看上去就像是一个真理的不同侧面，它们并不能彼此替代。侨民作家回溯俄罗斯现实的时候，往往会弱化社会情感的尖锐性，而这种尖锐性是革命前时期文学，以及描写过往的苏联文学中的最诚实作品所特有的，但同时侨民作家也会大大诗化民族生活中真正的价值，其中包括民族、宗教方面的价值。不过，似乎没有必要把这两种不同的倾向对立起来——像许多人常做的那样。因为只有使两种真理综合在一起，才能够反映出整个民族生存状况的真实画面。

这里列举的只不过是部分论据，论证的是由我们大体勾勒的各种文学进程相互之间毋庸争辩的关联性，在我们如今对这些文学进程的理解中，对于它们相互之间关联性的认识已经扎下根来。不过，即便在现阶段，对这一问题同样存在着尖锐对立的不同观点，对此下面将有所论述。

从一方面来说，这是一种对于20世纪俄罗斯文学完整性的认识再一次摇摆不定的倾向，不过，摇摆已经来自相对立的另一端。这里所指的是"改革"时期我们的批评界所表达的对于苏维埃文学史极其不赞许的观点，它公正地揭露了苏维埃文学政策的基础——社会主义现实主义的半官方立场。不过，对这一时期的文学艺术实践本身的批驳却往往有失公允。其结果是出现了奇特的王车易位现象。那些曾被认为缺乏价值、有缺陷的（俄罗斯侨民文学），如今被高度评价为有机文学进程中的一个现象；而那些向来被当作文学进程之巅峰的（苏维埃文学），则被视为缺乏价值。在苏联时期，文学进程中最大的艺术成就往往属于官方意识形态的内部对手，这一点说得基本没错。不过，从这一点常常会推导下去，逐渐损害那些得到官方承认的作家们的声誉。研究苏维埃文学另外一条有效的途径是——"从垒垒巨石之下"搜寻那些被体制歪曲、强加的文学作品的真正价值。而对于苏维埃文学现象一味采取片面否定的观点，恰恰会破坏我们所探求的20世纪俄罗斯文学统一性的观念。因为很难想象真实的文学与虚假的文学会同时并存。在相对于世纪之初显得无比艰难的条件下，离散文学总体上说来保持了自己基本的艺术状态和完整性——对"白银时代"之忠诚的意义正在于此，虽然对于构成了上文所述整体的各道支流来说，这自然并非消弭它们之间显著差异的理由。

与此同时在当今的批评界这种倾向很明显。这种观点对捍卫统一性思想本身而言很有效，然而却需要以大得多的力度来强调不一致，强调构成这个整体的各个部分不可替代的独特性，强调这个整体复杂的异质性，而这种异质性的开端也是由"白银时代"奠定的。

要知道，"实验场"的境况本身（世纪之交的俄罗斯文学在很大程度上就是这么一块"实验场"）从本质上说来始终是多元的、众声喧哗的。况且这时整个世界范围内社会历史处于剧变时代，这就是这一文学"实验"时期总的时

727

代背景，20世纪特别复杂的种种文学关系都与这种时代背景相关（无论在俄罗斯，还是在其他国家，概莫能外）。

注释：

1　维·弗·伊万诺夫，《先锋派心目中的经典》，载《外国文学》，1989，第11期，231页。如尚可参阅：克莱尔·卡瓦纳，《现代主义对传统的构建：曼德尔施塔姆，艾略特，庞德》，载《20世纪俄罗斯文学：美国学者的研究》，圣彼得堡，1993。

2　先锋派（其中包括俄罗斯的未来主义）有时被拿来与他们的先驱象征主义进行强烈对比，著名的德国斯拉夫学家罗尔夫·迪特·克卢格对此给予了很有说服力的反驳。

3　维·弗·伊万诺夫，《先锋派心目中的经典》，227页。

4　库普林，《真实——是我的主人公》，载《俄罗斯时代（巴黎）》，1926年7月14日。引文引自：《文学评论》，1998，第4期，66—67页。

5　德·斯·米尔斯基，《从古代至1925年的俄罗斯文学史》，伦敦，1992，455页。

6　弗·魏德列，《20世纪俄罗斯文学中的传统与新因素》，载《俄罗斯侨民文学：论文集》，尼·彼·波尔托拉茨基主编，匹兹堡，1972，10页。

7　尼·安德列耶夫，《论俄罗斯侨民文学的特点及其发展的主要阶段：定题尝试》，载上引著作，21页。

8　关于以"极端的政治化"为特征的俄罗斯侨民文学第一浪潮的"思想斗争"（尤其是"在流亡的最初十年"），可参阅由奥·尼·米哈伊洛夫担任责编的集体专著《俄罗斯侨民文学：1920—1940》中的《序幕》一章（莫斯科，1993，46—47及后面几页）。

9　《作家论当代俄罗斯文学以及自我评价》，载《走自己的道路（布拉格）》，1925，第8—9期，5页。在该杂志同一期的同一栏目里载有茨维塔耶娃对列米佐夫的评论："在这里，在俄国境外，我认为有一个人不仅是俄罗斯作家中最为活跃的一位，而且是俄罗斯灵魂以及俄罗斯语言的活的瑰宝。他就是——因为太明显了，我都不好意思说完——阿列克谢·米哈伊洛维奇·列米佐夫……"（同书，8页）

10　姆·瓦·多布任斯基，《回忆录》，莫斯科，1987，277页。

11　见1936年4月5日给彼·米·比齐利的信："前不久才读了他（指普鲁斯特——本章撰写者注）的作品，竟然吓了一跳：要知道《阿尔谢尼耶夫的一生》中……有许多地方完全是普鲁斯特式的！"（《俄罗斯文学》，1961，第4期，154页）

12　鲍·扎伊采夫，《流亡》，载《俄罗斯侨民文学》，3—4页。而扎伊采夫在他的回忆随笔《自述》（1943）中谈到过自己的后期创作："一般说来，在脱离俄罗斯的岁月里，写作时感觉跟祖国的联系尤其紧密。"（《文学报》，1989年5月3日，第18期）

13　扎伊采夫，《流亡》，载《俄罗斯侨民文学》，4页。

汉俄对照人名索引

（按汉语拼音排序）

◎A. H.托罗普采娃　编写 / 糜绪洋　译

A

А. Г.	А.Г.	I 622*
А. Х.	А.Х.	I 504
А. К.	А.К.	II 375, 448
阿巴尔杜耶娃，列·阿	Абаллуева Л.А.	II 138
阿波利奈尔，纪尧姆	Аполлинер Г.	II 502
阿布拉莫夫，康·伊	Абрамов К.И.	II 61
阿布拉莫夫，雅·瓦	Абрамов Я.В.	I 406, 449
阿布拉莫娃-卡利茨卡娅，薇·帕	Абрамова-Калицкая В.П.	I 928
阿布拉莫维奇，尼·雅	Абрамович Н.Я.	I 129, 384
阿布罗西莫娃，瓦·尼	Абросимова В.Н.	I 385, 386
阿达莫维奇，格·维	Адамович Г.В.	

I 57, 58, 68, 125, 507, 526, 527, 537, 539, 604, 623, 785; II 59, 253, 433, 435, 460, 463, 650, 659

---

　　* 此处罗马数字为俄罗斯科学院世界文学研究所遗产出版社2001年俄文版卷数，阿拉伯数字为所在页码。下同。

阿德里阿诺夫，谢·亚	Адрианов С.А.	I 623，676，686；
		II 362，378
阿德莫尼，弗·格	Адмони В.Г.	I 451
阿尔贝特（娘家姓加泽尔），因·所	Альберт（Газер）И.С.	I 582
阿尔博夫，米·尼	Альбов М.Н.	I 196，253，494，675
阿尔博夫，韦	Альбов В.	I 450
阿尔达诺夫（真姓兰道），马·亚	Алданов（наст. фам. Ландау）М.А.	
I 384，463，473，502，781，783，786，789，836，838		
阿尔丰索夫，弗·尼	Альфонсов В.Н.	II 565，569，648，649
阿尔帕托夫，米·弗	Алпатов М.В.	I 153，186
阿尔皮什金，尤·阿	Арпишкин Ю.А.	II 564
阿尔特曼，莫·谢	Альтман М.С.	
I 312，333；II 252，253，256，262，603		
阿尔特曼，纳·伊	Альтман Н.И.	I 176，177
阿尔特舒勒，阿·雅	Альтшуллер А.Я.	I 184
阿尔瓦托夫，鲍·伊	Арватов Б.И.	I 114
阿尔文，阿（参见斯米尔诺夫-阿尔文，阿·阿）		
	Альвинг А.（см. Смирнов-Альвинг А.А.）	
阿尔希波夫，阿·叶	Архиппов А.Е.	I 137，138
阿尔希波夫，叶·雅	Архиппов Е.Я.	II 71，429
阿尔希片科，亚·波	Архипенко А.П.	I 148
阿尔谢尼耶夫，康·康	Арсеньев К.К.	I 253
阿尔谢尼耶夫，尼	Арсеньев Н.	I 103
阿尔谢尼耶娃，利	Арсеньева Л.	I 612，624
阿尔先季耶娃，纳·尼	Арсентьева Н.Н	II 336
阿尔志跋绥夫，米·彼	Арцыбашев М.П	
I 20，195，214，229，261，612，617，669–679，681，683–686；II 344，358，376，651		
阿法纳西耶夫，弗·尼	Афанасьев В.Н.	I 581，620，622；II 146
阿法纳西耶夫，埃·谢	Афанасьев Э.С.	I 388

阿夫拉缅科，安·彼　　　　　　　Авраменко А.П.　　　　II 137

阿福宁，列·尼　　　　　　　　　Афонин Л.Н.　　　　　II 288, 333, 335

阿盖耶夫，康·马　　　　　　　　Аггеев К.М.　　　　　　I 114

阿格里帕·冯·内特斯海姆　　　　Агриппа Неттесгеймский　　II 32, 211

阿格诺索夫，弗·韦　　　　　　　Агеносов В.В.　　　　　I 62

阿赫玛托娃（真姓戈连科），安·安 Ахматова（наст. фам. Горенко）А.А.

I 10, 45, 51, 165, 171, 173, 175, 177, 413, 450, 451, 646; II 35−37, 60, 71, 85, 88,
127, 270, 382, 386−388, 391, 411, 421, 425, 426, 428−431, 433−437, 439, 441−445,
449, 450, 452−454, 456−459, 461, 464, 465, 468, 472−476, 478, 481−486, 488,
493−495, 497−500, 585, 590, 603, 650, 661, 668, 669, 678−680, 702, 720

阿胡京，阿·瓦　　　　　　　　　Ахутин А.В.　　　　　　I 121

阿加波娃，加·伊　　　　　　　　Агапова Г.И.　　　　　　I 883−884

阿泽夫，叶·费　　　　　　　　　Азеф Е.Ф.　　　　　　　II 272

阿喀琉斯·塔提乌斯　　　　　　　Ахилл Татий　　　　　　II 138

阿科波娃，纳·尼　　　　　　　　Акопова Н.Н.　　　　　　I 619

阿克萨科夫，伊·谢　　　　　　　Аксаков И.С.　　　　　　I 736, 744

阿克萨科夫，康·谢　　　　　　　Аксаков К.С.　　　　　　I 95

阿克萨科夫，谢·季　　　　　　　Аксаков С.Т.　　　　　　II 392

阿克萨科夫兄弟　　　　　　　　　Аксаковы　　　　　　　II 376

阿克肖诺夫，伊·肖　　　　　　　Аксенов И.А.　　　　　　II 557

阿古尔斯基，米　　　　　　　　　Агурский М.　　　　　　I 506

阿拉博夫家族　　　　　　　　　　Алабовы　　　　　　　　II 616

阿拉贡，路易　　　　　　　　　　Арагон Л.　　　　　　　I 729

阿拉克切耶夫，阿·安　　　　　　Аракчеев А.А.　　　　　I 831, 832; II 273, 416

阿利亚格罗夫（参见雅柯布森，罗·奥）Алягров см. Якобсон Р.О.

阿列克谢，彼得大帝的皇太子　　　Алексей（Петрович），царевич　　II 308, 369

阿列克辛斯基，格·阿　　　　　　Алексинский Г.А.　　　　I 498

阿列申，阿　　　　　　　　　　　Алешин А.　　　　　　　I 129

阿伦宗，叶·鲁　　　　　　　　　Арензон Е.Р.　　　　　　II 617, 623

阿洛伊，弗　　　　　　　　　　　　Аллой В.　　　　　　Ⅱ 261

阿蒙霍特普四世　　　　　　　　　　Аменхотеп Ⅳ　　　　Ⅱ 578

阿米亚尔–谢弗雷尔，克劳迪娜　　　Амьяр–Шеврель К.（Amiard–Chevrel C.）

　　　Ⅰ 429, 453

阿姆菲捷阿特罗夫，亚·瓦（笔名"老绅士"）

　　　　　　　　　　　　　　　　　Амфитеатров А.В.（псевд. Old Gentleman）

Ⅰ 102, 195, 251, 254, 407, 450, 461, 462, 489, 501, 503, 528, 648, 649, 663, 668,
669, 671, 675, 685, 730, 948; Ⅱ 265, 706

阿姆夫罗西，长老　　　　　　　　　Амвросий, старец　　Ⅰ 738

阿那克萨哥拉　　　　　　　　　　　Анаксагор　　　　　Ⅱ 76

阿尼金，亚·叶　　　　　　　　　　Аникин А.Е.　　　　Ⅱ 87

阿尼奇科夫，叶·瓦　　　　　　　　Аничков Е.В.

　　　Ⅰ 601, 605, 622, 623, 847, 952, 958; Ⅱ 122, 221

阿普赫京，阿·尼　　　　　　　　　Апухтин А.Н.　　　Ⅰ 695; Ⅱ 93

阿普列尤斯　　　　　　　　　　　　Апулей　　　　　　Ⅱ 102, 138

阿普特，所·康　　　　　　　　　　Апт С.К.　　　　　Ⅰ 187

阿恰托娃，阿·安　　　　　　　　　Ачатова А.А.　　　Ⅰ 334

阿萨菲耶夫，鲍·弗（笔名"伊戈尔·格列博夫"）

　　　　　　　　　　　　　　　　　Асафьев Б.В.（псвд. Игорь Глебов）

　　　Ⅰ 133, 142, 184

阿舍绍夫，尼·彼（笔名"阿·奥日戈夫"）

　　　　　　　　　　　　　　　　　Ашешов Н.П.（псвд. Ожигов А.）

　　　Ⅰ 329; Ⅱ 558, 574

阿舒金，尼·谢　　　　　　　　　　Ашукин Н.С.

　　　Ⅱ 3, 5, 22, 32, 33, 35, 42, 44, 51, 54, 55, 57, 58, 60

阿斯皮兹，叶·马　　　　　　　　　Аспиз Е.М.　　　　Ⅰ 623

阿斯科尔多夫，谢（真名谢·阿·科兹洛夫）

　　　　　　　　　　　　　　　　　Аскольдов С.（наст. фам. Козлов С.А.）

　　　Ⅰ 91, 104; Ⅱ 150

阿斯穆斯，瓦·费　　　　　Асмус В.Ф.　　　　Ⅰ 385

阿特，皮埃尔　　　　　　　Hart P.　　　　　　Ⅰ 846

阿瓦库姆，司祭长　　　　　Аввакум, протопоп

　　　　　　　　　　　　　Ⅰ 77; Ⅱ 272, 281, 786, 698, 717

阿韦尔巴赫，列·列　　　　Авербах Л.Л. Ⅰ 129

阿韦尔琴科，阿·季（笔名"福马·奥皮斯金"）

　　　　　　　　　　　　　Аверченко А.Т.（псевд. Фома Опискин）

　　　　　　　　　　　　　Ⅰ 125, 241, 651–659, 661, 663, 664, 666, 667; Ⅱ 517

阿韦林采夫，谢·谢　　　　Аверинцев С.С.

Ⅰ 45, 65, 252, 699, 727, 728; Ⅱ 88, 139, 196, 253, 254, 444, 456, 464, 465, 568, 620

阿谢耶夫，尼·尼　　　　　Асеев Н.Н.

　　　　　　　　　　　　　Ⅱ 36, 37, 60, 552, 554, 555, 573, 576, 589, 614, 648

阿育王　　　　　　　　　　Ашока　　　　　　Ⅱ 577

阿扎多夫斯基，康·马　　　Азадовский К.М.

　　　　　　　　　　　　　Ⅰ 128, 726; Ⅱ 57, 91, 137, 260, 283, 428, 678, 720

阿佐夫，弗（真名弗·亚·阿什基纳济）

　　　　　　　　　　　　　Азов В.（наст. фам. Ашкинази В.А.）

　　　　　　　　　　　　　Ⅰ 666

埃贝格，康（真名康·亚·辛纳贝格）

　　　　　　　　　　　　　Эрберг К.（наст. фам. Сюннерберг К.А.）

　　　　　　　　　　　　　Ⅰ 149; Ⅱ 88

埃伯斯，格奥尔格　　　　　Эберс Г.　　　　　Ⅰ 661; Ⅱ 495

埃布纳，费迪南德　　　　　Эбнер Ф.　　　　　Ⅰ 124

埃德尔曼，奥·瓦　　　　　Эдельман О.В.　　Ⅰ 880

埃恩，弗·弗　　　　　　　Эрн В.Ф.　　　　　Ⅱ 180, 195, 246, 698

埃尔代　　　　　　　　　　Эрдэ　　　　　　　Ⅰ 539

埃尔宗，米·达　　　　　　Эльзон М.Д.　　　Ⅱ 467, 499

埃克哈特，约翰内斯　　　　Экхарт И.　　　　　Ⅱ 176, 244

埃克斯特，亚·亚　　　　　Экстер А.А.　　　Ⅰ 175, 177; Ⅱ 502

埃特尔，亚·伊 Эртель А.И. I 49, 214, 215, 255, 543

埃夫罗斯，阿·瓦 Эфрос А.В. I 430

埃克朗（参见丹特斯，乔治-夏尔） Геккерен см. Дантес Ж.-Ш.

埃雷迪亚，若瑟-玛里亚·德 Эредиа Ж.-М., де II 267

埃里斯曼，维 Эрисман В. I 839

埃利斯（真名列·利·科贝林斯基）Эллис （нас. фам. Кобылинский Л.Л.）

I 120, 700, 725, 728, 761, 934, 943, 958; II 104, 107, 155, 243, 385, 482, 498, 665, 666, 689

埃内坎，埃米尔 Геннекен Э. II 259

埃斯库罗斯 Эсхил I 721, 842; II 226, 228

埃斯·佩 Эс.Пэ. II 337

埃特金德，亚·马 Эткинд А.М.

I 65, 123, 880; II 428, 429, 719

埃特金德，叶·格 Эткинд Е.Г. （Etkind E.）

I 8, 12, 21, 24, 44, 62; II 121, 189, 731, 843

埃谢尔曼，拉乌尔 Eshelman R. II 499

昂科斯，热拉尔（参见帕皮斯） Encausse G. （Papus） см. Папюс （Жерар Анкосс）

艾亨瓦尔德，尤·伊 Айхенвальд Ю.И.

I 146, 388, 450, 472, 476, 502, 761, 777, 828, 849; II 127, 337, 468, 495

艾基，根·尼 Айги Г.Н. II 563

艾季诺娃，维·维 Эйдинова В.В. I 62

艾略特，乔治 Элиот Дж. I 532

艾略特，托马斯·斯特恩斯 Элиот Т.-С. II 727

艾伦，路易 Аллен Л. II 499, 679

艾兴鲍姆，鲍·米 Эйхенбаум Б.М.

I 97, 125, 335, 380, 386, 388, 389, 469; II 400, 427, 439, 464, 488, 648

艾兴多夫，约瑟夫·冯 Эйхендорф Й. фон II 39, 40

艾兹曼，达·雅 Айзман Д.Я.

I 234, 237, 240-243, 245, 260, 263, 676

爱伦·坡 По Э.

Ⅰ 143, 694, 713, 795, 936；Ⅱ 10, 31, 622

爱伦堡，伊·格　　　　　　　Эренбург И.Г.

Ⅰ 383, 652；Ⅱ 127, 271, 274, 390, 647

爱泼施坦，米·纳　　　　　Эпштейн М.Н.　　　Ⅰ 65

爱森斯坦，谢·米　　　　　Эйзенштейн С.М.　　Ⅰ 183, 190

爱因斯坦，阿尔伯特　　　　Эйнштейн А.　　　　Ⅰ 72, 117, 118；Ⅱ 613

安·博（参见博格丹诺维奇，安·伊）　А. Б. см. Богданович А.И.

安德列耶夫，丹·列　　　　Андреев Д.Л.　　　Ⅰ 97, 104, 130

安德列耶夫，列·尼　　　　Андреев Л.Н.

Ⅰ 7,17, 27, 28, 32, 35, 36, 43, 49, 60, 63, 72, 86, 104, 110,113, 125, 139, 142, 143,
150, 160, 185, 187, 208, 229, 230, 231, 232, 233, 235, 239, 241, 253, 254, 257, 263,
268, 269, 273, 279, 280, 289, 305, 309, 330, 331, 334, 383, 418, 423, 441, 442, 455,
480, 500, 525, 534, 540, 543, 574, 591, 596, 597, 599, 600−602, 611, 651, 652, 664,
676, 677, 682, 684, 718, 730, 931；Ⅱ 59, 64, 74, 79, 83, 87, 233, 269, 270, 286−339,
343, 344, 346, 348, 358, 382, 694, 723

安德列耶夫，米·列　　　　Андреев М.Л.　　　Ⅰ 252

安德列耶夫，尼·安　　　　Андреев Н.А.　　　Ⅰ 154, 155, 157, 183

安德列耶夫，尼·叶　　　　Андреев Н.Е.　　　Ⅱ 724, 728

安德里耶夫斯基，亚·尼　　Андриевский А.Н.　　Ⅱ 589, 618

安德列耶夫斯基，谢·阿　　Андреевскмй С.А.　　Ⅰ 929

安德列耶娃，薇·列　　　　Андреева В.Л.　　　Ⅱ 337

安德列耶娃，И. Г.　　　　Андреева И.Г.　　　Ⅱ 333

安德列耶娃（娘家姓杰尼谢维奇），安·伊

Андреева （Денисевич） А.И. Ⅱ 328

安德列耶娃（娘家姓韦利戈尔斯卡娅），亚·米

Андреева （Велигорская） А.М.　　Ⅱ 303

安德列耶娃—杰利马斯，柳·亚　Андреева–Дельмас Л.А.　Ⅱ 124, 142

安德列耶维奇（参见索洛维约夫，叶·安）　Аидреевич см. Соловьев Е.А.

安德鲁先科，叶·阿　　　　Андрущенко Е.А.　　Ⅰ 848, 850

安徒生，汉斯·克里斯蒂安　　　Андерсен Г.-Х.　　　Ⅱ 146

安德森，舍伍德　　　　　　　Андерсон Ш.　　　Ⅰ 443, 444, 456

安东·克拉伊尼（参见吉皮乌斯，季·尼）

　　　　　　　　　　　　Антон Крайний см. Гипиус З.Н.

安东尼，圣徒　　　　　　　Антоний св.　　　Ⅰ 356

安东尼（赫拉波维茨基），主教　Антоний（Храповицкий）, еп.　Ⅰ 129

安东诺夫斯基，尤　　　　　Антоновский Ю.　　　Ⅱ 717

安娜·约翰诺夫娜，女皇　　　Анна Иоанновна, имп;　Ⅱ 371

安尼巴，利（参见季诺维耶娃–阿尼巴尔，利·德）

　　　　　　　　　　　　Аннибал Л. см. Зиновьева–Аннибал Л.Д.

安年科夫，帕·瓦　　　　　Анненков П.В.　　　Ⅱ 14

安年科夫，尤·帕　　　　　Анненков Ю.П.　　　Ⅰ 112, 177, 182; Ⅱ 622

安年斯基，因·费（笔名"无人"）　Анненский Ин.Ф.（псевд. Ник. Т–о）

　Ⅰ 51, 64, 77, 83, 101, 135, 142, 146, 149−151, 157, 166, 168−170, 175, 178, 179,
184, 185, 188, 297, 412, 413, 417, 441, 451, 485, 503, 660, 675, 685, 688−690, 692,
694−696, 701, 709−712, 720−723, 726, 728− 730, 875, 898, 907, 933, 938, 940, 941,
944, 956−958; Ⅱ 63−88, 93, 241, 242, 266, 268, 270, 273, 274, 284, 355, 382, 383,
413, 414, 428, 436, 439, 441, 445, 448, 464, 480, 482, 483, 498, 549, 585, 617, 645,
659, 722

安年斯基，尼·费　　　　　Анненский Н.Ф.

　Ⅰ 157, 166, 459, 476, 492, 499, 510, 524, 800, 812; Ⅱ 67

安齐费罗夫，尼·帕　　　　Анциферов Н.П.　　　Ⅰ 97

安托科利斯基，帕·格　　　Антокольский П.Г.　　Ⅱ 57

奥巴特宁，根·弗　　　　　Обатнин Г.В.

　　　　　　　　　　　　Ⅱ 190, 256, 257, 258, 260−262

奥巴特宁娜，叶　　　　　Обатнина Е.　　　Ⅱ 378, 380

奥博连斯基，叶·彼　　　　Оболенский Е.П.　　Ⅰ 833

奥博连斯基，列·叶　　　　Оболенский Л.Е.　　Ⅰ 406, 449

奥藏方，阿梅代　　　　　Озанфан А.　　　Ⅱ 271

奥楚普，尼·阿　　　　　　　Оцуп Н.А.　　　　　Ⅰ 62, 121；Ⅱ 435

奥多耶夫采娃，伊·弗　　　　Одоевцева И.В.

　　　　　　　　　　　　　　Ⅰ 839；Ⅱ 467, 472, 495, 679

奥多耶夫斯基，弗·费　　　　Одоевский В.Ф.　　Ⅰ 115, 130, 131, 136

奥尔·多尔（真名约·利·奥尔舍尔）

　　　　　　　　　　　　　О'ль д'Ор（наст. фам. Оршер Н.Л.）

　　　　　　　　　　　　　Ⅰ 651

奥尔利茨基，尤·鲍　　　　　Орлицкий Ю.Б.　　Ⅰ 68；Ⅱ 373

奥尔洛夫，弗·尼　　　　　　Орлов В.Н.

　　　　　　　　　　　　　Ⅰ 956, 957；Ⅱ 90, 97, 136–139, 142, 490, 499

奥尔特加–伊–加塞特，何塞　Ортега–и–Гассет Х.　Ⅱ 262

奥夫夏尼科–库利科夫斯基，德·尼　Овсянико–Куликовский Д.Н.

　　　　　　　　　　　　　Ⅰ 54, 271–274, 277, 329–331, 406, 407, 449, 503, 684

奥格洛布林，尼　　　　　　　Оглоблин Н.　　　　Ⅰ 127

奥古斯丁　　　　　　　　　　Августин　　　　　　Ⅰ 92；Ⅱ 209

奥季诺科夫，维·格　　　　　Одиноков В.Г.　　　Ⅰ 386

奥加辽夫，尼·普　　　　　　Огарев Н.П.　　　　Ⅰ 95；Ⅱ 700

奥勒留（参见勃留索夫，瓦·雅）　Аврелий см. Брюсов В.Я.

奥利明斯基，米·斯　　　　　Ольминский М.С.　　Ⅰ 683

奥利格尔，尼·弗　　　　　　Олигер Н.Ф.　　　　Ⅰ 676

奥利姆波夫，康（真名康·康·福法诺夫）

　　　　　　　　　　　　　Олимпов К.（наст. фам. Фофанов К.К.）

　　　　　　　　　　　　　Ⅱ 384

奥列宁娜–达尔海姆，玛·阿　Оленина–д'Альгейм М.А.　Ⅰ 134；Ⅱ 148

奥列沙，尤·卡　　　　　　　Олеша Ю.К.　　　　Ⅰ 317, 334；Ⅱ 568

奥列申，彼·瓦　　　　　　　Орешин П.В.

　　　　　　　　　　　　　Ⅱ 682, 684, 687, 696, 697, 717

奥列伊尼科夫，尼·马　　　　Олейников Н.М.　　　Ⅱ 680

奥穆列夫斯基（真姓费奥多罗夫），因·瓦

Омулевский （наст. фам. Федоров） И.В.

Ⅰ 256, 544

奥普利斯卡娅，利·德　　　　　Опульская Л.Д.　　　Ⅰ 386

奥切列江斯基，亚·约　　　　　Очеретянский А.И.　　Ⅱ 572

奥日果夫，阿（参见阿舍绍夫，尼·彼）　Ожигов А. см. Ашешов Н.П.

奥斯伦德，谢·阿　　　　　　　Ауслендер С.А.

Ⅰ 78, 90, 165, 686, 714; Ⅱ 383, 483, 651, 652

奥斯特罗夫斯基，阿·格　　　　Островский А. Г. Ⅱ 566

<奥斯特罗夫斯基，尼·阿>　　　<Островский Н.А.>　　Ⅰ 244

奥斯特罗夫斯基，亚·尼　　　　Островский А.Н.

Ⅰ 140, 246, 247, 285, 302, 394, 427, 437, 594; Ⅱ 43

奥斯特罗乌莫娃–列别杰娃，安·彼　Остроумова–Лебедева А.П.

Ⅰ 174, 652; Ⅱ 282

奥索尔金，米·安　　　　　　　Осоргин М.А.　　　　Ⅰ 125

奥威尔，乔治　　　　　　　　　Оруэлл Дж.　　　　　Ⅰ 96, 173

奥维德　　　　　　　　　　　　Овидий Ⅱ　　　　　　Ⅰ 764; Ⅱ 77, 226

奥西马科娃，纳·伊　　　　　　Осьмакова Н.И.　　　Ⅰ 876

В

巴巴扬，爱　　　　　　　　　　Бабаян Э.　　　　　　Ⅰ 538

巴巴耶夫，爱·格　　　　　　　Бабаев Э.Г.　　　　　Ⅰ 451

巴比切娃，尤·维　　　　　　　Бабичева Ю.В.　　　　Ⅰ 684; Ⅱ 333, 337

巴别尔，伊·埃　　　　　　　　Бабель И.Э.　　　　　Ⅰ 652

巴博列科，亚·库　　　　　　　Бабореко А.К.　　　　Ⅰ 581

巴布科夫，瓦·瓦　　　　　　　Бабков В.В.　　　　　Ⅱ 622

巴布什金，尤·乌（参见福赫特–巴布什金，尤·乌）

Бабушкин Ю.У. см Фохт–Бабушкин Ю.У.

巴尔贝·多尔维利，朱尔·阿梅代　Барбэ д' Оревильи Ж.–А.　　　Ⅱ 270

巴尔捷涅夫，彼·伊　　　　Бартенев П.И.　　　Ⅱ 16

巴尔科夫斯卡娅，尼·弗　　Барковская Н.В.　　Ⅰ 844, 846, 847

巴尔蒙特，康·德　　　　　Бальмонт К.Д.

Ⅰ 115, 121, 122, 130, 132, 133, 134, 139, 141-144, 146-148, 155, 156, 160, 179, 180, 241, 497, 543, 549, 551, 618, 625, 658, 661, 688, 690, 691, 692, 694, 696, 697, 698, 702, 705, 707, 710, 711, 719, 722, 725, 727, 728, 779, 782, 836, 838, 855, 857, 858, 933-958; Ⅱ 16, 39, 58, 72, 76, 80, 104, 116-117, 156, 215, 223, 265, 268, 271, 381, 398, 406, 411, 447, 530, 546, 551, 572, 625, 647, 652, 660, 669, 680

巴尔特鲁沙伊蒂斯，尤·卡　Балтрушайтис Ю.К.

Ⅰ 124, 124, 684, 691, 692, 694, 708, 943, 945, 952, 957, 958; Ⅱ 16, 180, 193, 647

巴尔扎赫，阿·叶　　　　　Барзах А.Е.　　　　Ⅱ 254

巴尔扎克，奥诺雷·德　　　Балзак О., де　　　Ⅰ 134, 195, 363; Ⅱ 358

巴赫金，米·米　　　　　　Бахтин М.М.

Ⅰ 5, 11, 81, 85, 86, 89, 91, 94, 123, 126, 157, 348, 353, 364, 367, 370, 386, 387, 531, 560, 580, 583, 889, 900, 905, 915, 916, 928, 930, 932; Ⅱ 151, 167, 183, 184, 188, 209, 246, 254, 358, 378, 437, 459, 464, 465, 581, 616, 619

巴赫金，尼·米　　　　　　Бахтин Н.М.　　　　Ⅰ 126; Ⅱ 458

巴赫拉赫，亚·瓦　　　　　Бахрах А.В.　　　　Ⅱ 714, 721

巴克尔，亨利·托马斯　　　Бокль Г.-Т.　　　　Ⅰ 465, 466

巴克斯特，列·萨　　　　　Бакст Л.С.

Ⅰ 143, 154, 165, 168, 169, 171, 172, 175, 188, 652; Ⅱ 241, 271, 346

巴枯宁，米·亚　　　　　　Бакунин М.А.　　　Ⅰ 74, 100, 113; Ⅱ 578

巴库利得斯　　　　　　　　Бакхилид　　　　　Ⅱ 208

巴库宁，帕·亚　　　　　　Бакунин П.А.　　　Ⅰ 74

巴拉，贾科莫　　　　　　　Балла Дж.　　　　　Ⅱ 504

巴拉巴诺夫，叶·维　　　　Барабанов Е.В.　　Ⅰ 881

巴拉丁斯基，叶·阿　　　　Баратынский Е.А.

Ⅰ 694, 909, 912; Ⅱ 92, 162, 435, 653, 655, 657

巴拉诺夫，尼·米　　　　　Баранов Н.М.　　　Ⅰ 500, 744

巴拉诺夫–罗西奈，弗 　　　Баранов–Россинэ В. 　Ⅰ 148

巴拉绍夫，尼·伊 　　　　　Балашов Н.И. 　　　Ⅱ 285

巴拉托娃，纳 　　　　　　　Балатова Н. 　　　　Ⅱ 336, 338

巴兰，亨里克 　　　　　　　Баран Х.

　　　　　Ⅰ 66, 730; Ⅱ 375, 495, 568, 617, 618, 622, 623

巴兰采维奇，卡·斯 　　　　Баранцевич К.С. 　Ⅰ 192, 196, 250, 253

巴雷什尼科夫，叶·彼 　　　Барышников Е.П. 　Ⅰ 386

巴利卡，德·安 　　　　　　Балика Д.А. 　　　　Ⅰ 537

巴利耶夫，尼·费 　　　　　Балиев Н.Ф. 　　　　Ⅰ 165

巴卢哈特，谢·德 　　　　　Балухатый С.Д. 　　Ⅰ 454

巴丘什科夫，费·德 　　　　Батюшков Ф.Д.

Ⅰ 252, 408, 463, 502, 509, 583, 587, 596, 602, 603, 606, 612, 619, 620, 622, 623, 624, 673, 675, 679

巴丘什科夫，康·尼 　　　　Батюшков К.Н. 　　Ⅰ 619, 620; Ⅱ 23, 92

巴丘什科夫家族 　　　　　　Батюшковы 　　　　Ⅰ 606, 608

巴热诺夫，尼·尼 　　　　　Баженов Н.Н. 　　　Ⅰ 689

巴萨尔金，阿（真名阿·伊·韦坚斯基）

　　　　　Басаргин А.（нас. фам. Введенский А.И.）

　　　　　Ⅱ 449, 450, 621

巴萨尔金，维（真名列·伊·梅奇尼科夫）

　　　　　Басардин В.（нас. фам. Мечников Л.И.）

　　　　　Ⅰ 251

巴什基尔采娃，马·康 　　　Башкирцева М.К. 　Ⅰ 682

巴斯克，迈克尔 　　　　　　Баскер М.（Basker M.）

　　　　　Ⅱ 495, 497, 500

巴西利德斯 　　　　　　　　Василид 　　　　　　Ⅰ 743; Ⅱ 96

巴辛斯基，帕·瓦 　　　　　Басинский П.В. 　　Ⅰ 62, 538

巴耶夫斯基，瓦·所 　　　　Баевский В.С. 　　　Ⅰ 11

巴扎雷利，埃里达诺 　　　　Баццарели Э.（Bazzarelli E.）

Ⅰ 729；Ⅱ 86

巴扎罗夫（真姓鲁德涅夫），弗·亚

Базаров （наст. фам. Руднев） В.А.

Ⅱ 141

巴扎诺夫，瓦 　　　　　Бажанов В. 　　Ⅱ 616

巴扎诺夫，瓦·格 　　　Базанов В.Г. 　Ⅰ 187；Ⅱ 283

拔都，汗 　　　　　　　Батый, хан 　　Ⅱ 20

拜伦，乔治 　　　　　　Байрон Дж.

Ⅰ 95, 411, 412, 431, 450, 822, 937；Ⅱ 201, 227, 422, 625

邦克，纳·鲍 　　　　　Банк Н.В. 　　Ⅰ 257

邦奇-布鲁耶维奇，弗·德 　Бонч−Бруевич В.Д. 　Ⅱ 689

邦维尔，泰奥多尔·德（一译西奥多·庞维勒）

Банвиль Т., де 　Ⅱ 484

保尔，加布里埃勒 　　　Пауэр Г. 　　Ⅰ 932

保罗一世 　　　　　　　Павел Ⅰ, имп. 　Ⅰ 832−834；Ⅱ 272

鲍里斯·戈都诺夫，沙皇 　Борис Годунов, царь 　Ⅱ 272

鲍里索夫，瓦·米 　　　Борисов В.М. 　Ⅰ 123, 131, 159；Ⅱ 573

鲍里索夫，列·伊 　　　Борисов Л.И. 　Ⅰ 612

鲍里索夫-穆萨托夫，维·埃 　Борисов−Мусатов В.Э.

Ⅰ 132, 145, 151, 154, 163, 171；Ⅱ 156, 270, 515

鲍里索娃，叶·安 　　　Борисова Е.А. 　Ⅰ 187

鲍罗丁，亚·波 　　　　Бородин А.П. 　Ⅰ 132, 159, 160

贝德福德，哈罗德·查尔斯 　Bedford H.C. 　Ⅰ 839, 840

贝多芬，路德维希·范 　Бетховен Л., ван 　Ⅰ 348；Ⅱ 202, 203, 245

贝格，鲍·格 　　　　　Берг Б.О. 　　Ⅱ 427

贝克特，萨缪尔 　　　　Беккет С. 　　Ⅰ 447；Ⅱ 332

贝朗瑞，皮埃尔-让 　　　Беранже П.−Ж. 　Ⅰ 589

贝里雄，帕泰诺 　　　　Берришон П. 　Ⅰ 469

贝奇科夫，阿·费 　　　Бычков А.Ф. 　Ⅰ 449

贝茨，赫伯特	Бейтс Г.	Ⅰ 443, 445
贝伊利斯，梅纳赫姆	Бейлис М.	Ⅰ 498
贝伊林娜，Е. Л.	Бейлина Е.Л.	Ⅰ 843
比尔梅尔，尤塔	Birmel J.	Ⅰ 846
比昂松，比约恩斯彻纳	Бьёрнсон Б.	Ⅰ 251
比比科夫，瓦·伊	Бибиков В.И.	Ⅰ 195, 675
比比欣，弗·韦	Бибихин В.В.	Ⅰ 61
比布列尔，弗·所	Библер В.С.	Ⅱ 613, 622
比尔泽，弗里茨·奥斯瓦尔德（弗里茨·冯·德基尔堡）		
	Бильзе Ф.О. （Кирбург Ф., фон дер）	
	Ⅰ 601	
比克布拉托娃，克·法	Бикбулатова К.Ф.	Ⅰ 582
比利宾，维·维	Билибин В.В.	Ⅰ 449
比利宾，伊·雅	Билибин И.Я.	Ⅰ 162, 165, 619
比留科夫，帕·伊	Бирюков П.И.	Ⅰ 339, 384
比齐利，彼·米	Бицилли П.М.	Ⅰ 82, 582; Ⅱ 728
比亚雷，格·阿	Бялый Г.А.	
	Ⅰ 48, 66, 252, 469, 490, 502, 503, 695, 726, 840	
比亚利克，鲍·阿	Бялик Б.А.	Ⅰ 61, 538
比亚兹莱，奥伯利	Бердсли О.	Ⅰ 158; Ⅱ 424
毕尔格，戈特弗里德·奥古斯特	Бюргер Г.-А.	Ⅱ 77
贝赞特，安妮	Безант А.	Ⅱ 148
彼·埃（埃夫隆，彼·雅）	П. Э. （Эфрон П.Я.）	Ⅱ 669
彼得里谢夫，阿·鲍	Петрищев А.Б.	Ⅰ 489, 503
彼得鲁舍夫斯卡娅，柳·斯	Петрушевская Л.С.	Ⅰ 442
彼得罗夫，叶·彼	Петров Е.П.	Ⅰ 383
彼得罗夫，斯·斯（参见格拉利-阿列利斯基）		
	Петров С.С. см. Грааль-Арельский	
彼得罗夫斯基，阿·谢	Петровский А.С.	Ⅱ 155

彼得罗夫斯基，德·瓦　　Петровский Д.В.　　II 589

彼得罗夫斯基，米·亚　　Петровский М.А.　　I 422, 452

彼得罗夫斯基，米·谢　　Петровский М.С.　　I 624; II 127, 142

彼得罗夫斯卡娅，尼·伊　　Петровская Н.И.

II 26, 32, 215, 652, 653, 714, 721

彼得罗夫–沃德金，库·谢　　Петров–Водкин К.С.

I 112, 118, 130, 132, 151, 162, 176, 181; II 126, 282

彼得罗娃，米·根　　Петрова М.Г.

I 255, 330, 503, 538, 957

彼得一世　　Петр I, имп. .

I 90, 94, 177, 536, 617, 704, 713, 718, 807; II 71, 284, 308, 369, 371, 615, 646

彼斯捷尔，帕·伊　　Пестель П.И.　　I 831, 833

彼特拉克，弗朗切斯科　　Петрарка Ф.　　II 104

毕达哥拉斯　　Пифагор　　II 577

毕加索，巴勃罗　　Пикассо П.

I 91, 151, 175, 178; II 271, 578

毕苏斯基，约瑟夫　　Пилсудский Ю.　　I 790

毕希纳，路德维希　　Бюхнер Л.　　I 465

别茨科伊，伊·伊　　Бецкой И.И.　　I 113

别德内，杰（真名叶·阿·普里德沃罗夫）

Бедный Д.　　I 282, 507; II 707

别德尼亚科娃，Т. Н.　　Беднякова Т.Н.　　II 333

别尔别罗娃，尼·尼　　Берберова Н.Н.　　I 840

别尔嘉耶夫，尼·亚　　Бердяев Н.А.

I 44, 71, 80–82, 85, 86, 88, 90, 91, 94, 98, 100, 102, 103–105, 110, 114, 115, 117, 122, 126, 127–130, 158, 175, 176, 186, 188, 213, 254, 387, 537, 643, 692, 701, 705, 728, 729, 784, 825, 828, 845, 848, 849, 853; II 134, 143, 180, 194, 216, 253, 273, 284, 297, 299, 343, 427, 506, 565, 638, 649, 692, 718

别尔金，阿·亚　　Белкин А.А.　　I 454

| 别尔科夫，帕·纳 | Берков П.Н. | Ⅰ 777 |
| 别尔科夫斯基，纳·雅 | Берковский Н.Я. | |

Ⅰ 183, 431, 433, 454; Ⅱ 454, 465, 617

别尔谢涅夫，伊·尼	Берсенев И.Н.	Ⅰ 140
别克托夫，安·尼	Бекетов А.Н.	Ⅱ 91
别克托娃，亚·安	Бекетова А.А.	Ⅱ 91
别克托娃，伊·格	Бекетова Е.Г.	Ⅱ 92

别雷，安（真名鲍·尼·布加耶夫）Белый А.（наст. фам. Бугаев Б.Н.）

Ⅰ 17, 18, 20, 21, 33, 36, 39, 46, 48, 50, 61, 64, 67, 70, 72, 76, 77, 79, 80, 82, 90, 95-97, 99, 101-104, 107, 110, 112, 114, 115, 119, 120, 121-122, 125-127, 129, 130, 132-134, 141, 143, 146, 151, 152, 156-158, 163, 166, 169-171, 173, 175-177, 179, 181, 184-189, 263, 334, 383, 414, 415, 423, 439, 448, 449, 451, 453, 469, 502, 507, 537, 643, 670, 688, 690-692, 694, 697, 699, 700, 702-708, 710-712, 717-719, 724-730, 734, 749, 751, 762, 772, 774, 775, 777, 781, 783, 784, 785, 801, 810, 811, 813, 818, 820, 829, 836, 844, 845, 846, 847, 852, 901, 907, 912, 930, 931, 934, 943, 957; Ⅱ 36, 57, 58, 60, 85, 90, 93, 96, 102, 104, 107, 116, 126, 137-141, 144-189, 190, 193, 201, 205, 207, 215, 231, 241, 244, 252, 258, 260, 263, 270, 271, 273, 276, 279, 282, 285, 286, 301, 308, 335, 343, 344, 348, 350, 355, 356, 364, 375, 378, 383-385, 389, 392, 398, 399, 409, 411, 431, 440, 464, 475, 497, 502, 515, 553, 613, 614, 622, 625, 647, 652, 653, 656-659, 666, 678, 679, 688, 706, 712, 715, 717, 720, 722

别利戈夫斯基，康	Бельговский К.	Ⅰ 667
别利奇科夫，尼·费	Бельчиков Н.Ф.	Ⅰ 253
别利切维琴，谢·彼	Бельчевичен С.П.	Ⅰ 845
别利亚耶夫，尤·德	Беляев Ю.Д.	Ⅰ 450
别列茨基，亚·伊	Белецкий А.И.	Ⅱ 3
别林斯基，维·格	Белинский В.Г.	

Ⅰ 53, 67, 73, 135, 184, 270, 274, 461, 471, 828; Ⅱ 343

| 别林松，亚·埃 | Беленсон А.Э. | Ⅱ 557 |

别洛孔斯基，伊·彼　　　　Белоконский И.П.　　Ⅰ 544

别洛乌斯，弗·格　　　　　Белоус В.Г.　　Ⅱ 378

别洛乌索夫，伊·阿　　　　Белоусов И.А.　　Ⅰ 279, 596

别涅迪克托夫，弗·格　　　Бенедиктов В.Г.　　Ⅰ 95, 841

别热茨基（真姓马斯洛夫），阿·尼　　Бежецкий（наст. фам. Маслов）А.Н.　　Ⅰ 196

别斯梅尔特内，弗　　　　　Бессмертный В.　　Ⅱ 589

别斯图热夫–马尔林斯基，亚·亚　Бестужев–Марлинский А.А.　　Ⅰ 95

别佐布拉佐娃，玛·谢　　　Безобразова М.С.　　Ⅰ 773

别兹罗德内，米·弗　　　　Безродный М.В.　　Ⅰ 66; Ⅱ 140

别祖博夫，瓦·伊　　　　　Беззубов В.И.

　　Ⅰ 148, 389, 455; Ⅱ 333, 335, 336, 338

波别多诺斯采夫，康·彼　　Победоносцев К.П.　　Ⅰ 746

波德莱尔，夏尔　　　　　　Бодлер Ш.

Ⅰ 79, 134, 141, 414, 664, 694, 727, 795, 799, 800; Ⅱ 63, 73, 79, 90, 209, 240, 241,

248, 451, 485, 486, 500, 524, 622, 665

波德亚切夫，谢·帕　　　　Подъячев С.П.　　Ⅰ 264, 266, 326, 329, 482

波多尔斯卡娅，伊·伊　　　Подольская И.И.　　Ⅱ 88

波多罗加，瓦　　　　　　　Подорога В.　　Ⅰ 125

波尔涅尔，季·伊　　　　　Полнер Т.и.　　Ⅰ 647

波尔托拉茨基，尼·彼　　　Полторацкий Н.П.　　Ⅰ 121, 839; Ⅱ 728

波尔沙科夫，帕·谢　　　　Поршаков П.С.　　Ⅱ 718, 719

波戈金，米·彼　　　　　　Погодин М.П.　　Ⅱ 76

波将金，彼·彼　　　　　　Потемкин П.П.

　　Ⅰ 651; Ⅱ 484, 631, 658, 659

波吉亚家族　　　　　　　　Борджиа　　Ⅰ 810, 848

波焦利，雷纳托　　　　　　Поджиоли Р.（Poggioli R.）　　Ⅰ 454

波捷布尼亚，亚·阿　　　　Потебня А.А.

　　Ⅰ 110, 162, 194, 251; Ⅱ 79, 80, 88, 147, 690, 718

波利休克，叶·谢　　　　　Полищук Е.С.　　Ⅰ 879

波利瓦诺夫，康·米	Поливанов К.М.	Ⅱ 499, 719
波利瓦诺夫，列·伊	Поливанов Л.И.	Ⅱ 146
波利亚科夫，马·雅	Поляков М.Я.	Ⅱ 569
波利亚科夫，谢·亚	Поляков С.А.	Ⅰ 548, 691; Ⅱ 16, 17, 56
波利亚科娃，叶·伊	Полякова Е.И.	Ⅰ 387
波利亚科娃，索·维	Полякова С.В.	Ⅱ 449, 680
波列诺夫，瓦·德	Поленов В.Д.	Ⅰ 169
波列诺娃，叶·德	Поленова Е.Д.	Ⅰ 155
波隆斯基，格·雅	Полонский Г.Я.	Ⅱ 335
波隆斯基，雅·彼	Полонский Я.П.	

Ⅰ 25, 694, 758, 764, 769, 776, 777, 792, 853, 893; Ⅱ 92, 100, 138

波卢欣娜，瓦·普	Полухина В.	Ⅱ 622
波洛茨卡娅，埃·阿	Полоцкая Э.А.	

Ⅰ 64, 448, 449, 452, 453

波米尔奇，鲁·叶	Помирчий Р.Е.	Ⅱ 254, 255
波缅洛夫斯基，尼·格	Помяловский Н.Г.	Ⅰ 470, 514, 517
波莫尔斯卡，克里斯蒂娜	Помирска К.（Pomorska K.）	Ⅱ 507, 565
波墨，雅各	Бёме Я.	Ⅰ 110; Ⅱ 653
波诺马廖娃，加·米	Пономарева Г.М.	Ⅰ 846, 849; Ⅱ 88
波普拉夫斯基，鲍·尤	Поплавский Б.Ю.	Ⅰ 789; Ⅱ 563
波斯诺夫，米·埃	Поснов М.Э.	Ⅰ 127
波斯佩洛夫，格·根	Поспелов Г.Г.	Ⅰ 144, 185, 189
波斯图帕利斯基，伊·斯	Поступальский И.С.	Ⅱ 3, 55, 56, 61
波塔片科，伊·尼	Потапенко И.Н.	

Ⅰ 195, 196, 198, 200−206, 210, 211, 216, 219, 226, 229, 232, 238, 252, 253

波特列索夫，亚·尼	Потресов А.Н.	Ⅰ 648
波提切利，桑德罗	Боттичелли С.	Ⅱ 581
波瓦尔佐夫，谢·尼	Поварцов С.Н.	Ⅰ 847, 848
波谢，弗·亚	Поссе В.А.	Ⅰ 511, 538

波兹杰耶夫，尼·伊　　　　Поздеев Н.И.　　　Ⅰ 159

玻尔，尼尔斯　　　　　　　Бор Н.　　　　　　Ⅱ 611

柏格森，亨利　　　　　　　Бергсон А.　　　　Ⅰ 118, 739, 945; Ⅱ 549

柏拉图　　　　　　　　　　Платон

Ⅰ 101, 120, 749, 753, 837: Ⅱ 93, 162, 181, 208, 249, 581

伯里克利　　　　　　　　　Перикл　　　　　　Ⅱ 52

伯林，以赛亚　　　　　　　Берлин И.　　　　Ⅰ 451; Ⅱ 198

伯努瓦，亚·尼　　　　　　Бенуа А.Н.

Ⅰ 139, 143, 150, 154, 161, 163, 165, 166, 168, 173, 174, 185, 188, 652, 691, 862; Ⅱ
73, 241, 398, 483

勃克林，阿诺德　　　　　　Бёклин А.　　　　Ⅰ 148, 157, 681; Ⅱ 157

勃兰兑斯，格奥尔格　　　　Брандес Г.　　　　Ⅰ 780, 836, 843

勃洛克，亚·亚　　　　　　Блок А.А.

Ⅰ 9, 14, 16, 28, 29, 35, 36, 45, 46, 48, 53, 56, 59, 60, 63, 65, 67, 68, 70, 73, 79, 88,
97, 99, 103, 119, 120, 124, 126, 127, 129, 132, 133, 135, 140, 141, 143, 149, 152, 153,
155−157, 159, 165, 166, 169, 170, 178, 179, 182, 183, 186, 218, 219, 221, 255−257,
260, 261, 264, 328−330, 333, 438, 439, 446, 453, 456, 461, 476, 513, 535, 549, 551,
596, 612, 621, 651, 658, 664, 670, 672, 674, 675, 678, 684−686, 688−690, 691,
694, 695, 696, 699, 700, 702, 703, 705, 707, 709, 711, 712, 720, 722, 723, 724, 725,
727, 731, 732, 736, 737, 749, 762, 763, 765, 766, 769, 772−778, 784, 785, 802, 837,
844, 849, 873, 881, 885, 890, 898, 907, 908, 928, 931, 933, 934, 936, 937, 942−944,
947, 948, 950, 952, 956; Ⅱ 12, 31, 36, 38, 39, 56, 57, 59, 63, 64, 65, 68, 83, 85, 86,
89−143, 155, 157, 158, 166, 175, 176, 179, 188, 194, 195, 201, 210, 222, 225, 232,
233, 238, 241−244, 251, 254, 256, 260, 261, 262, 263, 268, 269, 274, 276, 278, 279,
283, 301, 334, 337, 345, 346, 354, 355, 358, 364, 371, 376, 378, 382, 383, 389, 391,
396, 398, 399, 406, 411, 413, 424, 425, 427, 429, 431, 433, 435, 436, 440, 441, 457,
460, 484, 500, 502, 515, 522, 530, 558, 569, 570, 585, 590, 611, 612, 617, 631, 640,
649, 652, 658, 659, 660, 663, 664, 666, 678, 679, 688, 694, 695, 698, 706, 708, 709,
713−715, 717−721

勃洛克，亚·利 Блок А.Л. Ⅱ 91

勃洛克（娘家姓门捷列娃），柳·德 Блок Л.Д. （урожд. Менделеева）

Ⅱ 95, 96, 98, 99, 103, 112, 118, 138, 169

勃兰特，罗 Брандт Р. Ⅱ 162

勃留索夫，亚·雅 Брюсов А.Я. Ⅱ 653

勃留索夫，瓦·雅 Брюсов В.Я.

Ⅰ 5, 9, 11, 15−17, 60, 67, 77, 79, 80, 86, 87, 93, 96, 101, 102, 115−117, 119, 122, 124, 130, 139, 141, 144, 145, 152, 156, 163, 169, 170, 178, 179, 186, 188, 189, 241, 313, 314, 331, 332, 451, 508, 543, 548, 549, 582, 601, 643, 658, 667, 682, 688−691, 694, 696−698, 701, 705, 707, 708, 713, 714, 719−721, 723, 725−731, 761, 764, 777, 778, 782, 783, 786, 796, 798, 799, 811, 812, 836, 838, 841−843, 846, 847, 855, 857, 861, 865, 876−879, 933, 934, 939, 941, 943−945, 947, 950−952, 956−958; Ⅱ 3−63, 66, 70, 71, 77, 82, 85−87, 93, 104, 126, 134, 139, 150, 155, 162, 163, 188, 192, 198, 205, 209, 211, 212, 215, 216, 218, 220, 221, 223, 225, 226, 233, 238, 243, 244, 253, 254, 257−261, 263, 267, 270, 275, 276, 280, 282−284, 342, 344, 355, 358, 373, 374, 381−383, 385, 388, 391, 396−400, 406, 409−413, 426−428, 431, 436, 447, 464, 472, 474−476, 478, 480, 482−484, 494, 495, 497, 498, 506, 507, 511, 515, 527, 544, 546, 549, 552, 553, 565, 566, 573, 652, 653, 657, 666−669, 673−676, 679, 681, 688, 699, 706

勃留索娃（娘家姓伦特），让（约）·马

Брюсова Ж.М. （урожд. Рунт）

Ⅱ 14, 54, 61,62,253

博博雷金，彼·德 Боборыкин П.Д.

Ⅰ 30, 193, 194, 195, 196, 198, 200, 206−211, 214, 215, 217, 220, 221, 226, 229, 251, 253, 254, 592, 818

博拉，莫里斯 Бовра М. Ⅱ 198

博布林斯基，阿·亚 Бобринский А.А. Ⅰ 173

博布林斯卡娅，叶·亚 Бобринская Е.А. Ⅱ 565, 571

博布罗夫，谢·帕 Бобров С.П.

Ⅱ 37, 60, 385, 545, 552, 554, 557, 564, 572, 573, 589, 650, 673, 681

博格丹诺夫，亚（真名亚·亚·马利诺夫斯基）

Богданов А. （нас. фам. Малиновский А.А.）

Ⅰ 113; Ⅱ 310, 343, 614

博格丹诺夫，А. В.　　　　Богданов А.В.　　　Ⅱ 333

博格丹诺维奇，安·伊（笔名"安·博"）

Богданович А.И. （псевд. А. Б.）

Ⅰ 450, 592, 596, 620, 647, 672, 673

博格丹诺维奇，塔·亚　　Богданович Т.А.　　Ⅰ 503

博戈莫洛夫，尼·亚　　　Богомолов Н.А.

Ⅰ 11, 27, 60, 62, 65, 124, 686, 877, 879, 881; Ⅱ 220, 256−261, 284, 388, 426, 428,
429, 450, 496, 497, 498, 565, 573, 678, 679, 720

博古恰尔斯基，瓦·雅　　Богучарский В.Я.　　Ⅰ 632

博加耶夫斯基，康·费　　Богаевский К.Ф.　　Ⅰ 170, 172, 187; Ⅱ 268

博利沙科夫，康·安　　　Большаков К.А.

Ⅱ 385, 502, 540, 549, 551, 552, 556, 557, 564, 673−677, 680, 681

博罗达耶夫斯基，瓦·瓦　Бородаевский В.В.　　Ⅱ 650, 657

博涅茨卡娅，纳·康　　　Бонецкая Н.К.　　　Ⅰ 128

博乔尼，翁贝托　　　　　Боччиони（Боччони） У.　　Ⅱ 504

博齐亚诺夫斯基，弗·费　Боцяновский В.Ф.

Ⅰ 450, 527, 648, 649, 930, 932

博奇卡廖娃，Н.　　　　Бочкарова Н.　　　Ⅱ 572

博恰罗夫，谢·格　　　　Бочаров С.Г.　　　Ⅱ 188

博日达尔（参见戈尔杰耶夫，博·彼）

Божидар см. Гордеев Б.П.

博伊丘克，安·格　　　　Бойчук А.Г.　　　Ⅰ 188

布伯，马丁　　　　　　　Бубер М.　　　　　Ⅰ 124; Ⅱ 262

布尔采夫，弗·利　　　　Бурцев В.Л.　　　Ⅰ 617

布尔戈夫，阿·瓦　　　　Бургов А.В.　　　Ⅱ 335

| 布尔加科夫，米·阿 | Булгаков М.А. | |

Ⅰ 383, 439, 442, 446, 624, 661, 716；Ⅱ 33, 182, 188, 282, 304,386

| 布尔加科夫，瓦·费 | Булгаков В.Ф. | Ⅰ 496 |

| 布尔加科夫，谢·尼 | Булгаков С.Н. | |

Ⅰ 33, 34, 64, 76, 77, 80, 82, 89—91, 94, 98, 99, 103, 106, 110, 113—115, 124, 127—129, 341, 349, 385, 386, 389, 411, 412, 450, 643, 692, 702, 705, 762, 764, 770, 775, 777, 778；Ⅱ 180, 195, 216, 236, 246, 688, 695, 717, 719

布尔加科夫家族	Булгаковы	Ⅰ 542
布尔杰耶夫，亚	Булдеев А.	Ⅱ 86
布尔柳克，达·达（父）	Бурлюк Д.Д.（отец）	Ⅱ 517
布尔柳克，达·达（子）	Бурлюк Д.Д.（сын）	

Ⅱ 60, 384, 501, 502, 516—518, 524, 526, 529, 537, 540, 546, 557, 558, 562—564, 569, 574, 576, 587, 588, 591, 618, 626, 627, 628, 647, 675, 681

| 布尔柳克，弗·达 | Бурлюк В.Д. | Ⅱ 501, 517 |
| 布尔柳克，尼·达 | Бурлюк Н.Д. | |

Ⅱ 384, 507, 517, 518, 525, 532,564

| 布尔柳克兄弟 | Бурлюки | |

Ⅰ 178, 180, 181；Ⅱ 384, 501, 502, 517, 587, 590

布尔纳金，阿·安	Бурнакин А.А.	Ⅰ 583
布热斯基家族	Бржесские	Ⅰ 734
布尔索夫，鲍·伊	Бурсов Б.И.	Ⅰ 387
布哈尔金，彼·叶	Бухаркин П.Е.	Ⅱ 255
布霍夫，阿·谢	Бухов А.С.	Ⅰ 651, 668
布季谢夫，阿·尼	Будищев А.Н.	Ⅰ 664
布加耶夫，鲍·尼（参见别雷，安）	Бугаев Б.Н. см. Белый А.	
布加耶夫，尼·瓦	Бугаев Н.В.	Ⅱ 144
布拉戈，谢·鲍	Бураго С.Б.	Ⅱ 90, 136, 139
布拉格沃琳娜，尤·帕	Благоволина Ю.П.	Ⅱ 54, 61
布拉瓦茨卡娅，叶·彼（通译布拉瓦茨基夫人）		

	Блаватская Е.П.	Ⅰ 130; Ⅱ 148, 180
布拉温，孔·阿	Булавин К.А.	Ⅰ 488
布拉兹，约·埃	Браз И.Э.	Ⅰ 136
布莱特堡，谢·莫	Брейтбург С.М.	Ⅰ 332
布莱希特，贝托尔特	Брехт Б.	Ⅰ 445; Ⅱ 422
布兰克，基尔斯滕	Blanck K.	Ⅰ 254
布朗，费·亚	Браун Ф.А.	Ⅰ 952
布雷什金，帕·阿	Бурышкин П.А.	Ⅰ 197
布里赫尼乔夫，约·潘	Брихничев И.П.	Ⅱ 698
布里克，奥·马	Брик О.М.	Ⅱ 558, 590, 594, 621, 642
布里克夫妇	Брики	Ⅱ 589, 590
布里克，莉·尤	Брик Л.Ю.	Ⅱ 640−642, 649, 673
布里奇沃特，帕特里克	Bridgwater P.	Ⅰ 837
布列宁，维·彼	Буренин В.П.	
	Ⅰ 195, 200, 208, 411, 449, 601, 675, 676	
布列什科−布列什科夫斯基，尼·尼	Брешко−Брешковский Н.Н.	Ⅰ 621
布留姆金，雅·格	Блюмкин Я.Г.	Ⅱ 599
布留洛夫，卡·帕	Брюллов К.П.	Ⅰ 166
布鲁克，彼得	Брук П.	Ⅰ 430
布鲁尼，费·安	Бруни Ф.А.	Ⅱ 589
布鲁诺，焦尔达诺	Бруно Д.	Ⅱ 144, 152, 153, 184
布鲁夏宁，瓦·瓦	Брусянин В.В.	Ⅰ 649
布罗茨基，约·亚	Бродский И.А.	Ⅱ 261, 386, 576, 613, 622
布罗克豪斯，弗里德里希·阿诺德	Брокгауз Ф.А.	Ⅰ 750; Ⅱ 254
布罗宁（参见勃留索夫，瓦·雅）	Бронин см. Брюсов В.Я.	
布罗伊特曼，萨·纳	Бройтман С.Н.	Ⅰ 67; Ⅱ 137, 142, 389
布纳科夫−丰达明斯基，伊·伊	Бунаков−Фондаминский И.И.	
	Ⅰ 661, 829, 871	
布宁，阿·伊	Бунин А.И.	Ⅰ 542

布宁家族　　　　　　　　　Бунины　　　　　　　Ⅰ 542

布宁（一译蒲宁），伊·阿　　Бунин И.А.

Ⅰ 43, 48−51, 54, 56−59, 66, 68, 101, 112, 128, 137, 138, 184, 230, 232, 233, 235,
262, 264−266, 276, 277, 279, 280, 284, 285, 290, 297, 306, 313−319, 326, 331−334,
372, 381, 383, 389, 422, 439, 441, 452, 453, 482, 487, 497, 500, 525, 540−585, 591,
596, 597, 613, 617, 620, 623, 624, 642, 643, 661, 676, 788, 838, 898, 955; Ⅱ 151,
268, 269, 270, 273, 276, 277, 285, 375, 517, 613, 616, 706, 724, 726

布宁，尤·阿　　　　　　　Бунин Ю.А.　　　　　Ⅰ 542, 544

布宁娜，安·彼　　　　　　Бунина А.П.　　　　　Ⅰ 542, 582

布任斯卡，伊莱娜　　　　　Бужинска И.　　　　　Ⅱ 567

布斯拉科娃，塔·帕　　　　Буслакова Т.П.　　　　Ⅰ 68

布图尔林，彼·德　　　　　Бутурлин П.Д.　　　　Ⅰ 134

C

蔡登什努尔，埃·叶　　　　Зайденшнур Э.Е.　　　Ⅰ 386

采赫诺维采尔，奥·韦　　　Цехновицер О.В.　　　Ⅰ 332, 387

采特林，米·奥（笔名"阿马里"）Цетлин М.О.（псевд. Амари）

　　　　　　　　　　　　Ⅰ 780, 836, 839, 840

岑佐尔，德·米　　　　　　Цензор Д.М.　　　　　Ⅱ 85

查拉图斯特拉（琐罗亚斯德）　Заратустра（Заратуштра）

Ⅱ 153, 182, 212, 215, 234, 295, 343, 472, 473, 490, 493, 509, 515, 578, 685, 717

查理五世　　　　　　　　　Карл V　　　　　　　Ⅰ 60; Ⅱ 27, 37

查苏利奇，薇·伊　　　　　Засулич В.И.　　　　　Ⅰ 208, 215, 254

察德金，奥·阿　　　　　　Цадкин О.А.　　　　　Ⅱ 271

察克尼，安·尼　　　　　　Цакни А.Н.　　　　　Ⅰ 544

柴可夫斯基，彼·伊　　　　Чайковский П.И.　　　Ⅰ 132, 142

昌采夫，亚·弗　　　　　　Чанцев А.В.　　　　　Ⅰ 256, 684, 686

车尔尼雪夫斯基，尼·加　　Чернышевский Н.Г.

Ⅰ 75, 113, 465, 468, 753, 794, 826, 828, 879；Ⅱ 376

| 茨威格，斯蒂芬 | Цвейг С. | Ⅱ 618 |
| 茨维塔耶娃，玛·伊 | Цветаева М.И. | |

Ⅰ 167, 440, 461, 501, 838, 937, 954, 958；Ⅱ 35, 37, 59, 60, 67, 177, 180, 267, 270, 272, 282, 284, 391, 563, 576, 613, 622, 624, 647, 648, 651, 652, 664−673, 679, 680, 725, 728

| 茨维特科夫，Н. | Цветков Н. | Ⅰ 114 |
| 茨维特科夫，С. А. | Цветков С.А. | Ⅰ 450 |

D

达尔文，查尔斯	Дарвин Ч.	Ⅰ 466, 490；Ⅱ 578, 581
达夫江，拉·阿	Давтян Л.А.	Ⅰ 451
达罗夫，弗（参见勃留索夫，瓦·雅）	Даров Вл. см. Брюсов В.Я.	
达曼斯卡娅，奥·费	Даманская А.Ф.	Ⅰ 677, 679
达梅利亚，安东诺拉	Амелиа А., де	Ⅱ 261, 373, 374, 380
达维德松，阿·鲍	Давидсон А.Б.	Ⅱ 495
达维多夫，扎	Давыдов З.	Ⅱ 283
达维多娃，亚·阿	Давыдова А.А.	Ⅰ 596
达维多娃，玛·卡（参见库普林娜−约尔丹斯卡娅）		
	Давыдова М.К. см. Куприна−Иорданская М.К.	
大仲马	Дюма А.	Ⅰ 455
戴维森，帕特里克	Дэвидсон П. （Davidson P.）	
	Ⅱ 216, 253−256	
戴维斯，理查德·D.	Дэвис Р. （Davis, R.D.）	
	Ⅰ 63；Ⅱ 333, 337, 622	
丹东，乔治−雅克	Дантон Ж.−Ж.	Ⅱ 599
丹纳，伊波利特	Тэн И.	Ⅰ 270, 464, 465
丹尼列夫斯基，亚·阿	Данилевский А.А.	

Ⅰ 66, 123, 127; Ⅱ 377, 379

丹尼列夫斯基，尼·雅　　　　　Данилевский Н.Я.　Ⅰ 739, 824

丹尼列夫斯基，罗·尤　　　　　Данилевский Р.Ю.　Ⅰ 63, 727, 841

丹尼列维奇，列　　　　　　　　Данилевич Л.　Ⅰ 185

丹尼林，Я.　　　　　　　　　　Данилин Я.　Ⅰ 675

丹尼洛夫–丹尼利扬，维·伊　　Данилов–Данильян В.И.　　Ⅱ 593

丹特斯，乔治–夏尔（埃克朗）　Дантес Ж.–Ш.（Геккерен）

Ⅰ 760, 761; Ⅱ 136

丹扎斯，尤·尼　　　　　　　　Данзас Ю.Н.　Ⅰ 537

但丁·阿利吉耶里　　　　　　　Данте А.（Dante A.）

Ⅰ 92; Ⅱ 35, 104, 153, 191, 197, 202, 204, 209, 221, 254–256, 259, 269, 411, 468,

665

德贝利亚诺夫，迪姆乔　　　　　Дебелянов Д.　Ⅱ 60

德彪西，克洛德　　　　　　　　Дебюсси К.　Ⅰ 148, 179

德尔曼，阿　　　　　　　　　　Дерман А.　Ⅰ 582, 583

德根，尤　　　　　　　　　　　Деген Ю.　Ⅱ 651

德拉戈米罗夫，米·伊　　　　　Драгомиров М.И.　Ⅰ 589, 602

德劳内，罗伯特　　　　　　　　Делоне Р.　Ⅰ 181

德里曾，尼·瓦　　　　　　　　Дризен Н.В.　Ⅰ 165

德里亚金，康·弗　　　　　　　Дрягин К.В.　Ⅱ 337

德林（–斯米尔诺夫），约翰娜·雷纳特

Дёринг И.Р.（Döring–Smirmov J.R.）

Ⅰ 11, 127

德罗诺夫，弗·谢　　　　　　　Дронов В.С.　Ⅱ 56

德罗任，斯·德　　　　　　　　Дрожжин С.Д.　Ⅱ 716

德罗兹达，М.　　　　　　　　　Дрозда М.　Ⅱ 172

德罗兹德科夫，弗·亚　　　　　Дроздков В.А.　Ⅱ 573

德米特里，罗斯托夫的　　　　　Дмитрий Ростовский　Ⅱ 139

德米特里耶娃，伊·伊（参见切鲁宾娜·德加布里亚克）

Дмитриева Е.И. см. Черубина де Габрик

德米特里耶娃，尼·亚　　　Дмитриева Н.А.　　　Ⅰ 184

德莫夫，奥（真名约·伊·佩雷尔曼）

Дымов О. （наст. фам. Перельман И.И. ）

Ⅰ 309–311, 333, 441, 658

德姆希茨，瓦·阿　　　Дымшиц В.А.　　　Ⅱ 253, 622

德涅普罗夫，弗·达　　　Днепров В.Д.　　　Ⅰ 386

德日进（一译泰亚尔·德·夏尔丹）　Шарден Т., де　　　Ⅰ 506

德沃尔佐娃，纳·彼　　　Дворцова Н.П.　　　Ⅰ 837

邓肯，菲利普·亚当斯　　　Duncan P.A.　　　Ⅰ 251

邓肯，伊莎多拉　　　Дункан А.　　　Ⅰ 169; Ⅱ 270

邓尼金，安·伊　　　Деникин А.И.　　　Ⅱ 276, 598

狄更斯，查尔斯　　　Диккенс Ч.　　　Ⅰ 363, 387, 469, 664, 490

迪克曼，阿米纳达夫　　　Dykman A.　　　Ⅱ 254

迪克曼，明·伊　　　Дикман М.И.　　　Ⅰ 926, 928, 932

迪克斯，奥托　　　Дикс О.　　　Ⅱ 527

蒂克，路德维希　　　Тик Л.　　　Ⅰ 722

东钦，吉乔特　　　Donchin G.　　　Ⅰ 726, 842

都德，阿尔方斯　　　Доде А.　　　Ⅰ 437

杜宾，鲍　　　Дубин Б.　　　Ⅱ 618

杜宾斯卡娅-贾利洛娃，塔·伊　　Дубинская–Джалилова Т.И.　　　Ⅰ 62

杜博斯，夏尔　　　Дю Бос Ш.　　　Ⅱ 249, 252, 261, 263

杜布洛夫金，罗曼　　　Doubrovkine R. Ⅱ 55

杜勃罗留波夫，亚·米　　　Добролюбов А.М.

Ⅰ 72, 76, 103, 107, 133, 691, 708, 853, 855, 889; Ⅱ 16, 695, 698

杜勃罗留波夫，尼·亚　　　Добролюбов Н.А.　　　Ⅰ 203; Ⅱ 82, 88, 117

杜布罗温，亚·伊　　　Дубровин А.И.　　　Ⅰ 653

杜布诺娃，叶·雅　　　Дубнова Е.Я.　　　Ⅱ 376

杜尔诺夫，莫·亚　　　Дурнов М.А.　　　Ⅰ 155; Ⅱ 16

杜加诺夫，鲁·瓦　　　　Дуганов Р.В.

　　　　Ⅰ 66; Ⅱ 564, 568, 615, 616, 618, 622, 623, 648

杜科尔，伊　　　　Дукор И.　　　　Ⅰ 730

杜拉索夫　　　　Дурасов　　　　Ⅰ 600

杜雷林，谢·尼　　　　Дурылин С.Н.　　　　Ⅰ 127

杜瓦金，维·德　　　　Дувакин В.Д.　　　　Ⅱ 465, 616

多布罗科夫斯基，梅·瓦　　　　Доброковский М.В.　　　　Ⅱ 589

多布任斯基，姆·瓦　　　　Добужинский М.В.

　Ⅰ 139, 148, 149, 150, 151, 165, 652, 662; Ⅱ 726, 728

多岑科，谢·尼　　　　Доценко С.Н.　　　　Ⅰ 66, 123; Ⅱ 255, 380

多尔戈波洛夫，列·康　　　　Долгополов Л.К.

　Ⅰ 23, 61, 67, 189, 452, 581, 583, 728; Ⅱ 128, 139, 142, 167, 284, 377

多尔戈夫，А.　　　　Долгов А.　　　　Ⅰ 666

多尔任科夫，彼·尼　　　　Долженков П.Н.　　　　Ⅰ 250

多甫拉托夫，谢·多　　　　Довлатов С.Д.　　　　Ⅰ 442

多利宁，阿·谢　　　　Долинин А.С.　　　　Ⅰ 331

多罗舍维奇，弗·米　　　　Дорошевич В.М.　　　　Ⅰ 450, 658

多罗瓦托夫斯基，谢·帕　　　　Дороватовский С.П.　　　　Ⅰ 506

E

Е.К.　　　　Е.К.　　　　Ⅰ 647

厄普代克，约翰　　　　Апдайк Дж.　　　　Ⅰ 444

恩格尔哈特，米·亚　　　　Энгельгардт М.А.　　　　Ⅱ 564

恩格尔哈特，尼　　　　Энгельгардт Н.　　　　Ⅰ 846

F

法尔科内，埃蒂安·莫里斯　　　　Фальконе Э.–М.　　　　Ⅱ 170

法尔克，罗·拉　　　　　Фальк Р.Р.　　　　　Ⅰ 145, 176

法尔马科夫斯基，姆·弗　　Фармаковский М.В.　　Ⅱ 497

法捷耶夫，瓦·亚　　　　Фатеев В.А.　　　　　Ⅰ 122

法秋先科，瓦·伊　　　　Фатющенко В.И.　　　Ⅰ 776

法朗士，阿纳托尔　　　　Франс А.

　　Ⅰ 158, 186, 328; Ⅱ 66, 264, 280

法勒，弗雷德里克·威廉　　Фаррар Ф.–У.　　　　Ⅰ 109

法雷诺，耶日　　　　　　Фарино Е.　　　　　　Ⅱ 617

法·泽（泽林斯基，法·弗）　Ф.З.（Зелинский Ф.Ф.）　　Ⅱ 86

凡高，文森特　　　　　　Ван–Гог В.　　　　　Ⅰ 145; Ⅱ 270

凡尔哈伦（一译维尔哈伦），埃米尔 Верхарн Э.　　　Ⅰ 125, 230, 705; Ⅱ
33, 44, 52, 117, 265, 275, 276, 284, 515, 581, 617, 627

凡尔纳，儒勒　　　　　　Верн Ж.　　　　　　Ⅱ 470, 495

丰达明斯基，伊·伊（参见布纳科夫–丰达明斯基）

　　　　　　　　　　　Фондаминский И.И. см. Бунаков–Фондаминский

方济各，亚西西的　　　　Франциск Ассизский　Ⅰ 640; Ⅱ 282

菲德勒，费·费　　　　　Фидлер Ф.Ф.　　　　Ⅰ 667

菲尔丁，亨利　　　　　　Филдинг Г.　　　　　Ⅰ 387

菲古尔诺娃，奥·谢　　　Фигурнова О.С.　　　Ⅰ 625

菲利波夫，鲍·安　　　　Филиппов Б.А.　　　　Ⅱ 703, 717

菲利波夫，伊　　　　　　Филиппов И.　　　　　Ⅱ 698

菲利普琴科，伊·古　　　Филиппченко И.Г.　　Ⅰ 282

菲廖夫斯基，伊，司祭　　Филевский И., свящ.　Ⅰ 123

菲林，谢·格　　　　　　Фирин С.Г.　　　　　Ⅰ 129

菲洛诺夫，帕·尼　　　　Филонов П.Н.

　　Ⅰ 95, 180, 181, 188; Ⅱ 514, 538, 541, 589, 614

菲洛索福夫，德·弗　　　Философов Д.В.

Ⅰ 77, 112, 158, 522, 526, 676, 685, 668, 706, 787, 838, 850, 853, 862, 868, 879, 876,
879, 880; Ⅱ 346, 439, 688, 689, 699, 717, 718, 720

"非字母"（真名伊·马·瓦西列夫斯基）

Не–Буква（наст. фам. Василевский И.М.）

Ⅰ 668, 681, 686, 687

费舍尔，弗·米	Фишер В.М.	Ⅰ 837
费奥多罗夫，安·韦	Федоров А.В.	Ⅰ 451; Ⅱ 87, 140
费奥多罗夫，亚·米	Федоров А.М.	Ⅰ 332, 676
费奥多罗夫，格·鲍	Федоров Г.Б.	Ⅱ 615
费奥多罗夫，尼·费	Федоров Н.Ф.	

Ⅰ 75, 81, 89, 100, 104, 105, 107, 113, 114, 115, 116, 117, 129, 130; Ⅱ 297, 685, 701, 704, 719, 720

| 费多托夫，格·彼 | Федотов Г.П. | |

Ⅰ 5, 11, 69, 97, 105−108, 114, 126

费定，康·亚	Федин К.А.	Ⅱ 368
费奥多尔<布尔加科夫，费·谢>	Федор <Булгаков Ф.С.>	Ⅰ 113
费尔巴哈，路德维希	Фейербах Л.	Ⅰ 736
费尔赫尔，克斯	Верхейл К.	Ⅰ 451; Ⅱ 87
费佳金，谢·罗	Федякин С.Р.	Ⅰ 62, 932
费特，阿·阿	Фет А.А.	

Ⅰ 25, 72, 132, 507, 545, 694, 758, 764, 767, 769, 776, 778, 800, 926, 933, 940; Ⅱ 6, 35, 72, 92−94, 99, 200, 624, 645, 653, 657

费希特，约翰·戈特利布	Фихте И.–Г.	Ⅰ 736
丰特诺特，迈克尔·J.	Fontenot M.J.	Ⅰ 838
冯特，威廉	Вундт В.	Ⅱ 343
冯维津，谢·伊	Фонвизин С.И.	Ⅰ 498
佛陀	Будда	Ⅱ 475
弗若谢克，谢·卡	Вржосек С.К.	Ⅰ 627, 637, 647, 649
弗拉斯基一家	Враские	Ⅱ 346
弗莱金，尤·利	Фрейдин Ю.Л.	Ⅱ 426
弗赖登贝格，奥·米	Фрейденберг О.М.	Ⅰ 386, 778

弗莱施曼，拉·所　　　　　Флейшман Л.С.　　Ⅱ 378, 573, 574, 677, 681

弗兰格尔，彼·尼　　　　　Врангель П.Н.　　Ⅰ 617, 657

弗兰克，谢·路　　　　　　Франк С.Л.

　　　　　　　　　　　　　Ⅰ 69, 76, 82, 83, 104, 165, 187, 451

弗里德兰德（通译弗里德连杰尔），格·米

　　　　　　　　　　　　　Фридлендер Г.М.　　Ⅰ 455, 843; Ⅱ 88

弗里德曼，И. Н.　　　　　Фридман И.Н.　　Ⅱ 258

弗里兹曼，列·亨　　　　　Фризман Л.Г.　　Ⅰ 848

弗隆，罗纳德　　　　　　　Вроон Р.　　Ⅱ 622, 623

弗鲁别利，米·亚　　　　　Врубель М.А.

Ⅰ 132, 148, 150−154, 157, 160, 166, 179, 186, 688; Ⅱ 119, 135, 515

弗鲁姆金娜，Н.А.　　　　Фрумкина Н.А.　　Ⅱ 378

弗罗洛夫，彼·安　　　　　Фролов П.А.　　Ⅰ 588, 620

弗洛连斯基，帕·亚　　　　Флоренский П.А.

Ⅰ 69, 72, 75−79, 83, 89, 90−92, 94, 97, 99, 102, 104−106, 109, 110, 113, 115, 122,

123, 128, 130, 692; Ⅱ 148, 150, 153, 155, 186, 195, 197, 335, 438, 441, 464, 698

弗洛罗夫斯基，格　　　　　Флоровский Г.　　Ⅰ 774; Ⅱ 293, 334

弗洛罗娃，柳·尼　　　　　Флорова Л.Н.　　Ⅰ 841

弗洛伊德，西格蒙德　　　　Фрейд З.（Freud Z.）　Ⅰ 86, 846

伏尔加斯基（参见格林卡-伏尔加斯基，亚·谢）

　　　　　　　　　　　　　Волжский см. Глинка−Волжский А.С.

孚希特万格，利翁　　　　　Фейхтвангер Л.　　Ⅰ 446

傅立叶，夏尔　　　　　　　Фурье Ш.　　Ⅰ 478, 495

福尔，保罗　　　　　　　　Фор П.　　Ⅰ 953

福尔什，奥·德　　　　　　Форш О.Д.　　Ⅰ 116, 126

福法诺夫，康·康（参见奥利姆波夫，康）

　　　　　　　　　　　　　Фофанов К.К. см. Олимпов К.

福法诺夫，康·米　　　　　Фофанов К.М.

　　　　　　　　　　　　　Ⅰ 143, 793, 801, 818, 840, 843; Ⅱ 4, 19, 543, 544

福格特，卡尔　　　　　　　Фохт К.　　　　　Ⅰ 465, 466

福赫特-巴布什金（巴布什金），尤·乌

　　　　　　　　　Фохт-Бабушкин（Бабушкин）Ю.У.　　Ⅰ 255

福季，修士大司祭　　　　　Фотий, архим.　　Ⅰ 831, 833

福金，米·米　　　　　　　Фокин М.М.　　　Ⅰ 165, 172, 652

福克纳，威廉　　　　　　　Фолкнер У.　　　Ⅰ 425, 443

福楼拜，古斯塔夫　　　　　Флобер Г.

　　　　Ⅰ 158, 420, 437, 611, 811; Ⅱ 358, 577

福马·奥皮斯金（参见阿韦尔琴科，阿·季）

　　　　　　　　　Фома Опискин см. Аверченко А.Т.

福曼，贝蒂·耶塔　　　　　Forman B.Y.　　　Ⅰ 538

福明，伊·亚　　　　　　　Фомин И.А.　　　Ⅰ 173

福尼亚科娃，纳·尼　　　　Фонякова Н.Н.　　Ⅰ 624

富克斯，季（参见勃留索夫，瓦·雅）　Фукс З. см. Брюсов В.Я.

G

伽达默尔，汉斯-格奥尔格　　Гадамер Г.-Г.（Х.-Г.）　　Ⅱ 56

盖坚科，皮·帕　　　　　　Гайденко П.П.　　Ⅰ 844

盖杰布罗夫，帕·亚　　　　Гайдебуров П.А.　Ⅰ 543

盖勒，杰　　　　　　　　　Geller J.　　　　Ⅰ 846

甘地，莫罕达斯·卡拉姆昌德　Ганди М.К.　　　Ⅱ 618

甘茹列维奇，塔·雅　　　　Ганжулевич Т.Я.　Ⅰ 649

冈察洛夫，Н.Ф.　　　　　Гончаров Н.Ф.　　Ⅰ 130

冈察洛夫，伊·亚　　　　　Гончаров И.А.

　Ⅰ 408, 410, 421, 423, 424, 434, 455, 469, 818, 847; Ⅱ 332

冈察洛娃，纳·谢　　　　　Гончарова Н.С.

　Ⅰ 162, 176, 180, 181; Ⅱ 271, 501-503, 508, 511, 522, 534, 540, 551, 553, 560, 565

高尔基，阿·马　　　　　　Горький А.М.

Ⅰ 14, 16, 20, 32, 33, 36, 37, 60, 61, 63, 64, 72, 73, 80, 93, 99, 102, 107, 111−114, 116, 128, 129, 137, 138, 140, 142, 154, 177, 184, 191−193, 199, 200, 210, 213, 214, 217−219, 226, 227, 230−236, 238, 239, 241−243, 245−249, 250, 252, 254, 255−257, 260−262, 264, 268, 269, 279−282, 290, 315−317, 322, 323, 328, 329, 331, 332, 334, 406, 407, 414, 441, 449, 451, 462, 463, 466, 468, 472, 473, 480, 481, 483, 491, 497, 498, 499, 501, 502, 505−539, 540, 543, 547, 548, 556, 582, 583, 590, 592, 593, 597, 599, 602, 605, 607, 609, 612, 616, 621−623, 632, 634, 635, 642, 648, 658, 664, 668, 671, 678, 679, 681, 682, 684−687, 706, 730, 780, 827, 828, 838, 849, 934, 941, 944, 957; Ⅱ 57, 77, 82, 117, 119, 131, 215, 273, 282, 285−288, 291, 301, 304, 307, 310, 312, 313, 318, 333, 335, 344, 363, 517, 584, 613, 641, 724

高尔斯华绥，约翰	Голсуорси Дж.	Ⅰ 391, 426, 442−456
高更，保罗	Гоген П.	Ⅰ 145
高斯，卡尔·弗里德里希	Гаусс К.−Ф.	Ⅱ 145
根金，谢·约	Гиндин С.И.	Ⅰ 60,67; Ⅱ 54−58,60,62
戈尔登魏泽（一译哥登怀瑟），亚·鲍		
	Гольденвейзер А.Б.	Ⅰ 387
戈登，麦克维	Gordon Mc V.	Ⅱ 719
戈蒂耶，泰奥菲尔	Готье Т.（Gautier Th.）	Ⅱ 484, 498
戈尔茨施米特，弗·罗	Гольцшмидт В.Р.	Ⅱ 562, 574
戈尔德施泰因，亚	Гольдштейн А.	Ⅱ 648, 649
戈尔杰耶夫，博·彼（笔名"博日达尔"）		
	Гордеев Б.П.（псевд. Божидар）	Ⅱ 555
戈尔内，谢（真名亚·阿·奥楚普）	Горный С.（нас. фам. Оцуп А.А.）	
	Ⅰ 653, 667	
戈尔施泰因，亚·瓦	Гольштейн А.В.	Ⅱ 254, 259, 271
戈菲伊曾，米·亚	Гофайзен М.А.	Ⅰ 841
戈戈季什维利，柳	Гоготишвили Л.	Ⅱ 253
戈利岑，瓦	Голицын В.	Ⅰ 834
戈利岑−穆拉夫林，德·彼	Голицын−Муравлин Д.П.	Ⅰ 196

戈利岑娜，薇·尼　Голицына В.Н.　Ⅱ 137

戈利科夫，弗·格　Голиков В.Г.　Ⅱ 43

戈利克，J.　Golik J.　Ⅰ 837

戈连科，安·安（参见阿赫玛托娃，安·安）

　Горенко А.А. см. Ахматова А.А.

戈连施泰因，弗·纳　Горенштейн Ф.Н.　Ⅰ 252

戈良斯基，瓦·伊　Горянский В.И.　Ⅰ 651；Ⅱ 651

戈列尔巴赫，埃·费　Голлербах Э.Ф.　Ⅱ 429, 569

戈列洛夫，阿·叶　Горелов А.Е.　Ⅱ 90, 136, 139, 142

戈列尼谢夫-库图佐夫，阿·阿　Голенищев-Кутузов А.А.　Ⅰ 695, 726

戈列伊佐夫斯基，尼·卡　Голейзовский Н.К.　Ⅰ 667；Ⅱ 614

戈林，格·伊　Горин Г.И.　Ⅰ 658

戈卢布金娜，安·谢　Голубкина А.С.　Ⅰ 144, 146, 154, 155

戈卢别娃，奥·德　Голубева О.Д.　Ⅰ 331, 332

戈伦菲尔德，阿·格　Горнфельд А.Г.

　Ⅰ 54, 67, 458, 459, 463, 480, 501, 502, 612, 624, 672, 675, 686, 897, 903, 910, 931

戈罗杰茨基，谢·米　Городецкий С.М.

　Ⅰ 160, 161, 166, 172, 178, 664, 692, 950；Ⅱ 194, 211, 218, 219, 239, 244, 260, 261, 270, 384, 431-436, 440, 458, 472, 484, 485, 495, 585, 650, 667, 682, 702, 705

戈洛索夫克尔，雅·埃　Голосовкер Я.Э.　Ⅱ 614

戈洛温，亚·雅　Головин А.Я.　Ⅰ 141, 160, 167, 175

戈洛乌舍夫，谢·谢　Голоушев С.С.　Ⅱ 329

戈齐，卡尔洛　Гоцци К.　Ⅰ 175

戈沃鲁哈-奥特罗克，尤·尼（笔名"尤·尼古拉耶夫"）

　Говоруха-Отрок Ю.Н.（псевд. Николаев Ю.）

　Ⅰ 479, 489, 503

戈雅，弗朗西斯科·何塞·德　Гойя Ф.-Х. де　Ⅰ 940；Ⅱ 581

歌德，约翰·沃尔夫冈　Гёте И.-В.（Goethe）

　Ⅰ 72, 505, 640, 727, 822, 841, 843, 844, 935；Ⅱ 77, 143, 145, 146, 156, 167, 183,

191, 202, 207, 209, 218, 232, 236, 255, 259, 266, 267, 279, 411, 422, 435, 580

格，尼·尼　　　　　　　　Ге Н.Н.　　　　　　Ⅰ 136, 166

格茨，法伊维尔　　　　　　Гец Ф.　　　　　　Ⅰ 752

格德罗伊茨，萨（格德罗伊茨，薇·伊）

　　　　　　　　　　　　Гедройц С.（Гедройц В.И.）　Ⅱ 650

格尔别利，尼·瓦　　　　　Гербель Н.В.　　　Ⅱ 33, 59

格尔齐克，安·卡　　　　　Герцык А.К.　　　Ⅰ 661；Ⅱ 243, 259, 668

格尔申宗，米·奥　　　　　Гершензон М.О.

　Ⅰ 120, 663, 909, 930；Ⅱ 36, 180, 184, 247, 249, 250, 251, 261, 262, 334, 375

格尔施泰因，埃·格　　　　Герштейн Э.Г.　　Ⅱ 88

格尔韦尔，拉·利　　　　　Гервер Л.Л.　　　Ⅱ 619

格拉利-阿列利斯基（真名斯·斯·彼得罗夫）

　　　　　　　　　　　　Грааль-Арельский（нас. фам. Петров С.С.）

　　　Ⅱ 384, 543, 544, 650

格里耶，弗·伊　　　　　　Герье В.И.　　　　Ⅰ 736

格拉巴里，伊·埃　　　　　Грабарь И.Э.

　　　Ⅰ 143, 145, 148, 167, 171, 173, 188, 696

格拉贝，克里斯蒂安·迪特里希　Граббе Х.Д.　　Ⅱ 374

格拉特珂夫（一译革拉特珂夫），费·瓦

　　　　　　　　　　　　Гладков Ф.В.　　　Ⅰ 244, 263

格拉乔娃，阿·米　　　　　Грачева А.М.

　　　Ⅰ 66, 122, 683, 684, 687, 836, 875；Ⅱ 367, 373–379

格拉斯，卡尔　　　　　　　Грасс К.（Grass K.）　Ⅱ 689, 717, 718

格拉西莫夫，米·普　　　　Герасимов М.П.　　Ⅰ 282

格拉西莫夫，尤·康　　　　Герасимов Ю.К.

　　　Ⅰ 730, 731, 850；Ⅱ 87, 143, 190, 257, 376

格拉逊，托马斯　　　　　　Галласон Т.（Gullason T.）　Ⅰ 452

格拉泽纳普，彼·弗　　　　Глазенап П.В.　　Ⅰ 616

格拉兹科夫，尼·伊　　　　Глазков Н.И.　　　Ⅱ 563, 614

格拉祖诺夫，亚·康	Глазунов А.К.	Ⅰ 141, 165; Ⅱ 124
格雷厄姆，希拉·杜芬	Graham S.D.	Ⅱ 498
格里埃尔，莱·莫	Глиэр Р.М.	Ⅰ 157, 160
格里鲍耶陀夫，亚·谢	Грибоедов А.С.	Ⅰ 131, 165, 394; Ⅱ 611
格里茨，特	Гриц Т.	Ⅰ 189; Ⅱ 564, 567
格里夫佐夫，鲍·亚	Грифцов Б.А.	Ⅰ 785, 837, 847, 848
格里戈尔科夫，尤·亚	Григорков Ю.А.	Ⅰ 616, 625
格里戈里耶夫，阿·亚	Григорьев Ап. А.	Ⅰ 694; Ⅱ 79, 92, 124
格里戈里耶夫，鲍·德	Григорьев Б.Д.	Ⅰ 138, 167; Ⅱ 589
格里戈里耶夫，维·彼	Григорьев В.П.	
		Ⅰ 184, 189; Ⅱ 520, 568, 621, 622, 623
格里戈里耶夫，瓦·尼	Григорьев В.Н.	Ⅰ 498
格里戈里耶夫，谢·季	Григорьев С.Т.	Ⅰ 116
格里戈里耶娃，亚·德	Григорьева А.Д.	Ⅰ 778
格里戈罗维奇，德·瓦	Григорович Д.В.	Ⅰ 543, 594, 853
格里格，爱德华	Григ Э.	Ⅰ 157
格里舒宁，安·列	Гришунин А.Л.	Ⅰ 849
格里斯，胡安	Грис Х.	Ⅰ 151
格里特钦，Н.	Гритчин Н.	Ⅰ 503
格里亚卡洛夫，阿·阿	Грякалов А.А.	Ⅰ 125; Ⅱ 138
格里亚卡洛娃，纳·尤	Грякалова Н.Ю.	Ⅰ 776
格列边希科夫，格·德	Гребенщиков Г.Д.	Ⅰ 263, 264
格列博夫，伊（参见阿萨菲耶夫，鲍·弗）		
	Глебов И. см. Асафьев Б.В.	
格列赫尼奥夫，弗·阿	Грехнев В.А.	Ⅱ 129, 143
格列奇尼奥夫，维·雅	Гречнев В.Я.	Ⅰ 67
格列奇什金，谢·谢	Гречишкин С.С.	
		Ⅱ 58, 59, 61, 253, 284, 373, 376, 379, 388
格列恰尼诺夫，亚·季	Гречанинов А.Т.	Ⅰ 141, 159, 162

格列耶姆，Ш.	Греем Ш.	Ⅱ 449
格林，亚·斯	Грин А.С.	Ⅱ 36, 282
格林，格雷厄姆	Грин Гр.	Ⅰ 443
格林伯格，瓦莱里，D.	Greenberg V. D.	Ⅰ 846
格林采尔，帕·亚	Гринцер П.А.	Ⅰ 252, 930
格林卡-伏尔加斯基，亚·谢	Глинка-Волжский А.С.	
	Ⅰ 75, 114, 121, 412, 684	
格鲁济诺夫，伊·瓦	Грузинов И.В.	Ⅱ 714, 721
格鲁兹杰夫，伊·亚	Груздев И.А.	Ⅰ 20
格罗莫夫，米·彼	Громов М.П.	Ⅰ 448, 449, 454
格罗莫夫，帕·彼	Громов П.П.	
	Ⅰ 777; Ⅱ 90, 114, 136, 137, 139–142	
格罗斯，乔治	Гросс Г.	Ⅱ 527
格罗斯曼，琼·德拉内	Гроссман Дж.（Grossman J. D.）	
	Ⅱ 54, 57, 58, 260	
格罗斯曼，列·彼	Гроссман Л.П.	Ⅰ 253, 453; Ⅱ 15, 56, 338
格罗特，尼·雅	Грот Н.Я.	Ⅰ 74, 750; Ⅱ 359
格罗特家族	Гроты	Ⅰ 542
格涅多夫，瓦·伊	Гнедов В.И.	
	Ⅱ 546–549, 552, 557, 562, 566, 573	
格涅辛，米·法	Гнесин М.Ф.	Ⅰ 141
格伊，尼·康	Гей Н.К.	Ⅰ 11, 385, 386, 583
贡塔德，苏塞特	Гонтар С.	Ⅱ 257
古贝尔，彼	Губер П.	Ⅱ 111, 140
古尔蒙，雷米·德	Гурмон Р., де	Ⅱ 78
古济，尼·卡	Гудзий Н.К.	Ⅱ 3, 8, 54, 55
古季阿什维里，拉（古季阿什维里，弗·达）		
	Гудиашвили Л.（Гудиашвили В.Д.）	
	Ⅱ 559	

古留加，阿·弗　　　　　　　Гулыга А.В.　　　Ⅰ 774

古里亚诺娃，尼·阿　　　　　Гурьянова Н.А.　　Ⅱ 379, 565, 572

古列维奇，亚·米　　　　　　Гуревич А.М.　　　Ⅰ 11, 67

古列维奇，柳·雅　　　　　　Гуревич Л.Я.　　　Ⅰ 389, 854

古罗，叶·亨（真名埃·亨·诺滕贝格）　　　　Гуро Е.Г.

Ⅰ 65, 178-180, 189, 441；Ⅱ 367, 384, 390, 506, 509, 510, 513-516, 518, 525, 533,
549, 565, 567, 588

古米廖夫，尼·斯　　　　　　Гумилев Н.С.

Ⅰ 11, 16, 62, 65, 96, 112, 124, 164, 172-174, 178, 187, 188, 658, 667, 668, 935；Ⅱ
21, 70, 71, 76, 84, 85, 87, 88, 97, 138, 241, 242, 268, 276, 383-385, 388, 389, 391,
411, 412, 428, 431-437, 439, 440, 442, 443, 447-451, 453, 458, 460, 463-500, 507,
523, 524, 545, 568, 572, 579, 650, 661, 662, 666, 667, 669, 679,694, 700, 702, 706,
720

古米廖夫夫妇　　　　　　　　Гумилевы　　　　　Ⅱ 433

古契科夫，亚·伊　　　　　　Гучков А.И.　　　Ⅰ 653

古日耶娃，纳·维　　　　　　Гужиева Н.В.　　　Ⅱ 54, 338

古特，伊·阿　　　　　　　　Гутт И.А.　　　　Ⅰ 187

古谢夫，尼·尼　　　　　　　Гусев Н.Н.

Ⅰ 258, 384, 385, 387；Ⅱ 333

古谢夫-奥伦堡斯基，谢·伊　　Гусев-Оренбургский С.И.

Ⅰ 196, 229, 234, 236-240, 242-245, 257, 261, 263, 596, 597；Ⅱ 344

果戈理，尼·瓦　　　　　　　Гоголь Н.В.

Ⅰ 47, 55, 56, 71,74, 76, 80, 83, 90, 96, 122, 129, 136, 154, 155, 165, 177, 267, 296,
302, 327, 328, 369, 391, 411, 415, 429, 431, 433, 434, 454, 470, 471, 494, 554, 665,
692, 693, 701, 717, 718, 728, 773, 783, 784, 803, 820, 821, 844, 901, 902, 930；Ⅱ 36,
67, 82, 117, 147, 165, 183, 355, 356, 362, 377, 378, 581, 637

H

哈恩，安娜　　　　　　　　　Хан А.　　　　　　　Ⅰ 128

哈尔吉耶夫，尼·伊　　　　　　Харджиев Н.И.

　Ⅰ 117, 130, 189; Ⅱ 502, 513, 527, 529, 564, 566, 567, 570, 572, 577, 610, 615, 616, 623, 648

哈尔芬，尤　　　　　　　　　Халфин Ю.　　　　　Ⅱ 631, 648

哈尔姆斯（真名丹·伊·尤瓦乔夫）Хармс（наст. фам. Ювачев Д.И.）

　Ⅱ 539, 563

哈格德（一译哈葛德），亨利·赖德

　　　　　　　　　　　　　　Хаггард Г.-Р.　　　Ⅱ 470, 471, 489, 491, 495

哈格迈斯特，米夏埃尔　　　　Hagemeister M.　　Ⅰ 128

哈利泽夫，瓦·叶　　　　　　Хализев В.Е.

　　Ⅰ 11, 125, 427, 453; Ⅱ 388

哈曼，理查德　　　　　　　　Гаманн Р.　　　　　Ⅰ 730

哈默　　　　　　　　　　　　Гаммер　　　　　　Ⅱ 164

哈特曼，爱德华　　　　　　　Гартман Э.　　　　Ⅰ 116, 351, 505, 736

哈扎诺夫，鲍　　　　　　　　Хазанов Б.　　　　Ⅰ 8, 12, 329

海德格尔，马丁　　　　　　　Хайдеггер М.　　　Ⅱ 512

海华沙　　　　　　　　　　　Гайвата　　　　　　Ⅱ 578

海明威，欧内斯特　　　　　　Хемингуэй Э.　　　Ⅰ 442, 443, 444, 456

海姆，乔治　　　　　　　　　Heym G.　　　　　　Ⅰ 837

海涅，海因里希　　　　　　　Гейне Г.

　　Ⅰ 431, 589, 658, 664, 771; Ⅱ 6, 80, 146

海涅，托马斯·泰奥多尔　　　Гейне Т.-Т.　　　　Ⅰ 157

海特菲尔德，亨利　　　　　　Хэтфилд Г.　　　　Ⅰ 11

海因里希，伊·莫（参见库普林娜，伊·莫）

　　　　　　　　　　　　　　Гейнрих Е.М. см. Куприна Е.М.

亥姆霍兹，赫尔曼·路德维希·费迪南德

　　　　　　　　　　　　　　Гельмгольц Г.-Л.-Ф.　Ⅱ 145, 156

汉布格尔，克特　　　　　　　Hamburger K.　　　Ⅰ 387

汉姆生，克努特　　　　　　　Гамсун К.

　　　　　　　Ⅰ 230, 451, 609, 624, 936, 952；Ⅱ 514

汉尼拔　　　　　　　　　　　Ганнибал　　　Ⅱ 581

汉森-勒弗，奥格　　　　　　Ханзен-Лёве А.（Hansen-L?ve A.）

　　　　　　　Ⅰ 727, 842；Ⅱ 376

豪普特曼（一译霍普特曼），格哈特

　　　　　　　Гауптман Г.　　　Ⅰ 230, 427；Ⅱ 148, 343

豪森施泰因，威廉　　　　　　Гаузенштейн В.　　　Ⅰ 730

荷尔拜因，小汉斯　　　　　　Гольбейи Младший Г.　Ⅰ 163

荷尔德林，约翰·克里斯蒂安·弗里德里希

　　　　　　　Гёльдерлин И.-Х.-Ф.　Ⅱ 220, 257

荷马　　　　　　　　　　　　Гомер

　　　　　　　Ⅰ 419, 640；Ⅱ 63, 78, 155, 213, 223, 226, 422

贺拉斯　　　　　　　　　　　Гораций　　　Ⅱ 42, 61, 226

赫伯特，乔治　　　　　　　　Херберт Д.　　　Ⅱ 703

赫德贝里，托尔　　　　　　　Хёдберг Т.　　　Ⅰ 252

赫尔佩林，尤·马　　　　　　Гельперин Ю.М.　　Ⅱ 573, 679

赫尔岑，亚·伊　　　　　　　Герцен А.И.

　　　　　　　Ⅰ 74, 95, 100, 116, 270, 431, 454, 704, 824；Ⅱ 273, 276

赫尔德，约翰·戈特弗里德　　Гердер И.-Г.　　　Ⅱ 39, 40

赫尔罗特，米　　　　　　　　Гельрот М.　　　Ⅰ 512, 577, 583

赫尔曼，本　　　　　　　　　Хеллман Б.（Hellman B.）　　Ⅰ 332；Ⅱ 333

赫胥黎，阿道司　　　　　　　Хаксли О.　　　Ⅰ 713

赫拉布罗维茨基，亚·韦　　　Храбровицкий А.В.　Ⅰ 501, 597

赫拉波维茨卡娅，加·尼　　　Храповицкая Г.Н.　Ⅰ 843

赫拉克利特，"晦涩者"　　　Гераклит Темный　　Ⅱ 244

赫拉普钦科，米·鲍　　　　　Храпченко М.Б.　　Ⅰ 385

赫拉斯科夫，米·马　　　　　Херасков М.М.　　Ⅰ 181

赫里桑夫（参见扎克，列·瓦）　　Хрисанф см. Зак Л.В.

赫列布尼科夫，弗·阿　　Хлебников В.А.　　Ⅱ 578

赫列布尼科娃，薇·弗　　Хлебникова В.В.　　Ⅱ 575

赫列布尼科夫，维·弗（韦利米尔）Хлебников В.В.（Велимир）

Ⅰ 45, 46, 66, 76, 95, !03, 117−119, 129, 130, 178, 180, 181, 507; Ⅱ 86, 155, 186,
194, 367, 375, 384, 385, 390, 391, 426, 433, 466, 502−505, 510, 512, 516−522,
524−530, 533−538, 540, 541, 545, 547−549, 552, 554−556, 563, 564, 568, 570−572,
575−623, 626, 628, 629, 648, 650, 657, 660, 673, 706, 722

赫列布尼科夫，亚·弗　　Хлебников А.В.　　Ⅱ 578, 616

赫鲁斯塔廖夫，彼·阿（真名格·斯·诺萨尔）

　　　　　　　　　　Хрусталев П.А.（наст. фам. Носарь Г.С.）
　　　　　　　　　　Ⅱ 620

赫洛普沙（阿·季索科洛夫）　　Хлопуша（Соколов А.Т.）　　Ⅰ 488

赫梅利尼茨卡娅，塔·尤　　Хмельницкая Т.Ю.　　Ⅱ 156, 176, 188

赫西俄德　　Гесиод　　Ⅱ 227

赫伊津哈，约翰　　Хёйзинга Й.　　Ⅰ 119

黑格尔，格奥尔格·威廉·弗里德里希

　　　　　　　　　　Гегель Г.−В.−Ф.　　Ⅰ 135; Ⅱ 625

黑勒，列·米　　Геллер Л. М.　　Ⅱ 497

胡斯，扬　　Гус Я.　　Ⅱ 522

华伦提努　　Валентин　　Ⅰ 743; Ⅱ 96

惠特曼，沃尔特　　Уитмен У.　　Ⅰ 640; Ⅱ 577

霍达谢维奇，安·伊　　Ходасевич А.И.　　Ⅱ 675

霍达谢维奇，弗·费（笔名"西古德"）

　　　　　　　　　　Ходасевич В.Ф.（псевд. Сигурд）

Ⅰ 9, 12, 84, 123, 124, 174, 183, 550, 551, 582, 625, 688, 726, 729, 866, 882, 898,
928, 930, 956; Ⅱ 27, 55, 58, 61, 66, 74, 81, 86 ,87, 261, 282, 387, 435, 436, 438, 439,
441, 448, 459, 460, 464, 465, 496, 613, 631, 647, 648, 650, 652−658, 667, 673−681,
710, 721

霍达谢维奇，瓦·米　　　　　　Ходасевич В.М.　　　Ⅰ 176

霍尔，曼利·Р.　　　　　　　　Холл М.П.　　　　　　Ⅰ 775

霍尔茨，阿尔诺　　　　　　　　Гольц А.　　　　　　　Ⅰ 146

霍尔特胡森，约翰内斯　　　　　Хольтхузен И.　　　　Ⅰ 729

霍夫曼，恩斯特·泰奥多尔·阿玛多伊斯

　　　　　　　　　　　　　　　Гофман Э.–Т.–А.　　　Ⅰ 131, 136, 757

霍夫曼，莫·路　　　　　　　　Гофман М.Л.

　　　　　　Ⅰ 785, 837, 928; Ⅱ 194, 238, 252, 283, 375

霍夫曼，维·维　　　　　　　　Гофман В.В.　　　　　Ⅱ 648, 678

霍夫曼，伊·马　　　　　　　　Гофман И.М.　　　　　Ⅰ 185

霍夫曼斯塔尔，胡戈·冯　　　　Гофмансталь Г., фон　Ⅰ 780; Ⅱ 344, 374

霍华德，杰里米　　　　　　　　Howard J.　　　　　　　Ⅱ 567

霍列夫，维·亚　　　　　　　　Хорев В.А.　　　　　　Ⅱ 374

霍鲁日，谢·谢　　　　　　　　Хоружий С.С.　　　　　Ⅱ 604

霍罗斯，弗·格　　　　　　　　Хорос В.Г.　　　　　　Ⅰ 255

霍洛德内，尼　　　　　　　　　Холодный Н.　　　　　Ⅰ 115

霍米亚科夫，阿·斯　　　　　　Хомяков А.С.　　　　　Ⅰ 105; Ⅱ 191, 376

霍米亚科夫，马·鲍　　　　　　Хомяков М.Б.　　　　　Ⅰ 130

霍温，维·罗　　　　　　　　　Ховин В.Р.　　　　　　Ⅱ 546, 548, 549, 563, 574

J

基希纳，恩斯特　　　　　　　　Кирхнер Э.　　　　　　Ⅱ 527

基歇尔（一译珂雪）　　　　　　Кирхер　　　　　　　　Ⅱ 164

基尔萨诺夫，谢·伊　　　　　　Кирсанов С.И.　　　　Ⅱ 164

基里延科–沃洛申，马·亚（参见沃洛申，马·亚）

　　　　　　　　　　　　　　　Кириенко–Волошин М.А. см. Волошин М.А.

基列耶夫斯基家族（兄弟）　　　Киреевские　　　　　　Ⅰ 542; Ⅱ 376

基列耶娃，А.Р.　　　　　　　　Киреева А.Р.　　　　　Ⅰ 387

基帕尔斯基，瓦	Кипарский В.	I 846
基谢廖夫，鲍·米	Киселев Б.М.	I 620
基谢廖娃，В.	Киселева В.	I 624
基塞韦特，亚·亚	Кизеветтер А.А.	II 36
吉卜林，鲁德亚德	Киплинг Р.	I 609, 610; II 481, 495
吉尔，热内	Гиль Р.	I 953; II 52
吉尔波丁，瓦·雅	Кирпотин В.Я.	I 124
吉尔曼，桑德尔·L.	Gilman S.L.	I 846
吉洪拉沃夫，尼·萨	Тихонравов Н.С.	I 161, 162
吉洪诺夫，弗·亚	Тихонов В.А.	I 196
吉泽蒂，亚·阿	Гизетти А.А.	I 932
吉利亚罗夫斯基，弗·阿	Гиляровский В.А.	I 193, 218, 250, 607
吉利亚罗夫斯卡娅，纳	Гиляровская Н.	II 679
吉连诺克，费·伊	Гиренок Ф.И.	I 129
吉皮乌斯，瓦·瓦	Гипиус Вас. В.	I 122; II 447, 464
吉皮乌斯，弗·瓦	Гипиус Вл. В.	I 862, 889; II 16
吉皮乌斯，纳·尼	Гипиус Н.Н.	I 862
吉皮乌斯，塔·尼	Гипиус Т.Н.	I 862

吉皮乌斯（吉皮乌斯–梅列日科夫斯卡娅），济·尼（笔名"安东·基尔沙"、"安东·克拉伊尼"、"格尔曼同志"、"列夫·普辛"）

Гипиус З.Н. （Гипиус–Мережковская） （псевд. Антон Кирша, Антон Крайний, Товарищ Герман, Лев Пущин）

I 35, 64, 72, 82, 83, 87, 88, 94, 96, 107, 109, 124, 141, 142, 144, 148, 196, 216, 217, 255, 263, 281, 332, 451, 467, 508, 509, 661, 668, 669, 683, 685, 688, 691, 695, 696, 697, 701, 706, 711, 712, 718, 719, 723, 729, 779, 790, 832, 838, 839, 844, 850, 851–881, 904, 930, 938; II 127, 216, 238, 275, 345, 399, 406, 411, 475, 495, 549, 572, 657, 679

吉托维奇，尼·伊	Гитович Н.И.	I 620
吉约丹	Гильотен	II 49

纪德，安德列　　　　　　　　　Жид А.　　　　　　　Ⅱ 235, 344, 374

季库申娜，尼·伊　　　　　　　　Дикушина Н.И.　　　Ⅰ 668

季缅奇克，罗·达　　　　　　　　Тименчик Р.Д.

　Ⅰ 62, 187, 188; Ⅱ 60, 86, 88, 388−390, 426, 427, 443, 455−458, 464, 465, 482, 495, 498, 573, 617, 678, 680

季莫菲耶夫，安·格　　　　　　　Тимофеев А.Г.　　　Ⅰ 452; Ⅱ 426−428

季莫菲耶夫，列·伊　　　　　　　Тимофеев Л.И.　　　Ⅱ 90, 136, 139, 648

季姆科夫斯基，尼·伊　　　　　　Тимковский Н.И.　　Ⅰ 196, 212

季尼亚科夫，亚·伊（笔名："孤独者"）

　　　　　　　　　　　　　　　Тиняков А.И.　（псевд. Одинокий）

　　　　　　　　　　　　　　　Ⅱ 650

季诺维耶娃−阿尼巴尔，利·德　　Зиновьева Аннибал Л.Д.　　Ⅰ 16; Ⅱ 192

季特利诺夫，鲍　　　　　　　　　Титлинов Б.　　　　Ⅰ 364

季托夫，费·安　　　　　　　　　Титов Ф.А.　　　　Ⅱ 708

季亚科娃，叶·亚　　　　　　　　Дьякова Е.А.　　　Ⅰ 727

济慈，约翰　　　　　　　　　　　Китс Д.　　　　　　Ⅱ 78

济科夫，列·亚　　　　　　　　　Зыков Л.А.　　　　Ⅱ 574

济缅科夫，亚·帕　　　　　　　　Зименков А.П.　　　Ⅱ 564

济韦利钦斯卡娅，利·雅　　　　　Зивельчинская Л.Я.　Ⅰ 730

加邦，格·阿　　　　　　　　　　Гапон Г.А.　　　　Ⅱ 588

加德纳，克林顿　　　　　　　　　Гарднер К.　　　　Ⅰ 124

加尔金，弗·罗　　　　　　　　　Гардин В.Р.　　　　Ⅰ 183, 670

加尔特曼，维·亚　　　　　　　　Гартман В.А.　　　Ⅰ 159

加夫里洛夫，В. М.　　　　　　　Гаврилов В.М.　　　Ⅰ 104

加拉甘，加·雅　　　　　　　　　Галаган Г.Я.　　　　Ⅰ 387, 388

加利采娃，雷·亚　　　　　　　　Гальцева Р.А.　　　Ⅰ 776

加莱托，埃尔达　　　　　　　　　Гаретто Э.（Garetto E.）　　Ⅰ 778, 849

加林−米哈伊洛夫斯基（真姓米哈伊洛夫斯基），尼·格

Гарин−Михайловский Н.Г.　（наст. фам. Михайловский）

Ⅰ 197, 198, 212, 237, 249, 251, 252, 592, 630

加卢什金，亚·尤	Галушкин А.Ю.	Ⅰ 60
加米涅娃，奥·达	Каменева О.Д.	Ⅱ 230
加缪，阿尔贝	Камю А.	Ⅰ 444; Ⅱ 332
加宁，阿·阿	Ганин А.А.	Ⅱ 682−685, 693, 697, 717
加切夫，格·德	Гачев Г.Д.	Ⅰ 255
加斯捷夫，阿·卡	Гастев А.К.	Ⅰ 282
加斯帕罗夫，鲍·米	Гаспаров Б.М. （Gasparov B.）	

Ⅰ 121; Ⅱ 127, 142

加斯帕罗夫，米·列　　　　Гаспаров М.Л.

Ⅰ 11, 24, 26, 61, 67, 177, 178, 184, 188, 189, 252, 582, 691, 710, 714, 726, 729, 842, 929; Ⅱ 46, 55−57, 60−62, 100, 138, 139, 284, 388, 390, 403, 427, 428, 455, 456, 465, 484, 498, 536, 571, 620−622, 648, 681

佳吉列夫，谢·彼　　　　Дягилев С.П.

Ⅰ 62, 131, 142, 691; Ⅱ 346, 413

迦尔洵，弗·米　　　　Гаршин В.М.

Ⅰ 37, 47, 48, 66, 74, 80, 136, 192, 316, 411, 461, 463, 601, 607, 628, 693, 818, 893, 929; Ⅱ 68, 286, 300, 594, 596

杰博利斯基，尼·格	Дебольский Н.Г.	Ⅰ 74
芥川龙之介	Рюноске А.	Ⅰ 438
杰尔别尼奥夫，格·因	Дербенев Г.И.	Ⅱ 54, 61
杰尔查文，加·罗	Державин Г.Р.	Ⅱ 277, 543, 611, 636, 653
杰尔查文，康·尼	Державин К.Н.	Ⅰ 188
杰尔加乔夫，伊·阿	Дергачев И.А.	Ⅰ 256
杰菲耶，奥·维	Дефье О.В.	Ⅰ 844
杰克逊，罗伯特·路易斯	Джексон Р.−Л. （Jackson R.L.）	

Ⅰ 452, 454, 456

杰利马斯，柳·亚（参见安德列耶娃–杰利马斯，柳·亚）

Дельмас Л.А. см. Андреева–Дельмас Л.А.

杰利维格，安·安　　　　　　Дельвиг А.А.　　　Ⅱ 18, 92, 657

杰米多夫，伊　　　　　　　　Демидов И.　　　　Ⅰ 839

杰米扬诺夫，米·亚　　　　　Демьянов М.А.　　Ⅱ 399

杰尼克，鲍·彼　　　　　　　Денике Б.П.　　　　Ⅱ 584

杰尼索夫，安　　　　　　　　Денисов А.　　　　Ⅱ 698

杰尼索娃，玛·亚　　　　　　Денисова М.А.　　Ⅱ 640

杰沙尔特，奥（绍尔，奥·亚）　Дешарт О.（Шор О.А.）

　　　　Ⅱ 191, 195, 198, 202, 204−206, 253, 255−257, 261

捷尔皮戈列夫，谢·尼　　　　Терпигорев С.Н.　　Ⅰ 607

捷尔任斯基，费·埃　　　　　Дзержинский Ф.Э.　Ⅰ 644

捷捷尔尼科夫（参见索洛古勃，费·库）

　　　　　　　　　　　　　　Тетерников см. Сологуб Ф.К.

捷捷尔尼科夫一家　　　　　　Тетерниковы　　　Ⅰ 884

捷拉皮阿诺，尤　　　　　　　Терапиано Ю.

　　　　Ⅰ 782, 789, 836, 839, 840, 881

捷连季耶夫，伊·格　　　　　Терентьев И.Г.　　Ⅱ 559, 561, 562, 574

捷列霍夫，А. Г.　　　　　　　Терехов А.Г.　　　Ⅱ 498

捷列绍夫，尼·德　　　　　　Телешов Н.Д.

　Ⅰ 18, 196, 229, 233, 236, 241, 249, 250, 279, 596, 620, 626, 646; Ⅱ 300, 334

捷廖欣娜，薇·尼　　　　　　Терехина В.Н.　　Ⅱ 564

捷尼舍娃，马·克　　　　　　Тенишева М.К.　　Ⅰ 159

捷涅罗莫，伊（真名伊·鲍·法伊纳曼）

　　　　　　　　　　　　　　Теромо И.（наст. фам. Файнерман И.Б.）

　　　　Ⅰ 545

捷斯科娃，安·安　　　　　　Тескова А.А.　　　Ⅰ 839

金，亨利·哈尔　　　　　　　King H.H.　　　　Ⅱ 334

金礼浩　　　　　　　　　　　Рехо К.　　　　　Ⅰ 455

金兹堡，利·雅　　　　　　　Гинзбург Л.Я.

　　　　Ⅰ 185, 252, 388; Ⅱ 69, 86, 90, 136, 455, 463

津格尔，阿	Зенгер А.	Ⅰ 448
津科夫斯基，瓦·瓦	Зеньковский В.В.	Ⅰ 385；Ⅱ 262
津克维奇，米·亚	Зенкевич М.А.	Ⅰ 98；Ⅱ 390
京特，约翰内斯·冯	Гюнтер И., фон.	Ⅱ 481
居里，皮埃尔	Кюри П.	Ⅱ 145
居友，让-马利	Гюйо Ж.-М.	Ⅰ 505

K

喀提林	Катилина	Ⅰ 119
卡塔耶夫，弗·鲍	Катаев В.Б.	
		Ⅰ 65, 250, 251, 253, 258, 455
卡特廖夫-罗斯托夫斯基，伊·米	Катырев-Ростовский И.М.	Ⅱ 272, 273
卡恩，居斯塔夫	Кан Г.	Ⅰ 953
卡尔波夫，皮·伊	Карпов П.И.	
		Ⅰ 104, 127；Ⅱ 651, 678, 682–687, 694, 695, 717–719
卡尔波夫，叶·帕	Карпов Е.П.	Ⅰ 427
卡尔德隆·德·拉·巴尔卡	Кальдерон де ла Барка	Ⅰ 780；Ⅱ 369
卡尔多夫斯基，德·尼	Кардовский Д.Н.	Ⅰ 165
卡尔林斯基，谢·阿	Карлинский С.А.	Ⅰ 839
卡尔梅科娃，亚·米	Калмыкова А.М.	Ⅰ 632
卡尔片科，根·尤	Карпенко Г.Ю.	Ⅰ 128
卡尔萨温，列·普	Карсавин Л.П.	Ⅰ 85；Ⅱ 258
卡尔萨温娜，塔·普	Карсавина Т.П.	
		Ⅰ 163, 86, 88, 91, 93, 105, 123, 126, 127；Ⅱ 258
卡尔森，玛丽亚	Carlson M.	Ⅱ 260
卡尔塔绍夫，安·弗	Карташев А.В.	Ⅰ 114, 784, 787, 862
卡夫卡，弗朗茨	Кафка Ф.	Ⅰ 55, 56, 87；Ⅱ 294
卡霍夫斯基，彼·格	Каховский П.Г.	Ⅰ 831

卡津，亚·列　　　　　　　　　Казин А.Л.　　　　Ⅰ 122

卡拉，卡洛　　　　　　　　　　Карра К.　　　　　Ⅱ 504

卡拉布奇耶夫斯基，尤·阿　　　Карабчиевский Ю.А.　Ⅱ 631, 648

卡拉法蒂奇·茹然瑙　　　　　　Калафатич Ж.　　　Ⅱ 380

卡拉德尔维什（真名阿·米·根江）

　　　　　　　　　　　　　　　Кара–Дервиш （наст. фам. Генджян А.М.）

　　　　　　　　　Ⅱ 559

卡拉姆津，尼·米　　　　　　　Карамзин Н.М.　　Ⅰ 83, 431, 831

卡莱尔，奥莉加·安德列耶夫　　Carlisle O.A.　　　Ⅱ 337

卡莱尔，托马斯　　　　　　　　Карлейль Т.

　　　　　　　　　Ⅰ 213, 252, 254, 255, 689, 841; Ⅱ 685

卡利亚耶夫，伊·普　　　　　　Каляев И.П.　　　　Ⅱ 303

卡罗宁，С.（真名尼·叶·彼得罗帕夫洛夫斯基）

　　　　　　　　　　　　　　　Каронин С.（наст. фам. Петропавловский Н.Е.）

　　　　　　　　　Ⅰ 193, 218

卡缅斯基，阿·帕　　　　　　　Каменский А.П.

　Ⅰ 654, 669, 670, 671, 676, 678–680, 686; Ⅱ 358, 651

卡缅斯基，瓦·瓦　　　　　　　Каменский В.В.

　Ⅰ 181; Ⅱ 159, 367, 384, 502, 509, 516, 517, 525, 526, 533, 546, 549, 558, 562, 549, 574, 576, 584, 588, 591, 617, 647

卡明斯基，弗·伊　　　　　　　Каминский В.И.　　Ⅰ 255, 501, 504

卡普伦，所·吉（随夫姓斯帕斯卡娅）

　　　　　　　　　　　　　　　Каплун С.Г.（Спасская）　　Ⅱ 473

卡恰洛夫，瓦·伊　　　　　　　Качалов В.И.　　　Ⅰ 139

卡日丹，塔·帕　　　　　　　　Каждан Т.П.　　　Ⅰ 187

卡萨特金，伊·米　　　　　　　Касаткин И.М.　　Ⅰ 267

卡斯塔利斯基，亚·德　　　　　Кастальский А.Д.　Ⅰ 142

卡斯托尔斯基，С.В.　　　　　　Касторский С.В.　Ⅰ 257, 263

卡苏，让　　　　　　　　　　　Кассу Ж.　　　　　Ⅰ 727

卡塔尼扬，瓦·阿　　　　　Катанян В.А.　　Ⅱ 569, 574, 621, 649

卡特科夫，米·尼　　　　　Катков М.Н.　　Ⅰ 736; Ⅱ 376

卡瓦菲斯，康斯坦丁诺斯　　Кавафис К.　　Ⅱ 393, 427

卡瓦纳，克莱尔　　　　　　Кэвана К.　　Ⅱ 727

卡韦林，康·德　　　　　　Кавелин К.Д.　　Ⅰ 736

卡西迪，斯蒂芬　　　　　　Кэссиди С.　　Ⅱ 183

卡希林，瓦·瓦（高尔基的外祖父）Каширин В.В.（"Дедушка"）　Ⅰ 505

卡希林娜，阿·伊（高尔基的外祖母）

　　　　　　　　　　　　Каширина А.И.（"Бабушка"）　Ⅰ 505

卡赞斯基，伊·瓦（参见伊格纳季耶夫，伊·瓦）

　　　　　　　　　　　　Казанский И.В. см. Игнатьев И.В.

卡扎科夫，弗·瓦　　　　　Казаков В.В.　　Ⅱ 563

卡扎科夫，格·米　　　　　Казаков Г.М.　　Ⅱ 396

卡扎科夫，尤·帕　　　　　Казаков Ю.П.　　Ⅰ 442

卡扎科娃，С.Я.　　　　　　Казакова С.Я.　　Ⅱ 573

卡扎良，亚　　　　　　　　Казарян А.　　Ⅱ 253

开普勒，约翰内斯　　　　　Кеплер И.　　Ⅱ 610

凯丹，弗·伊　　　　　　　Кейдан В.И.　　Ⅰ 880

凯恩，安·彼　　　　　　　Керн А.П.　　Ⅰ 761; Ⅱ 640

凯泽林，赫尔曼　　　　　　Кайзерлинк Г.　　Ⅱ 262

坎嫩吉塞尔，列·约　　　　Каннегисер Л.И.　　Ⅱ 452, 651

康德，伊曼努尔　　　　　　Кант И.

Ⅰ 74, 75, 121, 124, 736, 750; Ⅱ 85, 148, 152, 162, 172, 581

康定斯基，瓦·瓦　　　　　Кандинский В.В.

　　Ⅰ 143, 180, 184, 189; Ⅱ 518, 537, 614

康拉德，约瑟夫（真名约瑟夫·特奥多尔·康拉德·科热尼奥夫斯基）

　　　　　　　　　　　　Конрад Д.（наст. фам. Коженевский Ю.–Т.–К.）

　　　　　　　　　　　　Ⅰ 37

康托尔，阿·米　　　　　　Кантор А.М.　　Ⅰ 187

康托尔，格奥尔格	Кантор Г.	Ⅰ 72, 119
考德威尔，欧斯金	Колдуэлл Э.	Ⅰ 443
考恩，亚历山大	Kaun A.	Ⅱ 334
考奇什维利，尼娜	Kaucisvilii N.	Ⅰ 128
考特尼，威廉·莱昂纳德	Courtney W.L.	Ⅰ 836
柯尔律治，塞缪尔·泰勒	Колридж（Кольридж）С.Т.	Ⅰ 431
柯亨，赫尔曼	Коген Г.	Ⅱ 162
柯里佐夫，阿·瓦	Кольцов А.В.	Ⅱ 717
柯伦泰，亚·米	Коллонтай А.М.	Ⅰ 681, 686
柯罗连科，弗·加	Короленко В.Г.	

Ⅰ 13, 36, 47, 59, 63, 108, 127, 135, 136, 192, 193, 196, 219, 220, 236, 241, 256, 270-272, 282, 316, 329, 457-504, 510, 511, 516, 524, 527, 539, 540, 592, 596, 607, 642, 671, 675, 681, 685, 693, 819; 936, 957; Ⅱ 278

柯南·道尔，阿瑟	Конан-Дойль А.	Ⅰ 609, 610
科德良斯卡娅，纳·弗	Кодрянская Н.В.	Ⅱ 373
科比埃尔，特里斯坦	Корбьер Т.	Ⅱ 63
科尔什，费·阿	Корш Ф.А.	Ⅰ 395
科尔托诺夫斯卡娅，叶·亚	Колтоновская Е.А.	

Ⅰ 25, 60, 67, 280, 331, 582, 583, 586, 587, 604, 619, 620, 623, 639, 649, 663, 668, 675, 680, 685, 686; Ⅱ 373

科夫通，叶·费	Ковтун Е.Ф.	Ⅰ 189; Ⅱ 567
科甘，彼·谢	Коган П.С.	

Ⅰ 60; Ⅱ 32, 33, 224, 230, 262

科济列夫，亚·帕	Козырев А.П.	Ⅰ 774

科济马·普鲁特科夫（阿·康·托尔斯泰、热姆丘日尼科夫兄弟）

Козьма Прутков（Толстой А.К., бр. Жемчужниковы А.М. и В.М.）

Ⅰ 437, 770-772

科济缅科，米·瓦	Козьменко М.В.	

Ⅰ 66, 123, 187, 846; Ⅱ 333, 337, 375

科捷利尼科夫，弗·亚　　Котельников В.А.　Ⅰ 128

科科林，帕·米　　Кокорин П.М.　Ⅱ 543

科科什金，费·费　　Кокошкин Ф.Ф.　Ⅱ 128

科克，保罗·德　　Кок П., де　Ⅰ 386

科列茨卡娅，因·维　　Корецкая И.В.

Ⅰ 26, 64, 123, 126, 184, 186, 188, 451, 539, 620, 621, 730, 838, 845, 849, 880, 957;

Ⅱ 58, 87, 253, 255, 375, 388, 463

科列罗夫，莫·阿　　Колеров М.А.　Ⅰ 838, 850, 880

科列涅娃，玛·尤　　Коренева М.Ю.

Ⅰ 727, 840, 841, 843, 844, 878, 879

科列切托夫，谢（参见索科洛夫，谢·阿）

Кречетов С. см. Соколов С.А.

科林，帕·德　　Корин П.Д.　Ⅱ 282

科林夫斯基，阿·阿　　Коринфский А.А.　Ⅰ 183

科伦菲尔德，米·格　　Корнфельд М.Г.　Ⅰ 651, 662, 666

科罗廖娃，尼·瓦　　Королева Н.В.　Ⅰ 729

科罗普切夫斯基，德·安　　Коропчевский Д.А.　Ⅰ 125, 206

科罗温，康·阿　　Коровин К.А.

Ⅰ 143, 144, 148, 160, 166, 421, 452, 652

科罗温，谢·阿　　Коровин С.А.　Ⅰ 138

科洛巴耶娃，利·安　　Колобаева Л.А.

Ⅰ 63, 64, 538, 581, 844, 850; Ⅱ 337, 338

科洛尼茨基，鲍·伊　　Колоницкий Б.И.　Ⅰ 838, 880

科洛索夫，Н.　　Колосов Н.　Ⅱ 334

科马罗夫　　Комаров　Ⅰ 612

科马罗夫斯基，瓦·阿　　Комаровский В.А.　Ⅱ 651

科马罗娃，瓦·德　　Комарова В.Д.　Ⅰ 856

科米萨尔热夫斯基，费·费　　Комиссаржевский Ф.Ф.　Ⅱ 135, 354

科米萨尔热夫斯卡娅，薇·费　　Комиссаржевская В.Ф.

Ⅰ 140, 185, 652, 723; Ⅱ 104, 119, 120, 135, 238, 257, 353, 354, 376, 382, 399, 537

科尼，阿·费	Кони А.Ф.	Ⅰ 388, 510; Ⅱ 60
科年，瓦·焦	Конен В.Д.	Ⅰ 730
科年科夫，谢·季	Коненков С.Т.	Ⅰ 154, 157, 161, 171, 187

科涅夫斯科伊，伊（真名伊·伊·奥列乌斯）

Коневской И. （наст. фам. Ореус И.И. ）

Ⅰ 141, 157, 691, 694, 708, 726, 929; Ⅱ 16

科宁，阿·格	Коонен А.Г.	Ⅰ 183
科诺普良尼科娃，济·瓦	Коноплянникова З.В.	Ⅱ 16
科佩列夫，列·济	Копелев Л.З.	Ⅰ 730
科珀德，阿尔弗雷德	Коппард А.	Ⅰ 443
科热夫尼科娃，纳·阿	Кожевникова Н.А.	Ⅰ 184; Ⅱ 622
科热米亚金娜，Л.И.	Кожемякина Л.И.	Ⅰ 584
科舍廖夫，维·阿	Кошелев В.А.	Ⅱ 572
科舍奇金，谢·彼	Кошечкин С.П.	Ⅱ 717
科斯京，弗·伊	Костин В.И.	Ⅱ 162, 187
科斯京，伊·阿	Костин И.А.	Ⅱ 717
科斯马斯，"航印度者"	Козьма Индикоплов	Ⅱ 695
科特列廖夫，尼·弗	Котрелев Н.В.	

Ⅰ 11, 60, 64, 548, 582, 726, 769, 773, 776, 778, 877; Ⅱ 56, 91, 137, 253, 258, 261, 565, 678

科瓦廖夫，弗·阿	Ковалев В.А.	Ⅰ 387, 388

科瓦廖夫，米·亚（参见伊夫涅夫，留）

Ковалев М.А. см. Ивнев Р.

科瓦列夫斯基，马·马	Ковалевский М.М.	Ⅱ 192
科西科夫，格·康	Косиков Г.К.	Ⅱ 498
科兹洛夫，阿·亚	Козлов А.А.	Ⅰ 101
科兹洛夫，德·谢	Козлов Д.С.	Ⅱ 607
科兹洛夫，伊·伊	Козлов И.И.	Ⅱ 653

科兹洛夫，С.Л.	Козлов С.Л.	Ⅱ 500
科兹洛夫斯基，阿·阿	Козловский А.А.	Ⅱ 60
克德罗夫，康·亚	Кедров К.А.	Ⅱ 622
克尔德什，弗·亚	Келдыш В.А.	

Ⅰ 12, 22, 61, 62, 67, 185, 256, 257, 331, 382, 384, 388, 450, 538, 554, 582, 583, 584, 684, 728, 729, 837, 916, 932; Ⅱ 253, 258, 333, 337, 373, 375, 378

克尔德什，尤·弗	Келдыш Ю.В.	Ⅰ 185, 188
克尔凯郭尔（又译基尔克果、祁克果等），索伦		
	Кьеркегор С.	Ⅱ 692
克尔任采夫，普·米	Керженцев П.М.	Ⅱ 230
克拉夫琴科，克·斯	Кравченко К.С.	Ⅰ 187
克拉赫特，克里斯蒂安	Крахт К.	Ⅱ 384
克拉克，卡特琳娜	Clark K.	Ⅱ 380
克拉尼希菲尔德，弗·帕	Кранихфельд В.П.	

Ⅰ 587, 593, 609, 612, 619, 620, 624, 652, 663, 666, 668, 671, 684−687

克拉奇科夫斯基，伊·尤	Крачковский И.Ю.	Ⅱ 42, 61
克拉舍宁尼科夫，尼·亚	Крашенинников Н.А.	Ⅰ 676
克拉斯尼扬斯基，瓦·弗	Краснянский В.В.	Ⅰ 843
克拉斯诺夫，格·瓦，将军	Краснов Г.В., ген	Ⅰ 11
克拉斯诺夫，彼·尼	Краснов П.Н.	Ⅰ 616
克拉斯诺夫，普·尼	Краснов Пл.Н.	Ⅰ 387
克拉西茨基，С.Р.	Красицкий С.Р.	Ⅱ 565
克莱德，瓦·普	Крейд В.	
	Ⅰ 121, 624, 956, 957; Ⅱ 373, 679	
克莱顿，道格拉斯	Клейтон Д.	Ⅰ 453
克莱因，罗·伊	Клейн Р.И.	Ⅰ 173
克赖恰，奥托马尔	Крейча О.	Ⅰ 430
克里斯腾森，彼得·G.	Christensen P. G.	Ⅰ 850
克劳斯，伊迪斯·W.	Clowes E.W.	Ⅰ 63, 538

克雷洛夫，伊·安　　　　　　　　Крылов И.А.　　　　　　Ⅰ 831

克勉，亚历山大的　　　　　　　　Климент Александрийский　　Ⅰ 803, 843

克雷奇科夫，谢·安　　　　　　　Клычков С.А.

　Ⅰ 163, 172; Ⅱ 682–685, 687, 689, 690–694, 697, 705, 709, 716, 717

克里尼茨基，马（真名米·弗·萨梅金）

　　　　　　　　　　　　　　　Криницкий М. （наст. фам. Самыгин М.В. ）

　　　　　　　　　　　　　　　Ⅰ 587

克里维奇，瓦（真名瓦·因·安年斯基）

　　　　　　　　　　　　　　　Кривич Вал. （наст. фам. Анненский В.И. ）

　　　　　　　　　　　　　　　Ⅱ 66, 86

克里扎尼奇，尤里　　　　　　　　Крижанич Ю.　　　　　　Ⅱ 581

克利姆特，古斯塔夫　　　　　　　Климт Г.　　　　　　　　Ⅰ 156

克列斯托夫，尼·谢（笔名"安加尔斯基"）

　　　　　　　　　　　　　　　Клестов Н.С. （псевд. Ангарский ）

　　　　　　　　　　　　　　　Ⅰ 278–281, 294, 331–334

克林，彼　　　　　　　　　　　　Келин П.　　　　　　　　Ⅱ 625

克林格，奥·亚　　　　　　　　　Клинг О.А.　　　　　　　Ⅱ 680

克留科夫，费·德　　　　　　　　Крюков Ф.Д.　　　　　　Ⅰ 263, 500

克留科娃，阿·马　　　　　　　　Крюкова А.М.　　　　　　Ⅰ 332

克留奇科夫，德·亚　　　　　　　Крючков Д.А.　　　　　　Ⅰ 546, 549

克柳切夫斯基，瓦·奥　　　　　　Ключевский В.О.　　　　Ⅱ 272

克柳耶夫，尼·阿　　　　　　　　Клюев Н.А.

　Ⅰ 46, 72, 76, 103, 109, 112, 162, 163, 956; Ⅱ 385, 433, 682, 684–687, 689,
691–709, 712–714, 716–721

克卢格，罗尔夫·迪特　　　　　　Клуге Р.–Д. （Kluge R.–D. ）

　　　　　　　　　　　　　　　Ⅰ 447, 452, 455, 456; Ⅱ 55, 728

克鲁格利科娃，伊·谢　　　　　　Кругликова Е.С.　　　　Ⅱ 271, 284

克鲁格洛夫，奥·尤　　　　　　　Круглов О.Ю.　　　　　　Ⅰ 846

克鲁格洛夫，弗　　　　　　　　　Круглов В.　　　　　　　Ⅰ 186, 187

克鲁季科娃，柳·弗　Крутикова Л.В.　Ⅰ 584

克鲁泡特金，彼·阿　Кропоткин П.А.　Ⅰ 341; Ⅱ 578, 602

克鲁乔内赫，阿·叶　Крученых А.Е.

Ⅰ 180; Ⅱ 60, 357, 387, 504, 507, 508, 510−512, 516−518, 520, 522, 525, 527, 529−531, 533−535, 537−543, 545, 548, 558−562, 564−556, 568−572, 576, 586, 587, 590, 591, 617, 618, 626, 675

克鲁萨诺夫，安·瓦　Крусанов А.В.　Ⅱ 388, 564, 572

克鲁斯，莱恩　Kruus R.　Ⅱ 571

克伦斯基，亚·费　Керенский А.Ф.

Ⅰ 656, 787, 838, 871, 880; Ⅱ 372

克罗，夏尔　Кро Ш.　Ⅱ 63, 66

克罗利，Ю.Л.　Кроль Ю.Л.　Ⅱ 499

克罗伊奇克，列·叶　Кройчик Л.Е.　Ⅱ 377

克洛斯，伊迪斯·W　Клюс Э.（Clowes E. W.）

Ⅰ 63, 538, 727, 841, 842, 958

克尼格，阿明　Knigge A.　Ⅰ 777

克尼亚泽夫，瓦·瓦　Князев В.В.　Ⅰ 604, 651, 655

肯，柳·尼　Кен Л.Н.　Ⅱ 339

孔达科夫，伊·瓦　Кондаков И.В.　Ⅰ 849

孔德，奥古斯特　Конт О.　Ⅰ 739

孔德拉季耶夫，亚·亚　Кондратьев А.А.　Ⅰ 65. 601, 622; Ⅱ 256

孔恰洛夫斯基，彼·彼　Кончаловский П.П.　Ⅰ 180

孔子　Конфуций　Ⅱ 145

库德里亚夫采夫，彼·尼　Кудрявцев П.Н.　Ⅰ 126

库德里亚绍夫，奥　Кудряшов О.　Ⅰ 454

库尔巴托夫，弗·雅　Курбатов В.Я.　Ⅰ 173

库尔久莫夫，弗·瓦　Курдюмов В.В.　Ⅱ 651, 676

库尔久莫夫，谢　Курдюмов С.　Ⅱ 144

库尔辛斯基，亚·阿　Курсинский А.А.　Ⅱ 56

库夫京，鲍·阿　　　　　　　Куфтин Б.А.　　　　　Ⅱ 608

库格尔，亚·拉　　　　　　　Кугель А.Р.　　　　　Ⅰ 141, 450

库克，詹姆斯　　　　　　　　Кук Д.　　　　　　　　Ⅱ 481

库利宾，尼·伊　　　　　　　Кульбин Н.И.

　Ⅰ 178; Ⅱ 384, 502, 508, 514, 537, 565, 591, 592, 660

库利奇茨基，米·瓦　　　　　Кульчицкий М.В.　　　Ⅰ 614

库利尤斯，斯·康　　　　　　Кульюс С.К.　　　　　Ⅰ 122, 126, 841

库利科娃，Г.В.　　　　　　　Куликова Г.В.　　　　　Ⅰ 130

库列绍夫，瓦·伊　　　　　　Кулешов В.И.　　　　　Ⅰ 254

库列绍夫，费·伊　　　　　　Кулешов Ф.И.　　　　　Ⅰ 619, 620, 621, 623

库伦恰科夫家族　　　　　　　Кулунчаковы　　　　　　Ⅰ 588

库伦恰科娃，柳·阿（参见库普林娜，柳·阿）

　　　　　　　　　　　　　　　Кулунчакова Л.А. см. Куприна Л.А.

库姆潘，克·安　　　　　　　Кумпан К.А.　　　　　Ⅱ 142

库尼亚耶夫，谢·斯　　　　　Куняев С.С.　　　　　Ⅱ 717

库尼亚耶夫，斯·尤　　　　　Куняев С.Ю.　　　　　Ⅱ 717

库普列亚诺娃，伊·尼　　　　Купреянова Е.Н.　　　　Ⅰ 386

库普里亚诺夫，伊　　　　　　Куприянов И.　　　　　Ⅱ 283, 284

库普里亚诺夫斯基，帕·维　　Куприяновский П.В.　　Ⅰ 537

库普林，亚·伊　　　　　　　Куприн А.И.

　Ⅰ 18, 32, 64, 136, 137, 142, 158, 172, 188, 193, 200, 207, 212, 214, 220, 230, 233, 23.7, 239, 240, 245, 260, 261, 263, 264, 284, 285, 289, 301, 302, 316, 392, 418, 441, 497, 500, 540, 543, 568−625, 651, 654, 660−662, 665, 667, 668, 673, 675, 676, 679, 682, 686; Ⅱ 280, 517, 723, 728

库普林娜（娘家姓海因里希），伊·莫

　　　　　　　　　　　　　　　Куприна Е.М. （урожд. Гейнрих）　　Ⅰ 615

库普林娜，克·亚　　　　　　Куприна К.А.　　　　　Ⅰ 619, 624, 625

库普林娜（娘家姓库伦恰科娃），柳·阿

　　　　　　　　　　　　　　　Куприна （урожд. Кулунчакова） Л.А.

Ⅰ 588

库普林娜-约尔丹斯卡娅（娘家姓达维多娃），玛·卡

Куприна–Норданская （урожд. Давыдова） М.К.

Ⅰ 254, 593, 596, 611, 619, 620, 621, 623, 625, 684

库普琴科，弗·彼　　　　Купченко В.П.　　　Ⅰ 60; Ⅱ 283, 284

库切罗夫斯基，尼·米　　Кучеровский Н.М.　　Ⅰ 582

库什林娜，奥·鲍　　　　Кушлина О.Б.　　　Ⅰ 333, 778

库斯托季耶夫，鲍·米　　Кустодиев Б.М.

Ⅰ 139, 149, 163, 652; Ⅱ 613

库特林，乔治　　　　　　Куртелин Ж.　　　　Ⅰ 429

库瓦诺娃，柳·基　　　　Куванова Л.К.　　　Ⅰ 582

库兹明，米·阿　　　　　Кузмин М.А.

Ⅰ 7, 98, 101, 131, 140, 142, 164–166, 168, 169, 174, 187, 608, 652, 659, 670, 671, 680, 686, 688, 714; Ⅱ 85, 138, 157, 194, 217, 218, 227, 241, 242, 248, 256, 258, 262, 270, 349, 354, 358, 359, 375–377, 383, 387,390, 391–429, 436, 441, 442, 444, 445, 449, 452, 453, 460, 465, 470, 483–485, 495, 517, 579, 585, 611, 614, 650, 651, 659, 660, 669, 670, 673, 676, 677, 681

库济明-卡拉瓦耶夫，德·弗　Кузьмин–Караваев Д.В.　　Ⅱ 433, 439

库济明娜-卡拉瓦耶娃（娘家姓皮连科），伊·尤

Кузьмина–Караваева （урожд. Пиленко） Е.Ю.

Ⅰ 84, 99, 103; Ⅱ 433, 499, 650

库兹涅佐夫，В.А.　　　Кузнецов В.А.　　　Ⅱ 255

库兹涅佐夫，帕·瓦　　　Кузнецов П.В.　　　Ⅰ 132, 144

库兹涅佐夫，费·费　　　Кузнецов Ф.Ф.　　　Ⅰ 62

库兹涅佐娃，奥·亚　　　Кузнецова О.А.

Ⅱ 190, 254, 260, 375, 388, 498

L

拉比诺维奇，叶·格　　　　　Рабинович Е.Г.　　　Ⅱ 495

拉彼鲁兹，让–弗朗索瓦　　　Лаперуз Ж.-Ф.　　　Ⅱ 481

拉波–丹尼列夫斯基，康·尤　Лаппо–Данилевский К.Ю.　　Ⅱ 253

拉伯雷，弗朗索瓦　　　　　　Рабле Ф.　　　　　Ⅱ 184

拉达科夫，阿·亚　　　　　　Радаков А.А.　　　Ⅰ 651, 655

拉德洛夫，埃·列　　　　　　Радлов Э.Л.　　　Ⅰ 769, 773, 777

拉德洛娃，安·德　　　　　　Радлова А.Д.　　　Ⅰ 103

拉德日尼科夫，伊·帕　　　　Ладыжников И.Н.　　Ⅰ 648

拉多日斯基，Н.（真名弗·卡·彼得松）

　　　　　　　　　　　　　Ладожский Н. （наст. фам. Петерсен В.К. ）

　　　　　Ⅰ 410

拉法洛维奇，谢　　　　　　　Рафалович С.　　　Ⅱ 85

拉斐尔·圣齐奥　　　　　　　Рафаэль Санти　　　Ⅱ 37

拉夫金，Б.Н.　　　　　　　Равдин Б.Н.　　　Ⅰ 538

拉夫列茨基，А.（真名约·莫·弗伦克尔）

　　　　　　　　　　　　　Лаврецкий А. （наст. фам. Френкель И.М. ）

　　　　　Ⅰ 490

拉夫列尼约夫，鲍·安　　　　Лавренев Б.А.　　　Ⅱ 549

拉夫罗夫，亚·瓦　　　　　　Лавров А.В.

Ⅰ 60, 66, 121, 186–188, 330, 726–728, 731, 769, 774, 835, 838, 840, 845, 848, 876, 878, 880, 881, 928, 932; Ⅱ 57–61, 86, 88, 146, 188, 253, 271, 373, 275, 282–284, 342, 373, 378, 426, 427, 495, 497, 678

拉夫罗夫，维·莫　　　　　　Лавров В.М.　　　Ⅰ 777

拉夫罗夫，彼·拉　　　　　　Лавров П.Л.　　　Ⅰ 74, 100, 127, 505; Ⅱ 700

拉弗格，朱尔　　　　　　　　Лафорг Ж.　　　Ⅱ 673, 674

拉格朗日，约瑟夫–路易　　　Лагранж Ж.-Л.　　　Ⅱ 597

拉赫玛尼诺夫，谢·瓦　　　　Рахманинов С.В.

Ⅰ 131, 132, 141, 143, 148, 149, 160, 179, 437

拉吉莫夫，帕·亚　　　　　Радимов П.А.

Ⅰ 163, 172; Ⅱ 657, 682

拉特纳，费·诺　　　　Латернер Ф.Н.　　Ⅰ 622

拉金斯基，阿·彼　　　Ладинский А.П.　　Ⅰ 612

拉克申，弗·雅　　　　Лакшин В.Я.　　Ⅰ 448

拉里奥诺夫，米·费　　　Ларионов М.Ф.

Ⅰ 145, 180, 181; Ⅱ 271, 501−503, 508, 513, 517, 522, 537, 540, 551, 553, 558−560,
564−567, 571, 674

拉林，鲍·亚　　　　　Ларин Б.А.　　Ⅱ 86

拉姆波拉　　　　　　Рампола　　Ⅰ 745

拉纳，让-克洛德　　　Ланн Ж.-К.　　Ⅱ 615

拉帕茨卡娅，柳·亚　　Рапацкая Л.А.　　Ⅰ 185

拉奇基，弗拉尼奥　　Рачкий Ф.　　Ⅰ 745

拉什科夫斯基，叶·鲍　　Рашковский Е.Б.　　Ⅰ 253

拉什科夫斯卡娅，玛·阿　　Рашковская М.А.　　Ⅱ 573, 681

拉希尔德（真名玛格丽特·瓦莱特）Рашильд （Валлет М.）　Ⅱ 374

拉斯克，埃米尔　　　Ласк Э.　　Ⅱ 162

拉斯普京，瓦·格　　Распутин В.Г.　　Ⅱ 716

拉斯普京，格·叶　　Распутин Г.Е.　　Ⅰ 661; Ⅱ 272

拉斯托普钦娜（又作罗斯托普钦娜），叶·彼

Растопчина <Ростопчина> Е.П.　　Ⅱ 653

拉特高兹，格·伊　　Ратгаус Г.И.　　Ⅰ 186

拉特高兹，丹·米　　Ратгауз Д.М.　　Ⅱ 93

拉特舍夫，米·塔　　Латышев М.Т.　　Ⅱ 61

拉威尔，莫里斯　　　Равель М.　　Ⅰ 173

拉辛，斯·季　　　　Разин С.Т.

Ⅱ 522, 569, 580, 597, 599, 606, 712

莱奥帕尔迪，贾科莫　　Леопарди Д.　　Ⅰ 935; Ⅱ 209, 214, 248

莱布尼茨，戈特弗里德·威廉　　　Лейбниц Г.-В.

Ⅰ 101；Ⅱ 16, 145, 162, 577

莱德尔曼，纳·拉　　　　Лейдерман Н.Л.　　Ⅰ 62

莱德尼茨基，瓦茨瓦夫　　　Lednicki W.　　Ⅰ 839

莱恩，安·玛丽　　　　Lane A.M.　　Ⅰ 63

莱鲁瓦-博利厄　　　　Леруа—Болье　　Ⅰ 745

莱蒙托夫，米·尤　　　　Лермонтов М.Ю.

Ⅰ 33, 64, 74, 80, 131, 141, 150, 152, 164, 165, 369, 408, 410, 431, 437, 692, 694, 732, 758–761, 777, 784, 799, 820–822, 828, 930, 937, 938；Ⅱ 4, 83, 92, 161, 164, 180, 200, 201, 533, 611, 636, 714

莱维，埃利法斯　　　　Леви Э.　　Ⅱ 473, 474

莱温，维·达　　　　Левин В.Д.　　Ⅰ 67, 334, 552, 582

莱温，尤·约　　　　Левин Ю.И.

Ⅰ 734, 773；Ⅱ 456, 499, 500

莱温娜，塔　　　　Левина Т.　　Ⅰ 185

莱温松，И.А.　　　　Левинсон И.А.　　Ⅰ 619

赖斯，埃·马　　　　Райс Э.М.

Ⅱ 694, 707, 718, 720, 721

赖特，丽·雅　　　　Райт Р.Я.　　Ⅱ 589, 618

赖谢尔豪斯，约·列　　　　Рейхельгауз И.Л.　　Ⅰ 454

兰波，阿蒂尔　　　　Рембо（Римбо）А.（Rimbaud A.）

Ⅰ 150, 185, 469, 708, 887, 937；Ⅱ 4, 63, 424, 476, 477, 497, 524, 673, 681

兰道，格　　　　Ландау Г.　　Ⅱ 248, 262

兰普尔，霍斯特　　　　Lampl H.　　Ⅱ 379

兰谢列，叶·叶　　　　Лансере Е.Е.　　Ⅰ 142, 150, 166

朗，亚·亚（笔名"А. Л. 米罗波利斯基"）

Ланг А.А.（псевд. Миропольский А.Л.）

Ⅱ 6

朗费罗，亨利　　　　Лонгфелло Г.　　Ⅰ 543, 950

朗戈斯	Лонг （Лонгус）	I 173, 803, 843; II 138
朗根，阿尔伯特	Ланген А.	I 419
老子	Лао-цзы	II 145, 578, 600
勒当蒂，米·瓦	Ле-Дантю М.В.	II 502, 559, 560
勒柯布西耶	Ле Корбюзье.	I 95
勒贡特·德·列尔，夏尔	Леконт де Лиль Ш.	I 658; II 56, 63, 267, 432
勒里希（一译列里赫、廖里赫），尼·康	Рерих Н.К.	

I 131, 132, 139, 143, 157, 160−163, 165, 170, 187, 688; II 706

勒里希（一译列里赫、廖里赫），叶·伊		
	Рерих Е.И.	I 130
勒南，埃内斯特	Ренан Э.	I 109
雷贝格，伊·伊	Рерберг И.И.	I 173
雷东，奥迪隆	Рэдон О.	II 270
雷列耶夫，孔·费	Рылеев К.Ф.	I 831, 833
雷马里，尼·季	Рымарь Н.Т.	I 389
雷尼耶，亨利·德	Ренье А., де	

I 17, 158; II 66, 269, 358, 359, 373

雷伊，萨蒂亚吉特	Рей С.	I 447
黎施潘，让	Ришпен Ж.	I 511
李斯特，费伦茨	Лист Ф.	II 266
里德，托马斯·马因	Рид Т.М.	II 495
里尔克，赖纳·马利亚	Рильке Р.−М.	I 150, 186, 423
里姆斯基-科萨科夫，尼·安	Римский-Корсаков Н.А.	

I 109, 131, 132, 159, 160, 167, 169

里奇，达尼埃拉	Рицци Д.	II 570
里韦，格	Ривей Г.	II 174
里维拉，迭戈	Ривера Д.	II 271
里亚布申斯基，尼·帕	Рябушинский Н.П.	I 156; II 399
里亚布申斯基一家	Рябушинские	I 154, 156

里亚布什金，安·彼 　　　　　Рябушкин А.П. 　　　Ⅰ 159

利奥十三世，教宗 　　　　　　Лев ⅩⅢ, папа 　　　Ⅰ 745, 746

利德彼特，查尔斯 　　　　　　Ледбиттер Ч. 　　　Ⅱ 148

利多夫，康·尼 　　　　　　　Льдов К.Н. 　　　　Ⅰ 841

利夫希茨，贝·康 　　　　　　Лившиц Б.К.

　Ⅰ 177, 178, 180, 182, 189, 937; Ⅱ 385, 505, 507, 517, 518, 520, 524, 525, 532, 535,
536, 557, 565, 567−569, 571, 614, 618, 650, 721

利夫希茨，叶·康 　　　　　　Лившиц Е.К. 　　　　Ⅱ 567

利哈乔夫，德·谢 　　　　　　Лихачев Д.С.

　　　　　　　　　　　　　　　Ⅰ 6, 12, 455, 583; Ⅱ 259, 570

利金，弗·格 　　　　　　　　Лидин В.Г. 　　　　Ⅱ 59

利利奇，加·阿 　　　　　　　Лилич Г.А. 　　　　Ⅰ 538

利宁，阿·米 　　　　　　　　Линин А.М. 　　　　Ⅰ 253

利帕夫斯基，列·萨 　　　　　Липавский Л.С. 　　　Ⅰ 130; Ⅱ 614

利普斯克罗夫，康·阿 　　　　Липскеров К.А. 　　　Ⅰ 183; Ⅱ 657, 673

利特温，埃·所 　　　　　　　Литвин Э.С. 　　　　Ⅱ 57, 58, 61

利沃夫−罗加切夫斯基，瓦·利　Львов−Рогачевский В.Л.

　Ⅰ 63, 68, 112, 295, 328, 329, 506, 537, 581, 600, 601, 621, 622, 647, 649, 668, 675,
685, 686, 777, 868; Ⅱ 334, 335, 716, 717

利沃娃，纳·格 　　　　　　　Львова Н.Г.

　　　　　　　　　　　　　　　Ⅱ 41, 61, 473, 549, 668, 674

利西茨基，拉·马 　　　　　　Лисицкий Л.М. 　　　Ⅱ 673

利亚茨基，叶·亚 　　　　　　Ляцкий Е.А. 　　　　Ⅰ 334, 672

利亚多夫，阿·康 　　　　　　Лядов А.К. 　　　　Ⅰ 160, 179

连斯基，弗·雅 　　　　　　　Ленский Вл.Я. 　　　Ⅰ 677

连图洛夫，阿·瓦 　　　　　　Лентулов А.В. 　　　Ⅰ 176, 180, 181

连申娜，安·雅（笔名"安娜·马尔"）

　　　　　　　　　　　　　　　Леншина А.Я. （псевд. Анна Map ）

　　　　　　　　　　　　　　　Ⅰ 669, 679

列昂季耶夫，康·尼　　　　　Леонтьев К.Н.

　　　　　　　　　　Ⅰ 104, 703, 736, 739, 774, 803, 824; Ⅱ 68

列昂尼多夫，列·米　　　　　Леонидов Л.М.　　　Ⅰ 140

列昂诺夫，列·马　　　　　　Леонов Л.М.　　　　Ⅱ 368

列奥纳多·达·芬奇　　　　　Леонардо да Винчи （Vinci L. Da ）

　　　　　　　　　　Ⅰ 712, 713, 844, 846; Ⅱ 279, 578

列比科夫，弗·伊　　　　　　Ребиков В.И.　　　　Ⅰ 148

列宾，伊·叶　　　　　　　　Репин И.Е.

Ⅰ 132, 136, 142, 158, 509, 601, 603, 619, 622, 623, 689; Ⅱ 270, 284

列福尔马茨基，亚·亚　　　　Реформатский А.А.　　Ⅰ 384, 388

列吉宁，瓦　　　　　　　　　Регинин В.　　　　　Ⅰ 608, 624, 684

列季科，雅·彼　　　　　　　Редько Я.П.　　　　　Ⅱ 720

列季科，亚·叶（亚·梅与叶·伊·列季科夫妇）

　　　　　　　　　　Редько А.Е. （Редько А. М. и Е. И. ）

　　　　　　　　　　Ⅰ 601, 621, 622, 686

列克马诺夫，奥·安　　　　　Лекманов О.А.

　　　　　　　　　　Ⅰ 187; Ⅱ 389, 428, 458, 465, 498

列-米（真名尼·瓦·列米佐夫）　Ре–Ми （наст. фам. Ремизов Н.В. ）

　　　　　　　　　　Ⅰ 651, 655, 662

列米佐夫（一译列米卓夫），阿·米　Ремизов А.М.

Ⅰ 7, 33, 46, 66, 70, 76, 77, 85, 91, 93, 104, 107, 110, 121–127, 142, 152, 161, 162,
163, 179, 185–187, 189, 276, 277, 300, 301, 327, 331, 334, 335, 419, 421, 608, 609,
617, 670, 723, 782; Ⅱ 36, 79, 239, 270, 273, 284, 288, 297, 298, 340–380, 502, 517,
583, 585, 617, 651, 682, 706, 723, 725, 728

列米佐夫，米·阿　　　　　　Ремизов М.А.　　　　Ⅱ 341

列米佐娃，安·弗（笔名"米斯"）　Ремизова А.В. （псевд. Мисс ）

　　　　　　　　　　Ⅰ 651

列米佐娃，玛·亚　　　　　　Ремизова М.А.　　　　Ⅱ 342

列米佐娃，纳·阿　　　　　　Ремизова Н.А.　　　　Ⅱ 367

列米佐娃（娘家姓多夫格洛），塞·帕

　　　　　　　　　　　Ремизова （Довгелло） С.П.　　Ⅱ 374

列宁，弗·伊　　　　　　Ленин В.И.

　Ⅰ 105, 208, 254, 256, 257, 329, 498, 499, 516, 525, 536, 580, 616, 617; Ⅱ 28, 29, 52,

56, 58, 61, 133, 328, 401, 578, 599–601, 694, 707, 724

列皮奥欣，米·彼　　　　Лепехин М.П.　　　　Ⅰ 684

列什科娃，奥·伊　　　　Лешкова О.И.　　　　Ⅱ 574

列斯科夫，尼·谢　　　　Лесков Н.С.

　Ⅰ 163, 224, 302, 327, 328, 393, 470, 533, 607, 673, 717, 853; Ⅱ 165, 273, 358, 400

列斯涅夫斯基，斯·斯　　Лесневский С.С.　　　Ⅰ 61

列瓦娅，塔·尼　　　　　Левая Т.Н.　　　　　Ⅱ 571

列维-布留尔，吕西安　　Леви–Брюль Л.　　　Ⅱ 173

列维茨基，德·亚　　　　Левицкий Д.А.　　　Ⅰ 666

列维茨基，谢　　　　　　Левицкий С.　　　　Ⅰ 121

列维坦，伊·伊　　　　　Левитан И.И.　　　　Ⅰ 143, 145, 421

列维托夫，亚·伊　　　　Левитов А.И.　　　　Ⅰ 544

列维亚金娜，伊·亚　　　Ревякина И.А.　　　Ⅰ 849

列谢维奇，弗·维　　　　Лесевич В.В.　　　　Ⅰ 74

列伊金，尼·亚　　　　　Лейкин Н.А.　　　　Ⅰ 195, 196, 393

列伊佐夫，鲍·格　　　　Реизов Б.Г.　　　　Ⅰ 11

列兹尼科娃，纳·维　　　Резникова Н.В.　　　Ⅱ 340

列兹涅维奇-西尼奥雷利，奥　Резневич–Синьорелли О.　　Ⅱ 262

林德格伦，内利　　　　　Линдгрен Н.　　　　Ⅱ 126

林尼克，尤　　　　　　　Линник Ю.　　　　　Ⅱ 622

吕特伯夫　　　　　　　　Рютбёф　　　　　　Ⅰ 165

柳比莫夫　　　　　　　　Любимов　　　　　　Ⅰ 738

柳比莫夫，德·尼　　　　Любимов Д.Н.　　　Ⅰ 611

柳比莫夫，列·德　　　　Любимов Л.Д.　　　Ⅰ 611, 624

柳比莫夫一家　　　　　　Любимовы　　　　　Ⅰ 611

柳比莫娃，柳·伊	Любимова Л.И.	I 611
柳比谢夫，亚·亚	Любищев А.А.	I 129
柳利，拉蒙（一译雷蒙·卢尔）	Луллий Р.	II 153
龙沙，皮埃尔	Ронсар П.	II 673
卢基扬诺夫，谢·米	Лукьянов С.М.	I 773
卢卡什，伊·索（笔名"伊万·奥列吉"）		
	Лукаш И.С. （псевд. Иван Оредж）	
	I 619, 625; II 543	
卢科姆斯基，格·科	Лукомский Г.К.	I 170
卢克，尼古拉斯	Luker N.	I 538
卢克莱修	Лукреций	I 947
卢克尼茨基，帕·尼	Лукницкий П.Н.	
	II 472, 473, 475, 485, 495, 497−499, 720	
卢克尼茨基一家	Лукинцкие	II 495
卢克尼茨卡娅，薇·康	Лукницкая В.К.	II 495, 495, 499
卢里耶，阿·谢	Лурье А.С.	II 539, 589, 614
卢那察尔斯基，阿·瓦	Луначарский А.В.	
I 114, 500, 682−683, 937; II 45, 47, 57, 61, 230, 258, 310, 343		
卢梭，亨利	Руссо А.	II 553
卢梭，让-雅克	Руссо Ж.-Ж.	II 249
鲁宾施泰因，伊·利	Рубинштейн И.Л.	I 145
鲁布廖夫，安	Рублев А.	II 695
鲁德涅夫，А.Б.	Руднев А.Б.	II 710
鲁德涅夫，亚·彼	Руднев А.П.	II 333
鲁季奇，薇	Рудич В.	I 64, 843
鲁卡维什尼科夫，伊·谢	Рукавишников И.С.	I 166, 241
鲁洛，弗朗索瓦	Rouleau F.	I 774
鲁曼诺夫，阿·韦	Руманов А.	II 122
鲁萨科娃，阿·亚	Русакова А.А.	I 186

鲁斯塔维里，绍塔 Руставели Ш. Ⅰ 935, 951

鲁索洛，路易吉 Руссоло Л. Ⅰ 504

路加，福音书作者 Лука, еванг. Ⅱ 129, 685

路易，皮埃尔 Луи П. Ⅰ 164

伦德贝格，叶·格 Лундберг Е.Г.

Ⅰ 729, 781, 787, 827, 836, 838, 849; Ⅱ 262

伦敦，杰克 Лондон Дж. Ⅰ 31, 37, 609

伦金娜，利·德 Рындина Л.Д. Ⅰ 188

伦奎斯特，芭芭拉 Lönnqvist B. Ⅱ 619

伦特，让（约）·马（参见勃留索娃，让[约]·马）

Рунт Ж.М. см. Брюсова Ж.М.

罗巴切夫斯基，尼·伊 Лобачевский Н.И.

Ⅰ 117; Ⅱ 519, 577, 582, 583, 586, 613

罗德尼扬斯卡娅，伊·边 Роднянская И.Б. Ⅰ 776

罗德，阿尔伯特 Роде А. Ⅱ 343

罗金斯基，阿·谢 Рогинский А.Б. Ⅰ 123

罗兰，罗曼 Роллан Р.

Ⅱ 36, 38, 48, 60, 62, 280, 285

罗利纳，莫里斯 Роллина М. Ⅱ 63

罗马什科夫，尼·奥 Ромашков Н.О. Ⅰ 542

罗曼诺夫家族 Романовы Ⅰ 173, 846

罗曼诺夫，潘·谢 Романов П.С. Ⅰ 658

罗曼诺娃，Т.В. Романова Т.В. Ⅰ 386

罗蒙诺索夫，米·瓦 Ломоносов М.В. Ⅱ 280, 580, 611

罗南，奥姆瑞 Ронен О.（Ronen O.） Ⅰ 25, 62

罗佩特，伊（真名伊·帕·彼得罗夫）

Ропет И.（наст. фам. Петров И.Н.） Ⅰ 159

罗普申，В.（一译路卜洵，参见萨温科夫，鲍·维）

Ропшин В. см. Савинков Б.В.

罗日杰斯特文斯基，瓦·瓦	Рождественский В.В.	Ⅰ 177
罗森茨维格，弗朗茨	Розенцвейг Ф.	Ⅰ 124
罗森施托克-胡絮，欧根	Розеншток-Хюси О.	Ⅰ 124
罗森塔尔，伯尼斯·格拉策	Розенталь Б.Г.（Rosenthal B. G.）	
	Ⅰ 63, 538, 839; Ⅱ 259, 495	
罗森塔尔，夏洛特	Rosenthal Ch.	Ⅱ 374
罗斯丹，埃德蒙	Ростан Э.	Ⅰ 37, 252
罗斯金，约翰	Рёскин Д.	Ⅰ 155, 505, 689
罗索利莫，格·伊	Россолимо Г.И.	Ⅰ 689
罗特施泰因，埃·马	Ротштейн Э.М.	Ⅰ 620
罗西尼，焦阿基诺	Россини Д.	Ⅱ 392
罗扎诺夫，瓦·瓦（笔名"瓦·瓦尔瓦林"）		
	Розанов В.В.（псевд. В. Варварин）	

Ⅰ 70−72, 76, 77, 80, 88, 89, 91, 94, 102−105, 107, 119, 113, 121−123, 125, 127−129, 143, 155, 186, 228, 283, 334, 340, 375, 384, 388, 408, 409, 413, 432, 450, 506, 537, 613, 624, 675, 684, 692, 693, 761, 762, 777, 783, 785−787, 803, 829, 836−838, 850, 853, 860, 862, 898; Ⅱ 82, 88, 141, 236, 288, 335, 345, 355, 372, 377, 380, 513, 688, 721

罗扎诺夫，伊·尼	Розанов И.Н.	Ⅱ 712
罗扎诺夫，尤·弗	Розанов Ю.В.	Ⅱ 376
罗扎诺娃，奥·弗	Розанова О.В.	
	Ⅰ 180; Ⅱ 508, 514, 534, 541, 542, 570	
洛德，R.	Lord R.	Ⅰ 773
洛赫维茨卡娅，米·亚	Лохвицкая М.А.	Ⅰ 658, 697
洛加托，埃托雷	Lo Gatto E.	Ⅰ 837
洛津斯基，米·列	Лозинский М.Л.	
	Ⅱ 385, 433, 435, 484, 650, 678	
洛穆诺夫，康·尼	Ломунов К.Н.	Ⅰ 386
洛帕京，列·米	Лопатин Л.М.	

Ⅰ 74, 735, 771, 778；Ⅱ 162

洛斯基，尼·奥　　　　　　　Лосский Н.О.　　　　Ⅰ 76, 82, 101

洛特曼，尤·米　　　　　　　Лотман Ю.М.

Ⅰ 6, 121, 128, 150, 185, 387, 455, 549, 550, 582；Ⅱ 183, 427, 495

洛西耶夫斯基，伊·雅　　　　Лосиевский И.Я.　　　Ⅰ 64

洛谢夫，阿·费　　　　　　　Лосев А.Ф.

Ⅰ 1, 80, 90, 126, 128, 708, 728, 773, 774, 775, 926, 929；Ⅱ 86, 229, 253, 254, 258, 292, 334

洛佐夫斯卡娅，叶·列　　　　Лозовская Е.Л.　　　Ⅰ 386

M

马楚厄尔，大卫　　　　　　　Matual D.　　　　　　Ⅰ 450

马德隆，奥托　　　　　　　　Маделунг О.　　　　　Ⅱ 344, 374, 379

马蒂奇，奥莉加　　　　　　　Матич О.（Matich O.）

Ⅰ 35, 64, 843, 877, 879

马蒂斯，亨利　　　　　　　　Матисс А.　　　　　　Ⅰ 178, 715

马丁年科，格·雅　　　　　　Мартыненко Г.Я.　　Ⅱ 59

马丁诺夫，列·尼　　　　　　Мартынов Л.Н.　　　Ⅱ 33, 59

马丁诺夫夫妇　　　　　　　　Мартыновы　　　　　Ⅰ 746

马丁诺娃，伊·米　　　　　　Мартынова Е.М.　　　Ⅰ 163

马丁诺娃，索·米　　　　　　Мартынова С.М.　　　Ⅰ 746

马尔，安（参见连申娜，安·雅）　Мар А. см. Леншина А.Я.

马尔扎杜里，马尔齐奥　　　　Марцадури М.（Marzaduri M.）

Ⅱ 566, 570, 574

马尔加里托夫，瓦·彼　　　　Маргаритов В.П.　　　Ⅱ 568

马尔金，Г.И.　　　　　　　　Малкин Г.И.　　　　　Ⅰ 584

马尔卡代，让-克劳德　　　　　Маркаде Ж.-К.　　　　Ⅰ 189

马尔科夫，弗（真名瓦·马特维斯）　Марков В.（наст. фам. Матвейс В.）

Ⅱ 508, 513, 514, 550, 565, 622, 661

马尔科夫，弗·费　　　　　　Марков В.Ф.（Markov V.）

Ⅰ 189, 958; Ⅱ 426, 427, 564, 566−568, 675, 679

马尔科娃，叶·伊　　　　　　Маркова Е.И.　　　Ⅰ 128; Ⅱ 719, 720

马尔科瓦蒂，福斯托　　　　　Мальковати Ф.（Malcovati F.）

Ⅱ 254, 260

马尔科维奇，弗·马　　　　　Маркович В.М.　　　Ⅰ 11, 12

马尔姆斯塔德，约翰·Е.　　　Малмстад（Мадьмстед）Дж. Э.

Ⅰ 686; Ⅱ 426

马尔托夫，埃（真名安·埃·布贡）Мартов Э.（наст. фам. Бугон А.Э.）　　Ⅱ 8

马尔夏克，萨·雅　　　　　　Маршак С.Я.　　　Ⅰ 117, 652; Ⅱ 614

马格尼茨基，米·列　　　　　Магницкий М.Л.　　　Ⅰ 833

马赫林，维·利　　　　　　　Махлин В.Л.　　　Ⅰ 124

马加罗托，路易吉　　　　　　Magarotto L.　　　Ⅱ 574

马加赞尼克，叶·平　　　　　Магазанник Е.П.　　　Ⅰ 385, 388, 585

马卡罗娃，Л.　　　　　　　Макарова Л.　　　Ⅰ 876

马科夫斯基，谢·康　　　　　Маковский С.К.

Ⅰ 66, 168, 652, 854, 877, 880; Ⅱ 84, 85, 88, 196, 242, 261, 383, 388, 483, 491, 584

马科维茨基，杜·彼　　　　　Маковицкий Д.П.　　　Ⅰ 496, 503, 621, 622

马可·奥勒留　　　　　　　　Марк Аврелий　　　Ⅰ 780

马克舍耶娃，纳·阿　　　　　Макшеева Н.А.　　　Ⅰ 775

马克斯，阿·费　　　　　　　Маркс А.Ф.　　　Ⅰ 407, 450, 477

马克斯，尼·亚　　　　　　　Маркс Н.А.　　　Ⅱ 276, 285

马克思，卡尔　　　　　　　　Маркс К.

Ⅰ 215, 240, 268, 281, 505, 631, 674; Ⅱ 578, 581, 604, 719

马克西莫夫，德·叶　　　　　Максимов Д.Е.

Ⅰ 169, 185, 188, 692, 726, 727, 728, 838, 880, 882, 928; Ⅱ 13, 54−58, 60, 85, 90, 91, 109, 136, 139−141, 143, 232, 241, 260

马克西莫夫，谢·瓦　　　　　Максимов С.В.　　　Ⅰ 607

马拉美，斯特凡　　　　　　　Малларме С. （Mallarme S. ）

Ⅰ 144, 178, 693, 694, 709, 729; Ⅱ 4, 63, 79, 80, 155, 476

马里内蒂，菲利波·托马索　　　Маринетти Ф.-Т.

Ⅱ 503-506, 529, 539, 541, 551, 552, 564, 565, 588

马里沃，皮埃尔·卡莱·德·尚布兰·德

　　　　　　　　　　　　　　Мариво П.-К. де Шамберлен, де　　Ⅱ 402

马里延戈夫，阿·鲍　　　　　Мариенгоф А.Б.　　Ⅱ 589, 617

马利采夫，尤·弗　　　　　　Мальцев Ю.В.

　　　　　　　　　　　　Ⅰ 68, 389, 541, 556, 565, 581, 583-585

马利亚温，菲·安　　　　　　Малявин Ф.А.　　Ⅰ 143, 148; Ⅱ 590

马列维奇，卡·谢　　　　　　Малевич К.С.

Ⅰ 180, 181, 189; Ⅱ 502, 513, 514, 516, 529, 534, 536-539, 542, 558, 570, 572, 581,

586, 589, 614

马利诺夫斯卡娅，叶·康　　　Малиновская Е.К.　　Ⅰ 605, 612

马柳京，谢·瓦　　　　　　　Малютин С.В.　　Ⅰ 160, 162

马蒙托夫，萨，伊　　　　　　Мамонтов С.И.　　Ⅰ 159

马明-西比里亚克，德·纳　　　Мамин-Сибиряк Д.Н.

Ⅰ 30, 195, 196, 198, 200, 212, 221-226, 229, 232, 238, 256, 592, 607, 611; Ⅱ 59

马内奇，彼·德　　　　　　　Маныч П.Д.　　Ⅰ 621

马奈，爱德华　　　　　　　　Мане Э.　　Ⅰ 137

马尼科夫斯基，阿·弗　　　　Маньковский А.В.　　Ⅱ 58

马努埃良，爱　　　　　　　　Мануэльян Э.　　Ⅱ 380

马努伊洛夫，维·安　　　　　Мануйлов В.А　　Ⅰ 60; Ⅱ 252, 253

马奇捷特，格·亚　　　　　　Мачтет Г.А.　　Ⅰ 200

马丘申，米·瓦　　　　　　　Матюшин М.В.

Ⅰ 180; Ⅱ 501, 502, 513, 515, 516, 537-539, 549, 558, 564, 566, 567, 571, 574, 586,

588, 590, 591

马塞尔，加布里埃尔　　　　　Марсель Г.　　Ⅱ 262

马希罗夫，阿·伊　　　　　　Маширов А.И.　　Ⅰ 282

马斯洛夫，格·弗　　　　　　Маслов Г.В.　　　　　 I 870

马特维耶夫，亚·捷　　　　　Матвеев А.Т.　　　　　 I 171

马特维伊斯，沃（参见马尔科夫，瓦）

　　　　　　　　　　　　　　Матвейс В. см. Марков В.

马雅可夫斯基，弗·弗　　　　Маяковский В.В.

I 10, 45, 73, 105, 115, 117, 130, 131, 151, 178, 180−182, 190, 414, 415, 425, 451,
453, 580, 651, 663, 666, 949; II 60, 71, 75, 86, 158, 304, 369, 385, 391, 406, 426,
502, 504, 506, 507, 517, 518, 522, 524, 526−529, 533, 535, 537−541, 546, 551, 552,
554, 556, 558, 562−564, 569−572, 574, 577, 589−591, 603, 607−609, 611, 615, 618,
621, 622, 624−649, 657, 658, 673, 675−677, 681, 686

马雅可夫斯基一家　　　　　　Маяковские　　　　　　 II 624

马亚特，弗·马　　　　　　　Маят В.М.　　　　　　 I 173

马扎耶夫，安·伊　　　　　　Мазаев А.И.　　　　　 I 184, 185

玛尔法，行政长官夫人　　　　Марфа Посадница　　　 II 712

玛利·斯图亚特　　　　　　　Мария Стюарт　　　　 II 34

梅耶，亚　　　　　　　　　　Мейер А.　　　　　　 I 69, 90

麦克奈尔，约翰　　　　　　　McNair J.　　　　　　 I 254

迈科夫，阿·尼　　　　　　　Майков Ап. Н.　　　 I 25, 184, 792, 797, 853

迈明，叶·亚　　　　　　　　Маймин Е.А.　　　　 I 386

曼，亨利希　　　　　　　　　Манн Г.

　　　　　　　　　　I 419, 420, 452, 705; II 424

曼，纳　　　　　　　　　　　Ман Н.　　　　　　 I 187

曼，托马斯　　　　　　　　　Манн Т. （Mann Th.）

I 5, 11, 31, 32, 63, 161, 187, 419, 462, 465, 476, 501, 502, 583, 693, 726, 837; II
424

曼德尔施塔姆，奥·埃　　　　Мандельштам О.Э.

I 10, 45, 51, 67, 73, 101, 126, 135, 141, 142, 166, 170−174, 178, 183, 451, 495, 688,
726, 731, 885, 929; II 75, 87, 180, 186, 255, 270, 282, 384, 386, 390, 391, 421, 426,
431, 433−437, 440, 441, 445−447, 452−454, 456−458, 460−465, 484, 486−488, 494,

536, 545, 571, 572, 576, 577, 583, 590, 603, 609, 613-615, 620, 621, 650, 661, 679, 710, 721, 727

曼德尔施塔姆，纳·雅   Мандельштам Н.Я.

Ⅰ 504; Ⅱ 609, 621, 679

曼德尔施塔姆，约·叶   Мандельштам И. Е.   Ⅱ 343

曼海姆，卡尔   Мангейм К.   Ⅰ 257

曼斯菲尔德，凯瑟琳   Мэнсфилд К.   Ⅰ 442

毛姆，萨默赛特   Моэм У. С.   Ⅰ 443, 456

梅尔库罗夫，谢·德   Меркуров С.Д.   Ⅰ 171

梅德里什，达·纳   Медриш Д.Н.   Ⅰ 448

梅德韦杰夫，帕·尼   Медведев П.Н.   Ⅰ 184, 827

梅尔科娃，安·谢   Мелкова А.С.   Ⅰ 448

梅拉赫，鲍·所   Мейлах Б.С.   Ⅰ 384

梅拉赫，米·鲍   Мейлах М.Б.   Ⅱ 623

梅里美，普罗斯佩   Мериме П.   Ⅰ 158

梅利尼科夫-佩切尔斯基，安·伊   Мельников-Печерский А.И   Ⅰ 607, 813

梅利申（参见雅库博维奇，彼·菲）   Мельшин см. Якубович П.Ф.

梅列金斯基，叶·莫   Мелетинский Е.М.   Ⅰ 45, 65; Ⅱ 86

梅列日科夫斯基，德·谢   Мережковский Д.С.

Ⅰ 29, 32, 33, 35, 64, 65, 77, 80, 95, 101, 103, 122, 125, 143, 167, 169, 176, 177, 188, 196, 227-229, 270, 278, 281, 331, 337, 383, 387, 411, 413, 414, 449, 451, 465, 468, 479, 492, 500, 502, 508, 510, 524, 525, 532, 537, 539, 637, 639, 649, 661, 670, 688, 690, 691, 694-696, 698, 699, 701, 702, 704-707, 712-714, 719-721, 723, 727-729, 730, 739, 761, 777, 779-850, 852, 853, 855, 857, 860-862, 867, 869-871, 876-881, 884, 889, 910, 929, 238, 942; Ⅱ 4, 32, 81, 83, 117, 119, 120, 135,141, 164, 192, 216, 233, 238, 258, 260, 267, 270, 273, 275, 279, 282, 286, 288, 292, 297, 308, 312, 336, 343, 355, 381, 392, 686, 688,699, 706, 717, 720

梅列日科夫斯基夫妇   Мережковские

Ⅰ 79, 102, 103, 143, 492, 661, 691, 788, 805, 849, 850, 852, 860-862, 870-872, 878,

880, 881, 888；Ⅱ 104, 233, 235, 236, 345, 346, 386, 394, 475

梅奇尼科夫，列·伊　　　　Мечников Л.И.　　　Ⅰ 74

梅什科夫斯卡娅，利·莫　　Мышковская Л.М.　　Ⅰ 386

梅茨，亚·格　　　　　　　Мец А.Г.　　　　　　Ⅱ 390

梅特林克，莫里斯　　　　　Метерлинк М.（Maeterlinck M.）

　Ⅰ 94, 139, 140, 184, 427, 428, 471, 693, 694, 952；Ⅱ 4, 83, 148, 233, 280, 314, 343,
344, 374, 585, 705

梅特纳，埃·卡　　　　　　Метнер Э.К.

　　　　　　　　　　　　　Ⅰ 66, 72, 725；Ⅱ 148, 163, 183, 261

梅特纳，尼·卡　　　　　　Метнер Н.К.

　　　　　　　　　　　　　Ⅰ 148, 171；Ⅱ 150, 156, 378

梅西耶，阿兰　　　　　　　Mercier A.　　　　　　Ⅱ 497

梅耶贝尔　　　　　　　　　Meyerbeer　　　　　　Ⅱ 392

梅耶荷德，弗·埃　　　　　Мейерхольд В.Э.

　Ⅰ 16, 125, 140-142, 148, 167, 175, 185, 442, 455, 654；Ⅱ 126, 225, 238, 257, 343,
353, 354, 391, 398, 399, 413, 589

梅伊，列·亚　　　　　　　Мей Л.А.　　　　　　Ⅰ 792

美第奇　　　　　　　　　　Медичи　　　　　　　Ⅱ 675

门捷列夫，德·伊　　　　　Менделеев Д.И.　　　Ⅱ 144

门捷列娃，柳·德（参见勃洛克，柳·德）

　　　　　　　　　　　　　Менделеева Л.Д. см. Блок（Менделеева）Л.Д.

蒙森，特奥多尔　　　　　　Моммзен Т.　　　　　Ⅱ 75

蒙施泰因，列·格（笔名"洛洛"）Мунштейн Л.Г.（песед. Lolo）　　Ⅰ 241

米尔巴赫，威廉　　　　　　Мирбах В.　　　　　　Ⅱ 599

米尔金娜，Р.М.　　　　　　Миркина Р.М.　　　　Ⅱ 188

米尔斯基，德·斯（真名德·彼·斯维亚托波尔克-米尔斯基）

Мирский Д.С.（наст. фам. Святополк-Мирский Д.П.）（Mirsky D.S.）

　Ⅰ 12, 65, 451, 532, 835；Ⅱ 713, 721, 723, 728

米尔托夫，奥（真名奥·涅格列斯库尔）

	Миртов О. （наст. фам. Негрескул О.） I 677, 680	
米尔扎耶夫，阿·穆	Мирзаев А.М.	II 572
米格达尔，阿·贝	Мигдал А.Б.	II 621
米哈伊尔·亚历山德罗维奇，大公	Михаил Александрович, вел. кн. I 615	
米哈伊洛夫，安·德	Михайлов А.Д.	II 579
米哈伊洛夫，奥·尼	Михайлов О.Н.	I 68, 581, 667; II 728
米哈伊洛夫，亚·阿	Михайлов А.А.	I 61
米哈伊洛夫，亚·维	Михайлов А.В.	I 252
米哈伊洛夫，亚·伊	Михайлов А.И.	II 379, 717
米哈伊洛夫斯基，鲍·瓦	Михайловский Б.В. I 14, 186, 189, 333, 538; II 337	
米哈伊洛夫斯基，尼·康	Михайловский Н.К.	

I 31, 33, 36, 37, 59, 63, 64, 74, 212, 213, 227, 253–256, 389, 406, 407, 414, 416, 449, 457, 458, 464, 466, 467, 477, 479, 481, 495, 499, 502, 504, 508, 510, 511, 513, 518, 519, 527, 538, 543, 589, 592, 596, 628, 629, 639, 647, 672, 682, 695, 781, 782, 817, 818, 847; II 69, 117

米哈伊洛娃，А.Н.	Михайлова А.Н.	II 60
米哈伊洛娃，玛·维	Михайлова М.В.	I 11, 60, 333
米赫耶娃，Л.	Михеева Л.	I 623
米赫伊切娃，叶·亚	Михеичева Е.А.	II 338
米贾金娜，斯·尼	Мизякина С.Н.	I 126
米开朗琪罗·博纳罗蒂	Микеланджело Буонарроти	II 191
米凯利斯，切萨雷·德	Michelis C., de	II 564
米克卢霍-马克莱，尼·尼	Миклухо-Маклай Н.Н.	II 615
米勒，让	Милле Ж.	I 171
米利奥尔，叶	Миллиор Е.	II 252
米利奥季，尼·德	Милиоти Н.Д.	I 144

米利奥季，瓦·德　　　　　Милиоти В.Д.　　　　Ⅰ 144

米尔顿，瓦·伊　　　　　　Мильдон В.И.　　　　Ⅰ 125

米利克耶夫，叶·卢　　　　Милькеев Е.Л.　　　　Ⅰ 95

米留可夫，帕·尼　　　　　Милюков П.Н.　　　　Ⅰ 510；Ⅱ 44, 133, 600

米罗柳博夫，维·谢　　　　Миролюбов В.С.

　　　　Ⅰ 49, 50, 323, 596, 599, 673；Ⅱ 720

米纳耶夫，德·德　　　　　Минаев Д.Д.　　　　Ⅱ 176, 679

米纳耶夫，尼·尼　　　　　Минаев Н.Н.　　　　Ⅱ 679

米斯（真名列米佐娃，安·弗）　Мисс （наст. фам. Ремизова А.В.）

　　　　Ⅰ 651

米图里奇，彼·瓦　　　　　Митурич П.В.　　　　Ⅱ 575, 579, 589, 608, 609

米图里奇–赫列布尼科夫，马　Митурич–Хлебников М.　　Ⅱ 615

米亚斯科夫斯基，尼·雅　　Мясковский Н.Я.　　　Ⅰ 141, 151

米亚斯尼科夫，亚·谢　　　Мясников А.С.　　　　Ⅰ 619

米亚索耶多夫，谢·尼　　　Мясоедов С.Н.　　　　Ⅱ 516

米亚特列夫，伊·彼　　　　Мятлев И.П.　　　　Ⅱ 399

密茨凯维奇，亚当　　　　　Мицкевич А. （Mickiewicz A.）

　　　　Ⅰ 760, 777, 948, 949；Ⅱ 374

缅，亚·弗　　　　　　　　Мень А.В.　　　　Ⅰ 385, 775

缅希科夫，米·奥　　　　　Меньшиков М.О.

　　　　Ⅰ 217, 255, 363, 510, 537, 653

闵可夫斯基，赫尔曼　　　　Минковский Г.

　　　　Ⅰ 117；Ⅱ 577, 613, 616

明，格·亚　　　　　　　　Мин Г.А.　　　　Ⅱ 599

明茨，扎·格　　　　　　　Минц З.Г.

Ⅰ 65, 66, 68, 122, 152, 186, 691, 692, 726, 729, 730, 763, 764, 772, 773, 777, 778,
835–837, 843, 847, 849, 880, 908, 923, 924, 928, 930–932；Ⅱ 58, 90, 91, 103,
136–142, 678

明茨洛娃，安·鲁　　　　　Минцлова А.Р.　　　　Ⅱ 166

明斯基（真姓维连金），尼·马　　Минский（наст. фам. Виленкин）Н.М.

Ⅰ 511, 512, 647, 648, 658, 690, 694, 695, 701, 706, 720, 782, 785, 791, 793, 800,

818, 837, 838, 842, 853, 855, 857, 879, 884, 888, 890, 910, 929, 948; Ⅱ 216, 688

米萨姆，埃里希　　　　　　　　Мюзам Э.　　　　　　Ⅱ 74

缪勒，奥托　　　　　　　　　　Мюллер О.（Mueller O.）　　　Ⅰ 253

缪塞，阿尔弗雷德·德　　　　　Мюссе А., де　　　　Ⅱ 495

摩诃毗罗　　　　　　　　　　　Махавира　　　　　　Ⅱ 578

莫泊桑，居伊·德　　　　　　　Мопассан Г., де

　　　　　　　Ⅰ 137, 347, 420, 437, 464, 590, 609, 659, 701

莫尔德维诺夫，亚·亚　　　　　Мордвинов А.А.　　　Ⅱ 517

莫尔多夫采夫，丹·卢　　　　　Мордовцев Д.Л.　　　Ⅰ 95

莫尔恰诺娃，娜·亚　　　　　　Молчанова Н.А.　　　Ⅱ 572

莫尔斯科伊，尼（真名尼·康·列别杰夫）

　　　　　　　Морской Н.（наст. фам. Лебедев Н.К.）

　　　　　　　Ⅰ 195, 675

莫尔松，嘉里·索尔　　　　　　Morson G.S.　　　　　Ⅰ 124

莫拉夫斯卡娅，玛·路　　　　　Моравская М.Л.　　　Ⅱ 433, 651

莫里哀，让-巴蒂斯特　　　　　Мольер Ж.-Б.　　　　Ⅰ 139, 141

莫雷亚斯，让　　　　　　　　　Мореас Ж.　　　　　　Ⅱ 37

莫罗，居斯塔夫　　　　　　　　Moereau G.　　　　　　Ⅱ 474

莫罗佐娃，玛·基　　　　　　　Морозова М.К.　　　　Ⅰ 448; Ⅱ 166

莫奈，克劳德　　　　　　　　　Моне К.　　　　　　　Ⅰ 145, 946

莫恰洛娃，阿·尼　　　　　　　Мочалова А.Н.　　　　Ⅰ 682

莫丘利斯基，康·瓦　　　　　　Мочульский К.В.

Ⅰ 737, 751, 752, 762, 770, 773-778; Ⅱ 420, 428, 713

莫斯克温，伊·米　　　　　　　Москвин И.М.　　　　Ⅰ 140, 531

莫伊谢耶夫，尼·尼　　　　　　Моисеев Н.Н.　　　　Ⅱ 593

莫扎特，沃尔夫冈·阿玛多伊斯　Моцарт В.-А.　　　　Ⅱ 43, 577

墨索里尼，贝尼托　　　　　　　Муссолини Б.　　　　Ⅰ 790

默勒，彼得·乌尔夫	Мёллер П.У.（Moeller P.U.）	Ⅰ 250；Ⅱ 374
默勒，雅娜·佩吉	Мёллер Я.П.	Ⅰ 251
默里，约翰·米德尔顿	Марри Дж. М.	Ⅰ 448
姆斯季斯拉夫斯卡娅，Е.П.	Мстиславская Е.П.	Ⅱ 500
穆罕默德	Магомет（Мухамет）	Ⅱ 475, 580, 604
穆罕默多娃，迪·马	Магомедова Д.М.	
		Ⅰ 64, 727, 778, 844；Ⅱ 137–139, 141, 143
穆拉托夫，阿·鲍	Муратов А.Б.	Ⅰ 251；Ⅱ 255
穆拉托夫，帕·帕	Муратов П.П.	Ⅰ 124, 125
穆拉托娃，克·德	Муратова К.Д.	Ⅰ 60, 61, 67；Ⅱ 333, 337
穆拉维约夫–阿波斯托尔，谢	Муравьев–Апостол С.	Ⅰ 833
穆拉维约夫兄弟	Муравьевы	Ⅰ 829
穆罗姆采娃（随夫姓布宁娜），薇·尼		
	Муромцева（Бунина）В.Н.	Ⅰ 544
穆尼（真名萨·维·基辛）	Муни（наст. фам. Киссин С.В）	Ⅱ 652
穆奇尼克，海伦	Muchnic H.	Ⅰ 538
穆萨托夫，弗·瓦	Мусатов В.В.	Ⅰ 63
穆索尔斯基，莫·彼	Мусоргский М.П.	Ⅰ 132, 136, 160, 695
穆先科，叶·格	Мущенко Е.Г.	Ⅰ 666；Ⅱ 377
穆欣娜，叶·马	Мухина Е.М.	Ⅰ 412
穆伊热利，维·瓦	Муйжель В.В.	Ⅰ 264–266

N

Н.К.	Н.К.	Ⅰ 11
Н.И.Р.	Н.И.Р.	Ⅰ 647
拿破仑·波拿巴	Наполеон Бонапарт	
		Ⅰ 371, 807, 822, 831；Ⅱ 522, 643
内扎米	Низами	Ⅱ 580, 581

那托尔卜，保罗　　　　　　　　Наторп П.　　　　　　Ⅱ 162

纳博科夫，弗·德　　　　　　　Набоков В.Д.　　　　Ⅰ 617

纳博科夫，弗·弗　　　　　　　Набоков В.В.　　　　Ⅰ 442, 666; Ⅱ 33, 613

纳德松，谢·雅　　　　　　　　Надсон С.Я.

Ⅰ 83, 582, 695, 791−795, 800, 840, 842, 843, 852, 884−886, 929, 934; Ⅱ 5, 19

纳尔布特，弗·伊　　　　　　　Нарбут

Ⅱ 431, 433−435, 450−452, 458, 484, 490, 499

纳格罗茨卡娅，叶·阿　　　　　Нагродская Е.А.

Ⅰ 669−671, 679, 680, 681, 686; Ⅱ 654

纳吉宾，尤·马　　　　　　　　Нагибин Ю.М.　　　　Ⅱ 614

纳利莫夫，А.　　　　　　　　Налимов А.　　　　　Ⅰ 647

纳−耶夫，尼　　　　　　　　　На−ев Н.　　　　　　Ⅰ 649

奈蒂克，安妮·谢尔顿　　　　　Netick A.Sh.　　　　Ⅱ 334

奈焦诺夫，尼·亚　　　　　　　Найденов Н.А.　　　Ⅱ 376

奈焦诺夫（真姓阿列克谢耶夫），谢·亚

Найденов （наст. фам. Алексеев）С.А.

Ⅰ 239, 240, 245, 246, 248, 258, 263

奈焦诺夫兄弟　　　　　　　　　Найденовы　　　　　Ⅱ 341, 342, 347

南森，弗里乔夫　　　　　　　　Нансен Ф.　　　　　Ⅱ 577

瑙缅科，А.В.　　　　　　　　Науменко А.В.　　　Ⅱ 572

瑙莫夫，尼·伊　　　　　　　　Наумов Н.И.　　　　Ⅰ 544

瑙莫娃，А.И.　　　　　　　　Наумова А.И.　　　　Ⅱ 288, 333

瑙莫娃，玛·伊　　　　　　　　Наумова М.И.　　　　Ⅰ 622

内沃−德加，让　　　　　　　　Непвё−Дега Ж.　　　Ⅰ 456

尼安德尔，鲍　　　　　　　　　Неандер Б.　　　　　Ⅰ 657

尼采，弗里德里希　　　　　　　Ницше （Нитче, Нитшще）Ф.（Nietzsche F.）

Ⅰ 30−34, 63, 64, 104, 135, 147, 155, 168, 214, 217, 240, 243, 279, 505, 509,
511−514, 517, 519, 521, 522, 531, 538, 602, 623, 640, 641, 670, 671, 674, 675,
681−683, 692, 697−700, 702, 703, 721, 727, 728, 732, 733, 795, 798, 803, 824, 837,

841, 843, 844, 890, 929, 934, 942–944, 950, 958; Ⅱ 81, 123, 147, 148, 153–155, 182, 191, 201, 204, 212, 215, 224, 226, 232–234, 237, 250, 259, 264, 295, 343, 344, 472, 473, 491, 495, 496, 499, 509, 510, 515, 516, 566, 582, 602, 638, 685, 717

尼尔松，尼尔斯·奥克　　Нильссон Н.（Nilsson N.A.）　Ⅱ 509, 566

尼古拉，库萨的　　　　Николай Кузанский　Ⅰ 91

尼古拉，显灵者　　　　Николай Чудотворец　Ⅱ 300, 364

尼古拉二世　　　　　Николай Ⅱ,имп.

Ⅰ 545, 655, 706, 948; Ⅱ 593

尼古拉一世　　　　　Николай Ⅰ, имп.

Ⅰ 341, 371, 372, 373–375, 617, 761, 831, 832

尼古拉耶夫，彼·阿　　Николаев П.А.　Ⅰ 329

尼古拉耶夫，德·德　　Николаев Д.Д.　Ⅰ 667, 668

尼古拉耶夫，Н.И.　　Николаев Н.И.　Ⅱ 498

尼古拉耶夫，尤（参见戈沃鲁哈-奥特罗克，尤·尼）

Николаев Ю. см. Говоруха-Отрок Ю.Н.

尼基茨基，亚　　　　Никитский А.　Ⅱ 162

尼基京　　　　　　Никитин　Ⅱ 526

尼基京，安·列　　　Никитин А.Л.　Ⅱ 494

尼基京，尼·伊　　　Никитин Н.И.　Ⅱ 721

尼基京，谢·雅　　　Никитин С.Я.　Ⅰ 454

尼基京娜，М.А.　　Никитина М.А.　Ⅰ 730, 844

尼基塔耶夫，亚·季　　Никитаев А.Т.　Ⅱ 571

尼津，叶（参见古罗，叶·亨）　Низен Е.см. Гуро Е.Г.

尼康，牧首　　　　　Никон, патр.　Ⅰ 824

尼康德罗夫，尼·尼　　Никандров Н.Н.　Ⅰ 264

尼科利斯基，鲍·弗　　Никольский Б.В.　Ⅰ 781, 836

尼科利斯卡娅，塔·利　　Никольская Т.Л.　Ⅰ 126, 333; Ⅱ 574

尼科林娜，纳·阿　　　Николина Н.А.　Ⅰ 621

尼科留金，亚·尼　　　Николюкин А.Н.　Ⅰ 384, 388, 450, 839

尼科诺夫，弗·安	Никонов В.А.	Ⅰ 128
尼克，米歇尔	Никё М.（Niqueux M.）	Ⅱ 717-719
尼科年科，斯·斯	Никоненко С.С.	Ⅰ 667
尼伦德尔，弗·奥	Нилендер В.О.	Ⅱ 665
尼卢斯，彼·亚	Нилус П.А.	Ⅰ 137, 543, 623
尼禄	Нерон	Ⅰ 697; Ⅱ 401
尼诺夫，亚·阿	Нинов А.А.	

Ⅰ 331, 539, 581, 582, 956; Ⅱ 58

| 尼金斯基，瓦·弗 | Нижинский В.Ф. | Ⅰ 161, 163, 173 |
| 尼瓦，乔治 | Нива Ж.（Nivat G.） | |

Ⅰ 12, 21, 62, 121, 189, 729, 731, 843

尼温斯基，伊·伊	Нивинский И.И.	Ⅰ 175
匿名者	Аноним	Ⅰ 255
涅多布罗沃，尼·弗	Недоброво Н.В.	Ⅱ 454, 461
涅尔列尔，帕·马	Нерлер П.М.	Ⅱ 567, 571
涅菲奥多夫，菲·季	Нефедов Ф.Д.（Нефедовы）	Ⅰ 221, 544
涅戈列托夫，帕·伊	Негретов П.И.	Ⅰ 501
涅克拉索夫，尼·啊	Некрасов Н.А.	

Ⅰ 25, 457, 460, 478, 490, 758, 784, 819, 820, 827, 828, 849, 884, 944; Ⅱ 93, 159, 161, 264, 272, 522, 599, 611, 700, 708

| 涅米罗维奇-丹钦柯，弗·伊 | Немирович-Данченко Вл.И. | |

Ⅰ 140, 425, 427, 453, 521; Ⅱ 326, 336, 338, 339

| 涅米罗维奇-丹钦柯，瓦·伊 | Немирович-Данченко Вас.И. | |

Ⅰ 140, 196, 198, 203, 253, 592, 675

| 涅恰耶夫，谢·根 | Нечаев С.Г. | Ⅰ 460 |
| 涅斯捷罗夫，米·瓦 | Нестеров М.В. | |

Ⅰ 143, 166, 185, 257; Ⅱ 270, 282

| 涅斯梅洛夫，维·伊 | Несмелов В.И. | Ⅰ 83 |
| 涅韦多姆斯基，米（真名米·彼·米克拉舍夫斯基） | | |

Неведомский М.（наст. фам. Миклашевский М.П.）

Ⅰ 214, 273, 280, 330, 332, 649, 845, 849; Ⅱ 141

涅伊兹韦斯内，恩　　　　　　　Неизвестный Э.　　　Ⅰ 125

牛顿，艾萨克　　　　　　　　　Ньютон И.　　　　　Ⅰ 118; Ⅱ 144, 591

努韦尔，瓦·费（笔名："佩特罗尼乌斯"、"回春"）

　　　　　　　　　　　　　　Нувель В.Ф.（псевд. Петроний, Renouveau）

　　　　　　　Ⅰ 862; Ⅱ 217-219, 256, 396

诺贝尔，阿尔弗雷德·伯恩哈德　Нобель А.-Б.　　　　Ⅰ 839

诺尔道（一译诺焘），马克斯　　Нордау М.　　　　　Ⅰ 250, 689, 719

诺尔德，瓦·米　　　　　　　　Нольде В.М.　　　　Ⅰ 650

诺海尔，雷吉娜　　　　　　　　Noheil R.　　　　　　Ⅰ 455

诺萨尔，格·斯（参见赫鲁斯塔廖夫，彼·阿）

　　　　　　　　　　　　　　Носарь Г.С. см. Хрусталев П.А.

诺索夫，亚·安　　　　　　　　Носов А.А.　　　　　Ⅰ 774, 777

诺瓦利斯（哈登伯格，弗里德里希·冯）

　　　　　　　　　　　　　　Новалис（Харденберг Ф., фон）（Novalis）

Ⅰ 68, 468; Ⅱ 147, 154, 167, 176, 244, 251, 259, 435, 614

诺维茨基，奥·马　　　　　　　Новицкий О.М.　　　Ⅱ 140

诺维科夫，尼·伊　　　　　　　Новиков Н.И.　　　　Ⅰ 829; Ⅱ 166

诺维科夫，伊·亚　　　　　　　Новиков И.А.　　　　Ⅰ 263

诺维奇，尼（真名尼·尼·巴赫京）Нович Н.（наст. фам. Бахтин Н.Н.）　　Ⅱ 8

诺沃波林，格·谢　　　　　　　Новополин Г.С.

　　　　　　　Ⅰ 202, 251-253, 675, 685, 686

诺沃肖洛夫，米·亚　　　　　　Новоселов М.А.　　　Ⅰ 103

O

欧·亨利　　　　　　　　　　　О. Генри　　　　　　Ⅰ 653

欧茨，乔伊斯·卡罗尔　　　　　Оутс Дж. К.　　　　　Ⅰ 443

欧几里得   Евклид   Ⅱ 519

欧拉，莱昂哈德   Эйлер Л.   Ⅱ 597

欧里庇得斯   Еврипид

     Ⅰ 169, 721; Ⅱ 75−77, 87, 226

Р

П. О.   П.О.   Ⅱ 573

帕皮斯（热拉尔·昂科斯）   Папюс （Жерар Анкосс）

     Ⅱ 473, 474, 496

帕蒂，阿德利娜   Патти А.   Ⅰ 884

帕尔兰德，阿·亚   Парланд А.А.   Ⅰ 159

帕尔尼斯，亚·叶   Парнис А.Е.

     Ⅱ 390, 426, 567, 568, 570, 617, 619, 623

帕尔诺克，索·雅   Парнок С.Я.

     Ⅰ 183; Ⅱ 270, 651, 668, 669, 680

帕夫连科夫，弗·费   Павленков Ф.Ф.   Ⅰ 213, 252

帕夫洛娃，安·帕   Павлова А.П.   Ⅰ 165

帕夫洛娃，卡·卡   Павлова К.К.   Ⅱ 673

帕夫洛娃，玛·米   Павлова М.М.

     Ⅰ 850, 878, 880, 924, 928, 929, 932

帕夫洛维奇，纳·亚   Павлович Н.А.   Ⅱ 106, 109, 139, 140

帕赫穆斯，泰米拉   Пахмусс Т. （Pachmuss T.）

     Ⅰ 837, 839, 844, 849, 877−881

帕加尼·切萨，乔瓦娜   Pagani Cesa G.   Ⅱ 574

帕克托夫斯基，费·叶   Пактовский Ф.Е.   Ⅰ 441

帕拉塞尔苏斯（菲利浦斯·奥雷奥卢斯·特奥夫拉斯图斯·邦巴斯特·冯·霍恩海姆）   Парацельс （Гогенгейм Ф.−А.−Т.−Б. фон）

     Ⅱ 164

帕利明，利·伊　　　　　Пальмин Л.И.　　　Ⅰ 589

帕利耶夫斯基，彼·瓦　　Палиевский П.В.　　Ⅰ 382, 388

帕连，彼·阿　　　　　　Пален П.А.　　　　Ⅰ 949

帕纳耶娃，阿·雅　　　　Панаева А.Я.　　　Ⅰ 680

帕佩尔内，季·萨　　　　Паперный З.С.

　　　　　　　　　　　Ⅰ 453, 454; Ⅱ 623, 548

帕佩尔内，弗·马　　　　Паперный В.М.　　Ⅰ 728; Ⅱ 377

帕佩尔诺，伊·阿　　　　Паперно И.А.（Paperno I.）

　　　　　　　　　　　Ⅰ 67, 121, 127; Ⅱ 260

帕斯捷尔纳克，鲍·列　　Пастернак Б.Л.

Ⅰ 110, 115, 143, 150, 178, 182, 185, 186, 189, 190, 206, 423, 874, 935, 957; Ⅱ
47, 85, 140, 174, 188, 215, 232, 258, 304, 384−386, 390, 391, 421, 426, 507, 552,
554−557, 568, 573, 574, 576, 577, 583, 603, 613, 622, 629, 631, 637, 648−650, 657,
673, 767, 677, 681

帕斯捷尔纳克，列·奥　　Пастернак Л.О.　　Ⅰ 150

帕斯捷尔纳克，叶·鲍　　Пастернак Е.Б.　　Ⅱ 573

帕斯卡尔，布莱兹　　　　Паскаль Б.　　　　Ⅰ 546

帕乌斯托夫斯基，康·格　Паустовский К.Г.　Ⅰ 606, 623

帕先科，瓦·弗　　　　　Пащенко В.В.　　　Ⅰ 543

派曼，阿夫里尔　　　　　Пайман А.（Pyman A.）

　　　　　　　　　　　Ⅰ 60, 727, 836, 837, 843

潘菲洛夫，格·阿　　　　Панфилов Г.А.　　Ⅱ 711

潘捷列伊莫诺夫，鲍·格　Пантелеймонов Б.Г.　Ⅰ 661

潘克耶夫，伊·阿　　　　Пакеев И.А.　　　Ⅱ 495

潘琴科，德　　　　　　　Панченко Дм.　　Ⅰ 846

盘古　　　　　　　　　　Пань-гу　　　　　Ⅱ 581

庞德，埃兹拉　　　　　　Паунд Э.　　　　　Ⅱ 727

庞加莱，亨利　　　　　　Пуанкаре А.　　　Ⅱ 613

佩特罗尼乌斯　　　　　　Петроний　　　　Ⅰ 100, Ⅱ 138, 256

佩尔利，于莱   Пярли Ю.   Ⅱ 622

佩尔西，乌戈   Persi U.   Ⅰ 186

佩尔佐夫，彼·彼   Перцов П.П.

  Ⅰ 449, 548, 727, 819, 836, 838, 842, 843, 853, 854, 862, 865, 877-880; Ⅱ 27, 28, 55, 57

佩尔佐夫，维·奥   Перцов В.О.   Ⅰ 548

佩尔佐娃，纳·尼   Перцова Н.Н.   Ⅱ 568, 615, 617, 621

佩夫佐夫，伊·尼   Певцов И.Н.   Ⅰ 141

佩雷尔穆特，瓦·格   Перельмутер В.Г.   Ⅰ 123

佩列佩尔金娜，柳·德   Перепелкина Л.Д.   Ⅰ 776

佩罗夫，瓦·格   Перов В.Г.   Ⅰ 421

佩切林，弗·谢   Печерин В.С.   Ⅰ 74, 95

佩舍霍诺夫，阿·瓦   Пешехонов А.В.   Ⅰ 501, 504, 544

佩什科娃，叶·帕   Пешкова Е.П.

  Ⅰ 329, 509, 510, 518, 522, 600

佩索阿，费尔南多   Пессоа Ф.   Ⅱ 55

佩特尼科夫，格·尼   Петников Г.Н.   Ⅱ 555, 573, 589

佩希施泰因，马克斯   Пехштейн М.   Ⅱ 527

佩特，沃尔特   Пейтер（Патер）В.   Ⅰ 146; Ⅱ 81

皮利尼亚克，鲍·安   Пильняк Б.А.   Ⅱ 174, 368

皮利斯基，彼·莫   Пильский П.М.

  Ⅰ 600, 615, 621, 667, 675, 677, 686

皮罗斯马尼，尼科   Пиросмани Н.   Ⅱ 560

皮丘金，П.   Пичугин П.   Ⅰ 388

皮萨列夫，德·伊   Писарев Д.И.

  Ⅰ 74, 490, 735, 826; Ⅱ 117

皮斯库诺夫，瓦·米   Пискунов В.М.   Ⅰ 730

皮亚特尼茨基，康·彼   Пятницкий К.П.

  Ⅰ 14, 231, 329, 516, 521, 599, 600

皮托耶夫，乔治　　　　　　　Питоев Ж.　　　　　Ⅰ 390

皮谢姆斯基，阿·费　　　　　　Писемский А.Ф.　　Ⅰ 594；Ⅱ 400

皮亚内赫，米·费　　　　　　　Пьяных М.Ф.　　　Ⅱ 130, 142, 143

皮亚斯特，弗（真名弗·阿·佩斯托夫斯基）

　　　　　　　　　　　　　　Пяст В.（наст. фам. Пестовский В.А.）

Ⅱ 95, 122, 127, 137, 155, 178, 188, 433, 548, 558, 573, 589, 617, 626

品达　　　　　　　　　　　　　Пиндар　　　　　　Ⅱ 226

普尔热瓦尔斯基，尼·米　　　　Пржевальский Н.М.

　　　　　　　　　　　　　　Ⅰ 395, 396；Ⅱ 518, 615

普加乔夫，叶·伊　　　　　　　Пугачев Е.И.

　　　　　　　　　　　　　　Ⅰ 488, 824；Ⅱ 272, 522, 580, 599, 712

普拉多·科埃略，雅辛托　　　　Прадо Коэльо Ж.　Ⅱ 55

普拉霍夫，尼·阿　　　　　　　Прахов Н.А.　　　Ⅰ 186

普拉腾，奥古斯特·冯　　　　　Платен А., фон　　Ⅱ 218, 256

普拉托夫，费·费　　　　　　　Платов Ф.Ф.　　　Ⅱ 556

普拉东诺夫，安·普　　　　　　Платонов А.П.　　Ⅰ 76, 121, 130；Ⅱ 613

普里戈任（通译普里戈金），伊利亚 Пригожин И.　　Ⅱ 144, 614

普里什克维奇，弗·米　　　　　Пуришкевич В.М.　Ⅰ 653

普里什文，米·米　　　　　　　Пришвин М.М.

Ⅰ 90, 94, 102, 106, 116, 120, 122, 124, 125, 263, 264, 276, 284, 289, 299, 300, 301,

326, 332, 333, 784, 837；Ⅱ 36, 109, 110, 127, 372

普利德沃罗夫，叶·阿（参见杰米扬·别德内）

　　　　　　　　　　　　　　Придворов Е.А. см. Бедный Д.

普里戈夫（一译普利果夫），德·亚 Пригов Д.А.　　Ⅱ 161

普里霍季科，伊·斯　　　　　　Приходько И.С.　　Ⅰ 775, 778, 848

普里舍夫，鲍·伊　　　　　　　Пуришев Б.И.　　　Ⅰ 729, Ⅱ 51

普里斯特利，约翰·博因顿　　　Пристли Дж.-Б.　　Ⅰ 453

普列汉诺夫，格·瓦　　　　　　Плеханов Г.В.　　Ⅰ 214, 255, 296

普列谢耶夫，阿·尼　　　　　　Плещеев А.Н.　　　Ⅰ 40, 582, 853

普林尼（小）	Плиний Млалший	I 780
普鲁茨科夫，尼·伊	Пруцков Н.И.	I 451, 773
普鲁然，伊·尼	Пружан И.Н.	I 188
普鲁斯特，马塞尔	Пруст М.	

I 444, 456; II 726, 728

普鲁塔克	Плутарх	II 239
普鲁瓦亚尔，雅克利娜，德	Пруайяр Ж., де	I 455
普罗科波夫，季·费	Прокопов Т.Ф.	I 684
普罗科菲耶夫，谢·谢	Прокофьев С.С.	

I 132, 147, 148, 161, 171; II 33, 539

普罗宁，鲍·康	Пронин Б.К.	I 165
普罗普，弗·雅	Пропп В.Я.	I 584
普罗塔扎诺夫，雅·亚	Протазанов Я.А.	I 183, 670
普罗托波波夫，弗·德	Протопопов В.Д.	I 510
普罗托波波夫，米·阿	Протопопов М.А.	I 252, 508, 519, 537, 647
普罗托波波夫，谢·德	Протопопов С.Д.	I 497, 504
普宁，尼·尼	Пунин Н.Н.	II 557, 574
普日贝谢夫斯基，斯坦尼斯拉夫	Пшибышевский Ст.	II 30, 162, 343, 374
普什卡廖娃，Н.К.	Пушкарева Н.К.	I 879
普斯特金娜，Н.Г.	Пустыгина Н.Г.	

I 923, 924, 928, 930, 932

普希金，亚·谢	Пушкин А.С.	

I 25, 67, 80, 90, 93, 131, 132, 136, 139, 150, 158, 169, 174, 369, 392, 397, 405, 411, 420, 421, 431, 432, 437, 440, 566, 693, 732, 758, 760, 761, 777, 784, 803, 806, 807, 819–822, 828, 875, 898, 902, 906, 926, 927, 930; II 5, 14, 18, 23, 27, 31, 37, 48, 92, 116, 127, 129, 136, 162, 169, 176, 200, 201, 218, 233, 243, 262, 343, 357, 435, 517, 543, 576, 577, 586, 589, 601, 607, 611–613, 622, 636, 640, 653, 657, 664

Q

齐奥尔科夫斯基，康·爱　　　Циолковский К.Э.

Ⅰ 115, 118, 119, 129, 130, 943; Ⅱ 144

齐边科，叶·扎　　　Цыбенко Е.З.　　　Ⅱ 374

齐格勒，罗斯玛丽　　　Циглер Р.（Ziegler R.）

Ⅱ 560, 566, 574

齐列维奇，列·马　　　Цилевич Л.М.　　　Ⅰ 453

齐姆巴耶夫，尼·伊　　　Цимбаев Н.И.　　　Ⅰ 776

齐姆博尔斯卡娅-列博达，玛　　　Цимборская–Лебода М.　　　Ⅱ 258, 260

齐维扬，塔·弗　　　Цивьян Т.В.

Ⅱ 380, 419, 426, 428, 456, 465, 499

奇尔瓦，尤·尼　　　Чирва Ю.Н.　　　Ⅱ 288, 333, 337

奇里科夫，叶·尼　　　Чириков Е.Н.

Ⅰ 27, 30, 196, 215, 229, 236, 237, 239, 242, 245, 249, 255, 260–262, 418, 631, 658, 676, 678

奇热夫斯基，德　　　Tschizewskiy D.　　　Ⅰ 774

奇热夫斯基，亚·列　　　Чижевский А.Л.

Ⅰ 115, 119, 129, 130; Ⅱ 614, 622

契诃夫，安·帕（"安东沙·契洪特"，"乌沃河"、"尤利西斯"）

Чехов А.П.（Антоша Чехонте, Рувер, Улисс）

Ⅰ 27, 30, 39, 42, 47–49, 52, 62, 64, 65, 80, 135–139, 191, 192, 195–197, 199, 200, 203–206, 208, 210–212, 217, 219–221, 224, 225, 228, 230, 232, 233, 235, 216, 239, 240, 242, 246–250, 253, 254, 255, 256, 257, 270, 306, 308, 309, 314, 316–318, 329, 333, 334, 390–456, 461, 463–465, 471, 473–476, 479–482, 491, 492, 494, 496, 502, 503, 509, 511, 522, 527, 529, 540, 543, 550, 558, 560, 566, 594–597, 599, 601, 602, 607, 609, 620, 621, 635, 652, 654, 659, 667, 669–671, 673, 674, 677, 689, 693, 694, 705, 780, 784, 818, 819, 827, 849, 898, 901, 902. 925; Ⅱ 31, 36, 59, 82, 92, 154, 263, 286, 287, 322, 333, 614, 723

契诃夫，亚·帕 Чехов Ал.П. I 334

契诃夫，伊·帕 Чехов И.П. I 52

契切林，鲍·尼 Чичерин Б.Н. I 74; II 376

契切林，格·瓦 Чичерин Г.В. II 427

恰茨金娜，索·伊 Чацкина С.И. I 332

恰达耶夫，彼·雅 Чаадаев П.Я.

I 73, 74, 76, 113, 523, 539, 689; II 273

恰尔斯卡娅，利·阿 Чарская Л.А. I 670

恰利科娃，维·阿 Чаликова В.А. II 593

恰鲁什尼科夫，亚·彼 Чарушников А.П. I 506

恰佩金，阿·帕 Чапыгин А.П.

I 263, 264, 266; II 368

乔尔内，康·米 Черный К.М. II 86, 517

乔尔内，萨（真名亚·米·格利克伯格）

Черный С. （наст. фам. Гликберг А.М. ）

I 241, 507, 651, 661–666, 668; II 517, 625

乔托 Джотто II 470

乔伊斯，詹姆斯 Джойс Д.

I 443, 570; II 151, 154, 174

切巴诺夫，谢·维 Чебанов С.В. II 622

切博塔列夫斯卡娅，阿·尼 Чеботаревская А.Н.

I 54, 668, 883, 906, 909, 929, 932; II 127

切尔内绍夫，安·亚 Чернышев А.А. I 258

切尔尼亚夫斯基，尼·安 Чернявский Н.А. II 559

切尔诺夫，伊·阿 Чернов И.А. II 139

切尔诺斯维托娃，奥·尼 Черносвитова О.Н. I 927

切尔特科夫，弗·格 Чертков В.Г. I 545

切克雷金，瓦·尼 Чекрыгин В.Н. II 541

切列普宁，尼·尼 Черепнин Н.Н. I 160, 165, 173

切鲁宾娜·德加布里亚克（瓦西里耶娃-德米特里耶娃，伊·伊）

Черубина де Габриак （Васильева-Дмитриева Е.И.）

Ⅱ 269, 271, 473, 480, 481, 496, 498, 668

切斯特尼亚科夫，叶　　　　　Честняков Е.　　　　Ⅰ 76, 95

秋帕，瓦·伊　　　　　　　　Тюпа В.П.　　　　　Ⅱ 386, 389

丘达科夫，亚·帕　　　　　　Чудаков А.П.

Ⅰ 65, 253, 256, 393, 448, 449, 584, 849

丘多夫斯基，瓦·阿　　　　　Чудовский В.А.　　　Ⅱ 261

丘尔科夫，格·伊　　　　　　Чулков Г.И.

Ⅰ 16, 17, 60, 263, 606, 651, 670, 707, 728, 729, 777, 948; Ⅱ 59, 60, 66, 127, 194,
213, 225, 235-239, 255, 257, 260, 345, 346, 415, 428, 433, 660

丘尔科娃，纳·格　　　　　　Чулкова Н.Г.　　　　Ⅱ 255

丘尔廖尼斯（丘尔利亚尼斯），米卡洛尤斯

　　　　　　　　　　　Чюрлёнис （Чюрлянис） М.　Ⅰ 131

丘科夫斯基（一译楚科夫斯基），科·伊　　　　Чуковский К.И.　Ⅰ

125, 146, 298, 333, 479, 502, 527, 534, 539, 547, 582, 583, 587, 591, 600, 603, 606,
619, 620, 623, 663, 664, 666, 668, 670, 671, 675, 679, 680, 682, 684-687, 810, 845,
932, 935; Ⅱ 36, 57, 60, 81, 114, 141, 255, 282, 361, 362, 378, 513, 546, 630, 639,
648, 649

丘科夫斯卡娅，利·科　　　　Чуковская Л.К.　　　Ⅱ 428

丘米科夫，弗·亚　　　　　　Чумиков В.А.　　　　Ⅰ 422

丘普里宁，谢·伊　　　　　　Чупринин С.И.　　　　Ⅰ 253, 254

丘特切夫，费·伊　　　　　　Тютчев Ф.И.

Ⅰ 74, 80, 99, 126, 523, 692, 694, 704, 758, 759, 764, 769, 777, 784, 803, 820, 827,
828, 843, 849, 897, 925, 927; Ⅱ 16, 162, 200, 245, 272, 274, 411, 444, 611, 612, 645,
654, 655

丘瓦科夫，瓦·尼　　　　　　Чуваков В.Н.　　　　Ⅱ 288, 333, 334

R

饶勒斯，让	Жорес Ж.	Ⅱ 162
热里雅鲍夫，安·伊	Желябов А.И.	Ⅰ 489, 826
热姆丘日尼科夫，阿·米	Жемчужников А.М.	Ⅰ 543; Ⅱ 631, 648
热兹洛娃，E.M.	Жезлова Е.М.	Ⅱ 333
日丹诺夫，弗·阿	Жданов В.А.	Ⅰ 385
日尔蒙斯基，维·马	Жирмунский В.М.	

Ⅰ 174, 188, 386, 709, 719, 729-731, 957; Ⅱ 57, 87, 90, 136, 140, 147, 382, 388, 411, 428, 436, 444, 463, 464

茹科夫斯基，德·叶	Жуковский Д.Е.	Ⅱ 256, 259, 346
茹科夫斯基，斯·尤	Жуковский С.Ю.	Ⅰ 167; Ⅱ 625
茹科夫斯基，瓦·安	Жуковский В.А.	

Ⅰ 542, 764, 831, 935; Ⅱ 57, 93, 116

茹科夫斯基夫妇	Жуковские	Ⅱ 180
茹拉夫廖夫，В.П.	Журавлев В.П.	Ⅱ 717
茹罗夫，彼·阿	Журов П.А.	Ⅱ 690, 718
若尔科夫斯基，亚·康	Жолковский А.К.	

Ⅰ 52, 67, 388; Ⅱ 443, 459, 464

若尔季科夫，彼·彼	Жолтиков П.П.	Ⅰ 611
若尔托夫斯基，伊·瓦	Жолтовский И.В.	Ⅰ 183

S

C.P.	C.P.	Ⅰ 647
萨巴什尼科娃，玛·瓦	Сабашникова М.В.	

Ⅱ 211, 257, 264, 266, 283

萨波夫，瓦	Сапов В.	Ⅱ 261
萨波戈夫，维·亚	Сапогов В.А.	Ⅱ 572

萨波日科夫，谢·韦　　　　　Сапожков С.В.　　　Ⅰ 843

萨茨，伊·亚　　　　　　　　Сац И.А.　　　　　　Ⅰ 157, 165

萨多菲耶夫，伊·伊　　　　　Садофьев И.И.　　　　Ⅰ 282

萨多夫斯卡娅，克·米　　　　Садовская К.М.　　　Ⅱ 95

萨多夫斯科伊，鲍·亚（笔名"Ptyx"）

　　　　　　　　　　　Садовской Б.А. （псевд. Ptyx）

Ⅰ 165, 612, 624, 649, 676, 714, 830, 831; Ⅱ 650, 651, 657, 677, 691, 718

萨尔蒂科夫-谢德林，米·叶　Салтыков-Щедрин М.Е.

Ⅰ 36, 74, 90, 110, 139, 195, 209, 251, 316, 393, 394, 437, 457, 490, 494, 705, 901, 903; Ⅱ 82, 92

萨尔马诺娃，伊·费　　　　　Салманова И.Ф.　　　Ⅰ 387

萨特，让-保罗　　　　　　　Сартр Ж.-П.　　　　　Ⅱ 332

萨哈罗娃，叶·米　　　　　　Сахарова Е.М.　　　　Ⅰ 453; Ⅱ 284

萨拉比扬诺夫，安·德　　　　Сарабьянов А.Д.　　　Ⅱ 564

萨拉比扬诺夫，德·弗　　　　Сарабьянов Д.В.

　　　　　　　Ⅰ 162, 184-187, 189; Ⅱ 513, 567, 623

萨拉丁　　　　　　　　　　　Саладдин　　　　　　Ⅱ 471, 472

萨雷切夫，雅·弗　　　　　　Сарычев Я.В.　　　　　Ⅰ 848

萨里扬，米·谢　　　　　　　Сарьян М.С.　　　　　Ⅰ 144; Ⅱ 270

萨马林，尤·费　　　　　　　Самарин Ю.Ф.　　　　Ⅰ 736

萨莫韦尔，纳·弗　　　　　　Самовер Н.В.　　　　　Ⅰ 880

萨莫伊洛夫，达·萨　　　　　Самойлов Д.С.　　　　Ⅱ 614

萨宁（真姓休恩伯格），亚·阿

　　　　　　　Санин （наст. фам. Шенберг） А.А.　　Ⅰ 183

萨宁科夫，格　　　　　　　　Санинков Г.　　　　　Ⅱ 174

萨皮尔，鲍里斯　　　　　　　Sapir B.　　　　　　　Ⅰ 387

萨普诺夫，尼·尼　　　　　　Сапунов Н.Н.

　　　　　　　Ⅰ 140, 144, 167, 187; Ⅱ 391, 427

萨任，米·彼　　　　　　　　Сажин М.П.　　　　　Ⅰ 499, 504

萨韦利耶夫，德·阿	Савельев Д.А.	Ⅱ 719
萨韦利耶夫，谢·尼	Савельев С.Н.	Ⅰ 848
萨温，奥·米	Савин О.М.	Ⅰ 622, 625, 667
萨温科夫，鲍·维	Савинков Б.В.	

Ⅰ 96, 104, 263, 670, 676, 784, 829, 833, 871; Ⅱ 343

萨沃纳罗拉，吉罗拉莫	Савонарола Дж.	Ⅰ 804
萨沃德尼克，弗·费	Саводник В.Ф.	Ⅰ 777
萨亚平，米·斯	Саяпин М.С.	Ⅰ 513
萨亚平，伊·阿	Саяпин И.А.	Ⅰ 513
塞维里尼，吉诺	Северини Д.	Ⅱ 504
塞恩–维特根施泰因	Сайн–Витгенштейн	Ⅰ 746
塞林格，杰罗姆·大卫	Сэлинджер Д.–Д.	Ⅰ 444
塞尚，保罗	Сезанн П.	Ⅰ 145

<塞万提斯·萨维德拉，米格尔·德>

<Сервантес С.–М., де>　Ⅰ 847, 935

桑扎里，纳	Санжарь Н.	Ⅰ 669, 679
瑟凯，卡塔林	Сёке К.	Ⅰ 123; Ⅱ 378
沙阿齐佐娃，塔·康	Шах–Азизова Т.К.	Ⅱ 620
沙茨基赫，亚·谢	Шатских А.С.	Ⅱ 623
沙恩，亚历克斯·M.	Shane A.M.	Ⅱ 373
沙赫马托夫，阿·亚	Шахматов А.А.	Ⅱ 350

沙吉尼扬（一译沙吉娘、沙金娘），玛·谢

Шагинян М.С.

Ⅰ 263, 784, 878; Ⅱ 153, 154, 668

沙京，尤·瓦	Шатин Ю.В.	Ⅰ 388
沙雷普金，德·米	Шарыпкин Д.М.	Ⅰ 843; Ⅱ 142
沙马尔金娜，索·谢	Шамардина С.С.	Ⅱ 632
沙尼亚夫斯基，阿·列	Шанявский А.Л.	Ⅱ 44, 707
沙皮尔，马·伊	Шапир М.И.	Ⅱ 616, 619

莎士比亚，威廉　　　　　　Шекспир У.

Ⅰ 156, 164, 338, 346, 348, 385, 437, 935; Ⅱ 82, 84, 225, 322, 369, 392, 422, 424, 580, 625

绍尔，奥·亚（参见杰沙尔特，奥）Шор О.А. см. Дешарт О.

舍尔，巴里·P.　　　　　　Scherr B. P.　　　　Ⅰ 538, 539

舍尔舍涅维奇，瓦·加　　　Шершеневич В.Г.

Ⅱ 127, 389, 436, 504, 546, 549−552, 556, 557, 573, 650, 673, 674, 676, 715

舍甫琴科，亚·瓦　　　　　Шевченко А.В.　　　Ⅱ 502, 564, 565, 566

舍雷尔，尤塔　　　　　　　Scherrer J.　　　　　Ⅰ 878

舍姆舒林，安·阿　　　　　Шемшурин А.А.　　　Ⅱ 557

舍斯塔科夫，维　　　　　　Шестаков В.　　　　　Ⅰ 188

舍斯托夫，列（真名列·伊·施瓦尔茨曼）

　　　　　　　　　　　　　Шестов Л.　（наст. фам. Шварцман Л.И.）

Ⅰ 31, 70, 77, 80, 123, 413−415, 451, 643, 692, 882, 909, 928, 930; Ⅱ 64, 81, 180, 247, 253, 261, 262, 299, 362, 378, 692

舍维廖夫，斯·彼　　　　　Шевырев С.П.　　　　Ⅱ 376

舍希特尔，费·奥　　　　　Шехтель Ф.О.　　　　Ⅰ 154, 156

舍希特尔（热金），列·费　Шехтель （Жегин） Л.Ф.　　Ⅱ 541

舍伊金娜，M.A.　　　　　　Шейкина М.А.　　　　Ⅰ 451

申格利，格·阿　　　　　　Шенгели Г.А.　　　　Ⅰ 183

申加廖夫，安·伊　　　　　Шингарев А.И.　　　　Ⅰ 128

圣母　　　　　　　　　　　Богоматерь

Ⅰ 72, 88, 52; Ⅱ 114−116, 139, 359, 363, 414, 578, 581, 594, 595, 654, 685, 710

圣-桑，卡米尔　　　　　　Сен−Санс К.　　　　　Ⅰ 165

圣西门，克劳德·亨利·德·鲁弗鲁瓦

　　　　　　　　　　　　　Сен−Симон К.−А. де Р.　Ⅰ 478

施蒂纳，马克斯　　　　　　Штирнер М.　　　　　Ⅰ 505

施泰因布赫　　　　　　　　Штеенбух А.　　　　　Ⅱ 374

施拉德尔，奥托　　　　　　Шрадер О.　　　　　　Ⅱ 706

施密特，安·尼　　　　　　Шмидт А.Н.

　Ⅰ 71, 99, 103, 127, 750−751, 770; Ⅱ 473

施密特，彼·彼　　　　　　Шмидт П.П.　　　Ⅰ 604

施奈德曼，爱·莫　　　　　Шнейдерман Э.М.　Ⅰ 257

施尼茨勒，阿图尔　　　　　Шницлер А.　　　Ⅰ 419, 602

施佩特，古·古　　　　　　Шпет Г.Г.　　　　Ⅰ 110

施塔姆勒，海因里希　　　　Stammler H.A.　　Ⅰ 776, 837, 839

施泰因，彼得　　　　　　　Штайн П.　　　　Ⅰ 430

施泰因伯格，阿·扎　　　　Штейнберг А.З.　Ⅰ 85, 127; Ⅱ 720

施特恩贝格尔，多尔夫　　　Sternberger D.　　Ⅰ 186

施特劳斯，大卫·弗里德里希　Штраус Д.−Ф.　　Ⅰ 109

施特伦贝格，达·彼　　　　Штеренберг Д.П.　Ⅰ 177

施特罗斯迈尔，约瑟夫　　　Штросмайер Й.　　Ⅰ 745, 746

施图克，弗朗茨·冯　　　　Штук Ф., фон　　Ⅰ 157; Ⅱ 157

施瓦茨，亚·尼　　　　　　Шварц А.Н.　　　Ⅰ 656

什卡普斯卡娅，马·米　　　Шкапская М.М.　　Ⅰ 103

什科利尼克，约·所　　　　Школьник И.С.　　Ⅱ 537

什克洛夫斯基，维·鲍　　　Шкловский В.Б.

　Ⅰ 386; Ⅱ 155, 183, 188, 369, 570

什马科夫，根·格　　　　　Шмаков Г.Г.　　　Ⅱ 426, 428

什梅廖夫，伊·谢　　　　　Шмелев И.С.

　Ⅰ 43, 263, 264, 276, 277, 279, 285−289, 319−322, 334, 326, 332, 534, 617, 642, 661,
955; Ⅱ 375, 726

什帕任斯基，伊·瓦　　　　Шпажинский И.В.　Ⅰ 427

什托克马尔，米·彼　　　　Штокмар М.П.　　Ⅱ 648

什瓦尔萨隆，薇·康　　　　Шварсалон В.К.

　Ⅱ 195, 197, 222, 247, 261

什韦佐娃，Л.К.　　　　　Швецова Л.К.　　Ⅱ 337, 721

叔本华，阿图尔　　　　　　Шопенгауэр А.

Ⅰ 555, 72, 116, 118, 312, 351, 505, 640, 691, 697, 736, 841, 895, 896, 929, 930, 945;

Ⅱ 148, 187, 191, 291, 292

舒宾，爱·阿	Шубин Э.А.	Ⅰ 67, 187, 684
舒伯特，弗朗茨	Шуберт Ф.	Ⅱ 392
舒布尼科娃-古谢娃，纳·伊	Шубникова-Гусева Н.И.	Ⅱ 717, 721
舒哈耶夫，瓦·伊	Шухаев В.И.	Ⅰ 167
舒利金，瓦·维	Шульгин В.В.	Ⅰ 498
舒利金，谢·尼	Шульгин С.Н.	Ⅰ 334
舒利亚季科夫，弗·米	Шулятиков В.М.	Ⅰ 941
舒曼，罗伯特	Шуман Р.	Ⅰ 652
舒米辛，谢·维	Шумихин С.В.	Ⅱ 426, 428
舒斯托夫，尼·列	Шустов Н.Л.	Ⅱ 630
司各特，瓦尔特	Скотт В.	Ⅱ 392
司汤达	Стендаль	Ⅰ 420, 437
司徒卢威，彼·伯	Струве П.Б.	

Ⅰ 69, 82, 385, 510, 631, 653; Ⅱ 36, 60

司徒卢威，格·彼	Струве Г.П.	Ⅰ 839; Ⅱ 717
司徒卢威，米·亚	Струве М.А.	Ⅱ 549, 650
司徒卢威，尼·亚	Струве Н.А.	Ⅱ 429
斯宾格勒，奥斯瓦尔德	Шпенглер О.	Ⅰ 104; Ⅱ 143
斯宾诺莎，巴鲁赫	Спиноза Б.	Ⅰ 735, 841; Ⅱ 585
斯宾塞，赫伯特	Спенсер Г.	Ⅰ 74, 438, 455
斯蒂文森，罗伯特-路易斯	Стивенсон Р.-Л.	Ⅰ 610
斯基塔列茨（真名斯·加·彼得罗夫）		
	Скиталец（наст. фам. Петров С.Г.）	

Ⅰ 38, 232, 234—237, 240—243, 246, 260, 263, 507, 597; Ⅱ 117

斯捷别利斯卡娅，玛·布	Стебельская М.Б.	Ⅱ 271
斯捷尔宁，格·尤	Стернин Г.Ю.	Ⅰ 187
斯捷列茨基，德·谢	Стеллецкий Д.С.	Ⅰ 162

斯捷潘诺夫，安·德　　　　Степанов А.Д.　　　Ⅰ 451

斯捷潘诺夫，尼·列　　　　Степанов Н.Л.　　　Ⅱ 568. 577, 617

斯捷潘诺夫，叶·叶　　　　Степанов Е.Е.　　　Ⅱ 495

斯捷潘诺夫，尤·谢　　　　Степанов Ю.С.　　　Ⅱ 622

斯捷蓬，费·奥　　　　Степун（Степпун）Ф.А.

Ⅰ 82, 122, 385, 557, 583, 584; Ⅱ 146, 385

斯卡比切夫斯基，亚·米　　　　Скабичевский А.М.

Ⅰ 74, 256, 406, 449, 592, 593, 620; Ⅱ 334

斯卡尔金，阿·德　　　　Скалдин А.Д.　　　Ⅱ 222, 257

斯卡夫蒂莫夫，亚·帕　　　　Скафтымов А.П.　　　Ⅰ 258, 387, 426, 453

斯卡托夫，尼·尼　　　　Скатов Н.Н.　　　Ⅰ 728

斯科别列夫，弗·彼　　　　Скобелев В.П.　　　Ⅱ 377

斯科罗霍多夫，马·弗　　　　Скороходов М.В.　　　Ⅱ 721

斯科沃罗达，格·萨　　　　Сковорода Г.С.

Ⅰ 734; Ⅱ 166, 171, 172, 193

斯克里亚宾，亚·尼　　　　Скрябин А.Н.

Ⅰ 72, 107, 124, 129, 131, 132, 134, 147, 148, 179, 185, 688, 943, 951; Ⅱ 195, 246, 577, 593, 619

斯库拉乔娃，塔·弗　　　　Скулачева Т.В.　　　Ⅱ 621

斯洛博德纽克，谢·列　　　　Слободнюк С.Л.　　　Ⅰ 846, 930; Ⅱ 496

斯拉韦伊科夫，彭乔　　　　Славейков П.　　　Ⅱ 40, 60

斯利维茨卡娅，奥·弗　　　　Сливицкая О.В.　　　Ⅰ 65, 573, 584, 585

斯列金，亚·瓦　　　　Средин А.В.　　　Ⅰ 167

斯廖兹金，尤·利　　　　Слезкин Ю.Л.　　　Ⅱ 651

斯卢切夫斯基，康·康　　　　Случевский К.К.　　　Ⅰ 727; Ⅱ 64, 67

斯卢茨基，鲍·阿　　　　Слуцкий Б.А.　　　Ⅱ 615

斯洛宾，格蕾塔·N.　　　　Слобин Г.Н.　　　Ⅱ 375, 377, 379

斯洛尼姆斯基，亚·列　　　　Слонимский А.Л.　　　Ⅰ 777; Ⅱ 137

斯米尔诺夫，瓦·帕　　　　Смирнов В.П.　　　Ⅰ 127, 582

斯米尔诺夫，伊·帕 Смирнов И.П.

　　Ⅰ 11, 24, 897, 930; Ⅱ 87, 386, 389, 571

斯米尔诺夫-阿尔文，阿·阿 Смирнов-Альвинг А. Ⅱ 71, 86

斯米尔诺娃，柳·阿 Смирнова Л.А. Ⅰ 62, 329

斯莫拉，奥·彼 Смола О.П. Ⅱ 142

斯帕斯基，叶·德 Спасский Е.Д. Ⅱ 589, 608

斯帕斯基，谢·德 Спасский С.Д. Ⅱ 580

斯彭格勒，乌特 Spengler U. Ⅰ 847

斯佩恩，玛丽贝思 Spain M. Ⅰ 581

斯皮里多诺娃（叶夫斯基格涅耶娃），利·阿

　　Спиридонова（Евстигнеева）Л.А.

　　Ⅰ 666, 667, 836; Ⅱ 283

斯皮瓦克，里·所 Спивак Р.С. Ⅰ 583, 585

斯片季阿罗夫，亚·阿 Спендиаров А.А. Ⅱ 282

斯塔尔金娜，索·瓦 Старкина С.В. Ⅱ 617

斯塔尔克，爱·亚 Старк Э.А. Ⅰ 187

斯塔基，伊妮德 Старки Э.（Starkie E.） Ⅱ 476, 497

斯塔罗杜姆（真名尼·亚·斯捷奇金）

　　Стародум（наст. фам. Стечкин Н.Я.）

　　Ⅰ 621, 622

斯塔里科娃，叶·瓦 Старикова Е.В. Ⅰ 730, 844, 847

斯塔纽科维奇，弗·康 Станюкович В.К. Ⅰ 198, 212; Ⅱ 55

斯塔纽科维奇，康·米 Станюкович К.М. Ⅰ 224, 225, 229

斯塔索夫，弗·瓦 Стасов В.В. Ⅰ 158, 601

斯塔休列维奇，米·马 Стасюлевич М.М. Ⅰ 752

斯坦纳，鲁道夫 Штейнер Р.

Ⅰ 72, 775; Ⅱ 145, 156, 164, 166, 173, 176, 180, 183, 239, 240, 246, 264, 271, 492, 500

斯坦纳，乔治 Стайнер Дж. Ⅰ 454

斯坦尼斯拉夫斯基，康·谢　　Станиславский К.С.

　　Ⅰ 138, 139, 407, 531; Ⅱ 336, 338, 339

斯特拉达，维托里奥　　Страда В. （Strada V.）

　　Ⅰ 12, 21, 62, 65, 121, 189, 843

斯特拉迪瓦里乌斯（斯特拉迪瓦里，安东尼奥）

　　Страдивариус （Страдивари А.）　　Ⅱ 479

斯特拉霍夫，尼·尼　　Страхов Н.Н.　　Ⅰ 347

斯特拉热夫，瓦·伊　　Стражев В.И.　　Ⅱ 653

斯特拉文斯基，伊·费　　Стравинский И.Ф.

　　Ⅰ 132, 149, 160, 161, 163, 183; Ⅱ 73

斯特列佩托娃，波·安　　Стрепетова П.А.　　Ⅰ 136

斯特雷勒，乔治　　Стрелер Дж.　　Ⅰ 430

斯特林堡，奥古斯特　　Стриндберг А.

　　Ⅰ 31, 43, 427, 470, 509; Ⅱ 125, 126, 142, 344, 514

斯特鲁宁，德　　Струнин Д.　　Ⅰ 200, 252

斯特罗耶娃，马·尼　　Строева М.Н.　　Ⅰ 184

斯托克，布莱姆　　Стокер Б.　　Ⅱ 470

斯托利察（叶尔绍娃），柳·尼　　Столица （Ершова） Л.Н.　　Ⅰ 163

斯瓦西扬，卡·阿　　Свасьян К.А.　　Ⅱ 566

斯维尔斯基，阿·伊　　Свирский А.И.　　Ⅰ 193, 218

斯韦特洛夫，鲍　　Светлов Б.　　Ⅰ 670

斯维亚托波尔克-米尔斯基，德·彼（参见米尔斯基，德）

　　Святополк-Мирский Д.П. см. Мирский Д.

斯文齐茨基，瓦·帕　　Свенцицкий В.П.

　　Ⅰ 76; Ⅱ 688, 698, 699, 701

苏，欧仁　　Сю Э.　　Ⅰ 363

苏佩尔芬，加·加　　Суперфин Г.Г.　　Ⅱ 60

苏博京，谢·伊　　Субботин С.И.　　Ⅱ 717, 720

苏博京娜，基·亚　　Субботина К.А.　　Ⅰ 452, 456

苏里科夫，瓦·伊	Суриков В.И.	Ⅱ 270
苏里科夫，伊·扎	Суриков И.З.	Ⅰ 20; Ⅱ 717
苏尔古乔夫，伊·德	Сургучев И.Д.	Ⅰ 139, 263
苏尔平，М.Л.	Сурпин М.Л.	Ⅰ 334
苏盖，拉·阿	Сугай Л.А.	Ⅰ 845
苏格拉底	Сократ	Ⅰ 4, 753, 754
苏哈列夫，德·安	Сухарев Д.А.	Ⅰ 454
苏霍京，帕·谢	Сухотин П.С.	Ⅱ 657
苏霍帕罗夫，谢·米	Сухопаров С.М.	Ⅱ 569
苏霍沃-柯贝林，亚·瓦	Сухово-Кобылин А.В.	Ⅰ 115
苏捷伊金，谢·尤	Судейкин С.Ю.	Ⅰ 167; Ⅱ 391, 399
苏利-普吕多姆，弗朗索瓦·阿尔芒	Сюлли-Прюдом Ф.А.	Ⅱ 52, 63
苏什科娃，Н.Ф.	Сушкова Н.Ф.	Ⅱ 365
苏维托尼乌斯，盖乌斯·特兰克维鲁斯	Светоний Г.Т.	Ⅰ 100
苏沃林，阿·谢	Суворин А.С.	

Ⅰ 113, 224, 227–230, 253, 333, 451, 509, 617, 653, 853; Ⅱ 199

苏沃罗娃，克·尼	Суворова К.Н.	Ⅱ 88, 426
苏尤姆贝卡	Сююмбека	Ⅱ 578
绥拉菲摩维奇（真姓波波夫），亚·谢		

Серафимович （наст. фам. Попов） А.С.

Ⅰ 27, 196, 229, 233, 236, 237, 240, 268, 676

索别斯基，扬	Собеский Я.	Ⅱ 578
索边尼科夫，阿·萨	Собенников А.С.	Ⅰ 455
索博列夫，亚·利	Соболев А.Л.	Ⅰ 850, 880
索博列夫，尤·瓦	Соболев Ю.В.	Ⅰ 66
索恩采娃，纳·米	Солнцева Н.М.	Ⅱ 718, 719
索尔仁尼琴，亚·伊	Солженицын А.И.	

Ⅰ 495, 496, 504; Ⅱ 614

| 索福克勒斯 | Софокл | |

Ⅰ 169, 437, 721; Ⅱ 77, 226

索津娜，叶·康 Созина Е.К. Ⅰ 844

索科良斯基，马·格 Соколянский М.Г. Ⅰ 385

索科洛夫，Н. Соколов Н. Ⅱ 58

索科洛夫，谢·阿（笔名克列切托夫，谢）

Соколов С.А.（псевд. Кречетов С.）

Ⅰ 706; Ⅱ 256, 399, 652, 653

索良内伊，彼·马 Соляный П.М. Ⅰ 667

索洛古勃，费（真名费·库·捷捷尔尼科夫）

Сологуб Ф.（псевд. Тетерников Ф.К.）

Ⅰ 5, 18, 35, 54−56, 68, 72, 79, 86, 109, 110, 119, 124, 128, 130, 133, 134, 140−142, 148, 152, 170, 251, 257, 263, 313, 331, 418, 439, 441, 452, 540, 606, 609, 646, 682, 690, 692, 694−697, 701, 705, 706, 709, 711, 712, 714−716, 719, 721, 723, 727, 729, 730, 731, 779, 782, 820, 838, 844, 847, 855, 857, 882−932, 937, 938; Ⅱ 18, 36, 57, 64, 77, 82, 85, 87, 127, 165, 168, 172, 233, 236, 270, 284, 288, 292, 324, 338, 345, 346, 381, 382, 385, 392, 399, 406, 411, 413, 480, 517. 544, 546, 549, 558, 584, 585, 590, 652, 722

索洛维约夫，鲍·伊 Соловьев Б.И. Ⅱ 139

索洛维约夫，弗拉·谢（笔名"埃斯佩尔·赫里奥特罗波夫公爵"）

Соловьев Вл. С.（псевд. Князь Эспер Гелиотропов）

Ⅰ 14, 32, 33, 43, 44, 58, 64, 68, 71, 74, 76−80, 82, 86, 94, 98, 99, 103, 105, 115, 116, 121−124, 126, 127, 136, 177, 181, 309, 428, 664, 689, 692, 694, 699, 701−703, 728, 732−778, 783, 784, 803, 805, 806, 817, 823, 826, 833, 841, 853, 855, 889, 894; Ⅱ 6, 7, 54, 94−97, 102, 108, 123, 126, 137, 138, 140, 144, 145, 148, 149, 156, 165, 166, 191, 192, 198, 199, 202−204, 206, 209, 218, 234, 236, 237, 240, 241, 242, 245, 253, 264, 265, 273, 575, 581

索洛维约夫，弗谢·谢 Соловьев Вс.С. Ⅰ 734

索洛维约夫，米·谢 Соловьев М.С. Ⅰ 734, 749

索洛维约夫，谢·米（诗人） Соловьев С.М., поэт

Ⅰ 123, 126, 690–692, 700, 707, 708, 726, 733, 749, 775, 777, 844; Ⅱ 35, 57, 92, 93, 107, 137, 140, 155, 163, 236, 282, 428, 689

索洛维约夫，谢·米（史学家）　Соловьев С.М., историк

Ⅰ 734; Ⅱ 148, 149

索洛维约夫，叶·安（笔名："安德列耶维奇"、"斯克里巴"）

Соловьев Е.А.

Ⅰ 63, 217, 272, 280, 330, 412; Ⅱ 272, 273, 280, 330

索洛维约娃，奥·米　Соловьева О.М.　Ⅱ 148

索洛维约娃，波·弗　Соловьева П.В.　Ⅰ 734

索洛维约娃，波·谢（笔名"快板"）

Соловьева П.С.（псевд. Allegro）

Ⅰ 734; Ⅱ 253

索莫夫，康·安　Сомов К.А.

Ⅰ 154, 157, 160, 163, 164, 166, 167; Ⅱ 156, 218, 345, 391, 393, 396, 398, 399, 413, 426

索孙佐夫，叶·费　Сосунцов Е.Ф.　Ⅰ 104

所罗门王　Соломон, царь　Ⅱ 364, 493

T

塔尔科夫斯基（通译塔可夫斯基），阿·亚

Тарковский Арс.А.　Ⅰ 666; Ⅱ 613

塔尔拉诺夫，叶·扎　Тарланов Е.З.　Ⅰ 840

塔尔塔科夫斯基，彼·约　Тартаковский П.И.　Ⅱ 616

塔格尔，叶·鲍　Тагер Е.Б.

Ⅰ 22, 23, 61, 66, 166, 187, 250, 252, 253, 256, 322, 388, 420, 431, 696, 724, 726, 731, 817, 847; Ⅱ 426

塔霍-戈季，阿·阿　Тахо-Годи А.А.　Ⅱ 138

塔克，珍妮特　Tucker J.　Ⅱ 86

塔拉索夫，叶·米　　　　　　　Тарасов Е.М.　　　　　Ⅱ 85

塔拉索娃，A.A.　　　　　　　Тарасова А.А.　　　　Ⅰ 684, 685

塔利尼科夫，达（真名达·拉·什皮塔利尼科夫）

Тальников Д.（наст. фам. Шпитальников Д.Л.）　　Ⅰ 68

塔列耶夫，米·米　　　　　　　Тареев М.М.　　　　　Ⅰ 109

塔洛克，约翰　　　　　　　　Tulloch J.　　　　　　Ⅰ 251

塔马尔琴科，纳·达　　　　　　Тамарченко Н.Д.　　　Ⅰ 12, 386, 388, 584

塔马宁，塔（真名塔·伊·马努欣娜）

Таманин Т.（наст. фам. Манухина Т.И.）　　Ⅰ 866

塔涅耶夫，谢·伊　　　　　　　Танеев С.И.　　　　　Ⅰ 169, 171, 337

塔什雷科夫，谢·阿　　　　　　Ташлыков С.А.　　　　Ⅰ 623

塔斯特万，亨·埃　　　　　　　Тастевен Г.Э.　　　　Ⅱ 564

塔索，托尔夸脱　　　　　　　Тассо Т.　　　　　　Ⅱ 148

塔特林，弗·叶　　　　　　　Татлин В.Е.

Ⅰ 95, 148, 180; Ⅱ 540, 558, 589, 614

塔亚德，洛朗　　　　　　　　Тайад Л.　　　　　　Ⅱ 9

塔伊罗夫，亚·雅　　　　　　　Таиров А.Я.　　　　　Ⅰ 174, 175, 183

苔菲（洛赫维茨卡娅-布钦斯卡娅，纳·亚）

Тэффи（Лохвицкая-Бучинская Н.А.）

Ⅰ 241, 651, 652, 654, 658-661, 663, 667, 668

泰戈尔，拉宾德拉纳特　　　　　Тагор Р.　　　　　　Ⅰ 640

汤豪瑟（一译唐怀瑟）　　　　　Тангейзер　　　　　Ⅱ 126

唐，H.A.（真名弗·格·博戈拉兹）Тан Н.А.（наст. фам. Богораз В.Г.）

Ⅰ 212, 498, 607, 682, 687

堂阿米纳多（真名阿·彼·什波良斯基）

Дон Аминадо（нас.фам. Шполянский А.П.）

Ⅰ 619, 625

忒奥格尼斯　　　　　　　　　Феогнид　　　　　　Ⅱ 209

特尔科娃（特尔科娃-威廉姆斯），阿·弗

Тыркова（Тыркова-Вильямс）А.В.
Ⅱ 122, 213, 255

特卡乔夫，彼·尼　　　Ткачев П.Н.　　　　Ⅰ 74

特拉武什金，尼·谢　　Травушкин Н.С.　　Ⅱ 620

特雷什金娜，叶·维　　Тырышкина Е.В.　　Ⅰ 122；Ⅱ 377, 379

特里丰诺夫，尼·阿　　Трифонов Н.А.　　　Ⅰ 124

特列季亚科夫，谢·米　Третьяков С.М.　　Ⅱ 549, 589

特列尼奥夫，康·安　　Тренев К.А.　　　　Ⅰ 263, 267, 326

特列宁，弗·弗　　　　Тренин В.В.　　　　Ⅰ 130, 190；Ⅱ 648

特鲁比洛娃，叶·马　　Трубилова Е.М.　　Ⅰ 667, 668

特鲁别茨科伊，尼·谢　Трубецкой Н.С.　　Ⅱ 613

特鲁别茨科伊，帕·彼　Трубецкой П.П.　　Ⅰ 143, 146, 155

特鲁别茨科伊，谢·尼　Трубецкой С.Н.　　Ⅰ 73, 76, 129；Ⅱ 162

特鲁别茨科伊，叶·尼　Трубецкой Е.Н.

Ⅰ 90, 94, 99, 675, 685, 732, 733, 738, 743, 752, 754, 757, 773, 774, 776

特罗伊茨基，谢　　　　Троицкий С.　　　　Ⅰ 103

特尼亚诺夫（又译特尼扬诺夫、蒂尼亚诺夫、迪尼亚诺夫等），尤·尼

Тынянов Ю.Н.

Ⅰ 885, 929；Ⅱ 466, 494, 518, 568, 577, 615, 678

特瓦尔多夫斯基（一译特瓦尔朵夫斯基），亚·特

Твартовский А.Т.　　Ⅰ 665

滕尼斯，斐迪南　　　　Тённис Ф.　　　　　Ⅱ 237

帖木儿，"跛子"　　　Тамерлан　　　　　Ⅰ 848；Ⅱ 264

图尔科夫（一译屠尔科夫），安·米　Турков А.М.　　Ⅰ 421

图尔努，乔治　　　　　Tournoux G.　　　　Ⅱ 55

图尔恰尼诺夫，弗·尼　Турчанинов В.Н.　　Ⅰ 127

图甘-巴拉诺夫斯基，米·伊　Туган-Барановский М.И.　　Ⅰ 510, 632

图根霍尔德，雅·亚　　Тугендхольд Я.А.　　Ⅰ 181

图雷金，亚·安　　　　Турыгин А.А.　　　　Ⅰ 185

图罗娃，瓦·弗 　　　　　Турова В.В. 　　　　　Ⅰ 730

图姆波夫斯卡娅，马·马 　　Тумповская М.М. 　　　Ⅱ 473, 486, 488

图尼马诺夫，弗·阿 　　　　Туниманов В.А. 　　　　Ⅰ 388

屠格涅夫，伊·谢 　　　　　Тургенев И.С.

　Ⅰ 135, 136, 139, 158, 207, 213, 220, 409, 411, 420, 421, 423, 427, 433, 434, 437,
443, 457, 469, 609, 627, 634, 646, 673, 675, 693, 694, 817, 819; Ⅱ 273, 332, 358

屠格涅娃，安·亚 　　　　　Тургенева А.А. 　　　　Ⅱ 166

吐温，马克 　　　　　　　　Твен М. 　　　　　　　　Ⅰ 652, 654

托波罗夫，弗·尼 　　　　　Топоров В.Н.

　Ⅰ 24, 65, 66, 174, 189, 693, 775; Ⅱ 377, 426, 456, 465, 499, 567, 678, 680

托德，威廉·米尔斯 　　　　Тодд У.М. 　　　　　　　Ⅰ 424, 453

托尔马乔夫，米·瓦 　　　　Толмачев М.В. 　　　　　Ⅰ 876

托尔斯佳科夫，阿·帕 　　　Толстяков А.П. 　　　　　Ⅰ 448

托尔斯泰，阿·康 　　　　　Толстой А.К.

　　　　　　　　　　　　　　Ⅰ 25, 737, 758, 777; Ⅱ 22, 92, 219, 576, 611

托尔斯泰，阿·尼 　　　　　Толстой А.Н.

　Ⅰ 10, 25, 164, 263, 264, 276, 289, 295−300, 306, 313, 332, 642, 661; Ⅱ 36, 271,
282, 284, 647

托尔斯泰，弗·帕 　　　　　Толстой В.П. 　　　　　　Ⅰ 184

托尔斯泰，列·尼 　　　　　Толстой Л.Н.

　Ⅰ 6, 13−15, 25, 27, 30, 31, 36, 37, 39, 41, 44, 47−49, 57, 59, 60, 64, 72, 74, 76, 80,
81, 86, 107, 120, 121, 132, 136, 140, 142, 150, 184, 191, 192, 195, 198−200, 207,
208, 220, 225, 232, 233, 247, 250, 252, 254, 257, 260, 267, 268, 270, 277−280, 314,
315, 334, 336−389, 390−392, 405, 411−413, 415, 421, 423, 424, 431, 433, 434, 437,
441. 443, 444, 448, 452, 461, 462, 464, 471, 481, 482, 486, 487, 492, 496, 497, 500,
508−512, 518, 527, 534, 540, 545, 546, 547, 550, 557, 570, 580, 583, 585, 596−599,
602, 603, 608−610, 613, 617, 627, 631−642, 646, 669, 671, 672, 675, 684, 689, 693,
707, 728, 733, 741, 757, 780, 783, 784, 786, 818, 820, 821, 833, 836, 845, 848, 853,
931; Ⅱ 15, 55, 56, 83, 92, 163, 181, 182, 201, 245, 249, 251, 269, 279, 280, 285−287,

300, 301, 304, 312, 313, 320, 322, 332, 333, 343, 344, 382, 433, 484, 515, 517, 567, 614, 625, 626, 686, 692, 695, 717, 719

托尔斯泰娅，索·安，阿·康·托尔斯泰的遗孀

Толстая С.А., вдова А.К. Толстого　Ⅰ 737

托尔斯泰娅，索·安，列·尼·托尔斯泰的遗孀

Толстая С.А., вдова Л.Н. Толстого　Ⅰ 337

托尔斯泰娅–谢加尔，叶　Толстая–Сегал Е.　Ⅱ 426

托勒尔，恩斯特　Толлер Э.　Ⅱ 74

托勒密　Птоломей　Ⅱ 164

托洛茨基，列·达　Троцкий Л.Д.

Ⅰ 123; Ⅱ 45, 127, 194, 253, 649

托洛茨基，谢·维　Троцкий С.В.　Ⅱ 142

托马舍夫斯基，鲍·维　Томашевский Б.В.　Ⅰ 502

陀思妥耶夫斯基，费·米　Достоевский Ф.М.

Ⅰ 6, 33, 34, 35, 38, 39, 41, 44, 47, 54, 55, 58, 64, 71, 72, 74, 76, 80, 81, 83, 85, 87, 90, 92, 94, 96, 100, 104, 107, 112, 113, 123, 127, 129, 139, 140, 149, 150, 155, 167, 171, 199, 263, 264, 277, 279, 298, 316, 328, 352, 354, 363, 364, 381, 383, 385, 386, 387, 390, 391, 408, 410–413, 421, 423, 424, 431, 432, 437, 441, 443, 445, 453, 460, 464, 470, 478, 489, 491, 496, 504, 514, 516–518, 527, 534, 549, 550, 556, 574, 575, 585, 617, 637–641, 656, 669, 670, 671, 677, 689, 692, 693, 701, 704, 724, 728, 738, 741, 753, 757, 772, 773, 780, 783, 784, 786, 803, 805, 818, 820, 821, 827, 837, 841, 845, 848, 902, 932, 942, 944, 952; Ⅱ 69, 74, 80, 81, 83, 86, 88, 92, 129, 145, 165, 167, 169, 170, 191, 199, 201, 202, 229, 245, 246, 258, 264, 265, 269, 270, 272, 273, 286, 289, 291, 310, 311, 320, 322, 332, 334, 335, 338, 343, 344, 356, 359, 360, 362, 366, 371, 378, 577, 626, 686, 717

陀思妥耶夫斯卡娅，安·格　Достоевская А.Г.　Ⅰ 773, 826

W

| 瓦楚罗，瓦·埃 | Вацуро В.Э. | Ⅱ 678 |

瓦尔策，奥斯卡　　　　　　　Вальцель О.　　　　Ⅰ 730, 957; Ⅱ 87

瓦尔涅，雷吉斯　　　　　　　Варнье Р.　　　　　Ⅰ 447

瓦尔瓦林，瓦（参见罗赞诺夫，瓦·瓦）

　　　　　　　　　　　　　Варварин В. См. Розанов В.В.

瓦格纳，尼·彼　　　　　　　Вагнер Н.П.　　　　Ⅰ 451

瓦格纳，理查德　　　　　　　Вагнер Р.

Ⅰ 131, 133, 134, 165, 183, 689, 692, 756; Ⅱ 148, 155, 201, 227, 428, 472

瓦赫特尔，马利昂　　　　　　Вахтель М.（Wachtel M.）

Ⅱ 232, 254, 257−259

瓦赫坦戈夫，叶·巴　　　　　Вахтангов Е.Б.　　　Ⅰ 175

瓦霍夫斯卡娅，阿·马　　　　Ваховская А.М.　　　Ⅰ 844, 849

瓦吉诺夫，康·康　　　　　　Вагинов К.К.　　　　Ⅱ 391

瓦利舍夫斯基，齐格蒙特　　　Валишевский З.　　　Ⅱ 559

瓦利斯，米奇斯瓦夫　　　　　Wallis M.　　　　　　Ⅰ 184

瓦什凯莱维奇，哈利娜　　　　Вашкелевич Х.（Waszkielewicz H.）

Ⅱ 374, 380

瓦斯涅佐夫，维·米　　　　　Васнецов В.М.　　　　Ⅰ 152, 158, 158, 166

瓦西里耶夫，亚·瓦　　　　　Васильев А.В.　　　　Ⅰ 117

瓦西里耶夫，尼·亚　　　　　Васильев Н.А.　　　　Ⅱ 582, 622

瓦西里耶夫，尼·扎　　　　　Васильев Н.З.　　　　Ⅰ 512−514, 530

瓦西里耶夫，帕·尼　　　　　Васильев П.Н.　　　　Ⅱ 682

瓦西里耶夫，伊·叶　　　　　Васильев И.Е.　　　　Ⅱ 574

瓦西里耶娃，济·弗　　　　　Васильева З.В.　　　　Ⅰ 513

瓦西连科，谢·尼　　　　　　Василенко С.Н.　　　　Ⅰ 159

瓦西列夫斯基，伊·马（笔名"非字母"）

　　　　　　　　　　　　　Василевский И.М.（псевд. Не−Буква）

Ⅰ 668, 681, 686, 687

瓦辛娜−格罗斯曼，薇·安　Васина−Гроссман В.А.　Ⅰ 185

万比洛夫，亚·瓦　Вампилов А.В.　Ⅰ 442

万坚科夫，伊·帕　Вантенков И.П.　Ⅰ 559, 583

万纳，阿德里安　Ваннер А.　Ⅰ 842

万努泰利，塞拉菲诺　Ваннутелли С.　Ⅰ 745

王尔德，奥斯卡　Уайльд О.

Ⅰ 146, 156, 158, 694, 944, 949; Ⅱ 48, 79, 81, 425, 544, 549

威尔斯，赫伯特　Уэллс Г.

Ⅰ 87, 609, 610; Ⅱ 577, 592, 617, 618

威廉，皇帝　Вильгельм, имп.　Ⅱ 326

威廉斯，田纳西　Уильямс Т.　Ⅰ 447

薇拉（参见赫列布尼科娃，薇·弗）　Вера см. Хлебникова В.В.

韦伯　Weber Ⅱ 392

韦布，詹姆斯　Уэбб Дж.（Webb J.）　Ⅱ 497

韦尔比茨卡娅，阿·阿　Вербицкая А.А.

Ⅰ 669, 670, 671, 680, 681, 682, 684

韦尔比茨卡娅，叶·尼　Вербицкая Е.Н.　Ⅱ 578, 579, 651

韦尔霍夫斯基，尤·尼　Верховский Ю.Н.

Ⅰ 170; Ⅱ 397, 433, 650, 657

韦尔霍夫斯基家族　Верховские　Ⅱ 396

韦尔纳茨基（通译维尔纳茨基），弗·伊

Вернадский В.И.

Ⅰ 115, 116, 129, 130; Ⅱ 50, 144

韦尔琴科，尤·尼　Верченко Ю.Н.　Ⅱ 333

韦尔托夫，济（通译吉加·维尔托夫，真名达·阿·考夫曼）

Вертов Д.（нас. фам. Кауфман Д.А.）　Ⅰ 117

韦尔希宁娜，伊·雅　Вершинина И.Я.　Ⅰ 185, 187

韦费尔，弗朗茨　Верфель Ф.　Ⅱ 74

韦基洛夫，格罗兹丹	Векилов Г.	Ⅰ 114
韦利米尔（参见赫列勃尼科夫，维·弗）		
	Велимир см. Хлебников В.В.	
韦利奇科，瓦·利	Величко В.Л.	Ⅰ 735, 770, 773, 775, 778
韦列夏金，弗	Верещагин В.	Ⅰ 667
韦涅维季诺夫，德·弗	Веневитинов Д.В.	Ⅱ 466
韦斯宁，亚·亚	Веснин А.А.	Ⅰ 177, 183
韦肖雷，阿（真名科奇库罗夫，尼·伊）		
	Веселый А. （нас. фам. Кочкуров Н.И.）	
	Ⅰ 384, 568	
韦谢利茨卡娅-米库利奇，利·伊	Веселитская-Микулич Л.И.	Ⅱ 475
维尔京斯基，亚·尼	Вертинский А.Н.	Ⅰ 660
维尔钦斯基，沃齐米日	Wilczynski W.	Ⅰ 331
维戈茨基，列·谢	Выготский Л.С.	Ⅰ 573
维吉尔	Вергилий	Ⅰ 92, 171; Ⅱ 209, 422
维坚斯基，亚·伊，诗人	Введенский А.И., поэт	Ⅱ 563
维坚斯基，亚·伊，哲学家	Введенский А.И., философ	Ⅰ 94
维捷夫斯基，А.В.	Витевский А.В.	Ⅰ 386
维克里，沃尔特·N.	Vickery W.N.	Ⅰ 837
维尔蒙特，尼·尼	Вильмонт Н.Н.	Ⅰ 453
维利耶·德·利勒-亚当，菲利普-奥古斯特-马蒂亚斯		
	Вилье де Лиль Адан Ф.-О.-М.	
	Ⅱ 270, 280	
维尼，阿尔弗雷·德	Виньи А., де	Ⅱ 673
维诺格拉多夫，维·弗	Виноградов В.В.	Ⅰ 128; Ⅱ 55, 58, 60
维诺格拉多夫，谢·阿	Виноградов С.А.	Ⅰ 167
维诺格拉多夫，伊·伊	Виноградов И.И.	Ⅰ 384
维诺库尔，格·奥	Винокур Г.О.	
	Ⅱ 528, 569, 604, 616, 634, 648, 649	

维舍斯拉夫采夫，鲍　　　　　　Вышеславцев Б.　　　Ⅰ 83, 789, 839

维舍斯拉夫采娃，奥·尼　　　　Вышеславцева О.Н.　Ⅱ 719

维斯皮扬斯基，斯坦尼斯拉夫　　Выспяньский С.　　　Ⅰ 131; Ⅱ 77

维谢洛夫斯基，亚·尼　　　　　Веселовский А.Н.　　Ⅰ 161; Ⅱ 221, 377

维亚泽姆斯基，彼·安　　　　　Вяземский П.А.　　　Ⅱ 653

维永，弗朗索瓦　　　　　　　　Вийон Фр.　　　　　Ⅱ 39

韦德金德，弗兰克　　　　　　　Ведекинд Ф.　　　　Ⅰ 685; Ⅱ 162

魏德列，弗·瓦　　　　　　　　Вейдле В.В.

Ⅰ 73, 97, 121, 839; Ⅱ 436, 437, 438, 441, 456, 463−465, 622, 724, 728

魏尔伦，保罗　　　　　　　　　Верлен П. （Verlaine P.）

Ⅰ 133, 135, 468, 469, 664, 693−695, 701, 710, 726, 818, 886, 905, 929, 933, 938,
948, 952, 955; Ⅱ 4, 6, 9, 33, 63, 72, 76, 209, 476, 612, 622

魏列萨耶夫（真姓斯米多维奇），维·维

　　　　　　　　　　　　　　　Вересаев （наст. фам. Смидович） В.В.

Ⅰ 196, 215, 229, 231, 255, 257, 263, 276, 277−281, 284, 305, 331−333, 591,
626−650; Ⅱ 101, 276, 277, 285

魏宁格，奥托　　　　　　　　　Вейнингер О.　　　　Ⅰ 670

魏因贝格，彼·伊　　　　　　　Вейнберг П.И.　　　Ⅰ 853

温纳，托马斯　　　　　　　　　Виннер Т. （Winner T.）　　　Ⅰ 454

温尼琴科，弗·基　　　　　　　Винниченко В.К.　　Ⅰ 669

文茨洛瓦，托马斯　　　　　　　Венцлова Т.　　　　Ⅰ 455; Ⅱ 87

文德尔班，威廉　　　　　　　　Виндельбанд В.　　　Ⅰ 124

文格罗夫，谢·阿　　　　　　　Венгеров С.А.

Ⅰ 8, 12, 16, 18, 19, 41, 60, 65, 207, 253, 254, 332, 583, 587, 600, 620, 621, 728, 729,
952, 957, 958; Ⅱ 42, 58, 200, 253, 254

文格罗娃，济·阿　　　　　　　Венгерова З.А.　　　Ⅰ 853, 866; Ⅱ 476

文斯基，叶（真名皮亚特金，叶·奥）

　　　　　　　　　　　　　　　Венский Е. （наст. фам. Пяткин Е.О.）

　　　　　　　　　　　　　　　Ⅱ 255

沃，伊夫林　　　　　　　　　　Во И.　　　　　　　Ⅰ 444

沃多沃佐娃，玛·伊　　　　　　Водовозова М.И.　　Ⅰ 646

沃恩，约翰　　　　　　　　　　Воун Д.　　　　　　Ⅱ 703

沃尔夫，马·奥　　　　　　　　Вольф М.О.　　　　Ⅰ 779

沃尔科夫，亚·亚　　　　　　　Волков А.А.　　　　Ⅰ 581

沃尔肯施泰因，亚·亚　　　　　Волкенштейн А.А.　Ⅰ 545

沃利诺夫，伊·叶　　　　　　　Вольнов И.Е.　　　Ⅰ 264, 267, 482

沃隆斯基，亚·康　　　　　　　Воронский А.К.　　Ⅱ 51, 262

沃隆佐夫，米·谢　　　　　　　Воронцов М.С.　　Ⅰ 370, 371

沃隆佐娃，Т.В.　　　　　　　Воронцова Т.В.　　Ⅰ 876

沃伦斯基（真姓弗莱克瑟），阿·利　Волынский （нас. фам. Флексер） А.Л.

　Ⅰ 32, 80, 123, 124, 127, 206, 217, 231, 508, 509, 701, 781, 782, 795, 818, 836−838,

847, 853, 854, 856, 879; Ⅱ 483

沃罗夫斯基，瓦·瓦　　　　　　Воровский В.В.　　Ⅰ 64, 74, 113, 583,

671, 675; Ⅱ 308, 335

沃罗尼欣，安·尼　　　　　　　Воронихин А.Н.　　Ⅱ 578

沃洛达尔斯基，В.　　　　　　Володарский В.　　Ⅰ 615

沃洛霍娃，纳·尼　　　　　　　Волохова Н.Н.　　Ⅱ 104, 112

沃洛金，亚·莫　　　　　　　　Володин А.М.　　　Ⅰ 442

沃洛申（真姓基里延科−沃洛申），马·亚

　　　　　　　　　　　　　　　Волошин М.А.

　Ⅰ 17, 60, 95, 100, 104, 109, 110, 112, 122, 124, 125, 127, 131, 142, 143, 161, 164,

170, 172, 173, 178, 187, 188, 449, 646, 679, 686, 688, 706, 711, 910, 931, 933, 956;

Ⅱ 50, 57, 59, 64−66, 70, 85

沃洛申娜，玛（见萨巴什尼科娃，玛·瓦）

　　　　　　　　　　　　　　　Волошина М. см. Сабашникова М.В.

沃耶伊科夫家族　　　　　　　　Воейковы　　　　　Ⅰ 542

沃伊托洛夫斯基，列·纳　　　　Войтоловский Л.Н.　Ⅰ 648

沃兹涅先斯基，安·安　　　　　Вознесенский А.А.　Ⅱ 563

乌尔班，阿·阿	Урбан А.А.	I 189
乌赫托姆斯基，阿·阿	Ухтомский А.А.	I 94, 125
乌里扬诺夫，尼·帕	Ульянов Н.П.	I 140
乌鲁索夫，亚·伊	Урусов А.И.	I 941
乌鲁索夫，谢·谢	Урусов С.С.	I 117
乌莫夫，尼·阿	Умов Н.А.	I 115; II 148
乌萨乔娃，Т.П.	Усачева Т.П.	I 624
乌斯宾斯基兄弟	Успенские	I 544
乌斯宾斯基，鲍·安	Успенский Б.А.	I 128
乌斯宾斯基，格·伊	Успенский Г.И.	

I 98, 136, 197, 209, 285, 411, 449, 461, 463, 464, 477, 479, 481, 484, 494, 502, 512, 544, 607, 628, 634, 781; II 117

乌斯宾斯基，尼·瓦	Успснский Н.В.	I 544
乌斯宾斯基，彼·杰	Успенский П.Д. II 496	
乌斯宾斯卡娅，安·维	Успенская А.В.	I 840
乌斯曼诺夫，列·杰	Усманов Л.Д.	I 63
乌索克，伊·叶	Усок И.Е.	II 143
乌特金，彼·萨	Уткин П.С.	I 144
乌先科，列·弗	Усенко Л.В.	I 333, 624; II 567
伍德沃德，詹姆斯	Woodward J.	I 581, 584; II 334
伍尔夫，弗吉尼亚	Вульф В.	I 444

X

西比里亚克，德（参见马明-西比里亚克，德·纳）		
	Сибиряк Д. см. Мамин-Сибиряк Д.Н.	
西庇阿，阿非利加的（大）	Сципион Африканский Старший	II 581
西波夫斯基，瓦·瓦	Сиповский В.В.	II 365, 379
西格伊，谢（真名西戈夫，谢·弗）	Сигей С.（наст. фам. Сигов С.В.）	II 573

西戈夫，谢·弗　　　　　　　Сигов С.В.　　　　　Ⅱ 622

西拉德，莱娜　　　　　　　　Силард Л.

Ⅰ 65, 66, 439, 452, 455, 729, 730, 775, 847; Ⅱ 87, 188

西莱西乌斯，安格卢斯　　　　Силезиус А.（Silesius A.）　　Ⅱ 256, 703

西门，术士　　　　　　　　　Симон Маг　　　　　Ⅰ 743; Ⅱ 102

西纳尼-麦克劳德，埃莱娜　　Sinany-MacLeod H.　　Ⅱ 380

西尼亚夫斯基，安·多　　　　Синявский А.Д.　　　Ⅰ 185; Ⅱ 373, 613

西尼亚科夫一家　　　　　　　Синяковы　　　　　　Ⅱ 589, 595

希尔马科夫，帕·彼　　　　　Ширмаков П.П.　　　Ⅰ 625

希莱科，弗·卡　　　　　　　Шилейко В.К.　　　　Ⅱ 452, 651

希里亚叶维茨，亚·瓦　　　　Ширяевец А.В.

Ⅰ 163; Ⅱ 682, 694-697, 713, 718, 718

希罗多德　　　　　　　　　　Геродот　　　　　　　Ⅱ 517

希罗科夫，帕·德　　　　　　Широков П.Д.　　　　Ⅱ 343, 546, 549

希恰林，尤·阿　　　　　　　Шичалин Ю.А.　　　　Ⅱ 138

希什金，安·鲍　　　　　　　Шишкин А.Б.　　　　Ⅱ 253, 255, 259, 427

希什金娜，奥·安　　　　　　Шишкина О.А.　　　　Ⅱ 138

希什科夫，维·雅　　　　　　Шишков В.Я.　　　　Ⅰ 263, 264; Ⅱ 368

希特勒，阿道夫　　　　　　　Гитлер А.　　　　　　Ⅰ 790, 881

希特罗沃，索·彼　　　　　　Хитрово С.П.　　　　Ⅰ 737, 773

席勒，约翰·克里斯托弗·弗里德里希

Шиллер И.-К.-Ф.

Ⅰ 87, 419, 689; Ⅱ 223, 236, 257

夏加尔，马克　　　　　　　　Шагал М.　　　　　　Ⅰ 181, 182

夏里亚宾，费·伊　　　　　　Шаляпин Ф.И.

Ⅰ 125, 131, 160, 167, 578, 596

萧伯纳，乔治　　　　　　　　Шоу Дж.-Б.　　　　　Ⅰ 346, 385, 446, 456

晓戈列夫，帕·叶　　　　　　Щеголев П.Е.　　　　Ⅱ 213, 343, 374

晓戈列娃，瓦·安　　　　　　Щеголева В.А.　　　　Ⅱ 213

肖邦，弗里德里希	Шопен Ф.	Ⅰ 852
肖尔茨，弗里德里希	Шольц Ф.	Ⅱ 426
肖洛霍夫，米·亚	<Шолохов> М.А.	Ⅰ 383
肖沃尔特，伊莱恩	Showalter E.	Ⅱ 500
谢·埃（埃夫隆，谢·雅）	С.Э.（Эфрон С.Я.）	Ⅱ 669
谢德赫，安·亚	Седых А.Я.	Ⅰ 617, 619, 625

谢德林（参见萨尔蒂科夫-谢德林，米·叶）

Щедрин см. Салтыков–Щедрин

谢尔巴，列·弗	Щерба Л.В.	Ⅱ 60
谢尔巴科夫，莱·列	Щербаков Р.Л.	Ⅱ 54, 388
谢尔巴乔夫，弗·弗	Щербачев В.В.	Ⅰ 148
谢尔盖·亚历山德罗维奇，大公	Сергей Александрович, вел. кн.	Ⅱ 303
谢尔盖耶夫-青斯基，谢·尼	Сергеев–Ценский С.Н.	

Ⅰ 60, 90, 145, 229, 263, 264, 276, 280, 289–295, 323–326, 332–334, 642, 652, 670;

Ⅱ 297, 334, 184, 452

谢尔盖延科，彼·阿	Сергеенко П.А.	Ⅰ 136, 184, 452
谢尔吉，拉多涅日的	Сергий Радонежский	Ⅱ 282
谢尔曼，伊·扎	Серман И.З.（Serman I.）	

Ⅰ 12, 21, 62, 121, 189, 843

谢甫琴科，塔·格	Шевченко Т.Г.	Ⅰ 131, 488; Ⅱ 85
谢格洛夫（真名列昂季耶夫），伊·利	Щеглов（нас. фам. Леонтьев）И.Л.	

Ⅰ 196

谢加尔，德·米	Сегал Д.М.	Ⅰ 125; Ⅱ 499
谢科尔金，费·伊	Щеколдин Ф.И.	Ⅱ 372
谢利温斯基，伊·利	Сельвинский И.Л.	Ⅱ 114, 141
谢拉菲姆，萨罗夫的	Серафим Саровский	Ⅱ 277, 281, 282
谢连基（真名科雷什科，约·约）	Серенький（наст. фам. Колышко И.И.）	

Ⅰ 450

谢列布里亚科娃，济·叶　　　　Серебрякова З.Е.　　Ⅰ 172

谢列布罗夫，H.（真名亚·尼·吉洪诺夫）

　　　　　　　　　　　　Серебров Н.（наст. фам. Тихонов А.В.）

　　　　　　　　　　　　Ⅱ 649

谢列兹尼奥夫，列·阿　　　　　Селезнев Л.А.　　　Ⅱ 426

谢林，弗里德里希·威廉　　　　Шеллинг Ф.-В.

　　　　　　　　　　　　Ⅰ 152, 692, 736, 753; Ⅱ 93

谢龙，乔治　　　　　　　　　　Шерон Дж.（Cheron, G.）

　　　　　　　　　　　　Ⅰ 839; Ⅱ 378, 426

谢罗夫，瓦·亚　　　　　　　　Серов В.А.

　　　　　　　　　　　　Ⅰ 136, 142, 143, 145, 154, 165, 171

谢罗舍夫斯基，瓦　　　　　　　Серошевский В.　　Ⅰ 196, 212, 225

谢苗诺夫，列·德　　　　　　　Семенов Л.Д.　　　Ⅰ 76, 107; Ⅱ 695, 698

谢苗诺夫，帕·瓦（米哈伊尔神甫）Семенов П.В.（о. Михаил）

　　　　　　　　　　　　Ⅱ 699

谢苗诺娃，纳·阿　　　　　　　Семенова Н.А.　　　Ⅰ 543

谢苗诺娃，斯·格　　　　　　　Семенова С.Г.　　　Ⅱ 719, 720

谢缅特科夫斯基，罗·伊　　　　Сементковский Р.И.　Ⅰ 620

谢尼洛夫，弗·阿　　　　　　　Сенилов В.А.　　　Ⅱ 376

谢普金娜-库佩尔尼克，塔·利　　Щепкина-Куперник Т.Л.　　Ⅰ 439, 455

谢普夏科娃，伊·帕　　　　　　Сепсякова И.П.　　Ⅰ 128

谢韦里亚克，安·瓦　　　　　　Северяк А.В.　　　Ⅰ 104

谢维里亚宁，伊（真名伊·瓦·洛塔廖夫）

　　　　　　　　　　　　Северянин И.（наст. фам. Лотарев И.В.）

Ⅰ 70, 134, 141, 179, 180, 189, 578, 782, 956; Ⅱ 38, 60, 384. 385, 390, 518,
543-547, 549, 551, 552, 572, 589, 661, 674-676

谢韦罗夫（真姓拉金），列·彼　　Северов（наст. фам. Радин）Л.П.

　　　　　　　　　　　　Ⅰ 519, 539

辛格尔曼，鲍·伊　　　　　　　Зингерман Б.И.　　Ⅰ 428, 429, 453, 454

辛纳贝格（参见埃贝格，康）　　Сюннерберг см. Эрберг К.

休金，瓦·格　　　　　　　Щукин В.Г.　　　　Ⅰ 121

休金，谢·伊　　　　　　　Щукин С.И.　　　Ⅱ 526

休科，弗·阿　　　　　　　Щуко В.А.　　　Ⅰ 165, 173

休谢夫，阿·维　　　　　　Щусев А.В.　　　Ⅰ 159

修斯，罗伯特·P.　　　　　Hughes R.P.　　　Ⅰ 121, 127

雪莱，珀西·比希　　　　　Шелли П.-Б.　　　Ⅰ 935, 936; Ⅱ 227

Y

Ю-н　　　　　　　　　　Ю-н　　　　　　Ⅰ 649

雅柯布森，罗·奥（笔名"阿利亚格罗夫"）

　　　　　　　　　　　Якобсон Р.О.（псвед. Алягров）

Ⅰ 5, 6, 11, 182, 190, 250; Ⅱ 183, 522, 523, 528–530, 532, 536, 563, 564, 568–570,

572, 577, 608, 615, 617, 627, 644, 648, 649

雅科夫列夫，亚·叶　　　　Яковлев А.Е.　　　Ⅰ 167, 651

雅库博维奇，彼·菲（笔名"Л. 梅利申"）

　　　　　　　　　　　Якубович П.Ф.（псевд. Л. Мельшин）

Ⅰ 277, 282, 459, 477, 501, 582, 682

雅里，阿尔弗雷德　　　　　Жарри А.　　　Ⅱ 538

雅斯贝斯（一译雅斯贝尔斯），卡尔 Ясперс К.　　　Ⅱ 88

亚洪托夫，弗·尼　　　　　Яхонтов В.Н.　　　Ⅱ 607

亚基尔，伊·彼　　　　　　Якир И.П.　　　Ⅰ 582; Ⅱ 373

亚济科夫，尼·米　　　　　Языков Н.М.　　　Ⅰ 95, 937; Ⅱ 653

亚昆奇科娃，玛·瓦　　　　Якунчикова М.В.　　Ⅰ 155

亚库洛夫，格·博　　　　　Якулов Г.Б.　　　Ⅰ 180

亚里士多德　　　　　　　　Аристотель　　　Ⅱ 240

亚历山大，马其顿的（亚历山大大帝）

　　　　　　　　　　　Александр Македонский（Александр Великий）

		II 400, 581, 645
亚历山大二世	Александр II	I 458, 489, 499, 588, 744
亚历山大三世	Александр III	I 146, 173, 588, 617, 744
亚历山大一世	Александр I	
		I 348, 831, 833, 834, 849, 850
亚历山德拉·费奥多罗芙娜，皇后	Александра Федоровна, имп.	II 713
亚历山德罗夫，阿·尼	Александров А.Н.	I 164
亚历山德罗夫，弗·亚	Александров В.А.	II 333
亚历山德罗维奇，尤（真名亚·尼·波捷里亚欣）		
	Александрович Ю. (наст. фам. Потеряхин А.Н.)	
		I 622
亚罗申科，尼·亚	Ярошенко Н.А.	I 136
亚姆波利斯基，伊·格	Ямпольский И.Г.	II 58, 60
亚内切克，杰拉德	Янечек Дж.	II 572
亚斯特列博夫，尼·尼	Ястребов Н.Н.	I 870
亚沃罗夫，佩约	Яворов П.	II 60
亚先斯基，谢·尤	Ясенский С.Ю.	II 59, 334
亚辛斯基，叶·叶	Ясинский И.И.	
		I 194−196, 216, 253, 675, 818
扬格费尔德，本特	Янгфельд Б.	II 564, 570, 615, 621
耶路撒冷，威廉	Иерузалем В.	II 343
耶稣基督	Иисус Христос	

I 35, 73, 82, 84, 85, 89, 91, 95, 105, 107−113, 122, 123, 127−129, 143, 231, 333, 337, 343, 344, 360, 361, 379, 400, 422, 432, 489, 492, 517, 522, 613, 673, 674, 698, 704, 712, 746, 747, 751, 779, 782, 784, 788, 789, 791, 802−806, 810−813, 815, 816, 819, 822, 830, 832, 834, 837, 843, 850, 860, 861, 869, 878, 889, 912, 915, 918; II 68, 101, 108, 127, 129, 130, 142, 145, 157, 262, 174−176, 191, 203, 209, 214, 216, 223, 230, 233, 234, 237, 246, 274, 281, 297−299, 304−309, 312−316, 318, 319, 328, 331, 347, 349, 352, 364, 475, 479, 578, 581, 604, 606, 630, 632, 637, 638, 647, 665, 685,

695, 699, 700, 701, 704, 706, 708, 709, 711, 713, 714, 720

叶尔马科娃，玛·雅　Ермакова М.Я.　Ⅱ 334

叶尔莫拉耶夫，М.　Ермолаев М.　Ⅰ 848

叶尔莫洛娃，玛·尼　Ермолова М.Н.　Ⅰ 154

叶尔米洛夫，瓦·德　Ермилов В.Д.　Ⅱ 589

叶尔米洛娃，叶·弗　Ермилова Е.В.　Ⅰ 726, 774

叶尔绍夫，格·尤　Ершов Г.Ю.　Ⅰ 130

叶菲缅科，塔·帕　Ефименко Т.П.　Ⅱ 651

叶夫多基莫娃，斯　Евдокимова С.　Ⅰ 454

叶夫根耶夫–马克西莫夫，弗·叶　Евгеньев–Максимов В.Е.

　Ⅰ 728, 838, 880

叶夫列莫夫，奥·尼　Ефремов О.Н.　Ⅰ 430

叶夫列伊诺夫，尼·尼　Евреинов Н.Н.

　Ⅰ 124, 165; Ⅱ 538, 569, 589

叶夫隆，伊·阿　Ефрон И.А.　Ⅰ 750; Ⅱ 254

叶夫斯季格涅耶娃，阿·利　Евстигнеева А.Л.　Ⅰ 879

叶夫斯季格涅耶娃，利·阿（参见斯皮里多诺娃，利·阿）

　Евстигнеева Л.А. см. Спиридонова Л.А.

叶夫兹林，米哈伊尔　Евзлин М.　Ⅱ 570

叶卡捷琳娜二世　Екатерина Ⅱ, имп.　Ⅰ 113; Ⅱ 365

叶利恰尼诺夫，亚·维　Ельчанинов А.В.　Ⅰ 102, 114

叶利扎罗娃，玛·叶　Елизарова М.Е.　Ⅰ 452

叶利佐娃，卡（洛帕京娜，叶·米）　Ельцова К.（Лопатина Е.М.）

　Ⅰ 771

叶列翁斯基，谢·尼　Елеонский С.Н.　Ⅰ 232

叶罗费耶夫，维·弗　Ерофеев В.В.　Ⅰ 251

叶罗费耶夫，韦·瓦　Ерофеев Вен.В.　Ⅰ 666

叶梅利亚诺夫，鲍·弗　Емельянов Б.В.　Ⅰ 130

叶梅利亚诺夫，К.М.　Емельянов К.М.　Ⅰ 387

叶皮凡尼，修士　　　　　　　　Епифаний, инок　　　Ⅱ 277, 281, 282, 698

叶萨乌洛夫，伊·安　　　　　　Есаулов И.А.　　　　Ⅱ 385, 389

叶赛宁，谢·亚　　　　　　　　Есенин С.А.

Ⅰ 9, 112, 133, 141, 162, 163; Ⅱ 126, 188, 304, 589, 616, 649, 682, 684−687, 691,

693−697, 707−717, 719, 721

叶芝，威廉·巴特勒　　　　　　Йетс（Йитс）У.Б.　　Ⅰ 775

叶祖伊托娃，柳·亚　　　　　　Иезуитова Л.А.

Ⅰ 62, 63, 252, 257; Ⅱ 333, 335, 339, 380

延森，彼得·阿尔贝里　　　　　Jensen P.A.　Ⅱ 374

伊夫涅夫，留（真名米·亚·科瓦廖夫）

Ивнев Р.（наст. фам. Ковалев М. А.）

Ⅱ 549, 556, 589, 674

伊瓦斯克，乔治　　　　　　　　Ivask J.　　　　　　Ⅰ 451

伊戈尔王公　　　　　　　　　　Игорь, кн.　　　　　Ⅱ 577, 582, 714

伊格纳季耶夫（真姓卡赞斯基），伊·瓦

Игнатьев（наст. фам. Казанский）И.В.

Ⅱ 384, 389, 507, 510, 544, 546−548, 552, 563, 566, 661, 679

伊格纳托夫，伊·尼（"伊"、"伊−特"）

Игнатов И.Н.（И., И−т）

Ⅰ 63, 647; Ⅱ 42, 57

伊古姆诺夫，房主　　　　　　　Игумнов, домовладелец　　Ⅰ 159

伊拉里昂　　　　　　　　　　　Илларион　　　Ⅰ 110

伊里夫，伊·阿　　　　　　　　Ильф И.А.　　　Ⅰ 383

伊利尤尼娜，柳　　　　　　　　Ильюнина Л.　　Ⅱ 255

伊里约夫，斯·彼　　　　　　　Ильев С.П.　　　Ⅰ 729, 844; Ⅱ 58, 59

伊丽莎白·费奥多罗芙娜，大公夫人　Елизавета Федоровна, вел. кн.　　Ⅱ 712

伊利亚德，米尔恰　　　　　　　Элиаде М.　　　Ⅱ 775

伊利因，弗·尼　　　　　　　　Ильин В.Н.　　　Ⅰ 72, 100, 121

伊利因，伊·亚　　　　　　　　Ильин И.А.

Ⅰ 82, 83, 389, 582−584, 838, 845; Ⅱ 352, 375

伊利因娜，纳·约	Ильина Н.И.	Ⅰ 450
伊利因斯基，亚·亚	Ильинский А.А.	Ⅱ 56, 57
伊利因斯卡娅，索·鲍	Ильинская С.Б.	Ⅱ 427
伊钦，科尔内利娅	Ичин К.	Ⅱ 499
伊萨基扬，阿·萨	Исаакян А.С.	Ⅰ 141
伊萨科夫，谢·彼	Исаков С.П.	Ⅱ 608
伊萨科夫一家	Исаковы	Ⅱ 589
伊萨耶夫，С.	Исаев С.	Ⅰ 624
伊苏波夫，康·格	Исупов К.Г.	Ⅰ 66, 126; Ⅱ 375
伊万（约翰）雷帝	Иван （Иоанн） Грозный	

Ⅰ 158, 930; Ⅱ 270, 272, 582

伊万，太子	Иван, царевич	Ⅱ 270
伊万尼茨基	Иваницкий	Ⅰ 883
伊万尼茨卡娅，叶·尼	Иваницкая Е.Н.	Ⅱ 139
伊万诺夫，阿·谢	Иванов А.С.	Ⅰ 668
伊万诺夫，德·维	Иванов Д.В.	Ⅱ 222
伊万诺夫，叶·普	Иванов Е.П.	Ⅰ 96; Ⅱ 118, 721
伊万诺夫，费·费	Иванов Ф.Ф.	Ⅰ 95
伊万诺夫，格·弗	Иванов Г.В.	

Ⅰ 164, 879; Ⅱ 116, 141, 384, 432, 433, 435, 460, 465, 543, 544, 613, 650, 660, 661−663, 679, 725

伊万诺夫，维·弗　　　　Иванов Вяч. Вс.

Ⅰ 24, 62; Ⅱ 142, 380, 389, 615, 616, 622, 623, 727, 728

伊万诺夫，维·伊　　　　Иванов Вяч.И.

Ⅰ 16, 34, 36, 44, 46, 52, 60, 64, 66, 75, 79, 80−82, 85, 86, 90, 92−95, 99−103, 119, 120, 123−126, 133, 134, 142, 147, 148, 157, 160, 163−165, 167−170, 178, 184−188, 312, 333, 413, 606, 653, 658, 670, 673, 688−694, 696, 699, 701−704, 706−709, 712, 715, 719−723, 725−730, 739, 749, 762, 773, 774, 784, 810, 818, 828, 832, 851,

907, 921, 931-933, 942, 943, 946, 948, 949, 952, 957, 958; II 38, 66, 70, 73, 75-79, 81, 87, 88, 93, 104, 122, 127, 147, 148, 154, 155, 162, 166, 172, 176, 180, 181, 184, 186, 189, 190-262, 265, 267, 268, 270, 275, 276, 279, 284, 345, 352, 375, 382, 383, 385, 386, 388, 390-392, 396, 398, 399, 406, 409-411, 413, 414, 426, 427, 431-433, 437-441, 445, 451, 458, 460, 464, 465, 480, 482, 483, 484, 488, 495, 498, 515, 519, 568, 581, 584. 585, 603, 614, 617, 647, 656, 659, 660, 666, 678, 688, 690, 718

伊万诺夫，谢·瓦	Иванов С.В.	I 137, 138
伊万诺夫，亚·安	Иванов А.А.	I 166
伊万诺夫，伊·伊	Иванов И.И.	I 217
伊万诺夫夫妇	Ивановы	II 236, 259

伊万诺夫-拉祖姆尼克（伊万诺夫，拉·瓦） Иванов-Разумник （Иванов Р.В.）

I 17, 54, 122, 273-277, 279, 300, 330-334, 613, 624, 786, 787, 811, 828, 838, 945, 849, 909, 930; II 137, 262, 361, 364, 367, 378, 380, 683, 694, 695, 697, 713, 716-720

伊万诺夫斯卡娅，普·谢	Ивановская П.С.	I 271
伊万诺娃，尼·尼	Иванова Н.Н.	I 778
伊万诺娃，叶·维	Иванова Е.В.	I 254; II 143, 572

伊万诺娃（娘家姓德米特里耶夫斯卡娅），达·米 Иванова （Дмитриевская） Д.М. II 199, 205

伊万钦-皮萨列夫，亚·伊	Иванчин-Писарев А.И.	I 589
伊瓦斯克，尤·帕	Иваск Ю.П.	I 126, 451
伊万佐夫-普拉托诺夫，亚·米	Иванцов-Платонов А.М.	I 736
伊兹杰布斯基，弗·阿	Издебский В.А.	II 502
伊兹梅洛夫，亚·亚	Измайлов А.А.	

I 50, 220, 254, 450, 606, 612, 623, 624, 675, 676, 679, 685, 785, 831, 835, 837, 849; II 717

易卜生，亨里克 Ибсен Г.

I 37, 64, 139, 140, 252, 427, 428, 689, 692, 803, 821, 843, 935; II 77, 83, 114-116, 123, 125, 141, 148, 344, 514, 546

因格尔德，费利克斯　　　　Ingold F.　　　　　Ⅱ 88

印第科普莱特斯，科斯马斯　Индикоплов К.　　　Ⅱ 695

永格伦，安娜　　　　　　　Ljunggren A.　　　　Ⅱ 566

尤·索（索博列夫，尤·瓦）　Ю.С.（Соболев Ю. В.）　　Ⅰ 66

尤登尼奇，尼·尼　　　　　Юденич Н.Н.　　　Ⅰ 607, 616

尤尔金娜，拉·尼　　　　　Юркина Л.Н.　　　Ⅰ 619

尤尔克维奇，帕·丹　　　　Юркевич П.Д.　　Ⅰ 83, 122, 736

尤尔昆，尤·伊　　　　　　Юркун Ю.И.　　　Ⅰ 421, 424−426, 673

尤尔塔耶娃，伊·阿　　　　Юртаева И.А.　　Ⅰ 386, 389

尤金娜，玛·韦　　　　　　Юдина М.В.　　　Ⅰ 614

尤里耶夫，尤·米　　　　　Юрьев Ю.М.　　　Ⅰ 141

尤里耶夫斯基，西（利布罗维奇，西·费）

　　　　　　　　　　　　Юрьевский С.（Либрович С.Ф.）　Ⅰ 835

尤里耶娃，卓·奥　　　　　Юрьева З.О.　　　Ⅰ 774

尤涅斯库，欧仁　　　　　　Ионеско Э.（Jonesco E.）

　　　　　　　　　　　　　Ⅰ 55, 56, 68, 447; Ⅱ 332, 571

尤什克维奇，谢·所　　　　Юшкевич С.С.

Ⅰ 196, 212, 232, 234, 236, 237, 239, 241, 243, 245, 248, 249, 260, 263, 676

尤索夫，尼·格　　　　　　Юсов Н.Г.　　　　Ⅱ 717

尤翁，康·费　　　　　　　Юон К.Ф.　　　　Ⅰ 143, 145

尤希缅科，叶　　　　　　　Юхименко Е.　　　Ⅰ 846

于斯曼，约里斯−卡尔　　　Гюисманс Ж.-К.　　Ⅰ 156, 640; Ⅱ 472

雨果，维克多　　　　　　　Гюго В.

　　　　　　　　　　　　　Ⅰ 363, 387; Ⅱ 20, 39, 40, 49, 62

约翰，福音书作者　　　　　Иоанн, еванг.　　　Ⅱ 305, 490, 493, 685

约翰，神学家（通称使徒约翰）Иоанн Богослов　　Ⅰ 96, 103

约翰，喀琅施塔得的　　　　Иоанн Кроштадтский　Ⅰ 878

约翰，西班牙的，圣徒　　　Иоанн Испанский св.　Ⅱ 703

约卡尔，利·尼　　　　　　Иокар Л.Н.　　　　Ⅰ 537

约万诺维奇，米罗斯拉夫 | Йованович М. | Ⅱ 254, 450, 620
约阿基姆，菲奥雷的 | Иоахим Флорский | Ⅰ 803
约谢利阿尼，奥·达 | Иоселиани О.Д. | Ⅰ 447

Z

泽林斯基，科·柳 | Зелинский К.Л. | Ⅰ 100; Ⅱ 490, 499

泽林斯基，法·弗 | Зелинский Ф.Ф.

Ⅰ 100; Ⅱ 101, 102, 138, 201, 226, 254

扎皮，加里奥 | Дзаппи Г. | Ⅰ 502

扎别拉（扎别拉-弗鲁别利），纳·伊

Забела （Забела-Врубель） Н.И. Ⅰ 166

扎博洛茨基，尼·阿 | Заболоцкий Н.А. | Ⅰ 130; Ⅱ 282, 563, 614

扎德拉日洛娃，米卢谢 | Задражилова М. | Ⅰ 845

扎哈里因，格·安 | Захарьин Г.А. | Ⅰ 438

扎哈连科，Н.Г. | Захаренко Н.Г. | Ⅰ 257

扎哈罗夫，弗 | Захаров В. | Ⅰ 128

扎哈罗夫-门斯基，尼 | Захаров-Мэнский Н. | Ⅱ 679

扎克，列·瓦（笔名"赫里桑夫"）| Зак Л.В. （псевд. Хрисанф） | Ⅱ 549, 550

扎克热夫斯基，阿·卡 | Закржевский А.К. | Ⅰ 70; Ⅱ 565

扎米亚京，叶·伊 | Замятин Е.И.

Ⅰ 9, 19, 60, 96, 97, 183, 190, 263, 264, 276, 300-304, 327, 328, 333-335, 439, 442, 713; Ⅱ 29, 145, 174, 282, 368, 379

扎米亚特宁娜，玛·米 | Замятнина М.М. | Ⅰ 16

扎索季姆斯基，帕·弗 | Засодимский П.В. | Ⅰ 256, 477, 544

扎通斯基，德·弗 | Затонский Д.В. | Ⅰ 11, 250

扎瓦茨卡娅，叶·弗 | Завадская Е.В. | Ⅱ 284

扎瓦利申，维·克 | Завалишин Вяч. К. | Ⅱ 714

扎伊昂奇科夫斯基，叶·安 | Зайончковский Е.А. | Ⅰ 650

扎伊采夫，鲍·康	Зайцев Б.К.	I 43；II 651
詹姆斯，威廉	Джемс У.	I 444
贞德	Жанна д'Арк	I 848
兹达涅维奇，伊·米（笔名"伊利亚兹德"、"埃利·埃甘比尤利"）		
	Зданевич И.М.	
II 387, 503, 504, 539, 540, 552, 559, 560−564, 566, 574		
兹达涅维奇，基·米	Зданевич К.М.	II 559, 560
兹拉托夫拉茨基，尼·尼	Златовратский Н.Н.	I 477, 544
兹洛宾，瓦·阿	Злобин В.А.	
	I 538, 787, 840, 870, 876, 880	
兹诺斯科−博罗夫斯基，叶·亚	Зноско−Боровский Е.А.	
	II 383, 483, 484	
兹韦列夫，阿·马	Зверев А.М.	I 63
兹韦列夫，尼·安	Зверев Н.А.	I 385
兹翁尼科娃，利·亚	Звонникова Л.А.	I 454
宗喀巴	Цзонкаба	II 578
祖巴列夫，德·伊	Зубарев Д.И.	I 881
祖布科夫，В.А.	Зубков В.А.	I 386
祖布科娃，尼·阿	Зубкова Н.А.	II 617
左拉，埃米尔	Золя Э.	
	I 194, 195, 222, 207, 251, 256	
左琴科，米·米	Зощенко М.М.	I 658, 660, 668
佐布宁，尤·瓦	Зобнин Ю.В.	I 128；II 499
佐尔卡娅，涅·马	Зоркая Н.М.	I 65, 670, 683
佐宁娜，列·亚	Зонина Л.А.	I 729

同心协力　架桥铺路
——初版译后记

◎谷　羽

从前提起甘肃，人们就会想起敦煌；现在提起甘肃，人们除了想起敦煌，还会想起兰州的《读者》，一家杂志发行量超过千万，在中国首屈一指。敦煌和《读者》杂志堪称甘肃的文化名片。

说来很巧，兰州有个敦煌文艺出版社，出版社出版了不少好书。出版社现任社长、总编辑刘兰生先生酷爱美术，擅长油画，对俄罗斯巡回展览派情有独钟，对俄罗斯文学艺术颇为重视。2004年，这家出版社出版了俄罗斯联邦教育部推荐给高等学校的三本教材：《文化学》、《文化理论与俄罗斯文化史》、《世界文化百题》，在读书界引起了很好的反响。天津市文联主席，著名作家、画家冯骥才先生也在敦煌文艺出版社出版过著作，因此，刘兰生和冯骥才成了朋友，而经过冯骥才先生的介绍，刘兰生又认识了俄罗斯著名汉学家李福清先生。

李福清先生是俄罗斯科学院通讯院士，俄罗斯世界文学研究所首席研究员，著作等身的学者，2002年他被聘请为南开大学兼职教授，2003年12月荣获中国政府教育部颁发的"中国语言文化友谊奖"，以表彰他在研究中国文学、传播中国文化方面所做出的杰出贡献。2004年11月他到南开大学讲学。11月8日晚，我到他下榻的专家楼拜访，带去了已经翻译好的两本诗集《太阳的芳香——巴尔蒙特诗选》和《雪野茫茫俄罗斯——勃留索夫诗选》。李福清先生浏览了译诗，然后问我，是否已经找到出版社。看到我摇头，他用带有陕西口音的汉语说："这样吧，正好我还要去兰州，让我把这两本诗集推荐给敦煌文艺出版社，他们已经购买了我们外国文学研究所《世纪之交的俄罗斯文学》的版权。您是不是也能参加这部著作的翻译啊？"我听了当然很高兴，立刻回答说："如果能参加，我愿意翻译与诗人巴尔蒙特和勃留索夫有关的章节。"

《世纪之交的俄罗斯文学》是俄罗斯世界文学研究所有关学者集体编撰的一部严肃认真很有分量的学术著作，原著分上下两册，合计1700页，190多万字，2001年由莫斯科遗产出版社出版。我国西北师范大学王亚民副教授2004年赴莫斯科访学期间，拜访了李福清先生。李福清告诉她，《世纪之交的俄罗斯文学》这部著作有重大的学术价值，建议她联系出版社，把这部著作译成汉语。王亚民回国后找到敦煌文艺出版社联系，得到了刘兰生先生的支持，然后与俄罗斯学者和出版社联系，购买了版权。接下来就着手组织翻译力量，进行翻译。

2005年1月12日下午，刘兰生先生来到我家，带来了《世纪之交俄罗斯文学史》一书的复印稿，请我跟王亚民一道主持翻译这部著作。我自知才疏学浅能力不够，再三推辞，但刘社长的诚意感人，我只好硬着头皮应承下来。为此事我向高莽先生、顾蕴璞先生求教，得到了他们的鼓励和支持。高莽老师在电话里说："你这个年龄，该做件大事了。"这句话给了我信心和力量。我恳求他们两位先生做本书翻译的顾问，以后又约请李福清先生、臧传真先生做顾问，我的心里才稍微有了点底。在正式翻译这部书稿之前，我们做了一些前期准备工作，我跟王亚民老师协商，拟订了"翻译提示"，以便使所有参与翻译的同人统一认识，高度重视，同时提出一些具体的原则和要求；并且开列出国内已经出版的有关俄罗斯文学白银时代的书目十六本，供大家参考；另外还提前把书后的人名索引（2600多个名字）翻译出来，提供给大家，以便保持译名的一致。

在组织译者方面，我们尽力约请那些学有专长、有翻译经验、认真负责的研究员、教授、博士、学者参与。这样就形成了一个由北京、天津、兰州、石家庄、洛阳、杭州等地大学和科研机构的二十五位译者参与的群体，大家同心协力，克服重重困难，多方咨询求教，经过一年半的努力，终于可以把这部学术著作奉献给中国的读者了。

参与翻译这部著作的，除了我敬重的师长，就是我多年相识的朋友和学生，再就是新结识的年轻朋友。大家明明知道这次翻译报酬不高，难度很大，费时耗力，很可能吃力不讨好，却都毫不犹豫地承担了任务，这究竟是为什么呢？我想，是大家意识到了这部著作的价值所在，甘愿付出，是出于一种事业心，一种难以割舍的俄罗斯情结，一种既然做出了人生选择就无怨无悔坚持到底的精神。因此，一年多来，翻译、审校书稿，虽然非常劳累，我却时时感受到真情、信任和喜悦，就仿佛是一次长途旅行，虽然道路坎坷，却有一大帮好朋友结伴同行，不断发现新的山水、新的风光、新的天地，只顾兴奋，也就忘记了疲劳。

我们这个翻译群体一直保持着密切联系，大家相约：第一，对俄罗斯原作者负责。因为这部著作凝聚着俄罗斯以及美国和匈牙利二十九位学者多年研究的心血，他们提供了新的研究视角、新的论述方法和大量翔实而珍贵的资料，因而一定要认真研读，吃透原著精神，再下笔翻译，决不可草率从事。第二，对中国读者负责，尽力为俄罗斯文学的中国读者、评论者、研究者提供一部有可信度的译著，想方设法减少误读误译，通过自校互校减少疏漏错讹。第三，对出版社负责。在商品经济大潮中，许多出版社把经济效益摆在首位，张口闭口要求赞助包销，而敦煌文艺出版社和刘兰生先生却更加重视这部书稿的学术价值，对于这样重视社会效益的出版家，我们满怀敬意，决不能辜负他们的期望。第四，对自己负责。现在社会风气浮躁，翻译质量有所下降，有些人从事翻译，急功近利，仓促草率，这种态度为我们所不取。既然在译本上署名，我们就要认真担负责任，即便将来发现有错讹欠妥之处，我们也勇于承当，勇于改正。

为此，我有责任在这里把参与本书翻译的诸位朋友逐一作简要的介绍。从年龄上来说，大致可分为三组，六十岁以上的退休群体，四十岁上下的骨干群体，二三十岁的年轻群体，真可谓是老中青三结合了。六十岁以上的翻译家共有七位，最年长的已年过七旬。依照年龄排列，他们是：

谭思同，1934年生，天津社会科学院文学研究所研究员，主要译著有《契诃夫短篇小说》、阿纳尼耶夫的《没有战争的年代》、阿·托尔斯泰的《苦难的历程》（合译）。她翻译了本书"索洛古勃"一章。谭先生指出：本书将19世纪末20世纪初俄国文学中被尘封了近百年的宝贵遗产发掘出来，梳理归类，分析研究，使这一时段异彩纷呈的俄罗斯文学更加全面完整地呈现在世人面前。这一系统工程艰巨而有意义，是对文学史研究的一大贡献。原著的各位编撰者打破了俄苏文学史研究方法上的"陈旧教条"，比如对索洛古勃这样一位生活道路坎坷、思想矛盾、艺术创作复杂、瑕瑜互见的作家，着重探讨他的哲学观，分析他的艺术表现方法，从而使读者自然得出对作家比较实际而恰当的评价，从而了解作家在文学史上应有的地位。这种研究方法上的革新，值得借鉴。

任子峰，1939年生，南开大学文学院教授，多年从事俄罗斯文学教学与研究工作，兼及世界文学与比较文学，著有《车尔尼雪夫斯基及其〈怎么办？〉》、《缤纷爱之路——外国文学艺术家的罗曼史》；主编《欧美文学史传》；主要译著有：《屠格涅夫抒情诗集》、《屠格涅夫散文诗集》、《苦难的历程》（合译）；发表论文《托尔斯泰与车尔尼雪夫斯基》、《托尔斯泰与孔老学说》、《陀思妥耶夫斯基与现代派文学》、《人文精神·作家人格·文学品格——19世纪中叶俄国社会转型期文化及文学断想》等三十余篇。由于任子峰先生的理论造诣以及他对托尔斯泰素有研究，我们请他承担了本书分量很重的两章，即《现实主义与自然主义》和《列夫·托尔斯泰》的翻译工作。

谷羽，1940年生，南开大学外语学院教授，多年从事俄罗斯文学教学、俄罗斯诗歌翻译与研究工作，主要译著有《俄罗斯名诗三百首》、《普希金爱情诗全编》、《克雷洛夫寓言九卷集》、高尔基的小说《在人间》，参与翻译了《普希金全集》、《莱蒙托夫全集》，撰写并发表《普希金抒情诗的结构》、《跨越时空的知音——查良铮与普希金》等论文，翻译了本书的"巴尔蒙特"、"勃留索夫"、"安年斯基"等章节以及序言、结束语和人名索引，并负责组织联系、统校全书。

郝尔启，1941年生，天津工业大学俄语教授，曾参加《俄汉文学翻译词典》、《苏联历史档案选编》的翻译，与人合译中篇小说集《夜幕中的闪光》，负责翻译本书"列米佐夫"一章。这一章难度很大，郝先生翻译态度非常认真，他不仅对原作通读了几遍，查出所有的生僻词句及难点，还从网上查资料，购买相关的书籍、词典，向外教杜霞老师请教，完成译文以后，又反复推敲修改，从而保证了译文的质量。这种锲而不舍、精益求精的治学态度，给我留下了难忘的印象。

何书林，1941年生，河北师范大学外语系副教授，主要译著有《苏霍姆林斯基五卷集》（合译）、《霍达谢维奇遗孀回忆录》，承译本书《德米特里·梅列日科夫斯基》一章。这一章篇幅长、分量重、难度大，何先生以准确到位的理解、熟练老到的译笔圆满地完成了任务。

赵秋长，1944年生，河北师范大学外语系副教授，主要译著有《罗莎·卢森堡传》，参与翻译的有《苏霍姆林斯基五卷集》、《文化学》、《文化理论与俄罗斯文化史》等。赵先生具有丰富的翻译经验，译风严谨，承担了本书最为繁重的任务，先后翻译了《白银时代的哲学和文学》、《文学与其他门类的艺术》、《现实主义与"新现实主义"》、《维雅切斯拉夫·伊万诺夫》、《列昂尼德·安德列耶夫》、《尼古拉·古米廖夫》、《未来主义》等七章，可以说翻译数量多，质量好。读他的译文，和谐流畅，有一种艺术享受感。特别值得一提的是，女儿请他去美国探亲，为期半年，他出国还带着原稿进行翻译，住了三个月就提前返回国内。这种退而不休、事业为重的精神，实在令人敬佩。

傅文宝，1945年生，天津外国语学院俄语系教授，曾参与翻译《列宁文稿》、长篇小说《正午的暮色》等，独自翻译柯罗连科小说选集《盲音乐家》。由于傅先生熟悉柯罗连科的作品，所以承担了《弗拉基米尔·柯罗连科》一章的翻译。他对待翻译十分认真，交稿以后又重新细读，再次修改润色，使译文质量不断提高。他说："短期内翻译一部容量较大的文学史，难度确实不小，因为它描述的历史长、涉及的作家乡、论及的作品广，其中有些或许译者从未读过。译者务须本着对读者、出版者和对自己高度负责的态度，先真正弄懂而后下笔，力求准确地转达原著的内容和精神风貌。"

年龄在四十岁上下的是一批风华正茂、精力充沛、勇于进取的俄罗斯语文学者，其中有九位博士、两位副教授、一位讲师。

王立业，博士，1959年生，北京外国语大学教授，发表专著一部，论文三十余篇。主要译著有《与普希金散步》、《美学断想》、布宁的《初恋》、霍达谢维奇的诗歌。他和年轻学者、博士李莉、在读博士生李俊升，一起翻译了本书中的《维里米尔·赫列布尼科夫》一章，和余献勤合作翻译了《各流派与团体之外的诗人》一章。未来主义诗歌难，未来主义诗人赫列布尼科夫的作品是难中之难，为此王立业博士跟俄罗斯一位汉学家联系，进行咨询，以便排除疑难。他认为"这部著作学术含金量很高，出版后对我国俄罗斯文学的教学与研究可能会产生巨大的推动作用"。

陈松岩，1964年生，北京大学外国语学院俄语系副教授。参与编写《20世纪俄罗斯非主潮文学》，主要译作有莱蒙托夫的诗剧《阿尔别宁》、巴赫金的《文艺学中的形式方法》（合译），论文《白银时代俄罗斯诗歌总体美学的诗学特征》等。他翻译了本书的《阿克梅主义》一章，体会是"本书的作者大多有很深的审美造诣，不同于一般的文学史写作，翻译难度很大，很具有挑战性，对于当今国内该领域研究很有借鉴意义"。

路雪莹，博士，毕业于北京大学，博士学位论文为《契诃夫小说的叙述模式》，参与编写《20世纪俄罗斯非主潮文学》，主要译著有《契诃夫短篇小说选集》、普里什文的长篇小说《恶老头的锁链》。她的文笔简洁优美，所写散文《俄罗斯印象》、随笔《在狂热时代固守清凉》，得到读者和行家的好评。她翻译了本书的《安东·契诃夫》、《伊万·布宁》、《亚历山大·库普林》三章，由于熟悉作品，理解准确，所以译文自然、流畅，很好地传达了原作的内涵与语体风格。

查晓燕，博士，北京大学俄语系教授，博士学位论文为《普希金——俄罗斯精神文化的象征》，参与编写《20世纪俄罗斯非主潮文学》，参与编选《纪念普希金二百周年诞辰文集》，撰写并发表的论文有《普希金的创作美学》、《普希金创作晚期的宗教观》等。她和她的硕士研究生蒋鹏翻译了本书的《20世纪头二十年的小说家》一章，字斟句酌，态度严谨。

曾予平，博士，毕业于北京大学，博士学位论文为《论布尔加科夫的创作》，译著有《路标集》。她翻译了本书的《马克西姆·高尔基》和《弗拉基米尔·马雅可夫斯基》两章，翻译态度相当认真，曾多次向顾蕴璞先生请教，去人民文学出版社查阅资料，力求译文准确是她信奉的守则。

温哲仙，博士，毕业于北京大学，人民文学出版社编辑，博士学位论文为《布宁和张爱玲小说的类型学比较》，译著有《陀思妥耶夫斯基与女性问题》、《索洛维约夫随笔·进步的奥秘》，撰写并发表《精神家园的潜行者》、《世界比较文学格局中的俄国学派》、《阿克梅派简论》等论文。她翻译了本书的《济娜伊达·吉皮乌斯》一章，译笔简洁顺畅，准确自然。

黄玫，博士，北京外国语大学俄语学院副教授，主要从事文学修辞学和诗学研究，出版论著《韵律与意义：20世纪俄罗斯诗学理论研究》（博士学位论文），发表论文《论诗章的语义建构》、《洛特曼的结构主义诗学观》、《浅谈语境对诗章分析的作用》、《阿赫玛托娃抒情诗中的景与情》等，参与翻译《巴赫金全集》、《20世纪俄罗斯文学》等。她翻译了本书的《象征主义》和《弗拉基米尔·索洛维约夫》两章，译笔严谨，准确流畅。

王彦秋，博士，北京大学俄语系副教授，博士学位论文《俄国象征主义的音乐精神》；译著有《罗斯特罗波维奇访谈录》（合译）；译文《作为世界观的象征主义》；论文《"语言的作曲家"——论安·别雷的〈交响曲〉及其文学道路》、《"世界乐队"的鉴赏家——论勃洛克的诗歌创作与音乐》等。她翻译了本书的《安德列·别雷》和《象征主义后文学》两章，理解与传达都很细腻确切，充分展示了她的学识素养和能力。

李莉，博士，毕业于北京师范大学，现为杭州师范学院人文学院副教授，从事外国文学与比较文学的教学研究。博士学位论文题为《左琴科小说艺术论》；著作有《伏特加里的红月亮》等；发表的论文有《苏联"第四代"作家小说简论》、《两只眼看"铜骑士"》、《托洛茨基的文艺观》；译文有《重病的俄罗斯》、《被俘的灵魂》等。她参与了本书《赫列布尼科夫》一章的翻译。她借用马雅可夫斯基的话说，只有"未来派七位同人能看懂"赫列布尼科夫的诗，由此足见翻译这一章的难度，但她非常珍惜这次宝贵的翻译实践机会。

郝淑霞，博士，南开大学外国语学院副教授，从事俄汉语对比、中俄文化交流、中国俄语教育史方面的研究，撰写并发表《中国俄语教育的最早尝试——俄罗斯文馆》、《京师同文馆的俄语教学》等论文。她参与了本书《马克西米利安·沃洛申》一章的翻译，她的体会是："通过翻译实践，深深体会到其中的艰辛与快乐，增强了自己对翻译工作的热爱。"

余献勤，硕士，解放军外国语学院副教授，主要研究方向为俄罗斯文学与白银时代诗歌，发表论文《从激情到沉静：论普希金流放生涯中的创作转型》、《狄康卡近乡夜话》等。她翻译了本书有关玛丽娜·茨维塔耶娃的章节，译得认真尽力，准确流畅。她的体会是："这次翻译让我认识到，译者要准确忠实地把原文译过来，译文要符合汉语表达习惯，的确不易，尤其涉及到有关诗人的评论，没有相关的知识积累和汉语功底很难做好。译文不可能一蹴而就，往往需要不断推敲。"

刘银银，硕士，北京邮电学院讲师，正在北京师范大学攻读硕士学位，译著有《叶赛宁——同时代人回忆》。她翻译了本书的《米哈伊尔·库兹明》一章，工作尽心尽责，特别认真，前期准备充分，多次去北京图书馆查阅资料，向北京师范大学和北京大学的教授请教。客观地说，这一章翻译得相当出色。

参与本书翻译的还有一个大有可为的年轻后生——北京大学俄语系硕士生蒋鹏，和五位正在攻读博士学位的学者。

王亚民，西北师范大学外语学院副教授，兰州大学文学院在读博士，出版译著有《文化理论与俄罗斯文化史》、《文化学》、《世界文化百题》等。她为《世纪之交的俄罗斯文学》这部著作的翻译、联系购买版权、组织翻译力量做了许多工作。她与本书的主编克尔德什先生、与汉学家李福清先生长期保持联系。李福清先生曾对她说："一定要翻译好的、有价值的作品。由于俄罗斯一些真正优秀的作品篇幅长，分量重，翻译难度大，让人望而生畏，一直没有被翻译介绍到中国去。"为此他感到遗憾。或许正是李福清先生的指点使王亚民受了启发，下决心翻译白银时代文学史。她参与了本书序言和头两章的翻译。此书得以翻译问世，与她的选择直接有关，单就这一点而论，可以说功不可没。

姜敏，南开大学外国语学院讲师，现在南开大学文学院攻读博士学位。她的硕士学位论文题目是《勃洛克的〈丽人集〉中的艺术世界》。她曾到俄罗斯进修一年，依然关注诗人勃洛克的研究，收集资料。这次她承担了《亚历山大·勃洛克》一章的翻译，由于材料熟悉，阅读过较多的原作和评论，所以理解与传达都比较准确。她的感受是："翻译勃洛克有难度，但原作内容深刻，材料翔实，整体感觉饶有趣味，因此，阅读、翻译、体验等活动，并非恼人的折磨，而是愉悦的参悟。理解原文和用中文传达，也就成为译者与原作者以及其评述对象——勃洛克的对话。"

孔霞蔚，《世界文学》编辑部编辑，正在中国社会科学院文学研究所攻读俄罗斯文学方向的博士学位。她毕业于南开大学，所写硕士学位论文题目是

《自然之魂——叶赛宁和他的自然抒情诗》。她翻译了本书《新农民派诗人和作家：尼古拉·克柳耶夫、谢尔盖·叶赛宁等》一章，理解原文与译文传达都体现出不俗的功力。

李俊升，1963年生，现在北京外国语大学俄语学院攻读博士学位，参与编写《20世纪欧美文学史》，所写论文被收入《洛特曼学术研讨会论文集》。这次他和王立业教授一道翻译《韦利米尔·赫列布尼科夫》，这是本书当中最难的章节之一。他克服了很多困难，多方查阅资料，向专家学者咨询，终于啃下了这块难啃的骨头。他认为："白银时代俄罗斯文学是一份极为珍贵的文化遗产。翻译者要有深厚的俄罗斯文化知识和国学文化素养，作为年轻译者要不耻下问，努力进取，尽力保证译文的质量。"

马琳，天津师范大学外语学院讲师，现正在南开大学历史学院攻读中外关系史方向的博士学位。她参与了本书《维肯季·魏列萨耶夫》和《讽刺作家：阿·阿维尔琴科，苔菲，萨沙·乔尔内》这两章的翻译，克服了不少困难，多次向天津师范大学和南开大学的俄罗斯专家请教，翻译水平有所提高。

本书得以完成，除了所有参与翻译的同人的鼎力协作，还有赖于许多专家学者的支持和鼓励。我们首先要诚心诚意地感谢四位德高望重的顾问：社会科学院研究员，著名翻译家、画家高莽先生，不仅解答疑难，还为本书画了三十八幅精彩的作家肖像，使这部著作图文并茂，添彩增色。北京大学教授，著名诗歌翻译家顾蕴璞先生，不仅推荐了好几位译者，帮助解决疑难问题，有些译稿还仔细阅读，亲自修改，使年轻译者深受感动。南开大学资深翻译家臧传真教授，非常关心这部著作的翻译，帮助解决疑难问题，提供了一些宝贵意见。俄罗斯汉学家李福清先生，不仅帮助和促成这部著作的汉语译本的诞生，解决最后遗留的疑难问题，还为中文版译本写了序言，言简意赅，精辟深刻。没有这几位先生的指点、支持、鼓励和具体帮助，就很难完成本书的翻译。

我在这里还要特别向南开大学外语学院的年轻学者阎国栋教授表示由衷的谢意。这部书稿从组织翻译到最后完成，他一直给予默默无声的大力支持。在翻译和审校过程中遇到一些词典查不到的词语，我总会向他求援，因为他不仅人品好，学问好，而且计算机技术特别棒，问题到了他那里，大都能很快得到答案。后来他还帮助我安装了相应的电脑软件，使我大为受益，提高了工作效率。他不仅帮助我跟李福清先生联系，转递信件，还帮助我整理编排人名索引汉语音序表，有时候我跟他在网上一天通三次信，他几乎是有求必应，有问必答，而且极其迅速，从不拖延。这种支持和忘年之交的情谊成了促使我完成工作的强大动力。我感谢他，还因为是他邀请俄罗斯汉学家李福清先生到南开大学讲学，而李先生给我们带来了翻译这部学术著作的机遇。

我在这里还要感谢社会科学院外国文学研究所研究员刘文飞博士，作为俄罗斯文学研究会的秘书长，他对这部著作的翻译给予大力支持。感谢北京外国语大学李英男教授，她支持翻译本书，并帮助解答疑难问题。感谢上海外国语大学的郑体武教授，为诗歌翻译解答疑难。感谢南开大学文学院王立新教授，他对希伯莱文学和《圣经》素有研究，我遇到有关《圣经》的难题，多次向他请教。感谢中国人民对外友好协会孙庆国先生，是他帮助出版社与俄罗斯驻华大使馆取得联系，从而得到大使和文化参赞的支持。

我们还要感谢许多俄罗斯学者、教授、专家的热情帮助，他们是俄罗斯汉学家阿列克谢·阿纳托里耶维奇·罗季昂诺夫先生（Алексей Анатолъевич Родионов），在首都师范大学任教的奥尔加·涅斯杰罗娃教授（Олъга Нестерова），南开大学的俄语专家维雅切斯拉夫·维克托罗维奇·费多陀金先生（Вячеслав Викторович Федотокин），乌克兰俄语专家奥尔加·米海伊洛夫娜·曼塔奇（Олъга Михайловна Мантач），天津外国语学院的俄罗斯专家哈米多娃（Л.В.Хамидова），西北师大俄语专家塔斯科·伊丽娜（Таско Ирина），天津外国语学院俄籍教师杜霞副教授，我们各个章节的译者分别向他们求教，他们都热情解答，帮助排除翻译障碍。没有他们的帮助，我们可能会束手无策，难以进展。

我在这里还要向俄罗斯世界文学研究所白银时代研究室负责人瓦吉姆·弗拉基米罗维奇·波隆斯基先生（Вадим Владимирович Полонский）致以最诚挚的谢意。本书翻译过程中最后遗留的七十多个疑难问题，我从网上传给李福清先生，然后由波隆斯基先生给予详尽的解答。如果缺少了这个环节，这部译著不可避免地会存在许多错讹与遗憾。从这个角度说，这部译著也凝聚着俄罗斯许多学者——认识的和不认识的许多朋友感人的情谊，无私的支持。

我还要感谢我的朋友和同事，南开大学外语学院英语系教授王宏印先生，西语系德语教授张桂贞先生、法语教授张智庭先生、法语副教授李珠老师，天津大学德语系教授潘子立先生，每每遇到不懂的外语，我都会打电话向他们求助，而他们总是放下手头的工作，给予及时而热情的解答，让我感受到友情的温馨，排除了疑点，心里踏实。当然，我们仍然留下了遗憾，有些外文词语，如意大利语、匈牙利语、西班牙语、荷兰语，找不到咨询的去处，只好保留原状，期望将来弥补缺憾。

当然，我们还要感谢敦煌文艺出版社总编辑刘兰生先生，对他作为出版家的眼光和魄力表示钦佩，感谢敦煌文艺出版社马超先生、王跃先生、王红梅女士、田园女士和贾海燕女士，他们为审校全书尽职尽责，付出了心血和汗水。

倘若没有国内国外各方人士的倾力支持和帮助，这部书稿的出版就难以想象。可以说这部书稿的翻译，既见证了我们集体的努力，又凝聚着许多感人的情谊。我们真心希望这部译著成为中俄文学与文化沟通交流的又一座桥梁。

需要说明的是，原著书名本来是《世纪之交的俄罗斯文学（19世纪90年代至20世纪20年代初）》，后与李福清先生和克尔德什先生商量，改为现在的书名《俄罗斯白银时代文学史》，个别章节有所调整，把节改成了章。原书只分上下卷两册，现改为四册，以方便读者的阅读使用。

写到这里，我忽然想起了1989年在列宁格勒大学进修的日子。有一天，我拜访东方系系主任谢列布里雅科夫教授，他是著名的汉学家，著有《宋词》，翻译出版了《陆游诗选》，他说："文化就像河流，我们是架桥的人。"他的话掷地有声，发人深思。他那满头银发，慈祥的面容，高大魁梧的身影，至今如在眼前。

是的，俄罗斯有一批为俄中文化交流架桥的人，从比丘林、瓦西里耶夫到阿列克谢耶夫，再到孟列夫、车连义、李福清，薪火相传，代代不断。同样，我们中国也有一批为中俄文化交流架桥铺路的人，从鲁迅、巴金到戈宝权、查良铮，再到高莽、草婴，他们是众多架桥铺路者的代表。参与本书翻译的群体，甘愿效法前贤，为文化交流架桥铺路尽心尽力。

心有所感，写成了一首理性多于诗意的诗《有人说……》，权且用它作为这篇译后记的结束语吧：

有人说："文学翻译，

是吃力不讨好的劳动，

译得好，光荣归于原作，

译不好，自己招惹骂名……"

可真正的译家不重名声，

他们甘愿做架桥铺路工，

陪外来作家过桥，排除障碍，

伴读者出国远行，一路畅通……

译著，是修桥铺路的基石，

辛苦劳作，但愿桥宽路平，

广交朋友，心里高兴，

任人褒贬，镇定从容。

　　依照惯例，还要说几句既是客套也是发自真心的话：由于水平所限，时间匆促，译本难免存在疏漏和误译之处，诚恳期待专家和读者批评指正。

　　　　　　　　　　　　　　　　2006年4月22—23日，于南开园龙兴里

再版审校后记

◎谷 羽

　　《世纪之交的俄罗斯文学（1890—1920年代初）》（两卷）由俄罗斯科学院高尔基世界文学研究所集体编写，弗·亚·克尔德什任主编，作者共29位资深研究员，除了文学研究所的学者，还邀请了莫斯科大学以及匈牙利和美国的学者参与，先后用了十年功夫，2001年才完稿出版。

　　2003年，高尔基世界文学研究所首席研究员、南开大学特聘教授李福清先生，向中国学界推荐了这部学术著作，并帮助联系版权。由谷羽联系中国高校25位研究俄罗斯文学的学者，用了两年多的时间，集体翻译了这部著作，2006年9月由敦煌文艺出版社印行问世。

　　文学翻译，堪比旅行探险，涉足许多未知的领域，既新奇诱人，又屡陷困境，走弯路、走错路，文字出现疏漏错讹在所难免。因此，这部书稿改换书名《俄罗斯白银时代文学史（1890—1920年代初）》（四卷）出版之后，作为译者之一，欣喜的同时，又感到忐忑不安。

　　十年之后，2017年山东教育出版社决定再版这部书稿，经过申请，获得了国家出版基金资助。我和各位译者深受鼓舞，决定由各位译者重新审阅修改自己负责翻译的章节，然后再集中审校。

　　找到一位合适的审校者，就像去远方探险找一名可靠的向导。幸运的是，有缘遇到这样的年轻学者。

　　糜绪洋，1990年出生，复旦大学外语学院俄语专业毕业，现在彼得堡俄罗斯文学研究所（即普希金之家）攻读博士学位。译有《撕下面具：二十世纪俄国的身份认同与欺世盗名》、《生命是赌注：弗拉基米尔·马雅可夫斯基的革命与爱情》等著作，参与《三卷本布里亚特史》、《三卷本卡尔梅克史》等集体翻译工程。学术兴趣为陀思妥耶夫斯基研究、俄罗斯歌剧、苏联后期电影、俄罗斯与内亚的文化互动等，可以说学术视野开阔宽广。

我跟糜绪洋的交往早在2011年6月就开始了，不过，当时还不知道他的名字。

拙译《玛丽娜·茨维塔耶娃：生活与创作》（三卷本）在广西师范大学出版社后不久，一位化名"昧拾金公爵"的读者在网上发文指出书稿的疏忽与错讹。我跟责编魏东先生联系，找到了这位"公爵"，原来他就是糜绪洋。

2014年我翻译了茨维塔耶娃女儿阿里阿德娜·艾伏隆的回忆录，请魏东提前找到糜绪洋审校书稿，他提出了几十条修改意见，使这本书的翻译质量有所提升。2015年书稿出版后进入了当年深圳十大好书评选的前三十名。

这两次亲身经历，使我对糜绪洋的博览群书、记忆超强留下了难忘的印象。

2017年2月5日，我给身在彼得堡攻读博士的糜绪洋写信，邀请他对照原作通读审校这部书稿，当天收到回信，他同意接受这份极具挑战性的任务。

两年多来，他一边攻读博士学位，一遍审校书稿。校完一章，寄回一章，终于在2019年6月底完成了200万字的审校，并作出了符合学术规范的人名索引。从而使这部书稿的翻译质量有了提升与改观。

这次再版，我们恢复了原来的书名《世纪之交的俄罗斯文学（1890年代—1920年代初）》，并按章节分为三卷。

把全部书稿交给山东教育出版社的时候，作为这部书稿翻译的主持人，我特别怀念我们的三位学术顾问：李福清先生(1932—2012)、臧传真先生（1923—2017）和高莽先生 (1926—2017)。高莽先生不仅是杰出的翻译家，还是优秀的画家，他为这部书稿绘制的三十八幅肖像，让人永远难忘。

俄语原著2001年出版，汉语译本2006年问世，2019年有机会再版。

十八年光阴如流水，为原作撰稿的十一位俄罗斯学者已经悄然离世，他们是：

米·普·格拉西莫夫（1923—2003）；

因·维·科列茨卡娅（1921—2004）；

亚·帕·丘达科夫（1938—2005）；

萨·纳·布罗伊特曼（1937—2005）；

埃·阿·波洛茨卡娅（1922—2007）；

维·彼·格里戈里耶夫（1925—2007）；

纳·达·塔马尔琴科（1940—2011）；

米·根·彼得罗娃（1929—2018）；

尤·乌·福赫特-巴布什金（1930—2022）；

叶·弗·叶尔米洛娃（1934—2022）；

弗·亚·克尔德什（1929—2024）。

但愿阅读相关章节的读者，能够记住他们的名字以及他们的默默奉献。

《世纪之交的俄罗斯文学（1890年代—1920年代初）》有幸再版，是对这些学者最好的怀念，而这部书稿也将成为他们的文学纪念碑。

在书稿即将再版之际，我深深感谢原作的各位学者，感谢合作翻译的各位同仁的信任与支持，感谢俄罗斯科学院高尔基世界文学研究所所长波隆斯基先生，感谢阎国栋教授、王金玲教授的帮助。

我相信这部书稿的再版，对中俄文化与学术交流必定有所贡献。

当然，我也真诚期待各位读者与专家的批评指教。

谷羽

2024年6月6日，于南开园龙兴里